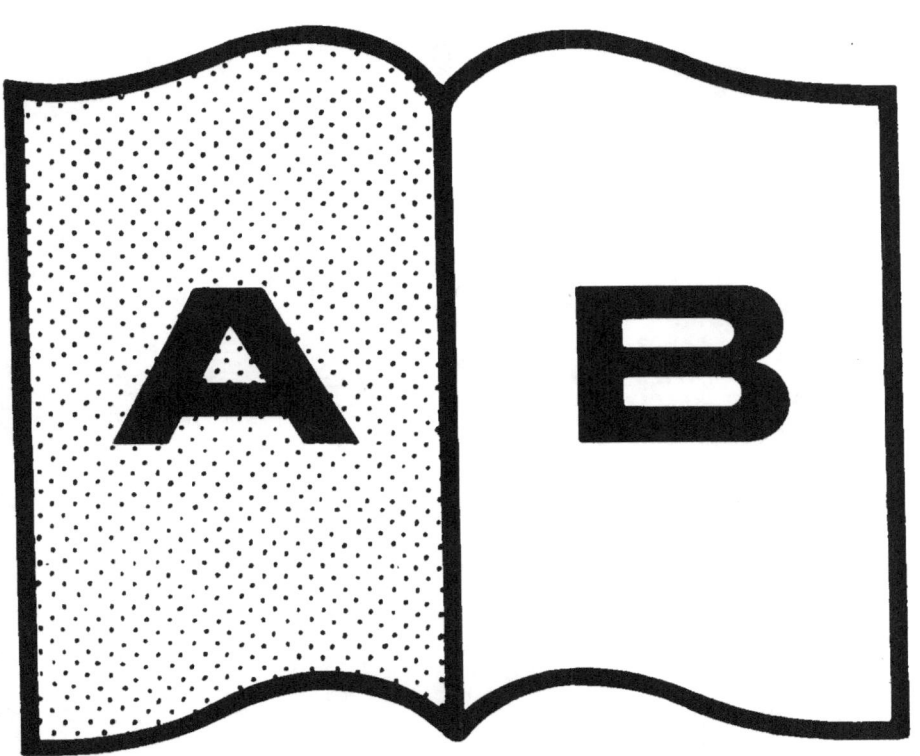

Contraste insuffisant

NF Z 43-120-14

SOL

USQUE AD FINES ORBIS TERRÆ

ETERNVM

LES
IMAGES OU TABLEAVX
DE PLATTE PEINTVRE
DES DEUX
PHILOSTRATES SOPHISTES GRECS
ET LES STATUES DE CALISTRATE

Mis en Francois par *Blaise de*
Vigenere Bourbonnois Enrichis
d'Arguments et Annotations

Reueus et corrigez sur l'original
par un docte personnage de ce
temps en la langue Grecque

ET
REPRESENTEZ EN TAILLE DOUCE

en cette nouuelle edition

Auec des Epigrammes sur
chacun d'iceux par
ARTVS THOMAS SIEVR D'EMBRY

Auec Priuilege du Roy.   Gaspar Isac Incidit

A PARIS,
Chez la veufue Abel L'Angelier
au premier pilier de la grand
Salle du Palais,
ET
La veufue M. Guillemot, en la
Gallerie des Prisonniers
M.DC.XIIII.

PARIS

ATHENES

Ne extra hanc Bibliothecam efferatur. Ex obedientia.

LES
IMAGES OU TABLEAUX
DE PLATTE PEINTURE
DES DEUX
PHILOSTRATES SOPHISTES GRECS
ET LES STATUES DE CALLISTRATE

Mis en François par BLAISE DE
VIGENERE Bourbonnois Enrichis
d'Arguments et Annotations

Reueus et corrigez sur l'original
par un docte personnage de ce
temps en la langue Grecque

ET
REPRESENTEZ EN TAILLE DOUCE
en cette nouuelle edition

Auec des Epigrammes sur
chacun d'iceux par

ARTVS THOMAS SIEVR D'EMBRY.

Auec Priuilege du Roy. Gaspar Isac Incidit

A PARIS,
Chez la veufue Abel l'Angelier,
au premier pilier de la grand
Salle du Palais
ET
La veufue M. Guillemot, en la
Gallerie des Prisonniers
M.DC.XIIII.

SOL

IOVE AD FINES ORBIS TERRARVM

PARIS

ATHENES

A MONSEIGNEVR

MONSEIGNEVR,

HENRY DE BOVRBON,
PRINCE DE CONDE' ET
PREMIER PRINCE DV SANG.

ONSEIGNEVR,

Philoſtrate Grec de nation, a voüé à l'immortalité, l'excellence de ſes inuentions, auſquelles les traits hardis de cet eſprit haut ont donné vn relief ſi naïf, que ſon diſcours flatte les ſens des natures les plus fortes, & leur perſuade de voir en effect l'obiect, dont l'idée agiſt en leur imagination : En ceſt eſtat il a donné, par vne longue ſuitte d'années, ſuiect d'admiration; iuſqu'à ce que traduit en noſtre langue, par vn grand perſonnage, les angles & parergues de ſes tableaux ont receu de luy tels enrichiſſements, qu'ils ne font maintenant qu'vn corps, animé de l'vn & de l'autre, & font preuue que ſi l'Antiquité & la Grece portent leurs merueilles auec elles, la France & noſtre aage ne leur cederont que par

modeſtie ce qu'elles leur pourroient mettre en compromis par raiſon. Or pour contenter les curieux, i'ay
pris le deſſein d'attirer & reduire cette ſpeculatiue &
intellectuelle à vne demonſtration certaine, & où l'œil
puiſſe arreſter & fixer les ombres vagues de l'imaginatiue. Mais pour le donner au public auec ceſte pareure, expoſé à la diuerſité des humeurs, dont la plus part
peccantes, pour deplaire à tout le monde, ne trouuent
rien qui leur plaiſe: i'ay creu qu'il auoit beſoin de la
protection d'vn grand Prince, tel que vous, MON-
SEIGNEVR, auquel Dieu a donné la naiſſance du
Sang de France, le plus illuſtre & ancien ſans contredit
qui ſoit veu du Ciel, & vn genie ſi grand, qu'il y euſt
eu de l'iniuſtice s'il n'euſt rencontré voſtre condition,
pour ſuiect de ſa gloire: Qui, comme le fleuue Melas
ſeul nauigable dés ſa ſource, dés voſtre plus bas aage
auez donné les marques parfaictes de voſtre grand
cœur, dans l'Ocean des affaires publiques, faiſant voir
en effect, ce que les Poëtes ont feint, que Iupiter auoit
autour de luy ces deux Deeſſes, la Iuſtice, & la Prudence, voſtre ſage conſeil aupres du Roy & de la Reyne
affermiſſant les fondemens de l'Eſtat, qui fleurit en
paix, redouté des ennemis; comme la Deeſſe Minerue eſt touſiours armée, & ſeule accompagnée de valeur, & de trophées. Toutesfois i'ay craint que mon
humble deuotion fuſt blaſmée de temerité, & mon
deſſein ſe fuſt auſsi toſt eſtouffé que conceu: n'euſt
eſté l'aſſeurance que m'a donnée Monſieur le Preſident Seguier de Villiers, qui a touſiours veu deffunct
l'Angelier mon mary de bon œil, & cōtinué ceſte bien-
                                                  vueillance

vueillance à sa famille : Qué vous, MONSEIGNEVR, ne defdaigneriez de donner l'abry à ceft Autheur, foubs la franchife de voftre nom tant illuftre & reueré : au contraire que careffant les lettres, comme le degré qui a porté les Alexandres, & les Cefars, au plus haut poinct d'honneur, contre l'opinion de quelques vns, qui, d'vne prefomptueufe ignorance, ne leur donnent autre accez que le mefpris & le defdain, inutiles à la guerre, infructueux à la paix, à leur Prince, & à eux mefmes : Prenant relafche de vos exercices ferieux, qui vous donnent vn mouuement perpetuel, pour donner le repos aux autres, aurez à plaifir de vous entretenir quelque temps, des reliques venerables de l'Antiquité, defquelles l'Autheur a retiré la plus part de fes inuentions. Tel donc, MONSEIGNEVR, que ces anciens Romains, qui prenoient à hôneur, de fe declarer Chefs & Protecteurs de quelques Arts & de ceux qui en faifoient profefsion, Ne luy refufez s'il vous plaift l'accueil fauorable, & la protection qu'il fe promet de vous, ny àcelle qui le vous prefente en toute humilité, comme eftant,

MONSEIGNEVR,
pour toufiours,

Voftre tres-humble, & tres-obeiffante feruante, F. de Louuain veufue d'Abel l'Angelier.

ẽ ij

ADVERTISSEMENT
SVR LES IMAGES OV
TABLEAVX DE PHILOSTRATE.

TOVT ainſi que ce ſeroit auoir trop de temerité, de vouloir ſoubs quelques belles pointes d'eſprit, (aſſez fecondes en ce ſiecle) & de quelques mignardes gentilleſſes qui s'apprennent pluſtoſt en l'eſcole de la volupté qu'en celle de la vertu, ternir tellement la ſplendeur de la gloire de l'antiquité, que de meſpriſer la ſolidité de ſes iugemẽs, l'elegance de ſes diſcours, & la naïfue beauté de ſes inuentions, qui effacerõt touſiours les rides, que la vieilleſſe pourroit ſcillonner ſur la ſerenité de ſon viſage: Auſſi ſeroit-ce eſtre trop paſſionné en ſa particuliere affection, de vouloir croire que les modernes ne pourront iamais non pas eſgaler, mais ſuiure que de bien loin à la trace, la doctrine & l'induſtrie de leurs anceſtres: Car il s'eſt veu en ce ſiecle des conceptions auſſi releuées, & des labeurs auſſi mignardement élabourez, qu'aucuns autres de ces anciens temps, & s'y en retrouueroit encore en plus grande abondance, ſi les recompenſes eſgaloient le trauail, comme elles faiſoient en ces premiers ſiecles ; mais nonobſtant la meſcognoiſſance & le meſpris que nous faiſons ordinairement des choſes qui nous ſont familieres, & qui paſſent iournellement par nos mains, on ne laiſſe pas neantmoins de rencontrer bien ſouuent des œuures plus dignes d'admiration, qu'elles ne ſont ſubiettes à imitation, le Souuerain moderateur de l'vniuers ne laiſſant iamais la nature tellement infertille, qu'elle ne produiſe touſiours quelque rare chef-d'œuure, afin que ſa Maieſté ſoit glorifiée en iceluy. Il y a plus, c'eſt que pluſieurs des anciens ont laiſſé leurs œuures imparfaictes, ou ſeulement eſbauchées, comme s'ils euſſent voulu reſeruer la couronne de gloire à leurs ſucceſſeurs, quand ils y apporteroient la perfection, ſoit que leurs deſſeins ayent eſté comme eſteints par la fin de leur vie, ou que leur conception n'ayt pas eſté aſſez forte pour la faire acheminer à ſa fin deſirée.

Or entre les plus renommeZ de l'antiquité, PHILOSTRATE Autheur Grec, natif de l'Iſle de Lemnos, (en vulgaire Stalimene) & Sophiſte de profeſſion, (c'eſt à dire du nombre de ceux qui s'eſtudioient à bien dire, mais plus mignardement que ne portoit la commune forme de l'oraiſon ſoluë, iuſques à ſe monſtrer vn peu affectez,) doit bien eſtre mis du premier rang, tant pour ſa doctrine, & elegante maniere

ADVERTISSEMENT.

niere de parler, que pour les richeſſes de ſes inuentions, la naïfue beauté de ſes deſcriptions, ſa curieuſe recherche de mots conuenables, parmy vne ſi grande diuerſité de matieres, appropriez à toutes ſortes de profeſsions & meſtiers, auec vne fort particuliere inſtruction de toutes les plus belles fables, & fantaiſies de l'antiquité, qui peuuent conuenir & eſtre propres à la peinture, de laquelle il traicte le principal poinct, & ce qui ſe trouue de plus recommandé & exquis, à ſçauoir, l'inuention, auec l'ordonnance & diſpoſitiue, que les Grecs appellent œconomie ou œcodomie, dont depend tout le ſçauoir, la grace, & accompliſſement de ceſt art, n'eſtant pas donné à tous d'auoir la dexterité, & pratique de ſçauoir bien ordonner pluſieurs perſonnages enſemble, en geſtes, & actions conuenables & non ridicules, afin d'exprimer nettement, et d'vne efficace qui contente l'œil et l'eſprit des hommes, la choſe qui y doit eſtre repreſentée, auec le moins de traits dont on ſe puiſſe paſſer. N'ayant pas toutesfois eſcrit ſeulement de la peinture, mais pluſieurs autres ſubiets encores pour exercer la ieuneſſe à ſçauoir deuiſer, & eſcrire à propos d'infinies belles choſes, dont il a curieuſement recherché la proprieté des mots, auſquels il fait paroiſtre auoir eſté merueilleuſement bien verſé & inſtruict. Leſquelles choſes toutesfois il couppe fort court, ne les diſant qu'à demy mot, & auec vne telle brieſueté, qu'il faut eſtre merueilleuſement attentif à ſa lecture pour la bien comprendre : car il s'eſtudie de propos deliberé à ſe rendre obſcur, comme ſi par ceſte difficulté il en vouloit bannir le vulgaire, de ſorte qu'il eſtoit bien neceſſaire d'vne auſsi docte plume que la ſienne, pour en faciliter l'intelligence au public.

   Mais quelle autre euſt on peu rencontrer plus heureuſement que celle du ſieur BLAISE DE VIGENERE que les François ne peuuent nommer ſans luy rendre quelque honneur, pour les belles pieces toutes rances et moyſies d'antiquité, que cet excellent perſonnage a fait reuiure en la France, ſoit par ſes exactes mais fluides & elegantes traductions, ou par ſes doctes & neantmoins intelligibles commentaires, et annotations, & principalement ſur cet autheur? Ses veilles & ſes labeurs l'ayant maintenant rendu ſi facile, qu'il n'y a eſprit ſi groſsier qui n'en puiſſe tirer de l'inſtruction. Mais comme cela ne regarde que l'œil de l'Ame, lequel encore ne peut eſtre ſi pleinement ſatisfaict par le diſcours, comme par l'action ou la repreſentation d'vne choſe, dont l'œil corporel luy donne vne parfaite cognoiſſance, la pourtraiture ſembloit bien eſtre requiſe à ce riche ouurage, pour le faire paroiſtre plus pompeux au public. Car ne plus ne moins que la beauté de l'eſprit ſemble du tout inutile, ſi elle ne rayonne en dehors la ſplendeur des belles conceptions qui l'illuſtrent en ſon interieur, & par la parole ou par la plume ne ſe fait cognoiſtre au public : Auſsi ſemble il deffectueux, de vouloir ſimplement reduire en diſcours, ce qui deſpend entierement de la veuë, & vouloir eſcrire ou parler des tableaux ſans peinture, d'autant qu'encore que l'inuention deſpende de l'eſprit, & par conſequent elle puiſſe eſtre communiquée par le diſcours : Si eſt-ce qu'en ce qui concerne les imaginations de ces idées, elles n'ont autre fin que d'eſtre repreſentées par le crayon, le pinceau, ou le burin. Voyla le defaut qui auoit peu eſtre iuſques icy en ces tableaux de platte-peinture. Car meſmes il y a grande apparence qu'ils n'ont iamais eſté peints à la verité, ny executez de coloremens, de ſorte que c'eſtoit vne choſe corporelle qui ne ſe pouuoit voir que ſpirituellement.

   C'eſt donc au feu ſieur Abel l'Angelier Libraire que la France aura doreſnauant ceſte obligation, comme à celuy qui s'eſt le premier aduiſé d'vne choſe ſi neceſſaire, & de ſi grand embelliſſement à cet ouurage, & qui n'a point eſpargné ſa

ADVERTISSEMENT.

peine, & sa vigilance, pour rechercher les plus habiles tant à sçauoir bien dresser vn
dessein, qu'à buriner en cuiure, enuoyant iusques en Flandres pour auoir ses planches touchées de meilleure main : ce que le lecteur iugera aysement ne s'estre peu faire
qu'auec vne extreme despence, y ayant iusques à soixante & cinq grandes planches sur les tableaux de l'ancien Philostrate. On pourra voir aussi quelque iour celles de son nepueu auec les statuës de Callistrate. Et comme en vn style si releué, &
bien souuent si concisque celuy de Philostrate, il estoit bien malaisé qu'il ne se passast
quelques defauts en la traduction : ledict l'Angelier & le feu sieur Matthieu Guillemot son associé aduiserent de le faire reuoir, comme de faict il a esté fort exactement
corrigé sur l'original Grec, par vn des plus doctes personnages de ce siecle en la langue
Grecque, afin que toutes les fautes qui pouuoient s'estre glissées par mesgarde aux
autres impressions, fussent parfaictement reparées en ceste derniere.

   Mais dautant que Philostrate s'est bien souuent emancipé de representer ses tableaux d'vne façon quelquefois plus lasciue, que la bien seance & la modestie ne
sembloient requerir, i'ay pensé de conuertir ses intentions à bonne fin, par quelque
moralité qu'on pourroit adiouster au pied de chacune figure, afin que si la pudeur
d'vn œil chaste est offencée par la veuë de la peinture, il puisse rencontrer au mesme
endroit dequoy satisfaire à sa vertu. C'est ce que ie me suis efforcé de rapporter en
mes Epigrames, succinctement à la verité, mais selon que l'estenduë de la place l'a peu
permettre, mon principal dessein n'ayant esté que pour faire voir à tous, qu'il n'y a
point de si mauuais fruict qu'on n'en puisse tousiours tirer quelque bon suc, ny lecture
si voluptueuse qu'elle ne puisse frayer le chemin à la vertu, si on veut auoir l'intention droicte.

LES

LE PREMIER

LIVRE DES TABLEAVX
DE PLATTE-PEINTVRE DE
PHILOSTRATE LEMNIEN
Sophiste Grec.

LES IEVX DE LA GRECE.
PREFACE.

Ceste Preface contient l'argument & subiect de cest œuure.

VICONQVE n'embrasse & cherist la peinture, offence la verité des histoires; offence pareillement tout-tant de doctrine qui concerne les Poëtes : Car l'vne & les autres tendent à vn mesme but; de nous representer & descrire les portraicts, & les gestes des hommes valeureux : & si mesprise quand & quand la deuë conuenance des proportions, par le moyen desquelles cest art atteint la raison. Que si l'on en vouloit deuiser plus subtilement, c'est vne vraye inuention des Dieux : tant à cause des diuerses formes dont les saisons de l'année peeignnt les prez icy bas, que pour les choses qui nous apparoissent là haut au ciel. Mais à examiner la vraye origine de l'art : c'est vne imitation inuentée de longue ancienneté, & fort coniointe à la Nature. Les sçauans hommes la trouuerent iadis, partie l'appellans peinture, partie imagerie, dont il y a plusieurs sortes. Car former des statuës de terre ; en ietter de metal; tailler & pollir l'albastre, le marbre, & l'yuoire; la graueure encore; tout cela est imagerie. Là où la peinture consiste en coloremens: & neantmoins elle ne s'arreste pas du tout à cela; car d'vne seule couleur sans plus, elle entreprendra plus de choses, que nul autre artifice ne sçauroit faire auec beaucoup de moyens : pour autant qu'elle monstre les ombres : & autre recognoist que soit le regard d'vn furieux; autre d'vn qui souffre douleur, ou qui est content , & ioyeux. Quant à la viuacité de l'aspect, l'imagier ne le peut contre-faire ainsi naïfuement qu'il est: & elle sçait fort bien ce que c'est d'vn œil fauue, d'vn grisastre, & d'vn noir. Represente les cheueux dorez, les

roux,

PREFACE.

roux,& les blanchiſſans de blondeur : les couleurs des veſtemens,& des armes;les chambres,cabinets,& le reſte des maiſonnages: les bois,môtaignes,
& fontaines; & l'air finablement auquel tout cela eſt enclos. Ceux doncques
qui autresfois emporterent le prix de ceſte ſcience,les citez, & les Roys qui
y prirent plaiſir : le tout a eſté redigé en eſcript,tant par pluſieurs autres,que
par Ariſtodemus Carien , auecques lequel i'ay conuerſé quatre ans entiers,
expreſſement pour l'amour d'elle. Il ſuiuoit quant à luy la traditiue d'Eumelus en ſes ouurages,y adiouſtant encores vne grande grace. Mais noſtre propos n'eſt pas pour ceſte heure des peintres, ny de leurs faicts, ains de reciter
& deduire les manieres de la peinture,& en dreſſer quelques menus formu-
laires aux ieunes gens , dont au moins ils en puiſſent parler à propos , &
choiſir ce qui s'y trouuera de plus rare &exquis. L'occaſion au reſte de ces
diſcours fut telle. Il y auoit vne aſſemblée de ieux de prix à Naples , ville
Grecque de fondation , & de mœurs fort courtois & ciuils ; parquoy elle a
touſiours eu en eſtroicte recommandation les bonnes lettres,& diſciplines.
* Et pour ce que ie n'y vouloìs pas declamer en public , la ieuneſſe du lieu
m'en venoit importuner ſans ceſſe iuſques dedans le propre logis de mon
hoſte,hors l'enclos des murailles,en vn fauxbourg le long de la marine,où il
y auoit vne belle portique expoſée au vent de Zephyre, ayant quatre com-
bles (s'il m'en ſouuient) voire cinq ; & ſon regard ſur la mer de Toſcane.
Elle reluiſoit de fort loing, à cauſe des marbres dont elle eſtoit reueſtuë, de
toutes les ſortes que les plus curieuſes delices des hommes ſçauroient auoir
en recommandation. Mais ſon principal ornement prouenoit des peintures ; y ayant vn grand nombre de tableaux attachez, leſquels non ſans vn
bien grand ſoin (ainſi que ie penſe) quelqu'vn y auoit recueillis : Car le ſçauoir de pluſieurs excellens ouuriers ſe monſtroit-là aſſez apertement. Or
auoiſ-je bien deliberé en moy-meſme de diſcourir ſur les loüanges de tant
de beaux chefs-d'œuures;mais d'abondant mon hoſte auoit vn fils tout ieune encores,car il ne paſſoit pas les dix ans;& ſi eſtoit deſia tout curieux d'apprendre, & prenoit vn ſingulier plaiſir d'en oüyr deuiſer, lequel s'eſtant apperceu,que ie les allois parcourant de l'œil,me requit de les luy vouloir deſ-
chiffrer. Au moyen dequoy, pour ne paroiſtre mal courtois,cela ſe fera (re-
ſpondis-je) & le declareray tout auſſi toſt que les enfans ſeront arriuez. A-
pres doncques qu'ils furent venus : Que ce garçon propoſe (diſ-je lors) &
qu'on luy laiſſe demander ce qu'il voudra : Vous autres pourſuiurez puis-
apres,non point en m'accordant tout cē que ie pourrois dire, mais m'inter-
rogeant de fois à autre,s'il y a choſe que ie ne vous declare aſſez au net & à
voſtre contentement.

ANNOTATION.

HILOSTRATE Lemnien ſecond de ce nom, enſeigna premierement à Athenes,& par apres SVIDAS.
à Rome depuis l'Empereur Seuere iuſques au temps de Philippes. Il a eſcript des declamations;
des lettres amoureuſes, des images, ou tableaux de platte-peinture; & des deſcriptions, en quatre liures. Plus des diſcours ; les cheures ou du ieu de fluttes; la vie d'Apollonius Thyaneen en
huict liures;de la plaidoirie ; le Heroïque; la vie des Sophiſtes en quatre liures; les Epigrammes; & quelques
autres choſes encores.

PHILOSTRATE le premier fils de Bire pere de cettuy (dont il eſt icy queſtion) fut Sophiſte pareillement; lequel enſeigna à Athenes,& naſquit ſous Neron. Il a eſcrit pluſieurs harāgues laudatoires: & 4. Eleuſiennes:

La vie des
Philoſtrates.

*Il faut adiou-
ſtes à la façõ des
Grecs, car le
texte porte
Ελλίνικοί εἰσι,
Ils ſont de
mœurs ſem-
blables aux
Grecs.

PREFACE.

des declamations, des questions pour les Rhetoriciens, & des argumens aussi: vn dictionnaire: vn traicté au Sophiste Antipater. De la Tragedie trois liures: le gymnastique, ou des exercices: plus vn traicté des Ceremonies de l'Olympie. Le lapidaire: le Protée: le chien ou Sophiste: le Neron: le Theatin ou contemplatif: quarante-trois Tragedies; quatorze Comedies; & plusieurs autres bonnes besongnes.

PHILOSTRATE Nervian, fils de la fille du second Philostrate, de la mesme Isle de Lemnos, & Sophiste pareillement, tint les escholes à Athenes. Il mourut & fut enterré en l'isle dessus-dicte, ayant esté auditeur & gendre de ce second Philostrate. Il a escrit des Images; le Panathenaique; le Troyen, la Paraphrase sur la targue d'Homere, & cinq declamations. Plus quelques vies de Sophistes qu'on luy attribuë.

VOILA en somme ce que dit Suidas des Philostrates, qui furent tous gens de sçauoir, comme leurs œuures le tesmoignent. Mais ie ne puis bonnement comprendre comme il se puisse faire que le pere designé au second dessus-dict article, eust esté nay du temps de Neron, & que le fils fust allé iusques à Philippus, veu qu'il y a plus de huict vingts ans de l'vn à l'autre.

TZEZES en la quarante-cinquiesme histoire de sa sixiesme Chiliade, en dit cecy,

Φιλόςρατος ὁ Φλαυίος, τύριος ὄιμϛ ῥήτωρ,

Ἄλλος δὶ ἔϛι ὁ ἀττικὸς. ὁ τύριος οὖν ζοῦτ

Ἦν, ὡς αὐτὸς ἐν τοῖς αὐτῷ βιβλίοις διαγράφι,

Εἰς τῷ χορῷ ῥητόρων τε ἦ τῇ γραμματευόντων,

Τῇ ἰελία χρηταμα τιλνίση βασιλίδι.

Σύζιγος αὕτη δὶ ἦ φησὶ τίνος τῶ βασιλέως.

PHILOSTRATE Flauien, Rheteur à mon aduis de Tyrus, (car il y en a vn autre Attique) le Tyrien donc estoit (comme il escrit dans ses liures) l'vn des Rheteurs & Secretaire de l'Imperatrix Iulia: toutefois il ne fait pointe de mention de qui elle estoit femme. Mais c'estoit sans doute de Seuerus: car Antonin Caracalla l'espousa depuis, combien qu'elle fust sa belle-mere: & vint cet inceste, de ce que l'ayant veuë vn iour toute nuë aux estuues, par vne fenestre qui respondoit secrettemét là dessus, il se manifesta; & elle luy ayant demandé ce qui luy en sembloit, il fit responce: Si bien que ie vous desirerois sur toute autre, s'il m'estoit permis. Comment donc (repliqua elle soudain) estes vous encore si simple que vous ne sçachiez bien, qu'à vous qui estes seigneur du rond de la terre, il n'y a rien qui ne soit loisible? Et là dessus passerent outre à leur forfaicture.

Description de l'Isle de Lemnos.

LEMNOS, en vulgaire Stalimene, isle de la mer Egée, fort fameuse és Poësies anciennes, tant pour plusieurs autres choses, que pour le long & miserable seiour qu'y fit Philoctete durant le siege de Troye, ayát esté blessé en chemin d'vne des flesches d'Hercules. Elle est prochaine de Tassos, Scyros, Tenedos, & Imbros; tres-abondante en vignes, bleds, & toutes sortes de legumes: produit aussi de petits cheuaux de poil fauue, qui vont tous l'amble de nature. Le mont Athos, encore qu'il en soit à plus de 8. bonnes lieuës en terre-ferme, neantmoins son ombre se vient espandre iusques presqu'au milieu de l'isle; tant il est haut. La Macedoine luy est deuers Soleil couchant. Et quant à la terre qu'on appelle Sigillée, tenuë en si grande reputation de tout temps, car mesme Dioscoride au 5.liure, 113.chapitre, & Galien apres luy au 9. liure des Simples, en ont fait mention; elle se tire d'vne veine en vn tertre ou petit costau, maintenant appellé Cochino, assez pres des ruines de l'ancienne Ephestia, vis à vis de l'isle de Samothrace, qui n'en est qu'à 4. lieuës seulement; vne fois en toute l'année & non plus; qui est le 6. iour d'Aoust. Laquelle coustume ou superstition fut premierement introduicte par les Venitiens du temps qu'ils la possederent: car c'est auec de grandes ceremonies que les Caloirs, Moines ou Hermites Grecs ont accoustumé d'y garder, du cónsentemét mesme des Turcs, qui assistent à les voir faire: ce qui luy donne tát plus de credit. Ce fut là (ce que dient les Poëtes) que Vulcain ayát esté deiecté du ciel, se rompit les deux hanches, dont il est tousiours depuis demeuré boiteux, & y establit sa forge. Là aussi, où les femmes tuerét tous leurs maris au retour de la guerre de Thrace, & s'accointerent bien & beau des Argonautes, lors qu'ils allerent à la conqueste de la toison d'or. Mais pour laisser ces fictions à part, ou pour le moins histoires vn peu douteuses, & au reste trop rances & moisies; l'Isle de Lemnos a esté de tout temps en grande estime, pour auoir porté d'excellés personnages en toutes sortes de professions. Il y eut (ce nom) vn labyrinthe autresfois, & quelques autres singularitez, que la longueur des temps a deuorées; rauy & emporté auand & soy la memoire. Mais maintenant qu'elle est soubs l'obeyssance des Turcs, c'est vne vraye pepiniere de toute barbarie & ignorance, & ne peut plus auoir aucun bruit, non plus que tout le reste de la miserable Grece, sinon dedans ses mesmes confins & limites, si ce n'estoit la benediction de ceste miniere de terre, qui la fait respirer quelque peu encores és estranges regions & contrées.

Interpretation de ce mot Sophiste.

SOPHISTE GREC. Ce mot de Sophiste se treuue parmy les autheurs visté en plus d'vne sorte: quelques fois en bonne, & quelquefois en mauuaise part; pour vn cauillateur qui s'arreste plus à l'apparence exterieure, & à l'escorce, que non pas à vne verité reelle & essentielle: ne cherchant qu'vn masque & palliation de colorées paroles, & argumentant par des subtilitez & innolutions de mots ambigus. En bonne part non seulement pour vn Orateur & Rhetoricien, mais

pour

PREFACE.

pour vn Philofophe encores, comme en ce mefme autheur en fon œuure des plus illuftres & renommez Sophiftes, dont la plus-part font Philofophes de poids.

Herodote en fa Clio, Ἀ πικνίονται ἐς Σάρδις ἀκμαζούσῃ πλούτῳ, ἄλλα τε οἱ πάντες ἐκ τῆς Ἑλλάδε
σοφισαὶ, οἱ τῦτον τ̓ χρόνον ἐσ τυγχανεν ἔοντες, ὡς ἕκαφος αυτέων ἀπικνέοιτο κὴ διὴ Σόλων, ἀσὴρ Ἀ θωνᾶίος. Se trã-
fporterent (dit-il) à Sardis pour lors tres-riche & opulente cité, tous les Sophiftes de la Grece qui eftoient de ce
temps, y allant chacun à part foy, & mefme Solon grand perfonnage Athenien. Plus en la Melpomene. Καὶ
Ἐλλίων ἡ τῶ ἀσοφιςάτῳ σοφιςῇ Πυθαγόρῃ. Auec Pythagoras, non des moindres Sophiftes Grecs. Car on
fçait affez que Solon & Pythagoras eftoient tenus, non pour des iongleurs vains & friuoles,
mais pour deux des plus grands & fages hommes qui furent oncques en la Grece.

Athenée au 14. des Dipnofophiftes. Il femble que la Philofophie des Grecs ait principalement efté donnée par des regles & propofitions de mufique, tellement qu'ils ont eftimé qu'Apollon entre les Dieux, & Orphée
parmy les plus excellens humains, eftoient tres-experts & fçauans en mufique: & ont appellé du nom de Sophiftes tous ceux qui fe fçauoient bien aider de cet art, comme auffi a faict le Poëte Efchyle, quand il a dit;

Εἴτ᾽ οὖν σοφιςὴς καλὰ ἐϖπαραίνων γελοιω.

Apres donc le Sophifte fonnant bien de la lyre.
En mauuaife part, Ariftophane en la Comedie des Nuées.

κοὺκ ἔαθ᾽ ὅπως ὑ τήμερον λήψεται
ϖραμι ὁ ὅτον ποιήσῳ τὸν σοφιςὴν ὧν παράργὴν
ἦρξατ᾽.

Il n'y a rien qui l'empefche de prendre auiourd'huy vne chofe qui le fera Sophifte, dont il a defia commencé de
tergiuerfer. Et en vn autre endroit de la mefme Comedie.

ὑ γ̓ ὸ μὲ δι᾽ οἷαδ᾽ ὁτὶ πλείςοις αὐτὴ βόσκοισι σοφιςαῖς,

ϑουειομαντὶς, ἰαἐςϝίχας, σφραχισδούχϜργυρκομῆῴς.

Car par Iuppiter tu ne fçauoit pas que tes nuées nourriffent plufieurs Sophiftes, deuineurs, ouuriers de la Medecine, & fringuans efperruquez muguets chargez d'anneaux.

Plutarque les prend tantoft en bonne part; (ès Apophthegmes) μισῶ σοφιςὴν ὅςτις ἐκ αὐτῷ σοφός·
Fuyez le fage qui n'eft fage à foy-mefme. Plus en ce mot ΕΙ. λέγουσι γὰρ ἐκαλοιντὸ τῆς σοφοὺς, ὑπ᾽ οἷσιν δὲ
σοφιςαὶ ϖροσηγορουῶντα τᾶι ὼ τὰς μὲν ἄναι πον τὸ χιλιανα, καὶ θαλῆν, καὶ Σίλωνα, καὶ Βίασα, καὶ Πιταλὸν. Car
ils dient que ces fages, qu'aucuns appellent Sophiftes, eftoient cinq en nombre, Chilon, Talès, Solon, Bias, &
Pittacus. Tantoft en mauuaife. (Es communes notices contre les Stoïciens) τοῖς δὲ νεοφυτικῆς μετὰ ὀργῆν σο-
φιςὰς ἡ λυμμαίνεσθαι τῆς φιλοσοφίας, καὶ λογμάτον οδῶ βαδιζόντων ἀκατρεπῶι. appellans les anciens par indignation, Sophiftes vrays corrupteurs de tout ce qui defpend de la Philofophie, & des maximes qui procedent
par ordre. Puis tout incontinent apres. ἀλλ᾽ ἐλέγχεσθαι Ϝλοσιοῖς κακουργομνόια, ὑ σοφιζομῴδοι. Mais
ils font conuaincus d'eftre affectateurs de malignité & fophiftiquerie. Plus au traité de la maniere d'ouyr,
κόλακοι τῶνδε σοφιςῶν ἀναφιλῆς, ὑ ἀνοήντες, τῆς δίας ἱ φαυάς, καΪσδιῶνται. Là où quelques flatteurs ou Sophiftes les amiellent auec vn babil doux de vray, mais vuide de toute vtilité. Par fois encores pour des
Rhetoriciens, & harangueurs eloquens & facóds. Au mefme traité de la maniere d'ouyr. αἱ δὲ τῆς
πολλῶν Ϝλαλέξεις ὑ μελέται, σοφιςῶν, ὑ μόνοι τοῖς ὀνόμασι ἐποΒυντασμα ἐ χρῶνται τῆς ἀϖραιομάτον, ἀλλὰ
τίνω ὑ φωνίκιμμελεϊαςϖοὶ ὑ μαλακότητα, ὑ διαϊασιν ϝφηδούντες ἐσβακχούομεῖα ὑ ϝϖρίφψοιν τῆς ἀκρα-
μορ̈ω̈ς, κατηλω ἰσδουλεῶ διδόντες κανότερα δόξαν ἀπιλαμβαόντες. La plus-part des Sophiftes voilent non feulement les fentences de leurs oraifons & declamations, de mots ainfi que de quelques rideaux ou courtines, mais radouciffans quand & quand leur voix auecques certains tons delicats, & prononciation melodieufe, tout ainfi que s'ils chantoient en mufique, rauiffent les cœurs des efcoutans hors de foy, & les tranf-
portent où ils veulent: r'apportans d'eux, pour l'inutile contentement qu'ils leur donnent, vn peu de gloire, plus
vaine encore beaucoup. Plus en la malignité d'Herodote, à ce mefme propos. τοῖς γὰρ σοφιςαῖς ἱ φυέται
ϖρὸς ἐπαγωνία ὑ δόξαν ἐςὶν ὅτε τῆς λόγον κοσμοῦν τὸν ῆδιονα Ϝλαμβαωίντοι γὰρ ιαποῖς ὁ πίσιν ἰχυρὰ
ϖὶ τῷ ϖρέγματος, ὑ δι᾽ ἀρπιδίαι πολλάκις εἰς τὸ παρὰ δόξαν ἐπιχρηοῦ ὑπὲρ τῆς ἀπίςου. Il eft bien permis
aux Sophiftes, & pour le gain, & pour la gloire, de prendre en main la deffenfe d'vne mauuaife caufe; car auffi
bien on ne leur a pas grande creance de chofe qu'ils dient: & fi ne defaduouent pas eux-mefmes, que le plus fouuent ils ne prennent plaifir de donner couleur & apparence de verité à des chofes abfurdes de foy, & non croyables. Par où, & tout plein d'autres lieux encore, il monftre affez que la profeffion principale des
Sophiftes, eftoit à s'eftudier à bien dire & coucher par efcript: dont eux-mefmes enfeignoient
la maniere & les precepts; ainfi que dit Quintilian & quelques Grammairiens, qui mettent vne
difference entre le Rheteur ou Rhetoricien, & le Sophifte: dõt l'1. eft pour defnoüer la ieuneffe,
& l'introduire és premiers traits & rudimens, l'autre pour la façonner à l'eloquence & facondité
de langage. Platon qui les pourfuit par tout à cor & à cry, comme affronteurs & feducteurs tres-
dommageables aux ieunes gens, vains, inutiles, menfongers, calomniateurs, mercenaires; ambitieux, qui ne cherchent qu'à s'enrichir, & auoir quelque gloire & reputation par leur langage
fardé, & affetté, fans aucun fuc ne fondement, en met 6. definitions aux Dialogues du Sophifte, ou

PREFACE.

de ce qui eſt, qui toutes arriuent preſqu'à vne meſme choſe. Premierement, que ce ſont eſcumeurs de ieunes gens, & des bonnes bourſes. Puis, vrays banquiers des doctrines qui concernent l'inſtitution des mœurs. III. courretiers eux-meſmes, & maquignons de telles denrées. IV. reuēdeurs en deſtail de leurs ſonges & inuentions propres. En V. lieu, eſcrimeurs de mots, vocables, & dictions; & debatteurs de la chappe à l'Eueſque; chiquaneurs perpetuels quand & quand, cauts, & malicieux ſur tous autres. Et finablement, qui en apparēce ſont profeſſion de repurger & ſarcler les eſprits, de toutes cōceptions reſiſtans à la ſuſception de doctrine. Au Protagoras il les depeint tout de meſme; & en aſſez d'autres endroicts. Mais en l'Euthidemus il les accōpare aux Cancres, ou Eſcreuiſſes. par ce que ſe voyans arreſtez par quelque vallable raiſon, ils reculent lors en arriere, & taſchent de s'en deſuelopper obliquemēt. Ce qui eſt cauſe qu'il feint en vn autre endroict Hercules, qui eſt la parole accompagnée de viue raiſon, & le vray dompteur des cauillations Sophiſtiques, auoir eu tant de peine à cōbattre le Cancre. Quelques autres les encores figurez par les grenoüilles, comme pleins de criailleries aiguës, importunes, & ennuyeuſes, ſans aucun ſens ny intelligence, à quoy l'on puiſſe prendre pied. Les autres encore, comme ont eſté les preſtres Egyptiens, à vn pourceau, à cauſe de ſon pied fourché, & qu'il ſe veautre ordinairemēt dans les fengeats & boües confuſes, refuyant les eaux claires & nettes, où l'on puiſſe voir à trauers. Et finablement Lucian au Dialogue du fuitif, à des Hippocentaures participans de la nature humaine & de la cheualline; pour ce que les Sophiſtes ſemblent comme nager au milieu de la Philoſophie, & arrogance, accompagnée d'auarice & beſtiſe.

CETTE Preface eſt intitulée ΕΛΛΑΔΙΑ. C'eſtoient des combats & ieux ſolemnels qui ſe celebroient non ſeulement en la Grece, mais és terres-fermes de l'Aſie, & de l'Italie; & aux Iſles où l'on viuoit à la Grecque, & qu'on parloit Grec; le plus riche, propre & orné langage qui fut onc en aucun endroict de la terre: & en ces ieux ſe propoſoient des guerdons & recompenſes d'honneur, à ceux qui declamoient le mieux. Laquelle couſtume, & ſemblablement pour le regard de la Poëſie, & de la muſique, eſtoit fort ancienne, comme le teſmoigne Plutarque en ſa 2. qu. du 5. liure des Sympoſiaques ou bāquetteries: où il dit que l'on fut en termes de l'abolir quelquefois; non pour vouloir par là faire ce tort aux arts & ſciences, que d'en oſter l'emulation, qui les auiue & remet en vigueur, tout ainſi que le feu à force de ſouffler à l'encontre, quand chacun taſche & s'efforce à qui mieux fera, chacun de ſon coſté à l'enuy l'vn de l'autre; car telle maniere de faire eſt loüée meſme d'Heſiode; mais pour la dignité & merite des perſonnages, leſquels entroiēt en cet eſtrif: pour autant que ne pouuans tous emporter le prix, le contentement, & la gloire de quelques-vns, ne ſe pouuoit equiparer, au regret & deſfaueur de pluſieurs. Au moyen dequoy le tout en demeura là comme de couſtume; ainſi que nous le pouuōs voir en ce lieu-cy de noſtre autheur: & encore dedans Suetone, qui fut plus de 50. ans deuant luy, preſque du meſme temps de Plutarque: car en la vie de Caligula, tiltre 20. il dit ainſi. *L'Empereur Caius donna hors de Rome des ieux & paſſe-temps publiques; à Sarragoſſe en Sicile, à la mode Athenienne; & à Lyon en la Gaule, des meſlanges. Vn combat quand & quand de la Grecque & Latine eloquence, auquel l'on dit que les ſuccombez contribuereint les guerdons & prix d'honneur aux victorieux, ayans eſté contraints en outre de compoſer leurs loüanges; & ceux qui ſe trouuoient auoir le pis fait, d'effacer leurs eſcrits auec vne eſponge, ou à tout la langue, ſi d'auanture ils n'aimoient mieux d'eſtre punu à coups de baguette, ou plongez en la prochaine riuiere.* Voila ce qui fait à propos de ceſte preface. Mais il y auoit bien d'autres ieux anciennement, outre ces honneſtes & ſtudieuſes entrepriſes, & les 5. ſortes de cōbats ſolemnels. Car Alexandre en propoſa quelquefois vn de boire d'autant, ou 40. perſonnes pour s'eſtre voulu efforcer par deſſus leur portée, demeurerent morts ſur la place; & Polypoſias qui en emporta la couronne, ne ſurueſcut que 3. iours apres. Depuis encore, aux obſeques de l'Indiē Calanus, qui ſe bruſla de gayeté de cœur, il en dreſſa vn autre dont Promachus obtint la victoire auec les 600. eſcus deſtinez pour celuy qui la gaigneroit. Mithridates auſſi Roy de Pōt, eut le prix de biē manger, & le mieux boire par deſſus tous ſes ſubiects. Les Theſpiens d'autre-part celebroient de 5. ans en 5. ans, des ieux à l'honneur de l'amour en Helicon, tout ainſi qu'aux Muſes. Mais ce qui eſt bien plus extrauaguant encore, eſtoit de faire deſpoüiller en public quelques filles des plus exquiſes, & là iuger qui eſtoit la plus belle ſoubs le linge, tāt de la gorge, que des autres endroits plus ſecrets, du flāc en bas; & y auoit prix arreſté pour celle qui l'emportoit, accompagné du tiltre de καλλίπυγος, cōforme au temple qui fut autrefois baſty à Venus pour ſemblable cauſe. Plus d'autres prix encore de fait neantiſe & delices, enſemble de pluſieurs autres telles mōſtrueuſes beſtialitez; tout ainſi qu'à nous ſeroit d'eſcrimer, ou courre la bague, ou tirer de l'arc, ou planter l'eſteuf, & le collier: & ſemblables exercices hōneſtes, qui durēt meſme encore pour le iourd'huy à Roüen en la Poëſie, de chants Royaux, Ballades, Rondeaux & autres ſemblables rymes: dont les prix d'honneur pour les mieux faiſans, ſont la palme, la roſe, le lis, la couronne d'or, & le chappeau de plaiſance.

La peinture eſt vne imitation de Nature. FAIT *tort à la verité.* I'ay adiouſté *de l'hiſtoire*, pour expliquer ce mot vn peu crud & cōuppé: meu à cela de ce paſſage icy de Strabon au 1. liure de ſa Geographie, là où parlant d'Homere, qui deſſous ſes fictions a compris beaucoup de choſes reelles dit, τ μὲν̄ ὖ ἱϛορίας ἀλήθιιαν ἔιναι τέλος.

Le

PREFACE.

Le but de l'histoire estre la verité: & pourtant est elle prise tout simplement pour l'histoire mesme.

L'VNE *& les autres tédent à vn mesme but.* Plutarque au traicté de la lecture des Poëtes, dit que *la Poë-sie est vne imitation, & vne science correspondante à l'art de peinture: tellement que la Poësie est vne peinture parlante, & la peinture vne Poësie muette.* Ce qu'il redouble encore en celuy de *la difference du flatteur auec l'amy.* Et en vn autre *de la gloire des Atheniens,* en termes plus expres, là où il parle d'Euphranor qui peignit le combat de la caualerie Athenienne contre Epaminondas & les Bœotiens, qui a-uoient assiegé Mantinée; dont iceux Atheniens eurent la victoire, & deliurerẽt la place qui estoit de leurs alliez. *En ceste peinture* (dit-il) *l'on peut aisement voir de quelle aspreté & effort la bataille fut don-née, & poursuiuie. Mais ie ne pense pas pour cela que vous vueilliez accomparer l'artifice du peintre, à la vertu de celuy qui commandoit en cet exploict d'armes: ne souffrir aussi peu quelqu'vn preferer ce tableau au trophée, ne la presentation, à la chose propre.* Simonide a bien dit, que la peinture estoit vne Poësie muette, & la Poësie vne peinture parlante: Car les choses que contrefont les peintres, tout ainsi que si elles passoient en nostre pre-sence, on les narre & escrit comme estant desia faites. Et dautant que ceux-cy les expriment auec traits, du pin-ceau & couleurs; les autres auec paroles & dictions, ils ne different entre-eux sinon en matiere, & maniere de les representer: car aux vns & aux autres est proposé tout vn mesme but. Tellement que celuy-là sera tenu pour le meilleur Historien, qui pourra façonner le cours de sa narration, ny plus ny moins qu'vne peinture, pro-pre à esmouuoir l'affection, & bien representer les personnes.

DES *hommes valeureux.* Il y a au Grec ἥρωσ. Des Heroës. Mais ce mot de Heros est employé des Grecs en diuerses significations; & des Latins encore qui l'ont emprunté d'eux. Premierement pour vn illustre & renommé personnage, de grand cœur & haute entreprise; qui aura faict plusieurs bel-les choses en sa vie; fils de quelque Dieu & d'vne femme mortelle, ou d'vne Deesse & vn homme mortel, & pourtant appellez demy-Dieux. Mais on y met ceste differéce, que la plus-part de ceux qui ont esté engendrez d'vn Dieu (ie parle à la façon des Gentils) ont esté immediatement trans-latez de ceste vie corporelle à l'immortalité, comme Bacchus fils de Iuppiter, & de Semelé; Her-cules de luy & d'Alcmene; Castor & Pollux de luy-mesme encore, & de Leda: combien qu'Ho-mere monstre au 3. de l'Iliade, les vouloir supposer estre morts, en ces termes. τὰς δ' ἤδη κατέχον φυσίζοος αἶα. Les autres transformez en estoilles, tels que furent Perseus, & Arcas. Là où tous les enfans de Deesses & hommes mortels ont senty la mort, ainsi qu'Achilles fils de Thetis & de Pe-leus: Æneas de Venus & Anchise: Memnon de l'Aurore & de Tithonus. Et si de ceux encore qui sont venus de Dieux & de femmes, tous n'ont pas esté immortalisez pourtant. Car Circé fils du Soleil, & d'vne Nymphe de l'Ocean, obtint bien cela; ce que ne firent ne Phaëthon ne Pasiphaë, combien qu'ils fussent de ceste race mesme. De tout cecy semble aucunement s'approcher le passa-ge de nostre escriture; *Que les fils de Dieu connoitterent les filles des hommes.* Mais ce sont mysteres & allegories, dont mesme les fictions Poëtiques ne sont pas du tout destituées. Lucian à ce propos en ses Dialogues des Trespassez, introduit Trophonius respondant de ceste sorte à Menippe, qui luy demande ce que c'est Heros. ὅτι ὁ μήτ' ἀνθρωπος θεῖ, μήτε θεὸς, καὶ συναμφότερον ἔτι. *C'est ce qui n'est ne homme ne Dieu, & est tous les deux ensemble.* Fulgentius estime, *que ce soit pour vn defaut & pau-* FVLGENTIVS. *reté de merite, qu'ils empesche de paruenir au ciel: & toutefois qu'ils ne sont pas terrestres du tout, à cause de quelque participation de grace particuliere entre les creatures communes: ou bié que pour leurs diuines vertus, & leurs biens-faicts enuers le genre humain, ayans excellé en ce monde, leurs ames apres s'estre despouillées de ceste mortelle escorce, se soient esleuées là haut au ciel en la gloire & societé des bien-heureux, où ils retiennent encor la mesme affection d'aider & secourir les humains: ou pour ce qu'ils ont esté procreez d'vne secrette & à nous incogneuë semence des Dieux, qui ont en compagnie & se sont meslez auec les per-sonnes mortelles, dont ils auroient acquis comme vne moyenne nature, qui n'est ny du tout Ange, ny du tout homme.* A ceste opinion adhere Lactance: parquoy ce que l'on cõpte parmy nous de Merlin, Me-lusine, & des autres Fées, ne doit du tout estre tenu pour fable: car il n'est pas fort esloigné de ce-la. Les Hebraïques Theologiens appellent telles creatures ISSIM; comme qui diroit, *hommes vi-goureux, puissans & robustes,* & les logent en l'ordre Animastique, prochain des bien-heureuses in-telligences, (ce sont à Moyse, & à nous autres encore, les Anges ou messagers celestes, qui assi-stent deuant le throsne du souuerain; tout estant pour l'execution de ses tres-saincts comman-demens & ordonnances.) Tellement que les Gentils n'estimoient pas ces Heroës, estre de moindre authorité à l'administration & superintendance des choses d'icy bas, que les Dieux ou Demons; ains y auoir leurs charges & departemés limitez chacun endroit soy. Et pour cette rai-son leur dressoient des temples, autels, & statuës; auec vœuz & sacrifices solemnels; tant pour les auoir fauorables à leurs necessitez & besoins, que pour euiter leur indignation, s'ils estoiét d'eux mesprisez; & ne leur fissent quelque grief dommage & nuisance. Zenon dans le 7. liure de Laër-tius, dit: *Qu'il y a vn ordre de Demons bien affectionnez enuers les hommes, sur qui ils ont regard, & com-passion de leurs affaires. Mais que les Heroës sont les ames des sages, deliurées hors de la prison de ce corps.* Et Pythagoras au 8. du mesme, estime que tout l'air soit remply d'ames, que l'on tient estre les De-mõs ou Heroës. Ce que S. Augustin au 7. de la Cité de Dieu ayãt imité, dit; qu'entre la Sphere de la Lune, & l'endroit où se forment les vents, nuages & tépestes, il y a des ames aërées, que l'on ne

PREFACE.

peut pas voir des yeux corporels, mais en esprit tant seulement, lesquels on appelle Heroës, Lares, & Genies. Homere semble auoir confondu les Demons auec les Dieux, les prenant à tous propos l'vn pour l'autre. Ce qu'Hesiode a mieux distingué, lequel met quatre ordres de raisonnables creatures, les Dieux, les Demons, les Heroës, ou demy-Dieux, & les hommes. ἀνδρῶν ἡρώων θεῖον γένος, οἱ καλοῦνται ἡμίθεοι, &c. *Des hõmes Heroïques la race en est diuine, & s'appellēt les demy-Dieux.* Ce que Plutarque alleguât au traicté de la cessation des oracles, dit: *Que tout ainsi que les elemens se conuertissent l'vn en l'autre, par subtiliation, la terre en eau, l'eau en air, & cettui-cy puis apres en feu, pareillement les ames des bons passent en nature de demy-Dieux, de là en Demons, & à la fin apres de longues purgations & affinemens, viennent iusques à participer de la diuine essence: mais cela arriue à bien peu.* Finablement les Heroës sont pris pour tous braues & vaillans personnages, qui en leur tẽps ont exploité de belles choses, tant à la guerre qu'à la paix: ausquels les Romains, se conformãs plustost aux traditions des Grecs qu'à celles des Ægyptiens, auoient accoustumé de dresser des statoüs beaucoup plus grandes que le naturel, comme le dit Macrobe. Et leur estoit à tous dedié le Dragon, selon que le recite le mesme Plutarque à la fin de la vie de Cleomenes: *Lequel ayãs esté mis en croix, apres s'estre courageusement fait tuer par Pantheus, se procrea vn grand serpent de son corps, qui s'entortilloit tout autour d'iceluy pour le deffendre de la volatille, qui le venoit becqueter.* Ce qu'ayant esté referé par les habitans d'Alexandrie d'Aegypte, à quelque miracle bien grand, iusques à en vouloir faire vn nouueau Dieu, & luy addresser leurs vœux & prieres, les sçauans hommes qui estoient là, les retirerent de cet erreur, leur remonstrans comme ny plus ny moins que du corps mort & pourry d'vn bœuf s'engendrent des mouches à miel, & de celuy d'vn cheual des escharbots, aussi de la moëlle de la personne, contenuë en l'espine du dos, se viennent procrer parfois des serpens, qui pour ceste occasion leur ont esté dediez. A quoy se conforment ces vers icy de Virgile, parlant du tombeau d'Anchises.

> *Adytis cùm lubricus anguis ab imis*
> *Septem ingens gyros septena volumina traxit*
> *Amplexus placidè tumulum, Lapsusque per aras:*
> *Caeruleae cui terga notae, maculosus & auro*
> *Squammam incendebat fulgor, ceu nubibus arcus*
> *Mille trahit varios aduerso sole colores.*
> *Obstupuit visu Aeneas, ille agmine longo*
> *Tandem inter pateras, & leuia pocula serpens,*
> *Libauitque dapes, rursusque innoxius imo*
> *Successit tumulo, & depasta altaria liquit.*

LA deuë connenance des proportions. Il y a au Grec, ξυμμετρία τῆ ὄψι ἐναρμ. Là dessus ie n'ignore pas ce que dit Pline de ce mot cy, au 34. liu. ch. 8. *Non habet Latinũ nomen Symmetria.* Tãt s'en faut qu'on luy en puisse dóner vn Frãçois assez propre: parquoy ie l'ay rẽdu, & expliqué par plusieurs.

C'est vne vraye inuention des Dieux. Ce qui est icy touché sommairement de l'art de peinture; que c'est vne inuention des Dieux; que la nature l'exerce là haut au ciel, & icy bas en la terre; qu'elle en est vne imitatrice: tout cela est si elegamment dilaté & poursuiuy par ce mesme autheur au 2. liure de la vie d'Apollonius, qu'il nous a semblé ne deuoir point estre inutile ne desagreable aux lecteurs de l'inserer icy, comme nous ferons assez d'autres lieux des anciens: non point pour enfler ne grossir le volume; mais puis qu'aussi bien il n'est icy question que de traductions & peintures, & d'esclaircir à nostre pouuoir au public l'antiquité Grecque & Romaine, pourquoy nous voudroit-on blasmer d'auoir amené en ieu, ce qui sera tres-à propos pour tous ces effets ensemble? Philostrate dõc introduit là Apollonius deuisãt de cet art auec son disciple Damis en cette sorte.

PHILOSTRATE en la vie d'Apollonius.

DIs-moy, ô Damis (ie te prie) estimes-tu que la peinture soit quelque chose? Certes oüy (respõdit-il) si au moins la verité si ie sçay quoy. Qu'est-ce donc que cet art fait? Elle mesle toutes les couleurs, comme le bleu auec la verd, le blanc & le noir, le rouge & le iaune paille. Là dessus Apollonius: certes aussi il me semble, que c'est pour quelque occasion qu'elle les contempere ainsi, & non point pour la veuë tant seulement; comme quand quelques ieunes filles vont faire des bouquets, ou chappeaux de fleurs. Pour vne imitation de vray, respondit Damis, afin de nous representer par là vn chien, vn cheual, vn nauire, ou le pourtraict d'vne personne: ou quelque autre chose de celles qui sont sous le Soleil. Encore monstrent-il la remembrance mesme d'iceluy: & quelquefois, comme il est porté dessus vn beau grand chariot, ainsi que l'on peut voir en ce lieu. Parfois qu'il eschauffe le ciel, quand on le peint qu'il s'en va parcourant la region Etherée, & les demeures des Dieux immortels. Par ainsi la peinture doit estre quelque imitation (adioust Apollonius.) Mais rien autre chose (respondit Damis) car si elle ne faisoit cela, ce seroit bien vne mocquerie de voir disposer des couleurs fortuitement & à la vollée. Lors Apollonius; qu'est-ce donc ce que nous voyons quelquefois en l'air, quãd les nuës se viennent à distraire les vnes les autres, en forme de Centaures & Boucs-ceruiers, de Loups aussi, & de cheuaux ? direz vous que c'est l'ouurage d'vn qui veut imiter quelque chose? Il me le semble ainsi de vray, dit Damis. Dieu est donc peintre, repliqua Apollonius. Au moyen dequoy son chariot vollant quitté là, porté duquel il administre & regit toutes choses, tant les diuines qu'humaines, en son sçãt il se met à pourtraire ces fantaisies, ainsi que font les enfans sur le sable. De quoy Damis demeura tout honteux, qu'vn tel propos luy fust eschappé, & que disputãt trop

PREFACE.

trop peu cautemēt, il euſt eſté reduit à aduoüer vne ſi grande impertinence. Maù Apollonius qui ne s'en vouloit pas mocquer, n'eſtant de ſon naturel aſpre à reprendre ; Ie ne croù point (dit-il ô Damù) que tu ayes voulu dire cela, que ces images ſoient vne marque & reſſemblance de quelque choſe, car elles ſont ainſi portées à l'auāture parmy le ciel, pour le regard de Dieu: maù nous autres qui de la Nature auons vn principe & ſcintille d'imita-tion, feignons & imaginons de telles apprehenſiōs en nous-meſmes. Il le faut ainſi croire, dit Damù, c'eſt plus vray-ſemblable que cela ſoit de ceſte ſorte. L'art donc imitatrice (adiouſta Apollonius) ſera double. L'vne, lors qu'il auec la penſée & la main elle contrefera ce qui luy viēdra en opiniō de repreſenter: & cecy ſera l'art de pein-dre, voire la peinture propre: l'autre eſt de feindre & imiter en eſprit ſeulement les ſemblances des choſes. Cela non (reſpondit Damù) car ie ne penſe pas qu'on doiue faire l'imitatrice double: pluſtoſt faut-il dire que la pein-ture la plus parfaiſte, eſt celle qui peut & du pēſer, & de la main, repreſenter les figures des choſes: & quel' au-tre ne ſoit qu'vne ſimple parcelle de ceſte-cy ; quand nous voyons quelqu'vn traſſer ou cōtrefaire ne ſçay quoy ſeulement en ſon eſprit, combien qu'il ne ſoit peintre, & n'aye la main duiſte ne verſée à l'exprimer. A tout le moins de cecy ſommes nous d'accord (reſpondit Apollonius) que la faculté d'imiter vient aux hommes de la na-ture, maù la prattique de peindre depend de l'art: ce que nous eſtimons denoir eſtre tout de meſme entendu de l'imagerie. Et vous cuidez (ce me ſemble) la peinture ne conſiſter pas ſeulement en couleurs, puis qu'aux peintres anciens vne ſeule couleur ſuffiſoit: là où ceux qui ſont venus puis apres, en ont mis quattre; & de là peu à peu ſe ſont diſpenſez d'en employer dauantage. Et encor l'on peint bien quelquefois auec vn traiſt ſimple, ſans au-cune couleur. Laquelle ſorte de peinture, il faut confeſſer ne tenir que du iour, & des ombres: néātmoins la mar-que naïſue de la choſe s'y diſcerne parfaiſtement; & la forme auſſi, la penſée, la modeſtie, & l'audace: encor que telles affeſtions n'ayent point de couleurs en ſoy. Elle exprime quand & quand le ſang, & les cheueux & la barbe, qui ne fait que commencer à poindre, la reſſemblance pareillement d'vn homme blond, & de blāche char-neure, encore que d'vn ſeul traiſt, & d'vne ſeule maniere cela vienne à ſe faire. Et qui plus eſt, ſi meſme nous venons à pourtraire d'vn crayon blanc vn Indien, il ne lairra pas toutefois de paraiſtre aux regardans comme noir: car ſon nez camus, ſes cheueux heriſſez & creſpelus, & le ſurmontement des ioües, auec vne trongne mor-n'effrayée, reſpandüe tout autour des yeux, vient à noircir ce qui paroiſt blanc à noſtre regard; & à mōſtrer pour vn vray Indien, celuy qui ſera ainſi peint, à ceux qui le voudront ſoigneuſement conſiderer. Parquoy ce ne ſera point impertinemment parlé, quand ie diray que ceux qui contemplent vne peinture, ont beſoin de ceſte faculté imitatrice, dont nous auons diſcouru cy-deſſus. Car perſonne ne ſçauroit gueres bien ſeulement loüer la pour-traiſture d'vn cheual, ou d'vn Taureau, s'il n'a premier conceu en ſon eſprit la façon de l'animal qu'elle repre-ſente: ny examiner auſſi peu l'Aiax de Timanthes, exprimé de luy en ſa grande fureur, ſi d'auāture il ne l'ima-gine & comprend dedans ſa penſée, aſſis à l'eſcart, triſte & melancholique, pour auoir maſſacré les trouppeaux de moutons à l'entour de Troye, ſe reſoluant à part ſoy de ſe vanger (ſes propres mains. Maù ces ouurages icy (ô Damù) que nous regardons maintenant, faits par le commandement de Porus, nous ne les dirons pas abſolu-ment eſtre de plein relief, pour ce qu'ils reſſemblent à des peintures; ne d'autre part auſſi quelque tableau de platte-peinture, pour ce que nous voyons bien comme ils ſont de bronze; ains faudra eſtimer qu'vn bon maiſtre expert tout enſemble en l'imagerie, & en la peinture, y a mis la main: tel que d'Homere eſt introduit Vulcan en l'ouurage de la rondache d'Achilles, où tout eſt plein de maſſacres & de maſſacreurs: & diriez que la terre eſt toute baignée de ſang, combien que ce ne ſoit que cuyure.

Imitation inuentée de longue ancienneté. De ceſte ſi longue profondeur de temps que la peinture a eſté trouuée, voicy ce que Pline en dit au 3. chapitre du 35. liure. *Les Egyptiens maintenant l'auoir* euë par deuers eux ſix mille ans premier qu'elle paſſaſt en la Grece. V'āterie certes trop vaine, cōme cela eſt aſſez notoire. Maù quant aux Grecs, les vns dient que ce fut à Sicyon, les autres à Corinthe, qu'on la trouua, s'accor-dans en cecy tous enſemble, que le commencement d'icelle vint de l'ombre d'vne perſonne, contre-tirée ſur ſon entournemēt; & que la premiere peinture fut telle. L'autre d'apres, d'vne ſeule couleur, dont elle auroit eſté ap-pellée Monocramaton, depuis qu'on vint à y mettre vn plus grand ſoin & diligēce: & dure encore pour le iour d'huy en ce poinſt. Quant à l'inuention du poinſtō, on l'attribue à Philocles l'Egyptien, ou à Cleāthes de Corin-the. Quoy que ſe ſoit, les premiers qui la prattiquerent, furent vn Ardices Corinthien, & Telephanes Sicyoniē, ſans aucune couleur encore: bien vray qu'ils hachoient le dedans, & pour ceſte occaſion auoient de couſtume d'appoſer le nom de ceux qu'ils peignoient. De cette maniere de contre-tirer vint la premiere inuentiō de l'imagerie, comme il dit au 12. ch. enſuiuant, *que Debutades Sicyonien Pottier de terre, ayant veu vn pourtraiſt que ſa fille, amoureuſe d'vn ieune homme qui s'en alloit dehors auoit traſſé ſur ſon ombre contre vne muraille, à la lumiere de la lampe, il placqua de l'argille molle deſſus les traiſts, & en fit vn viſage tel quel: qu'il fit puis apres cuire au feu, auec ſes autres ouurages.*

PARTIE l'appellant peinture, partie imagerie. Il y a au Grec, πλαϛικη, qui eſt proprement le meſtier des Pottiers de terre, ie l'ay tourné icy imagerie, laquelle, cōme il a eſté dit cy-deſſus, eut ſon cō-mencemēt d'vn Debutades Pottier de Corinthe. Les autres l'attribuent à Rhœcus, & Theodo-re, leſquels ayans eſté bannis de Corinthe, l'inuenterent en l'Iſle de Samos. De là puis apres elle prit peu à peu vn tel accroiſſement, que meſme les ſimples modelles d'Arceſilaus, fauorit de Lu-culle, ſe vendoient plus cher que les ſtatuës des autres. Auſſi Paſiteles qui fut vn ſouuerain ou-urier, tāt à ietter en metal, que de tailler en marbre, & grauer, ne faiſoit riē de tout cela, qu'il n'euſt premierement dreſſé vn eſſay & figure de terre, alleguant que c'eſtoit la mere de toutes ces ma-

L'ancienſté de la peinture. PLINE.

Inuention des ſtatuës de ter-re cuitte.

· PREFACE.

Les trois espe-ces de l'ima-gerie. nieres d'oùurer: qui est ce que Philostrate veut icy dire, quand il sous-diuise la plastique en ces 3. parties; *iettet des figures de metal, tailler & pollir l'albastre, le marbre & l'yuoire, & la grauenre encore, tout cela est imagerie.* Voyez Pline pour le regard des statuës de fòte, au 34. li. des images de terre, le 35. & des effigies de marbre, le 36. Car il met quelq differêce és appellatiôs de ces 3. sortes de figures, que no° auôs tasché d'obseruer, en tãt que la faculté de nostre lãgage l'a peu côporter & souffrir.

L E s *citez & les Roys qui prirent plaisr.* Pline a dit tout le mesme au commencement du 1. chap. du 35. liure. *Primùmque dicemus qnæ restant de pictura , arte quondam nobili, tunc cùm expeteretur à regi-bus,populisque; & alios nobilitate quos esset dignata posteris tradere.*

L E *tout a esté redigé en escrit , tant par plusieurs autres que par Aristodemus Caricn.* Iceluy Pline au 36. liure chapitre 5. *Praxiteles quinque scripsit volumina nobilium operum in toto orbe. Natus hic in Græcia Italiæ ora, & ciuitate Romana donatus. Iouem fecit eburneum , &c.* Fulgentius Placiades au 3. de son Mythologique, allegue vn Anasimenes , lequel a escrit des peintures antiques. Par où il appért assez que les peintres & statuaires estoient gens non seulement experts en leur art, mais propres encore pour mettre doctement la main à la plume. Aussi ne leur falloit-il pas consumer le meil-leur de leur aage à apprêdre les langues, comme nous sommes contraints de faire, mais s'acque-rir seulement quelque belle & ornée maniere de parler & escrire en leur langue maternelle, & les preceptes de Dialectique & de Rhetorique tendans à cela. Puis les bonnes sciences & doctri-nes, comme les Mathematiques, la Philosophie de toutes sortes, & semblables: à quoy dés le ber-ceau ils pouuoient tendre la main, pour ce que tout cela consistoit en leur propre vulgaire.

I L *y auoit vne assemblée de ieux de prix à Naples, ville Grecque de fondation.* Les Grecs ont esté gens fort renommez, tant à la paix qu'à la guerre, & soigneux de côsacrer à l'immortalité leur memoi-re, ayans faict de tres-belles choses, & icelles mieux couchées par escrit, encore: mais pour le re-gard des arts, sciences, & disciplines de toutes sortes, ils n'ont esté en cela esgalez de nuls autres.

Colonies des Grecs qui leur ont amené beaucoup de gloire & de reputation. Grands peupleurs au reste , & qui ont bien auant & au loing estendu leurs limites hors de leurs pays, & en beaucoup d'endroits de la terre. Car toute l'orée de l'Asie, depuis le pays de Phenice iusques à Sinope, & bien plus haut encore le long de la mer maiour, estoit de leurs colonies : & d'autre-part la Sicile, ensemble toute la coste de terre-ferme en Italie, appellée lors la grãd Gre-ce, maintenant c'est la Poüille & Calabre. Marseille mesme est de leur fondation, & Naples enco-

STRABON. re, dont nostre propos est icy, laquelle fut premierement bastie par la ieunesse de Cumes¹, qui la nommerent Parthenopé, du nom de l'vne des Sereines là enseuelie. Car Strabon au 5. liure, dit que de son temps mesme se voyoit à Naples la sepulture de Parthenopé, dont elle auroit du commencement pris le nom : & que de l'ordonnance de certain oracle, on auoit de coustume d'y celebrer des ieux de prix,& combats de gẽs nuds , à la mode des Grecs, dont ils retenoient encore beaucoup de choses, combien qu'ils fussent desia cô-fondus & meslez auec leurs voisins Italiens. Comme les camps clos, & les lisses à s'exerciter: les assemblées & communications des ieunes gens: les confrairies (qu'ils appelloiẽt) & sur tout vn ieu de prix de Musique & combats à la Grecque, qui se celebroient-là de cinq ans en cinq ans, durant quelques iours. A ce mesme pro-pos Athenée au 14. liure des Dipnosophistes, allegue vn Aristoxenus en ses meslanges des ban-quets, où il parle en ceste sorte. Nous faisons tout ainsi que les Possidoniates, qui habitent le long du goul-phe Tyrrhenien, ausquels il est aduenu, ayans esté au-parauant Grecs, de s'estre degenerez en Barbares, d'autãt qu'ils se sont rendus semblables aux Tyrrheniens, & Romains, & ont changé kur parler, ensemble tous les au-tres exercices & estudes. Mais ils celebrent encore pour le iourd'huy vne solemnité des Grecs, là où s'assemblans en commun, ils ont accoustumé de rememorer les anciens primitifs vocables, & façons de faire, & apres auoir bien plaint & lamẽté entr'-eux, se departent la larme à l'œil: & l'historien Timée dit, que Diotime general de l'armée de mer des Atheniẽs estant arriué à Naples, sacrifia suiuãt l'oracle à Parthenopé l'vne des Sereines, & institua lors la course des flambeaux. Ce que les Neapolitains continuerent de faire tous les ans depuis. Diodore Sicilien estime Naples auoir esté premierement fondée par Hercules. Et Oppianus le denote aucunement par ces paroles, νέον πάδυ ηρακλήος. Mais Isaac Tzezes en ses Scholies sur Lycophron, dit que ce fut vn Phalerus, Tyran de Sicile.

C E R T A I N E *portique exposée au vent de Zephyre.* Athenée au 17. chapitre du 2. liure , dit qu'on ne souloit point seulement appeller les œufs qui sont inutiles à la generation Hyponemiens ou pleins de vent, mais Zephyriens encore. Au moyen dequoy les salles ou galleries fresches pour estre percées à propos & exposées au vent, les anciens les souloient appeller ὤια, côme qui diroit œufs. A ce propos, Clearchus en ses Amours tesmoigne, que pour auoir la belle Helene esté nourrie en telles sortes de logis, le bruit courut qu'elle auoit esté produitte d'vn œuf: d'autre-part Neocles Crotoniate disoit qu'vn œuf estoit tombé du ciel, dont elle auoit esté esclose. Et Herodote Heracléen, qu'il y auoit des femmes lunaires qui ponnoient des œufs, dont naissoient des hommes quinze fois plus grands que ceux d'icy bas. Mais proprement les œufs Zephyriens sont ceux des Vautours; par ce qu'ils ne sont empreignez que du vent, n'y ayant point de masles en ceste espece d'oyseaux: dont les interpretes d'Homere & Hesiode, veulent tirer ce mot de Οἰωνὸς, de οἶος & ἄον, pour ce quê de l'air & du vent seulement, ils conçoiuent sans aucun assem-blement ny aide de masle.

S'CAMANDRE.

Vn sage Citoyen est vn fleuue Scamandre,
Qui plus il faict de biens plus il souffre de maux;
Iunon seroit plustost le feu du Ciel descendre,
Qu'elle ne le tarist par cent mille trauaux:
Toutesfois il ne peut laisser sa chere Troye,

Qu'il ne vienne tousiours quelque peu l'arrousant,
Et que son zele ardent ne luy trace la voye,
Pour secoüer son ioug & son mal-heur present,
Et que malgré Vulcan, & de Iunon l'enuie,
Il ne donne au pays & son sang & sa vie.

A

SCAMANDRE.

ARGVMENT.

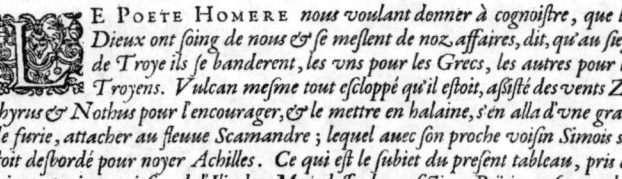

L E Poete Homere *nous voulant donner à cognoiſtre, que les Dieux ont ſoing de nous & ſe meſlent de noz affaires, dit, qu'au ſiege de Troye ils ſe banderent, les vns pour les Grecs, les autres pour les Troyens. Vulcan meſme tout eſcloppé qu'il eſtoit, aſſiſté des vents Ze- phyrus & Nothus pour l'encourager, & le mettre en halaine, s'en alla d'vne gran- de furie, attacher au fleuue Scamandre ; lequel auec ſon proche voiſin Simois s'e- ſtoit deſbordé pour noyer Achilles. Ce qui eſt le ſubiet du preſent tableau, pris du vingt, et vingtvnieſme de l'Iliade. Mais deſſoubs ces fictions Poëtiques ſont cachez de fort grands myſteres & ſecrets de Nature : Car ces deux combattans ſont le feu & l'eau, (les principaux des elemens) de la repugnance & contrarieté deſquels, ou pluſtoſt de leurs actions & paſſions reciproques, toutes choſes ſont produittes icy bas.*

S C A v E z - v o v s pas bien, mes amis, que cecy eſt d'Homere, ou ſi d'auenture vous ne l'auez point en- core entendu, trouuans eſtrange comme il ſe puiſſo faire que le feu viue ainſi dedans l'eau ? Car nous de- uinons à peu pres ce que vous conſiderez . Or de- ſtournez vn peu voſtre veuë, iuſques à ce que vous ayez apperceu d'où a eſté tirée ceſte peinture. Vous auez peu (ce croy-je bien) aſſez cognoiſtre ce que veut dire ce paſſage de l'Iliade, là où Homere eſguil- lonne Achilles pour l'occaſion de Patroclus ; Et les Dieux s'arment au com- bat, les vns contre les autres. Quant à ce qui depend de leur differend, la peinture ne s'en eſt point voulu autrement empeſcher : Trop bien nous dit- elle, que Vulcan enuironné d'vne groſſe flamme clere & luiſante, s'en eſt allé impetueuſement ietter ſur le pauure Scamandre . De là regardez puis apres tout le reſte . Voicy vne belle grande cité, & ſes murailles ſont celles d'Ilion ſans doubte : autour duquel la campagne eſt large & ſpacieuſe ; com- me celle qui reçoit tout à l'aiſe l'Europe entierement, armée contre l'Aſie. & parmy la plaine ſe deſborde vn gros torrent de feu : Fort gros s'en va-il encore faire vn terrible rauage le long des riues du fleuue, afin qu'il ne luy demeure plus d'arbres pour l'ombrager. Mais celuy qui eſt à l'entour de Vul-

can,

can, se lance de furie dedans l'eau, qui en gemist, & crie mercy à ce Dieu. Au moyen dequoy ny le fleuve n'est plus peint auec sa belle cheuelure accoustumée, d'autant qu'il est ars & bruslé à l'vn & à l'autre bord; Ne Vulcan boittusant, à cause qu'il court tant qu'il peut: Ne le teint & couleur* de la flamme, iaunastre ainsi qu'elle souloit, ains rousse, & blafarde par endroits. Le demeurant n'est plus d'Homere.

* de la flamme rousse, ny comme elle souloit, ains iaunastre & blafarde.
L'epithete χρώιλον, signifie vne couleur semblable à celle de l'or, qui est d'vne couleur rousse, mais affoiblie, & paile: d'où vient que Diogenes estant interrogé pourquoy l'or estoit pale, respondit, Par ce qu'il a beaucoup de gens, qui le guettet. Catull. Inaurata pallidior statua. Or il semble icy que l'autheur die, que la flamme estoit affoiblie, ayant combatu auec les ondes du fleuue.

ANNOTATION.

E TABLEAV-CY a esté contre-tiré de l'Iliade d'Homere, là où apres auoir tout au commencement du vingtiesme liure exasperé, & mis en combustion sur la querelle des Troyens & des Grecs, Dieux & Deesses, les vns contre les autres, en la presence propre de leur souuerain Iupiter; Iceux my-partis & adouüez pour les faire entrer de ce pas en vn sanglant duel: Apollon contre Neptune : Minerue contre Mars: Diane contre Iunon; Mercure contre Latone; & Scamandre les celestes appellent Xanthus, contre Vulcan; Il introduit Achilles, lequel tout affamé de combattre s'en va desbander à outrance, sur les miserables Troyens par toute la campagne de Troye: les chasse, les poursuit & massacre, iusques entre les propres bras de ce fleuue, sans luy porter aucun respect. Au moyen dequoy meu à pitié de ses concitoyens, & indigné de tant de cruautez & outrages: Pour se voir quant & quant contaminer de sang, & arrester son cours par infinis corps morts, qui luy empeschent de couler desormais; complotte auec son compagnon & proche voisin Simois, de noyer Achilles. Et de faict ils s'estoient desia tous deux desbordez, quand Iunon la Troyenne ennemie, qui auoit soigneusement l'œil au guet, alla soudain despescher Vulcan (le Dieu du feu) pour les aller rembarrer & leur faire teste, en luy parlant de ceste sorte.

OR SVS VIE gentil boiteux, le fils à moy; Car voila (ce croyons nous bien) le bouillonneux Xanthus, qui se prepare au combat contre toy. Donne donecques secours au plus tost, & allume vne grande flamme. Et ie m'en vois cependant esmouuoir de la mer quelque gros tourbillon & orage de Zephyre, & de l'impetueux Auston, pour ardoir les testes, & les armeures des Troyens, leur apportant vn embrasement dangereux. Toy cependant tout le long des bords de Xanthus brusle les arbres, & y iette du feu encore, sans que par douces parolles, ne par menasses, il se puisse en façon quelconque destourner de ce faire. Et ne mets fin plustost à ton effort, que ie ne parle, en t'escriant. Alors appaise ton feu indomptable. Ainsi dit la Deesse: Et Vulcan appressoit vne merueilleuse flamme, qui commença premierement à prendre emmy le camp, où elle consomma tout plein de corps morts, qui gisoient là en grande abondance, priuez de vie par la main d'Achilles, de sorte que toute la campagne deuint seiche & aride, & la clere eau s'arresta court; Ny plus ny moins que quand quelque rude bize d'Automne, vient tout à l'instant desseicher vn iardin nouuellement arrousé, celuy qui le cultiue se resiouit en son cœur. Ainsi fut desseichée la plaine, & les corps morts bruslez par le feu, qui conuertit là dessus sa luisante flamme droit à l'encontre du fleuue: Là où les Ormes, les Saux, & les Tamarins estoient grillez, & la Lothe desia rostie, ensemble l'Algue, & le Souchet, lesquels croissoient de toutes parts le long de son gracieux canal. Les Anguilles pareillement estoient consumées, auec les autres poissons; qui nageoient çà & là dans les gourds, & le beau courant d'iceluy: estans poursuiuis par la vapeur de l'industrieux Vulcan. La vigoureuse force du fleuue ardoit par mesme moyen, lequel parla en ceste sorte, l'appellant par son nom. Vulcan (certes) pas vn seul des Dieux ne te sçauroit resister, ny moy non plus combattre contre toy, embrasé d'vne telle flamme. Cesse donecques ceste contention, & que le diuin Achilles de ce pas iette (si bon luy semble) les Troyens hors de leur Cité. Car qu'ay-ie affaire de leur donner secours, & de porter la folle enchere pour eux? Il dit cela qu'il estouffoit de chaud, & ses cleres ondes bouilloient, tout en la mesme sorte qu'vn chauderon pressé aprement du feu, là où l'on fond le sein de quelque porc bien gras, & par dessoubs l'on met force bois sec. Ainsi le beau cours de ce fleuue estoit rosty-bouilly par le feu; & l'eau bouillonnoit qui ne pouuoit couler, ains estoit retenue & tarie par l'ardente vapeur du sage Vulcan: Tellement que Scamandre addressant sa priere à Iunon, luy parla ainsi: Iunon, pour quelle occasion esce que ton fils s'efforce de m'affliger en ceste sorte, plus que pas'vn? Car ie ne t'offensay iamais tant que les autres ont faict, qui ont bien plus donné de secours aux Troyens que moy. Et s'il te plaist me le commander, ie m'en deporteray du tout. Que cettuy-cy aussi se desiste de ne me plus tourmenter: Et ie te iure, que desormais ie ne me mettray plus en deuoir, de destourner aux Troyens le iour fatal de leur destinée: Quand bien toute leur ville se viendroit embraser, & reduire en cendre. Que les belliqueux donecques enfans des Achines y voisent mettre le feu toutes les fois qu'il leur plaira: de moy ie n'y donneray point d'empesche-

HOMERE au 21. de l'Iliade.

A ij

*ment. Iunon la Deeffe aux blanches espaules, ayant oüy vn tel langage, parla ainsi tout sur le champ à
Vulcan. Cesse, mon fils illustre, car il n'est pas raisonnable de trauailler ainsi vn Dieu immortel, à l'occasion
des personnes mortelles. Ayant dit cela, Vulcan esteignit soudain sa diuine flamme: Et les ondes du fleuue qui remontoient en arriere, reprirent leur beau cler cours accoustumé, ainsi qu'elles souloient faire.*

MAIS QVI EST-CE qui me lauera maintenant? qui est celuy qui me voudra absoudre,
pour auoir ainsi temerairement rompu, brisé, & demoly le sainct temple des Muses? les auoir
deslogées du haut mont Helicon, de la sacrée croupe de Parnasse, pour les r'aualler à vne plaine champestre, à vne campagne rase, où les Cigalles seroient contrainctes de chanter à terre?
Et encore, au lieu à tout le moins de les y promener dans quelque magnifique chariot, attelé
de six ou huict grands coursiers richement harnachez, les faire trotter à pied à guise de chambrieres, en leur simple surcot ou chemise; les ayant despoüillées de leurs belles iuppes d'or,
d'argent, & de pourpre, ornées de pierreries; Priué de leurs sacrez tissuz, de leurs gayes verdures, bouquets, guirlandes, & chappeaux de fleurs; Car cela peut on dire que ie viens de
commettre icy, ayant deslié, & abastardy les loix & ordonnances des vers, à vne vulgaire oraison desbauchée & soluë, ne differant comme rien du commun parler. Non toutesfois pour reie-
ter les rimes ne mesures; Ny aussi peu comme dit Aristophanes, τοὺς μεδνὶκ τῶν ποιητῶν ῥήτωρ ὅιτ, ὅτι
ἀποτεμγειεν. pour eniamber sur le marché des Poëtes, ausquels nous deuons tout honneur, reuerence & respect, pour estre sans comparaison plus diuins, augustes, & sublimes que nous ne
sommes, nous autres petits bas prosiers. Mais quand ie considere ma foible portée, ce peu à
quoy il a pleu au ciel m'appeller, & de combien ie suis mal-né aux versifications: la difficulté
d'autre part, voire le danger qu'il y a de se vouloir entre-mettre de transporter les Poësies
d'vne langue à autre, auec contraincte & subiection de pieds & de cadence, si d'auenture ce
ne sont gens experts, duits & rompus de longue main à cela: I'ay mieux aimé m'en aller mon
beau petit train, apres vne oraison passable, fidelle, & intelligible, que de presenter icy au public quelque grosse gosse-lourde rime, maussade, rabotteuse, obscure, confuse, & autant eslongnée du sens & intention de l'autheur, que sont les glaces & froidures Hyperborées des chaudes & boüillantes sources du Nil. Car la file & suitte des mots, estant en sa composition primitiue née & incorporée auec les sentences, & l'vne produite quand & les autres, tout ainsi
que la parolle auec la conception & pensée, l'on se trouuera tousiours bien empesché de representer, fust-ce auec pleine & entiere liberté de langage, la naïfueté magnifique d'vn Poëte.
Tellement que Virgile mesme, pour s'estre voulu ingerer de rendre quelques vers de Pindare touchant la montagne d'Ætna, semble n'auoir esté repris du tout sans propos par Phauorin le Philosophe, au dixseptiesme des nuicts Attiques d'Aulugelle; parce que s'estant voulu
trop estudier à la beauté & mesure du carme, & à la richesse des mots qui enflent la bouche,
il s'est d'autant eslongné (ce dit-il) & de l'intention de l'autheur, & de la proprieté requise
pour imiter la nature: En quoy il faut confesser que les Grecs ont esté plus religieux de ne
rien dire hors de propos, que n'ont pas esté les Latins. Et ce pour la coulante & aisée facilité
de leur langue: A tout euenement ie considere que le Poëte Ion, tesmoing Plutarque en son
traicté de la fortune des Romains, a bien composé son œuure en belle prose, sans aucunes mesures ny astriction de vers, si d'auenture ce ne sont les cadences, que l'oraison soluë
ne desire moins endroit soy, que les mesures, de quelque nature puissent-ils estre; Si au moins
nous voulons paistre & contenter l'oreille de ce qui luy appartient. Cecy donques me seruti-
ra d'excuse en cest endroit, & ce qui pourra suruenir cy apres de semblable.

LVCIAN s'est aussi esbatu en ce mesme argument de Scamandre & Vulcan, en ses
Dialogues Marins comme il s'ensuit.

XANTHE ET LA MER.

LVCIAN.

*REçoy moy, la mer ie te prie, car i'ay souffert de griefs outrages: Esteins moy ces cloches & bubbes.
LA MER. Qu'est-ce qu'il y a Xanthe, qui t'a ainsi vilainement bruslé? XAN. Vulcan, ie suis du
tout embrasé & rosty, moy chetif mal-heureux, qui bouls de male rage d'ardeur. LA MER. Et pour quelle
occasion t'a il ainsi ietté ce feu ? XAN. Pour l'amour du fils de Thetis. Car l'ayant prié à mains ioinctes
lors qu'il massacroit les Troyens; comme il ne voulut rien relascher de son ire, ains eust comblé mon canal
de corps morts: meu de pitié enuers ces pauures miserables, ie me mis au deuant pour l'enuelopper de mes
ondes, afin qu'espouuenté de ce danger, il se deportast de les meurtrir plus auant. Mais Vulcan là dessus
(car il estoit ie ne sçay où là aupres) ayant amassé tout le feu qu'il peut (à mon aduis) auoir en ce monde;
voire tout autant qu'il y en a en Aetna, & s'il y a quelques autres lieux encore de ses appartenances,
s'en vint au deuant, & brusla en premier lieu les ormes, & les tamarins, puis rostit les infortunez poissons, & anguilles. Quant est de moy, apres m'auoir faict cuire à gros boüillons, peu s'en fallut qu'il ne
me rendist sec & tary du tout. Regarde maintenant comme ie suis difformé de ces beaux bruslemens.
LA MER.*

LA MER. *Tu es de vray fort trouble Xanthe, & chaud auffi, comme il est bien raisonnable; à sçauoir du sang des corps morts, & de la chaleur prouenant du feu à ce que tu dis: mais le tout à bon droit mon amyt, puis que tu t'es voulu attacher à mon fils, n'ayant point d'esgard que c'estoit l'enfant de la Nereïde.* XAN. *Et ne failloit-il pas que i'eusse compassion des Phrygiens, qui me sont si proches voisins?* LA MER. *Et ne failloit-il pas auffi que Vulcan eust pitié d'Achilles, ainsi fils de Thetis?*

SCAMANDRE au reste est vn fleuue de la Troade, ayant son commencement au mont Ida, SCAMAND. d'où il ne met gueres à faller rendre dans l'Hellesponte, apres s'estre meslé auec Simois. Hesiode l'appelle θεῖος, c'est à dire diuin. Et Homere au cinquiesme de l'Iliade luy attribuë vn Prestre ou Sacrificateur tout ainsi qu'à vn Dieu.

ὃς ῥα Σκαμάνδρου

ἀρητὴρ ἐτέτυκτο parlant de Dolopion.

Il se fait auffi auoir deux sources, l'vne froide, & l'autre chaulde. Neantmoins Strabon dit que de son temps, qui estoit sur la fin d'Auguste Cesar, il ne s'en voyoit plus que la froide. Et combien que son cours soit de si peu d'estenduë, si ne laisse il pas d'estre nauigable, selon Pline au trentiesme chapitre du cinquiesme liure. *Scamander amnis nauigabilis, & in promontorio quondam Sigeum oppidum. Dein portus Acheorum, in quem influxit Xanthus Simoenti iunctus, stagnúmque prius faciens.* De cest assemblement parle le mesme Poëte au cinquiesme.

ἀλλ' ὅτε δὴ πόρον ἷξον, ποταμοῦ τε ῥέοντε,

ἧχι ῥοαὶ Σιμόεις συμβάλλετον ἠδὲ Σκαμάνδρου.

Dedans ce fleuue icy (comme recite Eschynes en ses epistres) se souloient baigner les ieunes filles quand elles estoient fiancées, l'inuoquant en ces termes. λάβε μοῦ Σκαμάνδρε τὴν παρθενίαν. *Reçoy, ô Scamandre, la virginité mienne.* Dequoy s'estant preualu l'Athenien Cimon, desesperément amoureux de Callirrhoé defia promise à vn autre, s'alla cacher dans les brossailles le long de la riue, & se fit vn chappeau de ioncs & roseaux. Puis quand la damoiselle fut là au droit arriuée pour se baigner selon la coustume, & eut prononcé en chantant les mots dessusdits, Cimon sortit soudain de son embusche, & certes (dit il alors) ie l'accepte de tres-bon cœur. Puis l'ayant r'amenée dessus le bord, cueillit sans aller plus loing la premiere fleur de son pucelage. QVANT à ce qu'Homere luy donne deux noms; l'vn selon les Dieux, qui est Xanthus, Pourquoy Scamandre à deux noms. & l'autre selon les hommes, à sçauoir Scamande, il a accoustumé d'en vser ainsi en plusieurs autres choses. Mais cela se doit entendre, que l'appellation qu'il dit estre de la part des Dieux, est l'ancienne, & comme desia effacée: Celle des hommes, la plus recente & en vsage. Il parle encore d'vn autre Xanthus au païs de Lycie, dans le sixiesme de l'Iliade.

ἀλλ' ὅτε δὴ Λυκίην ἷξε, Ξάνθου τε ῥέοντα.

Et Plutarque és questions Grecques, en la quarante-vniesme met auffi vn Scamandre au païs PLVTARQVE. de Bœoce, rendant vne telle raison pourquoy c'est qu'on l'appelle ainsi. *A sçauoir que Deimachus le fils d'Elcon, ayant accompagné Hercules à l'entreprise de Troye, comme cette guerre tirast en longueur, la fille de Scamandre nommée Glaucia, deuint amoureuse de luy: De maniere qu'il l'engrossa. Quelque temps puis apres qu'il eut tué en vne escarmouche, elle se descouurit à Hercules, lequel tant pour la pitié qu'il en eut, que pour la singuliere affection qu'il portoit au deffunct, l'emmena en Grece dedans ses vaisseaux, où elle se deliura d'vn beau fils, qui fut appellé Scamandre du nom de son ayeul; & regna depuis en la Bœoce, où il donna son nom au fleuue Inachus; celuy de sa mere Glaucia à vn petit ruisseau, & de sa femme Acidusé, à vne fontaine, tous deux prez de là.*

AV REGARD de Vulcan, l'autre personnage de ceste histoire, Homere au premier de l'I- VVLCAN. liade le faict estre fils de Iupiter & de Iunon:

μῆτεί δ' ἐγὼ παράφημι, καὶ αὐτῇ περ νοεούσῃ,

πατεί φίλῳ ἐπίηρα φέρειν Διί.

Hesiode de Iunon seule: & en cela l'ont suiuy Apollonius au premier des Argonautes; & Ouide qui l'appelle Iunonigena. Lucian pareillement au traité des Sacrifices, où il en parle en cette sorte. *On dit que Iunon sans aucune compagnie charnelle, mais seulement d'vn vent qui s'entonna dans son ventre, estant denenuë grosse, enfanta Vulcan, qui ne fut gueres bien fortuné; mais vn forgeron & mareschal perpetuel qui ne bougeoit continuellement d'emmy le feu & la fumée, tout couuert & terny de suye; comme toute sa profession se demesloit és fournaises: Et si ne fut pas fort bien en iambes, car il demeura toute sa vie boiteux d'vne cheute, ayant esté precipité du ciel par Iuppiter. Que si les Lemniens selon leur accoustumée bonté ne l'eussent receu, qu'il roulloit encore par l'air, s'estoit fait de luy.* Les autres dient que ce fut Iunon, laquelle pour la deformité d'iceluy le trebuscha du haut du ciel icy bas en la terre, en l'isle de Lemnos; là où il fut esleué & nourry par la Nymphe Eurynomé, fille de l'Ocean & de Thetis, selon Homere au dixhuictiesme de l'Iliade.

τὼ δ' ἠμείβετ' ἔπ Gτα ῶ ελυτὸς ἀμφιγυήGις,
ἤ ῥά μοι δεινή τε ῷ αἰδοίη θεὸς ἔνδον,
ἤ μ' ἐσάωσ' ὅτε μ' ἄλγος ἀφίκετο τῆλε πεσόντα,
μητρὸς ἐμῆς ἰότητι κυνώπιδος, ἤ μ' ἐθέλεσκε
κρύψαι χωλὸν ἐόντα. τότ' ἂν πάθον ἄλγεα θυμῷ,
Εἰ μή μ' Εὐρυνόμη τε Θέτις θ' ὑπεδέξατο κόλπῳ·
Εὐρυνόμη θυγάτηρ ἀψόρρου Ὠκεανοῖο.

A la femme la gracieuse Venus, l'illustre Vulcan fit puis apres vne telle response. A la verité là dedans
est vne merueilleuse & venerable deesse, qui me preserua quand ie receus vne griefue douleur tombant
d'enhault, par le despit de mon impudente mere, qui me vouloit destourner estant boiteux. Alors ie fus
bien affligé en mon esprit, si d'auenture Eurynomé & Thetis ne m'eussent receu en leur giron. Euronymé
(dis-ie) la fille du flo-reslottant Ocean. De cela se voulant venger, il lia à Iunon des pantoufles
d'aimant, apres qu'il eut estably sa forge en Lemnos, auec les Cyclopes ses comparsonniers:
de sorte qu'elle demeura suspenduë en l'air, sans se pouuoir bouger d'vne place. Les Dieux
à la fin tant le prierent, & requirent, mesmement Neptune, qui luy conseilla de demander Minerue en mariage, qu'il deliura sa mere de ce destourbier. Mais comme il voulut aller prendre
possession de la femme à luy octroyée, elle qui estoit plus que luy virile & robuste, l'engarda fort
bien de venir aux prinses: Et en cet estrif il luy interuint quelque chose, qui n'est pas guere honeste à racompter, dont nasquit Erichthonius, qui fut inuenteur des chariots. Il espousa depuis Venus, que Iuppiter luy donna en faueur de la foudre qu'il luy auoit forgée, & pour auoir equippé
d'armeures les Dieux contre les Geans: aussi bien s'estoit elle desia si mal gouuernée, que mal-
aysément eut elle trouué vn party ailleurs. Et l'ayant mise à luy octroyée surprise auec Mars, il en fit vne
montre à toute la cour celeste. Puis se remirent de nouueau en bon mesnage, tellement quellement. Fulgentius en son Mythologique, voulant tirer ce nom de Vulcan à vne Etymologie
Etymologies
de Vulcan. Grecque, le fait venir de βυλίχαπτος, comme qui diroit volonté impetueuse & ardente. Seruius
au huictiesme de l'Eneide, de la Latine: *quasi Volicanus,* pource qu'il vole par l'air: Mais cette-cy
est vn peu chatouilleuse, & trop esloignée. Et Phornutus deriue le mot de ἥφαιςος ἀπὸ τῷ ἥφθαι:
Allegories de *d'enflammer.* Socrates dans Platon, de φῶς & ἵςωρ comme qui diroit le superintendant de la lu-
Vulcan. miere. Toutesfois la cler-pure & luysante splendeur du feu qu'on appelle *Aether,* est Iuppiter, qui
n'a point besoing de pasture: si a bien celuy qui est meslé & confondu auec l'air, dont il prend
son nourrissement, c'est ἥφαιςος, ou Vulcan, lequel brusle & enflamme: & le feint on estre boiteux: pource que le feu chancelle tousiours de costé ou d'autre, sans iamais demeurer droit ne
ferme: ou bien, que tout ainsi que telle maniere de gens ont besoing de quelque baston pour
s'appuyer, aussi le feu ne se peult passer de bois ou autre telle matiere. Il fut ietté du ciel en l'Isle
de Lemnos: Car le feu vint premierement des nuës & de la foudre, comme le tesmoigne le Poëte Lucrece en ces vers:

Illud in his rebus, tacitu ne fortè requiras,
Fulmen detulit in terras mortalibus ignem
Primitus, inde omnis flammarum diditur ardor.

Et ceste Isle est fort subiecte aux tonnerres. Il espousa Venus, laquelle il surprit en adultere auec
Mars & les lia ensemble: Ce qui denote l'affinité de ces deux metaux, & comme le feu les dompte & fait couler, quelques rebelles & contumaces puissent-ils estre, dont il auroit aussi esté appellé *Mulciber.* Il seruit de sage-femme à Iuppiter, quand il enfanta Minerue de son cerueau: C'est
que le feu met toutes les arts en practique & vsage, & que sans luy elles demeureroient comme
mortes & enseuelies. Telles sont les explications que Phornutus, & autres Allegoristes s'efforcent d'accommoder aux fictions poëtiques: à quoy par fois ils arriuent tellement quellement; Et
la plus-part du temps ne dient rien qui vaille. Non qu'il n'y ait assez dequoy, car les Poëtes anciens n'ont rien dit en vain, mais pour n'auoir l'intelligence des beaux secrets qu'ils ont voulu
cacher soubs telles manieres d'escorces. Albricus en ses descriptions & images luy en forge vne
telle. Vulcan (ce-dit il) est peint à la ressemblance d'vn forgeron boiteux & difforme, tenant en
main vn gros marteau de fer: & les Dieux sont aupres qui le poussent du haut en bas, & se mo-
quent de luy, comme d'vn indigne de leur compagnie: mais luy estant tombé en l'Isle de Lemnos, se met à forger les foudres, que l'aigle de Iupiter luy porte contremont dans les nuës. Tellement qu'aupres de Vulcan estoit tousiours peinte vne forge, & vne aigle qui sembloit attendre qu'il en eust acheué quelqu'vne.
OR POVR tirer maintenant quelque instruction & proffit de cette emotion, & aigreur des
Dieux les vns enuers les autres, & signamment du duel de ces deux combattans; Empedocles,
comme recite Plutarque au premier liure des opinions des Philosophes, *met quatre elemens, qu'il*
appelle du nom des Dieux: & deux principes ou facultez, Accord, & Discord; dont l'vn vnist & assem-
ble

ble; l'antre disioint & separe. Cela se voit tout apertement en la chaleur du Soleil, & celle du feu; ainsi que nous l'auons assez amplement deduit en nostre traité de l'or & du verre. Heraclitus, comme le mesme Plutarque tesmoigne au liure *de la creation de l'ame, accompare ce qu'Empedocles nomme accord & discord, aux deux bouts de la corde d'vn arc, qui tendent & contretirent chacun à soy: on aux cordes d'vn instrument de musique: De laquelle contrarieté prouient l'harmonie & accord, l'estre & la vie de toutes choses.* Aristote dans le mesme Plutarque, au traité de la musique confirme cela; quand il dit, *que le corps de l'harmonie est composé de deux parties dissemblables, & neantmoins s'entretrenans à accorder.* Et à la verité de cette Antipathie, repugnance, & contrarieté, s'engendre vn mouuement en Nature', qui est la cause de toute generation. Ouide tres-elegamment (ainsi que toutes autres choses) au premier de la Metamorphose.

> *Quippe vbi temperiem sumpsère humórq; calórq;,*
> *Concipiunt, & ab his oriuntur cuncta duobus.*
> *Cúmq; sit ignis aquæ pugnax, vapor humidus omnes*
> *Res creat, & discors concordia fœtibus apta est.*

Cela ne se pratique pas seulement au monde elementaire icy bas sous la sphere de la Lune, mais dans le ciel encore, & parmy les intelligences ou esprits administrateurs au monde intellectuel. Le feu doncques & l'eau, comme les deux principaux clemens, & les plus contraires sont cause de toute generation. Car se faisans guerre perpetuelle l'vn contre l'autre, de cette sorte contestation vient à se former vn moyen temperé, participant esgallement des deux extremes, qui ameine vne paix & amour entr'eux, generatiue, pour ce que la Nature ne peut iamais demeurer en oisiueté sans rien faire. Et pource que chaque profession se constitue & propose à part soy son principal subiect, comme pour vn petit monde particulier, symbolisant à ce grand vniuers; aux Philosophes metalliques, le soulphre & argent vif tiennent le lieu (pour le regard des esprits composans le metal) de feu & d'eau: & des sels (car des ces quatre consistent tous les metaulx que la Nature forme au ventre de la terre) le salpetre, & le vitriol ou alun; qui sont pour l'air & la terre. Non sans cause (au reste) Pindare a voulu commencer ses cantiques par ces trois ou quatre diuins vers icy.

> Α'ειστν μὲν ὕδωρ, ὁδὲ   ἄτε δίᾳ πρέπει νυ-
> χρυσὸς, αἰθόμενον πῦρ   κ.τ. μεγάνορος ἔξοχα πλύτυ.

L'eau est le meilleur de tout, & l'or estincellant de nuict tout ainsi que le feu, excelle magnifiquement entre les plus superbes richesses. L'OCEAN pere de toutes choses (selon la doctrine d'Homere) embrassant çà & là la terre, à guise d'vn poulpe attaché à quelque rocher, se coule & espand à trauers les conduits & spongiositez d'icelle; & là dedans par vne prouidence de Nature se fait vne separation de parties; car l'eauë de la mer qui de soy est sallée & amere, vient à se r'adoucir tout ainsi que si on la distilloit par vn alembic ou cornuë, ou qu'on la passast plusieurs fois par à trauers du sablon, ou quelque vaisseau de cire. La doulce substance d'icelle demeure partie empastée à la terre, pour la production & nourriture des vegetaux; Partie s'euapore dehors, hault en l'air, par le moyen des raiz du Soleil, & des corps celestes qui la succent & attirent à eux: Tellement que la plus subtile portion arriue pour leur nourrissement; & le reste plus grossier demeure en la moyenne region de l'air pour former les pluyes, neges, gresles, bruines, rosées, & autres telles impressions d'iceluy. La substance sallée qui est pesante & terrestre, demeure inuisquée dans les veines & conduits de la terre, où la chaleur enclose la cuit, digere, change, & altere d'vne en autre nature, pour la composition de toutes sortes & especes de mineraux; moyennant quelques parcelles d'eau doulce qui iamais ne defaut en ses profondes entrailles, pour dissouldre & relauer ses sels; tant que finablement estans amenez à leur dernier degré selon l'intention de Nature, elle en forme ce qu'elle en a determiné. Pindare doncques a mis l'eau toute la premiere, comme vne base & fondement de toute generation: Et de l'autre costé le feu, comme opposité l'vn à l'autre. L'Or ce pendant entre les deux; ce qui n'est pas sans grand mystere, car c'est le plus pur, le plus esgal, & accomply de tous les corps elementaires: que ny l'action du feu, la rouille de l'air, ny de l'eau, ny toutes les salsatures comprises au ventre de la terre ne peuuent directement endommager, ne corrompre. Et neantmoins du feu & de l'eau sans plus; de l'eau dis-ie toute simple, de puits, de fontaine, ou de pluye, exactement nette & purifiée; se peut par assez leger artifice, sans adiouxtemēt d'autre chose quelconque, former vne substance solide, qui est le principe & le fondement de la solennelle dissolution de l'or, propre à tous les effects qu'on le vouldra approprier: Se voyant premierement produire dans l'eau, ou condenser la substance d'icelle en infinis corpuscules ou atomes, dont Epicure maintenoit toutes choses estre composées. Voyla pourquoy ie ne me puis persuader, qu'vn si diuin personnage que Pindare, eust voulu temerairement & à la volée; ne sans bien grande consideration enfourner ainsi tous ses beaux cantiques. Ce que Plutarque a resumé dés le commencement de son traicté de la precellence du feu ou de l'eau.

Av ciel qui enueloppe & regist par son mouuement & influence le monde elementaire cette

contestation & debat ne doibt pas estre moindre,mais bien plus grand, & plus signalé ; qui auroit le moyen de le veoir de prés, & le considerer à l'œil. Ce n'est pas à dire pourtant que les
estoilles se combattent ensemble comme en champ de bataille, ou en vn ieu d'eschets, ne les
corps celestes accumulez d'icelles dans le Zodiaque & dehors : Mais pour les diuerses inclinations & appetits des constellations, les vnes tendent à vn effect, les autres à vn autre,& tirent a-
prés soy les facultez apparentes,& occultes des choses produites icy bas,dont nous apperceuons
bien les effects,mais nous n'en sçauons bônement les causes. Au ciel dôques sont ennemis Mars
& Venus de Saturne : Mars de Iuppiter : tous de Mars horsmis Venus : le Soleil ayment Iuppiter & Venus : pour aduerses parties il a Mars, Mercure, & la Lune : Venus est bien voulüe de
tous, si ce n'est de Saturne : Mercure de Iuppiter, Venus, & Saturne ; hay du Soleil, de la Lune,
& de Mars : Amis de la Lune sont Iuppiter, Venus & Saturne, ennemis Mars, & Mercure.Tout
cecy va selon les reigles & canons de l'Astrologie : Mais il se doibt plustost entendre pour les
choses qui correspondent icy bas aux astres, que pour noises ne contentions qu'ils puissent
auoir entr'eux là haut au ciel, où ils demeurent exempts de toutes telles passions ; ententifs seulement à faire & parfaire incessamment le cours, tel qu'il a pleu au souuerain Createur & moteur
leur ordonner dés le premier estre.

RESTE à cett'heure la plus grande querelle de toutes, celle du monde intelligible, là esmeüe
entre les Dieux, Ce sont les Anges ou Demons, substances separées : comme on les appelle,
intelligences assistantes à toutes corporelles creatures, tant au ciel qu'en la terre ; que le grand
Dieu leur a departies & assignees pour leur sauuegarde, & conduicte aux Royaumes semblablement, & toutes autres Principautez, aux Regions, peuples & villes. Car tout ainsi que ces
choses, chascune endroit soy, ont au ciel certaine estoile ou image qui leur assistent, aux vnes
plus particulierement qu'aux autres ; Elles ont de mesme au monde intelligible vn Ange, ministre, ou bon-Demon qui les ont en charge, auec infinis autres soubs-Demons de leur bande:
tous lesquels sont par les Cabalistes appellez enfans du Dieu des armées. De sorte que toutesfois & quantes que le souuerain createur, en sa prescience delibere esmouuoir aux humains
quelque guerre, peste, famine, desolation, ruine, & calamité, en quelque Royaume, Po-
tentat, ville, ou païs, changement d'estat ; conquestes de nations, & semblables ; Alors ny
plus ny moins que cela doit aduenir icy bas, precede là haut vne dispute & combat entre les esprits assistans, selon qu'il est escript en Isaie : *Le Seigneur des armées fera sa reuenë dessus les forces*
du souuerain là hault en sa cour celeste ; & sur les Rois de la terre en la terre. Et en Daniel cap. 10.
est parlé *d'vn gros conflict entre le Prince de l'Empire des Perses*, (c'est à dire de l'intelligence assistante à ceste Monarchie là) *& le Prince des Grecs*, *& celuy du peuple d'Israel.* Plus en la reuelation de sainct Iean, chapitre douziesme. *Il y a vn autre combat entre le sainct Archange Michel,*
accompagné des siens, *contre le Dragon & ses compagnons.* Et sainct Iude en sa Catholique intro-
duict *le mesme Ange*, *se debattant contre le Diable*, *touchant le corps de Moyse.* A ce propos Phocylide.

ἀλλ' ἄρα δαίμονες εἰσιν ἐπ' αἰδορίαν ἄλλοτε ἄλλοι,
οἱ μὲν ἐπερχομένης κακὸν ἀέρος ἐκλύσασθαι.

Les Demons assistent aux hommes,les vns aux vns,les autres aux autres : qui preseruent de mal la creatu-
re venant en ce monde. Lesquels vers Clement Alexandrin au cinquiesme liure de ses Stromates,
estime se rapporter à ce que les Ethniques attribuent à toute creature, quand elle naist, deux
genies ou esprits assistans, qu'ils appellent Demons : Et non seulement aux personnes, mais encore aux lieux, edifices, Empires, Royaumes, & citez dont l'vn est tousiours aprés à nous pourchasser quelque mal,l'autre s'efforce de nous aider. De laquelle opinion estoit aussi Empedocles,
comme le tesmoigne Plutarque en son traitté *de la tranquilité d'esprit.*

Mais pour à la parfin terminer ce propos, Vulcan est par Homere opposé à Scamandre, &
Apollon à Neptune, non tant fabuleusement que naturellement, comme dit Plutarque au traitté du premier froid, c'est à dire, la chaleur contre la froidure, & le sec, à l'humide. Se prenant
d'autre part le feu pour le symbole & marque de la vie, & l'eau pour celuy de la mort. Car la chaleur est cause & indice de vie; & la mort naturelle prouient ordinairement de la surabondance de
la pituite, froide & humide, qui vient à estouffer & esteindre la chaleur vitale estant en nous. Au
moyen dequoy Eschyle n'a pas improprement appellé l'eau, le chastiment du feu.Au reste, ce que
Mercure est assorty contre Latone, cela veut dire la parole & memoire contre l'obliuion. Car
Latona, en Grec λητὼ, est ditte quasi λήθη, oubliance ; dont a pris son appellation le fleuue de
Lethé aux enfers, au passage duquel les ames perdent la memoire de tout ce qui leur est aduenu
en ce monde. Et y a il rien qui soit plus contraire l'vn à l'autre, que la forte viuacité du langage
(dont Mercure est le conducteur) & des arts, enuers vne morne ignorance, & l'oubly? Les autres Dieux ont aussi chacun endroit soy leur propre signification.

COMVS

Le masque est bien seant à l'ame desguisée,
Et la dance & le bal conuient à l'inconstant,
L'vn cache son dessein & voisle sa pensée,
Et l'autre nous faict voir qu'il n'est iamais contant:

Côme on void ce flambeau se côsommer soy-mesme,
Et ces chappeaux de fleurs deçà delà iettez;
Tout ainsi faict COMVS à celuy là qu'il ayme;
Car il se perd enfin dedans les voluptez.

COMVS.

ARGVMENT.

LES ANCIENS *ont tres-sagement referé aux causes superieures, la su-perintendance & le maniment de tout ce qui se faict icy bas en la ter-re: & n'ont pas mesme voulu laisser sans quelque protecteur & pa-tron, les ieunes gens qui vont ribler la nuict, & battre le paué, les vns en garoüage, les autres à faire collation, & manger des confitures; les autres en masque où il y a des nopces franches, & assemblées de belles dames: les autres à donner des resüeils & aubades à leurs maistresses: Quelquesfois encore franchir les murailles si l'occasion s'en presente: auec semblables folastreries,& ioyeux esbatte-mens. Et ont nommé ce Dieu ou esprit regentant tout cela, Comus, de κωμάζειν, qui vaut autant à dire, comme collationer, rire, danser, & boire d'autant: Le-quel Philostrate depeint icy d'vn excellent & merueilleux artifice, ainsi que le dis-cours vous le donnera à cognoistre.*

à l'entrée ou à la porte do-rée de ceste chambre le dijoue χ⁵ʸCæs.

COMVS est vn Demon: d'où procede aux hommes mortels le rire, gaudir, & baller. Et voile là à *l'entrée de ceste chambre dorée, comme il semble; car il est mal-aisé de le discerner & cognoistre, pour-autant que c'est en tenebres, & la nuict n'est pas peinte icy en vn corps, ains representée par le temps de son obscuri-té. L'entrée au reste ornée de festons & chappeaux de triomphe, monstre assez les espoux bien-heureux & contens estre là dedans couchez à leur aise. Ce pen-dant Comus ieune, deliberé & follastre qu'il est, n'ayant encore vn seul poil de barbe, s'en va trouuer les ieunes gens, la trongne enluminée pour le trop de vin qu'il a beu; s'endormant tout debout (tant il est yure) le menton panché sur l'estomac, sans rien monstrer de la gorge, & s'appuyant le bras gauche sur vn espieu: Mais la main cuidant estre soustenuë, se lasche. Et certes l'effect est fort naïfuement representé icy, qui d'ordinaire arriue sur l'entrée du dormir: Car quand le sommeil nous vient chatoüiller les yeux, le penser se laisse fondre en vne oubliance de ce qu'il tient: Tellement que ce flambeau qui est en la main droicte, semble luy vouloir tomber hors du poing. Et là dessus ce gentil Dieu superintendant du bal & des danses, crai-

gnant

gnant la venuë du feu qui approche fa cuiſſe, croiſe la iambe gauche ſur la droicte, & change le flambeau en la gauche, pour euiter la vapeur de la flamme, retirant l'autre placquée ſur le genoüil eſtendu. Or les viſages ſont deubs par les peintres à ceux qui ſont encor en fleur d'aage, car ſans cela leurs portraictures demeureroient comme aueugles; Neantmoins Comus n'a beſoin que d'vn bien peu de face, qui en ſe ſoubaiſſant attire à ſoy l'ombrage de la teſte. Tout le reſte du corps eſt fort exactement elabouré, le flambeau le faiſant paroiſtre, & ſortir hors d'œuure. Au regard du chappeau de roſes, il merite d'eſtre loüé, non toutesfois pour leur reſſemblance; Car ce n'eſt pas choſe fort mal-aiſee auec des couleurs iaunes, & bleuës, ſi l'occaſion s'en preſente, de contrefaire des fleurs: mais il faut loüer le mignard & delicat traict d'iceluy. Ie priſe auſſi grandement le teint & freſcheur de ces roſes: & oſerois bien dire quant à moy, qu'elles ſont peintes à tout leur ſoüefue odeur. Y a il autre choſe encore outre ces banquetteurs follaſtres, ô Comus? Ce bruit* de fluttes & haut-bois, auec vne voix deſreiglée ne s'adreſſent-ils pas à toy? Les torches quant & quant entreluiſent, au moyen dequoy ces bons compagnons peuuent voir ce qui eſt à leurs pieds, & eſtre pareillement veus de nous. Car il y a vn grand peuple aſſemblé icy, peſlemeſle hommes & femmes marchans enſemble, qui monſtrent l'eſcarpin, eſtans trouſſées plus haut que de couſtume: Parce que Comus donne liberté à la femme de contrefaire l'homme, & à l'homme de s'habiller en femme, & imiter ſa marche & contenance. Le pis eſt qu'il n'y a plus de fleurs aux bouquets ne chappeaux, qui eſtoiét n'agueres ſi promét agencez au tour de leurs teſtes, & les y faiſoit ſi bon voir; Toute leur grace & naïfueté s'en eſtant allée, en courant & riblant ainſi deſordonnément: De fait la liberté des fleurs reiette & abhorre le maniment de la main; Pour ce que c'eſt ce qui les fenne & flaitriſt auant le téps. La peinture finablement nous a voulu repreſenter quelque reſioüiſſance & battement de mains, dont Comus a ſur tout beſoin. La droicte doncques ſerrant les doigts l'vn contre l'autre, frappe en la paulme de la gauche, afin que les deux mains clacquans enſemble à guiſe de cymbales, rendent vn ſon harmonieux & d'accord.

*de cymbales & tambours, & ce bruit, qui retentit à oreilles. Le mot ſuordſa ne ſiguiſie point icy des fluttes, mais celuy de χεíτυκα le prend pout vn inſtrument ſemblable aux cymbales & aux petits tambours des Baſques.

ANNOTATION.

LE DEMON ſelon Platon au banquet, eſt vne moyenne nature entre les Dieux & les hommes: tout ainſi (comme il le dit au Timée) que l'ame obtient le milieu d'entre l'intellect & le corps. Tellement que l'ame en l'homme, & le Demon en la diuinité, viennent à eſtre preſque d'vn meſme rang. Et pource que les choſes diuines d'enhaut, ſont en vn bien plus haut degré que les humaines d'icy bas, le Demon qui pour le regard des Dieux eſt au ſecond ordre, ſera enuers l'homme au ſupreſme, qui eſt l'intellect. Dieu doncques eſt l'intellect vniuerſel, le Demon comme l'ame, & ce monde viſible, le corps. En l'homme, le Demon ſera l'intellect, l'ame raiſonnable au milieu, & le corps caduque embas. Car le genre des Demons participe d'vne nature non ſubiecte aux paſſions de l'ame: comme ayans pris leur ſubſiſtance de la premiere forme ou Idée; d'où procedans comme d'vne viue ſource, ils s'acquierent vne eſſence animée; les vns plus intellectuelle, les autres moins ſelon qu'ils s'approchent ou eſloignent du premier exemplaire; iuſqu'à venir participer de la nature raiſonnable. Par ce moyen demeurans en la latitude au milieu d'entre le ſouuerain

Des Demons.

Dieu & l'hôme, les vns viennent à estre plus prochains ministres de sa majesté, les autres dediez au monde celeste, les autres à l'elementaire. Car quant à l'ame raisonnable, elle est capable de paruenir non seulement à la condition des Heroes, & Demons, mais encore de les surpasser de beaucoup, iusqu'à s'vnir à l'essence de Dieu, suyuât ce dire de Pythagoras: *Que si delaissans la prison de ce corps, nous passons en la pure liberté etherée, nous serons faiêts Dieux immortels.* Comme donc il y ait trois rangs & degrez generaux de Demons (car quant aux subalternes, le propos iroit en infiny) celuy dôt il est icy question, qui preside aux beuuettes, danseries, & autres chosesvoluptueuses, sera des plus infimes comme approchant le plus de la chair & du sentiment. Et pource à bon droit s'en yra prendre son appellation, ou pour le moins epithete, d'vn Dien, & estre surnommé Bacchanal, ainsi que dit Plutarque en la cessation des oracles, que les Demons sont bien aises qu'on leur defere cest honneur. Aquoy s'approprie encore le cent & douziéme probleme des demâdes Romaines, touchant les danses & mômeries nocturnes du bon pere Bacchus, où les femmes follastrans iusques à se ietter hors des gonds, s'equippent & couurent volontiers de lierre, comme symbolisans à la fureur dont il les a esprises. Homere au reste, comme l'a fort bien sçeu remarquer Plutarque au traiêté d'Osiris, vse de ce mot de Demon, tantost en bonne part & tantost en mauuaise, l'appliquât aux personnes aussi bien qu'aux Dieux. Côme au quatriéme de l'Iliade, où Iupiter tance Iunon qu'elle soit si aigrie & enuenimée côtre les Troyens, (sans bien grande occasion) que mesme elle ne seroit pas saoulle fust elle auoit mâgé tout crud le Roy Priam & ses enfans.

> Δαιμονίη, τί νύ σε Πελαμος, Πελαμιό τε πωΐδες
>
> Τόσσα κακα ρέξοσιν, ὅτ᾽ ἀσπερχὲς μεθεαίνΐς
>
> Ἰλίυ ἐξαλαπάξαι εὐκτιμθυον πολίι ϑρον;

Maligne, quels maux est ce que te font tant, Priam ne ses enfans, que tu es incessamment apres à vouloir ruiner cette si bien edifiée ville? Et au sixiesme, quand Hector reproche à son frere Paris, sa coüardise, & faute de cœur,

> Δαιμόνι᾽, ὐ μθὺ καλα χόλον τὸν ἐ ἔνθεο θυμῶ.
>
> Λαοὶ μθὺ φθινύθουσι πεὶ πτόλιν αἰπύ τε τεῖχος
>
> Μαρνάμδυοι σεο ἐ᾽ ἔινεκ᾽ αὐτή τε πτόλεμός τε
>
> Ἄ᾽ συ τόδ᾽ ἀμφιδέδηε.

Mal'heureux, certes tu n'as pas guere brauement imprimé ce courroux en ton esprit. Tu'voû que les peuples perissent combattans autour de la ville, & ces hautes murailles. Et que pour ton occasion sont les crû, & la guerre, Et cette Cité bruslée tout és enuirons. Neantmoins vn peu apres au mesme liure Andromaché vse du mesme mot enuers son mary, comme pour courageux & Magnanime.

> Δαιμόνιε, φθίση σε ὅ σὸν μθύος, οὐδ᾽ ἐλεαίρες
>
> Παῖδά τε νηπίαχην κỳ ἐμ᾽ ἄμμορον, ἢ τάχα χήρη
>
> Σεῦ ἔσομην τάχα γὰρ σε κατακτανέουσιν ἀχαιοὶ,
>
> Πλθύτες ἐφορμηθύτες.

Valeureux Cheualier, ton effort te perdra, & n'as point de pitié de ton pauure petit enfançon, ny de moy miserable, que tu laiuras incontinent veufue; Car les Grecs te tueront bien tost, se iettans tous à vne fois sur toy. Au vingtiesme liure il accompare la furie dont Achilles va charger les Troyens à quelque esprit ou fantosme, le disant estre semblable à vn Demon.

> Ἀ᾽ ὅτε δὴ ὅ τέτρατον ἐπέσσυτο δαίμονι ἶσος.

Il se ruë sur eux tout ainsi qu'vn Demon; Et de rechef encore sur la fin du liure.

> Ὡ᾽ς ὅ γε πολύτη θιῶε σεω ἴζεἰ δαίμονι ἶσος.

Couroit à tout sa lance, à vn Demon semblable. Il en vse mesme confusément encore pour ce mot de Dieu ou Deesse, comme au premier de l'Iliade parlant de Minerue.

> Ἡ᾽ ἐ᾽ οὐλυμπόνδε βεβήκει,
>
> Δώματ᾽ ἐς αἰγιόχοιο Διός, μ῎ δαίμονας ἄλλους.

Elle s'en va au ciel vers les autres Demons. Au lieu de dire Dieux, car c'est vne Deesse dont il parle.

Tzezes en la Chiliade treiziesme de son traiêté intitulé Alpha. chap. 496. parlant de l'Etymologie de ce mot Hymenée; (Car il est question icy de nopces) commence ainsi par ces deux vers.

> Κῶμος κỳ πότος, μετ᾽ ᾠδῶν συμπόσια κỳ τερψαῖς
>
> Ὑμθναῖος, ὁ γάμος, ἢ μᾶλλον οἱ ὕμϵνοι τούτυ.

Comus, & vn bon abbreuuoir auec chansons, festins & resiouyssances, Hymenée, & les nopces; & plus encor' les cantiques d'icelles. Lequel chapitre est ainsi intitulé, λέξις ἱϵρϵιώδης. ἢ λέγουσα κώμϵς ὑμϵναῖων ᾄδϵι ἐδόκουν.

Par où il appert affez, l'afinité grande qu'a ce Comus auec les nopces, festins, mafques & autres telles efpeces de bonnes cheres, & refiouyffances. Comme mefme nous le pouuons tirer de Plutarque, en la fixiefme queftion du huictiefme des Sympofiaques. *Mais qui pourra nier que* κωμάζειν, *qui eft à dire banquetter, ne foit tiré de* κῶμος ; *dont les Latins auroient dit auffi* Comeffari. A ce mefme propos Pindare en la fixiefme Olympienne:

> Τὸ καὶ
> Ανδρὶ κώμου δεσπότα
> Νῦν πάρεςι συρχκοσία.

Hefychius prend ce κῶμος pour vn chant delicat & plaifant, tel qu'on a de couftume de practiquer és feftins, & banquets; dont auroit auffi efté deriué le mot de *Comedie*. Et le mefme Pindare en l'Ode onziefme enfuiuant, addreffant fa parole aux Mufes, ὦτε συγκωμάξατ'; qui eft fauter, danfer, baller enfemble. Athenée en fes Dipnofophiftes alleguant Triphon au fecond liure des appellations. *Les noms des chançons qui fe soüent fur les fluttes, font ceux 13. Comus, Bucoliafme, Gingras, Tetracome, Epiphalle, Chorée, Callinique, Polemique ou Bellique, Doux-come, Sicynnotyrbe, Thyrocopique, ou Cruſithire, qui font vne mefme chofe, Nifme, & Mothon. Tout cecy fe iouoit fur les fluttes en ballant & chantant.* Cela m'a remis en memoire d'vn paffage d'Anacreon à la fin de l'Ode de la Rofe qui fe commence, Στεφάνοις μὲν κροτάφοισι. où il y a en cefte forte:

> Ο δ' έρως ὁ χρυσοχαίτας
> μετὰ τῦ καλοῦ Λυαίου
> καὶ τῆς καλῆς κυθήρης
> τὸν ἐπήρατον γεραιοῖς
> Κῶμον μέτεισι χαίρων.

Où il ne fe faut pas efmerueiller fi deux tresdoctes perfonnages de noftre temps ont efté de differente opinion, l'vn tournant Comus pour vne danfe fuiuant les paffages cy deffus alleguez: Et l'autre pour le demon dont Philoftrate parle icy; Et Nonnus au lieu qui fera amené cy apres.

L'ENTRÉE ORNÉE *de feftons & chappeaux de triomphe.* Athenée au quinziefme liure. *Ce que l'on orne ainfi de feftons, chappeaux, & bouquets, les portes de celles dont l'on eft amoureux, c'eft pour leur faire honneur, ou pluftoft à l'amour, dont elles font la remembrance & effigie: De maniere que leur demente eft en lieu de temple de Cupidon; parquoy quelques vns mefmes y vont faire leurs facrifices & offrandes: Ou bien pour ce que nous voyans eftre defpouilleZ par nos maiftreffes de l'ornement de l'efprit (car l'Amour rauift tout ce qui eft de plus excellent & exquis) nous leur vueillions tout d'vn train offrir celuy du corps; à l'exemple de ce pafteur de Lycophronides, qui l'introduift vfant d'vn tel langage: LE TE CONSIGNE cette rofe, ouurage certes beau & gentil, cette chauffeure, & ce chappeau, & ce iauelos grand meurtrier de la fauuagine; car mon efprit eft entendif ailleurs, eftant du tout à ma mieux aimée, tant cherie des Graces, & parfaicte en beauté.* Toutes lefquelles chofes deduit Athenée apres le Philofophe Apollodorus fur le faict des chappeaux & bouquets, qui fe fouloient anciennement practiquer és feftes, folemnitez, facrifices, & conuiues.* ATHENEE. Des bouquets & chappeaux de triomphe.

LE FLAMBEAV *qu'il tient en la main droicte.* Les Romains auoient anciennement de couftume, & les Grecs auec, comme ont pour le iourd'huy les Turcs, de porter le iour des efpoufailles, parmy tout plein de torches, vn flambeau principal qui s'appelloit le Nuptial, fur la premiere ou feconde heure de la nuict; quand on la menoit au logis de fon efpoux. Ce que quelques vns ont penfé deuoir eftre à l'honneur de Ceres, en remembrance de ceux qu'elle portoit à la quefte de fa fille Proferpine, les ayant allumez dans le mont Ætna, lors qu'elle fut rauie par Pluton: Et ce, afin qu'elle qui eft Deeffe de la moiffon, fauorife le mariage, & y ameine planté de tous biens. Et obferuoient en cela vne fuperftition, qu'apres que l'efpoufe eftoit arriuée en la chambre, les amis des deux coftez rauiffoient ce flambeau, de peur que la mariée ne le mift malicieufement eftant efteint, deffoubs le lict accouftumé de fon mary, celle nuict là; ou que luy d'autre part, ne le fift acheuer de brufler en quelque fepulchre: Car en ce faifant, la mort de l'vn ou de l'autre debuoit eftre prochaine, felon qu'ils fe feroient preuenuz d'executer ce fortilege, chacun enuers fa partie. La couftume au refte en la Grece, eftoit de faire porter ces torches & flambeaux par les chambrieres, comme nous le pouuons comprendre des vers d'Hefiode en la targue ou efcu d'Hercules. Des anciens flambeaux.

> τῆλε δ' ἀπ' αἰθομένων δαίδων σέλας εἰλύφαζε
> χερσὶν ὠὶ δμωσίων.

La lueur des torches ardentes, s'efpandoit ça & là au loing, que chacune de leurs feruantes portoit allumée en fon poing. Euripide toutesfois attribuë cefte charge à la mere de l'efpoufée.

> ἐγὼ δὲ οὔτε σοὶ πυρὸς ἀνάψα φῶς
> νόμιμον ὠὶ γάμοις ὡς πρέπει μητρὶ μακαρίᾳ.

B

Portè ie n'ay deuant toy la lumiere, comme il conuient à vne heureuse mere, selon les loix, aux nopces de sa fille.

Æneas en Virgile. *Nec coniugis vnquam Pratendi tedas.* voulant denoter par là qu'il n'estoit point marié.

Et Nonnus au quarante-sixiesme liure de ses Dionysiaques, où Agaue se complaint de la mort de son fils, pour n'auoir porté le flambeau à ses nopces, ny oüy aucun chant nuptial de ses espousailles, dit ainsi :

> ἡμετέρης φίλε κȣῦρε τί φάρμακον ὁϱὶν αϊῆς;
> ὔπω τȣν θαλάμοισιν ἐκȣύφισα νυμφȣκȣμον πῦρ,
> ȣυ ξυγίων ἥκȣυσα τεȣν ὑλȣϑϱαȣν ἐρώτων.

S V I D A S racompte apres Ister, que les Atheniens auoient trois festes solemnelles, où ils souloient vser de flambeaux ; à Vulcan, Pallas, & Promethee. Le premier, pource qu'on le presuppose estre le Dieu ou intelligence assistante du feu : L'autre à cause des arts qu'elle a inuentées;& nulle art ne sçauroit bonnement consister sans le feu : Le troisiesme, pource que celuy-là desrobba le feu dans le ciel ; auec les arts, és officines, & boutiques des deux deuant dits ; ainsi que dit Platon au Dialogue intitulé le Protagoras.

Des anciennes coronnes & chappeaux. A V R E G A R D *du chappeau de roses.* Quant aux coronnes & chappeaux de fleurs; toutes les choses des anciens Grecs & Latins sont enueloppées de fort profondes & obscures tenebres ; Tellement qu'il est bien mal-aisé de veoir le iour à trauers. Parquoy ie me contenteray d'amener la dessus ce que i'en ay peu çà & là remarquer dans les bons autheurs : lesquels pensans que la posterité ne les deust non plus mescognoistre qu'eux, ont craint qu'on ne se mocquast de leurs œuures, s'ils venoient à se dilater & estendre en des choses si cognuës de tous. Pline au 16. liure chapitre 5. & au second encore du vingt & vn , dit qu'anciennement on n'auoit point accoustumé d'vser de ces chappeaux de fleurs, sinon és statuës des Dieux. Parquoy Homere les attribuë au ciel tant seulement, lequel est rond à guise de coronne : Qui denote vne plenitude entiere, car rien ne manque & tronçonné ne se doibt presenter aux Dieux, ains toutes choses complettes & absoluës. De là pourroit estre venuë ceste maniere de parler és effusions de vin en leur honneur sur la fin des souppers. En Homere; κȣῦρȣι δὲ κρατῆρας ἐπιςλᾱντȣ μȣτȣῖε. Et en Virgile qui l'a imité , *Et vina coronant.* Bacchus au reste fut le premier qui se coronna & de lyerre. Mais Athenée le refere à Ianus : aussi n'est-ce qu'vne mesme chose de ces deux-cy auec nostre bon Patriarche Noë. Peu à peu puis apres, cela seroit venu en plus grand vsage, iusques mesmes à embouquetter les victimes des sacrifices. Ce que dὁcques Bacchus auoit fait pour occasion de ses victoires, ceux qui gaignoient le pris és ieux & combats solemnels , & les chefs souuerains d'armées, qui auoient fait quelque bel exploict d'armes, ou conqueste, estoient corόnez de laurier. Les simples combattans pour auoir sauué vn Citoyen, obtenoient vn chappeau de chesne: Celuy qui en vn assaut general montoit sur la muraille le premier; ou qui gaignoit vne gallere ou nauf ennemie, d'autre estoffe ; chacun endroit soy. Mais la plus honorable de toutes estoit celle de l'herbe ditte, *gramen,* qui ne se concedoit sinon aux plus grandes extremitez, quand le chef souuerain auoit deliuré vne ville assiegée , ou son païs , d'vn plus grand danger. Tel estoit doncques l'vsage des coronnes; lequel cependant se cόmuniqua aux bonnes cheres & banquets: ainsi que dit Plutarque en la premiere question des Symposiaques, Que les chappeaux de fleurs dont le bon pere Bacchus orne nos testes és festins , c'est pour signifier la gaye & ioyeuse liberté d'esprit qui y doit estre; Quand on agence ainsi le siege & domicille de tous les cinq sentimens , & de l'esprit encore: au moyen dequoy il ne seroit pas raisonnable de violer ou entrerompre ceste frâchise, par des mines austeres & rebarbatiues, par des propos graues & serieux, qui troubleroiēt le plaisir de la feste , & la bonne chere qui y est destinée. Dont ce gentil Demon de Comus est l'vn des principaux superintendans & ministres, ainsi que nostre autheur le touchera encore és tableaux de Bosphore & des Andriens. Les anciens Grecs, ainsi que dit le mesme Pline au deuxiesme chapitre du vingt-vniesme, vserent pour le commencement és combats solemnels , de coronnes ou chappeaux faits de branches d'arbres. Par succession de temps puis apres, les Sicyoniens furent les premiers , qui les diuersifierent de fleurs , & de fruicts , d'herbages , & bestions côtrefaits apres se naturel : le tout à l'imitation de cette belle bouquetiere Glycera amie du peintre Pausias, qui la representa en vn tableau appellé pour cela Στεφανȣλόκȣς , tant gentillement attiffée de guirlandes & chappeaux de fleurs , que rien ne se trouuoit (quelque plus serieux argument que ce fust) de plus agreable à la veuë. Afin de monstrer (ce dit-il) vn combat & emulation de l'art auec la nature. Consequemment de main en main se vindrent à inuenter tousiours de nouueaux moyens , iusques à contrefaire des fleurs naturelles durant les glaces & froidures, lors que la saison n'est plus de recouurer nulle part: Et ce auec des racleures de corne taintes de couleurs à ce conuenables. Mais s'ils eussent eu cognoissance de l'industrie de nos cartisaniers,& plumassiers,& de leurs tant exquis ouurages de fil d'or, d'argent & de soye ; & plus recentement

de plumes

de plumes, ce leur euft par aduenture esté vne admiration surpaffant toutes autres. Mneftus, &
Callimachus medecins escrirent contrel'vfage de ces chappeaux de fleurs és banquets, pource
qu'ils offensent (disoient-ils) & endommagent le cerueau. Ce que Plutarque en la premiere
question du troisiefme liure difpute bien amplement, là où le medecin Triphon prend leur caufe en main, alleguant, comme aussi auoit fait deuant eux Ariston le Peripateticien, natif de l'Isle
de Scio, que mefme le chappeau de lyerre, entre autres estoit merueilleufemantà propos : tant
pour y auoir commodité d'en recourrer par tout, outre ce qu'il est beau, & plaifant à la veuë,
qu'à cause de fa continuelle verdeur, & de la forme gentille de fes fueilles,& pampres fans odeur
quelconque ; & pour ie ne fçay quelle moderée froideur, propre à rembarrer & rabattre les fumées du vin. Ce qui auroit esté inuenté par le mefme Dionyfius, comme dit Athenée au quinziefme liure, apres le philofophe Apollodorus, afin que leur ayant esté autheur d'vn tres-pernicieux breuuage, il le fust quant & quant de r'amoderer les maux & inconueniens qui en adue-
noient; & que depuis il auroit appliqué à delices & à volupté, ce qu'en premiere inftance auoit
esté introduit pour vn remede & preferuatif de l'yuresse : Enquoy ils fe feroient feruis entre autres, de chappeaux de myrthe & de rofes ; & du laurier encore ; ayant l'experience donné à cognoiftre, que telles chofes eftoient fort propres contre l'acrimonie & fubtilité des vins fumeux.
Au moyen dequoy les anciens vfoient tout expressémét pour cefte principale occafion,de chappeaux & bouquets és repas où il eftoit question de boire d'autant : Car outre les proprietez particulieres des herbes & des fleurs dont ils font compofez, le ferrement de la tefte, peut quelque
chofe pour appaifer les passions d'icelle, prouenans de l'excez du vin & des viandes:dautant que
venans leurs exhalations à donner dans les membranes du cerueau, elles les affligent & trauaillent : là où au contraire l'odeur fouëfue & non violente qui coulle des fleurs, les corrobore &
vient à foulager; defpoillans par mefme moyen l'obstruction des pores; tellement que les efprits & fumées du vin ont moyen de s'euaporer. Mais tout ainfi que les fleurs font de differentes natures, aussi est il bien raifonnable de croire qu'elles caufent diuers effects tous contraires
les vns aux autres : Ce qui me feroit croire aifément, que cela ne tendoit à autre fin, que
pour l'ornement & resiouissance de la personne, & non pas pour entendre à la fanté ; car en ces
bonnes cheres on fait tout du pis que l'on peut contr'elle : eftant la chofe à quoy l'on a le moins
d'efgard, que de les conferuer. Quant au chappeau de roses dont il est icy question, ces fleurs-
là fouloient anciennement eftre confacrées aux Mufes, ainfi que le tefmoignent les mots fub-
fequents de Sapphon, efcriuant à vne riche femme. Καθθανοῖσα δὲ κήσεαι, ὐδέ τις μναμοσύνα σέθεν
ἔσσεται ἐκ γὰρ μετήχεις ῥόδων τῶν ἐκ Πιελίας. Tu gerras morte au tombeau, fans laiffer aucune memoire de
toy pour n'auoir point participé des rofes prouenantes en la montagne Pierie.Mais on n'a pas laiffé pour cela de les tirer à d'autres vfages pour leur beauté & odeur agreable.

LES TORCHES *quant & quant en reluifent.* Il y a au Grec : λαμπάδες τε ὑπεκφαίνονται. Cecy femble aucunement conuenir auec vn passage d'Aristophanes au Plutus ; là où vne vieille fe complaignant d'vn ieune homme fon amoureux, lequel deuenu riche en vn instant l'auoit quittée,
parle ainfi :

> ἢ μὲν ὃ μειράκιον τοδὶ προσέρχεται,
> ὅυπερ πάλαι κατηγορουσα τυγχάνω,
> ἔοικε δ᾽ ἐπὶ κῶμον βαδίζειν.

Voicy de vray venir le Iouuenceau, qu'il y a fi long temps que i'accufe, & femble qu'il s'en voyfe yuron-
gner, & ribler. Chremylus luy refpond.

> Φαίνεται.

> Στέφανον γέ τοι κ δᾷδ᾽ ἔχων προβαίνεται.

Il le femble de vray, car il marche couuonné d'vn chappeau de fleurs, auec vne torche allumée au poing.
Et Nonnus au 5. des Dionyfiaques, faict danfer Comus aux chanfons tout le long de la nuict,
en la falle du bal; Si efclairée de plufieurs torches & flambeaux efpandus çà & là,qu'il femble proprement que quelque aube du iour vienne à naiftre dedans ces tenebres: s'eftant au refte fi
fort hafté d'aller aux nopces, dont la fefte continuë tant que la nuict dure, qu'il a oublié fon bafton ordinaire, garde & difpenfateur du fommeil.

> Ἐκ δ᾽ ἐπολυσσωπρέων δαίδων ὁμοφέγξεος αἴγλης
> Ἐσπερίης αἰέτελλε φάος ψευδήμενος ποὺς,
> Καὶ λιγυρής τομάτεσσι φιλοσπαρθμων πεδὰ παστῶ
> Παίηγος ἔπλετο Κώμος ἀκοιμήτοιο χορείης
> Μελπομδρῶν ἀπεύδων γὰρ ἐς ἀγρύπνυς ὑμφυαίᾳς
> Ηβάδα ῥάβδον ἔλειπεν, ἐπὶ ταμίη πέλευ ὕπνῳ.

LEPIS *eft qu'il n'y a plus de fleurs aux bouquets & chappeaux.* Athenée au quinziefme liure forme vne question, pourquoy c'est qu'on repute amoureux ceux là dont les chappeaux se rompent & dissipent; Car il est icy question d'Amour & de liberté, de bonnes cheres & passe-temps. Seroit-ce *poin (dit-il) pource que les bonnes mœurs dont l'esprit des amans est paré, l'amour les leur volle & brigand de ainsi que Clearchus l'estime? Ou selon l'opinion de ceux qui ont glosé sur les predictions & oracles, que l'ornement des couronnes & chappeaux n'ayant rien de ferme & stable, est vne marque d'inconstante affection, qui prend plaisir de s'en agencer. Or telle est la façon de l'amour; Car il n'y a point de gens plus curieux de se parer que ceux qui aiment, Si d'auenture la nature comme quelque diuinité equitablement gouuernant chaque chose, ne iuge les amans ne deuoir estre couronnez, premier que d'auoir surmonté l'amour; ce qui aduient lors que ayans gaigné le dessus de la chose aimée, ils se sont mis en liberté au desir qui les maistrisoit: Au moyen dequoy nous iugeons ce brisement de couronnes, estre vne indication de celuy qui combat encore. Ou plustost pourroit estre que ce la fust vray, que l'amour ne voulant endurer que personne obtienne couronne à l'encontre de luy, ne d'estre publiquement tympanisé comme s'il auoit succombé, & eust esté vaincu, rompt & gaste luy mesme ce chappeau de triomphe, pour admonester les autres & leur donner à cognoistre, que c'est luy qui est le vainqueur, parquoy ils dient que ceux là aiment. Ou seroit-ce point pource que tout ce qui est lié, denote deuoir obtenir quelquefois son eslargissement? Car l'amour est comme vn fort lien à ces couronnes, dautant qu'il n'y a point de captifs qui desirent vn tel equipage sinon les amoureux. Et la routure du chappeau, de lare aussi & presuppose ce lien d'amour. Ce qu'estant cognu par les autres, ils iugent que telles personnes pour certain aiment. Ou bien pource que nous voyons ordinairement, que ceux qui s'entr'aiment s'ostent leurs chappeaux & bouquets les vns aux autres, nous conceuons de là vne ferme opinion, que les chappeaux ne leur tomberoient pas s'ils n'aimoient: dautant que la deliurance des liens conuient principalement aux captifs & amoureux.*

PAR CE que Comus donne liberté à l'homme de s'habiller en femme. Plutarque és problemes Romains; question 55. dit que les ioüeurs d'instrumens à Rome, auoient le treziesme iour de Ianuier liberté d'aller par la ville desguisez en femmes: Parce qu'ayans autresfois esté priuez des priuileges & immunitez que le Roy Numa leur auoit donnez, par les dix tribuns militaires, subrogez au lieu des Consuls, ils s'en allerent par despit hors de Rome. Et ne les y peut on iamais faire reuenir iusques à ce qu'vn affranchy les ayant tout expres appellez à vn sacrifice; Comme ils eussent desia commencé la feste, & vestu des robbes de femme pour aller mommer, voicy qu'il leur vient annoncer en effroy, mais c'estoit toute feinte, que le Senat enuoyoit des gens pour les prendre, & qu'il se failloit sauuer tout de ce pas à Tiuoli. Eux adioustans foy à son dire monterent dedans vn chariot qu'il auoit apresté bien couuert. Et au lieu de les mener ce chemin là, il les feit tourner court droit à Rome, sans qu'ils s'en apperceussent autrement à cause de l'obscurité de la nuict, & aussi de ce qu'ils auoient trop beu. Leur reconciliation s'estant depuis faite, ils retindrent ceste maniere d'aller ainsi desguisez à vn mesme iour tous les ans, ribler & follastrer par la ville.

QVELQVE resiouyssance & battemens de mains. Strabon à ce propos, au 14. liure. En la ville d'Anchiale estoit la sepulture de Sardanapalus Roy de Lydie (ainsi que le racompte Aristobule) & son effigie de marbre, ayant les doigts de la main droicte serrez, ensemble, comme pour rendre en frappant, quelque son d'applaudissement; auec vne inscription telle.

SARDANAPALE fils d'Anacindaraxu fonda Tharse & Anchiale en vn iour: Or le voila mort maintenant. Parquoy passant mon amy, mange, boy, ioüe, & de plaisirs te gorge: Car tout le reste de nostre vie n'est pas digne à grand peine de ce petit claquement de mains. Cecy est plus particulieremet encore touché par Athenée au 12. des Lipnosophistes, en cest endroit icy: ὅτι ὁ πάντων ὑδαιμονέςατος Σαρδανάπαλος, &c. Au moyen dequoy le mieux fortuné de tous les humains (Sardanapale) durant tout le cours de sa vie, ayant embrassé la volupté tres-soigneusement, apres auoir finé les iours, donna cela à cognoistre sa sepulture, par la figure de ses doigts, que les affaires des mortels ne sont point dignes seulement, de ce peu de son qu'ils peuuent rendre estans accoupleZ ensemble. Et citant là dessus Aminthas au 3. liure des poix il dit: Qu'à Niniue lors qu'elle fut assiegée par Cyrus Roy des Perses, il demolit vne grosse butte de terre qui estoit hors l'enceinte de murailles, laquelle toutesfois il renouuella depuis dans la ville: Et que c'estoit le sepulchre de Sardanapale qui y auoit regné autresfois: là où en vne colonne de pierre estoit graué en lettres Caldaiques ce qui s'ensuit. l'AY REGNE, & pendant que ie iouïssois de la lumiere du Soleil, beu, mangé, & fait l'amour, cognoissant assez combien le temps est court que viuent les hommes: Et ce peu le encore estre subiect à tant de changemens de fortune, de griefs accidens, & ennuis; Et que les autres iouiront des biens que ie lairray apres moy. Parquoy aussi n'ay-ie passé seul iour, sans m'employer de tout mon cœur & affection aux plaisirs que ie pouuois prendre. Mais Ciceron au 5. des Tusculanes, a tourné ces deux vers qu'il dit auoir esté grauez sur son sepulchre.

καὶ ἔχω, ὅσσ᾽ ἔφαγον ᾧ ἐφύβϱεϊϲα, ᾧ σειὶ ἔϱωτι

τεϱπν᾽ ἔπαϑον. τα δὲ πολλα, ϗ ὀλϐια πάϕτα λέλωπται.

Hæc habeo quæ edi, quæq; exaturata libido

Hausit, at illa iacent multa & præclara relicta.

Athenée au 5. liure, Plutarque au traicté de la fortune d'Alexadre, touche le mesme, & dit qu'on mit au dessus de sa statuë ces mots icy, Ε"σθι, πῖϱε, ἀφϱοδισίαζ᾽ τ᾽ ἄλλα δ᾽ ὑδεν. Et à ce propos Euripide en l'Alceste.

EΫφϱαϛε

Εὔφραινε σαυτὸν, πῖνε, τὸν καθ' ἡμέραν
Βίον λογίζου σοί. τὰ δ' ἄλλα, τῆς τύχης.
Τίμα δὲ καὶ τὴν πλήςου νόησην θεῶν
Κύπριν βροτοῖσιν. θὐμδωὴς γὰ ἡ θεός.

Ionë, & pren ton plaisir, boy, & à la iournée
Reçoy la vie à gain qui te sera donnée.
Tout le demeurant gist de fortune au plaisir.
Honore quant & quant de Venus le desir:
Car elle est aux humains gracieuse Deesse.

Ce qui n'est pas fort esloigné de ce dire de l'Ecclesiaste au 8. ch. Laudaui lætitiam, quòd non esset homini bonum sub Sole, nisi quod comederet, & biberet, atque gauderet: & hoc solum secum auferret de labore suo.

Touchant cet applaudissement & battre de mains, ie me fusse presque oublié de ce qu'Homere en touche au 8. de l'Odissée, si le mesme Athenée ne m'en eust faict souuenir, qui en a remarqué le lieu en son premier liure, en ces termes: οἱ Φαίακες δὲ παρ Ὁμήρῳ καὶ ἄνευ σφαίρας ὠρχοῦν-το· καὶ ὀρχοῦνται μὲν ἀνὰ μέρος. πυκινὸς γὰρ τῦτο ἐςὶ τὸ, ταρφέ ἀμειβομδνοι· ἄλλων ἐφιςάντων καὶ ὑπικρο-τῶντων τοῖς λυχανοῖς δακτύλοις ὃ φησὶ ληχεῖν. *Les Phaeciens en Homere, balloient sans balles ny ballon, mais dansoient chacun à par soy, se secourans & relaians l'vn l'autre souuent: les vns cependant estans debout sonnoient la note à tout les doigts; Ce qu'il appelle applaudir les mains.* Les Espagnols encore, & les Mores de la Barbarie, ont presque cette maniere de faire en dansant & ballant leurs canaries, qu'ils appellent, & nomment cela *Cuscos*, qu'ils entremeslent auec des sonnettes ou cascauelles. Au demeurant les vers d'Homere cy dessus alleguez sont ces cy:

αὐτὰρ ὑπὲ σφαῖρον ἄρ' ἰθὺ πειρήσαντο,
ὠρχείαθεν δὲ ἔπειτα ποτὶ χθονὶ πουλυβοτείρῃ
ταρφέ ἀμειβομένω· κοῦραι δ' ἐπελήχεον ἄλλαι
ἑςαῶτες κατ' ἀγῶνα.

DIALOGVE.

D. *Æsope qui te faict en tes instructions*
   Vser de fictions?

R. *Dautāt que l'homme hayt les choses veritables,*
   Et qu'il ayme les fables?

D. *Pourquoy compares tu cêt hôme en tes discours*
   Aux Renards & aux Ours?

R. *Dautant que le trōpeur & qui s'adonne au mal*
   Ressemble à l'Animal?

D. *Mais quelle inuention qu'il faille que la beste*
   Te couronne la teste?

R. *C'est que l'homme brutal n'ayme que le flatteur*
   Et hayt son bien-faicteur?

LES

LES FABLES.

ARGVMENT.

IL Y A *bien peu de perſonnes (comme ie croy) qui ne ſçachent parler d'Æſope & de ſes fables ; Les vieilles meſmes en font ordinairement des comptes aux petits enfans pour les amuſer. Mais ce n'eſtoit pas l'intention du bon homme, que cela deuſt ainſi ſeruir de ioüet à telles ſortes de gens ; Ains de nous monſtrer & faire voir comme dans vn miroir, tout le train de la vie humaine, & les choſes que nous deuons ſuiure & fuir : Tellement que ce ſont tous preceptes & enſeignemens d'vne tres-belle philoſophie morale ; laquelle il traicte d'vne maniere fort plaiſante; & neantmoins appropriée plus que nulle autre, à nous introduire & admener cela ſoubs le ſentiment. Eſcoutons doncques te que noſtre autheur en voudra icy dire.*

LES FABLES vont trouuer Æſope, auquel elles portent vne ſinguliere affection, pour ce qu'il en eſt curieux. Homere de vray les auoit bien eües en quelque recommandation, & Heſiode auſſi, enſemble Archiloque contre Lycambe; Mais tout le cours de la vie humaine a eſté depeint par Æſope, ſoubs la couuerture & inuolution de ſes fables; ayant attribué la parole aux beſtes bruttes, comme ſi elles eſtoient capables de raiſon. Et là deſſus il retranche l'auarice, chaſſe & forbanniſt les violences & outrages, les tricheries & deceptions : Introduiſant à ceſte fin vn lyon, vn renard, voire vn cheual encore, pour ioüer ce perſonnage : La tortuë meſme n'eſt pas muette;afin que ſoubs ces fictions les enfans puiſſent apprendre à cognoiſtre les affaires du monde. Les fables doncques ayant eſté receuës & approuuées en faueur d'Æſope, ſ'acheminent à la porte du ſage, pour le coronner de branches d'oliuier, entrelaſſées de bandeaux & rubents;& luy de ſon coſté (à ce qu'il monſtre) en forge quelqu'vne toute nouuelle. Car ſon ſoubs-riz, & les yeux ainſi abbaiſſez en terre,le teſmoignent:ioint qu'il ſçait bien que les meditations des fables, ont beſoing d'vne gaye liberté d'eſprit. La peinture au reſte, ſemble vouloir philoſopher ſur les perſonnages des fables ; ayant dreſſé pour reſioüir Æſope cette plaiſante danſe* d'animaux,qu'elle a meſlez les vns parmy les autres:

De beſtes: qu'elle a meſlées auec les homes. là où le renard. ουφιζαλλων ανθρωπιοι.

B iiij

là où le renard meine le premier bransle. Car Æsope en la plus part de ses
argumens & subiects, vse du ministere de ce caut & ruzé bestial, tout ainsi
que la comedie fait de Dauus.

ANNOTATION.

Phtonivs le Sophiste, en ses progymnasmates ou rudimens, tout au commencement d'iceux, dit de la fable ce qui s'ensuit. *La fable est premierement venuë
des Poëtes, mais elle s'est puis apres communiquée aux Orateurs & Rhetoriciens, pour ce qu'on
la voyoit estre propre à instruire la ieunesse. Or s'est vn compte faict à plaisir, seruant comme
d'vne image à representer ce qui est veritable, estant appellée Sybaritique, Cilicienne, & Cy-
priotte; pour auoir receu cette difference de noms des inuenteurs d'icelle. Mais pource qu'Æsope a plus naifuement que nul autre escript les siennes, elle a aussi obtenu d'estre plustost ditte Esopique. : u reste elle est de trois
sortes; Rationelle, Morale, & Meslée. La Rationelle est celle-là où l'on feint quelque chose estre faitte par les
personnes: La Morale, qui imite les manieres de faire des animaux non susceptibles de la raison: Meslée, qui
participe de toutes les deux; à sçauoir des bestes brutes, & creatures raisonnables. Que si l'admonestement ou
exhortation va deuant, pour laquelle la fable est dressée, vous la pouuez nommer Auant-fable. Et si vous la
mettez apres, ce sera vne Arriere-Fable.*

Or, qvel compte & estime faisoient les sages anciens d'Æsope & de ses fables, Platon nous
le donne assez à cognoistre tout au commencement de son Phedon; en ce que Socrates vn peu
auant sa mort, s'occupa à mettre en vers quelques vnes d'icelles; poussé à cela de certains admonestemens en songes, d'appliquer de là en auant son esprit à la poësie & musique, premier que de
s'en aller de ce monde. Mais Philostrate en la vie d'Apollonius liure cinquiesme, s'est fort elegamment dilaté là dessus.

Philostrate. De la (dit-il) *ils vindrent à Cathane, où ils oüyrent des habitans que le geant Typhæus estoit empri-
sonné là aupres: Et que c'estoit d'où prouenoit le feu qui brusloit ainsi la montagne d'Aetna. Au moyen dequoy
cherchans de cela les causes plus apparentes & conuenables aux Philosophes, se mirent à en deuiser. Apollonius
prenant là dessus la parole, interrogea ses compagnons en cette sorte: Le discours & propos fabuleux vous semble-il estre quelque chose? Ouy de vray respond Menippus: Car les Poëtes l'apprennent, & ensuiuent. Et d'Æ-
sope, qu'est-ce qu'il vous en semble? Vn Poëte (ce respond l'autre) entierement fabuleux. Et de ses fables, n'en
estimez-vous point quelqu'vne pleine de doctrine? Si fais certes, respond Menippus. Celles-là mesmement qui
n'ayans oncques rien esté, on les tient neantmoins pour vne chose qui a esté faitte. D'Æsope doncques (demanda Apollonius) quelles vous semblent les narratios? Des grenoüilles, dit Menippus, des asnes, & autres telles
badineries, qu'on doit raconter aux vieilles & petits enfans. Mais au contraire, repliqua Apollonius, s'estime les
fables de cetuy-cy, estre plus propres pour la sapience que de pas vn de tous. Car celles qui ont esté forgées des Heroës, desquels despend tout le subiect des Poëtes, ne font que desbaucher les oreilles des escoutans:
leur posant les illicites amours de ces gens là, comme les mariages des freres auec leurs sœurs, des calomnies
enuers les Dieux; auoir mangé les enfans propres; des trahisons villaines & indignes; & des querelles à tous
propos les vns contre les autres. Car tout cecy venant à estre allegué des Poëtes pour chose vraye, & qui ait esté
autresfois, il induit les hommes à l'Amour, & à connoistre des richesses, & domination: ne pensans point commettre aucune faute. Et en ce faisant ils imitent les Dieux. Là où Æsope pour s'accoster de la sapience, en premier lieu n'a point voulu ensuiure ceux qui parlent de cette sorte; mais a trouué vne voye à part soy. Et là dessus,
aussi bien que quelqu'vn qui traicteroit auec de bonnes & exquises viandes, tres-bien apprestées, ceux qu'il
auroit inuité à vn banquet, auec de fort petites choses fait comprendre ie ne sçay quoy de grand. Et vous ayant
proposé d'entre certains propos fabuleux, monstre par là ce qu'il faut faire, ou ne faire pas. Au moyen de quoy il
atteint (ce me semble) plus prés de la verité que tous les autres Poëtes: lesquels comme par force veulent faire
croire, que ce qu'ils dient est veritable. Et cetuy-cy mettant en auant vn discours, lequel (comme de vray il est)
chacun de prime face cognoist bien estre feint & controuué par luy, donne à cognoistre, ie ne sçay quoy de veritable auoir esté dissoubs le manteau & couuerture des choses qui ne sont point. Les Poëtes d'auantage, apres
auoir raconté leur fable aux escoutans, leur laissent à examiner, si elle est vraye, ou non: & l'autre racomptant vne chose fausse, & recueillant de cela certains enseignemens & preceptes pour les mœurs, monstre le
sens de ce faux langage se deuoir appliquer à quelque profit & vtilité. Cecy est outre plus fort plaisant en Aesope, qu'il vous introduit des choses parlantes, qui n'ont aucun vsage de parole: faisans entre elle le mesme, que
les personnes doiuent faire à bon escient. Tellement que de nostre enfance, estans accoustumez à cela; voire
nourris dés le berceau, nous venons tout de pleine arriuée à conceuoir de là vne opinion de chasque animal: qu'il
y en a parmy eux de royaux, les autres sots & hebetez, les autres fins & malicieux, les autres simples & aisez à tromper. En apres quand les Poëtes ont dit qu'il auoit plusieurs sortes de demons, ou ie ne sçay quoy de
semblable, sans plus auant s'expliquer là dessus; ils en ont laissé l'intelligence imparfaitte: là où Æsope appropriant*

propriant son dire à l'vtilité, nous rameine deuant les yeux l'admonestement qu'il s'est proposé. Or comme i'e-
stois encore petit garçonnet, ma mere m'apprint vne telle fable, de la sagesse d'Aesope. Que luy estant berger, il
mena paistre quelquesfois son trouppeau pres le temple de Mercure; estant dessa (ainsi qu'elle disoit) tout cu-
rieux d'apprendre: & pour raison de cela faisoit souuent de fort estroittes supplications à ce Dieu. il y en auoit
encore au mesme temps assez d'autres qui luy requeroient le mesme; De maniere qu'estans entrez tous ensem-
ble, ils luy firent tout plein d'offrandes diuerses. L'vn presentoit de l'or, & l'autre de l'argent; cettuy-cy vn
caducée d'yuoire, & celuy-là quelque autre chose de beau. Mais quant à Aesope, lequel n'auoit pas de si grands
moyens, & si estoit auec cela vn peu chiche de ce qu'il auoit, il versa à Mercure ce peu de laict seulement qu'il
peut tirer d'vne brebis dessa traicte: Et apposa sur son autel autant de miel à tout son rayon & se gosses, qu'il
en pouuoit empoigner auec le bout des doigts. Par fois encore, il luy offroit quelques grains de myrrhe, des ro-
ses, & des violettes, toutes desliées; en luy disant: Car quel besoin est-il (beau sire Mercure) de m'amuser à
s'en faire des chappeaux ne bouquets, & ce pendant ne prendre garde à mon trouppeau? Apres doncques que
le iour fut venu, auquel se deuoit faire la distribution de la sapience, Mercure se ressouuenant des offrandes que
chascun d'eux luy auoit faittes, leur departit le sçauoir & doctrine selon la magnificence de leurs presens; di-
sant à l'vn: Pource que tu as apporté beaucoup de belles choses en mon temple, voilà que ie te donne la Philo-
sophie: A l'autre, sois tout de ce qes vn grand orateur, puisque tu es au second rang de mes bienfaicteurs: Toy
autre, voilà pour ta part la science d'Astrologie: Et toy, sois Musicien: A toy la grace du vers Heroique: Et
à toy, des iambes. Mais apres que Mercure eut comme à regret distribué toutes les parties de Philo-
sophie, il s'apperceut d'auoir oublié Aesope, quelque belle memoire qu'il eust. Au moyen de quoy le von-
lant pouruoir, il se ressouuint de la fable, laquelle comme il estoit encore en maillot, les Heures qui le
nourrissoient en la cime du mont Olympe, luy auoient racompté d'vne vache qui auoit parlé autrefois de
dessoubs terre à l'homme: & luy recitant ie ne sçay quelles choses de soy, l'auoit induit à desirer les boeufs
du Soleil. Et ainsi Mercure ramenant cela en son esprit, donna à Aesope la traditime & moyen de for-
ger des fables; Ce qui luy estoit demeuré seul de reste en la maison de Sapience. Ayes doncques (luy dit-
il) ce que i'ay tout premierement appris. Voilà en quelle maniere escheut à Aesope l'art de faire tant de di-
uerses sortes de fables; En quoy il reüssit si grand personnage depuis.

M A i s tout le cours de la vie humaine a esté depeint par Aesope, soubs la couuerture & inuolution de ses fables. Il semble que cecy soit prouenu d'vn discours que fait Strabon au premier
liure de sa Geographie, là où il prend en main la cause d'Homere à l'encontre des detractions
& mesdisances d'Eratosthenes, qui le blasonnoit sans propos pour vn iongleur, farcy par tout
de comptes de la cicoigne, inutiles & sans aucune edification ne doctrine. **NON** *les Poëtes tant* S t r a b o n.
seulement (ce dit-il) *mais les citez long-temps au-parauant qu'eux, & ceux qui ont establiy la poli-*
ce, & les loix, ont vsé de fables, auec vtilité bien grande; ayans esgard à l'inclination naturelle de
l'animal pourueu de raison. Car l'homme est curieux d'apprendre & cognoistre; à quoy la practique des
fables luy facilite le chemin: Pour ce que de là les enfans commencent à preiter l'oreille, & se rendre de
plus en plus attentifs aux remonstrances que l'on leur fait. L'occasion est que la fable estant vne
narration de choses toutes nouuelles, propose non celles qui sont, mais d'autres bien esloignées &
differentes. Or ce que l'on racompte de nouueau, & encore incogneu, vient tousiours à estre plus
agreable; Parquoy cela les rend desireux de sçauoir. Que si l'on vient encore à mesler parmy, des cas
merueilleux & espouuentables, le plaisir s'en augmente; lequel à guise de quelque medicament, engen-
dre en eux vn appetit d'apprendre. De sorte que dés le commencement il est besoin d'affriander ainsi
les ieunes enfans; Et puis apres qu'ils sont en aage, les amener à la vraye cognoissance des choses, quand
ils ont le sens desia ferme & rassis; n'ayans plus de besoin d'estre gaignez par flatteries. Et qui plus est, tous
ceux qui ignorent les disciplines & les lettres, sont encore aucunement en enfance, & aiment les fables
aussi. Ce que font mesme les gens sçauans, tous plus mesurément: Car la raison qui est en eux n'y
peut pas du tout contredire, dautant que cette accoustumance qu'ils ont prise dés leur plus tendre ieunes-
se, les y amorce & inuite. Au surplus, pour ce que les estranges fictions des fables ont la faculté non
seulement de delecter, mais de donner frayeur; toutes ces deux especes sont à propos, & pour les en-
fans, & pour ceux qui sont plus aduancez en aage: Pour autant qu'aux petits enfans nous proposons de
plaisantes fables, pour leur resueiller l'entendement; Et de terribles aux autres, pour leur faire peur:
Telles que sont les Lamies, Gorgones, Esprits, Fantosmes, & Luictons. La plus part de ceux-mesmes
qui habitent és villes sont excitez à la vertu & honnesteté, par les comptes recreatifs qu'on leur faict;
quand ils oyent reciter des Poëtes, les beaux faicts d'armes & les gestes que pour eux controuuez à plaisir;
Comme les labeurs d'Hercules, ou de Thesee; ou les diuins honneurs qu'on a deseré à aucuns; ou bien
quand ils contemplent telles choses feintes representées par les peintures, ou images faites de marbre, de
bronze, ou de terre cuitte; Car cela les retire des vices; s'ils viennent à oüir expliquer, ou de parole, ou par
l'aspect de quelque horrible figure, les punitions, espouuantemens, & menaces enuoyees du ciel: se persuadans
là dessus que telles choses sont adnenües à d'aucuns: Parce qu'il est bien mal-aisé, voire du tout impossible,
que ny les femmes, ny la multitude du populaire, puissent estre excitées à deuotion, pieté, & creance,
par vn simple propos de Philosophie; ains est besoin auec cela de quelque superstition, qui ne se peut bon-
nement introduire sans les merueilles & espouuantemens des fables. Tellement que la fouldre de Iuppiter,

Compte d'Æ-
sope fort gen-
til & plaisant

la teste de Meduse , toute encheuelée de serpens & couleures, dans l'escu de Minerue : la fourchefiere de Neptune ; les brandons de feu , les serpens , & lyerres entortillez aux iauelots de Bacchus ; ensemble toute la Theologie ancienne ne sont autre chose que fables, receuës neantmoins de ceux qui ont premierement fondé & estably les republiques : Afin que par le moyen de cela , ainsi qu'auec quelques fantosmes & illusions, ils retinssent en crainte & obeissance les volontez des simples gens. Au moyen de quoy l'imitation des fables estant telle , & se venant à la fin terminer à la conseruation de l'humaine societé , & au polissement d'une vie modeste & ciuile , ensemble à la notice des choses qui sont veritables ; non sans bonne & iuste occasion les anciens ont tasché de conduire par la l'institution de la ieunesse, iusques à l'aage d'une parfaite cognoissance. Estimans que la poësie estoit suffisante, pour addresser à une modeste les mœurs , & maniere de faire de tout le cours de nostre vie.

Voila doneques ce que ces deux excellens autheurs sentent des fables, & ce qu'ils nous apprennent de leur vsage & vtilité. A quoy nous pouuons encores adiouster ce qu'en dit Maximus Tyrius en la dixiesme de ses disputes , πραγμάτων γὰ ὑπ' ἀνθρωπίνης ἀσθενείας ἃ καθορωμένων σαφῶς, εὐσχημονέστερος ἑρμηνεὺς ὁ μῦθος : Que des choses non assez clairement comprises de l'imbecillité humaine , la fable est le plus propre interprete qui soit. Toutesfois Platon aduertist fort sagement les nourisses & gouuernantes des petits enfans, de ne leur compter pas à la volée, & sans choix toutes sortes de fables, depeur que leurs esprits ne s'abreuuent & impriment dés ce tendre commencement , des folles & vaines opinions. Et faut aussi que nous-nous en seruions (ainsi que dit Plutarque au traicté d'Osiris) comme de propos non reellement subsistans ; ains receuoir de là ce qui peut estre propre à chascun , comme par une similitude : & remarquer bien soigneusement ce qui y est de subtil & ingenieux.

Archiloche *contre Lycambé.* Cet Archiloche fut un Poëte ïambique, natif de Paros, l'une des Isles de l'Archipel ; & souuerain sur tous autres en ceste espece de carme, tres-propre pour les inuectiues. Aussi escriuit-il si amerement contre Lycambé, pour auoir marié à un autre sa fille Cleobule, qu'il luy auoit desia fiancée, que d'ennuy & de courroux il se pendit. Horace en la sixiesme des Epodes.

> *Namque in malos asperrimus*
> *Parata tollo cornua :*
> *Qualis Lycambæ spretus infido gener,*
> *Aut acer hosti Bubalo.*

Et Ouide en Ibin ; *Tincta Lycambæo sanguine tela dabit.* Le semblable presque aduint d'un autre Poëte nommé Hipponax , comme recite Pline au cinquiesme chapitre du trente-sixiesme liure, lequel estant fort difforme de visage, il y eut deux freres tailleurs de marbre, les meilleurs imagiers de leur temps : le dessusdit Bubalus & Anthermus, qui par moquerie en contrefirent une statuë ; dont irrité il desploya le fiel & venim de ses vers si aigrement contre eux , & les autres qui s'en rioient, qu'il y eut quelques uns de la compagnie qui s'en pendirent. Neantmoins il dit puis apres que cela est faux.

Car *il retranche l'auarice, chasse & forbannist les outrages & violences ; les tricheries , & deceptions : introduisant à cette fin un lyon , un renard , voire un cheual encore.* Ie ne puis bonnement deuiner pourquoy il attribuë icy la πλεονεξία au cheual : Car c'est bien chose toute euidente, que la violence & ferocité cruelle, que les Grecs appellent ὕβρις, conuient fort bien au lyon ; & ἀπάτη, fraude ou deception au renard. Aussi Pindare tout à la fin de l'onziesme Olypienne a bien voulu coupler ces deux derniers animaux ensemble.

> τὸ γὰ
> ἐμφυὲς ὔτ' αἴθων ἀλώπηξ,
> ὔτ' ἐριβρόμοι λέοντες
> διαλλάξαιντο ἦθος.

Car le renard astre & ardent , ne les fier-rugissans lyons , ne changeront pas aisément les coustumes que la nature a mises en eux. Et de rechef en la quatriesme Isthmienne.

> τόλμα γὰ εἰκὼς
> θυμὸν ἐριβρεμετᾶν θηρῶν λεόντων
> ἐν πόνῳ μῆτιν δ', ἀλώπηξ,
> αἰετῦ ἅ τ' ἀναπιλναμένα
> ῥόμβον ἴσχι.

Celuy-là (parlant de Melissus) est de courage semblable à des lyons rugissans , qui chassent auec trauail ; Et de prudence au renard , lequel se renuersant les pieds contremont , se garantist des bourrades de l'aigle. Ce qui est à l'imitation de ce qu'Homere en l'Iliade nous a representé Achilles , qui fait toutes choses de force & impetuosité comme un lyon : Et Vlysses en toute l'Odyssée , temporisant & se

conduisant

conduifant par confeil, rufe, & fineffe, à guife d'vn renard. Pindare doneques a pour cette occafion coupplé par deux fois ces deux animaux enfemblé, & à iceux attribué les qualitez qui leur
conuiennent naturellement. Mais de referer l'auarice au cheual; cela feroit vn peu plus eftrange: L'ambition y conuiendroit beaucoup mieux, combien que ie me fois pas voulu hazarder
de le tourner ainfi: Car le propre d'vn gentil cheual eft d'eftre glorieux, & ne pouuoir compatir
ne durer aupres des autres; au moyen de quoy il femble que le mot de πλεονεξία, n'eft pas du
tout efloigné de ce fens icy d'Ambition, quand l'on cherche d'auoir plus qu'on ne doit, & exceder par ce moyen l'egalité requife entre fes concitoyens, foit en richeffes, foit en honneurs:
Tellement que toute ambition eft aucunement auarice; mais plus genereufe que celle des tac-
quins & villains, qui n'afpirent qu'apres le denier: Et les gentils de cœur, à loz, reputation &
loüanges. Le plus fouuent encore, l'ambition fe tourne & change bien aifément en auarice, ainfi que dit Plutarque au traifté de la tardiue vengeance de Dieu. Là deffus ie me viens fouuenir de
ces deux mots icy ἀπόλαυσις & ἀπρόσμετρος: Dont le premier fignifie vn perfonnage addonné à
toute luxure & intemperance; de forte que dans les lettres fainftes nous trouuons cette maniere de parler, *Qu'vn chafcun henniffoit apres la femme de fon prochain.* Et l'autre eft pris pour vne
paillarde infigne, desbauchée iufques au bout: eftans l'vn & l'autre tirez du cheual, combien qu'il
y ait affez d'autres animaux plus lafcifs, comme auffi le Pfalmifte luy attribué l'ignorance: Et
toutesfois il y en a de plus hebetez & groffiers fans comparaifon. Voila comment à vne mefme
befte l'on attribué plufieurs de nos paffions, & quelquefois affez impertinemment.

A I N S I *que la comedie faift de Danus.* Strabon au feptiefme liure dit, que les Atheniens ayans
quelquesfois enleué vn bon nombre d'efclaues du païs de Dace (maintenant Valachie & Tranf-
filuanie) & de celuy des Getes femblablement, tout proche de là, ils commencerent à appeller
du nom de ces deux peuples tous leurs ferfs & efclaues, *Daues,* ou *Getes*: & que depuis ceux que
l'on introduit és Comedies, font ordinairement qualifiez du nom de *Dauus,* ou de *Geta,* ainfi que
l'on peut voir en Terence, qui a imité Menander.

Comme le pelican se rend tousiours propice
Pour deliurer de mort ou garantir les siens:
Menecée se donne icy en sacrifice
Pour preseruer sa ville & tous ses citoyens.
   Sa resolution faict lire en son visage,
Qu'il va comme vn vainqueur s'exposer à la mort,

Sçachant que l'ennemy perdra son aduantage,
Et qu'en mourant il peut surmonter son effort.
   Tandis ce peuple oysif, cette trouppe bellique,
Se tient les bras croisez pour voir cette action:
Voulans tous le repos de leur chose publique,
Mais pas vn d'eux ne veut souffrir d'affliction.
                MENECEE.

MENECEE.

ARGVMENT.

LEs Poetes *Grecs, entre les autres entreprises des anciens Heroës, font mention ordinairement de trois, qui furent les plus signalez, & fameux de tous. La conqueste de la toison d'or au Royaume de Colchos ; La guerre de Thebes ; & le siege de Troye. Quant au premier, & dernier, il en sera parlé cy-apres où il escherra : Le second fait icy à nostre propos. Oedipus doncques fils de Laïus, ayant à sa naissance esté exposé en vn lieu desert du mont Citheron, suiuant l'admonestement de l'oracle ; nourry & esleué à cachetes par des gardiens de bestail, tua depuis son propre pere sans le cognoistre, & espousa sa mere Iocaste : dont il eut Eteocles & Polynices, ses freres & enfans tout ensemble : Et de filles, Antigone & Ismene. Aperceu qu'il se fut à la fin de son erreur & forfaiture, il se creua les yeux par despit : & là dessus ses deux fils estans deuenus grandelets, le mirent en vn cul de fosse, & s'emparerent de la couronne ; à telle condition, qu'ils regneroient l'vn apres l'autre d'an en an : Eteocles le premier, & Polynices puis apres. Lequel s'en alla à Argos, où il print à femme Argie fille du Roy Adrastus : Et ayant fait instance à son frere de luy delaisser le Royaume à son tour, l'autre luy desnia tout à plat. Parquoy Polynices auec les forces de son beaupere, & de tout plein de Princes ses alliez, alla assieger Thebes ; là où ceux de dedans se voyans pressez, eurent recours au conseil de Tiresias le deuin ; lequel leur annonça qu'ils auroient le dessus de ceste guerre, si Menecée fils de Creon se sacrifioit de sa propre main, pour le salut & deliurance de son païs. Ce que le iouuenceau ne refusa de faire, au deceu de son pere, qui le vouloit destourner de cet accident, soubs pretexte de l'enuoyer autre part. Les Thebains & les Argiens estans depuis venus aux mains, ceux-là en eurent la victoire ; Et les chefs des Argiens auec leurs soldats y laisserent les vies tous, suiuant ce qui auoit esté predit. Le parensus de cette histoire est touché plus à plein ès tableaux de Amphiaraus, Antigone, & Euadne : selon ce qu'il se verra cy-apres. Le faict au reste de Menecée, n'est pas du tout esloigné de ce qui se void au quatriesme liure des Roys chapitre troisiesme du Roy Mesa de Moab, qui sacrifia sur la muraille de sa ville son fils aisné qui deuoit regner apres luy : Ce qui le garentit de ses ennemis.*

’Est icy le siege de Thebes; Car il y a sept portes aux murailles: mais l’armée est de Polynices fils d’OEdipus, departie en sept bataillons; desquels voila Amphiaraus qui s’approche, d’vn semblant morne & melancolique, preuoyant le mal’heur qui luy doit bien tost arriuer. Les autres chefs en ont de vray peur quant à eux, & ioignent tous leurs mains au ciel: il n’y a que le seul Capaneus, qui s’en va recognoissant les deffenses; Dont il se mocque, par ce qu’il voit estre aisé de les forcer par escalade: On ne l’a point toutesfois voulu offencer des creneaux encores; les Thebains parauenture craignans de commencer les premiers. Et certes c’est icy vne fort belle & gentille inuention du peintre, lequel ayant bordé la cortine tout à l’entour de gens armez, en expose de tous entiers à la veuë: Les autres iusques au genoüil, quelques-vns à demy, à d’autres la poitrine, & les testes seules, & les morions seulement; Et delà puis apres rien que la pointe des picques. Mais tout cela est perspectiue; Car il faut ainsi deceuoir les yeux par certains cernes tournoyans, qui se reculent & s’en vont quand & la veuë. Au surplus Thebes n’est pas despourueuë de predictions; Car Tiresias le Prophete rend vn oracle concernant Menecée fils de Creon. Asçauoir que la ville sera deliurée du danger eminent, si d’auenture il veut finer ses iours au giste du serpent. Au moyen dequoy il s’en va mourir au desceu de son pere: digne certes d’vne bien grande commiseration pour raison de sa tendre ieunesse; Mais tres-heureux d’autre part pour son tant genereux courage. Iettez vostre œil maintenant sur ce qui despend de l’ouurier. Car il n’a pas icy peint vn blanc ne delicat iouuenceau, ains courageux & sentant bien son exercice; tels que sont ces cler-bruns de teint oliuastre, que le fils d’Ariston loué tant. Et l’a muny d’vn estomac, & de flancs releuez, auec vne fesse & cuisse troussée: Robuste à l’endroict des espaules; & le col ferme & roide: Participant de cheueux, * comme s’il n’auoit point de cheueluré. Or tenant son espée au poing, il se plante à l’entrée de la cauerne, dont pource qu’il s’est desia donné dans les costes, receuons en nostre geron le sang qui sort de la playe, car il s’espand en abondance; Et l’ame s’en ira soudain: Parquoy vous l’orrez bien tost petillant; à cause que les ames sont ordinairement amoureuses de beaux corps où elles resident; Ce qui fait qu’à bien regret elles les abandonnent. Le sang donc s’escoulant peu à peu, il chancelle; Et d’vne douce & gracieuse œillade, qui semble attirer à soy le sommeil, saluë & embrasse la mort qui le vient saisir.

*Sans toutesfois porter longue cheuelure.
ὅσον μὰ κομάἰν.
sic vt comam nutrire non videatur.

ANNOTATION.

Povr plus facile intelligence du present tableau, il faut reprendre la chose de plus loing, & cognoistre comme Iupiter s’estant enamouré de la belle Europe, fille du Roy Agenor de Phenice, la rauit transformée en taureau, & transporta en l’Isle de Crete, maintenant appellée Candie. Le pere la trouuant à dire, commanda à son fils Cadmus de l’aller chercher, & ne retourner vers luy qu’il n’en eust de certaines nouuelles: Tellement que ce ieune Prince apres plusieurs longs trauaux & ennuis, apres

apres auoir bien tournoyé çà & là sans rien auancer de sa queste, s'arresta finalement en la contrée de Bœoce, là où il mit à mort vn grand serpent qui desoloit le païs; & en sema les dents à guise de grain dans la terre, suiuant l'admonestement de l'Oracle, dont tout soudain vint à sortir vne moisson de gens armez, qui s'entretuerent les vns les autres sur le champ: si bien qu'il n'en resta que cinq, qui repeuplerent ce territoire auec luy. Ayant puis apres Cadmus espousé Harmonie fille de Mars & de Venus, il en eut Polydore qui fut Pere de Labdacus, Pere de Laius: Pere d'OEdipus; duquel & d'Iocaste sa propre mere; sœur maternelle de Creon, pere de Menecée, vindrent Eteocles & Polynices. Cadmus eut aussi quatre filles, Semelé, Agaué, Ino, & Antonoé; toutes lesquelles terminerent tragiquement leurs iours aussi bien que les masles. Finablement luy & sa femme en leur plus decrepite vieillesse furent conuertis en serpens.

  Il y a sept *portes aux murailles, mais l'armée est de Polynices, departie en sept bataillons.* Tout ce tableau en substance semble auoir esté succé & espreint de la Tragedie d'Euripide, intitulée les Pheniciennes. Et tout premierement au troisiesme acte, Creon parlant à Eteocles luy dist ainsi.

> ἐπτ᾽ ἄνδρας αὐδοῖς φανοῖς, ὡς ἤκουσ᾽ ἐγώ;
> λόχων ἀνδρασιν, ἐπά πεοσκεῖσθαι πύλαις.
> ἐπά ἄνδρας αὐδοῖς χ᾽ οὐ πεὸς πύλαις ἐλᾶ,
> λόχων πεοσκεῖναις οἳ ἂν ἀλκιμώτατοι.

On dit qu'ils sont sept chefs de bande, dont chascun à part soy commande, pour tout à vn coup nous venir en nos sept portes assaillir. Mets leur en teste aussi sept hommes aux portes, ayans chascun vne bonne trouppe de gens: Et choisis à cela les plus vaillans & hardis.

  Or quant à ces sept Capitaines de dehors, voicy comment il les descrit au premier acte, en cet endroit, où Antigone demande à son precepteur de les luy donner à cognoistre. *τίς ὁ τοῦ ὁ λευκολόφας, πεόπας ὃς α᾽ γεὶ στεατῦ πάγχαλκον ἀσπίδ᾽ ἀμφὶ βρχίοσι κουφίζων; Qui est le blanc pennache au premier bataillon, vn escu tout de cuivre maniant si à l'aise? Et il respond. C'est vn Myceneen, le braue Hippomedon, Roy des Lernées eaux. O Dieux (ce dit-elle) qu'il est superbe, & redoutable à voir: semblable à vn geant, tout madré, & estincellé de diuers lustres de couleurs. Mais qui est cestuy-cy armé d'vne autre sorte, qui se promeine sur le bod de Dircé? C'est Tydée (respond-il) le fils d'Onée, Aetolien d'armeure. Au reste ils portent tous des escus à la guerre, & sont merueilleusement adroits à darder vne lance.* Il descrit puis apres les armoiries & deuises de leurs escus en vn autre endroit de la mesme tragedie en cette sorte.

> χὴ πεῶτα μὲν πεοσῆγε νίσαις πύλαις
> λόχον πυκναῖσιν ἀσπίσι πεφρικότα,
> ὃ τῆς κυναρού Παρθενοπαῖος ἔγγονος, *& ce qui s'ensuit apres.*

Tout premierement Parthenopée, le fils de cette magnanime chasseuse, amena à la porte Neïte, vne esquadre de rondeliers bien serrez ensemble: portant au beau-milieu de son escu les anciennes recognoissances de sa maison; C'est à sçauoir Atalanta, qui met à mort à coups de ianelot le grand sanglier Calydonien. Vers la porte Prætide Amphiaraus prend son chemin, portant dans son chariot quand & soy, les victimes pour sacrifier: Au reste modestement armé, sans aucune marque quelconque, dont il puisse estre discerné parmy les autres; Ne voulant pas paroistre homme de bien, mais l'estre. ἀλλ᾽ ἔναι θέλω. A l'Ogygienne s'est planté de pied-quoy Hippomedon, ayant pour deuise en son panois vn Argus garny de force yeux, dont les aucuns se manifestent auec les estoilles qui se leuent; les autres se cachent quand & celles qui se couchent, comme on le peut cognoistre apres qu'il fut mort. Tydeus a rangé son bataillon deuant la porte Homoloïde, portant en son escu vne peau ou despouille de lyon, fort houssue de poil; & vn Promethée, tenant en la main droicte vn brandon de feu ardant, comme s'il vouloit embraser la ville; Mais Polynices a approché sa trouppe de la porte Crenée: la deuise duquel sont les iumens Potniades, tres-vistes à la course, qui ruent & bondissent d'effroy au beau milieu de son escu, se manians en rond de pied-quoy fort artificiellement, tout ainsi que les gonds d'vn huis. De sorte qu'il semble qu'elles soient forcenées. Capaneus d'ailleurs n'estant pas beaucoup animé au combat, meine ses gens droit à la porte Electrienne, ayant en sa rondache vn grand geant de fin acier cizelé, lequel emporte sur ses espaules vne cité entiere, qu'il a arrachée de viue force auec des rauis; Pour donner à entendre que la ville de Thebes en deuoit passer par là. Et finablement Adrastus tiroit à grands pas vers la porte Hebdoine, ayant au bras gauche vn panois, enrichy & couuert d'vne peinture de cent viperes ou serpenteaux de l'Hydre (vraye piasse & arrogance Argienne) auec deux dragons, qui du milieu des murailles emportoient en leur gueule bée la race de Cadmus. Eschylus en la tragedie des sept deuant Thebes, les descrit aucunement d'vne autre maniere. Ayant bien voulu inserer icy toutes ces belles fantaisies plaisantes, tant pour ce qu'elles concernent la peinture, sur quoy cet œuure est fondé principalement; que pour monstrer combien de longue main la coustume de diuersifier par deuises & cognoissances les armes des gens de guerre, a esté en vsage. Il dit doncques: *Qu'en premier lieu à la porte Pretienne estoit or-*

Euripide.
Les deuises des sept Princes deuant Thebes.

Æschyli.

C ij

donné le braue *Tydée*, lequel boüillant d'vn extreme desir & ardeur de combattre, crioit apres *Amphiarau*, luy reprochant sa sagesse, ou plustost lascheté, & bransloit d'vne merueilleuse fierté & audace, son morion ombragé le long de la creste de trois grands pennaches, s'auallans contre-bas à guise de cheueleure. Son escu au surplus estoit marqué d'vn ciel tout reluisant d'estoilles, auec vne pleine lune au milieu, le premier astre de tous les autres, & l'œil de la nuict, excellemment bien contrefaitte. A cettui-cy fut par *Eteocles* opposé le vaillant *Melanippe*, fils d'*Astacus*. *Capaneus* eut pour son departement, la porte *Electre*, bien plus fort & membru que le dessus-dict, d'vne arrogance plus que d'homme, se vantant que bon gré mal-gré *Iupiter*, dont il accomparoit les foudres & esclairs à la chaleur du midy, il prendroit cette place d'assaut. Et pour sa deuise portoit ie ne sçay quel personnage tout nud, ayant en sa main vn brandon ardant qui estinceloit à merueilles, auec ces mots en lettres d'or. IE REDVIRAY LA VILLE EN CENDRES. Le troisiesme à la porte *Neïte*, estoit vn qui s'esforçoit d'escheler vne tour; Et à celuy fut contremis *Megareus*, fils de *Creon*. Le quatriesme à la *Onchienne* fut *Hippomedon*, ayant en son escu *Typhon* le geant, qui de sa gueule flamboyante vomissoit vne grosse fumée noire: sœur germaine du feu: Et le bord tout autour estoit semé de couleuures entortillées. A celuy fut opposé *Hyperbius* fils d'*Oenops*. Le cinquiesme à la porte *Boreale*: Cettui-cy iure par son grand serment de reuerer plus la lance qu'il porte, qu'il ne fait Dieu: Aussi en est-il (à son dire) ruiner la ville de fonds en comble, & porte en son grand pauois de cuiure, vne *Sphynx* cru-deuorante, de plein relief, attachée à des clouds: ayant entre ses grifes vn *Thebain*, afin qu'il semble qu'on lance plusieurs dards à l'encontre de luy. Le nom du iouuenceau, à qui la barbe ne fait que poindre, est *Parthenopée* l'*Arcadien*. A cettui-cy fut mis en teste son frere *Actor*. Le sixiesme est le sage & preuoyant *Amphiaraus*, ordonné vis à vis de la porte *Omoloïde*, execrant à haute voix *Tydée* & *Polynices* autheurs de cette inique & detestable entreprise: lequel n'a aucune enseigne ne marque en son escu, mais le porte tout plain & vny. A cettui est opposé *Lasthon*. Et le septiesme est *Polynices*, qui a pour sa deuise vne femme conduisant posément par la main vn cheualier equippé d'armeures toutes dorées, auec vn escriteau donnant à entendre, que c'est la iustice diuine, qui le doit restablir & remettre en son paternel heritage. Telles doncques estoient

PAVSANIAS.
Les sept portes
de Thebes.

les cognoissances des sept chefs dont le present tableau fait mention. *Pausanias* en ses *Bœotiques* nomme ces sept portes de *Thebes* ainsi. *Les Thebains en leur vieil circuit de murailles auoient sept portes*, qui durent encores iusques à maintenant: ausquelles, selon ce que i'ay peu apprendre, les noms furent autre-fois imposez, tant par *Electre* sœur de *Cadmus*, que par *Prœtus* naturel du païs, à celle qui s'appelloit *Prœtis*. Mais en quel temps fut precisement ce *Prœtus*, ne de quels ancestres il vint, cela seroit bien malaisé à dire: Au moyen de quoy on auroit nommé cette porte *Neïte*, de la chorde qu'on appelle *Neté*, qu'*Amphion* (comme l'on dit) inuenta. Neantmoins ie me suis laissé dire, que *Zethus* frere d'iceluy *Amphion* eut vn fils appellé *Neïs*, qui luy pourroit bien auoir donné ce nom. La porte puis apres *Cranée*, on l'appelle *Hypsiste*, ou la plus Haut-esteuée; là où il y a vn temple de *Iupiter Hypsistien*, c'est à dire le tres-haut Dieu. Apres cette-cy suit celle qu'on appelle *Ogygie*. La derniere est l'*Omoloïde*, qui est vn nom (à mon aduis) moderne; Mais celuy d'*Ogygie* est fort ancien. L'occasion au reste pourquoy l'*Omoloïde* fut ainsi appellée, vient de ce que les *Thebains* ayans esté defaicts par les *Argiens* empres la ville de *Glissas*, plusieurs se sauuerent auec *Laodamas* fils d'*Eteocles*: dont partie pour leur lascheté refuserent de se retirer en *Esclauonie*, & s'en allerent emparer d'*Homole* en la *Thessalie*, contrée fertile au possible, & abondante en eaux. De la puis apres ayans esté r'appellez en leur païs par *Thersander* fils de *Polynices*, entrerent par la porte qu'ils appellerent à l'occasion dessusdite, *Homoloïde*. Mais en venant de *Platiées*, il vous conuient entrer à *Thebes* par celle d'*Electre*, là où *Capanée* fils d'*Hypponus* s'esforçant d'entrer, fut emporté d'vn coup de foudre. Cette guerre des *Argiens* contre les *Thebains*, fut la plus dure & memorable de toutes celles des *Grecs* contre les *Grecs*, du temps des *Heroës* (comme ils les appellent). *Statius* Poëte Latin en fit quelques liures soubs l'Empire de *Domitian*; mais long-temps au-parauant luy, du viuant de *Platon*, *Antimachus Colophonien* en auoit escrit vingt-quatre auant que d'auoir amené les chefs & conducteurs d'icelle deuant *Thebes*; tant il auoit trouué de choses à dire seulement és occasions & motifs, ou qu'il eust la vene ainsi abondante. Nous n'auons rien pour le iourd'huy de ses œuures.

L'histoire de
Thiresias.

THIRESIAS le Prophete rend vn oracle. *Hyginus* au 75. chapitre des fables. *Thiresias fils d'Eurimus* gardant le bestail au mont *Cyllenien*, trouua deux serpens accouplez ensemble, & leur ayant donné vn coup de houssine, il fut tout soudain conuerty en femme. S'estant là dessus conseillé à l'oracle, il retourna quelque temps apres au mesme lieu, où il les trouua de rechef s'entretenans; & les ayant frappez de mesme, il retourna en son premier estat. En ce mesme temps suruint d'auenture vne dispute entre *Iupiter* & *Iunon*, à sçauoir-mon qui auoit le plus de plaisir ou l'homme ou la femme, quand ils se viennent à ioüir ensemble; sur quoy ils esleurent *Thiresias* pour arbitre, qui auoit gousté l'vn & l'autre: mais ayant donné sentence en faueur de *Iupiter*, *Iunon* indignée de cela, luy donna vne ariere-main, dont il demeura aueugle; & *Iupiter* pour le recompenser luy alongea sa vie iusques à sept aages d'hommes, luy octroyant par mesme moyen l'esprit de Prophetie par dessus tous les mortels.

EVRIPIDE.

QVI TOVCHE à *Menecee* fils de *Creon*. Euripide dans les Phœniciennes.

σφάξας Μενοικέα τόνδε δὴ σ' ὑπὲρ πάτρας,
σὸν παῖδ' ὑπὲρ τῶ τὴν τύχλω αὐτὸς κελῆς.

Il te faut immoler ce tien fils Menecée, pour le salut de la chose publique : si au moins tu veux moyenner quel-
que heureuse issuë de la guerre presente. Et puis apres encores. Il est besoin de sacrifier au repaire où le dragon
naturel habitant du pais fut engendré, surueillant tres-soigneux du cours de Dircé, & espandre son mortel
sang comme vne offrande à la terre, pour appaiser l'indignation inueterée de Mars contre Cadmus. Voulant
nommément ce Dieu venger le meurtre de son serpent.

Tels *que sont ces cler-bruns de teint oliuastre, que prise le fils d'Ariston.* Il y a au Grec, οἷον τὸ τῆς με-
λιχρόου ἄνθος. Pour le premier il n'y a point de doute que par le fils d'Ariston il ne vueille icy entendre le Philosophe Platon, enfant d'Ariston & de Perixioné, ou Potoné : appellé du commencement Aristocles, & depuis Platon, à cause de ses larges espaules ; vn peu hautes quant &
quant toutesfois. Plutarque en la huictiesme question du huictiesme liure des Symposiaques , dit
que le Dieu Apollo s'apparut la nuict au pere, luy defendant bien expressément de ne toucher de
dix mois sa femme. De quoy l'on presuppose qu'il fut engendré de quelque intelligence diuine,
& non d'vn homme mortel. Quant à ce mot de μελίχρου, cela est vers la fin du cinquiesme liure de la republique ; où Platon parle en cette sorte. *N'estes-vous point ainsi affectionnez enuers les*
beaux ieunes garçons ? L'vn qui sera camus, vous le maintiendrez estre de cela tant plus agreable : L'autre
a vn grand nez aquilin, vous l'appellerez Royal : Celuy qui tiendra le milieu des deux, vous semblera du
tout bien proportionné : Les bruns, vous les direz virils & robustes : & les blanches charnuës, les enfans
des Dieux. Lequel lieu a esté allegué par Plutarque, au traicté intitulé περὶ τῆ ἀκμῆ, de l'ouyr, ou,
comment il faut ouyr. οἱ γὰρ ἐν ὥρᾳ παντὲς ἁμηγέπη δάκνουσι τὸν ἐρωτικὸν ἢ λευκοὶ μὲν, θεῶν παῖδες ἀνα-
χαλῶν, μέλανας δὲ ἀνδρικοὺς, καὶ τὸν χρωτὸς βασιλικὸν, ἢ τὸν σιμὸν, ἐπίχαριν· τὸ δὲ ἀγρὸν ὑποκοριζό-
μένος μελίχρου, ὑπαλλάττου ἢ ἀγαπᾶ. Quelques-vns toutefois veulent lire, μελάγχλωρος, c'est à
dire verd-brun, & non μελίχρους, qui signifie couleur de miel, lequel est aucunement pasle.
Toutesfois ce n'est pas ce que veut dire icy Philostrate, car il oppose ce teint icy à la charnure
blanche : Parquoy ie ne sçay s'il faudroit point plustost lire μελάγχρους. Ie n'en decideray rien : &
au lieu de cela adiousteray icy les carmes de Lucrece au quatriesme liure, où il a vsé de ce mesme
mot.

> *Nigra* μελίχρους *est : immunda & fœtida* ἄκοσμος :
> *Cæsia* παλλάδιον, *neruosa, & lignea ,* δορχὰς :
> *Paruola , pumilio ,* χαρίτων ἴα, *tota merum sal. &c.*

Ce qu'Ouide a imité au second de l'art d'aimer.

> *Nominibus mollire licet mala : fusca vocetur,*
> *Nigrior Illyrica cui pice sanguis erit.*
> *Si pæta est , Veneri similis : si flaua , Minerua :*
> *Si gracilis , macie quæ mala visa sua est.*
> *Dic agilem quæcumque breuis : quæ turgida , plenam :*
> *Et latet vitium proximitate boni.*

Plus au second des Elegies.

> *Candida me capiet , capiet me flaua puella :*
> *Est etenim in fusco grata colore Venus.*
> *Seu pendent niuea pulli ceruice capilli ,*
> *Leda fuit nigra conspicienda coma.*

Au regard de ce mot ἄνθος, il semble que Philostrate ait voulu faire quelque allusion au
passage du banquet Platonique ; là où Agathon , sur les loüanges d'amour venant à parler de
la beauté d'iceluy, dit , que *l'assiduelle conuersation de ce Dieu parmy les fleurs, la luy cause : d'autant qu'en*
tout ce qui est destitué de sa fleur , ou est desia fanné & flestri, soit l'esprit, soit le corps , ou autre chose quelcon-
que , iamais l'amour ne fait sa demeure. Mais quelque part qu'vn lieu se trouue fleury & bien odorant , il s'y
anniche volontiers. Dans le Phedrus, il parle soubs le nom de cheuaux, de la disposition de deux
adolescens, l'vn gaillard & robuste, tel presque que nostre autheur depeint icy Menecée ; & l'autre
effeminé, flacque & mol.

Or tenant *son espée au poing, &c.* Euripide en la mesme tragedie, ἀλλ' εἶμι, καὶ ςαιεὶξ ἐπιλ-
ξίτων ἄκρων, &c. Mais ie m'en vois , & du plus haut du parapet me donneray dans la gorge, en me lançant là
bas en l'obscure & profonde cauerne du serpent ; selon que le Prophete l'a annoncé, pour la deliurance de ce pais.
Pausanias és Bœotiques. *A Thebes pres la porte Neté, l'on void la sepulture de Menecée fils de Creon , le-*
quel suiuant l'oracle apporté de Delphes se tua volontairement, lors que Polynices y amena l'armée d'Argos ;
Tout contre ce tombeau est creu vn grenadier, dont si vous prenez vne pomme , estant paruenuë à maturité , &
en rompez l'escorce , ce qui reste au dedans verd soit rouge que sang , combien que l'arbre soit verd par
tout. En quoy Pausanias (ce me semble) ne nous dict pas de grandes merueilles. Car cela se void
bien és meures, pesches, & en d'autres fruicts, qui ont le suc aussi rouge que sang.

A cause *que les ames sont ordinairement amoureuses de la beauté des corps où elles resident.* Platon
au Phedon appelle les esprits, ou plustost fantosmes ombrageux, qui apparoissent quelques-fois
au tour des sepulchres , ψυχὰς φιλοσωμάτους , comme qui diroit, Ames amoureuses des corps:

lefquelles apres leur partement de cette vie ne s'en font point enuollées à vne plus claire & pure lumiere, mais adherent encores aux corps aimez d'elles, par vne volupté feruile, dont elles fe font infectées & contaminées auec luy. Quant à moy pour en dire mon opinion, bien qu'indigne de paroiftre deuant ces grands & diuins personnages, i'eftimerois tout le rebours, que ce fuft le corps qui feroit amoureux de l'ame; comme celle qui le viuifie; qui conftituë l'indiuidu, lequel ofté, noftre immortalité nous feroit inutile; & fans laquelle ce n'eft plus qu'vne terre morte, voire vne puante & orde charongñe. Et de faict le corps en la feparation de l'ame qui fe fait de luy monftre affez le regret qu'il en a, par la trifte & defolée mine qu'il fait, voire la plus hideufe de toutes autres; Car de tous les animaux en vie, il n'y a rien fi beau, fi fpecieux & agreable que l'homme: Et au contraire apres fa mort, rien de plus laid & efpouuentable. Que fi nos fens pouuoient appérceuoir l'ame en fon allegreffe combien elle eft ioyeufe & contente d'eftre deliurée de cette orde & infecte chartre, nous aurions certes fi grand defir de laiffer cette vie, que personne n'y voudroit demeurer: Mais il n'eft pas permis d'en parler fans loüange du Souuerain. Et puis on fçait combien eft par tout puniffable le bris de prifon.

Origene au refte liure cinquiefme contre Celfus interprete les filles des hommes, dont il eft dit au fixiefme de Genefe, *Que les fils de Dieu trouuerent belles les filles des hommes*; Pour ces ames qui font conuoiteufes de viure és corps: Ie ne fçay comme cela peut quadrer; mais il le dit ainfi, l'alleguant toutes-fois d'vn autre.

LE NIL.

La souueraine prouidence,
Faict plus d'estime d'vne enfance,
Qui la loüe en simplicité;
Qu'elle ne faict de la sagesse,
Des honneurs & de la richesse,
Du monde & de la vanité:

Ils sont icy comme trompettes,
Et comme de petits Prophettes,
Qui vont predisans tout bon heur;
Taschant leur mignarde Innocence,
d'Arrester la Saincte vengeance,
Et de destourner tout malheur.

C iiij

LE NIL.

ARGVMENT.

E FLEVVE *icy defcript, ou plutoft depeint, eft tout tel qu'on le void
en certains reuers de medailles de l'Empereur Adrian; Et au iardin
de Bel-veder à Rome où il y a vn grand Coloffe de marbre eftendu
de fon long depuis la ceinture en bas; la partie d'amont releuée & debout, ayant le bras droict appuyé fur vne cruche antique, dont fort vn gros bouïllon d'eau , & en la gauche vne corne d'abondance pleine d'efpics , & de toute
forte de fruictages: La barbe longue & efpoiffe, & fa cheuelure de mefme: le chef
couronné de ioncs & rofeaux. Le tout eftant femé de petits garconnets en diuers
geftes & maintiens, lefquels fignifient les coudées à quoy on mefure la croiffance & inondation de ce fleuue. Car pource qu'il ne pleut iamais en Egypte, il
femble que par vne certaine prouidence , la nature moyenne ce deffordement;
dont tous les ans le territoire vient à eftre abbreuué, & couuert és plus chauds
iours de l'efté : Sans cela il demeureroit du tout fterile. Il y auoit anciennement
vn puits en Memphis (maintenant c'eft le Caire) dont les Preftres & Sacrificateurs Egyptiens auoient la charge; là où quelques mois auparauant que la creuë
d'eaux commençaft, on voyoit defia iufques à quelle hauteur elle debuoit arriuer. Ce que les Preftres annonçoient au peuple, afin de mefurer par là le taux
du bled, car tant plus l'eau eft grande, au moins iufques à feize coudées, tant
plus auffi doit eftre l'année fertile : Et pour fçauoir auffi l'heure où fe retirer à
garand. Le refte, l'annotation vous le deduira.*

VTOVR du Nil s'efbattent de petits garçons d'vne
coudée de haut , ayans le nom conforme à leur
taille & grandeur, efquels ce fleuue prend vn fingulier plaifir , tant pour plufieurs autres raifons , que
principalement pource qu'ils annonçent aux Egyptiens, iufques à combien il fe doibt defborder. Ces
enfans doncques luy font fefte, & s'approchent de
luy en riant, baignez encore, & mols de l'eau; Ie
cuide mefme qu'ils ont l'vfage du parler. Les vns
font affis fur fes efpaules, les autres fe pendillent à fes gros flocs & tortillons;
quelques vns dorment entre fes bras, les autres trepignent & fautellent fol-
                                                                    laftrement

laftrement fur fa poitrine. Et ce-pendant il leur prefente à tous des fleurs en abondance, les vnes de fon fein, les autres de fon ambraffade, affin d'en faire des chappeaux & guirlandes; Et que tenus faincts & facrez du peuple, ils prennent leur repos en iceux, parfumez d'vne foüefue odeur. De ces petits encore, l'vn monte fur les efpaules de l'autre à tout des fiftres, dont le fon s'accorde fort bien au murmure de l'eau. Et quant aux Crocodiles & Hippopotames, qu'aucuns* attribuent au Nil, ils font pour cette heure gifans és plus profonds goulphres du fleuue, à ce qu'ils ne facent peur à ces enfans. La marque au refte & les enfeignes de l'agriculture, & nauigation, monftrent que c'eft icy le Nil, pour vne telle caufe. Le Nil rendant l'Egypte nauigable, fait que le peuple a vn tresferme terroüer, eftant fon eau embeuë de la campagne plaine & rafe. Or en l'Ethiopie d'où il commence à couler, certain Demon luy affifte pour difpenfateur, qui l'enuoye à bas és faifons opportunes: Et eft peint qu'il femble atteindre le ciel; ayant le pied dedans fes fources. De quelle forte (ô Neptune) le fleuue fe haulfant deuers luy, le regarde & fouhaitte auoir beaucop de tels enfans que ceux-cy!

* peignent auprés du Nil, c'eft à dire, affin que on entende par là que cette riuiere qu'ils reprefentent, eft celle qui engendre tels monftres marins: ainfi que fit le peintre Nealces, dont Pline fait mention, lequel ayant peint vne bataille nauale, reprefenta vn afine qui beuoit au bord de l'eau, & vn crocodile, qui le guettoit, affin de faire fcauoir par là que cela fe faifoit fur le Nil.

ANNOTATION.

IODORE SICILIEN au premier liure, chapitre deuxiefme dit; que la premiere appellation du Nil fut l'Ocean: & puis apres qu'on eut trouué le moyen de le border & contraindre, l'Aigle: Puis Egypte; Et finablement que le Roy Nileus luy donna fon nom. Homere par tout l'appelle Egypte (ce qu'a remarqué Pline au dixneufiefme chapitre du cinquiefme liure.) comme au quatriefme de l'Odiffée:

Lucian en fes preceptes de bié dire, Νείλον είλε μεμνον ὅπι κεχώδικεν τινθε & ἰππωΐλεμον. Voyez le paffage traduit cy apres par Vigenaire p. 60.

πρὶν γ᾽ ὅτ᾽ ἀ Αἰγύπτοιο διιπετέος ποταμοῖο
αὖτις ὕδωρ ἔλθης.

Et encore tout incontinent apres,

ἄνεκα μ᾽ αὖτις ἀνωγμ ἐπ᾽ ἠερφδέα πόντον
Αἴγυπτον δ᾽ ἰέναι.

Pour autant que la terre d'Egypte (comme dit Herodote) eft vn don du Nil, car eftant toute fablonneufe de foy elle acquiert le limon par l'inondation de ce fleuue qui le luy charrie d'enhaut; auffi n'eft elle cultiuée finon autant que la croiffance d'iceluy fe peut eftendre, qui eft enuiron trois cens ftades, faifans neuf ou dix lieuës de cofté & d'autre de fes bords. Le refte eft en defers, ainfi que dit Strabon au dernier liure. De forte qu'anciennement on n'appelloit Egypte, finon ce qui eft depuis la ville de Syené iufques aux bouches du Nil. Les autres l'ont nommé Triton: Aucuns Melas & Melon, comme Ennius; Ce que Feftus rapporte à fa noirceur: Et Seruius femblablement fur ce paffage de Virgille,

Qui viridem Aegyptum nigra fœcundat arena: Lequel le deriue de *ῥίον* & *ἰλὺ*, pource qu'il charrie toufiours quelque nouueau limon. Catulle dit que la mer fe colore de luy:

Siue qua feptemgeminus colorat
Aequora Nilus.

Laquelle confideration auroit meu les anciens à luy faire des ftatuës de marbre noir, (ainfi que dit Paufanias és Arcadiques) à caufe qu'il paffe par l'Ethiopie, & en vient; là où tous les autres fleuues les auoient de pierre blanche. Il y en a eu auffi quelques vns (ainfi que dit le mefme Paufanias és Corinthiaques) qui ont penfé le Nil eftre premierement l'Euphrates; lequel eftant humé de la terre, vient de nouueau à renaiftre en l'Ethiopie; mais mal à propos; car il faudroit qu'il paffaft par deffoubs la mer Rouge, ou l'Ocean. Ce fleuue au refte eft compté pour l'vne des merueilles du monde, tant pour plufieurs grands fecrets & myfteres que les anciens preftres & fages d'Egypte luy attribuoient, que pour fa croiffance & defcroiffance, qui n'a moins taillé de befongne aux bons efprits, que le flux & reflux de la mer. Dequoy il y a plufieus diuerfes opinions; mais trois principales entre les autres; qui eft la caufe pour laquelle on auoit accouftumé

Trois caufes principales du defbordemét du Nil.

de le peindre accoudé fur trois Vrnes, ou cruches antiques;là où les autres fleuues n'en auoient
qu'vne feule. En premier lieu on penfoit que le foufflement des vents Etefies, lefquels tout au
mefme temps qu'il veut croiftre, commencent à regner forts & impetueux de la partie du Septentrion droit contre les bouches du Nil, & repouffent fon eau contremont, l'engardaft de couler en la mer comme de couftume: Ainfi que dit le Poëte Lucrece.

Aut quia funt æftate Aquilones oftia contra
Anni tempore eo, quo Etefiæ effe feruntur,
Et contra fluuium flantes remorantur, & vndas
Cogentes rurfus replent cogúntque manere. ●
Nam dubio procul hæc aduerfo flabra feruntur
Flumine quæ gelidis ab ftellis axis aguntur.

Les autres, & entr'eux pour l'vn des principaux Euthymenes, auec les preftres Egyptiens (comme tefmoigne Diodore) attribuent cela à l'Ocean, dont ils maintiennent que le Nil procede immediatement emprés le mont Atlas, où il s'appelle Diris; & de là s'eftant refpandu en vn grand
lac nommé Heptabolos, s'efcoule de rechef hors iceluy, en vn canal qui a le nom de Niger: Puis
quand il eft paruenu iufques aux Cataractes, & en Egypte, il prend celuy du Nil: Car la mer (ce
dient ils) s'enfle en ces quartiers là, és plus chauds iours de l'année, & defgorge cette inondation.
Mais en tout cela il n'y a aucune apparence: auffi que les nauigations, voyages, & defcouure-
mens des modernes, ont verifié le Niger eftre vn fleuue à part (& non le Nil) paffant par le Royaume de Tombut, Tepeaga, & autres terres des Negres, iufques à ce qu'il fe voife efcharger
dans l'Ocean Atlantique: ainfi que l'a tres-bien deduit Iean Leon en la defcription de l'Aphrique. Ce qui auroit peu induire ces gens là à le croire ainfi, eft, que le Niger produit des Crocodiles, & Hippopotames ou cheuaux de riuiere auffi bien que le Nil. Dauantage qu'il eft aduenu
autresfois que l'eau du Nil s'eft trouuée fallée & amere, comme dit Pline au trente-vniefme liure, chapitre quatriefme; mais c'eft par accident, & non felon le cours ordinaire de la nature.
La troifiefme opinion de cette creuë plus certaine que les deux autres, eft fondée fur les grandes
& affiduelles pluyes, qui fe desbandent en la haute Ethiopie fur le commencement de May; &
ne s'en manifefte rien en Egypte finon vers la my-Iuin communément à la nouuelle lune d'apres
le Solftice. De là l'eau va croiffant peu à peu tout le refte du mois, & plus fort encore en celuy de
Iuillet, iufques à ce qu'elle foit finablement paruenuë à la hauteur à quoy l'appelle la difpofition
de l'année. Et puis diminuë par les mefmes degrez qu'elle s'eft augmentée, iufques à eftre du tout
reduite comme au parauant, à fon canal accouftumé: Ce qui s'accomplit ordinairement, dans le
centiefme iour. Tant doncques de bons & curieux efprits, tant de gens doctes & grans ceruaux,
fe font trauaillez par vne telle longueur de temps, à enquerir la caufe de cefte merueille en nature, fans y auoir rien aduancé. Ce qui nous doibt affez faire cognoiftre la foibleffe & debilité de
noftre entendement, l'incertitude de nos conceptions, & qu'il ne faut pas fi legerement croire
ne branfler apres tout ce qui fe treuue dans mefmes les plus excellens autheurs. Car eftans hommes auffi bien que les autres, ce feul tiltre tant feulement nous doibt faire aller retenus & foubs
bride, fur les fentiers qu'il nous ouurent & addreffent; fi nous ne fommes en cet endroit efclai-
rez de la vraye lumiere. Et certes cette merueille du Nil eft vne chofe forte & mal-aifée à comprendre; pour arriuer toufiours fans faillir vne telle rauine d'eaux an vne mefme faifon, & encore en plein cueur d'efté, durant les plus grandes & intolerables ardeurs d'iceluy en vne region fi
chaude & bruflée. Au moyen dequoy tout ainfi que ce feroit vne ignorance par trop grande,
de ne pouuoir rendre raifon de rien; Auffi feroit ce trop de prefomption & curiofité de la vouloir donner de toutes chofes: Tellement qu'il vaudroit mieux le plus fouuent fe taire en des fecrets fi delicats & chatoüilleux, que de s'y aheurter ou efpiner mal à propos. Or les Portugais a-
prés auoir doublé le Cap de bonne efperance, trauerfé l'embouchure de la mer rouge, & s'eftre
de là efpandus en la plus part des Indes Orientales, ils s'inftruirent aucunement des affaires de
l'Ethiopie; & y ayans depefché vne Ambaffade deuers l'Empereur des Abyffins appellé fauffe-
ment Prefte Iean; vn Francifque Aluarez qui eftoit de ce nombre, nous a laiffé par efcript ce que
par l'efpace de fix ans, qu'il s'y promena à fon aife d'vne part & d'autre, il y auroit obferué: Difant entre autres chofes, que le Nil prend fon origine au delà du cercle Equinoctial, au Royaume
de Goyame, qui faict l'vne des Prouinces de l'Ethiopie, de deux grands lacs reffemblans à des
mers: & de là apres auoir faict quelques Ifles, s'aualle & dreffe fon cours vers l'Egypte. Au refte
que tout le long de l'efté il y a en ces quartiers là d'extremes pluyes; Tellement qu'vn iour en paffant pays, comme iceluy Aluarez & fa troupe fe fuffent affis pour fe repofer fur le haut du iour, le
long d'vn petit torrent prefque à fec, ils oüyrent vn bruit à guife de tonnerre venant de loing, &
là deffus apperceurent tout à l'inftat couler le long du canal, vne groffe furie d'eau de la hauteur
d'vne bonne lance, entrainant à val quand & foy les pierres & cailloux, fi qu'à grand peine eurent
ils le loifir de fe deftourner, qu'ils ne feuffent enuelopez & engloutis de cet impetueux mafca-
ret. Efchyle en fon Prometheé fait defcendre le Nil des monts Bibliniens en l'Ethiopie. ●

Τηλύρϑυ

Τηλουρὸν δὲ γαῖ
Η''Εξς κελαινὸν φῦλον, οἳ πρὸς ἠλίε
Ναίοσει πηγαῖς, ἔγϑα ποταμὸς αἰϑιο-ψ.
Τόϑου πρὸ᾽ ὃ πᾶς ἐρφ᾽, ἕως αὖ ἀξίκη
Καππαριον, ἔγϑα βυβλίνων ὁρῶν ἀπὸ
Γῆσι σωτῆρ Νεῖλος βύπνον ῥέως.

Tu arriueras à vne noire nation en pays loingtain , laquelle habite prés les fontaines du Soleil: là est le fleuue Ethiopien. V a t'en droit au bord d'iceluy , tant que tu l'ayes passé: Car là endroit le Nil, de toutes les eaux couuantes le meilleur à boire, ennoye en bas vn canal venerable des monts Bibliniens. Surquoy l'interprete dit *ἀπὸ τῆς μνομήνης παρ᾽ αὐτοῖς βύβλῳ ἐπλασαι τὰ βύβλια ὅ φι.* Ils sont appellez *Bibliniens du papier qui y croist.* Parce que le papier, qui est vne espece de ionc ou rouseau, ayant des fillamens dont ce faisoit autrefois vne maniere de charte, s'appelle en Grec *βύβλος* : Parquoy les liures ont aussi esté dits *βυβλία.*

D E S P E T I T S G A R Ç O N S *d'vne coudée de haut.* Au Grec, *οἳ πήχυς παιδία.* Sainct Augustin au 16. de la cité de Dieu, & Eustatius pareillement, dient que les Nains ont esté par les Grecs appellez Pygmées de ce mot cy *πυγὼν* ou *πῆχυς* qui signifie coudée, pource qu'ils ne passent point cette mesure en longueur.

L V C I A N à ce propos en ses *preceptes de bien dire*, touche cecy aucunement. *La Rhetorique (dit-il) est assise en vn throne haut esleué, belle au possible, & d'vn tres-gracieux regard: Tenant en sa main droicte vne corne d'abondance, pleine de toutes sortes de fruicts. Au reste il me semble qu'elle iette sa veuë sur des richesses desployées vis à vis toutes d'or, & fort desirables, ioignans lesquelles se sont plantées la gloire, & la vehemence, & autour d'elle, à grands troupeaux de tous costez, volletent infinies louanges en forme de petits Cupidons, tout ainsi qu'au N il si vous n'auez iamais veu peint nulle part à cheual sur vn Crocodile, ou Hippopotame, dont il y en a tout plein là : sont de petis garçonnets (les Egyptiens les appellent Peches) toüans & follatrans à l'enuiron. Telle se monstre cette volée de loüanges à l'endroit de la Rhetorique.*

P O V R C E *qu'il annoncent aux Egyptiens iusques à combien il se doibt desborder.* Strabon au dernier STRABON. liure. *En la ville d'Elephantine ioignant celle de Syené, en vne isle qui est au dessus, y a dedans le temple de Cnuphis vn puits sur le bord du Nil, basty d'vne pierre seule, où sont cottées les plus grandes, les moindres, & les moyennes croissances du Nil:Car l'eau du puits croist & descroist auecques luy.Et y a des marques graüées en la pierre, qui monstrent iusques là où le fleuue se doit desborder:Tellement que ceux qui ont la charge, annoncent au peuple la disposition de la creuë, assez long temps au-parauant qu'elle vienne:Afin que suyuant cela chacun prenne garde à soy, & se prepare à ce qu'il a de faire touchant les fossez & leuées, ensemble toutes autres choses qui concernent la dispensation des eaux : Que les gouuerneurs du pays aussi sçachent quelle coste ils doiuent ietter celle annee.pource que les grandes creües denotent vn tres-bon & fertile rapport.*

P H I L O S T R A T E en la vie de Denys Milesien, voulant denoter l'excellence du parler de ce personage, *καὶ τοῖς μὲν ἀδυνατώτερον δοκεῖ τὸ πρᾶμα, οἳ δὲ καὶ πηγὴν ἀγαμήντον τὴν γλῶτταν, ὥσπερ τὰς Νείλου ἀναβάσεις. A quelques vns sa bouche semble auoir douze tuyaux : les autres mesurent sa langue par coudées : tout ainsi comme les montées & croissances du Nil.*

H E L I O D O R E au 9. de l'histoire Ethiopique l'a touché pareillement en ces mots. *οἳ δὲ τῶν τε HELIODORE. Φρεατίας τὸ Νειλομέτριον ἐδείκνυσαν τὰ χ᾽ τὴν Μέμφιν πρὸς πᾶππον, &c. Les Prestres (dit-il) ont de coustume de monstrer au Roy la mesure du Nil dedans vn puits, semblable à celle qui se void à Memphis, taillée en la pierre mesme: là où il y a des espaces de la hauteur d'vne coudée, marquez de lignes : ausquels venant arriuer l'eau du fleuue, par des conduits qui sont soubs terre, cela manifeste & annonce aux habitans du pays, les croissances & rabaissemens du Nil, par le nombre empirant és marques qui se viennent à couurir d'eau, ou qui demeurent exposées nuement à la veuë, dequoy se tire vne cognoissance de la hauteur & bassesse de la prochaine inondation.* Socrates en l'histoire Scolastique, escript, qu'anciennement ceste coudée qui monstroit les creües du Nil, estoit soigneusement gardée au Temple de Serapis ; pource que la religion Grecque estimoit, que par la prouidence de ce Dieu le Nil venoit ainsi à croistre pour arrouser l'Egypte.Mais Constantin le grand la fit depuis transporter en Alexandrie, se mocquant de la bestise de ce pauure peuple, abusé & perdu apres ses idolastries accoustumées. Pline au 9.chap.du PLINE. 5. liure, dit, *que les mesures de ceste creue se prenoient par certaines marques ; dont la meilleure & plus commode inondation est de seize coudées. Si les eaux viennent à estre plus basses, elles ne peuuent arrouser tout: Plus grandes, elles demeurent trop à s'en retourner. Tellement que celles cy consument inutilement le temps propre pour les semailles, à cause que le terroüer reste trop mol & destrempé, & celles là ne luy donnent pas: La secheresse & alteration d'iceluy, estant par trop grandes. Au moyen dequoy la prouince reieite l'vn & l'autre: Car à douze coudées elle se sent de famine: à treize il y a encore de la disette: les quatorze apportent resiouïssance: quinze, certitude de bonne recolte : à seize se sont pleines & entieres delices.*

O R P O V R C E qu'il a esté parlé cy dessus d'vn autre puits de Memphis, qu'on tient estre le Caire de maintenant:i'ay bien voulu inserer icy ce qu'en dit Iean Leon en sa description d'Aphrique, pour faire voir que de tout temps cette creuë & inondation du Nil a esté telle qu'elle est encore de present, sans y auoir rien eu de changé par tant & de si longues reuolutions de siecles.

Au milieu du Nil, vis à vis du vieil Caire, y a vne petite isle appellée Michias, comme qui diroit la mesure, pource que là est marquée la hauteur à quoy doibt arriuer la croissance du fleuue, laquelle cause l'abondance ou la cherté de l'année par toute l'Egypte : chose esprouuée de longue-main, & où il ne se trouue point de faute, pour auoir ainsi esté obseruée par les anciens Egyptiens. Cette isle peut estre habitée de quelques quinze ces feux, ayant à l'vn des bouts vn fort beau palais, ioygnant lequel y a vne Mosquée en plaisante situation, car la riuiere bat au pied ; & à l'autre vn petit courtil, clos de muraille, là où au milieu d'iceluy tout à descouuert se void vn puits ou fosse carrée, profonde de 18. coudées ; Et au fonds, en vn coing, certain conduit qui se va rendre par dessoubs terre sur le bord du Nil. Dans cette fosse est plantée vne colomne de pareille hauteur, à sçauoir de 18. coudées, compartie & marquée en autant d'espaces : Et quand le Nil commence à croistre, ce qui aduient ordinairement vers le 13. de Iuin, l'eau entre soudain par le conduict dedans la fosse dessus-ditte, là où elle croistra vn iour de deux doigts seulement : vn autre de trois : vn autre de demy coudée. Là dessus certains deputez à cela, viennent iournellement voir cette colomne, pour sçauoir combien le Nil sera creu, puis le font entendre à des petits garçons coiffez d'vn Turban iaune, qui le vont publier çà & là par la ville du Caire, & aux fauxbourgs, parquoy tout le monde leur donne en faueur de cela quelque chose, marchands, artisans, femmes, & tout le reste du peuple. Car ils sçauent cela par experience, que si le Nil arriue insques à 15. coudées en cette colomne, l'année sera tres-abondante & fertile. S'il diminuë de 15. iusques à 12. il y aura mediocre cueillette, Et s'il rabaisse encore de 12. iusques à 10. c'est signe infaillible que le bled sera cher. Mais si d'auenture il passe, & qu'il s'aduance de 15. iusques à 18. cela denote quelques gros rauages que doit faire la trop grande abondance d'eaux. Que s'il surmonte encore les 18. tous les lieux & habitations de l'Egypte sont en danger d'estre noyez : A cette cause les officiers l'annoncent au peuple, & ces petits garçons s'en vont criant de tous costez ; Peuple, Peuple recommandez vous à Dieu, car l'eau arriue au sommet des leuées qui retiennent le fleuue. De quoy chacun se trouuant esponnté, a son recours à faire force prieres & aumosnes. Ainsi le Nil s'en va croissant par 40. iours, & diminuë de mesme : De façon que par vne si grande & extraordinaire abondance d'eaux, il ne se peut faire que les viures n'encherissent aucunement. Et pourtant chacun se trouuant lors ses denrées à sa discretion, sans qu'on y mette point de taux, Toutes-fois cela va auec honnesteté raisonnable. Puis quand les quatre-vingts iours sont passez, on y remet le prix comme de coustume, principalement du bled. Et ne se fait cette police qu'vne seule fois chacun an, pource que selon la croissance du Nil, les officiers sçauent les contrées & endroits du pays qui ont esté suffisâment arrousez ; Et pareillement ceux qui en ont eu trop, ou defaut, selon la diuersité que leur situation est haute ou basse : Et se reiglans là dessus, taxent combien le bled se doibt vendre. Au bout d'enuiron ces trois mois, se faict vne grande feste & solemnité dans le Caire, auec tant de sons d'instrumens & crix d'allegresse, qu'il semble que toute la ville doibt fondre, & aller sans dessus-dessoubs. Car chasque famille equippe vne barque bien tapissée, & garnie de force viures & confitures, auec vne grande quantité de torches : Puis s'en vont promener çà & là s'esbat, se resiouissans les vns auec les autres, Parce qu'on ouure lors la muraille du grand canal, dont l'eau vient à s'espandre & communiquer à tous les autres canaux, tant de la ville que des fauxbourgs, tellement que le Caire ressemble proprement lors Venise. Et peut-on aller par basteau à tous les lieux & endroits de l'Egypte. Ceste feste dure sept iours : Si bien que ce que l'artisan, ou marchant aura gaigné tout le long de l'année, sera depesché, & peut estre dauantage encore, en cette sepmaine ioyeuse, Lesquelles façons de faire, ils ont receu de main en main de leurs ancestres & predecesseurs, qui ont tousiours fort honoré cette creuë du Nil, comme estant la seule cause, ou plustost l'instrument & moyen de la prouidence diuine, de tout ce que l'Egypte (pour cette raison l'vn des plus fertiles pays de la terre) vient à produire pour le nourrissement du peuple qui y habite. Au moyen dequoy ils tenoient le Nil pour vn Dieu leur grand bien-faicteur, Et ont leurs anciens prestres enueloppé là dessoubs infinis beaux mysteres & secrets.

A tout des Sistres, dont le son s'accorde fort bien au bruit & murmure de l'eau. Le Sistre a esté de tout temps vn instrument dedié aux mysteres des Egyptiens, mais ce n'est pas celuy-là que nous auons en vsage, approchant du lut ou guiterne, s'il n'auoit les cordes de fil d'archal, qu'on touche auec vne plume seruant de plectre. L'autre se void és figures anciennes d'Isis, & de ses ministres, & des Rois d'Egypte pareillement. De faict Virgile l'attribuë à Cleopatre. *Regina in medijs patrio vocat agmina Sistro.* Surquoy les interpretes alleguent le Sceau & le Sistre estre vn symbole ou deuise de la creuë & retour du Nil. Le Sistre doncques, dont tout l'vsage estoit en sa côcussion & esbranlement, par où se designoit la vicissitude des choses, & la continuelle generation & corruption d'icelles, estoit vne maniere de tambourin : Ie ne dis pas de ceux dont l'on vse à la guerre ny aux danses ; Ne des Atabales des Reistres, des Turcs & des Mores, qui sont petits chaudrons foncez par vn bout ; mais des autres dont l'on vse au pays de Bear, & en Gascongne, à Rome & en plusieurs endroits de l'Italie, où les siennes filles le sonnent fort dextrement. Cela est presque comme vn petit crible, reserué qu'il n'y a point de trous au parchemin dont il est couuert ; Et au tour de la quasse ou du cercle, large de quelques quatre doigts ou plus, il y a des sonnettes attachées, & des lames ou tablettes de cuiure fort cliquantes, semblables à celles dont l'on souloit composer les brigandines ou collets d'escailles : de sorte qu'en battant les doigts sur le fonds, & remuant par mesme moyen le Sistre de l'autre main, le tout vient à rendre ensemble, sinon vne musique

Sistre.

fique harmonieufe, à tout le moins vn fon fort bruyant,& qui n'eft point autrement defagreable.
Mais le Siftre antique d'Egypte eftoit tout d'airain , & courbé par le fonds à guife d'vn chauderon
ainfi que dit Plutarque au traicté d'Ifis & Ofiris ; & au tour d'iceluy quatre petites clochettes ou
cymbales pendantes ; fignifiant que la portion de l'vniuers fubiette à alteration, (comme l'appellent les modernes) eft foubfmife au deffoubs de la lune,là où toutes chofes fe changent fans ceffe
variant alternatiuement l'eftre & difpofition de ce bas fiecle ; lequel confifte de quatre elemens,
feu, terre,eau,& air;formez en vne & vne autre efpece. Au fomet duquel Siftre,tout au pl² haut de
fa circonference, eftoit entaillée vne chatte ayant face humaine; & au bas de ces tablettes ou plac-
ques, qu'on branfle pour en efmouuoir le fon , d'vn cofté la figure d'Ifis, de l'autre celle de Ne-
phtis ; pour denoter la naiffance, & la mort : Car telles font les alterations & les changemens elementaires. Mais par la chatte ils vouloient entendre la lune, auec laquelle ce beftial a vne grande
conuenance & conformité d'habitude ,foit que vous regardiez aux varietez , taches, mouchettures de fa peau ; ou à fa rufe; ou qu'elle eft en action plus la nuict que le iour;& fa lubricité lafciue.
Ioint que l'on dit qu'à la premiere portée elle faict vn chatton , à la feconde deux, à la tierce trois;
Et ainfi confequemment iufques à la feptiefme , croiffant chacune fois toufiours d'vn. Tellement
que durant tout le cours de fa vie elle vient à auoir autant de petits iuftement, comme l'on compte de iours en chaque lunaifon : Car tous ces nombres affemblez montent à vingthuict. Dauantage l'augmentation de la prunelle de fes yeux en la pleine lune , & la diminution en decours,
nous donnent affez à cognoiftre, combien cela s'accorde & conuient auec les mutations de ceft
aftre. Au regard de la face humaine, cela ne veut dire autre chofe, finon que ceft animal a confideration & notice des changemens qui aduiennent par chafcun iour au globe de la lune ; Car il
n'y a que l'homme tant feulement qui ait la faculté de ratiociner. De la figure doncques du Siftre,
s'entendoit toute la region elementaire; laquelle figure fe void en quelques reuers de medailles
de l'Empereur Commodus , là où il eft pourtraict en habit d'Hercules, à tout la peau de Lyon &
fa maffe , marchant du pied droict fur le doz d'vn Crocodile , & en la main gauche tenant vne
clef : la droicte prefente des efpics de bled à vne figurine de l'Egypte, qui luy tend ce Siftre à l'encontre. Et à l'entour y a ces mots icy. INDVLGENTIAE AVG.

QVANT *aux Crocodiles & Hippopotames qu'aucuns attribuent au Nil , ils font gifans pour cette* **Des Crocodi-**
heure és plus profonds gouphres du fleuue. Les Crocodiles & Hippopotames , ou cheuaux de ri- **les.**
uiere , font familiers au Nil, & au Niger, lequel fepare l'Aphrique de l'Ethiopie: Ne fe trouuans ces deux races d'animaux en nulle autre part de noftre Hemifphere, qu'en ces deux fleuues feulement. Mais en plufieurs endroits des Indes Occidentales, il y a és groffes riuieres vne
maniere de grands Lezards , que l'on dit eftre du tout femblables aux Crocodiles. Cruel certes,
hideux , & horrible animal , & l'vn des maux dont la nature a pris plaifir d'affliger les hommes,
defquels il eft plus friant que de nulle autre proye , fe tenant pour cefte occafion continuellement caché en aguet dedans le fable le long des chemins paffans ; ou bien fur les riuages du Nil
hantez le plus des perfonnes & du beftial; qu'il enueloppe en furfault auec fa forte & longue
queuë , car il l'a auffi grande que tout le refte du corps ; & là endroit gift fa plus grande force, dont
il bat & martelle la proye qu'il a attrapée , tant qu'il l'aye du tout priuée de vie. De forte que les
fages d'Egypte en leurs Hieroglyphiques le prenoient pour les tenebres , & la mort ; & luy pour
vn brigand infigne. Mais encore qu'il foit de leger mouuement, & fort prompt à la courfe, neantmoins qui a l'affeurance fans fe perdre l'entendement , en fuyant deuant luy de fe deftourner à
tous propos çà & là en trauers peut efquiuer le danger; car il fe remuë tout d'vne piece, & va
auant en droicte ligne, fans fe pouuoir tourner finon auec difficulté & loifir, pour auoir le corps
roidy de fi fortes & dures efcailles , qu'il n'y a coup mefmement d'arquebufe , qui fe fceuft fauffer
fur l'efchine : Toutesfois il a le ventre au rebours tendre & mol au poffible. C'eft au refte vn merueilleux animal en fa production , car encore qu'il arriue iufques à feize ou dixhuict coudées;
(quelques vns penfent qu'il croiffe tout le long de fa vie) fi vient il d'vn œuf,non gueres plus gros
que celuy d'vne oye. Les meres en ponnent bien par-fois foixante , & les enfouïffent dans le fable , en ceft endroit proprement iufqu'où le Nil fe doibt desborder; ce que ceft animal pre-fent &
cognoift par certain inftinct de nature. La chaleur du Soleil puis apres les efcloft au bout de certain temps determiné , fans eftre coué autrement; Trop bien fe tiennent fur iour les Crocodiles
qui les ont produits, tout ioignant ; Car de nuict ils ne bougent de l'eau , parce qu'ils craignent
le ferein plein de rofée en la terre. Soudain que les petits font hors de la coque, ils fautent de ce
pas dans le fleuue, là où croiffans à veuë d'œil, ils apprennent à fe repaiftre ; Premierement de
poiffon qu'il leur eft plus en main & aifé , & puis de ce à quoy l'inclination de leur naturel les appelle. C'eft vn animal de fort longue vie , ayant les yeux de pourceau à fleur de tefte , couuerts
d'vne petite pellicule tranfparente, fi qu'il ne laiffe pas de voir à trauers ; pour trouble toutesfois
en l'eau qu'en la terre, où il a la veuë treffubtile & aiguë. Ses dents font grádes & horribles,forjet-
tées en dehors de la gueulle, & arrangées comme ceux d'vne fye. Il n'a point de langue felon Herodote en l'Euterpe ; Pour le moins elle eft fi confufe & indiftincte , qu'il femble n'en auoir point

D

de vray : dont la cause est qu'il est terrestre & aquatique tout ensemble. Au moyen dequoy comme terrestre la langue a quelque lieu en luy, & comme aquatique il est sans. Car les poissons n'ont point de langue ; si l'on ne les renuerse bien pour la discerner ; Ou bien l'ont fort desliée & platte ce dit Aristote en l'histoire des animaux. Cettuy-cy seul entre tous les autres meut la machoüere d'enhaut, & non celle de dessous : la raison de cela on l'assigne, pource qu'il a les pattes debiles à prendre & retenir, combien qu'il ait les ongles aigus & robustes. Or comme il viue la plus grand' partie du temps en l'eau, il a ordinairement le dedans de la bouche tout farcy de sangsuës, de maniere qu'encore que toutes autres bestes & oyseaux le fuyent, le seul Trochile ou petit roittelet vit d'asseurance auec luy. Car quand il est bien gorgé, il s'endort sur le bord du fleuue, la gueulle & les dents tousiours aduitaillées de quelque prouision de reste : Et là baaillant au vent selon sa coustume, ce petit oiseau se iette dedans, & deuore les sangsuës qui y sont attachées ; ou bien il le prouocque d'ouurir la bouche si d'auanture elle est close, en luy becquettant & chatoüillant les leures, pour participer au butin : A quoy le Crocodile prenant plaisir, l'entr'ouure encore plus fort, & s'endort dauantage. Alors l'Ichneumon son mortel ennemy qui l'espie soigneusement, voyant l'occasion à propos, se lance comme vn dard en son ventre, là où apres luy auoir rongé le cueur, ressort par la gorge mesme : Car l'on dit qu'il n'a point de conduit ainsi qu'ont les autres bestes, pour descharger ses excremens par embas, mais faut qu'il iette par la bouche pesle-mesle sa nourriture, digerée en partie & non digerée ; pource qu'estant gourmand de son naturel à outrance, il se charge tousiours plus de viande qu'il ne luy en faut. Il y en a toutesfois qui maintiennent que durant principalement les quatre mois de l'hiuer, il ne mange chose quelconque. Le moyen le plus commun de le prendre, est d'attacher quelque loppin de chair à vn gros & fort amesson, lié à vne bonne corde, que le chasseur va tendre au fil de l'eau, & de dessus le riuage faict crier ce pendant vn petit cochon : ce que le Crocodile oyant, il s'addresse soudain celle part ; Et rencontrant l'apast en chemin, le deuore & aualle tout net. Parquoy on le tire aysément en terre auec la corde qui y pend : Et tout en premier lieu on luy emplist les yeux de fange & ordure ; cela faict, l'on en ioüist comme l'on veut ; Ce qui seroit bien mal-aisé & dangereux de faire autrement.

Hippopotame
QVANT aux Hippopotames ou cheuaux de riuiere, ce sont aussi bestes à quatres pieds, l'ongle fourchué comme celle d'vn bœuf, & quasi de la corpulence d'vn asne, ou ieune taureau ; le meuffle camuz, le hennissement de cheual, auec les creins & queuë d'iceluy, vn peu recourbée, mais au reste il n'a point de poil : les dents cleres & luysantes hors de la bouche, & crochues à guise des deffences d'vn grand Sanglier : Le cuir merueilleusement fort & espoix, de sorte que l'on en fait des cabassets & rondelles, voire des dards & iauelots quand il est bien desseiché. Il vit aussi bien en la terre, & en l'eau comme le Crocodile, mais tout au rebours, car il ne sort de l'eau sinon la nuict pour aller viander & paistre. Et tout ainsi que les Crocodiles sont beaucoup plus frequens au Nil ; dans le Niger il y a plus grande abondance d'Hippopotames, qui sont malins & dangereux pour les nasselles ou petits batteaux ; car en s'approchant ils les renuersent & mettent à fonds, auec leur eschine. Voicy comme Aristote en parle plus à plein au second liure des animaux, chap. 7.

ARISTOTE.
LA BOVCHE est fendüe à d'ancuns, comme au chien, au lyon, & consequemment à tous ceux qui ont les dents aiguz, & separez à guise de sye. Aux autres petite, ainsi qu'à l'homme : aux autres moyenne, comme à tout le genre des porcs, & au cheual de riuiere, que l'Egypte produit, ayant les creins de cheual, & les pieds tels que les bœufs ; le nez r'enfroigné, auec le mesme tallon que les pieds-fourchez ont, & les dents se sortet sans en dehors, mais tout doucettement : La queuë de sanglier, le cry de cheual, le corsage grand comme vn asne : le cuir si demesurément espoix qu'il s'en fait des espieux : & les entrailles du tout semblables à celles d'vn cheual ou d'vn asne.

PAVSANIAS en ses Arcadiques luy met les dents en la mandibule d'embas, hors de la bouche comme à vn Sanglier ; mais au reste si enormément grands, que la face de la statuë d'or de la mere des Dieux és Proconnesiens, estoit en lieu d'yuoire composée de dents d'Hippopotame. Belon & Gesnere l'ont depeint fort semblable à vn Ours, & mesmement les pattes ; Ce qui desroge aux descriptions precedentes, & aux medailles & marbres antiques, dont Iean Pierre Valerian, en cela plus certain qu'ils ne sont, a retiré celuy qui est en ses Hieroglyphiques, liure vingtneufiesme, au symbole de la mauuaistié incorrigible, & des heures : Le faisant seruir pour l'vne & l'autre signification. Le premier à raison de son ingratitude enuers celuy qui l'a engendré ; car tout aussi tost qu'il est parcreu, & deuenu en sa force & vigueur, il le frustre de sa compagne, prenant pour soy celle qui l'a porté : L'autre pource que sur iour il demeure tout caché en l'eau, & la nuict il sort au prochas, & s'en va paistre dans les bleds ; non en viandant çà & là selon qu'il se rencontre, comme font les cerfs, & autre telle sauuagine, mais despoüillant vn certain endroit tout à trac, ny plus ny moins que feroit quelque moissonneur qui besongneroit à la tasche. Et à bien cette astuce de ne se retirer pas en auant, mais à reculions, de peur qu'on ne luy dresse quelque embusche & machination pour le prendre. Ce qui suit puis apres, *que les Crocodiles & Hippopotames sont icy cachez és profonds goufres du fleuue, afin de n'effrayer ces petits enfans.* Cela semble estre vne allusion au naturel des Crocodiles, lesquels se sentans auoir le ventre mol & debile,

de

de peur des Dauphins, & autres poiſſons gaillards qui les perſecutent auec leurs aiſlerons & battans aiguz, ſe tiennent contre le fonds de l'eau; car y ayans le ventre placqué, ils s'aſſeurent aſſez de ne pouuoir eſtre endommagez par les-doz : Ioint auſſi, qu'eſtans plus propres à ſe trainer par terre, que de nager parmy les ondes, ils ſe plaiſent de cheminer au bas des riuieres, ny plus ny moins que s'ils eſtoient en pleine terre: Et dorment là plus aiſément, & en plus grande ſeureté.

LA MARQVE *an reſte, & les enſeignes de l'Agriculture & nauigation.* Pline touche preſque ce meſme propos au 18. chap. du 18. liure. *Et quoniam de frugum terræque generibus abundè diximus, nunc de arandi ratione dicemus, ante omnia Ægypti fæliciتate comemorata. NILVS IBI COLONI VICE FVNGENS enagari incipit (vt diximus) à ſolſtitio aut nona luna, ac primò lentè, deinde vehementius quamdiu in Leone ſol eſt. Mox pigreſcit in Virginem transgreſſo, atque in Libra reſidet.* Là où il dit que le Nil fait en ſa creuë l'office de laboureur: eſtant és autres ſaiſons propice à la nauigation: Car durant ſon desbordement, & iuſques à ce qu'il ſe ſoit reduit en ſon canal ordinaire, on n'y nauige point du tout; tant pour la difficulté & danger, que pour certain ſcrupule, & ſuperſtition que l'on en a faict de tout temps.

EN ÆTIOPIE *certain Demon luy aſſiſte, peint qu'il ſemble atteindre le ciel, ayant le pied* Demons: *dedans ſes ſources.* De ce Demon icy fait le meſme auċteur quelque mention au cinquieſme liure de la vie d'Apollonius, mais il s'en remet ſur vn paſſage de Pindare, qu'à mon aduis nous n'auons pas. Au demeurant les Chaldéens & Sages d'Egypte, les Philoſophes Academiques, & preſque de toutes les autres ſeċtes, conuiennent entre les autres traditions des Demons, qu'ils ſont departis primitiuement en trois ordres. Le premier eſt d'intelligences ſeparées entierement de tous corps au monde ſur-celeſte, dediez à la contemplation de la majeſté diuine, qu'ils reuerent en ſon vnité, tout ainſi que la ſphere regarde le centre, qui eſt de ſoy vn, & indiuiſible; Et neantmoins mentalement eſgal à la plus grande circonference qui ſe puiſſe donner: Car imaginez autant de lignes diametrales que vous voudrez s'eſtendans d'vn bout à l'autre d'icelle circonference, ſi faut il neantmoins qu'elles paſſent toutes à trauers le centre, lequel par ce moyen eſt capable de les comprendre & receuoir. Le ſecond ordre eſt des celeſtes Demons attribuez au gouuernement & conduite des cieux, & des aſtres; chaſcun à celuy, auquel particulierement il a eſté deſtiné. Car il n'y a ſi petite eſtoille qui n'ait ſon intelligence aſſiſtante. Le troiſieſme ſont ceux du monde Elementaire, que Pſellus, apres les autres Platoniciens ſoubs-diuiſe en ſix degrez: du nombre deſquelſ ſont ceux là qui preſident aux eaux; car chaque fleuue ou riuiere, lac & fontaine, a ſon genie particulier, ou eſprit qui luy preſide, qui addreſſe, & dirige ſon eſtre, & ſon cours par le commandement du ſouuerain.

PLATON dans le Politique. *Au commencement* (ce dit-il) *le chef & adminiſtrateur de tout ce grand circuit & contour, ce fut* DIEV *en premiere inſtance; en diuers endroits duquel circuit d'iceluy, chaque portion a eſté conſignée depuis par les Dieux aux Princes conducteurs d'icelles: Les gentes auſſi des animaux diſtinċts & ſeparez à part, ſont eſcheuz ſoubs le departement de certains Demons, tout ainſi que diuins gardiens & paſteurs: chacun deſquels eſtant ſuffiſant pour exercer la charge à luy deſtinée, a eſté commis par le ſouuerain à chacune des eſpeces deſquelles il preſidoit au-parauant.* Et Alcinous apres luy au 13. chap. *Il y a d'autres Demons encore, leſquels on peut appeller Dieux participans de l'intelligence, en vn chacun des Elemens: les vns qui ſe peuuent voir; les autres imperceptibles à noſtre veuë: En la region Etherée, au feu, en l'air pareillement, & en l'eau: afin que rien que ce ſoit en ce monde, iuſqu'à la moindre parcelle d'iceluy; Ne en ceſt animal auſſi qui eſt plus excellent que la Nature non intelligente, ne ſoit priué d'eſprit.* Et à ceux-là ſont ſoubſmiſes toutes choſes au deſſoubs de la lune, & icy bas en la terre. Au demeurant quant à ce Demon, *lequel ſemble toucher le ciel, ayant le pied dans ſes ſources.* Cela ne veut dire autre choſe, ſinon que le Nil a ſes eaux doublement: Celles en premier lieu de ſes fontaines qui conſtituent ſon canal ordinaire, leſquelles procedent par deſſoubs terre de l'Ocean: qui ſe deſſalle par les conduits & ſpongioſitez d'icelle, tout ainſi que toutes les autres riuieres, & eaux douces, quelque part qu'elles ſoient, (le Mathematicien Timée appelle ceſte fontaine du Nil vne ſiolle, comme contenant en ſoy vne vigueur & abondance d'eaux perpetuelles, ſans l'emprunter d'ailleurs.) Et puis apres celles du ciel, c'eſt à ſçauoir des pluyes qui tombent de l'air, ou de Iuppiter. Virgile, *Plurimus vt cælo deſcendit Iuppiter imbri,* dont ce fleuue icy eſt engroſſi & enflé, au temps de ſon desbordement & croiſſance. Ce qui nous eſt donné ſecrettement à entendre par pluſieurs paſſages d'Homere au 14. de l'Iliade.

Ἀλλ' ὅ τε δὴ πόρον ἷξον ἐϋρρέος ποταμοῖο
Ξάνθου δινήεντος, ὃν ἀθάνατος τέκετο Ζεύς.

Et au 4. de l'Odiſſée parlant du Nil.

Ἀψ δ' εἰς Αἰγύπτοιο διιπετέος ποταμοῖο.

Mais nous en dirons d'auantage au ſecond liure ſur le tableau de Meles. Ce pendant ces deux ſortes d'eaux de la terre & du ciel, ne ſont pas du tout alienes ny eſtrangées de noz eſcriptures ſainċtes; Là où il eſt dit en Geneſe. *Et ſegregauit aquas ab aquis.* Et le Pſalmiſte: *Aquæ quæ ſuper*

D ij

cælos sunt laudent nomen Domini. Plus; *Qui regis aquas superiora eis.* Mais pour reuenir à nostre propos, les Egyptiens par leurs Hieroglyphiques ont representé cecy en deux sortes; En premier lieu par vn cœur attaché auec vne langue: par le cueur denotans la source, comme celuy qui est principe & fondement de vie en l'animal; laquelle consiste & depend de l'humidité: Par la langue, là où aborde tousiours vn amas d'eaux & saliues, celles qui viennent extraordinairement des pluyes. Et secondement par l'Hippopotame, & le Crocodile: le premier denotant la mesme viue source; & l'autre l'eau de la pluye, dont l'on attribuë la cause au soleil, qui l'attire & esleue en haut de la mer; Puis l'air qui l'a respoissie par sa froideur en la moyenne region, la renuoye en bas. Le tout par vne prouidence de Nature. Hermes en sa table d'esmeraude a aussi touché ce ressort, l'accommodant à son secret. *Quod est inferius, est sicut quod est superius: Et è conuerso; ad perpetranda miracula rei vnius.* Et Raymond Lulle en ses Quint'essences apres luy; auec toute la trouppe des Philosophes Stagiriques. *In primo non consideramus nisi aquas aëreas; in duobus verò vltimis, aëreas & terreas. Nam vnius naturæ sunt aquæ quæ mittuntur in terra, & alterius quæ ponuntur ad aërem.* Quelqu'vn entendra bien que cela veut dire. Car tous les plus beaux & profonds mysteres de la Nature, ont esté par les Egyptiens peres de toutes sciences, compris soubs le faict du Nil. Mais c'est assez de ce propos.

LES

DIALOGVE.

D. *D'où viennent tant d'Amours?*
  R. *Des passions humaines.*
D. *Pourquoy se battent ils?*
  R. *Pour tesmoigner noz peines.*
D. *D'où vient qu'ils ont quitté leur arc & leur carquois?*
  R. *Dautant qu'ils ont rangé noz ames soubs leurs loix.*
D. *Pourquoy sont ils aislez?*
  R. *Pour monstrer l'inconstance.*

D. *Pourquoy sont ils enfans?*
  R. *Pour monstrer l'imprudence.*
D. *Qui leur a faict choisir ces lieux delitieux?*
  R. *Dautant qu'ils ayment mieux la Terre que les Cieux.*
D. *Mais pourquoy prennent ils des pommes pour leurs armes?*
  R. *Dautant que ce fruit là represente leurs charmes.*
D. *Et ce lieure qui fuit & qui a tant de peur?*
  R. *C'est qu'vn homme lascif ne peut auoir de cœur.*

D iij

LES AMOVRS.

ARGVMENT.

'HOMME *selon l'opinion des Philosophes consiste de trois choses; De cette portion de la diuinité que les Grecs appellent* Nῦς, *les Latins Mens; immortelle, impaßible, immuable, qui est le vray caractere & image de Dieu empreinte en nous: Du corps caduc, & subiect à corruption, à paßions, & à la mort: Et de l'ame constituée comme au milieu de ses deux extremes: Que si elle adhere à la diuinité; qui la semond & sollicite incessamment, voire l'esleue à son pouuoir, elle s'en va a la parfin la haut au ciel és demeures des bien-heureux. Si au corps qui ne tasche qu'à la rabaisser, aussi descend elle en bas aux tenebres & chartres perdurables. Or la principale & plus forte paßion de l'ame est l'amour: Parquoy il faut qu'il y en ait de deux sortes, chacune appropriée à l'extreme dont elle participe; l'un qui est diuin, n'admettant par consequent aucune diuersité, ne pluralité, diuision ou dißimilitude; Mais tousiours vn, esgal, & semblable à soy-mesme: exempt de toutes alterations, & changemens, comme celuy qui ne cherche rien hors de soy, où la diuinité reluit par contemplation; en quoy gist tout son souuerain bien. L'autre qui consiste en volupté, & sensualité: Aussi est il des maintes guises, selon la diuersité des humeurs & fantastiques apprehensions des personnes où il se loge; perpetuellement accompagné de soupçons, ialousies, mescontentemens, courroux, trauaux, fascheries, ennuis, & autres telles espines, dont la pointure surmonte le plaisir & douceur de ses roses. Mais pource que toutes ces paßions, encore que d'vn costé elles soient fort charnelles, comme respanduës & noyées dedans toute la masse du corps, sont aussi à cause de la tresforte imagination de l'Amour, spirituelles & subtiles au poßible; l'on faict que les amours dont elles dependent, soient tous enfans de Nymphes, lesquelles participent de l'vne & de l'autre nature. Car nonobstant qu'elles ne soyent ny Deesses immorte.les, ny esprits ou Demons, ains ayent corps & paßible, & mortel, si sont elles neantmoins quelque chose outre l'estre & condition des femmes ordinaires. Le tableau doncques nous propose icy vne troupe de petits amours, enfans de ces Nymphes, lesquels cultiuent vn beau verger tout planté d'arbres, & mesmement de pommiers, où ils se sont venus iouer, & s'entrecombattre à coups de pommes, & de dards, dont ils s'enferrent reciproquement à estomac descouuert, sans toutesfois se faire mal, & à la lutte. De là il passe à la chasse d'vn lieure, qui s'est de fortune rencontré là, rongeant les pommes.*

Et

Et finablement à vne description de Venus fort fantaſtique & bizarre: Car elle n'eſt pas peinte icy en forme ou apparence humaine , telle qu'ont accouſtumé de donner à leurs Dieux , les Poëtes & les Peintres ; Mais comme vn creux de rocher , d'où bouïllonne vn petit ſourgeon d'eau. Toutes choſes myſtiques , & à quoy ſe conforment beaucoup de traiēts du Romant de la Roſe , & autres vieils autheurs François, qui ſe ſont eſbattus en ſemblable ſubieēt. Parquoy ie me deporte d'en parler plus auant : Attendu que chaſcun ſe pourra forger à par ſoy de plus beaux diſcours & imaginations là deſſus , que parauanture ie ne leur ſçaurois eſclaircir ne deſduire.

OICY les Amours qui cueillent les pommes ; & ne vous eſmerueillez pas qu'ils ſoient tant ; car ce ſont tous enfans de Nymphes , qui gouuernent entierement le genre humain. Pluſieurs ils ſont , par ce que grand eſt le nombre des choſes, du deſir deſquelles les hommes ſont touchez icy bas : Mais le celeſte , l'on dit qu'il ne ſe meſle que des diuines au ciel. Ne vous eſtes - vous point encores apperçeu de la fragrante odeur de ce iardin ? cela a-il tant mis de penetrer iuſques à vous ? Eſcoutez doncques attentiuement ; Car les pommes vous atteindront quand & mes propos. Ces rangs d'arbres icy vont tous droicts plantez à la ligne, par le milieu deſquels on ſe peut promener bien à l'aiſe; Eſtans les allées reueſtuës d'herbe delicate & tendre , pour ſeruir comme de matras à ceux qui ſe voudroient coucher deſſus : Et les belles groſſes pommes de couleur d'or, [a] incarnates , & cler-luiſantes , qui pendent au bout des rameaux , inuitent tout le ietton & vollée de ces petits Cupidons, à les bien cultiuer. Leſquels y ont maintenant attachez leurs beaux dorez carquois , voire d'or pur quelques-vns , & les ſagettes qui ſont dedans , afin qu'eſtans nuds , & deſchargez de leurs armes, ils puiſſent plus librement volletter çà & là ; & ont ieēté quant & quant leurs mandilles ſur l'herbe [b] riole-piolée de toutes ſortes de couleurs. Leurs chefs auſſi ne ſont plus ornez de chappeaux ne bouquets, pour ce qu'il leur ſuffiſt de la cheueleure: Mais leurs aiſles teintes d'azur , pourpre & iaune-doré ; & à quelques-vns toutes d'or , battent l'air d'vn ſon fort armonieux, & plaiſant à oüyr. O bien-heureux paniers où ils ſerrent les pommes qu'ils cueillent ! Comme ils ſont richement eſtoffez de pluſieurs Sardoines , grand nombre d'eſmeraudes , & de perles naïfues ! Auſſi l'ouurage en eſt attribué à Vulcan : De l'induſtrie duquel toutesfois ces petits gallans n'ont que faire, pour leur baſtir des eſchelles à monter ſur les arbres ; Car à l'ayde de leur pennage ils vollent iuſques aux plus hautes branches. Or afin que nous ne penſions pas qu'ils ſoient icy pour danſer , ſauter , ne iouër aux barres ; Pour dormir , ou manger du fruiēt à leur aiſe ; regardons vn peu de plus prés ce qu'ils ont enuie de faire. Car en voila quatre les plus excellens en beauté de tous qui ſe ſont ſeparez de la troupe ; dont les deux ſe combattent à belles pommes , & les deux autres à coups de fleſche. Leur mine toutefois ne ſemble point courroucée; ne

D iiij

leurs beaux vifages troublez de quelque indignation ou racune: Ains fe font
beau-jeu l'vn à l'autre, fe prefentans l'eftomac tout nud, afin que les traicts
ne faillent d'atteinte : & s'y puiffent planter fermement. Fantaifie à la verité
tres-belle & myfterieufe: Parquoy voyez fi i'auray point atteint l'intention
du peintre. Tout cecy, mes amis, n'eft autre chofe qu'amitié & defir mutuel.
Car ceux qui fe ioüent ainfi de pommes, baftiffent vn commencement d'A-
mour : dont cettuy-cy lance la fienne apres l'auoir baifée : Et celuy-là tend
les mains pour la receuoir; monftrant qu'auffi illa veille baifer, & la renuoyer
s'illa prend, Mais ce couple de petits archerots, confirment l'amour qui a
defia preuenu & anticipé : De forte que les premiers ne font que s'esbattre
pour l'enfourner, & ceux-cy s'entre-dardent & enferrent, afin que l'affection fi bien imprimée ne prenne fin. Au regard de ces deux, autour defquels tant d'autres fe font affemblez, pour les voir ainfi animez au combat de
la lutte, car i'en veux parler par mefme moyen, puis que vous autres m'en
requerez ; Cettui-cy a defia furmonté l'aduerfaire fien, f'eftant ietté à corps
perdu deffus fon dos, comme f'ille vouloit eftouffer ; & tafche de luy donner vn croc en iambe : toutesfois il ne fe rend pas pour cela, ains fe redreffe
fur pieds, & desfait la main qui le preffe ; tordant l'vn des doigts, lequel
delafché, le refte ne peut plus tenir ferré. L'autre f'efcrie de douleur, & luy
mord l'aureille: dequoy l'affiftance fe fafche; par ce qu'il fait outrageufement,
& contre les loix des lucteurs, tellement qu'ils fe mettent apres à grands
coups de pomme. Il ne faut pas ce-pendant ainfi laiffer efchapper ce lieure,
mais prenon-le en la compagnie des Cupidons ; lequel f'eftant blotti foubs
ces arbres pour manger les pommes qui tombent à terre, & fe laiffe la plus-
part à demy morfillées, ces enfans ce font mis à chaffer: les vns le hallans à
grands battemens de mains, les autres en huant apres. En voila vn qui branfle fon manteau au deuant, pour le faire retourner arriere: Ceux-cy vollettent par deffus, & crient tant qu'ils peuuent apres, cependant que leurs compagnons le fuiuent à pied fur les voyes, & que celuy-là vient à la trauerfe
pour fe ruer fur luy ; mais la mefchante befte fe desrobe, & bondift à quartier : là où l'vn d'eux l'ayant happé par le iarret, il luy efchappe tout auffi-toft
des mains : Parquoy ils rient, & font tombez l'vn de cofté, l'autre à bouchons, & tous ceux-là à la renuerfe ; en differentes manieres, qui monftrent
comme chafcun a failly fa prife. Toutesfois perfonne ne luy tire pas pour cela, car ils ne le veulent point tuer à coups de flefche, ains tafchent de le
fauuer en vie, pour le prefenter à Venus comme vne offrande tres-agreable
à la Deeffe. Et de fait vous fçauez affez ce qui fe dit de cet animal ; qu'il eft
(c'eft à fçauoir) fort lafcif & fecond : Et que la femelle durant qu'elle allai-
cte encores fes petits, fe faict emplir de nouueau, & challe fur le mefme
laict : De forte qu'elle n'eft iamais vuide. Le mafle d'autre-part, fuiuant le
naturel de fon fexe, la couure, ᶜ & outre ce qu'il a engendré en elle, fe
fait emplir luy auffi. De là les mal-adroits & impertinents amoureux, ayans
pris opinion qu'il y euft en ce beftial quelque vertu & proprieté attractiue
d'Amour, f'efforcent de paruenir à la iouyffance de leurs defirs, par des violens & forcez artifices. Mais laiffons-là ces voyes & moyens illicites aux per-
uerfes perfonnes, qui ne meritent pas qu'on les contr'ayme ; Et iettez quant

à vous

à vous le regard fur cette Venus. Où eft elle, & à quel propos ces pommes icy? Voyez vous point ce rocher creux d'où fort vn bouïllon d'eau fombre-clere, à boire tres-delicieufe, qu'on fait venir pour arroufer les arbres? Sa-chez pour vray là eftre vne Venus, que les Nymphes y ont dreffée (à mon aduis)pour les auoir réduës meres de ces Amours, & d'vne fi belle lignée.Car le miroüer argentin, & les riches pattins dorez, & les braffelets de la mefme eftoffe, n'ont point efté pendus là fans caufe: Nous donnans à cognoiftre que le tout luy eft dedié; ce que mefme l'efcriture tefmoigne, qui dit que ce font dons & offrandes des Nymphes. Les Cupidons de leur cofté cueil-lent les primices des fruicts; & ceux qui font là aupres leur fouhaittent, d'a-uoir toufiours vn fi beau & plaifant verger.

ADVERTISSEMENT.

I NCARNATES *& cler-luifantes*] πυρσὰ καὶ ἠλιόδι· rouffes & iaunaftres, *ou bien comme le mefme Vigenere a traduit cy-deuans en la Preface*, & blanchiffantes de blondeur, *& au tableau de Scamandre*, blafards. *Le traducteur Latin l'a trompé icy en tournant* ruffaque ac lucida. **b** *Riolle-piolée*] *Le Grec donne cette epithete aux cafaques des Amours, non pas à l'herbe*, ἐφιςεῖδος αἱ ποικίλαι, μυσια δὲ αὐτῶν ἔᾳδη. çà & là, & leurs cafaques riolle-pilées de toutes fortes de couleurs font eftenduës fur l'herbe. **c** *& outre ce qu'il a engendré*] παρ ὃ πέφυκεν, outre fon naturel le fait emplir. *Il veut dire que c'eft contre la nature du mafle, qu'il foit Hermaphrodite, & fe face conurir.*

ANNOTATION.

Q VI fe voudroit ingerer de difcourir de l'Amour, & s'eftendre à dire quelque chofe de tout ce qui en depend, ce feroit en vain s'enfourner au propre Chaos dont Hefiode en fa Theogonie le fait fortir.

ἦ τοι μὲν πρώτιςα χάος γένετ', αὐτὰρ ἔπειτα
γαῖ εὐρύςερνος, πάντων ἕδος ἀσφαλὲς αἰεὶ
ἀθανάτων, οἳ ἔχουσι κάρη νιφόεντος Ὀλύμπου,
τάρταρά τ' ἠερόεντα μυχῷ χθονὸς εὐρυοδείης.
ἠδ' ἔρος, ὃς κάλλιστος ἐν ἀθανάτοισι θεοῖσι,
λυσιμελής, πάντων τε θεῶν, πάντων τ' ἀνθρώπων
δάμναται ἐν ςήθεσσι νόον καὶ ἐπίφρονα βουλήν.

Tout premierement fut le Chaos, & puis la terre à la large poitrine, fiege affeuré à iamais de tous les immor-tels qui habitent le neigeux Olympe; Et les enfers tenebreux en la cachette de la fpacieufe terre. Puis l'a-mour, le plus beau entre les Dieux immortels, qui nous deliure de chagrin, & foucy: & dompte le vouloir, & les fages aduis en la penfée de tous les hommes, & les Dieux. Dauantage celuy-là eft tout feul, là où il y en a icy vne pluralité bien grande, & encores tous enfans de Nymphes; lefquelles partici-pent le plus de la nature humide de l'eau. Toutesfois Homere au 20. de l'Iliade en met trois for-tes principales:

ὔτέ τις οὐ ποταμῶν ἀπέϊω, νόσφ' Ὠ'κεανοῖο,
ὔτ' ἄρα νυμφάων, ταί τ' ἄλσεα καλὰ νέμονται,
ἢ πηγὰς ποταμῶν, καὶ πίσεα ποιήεντα.

Pas vn des fleunes ne fe trouua lors abfent fors l'Ocean; ne des Nymphes nomplus qui habitent les belles forefts, & les fources des riuieres, & les molles prairies reueftuës d'herbages. Et fi elles ont encores tout plein d'autres noms enuers les Grecs; comme celles des bofcages, ἀλσηΐαδὲς, des arbres, ἀμα-δρυάδὲς, que Pindare dit naiftre & mourir auec eux, & pourtant eftre appellés ainfi: Des eaux, ναΐδὲς, à qui Hefiode attribuë vne merueilleufe vie, comme il fe verra cy-apres, Des eftangs,

ὑδριάδες, Des fontaines, κρηνίδες. Des riuieres, ὑπποταμιάδες. Des montagnes, ὀρειάδες. Des forests, ναπαίαι. Des marefcages, ἑλειονόμοι. Or il a efté dit cy-deuant, felon la doctrine des Platoniciens, que les Demons, font vne moyenne difpofition entre les Dieux & les hommes: Mais
il faut entendre qu'il y a encores vn autre fubalterne moyen entre ces deux dernieres creatures;
qui font les Nymphes. Car les Heroës qu'Hefiode met en ce troifiefme rang, ne font pas naturellement creés tels, ains font les ames des hommes valeureux, qui par leurs vertus & merites
apres leur trefpas montent à vn degré plus augufte; & vne condition plus approchante de la diuinité, que ne font les communs perfonnages, laquelle mutation & tranfchangement fe fait non
feulement des ames, mais des corps encore, ainfi que recite Plutarque en la ceffation des oracles;
où mefme il attribué apres l'opinion d'Hefiode, la mort aux Demons, & aux Nymphes; defquels
il limite la vie à celle de dix Phenix: De ceux-cy, à neuf Corbeaux.du Corbeau à trois Cerfs: du
Cerf, à quatre Corneilles; & de la Corneille finalement, à neuf hommes.

Εννέα τοι ζώει γενεάς λακέρυζα κορώνη,
Ανδρῶν ἡβώντων ἔλαφος δέ τε τετρακόρωνος.
Τρεῖς δ᾽ ἐλάφους ὁ κόραξ γηράσκεται. αὐτὰρ ὁ Φοῖνιξ
Εννέα τοὺς κόρακας. δέκα δ᾽ ὑμεῖς τοὺς Φοίνικας
Νύμφαι εὐπλόκαμοι, κοῦραι Διὸς αἰγιόχοιο.

Ce qui réuiendroit à prendre feulement l'aage de l'homme à foixante ans, à vn nombre prefque
infiny, comme de cinq cens quatre-vingts trois mille deux cens. Parquoy Plutarque accommodant ce mot de γενεά à vne année, & non à l'aage que l'homme vit communement, fait reuenir
cette fomme à neuf mille fept cens vingt ans, que dure la vie des Nymphes. Paufanias néant-
moins en fes Phocaïques, ameine des vers de la Sybille Herophyle, contenans en fubftance cecy. *Ie tiens le milieu* (dit-elle) *entre les Deeffes & les femmes, ayant efté procreée d'vne Nymphe immortelle, & d'vn pere mortel, qui eftoit d'Erithrée; & ma mere fut du mont Ida, à qui eftoit anciennement confacrée la ville de Marpeffe, & la riuiere d'Aidonée.* Mais il dit puis apres en defcriuant les
peintures de Polygnotus, que la plus-part des Poëtes les tiennent eftre mortelles: Non qu'il fe
viéne à faire en elles autre feparation de l'ame & du corps, finon que toute l'humidité & liqueur
dont elles confiftent fe doit exterminer par l'ardeur du feu, en la finale conflagration du fiecle.
Car tout ainfi qu'il eut fon commencement par l'eau, il fe doit à l'oppofite acheuer par le feu;
lequel mefme fut lors produit du dedans de l'eau, comme tefmoigne Hermes en fon Pimandre:
Du profond de l'eau, fortit vn feu pur & leger, lequel de là fen volant alla chercher le haut. Tellement que non fans myftere l'on a de tout temps accouftumé de tenir és temples & autres lieux
faincts, des lampes allumées, qui eftoient la plus-part de terre; & quand bien d'or ou d'argent,
ou autre metal & eftoffe, il n'importe de rien pour cela; Car ce vaiffeau reprefentoit toufiours l'e-
lement de la terre, qui eft le fiege & le retenement de tous les autres. Là dedans puis apres eftoit
de l'eau clere, & au deffus de l'huile, ou autre telle liqueur fur-nageante, pour entretenir le feu
qui y ardoit continuellement: Afin de monftrer ces quatre natures dont le grand ouurier faict
toutes chofes. Ceux qui voudront accommoder les quatre ordres deffufdicts aux elemens; car
ils fe confiderent auffi bien (mais c'eft d'vne autre maniere) au monde, & au celefte,
comme icy bas foubs la fphere de la Lune: Les Dieux participeront de nature de feu; les Demons, d'air: les Nymphes, d'eau, & les animaux tant raifonnables qu'incapables de raifon, de
la terre. Les Nymphes doncques (c'eft à dire l'eau) font les meres de ces Amours : mais
qui en eft le pere, il ne s'en dit rien. Il faut prefuppofer toutesfois que ce foit le feu, lequel
fubtilifant l'eau, la reduit en nature d'air; ou bien l'eau efteignant le feu, faict l'effect mefme.
Car tout feu efteint, ainfi que dit Plutarque au traicté du premier froid, paffe en nature d'air; qui
eft la Demonienne, & celle de l'amour; comme le difcourt Diotime dans le banquet de Platon,
Que l'amour eft vn grand Demon. Ainfi voila le feu & l'eau, la chaleur & humidité qui font les progeniteurs de l'Amour; c'eft à dire que de leur contrarieté fe forme la paix, vnion & accord; la
naiffance, generation, & la vie: Car toute vie eft de nature d'air, chaud & humide, fans lequel
on ne fçauroit viure. Les Philofophes Alchumiftiques, cherchent les elemens à eux propres &
particuliers en leur monde metallique, proportionnels à ceux du Grand-tout; & les alterations
d'iceux correfpondantes les vnes aux autres: Prenans le feu pour le foulphre, & l'argent vif pour
l'eau de leur fecret, qui acquiert la nature d'air, quand tous fes elemens font deputez par l'entiere reuolution du cercle, & ont paffé toutes les tranfmutations des qualitez l'vne en l'autre.
Mais eftant lors volatile ainfi que font ces Amours, il la faut arrefter & fixer fur fa propre terre,
ainfi que dict Hermes en fa table, le tout au propos dont il eft icy queftion. *Pater eius eft fol, Mater
verò luna, Nutrix terra. Nam vis eius integra eft fi verfa fuerit in terram.* Car il n'y a que les deux metaux parfaicts, l'or & l'argent, dont il foit faict mention au prefent tableau, & mefmement fur
la fin, que l'on les approprie à Venus, qui eft le cuiure. Auffi n'y a-il que ces trois corps qui fe
puiffent ioindre & allier enfemble en tout le faict des monnoyes, & de l'Orfaiuerie. De forte que
cela

cela eſtant dict ſi apertement, il m'a ſemblé ne deuoir point paſſer par deſſus ſans le remarquer: Non pour entretenir les lecteurs de ſonges & illuſions d'vne pierre Philoſophale, qui eſt en vn ſi ridicule predicament enuers vn chacun: Mais pour monſtrer comme en paſſant que toutes les fables & enigmes Poëtiques (car ce furent les Poëtes qui traicterent auant que tous autres les ſaincts myſteres de la Theologie & Philoſophie: teſmoins Orphée & Line) ſe peuuent approprier à tous les arts, profeſſions & ſciences, à quoy l'eſprit de l'homme aye peu arriuer & atteindre. Cette Venus au reſte eſt terreſtre: Ce que monſtre aſſez le lieure qui luy eſt dedié, le plus melancolique & terreſtre animal de tous autres. Auſſi que ce qui ſe dit de la naiſſance de Venus, qu'elle ſortit iadis de la mer, & les Nymphes prirent ſoudain la cure de l'eſleuer & nourrir, n'eſt autre choſe, ſinon quand par vne prouidence diuine la mer vint à ſe retirer, & donner quelque lieu à la terre, qui par ce moyen demeura deſcouuerte pour la commodité des animaux qui ne peuuent viure dans l'eau. Laquelle terre eſt par endroicts arrouſée de belles fontaines, & riuieres d'eaux douces, pour le meſme effect; Car la terre ſeroit de tous poincts inutile ſans eau. Mais il vaut mieux ouyr ce que Plutarque en a dict dans ſon Erotique ou Amatoire.

LES ÆGYPTIENS *tout ainſi que les Grecs, mettent deux Cupidons: l'vn vulgaire qui eſt le Pandeme ou publique, l'autre Celeſte. Quant au troiſieſme ils le prennent pour le Soleil: & au reſte, ont Venus en grande reuerence. De vray nous voyons bien qu'il y a beaucoup de ſimilitude de Cupidon auec le Soleil: Mais ny l'vn ny l'autre n'eſt feu, comme l'eſtiment quelques-vns: trop bien la chaleur qui en part eſt douce & generatiue; l'vne donnant nourriſſement au corps, lumiere & deliurance de froidure; l'autre faiſant le meſme effect aux ames. Et tout ainſi que le Soleil à trauers les brouïllards & nuées eſlance ſes rayx bien plus ardans; Auſſi l'Amour, apres les ialouſies & diſſentions, quand on vient à ſe renouër auec ce que l'on aime, deuient plus plaiſant, & plus aſpre: Et comme quelques-vns cuident que le Soleil par chacun iour s'allume & eſteigne, le meſme penſent ils de l'Amour, comme mortel & inconſtant. Or l'habitude du corps non exercité, ne peut guere bien ſouffrir le Soleil; Ne l'eſprit auſſi peu comporter l'Amour, s'il n'a eſté honneſtement nourry & inſtitué; car l'vn & l'autre tout par vn meſme moyen, eſt mis hors de ſon temperament naturel, & ſurpris de maladie: Reiettans cet inconuenient ſur la force du Dieu, & non ſur leur imbecilité & foibleſſe. Mais il y a cette difference entre eux, que le Soleil monſtre en terre à ceux qui ont des yeux pour voir, tant les belles que les laides choſes; là où l'Amour ne ſe ſoucie que de la ſplendeur des belles: Ne permettant à ceux qu'il d'mine, de regarder ny eſtre ententif à rien qu'à cela ſeulement: Tout le reſte, il veut qu'on le meſpriſe. Mais ceux qui appellent la terre Venus, n'obtiennent point de ſimilitude par là, Si feroient bien de la Lune qui eſt telle & celeſte, & le ſiege où ſe faict le meſlange de l'incorruptible auec le corruptible: Debile au reſte, & tenebreuſe de ſoy, le Soleil ne l'eſclairant point; ny plus ny moins que Venus en l'abſence d'Amour. Parquoy il eſt plus conuenable que la Lune reſſemble à Venus, & le Soleil à l'Amour; qu'à nuls autres des Dieux. Non toutesfois qu'ils ſoient vne meſme choſe du tout, car le corps n'eſt pas le meſme auec l'ame, ains ie ne ſçay quoy de different & à part; Tout ainſi que le Soleil ſe peut bien voir des yeux, & l'Amour non, ains de la ſeule penſée.* Neantmoins les Ægyptiens ayans pris Venus pour la Terre, ce n'a pas eſté ſans quelque myſtere, qu'ils ont parauanture entendu d'vn autre ſens que Plutarque n'a fait. Et meſmement quelques-vns la font encores eſtre vne meſme choſe auec Ceres, qui eſt ſans doute la Terre.

PLVTARQVE.

VOICY *les Amours qui cueillent les pommes.* Ce fruict icy eſt ordinairement pris pour vne marque & ſymbole de fecondité, & d'amourettes. Theocrite en ſes Bucoliques. Γάλλοι τοι πολύφαμα τὸ ποίμνιον ἁ γαλάτεια μάλοιϲιν. Et Virgile à ſon imitation. *Malo me Galatea petit, laſciua puella.* Plus, *Aurea mala decem miſi, cras altera mittam.* Hippomené vint à bout d'Atalante par le moyen des pommes d'or que Venus luy auoit données. Metamorphoſe liure 10.

Le ſymbole & ſignifiance des pommes.

> *Obſtupuit virgo, nitidique cupidine pomi*
> *Declinat curſus, aurumque volubile tollit.*

Plus en l'Epiſtre de Cydippe à Acontius.

> *Cydippen pomum, pomum Scaneida cœpit.*

Et Catulle à Ortalus.

> *Vt miſſum ſponſi furtiuo manere malum*
> *Procurrit caſto virginis è gremio:*
> *Quod miſeræ obliræ molli ſub veſte locatum*
> *Dum aduentu matris proſilit, excutitur.*
> *Atque illud prono præceps agitur decurſu,*
> *Hic manat triſti conſcius ore rubor.*

Et Horace en la premiere epiſtre.

> *Fruſtu & pomis viduas venentur auaras.*

Ariſtophanes és nuées: μήλῳ Ϲληθεὶς ὑπὸ πορνιδίϋ.

Frappé d'vne pomme par vne garce. Là où l'interprete cotte que la pomme eſt vn ſymbole d'Amour, à cauſe qu'elle eſt dediée à Venus; Et que par le moyen d'icelle pluſieurs parties d'amourettes ſe ſont dreſſées autresfois. Au moyen de quoy Lucian dans le Toxaris ou de l'amitié, parlant des piperies & attraicts d'vne bonne damoiſelle, nommée Chariclée, qui enuoyoit des bouquets tout fenez, & des pommes à demy morſillées, à vn certain Dinias pour le plumer, ὅ ϛϕάνεις ἡμιμερϥνθϑεις, τοὶ μῆλα πα̣ αποϑϑλυγερϑϡμα. Philon meſme tire preſque à ce ſens la pomme interditte à nos premiers peres, par la morſure de laquelle entra le peché en nous ; la mort , les miſeres & calamitez qui s'en ſont enſuiuies depuis. L'arbre du pommier au reſte eſt pluſtoſt icy dedié aux Amours que nul autre, pour la grande conuenance qu'ont toutes ſes particularitez auec ceſte paſſion. Car tout premierement ſa tige droicte & non raboteuſe, repreſente le beau porſil de la taille & du perſonnage, dont doiuent eſtre les perſonnes aimables : Et les rameaux qui s'eſtendent au deſſus, tiennent lieu comme des eſpaules, & de la cheueleure encores. Mais à le prendre plus ſpirituellement , le tronc recueilli & ſerré en vn, denote que du commencement les amans ſe monſtrent ſimples & quoys ; Mais ſe venans à raſſeurer peu à peu, ils deſpoüillent toute crainte & vergongne ; s'emancipans de cette premiere contrainte, à vne liberté eſpanduë à guiſe de branches. Les pommiers en apres portent des fruicts iaunes & rouges, le premier ſignifie la crainte & timidité que nous diſions , ſuiuant ce mot de Catulle, d'vn pauure Amant , lequel eſtoit *Inaurata pallidior ſtatua.* Et d'Horace en la dixieſme Ode du troiſieſme liure; *Nec tinctus viola pallor amantium.* Ouide auſſi de ſon coſté : *Palleat omnis amans , color hic eſt aptus Amanti.* Mais l'incarnat ou le rouge monſtre l'ardeur qui les bruſle, & leur chaſſe le ſang au viſage : les faiſant ſuer & trembler tout enſemble, plus fort qu'en pleine fieure, qui eſt auſſi fort accommodée à ces deux effects de l'Amour, le pallir c'eſt à ſçauoir, & rougir; qui ſymboliſent au froid & au chaud dés accez. Dauantage tout ainſi que les pommes tant plus elles ſont expoſées au Soleil, tant plus elles ſe hauſſent en couleur, l'Amant de meſme (car le Soleil & l'Amour , comme il a eſté dict cy-deuant , ont grande affinité enſemble) tant plus il s'approche de la choſe aimée, qui luy eſt en lieu de Soleil & de feu, tant plus vient-il auſſi à s'enflamber & rougir. Plutarque en la huictieſme queſtion du cinquieſme des Sympoſiaques, alleguant ces vers cy d'Homere.

     Σύκη τε γλυκεραὶ ⓒ μηλέαι ἀγλαόκαρποι,

τοὶ ἐλαϥαι τηλεθϑϑωσαι : où il appelle les pommiers arbres au beau fruict, rend vne telle raiſon de cela ; Qu'eſtans petits & de ſi peu de monſtre, ils portent neantmoins vn ſi gros fruict , & exquis ; ſi agreable & plaiſant à la veuë, ſi ſoüef-odorant, ſi net, doux, & liſſé au toucher ; & ſi delicieux au gouſt. Si bien qu'il ſemble qu'en ce ſeul fruict, ſoit compris tout le plaiſir & contentement qui peut tomber ſoubs les ſentimens de l'homme. Quelques-vns ont auſſi appellé les pommes ὑπέρϕλοια, à cauſe de leur excellente force & vigueur, telle qui eſt requiſe en Amours ; bref qu'on n'euſt ſçeu choiſir vne deuiſe plus à propos, & mieux ſymboliſante auec l'Amour : Outre ce qu'és pommes il y a encore quelques autres ſecrets & myſteres, dont il n'eſt point de beſoin de s'expliquer icy plus auant. Et meſme nos premiers parens furent induicts à pecher, & ſubornez à deſobeyſſance & contrauention , par le moyen de la pomme que leur propoſa le ſerpent ; lequel les Hebrieux Mecubales interpretent pour l'eſpine de noſtre dos, où giſt le principe de la ſenſualité voluptueuſe & chatoüillement charnel. Et nous auons deſia monſtré cy-deſſus , que de cet endroit du corps ſe procréent aucunesfois des ſerpens. Noſtre Sauueur puis apres maudit le figuier qui n'auoit point de fruict : Tout ainſi qu'en l'ancienne loy, eſtoient deteſtées les femmes qui ne portoient point d'enfans.

    LEVRS *beaux dorez carquois, & les ſagettes qui ſont dedans .* Moſchus en la deſcription de l'Amour fugitif.

     ἡ χρύσεον περὶ νῶτα ϕαρέτριον, ἔνδϑη δ' εντι
     τοὶ πικροὶ κϑλαμοι, τοῖς πολλάκι κ' ἡμέ πηρώσκει.

Les fleſches & carquois d'Amour. *Il porte ſur l'eſpaule vn beau doré carquois : où il y a force fleſches cruelles , dont il me bleſſe auſſi bien ſouuent: Et* Theocrite ſur le meſme ſubiect, ἔρος ϑγανύτης, dit qu'à l'Amour eſt attribué le carquois plein de fleſches, pour ce qu'il bleſſe & naure les cœurs des perſonnes en pluſieurs manieres. Adamantius allegoriſant ſur cette maniere d'armes, dit que par la trouſſe s'entend le cœur ; par les fleſches y contenuës , les volontez, cogitations & penſées ; par l'arc, la bouche & les leures, dont à la verité elles ont quelque reſſemblance ; Et conſequemment les paroles : Car l'Amour domine à tout cela. Pindare ne s'en eſloigne pas beaucoup en la ſeconde des Olympiennes, quand il dit :

     πολλά μοι ὑπὸ ἀγχω-
     νος ὠκέα βέλη
     ἔνδϑν επὶ ϕαρέτρας
     ϕωναϥτα ςευϑσιν ες
     δὲ ὃ πϑὶ ἑρμίωτ́εων
     χατϥζ̈τ.

I'ay ſoubs le coude pluſieurs legeres ſagettes dans mon carquois , qui ſonnent bien à ceux qui l'entendent. En
                toutes

toutes sortes neantmoins elles ont besoin d'interpretation. Par où selon les interpretes, il entend les belles conceptions dont il est ordinairement garny, auec les paroles de mesme, pour chanter les loüanges des victorieux, és sacrez combats solemnels. Les autres veulent referer l'arc, les flesches, & la trousse d'Amour, à ce qu'il frappe de loing, comme d'vn traict se descochant des yeux de la chose aimée, contre ceux de la personne qui aime, lesquels sont exposez au coup tout ainsi qu'vne butte. Cela n'est autre chose, ainsi que dit Platon, sinon certains rayons ou esprits tres-subtils, qui ont leur siege & demeure au fonds du cœur, parmy le plus doux, & le plus chaud sang de toute nostre vie : Et de là s'exhalans, viennent trouuer l'ouuerture des yeux, selon le Poëte Musée, par où ils se iettent en campagne droit à la mesme bresche de l'aimant, ou se r'enfournans de rechef, ils s'en vont chercher la mesme source dont ils sont sortis en l'aimée; bruslent & enflamment le cœur, & affligent l'ame des accidens, passions, & blesseures qu'on void communément aux amoureux. Par la mesme similitude, & raison, les Poëtes ont attribué ces Epithetes icy au Soleil, de τοξοφόρος, portant arc, & ἑκατηβελέτης, ou ἑκατηβόλος, dardant au loing, à cause des rays qu'il lance ainsi de tous costez au long & au large.

Les aisles d'Amour.

MAIS *leurs aisles teintes d'azur, pourpre, & iaune-doré, & à quelques vns d'or tout pur.* Platon dans le Phedre. *Certains discoureurs sur Homere* alleguent (dit-il) *que les mortels nomment* Ἔρως, *l'Amour disfiable; & les immortels, ayans aisles, à cause du besoin qu'il a de voller pour se trouuer à tous propos çà & là.* De vray les hommes le peignent & descriuent volage pour sa grande inconstance & legereté, & les diuers changemens qui y sont : Ainsi que dit Properce au 2. de ses Elegies, où il le descrit de pied en cap, de cette maniere.

> Quicumque ille fuit puerum qui pinxit Amorem,
>   Nonne putas miras hunc habuisse manus?
> Hic primùm vidit sine sensu viuere amantes,
>   Et leuibus curis magna perire bona.
> Idem non frustra ventosas addidit alas,
>   Fecit & humano corde volare Deum.
> Scilicet alterna quoniam iactamur in vnda,
>   Nostraque non vllis permanet aura locis.
> Et meritò hamatis manus est armata sagittis,
>   Et pharetra ex humero Cnosia vtroque iacet.
> Ante ferit quoniam, tuti quàm cernimus hostem,
>   Nec quisquam ex illo vulnere sanus abit.

Pierreries dédiées à l'Amour.

COMME *ils sont richement estoffez de sardoines, esmeraudes & perles.* Philostrate a icy tout expres choisy ces trois pierres comme les plus tendres & molles; au moins les deux dernieres, par ce que ceux-là doiuent estre tels, qui sont subiects à l'Amour; & les autres qui ne se peuuent r'amollir ne flechir, incapables d'aimer : C'est pourquoy Patrocle au 16. de l'Iliade, voyant l'obstiné despit d'Achille, qui ne se peut appaiser, encores qu'il voye les Grecs ainsi mal-menez des Troyens, iusques dans leurs vaisseaux propres, luy reproche, qu'il doit auoir esté engendré de quelques rochers, puis que son vouloir ne se peut flechir.

> γλαυκὴ δέ σε τίκτε θάλασσα,
> πέτραι τε ἠλίβατοι, ὅτι τοι νόος ἐστὶν ἀπηνής.

La Sardoine doncques est vn symbole de rire, dont auroit esté appellé le rire Sardonien, qui estoit mortel, tout ainsi qu'est celuy de l'Amour, auec tous ses plaisirs & contentemens. Car en l'isle de Sardeigne souloit croistre vne herbe presque semblable à l'Ache, dont celuy qui en goustoit, mouroit riant; ainsi que dit Isaac Tzezes sur la Cassandre de Lycophron. Mais l'historien Timée en donne vne autre raison; à sçauoir que les habitans de cette Isle auoient accoustumé d'immoler leurs peres & meres, quand ils auoient atteint l'aage de soixante dix ans : les assommans tout en riant, & les precipitans puis apres du haut de quelque rocher à bas. Quoy que ce soit, ce rire mortel a vne grande affinité & conuenance auec celuy de l'amour, dont Venus auroit esté ditte par Homere Φιλομειδὴς, comme aimant à rire, & par consequent son cher fils aussi. Mais cecy est vne allusion tirée vn peu de loing, à la mode des affectez Sophistes. Quant à l'esmeraude, à cause de sa verdeur elle represente vne viuacité, voire la vie, à la similitude des Vegetaux, qui reuerdissent iusques à ce qu'ils meurent. Les Mages & les Astrologues attribuent aussi à la Planette de Venus, l'esmeraude, & neantmoins cela est assez commun enuers tous, que cette pierre se rópt tres-facilement en l'acte Venereen. Voila pourquoy il y a tousiours difference de l'Amour & Venus terrestres aux celestes; & que ce qui conuient à l'vn contrarie directement à l'autre, comme estans dissemblables, autant que le feu d'icy bas, de celuy d'enhaut. La perle aux Onirocritiques ou interpretes de songes, signifie les larmes, ainsi mesme que dit Suidas, δάκρυα μαργαρίται δακρύων ῥόον, desquelles l'Amour se plaist, & se paist sur toutes autres choses. Puis apres la perle est vne pierre procrée en la mer, dont Venus est premieremét sortie: & encor d'vne

E

chose ayant vie tres-propre à esmouuoir la sensualité en la personne. Pline au dernier liure cap.6. a accouplé deux de ces pierres ensemble. *Claudius Cæsar Smaragdos induebat, & Sardonichas.* Mais le rubis n'a pas esté dedié icy à l'Amour, ne le diamant, ne le saphir, par ce que ce sont pierres trop dures; tout ainsi qu'vn cœur graue, seuere, & posé-rassis, n'est pas si apte à receuoir ne l'Amour, ne ses impressions, comme vn bien gay, leger, mal-aduisé, & peu caut. Quant aux paniers estoffez de ces trois sortes de pierreries; esquels ces Amours estuient les pommes qu'ils cueillent, il y a encores quelque autre sens mystique caché là dessoubs, non des plus malaisez à deschiffrer, tellement que ie serois tort à l'esprit & suffisance des lecteurs, de leur descouurir cela qu'ils peuuent assez deuiner & comprendre d'eux-mesmes. Au reste, l'or, dont il dit que sont leurs carquois, aisles & paniers, a tousiours esté en fort grande reputation en Amour: Tesmoing la pluye de Danaë, & assez d'autres endroicts. Dont Ouide ne se contente pas gueres au second de l'art d'aimer.

> *Aurea sunt verè nunc sæcula, plurimus auro*
> *Venit honos; auro conciliatur amor.*

! Trois degrez en amour.

CAR en voila quatre les plus excellens en beauté de tous, qui se sont separez de la trouppe, dont les deux se combattent à belles pommes, &c. Il y a trois degrez & dispositions en l'Amour; le commencement, & les approches, auant que battre à bon escient la place; Ce sont les baisers & autres telles mignardises & caresses, representées par des pommes ; car cela n'est qu'vn ieu d'enfans : Le progrez puis-apres, c'est à sçauoir la iouissance, quand onvient aux prises, & que l'on s'enserre l'vn l'autre : & la termination qui fine & decline tousiours en noises, riottes, contentions & debats, representez par la lutte, ou ils se mordent, & esgratignent : Le tout compris soubs ces trois passions, le desir, la iouissance, & la repentance. Quant à ce ieu de pommes, à guise de cannes, ou de carrouselles practiquées en Espagne à la genette, ce lieu de Pindare s'y rapporte fort bien en la seconde des Isthmies.

> Οἱ μὲν πάλαι, ὦ Θρασύβυλε,
> φῶτες, ὅσοι χρυσαμπύκων
> ἐς δίφρον, μοι σῶν ἔβαι-
> νον, κλυτᾷ φόρμιγγι συναντόμυνοι,
> ῥίμφα παιδείας ἐτόξευ-
> ον μελιγάρυας ὕμνοις,
> ὅς τις ἐὼν καλὸς Εἶχεν Ἀφροδίτας
> εὐθρόνου μνάστειραν ἁδίσαν ὀπώραν.

Amiot amieux traduit ausi, Deux est le fruict, quand point n'y a de garde, Que le cueillir seurement en garde. L'amour reciproque.

Les anciens (ô Thrasybule) tous ceux entierement qui montoient au chariot des Muses aux scaffons d'or, allans au deuant de leurs bien-aimez auec leur tant renommée lyre, lançoient promptement des chançons douces & armonieuses, en faueur de quiconque d'entre eux estant beau, auoit quelque agreable pomme automnale, qui leur renouuelast vn esguillon & souuenir de Venus seant au bien ouuré throsne. A ce mesme propos Plutarque alleguant en son amatoire vn vers de quelque ancien Poëte; Γλυκὺ ὀπώρα φύλακος ἐλ-λελοιπότος. La garde mise arriere, il luy cueille ses pommes. Car la pomme & la figue estoient les deux fruicts principaux de Venus, mais en opposites considerations & regards.

TOVT cecy n'est autre chose qu'amitié & desir mutuel. Phornute en la speculation des Dieux dit, que l'Amour est appellée ἔρος de la soigneuse inquisition & encherchement que font les amoureuses personnes de la chose qu'elles aiment ; car ἐρωτᾶν, vaut autant à dire qu'inquisition, ἐρωτᾶν δ' ἵππεας ἱῶ. Vas en en queste de ses cheuaux. Il est aussi appellé ἵμερος, c'est à dire desir, pour ce qu'il se laisse aller & transporter pour iouyr de ce qui paroist beau à ses yeux, où à sa pensée: Dont Choluteau rauissement d'Helene auroit chanté ces vers. πωλωμενι ἱδεαντε ϯ ἱμερόεν βασι-λῆα ; Pensoit de voir le Roy des amoureurs desirs. Et Platon au Phedre, parle d'vne liqueur qui couille de cette fontaine, que Iupiter espris de l'amour de Ganymede nomme ἵμερον, ou fluxion amoureuse. Les autres interpretent cet ἵμερος, quasi ἥμερος, comme rendant douces & appriuoisées les plus sauuages & intraittables creatures. Parquoy quelques-vns le font estre frere de l'amour ou des Cupidons, dont il y a (ce dit là dessus Phornute) tousiours vne grande bande autour de Venus, en lieu de gardes & satellites: Et l'appellent aussi αντέρως, amour mutuel, fils de Mars & Venus (ainsi que dit Ciceron au troisiesme de la nature des Dieux) lequel on representoit mystiquement auec deux flambeaux allumez, ioincts & liez ensemble. Pausanias és Eliaques faict aussi mention d'vne figure de Cupidon & Anteros, lequel s'efforce d'aracher vne branche de palme que l'autre tient en ses mains. Et Porphire le Philosophe en a forgé vn tel apologue ou fiction.

PORPHIRE.

Que Venus s'appercevant comme le petit Cupidon estant encores en enfance ne proffitoit point, s'en alla pour ceste occasion au conseil à la Deesse Themis, qui luy fit response, qu'il auoit besoin d'vn Anteros on contre Amour, pour luy correspondre, à ce qu'ils peussent s'entre-secourir l'vn l'autre. A quoy Venus obtemperant engendra Anteros; Qui ne fut pas plustost en lumiere, que Cupidon commença à croistre, à dilater & estendre ses

aisles,

aifles, & pennage. Et mefme tant qu' Anteros eftoit prefent & auec luy, il paroiffoit beaucoup plus beau,& plus *grand ; là où tout le contraire aduenoit en fon abfence.* Le deffus-dict Paufanias en fes Attiques ; & Sui-das pareillement racomptent vne hiftoire fur le propos de cet Anteros, à qui fut pour cette oc-cafion dedié vn autel à Athenes, d'vn Meles naturel du païs, lequel ayant commandé à Tima-gore qui faifoit demonftration d'eftre amoureux de luy, fuft pour faire preuue de fon affection, ou pour fe deffaire de fes importunitez & pourfuites, de fe ietter du haut en bas d'vn rocher, l'autre fans dilation aucune y obeit tout le champ. Dequoy Meles picqué d'vn defplaifir & regret en foy-mefme , fit le mefme faut apres luy. Dont le peuple depuis commença de reuerer l'efprit de Timagore foubs le nom d'Anteros, comme d'vn Dieu vengeur des trop rigoureux traictemens qu'on faict à ceux de qui l'on eft aimé. Le mefme Paufanias encor. *Corefe Preftre de Bac-chus deuint amoureux de la pucelle Calliroé ; & de tant plus qu'ils s'efforçoit de gaigner fa bonne grace , & s'en-flammoit de fon amour , de tant plus au rebours s'aigriffoit la haine & defdain par elle conceuë pour raifon de ce : De forte que ne pouuant trouuer moyen de la flefchir & induire , ne par prieres ne par prefens, offres & pro-meffes de condefcendre à fon vouloir , il fut contrainct d'en aller faire fa complainte à l'image du Dieu : lequel prenant en main la caufe de fon miniftre , tout incontinent les Calydoniens commencerent à deuenir infenfez, comme fi c'euft efté d'vne yureffe , Et fouruoyez en leur entendement venoient là deffus rendre l'ame. Le peuple ennoya en Dodone à l'oracle, que tous ceux qui habitent en terre ferme, & les Aetoliens , auec les Acarnanes & Epirotes , eftimoient eftre le plus infaillible & veritable de tous autres , és refponfes que les Colombes, & le Chefne y rendoient , Là où il leur fut declaré que l'indignation de Bacchus eftoit le motif de ce mal , & n'y auoit autre remede d'en eftre deliurez , iufques à tant que Corefe euft facrifié Calliroé à Bacchus , ou quelque autre qui s'offrift de tenir fa place. Et comme la pauurette ne peuft trouuer aucun expedient de fe garantir , & fauuer fa vie, elle eut recours à fes parens; mais fe voyant auffi fruftrée de fon attente, il ne reftoit plus rien qu'il s'engar-daft d'eftre immolée pour le falut du païs. Au moyen de quoy ayant efté donné ordre aux autres chofes qui con-cernoient ce facrifice, fuiuant l'admoneftement de l'oracle, elle fut menée à guife d'vne victime. Mais Corefe qui en auoit la charge, donnant plus de lieu à l'amour, que non pas à l'indignation & vengeance, fe tua luy-mefme pour elle, dont il monftra affez d'auoir mieux & plus loyalement aimé, que nul autre de qui nous ayons en onques cognoiffance. Calliroé le voyant ainfi mort pour fon occafion , changea de vouloir ; Car il luy prit foudain vne pitié & compaffion de ce faict; & quant & quant vn remors de confcience de tout ce qui eftoit paffé ,fi bien qu'elle s'occit de fa propre main, ioignant la fontaine du port qui n'eft guere loing de Calydon, la-quelle fut depuis appellée Calliroé comme elle.*

S'estant tettée à corps perdu fur fon comme s'il le vouloit eftouffer. Dans Platon, Socrate blafme & detefte par tout l'amour lafcif, voluptueux & charnel : lequel (comme il dit) les Dieux appel-lent πνιγμον, c'eft à dire l'eftouffement du vray amour. A quoy Philoftrate faict icy allufion,víant de la mefme forme de parler: καὶ εἰς πνιγμα ὑποδυομένην. Procle toutesfois interprete ce lieu là de Platon autrement,difant que cette lutte & compreffion,eft l'Amour diuin,qui tire les ames hors des corps corruptibles & caduques,pour les enleuer là haut au ciel auec luy.Mais ce qui fuit apres ne quadre pas.

Dont cettui-cy lance la fienne apres l'auoir baifée ; & cettuy-là tend les mains pour la rece-uoir.&c. Il femble que cecy vueille battre fur le prouerbe, Spharam inter fefe reddere, *en Platon dans l'Euthideme : mais c'eft du deuis qu'il parle.* ὡς Διονυσόδωρος ὥσπερ σφαίρας ἐκδεξάμενος τὸν λόγον, πάλιν ἐπηκόντιζε τῷ μειρακίῳ. Dionyfodore rechaffoit le propos contre le iouuenceau comme il euft fait vne pile. *Et Seneque en certain endroit refere au ieu de la paume la commodité reciproque d'entre celuy qui confere quelque bien-faict , & l'autre qui le reçoit.* Volo (dit-il) Chryfippi noftri vti fimilitudine de pilæ lufu, quam cadere non eft dubium aut mittentis ftudio, aut accipientis,&c. *Ce qui fe peut accommo-der à l'amour reciproque & à ce renuoy & reception de pomme dont il eft i-y queftion.*

Car il luy mord l'oreille , dont les autres fe fafchent. Il y a prefque tout vn mefme lieu au 3. des fa-miliers de Ciceron, qui eft vne maniere de parler vfitée enuers les anciens, quand ils vouloient exprimer vn plus grand defir de fe venger, qu'on n'en a de puiffance & de moyen. *Les chofes (dit-il) en fuffent venuës à vne grande querelle ,fi Pacidian euft vcu faire comparaifon de luy auec Efernin le Sam-nite : Et parauanture qu'il luy euft à belles dents tronçonné l'aureille : Mais auec Clodius il fe fuft r'appointé pour vray.*

*Qve le lieure eft fort lafcif & fecond,&c.*Herodote au troifiefme liure en la Thalia.τῶν μὲν, ὅ τι ὁ λαγὼς ὑπὸ πάντος θηρεύεται θηρίου, ἢ ὄρνιθος, ἢ ἀνθρώπου. ὑπὸ δὲ τι τὸ πολυγονὸν ἐςι. ἐπικυίσκεται μοῦνον πάντων τῶν θηρίων. καὶ τὸ μὲν δασὺ τῶν τέκνων ἐν τῇ γαςρί, τὸ δὲ, ψιλόν, τὸ δὲ, ἀρτι ἐν τῇσι μη-τρῃσι πλάσσεται τὸ δὲ, ἀναφέρεται. *De là vient que le lieure que toutes chofes chaffent , la befte, l'oifeau, l'homme,foit fi fecond, qu'il eft feul entre tous autres animaux, lequel eftant plein, fe fur-emplift encores : Et ayant des petits en fon ventre, les vns pelus, les autres rafes , & fans poil, d'autres qui ne commencent qu'à fe former , en conçoit neantmoins de nouueaux.* Les Hebrieux ayans accouftumé d'appeller tous les autres animaux au genre mafculin, mettent le lieure *arnebeth* au feminin, pour ce qu'ils cuident qu'il ne s'en trouue point de mafles. Les autres difent que tous font hermaphrodites,indifferem-ment exerceans tantoft l'office & deuoir de mafle, tantoft de femelle ; les autres vn fexe ne

Du lieute.

E ij

s'y peut discerner de l'autre. Voyez Aben Ezra & Rabbi Kimbi és racines. De laquelle opinion estoit aussi Archelaus, & assez d'autres qui luy ont creu & adheré; Que les lieures de l'vn & de l'autre sexe, tant le masle que la femelle, portent indifferemment, comme Hermaphrodites : Et que les femelles mesmes s'emplissent, sans aucune aide du masle. Mais cela s'est depuis aueré estre faux : Et s'en void encores tous les iours le contraire, par les chasseurs, & autres qui ont esté soigneux de l'obseruer & s'en prendre garde. La superfetation aussi que leur attribuë Aristote au sixiesme liure de l'histoire des animaux, chapitre trente troisiesme, de sorte qu'ils ayent nouueaux petits tous les mois est vn peu chatoüilleuse. Car cela est assez cogneu qu'ils n'en font que trois fois l'année au plus : au milieu de l'Hyuer, sur la fin du Printemps; & vers le commencement de l'Automne. Trop bien cela peut-estre vray des connins, lesquels approchent en beaucoup de choses du lieure, & different en quelques vnes; de cela mesmement que les lieures font leurs petits tous reuestus de poil net & paté, & les connins n'en ont brin que ce soit, ains la peau rase & lissée tant seulement. Pline au huictiesme liure chapitre 55. semble confondre l'vn auec l'autre.

Des ensorcelemens d'Amour. De là les mal-adroicts & impertinens amoureux, ayans pris opinion qu'il y eust au lieure quelque vertu & proprieté attractiue d'Amour, &c. Tout ainsi qu'il ne s'est iamais rien trouué en la nature qui ait plus dominé les cœurs & les volontez des personnes que l'Amour ; Aussi chacun s'est tousjours efforcé de chercher les moyens de pouuoir paruenir à la iouïssance de la chose aimée, ou gist le comblé de toutes ses beatitudes & desirs: De sorte que les vns y ont procedé par vne voye, les autres par vne autre. Quelques-vns s'estans laissé transporter à ce dire du Poëte, Flectere si nequeo superos, Acheronta mouebo, ont remué par maniere de dire, non le ciel & la terre tant seulement, mais les plus profonds abysmes encores : contracté alliance & confederation auec les inueterez aduersaires du genre humain : leur ont donné l'ame en proye & abandon, pour trouuer quelque allegement à la passion demesurée qui les sollicitoit. Mais laissons-là (comme dit nostre autheur) telles manieres de gens, indignes non seulement d'estre contre-aimez, mais que l'on face la moindre mention de leur faict : Car les autres sont bien plus supportables (blasmez toutesfois pour cela) qui ont eu leurs recours aux remedes de la Nature, secondée de la puissance & influxion du ciel qui interuient là dessus ; auec quelques superstitions parmy, non si reprouuées du tout que les autres. Comme nous le voyons dans la Pharmaceutrie de Theocrite, & de Virgile apres luy.

> Terna tibi hæc primùm triplici diuersa colore
> Licia circumdo, térque hæc altaria circum
> Effigiem duco.

Et de rechef.

> Necte tribus nodis ternos Amarylli colores,
> Necte Amarylli modò, & Veneris dic vincula necto.

Puis encores en vn autre endroit, mais cela s'approchant plus de la Nature, s'esloigne aussi dauantage de superstition.

> Hinc demum Hippomanes, vero quod nomine dicunt
> Pastores, lentum distillat ab inguine virus.
> Hippomanes quam sæpe malæ legere nouerca,
> Miscentes herbas, & non innoxia verba.

Et Iuuenal à ce mesme propos.

> Hippomanes carménque loquor, coctúmque venenum
> Priuigno datum.

Il y en a assez de tels autres dans le premier & second liure de Picatrix, dans Chyrannides, & semblables reseurs magiques. Apulée tout au commencement de ses transformations, les a compris l'vn & l'autre, quand il raconpte les beaux miracles qu'il vit faire à son hostesse Pamphile, à qui Photis sa chambriere auoit apporté le poil de quelques peaux de chieure que l'on courroyoit, au lieu des cheueux de son bien-aimé; & par la force & vertu des charmes qu'elle fit là dessus, les barils que l'on auoit fait de ces peaux vindrent soudain frapper à sa porte, pour satisfaire à ses volontez. Iosephe mesme, si d'auanture on le doit croire en cela, tesmoigne que Moyse le Legislateur, ayant eu communication de la secrete philosophie des Ægyptiens, composa des anneaux d'Amour, & d'oubliance; & le Roy Salomon apres, contre les ensorcellemens, & mauuais esprits. Que si en tout cecy se trouue quelque verité & effect (ie parle des prophanes & illicites) c'est plustost pour la grande foy qu'on y adiouste, & la forte imagination qui peut certes beaucoup en l'esprit de l'homme, que pour aucune faculté reelle qui y consiste. Mais d'autant que rien ne peut estre plus agreable & plausible à vne personne, atteinte mesmement & mal-menée d'Amour, que de luy proposer quelques faciles & legers moyens, de peu de peine, & peu de coust, pour paruenir tout incontinent au but de ses tant desirées atteintes, aussi ce n'a pas esté de merueille, si de tout temps l'on est couru tres-ardamment apres telles piperies & abus, où il n'y a aucun

cun fondement ny appuy. Mais fi d'auanture l'Amour, comme le plus fort charme qui puiffe eftre, ainfi que tefmoigne Lucrece au 4. liure.

Idque petit corpus mens vnde eft faucia Amore;
Namque omnes plerumque cadunt in vulnus, & illam
Emicat in partem, fanguu quáque icimur ictu,
Etfi cominus eft hoftem ruber occupat humor.

Et que Virgile dit plus à plein au premier de fon Æneide, là où Venus ayant transformé fon fils Cupidon foubs la reffemblance du petit Iülus pour aller empoifonner Didon de l'Amour d'Æneas, luy parle ainfi.

---Vt te gremio accipiat latiffima Dido
Regales inter menfas, laticémque Lyæum,
Cùm dabit amplexus, atque ofcula dulcia figet,
Occultum infpires ignem, falláfque veneno.

Si doncques l'Amour comme vn charme fe doit chaffer par vn femblable fortilege; tout ainfi qu'vn poifon par fon contre-poifon, ces obferuations, combien que telles-quelles, pourroient auoir quelque certitude en foy. Neantmoins autre chofe eft de fe garantir & defendre d'vn mal, mefmement de celuy dont la guerifon confifte prefque en noftre puiffance, il ne refte que de le vouloir, & y prefter noftre confentement; Et autre chofe de l'introduire & imprimer en vne creature,qui n'eft en rien foubsmife à nous; Eftant endroit foy auffi bien affiftée que nous pouuons eftre d'efprits & intelligences plus fortes affez que n'eft celle de l'homme,qui la contregardent de toutes entreprifes & aguets, fi d'auanture elle ne va de fon mouuement propre & franc vouloir s'enferrer & donner dedans le filé fans y eftre pouffée. Au moyen dequoy le meilleur eft, & le plus feur de fuiure toufiours la voye ordinaire & legitime,telle que nous l'a prefcrit Ouide en fes inftructions de l'Amour.

Fallitur Aemonias fi quis decurrit ad artes,
Dátque quod à teneri fronte reuellit equi.
Non facient vt viuat Amor Medeides herbæ,
Mixtáque cum magnis Marfa venena fonis.
Phafias Aefonidem, Circe tenuiffet Vlyffem:
Si modo feruari carmine poffet Amor.
Nec data profuerint pallentia philtra puellis:
Philtra nocent animis, vimque furoris habent.
Sit procul omne nefas : vt ameris amabilis efto.
Quod tibi non facies, foláve forma dabit.

Et à la verité, telles obliquitez illicites ne fuccederent iamais bien, pour le moins fans eftre fuiuies de quelque malheur à la fin. Ce qu'Homere nous donne affez à cognoiftre, & qu'elles ne font pas agreables à Dieu, quand au quinziefme de l'Iliade il introduit Iupiter tanfant aigrement Iunon,de ce qu'elle en auoit vfe enuers luy.

τὴν δ' αὖτις μινύθω, ἵν' ὀπολλήξης ἀπατάων,
ὄφρ' εἰδῆς ἔ΄ τοι χραίσμη φιλότης τε καὶ ἐυνὴ,
ἣν ἐμίγης ἐλθοῦσα θεῶν ὀπὸ, καὶ μ' ἀπάτησας.

Ie te ramcine cecy en memoire, à ce que tu te defiftes de tes tromperies accouftumées, & cognoiffes fi l'Amour, ny le liét t'auront proffité de rien; auquel tu t'es venuë mefler auec moy au partir des Dieux,& m'as deceu. Ce que Plutarque allegue au traicté de la lecture des Poëtes, où il dit que par cette fiction le Poëte a fort bien monftré; *Que la priuée conuerfation qu'ont les femmes auec les hommes, & ce qu'ils acquierent de grace & faueur enuers eux par charmes & forcelleries, non feulement n'eft pour gueres bien durer à la longue, mais outre que le tout eft mal-affeuré, & qu'on s'en vient incontinent à defgoufter, il paffe puis apres en haine & rancune, tout auffi-toft que la volupté s'en eft efuanoüie. Plus és preceptes de mariage. Tout ainfi que les poiffons fe prennent legerement à l'apaft, & neantmoins ne font pas bons à manger; auffi les femmes qui tafchent de gaigner leur maris auec des breuvages amoureux, & autres tels enforcellemens, & par lubricitez voluptueufes les reduire en leur puiffance,les ont de là en auant tous eflourdu & infenfez pour compagnie le refte de leurs iours. Car à Circé ne proffiterent de rien, ceux qu'elle auoit transformez par fes charmes, & ne s'en feruit en chofe quelconque, apres qu'ils eurent efté abaftardis en chiens & en afnes: là où elle aima Vlyffes tout outre, homme prudent & aduifé, & qui fe maintint dextrement auec elle. Au moyen dequoy celles qui aiment mieux commander, & auoir le deffus de leurs maris idiots, que de leur obeir eftans fages, reffemblent à ceux qui ont plus cher de conduire les aueugles par voye, que de fuiure les cler-voyans, & qui cognoiffent les chemins.* Porphire à ce mefme propos, au liure des facrifices, parlant de la mauuaiftié de certains Demons. *Par le moyen de ces peruers efprits* (dit-il) *les mal-heureux s'efforcent de faire leurs Philtres & femblables malefices d'Amour; Car toutes fortes de voluptez, toutes efperances de richeffes, honneurs, & aduancemens s'attifent, & fe renforcent és conceptions des perfonnes, par leur in-*

ſtigation; Mais ſur tout, fraudes, tromperies & menſonges, dont ils ſont ſouuerains architectes. Au demeurant qu'il y ait quelque faculté ne puiſſance au lieure, propre à exciter ou attraire l'Amour, ie
ne le penſe auoir leu nulle part, ſi d'auenture Philoſtrate ne vouloit donner ſur cet Epigramme
de Martial.

> Si quando leporem mittis mihi Gellia, mandas,
> 　Formoſus ſeptem Marce diebus eris.
> Si non derides, ſi verum Gellia mandas,
> 　Ediſti numquam Gellia tu leporem.

Et ce qui ſe ſouloit dire à ce meſme propos de l'Empereur Alexandre Seuere, que le continuel
vſage de la chair de lieure, l'auoit rendu ainſi beau, gracieux & affable.

> Venatus facit & lepus comeſus,
> 　De quo continuum capit leporem.

Ce que meſme auoit touché auparauant Pline, au dixieſme chapitre du vingt-huictieſme liure
en ces mots; mais il n'y adiouſte point de foy. Somnos fieri lepore ſumpto in cibis, Cato arbitratur.
Vulgus & gratiam corpori in nouem dies, friuolo quodam ioco. Que s'il prouoque ainſi le dormir comme le cuidoit Caton, cela n'eſt gueres bien propre à l'Amour. Mais s'il a le moyen d'embellir la
perſonne, & que rien ne ſe trouue de plus grande efficace en l'Amour que la beauté, ainſi que le
deſduit Platon dans l'Alcibiades premier, le Conuiue, & le Phedre; par conſequent auſſi le lieure pourroit auoir quelque lieu en cet endroit. Ou bien s'il pouuoit rendre l'homme plus vertueux & gaillard pour bien contenter ſes amours (ſi d'auenture il venoit aux priſes de la iouyſſance) ainſi que Theophraſte racompte de ie ne ſçay quelle herbe ou racine, qui ſe trouuoit en
Scythie, ſuffiſante pour faire paſſer iuſques à ſoixante carrieres en vn iour naturel; Comme fit
Hercule enuers les filles de Theſtie en nombre de cinquante, leſquelles il depucela toutes en vne
ſeule nuict, qu'il eſtoit encores fortieune, dont il en eut autant d'enfans; Qui fut le plus fort
combat & affaire où il ſe trouua oncques en iour de ſa vie; Cela de vray ſeroit bien de plus grande efficace que tous les fards ny beautez de ce monde, car c'eſt ce qui ſert le plus à maintenir l'A-
mour entre les deux parties, ſelon que teſmoigne Ouide au ſecond liure de l'art d'aimer.

> Sed lateri nec parce tuo, pax omnis in illo eſt.
> 　Concubitu prior eſt inficienda Venus.

Et là deſſus en donne quelques reſtaurans & excitatifs.

> Sunt qui præcipiant herbas ſatureia nocentes
> 　Sumere, indicijs iſta venena meis.
> Aut piper vrticæ mordacis ſemine miſcent,
> 　Tritáque in annoſo flaua pyretra mero.
> Candidus Alcathoe qui mittitur vrbe Pelaſga
> 　Bulbus, & ex horto quæ venit herba ſalax.
> Ouáque ſumantur, nec non humentia mella;
> 　Quaſque tulit folio pinus acuta nuces.

A propos duquel Bulbe ou Eſchallotte, Martial en a auſſi dit cecy:

> Cùm ſit anus coniux, & ſint tibi mortua membra,
> 　Nil aliud Bulbis quàm ſatur eſſe potes.

Ce qu'il a pris de la Comedie d'Ariſtophane intitulée, les preſchantes, là où vn ieune homme ayãt
eſté pris au collet par deux vieilles eſdentées, il leur demande côme il luy ſera poſſible tout en vn
meſme temps de faire voguer deux barques ainſi vermouluës & ſur-années: l'vne reſpond; apres
que tu auras deuoré vne chauderonnée d'eſchallottes. Car Varron ordonne de les cuire en de
l'eau pour ceſt vſage; & Apitius y adiouſte des pignons, & de la graine de roquette, auec du
poiure.

VOYEZ-vous point ce rocher d'où ſort vn gros boüillon d'eau? Sçachez pour vray qu'vne Venus eſt là.
Platon met vne Venus Celeſte auſſi bien qu'vn Amour; pure & nette, ne ſe ſouciant d'autre
choſe, ne cherchant rien quelconque, qu'vne ſplendeur reluiſante en la diuinité, où par vne tres-
feruente Amour qu'elle produit & engendre, elle taſche continuellement d'attirer nos ames, &
les vnir à l'eſſence de Dieu; comme celle qui en eſt la propre marque & image. Salomon l'appelle
la Sapience, par laquelle comme dit Hermes en l'Aſclepius, l'homme qui eſt vn merueilleux miracle
en Nature, vn animal tres-honorable, voire digne d'eſtre adoré, paſſe à vne condition du tout diuine, & eſt fait
Dieu; deſpriſant la partie de l'humanité, qui eſt en luy, & ſe tenant à ce qui eſt de diuin. Voila ce que dit
Hermes; dont rien ne ſe ſçauroit trouuer de plus Chreſtien, ny qui quadre mieux de tous poincts
au vray fils du Dieu Eternel, qui a parfaittement eu en ſoy ces deux Natures. Mais pour ce que les
Amours dont parle icy Philoſtrate ſont terriens, il leur adioint auſſi vne Venus de meſme, charnelle, & voluptueuſe, couſtumierement retirée és grottes, cauernes & ſemblables lieux ombrageux, obſcurs, ſçachant aſſez que ſes maintenemens & actions ont beſoin de couuert, comme dit Pindare, Que la nuict & obſcurité ont la meilleure part, & le plus de faueur en Venus. Et Pauſanias

nias en ſes Arcadiques , parlant de Venus Melanis , c'eſt à dire noire , dit *que c'eſt pource que les hommes n'y vacquent pas tant le iour ; à guiſe de beſtes brutes , comme ils ſont la nuict*. Si d'aucuture ce n'eſtoient quelques effrontez & impudens Cyniques , deſtituez de toute honte & vergongne. Qv ant aux miroüers qu'il luy aſſigne comme pour marques & enſeignes d'elle , auec autres telles beatilles , cela eſt aſſez vſité & commun , non ſeulement enuers les Poëtes , & Sophiſtes , mais aux Philoſophes & Hiſtoriens encore ; comme meſme on le peut voir dans Plutarque au liure de la fortune des Romains. *Mais comme les Lacedemoniens diſent que Venus apres qu'elle eut paſſé la riuiere d'Eurotas , quitta là ſon miroïer , & tout le reſte de ſon ornement , inſques au ſacré tiſſu propre , pour prendre l'eſcu & la lance , & ſe monſtrer ainſi equippée à Lycurgus ; Ainſi la fortune delaiſſant les Perſes & Aſſyriens , ſur-vola legierement par la Macedoine.* Et ce qui ſuit de ce propos puis apres. L'argent dont il eſt auſſi fait mention icy , outre quelque ſens myſtique qui peut eſtre caché là deſſoubs , comme nous l'auons deſia dit cy deuant , eſt pris pour la blancheur & luſtre argétin d'icelle Venus , & des dames qui luy ſymboliſent , ainſi que nous voyons dans Homere Thetis eſtre ſurnommée ἀργυρόπεζα , aux pieds d'argent , pour dire beaux , blancs , & nets : Et la riuiere de Peneus , ἀργυϱδινης , pure & clere. Mais l'or eſt deſdié à la cheuelure , & au poil ; dont il n'y a Poëte en langue que ce ſoit , qui n'ait communément vſé de ceſte façon de parler , comme meſme en l'hymne d'Apollon , ſa mere eſt appellée Λητὼ χρυσοπλόκαμος , Latone aux treſſes dorées.

L'assistance *leur ſouhaitte d'auoir touſiours vn ſi beau & plaiſant verger*. Chacun a aſſez oüy parler du Dieu des Iardins , & de ſa portraicture , dont parle le commencement de la huictieſme Satyre du premier liure des Sermons en Horace.

> *Olim truncus eram ficulnus , inutile lignum ,*
> *Cùm faber incertus ſcamnum , facerét ne Priapum ,*
> *Maluit eſſe Deum. Deus inde ego , furum , auiúmque*
> *Maxima formido : Nam fures dextra coërcet ,*
> *Obſcœnóque ruber porrectus ab inguine palus ,*
> *Aſt importunas volucres in vertice arundo*
> *Terret fixa , vetátque noui conſidere in hortis.*

Et de fait ce Dieu icy a fort grand' conuenâce auec les Amours , & les beaux petits iardinets qu'ils cultiuent ; qui ſont arrouſez de ce doux ſourjon de liqueur venerique , cauſe de toute procreation & lignée. Et c'eſt ce que veut dire Varron au propos cy deſſus , que tous iardins pour cette occaſion ſont en la charge & tutelle de Venus , Deeſſe de generation.

Or Lvcian s'eſt eſbatu auſſi en ce meſme argument , & ſubiect de la pluralité d'Amours , au Dialogue intitulé Herodote ; où il deſcrit le tableau du peintre Ætion , qui y repreſenta les nopces d'Alexandre , & de Roxané fille du Satrape Oxyartes ; d'vn ſi grand artifice , que l'ayant porté , & fait veoir en l'aſſemblée des ieux Olympiques , il fut ſi bien receu de tous , que Proxenidas l'vn des deputez de la Grece à iuger des ſacrez combats , luy donna ſur le champ ſa fille en mariage : tant il prit de plaiſir à cette belle fantaiſie , & rare inuention , qui eſtoit telle qui s'enſuit : Car iceluy Lucian teſmoigne l'auoir veu en Italie , parquoy il en a peu parler ſeurement.

En premier liev *eſt la peinte vne chambre excellemment riche & bien parée , auec le lict nuptial tout* Lvcian. *preſt à ſe mettre dedans : Contre lequel Roxané s'appuye , fille tres-belle entre les plus belles , de taille , de charnure , & viſage : Les yeux modeſtement abbaiſſez en terre , pour la crainte & reuerence de ce grand Roy là preſent. Et autour d'eux ſont tout plein de petits Cupidons eſpandus rians delicatement ; dont l'vn s'eſtant mis derriere elle , luy deffait ſa belle coiffure ; & la monſtre ce-pendant du doigt à ſon eſpoux ; L'autre ſeruiablement proſterné à ſes pieds , la deſchauſſe pour la mener coucher : L'autre s'eſt ant enueloppé dans la robbe de nuict d'Alexandre , le tire tant qu'il peut deuers elle , à qui il tend vne couronne. Là eſt preſent Hepheſtion auſſi , qui tient le lieu de parrain & de confidant pour mener l'eſpouſée , ayant au poing vne torche ardente ; appuyé an reſte ſur vn beau iouuenceau , que ie croirois eſtre Hymenée : toutesfois il n'y en a point de billet. A l'autre coſté du tableau ſe voyent pareillement des Cupidons , qui ſe ioüent & paſſent leur temps des armes d'Alexandre : Deux deſquels ſe ſont chargez de ſa lance , à guiſe de ceux qui portent quelque peſant fardeau. Il y en a puis apres deux autres , qui trainent par les courroyes de l'eſcu , vn de leurs compagnons qui eſt aſſis deſſus comme vn Roy. Mais vn autre s'eſt allé ietter dans le corps de cuiraſſe qui giſt là renuerſé , lequel les guette & attend au paſſage , pour leur faire peur en ſurſaut , quand ils arriueront aupres de ſon embuſcade. Tout cecy neantmoins n'eſt pas vne ſimple plaiſanterie , ou iouet de petits enfans , qu'Action ait prii peine de repreſenter inutilement , & ſans quelque ſens ; mais pour denoter l'affection , & le ſoing aſſidu d'Alexandre au fait de la guerre , & des armes , puis que tout par meſme moyen il a eſté ſi eſpris de l'amour de Roxané , & ſi n'a pas pour cela laiſſé en vn non-challoir & oubly , le ſouuenir de ſon belliqueux exercice.*

DIALOGVE.

D. *D'où procede vermeille Aurore,*
Que ton beau teint se decolore,
Et que les raiz de ton bel œil,
Ternissent aux raiz du Soleil?
R. *C'est que la traistre Thessalie,*
Oste à mon cher Memnon la vie,
Et l'amour lascif d'vn Troyen,

Me priue auiourdhuy de mon bien.
D. *Mais toy qui redore noz iours,*
Tu l'as delaissé sans secours?
R. *La plus esclairante lumiere,*
S'obscurcit à l'heure derniere,
Le grand, le puissant & le fort,
Ne resistent point à la mort.

MEMNON

MEMNON.

ARGVMENT.

THEVTAMVS *regnant en Asie, qui fut le vingtiesme des descendans de Ninus, & Semiramis, Agamemnon mena les Grecs au siege de Troye, qu'il y auoit desia plus de mille ans que l'Empire des Assyriens estoit sus; Quand Priam Roy de la Phrygie, & vassal d'iceluy Theutamus, se voyant oppressé d'vne si grosse force, luy fit demander secours: Et il luy enuoya dix mille Ethiopiens, auec autant de Susiens; Et deux cens chariots armez en guerre; le tout soubs la charge & conduite du Prince Memnon, fils de Tithonus, l'vn des Satrapes d'Assyrie, qui auoit lors le plus grand credit & authorité à la Cour. Memnon estant encore en fleur d'aage, & vaillant de sa personne au possible, fit à son arriuée tout ple n de beaux exploits d'armes en faueur des Troyens: iusques à ce que finablemēt les Thessaliens luy dresserent vne embusche, où il fut surpris & mis à mort. On dit qu'il edifia vn fort beau palais portant son nom, en la ville des Suses, sur vn lieu haut releué, qui dura iusqu'au regne des Perses. Mais les Ethiopiens habitans en l'Egypte le maintiennent y auoir esté nay, monstrans vn sien fort antique chasteau qui porte encore son nom. Ainsi en parle Diodore Sicilien au second liure de sa Bibliotheque. Quant aux Poëtes ils enrichissent l'affaire, Et dit Quintus Calaber au second liure de la suite de l'Iliade, que Memnon ayant mis à mort Erenthus, & Pheron, deux braues & vaillans ieunes hommes, qui auoient suiuy pour leur plaisir la cornette de Nestor, à la guerre de Troye, Antiloque son fils se voulut mettre en debuoir de les venger, mais que luy mesme y demeura pour les gages: Dont le pauure pere outré de douleur s'addressa tout ainsi vieil & decrepite qu'il estoit à Memnon, pour le combattre; lequel ayant compassion & respect à son aage, ne le voulut offenser, luy disant doucement qu'il se retirast: Car ce ne luy seroit point d'honneur de le combattre. Nestor voyant ne pouuoir faire autre chose, eut son recours à Achilles, qui aymoit vniquement Antiloque, tellement que marry au possible de l'auoir perdu, il s'en vint tout de ce pas trouuer Memnon, lequel apres vn fort long & dangereux combat, & plusieurs consultations interuenuës des Dieux là dessus, finablement luy tira vn grand coup de toute sa force, qui le perça d'outre en outre. Parquoy la belle Aurore toute triste & desconfortée de la mort de son fils, se reuestit à l'instant de grosses nuées noires, cōme pour en porter le dueil: Protestāt de iamais ne vouloir pl' rendre de iour aux humains: iusques à ce que Iupiter, partie par douces mignarderies & consolations, partie par menasses & criemēs, la fit retourner à son accoustumé debuoir:*

'ARMEE que vous voyez icy eſt de Memnon ; Mais ils n'ont point d'armes pour ceſte heure, parce qu'ils ſe propoſent de mener le dueil du plus grand d'entr'eux, qui a receu vn tres-mauuais coup de lance à trauers la poitrine, ſelon qu'il me ſemble de l'apperceuoir. Or rencontrant icy cette large & ſpacieuſe plaine, toute couuerte de tentes & de pauillons, auec les rempars & cloſture d'vn champ, & vne groſſe cité fort bien fermée de murailles, ie ne ſçay pas comment ce ne ſe-roient les Ethiopiens ces gens-là, & ces choſes icy Troye. Celuy au ſurplus qu'on lamente, eſt Memnon le fils de l'Aurore ; lequel eſtant arriué au ſecours des Troyens, Achilles (à ce que l'on dit) mit à mort, grand & de belle tail-le ; & qui eſtoit venu d'vn autre coſté encontre les Grecs, non en rien infe-rieur à cettuy-cy. De fait, regardez de quelle corpulence le voila eſtendu par terre ; & quels gros eſpiz de cheueux il nourriſſoit (comme ie croy) pour le fleuue du Nil. Car les bouches de ce fleuue ſont bien pardeuers les Egy-ptiens, mais ſes fontaines en Ethiopie. Voyez auſſi combien de force & de vigueur monſtre la mine de ſes yeux, quelques paſſez & deffaits qu'ils ſoient. Regardez quand & quand le petit poil fol de ſa barbe, qui ne fait gueres que commencer à poindre ; comme cela conuient fort bien auec l'aa-ge de celuy qui l'a mis à mort. Vous ne diriez certes pas que Memnon fuſt noir ; Car cette pure & naïue noirceur qui eſt en luy, monſtre ie ne ſçay quel teint agreable. Les Dieux ce pendant eſtans là haut tous mornes & penſifs, l'Aurore qui pleure à chaudes larmes ſon cher enfant, contriſte le Soleil, & prie la nuict qu'elle ſe haſte de venir plus viſte que de couſtume, pour arre-ſter l'exercite, afin qu'elle puiſſe enleuer le corps, Iuppiter par-auanture le conſentant. Et voile-là tranſporté deſia ; la diligence que l'on en ſait eſtant exprimée vers le bord du tableau : Car la ſepulture de luy ne ſe retrouue nul-le part : Trop bien le voit on en Ethiopie transformé en vne pierre noire, ayant la contenance d'vn homme aſſis. Ie n'eſtime pas toutesfois que ce ſoit autre choſe que ſa remembrance : neantmoins quand les raiz du Soleil vien-nent à donner deſſus, & qu'il frappe en la bouche d'icelle, tout ainſi que d'vn archet de violle, il ſemble attirer de là vne voix, qui conſole le iour auec ce langage artificiel.

ANNOTATION.

PHILOSTRATE
ou la vie d'A-
pollonius.

HILOSTRATE qui a eſcrit la vie d'Apollonius Thianéen, au 3. chap. du 6. liure de Memnon dit cecy. *Sous la conduicte de Timaſion ils arriuerent au temple de Memnon, lequel Damis raconte auoir de vray eſté fils de l'Aurore, mais n'eſtre pas decedé à Troye ; où c'eſt choſe certaine qu'il ne fut onques, ains en Ethiopie, apres y auoir regné par cinq aages d'hommes : Et pource que les Ethiopiens ſont de treſlongue vie par deſſus tous autres moriels, ils pleurent & lamentent Memnon, comme s'il eſtoit mort en adoleſcence ; & font toutes les meſmes querimo-nies dont on ſcauroit vſer au dueil de quelqu'vn, qui s'en ſeroit allé hors de ce monde anant le temps. Le lieu au reſte où le temple eſt baſty, eſt à ce qu'ils diſent, ſemblable aux places publiques, où ſe ſouloient faire iadis les aſſemblées des Citoyens ; & de fait il s'en voit encore de tels és plus anciennes villes du pays, eſquelles ſont demeurez de reſte quelques vieils fragmens de colomnes, & marques des anciennes murailles, auec les ſieges, & portaux, & les ſtatuës de Mercure ; le tout, partie deſmoly par main d'homme, partie mangé de vieilleſſe.*
Mais

Mais l'effigie de Memnon resemble à celle d'vn ieune adolescent sans barbe, estant d'vne pierre fort noire, & exposée tout au rais du Soleil: Planté de deux pieds en terre, selon la maniere de Dedalus. Des bras, il se soustient sur son siege comme s'il s'en vouloit leuer. Et quant au geste de ses yeux, & de toute la face, il est ainsi que d'vn homme qui parle. Ce qui ne donnoit pas autrement beaucoup d'admiration, pour estre l'ouvrage assez lourd & grossier de soy: mais quand les rais du Sol. il vindrent à frapper contre, ce qu'ils dient arriuer ordinairement sur le leuer d'iceluy, ce fut alors vne grande merueille, car la statue se mit à parler tout aussi tost que la clarté eut donné dans sa bouche: & les yeux se monstroient gais, reluysans, & ioyeux: comme de ceux qui sont les plus tolerans à supporter le regard de cet estre.

POVRCE qu'Homere fine son Iliade à la mort d'Hector, il ne fait point de mention de ce combat icy d'Achilles contre Memnon: & en dit seulement cecy comme en passant à l'onziesme de l'Odissée. κεῖτο δὲ γλιλλ̣ιϵρι ἰδὼν μϵτὰ Μϵμονα δῖον. Qu'Eurypile estoit le plus beau de tous ceux qu'vindrent au secours des Troyens, apres le diuin Memnon. Pindare en la seconde Olympiene, parlant d'Achilles, lequel rua bas Hector (ferme & inexpugnable colomne de Troye) & tua aussi de sa main Cygnus, y adiouste, Αϊς τι παϊδ̣ ἀϊθιοπα. L'Ethiopien fils de l'Aurore. Plus en la sixiesme des Nemées.

χαι ἐς Αϊθιοπας

Μϵμϵνονος ὅϵκ Σπονο-

ϛα.ρϵπτος ἐπαλτο, &c.

Que la renommée des Eacides vola iusques aux Ethiopiens, Memnon n'y estant plus retourné. Car ils se trouuerent en vn fort cruel conflict, lors qu'Achilles mettant pied à terre de dessus son chariot, occit le fils de la clere Aurore, auec la pointe de sa furieuse lance.
Virgile au premier de l'Eneide.

Eoásque acies & nigri Memnonis arma.
Et Ouide au treiziesme de la Metamorphose.

Non vacat Aurore, quamquam iisdem fuerat armis,
Cladibus, & casu Troiæ, Hecubáq, moueri.
Cura Deam proprior, luctúsque domesticus angit
Memnonis amissi, Phrygijs quam lutea campis
Vidit Achillea pereuntem cuspide mater.
Vidit & ille color, qua matutina rubescunt
Tempora, pallucrat, latuísque in nubibus æther.

Et consequemment il transmue ses cendres, en des oiseaux appellez de son nom Memnonides, lesquels, comme dit Pline au 16. chap. du 10. liure, prennent tous les ans leur vollée de l'Ethiopie vers les ruines de Troye, où ils se combattent cruellement sur la sepulture de Memnon: Et Cremutius tesmoigne (ce dit-il là mesme) que ces oiseaux viennent de cinq en cinq ans, & se combat sans faillir, autour du Palais d'iceluy Memnon en Ethiopie: Ou il dit au 29. chap. du 6. liure, qu'il regnoit du temps de la guerre de Troye. Par les guerres des Egyptiens fut fort abatue l'Ethiopie, commandans & obeissans chacune à son tour; mais d'vn grand renom & pouuoir iusques à la guerre de Troye regnant Memnon, & qui estendit sa domination en Syrie, & en nos riuages du temps de Cephée, comme il appert par les comptes qu'on fait d'Andromede. Pausanias en la description de la Phocide, és peinctures de Polygnotus, dont il sera parlé plus à plein cy apres au tableau de Phorbas. Puis est Memnon assis sur vne pierre, & Sarpedon aupres de luy, le visage à bouchons placqué dans la paulme de ses deux mains. Memnon luy mets la sienne sur son espaule: Et tous deux portent barbe. Au manteau de Memnon sont representez comme de broderie, certains oiseaux appellez Memnonides: lesquels ne faillent tous les ans, à ce que dient les habitans de l'Helesponte, de s'en voller à certains iours à son sepulchre, où s'il y a quelques herbes creuës qui soient demeurées vn peu courtes, elles les arrousent à tout leur bec, & les arrousent auec leurs aisles baignées de l'eau d'Asopus. Contre Memnon, est vn ieune garçon Ethiopien, peint tout nud, pour denoter que Memnon estoit Roy des Ethiopiens: Neatmoins il ne partit pas de l'Ethiopie pour aller au secours de Troye, mais de la ville de Suses en Perse, & rangea soubs son obeissance tous les peuples estans entre-deux, depuis la riuiere de Choaspes. Les Phrygiens mesmes monstrent encore le chemin, par lequel ayant cherché les plus courtes addresses de ces quartiers là, il mena son armée. La voye est diuisée par internalles de logis & repues.

IOSEPHE au 2. liure de la guerre Iudaïque, chap. 9. racompte vne estrange merueille qui se voyoit encore de son temps prés le sepulchre de Memnon, lequel il met à ce compte en la Iudée. *Ptolemaïs (dit-il) est vne ville de Galilée close de montagne de costé & d'autre: Car le mont de Carmel la couure deuers le Midy; Et au Septentrion elle a celuy que les habitans du pays appellent l'Eschelle des Tyriens. Environ deux stades hors l'enclos des murailles, passe vn ruisseau nommé Ecleus, non gueres loing duquel ift le sepulchre de Memnon: Et tout ioignant iceluy vn certain endroit sur tout autre admirable, à sçauoir vne vallée qui se recourbe en rond, produisant du sable de verre. Mais la merueille est encore plus grande, de ce que venans là aborder tous les iours infinies barques pour en enleuer, tant autant que l'on en peut vuider se remplist sur l'heure demeurant: la face du terroir toujours vne. Les plus doctes veulent inferer que ce sont les vents qui* 'cauſent cela, leſquels par leur ſouſtement pouſſent ſans ceſſe quelque nouuelle matiere du haut des montaignes eſtans là autour. *Quoy que ce ſoit, la Nature ne ſe veut pas en ceſt endroit contenter d'vn miracle ſeul:Car tout le ſable que vous y ſcauriez apporter d'ailleurs ſe conuertiſt ſoudain en verre. Que ſi vous le reiettez hors le pourpru & enclos de ce lieu*, il retourne tout auſſi toſt en ſon premier eſtre. Cecy dit Ioſephe de la ſepultu-re de Memnon. Toutesfois Strabon au treiziefme liure, la met en la Troade, vn peu au delà des bouches du fleuue Eſapus, en certain tertre, prés d'vne bourgade de ſemblable nom.

    Q V E L S *gros eſpics de cheueux il nourriſſoit au Nil.* De ceſte couſtume, ou ſuperſtitiō anciènne, que les ieunes gens de maiſon illuſtre laiſſaſſent croiſtre leur cheueure, pour la tondre puis apres à

Il faut corriger eu l'eraiſon 30. Cumzoy, cõme il y a en la z : au lieu de azuzoy.

P A V S A N I A S.

quelque fleuue à qui ils l'auroient vouée, nous en parlerons plus amplement cy apres au tableau d'Antiloque. Mais quant à ce que l'autheur accompare icy les touffes de cheueux à des eſpics de bled, Nazianzene à ce propos appelle le Nil κυρποδότω, κỳ ἀςαχỳ, *Fertile & portant eſpics.*

    S V R Q V O Y *quand les rais du Soleil viennent à donner.* Pline au 7. chap. du 36. liure. *De ces ſtatuë n'eſt gueres diſſemblable celle de Memnon, dediée au temple de Serapis à Thebes; laquelle on dit que tous les iours au leuer du Soleil fait bruit*, & rend ie ne ſçay quel ſon. Et Pauſanias és Attiques. *Cela me donna vn grand esbahiſſement, mais i'admiray encore plus le Coloſſe des Egyptiens, qu'on void à Thebes en Egypte, apres que vous aurez paſſé le Nil, ioignant ceſt endroit que l'on appelle les Syringues. C'eſt vne ſtatuë aſſiſe auſſi, que la plus part diſent eſtre Memnon Eléen*, lequel vint autresfois d'Aethiopie en Egypte, & en cette contrée qui s'eſtend iuſques à Suſes. Les Thebains toutesfois ne le nomment pas Memnon, ains l'hamonophes, qui fut à ce qu'ils diſent, l'vn de leurs citoyens. I'ay appru dauantage que quelques vns veulent dire, que cette ſtatuë eſt du Roy Seſoſtris, laquelle Cambyſes tronçonna. Et de fait encore pour le iourd'huy tout le haut d'icelle, depuis la teſte iuſques au fau du corps, iſt arraché. *Quoy que ce ſoit; elle eſt aſſiſe*, & tous les iours enuiron le leuer du Soleil rend certain retentiſſement, presque ſemblable à celuy d'vne corde, qui ſe vient à rompre en vne harpe ou violle.

    A V R E G A R D de l'Aurore mere de Memnon, les Poëtes la feignent eſtre l'aube du iour, an-nonçant le retour du Soleil en noſtre Hemiſphere; comme dit Orphée en ſon hymne; ἀςṡὲλέα πῶ πῶλος. Elle eſt fille d'Hyperion & de Thia, comme dit Heſiode en ſa Theogonie; ſi toutes-fois elle eſt de luy) ſelon les autres de Titan & de la Terre. Et eſt ſurnommée auſſi λαμπαδόφορος, *porte flambeau*, pour la clarté & lumiere qu'elle ameine aux humains: & λαμπαγφανὴς encore, *re-luyſante*. Laquelle ayant vne fois à ſon leuer ietté l'œil ſur Tithonus frere du Roy Laomedon de Troye, Prince d'vne ſinguliere beauté, & encore en la prime fleur de ſon aage, s'enamoura ſou-dain de luy, & l'enleua dans ſon chariot en Ethiopie, là où bien toſt apres elle en eut Memnon. Tithonus ne luy demanda autre faueur durant leurs plus eſtroites affections, ſinon de luy pro-longer la vie iuſqu'à beaucoup de ſiecles; ce qu'elle fit, luy renouuellant par interualles ſa ieuneſ-ſe: Mais comme il ſe fuſt ennuyé de tant viure en ce monde, & cogneuſt que nonobſtant ſes re-medes, la force & vigueur de ſon corps s'en alloit eſuanoüiſſant peu à peu, il fut finablement à ſa requiſition propre, tranſmué par elle en Cigalle.

                                         N E P T V N E

Anthoine Caron. inuentor.
Thomas de Leu. sculp.

DIALOGVE.

D. *Pourquoy fuys tu Amymone,*
  Neptune qui te talonne,
  Et reçois dedans ton cœur,
  Le traict d'Amour ton vainqueur?
R. *C'est d'autant que sa pointure,*
  S'accommode à la nature,
  Et qu'on iuge son tourment,
  Pour vn grand contentement.

Si i'estois au Dieu de l'onde,
Ie deuiendroy trop feconde:
Iamais la virginité,
N'ayma la fecondité.
D. *Toutesfois tu fus rauie.*
R. *Ce fut pour sauuer ma vie:*
La fille seule à l'escart,
Court tousiours quelque hazard.

F

NEPTVNE ET
AMYMONE.

ARGVMENT.

LES POETES *nous voulans donner à cognoistre le peu de compte &*
estime qu'ils faisoient de la fausse pluralité de ces Dieux, (à bon droit par
eux mesmes le plus souuent appellez Demons) que la superstitieuse Idola-
trie se departant de la recognoissance du Souuerain createur s'est for-
gée les vns sur les autres; leur ont attribué toutes les plus ordes & sales qualitez, les
plus vilaines & abominables concupiscences, qui puissent presque tomber és volontez les plus peruerties & desbauchées. Ambitions, rancunes, & enuies; noises, contentions & debats; gourmandises, yurongneries, paillardises, adulteres, incestes,
amours & lasciuetez detestables; voire contre la Nature propre, laquelle ils deuroient par raison maintenir, & en estre les protecteurs. Toutes ces mal-heuretez
neantmoins, toutes ces voluptez infames, & desordonnées, certains ceruaux fan-
tastiqies, reueurs acariastres, ont voulu approprier aux plus dignes secrets & mysteres; Comme s'il n'y auoit point d'autre plus digne moyen de les traicter, que par les
chimeres & monstres de ces honteux desbordemens d'vn tres-pernicieux & mauuais
exemple pour les creatures: Dautant que soubs ombre que les Dieux immortels se
seroient non seulement laissez aller apres, mais les auroient encore tres-ardemment
recherchez & couruz à force, le monde s'est voulu en fin faire acroire, que cela ne
luy seroit moins licite, attendu son infirmité; & que semblables fautes pourroient tres-
que facilement estre excusées enuers les Dieux, qui leur en auroient monstré le chemin. Parmy lesquels, entant que touche ces putaniers à iournée, Neptune n'a pas
obtenu la derniere licence; Car il n'y a eu coing ny endroit de la terre, ne de la mer qu'il
n'ait semeremply de violemens, adulteres, & bordelleries. Dont ce tableau nous en represente vne, d'Amymoné fille de Danaüs, laquelle estãt coustumiere d'aller ordinairement querir de l'eau à vne fontaine, fut par luy surprise d'aguet, & forcée sur le lieu
mesme; dont fut engendré Nauplius. Quelques vns toutesfois adoucissent le cas, alleguans que s'estant endormie là aupres sur le bord, vn Satyre suruint qui voulut venir aux prises auec elle, & que là dessus elle s'esueilla en sursaut appellant le Dieu
Neptune à son ayde, lequel accourut aussi tost: & comme il eut dardé son trident
contre le Satyre, il se ficha dans le rocher, d'où sortit vn gros bouillon d'eau, qui fut
depuis appellé la fontaine de Lerne, où Amymoné; prés de laquelle creut par succession de temps vn Platane. Là dessoubs s'esleua & nourrit ce grand & si fameux serpent

pent Hydra, qu'Hercule mit à mort à coups de flesche ; & empoisonna de son fiel
toutes les traicts qu'il auoit, qui luy causerent puis apres à luy mesme la plus doloreu-
se & cruelle mort qui oncques aduint à nul autre.

VO v s auez par-auenture rencontré dans Homere Neptune se promenant par la marine, lors qu'il desloge
des Eges pour s'en aller aux Achiues, & que la mer est
toute calme, qui l'accompaigne auec ses cheuaux &
Baleines : Car tout ce train le suit lors, & luy fait feste
comme vous le voyez icy peint. Au moyen dequoy
vous récognoissez bien dans le Poëte que ses coursiers
là sont terrestres, parce qu'il les veut fermes sur iambes,
vistes & prompts au possible, & si les haste encore
à grands coups de foüet; là où ceux-cy sont cheuaux marins, qui tirent
legerement vn chariot ᵃ les ongles enfoncées dans l'eau ; grands nageurs,
de couleur de bleu-verdastre, & au reste semblables à des Dauphins. Là dauantage, Neptune se monstre indigné, & en tres-grand courroux contre
Iuppiter, de ce qu'il tourne en fuite les Grecs, au lieu de leur octroyer la victoire : Et au contraire icy il est peint tout ioyeux, & d'vn regard gay & deliberé : esmeu toutesfois quelque peu, à la mode des amoureux. Car Amymoné fille de Danaüs, allant souuent querir de l'eau à la riuiere d'Inachus, l'a
attiré à son amour; en sorte que tout de ce pas il s'achemine pour la surprendre, qu'elle ne sçait point encore qu'il l'aime. Or la crainte & frayeur de la
Damoiselle, & le vase d'or qui luy est eschappé des mains, monstrent assez
qu'elle est esperdue ; estant en doubte si Neptune voudra ou non du tout
abandonner la marine. Et comme de son naturel elle soit fort blanche, l'or
l'illustre & esclaircist encore, qui mesle sa splendeur auec celle de l'eau. Mais
esloignons nous de la Nymphe, Car le flot s'accourbe desia deuers son espouse ; Verd-azuré encore, & pers-grisastre selon sa coustume, mais Neptune le teindra de couleur de pourpre.

ADVERTISSEMENT.

L Es ongles enfoncées] *ὰς ὅπλας ἐφύδρον. C'est à dire*, les pattes aquatiques, & propres à nager, de couleur bleu-verdastre. *Car les cheuaux marins ont le train de deuant ainsi fourchu*
à guise de poissons, ou semblables à ceux des canars, & oiseaux qui hantent les riuieres, & pource
propres à nager.

ANNOTATION.

AImons nous mieux oüyr premier Homere que Lucian, comme à la verité il est
bien raisonnable? Voicy doncques ce qu'il chante de ce propos au treiziesme
de l'Iliade.

αὐτίκα δ᾽ ἐξ ὄρεος κατεβήσατο παιπαλόεντος,
κραιπνά ποσὶ προβιβάς· τρέμε δ᾽ ὄρεα μακρὰ χ᾽ ὕλη
ποσσὶν ὑπ᾽ ἀθανάτοισι Ποσειδάωνος ἰόντος. *& ce qui suit apres.*

Il descendit soudain d'vne roide montage, se hastant à grand pas, car les hautes crouppes, ensemble la forest

F ij

trembloient souhs les pieds immortels du Dieu cheminant. Par trois fois il s'efforça de partir, & à la quatrief-
me arriua ès confins des Eges, où il y a vn tres-magnifique Palais au fonds de la mer, doré, luifant, & perma-
nent à tousiours. Là paruenu, il attela au chariot ses coursiers pieds-d'airain, legerement vollans, & embellis
de longs crins dorez: Se veftit quand & quand d'habillemens tout d'or; puis prit en la main vn fouët de la
mefme eftoffe, ouuré fort mignonnement, & monta deffus fon chariot, le faifant rouller fur les ondes. Alors
les grandes baleines fortirent de toutes parts de leurs creux, fautellans au deffoubs de luy, car elles ne mefco-
gnenrent pas leur Roy, & fouuerain feigneur: Et de ioye la mer s'entr'ouuroit, pendant que les cheuaux s'en
alloient vollans d'vne merueilleufe viteffe, fans que pour cela l'aiffieu d'airain fe moüillaft par embas.

Ces Eges icy furent anciennement fort fameufes pour l'amour de Neptune, qui y eftoit reueré
plus qu'en nulle autre part: Croyant le peuple que ce fuft le lieu fur tous autres qui luy eftoit le
plus agreable, & où il feiournoit le plus volontiers. Homere en l'Hymne d'iceluy Neptune.

Α᾽μφὶ Ποσƒδάωνα ᾿ϑεὸν μέγαν ἄρχομ᾽ ἀείδƒιν,
γαίης κινήτƒρα καὶ ἀτρυγέτοιο ϑαλάσσης,
πόντιον, ὅς ᾿ϑ᾽ Ἑλικῶνα ᾿κ ᾿θυρείας ᾿έχƒι Αἰγαί.

Ie commence à chanter le puiffant Dieu Neptune, l'esbranleur de la terre, & de l'infructueufe mer: le Pon-
tique; qui a Helicon, & les Eges. Et Pindare en la cinquiefme des Nemées.

ὅς Αἰγᾶϑƒν ποτὶ κλƒ-
τὰν ᾿ϑαμὰ νίοƒται Γ᾿ισϑμὸν Δωρίαν.
ἔϑα μιν ƒὔφρονƒς ἴλαι,
σὺν καλάμοιο βοᾷ, ᾿ϑƒὸν δέχονται,
καὶ ᾿ϑƒνέ γυίων ἐƒίζον-
τι ᾿θραƒῖ.

Neptune s'achemine fouuent des Eges au tant renommé Ifthme Dorique: là où forces trouppes ioyeuses au fon
des fluftes & haut-bois reçoiuent ce Dieu, & combattent d'vne tres-vigoureufe force de membres.

Ce lieu là eftoit (ce dit Strabon au 9.) en l'ifle d'Euboée, maintenant Negrepont, vis à vis de la
bouche du fleuue Cephifus, là où fouloit eftre le temple de Neptune furnommé Egéen, fitué en
vne haute montagne: & interprete que ce foit le mefme cy deffus allegué du 13. de l'Iliade.

τƒῖς μƒ᾿ν ὀρέξατ᾽ ἰών, ὃ ᾿δƒ᾿ τήγατον᾽, ἵκƒτο τέκμωρ
Αἰγαί.

Y ayant plus d'apparence (ce dit-il) que la mer Egée ait pris fon nom de ceux-cy, que des autres,
dont il auoit fait au-parauant mention au 8. liure, où il defcript l'ordre des lieux que poffedoient
les Acheiens en cette forte. *Apres Sicyon, Pallence eft fituée; & puis Egire: En troifiefme lieu font les*
Eges, qui ont vn temple de Neptune, Le quatriefme eft Bure; & puis apres Helice, &c. A quoy Hefychius
s'accorde difant ainfi: Αἰγαὶ πόλις πρὸς τῇ ᾿Εὐβοία ἱƒρὰ Ποσƒιδῶνος. Et Euftatius fur le deffus-dit paffage. Αἰγαὶ πόλις ƒὐβοίας, ἀφ᾽ ὧν δυτὶ παρανομάϑη τὸ αἰγαῖον πέλαγος. ᾿κ Αἰγαὶ πόλις τὶς ὲν τῶ αἰγαίω
πλάγƒι. ᾿κ Αἰγαὶ πόλις, τῆς Ἀχαίας ὲν πλοποννῆσω. Ce qu'il femble auoir pris du deffus-dit paffage
de Strabon. Nicocrates, comme le cite Rodiginus au dernier liure, chap. 9. dit qu'en ces Eges de
la mer Egée dediées à Neptune, perfonne ne fe peut bonnement endormir, pour les fantofmes
& vifions eftranges que ce Dieu y enuoye, interrompans fans ceffe le repos qu'on cuideroit
prendre.

QV ANT à ce qu'on attribue icy des cheuaux à Neptune, tant fur la terre que fur la mer, les Poëtes l'ont toufiours exprimé pour vn grand caualcadour, & amateur de cheuaux, tant marins que
terreftres; mais les marins n'ont que le train de deuant, & au derriere en lieu de iambes, vne grande longue queüe, forchée au bout à guife de poiffons, laquelle fe recoquille en plufieurs plis, prefque comme cette volute qu'on void ès coquilles de limaffons; ainfi que le monftrent affez les
marbres & entailleures antiques, & quelques reuers de medailles encore; mefmement celle de
Gallienus ayant cefte infcription, NEPTVNO CONS. AVG. Au moyen dequoy ce Dieu fy parmy fes autres furnoms auroit eu fort frequent celuy de ῐ᾿ππιος ou l'ῐ᾿ππιος, comme qui diroit *che-*
ualier, ou plus toft *homme de cheual.* Ariftophane és nuées, νὴ τὸν ποσƒιδῶ ᾿τƒνται τὸν ῐ᾿ππιον. Et les interpretes de Pindare fur ce mot de la 5. Olympienne.

σƒ τ᾽ ὀ-
λυμπιόνικε Ποσƒ-
δάμιοισιν ῐ᾿πποις
ƒ᾿ππƒρπόλƒμον,

eftiment cet Epithete luy auoir efté donné, pource qu'eftant venu en altercation auec Minerue,
qui d'eux deux donneroit le nom à la ville d'Athenes, ils coniuindrent que ce feroit celuy qui pro-
duiroit vne chofe la plus vtile pour l'homme. Il frappa lors la terre de fon trident, dont fortit vn
cheual

cheual appellé Scyphion: Mais Minerue ayant fait naiftre vn oliuier fur la place, gaigna fa caufe au dire de tous les Dieux,& impofa fon nom à Athenes:Car ᾿Αθήνη en Grec veut dire *Minerue*. De cette procreation de cheual, Virgile en fes Georgiques a touché cecy en paffant.

Túque ô cui prima fiementem Fudit equum tellus.

D equoy Valerius Probus infere Neptune auoir efté appellé ῾ίππιος, pource qu'il auroit monftré le premier l'art de dompter les cheuaux, & s'en feruir. Comme le denote pareillement ce lieu icy d'Homere,au 23. de l'Iliade : là où Menelaüs fe plaignant qu'Antiloque luy euft fait tort, & vfé de malice en la courfe des chariots, le veut faire iurer là deffus par Neptune : comme eftant le Dieu qui prefide à vn tel affaire.

᾿Αντίλοχ᾿, εἶδ᾿ ἄγε δεῦρο διοτρεφὲς, ἦ θέμις ἐςὶ

ςὰ ἵππων πρⲟθεῖοθα κ᾿ ἅρματος, αὐτὰρ ἱμαοθλω

χεροὶν ἔχων ῥαδινὼ, ἦ ὰ ὃ πρⲟθεν ἔλαυνες,

ἵππων ἀ̔ψάμ̓νος, γαιήοχον Ε᾿ννοσίγαιον

ὄ μνυθι, μὴ μὲν ἑκὼν ὃ ἐμὼν δόλῳ ἅρμα πεδῆσαι.

Vien çα gentil Antiloque, & mets toy (comme il eſt raiſonnable) deuant tes cheuaux & ton chariot, tenant en la main ton fouet, dont tu touchoü n'agueres tes montures : Iure Neptune esbranſle-terre ,ſi tu n'as pas tout exprés & par malice empeſché mon chariot. Et Pamphus lequel a compofé de fort anciens hymnes aux Atheniens, l'appelle ῾ίππων τε δωτῆρα ναῶν τ᾿ ἰθυκνήμιⲟν, donneur de cheuaux & de nauires haut efleuées. Tout cecy allegue Paufanias en fes Achaïques: Tellement qu'à Neptune l'on attribuë l'vfage des chariots comme dit Virgile,

Flectit equos, currúque volans dat lora ſecundo,

Atque voli ſummas lenibus perlabitur vndas.

Ce qui n'eft pas fort efloigné de cette maniere de parler de Ciceron, en l'orateur à fon frere Quintus : *Sic ego ſæpe excitante curſu, corrigam tarditatem tuam ium equis , tum velis.* Et aux offices voulant denoter vn extreme & entier effort. *Cum his , velis equiſque decertandum eſt.*

L E S C H E V A V X *de Neptune pieds-d'airain,* χαλκόπⲟδας. C'eft l'Epithete mefme dont a vfé Homere au lieu deffus allegué:

ἔν δ᾿ ἐλθὼν ὑπ᾿ ὀχησφιντίπκεῆς χαλκόπⲟδ᾿ ῾ίππω.

Entendant par là fes cheuaux eftre fors iambes , tout ainſi qu'au commencement du troifief-me de l'Odiffée il a dit:

Η᾿έλιος δ᾿ ἀνόρουσε, λιπὼν πˇⲣικαλλέα λίμνlω,

ᵒὐρανὸν ἐς πολύχαλχⲟν, ἴν᾿ ἀθανάτοισι φαείη.

Et au cinquiefme de l'Iliade.

ᵒὐρανὸν ἐς πολύχαλκον ἐπέπληγⲟν πόδες ῾ίππων.

Il l'appelle en vn autre endroit σιδήρⲟν, de fer. Car ordinairement les Poëtes confondent le cuy-ure & le fer l'vn pour l'autre.

Pindare imite cecy en la dixiefme des Pythiennes.

ὁ χαλκεος ᵒὐρανὸς ᵒὐ ποτ᾿ ἀμβατὸς αὐτῖς.

Non qu'ils nous ayent voulu forger vn ciel de metal, ainfi que par-auenture quelques fantafti-ques philofophaftres fe feroient voulu imaginer, mais pour denoter par cela fa grande folidité: dont noſtre efcriture l'appelle firmament, à caufe de la dureté de l'airain ou de fer; car ordinaire-ment ce mot de χαλκὸς eſt pris confufément par les Poëtes pour le cuiure, & les ferremens: Com-me en tout plein d'endroits d'iceux Homere & Pindare, & mefme en la troifiefme des Nemées. κ᾿ ποτὶ χαλκοτόξⲟν ᾿Αμαζόνων, où il fait l'arc des Amazones eftre de cuiure ou d'airain. Mais nous en parlerons plus amplement au tableau de Rhodoguné.

A L L A N T *querir de l'eau à la riuiere de Inachus*.Elle eft au Peloponefe, en la contrée d'Achaïe,com-me dit Pline au 5. ch. du 4. liure. *Amnes Inachus & Eraſinus ; inter quos Argos hippium cognominatum: fontes Inachus, Amymone , Pſammate.* Hyginius le fait eftre en vn endroit fils de l'Ocean , & en vn au-tre de Triopas & Oreafide auec Xanthus : Et qu'il fut depuis pere de Io ,laquelle Iuppiter l'ayant violée, tranfmua en vache pour crainte de Iunon: mais l'ayant obtenuë en don, elle luy fit depuis mille maux & outrages ; iufques à tant qu'elle arriua à la parfin en Egypte,où elle recouura fa pre-miere forme, & efpoufa Ofiris. C'eft celle mefme Ifis que les Egyptiens eurent en fi grande reue-rence.Mais Paufanias és Corinthiaques rameine de plus loing le fait de cet Inachus ; difant, *que ce ne fut pas vn homme ,mais certain torrent ou ruiſſeau , pere de Phoroneus: lequel opina auec Cephiſus, Aſterion & iceluy Inachus ſur vn differend de Neptune & Iunon,pour raiſon de quelques limites qu'ils adiugerent en fa-ueur de Iunon ; dequoy Neptune deſpité , leur retrancha leurs eaux : de maniere que ne Inachus , ne les autres cy deſſu nommeℤ ne comparoiſſent plus , ny ne coulent ,ſi d'auenture ce n'eſt par le moyen des pluyes : ayans tout le long de l'Eſté leur canal entierement à ſec, & tary ,hors-mü ceux de la contrée de Lerne. Si eſt-ce que Ina* chus a des sources, comme il dit puis apres. *Au dessus d'Aenoë se void le mont Artemison, & au sommet d'icelny vn temple de Diane. Là endroit sont les fontaines d'Inachus, car à la verité il en a, mais l'eau n'a pas gueres long com a: separant les Argiues d'auec ceux de Mantinée(ce dit-il és Arcadiques) Mais puis apres se destournant de cete routte, il passe par à trauers le territoire d'iceux Argiues. Ce qui est cause que Eschylus & quelques autres luy donnent le surnom d'Argien.*

NEPTVNE *teint le flot de couleur de pourpre.* Il y a au Grec, πορφύρον δ' αὐτὸ ὁ Ποσᾶδῶν γράφει. Cecy semble auoir esté pris d'Homere au 1.l. de l'Iliade: pour le moins c'est vne mesme forme de parler.

$$ἐν δ' ἄνεμος πρῆσεν μέσον ἱστον· ἀμφὶ δ' κῦμα$$
$$πρίρη πορφύρεον μεγάλ' ἴαχε νηὸς ἰ'σης.$$ Ce qu'il resume au second de l'Odissée vers la fin; Et en l'Hymne de Pallas encore.

$$ἐκινήθη δ' ἄρα πόντος$$
$$κύμασι πορφυρέοισι κυκώμενος, ἔρυτο δ' ἄλμη.$$

Au 5. de l'Iliade, il y a aussi πορφύρεος θάνατος, la mort purpurée. Et Virgile a dit: *Purpureum mare, & purpureos olores.* Mais tout cecy ne me satisfaict pas assez pour le pouuoir accommoder à l'interpretation de ce passage. Ains me semble estre vne allusion à ce que Neptune ayant depeinte Amymoné, les ondes qui en receuront la premiere fleur & despoüille, en demeureront teintes de couleur vermeille: ou que Neptune s'estant eschauffé & esmeu à vn tel plaisir la couleur luy en sera monté au visage.

OR pour ne s'estendre point plus auant en propos sur toutes ces particularitez, le Dialogue de Lucian eclaircira assez le residu de ce tableau.

TRITON NEPTVNE ET AMYMONE.

LVCIAN. 'TRITON. Il y a vne fort belle fille (sire Neptune) qui vient ordinairement querir de l'eau à la fontaine de Lerne; Et ne pense pas quant à moy, en auoir iamais veu vne plus gentile. NEPTVNE. Est elle de franche condition celle que tu dis, Triton, ou bien quelque chambriere, qui vient ainsi querir de l'eau? TRI. Non certes, ains fille de Danaüs que tu sçais; & l'vne mesme des cinquante, nommée Amymoné. Car ie luy ay demandé comment elle s'appeloit, & de quelle parenté ell' estoit. Mais Danaüs traite fort rudement ses filles, & leur monstre à gaigner iceruse; les fais aller à l'eau, & les nourrist à toute autre sorte de besogne concernant le mesnage, de peur de les laisser oisius, & qu'elles ne deuiennent paresseuses. NEP. A-elle de coustume de faire vn si long chemin toute seule, depuis Argos iusqu'à Lerne? TR. Seule pour vray; Car Argos est fort alterée, comme tu sçais, & ayant faute d'eau, parquoy il luy est force de venir querir tous les iours. NEP. Tu ne me mets en peu de peine Triton, pour m'auoir dit cela de cete fille. Parquoy allons la trouuer. TR. Allons, car aussi bien l'heure s'approche, qu'elle a accoustumé de venir à l'eau: & est desia en quelque lieu à my-chemin de Lerne. NEP. Si ostant appreste mon chariot: ou plustost pource que cela nous pourrais retarder par trop d'asteller les cheuaux & appareiller tout ce cariage, ameine moy icy quelqu'vn de mes Dauphins le plus viste, qui m'y porte en diligence. TR. Voicy le plus leger de tous. NEP. l'ou, Marchons donques & m'accompagne, nageant à costé de moy. Or puis que nous sommes arriuez à Lerne, ie me tiendray icy en aguet, Et toy en descouurant prens garde quand tu la verras approcher. TR. La voicy tout aupres. NEP. De vray vne belle garce, en fleur d'age, & de bonne prise; Mais il nous en faut saisir ce-pendant. AMYMONE. Et où me meines tu ainsi par force? Tu dois certes estre quelque brigand meurtrier (ce me semble:) Parauenture que mon oncle t'a icy tout exprés depesché de l'Egypte. Parquoy i'appell'eray mon pere, & crieray tant que ie pourray. TR. Tais toy Amymoné, c'est Neptune. AMY. Qu'est-ce que tu me vas alleguant de Neptune; Mais pourquoy m'emmenes tu ainsi par force? (L'homme) droit à la mer? car ie n'y voyriay soudain estant plongée dans les ondes. NEP. Ne te chaille, car ie te feray en sorte que tu n'y receuras aucun mal, & donneray ordre de faire sourdre icy vne fontaine du mesme nom que tu es, frappant à tout mon trident le rocher, qui est ioignant ce regorgement de la mer. Tu seras au surplus bienheureuse, & plus heureuse encore; voire seule de toutes tes saurs, qui apres ta mort ne seras point tourmentée à porter de l'eau, pour emplir vn tonneau percé.

Ces petits Cupidons nageans deſſus les eaux,
Montez ſur des oyſeaux,
Enſeignent que l'Amour eſt volage & flottant,
Et touſiours inconſtant.
Que ſi les voluptez d'vn lieu delicieux

Font oublier les cieux :
On vous apprend icy par tous ces hauts Cyprès
Que la mort ſuit de près,
Et que les vents mignards des douces voluptez
Sont des mortalitez.

F iiij

LES MARESCAGES.

ARGVMENT.

'Est icy vne Topographie, ou deſcription particuliere de quel-
que lieu aquatique plaiſant & delectable, que l'autheur entre-
meſle parmy les anciennes fables & hiſtoires, à guiſe de quelque païſage de Flandres. Mais il eſt elabouré delicatement, &
remply de petits fantaiſies mignardes, qui ont vne fort bonne grace : Le pont
meſmement, d'vne rare & gentille inuention, partant de la nature, qui l'a baſty ſans aucun artifice ny ouurage de main. Le contexte vous donnera le ſurplus
à entendre.

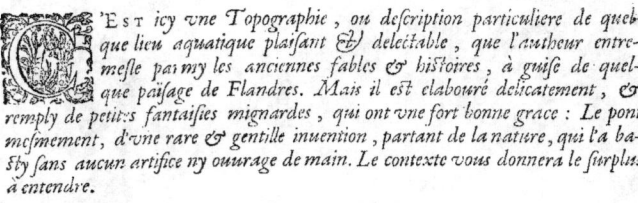E TERROVER de vray eſt icy bien mol, portant des
roſeaux, & l'eſcorce dont on faict le papier ; que
la fertilité du marez produit de ſoy-meſme, ſans eſtre
aucunement cultiué ne ſemé. Le Tamarin y eſt
peint auſſi, & le Souchet, & les Glaiz : car cela croiſt
és lieux mareſcageux. Mais ces montagnes qui ſe
rehauſſent és enuirons, ſont entre elles toutes de differente nature, dont les reueſtuës de Pins monſtrent
le terroüer eſtre maigre : là où proffitent ſi bien ces
Cyprez, ils le denotent argilleux : Et ces Sapins là, que veulent ils dire autre choſe, ſinon l'aſpreté du lieu, expoſé aux tempeſtes & orages de l'air ?
Car ils n'aiment point la bonne terre, & ne ſe plaiſent non plus à l'ouuert,
où les raiz du Soleil battent en pleine liberté : Ce qui les faict deſloger des
campagnes, pour s'aller habituer en la cime des plus hauts monts, où ils prouiennent & croiſſent plus heureuſement. Quant aux fontaines, elles ſour-
dent des crouppes que vous voyez ; & de là ſe coulans en bas viennent à aſſembler leurs eaux, qui reduiſent le vallon en vn marez, non point autrement effondré ne bourbeux. Que ſi vous prenez garde aux ruiſſeaux, ils
ſont tout auſſi bien menez de la main du peintre, que la nature propre ſçauroit faire, quelque bonne & experte ouuriere qu'elle ſoit de toutes choſes.
Car ils pouſſent hors par endroits tout plein de petits * ſourjons boüillonnans, qui abondent en Perſil aquatique, commode aux oyſeaux qui nagent. De faict voyez vn peu ces canars, comme ils ſe coulent, & connillent
parmy

parmy;bourfoufflans contremont de petits brins & filets d'eau. Que dirons
nous puis apres de ce trouppeau d'oyes? lefquelles en enfuiuant leur naturel,
font tres-naïfuement reprefentées nageans en la fur-face d'icelle ? mais ces
oyfeaux haut-montez fur de longues iambes, & fi bien pourueus de bec,
font paffagers (comme ie croy) & fort agreables à voir ; l'vn d'vne forte de
pennage, l'autre d'vne autre : Et tous en differente affiette. En voila vn fur
cette pierre, planté tantoft fur vn pied, tantoft fur l'autre. Cettui-cy fe
baigne & raffraifchift l'aifle : Celuy-là efpluche & prouigne fes pennes:
l'autre a pefché ie ne fçay quoy ; l'autre allonge le col vers la terre, pour en
tirer quelque pafture. Or que les cygnes fouffrent d'eftre ainfi attellez par
ces petits Amours, ce n'eft pas de merueilles, car ce font ^{b} Dieux info-
lens : fort adroiéts à follaftrer & fe donner du plaifir des oyfeaux : Parquoy
n'outre-paffons point inutilement cette nouuelle façon de cochers ; ne l'eau
auffi où tous ces ieux fe font. Cette eau du Marez de vray eft tres-belle ; vne
fource la produifant de ce cofté-là, qui fe vient puis apres reduire en vn vi-
uier fort plaifant ; dans le milieu duquel fe hauffe-baiffent les paffe-velours,
qui de leurs beaux efpics en lieu de fleur, battent l'eau : Et à l'entour ces Cupidons manient les facrez oyfeaux, bridez d'vn riche mors de fin or. Cettui-
cy lafchant les refnes du tout ; l'autre les retirant à foy : l'autre fe maniant de
pied-quoy ; l'autre fe deftournant doucement au bout de la carriere. Certes
vous diriez que les cygnes oyent bien la voix de leurs conducteurs, qui les
haftent & follicitent à grands criz, ^{c} & fe deffient là deffus entr'eux ; Car
cela fe void aifement à leur mine. L'vn pouffe à bas le plus proche de luy:
l'autre a defia renuerfé le fien : l'autre fe plaift d'eftre tombé de deffus fon oyfeau, pour fe lauer dans la carriere. Et cependant ceux d'entre tous les cygnes
qui ont la plus hautaine & meilleure gorge, fe rangent en vn cerne tout le
long du riuage ; fonnans à mon aduis, le mot du combat, à ceux qui font fur
les rangs. Le fignal de ce chant, vous le pouuez bien voir en ce iouuenceau
qui porte des aifles ; C'eft le vent Zephire qui leur entonne la voix : lequel eft
peint delicat & mignon, pour vne marque & cognoiffance de fon gracieux
foufflement : Et les cygnes eftendent leurs aifles, afin que le vent y frappe.
Mais voila d'autre part vne riuiere affez large, & ondoyante à gros flots, laquelle fort du marez : & les payfans & pafteurs la vont paffer au pont
bafty deffus. Que fi vous vouliez d'aduanture loüer l'ouurier, pour auoir
fçeu fi bien reprefenter ces chieures faffres & fimillantes : ou les brebis qui
marchent tout bellement, comme fi c'eftoient quelques fardeaux pefans: ou
pluftoft f'amufer à confiderer les fluftes & les chalumeaux, enfemble ceux
qui en ioüent, de ce qu'ils ferrent ainfi les leures en foufflant dedans : ce feroit extoller de loüanges la moins digne partie de cette peinture, en ce qu'elle tend à bien contrefaire & imiter les chofes au plus prés de leur naturel, &
laifrions en arriere l'induftrie & occafion de l'ouurage; qui font les deux plus
excellens & ingenieux poincts de l'art. Quel eft doncques cet artifice? ^{d} Le
peintre a mis fur le bord du canal vn coupple de Palmiers, par vne fort gérti-
le & mignarde inuention. Car n'eftant pas ignorant de ce qui fe dit de ces arbres; qu'il y a parmy eux mafle & femelle; aye oüy parler quand & quand de
leur mariage ; & cóme ils efpoufent leurs femmes, en les embraffans de leurs

rameaux , & s'eslançans deuers elles ; il vous a portraict icy deux Palmiers,
des deux sexes , chacun d'iceux sur chaque bord ; dont cettui-cy est comme
espris d'amour , & se soubaisse trauersant la riuiere. Sa femelle estant encores
bien loing de luy , pource qu'elle ne peut atteindre à l'accoller , se couche &
assubiectit à faire vne planche sur l'eau , qui est fort seure pour les passans , à
cause de sa rabotteuse escorce.

ADVERTISSEMENT.

Ovrions *boüillonnans*] *Il tourne selon le Latin* , volutat vortices apio scaturientes:
mais au Grec nous lisons μαιανθρεις, δὲ πολλοις ἐλικεσι . car ils se fendent en plusieurs canaux serpentans, qui abondent en Persil. b *Dieux insolens*] ἀγέραχοι, remuans & fre-
tillans. c *& se deffient*] ἀπειλεύντων ἑλλάλοις η πωβαζόντων. & se menacent & moc-
quent les vns des autres. d *Le peintre a mis.*] ἰσθβθάλκε ζεύγμα φοινίκες τὸ ποζαμῷ. A faict vn
pont de Palmiers sur la riuiere : *Car ainsi que le docte Budé a remarqué cette diction Grecque* ζεύγμα *se*
prend pour : n assemblage & attelage de nauires iointes ensemble pour seruir de pont : d'où vient ainsi que le
traducteur a mis par apres au lieu de ζ' ὧξας τὸ ὕδωρ , à faire vne planche sur l'eau.

ANNOTATION.

PORTANT *des roseaux , & l'escorce dont on faict le papier.* Il y a au Grec χαὶ λαμον η
φλοίον. Du premier il n'y a pas grande difficulté que ce ne soit le roseau : Si a bien
du second φλοιον, qui signifie escorce , en quoy il n'y auroit pas beaucoup de sens
ne de raison , ce me semble , si on le prenoit simplement pour escorce ; Mais plustost quelque doute que le texte ne fust depraué en cet endroit ; & qu'au lieu de
φλοίον il ne faille lire φλοον, ostant seulement le iota , & changeant l'accent. C'est selon Phrynicus vne herbe sauuage qui n'est pas de grande importance. Plutarque neantmoins au cinquiesme liure des Symposiaques , question huictiesme , citant ces vers icy des Phenomenes de Aratus , là où il parle de l'estoille caniculaire, χαὶ τὰ μὲν ἐρρώσεν· τὸ δὲ φλόον ὤλεσε πάσῃ, n'interprete pas ce mot-là pour escorce, ainsi que faict la commune version d'iceluy Aratus , mais pour
la fleur & vigueur des fruicts , dont Bacchus pour la force qu'il donne aux personnes , auroit aussi acquis le surnom de φλοιος, comme qui diroit vigoureux , ou bien (comme l'annote le Sco-
liaste d'Apollonius sur le premier des Argonautes) ὅτι τῷ φλύειν τὸν οἴνον, ὁ ἐςι εὐθηνεῖν, de ce qu'il
fait le vin *royeux & plaisant.* Les autres de φλῷ τὸ φλύειν, τὸ πολυχρπῶν, ou φλύειν , comme dit
Ælian au troisiesme liure ; pour ce que Bacchus est le Dieu des fruicts. La pomme aussi, pour estre
le plus excellent fruict de tous les autres , est appellée ὑπέρφλοιον par Empedocles en ce vers
cy :
Οὕτεω ἐλάχροι τε οἶδας η ὑπέρφλοια μῆλα. Mais tout cela ne resoult rien de ce doute. De moy
i'estime que la leçon ancienne de φλοιον doiue demeurer ; Non qu'il faille entendre ce mot
d'escorce , celle des arbres , car cela seroit trop absurde , ains ce que les Latins appellent *liber*,
qu'ils representent aussi par le mesme mot de ἐσιὸς , qui est vne espece de roseau croissant és marescages d'Ægypte , autrement appellé πάπυρος , pour ce qu'il se separoit facilement auec des aiguilles , en certaines deliées fueilles comme de parchemin ou papier ; sur lesquelles on escriuoit
tout ainsi que sur ce que nous auons maintenant en vsage. Et se void encores tout plein de liures
escrits en escorce de Tilleul , ou autre arbre ; comme le texte des Euangiles qui est à Aix , lequel
fut trouué dans la sepulture de Charlemaigne auec son espée , & son cor, escrit en grosses lettres
d'or sur champ d'azur. Il y en a aussi tout plein à Rome ; en celle de la
Royne mere , a Mantoue vn Suetone bien correct : & en assez d'autres endroicts. Mais le *liber*,
cortex ou ἐσιὸς dont est icy question , vient d'vn roseau , comme dit Pline au treiziesme liure chapitre onziesme. Ce qui esclaircira aucunement ce lieu icy. *Nondum palustria attigimus,*
nec fluuies amnium: Priùs tamen quàm digrediamur ab Ægypto. & papyri natura dicetur , cùm chartæ
vsu maximè humanias vita constet, & memoria. Palmarum folijs primo scriptitatum , deinde quarum-
dam arborum libris. Papyrus ergo nascitur in palustribus Ægypti , aut quiescentibus Nilis aquis , vbi euagata
stagnant duo cubita , non excedente altitudine gurgitum. Ex ipso quidem papyro nauigia texunt , & è libro
vela. Nascitur & in Syria , circa quem odoratus ille calamus lacum. Nuper & in Euphrate nascens circa Ba-
bylonem,

PLINE.

bylonem, papyrum intellectum est eundem usum habere quem chartæ. Par où l'on void comme il parle
du *calamus & papyrus*, ensemble, qui est le *cortex* ou φλοιος, de Philostrate, autrement ϗϛϛϛϛ,
dont nous auons faict mention cy-deuant au tableau du Nil. Et encores au cinquante-sixieme
chapitre du septiesme liure, il les a accouplez, parlant des barques, *in Nilo ex papyro & arundine.*
Plus au trente-septiesme chapitre du seiziesme liure, ou il parle des ioncs ou roseaux aquatiques,
Principatum in his tenebunt harundines belli pacifque experimentis necessarie, atque etiam in deliciis gra-
tæ. Chartis seruiunt calami Ægypti maximè, cognatione quadam papyri; probatiores tamen Cnidy, & qui
in Asia circa Ausiticum cum nascuntur: Calamis Orientis populi bella conficiunt: Calamis spicula addunt
irreuocabili hamo noxia. Et puis au mesme lieu parlant des roseaux. *Est & in Italia vesicns Adar ares-*
mine palustris ex cortice tantum. Il y a puis apres vne autre herbe ou fleur dans le dixieme chapitre
du vingt & vniesme liure, qu'il appelle du Grec *Phlox*, qui pourroit estre vne espece d'Acorus,
que nous appellons les flambes, car φλεξ en Grec signifie flambe : Et deux autres herbes pareillement, que Theophraste appelle φλογιον & πυρϛϛϛϛ; a cause parduenture de la couleur de
pourpre viollet dont est la fleur qu'elle iette. Aussi Pline au chapitre cinquiesme du mesme liure
appelle cette-cy *Purpurea*, & la premiere *phlogion* ou *flammea*. De sorte qu'au lieu qu'il y a icy au
texte de Philostrate φλοιος à l'accusatif, qui signifie *corticem* ou escorce, si on lisoit φλογιος y adioustant seulement vn gamma, il seroit ce me semble plus à propos : Car ces flambes croissent
ordinairement és lieux maresceaux. Mais s'il faut lire roseau & escorce ; ou herbe portant le papier ; il se presente là dessus vne belle & gentille consideration, à ceux qui voudroient allegoriser suiuant le contexte de Pline, en ces deux mots icy de Philostrate χαλαμος plus φλοιος, & ce en
plus que d'vne sorte, à sçauoir en la paix & en la guerre, prenant le calame pour vne plume, telle
que sont ces petits roseaux, dont on escrit sur le papier lissé, & mesmement en Grec; & le ϛιϛϛ ou
φλοιος pour le papier : esquelles deux choses (comme dit Pline cy dessus) consiste tout le plaisir, douceur & ciuilité de la vie humaine, & la memoire des personnes. Aussi les roseaux enuers
les Ægyptiens en leurs Hieroglyphiques, representoient les lettres, pource qu'ils s'en seruoient
à escrire : dont Perse auroit autres-fois dit cecy:

Inque manus chartæ, nodosáque venit arundo.

Pour le regard de la guerre, les armes peuuent estre signifiées par ces deux petits vegetaux, tant
offensiues que deffensiues ; car le roseau sert à faire des flesches, & le cortex des rondelles ou
pauoys, estant collé en lieu du papier ou parchemin, l'vn sur l'autre ; Car cela estouppe, & à la
faculté d'amortir vn coup. Il y pourroit encores auoir vne autre consideration pour la tierce,
vn peu plus secrette, se rapportant cela aux parties genitales des animaux ; le premier pour celle
du masle, & l'autre de la femelle ; apposées en lieux bas & humides, & pourtant propres à generation qui depend de l'humidité. Mais c'est assez discouru & fantasié là-dessus.

QVANT au χαλαμος ou roseau ; ie ne me veux pas icy arrester & estendre à parler de toutes
les particularitez des herbes ne de leurs facultez & vertus, car cela ne se treuue que trop amplement desduit çà & là parmy les autheurs qui en ont traicté ; parquoy ie n'en extrairay autre chose,
que tant seulement ce qui seruira à l'intelligence de nostre propos. Le χαλαμος dont Philostrate parle en cet endroit, ie ne pense pas que ce soit autre chose que le roseau vulgaire, cogneu de
tous iusques aux petits enfans, qui en font ordinairement tas iusouers, & les paisans tout plein
de menuës commoditez ; Neantmoins la pluspart des simplistes prennent le χαλαμος pour vne
sorte d'Aromate, que les Apoticaires appellent *Calamus* ou *Iuncus odoratus.* Que si ainsi estoit,
il y auroit quelque apparence, que nostre autheur voulust en cette description de Marescages,
entendre le Vallon dont parle Theophraste au neufiesme liure de l'histoire des plantes, chapitre
douziesme : Et Pline apres luy au douziesme liure chapitre vingt-troisiesme, qui a presque emprunté de mot à mot de cettuy-cy ; lequel dit ainsi. *Le calame, & le ione odorant croissent en vne fort*   THEOPHRAST.
petite vallée, entre le mont de Liban, & vne autre montagne qui est peu de chose; non pas entre le Liban &
Antiliban, comme l'ont voulu dire quelques-vns : & y a en ceste espace vne belle plaine fort large, qu'on
appelle Aulon. Mais à l'endroit où le calame vient, & le ione, le lac s'estend & estargist, & tout à l'entour
le marez se venant à tarir, ces simples s'esleuent, occupans plus d'vne bonne lieuë de pays. Ils ne semblent
pas estre verds, mais desia secs: & au reste ne different en rien que ce soit des autres. Quand vous entrez en ce
lieu là, tout soud un vous sentez vne odeur souefue, qui toutesfois n'arriue gueres loing, selon le dire de quel-
ques-vns; Car il n'y a que cinq lieuës iusques à la mer: Mais en Arabie l'odeur du terroir en il croit, & les ha-
leinées qui en procedent, sont odorantes sur toutes autres. Quant est de la figure de ce χαλαμος, il tient bien
plus de cannes ou roseaux que non pas du ione. Voila ce qu'en dit Theophraste, qui suffira pour cette
fois.

MYRIΚΗ. I'ay tourné Tamarin, meu à cela du dire de Dioscoride au nonante-neufiesme
chapitre du premier liure. μυϛικη διϛδϛϛ υϛϛ γνϛϛμϛ ϛϛϛ λιμϛϛϛ ϛ πϛ ϛϛϛϛϛ υϛϛ φυϛιϛϛϛϛ,
χϛϛϛϛϛ ϛ αϛϛϛ Φϛϛϛ ϛϛϛϛ ϛ υϛϛ ϛϛϛϛ. La Myrique ou le Tamarin est vn arbrisseau assez cogneu, d'autant qu'il croist le long des eaux croupies & dormantes, portant vn fruit presque semblable à vne
fleur amoncelée en forme de mousse. De quoy il semble que Mathiole se soit voulu scandaliser, pour

I'auoit mis ainsi és Marescages : & à la verité ie n'y en ay point gueres veu, mais trop bien le long des riuieres éleres,& des torrens ; & mesme au val de Lizere,qui en est presque tout farcy depuis Montmellian,iusques à l'Asnebourg. Homere le met tantost en l'vn tantost en l'autre, & parfois en plaine campagne; comme au sixiesme de l'Iliade.

ἵππω γὰρ οἱ ἀτυζομένω πεδίοιο
ὄζω ἔνι βλαφθέντε μυρικίνω , ἀγκύλον ἅρμα
ἄξαντ᾽ ἐν πρώτω ῥυμῷ.

Les cheuaux effrayez parmy la plaine , s'allerent embarrasser à vne branche de Tamarin , & rompirent le chariot au bout du limon.

En lieu marescageux (Car les roseaux le denotent) au 10. ensuiuant.

Ὣς ἄρ᾽ ἐφώνησεν , & ἀπὸ ἕθεν ὑψόσ᾽ ἀείρας ,
θῆκεν ἀνὰ μυρίκην δέελον δ᾽ ἐπὶ σῆμά τ᾽ ἔθηκε,
συμμάρψας δόνακας, μυρίκης τ᾽ ἐριθηλέας ὄζος,
μὴ λάθοι αὖτις ἰόντε θοὴν διὰ νύκτα μέλαιναν.

Il dit ainsi : & estenant les armes en haut , les posa sur vn Tamarin, là où il mit vne brisée bien remarquable, arrachant des roseaux , & des touffuës branches des mesmes Tamarins , afin qu'ils les peussent bien-tost recognoistre par la nuict noire obscure.

Dans les riuieres courantes , au vingt-vniesme du mesme Poëme.

ὡς ὑπ᾽ Ἀχιλλῆος Ξάνθου βαθυδινήεντος.
πλῆτο ῥόος κελάδων ἐπὶ μὶξ ἵππων τε & ἀνδρῶν·
αὐτὰρ ὁ διογενὴς δόρυ μὲν λίπεν αὐτοῦ ἐπ᾽ ὄχθης,
κεκλιμένον μυρίκησιν.

Ainsi par Achilles , le courant du fleuue Xanthus aux profonds gourds se remplissoit , resonant pesle-mesle des cheuaux & des hommes. Mais là ce diuin cheualier laissa la Lance appuyée contre des Tamarins. Et au mesme liure encore parlant du combat d'iceluy Xanthus auec Vulcan, ἐπόρντο φλεξίαι τε & ἴτεαι, ἠδὲ μυρίκη. Plutarque au traicté d'Osiris , dit que le coffre auquel Typhon l'estouffa par trahison, ayant esté ietté en la mer, fut poussé par les flots en la coste de Byblus, au pied d'vn Tamarin, qui creut tout autour, & arriua finablement à vne telle grosseur,que du tronc le Roy en fit vn pillier pour soustenir le comble de sa maison. Mais en cela il semble qu'il vueille introduire quelque espece de miracle , faict en cet endroit outre le train ordinaire de la nature, en saueur de cet Osiris. Au reste nos Grammairiens ont de coustume d'interpreter Myrica en Latin pour de la Bruiere dont on fait les verjettes à nettoyer les habillemens : & en quelques endroicts , des ballets encores,suiuant ce que dit Pline liure seiziesme chapitre 27. *Tamarix sapi tantùm nascens.* Appropriant à cela ce lieu de Virgile, *Non omnes arbusta iuuant humilésque myricæ.* Et en l'Eclogue sixiesme. *Te nostræ Vare myricæ, Te nemus omne canet.* Plus celuy d'Ouide au troisiesme de l'art d'aimer. *Nec densùm folijs buxum , fragilésque myricæ;* Et en vn autre au dixiesme de la Metamorphose. *Perpetuóque virens buxus, tenuíque myrice.* Où il accouple tousiours le bouïs & la myrique ensemble. Neantmoins il n'y a rien (à mon aduis) qui empeschast , de prendre ces trois lieux icy pour le Tamarin, aussi tost que pour la bruiere, comme a faict Columelle quand il dit, *E Myricæ tronco aluci excauantur, aquíque replentur, vt subinde bibant sues.* Pline tout resolument au vingt-vniesme chapitre du 13. liure, le prend pour le Tamarin : *Myricen & Italia quam alij Tamaricem vocant.* Plus au neufiesme chapitre du vingt-quatriesme liure. *Myricen quam & Tamaricen vocat Leneus ,similem scopis Americis.* Quoy que ce soit , il semble que la Bruiere que nous auons soit de l'espece de Tamarin,encores que le plus souuent elle croisse és lieux sablonneux , comme en la Sologne; Et és secs & arides , comme sur les costaux de l'Ardenne. Neantmoins elle ne refuse pas aussi du tout l'eau ; car les Lannes d'entre Bordeaux & Bayonne, qui consistent toutes de Bruieres , sont la plus part de l'année couuertes de l'eau des excessiues pluyes qui y regnent durant l'Automne, & l'Hyuer, laquelle ne se peut escouler , pour estre le pays plat & vny , & sans pente aucune. Au reste quand nous parlons icy des Tamarins, nous ne voulons pas entendre de ce petit fruict aigret , qu'on appelle communement de ce nom és officines des Droguistes; Car les Tamarins enuers eux sont vne maniere de petites dattes , ayans quelque faculté laxatiue : & ont en ce vocable suiuy la façon de parler de la Barbarie,où en langue vulgaire *Tamar* signifie datte , & Tamarin son diminutif , vne petite datte. Mais nostre propos n'est pas icy de celles-là ; il me suffit de l'auoir remarqué en passant.

Καὶ κύπειρον. Le souchet & les glaix. Dioscoride au quatriesme chapitre du premier liure. *κύπειρος, οἱ δὲ ἐουσίσκινθον ὡς ἐὰν ἀπάλαθον καλοῦσι, φύλλα δὲ ἴχει ὅμοια πράσω.* Puis : *φύεται δὲ ἐν τόποις ἐργασίμοις καὶ τελματώδεσιν.* Ce Cyperus , que quelques-vns appellent *Eryseceptum* comme l'Aspalathe, a les fueilles semblables au poireau. Il croist és lieux cultiuez & marescageux. Mais Pline plus particulierement

rement au vingt-vniesme liure, chapitre dix-huictiesme, parlant des ionce & roseaux, en dit cecy. *Quidam etiamnum vnum genus faciunt iunci trianguli, Cyperon vocant: Multi enim non discernunt à
Cypiro vicinitate nominis, Nos distinguemus vtrumque. Cyperus est gladiolus, vt diximus, radice bulbosa,
&c.* Surquoy Hermolaus Barbarus annote fort sagement, apres Marcellus, & autres interpretes de Dioscoride, que pour raison de la variation de l'orthographe Grecque, qui en ce vocable
vse quelques-fois de la diphthongue *ei*, & quelquesfois de la voyelle bresue *iota*, on prend bien
souuent indifferemment l'vn pour l'autre. Ce qui est cause que ie les ay mis tous deux ; *Le Souchet
& les Glaiz*: comme estans herbes marescageuses, ce que denote ce vers icy du vingt-vniesme
de l'Iliade, ϗ τ δ λωτόϛ τ, ἠδὲ θρόν, ἠδὲ κύπειρον: & presque d'vne mesme nature.

   Les renesnes de Pins monstrent le terroïer estre maigre. Theophraste, liure troisieme, chapitre
dixiesme, met deux especes de Pins; l'vne domestique & l'autre sauuage: laquelle il soubs-diuise
encores en deux autres, la maritime, & la montueuse ou Idaïenne; car les Grecs vsent souuent
par abusion de ce mot *Ida*, pour toutes sortes indifferemment de montagnes. Cette-cy faict à
nostre propos: Et la maritime est celle dont parlera cy-apres nostre autheur en Palemon. Chacun au reste cognoist assez, quel est le Pin domestique; iettant ses rameaux en rondeur, & produisant le Pignolat enclos dans les escailles de ses pommes. Des sauuages il y en a de plusieurs
sortes, ceux qui croissent és hautes montagnes s'esleuent en pointe, à guise de Cyprez, dés le
sortir de la terre, sans se former aucune tige; & bouttent des pommes presque comme celles des
domestiques, mais elles ne sont pas si grandes, ne si solides à beaucoup prés; & si n'ont dedans
leurs noiaux, que ie ne sçay quelle petite semence, de peu ou de nul vsage. Les arbres des maritimes ou croissans en la plaine, tels que sont ceux qu'on void és Lannes de Bordeaux, approchent fort des domestiques en leur branchage, qui est à guise de couronne au sommet de la tige:
Mais ils ne portent pas vn tel fruict; & au reste iettent la poix-resine tout le long de May & de
Iun, par les incisions qu'on leur faict; qui viennent à decouler, & se rendre en vne petite fosse
creusee au pied tout exprés, où l'on la recueille, & puis la faict-on boüillir pour la depurer, &
ietter dans le sable, en ces grands pains que nous auons. Il y a encores tout plein d'autres sortes
de Pins, selon le naturel & disposition des lieux où ils croissent, dont nous n'auons que faire en
cet endroict; où Philostrate n'entend parler, sinon de ceux qui viennent volontiers és montagnes, ainsi qu'en Dauphiné & Sauoye, en Viuaretz, & Giuaudan. Pline au seiziesme liure, chapitre dixiesme, semble confondre *Picea* pour le *πίτυς* mentionné icy, quand il dit, *Picea montes
amat, & frigora*. Combien que le *Picea* approche plus de la ressemblance du Sapin. La difficulté au
reste qui peut estre en la confusion de ces arbres si proches parens, Mathiole s'efforce de la decider sur le 74. chapitre du premier liure de Dioscoride.

   L A OV PROVIENNENT *ces Cyprez*. Le Cyprez est maintenant assez cognu de nous presque par tous les iardins de France, où l'on s'efforce de le cultiuer pour la beauté de son aspect, &
pour sa verdure, qui ne se perd en aucune saison de l'année. Neantmoins il est difficile, & subiect
aux iniures du ciel, mesmement aux rigoureux froids de nostre climat, lesquels il craint & abhorre. L'on en met de deux sortes, l'vn masle, & l'autre femelle, qui est celle que nous auons la
plus frequente, s'esleuant en pointe, & en grossissant par le milieu: Le masle estend ses rameaux
plus au large, & en rond; moins familier & cognu de nous, que la precedente. Pline au trentetroisiesme chapitre du 16. liure, s'accordant auec nostre autheur, dit qu'elle vient fort bien és
hautes montagnes : & encore en la cime d'icelles, en tout temps couuertes de neiges, & bruines.
Chose bien merueilleuse, attendu que les Cyprez que nous auons en nos iardins sont si mortels
ennemis du froid, & ne peuuent durer qu'en lieu chaud, ou pour le moins fort temperé.

   L E S A P I N est vn arbre pareillement fort pratiqué & cognu par tout, en Allemaigne mesmement, & en Italie. Il y en a aussi en plusieurs endroicts de ce Royaume, comme en Normandie, & en Forest, & Lymosin: Arbre au reste aimant les lieux montueux, comme dit Pline au
dixiesme chapitre du seiziesme liure, plaisamment & de bonne grace, ainsi que toutes autres
choses qu'il a mis peine de labourer, & qui ont passé par le bec de sa propre plume. Car la plus
grande part de ses œuures sont parties de la main de ses Anagnostes, estant cela aussi aisé à discerner, comme le courant du Rhosne, parmy l'eau endormie du Lac de Lozane. *Situs illi* (ce dit-
il du Sapin) *in excelso montium, cen maria sugerit.* Ce qui se conforme aucunement à la maniere
de parler dont a vsé icy Philostrate. *De là vient qu'il desloge des plaines pour se retirer aux montagnes,
où ils viennent & croissent plus volontiers.* Si bien qu'il semble que Pline, homme de diuerse lecture,
& des plus hardis Latins en langage, ayant cognu la diligence exquise, le soin, & delicatesse du
parler des Sophistes Grecs, (ie n'entends pas parler de Philostrate, car il est subsequent à Pline)
s'est parforcé de les imiter & contrefaire en plusieurs rencontres, de les esgaller quelquesfois, &
les outrepasser encores, comme nous en cotterons cy apres quelques lieux. Quant aux arbres
qui s'aiment és montagnes, le dix-neufiesme chapitre du 16. liure de son histoire naturelle, vous
satisfera là dessus.

   T O V T P L E I N *de petits sourions boüillonnans, qui abondent en peril aquatique.* Au Grec, Σίλη

G

ὑδρύοντας. Cette herbe icy de Σίλινον est communément appellée par les Latins *Apium*, qu'on prend aussi pour l'Ache : mais le mot s'estend & est equiuoque à plusieurs, comme nous le dirons cy apres en l'Arrichion. En cet endroit nostre autheur veut entendre de l'aquatique, dont Homere a aussi faict mention au second de l'Iliade.

> ἵπποι δὲ τρ̃ ἁρμασιν οἷσιν ἕκαςος
> λωτὸν ἐρεπτόμɛνοι, ἐλεόθρεπτον τε σίλινον.

Dioscoride au 64. chapitre du troisiesme liure, le particularise dauantage, & l'appelle, ἑλεοσίλινον : lequel croist és lieux humides, *plus grand que celuy qu'on sime, & propre aux mesmes effects.* Theophraste au 7. liure chapitre 6. de l'histoire des Plantes. *Le Paludapium qui croist le long des canaux des fontaines, & és marez, a la fueille rare & cler-semée, non velue, mais est aucunement semblable à l'Apium d'odeur, goust, & figure.* Columelle liure vnziesme chapitre troisiesme, l'appelle Apium, & dit qu'il se plaist en l'eau, mais ce n'est pas l'Ache que nous disons, car les cheuaux n'en mangeroient pas volontiers, comme Homere dit cy-dessus qu'ils font du Σίλινον, & ne sçauroit auoir aucun vsage parmy nos viandes, à cause de son excessiue amertume : Aussi que les marbres, camayeux, & medailles antiques, où il se void communement des chappeaux d'Apium, ne ressemblent pas à nostre Ache. Quelques-vns ont pensé, & Ruellius mesme, que ce deust estre cette plante, des racines de laquelle nous auons appris puis n'agueres d'vser és salades, pour corriger la crudité des herbes dont elles sont composées. On l'appelle communement Persil d'Alexandrie ou Macherons ; dont il arriua il y a quelques ans vn estrange accident à Anuers, là où vn quiproquo cousta la vie à certains banquiers Italiens, qui auoient pris de la Cigüe pour ces Macherons. Et de faict il y a de l'affinité en leur ressemblance. Mais nous lairrons demesler cette fusée aux Herboristes, qui n'en peuuent gueres bien conuenir entre eux. Nous auons tourné *Persil aquatique*, meuz des authoritez sus-dittes. Σίλινον veut dire encores quelque autre chose en la nature, & mesmement puis qu'il est icy question de lieux humides, baignez & marescageux, où cela se maintient, qui se rapporte auec la dessus-ditte allegorie du roseau & papier. Car Philostrate se iouë ainsi en plusieurs endroicts de cet œuure.

    LES PASSEVELOVRS *battent l'eau.* ἀμα μίσ́ιν δὲ τῷ ὕδατος ἁμα ἑρατιν νύει. Dioscoride au quatriesme liure chapitre cinquiesme, Ἐλίχρυσον, οἱ δὲ χρυσανθεμον, οἱ δὲ ἡ τυτο ἀμαραντον καλύσιν, ᾧ ἡ τὰ εἴδωλα στεφανϕσιν. βλζδίον, λευκὸν, χλωρὸν, ὀρθὸν, τερφὸν. ΦΥΛΛΑ τινὰ, ἐκ διαςημάτων ἔχων ετρφος τα τῷ ἀβροτόνο· κόμεν κυκλοτερῆ. χρυσοραφῆ. σκιαδίον. σπείρες. ἀπσὸ κορύμβΘ ξηρὸς, ῥίζαν λεπτὼ. φύεται δὲ ἐν τραχέσι ἡ χαραδρϕδεσι τόποις. *Elichryson, les autres l'appellent Chrysanthemon, les autres Amarante, dont on couronne les effigies des Dieux : Il a vn petit drageon blanc, verdoyant, droict & ferme, les fueilles qui entretiennent és espaces, estroittes, semblables à celles de l'Abrotonon, auec vne perruque ou couronnement tout rond, luisant comme or, à guise de grappes desséchées, pendantes d'vn petit chappiteau ; & la racine deliée. Il naist és lieux aspres & rudes, & dans le canal des torrents.* Laquelle description n'a rien de commun que ce soit auec l'Amarante ou lieu cy, comme le mot de ἀςάχυας ou espics qui y est adiousté nous le donne assez à entendre. Car c'est le vray passevelours qui a ses fleurs semblables aux espics en figure : Et est sa couleur ou vray pourpre des anciens, comme nous le dirons sur le tableau de la chasse des bestes noires ; mais la fleur de Dioscoride semble estre ces roses d'Inde que nous cognoissons depuis quelque temps. Les expositeurs des Hieroglyphiques d'Orus Apollo mettent à ce propos, les fleurs pour vne marque & symbole de l'imbecillité de nostre vie, comme passans & se flestrissans tres-legerement. Et au contraire vn chappeau de passe-velours, pour vne santé & disposition ferme, entiere & vigoureuse, iusques en l'extreme vieillesse. Car l'Amarante ou passe-velours (disent-ils) qui est vne forme & espy plustost qu'vne fleur, se garde fort long-temps apres estre cueillie, sans se corrompre ny gaster. Tellement qu'en plein cœur d'hyuer, lors que toutes les autres fleurs sont desia passées, on en fait des bouquets & chappeaux, l'ayant vn peu mouillé dans de l'eau ; Par le moyen dequoy il se rauigore & renouuelle : Estant pour cette occasion appellé Amarante, ὅτι τὸ μὴ μαραίνεθαι, qu'il ne se flestrist point. De là les Thessaliens, qui par l'admonestement de l'oracle de Dodone, auoient de coustume d'aller faire tous les ans certain solemnel sacrifice au tombeau d'Achilles, portoient de leur pays auecques eux tout cela qui faisoit besoing pour cet effect, à sçauoir deux taureaux priuez, l'vn blanc, l'autre noir ; le bois couppé dans le mont Pelion ; le feu mesme de la Thessalie, auec de la farine, & de l'eau de la riuiere de Sperchius. Outre plus des couronnes & chappeaux de passe-velours, qu'ils excogiterent les premiers de tous autres, pour les porter à cet anniuersaire, afin que si les vents leur estans contraires les retardoient sur la mer ; ou qu'il leur suruint quelque autre destourbier & empeschement, les chappeaux qu'ils portoient pour pendre au dessus-dict tombeau d'Achilles, ne vinssent pour cause de ce retardement à se fenner & flestrir par les chemins.

    LE PEINTRE *a mis sur le bord vn couple de Palmiers.* Parmy le genre des vegetaux, les herbes c'est à sçauoir, & les arbres, les diligens inquisiteurs de la nature ont remarqué l'vn & l'autre sexe, fexe, auffi bien comme és animaux : combien que d'vne maniere plus fourde & moins auuée. Mais en nulles de toutes les plantes plus clerement, diftinctement & manifeftement qu'és Palmiers : Car les femelles ne portent point de fruict abfentes de leurs mafles, és forefts mefmes produittes de la nature. De forte qu'autour de chafque mafle vous verrez tout plein de femelles, qui fe courbent en abaiffant doucement leurs branches deuers luy : lequel efleué à l'encontre fes rameaux boffus & heriffonnez, comme fi de fon haleine & regard, & de quelque pouffiere qu'il leur fecoüe, il les vouloit empreigner toutes. Que fi vne-fois il vient à eftre coupé, elles demeurent puis apres le refte de leurs iours en vne viduité fterile, tant il y a de cognoiffance, & de Venus & de l'Amour, iufques mefmes aux chofes infenfibles, que les hommes ont de là excogité le moyen de les faire cohabiter enfemble, en efpanchant fur les femelles des fleurs, & du poil follet de ces mafles, ou par fois de leur pouffiere tant feulement. Ou d'attacher vne corde de l'vn à l'autre ; dont la femelle qui vouloit courber fes rameaux pour atteindre à fon mafle, fentant par là ne fçay quelle communication fecrette de luy à elle, qui fe coule infenfiblement (ny plus ny moins que tout le long d'vne gaule la torpille de mer tranfmet fon venin, endormant la main & le bras de celuy qui l'en touche) fe contente, & rehauffe fes branches. TOVT CECY eft tiré de Pline, lequel felon fa couftume, s'eft monftré plus hardy en cet endroict, que Theophrafte, Diofcoride, ny autres qui ayent traicté de ce fubiect. Et à la verité en toutes chofes il y a certaine fympathie, inclination, accord, conuenance, & appetit reciproque de l'vne enuers l'autre, quelques efloignées qu'elles paroiffent eftre de toute vie & fentiment. Mais rien que ce foit ne fe trouue en tout le genre vegetal qui approche plus de la nature humaine, que les Palmiers, fi d'auanture ce n'eft cette efpece de Zoophite ou Plantanimale qui croift en la Tartarie, dont Sigif- SIGISMVNDVS LIBER, BARO. mundus Liber faict mention en fon hiftoire de Mofcouie, difant : *Qu'en la contrée où font leurs demeures les Tartares Zauuolhéens, entre les deux grands fleunes della Volghe & Iaick, fe trouue certaine femence vn peu plus grand, que celle des melons, in is au refte affez femblable, laquelle eftant plantée en terre, produit ie ne fçay quoy à la haute de deux outrois pieds, approchant fort de la figure d'vn aigneau : Ainfi l'appellent ils là en leur liague Boranets, qui le fignifi, & en a du tout la tefte, les yeux, les oreilles, & prefque tout le reft du corps, auec vne peau fort deliée & fubtile, dont les Tartares fe feruent à fourrer leurs accouftremens de tefte. Cette plante, fi plante elle fe doit appeller, a vne liqueur qui reffemble à du fang, & en lieu de chair, vne fubftance toute pareille à celle des cancres ou efcreuiffes, laquelle les loups & autres beftes rauiffantes appetient fort. Quant aux ongles, elle ne les a pas de corne ainfi qu'vn mouton, mais reueftuës de poil à femblance de pied fourchu. Et au lieu du nombril droittement, elle a vne tige qui la conioinct en cet endroict à la terre ; Car c'eft par où elle fe vient à produire & ietter dehors : viuant, on durant iufques à ce qu'elle ait brouté toutes les herbes d'autour elle, & que par faute de nourriffement la racine vienne à defaillir & fecher.* Les Palmiers doncques pour plufieurs conuenances qu'ils ont auec la Nature humaine, font pris myftiquement pour le fimulachre de l'homme ; tant pour ce qu'ils ne portent point de fruict fans vne certaine forme de compagnie & cohabitation du mafle auec la femelle, & que toutes leurs branches & rameaux font pleins en la faifon oportune, de petits boutons comme d'vne mafculine femence ; qu'auffi pour ce qu'au haut de leur tige ils ont vne maniere de ceruelle, que les Hebrieux appellent Halulab, & les Arabes Cedar, laquelle pour fi peu qu'elle foit offenfée, l'arbre vient à mourir. Ils ont puis apres comme vne perruque en la cime, & leurs rameaux eftendus à guife de mains, auec vn fruict qui tient le lieu de doigts, dont pour cette occafion il eft appellé Dacte ou Dactyle, comme qui diroit doigt. La fubftance bonne à manger, reprefente la chair : Et finablement le noyau dur & folide qui eft au dedans, ce qu'il y a d'animaux. Telle eft la nature de ceft arbre, dont beaucoup de nations fe maintiennent en tous leurs befoings & commoditez, tant d.i manger que du boire, car il eft d'infinis vfages ; comme tefmoignent ceux qui ont efté curieux d'en auoir cognoiffance.

C'eſt vne harmonieuſe Lyre,
Alors qu'vne Ame ne deſire
Que la iuſtice & la raiſon:
Sa volenté n'eſt point preſſée,
Et les deſſeins de ſa penſée
Ne ſont iamais hors de ſaiſon.

Amphion eſt l'intelligence,
Qui luy donne par ſa ſcience,
Et le mouuement & la loy:
Et qui par cette melodie
La remplit d'eſprit & de vie
Attirant ainſi tout à ſoy.

AMPHION.

AMPHION.

ARGVMENT.

NTIOPE *fut fille de Nycteus Roy de la Bœoce, belle sur toutes celles de son temps ; dont Iupiter estant deuenu amoureux, l'engroßa : Au moyen dequoy le pere qui ne pouuoit croire que ce fust du faict de ce Dieu, la vouloit chastier bien à bon escient ; mais elle ayant trouué le moyen d'euader, se retira à garand en certain lieu, où de fortune Epaphus Sicyonien se trouua lors, qui la mena chez luy, & la prit à femme. Nycteus encores indigné contre elle iusques à l'article de la mort, adiura tant son frere Lycus auquel il laißa son Royaume, de ne laißer ce forfaict impuny, qu'il s'en alla apres son decés à Sicyon, où il mit à mort Epaphus, & emmena pieds & poings liez Antiope : laquelle en paßant par le mont Cytheron se deliura en vn carrefour des deux enfans dont elle estoit enceinte de Iupiter, lesquels les pastres du lieu recueillirent, & esleuerent tant qu'ils furent grands ; & nommerent l'vn Zethus, & l'autre Amphion,* ὅτι ἀμφὶ ὁδὸν αὐτὸν ἔτεκεν, *Pour auoir esté enfantés sur vn chemin fourché en deux. Sur ces entrefaites, Antiope ayant esté extremement tourmentée par Dyrcé femme de Lycus, trouua de rechef moyen d'eschapper, & s'enfuit vers ses enfans desia grandelets : Et comme Dyrcé s'oppiniastrast de la poursuiure iusques au mont Cytheron, & l'eust acconsuiuie, preste à mettre la main deßus, ses enfans vindrent à la recousse, & attacherent Dyrcé sur le champ mesme à la queüe d'vn fier taureau, dont elle fut desmembrée à vn instant, & des pieces de son corps deschiré, sourdit vne fontaine qui eut son nom. Amphion voulant depuis poursuiure Lycus, & le faire mourir, en fut diuerty par Mercure, lequel persuada à Lycus luy remettre le Royaume entre les mains. Et là deßus Amphion deuenu vn excellent Musicien, ou plustost Magicien, comme dit Pausanias en ses Eliaques, bastit les murailles de Thebes par ceste estrange voye que vous voyez icy depeinte : induisant au son de sa lyre les pierres & rochers à se mouuoir de leur place, pour se venir d'eux mesmes arranger en l'ouurage de maçonnerie. Ayant depuis espousé Niobé fille de Tantalus, il en eut sept fils & autant de filles ; De quoy la mere s'estant voulu enorgueillir, & preferer à Latone mere d'Apollon & Diane, ces deux icy tuerent tous ses enfans à coups de flesches hors-mis Chloris: & la pauure Niobé desolée, de regret & de douleur seicha sur pieds ; & fut finablement conuertie en vne pierre. Amphion d'autre-part voulant en vangeance de ce, saccager le temple d'Apollon, fut par luy aussi mis à mort; & toute sa lignée esteinte de peste : Priué encores pour raison de cela és enfers apres son trespas, & de la veuë, & de sa lyre, ny plus ny moins que Thamyris.*

ERCVRE (à ce que l'on dict) fut le premier qui assembla vne lyre (inuention certes tres-que belle) de deux cornes seruans de branches, d'vn cheuallet faict de bois, & d'vn sons auec sa table, de l'escaille d'vne tortuë: & apres l'auoir communiquée à Apollon & aux Muses, en fit present à Amphion le Thebain. Cettuy-cy faisant sa demeure à Thebes, qu'elles n'estoient encores ceintes de murailles, addressa ses chansons aux pierres & rochers; & les pierres & rochers l'escoutans attentiuement, accoururent vers luy : car tout cecy est en la peinture. Courez doncques de l'œil cette premiere lyre, si elle est portraitte comme elle doit estre. Car les Poëtes disent que c'est la corne d'vne bondissante chieure, dont le musicien se sert à la lyre; & l'archer en ce qui luy est propre. Vous voyez bien ces cornes noires & rabotteuses, assez malaisées à tailler : Et tout le fust qui faict besoin à cet instrument estre de boüys dur & lissé en son estoffe, mais en aucune part d'iceluy il n'y a point d'Iuoire, par ce que les hommes ne cognoissoient encores, ny l'Eléphant, ny en quoy ils se pourroient seruir de ses cornes. Le fons faict de la cocque d'vne tortuë est noir aussi, & exactement labouré au vray; semé de cercles deliez, ioincts & accouplez l'vn à l'autre; auec des boüillós ou petites bossettes iaunes. Les cordes partie tiennent au magadis ou cheuallet d'embas, estans attachées aux bossettes, partie au ioug ou cheualet d'enhaut, où elles semblent encrées dedans; Car cette forme est la mieux proportionnée pour elles, afin qu'elles s'estendent droit à plomb en cet instrument. Or qu'est-ce que dit Amphion? Et quoy autre chose, sinon qu'il chante? Car l'vne des mains attrait fort attentiuement sa pensée à la lyre, ne monstrant quant à luy rien des dents, sinon autant qu'il conuient à vn qui chante. Mais sa chanson est à mon aduis de la terre, laquelle estant generatiue, & la mere de toutes choses, luy donne volontairement des murailles. Quant à sa cheueleure, elle est pour vray fort agreable de soy : se promenant parmy le front, d'où puis-apres elle s'auale le long des aureilles, pour venir rencontrer le poil-fol de sa barbe; & monstre tenir ie ne sçay quoy de l'or : Mais plus iolie est elle encores auec le scoffion, que les Poëtes dient en leurs Apothetes auoir esté ouuré par les Graces. Ornement certes fort plaisant à voir, & le dernier qui puisse estre en la lyre. Car Mercure espris de l'amour d'Amphion, luy a fait (ce me semble) l'vn & l'autre present. Le vestement puis apres qu'il porte, est encores venu de Mercure, n'estant pas d'vne couleur seule, mais en change & varie, ny plus ny moins que l'arc en ciel. Et est assis en lieu haut, battant la mesure du pied contre terre, pour venir à la cadence, pendant que de la droicte touchant les cordes, il chante & sonne tout ensemble. Mais l'autre tient les doigts estendus tout droict, pour y donner à son tour : Ce que i'estime ne pouuoir estre contrefaict que d'ouurage de plein relief.

Bien,

Bien, ſoit ainſi. Mais quant à ce qui concerne les pierres & en quel eſtat elles ſont ; toutes accourent à ſa muſique, & l'eſcoutans attentiuement, s'arrangent & deuiennent muraille : dont ce pan cy eſt deſia tout hauſſé ; ceſt autre monte encore, celuy là eſt pieça arriué à ſa perfection. ª Ambitieuſes à la verité, & fort plaiſantes ſont ces pierres, & merueilleuſement promptes & ſeruiables. En fin la muraille a ſept portes, tout autant qu'il y a de tons en la lyre.

ª Ambitieuſes) φιλοτιμοι ἀδιεῖ οἱ λίθοι, ὑ ὑπηκοωντες τὸ μεσικῃ. Courtoiſes & liberales à la verité, & fort plaiſantes ſont ces pierres, & merueilleuſement promptes à obeir à la Muſique.

ANNOTATION.

De la Lyre où Cithare HOMERE.

ETTE byzarre conſtruction de Lyre ou Cithare, que Mercure inuenta le premier eſt ainſi deſcrite à peu prés par Homere en ſon hymne. MERCVRE *fut le premier qui compoſa la lyre d'vn tortue, qu'il trouua paiſſant l'herbe, en ſe trainant tout belletement. Ce ſtis icy de Iuppiter ſoudain qu'il l'eut apperceuë ſe prit à rire & à parler en ceſte ſorte. Certes voicy vn bon rencontre, & fort à propos pour moy : Au moyen dequoy ie ne le deſdaigneray pas. Dieu te gard doncques aimable de Nature, Muſicienne compagne de nos banquets, moult agreable & deſirée. D'où nous viens tu ſi à propos gentil ſoiet ; eſcaille madrée, ioruiē viuant és montagnes ? Mais te t'emporteray au logis, là où tu me reuiendras à quelque commodité, auſſi te feray-ie tout plein d'honneur : & d'auantage tu y ſeras beaucoup mieux, car la ſeureté n'eſt pas grande pour toy de demeurer touſiours ainſi dehors. Que ſi tu viens d'auenture à mourir, tu feras vne plaiſante muſique. Ayant dit cela il la prit à deux belles mains, & l'emporta à la maiſon : où l'ayant toute vuidee par le moyen d'vn ferrement, il perſa par endroits la roquille ; colla du cuir à l'entour ; adiouſta les deux branches ; appropria le cheuallet ; & la monta finablement de cordes filées de boyaux de brebis. Puis commença de les taſter auec le peigne, & cela rëdoit vn ſon merueilleux, auquel en chantant il accordoit de la voix* Pauſanias en ſes Arcadiques, dit qu'au mont Cyllené, ioint & eſt contigu le Cheludonien, là où Mercure ayant trouué vne tortue l'accouſtrat & en fit ſa premiere lyre.

ET APRES *l'auoir communiqué à Apollon & aux Muſes, en fit preſent à Amphion.* Au Grec il y a ſeulement, ὃ δεὑται μετὰ τῶς Απολλω, καὶ τὰς μούσας Αμφιωι τῶ Θηβαιω δῶρον. *Et apres Apollon & les Muſes, la donna en preſent à Amphion le Thebain.* Ce qui eſt vn peu ambigu, au moyen dequoy ie l'ay expliqué, meu à cela de l'authorité d'Homere au meſme Hymne, où il dit bien expreſſément, que Mercure donna ſa lyre à Apollon, pour l'appaiſer de ſes bœufs qu'il luy auoit ſoubſtraits.

ἀλλ' ἐπὶ ὃ τι θυμὸς ὑπῆχῇ κιθαρίζειν,
μέλπεο καὶ κιθαρίζε, & ἀγλαίας ἀλέγυνε,
δέχμενος ἐξ ἐμέθεν.

Mais puiſque tu as ſi grand' ennie de ioüer de la Cithare, chante & ſonne de ceſt inſtrument à la bonne heure, le receuant de moy. Et vn peu apres.

& τι ἐγὼ δώσω ταύτlω Διὸς ἀγλαὲ κοῦρε.

Et ie te la donneray fils illuſtre de Iuppiter. Puis :

Ὣς εἶπον, ἄρεξ', ὁ δ' ἐδέξατο Φοῖβος Ἀπόλλων.

Ayant dit cela, il la luy preſenta ; & Phœbus Apollon la reçut. Quelques interpretes de Pindare ſur ce paſſage icy de la premiere Olympienne, ἀλλὰ δωείαν ὑπὸ φόρμιγα πασσάλα λαμβάν', l'ont cuidé auoir appellé la Lyre ou Cithare Dorienne, ☞ τὸ δῶρον. Pource que la premiere que Mercure fit, il la donna à Apollon pour recompenſe du larcin de ſes bœufs. Horace auſſi en l'ode dixieſme du premier liure.

Mercuri facunde Nepos Atlantis,
Qui feros cultus hominum recentum
Voce formaſti catus, & decoræ
More paleſtræ ;
Te canam magni Iouis, & deorum
Nuncium, curuæ lyræ parentem,
Callidum quicquid placuit ioco ſo
Condere fuːo.
Te, boues olim niſi reddidiſſes,
Per dolum amotas, &c.

Neantmoins Apollonius au premier des Argonautes, & Antimenidas, maintiennent que ce fu-

rent les Muſes qui donnerent la lyre à Amphion : & Pherecides au dixieſme de ſes hiſtoires pareillement. Dioſcoride dit qu'il l'eut d'Apollon : Mais le teſmoignage d'Homere peſe plus que
ceux là. Ce que confirme Aratus en ſes Phenomenes, diſant ainſi,

ὁ χέλυς, ἦτ᾽ ὀλίγη. τεω δ᾽ ἄρ ἔπι ᾗ πεδὶ λίχρῳ
ἑρμείας ἐτόρηϲε, λύρω δὲμιν εἶπε λέγεϲθαι.

Et là deſſus ſon interprete. *La lyre fut tranſlatée au ciel en l'honneur de Mercure, qui l'auoit compoſée ſur
le patron d'vne tortuë des cornes des bœufs d'Apollon, & la monta de ſept cordes, autant qu'il y auoit d'Atlantides. Car le Nil s'eſtant retiré à ſon canal ordinaire, laiſſa à ſec entre autres choſes vne tortuë, laquelle apres
s'eſtre pourrie, & ſes boyaux eſtendus dans l'eſcaille, ayant eſté pouſſée du pied par Mercure rendit vn ſon, à l'i-
mitation duquel il inuenta depuis ſa lyre, dont il fit vn preſent à Apollon. Les autres diſent que ce fut à Orphée,
pource qu'il eſtoit fils de Calliope, l'vne des Muſes, là où il mit iuſques à neuf cordes, ſelon le nombre qu'elles
eſtoient.* Hyginus à ce meſme propos en ſa Poëtique Aſtronomie. *Les autres diſent que Mercure apres
qu'il eut premierement baſty ſa lyre au mont de Cyllene, en Arcadie, il y mit iuſques à ſept cordes, ſelon le nombre des Atlantides, dont ſa mere Maia en eſtoit l'vne. Et par apres, comme Apollon l'euſt ſurpris qu'il luy de-
ſtournoit ſes bœufs, pour ſe r'appointer enuers luy de ce larcin, il luy permiſt de publier que c'eſtoit luy meſme qui
l'auoit inuentée. En faueur dequoy Apollon luy donna vne verge, laquelle en s'en allant en Arcadie, il ietta au
milieu de deux ſerpens qui ſembloient ſe combattre l'vn l'autre, & les departit ainſi : dont du depuis en memoire de ce, il porta touſiours depuis cette verge entortillée de deux ſerpens, comme pour vne marque & ſymbole de paix, que l'on appelle le Caducée.*

    L E S P O E T E S *dient que c'eſt la corne d'vne bondiſſante cheure, dont le Muſicien ſe ſert à la lyre, & l'ar-
cher en ce qui luy eſt propre.* Cecy eſt tiré de ce paſſage d'Homere au quatrieſme de l'Iliade.

αὐτὶκ᾽ ἐϲύλα τόξον ἔΰξοον ἰξάλυ αἰγὸς
ἀγρίϐ,ὸν ῥά ποτ᾽ αὐτὸς ὑπὸ ϲτέρνοιο τυχήϲας,
πέτρης ἐκϐαίνοντα δεδεϲμύος ἐν προϲδόκῃϲι,
βεϐλήκει πρὸς ϲῆθϲ᾽ ὁ δ᾽ ὕπτιος ἔμπεϲε πέτρῃ.
τῇ κέρα ἐκ κεφαλῆς ἐκκαιδεκάδωρα πεφύκει·
ὁ τὰ μὲν ἀϲκήϲας κερᾳοξόος ἤϲαρε τέκτων,
πᾶν δ᾽ εὖ λεῂναϲ, χρυϲέω ἐπέϲηκε κορώνω.

*Tout ſoudain il tira ſon arc poly fait d'vne cheure bondiſſante ſauuage. laquelle ayant autrefois atteinte ſous le
poitrine, qu'il la guetioit au ſortir d'vn rocher, l'auoit frappée dans l'eſtomac, dont elle tomba à la renuerſe ſur
vne pierre. Ses cornes s'auançoient bien ſeiz palmes hors de la teſte, au bout deſquelles, l'artillier les ayant ra-
bottées & aplanies, mit des pointes d'or.* Plus en l'onzieſme enſuiuant, où Diomedes argue Paris : πεδῶν καὶϐα-
λὼν, κέρα ἀγλαὲ, παρθενοπίπα. Et en l'hymne de Mercure, il ſemble meſme coſtituer des dards ou fleſches
de corne : καὶ μὰ τὸ τοξεύεσθαι ἀκόντια. Surquoy il eſt à noter qu'Euſtathius interprete ce mot là de ἰξάλου
que nous auons icy tourné *bondiſſant,* pour laſcif &luxurieux,comme ſont tout le genre des boucs
& des cheures : Les autres interpretes ont mis ; *Dru, danſſant, ſautellant.* Mais Guarinus (ie ne ſçay
pourquoy) a voulu inferer que ce αἶξ ἴξαλος ſignifioit vn Bouc ſauuage, comme à la verité ie penſe
bien que ce ſoit ce qu'on appelle en Grec αἴγαγρος, & en Latin *Capricornus*, les Suiſſes le nomment
bouc d'eſtein, c'eſt à dire de rocher, lequel a de fort belles & plantureuſes cornes,propres pour faire cette lyre dont nous nous mettrons cy apres la figure. Pourquoy doncques Guarinus a il dit cela,
veu qu'Homere y adiouſte l'epithete de ἴξαλος, qui ſeroit ſuperflu ſi le mot ἴξαλος emportoit cela?

    L E S H O M M E S *ne cognoiſſoient pas encore ny l'Elephant, ny en quoy ils ſe pourroient ſeruir de ſes cornes.*
Il y a aux editions communes en cette ſorte. ἔλεφαϲ ὀδμῷ τῆς λύρης, ὄὖτε οἱ ἄνθρωποι εἰδότες, ὅ᾽τε
αὐτὸ τὸ θηρίον. ὅ᾽τι ἐν τοῖς κέραϲιν αὐτῷ χρήϲονται. Mais Pierius Valerianus en ſes Hieroglyfiques le
veut changer ainſi. ἔλεφαϲ, ὀδμῷ τῆς λύρης, ὄὖπω οἱ ἄνθρωποι εἰδότες, ὄὖτ᾽ αὐτὸ τῷ θηρίον, ὅ᾽τι τοῖϲ
κέραϲιν αὐτῷ χρήϲονται. Ce qui s'approche de ce prouerbe *Aſinus ad lyram*: Comme ſi l'Elephant e-
ſtoit vne ſi lourde & groſſiere beſte qu'elle ne peuſt auoir rien de commun auec la lyre, non plus
que l'aſne. Ce qui deſroge toutesfois à ce qui ſe dit du grand ſens & entendement de ces animaux,
les plus capables de la raiſon,de tous les autres irraiſonnables. Auſſi à la verité ie penſe que Philoſtrate ne vueille entendre par cecy autre choſe, ſinon que du temps d'Amphion, l'iuoire n'eſtoit
point encore en vſage aux Grecs,ou bien qu'il fuſt trop ſourd pour les inſtrumens. Car Pauſanias
en la deſcription de l'Attique, dit que les Elephans n'auoient point eſté cogneus en la Grece deuant le paſſage des Macedoniens en l'Aſie: trop bien l'iuoire, dont Homere eſcript les ſieges &
demeures des Rois eſtre decorées: mais de l'Elephant il n'en fait mention nulle part. Anacreon
en l'Ode à Apollon parle d'vn pleſtre d'iuoire.

Ἐλεφαντίνῳ δὲ πλήκτρῳ
λιγυρϐν μέλος κροαίνων
Φρυγίαν ῥυθμῷ βοήϲω.

                                                                Q U O Y

Quoy que ce soit, cette diuersité de leçon n'est pas de si grande importance & profsit, que de curiosité & ostentation ; ainsi que sont la plus part des castigations sur les bons autheurs, où il n'est question par maniere de dire, que de la leine d'vne cheure, ou de la chappe à l'Euesque.

LE FONS *fait la coque d'vne tortuë, est noir aussi, & exactement labouré au vray : entre-semé de cercles delirez.* Et ce qui suit du reste de la clause. Ce lieu icy (à mon aduis) est l'vn des plus chatoüilleux & embroüillez de tout Philostrate : tant pour la façon de parler des Sophistes, qui est ordinairement mignardée & pleine d'vn affecté Pindarisme, de mots figurez, tirez de loing, & couppez court à demy ; que pour deux doubtes qui se presentent de front, lesquelles ne sont point assez bien decidez parmy nous. A sçauoir-mon si la lyre & cithare antiques estoient vne mesme chose ; & quelle pouuoit estre leur forme & figure. Dont quant à moy ie ne me delibere pas de resoudre rien, mais apres auoir produit en auant ce qui se dit d'vne part & d'autre, ie lairray le tout au iugement des lecteurs. Pour le regard du premier, Pollux, Suidas, Guarinus ; & apres eux Budée, Tusan, Gesner, Lonicerus, & autres Grammairiens modernes, tiennent que ces deux instrumens ne soient qu'vn ; voire le Barbytos encore, Phormix, Cynira, Chleys, Pectis, & semblables, s'appuyans en cela peut estre des passages & authoritez suiuantes. Et tout premierement d'Homere, combien que ie n'aye point veu tout cecy allegué nulle part, lequel en l'hymne de Mercure dit :

νῶτα χελωνὸς μέσῳ ἤματι ἐσκιβαείξεν.

Et puis incontinent apres au mesme propos.

ἐ τλευ μὲν κατέθηκε φέρων ἱερῷ ἐπὶ λίκνῳ
φόρμιγγα γλαφυρίω.

Plus en vn autre endroit du mesme Hymne.

κίθαειν δὲ λαβὼν ἐπ᾽ ἀειστερὰ χερὸς
ληταῖς ἀγλαὸς ὑὸς ἄναξ ἑκάεργος Ἀπόλλων
πλήκτρῳ ἐπειρήτιζε κατ᾽ μέλος.

Et trois ou quatre carmes au dessoubs parlant de cela mesme.

ἄφορροι πρὸς ὄλυμπον ἀγάνηφον ἐρρώσωτο,
τερπομένοι φόρμιγγι.

Mais sans s'aller chercher là, voile-cy au 8. de l'Odissée :

αἰεὶ δ᾽ ἡμῖν δαὶς τε φίλη κίθαεις τε, χορὸς τε.

Et puis soudain continuant le mesme propos :

ὦρτο δὲ κῆρυξ
οἴσων φόρμιγγα λιγυρίω. δόμα ἐκβασιλῆος.

De quoy l'on peut assez appercevoir qu'Homere a confondu indifferemment φόρμιγξ & κίθαεις ; qu'aucuns tiennent estre la lyre propre, celle dis-ie maintenant, faicte à maniere de violle qui se ioüe auec l'archet : Et non sans cause, car ce passage icy qui est vn peu au parauant le tesmoigne, là où il dit qu'Apollon contestant auec Mercure sur le larcin de ses bœufs, prit la lyre d'iceluy, auec le plectre (ie n'ose dire si c'est vn archet ou le peigne) tastoit les cordes qui rendirent vn terrible son ; ce qui est plus à propos pour l'archet, que pour le peigne, ou la plume dont on ioüe sur le cistre ; suiuant mesme ce que dit Elian au troisiesme liure, qu'Hercules apprenant à iouër soubs Linus de la lyre, le tua d'vn coup de plectre ; ce mot neantmoins est equiuoque à l'vn & à l'autre. Ciceron és liures de la nature des Dieux accompare la langue à vn plectre, & les dents aux cordes d'vne harpe. Et sainct Ambroise apres luy en son Hexameron, dit que la langue est semblable à vn plectre, dont on fait sonner les cordes d'vn instrument. Homere dit doncques ainsi ;

λαβὼν δ᾽ ἐπ᾽ ἀειστερὰ χερὸς,
πλήκτρῳ ἐπειρήτιζε κατ᾽ μέλος· ἡ δ᾽ ὑπὸ χερὸς
σμερδαλέον κονάβησε.

Et puis deux vers apres.

λύρη δ᾽ ἐρατὸν κιθαείζων
ἔπη ῥ᾽ ὅτε θαρσίσας ἐπ᾽ ἀειστερὰ Μαιάδος ὑὸς
φοῖβε Ἀπόλλωνος. τάχα δ᾽ λιγέος κιθαείζων
γηρύετ᾽ ἀμβολαδίω.

Parquoy sans doubte ne difficulté aucune, ces trois instrumens icy ne sont enuers Homere qu'vne seule chose, à sçauoir λύρη, φόρμιγξ & κίθαεις : & si de prime face il sembleroit que ce fust plustost la lyre vsitée à nous maintenant que cette maniere de Harpe dont il sera parlé cy apres ; pource qu'on peut voir icy, comme cette lyre s'empoigne de la main gauche, & qu'auec le ple-

eftre (qu'il faut entendre par confequent eftre en la droicte) l'on tafte les cordes. A quoy femble
fe confaire & rapporter encore ce lieu icy du neufiefme de l'Iliade, où les deputez d'Agamemnon vont deuers Achilles pour effayer de le r'appaifer; lequel ils treuuent en fon pauillon fonnant de cet inftrument pour fe defmelancolier.

τὸν δ᾽ εὗρον Φρένα τερπόμενον Φόρμιγγι λιγείη,

καλῆ, δαιδαλέη, ὅτι δ᾽ ἀργύρεος ζυγὸς ἦεν.

Eftant plus raifonnable d'appliquer ce ζυγὸς icy, qu'il dit eftre d'argent, à vn manche de lyre
ou violle, qu'au cheuallet d'vne Harpe, où il n'y auroit pas beaucoup d'apparence. A quoy fait
encore ce paffage d'Athenée, ἕτερον ὦ βασιλεῦ σκῆπλρον, ἕτερον δὲ πλῆκτρον. Autre chofe eft le fceptre, autre chofe le plectre. Où il eft bien aifé de difcerner qu'il ne prend pas le plectre pour vn argot de cheure, ou de chappon, ne quelque bout de plume pour toucher les cordes d'vne harpe, ne d'vn fi-
ftre; Car quelle proportion y auroit il d'vn fceptre ou bafton, à cela? mais plus toft pour vn archet
de violle ou de lyre, qui approche bien mieux du fceptre:lequel n'eftoit autre chofe qu'vn bafton,
combien que pour la marque des Roys, & Princes fouuerains, on l'enrichiffoit d'or & d'iuoire,
ou autres ouurages, ainfi que nous pouuons veoir dans le fecond de l'Iliade, parlant d'Agamemnon qui s'equippe en habit Royal pour affembler le confeil.

εἵλετο ὃ σκῆπλρον πατρώϊον ἄφθιτον αἰεί.

Et puis apres :

εἷς κοίρανος ἔςω,

εἷς βασιλεύς, ᾧ ἔδωκε κρόνυ παῖς ἀγκυλομήτεω

σκῆπλρον τ᾽ ἠδὲ θέμιςας, ἵνα σφίσιν βασιλεύῃ.

Il introduit bien auffi Vlyffes là mefmes frappant à grãds coups de Sceptre en lieu de bafton, les
mutins de l'armée Grecque, & Therfites auffi, quelque proche parent qu'il fut de Diomedes.

Ὣς ἄρ᾽ ἔφη, σκῆπλρῳ ὃ μετάφρενον ἠδὲ καὶ ὤμω

πλῆξεν.

Mais au 13.de l'Odiffée fur la fin, il eft pris pour vn bafton fimplement,tel que portent les gueux
& caimans en cheminant pour s'appuyer deffus. Car Minerue ayant transformé en cet habit &
eftat Vlyffes, luy donne entre autres chofes vn bafton, que le Poëte appelle en cet endroit fceptre, & vne bezaffe. δῶκε δὲ οἱ σκῆπλρον ᾗ ἀεικέα πήρω. Ce que i'ay bien voulu defduire icy, pour môftrer comme au prouerbe deffus dit allegué d'Athenée,dont Erafme fait auffi mention en fes Chiliades, n'y pouuant auoir aucune deformité d'vn fceptre ou bafton auec vn plectre à gratter les
cordes d'vn inftrument; il faut par neceffité que ce foit vn archet, & partant que la lyre ancienne
reffemble à la violle, ou aux lyres maintenant en vfage. Pindare pareillement (pour retourner au
propos delaiffé) femble confondre ces trois deffus-dits ; & Ariftophanes encore parlant ainfi en
la Comedie des Nuées.

Πρῶτον μέ αὐτὸν τὴν λύρᾳν λαβόντ᾽ ἐγὼ κέλευσα

Ἄσαι σιμωνίδου μέλος τὸν κριὸν ὡς ἐπέχθη.

Ὁ δ᾽ εὐθὺς ὡς ἀρχαῖον εἴη ἔφασκε ὃ κιθαρίζειν.

Et Plutarque auffi au 7. des Sympofiaques queftion 7. attribue la lyre à Apollon ; Ἀ ἐχ᾽ γε (ἄπεν)
ὅσιον ὅτι ὅτι τῷ Ἀπόλλωνος ἥκοντος εἰς τὸ συμπόσιον ἠρμοσμένη τὴν λύρᾳν ἔχοντος. Neantmoins on luy
donne toufiours la cithare. Anacreon en l'Ode à Apollo.

Ἱερὸν γὸ ἐςὶ Φοίβω, κιθάρη, δάφνη,

ἔτιπος τι. Quant à ces carmes que l'on attribue à Ouide, efcriuant à Pifon (mais fauf-
fement à mon aduis, car ils ne fentent en rien fon ftyle) lefquels femblent faire ie ne fçay quoy à
ce propos, ie ne fçaurois bonnement difcerner quant à moy ce qui s'en peut recueillir, & s'il entend par là de mettre quelque difference ou non entre la Chelys ou teftudo, & la lyre : à toutes
aduentures ie les ay bien voulu infererer icy.

Siue Chelyn digitis, & eburno verbere pulfes,
Dulcis Apollinea fequitur teftudine cantus ;
Et te credibile eft l'hæbo didiciffe magiftro,
Nec pudeat pepuliffe lyram, cùm pace ferena
Publica fecurus excellent omnia terris.
Nec pudeat phœbea Chelys, fi creditur illis
Pulfari manibus quibus & contenditur arcu.

Mais l'importance eft maintenãt de fçauoir fi κιθάρεις, & κιθάρα, eftoient vne mefme chofe aux an-
ciens:Car Ariftoxenus dedans Ammonius les diftingue, difant κιθάρεις eftre la lyre, & ceux qui en
fonnent eftre appellez κιθάρεις, & λυρῳδοί· Les autres qui iouent de la cithare, κιθαρῳδοί. D'autre
part Anaxilas dans le 14. d'Athenée fepare pareillement la lyre de la cithare par ces vers cy.

Ἐ᾽ γὼ

Ἐγὼ ἢ βαρύτοις, τειχόρδοις, πικπίδαις,
κιθάρρις, λύρρις σκινδαζοῖς ὀξηρτύομθυ.

Et Paufanias en fes Attiques parlant de la ftatuë dont il a efté fait cy-deuant mention au tableau
de Memnon, dit que par chacun iour droittement au leuer du Soleil, elle iettoit vn fon que l'on
pourroit accomparer prefque à celuy que fait en fe rompant, la corde d'vne cithare, ou d'vne lyre.
τὸ δὲ λοιπὸν χαβνται τε, χὴ ἀνὰ πᾶσαν ἡμέραι μέχρουτος ἡλίκ βοᾷ, χὴ τὸν ἦχον μάλιςα ἐιχός τις κιθάρρις
ἢ λύρρις ῥαγείσης χορδῆς. Car l'article disiunctif ἢ n'est pas mis en vain. Semblablement Lucian au
Dialogue de Mercure & Apollon, où Mercure luy dit, qu'il face refoner fa cithare, & qu'il fe monftre hautain & fuperbe pour fa beauté, car luy ainfi fera de mefme pour la difpofition de fa perfonne, & pour fa
lyre. De maniere que voila force contrarietez, dedans mefmes les plus fignalez autheurs, fur vn
mefme fubiect, que ie ne me propofe pas d'accorder. Il y a au furplus vn paffage en Paufanias, au
10. liure, là où parlant des chofes de la Phocide il defcript les peintures de Polygnotus au temple
d'Apollon à Delphes, qui feront cy apres inférées au tableau de Phorbas, comme vne tres finguliere befongne, & fort plaifante à voir: & dit ainfi, λύρρα δὲ ῥριπίμ τοῖς τῶ πρὶ χεπαρτις
αὐτῆς οἱ πήχεις, χὴ αἱ χορδ'αὶ χατίρρωγίαν. La lyre s'eft efcoulée aux pieds de Thamyris, les branches de laquelle font mifes par pieces, & les cordes tombées. Car fi πήχς fignifioit le manche de la violle, ou de la
lyre, il n'euft pas mis le mot là au plurier, pource qu'il n'y en a iamais qu'vn; & icy il en prefuppofe
deux pour le moins. L'interprete de l'Iliade l'eftime eftre le mefme auec le ζυγὸς d'Homere, difant ainfi là deffus, ζυγὸς ὁ πήχς τῆς κιθάρρις ὦ ἔγκιται οἱ κόλλαβοι· τῶν δὲ λέγεται οἱ πασαλοι· ὡν
ἐξάπτονται αἱ χορδ'αὶ. Tellement qu'il confonde le ζυγὸν auec le πήχς, qu'il prend pour cette partie
de la lyre où l'on met les cheuilles qui bandent & lafchent les cordes. Mais ie ne me puis pas bien
accorder à cela y ayant telle difference que la figure cy deffoubs vous le monftrera. Voicy encore
vn autre bien chatoüilleux paffage en Plutarque, au liure de la génération de l'ame felon le Timée de Platon. ὥσπερ ἐν ἐ τᾶς ἐπηπείτης χὴ ἁμελίεις, χὴ διάπασῶν λόγοι ζητῶι ἐν τῷ ζυγῷ ἢ λύρρις
τῇ χελώνῃ, χὴ τοῖς κολλάβοις, χαλκίω ἐςῖ δ'ὲ μὲν γὰρ ἁμέλεις χὴ ταῦτα συμμέτρως γεγράναι τῶρὸς ἄλληλα
μῆκεσ χὴ πάχεσι· τὴν δ'ὲ αρμονίαν ὀκείνων ἐπὶ τῇ ψυχῇ τῷ ποιθῶ. Tout ainfi que celuy qui cherche les proportions fefquitierces, fefquialteres, & doubles (ce font le diateffaron ou la quarte; le diapente ou la
quinte; le diapafon ou l'octaue) au iong ou cheuallet de la lyre, & en la conque d'icelle, & aux cheuilles, ft
digne d'vne rifée (car encore qu'il faille que toutes ces chofes deffufdittes foient exactement adiouftées entr'elles
en longueurs, & groffeurs, fi les faut il nean. moins aller querir, & les confiderer ès tons) en femblable il eft à
croire que les corps des aftres, &c. Car de prendre icy le ζυγὸς pour le col ou le manche d'vne lyre femblable à celuy d'vne violle, ie ne voudrois pas faire bon quant à moy, que cela fuft l'intention de
l'autheur; dautant qu'on ne peut dire que ce foit chofe abfurde & digne d'vne moquerie, d'aller
chercher les tons fur le manche d'vne lyre ou violle, au contraire c'eft là où ils confiftent en ceft
inftrument, & où ils fe varient felon l'affiette & difpofition des doigts fur les touches. Parquoy il
eft à prefumer qu'il vueille entendre ce qu'on appelle le cheuallet en la Harpe, où font attachées
les cheuilles par enhaut; & au fonds de icelle fait à guife d'vne coquille de tortuë, là où
le fon fe forme, & ferend, & que font attachées les cordes par embas, à des boüillons, & petites
boffetes, taillées à clair-voyes pour introduire le fon dans la concauité, d'où il fort puis apres, tout
ainfi que la creature hors du ventre de la mere, pour fe venir manifefter aux oreilles des efcoutás.

RESTE maintenant de dire quelque chofe de la forme & façon de cette lyre ou cithare, que ie
trouue auoir efté de deux fortes; foit que nous les veillions prendre pour deux differents inftrumens, ou bien pour vn feul, & que par traict de temps l'vfage & maniere diceluy fe foit venuë
à changer, le nom ancien toutesfois luy foit demeuré. Or en premier lieu il n'y a point de doute,
que felon la defcription de Philoftrate, & celle de Phenomeniftes, qui ont affemblé neuf eftoilles
pour en faire vn aftre ou figure celefte, ce ne foit cette efpece de Harpe, marquée icy deffoubs la
premiere; ou la lettre A. monftre l'efcaille de tortuë, qui faifoit le fond ou fommier d'icelle, en
Grec χέλυς. B. les deux cornes feruás de brâches ou de πήχεις. C. le cheuallet ou ζυγὸς. Auquel font
plantées les cheuilles pour accorder l'inftrument. D. les cordes qu'il appelle neufs. E. les boüillons
ou petites boffetes, dont partent les cordes s'efleuáts contremont, droit au cheuallet, où l'on les
môte & r'aualle. Car à cela ne fe pourroit aucunement approprier la lyre que nous auons maintenát
en façon de violle; ne aufsi peu à conuenir l'affiette & difpofition des neuf eftoilles telle que vous
pouuez icy veoir retirée des liures d'Aftrologie & contrefaicte apres celle du lambriffement de la
grand'falle de la feigneurie au Palais de Padoüe, parmy les autres figures celeftes: le tout de l'inuention & fantaifie d'vn Petrus de Apono, que l'on dit auoir efté vn fouuerain Magicien en fon
temps; & qui a caché foubs ces portraictures infinis grands & merueilleux fecrets. De moy apres
y auoir refué plufieurs iours, il m'a femblé finalement tout cela n'eftre autre chofe, que le traicté
de l'Aftrologie de Lucian, vn peu dilaté & enrichy de quelques fantaifies; plus pour donner à
imaginer quelque chofe outre, & par deffus l'intention de l'autheur, que pour profit & inftruction qu'on en puiffe tirer. Au refte ce portraict icy de la lyre antique, eft de vray vn peu fur la

ruſtique & le lourdois, mais ſentant de tant mieux ſon antiquité & naïfue ſimpleſſe, dont elle fut
premierement compoſée; car i'en ay veu aſſez d'autres à Rome repreſentées bien plus delicatement, en des ſtatuës d'Apollon, & autres fragmens de marbres antiques; en des camayeux, &
pierres grauées, onices, cornallines, & lapis lazuli; & en quelques reuers de medailles encore,
meſmement de Neron; qui toutes monſtrent cette forme & figure.

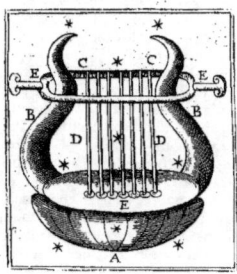

Neantmoins il y a encore parmy ces antiquailles bien vieilles, vne autre maniere de lyre, toute
ſemblable à vne violle qui ſe iouë auec l'archet, & non auec vn plectre ou peigne: mais afin qu'on
ne penſe pas que ie vueille icy temerairement ſuppoſer quelque mienne fantaiſie à la legere, forgée en mon cerueau, ſans aucun fundement ny appuy, il vaut mieux que ie vous ameine l'authorité du ſieur Iean Pietre Valerian, autheur des Hieroglyphiques, lequel ayant eſté en ſon
temps vn tres-excellent perſonnage és recherches de l'antiquité, eſcript ainſi au 47. liure de ſon
œuure. *Scribonius Libo, homme de grande authorité anciennement à Rome, entre les ſiens autres magnifi-*
ques & excellens ouurages qu'il a laiſſez à la poſterité, fit marquer des medailles d'argent, où eſtoit repreſentée la
figure du Puteal, qu'il auoit fait baſtir pour vn auditoire; eſperant par ces pieces là prologer la ſouuenance de ſon
edifice. Et là deſſus pluſieurs demandent fort curieuſement, que veulent dire ces lyres ainſi taillées à chaque ſa-
ce de ce Puteal: car qu'eſt-ce que peut auoir de commun (diſent ils) vn inſtrument de muſique qui conſiſte tout
en accords, auec des riottes, chicaneries, & contentions diſcordantes? Ny le ſilence & repos de l'eau de ce
puits, auec la muſique; & le bruis & clameur de la plaidoirie? A quoy i'ay accouſtumé de reſpondre, que tel
embelliſſement ne fut ſans bonne raiſon excogité par Libon comme ayant voulu mettre deuant les yeux à
ceux qui frequenteroient ce lieu, les choſes qui luy ſembloient leur deuoir eſtre ſalutaires & vtiles. A ceux
c'eſt à ſçauoir qui auroient procez, de ne laiſſer pour cela d'auoir tonſiours la concorde en memoire, nonob-
ſtant leurs differends & debats; comme le fruict le plus commode qui puiſſe eſtre pour l'entretenement de
la ſocieté humaine. Aux Aduocats, que s'ils aimoient le bien de leurs parties, il falloit ſeulement qu'ils
cherchaſſent de dire ce qui faiſoit à propos, & eſtoit conuenable pour le ſouſtenement de la cauſe qu'ils auoient
en main; & s'abſtenir au demeurant des chippoteries, cauillations, & contradictoires, ne ſeruans qu'à trou-
bler & confondre tout. Et aux iuges qui ſeroient là pour leur faire droict, de preſter attentiuement l'oreil-
le aux argumens & raiſons qu'on leur allegueroit; pour en tirer vne verité, ou pour le moins coniecture
tres vray ſemblable, & pregnante. Ce numiſme doncques ou medaille d'argent antique, auoit d'vn
coſté vne teſte, auec ceſte inſcription à l'entour, P V L V S L E P I D V S C O N C O R D. & au reuers
la figure ſuiuante, accompagnée de ces mots cy, P V T E A L S C R I B O N I B O. Les autheurs font
ſouuent mention de ce Puteal, comme meſme Horace; *Forum Puteálque Libonis mandabo ſic-*
cis, c'eſt à dire aux Iuges auant que d'auoir beu. Et en Ouide: *Qui Puteal, Ianúmque timet, cele-*
réſque calendas. Pource que les creanciers eſtoient ordinairement tirez en iugement au premier iour du mois, qui ne tardoit gueres à venir pour eux. Mais au vingt-troiſieſme du meſme œure, il parle encore bien plus apertement au titres des Cygnes; alleguant d'auoir veu chez
le Cardinal Hyppolite de Medicis, vn Apollon de marbre antique, qui empoignoit de la main
gauche le manche d'vne lyre (ce qu'il appelle *Iugum*) laquelle eſtoit ſouſtenuë ſur le doz d'vn
Cygne, retournant gracieuſement le col, & le bec vers les cordes d'icelle, comme s'il les vouloit
accompagner de ſon chant; la droite eſtoit appuyée ſur ſon genoüil tenant vn archet: & à ſes pieds
giſoit

gifoit vne trouffe garnie de flefches. Or pour ne laiffer rien en arriere de ce qui peut feruir a donner quelque lumiere à ce propos enfeuely fi auant dans les tenebres de l'âtiquité,i'ay aduifé ne deuoir point eftre chofe inutile ne fuperfluë, d'amener icy le paffage d'Athenée au 14. liure, où Arte-
mon defcript en cette forte vne triple Harpe ou lyre de Pythagoras le Zacynthien, laquelle pour
cette occafion eftoit appellée le trippier. I L y a tout plein d'inftrumens qu'on ne fçauroit bonnement
dire dont ils font procedez ; ainfi qu'eft le trippier de Pythagoras le Zacynthien ; lequel ayant eu fort grand' vogue par vn peu de temps, pource qu'on le trouua trop malaifé à toucher ou pour quelque autre raifon peut eftre, on
le laiffa là bien toft defmonté, & incogneu de la plus grand part. Au refte il reffembloit de beaucoup à vn Trippier Delphique ; auffi en auoit il le nom, & feruoit d'vne harpe triple. Car ay: ini celuy qui en iouoit les pieds affis fur vne bafe tornante, tout ainfi qu'on void en certains fieges torne-virans fur vn pinot, il tendoit de cordes les faces & efpaces des trois entre-deux; & d'vn des pieds à l'autre, appropriant à chacune fa branche : & le
deffoubs il l'accommodoit pour bander les cordes ; le deffus eftans fait pour feruir de baffin ou fommier, auec quelques ornemens qui y eftoient attachez: de maniere que cela auoit vne fort bonne grace à l'œil, & fi adioufloit encore vn fon plus feruât & remply. Il auoit puis-apres departy à chacun de ces trois efpaces fon armonie particuliere ; à fçauoir la Dorique, la Lydienne, & la Phrygienne : Et eftant affis fur vn efcabeau proportionné de mefure à l'eftenduë des cordes; defployant par mefme moyen la main gauche pour en iouer à fon tour, & de l'autre s'aidant du pleêtre ,felon la premiere de ces trois mufiques qui luy venoit en fantaifie, il donnoit fort habilement
vn tour de pied à la bafe, laquelle tres-friande à fe tourne-virer en tous fens, luy amenoit fi toft en main les fy-
ftemes & accords des oêtaues ; Et d'autre part eftoit fi prompt & vifte des doigts fur les cordes, que fi quelqu'vn
ne fe fuft apperceu de ce qu'il faifoit, & euft voulu feulement le iuger à l'oreille, il euft fermement cuidé d'ouyr
trois iouëurs tout-enfemble ,accordez en diuers tons , & armonies; & en en admiration trefgrande telle maniere d'inftrument.

L E S C O R D E S partie tiennent au Magadis ou cheuallet d'embas. Ce mot icy μαγαδις ou μαγας eft e-
quinoque à plufieurs fignifications; Car on le prend quelques fois pour vn inftrumét de Mufique
qu'Ariftoxenus eftime eftre vne mefme chofe auec μαγας : Ariftarchus vne maniere de fluftes, &
Didymus auffi : Apollodorus le Pfalterion : Lucian a vfé du diminutif μαγαδιον pour la table d'vn
luth ou d'vne violle. Icy ie l'ay tourné le cheuallet, pource qu'il m'a femble que l'autheur l'a ainfi entendu , & non fans exemple & authorité : Car encore que Suidas l'interprete pour vne table de
violle, μαγας, σανις υπεραχανος υποκειμ' Il adioufte apres, à την κιθαραν κεφαλη, ή τω λιγει, η
της κερας βαςαζουσα, le cheuallet de la cithare, & de la lyre qui fouftient les cordes. Ce qui monftre encore ce femble que nonobftant qu'il les confonde en vn autre endroit, il en veut neantmoins faire
icy vne diftinction. Si peu d'affeurance il y a en tous ces autheurs, qui nous ont donné les chofes
en la mefme incertitude qu'ils les ont receuës; fi d'aduenture on a mis leur trop haftiue precipitation de metre la main à la plume.

S A C H A N S O N eft à mon aduis de la terre. Homere en l'Hymne de Mercure.

τιχα δε λιγεως κιθαριζων
γηρυετ' αμεολαδιην ερατη δε οι εσπετο φωνη,
κραινων αθανατις τε θεος & γαιαν ερεμνην,
ως τα πρωτα γνονθο, & ως λαχε μοιραν εκαςος.

Mercure (dit il) touchant la cithare d'vne main treflegere commença quand & quand à chanter deffus , dont
s'enfuiuoit vne voix agreable: meflant enfemble les Dieux immortels auec la terre tenebreufe & obfcure,
& comme ils furent dès le commencement procreés , & la portion que chacun d'eux eut en partage. A
propos de cecy Plutarque au traité de la Mufique. Qu'il eftrabla au liure qu'il a compilé des anciens &
premiers inuenteurs de l'art, tefmoigne qu'Amphion fils de Iupiter & Antiopé , fut le premier qui trouua la
maniere de chanter fur la Harpe, enfemble la Poëfie d'icelle, comme ayant efté enfeigné par fon pere. Ce
qui fe preuue par des regiftres foigneufement gardez dans le threfor de Sicyon, efquels eft fait vn denom-
brement fort particulier de toutes ces chofes. Et de là mefme ; il recite les noms des religieufes d'Argos qui

H

auoient la charge des Sacrifices; des Poëtes außi, & des Muficiens.

Qᴠᴇ *les Poëtes dient en leurs Apothetes.* Plutarque au mesme traicté dessus-dit. *Le contexte des Muficiens cy dessus mentionnez, ne fut pas exempt des mesures de vers & de pieds limitez, mais semblable à celuy de Stesichorus, & des autres vieils Poëtes, qui compofoient des carmes auec la cadance propre à chanter. Et dit que Terpender qui establist des reigles sur le chant de la Harpe, ayant adiousté à ses vers, & à ceux d'Homere des airs conformes à ses preceptes, auoit accoustumé de chanter és ieux de prix où l'on contestoit à l'enuy l'vn de l'autre: Et que ce fut le premier qui donna des noms à chacune des loix de la Harpe, & des cordes. A l'imitation duquel, Clonas fut aussi le premier qui en mit sur le ieu de fluttes, & fit des Prosodies ou facrez Cantiques; des Elegies consequemment; & des Hexametres: Duquel genre de poëme vsa außi Polymnestus Colophonien qui vint apres. Or quant aux loix & reigles du ieu de fluttes, ils auoient celles cy. L'Apothete, les Elegiaques, le Comarchien, Schænion, Cepion, Deios, & Trimeles; les Polymnestes (qu'on appelle) furent trouuez depuis. Somme que les Apothetes dont il est icy fait mention, estoient les reigles que Clonas mit en auant pour le ieu des fluttes, & pour les vers qu'on chantoit dessus.*

Lᴇs ᴘɪᴇʀʀᴇs *accourent à sa musique, & l'escoutans attentiuement s'arrengent & deuiennent murailles.* Euripide à ce propos és Phenices.

> Φόρμιγγί τε
>
> Τείχεα Θήβας,
>
> Τᾶς ἀμφιονίας τε λύρας
>
> ̔ὑπὸ, πύργος δυέςα
>
> διδύμων ποταμῆν πόρον ἀμφὶ μέσου
>
> Δίρχας, χλοεερτρόφου ἁ πεδίον
>
> ̔πρὸ ῥ̓ Ι'σμενὲ καπαδόϛτι.

Au chant de la cithare & lyre d'Amphion, les murailles & le chasteau de Thebes se sont basties, emprés le courãs de Dirce à sçauoir qui arrouse des prairies herbues vis à vis d'Ismenus. Là où vous pouuez veoir encore accouplez, & sans bien grande occasion, ce me semble, ces deux dictions de φόρμιγξ & λύρα. Pausanias és Bœot. *Auprés la porte Prætide sont les sepultures des enfans d'Amphion; des masles à part, & des filles außi: & non gueres loing de là est celuy du pere, auec son frere Zetus, en vne commune motte de terre; là où il y a des pierres taillées grossierement, que l'on dit estre de celles qui accouururent à ses chansons.* Horace en l'Ode onziesme du troisiesme liure.

> *Mercuri, nam te docilis magistro*
>
> *Mouit Amphion lapides canendo:*
>
> *Tuq̃, testudo resonare septem*
>
> *Callida neruis.*
>
> *Nec loquax olim, neque grata, nunc &*
>
> *Dinitum mensis, & amica templis.*

Eɴ ꜰɪɴ *la muraille a sept portes.* De ces 7. portes il a esté desia parlé cy dessus au tableau de Menecée, selon Eschyle & Euripide: mais Homere en l'onziesme de l'Odissée en dit encore cecy.

> τὴν δὲ μετ' Α'ντιόπην ἴδου Α'σωποῖο θύγατρα,
>
> ἥ δὴ Διὸς εὔχετ' ἐν ἀγκοίνησι ἰαύσαι,
>
> κỳ ῥ̓ ἔτεκεν δύο παῖδ', Α'μφίονά τε Ζῆθόν τε,
>
> οἳ πρῶτοι Θήβης ἕδος ἔκτισαν ἑπταπύλοιο,
>
> πύργωσάν τ'. ἐπεὶ ὗ μὲν ἀπύργωτόν γ' ἐδύναντο
>
> ναιέμῃ εὐρύχορον Θήβην, κραπτερώπερ ἐόντε.

Apres ie vis Antiope fille d'Asopus, qui se glorifioit d'auoir geu entre les bras de Iuppiter, dont elle auroit eu deux enfans, Amphion & Zethus, lesquels planterent les premiers fondemens de Thebes aux sept portes, & l'enuironnerent de tours; puis que sans cette fortification & closture, ils ne pouuoient demeurer en seureté: quelques Pᴀᴠsᴀɴɪᴀs *braues & vaillans qu'il fussent.* Pausanias és Bœotiques. *Lycus ayant esté creé tuteur pour la seconde fois de Laius fils de Labdacus, Amphion & Zethus suruindrent auec l'armée qu'ils auoient assemblé, & enleuerent Laius; car ils auoient soin que la race de Cadmus ne vinst à s'esteindre, & la memoire ne s'en perdist à l'aduenir. Ils deffeirent doncque Lycus en bataille rengée; & ayans pris en main le gouuernement du Royaume, adioustereut à la citadelle de la Cadmée la basse ville qu'ils appellerent Thebes, à cause de l'affinité qu'il auoient auec Thebé. Ce que mesme tesmoigne Homere és vers cy dessus alleguez. Mais si Amphion fut si excellent Muficien qu'il eust edifié les murailles au son de la lyre, il n'en a iamais dit vn seul mot en toutes ses poësies. Neantmoins Amphion fut en fort grande estime à cause de la Musique, & aprit des Lydiens leur armonie, par le moyen de l'alliance qu'il auoit contractée auec Tantalus, & inuenta trois cordes encore, outre les quatre premieres. Celuy au reste qui composa les carmes d'Antiope, dit qu'Amphion aprit premierement de Mercure à iouer de la lyre. Et qu'en chantant il attiroit à luy les pierres, & bestes sauuages. Myron Byzantin en ses Elegiaques*

giaques a aussi laissé par escript, qu'Amphion dedia le premier vn autel à ce Dieu, & qu'en faueur de ce, il luy donna vne lyre. Touchant cest art musical de Lydie, Pline au 7. liure, chap. 56. dit ainsi. Aeolus fils d'Helenes trouua la consideration des vents: Amphion, la Musique: Pan, le haut-bois: Mercure, la flute à neuf trous: Midas en Phrygie, le cornet à bouquin: Marsias, deux chalameaux accordez ensemble: & au mesme pays Amphion la mode Lydienne: la Dorique, Thamiras de Thrace: la Phrygienne, le dessusdit Marsias: la Cithare Amphion, ou Orpheus selon les autres, ou Linus comme aucuns veulent dire. Mais pour reuenir à ces portes de Thebes, Hyginus au 69. chap. de ses fables en parle ainsi. Amphion qui ferma Thebes de murailles, appella les sept portes du nom de ses filles, Thera, Cleoduxe, Astynomé, Astioraita, Chias, Ogygia, Chloris. Ces 7. portes sont encore nommées autrement (comme nous auons desia dit) & mesme Pausanias en ses Bœotiques, met que la Neite est ainsi appellée par Amphion, de la corde ditte Neté; qu'il inuenta là endroit, en sa harpe; ou bien de Neides son nepueu le fils de Zethus.

TOVT AVTANT qu'il y a de tons en la lyre. Il dit qu'Amphion mit sept portes à la nouuelle closture de Thebes, autant qu'il y auoit de tons ou de cordes en sa lyre. Lucian au traicté de l'Astrologie monstre, que les Grecs n'aprirent iamais rien que ce soit de ceste art ne des Ethiopiens, ne des Egyptiens, mais que ce fut Orphée qui la leur enseigna: non gueres apertement toutesfois, ny au net, ains le tout embrouillé, & couuert d'enigmes & mysteres; pource qu'il ne sembla le deuoir faire ainsi: Car ayant mis en point sa lyre, il institua les Orgyes, où il chantoit des sacrez Cantiques. La lyre au reste n'ayant que sept cordes, monstroit par cela l'armonie & accords des planetes. Et ainsi Orphée, recherchant & pratiquant ces telles considerations, amignotoit, gaignoit, & attiroit à luy toutes chose, car cecy ne regardoit pas à vne lyre commune, dont on ione pour passe-temps; ny ne se soucioit pas queres plus de toute autre espece de musique, parce que la sienne particuliere estoit celle que vous venez d'ouyr cy dessus. Ce que les Grecs voulans honorer, luy assignerent vn place au ciel, là où quelque nombre d'estoilles comprises ensemble, sont appellées la lyre d'Orphée. Plutarque au recueil qu'il a faict de la Musique dit que le peu de cordes, & la simplicité graue, accompagnée d'vne masse non fardée, reuenoit plus au goust des anciens que les plus affectées & mignardes manieres: Parquoy ce n'estoit point vne ignorance, ne faute de pratique qui les rangeoit à cela. Et ne faut pas penser, qu'Olympus, ne ceux qui l'imiterent depuis, eussent retranché la pluralité & varieté des cordes pour n'en sçauoir vser, & s'en preualoir; ains pource qu'ils ingeoient cela superflu, & du tout inutile, voire plus propre à corrompre & desboucher les personnes, qu'à rechercher la perfection de la musique. Et de faict Olympus ne s'aydant seulement que de trois cordes, a laissé neantmoins derriere luy tous les autres, qui auec plus grand nombre se sont efforcez de s'esgaler & atteindre. Trop bien dit il puis apres; que Terpander Antisseien y recherchea plus de tons; n'y ayant eu iusques à son temps que sept cordes. Et és Apophthegmes Laconiciens, que Emerepes estant Ephore couppa deux cordes à Phrynis, lesquelles il auoit de nouueau adioustées à sa lyre; luy disant, ne corromps point ainsi la musique: Qu'ils luy permirent toutesfois de choisir celles qu'il voudroit que ce fussent, ou d'enhaut, ou d'embas. Quant à ce point des trois cordes qui estoient sans plus en la premiere lyre, Diodore au premier liure antiquitez, dit cecy. On faict Mercure auoir esté auth. ur de la lyre à trois cordes faites de nerfs, à l'imitation des trois saisons de l'année: car la voix aiguë ou le dessus, represente l'Esté; la graue ou la basse-contre, l'Hyuer; & la moyenne qui est la taille, le Printemps. Fulgentius au 3. liure de son Mythologique, examine le tout de plus haut, disant ainsi. Les Musiciens ont mis deux ordres en leur art: le troisiesme ils ly auroient adiousté comme presque par neceßité & contrainte, ainsi que dit Hermes: ἠ ὁδὸν τριῶν, ἡ ἀ λοιμβαν, ἠ αὐλομψαν se est à dire ou de ceux qui chan. tent, ou de ceux qui iouent des instrumens où rien ne va que des doigts: ou des sonneurs de fluttes & cornets, & autres tels instrumens à vent. Le premier doncques pard de la viue voix, laquelle est prompt de obscurcir à tout ce qui despend de la musique: Peut aussi rehausser & remplir les feintes ou demy-tons; accoustrer voix pareilles, adoucir les destonnemens; adoucir les tons & les voix; & enrichir les fredons & passages de l. gorge. La lyre suit puis-apres au second lieu: & combien qu'elle satisface à la plus grand'part de ces choses, ne peut pas t. utesfois fournir à tout ce que la viue voix peut de soy: trop bien pourroit elle accomplir le ieu de fluttes, qui sont la derniere partie de la musique. Car la lyre à cinq degrez au chanter à quatre parties, ainsi que dit Pythagoras, apres auoir amené les mesurées cadences à vn accord de la musique: dont la premiere est le Diapason ou octaue, ce qu'on appelle en Arithmetique Diplasion, à sçauoir la proportion d'vn à deux: la seconde Diapente (quinte) Hemiolion és nombres, nous disons deux à trois: la tierce Diatessaron, les Arithmeticiens Epitritos, de trois à quatre: la quatriesme est le ton, és Arithmetiques Epogdous, de cinq enuers quatre. Et pource les regles d'Arithmetique ne permettent pas de passer outre, à cause de la borne ou limite du nouenaire, car le nombre de dix est le commencement & premier degré d'vn autre ordre, il faut par consequent qu'il y ait encore vne cinquiesme mode d'accord qui s'appelle Harmonie, telle qui est de huict à neuf. Ce outre ce nombre vous ne trouuerez point d'autre conionction ny assemblement. Il s'ensuit doncques que la musique a sept parties, ou manieres; Diastemes, Sistemes, Phthongues, Tons, Demy-tons, Metaboles, & Melopées, dont Virgile au sixiesme a ainsi parlé.

Necnon Treicius longa cum veste Sacerdos
Obloquitur numeris septem discrimina vocum.

MAIS si finablement il m'est permis de discourir & allegoriser là dessus aussi bien que les autres, ie dirois en premier lieu que la tortuë en la lyre tient le lieu de l'vniuers: car la partie de la

coquille eſtans ſous le ventre, & qui eſt platte, repreſente la terre, laquelle encore qu'elle ſoit de
figure ronde & globbeuſe en toute ſa maſſe incorporée auec l'eau, paroiſt neantmoins pleine au
reſpeċt du ciel. Et c'eſt pourquoy les Pythagoriciens luy ont attribué la figure du Cube, comme
la plus ferme de toutes autres, d'autant qu'il y a ſix faces encloſes chacune de quatre coſtez eſgaux, & d'angles droits. Le dos de la tortuë ſe conforme au ciel, eſtans voutez l'vn & l'autre : &
les ronds iaunes qui y ſont ſurſemez, aux eſtoilles. Sa tardiue marche & esbranlement denote les
ouurages & progrez de nature, qui ſe font ſucceſſiuemēt, & peu à peu, non tout à coup: Mais puis
apres la tortuë eſtāt ainſi iointe & racueillie en ſoy, eſt priſe en ceſt endroit pour l'vnité és nōbres,
pour le point és Geometriques, & pour la forme en la Nature. Les deux cornes ſeruās de brāches,
ſont le nombre de deux; & la matiere, & la ligne courbe, cōme le cheuallet eſt la droite. Elles ſigni-
fient encore par leurs deux bouts, l'vn mouſſe & obtus attaché à la terre, & l'autre qui cēd en pointe contremont, le bas & le haut d'Hermes; la terre & le ciel de Moyſe; la montée des vapeurs de la
terre, & la deſcente des rays du Soleil, & des aſtres : le maſle & la femelle, le patient & l'agent. Et
dautant que ſes cornes ſont d'vn animal laſcif & fecond, tāt plus propres ſont elles à repreſenter la
generation des choſes, à quoy les qualitez deſſus-dittes ſont requiſes en la nature; qui toute conſiſtent en cela: auſſi le Binaire eſt appellé myſtiquement Iunon, & *numerus immundiia & ſalacita-
tu.* Ces deux cornes doneques, & le cheuallet, conſtituent vn triangle equilateral, qui eſt la premiere figure Epipedale, le principe & fondement de tous corps ſolides; comme celle qui a le
moins d'angles ou coings. Et eſt ce nombre icy de trois le plus excellent de tous autres, ne fuſt-ce
que pour ſe retrouuer ainſi en l'eſſence de Dieu. Il ſe rapporte puis apres au triple mōde; Intelligible, Celeſte, & Elementaire : Et au trois gentes des compoſez icy bas, le Mineral, vegetal, &
Animal : L'eſcaille de la tortuë tient le lieu de Mineral; le boüis dont eſt le cheuallet, du vegetal;
& les cornes de l'Animal, car elles en ſont parties. C'eſt le premier nombre cubique, contenant
longueur, largeur, & profondeur; en quoy conſiſtent toutes les dimenſions: le commencement
le milieu & la fin : le paſſé, le preſent, & aduenir : ligne, ſuperficie, & corps: nombre, poids, &
meſure. Hieronymus au reſte ancien autheur Grec, dit que la lyre ou cithare auoit la forme d'vn
delta △, ou triangle, ny plus ny moins qu'auoit l'Egypte; Ce qui confirme touſiours de tant plus
que c'eſtoit vne Harpe, & non pas la violle : Et qu'il y auoit vingt quatre cordes, mais c'eſtoit de
ſon temps. car iuſqu'à Terpander il n'y en eut que ſept. Simonides y adiouſta puis apres la huictié-
me; & Timothée la neuſieſme; ainſi que dit Pline au lieu cy-deuant allegué du ſeptieſme liure,
au 56. chap. Le cuir de bœuf ſuit puis apres, pour faire le Quaternaire, qui eſt appoſé autour de
l'aſſemblement des deux eſcailles, deſſoubs & deſſus, pour empeſcher que le ſon ne ſe perde par
là: dont Homere a ainſi parlé en l'Hymne de Mercure. αμφι ∂ε ∂ερμα τατινας θεος επαρηδαται εκσι.
Ce nombre repreſente les quatres Elemens, quatre humeurs, quatre complexions, les quatre
ſaiſons de l'année; & pluſieurs autres grands myſteres de la philoſophie Pythagoricienne, qui
conſiſte toute en nombres, proportions, & armonies. Et les cordes ſont pour la cinquieſme,
denotans l'ether, l'endelechie, la quinteſſence, & lumiere; les cinq ſens du parfait animal: Leſquelles cordes en nombre de ſept, laiſſent ſix interualles ou eſpaces qui ſont les ſix Tons de la
muſique, à ſçauoir cinq complets, & deux demy tons, qui equipollent à vn entier : Diateſſaron,
Diapente, Diapaſon, Diapaſon & Diateſſaron, Diapaſon & Diapente, & Diſdiapaſon : autrement
Seſquitierce, Seſquialtere, Double, double Seſquitierce, double Seſquialtere, & Quadruple. Nos
Muſiciēs modernes traittent cela par la gāme, vt, re, mi, fa, ſol, la. Les ſept cordes nous marquēt les
ſept Planettes, qui par leurs mouuemens produiſent tous ces Tons & armonics, eſtant ce nombre de ſept, compoſé de trois, & de quatre; dont le premier ſymboliſe à l'ame, à cauſe de ſa dignité & excellence; & de ces trois facultez, raiſon, ire, & concupiſcence; & le Quaternaire au
corps, fait & produit des quatre Elemens. Tellement que le Septenaire comprend en ſoy toute la
perfection & fabrique de l'hōme, auquel ſe rapportent toutes autres choſes crées. Il y a puis apres
ſept accords principaux qui reſultent des ſix deſſus dittes eſpaces, Ton, Diton, Semiditon, Diateſſaron, Diapente auec le ton, diapente auec la feinte ou demy ton, & le Diapaſon.

　Plutarque au liure de la creation de l'ame, les dit eſtre deux Hypates, trois Netes, vne Meſe,
& vne Parameſe: à quoy l'on auroit adiouſté pour la huictieſme note, celle qu'on appelle *Fro-
ſlambanom. nos,* dediée (ce dit-il) à la terre. Cette terre neantmoins ie la prendrois pour la huictieſme ſphere, ſuiuant l'authorité des Pythagoriciens, & meſme de Timée le Locrien, en ſon traité
de la Nature & de l'ame du monde; où il met trois ordres d'Elemens: Ceux d'icy bas en perpetuelle alteration & changement, tenans lieu de matiere, & deux autres là haut au ciel, informa-
tifs; attribuans la terre à la Lune, l'eau à Mercure, l'air à Venus, & le feu au Soleil. Et de rechef
par ordre retrograde le feu à Mars, l'air à Iuppiter, l'eau à Saturne, & la terre à la huictieſme ſphere. Dequoy dependent infinies belles conſiderations & ſecrets; & meſmes en la Nature metallique, où chaque metal reſpond à vne des planettes: l'or au Soleil, l'argent à la Lune, l'eſtain à Iuppiter, le cuyure à Venus, le plomb à Saturne, le fer à Mars, & l'argent vif à Mercure: Le tout ſelon les qualitez deſſus dittes. Et quant à la plus haute terre metallique, qui repreſente la huictieſ-

me sphere, où gist le principal fondement de cet art, pas vn des Philosophes Chimiques n'en a iamais rien voulu desbagouler en paroles ouuertes. Mais Homere en son Hymne, l'a bien appellée la mere des Dieux, & la fême du ciel estellé; χαῖρε θεῶν μήτηρ, ἄλοχ᾽ θρανῶ ἀστερόεντος. Finablement les neuf estoilles dont est construite la figure de cette lyre, sont les neuf Muses, ou Spheres mobiles, à qui elles sont appropriées selon d'aucuns. Car Platon en sa R. P. n'en met que huict és cieux, & le neufiesme icy bas en la terre, pour adoucir & tenir en paix, concorde & repos toutes les choses qui y sont. Voila doncques ce qui nous semble pouuoir estre discouru & fantasié sur cette lyre, laquelle (il y a desia trop long temps) s'en est allée placer là haut au ciel, auec tous ses accords, consonances, proportions, & esgalitez; Aussi bien comme a fait la Iustice apres elle. Car *V ltima de superis illa reliquit humum* : Et ne nous ont laissé icy bas que noises, contentions & discords, auec iniquitez, iniustices, inegalitez & autres telles mauuaises denrées. Mais il ne nous faut pas prendre ne considerer les belles & diuines proportions des nombres, pour les comptes & supputations d'vne banque; Ne les Geometriques pour nos communs vsages; Ne l'Astrologie pour obseruer les charbons du ciel, ainsi que les appelle Xenophanes; Ne la Musique pour chanter à quatre parties, ou pour donner quelque aubade & resueil d'instrumês. Car c'est vn vray sacrilege, selon que dit Platon, de les tirer à autre fin que pour esleuer sa pensée & son esprit à Dieu, là où gist tout le comble & la perfection de nostre souuerain bien.

H iij

Anthoine Caron inuentor.
Thomas de Leu sculp.

DIALOGVE.

D. *Filles que pleurez vous?* R. *Nous pleurons l'imprudence*
   Ou plustost l'arrogance.
D. *Mais pourquoy falloit il pour vne ambition*
   Telle punition?
R. *D'autant que c'est vn feu qui causant mille maux,*

Doit perir dans les eaux.
D. *Mais pour quelle raison ou bien quel nouueau spectre,*
   Vous changea en Electre?
R. *C'est que pour vn mortel qui prend si haut essor,*
   Il faut des larmes d'or.

PHAETHON

PHAETHON.

ARGVMENT.

E Soleil eut de la *Nymphe Clymené vn fort beau fils, qu'il ai-*
moit fingulierement ; lequel luy requit cette grace & faueur pour la
premiere qu'il luy eut oncques demandée, de luy donner vn iour en-
tier fon chariot à conduire, dont il enlumine le monde, auffi bien tous
les cieux comme la terre & la mer : Ce que luy ayant octroyé fort à regret & contre-cœur, car il l'auoit furpris par le ferment folemnel de Styx, qu'il n'eft pas loifible aux Dieux de violer ny enfraindre ; le pauure ieune homme craintif encores,
& inexperimenté en vne affaire de fi grand poids, de la frayeur qu'il eut des animaux qui font au Zodiaque, s'eftonna de forte, que les courfiers trop fiers & impetueux pour fon infuffifance, prirent le frain à belles dents, & s'en allerent à v au
de routte çà & là, hors de l'orniere accouftumée ; tellement qu'ils brufferent cet endroit du ciel qu'on appelle la voye laictée, auecques la terre prefque toute ; & luy
ainfi rofty qu'il eftoit, fe laiffa choir du haut en bas dedans la riuiere du Pau ; où
fes fœurs menerent vn fi grand dueil de fa defconuenuë, qu'elles finalement dexin-
drent arbres, que l'on appelle Aulnes ou Peupliers, lefquels, comme dient les Poëtes, rendent de l'ambre iaune en lieu de larmes. Tout cecy, fi nous voulons croire
les naturaliftes, n'eft autre chofe qu'vne tres-grande conflagration autresfois aduenuë, qui embrafa la plus grande part de la terre ; à quoy pour remedier, &
remettre les chofes en leur temperament accouftumé, furuint puis apres le deluge.
Car le feu & l'eau, comme nous auons defia dit cy-deffus, eftans les deux plus
puiffans elemens, font auffi à certaines renolutions & periodes, des exceffifs changemens & renouations. Mais felon la Philofophie morale, c'eft vn tres-bel admoneftement pour nous diuertir de l'ambition & vaine gloire, & ne demander à
Dieu chofe qui foit outre noftre portée ; Car le plus fouuent en penfant s'aduancer,
& acquerir quelque reputation, l'on ne fe donne garde qu'on fe void abyfmer en
vne tres-profonde mifere & ruine. Auffi cette cheutte de Phaëthon a donné lieu à
vn prouerbe, Quand nous laiffons la vacation à quoy nous fommes paraduanture heureufement appellez, pour nous extrauaguer & courir apres certaines legeretez fantaftiques, où nous ne fommes propres en façon quelconque. Ou quand
nous changeons de volonté inconftamment à toutes heurtes : Car Phaëthon eft le
fymbole d'vn efprit temeraire & leger, fuiuant mefme ce qu'en dit Ouide :

Sed leue pondus erat, nec quod cognofcere poffent

Solis equi, solitáque iugum grauitate carebat.

Lequel gouuernant mal à propos le chariot du corps où il est porté, le precipite par
sa faute à vn danger & calamité euidente. Platon semble vouloir approprier
cette fiction Poëtique à la deuolution des ames, qui sont transmises, & comme
roullées du ciel icy bas dans les corps ; les disant estre secoüées de leurs anciennes &
premieres demeures.

ES LARMES des Heliades paroissent d'or, lesquelles
à ce que l'on dit, degouttent pour l'occasion de Phaëthon : Car estant espris d'vn desir de mener les chariots, monta hardiment sur celuy de son pere ; mais
pour n'auoir bien sçeu tenir la bride assez roide, il se
fouruoya, & s'en alla tóber dans la riuiere du Pau. Cecy semble aux Philosophes auoir esté vn surcrez de
chaleurs excessiues : les Poëtes & les Peintres, confondent pesle-mesle les cheuaux, le chariot, & les
cieux tout ensemble. De faict prenez-y garde : Car la nuict chasse le iour de
deuers le Midy : & le globe solaire tombant en terre, tire quand & soy les
estoilles. Les heures d'autre-part abandonnans les portes du ciel, s'enfuyent
droict aux tenebres qui leur viennent au deuant : Et les cheuaux se deffaisans
de leurs limons, sont transportez d'vne impetuosité forcenée ; dont la terre
se pasme d'angoisse, & leue les deux mains au ciel, pour la vehemente chaleur qui l'estouffe. Ce temps pendant le pauure iouuenceau est renuersé hors
du chariot, roulant à bas par le vuide de l'air ; les cheueux tous grillez, & la
gorge pleine de flamme & de fumée : Tellement qu'il viendra tomber dans
le Pau, & apprestera matiere de fable à ce fleuue. Car les Cignes doux-re-
spirans feront vne chanson de luy : Et esleuez à grands trouppeaux s'en iront
desgoiser tout cecy sur le Caystre, & le Danube ; De sorte que le compte
n'en sera ignoré nulle part. Et en chemin se seruiront du leger, & à leurs
chans propice Zephire, pour ce que c'est luy à ce que l'on dit, qui a accommodé & mis d'accord à ces oyseaux vn concert de leurs gemissemés lamentables. Voila ce qu'on peut voir en eux, parquoy il est temps desormais qu'ils
chantent tout ainsi que des orgues. Les femmelettes au demourant que
voila sur le bord de l'eau, n'estans encores du tout arbres, le bruit est que ce
sont les Heliades, qui pour l'amour de leur frere se transforment ainsi, & se
terminent en tige, branches, & rameaux degouttans des larmes à foison.
Ce que la peinture a bien pris ; Car leur ayant ietté des racines aux extremitez, elles monstrent d'estre arbres iusques au nombril ; & les rameaux saisis-
sent les mains. Las voyez vn peu les cheueux, comme tout cela sent bien
son peuplier ; comme sont dorées leurs larmes : dont celle qui inonde le siege des yeux, resplendist là endroit sur les verdoyantes prunelles, & en eslance certain rayon d'esclair : L'autre qui s'est respanduë dessus les
ioües, brille & flamboye autour de leur couleur vermeille : Mais celles qui
se sont figées contre l'estomac, sont desia conuerties en or. Le fleuue se lamente aussi, lequel souffre peine, & estend son geron à Phaëthon : Et de
fait

fait sa couleur, represente vn qui le veut receuoir. Or il cultiuera tout incontinent les Heliades ; conuertissant en pierre, par les exhalations & froidures partans de luy, ce qui desgoutte d'elles : Et par ses cleres ondes roul-
lera en bas, aux Barbares habitans l'Ocean, les pieces & lopins des
Peupliers.

ANNOTATION.

Evx passages de Lucian nous esclairciront tousiours de tant plus ce tableau,
lesquels apres auoir icy premis, tant pour leur elegance & plaisir, que pour estre
si à propos au present subiect, nous viendrons puis apres aux particularitez d'iceluy. Il dit doneques ainsi és Dialogues des Dieux, ou Iupiter tance aigrement le
Soleil de la faute qu'il a commise.

IVPITER. Et qu'est-ce que tu viens de faire, le plus meschant & malheureux de tous les Titanes, qui LVCIAN.
as ainsi gasté-perdu tout ce qui estoit au monde, pour auoir donné ton chariot à conduire à vn ieune garçon,
ignorant & folastre ; lequel a bruslé tout vn endroit, pour s'estre laissé transporter à toute bride, trop prés de la
terre ; & transsy l'autre de froidures, en ayant retiré la chaleur plus loing qu'il ne falloit ? Somme que rien il
n'y a de reste qui n'ait par luy esté troublé, confondu & meslé. Et si ie ne l'eusse ietté du haut à bas d'vn coup de
foudre, voyant ce qui se faisoit, chose quelconque ne fust demeurée de tout l'humain genre : Si bien in nous
auois endoüez de ce gentil conducteur de chariot. LE SOLEIL. I'ay failly de vray, sire Iupiter, mais ne
vous courroucez pas d'auantage si ie me suis laissé aller à vn ieune enfant, qui me pressoit de telle sorte. Car
comme eusse-ie pensé que tel mal en deust aduenir ? IVPITER. Et ne cognoissois-tu pas bien de quelle grande
industrie & aduis a besoin cette affaire ? que si quelqu'vn se ioüe de se fouruoyer tant soit peu, toutes choses pe-
riroient soudain ? Ignorois-tu non plus l'impetuosité des cheuaux, ausquels il faut d'vne grande force tenir la
bride roide ? Car si on la leur lasche plus qu'on ne doit, prenans le frein à belles dents, ils s'en vont l'vn d'vn costé
& l'autre d'vn autre, Ainsi qu'ils ont transporté cettui-cy, maintenant à main gauche, & tantost apres à la droicte : Par fois aussi tout au rebours de la carriere qu'ils auoient commencé à prendre ; Et finablement dessus &
dessoubs, en haut & en bas, par tout où bon leur a semblé : Car le pauure ignorant ne sçauoit comme il falloit
vser d'eux. LE SOLEIL. Ie sçauois de vray tout cela, & pourtant le luy resistay le plus que ie peu, sans
luy vouloir octroyer la conduite d'vne telle besongne. Mais apres qu'il se fut mis à me prier instamment
à chaudes larmes, & sa mere Clymené quand & luy ; l'ayant mis alors dessus le chariot, ie l'instruis & admo-
nestay comme il se falloit comporter en chemin : combien estre porté en haut, lors qu'il pousseroit les cheuaux
contremont ; & rechef puis apres se rabaisser à val la descente : Comment il luy faudroit gouuerner les resnes ; & sur tout de ne permettre point à ses bestes d'vser de leur impetuosité volontaire. Et si luy dis plus
quel peril il y auroit, s'il ne suiuoit la droicte routte. Mais luy (car ce n'estoit encores qu'vn enfant) estant
monté sur vne telle fournaise, & se voyant dessoubs luy vne profondité si enorme & hideuse, en eut frayeur, ainsi
qu'il est bien raisonnable : Et la dessus les cheuaux qui sentirent bien que ce n'estoit pas moy qui les conduisois
mesprisans le iouuenceau, s'escarterent hors du chemin, & commirent tous ces maux-cy. Alors il abandonne
les resnes, craignant à mon aduis de tomber, & se prit au timon du chariot. Mais il en a desia porté la peine,
& pour mon regard (sire Iupiter) ie suis assez puny du dueil & regret que i'en ay. IVPITER. Asseur̃ à tey
qui as osé entreprendre vne telle chose ? Or pour le present ie te le pardonne : Que s'il t'aduient ianus de commettre vne faute si lourde, d'establir vn tel Lieutenant en ta place, sçaches pour vray que tu sentiras sur le
champ, combien nostre foudre a vn feu plus ardent que le tien. Que doneques les sœurs de cet autre luy donnent sepulture emprés le Pau, au propre lieu qu'il est tombé, estant poussé hors du chariot : Ly larmoyans de
l'ambre iaune, & que de douleur puis apres, elles soient conuerties en Peupliers. Toy au-sie, ayant r'habillé
ton chariot, car le timon en est rompu, & l'vne des roües brisée, reprends-le de nouueau à conduire, apres y
auoir attelé les cheuaux, & regarde à te souuenir de ce que ie te dis maintenant.

VOILA comment passa cet affaire : Mais quant à l'ambre-iaune qui desgoutte des Peupliers
dans le Pau, & les Cignes deplorans par leurs chants le desastre de Phaëthon sur les bords d'iceluy, le mesme Lucian qui ne croit pas legerement à telles choses, en a escrit de cette sorte, au traicté de l'Electre ou des Cignes.

LA FABLE qu'ont songée les Poëtes de l'ambre-iaune, nous a pareillement induits à penser qu'il y auoit LVCIAN.
sur les riuages de l'Eridan, des Peupliers qui degoutoient à guise de larmes, pleurans Phaëthon, de qui elles auoient autresfois esté sœurs : Et qu'accompagnans de leur dueil l'infortune du tounceeau, elles furent
transmuées en arbres, dont encores pour le iour d'huy vient à se couler de leurs larmes cette liqueur d'ambre-
iaune. Cecy de vray l'ayant leu dans les Poëtes, ie conceus de la vn espoir, que si quelquefois i'abordois aux riuages du Pau, & que ie puisse m'accoster de quelques-vns de ces arbres, luy ayant descouuert le sein, & entamé

fon efcorce, i'en recueilliroit quelques larmes, & anroit de l'Electre auffi bien que les autres. Au moyen dequoy eftant vn peu apres arriué en ces marches-là, pour certains autres miens affaires, où l'occafion fe prefenta de paffer le Pau, combien que ie euffe tres-foigneufement ictté l'œil de cofté & d'autre, ie n'apperceus toutesfois aucuns Peupliers : Et fi vis auffi peu d'Electre : le nom mefmes de Phaethon n'eftoit cogneu en forte quelconque des habitans de là autour. Et là deffus ayant demandé, Quand eft-ce doncques, mes amis que nous arriuerons aux Peupliers qui rendent l'Electre ? Les batteliers s'en prirent tout incontinent à rire, en me difant que ie leur fiffe vn peu mieux entendre ce que ie voulois inferer par là. Ie leur racontay la fable de fil ce efquifte. Comme ce Phaethon eftoit fils du Soleil, & qu'eftant parnenu en l'aage d'adolefcence, il auoit faict requefte à fon pere de luy donner fon chariot à conduire, pour parfurnir vn iour entier fa carriere ordinaire; A quoy le pere s'eftant condefcendu, luy auroit octroyé ce qu'il demandoit. Mais que le paure ienne gars à mychemin s'eftoit laiffé tomber du chariot, & eftre mort de cette cheute. De quoy fe lamentans griefuement fes fœurs, en quelque endroit ie ne fcay où de voftre contrée, où il auoit efté precipité le Pau, auroient efté conuerties en des arbres Peupliers; & du depuis pleurans toufiours leur frere, iettent de l'Electre en lieu de larmes. Quiconque vous a dit cela (me refpondirent-ils) on void affez que c'eftoit vn donneur de caffades, & qu'il vous a voulu entretenir de menteries & fauffetez : car nous n'ouifmes onques parler ny ne cochir, ny de charton qui tombaft du ciel; Et ces Peupliers que vous dites, ne font chez nous en nul endroit. Que fi nous auions vne commodité telle, penferiez-vous que pour gaigner vne couple de grands blancs, nous voulufions ainfi peniblement tirer à l'auiron, ou remorquer au collier des barques amont l'eau; Puis que nous aurions le moyen de nous enrichir, & gaigner noftre vie aucques moins de peine & de foucy, recueillans feulement ces larmes que vous dites. Refpondu qu'ils m'eurent tel; ie demeuray tout honteux de leurs paroles, & confis en moy-mefme me tins quoy, de ce qu'à la verité ie me voyois auoi faict vn acte bien puerile, de croire ainfi à de fi eftranges & enormes menteries des Poëtes, comme ceux qui n'ont iamais le cœur à dire rien, ny eferire de vray-femblable. Au moyen de quoy ie fus bien marry de me voir fruftré de cette femble esperance mienne, qui n'eftoit pas petite, ny plus ny moins que fi l'Elecire m'eftant tout acquis, me fuft venu à tomber hors des poings, dont ie pourpenfois defia en moy-mefme ce que i'en deuois faire. I'auois bien au furplus vne ferme opinion de trouuer au moins plufieurs Cignes, chantans melodieufement à le long du fleuue, en forte que i'en rechça dire aux batteliers, car nous nauigions encores; Si eft-ce, mes amis, qu'il y doit bien auoir des Cignes icy autour, qui vous refiouiffent ordinairement de leurs douces gorges, à l'vn & l'autre bord de cette eau : Car l'on dit qu'ils furent autresfois miniftres & fuppofts d'Apollon, gens fort excellens & experts en l'art de Mufique; mais que puis apres ils furent transmutez en oyfeaux, & que pour cete caufe ils continuent encores pour le prefent cette melodieufe armonie, n'ayans rien defapris de leurs chanfons accoustumées. Sur quoy s'eftans eflattez de rire, Et quoy beau fire (ce vont-ils refpondre) ne ceffez-vous auiourd'huy de deferier à force de menfonges noftre pais, & cette riuiere? Certes ayant efté toufiours noftre vacation de voguer, & dés noftre enfance prefque nous eftans continuellement employez fur le Pau, nous y auons de vray peu remarquer que çà & là quelques Cignes és miures, & regorgements de ce fleuue, mais en fort petit nombre, iettans certaine voix tremblante, enrouée, & peu agreable, de forte que fi vous vouliez comparer aucques eux les Corbeaux ou les Iais, vous prendriez ceux-cy pour Sereines. Au refte, nous ne leur auons iamais oiy de-goifer, non pas mefme en fonge, cette douceur fi defirée & agreable que vous dites : tellement que nous ne nous pouuons affez efmerueiller d'où font procedées toutes ces belles lanterneries, que les hommes prennent plaifir de feindre & controuuer de nous autres.

Av traicté de l'Aftrologie il rapporte cecy à vne telle Allegorie.

LVCIAN.

ENDIMION a deferit le mouuement de la Lune; Phaethon obferué le cours du Soleil, non du tout à la verité : Car la mort dont il fut preuenu, luy fit laiffer l'art imparfaicte. Mais ceux qui ignorent cela, le croyent auoir efté fils du Soleil, & racomptent de luy vne fable qui n'eft pas vray femblable: qu'il s'en alla vers fon pere le Soleil, & le requift de luy laiffer conduire le chariot de la lumiere : ce qu'il luy octroya, l'inftruifant comme il le deuroit gouuerner. Que Phaethon eftant monté fur ce char, partie pour fa trop grande ieuneffe, partie pour fon inexperience, fe comporta de forte, que tantoft s'approchant de la terre, tantoft s'en efloignant par trop, cependant les chaleurs & froidures intollerables ruinoient tout le genre humain : dont Iupiter s'eftant mis en colere, le frappa d'vn grand coup de foudre. Et comme il fut tombé en bas, fes fœurs fe mettans à l'entour du corps le pleurerent amerement, iufques à ce qu'elles fe changerent de leur forme premiere, & deuindrent Peupliers, iettans en lieu de larmes, dont elles lamentoient leur frere, des gouttes d'Electre ou ambre-iaune. Mais cela ne paffa pas ainfi, & n'eft pas raifonnable d'adioufter foy à ceux qui le difent : Car le Soleil n'eut iamais d'enfans, & ne luy eft point mort de fils. Auffi dit-on (& Hefiode mefme, comme tefmoigne Paufanias és Attiques) que l'Aurore s'eftant enamourée de la beauté de Cephalus, le rauit, & en eut Phaethon, qu'elle commit à la garde & miniftere de fon temple.

DE FAICT le Soleil eft vne chofe trop faincte pour luy attribuer telles paffions & accidens :

L'Oraifon des Brachmanes au Soleil.

luy qui eft l'œil & le cœur du monde; le fils vifible du grand Dieu inuifible, comme dit Platon : auquel mefme il a eftably fon fainct Throfne, & Tabernacle, felon le Pfalmiste. Que fa Maiefté doncques te vueille longuement maintenir fain & fauue, tres-excellente Planette (foulioient dire les fages Brachmanes de l'Inde) Grand & puiffant par ta propre lumiere : tres-plantureux en toutes fortes de felicitez, Qui tant beau, & tant defiré de tous, fi liberal bienfaicteur, te leues tres-reffplendiffant par le
moyen

moyen de tes lumineux rayons, que tu espans de tous les costez de ce monde. Tu es ce l'eau clair Soleil qui par ta reluisance, par la vertu de ton esprit & haleine, par ta vigueur viuisiante, gouuernes & maintiens ce grand Tout. Toy le Phanal du ciel, toy la lumiere de toutes choses, cause & autheur de tout ce qui se produit quelque part que ce soit: Qui par la puissance que t'a eslargie le souuerain Monarque, oblige à toy la nature entierement: Qui d'vne course infatigable, recognois & visites iournellement les quatre coings de l'vniuers. Ta lumiere & beauté tu empruntes immediatement de la propre face d. la diuinité, & depars d'vne pleine largesse (sans aucun voile ne couuerture qui se vienne opposer entre deux) vne vie tres-resplendissante à la lune, & l'vsage de la clarté infaillible: Allumant quand & quand de la lueur de ton flambeau inextinguible, tous les autres globes celestes. Regarde nous donc en cette iournee d'vn œil benin & gracieux, & par l'excellente beauté qui se monstre en toy, esleue nous le cœur & l'entendement à la contemplation de cette autre plus grande, qui ne se peut comprendre, que par la seule plus profonde & deuote pensee.

MAIS pour retourner encore sur la premiere brisee de la fiction de cette cheute de Phaëthon, voicy ce qui s'en trouue dans le 4. des Argonautes d'Apollonius Rhodien.

>   -- ἐς δ᾽ ἔβαλεν μύχατον ῥόον ἠεριδανοῖο,
>   ἵν᾽ ἄποτ᾽ αἰθαλόεντι τυπεὶς πρὸς ςῆρνα κεραυνῷ
>   ἡμιδαὴς Φαέθων πέσεν ἅρματος ἠελίοιο
>   λίμνης ἐς προχοὰς πολυ..δέος, ἡ δ᾽ ἔτι νῦν περ
>   τραύματος αἰθομένοιο βαρὺν ἀνέηκεν ἀτμὸν. &c.

Ils entrerent (dit-il) bien auant dans le canal de l'Eridan, là où Phaëthon ayant esté frappé en l'estomac d'vn coup d'ardante foudre, tomba à demy brûlé du chariot du Soleil, dans le pourpris d'vn marez qui faict fort grand mal à la teste; Car il rend encores pour le iourd'huy vne vapeur de cette brûsure; Et n'y a point d'oyseau, quelque bonne aisle qu'il ait, qui puisse outrepasser par dessus, mais tombe en volant au beau milieu de cet embrasement. Là à l'entour sont les pauures infortunees Heliades, enduites & reuestues de Peupliers hauts & droicts, qui font vne tres-pitoyable lamentation. Et les yeux leur degouttent en terre à force larmes d'vn cler & luisant ambre-iaune, lesquelles se viennent endurcir sur le sable, aux raiz du Soleil. Mais quand par l'impetuosité des vents, les eaux de ce noir marez viennent à inonder le riuage, le plus impetueux alors elles s'en vont à vau l'eau du fleuue, par la roideur du courant. Les Gaulois ont faict courir bruit que ce sont les larmes d'Apollon, qu'il respandit iadis en grande abondance, lors qu'il alla aborder le deuot peuple des Hyperboreens, quittant là le ciel auec beaucoup de mescontentement de Iupiter son pere; Car il estoit courroucé de la mort de son fils Esculapius, que la gentille Nymphe Coronis luy auoit enfanté en la riche contree de l'Acrée, sur les bouches du fleuue Amyrus. Voila ce que ces gens en tiennent parmy eux.

MAIS Strabon au 5. liure afferme que cet Eridan ne se treuue nulle part, ne aussi peu les isles Electrides situées (comme l'on dit) vers l'entrée du Pau en la mer, ensemble les oyseaux appellez Meleagrides: tellement que tout cela n'est qu'vn songe. Neantmoins on attribue à Pherecydes, comme dit Hyginus au 154. chapitre d'auoir esté le premier autheur de ce nom Eridan à vn fleuue.

CAR les Cignes doux respirans feront vne chanson de luy. Que les Cignes sont attribuez à Phaëthon, la cause de cela est descuite au 2. de la Metamorphose d'Ouide, où il dit que Cygnus Roy des Lyguriens (maintenant Geneuois) & proche parent de Phaëthon, se contrista si fort de cette sienne desconuenue, que ce pendant qu'il le pleure & lamente iour & nuict le long des riues du Pau, & des Peupliers où ses sœurs auoient desia esté transformées, il fut luy-mesme conuerty en vn oyseau de son nom.

>   Fit noua Cygnus auis, nec se cælóque Iouíque
>   Credit, vt iniustè missi memor ignis ab illo.
>   Stagna petit, patulósque lacus; ignémque perosus,
>   Quæ colat, elegit contraria flumina flammis.

Mais bien plus excellemment Virgile au dixiesme de l'Eneide.

>   Non ego te Lygurum doctor fortissime bello,
>   Transierim Cygne, & paucis comitate Cupauo:
>   Cuius Olorina iuxunt de vertice pennæ:
>   Crimen amor vestrum, formaeque insigne paternæ.
>   Námque ferunt luctu Cycnum Phaëthontis amati
>   Populeas inter frondes, vmbrámque sororum,
>   Dum canit, & mæstum Musa solatur amorem,
>   Canentem molli pluma duxisse senectam,
>   Linquentem terras & sydera voce sequentem.

ET ESLEVEZ à grands trouppeaux s'en iront desgoiser tout cecy sur le Caystre, & le Danube. Caystre est vn fleuue de Lydie pres la ville de Sardis, lequel chatriant quand & soy tout plein d'autres riuieres, passe par le marez nommé Asie; autrement Erionien, & de là s'en va lauer les murailles d'Ephese; fort abondant au reste en Cygnes. Virgile.

APOLLONIVE.

Atque Asia circum
Dulcibus in stagnis rimantur prata Caystri.
Ovide au cinquiesme de la Metamorphose.
Haud procul Aetneis lacus est à mœnibus altus
Nomine Pergusa. Non illo plura Cayster
Carmina Cycnorum labentibus audis in vndis.
Mais il vaut mieux venir à la source de la Poësie, qui sont les Grecs. Homere au 2. de l'Iliade :

> Τῶν δ' ὥς τ' ὀρνίθων πετεηνῶν ἔθνεα πολλά,
> χηνῶν, ἢ γεράνων, ἢ κύκνων δουλιχοδείρων,
> Ἀσίω ἐν λειμῶνι, Καϋστρίω ἀμφὶ ῥέεθρα,
> ἔνθα καὶ ἔνθα ποτῶνται ἀγαλλόμθναι πτερύγεσσι,
> κλαγγηδὸν πϱοκαθιζόντων, σμαραγεῖ δέ τε λειμών.

Les bataillons des Grecs (ce dit-il) ressembloient de grands trouppeaux de volatilles; oyes, gruës, ou cygnes aux longs cols, qui vollent çà & là parmy les prairies Asiatiques, le long des bords de Caystre, tous rebaudis en leurs pennages, & accroupis sur l'herbe verte, font resoner le contour de la melodie de leurs douces gorges. A-nacreon en l'Ode d'Apollo.

> Ἀ' τε τις κύκνος Καϋστϱᵲ
> Πολιοῖς πτεϱοῖσι μέλπτων
> Ἀνέμω συναύλιον ἠχλυ.

Comme quelque Cigne du Caystre, qui en chantant accorde sa voix, & le son de ses aisles chennës auec le vent. D'où il semble que ce passage icy de Philostrate ait esté tiré, pour le moins côtrefait là dessus.

Et en chemin se seruiront du leger, & à leurs chants propice Zephire: Car c'est luy à ce que l'on dit qui a accommodé & mis d'accord à ces oyseaux vn concert de leurs gemissemens lamentables. Au Grec il y a, ζε-φύϱῳ τὶ χεῶνονται πϱὸς τὴν ᾠδήν: ἐλαφϱῶ, ἢ τοιῷδε λέγεται χὰϱ ξυναυλίας τῷ θρίνῳ τοῖς κύκνοις θειολογῶνται. Sur quoy i'ay tourné ce mot de ξυναυλία pour *Concert*, qui à la verité est Italien. Car nous n'auons rien d'assez propre en nostre vulgaire François pour representer ce qu'il veut dire. Et de faict ξυναυλία ne signifie pas simplement vn accord de Musique, comme qui voudroit bien accorder vn luth, espinette ou autre instrument; ne semblablement les quatre parties ordinaires de quelque chanson ou mottet; ains comme dit Synesius, vne lyre ou autre instrument qui ioüe d'accord auec vne flutte, ainsi que porte estroittement l'etymologie ou deriuation du vocable. Mais à le prendre au large, ce sont plusieurs instrumens accordez ensemble, comme pourroient estre vne espinette, vn luth, vne harpe auec des violles, fluttes d'Allemãd, & à neuf trous, des cornets sourds, & saquebouttes; & en plusieurs autres diuerses manieres, la voix de l'homme entre-meslée parmy, qui est la souueraine perfection de toutes les Musiques qui furent oncques trou-uées. Aristophane en la Comedie des Cheualiers, ξυναυλίαν κλωσμφδᾶι ΟὐλύμπϚ νόμων. *Chantons vn air Olympien sur les fluttes.* Car Olympe fut disciple de Marsyas, qui a escrit des chants funebres, dont seroit venu le Prouerbe ΟὐλύμπϚ νόμος. Toutesfois Philostrate l'accommode à vne autre besongne. Item Ephippus en son Ampolis.

> κωϱωνῇ χὰ τὸ μειρᾴκιον
> τῷ πᾶσιν αὐλοῖς μουσικὴ, κἂν τῇ λύρᾳ
> τοῖς ἡμετέϱοισι παιχνίοις. ὅτϵϟ χὰ δὲ
> συναρμόϲωσι τοῖς συνᾶσι τὸ ἔχϳον,
> πᾶ' μεγίϲη τέϱψις ἐξδϳελίσκεται.

Si d'auanture (dit-il) *la musique des voix* (ô adolescent) *vient à se ioindre & communiquer auec les fluttes, ou la lyre, en nos passe-temps pueriles: Car quand l'air que l'on chante rencontre vne harmonie bien accordée, c'est alors qu'on y trouve vne tres-grande volupté & plaisir.* Mais quelle est cette ξυναυλία ou con-sonance, ou concert; Semus Delien le declare en ces terme, au 5. liure de la Deliade. *Comme la consonance fut ignorée de la pluspart, il a esté besoin de dire, τὶς ἀ χϠ συμφωνίας ἀμειᾷϲως αὐλῦ ἢ ῥυθμϠ χϠ εἰς λόχϛ τῷ πϱοϲρελϟφϟ᾽ντες. Que le combat de la Musique estoit alternatif de la flute, & de la voix chantant auec, sans autrement s'astreindre à la mesme cadence.* Antiphanes au Menestrier.

> ποίας φϱαϲὶ χϠ τίω ᾐδὲ συναυλίαν;
> ζϟίτίω ὑπέϲϲατϟ χϠ, ἀλλ' κυλοιῶ ἔτι.

Dy moy quel chorus il a appris. Il le sçait de vray, mais fort maigrement encores.

Les *femmelettes au demeurant que voila sur le bord de l'eau n'estans encores du tout arbres, le bruit est que ce sont les Heliades.* Cette transformation des sœurs de Phaëthon en Peupliers, est tres-elegam-ment descrite au 2. de la Metamorphose.

Luna quater iunctis impleuat cornibus orbem,
Illa more suo (nam morem fecerat vsus)

Plangorem

Plangorem dederant, Equeū Phaëtuſa ſororum
Maxima, cùm vellet terræ procumbere, queſta eſt
Diriguiſſe pedes: ad quam conata venire
Candida Lampetie, ſubita radice retenta eſt.
Tertia cùm crinem manibus laniare pararet,
Auellit frondes. Hæc ſtipite crura teneri,
Illa dolet fieri longos ſua brachia ramos.
Dúmque ea mirantur, complectitur inguina cortex,
Pérque gradus vterum, pectúſque, humeróſque, manúſque,
Ambit, & extabant tantùm ora vocantia matrem.

Virgile à ce meſme propos en la ſixieſme Eclogue.

Tum Phaethontiadas muſco circumdat amaræ
Corticis, atque ſolo proceras erigit Alnos.

Où il les conuertit icy en Aunes; Et au 10. de l'Eneide en Peupliers, comme deſia vous auez peu voir cy deuant.

Ouide ne nomme icy que deux des Heliades, *Phaëthnſa* & *Lampetie*. Mais Hyginus au 154. chap. met ces ſept icy, Merope, Helie, Aegle, Lampetie, Phœbée, Etherie, & Dioxippe; qui furent toutes conuerties en Peupliers; Et leurs larmes (ce dit Heſiode) endurcies en ambre-iaune. Quant aux Peupliers, Pauſanias és Eliaques, en diſcourt plus particulierement & dit : *Que les Eleens n'eſtiment pas eſtre loiſible d'employer aux ſacrifices de Iupiter autre bois que de cet arbre ſeul, pour cette occaſion & non autre, qu' Hercules l'apporta premierement de la contrée de Theſprotie en la Grece. Et que lors qu'il ſacrifia à Iupiter en l'Olympie, il bruſla les cuiſſes des victimes immolées auec du bois de Peuplier.* Or l'auoit-il trouué ſur la riuiere d'Acheron, en la Theſprotie: Au moyen dequoy il a eſté appellé par Homere *Acheroide.* Mais les fleuues n'ont pas touſiours eſté propres à produire des herbes & des arbres dés le commencement, en la meſme maniere comme ils ſont à cette heure. Car il y a pluſieurs Tamarins en la plus part des riues de la riuiere de Meandre: Et celle d'Aſopus en la Bœoce nourrit des ioncs bien auant dans l'eau. L'arbre Perſie ne ſe plaiſt qu'au Nil ſeulement: & ainſi du Peuplier, de l'Aune, & Oliuier ſauuage; ce ne ſera pas choſe eſtrange, que celuy là ſoit premierement creu en Acheron, & l'Oliuier ſauuage en l'Alphée, l'Aune és Gaules, en l'Eridan Gallique.

I E T T A N S *force larmes.* Les pauures ſœurs de Phaëthon pleurerent tant qu'elles demeurerent tranſſies & exaninées, ſans qu'on les peuſt iamais reconforter: Ce qui a donné lieu à leur transformation ſus-dicte. Sur quoy s'eſt ainſi dit Ouide.

Nec minus Heliades lugent, & inania morti
Munera dant lacrymas, & caſa pectora palmis
Non audiſurum miſeras Phaëthonta querelas
Nocte, diéque vocant, aſternuntúrque ſepulchro.

A propos deſquelles larmes vaines & inutiles, comme les appelle ce Poëte, & aucunes-fois trop opiniaſtrement reſpanduës; car toute la mer conuertie en larmes ne ſçauroit reuoquer le moindre eſprit de vie, ſi vne fois (ainſi que dit Homere) il a franchy le rempart & cloſture des dents: nous en trouuons vn tant beau & excellent lieu, dans les fragmens de Menander, qu'il m'a ſemblé ne le deuoir outre paſſer en cet endroit, pour le peu d'eſpace qu'il y occupera; & non importunement du tout.

εἰ τὰ δάκρυ᾽ ἡμῖν τῶ κακῶ̈ τῶ φάρμακον,
ἀεὶ δ᾽ ὁ κλαύσας τῷ πονῷ ἐπαύετο,
ἠλλαττόμεσθ᾽ ἂν δάκρυα, δόντες χρυσίον.
νῦ δ᾽ ὐ πρόσοιχά τὰ πράγματ᾽, ὐδ᾽ ἀποβλέπει
εἰς ζῶτα, διακοντ᾽, ἀλλὰ τίω αὐτίω ὁδὸν,
ἐὰ τε κλαίης, ἂ τε μὴ, πορθεύσεται.
τί ὖν πλέον ποιῆμεν, ὐδέν. ἡ λύπη δ᾽ ἐχ
ὥσπερ τὰ δένδρα καρπὸν τὰ δάκρυα.

Si les larmes nous pouuoient ſeruir de quelque remede à nos trauaux & ennuis; & que nos maux fuſſent plaiſie aux pleurs & gemiſſemens; il nous conuiendroit ces larmes achepter au prix de l'or. Mais aux moindres faſcheries tout cela ne ſert de rien; & ne peut en nulle ſorte les vaincre ne ſurmonter. Ores ſoit que de triſteſſe nous lamentions, ſoit que non, pour cela elles ne laiſſent d'aller touſiours leur beau train. Que deuons nous doncques faire à ces inconueniens? Rien: Car la melancholie produit ordinairement des larmes, comme les arbres font leurs fueilles & leurs fruicts.

L E F L E V V E *ſe lamente auſſi en ſouffrant peine, & eſtend ſon geron à Phaëthon:* Car ſa couleur repreſente vn qui le veut receuoir. Il ne ſpecifie pas, quel eſt ce teint ou couleur du fleuue, qui ſouffrant peine tend ſon geron à Phaëthon tombant du ciel, pour le receuoir là dedans; neantmoins il eſt à

I

presumer que ce soit de noir, suiuant ce que Plutarque dit à ce propos au traitté de ceux que la diuine vengeance chastie à tard. *Nous auons de coustume de nous mocquer des Barbares qui habitent les visages de l'Eridan, de ce que pour raison du dueil de Phaëthon (comme ils dient) ils se vestent de noir : Car c'est chose bien plus ridicule (à mon aduis) que ceux qui vinoient de son temps, ne se sont neantmoins souciez aucunement d. son desastre, & les autres qui cinq, ou dix aages d'hommes sont venus apres qu'il fut mort, auoir commencé de changer de robbes, & le pleurer. Mais en cela il n'y a que de la sottise tant seulement : de malicieux ne meschant, rien du tout.* Il semble de vray dire cecy comme en se mocquant ; mais Porphire tesmoigne la couleur noire estre dediée au Soleil, pour ce que son ardeur bazane & noicit les personnes, tellement que pour cette occasion, le corbeau qui est excellemment noir sur tous autres oyseaux, luy est consacré. Aussi les Bracmanes principalement reueroient la couleur noire, en l'honneur du Soleil, auquel ils portoient vne tres-singuliere deuotion.

CONVERTISSANT en pierre ce qui degoutte d'elles, & l'emmenera aux Barbares qui habitent l'Ocean. Il a esté desia monstré cy dessus de Lucian, comme tout cecy de l'Electre ou ambre-iaune qui degoutte des Peupliers dans le Pau, n'est qu'vn côpte fait à plaisir, sans aucun fondement de raison, ny apparée de verité quelconque. Car l'ambre-iaune vient de la Prusse, comme l'a fort bien desduit

TACITVS.

Tacitus en sa Germanie, où il dit d'asseurance, *Qu'il n'y a que ce peuple là qui recueille l'ambre-iaune, lequel ils appellent GLESE, és plages & greues de la mer : sans qu'ils se soient iamais souciez d'enquerir (comme Barbares qu'ils sont) quelle est sa nature, ne par quel moyen il s'engendre : mais apres l'auoir amassé tout ainsi brut qu'il leur vient és mains, sans autrement le polir, se portent vendre, & s'esmeruveillent du prix qu'ils en reçoinent. Toutesfois que c'est la gomme d'vn arbre, car on void souet à trauers, des petites mousches, & autres tels bestions, qui s'y sont engluez pendant qu'il estoit encores liquides & s'estant endurcy peu à peu depuis sont ainsi demeurez ensevelis là dedans.* Pline au 2. chap.

PLINE.

du dernier liure, en parle de cette sorte. *Plusieurs Poëtes ont voulu dire que les sœurs de Phaëthon, lequel fut tué d'vn coup de foudre, pleurerent si opiniastrement sa mort, qu'elles furent transmuées en Peupliers, dont se degoutte l'Electre ou Ambre-iaune le long des riues de l'Eridan, lequel nous appellons Pau, & qu'il fut dit Electrum, pour ce que le Soleil se nomme aussi Electros. Mais que tout cela ne fut qu'vn abus, l'Italie le peut tesmoigner : Car ceux qui ont esté plus curieux de rechercher ces choses, ont voulu dire qu'il y a des Isles Electrides en la mer Adriatique, vers lesquelles se coule & aualle le Pau, & neantmoins c'est chose toute certaine, qu'il n'y en eut iamais là endroits d'ainsi nommées : ny autres auec, où par le cours du Pau rien se puisse rouller : car ce qu'Eschyle met l'Eridan en Espagne, & Euripide ensemble Apollonius, qui veulent que ce soit le Rhosne, lequel s'en va descharger en la mer dedans le golphe Adriatique, les doit rendre plus excusables d'auoir mescognu l'Ambre-iaune, en vne si grande ignorance du monde. Ceux qui sont plus sobres & retenus (& neantmoins ils ont plaidé faux aussi bien que les autres) alleguent qu'és extremitez dudit golphe Adriatique, & des rochers inaccessibles, y a certains arbres, desquels durant les iours caniculaires degoutte cette maniere de gomme. Theophraste vent qu'elle soit minerale, & qu'on la tire en la terre des Genevois : Que Phaëthon au surplus mourut en l'Ethiopie d'Hammon, où pour cette occasion il y a vn temple & oracle; & que l'Electre s'y engendre. Philemon, que c'est vne matiere fossile, & se tire en deux endroits de la Scythie : en l'vn blanc & presque de couleur de cire, que l'on appelle Electre ; en l'autre roux & iaunastre, qui est le subalternate. Demostratus le nomme Lyncurion, qui se procrée de l'vrine des Loups-cerniers, des masles roux, & de couleur de feu, des femelles plus morne & deschargé, tirant sur le blanc.* Auec tout plein d'autres telles opinions differentes, cherchant chacun d'en dire sa rattelée, comme il luy vient en fantaisie, & non de verité & certitude. Mais en fin au chapitre ensuiuant, il se resout à ce que nous auons cy dessus amené de Tacite. Sainct Ambroise au 2. liure de l'Exameron chap. 15. *A quoy faire vous allegueray-ie que l'Electre soit la larme d'vn arbrisseau endurcy en la solidité d'vne telle masse? Car cela se cognoist par assez d'indices non legers ne friuoles, quand les fueilles ont de menus esclats de bois, où de petits bestions se trouuent souuent enclos dans l'Electre; lesquels il faut estimer auoir receu dedans soy lors qu'il estoit encore tendre, & mol & endurcy les auroit retenus.* Pausanias és Eliaques parlant des edifices de Traian. *Quant aux statuës qui sont plantées dans les Niches, celle qui est d'Ambre-iaune, est de l'Empereur Auguste; & l'autre d'iuoire, de Nicomedes Roy de Bithynie. Que si pour le regard de l'Electre ou Ambre-iaune, dont la statuë d'Auguste est faitte, l'on se vouloit arrester à ce qui s'en retrouue dans les sablons du Pau, il y en auroit vne merveilleuse disette.* Parquoy pour beaucoup de raisons il est de prix enuers les personnes; mais il y a vn autre Electre, d'vn alliage & meslange d'or, auec de l'argent. Dont Tertullian contre Hermogenes parle ainsi. *Vn iaiz de pot encores qu'il soit faict d'Argille, si ne l'appelleray-ie pas pour cela Argille: & l'Electre, nonobstant qu'allié d'or & d'argent, ie ne le diray pas or ou argent non plus, mais Electre.* Et Vlpian D. iiij. *quod ex auro & argento fœderatum est, proprium habet vocabulum, & Electrum appellatur non aurum, non argentum.* Car au reste Palladius au 12. liure chapitre 15. semble vouloir entendre au lieu d'Aunes, le larix, & de l'Electre ou Ambre iaune, la gomme que iette cet arbre, quand il dict: *Resina illa liquida est, lacrymæ similis: non recipit flammam quasi odio prosequatur ob combustum Phaëthontem.* A quoy se conforme Vitruue liure 2. chapitre 9. Et Pline liure 16. chapitre 10. *Larices pino similimas esse, nec alibi notas, quàm in Padi ripa. Præterea flammam non recipere, & resinam habere liquidam mellis Attici colore, scriptum legimus.*

I. ii

La vraye chaſtete ne peut eſtre dõptée,
Elle euite touſiours les mains des pourſuiuans :
La crainte & le trauail ne l'ont point ſurmontée,
Elle a vaincu la force, & la mer & les vents.
  Tout au contraire on void la volupté laſciue
Qui bruſle de deſirs & ne laiſſe approcher :

Ayant en ſes ardeurs vne ame ſi craintiue,
Qu'elle n'oſe venir attaquer ce rocher.
  Tous deux ont bien paſſé le deſtroit du Boſphore,
Mais la ſeule vertu prend le chemin des cieux :
Car ces voluptueux cherchent le ſein de Flore
N'aymans que le ſeiour de ces terreſtres lieux.

I ij

LE BOSPHORE.

ARGVMENT.

'Est icy *vne des descriptions particulieres de Philostrate, dont il re-serue la cognoissance a soy-mesme; tout ainsi que faict Lucian au Dia-logue intitulé, les Images; où il desduit la beauté, les bonnes graces & perfections d'vne grande Dame, dont toutesfois il taist le nom. Il y en a encores quelques autres dans cet Autheur, ainsi que nous declarerons cy-apres: Car nous sçauons assez que c'est de ce Bosphore, ou destroit de mer de la Thrace, lequel separe l'Europe d'auec l'Asie, n'ayant pas plus de cinq cens pas de large. Mais qui sont ces ieunes gentils-hommes y repassans au retour de la chasse; ny cette vesue que tant de muguets poursuiuans importunent & faschent; & où estoit bastie cette belle & forte maison, où elle se retire à sauueté pour se garantir de leurs inso-lences, il n'en dit autre chose à quoy nous puissions prendre pied. Trop bien est tout ce discours fort delicat & mignard, selon sa coustume; de sorte qu'il n'y aura moins de plaisir à le voir, que si c'estoit quelque fable ou histoire authentique, dont nous eus-sions desia quelque intelligence & notice.*

LEs femmes que vous voyez sur le bord de l'eau, crient à haute voix; & monstrent d'addresser leurs paroles aux cheuaux, de ne vouloir ietter à bas les enfans qui sont montez dessus, ne desobeïr à la bri-de; mais qu'ils facent diligence de r'atteindre les be-stes, & les fouler à beaux pieds. A quoy ils prestent l'oreille (ce semble) & font ce dont ils sont requis. La chasse puis apres finie, & la venaison prise, vne barque les passe d'Europe en Asie, distantes là en-droict l'vne de l'autre de quelques cinq cens pas & non plus : De si peu d'e-space sont esloignez entre eux tant de peuples, & nations differentes. Ceux cy font au reste eux-mesmes l'office de matelots; Et voila que desia ils iet-tent la corde au riuage pour y attacher le vaisseau: Au sortir duquel les reçoit vne tres-belle maison de plaisance, ayant la monstre & apparence de plu-sieurs corps d'hostel, chambres, salles & garderobbes, aux fenestrages qui y sont : Et si elle est outre cela enuironnée d'vne bonne muraille garnie de marchecoulliz & creneaux. Mais ce qui est le plus beau à voir, est vne Por-

tique

tique à demy-rond, enuironnée de la mer; la pierre dont elle est bastie estant de couleur de cire, & produite d'vne fontaine. Car vn ruisseau d'eau chaude sortant des montagnes de la Phrygie, s'en va passer dans des carieres, où il rend moittes & baignées quelques vnes des pierres, & resout en eau celles qui sont desia endurcies: De là vient qu'elles sont de plusieurs sortes de couleurs : à sçauoir troubles, où il dort & regorge, & aucunement de couleur de cire : mais cleres-nettes, où de rechef il se resclaircist en cristal : Et ainsi diuersifie les pierres, s'estant embeu en plusieurs creux & pertuis. Au sur-plus le riuage qui est haut esleué, porte les marques & tesmoignage d'vn tel compte. Vne ieune fille, & vn iouuenceau, tous deux d'excellente beauté, frequentans vne mesme escolle, s'enamourerent l'vn de l'autre. Et pource qu'ils ne pouuoient rencontrer les commoditez de s'entreiouyr, ils se resolurent de venir chercher la mort en ce rocher : d'où apres leurs premiers & derniers embrassemens, ils se ietterent du haut en bas. Ce que le peintre nous a voulu donner à entendre, par le Cupidon, qui de dessus la pointe de cet escueil estend sa main vers la mer. La maison qui suit puis apres, est la demeure d'vne vesue, qui s'est là retirée hors de la ville, pour s'exempter de l'importunité des ieunes gens : Car ils s'estoient vantez de la vouloir enleuer de force; & à toutes heures se trouuans à banqueter & danser en son logis, la sollicitoient par presens. Mais elle (à ce que ie puis cognoistre)* qui sçauoit dissimuler sagement, faisoit bonne chere à cette ieunesse, & les entretenoit ainsi le bec en l'eau; Puis tout à vn instant s'enfuit à la desrobée en cette forteresse : Car voyez vn peu comme elle est remparée. Il y a tout en premier lieu vn grand precipice panchant sur la mer; ce qui est baigné en bas par les flots, glissant au possible : & le haut suspendu en saillie, qui soustient ce chariot comme en l'air : Tellement que l'eau paroist au dessoubs fort profonde, & obscure, si quelqu'vn y iette sa veuë. Or l'aduenuë de cette roche, en toutes autres choses, fors que du mouuement, ressemble à vne nauire; ny pour cela les amoureux ne l'ont pas voulu quitter : Car celuy-là à la proüe d'azur; cet autre icy qui l'a toute dorée; vn autre encores de couleur differente, s'estans embarquez dans leurs nacelles, voguent en cette plage; ensemble Comus en personne; Beaux & gentils, parez tres-mignonnement de bouquets & chappeaux de fleurs: dont l'vn ioüe de la flutte, l'autre bat des mains, l'autre chante (ce pensay-je) iettans en haut leurs bouquets, auecques force baisers entremeslez parmy : Et ne rament plus, mais contiennent leurs auirons, & s'accostent du precipice. La damoiselle ce-pendant les regarde faire, tout ainsi que d'vne eschauguette; & se rit de Comus; passant ainsi son temps de ces amoureux transsis, qu'elle contrainct non seulement de voguer, mais de nager encores. Que si vous passez plus auant, vous rencontrerez des trouppeaux, & orrez mugler les bœufs, & le son des Aubois retentira à vos oreilles. Vous trouuerez quand & quand des chasseurs, des gens qui labourent la terre, des riuieres, estangs, & fontaines. Car la peinture a fort-bien exprimé tout ce qui est, ce qui se faict, & côme quelques choses se pourroient faire: n'ayant point mal representé la ressemblance de chacune, nonobstant leur grand nombre; mais leur rendant à toutes vne parfaicte naïfueté, comme si elle

---

*Qui sçauoit dissimuler.] κομψότητα τὴν αὐτῶν ἐχέζω ἀν῎, τὸ μυρίαια, qui s'faie accorte & rusée se plaisue à leur faire dispit & donner martel en teste. Car le verbe κλέπτων ne signifie pas seulement amuser, mais rebutter les amoureux & les faire entter en ialousie, que les Grecs appellent proprement κνιςμὸν, ἐρωτικὸν λύπλω. dolorem quo veuntur amantium pectora.

n'en euſt pourtraict qu'vne ſeule. Cecy doncques nous tiendra compagnie
iuſques à ce que nous ſoyons arriuez au temple. Car vous voyez bien (à mon
aduis) celuy qui eſt là ; & des colomnes eſleuées aupres, & à l'entrée d'iceluy vn flambeau allumé, qui eſt là pendu tout expreſſement pour ſeruir de
fanal aux vaiſſeaux qui arriuent du Pont Euxin.

ANNOTATION.

BOSPHORE, ou Boſpore eſt vn deſtroit de mer entre deux terres fermes, tout ainſi
qu'l'Iſthme eſt vn deſtroſt de terre entre deux mers. Il y a cinq de ces deſtroits en
toute la mer Mediterranée, dont les deux ſeulement s'appellent Boſphores; Car le
far de Meſſine entre la coſte d'Italie & la Sicile, ny l'Euripe entre le Peloponeſe, &
l'iſle d'Euboœ, ou de Negrepont, ne ſe peuuent pas mettre au nombre proprement
des deſtroicts, dautant que de ces deux-là, & pluſieurs autres de meſme nature, ne
ſont que certains petits bras de mer r'enclos entre des promontoires, ou entre la terre ferme &
les iſles ; ou bien entre deux iſles meſmes ; & par conſequent toute la mer n'y eſt pas recueillie &
ſerrée, ainſi qu'elle eſt à ce que nous allons dire. Le premier doncques eſt celuy de Gilbatar, tout
à l'entrée de la mer Oceane dedans la terre ou elle s'engoulfe, lequel ſepare l'Europe du coſté
d'Eſpagne, d'auecques l'Afrique en la Mauritanie. Ce deſtroit icy a quelques douze mille pas, ou
trois lieuës de long, & cinq mille en largeur, qui peuuent faire cinq quarts de lieuë. Le ſecond
eſt le goullet ou canal de l'Helleſponte au ſortir de la mer Egée, autrement l'Archipel pour entrer dans la Propontide ; en vulgaire le bras ſainct George, entre l'Europe & l'Aſie : ſur le bord
duquel ſont ces deux fameuſes villes anciennes, Seſtos deçà, & Abydos de là : n'y ayant que ſept
ſtades d'vn bord à autre, qui peuuent faire vn petit quart de lieuë ; & enuiron dix mille pas de
long. Le troiſieſme eſt le Boſphore de Thrace, où eſt ſituée la ville de Conſtantinople, du coſté
de l'Europe ; & Chalcedon, de celuy de l'Aſie : entre la Propontide & le Pont Euxin, ou la mer
maiour. Cettui-cy n'a que cinq cens pas de large ; car on oyt bien chanter les coqs, & les chiens
abbayer d'vn riuage à l'autre : voire ſi le temps eſt calme, la voix meſme des perſonnes. Le 4.
entre le Pont Euxin, & les marez de la Mœotide, eſt le Boſphore Cimmerien, maintenant le
deſtroit de Precop, où eſt l'ancien Cherſoneſe Taurique, long-temps tenu par les Tartares; non
gueres loing de la ville de Capha, iadis Theodoſie : qui fut'autresfois des appartenances des Geneuois, & à cette heure en la ſeruitude du Turc, auquel elle ſert de frontiere à l'encontre d'i-
ceux Tartares. Cette langue de terre auancée en la mer, peut contenir quelques vingt bonnes
lieuës de long, combien que ſon eſchine n'ait que cent pas de trauers, ſi nous nous en voulons
rapporter à Pline, au ſixieſme chapitre du ſixieſme liure, où il la reſtreint à deux iugeres pour le
plus. Et il eſt tout notoire que le *Iugerum* des anciens, ainſi que le limite Quintilian, n'eſt que de
deux cens quarante pieds de Roy: tellemét que les deux reuenans à quatre cens oſtante pieds ne
monteroient pas à cét pas Geometriques, il s'en faudroit vingt à prendre cinq pieds pour chaſque
pas. Mais ce doit eſtre quelque montagne ou rocher, qui ait la force de ſouſtenir l'impetuoſité de
deux mers, qu'elles ne ſauſſent cette barriere pour ſe venir conioindre enſemble. Le cinquieſme
eſt en la bouche du fleuue Tanais, quand il ſe vient deſcharger & eſtendre és marez de la Mœotide : autrement la mer de Zabach, ou Carpalach, comme on l'appelle maintenant. De ſorte
qu'il y a cinq deſtroits principaux en toute la mer Mediterranée, dont il n'y en a que deux (comme nous auons deſia dit) qui s'appellent Boſphores ; appellez ainſi du paſſage d'vn bœuf, quaſi
τῆς βοὸς πορεία . Car l'on dit que Iupiter, lors qu'il rauit la belle Europe fille du Roy Agenor de
Pheniſſe, s'eſtant transformé en Taureau, luy preſenta la crouppe, l'inuitant à monter deſſus,
& la paſſa à l'autre bord, où il en eut la ioüiſſance. Au reſte quant à ce Boſphore que Philoſtrate
deſcrit icy, il n'y a doute que ce ne ſoit celuy de Thrace, car il le ſpecifie tout incontinent apres,
qu'il n'a que quatre ſtades de large, combien que quelques autres y en mettent cinq. Tout le
ſurplus eſt reſerué à la cognoiſſance de l'Autheur, qui ne s'eſt point voulu en cet endroit expliquer dauantage.

CE QVE *le Peintre nous a voulu donner à entendre par le Cupidon, qui de deſſus la pointe de ce rocher
eſtend ſa main vers la mer.*

Cecy ſemble ſe rapporter aucunement à ce que dit Strabon au 10. liure, que l'Iſle de Leucade
monſtre auoir pris ſon nom d'vn rocher blanc qui eſt au deuant, du coſté de la haute mer & de
la Cephalenie; ſur la cime duquel eſtoit baſty vn temple à Apollon ſurnommé Leucate : & là
meſme eſt l'endroit du Sault, où l'on croyoit anciennement que les amours venoient à ſe terminer:

ner: dont la premiere qui se ietta du haut en bas, fut Sapho; si nous croyons à Menander, lequel
en parle de cette sorte.

τὸν ὑπέρκομπον θηρώδεα ωεραίων
οἰσρῶντι πόθῳ ρίψαι πέτρας ἄπο τηλεφανοῦς.
ἀλλὰ κατ᾿ ἐυχὴν σὴν δέσποτ᾿ ἄναξ.

Ayans voulu chasser apres vne trop insolente gloire, stimulée d'ardeur amoureuse, se precipita du
haut d'vn rocher resplendissant de loing, quand elle eut fait sa priere à toy sire Roy Apollon. Mais ceux qui
veulent esplucher l'antiquité de plus prés, attribuent cecy à Cephalus, lors qu'il estoit espris de
l'amour de Pterela fille de Dioneus. Au reste, les Leucadiens souloient auoir cette coustume, à
eux transmise de pere en fils, de precipiter tous les ans à la solemnité qu'ils celebroient à Apollon, quelque prisonnier condamné à mort, du haut d'vn escueil en la mer, afin de destourner là
dessus tous les malheurs qui leur pouuoient aduenir: mais ils luy attachoient auant que de le ie-
ter, tout plein d'oiseaux en vie, auec grand' quantité de pennage, pour luy ayder à supporter le
sault. Et y auoit au dessoubs force barques, & petits floüyns ordonnez en rond, pour le receuoir,
& garder qu'il ne se fist mal, tout autant que faire se pouuoit. Que s'il en eschappoit en vie, on le
bannissoit hors de la contrée. Plutarque és Apophthegmes Lacedemoniens, met qu'vn quidam
ayant legerement voüé de se precipiter du haut du rocher de Leucade; quand ce vint à accomplir
ce sien vœu, apres auoir consideré la hauteur, il s'en retourna bien & beau: & comme on le luy
reprochast puis apres, il ne fit autre responce; sinon qu'il ne sçauoit pas que son vœu auoit besoin
d'vn autre plus grand vœu.

I iiij

Le monde est vne mer, & vne pescherie,
Les cœurs sont les poissons, les pescheurs les desirs,
L'appast & les filets, les amoureux plaisirs,
Qu'on cognoist à la fin n'estre que tromperie.
   On se laisse emporter ainsi que des poissons,

Par vn charme trompeur, deßus ses eaux dormantes;
Mais tant de voluptez, sont autant d'hameçons,
Pour prendre la raison des ames languissantes:
Plusieurs prennent plaisir de nager sur cette eau,
Mais au lieu de la vie, ils trouuent vn tombeau.
                     LES

LES PESCHEVRS.

ARGVMENT.

PHILOSTRATE *descript icy en ce tableau vne plaisante maniere de pescher les Thons en la mer maiour, qui est encore pour le iourd'huy en vsage és enuirons de Constantinople; comme le tesmoigne Pierre Belon, autheur moderne non à reietter, laquelle il a veu (ce dit-il) faire en cette sorte. Les Pescheurs plantent en premier lieu deux grands posteaux à cinquante pas l'vn de l'autre, le plus auant en la mer qu'ils peuuent, ou il y a des petites logettes au haut en forme de Hunes, & des cheuilles passans à trauers pour y monter, comme presque en nos astrapades. Là est iuché au crud vn homme en chacune, ou deux au plus, pour faire le guet, ainsi que les Messiers dans les vignes: & quand ils voyent arriuer quelque trouppe de poissons, ils s'entrefont soudain le signal les vns aux autres, afin de retirer les deux maistres où est attaché le filé qui est entre-deux: de maniere que par ce moyen ils enserrent les poissons au dedans d'vn parquet dressé là tout exprés. Car ce filé estant quarré, les deux coings de deuant sont attachez à des paux fichez en la mer, & les deux autres à la deuotion de ceux qui demeurent perchez au haut de ces poteaux, lesquels les attirent tout bellement à eux quand ils en voyent l'occasion. Alors le pescheur attachant le bout de la corde à sa loge, pour tenir le rets haut suspendu, descend à bas le long des cheuilles dans la naisselle qui l'attend au pied; & son compagnon en semblable, voguans l'vn vers l'autre, iusques à tant qu'ils ayent reduit leur prise à l'vn des coings, & lors ils la tirent en leur vaisseau. Puis ayãt vuidé ce qui s'y trouue, retendent leur filé cõme auparauãt. Mais il vaut mieux ouyr ce qu'en dit nostre autheur, qui ne s'esloigne pas beaucoup de cette forme de pescherie.*

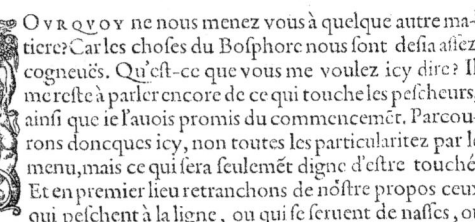

POVRQVOY ne nous menez vous à quelque autre matiere? Car les choses du Bosphore nous sont desia assez cogneuës. Qu'est-ce que vous me voulez icy dire? Il me reste à parler encore de ce qui touche les pescheurs, ainsi que ie l'auois promis du commencemẽt. Parcourons doncques icy, non toutes les particularitez par le menu, mais ce qui sera seulemẽt digne d'estre touché. Et en premier lieu retranchons de nostre propos ceux qui peschent à la ligne, ou qui se seruent de nasses, ou qui prennent le poisson aux filets, ou les enserrent à tout le Trident: Car ce feroit trop peu de chofe à oüyr racompter, & fembleroit que ce fuft pluftoft pour donner grace à la peinture; & nous arreftons à confiderer les autres qui guettét les Thons; dequoy l'on doit faire cas, pour la grande abondâce qu'ils en prennent. Les Thons s'en viennent du pont Euxin promener dans les autres mers, apres auoir pris leur naiffance & nourriture en iceluy; partie de poiffon, partie du limon, & autres greffes & excremens que le Danube, & les marez de la Mœotide y charrient: Ce qui fait que l'eau de ce Pont eft la plus douce & meilleure à boire de tout le refte de la mer. Or ils nagent en forme d'vn bataillon de foldats; huiĉt à huiĉt, feize à feize, trentedeux à trentedeux, & s'entr'arroufent & furbaignent les vns les autres, nageans en telle profondeur d'eau que leur largeur peut contenir. On les prend en infinies fortes; Car on leur peut lancer quelque ferrement; leur femer de l'apaft; & vn peu de rets fuffira à celuy qui fe voudroit contenter d'vne petite quantité du trouppeau: mais voicy la meilleure pefcherie qui foit. Quel-

qu'vn qui fçache compter vifte, & ait bon œil, eftant monté fur vn haut * tandis, iette la veuë de cofté & d'autre, & faut qu'il la tienne fichée en la mer, & l'eftende au plus loing qu'il pourra. Que f'il defcœuure ces poiffons tirans pays, lors il f'efcrie à haute voix deuers ceux qui font és barques, aufquels il en fait entendre à peu prés le nombre, & combien de milliers ils font. Surquoy les allans entourer d'vn grand filé large & profond, qui fe refferre de foy-mefme, ils en font vne prife tres-belle; dont le maiftre de la pefcherie fe peut enrichir à fon aife. Voyez maintenant la peinture, & vous trouuerez que le tout paffe ainfi. Car celuy que voylà au guet, regarde atten-tiuement en la mer, eftendant fes yeux pour conceuoir & remarquer le nom-bre. Et voicy que parmy le luftre bleu-verdaftre des ondes, fe difcernent les couleurs des poiffons; dont ceux de la premiere file qu'on void à fleur d'eau, paroiffent entierement noirs; les autres d'au deffoubs vn peu moins; ceux d'a-pres commencent à deceuoir la veüe; puis ils reffemblent à quelque ombre; puis à l'eau mefme: tant que finablement rien ne vous refte plus d'eux, finon vne opinion qu'il y en doibt auoir encore; Car le regard venant à s'abbaiffer dans la mer, s'affoiblift & hebete de forte, qu'il ne peut difcerner au vray ce qui y eft. Au demeurant cette trouppe de pefcheurs eft fort plaifante à veoir le cuir ainfi bazané, pour eftre au hafle inceffamment: l'vn attache fon aui-ron, l'autre rame à plein bras, l'autre enhorte fon plus proche voifin, l'autre en frappe vn qui ne veut voguer. Mais pource que les poiffons ont donné dans les Rets, il fe leue vn grand cry de tous les pefcheurs: qui en ont defia pris les vns, & font apres à prendre le refte. Et ne fçachans que faire d'vne fi grande quantité de poiffon, ils lafchent l'vn des coings du filé, pour en laif-fer efchapper quelques vns: * Si grand eft le plaifir qu'il prennent à cette for-me de pefcherie.

ANNOTATION

ANNOTATION.

PLINE.

PLINE au 15. ch. du 9. liure. *Les Thons entrent au Printemps à grand's bandes dans le Pont Enxin, & ne font leurs petits ailleurs: Cordilla s'appelle cette portée, qui accompagne les meres enceintes de nouueau, lors qu'en Automne elles s'en renont és mers a'embas. On comence de les nommer puis-apres Pelamides, pour raison de la bourbe: & finablement Thons, quãd ils ont vn an accomply, car ils n'en viuent que deux tout au plus: estans extremément mole-stez d'vn petit animal de la grandeur d'vne araigne, semblable à vn scorpion; lequel se va accrocher soubs leurs branches ou batians, & les picque de sorte, que douleur ils s'eslancent souuent par dessus les barques; ce qu'ils font aussi tout de mesme quand ils fuyent l'effort des poissons qui les chassent. Or toutes sortes de poissons croissent fort, & en peu de temps, principallement en la Mer maiour, a cause du grand nombre de riuieres qui viennent descharger là dedans leurs eaux douces: parquoy ils s'y retirent volontiers à grand's trouppes pour rencontrer de plus gracieuses pastures; chacune espece soubs ses conducteurs; & les macquereaux les premiers de tous, qui ont en l'eau vne couleur de soulphre, & hors d'icelle, semblables aux autres. Car dans le Põt Euxin ne hantent point de poissons de proye, qui soient pernicieux, fors seulement quelques Loups marins, & Daulphins petits. Et quãd les Thons y entrent, c'est tousiours le long par riuage à main droicte, mais ils en sortent par celuy de main gauche: Ce que l'on estime aduenir, pource qu'il voyet beacoup mieux de l'œil droict que du gauche, combien que de nature ils ont la veuë assez trouble. Dans le canal du Bosphore de Thrace, où la mer de la Propontide se va assembler auec celle de Pont, au destroit proprement qui separe l'Europe de l'Asie, il y a de ce costé là, ioignant la ville de Chalcedon, vn rocher fort blanc à merueilles, qui rend vn esclat & lueur depuis le fons iusques au haut, dont les Thons se venans à esblouïr & espouuanter le refuient, & se vont renger vers la pointe de Constantinople, appellée pour cette occasion Corne-d'or; où toute la trouppe s'addresse d'vne grande impetuosité & roideur. De sorte qu'il s'en fait là vne prise pleniere, qui cause autant de disete à Chalcedon. Mais ils attendent ordinairement que le vent d'Aquilon soit bien estably, afin de sortir du Pont à vau-l'eau: & par ainsi ne se prennent à Constantinople, sinon quand ils entrent au Pont Euxin. L'hyuer ils ne se promenent aucunement, ains quelque part qu'il les surpreigne, ils le passent au propre endroit, iusques à l'Equinocce de Mars. Et bien souuent que les nauires vont à toute voile, les accompaignans d'vne fort gaye priuauté, s'attachent au gouuernail par l'espace de quelques heures de chemin, sans qu'on les puisse intimider ny diuertir de là, à grands coups mesme de la fourche-fiere, ou Trident.*

STRABON.

CE QVI fait que l'eau de ce Põt Euxin est la plus douce & meilleure à boire de tout le reste de la mer. Strabon au 1. liure dit que de son tẽps cette Mer là estoit tenue, cõme pour vn autre Ocean: & que ceux qui nauigeoient celle part n'estoient reputez auoir fait vn moindre voyage, ne moins esloigné de la cõmune habitation des hommes, que les autres qui sortoient hors des colomnes d'Hercules, en la tref-grande & spacieuse mer. Pourtãt estoit cette-cy à cause de sa large estenduë, dont elle surpasse toutes les autres Mediterranées, nõmée Pont, par vne certaine pre-excellence; cõme quand on parle du Poëte l'on entend ordinairement Homere: neantmoins qu'elle est la moins profonde de toutes, à cause de tant de gros fleuues qui s'y viennent rendre; 40. mesinement en nombre, les plus remarquables entre les autres: le Danube, Tanaïs, Borysthenes, Hypanis, Phasis, Thermodon, Halys, & semblables: sans autres moindres infinis, qui y abordent de toutes parts, l'emplissans de bourbier; & font que l'eau presque en est douce. Cela mesme que nostre autheur veut dire en cet endroit; qui l'auroit peut estre emprunté de Strabon.

PLVTARQVE.

OR ILS *nagent en forme d'vn bataillon de soldats arrengez.* Plutarque au traitté, LESQVELS ont plus d'vsage de raison les animaux de la terre, ou de l'eau. Le Thon pre-sent & cognoist les Equinoces, & les Solstices, & monstre à l'homme par là, que les obseruations de l'Astrologie ne luy sont point autrement necessaires. Car par tout où le Solstice d'Hyuer saisist ce poisson, il se tient là ferme arresté, sans se bouger d'vn mesme lieu, iusques à l'Equinocce prochain. Et au regard de l'Arithmetique, & la Iguent aussi; mesmement cette derniere: ce que le Poëte Eschyle n'a pas ignoré quand il a dit.

Σκχγὸν ὄμμα ϗϑαλαλῶν ἱῶντι δίκιω.

Sourcillant de l'œil gauche à la mode du Thon. Car de l'autre ils en voyent fort trouble. Au-moyen dequoy quand ils entrent au Pont Euxin ils prennent tousiours la main droicte terre à terre, & en sortẽt à la gauche: commettans fort sagemẽt & prudemmẽt leur conseruation à l'œil qui veid le plus clair. Mais pour le regard de l'Arithmetique, dautant que les nombres leur sont tres-necessaires pour la mutuelle & accompagnable ami-tié & conuersation dont ils vsent, à ce que l'on peut cognoistre, aussi les obseruent ils fort exactement. De sorte que puis qu'ils prennent vn tel plaisir de viure ensemble, & aller par trouppes, ils s'ordonnẽt & arrengẽt tousiours en forme cubique solidemẽt entournée de six faces esgales; marchans en vn bataillon carré qui a double frõt. Que si celuy qui est au guet pour les descouurir, peut venir à bout de compter au vray l'vne de ces faces, il peut tout à l'instant sçauoir le nõbre total de la compagnie. Se pouuant asseurer que la profondeur d'icelle respõd sans faillir à sa longueur, & à sa largeur; comme parfaictement quarrée qu'elle est en toutes ses dimẽsions & mesures.

Qui veut aymer trop hautement,   Car tant s'en faut que tous ces Dieux,
La cheute en est souuent mortelle: Rendent la vie fortunée,
Tesmoing d'Ixion le tourment,   Que le plus souuent c'est par eux,
Et l'ambrasement de Semele.   Qu'on haste nostre destinée.
                                                 S E M E L E

SEMELE.

ARGVMENT.

CADMVS *fils du Roy Agenor de Phenisse, & frere d'Europe que rauit Iuppiter deguisé en Taureau, ayant eu tres-exprez commandement de son pere, de n'arrester en place qu'il n'eust trouué nouuelles certaines de sa sœur; apres s'estre par vn long temps trauaillé çà & là sans rien aduancer de sa queste, s'arresta finablement en la contrée de la Bœoce, où ayant espousé Harmonie fille de Venus, ainsi que nous auons dit cy deuant sur le tableau de Menecée, il en eut Semelé, & trois autres filles encore. Cette Semelé s'estant faicte grande, & deuenuë extremément belle, Iuppiter en deuint tout incontinent amoureux: & feit tant par ses poursuittes qu'il en eut ioüyssance, si bien qu'il l'engrossa. Ce que venu à la notice de la Deesse Iunon, elle passionnée de ialousie selon sa coustume, se transforma en vne vieille ayant la ressemblance de Beroé, nourrisse de Semelé, à qui elle fait entendre, que le peuple parloit diuersement de son fait, & que pour esteindre tout ce mauuais bruit, il falloit qu'elle requist instamment Iuppiter, & luy fist promettre sur son grand serment de Styx, qu'il la viendroit d'oresnauant visiter au mesme estat & equipage qu'il souloit faire sa femme Iunon. A quoy ne pouuant contredire pour le serment qu'il auoit fait, cette creature mortelle ne peut comporter les foudres, tonnerres & esclairs dont il l'aborda, mais fut soudainement suffocquée, & la maison arse & reduitte en cendres de fonds en comble. Iuppiter neantmoins sauua le petit enfant, & s'estant fait faire vne incision à la cuisse l'enferma dedans, iusques au bout de neuf mois accomplis, qu'il s'en deliura, & le donna en garde à Mercure, qui le porta à la cauerne de Nysa, où les Nymphes du lieu le nourrirent & esleuerent; l'appellans Dionysius, du nom du pere & d'elles. Quand il fut paruenu en aage, il trouua l'vsage du vin, & de la ceruoise; ensemble la maniere de semer & planter; auec tout-plein d'autres commoditez, pour le genre humain. Puis ayant mis sus vne grosse armée d'hommes & femmes, courut vne bonne partie du monde, & le deliura des tyrannies & oppressions qui regnoient lors: parquoy il fut en fin reduit au nombre des Dieux.*

E TONNERRE en apparence si rude & impetueux, & l'esclair enuoyant vn tel estincellement à la veuë: le feu aussi espris de la Royalle maison celeste: tout cela bat (si d'aduenture vous ne le sçauez) sur vne telle occasion & propos. Vne grosse nuée de feu, enueloppant la cité de Thebes, s'en va d'vne grande furie & esclat, donner à trauers le comble du Palais de Cadmus. Iuppiter à la façon des amans s'en allant selon sa coustume visiter Semelé, laquelle (comme ie pense) est desia expirée: & Dionysus (par Iuppiter) vient naistre emmy le feu, pendant que la semblance de Semelé ainsi qu'vne ombre obscure monte là haut au ciel, où les Muses la celebreront. Mais Dionysus ayant faussé le vêtre de sa mere, s'en iette dehors, & plus clair luisant qu'vne estoille, rend par sa splendeur le feu tenebreux, & sombre. La flamme, au reste, se separant, luy façonne ie ne sçay quelle apparence de grotte plus agreable que celle d'Assyrie, ne de Lydie: Car les lyerres, auec leurs belles grappes sont parcreux à l'entour: & les vignes desia, ensemble les arbres du Thyrse, sortent si volontairement de la terre, qu'il y en a quelques vnes mesmes emmy le feu: dont il ne se faut pas esbahir, si en faueur de Dionysus elle coronne les flammes, comme celle qui doibt d'oresnauant rager auec luy; & laissera puiser le vin à pleins seaux dedans les fontaines: traire pareillement le laict, tant des mottes, que des cailloux, tout ainsi que de deux mammelles. Escoutez Pan, comme il gringotte Dionysus sur la cime du mont Cithéron; sautant, ballant, ce mot d'Euion en la bouche. Mais Cithéron en forme humaine *lamentera bien tost les doloreux accidens qui y doiuent aduenir; coronné pour cette heure d'vn chappeau de lyerre, qui luy penche nonchallamment sur la teste, tout prest à cheoir; Car c'est bien fort contre son cueur de se veoir ainsi paré pour l'amour de Dionysus. Et voila l'enragée Megere qui plante vn sapin pres de luy, & fait sourdre vne fontaine d'eau-viue, à cause du sang d'Acteon, & de Pentheus qui s'y doit respandre.

*lamenten bien tost] le Grec porte, qu'il lamente desia les maux futurs, ἐλεσφόμετοι τὰ μίλλετα ἐδήσει ἐν αυτῷ οὐχ λαμέντὴτ'ες doloreux accidens qui y daudraduenir bien tost.

ANNOTATION.

DE BACCHVS, il y auroit trop de choses à dire qui les voudroit nô resuiure & parcourit toutes, mais n'en toucher que sommairement vne bien petite partie. Car la Theologie des Egyptiens, & anciens Grecs, est presque toute assignée sur cette puissance ou emanation Diuine, qu'ils appellent tantost du nom de Bacchus ou Dionysus, tantost de celuy du monde, du Soleil, Phebus, Apollon, Pluton, Apis, Anubis, Osiris, & infinis autres tels titres & qualitez; contenant (ce dient-ils) dessoubs cette escorce, qui à la verité de prime face est bien fort ridicule, tous les plus grands mysteres & secrets de Nature. On le fait encore estre vne mesme chose auec Ianus, & le S. Patriarche Noé. Et qui plus est, on le represente par vn triangle; la plus haute & excellente marque ou symbole de toutes celles qu'on attribuë à la Diuinité. Et Plutarque entre les autres, s'efforce en ses Symposiaques, de verifier que c'est le mesme Dieu des Hebrieux; & que toutes les obseruations Iudaïques ne sont autre chose que les propres ceremonies de Bacchus. Mais ie lairray tels discours à part, comme de trop grand' suitte & importance, & vn peu chatouilleux, pour venir à des choses de plus de plaisir & contentement, & de moindre danger. Lucian doncques en ses dialogues des Dieux, parle ainsi de ceste fantastique & bizarre natiuité.

NEPTVNE

SEMELE. 111

NEPTVNE ET MERCVRE.

NEPTVNE. *N'y auroit point d'ordre, gentil Mercure, de dire seulement vn mot à Iuppiter? MERC. Nenny pour vray sire Neptune.* NEPT. *Mais au moins va luy dire que ie suis icy.* MERC. *Ie te prie ne luy soit point ennuyeux, car ce seroit vne importunité trop grande, & n'y a moyen de le veoir pour cette heure.* NEPT. *Est il donc renfermé auec Iunon?* MERC. *Cela non ; il y a bien autre chose.* NEPT. *I'entends à peu prés ce que c'est ; Ganymedes est là dedans.* MERC. *Encore moins ; mais il est aucunement mal disposé.* NEPT. *Et d'où luy prouient cela Mercure? Car tu me comptes icy ie ne sçay quoy de faschenx.* MERC. *I'ay honte certes de le dire, telle chose c'est.* NEPT. *Mais il n'est point besoing d'vser de ces dissimulations enuers moy qui suis ton oncle.* MERC. *Il a n'agueres enfanté, puis que tu le veux sçauoir.* NEPT. *Qu'est-ce que tu me dis, qu'il a enfanté? Et qui est-ce qui l'auroit engrossé? comment se pourroit il estre ainsi longuement caché de nous, qu'il sust Hermaphrodite? Toutesfois le ventre n'a iamais monstre ensleuré quelconque.* MERC. *Tu dis bien vray, car ainsi n'auoit-il pas la creature dedans son corps.* NEPT. *I'entends, il a enfanté derechef par la teste, comme il sit Minerue; Car il a certain chef fort second, & subiect à accoucher souuen.* MERC. *Ce n'est point encore cela, mais il a porté l'enfant dans sa cuisse, celuy là dis-ie qu'il a eu de Semelé.* NEPT. *En bonne foy voila vn bien galand hôme, de nous estre ainsi de tous les endroits de son corps si propre & fertile à s'empreigner. Et qui est cette Semelé?* MERC. *De Thebes, l'vne des filles de Cadmus. S'estant ic deuant accointé d'elle, il la laissa grosse d'enfant.* NEPT. *Et quoy puis-apres, a il enfanté pour elle?* MERC. *Si de vray, encore que cela te semble bien fort estrange & merueilleux. Car Iunon ayant abordé Semelé de malice (tu sçais assez comment cette femme est ialouse) elle luy met en teste de demander à Iuppiter, qu'il la vinst veoir à tout sa foudre & son esclair : & comme la pauurette persuadée de ses propos y eust creu, & que Iuppiter sust venu deuers elle auec son equipage accoustumé, le comble de la maison se brusla, & Semelé demeura estouffée de la flamme. Parquoy Iuppiter me commanda de luy faire vne incision au ventre pour en retirer l'enfant, & le luy apporter, imparfait encore, & au dedans du septiesme mois. Ce qu'ayant executé, il entame sa cuisse, & le reçoit là dedans pour l'acheuer de parfaire. Tellement que trois mois apres il l'a renfanté de rechef, & est encore quelque peu foible des douleurs qu'il a eues.* NEPT. *Et où est doncques cest enfant?* MERC. *Ie l'ay transporté à Nysa, & donné là à nourrir aux Nymphes du lieu, ayant le nom de Dionysus.* NEPT. *C'est donc que l'vn & l'autre qu'il est, & le pere, & la mere de ce Dionysus.* MERC. *Il me le semble : Mais ie m'en vois luy querir de l'eau pour lauer sa playe : & donneray ordre au reste de ce que l'on a accoustumé, tout ainsi qu'à vne accouchée.*

ORIL VAVT mieux oüyr tout d'vn train de ce mesme autheur, ce qu'il desduit d'vne fort grande naïfucté, touchant les riottes & altercations de Iunon ialouse, auec son mary Iuppiter, pour l'occasion de ce bastard qu'elle ne peut veoir de bon œil.

IVNON ET IVPPITER.

IVNON. *En bonne foy ie rougirois de honte, beau sire Iuppiter, si i'auois vn pareil enfant, si effeminé & perdu apres ses iurogneries : qui se promeine par tout les cheueux troussez dans vn scossion, & ne bouge la plus part du temps d'auec les femmes desbauchées, & hors du sens, plus slasque & mol encore qu'elles ne sont : dansant ordinairement au son des tabourins, des sluttes, & cymbales : brief qu'il ressemble plus tost à vn chacun, qu'il ne fait pas à toy, qui cuides estre son pere.* IVPP. *Toutesfois ce feminin (soissonné que tu dis Iunon, a non seulement subiugué la Lydie, & les peuples habitans prés le mont Tmolus: & a reduit les Thraciens soubs son obeissance : mais s'est acheminé encore contre les Indiens à tout cette armée de femmes, où il a desia pris leurs Elephans, conquis toute la contrée, & emmené le Roy prisonnier, qui luy auoit voulu faire teste. Et si a exploicté tous ces beaux faits d'armes, sautant, dansant, & se seruant de Lances de lyerre, conquant qu'il estoit yure, comme tu dis, & transporté de fureur. Que si quelqu'vn entreprend de l'iniurier : parlant autrement qu'il ne doibt de luy, & de ses mysteres, il s'en sçaura fort bien venger, en l'entortillant de sermens de vignes, ou le faisant desmembrer par sa propre mere. Regar'de doncques vn peu comme tout cela sont son homme, & n'est aucunement digne d'vn tel pere que moy. Mais si d'aucunture il passe aucustefois le temps parmy, & s'adonne à quelques voluptez & plaisirs, tu ne luy en dois pas porter ennie pourtant, mesmement si l'on vient à considerer quel estre il deuroit estant sobre, quand il fait tout cecy lors qu'il est yure.* IVNON. *Il me semble que tu vueilles louer aussi sa belle inuention de la vigne, & du vin, encore que tu voyes assez quelles choses ceux qui son yures font, chancellans, & se laissans honteusement aller par terre : Et en somme deuenans insensez par le moyen de cette bacchique liqueur. Aussi gentil Icarius, le premier à qui il donna de son plant, sut massacré à coups de hosté, par ceux qui luy tenoient compagnie à boire.* IVPPITER. *Tu ne conclulds rien pour cela, madame Iunon, car ce n'est pas le vin qui fait ces choses, ne Dionysus aussi-peu, ains les desbordées beuueries, & qu'on se remplist de vin outre le deuoir. Si quelqu'vn au reste boit moderémeent il en deuient plus ioyeux & recreatif, Car ce qui aduint à Icarius, on ne soiceroit pas aissément vn tel tour à pas vn de ses combiberons. Mais il semble que tu es encore ialouse, & que tu te resouuiennes de Semelé, puis que tu calomnies ainsi ce qui est le plus beau, & loüable de tout en Dionysus.*

K ij

HOMERE.

HOMERE en son hymne commenceant, Κισσοκόμω Διόνυσον ἐρίβρομον ἄρχομ᾽ ἀείδειν. *Ie veux commencer à chanter le petillant Bacchus, coronné de lyerre, le fils illustre de Iuppiter & de Semelé noble dame: que les bien-cheuellües Nymphes ont nourry; le recevans en leur geron de la main du grand-Roy son progeniteur, & iceluy esleué tres-soigneusement és vallées de Nyse. Or il croissoit loing de son pere en vne grotte de süefue odeur; compté au nombre des immortels. Mais puis-apres que les Deesses l'eurent orné de force loüanges, il s'en alloit és boscageuses cavernes, paré de laurier & de lyerre, là où les Nymphes le suivoient estans guidées de luy. Et vn gros bruit occupoit ce-pendant toute la demesurée forest. Ie te salüe doncques ô abondant en raisins sire Bacchus. Que tu nous octroyes de retourner de rechef tous icyeux & contens aux nouvelles saisons: & des saisons encore, à de longues années.*

HOMERE comme vous voyez le fait estre fils de Iuppiter: ce qu'aussi tous les Poëtes Grecs; mais quant au reste, Pausanias és Laconiques dit que les habitans de la ville de Brasias tiennent que Semelé l'ayant enfanté, Cadmus son pere indigné de cela; les enferma tous deux dans vne huche, & les fit ietter dans la mer, qui les poussa en la coste d'iceux Brasiens, où ils trouverent la mere desia trespassée, & l'enseuelirent honorablement là aupres. De Bacchus ils le nourrirent & esleuerent, nommans leur ville Brasias, qui au-parauant s'appelloit Oreates; parce que communément ces gens là appellent ἐκβεβράσθαι, ce que nous disons faire naufrage. Adioustent encore à cela, que Ino vagabonde y arriua puis apres, qui voulut estre nourrisse de Bacchus, & monstrent la caverne où elle le nourrit; le contour de laquelle est appelé le iardin de Bacchus. Mais Plutarque és Symposiaques, liure troisiesme question neufiesme, luy attribuë plusieurs Nymphes pour ses nourrisses: voulant inferer par cela, qu'il a besoing de plusieurs parts d'eau pour le dompter, & corriger ses impetueuses fumées. Et là dessus Vlpianus dans les Dipnosophistes d'Athenée, racompte apres Euhemerus de l'Isle de Coos, au troisiesme liure de son histoire sacrée, que Cadmus, l'ayeul de Bacchus auoit esté cuisinier du Roy des Sidoniens, auquel il desbaucha & emmena vne certaine menestriere nommée Harmonie, dont il eut depuis Semelé. Si incertains & doubteux sont ordinairement les premieres sources des plus grands Monarques, si l'on vouloit rebrousser chemin iusques aux premiers commencemens de leurs ancestres: aussi les sages & moderez historiens ont accoustumé de les taire, & les Poëtes pour s'en desbriguer, referent tout cela aux Dieux; ny plus ny moins que les embroüillemens des Tragedies, dont l'esprit humain ne pourroit bonnement venir à bout.

DIONYSVS *par Iuppiter vient naistre emmy le feu.* Ce mot de ἐν Διὶ, est equiuoque, ou à vne maniere de serment que l'on fait; d'où ie mescroirois ce *par ma nendea*, vsité aux Parisiennes, estre descendu: ou bien que Philostrate vueille entendre icy que par le moyen de Iuppiter qui seruit lors en cest accessoire de sage femme à Semelé, Bacchus fut sorty de son ventre. Toutesfois il adiouste tout incontinent apres, qu'ayant fausse-rompu le ventre de sa mere, il s'en iette dehors. Ce que Phornutus dit auoir esté fait par le moyen du feu, qui y fit vne ouuerture, & creuasse: referant tout cela à l'allegorie de la chaleur, voire du feu, qui est au vin, qui ouure & lasche les corps, & fait vne grande resolution d'esprits. Mais les Poëtes au partir de là, le renferment de nouueau dedans la cuisse de Iuppiter, dont il sortit pour la seconde fois au bout de neuf mois accomplis. Au moyen dequoy il auroit esté appelé *Dithyrambe*, de la double naissance; de δὶς, c'est à dire deux fois, & θύρα porte ou issue, & βαίνω passer. De là prirent leur nom les vers Dithyrambiques, dont il fut le premier autheur aux Corinthiens. Pindare en la treiziesme Olympienne, τᾶι Διωνύσου πόθεν ἐξέφανεν σὺν βοηλάτᾳ χάριτες διθυράμβῳ. Quelques vns en assignent d'autres raisons: & mesme Strabon au treiziesme liure où il dit qu'il y a certains endroits en Lydie ou Mysie, bruslez de la chaleur du Soleil, qui ne laissent pas pour cela de porter des vins excellens. Au moyen dequoy il auroit esté appelé πυριγενὴς, né du feu. Orphée aussi en ses hymnes l'appelle souuent πυρίσπορος, qui veut dire le mesme. Quant à la ville de Nyse, quelques vns la mettent en l'Inde, comme tesmoigne Pline au sixiesme liure, chapitre vingt & vn. *Necnon & Nysam vrbem plerique Indiæ ascribunt, montemq́ Meron Libero patri sacrum; Vnde & origo fabulæ Iouis femine editum.* Et Diodore, en Arabie. Neantmoins au second des Antiquitez il monstre se contredire en cela, parlant historialement de Bacchus en ceste sorte. *Les plus docte des Indiens alleguent, qu'au temps passé que les mortels habitoient çà & là par petits hameaux, Bacchus arriua deuers eux, auec vne grosse armée des parties Occidentales; & qu'il courut toute l'Inde d'vn bout à autre: n'y ayant point encore de grosses villes bastis, qui le peussent arrester, & luy faire teste. Et comme pour raison de chaleurs excessiues ses gens vinssent à se consumer de peste, luy comme sage & bien advisé Capitaine les retira de la plaine dedans les montagnes, là où estans refreschis de vents gracieux & frais, auec vne commodité d'eaux tres pures, qui couloient d'infinies fontaines, ils furent garentis de ce mal. Et appella la cuisse, cest endroit de montaigne où il mit à sauueté son armee, ce qui donna depuis lieu aux Grecs de controuuer qu'il auoit esté nourry dans la cuisse de Iuppiter. Il releua aux Indiens puis apres plusieurs sortes de fruictages; à edifier la vigne, & autres choses necessaires pour l'vsage & maintenement de l'homme. Fonda tout plein de belles villes & citez, contraignant le peuple de s'y retirer de la campagne, & du plat pays, & leur establit des loix & des iugemens, Au moyen dequoy, pour raison de tant de bien-faits, dont il leur auoit esté autheur*

DIODORE.

autheur, & de tant belles & differentes choses par luy reuelées, il fut par eux referé au nombre & au rang des Dieux, & honoré comme les immortels. Ils escriuent aussi qu'il traisnoit quand & fis soldats vn grand cariage de femmes; & se seruoit où il estoit question de iouer des consteaux, de tabourins & de cymbales n'estans les trompettes encore en vsage. Finablement qu'apres auoir regné en l'Inde par l'espace de cinquante deux ans, il fina ses iours en vne extreme & decrepite vieillesse.

QVANT aux Ethimologies de ce nom Dionysus, elles sont presque infinies: les vns le tirent (comme nous auons desia dit) de Διὸς χήνεσι, de Iuppiter son pere, & du lieu de Nysa, où il fut nourry. Les interpretes d'Hesiode, & de Platon auant qu'eux de διόινυσος, composé de Διόινει τὲ οἴ-νον, c'est à dire donneur du vin. Phornutus de Διαίνειν, pource qu'il nous arrouse & humecte ioyeusement. Macrobe, de Διὸς νῶ. Orphée & Cleanthes, l'vn de διανύσαι (reuolution & tournoyement) cela marque) l'autre de διανύσαι, parfaite chose propre au Soleil, auec lequel on le fait estre vne mesme chose, comme le desduit bien amplement Macrobe. Au regard de Nysa, le mot emporte tout pareillement plusieurs significations auec luy. Premierement d'vne ville, laquelle, comme nous auons desia dit, Diodore met en l'Arabie, ou pour le moins en Egypte, sur les frontieres & confins de l'Arabie. Arrianus, Quinte Curse, & nostre autheur en vn autre endroit, en l'Inde; comme aussi fait Mela quand il dit: La plus belle & plus grande de toutes les villes de l'Inde, qui sont en tres-grand nombre, est celle de Nysa; & des montagnes celle de Meros desdicée à Iuppiter: Ces deux lieux estans fort renommez, pour auoir en celle-là esté nay Bacchus: & nourry en cette cy. Dequoy les autheurs Grecs auroient pris occasion de dire, qu'il eust esté renfermé & consu dedans la cuisse de Iupiter. Et Pline auecques eux, au lieu cy deuant allegué. Mais au 5. liure ch. 29. il parle d'vne autre qui est en Carie, autrement appellée Trallis, Euanthie, Seleucie, & Antioche. Et au 18. chap. auparauant, il la nomme Scythopolis, des Scythes qu'il y mena habiter, y ayant enseuely sa nourrisse Nysa. Stephanus, au liure des villes en met dix de ce mesme nom; la premiere en Helicon; la seconde en Thrace, au mesme territoire qu'est la ville de Testidium; la troisiesme en Carie; la quatriesme en Arabie; la cinquiesme en Egypte; la sixiesme en l'isle de Naxe; la septiesme en Inde; la huictiesme au mont de Caucase; la neufiesme en Libye; & la dixieme en l'isle de Negrepont; là où il est possible d'y adiouster foy, les vignes fleurissent, & produiset des raisins meurs tout en vn mesme iour. Mais il n'y eut iamais faute de miracles, que la trop facile credulité des personnes produit plus planureusement, que la terre non cultiuée ne fait deschardons & orties. Nysa est aussi vne montagne de l'Inde, qui produit (ce dit Pline au 39. chap. du 8. liure) des Lezards de 24. pieds de long. Et est vn cas bien estrange, voire contre nature, que les choses par leur esloignement venans tousiours à se racourcir & diminuer; comme mesmes l'on le peut voir par les reigles de perspectiue, neantmoins cest autheur, & plusieurs autres auec, de tant plus loing qu'ils les ameinent, tant plus grandes & longues nous les donnent ils: ny plus ny moins que s'ils les auoient tirées par quelque filiere, à guise de l'or ou de l'argent.

LA FLAMME se separant de luy, façonne ie ne sçay quelle apparence de grotte plus agreable que celle d'Assyrie ne de l'idye. Cecy est dit à l'imitation de ces carmes icy d'Euripide au prologue de la Tragedie intitulée les Bacchantes.

> Λιπὼν δὲ Λυδῶν τὰς πολυχρύσους γύας
> Φρυγῶν τε, περσῶν θ' ἡλιοβλήτους πλάκας, ℭc.

Porphyre au liure des sacrifices. Aux Dieux celestes l'on desdioit des autels & des temples; aux terrestres des foyers, & aux Heroes pareillement: aux souhterrains des fosses, & ce genre les Grecs appellent μέγαρα: au monde, aux Nymphes, & leurs semblables des cauernes ou grottes. Dont Homere en descrit vne telle au 13. de l'Odissée, pleine de tres-grands secrets & mysteres, selon le mesme Porphyre, qui l'a fort soigneusement interpretée.

> αὐτὰρ ἐπὶ κρατὸς λιμένος τανύφυλλος ἐλαίη·
> ἀγχόθι δ' αὐτῆς, ἄντρον ἐπήρατον, ἠεροειδὲς,
> ἱερὸν Νυμφάων αἳ Νηϊάδες καλέονται.

En la cime du Port se void vn Olinier fort branchu & ouuert, & tout ioignant vne plaisante grotte obscur, sacrée aux Nymphes qu'on appelle Naïades: là dedans y a force tasses & boucals de pierre. Puis les mouches à miel y bordonnent gentillement: & de longues pieces de toile aussi de pierre, Car c'est là où les Nymphes tissent leurs beaux voiles de couleur de pourpre; chose admirable à voir. Il y a aussi tout plein de sources d'eaux viues, & deux entrées; l'vne deuers Septentrion, accessible aux hommes; l'autre bien plus diuine du costé de Midy, par où il n'est loisible aux personnes d'entrer, car c'est l'aduenue des Dieux immortels.

PLVTARQVE au traicté de la Tardiue vengeance Diuine, parlant de la vision d'vn Aridæus PLVTARQVE. Tespesien dit, QV'AYANT esté çà & là rauy & transporté en esprit, il fut mené finablement par l'ame d'vn sien parent, qu'il recognut; iusques sur le bord d'vn grand & profond abysme, là où ils furent abandonnez de la vigueur de l'esprit qui les auoit portez au precedent. Ce qu'il voyoit arriuer tout de mesme aux autres ames, lesquelles se racueillans en elles tout ainsi que les oyseaux qui en plantant voient pour se poser, quand elles estoient arriuées là endroit voltetoient à l'entour de cette ouuerture, sans toutesfois s'en oser approcher de plus

prés, dont l'aspect estoit fort semblable aux grottes de Bacchus, & paroissoit le lieu tout revestu de bocages, verdures, herbes, & diverses fleurs. Vne halenée quand & quand respiroit de là, gracieuse, & douce, accompagnée d'vne odeur merueilleusement souefue, dont les ames estoient esprises d'vne fort grande volupté & delicatesse, ny plus ny moins que fait le vin à ceux qui sont aspres d'en boire: & elles attirées de la douceur de cette odeur, s'en repaissoient, esiouyssoient, & fort plaisamment & recreatiuement s'entrecaressoient les vnes les autres. Estant de beau lieu de plaisance tout remply & enniuonné de ieux, ris, & esbattemens, comme à la feste des Bacchanales: & les Nymphes entremeslées parmy, chantans, s'esbattans, follastrans, y adioustoient encore mille gentillesses & ioyeusetez. De sorte que cette guide me disoit, que c'estoit par où Dionysus estoit retourné des enfers aux Dieux auec sa mere Semelé qu'il en auoit ramené, & s'appelloit ce lieu la Lethé, c'est à dire oubliance. Tout cela n'est qu'vne maniere de songe: mais quant aux cauernes de Bacchus, il est tout certain qu'il y en a eu plusieurs. Premierement celle de Nysa, ou du mont de Meros, où il fut nourry par les Nymphes. Et puis-apres qu'il fut deifié, les autres où il estoit reueré comme en quelque sanctuaire ou chappelle. Pausanias mesme és Corinthiaques parle de cette-cy. LES
Grecs apres la destruction de Troye, à leur retour ayans fait naufrage le long des rochers Capharées, la plus grand part se perdit, & ceux qui à nage peurent gaigner la terre, se trouuerent grandement oppressez du froid & de la faim. Parquoy ayans en cette extremité fait leur vœu & prieres aux Dieux, si d'auenture quelqu'vn vouloit auoir pitié de la misere où ils se trouuoient, & les en deliurer, soudain qu'ils furent passez vn peu auant, la spelonque de Bacchus vint à leur apparoistre. Et là dedans l'image du Dien: là où tout plein de cheures sauuages pour se sauuer de la froidure (car c'estoit lors en plein cueur d'hyuer) s'estoient retirées en trouppe. Les Grecs les ayans esgorgées, se reprirent de leur chair, & s'accommoderent des peaux en lieu de vestemens. Puis apres que la rigueur du temps fut aucunement radoucie, ils se rembarquerent de nouueau, & reprirent la routte de leur pays, emportans quand & eux le simulachre hors de cette cauerne, lequel ils ont tousiours continué de reuerer iusques à maintenant. Quant est du lieu cy dessus touché par Plutarque par où Bacchus ramena sa mere hors des enfers, Pausanias sur la fin de mesme liure le particularise à vn petit Lac prés de Lerne, appelé Alcyonien, dont il parle en cette maniere. Ie vis aussi la fontaine qu'ils appellent d'Amphiaraüs, & le lac Alcyonien, par où, comme racomptent les Grecs, descendit Bacchus aux enfers pour en ramener Semelé sa mere. Et fut Polymnus celuy qui luy monstra cette descente. Au reste ce Lac n'a point de fonds, car iamais homme ne se trouua qui y peust arriuer par quelque moyen que ce soit. Neron mesme fit attacher ensemble infinies longueurs de corde, iusques à la longueur de plusieurs stades, & ayant attaché du plomb au bout, auec tous les autres instrumens & artifices qui se peurent excogiter pour taster la profondeur de ce gouphre, les feit auallerr en bas, mais il n'y peut trouuer aucun fonds. I'en ay oüy dauantage vne autre chose, que combien que l'eau de ce Lac, selon qu'on peut iuger à l'œil, soit fort calme & paisible, neantmoins si quelqu'vn se ioüe d'y vouloir nager, elle l'attire & enueloppe sans qu'il en soit iamais plus de nouuelles. Le circuit de ce Lac n'est pas grand, comme ne contenant gueres plus de quarante pas, le bord estant tout reuestu d'herbes & de ioncs. Mais ce que Bacchus faisoit la tous les ans de nuict, ce n'est pas chose loisible de le diuulger. Pausanias fait conscience de parler de cela, comme à la verité n'estant guere honeste; mais puis que sainct Arnobe n'a point craint de le racompter au cinquiesme liure contre les Gentils, l'ayant emprunté de l'Astronomie Poëtique d'Hyginus, où il descrit la coronne d'Ariadné, ie ne penseray point faire tort à cet œuure d'inserer icy cette fable. Ceux-là (dit il) qui ont escript les Argoliques, disent que Bacchus ayant impetré congé de son pere de ramener sa mere Semelé des enfers, il cherchoit le chemin pour y descendre, & estant la dessus arriué sur les confins des Argiens, rencontra vn quidam nommé Hypolipus, homme digne de ce siecle là; auquel s'en estant conseillé, cestuy-cy luy monstra la voye: mais ce fut soubs condition telle, qu'au retour il se rendroit à vne chose qu'il luy pouuoit octroyer sans se faire dommage. Bacchus qui ne desiroit rien plus que de voir sa mere, le luy promit, & iura solemnellement: au moyen dequoy l'autre luy ayant monstré l'endroit, il laissa la coronne qu'il auoit eu de Venus, & que depuis il donna à Ariadné pour auoir iouïssance d'elle, qui fut depuis pour cette occasion fut appelé la Coronne: Car il ne la voulut pas porter auec soy, de peur de contaminer vn ioyau immortel, par les attouchemens des trespassez. Ayant puis apres rameiné sa mere saine & sauue, il trouua que cest Hypolipe estoit mort. Arnobe l'appelle Prosumne, car Hygine ne passe point outre: ny nous aussi ne voulons faire, parce que ce sont ordes & salles villainies & abuz detestables plusque Diaboliques des Dieux des Gentils; ce qu'ils taschent de sauuer sur les allegories de quelques secrets & mysteres contenus là dessoubs: ne les voulans pas prendre à la lettre.

CAR les lyerres auec leurs belles grappes sont creux à l'entour. Il y a en Grec, ἕλικές τι καὶ περὶ αὐτῷ, πεδαλάων ἢ κατὰ κόρυμβοι. Qui seroit à dire, les Elices sont creuës autour d'iceluy pauillon, & les grappes de lyerre. Mais ce mot de ἕλιξ qui est equiuoque, signifiant vne volutte ou ligne spirale, comme l'on void sur le doz des limasses; & les vuilhes ou petits tetons des vignes, hobelons, coulourées, & semblables herbes, qui s'aggrassent & entortillent où ils peuuent atteindre, a induit Stephanus Niger, & autres, d'interpreter pour cela ce lieu icy de Philostrate. Ie ne veux quant à moy contredire à personne, toutesfois ne m'ayant point semblé le deuoir ainsi prendre, i'ay mieux aimé tourner ἕλιξ pour lyerre, suyuant ce que dit Dioscoride au
vingtiesme

vingtiefme chapitre du fecond liure. κιϲϲὸς πολλὰς ἔχει διαφορὰς τὰς ϗτ᾽ εἴδος, τὰς δὲ γϵνικωτά-
τας τϱεῖς. λϵίϵται γὰϱ ὁ μὲν τις λευκὸς, ὁ δὲ μέλας, ὁ δὲ ἕλιξ. ὁ μὲν ὖν λευκὸς, φέϱϵι τὸν καϱπὸν λευκὸν
ὁ δὲ μέλας, μέλαια ἢ κϱοκίζοντα· ὁ δὲ ϗ ἰδιώται διονύϲιον κỳλοῦσιν. ὁ δὲ ἕλιξ ἄκαϱπος τϵ ὖϛι, ϗ λευκὰς
ἔχϵι τὰ κλήματα, ϗ τὰ φύλλα λέπτα, ϗ γωνιώδη ϗ ἐυϱυϗϗ. Il y a plufieurs differences de lyerre felon fes
efpeces, mais il n'y en a que trois principaux genres en tout, l'vn blanc, l'autre noir, & le troifiefme
s'appelle Helix. Le blanc porte vn fruict blanc, & le noir, noir, en retirant fur le faffran, que le vulgaire appelle le Dionyfion ou Bacchique: l'Helix n'en a point du tout : mais en lien de cela certaines vrilhes
& bourgeons à guife de vignes, & de petites fueilles anglenfes, & vermeillettes. Pline, foit qu'il ait
efté deuant, foit apres, au trente-cinquiefme chapitre du feiziefme liure, en parle ainfi : Spe-
cies horum trium generum tres : Eſt enim candida, & nigra hedera, tertiaque quæ vocatur Helix.
Etiamnum hæ ſpecies diuiduntur in alias, quoniam eſt alia tantùm fructu candida, alia & folio. Alicui
& ſemen nigrum, alijs crocatum : cuius coronis Poetæ vtuntur, folijs minus nigris, quàm quidam Ny-
ſiam, alij Bacchicam vocant. Et vn peu apres. Plurimas autem habet differentias Helix, quoniam folio maximè diſtat. Parua ſunt, & angulofa, concinnioráque. Qui font les propres mots de la ver-
fion Latine, de ce lieu cy-deffus de Diofcoride. Mais ie ne fçay comment ἐυϱυϗϗ, peut fignifier
concinniora, mieux agenceez ou arrangez. Il demeurant il y a peu de gens (comme ie croy) qui
ne cognoiffent le lyerre, & n'ayent affez ouy dire qu'il eſt confacré à Bacchus. Ce que les vns
referent à l'hiſtoire, les autres aux caufes naturelles. Quant au premier, Pline au cinquiefme
chapitre du mefme liure dit ; Que le bon pere Liber, c'eſt à dire Bacchus, fut le premier qui mit fur fa
teſte, vne guirlande ou chappeau, & que ce fut de lyerre. Paradauanture par ce qu'elle luy plaifoit
plus que nulle autre herbe ou arbre, à-caufe de la belle figure de fes fueilles, & continuelle
verdeur, ou pour quelque proprieté fpecifique, comme nous dirons cy-apres: ou que ce fut
par faute d'autre matiere, ou qu'elle luy vint la premiere en main. Au trente-cinquiefme chapitre enfuiuant. Le lyerre (dit-il) commence à venir fort bien en Afie, ce que Theophraſte auoit nié tout
à plat ; ny que mefme ils s'en trouuaſt en l'Inde, finon au mont de Meros. Car Harpalus auoit fait tout fon poſ-
fible d'en edifier en Medie, mais en vain. Et Alexandre pour raifon de fa rareté, y amena de l'Inde fon armée
victorieuſe, couronnée de cette plante, à l'imitation de Bacchus : les iauelots duquel, les cabaſſets, & les
targues, l'on pare encores pour le iourd'huy de lyerres par toutes les aſſemblées des facrifices folennels en
la Thrace. Plutarque en la feconde queſtion du troifiefme des Sympofiaques, confirme ce que
Pline a dit cy-deſſus, que le lyerre ne veut prouenir en Medie, qui eſt au pays de Medie ; adiouftant à cela vn petit fobriquet : Que ceſte plante s'eſt monſtrée tres-genereuſe, en ce qu'eſtant des
domeſtiques, voire commenfale d'vn Dieu Bæocien, elle n'a point voulu s'aller habituer parmy les Barbares, ne
imiter Alexandre qui prit leurs habits & façons de faire, mais s'eſt ſubſtraitte de l'eſtrager, & a refuſé ſon party. Ouide attribue le lyerre à Bacchus, pour autant que Nyſiades Nymphæ puerum quærente Nouerca,
Hanc frondem cunis circumpofuiſſe feruntur. Conſtantin és Geoponiques, allegue l'occafion en à-
uoir eſté vn ieune garçon nommé Ciſſus, qui l'accompagnoit en toutes fes entrepriſes; & comme
il fe fuſt mis vn iour à baller & gambader auec vn Satyre à l'enuy l'vn de l'autre, il trebufcha fi rudement qu'il en mourut fur la place. Bacchus qui l'aimoit fort, & y prenoit vn fingulier plaifir,
le tranfmua en lyerre; qui a eſté depuis appellé κιϲϲὸς en Grec, & de là il auroit pris le nom de
κιϲϲὸς Διονύϲιος : comme dit Pauſanias és Attiques, à-caufe qu'en ce quartier de l'Attique, qu'on
appelle Acharnes, fut premierement apperceu le lyerre, lequel Antipater le Poëte a furnommé de là ἀχαϱνίτης. Et d'autant que nous auons dit cy-deſſus Bacchus eſtre vne mefme chofe auecques Ofiris, les Ægyptiens le dedioient à cettui-cy, l'appellans en leur langage Cheno-
firis, c'eſt à dire la plante d'Ofiris, en tefmoignage de ce qu'apres auoir fubiugué entierement l'Inde, il auroit fondé tout au bout d'icelle la cité de Nyfe, & planté là du lyerre pour vne perpetuelle memoire de cette fienne conqueſte. Mais pour venir maintenant à la raifon naturelle,
Plutarque en la cinquiefme queſtion du troifiefme des Sympofiaques, dit le ferpent & le lyerre
auoir eſté dediez par les anciens à Bacchus, à-caufe qu'ils font froids, & comme gelez de nature. Ce qui fe conforme à ce dire de Pline au lieu cy-deſſus allegué. Serpentium frigori Hedera eſt
gratiſſima, vt mirum ſit illam in honore vllo habitam. Et neantmoins en la feconde queſtion precedente il femble dire le rebours : quand il parle ainfi. Au moyen dequoy noſtre tres-cher & bien-aimé Plvtarqꝫ.
Bacchus, n'a pas appliqué le lyerre comme pour vn remede & preferuatif contre l'yureſſe, ne qu'il fuſt
autrement contraire au vin, car il a tout couuertement appellé le vin pur, Methy, pour ce qu'il enyure, &
luy-mefme à cette occaſion Methymneen : & ce qu'il me femble, tout ainſi que ceux qui aiment le
vin, s'ils n'ont moyen d'en recouurer, vfent de bieres & cernoiſes, ou autres tels breuuages compoſez
d'orge, & de citres de pommes, ou de quelques eſpeces de vins faicts de dattes ; en pareil cas, qui en plein
cœur d'hyuer cherchéroit d'auoir quelque chappeau ou guirlande de vigne, alors qu'elle eſt toute nuë & deſ-
pouillée de fueilles, en lieu de cela faudroit qu'il fe contentaſt d'en faire de lyerre, pour la reſſemblance
& affinité que ces deux plantes ont enfemble. Car les innoulutions entrelaſſées du bois & farmens du
lyerre, s'entortillans à guife d'vne vis ou limaſſe, & fes agraffemens vagabonds fortuits felon qu'il y rampe,
auecques des fueilles faciles à fe replier, qui s'eſpandent de toutes parts en confufion & defordre ; & la

grappe sur tout, semblable à celle d'vn raisin bien grené, non moins encores; & qui ne fait que commencer à tourner : cela se confaict fort bien auecques la vigne, & approche de sa figure. Que si d'aduanture le lyerre a quelque proprieté contre l'yuresse, nous dirons qu'il faict cela par sa chaleur, qui ouure les pores & conduicts du corps; ou plustost qu'il ayde à cuire & euuer le vin. Toutes lesquelles
choses ne tendent qu'à monstrer le grand voysinage qui est entre la vigne & le lyerre ; & ne sont
amenées icy que pour faire voir, que ces deux plantes sont propres & particulieres au bon
pere Bacchus; combien que nonobstant les grandes excellences & commoditez de la vigne,
quelques-vns l'ayent pour le regard de ces guirlandes & chappeaux, & pour l'vsage des sacrifices, voulu postposer au lyerre, à cause qu'elle vient tous les ans à perdre sa verdeur & ses
fueilles, là ou l'autre les conserue en toutes saisons. Aussi, comme il est dit en la question
precedente, que le lyerre estant appliqué sur la teste, rebousche, empesche, & amortit l'impetuosité des fumées du vin, qu'elles ne donnent au cerueau, & ne le troublent & enyurent : ce
qui auroit esté inuenté par le mesme Bacchus, comme pour vn correctif de la vigne, & par consequent superieur à icelle; puis qu'il modere ses effects. Mais sur tout le lyerre symbolise auec
elle, en ce que (comme il est bien facile à obseruer) il est durant les mois d'Octobre & Nouembre, que son fruict est en sa perfection, vn vray prognostique & indicatif de la prochaine vinée. Car toute telle apparence que vous y trouuerez, soit au bois, és fueilles, & aux grappes,
soyez seur de le rencontrer en la vigne, és vandanges suiuantes. Le mesme aussi se peut cognoistre au froment, mais cela n'est pas icy à propos.

ET LES *vignes desia auec les arbres du Thyrse.* Le Thyrse proprement est la tige de quelque
plante que ce soit, au moins des herbes, & plus tendrelets arbrisseaux, qui montent droit contremont, comme des fenoils, coriandres, ciguës, choux, laictuës, & autres semblables. Pline
au huictiesme chapitre du dixneufiesme liure. *Inuentum omnes Thyrsos, vel folia lactucarum pro-
rogare viceis condicos, vel recentcis in patinis coquere.* Mais les Poësies le prennent communément pour des iauelots bardez de lyerre, dont se souloient aider les ministres & supposts de
Bacchus, & les Bacchantes aussi; tant à son entreprise de l'Inde (comme dit Lucian) que depuis apres sa deification en ses sacrifices. Ce qui denote la nuisance offensiue du vin, cachée
dessoubs sa douceur agreable. Car, comme dit Macrobe, Bacchus frappe en trahison : parquoy il le faut aborder cautement, en se tenant sur ses gardes ; & auecques vn lien de patience restraindre son impetuosité & fureur. Le lyerre nous represente vne forme de lien & retenement ; de sorte qu'au sacrificateur de Iuppiter à Rome, qui s'appelloit le Flamen dial,
auquel falloit que toutes choses fussent libres, & non contraintes ne renfermées, parquoy il
n'eust osé porter vn anneau, estoit non seulement defendu de toucher le lyerre, mais de le
nommer encores: & le iauelot, la pointe & acuité du vin, qui bien souuent induit les hommes à fureur. Phornutus attribue le Thyrse à Bacchus, pour denoter que les pieds des personnes yures ne sont pas gueres seurs de faire leur deuoir, sans quelque appuy & soustenement.

SORTENT *si volontairement de la terre.* Diodore au troisiesme liure, tirant ces fables &
fictions de Bacchus aux causes naturelles, dit, *Que les Philosophes qui ont parlé de ce Dieu, appellent la vigne le fruict ou liqueur Bacchique; aleguans là dessus que la terre a de son bon gré & propre
mouuement produit la vigne, auecques toutes les autres plantes, sans luy en auoir esté apportées les semences d'autre principe exterieur. Et fondent ainsi cette coniecture : qu'encores mesme pour le iourd'huy
en quelques endroits boscagenx, on void naistre des vignes de soy, qui portent fruict tout aussi bien que
celles qui sont cultiuées de main d'homme. Ce qui a faict que les anciens ont attribué deux meres à Bacchus : l'vne quand la vigne estant plantée dedans la terre, prend vegetation & accroissement, l'autre quand
elle produit des raisins : de sorte que la premiere des generations de ce Dieu s'attribue à la terre, & la seconde au fruict que la vigne porte. Il y en a d'autres, lesquels s'accostans plus aux fables & inuentions
Poëtiques, y adioustent la troisiesme encores; le faisans estre fils de Iuppiter & de Ceres, & qu'ayant
esté par les mortels couppé en pieces, & cuit puis apres, les membres en furent reioincts par icelle Ceres,
& remis de rechef en vie soubs le personnage d'vn beau ieune-homme: ce qui se confait entierement aux raisons naturelles. Car on le dit estre fils de Iuppiter, & de cette Deesse, pour occasion que les vignes prenans
leur nourrissement de la terre qui est Ceres, & de la pluye qui est Iuppiter, produit des raisins desquels l'on
espreint le vin. Il fut au reste desmembré par les hommes, parce que les vandangeurs couppent les raisins &
les foullent. Ses parties furent bouillies; dautant que beaucoup de nations cuisent le vin pour le mieux garder,
& le rendre plus doux & plus sauoureux ce leur semble. Ses membres ainsi destranchez furent reioincts de rechef; car la vigne à certaine saison ayant esté despouillée de sa vandange, retourne l'année d'apres à produire
de nouueaux raisins.* Somme que toutes les fables des anciens s'appliquent finablement à des allegories ; partie concernans le faict de la religion, partie les secrets de Nature, & autres mysteres tres-beaux, qui tombent soubs la cognoissance de l'homme : de quoy vous pouuez voir
quelque chose encores dans le quatriesme liure du mesme Diodore , & en assez d'autres
endroits.

ESCOVTEZ

Escovtez *comme Pan chante Dionysius, ce mot d'*Evion *en la bouche.* Evion est vn des
surnoms de Bacchus, dont les Poëtes vsent quelquesfois. Orphée en son Hymne, ῶσ᾽ ἀγιος,
& en autre endroit ῶσ βάκχρ. Probus le grammairien sur ce passage de Perse : *Euion ingeminat,*
reparabilis assonat Echo, dit que Bacchus fut ainsi appellé, par ce qu'à la bataille des Geans, luy
se trouuant à dire, Iupiter son pere eut opinion que ces cruels l'eussent taillé en pieces, parquoy
il se prit à escrier *Ieu,* qui est vne voix de complainte, à quoy immediatement il adiousta ᾗον,
c'est à dire *fils,* comme s'il eust voulu dire, He fils, ie t'ay doncques perdu. Mais Acron, l'vn
des interpretes d'Horace, allegue que s'estant transformé en Lyon, il mit à mort vn Geant ; &
qu'alors Iuppiter l'appella pour le caresser par ce nom cy ῶ ᾗὲ, comme qui diroit *mon bon fils.*
Phornutus en recitant les surnoms de Dionysus βρόμιος δέ, κ᾽ βάκχης, κ᾽ ιακχὲς κ᾽ ῶσε. On l'appelle aussi Euan, comme faict Ouide au commencement du quatriesme de la Metamorphose :
Nyctiliusque, Eleceusque parens, & Iacchus & Euan. A cause peut estre du lyerre, qu'Hesychius dit
estre appellé *Euan* en langue Indienne.

Svr *la cime du mont Cytheron.* Cette montagne est en la Bœoce, non gueres loing de la ville de Thebes, là où fut Acteon mangé par ses chiens, pour auoir veu Diane toute nuë, se baignant en vne fontaine auecques ses Nymphes, & Pentheus desmembré par sa propre mere & ses
tantes. Tellement que ce lieu-là fut tres-malheureux & infauste au sang de Cadmus, aïeul maternel de ces deux miserables infortunez. Et pour raison encore d'Œdipus qui y fut esleué &
nourry, lequel encourut depuis de si estranges & tragiques accidens.

Et voila *l'enragée Megere qui plante vn Sapin pres de luy.* Les Poëtes ont feint trois Furies
aux enfers, qu'ils appellent autrement Dires, Erynnes & Eumenides : Alecto, Tisiphone & Megera ; filles de la Nuict & d'Acheron ; lesquelles examinent les forfaicts des hommes ; & tourmentent là bas ceux qui ont delinqué. On les peint d'vn tres-horrible aspect, encheuelées de serpens & couleuures, auecques des fouëts & brandons de feu ardent. Fulgentius en son Mythologique les deriue ainsi, Ἀλικτω, qui n'a iamais repos ne cesse ; Τισιφώση, la voix de ces trois
infernales Deesses, & Megera quasi Μεγάλη ἔρις, grande contention & debat. Elles signifient
aussi nos trois mouuemens & affections principales : l'ire, qui tend à vangeance ; la conuoitise
aux richesses, & la concupiscence aux voluptez & plaisirs de la chair. Quant au Sapin que cette
Furie plante, cela se rapporte au desastre de Pentheus, qui doit là mesme bien tost arriuer (ce
dit-il) ainsi qu'il se verra en son tableau cy-apres. Mais nous pouuons bien ce pendant dire encores quelque chose de la fontaine, & d'Acteon, dont aussi bien ne sera-il plus faict de mention
en nulle autre endroit de cest œuure. Acteon doncques fut fils d'Aristeus, & d'Autonoé, l'vne
des filles de Cadmus, Aristeus, dis-ie, qui fut fils d'Apollon & de Cyrené fille d'Hypseus ; &
eut vn frere nommé Autuchus, qui regna en Lybie, & Aristeus en l'isle de Cea, pres celle de
Negrepont ; comme le marque l'interprete d'Apollonius sur le second des Argonautes. Il exerça la vie pastorale, ainsi que l'on peut voir en sa neufiesme des Pythies, là où Pindare l'appelle
ἀγρέα κ᾽ νόμιον, *venteur & pasteur.* Diodore dit que Cyrené fille d'Hypseus estant nourrie en la
maison de Peleus, Apollon en deuint amoureux, qui la rauit & mena en Lybie, où elle donna le
nom à la ville de Cyrene, aupres des Syrthes, là où elle eut de luy Aristeus, qui fut nourry par
les Nymphes, & inuenta l'vsage du laict, du miel, & de l'huile. De là estant venu en la Bœoce, il
espousa Autonoé, dont il eut Acteon ; puis estant passé en l'isle de Cea, il la diuisa de la peste.
Il habita encores en Sardeigne, & Sicile ; où apres auoir monstré au peuple tout plein de choses
commodes, finablement il reuint en la Thrace, & y apprit les Orgies ou ceremonies secrettes
de Bacchus. Mais s'y estant enamouré d'Euridicé la femme d'Orphée, comme elle s'enfuyoit deuant luy, elle fut picquée d'vn serpent dont elle mourut ; par despit de quoy les Nymphes tuerent toutes les mousches à miel d'Aristée. Et depuis par l'admonestement de l'oracle de Protheus ayant sacrifié quatre taureaux & autant de genisses à l'ame d'Euridicé pour l'appaiser, il en
sortit vn grand nombre d'Abeilles, qui luy remirent sus de rechef ses ruches, ainsi que dit Virgile au 4. des Georgiques. Au regard d'Acteon, il suiuit les mesmes erres de son feu pere, s'ad-
donnant du tout à la chasse, & aux nourritures. Et comme il se fust vn iour opiniastré apres vn
cerf qui s'en alloit de forlonge deuant ses chiens, & là dessus demeuré en defaut ; cuidant le redresser auec le limier, il donna d'aduenture dedans vn gros hallier au lieu le plus desuoyé de toute la forest, là où Diane se baignoit auec ses Nymphes, en vne fontaine sourdant au creux d'vn
rocher, au val de Gargaphe ; dont cette vierge honteuse & toute indignée d'auoir ainsi esté apperceuë nuë par vn homme mortel, luy ietta deux ou trois brins d'eau au visage ; qui le transmuerent en cerf : & là dessus la meute de ses chiens, auec quelques picqueurs qui les accompagnoient cuidans auoir renouuellé leur droict, le chasserent si asprement, qu'ils le porterent à la
parfin par terre, & s'en donnerent eux-mesmes la curée. Ceux qui veulent tirer cette fable en allegorie, & mesmement Palephatus, dient que cela & semblables comptes, ont esté controuuez
pour nous retenir en la reuerence des Dieux, & nous remonstrer combien c'est dangereuse chose de vouloir plus cognoistre que l'on ne doit de leurs mysteres & secrets. Le Philosophe Pha-

uorin le refere aux ieunes gens qui se laissent aller aux flatteurs, qui en fin les deuorent, mais l'histoire va en cette sorte. Acteon estoit certain Arcadien aimant fort la chasse, & pour cette occasion entretenoit grand nombre de chiens, en quoy il despendoit la plus grande part de son
bien. Et pour autant que de ce temps-là, les hommes, quelques riches qu'ils fussent, n'auoient
ny manouuriers ny esclaues pour faire leur besongne, tellement qu'il falloit qu'eux-mesmes y
missent la main, & cultiuassent leurs terres s'ils vouloient manger; Acteon au lieu d'y entendre,
s'occupant apres sa venerie, qui luy coustoit outre son desbauchement beaucoup à entretenir,
eut en bien peu de temps dissipé tout son bien : ce qui donna lieu à cette fiction, que ses chiens
propres l'auoient deuoré. Fulgentius en son Mythologique ameine vn passage d'Anasimenes,
au second liure des peintures antiques; où il dit que de vray Acteon en ses ieunes ans auoit fort
aimé la chasse, mais qu'estant puis apres paruenu en aage plus meur, considerant les dangers &
inconueniens qui y sont, & la grande dissipation qui s'y faict, il y deuint plus craintif, dequoy on
prit occasion de dire, qu'il auoit vn cœur de cerf, suiuant ce carme d'Homere au premier de l'I-
liade. οἰνοβαρὲς, κυνὸς ὄμματ᾽ ἔχων, κραδίαν δ᾽ ἐλάφοιο: neantmoins il ne laissa pas pour cela l'affection naturelle qu'il auoit à la chasse, en quoy à la parfin il consomma tout son bien. Aussi Pline
au 37. chapitre de 11. liure, tient pour fable les cornes que l'on attribuoit à Acteon, & à Cippus,
estans naturellement deuës (ce dit-il) aux animaux à quatre pieds. Mais Plutarque au traicté des
narrations amoureuses, parle d'vn autre Acteon, fils d'vn certain Melissus Corinthien; qui estant
encores ieune garçon, & beau à merueilles, fut desiré de plusieurs;& entre autres d'Archias de la
race des Heraclides, le premier homme pour lors de sa cité, tant en biens qu'en authorité & credit: & se voyant n'en pouuoir rien auoir de gré à gré, il se resolut de le rauir de force. Sur quoy
le pere auec ses parens & amis s'estans presentez pour le secourir,il fut en ce contract desmembré
& mis en pieces. Quant à la fontaine dont il est icy faict mention, Pausanias és Bœotiques en dit
ce qui s'ensuit. *Au partir de Megares vous trouuerez vne fontaine à la main droicte , & vne autre encores
quand vous aurez passé vn peu plus outre. On l'appelle la fontaine d'Acteon , car l'on dit qu'il se venoit reposer
en ce rocher toutes les fois qu'il estoit lassé du trauail de la chasse , & que ce fut là où il vid Diane se baignant
toute nuë. Au moyen dequoy , ainsi que l'a escrit Stesichorus Himereen, la Deesse luy ayant ietté tout à l'instant
vne peau de cerf, elle fit par ce moyen qu'il fut dechiré de ses chiens; de peur aussi qu'il n'espousast Semelé. De
moy ie croirois que sans que Diane s'en empeschast , ses chiens estans deuenus enragez (comme il est vray-semblable) se ruerent sur le premier qui se rencontra en la voye , & le mirent en pieces. Mais quant à l'endroit de
Citheron , où le malheur arriua à Penthée , & qu'on exposa Edipus tout aussi tost qu'il fut nay , personne n'en
sçais bonnement que dire.*

ARIADNE.

L'ingrat est tousiours infidele,
Le lascif veut tousiours changer,
Si Thesee oublie sa belle,
Et le bien qu'il a receu d'elle,
L'ayant preservé du danger;

Bacchus n'a pas moins d'inconstance,
Car il aime le changement,
Ny Ariadne d'imprudence,
D'auoir choisy vn tel amant:
Sa volupté fuï la plus forte,
Bien que son mal sust à sa perte.

ARIADNE.

ARGVMENT.

LEs *Atheniens*, *&* *Megareens ayans tué mal-heureusement par enuie le Prince Androgée*, *fils de Minos Roy de Crete, pour auoir emporté le prix de la lutte par desʃus eux*, *le pere meu de iuste douleur*, *leur alla faire vne tres-forte guerre, dont il eut le desʃus; ruina de fonds en comble la cité de Megares*, *& mit à mort le Roy Nysʃus que sa propre fille Scylla*, *transportée d'amour luy trahit*, *& liura entre les mains. Car elle osta à son pere le cheueu fatal de couleur de pourpre, dont dependoit & sa mort & sa vie; mais les Dieux en ayans pitié le transmuerent en Esperuier; & sa fille*, *(que Minos pour la meschanceté d'elle ne voulut oncques voir) en allouette; laquelle l'autre, pour l'occasion de son forfaict pourʃuit encore. Au regard des Atheniens, il les rangea pareillement à la raison*, *& les contraignit de luy enuoyer tous les ans par forme de tribut, sept ieunes garçons de bonne maison*, *& autant de filles pucelles, qu'il faiʃoit (ce dient aucuns) deuorer par le Minotaure. Le sort estant finalement tombé sur Theʃee, il s'en alla quand & les autres en Candie, là où de pleine arriuée Minos s'enamoura de l'vne des filles nommée Peribée, d'vne merueilleuʃe blancheur. Et comme sans vouloir differer dauantage il voulust vser de son droict, & venir aux priʃes, Theʃee s'y oppoʃa brauement, alleguant que puis qu'il estoit fils de Neptune, il seroit trop indigne d'un pere tel, s'il enduroit cet outrage deuant ces yeux. Dequoy Minos desirant auoir quelque preuue, ietta son anneau dans la mer : & Theʃee se lança apres, où il fut ʃoudain recueilly par vne trouppe de Dauphins, qui le conduirent aux Nereïdes, dont il recouura cet anneau. Et là desʃus Ariadné fille de Minos s'estant fort & ferme picquée de luy, tant pour sa hardieʃʃe & grandeur de courage, que pour sa ieuneʃʃe & beauté, ioinct la noble race dont il estoit issu, luy offrit de luy declarer les moyens comme il pourroit venir à bout du Minotaure, & se deuelopper des destours & retours de l'embrouillé labyrinthe, s'il luy vouloit promettre de la prendre à femme. Il se demesla sain & ʃauue de l'vne & l'autre entrepriʃe : cela faict enleua Ariadné, & sa sœur Phedra, & fit voile à tout ce butin; mais ayant en chemin esté contrainct de prendre terre en l'iʃle de Naxe, il y laisʃa Ariadné endormie, dont auʃʃi bien il se lasʃoit desia : & emmena sa sœur Phedra à Athenes, où il l'espouʃe. La pauure desolée à son reʃueil, se voyant ainʃi miʃerablement trahie, se*

mit

mit à faire ſes doleances aux ondes & rochers : auſquelles le Dieu Bacchus
eſtant accouru en deuint amoureux, & luy donna en nom de mariage la
belle coronne enrichie de ſept eſtoilles, dont Venus luy auoit faict preſent. Mais
pource qu'elle n'auoit pas bien gardé ſa virginité par elle voüée à Diane, cette
Deeſſe la mit à mort d'vn coup de fleſche. Neantmoins elle fut depuis transfe-
rée au ciel auecques ſa coronne.

Ov s auez peut-eſtre autres-fois entendu de voſtre
nourriſſe (car ces manieres de femmes ſont plus que
ſtillées en telles beſongnes, & ont touſiours les larmes à commandement pour enrichir, & donner
credit à leurs comptes) que Theſée ſe porta mal &
ingratement enuers Ariadné : les autres maintiennent que non ; mais que ce fut à l'appetit de Dionyſus qu'il la laiſſa endormie en l'iſle de Naxe : parquoy ie n'ay que faire de vous dire, que celuy qui
eſt dedans le nauire eſt Theſée, & Dionyſus l'autre que voila en terre :
ne de l'addreſſer comme non-ſçachant, deuers celle qui eſt eſpriſe d'vn ſi
doux ſommeil parmy ces rochers. Il ne ſuffiroit pas non plus de loüer le
peintre de cela dont vn autre pourroit tirer quelque gloire : eſtant aiſé à
vn chacun de peindre belle Ariadné, & Theſée beau pareillement : &
s'il y a tout-plein de marques & cognoiſſances de Dionyſus pour ceux qui
ſçauent pourtraire, ou tailler en boſſe ; dont s'il peut paruenir à la moindre, il aura tout ſoudain repreſenté ce Dieu là. Par ce que des branches
de lyerre auecques leurs grappes, agencées en façon de guirlande, ſont
vn indice de Dionyſus, encores que l'ouurage n'en fuſt gueres bon : &
ces deux petites cornettes, poignans hors des temples, monſtrent que
c'eſt luy ſans autre. La Panthere auſſi eſt l'vne de ſes enſeignes. Mais icy
Dionyſus eſt peint en amoureux ſeulement ; car le braue & pompeux
equipage de ſa robbe peinte & diaprée, & les iauelots bardez de lyerre,
& les peaux de cerf, & cheureux, tout cela s'eſt eſuanoüy, comme ne
faiſant icy à propos : ne les Bacchantes leurs cymbales, ne les Satyres
leurs chalumeaux, ne les mettent point pour cette heure en beſongne :
Pan meſme de peur de reſueiller la demoiſelle, ſe retient de ſauter & ba-
ler : ce temps-pendant Dionyſus yure d'Amour (ainſi appelle Anacreon
les Amoureux tranſſis) & veſtu de ſa belle robbe de Pourpre, le chef
tout equippé de roſes, s'approche d'elle. * Theſée l'aime de vray ; mais
la fumée d'Athenes. Auſſi bien ne l'a-il point encores cogneuë, ny ne la
cognoiſtra iamais plus. Ie croy meſme qu'il ne ſe reſſouuient pas du Labyrinthe ; & qu'il ne ſçauroit dire pour quelle occaſion, ne comment, il
nauigea oncques en Candie : Parquoy il n'a l'œil qu'à ce qui eſt en Proüe.
Voyez vn peu Ariadné, ou pluſtoſt le ſommeil propre : Cette poictrine
deſcouuerte iuſques au nombril, le col nonchalamment à la renuerſe, la
gorge ſi delicate, l'eſpaule droitte qui ſe void toute. Neantmoins l'autre
main eſt placquée ſur le pan de ſa robbe ; de peur que le vent ne luy fa-

L

* ô ἠ Θησεὺς
ἐρᾷ μὲν, ἀλλὰ
τῆς τῶν Ἀθη-
νῶν καπνοῦ.
Quant à Theſée,
il eſt bien amou-
reux auſſi, mais
c'eſt de la fumée
à Athenes : Or il
ne cognoiſt point
encore Ariadné,
ny ne la cognoiſt
oncques. Car
l'Autheur ne
dit point qu'il
portaſt aucune
affection à A-
riadné, ains
Plutarque eſ-
crit en ſa vie
qu'il l'abandõ-
na pour ce
qu'il en ai-
moiſue autre
ἐπολπιφθεῖσαι
ᾗ Οσήσεν l-
φώτνοι ἱττεσί.

ce quelque vergongne. O quelle halcine Dionyſus ! & combien douce
& ſoüeſue elle doit eſtre ! Si elle ſent les pommes ou les raiſins, l'ayant
baiſée, au moins tu nous en diras des nouuelles.

ANNOTATION.

PAVSANIAS.

PAVSANIAS en la deſcription d'Attique, met *que dans le Theatre d'Athenes y*
auoit vn temple de Bacchus fort antique, aueceques deux de ſes ſtatuës, dont l'vne eſtoit
de l'ouurage d'Alcamenes : toute d'Or & d'Yuoire, aueceques force peintures contre la vou-
te & les murailles, & meſmement iceluy Bacchus remmenant Vulcan au ciel. Car tout
auſſi toſt qu'il fut nay, Iunon l'auoit precipité du haut en bas de l'Iſle de Lemnos, dont
il ſe rompit les deux cuiſſes ; dequoy s'eſtant depuis reſſenty, il luy enuoya vne chaire d'or de ſa façon, où il y
auoit des liens cachez, qui enuelopperent Iunon ſoudain qu'elle s'y fut aſſiſe : ſans que pour priere que pas vn
des Dieux luy ſceuſt faire, il la vouluſt tirer hors de là, iuſques à tant que Bacchus, à qui il ſe fioit du
tout, l'ayant enyuré, le ramena au ciel, où l'appointement fut faict. Puis eſtoient peints Penthée & Lycur-
gne, portans la folie encheve pour les outrages par eux faicts à ce Dieu : & Ariadné endormie, aueceques
Theſée qui ſe mettoit à la voile, la laiſſant là pour les gages : mais Bacchus accouroit ſoudain deuers elle
pour l'enleuer. Ce qui ſe conforme aux peintures de ce tableau.

   CATVLLE és Argonautiques, où il eſcrit la riche couuerture du lict nuptial de Peleus &
de Thetis, qui eſtoit de pourpre, enrichy d'vne broderie de cette hiſtoire d'Ariadné & Theſée,
s'eſt fort elegamment dilaté là deſſus, en ces termes.

> *Hæc veſti priſcis hominum variata figuris,*
> *Heroum mira virtutes indicat arte :*
> *Namque fluentiſono proſpectans littore Diæ,*
> *Theſea cedentem celeri cum claſſe tuetur*
> *Indomitos in corde gerens Ariadna furores :*
> *Nec dum etiam, ſeſeque ſui tum credidit eſſe,*
> *Vtpote fallaci quæ tum primùm excita ſomno*
> *Deſertam in ſola miſeram ſe cernit arena.*

   Auec pluſieurs autres vers qui ſuiuent de ce meſme propos, que nous eſſayerons de repreſenter
icy, bien que ce ſoit en proſe, le plus religieuſement qu'il nous ſera poſſible.

CATVLLE.

   Cette couuerture eſtoit diuerſifiée de pluſieurs belles pourtraictures antiques faictes à perſonnages, monſtrans par vn merueilleux artifice les proüeſſes des vaillans Heroës. Car tout en premier lieu Ariadné regardant du riuage reſonant de flots en l'Iſle de Naxe, Theſée qui faict voile à tout ſa legere flotte, porte
en ſon cœur vn courroux furieux indomptable : ſans ſe plus recognoiſtre ſoy-meſme ; comme celle qui tout à
l'heure excitée du ſommeil qui l'auoit deceuë, ſe void miſerablement ſeule abandonnée emmy le ſablon :
cependant que le io{}uuenceau s'en va tant qu'il peut à grands coups de rame, laiſſant là ſes promeſſes non
eſſectuées, à la mercy des vents & des vagues ; lequel la fille de Minos conduit de loing d'vn œil tres-piteux,
de dedans l'eau, ayant la reſſemblance d'vne Bacchante de Marbre eſpriſe de fureur. Elle le regarde de vray,
& flotte en ſon cœur de groſſes ondes de ſouci ; n'eſtant plus ſon beau chef doré retenu de ſa deliée coiffen-
re, ne ſa gorge albaſtrine couuerte du voile de creſpe : ne ſes petits tetins rondelets empriſonnez dans ce collet de
laſſis. Toutes leſquelles beatilles s'eſtans nonchalamment eſcoulées de deſſus ſa perſonne, giſoient çà & là baignées à ſes pieds par les ondes ſalées. Mais elle ne ſe ſoucioit ne de ſa coiffeure, ne de ſon beau voile flottant,
pendoit de tout ſon cœur eſperdu apres toy, ô Theſée ; de tout ſon penſement, & volonté. Ha combien l'auoit
VENVS.
deſia exten{}uée la Deeſſe Erycine ; par pleurs & continuelles lamentations ; luy ſemant de tres-poignans &
eſpineux ſoucis dans l'eſtomac ; lors que l'aduanturewx Theſée ayant faict voile du courbe riuage de Pyrée,
Candie &
Minos.
Atheues.
arriua és Cortiniens manoirs de l'iniuſte Roy. Car on dit que la cité de Cecrops, auparauant fort affligée de peſte, en vangeance du meurtre d'Androgeus, auroit eſté contraincte d'y enuoyer des io{}uuenceaux
eſleus ; aueceques la beauté des filles à marier, pour ſeruir de paſture au Minotaure. Deſquels maux comme le
pourpris & enceinte d'Athenes, adonc de peu d'eſtenduë, fut fort moleſté, Theſée aima trop mieux expoſer
ſon corps pour ſa chere Patrie, que d'endurer de telles funerailles, (& toutes fois non funerailles) eſtre de là en auãt
enuoyées d'Athenes à Candie. Et en cette reſolution s'eſtant embarqué dans vn viſte nauire ; conduit d'v-
ne bonace & temps fauorable, s'achemina deuers le magnanime Minos, & ſes ſuperbes demeures ; là où
la Royale vierge, que le chaſte lict parfumé de ſoüeſues odeurs nourriſſoit encores parmy les mignards embraſſemens de la mere ; toute en la me{}ſme ſorte que le cours d'Euvotas produit les Meurthes ; ou que le
doux air du Printemps pouſſe dehors vne infinité de fleurettes toutes de couleurs differentes, n'eut pas pluſtoſt ietté l'œil deſſus, ſans l'en pouuoir retirer en aucune ſorte, que la flamme ne ſe fuſt allumée iuſques au
fonds

fonds de l'eſtomac, & ne bruſlaſt eſpriſe de tous coſtez bien auant dedans les moëlles. Ha ſainct enfant, qui
d'vn cœur inhumain excites tant de fureurs, meſlant les plaiſirs & contentemens auecques les faſcheries des
perſonnes! Et toy Deeſſe Cyprienne qui gouuernes les Golges, & le boſcagenx mont Idalien, de quelles vagues as tu agité cette pauure fille embraſée en ſon eſprit, ſoupirant à toutes heures pour ce blond eſtranger? Quelles grandes frayeurs a elle ſouffert en ſon cœur languiſſant? Combien de fois eſt elle pallie plus que le luſtre & eſclat de l'or, quand Theſée s'appreſtant pour combatre le fier-cruel monſtre, en doute & incertitude s'il deuoit
là finer ſes iours, ou en rapporter la victoire, elle d'vne denotion non ingrate, mais en vain toutesfois, a tacitement entre ſes leures faict des vœux & prieres aux Dieux, leur promettant quelques offrandes. Mais
tout ainſi qu'vn impetueux tourbillon, tordant-hochant par ſon ſoufflement vn vieil cheſne, dont le branchage croulle & ſe bat en lacime, ou bien quelque pin s'eſleuant en pointe, dont l'eſcorce ſuë la reſine, les deſchauſſe & arrache hors de terre, tellement que ces arbres-là eſbranſlez du plus bas du pied tombent à la
renuerſe, & briſent pres & loing tout ce qui ſe rencontre deſſoubs: En ſemblable Theſée ayant rué bas le monſtre furieux, qui fondroyoit en vain contre l'air, de ſes cornes, ſe retira auecques vne grande gloire, en
conduiſant ſes pas, bien dangereux à ſe fouruoyer à l'aide d'vne deliée fiſelle, afin au ſortir des embrouil-
lez deſtours du Labyrinthe, les deſuoyemens couuerts, & irremarquables ne le deſtournaſſent point. Mais à
quelle occaſion me veux-ie ainſi extrauaguer de mon premier propos, pour m'eſtendre à dire le reſte? Comme
la demoiſelle delaiſſant la preſence du pere, les embraſſemens de ſa ſœur, & de ſa mere encores, qui paſſionnée
extremement de la piteuſe fin adnenuë de ſa fille, en deuoit ietter maintes larmes, elle preferaſt neantmoins à
toutes ces choſes la douce amitié de Theſée; ou bien comme elle s'en alla ſur vne barque aux riues eſcumeuſes
de l'iſle de Naxe: ou comme ſon eſpoux la quitta là, les yeux vaincus d'vn gracieux ſommeil, ſe partant d'elle auecques vn cœur tout conſit en oubly. Certes on dit que par pluſieurs fois, elle d'vn ardent vouloir tranſporté de fureur, deſgorgea du fonds de l'eſtomac des voix cler-reſonantes: & que toute eſplorée elle montoit
à la plus haute cime des roides montagnes; dont elle penſt allonger ſa veuë deſſus les ſpacieuſes onds, puis
tout ſoudain redeſcendoit à val encontre les vagues de la trembloyante marine, hauſſant les delicats
pans de ſa robbe qui luy couuroient ſa belle greue. Et pour ſes dernieres querimonies, outrée iuſques
au bout de douleur, auoir dict cela qui s'enſuit, tirent à force gros ſanglots froids de ſa bouche arrouſée de larmes. Doncques en cette maniere traiſtre & deſloyal que tu es, m'ayant enleuée de la mai-
Complainte
d'Ariadné.
ſon paternelle, plus que deſloyal, dis-ie, & ſans foy quelconque Theſée, tu me laiſſes icy en vne plage
deſerte, & te depars de moy, meſpriſant la puiſſance & iuſtice des Dieux? Ingrat & meſcognoiſſant abu-
ſeur, & emportes ainſi au logis tes pariuremens execrables? Rien n'a-il peu ſeſchir le complot de ta cruelle machination? Pitié aucune n'a-elle trouué lieu en toy courſaire & brigand infame? Rien n'a-il peu induire
ton impitoyable courage à auoir compaſſion de moy? Ne m'auoit-tu pas faict cy deuant de ſi belles & courtoiſes
promeſſes? Ne m'aſſenrois-tu pas touſiours (moy pauure mal-heureuſe) d'vn ioyeux mariage, d'vnes tant deſirées nopces? Neantmoins tout cela, les vents l'emportent deſmembré parmy l'air, ſans aucun accompliſſement ny effect. Or que par cy apres femme aucune ne ſoit ſi legere de croire à homme, quelque ſerment qu'il
luy face; qu'elle n'eſpere de pas vn d'eux la parole deuoir eſtre fidele. Car quand leur volonté brille apres quelque choſe par eux conuoitée, ils ne different point de iurer, & ne pardonnent à promeſſe quelconque:
mais tout ſoudain que leur fantaiſie eſt paſſée, & leur deſir en eſt aſſouuy, ils ne reſpectent rien, alors tout ce
qu'ils auront dit; & ne ſe donnent aucune peine de leurs pariuremens. Et certes ie t'ay retiré, ineuſty
deſſia au beau milieu d'vn orage de mort; & pluſtoſt ay-ie reſolu de perdre mon propre frere, que de t'abandonner (aſſrouteur ſublin) en la derniere neceſſité. Pour recompenſe deſquoy me voicy expoſée à la mercy des beſtes ſauuages, pour eſtre deuorée d'elles, pour ſeruir de proye aux oyſeaux, ſans qu'apres que ie ſeray morte
on me donne ſepulture en la terre. Quelle Lyonne eſt-ce qui t'a engendré en vn rocher deſuné ſolitaire? ou
quelle mer t'ayant conceu t'a mis à bord auecques ſes ondes eſcumeuſes? Quelle Syrte, quelle englontiſſante
Scylle, ne quelle horrible & eſpouuentable Charybde, quand pour t'auoir ſauué la vie, tu me rends maintenant vne recompenſe telle? Que ſi d'aduanture mon party ne te plaiſoit pas, ou que tu euſſe crainte des
vigoureux commandemens de ton pere; à tout le moins me pouuois tu mener en ton pays, ou ie t'euſſe gayement ſeruy, tout ainſi que le moindre eſclaue, en te lauant au ſoir les iambes d'vne belle eau cler-nette, ou
accouſtrant ton lict auecques de riches couuertes de pourpre. Mais pourquoy me complainct-ie ainſi en vain,
& à l'air & aux vents (partroublée de tant de maux) leſquels n'eſtans pourueus d'aucun ſentiment, ne peuuent ouyr les lamentables voix qu'on leur addreſſe, ne y reſpondre auſſi peu? Et luy ce-pendant eſt en pleine mer,
n'y ayant mortel que ce ſoit qui comparoiſſe en ce deſolé riuage: tant m'eſt iuſques au dernier but la fortune felonne, qui ſe mocque de ma calamité & miſere; & me deſnie meſmes quelques oreilles qui eſcou-
tent mes gemiſſemens. O qu'il t'euſt pleu tout puiſſant Iuppiter, qu'onques les nauires d'Athenes n'euſſent
touché les Gnoſiens riuages: ne que l'infidele nauigateur apportant le cruel tribut au Taureau indomptable, euſt
ietté l'anchre en la Candie: ne que ce maudit eſtranger, cachant ſon inhumain naturel ſoubs le voile d'v-
ne face benigne, fuſt venu au conſeil chez nous. Car où retourneray-ie? de quelle eſperance me puis-ie
preualloir, qui ſuis ainſi à perdition? M'addreſſeray-ie aux monts Idéens, que par vn ſi large & ſpacieux goulphe l'impitoyable marine ſepare maintenant de moy? Me doi-ie attendre d'auoir recours à mon
pere, que i'ay ainſi abandonné pour ſuiure vn ieune mignon, tout arrouſé encores du meurtre de mon frere?
Ou ſi ie me conſoleray ſur la loyale amour de mon eſpoux, qui s'enfuit de moy tant qu'il peut; recourbant

dans les ondes ſes rames trop lentes à ſon gré? D'autre part me voicy en vne iſle deſerte, en vn riuage abandonné, ſans auoir où me mettre à couuert, nulle part. Et s'il n'y a iſſue quelconque, de tous coſtez m'en-
uironnans les flots: nul expedient pour m'en retirer; nulle eſperance. Tout y eſt muet, tout y eſt ſolitaire, tout monſtre vne image de mort. Neantmoins la lumiere des yeux ne viendra point du tout à s'aſſoi-
blir & eſteindre, ne les ſentimens n'abandonneront ce las & debile corps, que moy ſi malheureuſement trahie,
ne demande vne iuſte vangeance aux Dieux, & ne leur face vne requeſte à l'extremité de ma vie. Vous
doncques les Eumenides, qui puniſſez par vn vindicatif tourment les forfaicts des hommes deſloyaux & pariures: dont le front reueſtu de cheueux ſerpentins teſmoigne aſſez l'ardente indignation que voſtre eſtomac deſgorge; Venez, venez icy tout courant pour ouyr mes iuſtes complaintes, que ie (ha miſerable infortunée) ſuis
contrainctde proferer de mes plus enfoncées moëlles; pauure deſtituée, bruſlant, aueugle de fureur forcenée.
Mais puis qu'elles naiſſent du profond de mon cœur, ne vueillez point ſouffrir (ie vous ſupplie) que ce
dueil legitime ſe reſpande en vain; ains que de la meſme oubliance qu'il me laiſſe icy ingratement toute
ſeule, de la meſme (ò ſainctes Deeſſes) puiſſe-il auſſi attriſter ſoy-meſme, & les ſiens. Apres qu'elle eut mis
dehors ces cris là d'vn cœur triſte & dolent; demandant d'vne grande amertume & inſtance la raiſon d'vn ſi
mal-heureux forfaict, le ſouuerain recteur des celeſtes le luy accorda, d'vne maieſté telle, que lors la terre
& les mers effroyables tremblerent d'horreur, & s'vniuers esbranſla ſes cler-luyſantes eſtoilles. Mais ainſi
que la deſolée conduiſoit de l'œil le vaiſſeau, qui s'eſloignoit touſiours de plus en plus, faiſant (outrée de douleur) mille piteux diſcours en ſon affligé eſprit, voicy d'vn autre coſté arriuer le gentil Iacchus auecques ſa
dance de Satyres, & les Silenes natifs de Nyſa, te cherchât, Ariadné, tout embraſé de ſon amour; leſquels ioyeux
& esbaudii, le cerueau deſuoyé, à chaque pas contrefaiſoient les inſenſez; tempeſtans & vrlans Euoé; tor-
dans le col, Euoé; dont les aucuns branſloient des iauelots bardez de lyerre, le fer caché là deſſoubs: les autres s'entre-iettoient les loppins d'vn taureau deſmembré par pieces: partie ſe ceignoit de ſerpens entortillé. par-
partie celebroient les ſaincts-ſacrez Orgies, en des corbeilles creuſes; les Orgies qu'en vain taſchent d'apprend'e les laiz prophanes. Les autres battoient le tabourin à grands coups, ou faiſoient retentir des cymbales de cuyure: pluſieurs ſouffloient dans des cornets enroüez, rendans vn ſon ſourd & profond; & pareillement des hauts-bois ruſtiques, qui bourdonnoient hideuſement à l'ouye. De telles figures eſtoit richement
brodée la belle & riche hauſſe volante, qui enueloppoit tout le lict de Peleus & Thetis, iuſques à fleur de
terre.

L'ISLE de Naxe. On l'appelle autrement DIA, & au-parauant Strongyle. Pline liure quatrieſme, chapitre douzieſme, dit qu'elle eſt auſſi nommée Dionyſia, à cauſe de l'abondance
des vignes qui y ſont. C'eſt vne Iſle de l'Archipel ou mer Egée, plus haut-eſleuée que toutes les autres Cyclades, en nombre de neuf, dont elle faict l'vne. Leurs noms ſont ceux-cy; Andros, Miconos, Delos, Tenedos, Naxos, Seryphus, Gyarus, Paros, & Rhenia. Le nom de Naxe au
reſte luy vint de Naxus chef des Cariens, qui l'occupa.

ET CES deux petites cornettes poignans hors des temples, monſtrent que c'eſt Bacchus ſans autre.
Il ſe trouue pluſieurs raiſons pourquoy ce Dieu a eſté peint auecques des cornes, & appellé
Cornu par les Poëtes; comme és Hymnes d'Orphée, Βέκερος & Δίκερος Ταυρῶπης, & ailleurs, Βύχρεύς, engendré d'vn Bœuf. Ταυρόμορφος & Ταυρικέως
és Scholies des contrepoiſons de Nicandre: qui l'appelle κεράῶς. Là ou il eſt dit auſſi qu'anciennement, premier que les taſſes, couppes, gobelets, & hanaps fuſſent en vſage, on ſe
ſeruoit de cornes pour boire; dont ſeroit deſcendu ce mot icy de κεράῶι, verſer à boire:
Ainſi qu'on peut voir au ſeptieſme de l'Ananaſis de Xenophon. Et celuy auſſi de κρατὴρ
quaſi κεράτηρ, de κέρας qui ſignifie Corne: ou bien que pour trop ſe charger de vin on vient à
eſtre furieux & dangereux, ainſi que ſont ordinairement les animaux armez de cornes. Et
c'eſt pourquoy Horace a dit que l'yureſſe anime au combat les plus coüards & timides. Et
Porphyrion ſon interprete, ſur ce paſſage de l'Ode dixneufieſme à Bacchus, au ſecond liure des carmes: Te vidit inſons Cerberus aureo cornu decorum: dit que l'on a de couſtume d'attribuer des cornes au pere Liber, & à quelques autres, pour ce que l'yurongnerie amene
ordinairement de l'arregance & fierté; qui ſont denotées par les cornes de Bacchus, comme veut Phornutus, qui les prend pour la hardieſſe que le vin apporte. A quoy s'accorde
Feſtus, diſant ainſi: Cornua Liberi patris ſimulachro adijciuntur, quem inuentorem vini dicunt,
eo quòd homines nimio vino truces fiunt. A propos dequoy Ouide en parle ainſi: Accedant capiti cornua, Bacchus eris. Et pour-autant qu'és banquets & feſtins ou l'on beuuoit d'autant, on
ſouloit ſe munir contre l'yureſſe, en ſe mettant des chappeaux & guirlandes de fleurs, &
de lyerre ſur la teſte, ainſi que dit Plutarque és Sympoſiaques; afin de ſe corroborer le
cerueau par la ſoüeſue odeur d'icelles, & rabattre les fumées & vapeurs du vin, moyennant la froideur de l'autre; on a peint Bacchus auec des cornes; car ce mot de Coronne,
comme veulent quelques Etymologiſtes, eſt deſcendu de corne: & meſme en la langue Hebraïque vn meſme mot de Keren ſignifie l'vn & l'autre: de ſorte que communement il
eſt pris en nos ſainctes lettres pour vne puiſſance Royale. Et cornu eius exaltabitur in gloria.
Et en pluſieurs autres endroits, car les cornes, les rayons & coronnes ont grande affinité
 enſemble:

enfemble ; mefmement ces coronnes antiques qu'on void és reuers des medailles d'Augufte Cefar, & de Marc Antoine auec Cleopatre, qui font compofées de certaines pointes s'ef-
leuans droiĉt contremont à guife de rays ; ordinairement douze en nombre : & és ftatuës d'A-
pollon encores, dont Virgile auroit dit cecy,là où le Roy Latinus arrefte les conuenances du
combat d'entre Æneas & Turnus.

> *Quadrijngo vehitur curru, cui tempora circum*
> *Aurati bis fex radij fulgentia cingunt,*
> *Solis aui fpecimen.*

Telle eftoit celle-là que nous auons n'agueres veuë aux obfeques du grand Duc de Tofcane,
Cofme de Medicis. Moïfe auffi (que Plutarque fait auoir telle conuenance auec le myfterieux
Bacchus des Ægyptiens) eft peint auec des cornes en lieu de rayons, d'vne fplendeur & lumiere
partant de fa face,que les enfans d'Ifraël ne pouuans fupporter, le requirent de fe monftrer à eux
le vifage couuert d'vn linge. Diodore au 5. liure,attribue les cornes à Bacchus, pour auoir efté le
premier qui attella les bœufs à la charruë : Car luy & Ofiris font vne mefme chofe, comme nous
auons allegué au tableau precedent. Et neantmoins au quatriefme liure il auoit dit que Dionyfus eftoit peint cornu,pour ce qu'il eftoit fils de Iupiter Ammonien, qui a auffi des cornes, mais
c'eft en forme de Belier. Plutarque en la trente-fixiefme des interrogations Grecques. *Pourquoy*
eft-ce que les femmes des Eleens en l'Hymne de Bacchus, le fupplient de venir à elles,d'vn pied de bœuf, reïte-
rans par deux fois ce refrain, Digne Taureau, digne Taureau ? mais le contexte de l'hymne eft tel, Vien t'en
braue Heros Bacchus à ton fainĉt temple maritime, amenant quand & toy les Graces ; Vien au temple auec
ton pied de Bœuf. Eft-ce point pource que quelques vns le furnomment fils de Bœuf, & Taureau auffi ? ou
qu'ils prennent ce mot-là de Coïos pour quelque chofe de grand ; comme l. Poëte a f iĉt Boῶπις, pour vne qui
a l'œil fort gros ; & Βογώπα pour vn grand vanteur. (I'eftime que ce mot Italien de Bugiardo eft
venu de là) *ou pluftoft pource que le pied de bœuf ne porte point de danger auecques foy, fi font bien fes cor-*
nes : & en cette forte l'inuoquent de venir doux & non nuifible; ou pour ce que beaucoup de gens cuident que
ce Dieu a efté inuenteur de la charruë, & d'enfemencer les terres. Cecy redit encores le mefme autheur
au traiĉté d'Ofiris, en cette forte. *Mais que les Preftres font publiquement,quand ils enfeueliffent le corps*
d'Apis amené dedans vne barque, ne differe en rien du facrifice de Bacchus. Car ils fe reueftent de peaux de
cerfs, & portent des Thyrfes, & vfent des mefmes crieries & geftes, que font ceux qui font efpris de la fureur
Bacchique,quand ils celebrent les Orgies. Au moyen dequoy la plus-part des Grecs font les effigies de Bacchus
en forme de Taureau; & les femmes des Eleens en leurs folennelles prieres, le requierent de venir à elles
d'vn pied de Bœuf; & és Argiues, ce Dieu eft furnommé fils de Bœuf, l'inuoquans hors de l'eau auec le fon
des trompettes. Il y a encores quelques autres ceremonies qu'il adioufte du liure des Viĉtimes de
Socrates. Albricius és images des Dieux le depeint de face feminine, l'eftomac defcouuert, des
cornes en la tefte, coronne de farments de vigne, & à cheual fur vn Tigre : ayant aupres de luy
trois autres animaux, vn Cinge, vn Pourceau, & vn Lyon, que l'on void tournoyer (ce femble)
au tour d'vn cep de vigne bien garny de raifins, à l'ombrage duquel Bacchus faiĉt cette cheuau-
chée ; vn grand hanap en la main gauche, où il efpraint vne groffe grappe qu'il tient en la
droiĉte.

C A R *le braue & pompeux equippage de fa robbe peinte & diapree.* Il y a au Grec; σκιὼ μὲν γὰρ
λιβúειзω, qui voudroit dire proprement, *Son equippage & habit floride.* Ariftote & autres Grecs
ont appellé la teinĉture de pourpre, τὸ ἄνθος τῆς πορφυρᾶς, & Pline à leur imitation, *la fleur*
de pourpre. Au moyen de quoy les robbes & autres habillemens de pourpre auroient efté diĉts,
ἀνθεεσ; Et toga piĉta, à florido colore Purpuræ. Ainfi que dit Feftus, *Piĉta quæ nunc toga dicitur, an-*
tea purpura vocitata eft, erafque fine piĉtura. Eius rei argumentum eft piĉtura in æde Vertumni, &
Confi ; quarum in altera Marcus Fuluius Flaccus, in altera T. Papyrius triumphantes itã piĉti funt.
Neantmoins Phornutus en la defcription de Bacchus, dit *que cette robbe fleuride denote l'inconftan-*
ce de l'Automne. Ne fçachant pas bien quant à moy, ce qu'il veut entendre par là : Car l'Automne n'eft pas la faifon des fleurs. Auffi n'eft pas ce que Philoftrate entend, ou il fait au refte
vne allufion à ce furnom de Bacchus *ἄνθιος*, qui eft à dire *floride*, foubs lequel il eftoit veneré
à Athenes. Et Paufanias en fes Achaïques faiĉt mention de trois ftatuës du mefme Dieu, qui
eftoient à Patras, *Meffadéen, Anthéen, & Aréen.* Et Catulle à ce propos, *At pater ex alia florens*
voltabat Iacchus. à caufe des robbes flo=ides qu'il portoit quelques fois, comme les marquent
iceluy Phornutus, & Diodore. Lefquelles robbes florides ou Anthines, aucuns interpretent
feminines,à fçauoir à vfage de femme, dict que la fift porter Omphalé à Hercules, ainfi que diĉt
Plutarque au traiĉté, *Si l'homme ancien fe doit mefler des affaires d'eftat.* Les autres de pourpre, à
caufe des couleurs qui font fleurs, dont elles font auffi appellées Ianthines, & Hyacinthines.
Les autres Barbarefques à la Damafque, faiĉtes en broderie à fueillages & fleurs. Tout cela neantmoins n'eft point encores ce que Philoftrate veut dire ; Car il met tout incontinent apres
qu'il eft veftu de fa belle robbe de pourpre ; au moyen dequoy ce n'eft autre chofe, finon que
Bacchus pour cette heure qu'il eft habillé en amoureux a laiffé là toute fa maiefté, fes mar-

ques & enseignes de triomphe, son equippage de guerre, & de ses mysteres ; & est icy representé en personne priuée, qui veut muguetter & faire l'amour.

Et *les peaux de Cerfs.* νεβςιδς se prennent indifferemment pour peaux de Cerfs, de Cheureulx, Dains, & leurs faons, qui sont plus à propos que les peres & meres. Pour ce que cependant que ces animaux sont petits, leurs despouilles sont ordinairement tauellées de certaines taches & moucheures, dont nous parlerons plus auant au tableau de Pan. Et à ce propos Eusebe au premier de la preparation Euangelique, attribue à Bacchus (qu'il faict estre vne mesme chose auecques Osiris & le Soleil, selon Orphée, ἥλιον ὃν Διόνυσον ἐπίκλησιν χαλέυσιν ; Eumolpus, Homere, Euripide, Aristote, Macrobe & autres) cette maniere de peau mouchettée de petits rondeaux : interpretant le ciel pour la peau, & les estoilles pour les mouchetures.

Mais *la fumée d'Athenes.* Cecy est dit à demy mot, ainsi que la plus grande part de cet œuvre, car l'autheur s'y est estudié tout expressément. Il veut doncques dire , qu'encores que Thesée porte quelque affection à Ariadné , neantmoins son cœur est plus tendu & actif à reuoir sa maison. Au reste ce lieu est tiré du premier de l'Odyssée, où Minerue intercedant enuers Iupiter pour faire licentier Vlysses d'auecques la Nymphe Calipso, où il estoit arresté pieça, afin qu'il peust retourner en son pays, luy dit ainsi :

αὐτὰρ Ὀδυσεὺς

ἱἐιδμος καὶ καπνὸν ἀποθρεσκοντα νοῆσαι

ἧς γαίης θανέειν ἱμείρεται.

Mais V̄lysses desirant de voir seulement la fumée sortant de son pays, ne se soucie point puis apres de mourir. Et Ouide à son imitation au premier liure de Ponto.

Non dubia est Itaci prudentia , sed tamen optat

Fumum de patrijs posse videre focis.

Nescio qua natale solum dulcedine cunctos

Ducit , & immemores non sinit esse sui.

Lucian en la loüange de la patrie. καὶ ὁ τῆς πατρίδος αὐτῶ καπνὸς λαμπρότερος ὀφθήσεται τῷ παρ᾽ ἄλλοις πυρός. *La fumée de son pays semble à chacun plus clere & luisante , que tout le feu qui pourroit estre autre part.* Et le mesme Homere au neufiesme de l'Odyssée introduit iceluy V̄lysses parlant ainsi à Alcinous.

ὡς οὐδὲν γλύκιον ἧς πατρίδος οὐδὲ τοκήων

γί, εἴπερ καὶ τις ἀπόπροθι πίονα οἶκον

γαίη ἐν ἀλλοδαπῆ ναίη ἀπάνευθε τοκήων.

Il n'y a rien plus doux que son pays & ses parens, encores que quelqu'vn fust habitué au loin en pays estrange en vne riche & opulente maison.

Aussi bien *n'a il point encores cogneu Ariadné.* Homere en l'onziesme de l'Odyssée.

Φαίδρην τε, Πρόκριν τε ἴδον, καλήν τ᾽ Ἀριάδνην,

κούρην Μίνωος ὀλοόφρονος, ἥν ποτε Θησεύς,

ἐκ Κρήτης ἐς γουνὸν Ἀθηνάων ἱεράων

ἦγε μὲν, οὐδ᾽ ἀπόνητο. πάρος δέ μιν Ἄρτεμις ἔκτα

Δίῃ ἐν ἀμφιρύτη, Διονύσου μαρτυρίησι.

Ie vis aussi Phedra, & Procris , & la belle Ariadné, fille du sage Minos, qu'autresfois Thesеus emmena de Crete en la tres-fertile contrée d'Athenes : mais il n'en iouyt pas . Car auant que d'en venir là, Diane l'arresta en l'Isle de Naxe, à la delation de Dionysus.

Ie croy *mesme qu'il ne se souuient pas du Labyrinthe.* Il dit cela pour monstrer combien Thesée est attentif & rauy au retour de son pays : Car ayant eu vn tel, & si perilleux affaire à demesler dans le Labyrinthe, tant au combat contre le Minotaure, que pour la difficulté de sortir de ce lieu si embrouillé, il s'en deuoit par raison souuenir sa vie, comme d'vn tres-grand danger dont il seroit eschappé. Or il y a eu autresfois sept œuvres de main d'homme excellens & admirables sur tous autres, dont ils auroient esté appellez les sept merueilles du monde.

Les sept merueilles du monde.

Le temple de Diane en la ville d'Ephese, paracheué en deux cens vingt ans de toute l'Asie. Il fut planté en lieu marescageux, pour le garantir des tremblemens & entr'ouuertures de terre. Et d'autre part, de peur qu'ayant assis les fondemens d'vne telle masse en fonds mol & obeissant, ce qui seroit edifié dessus ne vint à s'affaisser & prendre coup ; afin de le rasseurer, la place fut premierement bien foulée auecques des Battes & semblables instrumens , & pauée d'vn lict de charbon espandu au dessus ; & puis d'vn autre estage de laine. La longueur d'iceluy estoit au reste de quatre cens vingt cinq pieds , & la largeur de deux cens vingt ; auecques cent vingt-sept colomnes ayans soixante pieds de haut : chascune faicte & contribuée

Le Temple de Diane a Ephese.

par

par chafque Roy:dont les trente-fix eftoient ouurées mefinement vne entre les autres de la propre main de l'excellent maiftre Scopas. Le premier qui le deffeigna fut l'ingenieux Archiphron:
apres luy Crefiphon en eut la conduite : & finablement Dinocrates, celuy qui planta Alexandrie
d'Egypte : mais ce fut apres la conflagration d'iceluy, quand il fut rebafly de nouueau. Car la fortune portant enuie à la trop arrogante entreprife des hommes, fufcita vn accariaftre d'Heroftra-
tus , qui pour s'acquerir vne renomméeimmortelle, bien qu'en mauuaife part, brufla ce fuperbe
edifice, la propre nuict qu'Alexandre le grand fut nay ; lequel y fit depuis de fort grandes libera-
litez & biens-faits pour le reedifier.

A R T E M I S I A Royne de Carie, edifia à fon mary Maufolus vn fepulchre qui n'eut oncques fon pair, & parauenture n'aura : car apres auoir beu fes cendres , n'eftimant pas que le
corps de celuy qu'elle auoit fi loyaument aimé, deuft eftre mis en autre lieu que dans fon eftomac, ioignant fon cueur, elle affembla quatre les plus excellens architectes & imagers qui fuffent
lors, lefquels donnerent autant & plus de credit à l'entreprife de ce baftiment, que tous les fraiz
& magnificences qu'elle y employa. Il eftoit de forme carrée, contenant quatre cens onze pieds
de circuit, & de hauteur iufquà 45. coudées, dont la face deuers le Soleil leuant fut elabourée par
le deffus dit Scopas: celle du Septentrion par Briax: du Midy par Timothée: & du Ponant par Leo-
carés. Il y eut encore vn 5. Architecte, qui adioufta au haut de la plate forme vne Pyramide efgale
en hauteur au pourpris d'embas, tembelly de 36. outrageufes colomnes: laquelle Pyramide fe venoit peu à peu eftroifir iufques en fa pointe, par 24. ordres de marches: & au fefte d'icelle eftoit
pofé vn chariot de marbre fait de la main de Pythis. Parquoy tout l'œuure enfemble arriuoit à cét
quarante pieds de hauteur.

L E C O L O S S E du Soleil à Rhodes,a efté d'vne merueilleufe grandeur fur tous autres qui furét
onques,car il auoit 60. coudées de haut, qui font 90. pieds de Roy : ouurage de Chares Lyndien,
lequel demeura 12. ans à le faire; & coufta 180. mille efcuz,à quoy monta la vendition de l'attirail
& equipage, que Demetrius laiffa deuant Rhodes,quand il leua le fiege. Ce Coloffe eftoit planté
à la bouche du port,iambe deçà, iambe delà; & par entre-deux paffoient iufques aux plus grandes
barques,fans defarborer, ny caller les voiles. Mais au bout de 56. ans, il fut renuerfé en mis bas par
vn tremblement de terre;là où gifant en pieces & fragmens, c'eftoit chofe trop hideufe à voir de
l'enorme grandeur de fes membres;car peu de gens euffent peu embraffer fon pouce. Ses doigts
paffoient la hauteur de plufieurs ftatues; & de profondes concauitez & cauains apparoiffoient
dedans fes parties creufes; là où l'ouurier auoit maçonné comme de gros rochers tous entiers,
pour l'appuy & fouftenement d'vn fi lourde & pefante maffe.

L A S T A T V E de Iuppiter Olympien,faite de la main de Phidias toute d'or & d'yuoire,& neantmoins approchant prefque de la precedente, eft à bonne raifon comptée auec le temple où elle
eftoit logée , pour l'vne de fept merueilles ; laquelle Paufanias en fes Eliaques a pris plaifir de defcrire en cette forte.

L E S Eleens baftirent vn tres magnifique temple à Iuppiter, & luy drefferent vne ftatuë des defpouilles de la
guerre contre ceux de Pife, apres qu'ils les eurent deffaits. L'effigie eft de la main de Phidias, ainfi que l'infcription qui y eft nous le tefmoigne. Mais la ftructure du temple eft d'ouurage Dorique, le dehors tout enuironné de
colomnes. Il eft au furplus bafty d'vne pierre fort dure, prife fur le lieu mefme, haut iufques à la voute de 60.
pieds, large de 95 & long 230. l'Architecte en fut vn Libon natif du pays. Il n'y eft pas couuers de thuilles,
ains de petites baulmes taillées à guife de thuilles , en la carriere Pentellique, & dit on que l'autheur de ceft artifice s'appelloit Byzas, de l'ifle de Naxe, lequel vinoit du temps de Halyattes Roy de Lydie, & d'Aftyages fils de
Ciaxares, Roy des Medes. Au haut coing de la couuerture eft pofé vn grand chaudeon doré,& vers le milieu
iuftement de l'Aigle ou Pinacle , vne victoire auffi dorée, foubs laquelle fe void vn panois de mefme , auec vne
tefte de Medufe taillée en boffe. En la ceinture de la partie exterieure, au deffus des colonnes font arrangez 21.
autres panois, dediez là par Mummius Capitaine Romain,lequel dompta les Achées, & faccagea Corinthe. Et
au premier front des Aigles, eft exprimée la courfe de Chariots, que pretendent faire Pelops, & Oenomaus. Mais
à la droitte de l'effigie de Iuppiter, qui eft vers l'Aigle du milieu, fe void le mefme Oenomaus muny d'vn cabaf-
fet en tefte, & ioignant luy Sterope, l'vne des filles d'Atlas. Myrthilus qui fut fon charton eft affis deuant les
cheuaux en nombre de quatre. Apres cettuy-cy l'on void deux autres perfonnages lefquels n'ont point de nom,
toutesfois Oenomaus leur auoit auffi donné quelque commiffion fur fon attelage. A la gauche font Pelops &
Hippodamie; le Cocher de Pelops auec fes courfiers & deux autres hommes qui en ont parcillement charge. Là
de rechef l'Aigle vient à fe reftreffir, où le fleuue d'Alphée eft reprefenté. Les ouurages de deuant les Aigles, font
de la main de Peonius Thracien de nation, & ce qui eft au derriere, de celle d'Alcamenes, qui en fon temps obtint le fecond lieu en l'imagerie. Par le dedans des Aigles eft taillé le combat des Lapithes contre les Centaures,
aux nopces de Pyrithous, lequel eft mis apres le milieu de l'Aigle : & ioignant luy à l'autre cofté, Eurythion qui
a defia rauy fon efpoufe. Puis Ceneus qui vient au fecours d'iceluy: & on à vis eft Thefeus,lequel à grands coups
de hache maffacre ces Centaures , dont l'vn s'eft ia faifi d'vne ieune fille, & l'autre d'vn plus beau garçon. Ce que
Alcamenes a fait (felon mon ingement) pour auoir appris de la Poëfie d'Homere, que Pyrithous eftoit fils de Iuppiter, & Thefeus le quatriefime de fes fucceffeurs en droitte ligne. La plus grand part auffi des labeurs d'Hercu-

Le Coloffe de Rhodes.

La ftatuë de Iuppiter Olympien.

PAVSANIAS.

les est exprimée en l'Olympie, & mesme au dessus des portes du temple, la chasse du sanglier d'Arcadie: plus ce qu'il sit contre Diomedes de Thrace, & Geryon en Erythie. On le void là aussi tout prest à changer dessus soy le fardeau d'Atlas, & côme il cure le siens de l'Elee. Dessus les mesmes portes en la partie de derriere, il oste la ceinture à vne Amazone. Pareillement est là representé ce qu'il sit contre le Cerf, le Taureau en Cnossos, les oyseaux de Stymphale, l'Hydre, & le Lyon en la contrée Argienne. Or apres estre entré au dedans de ces portes de cuyure, à la main droitte deuant vne colonne est Iphitus, coronné par sa femme Eccheria, comme le monstre le vers Elegiaque composé de cela. Puis il y a dedans le temple force colomnes, & des galleries hautes, auec vn passage à l'effigie par vn escailler desrobé pour monter aux voutes. Le Dieu est assis en vn Throsne le tout d'or & d'yuoire, ayant vne coronne au chef, qui semble estre de rameaux d'oliuier, & en la main droitte vne victoire aussi d'yuoire, auec vne coiffeure d'or, & vne coronne au dessus. En la gauche, il tient vn beau sceptre, fait de tous les metaux distinctement séparez, & recognoissables, sur le haut duquel est perchée vn aigle. La chaussure de la statuë est toute d'or pur, & sa chappe pareillement, où il y a tout plein de petits bestions entretissus parmy, & des lyz, auec leurs sleurs: la chaire au reste est enrichie d'or, & de pierreries, & d'ebene, & d'yuoire, d'animaux y entremesstez, d'esmail, & de figures à demy relief. Quatre victoires il y a à chasque pied de la chaire, d'vn geste comme si elles vouloient tressaillir, & deux autres encore à la plante des pieds. Soubs chacune des deux pattes du front de deuant se voient les enfans des Thebains enleuez par des Sphynges, & au dessus d'icelles Apollon & Diane, qui à coups de slesches mettent à mort ceux de Niolé. Parmy les pattes outre-plus qui partent du throsne, il y a 4. rangées d'autres pieds, qui suyuent l'vn apres l'autre. Et en celle par laquelle on entre tout droit, il y a sept figures, comme la huictiesme se soit adirée on ne le sçait point. Cecy doit estre vne imitation seulement des anciens combats; parce que du temps de Phidias ils n'estoient pas encore en vsage. Quoy que ce soit, cette figure dont le chef est bandé de rubans, l'on dit que c'est la ressemblance au vif de Pantarces, ieune garçon Eléen, qui fut le grand mignon d'iceluy Phidias & emporta le prix de la luëte entre les enfans, en l'Olympiade quatre vingts & six. Es autres ordres & rangs des pieds de la chaire, est representée la trouppe qui combatit contre les Amazones auec Hercules, en nombre de vingt-neuf de chasque costé. Parmy les compagnons d'Hercules l'on a aussi donné lieu à Thesée. Or le throsne n'est pas seulement sousstenu de ces pieds, car parmy il y a des colomnes en façon de pieds, & si on ne peut pas monter au throsne au plus qu'en Amycles, où il n'y a point d'aduenue à l'interieur d'iceluy. Au reste il y a certaines closures en l'Olympie, en lieu de murailles; dont les vnes sont inaccessibles, au moyen de quoy tout ce qui est vu à ou de la porte est enduit de couleur noire tant seulement: le surplus montre les peinctures de Panenus; là où est Atlas soustenant le ciel, & la terre: & Hercules debout là aupres, qui se veut descharger de ce pesant fardeau. Thesée s'y void quand & quand auec Pyrithous: ensemble la Grece, & Salamis, ayant au sommet de la teste pour ornement, vn equipage de nauires. Plus des combats d'Hercules, ce qu'il sit contre le Lyon en Nemée; & la violence d'Aiax perpetrée enuers Cassandra. Item Hippodamie fille d'Oenomaus; auec sa mere; & Promethée, qui est encore detenu és liens aupres d'Hercules qui le regarde. Car l'on raconpte cecy encore d'Hercules, qu'il mit à mort l'Aigle dont Promethée estoit tourmenté, & l'en deliura. Au dernier bout de la peinture est la Royne Panthasilée rendant l'esprit, & Achilles qui la soustient. Il y a par mesme moyen deux des Hesperides, ayans à se ces pommes d'or, à la garde desquelles (à ce que l'on dit) elles surent commises. Ce Panenus icy fut frere de Phidias: & est peinte de sa propre main en la portique de Poecile à Athenes, la iournée de Marathon, en laquelle le capitaine Miltiades desst cent mille Perses. Tout au haut du Throsne, droittement la teste de la statuë, Phidias a taillé de relief, les Graces d'vn costé, & les Heures de l'autre; chascunes en nombre de trois: Car és poësies elles sont dittes silles de Iupiter: & Homere au second de son Iliade, que les Heures ont esté establies au ciel pour gardes du palais Royal. Le marche-pied dauantage de Iupiter, que les Attiques appellent Thranion, a des Lyons d'or: & le combat entaillé de Thesée contre les Amazones; le premier acte de vaillance que les Atheniens ayent iamais monstré contre les estrangers. En la base qui soustient le throsne, & le mont, il y a vn autre ornement encore de ces statuës icy, à or massif. Le Soleil montant en son chariot, vn Iupiter, & vne Iunon, & la Grece aupres d'elle; puis Mercure ioignant; & apres luy Vesta, Cupidon suit, recueillant Venus au sortir de la mer, que la Persuasion coronne. Apollon est là pareillement cizelé auec Diane: & Pallas auec Hercules, sur le bord de la base. Tout au bas est Amphitrite & Neptune, & la Lune montée sur vn cheual ce me semble, qu'elle sollicite & semond à coups de fouet. Quelques vns toutesfois veulent dire que ce n'est pas vn cheual qui la porte, mais vne mulle, & de cela ameinent vne raison assez impertinente. Or comme Phidias eust conduit à fin ce tant beau chef-d'œuure, il requit Iupiter de dôner quelque tesmoignage, s'il estoit accepté selon son desir & contentement. Surquoy l'on dit que tout soudain il enuoya vn grand coup de sondre, en cest endroit de la couuerture, où de mon temps se voyoit encore vn sean de cuiure auec le couuercle de mesme. Voila ce que Pausanias nous racompte de cette merueilleuse besongne, tenuë en telle admiration de tous; tant pour la valeur & richesses des estoffes dont la statuë estoit composée, que pour l'excellent maistre qui y mit la main, lequel l'ayant faicte d'vne si desmesurée grandeur, côme il a esté dit cy deuant, la mit sort à propos, & d'vne invention tres-subtile, assise dans vne chaire. Car si elle eust esté debout en cette mesme proportion, elle eust par consequent percé la voute du temple, qui n'eust pas esté assez haute pour la contenir au dessoubs. Et neantmoins l'Empereur Caligula osa bien conceuoir en son esprit de la transporter à Rome; comme dit Suetone en sa vie, titre 57. *Olympia simulachrum*

simulachrum Iouis , quod dissolui transferrique Romam placuerat, tätum cachinnum repente edidit, vt machi-
nis labefactatis opifices diffugerint. Et Iosephe: Ayant bien osé entreprendre de faire transporter à
Rome le Iuppiter Olympien qui est merueilleusement reueré des Gentils, fait de la main de Phidias Athenien: mais la chose ne sortit pas son effect: les Architectes alleguans , que si cette image estoit remuée de sa place, il en pourroit sortir quelque grand inconuenient & meschef. Suidas
au reste en la diction ζεύς, allegorise ainsi ceste statue. *Le simulachre de Iupiter estoit assis nud de la cein-*
ture en haut, & le reste vestu & couuert, tenant en la main gauche vn sceptre, & sur le poin droict vne aigle. Ce
qu'il est assis denote la fermeté de sa puissance : les parties nues d'enhaut, qu'il est cognoissable aux contemplatifs
& aux intelligences celestes: le bas caché & couuert, que ceux qui ne s'esleuent point des choses terriennes , n'en
peuuent rien apprehender. Le sceptre en la gauche signifie son pouuoir & authorité: & l'aigle en la droicte, qu'il
commande aux esprits celestes & aëriens , tout ainsi que l'aigle aux oyseaux.

Les murs de
Babylone.

   LES MVRAILLES de Babylone viennent apres au cinquiesme rang de ces merueilles, que la
Royne Semiramis apres la mort de son mary Ninus fit construire de bricques maçonnées d'A-
sphalte, qui est vne espece de bitume resistant souuerainement à l'eau, en lieu de chaux & ciment.
Cette closture admirable auoit , comme dit Pline , deux cens pieds de haut; Ctesias en met cinquante dauantage; & Clitarchus pousse iusques à trois cens soixante cinq, autant qu'il y a de iours
en l'année. Mais ceux qui sont plus raisonnables se contentent de cinquante coudées, qui montent à septante cinq pieds de Roy. De l'espoisseur ils ne conuiennent non plus: car les vns la font
telle que six chariots de front s'y peuuent promener tout à l'aise; & la plus commune opinion les
restreint à deux: Pline selon sa liberalité accoustumée luy donne iusques a cinquante pieds de largeur, & encore de trois doigts plus grands que n'est le commun; & soixante mille pas de circuit;
combien que Diodore qui a esté du temps de Iules & Octauian Cesars, ne passe point trois cens
soixante-cinq stades, qui peuuent faire dix ou douze de nos lieuës Françoises. Mais ce qui est plus
à admirer en cela, voire presque incroyable, est que toute cette grande & laborieuse besongne, fut
acheuée de tous poincts au bout d'vn an: chasque stade ayant esté mené à fin en vn iour. Il y auoit
puis apres le pont sur la riuiere d'Euphrates, qui passoit par le milieu de la ville; ayant six cens
vingt-cinq pas de long, large de trente; les piles d'iceluy à douze pieds seulement l'vne de l'autre,
dont les pierres estoient iointtes, & retenuës à gros crampons de fer, cimentez par dedans auec
du plomb fondu, tout ainsi que le parapet & le glassis des murailles; & des quaiz de costé & d'autre du fleuue, la longueur de dix bonnes lieuës, de la mesme largeur que lesdites murailles. Par-
ainsi voila que ce fut vn haut courage & entreprise d'vne simple femme, qui bastit plus en vn
seul an, que toutes nos seditions & partialitez ciuiles n'ont sceu demolir & abattre en vingt.

Les Pyrami-
des d'Egypte

   QVANT aux Pyramides d'Egypte, Chemmis lequel regna par cinquante ans, fut celuy qui edifia la plus grande à quatre lieuës loing de Memphis ou du Caire , & du Nil vne & demie. Elle est
presque encor'en son entier, combien qu'il y ait plus de trois mille ans que premierement elle
fut construite. De forme quarrée , chacune face contenant par embas seize cens quatre vingts
pieds, qui peuuent faire prés de trois cens toises, la hauteur arriue (ce dit Diodore) à six iugeres;
lesquelles à raison de deux cens quarante pieds pour iugere montent mille quatre cens quarante
pieds. Herodote la fait du tout egale à ses faces, contenant (ce dit il) l'vne & les autres 8. iugeres,
qui à la raison dessusdite reuiendroit à mille neuf cens vingt pieds de Roy. Chose enorme à la verité. Aussi Belon, & quelques Italiens encore qui escriuent y auoir monté, ne luy donnent que
deux cens cinquante degrez , chacun de cinq semeles de neuf à dix poincts, qui ne sçauroient faire qu'enuiron huict cens pieds; cela mesme ou à peu prés que luy donne Pline; & pourtant le
panchant en est beaucoup moins roide & plus aisé. Car autrement il n'y auroit cerueau qui peust
supporter ce profond & hideus abysme. Mais quant à ce que ces deux autheurs varient ainsi, pour
le regard de la proportion & correspondance de la hauteur, aux faces du quarré d'embas
l'vn la faisant du tout semblable, & l'autre aucunement moindre, cela est bien aisé à accorder. Car
la Pyramide posant sur vn quarré equilateral, & ses quatre faces s'esleuans d'iceluy en forme d'vn
triangle Isopleure, qui a les costez esgaux, lesquels excedent la perpendiculaire qui le coupe en
deux moitiez egales droict à plomb , d'enuiron vne huictiesme partie; Herodote a entendu la
hauteur estre pareille aux faces d'embas , selon le costé du Triangle qui se hausse en tallud & penchant : & Diodore l'a prise par la ligne perpendiculaire, laquelle estant de mille quatre cens quarante pieds, est surmontée d'enuiron vne huictiesme partie par le tallud ou costé du Triangle,
esgal à ceux du quarré de la base, qui sont de seize cens quatre vingts. Il y a puis apres beaucoup
de choses à considerer & discourir sur le fait de ces Pyramides, qui se font maintenuës par vne si
longue espace de temps aussi sont elles basties d'vne pierre tres-dure, & malaisée à tailler au possible , pour demeurer eternellement en leur entier ; laquelle (à ce que l'on dit) fut apportée là de fort loing , des contrées de l'Arabie ; la moindre de trente pieds de long. Et pource que
les gruës , les eschaffaudages , & autres telles machines & subtilitez propres pour monter les
pierres en haut, n'estoient point encore en vsage, il conuint faire tout cela auec vn labeur extreme , par le moyen de plattes-formes & cauallers de terre , esleuez tout autour pour y roul-

ler à force de bras les estoffes, & les asseoir à mesure que l'ouurage se haussoit, tout ainsi comme
s'il n'eust fait que naistre hors de terre. Neantmoins tout ce contour là estant prés & loing sablonneux, il ne s'y peut remarquer vestige ne indice quelconque de terre, dont on se soit peu aider pour cest effect ; parquoy il faut referer le tout au trauail des mains, lequel finablemēt vainq
toutes difficultes. Car trois cens soixante mille personnes y furent continuellement employées
par l'espace de vingts ans entiers : le tout pour vne sepulture, dont ceux qui les contraignirēt à
cette peine ne iouÿrēt pas pour cela;ayans leurs corps apres le trespas esté deschirez en pieces par
leurs propres subiets ; pour se vanger des mesaises qu'ils leur auoient fait souffrir pour vne vaine
gloire & ostentation, & autres leurs tyranniques & trop rudes comportemens.

A P R E S le decez de Chemmis, son frere Cephus succeda au Royaume, qu'il garda cinquante
six ans. Cettui-cy feit la seconde Pyramide, d'ouurage & materiaux tels que la premiere, mais
beaucoup moindre. Car chaque face par embas ne contient que six cens vingt-cinq pieds, & est
toute massiue ; là où la precedente est creuse par le milieu: y ayant quelques allées & chambres,
en l'vne desquelles est vn coffre de marbre noir, lequel deuoit seruir de sepulture ; long de deux
toises, & presque la moitié d'autant en largeur & hauteur. Il y a quand & quand vn puis qui fut
autresfois fort profond. Pline au douzieme chapitre du trente-sixiesme liure, en fait mention,
luy donnant 86. coudées de profondeur, qui font cent vingt-neuf pieds : & adiouste à cela qu'il
arriuoit iusques à l'eau du Nil: ce que ie ne puis bonnement comprendre. Car encore que cette
grande Pyramide soit en lieu plus bas que les autres,si sont elles neantmoins toutes sur vne montagne, comme luy mesme dit quelque peu auparauant. Or quand bien l'entrée de la Pyramide,
là où est la bouche du puys, ne seroit que vers la quatriesme partie de sa hauteur, comme à la verité elle est.si y auroit il neantmoins selon son propre compte plus de deux cens pieds iusqu'à terre: & puis il y a la montagne, qui seroit bien peu de chose si elle n'en auoit deux fois plus encore.
Ie laisse à accorder cette difficulté à vn autre.

R E S T E maintenant la troisiesme Pyramide qui est la plus petite de toutes;attribuée par aucuns
au Roy Mycerinus, mais la plus commune opinion la donne à Rhodopé, courtisane: laquelle
ayant esté esclaue auec Esope, paruint finablement par le moyen de sa bonne grace & beauté, à
amasser de telles richesses, qu'elle osa bien entreprendre vn ouurage,sinon du tout esgal aux precedens ; à tout le moins qui les surpasse en estoffe. Car tout le bas de cette Pyramide, iusques à la
hauteur de vingt-deux pieds, est d'vne pierre noire d'Ethiopie, appellée autrement Basalten, esgale en dureté au Serpentin ou Porphyre: le reste est de matiere pareille aux autres; & si n'est
gueres moindre que la seconde.

I L Y A puis-apres au deuant de ces grosses masses vne teste non moins admirable; car outre ce
qu'elle est de cette espece de marbre si dur, posée sur vne base de mesme, elle a de circuit en grosseur, la prenant vers le front & les temples, cent & deux pieds ; & de longueur, du menton iusques au sommet de la teste quelque soixante. Pline la met en forme de Sphynx,qui est vne espece
de monstre ayant face humaine, & le corsage de Lyon: & dit que du ventre au haut de la teste elle
a cent quarante trois pieds de long.Mais celle qui est là maintenant; soit la mesme, ou vne autre,
n'est qu'vne teste auec son bust, que l'on dit ce mal'heur en soy ; Que personne ne monte
iamais au dessus , qu'il ne luy aduienne bien tost quelque grief meschef: comme mesme le practiqua de nos iours certain François, lequel pour s'estre voulu opiniastrer à en faire essay, fut au
partir de là tué par son cheual.

Le Labyrinthe.

L A S E P T I E S M E de ces merueilles est le Labyrinthe,cela est bien ainsi receu de tous, mais il
reste maintenant de sçauoir lequel c'est;car il y en a plusieurs çà & là, forgez sur le patrō & exemplaire de celuy d'Egypte,qui les a outrepassez de bien loing. Dōt Diodore au 1.l.ch. 2. parle ainsi.

Diodore.

M E N I S , *ou Maros, Roy non gueres bien nay à la guerre & aux armes, fit bastir le Labyrin. he pour sa sepul-*
ture : chose tres-admirable de soy , non tant pour la grandeur & magnisi.ence de sa structure, que pour le sub-
til artifice de ses desuoyemens & destours;dont l'on ne se pouuoit demesler,si quelque practiqué & rusé à cela
ne seruoit de guide. On dit que Dedalus estant arriué en Egypte s'esmerueilla de ce bastiment, & en prit le
portrait, sur lequel il en fit vn semblable , en Candie du temps de Minos, où le Minotaure fut renfermé: mais
plus petit beaucoup que celuy d'Egypte.Lequel estoit encore en son estre du temps de Iules & Augu-
ste Cesars,lors que Diodore escriuoit ses histoires ; l'autre non. Herodote en son Euterpe, par-
my les autres antiquitez de l'Egypte le descript ainsi.

Herodote.

S I Q V E L Q V' V N *se vouloit mettre à parler des bastimens, & des beautez de tous les ouurages des Grecs,*
si n'arriueroit il pas pour cela au labeur & despence de ce Labyrinthe: Car encore que le temple d'Ephe,e soit
chose fort memorable , & celuy de Samos aussi, neanmoins les Pyramides sont bien autre cas, chacune desquel-
les se peut equipar.r aux plus exquis edifices que nous ayons. Et toutesfois le Labyrinthe les surpasse encore:
Car il y a là dedans douze grands corps d'hostel couuerts : leurs portes à l'opposite l'vne de l'autre:six tout d'vn
front au Septention, & autant au Midy fermez,par le dehors d'vne seule muraille. Il y a là deux estages, l'vn
en bas dessoubs terre , & l'autre en haut , esleué dessus celuy là ; chacun desquels est diuisé en trois mille cinq cens
pieces , ou apartemens de chambres, salles garderobbes,galeries,& cabinets. Nous auons veu ceux de dessus,

&

& raconterons les choses que nous y auons remarquées : Mais quant aux autres de dessoubs terre, nous n'en
auons rien peu sçauoir que par oüyr dire, parce que les gouuerneurs de l'Egypte ne vouloient en façon quelconque
permettre qu'on les nous monstrast, à cause, selon qu'ils disoient, que là estoient les sepultures, tant de ces Rois qui
auoient fait bastir le Labyrinthe, que des sacrez-saincts Crocodiles. Au moyen dequoy nous parlons des demeures d'embas, selon que nous l'auons appris d'autruy. Mais quant à celles d'enhaut, nous les auons veües à l'œil,
excedans de beaucoup tous les ouurages faits de main d'homme. Car les issües par les chambres, & tant de r'en-
tremens, & retours par les salles de costé & d'autre, me mettoient en vne merueilleuse admiration. Des corps
d'hostel, on passe dedans les salles, des salles, dedans les chambres, des chambres aux garderobbes & cabinets, &
de là en d'autres salles, antichambres, & galleries. De toutes lesquelles pieces le plancher aussi bien comme les parois, est de pierre de taille ouurée par cy & parlà de figures à demy bosse. Chacun des manoirs ou corps d'hostel
a outre plus sa portique à l'entrée, soustenuë de belles grosses colonnes d'vn pierre blanche, fort proprement : & à
l'encognure où se termine le Labyrinthe, est annexée vne Pyramide de 40. pas en quarré, taillée à grādes figures
d'animaux, à laquelle l'on va par dessoubs terre. Or comme ce Labyrinthe soit tel, le lac toutesfois de Mœris
au bord duquel il est edifié, est bien plus admirable encore, contenant de circuit trois mille six cens stades (ce sont
enuiron cent ou six vingts de nos lieües Françoises) autant que comprend l'estenduë d'Egypte iusques
à la mer. Lequel Lac s'allonge du Septentrion au Midy, profond de cinquante pas où il est le plus creux. Qu'il ait
au reste esté fait & caué par artifice, les deux Pyramides qui sont au milieu le tesmoignent, cinquante pas este-
uées hors de l'eau, & autant enfoncées dedans : sur chacune desquelles sont au plus haut est vn grand Colosse de
pierre, assiz en vne chaire ; tellement que ces Pyramides ont cent pas de hauteur. Cela reuient à trois fois autant que les tours nostre Dame. Car Herodote adiouste tout incontinent apres, que le pas Egyptien contient six pieds, & chasque pied quatre palmes, qui font tout iustement vn pied de Roy.
Là où ces Tours icy n'ont que quatre cens marches, de demy pied ou enuiron chacune. Quant
au Labyrinthe de Crete, outre ce que nous en auons amené cy dessus de Diodore Sicilien, nous
pouuons encore adiouster que celuy qu'on monstre pour le iourd'huy en Candie au pied du mōt
Ida vulgairement nōmé Psiloriti, n'est pas l'ancien, dont est icy question : car du temps mesme de
Diodore, ainsi que luy mesme tesmoigne, il n'en paroissoit plus aucune marque : ains est certaine
carriere d'vne pierre fort dure, & belle au possible, qu'on y a tirée autres fois pour les bastimens
de Gnosos, ville iadis la principale de l'Isle, & où le Roy Minos faisoit sa demeure ordinaire ; ce
qui auroit tant plus donné de couleur à cela.

Cela n'est il pas deſplorable,
De voir la beſte irraiſonnable,
Suiure de nature la loy;
Et que l'humaine creature,
Oublie Dieu & la nature,
Pour vn plaiſir ſi ſale en ſoy?

Cette cy cherit tant ſon vice,
Qu'elle recherche l'artifice,
Dans vne brutale priſon;
Si bien qu'elle meſme ſe priue,
Pour cette volupté laſciue,
D'Ame, de forme & de raiſon.

                                       PASIPHAE.

PASIPHAE.

ARGVMENT.

'EST CHOSE *bien à craindre d'irriter ceux qui sçauent mettre la main à la plume;dont le traict est plus dangereux & mortel, que les œillades d'vne Cataplebe,la morsure d'vn Crocodile,la harpe d'vn Lyõ,ou d'vn Tigre;ne les defenses d'vn Sanglier,la trompe d'vn Elephãt,la corne du Taureau eschauffé,le coup de pied d'vn Cerf en plein cueur du Rut,ne l'indignation d'vne femme mal traictée en Amours. Minos Roy de Crete, tres-bon, tres-sage, & equitable Prince,s'il en fut oncques de son tẽps,pour s'estre voulu attacher aux Atheniens,qui ont esté les souuerains ouuriers de bien dire & coucher par escrit, comment s'ẽ trouua il depuis?Tous les theatres & eschaffaux,toutes les compagnies & assemblées,yeux,bouches,& oreilles des Hommes,ont esté remplis de ses moqueries & diffamations. Car non seulement on luy a fait sa femme putain, ses enfans bastards,sa maison pleine d'adulteres;mais encore s'estre abandonnée iusques aux bestes bruttes;sa lignée monstrueuse;& luy contraint d'endurer tout cela à sa barbe:relegué à la fin en l'autre monde au siege presidial des enfers, pour faire le procés aux ames damnées: tout enfumé de leurs criallaries,desespoirs,& torments. Icy dõc à l'imitation des Poëtes,Philostrate descrit la forfaicture & vilenie de Pasiphaé,femme dudit Minos;laquelle ayant vn mary si grãd Roy,si beau & honneste,deuẽt neantmoins amoureuse d'vn Taureau, & trouue le moyen de se coupler auec luy:dont vient le Minotaure, & le labyrinthe : & les trop legieres Amours d'Ariadné cy deuant deduites;& la desloyauté de Thesee enuers elle,& la mort d'Æacus par son inaduertãce & oubly: auec infinies autres telles calamitez tragiques,qui ordinairement s'entre-suiuent & accompagnent d'vne file tres-longue,à l'endroit beaucoup plus des Princes & grands Seigneurs, que non pas de petits compagnons, & personnes priuées.*

ASIPHAE est amoureuse de ce Taureau,& prie Dedalus de luy bastir quelque moyen pour l'en faire ioüyr:surquoy il luy fait vne Vache creuse,approchant de la semblance *de celles qui võt au troupeau, accoustumées de souffrir le masle. *Or quel en a esté leur assemblement, la forme du Minotaure le demonstre assez,produitte en estre contre les reigles de nature;mais la compagnie qu'ils eurẽt l'vn de l'autre,n'est pas icy portraicte maintenant; trop bien voila vn ouuroüer qui a esté expressément dressé pour De-

de celles qui vont au troupeau, ἀρχελία θοὶ τῶ ταύρωι *semblance d'auec de celles qui vont au troupeau , la compagnie de ce taureau.* *Or quel en a esté &c. Car le fut le moyen*

M

PASIPHAE.

134

par lequel De-
dalus aura le
Taureau à s'ac-
coupler auec
entiere façō, marchans desia; les autres sont à ce poinct menées, qu'elles

dalus, où il y a tout à l'entour grand nōbre de statuës; dont les vnes ont leur
entiere façon, marchans desia; les autres sont à ce poinct menées, qu'elles
promettent de bien tost s'esbrasler. De vray l'imagerie n'auoit pas encore biē
mis son antente à ce qui estoit auparauāt Dedalus: & vous le voyez là qui cō-
trefait de l'Artique à son maintien & contenance; Car il iette ie ne sçay quelle œillade pleine d'vne grā d' discretion & sagesse: & si atticisse encore à son
habit, estant vestu de cette houppellāde ce drap brun; les pieds tous nuds cōme vous le voyez icy peint: parement le plus honnorable qu'ayent point les
Atheniens. Au demeurant il est assis pour pouuoir façonner plus à son aise la
Vache, & luy dōner la naïsueté requise: & associe à cette sin les Amours auec
luy, pour luy ayder à la parsaire; aussi qu'on y puisse voir empraint ie ne sçay
quel esguillon & attrait de la chair, sentāt sa nature. Parquoy les Cupidōs vo⁹
sont euidens, que voila tournās la teriere, & qui replanent à tout la herminette les pieces encore raboteuses; compassent quand & quand & mesurent les
proportions, dont l'ouurage doit consister. Mais ceux qui sont embesongnez
à la sie, surmontent toute l'inuention & sçauoir qui puissent partir du trait &
des coloremens d'vn peintre. Prenez y garde. La sie est appliquée au bois, où
desia elle entre dedans: & ces petits Amours la tirent & conduisent, l'vn d'é-
bas de la terre, l'autre d'amōt de dessus les treteaux; se redressans & rabaissans
chascun à son tour; il nous le faut bien croire ainsi: car cettui-cy s'encline, cōme pour se releuer aussi tost; & celuy là se hausse pour se rabaisser sur le châp.
L'vn retire d'embas son haleine à l'estomach; & l'autre la renuoye d'enhaut
dans le ventre; se renforçant par ce moyen les bras. Pasiphaé en tēps pendant
est là dehors autour de ces bestes à corne, à cōtempler de tous costez le Taureau, pensant l'auoir desia gaigné par sa beauté, & bonne grace, & la riche
robbe qu'elle a vestuë; qui brille aux yeux, & resplendist ie ne sçay quoy de
diuin par dessus tous les arcs en ciel: manifestant par son regard au surplus la
difficulté de la chose, & l'irresolution en quoy elle est. Car elle sçait assez où
elle a mis son amour, & est neantmoins transportée d'vn ardēt desir d'accoller le Taureau. Mais il ne l'entend point quant à luy & ne se donne peine que
de regarder sa pareille: Portrait icy fier & superbe; cōducteur de tout le troupeau, les cornes d'vne façon gentille, blanc tout le corps, trappe & bien pris
sur ses membres, le fanon pendant, & le col gras & resait, iettant l'œil gayement deuers sa genisse: laquelle se retient auec ses compagnes, esbaudie &
deliberée, blanche pareillement, hors-mis la teste qu'elle a noire: & desdaigne le Taureau, bondissant à quartier tout ainsi qu'vne ieune fille, qui fuy-
roit la poursuitte & effort de quelque importun amoureux.

ANNOTATION.

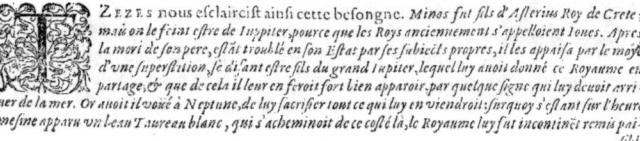

ZEZES nous esclaircist ainsi cette besongne. *Minos fut fils d'Asterius Roy de Crete;*
mais on le feint estre de Iupiter, pource que les Roys anciennement s'appelloient Ioues. Apres
la mort de son pere, estāt troublé en son Estat par ses subiects propres, il les appaisa par le moyē
d'vne superstition, se disant estre fils du grand Iupiter, lequel luy auoit donné ce Royaume en
partage, & que de cela il leur en feroit fort bien apparoir, par quelque signe qui luy deuoit auri-
uer de la mer. Or auoit il voué à Neptune, de luy sacrifier tout ce qui luy en viendroit: surquoy s'estant sur l'heure
mesme apparu vn leau Taureau blanc, qui s'acheminoit de ce costé là, le Royaume luy fut incontinēt remis pai-
sible

PASIPHAE. 135

fible entre les mains. Toutesfois il ne tint pas sa promesse à Neptune, car au lieu du Taureau qui s'estoit ve-
nu rendre à luy, il en sacrisa vn autre, & ennoya cettui-cy à ses tropneaux pour en faire race. Dequoy le Dieu
indigné fit en sorte, que Pasiphaé femme d'iceluy Minos deuint extrememment amoureuse de cet animal, dont
elle eut iouyssance par l'artifice de Dedalus, & enfanta vn monstre moitié Homme, moitié Taureau, qu'on ap-
pelloit le Minotaure; lequel fut depuis mis à mort par Thesée. Minos depuis emprisonna Dedalus & son fils
Icarus, pour l'occasion de ce forfait, dont il les mescroyoit auoir esté les principaux moyens; mais eux s'es-
tans pourueuz, & accommodez d'aisles à guise d'oyseaux, euaderent. Toutesfois Icarus pour s'estre voulu es-
leuer trop haut, les rais du Soleil luy fondirent la cire dont ses plumes estoient assemblées, & tomba dans la mer
qui fut appellée de son nom depuis. Dedalus se sauua en Sicile, là où Minos l'ayant poursuiuy à la trace,
il fut là mis à mort, par la malice & tromperie des filles de Coccalus, qui le menerent soubs ombre de le bien
traitter en vne estuue tres-chaude, & au partir de là en vn lieu extrememment froid. Voila ce qu'en dient
les siétions des Poëtes. Mais ceux qui veulent reduire le fait à vne histoire veritable, alleguent que ce Minos
fut de vray fils d'Asterius; apres la mort duquel ne luy voulant le peuple de Crete obeyr, ne continuer la co-
ronne, il fut aidé à la recouurer par vn Prince appellé Taurus, qui vint à son secours auec vne armée de mer.
Pasiphaé là dessus en estant deuenuë amoureuse, trouua moyen d'en iouyr à la desrobée, par la subtilité de De-
dalus, qui luy dressa à cette fin certaines chambres de bois si secretes, que personne ne s'en apperceut sinon
sur le tard. Et alors se voyans descouuers, ils se sauuerent en Sicile les vns & les autres, sur les mesmes vais-
seaux de Taurus; là où Minos les poursuiuant fina ses iours. Tout cecy dit Tzezes en la 19.histoire de ses
Chiliades, & en la 49. de la 12. Chiliade. Palephatus, Phornutus, & Plutarque, l'interpretent
d'vn autre sorte: & Lucian encore, qui au traicté de l'Astrologie tasche de nous faire accroire,
que la dessus-ditte fable ou histoire se doibt rapporter à cette science, laquelle Dedalus ayant
tres-soigneusement enseigné à son fils Icarus, cettui-cy (comme est l'ordinaire des ieunes gens)
par vne outrecuidance puerile & legere, pensant desia tenir à belles dents les deux Poles, & e-
stre monté à cheual sur le Zodiaque; se laissa tomber en vn gouphre & abysmes d'erreurs, où il se
submergea. Pasiphaé d'autre part qui luy auoit ouy deuiser de ces tant-belles considerations, &
par auanture du signe du Taureau en particulier, deuint incontinent si amoureuse de l'art, qu'el-
le se transporta du tout apres. Ce qui auroit donné lieu à la fable, que Dedalus l'assembla auec vn
Taureau. Mais cette adaptation est vn peu brusque, & en danger de demeurer court. Brief que
c'est vn vray nez de cire que de tels comptes faits à plaisir; ou bien le ton des cloches: Car on les
torne-ploye de quelque costé que l'on veut; & leur fait on sonner telle note qui vient à la fanta-
sie. Qu'il ne soit vray, d'autres encore veulent moraliser là dessus selon la doctrine des Platoni-
ciens: que Pasiphaé, qui est vne creature humaine, represente l'ame raisonnable estant en nous,
laquelle est renfermée & enclose dans vne vache de bois, c'est à dire en la sensualité d'vn corps
qui ne differe de soy en rien aux bestes bruttes: & le bois est la vertu vegetatiue d'iceluy, lequel
reçoit accroissement & diminution tout ainsi que les plantes. Le Minotaure en est finablement
engendré, qui participe de la creature raisonnable, & de celle qui est incapable de raison. Ce sont
noz discours d'vn costé, & de l'autre, noz affections & concupiscences, deux extremes perpetuel-
lement accouplez en nous, dans le Labyrinthe de nostre vie, pleine d'erreurs, embrouïllemens,
& incertitudes, dont on ne peut trouuer l'issuë que par le moyen du fil, à sçauoir de la mort, qui
nous deliure & desueloppe de tout cela: Car le bout de ce peloton que filent & deuident les Par-
ques ou Destinées, est pris ordinairement pour la fin & termination de nostre vie.

DEDALVS (ce dit Diodore au 4.liure, chap.13.) fut fils d'Hymetion Athenien, l'vn de ceux qu'on **DIODORE**
appelloit les Erechthiades, & le plus excellent ingenieux de son temps: lequel ayant inuenté tout plein d'artifi-
ces qui seruoient de beaucoup à la facilité & abbregement de son art; comme la sie, la doloüere, & herminette,
le plomb ou niueau, la tetiere, la veigle, colle, & semblables commoditez; il fit des choses merueilleuses, &
mesmement pour le regard de l'imagerie, en quoy il surpassa tous ceux d'aupatauant: dont la posterité cut
opinion, que ses statuës voyoient, cheminoient, & respiroient, tout ainsi que si elles eussent eu vie. Or ayant
desia acquis vne tres-grand gloire & reputation par l'excellence de son art, il fut contraint de s'enfuyr d'A-
thenes, pour auoir mis à mort Talos fils de sa sœur; vn ieune homme de fort belle esperance, lequel faisoit son ap-
prentissage soubs luy: & ce pour vne ialousie qu'il en conceut, le voyant en train de le surpasser bien tost: car il
inuenta la rouë dont seruent les potiers, & le tour, auec les outils & instrumens necessaires. Puis ayant rencon-
tré d'auanture vne machoüere de serpent, il s'en seruit à sier vn morceau de bois, & sur le patron d'icelle for-
ma le premier de tous vne sie. Dedalus l'ayant mis à mort, & enterré secretement, fut accusé du forfait,
& condamné par l'Areopage; mais il preuint l'execution de la sentence & s'absenta en Candie, là où il fut
le fort bien venu du Roy Minos, qui auoit espousé l'vne des filles du Soleil, nommée Pasiphaé. Et là des-
sus il aduint, que ce Prince ayant accoustumé de sacrifier tous les ans le meilleur de tous ses Taureaux à
Neptune, meu de ie ne sçay quelle opinion s'en reserua vn, qui à la verité estoit le plus bel animal qu'on
eust sceu veir, il en offrit vn autre en son lieu; dequoy le Dieu indigné contre luy, incita sa femme à
aimer la beste ardamment. Mais ne pouuant trouuer en vne disparité telle le moyen d'en auoir iouyssance,
Dedalus luy bastit vne vache de bois, dedans laquelle s'estant renfermée, le Taureau en eut compagnie.
Et de là vint le Minotaure, monstre horrible & estonnentable; Taureau iusques aux espaules, & tout

M ij

le reste, de forme humaine. Minos le fit nourrir & esleuer dans le Labyrinthe, & falloit que les Atheniens luy enuoyassent par chacun an sept beaux ieunes garçons, & autant de filles pour luy seruir de pasture; iusques à ce que Thesée finablement (sur qui le sort tomba à celle fois) mit fin à cette inhumaine aduanture. Cecy nous admoneste & apprend, de garder solemnellement nos veuz & promesses enuers la diuinité; dont toutes les fois que nous nous voulons departir, ne penser en rien que ce soit la desfrauder de ce que nous luy debuons, il est mal-aisé que quelque grief mal-heur & sinistre accident ne nous aduienne, qui nous fait bien payer le quadruple de cette omission de recepte.

Pavsanias en ses Achaïques, touche presque tout le mesme que Diodore, mais il fait ce Metion qui fut pere de Dedalus, auoir esté de sang Royal. Et és Bœotiques (où il racompte vne fort plaisante & facetieuse histoire de Iunon qui pour ialousie ou quelque autre occasion s'estoit retirée en l'Isle de Negrepont, sans vouloir plus retourner à Iupiter, iusques à ce que par l'inuention de Citheron l'on eust fait vne statuë de bois, laquelle mise en vn chariot nuptial, on fit à croire à la Deesse, que c'estoit vne femme que son mary vouloit espouser) il dit qu'auparauant assez long temps que Dedalus eust esté, on appelloit toutes sortes de statuës *Dedales,* desquelles Dedalus fut puis apres surnõmé ainsi. Allegue en outre, que les Platéens de sept ans en sept ans auoient accoustumé de celebrer vne feste & solemnité du mesme nom; mais de maniere bien estrange. Car il y auoit vne futaye de Chesnes en la Bœoce, où à certain iour on portoit quelques chairs boullies, & s'obseruoit diligemment sur quel arbre le Corbeau, dont il y auoit là abondance, se seroit perché, qui le premier en auroit emporté sa lippée. On coupoit puis apres ce chesne, & en estoit faite vne statuë ou Dedale; qui leur seruoit de simulachre, pour y faire leurs deuotions & prieres: comme le racompte Eusebe au troisiesme liure de la preparation Euangelique.

Il y a *grand nombre de statuës, dont les vnes marchent desia.* Aux statuës de Dedalus pour cause de leur excellente manufacture, anciennement on attribuoit tout ce qui peut appartenir à vne creature viuante; le regard & le mouuement encore ce sembloit: pource que ce fut le premier qui leur commença à à donner grace, auec vne belle maniere & action; les autres n'elabourans les leurs que grossierement, presque sans yeux, & les iambes cousues ensemble. Quelques vns toutesfois dient, que cela se faisoit par certains mouuemens & ressors, ou par quelques petites cordelettes & fils d'archal qui les faisoient remuer en tous les membres, & parties du corps: ainsi que nous auons peu voir n'agueres en ces petits manequins & personnages apportez d'Italie; tant du chasteau ou ils se mouuoient en nombre presque infiny (& tous de differents gestes & actiõs) par le moyen d'vne seule rouë, qui les conduisoit; que des autres qui se tiroient par en haut auec des cordes de boyau: si subtilement, & d'vne si grande dexterité & artifice, que la nature mesme ne sçauroit faire mieux és creatures viuantes. Et croy fermement que si ces Automates fussent venus à la cognoissance des anciens, (combien que ie ne vueille nier qu'ils n'en ayent eu quelques vns aussi) ils n'eussent rien plus admiré que cela. Mais pour retourner à ces statuës Dedaliennes, Platon au Dialogue intitulé Menon, en parle ainsi: ὅτι τοῖς δαιδάλȣ ἀγάλμασιν ἢ ϖϱοςοίχησκας τὸν νȣ̃ν, &c. *Parce que vous n'auez prû garde aux statuës de Dedalus; car parauenture il n'y en a point parmy vous. Mais à quel propos dites vous cecy? Dautant que si elles ne sont attachées, elles s'enfuyent; & estans liées ne bougent de leur place. Et que s'ensuit il pour cela? Si vous auez aucun de ces ouurages qui soit en sa liberté, il n'en faut pas faire grand estat, non plus que d'vn esclaue subiect à gaigner au pied: Car aussi bien cela ne demeurera pas auec vous: mais s'il est bien attaché, vous le debuez estimer beaucoup.* Il redit presque le mesme encore dans le grand Hippias. Et Aristote au premier de ses Politiques en parle de cette sorte. *Tant furent anciennement en grande vogue ces ouurages de Dedalus enuers tous les gens doctes de ce temps là, que s'il se pouuoit faire que chasque piece de nos vstanciles à mesure qu'on le luy commanderoit, où le deuinant d'elle mesme, fist son office, & debuoir à quoy elle est destinée, ainsi qu'on dit que les statuës de Dedalus, & les trippiers de Vulcan, (que le Poëte escrit s'estre de leur mouuement propres esmeus l'vn encontre de l'autre) que les nauettes aussi pussent d'elles mesme trotter & tistre la toile, & les peignes dont on touche les cordes des cistres, iouïassent de par eux, certes les maçons n'auroient que faire d'aydes, ni les maistres de seruiteurs.*

Evripide en la tragedie d'Hecuba.

εἰ μεὶ ϑλοῦνε φϑόγγοσ ἐμϕϱαχίοσι,
ἢ χερσὶ, ἢ κόμραισι, ἢ ποδῶν βάσει,
ἢ δαιδάλου τέχμαισιν, ἢ θεῶν τινὸς,
ὡς πολιθ᾽ ὑϖλϱῃ σὺν ἔχοιε γȣνύτων,
κλαίοντ᾽, ἐϖισκήσαμτα ϖομϕύϱοις λόγοις.

Que de Dedalus la science, ou des Dieux l'eternelle essence, m'eussent mû le parler aux bras, és mains, és cheueux, & au pas; afin que de ces membres tous, ie vienne embrasser tes genoux, plorant-criant en toutes sortes. Platon le comique encore.

τὰ δαιδάλεια ϖάντα κιυῇσαι δοκεῖ,

βλέπω

Platon.
Aristote.

βλέπειν τ' ἀγάλμαθα.

Tous les ouurages de Dedale semblent proprement se mouuoir, & ses effigies de veoir.

TZEZES en ses centuries d'histoires faictes en carmes libres.

Tzezes.

τὰ δὲ δαιδάλεα φασὶ κινῆσαι διεξῆπως.

τοῖς αὐθρίασι πρόιτερον πρὸ χρόνων τῶν δαιδάλου

ἐδημιούργουν ἄχερας, ἄποδας, ἀομμάτους.

πρῶτος δ' ὁ δαίδαλος αὐτὸς δῆλε χεῖρας, πόδας,

δακτύλοις διημόσαο, ⸪ βλέφαρα, κỳ τ' ἄλλα

ὅθεν ὁ μῦθος πέπτωκε κινῆσαι τὰ δαιδάλου.

L'on dit que les ouurages de Dedalus se remuoient en cette sorte. Auant le temps d'iceluy, on faisoit les statuës sans mains, sans pieds, sans yeux: tellement qu'il fut le premier qui fit vne distinction de mains & de pieds & accoinmoda les doigts, ensemble les paupieres, & autres parties du corps. Ce qui a donné lieu à la fiction, que tout ce qui partoit de la main de Dedalus auoit mouuement & vie.

CAR il ieste ie ne sçay qu'elle œillade pleine de grande discretion. Cecy bat sur le Prouerbe, Ἀττικὸν βλέπος, *Le regard Attique.* Ce qui denote proprement vn homme qui veut faire du suffisant & entendu; c'est à dire qui fait bonne mine, & le plus souuent mauuais-ieu. De quoy estoient sur tous les autres Grecs taxez principalement les Atheniens, comme quelque peu impudens & effrontez; voire qui monstroient vne par trop grande asseurance en ce qu'ils auoient à dire, ainsi que le sçait fort bien remarquer Aristophanes és nuées.

ἐπὶ τοῦ προσώπου τ' ἔσὶν Ἀττικὸν βλέπος.

Plutarque à ce propos en la vie de Phocion. Φωκίωνα γὰρ ὅτε γελάσαντα τὶς, ἤτε κλαύσαντα, ῥᾳδίως Ἀθηναίων εἶδεν, ἀλλ' ἐν θαλαμείῳ δημοσιεύοντι λουόμενον, οὐδὲ ἐκτὸς ἔχοντα τὰ χεῖρα τῆς περιβολῆς, ὅτι τύχοι περιβεβλημένος· ἐπεὶ κατὰ γε τὴν χρόαν καὶ τὰς στρατείας ἀνυπόδητος ἀεὶ καὶ γυμνὸς ἐβάδιζε, εἰ μὴ ψύχος ὑπερβάλλον εἴη, καὶ δυσκαρτέρητον· ὡς τι καὶ παίζοντας ἤδη τοὺς στρατευομένους, σύμβολον μεγάλην ποιεῖσθαι χειμῶνος, ἐνδεδυμένον Φωκίωνα. Onecques nul des Atheniens ne veit sans vne bien grande occasion rire ne pleurer Phocion; ny se baigner és estuues publiques, ny sa main hors de dessoubs sa robbe, quand il en estoit affublé. Au reste, s'il alloit dehors, ou à la guerre, c'estoit tousiours les pieds nuds, sans souliers ne sans robbe, si d'aduenture il ne faisoit quelques gelées trop extremes & intolerables: de sorte que les soldats en se mocquant interpretoient pour vn signe de tres grande froidure, Quand Phocion estoit vestu. Cecy se rapporte à ce qui suit apres dans le texte; *Les pieds tous nuds comme vous le voyez icy peint:* parlant de Dedalus. Aristophane és nuées, où il tasche de perstreindre & blasonner Socrates, introduit vn Strepsiades qui veut enuoyer son fils Philippides à son escole pour apprendre la maniere de fuyr à payer leurs debtes; dont la farce de Pattelin semble auoir esté empruntée. Philippides donc demande à son pere; Qui sont ces ames si sçauantes qu'il luy loüe tant. Et il respond qu'il n'en sçait pas bien le nom, toutesfois que ce sont gens bons & honnestes, & *Merimnophrontistes,* c'est à dire d'vne fort estroitte contemplation. Ha ne m'en parlez plus, dit Philippides.

πόνηροι γ', οἶδα, τοὺς ἀλαξόνας,

τοὺς ἀχρειῶντας, τοὺς ἀνυποδήτους, λέγεις,

ὧν ὁ κακοδαίμων Σωκράτης ⸪ Χαιρεφῶν.

Ce sont meschantes canailles, ie les cognois bien: vous parlez de ces orgueilleux pasles-descolorez Hypocrites, qui vont pieds deschaux; du nombre desquels est ce mal-heureux Socrates, & Cherephon.

Et Platon tout au commencement du Phædrus l'introduit parlant ainsi à Socrates; *Ie suis tout à propos deschaussé maintenant, car quant à toy, tu l'és tousiours.* Et dans le Symposion ou banquet, il fait mention d'vn Aristodemus Cydatherien, qui auoit de coustume d'aller tousiours les pieds nuds, disant incontinent apres qu'il venoit de rencontrer Socrates tres-bien estuué & laué, auec des souliers en ses pieds: ce qui ne luy aduenoit pas souuent.

La couftume & l'opinion,
Ont enuers nous telle puiffance,
Qu'on fe priue de cognoiffance;
Pour complaire à leur paffion.
   Auec vn riche veftement,
La grace eft bien plus eftimée,

Et la beauté n'eft point aymée;
Qui fe void fans accouftrement.
   Comme s'il failloit que nature,
Ornaft fa plus riche fplendeur,
D'vn petit luftre de peinture;
Qui n'eft qu'vn ombre à fa grandeur.

PELOPS

PELOPS.

ARGVMENT.

OMBIEN que le preſent tableau ſoit le trentieſme en datte dedans
Philoſtrate , il nous a neantmoins ſemblé deuoir aller deuant le dix-
ſeptieſme , que nous auons mis tout incontinent apres , comme eſtant du
meſme ſubiect. Car par raiſon la deſcription de Pelops, & de l'e-
quippage dont Neptune luy fit preſent, doit preceder le combat qu'il eut depuis contre Oenomaus. Dauantage l'Autheur meſme nous marque cela en iceluy dix-
ſeptieſme; là où il allegue vn endroit de cettuy-cy, comme s'il preſuppoſoit qu'on l'euſt
deſia parcouru & paſſe. ἔσχατοι ᾗ , ὁ μὰ τὸν Λύδιον τε , χỳ ἀέϱϱι ἔϛπον, ηλικίὰν τε χỳ ὥϱαν
ἄγων, ᾗ μικρῷ πϱϱϱϑεν εἴδες, ὅτε τοὺ ἵπποις τὸν Ποσρϱϑῶ ἔϱτι. Il eſt veſtu delicatement
à la façon Lydienne, ayant l'aage & beauté que vous auez n'agueres veu,
quand il demandoit les cheuaux à Neptune. Ce qui eſt tout le ſubiect du preſent
tableau. Le ſurplus le contexte vous le monſtrera, & l'annotation qui ſuiura apres;
meſmement le lieu de Pindaré qui y eſt amené, lequel deſcrit fort particulierement tout cecy.

L A CHAMARRE ainſi gorgiaſe & mignonne ; vray accouſtrement de Lydie , & vn Adoleſcent en ſon premier poil follet ; Neptune auſſi qui luy ſoubs-rit,
pendant qu'il prend plaiſir à manier ſes cheuaux; tout
cela monſtre que c'eſt Pelops, lequel s'en va à la mer
tout expres, pour faire ſes doleances à ce Dieu contre OEnomaus , qui ne le veut accepter pour gendre : ains mettant à mort les amoureux d'Hippodamie , ſe braue & glorifie de leurs deſpouïlles. Or voi-
la * vn chariot doré qui vient de la mer à Pelops durant qu'il faict ſa requeſte, dont les cheuaux ſont pour aller ſur terre; & qui d'vn pied leger,
quand & quand ſans moüiller l'eſſieu, parcourroient toute la mer Egée, depuis vn bout iuſques à l'autre : au moyen dequoy le combat luy ſuccedera
bien. Mais venons à conſiderer où le peintre a eu le plus fort à faire. Car ce
n'eſt pas (à mon aduis) peu de labeur, d'atteller quatre cheuaux de front, ſans
embaraſſer ne confondre les iambes de pas vn d'eux; & leur auoir ainſi meſ-

* Vn chariot
doré) χϱυϛὸν
ἅϱμα, vn cha-
riot & or, nõ pas
doré ſeulemẽt.
& l'interprete
de Pindare dit
χϱυϛὸ ἅϱμα,
& les cheuaux
ſont appellez
ἀπεϛϱϛπ τ, ter-
reſtres.pour les
diſtinguer des
cheuaux ma-
rins de Neptu-
ne,qui ſont à
demy poiſſons

M iiij

lé vne gaye ioyeuseté auecques vne ardeur prompte & fiere : planté cettui-cy comme se retenant quoy, sans toutesfois qu'il vueille demeurer ferme: celuy-là qui ne demande qu'à bondir : & l'autre à se rendre docile. L'autre se mire & se plaist en la beauté de Pelops, les naseaux tous ouuerts comme s'il hennissoit. Cecy encores merite d'estre entendu, que Neptune aime le iouuenceau : ^c ramenant en memoire & le chauderon & Clotho : &, que l'espaule d'iceluy semble flãboyer & reluire. Il ne le veut pas destourner de ce mariage, puis qu'il a son affection, mais se contente ainsi qu'ainsi de luy prendre la main : & en le tenant par la droicte, luy touche les poincts, qui concernent la course : dont il se sent desia tout glorieux & content, comme s'il mesprisoit l'aduersaire sien. Et accompagne là dessus d'vn fronsement de sourcil, la contenance de ses cheuaux, iettant vn regard doux & fier hautain tout ensemble, pour ce qu'il marche ainsi auecques la Tiare; de laquelle sa cheuelleure se desrobbe en forme de petits ruisselets dorez, & s'en vient de là rencontrer sur le front : où elle fleurist quand & le poil-fol de sa prime-barbe : tant que finablement apres auoir biē voltigé de costé & d'autre, le tout s'arreste en son poinct & assiette deuë. Quant est du flanc & de l'estomac, ensemble tout ce qui se pourroit alleguer touchant sa charnure nuë, la peinture l'a voülu couurir : Car les Lydiens & autres Barbares de la haute Asie, renfermans leur beauté dedans telles sortes d'habits, s'illustrent & parent auec ces riches estoffes : combien qu'on se puisse assez embellir & orner du naturel seul. Le reste nous est incogneu & caché là dessoubs. Mais la partie de la robbe où vous voyez l'espaule gauche, l'artifice du peintre l'a tout expres obmise, afin qu'elle n'enseuelist point sa lueur. Par ce que voicy la nuict qui gaigne pays, & l'adolescent est esclairé de son espaule, ny plus ny moins que les tenebres par la belle estoille du soir.

2. Ramenant en memoire) ἀναφέρει ἀντιφέρει αὐτὸ εἰς μνήμην, & recognoist qu'il a esté remis en nature par le moyen du chauderon & de Clotho : & quant à Pelops il semble que son espaule flamboye & reluise. Car ce fut Clotho qui tira du chauderon les membres de Pelops, dans lequel ils auoient esté cuits par son pere Tantale, Pindare en l'o- de Olymp. 1. νιν καθαρᾶ λέ-βητος ἔξελε Κλωτώ.

ANNOTATION.

TOVT ce discours icy de Pelops a esté tres-elegamment traicté & poursuiuy de Pindare en la premiere Olympienne, en cet endroit qui commenence.

λάμπει
δέ οἱ κλέος τᾶς εὐάνορι Λυδοῦ
Πέλοπος ἀποικίᾳ, &c.

Sa gloire reluit en la tant renommée colonie de Pelops Lydien, qu'aima autres-fois le puissant esbransle-terre Neptune ; apres que Clotho l'eut retiré du bien fourby Chauderon, orné d'vne luisante espaule d'yuoire. Certes il y a beaucoup de choses que l'on tient à mira-cle : & les fables enrichies de plusieurs ingenieuses mensonges, attirent plus à elles le cœur des personnes, que ne fera la verité d'vne histoire. Mais la grace & faueur de la Poësie, qui accomplit tout ce qui est agreable aux mortels, & leur ancine de l'honneur & reputation par son industrie, faict accroire ce qui autrement seroit incroyable de soy. Les derniers iours au reste sont les plus sages & certains tesmoins : & ce-pendant c'est le deuoir de l'homme de parler honorablement des Dieux ; car on ne peut faillir en ce faisant. Au moyen dequoy, fils de Tantale, ie te celebreray tout au rebours de mes deuanciers. Quand ton pere inuita les Dieux au festin en sa bien-aimée ville de Sipylon, leur apprestant vn fort magnifique souper ; ie dis que le porte-trident Neptune, son penser dompté d'vn desir amoureux, te rauit lors sur ses cheuaux dorez, pour t'enleuer en la supresme cour du par-tout reneré Iuppiter : là où Ganymede vint puis apres pour le mesme office. Or apres que tu ne comparus plus nulle part, & que ceux qui te chercherent fort longuement, ne te peurent ramener à ta mere, quelqu'vn des enuieux voysins vint à part soy lors tout soudain à dire, que l'on t'auoit mis, despecé dans vn plein chauderon d'eau bouillante, & departy çà & là par les tables les loppins de ta chair, qu'on auroit mangée. Mais à moy ce seroit chose trop impertinente,
d'appeller

d'appeller nul des Dieux si gourmand: ie m'en deporte, car quelque mal-heur ne sa *est d'arriuer bien-souuent
aux mesdisans. Et de faict, si pas vn seul de tous les mortels fut onques honoré des Dieux concierges de l'O-
lympe, certes ç'a esté ce Tantale: mais il ne peut digerer son bon-heur; ains pour en estre trop saoul, receut
vn tres-grand detriment, en ce que Iuppiter le pere de tous, luy a suspendu vne grosse pierre, laquelle cuidant diuertir de dessus sa teste, il saut tousiours de paruenir à ce qu'il desire. Il souffre donques vn tel tourment miserable, faisant le quatriesme auecques trois autres, sans y pouuoir trouuer remede, pource qu'ayant
desrobé l'Ambrosie & Nectar apprestez pour les Dieux, qui establissent leur immortalité là dessus, il en fit
part à ses combuueurs. Mais si vn homme faisant quelque chose pense que Dieu la doiue ignorer, à la
verité il s'abuse. Parquoy les immortels renuoyerent de rechef son fils icy bas, au genre hum. vin de si peu
de durée. Cettui-cy en fleur d'aage, que le poil-fol de sa prime-barbe commençoit à luy border le menton noircissant, se pourpensa vn mariage tout prest, d'auoir à femme l'illustre Hippodamie, la demanda vt en mariage à son pere le Roy de Pise, & là dessus qu'il se promenoit tout seulet le long de la chenue marine, à inuoquer le porte-trident Neptune, il comparut aussi-tost à sa voix, tout proche de luy. Si les deux oeil-rays de
Venus (ce luy dit Pelops) te reuiennent à gré, destourne la lance d'OEnomaus, & me transmets sur tes vistes
chariots en l'Elide, m'aduançant la victoire. Car cettui-cy qui a mis à mort treize pour suiuans de sa fille, pro-
longe encores ses nopces. Le grand peril ne s'heberge pas volontiers en cœur lasche. Et puis que par necessité aussi
bien conuient-il mourir, à quel propos voudroit quelqu'vn passer inutilement sa vieillesse en tenebres, destitué
de tout honneur? Parquoy ie me hazarderay à cette aduanture, il est en toy de m'en donner vne issuë agreable.
Il dit cela, & ses prieres ne furent point sans effect: car ce Dieu l'equippant, luy donna vn tres-beau char
doré, & des cheuaux infatigables à la course; si bien qu'il acconsut l'outrageux Oenomaé, & espousa la pucelle, dont il eut si grands Capitaines, soigneux de toutes sortes de vertus.

NEPTVNE *rameine le chauderon & Clotho.* Toute l'Antiquité a feint estre trois Parques ou
Destinées, dont depend le cours entier de la vie humaine; Clotho, Lachesis, Atropos: appellées
Parques par vne antiphrase ou locution contraire, pour ce qu'elles ne pardonnent à personne:
ou bien selon Varro, de ce mot Latin *Partus*, c'est à dire enfantement. Car comme dict Fulgentius en son Mythologique κλωθώ qui signifie euocation, est celle qui tire & appelle la creature
hors du ventre de la mere, là où soudain λάχησις, qui est le sort ou aduenture, la reçoit, & luy
file & dispose le cours de sa vie, tout ainsi qu'il se doit passer; à la fin duquel, quand l'heure est venuë, ἄτροπον en couppe à vn instant le filet, sans loy ne sans ordre, ainsi que porte le mot. Platon l'appelle autrement ἀμετάτροπος, *incommuable*. Mais ces Allegories de Fulgentius ne conuiennent pas bien du tout aux traditions des Grecs: lesquels deriuent ce mot ςe μοῖρα, c'est à
dire *Parque*; du verbe μοιράσθαι, ou μοιράω, qui signifie *diuiser*, pour ce qu'elles distribuent &
departent à vn chacun la destinée qui luy appartient. Clotho, de σωνκλώθειν, & ξωείρειν, enuelopper, desuuider, & empaqueter. Lachesis, de λαγχάνειν τὸ ἀποφωρμένον, atteindre sa destinée, ou
aduenir au sort. Atropos, quasi ἄτρεπτος, *inconuertible*.

A ce propos Plutarque au liure qu'il a faict, *de la face qui apparoist dans le rond de la Lune,* dit cecy. Le Soleil ne prend rien, mais il reçoit l'intellect qu'il a donné. La Lune prend & donne, assemble & dis- PLVTARQVE
ioinct par des facultez differentes: appellée Lucine quand elle vnit; Diane quand elle separe. Et des trois Parques, Atropos logée tout au pres du Soleil, donne le commencement de naissance: Clotho charriée & conduicte
à l'entour de la Lune, lie & mesle: Lachesis la derniere des trois, attouche à la terre, & participe beaucoup de
la fortune. Car ce qui n'a point d'ame n'est pas en son propre pouuoir & franc arbitre, ains est soubs-mis à souffrir de quelque autre. L'intellect a puissance entiere, sans estre subiect à rien endurer d'ailleurs: l'ame est ie
ne sçay quoy de meslé & moyen; tout ainsi que la Lune est meslée & composée d'enhaut & d'embas; estant en mesme consideration & degré enuers le Soleil, que la terre est à l'endroict d'elle. Plus au traicté
de l'esprit familier de Socrates. Il y a quatre principes de toutes choses: le premier, est celuy de vie: le
second, de mouuement: le troisiesme, de generation: & le dernier de corruption. L'vnité ioint & assemble le
premier auecques le second, en cet endroit du monde qui est inuisible: l'intellect, le second au tiers, au Soleil;
la nature, le tiers au quart, la Lune. De chacune desquelles liaisons, l'vne des Parques, fille de la necessité, a la clef: à sçauoir de la premiere, Atropos: de la seconde Clotho: & finablement Lachesis de celle qui est en la
Lune, où commence le tour pour venir à la generation. Hesiode en vn endroit de sa Theogonie faict les
Parques estre filles de la Nuict & d'Herebus (c'est le fonds des enfers) c'est à dire de l'occulte & caché effect des destinées. Μοίρας τε καὶ κῆρας ἐγείνατο πλειοψόινς: les appellans non sans cause cruelles, à quoy se conforme l'etymologie de Parque. Mais puis apres il les attribuë à Iuppiter & Ne-
mesis (la diuine indignation & vengeance) dont entre autres enfans il auroit eu

Μοίρας θ' αἷς πλείστω τιμὴν πόρε μητίετα ζεύς
Κλωθώ τε, λάχεσίν τε, ὃ ἄτροπον.

Cela pourroit estre cause que Pausanias en ses Eliaques dit qu'en l'Olympie, és battieres dont on
lasche les cheuaux à la course, il y auroit vn autel desdié à Iuppiter Moiragetes, c'est à dire conducteur des Parques: & és Phocaïques (comme tesmoigne aussi Plutarque en la signification de ce
mot E I) dans le temple d'Apollon en Delphes il y a deux statuës de Parques tant seulement,

Iuppiter Mærragetes faisant la troisiefme; & Apollon qui eft auffi conducteur d'icelles. Ce qu'il a refumé encores és Arcadiques. Le tout pour cette occasion qu'il a touché en la defcription de l'Attique; qu'à ce Dieu feul & non autre obeyffent les Deftinées: car c'eft luy qui depart à chaque creature fon heure, laquelle on ne fçauroit outrepaffer: on bien pour ce qu'il difpofe des faifons de l'année à fon bon plaifir. Tellement qu'au temple qui eft au Bofquet, dedié à Iuppiter Olympien en Megares, la ftatuë faicte d'or & d'yuoire de la main de Theofcomus, auoit fur fa tefte les effigies des Parques, & des Heures: ce que toutesfois Efchyle interprete d'vne autre façon, par ce vers cy ἔχοιω ὡς ἐνθύμησει τἰὼ προρευίδἄω. Le faifant luy-mefme eftre fubiect à la neceffité, & aux deftinées, qui font à cette caufe au deffus de luy, comme pour luy commander: car on leur attribue la naiffance, l'accroiffement & la termination de toutes chofes. Plus l'inuention de ces lettres, α, β, η, ι, τ, υ· ainfi que dit Hyginus. Au moyen dequoy Martianus Capella les appelle Secretaires & Cuftodes de la Librairie des Cieux; là où receuans (ce dit-il) les commandemens de Iuppiter, elles les couchent par efcrit en beau langage correct, & bien orthographié; & ont la garde de ces Archiues & Pancartes. Auffi les anciens tenoient, que l'vne parloit, l'autre efcriuoit, & la tierce filoit: denotans, peut-eftre, fecretement par là, l'artifice & inuention du papier, qui fe faict de drappeaux prouenans des filanderies. Les Parques puis-apres reprefentent les trois temps: Lacheſis le paffé, Clotho le prefent, & Atropos l'aduenir; ainfi que dit Platon au dixiefme de fa Rep. où il les met au ciel à efgale diftance l'vne de l'autre; affifes chacune en fon throfne à part; veftuës de blanc, & le chef coronné; s'accordans au chant des Serenes, c'eft à dire des Mufes, ou des huict Spheres qu'elles reprefentent: Car la neufiefme eft detenuë icy bas aupres de la terre; ainfi que dit Plutarque au neufiefme des Sympofiaques, queftion quatorziefme, où de l'opinion du mefme Platon il refere à ces trois diftances aux trois principales parties de l'vniuers. La premiere des natures non errantes; la feconde des errantes; & la tierce, de celles qui font foubs la fphere de la Lune: proportionnées entre elles felon l'equidiftance des trois tons harmoniques: Hypate, qui fe rapporte à la premiere; Nete, à la derniere; & Mefe à celle du milieu; qui conduit & elleue de tout fon pouuoir les chofes caduques & terreftres, aux diuines & celeftes. Et leur attribue le nom mefme des Parques, Atropos, Lacheſis, & Clotho. Mais plus diftinctement & en meilleur ordre beaucoup tout au commencement du traicté de la Deftinée, en ces termes. *LA FATALITE' fe prend & entend en deux fortes; l'vne comme action, l'autre comme fubftance ou nature. Celle de l'action, Platon és liures de fa Rep. l'appelle conuertement, le concept & raifonnement de Lachefis fille de la neceffité (nous ne fçauons bonnement comme rendre ce mot cy de λόγος, qui fignifie tout plein de chofes, & entre autres, raifon, parole, proiect, difcours, & femblables.) Et au 7 imée, que c'eft vne loy ou ordonnance compagne de la nature de l'vniuers, felon laquelle tout paffe ce qui fe faict en iceluy. Lachefis effectue cela, vrayement fille de la neceffité. V'oila donques ce que c'eft de la deftinée fatale felon l'action. Mais celle qui femble eftre felon la fubftance, c'eft l'ame vniuerfelle du monde, diftribuée triplement: fçauoir eft en la portion non vagante; l'autre qui paroift trotter & vaguer; & la tierce d'au deffoubs du ciel, qui fe tient au tour de la terre. La plus haute defquelles eft appellée Clotho; celle d'apres, Atropos; & la plus baffe, Lachefis, qui receuant les celeftes actions de fes deux fœurs, les affemble & employe aux chofes terreftres, dont elle a la fuperintendance.* Les commentateurs de Platon puis-apres difcourent & glofent tout plein de belles befongnes là deffus. Que Lachefis eft le firmament, és aftres duquel font contenues les actions de tout ce qui fe produit en la terre: Clotho, la troupe des fix planettes, qui aident & affiftent au firmament à defployer les Deftinées: & Atropos eft Saturne, qui par fon ferme & tardif mouuement les eftablift; comme il faict auffi tous les autres effects, qui partent du firmament, & de fes eftoilles, enfemble des autres fix corps erratiques; par le moyen dequoy tant de diuerfes chofes viennent continuellement fe former icy bas. Car encore que du Soleil & de la Lune depende toute la vie que nous auons, neantmoins nos actions & affaires, nos rencontres & fortunes, fe doiuent non feulement referer à ces deux luminaires; mais aux autres cinq planettes auffi; & fur tout à Saturne, lequel eftant tout au deffus, conduit les autres fpheres à luy fubiacentes. Tellement qu'il n'y a vne feule eftoille au ciel qui foit oifiue; ny plate, herbe ou arbre en la terre, fans fon eftoille fixe correfpondante, qui l'enlumine de fes raiz, la maintient & elleue iufques à fa complaicte perfection & maturité. Mais tout le train des Deftinées, les viciffitudes & changemens des chofes, va felon le cours des planettes, & leurs conionctions, oppofitions, & femblables afpects. Combien que Plotinus ait efté de cette opinion, que rien que ce foit n'aduient aux creatures par la vertu & puiffance des aftres; mais que tout ce que la neceffité de la Deftinée difpofe à l'endroit d'vn chacun (nous l'appellons communement predeftination) fe manifefte & declare par le mouuement defdites planettes, ny plus ny moins que les chofes futures fe preuoyent par le vol & le chant des oyfeaux: combien qu'ils foient du tout ignorans de cela, & n'entendent rien que ce foit des augures & predictions que l'on tire d'eux.

O r pour ne laiffer rien en arriere de ce qui faict au propos de ces Parques, les anciens auoiét de couftume de les peindre en diuerfes fortes: les vns en vieilles coronées de gros flocs de laine

tous

tous blancs, entremeslées de fleurs de Narcisse; l'vne d'elles tenant la quenouïlle; la seconde le fuseau dont elle file; la tierce couppe le filet: voulans denoter par la, le cours & estat de nostre vie, comme le marque ce vers icy:

Clotho colum retinet, Lachesis net, & Atropos occat.

Les autres le particularisent encore plus ainsi: Clotho est vestuë d'vne grande robbe de diuerses couleurs, ayant vne coronne sur la teste, enrichie de sept estoilles, en main vne quenouïlle longue à merueilles, qui semble atteindre de la terre iusqu'au ciel. Lachesis a vn vestement tout couuert d'innumerables estoilles; les mains occupées apres vn grand nombre de fuseaux; dont elle tord les vns auec la paume des deux mains, & appointe les autres en y entortillãt le filet. Atropos habillée de noir viẽt là dessus, qui le couppe auec des forces: & tout au tour d'elle gist vn gros tas de fuseaux des vns garnis de peu de fil, les autres de plus, de beaucoup & de moins, tous de differẽtes couleurs. Pausanias en la descriptiõ de l'arche de Cypselus, y met vne Parque emmaillée ayãt de grandes & cruelles dents, semblables à celles de quelque Tygre ou Lyon, & les griffes de mesme. Mais plus elegamment Catulle que nul autre, en l'Epithalame de Peleus & Thetis comme il s'ensuit.

> Cùm interea infimo quatientes corpora motu,
> Veridicos Parca coeperunt edere cantus,
> His corpus tremulum complectens vndique vestis,
> Candida purpurea talos incinxerat ora,
> Et roseo niuea residebant vertice vittae,
> Aeternúmque manus carpebant ritè laborem.
> Laena colum molli lana retinebat amictam:
> Dextera tum leuiter deducens fila, supinis
> Formabat digitis, tum prona in pollice torquens
> Libratum tereti versabat turbine fusum.

QVE Philostrate au surplus suiuãt les Poëtes, ait pleustost attribué l'extraction de Pelops hors du chauderon à Clotho, qu'à ses autres sœurs, les interpretes de Pindare le referent à ce que celle-là est le principe & commencement de l'age de l'homme, Lachesis le progrez, & Atropos la fin de sa vie. Au moyen dequoy cet accident de Pelops luy estant aduenu en son adolescence, il a esté aussi plus conuenable d'auoir attribué la deliurance d'iceluy à Clotho, qu'à nulle des autres. Par cette mesme forme de parler il semble qu'Homere tout au commencement de l'Odyssée, ait voulu referer à Clotho le decret & ordonnance des Dieux, touchant le temps par eux determiné qu'Vlysses deuoit estre licentié de Calypso, pour retourner en son pays.

> Ἀλλ᾽ ὅτε δὴ ἔτος ἦλθε περιπλομένων ἐνιαυτῶν,
> τῷ οἱ ἐπεκλώσαντο θεοὶ οἶκόνδε νέεσθαι
> εἰς Ἰθάκην.

Car les Lydiens & autres Barbares de l'Asie; Cela est pris d'Herodote en la Clio: Enuers les Lydiens, & presque tous les autres barbares, c'est vne grande ignominie, de voir mesme vn homme nud.

MAIS pour le regard de l'espaule de Pelops si celebrée parmy les Poëtes, à la verité tout cela leur est deu, suiuant ce que dit Tibulle,

> ---Carmina ni sint,
> Ex humero Pelopis non nituisset ebur.

Et Ouide au sixiesme de la Metamorphose:

> Mater in inuidia est, hanc tunc quoque dicitur vna
> Flesse Pelops, humeróque suas à pectore postquam
> Deduxit vestes, ebur ostendisse sinistro.
> Concolor huic humerus nascendi tempore dextro,
> Corporeúsque fuit, manibus mox caesa paternis
> Membra ferunt iunxisse Deos, aliísque repertis,
> Qui locus est inguli medius, summíque lacerti
> Defuit, impositum est non comparentis in vsum
> Partis ebur, factóque Pelops fuit integer illo.

PAVSANIAS és Eliaques rameine cette fiction à vne histoire telle; pour le moins à vne antiquité qu'il tasche de faire passer pour histoire. DEDANS le pourpris de l'Altis est aussi le le sac dedié à Pelops, autrefois en fort grãde reuerence & honneur. Car en l'Olympie Pelops est aussi honoré par dessus tous les autres Heroës, come est Iupiter sur le reste des Dieux. Au moyẽ dequoy ce sanctuaire Pelops est à la main droite du temple de Iupiter, à l'entrée duuers Septentrion. L'on dit que Hercules fils d'Amphytrion le dedia à Pelops, car il sut le 4. de ses descendans; & luy sacrifia luy mesme sur vne Base. Il s'en raconte estre ie ne sçay quoy de tel. Que la guerre de Troye allãt en longueur, les deuins annõcerẽt aux Grecs que la ville ne seroit iamais prise, deuãt qu'ils eussent fait apporter en leur cãp l'arc d'Hercules, & l'os de Pelops. Parquoy ils y firẽt venir Philoctetes, & l'vne des espaules de Pelops, qui leur fut amenée de Pise. Mais au retour, le nauire qui la remportoit PAVSANIAS.

se perdit par fortune de mer, emprés l'isle de Negrepont. Long-temps aprés, certain pescheur de l'Eretrie nommé Damarmenus, ayant ietté ses filets en la mer, tira cet os, de la grandeur duquel estant demeuré esbahy, il le cacha dans le sable, & le garda là, pendant qu'il s'en alla en Delphes pour s'informer de l'Oracle de qui il estoit, & à quoy il pourroit estre bon. Et comme tout au mesme temps, par ie ne sçay quelle prouidence diuine les deputez des Eleens y fussent arriuez, pour demander quelque remede contre la peste qui les molestoit, la Pythie par vn seul moyen leur rendit à tous deux response. Aux Eleens, qu'ils recouuraßent les os de Pelops; & à Damarmenus, de leur deliurer ce qu'il auoit trouué. Cela faict, les Eleens recompenserent Damarmenus, & entre autres choses le constituerent gardien luy & sa posterité de l'os. Mais pour le iourd'huy l'espaule de Pelops n'est plus, pour ce qu'elle demoura long-temps enseuelie au fonds de la mer, là où par succeßion de temps elle fut fort intereßee.

CAR les Lydiens & autres Barbares de la haute Asie, enferment leur beauté dans telles sortes d'habillemens. Cecy semble auoir esté emprunté de la Clio d'Herodote, où il dit parlant des Lydiens.
Παρὰ γὰρ τοῖσι Λυδοῖσι, σχεδὸν δὲ καὶ παρὰ τοῖσι ἄλλοισι βαρβάροισι, καὶ ἄνδρα ὀφθῆναι γυμνὸν, αἰσχύνω μεγάλω φέρει. *Car enuers les Lydiens, & presque tous les autres Barbares encores, cela est tenu à vne grande honte, de voir mesme vn homme nud.*

PELOPS

C'est vne pompe triomphale,
Et ne trouue rien qui esgale
Le bien d'vn amour mutuel :
Mais c'est vne triste victoire,
Quand il en faut tirer sa gloire
Par vn parricide cruel.

En ces amours d'Hippodamie,
On y trouue la perfidie,
La cruauté, la trahison :
Le parricide detestable,
Et que rien n'est si miserable,
Que le tranchant de la raison.

N

PELOPS ET
HIPPODAMIE.

ARGVMENT.

Tantalvs *ayant inuité les Dieux à banqueter en sa maison, sacrifia son fils Pelops, & le leur seruit à table, pensant de leur monstrer par là vne plus grande reuerence & hospitalité; mais ils s'en abstindrent. Il n'y eut que Ceres, qui toute troublée encores de la perte de sa fille, en mangea par inaduertance vne espaule : & là dessus les Dieux ayans compassion du iouuenceau, le recueirent en vn chaudron, & le restituerent en vie ayant vne espaule d'Yuoire, au lieu de celle qu'on luy auoit mangée. Ce qui seruit depuis d'armoiries à ses descendans Pelopides, tout ainsi que la lance estoit le blason de Sparte. Neptune s'estant depuis allumé de son amour, luy fit present d'vn chariot attelé de cheuaux aislez : par le moyen desquels il gaigna Oenomaus à la course, & le mit à mort; qu'il auoit faict desia passer le pas en trahison à douze poursuiuans de sa fille Hippodamie, princesse d'vne souueraine beauté, dont il estoit luy-mesme espris, & pourtant ne la vouloit accorder à personne. Mais sur ces entrefaictes Myrtilus son aurigateur, fils de Mercure, & de Cleobula, s'en estant aussi picqué secretement en son cœur, Pelops suruint, dont elle fut tout incontinent amoureuse; pour le voir si ieune, si beau, & de tant bonne grace. Tellement qu'elle suborna Myrtilus, pour luy aider à obtenir la victoire contre son pere. Luy doncques ayant osté les aisses qui retiennent les roües auecques l'essieu, le chariot au beau milieu de la carriere se vint à desmembrer piece à pieces ; parquoy Pelops gaignant le deuant emporta de tous poincts la victoire. Or la façon de faire d'Oenomaus en cette entreprise & espreuue, estoit de permettre aux pourchassans ce mariage, d'auoir quand & eux Hippodamie au chariot; leur proposant pour le but de la course, & le gain de leur victoire, l'Isthme ou destroit de terre où est situee Corinthe, s'ils arriuoient plustost que luy iusques là : & il suiuoit apres sur vn chariot exquisitement attelé, si bien que les ayans ratteins, il lardoit le futur espoux d'vn coup de lance à trauers le corps. Mais se voyant deceu à celle fois par la desloyauté de Myrtilus, il luy donna des maledictions, qui ne tarderent gueres depuis à estre effectuées. Car Pelops luy mettant à sus, vne fois qu'il alloit par pays auec Hippodamie, que cependant qu'il estoit allé querir de l'eau pour luy estancher la*

foif, il l'auroit voulu prendre à force, le precipita du Cap de Gereste dedans la
mer, qui depuis fut de son nom appellée Myrthoique.

'Estonnement que vous voyez icy, vient à raifon d'Oenomaus Arcadien, & ceux qui crient pour
la mefme caufe, (vous l'oyez bien paraduanture)
c'eft l'Arcadie, & tout autant de peuple qu'il y a au
Peloponefe: pour ce que par l'artifice de Myrtilus le
chariot s'eftant defrompu, eft tombé par pieces: lequel eftoit attellé de quatre courfiers : Car aux exploits de la guerre & faicts d'armes, on n'auoit pas
encores accouftumé d'vfer ainfi hardiment de cha-
riots à quatre roües, ains eftoient feulement honorez & cogneus és combats folemnels. Les Lydiens mefmes eftans grands caualcadours fur tous
autres, du temps de Pelops fe feruoient bien de coches & carrozzes, mais
ils donnerent puis apres iufques à quatre timons, & furent les premiers,
lefquels, à ce que l'on dit, coupplerent huict cheuaux enfemble. Regardez maintenant comme font effroyables ceux d'Oenomaus, & combien
impetueux à la courfe, pouffez d'vne rage & fureur, tous couuerts d'efcume, (car vous trouuerez que cela eft fort particulier à ceux d'Arcadie) &
combien defpiteufement noirs; pour eftre icy attellez à l'execution d'v-
ne fi inique & mefchante befongne, là où ceux de Pelops font tous blancs;
foupples & obeyffans à la bride, & henniffans ie ne fçay quoy de bening,
qui promet defia fa victoire. Confiderez auffi Oenomaus eftendu à la renuerfe, * fier & horrible, comme il fent bien fon Diomede de Thrace.
I'eftime certes que vous ne voudrez point mefcroire Pelops, de ce que Neptune ayant admiré fa beauté, lors que tout ieune encores il verfoit du vin
aux Dieux en la montaigne de Sipyle; & pris vn extreme plaifir en icelle,
l'accómoda de ce chariot: lequel roulle tout auffi bié fur la mer que par terre, fans qu'vne feule goutte d'eau en reialiffe contre l'effieu; Car les ondes demeurent fermes fous les cheuaux, cóme fi c'eftoit en vn terre-plain. Pelops
doncques & Hippodamie ont gaigné le prix de la courfe, affis tous deux
en ce chariot, & appariez là dedans mefme, tellement furuaincus l'vn de
l'autre, qu'ils font trãfportez d'vn ardent defir de s'entr'accoller. De luy il eft
veftu fort delicat à la façó de Lydie, au mefme aage & beauté que vous l'a-
uez n'agueres veu, lors qu'il requeroit les cheuaux à Neptune : & elle eft en
habit nuptial, n'y ayant cóme rien qu'elle s'eft defcouuert la face, apres auoir
à la fin obtenu ce poinct de venir és mains d'vn mary. Là deffus le fleuue
d'Alphée treffaut hors de fes ondes creufes pour prefenter vne corône d'O-
liuier fauuage à Pelops, paffant en coche le long de fa riue. Ceux au refte qui
pourfuiuoient le mariage d'Hippodamie, font inhumez en ces monumens
que voila dans les liffes propres, lefquels Oenomaus a tous mis à mort; tirant
par vn tel moyen en longueur les nopces de fa fille: & defia auoit faict paffer
le pas iufqu'à treize de ces ieunes gens ; mais la terre produit des fleurs ioignant leurs fepulchres, afin qu'on les puiffe auffi voir parez de chappeaux &
guirlandes, en la victoire obtenuë contre leur mortel aduerfaire.

* Fier & horri-
ble.] οἷ ἰῶ
& Δεινὸς ὁ
Ὀινῷ ἐπιξκν-
πὶ, à la renuer-
fe, autant bar-
bare & cruel
qu'vn Diome-
de de Thrace.
Ouide Meta-
morphoie 9.
Quid ea Thra-
ca equus beata-
na furquine pa-
flos. Ce Dio-
mede Roy de
Thrace eftoit
comme vn e-
xemplaire &
paragon de
cruauté, faifant
manger les
hommes à fes
cheuaux. Vo-
yez l'opufcu-
be, Dioceslede
necessitas.

ANNOTATION.

LVCIAN au Dialogue intitulé Charidemus, ou de la beauté, a traicté tres-elegamment cette narration en la sorte.

Mais afin qu'il ne semble point, que pour n'auoir dequoy parler de la beauté, nous soyons contraincts de demeurer plus longuement au discours de la guerre de Troye, fondée toute sur ce subiect, nous voulons maintenant passer à d'autres, non inferieurs à ce que nous auons desia touché cy-dessus; pour confirmer tousiours dauantage la dignité & preexcellence de la beauté: à sçauoir à Hippodamie fille d'Oenomaus Arcadien. Car combien est-ce de ieunes gens que ce compte nous monstre, lesquels rauis de la beauté de cette Princesse, plustost ont voulu se soubs-mettre à la mort, que de iouyr plus longuement de la lumiere, estans priuez d'elle? Apres doncques qu'elle fut paruenue en aage d'estre mariée, comme le pere l'apperceut s'en aller de bien loing deuant toutes les autres de son temps, il fut aussi espru de sa beauté, dont elle excelloit si estrangement, qu'il eut bien le pouuoir d'attirer contre les loix de nature, celuy-là propre qui l'auoit engendrée. Au moyen dequoy desirant sur tout la retenir pres de soy, il feignit la vouloir octroyer à celuy qui en seroit digne, pour euiter (pensez) le parler des gens. Et là dessus machina à part soy vn artifice plus meschant encores beaucoup que sa concupiscence n'estoit illicite; par où il esperoit fort aisement obtenir son entente. Car ayant attellé vn chariot, par luy basty tout expres, le plus leger & maniable qu'il fut possible, des plus vistes cheuaux de tout le pays d'Arcadie, il inuitoit les poursuiuans de sa fille à courir à l'enuy contre luy: la proposant en mariage à celuy qui emporteroit la victoire, soubs condition aussi s'ils succomboient, de perdre la teste tout sur le champ. Mais il vouloit qu'elle montast dans le chariot auecques eux, afin que pendant qu'ils s'amuseroient à la contempler, ils s'oubliassent de conduire & pousser leur attellage à propos. Au demeurant, encores que le premier qui attempta cette espreuue n'y eust pas bien faict ses besongnes, & qu'outré de se voir frustré de l'esperance de la Demoiselle, il eust perdu la vie mesme; ceux d'apres neantmoins qui deuoient se mettre au hazard à leur tour, reputans à chose trop vile de seigner du nez, & reculer de poursuiure ce qu'ils auoient desia entrepris; eussent d'autre part en horreur la cruauté d'Oenomaus, se preuindrent les vns les autres, allans gayement à la mort, tout ainsi qu'ils eussent craint de ne pouuoir assez à temps finer leurs iours pour cette incomparable beauté. De sorte que les massacres de cet inhumain en vindrent là, qu'il y en auoit desia iusques à treize par terre. Mais les Dieux, qui pour vne telle malheureté l'eurent en abomination; ayans pitié par mesme moyen de ceux qui estoient ainsi miserablement meurtris, & de la fille quand & quand: des vns, pour les voir priuez d'vne si desirable chose, de l'autre, qu'elle ne peust vser de sa beauté en la fleur de son aage; prirent en main l'affaire du iouuenceau, qui deuoit le premier entrer en cette aduanture, quiconque il peut estre (toutesfois celuy-là fut Pelops.) Et luy donnerent vn chariot plus beau encores & artificiel, que celuy d'Oenomaus, auecques des cheuaux fuez; par le moyen desquels il peut obtenir cette belle fille, & demourast possesseur d'elle, comme il fut à la verité, apres auoir tué son beau-pere aduenir, au bout & extremité de la course.

APOLLONIVS au premier des Argonautes a aussi touché ce combat par les vers suiuans, qu'il dit auoir esté representé de broderie dans le manteau de Iason, dont la Deesse Minerue luy auoit faict present.

ἐν δὲ δύο δίφροι πεποιήαλο δηελόωντες.
ἠ τὸν μὲν προπάροιθε πέλοψ ἴθυνε πιθάσων
ἰνία· σὺν δὲ οἱ ἔσκε ἐφαιδαλὶς ἱπποδάμεια.
τὸν δὲ μεταδρομάδην ἐπὶ μυρτίλος ἤλασιν ἵπποις.
σὺν τῷ δ' Οἰνόμαος προτενὲς δόρυ χεὶ μεμαρπὼς
ἄξονος ἐν πλήμνησι ἐραχλιδὸν ἀγνυμένοιο
πῖπτεν, ἐπεσσύμδμος πελοπηῖα νῶτα δόξξαι.

Là estoient deux chariots exprimez courans à l'enuy l'vn de l'autre, dons Pelops gaignant les deuans gouuernoit l'vn, lequel hochoit les resnes aux cheuaux, & auecques luy estoit montée Hippodamie. De l'autre Myrtilus incitoit les siens à la course; & quand & luy Oenomaus; tenant au poing vne iaueline aduancée, dont il s'estoit saisi. Et comme l'essieu se rompit dedans les moyeux, il tomba à costé, en cuidant enferrer Pelops par derriere.

Des anciennes courses des chariots. MAIS puis que nous sommes tombez icy sur le propos de ces anciennes courses de chariots, il n'y aura point de mal (ce nous semble) d'amener là dessus en ieu quelque passage, pour plus grande elucidation de la chose. Car ce n'estoit pas vn exercice ne parle-temps si aisé, qu'outre la practique & addresse y requise pour bien conduire son coche ou carrozze, il n'y cust du peril beaucoup: dautant que cela ne se faisoit pas en pleine campagne, ouuerte & spacieuse, ains en des lisses & carrieres contrainctes; de forme ouale, longues & estroittes à l'aduenant

x

Iì

là où estoient plantées plusieurs Colomnes ou Obelisques seruans de bornes; au tour desquelles il falloit aller & venir, tourner & retourner plus que d'vne fois: de sorte qu'il estoit impossible qu'il n'y eust beaucoup d'embarassemens, auec des heurts & chocs fort dangereux de briser
les chariots, & trebuscher du haut en bas; pour raison de l'extreme impetuosité & ardeur dont
les cheuaux courroient à toute bride, sans y rien espargner pour le desir de la victoire: ce qui esblouïssoit, tant à eux qu'à leurs conducteurs, & la venë & l'entendement, s'ils n'y estoient bien
duits & stillez par vne longue accoustumance. Pour ce qu'il se falloit là tenir tout debout: dont
souuent il en aduenoit des inconueniens. Ainsi que nous le pouuons voir dans Homere és funerailles de Patroclus; & plus particulierement encores en Sophocle; lequel a pris tout expres
plaisir de se dilater là dessus, pour en laisser à la posterité quelque memoire & notice. A l'imitation de quoy nous nous sommes icy proposez vn but tendant à trois fins: l'vne de traicter des
peintures, & de ce qui en depend, pour s'en pouuoir seruir à l'ordonnance des tableaux; l'autre
de donner quelque instruction des fables & fictions Poëtiques, à ceux qui ne sont pas si aduancez
en la cognoissance des bónes lettres; ensemble de beaucoup d'autres telles antiquitez assez profond enseuelies, mesmes pour les gens doctes: & la tierce pour tracer & prescrire certains the-
mes ou menus discours; qui pourront paradauanture seruir de lieux communs, de plusieurs choses memorables, tres-que necessaires à ceux qui se voudront ingerer d'escrire en langue vulgaire. Car pour eux & non autres ay-je entrepris ces miens labeurs: n'y ayant point, à ce que dit
Ciceron, de plus vtile ne fructueux exercice, ny de plus abregé expedient pour enrichir son
langage, & se façonner vn beau-plantureux & magnifique stile, que d'y transporter ce qui se
trouue de plus rare & exquis parmy les bons anciens autheurs: là où luy & tous ceux qui se sont
meslez d'eloquence, ont pesché la plus-part de la perfection, à quoy ils sont finablement paruenus. Car ce n'est pas peu d'aduantage d'auoir de tels precurseurs, & de telles lumieres, qui nous
explanent & monstrent le chemin que nous deuons tenir, pour atteindre à vne heureuse perfection d'vn riche, orné, propre, & elaboré langage: l'vne des plus dignes choses que la personne se puisse acquerir en ce monde.

I L S   E S T O I E N T (ce dit donceques Sophocle) *dix chariots attellez, prests à courre le prix,*   SOPHOCLE.
chacun en la place à luy escheuë au sort ietté par les deputez, quand la trompette vint à donner le signal:
& lors ils descecherent tous à la fois d'vne grande impetuosité & roideur, sollicitans leurs cheuaux à grands
cris, & leur secouans la bride; en sorte que toutes les lices estoient remplies du bruit des chariots, & de
battemens de mains; & la poussiere voloit contremont. Tous quand & quand pesle-meslez en foule, ne
pardonnoient en rien aux coups d'esperon, pendant que chacun d'eux s'efforce que son attelage, & l'halei-
ne de ses cheuaux gaignent le deuant des autres: dont ils escumoient tout le long du dos, & de la tresse
des ornieres; iettans vn gros soufflement. Mais Orestes dressant tousiours de son essieu droit vers
l'extremité de la colomne, laschoit la bride au cheual de main droite, & retiroit à soy l'autre d'aupres.
Or du commencement tous les chariots se maintindrent debout, iusques à ce que les cheuaux de ie ne sçay
quel Ænien forts en bouche, prenans le frein à belles dents en vn retour, qu'ils acheuoient desia la six ou septie-
me carriere, se vindrent rencontrer de front auec les coches de Lybie. De ce seul accident le reste se vint apres
à froisser, & renuerser l'vn l'autre, & tout le champ de Crissée à se remplir de ce bris d'attellages: dequoy
s'estant apperceu le fin ruzé Athenien cocher, se destourne en dehors à costiere, & s'arreste tout-court; lais-
sant outrepasser cette bourasque de chariots fort esmeu au milieu. Orestes estoit demeuré derriere, qui
chassoit ses cheuaux apres les autres, en bonne esperance de les emporter à la fin. Car quand il vid qu'il ne
restoit plus que cettuy-cy sur pieds, alors iettant vn haut-cry aux oreilles de ses vistes cheuaux, il se met à sa
queuë. Et desia commencoient à tirer au collier pair à pair, se deuançans à tour de roolle; maintenant
l'vn & tantost l'autre; quand l'infortuné Orestes qui auoit par iourney toutes les autres carrieres, debout enco-
res, & son chariot droict & entier, voulant lascher la resne gauche à l'vn des cheuaux pour le tourner court,
s'en va par mesgarde heurter à l'vn des coings de la colomne, là où il rompit tout net le moyeu de l'essieu en
deux pieces, & tomba au bas du chariot; s'encheuestrant dans les longes de ses cheuaux: lesquels leur conda-
cteur porté par terre, s'escartent & dissipent au milieu de la course. L'assistance, soudain qu'on le vid tres-
buscher de son siege, se mit à desplorer le ieunenceau, de ce qu'ayant osé entreprendre de telles choses, il
en eust en si mauuaise issuë. Ce-pendant luy traisné par le champ, haussoit par fois les iambes contremont,
iusques à ce que les autres concurrens à toute peine ayans arresté leurs cheuaux, le desurent, si couuert de
sang, que ce corps miserable ne pouuoit estre en sorte quelconque plus recogneu de personne de ses amis. Auec le
reste de ce propos; dequoy l'on peut assez recueillir que telles sortes d'esbattemens estoient
mer ueilleusement dangereuses, & d'vne tres-difficile conducte. Et encores d'vn autre lieu fort
elegant en Homere, au vingt-troisiesme de l'Iliade, là où il introduit Nestor faisant en semblable cas de telles remonstrances à son fils Antiloque, lequel couroit auec les autres le ien de   HOMERE.
prix des chariots aux funerailles de Patroclus. M O N F I L S (luy dit-il) *certes Iuppiter & Neptune*
t'ont bien-aimé en la grande ieunesse où tu es, & t'ont monstré tout ce qui se peut en ce monde, de l'art de bien
manier les cheuaux. Parquoy il n'est pas grand besoin de t'en instruire d'auantage; car tu sçais bien comme il
se faut destourner en ployant pres les bornes. Il est bien vray que tu as des cheuaux vn peu pesants à la course;

N iij

chose bien dangereuse pour toy, comme ie l'estime : mais encores que l'attellage de ces autres cy soit plus viste, les conducteurs toutesfois n'ont pas plus de ruze & consideration que tu as. Reçoy doncques en bonne part le conseil que ie te vois donner ; & l'imprime au fonds de ton esprit, afin que le prix ne t'eschappe. Car le charpentier peut plus par l'industrie de son art, que de sa force. Par art encores, le Pilotte en pleine mer, son nauire agité de vents, le sçait gouuerner, & luy faire tenir sa droicte routte. Par art tout pareillement le charton surpasse le charton : celuy, veux-ie dire, qui ayant trop de fiance à ses cheuaux & attellage, voltige hors de propos çà & là, ce qui est cause de les faire faillir, en leur course ; car il ne les sçait pas conduire & mener à propos. Mais l'autre qui cognoist mieux ce qui luy est vtile, encores qu'il ait de pires cheuaux, ayant tousiours l'œil retourné vers la borne, il sçait fleschir & s'escouller quand il est pres ; & n'ignore pas outre plus comme il doit aduancer le premier cheual, luy laschant les resnes ; mais il se retient sagement, & prend garde à celuy qui s'en va deuant luy. Or ie te diray bien appert quelle est cette borne, si que tu ne la pourras plus mescognoistre. Il y a vne grosse souche hors de terre, autant qu'vne toise se peut estendre, ou de chesne ou de Pin, qui ne se pourrist point à la pluye : & là de costé & d'autre sont plantées deux pierres blanches, où le chemin se vient à resserrer : mais à l'entour, la carriere est fort plaine & vnie pour les cheuaux : ce doit estre la sepulture de quelqu'vn, mort de tres-longue-main ; ou vne borne de l'ancien temps : Achilles t'en faict encores seruir à cette heure. Quand tu viendras en approcher, pousse les cheuaux auecques le chariot assez pres, & par mesme moyen panche toy en ton siege vn peu à gauche, & picque le cheual de main droite, en l'escriant & luy laschant la bride. Mais retire à toy tout au mesme instant en ce retour celuy de la gauche, de sorte qu'il te pareisse que le moyeu voise atteindre iusques au haut de la roüe : & garde toy bien de choquer la pierre, de peur de blesser tes cheuaux, & mettre ton chariot en pieces ; ce qui seroit vn contentement pour les autres, & à toy autant de reprehension. Au moyen dequoy, mon cher fils, sois caut & aduisé ; car si à ce retour tu gaignes les deuans, en poussant roide tes cheuaux, il n'y aura plus personne qui te puisse outrepasser ny r'atteindre. Non pas mesmes si à tes espaules il chassoit le diuin Arion, cheual si viste & leger d'Adrastus, qui estoit engendré d'vn Dieu : ou les tant renommez coursiers de Laomedon, icy nourris en ce territoire. Telles remonstrances faisoit le bon vieillard Nestor au ieune Antiloque son bien aimé fils, lequel aussi ne faillit pas d'y obeyr. Car, comme il suit puis-apres, il se mit à solliciter & donner courage à ses cheuaux, en leur parlant de cette sorte. *Hastez-vous, gentilles montures, & bandez le plus viste que pourrez. Non que ie vous ordonne de contester auec ceux de Diomedes, ausquels Minerue a pour ce coup donné vne legereté par trop grande, luy destinant la premiere gloire du prix ; mais à tout le moins atteignez ceux de Menelaus, & ne vous rendez pas si tost, afin qu'vne iument ne vous vienne point icy bastir vn reproche. Pourquoy doncques me manquez-vous ? Car certes ie le vous dis, & il en sera faict ainsi ; qu'on ne se souciera plus de vous au logis de Nestor, le pasteur des peuples, mais vous mettra tout incontinent à mort à grands coups d'espée, si par vostre pusillanimité nous emportons le dernier & le plus vil prix. Poursuiuez doncques, & vous hastez à toute bride, car de ma part ie mettray peine, & auray soigneusement l'œil de les surprendre en vn destroict. Et si ne seray point deceu de mon esperance ; de cela i'en suis seur.*

THEOCRITE au trente-vniesme Eidyllion, parlant d'Amphitryon qui instruit de mesme son fils putatif Hercules.

> ἵπποις δ' ἐξελάσασθαι, ὑφ' ἅρματι καὶ περὶ νύσσαν
> ἀσφαλέως; κάμπτοντα τροχῶ σύριγγα φυλάξαι,
> Ἀμφιτρύων ὃν παῖδα φίλα φρονέων ἐδίδασκεν
> αὐτός·

Sçauoir tres-bien mener les cheuaux attellez au chariot, & tourner seurement les roües au pres de la borne ; garder aussi le moyeu de l'essieu de se rompre, Amphitryon soigneux du bien de son fils, luy enseigna tout cela luy-mesme.

Et Virgile à leur imitation au troisiesme de ses Georgiques.

> *Nónne vides quàm præcipiti certamine campum*
> *Corripuêre, ruúntque effusi carcere currus?*
> *Quum spes arrectæ iuuenum, exultantiáque haurit*
> *Corda pauor pulsans, illi instant verbere torto,*
> *Et proni dant lora : volat vi feruidus axis.*
> *Iámque humiles, iámque elati in sublime videntur*
> *Aëra per vacuum ferri, atque assurgere in auras.*
> *Nec mora, nec requies ; ât fulua nimbus arenæ*
> *Tollitur, humescunt spumis, flatúque sequentum.*
> *Tantus amor laudum, tantæ est victoria curæ.*

PAR L'ARTIFICE de Myrtilus *le chariot s'estant desrompu est tombé par pieces.* Pausanias dans les Arcadiques. *Au tēple* (dit-il) *de Mercure, qui est en la ville de Pheneũ, en la partie de derriere se void le sepulchre de Myrtilus : car les Grecs le maintiēnent auoir esté fils de Mercure, & cōducteur du chariot d'Oenomaus ; les cheuaux duquel il sçauoit fort dextrement faire courir, toutes les fois que quelque nouueau poursuiuant le mariage*

PAVSANIAS.

mariage d'Hippodamie se presentoit sur les rangs : là où en pleine course Oenomaus le mettoit à mort à coups de dard, quand il l'auoit ioinct de prés. Ce Myrtilus fut amoureux d'Hippodamie aussi bien que les autres, mais il ne s'osa pas aduanturer de prendre le hazard de la condition ; pourtant il demeura quoy, & se retint à seruir d'aurigateur à Oenomaus. On dit toutesfois qu'il le trahit à la parfin, ayant esté gaigné par Pelops, qui luy iura solemnellement de laisser coucher vne nuict auec Hippodamie. Puis apres comme ils nauigeoient ensemble, & Myrtilus l'eust semond de satisfaire à sa promesse, par le serment qu'il en auoit fait, Pelops le ietta du nauire en la mer, qui prit de là en auant son nom. Les Phineates en recueillerent le corps que les ondes auoient ietté au riuage, & luy donnerent sepulture ; luy sacrifians chacun an de nuict, comme à vn Heroë: toutesfois il est tout certain que Pelops ne nauigea gueres auant, ains seulement depuis la bouche d'Alphée, iusques au Haure des Eleens. Tellement que par là il semble, que la mer Myrtoienne ne fut pas ainsi appelée de Myrtilus fils de Mercure ; car elle commence à l'isle d'Euboée, & arriue iusques à vn autre petite isle deserte en la mer Egée, qu'on nomme Helene. Au moyen dequoy ceux qui racomptent les anciens faits des Euboéens, me semblent parler plus pertinemment, de dire que la mer Myrtoienne prit son nom d'vne dame appellée Myrtho. Pline au liure 4. ch. 11. dit que ce fut d'vne petite isle du mesme nom, qui n'est gueres loing de Cariste ville d'Euboée ; que ceux qui nauigent en Macedoine descourent d'emprés le cap de Gereste.

L E　M E S M E Pausanias encore és Eliaques, parlant d'vne borne en forme d'autel rond qui est au Cirque de l'Olympie, où se souloient faire les courses des cheuaux & des chariots, & est communément appellée le Taraxippe.

Q v a n d les cheuaux (dit-il) sont arriuez en courant là auprés, soudain ils sont surpris d'vne fort gran- P a v s a n i a s : *de crainte, sans aucune occasion apparente, & de la crainte entrent en vn espouuentement & frayeur: de sorte que la plus part du temps les chariots se brisent par pieces, & les aurigateurs se blessent à bon escient ; parquoy ils ont de coustume de sacrifier & faire leurs prieres à ce Taraxippe, pour l'auoir fauorable & paisible. Mais les Grecs ne sont pas tous d'vn accord là dessus ; car les vns pensent que ce soit la sepulture d'vn quidam natif du pays, qui fut vn fort excellent conducteur de chariots, & l'appellent Olenius, dont le rocher Olenie qui est en l'Elide auroit pris son nom. Les autres cuident que ce soit Dameon de Phliunte, lequel accompagna Hercules au voyage contre Augeas & les Eleens, là où il fut tué auec son cheual par Cteatus le fils d'A-ctor : à raison dequoy ils luy dresserent vn tombeau pour luy & son cheual tout ensemble. Il y en a d'autres qui tiennent, que Pelops bastit en ce lieu là vne chappelle vuide à Myrtilus, & y sacrifia pour appaiser son indignation, du meurtre par luy commis enuers luy, le surnommant Taraxippe, comme qui diroit effroy de cheuaux ; à cause que par son artifice ceux d'Oenomaus auoient esté espouuentez, & mis en desordre. Quelques vns veulent dire encore, que c'est le mesme Oenomaus qui contrarie ainsi à ceux qui courent dans le Cirque. I'en ay ouy puis-apres qui referoient cela à Alcathous fils de Porthaon, lequel prochassant le mariage d'Hippodamie, fut là mis à mort par Oenomaus, & enseuely sur la place: tellement que n'ayant peu obtenir son desir en ce Cirque, il s'est rendu par despit vn esprit ennuyeux & molesse à tous ceux qui y courent. Mais certain Egyptien afferme, que Pelops receut ie ne sçay quel charme d'Amphion le Thebain, qu'il enterra en cest endroit qu'on nomme Taraxippe: dont les cheuaux d'Oenomaus furent espouuentez, & tous les autres qui y courent depuis : estimant cest Egyptien qu'iceluy Amphion & Orphée, furent de tres-grands Magiciens autresfois, & firent tant par leurs enchantemens, que les bestes sauuages suiuoient de leur bon gré cestuy-cy, & les rochers se rangeoient deuers l'autre, pour l'edification de ses murailles. Mais la plus saine opinion de toutes, est que ce Taraxippe soit vn surnom de Neptune Hippien ou le cheuallier. Il y a encore vn Taraxippe en l'Isthme, à sçauoir Glaucus fils de Sisyphus, que l'on dit auoir esté tué des cheuaux, lors qu'Acastus fit celebrer les ieux de prix en l'honneur de son pere. En Nemée pareillement il n'y eut onques aucun Heros des Argiues qui nuisist aux cheuaux: trop bien au delà du destour il y a vne pierre rouge qui les effraye, & leur fait peur par sa resplendeur: tout ainsi que si c'estoit quelque feu. Mais le Taraxippe de l'Olympe est bien de plus grande efficace à les espouuenter. A l'vne des barrieres au reste, il y a vne statue de brouze, qui est d'Hippodamie, tenant vne couronne entre les mains, comme si elle en vouloit couronner Pelops pour la victoire qu'il a obtenuë.*

S v i t puis apres pour le regard des cheuaux d'Oenomaus & Pelops, & des amoureux d'Hippodamie ce qui s'ensuit. Par delà le logis des luicteurs, & autres qui s'exercent pour les combats des ieux Olympiques, soudain que vous aurez passé le Cladée, vous rencontrerez le sepulchre d'Oenomaus, en vne petite motte de terre muraillée tout à l'entour: & au dessus d'iceluy, les ruines de ie ne sçay quels edifices, qu'on prend pour les escuiries de ses cheuaux. Ayant tout de ce pas trauersé la riuiere d'Alphée, vous entrerez en la terre des Piseans, là où est vn tertre haut esleué: & en iceluy les restes de la ville de Phryxe, auec vn temple de Minerue surnommée Cydonie, lequel de mon temps encore, representoit totalement la figure d'vn autel. Les Eleens tiennent que Pelops luy sacrifia, deuant que de venir à l'espreuue contre Oenomaus. Au partir de là vous trouuerez la riuiere de Parthenie, & tout ioignant la sepulture des cheuaux de Marmaces ; qui fut ainsi que l'on dit, le premier amoureux prochassant les nopces de Hippodamie, & auant que nul autre aussi mis à mort par Oenomaus. Les noms de ses iumens estoient Parthenie, & Eriphe, qu'Oenomaus massacra apres auoir tué leurs maistres, & les enseuelit, donnant le nom de Parthenie à la riuiere qui coule auprés. Il y a encore vne nommée Harpinnatée: & non gueres loing de là, d'autres ruines tant de la ville d'Harpina, que d'vn autel. On dit qu'Oenomaus fonda cette ville, & luy imposa le nom de sa mere,

Quand vous serez passé vn peu plus outre, vous trouuerez vne haute leuée de terre, qui est la sepulture des
amoureux dessus dits. Car à ce que l'on dit, Oenomaus les fit enseuelir bien simplement assez prés l'vn de l'au-
tre. Mais puis-apres Pelops leur fit en commun à tous edifier vn fort beau monument, tant pour honnorer les
deffunts, que pour complaire à Hippodamie. Toutesfois à mon iugement c'estoit plustost pour laisser vne mar-
que & tesmoignage à la posterité, de la victoire par luy obtenuë contre Oenomaus, duquel tant, & de si grands
personnages auoient esté surmontez: dont les noms s'ensuinent. Premierement ce Marmaces duquel nous auons
parlé cy dessus: puis Alcathous fils de Porthaon, le second apres luy; Euryalus est le troisiesme; Eurymachus,&
Crotalus, ie n'ay point autrement peu sçauoir leurs parens, ny de quels pays ils estoient. Celuy qu'il mit à mort
apres, fut Acrias, que l'on pourroit soupçonner estre Lacedemonien, & fondateur de la ville d'Acries. Et fina-
blement Capetus, Lycurgus, Lasius, Chalcodon, Tricolonus, Aristomachus, Prias, Pelagon, Eolius, Chronius.
On y adiouste encore Erythrus fils de Leucon. A tous lesquels Pelops fit dresser vn grand tombeau, aussi tost qu'il
eut acquis le Royaume de Pise; & sacrifier tous les ans tout ainsi qu'à des Demy dieux. Euripide en la tragedie d'Iphigenie en la Taurique; & Apollonius és Argonautes, racomptent aucunement d'vne
autre sorte ces noms là: & y en a qui dient qu'Oenomaus auoit deliberé de bastir vn temple au
Dieu Mars, des testes de ceux qui viendroient demander sa fille; mais la diuine vengeance le
preuint, & entre-rompit cette detestable & cruelle entreprise.

PENTHEE

Anthon. Caron inuen. L. Gaultier sculp.

DIALOGVE.

D. *Sobre & sage Penthée,*
  Qui t'a la vie ostée?
R. *Ma mere Bassaride*
  A esté l'homicide,
  Et le vin qu'elle prit
  Qui luy troubla l'esprit.

D. *Bacchus fut à grand tort,*
  La cause de ta mort.
R. *Ouy, mais mon arrogance*
  Causa cette vengeance:
  La puissance d'vn Dieu
  Peut s'estendre en tout lieu.

PENTHEE.

ARGVMENT.

Acchvs *fils de Iuppiter & de Semelé, autrement nommé Diony-*
sius, de l'Isle de Dia, maintenant Naxe, apres auoir roddé tout le Le-
uant auec son armée, subiugué la plus grand' partie des Indes, & fina-
blement communiqué l'vsage du vin aux mortels, fut pour tant de
beaux faits & merites translaté au ciel, & mis au nombre de Dieux. Mais com-
me la cité de Thebes fut seule alors qui ne le vouloit recognoistre pour tel, nonobstant
la grace qu'il luy auoit faite d'vn tres-beau & fertile vignoble au quartier d'alen-
tour, sans tout plein d'autres beneficences qu'il y auoit encore impartis, comme au
lieu de son origine; aussi pour deliurer sa mere Semelé du blasme qu'on luy mettoit sus,
qu'elle ne l'auoit pas conçeu de Iuppiter, mais de quelque personnage mortel, à qui
elle se seroit prestée; & que pour sauuer son honneur, elle auroit voulu reietter cela
sur le Dieu, qui pour cette occasion l'auoit foudroyée; il se resolut de faire sentir à ce
peuple ainsi refractaire, quelque espreuue de sa diuinité. Et de pleine arriuée vous
va semer parmy les femmes ie ne sçay quel esguillon de fureur, & rauissement d'e-
sprit; dont toutes insensees elles s'en vont d'vne grande rage & forcenerie courans çà
& là, à trauers les plus desuoyées & secretes solitudes du mont Citheron, en vn
habit & equippage effroyable, accompagné d'vne voix de mesme, vrler Euohé;
auec ie ne sçay quels autres Orgies (comme on les appelle) fort merueilleux, & estran-
ges. Ce que les plus aagez & prudents, Cadmus mesme & Tiresias, prirent in-
continent comme pour quelque diuin mystere, & se preparerent aussi de leur part
pour receuoir & reuerer le nouueau Dieu. Il n'y eut que le seul Penthée fils d'Echion
& d'Agaué qui se monstrast opiniastre, lequel se mocquant de cette folle superstition,
& taschant de l'auerer & descouurir pour vne vraye imposture & piperie, inuen-
tée tout exprez, pour desbaucher les femmes de bien, soubs ombre d'vne deuotion si-
mulée, menace soubs de griefues peines les vns & les autres s'ils ne s'en desistent: &
là dessus fait saisir le Dieu mesme, sans que les miracles qu'il luy vit faire en sa pre-
sence, ne ceux qu'on luy rapportoit d'heure à autre de toutes parts, le peussent des-
mouuoir de son incredulité, ne luy r'amolir le cueur à religion. Tellement que Dio-
nysius le voyant ainsi contumace, luy oste le sens, & luy met en la fantaisie de prendre
vn habit de Bacchante. Puis le meine ainsi desguisé sur le mont Citheron, pour es-
pier ce que les femmes y faisoient; là où elles de leur costé transportées aussi de l'enten-
dement, sans sçauoir plus qu'elles faisoient cuidans appercevoir vn Lyon, le deschi-
rerent

rerent & mirent en pieces; *Agaué mere d'iceluy toute la premiere; & ses tantes apres: puis tout le reste de la confrairie. Mais finablement estant reuenuës à elles, & l'ayans recogneu, s'en allerent de douleur en exil de costé & d'autre. Et Cadmus auec sa femme Harmonie, fille de Mars & de Venus furent transmuez en serpens.* CE TABLEAV CY *nous admoneste de fuyr l'impieté & irreligion, comme la plus malheureuse chose qui puisse estre en nous; & qui ne faut iamais à la parfin de receuoir son payement & desserte. De ne vouloir aussi estre trop curieux de cognoistre sensiblement les mysteres de la diuinité, qui ne se doibuent comprendre que par foy: Car pour fuyr & exceder la portée de nostre esprit, si ne laissent ils pas d'estre certains pour cela. Au moyen dequoy il faut estre simples & obeïssans en nostre creance, & nous ranger tousiours à ce que la generale communion de l'Eglise tient & reçoit; suiuant ce tant beau & Catholique dire du Poëte Euripide dans les Bacchantes.*

ⲟⲩⲇⲉⲛ ⲥⲟⲫⲓⲍⲟⲙⲉⲥⲑⲁ ⲧⲟⲓⲥⲓ ⲇⲁⲓⲙⲟⲥⲓⲛ,
ⲡⲁⲧⲣⲓⲟⲥ ⲡⲁⲣⲁⲇⲟⲭⲁⲓ, ⲁⲥ ⲑ' ⲟⲙⲏⲗⲓⲕⲁⲥ ⲭⲣⲟⲛⲱ
ⲕⲉⲕⲧⲏⲙⲉⲑ', ⲟⲩⲇⲉⲓⲥ ⲁⲩⲧⲁ ⲕⲁⲧⲁⲃⲁⲗⲉⲓ ⲗⲟⲅⲟⲥ,
ⲟⲩⲇ' ⲉⲓ ⲇⲓ' ⲁⲕⲣⲱⲛ ⲟ ⲥⲟⲫⲟⲛ ⲉⲩⲣⲏⲧⲁⲓ ⲫⲣⲉⲛⲱⲛ.

Ne subtilisons rien sur ce qui touche aux Dieux,
Ny aux traditions qu'auons de nos ayeuls
Nées auecques nous si long temps maintenues,
Qu'impossible chose est qu'elles soyent abbatuës
Par aucune raison, sens subtil, ne sçauoir.

Ce qui se rapporte à ce symbole de Pythagoras, ⲡⲉⲣⲓ ⲑⲉⲱⲛ ⲙⲏⲇⲉⲛ ⲑⲁⲩⲙⲁⲥⲓⲟⲛ ⲁⲡⲓⲥⲧⲉⲓ, ⲙⲏⲇⲉ ⲡⲉⲣⲓ ⲑⲉⲓⲱⲛ ⲇⲟⲅⲙⲁⲧⲱⲛ· Il n'y a rien si admirable des Dieux, ne des traditions diuines, que l'on ne doibue croire. Mais il est temps desormais de venir au tableau.

 ES CHOSES sont peintes icy qui aduinrent sur le mont Citheron; les dances & assemblées des Bacchantes; les rochers regorgeans le vin, le Nectar degouttant des raisins; & comme la terre engraisse ses mottes, & les resioüist de laict. Voila puis apres le lierre qui rampe; & des serpens se dressans contremont; les thyrses aussi, & les arbres qui semblent degoutter le miel; auec vn Sapin renuersé par terre: ouurage certes merueilleux pour des femmes, mais possedées de Dionysus. [1] Car la demoniacle Bacchante a rué bas le paure Penthée, le desmembrant soubs l'apparence d'vn Lyon; & celles cy deschirent la proye: Sa mere propre, & les sœurs de sa mere: Les autres luy tronçonnent les mains: Celle-là trainse son fils par les cheueux. Vous diriez proprement à les voir, qu'elles s'escrient d'allegresse, tant leurs esprits sont outrez de fureur Bacchique. Et ce pendant Dionysus regarde le tout du haut d'vne guette, s'enflant les iouës de courroux; & espoinçonne ces femmes d'vn violent esguillon. De sorte qu'elles ne s'apperçoiuét aucunement de ce qu'elles font, ne comme Penthée leur crie mercy: alleguans que c'est vn lyon rugissant qu'elles oyent. Voila les choses qui se passent dessus la monta-

1. Car la demoniacle Pēthée, ⲭⲱⲣⲓⲥ ⲇⲉ ⲧⲟⲩ Πενθέα, ⲉⲧⲟⲥ ⲍⲱⲟⲥⲙⲟⲝⲟⲛ. L'arbre dunc est estant remueré a secoüé & secoüé es haut le paure Penthée pour estre desmembré par les Bacchantes soubs l'apparence d'vn lyon. Voyez le passage de Nonnus en l'Annotation, où il raconte comme Agaué fit tomber le sapin, sur lequel estoit monté Pēthée, puis estāt cheu à terre il fut mis en pieces par ces femmes furieuses, qui pensoient desmēber vn lyon en le ruant. Il faut ioindre ainsi les paroles du texte Griec, ἡ θεᾷ

μεδόκων ἐπι
ζεννιεδῶν.
Abies cecidit excelsus Bacchii
Penthei. A cela
se consorme
vn lieu semblable d'Euripide allegué cy
apres en la page. 189.
Λα῀ζὰ πισλάδ
τω πλασῖεϊ.

gne. Mais quant à ce qui est là auprès ; c'est Thebes ce que vous voyez, & le palais de Cadmus, & vn grand dueil emmy le marché : & les parens & amis qui agencent le corps, & le rassemblent pour voir s'il y aura moyen de le mettre dans le cercueil. Car sa teste dont on ne doubte plus, gist là tellement attournée, que Dionysus mesme en a compassion : en la prime fleur de son aage, la face tendre & delicate, les cheueux blonds ; que ny le lyerre, ny le liseron, ny le sarment de vigne n'ont point encore entortillez : ne son de flutte ou haut-bois fait bransler ; ny esguillon Bacchique non plus ; car cela le rendurciroit plustost, & luy rendroit sa perruque plus ferme. Bien insensé fut il de vray de n'auoir voulu rager auec luy. Mais croyons que ce qui touche les femmes est bien digne d'vne grande pitié ; car ce qu'elles mescogneurent dans le Citheron, leur est icy tout manifeste : parce que non seulement la fureur les a delaissées, mais la force & vigueur aussi dont elles auoient forcené. Voyez vous pas comme elles sont transportées parmy la montagne, pleines d'vne ardeur de combattre, faisans ensemblement retentir les baricaues & vallons ? là où icy elles se tiennent coyes, ramenans en memoire le forfait qu'elles ont perpetré lors qu'elles estoient en leur rage ; & comme elles sont assises par terre : l'vne panche la teste sur ses genoux ; l'autre la ploye contre l'espaule : ce-pendant Agaué voudroit bien embrasser son fils, mais elle ne l'ose toucher ; ayant & les mains & les iouës, & ce qui est descouuert de la gorge, tout teint & souïllé de son sang. Au regard d'Harmonie & Cadme, ils sont encore de vray, non pas tels toutesfois qu'ils souloient : Car les Parques les ont transformez en Dragons. Et voila que les escailles commencent à les surgaigner, desia leurs iambes se sont euanoüyes, & les cuisses encore ; le changement de leur figure accoustumée, passant & se coulant aux parties d'en-haut : dont ils demeurent tous honteux, & s'entr'embrassent l'vn l'autre, comme s'ils vouloient arrester le demeurant de leurs corps : afin qu'à tout le moins cela ne leur eschappe, & s'enfuye.

ANNOTATION.

OVS ces mysteres icy de Bacchus, qui à la verité sut vn Dieu fort vindicatif, & seuere contre ceux qui le mesprisoient, ont esté si elegamment descrits par Nonnus en ses Dionysiaques ; que ie me suis ingeré d'en retirer vn lieu pathetique au possible ; pour l'appliquer en cest endroit : rendu François tellement quellement & encore en prose ; mais aussi presque de mot à mot : pource que c'est toute la force & substance du present tableau. Nonnus dit donc ainsi au 46. liure.

ἢ φυτὸν ἐις χθόνα πίπτεν, ἐγυμνώθη δὲ κιθαιρών,
ἢ δραπὺς αὐτέλικτος ἀπαξ βαπέρμονι παλμῳ
κύμβαχος νέρθεν κεκυλισμένος ἦλπε πυλιῖ,   &c.

NONNVS.

L'arbre se renuersa par terre, & Cithevon demeura denué d'autant : alors ce Prince courageux tresbuchant, & roullant d'enhaut d'vne grande roideur, la teste la premiere tomba à bas, & la fureur de Bacchus qui luy troubloit l'entendement l'abandonna lors, si qu'il reuint de rechef en son bon sens. Or comme il sut estendu par terre, prochain de la mort, il commença d'vne voix piteuse, ainsi ses lamentations. Nymphes Amadriades, secourez moy ie vous supply, que ma chere mere Agaué ne me desmembre de ses parricides mains. Ma mere, ô mere infortunée, arreste ton inhumaine forcenerie. Pourquoy m'appelles tu, qui suis ton fils, beste sauuage ? quel mantea u de Lyon, & espaules velués portay-ie ? quel rugissement est-ce que ie reste ? ne me recognois tu donc plus ? c'est peeluy que tu as nourry ? Qui t'a ainsi osté l'entendement ? qui t'a enleué tes yeux ? A dieu doncques ô Cithe

ron ;

von ; adieu vous autres arbres que voicy, & les montagnes pareillement. Adieu la ville de Thebes, adieu tout quand & quand ma douce mere Agané, meurtriere de son seul fils. Regarde ce poil follet au menton : regarde ceste forme humaine. Ie ne suis pas vn Lyon, tu ne vois pas vne beste sauuage: Pardonne à ton enfant, cruelle que tu es : Pardonne à tes propres mammelles : Car c'est moy Penthée que tu apperçois, celuy que tu as alaicté. Mais cesse ma voix, arreste court tes paroles, Agané n'oyt plus goutte. Que si tu cuides en me massacrant complaire par là à Bacchus, à tout le moins ô tresque miserable, mets y la main toute seule, & ne permets moy ton fils mourir ainsi par celles d'autruy, ces Bassarides enragées. Voila comment il la requeroit : mais Agané ne l'entendoit pas; & tout à l'entour d'elles les autres femmes chargeoient en soule les mains prestes pour le mesme exploit: dont l'vne le tira par les pieds, ensemely dans la poussiere; l'autre luy saisissant la main droite, la luy arracha toute nette du bras ; & Autonoé à autre part la gauche. La mere propre se banqueta à l'estomac de son fils, luy met le pied sur la gorge; & eut bien le courage de luy trancher la teste auec le fer de son faucillet. Puis de ce pas toute yure encor' de fureurs, s'en retourna courant deuers le desolé Cadmus, pour la luy en faire voir souillée de sang; auquel d'vn forcené gozier, brauant de la prise du faussement imaginé Lyon, luy desgorgea vn tel langage. O bien-heureux Cadmus, desormais plus heureux te i'appelle : car Diane n'a n'agueres veu ton Agané combattant vaillamment parmy les rochers, de ses mains desarmées. Et pourtant an qu'elle est superintendente des chasses, a dissimulé la ialousie conceuë par elle de ta fille meurtriere de Lyons : mais les Dryades ont admiré ce mien chef-d'œuure, & le pere de nostre Harmonie armé de toutes pieces, à tout sa lame ordinaire s'est esmerueillé de ta fille despourueuë d'armes, qui sçauoit si bien esbranler son massacre-Lyon iaulot. Resiouys toy donques Cadmus; & faits venir icy presentement Penthée, ton successeur à la couronne, afin que d'vn œil enuieux il puisse veoir les trauaux sieze par Bacchus en tuant ces bestes sauuages. Et vous mes seruantes assistez moy, pour attacher au portail de Cadmus ceste grosse hure, en tesmoignage perpetuel de ma victoire. Tu ne tuas iamais vne si grande & horrible sere ma sœur Ino : regarde aussi Antonoé, & faits long deuant Agané; car oncques tu n'acquis vne gloire semblable à la mienne, qui ay obscurcy la tant renommée encore victoire de Cyrene mere d'Aristéon ton beau-pere pour auoir desfait à Lyon. Ainsi parla en soubs-leuant l'agreable fardeau. Mais comme Cadmus eut ouy la vanterie abusée de sa fille se glorifiant, il luy va respondre d'vne piteuse voix, entre-meslant ses paroles de larmes. Quelle beste sauuage penses tu auoir mise à mort Agané? Certes ton sage fils. Quelle beste as tu mise bas? Celuy qu'enfanta ton ventre. Quelle beste as tu vuë par terre? Celuy qu'Echion auoit semé ça à toy. Regarde ton Lyon, lequel encore n'en peut souf-sleue; voy ton Lyon, que ta mere Harmonie mettant entre les con-tens bras de Cadmus tres-soigneux de luy pervioit la plus part du temps; & luy presentoit la mammelle à tetter. Tu demandes donques ton fils; pour luy faire voir ce tien bel ouurage: mais comment feray-ie venir Penthée, que tu as entre tes mains propres? Regarde ta prise, & tu verras que c'est ton fils, que tu as mis à mort par mesconnoissance. Comment donques l'appelleray-ie? Et certes voila vn fort beau salaire sire Bacchus, que tu rends maintenant à ce Cadmus tien, pour ta nourriture; & vn fort beau mariage aussi dont m'a pourneu le fils de Saturne auec Harmonie. Tout cecy est digne de Mars, & de la celeste Venus. La mer possede Ino; Iuppiter à vu le Semelé; Autonoé pleure son fils aux cornes ramues. Ha miserable Agané qui a menty son fils vnique, qu'elle enfanta pour mourir auant sa faison: & mon Polydore souffre beaucoup hors de son pays à Athenes. De sorte que ie demeure seul, vn corps mort respirant, sans sçauoir à qui recourir, puis que Penthée, & Polydore ne sont plus. Car où est la cité estrangere, qui me vueille receuoir maintenant? Que n'auait iois tu Cytheron, qui m'as ainsi rompu-brisé les deux bastons de ma vieillesse. Penthée, tu me viens d'auoir; Actæon, pieça tu te couures. Cadmus parlant ainsi le vieil Cytheron s'escria fort plaintiuement, versant vn gros ruisseau de larmes à guise de quelque source de fontaine: les Chesnes se condouleurent, & les Nymphes Naiades gemirent du plus profond de leur cueur. Bacchus mesme rencurant la perruque chenuë das bon vieillard, & les soupirs d'Agané, mais l'entendement d'Agané, & la remit en son bon sens derechef, pour luy faire lamenter Penthée. Comme donques elle eut changé sa recognoissance, & venu trempereste, toute transie demeura long temps sans mot dire, la de-solée mere,& iettant haut vers la teste du defunct, tomba de son haut, sans que personne la poussast; souillant dans la poudre ses cheueux espars sur la terre: ceste là dedessus ses espaules sa mantelline velvë; auec les hanaps desmez aux consecraires de Bacchus ensanglanta sa poictrine, & l'entredeux de ses mammelles nuës: baisa l'œil de son fils, & la prime-barbe qui luy bordoit le tour du visage, & les agreables cheueux de son chef blondissant. Puis d'vne voix tres-doloreuse & lamentable destacha de telles complaintes. Cruel Bacchus qui ne m'assouuiras iamais de la ruine des tiens, octroye moy d'estre de nouueau tourmentée de la rage qui n'agueres me transportoit. Car ie n'ay bien vne autre maintenant plus doloreuse qui m'execute en mon bon sens. Rends moy ceste mesme forcenerie, que ie preigne encore mon fils pour vne beste sauuage. Car ie la pensois ensferrer de vray: & ce-pendant pour vne tout-freschement coupée teste de Lyon, i'apporte celle de mon Penthée. Heureuse fut Autonoé en ses chaudes & ameres larmes, qui eut le moyen de pleurer la mort de son fils Actæon, & ne le tua pas aumoins elle mesme : mais c'est moy seule qu'on doibt dire la meurtriere du sien. Ma sœur Ino bannie de son pays, ne massacra pas Melicerte, ne Leuchus, ains le pere qui les auoit luy mesme engendrez. Ha pauure miserable que ie suis! falloit-il donques que Iuppiter couchast auec Semelé pour me faire pleurer Penthée? Iuppiter le pere de Dionysus l'enfanta de sa cuisse, afin que par le moyen d'iceluy il mist à neant toute la race de Cadmus. Ne desplaise à Bacchus, c'est luy sans autre qui a extirpé de fonds en coble. Mais apres le magnifi-

gne. Mais quant à ce qui est là auptes; c'est Thebes ce que vous voyez, & le palais de Cadmus, & vn grand dueil emmy le marché: & les parens & amis qui agencent le corps, & le rassemblent pour veoir s'il y aura moyen de le mettre dans le cercueil. Car sa teste dont on ne doubte plus, gist là tellemét attournée, que Dionysus mesme en a compassion: en la prime sleur de son aage, la face tendre & delicate, les cheueux blonds; que ny le lyerre, ny le liseron, ny le sarment de vigne n'ont point encore entortillez: ne son de flutte ou haut-bois fait bransler; ny esguillon Bacchique non plus; car cela le rendurciroit plustost, & luy rendroit sa perruque plus ferme. Bien insen-sé fut il de vray de n'auoir voulu rager auec luy. Mais croyons que ce qui touche les femmes est bien digne d'vne grande pitié; car ce qu'elles mesco-gneurent dans le Citheron, leur est icy tout manifeste: parce que non seu-lement la fureur les a delaissées, mais la force & vigueur aussi dont elles auoient forcené. Voyez vous pas comme elles sont transportées parmy la montagne, pleines d'vne ardeur de combattre, faisans ensemblement re-tentir les baricaues & vallons? là où icy elles se tiennent coyes, ramenans en memoire le forsait qu'elles ont perpetré lors qu'elles estoient en leur rage; & comme elles sont assises par terre: l'vne panche la teste sur ses genoux; l'autre la ploye contre l'espaule: ce-pendant Agaué voudroit bien embras-ser son fils, mais elle ne l'ose toucher; ayant & les mains & les ioües, & ce qui est descouuert de la gorge, tout teint & souïllé de son sang. Au regard d'Harmonie & Cadme, ils sont encore de vray, non pas tels toutessois qu'ils souloient; Car les Parques les ont transformez en Dragons. Et voila que les escailles commencent à les surgaigner, desia leurs iambes se sont eua-noüyes, & les cuisses encore; le changement de leur figure accoustumée, passant & se coulant aux parties d'en-haut: dont ils demeurent tous hon-teux, & s'entr'embrassent l'vn l'autre, comme s'ils vouloient arrester le de-meurant de leurs corps: afin qu'à tout le moins cela ne leur eschappe, & s'ensuye.

ANNOTATION.

TOVS ces mysteres icy de Bacchus, qui à la verité sut vn Dieu sort vindicatif, & seuere contre ceux qui le mesprisoient, ont esté si e'galemment deserits par Non-nus en ses Dionysiaques; que ie me suis ingeré d'en retirer vn lieu pathetique au possible; pour l'appliquer en cest endroit: rendu François tellement quellement & encore en prose; mais aussi presque de mot à mot: pource que c'est toute la force & substance du present tableau. Nonnus dit donc ainsi au 46. liure.

κ̓ Φυτὸν Εἰς χθόνα πίπτεν, ἐγυμνώθη δὲ κιθαιρών,
κ̓ θρασὺς ἀντίλιπες ἄναξ βητάρμονι παλμῷ
κύμβαχος ἠερόθεν κεκυλισμένος ἔειπε πενθεύς, &c.

Nonnvs.

L'arbre se renuersa par terre, & Citheron demeura denué d'autant: alors ce Prince courageux tresbuchant, & roullant d'enhant d'vne grande roideur, la teste la premiere tomba à bas, & la fureur de Bacchus qui luy troubloit l'entendement l'abandonna lors, si qu'il reuint de rechef en son bon sens. Or comme il sut estendu par terre, prochain de la mort, il commença d'vne voix piteuse, ainsi ses lamentations. Nymphes Amadriades, secourez moy ie vous supply, que ma chere mere Agaué ne me desmembre de ses parricides mains. Ma mere, ô mere insortunée, arreste ton inhumaine forcenerie. Pourquoy m'appelles tu, qui suis ton fils, beste sauuage? quel manteau de Lyon, & espaules velües portay-ie? quel rugissement est-ce que ie iette? ne me recognois tu donc plus? celuy que tu as nourry? Qui t'a ainsi osté l'entendement? qui t'a enleué les yeux? Adieu donceques ô Cithe-
ron:

ron; adieu vous autres arbres que voicy, & les montagnes pareillement. Adieu la ville de Thebes; adieu tout quand & quand ma douce mere Agaué, meurtriere de ton seul fils. Regarde ce poil follet au menton: regarde ceste forme humaine. Ie ne suis pas ton Lyon; tu ne vois pas vne beste sauuage: Pardonne à ton enfant, cruelle que tu es: Pardonne à tes propres mammelles: Car c'est moy Penthée que tu apperçois, celuy que tu as alaicté. Mais cesse ma voix, arreste court tes paroles; Agaué n'est plus ouïe. Que si tu cuides en me massacrant complaire par là à Bacchus, à tout le moins à tres que miserable, nuits y la main toute seule, & ne permets moy ton fils mourir ainsi par celles d'autruy, ces Bassarides enragées. Voila comment il la requeroit: mais Agaué ne l'entendoit pas; & tout à l'entour d'elles les autres femmes chargeoient en foulle les mains prestes pour le mesme exploit: dont l'vne le tira par les pieds, ensemely dans la poussiere; l'aure luy saisissant la main droite, la luy arracha toute nette du bras; & Autonoé d'autre part la gauche. La mere propre se lançant à l'estomac de son fils, luy met le pied sur la gorge; & eut bien le courage de luy trancher la teste auec le fer de son iauelot. Puis de ce pas toute yure encor de fureur, s'en retourna courant deuers le desolé Cadmus, pour la luy monstrer souillée de sang; auquel d'vn forcené gozier, branlant de la prise du faussement imaginé Lyon, luy desgorgea vn tel langage. O bien-heureux Cadmus, desormais plus heureux te t'appelle: car Diane à t'agueres veu ton Agané combattant vaillamment parmy les ro. hers, de ses mains desarmées. Et pourautant qu'elle est superintendnte des chasses, a dissimulé la ialousie conceu par elle de la fille meurtriere de Lyous: mais les Dryades ont admiré ce mien chef-d'œuure, & le pere de nostre Harmonie armé de toutes pieces, à tout sa lance ordinaire s'est esmerueillé de ta fille despourueüe d'armes, qui sçauoit si bien esbrander son massacre-Lyon iauelot. Resiouys toy doncques Cadmus; & faits venir icy presentement Penthée, ton successeur à la couronne, afin que d'vn œil ennieux il puisse veoir les trauaux suez par Bacchus, fi duz ces bestes sauuages. Et vous mes seruantes assistez moy, pour attacher au portail de Cadmus ceste grosse hure, en tesmoignage perpetuel de ma victoire. Tu ne tuas iamais vne si grande & horrible fere ma sœur Ino: regarde ansi Antonoé, & faits long deuant Agaué; car oncques tu n'acquis vne gloire semblable a la mienne, qui ay obscurcy la tant renommée encore victoire de Cyrene mere d'Aristeus ton beau-pere pour auoir defait vn Lyon. Ainsi parla en soubs-leuant l'agreable fardeau. Mais comme Cadmus eut ouy la vanterie abusee de sa fille se glorifiant, il luy va respondre d'vne piteuse voix, entre-meslant ses paroles de larmes. Quelle beste pensez tu auoir mise à mort Agaué? Certes ton sage fils. Quelle beste as tu mise bas? Celuy qu'enfanta ton ventre. Quelle beste as tu rué par terre? Celuy qu'Echion auoit semé en toy. Regarde ton Lyon, lequel encore vn peu se sousleue, voy ton Lyon, que ta mere Harmonie mettant entre les con.cens bras de Cadmus tres-soigneux de luy portoit la plus part du temps; & luy presentoit la mammelle à tetter. Tu demandes doncques ton fils; pour luy faire veoir ce tien bel ouurage: mais comment feray-ie venir Penthée, que tu as entre tes mains propres? Regarde ta prise, & tu verras que c'est ton fils, que tu as mis à mort par mes-cognoissance. Comment doncques l'appelleray-ie? Et certes voila vn fort beau salaire sire Bacchus, que tu rends maintenant à ce Cadmus tien, pour ta nourriture; & vn fort beau mariage aussi dont n'a pourueu le fils de Saturne auec Harmonie. Tout cecy est digne de Mars, & de la celeste Venus. La mere possedé Ino; Iuppiter à luy-mesme Semelé; Antonoé pleure son fils aux cornes ramues. Ha miserable Agaué qui a menty ton fils vnique, qu'elle enfanta pour mourir auant sa saison: & mon Polydore souffre beaucoup hors de son pays à Athenes. De sorte que ie demeure seul, vn corps mort respirant, sans sçauoir à qui recourir; puis que Penthée, & Polydore ne sont plus. Car où est la cité estrangere, qui me vueille recevoir maintenant? Que m'auoit iou tu Cytheron, qui m'as ainsi rompu-brisé les deux bastons de ma vieillesse. Penthée, tu le viens d'auoir: Actæon, pieça tu le connus. Cadmus parlant ainsi le vieil Cytheron s'escria fort plaintiuement, versant vn gros vaisseau de larmes à guise de quelque source de fontaine: les Chesnes se condolerent, & les Nymphes N.aiades gemirent du plus profond de leur cœur. Bacchus mesme reuerant la perruque chenue du bon vieillard, & les soufp.ns qu'il iettoit, apres auoir entre-meslé d'vn soubf-ris & de larmes son impitoyable visage, mua l'entendement d'Agaué, & la remit en son bon sens derechef, pour luy faire lamenter Penthée. Comme doncques elle eut changé sa cognoissance, & venü tromperesse, toute transie demeura long temps sans mot dire, la d.iolie mere; & iettant l'aut vers la teste deffunct, tomba de son haut, sans que personne la poussast, iouillant dans la poudre ses cheueux espars sur la terre: icile là dedessus ses espaules sa manteline veluë, auec les hanaps destinez aux confrairies de Bacchus: ensanglanta sa poictrine, & l'entre-deux de ses mammelles nuës: baisa l'œil de son fils, & la prime-barbe qui luy bordoit le tour du visage, & les agreables cheueux de son chef blondissant. Puis d'vne voix tres-doloreuse & lamentable destacha de telles complaintes. Cruel Bacchus qui ne t'assouuissas iamais de la vaine des tiens, octroye moy d'estre de nouueau tourmentée de la rage qui m'agueres me transportoit. Car si en ay vne autre maintenant plus doloreuse qui m'exercite en mon bon sens. Rends moy celle mesme forcenerie, que ie preigne encore mon fils pour vne beste sauuage. Car si ie pensois enferrer de vray: & ce-pendant pour vne tout-fre.schement coupee teste de Lyon, i'apporte celle de mon Penthée. Heureuse fust Antonoé auec ses chaudes & ameres larmes, qui eut le moyen de pleurer la mort de son fils Action. & ne le tua pas aumoins elle mesme: mais c'est moy seule qu'en doibt dire la meurtriere du sien. Ma sœur Ino bannie de son pays, ne massacra pas Melicerte, ne Learchus, ains le pere qui les auoit luy mesme engendrez. Ha pauure miserable que ie suis! falloit il doncques que Iuppiter conceust auec Semele pour me faire pleurer Penthée? Iuppiter le pere de Dionysus l'enfanta de sa cuisse, afin que par le moyen d'iceluy il mist à tant toute la race de Cadmus. Ne desplaise à Bacchus, c'est luy sans autre qui l'a extirpé de fonds en coble. Mais apres le magnifi-

O

que si stin de la table dressée pour les Dieux; apres les nopces d'Harmonie; apres le parement de mon lict nuptial, au moins qu'Apollo faisant retentir encore son ancienne harpe, sonnast quelque chant funebre à Agané, & Autonoé, pour les consoler du tant courte-vie Penthée & d'Acteon. Car à nostre tristesse, tres-cher & bien-aimé enfant, quel remede se peut-il trouuer n'ayant point encore porté le flambeau deuant l'espousée à tes nopces, ny oüy le tre-doux cantique de ton amoureux mariage? Quelle lignée ay-ie veu de toy, qui me consolast? Pleust aux Dieux qu'vne autre Bacchante t'eust priué de vie, & non l'infortunée Agané. Mais ne blasme point autrement ta mere qui estoit en faueur (disgracié Penthée) prends t'en plustost à Bacchus; car Agané n'en peut mais: combien que mes mains, tres cher fils, toutes baignées du sang de la teste que ie t'oy n'agueres leuée de dessus les espaules, le dégouttent encore; lequel s'espandant en grande abondance, a souillé tous les vestemens de ta mere. Mais vous qui estes icy presens, ie vous requiers vne tasse, afin que i'offre & verse à Bacchus le sang de mon pauure Penthée, en lieu de vin. Et à toy mort trop hors de saison, ie, que voicy toute consite en larmes, dresseray vn tombeau de mes propres mains, enseuelissant dans la poudre ton corps sans teste; auec cette inscription au dessus pour seruir de memoire.

εἰμὶ νέκυς Πενθῆος, ὁδοιπόρε, νηδὺς Ἀγαύης
προεδοχάμος μ' ἐλόχευσε, χ' ἔκτάμε παιδεφόνος χείρ.

Passant, ie suis Penthée, Agaué fut ma mere,
Son ventre me porta, sa main en est meurtriere.

On pourroit encore amener tout-plein d'autres passages de ce mesme autheur seruans à ce propos, mais c'est chose ennuyeuse d'ouyr tousiours chanter sur vne mesme corde. Au moyen dequoy pour passer à d'autres en ce qui touche mesmement les vindictes de ce Dieu, cecy ne nous veut donner à cognoistre, sinon que l'irreligion & mespris d'icelle, est le forfait le plus enorme & detestable enuers la Diuinité, de tous les autres qui puissent tomber en l'esprit de l'homme & lequel a tousiours accoustumé d'estre vengé le plus aigrement. Ainsi que l'on peut voir dans le sixietme de l'Iliade, sans sortir autrement du present subiect, de Lycurgus fils de Dryas dont le Poete parle en cette maniere.

οὐδὲ γὰρ οὐδὲ Δρύαντος υἱὸς κρατερὸς Λυκόοργος
δὴν ἦν, ὅς ῥα θεοῖσιν ἐπουρανίοισιν ἔριζεν, &c.

HOMERE.   *Car Lycurgus le magnanime fils de Dryas ne vescut pas long temps, pour auoir contesté auec les celestes Dieux: ayant voulu outrager autresfois les nourrisses de l'insensé Bacchus, & les poursuiure à trauers le sainct mont de Nysa, lesquelles toutes ensemble ietterent leurs Thyrses par terre, batuës de ce cruel meurtrier à grands coups d'esguillon dont on picque les boeufs: & Bacchus luy mesme d'effroy s'en alla cacher dans la mer, là où Thetis le receut en son geron, tout tremblant de la peur qu'il auoit conceuë pour les menaces de ce personnage. Mais puis apres les Dieux viuans sans soucy, s'indignerent à l'encontre de luy, & Iuppiter le rendit aueugle: & si ne vescut pas beaucoup depuis; car il estoit hay de tous.* Neantmoins Plutarque au traicté de la lecture des Poëtes, & en celuy de la vertu morale, dit que ce fut pour auoir fait arracher toutes les vignes du pays de Thrace, voyant le peuple y estre trop abandonné: au moyen dequoy les Dieux luy enuoyerent (ce racomptent la dessus les Poëtes) vne fureur telle qu'en y voulant luy mesme mettre le premier la main, il se couppa les deux iambes. Le mesme Plutarque en ses Paralleles, article dix-neufiesme racompte deux autres histoires à ce mesme propos, l'vne de Cyanippus Syracusain, lequel sacrifiant à tous les autres Dieux fors qu'à Bacchus, ce Dieu par despit l'enyura de sorte, qu'il depucella sa propre fille Cyané, laquelle l'immola depuis de sa propre main; & à l'instant mesme se sacrifia elle mesme dessus son corps. L'autre est d'yn Aruntius, lequel ayant tousiours detesté le vin, & finablement par l'indignation de Bacchus s'estant enyuré, viola sa fille Medulline, qui pour se venger de l'inceste trouua moyen de le renyurer de rechef, & le sacrifia enseuely de vin. Mais pour retourner à Penthée, Pausanias és Corinthiaques en parle ainsi: *L'on dit que Penthée parmy tout plein d'insolences & outrages qu'il s'ingera de faire à Bacchus,* PAVSANIAS.   *s'en alla espier dans le mont Cytheron les femmes qui celebroient ses sacrifices; & là estant monté sur vn arbre remarqua par le menu chacune chose qui s'y faisoit. Mais les Bacchantes l'ayant descouuert, & desniché de là, le desmembrerent tout vif. Les Corinthiens puis-apres furent admonestez par l'Oracle de chercher l'arbre, & que quand on l'auroit trouué, ils le reuerassent tout ainsi que Bacchus. Parquoy ils luy en firent des effigies qui furet mises au marché de Corinthe, toutes dorées, hors-mis la face qui estoit cramoisie.* Il semble qu'Horace sur la fin de l'Epistre à Quintius, ait voulu donner ce Penthée icy pour vn Tyran; soit pour cause de son impieté enuers les Dieux, ou pour le dur traictement de son peuple: car il dit ainsi.

Vir bonus & sapiens audebit dicere, Penthen
Rector Thebarum, quid me perferre, patique
Indignum coges? Ad mam bona: nempe pecus, rem,
Lectos, argentum; Tollas licet. In manicis &
Compedibus saeuo te sub custode tenebo:
Ipse Deus, simul atque volam, me soluet opiner.
Hoc sentit, moriar, mors vltima linea rerum est.

L i

PENTHÉE. 159

LES ROCHERS *regorgeans le vin* : & ce qui suit. Cecy est pris d'Euripide en la Tragedie des
Bacchantes, en cest endroit où il racompte les miracles qui se font en leur forcenerie sur le mont
Cytheron.

θύρσον δὲ τις λαβοῦσ᾽ ἔπαισιν εἰς πέτραν
ὅθεν δροσώδης ὕδατος ἐκπηδᾷ νοτίς,   &c.

L'une d'entr'elles (dit-il) empoignant son thyrse, en frappe vn rocher, dont s'escoula soudain vn sur-ion d'eau: **EVRIPIDE.**
*l'autre fiche sa baguette en terre, & le Dieu fait sourdre vne fontaine de vin: mais celles qui auoïent plus le cueur
au brennage blanc, en grattant le terrouër du bout des doigts, trouuoient de gros bouillons de laict: & les Thyrses bardeZ de lyerre, distilloient le doux miel goutte à goutte.*

AVEC vn Sapin renuersé *par terre.* Le mesme Euripide au lieu cy dessus allegué.

αἱ δὲ μυελίαν χέρα
προσθεῖσαι ἐλάτῃ, κἀξανέσπασαν χθονός.
ὑψοῦ δὲ θαλων, ὑψόθεν χαμαιριπτῆς
πίπτει πρὸς οὖδας μυρίοις οἰμώγμασι
πενθεύς.

*Mais elles de dix mille mains happans le Sapin, le vuerent par terre: Dont Penthée qui estoit tout haut tomba
la teste la premiere en bas, à grands pleurs & gemissemens.*

Suit puis-apres la piteuse boucherie que ces enragées firent du pauure miserable, le cuidans estre
vn Lyon. Car tout ce tableau semble auoir esté emprunté d'Euripide, & mesmement encore
pour le regard de ce Sapin, il a dit au Prologue de cette Tragedie.

ἐμοῦ δὲ Κάδμου παῖσιν συναμεμιγμένας,
χλωραῖς ὑπ᾽ ἐλάταις ἀνορόφοις εἵντω πέτραις.

Plus en vn autre endroit du 4 acte, Penthée dit à Bacchus qu'il l'abuse. ἐλάταισι δ᾽ ἐμὸν κρύψω δέμας;
Et consequemment au mesme endroit encore.

λαβὼν γὸ ἐλάτης ὀυράνιον ἄκρον κλάδον,
κατῆγεν, ἦγεν ἦγεν εἰς μέλαν πέδον, &c.

*Il prit (dit-il parlant de Bacchus) la plus haute branche d'vn Sapin, & l'amena à terre. Car elle se cour-
boit comme vn arc, ou vne roue de charrette bien arrondie au tour, qui en roullant s'esbranle à la course. Ainsi
l'estranger tirant à bas cette branche auec les mains, la courba insques au point: ce qui n'estoit point certes ouurage d'homme. Puis ayant perché Penthée là dessus, il la reconduit des mains peu à peu contremont, de peur de le
ietter de secousse par terre. Le Sapin finablement s'arresta estené droit en haut, portant le seigneur à cheuauchons
sur son doz. Toutesfois il estoit plustost veu qu'il ne voyoit les Menades: car on ne le pouuoit mieux descouurir
ne appercevoir, qu'estant ainsi iuché en haut. Et ce-pendant l'estranger (à sçauoir Bacchus desguisé) ne
comparoissoit plus nulle part.*

DIONYSVS *espoinçonne ces femmes d'vn violent esguillon.* Il y a au Grec, τὸν δὲ οἶστρον προσβακ-
χεύσας ταῖς γυναιξίν. Cela ne se peut bonnement rendre en nostre langue, & seroit presque de
mot à mot, *les mettant en fureur auec vn Tahon Bacchique.* Car οἶστρος est cette grosse mouche qu'on
appelle Tahon, qui picque à guise de guespes, dont les trouppeaux des bestes à cornes sont si
molestez en Esté, ainsi que dit Apollonius en ses Argonautes.

τετηγὼς, οἷόν τε νέας ἐπὶ Φορβάσιν οἶστρος
τέλλεται, ὃν τε μύωπα βοαῦ κλείουσι νομῆες.

*Tout ainsi que le Tahon irrité se iette à trauers les tendres trouppeaux: que les pasteurs appellent le fresloŋ
des bœufs.*

Virgile au troisiesme des Georgiques.

Est lucos Silari circa, ilicibusque virentem
Plurimus Alburnum volitans, cui nomen Asylo
Romanum est, æstium Graij vertere vocantes:
Asper acerba sonans, quo tota exterrita syluis
Diffugiunt armenta.

Et en vn autre endroit parlant de la persecution de Iunon contre Io fille d'Inachus, laquelle
ayant esté par Iuppiter desguisée en vache, la Deesse luy enuoya cest animal pour la molester,

Hoc quondam monstro horribiles exercuit iras
Inachiæ Iuno pestem meditata iuuencæ.

Pline au liure 11. chap. 16. met cest œstrus auec les mouches à miel. *Quippe nascuntur aliquando
in extremis fauis spes grand: ores quæ ceteras fugant. Oestrus vocatur hoc malum, quonammodo nascens si ipsæ
se fingunt. Et au 28. chap. ensuiuant. Reliquorum quibusdam aculei in ore vt Asylo, siue Tabanum dici pla-
cet. Là où il fait i abanum que les Grecs appellent μύωψ, vne mesme chose auec οἶστρος, aussi bien
qu'Apollonius cy dessus. Toutesfois Sostratus dans le 4. liure des animaux, dit que œstrus se pro-

crée és riuieres, & le μώοψ dans le bois. Qui est la mesme opinion d'Aristote, lequel parle ordinairement de ces deux à part, comme s'ils estoient differents. Mais cela ne fait rien à nostre propos: car Philostrate ne veut entendre icy autre chose qu'vne fureur Bacchique montant au cerueau, tout ainsi que quelque paroxisme ou accés d'Epilepsie, qui le trouble & insense. Comme
font à la verité les fumées & vapeurs du vin.

ELIAN.   ELIAN au reste en son 3. liure de la diuerse histoire, parlant de cest oestre ou esguillon dit ainsi:
I'ay appriu que les femmes des Lacedemoniens furent esprises autrefois de l'oestre Bacchique: celles de Scyo semblablement, & de la Boeoce, qui deuindrent insensées comme si elles eussent esté saisies de quelque diuine fureur.
Et mesmes les trois soeurs Minyades, Leucippé, Aristippé, & Alcithoé, ayans desdaigné ceste confrairie, pour
raison de la crainte & respect qu'elles portoient à leurs mariz, sans vouloir rager à l'honneur de ce Dieu, il s'en
irrita de sorte, que les pauures Dames estans vne fois ambesongnées attentiuement apres leurs toilles, & ouurages de laine, comme sages, & bonnes Mesnageres qu'elles estoient, ne se donnerent garde que les lyerres, &
les raisins s'entortillerent en vn instant à leurs quenouilles & fuseaux: les serpens nicherent dans leurs panniers,
& de leurs filasses couloient de grosses goutes de vin & de lait. Mais comme pour toutes ces merueilles elles ne
peussent encore estre induites & persuadées à reuerer le Dieu, vne rage les vint saisir hors de Cytheron mesme,
non moins aspre & furieuse que si c'eust esté en la montagne propre. Car les Minyades desmembrerent pieceà
piece l'enfant de Leucippé tout tendrelet encore, & ieune d'aage, le prenans pour vn heureul, ou faon de Biche.
Et ainsi attorné emportoient, quand la mere & les tantes pensans aller apres pour le recourre, & venger ce forfait detestable, furent transmuées en oiseaux, l'vne en Corneille l'autre en Chauuesouriz, & le 3. en Chouëtte.

   ALLEGVANS que c'est vn Lyon rugissant, Euripide tantost l'appelle Lyon ὡς ὀρείου Φύα λέοντος:
tantost vn cheureul, Φὲρα δὴ ἐξ ὁρέων ὕλαν: & puis tout soudain vn veau; νέος ὁ μόχγος. Pour monstrer la grande perturbation de ces femmes desuoyées de leurs sens, qui ne sçauoient ce qu'elles
disoient, & r'affiguroient Penthée plustost de la resemblance de toutes sortes de bestes sauuages, que d'vne creature raisonnable.

Ouide au 3. de la Metamorphose, où il descript ce desmembrement de Penthée, dit que c'est vn
Sanglier.

     Hic oculis illum cernentem sacra profanù
     Prima videt, prima est insano concita cursu,
     Prima suum misso violauit Penthea thyrso
     Mater; &, O gemina (clamauit) adesse sorores:
     Ille Aper in nostris errat qui maximus agris,
     Ille mihi feriendus Aper.

   LES PARENS & amis agencent le corps, pour voir s'il y aura moyen de le mettre au cercueil. Penthée
auoit esté tellement deschiré par ces insensées Bacchantes, qu'on ne sçauoit comment en rassembler les pieces, & les remettre en leur deuë assiete, pour luy donner sepulture. Ainsi que dit Euripide.

     κεῖται δὲ χωρὶς σῶμα, ὃ μὲν ὑπὸ τυφλοῖς
     πέτραις, ὃ δ' ὕλης ἐν βαθυξύλῳ Φόβη,
     ὐ ῥάδιον ζήτημα.

Mais Cadmus les alla recueillir, & fit apporter à Thebes.

     ὃ σῶμα μοχθῶν μυρίοις ζητήμασι
     Φέρω τόδ' εὑρὼν ἐν κιθαιρῶνος πτυχαῖς
     διασπάρακτον.

Et là dessus il faut noter, que l'attente de la resurrection a esté de tout temps en tel predicament
enuers les Idolatres mesmes, qui se sont efforcez de conseruer la structure du corps en son entier apres la mort. Esperans que l'ame quelquesfois y retourneroit pour luy redonner la vie; &
iouyr de là en auant par ensemble de la beatitude des Dieux, sans iamais plus se separer eternellement: ainsi que le tesmoignent entr'autres ces diuins carmes de Phocylide, qui doiuent faire
honte à beaucoup de gens lesquels ont cogneu Iesus-Christ.

     ὐ καλὸν ἁρμονίην ἀναλυέμεν ἀνθρώποιο.

     ὴ τάχα δ', ἐκ γαίης ἐλπίζομεν ἐς Φάος ἐλθῖν
     λείψαν' ἀποιχομένων, ὀπίσω δὲ θεοὶ τελέθουσι.

Ce n'est point chose honneste de desfaire ce bel assemblement du corps humain: Car peut estre il y a esperance, que
de la terre encore les reliques des morts retournueront en lumiere: & puis apres seront Dieux.

   LES CHEVEVX blonds, que ny le lyerre, ny le liset, ny le sarment de vigne n'ont point encore emtortillez.
Il y a au Grec, ὡ πυσὸν τὰς κόμας ὡς ὅτι κισσὸς ἕρπει, ὅτι σμίλαχος ἢ ἀμπέλου χλῆμα, &c. En quoy
πυσὸν signifie vne couleur rousse & ardente aux cheueux comme feu: & quant à *Smilax*, ie l'ay
tourné pour *Liset*. Dont il y a de plusieurs sortes, & si ce mot de *Smilax* s'estend encore plus auãt,
à toutes les herbes qui ont la fueille semblable au lierre. Car les fascols sont comprins là dessoubs;
                                                  dont

dont il y a grande quantité en la Lombardie au territoire de Cremone principalement : legume
tres-bon en potages ; auquel se peuuent rapporter toutes ces especes de poix d'Inde plats & lon-
guets ; les vns blancs, les autres noirs, iaunes, rouges, incarnats, & griuellés de plusieurs couleurs. Il y a puis apres d'autres *Smilax* sauuages, qui viennent plus que l'on ne veut dedans les
bleds, dans les vignes & parmy les bois, s'attachans à la premiere chose qu'ils rencontrent, & ra-
pans le long d'icelle à guise de lyerre. De ces *Smilax* il y en a deux especes principales, l'vne qui a
des espines, & l'autre non. Theophraste au dernier ch. du 3. liure a fort exactement descrit celle
là, que quelques vns prennent pour la Sarcepareille, maintenant assez cogneuë par tout és officines & drogueries. Cette cy est ce que nous appellons le *Liset* ou *liseron*, & qu'à mon aduis Philostrate veut entendre en ce lieu : Car en tout & par tout elle rapporte beaucoup au lyerre. Dont
Pline aussi la fait estre vne espece au 16. liu. ch. 36. Car de la prendre en cet endroit ny pour *Ilex*;
que les Grecs appellent οϖɩⲛⲉ, qui est vne sorte de Chesne ayant la fueille pointuë; ny pour le
Taxus aussi peu, qui est l'*If*, dit aussi en Grec Σμίλαξ, arbre en son branchage, & ses fueilles autant rude & desobeissant au courber que nul autre, il n'y auroit aucune apparence, pour l'intention au moins qui est icy representée. A ce propos Pline au 9. ch. du 21. liure, ioint cette herbe icy
de Smilax ou Liset, auec le lyerre. *Folia Smilacis, & Hederæ in coronamentum se dedere; Coronæq; ea-* PLINE
rum obtinent principatum. Combien qu'il ait dit au lieu preallegué du 36. ch. du 16. liure, que ce *Smi-*
lax est detesté en tous les sacrifices, & chappeaux d'herbes & fleurs; pour estre plustost propre à vn dueil, à cause
d'vne fille de semblable nom, qui pour l'extreme amour qu'elle portoit au iouuenceau Crocus, fut transmuée en
cette plante. Ce qu'ignorant le commun peuple, la plus part du temps contamine ces solemnitez, en la prenant
pour lyerre : tout ainsi que parmy les Poëtes, on fait pour le regard de Bacchus, ou de Silenus : Car le plus souuent on ne prend pas garde à ce dont l'on se met des chappaux sur la teste.

AV REGARD d'*Harmonie* & *Cadmus*, ils sont de vray, mais non pas tels qu'ils souloient estre, car les
Parques les ont transformez en Dragons. Hyginus au 6. chap. de ses fables. *Cadmus fils d'Agenor & Ar-*
gyopé ayant encouru l'indignation du Dieu Mars pour auoir tué le Dragon, garde de la fontaine Castalie, & à
cette cause perdu malheureusement toute sa lignée, fut à la fin conuerty auec sa femme Harmonie, fille d'iceluy
Mars & de Venus, en Dragon, és marches de l'Illyrie.

OVIDE au 4. liure de la Metamorphose traicte fort elegamment cette transformation icy.

Dixit, & vt serpens in longam tenditur aluum,
Durataq; cuti squamas increscere sentit,
Nigriq; ue cæruleis variari corpora guttis.
In pectúsque cadit pronus, commixtáque in vnum
Paulatim tereti tenuantur acumine crura.

Et vn peu apres encore.

Quisquis adest (aderant comites) terretur, at illi
Lubrica perlucent cristati colla Draconis.
Et subito duo sunt, iunctóque volumine serpunt,
Donec in oppositi nemoris subiere latebras.

Toutesfois quelques interpretes de Pindare alleguent, que Cadmus auec sa femme Harmonie
furent en leur extreme vieillesse, par vne grace speciale des Dieux enleuez aux champs Elysées,
dans vn chariot traisné par deux Dragons; ce qui auroit donné lieu à cette transmutation.

Vne puiſſance Souueraine
A quelque fois des pieds de laine,
Mais quand elle veut triompher,
Elle a ſouuent des bras de fer.
　Ceux cy tournent leur vollerie
En paſſe-temps & gauſſerie,

Mais il n'auront pour tout butin,
Qu'vnè tres-miſerable fin.
　Car Bacchus le Dieu de vangeance,
Leur fera ſentir ſa puiſſance,
Faiſant tout d'vn coup abiſmer,
Leur malice au fonds de la mer.
　　　LES TYRRHENIENS

LES TYRRHENIENS.

A R G V M E N T.

'E s t i c y *vn autre miracle de Bacchus , mais moins tragique & criminel que le precedent. Les Tyrrheniens infignes corfaires fur la mer Mediterranée, eftans allez en cours pour faire leur main parmy les Ifles , & les coftes de la mer Egée , rencontrerent Bacchus fur la greue , en forme d'vn beau ieune adolefcent de quelque grand lieu, richement equippé , & bien en ordre ; qui monftroit a fa contenance s'eftre efgaré de fa fuitte. (Philoftrate le racompte d'vne autre forte.) Ceux-cy penfans auoir faict quelque grand butin, le chargerent fur leur vaiffeau, en intention (ce luy difoient-ils) de le remettre en lieu de fauueté la part où il fe voudroit retirer: mais en leurs fecretes penfees, de le gehenner pour fçauoir fon eftre , & apres l'auoir deualizé de tous poincts , en retirer encores vne bonne rançon. Et eftoient defia fur le poinct de luy faire tout plein d'infolences, quand le Patron de la galiotte, qui eftoit de meilleure nature & plus moderé que le refte, ayant pris garde de pres a fon maintien, s'apperceut tout incontinent que ce n'eftoit pas vne creature mortelle, mais ie ne fçay quoy de plus augufte & diuin. Dont apres auoir admonefté fes compagnons , & veu qu'ils demouroient ferme-obftinez en leur mauuais vouloir & dureté de cœur , nonobftant les miracles qui fe manifefterent en leur prefence , il requit pardon à ce Dieu, qui depuis le fit fon miniftre. Tous les autres à demy infenfez, fe ietterent d'effroy en la mer ; là où ils furent conuertis en Dauphins. Or là deffus fe prefente vne belle confideration: Pourquoy c'eft que Penthée fut fi afprement chaftié de Bacchus ; eftant de maifon Royale, & fon proche parent, pour n'auoir finon que douté de fon faict, & voulu entrerompre fes myfteres & ceremonies : là où ces brigands icy s'eftans mis en deuoir de le voller, & outrager en toutes fortes, il n'en prit toutesfois autre vangeance, finon que de les transformer en poiffons, & encores les plus heureux de toute la mer. A cela il fe peut refpondre tout plein de chofes. En premier lieu, qu'il n'y a point de plus griefue punition en ce monde, finon que d'eftre priué du fens & entendement humain, & reduit au rang & condition des beftes bruttes ; combien que la plus-part des perfonnes n'apprehendent & ne fentent point ce mal-là, ains fe delectent & refiouyffent de viure ainfi. En apres, que tel eft le naturel noftre, de trouuer plus infupportable vne iniure à nous faicte par ceux qui nous touchent de pres, que par quelques eftrangers incogneus. Mais*

O iiij

pour passer plus haut ; il n'y a rien , comme nous auons desia dit cy deuant , qui desplaise plus à la diuinité , & soit plus detestable enuers elle , que le mespris & contemnement que nous en faisons. Aussi cette offense va tout directement à Dieu. & le concerne : là où les autres sont seulement de prochain à prochain. On pourroit dauantage approprier cela , sans toutesfois entrer en comparaison des choses prophanes , auecques les sacré-sainctes diuines ; car il n'y peut auoir aucune analogie , proportion ne conuenance des vnes aux autres ; mais il n'est pas defendu à guise des mousches à miel , qui succent aussi bien le miel des mauuaises & dangereuses herbes , comme des salutaires & bonnes , de tirer quelque instruction des fictions Poëtiques , aussi bien que de la verité des histoires. On pourroit doncques accomparer & reduire cecy , à ce que Iesus-Christ eut plus à cœur de se voir mesprisé & ignoré des Iuifs (son propre peuple) qui auoient tous ses tesmoignages , propheties & escritures deuant les yeux , que non pas des Payens, Idolatres , & priuez de la notice & cognoissance de son aduenement. Au moyen dequoy Penthée pecha plus en sa seule impieté & irreligion , que les corsaires en tous leurs brigandages & volleries.

Es DEVX vaisseaux que vous voyez icy pourtraicts , l'vn est dedié à la Religion , & l'autre est vne fuste de corsaires. Dionysus gouuerne celuy-là ; en cette-cy se sont embarquez les Tyrrheniens, escumeurs de leur mer. Dans le sacré nauire Dionysus chante vn hymne Bacchique , & les Bacchantes luy correspondent & applaudissent : dont la musique s'accorde au bruit de la marine, tout aussi haute comme en la solemnité des Orgies. Les ondes de leur costé ployent & sousbaissent le dos à Bacchus , non autrement que faict le territoire des Lydiens : là où ceux de la galiotte sont deuenus insensez , & ne se souuiennent plus de voguer : car la plus-part a desia perdu l'vsage des mains. Que veut doncques dire ceste peinture ? Les Tyrrheniens espient Dionysus au passage, ayans peut-estre oüy dire, que ce n'estoit qu'vn effeminé * basteleur ; & tout d'or, pour les grandes richesses qui sont en son vaisseau. Et que certaines bonnes compagnes de la Lydie, auecques des Satyres & menestriers , & ie ne sçay quel bastonnier vieillard le suiuoient auecques du vin Maroneen , & Maron luy-mesme en personne. Estans aduertis en outre que les Panes nauigeoient quand & luy, en ressemblance de Bouquins ; ils faisoient là dessus leur complot d'emmener les Bacchantes , & de leur renuoyer des chieures en lieu, que produit la contrée des Tyrrheniens.   La fuste doncques de ces Pyrates vogue d'vne façon qui sent bien sa guerre : & a l'esperon & la proüe renforcez & munis d'airain , ensemble de grands crocqs ayans des mains de fer au bout, & des pointes acerées & roides. Plus des faux emmanchées à des longues perches ; pour estonner ceux qui se rencontreront au deuant, & faire paroistre ie ne sçay quoy de furieux en cela. Estant au reste peinte de couleurs azurées, auecques vne grande gueulle en la Proüe, d'vn regard espouuentable & horrible. Mais la Pouppe en est mince ; fourchuë en forme d'vn croissant,

* Basteleur & tout d'or.] ἐχυετης καὶ χρυσὸς τὶς vault. Basteleur, ayant vn nauire tout d'or, pour les grades richesses, qui sont dedans. Il ne dit donc pas que Bacchus estoit d'or luy-mesme, ains son nauire , ainsi q̃ par la toison d'or, que Iaion sault, on entend les richesses qu'il enleua de l'Isle de Colchos.

fant, comme eſt la queuë des poiſſons. Quant au vaiſſeau de Dionyſus,
en toutes autres choſes il me ſembleroit vn rocher, hors-mis l'endroict de
la Proüe qui eſt tout couuert d'eſcailles : & y a de petites clochettes pendantes de chaque coſté, à l'oppoſite l'vne de l'autre, afin que ſi par cas d'aduanture les Satyres venoient à s'endormir pour auoir trop trinqué, Dionyſus ne nauige ſans bruit. La Proüe d'autre part eſt toute dorée, faicte en
façon d'vne Panthere ; car il a vne grande accointance & priuauté auecques cette beſte, laquelle eſt chaleureuſe ſur toutes autres, & bondiſt legerement comme vne Bacchante. Vous la voyez doncques bien embarquée icy auecques luy, & qui ſe iette ſur les Tyrrheniens auant qu'il le luy
commande. Mais voila quand & quand vn beau grand Thyrſe ſorty du
milieu du nauire, où il ſert de maſt, tendu de voiles, dont le champ eſt de
pourpre d'vn merueilleux eſclat ; entre-tiſſuë de Bacchantes d'or, faiſans
leur ſabbat ſur la montagne de Tmolus ; & de tout le reſte qui peut dependre des myſteres de Dionyſus en Lydie. Or que le vaiſſeau ſoit couuert de
vigne & de lyerre, & que les groſſes grappes de raiſins ſemblent pendiller
au deſſus, cela de vray eſt fort admirable : plus digne d'admiration toutesfois eſt cette fontaine de vin, qui ſourd au fonds de la Carene, où l'on en
puiſe deſia. Mais reuenons aux Tyrrheniens, ce-pendant qu'ils ſont encore
en leur eſtre : Car tout auſſi toſt que Dionyſus les aura inſenſez, la forme de
Dauphins non encores bien duits ne practiques à la mer, les viendra ſaiſir.
Et deſia cettuy-cy a les coſtez bleu-verdaſtres ; & celuy-là vn eſtomac gliſ-
ſant : à l'vn les ſoyes naiſſent le long de l'eſchine : l'autre commence à bout-
ter hors les aiſlerons, les battans, & la queuë : à l'autre la teſte s'eſt eſua-
noüie : à l'autre tout le reſte de la perſonne : l'autre ſe trouue les mains coulantes à guiſe d'eau : l'autre s'eſcrie pour l'amour de ſes pieds qui s'en vont.
Et Dionyſus de la Proüe ſe rit de tout, ordonnant aux Tyrrheniens que
d'hommes ils deuiennent poiſſons ; mais que leurs mœurs peruerſes & deſ-
bauchées ayent à ſe changer en de benignes & loüables façons de faire. Au
moyen dequoy ne tardera gueres que Palemon ne ſoit porté par vn Dauphin ; non point eſtant eſueillé, mais eſtendu à la renuerſe tout endormy
deſſus luy. Arion outre-plus certifie en Tænare, les Dauphins eſtre fort
compagnables aux hommes, & amateurs tres-grands de la Muſique : car
pour l'amour d'eux & d'elle, ils ſe rangent comme en vn bataillon quarré
contre les Pirates, & brigands de mer.

ANNOTATION.

E TABLEAV ſemble auoir preſqu'eſté contretiré, traict pour traict, ſur l'Hymne d'Homere à Bacchus, qui ſe commence Ἀμφὶ Διώνυσον Σεμέλης ἐρικυδέος ὑὸν. L'AVRAY commemoration de Bacchus fils de la noble Semelé, en quelle
ſorte il apparut le long de la groue, en vne grande Plage, ſoubs la reſſemblance d'vn
ienne adoleſcent ; eſbranlant ſes cheneux chaſtaniers : vn manteau de pourpre ietté
deſſus ſes robuſtes eſpaules. Tout au meſme inſtant certains Tyrrheniens Pirates, que
leur mauuaiſe deſtinée conduiſoit celle-part, l'ayans deſcouuert, s'entrefont ſigne l'vn à l'autre, & ſe mettent à bord, où ils le trouſſent & emmeinent à leur vaiſſeau ; fort reſiouys en leurs courages : car ils penſoient
bien que ce fuſt le fils de quelque Roy nourriſſon du haut Iuppiter, & le vouloient là deſſus mettre à la chaiſne.

HOMERE.

Mais tous les ofiers & cordages dont ils le cuidoient lier, ne tenoient ferme nullement, ains ressailloient au loing hors de ses pieds,& ses mains. Et luy soubsriant à part soy de ses beaux gros yeux bruns, demeuroit assis. Mais le Patron de la Galiotte, l'ayant de plus pres remarqué, admonesta soudain ses compagnons, & leur dit ainsi. Mal-heureux que vous estes, quel puissant Dieu est-ce que vous auez icy pris, & si le voulez encore lier? Car nostre vaisseau à grande peine le peut-il porter. Certes c'est Iuppiter, ou Apollon à l'arc d'argent, ou Neptune: car il ne ressemble pas à vn homme mortel, mais l'vn des Dieux qui habitent les hauts-manoirs de l'Olympe. Voicy doncques ce que vous ferez. R'emmenons-le tout de ce pas en terre ferme, & ne mettez plus la main dessus luy, depeur qu'estant courroucé, il ne nous suscite quelque fascheux vents & puissant orage. Ainsi parla le Patron; mais le Capitaine luy va respondre en grosses paroles. Miserable, regarde comme nous allons en Pouppe; dresse doncques la voile auecques tout l'equippage de nostre vaisseau; & de cettuy-cy laisse m'en cheuir: car i'espere qu'il viendra en Egypte, ou en Chypre, ou iusques aux Hyperboreens,& encores à l'vn & à l'autre: & paraduanture qu'il manifestera à la sin quels sont ses parens & amis, ses freres, & ses possessions, puis que Dieu nous l'a mis en main. Ayant dit cela, il agence le mast & la voile, & le vent donna à trauers: puis des deux costez de la fuste mirent la main aux auirons, & à tout leur autre appareil. Mais voicy d'estranges besongnes qui se manifesterent tout sur le champ: car en premiere instance, le vin fleurant doux & souëf, se mit à couler parmy la barque legere, dont s'exhaloit vne diuine odeur: ce qui mit en fort grand effroy toute la troupe des Corsaires, quand ils virent cette merueille. Et du haut de l'Antenne se vint à espandre de costé & d'autre vne belle grande vigne garnie de force grappes de raisins. Autour du mast pareillement s'enueloppoit vn lyerre verdoyant, auecques des fleurs & vn fruïct agreable qui s'en produisoit: & tous les bans iusques aux cheuilles des Rames, estoient coronnez de chappeaux & bouquets. Ce que voyans ils solliciterent le Patron Mededes de regaigner terre. Mais il fut transmué soudain en vn grand Lyon, qui rugissoit horriblement au bout du vaisseau: & au milieu, le Dieu fit sortir vn Ours à la hure herissée. Faisant doncques tous ces miracles, il se leue en courroux; & le Lyon d'autre-part le long de la Palamante les guignoit de trauers; dequoy ils s'effroyerent merueilleusement en la Pouppe, & se rangerent autour du sage & discret Patron, tous esperdus. Alors le Dieu se ruant dessus, saisit le Capitaine au collet, & les autres voyans cela, se ietterent à corps perdu dans la mer, pour euiter vne mort plus cruelle, là où ils furent soudain conuertis en Dauphins. Mais faisant grace au Patron dessusdict, il le retint & rendit heureux: luy disant en la sorte. N'ayes point de peur, homme de bien, tres-agreable à mon cœur. Car ie suis le petillant Bacchus,que Semelé la fille de Cadmus a enfanté, s'estant meslée à Iuppiter, par amourettes. Dieu te gard doncques le fils de Semelé aux beaux yeux: car il ne faut pas que parmy mes doux chants ie te mette en oubly.

Des Pirates.

Or, POVR tout d'vn train dire en cet endroict quelque chose de ces Pirates; non sans raison a esté de tout temps ce prouerbe icy en vsage, HOMO HOMINI LVPVS; car à la verité l'homme n'est point seulement vn loup enuers son prochain, mais Lyon, Tigre, Hyene; & s'il y a quelque autre beste plus cruelle encores. Ne suffisoit-il pas à la nature d'auoir accompagné la mer de tant de perils & dangers de vents contraires, tourmentes & orages; de calmes ennuyeux, d'escueils, rochers, & bancs de sable: de tant d'incommoditez & mesaises; peurs, espouuantemens, & desespoirs; sans y auoir adiousté d'abondant vne peste la plus pernicieuse de toutes autres, venant mesme de l'homme? Car tout le reste n'arriue qu'à certains lieux & endroicts, & à certain temps, dont l'on a presque quelque precognoissance, pour les euiter, & s'en garantir le plus souuent. Mais cette-cy regne tousiours, & par tout; fondée & establie sur nostre mauuaistié & iniustice; sur nostre ambition & concupiscence; deux cruelles & dangereuses bestes; qui tout ainsi qu'attellées au chariot de nostre vouloir, le transportent deçà & delà par tout où bon leur semble; car il leur obeyst & se laisse aller, au lieu de leur ferrer le bouton, & tenir la bride en vne roide obeyssance. Les Pirates doncques, ou escumeurs de mer, sont cette maniere de monstre, qui à guise d'vn crocodile, meslent les perfumes, en la turre & en l'eau. Car cinq ou six belistres duits à la mer, enfans de perdition; canailles abandonnez à tout desespoir, meschanceté & outrage; vilains, bourreaux, sanguinaires &criminels, ayans trouué le moyen de s'equipper de quelque petite fuste, galliotte, ou brigantin; voire d'vne fregate seulement, munie de tant soit peu d'armes & prouisions, pour viure tellement quellement trois semaines ou vn mois, tiendront à la mercy & subiection de leur cruelle inhumanité barbaresque, toute vne longue estenduë de mers, &costes adiacentes. De sorte qu'vn pauure marchand ou passager, pensant prousfiter au public par son trafic, industrie & labeur; & pouruoir quand & quand à sa pauure famille, qui attend son retour en toute deuotion, que les petits oyseaux dans le nid font celuy du pere & de la mere, qui leur apporte la becquée: vn pescheur qui se sera ietté quelque demie lieuë en mer; ou bien entendra à sa proye le long du riuage: & non seulement tous ces gens de mer, mais le peuple mesme qui ne bouge de terre, allant venant à sa besongne, sans qu'ils se donnent garde de rien, alors qu'ils pensent estre en toute seureté, les voila saisis au collet & empietez par cette sorte de brigandage; mis à la chaisne hommes, femmes, petits enfans; & abandonnez à toutes les sortes d'outrages & contumelies qui se peuuent imaginer; iusques à estre finablement vendus en plein marché, comme bestes bruttes; sans iamais
auoir

auoir plus d'esperance de reuoir leurs tant doux & desirez mesnages ; ne leur liberté aussi peu, si d'aduanture ils n'ont le moyen de se racheper d'vne rançon excessiue. Cette vermine doncques, se voyant à si bon prix, auecques si peu de peine & de labeur, si peu de danger & hazard, (car c'est ordinairement aux gens desarmez qu'ils s'addressent) il ne se faut pas beaucoup esbahir s'ils se multiplient de sorte, que toute la mer Mediterranée, depuis le destroit de Gibatar, iusques dedans le Pont Euxin, en est trauaillée sans cesse. Et du téps mesme des Romains, comme le raconte Plutarque en la vie de Pompée, leurs affaires estoient montez iusques à vn tel orgueil, qu'ils osoient bien se parier à eux par la mer : ayans comme en moins de rien assemblé bien mille vaisseaux à eux propres ; parmy lesquels il y auoit grand nombre de galleres, & le reste fustes, galliottes, & autres tels vaisseaux de rames, ou carauelles & brigantins legers à la voile : dont la plus-part estoient parez & reuestus de Pourpre ; les Pouppes azurées & dorées (comme il est dit en ce present tableau du Nauire de Dionysius) & les aurons argentez. Ils s'estoient quand & quand saisis de plus de quatre cens bonnes villes. Mais encore que maintenant ils n'arriuent pas à vne telle puissance, car ils sont presque tous leurs cas à part, si ne laissent-ils pour cela d'estre aussi dangereux que iamais : pour le regard au moins des paures infortunez sur qui ils peuuët mettre la patte. Et si ce n'estoient les soigneuses gardes qu'on fait continuellement tout le long des costes, pour les descourir ; auec les signals qui s'entredonent de costé & d'autre, sur iour auec la fumée, & de nuict auec du feu clair, par le moyen dequoy chacun peut estre aduerty de main en main en moins d'vne heure, à plus de soixante lieuës de pays (car ces meschans ne se peuuent si bien celer & desguiser qu'on ne les recognoisse & discerne d'auec les vaisseaux pacifiques) tout le train & traffic de la mer cesseroit, & les riuages iusques bien auant en terre, auec beaucoup de moindres isles demoureroient deserts. Car se venans mettre de nuict à l'abry le long d'vne radde, en quelque lieu secret & couuert, tireront s'il en est besoin leur vaisseau au sec, où ils le couuriront de fueillée & de branches, & se tiendront là tappis comme loups & renards en aguet, vne sepmaine entiere ; iusques à ce que leur party se presente, & que la proye par eux guettée aye donné dans le filé. De là puis apres ils passent à de meilleures & plus amples fortunes ; & montent à de plus hautes esperances, tant qu'ils equippent & arment plus grand nombre de fustes ; lesquelles y accompagnans auec d'autres, & voguans de conserue, s'osent bien puis apres attacher aux barq̃ies & nauires de charge, si d'aduanture ils les sentent mal apparentez ; ou qu'vn Calme les surprenne en la haute mer, car alors ils ne peuuent aller auant ny arriere ; & les galliottes qui se meuuent moyennant la chourme, qu'elles ont ordinairement fort exquise, (en cela gisant tout leur fait & resource, tout ainsi qu'vn insigne volleur à auoir quelque bon cheual) les entourent de costé & d'autre, & leur donnent la chasse & assaut, tant que les autres à la parfin sont contraints de se rendre à leur mercy, où toutesfois il n'y en a point. Les Empereurs des Turcs ont tiré souuent, & mesme encores de nos iours, de grands & renommez Capitaines pour la marine, de ces gens là : Solyman entre autres, qui en a eu Cairadin Bassa surnommé Barbe-rousse, Roy d'Arger, si long-temps general des galleres Turquesques : puis Dragut Raiz, lequel fut tué deuant Malthe : & Occhiali qui auec 42. voiles se sauua de cette tant fameuse & à iamais memorable victoire du peuple Chrestien sur les Turcs, sous la conduite du Seigneur Marc Antoine Colomne, Dom Iean d'Austrie, & le Barbarique chef de l'armée des Venitiens. Mais c'est assez de ce propos.

Les Tyrrheniens au reste sont ce que vous appellez maintenant la Toscane ; où ce peuple vint anciennement habiter du pays de Lydie, soubs la conduite de Tyrrhenus fils d'Atys, l'vn des descendans d'Hercules & d'Omphalé : lequel se voyant auoir sur les bras vn par trop excessif nombre de peuple, ietta au sort pour sçauoir lequel de ses deux enfans iroit chercher nouuelles demeures. A Lydus demeura le Royaume ; & à Tyrrhenus toucha de s'aller pouruoir ailleurs : tellement qu'apres auoir fort erré çà & là, il se vint finablement arrester en la coste de la Toscane, où il donna son nom au territoire, & à la mer ; qui fut long temps depuis vn fort ferti le & heureux seminaire de Pirates. Car ceux-cy mesmes en sortirent, ainsi que dit Ouide au 3. de la Metamorphose, où il a fort excellemment traicté cette fable.

Furit audacissimus omni
De numero Lycabas, qui Thusca pulsus ab vrbe
Exilium dira pœnam pro cæde luebat.

De ces devx Nauires que vous voyez icy l'vn est dedié à la religion. Il y a au Grec, Ναῦς ἱερείς. Suidas touchant ce vaisseau sacré, Θεωρὶς πλοῖον ὅτι ἡ ἀθμύνοιτ᾽ χατ᾽ ἔτος εἰς Δῆλος ἐπεμπετο. ἡ εὐξαμένη θεωρία ὅτι εἰς κρίτλω ἀπαξ καθ᾽ ἕχαςον ἔτος αθαναίοι ἐπεμπον. Theoris (dit-il) est vne maniere de vaisseau à Athenes, qu'estoit enuoyé tous les ans en Delos suiuant le vœu faict par Thesée lors qu'il alla en Candie. Ce qu'il doit auoir pris de l'Erato d'Herodote, où il y a aussi : καὶ τἀ γὰρ δὴ τοῖσι ἀθαναίοισι πεντήρης ἔπι Σαυνία. λογίσαντες ὃν τὰ θεωρίδι ὑπα ἐλθὼ πλήρεα ανδρῶν τῶς ισφαίνιε ἀθεναίων. λαβόντες δὲ τὰς ἀνδρίας ἔδναν. Il y auoit vne gallere des Atheniens au Cap & Bourg de Sunium (c'est celle mesme qu'on souloit dès le temps de Thesée enuoyer tous les ans en Delos) les Eginetes s'estans

Mais tous tous osiers & cordages dont ils le cuidoient lier, ne tenoient ferme nullement, ains ressailloient au
loing hors de ses pieds,& ses mains. Et luy soubsriant à part soy de ses beaux gros yeux bruns, demeuroit assis. Mais le Patron de la Galiotte, l'ayant de plus pres remarqué, admonesta soudain ses compagnons, &
leur dit ainsi. Mal-heureux que vous estes, quel puissant Dieu est-ce que vous auez icy pris, & si le voulez
encore lier? Car nostre vaisseau à grande peine le peut-il porter. Certes c'est Iuppiter, ou Apollon à l'arc d'argent, ou Neptune: car il ne ressemble pas à vn homme mortel, mais l'vn des Dieux qui habitent les hauts-
manoirs de l'Olympe. Voicy doncques ce que vous ferez. R'emmenons-le tout de ce pas en terre ferme, & ne
mettez plus la main dessus luy, depeur qu'estant courroucé, il ne nous suscite quelque fascheux vents &
puissant orage. Ainsi parla le Patron; mais le Capitaine luy va respondre en grosses parolles. Miserable, regarde comme nous allons en Pouppe, dresse doncques la voile auecques tout l'equippage de nostre vaisseau; &
de cettuy-cy laisse m'en cheuir: car i'espere qu'il viendra en Egypte, ou en Chypre, ou iusques aux Hyperboreens,& encores à l'vn & à l'autre: & parauanture qu'il manifestera à la fin quels sont ses parens & amis,
ses freres, & ses possessions, puis que Dieu nous l'a mis en main. Ayant dit cela, il agence le mast & la voile,
& le vent donna à trauers: puis des deux costez de la fuste mirent la main aux auirons, & à tout leur autre
appareil. Mais voicy d'estranges besongnes qui se manifesterent tout sur le champ: car en premiere instance,
le vin fleurant doux & souef se mit à couler parmy la barque legere, dont s'exhaloit vne diuine odeur: ce qui
mit en fort grand effroy toute la troupe des Corsaires, quand ils virent cette merueille. Et du haut de l'Antenne se vint à espandre de costé & d'autre vne belle grande vigne garnie de force grappes de raisins. Autour du
mast pareillement s'enueloppoit vn lyerre verdoyant, auecques des fleurs & vn fruict agreable qui s'en produisoit: & tous les bans iusques aux chenilles des Rames, estoient coronnez de chappeaux & bouquets. Ce
que voyans ils solliciterent le Patron Medede de regaigner terre. Mais il fut transmué soudain en vn grand
Lyon, qui rugissoit horriblement au bout du vaisseau: & au milieu, le Dieu fit sortir vn Ours à la hure herissée. Faisant doncques tous ces miracles, il se leue en courroux; & le Lyon d'autre-part le long de la Paleman-
te les guignoit de trauers; dequoy ils s'effroyerent merueilleusement en la Pouppe, & se rangerent autour du
sage & discret Patron, tous esperdus. Alors le Dieu se ruant dessus, saisit le Capitaine au collet, & les autres
voyans cela, se ietterent à corps perdu dans la mer, pour euiter vne mort plus cruelle, là où ils furent soudain
conuertis en Dauphins. Mais faisant grace au Patron dessusdict, il le retint & rendit heureux: luy disant en
la sorte. N'ayes point de peur, homme de bien, tres-agreable à mon cœur. Car ie suis le petillant Bacchus, que
Semelé la fille de Cadmus a enfanté, s'estant meslée à Iuppiter, par amourettes. Dieu te gard doncques le
fils de Semelé aux beaux yeux: car il ne faut pas que parmy mes doux chants ie te mette en oubly.

Des Pirates.   OR POVR tout d'vn train dire en cet endroict quelque chose de ces Pirates; non sans raison a esté de tout temps ce prouerbe icy en vsage, HOMO HOMINI LVPVS; car à la verité
l'homme n'est point seulement vn loup enuers son prochain, mais Lyon, Tigre, Hyene; & s'il
y a quelque autre beste plus cruelle encores. Ne suffisoit-il pas à la nature d'auoir accompagné
la mer de tant de perils & dangers de vents contraires, tourmentes & orages; de calmes ennuyeux, d'escueils, rochers, & bancs de sable: de tant d'incommoditez & mesaises; peurs, es-
pouantemens, & desespoirs; sans y auoir adiousté d'abondant vne peste la plus pernicieuse de
toutes autres, venant mesme de l'homme? Car tout le reste n'arriue qu'à certains lieux & endroicts, & à certain temps, dont l'on a presque quelque precognoissance, pour les euiter, &
s'en garantir le plus souuent. Mais cette-cy regne tousiours, & par tout; fondée & establie sur
nostre mauuaistié & iniustice; sur nostre ambition & concupiscence; deux cruelles & dangereuses bestes; qui tout ainsi qu'attelées au chariot de nostre vouloir, le transportent deçà & delà
par tout où bon leur semble; car il leur obeyst & se laisse aller, au lieu de leur ferrer le bouton, &
tenir la bride en vne roide obeyssance. Les Pirates doncques, ou escumeurs de mer, sont cette
maniere de monstre, qui à guise d'vn crocodile, moleste les personnes, en la terre & en l'eau.
Car cinq ou six belistres duits à la mer, enfans de perdition; canailles abandonnez à tout desespoir, meschanceté & outrage; vilains, bourreaux, sanguinaires & criminels, ayans trouué le
moyen de s'equipper de quelque petite fuste, galliotte, ou brigantin; voire d'vne fregate seulement, munie de tant soit peu d'armes & prouisions, pour viure tellement quellement trois sepmaines ou vn mois, tiendront à la mercy & subiection de leur cruelle inhumanité barbaresque,
toute vne longue estenduë de mers, &costes adiacentes. De sorte qu'vn pauure marchand ou
passager, pensant proufiter au public par son trafic, industrie & labeur; & pourcoir quand &
quand à sa pauure famille, qui attend son retour en telle deuotion, que les petits oyseaux dans
le nid font celuy du pere & de la mere, qui leur apporte la becquée: vn pescheur qui se sera ietté quelque demie lieuë en mer, ou bien entendra à sa proye le long du riuage: & non seulement
tous ces gens de mer, mais le peuple encores qui ne bouge de terre, allant venant à sa besongne, sans qu'ils se donnent garde de rien, alors qu'ils pensent estre en toute seureté, les voila
saisis au collet & empietez par telle sorte de brigandage, mis à la chaisne hommes, femmes, petits enfans; & abandonnez à toutes les sortes d'outrages & contumelies qui se peuuent imaginer; iusques à estre finablement vendus en plein marché, comme bestes bruttes; sans iamais
auoir

auoir plus d'esperance de reuoir leurs tant doux & desirez mesnages ; ne leur liberté aussi peu, si d'aduanture ils n'ont le moyen de se rachepter d'vne rançon excessiue. Cette vermine donc-ques, se voyant à si bon prix, auecques si peu de peine & de labeur, si peu de danger & hazard, (car c'est ordinairement aux gens desarmez qu'ils s'addressent) il ne se faut pas beaucoup esba-hir s'ils se multiplient de sorte, que toute la mer Mediterranée, depuis le destroict de Gibatar, iusques dedans le Pont Euxin, en est trauaillée sans cesse. Et du temps mesme des Romains, com-me le racompte Plutarque en la vie de Pompée, leurs affaires estoient montez iusques à vn tel orgueil, qu'ils osoient bien se parer à eux par la mer : ayans comme en moins de rien assemblé bien mille vaisseaux à eux propres ; parmy lesquels il y auoit grand nombre de galleres, & le re-ste fustes, galliottes, & autres tels vaisseaux de rames, ou carauelles & brigantins legers à la voi-le : dont la plus-part estoient parez & reuestus de Pourpre ; les Pouppes azurées & dorées (com-me il est dit en ce present tableau du Nauire du Dionysus) & les aurons argentez. Ils s'estoient quand & quand saisis de plus de quatre cens bonnes villes. Mais encore que maintenant ils n'ar-riuent pas à vne telle puissance, car ils sont presque tous leurs cas à part, si ne laissent-ils pour ce-la d'estre aussi dangereux que iamais ; pour le regard au moins des paures infortunez sur qui ils peuuët mettre la patte. Et si ce n'estoient les soigneuses gardes qu'on fait continuellement tout le long des costes, pour les descouurir ; auec les signals qu'ils s'entredonent de costé & d'autre, sur iour auec la fumée, & de nuict auec le feu clair, par le moyen dequoy chacun peut estre aduerty de main en main en moins d'vne heure, à plus de soixante lieues de pays (car ces meschans ne se peuuent si bien celer & desguiser qu'on ne les recognoisse & discerne d'auec les vaisseaux paci-fiques) tout le train & traffic de la mer cesseroit ; & les riuages iusques bien auant en terre, auec beaucoup de moindres isles demeureroient deserts. Car se venans mettre à l'abry le long d'vne radde, en quelque lieu secret & couuert, tireront s'il en est besoin leur vaisseau au sec, où ils le couuriront de fueillée & de branches, & se tiendront là tappis comme loups & renards en aguet, vne sepmaine entiere ; iusques à ce que leur party se presente, & de la proye par eux guettée aye donné dans le filé. De la puis apres ils passent à de meilleures & plus amples fortu-nes ; & montent à de plus hautes esperances, tant qu'ils equippent & arment plus grand nombre de fustes, lesquelles s'accompagnans auec d'autres, & voguans de conserue, s'osent bien puis a-pres attacher aux barques & nauires de charge, si d'aduanture ils se sentent mal apparentez ; ou qu'vn Calme les surprenne en la haute mer, car alors ils ne peuuent aller auant ny arriere ; & les galliottes qui se meuuent moyennant la cheurme, qu'elles ont ordinairement fort exquise, (en cela gisant tout leur fait & resource, tout ainsi qu'vn insigne volleur à auoir quelque bon che-ual) les entourent de costé & d'autre ; & leur donnent la chasse & assaut, tant que les autres à la parfin sont contraints de se rendre à leur mercy, où toutesfois il n'y en a point. Les Empereurs des Turcs ont tiré souuent, & mesme encores de nos iours, de grands & renommez Capitaines pour la marine, de ces gens : là : Solyman entre autres, qui en a eu Cairadin Basa surnommé Bar-be-rousse, Roy d'Arger, si long-temps general des galleres Turquesques : puis Dragut Raiz, le-quel fut tué deuant Malthe : & Occhiali qui auec 42. voiles se sauua de cette tant fameuse & à ia-mais memorable victoire du peuple Chrestien sur les Turcs, sous la conduite du Seigneur Marc Antoine Colomne, Dom Iean d'Austrie, & le Barbarique chef de l'armée des Venitiens. Mais c'est assez de ce propos.

LES TYRRHENIENS au reste sont ce que vous appellez maintenant la Toscane ; où ce peuple vint anciennement habiter du pays de Lydie, soubs la conduite de Tyrrhenus fils d'Atys, l'vn des descendans d'Hercules & d'Omphalé : lequel se voyant auoir sur les bras vn par trop ex-cessif nombre de peuple, ietta au sort pour sçauoir lequel de ses deux enfans iroit chercher nou-uelles demeures. A Lydus demeura le Royaume ; & à Tyrrhenus toucha de s'aller pouruoir ail-leurs ; tellement qu'apres auoir fort erré çà & là, il se vint finalement arrester en la coste de la Toscane, où il donna son nom au territoire, & à la mer ; qui fut long temps depuis vn fort fertí-le & heureux seminaire de Pirates. Car ceux-cy mesmes en sortirent, ainsi que dit Ouide au 3. de la Metamorphose, où il a fort excellemment traicté cette fable.

Furit audacißimus omni
De numero Lycabas, qui Thusca pulsus ab vrbe
Exilium dira pœnam pro cæde luebat.

DE CES DEVX *Nauires que vous voyez icy l'vn est dedié à la religion.* Il y a au Grec, Ναῦς ϑεωρίς. Suidas touchant ce vaisseau sacré. Θεωρὶς πλοῖον ἔϛι ἡ ἀϑηνῶν καϑ᾽ ἔτος εἰς Δῆλον ἐπεμπετο, ἡ εἰ- Ξαιδὴ ϑεωσοῖ ὅτι εἰς κρήτην ἀππιν καϑ᾽ ἔκαϛον ἔτος ἀϑεναῖοι ἐπεμπον. *Theoris* (dit-il) *est vne maniere de vaisseau à Athenes, qui estoit enuoyé tous les ans en Delos suiuant le vœu faict par Thesée lors qu'il alla en Candie.* Ce qu'il doit auoir pris de l'Erato d'Herodote, où il y a aussi : καὶ ἰὼ γὰρ δὲ μοι ἐκπεπλόϊσι πεντήρης ἔτι Σεωιω· λογιζαιντο ὧν τὴν ϑεωρίδα ἵνα ἄλλοι πλήρεα ἀσφαλῶς τῆς σφετέρ᾽ ἀθεναῖων. Λα- Γόντες δὲ τῆς ἀνδρος ἴδυσαν. *Il y auoit vne gallere des Atheniens au Cap & Bourg de Sunium* (c'est celle mesme qu'on souloit dés le temps de Thesée enuoyer tous les ans en Delos) *les Eginetes s'estans embuschez, prirent ce vaisseau appellé Theoris, lequel estoit chargé des principaux d'Athenes, qu'ils mirent tout sur l'heure à la chaisne. De ce vaisseau parle Platon tout au commencement du Phedon : & Plutarque apres luy en la vie de Thesée en cette sorte. La fuste sur laquelle il nauigea en Candie auec les autres enfans ostages, & en retourna sain & sauue, estoit à trente rames, & la conseruerent en son entier iusques au temps de Demetrie Phalerien : renouuellans les vieilles pieces quand elles estoient pourries & gastées, auec nouuelles estoffes, & la maintenans par ce moyen en son entier. De sorte que ce vaisseau donna assez ample subi. et de disputer aux Philosophes, touchant les choses qui s'augmentent : car les vns vouloient soustenir que c'estoit vn mesme tousiours : les autres que non.* Eschyle en la Tragedie des sept à Thebes, attribué aux enfers ce Nauire icy Theoris.

ὃς αἰὲν δι' ἀχέροντ' ἀμείβεται
τὰν ἄπονον, μελάγκροκον ναύστολον θεωρίδα
τὰν ἀς ἴβ᾽ Ἀπόλλωνι, τὰν ἀνάλιον,
πάνδοκον, εἰς ἀφανῆ τε χέρσον.

Qui sans cesse meine & rameine par la riuiere d'Acheron, la douloureuse & noir-iaunestre equippée barque Theoris, en la terre inaccessible à Apollon, en la terre destituée de soleil à cause de la trop grande obscurité de l'enorme & spacieuse campagne, capable au reste de receuoir tous venans, obscure & priuée de toute lumiere. Ce qui a grande affinité auec ce passage du 10. de Iob. *Auant que ie m'en aille, sans plus retourner, à la terre tenebreuse, & couuerte de l'obscurité de la mort : à la terre de miseres & de tenebres, là où est l'ombre de la mort : & n'y a ordre quelconque, mais eternelle horreur y habite.* Les interpretes au reste sur ce mot Theoris, dient cecy : οἱ Ἀθηναῖοι ἔστελλον τὴν ἐστεμμένην εἰς τὸν Ἀπόλλωνα διὰ μαντείας θεωρίδα μεν Ἐκάλεσαν, ἀπὸ τοῦ θεωρεῖν, ἢ τῷ θεῷ πρῶτα πάλιν μεταπολεῖσθαι, ἢ ἐπειδὴ ἐν κοσμησει ἐκάλεσαν τὴν ναῦν θεωρίδα Ἐκάλεσαν. *Les Atheniens enuoyoient vne Nef coronnée deuers Apollon pour auoir son oracle, parquoy on appelloit ce vaisseau Theoris, pour ce qu'il alloit deuers le Dieu : & de rechef en rapportoit les responses.* Et non seulement le vaisseau, mais ceux encores qui alloient dedans pour consulter Apollon, estoient appellez aussi θεωροί. Comme dit Theognis,

πίρνου, ᾧ Ραδμανι, ᾧ γνάμψιος ἀνδρα θεωρῶν
εὐθύτερον χρὴ μιν χειρα Φυλασσε ἔμμαι.

Et Plutarque au traicté de la Fortune ou vertu d'Alexandre. Δημήτριος δε, ᾧ τῆς Ἀλεξάνδρου δυνάμεως ἡ τύχη σμικρὸν ὑπὸ πάντων προςείλετο, καθαιθαῖσι καὶ αὐθις ὑπὸ Ἐπίκουρος, ᾧ φρίζεσθε πρὸς αὐτάς ἐν ἔτι μεν, ἀλλὰ θεωρούς αἱ πόλεις, ᾧ τὰς ἀποκρίσεις, χρησμους ἀπέφερον. *Demetrius d'autre part, à qui la fortune auoit estroyé d'auoir empoigné vn tant soit peu de la puissance d'Alexandre, souffrit bien neanmoins de s'ouyr appeller Iuppiter : de sorte que les villes n'enuoyoient plus d'Ambassadeurs deuers luy, mais des Theores. Et les responses qu'il leur donnoit estoient dittes oracles.*

   LES TYRRHENIENS *espient Dionysus au passage, ayans peut-estre ouy dire que c'estoit qu'vn effeminé bateleur : & que certaines bonnes compagnes de la Lydie, &c.* Philostrate touche icy en trois ou quatre mots ce voyage des Indes, que Nonnus en ses Dionysiaques estend au large, d'vne elegance nonpareille. Lucian le descrit aussi en sa harangue intitulée Bacchis en cette sorte. QVAND le bon pere Bacchus mena son armée contre les Indiens, ils se mesprirerent si fort du commencement, que mesme

ils se mocquoient de luy, & le brocardoient, qu'il estoit desia bien pres d'eux, estimans qu'on denoit auoir plus de compassion de sa trop presomptueuse temerité, que de crainte qu'il leur fist mal. Car sans aucune doute s'il se ioinoit de venir à la bataille, les Elephans de leur armée luy passeroient sur le ventre. Et de fait ils auoient sceu par leurs espies tout plein de choses estranges & ridicules de l'exercite qu'il menoit. Comme son bataillon & ses trouppes consistoient en femmes insensees & furieuses, coronnées de lyerre, couuertes de peaux de daims, de cheureux, & de cerfs : portans certain petits iauelots sans fer au bout : & la hampe encore de cheuenottes, ou estoffe semblable, auec ie ne sçay quels retentissans boucliers pour si peu qu'on y sceust toucher : car ils les comparoient à petits tabourins. Qu'il y auoit d'auantage en son armée de ieunes gens sauuages tous nuds, gambadans comme Matachins, & dansans des balets desbordez & lubriques, gaunis de queues & de cornes, telles pre que l'on void poindre aux Cheureaux nouuellement nez. Et que le chef de toutes ces belles forces ioinctes ensemble estoit porté sur vn chariot attelé de Leopards, n'ayant vn tout seul poil de barbe, ny aucune apparence quelconque au menton ou aux ioies qu'il y en deust fleurir le moindre brin. Cornu au reste, auec vn chapeau de raisins sur la teste : ses cheueux troussez dans vn scoffon de couleur de Pourpre, & aux iambes des brodequins d'or. Il y auoit puis apres deux autres ses Coronnels & principaux Capitaines, qui dessoubs luy commandoient à l'armée. L'vn vieillottin, de petite stature, gras & ventru, au possible, camus requinqué, auec de longues oreilles droites, & fort pointues, tremblant de ses membres, lequel se soustenoit sur vn baston : la pluspart du temps monté sur vn Asne courbé contre bas, vestu d'vne longue houppelande iaune à vsage de femme : celuy de vray auquel il auoit le plus de fiance pour bien ordonner ses gens en bataille. L'autre estoit vn homme monstrueux, de la ressemblance d'vn Bouc de la ceinture en bas : les iambes toutes veluës ; & cornu luy aussi, auec vne grande & touffue barbe : colere tout outre, & tres-aisé à prendre la cheure, & se mettre aux champs :

ayant

ayant en l'vne des mains vn flageol, & en l'autre vn bastontortu: la teste leuée, se promenant à bonds conti-
nuels, & caprioles tout autour du camp. Les femmes au passer l'espouuentoient de leger & mettoient en frayeur:
Car elles bransloient à l'encontre leurs cheueux volletans espandu au vent, en criant, EVOHE, EVOHE, toutes
les fois qu'il passoit le long de leurs rangs: qui est le mot du guet à mon aduis, ou le nom dont elles appellent leur
Empereur. Au moyen dequoy grand nombre de trouppeaux auroient desia par elles esté mis en pieces: & les bre-
bis toutes en vie deschirées à belles dents, car elles mangeoient la chair crue, cela estoit bien aysé à sçauoir. Les
Indiens & leur Roy oyans cecy de leurs espies, s'esclatterent de rire, & ne consuloient plus de mener leur armée
à l'encontre, ny aller au deuant en bataille rangée. Car ils pensoient que si ces femmelettes les venoient charger,
ils n'auroient pas beaucoup d'honneur à les desfaire; ne les mettre à mort des creatures insensées soubs la charge
d'vn tel effeminé; & d'vn petit vieillard yurongne, auec cet autre soldat demy-homme: ne le fait d'armes con-
tre des Baladins tous nuds, dignes plustost de risée, ne pourroit estre guerre memorable. Mais apres qu'on eut
rapporté comme Bacchus brusloit tout le plat pays, mettoit le feu aux bonnes villes, quand il les auoit prises de
force sur ceux qui se cuidoient defendre, & aux forests pareillement, si bien qu'en fort peu de temps toute l'In-
de se trouua en flammes, (car à ce Dieu conuient le feu, comme vn baston à luy propre & particulier pour raison
de la foudre) alors sans plus delayer, ils coururent aux armes, & ayans assemblé les Elephans, iceux sellez, bri-
dez, & equippez de tours chargées sur le dos, commencerent à marcher à l'encontre, mesprisans encores tout
outre cette armée ennemie, laquelle (tous irritez en leurs courages) ils menaçoiêt d'accabler & fouler aux pieds
de leurs Elephans, auec leur beau capitaine sans barbe. Apres donc s'estre approchez, & que les deux batailles
furent à veuë l'vne de l'autre, les Elephans au premier front marcherent en vn gros escadron, & Bacchus de
son costé au beau milieu de tous ses gens faisoit le deuoir d'vn tres-expert & vaillant chef de guerre; donnant
la charge de l'auant-garde à Silenus, & de l'arriere-garde, à Pan. Les autres Satyres caporaux & sergents de
bande, rangeoient chacun enendroit soy, ses soldats en ordre: & le mot du combat estoit à tous en general EVOHE.
Puis tout à vn instant les tabourins vindrent à battre, & les cymbales à sonner la premiere charge; l'vn des
Satyres mesme à-tout la trompette entonna le DEDANS DEDANS. Et alors l'asne de Silenus, la gueule bée lar-
ge & ouuerte, tres-hideusement se prit à brailler se ne sçay quoy de Martial & horrible; & les Menades à grâds
hurlemens, d'vne impetuosité merueilleuse les allerêt viuement inuestir & chocquer, ceintes & retroussées auec
de longues couleuures espouuentables, en descourant le fer caché au bout de leurs iauelots; tellement que les
Indiens & leurs Elephans pesle-mesle tournerent tout soudain le dos, & sans garder ordre quelconque se mi-
rent à vau de route, tant que iambes les peurent porter; sans auoir seulement osé faire teste, ny attenare a la
portée d'vn iauelot. Mais finablement ils furent tous pris & desfaits: & emmenez captifs de vine force, par
ceux-là que n'agueres ils mesprisoient & blasmoient ainsi: ayans appru par experience, comme ils ne deuoient
pas aux premieres nouuelles qu'ils eurent de leurs ennemis, en faire si peu d'estime & de compte. Car Bacchus
a eu de toute ancienneté ce tiltre-là de Chat & voluptueux, & ses creatures pareillement, auec les-
quelles il fit tant de belles choses: à l'exemple dequoy Iules Cesar souloit dire de ses soldats; Etiã
vnguentatos benè præliari posse. Ce qui n'est pas inconuenient ny hors de propos: par ce que la Mo-
narchie Françoise n'a iamais eu de plus valeureux combattans, que lors qu'en Piedmont sous le
Mareschal de Montian, le sieur de Langey, le Prince de Melphe, & le Mareschal de Brissac, les
gens de guerre, ayans esté tout le long du iour en campaigne, la picque, la lance, & arquebouze
au poing, la salade en teste, & le corselet en dos; au soir on les voyoit la chemise frezée, l'escarpin
blanc, & toute la suitte de mesme, tenir le bal iusques à la minuit; & le lendemain estre tous
prests à retourner à la faction de meilleur courage, & plus fraiz que deuant; auec vn tres-prompt
desir de faire vn bon deuoir; pour l'amour de quelqu'vne peut-estre, qui leur auoit mis d'abon-
dant le cœur au ventre. A la verité le Dieu Mars prend sa principale force & vigueur de sa tres-
chere maistresse Venus, & Bacchus entreuacha tous deux, & fait mieux
valloir. Mais l'ignorant vulgaire, & l'enuieuse opinion des hommes calomnie & peruertit tout.
Ainsi que fait Penthée dans les Bacchantes d'Euripide, où il parle de Bacchus tres-excellent
Capitaine sorte.

    λέγουσι δ' ώς τις εἰσελήλυθεν ξένος
    γόης, ἐπωδὸς, Λυδίας ἀπὸ χθονός, &c.

Ils dient d'auantage, que ie ne sçay quel estranger est arriué du pays de Lydie, enchanteur, & sorcier; les che-
ueux parfumez, la perruque blonde, ayant dans ses yeux les belles & gentilles graces brunettes de Venus; le-
quel ne bouge iour & nuict d'auec les Dames de cette ville. Et ce qui suit consequemment.

STRABON au 10. liure particularise les supposts & sequelle de Bacchus, & sa maniere de viure, à des Silenes, Satyres, Bacchantes, Lenées, Thuíles, Mimaloniennes, Naiades, Nymphes,
Tytires, Cabires, Corybantes, Panes, &autres bons compagnons, & enfans sans soucy: touiours
suiuis de ieux de fleutes, hauts-bois, saquebouttes, nazards, cornets à bouquin, flageollets, chalumeaux, musettes, doulcines, auec semblables instrumens à vent: de campanes, clochettes, son-
nailleries, cymbales, dondaines, cris & acclamations de ioye, battemens de pieds & de mains, ex-
tases, esuanoüissemens, rauissemens d'esprit, & enthousiasmes. Leur exercice & occupation continuelle à rire, chanter, danser, baller, gambader, virevouster, boire d'autant, faire l'amour, mor-

mer,follaftrer,ribler,roder,battre le paué, aller en garroüage: & finablement tout ce qui peut
dependre de ieux,esbattemens & bonnes cheres,tant de iour que de nuict,à la ville & aux cháps,
en appert,& en tapinois. Car telles chofes appartiennent particulierement à Bacchus, vray pere
nourriſſier de Venus, de la volupté & des Graces.

ET IE NE ſçay quel vieillard baſtonnier. Ναρθηκοφόρος , au Grec, c'eſt à dire *Porte-ferule. Qui eſt,*
(ainſi que dit Pline au 22. chapitre du 13. liure) *miſe au rang des arbriſſeaux : dont les vns ont tout leur*
bois par le dehors en lieu d'eſcorce ; & en lieu de bois par le dedans , vne maniere de moelle rare & ſpongieuſe,
ſemblable à celle du Sureau.Les autres ſont vuides & creux,comme les roſeaux. La ferule naiſt en lieux cha-
leureux de là la mer, la tige ſeparée en eſpaces & entre nœuds de diſtance eſgalle : & y en a de deux ſortes ; la
Narteque, qu'appellent les Grecs)qui monte en hauteur;& Narthecie, qui demeure baſſe touſiours : ayant
des fueilles au partir des iointures, les plus grandes touſiours celles qui ſont les plus pres de terre : d'vne meſ-
me nature au demeurant auec l'Aſnet,& produiſant vn fruit ſemblable. Pas vn de tous les arbriſſeaux n'eſt
leger comme ce luy-cy,lequel par ce moyen eſt d'autant plus maniable & aiſé à porter,pour ſe ſeruir de ba-
ſton en vieilleſſe. Plus au 9. chapitre du 19. liure , il dit que la ſemence de la Ferule ſe garde vn an
entier dedans des pots de terre; à ſçauoir la tige,& les raiſins;leſquels on confit auec du vinaigre
& du ſel.Et on patadauanture ces grappes eſté cauſe de la faire dedier à Bacchus.Auſſi dit-il au 9.
chapitre du 21. liure , qu'on les meſloit aux coronnes & guirlandes auec les fleurs & raiſins du
lyerre.Et au 1. chapitre du 23. liure,que les Ferules ſont fort agreables aux Aſnes , côbien qu'elles ſoient vn venin mortel à toutes autres beſtes de charge , ayans l'ongle ſolide & nõ fourchué.
Ce qui pourroit eſtre cauſe qu'on auroit attribué cet animal à Bacchus,enſemble la Ferule. Toutefois Plutarque tout au cõmencemét des Sympoſiaques , dit qu'elle luy a eſté dediée auec l'oubliance : voulant denoter par là, que les fautes qui ſe commettent en banquetant, doiuent eſtre
facilement oubliées , ou pour le plus punies d'vn chaſtiment tres-leger, tel que celuy dont l'on
auoit accouſtumé d'vſer enuers les enfans qui n'apprenoient aſſez bien , ou oublioient trop roſt
leur leçon,en leur donnant quelques petits coups de cette forme de canne ſur l'oſe des doigts:
ſuiuant ce qu'il dit au traicté *de reſrener la Colere* ; plus en la 10. queſtion du 7. liure:& au commencement de la diſpute contre l'Epicurien Colotes. Iuuenal pareillement en vn endroit de ſes Satyres. *Et nos ergo manum ferulæ ſubduximus.* Car quant à l'oubliance qui eſt tres-agreable à Bacchus, & dont eſt venu ce prouerbe, μισῶ μνήμονα συμπόταν, *Fuyez celuy qui ſe reſſouuient de ce qui*
vous ſera interuenu en beuuant enſemble, elle eſt repreſentée par l'Aſne, le plus lourd,hebeté, & ig-
naue animal qui ſoit; ou bien par le loup ceruier; qui eſt auſſi des appartenances du meſme
Bacchus,lequel en ſe paiſſant, ſi d'aduanture il iette & deſtourne l'œil autre part, ne ſe ſouuient
plus de la proye qu'il a preſente , & s'en va pourchaſſer d'vne autre. Pour toutes leſquelles occaſions Bacchus & ſes ſuppoſts deuant-dicts , ont eſté appellez *Narticophores.* Duquel epithete vſe
meſme Orphée en ſes Hymnes , non ſeulement en contemplation du chaſtiment cy-deſſus,
mais auſſi pource que la Ferule eſt propre à ſeruir de baſton aux vieillards , & aux yurongnes,
comme nous auons allegué de Pline. Qui eſt ce que Philoſtrate veut entendre en cet endroict;
ſi d'aduanture cette baguette de Ferule n'auoit outre cela quelque lieu encore és myſteres &
ceremonies de Bacchus,ſuiuant ce lieu cy de Platon dans le Phedon. εἰσὶ γὰρ δὴ, φαῖσιν οἱ περὶ τὰς
τελετὰς, ναρθηκοφόροι πολλοί, βάκχοι' δε γε παῦροι. *Car il y a , comme dient ceux qui ſe meſlent des ceremo-*
nies,beaucoup de porte-ferules:& de Bacchus bien peu. Ce qui ſe peut approprier à vne choſe fort rare &
excellente entre les autres.Et auroit par conſequent eſté reduit par forme de prouerbe à ce vers
Exametre , πολλοί τε ναρθηκοφόροι, παῦροι δέ τε βάκχοι : deſignans par là quelques perſonnages
qui font mine par le dehors , mais en dedans ne ſont que vrayes pecores, à l'exemple de
la Ferule, qui a par le deſſus vne eſcorce ferme & ſolide, & au dedans eſt toute creuſe & deſ-
garnie,ſans aucune moëlle, ſuc, ne ceruelle.

AVEC DV VIN *Maronéen , & Maron luy-meſme en perſonne.* Quand à ce Maron icy qui a eſté
ſans doute l'vn des Capitaines de Bacchus;Euripide dans le Cyclope,en parle ainſi, où il introduit Vlyſſes deuiſant auec Silenus.

Vlyſſes.   καὶ μὲω Μαρων μοι πῶμ' ἔδωκε, παῖς θεοῦ.
          Maron le fils d'vn Dieu me donna ce breuuage.

Silenus.   ὃν ἐξέθρεψα παῖδ' ἐγώ ποτ' ἀγκάλαις;
          Celuy que ieune enfant i'ay porté en mes bras?

Vlyſſes.   ὁ Βακχίου παῖς, ὡς ſαφέſτερον μάθης.
          C'eſt le fils de Bacchus entends bien mon langage.

Mais Diodore au 1. liure de ſa Bibliotheque, chapitre 2. dit que le Roy Menides d'Egypte, qui ediſia le
Laby inthe s' ppelloit autrement Maron, lequel accompagna Bacchus en ſes entrepriſes.Et en vn autre en
droit du meſme liure,il s'explique plus auant;attribuant à Oſiris , comme auſſi fait Macrobe qui
les confond l'vn pour l'autre,ce que les Grecs font à Bacchus:lequel apres auoir eſtably ſon Empire en Egypte,laiſſa la charge de tout à ſa femme Iſis , auec Mercure qu'il luy donna pour conſeil:

feil: & Hercules, Antée, & quelques autres, grands Capitaines des siens, pour gouuerner les prouinces à luy subiectes. Cela fait, ayant vne grosse & puissante armée, il passa outre à d'autres nouuelles conquestes; menant quand & soy Pan, le principal & plus authorisé personnage qu'il eust, & auquel les Egyptiens defererent depuis le plus d'honneur. Item Triptolemus, pour enseigner l'vsage du froment; & Maron celuy de la vigne; ensemble tout plein d'autres, qui sçauoient chacun endroit soy quelque chose de bon, pour la commodité de la vie humaine: car toutes ses entreprises tendoient à prouffiter aux peuples qu'il aborderoit, & non à les desoler de fonds en comble, ou reduire en seruage, comme l'on a accoustumé de faire depuis: au moyen dequoy il fut de toutes nations reueré comme vn Dieu. Athenée au dernier chapitre du 1. liure, dit que le vin d'auprès d'Alexandrie d'Egypte fut appellé Mareotique, de la fontaine Marea; qui prit son nom de l'vn des supposts de Bacchus appellé Maron; lequel l'accôpagna en tous ses voyages & conquestes. Et y a vn fort grand vignoble le long d'vn costau proche de là nommé *Tænia*, dont le meilleur & plus excellēt vin Maronéen est appellé Teniotique: car les raisins en sont doux au possible, & le vin blanc qui s'en faict, puissant & delicieux; sans que pour cela il trouble le cerueau, ny la tranquillité du dormir. Mais Homere au 9. de l'Odissée parle d'vn autre Maron, qui estoit prestre d'Apollon en la ville d'Ismarus au pays des Ciconiens: en la coste de Thrace, qu'Vlysses & ses compagnons à leur retour de Troye saccagerent toute.

HOMERE.

Ἰλιόθεν με φέρων ἄνεμος κικόνεσσι πέλασσεν,
Ἰσμάρω ἔνθα δ' ἐγὼ πόλιν ἔπραθον, ὤλεσα δ' αὐτές.

Fors iceluy Maron & sa famille à qui ils pardonnerent: en recompense dequoy il luy fit tout plein de beaux grands presens.

— ἀτὰρ αἶγεον ἀσκὸν ἔχον μέλανος οἴνου
ἡδέος, ὅν μοι ἔδωκε Μάρων εὐαγκος υἱὸς
ἱρεὺς Ἀπόλλωνος, ὃς Ἴσμαρον ἀμφιβεβήκει.
ἕνεκά μιν σὺν παισὶ περισχόμεθ' ἠδὲ γυναικί,
ἁζόμενοι· ὤκει γὰρ ἐν ἄλσει δενδρήεντι
Φοίβου Ἀπόλλωνος, ὁ δέ μοι πόρεν ἀγλαὰ δῶρα·

Et entre autres choses sept talens d'or, vn grand gobelet tout d'argent: plus douze *amphores* (cela peut reuenir à vn muyd & demy) de vin doux, net & conseruē, diuin breuuage: dont pas vn des escuiters & chambrieres de la maison n'auoit eu cognoissance, mais tant seulement luy & sa chere femme, auec vne despensiere. Or toutesfois & quantes qu'ils beuuoient de ce gentil vin rouge, après en auoir remply vne couppe, ils versoient dedans vingt fois autant d'eau: & neantmoins ne laissoit pour cela de ietter vne suaue odeur diuine.

τὸν δ' ὅτε πίνοιεν μελιηδέα οἶνον ἐρυθρόν,
ἓν δέπας ἐμπλήσας, ὕδατος ἀνὰ εἴκοσι μέτρα
χεῦ', ὀδμὴ δ' ἡδεῖα ἀπὸ κρητῆρος ὀδώδει
θεσπεσίη.

Ce que Pline a resumé au 4. chapitre de 14. liure. *Vino antiquissima claritas Maroneo in Thraciæ maritima parte genito, vt author est Homerus, qui vicies tantum addito aquæ miscendum prodidit. Esse autem colore nigrum, odoratum, vetustate pinguescere.* Ayant au parauant au 4. liure chapitre 11. pour le regard de ladicte ville d'Ismarus dit cecy: *Oppidum fuit Tinda Diomedis equorum stabulis dirum. Nunc sunt Dicæa Ismaron, locus Parthenion, Phalesina Maronea prius Ortagurea dicta.* De ce Maron Bacchus a pris le surnom de Maronéen; & mesme dedans Tibulle à Messala au commencement du 4. liure:

Cessit & Aetneæ Neptunius incola rupis
Victa Maroneo fœdatus lumina Baccho.

Toutesfois ie prendrois en cet endroit Bacchus pour le vin: tout ainsi qu'a fait Cratinus le substantif de Maron en vn Senaire que Pollux allegue de luy contenant en substance.

Ie n'ay eu tant à cœur Maron, ny ne l'ay beu.

ENSEMBLE *de grands crocs ayans des mains de fer au bout auec des pointes.* Cesar au 1. de la guerre ciuile fait mention de ces mains de fer, quand il dit: *Atque iniecta manu ferrea, & retenta vtraque naue; diuersi pugnabant, atque in hostium naues transcendebant.* C'estoit vn instrument de fer faict à guise d'vne main d'homme, duquel, estant emmanché à vne longue perche, on se seruoit pour accrocher les vaisseaux ennemis, & venir aux mains. On vsoit encores à ce mesme effect de crocs semblables à ceux dont on tire quelque seau ou autre chose tombée en vn puits, que les Grecs appelloient ἁρπαγή, & les Latins *Harpago.* Le mesme aucheur au mesme liure. *Ii manibus ferreis atque harpagones parauerant.* Et Appian Alexandrin au 5. des guerres ciuiles; ἢ χερσὶ σιδηραῖς ἀνελκόμεναι ἐπισπώμεναι. Polybe au 1. liure dit aussi quelque chose de l'inuention de ce κόραξ, ou *Corbeau:* à l'exemple duquel nous appellons encore pour le iourd'huy les haches d'armes dont souloient vser les cent Gentils-hômes de la maison du Roy, *vn bec de Corbin.*

Plvs *des faux emmanchées à de longues perches.* Il y a tout vn semblable passage dedans le dessus-dict Cesar, au 3. des guerres de la Gaule, où il parle du combat par mer que ses gens eurent contre les communautez de la basse Bretaigne. *Vne chose* (dit-il) *dont les nostres s'estoient aduisez, les fauorisa beaucoup: certaines faux aigues, emmanchées à de longues perches de bois, semblables à celles dont on s'aide sur les murailles, auec lesquelles les cordages qui tiennent ferme attachées les Antennes contre le mast estans accrochez & tirez, se venoient à coupper, quand puis apres on poussoit outre à force d'auirons ; & falloit par necessité qu'elles cheussent.* Somme que c'est vne arme dont les vaisseaux armez en guerre se tiennent ordinairement proueus. Vegece en dit ic ne sçay quoy (ce me semble) au 4. liure de son art militaire.

Mais *la Pouppe en est mince, fourchuë en forme d'vn croissant, comme la queuë des poissons.* Ceux qui se sont essayez de rapporter l'inuention des galleres & fustes à quelque cas fortuit, comme à la verité sont prouenuës la plus grande part de nos commoditez, dient que ce fut sur le coffre descharné d'vn vieil cheual mort, que le patron & exemplaire en furent premierement empruntez: & que les vertebres ou espine du dos seruirent de quille : les costes pour les courbes : de la teste qui va en appointissant, on fit la proüe : & de la crouppe camuse, la Pouppe. La queuë finalement seruit de gouuernail. Les autres en ont conformé la figure sur celle d'vn œuf, oblongue & pointuë par vn bout; mousse par l'autre. Quelques-vns au chappeau renuersé de Mercure, dict *Galerus,* dont peut-estre les Galeres auroient pris leur nom ; le chappeau constituant le corps de la fuste ou Galere ; & les aisles y appliquées, les rames & auirós. Et les ont encore accomparées à vn oyseau volant en l'air. S'il plane & soustient à mont, c'est quand les vaisseaux vont à la voile, & se laissent conduire au vent : s'il hache à tire d'aisle, quand ils s'aident des auirons battans la mer côme leurs aisles font l'air. Au reste le bec de l'oyseau est la proüe, & la queuë le gouuernail.

La *Proüe est toute dorée faicte en façon d'vne Panthere, car il a vne grande accointance & priuauté auec cette beste, parce qu'elle est chaleureuse sur toutes autres, & bondist legerement.* Quelques-vns prennent la Panthere pour l'Once; les autres pour le Leopard; les autres pour vn animal à part, de ces deux cy: car ils ne conuiennent pas bien auec ce que les anciens ont escrit de la souefue odeur des Pantheres, qui attirent par là les autres bestes, pour le plaisir qu'elles y prennent ; & semblablement à la beauté de leur peau, diuersifiée de tous les pellages, & varietez de couleurs, qu'elle a, la Nature a pris plaisir d'elabourer en tout le genre des animaux : dont on auroit aussi appellées en Latin, *Varis.* Varo deriue ce mot, qui à la verité est pur Grec de πᾶν & θηρίον, qui vallent autant à dire comme toute ferocité sauuage; aussi sont elles plus cruelles que nulles autres: ou bien (comme nous auons desia dit) pour la grande varieté de couleurs dont elles sont mouchettées. Ce qui les fait prendre pour vne marque & symbole de mœurs diuerses, fantastiques, & bizarres. Neantmoins (ce qu'il nous semble auoir desia touché ailleurs) on interprete ces mouchettures de sa peau pour les estoilles du firmament, lesquelles pour estre enluminées de la lumiere du Soleil, on attribue cet animal à Bacchus, qui est vne mesme chose auec Osyris, & le Soleil. Et dit-on d'auantage, (ainsi que recite Pline au 17. chapitre du 8. liure) qu'elles ont vne tache à l'espaule qui croist & decroist à mesure que fait la Lune. Toutes choses qui despendent des effects du Soleil. Mais plus grossierement on la dedie à Bacchus, pour les raisons que Philostrate allegue icy de sa chaleur & agilité : & aussi pour ce que la Panthere entre tous autres animaux irraisonnables, est la plus friande de vin ; de maniere qu'on les prend aisement apres les auoir enyurées, mettant du vin és sources & fontaines où elles ont accoustumé de repaire. Ou pour ce qu'elle chasse & prend pour se repaistre toutes sortes de bestes, aussi le vin saisit toutes sortes de cerueaux, tant bons & solides soyent-ils ; & semble les deuorer, les alienant ainsi de leur estre ordinaire pour les destourner, les vns à vn dormir enseuely, comme si c'estoit vn corps mort; les autres les excitera des querelles & courroux furieux, participans de la Panthere; les autres, à des folastreries dehontées, & hors de toute vergongne : tellemét qu'Aristophane attribué le tiltre d'impudence à la Panthere, disant que ny le feu, ny cet animal ne sont point si impudens & outrageux comme est la femme ; laquelle à guise d'eux, rauist, deuore, & consume toutes choses. A quoy on peut referer aussi la grande resolution qui se fait au corps de la personne par le moyen du vin, s'il est pris excessiuement. Il se trouue quelques medailles antiques ayans vne teste de Bacchus coronnée de lyerre, & au reuers vne Panthere, & vn Thyrse. Il y a aussi d'autres medailles de l'Empereur Gallien auec vne Panthere, & cette inscription à l'entour: LIBERO.PAT. CONS. AVG. Toutes choses confirmans l'habitude de ce bestial auec Bacchus.

Dont *le champ est de pourpre entretissu de Bacchantes d'or.* De ce pourpre entretissu d'or, Virgile a fait elegamment fait mention dans le 5. de l'Æneide, où il descrit les prix qu'Æneas donne aux ieux funebres de son pere Anchises; & entre autres d'vn manteau de pourpre, où estoit tissu d'or l'histoire du rauissement de Ganymede.

> *Victori chlamydem auratam, quam plurima circum*
> *Purpura Maandro duplici Meliboea cucurrit :*
> *Intextúsque puer frondosa regius Ida*

Veloces

Veloces iaculo ceruos, cursúque fatigat,
Acer, anhelanti similis, quem præpes ab Ida
Sublimem pedibus rapuit Iouis armiger vncis.
Longæui palmas nequiquam ad sydera tendunt
Custodes: sæníque canum latratus in auras.

Tovt aussi tost que Dionysus les aura insensez, la forme de Dauphins les viendra saisir. Et desiacet-tui-cy a les costez bleu-verdastres, &c. Ouide à la fin du 3. des Metamorphoses descrit si elegamment cette soudaine transmutation d'hommes en poissons, qu'il n'y a point de mal d'apposer icy quelques-vns de ses carmes auec ce texte, qui est tres-elabouré de sa part, autant paraduan-ture que les plus friands vers des Poëtes.

Exilière viri, siue hoc insania fecit,
Siue timor, primúsque Medon nigrescere cæpit,
Corpore depresso, & spina curuamine flecti
Incipit. Huic Lycabas, in que miracula (dixit)
Verteris? & lati rictus, & panda loquenti
Naris erat, squamámque cutis durata trahebat.
At Lybis, obstantes dum vult obuertere remos,
In spacium resilire manus breue vidit, & illas
Iam non esse manus, iam pinnas posse vocari.
Alter ad intortos cupiens dare brachia funes,
Brachia non habuit, truncóque repandus in vndas
Corpore desiluit, falcata nouissima cauda est,
Qualia dimidiæ sinuantur cornua Lunæ.
Vndique dant saltus, multáque aspergine rorant,
Emergúntque iterum, redeúntque sub æquora rursus,
Inque chori ludunt speciem, lasciuáque iactant
Corpora, & acceptum patulis mare naribus efflant.

Arion outre plus certifie en Tenare les Dauphins estre fort compagnables aux hommes. Plutarque a bien au long, & par le menu traicté ce compte au banquet des sept sages : mais il vaut beaucoup mieux ouïr ce qu'Herodote en sa Clio, en a dit auant luy.

Periander fut fils de Cypselus, celuy qui reuela l'oracle à Trasibule seigneur de Corinthe : du temps duquel (selon que ses citoyens le racomptent) aduint vne chose fort miraculeuse, à quoy s'accordent aussi les Lesbiens, d'vn Arion Methymnéen, lequel porté sur le dos d'vn Dauphin, aborda sain & sauue au cap de Tenare. ce fut le premier homme de son temps à iouer de la Harpe, & qui auant tous ceux dont nous ayons cognoissance, fit, nomma, & enseigna le Dithyrambe à Corinthe. Or l'on dit que cet Arion apres auoir longuement demeuré auec Periander, il luy print enuie de voyager en Italie, & Sicile, là où ayant amassé vne grosse somme d'argent, il voulut retourner à Corinthe; & estant sur le poinct de s'embarquer à Otrante, pource qu'il ne se fioit à personne tant qu'aux Corinthiens, il loüa vn vaisseau de ces quartiers-là. Lequel tout aussi tost qu'il fut engolphé en la haute mer, les matelots firent complot de le ietter dedans pour auoir son bien : dequoy luy s'estant apperceu, leur offrit de bonne vogle tout ce qu'il auoit, & qu'ils luy sauuassent la vie. Mais ne les pouuant flechir à cela, ils le mirent au choix, ou de se tuer de sa propre main, & qu'ils luy donneroient sepulture quelque part le long du riuage, ou bien qu'il sautast en la mer. Arion se voyant reduit à vne telle extremité, les requit puis qu'ils estoient resolus de le faire mourir, qu'à tout le moins ils le voulussent voir paré de ses ornemens, & l'ouyr chanter au haut du tillac : cela fait qu'ils dispostassent de luy à leur appetit. Et là dessus (car aussi bien auoient-ils enuie d'ouyr le plus rare & excellent Musicien de tous autres, auant que de s'en deffaire) il s'aduiça depuis la pouppe iusques vers le mast principal, là où estant reuestu de son plus riche & precieux equippage, la Harpe en la main, il commença à sonner cet air que l'on appelle Orthian : & apres l'auoir acheué, tout ainsi accoustré qu'il estoit se ietta dedans l'eau. Ils poursuiuirent quant à eux leur routte droicte à la vol. e de Corinthe: mais l'on dit de luy qu'ayant esté recueilly d'vn Dauphin, il fut porté sur son dos iusques au cap de Tenare; là où estant descendu en terre, tout au mesme habit qu'il estoit, il s'en vint à Corinthe, & fit entendre tout ce qui luy estoit aduenu. Ce que Periander ne pouuant croire, il fit mettre en seure garde, & donna ordre cependant de faire empoigner les Nautonniers; lesquels arriuez en sa presence, il leur demanda s'ils luy sçauroient dire nouuelles d'Arion. Ils respondirent l'auoir laissé sain & sauf à Otrante, où il faisoit bonne chere. Mais Arion estant comparu là dessus, au mesme equippage que quand il se ietta en la mer, soudain qu'ils eurent apperceu, ils demourerent conuaincus, sans pouuoir en aucune façon denier le forfait. Voila ce que les Corinthiens & les Lesbiens en racomptent : & se voit encores pour le iourd'huy vn grand væu de cuiure, fait à la ressemblance d'Arion, estant à cheuauchons sur vn Dauphin. Iusques icy Herodote: Mais Pausanias és Messeniennes, tesmoigne que ce væu de bronze estoit encor debout de son temps, & nous renuoye pour l'histoire à ce que nous auons amené cy-dessus d'Herodote. A quoy Hyginus au 194. chapitre adiouste, que le Dauphin qui portoit Arion s'eschoüa quand & luy en terre, si grande estoit la roideur dont il voguoit : & que pour l'aise qu'il eut de se voir à sauueté, il

oublia de repouffer le Dauphin en la mer, afin de regaigner au pluftoft Corinthe : au moyen dequoy le poiffon expira fur la greue; auquel Periander depuis fit faire vne fort belle fepulture : là
où les Nautonniers furent crucifiez. Ce qu'il refume encore en fon Aftronomique, au chapitre
du Dauphin ; lequel il dit là, auoir efté logé au ciel par Bacchus en contemplation de cette affection charitable qu'il monftra enuers Arion : ou bien pour vn tefmoignage de la vangeance qu'il
prit de ces outrageux Corfaires. Ce qui s'accorde à ce paffage de Philoftrate. Ouide au 2. liure
des Faftes, Aulugelle au 19. chapitre du 16. liure, apres Herodote & affez d'autres, ont auffi touché cette narration d'Arion, fi commune à tous, que ce Poëte l'enfourne par ce vers cy.

Quod mare non nouit, qui nefcit Ariona tellus?

Mais Lucian en fes Dialogues s'esbat là deffus fort plaifamment en cette forte.

NEPTVNE. *Ie vous en fçay bon gré, & faites tres-bien, entre vous autres Dauphins, d'eftre ainfi bien
affectionnez enuers les perfonnes : car vous portaftes iadis le fils d' Ino en l'Ifthme, l'ayant recueilli des rochers
Scyroniens, dont il s'eftoit precipité auec fa mere ; & toy maintenant ayant recen fur ton dos ce iouëur de Harpe Methymnéen, à tout fon equippage, & fon inftrument, l'as fauué à nage en Tenare, & n'as fouffert que ces
poltrons de Nautonniers le fiffent ainfi perir malheureufement.* LES DAVPHINS. *Ne t'efmerueille pas
(fire Neptune) fi nous faifons volontiers du feruice aux hommes : car d'hommes nous auons efté faits poiffons.* NEPTVNE. *Et c'eft pourquoy ie blafme Bacchus, qu'apres vous auoir defaits en bataille nauale, il
vous a ainfi transformez : veu qu'il vous denoit faire feulement prifonniers ; comme ils s'eft comporté enuers
les autres qu'il a réduit foubs fon obeyffance. Mais comme paffe ce qui eft aduenu touchant cet Arion cy?* LES
DAVPHINS. *Periander (ce croyons-nous) prenoit fort grand plaifir au perfonnage, & l'enuoyoit fouuent
querir pour raifon de fon art : mais luy fe voyant deffa enrichy du Tyran, eut enuie de faire voiler en fon pays de
Methymne, pour faire monftre de fes richeffes. Et s'eftant embarqué pour y paffer fur vn vaiffeau de ie ne fçay
quelles mefchantes canailles, apres qu'ils eurent defcouuert qu'il portoit tout plein d'or & d'argent auec luy,
foudain qu'ils furent arriuez au milieu de la mer Egée, les mal-heureux commencerent à machiner contre luy.
Puis don. ques que telle eft voftre volonté (leur dit-il, car i'efcoutois le tout, nageant cofte à cofte d'eux) à tout
le moins que ie me pare de mes ornemens ; & apres auoir dit quelque chanfon pour mes funerailles, permettez
que de mon bon gré ie me precipite moy-mefme. Les mattelots luy octroyerent ; & lors il print fon equippage, &
commença à chanter fur la harpe fi ne fçay quoy de fort doux & melodieux : puis fe lança en la mer comme s'il
euft deu mourir tout à l'heure. Mais l'ayant recen & chargé fur mon dos, ie tranerfay auec luy iufqu'à Tenare.*
NEPTVNE. *Ie loüe grandement ton foing & affection enuers la Mufique, & certes tu l'as fort bien recom-
penfé de ce que tu auois oüy de luy.* De cette grande amitié au refte, & de la beneuolence que par vn
inftinct naturel les Dauphins portent aux hommes, voyez tout le 8. chapitre du 9. liure de Pline : lequel eft plein de cela ; & femblablement à la fin du traicté de Plutarque, *Lefquels participent
plus de raifon, les animaux de la terre ou ceux de l'eau :* là où pour le regard de la Mufique, que Philoftrate dit icy eftre fingulierement aimée des Dauphins, il allegue ces vers de Pindare :

ἡ δελφῖνος ἀποκρισιν·
τὸν μὲν ἀκύμονος ἐκ πόντου πελάγει
αὐλῶν ἐκίνησεν ἐρατὸν μέλος.

Toutes lefquelles chofes ont fait qu'anciennement le Dauphin eftoit en fort grande recommendation enuers les perfonnes, iufqu'à s'en abftenir du tout, ny de le prendre, ny d'en manger,
à caufe de la priuée accointace & familiarité qu'il a auec nous : voire telle qu'il fe prefente fouuent
és perils & naufrages pour fauuer ceux qui feroient tombez en la mer. Ainfi mefme que nous
lifons du corps d'Hefiode, lequel ayant efté maffacré dans le temple de Neptune en l'Ifthme, &
ietté dans la mer, fut rapporté par les Dauphins au riuage. Et pareillement celuy de Melicerte,
que Sifyphus trouua en l'Ifthme. Plus d'vne ieune fille Lesbienne, & d'vn fien amoureux, qui
eftans tombez en la mer, furent par ces benins poiffons rameinez fains & faues à bord. Et de
Phalantus Lacedemonien, lequel nauigant en l'Italie auoit fait naufrage au golphe de Criffée :
comme racôpte Paufanias en fes Phocaiques. Telemachus auffi le fils d'Vlyffes, fuiuant le Poëte
Stefichorus, eftant encore ieune garçon à follaftrer fur vn riuage releué, tomba à bas, où les Dauphins le recueillirent & remirent deffus la greue : de forte que fon pere porta toufiours du depuis vn Dauphin en lieu d'armoiries, tant dedans fon efcu, & en fon efpée, qu'à fon cachet ordinaire : ce qui auroit efté caufe que Lycophron en fa Caffandre le furnomme δελφινόσημος. Pourroit toutesfois eftre (ce que noftre autheur touche en fes Heroïques) qu'il eftoit quelque peu
camus, comme auffi font les Dauphins de nature : & pourtant fe delectent d'eftre appellez par
ce nom de *Simon* qui le fignifie ; & y viennent fort volontiers, felon que dit Pline au lieu cy-
deffus allegué. Mais que le Dauphin foit attribué auffi à Bacchus, & mis en fes peintures, on le
refera à ce que le vin arrouté d'vn peu d'eau de mer fe garde mieux ; à ce que tefmoigne Columelle qui dit l'auoir efprouué. Diofcoride en rend la raifon, & Pline pareillement.

LES

La grace, auec la melodie,
Charment bien la melancolie,
Aussi ont elles le pouuoir,
De faire oublier le deuoir :

Marsyas en a l'arrogance,
Et ces Satyres l'impudence,
Comme Olympe pour sa beauté,
Fait doubter de sa chasteté.

P iiij

LES SATYRES.

ARGVMENT.

HILOSTRATE *touche succinctement icy certaines folastreries &*
lasciuetez de Satyres, qui muguettent vn beau ieune mignon. La ville
de Celene au reste où ce mystere se ioüe, souloit anciennement estre la ca-
pitale du Royaume de Phrygie, comme tesmoigne Tite Liue au 8. de la
guerre Macedonique; maintenant c'est ce qu'on appelle le Royaume d'Apamie. Et
fut li que Marsyas s'estant voulu parangonner a Apollon en cas de Musique, fut
par luy escorché tout vif : ainsi que racompte Ouide au 6. de la Metamorphose; &
finablement conuerty en vne riuiere de semblable nom.

ELENE s'appelle ce lieu cy, entant que l'on le peut
iuger aux fontaines, & à la grotte : mais Marsyas en
est absent pour cette heure, à paistre ses trouppeaux
quelque part; ou apres sa contention & dispute. Or
ne loüez point encore cette eau, car si bien vous la
voyez bonne à boire, & peinte rassise & tranquille,
vous rencontrerez toutes fois Olympe bien plus plaisant à vostre goust : auec la chanson qui suiura le jeu
des fluttes & haut-bois. Qu'il est delicat celuy là,
veautré parmy des fleurs delicates, ramoderant sa sueur auec la fresche rosée. Car voila le gentil Zephire qui le prouoque; luy esuentant sa cheueleure: & il tire de son costé vne douce haleine, pour respirer contre le vent.
Les chalumeaux d'autre part qui sonnent desia, & les serremens dont Olympe a de coustume d'accoustrer & pollir ses fluttes, gisent là deuant luy. Mais
ce trouppeau de Satyres esmerueillez de la beauté du Iouuenceau, le regardent attentiuement; la face cramoisie, & riants du bout des dents qu'ils res-
chignent, pour le desir qu'ils auroient, l'vn de luy mettre la main dans le
sein; l'autre de se pendre à son col; l'autre de luy rauir quelque lippée d'vn
baiser. Et espandent à force fleurs dessus luy, l'adorans tout ainsi qu'vne Idole. Celuy qui est le plus habile de tous, prenant l'vn de ses flageollets en succe la hanche encore toute tiede-moitte, s'imaginant de le baiser par là, & afferme à ses compagnons qu'il a gousté de son haleine.

ANNOTATION.

ANNOTATION.

PAVSANIAS és Phocaïques defcriuant les peintures du temple de Delphes de la main de Polygnotus, dit cecy de cette ville de Celenes. A V DESSVS *de Thamyris eſt Marſyas aſſis ſur vne pointe de rocher, & Olympus auprés de luy, ayant la reſſemblance d'vn beau ieune gars fort expert à ioüer des fluttes: mais les Phrygiens qui habitent en Celenes maintiennent que le fleuue qui paſſe par leur ville fut autresfois vn meneſtrier, & que l'inuention du ieu du haut-bois doit eſtre referé à Marſyas: lequel quand ils d ſſirent l'armée des Barbares, le ſecourut par le moyen de ſon eau, & du ſon de ſes inſtrumens.*

STRABON au 12. liure. *Le fleuue de Meandre a ſa ſource d'vne colline des Cellentens, là où il y eut autresfois vne ville du meſme nom que cette colline. L'on attribue à ce lieu cy la ſable qui ſe racompte d'Olympus & de Marſyas; & la contention d'iceluy auec Apollon. Au delà puis-apres il y a vn mareſcage, qui produit des roſeaux fort propres à faire les anches & languettes des haut-bois; duquel mareſcage l'on dit que ſortent Marſyas & Meandre.* Dans lequel il ſe va rendre, comme remarque le Poëte Lucian:

 Qua celer, & rectà deſcendens Marſya vixit,
 Errantem Mæandron adit, mixtuſq, refertur.

Au demeurant le mont Olympe, qui eſt au deſſus de la Bithinie, & prochain de celuy d'Ida, n'eſt point habité en ſon circuit, ayant de profondes forets en la cyme, & des lieux forts de nature, tous propres à receuoir les volleurs & brigands. Quelques vns eſtiment que les Marſes, peuple de l'Italie fort renommé pour les coniurations & enforcellemens des couleures, ſoient venus de ce Marſyas, lequel ayant eſté deſpouſſé de ſon Royaume en Aſie, ce que les Poëtes dient eſcorché, s'en vint habiter en Italie; & ce qui les meut à cela, c'eſt la conformité des noms des lieux de la Phrygie, & de cette contrée des Marſes; comme Celano pour Celenes a eſté depuis appellée Apamie (ce dit Pline) comme eſt l'Apamie de Marſes prés de Piſcine: plus Atranum à l'imitation de celle de Paphlagonie. L'iſle appellée Ortygie dans le lac Fucin (maintenãt de Celano,) il y en a vne de ſemblable nom vis à vis de la coſte d'Ionie autresfois appellée Delos. Dans les montagnes vers le Midy eſt la ville de Lycium. Lycie eſt vne des prouinces de l'Aſie. Item le tertre des Armeniens, la ville de Corycule, celle de Capadoye, Corycumele, & des montagnes encore ceintes de murailles pour le iourd'huy dites les Cariennes. Dont il y a de tous ſemblables noms en Aſie. Ce qui confirme la coniecture deſſusditte.

DIODORE Sicilien au 3. des antiquitez en dit cecy dauantage. *Qu'eſtans venus Apollon & Marſyas à vne contention de Muſique, ils eleurent des Nyſéens pour iuges; & que pour le commencement Apollon employa ſeulement ſa harpe, comme Marſyas fit ſes fluttes, dont ils s'eſmerueillerent comme de choſe nouuelle; ſi bien que deſa ils vouloient ſentencier en faueur de luy; que de la douceur de ce ſon, la muſique du Dieu eſtoit de bien loing ſurmontée. Mais Apollon s'en appercenant, accompagna ſa gorge armonieuſe auec le toucher des cordes; ce qui emporta de tout Marſyas. Et pource qu'il ne ſe vouloit rendre encore, alleguant que leur diſpute n'eſtoit pas fondée ſur l'excellence des voix, mais ſur ce qui eſtoit le plus agreable à oüyr de ces deux inſtrumens, ou la harpe, ou les fluttes: & outre que c'eſtoit choſe iniuſte, de mettre en ieu deux choſes enſemble contre vne ſeule; Apollon fit reſponſe, qu'au ſon de ſon inſtrument il n'adiouſtoit non plus que fait ſoit Marſyas, car en ſouſflant dans ſes chalumeaux, ils s'aydoit auſſi bien de la bouche: au moyen de quoy il falloit ou permettre vne meſme choſe à tous deux, ou que l'on n'y f'autre n'employaſt ſon haleine à l'enrichiſſement de ſon art. Il ſembla aux iuges qu'Apollon ne diſoit que bien: tellement qu'eſtans ces deux concurrens retournez de rechef à la preuue & monſtre de leur ſçauoir, Marſyas ſuccomba, & perdi ſa cauſe. Et le pis fut encore, car Apollon s'eſtant exaſperé contre luy à cauſe de ſon opiniaſtreté & orgueil, l'eſcorcha tout vif. Dont il ſe repentit ſoudain, pour la trop grande cruauté qu'il auoit commiſe; & iettant les cordes de ſa harpe, ſupprima l'harmonie par luy inuentée. Les Muſes toutesfois y adiouſterent ce que les Muſiciens appellent la moyenne: Linus, le Lithanon: & Orphée auec Tamyris, l'Hypaté, & Parhypaté.* Or pour ne laiſſer rien en arriere de ce qui peut faire à noſtre propos, Ouide au 6. des Faſtes.

 Prima terebrato per rara foramina buxo
  Vt daret effeci, tibia longa ſonos.

Et Hyginus au 165. chap. en parle ainſi. *Minerue fut la premiere qui fit des fluttes d'vn os de cerf, & en ioüa à vn banquet des Dieux: mais comme Iunon & Venus ſe mocquaſſent d'elle, de ce qu'ayant les yeux gris à guiſe d'vn chat, elle enſloit quand & quand les ioües; de ſorte qu'elle ſe contrefaiſoit toute; ſe voyant raillée, s'en alla à vne fontaine en la foreſt d'Ida, où elle ſe mira dedans l'eau en ioüant, & vit que l'on s'eſtoit ris d'elle à bonne raiſon. Au moyen dequoy par deſpit elle ietta là ſes fluttes, les accompagnant d'vne ſorte maledictions que celny qui les releueroit le premier euſt à finer cruellement ſes iours. Marſyas le fils d'Ageagrus, paſteur, & l'vn des Satyres, les trouua depuis; & s'en eſtant ſaiſi, s'y exercea ſoigneuſement pour trouuer touſiours quelques accords plus doux & melodieux: tant que finablement il oſa bien prouoquer Apollon de venir à l'eſpreuue de leurs Musiques. Apollon ayans accepté le party, ils prirent les Muses pour iuges. Et comme Marsyas fust sur le poinct d'emporter la victoire, Apollon se mit à branfler fa Harpe, & neantmoins le fon demeuroit toufiours le mefme: ce que Marsyas ne pouuant faire de fes fluftes & chalumeaux, fut tenu pour vaincu. Au moyen dequoy Apollon le lia à vn arbre, & en commit l'execution à vn certain Scythe, qui l'efcorcha & mit par pieces. Puis en liura le corps ainfi atourné à fon difciple Olympus, pour luy donner fepulture. La riuiere prochaine fe trouuant teinte de fon fang en a toufiours depuis retenu le nom. De laquelle riuiere voicy que dit* Quinte Curfe *tout au commencement du 3. liure. Ce temps pendans Alexandre ayant depefché Cleander au Peloponefe, auec vne bonne fomme d'argent pour leuer des foldats; & donné ordre aux affaires de Lycie, & de Pamphilie, approcha fon armée de la ville de Celenes. Le fleuue Marsyas paffoit en ce temps là tout au beau milieu des murailles, fort renommé par les fabuleux carmes des Grecs; la fource duquel fortant au haut d'vne montagne, tombe fur vn rocher qui eft au deffoubs, auec vn fort grand bruit de fes eaux: & de là s'efpandant, arroufe les champs d'alentour; clair-net comme eftant tout feul encore à part foy. Au moyen dequoy fa couleur qui reffemble à vne mer calme, a donné lieu a la menterie des Poëtes, qui dient que les Nymphes retenuës de fon amour, font leur demeure en cette roche. Au furplus ce pendant qu'il coule au dedans des murailles, il garde & retient fon nom; mais puis-apres qu'il s'eft deueloppé de fes fortifications & remparcmens, & qu'au partir de là il rouille fes ondes d'vn plus grand effort & amas, on l'appelle Lycus.*

Plvtarqve *en la vie d'Alcibiades (ce qu'a touché auffi Aulugelle apres luy, au 14. liure 17. chap.) dit: Que quand on l'enuoya premierement à l'efcole pour le faire apprendre, il prefta fort diligemment l'oreille à tous fes autres precepteurs, horfmis à celuy qui luy vouloit monftrer à iouer des fluftes, qu'il reietta tout à plat comme vne chofe de mauuaife grace, & indigne d'vn enfant de bonne maifon: difant que l'archet de la Lyre ou violle, ne leur vfage ne difformoient en rien la belle conftance d'vn Gentil-homme: mais que de celuy qui s'enfloit les ioües en entonnans quelque flutte ou haut-bois, fes plus familiers mefmes & priuez amis, à grand'peine en pouuoient ils plus raffigurer le vifage. La lyre puis-apres n'empefche pas, que celuy qui en iouë ne puiffe deuifer & chanter quand & quand: là où la flutte ferme la bouche de quiconque en ionne, & luy couppe entierement la parole & la voix. Que doncques les enfans des Thebains (difoit-il) iouent des fluttes & haut-bois tant qu'il leur plaira, auffi bien ne fauent ils point parler; mais nous autres Atheniens (ainfi que nous l'auons apprû de nos peres) auons pour conducteur Minerue, & pour patron Apollon; dont celle là ietta fes fluttes au loing, & cettui-cy efcorcha depuis le flutteur.* Palephatus en fes narrations, où il s'efforce de tirer toutes les fables à des allegories ie ne fçay quelles, la plus part du temps fort froides, donne neantmoins ce compte icy de Marfyas, comme pour chofe qui a efté faitte: & le recite prefque en la forte que cy deffus. Pline au quarante-cinquiefme liure dit qu'en la contrée d'Aulocrene, par où l'on va d'Apamie en Phrygie, fe voyoit de fon temps encore vn platane, où l'on difoit que Marfyas auoit efté pendu pour l'efcorcher, lequel eftoit d'vne rare hauteur. Plutarque au traicté de Refrener la colere, attribuë à ce Marfyas l'inuention de la hanche; & tout plein d'autres cômoditez pour entonner plus aifémét les haut bois; & cornets à bouquin. Et en celuy de la Mufique, il dit que Hyagnis fut le premier qui ioüa des fluttes, puis fon fils Marfyas apres luy; Et confequemment Olympus. Toutes lefquelles chofes feruiront de quelque inftruction; car ces deux ne font prefque qu'vne mefme chofe. Quant aux Satyres nous en parlerons plus amplement au tableau de Midas.

OLYMPE.

Vne deserte solitude,
N'eſt iamais ſans inquietude :
Il faut vn diuertiſſement,
Pour eſgayer l'entendement.
	Vne harmonieuſe muſique,
Purge l'humeur melancolique :

Le ſon mignard de l'inſtrument,
Engendre le contentement.
	Faute d'vne bonne conduite,
On ſe peut bien perdre à la ſuite :
Tel s'eſt fait d'vn mauuais voiſin,
Qui le tranſporte dans ſon ſein.

OLYMPE.

ARGVMENT.

E TABLEAV CY *depend de l'autre, & continuë le propos encommencé d'Olympe, lequel fut en son temps vn tres-excellent Musicien
ioüeur d'instrumens, & beau en toute perfection auec cela. Platon au
banquet, où Alcibiades entre sur les loüanges de Socrates.* Ce qu'O-
lympe sonne sur ses instrumens, ie dis que c'est Marsyas mesme dont il fut
enseigné, qui ioüe cela. *Ouide au sixiesme de la Metamorphose parlant de la
mort de Marsyas.*

    Illum ruricolæ syluarum numina Fauni,
    Et Satyri fratres, & tunc quoque clarus Olympus,
    Et Nymphæ flerunt, & quisquis montibus illis,
    Lanigerosque greges armentáque bucera pauit.

PLVTARQVE. *Et Plutarque au traicté de la Musique.* Alexandre au recueil qu'il a fait des Musiciens qui chanterent iadis les beaux faits d'armes exploitez en Phrygie, a
laissé par escript: qu'Olympe fut celuy qui le premier transporta en la Grece
les instrumens à corde; mais qu'Hyagnis ioüa des fluttes & haut-bois auant
que nul autre; puis son fils Marsyas, & Olympus apres eux. *Item,* Olympus
Phrygien ioüeur de fluttes, duquel nous auons parlé cy dessus, composa d'A-
pollon certain air appellé multiple, ou ayant plusieurs chefs; & le tient on
pour estre l'vn des descendans de ce premier Olympus fils de Marsyas; qui
fit premierement les reigles de la Musique des Dieux. Car cettui-cy ayant
esté fort aimé, & tenu cher de Marsyas, & appris d'iceluy le ieu des haut-bois;
il apporta les loix harmoniques en Grece, dont l'on y vse pour le iourd'huy
encore és solemnitez des Dieux. *Et en vn autre endroit là mesme.* Il semble
qu'Olympus ait donné vn grand accroissement à la Musique, y apportant ce
que iusqu'à ce iourd'huy n'estoit point encore venu en lumiere, & n'auoit
oncq esté cognu de leurs predecesseurs. *Neantmoins il dit par apres,* que ce
ne furent ny Olympus, ny Marsyas, ny Hyagnis qui inuenterent les fluttes,
ainsi que quelques vns ont cuidé; car Apollon ne trouua pas la Harpe tant
seulement, mais les fluttes aussi, & les instrumens à corde. Dequoy portent
bon tesmoignage les danses, & les sacrifices, qu'on luy souloit celebrer au
son des haut-bois, comme plusieurs le tesmoignent; & mesmement Alceus
en vn Hymne. Et pareillement la statuë d'Apollon desdiée en Delos, de tel
geste,

geſte, que de la droite elle tient l'arc, & en la gauche les Graces, dont chacune a entre les mains quelque inſtrument de Muſique : l'vne la Harpe, l'autre des cornets ou haut-bois ; celle du milieu ſouffle dedans vn flageollet. *Il y a tout plein d'autres lieux encore en ce meſme liure concernans Olympus. Et meſmement,* Que ce fut le premier qui aux obſeques de Python ioüa vn chant funebre à la mode Lydienne. *Plus :* Que pas vn de tous ceux qui vindrent apres luy, ne le ſceurent onc imiter. *Auec tout plein de ſemblables choſes qui tendent à monſtrer, que ce fut vn tres-excellent Muſicien & ioüeur d'inſtrumens. Mais la peinture icy le repreſentant en la prime & plus delicate fleur de ſon aage ne bat pas tant ſur cette perfection de Muſique, côme ſur ſa beauté & bonne grace, deſirées de beaucoup de perſones. Tout le reſte ne ſôt que mignarderies, & traits recherchez d'vne naïſueté preſque inimitable en autre langue ; ſurquoy il n'eſchet autre choſe à dire, ſinon ce que nous auons peu remarquer du 10. de Strabô,* Que les Poëtes ont accouſtumé de mettre de côpagnie Silenus, Marſyas, & Olympe, leſquels ils dient auoir eſté inuenteurs des fluttes. Ils confondêt pareillemêt les choſes de Bacchus & de la Deeſſe Phrygienne, & ne mettêt Ida & Olympe que pour vne meſme môtagne. *Toutesfois il y en a 4. appellées de ce nom Olympe. L'vne ioignant Ida tout auprés d'Antandros : l'autre en Myſie, contiguë auſſi à Ida ; mais ces deux ne ſont priſes que pour vne ſeule : la 2. eſt le tres-haut mont de la Theſſalie, qui ſurpaſſe la moyenne region de l'air : la 3. en Chypre : & la 4. ſur la mer Rouge, en l'Ethiopie dont à ce que l'on dit, depuis le leuer du Soleil iuſques à Midy ſortêt de viues flâmes de feu.*

 QVI DONNES-TV cette aubade gentil Olympe ? Quel beſoin eſt-il de Muſique en vne telle ſolitude ? Il n'y a ne paſteur icy ne berger, ne Nymphes, à qui tu puiſſes reciter tes chanſons ; ne qui ſe mettent à baller à la cadence de ta notte. Mais toy paſſionné ie ne ſçay comment, de l'eau qui eſt en ce rocher te reſioüys & eſgayes, & regardes en elle. Y pretends tu quelque choſe ? Car elle ne te regazoüille point, ny ne s'accommodera auſſi peu à ta flutte. Et ſi nous ne te plaignons pas le iour, ains voudrions bien que ta Muſique duraſt iuſqu'au ſoir. Mais ſi tu cherches de ſçauoir quelle eſt ta beauté, quitte moy là cette eau muette : & nous t'informerons beaucoup mieux de tout cela qui eſt en toy. Tu as doncques premierement l'œil bien affecté & ioly ; & y a tout plein d'eſguillons en luy propres pour accompagner ton aubois ; eſtant meſme ſurvouté d'vn ſourcil qui manifeſte l'intelligence de tes chanſons. La ioüe puis-apres ſemble treſſaillir & baller au ſon de ta melodie : & le ſouflement entenné dans ta flutte, ne t'enfle point pour cela rien que ce ſoit de la face. Ta perruque auſſi n'eſt point anonchalâtie, ne platte-couchée, pour eſtre oincte de liqueurs parfumées comme à vn ioüuenceau de ville ; ains ſe reſueille & maintient droicte à cauſe qu'elle eſt bien effuite : ſans amener pour cela rien de rude à la guirlande de pin picquant, tout-verd encore, dont l'atour en eſt beau, & de grande efficace pour orner la beauté des perſonnes : Car il faut laiſſer là les fleurs aux ieunes filles, & pour colorer le teint des femmelettes

Q

de complexion delicate. Ie dis au reste que ton estomac non seulement est plein d'haleine, mais de quelque beau discours de musique, & d'vne meditation de chansons pour ioüer sur les instrumens. Iusques icy te represente l'eau t'abaissant de dessus ce rocher à l'encontre: là où si elle te monstroit tout debout, ce qui est de beau & aimable, au dessoubs de ton piz ne seroit pas ainsi bien en veuë: Car ce que les eaux contrefont & imitent, surnage tousiours en la face d'icelles, où les traicts qui s'y estendent en long viennent à se reposer & r'asseoir. Que si ton ombre ondoye & se frize, tout cela soit attribué, partie à la flutte qui souffle en la fontaine: partie au Peintre par qui tu embouches la flutte: & la flutte souffle; & la fontaine en est halenée.

ANNOTATION.

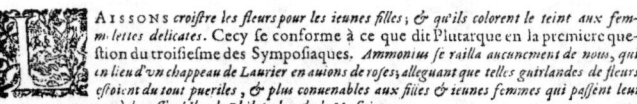

AISSONS *croistre les fleurs pour les ieunes filles; & qu'ils colorent le teint aux femmelettes delicates.* Cecy se conforme à ce que dit Plutarque en la premiere question du troisiesme des Symposiaques. *Ammonius se railla anciennement de nous, qui en lieu d'vn chappeau de Laurier en auions de roses; alleguant que telles guirlandes de fleurs estoient du tout pueriles, & plus conuenables aux filles & ieunes femmes qui passent leur temps, que non pas à des assemblées de Philosophes & de Musiciens.* .

MIDAS.

Pour auoir de grandes oreilles,
Midas n'en sçait pas des merueilles :
Car son grossier entendement,
Sera toujours sans iugement.

Il a peu lier vn Satyre,
Mais luy mesme estant vn Tityre,
Sa lascine felicité,
Le fait viure en captiuité.

MIDAS.

ARGVMENT.

MIDAS *tres riche Roy de Phrygie, fils de Gordius, & de la Deeße Cy-
bele, la mere des Dieux ; à qui l'on dit qu'estant encore petit enfant au
berceau, les fourmiz apporterent des grains de froment en la bouche;
pour auoir receu en son hostel Silenus l'vn des Capitaines de Bacchus,
lequel s'estoit fouruoyé du droit chemin lors qu'ils allerent aux Indes, & à iceluy fait
tout-plein de courtoisies & honnestetez ; puis reconduit sain & sauue à l'armée;
Bacchus en faueur de cela le mit au choix de demander ce qu'il voudroit; & il op-
ta, que tout ce qu'il toucheroit deuint or. Ce qu'ayant par plusieurs fois esprouué,
& cogneu estre infaillible & veritable, quand il voulut puis apres boire & manger, soudain toutes les viandes qu'il touchoit se conuertissoient en or pur, il commença a se repentir de son auarice, & fit vne nouuelle requeste à Bacchus de luy oster cette grace, & le remettre en son premier estat. Il luy ordonna là dessus de s'aller baigner dedans le fleuue de Pactolus en Lydie, là où il ne fut pas plustost entré, que l'eau
attirant à soy la proprieté de Midas, deuint toute de couleur d'or; dont elle a tousiours
depuis charrié force petites escailles & arenes ; & pour cette cause eu le nom Chry-
sorrhoas. Quelque temps apres, Pan ayant deffié Apollon sur l'excellence de leurs
musiques, Tmolus qui auoit esté esleu pour arbitre de leur dispute, sentencia en faueur d'Apollon ; ce que tout le reste de l'assistance approuua, horsmis tant seulement
Midas, qui adiugea la victoire à Pan; dont le Dieu estant indigné, luy changea
sur le champ ses oreilles à celles d'vn Asne, conforme à son iugement. Midas cacha
l'accident au moins mal qu'il peut ; & ne s'en descouurit qu'à son Barbier, luy promettant la moitié de son royaume s'il vouloit cacher son secret: parquoy cettui-cy, qui
pensoit ne le pouuoir mettre mieux à propos que dans la terre, s'en alla faire vne fosse
assez profonde, là où il prononça ces paroles, Le Roy Midas a des oreilles d'asne,
puis la recouurit; & par succession de temps par-apres vindrent à croistre des roseaux,
lesquels quand ils estoient esbranlez, du vent rendoient distinctement les mesmes
mots. Mais tout cela n'est qu'vne allegorie, ainsi qu'il se verra en l'annotation,
auec l'histoire du Satyre, & les autres particularitez du Tableau. Plutarque
au reste, en son traicté de la superstition dit ; que ce Midas sur la fin de ses
iours estant tombé en melancolie pour les fascheux songes qui continuellement
se presentoient à luy, tout aussi tost qu'il auoit la teste sur le cheuet, sans pouuoir trouuer le moyen de se soulager de ceste peur & apprehension beut du*

sang

sang du Taureau; & ainsi expira. Ce que confirme Strabon au premier liure de sa Geographie.

L E S A T Y R E dort, partant parlons bas icy prés de luy, de peur qu'il ne se resueille, & ne desface ce que nous contemplons. Midas par le moyen du vin l'a pris en Phrygie, autour de ces montagnes que vous voyez ; ayant meslé de cette liqueur dans vne fontaine, où il gist estendu à la renuerse, regorgeant le vin durant son sommeil. Or le leger & habile trepignement des Satyres est fort plaisant quand ils ballent; plaisante aussi est leur afficterie quand ils soubsrient; & les plus gentils hommes d'entr'eux sont volontiers subiets à l'amour : lesquels par ie ne sçay quelles ruses & artifices, sçauent fort bien gaigner le cueur des Lydiennes. Et si cecy est propre à eux, d'estre peints ordinairement rudes & veluz, d'vne charnure sanguine, plantureux en oreilles, les hanches creuses enfoncées, insolens & hautains en tout & par tout : ayans le derriere de cheual. Cettuy qui est la prise de Midas, est portraict entierement semblable à eux : mais il dort, pour auoir pris du vin par excez, ronflant comme vn bon yurongne qu'il est : car plus tost boiroit il toute cette fontaine, qu'vn autre n'en auroit vuidé vne tasse. Les Nymphes danssent ce-pendant, & le brocardent de ce qu'il est ainsi endormy. Que tu es douillet ô Midas ; combien faitneant traisne-gaigne, & curieux de coiffeure & passefilons ! Car le voila vn thyrse au poing, vestu d'vne longue robbe de toile d'or : & d'autre part de grandes oreilles, soubs lesquelles il fait les doux yeux aggrauez de sommeil, & qui tirent leur volupté entierement à vne pesanteur endormie. La peinture s'efforçant de tout son pouuoir à nous faire entendre, que ces choses sont esté desia diuulguées, & descouuertes aux hommes par le moyen du roseau ; car la terre ne veut pas retenir à cachettes ce qu'elle en a desia oüy.

A N N O T A T I O N.

M I D A S *auec du vin a pris le Satyre en Phrygie.* Xenophon au 1. liure de l'entreprise du **Des Satyres.** ieune Cyrus contre le Roy Artaxerxes son frere, dit *qu'auprés de la ville de Thymbrée il y auoit vne fontaine appellée Midas, pource que ce fut là où ayant meslé du vin auec l'eau d'icelle, il enyura le Satyre, & le prit.* Toutesfois Pausanias és Attiques, & Plutarque pareillement en la consolation d'Apollonius sur la mort de son fils, mettent que ce fut vn Silene; en quoy il n'y a point de difficulté. Pource que les Silenes ne sont que Satyres desia plus aduancez sur l'aage, comme dit iceluy Pausanias puis apres en ce mesme liure. Le lieu cy dessus allegué porte ainsi : *Les Gaulois ayans esté rembarrez des pays maritimes par les habitans de Pergame,* **PAVSANIAS** *s'en allerent emparer de la ville d'Ancyre en Phrygie, que fonda iadis le Roy Midas fils de Gordius : là où encore de nostre temps, le pourroit veoir au temple de Iupiter l'ancre que trouua iceluy Midas, auec la fontaine appellée de son nom, pour auoir meslé du vin, afin d'y attirer le Silene.* Et celuy de Plutarque en la sorte : *Vous* **PLVTARQVE.** *voyez comme ce mot icy est de si longs temps & anciennement en la bouche de tout le monde ; que le meilleur seroit de ne naistre point. Et puis apres, que le mourir nous est plus expedient que le viure : ce qui a esté diuinement tesmoigné à plusieurs personnes.* Et à cela se rapporte ce que l'on dit du Silene qui fut pris par Midas à la chasse, lequel luy ayant demandé quelle chose il pensoit estre la meilleure, & plus desirable à l'homme ; du commencer+

Q iij

ment il auroit refusé de respondre, & se seroit teu: mais côme puis apres, Midas le pressoit de plus fort en plus fort
sans cesse, maugré luy à la fin il auroit deslaché de telles paroles. O semence de Destinées pleines d'ennuys & de
miseres, ne durant qu'au iour la iournée, de fortune laborieuse & penible, à quel propos me contraignez vous
de dire ce qu'il seroit beaucoup meilleur de ne sçauoir point? Car ceux là sur tous autres viuent exempts
de douleur, qui ignorent leurs propres maux. Ie dis resolument, qu'aux hommes le meilleur est de ne pas
naistre, ny d'estre faits participans de cette tres-noble condition & nature : & cela est le plus que bon à
toutes personnes de l'vn & de l'autre sexe. Pour le plus proche puis apres de ce qu'ils puissent obtenir,
en premier lieu on doibt mettre de mourir au plus tost. Cela est apres ces vers du comique Alexis
citez par Athenée au troisiesme des Dipnosophistes. τὸ μὴ γενέϑλ ἑϑὺ κράτισον ἐς' ἀεὶ, ἐπὰν γένηται
δ', ὡς τάχιϛ' εἶναι τέλος.

      Toisiours le meilleur est ne naistre
      Point du tout, ou si l'on est nay,
      Auoir vne fin la plus briefue.

Et Theognis :
    ἀρχὴν ἰϑὼ μὴ φῦναι, &c. que vous pouuez voir és Adages d'Erasme fort au long ; *Optimum non*
nasci, auec deux braues Epigrammes Grecs, *pro & contra* ; à quoy se soubscrit Ausone concluant
ainsi.

      Optima Graiorum sententia, quippe homini aiunt,
      Non nasci esse bonum, aut natum cito morte perire.

    Maximus Tyrius traictant cette fable de Midas qui prit d'aguet le Satyre, duquel il impetra que
tout ce qu'il toucheroit deuint incontinent or, refere cela au mauuais esprit qui est pris enyuré,
luy versant du vin au visage. Toutes allegories, à quoy ces bons Peres se sont efforcez d'approprier les fixions poëtiques; pour à tout le moins en tirer quelque enseignement & doctrine. Mais
Ælian au 3. liure de la Diuerse histoire, apres Theopompus, desduit bien plus amplement tout
cecy: vray ou non vray que ce soit; toutesfois digne de n'estre point laissé derriere en vn endroit
si à propos. CE SILENE (dit-il) fut fils d'vne Nymphe inferieure de condition quant aux Dieux, mais
pardessus aussi celle là des mortels, & la mort mesme. Midas & luy eurent vne fort estroicte accointance ensemble, & confererent maintesfois de plusieurs excellentes choses, & belles. Entre les autres ce Silene luy dit vn
iour, Que l'Europe, l'Asie, & l'Aphrique n'estoient que des Isles enuironnées tout à l'entour de la mer Oceane:
mais qu'il y auoit vne terre-ferme au delà de ce Globe icy, dont la grandeur estoit desmesurée, voire comme infinie. Que là estoient produites diuerses sortes d'animaux merueillesement grands, & pareillement des personnes qui y habitoient plus grandes deux fois que nostre stature commune. Et que ce peu de temps que nous
viuons ne leur suffisoit pas, mais le passoient au double. Auoient tout plein de belles grandes citez, & des formes de viure toutes differentes : des loix aussi & statuts au rebours des nostres. Là estoient deux villes sur toutes autres d'vne grandeur estrange, n'ayans rien de semblable entr'elles; dont l'vne se nommoit Machime, c'est
à sçauoir belliqueuse, & l'autre Eusebe ou Debonnaire; les habitans de laquelle creatures douces & benignes,
viuoient en toute tranquillité & repos, auec de tresgrandes richesses, & vne extreme abondance de biens, qu'ils
recueilloient de la terre sans aucuns boeufs ny charrues: au moyen de quoy il ne leur estoit point besoin de la labourer, ny ensemencer. Et si estoient encore (au rapport de ce Silene) exempts de toutes maladies : passans le
cours entierement de leur aage à viure ioyeusement, & se donner du bon temps & plaisir. Si grands obseruateurs
au reste d'equité & iustice, si hors & alienez de toutes contentions, noises, partialitez, & debats, que les Dieux
mesmes ne desdaignoient pas quelquefois de conuerser auec eux. Mais les autres qui habitent Machime, sont
gens belliqueux au possible ayans sans cesse le corselet en dos, & qui ne bougent de la guerre, à conquerir, & ranger soubs leur obeissance les peuples voisins. Que cette cité commandoit à plusieurs peuples; n'estans point
d'ordinaire les habitans d'icelle en moindre nombre que de deux millions. Ils meurent bien quelquesfois de
maladie : mais cela aduient rarement, car ils demeurent le plus souuent à la guerre, frappez de coups de pierre ou de leuiers, pource qu'ils ne peuuent estre blessez de fer. Ils ont de l'or & argent en tres-grande abondance: de sorte que l'or parmy eux est en moindre estime que le fer n'est à nous. Il disoit dauantage que quelquefois ils s'estoient efforcez de descendre en nos dessus-dittes Isles; & que desia en estoit bien arriué deçà la mer
iusques aux Hyperboréens le nombre de dix millions: mais qu'apres auoir entendu que c'estoient les plus denots
& seruans à la religion de tous nous autres transmondains, ils les mespriserent comme gens de nulle valleur,
& indignes totalement qu'on s'addressast à eux, tellement qu'ils ne voulurent point passer outre. Et adioustoit
puis apres (ce qui est bien plus admirable) qu'il y auoit encore certains autres peuples en ces quartiers là, appellez Meropes, qui possedoient plusieurs belles grandes villes ; sur la frontiere desquelles estoit certain endroit appellé Anoste, comme qui diroit sans retour, semblable à vn goulphre, ou hideuse ouuerture, n'ayant
aucune distinction ny de tenebres ny de lumiere, mais d'vn air obscur seulement, espars de tous costez, & entremeslé de ie ne sçay quelle rougeur. A trauers ce lieu là coulent deux riuieres, l'vne de volupté & plaisir, l'autre d'ennuy & fascherie; sur les bords desquelles sont plantez des arbres de la grâdeur d'vn Platane. Ceux de la
riuiere de tristesse portent des fruits d'vne mesme nature & effect, dont si quelqu'vn vient à manger, il iettera
tant de larmes, que tout le reste de sa vie il fondra en pleurs & gemissemens, & ainsi finira ses iours. Mais les
autres qui naissent le long de la riuiere de resiouissance, produisent vn fruit bien dissemblable du dessus-dit. Car

                                                   qui

qui en a gousté vne fois, il se retire de tous ses desirs precedens, & s'il a aimé quelque chose, il en perd toute la memoire, & raieunist peu à peu, rebroussant chemin sur le contre-pied de sa vie passée, qu'il renouuelle vne autre fois. Et ainsi quittant là sa vieillesse retourne en fleur d'aage; puis en adolescence, & apres en sa tendre ieunesse, finablement il redeuient enfant: & ainsi vient à rendre l'ame.

LESQVELLES narrations bien qu'elles semblent fabuleuses, & puis comptes faicts à plaisir (comme à la verité ie croy qu'elles soient) si ne sont elles pas toutesfois gueres essloignées du Critias de Platon; & de ce que racompte Aristote, de cette grande isle qui fut autresfois descouuerte par les Carthaginiens en la mer Atlantique : ny de ce que l'on a dit de tout temps des tant fameuses & rechantées Hesperides, Gorgones, & Fortunées; toutes isles és quartiers du Ponant, c'est à sçauoir celles de Haity, Cuba, & Boriquen, & autres de ce contour, cogneuës aux Espagnols, l'an mil quatre cens quatre-vingts & douze, par le moyen & dexterité de Christophle Coulon Geneuois. Les autres ença sont les isles de Cap-verd, & des Açores : & les troisiesmes les Canaries; dont l'vne appellée de ce nom-la, mesme dedans Solinus, l'a communiqué à ses autres compagnes, qui sont sept en nombre, Canarie, la Palme, Tenerife, Gomere, l'isle du Fer, Lanceliotte, & Forte aduanture. Madere qui n'est pas loing de là pourroit estre du compte : les ayans les anciens, reputées comme vn autre Paradis terrestre, où les personnes viuoient en tout heur & beatitude, sans presque sentir point la mort. Mais la practique qu'on en a euë depuis a bien verifié le contraire; car il n'y a rien plus qu'aux autres, & assez moins encores. C'est le temps qui en ses longues reuolutions a de coustume de traisner tousiours apres soy vne grande queuë de fables, voire mensonges, enduites par le dehors de quelque mince & desliée fueille de vray-semblance. Et neantmoins cela a esté cause d'vn tres-grand bien : car sur ces foibles coniectures se sont premierement basties & fondées à tous hazards, les entreprises premieres du tant heureux descouurement de ce nouueau monde, si long-temps ignoré de nostre Hemisphere, dont tant de commoditez & richesses sont prouenues depuis en Or, Argent, & Pierreries, si toutes-fois ces choses la meritent d'obtenir le nom de commoditez, ou plustost de peruersions, desbauchemens, & ruines de peuples. L'an mil cinq cens & deux fut trouué vn seul grain d'or vierge, que les Grecs appellent ἄπυρον, *Qui n'a point encores senty le feu*, lequel pesoit trente deux liures de nostre poids, qui sont pres de cinq mille escus. En quoy il falloit auoir eu vn terrible loysir à la nature, pour elaborer vn tel & si beau chef-d'œuure, & le conduire à sa derniere perfection. Car l'or pour estre ainsi esgal & temperé en ses qualitez, que rien ne le peut dissiper & corrompre, ne se procrée pas en peu de temps, au moins en vne si grande masse; car ses premiers commencemens sont comme lendes ou cirons, ou pour le plus comme grains de millet: lesquels par succession de temps la chaleur du Soleil, qui n'est autre chose que la nature, venant à presser & amonceler ensemble, reduit finablement à vne masse solide, selon que la matiere par sa pure homogeneité se trouue disposée. separant tout l'estrange & heterogenée, qui par les entre deux l'engardoit de se resserrer & conioindre. A la prise du Roy Atabalipa du Peru, l'an mil cinq cens trente trois, les Espagnols eurent bien trois millions d'or net pour sa rançon, sans ce qui fut extrauagué & perdu tout exprés par les Indiens, qui montoit sans comparaison beaucoup plus Fernand Cortex peu au-parauant parmy ses butins en la prouince de Castille de l'or, eut cinq esmeraudes estimées à cent mille escus : l'vne taillée à mode de rose auecques ses fueilles, l'autre comme vn huchet, la troisiesme en forme d'vn poisson, la quatriesme d'vne clochette, dont le battant estoit d'vne grosse perle en forme de poire : & la cinquiesme d'vne tasse ; de laquelle piece seule vn lapidaire Geneuois voulut donner quarante mille ducats, en esperance de gaigner encore dessus. Lesquelles choses i'ay bien voulu toucher icy en passant, pour la grande conformité qu'ont ces terres neufues, ou plustost ce peuple tout neuf, à guise de quelque premier aage, & renouation de siecle, auecques le discours dessus-dict d'Elian, & beaucoup d'autres des autheurs anciens. Car ces gens mesmes dont il est faict mention, ne doiuent pas estre du tout reputez pour fable : ne cette grande estendue de terre ferme non plus ; veu qu'il y en a vne en ces Indes fort bien recogneuë, qui a plus de deux mille lieuës de long en droicte ligne, du Septentrion au Midy, depuis les Baccalaos, & le cap du Labrador, iusques au destroict de Magallan, qui trauerse de la mer de Nord en celle du Sur: là où non gueres loing du Rio de Platta, Fernand de Magallanes, celuy qui donna le nom à ce bras de mer pour l'auoir trouué le premier, ainsi que racompte Francisque Lopez de Gomara au nonante & vniesme chapitre de l'histoire des Indes, trouua vne habitation de Geans, dont il emmena l'vn à ses nauires, qui auoit de huict à neuf pieds de haut; & d'autres qui estoient plus grands : de sorte que huict des plus forts hommes qu'il eust, se trouuerent bien empeschez de le lier ; mais de despit & ennuy de se voir ainsi, il se laissa mourir de faim. Ceux de la flotte en prirent encores deux, pensans les mener à l'Empereur Charles, lesquels moururent pareillement, sans qu'on les sceust iamais radoucir ny appriuoiser. Il dit que marchans seulement leur plein pas, il n'y auoit homme si bien en iambes, qui à grande peine les peust suiure à courir de toute sa force. Bref qu'il y a de fort estranges & merueilleuses choses çà & là par le monde, bien malaisées à croire, qui ne les voit à l'œil. Car ces gens mesmes si sauuages pourroient tenir lieu de Satyres. Au moyen dequoy pour y retourner, Pausanias contredit en ses Eliaques à ce qu'aucuns ont voulu sou-stenir de leur immortalité, alleguant là dessus leurs sepultures qui se voyent en plusieurs en-droicts, & mesmement au pays de Iudée, & en celuy de Pergame. *Ayant au surplus (ce dit-il) esté*

PAVSANIAS. *fort curieux de sçauoir quelques nouuelles de leur estre & condition, il apprit d'vn Euphemus Carien, homme digne de foy, que nauigeant vn iour en Espagne, il fut poussé par fortune de mer hors du de-stroict dans le grand Ocean, là où apres auoir esté par plusieurs iours battus de la tourmente, le vaisseau seroit finalement abordé à ie ne sçay quelles Isles desertes, habitées par vne forte de gens sauuages, d'vn farouche & horrible regard; tout le corps velu & couuert d'vn poil roussastre, ayans des queuës plus grandes presque que celles des chenaux, lesquels les ayans descouuerts, accoururent soudain de toutes parts eu riuage, iettans vne voix confuse non articulée, & se ruerent de plein saut si furieusement sur les fem-mes qui estoient au vaisseau, qu'à grande peine à coups de foüet & de baston les en cuida l'on chasser; dont les mariniers craignans qu'à la fin ils les leur fissent quelque desplaisir, s'en allerent ietter l'anchre plus au large en la haute mer, leur laissans en terre vne femme estrangere qu'ils auoient auecques eux; sur laquelle ces Sauuages s'en allerent tout à l'instant d'vne tres effrenée rage & forcenerie, descharger leur luxure en toute les creux de sa personne. Au partir de là ils donnerent à cette Isle le nom des Satyres.* Toutesfois Pto-lomée au septiesme liure de sa Geographie, met trois autres Isles des Satyres en la mer de l'Inde, au dela de Ganges; où les habitans ont de grandes queuës, telles qu'on les voit ordinairement peintes à cette race de creatures; que sainct Hierosme en la vie de sainct Antoine maintient auoir l'vsage de raison, & de la parole, disant, *Que ce denote & bien-heureux personnage, s'estant reduit*

SAINCT HIEROSME. *ès deserts d'Egypte pour mieux vaquer à contemplation, & se retirer des amorces & des bauchemens du mon-de, rencontra quelques-fois vn petit homme, le nez renfroigné, des cornes au front, & la partie depuis la ceinture en bas terminée en forme de chieure. Auquel apres auoir faict le signe de la croix il demanda qu'il estoit: l'autre luy fit response; vne creature mortelle, l'vn des habitans du desert, que l'abuzé Paganisme d'v-ne erreur vaine appelle Faunes, Satyres, & Incubes, & les ont reuerez comme Dieux.* Plutarque en la vie de Sylla. Toutesfois Pline au second chapitre du septiesme liure, met qu'ès montagnes de l'In-

PLINE. de exposées au Soleil leuant Equinoxial, en la conuée des Cariadules, se treuuent des Satyres à quatre pieds, le visage d'homme. *Vn animal de telle vistesse, & courant si fort, qu'il n'est possible de les prendre qu'en leur extreme vieillesse, ou qu'ils soient attenuez de maladie.* Au trentiesme chapitre du liure precedent tout à la fin: *Ioignant le Promontoire appellé Hesperionceras, y a (ce dient quelques-vns) des petites colli-nes reuestuës d'ombrages fort delicieux, où hantent force Aegipanes & Satyres.* Et plus apertement au cinquante & quatriesme du neufiesme liure, il les met au rang des Cinges, Guenons, & Ma-gots. *Ægerator Cynocephilis natura, sicut mitissima Satyris.* Et au septante-deuxiesme chapitre de l'onziesme. *Condit in thesauros maxillarum cibum Sphyagiorum & Satyrorum genus.* Mais la similitude & conuenance qu'ils ont auecques nous de la plus grande part des parties du corps, & des ge-stes & façons de faire, voire de l'esprit encores beaucoup, ainsi que le tesmoigne Ennius: *Simia quàm similis turpissima bestia nobis*; a faict penser à quelques-vns, que ce bestial participoit gran-dement de l'humaine condition & nature: ce que confirme Galien en ses essais Anatomiques, où il dict auoir faict tout plein de dissections de Cynocephales (ce sont Magots) & de Cinges, quand la commodité luy manquoit de recouurer des corps humains; & que tousiours il y au-roit trouué vne merueilleuse conformité & ressemblance auecques les parties de l'homme.

ÆLIAN au reste au mesme liure dessus-dict, met encores cecy des Satyres. *LES Satyres*

ÆLIAN. *accompagnerent Bacchus en ses entreprises; & furent de ses supposts.* Aucuns les appellent Tityres; & semble qu'ils ont ce nom de τιτυριζειν, qui signifient danses folastres & lasciues, à quoy les Satyres prennent vn singulier plaisir: lesquels sont ainsi appellez ᾀπο τᾶ οιθειν, το αιδειν, de leurs parties hon-teuses, ou de la grimasse qu'ils font en riant. Et les Silenes, ᾀπο τᾶ σιλλαινειν, de brocarder & mesdire. Pour ce qu'ils ont de coustume de donner tousiours quelque petit traict de mocquerie à la trauerse, & des atta-ches picquantes, auecques vn rire assez fascheux. Quant à leur vestement, c'estoit vne mantelline velu par dedans & dehors, pour denoter la plante de leur coronnel Bacchus, & la houssuë espoisseur de ses bran-chages & sarments.

LES PLVS gentils d'entre les Satyres sont volontiers subiects à l'amour, & sçauent fort bien gaigner

HERODOTE le cœur des Lydiennes par certaines mignardises & attraits. Herodote à ce propos en son Euterpe. τῆς ἔτω γὰρ δὴ Λυδῶν δῆμον αἱ θυγατέρες πορνεύονται πᾶσαι: συλλέγουσαι σφίσι φέρναι, ἐς ὅ ἂν συνοικήσουσι, τῦτο ποιεῦσι: ἐκδιδᾶσι δὲ αὐταὶ ἑωυτὰς. &c. *Toutes les filles des Lydiens se mettent à estre courtisanes, & ainsi gaignent leur mariage à la sueur de leur corps; tant que finablement elles deuiennent meures, & treuuent party à propos.* Somme (comme il dit) que les Lydiennes souloient estre tou-tes bonnes compagnes, priuées & courtoises tout outre à receuoir les suruenans, & leur faire part de la moitié de leur lict, voire au partir de là, plus de presens qu'elles n'en receuoient, si toutesfois ils estoient brauement portez au combat: car elles n'admettoient pas indifferem-ment

ment tous ceux qui se fussent peu presenter sur les rangs, mais ceux-là seulement qu'elles estimoient deuoir estre les meilleurs hommes d'armes, & les plus roides, disposts & adroicts à la
iouste.

STRABON vers la fin de l'onziesme liure, dit presque le mesme des Armeniens, qui ne STRABON.
sont pas fort esloignez de la Lydie: *lesquels sur tous autres peuples venerent Venus Anaitis, à qui ils*
consacrent des esclaues de l'vn & de l'autre sexe. Ce qu'on ne doit pas trouuer fort estrange, attendu mesme
que les plus grands d'entre eux luy dedient leurs propres filles vierges, lesquelles apres auoir tenu le berland
quelque temps au temple de cette Deesse, se marient quand bon leur semble; personne pour cela ne desdaignant
de les prendre à femme: ains les acceptent bien volontiers, comme desia toutes consacrées, & tenans ie ne sçay
quoy de la diuinité.

VOILA aussi de grandes oreilles, au prix desquelles les yeux se monstrent si adoucis, pour estre agrauez
de sommeil. Ouide en l'onziesme de la Metamorphose parlant de la sentence de Tmolus qui auoit
iugé en faueur d'Apollon, laquelle fut contredicte par Midas.

> *Nec Delius aures*
> *Humanam stolidas patitur retinere figuram:*
> *Sed trahit in spatium, villisque albentibus implet,*
> *Instabilésque illas facit, & dat posse moueri.*
> *Cætera sunt hominis: partem damnatur in vnam,*
> *Induiturque aures lentè gradientis Aselli.*

Tellement que l'occasion pour laquelle Apollon luy changea ses oreilles en celles d'vn asne,
fut pour auoir ignoramment adiugé la victoire à Pan contre luy, ainsi que dit Hyginus au 191.
chapitre. *Quale cor in iudicando habuisti, tales & auriculas habebis.* Car il prefera la rudesse & lourderie villageoise de certains chalumeaux discordans, à la douce & harmonieuse musique d'vne
Harpe; pour cela seulement qu'ils retentissoient plus haut: comme fit autresfois tout de mesme le Roy de Scythie Atheas; en la presence duquel ayant esté amené Ismenias, pris prisonnier
de bonne guerre, le plus excellent ioueur de fluttes de son temps; comme cettuy-cy eut employé tout son effort & dexterité de son art pour luy donner du plaisir durant son souper, l'autre iura son grand serment, qu'il auoit plusieurs fois oüy hennir plus melodieusement en cheual. Mais l'interprete d'Aristophanes au Pluton, met trois autres raisons pourquoy on attribuë
des oreilles d'Asne à Midas. La premiere qu'il auoit l'oüye aiguë sur tous autres, ainsi que de
leur naturel ont les asnes plus que nul autre animal, excepté les Rats. ἢ ἐπεὶ ὄνος (dit-il) μᾶλλον
τῶν ἄλλων ζώων ἀκούει πλὴν μυῶν. Au moyen dequoy Apuleius estant transformé en Asne, se
resioüyssoit d'oüyr de bien loing toutes choses auecques ses grandes oreilles. Ou pour ce qu'il
habitoit en vn bourg de Phrygie appellé ὄνε ὦτα, les oreilles d'Asne. Ou qu'il estoit tres-soigneux
d'auoir des espies de tous costez, pour entendre ce qui se faisoit & disoit: dont est venu ce qu'on
a accoustumé de dire des Roys, *Regum aures innumeræ.* Et non seulement des oreilles, mais des
mains encores, *Nescis quàm longas regibus esse manus.* Mais il vaudroit mieux le plus souuent qu'ils
ne fussent pas si exactement pourueus de l'vn ny de l'autre, par ce que cela les faict degene-
rer d'vne bonne & legitime domination, à vne tyrannie violente & inique. Ayans esté les oreilles des Princes accompagnées autresfois à vn entonnoüer, dont la couppe qui est ample & large,
& où l'on a accoustumé de verser la liqueur qu'on veut entonner, est pour receuoir les calomnies, detractions, & mesdisances: & la flutte ou tuyau qui est estroicte & serrée, pour oüyr le
bien, dont il s'en respand plus en dehors, qu'il ne s'en introduit & entre dedans. Lucian à ce
propos, au traicté *De ne croire pas de leger*, nous racompte, comme le iadis tant fameux peintre
Apelles, estant miraculeusement eschappé d'vne charité qu'vn sien concurrent & emulateur
Antiphile, luy auoit prestée enuers le Roy Ptolomée, fils de Lagus, où il n'alloit pas moins que
de la perte de sa propre teste, fit vn tel pourtraict de la Calomnie. *Il y a tout premierement à main* LVCIAN.
Description de
la Calomnie.
droite certain personnage assis en vne chaire, qui a de grande-longues oreilles, telles qu'on les donne à Mi-
das; & tend la main bien loing à la Calomnie qui le vient trouuer: estant assisté de deux femmes comme
conseilleres, l'vne d'vn costé, l'autre d'vn autre, ignorance & suspicion. La calomnie s'approche à grands pas
deuers luy, bien equippée & en ordre, mais descouurant assez à son visage & contenance, le mal-talent, ran-
cune, enuie, mauuais vouloir, courroux, despit, rage & vindicte, conceuë & imprimée en son cœur: car en
la gauche elle tient vn gros flambeau tout ardent, & de la droite traisne par les cheueux vn ieune gars qui
tend les mains vers le ciel, comme s'il appellant à tesmoin de son innocence, & inuoquant les Dieux immortels
à son aide. Au deuant marche vn homme pasle, & de mauuaise habitude ce semble; les yeux non point au-
trement mouues ny hebetez, mais du reste semblable à ceux qui sont demeurez en chartre par vne longue ma-
ladie. Il est bien aisé à cognoistre que c'est l'Enuieux. Et à la queuë de la Calomnie suiuent tout plein d'autres
femmes, qui ont la charge de l'instruire & solliciter: luy donner des memoires, l'agir, piquer & animer
incessamment: on dit que ce sont les machinations, faussetez & surprises. Finablement apres tout ce train,
vient la penitence en habit de dueil, deschirée & fort pauurement vestuë; laquelle tournant la teste en arrie-
re toute honteuse & baignée de larmes, tend la main à la verité qui les suit de loin.

CAR *la terre ne veut pas retenir à cachettes ce qu'elle a entendu de Midas.* C'est ce qui a esté dict cy deuant, que le barbier à qui il auoit communiqué son accident d'oreilles d'Asne, alla ensouyr ce secret dans la terre; laquelle produit en cet endroict des roseaux, qui estans esbransslez du vent rendoient vn son declaratif du cas. Ouide au liure cy-dessus allegué.

> *Creber arundinibus tremulis ibi surgere lucus*
> *Cœpit, & vt primùm pleno maturuit anno,*
> *Prodidit agricolam. Leni nam motus ab Austro*
> *Obruta verba refert, dominíque coarguit aures.*

Et Petronius Arbiter.

> *Sic commissa ferens auidus resecare minister,*
> *Fodit humum, regísque latentes prodidit aures.*
> *Concepit nam terra sonum, calamíque loquentes*
> *Inuenere Midam qualem conceperat index.*

NARCISSE.

DIALOGVE.

D. *Narciſſe qui te fait auoir la couleur bleſme?*
R. *C'eſt que i'ayme moy-meſme.*
D. *Puis que tu as en toy dequoy te contenter,*
 Qui te fait tourmenter?
R. *C'eſt que ie porte en moy la flâme, & le tourment,*

Et l'aymé , & l'amant.
D. *Encor pourrois-tu bien te faire quelque grace :*
R. *Las ie bruſle en ma face ,*
 Et ces eaux qui m'ont fait recognoiſtre ſi beau ,
 Me ſeruent d'vn tombeau.

NARCISSE.

ARGVMENT.

EPHISE *fleuue de la Bœoce ayant surpris Lyriope fille de l'Ocean &*
Thetys, & l'vne des Nymphes marines, qui estoit venuë à l'esbat
dans ses ondes, l'engrossa d'vn beau fils, lequel fut depuis appellé Nar-
cisse. Et voulans son pere & sa mere entendre quelque chose de ses for-
tunes à l'aduenir, consulterent le deuin Tyresias là dessus, pour lors tenu comme
vn oracle par toute la Grece. Il leur fit response, que l'enfant viuroit en tout heur
iusques à ce qu'il se fust veu luy-mesme: parquoy il falloit bien qu'il s'en gardast;
car alors finiroit tout son contentement, & sa vie encores. Dequoy, pour ne sca-
uoir bonnement comprendre ce que cela vouloit dire, ils ne tindrent compte, & ne
s'en firent que mocquer: mais l'euenement approuua depuis cette prediction. Car
estant paruenu à seize ans, & quand & quand à vne beauté nompareille, il fut
aimé, desiré & poursuiuy de toutes les Nymphes de la contrée; lesquelles il desdai-
gna en general & en particulier, sans vouloir obtemperer à pas vne d'elles: &
mesmement à Echo, l'vne des principales, qui s'en estoit picquée outre mesure: &
puis voyant finablement qu'il n'y auoit plus d'espoir de venir à ses intentions, vain-
cuë d'vn extreme desir & impatience d'Amour, transit de douleur & tristesse; sans
qu'il demeurast rien plus d'elle, sinon vne debile voix renfermée dans les creux
rochers, les forests, baricaues, & lieux solitaires; où elle va reüterant les derniers
mots de ceux qui parlent & crient haut: car tout le reste de sa personne s'esuanoüit,
qu'on ne sceut qu'il deuint; les os mesmement, qui furêt conuertis en des pierres dures.
Mais les Dieux ayans compassion de sa pitoyable desconuenuë, ne voulurent laisser
le refus & orgueil de ce desdaigneux iouuenceau plus longuement impuny; aussi
qu'ils estoient incessamment sollicitez, à cela par Amour, qui les pressoit de luy en
faire quelque raison, & en prendre vangeance. Parquoy ils firent, qu'vn iour
Narcisse estant allé à la chasse, il s'embatit de fortune, tout outré de chaud & de
soif, sur vne fontaine au milieu des bois; là où s'estant abbaissé pour boire & se raf-
fraischir, il apperceut dedans l'eau sa figure, dont il deuint tout sur le champ si de-
sesperement amoureux, qu'il secha de langueur sur la place mesme; & fut conuer-
ty en vne fleur, qui iusques au iourd'huy porte le mesme nom.

L A

LA fontaine de vray represente fort bien Narcisse; mais la peinture faict voir la fontaine, & tout ce qui depend de Narcisse. Le Iouuenceau ayant n'agueres quitté la chasse s'est venu planter sur le bord, puisant ie ne sçay quel contentement de l'eau, & est espris de sa beauté propre: Car il y darde (ainsi que vous voyez) des œillades estincellantes à maniere d'esclairs. C'est au surplus icy la Grotte d'Acheloüs & des Nymphes; le tout peint comme il faut; Car les statuës sont faictes grossierement, & d'vne pierre de peu de prix. De là vient que cecy en partie est vsé de vieillesse; en partie les enfans des bouuiers & pasteurs, tous idiots & follastres encores, & n'ayans de cognoissance du Dieu, l'ont rompu & gasté. La source neantmoins n'est pas desgarnie de quelque Bacchanalerie, comme celle que Bacchus a produite en faueur de ses ministresses: aussi est elle tapissée à l'entour de vigne & de lyerre, auecques de fort-beaux pampres & bourgeons: des grappes aussi, & des Thyrses de costé & d'autre; où les oyseaux duits à chanter, se viennent en toute liberté esbattre; degoisant chacun ce qu'il sçait en sa naturelle musique & ramage. Il y a quand & quand des fleurs blanches, qui oncques n'auoient esté veuës au-parauant: mais pour l'amour de l'adolescent elles sont nées sur le bord de l'eau. Et comme la peinture soit tousiours tres-soigneuse d'imiter la verité, voila ie ne sçay quelle rosée qui desgoutte des fleurs, sur lesquelles vne mousche à miel s'est venuë poser. *Ie ie sçay si elle ayant esté deceuë de la peinture, il faille que nous mesmes en soyons deceus, & la prenions pour vne vraye mousche, & non contrefaicte. Mais soit ainsi: à tout le moins, ô bel adolescent, ce n'est pas aucune peinture qui t'a abusé, & ne te consommes pas ainsi, pour t'estre mis à contempler ne des couleurs, ne des figures de relief; ains l'eau ayant exprimé ta semblance, tu n'as sceu descouurir quelle estoit la fraude & tromperie que tu as veu en cette fontaine; ne te hausser & te baisser, ou bien retirer en arriere, ou mettre la main au deuant; sans t'arrester ainsi en vne mesme assiette: mais ny plus ny moins que si tu eusses rencontré vn autre que toy, tu attends ce qui part de là: de maniere que par cy-apres la fontaine te fera seruir d'vne fable. Or cettui-cy ne nous veut en rien escouter, ains est du tout d'yeux & d'oreilles ententif, & fiché à l'eau. Disons doncques comme il est peint. Voile-là tout debout sur vn pied, puis sur l'autre; se soubstenant de la main gauche sur son espieu: mais la droicte est ramenée contre le flanc, afin qu'en ployant la partie gauche, la hanche se rebondisse d'autant. Le bras au reste monstre le iour en cet endroict où le coulde se courbe; & des rides & fronssemens où le poignet se vient à tordre; auec vne ombre qui se pose & rassiet dedans la paume de la main: de laquelle ombre les raies vont en biaizant: à cause que les doigts se tornét & replient par le dedans. Au regard du souffler qui halette en l'estomac; si cela est d'vn chasseur encores, ou d'vn amoureux desia, ie ne le sçay pas bonnement. Toutesfois l'œil manifeste assez que cetui-cy est atteint d'amour: car le desir qui s'y est logé, r'addoucist sa fierté & viuacité naturelle: cuidant parad-

R

* Ie ne sçay si elle ayant.] 〈...〉 si elle a esté deceuë de la peinture, ou s'il faut que nous mesmes en soyons deceus, & la prenions plus ne vraye mousche: qu'il ne sçauoit pas bonnement dire si elle est viue, ou si elle est peinte. Car si elle est viue, la peinture des fleurs l'auroit deceuë, ainsi que celle de Zéuxis, duquel le portraict des raisins inuita les oyseaux à les venir becqueter; ou bié si elle est peinte, Philostrate aura esté trompé, ainsi que fut Zeuxis mesme, pensant que par Parrhasius le linge peint fait vn vray linge. Voyez Pline, lin. 35, chap. 10.

uanture d'estre aimé reciproquement de l'ombre, qui le regarde tout ainsi
qu'elle est conuoitée de luy. Or nous pourrions bien alleguer plusieurs choses sur sa perruque, si nous l'eussions rencontré ce-pendant qu'il chastoit,
pour ce qu'il y a infinis mouuemens d'icelle en courant, & mesme si quelque ondée de vent la partrouble & esbranle : nous ne lairrons pas neantmoins d'en dire ce mot, qu'estant fort druë & espoisse, & dorée à l'aduc-
nant, les tendons du col en attirent quelque portion deuers eux; partie s'en
est escartée le long des oreilles, partie flotte & bat sur le front; & le reste se
coule au poil fol de sa barbe. Finablement tous les deux Narcisses monstrent vne mesme ressemblance; hors-mis que l'vn est exposé à l'air, l'autre
est enchassé dedans la fontaine : car le Damoisel s'est planté sur le bord de
l'eau coye & tranquille, voire du tout attentiue à luy, comme si elle estoit
alterée, & eust soif de son excellente beauté.

A N N O T A T I O N.

PAVSANIAS.　　AVSANIAS és Bœotiques. En la contrée (dit-il) des Thespiens y a certain endroit
appellé Danacon, où l'on void encores la fontaine de Narcisse, lequel s'est int regardé dans
cette eau, ne s'apperceut pas que c'estoit son ombre qu'il y voyoit, & qu'il estoit amoureux de
soy-mesme : de laquelle amour il sécha & demeura transsy sur le lieu. Mais cela est ab, urde
par trop, de dire que quelqu'vn peust estre si desuoyé de son entendement par quelconque sorte affection & ardeur d'Amour, qu'il ne seeust discerner l'ombre d'vn homme, d'auecques le vray corps d'iceluy. Au moyen dequoy il y a quelques autres choses qu'on en racopte, qui ne sont pas si consequentes de chacun comme les precedentes. Que ce Narcisse eut vne sœur gemelle, luy ressemblant en toutes choses, & mesmes de la
cheueleure qu'ils euvent l'vn & l'autre vne mesme; s'habillans au r ste eux-deux ordinairemet d'vne sorte, &
allans tousiours à la chasse ensemble: si bien qu'il deuint amoureux de sa sœur, laquelle fut ces entrefaictes estant
decedée, vne fois qu'il se refraischissoit sur vne fontaine il vid sa ressemblance dedans, dont il reçeut quelque
soulagement de son mal, comme s'il n'eust pas veu son ombre, mais l'image propre de sa sœur. Quant à la fleur
qui porte son nom, la terre l'auoit desia au-parauant produite, ce me semble, si au moins on n peut tirer quelque coniecture des vers de Pamphus. Car estant plus ancien de plusieurs années que ce Narcisse Thespien, il a
escrit lors que Proserpine fut enleuée en s'esbattant & cueillant des fleurs, ce ne fut pas auecques des violettes qu'elle fut deceuë, mais des Narcisses. Theophraste au sixiesme liure de l'histoire des Plantes,
le descrit d'vne sorte, & Dioscoride au 160. chapitre du quatriesme liure d'vne autre, laquelle
semble assez conuenir auec cette maniere de fleur que nous appellons les œillets nostre Dame,
car elle est blanche, auecques vn moyeu de couleur orangée, telle que de ceux d'Inde, crespé
menu comme vne freze de chemise bien goderonnée; la fueille presque semblable à celle d'vn
porreau. Pline au 19. chapitre du 21. liure en faict de deux especes; l'vne ayant fleur, & l autre
qui est toute herbe, appellée ainsi (ce dit il de ναρκη, pource qu'elle endort, & appesantit la teste, & non de ce beau garçon fabuleux: à quoy se conforme ce lieu-cy de Plutarque au 3. liure des
Symposiaques, question premiere. καὶ τ ναρκισσον ὀνομάζεσι, ὡς ἀμβλύνοντα τὰ νεῦρα & ἐμπρῶτ-
ΠΛΥΤΑΒΟΕ.　　τας ἐμποιοῦντα ναρκώδεις. διὸ καὶ ὁ Σοφοκλῆς αὐτὸν ἀρχαῖον μεγάλων ϑεῶν στεφάνωμα (ναῦσι τῶ
χϑονίων) προσηγόρευκε. Ils ont pareillement appellé le Narcisse ainsi, pour ce qu'il engourdist les nerfs &
rend la teste fort pesante. Au moyen dequoy Sophocle le dit estre le couronnement des grands Dieux, c'est à sçauoir des terrestres. Cela se peut rapporter à ce qu'il demeura ainsi transsy sur le bord de la fontaine,
dont seroit prouenuë l'ancienne coustume de passer en fort grand silence au pres de son sepulchre, qui estoit en la contrée de la Bœoce, parquoy il auroit esté appellé σιωπάς, c'est à dire, tai-
turne, ou ne disant mot. Pour cette consideration peut-estre aussi, qu'il desdaigna la Nymphe E-
cho, au contraire si grande babillarde, & qui a incessamment l'oreille au guet pour reiterer ce
que l'on profere; sans que iamais l'on puisse auoir le dernier dessus elle. Quant à la fleur, on la
prend pour la campanette; ou pour vne forme de liz de couleur de pourpre, qui a les fueilles
presque semblables à celles des fiambes. Neantmoins Ouide au 3. de la Metamorphose conuient
à ce que nous en auons dit cy-dessus.

　　Nusquam corpus erat, croccum pro corpore florem,
　　Inueniunt folijs medium cingentibus albis.

Plutarque à 5. des Symposiaques, question 7. racompte presque vn pareil inconuenient que
　　　　　　　　　　　　　　　　　　　　　　　　　　　　　　　　　celuy

celuy de Narciſſe, aduenu à vn Eutelidas, lequel s'eſtant veu dans vne riuiere s'enamoura de ſa beauté, & s'en affligea de ſorte qu'il en cuida mourir : dont auroit eſté fait autresfois ceſt Epigramme.

καλὰ μϧὺ ποτ᾽ ἔσϧμ κ᾽ φύϧαι Εὐπλίδα.
Ἀ᾽λλ᾽ αὐτὸν βάσκαψεν ἰδὼν ἐλεφώιος αὐήρ
Δινήεντι ποταμῷ τὸν σ᾽ αὐτίκα νῦσσε ἀχήc.

C'est icy la grotte d'Acheloé & des Nymphes ; car les ſtatuës, &c. Il ſemble que cecy ait eſté pris, ou dit à l'imitation de cet endroict du Phedre de Platon, auquel il deſcrit ce lieu ou Socrates ſe range à l'ombre pour diſputer de ce qui eſt beau. Il y a auſſi deſſoubs ce Platane vne fontaine ſeulante d'eau clere nette, & fraiſche au poſſible, ſelon qu'on le peut iuger en y mettant le pied dedans ; laquelle fontaine on coniecture auoir eſté conſacrée à Acheloé & aux Nymphes, pour raiſon des pouppées & figurines y eſtans.

Et ne te conſommes pas ainſi, pour t'eſtre amuſé à contempler ne des couleurs ne des figures de relief. Il y a au Grec : ὐ δὲ χρώμασιν, ἡ κινσῶ τοῖς τέκμαςι. Là ou au lieu de figures de relief, l'autheur a mis ſimplement : Ententif à des couleurs ou à de la cire : pour autant qu'on faiſoit anciennement (comme l'on faict encores) de petits pourtraicts de cire eſleuez à demy boſſe, & de plein relief auſſi : mais cela n'auroit point de grace en noſtre langue. Il y auoit encores vne autre maniere de peindre auec de la cire, qui n'eſt plus (ce croy-ie bien) en vſage : toutesfois à ces mots il ſemble, que cela euſt quelque choſe de commun auec la façon d'eſcrire anciennement ſur les tablettes enduites de cire. Pline au trente-cinquieſme liure, chapitre vnzieſme. Ceris pingere, ac picturam inurere qui primus excogitauerit, non conſtat. Quidam Ariſtidis inuentum putant, poſtea conſummatam à Praxitele. Sed aliquantò vetuſtiores encauſticæ picturæ extitere. Ciceron a dit preſque le meſme au liure des excellens Orateurs, parlant de l'eſcriture ſur le propos de Ceſar. Sed dum volut alios habere parata vnde ſumerent, qui velent ſcribere hiſtoriam, ineptis gratum fortaſſe fecit qui volunt illa calamiſtris inurere. Qui eſtoit certes vne maniere d'eſcrire auec vn ſtile ou petit ſerrement tel que nous en vſons encore pour le iourd'huy ſur les tablettes ; mais il y en auoit auſſi de toille cirée, & quelquefois d'eſcorce de tilleul, ou arbre ſemblable ; & du roſeau nomé l'apyrus : tellement qu'encore que les anciens euſſent d'autres manieres d'eſcrire que ſur de la cire, neantmoins ils vſoient cómunemét de ce mot cire ; tout ainſi que nous appellós papiers tous les eſcrits que nous auons, fuſſent-ils en parchemin. Suetone en la vie de Ceſar : Reliquos in vltima cera, pour dire, au bout du teſtament. Mais ie ne puis comprédre cóme ceux qui ont voulu interpreter Pline & Ciceron, ayent dit que cette forme d'eſcrire ſur la cire eſtoit auec des ſtiles ou ſerremens chauds, que les Latins appellent Calamiſtra, qui ſont cette eſpece de longues aiguilles, dont les femmes ont accouſtumé de frizer leurs cheueux, ou bié beſongner à des ouurages de Rezeau ; car il leur euſt cóuenu faire porter du feu par tout quand ils eſcriuoient, ce qui ſeroit trop abſurde de croire, au moins en l'eſcriture : car quant à l'effect des cheueux, il faut à la verité que ces Calamiſtres ſoient quelque peu chauffez. Au moyen dequoy Inurere a eſté dit pour marquer ſimplement & empreindre ; Inurere macula aut ignominiâ. Et à la fin du meſme chapitre de Pline, il y a Frere & adurere pour bouillir en la teinture. Aduſtæ veſtes firmiores quàm ſi non vrerentur : ayant dit vn peu deuant : In ferucentes aquas merſa, poſt momentū extrahuntur picta. Là où peindre eſt mis pour teindre ; Hoc eſt cùm fecere non apparent in velis, ſed in cortina pingi : laquelle cortine eſt la chaudiere des teincturiers : Mirùmque cùm ſit vnus in cortina color, &c. Au ſurplus ce qu'on appelle encauſtum, & l'encauſtique maniere de peindre, eſtoit ſelon quelques-vns l'eſmailleure ou nelleure, menz à le coniecturer en la ſorte ; pour ce que tous les eſmaux & eſmaillemens ſe font au feu ; mais autre choſe eſt de beſongner au feu de quelque eſtoffe & matiere qui s'y fond, comme les metaux, le verre, eſmail, la cire, & ſemblables : & autre de peindre ou colorer en bruſlant, comme le mot de ἐγκαυσῖν le porte, & que le teſmoigne Celius Rhodiginus liure 4. chapitre 31. Parquoy ce ſeroit pluſtoſt le noir qui ſe faict de bruſlure ; & l'appellons noir à noircir, compoſé de la fumée de reſine, de Therebentine, & Cire aucuneſfois, auec autres choſes vnctueuſes aduſtiues. Cet autre auſſi dont l'on imprime les planches de cuiure en taille douce, où il entre de la lie de vin rouge, & des noyaux de peſche, le tout bruſlé. Et encores vn autre dont vſent communement les peintres pour les renſondremens, & ombrages, car c'eſt le plus noir de tous, lequel ſe faict d'yuoire bruſlé. Ces choſes là eſtoient, ce me ſemble, l'encauſtique des anciens, qu'on appelle en Italie chiar-obſcuro, Clair-brun, faict de noir ſeulement en champ blanc ; dont il y a tout plein de faces de maiſons à Rome, de la main de Polydore, qui a eſté le plus excellent maiſtre en cette maniere d'ouurer, de tous les modernes. A quoy ſe peut rapporter ce diſtique de Martial au premier de ſes Epigrammes.

Encauſtus Phaëthon tabula tibi pictus in hac eſt,
Quid tibi vis Dipyrum qui Phaëthonta facis?

Il y auoit puis-apres vne autre maniere d'Encauſte qui s'appliquoit ſur les ouurages de terre, &

R ij

cela est vne espece d'esmail, comme nous voyons és potteries, & sur l'argent encore, telle qu'est la nelleure, dont nous parlerons plus à plein en *la Chasse des bestes noires*. Pline à ce propos, *signinum opus encausto pinxit*. Cecy se doit recuire. Mais, *Ceris pingere, & picturam inurere*, n'est dit qu'à l'imitation de *calamistris inurere*. Qui estoit vne maniere de pourtraire ou desseigner sur des tablettes ou toilles cirées, tout ainsi qu'on faict auec la plume, le crayon, ou pierre d'Angleterre. Il y auoit toutesfois d'autres artifices de l'encaustique: comme Pline dit sur la fin du dessusdict 11. chapitre du 35. liure. *Encausto pingendi duo fuisse antiquitus genera constat, Cera, & in Ebore cestro, id est viriculo, donec classes pingi cœperunt. Hoc tertium accessit, resolutis igni ceris penicillo vtendi: quæ pictura in nauibus nec sole, nec sale ventisque corrumpitur.* Ce qui ne nous est pas gueres bien cogneu, non plus que beaucoup de semblables choses prattiquées par les anciens; au lieu desquelles nous en auons d'autres toutes nouuelles. Mais la maniere de former de relief en cire (comme il a esté dit cy-dessus) nous est encores en vsage, dont le mesme autheur dit cecy au chapitre ensuiuant. *Hominis autem imaginem gypso è facie ipsa primus omnium expressit, ceráque in eam formam gypsi infusa emendare instituit.* Qui est la maniere vsitée encores parmy nous, de former au naturel les visages des Roys, Princes & autres tels grands personnages, pour seruir aux effigies de leurs obseques & tombeaux. Au moyen dequoy i'ay tourné le mot de cire pour figure de relief, afin de comprendre en ce faisant la platte peinture, & le relief, qui sont les deux manieres de representer quelque figure; car le creux & graueure ne seroient propres aucunement à esmouuoir l'affection, & encores la platte peinture ne l'est pas tant; combien que nous lisons que les raisins pourtraicts par Zeuxis inuiterent les oyseaux à les venir becqueter; & le cheual d'Apelles en platte peinture, esmeut les naturels à hennir; mais l'on en croit ce qu'on veut. Trop bien est-il tout certain qu'autresfois il y a eu des personnes desesperement amoureuses de quelques statuës. Et c'est pourquoy assez souuent, mesme en l'Eglise Grecque, quand on a voulu reformer les abus des images dediées aux temples, & mediocrer ce different auec les Iconomaches, on a accordé d'oster celles de plein relief, pour ce qu'elles mouuoient plus les cœurs; laissant les plattes peintures, tant és murailles, qu'és tableaux & verrieres.

TV N'AS SCEV *te hausser & baisser, ou retirer arriere sans t'arrester ainsi en vne place.* Le mesme presque a dit Ouide sur ce subiect propre au 3. de la Metamorphose.

    Ista repercussa quam cernis, imaginis vmbra est.
    Nil habet ista sui, tecum venitque manétque,
    Tecum discedet, si tu discedere possis.

TOVS les deux Narcisses monstrent vne mesme ressemblance, horsmis que l'vn est exposé à l'air & l'autre est empreint dedans la fontaine. Chalcidius Philosophe Platonicien, lequel a commenté le Timée, distingue la veuë en ces trois sortes, φάσις, ἔμφασις, & ὄε φάσις. La premiere est quand quelque chose se presente à nostre regard sans reflexion aucune d'iceluy: l'autre quand les raiz de la veuë se viennent rompre & rabatre sur vn corps poly & luisant, comme en vn miroüer ou en l'eau. La tierce quand les mesmes raiz ne s'arrestent pas seulement ainsi qu'il semble, en la superficie dudit corps luisant, mais comme s'ils penetroient iusques au fonds d'iceluy, pour y apprehender le simulachre qui leur apparoist, ou plustost qu'ils se forment eux-mesmes; y ayant quelque obscurité tenebreuse en ladite face ou superficie, ainsi que sur quelque table de noyer ou d'Ebene bien polie; ou d'esmail noir, & semblables: mesmement dans des puits & fontaines profondes, où les bords peuuent causer cet ombrage, qui enfonce plus en dedans la repercussion de nos yeux, au moins selon nostre imagination & apparoissance: car il nous semble proprement estre introduits là dedans; ce qui est à peu pres ce que veut dire icy nostre autheur.

HYACINTHE.

La rage de la ialousie,
Transporte en telle frenaisie,
Qu'on hait souuent iusqu'à la mort,
Celuy qu'on aymoit le plus fort.

Ainsi l'infortuné Hyacinthe,
En receut la plus rude atteinte,
Nous apprenent par son mal-heur,
Que l'homme n'est rien qu'vne fleur.

R iij

HYACINTHE.

ARGVMENT.

EN LA VILLE *d'Amycles au territoire de Laconie, y eut iadis vn ieune adolescent de tres-noble maison, appellé Hyacinthe, beau par excellence, & encores plus gentil & honneste, lequel pour ceste occasion fut singulierement aimé du Dieu Apollon, & du vent Zephyrus: deux grands & puissans competiteurs: qui s'efforcerent à l'enuy, par tous moyens à eux possibles, de se supplanter l'vn l'autre, & obtenir sa bonne grace. Car Apollon luy monstroit à tirer de l'arc, courir, sauter, ietter la pierre, auecques autres semblables exercices honnestes; & si le recreoit puis apres de sa lyre, pour luy donner plaisir quand il se trouuoit las & harassé du trauail. Là où Zephyre ne le faisoit qu'importuner sans cesse, luy ietter de la poudre au visage, ternir & laster son beau teinct, desbaucher son chappeau de fleurs, troubler ses passefilons ondoyez, desrezer sa chemise, corrompre & mettre en desordre les pliz ageancez de son vestement. Bien est vray que par fois il en tiroit quelque seruice agreable, quand molesté du chaud, il le venoit raffraichir de sa douce-soüefue haleine. Mais nonobstant tout cela, & les belles promesses que le vent luy faisoit de le rendre Monarque de toutes les plus delicates fleurs de la Prime-vere, il enclina finablement à Apollon: dont Zephyre eut tel despit, & en conceut vne si grande ialousie, pour se voir frustré de la chose qu'il aimoit le mieux en ce monde, qu'il conuertit ceste affection en vne haine mortelle, & desir de vangeance: si bien que les ayant soigneusement espiez, il les prit vne fois à propos qu'ils passoient le temps à ietter la pierre, où luy qui se tenoit caché derriere vn tertre tout ioignant de là; destourna le coup d'Apollon droict sur la teste du Iouuenceau, dont il tomba roide mort estendu sur la place: sans que le Dieu (superintendant de la medecine) y peust arriuer à temps pour le secourir: Car l'ame auoit desia passé le pourpris & closture des dents, où puis apres (comme dit Homere) elle est du tout irreuocable. La terre ayant compassion de la desconuenuë de l'vn, & du regret & angoisse de l'autre, produit là à l'instant, du propre sang du iouuenceau vne fleur, laquelle pour marque & tesmoignage de ce desastre, porte certains characteres du dueil: faisant le commencement de son nom, lequel elle a tousiours gardé depuis. Cecy n'est pas fort esloigné de ce que l'on compte d'vne gageure du Soleil & du vent, à qui le premier deualiseroit vn quidam qui passoit chemin. Le vent se mit à souffler de toute sa force, & le passant à se*

refferrer dedans fon manteau, & l'eftreindre de plus fort en plus fort. Mais quand
le Soleil eut deffployé l'vn de fes plus chauds & ardents rayons deffus luy, alors il
quitta non feulement la manteline, mais iuppe & pourpoint encore. Ce qui n'eft pas
fans quelque fens myftique caché là deffoubs.

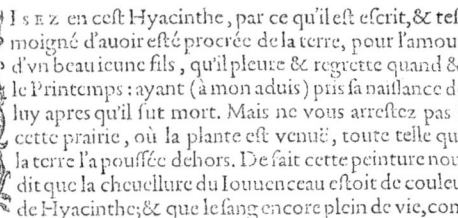 I s e z en ceft Hyacinthe, par ce qu'il eft eferit, & tef-
moigné d'auoir efté procrée de la terre, pour l'amour
d'vn beau ieune fils, qu'il pleure & regrette quand &
le Printemps : ayant (à mon aduis) pris fa naiffance de
luy apres qu'il fut mort. Mais ne vous arreftez pas à
cette prairie, où la plante eft venuë, toute telle que
la terre l'a pouffée dehors. De fait cette peinture nous
dit que la cheuellure du Iouuenceau eftoit de couleur
de Hyacinthe; & que le fang encore plein de vie, com-
me le terrouër le humoit, colora la fleur a quelque fienne reffemblance : car
il fe mit à couler de la tefte incontinent que le Difque vint tomber deffus.
Faute certes bien lourde, & qu'on ne deburoit pas croire aifément d'Apollon. Mais pourautant que nous ne fommes pas icy venus en intention de reprendre les fables, ne difpofez à incredulité, ains fpectateurs feulement des
peintures, nous examinerons vn peu le tableau : & la hauffe premierement
dont l'on iette le Difque. Cette hauffe eft reduite à petit volume, qui peut tenir toutesfois vn homme debout; là où furleuant la iambe droicte reiettée
en arriere, elle fait pancher le deuant, & hauffe en l'air l'autre iambe qu'il faut
qui s'aduance, & marche quand & la main droicte. Mais le gefte de celuy
qui fouftient le Difque eft tel, que foriettant la tefte hors d'iceluy efleué , il
la courbe fur le cofté droict, tant qu'il vienne à regarder par deffoubs fes coftes, & qu'il le iette comme puiffant, & s'efforçant de toutes fes parties dextres. De cette forte aucunement auffi Apollon le lance : car en autre maniere il ne l'euft pas enuoyée gueres loin. Or quand il eft venu fondre fur l'A-
dolefcent, ce pauure ieune Laconien, eft demeuré eftendu là auprés à la
renuerfe; auec vne greue droite & fort bien exercitée à la courfe; s'ef-
ueillant defia le bras; & foubfmonftrant la belle forme de fes offemens.
Mais Apollon fe retourne de l'autre part , eftant fur la butte encore, &
abaiffe fes yeux contre terre : vous diriez qu'il eft tout tranfi, tant il eft
eftonné. Et certes Zephyre eft par trop rigoureux, de luy auoir porté
vne telle enuie , & voulu reietter le Difque fur le iouuenceau. Cela
neantmoins ne femble au vent qu'vne rifée & paffe-temps : car s'eftant
perché au haut d'vne guette, il ne s'en fait que gaudir & mocquer. Et
vous le voyez bien là (fe me femble) les temples empennées d'aifles,
auec vne delicate mine ; lequel a d'abondant vn beau chappeau de toutes fortes de fleurs fur la tefte, là où il doit bien toft encore entrelaffer
l'Hyacinthe.

R iiij

ANNOTATION.

LVCIAN traicte cecy presque en la mesme sorte.

MERCVRE ET APOLLON.

MERCVRE. *Mais pourquoy és tu ainsi triste Apollon?* APOLLON. *Pource que ie suis si malheureux & infortuné en Amours.* MERC. *Ceste cela est bien pour se fascher; mais comment es tu si infortuné que tu dis? Ce qui t'aduient auec Daphné? t'assige il encore?* APOL. *Nenny, se n'est pas cela. Ie pleure mon grand mignon, ce Laconien, le fils d'Oebalus.* MERC. *Est doncques mort le gentil Hya-cinthe? dis le moy ie te prie.* APOL. *Ouy de vray.* MERC. *Et comment Apollon, me qui pouuoit estre celuy se estrangé d'amours, qui voulust auoir tué vn si bel enfant?* APOL. *C'est moy qui l'ay occis sans autre.* MERC. *Quoy doncques estoi tu hors du sens?* APOL. *Non point autrement, mais c'est vn malheur qui m'est arriué malgré moy.* MERC. *En quelle sorte? car ie le voudrois bien sçauoir.* APOL. *Il se prenoit à tirer la pier-re, & passions le temps ensemble à cela. Mais ce traistre malheureux Zephyre, le plus meschant & abominable de tous les vents l'aimoit aussi de longue main; & se voyant desdaigné de luy, vaincu d'vne impatience, car il ne pouuoit plus comporter ce contemnement; ainsi que ie lançois la pierre en haut selon que vous auions de coustume, l'enuieux qu'il est, soufflant du mont de Taygete contre la valée, l'alla reietter sur la teste du paure garçon, tellement que du coup qu'il receut, le sang coula en abondance, & tomba roide mort estendu sur la place. I'en eusse bien eu ma raison tout à l'heure, si Zephyre n'eust gaigné le haut: car ie me mis apres à coups de flesches, & le poursuiuy fuyant iusques au mont dessusdit. Depuis i'ay dressé vn tombeau à l'enfant en Amycles, au mes-me lieu où il receut le coup. Et sis que la terre se tapissa d'vne fleur née de son sang, tres-belle & tres-agreable de voir (seigneur Mercure) & la mieux odorante de toutes; qui a aussi cela quelques lettres à l'empreinte, com-me si elles deploroient le desfunct. Te semblay-ie doncques triste & melancholique sans cause?* MERC. *Ouy à la verité Apollon. Puis que tu sçauois bien d'auoir choisi vn des mortels pour ton mignon, pourquoy tu ne te dois plus affliger maintenant qu'il est trespassé?*

PAVSANIAS.

PAVSANIAS és Laconiques ne fait pas Hyacinthe estre fils d'Oebalus, mais d'Amyclas fils de Lacedemon, lequel voulant laisser quelque memoire & tesmoignage de luy, fonda la ville d'Amyclas en territoire de Laconie, là où se void au dessus de la statue d'Apollon, la sepulture de Hyacinthe le plus ieune de ses enfans, qui mourut auant luy. Amyclas estant decedé, le Royaume vint és mains d'Argalus son fils aisné: & apres luy Cynortas, lequel fut pere d'Oebalus, qui prit à femme Gorgophone fille de Persée, dont il eut Tyndarus, pere de Castor & Pollux, & d'Helene, pour qui fut entrepris & la guerre de Troye. Mais Pausanias puis-apres au mesme liure descript plus amplement cette statue d'Apollon Amycléen, ensemble le throsne où elle est posée, fait de la main de Bathycles Magnesien; & la sepulture de Hyacinthe en cette sorte. Ce throsne la est soustenu par le deuant, & par le derriere de deux graces, & autant de figures d'Heures ou saisons de l'année: à la main gauche se void vne grande Vipere auec vn Typhon; à la droite sont des Tritons. Là où, si sont esleuez en basse taille, Iuppiter & Neptune, qui portent Taygete, fille d'Atlas, & sa sœur Alcyone: ensemble iceluy Atlas; & le duel d'Hercules contre Cygnus; plus le combat des Centaures pris le mont de Pholus; & le Minotaure que Thesée emmeine lié & garrotté tout viuant. Tu y aussi le balet des Phaeaciens au chant de Demodocus qui leur sonne la note. Item l'exploict de Persée contre la Meduse. Quand vous aurez contre-passé le fait d'armes d'Hercules auec le geant Thurion, & de Tyndare auec Euripus, vous rencontrerez le rauissement des filles de Leucippus, & Mercure qui emporte au ciel Bacchus en encore petit enfant, Minerue aussi, laquelle conduit Hercules pour le faire le iour de la en auant de la société des Dieux. Plus Peleus qui donne Achilles à Chiron pour l'instruire, lequel à ce que l'on dit l'enseigna en ses ieunes ans. Cephalus est là mesme pour sa beauté enleué de l'Aurore: & les Dieux apportent chacun leur presens és nopces d'Harmonie. Le combat semblablement d'Achilles contre Memnon y est entaillé. Et Hercules qui chastie le brauache Diomedes, & Nessus le Centaure sur la riuiere d'Eudene. Mercure mesme les Deesses deuers Paris Alexandre, pour donner iugement de leurs beautez. Adrestie aussi & Tydée, qui separent la meslée d'entre Amphiaraus & Lycurgue le fils de Pronax. Iunon contemple la fille d'Inachus desia transmuée en vache: & Minerue s'enfuit de Vulcan, qui la poursuit & court apres. Consequemment suit par ordre tout ce qu'Hercules sit à l'encontre du serpent Hydra; & comme il tira hors Cerberus des enfers. Anaxias & Mnasinus, sont à cheual, chacun sur leur monture à part; mais Migapenthes fils de Menelaus, & Nicostrate sont montez en couppe l'vn derriere l'autre. Puis Bellerophon, qui met à mort le monstre de Lycie: & Hercules emmenant les bœufs de Gerion. Sur les bords du throsne en haut, de coté & d'autre, les fils de Tyndare sont à cheual; & au dessous des che-naux, des Sphynx; plus des bestes sauuages qui s'enfuyent par à mont; deuant Castor, vne Oace, & deuant Pollux vne Lyonne. Tout au haut du throsne est taillée vne trouppe de Magnesiens qui aiderent Bathycles à le faire. Et au dessoubs, si quelqu'vn descendoit la où sont les Tritons, il verra le fils de Thyras Calidonien. Her-cules est pareillement là, qui met à mort les enfans d'Actor: plus Calais & Zetes qui deliurent Phinée des

La throsne &
statue d'Apol-
lon en Amy-
cles, à la sculp-
ture d'Hyacin-
the.

L. apres,

Harpies, & les chassent par l'air. Pirithous & Thesée ont rauy Helene ; Hercules estrangle le Lyon, & Apollon & Diane tirent à coups de flesche Titius. Là est aussi le combat d'Hercules contre Orcus le Centaure, & de Thesée contre le Minotaure : la luicte d'iceluy Hercules contre Acheloë: & ce qui se dit de Iunon, comme elle fut enueloppée par les liens de Vulcan. Les ieux de prix qu'Acastus propose en l'honneur de son pere ; au surplus ce que l'Odissée raconte de Menelaus, auec l'Egyptien Protee : finablement Admetus qui a ticé à vn chariot vn sanglier, & vn lyon ensemble: & les Troyens sont les funerailles d'Hector. Mais pourautant que ce throsne où le Dieu Apollon est assis n'est pas tout d'vne venue, ains a plusieurs sieges & reposoirs, & en chacun d'iceux vn grand espace laissé tout vuide, il est fort large au milieu où la statue est posee, dont personne n'a que ie sçache mesuré la grandeur ; toutesfois à ce qu'on peut iuger, il semble qu'il peut auoir quelques 45. pieds de haut. Ce n'est point vn ouurage de Bathycles, mais fort antique, & sans art ne grace quelconque ; car hors-mis le visage, les pieds & les mains, tout le reste est semblable à vne colomne de bronze. Il a au demeurant vn cabasset en la teste ; & aux poings l'arc, & la lance. La base est en forme d'autel, où l'on dit qu'Hyacinthe est enseuely: car en la solemnité Hyaciathienne, auant qu'on sacrifie à Apollon, ils vont immoler à Hyacinthe sur cest Autel la, par les portes de cuiure, comme à vn Heroë. A la main gauche il y a vne entrée, & là endroit l'essigie de Biuia taillee, Amphitrité, & Neptune. Bacchus auec Semele est debout deuant Iuppiter & Mercure, qui deuisent ensemble : ioignant Semele est Ino. Au bas de l'autel se voyent Cerés, Proserpine, & Pluton, apres tous ceux cy, les Parques & les Heures : puis Venus, Minerue, & Diane, qui enleuent au ciel Hyacinthe, ensemble sa sœur Polyblee, qui mourut Vierge à ce qu'on dit. Mais cet Hyacinthe a desia de la barbe : là où Nicias Ni- comedien l'a peint tres beau par excellence, voulant denoter l'amour par tout assez disnaignée du Dieu Apollon enuers luy. Au dessoubs de l'autel encores se voit Hercules, qui est de là conduit au ciel par Minerue, & les autres Dieux. Plus les filles de Thestius, les Muses quand & quand, & les Heures. Au regard du vent Ze- phyrus, & comme Hyacinthe fut tué d'Apollon sans le penser faire, ce qui se dit pareillement de la fleur; il pour- roit estre que cela fust d'vne autre sorte : l'on tient neantmoins que le tout soit passé, comme le commun peuple le raconte.

QVANT à l'Hyacinthe nous ne conuenons pas gueres bien quelle herbe & fleur ce peut estre. Dioscoride le prend pour le Vaccinum des Latins, dont Virgile auroit dit, Alba ligustra cadunt, vaccinia nigra leguntur: & l'a ainsi interpreté Seruius: les François ne changeans gueres de let- tres l'appellent en quelque endroit le Vaciet, & l'oignon de chien, ou sauuage: car il a vne maniere d'oignons en lieu de racine, & les fueilles presque semblables aux eschalottes; & la fleur de couleur de pourpre, qui s'espanouist dés l'entrée du Printemps; si bien qu'elle est des premieres; & a cer- taines vaines obscures qui forment assez passablement, au moins selon nostre imagination, ces deux lettres Grecques α. ι. Lesquelles couplées en vn mot αι, signifient ce que nous disons Helas! comme si cette herbe lamentoit la desfortune de l'adolescent dont elle porte le nom. Ouide au 10. de la Metam. Flosq, nouus scripto gemitus imitabere nostros. Et Moschus en l'epitaphe de Bion.

De l'Hyacin- the.

νῦν ὑάκινθε λάλει τὰ σὰ γράμματα, ϗ πλέον αἲ αἲ
λαμϐανέ οἷς πετάλοισι.

Plus Coluthus au rauissement d'Helene.

αὐτὰρ Ἀπόλλων
ἐκ ἐδάη ζεφύρω, ξηλήμενα παῖδα φυλάσσειν·
ῥεῖα δὲ δακρύσειμτι χεϊοσα ὑῶν βασιλῆι,
αὐτὸς ἀπηύξησε γραψιφάεσιν Ἀπόλλων,
αὐτὸς ἀριζήλοιο φερωνυμον ἔκτισε λέσσ.

Apollon ce-pendant à tout son grand sçauoir,
Ne s'appercevoit pas en Zephyre d'auoir
Vn concurrent, lequel picqué de ialousie
Fut cause qu'il priua Hyacinthe de vie.
La terre de douleur qui larmoyer l'en vit,
Le voulant consoler, vne fleur luy produit,
Portant le mesme nom.

LVCIAN au traicté de la dansserie. Lacedemone nous fournira assez de semblables subiects: comme Hya- cinthe & Zephyre le competiteur d'Apollon, & la piteuse fin du garçon, prouenuë du coup de Disque, auec vne belle fleurette née de son sang, & l'inscription de αἲ gemissant en icelle. Pausanias és Corinthiaques par- lant de la solemnité de la Deesse Cthonie, estime que la fleur dont l'on y fait les bouquets appel- lée Comosandalon, soit le vray Hyacinthe, selon sa grandeur & couleur. Pline au 21. liure, chap. 11. Hyacinthus maximè durat, quem comitatur fabula duplex, luctu praserens eius quem Apollo dilexerat, aut ex Aiacis cruore editi; ita discurrentibus venis, vt Graecarum literarum figura ca legatur inscripta. Et Ouide au dixiesme liure dessusdit.

Non satis hoc Phœbo est (is enim fuit author honoris)
Ipse suos gemitus folijs inscribit, & ai ai

Flos habet inscriptum, funestáque littera ducta.

Que la fleur au reste de l'Hyacinthe ait esté depuis referée encore au sang d'Aiax Telamonien, qui se tua deuant Troye, Ouide au dessus-dit liure 10. le tesmoigne en cette sorte.

Tempus & illud erit, quo se fortißimus Heros
Addat in hunc florem, folióq; legatur eodem.

Mais plus apertement au 13. ensuiuant.

rubefactáque sanguine tellus
Purpureum viridi genuit de cespite florem,
Qui prius Oebalio fuerat de sanguine natus.
Littera communis mediis pueróq;, viróq;,
Inscripta est foliis : hæc nominis, illa querelæ.

Car il veut referer ce deux lettres de *αι*, à la lamentation dont nous auons parlé cy dessus, & aux deux premiers cháractéres de ce mot *Ἄ ιαξ*. Mais pour retourner à la description d'icelle outre ce qui en a esté dit cy dessus, le mesme Poëte l'a dit ressembler au lis, sinon qu'elle a sa fleur de couleur de Pourpre, dont nous parlerons cy apres.

Ecce cruor qui fusus humi signauerat herbas,
Desinit ecce cruor, Tyrióq; nitentior Ostro
Flos oritur, formámque capit, quam Lilia, si non
Purpureus color his, argenteus esset in illa.

Pline au 26. chap. du 21. liure, en met encore cecy. *Hyacinthus in Gallia eximiè prouenit. Hoc ibi pro Cocco Hyginum tingi. Radix est Bulbacea.* A ce propos les Poëtes racomptent tout vn semblable accident encore d'vn ieune garçon appelé Crocus, que Mercure tua en iouät au Disque ensemble: dont vne fille appellée Smilax qui en estoit desesperement amoureuse seicha & transit de regret & ennuy. Mercure meu de pitié tant de l'inconuenient de l'adolescent que de celuy de la fille, & de leurs amours, les conuertit tous deux en des fleurs de semblable nom, qui croissent encore volontiers l'vne auprés de l'autre, comme se ressouuenans encore de leurs anciennes affections. Au moyen dequoy les Grecs voulás denoter vn amour mutuelle de deux espoux, feignët Iuppiter estre orné de Crocus & Iunon de Smilax ou Lyseron, autrement Campanette. Hyacinthe au reste ne peut estre ny l'œillet commun; ny aussi peut celuy d'Inde. Ny cette plante maintenant tref frequente à nous qui produit de petites fleurs iaunes dorées, mais tirans fort sur le rouge, en forme de plusieurs croisettes assemblées & non gueres beaucoup differentes de celles des giroflées. On les appelle communément des Hyacinthes; & s'y peuuent remarquer aucunement les dessus-dits cháractéres *αι*: mais au reste ne conuient pas auec la description des anciens qui ont pris l'Hyacinthe pour le lis de couleur de Pourpre. Fulgentius en son Mythologique, veut faire descendre ce mot de Hyacinthe de *ἴα*, qui signifie *vne* ou *seule*, & *κύρϑος* en langue Attique *fleur*: comme s'il Hyacinthe estoit la plus parfaicte de toutes autres.

De l'ancien
Disque. Avssi TOST que le Disque vint à tomber dessus. Tout ainsi que les Latins n'on point voulu chäger ce mot de *διχος*, pour n'en auoir point de propre dequoy l'exprimer, aussi n'ay-ie, pour la mesme occasion. Car ny la plaque, ny le pallet, ou plateau, ny semblables, ne le representet point si bien que feroit celuy de pierre. Tellement que l'exercice ancien du *διχος* est ce que nous appellons ietter la pierre, & celuy du *σόλος* à peu prés ietter la barre: toutesfois on les a le plus souuent côsondz l'vn pour l'autre, combien que la difference y soit telle que nous l'allons dire. *Δίχος* estoit vne grosse pierre pesante qu'on iettoit au loing pour s'exercer les bras, & le corps. Homere au second de l'Iliade.

λοὶ δὲ δϡ ῥηγμῖν θαλάσσης
ϑίχοισιν τέρπουτο ϡ αἰγανέησιν ἱέντες,
τόξοισίν ϑ'.

Surquoy l'interprete dit: *Δίχος ὅτι βαρὺς λίϑος, ὁν ἱέντων οἱ γυμναζόμϑροι τὲν γὰρ σϑένϡ σόλῳ τραφα᾽ραυ᾽ιϑι.* i.e *Disque est vne pierre pesante que iettent ceux que se veulent en s'exercitant renforcer les bras.* Mais quand la masse est de fer, on l'appelle *σόλος.* Et non seulement differoient ces deux pour estre l'vn de pierre, & l'autre de fer; mais encore de leur forme & façon. Car le Disque, comme dit le mesme Interprete sur ce lieu cy du 23. de l'Iliade.

αὐτὰρ Πηλείδης ῆκεν σόλον αὐτοχόωνον.

Δίχος πλατύ: ὅτι κỳ κοιλότ'ρον. ὁ δὲ σόλος σφυριλος κỳ σφαιροϑιδὲ. Le Disque est large, plat, & vn peu plus creux que le Sole qui est rond & spherique. Lucian au traicté des exercices Gymnastiques le fait estre de bronze: & les confond l'vn pour l'autre: mais comme nous dirons au tableau de Rhodoguné, les Grecs mettent souuent le fer pour le cuiure, & au rebours. Il dit doncques ainsi, introduisant Solon qui narre au Scythe Anacharsis les façons de s'exercer à la Grecque. *Vous auez veu encore vne autre masse de cuyure ronde, faite en forme de petit bouclier qui estoit à terre au milieu de l'escolle, n'ayant ne courroye, ne poignée; & vous mesmes pour vous y esprouuer la soubs-leuiez auec la main; mais*

LVCIAN.

elle

elle vous sembloit fort pesante, & mal-aisée à empoigner, pource qu'elle glissoit. Ceux qui s'exercent, la tirent de la main haut en l'air, le plus loing qu'ils peuuent, pour veoir celuy qui ira le plus auant, & passera les marques de tous les autres. Car cela leur rend les espaules plus fermes, & renforce les bras grandement. Mais Homere a ordinairement gardé la difference des deux. Comme au lieu cy dessus allegué parlant du σόλος, il adiouste incontinent apres.

> εἴ οἱ ⟨καὶ⟩ μάλα πολλὸν ἀπόπροθι πίονες ἀγροί,
> ἕξει μιν καὶ πέντε περιπλομένους ἐνιαυτοὺς
> χρεώμενος. ὂ μὲν γὰρ οἱ ἀτεμβόμενος γε σιδήρου
> ποιμὴν ἠδ' ἀροτὴρ εἶσ' ἐς πόλιν, ἀλλὰ παρέξει.

Que celuy qui gaigneroit ce σόλος, *encore qu'il eust force bons labourages aux champs, neantmoins par cinq ans durant, ny berger ny laboureur sien n'auroit que faire d'aller achepter du fer à la ville, car il fournitoit bien à tout cela.* Là où au huictiesme de l'Odyssée, parlant du Disque il dit ainsi:

> Ἦ ῥα, καὶ αὐτῷ φάρει ἀναΐξας λάβε δίσκον
> μείζονα καὶ πάχετον, στιβαρώτερον οὐκ ὀλίγον περ
> ἢ οἵῳ Φαίηκες ἐδίσκεον ἀλλήλοισι.
> τόν ῥα περιστρέψας ἧκε στιβαρῆς ἀπὸ χειρός.
> βόμβησεν δὲ λίθος.

Il parla en cette sorte, & se lançant à-tout son manteau, prit vn Disque plus grand & espoix, & plus pesant beaucoup que celuy dont les Pheaciens s'esbattoient entr'eux, & luy ayant donné le tour, le ietta de sa main puissante, dont la pierre resonna fort. Vous voyez comme parlant de σόλος il a voulu remarquer qu'il estoit de fer. Et icy ayant dit δίσκος, adiouste tout incontinent ce mot de *pierre*, comme si ce n'estoit qu'vne mesme chose. Neantmoins ainsi que i'ay desia dit, les autheurs Grecs les confondent ordinairement l'vn pour l'autre. Pindare au dixiesme des Olympiennes, a vsé de ce mot *pierre*, simplement pour dire Disque.

> μᾶκος δὲ Νικεὺς ἔδικε πέτρα
> χέρα κυκλώσας ὑπὲρ ἁπάντας.

Et encore en la premiere de l'Isthmies.

> οἷά τε χεροῖν ἀκοντίζοντες, αἰχμαῖς
> καὶ λιθίνοις ὁπότε δίσκοις ἵεν.

En quoy il a expliqué les Disques estre de pierre.

Nous *examinerons la butte dont l'on iette le Disque.* Cette maniere d'exercice aux anciens auoit vne grande difficulté encore, car outre ce que le Disque ou le Sole(autrement ne les peut on appeller, pource qu'ils ne nous sont plus en vsage) estoient glissans & mal-aisez à empoigner, il les falloit lancer estant debout en pied en l'air sur vne petite hausse ou lieue de terre, faicte en façon d'vne poire, ou pomme de pin;ou comme sont ces sabots renuersez que fouëttent les ieunes enfans auec des escourgées pour les faire trotter en tournant. Les Grecs appellent cette figure κῶνος, & les Latins pareillement *Conus*, ayans emprunté ce mot d'eux. Pline au 10.chap.du 2.liure, parlant de la nuict qui n'est autre chose que l'ombre de la terre, entre la lumiere du Soleil, & nostre regard;*figuram autem vmbræ similem* METAE, AC TVRBINI INVERSO. Laquelle mete ou butte ressemblant à vn sabot renuersé(comme il dit)que les Grecs appellent νύσσα, & nostre autheur icy βαλβὶς. Homere au 12.de l'Iliade dit estre large & spacieuse par embas, & poinctuë au dessus.

> Ἕκτωρ δ' ἁρπάξας λᾶαν φέρεν, ὅς ῥα πυλάων
> εἱστήκει πρόσθεν, πρυμνὸς παχύς, αὐτὰρ ὕπερθεν
> ὀξὺς ἔην· τὸν δ' οὔ κε δύ' ἀνέρε δήμου ἀρίστω
> ῥηιδίως ἐπ' ἄμαξαν ἀπ' οὔδεος ὀχλίσσειαν,
> οἷοι νῦν βροτοί εἰσ'.

Hector portoit vne pierre arrachée qui souloit estre tout au deuant des portes, grosse par embas & poinctuëe au dessus:deux des plus puissans hommes de tout le peuple ne l'esteueroient pas bien à l'aise de terre sur vn charriot, tels au moins qu'ils sont à present. La difficulté donceques estoit bien grande de se tenir sur vn pied en si peu d'espace, & si estroict; estant mesmement chargé en la main droicte d'vn tel poids comme estoit le Disque, & se mettant courbé en cette assiette qui est icy descripte, pour auoir plus de branle & de force à le tirer au loing: tellement qu'il falloit que cela vinst d'vne longue practique & assiduité d'exercice.

Qvand *le Disque est venu fondre sur l'Adolescent, ce pauure ieune Laconien est demeuré estendu dessus à la renuerse.* Nous auons desia dit cy deuant que Hyacinthe estoit de la cité d'Amycles, que Stephanus au liure des villes met en la contrée de la Laconie, & luy attribué cent petites villes, cha-

steaux ou bourgades de son reſſort. Nicander au reſte en ſes Theriaques dit qu'Apollon par
meſgarde tua Hyacinthe d'vn coup de ϲυλος, (car il l'appelle ainſi & non Diſque) aupres la riuiere d'Amycles. Tout ſemblable accident aduint encore (comme racompte Pauſanias és Eliaques) à Thermius, que ſon frere Oxilus mit à mort en tirant le Diſque: les autres dient que ce
fut Alcidocus fils de Scopias, qui fut tué, & non Thermius. Et Perſeus en fit autant à ſon grand
pere Acriſius, és ieux funeraux de Polydectes, ſelon Hyginus au 63. chap. l'ay bien veu moy-
meſme quelquefois rompre des iambes à quelques vns des ſpectateurs en tirant la pierre, pour
n'auoir pas eſté aſſez ſoigneux de tenir l'œil au guet, & demeurer ſur leurs gardes. Mais pour retourner à Hyacinthe, il fut apres ſa mort tenu en fort grande reuerence, & luy fit on des ſacrifices annuels, comme teſmoigne le meſme Pauſanias és Laconiques; où il dit que *Ageſilaus ayant*
mis vne armée en campagne pour aller aſſaillir Corinthe, pource que la feſte des Hyacinthies approchoit, il v'en-
uoya les Amycléens au logis, pour celebrer les ſacrifices accouſtumez d'eſtre faits à Apollon & Hyacinthus. De
laquelle ſolemnité nous inſtruit bien plus amplement Athenée au quatrieſme liure & chap. des
Dipnoſophiſtes, alleguant en cela Polycrates en ſon hiſtoire Laconique. *Les Lacedemoniens (dit-*
ATHENÆ.
il) auoient de couſtume de celebrer trois iours durant les ſacrifices d'Hyacinthe, éſquels pour raiſon de l'ennuy
qu'ils receurent autrefois de ſa mort, ils ne ſe coronnent point au ſoupper, de chappeaux de fleurs, & n'y ſeruent
aucun pain, mais ſeulement quelque maniere de deſſerte, & ſemblables choſes legeres. Ils ne chantent nom-
plus point d'Hymnes au Dieu Apollon; & ne font rien de toutes les autres ceremonies vſitées és ſacrifices, ains
ſe departent à demy-ſouppez, tous triſtes & melancoliques. Au milieu puis-apres de ces trois feries ſe font tout
plein de ieux & eſbattemens, auec vne fort notable & grande aſſemblée de peuple. Car des enfans equippez
auec de petits hoquettons vont iouans du Ciſtre; & chantans quand & quand au ſon des flutes & haut-bois
paſſagient ſur toutes les cordes auec le plectre d'vne meſure Anapeſtique, en ton eſclattant & aigu. D'autre ſur
des cheuaux richement harnachez, paſſent vne carriere à trauers le Theatre. Et d'autres encore entrans à gran-
des trouppes, recitent ie ne ſçay quelles poëſies à la mode du pays: parmy leſquelles ſont entremeſlez des Bala-
dins qui ſe contrefont en danſant, au ſon des flutes & chançons, hors de toute cadence. Des filles, les vnes
ſont montées dans vn charriot tiſſu de Cliſſe, fort magnifiquement equippé, les autres font leurs monſtres ſur
des carozzes attellés pour courir à l'enuy. Et ce pendant toute la ville eſt fort attentiuemēt retenuë à grād ioye
& plaiſir; car ce iour là ſe font force ſacrifices, & les habitans à tous ceux de leur cognoiſſance, voire à leurs pro-
pres eſclaues, donnent à banqueter. N'y ayant perſonne quelconque qui ne ſe trouue à ces ſacrifices, de ſorte que
la cité demeure entierement vuide, car tout le peuple s'achemine à la feſte.

LA IAMBE *exercitée à la courſe, & ſe reſueillant deſia le bras.* Là deſſoubs ſont compriſes les cinq
manieres d'exercices & combats ſolemnels és anciens ieux du prix: par la iambe, ce qui eſtoit le
moins penible & dangereux, la courſe, & le ſault, & quelque portion de la lucte encore, où il
entreuient des crocs en iambe, trappes, clinquets, & ſemblables entrelaſſemens, ruſes, & artifices pour mettre ſon aduerſaire par terre: & auec les bras, ietter la pierre, lancer la barre de fer,
darder le iauelot; eſcrimer à coups de poings armez de gros gantellets de cuir bouïlly. Mais de
cela nous en parlerons plus à plein és tableaux d'Arrichion, Phorbas, & Paleſtre.

LES ANDRIENS.

Le seul mauuais vsage,
Est cause du dommage,
Qu'on reçoit tous les iours:
Iamais la creature,
N'eut mauuaise nature,
Que par quelque concours.

Le vin est salutaire,
Le vin est necessaire,
S'il est sobrement pris:
Ce n'est pas sa substance,
Mais c'est l'intemperance,
Qui trouble les esprits.

S

LES ANDRIENS.

ARGVMENT.

TOVS CEVX qui ont autresfois si denotement reueré *Bacchus, & qui luy ont dressé des temples, autels, sta-tuës, vœuz, sacrifices, & offrandes; n'ont pas esté pour cela quelques yurongnes, vignerons, & marchands de vin, ne cabaretiers, ayans du tout le cœur à la vendan-ge, & leur profession establie sur le train & le cours d'icelle : ne pour intention aussi peu d'obtenir vne bonne & plantureuse vinée, & qu'il les preseruast de gellée & couleure : car outre les commoditez & biens faits que le genre humain a receu de ce Dieu, iamais les anciens n'en recogneurent vn au-tre en leur vaine & aueuglée idolatrie, soubs les superstitions duquel ils ayent voulu comprendre de plus grands mysteres & secrets. Les vns le prenans pour l'ame du monde, & la premiere emanation du grand Dieu, par laquelle il se manifeste à ses creatures : les autres pour homme & Dieu tout ensemble : les autres pour homme simplement, qui auroit fait de tres-belles choses en son temps : les autres pour Osiris ; en l'accouplant soubs ce nom là auec Isis, sa sœur & sa femme, l'vn pour le Nil, & l'autre pour la terre d'Egypte ; luy pour le Soleil, & elle pour la Lune & Cerés ; ainsi que le tesmoigne Virgile en ses Georgi-ques par ces vers icy.*

Vos ô clarissima mundi
Lumina, labentem cælo quæ ducitis annum,
Liber & alma Ceres.

Pour le ciel & la terre ; les deux parties en quoy Moyse a diuisé tout cest vni-uers : pour le haut & le bas ; comme les appelle Hermes en sa table d'esme-raude : l'or, & l'argent, les deux plus parfaits corps mineraux : le vin & le bled ; les deux plus excellentes especes de la nature vegetale ; voire les plus di-gnes creatures de toutes, excepté l'ame raisonnable, pour estre incorruptibles en leur profonde substance, à cause de l'esprit de vie dont ils participent plus que nul autre corps ; lequel esprit est vn vray Æther propre à conceuoir soudain le feu pur & net, & la celeste lumiere. Car faictes euaporer douce-ment du vin dessus vn rechaut, dans quelque buffet ou armoire bien close, ius-ques à la quatriesme partie et nomplus, de là à dix, ving, et trente ans, pour-

tenu que l'air n'y entre point, vous y trouuerez ceſt Æther, imperceptible
quant à voſtre veuë ; mais introduiſant là dedans vne bougie allumée, vous
verrez tout incontinent les meſmes flammeſches, clarté & lumiere qui ſe pourroient procréer dans le ciel. Auſſi a voulu noſtre Redempteur enuelopper
ſoubs ces deux eſpeces pluſtoſt que nulles autres, le Tres-Sainct & precieux
Sacrement de ſon corps & de ſon ſang. De ſorte que les Gentils, bien que
priuez de ceſte verité & cognoiſſance, n'eſtoient pas toutesfois ſi beſtes &
deſpourueus de tout ſens & entendement, au moins les ſages, aduiſez, &
ſçauans perſonnages ; que voyans les traditions à eux delaiſſées de treſlongue
main du deſbriſement de Bacchus, de l'appeller Adoneus, mot ſi proche
& conforme de celuy d'Adonai ; & Sabazion. Plus luy porter vn ſerpent
eſleué haut en l'air ; dont ceux qui ſolenniſoient ſes ſacrez, myſteres eſtoient
auſſi coronnez, crians Euoe, Euoe, ſi peu diſtant du nom d'Eue, deceuë par l'enuie & cautelle de ce maudit animal, comme dit Epiphanius
au troiſieſme ; auec autres telles ceremonies ; qu'ils ne conſideraſſent beaucoup
de diuins ſecrets cachez ſoubs l'eſcorce de ces innolutions fabuleuſes quant à la
lettre, & indignes de l'oreille d'hommes tant ſoit peu inſtruits en Philoſophie. Calliſtenes ſouloit dire à Alexandre pour le retirer de ſes trop diſſo-
luës & exceſſiues beuuettes, que le vin eſtoit le pur ſang de la terre, dont il
abuſoit ainſi. Au moyen dequoy peu de beſtes appettent le vin, ſi elles ne
ſont deprauées par quelque accouſtumance hors de leur naturel, comme le
touche icy noſtre Autheur : là où il n'y en a vne ſeule qui reiette l'vſage
du pain : de maniere que ces deux ſubſtances ſemblent tenir les deux bouts
& extremitez de la partie Elementaire, és deux plus dignes genres qui y
ſoient, l'Animal & le Vegetal. Le vin doncques a eſté grandement honoré de tout temps, non pas en intention de s'en enyurer, mais pour aſſez
d'autres effects & vſages à quoy la Nature l'a deſtiné ; plus nobles & recommendables, que le plaiſir pernicieux que noſtre corps en peut receuoir ;
et Bacchus par conſequent, puis qu'il en a eſté l'autheur, que la plus part du
monde tient eſtre le bon Patriarche Noé ; autrement Ianus, et beaucoup
d'autres tels noms et qualitez : mais ſur tous autres les Andriens qui en ont
fait leur Patron, parce qu'ils recognoiſſoient tenir de luy vn tres-bon, heureux, et fertile vignoble. De là ſeroit venuë ceſte fiction ſur laquelle eſt fondé le preſent tableau : Qu'en l'iſle d'Andros (l'vne des Cyclades en la mer
Ægée) y auoit vne fontaine, ainſi que recite Pline apres Mutian trois fois
Conſul, au ſixieſme chapitre du ſecond liure ; laquelle ordinairement le
cinquieſme iour de Ianuier, couloit de ſaueur de vin. Pauſanias és Eliaques
dit que de deux ans en deux ans és ſacrifices de Bacchus, en la meſme Iſle
ſourdoit du temple vn ruiſſeau de vin : à quoy ſemble ſe vouloir icy conformer
Philoſtrate. Mais il amplifie et dilate cela.

E rvisseav de vin en l'ifle d'Andros , & les Andriens enyurez d'iceluy , font le fubiect du prefent
tableau. Car ces gens là de la grace & beneficence
de Dionyfus , cultiuent vn tres-bon & fertile vignoble; doù fort vne riuiere , non gueres grande de
vray , s'il n'eftoit queftion que d'eau ; mais au refte
copieufe & diuine, fi vous confiderez que c'eft vin:
de forte que qui en aura tafté vne fois , il luy fera
loifible de defdaigner & le Nil, & le Danube, & de
dire de ces deux fleuues, qu'ils euffent peu paroiftre encore meilleurs, s'ils
coulaffent d'vne liqueur telle, bien que moindres affez qu'ils ne font. C'eft
ce que chantent à mon aduis , ceux que voila danffans à l'vn & l'autre
bord, auec des filles & garçons coronnez de lyerre , & de liferon , &
ceux cy veautrez fur la terre. Il eft bien vray-femblable auffi que ces
chofes foient de la chanfon : Qu'Acheloüs porte des rofeaux ; Peneus
eftablit Tempé : & Pactolus d'orefnauant produira des fleurs. Mais cette
riuiere rend les hommes diferts au fait des affemblées publiques, riches
quand & quand, & bien foigneux de leurs amis ; les embellift, & de petite ftature les efleue à la hauteur de quatre coudées. Car celuy qui s'en
fera raffafié & remply, pourra faire vn bon magafin de toutes ces chofes, & les introduire en fon efprit. Ils chantent auffi comme ce ruiffeau
seul entre tous autres fleuues & riuieres n'eft point acceffible [a] ny aux
bouuiers, ny aux cheuaux : mais Dionyfus en verfe à boire de fa propre
main, & l'on en hume la liqueur toute pure, coulant pour les hommes
tant feulement. Faites doncques voftre compte d'oüyr tout cecy ; car
quelques vns le chantent de vray, en begayant pour le vin qu'ils ont beu.
Voicy au furplus ce qui s'apperçoit en cette peinture.   [b] Le ruiffeau eft
couché fur vn gros lict de raifins, dont il efpreint & fait fourdre vne
fontaine : ayant quant à luy la face cramoifie & iouffluë , & les Thyrfes
croiffent tout à l'entour, ainfi que font les rofeaux és lieux aquatiques.
Puis en trauerfant la contrée, & outre-paffant les banquets qui s'y font
par tout, vous rencontrerez foudain des Tritons à la bouche du fleuue,
lefquels puifent le vin à belles coquilles; que partie ils auallent , partie ils
bourfoufflent. Quelques vns qui font yures ballent & fautent tant qu'ils
peuuent, ce-pendant que Dionyfus s'en vient à voiles defployées à la fefte, & aux Bacchanales d'Andros; où defia le nauire a ietté l'ancre dans
le port : menant pefle-mefle auec luy, les Satyres , Lenéens , & Silenes:
le Riz pareillement , & le Comus les deux plus recreatifs & meilleurs
beuueurs de tous les Demons, afin que le plus allaigrement qu'il pourra
il ioüyffe du fleuue.

a ny aux bou-
uiers] μήτε βο-
ηοϊ ϊττς ny aux
trouppeaux de
bœufs , ny aux
cheuaux . feuls-
ἀω: c'eft vn
bouuier, mais
βωεδ·τοτ,armé-
tum boum , vn
trouppeau de
bœufs. Le traf-
lateur. Lanu a
m'al traduit,
ποε bubuicu nec
equus.
b Le ruiffeau]
ὀ μῇ ποταμϕς:
Le fleuue eft
couché, à fça-
uoir ce fleuue
d'Andros re-
prefenté en
forme d'hom-
me comme on
reprefente les
autres fleuues.
Voyez ce qui
eft allegué de
Pline cy apres
en la page 214.
fur le tableau
d'Amphiaraus.

ANNOTATION.

ANNOTATION.

E sorte que qui en aura vne fois tasté, il luy sera loisible de desdaigner le Nil & le Danube. Cecy est dit à l'imitation d'vn passage de Lucain parlant du Pau, que Virgile au premier des Georgiques appelle le Roy des fleuues.

> Non minor hic Nilo, si non per plana iacentis
> Aegypti Libycas Nilus stagnaret arenas.
> Non minor hic Istro, nisi quòd dum permeat orbem
> Ister, casuros in quaslibet æquora fontes
> Accipit, & Scythicas exit non solus in vndas.

Mais cette riuiere rend les hommes diserts aux assemblées publiques, riches quand & quand, & soigneux de leurs amys. Cecy semblablement a esté emprunté d'Aristophane, en la Comedie des gens de cheual, où il introduit Demosthene parlant ainsi:

> Α'νδès τοῦ χρανοῦ ἐγλήεριου Ε̃.
> ἄινον σὺ τολμᾶς εἰς Ἑλίνοιαι λοιδορῆς;
> οἶδε γὸ δεσις ἄν τι τσεσκπκώτεϱον;
> ἐοᾶς, ὅτάμ πίνωσιν ἀ.Θεϱποι, τότε
> πλατᾶσι, διαπεσττᾶσι, νικᾶσι δίχας;
> θ'δδαμονᾶσιν, ωφελᾶσι τοὺς φίλες;
> ἀλλ' Ἠενέϊκέ μοι ταχέος οἴ̃ς χοα
> τὸν νοῦν ἴν' ἀρδῶ, κỳ λέγω τι δέξιον.

Vrayement tu és vn gentil baguenaudier fesse-pinte; oses tu bien blasmer le vin pour le bon sens de l'homme: Et sçaurois tu trouuer chose plus à propos en ce monde au maniement d'affaires? Ne vois tu pas que quand les hommes boiuent, alors tout à coup ils sont riches; font tout plein de belles depesches; gaignent proces; se beatifient; secourent leurs amis au besoin? Mais apporte m'en icy vn bon broc, afin que i'arrouse mon entendement, & die quelque chose de gaillard.

Horace à ce mesme propos au premier de ses Epistres.

> Qui? non ebrietas dissignat? operta recludit,
> Spes iubet esse ratas, in prælia trudit inermem:
> Sollicitis animis onus eximit, addocet arteis.
> Fœcundi calices, quem non fecere disertum?
> Contracta quem non in paupertate solutum?

Et de petite stature les estime à la hauteur de quatre coudées. Hadrianus Iunius au 30. prouerbe de la quatriesme Centurie, πήχεϊν αὐξάνεϑαι, croistre par coudées, cotte ce lieu mesme de Philostrate, δυνατὸς διαφαίνει, κỳ πηχακπήχεις ἐκ μικρῶν. Et là dessus cite tout plein d'autres passages encore, pour monstrer que ceste maniere de parler a esté vsurpée par les autheurs, quand ils veulent denoter quelque grand & subit accroissement. Comme cettui-cy d'Eunapius Sardianus, parlant de Maximus. πήχηϊ δὲ ἐπὶ πᾶσαν σοφίαν αὐξύμθνος. Qui auoit esté aduancé par coudées à toutes sortes d'eruditions. Et d'vn autre, lequel estoit deuenu riche à vn instant, à l'imitation d'vn Geant que l'on dit auoir autresfois creu d'vne coudée par chasque mois. πήχεϊ ἐπὶ πλᾶτον ἀμιχανον αὐξηθεὶτα. Plus Aristophane qui appelle ceux qui sont d'vne belle grande taille, & vaillans: πτεσπήχεις ỷ γανάϊοι; D'où seroit venu le prouerbe, κỳ πήχεϊν ὀλολύϑσαι, croistre par coudées: ainsi que met Suidas parlant du bruit de certain Philosophe; ỷ ἐπειδὴ κỳ πήχεϊ, lequel croissoit comme par coudées; c'est à dire tout à coup.

Vovs rencontrerez des Tritons à la bouche du fleuue. Triton proprement fut fils de Neptune & d'Amphitrité, homme de la ceinture en sus, & Dauphin en tout le reste du corps: tellement que c'estoit vn vray Ichthiocentaure, comme dit Tzezes sur la Cassandre de Lycophron, qui appelle Neptune, Triton; & vne Baleine le chien de Neptune. Plutarque au traité d'Osiris dit qu'Amphitrité, & les petits Dieux marins se nomment Tritons. Mais Apollonius au quatriesme des Argonautes en descrit vn en cette sorte.

> δέμας δὲ οἱ ὅξ ἀτάτοιο
> κεφάϊος ἀμφί τε νῶτα κỳ ἰξύας, ἔς' ἐπὶ νηδὺι
> ἀντικρὺ μακάρεασι φυῶ ἔκπαγλον ἔϊκτο;
> αὐτὲρ ἀταὶ λαϕύϱεον δικερῷεϱα οἱ ἔνϑα ῤ ἔνϑα

S iij

κήπεος ἐλχϑὴν μηκύνετο κότϑϵ δ᾽ ἀχϑϑϵ
ἄχϑϑν ὕδωρ, ἄ τε σχϑλιοῖς ἐπὶ νειϑῆ κένϑϵις
μίλωης ὡς χεϑϑέεσιν ἐδϑδϑλϑϑϵ δϑϑϑντο.

Le corps du Triton estoit depuis le sommet de la teste, le long du dos, & des flancs, iusques au ventre, du tout semblable aux hommes bien formez de nature ; mais de là en bas de costé & d'autre luy traisnoit vne grande double quenë de Baleine, & tranchoit auec ses aisterons, & battans aiguz la mer à fleur d'eau ; lesquels se fourchoient par le bout en deux pointes courbées à guise des cornes d'vn croissant. Pausanias és Arcadiques en-

tre autres fabuleux comptes & miracles, met ce que l'on dit des Tritons, qu'ils ont l'vsage de la parole, & respirent à trauers de grandes coquilles troüées. Et puis apres, és Bœotiques, il dit ; que les femmes toutes des plus nobles & meilleures maisons de Tanagre, ayans fait profession des Orgyes ou ceremonies de Bacchus, descendirent pour se purifier à la mer, là où ainsi qu'elles se baignoient suruint vn Triton qui leur conrut sus : & elles implorerent le secours du Dieu, lequel comparut aussi tost, & surmonta le Triton. L'on racompte (dit-il) que ce monstre marin auoit de coustume de se tapir en aguet le long du riuage, & là conroit sus aux trouppeaux de moutons qu'on y menoit paistre ; il se iettoit pareillement sur les esquifs & petites barques, iusques à ce que les Tanagréens ayans mis sur le bord de la mer vne grande tasse pleine de vin ; il y accourust aussi tost & l'aualla d'arriuée ; puis s'endormit au mesme lieu ; parquoy l'vn d'entr'eux eut moyen de luy coupper la teste à tout vne hache. Au reste leur figure estre telle. Ils ont la cheuelure faite à guise de ces petites grenoüilles que l'on void és marez, tant pour raison de la couleur dont elle leur ressemble, que pource que vous ne sçauriez discerner vn poil d'auec l'autre. Tout le reste du corps se termine en menuës escailles : estans bien aussi forts & agiles que le poisson qu'on appelle Rhinas. Les aisterons, ils les ont au dessoubs des oreilles ; & le nez comme d'vne personne, mais la bouche plus grande beaucoup, & les dents cruelles & aiguës : les yeux paroissent estre verdastres, & ont les mains formées & distinctes en doigts, dont les ongles ressemblent aux coquilles des petites huystres : au bas de l'estomac & du ventre ils ont vne longue quenë en lieu de iambes & de pieds, toute telle que les Dauphins.

De ce Triton des Tanagréens, auquel ils couperent la teste, voicy ce que Demostratus en dit és liures qu'il a escript de la pescherie ; que pour le regard du corps lequel on pouuoit veoir embaufmé & seché en la ville de Tanagre, il estoit en tout & par tout semblable à ceux que les Poëtes descriuent, & les Peintres contrefont : mais pource que la vieillesse l'auoit effacé de vieillesse, on ne pouuoit point bien imaginer quel il estoit. Au reste, cóme vn des magistrats de la Grece, de ceux qui au sort entrent en charge meu d'vn desir de cognoistre quelque chose de la nature de ce Triton, eust arraché vn petit morceau de son cuyr, & ietté dans le feu, il rendit vne tres-forte & fascheuse odeur à toute l'assistance. Mais cette curiosité luy cousta bien cher, parce que peu de iours apres il se noya, en voulant passer certain bras de mer sur vn esquif : ce que les Tanagréens interpreterent à vne vengeance du sacrilege par luy commis enuers les reliquats de ce Triton, desdiez en vn lieu sacré, se fondans mesmement sur ce que le corps de ce magistrat ayant esté poussé par les flots au riuage, rendit la mesme odeur que l'espreuue qu'il auoit voulu faire du Triton dans le feu.

Alexander ab Alexandro au troisiesme liure des iours geniaux, chapitre huict, racompte de ces Tritons, hommes marins, ou monstres de mer, vne telle histoire ; laquelle il dit estre aduenuë de son temps en la coste d'Epire. Les femmes d'vne petite ville sur le bord de la mer ayans accoustumé d'aller querir de l'eau à vne fontaine d'eau viue non gueres loing de là, vn de ces Tritons qui se tenoit là aupres en aguet dans certaine cauerne, ne failloit s'il en appercevoit vne seule de se ietter dessus, & la traisner de force dedans la mer, pour en assouuir sa luxure. Ce que venu à la cognoissance des habitans, ils luy tendirent des lacs couuans, si que finablement ils le prirent. Mais il ne leur fut onques possible de l'induire à manger : de sorte que tant par faute de nourriture, que pource qu'il ne pouuoit viure longuement hors de l'eau, il secha de langueur & mourut.

DANS les Annales de Constantinople il se trouue, que du temps de l'Empereur Maurice, Menas gouuerneur de l'Egypte se promenant auec vne grand multitude de peuple le long du Nil, en cest endroit du pays qu'on appelle DELTA, vn peu apres Soleil leuant se monstrerent deux creatures de forme humaine, hors de l'eau iusqu'au nombril ; homme & femme. Celuy là d'vne large & spacieuse poitrine ; le regard furieux ; les cheueux voux mesle z de blanc par endroits : sa compagne ayant des mammelles, & des tresses fort longues, auec vn visage plus doux & feminin. Le gouuerneur les ayant requis & adiurez par serment de ne s'esuanoüir point de la veuë, que le peuple ne se fust contenté d'vn tel spectacle si rare, ils demeurerent ainsi iusques à deux ou trois heures apres midy, & finablement se reperdirent dedans les ondes. Lesquelles choses furent escriptes par Menas à l'Empereur Maurice, auec vne attestation autentique. Virgile au dixiesme de l'Eneide parlant d'Auletes.

Hunc vehit immanis Triton, & cærula concha
Exterrens freta, cui laterum tenus hispida nanti
Frons hominem præfert, in Pristin desinit aluus.
Spumea semifero sub pectore murmurat vnda.

Phornutus

Phorantus refere cette biformité de Triton, ou double nature d'homme & de poisson aux deux facultez de l'eau de la mer, l'vne douce, qui est vtile & à propos pour le maintenement & vsage des vegetaux & animaux; & l'autre salée, dommageable & pernicieuse, qui feroit mourir les animaux de la terre & de l'air, & les vegetaux aussi; comme leur estant du tout contraire. Au moyen dequoy la parole de nostre Sauueur en son Euangile, quand il dit à ses Apostres, *qu'ils sont le sel de la terre*, ne sçauroit proprement estre rapportée au sel cōmun dont nous vsons, soit qu'il vienne de la terre, comme en Pologne pres Cracouie, à Chasteau Sallins en Lorraine, ou en la Franche-Comté, & en assez d'autres endroicts, où il se tire de la terre : soit qu'on le face de l'eau de la mer, ainsi qu'en Broüage. Car l'experience nous monstre qu'il est mortel ennemy de Nature, en ce que l'eau marine tuë les animaux qui en boiuent : & les plantes pareillement qui en sont arrousées. Au moyen dequoy les loix ordonnent que les maisons des traistres & conspirateurs contre leur souuerain seigneur, soient rasées à fleur de terre, & semées de sel, comme estans indignes de porter plus rien, non pas seulement des chardons ou orties, ainsi mesme que dit l'Ecclesiastique, chapitre 43. Là où Iesus-Christ veut entendre, que tout ainsi que le sel de la terre est celuy par le moyen duquel toutes choses y sont produites, minerales, vegetales, & animales, aussi en ses disciples prendra pied & accroissement la doctrine qu'il leur commande d'annoncer. Que ce sel se produise les trois genres susdits, cela est tout appert à l'experiment. Prenez de la plus nette terre que vous pourrez auoir, propre à porter fruict, & par vn lauement d'eau separez en les cailloux & autres choses estranges qui y peuuent estre, tant qu'elle soit du tout pure. Mettez-la puis-apres en quelque vaisseau au serain par vn mois, vous y trouuerez de petits cailloux procreez, qui est le genre Mineral : quelques herbettes le Vegetal : & des vers & limats, l'Animal. Separez-en son sel radical, qui est de nature de salpestre adustible & inflammable, elle ne produira rien du tout non plus que le sable, qui est priué de ce sel tout ainsi que le verre. *Omne enim priuatum propria humiditate* (dit le Philosophe Geber) *nullam nisi vitrificatoriam praestat fusionem*. Mais c'est icy vn incident qui meriteroit vn plus long discours, pour monstrer mesmement qu'il faut que ce sel de la terre qui produit & nourrit tout ce qui est attaché, & en vit, soit inflammable; Car la vie de toutes choses n'estant qu'vn feu, il faut aussi que ce qui le maintient soit subiect & passible soubs son action. Ce qui n'est pas au sel commun, qui ne nous est donné sinon pour vn condiment de nos viandes, & empescher la corruption. Pour doncques retourner aux Tritons, Pline au cinquiesme chapitre du neufiesme liure, tesmoigne que de Lisbone ville de Portugal fut expressement depeschée vne Ambassade à l'Empereur Tibere, pour l'accertener au vray, qu'on auoit veu en vne cauerne de la marine, vn Tritō de la mesme forme qu'on a accoustumé de les peindre & descrire; & l'oy sonner d'vne grosse coquille. En la mesme coste pareillement auroit esté apperceuë vne Nereïde en forme humaine; tout le corps couuert d'escailles, qui en mourant ietta ie ne sçay quels glapissemens; comme les habitans de là auprès affermoient pour l'auoir ouy. De maniere que ce que l'on en dit n'est pas chose du tout fabuleuse. Car du temps encore d'Auguste Cesar predecesseur dudit Tibere, le gouuerneur de la Gaule, luy auoit escrit, grand nombre de ces Nereïdes auoir esté trouuées sur le riuage, qu'elles expiroient : & qu'en l'Ocean pres le destroict de Gilbatar, vn homme marin du tout semblable aux mortels qui viuent en terre, montoit de nuict dans les vaisseaux, lesquels tout incontinent s'affaissoient de ce costé là : que s'il y demeuroit quelque peu, ils venoient à se submerger. Ce sont les merueilles que nous amene ordinairement la longueur & antiquité des temps, dont toutesfois l'on n'est tenu de croire que ce qu'on veut, car ce ne sont pas articles de foy.

LE RIZ *pareillement, & le Comus*. Hesychius dit que *Bacchus surnommé Hyalicus*, *est aussi appellé Comus, le Dieu des festins & banquets*. Quoy que ce soit, ces trois doiuent tousiours marcher ensemble. Car, comme dit Plutarque en la sixiesme question du troisiesme des Symposiaques, Bacchus qui est pour cette occasion surnommé Lysien, qu'il oste & resout tous pensers & soucis ennuyeux, a de coustume de nous venir visiter au soir, accompagné de deux gentilles & gracieuses Muses; Terpsichore, qui aime la dansse, & Thalia, les festins & banquets; pour nous recreer de la peine que nous auons prise tout le long du iour : de maniere que nous ne deuons entendre qu'à faire bonne chere, rire, chanter, danser, comme aux nopces franches. κῶμοί τ', εἰλαπίναι, καὶ ἠχέεις θρόος αὐλῶν, *Chanssons, banquets, & fluttes resonantes* : là où ce Comus trotte tousiours des premiers ; soit qu'on le vueille prendre pour cet esprit ou Genie dont il a esté parlé cy-deuant ; ou qu'on l'interprete pour vne maniere de note & de dansse lasciue, vsitée aux anciens, comme il a esté aussi dit sur vn passage d'Anacreon, en l'Ode de la rose.

L'eloquence gaigne les Princes,
Elle surmonte les prouinces,
Et donne aux plus sages la loy :
Vn mignard eloquent langage,
Enflamme & glace le courage,

Attirant les esprits à soy.
Mais comme elle sçait fort bien feindre ;
Ce qui en est le plus à craindre,
C'est que souuent hors de saison,
Elle desrobe la raison.

LA

LA NAISSANCE
DE MERCVRE.

ARGVMENT.

E SEROIT chose fort mal-aisée à dire au vray, si Homere, Hesiode, & les autres Poëtes de l'ancien temps, ont eu de leurs maieurs comme par vne tradition manuelle, que les Hebrieux appellent Cabale, les belles fables & fictions qu'ils ont traictées en leurs Poëmes; ou bien si cela est party de leur inuention: car il est bien assez certain que pas vne d'icelle n'est du tout friuole, & sans quelque beau mystere caché là dessous; n'estant pas croyable que des esprits si esleuez n'eussent esté destinez, à autre fin, que pour forger des comptes faicts a plaisir, pour entretenir des gens ignorans & lasches, & leur seruir d'esbattement inutile en leur nonchalance & faineantise: par ce que toutes personnes oisiues trouuent tousiours le temps si long & fascheux, qu'ils s'ennuyent presque de viure: si qu'il faut que chacun leur aide à aduancer leurs iours, & aller iusques à my-chemin au deuant de la mort: cela s'appelle en bon langage passer tout le cours de leur vie à chose qui ne sert de rien. De moy, i'estime, qu'en partie ils ont receus de leurs deuanciers, Orphée, Line, Musée, & semblables Theologiens, qui furent tous Poëtes; ayans esté les loix & mesures des vers inuentées en premiere instance pour traicter les choses diuines; ainsi que dans les Pseaumes du Royal Prophete; combien que iusques icy on n'aye sceu venir à bout de demesler & remettre leur structure & cadence; partie ils en ont inuenté de nouuelles, ou adiousté aux precedentes; comprenans neantmoins tousiours là dessoubs quelque belle Allegorie secrette de la Diuinité, & de la Nature. Comme nous pouuons voir en ce lieu, où Philostrate descrit la Naissance du Dieu Mercure, & les larrecins où il s'exerça, qu'il n'estoit pas à grande peine hors de la cocque. Mais c'est apres Homere en l'hymne d'iceluy qui comence; Ἑρμῆν ὕμνει Μοῦσα Διὸς καὶ Μαιάδος ὑόν. Et Alcée à l'imitation d'Homere, en vn autre Hymne au mesme Dieu, comme tesmoigne Pausanias dans les Achaïques: là où tout ce negoce est desduit & estendu bien au long. N'ayans pour ce regard (à mon aduis) les Poëtes voulu entendre autre chose; sinon qu'il n'y a point de plus grand larron en ce monde, que la Parole eloquente; dont Mercure est le souuerain Patron: laquelle n'est pas plustost sortie de la bouche, où elle se forme ny plus ny moins que la creature au ventre de la mere, qu'elle volle, soustrait, & rauit les cœurs & volontez des escoutans, qui s'y laissent mener tout ainsi qu'vn

bœuf par les cornes , fuiuant ce prouerbe vſué parmy nous , qui ſemble auoir
eſté tiré de cete fiction ; & auſſi l'Emblefme que touche Alciat apres Lucian, de
l'Hercule Gallique , ayant vne grande multitude de peuple qu'il traiſne apres
luy , attachez tous par les oreilles à vne longue chaiſne d'Or & d'Electre (c'eſt
vn metal meſlé d'or , d'argent , &) de l'eſprit ſeulement du cuyure) qui tient par
l'autre bout à ſa langue. Car Tacite dit que les anciens Gaulois n'ont faict compte
que de deux choſes ſur toutes autres ; des Armes , et de l'Eloquence ; l'vn et
l'autre repreſenté par cet Enigme. Ce que Lucain auoit touché au-parauant en
ces vers cy :

> Et quibus immitis placatur ſanguine diro
> Theutates , horrénſque feris altaribus Heſus.

Appellant Mars Heſus, et Mercure Theutates, comme auſſi faict Properce.
Et quant aux fleſches d'Apollon, que luy deſrobe auſſi le petit Mercure, eſtant encores en ſi bas aage, cela ne denote pareillement autre choſe que la parole , et les
beaux traicts de l'homme eloquent et riche en langage, ſelon meſme ce que dit Pindare, ἴμει γὰρ ὦν μοῖσα καρτερότατη βέλος καὶ ἀλκὰ ρεφρ. Et en vn autre endroit :

> πολλά μοι ὑπ᾽ ἀλκῶ-
> νος ώκέα βέλη
> ἔνδον ἐπὶ φαρέτρας
> φωνᾶντα συνετοῖσιν.

Car tout ainſi que les fleſches deſcochent d'vne grande roideur, et paſſent viſte
par l'air, auſſi font les paroles ; qu'Homere a pour cette occaſion appellé Empennées, ἔπεα πτερόεντα. Il y a au reſte pluſieurs Mercures, cinq meſmement entre les
autres, comme met Ciceron en la nature des Dieux, leſquels ont amené infinies
commoditez au genre humain : comme celuy que les Egyptiens auoient en ſi eſtroite reuerence, qu'à grande peîne l'oſoient-ils nommer ; non plus que les Hebrieux
le Tetragrammaton יהוה IHEVHE. Toutesfois Platon dit auoir appris de leurs
preſtres, que ce nom là ſi ſolemnel eſtoit θεός, eſcrit par quatre leitres ; comme eſt ordinairement le nom de DIEV en toutes langues et nations. Mais cela n'eſt plus
de noſtre propos.

ELVY que vous voyez icy , lequel eſtant ſi petit garçonnet,& en maillot encore, chaſſe ſes vaches en des
ouuertures de terre ; & qui enleue à cachettes les
fleſches d'Apollon , eſt Mercure, dont les larrecins
ſont fort gentils & plaiſans : car on dit que tout auſſi
toſt que la Nymphe Maia l'eut enfanté , il fut eſpris
d'vn extreme deſir de deſrober , & en deuint vn ſouuerain maiſtre ſur tous autres ; non que par indigence il fuſt induit & * pouſſé à cela, mais par forme de
paſſe-temp's ſeulement, & pour ſe donner du plaiſir. Que ſi vous en voulez
veoir des enſeignes, regardez ce qui eſt icy peint. Voila comme il eſt enfanté tout au plus hault ſommet de l'Olympe, ioignant la demeure des
Dieux : la où (ainſi que dit Homere) on ne ſent point de pluyes ; on n'oyt
bruire aucuns vents, ne neige en façon quelconque n'y tombe, pour raiſon
de ſon exceſſiue haulteur : mais eſt entierement diuin , libre & exempt de

tous

tous les accidens, dont les montagnes des humains participent. Là Mercure ayant esté nay, est receu par les saisons de l'année, que l'ouurier a pourtraictes icy chacune en sa deuë beauté : & elles l'enueloppent dans des couches & langes, semans toutes les plus exquises fleurs par dessus pour les mieux parer. Mais pendant qu'elles se retournent deuers l'accouchée, que voila gisante en son lict, cettuy-cy s'estant desmailloté à la desrobée, chemine desia;& descend gentiment de l'Olympe, à quoy le Mont prend vn fort singulier plaisir;car son rire est tout ainsi que d'vne personne. Considerez doncques l'Olympe se resioüyssant que Mercure y soit nay. Mais quel est ce larrecin, ie vous prie? Les vaches que vous voyez là pasturantes au pied du Mont ; celles-là, dis-je, à ces belles cornes dorées, plus blanches au reste que n'est la neige, car elles sont dediées à Apollon, il les pousse dedans ce cauin, les hastant d'aller : non pour les y faire perir, ains les y tenir seulement cachées par vn iour entier; iusques à ce que cela ronge & fasche Apollon : & tout ainsi que s'il ne sçauoit que c'est, de rechef il se r'emmaillote. Là dessus Apollon s'en vient trouuer Maia, pour faire instance de ses vaches : mais elle n'y adiouste point de foy, & pense que le Dieu refue, ou se mocque. Voulez-vous sçauoir ce qu'il dit ? Car il monstre à sa mine ie ne sçay quoy, non seulement de viue voix, mais quand & quand de parole formée ; & semble qu'il luy vueille dire ainsi. Vostre fils certes me faict tort; celuy (dis-je) que vous enfantastes hyer : car il a ietté dans la terre ie ne sçay où, les vaches où ie me plaisois. Ce sera sa ruine, & se trouuera luy-mesme enfoncé plus bas. Maia s'estonna de cela, & ne comprend point ses raisons. Or durant qu'ils sont en cette dispute, voila que Mercure s'est tapy derriere Apollon ; là où luy sautant legerement sur le dos, sans faire bruit, il detache son arc, & le luy enleuant se tient là caché. Le larron toutesfois n'est pas ignoré d'Apollon: & c'est où gist l'artifice du peintre : car il le vous r'allegre & faict ioyeux : mais d'vn rire contemperé qui demeure empreint en sa face : le plaisir surmontant son indignation & courroux.

ANNOTATION.

E Mercvre icy fils de Iuppiter & de Maia, fille d'Atlas, & l'vne des sept Pleiades ; ce sont estoilles arrangées au ciel, en forme presque d'vn Y, qui ont accoustumé d'amener les grandes pluyes enuiron la my-Septembre, estans sept en nombre, Electra, Alcione, Celæno, Meropé, Steropé, Taygeté, & Maia, dont il n'y a que les six qui se monstrent, car Electra se tient cachée pour les malheurs aduenus dessus Troye. Les autres dient que c'est Steropé, qui a honte de comparoistre, s'estant mariée auecques vn homme mortel, là où toutes ses autres sœurs estoient pourueuës auecques des Dieux. Mercure doncques est ainsi appellé en Latin, *à mercibus, marchandises*, comme veut Festus, ou quasi *Medicurius, courant au milieu*, selon quelques autres, & mesmement Arnobius. En Grec on le nomme *Ἑρμῆς, interprete ou truchement*, car il preside à la parole, dont nous faisons entendre nos conceptions & volontez; & si est messager des Dieux, portant par tout iusques dedans les enfers, leurs Ambassades. Horace au premier liure des Odes. *Te canam magni Iouis & Deorum Nuncium.* Meine & rameine les ames auec sa verge ou Caducée, dont il endort les vnes & reueille les autres.

Tu pias lætis animas reponis
Sedibus, virgáque leuem coërces
Aurea turbam ; superis Deorum
Gratus & imis.

Ayant des aisles aux pieds & à la teste, pour denoter la promptitude & soudaineté de la parole: & finablement equippé comme le descrit Virgile au quatriesme de l'Æneide, l'ayant emprunté d'Homere.

Ille patris magni parere parabat
Imperio, & primùm pedibus talaria nectit
Aurea, quæ sublimem alis, siue æquora supra,
Seu terram rapido pariter cum flamine portant.
Tum virgam capit, hac animas ille euocat Orco,
Pallentésque alias sub tristia tartara mittit.
Dat somnos, adimítque, & lumina morte resignat:
Illa fretus agit ventos, & turbida tranat
Nubila.

Ce qu'il a presque tourné mot pour mot du cinquiesme de l'Odyssée.

Ὡς ἔφατ᾽ οὐδ᾽ ἀπίθησε διάκτορος Ἀργειφόντης·
αὐτίκ᾽ ἔπειθ᾽ ὑπὸ ποσσὶν ἐδήσατο καλὰ πέδιλα,
ἀμβρόσια, χρύσεα, τά μιν φέρον ἠμὲν ἐφ᾽ ὑγρὴν,
ἠδ᾽ ἐπ᾽ ἀπείρονα γαῖαν, ἅμα πνοιῇς ἀνέμοιο.
εἵλετο δὲ ῥάβδον, τῇ τ᾽ ἀνδρῶν ὄμματα θέλγει
ὧν ἐθέλῃ, τοὺς δ᾽ αὖτε καὶ ὑπνώοντας ἐγείρει.

L'image de Mercure.

Albricus en ses images le descript ainsi. *Vn ieune homme ayant des aisles en la teste & aux talons,
& en la main gauche vne baguette entortillée de deux serpens, qui a faculté d'endormir. A son costé
il a ceint vn coustelas courbe à guise d'vne faucille, lequel est nommé Harpé, & embouche vn flageollet
composé d'vn roseau qu'il faict fredonner de la droite, dont les doigts vont & viennent legerement sur
les trou. Sa teste est munie d'vn petit chappeau, escartelé de blanc & de noir: & duant luy vn coq
planté sur ses argots, à luy particulierement consacré, pour sa vigilance; par ce qu'il faut que ceux qui
se meslent de la marchandise, & des lettres, soient diligens, & soigneux à s'esueiller de bon matin.
De l'autre costé est Argus decollé à ses pieds, la teste & la face couuertes entierement d'yeux; tant pour les
raisons dessus-dictes, que par ce que Mercure est aussi le Patron des larrons; ausquels sur tous autres
la vigilance appartient. Au moyen dequoy, est là aussi representé vn marchand auecques ses denrées qu'il
a estallé: & vn larron, lequel faisant semblant de vouloir achepter quelque chose, luy couppe sur ces entrefaictes sa bourse. Quelques-vnes l'accompagnent des Graces, dont il est guide & conducteur:*
comme si cela nous voulloit donner à entendre, que legerement & à la vollée, sans vne bonne consideration, nous ne deuons pas eslargir à toutes heurtes & à tous clos, nos beneficences à toutes sortes de personnes: mais à ceux-là seulement qui en seront dignes, & non autres.
Les trois Deesses aussi qu'il meine deuant Paris, c'est à dire, l'homme, nous representent le
pouuoir qu'a l'eloquence & facondité de langage en Amour, en richesses & toutes sortes
d'arts & disciplines: soubs lesquelles trois choses sont comprises les trois sortes de biens
considerez en l'homme vnanimement par tous les Philosophes: sçauoir la beauté, vray fondement de l'Amour; de fortune, les facultez & opulences; tres-grand admi-
nicule & moyen pour exercer la vertu: & de l'esprit; qui est le terroüer auquel se seme & pro-
duit la science; seul & souuerain bien auquel nous deuons aspirer en ce monde.

MAIS pour venir au subiect du present tableau, qui ne passe point hors (quant aux
faicts de Mercure) de ses deux premiers larrecins; voicy comme Lucian s'est esbatu & ioüé
en ce mesme subiect.

VVLCAN ET APOLLON.

Lucian.

VVLCAN. *N'as tu point veu ce petit garçon de Maia, Apollo, lequel elle a eu n'agueres; comme il est
beau, & plaist à tout le monde: & donne desia te ne sçay quelle esperance de soy, de reüssir à quelque
bonne chose?* APOLLON. *Comment voudrou-tu, Vulcan, que ie l'appellasse vn enfant; ny que ie pensse
iamais penser qu'il fust pour deuenir rien qui vaille, estant desia en cet aage plus vieil que n'est Iapetus, au
moins en cas de malice?* VVLCAN. *Et à qui est-ce qu'il peut auoir faict tort encores, luy qui ne faict que
de sortir en lumiere?* APOLLON. *Demande-le à Neptune, duquel il a desrobé le Trident: ou à Mars,
car il luy a aussi emblé son espée hors du fourreau: afin que ie ne die ce-pendant rien de moy, qu'il a des-poüillé
d'arc & de flesches.* VVLCAN. *Cela auroit doneques faict ce petit garçonnet nay tout presentement, qui
à grande peine se pourroit tourner dans son berceau, parmy ses langes & drapeaux?* APOLLON. *Tu le
cognoistras bien Vulcan, s'il va quelquesfois deuers toy.* VVLCAN. *Mais il y est desia venu n'agueres.* APOLLON. *Et bien as-tu trouué ton compte de tous les instrumens & outils de ta forge, sans qu'il
y ait rien que ce soit à dire?* VVLCAN. *Tous certes Apollon.* APOLLON. *Mais ie te prie, regardes y de*
                                                                                                    plus

plus pres. VVLCAN. *Par Iuppiter ie ne voy point mes tenailles.* APOLLON. *Tu les trouueras pour vray cachées en quelque endroit de son berceau.* VVLCAN. *A il doncques les mains si crochuës, ny plus ny moins que si dedans le ventre de sa mere il fust desia allé à l'escole de derober?* APOLLON. *Et ne l'as tu pas ony desbagouler ie ne sçay quels petits traicts de villonneries, dont il nous veut desia seruir? Hier mesme ayant faict appeller Cupidon, il le mit tout soudain par terre à la luête, luy ayant ie ne sçay comment supplanté le pied, & faict perdre terre : & comme les autres l'en glorifioient, il desroba à Venus sa ceinture, ce-pendant qu'elle s'amusoit à se congratuler auecques luy de sa victoire; à Iuppiter pareillement qui se cuidoit rire de tout cela, il destourna son Sceptre; & luy eust vollé quand & quand la foudre, si elle n'eust esté si pesante, & eu du feu vn peu par trop.* VVLCAN. *Tu me despeins icy vn enfant prompt & esueillé à merueilles.* APOLLON. *Mais Musicien encores auecques tout cela.* VVLCAN. *A quoy l'as tu apperceu?* APOLLON. *Ayant trouué ie ne sçay où vne tortue morte, il en a faict vn instrument : car y ayant approprié les branches aux deux costez, & assis le cheuallet par-amont, auecques les cheuilles pour tenir les cordes; plus adioint vn fonds par embas, & la table au dessoubs d'iceluy, & suspendu de là au cheuallet sept cordes tendües à propos, il sonne ie ne sçay quoy de si plaisant & harmonieux, que moy-mesme luy en porte enuie, combien qu'il y ait si long-temps que ie m'estudie à iouer de la lyre. Mais au reste disoit encores cecy, que la nuict mesme il ne demeuroit pas ès cieux, mais (si actif & brillant il estoit) descendoit iusques aux enfers, pour y destourner quelque chose. Or il a maintenant des aisles, & s'est pourueu de ie ne sçay quelle baguette, qui a vne merueilleuse efficace & pouuoir dont il appelle les ames, & attire les morts.* VVLCAN. *Ie la luy ay donnée pour luy seruir seulement de passe-temps & iouet.* APOLLON. *Et c'est pourquoy il t'a si bien recompensé, c'est à sçauoir de tes tenailles.* VVLCAN. *Tu m'en as certes aduerty tout à point : ie m'en vois voir si ie les pourray retrouuer d'aduanture en quelque coing de son berceau, enuelopées parmy les langes.*

IL EST ENFANTE' en la cime du mont Olympe, là où (comme dit Homere) il n'y a vents , pluye ne neige. Cecy est au sixiesme de l'Odyssée, là où Minerue s'estant desguisée en la ressemblance d'vne des Demoiselles de Nausica, l'induit d'aller sauonner ses guympes & collets à vne fontaine d'eau douce sur le bord de la mer : le tout en faueur d'Vlysses, qui estoit là aupres tout nud dans les herbes, eschappé du naufrage :

H' μὲν ἄρ' ὡς εἰποῦσ' ἀπέβη γλαυκῶπις Ἀθήνη
ἔλυμπόν δ', ὅθι φασὶ θεῶν ἕδος ἀσφαλὲς αἰεὶ
ἔμμεναι. ὔτ' ἀνέμοισι τινάσσεται, ὔτε ποτ' ὄμβρω
δεύεται, ὔτε χιὼν ἐπιπίλναται· ἀλλὰ μάλ' αἴθρη
πέπταται ἀνέφελος, λευκὴ δ' ἐπιδέδρομεν αἴγλη·
τῷ ἔνι τέρπονται μάκαρες θεοὶ ἤματα πάντα.

Ayant ainsi parlé la Deesse Minerue aux yeux verds, elle s'en retourna à l'Olympe, où l'on dit qu'est la demeure des Dieux, seure en toute saison : sans qu'il soit esbranslé des vents, ny iamais arrousé de pluyes, ou que la neige s'y espande; mais plustost vne perpetuelle serenité y vollette, exempte de tous nuages; & vne claire splendeur y reluit là autour, en quoy les Dieux bien-heureux se complaisent à tout iamais. Ce que dit Plutarque, en la Cessation des Oracles, n'est pas guere esloigné de ce propos. *Nous sommes aduertis (dit Heracleon) que vous autres Grammairiens voulez referer cette opinion à Homere; le disans auoir faict vn departement de tout l'vniuers en ce monde : le ciel, l'eau, l'air, la terre, & l'Olympe : dont il en auroit laissé deux communs, à sçauoir la terre pour tous ceux d'abas; l'Olympe pour tous ceux d'enhaut; & assigné les autres trois du milieu, à trois Dieux en particulier.*

QVANT à la naissance & education de Mercure, Pausanias és Archadiques dit, *que sur les confins des Pheneates y a vn lieu appellé Tricrenes, où l'on void trois belles fontaines, esquelles les Nymphes qui habitent autour du mont Gerontée, lauerent Mercure tout aussi tost qu'il fut nay; & que pour cette cause on estime qu'elles luy soient consacrées. Et que puis apres il fust esleué & nourry au pied d'vne petite colline, au propre endroit où souloit estre la ville d'Acacesium, par Acacus fils de Lycaon. Mais que les Bœotiens ne sont pas de cette opinion, ne les Tanagréens non plus (ainsi qu'il dit és Bœotiques) lesquels le maintiennent auoir esté nay & nourry au mont Cerycien, soubs des arbres que l'on voyoit encore.*

TOVT cela est de peu d'importance, parquoy nous clorrons le present tableau auecques ces carmes d'Horace, qui ramentoit à Mercure ce larrecin tant signalé dont il est icy question.

Te, boues olim nisi reddidisses ,
Per dolum amotas, puerum minaci
Voce dum terret, viduus Pharetra
Risit Apollo.

Car c'est ce que veut entendre Philostrate tout à la fin, quand il dit qu'Apollon le regardoit desrober ses flesches, d'vn œil comme courroucé & riant tout ensemble. Mais la me-

T

nace dont il vſe parlant à Maia, & qu'Horace touche icy en paſſant, eſt plus particulierement deduite en l'Hymne d'Homere.

ῥίψω γάρ σε βαλὼν ἐς τάρταρον ἠερόεντα,

εἰς ζόφον αἰνόμορον καὶ ἀμήχανον· οὐδέ σε μήτηρ

ἐς φάος ἠδὲ πατήρ ἀναλύσεται, ἀλλ' ὑπὸ γαίη

ἐρρήσῃς, ὀλίγοισιν ἐν αἰδράσιν ἡγεμονθίων.

*Ie te precipiteray; te iettant au tenebreux enfer, dedans l'obſcurité d'vne mort miſerable & perpetuel-
le; ſans que ton pere ny ta mere te puiſſent iamais plus reduire en lumiere; ains periras mal-heureuſe-
ment ſoubs la terre, chef d'vne bien petite trouppe de gens.*

AMPHIARAVS.

Que nous vaut vne prophetie,
Qui doit abreger nostre vie,
N'est-ce pas vn cruel tourment,
Que sçauoir cet euenement?
Amphiaraüs est Prophete,

Et bien qu'il sçache la defaicte
Qui doit donner fin à ses iours,
Il n'en peut arrester le cours.
Les diuines conceptions,
Arrestent nos intentions.

T ij

AMPHIARAVS.

ARGVMENT.

LA DESRAISON, *iniustice & rigueur dont vsa Eteocles fils d'Oedipe, enuers son frere Polynices, de ne l'auoir voulu laisser iouyr à son
tour du Royaume de Thebes, suiuant le compromis & accord passé
entre eux, incita Adrastus Roy d'Argos, de luy aller en la compagnie
de tous les autres Princes ses alliez, faire la guerre. Mais Amphiaraüs fils d'E-
cleus, ou selon quelques-vns d'Apollon, & d'Hypermnestra, lequel estoit de ce nombre, ayant cognoissance des choses aduenir, & par consequent n'ignorant pas la destinée qui l'attendoit en ce voyage, où il deuoit finer ses iours d'vne maniere bien
estrange, s'il entreprenoit d'y aller, se tint caché si secrettement qu'on n'en peut oncques sçauoir nouuelles, iusques à tant que sa propre femme Eriphyle, subornée par
vn riche carquan que le Roy Adrastus luy donna, le decela, & fit entendre le lieu
où il estoit. Dequoy estant indigné tout outre, pour se voir si laschement trahy par la
desloyauté de celle à qui il ne se deuoit moins fier qu'à soy-mesme, laissa vn commandement bien expres à son fils Alcmeon, que tout aussi tost qu'il seroit aduerty de sa
mort, il la vangeast sur sa mere Eriphyle, comme seule cause de tout ce mal. L'entreprise de Thebes ayant eu puis apres vne tres-mal-heureuse yssuë: Car des sept
chefs, les cinq furent tuez d'abordée, & Amphiaraüs englouty tout vif de la terre auecques son chariot, comme il se pensoit retirer (Adrastus seul de tous eschappa à course de cheual) Alcmeon executa ce que son pere luy auoit ordonné; & de
là s'en alla puis-apres faire absoudre & purger de son parricide par le fleuue Phle-
gée, duquel par mesme moyen il espousa la fille Alphesibea, à qui il fit vn present du
carquan de sa mere Eriphyle. Mais quelque temps depuis il s'en alla visiter le fleuue Acheloë, là où il s'enamoura de sa fille Callirhoé, & luy promit de la prendre en
mariage; luy mettre aussi entre les mains ce diue Carquan. Et comme il fut allé le
redemander à son autre espouse, les freres d'elle, Themon, & Axion, picquez de sa
mauuaise foy le mirent à mort; non toutesfois francs & quittes, car luy qui estoit
fort vaillant de sa personne, les naura de sorte, qu'ils y demeurerent quand &
quand pour les gages. Amphiaraüs fut depuis reseré au nombre des Dieux, &
eut vn Oracle dressé és Oropiens, d'aussi grand credit & reputation pour vn
temps, que nul autre qui fust en la Grece. L'on dit au surplus que ce Carquan fit
si infortuné, qu'à toutes celles qui l'eurent en possession, ne faillit onques d'arriuer*
quelque

quelque tres-grief malheur & desastre. Homere en fait sommairement mention en l'onziesme de l'Odyssee, où Vlysse rencontre Eriphyle aux enfers, parmy les autres Roynes & Princesses.

Μαῖραν τε Κλυμόνην τε ἴδον, συγεραὺτ' Ἐριφύλω,
ἢ χρυσὸν φίλȣ ἀνδρὸς ἐδέξατο τιμήεντα.

N COCHE attellé de deux cheuaux seulement (car les chariots à quatre de front n'estoient point encores en vsage aux Cheualiers du temps iadis, sinon au ma-gnanime & courageux Hector) porte Amphiaraüs se retirant de Thebes, lors qu'on dit que la terre s'ou-urit pour luy faire place, afin qu'il prophetisast en l'At-tique, & y rendist des responses certaines; sage & preuoyant qu'il estoit entre les plus sages de tous. Car de ces sept qui entreprindrent de remettre Polynices le Thebain en son Royaume, il n'y en eut pas vn qui reuint au logis fors Adrastus & Amphiaraüs; tout le reste demeura deuant la Cadmée, où les vns furent tuez à coups de lances, les autres de pierres & de haches. Quant à Capanée, l'on tient qu'il fut frappé de la foudre, apres auoir le premier par son insolence & orgueil, attaqué Iuppiter; mais cecy despend d'vn autre propos; car la peinture nous commande de regarder au seul Amphiaraüs, lequel s'enfuit à tout ses coronnes, & le laurier mesme. Or ces cheuaux sont tous blancs, & le tournoyement des roües accompagné d'vne merueil-leuse vistesse, & les naseaux d'iceux soufflent à toute outrance; la terre est át sur-semée de leur escume, & leurs creins panchent contre-bas. Que si la menuë poussiere s'est attachée à eux pour estre ainsi baignez de sueur, cela de vray ne les faict pas si beaux, mais il represente la chose plus naïuement. Amphiaraüs quant au reste s'estant armé de toutes pieces, a laissé sa salade, car il a consacré à Apollon son beau chef d'vn regard venerable, & qui sent bien son Prophete. Et là dessus la peinture nous propose Oropus en forme d'vn ieune adolescent, parmy des femmes d'vne couleur d'aigue-marine, qui sont les mers: & si a pourtraict outre-plus l'oratoire d'Amphiaraüs, auec-ques la sacrée & diuine cauerne. Là est la verité reuestuë d'habillemens blancs comme neige: là est la porte des songes; car ceux qui vont celle part au deuin, ont besoing de Sommeil; lequel est icy façonné d'vne contenan-ce endormie & pesante, ayant vne robbe de blanc par dessus sa grande iup-pe noire. Ce qui denote (à mon aduis) la nuict d'iceluy, & le sur-iour pa-reillement : mais la corne qu'il tient entre les mains, est pour monstrer qu'il introduit les songes par l'huys qui est certain & veritable.

ANNOTATION.

PHILOSTRATE au second liure de la vie d'Apollonius. *Amphiaraüs fils d'Oe-cleus à son retour de Thebes fut tout vif englouty de la terre. Il a son oracle en la contrée de l'Attique, où il ennoye des songes à ceux qui luy vont demander conseil, & les resout par là leurs affaires: mais il faut que prealablement ils ieusnent par vingt-quatre heures, (sans boire ne manger chose quelconque, & qu'ils s'abstiennent trois iours entiers de tout vsage de vin, & choses enyurantes, afin que l'ame se trouuant à deliure de toutes les fumées & vapeurs qui la pourroient par-troubler, puisse plus nettement apprehender les visions qui luy apparoissent en dormant.*

PAVSANIAS   **P**AVSANIAS és Attiques. *Au partir de la ville des Oropiens située sur le bord de la mer, à douze stades de là, vous rencontrerez le temple d'Amphiaraüs, lequel s'enfuyant de Thebes fut englouty de la terre auecques son chariot. Les autres dient que ce ne fut pas en cet endroict là, mais sur le chemin tirant de Thebes en la Chalcide, au lieu que pour cette occasion l'on appelle Harma, c'est à dire chariot. Neantmoins il est bien tout certain qu'Amphiaraüs fut deïfié tout premierement és Oropiens, & puis apres des Grecs le reuerevent de diuins honneurs. I'en pourrois bien au reste nommer d'autres, lesquels ayans esté hommes, furent reserez par les Grecs au nombre des Dieux, & des villes à eux consacrées. Celle d'Elée au Chersonese, à Protesilaus: Lebadie des Bœciens, à Trophonius. Es Oropiens est le temple d'Amphiaraüs, & sa statuë de marbre blanc. Quant à l'autel, il est departi ainsi. Vne portion consacrée à Hercules, à Iuppiter, & Apollon le Pean: l'autre aux Heroës, & à leurs femmes: la troisiesme à Vesta, Mercure, Amphiaraüs, & Amphiloque. Car l'autre de ses enfans, Alcmeon, pour le forfaict commis en la personne d'Eriphyle sa mere, n'est point venu en participation d'honneur, ny auec Amphiaraüs, ny auec Amphiloque. La quatriesme portion de l'autel est dediée à Venus, & à Panacée: pareillement à Iason Hygiée, c'est à dire Santé, & à Minerue Peonienne. La cinquiesme est des Nymphes & de Pan, & des fleuues Acheloë, & Cephise. Il y a aussi vn autel à Amphilocus en la ville d'Athenes; & vn oracle au lieu de Mallon en Cilicie, le plus veritable qui fust point de mon temps. Es Oropiens tout aupres du temple y a vne fontaine que l'on dit estre d'Amphiaraus; où l'on n'a point accoustumé ny de sacrifier, n'y de purifier, ny de laxer personne: mais apres auoir eu l'oracle, si quelqu'vn guerist de sa maladie, il iette dedans de l'argent & de l'or marqué à sa marque. Car on dit que ce fut là où Amphiaraus apres auoir esté receu au nombre des Dieux, sortit de dedans la terre. Et Iophon Cnosien, l'vn des interpreteurs des Oracles, publia ceux d'Amphiaraus en vers hexametres, Ce qui attira tellement les peuples, que tout soudain ils y accourvrent de toutes parts. Car pas vn des deuins, hors-mis ceux qu'anciennement la faueur d'Apollon esmouuoit, ne rendoit les Oracles: mais estoient tous vn interpretes de songes, ou ingeoient les choses aduenir par le vol des oyseaux, ou par les entrailles des bestes sacrifices. Au moyen dequoy il semble qu'Amphiaraüs se soit principalement addonné à la prediction par les songes. Ce qu'on collige de cecy; qu'apres qu'il eut esté deïfié, il institua cette maniere de deuinemens. Et faut en premier lieu que ceux qui vont à l'oracle à luy, soient bien & deuëment purgez, laquelle purgation ou nettoyement consiste à sacrifier comme il faut à ce Dieu, & accomplir les ceremonies requises, tant enuers luy, que tous les autres, dont les noms sont és escrits. Cela faict, & ayant immolé vn mouton, ils estendent sa peau en terre, & s'endorment dessus, attendans l'esclaircissement de leur faict, qui leur doit apparoistre en songe.*

    *I**L** DIT puis apres és Corinthiaques; qu'en la ville des Phliasiens derriere le grand marché, y a vne maison appellée Mantique, c'est à dire Deuineresse: car ce fut là où Amphiaraus ayant veillé vne nuict commença d'annoncer les choses futures, ainsi que dient iceux Phliasiens; & qu'au-parauant c'estoit vn homme lay & non Prophete. Au moyen dequoy ce domicile est tousiours du depuis esté tenu clos. Cette habita-*

PAVSANIAS. *tion ou demeure d'Amphiaraüs, est par le mesme Pausanias descrite és Eliaques, tout ainsi qu'elle auoit esté entaillée au coffre de Cypselus: auecques plusieurs autres belles fantaisies & choses notables. La course (dit-il) d'Oenomaus & Pelops, & (suite de la maison d'Amphiaraus, où il y a vn petit oyseau qui porte Amphiloque, quiconques soit ce petit bestion (car on ne peut pas bien discerner ce que c'est) & au deuant d'icelle est Eriphyle debout, parée d'vn carcan; ayant aupres de soy ses deux filles, Euridice, & Demonassa, auecques le petit Alcmeon qui est nud: Baton le cochier d'Amphiaraus tient d'vne main les resnes des cheuaux, & de l'autre vne iaueline de bardes. Et Amphiaraus ayant desia vn pied sur l'estrief pour se ietter dans le chariot, se retourne vers Eriphyle l'espée nuë au poing; neantmoins quelque courroucé qu'il soit, monstre de luy pardonner.*

    QVANT aux deuinemens & responses d'Amphiaraus, Plutarque en met cet exemple en la **PLVTARQVE.** Cessation des Oracles, où il dit; que du temps de Xerxes fut ennoyé vn vallet à celuy d'Amphiaraus, touchant le faict de Mardonius, lequel s'estant endormy dans le Sanctuaire, il vid en songe le ministre, dont il fut du commencement, comme si le Dieu n'y eust point esté, repoussé de parole, & puis auecques les mains. Finalement pour ce qu'il ne s'en vouloit aller, il luy donna d'vne grosse pierre par la teste: toutes lesquelles choses furent vn aduertissemēt & indication de ce qui deuoit arriuer. Car Mardonius ne fut pas desfait par vn

                                                      Roy:

Roy:mais par le tuteur & curateur du Roy de Lacedemone, chef souuerain de l'armée Gregeoise; & fut frappé à mort d'vn coup de pierre, suiuant ce que le Lydien l'auoit veu en songe.

VOILA à peu prés ce que l'ancienneté nous a laissé d'Amphiaraüs, & de ses miracles. Mais pour venir maintenant aux particularitez de son tableau, & tout en premier lieu à ce que de pleine arriuée il dit, *que le chariot attellé de quatre cheuaux n'estoit point encore en vsage aux Heroës, hors-mis tant seulement à Hector*: il semble que cela contredise à ce lieu cy d'Euripide en l'Hippolyte, auquel il en attribué vn quand il fut desmembré par ses cheuaux espouuentez du monstre enuoyé par Neptune à la requeste de Thesée, φόδῳ τίτερον ὁμαίων ὄχϱ. Mais plus apertement encore és Suppliantes, là où mesme il parle d'Amphiaraüs, quand il fut enfoncé & perdu dans la terre:

υδ' ἥρπαϭν χρυϭέϥς οἰωνοϭκόπον,
τίθελπται ἅρμα ϖϱσβαλὥϭα χάϭματι.

Aussi il ne dit pas tout cruëment au second tableau de Pelops, que l'attellage de quatre cheuaux ne fust point vsité desiors, mais seulement qu'on ne le practiquoit point encore à la guerre; car il aduoue bien qu'on s'en aidoit desia és ieux de prix & combats solemnels: τὸ δὲ ἵππων ξύγκυται τετ᾿άϱων· τετὶ γάϱ ἐϭ μὴ τὰ πολεμικά, ὅπω ἱθαϱὅτατο·οι δὲ ἀγωϭις ἐγϰνοϭκος τε αὐτὸς χϳ ἐπίμων. Pline au reste au 56.chap.du 7.liure, dit que la nation Phrygienne fut la premiere de toutes qui attella deux cheuaux; & Ericthonius, quatre. Mais cela n'est point encore bien resolu, si par ce mot de *Big.e* il faut entédre vne charrette à deux roües montée de deux cheuaux; & de *quadrige* vn chariot à quatre roües & quatre cheuaux, ou bien que cela tant au Latin qu'au Grec, ne se doibue que referer simplement au nombre des cheuaux, & nom pas des roües, qu'il faut presupposer deuoir toufiours estre quatre, comme à la verité ie le croy; tant pour estre plus vistes & habiles à manier, que les charrettes de deux roües, & moins dangereuses à verser. Trop bien cela est tout certain, que quant à l'attellage des cheuaux aux limons, foient trois, foient quatre, voire iusques à six, il faut entendre qu'il doiuent estre tous d'vn front, ainsi que l'on void en tous les reuers des anciennes medailles de Neron, & autres Empereurs Romains; & qu'il se practique encore auiourd'huy és Carrozzes de Hongrie & Pologne. Ce mesme nostre autheur a voulu inferer au premier tableau de Pelops, quand il a dit: ὁ γὰϱ ϭιμὸς ἀγϱόϭϰ·ἵππους μὴ ξωδϭας τὲϭαϱας χϳ μὶ ζυγϥι τῦϭ ϭϰιλὥ τὸ χϳ᾿ ὑμ αὐτῶ. *Ce n'est pas vn ounrage de petite entreprise, de ioindre ensemble quatre cheuaux, sans entr'embarasser pas vne de leurs iambes.*

QVANT est du lieu où il fut auec son chariot englouty de la terre, Pindare en la 9. des Nemées touche bien l'accident qui luy aduint:

ὁ δ' Ἀμφιάϱηι
αὴϭν κεϱαυνῷ παμϭία
ζετὰ τὰν βαϑύϭτερον χϑόνα·
κϱύψεν δ' ἄμ' ἵπποις.

En quoy il dit que Iuppiter l'accabla d'vn grand coup de foudre auec ses cheuaux dans la terre, sans en mettre autre chose: mais Strabon au 9. liure, specifie l'endroit où ce fut, en cette sorte. Il y a vn petit village deshabité maintenant prés Micaleffe de Tanagrie, appellé Harma, du chariot d'Amphiaraüs; lequel trebucha de dessus au lieu propre où est maintenant sa chappelle, prés Oropus: & de là les cheuaux s'estans effrayez traifnerent le chariot tout vuide, iusques au dessus-dit Harma; dequoy Homere fait mention au second liure de l'Iliade.

Θέϭπιαϭ, Γϱαϊάν τε, χϳ εὐϱύχϱϱον Μυκαλϭϭόν,
Οἴ τ᾿ ἀμφ᾿ Ἀϱμ᾿ ἐνέμοντ, ὴ Εἰλέϭιον, χϳ Ἐϱύϑϱαϭ.

Ce que confirme Pausanias en ses Attiques, dont nous auons amené cy dessus le passage, auec celuy des Bœotiques: & Plutarque en la 6. des Paralleles, où il en parle en cette sorte: *Les Princes qui accompagnerent Polynices à la guerre de Thebes, s'estans mis à banqueter tous ensemble, vne aigle vint fondre auprés d'eux, qui trouffa haut en l'air la lance d'Amphiaraüs, & puis la laissa retomber à terre; où s'e-stant fichée assez auant, elle se conuertit en vn Laurier. Le lendemain, comme ils fussent venus au combat, Amphiaraüs demeura englouty de la terre auec son chariot, au propre endroit où se void de presēt la ville de Har-ma, ainsi appellée à cause de ce chariot: comme racompte Thrasymaque au troisiéme liure des Fondations.* PLVTARQVE.

ICY POVVONS nous remarquer & appercevoir l'vn des eschantillons de nostre pauureté & misere, qu'il faille que les prudens & bons personnages portent ainsi la folle enchere pour les insensez & peruers. Qu'vn fol estourdy de Tydeus, accariastre, querelleux, & escervelé perturbateur du repos public; nonobstant qu'il soit estranger; nonobstant toutes les belles remonstrā-ces, toutes les predictions & admonestemens du plus sage homme de la Grece, & tenu mesme pour Prophete, ait ainsi voix en chapitre, & soit creu pour faire entreprendre vne guerre non aucunement necessaire; & qui leur retourne à perdition & ruine pour tous. Et si faut encor que ceux qui y contredisent auec de tres-apparentes & plus que legitimes raisons, communiquent au peril & danger des esuentez qui l'ont suscitée, voire en ayent leur premiere part : tant á

T iiij

touſiours accouſtmé d'auoit de credit le mauuais conſeil desbauché par deſſus celuy qui eſt ſain.
Au moyen dequoy non ſans cauſe, ny à la volîée s'exclame le Poëte Eſchyle en la Tragedie des
Sept à Thebes, deſplorât ſoubs la perſonne d'Etheocles, le bõ & ſage Amphiaraüs en cette ſorte:

φῶ τῷ ξιωαλλάσσοντ‵ ὄρνιθος βρογῆς
δίκαιον ἀνδρα τοιοι δυαπβεξέϱσις.
ὠ πλϟνͅ τερφͅχͅ δ‵ ἐαϑ‵ ὁμιλίας κακῆς
κάκιον, ὠδὲν καρπὸς ὠ κομίφιος. & ce qui ſuit apres.

Æ ꜱ ᴄ ʜ ʏ ʟ ᴇ.

O le malheur (dit-il) qui aſſocie vn homme de bien à des mortels impies & deteſtables. Il n'y a certes rien
pire en tous les affaires du monde, que la meſchante compagnie, dõt l'on ne peut iamais rapporter au-iuſf. niết.
Car vne bonne perſonne s'embarquant auec des Nautonniers reſchauffez apres quelque fraude & malice, ſe
perd auec vne race de gens haye des Dieux. Ou bien ſi vn homme iuſte ſe trouue parmy des citoyens non chari-
tables, & qui n'ont aucun ſouuenir ne reſpect de la diuinité, eſt ant à bon droit fait participant de leur butin,
il eſt chaſtié des verges de Dieu, communes à toutes creatures. Ce deuin icy (le fils d'Oecleus diſ-ie) prudent, iuſte, ſyncere & deuot perſonnage: grand annunciateur des choſes aduenir, pour s'eſtre meſlé auec des meſchãs preſomptueux, priuez de tout ſens & entendement, qui s'efforcent de venir contre nous à-tout vn grand equippage, (Iuppiter le permettant ainſi) ſera attiré quand & eux à vne finale perdition & ruine.
   L A P E I N T V R E nous propoſe Oropus en forme d'vn ieune adoleſcent. Oropus ſelon que le deſigne
Pauſanias és Attiques, eſt vne contrée entre le territoire d'Athenes & celuy de Tanagre, que
les Thebains poſſederent du commencement; mais les Atheniens l'annexerent depuis à leur
eſtat apres que Philippus eut pris Thebes. La ville capitale eſt appellée de meſme nom, & aſſiſe
ſur le bord de la mer, comme Philoſtrate le marque icy; en diſant que Iouuenceau eſt parmy
des femmes de charneure azurée, qui repreſentent la marine. Il y a encore trois autres villes d'O-
ropus, en la Grece, & vne en Syrie. C'eſtoit au demeurant la couſtume des Peintres anciens, de
repreſenter les villes, montaignes, & riuieres, par vne ſemblãce humaine; cõme nous liſons dedãs
Pline au 10. ch. du 35. liu. de Protogenes, qui peignit d'vn tres-merueilleux & excellent artifice, la
ville de Ialyſus (l'vne des trois de l'Iſle de Rhodes, dont il eſtoit natif) en forme d'vn bel adoleſcent; lequel il couurit de quatres couches de couleurs l'vne ſur l'autre, afin que quand la premiere viendroit à s'effacer par ſucceſſion de temps, ou quelque autre accident, celle d'au-deſſoubs
ſuccedaſt en ſa place. Et dit on que pendant qu'il demeura à la peindre, il ne veſcut que de lup-
pins trempez en l'eau, de peur que pour le trop grand plaiſir qu'il prenoit à ſon beau & admirable chef-d'œuure, les conduits de ſes ſentimens ne vinſſent à s'eſtoupper; & luy perclurre les
eſprits.
   L A E ꜱ ᴛ la porte des ſonges, car ceux qui vont celle part au deuin ont beſoing de ſommeil. Macrobe en
l'expoſition du ſonge de Scipion en met cinq eſpeces. Premierement ce que les Grecs appellent
ὄνειρος, & les Latins ſomnium, le ſonge ordinaire & commun: puis ὅραμα, qui eſt vne maniere de
viſion; χρηματισμὸς, oracle; ἐνύπνιον, inſomnium, qui eſt entre ſonge & viſion; & φάντασμα, Ciceron l'a appellé viſum, nous le pouuons dire vne imagination phantaſtique de choſe qui n'eſt
point, mais nous la forgeons en noſtre eſprit: ces differences toutesfois & degrez de ſonges ne
ſe peuuent ſi exactement obſeruer en noſtre langue, ny en la Latine meſme, comme en la Grecque, la plus copieuſe & propre en vocables de toutes autres, qui ſont contraintes de les emprunter d'elle. Iamblichus en ſon liure des myſteres des Egyptiens, dit que les ſonges qui nous ſont
enuoyez diuinement, pour nous aduertir de quelque choſe d'importance, ne viennent pas en
dormant comme les communs, mais en veillant, ou pour le moins entre le dormir & veiller.
Ainſi qu'en ce paſſage du 19. de l'Odiſſée, où Penelope racompte à Vlyſſes ſon ſonge ou pluſtoſt
viſion.

ὀὲκ ὄναρ, ἀλλ‵ ὕπαρ ἐσθλὸν, ὅτι τετελεσμῦιον ἔςαι.

C'eſt choſe qui ſe fait que tu vois, & non ſonge.
Et en la 13. Olympienne en Pindare, quand Pallas apporte à Bellerophon en dormant vne bride
d'or pour dompter Pegaſus.

ἐξ ὀνείρε δ‵ αὐτίκα
ἦν ὕπαρ.

Neantmoins Hermes Triſmegiſte tout au commencement de ſon Pimander declarãt cette belle viſion qui l'inſtruit de tant de ſecrets, la fait venir preciſément en dormant, & encore fort
profond: Sopitú iam ſenſibus corporú, quemadmodum accidere ſolet iis, qui ob ſaturitatem vel defatiga-
tionem ſomno grauati ſunt. Et Homere au 2. de l'Iliade, enuoyant le Dieu meſme des ſonges à Agamemnon ſoubs la reſſemblance de Neſtor, eſcript que ce fut au plus fort du dormir qu'il ſe preſenta à luy.

βῆ δ‵ ἄρ‵ ἐπ‵ Ἀτρείδίω Ἀγαμέμνονα, τὸν δ‵ ἐκίχανεν
εὕδοντ‵ ἐν κλισίη, περὶ δ‵ ἀμβρόσιος κέχυθ‵ ὕπνος.

Auſſi

Aussi est il plus raisonnable de croire que nous soyons mieux admonestez par la diuinité en dormant qu'en veillant; si d'aduanture ce n'estoit par quelque vision à nous octroyée d'vne sienne grace speciale, mais cela n'aduient pas souuent, ny a beaucoup de personnes: car selon le mesme Iamblichus comme l'ame ait double vie, l'vne coniointe, & commune auec le corps, l'autre separable, & a part de tout corps; le veiller participe plus de la vie corporelle, & le dormir de celle de l'ame, laquelle durant iceluy se deslie & absente aucunement du corps; tout ainsi que d'vne Isle ou elle seroit confinée en exil, pour s'en aller receuoir sa propre region & Patrie; dont le centre est par tout, & la circonference nulle part. Pource que (comme dit Plutarque en l'esprit familier de Socrates) la diuinité communique plustost auec les personnes en dormant, qu'en veillant. Et encore que suiuant Aristote, le dormir soit commun à l'ame & au corps; dautant que la mort est seulement du corps, & non de l'ame qui est immortelle, il semble neantmoins que le dormir soit le resueillement de l'ame, & le veiller l'endormissement d'icelle. Aussi Heraclitus souloit dire, que les hommes durant leur veiller n'ont qu'vn monde commun à eux tous; mais quand ils dorment, chacun s'en va au sien propre & particulier. Cela peut estre auroit meu les anciens de faire vn Dieu du dormir, qui est le seul bien que Dieu octroye gratuitement à l'homme, ainsi que dit le Comique, se mocquant de ceux qui sont si curieux d'enrichir leurs couches & licts; & lequel osté hors de la nature, ce seroit nous confondre & rendre tous vns, comme dit le mesme Plutarque au banquet des sept Sages, & nous priuer du plus doux & gracieux contentement que nous puissions auoir en ce monde. Car c'est luy seul qui nous allege, voire deliure entant qu'à luy est, de toutes fascheries, ennuys & douleurs; dont il auroit esté appellé par Homere λυσιμέλμιος, apres Orphée en l'Hymne qui commence:

> ὕπνε ἄναξ, μακάρων, πάντων θνητῶν τ᾽ ἀνθρώπων,
> ἢ πάντων ζώων, ὁπόσα πείρα ἔρψα ζων.

Roy des Dieux bien-heureux, & de tous les hommes mortels, ensemble des animaux tout autant qu'en nourri la spacieuse terre. Là où suit puis-apres vers la fin:

> λυσιμέλεμνε κόπων ἡδέαν ἔχων ἀνάπαυσιν,
> καὶ πάσης λύπης ἱερὸν ἀπαθαμῦνον ἔρδων.

Nous deliurant de tous soucis, ayant vn doux repos de trauaux, sainct & sacré soulas de toute douleur, Homere semblablement au quatorziesme de l'Iliade:

> ὕπνε, ἄναξ, πάντων τε θεῶν, πάντων τ᾽ ἀνθρώπων.

Et Ouide en l'onziesme de la Metamorphose, où il descrit tres-elegamment & le sommeil & les songes auquels il preside & commande.

> Somne quies rerum, placidissime somne Deorum,
> Pax animi, quem cura fugit, qui corpora duris
> Fessa ministeriis mulces reparasÿ labori.

Et Seneque en la Tragedie d'Hercules furieux.

> Tuÿ, ô domitor somne malorum,
> Requies animi, pars humanæ melior vitæ,
> Verù miscens falsa futuri
> Certus, & idem pessimus auctor.

Ce qu'il a pris du Philoctetes de Sophocle, là où il parle en cette sorte:

> ὕπν᾽ ὀδωίας ἀδαὴς, ὕπνε δ᾽ ἀλγέων
> εὐαὴς, ἡμῖν ἔλθοις,
> εὐαίων, εὐαίων ἄναξ.
> ὄμμασι δ᾽ ἀντήριος
> πολὺ δ᾽ αἴγλαν, ἃ τέταται τανῦ.
> ἴθι ἴθι μοι παιάν.

> *Sommeil esloigné de douleur,*
> *Sommeil exempt de tout tourment,*
> *Qui respires souefuement,*
> *Vien à nous gracieux seigneur:*
> *Et retiens és yeux la lumiere,*
> *Qui veut fuyr de nous arriere,*
> *Vien doncques medecin de noz maux.*

Au moyen dequoy, comme recite Pausanias és Corinthiaques, en la ville de Sicyon, souloit estre vn simulachre du sommeil surnommé Epidotes, endormant vn Lyon; comme s'il n'y eust eu si cruelle fascherie & ennuy en ce monde, qu'il ne peust bien assoupir. Et puis apres au mesme liure il dit encore, qu'à Trezene y auoit vn temple des Muses, edifié par Ardalus fils de Vulcan: auec

vn autel fort ancien tout aupres, où l'on facrifioit aux Mufes & au Sommeil par enfemble. Pource que c'eft celuy de tous les Dieux qui leur eft le plus agreable : dautant que les lettres & les
fciences ont befoing de repos d'efprit, & du dormir. Ce qui pourroit auoir induit le grand Caton à vouloir des efclaues qui dormiffent affez de leur naturel, les iugeant par cela debuoir eftre
doux & obeiffans, & de bon efprit quand & quand. Au contraire les par trop efueillez, & qui ne
pouuoient gueres dormir, fols, & idiots, ou malicieux & mefchants. Auffi fouloit on accompagner anciennement le Sommeil non feulement auec les Mufes, mais Mercure encore, tant pour
l'authorité qu'auoit ce Dieu de refueiller & endormir les humains à tout fon caducée, cõme bon
luy fembloit, que pource qu'il prefide aux arts & fciences, dont auroit efté inftituée autresfois
la ceremonie de bruller les langues des victimes à Mercure, quand on vouloit aller dormir; & luy
efpandre vn peu de vin, que l'on verfoit à la fin du foupper pour le dernier traict, comme dit
Homere au 7. de l'Odiffée, parlant des Pheaciens.

αποσπόνδζς δεπάεσσιν διακτόρῳ Αργφόντη,
ᾧ πυμάτῳ απεύδεσκον ότε μνησαίατο κριτης.

Pour autant qu'on prefume que Mercure foit la parole, dont l'Inftrument eft la langue, qui fe
taift par la furuenue du Sommeil, ainfi que le defduit l'interprete d'Apollonius fur ce paffage du
premier des Argonautes.

τέως ὅπιτε γλώσσησι χαίοντο
αἰθολόψαις, ύπνον δὲ ζδι κνέφας ἐμφαίοντι.

Ce qu'Homere auroit auffi touché au precedent: γλώσσας δ᾽ ὸν πυεῖ βάλλον. Ce myftere là fe rapporte à ce qu'Hefiode a feint en fa Theogonie, le Sommeil eftre fils de la Nuict & d'Erebus, νὺξ
τίκε δ᾽ ύπνον, έτικτε δὲ φῦλον ὀνείρων: auec fes confreres Lyfimeles, Epiphron, & Dumiles, felon
Hyginus, qui font les trois fortes de fonges, qu'Ouide appelle Morphée, Icelon, & Phantafon,
dont il fera parlé cy apres. Au moyen dequoy Homere l'auroit en plufieurs endroits appellé frere germain de la mort, & mefmement au 14. de l'Iliade: là où Iunon s'en va trouuer le Sommeil
en l'Ifle de Lemnos, (toutesfois Ouide le loge és tenebres & obfcuritez des Cimmeriens) ένθ᾽
ύπνῳ ξύμβλητο κασιγνήτῳ θανάτοιο. Rencontre le Sommeil le frere de la mort. Plus en cettui-cy : Νήγρε-
τος, ήδιστος, θανάτῳ άγχιστα έοικώς. Doux & profond Sommeil qui à la mort reffemble. Et encore au 16. ύπνῳ
κρὶ θανάτῳ διδυμάοσιν. Le Sommeil & la mort, deux, frere & fœur, iumeaux. Hefiode pareillement en fa
Theogonie les appelle enfans de la noire nuict, deux terribles & puiffans Dieux, que iamais le luifant
Soleil ne regarde de fes rayons, foit en montant ou defcendant dans le ciel.

ένθα δὲ νυκτος παῖδες ἐρεμνης οἰκί᾽ έχουσιν
ύπνος κὶ θάνατος, δεινοὶ θεοί· οὐδέ ποτ᾽ αὐτοὺς
ήέλιος Φαέθων ἐπιδέρκεται ἀκτίνεσσιν,
οὐρανὸν εἰσανιών, οὐδ᾽ οὐρανόθεν καταβαίνων.

Ce que Coluthus au rauiffement d'Helene a auffi imité de la forte.

- - ἐπεὶ θανάτοιο συνέμπορες εἰ γδ ἐτύχθην
ἄμφω, ἀδελφειήν ξυνίια πάντα λαχόντα,
ἔργα παλαιοτέρѳο κασιγνήτοιο διώκειν.
Le Sommeil à la mort reffemble,
Comme fon frere, & vont enfemble:
Parquoy il faut que le puifné
Face les effects de l'aifné.

Mais tous, apres le mefme Orphée, qui en auoit premier qu'eux parlé ainfi au mefme Hymne :

κὶ θανάτῳ μελέτῳ ἐπάγεις, ψυχὰς δημαίζων.
αὐτοκασίγνητος γδ έφυς λήθης θανάτῳ τε.
Tu nous reprefentes la mort,
Tu es dés ames le confort,
Frere au furplus dés ta naiffance
De la mort & de l'oubliance.

Et Lucrece au quatriefme liure.

- Senfus abit mutatis motibus altè.
Et quoniam non eft quafi quod fuffulciat artus,
Debile fit corpus, languefcunt omnia membra:
Brachia palpebræſ, cadunt, poplitesſ, cubanti.

A la verité par le moyen du Sommeil tous les fentimens exterieurs, & la faculté que les naturaliftes appellent Animale, ont vn relafche de trauailler; tant que les efprits efcartez fe viennent à
rembarrer de rechef dans la fource de vie; & là reprennent nouuelle force & vigueur pour trauailler

uailler comme au-parauant. Car tout ainfi que le veiller diffipe & efpand en dehors côme à vne circonference, la chaleur naturelle, & les efprits; de mefme par le dormir tout cela fe vient de nouueau à raffembler & vnir en vn centre. Et c'eft pourquoy Pline au dernier chap. du 10. liure, dit le fommeil n'eftre autre chofe qu'vne retraicte de l'efprit de vie en fon milieu, ou la force eft touſiours plus viue, pour eftre là reduitte en vn, que quand elle fe vient defployer au large. Et Ariftote au premier cha. du 5. liure des Animaux: Que le fommeil femble eftre côme vne moyen-ne difpofition ou paffage; entre l'eftre, qui eft la vie, & n'eftre plus c'eft à ſçauoir apres la mort. Car le veiller fent mieux fon viure, & le dormir fa chofe morte. Dont Ouide auroit parauanture efté meu de s'efcrier en cet endroit:

Stulte, quid & fomnus gelidæ nifi mortis imago?

Auffi Pauſanias és Laconiques dit qu'en Lacedemone aupres de la ftatuë de Venus Ambologere y en auoit vne du Sommeil & de la Mort, qu'on eftimoit eftre freres fuiuant la Poefie d'Homere. Il en defcrit puis-apres vne figure és Eliaques, laquelle eftoit taillée en l'arche de Cypfelus, en cette forte. *On void là (ce dit il) vne femme portant en la main droicte vn enfant de ors blanche charnewe, qui s'endormy; & en la gauche vn autre enfant fort noir, lequel dort auſſi comme il femble: tous deux ayans les pieds boi & tortux. Les efcripteaux les marquent eftre le Sommeil & la mort;& quand il n'y auroit point d'efcripture, on ne lairroit pas de ſçauoir que ce font eux; & la nuict, leur nourrice.*

PAVSANIAS

O V I D E en l'onziefme de la Metamorphofe le defcript plus à plein en cette forte: *Prés les Cim-meriens (ce dit il) y a vne grande cauerne creuſée dedans la montagne, ou eft la demeure & tafniere d l'en-gourdy Sommeil. Là iamais les rays du Soleil, foit qu'il fe leue, ou ait atteint le milieu du ciel, ou qu'il s'abaiſſe vers l'Occident, ne peuuent donner: ains tout y eft perpetuellement couuert d'vn gros brouillas d'pois; on pont le plus d'vne foible lumiere, qu'au foir & matin nous appellons entre chien & loup. Iamais non plus le vigilant oyſeau du chant de fa gorge encreftée n'y appelle l'aurore; ne les chiens de bonne guette par leurs aboys n'inter-rompent le filence y eftant; ne l'oye plus prompte & foigneuſe que les chiens encore; ne befte ſauuage quelcon-que, ou brebiailles, ou les rameaux esbranlez du vent, ne les tanſſemens & crieries des humaines langues. Vn filence muet y habite pour tout, hors-mis que le ruſſeau de Lethé qui fourd la du fonds d'vn rocher, cou-lât à trauers des pierres & cailloux, inuite les gens à fommeiller. A l'entrée de la cauerne fleuriſſent en abõdan-ce les fertiles pauots, & autres herbes fans nombre; du ius defquelles la nuict humide cueille fon endormiſſe-ment pour l'efpandre de là parmy toutes les ombrageuſes terres. Et de peur que les portes en les ouurant & fer-mant ne faſſent aucun bruit de leurs gonds: il n'y en a point du tout en nulle part de la maiſon, ne de portier pareillement fur le ſeuil de l'huis. Trop bien au milieu du Dortoüer, y a vn lict ou grand chalit d'Hebene, d'vne feule couleur; auec le lict de fin duuet, & vne cataloigne noire; là où couche le Dieu: tous ſes membres eftan-gorez d'vne peſanteur endormie. Et à l'entour de luy giſent çà & là efpandus des fonges vains & friuoles: tout autant qu'en pleine moiſſon l'on void d'efpiz de bled; & de fueilles en vne grande contrée de bois; & de grains de ſablon iettez au rinage.* Il pourſuit puis apres comme la Deeffe Iris, qui venoit de la part de Iunon entra là dedans; & efcartant à belles mains la foulle des fonges qui fe mettoient au deuant, paffa iuſques au lict du fommeil, qu'à grand peine fceut elle iamais efueiller; mais en fon chalit vne fois, à la lueur qu'iettoit la clere & refplendiffante robbe dont elle eftoit veftue; & par pluſieurs fois s'eftant efforcé de deffiller fes yeux aggrauez; & dreffer quelque peu la tefte, qui de rechef & de rechef retomboit enbas, de forte qu'à touſe heurtta le menton luy donnoit contre la poictrine, fe foubs-leuant fur le coude, il luy demanda qu'elle venoit faire.

R E S T E maintenant de parler du fonge qu'Orphée en fon Hymne appelle *bien-heureux, d'vn ample & large vol, benin, grand vaticinateur aux mortels.* Car le repos du doux Sommeil s'accoſtant coye-ment aux ames humaines, luy ce-pendant les arraiſonne, leur refueille l'entendement, & defcouu durant le dormir, les deliberations des Dieux bien-heureux: & fans mot dire aux efprits taciturnes, annonce les choſes aduenir: à ceux au moins qui foubs la pieté des Dieux ont vn bon Genie pour guide.

ORPHEE

κικλήσκω σε μάκαρ τανυσίπτερε ἡδὺ ὄνειρε,
ἀγγέλε μελλόντων, θνητοῖς χρησμωδὲ μέγιστε.

Homere dit les fonges eftre enuoyez de Iuppiter. καὶ γὰρ ὄναρ ἐκ Διός ἐστι & les appelle à cette occaſion Διὸς οὐθὰ, ἠδὲ ὀμφαὶ, & diuines voix; & Διὸς ἄγγελοι, meſſagers de Iuppiter. A l'imita-tion dequoy Phurnutus a dit, ϑεῶν δὲ ἄγγελοι, καὶ οἱ ὄνειροι. Les fonges eftre les meſſagers des Dieux. Mais encore que les fonges viennent de Iuppiter, fi ne font ils pas pour cela tous certains ne ve-ritables. Ce qu'Homere nous a voulu affez donner à entendre par celuy qu'il enuoye à Agamé-non tout au commencement du fecond de l'Iliade, qui eft pour le deceuoir en faueur d'Achilles, auquel de vray il auoit fait iniure, & pourtant luy appelle ce fonge là ὄλοος, c'eft à dire pernicieux & embrouillé. Là où au 6. de l'Odiſſée, Minerue fe prefente à Nauſicaa foubs la reſſemblance d'vne de fes plus grandes fauorites; non pour l'abuſer autrement, ny pour chofe auſſi qui luy tou-che: mais pour appreſter par ce moyen vne occaſion de fecourir Vlyſſes; lequel s'eftant ſauué par nauffrage, eftoit attendant la miſericorde des Dieux, caché tout nud dedans des iones & roſeaux. Voila pourquoy Pythagoras nous admoneſtoit de leur requerir des fonges qui ne fuſſent point fallaces; pour le moins doux & paisibles : car tout ainsi que le dormir est le repos du corps (ce dit Plutarque au traicté du vice & de la vertu) aussi est-ce le trauail & perturbation de l'ame : si les songes sont ennuyeux & espouuentables; comme il aduient ordinairement aux meschans forfaicteurs, lesquels exempts pour vn temps de la punition qu'ils ont merité ne laissent pas neantmoins ce pendant d'estre tormentez par la diuine vengeance, lors mesme qu'ils deuroient estre le plus en repos ; cõme il aduint iadis à Apollodorus qui songea de se voir escorcher tout vif par les Scythes, & boüillir en vne grande chaudiere: & à Pausanias Lacedemonien, lequel ayant tué mal-heureusement Cleonice vierge Byzantine contrainte d'aller coucher auec luy, l'auoit incessamment deuant les yeux soudain qu'il pensoit clore l'œil; suiuant ce dire du Poëte, *omnibus vmbra locis adero*. Des songes puis apres qui signifient quelque chose, les vns sont tous apparens, comme Palinurus qui s'apparoist à Æneas tout ainsi qu'il a esté massacré par les Veliniês; & Ceix à sa femme Alcyone dans l'onziesme de la Metamorphose. Et en Lucrece:

> *In somnis eadem plerunque videmur obire,*
> *Causidici causas agere, & componere lites;*
> *Induperatores pugnare, ac prælia adire,*
> *Nautæ contractum cum ventis degere bellum.*

Là où le songe d'Astyages auoit besoin d'interprete, quand il luy fut aduis en dormant que de sa fille Mandané prouenoit vne vigne dont les rameaux ombragoient toute l'Asie. Et quand Socrates songea vn peu auparauant que Platon vinst à son escole, qu'vn signe luy estoit voilé dãs le sein. Mais l'ordinaire des songes est, que s'ils nous veulét aduertir & instruire d'vne chose desia faicte, ils sont tousiours pour la plus part clers & euidens sans aucune couuerture ou enigme, comme sont les deux dessusdits de Ceix & Palinurus, qui monstrent la chose comme elle a esté faicte. Si c'est pour quelque cas aduenir, ils sont figurez les vns plus, les autres moins; cõme en Genese celuy du sõmelier de Pharaon, auquel il fut aduis estant detenu prisonnier à tort, de voir vn triple bourgeon de vigne ayant trois grappes, lesquelles estãs meuries à vn instant, il les coupa & en espreignit du vin doux, dont il donna à boire à son maistre. Ce que Ioseph interpreta qu'il seroit deliuré dans 3. iours, & remis en son premier estat. Semblablement les 7. vaches grasses, & épis bien grenez; & les 7. autres maigres: qui denotoient la fertilité de 7. années aduenir, & la sterilité des 7. autres consecutiues. Plus en Homere au dixneufiesme de l'Odissée, où Penelope racompte à Vlysses qu'elle ne cognoissoit encore ce qu'elle auoit songé d'vn aigle qui luy auoit massacré 20. de ses Oyes ; puis soudain la voyant dolente & couroucée de ce, prend l'vsage de la parole, & luy dist que cela n'est point songe, mais vne vision de ce qui se doibt bien tost faire de ses Proques ou poursuiuans. Car Vlysses est l'Aigle, & les 20. Oyes les 20. années qu'il demeura dehors. Cela se fait ainsi, à cause que le demon qui meut la phantasie & imagination de la personne, est plus certain des choses passées, que de celles qui sont aduenir, & encore plus des contingentes & prochaines, que des plus remotes. Il y a aussi plus d'autres songes qui ne signifient rien, que de ceux qui presagient quelque chose, cõme dit le mesme Poëte en ce lieu propre,

> Ἐϕ᾽, ἦτοι μὲν ὄνφϱοι ἀμηχάνοι ἀκϱιτόμυϑοι
> γίνοντ᾽, οὐδ᾽ τι πάντα τελείεται ἀνθρώποισι.

Le premier qui s'auantura de les interpreter fut vn Amphicthion, comme dit Pline au 56. chap. du 7. liure. Laquelle science vient d'vne longue ruze & practique; suiuant ce que dit Aristote, *que par le sens la memoire se vient à confirmer: de la memoire, & obseruation des mesmes euenemens d'vne chose, naist vn sçauoir & cognoissance, qui s'acertaine tousiours de plus fort en plus fort: de plusieurs certitudes & cognoissances peu à peu se viennent à accumuler des preceptes, qui forment vn art & science.* Tellement que par cette methode il faut paruenir à l'interpretation des songes, lesquels à cette cause Synesius a commandé d'obseruer, & y prendre garde fort soigneusement; & Zenon encore auãt luy. Ouide parmy tous les autres qu'il appelle enfans du Sommeil, en nomme trois pour les principaux : Morphée, qui signifie forme ou figure : Icelon ou Phobetor, simulachre ou effigie espouuentable: & Phantasos, Imagination: lesquels exercent presque tout ce traffique; mais il vaut mieux oüyr le Poëte mesme en sa langue.

> *At pater è populo natorum mille suorum*
> *Excitat artificem, simulatorémque figuræ*
> *Morphea. Non illo iussos solertius alter*
> *Exprimit incessus, vultúmque sonúmque loquendi.*
> *Adiicit & vestes, & consuetissima quæque*
> *Verba, sed hic solos homines imitatur. At alter*
> *Fit fera, sit volucris, sit longo corpore serpens,*
> *Hunc Icelon superi, mortale Phobetora vulgus*
> *Nominat. Est etiam diuersa tertius artis*
> *Phantasos. Ille in humum, saxúmque vndámque, trabémque,*

Quæq́, vacant anima, fallaciter omnia tranſit.
Regibus hi, ducibúſque ſuos oſtendere vultus
Noĉte ſolent, populos aly, plebémque pererrant.

Au ſurplus que les Oracles d'Amphiaraüs, c'eſt à dire ſes admoneſtemens en ſonge, ſe priſſent en ſon temple apres auoir fait l'abſtinence, & les ſacrifices requis, en s'endormant ſur les peaux freſchement eſcorchées des beſtes qu'on auoit immolé: cela ne ſe void point plus clairement expliqué nulle part qu'en Virgile, quand il introduit le roy Latin tout eſpouuenté des ſignes & prodiges qui eſtoient apparuz, s'en allant au conſeil à l'Oracle de Faunus; qui deuoit eſtre ſemblable à celuy d'Amphiaraüs.

Huc dona ſacerdos
Contulit, & cæſarum ouium ſub noĉte ſilenti
Pellibus incubuit ſtratis, ſomnóſque petiuit.
Multa modis ſimulachra videt volitantia miris,
Et varias audit voces, fruitúrque deorum
Colloquio, atque imis Acheronta affatur auernis.
Hicq́ & tum pater ipſe petens reſponſa Latinus,
Centum lanigeras maĉtabat ritè bidentes,
Atque harum effultus tergo, ſtratiſque iacebat
Velleribus, ſubita ex alto vox reddita luco eſt.

LA CORNE qu'il tiẽt entre les mains eſt pour monſtrer qu'il introduit les ſonges par l'huis qui eſt certain & veritable. Les Poëtes ont preſuppoſé qu'il y euſt deux portes des ſonges aux enfers; l'vne d'yuoire par où nous viennent les incertains, doubteux, & confuz, & de nulle ſignifiance: l'autre de Corne, pour ceux qui ſont veritables, dilucides, & denotans quelque cas ſignalé. Homere au dixneuſieſme de l'Odiſſée.

Δοιαὶ γάρ τε πύλαι ἀμενηνῶν εἰσὶν ὀνείρων·
αἱ μὲν γὸ κεράεσσι τετεύχαται, αἱ δ᾽ ἐλέφαντι.
τῶν οἳ μὲν κ᾽ ἔλθωσι δϊὰ πριστοῦ ἐλέφαντος,
οἵ δ᾽ ἐλεφαίρονται ἔπι ἀκράαντα φέροντες·
οἳ δὲ δϊὰ ξεστῶν κεράων ἔλθωσι θύραζε,
οἵ ῥ᾽ ἔτυμα κραίνωσι, βροτῶν ὅτε κέν τις ἴδηται.

Il y a (ce dit-il) deux portes des foibles & debiles ſonges: les vnes faites de cornes, & les autres d'yuoire. Ceux qui ſortent par les tables d'yuoire ſont fruſtratoires & deceptifs, n'emportans rien auec eux que choſes friuoles & imparfaittes: mais ceux qui ſortent hors par les cornes polies, ſont parfaittement veritables, quand quelqu'vn des humains les peut diſtinĉtement appercenoir. HOMERE.

Plus Coluthus au rauiſſement d'Helene.

νὺξ δ᾽ ἦ πόνων ἀνάπαυμα μετ᾽ ἠελίοιο κελεύθοις
ὕπνον ἐλαφρίζουσα μετήορον ὕπασιν ἠώς,
Δρχομενδίω διας ἦ πύλας ὤϊξεν ὀνείρων,
τὴν μὲν ἀληθείης ἀφαρῶν ἀπελάμπετο κόσμῳ.
ἔσθεν ἀναθρώσκουσι θεῶν νημερτέες ὀμφαί,
τὴν δὲ δολοφροσύνης, κενεῶν θρεπτήρων ὀνείρων.

La nuiĉt à nos trauaux vn gracieux ſeiour,
Amena le dormir ayant banny le iour,
Et ouurit quand & quand les deux portes des ſonges:
L'vne de verité & l'autre de menſonges.
De corne celle là, cette cy d'yuoire eſt,
Au trauers de laquelle à nous rien ne paroiſt;
Pourtant elle eſt tenue ou pour faulſe, ou pour vaine,
Mais la corne au rebours tranſparente eſt certaine:

Virgile à l'imitation de cela, au ſixieſme de l'Eneide.

Sunt geminæ ſomni portæ, quarum altera fertur
Cornea, qua veris facili datur exitus vmbris:
Altera candenti perfeĉta nitens Elephanto,
Sed falſa ad cælum mittunt inſomnia Manes.

Surquoy Macrobe au ſonge de Scipiõ, de l'authorité de Porphyre dit, que la parfaitte verité des choſes, nous eſt entierement incognenë: neanmoins l'ame s'eſtant quelque peu deſpeſtrée des fonĉtiõs & offices du corps, s'appaiſoit parfois: parfois auſſi, nonobſtãt qu'elle y iette l'œil le plus aĉtiuement qu'elle peut, n'y paruient pas pour cela. Et ce-pendant qu'elle contemple la verité, ne la void point encore en toute libre & parfaitte lu- MACROBE.

V

miere, mais comme s'il y auoit quelque voile tendu entre-deux, qui met au deuant ie ne sçay quel arrest d'vne
outrageuse & trouble nature. Ainsi que Virgile l'a tres-bien remarqué par ces vers.

    Aspice, namque omnem, quæ nunc obducta tuenti
      Mortales hebetat visus, tibi & humida circum
      Caligat, nubem eripiam.

Ce voile doncques on couuerture signifiée par la couleur noire,quand en vn dormir reposé & tranquille, il admet
la pensee à donner viuement iusques à la verité certaine, est pris pour la corne, dont la proprieté est, que rendue
tendre & desliée, on peut voir à trauers. Mais si elle ne peut assez viuement discerner le vray, & que son regard
en soit repoussé arriere, on pense lors que c'est de l'yuoire, si condensé de sa nature, que quelque mince puisse il
estre, la veuë toutesfois ne le sçauroit penetrer. VOILA ce qu'en dit Macrobe. Seruius veut accommoder cela aux deux principaux de nos sentimens, la veuë, & l'oüye: prenant la corne pour ce cristal
qui est en la prunelle de l'œil: qu'Homere mesme au lieu cy dessus allegué appelle corne, ὀφθαλμοὶ
δ' ὡσεὶ κέρα ἕστασαν; & l'yuoire pour les dents, qui sont comme vn huys, par lequel il faut que la
parole sorte, qui est le plus souuent incertaine & fausse. Et pour ce que l'oüye en toutes sortes de
tesmoignages est de moindre creance que la veuë, les Poëtes ont attribué la certitude des songes à la corne, plus tost qu'à l'yuoire; suiuant ce dire d'Herodote en sa Clio; ὦτα γὰρ τυγχάνει
ἀνθρώποισι ἐόντα ἀπιστότερα ὀφθαλμῶν. Les oreilles és hommes ont moins de credit & de foy que les yeux.
Ce que le Poëte Horace auroit ainsi exprimé.

    Segnius irritant animos demissa par aures,
    Quàm quæ sunt oculis subiecta fidelibus, & quæ
    Ipse sibi tradit spectator.

LA

Tel va souuent à la chasse,
Qui ce pendant qu'il pourchasse,
Quelques animaux de prix,
Voulant surprendre il est pris.
  Ce ieune homme qui tournoye,
Icy autour de sa proye,

Chassant à la volupté,
Met au hazard sa beauté.
  Car toutes ses mignardises,
Ce sont autant d'entreprises,
Pour l'assaillir en son fort,
Et là luy donner la mort.

V ij

LA CHASSE DES
BESTES NOIRES.

ARGVMENT.

PHILOSTRATE *descript icy d'vn tres-excellent artifice, l'equippage & arroy d'vn ieune seigneur qui s'en va courre le Sanglier, auec toutes les particularitez de cette chasse, conforme à peu prés à ce que nous en prattiquons encores pour le iourd'huy : au moins hors l'enceinte des toiles en campagne ouuerte, quand l'on pousse hors du bois à force de chiens courans & de vautrey les bestes noires iusques à vn accours, où l'on leur lasche quelques tires de leuriers d'atache, & qu'on picque apres pour leur donner vn coup d'espee en passant. Mais il faut estre bien aduerty, si c'est vn Sanglier en son tiers ou quart an, de che-uaucher vn peu à la genette : car autrement il y auroit danger qu'en se retour-nant il ne donnast vne bonne lardasse à celuy qui le voudroit ioindre; à tout eue-nement on en est quitte pour le cheual. Que s'il gaigne le fort, & rende là les ab-bois, c'est l'honneur à qui l'ira assaillir là dedans; pource qu'il est dextre à se tour-ner & manier, pour la grande force dont il brosse & rompt les plus rudes & espoix halliers; ce que ne sçauroit si bien faire vn cheual, qui demeure par ce moyen en tres-grand danger, auec l'homme qui est dessus. Il y a encore vne autre ma-niere de le tuer dedans l'enceinte des toiles blanches, où l'on enferme vn grand Sanglier apres l'auoir detourné estant à la bauge : & à l'vn des coings le plus commode, on fait vne autre petite enceinte ou parquet des mesmes toiles, là où on attend la beste, l'espieu au poing, deux à deux, ou trois à trois, selon qu'il se rencontre. Mais pour l'enferrer à propos, il faut bien viser de le prendre droict à l'escu s'il est possible, entre col & espaule, en fleschisant peu à peu en arriere: car si on se ioue de donner dans la hure, qui outre ce qu'elle est difficile à enta-mer a des fuites glissantes de costé & d'autre; ou qu'apres l'auoir enferré on veille tenir ferme sans desmarcher, le peril seroit grand pour le regard du pre-mier point, de ne l'arrester pas court sur cul comme il faut : & du second, que poussant iusques à la billette il ne ioigne son homme de prés, & ne l'enuoye à bas cul sur teste, tout prest à luy descoudre le ventre au passer, & se retour-ner encore sur luy. Philostrate au surplus ne dit rien du nom, ne de la condi-tion du Iouuenceau, qui doibt estre de quelque grand lieu; ains reserue tout cela deuers soy, à l'imitation de Lucian: lequel descriuant en ses Images la beauté & les perfections d'vne grande Princesse, ne la veut ny nommer ny autrement faire*

cognoistre.

cognoiſtre. Au moyen dequoy il ſe faut contenter icy des traicts mignards & de-
licats qui y ſont tres-elegamment touchez.

N E PASSEZ point outre de grace gentils Veneurs,&
ne preſſez ſi fort voz montures, premier que nous
n'ayons requeſté ce que vous deſirez & cherchez.
Car vo' voudriez bien à voſtre dire rencōtrer quelque grand Sanglier: & ie voy les ouurages de la beſte, qui a deſraciné les Oliuiers, hache & deſtranche
les vignes,ſans pardōner ny à figuier ny à pommier,
ny arbre fruictier que ce ſoit,qu'elle n'arrachaſt tout
de terre : foüillant cecy , ſe ruant ſur cela; accablant
& briſant le reſte. Or le voila ie le voy, les ſoyes heriſſonnées, qui iette feu-
flamme par les yeux, & fait clacquer ſes defences contre vous autres mes
Gentils-hommes : car ces fiers animaux ſont d'vn naturel , qu'ils oyent ayſément de fort loing le moindre bruit que l'on face. Mais ie croy bien quant à
moy que vous chaſſez apres cette ieune beauté, dont vous vous eſtes vous-
meſmes pris,& voudriez volontiers vous mettre en danger au lieu d'elle. Car
à quel propos vous en approchez vous ainſi? Qu'eſt-ce que vous allez là ta-
ſtant?Pourquoy y tournez vous ainſi voſtre œil à toutes heurtes? Pourquoy
vous deſplacez vous l'vn l'autre à-tout voz cheuaux ? Mais qu'eſt-ce qui
m'eſt aduenu ? Abuſé certes de la peinture, ie n'euſſe pas cuidé qu'ils fuſſent
peints , ains les croyois fermement eſtre en vie, & ſe mouuoir , & aimer:
parquoy ie criois apres eux tout ainſi que s'ils m'euſſent oüy, & me deuſſent
reſpondre ie ne ſçay quoy. Mais vous autres qui me voyez ainſi meſconter,
n'auez au moins daigné m'en aduertir tant ſoit peu; y eſtans (peut eſtre)auſſi
bien pris cōme moy, ſans auoir dequoy vous ſauuer de cette deception &
abuz,& de l'endormiſſement qui y eſt. Contēplons donc ques les choſes icy
peintes. Car nous ſommes à meſmes. Voila autour du Iouuēceau tout plein
de beaux & gallans ieunes hommes, accouſtumez & nourriz à toutes ſortes
d'exercices honneſtes, cōme gentils & de noble race qu'ils ſont. L'vn monſtre à ſa contenance ie ne ſçay quoy qui ſent ſa luĉte;l'autre de bonne grace,
l'autre de ciuilité: vous diriez que ceſtui-cy ne ſe fait que leuer de deſſus le
liure. Les cheuaux puis apres où ils ſont montez, ſont tous de differents pe-
lages: l'vn blanc, l'autre fauue, & moreau, & bay-ardant: garniz au ſurplus
de mords & boſſettes d'argent ; la bride, & tout le harnois enrichy d'or &
de differentes couleurs : car les Barbares habitans l'Ocean les ſçauēt coucher
(à ce que l'on dit)ſur le cuiure venant rouge du feu,ou puis apres elles ſe gla-
cent & conuertiſſent en vn eſmail dur comme pierre, gardās la figure au net
qui y aura eſté enduicte.Ils ne conuiennent pas non-plus ne d'equippage,ne
d'habillemens. Car ceſtui-cy cheuauche deliure & à la legere,deuant eſtre
(à mon aduis) quelque braue lanceur de dards:celuy là eſt couuert d'vn bō
plaſtron ; promettant ſelon ſes brauades de vouloir attacher la beſte; parquoy il a quand & quand les iambes munies de greues. Mais le Iouuenceau
eſt monté ſur vn genet tout blanc, hors-mis la teſte qu'il a noire, comme

vous le voyez, auec vn rondeau argentin emmy la care, reſſemblant à la pleine Lune. Tout ſon enharnachement eſt doré, & les reſnes d'vne ſoye cramoiſie Medienne ; car cette couleur donne luſtre & eſclat à l'or, ny plus ny moins que quelques pierreries eſtincellantes. Son veſtement eſt vn manteau qui flotte au vét, & ſe pliſſe, de la couleur d'vn pourpre Phenicien, que ceux de ce pays là priſent tant: auſſi eſt ce le plus excellent de tous autres : car encore qu'il ſemble que la teinture s'en obſcurciſſe, il reçoit neantmoins ie ne ſçay quel luſtre & beauté du Soleil, & eſt cōme ſur-ondoyé d'vn brillement des plus viues fleurs cramoiſies. Mais luy ſe vergognāt d'eſtre veu nud deuāt l'aſſiſtāce, ſ'eſt garny d'vne camiſolle de fin eſcarlatin, parce que la iuppe qui eſt par deſſus n'arriue qu'à my-cuiſſe, & au coude: & rit, & iette vn gracieux regard: ſa cheueleure eſtant telle & non-plus, qu'elle ne bat point ſur les yeux lors meſme que le vent la partrouble & met en deſordre. Or quelqu'vn voudra peut eſtre auſſi loüer ſa ioüe, & la belle forme du nez traictif, enſēble toutes les autres parties du viſage, chaſcune endroit ſoy : mais i'admire ſon port hautain & ſuperbe; car il eſt vigoureux, & diſpoſt en veneur: & fait bondir ſon cheual, & ſi ſçait bien qu'on le regarde de bon œil. Les muletz & les muletiers luy conduiſent ſon equipage : à ſçauoir des filandres , & pants de rets, des pieux , & des iauelots ferrez au bout. Puis les vallets de limier, & les veneurs ſuiuent auec les meutes des chiens courans, & le vautrey, & les leuriers d'attache: car il eſt beſoing non ſeulemēt de courre icy la beſte dans les forts, & en la fuſtaye, & de l'eſtriquer à la plaine, mais de l'aborder encore aux abboys. Et voila que l'ouurier a peint des chiés Locriens de Lacedemone, d'Inde, & de Crete : les vns fiers & hardis aboyeurs; les autres cauts & ruſez, qui chaſſent le nez au vent par les portées, ou courent ſagement les voyes; & en broſſant clabaudent & appellent Diane la chaſſereſſe; car elle a vn temple baſty là aupres, & vne ſtatuë legere pour ſa tres-grande antiquité, auec force hures de Sangliers & d'Ours: & aux enuirons paiſſent les beſtes qui luy ſont deſdiées; les faons de biches & de cheurettes; les loups, & les lieures parmy, tous appriuoiſez, & qui ne fuyent point les perſonnes. Apres doncques que ceux-cy auront fait leurs prieres, ils s'en iront laiſſer courre; & le Sanglier ne ſe fera pas longuement battre dedans le fort; car voile-là deſia ſorty en la plaine, où il rencontre les picqueurs, que d'abordée il rembarre & eſcarte. Ils en viennent puis-apres à bout, en le pourſuiuant: non qu'ils arriuent à luy donner des coups mortels, parce qu'il s'eſt deſia muny à l'encontre, & que ceux qui l'aſſaillent ſont vn peu eſperdus & craintifs, mais ſe trouuant eſlangouré & appeſanty d'vne playe receuë à fleur de chair en la cuiſſe, il s'enfuit à trauers la foreſt, où il ſe va mettre à garand dãs vn mareſcage effondré & bourbeux, & vne mare ioignant iceluy. Les chaſſeurs le prourſuiuent, & haſtent d'aller, à grands criz & ſon de trompes, tous les autres iuſques au marez ſeulement, mais le Iouuenceau ſe iette auec luy dans la mare, & ces quatre chiés quand & quand : là où le Sanglier taſche de luy larder ſon cheual d'ariuée, mais il gauchiſt & ſe deſtourne, & ſe panchant ſur l'eſtriuiere hors du montoüier, lance vn iauelot à plein bras, dont il l'atteint droit à l'eſcu, entre le col & l'eſpaule, là proprement où ils ſe viennent aſſembler, de ſorte que les chiés l'acheuent de porter par terre. Ses fauorits de deſſus le bord s'eſcrians à
l'enuy

l'enuy tant qu'ils peuuent, s'efforcent de se surmonter l'vn l'autre en cela. Ce-pendant en voila l'vn d'eux qui est tombé du cheual par terre : car
n'en pouuant estre le maistre, il a esté contrainct de faire le saut. L'autre est apres à bastir pour l'Adolescent vn beau chappeau de fleurs, qu'il
cueille en ce pré que voila au milieu de la mare, où il est encores, au mesme
geste dont il a enferré le Sanglier : dequoy ceux-cy tous estonnez contemplent l'affaire, en la maniere qu'il est peint.

ANNOTATION.

 Y AVTRE *arbre fruictier que ce soit.* Il y a au Grec, ὕδὲ μηλ'αυδω. Ce mot icy
de μηλ'αυδη est equiuoque à vn vegetal, & à vn petit bestion volatil que les
vns ont voulu tourner pour Gallerita, ou plustost Galleruca ; car la Gallerita,
est proprement le Cocheuy ou Allouette huppée, & ce μηλ'αυδη ou μολολόρ-
θη, μηλόνθα & μηλόνθος encore est comme l'interprete Eustathius sur le vingt-
troisiesme de l'Iliade, vne espece de mousche plus grande que n'est la guespe
ou le fresIon, laquelle s'engendre és fleurs des arbres fruictiers, & vollette autour d'iceux durant le Printemps. Mais cela n'a que voir icy : car Philostrate n'entend parler sinon des arbres que renuerse & accable ce grand Sanglier pour qui est entreprise la chasse. Ce
μηλ'αυδη au reste, que les Latins tournent de mot à mot *Maliflora,* n'est pas vn arbre particulier
comme quelque poirier, prunier, cerisier, ou autre semblable. Et pourautant que ce mot de
μῆλον qui signifie vne pomme, & μηλέα le pommier, est pris dans Homere pour toutes sortes
d'arbres ; puis-apres que la fleur appartient proprement aux arbres fruictiers, & qu'il n'y en a
gueres de tels qui ne fleurissent d'vne sorte ou d'vne autre, ie l'ay tourné ainsi que dessus ; au lieu
que les Latins ont dit *Maliflora,* qui est bié mot à mot le μηλ'αυδη, mais qui ne signifie rien ny à eux
ny à nous. Toutesfois i'estime que Philostrate a voulu faire vne allusion, ou plustost imiter ce
passage du neufiesme de l'Iliade, où il est question tout de mesme qu'icy, de la chasse d'vn Sanglier ; celuy que Meleagre & Atalante mirent à mort.

ὦρσεν ὲπὶ χλ'ὐνίω συω. ἄγελον ἀργιόδοντα,

ὃς κακὰ πόλλ' ἔρδεσκεν ὲ'ϑων Οἰῆος ἀλωὴν·

πολλὰ ὸ' ὅγε προθ'ηλύμνα χαμ'αὶ βάλε δένδρεα μακρὰ

εὐτ'ὴν ῥίζησι, ὲ αὐτοῖς ἄν'θεσι μήλων.

Elle suscita (dit-il parlant de Diane) *vn grand Sanglier furieux aux blanches deffences, qui fit beau-*
coup de maux sur les terres d'Oeneus, apres qu'il s'y fut vne fois habitué : renuersa, & mit par terre
force beaux arbres hauts & droicts, auecques leurs racines mesmes, & les fleurs des pommiers. En quoy
sans aucune doute, il entend par ces fleurs de pommiers, toutes sortes d'arbres portans fleur &
fruict, par la mesme raison qu'on appelle la vigne οἰναυδη. Euripide és Pheniciennes.

Δ ιονυσε οἰναυθ',

ὰ καθαμέριον σφ'ζις τὸν πολύκαρπον

οἰναυθας ἱερα βόσφυν.

Combien que οἰναυθη signifie proprement la vigne sauuage, & aussi vne maniere d'oyseau,
comme qui diroit presque fleur de vigne. Gaza sur le quarante-neufiesme chapitre du 9. liure
de sanimaux d'Aristote.

LE VOILA *ie le voy les soyes herissonnées, qui iette feu & flambe par les yeux, & fait claquer ses def-*
fences. Cette description semble estre tirée d'vne toute semblable au treiziesme de l'Iliade, là où
Homere accompare Idomeneus à vn Sanglier qui attend de pied coy les Veneurs.

ὡς ὅτε τίς σῦς ἔφεσιν ἀλκὶ πεποιθὼς,

ὅσε μ'ὲν ει κολοσυρτὸν ὲπερχόμενον πολυ`ν ανδρῶν

χωρω ὲν οἰοπόλῳ, Φρίσσει δὲ τε νῶτον ὕπερθεν·

ὲφθαλμω` δ' ἄρα οἱ πυ`ρι` λάμπετον αὐτὰρ ὸδ'ον'ζ'ας

θηγ'ε, ἀλέξασθαι μεμαὼς κύνας, ἠδὲ ὶ ἄνδρας.

Tout ainsi qu'vn Sanglier dans les montagnes & forests se confiant en sa force, lequel attend en son fort so-
litaire vne grosse trouppe de gens qui viennent à luy, les soyes herissées sur le dos, les yeux flamboyans du fen
qui en sort, & qui aguise ses deffences, tout prest à rebarrer les chiés, & les V eneurs qui luy vondrot courir sus.

Hesiode pareillement s'est estendu sur ce mesme subiect, en la targue d'Hercules.

οἷος δ᾽ ἐν βήσσης ὄρεος χαλεπὸς πυρι σίοσθαι
κλαπρες χαυλιόδων φρενὲ θυμῷ μαχλοσαθη
ἀνδράσι θηρήτης, θηγ δέ τε λευκὸν ὀδόντα
δοχμώθεὶς, ἀφρὸς δὲ παὶ τόμα μαςιχόωντι
λείβεται, ὅσσε δέ οἱ πυρὶ λαμπετόωντι εἴκτευ
ὀρθὰς δ᾽ ἐν λοφιῇ φρίσσει τρίχας ἀμφί τε δήρην.

*Tel se voit dans les barricaues d'vne montagne vn grand Sanglier d'effroyable regard, ayant les deffences ad-
uancées en dehors : lequel d'vne impetuosité merueilleuse s'en va droict assaillir les Veneurs, aguisant ses
dents blanches, & se tourne-virant en trauers. L'escume luy degoutte de ses fieres machoüeres, & les yeux
sont semblables à vn feu reluisant : les soyes toutes herissonnées sur le couppet de la hure, & autour du col.*

Les chevaux sont garnis de mords & bossettes d'argent : la bride & tout le reste du harnois enrichy d'or & madré de diuerses couleurs. Le Grec est fort succinct & troussé ainsi, ἀργυρογάλιτοι, καὶ
σικτοὶ καὶ χρυσοῖ τὰ φάλαρα. Ayant les freins argentez, madrez de diuerses couleurs, & le harnois tout
doré. Prenez lequel que vous voudrez. Au reste ce mot de ἀργυρογάλιτος se void ordinairement
dans les Poëtes, & χρυσάμπυξ aussi en la treiziesme Olympienne de Pindare ; pour nous donner à entendre que tout ainsi que le mords domine & tient en subiection le cheual, quelque
fier & farrouche qu'il soit ; aussi l'or & l'argent commandent & domptent toutes les plus bizarres
& sauuages volentez. Mais laissant cette Allegorie à part, on attribue l'inuention du mords
& de la bride à Minerue, qui la premiere en apporta vne à Bellerophon pour mettre au cheual
Pegasus, nay du sang de Meduse : Mais Virgile en ses Georgiques semble le vouloir referer aux
Lapithes, par ces vers cy :

 Fræna Pelethronij Lapithæ, girósque dedére
 Impositi dorso, atque equitem docuére sub armis
 Insultare solo, & gressu glomerare superbos.

Le harnois enrichy d'or & de differentes couleurs ; car les Barbares habitans l'Ocean, les sçe-
uent coucher (à ce que l'on dit) sur le cuiure venant rouge du feu, où puis-apres elles se conuertissent en
vn esmail dur comme pierre.

Pline.

Semblable chose à peu pres Pline touche au dix-septiesme chapitre du trente-quatriesme liure. *Plumbum album incoquitur æri operibus Galliarum inuento, ita vt vix discerni queat ab
argento, éáque incoctilia vocant. Deinde & argentum incoquere simili modo cæpére, equorum maximè or-
namentis, iumentorúmque iugis.* On enduit (dit-il) auecques de l'estain les vaisseaux de cuiure, dont l'inuention est venüe des Gaules, de sorte qu'à grande peine les peut-on discerner de l'argent : & appellent ces
ouurages-là estamez. Ils ont commencé aussi à cette imitation, d'argenter, principalement les harnois des
cheuaux, & les attelages des coches. Par où il appert que les Gaulois de tout temps ont esté gens
fort addonnez & industrieux és œuures metalliques, & autres partans de l'artifice du feu :
dont les esmaux desquels Philostrate entend parler icy, tiennent comme le premier lieu, &
se peuuent compter pour l'vne des plus belles & gentilles inuentions qui en partit onques.
Au moyen dequoy il m'a semblé n'estre point hors de propos d'en traicter icy vn peu à loisir, selon la cognoissance & practique que j'en ay peu auoir en diuers endroicts de la terre,
où j'en ay eu ouurer : ayant esté fort curieux de m'en informer & instruire. Attendu aussi
que dans les Autheurs ne Grecs, ne Latins, ne se trouue quasi comme rien de tous ces artifices, qui par ce moyen, ou n'estoient point de leur temps, ou se sont esuanoüys & per-
dus par la nonchalance d'en laisser quelque memoire à la posterité : & entre autres choses
la maniere de teindre ce pourpre ou escarlatte qui leur estoit en si grand prix & recommandation. Que si ceux qui ont mis la main à la plume eussent esté soigneux de laisser chacun
endroict soy quelque petit eschantillon à la posterité de tant de belles choses qui sont (s'ils
en auoient au moins la cognoissance) peries auecques eux, nous ne serions pas maintenant en
la peine de consommer le meilleur de nostre aage à les deterrer de ce profond sommeil, ou goulf-
phre d'oubliance ; & pour en auoir encores si peu de certitude, que ce que nous en obtenons
à la fin, semble plustost vne coniecture en l'air & à la vollée, ou quelque deuinement, qu'asseurance arrestée, à quoy l'on puisse prendre pied. Tovt le faict doncques de l'esmaille-

Des esmaux.

rie depend des metaux, & du verre ; lesquels ioincts & vnis ensemble par diuerses proportions
& manieres, constituent l'esmail : car ces deux substances symbolisent beaucoup, & ont fort
grande conuenance l'vne auecques l'autre, encores que de prime face il ne le semble pas.
Premierement en ce que ce sont les derniers & plus accomplis chefs-d'œuure ; ceux-là de la nature, & cettuy-cy de l'artifice venant de l'action du feu ; qui est comme opposé en droicte ligne à la chaleur naturelle procedant du Soleil : lequel estant continuellement occupé en la
production des choses composées des quatre elemens, à assembler & vnir les parties homoge-
nées,

nées, & vniformes, & en separer les heterogenées, estranges & corruptibles, tend par ce moyen
tousiours à vne perfection complete & finale en nature, qui consiste & s'arreste en l'or sans pouuoir passer outre; pour ce que c'est le plus esgal & proportionné, & par consequent le plus parfaict de tous les corps elementaires, qui ne peut iamais estre corrompu par accident quelconque. Que cela soit ainsi, & que le Soleil tende tousiours pour son dernier but à faire de l'or il est
manifeste, en ce qu'à la derniere resolution de toutes choses, laquelle se fait par le feu, il se trouue de l'or. Car bruslez ce que vous voudrez; herbes, bois, chair, linge, drap, & autres semblables
materiaux ou le feu peut mordre & auoir action; des cendres sans y adiouster rien que ce soit,
mais non pas sans artifice se tirera de l'argent par vne couppelle, outre celuy qui peut estre contenu au plomb, & de cet argent quelque portion d'or au depart: & combien que petite, neantmoins telle qu'on peut aisement appercercceuoir qu'il y en a: en certains subiects plus, és autres
moins. Comme doncques l'or soit la plus elabourée substance en l'action de nature; le verre
d'autre costé est le dernier ouurage & effect que produise le feu: lequel ne cessera iamais de separer & disioindre les parties du composé elementaire, qu'il n'ait finablement faict du verre. Et
lors il cesse son action, ne pouuant plus dissiper ne corrompre ce qu'il a procreé: seulement il le
fait couler tout ainsi que metal. Au moyen dequoy à bon droict l'or se peut dire le fils du Soleil
(dont aussi il porte le nom) & le verre celuy du feu; sans qu'il y ait autre substance en toute la nature qui puisse inuinciblement resister au feu, fors ces deux cy lesquelles constituent toute la
latitude d'icelle; l'vne au premier bout ou extreme, qui est la chaleur du Soleil; & l'autre au dernier, à sçauoir le feu, là où au lieu de s'esuanoüyr & corrompre, au contraire elles se resioüyssent,
affinent, & amendent tousiours de plus en plus, comme en leur propre sphere & demeure. Le
verre au reste, & là dessus les Philosophes Chimiques ont cherché l'idée ou exemplaire de leur
tant desirée pierre, comme dit Raymond Lulle en la theorique de son testament; *Vtrum sit tibi
in exemplum huiusce rei.* Et Arnauld de Ville-neufue auant luy en son traicté de la nouuelle lumiere, *Quis ergo faciet talem aquam Philosophicam? Certè dico quòd ille qui scit facere vitrum;* le verre
doncques est composé de deux substances, l'vne vegetale qui est spirituelle & volatile, donnant
fusion; l'autre minerale, corporelle, & fixe, qui retient les parties ensemble, & empesche qu'elles ne se desassemblent, & escartent; car le reste d'embas ne demeureroit plus qu'vne terre inutile & morte, *cui* (comme dit Geber) *nulla amplius fusio neque ingressus.* Ces deux substances sont,
la premiere participante d'eau & d'air, les deux elemens humides & volatils; l'autre de feu & terre, les deux elemens secs & fixes; ne s'abandonnantes iamais l'vne l'autre, pour raison de la
tres-forte mixtion & contemperament d'icelles; ains demeurent à perpetuité ioinctes ensemble, exemptes de toute corruption & separation, quand elles sont parfaictement depurées & reduites au dernier degré de leur affinement; autant du verre comme de l'or. Ainsi la premiere de
ces deux substances vitreuses vient d'vne herbe appellée Soulde ou Salicor, qui croist le long
de la marine en Espagne, Prouence, & en assez d'autres lieux encores: les Arabes la nomment
Chiali, qui est visqueuse, & d'vne tres-forte composition pour vn Vegetal. Et combien qu'elle
soit bruslée & reduite en cendres, qui sont ordinairement de nature fixe contre le feu, si s'en
iroit elle neantmoins en fumée en vne forte & aspre ignition, telle qui est requise pour fondre
le verre, si elle n'estoit retenuë auecques du sable, ou des cailloux. Toutesfois il y a des vegetaux
qui portent leur sable & substance fixe auecques eux, & sont suffisans & propres sans autre ad-
mixtion estrangere de faire du verre. A l'opposite il y a des sables aussi qui font le verre; tels que
nous auons allegué cy-deuant de Iosephe, & que recite Pline au 19. chapitre du 5. liure: & puis
amplement puis-apres au 26. du 36. Mais celuy que nous appellons vulgairement le verre de
pierre, est le plus à propos de tous autres pour faire les esmaux; car de fougere, ny de foust eau
ils ne vaudroient pas beaucoup. Neatmoins pour esclaircir & purifier, & le rédre en ce cristallin
que nous appellons, duquel on fait les glaces de miroüers, & les beaux verres de Venise; les pierreries contrefaittes, & les esmaux, tant clairs & deliez pour coucher sur le metal, que plus espois
pour appliquer aux ouurages de terre; il faut premierement dissoudre le Soulde dans de l'eau
chaude, & la filtrer net; car par ce moyen la crasse & ordure s'en separera. Puis euaporant l'eau,
la congeler en vne substance clere-nette qu'on appelle le sel Alcali; & le mesler ainsi preparé,
auecques le sable ou cailloux preparez, *quoniam res preparata* (dit le Philosophe Rases) *rem prepa-
ratam facit.* Puis le reduire en verre au four des verriers. Alors on iette dedans du minium ou
couleur qu'on appelle (c'est du plomb calciné rouge) laissant au mesme four par six ou sept
iours. Car les deux premiers il rend le verre iaune, les deux autres d'apres verdastre, & de là s'en
va deschargeant peu à peu, iusques à ce que finablement il deuienne clair & transparent comme
l'air. Ce cristallin ainsi affiné & purgé, est le subiect des pierreries contrefaictes, & des esmaux:
pour lesquels il le faut assembler auecques vne chaux metallique, qui est faite de deux parties de
plomb; & vne d'Estain de Cornoüaille, bien calcinez ensemble en four de reuerberation, ou
semblable: car l'estain est ce qui donne corps à l'esmail, c'est à dire qui le faict opaque sans transs-
parence; plus ou moins, selon qu'il y en aura; & le plomb ioinct le metal auecques le verre;

car il est mediateur de ces deux substances; & sans luy, l'or principalement, l'argent vif, ne l'estain, ne gueres d'autre metal, ne se pourroient vitrifier. Il faut doncques prendre du cristallin dessus-dict, & de cette chaux, laquelle on appelle commune, autant de l'vn que de l'autre, en poudre tres-deliée, & les empaster ensemble auecques vn peu d'eau, en forme d'vn petit pain fort plat: laissant vn trou au milieu pour faire euaporer l'humidité tout à l'aise; puis le laisser seicher par deux iours; & mettre au four de verrier tant qu'il semble qu'il se vueille fondre. Tirez-le lors & laissez refroidir, & le mettez aprez en vn creuset; & le creuset dâs vn pot à verre, & faictes le fondre, ostant la graisse & ordure qui surnagera au dessus, puis laissez-le astiner par vingt-quatre heures.

VOILA l'esmail blanc qui est propre à faire tous autres esmaux, car il est susceptible de toutes couleurs & teinctures, en cette sorte. Prenez cinq liures de cet esmail, & autant du verre cristallin dessus-dict: broyez-les bien tous deux ensemble, & les meslez, puis les mettez en vn pot à fondre au four des verriers. La couleur noire s'y adiouste auecques du Saphre, & du Pierigot, autrement Manganese, à discretion autant de l'vn que de l'autre, bien calcinez. Si vous la voulez encores plus belle, mettez-y la dix ou douzieme partie de mine d'estain bruslée auecques du soulphre selon l'art. Mais le bel Azuré Turquin se faict par le moyen de l'argent bruslé auecques du soulphre. Le Vert, auecques du cuiure bruslé par cinq iours en lamines tenues: & s'il n'est bruslé qu'vne fois, il ne fait aussi qu'vn verd d'oye, tirant sur le iaune. Donnez-luy quelque portion d'autre cuiure bruslé par trois fois, il sera verd d'Esmeraude transparent, s'il est seul sans y auoir adiousté la chaux dessus-dicte de plomb & estain. Les reiterations de ces bruslemens, se font en abreuuant la chaux de cuiure auecques du vinaigre; & puis l'ayant desseichée à lent feu, la mettre au four de reuerberation par trois iours. Le Bleu, le Viollet, & le Gris, se font auecques le Saphre, diuersement dispensé & administré, car toutes ces couleurs partent d'vn mesme estoc & fondement; & celles des Turquoises aussi, moyennant quelque peu de cuiure bruslé. La couleur & le lustre des perles s'introduit dans le cristallin par le moyen du salpestre, ou du sel dê Tartre, lequel faict encores mieux cet effect que l'autre. SVIVENT puis-apres les quatre couleurs, qui de degré se viennent finablement terminer au-Rouge-clair, le chef & parangon de tous autres esmaux. Et premierement le Iaune paillé, qui se faict sur le verre & esmail auecques de l'argent, qui produit aussi de l'Azur estant bruslé auecques du soulphre; mais il n'est pas bien à propos ny assez seur pour persister en la rigueur & aspreté du feu. Puis est le Iaune doré, Orangé, ou Cittin, qui vient de la rouille de fer, & mesmement des Anchres, & autres tels ferremens rongez de l'acrimonie de la Marine: ou bien de la limaille d'iceluy reduite en Crocum, (ainsi qu'on l'appelle communément) par des dissolutions en du vinaigre distillé, y adioustant vn peu de sel Armoniac; & apres sa congellation, le tenir à vn feu de reuerber par trois ou quatre iours. Car tant plus les couleurs des esmaux auront senty & enduré le feu, tant plus aussi seront elles naifues & permanentes. Le Pourpre, l'Incarnat, & le Rouge partent tous d'vne mesme racine, qui est le Rouge; aussi bien comme és teinctures des Escarlattes, & Cramoisys, dont nous parlerons cy-apres. De maniere que ces quatre couleurs en l'esmaillerie & vitrification, nous sont representées par ces quatre pierres: la Topasse, Iacinthe, Amatiste, & Rubis. Pour doncques commencer au Rouge de couleur de grenat, il se faict sur le verre & esmail, auecques du cuyure calciné, & de la limaille de fer fondus ensemble à forte expression de feu, y adioustant vn peu d'orpiment pour les faire couler. Et tant plus il y aura de verre, tant plus il sera incarnat aussi. Tant plus de couleur & de chaux de plomb, (car il n'y faut point d'estain) tant plus il sera obscur & chargé. Mais ce qu'on appelle le Rouge-clair, qui est si rare maintenant, & cogneu de tant peu de gens, il ne se fera point sans or, & sans argent vif, fer, plomb, & l'esprit du cuyure. Car il ne faut pas que le corps de ce dernier metal cy, qui est aucunement fixe, y entre, mais seulement son soulphre incombustible, qui est sa teincture; si haute en couleur, qu'elle graduë l'or bien plus haut que nature ne l'a mené, voire qu'il vient par là à se faire comme de couleur de Rubis: tellement que ietté sur son poids d'argent preparé, il le colore en or iusques à vingt-deux carats, & plus encores. Neantmoins cette teincture n'est pas permanente au feu, si elle n'est au-parauant fixée par artifice, & accoustumée à peu à l'endurer: tout ainsi qu'on faict en de l'argent de glace, & aux autres minieres de metaux, que la nature n'a encore conduites à leur dernier degré d'accomplissement. Cela se fait par le moyen des esprits & substances volatiles, en incorporant cet or ainsi teinct auecques du mercure, & les decuisant peu à peu ensemble. Car le mercure deffend les teinctures de toute adustion: & venant puis-apres à les mettre en l'aspreté du feu, il supporte (comme plus exposé à l'action d'iceluy) son effort, ce-pendant que la teincture s'incorpore, & se mesle vniformement auecques l'or. Cet or ainsi teinct est le vray fondement des belles fueilles de Rubis: car les communes qui se font auecques vingt carats d'or fin, chasque carat de quatre grains; seize d'argent, & dix-huict de cuyure en corps, n'arriuent pas à vne telle perfection, que quand le cuyure est esprit

introduit

introduit dedans l'or, à cause des noirceurs & liuiditez obscures dont participe le cuyure estant en toute sa substance, quelque pollissement qu'on leur puisse donner en les battant subtilement; les recuisant & reparant auecques vn rasoüer, d'vn fort grand soin & diligence: certains lauemens de gomme, sel, & eau y entre-meslez: puis les brunir de l'vn des costez auecques l'Amathiste noire; & les recuire de rechef du costé qu'elles ne sont point brunies, à vn feu clair & leger. Là où cet or teinct auecques la pure essence du cuyure peut suppléer à tout cela de soy-mesme, & encores mieux & plus beau mille fois. Car c'est le vray Electre des Anciens, tant prisé & estimé d'eux; mesmes en Ezechiel, & autres lieux de l'Escriture: dont se peuuent faire des couppes & autres vaisseaux, qui soudain manifesteroient le poison qu'on y voudroit mettre: ce que l'os ne peut, ainsi qu'il est en sa nature; dautant qu'il resiste à tous les sublimez, realgars, arsenics, & en general à toutes substances les plus fortes & corrosiues. Au contraire, il s'y plaist & s'en resiouyt, & ne s'en faict que mocquer: car ils n'ont aucune puissance ny action sur luy. L'o R doncques ainsi preparé, est le principal fondement du Rouge-clair; auecques les autres ingrediens dessus-dicts. Mais cette grande teincture ne s'y pourroit pas arrester, sans l'assistance & secours du Mercure & de l'orpiment, lequel faict de soy seul des rubis, qui sont presque honte aux naturels, s'ils n'estoient ainsi tendres & aisez à casser. L'or au reste ne se pourroit iamais vitrifier sinon par le moyen du plomb, qui est celuy seul en toute la nature, qui a la faculté & pouuoir de le ietter hors de son estre metallique, & l'amener en disposition de verre: voire de le rendre volatil, & en huile. Lequel verre d'or, ou or vitreux, n'est pas de si peu de mystere, & secret, que sainct Iean en l'Apocalypse n'en ait faict mention par deux fois à vingt & vniesme chapitre, ϗ ἡ πόλις χρυσίον καθαρὸν, ὁμοία ὑάλῳ καθαρῷ. Et la cité d'vn or pur, semblable à du verre clair & net. Puis au dessoubs: ϗ ἡ πλατεῖα τῆς πόλεως χρυσίον καθαρὸν, ὡς ὑάλος διαφανής. Et la place de la ville estoit or pur, comme verre transparent. En quoy il a aucunement imité ce qui est non sans grand mystere, au vingt-huictiesme de Iob; Non adæquabitur ei aurum vel vitrum. Et quant à ce que nous auons mis cy-dessus de l'Electre au premier chapitre d'Ezechiel, ça a esté apres sainct Hierosme, qui a ainsi tourné le mot de Hasmal, que Rabbi Salomon confesse ne sçauoir ce qu'il signifie, toutesfois c'est sans doute l'esmail du Rouge-clair mentionné cydessus; ont les Italiens emprunté leur smalto ou esmail de là. Mais cecy est d'vn autre propos.

Au moyen dequoy pour passer à ce qui reste du faict des esmaux; la Nelleure, qui a esté autresfois en plus grand vsage qu'elle n'est maintenant, se faict auecques vne once d'argent fin, deux onces de cuyure bien purgé, & trois de plomb. Il faut premierement fondre l'argent & le cuyure ensemble, à feu de soufflets, puis y adiouster le plomb, & les remüer auecques vn charbon, afin que le plomb iette son escume, & que ces trois metaux s'incorporent bien. Apres il est besoing auoir vn pot de terre gros comme le poing, qui ait la bouche estroicte, à y mettre le poulce tant seulement, & l'emplir à demy de soulphre vif, du plus noir que vous pourrez recouurer, broyé en menuë poudre; puis ietter dedans les trois metaux dessus-dicts bien fondus, bouschant l'ouuerture du pot auecques de l'argille & du drappeau par dessus, & remüer le tout auecques les mains iusques à ce qu'il soit refroidy, afin de bien mesler & incorporer le tout ensemble. Car quelque diligence que vous y puissiez faire, la matiere ne laira pour cela de se separer en grenaille, & se en masse le plus qu'il est possible. Rompez le pot, & mettez cette composition à fondre de nouueau en vn creuset; iettant dessus vn gros ou deux de Borax; & reiterez de le fondre ainsi, iusques à ce que la rompant, le grain d'icelle vous plaise. Voila ce qu'on appelle Nelleure; qui s'applique sur l'argent principalement, & sur l'or aussi; (aux autres metaux non) en cette sorte: Faittes premierement boüillir par vn bon quart d'heure, en vne lessiue d'eau commune, & de cendres de Chesne, ce que vous voudrez neller: puis le nettoyez bien auecques vne brosle, & de l'eau froide. Rompez vostre Nelleure en poudre sur vn marbre, mais ne la broyez pas, tant qu'elle soit comme gros grains de millet, & non plus deliée, & lauez là bien auecques de l'eau nette, dans quelque vaisseau de verre, puis l'estendez auecques vne petite palette de leton ou de cuyure sur l'ouurage entaillé, à l'espoisseur d'vn dos de cousteau, le saupoudrant d'vn tant soit peu de Borax bien broyé. Ayez lors vne petite flamme de buschettes toute preste, là où vous ferez chauffer peu à peu vostre besongne, que la nelleure se fonde, mais doucement, & à fort petit feu, de peur que l'or ou argent où elle est appliquée se venant à rougir par trop de chaleur, la composition qui est la plus-part de plomb ne les fist surfondre & couler, car ce seroit à recommencer. Et quand la matiere viendra à se fondre tout doucement comme cire, il la faut estendre & vnir sur la graueure à tout vn fil de fer vn peu chaud par le bout: & apres estre le tout refroidy, limer doucement la nelleure, & la polir auecques du Tripoly & charbon broyez menus. QVANT aux autres esmaux on les applique sur l'or, l'argent, & le cuyure, (sur les autes metaux non) sur les autres metaux non) sur le marbre, & autres telles pierres dures; & de recuire l'esmail dessus, sans les gaster ne corrompre au feu. La maniere doncques de coucher les esmaux

fur le metal eft telle; lefquels font ordinairement de ces couleurs cy: Noir, Verd, Violet, Tané, Gris, Aigue-marine, & Rouge-clair : tous lefquels font tranfparens, hors-mis le Blanc &
le Turquin qui ont corps. Il faut en premier lieu battre bien l'efmail en poudre impalpable;au
contraire de la nelleure, qui veut eftre en grenaille, comme nous auons defia dict; & ce dans
vn petit mortier d'acier propre à cela, auecques le pillon de mefme, y adiouftant vn peu
d'eau; car il eft ainfi meilleur que de le broyer fur le marbre. Puis vuider & mettre cette deliée poudre en vne taffe de verre, & autant d'eau-fort par deffus qu'elle le comure; le laiffant
ainfi par vn demy quart d'heure; & verfer le tout dans vne petite fiolle, auecques de l'eau
commune bien nette, le démenant enfemble, & reiterant de le lauer iufques à ce que l'eau en
forte clere. Car l'eau fort le purge de la graiffe & onctuofité du metal imparfaict, & l'eau commune de la terre qui pourroit eftre meflée. Faut puis-apres eftre aduerty de tenir toufiours les
efmaux broyez en de l'eau nette, dans vn vaiffeau clos & couuert, de peur que l'ordure
n'y entre; car demeurans à fec, ils fe gafteroient facilement: & cognoiftre bien la nature d'i-
ceux. Car il faut nommément que quand ils font appliquez, & qu'on les met recuire, ils
fondent tous à vne fois, autrement l'affaire n'iroit pas bien. On les prend auecques la palette
de cuyure pour les coucher dans l'ouurage de baffe taille, d'vne grande diligence, qu'ils ne
fe confondent enfemble, fe refpandans l'vn parmy l'autre; faifant prealablement boüillir la befongne dans vne leffiue, ou cendrée comme en la Nelleure. On doit eftre auffi aduerty, à mefure qu'on les couche, dautant que l'efmail fe porte trop mieux eftant fec que moüillé, d'a-
uoir du papier broyé mol comme du cotton, & le tremper dans de l'eau, puis l'efpreindre afin
qu'elle en forte toute: & auecques cela deffeicher les efmaux à mefure qu'on les couchera, tout
ainfi qu'auecques vne efponge. Cette couche eft appellée la premiere peau; laquelle appliquée,
on met ladite befongne fur vne petite lame de fer à la bouche d'vn fourneau approprié tout expres à cela. Et les faut ainfi laiffer chauffer peu à peu, puis les pouffer plus en dedans: prenant
bien garde quand l'efmail voudra faire femblant de branfler (car il ne le faut pas laiffer fondre
tout à faict) & le retirer hors du fourneau, & le laiffer refroidir doucement à la bouche,
puis luy donner la feconde couche, & faire tout ainfi qu'en la precedente: hors-mis qu'il luy
eft befoing de luy donner plus fort feu. Et reiterer ainfi iufques à ce que l'ouurage foit a-
cheué de remplir: renouuellant à chaque fois de charbons, fi que le feu foit toufiours clair. Finablement luy donner bon feu, autant que l'or le peut comporter fans fe fondre: puis le tirer peu à peu, & le laiffer refroidir fort à loifir; & quand il fera froid, le frotter auecques vne
pierre propre à cela, & l'acheuer de polir auecques le tripoly; lequel poliffement, qui eft le plus
feur, s'appelle polir à la main : car il y en a vne autre maniere qui fe faict ainfi. Apres que l'efmail
a efté frotté & fubtilié auecques la pierre tant qu'il foit tranfparent, & bien laué en de l'eau, on
le remet fur la platine de fer au fourneau, & laiffe efchauffer peu à peu : à la fin il le faut pouffer
dedans, que l'efmail fonde & demeure fort pafle. Mais dautant que cela leur eft propre, de fe
retirer tous au feu, il ne demeure iamais fi efgal & vny ainfi, que quand il eft poly à la main. Que
fi on vient à efmailler quelques ouurages de plein relief, ou à demy boffe, pour ce que l'efmail
ne peut fi bien prendre & tenir là deffus comme dans le creux qui eft entaillé, il faut remedier à
cela en cette maniere : Prenez des pepins qui font dans les poires, & les mettez tremper par
vne nuict en de l'eau clere, dans vn vaiffeau de verre & auecques vne goutte de cette liqueur,
qui eft vne forme de mucilages, arroufez les efmaux quand vous les voudrez coucher, car elle
les gardera de couler : faifant au furplus comme cy-deuant il eft dict. Tous ces efmaux & maniere d'en vfer, vont indifferemment fur l'or, l'argent, & le cuyure; mais le Rouge-clair ne
prend fur autre chofe que fur l'or : bien eft vray qu'il y a vne autre maniere de rouge plus grof-
fier, que reçoit l'argent, & le cuyure. Cela denote affez que la compofition principale du
Rouge-clair part de l'or & de l'argent vif, qui eft amy de l'or, plus que de tous les autres metaux;
lefquels furnagent à l'argent vif: & vn grain d'or tant feulement, foudain que vous l'approche-
rez de l'argent vif, ira fe cacher dedans, & fera englouty tout incontinent d'iceluy. Le
Rouge-clair doncques ne mord que fur l'or, & fi la maniere de l'appliquer eft toute autre. Les
Anciens ne l'ont point cogneu: & fut trouué n'y a pas long-temps, fortuitement (ainfi prefque que la plus-part de tous autres tels artifices) par vn Orfeure qui fe delectoit d'Alchimie,
& cherchoit à faire de l'or; au lieu duquel il trouua au fonds du creufet vne loppe vitriffiée,
de couleur d'vn Rubis fort plaifante à l'œil. Mais cela s'eft perdu depuis : & eft bien mal-aifé
de le redreffer maintenant; car les Princes & grands Seigneurs ne veulent rien defpendre apres
ces belles & rares inuentions : ce qui faict que les arts & fciences, qui par quelque temps s'e-
ftoient refueillées, fe vont de nouueau s'endormir en vn profond fomme d'airain; voire fe rendre dans le fepulchre par de longues reuolutions de fiecles. Car nous touchons defia du doigt
à l'ignorance & barbarie, & n'y a pas gueres grande efperance que la pofterité puiffe fuiure no
continuer fes erres traffées par les peres. Le Rouge-clair doncques a cecy different d'auecques
tous les autres efmaux, que quand on le tire du feu, il faut que ce foit tout à coup, & l'efuenter
encores

encores auecques vn soufflet, pour le faire refroidir au plustost qu'il se peut : car il a cette proprieté que quand il se fond à cette dernierefois, il deuient si iaune qu'on ne le sçauroit presque difcerner d'auecques l'or (cela s'appelle onurir) tellement qu'il s'en fait aussi vne maniere d'esmail
iaune-doré, ou citrin transparent, lequel est fort beau. Mais pour luy faire reprendre sa naifue
rougeur, apres qu'il sera refroidy, il le faut remettre au feu lent, & le laisser ainsi peu à peu, tant
que vous le voyez en l'estat que vous demandez : & là dessus le tirer soudain, & refroidir auecques le soufflet. Car le trop de chaleur rendroit sa couleur si chargée, qu'il en deuiendroit comme tout noir, & obscur. VOILA ce qu'il nous a semblé n'estre point hors de propos d'inserer
icy des esmaux, selon l'instruction que nous en auons peu auoir allans çà & là par le monde. Car
peut estre ils ne seront pas tousiours si cogneus, & en tel vsage qu'ils sont ; tellement que cecy
pourroit venir quelquesfois en ieu, pour en renouueller la cognoissance.

TOVT son harnachement est doré, & les resnes d'vne soye cramoisie Medienne. Il y a au Grec,
καὶ φάλαρα ἔχει χρυσᾶ, καὶ χαλινὸν κόκκου μηδικὴν. Ie sçay bien que χαλινὸς proprement est le mords
d'vn cheual, mais il n'y auroit pas grande apparence de faire vn mords d'escarlatte ou de soye : parquoy i'ay tourné la bride & les resnes ; & pris ce κόκκος μηδικὴς pour de la soye Medienne tein-
ête en cramoisy, suiuant ce passage de Procopius au premier de la guerre Persienne, tourné ainsi
de mot à mot en Latin : *Vestis serica olim Medica dicebatur.*

CAR cette couleur donne lueur & esclat à l'or. Au Grec, τὴν γὰρ τὸ χρῶμα, προσπαραπλησίαν τῷ χρυσᾷ.
Cecy conuient fort auec ce passage de Pline au neufiesme liure chapitre trente-sixiesme. *Dys ad-
uocatur placandis,* OMNEMQVE VESTEM ILLVMINAT: *In triumphali miscetur auro.* Isocrates
au Panathenaïque. Ἀλλ' ὥσπερ τὰς πορφύρας καὶ τὸν χρυσὸν ἡδίω μὲν, καὶ δοκιμώ τερον ὅταν ὑπερ ἀλλή-
λων ὄντα ἑρπόντων. Mais tout ainsi que nous considerons & parangonnons le Pourpre & l'or, les confrontans l'vn
aupres de l'autre.

DE LA COVLEVR d'vn pourpre Phenicien, que ceux de ce pays-là prisent tant. L'OCCASION
se presente en cet endroit de dire aussi quelque chose des teinctures de Pourpre anciennes
& modernes, tenuës de si longue-main en telle estime & recommendation. Pline au neufiesme
liure, chapitre trente-neufiesme. *Purpuræ vsum semper fuisse video.* Et Plutarque en la vie d'Alexandre le Grand dit, *qu'ayant pris la ville de Suses, il y trouua cinquante mille talents de fin Pourpre Hermionique*, amassé là en reserue par les Roys de Perse, en l'espace de deux cens ans ; gardant
encores son lustre & couleur naifue, comme si elle eust esté toute fraische : pour ce qu'il auoit esté tein-
ête auecques du miel. Entendez ces cinquante mille talents de Pourpre ; environ au poids
d'enuiron trois millions de nos liures de seize onces chascune ; de fine laine teincte en Pourpre, toute preste à mettre en besongne. Chose tolerable encores pour vne si longue suitte, de si grands & puissans Monarques. Mais qu'vn seul Citoyen Romain, personne priuée, se soit veu pour vn coup dans ses coffres iusques au nombre de cinq mille vestemens
de ce Pourpre, cela passe presque toute creance , & monstre assez les richesses & facultez de ce siecle là , au prix de nostre pauureté & misere. Horace en l'epistre à Nu-
mitius.

> *Chlamydes Lucullus vt aiunt*
> *Si posset centum scena præbere rogatus ,*
> *Qui possam tot ? ait. Tamen & quæram , & quot habebo*
> *Mittam. Post paulo scribit sibi millia quinque*
> *Esse domi Chlamydum , partem vel tolleret omneis.*

OR le principal fondement de cette teincture dependoit d'vne chose animée ; à sçauoir d'v-
ne maniere de coquille appellée Pourpre du mesme nom ; de la grosseur communément vn
peu plus ou moins d'vn œuf de poulle , & toute herissée de petites pointes , dont les Geneuois
l'appellent encores le iourd'huy *Roncera* , mais à Rome & Venise *Ognella.* Nous la confon-
dons quant à nous , parmy le genre des Porcelaines ; combien qu'il y ait de la difference. Et se
pescheoient les plus exquises de ces coquilles , en la coste de Phenice , & de Laconie ; au profond
de la mer : parquoy elles auroient aussi esté dites Pelagiennes, (car πέλαγος signifie la haute mer,
& le profond d'icelle :) & la teincture pareillement *Ostrum* , comme venant d'vne escaille , que
les Grecs appellent ὄστρακον : & ὀστρακόδερμον , toutes sortes de poissons reuestus de coquilles.
Plus , *Murex* ou *Conchylium* , dont on la tiroit aussi bien que les Pourpres ; lesquelles portoient
cette exquise & precieuse liqueur en vne petite veine blanche, le surplus d'icelles estant du tout
inutile à la teincture. Il la falloit tirer pendant qu'elles estoient encores en vie ; car en mourant elle s'anichiloit : & les assommer pour mieux faire d'vn seul coup , sans les faire ny laisser
languir : au moyen dequoy telle maniere de mort ainsi violente & soudaine , auroit esté appellée par Homere, *Mort empourprée*, πορφύρεος θάνατος καὶ μοῖρα κραταιή. Pline au neufiesme liure , chapitre trente-sixiesme. *Purpuræ florem illum tingendis expetitum vestibus in medijs habent faucibus. Liquoris hic est minimi in candida vena , vnde pretiosus ille bibitur nigrantis colore rosæ sub-
lucens. Reliquum corpus sterile , Viuas capere contendunt, quia cum vita sua succum illum euomunt.* Telle-

X

ment qu'il ne se pouuoit faire que les Pourpres ou Escarlattes anciennes ne fussent fort cheres; tant pour ce que chacun en vouloit auoir, que pour la difficulté & peril de pescher ces coquilles au fonds de la mer, & le peu de suc qui s'en tiroit finablement propre pour les teinctures. Pline, 22. 2. *Nec quærit in profundis Murices, seseque obijciendo dum præripit escam bellua marina, intacta etiam anchoris scrutatur vada, &c.* Aristote au cinquiesme des animaux, chapitre vingt-cinquiesme, dit que telle de ces coquilles s'est venduë autresfois iusques au prix d'vne mine, qui sont dix escus de nostre monnoye: & Pline à la fin du trente-cinquiesme chapitre, liure neufiesme, les mesure en valeur aux perles. Entendez de poids, & non celles de compte. *Conchylia & Purpuras omnis ora asserit, quibus eadem mater luxuria paria etiam penè margaritis pretia fecit.* Non sans cause de vray, car au trente-neufiesme ensuiuant, il dit que le Pourpre deux fois teinct, ne se pouuoit à grande peine auoir pour cent escus la liure. *Dibapha Tyria in libras denarijs mille non poterat emi.* Vopiscus en la vie d'Aurelian tesmoigne aussi (mais c'estoit soye cramoisye) qu'elle se vendoit au poids de l'or. Car sa femme luy faisant instance qu'à tout le moins il voulust porter vn manteau ou cappot cramoisy, il fit cette tant sage & modeste responce; *Absit vt auro sila pensentur: libra enim auri* (adiouste l'Autheur) *tunc libra serici fuit.*

L'INVENTION au reste de teindre ainsi auecques le sang des coquilles de Pourpre, vint aussi d'vn cas fortuit, & encores bien estrange, ainsi que recite Pollux en son Onomastic. Τύριοι λέγουσιν ὡς ἡρακλῆς ἐρασθῆ νύμφης ἐπιχωρίας, &c. *Les Tyriens dient qu'Hercules deuint amoureux d'vne Nymphe de leur pays appellée Tyro. Or vn chien le suiuoit d'ordinaire selon la coustume ancienne; car on sçait bien que les chiens entroient aux connocations & assemblées publiques auecques les Heroës. Le chien doncques d'Hercules ayant apperceu vne coquille de Pourpre grauissant le long d'vn rocher, em-poigne à belles dents ce peu de chair qui sortoit d'elle hors de l'escaille, & la mangea, dont le sang luy teignit les leures d'vne belle couleur cramoisie. Et comme il fut retourné vers la Demoiselle, soudain qu'elle eut ietté l'œil sur les babines de ce chien ainsi colorées, declara tout à plat à Hercules, qu'il n'auroit plus son accointance, si ce ne luy donnoit vn habillement plus beau encores que le museau de son chien. Au moyen dequoy Hercules s'estant mis en peine de recouurer de ces coquilles, en cueillit le sang qu'il apporta à sa bien-aimée: & fut le premier inuenteur, à ce que dient les Tyriens, de la teincture de Pourpre.* Nonnus au quarantiesme de ses Dionysiaques.

> καὶ τυρίη σκοπιάς δεδλλεμενα φάρεα κόχλῳ,
> πορφυρέης ἀκτίνος ἀερτάζοντα θαλάσσης·
> ἧχα κύων ἁλιεργὸς ἐπ᾽ αἰγιαλοῖσιν ἐρέπτων
> ἐνδόμυχον χαροπῆσι θυίλασι σίκελον ἰχθῦν,
> χιονέας πόρφυρε παρηίδας, αἵματι κόχλυ
> χείλεα φοινίξας διερῷ πυρὶ τηλὶ ποτε μείνω
> φαιδρὸν ἁλὶ χλαίνων ἐρυθαίνετο φάεος αἰάκταν.

Apres auoir premis comme Bacchus brilloit d'vn desir extreme de voir la contrée des Tyriens, ou son ayeul Cadmus auoit esté nay, il y addressa son chemin. Et reuisitã-là tout plein de sortes de tultures, s'esmerueilla de la belle & gaye varieté de couleurs de l'artifice des Assyriens, & des blancs ouurages du crespe de Babylone, conformes à ceux des Araignées: il adiouste consequemment: *Qu'il apperceut ainsi des robbes teinctes d'vne coquille de la mer Tyrienne, eslançans des estin-celles de Pourpre: là où le chien mouissillant de ses machoüeres rougeastres l'estrange poisson enfoncé dans l'es-caille, empourpra ses blanches, comme neige, ioües du sang d'icelle; se teignant les babines d'vn feu humi-de flamboyant, duquel seul radis se rougissoit le manteau des Roys habillez d'escarlatte marine.* Toutesfois quelques-vns veulent dire que ce fut vne Ortie de mer attachée à l'escaille d'vne Pourpre (car volontiers celles naissent là, & s'y procreent) que le chien d'Hercules empoigna aux dents. Et de faict du dedans des Orties il s'en tire des filamens de couleur de Pourpre, qui ne luy doiuent rien en naïfueté de couleur. Cassiodorus en la seconde du premier liure de ses Diuerses; *Iam cùm fame canis auida in Tyrio littore proiecta conchylia impressis mandibulis contudisset, illa naturaliter hu-morem sanguineum desluentis, ora eius mirabili colore tinxerunt; & vt est mos hominum, occasiones repen-tinas ad artes ducere, talia exempla meditantes fecerunt principibus nobile decus dare.* Quoy que ce soit la premiere inuention de teindre les laines en couleur de pourpre vint de là; car la soye n'estoit pas encores gueres en vsage, ne iusques mesmes à l'Empereur Iustinian, auquel certains Moines (ainsi que dit Procopius) apporterent des œufs ou semence des vers qui la filent, d'vne ville de l'Inde appellée Serindia; non seint (à mon aduis) de ces deux dictions cy, *Seres* & *India.* Car ces Seres, ainsi que dit Stephanus au liure des Villes, estoient certain peuple de l'Inde, dont vint premierement l'vsage des soyes, que leur produisoit vne maniere de petit ver, dict σὴρ en Grec: de laquelle opinion est aussi Pollux au septiesme. ἔισι δὲ χαὶ τῆς σηρὸς ἀπὸ τοιούτων ἑτέρων ζώων ἀγχίκων φασὶ οἱ ὑφάσματα. Quelques-vns dient, que les Seres recueillent de cette maniere de vers, & au-tres animaux, leurs draps de soye. Toutesfois Ammianus Marcellinus au vingt-troisiesme liure la

faict

faict prouenir de ie ne sçay quelle mousse ou excroissance de poil-follet, qui vient és arbres de ces pays là; qu'ils cardent puis-apres, filent, & tissent. *Abunde syluæ sublucidæ, à quibus arborum fœtus aquarum asperginibus crebris, velut quædam vellera mollientes, ex lanugine & liquore admixtam subtilitatem tenerrimam pectunt, nentésque sub tegmina conficiunt sericum ad vsum.* De laquelle opinion semble aussi auoir esté Virgile ; *Folys depectunt vellera Seres.* Et Pline au 6. 17. *Primi sunt hominum qui noscantur Seres lanitio syluarum nobiles, perfusam aqua depectentes frondium caniciem. V nde geminus fœminis nostris labor redordiendi fila, rursùmque texendi tam multiplici opere, tam longinquo orbe petitur, vt in publico matrona transluceat.* Au moyen dequoy ce ne seroit pas à ce compte la soye que filent nos vers, car elle ne vient pas des arbres, ains plustost vne maniere de Cotton. Et s'il y a encores quelque apparence que le ver des anciens, que ie mesme autheur 11. 23. appelle *Bombyx Coa*, ne soit pas le nostre, auquel la description qu'il donne ne conuient pas bien. *Fieri autem primò papiliones paruos nudósque, mox frigorum impatientia villis inhorrescere, & aduersus hyemem tunicas sibi instaurare densas, pedum asperitate radente foliorum lanuginem in vellera.* & ce qui suit puis apres. Pollux au septiesme dit, que ces vers filent la soye tout ainsi que les Araignées. τὰ δὲ ἐκ βομβύκων, σκώληκες εἰσιν οἱ βόμβυκες, ἀφ' ὧν τὰ νήματα αὔονται, ὥσπερ ὁ ἀράχνης. Dont Pamphile fille de Platés fut celle qui la premiere en trouua l'vsage & practique en l'isle de Cos. Mais laissant à part ces ambiguitez irresoluës; car outre la deprauation des exemplaires, les Autheurs se sont le plus souuent embarquez d'eux-mesmes sans biscuit, (ainsi que l'on dit en commun prouerbe) & fort legerement espandans leurs voiles au premier vent qui se leue d'vn ouïr dire peu certain, ont suiui la route les vns des autres, sans autrement l'examiner ou sonder, dont ils se seroient bien souuent venus inuestir parmy des bancs & escueils. Laissant doncques demesler ces opinions fantastiques à qui en aura le loisir & la volonté, les soyes sont chose fort ancienne de vray, mais peu prattiquée alors : car Lampridius afferme qu'Heliogabalus fut le premier qui porta vne robbe toute de soye, que les Grecs appellent ὁλοσηρική. Il y peut auoir quelques mille trois cens octante ans. Depuis les Romains y furent fort sobres & retenus, comme le monstre le passage cy dessus allegué de Vopiscus en l'Empereur Aurelian : & en cest autre de Trebellius Pollio (ce me semble) où il parle de ie ne sçay quel drap demy de soye, comme pourroient estre les satins de Bruges, les droguets, & burats, & autres telles bisferies, qui acheuet d'espuiser nos bourses. *Claudio qui postea Cæsar factus est, dari præcipit à procuratore Syriæ subsericam albam, vnà cum purpura Succubitana.* Là où ce mot de *Subserica* se doit entendre que la chaisne estoit de fil, & la trame ou entretissure de soye. Si doncques ces grands, & puissans Monarques qui dominoient tout le rond de la terre, eussent veu vn petit compagnon nouueau nay, ou quelque Demoiselle de Galatas, porter presque à tous les iours vne robbe de velours cramoisy, tels que nous auons maintenant; & encores toute enrichie de broderie & passemens d'or & d'argent placquez là dessus comme par vn despit de la nature & de l'art, qu'eussent-ils peu dire de nos superfluitez & delices? Mais d'autre part à remarquer de prés l'auarice insatiable des Romains; combien ils furent aspres, actifs, & ardens d'enleuer de tous les costez du monde le plus rares & precieuses besongnes; conuoiteux de beaux meubles, & desirans de faire leurs pompes & magnificences aux despens d'autruy : il faut croire que pour quelques pieces de nos draps de soye, non que pour des draps d'or ou d'argent, ils eussent voulu dresser vne plus signalée entreprise, que celle des anciens Heroës pour la conqueste de la toison de Colchos. Nous pouuons doncques dire que pour le regard des ouurages de soye, nous sommes de bien loing superieurs à tous les autres du temps iadis; & par-aduanture quant à ceux de laine, & aux teinctures des vns & des autres. Aussi il est bien aisé d'adiouster tousiours quelque chose aux inuentions precedentes selon le dire de Pindare.

ἁμέραι δ' ἐπίλοιποι, μάρτυρες σοφώτατοι.

Les derniers iours sont tesmoings les plus sages.

Si ce n'est d'aduanture quand les arts & sciences s'enseuelissent par l'ignorance & barbarie des iniques siecles ; à quoy il semble que nous touchons presque desia du bout du doigt. Car on ne s'estudie plus qu'à abbreger & sophistiquer : personne ne se souciant sinon comme il pourra gaigner tost & hastiuement, pour satisfaire à ses dissolutions & excessiues despenses : en quoy le moindre & plus petit artisan se veut mesurer aux meilleures bourses, & les mieux fondées.

Ainsi la teincture des Pourpres ou Escarlattes anciennes dependoit du sang des coquilles du mesme nom dont la pesche se faisoit communément sur la fin de l'Hyuer, & de l'Esté ; & les accoustroit-on en cette sorte. Apres en auoir pesché quelque notable quantité, ils pilloient les moindres, escaille & tout, & separoient la chair des plus grandes. Vitruue au septiesme liure, *Conchilia cùm sunt lecta, ferramentis circumcinduntur, à quibus plagis purpurea sanies vti lacryma profluens in mortarijs terendo comparatur.* Pline au neufiesme liure trente-sixiesme chapitre. *Maioribus quidem Purpuris detracta à concha auferunt, minores cum trapetis frangunt : ita demum vorem eum excipientes.* Puis les lauoient par tant de fois en de l'eau,qu'elle en fortoit toute claire,afin de les nettoyer de leur limon & ordures. Cela fait les mettoient tremper par trois iours en nouuelle eau fraifche , y adiouftant quelques deux ou trois liures de fel pour chafque quintal defdites coquilles:& finablement les faifoient boüillir en des chaudieres de plomb à feu lent,iufqu'ils amenoient à cette fin par vn long canal ou regiftre d'vn fourneau où il y auoit du charbon allumé. Tout cela faifoient-ils de peur de brufler la teinéture.Car d'autant que le plomb eft le plus mol metal de tous autres, & qui fe fond à la plus douce & legere chaleur, auffi reçoit-il moins d'ardeur & acuité du feu. Ce qui eft caufe que les Philofophes Spagiriques ou diftillateurs , en toutes leurs extraétions des fubftances qui craignent l'aduftion,vfent de bains de plomb , lequel rend vne chaleur bien plus moderée & efgale que ne fçauroit faire le fer ou le cuyure;ne la terre cuitte pareillement, qui reçoiuent & gardent long-temps vne impreffion de feu forte & mordante. Dedans cette decoétion puis-apres tres-bien colorée & chargée (car pour chacune pinte d'eau ils mettoient iufques à trente-fix onces de ces pourpres) eftoient boüillies les laines par cinq ou fix bonnes heures: & les ayans recardées & eftenduës, les remettoient de nouueau à decuite, tant que la couleur en plaifoit ; qui eftoit plus prifée vn peu noirciffante que rouge.

En cet endroit deux ou trois chofes font à efmerueiller : comme c'eft qu'vn petit quartier de la mer peut procreer vne fi grande abondance de ces coquilles, qu'il peut fuffire à en fournir tout le monde. Car comme nous auons dit cy deffus, elles ne fe pefchoient, au moins qui fuffent de prix & requefte, finon és coftes de la Pheniffe , & Laconie. Vitruue à ce propos. *Le Pourpre qui fe recueile au pays de Pont & en Gaule , pource que ces regions font prochaines du Septentrion , eft noir obfcur. Entre le Septentrion & Occident , il fe trouue liuide. Celuy deuers le Leuant & Ponant equinoétiaux , eft de couleur violette. Mais és contrees expofees droiét au Midy, eft d'vne faculté naifuement rouge. Parquoy il s'appelle le Pourpre rouge.* Ariftophane fait le Pourpre indifferemment eftre de couleur de fang ; quand il parle en la Comedie des Acharneens, d'efcorcher ie ne fçay qui, & en faire du Pourpre:

εἰπέ μοι τί φροδμεθα τῶν Λίζων ὦ δημότω,
μὴ ἐ κ̄ πλαξαύρψ τὸν αἰδ̄ρα τῆϊν ἐς φοινικίδα.

Mais ce que deffus monftre affez que le rouge eft la plus cuitte & digeree couleur de toutes autres, & la plus noble qui foit en la Nature, comme celle qui reprefente le feu, le plus pur element qui foit, dont elle eft procreée. Car ce qui eft vne fois rougy par le feu ne peut plus varier ne changer de couleur,ainfi que l'on peut voir és briques: & pourtant eft-ce le plus fixe,tefmoin le foulphre de l'or,quand il eft vne fois demeflé de fon argēt vif,lequel eftant blanc de foy, affoiblit d'autant la tres-grande rougeur dudit foulphre, & le contempere en couleur citrine. Car le Iaune,comme dit Geber, n'eft autre chofe qu'vne moyenne difpofition my-partie du rouge & du blanc ; ainfi qu'on peut apperceuoir au faffran, Cinabre, fang , & autres fubftances rouges meflees auec les blanches qui deuiennent lors iaunes citrines. Parquoy l'efcarboucle eft la plus precieufe des pierreries,pource qu'il eft parfaitement rouge;& le fang en femblable,auquel habite l'efprit de vie és chofes animees, felon Empedocles : dont Virgile auroit dit, *l'urpuream vomit ille animam.* Et : *Vitam cum fanguine fudit.* Finablement toutes chofes rougies font moins dangereufes,ores que de foy elles fuffent venins,qu'eftans blanches, ou d'autre couleur; comme on peut voir en l'argent vif precipité , & l'orpiment ou arfenic citrin teduit en rubis; dont i'ay veu donner tref-heureufement par la bouche iufques à cinq ou fix grains à des afthmatiques,& certaines maladies fecretes. Mais pour bien faire ces rubis, qui ne cedent en rien aux naturels,fi ce n'eft en durté,il eft befoin de garder de toute odeur de metal ; c'eft à dire qu'il faut broyer l'orpiment fur le marbre auec la meullette de mefmes ; puis en laiffer euaporer les mauuaifes vapeurs,tant qu'il fe reduife en crouftons femblables au coral , & le fublimer à tres-forte expreffion de feu.

Or pour retourner à noftre propos, cela eft encore bien admirable, qu'il ne s'eft iamais trouué d'autre fang parmy vne telle & fi grãde varieté d'animaux , qui fuſt propre à cefte teinture:puis apres,cõme il eft peu faire que l'vfage & pratique en foient du tout demeurees efteints, veu que nous en auons les moyens de mot à mot dedans les Autheurs. Car il n'eft pas à croire que la cõmodité d'en recouurer ne foit la mefme qu'elle fut de tout temps : pour le moins qu'on en peuft auoir fuffifamment pour en faire vne efpreue,& redreffer fus de nouueau ceft artifice, fi longuement intermis & fufpendu ; puis que les chofes de la premiere creation ne s'aboliffent & annichilent point du tout, eftant la mere Nature par trop foigneufe d'entretenir les mefmes efpeces qu'elle a premierement receuës de la main de fon createur. Et cõbien que d'aucuns ayent efcrit qu'il y a encore pour le iourd'huy en Damas, en Alep, & autres villes de Surie, quelque manufaéture de ces teintures prouenãs des coquilles de Pourpre;i'ay toutesfois efté informé au vray à Venife,& Ancone par plufieurs marchãds,& autres qui traffiquēt ordinairemēt en ces quartiers là,qu'il n'y en eft aucune mention en façon quelconque. Que fi il y en auoit le

moindre

moindre moyen qui peust retourner à vsage & prouffit; les Turcs qui sont si friands de toutes sortes d'Escarlattes, & les Iuifs espandus en ces regions-là, si aspres au gaing, ne le lairroient pas escouler inutilement, sans tascher à s'en preualoir: attendu que pour la rareté de ces teintures, ils sont contraincts de les mendier des terres & habitations des Chrestiens. Il y a puis-apres quelque apparence de croire, que les anciens reputoient la teincture de ces coquilles plus exquise & naïsue que ne pouuoient estre les nostres, veu qu'ils cognoissoient aussi bien que nous la graine, que les Grecs appellent κόκκος, les Arabes & Afriquains *chermes*, & nous encores apres eux; dont est venu le nom de l'Escarlatte, & du Cramoisy, qui ne different sinon que celle-la va sur les laines seulement, & cettui-cy sur la soye: neanmoins on l'accommode à cette heure aussi bien aux laines, depuis que la cochenille est venue en vsage. Car les deriuations qui s'efforcent de leur donner quelques-vns de *Carbasinum*, ou *Chromasinum*; ne de la ville de *Charmi* au territoire de Sardes, n'ont pas beaucoup de fondement ny apparence. Au reste les anciens pour le peu de cognoissance ou commodité qu'ils ont eu de la soye, n'ont employé leur pourpre que sur les laines: comme le cotte Vlpianus : *Vestimentorum erant omnia lanea*. Et les Poëtes auparauant ; Virgile c'est a sçauoir en la quatriesme Eclogue.

> *Ipse sed in pratis aries iam suaue rubenti*
> *Murice.*

Tibule liure & Elegie troisiesme.

> *Nec qua de Tyrio murice lana rubet.*

Horace en la douziesme des Epodes.

> *Muricibus Tyrijs iterate vellera lanæ.*

Par où il entend la *Dibapha*, c'est à dire Pourpre deux fois teincte. Et Ouide au septiesme de la Metamorphose.

> *Phocaico bibulas tingebat murice lanas.*

Ils appellent communement le Pourpre Tyrien, tant à cause de la Nymphe Tyro dont nous auons parlé cy dessus, que de la ville de Tyrus où se teignoient anciennement les plus beaux Pourpres. comme dit Strabon. πολὺ γὰρ ἐξητασθεὶ πασῶν τυρία καλλίςη πορφύρα. *Le Pourpre Tyrien est le plus excellent de tous autres*. Et pour ce que ladicte ville de Tyrus estoit aussi dicte Sar, mot fort approchant de celuy de *Sar*, dont elle est maintenant appellée en vulgaire, on donnoit aussi ce nom à la teincture. Virgile au deuxiesme des Georgiques : *Et gensua bibat, & Sarrano dormiat ostro*. Combien que Seruius son commentateur le refere à vn poisson appellé *Sar* en langue Phenicienne, dont on souloit (ce dit-il) teindre les soyes en couleur de Pourpre. En tous lesquels passages dessus-dits le *Murex* qui estoit vn espece de coquille à patt, est pris neantmoins pour le pourpre, aussi bien que *Conchylium*, *Buccinum* & *Coccus*: lequel de vray conuenoit en couleur auec le pourpre, mais la matiere & estoffe en estoient differentes; comme d'vn vegetal croissant en la terre, d'auecques vne chose animée viuant en la mer. De maniere que la vraye teincture des coquilles de pourpre estoit appellée ἁλιπόρφυρος, comme qui diroit *Pourpre marin*; & ἁλουργὸς; dont nous dirons encores quelque chose sur le tableau d'Achilles : là où le Pourpre du *Coccus* estoit dit κόκκινος. Plutarque en la vie de Fabius, κόκκινος χιτών pour vne cotte d'armes de couleur de Pourpre, laquelle pendue sur la tente du general de l'armée, estoit signe que la bataille se donneroit ce iour là; comme estant de la couleur du sang, qui se deuoit bien tost respandre. Aussi les Lacedemoniens auoient de coustume de se vestir de rouge pour les combats, afin que les blessures ne paroissans point soubs cette couleur, vinsient tant moins à les estōner, & faire perdre courage. Le *Coccus* doncques estoit cognu & practiqué par les Anciens; comme le denotent assez ces vers icy de Martial au second : *Coccina famosa donas & Ianthina mœchæ*. Et de Iuuenal :

> *Quem coccina lana*
> *Vitari iubet, & comitum longissimus ordo.*

Mais on mesloit ces deux drogues ensemble, au moins apres auoir donné le teint du Coccus ou Chermes, on repassoit le drap sur le Pourpre. Pline 9. 41. *Quin & terrena miscere, coccóque tinctum Tyrio tingere, vt fieret byssinum.* Combien qu'aucuns pensent deuoir lire là *Hysginum* au lieu de *bu byssinum*; s'estans paraduanture fondez sur ce mot de ὑσγινοβαφῆ dedans Athenée. En quoy ils se pourroient bien estre mescomptez ; par ce que *Hysginum* est cette herbe teignant en iaune, que nous appellons *Gaulde*, qui en façon que ce soit ne se pourroit adiouster sur le rouge, sans gaster & confondre tout. Au contraire il faudroit plustost qu'elle precedast. Pline 35. 6. parlant du *Purpurissum*, dit ainsi : *Puteolanum potius laudatur quàm Tyrium, aut Getulicum vel Laconicum, vnde pretiosissimæ purpura. Causa est, quòd hysgino maximè inficitur, rubríque cogitur sorbere*. Mais le beau lustre & esclat du Pourpre prouenoit principalement de la graine de Coccus. Il y auoit encores plusieurs autres manieres de vegetaux, dont les Anciens se seruoient en leurs teinctures roges, comme de celle dont fait mention Theophraste au quatriesme liure de l'histoire des Plā...

tes, chapitre septiefme en cette forte: *L'Algue Pelagienne croift en Candie, dont on colore non feulement les bandes, rubents, & tiffus feruans pour la tefte, mais les habillemens de laine auffi. Et tant plus la teincture en eft fraifche, tant mieux elle reprefente le pourpre.* Pline au dernier chapitre du quatorziefme liure. *Frutice maris quem Græci Phycos vocant (non habet lingua alia nomen, quoniam Alga herbarum magis vocabulum, intelligit) circa Cretam infulam nato in petris, purpuras quoque inficiunt.* Plus au 22. 2. *Iam verò infici veftes feminis admirabili fucco, atque vt filcanus Galatiæ, Africæ, Lufitaniæ graminis coccum imperatoriis dicatum paludamentis, tranfalpina Gallia herbis Tyrium, atque Conchylium tingit, omnéique alios colores.* On fophiftiquoit encores la teincture de pourpre auecques vne herbe appellée *Fucus*; qui eft le Phycos deffus-dict, ainfi que le tefmoigne ce paffage du 26. 10. *Phycos thalaffios, id eft fucus marinus lactucæ fimilis.* Au moyen dequoy il auroit vfé de ce mot pour la teincture mefme du pourpre, 9.38. *Buccinum per fe damnatur quoniam fucum remittit. I elagio adnodum alligatur, nimiaéque eius nigritiæ dat aufteritatem illam, nitorémque qui quæritur Cocci.* Et encores auec la racine d'Anchufe, que nous appellons *Orcanette*. Car les Anciens n'ont point eu l'vfage du Brefil, ains a efté trouué par les nauigations des modernes; il eft bien vray que c'eft teincture fauffe, comme nous dirons cy-apres; mais ils mettoient en befongne vne maniere d'herbe ou de fleur appellée κάλχη, dont le pourpre auroit eftè dict *Caláé*, felon le commentateur de Nicander, & celuy de Lycophron fur ce paffage, πεπλης κάλχη φοινικτός, qu'il interprete pour la teinture de Pourpre. Suidas pareillemêt met que ce κάλχη eft vne herbe propre à cela. Mais nous ne fçaurions pas gueres bien redreffer quel fimple cettuy-cy peut eftre, fi ce n'eft d'aduanture l'Anchufe ou Orcanette deffus-dicte, dont Pline au 21. 16. dit encores cecy. *Anchufa inficiendo ligno excterifque radici apta.* Voila comme la varieté & confufion des noms parmy les Autheurs leur efpand au deuant de fort grands brouillards & nuages, parce que le plus fouuent, ce que nous penferions deuoir eftre plufieurs & differentes befongnes, ne fe trouue en fin qu'vne mefme, diuerfement appellée. Au moyen dequoy non fans bien grande raifon Gallien fouhaittoit que les chofes peuffent eftre communiquées & entcdües fans appellation, pour ofter le moyen par là aux Sophiftes & contentieux, qui ne s'arreftent qu'a l'efcorce des mots, de tirer inceffamment comme ils font, la verité en des controuerfes douteufes, qui ne nous produifent en fin autre chofe qu'vne irrefolution & incertitude. Car il n'y a rien de plus embrouillé & obfcurciffe plus vne cognoiffance, que ces vaines & inutiles difputes de noms, qui ont pouffé la plus grande partie des gens doctes en de tres-enueloppez labyrinthes d'erreurs. Le Coccus doncques pour re-

La graine d'ef-
carlatte.

tourner à noftre propos, n'eft autre chofe que la graine d'vn petit arbriffeau haut de deux ou trois pieds pour le plus, qui a les fueilles & la femence femblables à celle du Houx. Quelques-vns ont voulu alleguer, Braffauolo mefme entre les modernes, que l'Alchermes n'eftoit pas le κόκκος ou graine des Anciens, mais certains petits grains qui fe tiroient des racines de quelques herbes, lefquels fe conuertiffoient en vn ver, qui faict vn plus beau cramoify que la graine ou Coccus. Les Polaques mettent trois de ces herbes qui produifent vn tel befoin, c'eft à fçauoir la Paritoire, le Medofpialex (qu'ils appellent) & le Zito. Les autres eftiment que c'eft vne maniere de Pimpenelle ou Saxifrage. Belon à ce propos, & du paffage deffus-dict de Pline, du Phy-

BELON.

cos qui croift és riuages de Crete ou Candie, en fes obferuations & recueils dit cecy. *Le renenu de la graine d'efcarlate appellée Coccus eft fort grand en l'ifle de Crete, recueilir laquelle eft ouurage de bergers & petites marmailles. On la trouue au mois de Iuin deffus vn arbriffeau (efpece de chefne verd qui porte du gland) auquel temps elle eft de couleur cendrée ti ant fur le blanc; iucelle fans queue & achebe aux fueilles. Et pour ce qu'elles font poignantes comme celles d'vn houx, les bergers ont vne petite fourchette en la main gauche pour incliner les branches, dont ils oftent ces petites veffies ou extroiffances que nous auons cy-deffus appellé graine d'efcarlatte. Lefdictes veffies font rondes de la groffeur d'vn poix, perfées du cofté qui touche au bois, & pleines de petits animaux rouges en vie, gros non plus que lendes ou cirons, lefquels fortent dehors, & laiffent la coque vuide. Quand on les a cueillis, vn porte tous chez vn recueur qui les achepte à la mefure: & il les crible puis apres & fepare de leurs cocques, dont il faict des pelottes de la groffeur d'vn œuf, les maniant tout doucement du bout des doigts; car s'il les preffoit trop, ils fe refoudroient en ius dont la couleur feroit inutile. Par-ainfi il y a deux fortes de ladicte teincture, à fçauoir des cocques, & de la chair ou moüelle qui eft dedans, laquelle coufte quatre fou plus que la cocque; auffi eft-elle bien meilleure pour teindre. Outre ces deux matieres il y en a encores vne autre, dont pas vn des anciens n'a faict mention, laquelle naift deffus les Meuriers, à la mefme façon que la deffus-dicte, car c'eft auffi vne excroiffance, mais elle n'a qu'vn feul animal viuant dens fa cocque.* Il dit bien que les Anciens n'ont point faict mention de cette-cy, & ie penfe qu'auffi n'ont-ils de la premiere: pour le moins ie ne me fouuiens pas d'en auoir rien leu nulle part; outre ce que c'eft chofe diffemblable de noftre graine d'efcarlatte, & de la Cochenille, dequoy on teint maintenant toutes fortes de cramoifys, comme l'on fouloit faire de l'Alchermes; lequel Diofcoride au quatriefme liure, quarante-trotfiefme chapitre, defcrit d'vne forte qui ne fe peut gueres bien recognoiftre. Et Pline 9. quarante & vn, en parle ainfi: *Coccum Galatiæ rubens gramen, aut circa Emeritam Lufitaniæ in maxima laude eft.* A quoy il adioufte que cette graine cueillie d'vn an, n'eft point encores bien affaifon-

née,

née; & apres quatre qu'elle fe paffe & amortift: de maniere que pour l'auoir de bonne & naïfue
teinture, il la faut mettre en befogne de deux à trois ans. Plus au 16. 9. *Omnes tamen has eius dotes*
ı lex fol‍i prouocat cocco: granum hoc. Cet Ilex ou *Yeufe* qui eft vne efpece de chefne affez frequent en
Italie, produit outre ces glands certaines petites pillules rouges, qu'on employoit auffi à teindre.
Cela conuiendroit du tout auec ce que nous auons amené cy deffus de Belon, fi ce n'eftoit que
cet Ilex eft plus grand fans comparaifon; comme le defcript fort proprement le fçauant Matthiolus
fur le 121. ch. du premier liure de Diofcoride. Car moy-mefme en ay veu en plufieurs endroits:
ı lex arbor eft in Italia notiffima, fpeɛ̃lat.of, proceritatu, cortice in rufuo nigricante. Folys Laurinis, ac per- Matthiol.
petuis viret: fed quæ externè candiceat ,fcabráque fint , internè verò virefcant, leuiáque cernantur: quin
& in toto ambitu adeò ferrata funt , vt fpinarum fpecim præ fe ferant. Glandes profert quetnu minores,
præter quas , pillulas quafdam rubentes gignit.

Reste icy à parler des couleurs du pourpre, qui ne font pas vne feule, ains de plufieurs fortes
& differences, dont Pline vingt & vn,8.chap.nous en a remarqué les trois principales. Et pource
que la couleur eft vne chofe fort mal-aifée à introduire & amener foubs la cognoiffance du fentiment, fi ce n'eft qu'on les voye à l'œil, il les a traiɛ̃tées foubs certaines fieurs qui reprefentent
tres naïfuement les efpeces de pourpre qui auoient le plus de vogue enuers les anciens. Car
comme difputé le Philofophe Phauorin dans le 26.chap.du 2. liure des nuiɛ̃ts attiques: *Les yeux*
conçoiuent plus de differentes couleurs, que les paroles n'en peuuent exprimer. Et encore que nous en ayôs
les vocables tous propres, cogneuz & viɛ̃ez de nous , comme nous le pourrons bien voir, allant
feulement à la rue des Lombards choifir d'infinies fortes de laine, faiettes, & foyes, dont il n'y en
a vne feule qu'un'ait fon nom tres-bien approprié & recognoiffable, felon la praɛ̃tique que l'on en
exerce, neantmoins pource que tout cela confifte a l'œil, il le faudroit toufiours auoir deffus, autrement la memoire eft en danger de s'en perdre, qui ne fe pourroit pas redreffer par efcripture
quelconque. Et de là eft venu l'embroüillement & difficulté, & l'ignorance encore , de tant de
chofes qui eftoient en vfage aux Anciens; en quoy par maniere de dire nous n'allons qu'à taftôs
fans aucune certitude affeurée. Mais quant aux couleurs principales ayans toufiours cours, &
mefmes en la nature, qui nous les reprefente continuellement en fes fubftances & ouurages; Platon les defigne en cette forte: *Le rouge mefté auec du blanc & du noir, produit le pourpre: s'il eft vn peu plus*
chargé & obfcur, il fait la morée. Et pource que les proportions de cette mixtion peuuent eftre prefque fans nombre, de là il s'enfuit que les couleurs feront auffi diffemblables, côme nous le pouuons voir tous les iours aux teintures des laines & foyes. Suit puis-apres. *Le Faue vient du iaune*
paillé, & du bertn. Le Brun, du blanc & du noir. Le Bleu, du refplendiffant cl.ir, mefté auec le blanc mat, fur-
fundu d'vn petit de noirceur. Le Gris ou Glauque, du bleu d. ftrempé en du blanc. Du Faune & du noir vient le
v erd. Le blanc reluifant auec le rouge, produiff le Cetrin: Ainfi en parle Platon, & Ariftote prefque cô-
formément, fi d'auanture ces vocables font bien entendus de nous, & deuement appropriez aux
noftres; car la tradition des couleurs eft fort chatoüilleufe, & n'y a pas trop d'affeurance à s'en
vouloir repofer fur les noms anciens, dont nous n'en pouuons gueres bien defueloper la fignification, finon par aduis de pays, & certaines coniectures, qui nous abufent le plus fouuent. Au
moyen dequoy nous aurions meilleur côpte pour raifonner des couleurs, d'en pofer premierement quatre, correfpondantes aux quatre Elemens, dont tous nos fentimens confiftent, & mefmement l'œil: car de celles là comme principales dependent puis-apres toutes les autres entre-
moyennes: de maniere que l'eftimerois quant à moy, que ce fuffent celles dont Apelles vfa en
tous fes ouurages, là où côme dit Pline au 35.7. il n'en employa iamais plus de 4. Ne Echion, Me-
lanthius, & Nicomachus pareillement, qui furent les plus excellens peintres de leurs têps. Mais
au lieu du Bleu il met le iaune, qu'il appelle *filaceus*, de *Sil* qui eft vne maniere d'Ochre. Et ce
fuiuât l'efchole Pythagoricienne, qui à ce que tefmoigne Plutarque liur.1. des opinions des Phi-
lofoph.ch.15.reduifoit les genres des couleurs à ces 4. le noir & le blanc ; le iaune & le rouge: ce
qu'ont auffi enfuiuy les Chimiques en la decoɛ̃tion de leur Pierre. Neantmoins i'ay oüy plufieurs fois dire à Michel l'Ange, & à Daniel de Volterre, qu'il aimeroit mieux fe paffer du iaune
que du Bleu, à caufe du ciel qui interuiêt en tous ouurages prefque, & des renfondremés à quoy
il fert de beaucoup,& aux yeux de plufieurs fortes d'hômes & beftes:auffi que c'eft vne couleur à
part foy; là où le iaune fe peut aifément fuppléer auec du blanc & du rouge. Or la couleur noire
conuient proprement à la terre, tât pour la reffemblance & côformité de couleur de l'vne
à l'autre, que pour la folidité de la terre, laquelle à cette occafion auroit efté des Pythagoriciens
reprefentée par vn Cube, la plus ferme figure de toutes. Car la couleur noire eft auffi vn indice
de fermeté & perfeuerance, à caufe que les couleurs peuuent paffer des vnes aux autres par le me-
flemêt toufiours d'vne plus chargée & obfcure; iufques à ce que finablemêt elles fe viennent terminer en noirceur; & lors elle ne reçoit plus aucune autre couleur qui l'efface & altere: dautant
que c'eft celle qui couure,accable, & depoffe de toutes les autres, és teinctures au moins fuperfi-
cielles, & qui font par dehors, là où tout au rebours és intrinfeques & confubftancielles la noirceur eft la premiere: de là on vient à la blâcheur par les couleurs entre-moyennes, puis au iaune,

X iiij

& finablement au rouge, qui est la fin. Cela cognoissent fort bien ceux qui practiquent les deco-
ctions par le feu. Et mesmement és choses metalliques, qui par l'action d'iceluy passent par tous
ces 4.degrez. Car encore que l'or soit la plus parfaittemét cuitte & digerée chose de toute la nature, neantmoins pource que la chaleur du feu commun est plus forte que celle du soleil, & l'ouurage de l'art vne marche plus haut que celuy de nature, l'or qui n'a peu estre mené par le Soleil
iusques au dernier degré de cuisson, est demeuré en couleur citrine, estãt reserué à l'art de l'acheuer de rougir pour communiquer sa teincture à l'argent, ce qu'il ne pourroit faire sans cela. Mais
pource que le feu ne peut auoir aucune action dessus luy, si ce n'est par vn artifice lequel n'est pas
commun à tous, aussi ne se peut il rougir, si premierement il n'est alteré, & ietté hors de sa nature
fixe, & teint d'abondant auec les choses teignantes de son propre gêre: à cause que rien ne se mesle auec le metal sinon les choses metalliques. Le noir doncques est approprié à la terre, & és me-
Des couleurs. taux, au plomb ou Saturne: le blanc à l'eau, & à l'argêt vif, & Estaing: le bleu à l'air & à l'argent; lequel facilement se conuertit en azur, plus beau sans comparaison que tous les plus fins & naifs
d'Acre, & d'ailleurs. Et le rouge au feu, & à l'or. Le noir & le blanc mixtionnez ensemble par
proportions diuerses, produisent infinies sortes de cendr ez & de griz: les vns plus couuerts, les
autres plus deschargez, selon le plus de l'vn, & le moins de l'autre. Le blanc & turquin en pareil
leurs couleurs moyennes comme aigue-marines & semblables. Le noir & le bleu, le viollet. Le
noir & le rouge, le pourpre, le tané, canellé, & autres. Le blanc & le rouge, le iaune en certaines
choses cõme nous auons desia dit cy deuant: non pas és teinctures des leines ne soyes, ou il faut
qu'il interuienne de soy. Le iaune puis apres & le bleu, font du verd d'oye, & gay. L'inde ou viollet, & le iaune, le verd brun. Mais il ne seroit pas possible de remarquer icy toutes les differences
des couleurs, qui sont presque innumerables selon la diuersité de leurs doses & compositions.
Pour doncques reuenir aux pourpres anciens, Pline au lieu dessusdit du 21.liur.ch. 8. ne pouuãt
mieux nous representer ces couleurs, que par les fleurs à quoy elles symbolisent & conuiennēt
le plus, en met 3. La 1.venant du *Coccus*, ou graine d'Escarlatte, qui est semblable aux roses rouges
que nous appellons de Prouins; lesquelles à la verité estans quelque peu desseichées à l'ombre,
rien ne se peut voir plus naïf ny agreable à l'œil, comme luy mesme le tesmoigne. *Vnum in
Cocco qui in rosis micat. Gratius nil tradius aspectu.* Nous l'appellons aussi (à cette imitation ce croy-
je) couleur de roses seiches. Mais on la peut assez mieux conceuoir en voyant que l'escrire. Et là
dessoubs estoient cõprises aussi les pourpres Tyrienne & Laconique: ensemble les deux fois teincte, que les Latins appelloient du Grec *dibapha*. Cela approchoit fort de noz anciens velours de
graine, vn peu tirans sur le brun, qui estoit ainsi que dit le mesme Autheur 9.38.plus prisé que le
rouge de haute couleur. *Rubens color nigrante dete 10r.* On appelle aussi cette couleur de roses seiches *ξεξαμπελινον*, comme qui diroit de fueilles de vignes desseichées, telles qu'on les void sur la
fin d'Octobre: car de vertes elles iaunissent, & puis deuiennent d'vn fort beau cramoisy, tant que
finablement elles noircissent, fletrissent, & tõbent. De ce pourpre ainsi noircissant quelques vns
ont dit *Vestes atrabapticas*, mot composé du Latin *ater*, & du Grec *βαπτω*, du verbe *βαπτω*, teindre
& colorer. Mais auant que sortir de cette premiere couleur qui estoit la plus excellente de tous
Vopiscvs. les pourpres; Vopiscus en la vie d'Aurelian parle d'vn à qui on n'en peut iamais parangõner d'autre. *Vous vous souuenez bien* (dit-il) *qu'il y auoit au temple de Iupiter Capitolin vne petite chappe de laine
teincte en Escarlate, à laquelle quand les dames Romaines, & l'Empereur mesme venoit confronter leurs habillemens de Pourpre, on les voyoit effacer tout ainsi que s'c'eust esté de la cendre, à comparaison de cette d'vne
splédeur. On dit que le Roy de Perse l'ayant eu d'vn sien fonds de l'Inde en auoit fait present à Aurelian, luy escri-
uant en cette sorte. RECOY CE POVRPRE TEL QV'IL SE FAIT EN NOZ PAYS. Mais puis
apres iceluy Aurelian, & Probus, & Diocletian mesmes puis n'agueres, ayans enuoyé en Perse de fort excellens
teincturiers, ils cherchèrent tres-diligemment cette maniere de Pourpre, dont ils ne peurent oncques auoir nouuelles. Car c'est le Sandix de l'Inde (à ce que l'on dit) qui fait cette belle teincture.* Suit puis apres en Pline
le second Pourpre, qu'il dit estre de couleur d'Amathiste, 9. 41. *Non satis est absolutisse gemmæ nomen
Amethistum, rursus absolutus inebriatur Tyrio, vt sit ex vtroque nomen improbum, simul, j, luxuria duplex. A
sçauoir Tyriamethistus.* Qui estoit la couleur de violles, que pour cette raison l'on appelloit *iamethi-
ne, de 10r*, qui est sans doubte nostre violette de Mars, dont se fait le Sirop violat, ainsi qu'on peut
voir en Dioscoride liur.4.ch.57.ou il l'appelle *ιον πορφυρεον, Violette pourprine.* De cette pourpre
violette, le mesme Pline a entédu parler au 9.39. *Nepos Cornelius qui diui Augusti principatu obijt, me
(inquit) iuuene Violacea purpura vigeba, cuius libra denarijs centum venibat* (ce sont dix escus de nostre monnoye) *nec multo post Rubra Tarentina.* Qui est la Garence comme nous dirons cy-apres.
Que les Amathistes fussent comptées entre les couleurs de pourpre, ce carme aussi d'Ouide en
fait foy. *Hic baphicas, hic purpureas Ame histos.* La troisiesme approche plus de ce que nous appellõs
pourpre (car la dessusdite est proprement plus violette que de couleur d'Amathiste.) Et ne se peut
en chose quelconque procréé de la nature plus parfaittemêt discerner, qu'en la fleur, ou plustost
espy des Passe-velours: dont à la verité la couleur est excellêment belle & plaisante, qui la pourroit bien contrefaire & imiter au naif. Pline ne fait mention que de ces trois principales couleurs
de

de pourpre, lesquelles s'eſtendoient puis-apres en pluſieurs differences, ſelon qu'elles eſtoient plus ou moins chargées : *Genera enim* (ce dit-il) *tractamus in ſpecies multas ſeſe ſpargentia.* Mais il y en auoit encore vne autre de couleur de cette pierre precieuſe qu'on appelle Iacinthe, Perſe. *His aliquis cui circum humeros hyacinthina lana eſt.* Naumachius en ſes ſentences l'appelle Pourprine.

μήτ᾽ ὅτι δέρης
πορφυρέω ὑακίνθιω ἔχεις ἢ χλωρὸν ἰάσπιν.

De la fleur du meſme nom cogneuë de nous puis n'agueres, qui participe d'vn bel orengé, & du rouge; tout ainſi que ſi on venoit à glacer de Lacque (c'eſt vne couleur rouge comme vn rubis; n'ayant point de corps) quelque choſe peincte de iaune doré. Car ces deux enſemble feroient ie ne ſçay quelle maniere de pourpre, qui eſt (côme ie cuide) le Spadix ou Punicée des Anciens, dont le teint d'vne datte meure s'approche fort. Cela meſme que Pindare veut entendre en la 6. Olympienne; ἃ δὲ Φοινικόρραχον ζόναν χαζέθα τῷ ιδϊα. A ſçauoir vne couleur meſlée de pourpre & de iaune doré, tel que rend le ſaffran diſſoult en liqueur. Côbien que ie n'ignore pas que le *Crocus* ou *Crocum* eſt pris ordinairement pour le rouge: mais ce ſeroit choſe abſurde pour faire vne couleur à part, & meſmement ce Spadix ou Punicéen, de meſler deux rouges enſemble, où il n'y auroit pas grande varieté ny alteration. A luy-geſle au 26.ch. du 2. liur. *Phæniceum quem Puniceum dixiſti noſter eſt. Et rutilus, & Spadix Phænicei ſynonima ſunt; exuberantiamq́; & ſplendorem ſignificant ruboris, quales ſunt fructus Palmæ arboris. Et vn peu auparauant. *Hinus autem, & ruber, & rubidus, & ful-uus, & puniceus, habere queſdam diſtantias coloris ruſ videntur: vel argentes eum vel remittentes, vel mix-ta quadam ſpecie temperantes.* De laquelle mixtion ou temperament de la couleur Phenicée ou Pu-nicée, Ariſtote au liure des Couleurs dit cecy: μέλαν χαὶ σκιερὸν τῷ Φωτὶ μιγνύμδνον φοινικᾶι. τὸ γὰ μέλαν μεγνύμδνον τῷ τε ὑπὸ τῦ ἡλίω, χαὶ τῷ ὑπὸ τὸ πυρὸς Φωτὶ θεωρεῖ μδν διὰ γιγνόμδνον Φοινικᾶι. Que ſi le noir & tenebreux eſt meſlé auec la lumiere du ſoleil ou du feu, il procrée touſiours la couleur Phenicée ou Pu-nicée. C'eſt pourquoy quelques vns ont voulu rapporter ce paſſage icy de Virgile, *Ferrugineos hya-cinthos,* & meſmement Nonnius, à la couleur du fer enſlambé & rougy au feu; le faiſant eſtre vne meſme choſe auec le Punicée, ſuiuant ce paſſage d'Ariſtote. Au reſte ceux ſe ſont abuſez qui ont voulu tirer l'Etymologie de ce mot Italien *Paonazzo,* qui ſignifie violet, de *Punicé*; là où il vient ſans doubte de *Pauone*, à cauſe de la couleur violette qui eſt fort naïfue és Paons. Trop bien le *Tané* pourroit bien eſtre deriué de *Caſtaneus*, la premiere ſyllabe mangée; car la couleur de l'eſcor-ce de marrons ou chaſtaignes eſt le vray *Tané*, que les Italiens appellent *Lionato*, côme conforme au poil du Lyon: les Latins dient *Fuluus*, nous, *le Fauue*, tirant ſur le Roux; tel qu'eſt d'vn autre en-droit le pennage de l'Aigle royal. Finablement pour la 5. eſpece de pourpre nous pouuons met-tre la Garence, que les Latins appelloient *Rubia* ou *Rubra Tarentina*, de la ville d'Ottrante en Cala-bre dont elle venoit: & les Italiens encore pour le iourd'huy *color rubio*: lequel n'a eu autresfois moindre vogue & credit parmy nous, que l'eſcarlatte propre: tellement qu'on la ſouloit appeler couleur de Roy. Maintenât l'on n'en vſe gueres. Elle venoit de Liſle, & autres endroits de Flâdres: & eſt la racine d'vne herbe, de la groſſeur à peu prés d'vn nauteau, mais plus longue aſſez; laquelle il faut replanter par trois fois, auant que de s'en ſeruir aux teinctures: puis eſtant ſeichée à loiſir, on la met au moulin à Tan pour la reduire en menuë poudre. Ceux au reſte qui anciennement trauailloient en Tyrus, & autres endroits aux teinctures de Pourpre, auoient de beaux priuileges & eſtoient entierement exempts de tous tributs, charges, & impoſitions quelsconques. Mais auſſi s'ils les falſifioient, ils eſtoient punis de mort ſans remiſſion; & côme l'vn de ceux là fuſt mené au ſupplice pour cette occaſion, encore ne ſe peut il tenir en ſe raillant d'alleguer par forme de bro-quard ce carme icy d'Homere, τὸ δὴ μλάβει πορφύρεος θάνατος χ̀ μοῖρα χραζαῖν, *Mort pourprine l'im-porte, & la Parque puiſſante.*

LES POVRPRES des modernes s'employêt ſur deux manieres d'eſtoffes; les laines, & les ſoyes. Celle là eſt ditte eſcarlate, cette cy proprement cramoiſi; l'vne & l'autre prouenans d'vn meſme ſubiect, à ſçauoir du Coccus ou graine d'Alchermes, laquelle nous vient de Languedoc & Pro-uence, & de ce petit arbriſſeau ſemblable à vn Houx, dont nous auons parlé cy deſſus: & aux ItaȜiés de la marque d'Ancone, qui eſt la meilleure, & puis apres celle de la Poüille. Cette graine a en ſoy double ſubſtance, toutes deux propres pour les teinctures: la coque ou eſcorce, qu'on appel-le cômunement graine d'eſcarlatte; & la chair ou moëlle, qui eſt le ſin paſtel d'eſcarlate. L'eſcor-ce abonde plus à la teincture, mais la couleur n'en eſt pas ſi naïfue ny eſtimée: car ſi l'aune d'eſcar-latte auec ce paſtel ou moëlle couſte ſix liures à teindre, celle de la graine ou eſcorce n'en vaudra pas plus de quatre: à cauſe qu'il en faut moins; auſſi eſt-il fort rouge, & la moëlle vn peu plus blan-chaſtre, mais elle ne laiſſe pas de faire le beau luſtre & eſclat tant requis en ces draps precieux; leſ-quels pour auoir le vray nom d'eſcarlate, il faut qu'il ſoient teints auec ce paſtel ou moëlle, & nô de la cocque: mais maintenant tout paſſe indifferemment; perſonne n'ayant l'œil à rien qu'à fai-re chacun ſon prouſit à l'enuy l'vn de l'autre. Quand dôques on veut teindre les laines, ou draps deſia tiſſus, en ſine eſcarlatte rouge autremet dit claire, on les ſait premierement parboüillir en

Des Eſcarlat-tes modernes.

de l'eau appellée seure, faite d'eau de riuiere ou cisterne bien nette: & de l'Agaric, & du Son. Puis on iette l'Arsenic auec Alun dedans, qui est (à mon aduis) pour desgraisser lesdites laines, & les ouurir à mieux receuoir la teincture: laquelle on leur dône apres auec le pur pastel d'escar-latte. Mais il faut auant vuider de la chaudiere ce premier breuuoër ou bouillon , & la recharger d'eau clere, & d'eaux seures auec ledit pastel ou graine en poudre, accompagnée d'Agaric, ayant fort bien laué le drap dans le ruisseau tant qu'il soit net. Que si on la veut esclaicir dauantage, & luy donner vne couleur plus viue, faut de rechef vuider ladite chaudiere & breuuoër, & puis la recharger encores de nouuelles eaux seures, auec de l'Agaric & du Tartre ou grauelle de vin. Quelques vns y adioustent de la gomme Arabique & terra merita. Tant plus de gomme Arabi-que tant plus rouge la teincture sera: mais la terre merita iaunist, & la graine ou cocque pareille-ment, qui n'est iamais si cramoisie comme celle du pastel ou moëlle, il est bien vray qu'il en faut moins. Si d'auanture on y adiouste de la coupperole, c'est teincture fausse, & le bresil tout de mes-me.

Cramoisis ou escarlattins.

AV REGARD des cramoisis rouges qui vont sur les laines, il s'en fait de tout-plein de sortes & les faut preallablement boüillir auec alun & grauelle, car l'Arsenic n'est que pour les escarlat-tes: puis vuider la chaudiere, & la recharger d'eaux cleres seures d'Agaric, & de Son, auec grauel-le & Cochenille. Dedans vn seul breuuoër, voyage ou chaudronnée, qui est vne mesme chose, se feront toutes les couleurs suiuantes l'vne apres l'autre en cet ordre cy, sans rien euacuer du boüillon; mais adioustant seulemêt nouuelles eaux & estoffes. En premier lieu le rouge cramoisi de haute couleur, lequel demande plus de Cochenille que ne fait le brun, ny les autres. Apres viêt le brun, qui se fait sur le mesme breuuoër, puis le passe-velous pour le tiers. Le pourpre qui est le 4. fleur de pescher le 5. incarnat le 6. couleur de chair le 7. & finablement le gris argentin. Les-quelles graduations de teinctures, obseruées mecaniquement par l'experience & rotine des arti-sans, nous apprennent sans côparaison plus des couleurs, & de leurs differences, que toutes les traditions & discours des anciens Philosophes, qui ont voulu disputailler inutilement là dessus. Mais il faut estre aduerty, qu'à cinq de ces huict couleurs, assauoir le cramoisy brun, le passe-ue-loux, pourpre, fleur de pescher, & le lauande; il faut premierement donner la guesde ou pastel de l'Oraguez, & Albigeois. qui teint en bleu: puis les passer par la Cochenille, comme il a esté dit cy dessus. Ce pastel cy de l'Oraguez est vne herbe ressemblant au Plantain, laquelle les anciens ap-pellent *Glastum*, dont ainsi que dit Cesar au 5. des Commentaires de la Gaule, les Anglois auoiêt accoustumé de se colorer la charneure. *Omnes Britanni Glasto se inficiunt, quod caeruleum efficit colorem.* Pline au 22. liur. ch. 1. *Simile plantagini Glastum in Gallia vocatur, quo Britannorum coniuges nurusq́ue toto corpore oblitae, quibusdam in sacris nudae incedunt, Aethiopum colorem imitantes.* Mais nous en auons assez suffisâment parlé en noz annotations sur lesdits commentaires. Au moyen dequoy nous n'en di-rons icy autre chose, sinon que cette Guesde ou Pastel d'Albigeois, estant mis à boüillir en de l'eau auec de la chaux esteinte, la fleurée qu'on en retire en l'escumant, accompagnée d'vn peu d'Amidon fait cette couleur violette brune appellée Inde, qui se vend chez les espiciers. De ma-niere que pour faire l'escarlatte violette qu'on souloit dire *Morée*, dôt nous auons parlé cy dessus, on teint premierement le drap auec cette Guesde; lequel deuiêt bleu: puis on le fait boüillir auec Alum en des eaux sures aigrettes. Et finablemêt le pasteller de pastel d'escarlatte. La Gaulde fait iaune, lequel passé par la Guesde ou pastel d'Albigeois, deuient verd. Par où l'on peut voir que le verd n'est pas des couleurs simples, & de soy subsistentes; mais subalterne, procreée de iaune & de bleu. Aussi toutes les herbes, & les fueilles des arbres, quand elles viennent à se desseicher & fle-strir, de leur verdeur accoustumée retrogradent en iaune. Par ce que le bleu qui est vne couleur celeste, & pourtant spirituelle, qui leur donne vie, & venant à euaporer hors du mixte, il ne de-meure plus que iaune (l'autre des deux côposans) lequel sert au bleu comme de corps & recep-tacle, auquel il s'introduit & arreste, tout ainsi que fait la forme à la matiere; & és metaux, le sou-phre qui est leur teincture, en la substance de l'argent vif. Cela est ce que Hermes, & autres Phi-losophes mystiques ont appelé en leur chiffre & secret langage. LE CIEL ET LA TERRE. A la-quelle les anciens Ethniques consacroient la couleur verte, & au ciel la bleüe.

Les teinctures de soye.

LA TEINCTVRE cramoisie des soyes se souloit faire de la mesme graine que les Escarlattes de laines, & estoit bien plus naturelle & meilleure que celle de la Cochenille , qui est n'agueres venuë de la nouuelle Espaigne. On n'a point encore peu gueres sçauoir ce que c'est au vray de cette drogue moderne, car les Anciens ne l'ont point cogneuë : on tient neantmoins que ce soit vne maniere de ver, qui vient en la terre ferme de l'Inde en la contrée de Cecatecas, sur vn arbre presque ressemblant au figuier. Aussi est il appellé en langage Castillan *Cochra higo*, lequel ne porte aucun fruict: mais aussi il se doibt bien contenter de cela, car il n'y en a point d'autre tant pour tant plus riche. En le secoüant ces vers & insectes tombent, sans qu'on aye autre peine de les recueillir : & cela se fait communément au Printemps, mesmement en Mars & Auril, car de là en auant ce bestial se trouue fort maigre, & n'ayant presque que la peau; de maniere que trois parts de ceux cy ne feront pas tel effect qu'vne seule des autres premiers. Quand on en a amassé quelque

quelque quantité notable, on les iette dedans vne leſſiue propre à cela, & les faiſant quelque peu
bouïllir, vn peu apres qu'ils ſont recueillis : car ſi toſt ne ſeroit pas bon, & les gardant longuemẽt
ils ſe meurent, & ne ſeroient pas de telle efficace. On les prepare en la maniere qu'on les apporte
puis apres par deçà, dont il y en a de meilleurs les vns que les autres ; car ceux qui ſoubs le ventre
tiennent du griz ne ſont pas ſi priſez. On ſouloit doncques auant que cette Cochenille vint en
vſage, teindre les ſoyes auec la graine ou paſtel d'Eſcarlatte, dont le dedans eſt touſiours meilleur
que la Cocque ; & faïloit bien deux liures de graine qui couſte trois eſcus la liure, pour teindre
vne liure de ſoye, plus ou moins, ſelon qu'on la veut chargée ou foible en couleur : mais il ne faut
pas tant de Cochenille à beaucoup prés ; auſſi n'eſt elle iamais ſi naïfue comme la graine. Et tout
ainſi qu'aux laines il y a pluſieurs degrez de couleurs rouges, auſſi y a il és ſoyes, qu'on limite or-
dinairemẽt à 8. ou 10. depuis le brun iuſques au plus paſle & deſchargé. Pour vne liure de cramoiſy brun il faut quelques quatre onces de Cochenille ; laquelle fait de ſoy vn peu la couleur violette, mais pour remedier à cela il faut adiouſter auec vne liure de Cochenille enuiron demye
once de ſaffran baſtard. Et tout premierement on diſſout dans de l'eau de fontaine ou riuiere
bien nette, de l'alum de glace, les faiſant bouïllir ſur le feu, à raiſon de quatre ou cinq onces d'a-
lum pour chaque liure de ſoye : car tant plus les ſoyes ſont allumées, tant plus elles ſeront belles ;
& laiſſer tremper là dedans les ſoyes par vne bône heure, quand l'eau ſera encore tiede. Ce-pendant on a de la Cochenille battuë en menuë poudre impalpable, qu'on fait bouïllir en de l'eau, les
remenant bien enſemble : puis on trempe les ſoyes dedans par tant de fois que la couleur plaiſe.
Finablement on les laue en de l'eau de fontaine freſche pour oſter les grains, pour les autres cra-
moiſiz plus deſchargez on met moins de Cochenille. Et pour faire violet cramoiſy, quãd la ſoye
eſt teincte en rouge, on la met tremper dans de la leſciue chaude bien nette, & deuient violette.
Que ſi le rouge eſt brun le violet ſera brun ; ſi clair & deſchargé, tout de meſme, iuſqu'à ſe faire
fleur de peſcher & lauandé. Le Tané & Cancilé bruns ou plus deſcouuerts, ſe font auec la Cochenille & le Saffran : car le rouge auec le iaune deuient tané. Le Gris ſe fait en la ſoye blanche en
deſchargeãt le noir de ſoye. Et ainſi des autres couleurs, mais elles ne ſont plus de noſtre propos.

D E P O V R P R E *Phenicien, lequel reçoit ie ne ſçay quel luſtre & beauté du Soleil.* Pollux à ce propos.
χειρει δὲ ἡλίω ὁμιλοῦσα τῆς πορφύρας ἡ βαφή· καὶ ἀκτῖν αὐτῆ ἀναπομπεῖι· ἡ πλεία ποιᾷ ἡ φαιδρότερα
τῆν αὐγὴν, Ὁ ποιῆ ἀσσοειδέλω ὅτι τῷ ἀέω πυρός. *La teincture de pourpre s'eſgaye & reſiouyſt au Soleil, les rais*
duquel enflambent ſon luſtre, & rendent plus claire ſa ſplendeur, qu'ils rougiſſent par deſſus le feu. Et tout ainſi que le propre du feu eſt de deuorer toutes choſes, auſſi l'eſcarlatte mange par maniere de dire,
toutes autres couleurs & teinctures qui ſont miſes auprès : dont ſeroit venu ce prouerbe, λιχνό-
τερα τῆς πορφύρας ; *plus deuorante que pourpre.* Ce qu'Athenée au 3. des Dipnoſophiſtes cité d'Apollodorus ; eſtimant qu'il ait eſté tiré de la haute & excellente teincture de Pourpre.

E T E S T *comme ſurondoyé du brillement de pluſieurs fleurs cramoiſies.* Il y a au Grec, ἢ τᾷ τῆϛ Ἴδηϛ ἀν-
θει βέβαπται. Ce qui ne veut dire autre choſe de mot à mot ſinon que *le pourpre dont ce ieune ſeigneur*
eſt veſtu, eſt côme arrouſé de la fleur du mont Ida. Or ie n'ay point feu quant à moy, que ce mot de Ἴδη
ainſi eſcript qu'il eſt, ſignifie autre choſe que la montagne d'Ida, combien que quelques vns (ie ne
ſçay toutesfois ſurquoy ils ſe fondẽt) l'ont voulu interpreter pour vne herbe. Et pource que cela
eſt fort plat pour donner quelque meilleure grace au contexte du tableau, ie n'ay tourné comme
deſſus. Que ſi quelqu'vn eſt plus religieux à vouloir demeurer fermement attaché au Grec ſans
en vouloit *ne latum quidem diſcedere vnguem* (comme l'on dit en commun prouerbe) cecy me ſeruira d'excuſe, que ie ne l'ay pas à tout le moins ignoré. Pauſanias dit bien en ſes Phocaïques parlant du mont Corycon, & de la cauerne où fut née Herophile, qui eſtoit fille d'vn paſteur de ces
quartiers là appellé Theodore ; & de la Nymphe Idea, *qu'elle n'auoit ce ſurnom (ſi non pource que lors on*
ſouloit appeller Ida, *les lieux forts & eſpois, couuerts & garnis de bois embragenx.* Mais cela ne me ſatisfait
pas aſſez : car meſme ce lieu cy de Pauſanias deroge à ce que dit vn peu au deſſus Philoſtrate, &
Pollux auſſi, que le Pourpre s'eſioüiſt & renforce aux rays du Soleil, pluſtoſt qu'és lieux obſcurs.

L V Y S E *vergongnant d'eſtre veu nud deuant l'aſſiſtance, eſt garny au deſſo:s d'vne camiſolle d'eſcarlatin,*
à manches. Le fait des habillemens antiques n'eſt pas moins obſcur & chatouïlleux à eſplucher,
que celuy des couleurs. Car comment pouuons nous repreſenter en noſtre langue, veu que
cela ne nous eſt aucunement en vſage ? & il n'y a point de noms és choſes qui ne ſont point, comme nous auons deſia dit ailleurs. Le Grec en cet endroit porte : ἰχάλω χυριδωτὸν φοινικοῦ· Aulugelle liure 7. ch. 12. dit, *qu'anciennement à Rome c'eſtoit choſe malſeante, voire honteuſe aux hommes*
d'vſer de Tuniques qui euſſent des manches, leſquelles ils appelloient d'vn mot Grec χυριδωτὸς, comme qui
diroit emmanchées : le meſme dõt vſe noſtre autheur icy. Mais ce mot de Tunique leur ſignifioit pluſieurs choſes : vne chemiſe, camiſolle, ſaye, collet à manches, & ſes lõgues iuppes iuſques à la cheuille du pied, que les Italiens appellent Sotane, pource qu'on les porte deſſous le grãd mãteau, ou
les cloches ; (ce ſont proprement habits de gens de robbe longue) les Grecs appellent ceſte Tunique dont ils vſoient ἰχώμις, pource qu'elle ne paſſoit point les eſpaules, & eſtoit fort courte &
iuſte au corps, pour porter par deſſoubs leur grand' togue. Mais Philoſtrate dit icy que ce ieune

seigneur qu'il d'escript en auoit vne qui alloit iusques à la main de peur de monstrer sa charnure.
Cela se conforme aucunement à ce qu'il a dit cy deuant au tableau de Pelops, *que les Lydiés & bar-*
bares de la haute Afie, renferment dans de telles fortes d'habillemens leur beauté. Toutesfois il le fait plus
icy à deliure; & luy donne vn accoustrement presque de soldat Romain, si ce n'estoit la camisolle
qu'il a deffoubs, laquelle y defroge. χλαμυδε donc ques est le manteau volant : χαμιδον la camisolle
à manches, qui va battre iusques dessus les mains, de qui elle a pris son nom Ἐτ Χιτων la cazaque
ou cotte d'armes, dont est venu nostre hocqueton. Athenée parlant de la courtisane Phryné, appelle vne chemise, à sçauoir l'habillement plus prés de la chair, χιτων εγχειρισκον. Et Strabon au 4.
liure dit que ἐσθης δε τοις ημεροις και ανευξελος τειπλη· χιτων δε χειριδωτος τειπλης, εως γονατος· υπερ-
δυμε μεν λευκοι· ἀνθινω δε ο επανω. La robbe des Princes Persiens, & leurs grecque squs sont triples, l'hocqueton a des manches, & va iusques au genoüil : dont la doubleure en est blanche, & le dehors peinct de diuers
fueillages & couleurs. Ce qui me confirme que ce Iouuenceau icy debuoit estre quelque Persien,
ou autre estranger de l'Afie.

VOILA que l'ouurier a peinct des chiens Locriens, de Lacedemone, d'Inde & de Crete. Cecy semble
auoir esté transcript de Xenophon en son traicté de la chasse, au ch. des bestes noires, où il dit ainsi tout au commencement. προς δε τον ον τον αγριον κεκτησθαι κυνας ινδικας, κρητικας, λακρνιδας, λαχαι-
ρας, ἀρκυς, ἀκοντια, προβολια, ποδοςρας. προ των ειδε ἐν και αιται τας κυνας εκ των την γενει, μη τας
επιτυχησας, ινα ἐτοιμοι ωσι πολεμειν τω θηριω. *Contre le Sanglier il se faut pouruoir de chiens d'Inde, de*
Crete, Locres, & Lacedemone : de toiles & pans de rets, de iauelots, espieux & bricolles : & tout en premier
lieu il ne faut pas que les chiens que vous y voulez employer soient de ces foibles & communs, mais puissans &
hardis pour attacher la beste. Il poursuit puis apres la maniere de ces filandres, pans de rets & bricolles : & comme il faut destourner & chasser vn Sanglier, selon la mode d'alors, qui n'est pas telle
toutesfois à beaucoup prés, ne si belle & bien ordonnée comme la nostre de maintenant. Toutesfois ce qu'il descript de la pratique de l'enferrer ne differe pas beaucoup à ce que nous en auōs
touché en l'argument de ce Tableau. προςφερειν δε παλιν τον αυτον τροπον και προβυται επι της ω-
μοπλατης η ισφαην, και εμπεσουσα εχειν ειρημενον· δ' εκατο του μηρος προςαγειν μη καθιεισι οι κνω-
δοντα της λογχης απικειτ' αν δια της ιαςδου προαγαιν του τε προβολιου εχειν. *Il le faut assaillir*
de rechef comme au parauant, & luy presenter l'espieu droit à l'escu entre col & espaule, se tenant planté ferme :
car il vient d'vne grande furie, & si les billettes de l'espieu ne l'en engardoient, il se transperceroit tout outre,
& couleroit le long de la hampe iusques à celuy qui l'enferre. On le chasse encore à force auec le vautrey :
ce sont matins ramassez de plusieurs pieces qui le courent fort ardemment, & l'inquietent mesme à la bauge, soubs le redreslement & conduitte d'vn aboyeur ; de sorte qu'estant outré d'haleine on le va auec moindre peril enferrer quelquefois là dedans ; sinon ils le contraignent de
sortir à la plaine aux picqueurs & leuriers d'attache. Mais le passe-temps des Princes & grands
Seigneurs, est de le faire donner en vne bricolle ; & le sauuant tout en vie, le pousser de dans
vn coffre de bois approprié à cela : où il y a à chaque bout vne trappe qui se hausse & baisle : puis le
chargeant sur vne charrette on le conduit là où l'on veut, pour en donner le plaisir au maistre
dans quelque cour ou autre lieu renfermé. I'ay veu en vne maladie de feu Monseigneur François de Cleues, Duc de Nyuernois, gouuerneur de Champagne & de Brye (la vertu & bonté de
son temps) pere de madame la Duchesse qui est maintenant, & de feuë ma-
dame la Princesse de Condé : trois sages, vertueuses, belles, & riches Princesses, pourueües toutes selon leur grandeur & merite, dont les deux font pleines de vie, meres d'vne tres-heureuse
lignée : la troisiesme (certes trop tost) nous a puis n'agueres esté rauie comme par vne malignité
& enuie de la fortune & des Destinées ; laissant vne petite fille de soy. Ce magnanime donques,
liberal & bien fortuné Prince faisoit ordinairement apporter toutes les sepmaines trois ou quatre grands Sangliers, en leurs tiers an, où est leur force la plus accomplie ; & à ses Gentils-hommes tousiours en tres-grand nombre à sa suitte, estans en masque à cheual richement accoustrez,
le combattoient à coups de lances mornées le plus souuent à telle destangliée ; tellement que s'ils
n'estoient bien rusez & pratiquez, le pésans chocquer ils se portoient eux mesmes par terre ; dōt
il y auoit de la risée pour les Dames & vieux Cheualiers estans là aux senestres, & sur les eschaffaux tout autour : non quelquefois sans peur & danger ; neantmoins iamais il n'en aduint inconuenient, car ils estoient fort stillez & prompts à s'entre-secourir l'vn l'autre. Tant fut heureux en
toutes choses ce tres-bō Prince, que rien ne luy fut presque iamais impossible. Onques vne seule
entreprise de toutes celles qu'il fit en son temps à la guerre, ne luy succeda mal, outre les grands
biens qui de costé & d'autre luy vindrent par dessus son souhait. Et qui plus est, apres plusieurs
belles choses menées à fin, laissant vne si belle & noble lignée, il pleura Dieu de l'appeller & prē-
dre à sa part, lors iustemēt que le feu de noz troubles, seditiōs & guerres ciuiles, qui ont toūiours
duré depuis, commençoit à s'allumer en tous les endroits de ce Royaume. Ce fut au mois de Fe-
urier 1562. si qu'il fut exempt d'en rien voir ne gouster ; luy qui estoit si deuot & affectionné au
bien public, & repos de cette coronne, que ie croy fermement que la moindre de cent mille &
mille calamitez & miseres dont ce pauure Estat a touſiours esté ailigé depuis, autant & plus que
                                                        nul

nul autre fut oncques,luy euſſent eſté plus dures & inſupportables qu'autant de morts les vnes
ſur les autres. Ioüyſſe doncques à la bonne heure là haut au ciel en la vie perdurable, cette be-
noiſte ame du repos & felicité eternelle, exempte de voir tant de maux: car la memoire icy bas
de ſes ſignalez ſeruices ne perira point,(i'en ſuis ſeur)ne le ſouuenir de ſes beaux heroïques faits,
& tant de choſes memorables par luy ſi heureuſement exploictées durant les legitimes guerres,
c'eſt à dire contre l'ennemy de dehors, ne prendra iamais fin. Au reſte quant a ces quatre races
de chiens dont Xenophon & Philoſtrate font mention pour les beſtes noires. Sophocle tout au
commencement de la Tragedie d'Aiax infenſé, accomparant le ſoing & diligence que met Vlyſſes pour s'informer de ſes nouuelles, à celle d'vn chaſſeur dit ainſi.

> εῦ δέ σ᾽ ἐκφέρȣ
> κυνὸς Λακαίνης ὡς τις ἐυϸινος βάσις.

De maniere que ces chiens Laconiens ſouloient eſtre anciennement aux Grecs,ce que nous
ſont les limiers & chiens courans , qui ne le ſentiment excellent ſur tous autres , & chai-
ſent les beſtes à la ſeule odeur de fort loing,pour les outrer finalement d'haleine, & les prendre
à force.

ET EN BROSSANT *clabaudent & appellent Diane la chaſſereſſe.* Il y a au Grec, καὶ τὴν ἀγροτέραν
τοφοῖόν τις. *Agrotere* eſt vn des ſurnoms de Diane, qui ne ſe peut pas gueres bien repreſenter par
vn autre mot. Mais il eſt aſſez frequent dans les autheurs Grecs. Agathon és Teſmophoriennes
d'Ariſtophanes.

> τὴν τ᾽ ἐν ὄρεσιν δρυογόνοι--
> σι κόραν ἀείσατ᾽ ἀ-
> τεμιν ἀγροτέραν.

Loüez cette vierge qui connerſe és boſcageuſes montagnes, chantons Diane la champeſtre, ou foreſtiere,
ou chaſſeuſe. Plutarque au liure *de la prudence des animaux terreſtres & aquatiques,* parlant d'vn certain Optatus qui honoroit ſouuent des premices de ſes priſes de la mer , & des montagnes, la
Deeſſe Diane ſurnommée Agrotere & Dictyne: ἢ πολλοῖς μετὰ ϲάλη ὁρμῇ πολλάκις ἄγχε ἀκρο-
θινίοις ἀγλαΐσας τὴν ἀγροτέραν ἅμα θεὸν καὶ Δίκτυναν. Pollux au 5. l'interprete pour chaſſe uſe:Do-
mitius en Pauſanias, champeſtre: Heſychius,Montagnarde.Quelques vns veulent tirer ce nom
là d'*Agra,* vn petit quanton de territoire de l'Attique prés la riuiere de Neſſus; là ou Diane exercea ſes premieres chaſſes, quand elle arriua là de Delos. Au moyen dequoy elle y auoit vn temple,& vne ſtatuë en iceluy,tenant vn arc en la main,comme dit Pauſanias és Attiques. Et encore
en vn autre endroit plus auant au meſme liure; que ſoubs ce ſurnom Alcathoüs luy edifia vn
temple, apres qu'il eut mis à mort le Lyon du mont Citheron. Plus dans les Eliaques, vn autel
deuant les portes du Prytanée. L'interpretation neantmoins de Pollux me ſemble icy la plus à
propos de toutes.

Y

La teste de Meduse
Conuertit en rocher,
Quiconque s'y amuse,
Ou qui l'ose approcher:
Mais celuy qui la porte,
N'a pas l'Ame plus forte.

Car s'il peut bien dompter
L'effroyable Gorgonne,
Il ne peut surmonter,
L'Amour qui l'enuironne:
Celuy fut son vainqueur,
Qui luy navra le cœur.

PERSEVS

PERSEVS.

ARGVMENT.

CRISIVS Roy des Argiues eut vne prediction de l'oracle, que de sa fille Danaé debuoit naistre vn enfant qui le mettroit à mort : parquoy il la fit renfermer en vne chambre toute treillissee à l'entour de gros barreaux de fer. Mais Iuppiter en estant deuenu amoureux, se transforma en vne pluye d'or, qui se coula dedans cette maniere de Geolle ; & ainsi geut auec elle, qui demeura grosse de Perseus. Cela venu à la cognoissance du pere, tout aussi tost qu'elle fut deliurée de sa creature, il les fit enfermer tous deux en vn coffre de bois bien clos & fermé de toutes parts ; & puis les ietter en la mer à la mercy des vagues, dont ils furent poussez, en l'isle de Seripho, où regnoit lors Polydectes fils de Neptune & de Cerebee ; ayant auec luy vn sien frere nommé Dictys. Ce Dictys nourrit fort soigneusement Perseus, ny plus ny moins que s'il eust esté son fils propre, tant qu'il vint en aage d'adolescence. Sur ces entrefaites Polydectes qui brusloit de l'amour de Danaé ; sans qu'elle voulust aucunement condescendre à son desir voyant que s'il en esperoit auoir quelque chose, il failloit que ce fust de force, ce qu'il ne pourroit faire bien seurement s'il n'en esloignoit son fils qui estoit desia grandelet, seignit d'auoir affaire de quelques presens pour donner à Hippodamie, dont il prochassoit le mariage ; & la dessus il despecha Perseus aux Gorgones, pour luy apporter la teste de Meduse, qu'il desiroit auoir. Il fit cela en intention que Perseus ne reschapperoit iamais qu'il ne fust mis à mort des Gorgones ; parquoy il auroit beau moyen puis apres de iouyr de sa mere tout à son aise, mais il en aduint autrement qu'il ne pourpensoit ; car Perseus estant arriué aux Gorgones, surprit d'arriuée Pephredo, & Enyo, deux des sœurs, & leur osta l'œil & la dent dont elles se seruoyent l'une apres l'autre à tour de roolle, n'en ayant qu'vn seul ; & ne leur voulut rendre qu'elles ne l'eussent mené aux Nymphes ; qui luy donnerent vne chaussure empennee d'aisles, le cabasset de Pluton, le coutelas courbé de Mercure, nommé Harpé, d'vn fin diamant ; & le grand miroüer de Minerue, pour luy seruir de pauois. Puis ainsi equippé s'en volla par l'air aux Gorgones habitantes certaines Isles de la grand'mer Oceane, monstrueuses creatures au possible : qui auoient les testes de Dragons, couuertes & le reste du corps encore, de grosses escailles ; & en lieu de cheueux, innumerables couleuures & serpens ; les dents comme les deffences d'vn sanglier, d'vn acier aceré : auec de grandes aisles sur le dos. De bonne fortune les ayant trouuées endormies,

il couppa la teſte à Meduſe, ſe gardant bien de la regarder autrement que de la
reflexion du miroüer de Minerue; car s'il l'euſt apperceüe de droit œil, il s'en alloit
tout ſoudain coüerty en pierre. Et là deſſus les deux autres ſœurs pleuroient fort amerement; mais luy ne s'en donnant pas grand' peine, mit cette teſte en vn ſac, &
ſe partit de là; prenant ſon vol droit en Éthiopie, où il apperceut Andromede liée à
vn rocher auec des groſſes cheſnes, ſur le point d'eſtre engloutie d'vn monſtre marin
horrible & eſpouuentable, que Neptune auoit enuoyé pour la deuorer à l'inſtance
des Nereïdes; parce que Caſſiopée mere d'Andromede, ayant voulu faire comparaiſon de ſa beauté à la leur, elles luy prochaſſerent cette vengeance, qui toutesfois
ne vint point en effect. Car Perſeus qui de bonne fortune paſſoit par là l'en deliura:
conuertiſſant partie du monſtre en pierre dure immobile, & acheuant de faire le
reſte à tout ſon faé bracquemard. Cela fait eſpouſa Andromede, dont il eut Perſes,
qu'il laiſſa à ſon beau pere Cephée, & emmena ſa femme à Scripho: où à ſon arriuée
il trouua ſa mere qui s'enfuyoit à garand dans vn temple, auec Dictys, pour ſe ſauuer de l'effort de Polydectes; lequel au beau milieu d'vn banquet il conuertit en pierre, luy & tous ceux qu'il y auoit inuitez, pretendant eſpouſer Danaé, & donna le
Royaume à Dictys. Quant à la chauſſeure des Nymphes, & le cabaſſet de Pluton:
il les mit és mains de Mercure & ſon coutelas auſſi fait en façon d'vne faucille, qui
les rendit à ceux à qui ils appartenoient: & fit preſent à Minerue de la teſte de
Meduſe, qu'elle placqua au milieu de ſa targue. Perſeus puis-apres auec ſa mere &
ſa femme, ſe retira en Argos pour ſe preſenter à Acriſius ſon ayeul: mais cetui-cy
craignant l'admoneſtement de l'Oracle, s'eſtoit retiré en Pelagie, là où aux cinq combats des ieux funebres que Teutamys Roy des Lariſſéens celebroit en l'honneur de
ſon defunct pere, Perſeus en iettant la barre, bleſſa par meſgarde Acriſius à la iambe, dont il ne tarda gueres depuis à mourir. Voila en ſomme ce que les Poëtes Grecs
& leurs interpretes racomptent de Perſeus. Et encore vne autre choſe conforme à
cela; que les Dieux ayans vne foi conſpiré enſemble d'empriſonner leur ſouuerain Iuppiter; comme il en eut le vent par Themis, il les preuint, & punit, qui d'v-
ne ſorte, qui d'vne autre. Quant à Neptune & Apollon, il les enuoya par deſpit
ſeruir les maçons aux murailles que l'on baſtiſſoit d'Ilion; là où s'eſtans loüez, à Laomedon, apres que l'ouurage fut parachevé, il recompença d'vray Apollon de force
ſacrifices & offrandes, mais il ne tint compte de ſatisfaire à Neptune. Dequoy le
Dieu irrité enuoya vne Balene horriblement grande, laquelle deſgorgeant de gros
torrens de mer ſur la contrée, la noya toute: & fut Laomedon contraint ſuiuant
l'Oracle pour ſe deliurer de ce mal d'expoſer en proye à ce monſtre ſa fille Heſione, ornée d'habillemens Royaux, pour eſtre deuorée de luy. Hercules paſſant d'auanture
par là, meu de pitié offrit au pere de la deliurer, s'il luy vouloit donner les cheuaux
faez, prouenus de race immortelle, qu'il auoit euz, de Iuppiter pour Ganymedes,
rauy & enleué par luy au ciel, afin de luy ſeruir d'Eſchançon. Le party accepté,
Hercules armé de toutes pieces ſe iette à corps perdu dedans la gueule de ce monſtre, & de là s'auallant iuſqu'au ventre, demeura là enclos par trois iours à char-
penter, tant qu'il l'euſt du tout acheué de defaire. Laomedon puis-apres ne voulant ſatisfaire à ſes conuenances, Hercules auec ſix nauires chargées de gens de guerre retourna à Troye, & la ſaccagea; mit Laomedon à mort, & emmena Heſione captiue, dont il fit preſent à Telamon pere d'Aiax, pour auoir le premier monté ſur la muraille.

ANNOTATION.

ERTES ce n'eſt point icy la mer Rouge, ne ces cho-
ſes les Indiens, mais les Ethiopes:·& vn homme Grec
en l'Ethiopie, & le combat d'iceluy, que de gayeté de
cueur il a entrepris pour l'amour de l'Amour. I'eſtime (meſſieurs) que vous auez aſſez oüy parler de Perſeus, que l'on dit auoir mis à mort en Ethiopie, ce
grand monſtre marin de la mer Atlãtique, qui ſe mettoit quelquefois à pied ſec en terre, pour ſe ruër ſur
les trouppeaux de beſtes, & les perſonnes auſſi. Au
moyen dequoy le peintre faiſant cas de cela, & ayant compaſſion d'Andromede pour auoir eſté expoſée à cette cruelle beſte, le combat a icy par
luy eſté terminé, & la Balene iettée à bord, verſant de gros bouillons de
ſang à guiſe de ſources, dont la mer eſt deuenuë ainſi rouge. Là deſſus Cupidon deſlie Andromede, portraict à l'accouſtumée auec des aiſles, mais plus
robuſte qu'il ne ſouloit eſtre. Outre plus il eſt peint comme preſque hors
d'haleine, pour auoir beaucoup trauaillé : car Perſeus auant que d'entreprendre cette beſongne, luy auoit addreſſé ſes prieres, à ce qu'il le vouluſt
aſſiſter & s'en venir à tire d'aiſle auec luy combattre l'horrible animal. Il exauça le Grec, & arriua à ſon ſecours. Au regard de la Demoiſelle elle eſt de
vray bien aggreable & gentile, pour eſtre d'vne telle blancheur en Ethiopie,
mais plus encore à cauſe de ſa beauté. Car de delicateſſe elle vaincroit la Lydienne, de majeſté, l'Attique, & de conſtance & grandeur de courage, toutes celles de Lacedemone: elabourée au ſurplus d'vn geſte côforme à ce qui
ſe preſente, car elle ſemble eſtre en doubte, & ſe reſioüyr auec vn eſpouuentement & frayeur. Et regarde du coing de l'œil Perſeus auquel elle enuoye
deſia quelque ſoubz-rire en ambaſſade. De luy il eſt couché ſur l'herbe têdre
& de ſouëfue odeur, ſuât à groſſes gouttes: ſon eſpouuentable Gorgone miſe
à part pour cette heure, de peur qu'elle ne conuertiſſe en rochers le peuple qui le vient viſiter: parce que voila tout-plein de paſteurs, qui luy
preſentent du laict, & du vin, à ce qu'il le reçoiue, & s'en accommode.
Certes ces Ethiopiens ſont fort plaiſans & recreatifs à voir, en vn teint
ſi eſtrange; rians farouchement, & menant fort grand' ioye à leur mine:
& ſe reſſemblent preſque tous. Perſeus reçoit courtoiſement leurs preſens, appuyé ſur le coude gauche, pour s'eſtendre à ſon aiſe & ſoulager ſa poictrine, eſtant à la groſſe haleine: & ce-pendant il regarde vers
la Demoiſelle; laiſſant ondoyer au vent * ſa mandille de Pourpre toute
tachée de gouttes de ſang, que la beſte durant leur combat auoit deſ-
gorgé contre luy. Or ſe voiſent cacher les Pelopides deuant l'eſpaule de
Perſeus : car eſtant belle de ſoy, & d'vne viue couleur ſanguine, ie ne ſçay
quoy du trauail s'y eſt eſpandu, qui la teint encore; & les veines s'enflent quandil halette vn peu fort. La veuë auſſi de la Demoiſelle luy accroiſt aſſez tout cela.

Y iij

ANNOTATION.

VANT que de passer plus outre aux particularitez du present tableau, il nous a semblé n'estre que bien à propos de premettre certain passage du Poëte Simonide, fort commiseratif & remply d'affection: que Denys Halicarnasséen a allegué en son traicté de l'ordonnance des vocables, les vers toutesfois desmoliz, confonduz, & meslez; si qu'il ne seroit pas bien aisé d'en redresser la structure.

SIMONIDE. DANAÉ (dit-il) pleure ses miseres & calamitez en la sorte: Ε῏ι δὲ ἢ Δἰᾳ πνλάρριν φριρόιδαν Δαεάν τοῖς ἐαιρῶς Σπιδθευσὁδιιν Τύρρις Δἰᾳ Τνῶι. Ο῏ιη λαρϙναιι ἐν δαιδαλίᾳ, &c. Lors qu'elle s'en alloit flottant çà & là par la mer, renfermée dans vne huche faitte exprés: & que le vent tempestoit & bruyoit, sifflant hideusement de toutes parts, si que d'horreur & d'angoisse la pauure dame se pasmoit, les iöües toutes baignées de larmes, en serrant entre ses bras son petit Persée, luy parloit ainsi. Helas mon tres-cher enfant, de combien de miseres suis ie oppressée; & tu dors neantmoins le cœur gay à ton aise tout gorgé de laict, en vne piteuse maison; tant clouce & garnie de gros barreaux & autres ferrailleries, qu'elle en esclaire en pleine nuict, parmy ces espoisses & ombrageuses tenebres: & ne te donnes aucune peine des vagues qui flottent au dessus de ta teste sans la mouiller: ne des furieux & espouuentables mugissemens du vent, ayant ta face enueloppée en de riches langes de pourpre. Que si tu cognoissois combien est grand le peril, (comme à la verité il est encore plus que ie ne dis) à tout le moins presterois tu ta tendrelette oreille à mes complaintes. Or dors à la bonne heure, ie le veux bien; dorme la mer quand & quand; dorment nos maux desmesurez auec. Mais fais au surplus ie te supplie, pere Iuppiter, que cette cruelle deliberation de nous perdre, puisse estre renduë vaine & inutile par soy, & que nostre fils (si d'auanture cette priere ne te semble trop insolente) m'en puisse quelque iour faire raison. Cela bat sur ce que Persée tua depuis son ayeul Acrisius, qui les auoit ainsi exposez tous deux.

LVCIAN. LVCIAN descriuant vne maison de plaisance, a depeint en vn recoin cette histoire icy; combien que ce soit chose forte à faire, d'amener soubs le sentiment tant de varietez en si peu d'espace sans couleurs ne figures: & encore plus mal-aisé, de les representer si naïfuement à l'œil par de seules paroles. Car les yeux (comme dit Herodote) sont plus dignes tesmoings, que les oreilles; dautant que les mots estás de leur naturel empennez à guise de flesches, vollet & s'esuanouissent incôtinent auec le subiet y incorporé, lequel ils trâsportent en vn instant bien loin de nostre cognoissance. Là où les choses exposées à la veuë sont sâs cesse accôpagnées d'vn obiect ferme, present & stable; qui gaign. & tire à soy tousiours de plus en plus l'apprehension des regardans. Cela est bien aisé à discerner par la fable des Serenes, & des Gorgones, si on les veut equiparer ensemble. Car le danger de celles là, qui consistoit en la douceur d'vne melodie ayant besoing de quelque seiour & demeure pour le côteuoir se pouuoit bien euiter en l'outrepassant viste & soudain afin de ne se laisser point charmer à la longue de leurs amadoüemês & attraits: mais la beauté des Gorgones exposée directement à la veuë, & par consequent d'vne efficace la plus prôpte & violente de toutes autres comme celle qui par les fenestrages du cœur s'en va chercher les plus intimes cachettes de l'ame, tendres & aisées à blesser au possible, côme sont ordinairement les dedâs d'vne forteresse, esblouissoit de prime-saut, & rendoit esperdus & muets, ceux qui y iettoiët leur regard tant soit peu: les conuertissans tout soudain en pierre, auec leur admiration & estonnement.

LVCIAN. Persée doneques s'en estant garenty par le moyen de Minerue qui l'assistoit à ses entreprises, au partir de la trauersant pays descouure Andromede attaché à vn rocher s'aduançant en la mer, & cette peste d'Ethiopie, le grand monstre marin, prest à l'engloutir toute viue. En quoy le Peintre bien qu'en vn petit volume, a compris neantmoins d'vn tres-delicat. vrisie & beaucoup de besongne: la honte c'est assauoir de cette ieune fille, pour se voir ainsi nuë; & la crainte du peril imminent empreint naïfuement en sa face; car elle regarde de dessus la roche le combat doubteux, & l'amoureuse hardiesse de l'adolescent, qui oneques encore ne l'auoit veu: & la mine intolerable de ce fier & cruel animal, s'approchant tout herissonné de roides espines; la gueule bée d'vne trop demesurée ouuerture. l'erseu d'autre part luy presente à l'encontre l'escu de l'horrible Gorgone auec le bras ganche, & en droict ce-pendant il descharge vn grand coup de son cimeterre. Sur ces entrefaictes tout autant de la beste qui a veu Meduse est desia conuerty en rocher; & le surplus qui a encore vie & mouuement, il le charpente à tout son courbe couteau.

LE MESME autheur s'esbat encore en ses Dialogues sur ce subiect cy en cette maniere.

TRITON ET LES NEREIDES.

LVCIAN. TRITON. Cette balene vostre (mes dames les Nereides) laquelle vous auiez laschée apres Andromede fille de Cepheus, ne luy a pas fait mal pourtant comme vous le cuidiez: & si est morte de ceste heure. LES NEREIDES. Qui l'a tuée Triton? Cepheus ne l'a il point mise à mort, l'ayant auec vne groſſe force aſſaillie d'aguet apres luy auoir expoſé ſa fille pour quelque fauſſe amorce. TRITON. Non. Mais vous auez aſſez cognu (ce me ſemble) meſmement vous Iphianaſſe, ce Perſeus, ie dis ce petit enfant de Danaé, auquel, ayant eſté ietté quand & ſa mere dans vne huche en la mer par ſon aycul maternel, vous ſauuaſtes la vie pour la pitié que vous en euſtes, s'il le faut ainſi croire. IPHIANASSE. I'ay cognu de vray celuy que tu dis : mais il eſt à preſuppoſer qu'il eſt depuis deuenu grand, courageux, & hardy ; & d'vne belle apparence. TRITON. C'eſt luy ſans autre qui a tué la baleine. IPHIANASSE. Et à quelle occaſion Triton? Car il ne nous deuoit pas rendre cette pareille pour l'auoir garanty de mort. TRITON. Ie vous racompteray tout l'affaire comme il eſt paſſé. Il auoit eſté depeſché aux Gorgones, afin d'executer cette entrepriſe comme pour vn coup d'eſſay, pour le ſeruice du Roy. Mais apres qu'il fut arriué en Lybie. IPHIANASSE. En quel equippage Triton, ſeul, ou s'il mena auec ques luy quelque eſcorte? par ce que le voyage eſt fort malaiſé. TRITON. Il alla par l'air, car Minerue l'auoit accommodé d'aiſles. Or apres qu'il fut arriué là part où elles ſe tenoient ; mais elles dormoient lors, à ce que ie penſe, parquoy cettuy-cy ayant tranché la teſte à Meduſe, s'en reuola de rechef. IPHIANASSE. Et comment les vid-il? car on ne les peut regarder : ou bien ſi quelqu'vn a vne fois ietté l'œil deſſus, il ne voidiamais plus rien puis apres. TRITON. Minerue luy portant au deuant vn bouclier, tout ainſi que quelque flambeau, (car ie l'oüys comme il le racomptoit à Andromede, & depuis encores à Cephée) Minerue doncques luy fit voir dans ce bouclier reluyſant, ny plus ny moins qu'en vn miroüer, l'image de Meduſe. Et luy l'ayant empoignée par les cheueux de la main gauche, & veu la figure d'icelle, il hauſſa ſon courbe cimeterre Harpé, dont il luy aualla le chef tout net : puis s'enuola premier que les autres ſœurs fuſſent eſueillées. Au partir de là, comme il fut arriué en la coſte d'Ethiopie volletant aucunement pres de terre, il void Andromede attachée à vn Pau contre vne roche s'aduançant en la mer. O Dieux comme elle eſtoit agreable, demy-nuë iuſques bien bas au deſſoubs des tetins. Luy du commencement ayant pitié de ſa deſfortune luy demande la cauſe de cette condemnation, puis tout incontinent apres eſtant eſpris de ſon amour (car il falloit que la Demoiſelle fuſt conſeruée ſaine & entiere) ſe delibera de la ſecourir. Au moyen dequoy ſi toſt que la Baleine s'approcha fiere & terrible à merueilles, comme ſi de pleine arriuée elle l'euſt deu engloutir toute nette, l'Adoleſcent s'eſleue promptement en haut, & ayant mis la main droite à ſon cimeterre, en frappe le monſtre, & de l'autre luy monſtrant la Gorgone, le conuertit en vne pierre ; tellement qu'il eſt mort, & tous ſes membres ſont demeurez roides & endurcis : ceux-là au moins qui ont veu Meduſe : mais cettuy-cy ayant couppé les liens dont la Demoiſelle eſtoit attachée, & mettant la main au deſſoubs, la ſouſtint comme elle deſcendoit de la roche ſur le bout des orteils, car elle eſtoit haute de vray, & ſort panchante. Et maintenant il ſe vaine auec elle chez Cepheus, d'où il l'emmenera quand & ſoy à Argos. Ainſi au lieu de la mort elle a recouurt vn party qui n'eſt pas peu de choſe. LA NEREI. En bonne foy ie ne ſuis point autrement marrie, que le tout ſoit paſſé ainſi : car quel ſi grand outrage nous auoit faict cette creature, ſi la mere ſe voulut lors enorgueillir, & ce dire plus belle que nous ? TRITON. Elle euſt certes ſouffert vn fort grand martyre, de voir ainſi mourir celle dont elle eſtoit mere. LA NEREI. Ne nous ſouuenons plus de cela (Doris) ſi vne femme inſolente & mal appriſe a plus cauſe qu'elle ne deuoit, par ce qu'elle a aſſez enduré de peine, ayant eſté conſtituée en vne telle crainte pour l'amour de ſa fille : parquoy reſioüyſſons-nous de leurs nopces.

CETTE fable icy eſt traictée tres-elegamment d'Ouide au 4. de la Metamorphoſe. Mais pour paſſer aux autres poincts qui concernent l'intelligence de ce tableau & fiction Poëtique, Pindare tout au commencement de la 12. Pythienne parle de la naiſſance de Perſeus fort mignardement ; le diſant auoir eſté nay d'vn or coulant de ſoy-meſme.

ίος Δανάας, τὸ δη̃ πό
χρυσσῦ̃ Φαλδὶ ἀιδζρηπου
ἐμεδϑναι.

Puis tout ſoudain il adiouſte que Perſeus ayant tranché la teſte à Meduſe, Minerue là deſſus trouua l'vſage des fluttes, ou pluſtoſt des orgues & chalumeaux, du ſifflement des ſerpens, dont elle auoit ſa cheuelleure ; l'ayant ainſi la Deeſſe accouſtrée, par depit de ce que Neptune l'auoit violée dedans ſon temple : & auſſi des lamentations & complainctes qu'en firent ſes deux ſœurs Euryalé, & Stheno.

AV REGARD des Gorgones, les Poëtes, & les Hiſtoriens encores ſe ſont eſtendus à plaiſir là deſſus ; qui d'vne façon qui d'vne autre. Heſiode en ſa Theogonie, Hyginus, & Baſſus au commentaire ſur Aratus, diſcourent comme ces Gorgones furët trois ſœurs, n'ayans pour elles toutes qu'vn œil ſeulement, dont elles ſe ſeruoient l'vne apres l'autre : equippées au reſte de grandes aiſles, côme celles d'vn moulin à vent : & encheuelées de couleuures ſifflantes, en lieu de treſſes & perruques : les dents comme les deffences d'vn vieil Sanglier en ſon quart an, qui leur ſortoient hors de la bouche. Les griphes acerées & crochuës d'airain ainſi qu'eſtoient les armes des anciens Heroës. Leurs noms ; STHENO, comme qui diroit forte & puiſſante : MEDVSE, ſoin de l'eſtat : EVRYALE', admirale, ou ayant commandement ſur la mer. Homere en l'onzieſme de l'Iliade parlant de la Targue d'Agamemnon, au milieu de laquelle eſtoit l'horrible face de la Gorgone.

τῃ̃ δ' ὅπι μὲυ γοργὼ βλοσυρῶπις ἐςεφάνωπ
δενὸν δερκομένη, ϖελι δε δε̃μος τε Φόβος τε.

*Deſſus cette Targue(dit-il)eſtoit agencée la Gorgone, d'vn fier & cruel aſpect, regardant fort horriblement; &
à l'entour, la frayeur & la crainte. De là puis-apres pendoit vne large courroye d'argent, & à l'enuiron eſtoit
entortillé vn ſerpent à trois teſtes, retournées l'vne deuers l'autre, partás toutes d'vn meſme col,&c.* NEANT-
MOINS le meſme deſſus-dit Hyginus,tout au commencement de ſon œuure,faict ces trois ſœurs
eſtre filles de Cetus & de la Gorgone; laquelle,comme il dit puis-apres au 151.chapitre auoit eſté
engendrée du geant Typhon,& d'Echidna ,auec le chien Cerberus à trois teſtes, le dragon qui
gardoit les pommes d'or des Heſperides,l'Hydre que tua Hercules à la fontaine de Lerne; l'autre Dragon gardien de la toiſon d'or en Colchos; Scylla femme naturelle iuſques au nombril,&
de là en bas finiſſant en ſix chiens tous prouenans d'elle, qui abbayoient inceſſamment. Puis le
Sphinx qui propoſoit les enigmes en la Bœoce : la Chimere que Bellerophon mit à mort en Lycie; ayant le deuant de Lyon, le derriere d'vne Serpente, & le milieu de Chieure. De Meduſe
au reſte,fille de la Gorgone,(auant qu'elle fuſt tuée par Perſeus) & de Neptune,naſquirét Chryſaor,& le cheual Pegaſus:& de Chryſaor,& Callirhoé , Gerion à trois teſtes. Tous myſteres &
tres-grands ſecrets, que les naturels Philoſophes, c'eſt à dire Chimiſtes , (car ſans la ſeparation
qui ſe faict par le feu, nous ne verrions non plus és ouurages de la Nature , qu'à trauers vn mur
eſpois de ſix pieds,) ne s'efforcent pas d'accommoder à leurs intentions , mais au contraire;
afin de ne prophaner point cela au public par vne diuulgation trop familiere & intelligible, ont
eſté par les Poëtes ,peres & premiers Autheurs de toutes ſciences , enueloppez ſoubs ces belles
fictions & Allegories. Et qui eſt celuy en bonne foy , ſi mediocrement inſtruict en ces tant exquiſes , non ſeulement contemplations , mais experiences ſenſibles , qui ne cognoiſſe aſſez que
Typhon eſt l'exhalation chaude & ſeiche , encloſe dans les entrailles de la terre; qui tient lieu
de forme & d'argent; & la Gorgone eſt la vapeur humide qui luy ſert de matiere & de recep-
tacle ? Le Chien à trois teſtes engendre d'eux ; & la Chimere , triforme , & encores ces trois
ſœurs meſmes , ſont les trois ſubſtances , dont conſiſtent tous corps compoſez, & où ils ſe reſol-
uent finablement par l'action du feu qui ſepare , diſſipe & altere tout ce que la chaleur du Soleil
ioinct , vnit , & procrée. Ce ſont le ſoulphre , l'argent vif, & le ſel. Car quand on bruſle quelque
choſe , cela qui conçoit & nourrit la flamme, eſt de nature ſulphurée , onctueuſe , inflammable,
repreſentée par le ſalpetre , qui ſeul de tous les ſels ſe bruſle. Vne fumée s'eſleue par meſme
moyen , qui eſt de nature d'eau phlegmatique, froide & humide , comme eſt en ſon dehors l'argent vif ou mercure,qui s'enuolle du feu, mais ne peut eſtre conſommé de luy : & cette ſubſtance (ainſi que nous l'auons quelquesfois demonſtré au traicté des trois ſels) ſymboliſe & conuient à la nature du ſel Armoniac, qui ſe ſublime & fuit le feu, mais n'eſt pas pourtant aduſtible.
Laquelle ſeparation ainſi faicte de ces deux ſubſtances volatilles, l'vne de nature d'air, & l'autre
d'eau, il ne reſte plus que les cendres fixes, eſquelles eſt contenu le ſel commun , qu'on en peut
extraire par vne forme de leſſiue , ou couleure d'eau chaude deſſus; & retient touſiours ce ſel la
proprieté de la choſe dont il eſt party : ainſi que dit fort bien Geber tout à l'entrée de ſon teſtament. *Ex omni re combuſta fit ſal: & ſi res fuerit naturaliter rubea , ſal etiam erit rubeum: ſed harum omnium rerum aduſtio debet fieri in vaſe vndique clauſo.* De peur que ſi on vaiſſeau ouuert , cette ſeparation par le bruſlement ſe faiſoit, les eſprits ne ſe vinſſent à eſcarter; deſquels le ſel eſtant priué, il demeure en nature de verre, deſpouillé de toute vertu generatiue , & c'eſt ce que les Arabes appellent *Kali* : l'Euangile , *ſal infatuatum* , comme priué de tout eſprit. Car autrement
s'il eſt gouuerné comme il faut, en vaiſſeau exactement clos, (ſuiuant ce que dit Ioannicius ;
*Putrefactio eſt corruptio ſubſtantiæ rei ex vaporum retentione ; ſi enim diſpergatur per aëra non putre-
fit. Quare debet ſic Aludel adaptari ne reſpirari poſſit.*) l'eſpece ſe peut tellement conſeruer en vne
herbe, que du ſel extraict de ſes cendres , ſe reproduira ſon ſemblable, tout auſſi bien que
de ſa graine ou ſemence : ny plus ny moins que ce que l'on racompte du Phenix , *Vna eſt quæ
reparat, ſeſe ipſa reſeminat ales.* Au moyen de quoy l'on ne doit pas tenir par aduanture du tout
à fable ce qui s'en dict. Le ſel doncques tout tiré des cendres par reïteremens de calcinations
& diſſolutions, tant qu'il n'y reſte plus rien de ſubſtance ſalſugineuſe , ne demeure plus que
la terre morte, laquelle à tres-forte expreſſion de feu ſe vitrifie, & coule en verre , ſuiuant ce
que dit Geber : *Omne primatum propria humiditate nullam niſi vitrificatoriam pꝛæſtat fuſionem.* Laquelle ſubſtance vitreuſe doit eſtre comptée pour la quatrieſme , auecques les trois deſſus-dittes : tellement que beaucoup de grands perſonnages ayans faict profeſſion du feu (celuy qui ſepare toutes manieres de ſubſtances) la doiuent auoir ignorée , puis qu'ils n'en ont faict aucune
mention ; combien que le verre ſoit tout le dernier but à quoy l'action du feu puiſſe tendre & aſ-
ſpirer, ainſi que nous auons deſia aſſez dict.Et en ces deſſus-dits regimes conſiſte la conuerſion
finale des quatre Elemens artificiels , que Raymond Lulle, & apres luy Paracelſe , appellent *E-
lementa duplata , Principes accoupplez.* Par ce que tout ainſi que les naturels conſiſtent chacun de
deux qualitez ſimples; auſſi les Elemens procreez de l'art, participent non ſeulement des deux
qualitez,mais des quatre amaſſées enſemble,à ſçauoir de deux Elemens, chacun deſquels a deux
qualitez. Comme la terre, ſec & froid : l'eau, froid & humide: l'air, humide & chaud : & le
feu,

feu, chaud & sec: par le moyen duquel sec il se vient reioindre auecques la terre. Les Elemens doncques ne s'en vont pas tout droict là haut, l'vn sur l'autre entassez comme des botteaux de foing, ainsi que quelques-vns ont cuidé, mais tournent circulairement, pour se venir à la parfin rencontrer & reioindre, pour accomplir en cet endroict la circonuolution de Nature: à l'exemple de la generale de l'vniuers. Parquoy Hermes en son traicté des Sept chapitres; aura plus pertinemment dit que les autres qui ont eu plus grãde vogue que luy. *Intelligite filij doctrinæ quatuor Elemẽtorum cognitionem, quorum occulta apparitio nequaquam notificatur, nisi prius componantur: quia ex Elementis nihil sit vtile absque compositione eorum. Elementa etenim sunt circularia & metalla itidem.* Les elemens doublez & composez vont en cette sorte; terre-eau pour le sel; eau-air pour le mercure: air-feu pour le soulphre: & feu-terre pour la vitrification; en laquelle se doiuent finablement terminer toutes les substances, ny plus ny moins qu'elles commencent par le sel. Dont par-aduanture Homere auroit appellé l'Ocean le pere de toutes choses. Mais plus apertement que nul autre Apollonius au 4. des Argonautes.

αἱ δ᾽ ... τησιν
ἀέναοι κρηναι πίσυρες ῥέον, ἃς ἐλάχησιν
ἥφαιστος. χαὶ ῥ᾽ ἡ μὲν ἀναβλύεσχε γάλαχτι,
ἡ δ᾽ οἴνω. τειτάτη δὲ θυώδει νᾶεν ἀλοιφῆ·
ἡ δ᾽ ἀρ᾽ ὕδωρ προέρεεσχε.

Quatre fontaines perpetuelles couloient au dessoubs, que Vulcan a desçonnettes: dont l'vne iette le laict, l'autre du vin: la troisiesme vne huile de fragrante odeur: & la quatriesme de l'eau. Car il ne se peut rien dire de plus net, pour si peu qu'on entende cet art, encores qu'on s'y fust efforcé de tout son pouuoir.

LE DRAGON puis-apres qui garde les pommes d'or; & l'Hydre à sept testes; & la Scylle, qui auecques ses six chiens de la part d'embas (à sçauoir la fixe) faict la septiesme; tout cela est bien aisé à discerner pour les sept metaux; dont le Dragon qui est le mercure, nonobstant qu'il soit volatif, faict l'vn; mais laissé ainsi coulant imparfaict par vne prouidence de Nature, pour leur seruir de dissoluant; afin de les corrompre & regenerera vne plus parfaicte substance. Le χρυσόμαλλον δέρας, est la peau du mouton de Colchos: & les enigmes de la Sphinx sont les liures & Macrocoles où fut iadis cette art escrite en paroles enigmatiques conuertes.

ISAAC TZEZES ingenieux interprete de Lycophron (afin qu'on ne nous accuse de faire ces digressions icy sans fondement & authorité des bons autheurs) sur l'incident de Perseus, s'estend ainsi tout ouuertement à l'adaptation de la fable. *Si l'on veut moralifer la-dessus,* ISAAC TZEZE. *Perseus est le Soleil, & le viste mouuement du ciel. Minerue, l'air & exhalation qui le faict monnoir, car il le en est la cause selon l'opinion d'aucuns. Cette exhalation enuoye Perseus aux Gorgones, c'est à dire la mer, ou l'amas des eaux. Et le depesche là tout expres pour sacmenter Meduse c'est à dire, enleuer la plus subtile substance de l'eau, qui est de nature d'air: car toute la mer est fort aereuse, & se conuertit la subtile portion d'icelle qui est douce, facilement en air. Ainsi Perseus, estant rauy & transporté par la vive force du mouuement celeste, ne peut exterminer Stheno & Euryalé, pour ce qu'elles sont immortelles:cela signifie l'amplitude & capacité de la mer en son estendüe: c'est qu'il n'enleue ny ne hume la substance salsugineuse de la mer, qui est fixe & immuable en sa propre essence, mais seulement Meduse, (la partie douce) qui est mortelle; luy couppant la teste de son contelas, (de ses rays & chaleur) de laquelle decollation sortent Chrysaor, & Pegasus. Car le Soleil & l'air attirans à eux la plus subtile substance volatile, il se faict de rechef là haut vne autre separation, dont la partie plus pesante vient à retomber de rechef sur la terre, comme nous le voyons és pluyes, neiges, gresles; la manne & rosée aussi; & autres telles impressions de l'air; ce qu'ils ont appellé Pegase. Mais ce qui est de plus rare & subtil se transmuë en air, & puis en feu, qui est le Chrysaor.*

LES PHILOSOPHES Chimistes tafchent de leur costé s'approprier cette fiction, (ainsi qu'ont faict Eustathius sur l'Iliade, & Suidas, les pommes d'or des Hesperides, combien que Strabon y contredise)au subiect & procedure de leur tant desirée pierre.Prenans les deux sœurs Stheno & Euryalé immortelles, pour l'or & l'argent,qui ne se peuuent destruite ne corrompre, (au moins l'or) ny par le feu ny en autre maniere quelconque. Et Meduse pour le corps ou metal imparfaict, qui est aisé à se resoudre; Perseus pour le feu; lequel par son action, moyennant l'espée qui est auecques (c'est à dire la liqueur dissoluante), luy couppe la teste: tellement que du sang qui en sort prouiennent deux substances: l'vne fixe qui est le Chrysaor, ou le soulphre, mais non pas le vulgaire, volatil, aduftible: l'autre volatile, c'est le Pegasus ou Mercure, qui a des aisles, à sçauoir l'argent vif, non le vulgaire semblablement, ains celuy qui leur est cogneu. Lesquelles deux substances qu'Hermes appelle la terre & le ciel; le bas & le haut, comme nous auons desia dit ailleurs(les autres leur attribuent tels noms & autant qu'il leur plaist)estans messlées, & gouuernées deuëment, viennent à se contemperer en vne mediocrité si esgale, vniforme, & proportionnée, qu'elle peut puis-apres reduire les maladies & imperfections de tous les corps, tant metalliques que vivans, à vne entiere guerison & temperament anatique & esgal:

car entre les vns & les autres ils conſtituent vne tres-grande Analogie. Ainſi ont voulu cacher les plus ſecrets & ſacrez myſteres, les anciens Poëtes, Theologiens, & Philoſophes, ſoubs certains enigmes & inuolutions, afin de ne les abandonner point à vn prophane meſpris du vulgaire trop inſolent: lequel ſans cela, & que ſi on luy ouuriroit plus apertement le noyau caché dans l'eſcaille, ne pourroit eſtre retenu par aucune bride quelconque. Car les Poëtes ſeignent encores ſur ce meſme propos, qu'Eſculapius apres auoir appris la medecine du Centaure Chiron, & eu de Minerue le ſang de la Gorgone, il en fit des cures & experimens incroyables: eſtant celuy des veines du coſté droict propre à la gueriſon de toutes ſortes de maladies; & au rebours celuy du gauche, pernicieux, peſtifere & mortel. Mais Iuppiter courroucé de voir ainſi ſes ſecrets diuulguez parmy les mortels, l'extermina d'vn coup de ſoudre.

OR pour venir aux autres Allegories de ce ſubiect, & meſmement touchant les Gorgones, Palephate approprie ainſi cette fable. *Qu'il y eut iadis vn Cyrenéen grand ſeigneur appellé Phorcys. Les Cyrenéens ſont de la race d'Eꞇhiopie, habitans l'iſle de Cyrené hors les colomnes d'Hercules, & cultiuerent certain endroit de Lybie, le long du fleuue d'Aunon. Ce Phorcys dominant és colomnes d'Hercules, leſquelles ſont en nombre de trois, fit faire vne ſtatuë toute d'or à Minerue, de la hauteur de ſix pieds: car les Cyrenéens appellent Minerue, Phorcys, comme les Thraciens Diane, Bendia, & les Candiots, Diͨtynne; les Lacedemoniens, Vpis. Mais auant que pouuoir dedier cette ſtatuë en ſon temple il alla de vie à treſpas: laiſſant trois filles ſes heritieres; Stheno, Euryalé, & Meduſe: qui ne voulurent iamais entendre à aucun mariage, ains viuans en liberté, partagerent entre elles la ſucceſſion de leur pere; de maniere que chacune eut pour ſa portion l'vne des trois iſles auſquelles il ſouloit commander. Et quant à la ſtatuë d'or de Gorgone, elles ne la voulurent ny donner au temple, ny la diuiſer entre elles; mais aduiſerent qu'elles en ioüyroient à tour de roolle, la gardans chacune ſa fois. Au reſte leur feu pere Phorcys auoit vn miniſtre ſien, homme ſage & prudent; du conſeil duquel il ſe ſeruit en toutes choſes, & l'auoit cher continuellement aupres de ſoy, comme ſon propre œil. Il aduint que Perſeu eſtant pour lors banny d'Argos, volloit toutes les coſtes de ces quartiers-là, auecques quelque nombre de galiottes & de ſoldats; lequel eſtimant que cette Royne Gorgone deuoit eſtre quelque dame de grande opulence, mais foible & mal equippée de forces pour ſe defendre, nauige tout droict en ſon port; duquel s'eſtant emparé, de là il parcourt entierement ce qui eſtoit de pays entre Cyrené & Sardaigne. Et abordant tantoſt à l'vne, puis à l'autre des trois ſœurs, faict tant à la par fin qu'il ſe ſaiſit de cet œil deſſus-dit: car il auoit entendu d'elles, qu'il ne pouuoit faire autre butin d'importance en ces quartiers-là, ſinon de la Gorgone; qui contenoit vne grande quantité d'or. Ces filles doncques apres qu'elles ſe furent apperceües que perſonne d'entre elles n'auoit cet œil (car s'eſtant trouué à dire, elles ſe ſoupçonnoient l'vne l'autre de le receler) ſe trouuerent en vne fort grande perplexité & eſmoy. Et là deſſu Perſeu les ſachant ainſi eſtonnées nauige vers elles, & leur declare comme il a cet œil, lequel toutesfois il ne ſe deliberoit pas de leur rendre, qu'elles ne l'euſſent premierement informé où eſtoit la Gorgone: les menaçoit quand & quand de les mettre à mort, ſi elles ne luy diſoient. Meduſe le luy refuſa tout à plat, mais Stheno & Euryalé le luy deſcouurirent. Au moyen dequoy il tua Meduſe, & rendit aux deux autres leur œil, à ſçauoir celuy qui conduiſoit leurs affaires. Ayant en ſon pouuoir la Gorgone, il la mit en pieces, & conſerua la teſte en ſon entier dans ſa gallere, luy laiſſant le nom de Gorgone, auecques laquelle il s'en alla rodder à l'enuiron des iſles prochaines, qu'il brandquetta toutes, & en retira de grandes ſommes de deniers, à cauſe que ceux qui refuſoient de luy contribuer quelque choſe, eſtoient par luy ſaccagez. De là eſtant venu à Seriphe, il demanda pareillement de l'argent, mais les habitans s'eſtans mis en armes, pour luy reſiſter, furent finablement contraincts de luy quitter l'iſle, & de s'enfuyr; de maniere qu'en y entrant il n'y trouua vne ſeule ame viuante. Dequoy il ſe preualut, & le fit entendre aux autres peuples de la autour, leur faiſant accroire qu'il les auoit conuertis en pierres, pour luy auoir refuſé ce qu'il leur demandoit.* Voila comment Palephate s'efforce d'appliquer cette belle fiction Poëtique, ayant plus de peine de la deguiſer à vne hiſtoire fabuleuſe, qu'il n'auroit de la receuoir pour argent comptant à la lettre. Mais il faut que chacun à ſon appetit die de tout ſa rattelée. Et entre autres Fulgentius au premier de ſon Mythologique, allegue *que ces Gorgones à la verité furent filles de Phorcys, comme il a eſté dict cy deſſu; dont l'aiſnée, appellée Meduſe, par ſon meſnage s'eſtant addonnée au labour, augmenta fort le Royaume & hereditié paternelle; dont elle auroit eſté ditte Gorgon quaſi γεωργὸν. Et luy fut au ſurplus attribuée vne teſte de ſerpent, pour raiſon de ſon aſtuce & prudence. Mais Perſeu l'eſtant venuë aſſaillir la mit à mort; puis ſe ſaiſit de ſes facultez & richeſſes, repreſentées par le chef: au moyen deſquelles il conquiſt force terres, meſmement le Royaume d'Atlas: que par le moyen de ce chef, c'eſt à dire du bien de la Gorgone, il contraignit de ſe retirer en la montagne qui depuis eut ſon nom. Et pourtant les Poëtes l'ont feint y auoir eſté transfiné par Perſée.* Tout cela neantmoins ſe rapporte à vne telle allegorie, Les Gorgones eſtre trois ſœurs, pour ce qu'il y a trois ſortes de peurs ou frayeurs. La premiere qui debilite l'entendement: la ſeconde, qui penetrant plus profond, diſgrege & eſpanche les eſprits: la troiſieſme non ſeulement les diſſipe & confond, mais trouble & eſbloüit la veuë. Car Ξbνώ vent dire debilité, Ἐϒϼγάλη, large eſtenduë, & Μέδ'ϭα, quaſi μὴ ἰδ'ϭα, qui voir ne ſe peut. Tous leſquels eſpouuantemens & frayeurs Perſeu ſurmonta par le moyen de la Sapience: & les aſſaut vollant à reculons, par ce que la vertu ne regarde iamais à la peur. Porte vn miroüer, à cauſe que toute crainte paſſe non ſeulement au cœur, mais en la fantaiſie & apprehenſion. Du ſang de Meduſe vient à naiſtre Pegaſe, c'eſt à dire la renommée, qui volle & s'eſtend par tout: car la vertu

PALEPHATE.

FVLGEN-
TIVS.

ayant retranché de foy toute crainte produit renommée. Le cheual finablement d'vn coup de pied, faict naiſtre la fontaine des Muſes; leſquelles par leurs doctes eſcrits teſmoignent les illuſtres faicts des hommes valeureux, & en laiſſent vne memoire perpetuelle à la poſterité. Plus au 3. du meſme liure, où il interprete le cheual Pegaſus pour vn ſourgeon de la Sapience eternelle, le feint eſtre aiſlé, à raiſon de ce qu'elle par vne tres-prompte & legere contemplation parcourt toute la Nature de l'vniuers: au moyē dequoy d'vn coup de pied il auroit auſsi ouuert la fontaine des Muſes: car c'eſt la Sapience qui leur fournit d'vne viue ſource; & pourtāt on le dit auoir eſté procreé du ſang de la Gorgone, qui eſt priſe auſsi pour vn eſpouuantement & terreur, dont elle auroit par Homere au 5. de l'Iliade eſté placquée dans le plaſtron de Minerue.

ἀμφὶ δ' ἀρ' ὤμοισιν βάλετ' αἰγίδα θυσσανόεσσαν
δεινὰ, ἳω πέρι μὲν πάντη φόβος ἐστεφάνωτο,
ἐν δ' ἔρις, ἐν δ' ἀλκή, ἐν δὲ κρυόεσσα ἰωκή,
ἐν δὲ τε γοργείη κεφαλὴ δεινοῖο πελώρου
δεινή τε ζμερδνή τε, Διὸς τέρας αἰγιόχοιο.

Elle mit autour ſes eſpanles ſa cuiraſſe aux baſtines entrecouppées, horrible, qui tout à l'entour eſtoit enuironnée de frayeur. Là eſt la contention, là eſt l'effort, là ſont les furieuſes menaſſes. Et le chef Gorgonien de l'hideux monſtre prodigieux du grand Dieu Iuppiter. Les Rabins Mecubales, la Theologie des Egyptiens, & la doctrine Platonique qui a coulé de ces deux ſources les plus anciennes de toutes autres, tirent le faict de ces trois ſœurs à vn autre ſens: conſtituans trois ſortes d'ames en l'homme, qui les repreſentent. La ſenſuelle, animale & viuante, que les Hebrieux appellent *Nephes*, laquelle nous eſt commune auecques les beſtes brutes; figurée par Meduſe mortelle, & ſubiecte comme elle aux paſſions & affections de la chair, auecques leſquelles cette ame ſenſible eſt aſſociée inſeparablement: car elle prend ſon premier eſtre, & ſa derniere fin & reſolution auecques le corps, ſans que iamais elle s'en ſepare, taſchant de tout ſon pouuoir auſsi d'entreprendre & de mordre ſur la partie raiſonnable, & la ſuffoquer dedans iceluy. Parquoy les Poëtes ont feint Perſeus qui eſt le germe diuin, & le bon Genie qui nous aſsiſte & eſclaire, l'auoir miſe à mort; pour raiſon qu'il faut nommément que ceux qui veulent vaquer à contemplation, & elleuer leur penſée là haut à ſon premier domicile, la ſuppeditent & bāniſſent totalement d'eux. Ainſi qu'Hermes a fort bien dict de pleine arriuée en ſon Pimander. *Cùm de rerum natura cogitarem, ac mentis aciem ad ſuperna erigerem, ſopitis iam corporis ſenſibus.* Car tout ainſi que la fieure, qui eſt vn feu accidentel & eſtrange en la perſonne, deuore, rauit, & tranſporte à ſoy la chaleur naturelle, tant que finablement elle vient à la ſuffoquer; en cas pareil ſi l'ardeur de la ſenſualité & concupiſcence n'eſt par nous tres-ſoigneuſement rabattué, domptée & eſteinte, ne ceſſera qu'elle n'ait à la longue amorty la lumiere infuſe de la Diuinité en l'ame raiſonnable. La ſeconde s'appelle *Ruah*, c'eſt à dire eſprit capable de raiſon, duquel nous differons d'auecques la beſte brute, qui, comme dit Ciceron au premier des Offices, *Tantum, quantum ſenſu mouetur, ad id ſolum quod adeſt, quódque præſens eſt ſe accommodat, paululum admodum ſentiens præteritum aut futurum. Homo autem quoniam rationis eſt particeps, conſequentia cernit, principia & cauſas rerum videt, earúmque progreſſus, & quaſi anteceſſiones non ignorat: ſimilitudines comparat, & rebus præſentibus adiungit, atque annectit futuras: facilè totius vitæ curſum videt, ad eámque dirigendam preparat res neceſſarias.* La troiſieſme eſt dicte *Neſſamach*, ou lumiere, comme l'appelle Pythagoras, & Dauid encores; c'eſt l'intellect, en Grec νοῦς, en Latin *Mens*: qui eſt eſcrit par quatre lettres, tout ainſi que le nom de D I E V en toutes langues. Auſsi eſt-ce vne portion de la Diuinité, & le charactere qu'elle empreint en nous, auquel ſe peut referer l'œil dont ces trois ſœurs vſent & s'accommodent indifferemment entre elles; n'en ayans point d'autre que celuy-là meſme que le Poëte a dict:

πρῶτα ἰδὼν Διὸς ὀφθαλμὸς, καὶ πάντα νόησις.

L'œil du grand Dieu qui tout void & cognoiſt.
Ce que Meduſe au reſte conuertiſſoit en pierres ceux qui iettoient leur regard ſus elle, veult dire que ſi nous n'abandonnons la ſenſualité, nous ſerons plus mornes, ſtupides & hebetez, que cailloux: parquoy il faut tuer cette Meduſe qui nous empeſche l'vſage de raiſon, & nous iette hors du vray eſtre & nature de l'homme. L'on a voulu encores referer ces trois ſœurs aux trois temps; Meduſe au paſſé, qui eſt comme vne portion de ſa derniere mort & eſteinte: Stheno au preſent, qui eſt le plus fort & puiſſant à noſtre apprehenſion & cognoiſſance: & Euryalé au futur; qui s'eſtend comme en infiny; car le futur n'eſt point encore limité ne reſtreint à rien, à cauſe de ſon incertitude. Bref que qui voudroit parcourir toutes ces Allegories, ce ne ſeroit iamais faict. Mais quelques-vns veulent tirer encores ces Gorgones à vne choſe naturelle & non feinte: tellement que nous ne manquons point d'hiſtoires, le plus ſouuent plus fabuleuſes que les fables meſmes.

A L E X A N D R E au ſecond liure de ſon hiſtoire des Beſtes de voiture, ſelon que le racompte

ATHENEE.

Athenée au dernier chapitre du cinquiesme liure, dit : *Que les Nomades ou pasteurs de Lybie appellent Gorgone certain animal presque semblable à vne brebis sauuage, qui a telle haleine & si pestiferée, que de cela tant seulement elle tuë toutes les sortes d'animaux qui se rencontrent au deuant. Et dient plus, qu'elle a de longs creins s'espandans du front sur les yeux, dont les ayant à grande peine escartez par se secouer, met tout soudain celuy à mort qu'elle aura tant soit peu apperceu; non de son haleine, comme il est dit cy-dessus, mais de certains rayons empoisonnez, qui partent naturellement de son regard. Ce qui auroit esté quelquesfois descou- uert en cette maniere. Aucuns de ceux qui se trouuerent auecques Marius contre le Roy Iugurtha, ayans ap- perceu de loin cette Gorgone, & estimans que ce deust estre vne brebis sauuage, pour ce qu'elle auoit ainsi la te- ste panchée à bas, & marchoit lentement, se mirent à courir apres pour la tuër à coups d'espée : mais à lors d'ef- froy qu'elle eut secoüant cette touffe de poil qui luy pendoit sur les yeux, laissa tout aussi tost là morts estendus sur la place ceux qui la poursuiuoient, & comme plusieurs autres se fussent mis encores apres de main en main, & que tous mourussent s'ils s'en cuidoient approcher, quelques-vns qui auoient entendu la proprieté de la beste par les habitans du pays, le manifesterent. Au moyen dequoy certain nombre de cheuaux Nomades par le commandement de Marius l'espians de loin, la tuerent finablement à coups de iauelots & de dards, & luy en apporterent la peau, que toute l'armée vid à son aise : tellement qu'on la peus tesmoigner depuis estre telle qu'il a esté dict cy-dessus.*

Euripide aussi és Bacchantes en a dit quelque chose semblable.

ἀ γὸ δὲ ἅιμωτος
γυναικὸς ἔφυ·
Λεαίνας δὲ γα τίνος, ἢ ϙοργόνων
Λιβυσσᾶν ϙένος.

Car il n'est pas du sang des femmes, mais race de quelque Lyonne, ou Gorgone de la Lybie. Et Pline au 6. 31. *Vis à vis du Promontoire, appellé Hesperioceras, l'on dit qu'estoient les Isles des Gorgones. Mais Xenophon Lampsacenien allegue que leur demeure estoit à deux iournées de nauigation loin de terre ferme. Hannon chef de la flotte des Carthaginiens y estant arriué vne fois, racompta depuis, que ces femmes qui auoient tout le corps velu, se sauuerent deuant ses gens de vistesse. Mais il trouua moyen de recouurer deux de leurs peaux courroyées qu'il porta à Carthage, comme pour vne merueille, & les dedia au temple de Iunon, où elles furent depuis veuës iusques à la prise d'icelle.*

ALBRICVS.

ALBRICVS au reste dit encores cecy de Persée en son traicté des Images des Dieux. *Que c'estoit vn Roy de l'Asie riche & puissant à merueilles, & mesmement sur la mer, de sorte qu'auecques ses vaisseaux, dont il auoit vn grand nombre, il donna en plusieurs endroicts, & conquist l'Afrique; où par son bon sens & conduite, il mit à mort ces trois tant fameuses sœurs appellées Gorgones, qui (à ce que l'on dit) n'auoient qu'vn œil pour elles toutes, & conuertissoient ceux qui les regardoient en rochers. Au moyen dequoy Perseus souloit estre figuré en cette maniere. Vn ieune homme en fleur d'aage equippé d'aisles, & volant à gui- se d'vne gallere qui court à voiles desployées, & à force de rames; auquel assistoit Minerue Deesse de Sapience: & luy armé de toutes pieces allongeant au deuant de ses yeux vn escu cristallin, decoloit auecques vne espée courbe comme vne faucille, trois sœurs vierges; Stheno, Eurialé, & Meduse; lesquelles auoient tout à l'en- tour vn grand nombre de gens à demy conuertis en pierres. Mais Persée portoit au bout de sa lance la teste de Meduse fraischement coupée, & du sang qui en degouttoit, se venoit sur le champ à produire vn cheual aislé, lequel grattant la terre de son ongle, faisoit sourdre vne source d'eau viue, dediée aux Muses Castaliennes.* Lycophron en la Cassandre parlant du combat de Persée contre la balene, en dit seulement cecy.

πεφηστωι δὲ τῶ γλευϟηϙος ξυρῷ,
φάλλωινα δυσμίσϙτος, ἀϛωνωλίν,
ἱππωϟϙτύς ἐδίνας οἴξωνϛες πύκων
τῆς δϟϛπωϟϙὸς μϟμϟπιϛϛὸς γαλῆς.

Là où il appelle Meduse, Mustelle: pour-autant que tout ainsi que la Mustelle de mer (à ce que l'on dit) faict ses petits par le col, aussi du sang desgouttant du col de Meduse, furent produits Chrysaor, & Pegase.

OR SE VOIENT *cacher les Pelopides deuant l'espaule de Perseus.* De cette espaule de Pelops il en a esté parlé cy-deuant en son tableau : mais d'abondant Pline au vingt-huictiesme liure, cha- pitre quatre, dit *qu'on souloit anciennement monstrer en l'Elide vne costelette ou petit os de Pelops, que le bruit commun affermoit estre d'yuoire.* Mais la viue couleur vermeille & naïfue, est icy plus estimée, qu'vne blancheur fade, morne & esteinte, où il n'y a pas grand appetit ne saueur.

Estime qui voudra les choses magnifiques :
Les beaux presens rustiques,
Contentent plus les cœurs,
Que toutes ces grandeurs :
Vne vaine peinture,
Est moins que la nature.

Tous ces dons enrichis d'or & d'orfebuerie,
Ne sont que tromperie :
S'ils ont de la beauté,
C'est en desloyauté :
Rarement l'artifice
Se trouue sans malice.

Z

LES PRESENS RVSTIQVES.

ARGVMENT.

ARMY *les autres tableaux d'importance, ainsi que nous auons desia dict en vn autre endroit, Philostrate a de coustume d'entremesler quelquesfois de petites plaisanteries & ioyeusetez, où il s'esgaye comme pour vne recreation du subiect principal ; ny plus ny moins que les Peintres parmy leurs ouurages font des perspectiues, figures d'arbrisseaux, de bestions, vieilles ruines, & demolitions d'edifices, montaignes & vallées : ensemble tels autres accessoires & incidens, qui seruent pour enrichir, & donner grace à leur besongne, & remplir ce qui sans cela demeureroit inutilement desnué & vuide, en danger d'offenser la veüe. Les Grecs les appellent* πάρεργα, *ou adioustemens superflus, outre ce qui faict besoing. De mesme nostre autheur, tout ainsi que si de la ville il s'en alloit faire quelque petit progrez çà & là aux champs pour prendre l'air, & resioüyr son esprit, nous a voulu donner icy pour la fin & closture de ce premier liure, ie ne sçay quelles descriptions de fruictages, à guise de cornes d'abondance apposées de costé & d'autre en des stucs ou plattes-peintures, pour les renfermer auec art, & leur seruir de compartiment. Ce qui ne nous apprend pas rien de soy, et ne sert d'autre chose que pour vn plus ample contentement & satisfaction de l'œil : neantmoins ie me douterois quant à moy, que tous ces fruicts icy traictez, comme pour petits Apophoretes & estreines de village, ne soient quelques ioyaux de plus grande importance que les figues communes, noix, poires, pommes, raisins, & autres semblables ouurages de la nature vegetale, qui se communiquent à l'estomac par la bouche ; ny le miel & caillé encores ; & que soubs cette Allegorie il n'y ait quelque follastrerie cachée, dont de peur d'offenser les tendres et modestes oreilles, il vaut mieux laisser l'interpretation à ceux qui y voudront de plus prez prendre garde. A toutes aduantures ie serois d'aduis de tendre quelque rideau au deuant (n'ayant peu moins que d'amener ce que dient les anciens Autheurs là dessus, de peur d'offenser les scrupuleux, reformez & seueres. Combien que les Stoïciens qui l'estoient aussi de leur part autant & plus que nuls autres, n'estimassent rien pouuoir estre de salle ny deshonneste és paroles, quand on designe chaque chose selon son propre naturel ; si nous nous en voulons rapporter à Cicero en l'Epistre du 9. des Familieres à M. Papirius Pætus, qui se commence,* Amo verecundiam.

DE

E vray c'est vne fort plaisante chose de cueillir
les figues, & ne les mettre point en oubly : celles-là
dis-je, qui sont noires, arrousées de force ius ; dont
en voila d'entassées en des fueilles de vigne peintes
auecques des creuasses en leur escorce; partie qui se
font esclattées regorgeans le miel; partie cõme si la
saison les auoit fenduës. Et là aupres gist couchée
vne branche, non inutile du tout, ne despoüillée de
fruiĉt, car elle ombrage les figues;vertes aucunes,&
non meures encores ; les autres ridées, & ja flestries. Celles-cy sont vn peu
entr'ouuertes monstrans vn succre candy au dessus : mais celle-là qui sont
au bout du rameau, vn Passereau les becquette, qui paroissent les plus sa-
uoureuses de toutes. Le planché au reste est tout parsemé de noix; dont les
vnes sont desia escallées, d'autres qui entre-baaillent vn peu, & d'autres qui
monstrent seulement la fente. Mais voyez ces poires, & les pommes sur pommes, à grands tas & milliers, le tout de soüefue odeur,& doré.
Quant à leur couleur vermeillette, vous ne la diriez pas y auoir esté apposée,ains qu'elle part du dedans. Voicy d'vn autre costé des presens de cerises, & des raisins agencez en vn panier les vns sur les autres, lequel n'est pas
tissu de brins & osiers estranges,mais des propres syons de leur plante. Que
si vous prenez garde aux entre-lasseures des sarmens,& aux grappes pendil-
lantes d'iceux, & à chacun de leurs grains à part soy ; ie sçay bien que vous
celebrerez Dionysus : & , ô venerable Porte-raisin ; (direz-vous de la vigne) car proprement il semble que la peinture ait faiĉt des grappes bonnes
à manger,& toutes redondantes de vin.Cela encore est fort plaisant à voir,
du miel iaunissant desia auec sa cire , enueloppé en des fueillards de figuier,
tout prest à couler si quelqu'vn l'espraignoit ; & du fromage mol en vne autre fueille, fraischemét caillé,& qui treble encor:plus des terrines pleines de
laiĉt,non seulement blanc cõme neige,mais clair & resplendissant aussi : car
pour raison de la cresme qui luy surnage,il monstre d'auoir cette clere lueur.

ANNOTATION.

E tableav est intitulé Ξένια, comme qui diroit *Hospitalitez*,à sçauoir les dons
& presens qu'on faiĉt à ses hostes. Les Latins les prenoiēt pour ce que nous appellons *Estreines*,qu'on se donne les vns aux autres le 1.iour de l'an.Martial au 13.liu.
Omnis in hoc gracili xeniorum turba libello
Constabit numis quatuor empta tibi.
On les appelloit aussi ἀποφόρη ὃα,dont nous dirons encore quelque chose au 2.liure sur le tableau
de la mesme inscription. Or les anciens n'auoient point d'hostelleries où ils peussent loger al-
lans-venans d'vn lieu à autre;parquoy ils estoient contraints de se retirer chez leurs amis,& viel-
les cognoissances, qu'ils laissoient comme en heritage à leurs successeurs. Et à cette fin auoient
entr'eux certains mereaux ou semblables marques , couppées & my-parties de quelque bizarre
façon en deux pieces: nous faisons presque ainsi de nos tailles ; chacun en retenoit la sienne par
deuers soy pour seruir d'enseignes; & l'appelloient Ξένιον; les Latins , *Hospitalis Tessera*, deqnoy
est faite mention és Comedies de Plaute. C'estoient les presens que les hostes, tant ceux qui lo-
geoient,que qui estoient logez, car Ξένος signifie l'vn & l'autre, s'entre-faisoient pour vn renou-
uellement & confirmation d'amitié. Homere au 6. de l'Iliade, où Glaucus ayant desduit son parenté à Diomedes, cettui-cy combien qu'il ne l'eust iamais veu,le recognoist neantmoins,& aduouë pour hoste disant ainsi :
ἦ ῥα νύ μοι ξεῖνος πατρώϊος ἐσσι παλαιός·
Οἰνεὺς γὰρ ποτὲ δῖος ἀμύμονα Βελλεροφόντην

Z ij

ξεῖνο᾽ ἐν μεγάροισιν, ἐείκοσιν ἤματ᾽ ἔρυξας.
οἱ δὲ χαὶ ἀλλήλοισι πόρον ξείνια καλά.

Certes vous m'estes hoste ancien paternel, car le diuin Oenée vne fois hebergea chez luy l'irreprochable Belleraphon, le festoyant par vingt iours entiers; & s'entrefirent de beaux presens l'vn à l'autre. Plus au 8. de l'Odyssée, Alcinoüs inuitant les Princes & Barons de sa cour à faire des presens à Vlysse, que la fortune de mer auoit ietté en la coste des Pheaciens, leur dit cecy: ἀλλ᾽ ἄγε οἱ δῶμεν ξεινήϊον ὡς θεὶ εἰκές. Mais donnons luy chacun quelque hospitalité. Cornelius Tacitus en la description de la Germanie bat aussi sur ce mesme propos. Conuictibus & hospitijs non alia gens effusius indulget. Quemcumque mortalium arcere tecto nefas habetur. Cùm defecerit, qui modò hospes fuerat, monstrator hospitij & comes proxima domum non inuitati adeunt: nec interest, pars humanitate accipiuntur. Notum ignotumque quantum ad ius hospitij, nemo discernit. Abeunti si quid poposceris, concedere moris: & poscendi inuicè eadem facilitas. Gaudent muneribus: sed nec data imputant, nec acceptis obligantur. Ce qui souloit estre presque la maniere de faire de la noblesse Françoise, hors-mis les dons & presens. De ces hospitalitez dessus dites, Iupiter en estoit le patron & gardien de gages, & pourtant surnommé ξεῖνιος, cóme le donne assez à cognoistre le mesme Poëte au 9. liure ensuiuant, où il introduit Vlysses suppliant le Cyclope Polypheme de leur eslargir l'hospitalité, & donner la passade, en l'honneur & reuerence des Dieux.

Ζεύς δ᾽ ἐπιτιμήτωρ ἱκετάων τε, ξείνων τε
ξεῖνιος, ὃς ξεῖνοισιν ἅμ᾽ αἰδοίοισιν ὀπηδεῖ.

Car Iupiter est le protecteur des supplians estrangers, estant fort grand hospitalier aussi, & qui leur tient luy-mesme compagnie pour les faire respecter. Virgile à son imitation au 1. de l'Eneide. Iupiter, hospitibus nã te dare iura loquuntur. Et Ouide au 10. de la Metamorphose. Ante fores horum stabat Iouis hospitis ara. Mais pour ce qu'il n'est point icy autrement question d'hospitalité ny reception d'estrangers, ains seulement de petits fruictages representez en platte-peinture: i'ay tourné Presens rustiques, à cause que ξεῖνια signifie aussi toutes manieres de presens.

Av surplus l'on peut rendre assez de raisons, pourquoy c'est que Philostrate ait plustost commencé par les figues que nuls autres des fruicts: car elles estoient en fort estroicte recommandation enuers les anciens; tesmoins ces vers du Poëte Hipponax.

Εἴ τις κατέρξη χρυσὸν ἐν δόμοις πολλὸν,
Καὶ σῦκα βαιά, καὶ δύο ἢ τρεῖς ἀνθρώπους,
Γνοίη σαλκῶν τὰ σῦκα τῦ χρυσοῦ κρείτω.

Si quelqu'vn serre grãde quãtité d'or en sa maison, & vn peu de figues; & qu'il achette deux ou trois esclaues, il cognoistra soudain combien elles luy seront plus vtiles que l'or. On les prend aussi pour toutes sortes de douceurs & suauitez: comme en Theocrite, de celuy qui chantoit si melodieusement. κ᾽ ἀπ᾽ αἰγίλω ἰσχάδα τρώγοις; à cause des excellétes figues qui se retrouuoient au territoire d'Athenes, dont Aigile estoit l'vne des Tribus: tellement qu'on appelloit les gens aimans vne vie douce, reposée, & trãquille, φιλοσύκους, aimans les figues. Et en l'Escriture sainte au 9. ch. des Iuges: là où Ioathan racõpte vne parabole à ceux de Siché des arbres qui s'assemblerét vne fois au conseil pour eslire vn Roy d'entr'eux. Surquoy s'estãt addressez au figuier, ils luy dirent en cette sorte. Vien & regne sur nous. Le figuier fist responce: Que ie laisse ma douceur, & les fruicts que ie produits si plaisans & si sauoureux, pour m'aducer à la corõne par deuant tous mes autres consorts? certes ie n'en feray rien. Dont quelques vns de nos Theologiẽs, Irenée mesme & Tertullian, ont estimé que le fruict, pour raison duquel nos premiers peres encourrurét l'indignatió de leur Createur, & vindrét à estre bãnis du paradis terrestre, fut vne figue. Mais le serpent qui les induit à en taster, selõ l'opiniõ des Cabalistes, est l'espine du dos, où cõsiste le premier chatouïllemét de la sensualité & volupté charnelle. Philostrate semble attribuer cela au Passereau, le plus chaleureux & lascif animal de tous autres; qui vient becqueter les figues & le rameau: duquel nous auons desia parlé au tableau de Semelé, sur le propos de Polymnus: à quoy se conforme ce lieu de la huictiesme Satyre d'Horace.

Olim truncus eram siculnus, inutile lignum,
Cùm faber incertus scamnum faceréne Priapum,
Malut esse Deum. Deus inde ego furum, auiúmque
Maxima formido: nam fures dextra coërcet,
Obscænóque ruber porrectus ab inguine Palus.

Toutefois l'occasió principale qui ait meu Philostrate à encommencer ce tableau par les figues, & iceluy intituler ξεῖνια, depend de certains vers anciẽs que Pausanias és Attiques allegue auoit esté inscripts sur le tombeau d'vn nommé Phytalus, à qui la Deesse Ceres en faueur de son hospitalité enuers elle, donna la premiere figue, dont il peupla depuis le territoire d'Athenes.

ἐνθάδ᾽ ἄναξ ἥρως Φύταλος ποτὲ δέξατο σεμνὴν
Δήμητραν, ὅτε πρῶτον ὀπώρης καρπὸν ἔφηνεν,
ἣν ἱερὴν συκῆν θνητῶν γένος ὀνομάζει,

Ἃ δ' δ δὴ τιμας φυταλὴ Ἀμος ἔχεν ἀγήρως.

Là endroit, le seigneur Phytalus receut en son hostel la venerable Ceres, lors qu'elle luy donna premierement le *doux fruict à la molle escorce, que le genre humain appelle figues; dont du depuis la race d'iceluy Phytalus auroit* *obtenu des honeurs immortels.* Toutefois les Lacedemoniés attribuét l'inuention des figues à Bac-chus, côme le recite Plutarque au traicté *de la côuoitise des richesses*, où il dit(& cela fait à ce propos) *qu'és Bacchanales anciénes on ne souloit porter qu'vn broc de vin, & vne marquotte de vigne, puis quelqu'vn* *y trainoit vn bouq, suiuy d'vn autre qui portoit vn cosin plein de figues, & finalemét venoit vn Phallus, qui est* *la ressemblance de la partie secrette de l'homme.* Somme que tout cecy, selon que i'ay desia premis, bat sur vne allegorie vn peu chatouilleuse. Car Aristophane vers la fin de *la paix* parle ainsi des fi-gues, à propos d'vn marié & d'vne espousée de village.

τῶ μὲν μέγα κ παχὺ,   τῆς δ' ἠδὺ ὦ σῦκον.

De celuy-là la branche est grosse & grande, de cette-cy, la figue en est friande. A quoy se côforme ce que dit Plutarque au 5. liure des Symposiaques, question 9. Que le figuier departant à son fruict toute la douceur que nature luy a peu eslargir, il ne se faut pas esmerueiller, si son bois, tige, brâches, fueil-les, racine & escorce, demeurét amers. Côme si en la fême il n'y eust autre douceur & suauité que celle qui côsiste en sa sée fruict seulemét: tout le reste, mœurs, habitude, côuersation, & façons de faire fust de fort mauuais goust, & de pire digestiô. Il dit encore au 6. ensuiuât, question 10. Que le figuier a cette proprieté de ramollir toute chair qui y est attachée: & de fait le cuisinier d'Aristô pour rêdre vn coq plus têdre, lequel il n'auoit appresté qu'vn peu deuât le souper, il le pêdit à vn figuier soudain qu'il luy eut couppé la gorge. Et au parauât en la 7. quest. du 2. liu. Qu'vn taureau quelque furieux & indôptable qu'il soit, se rêd neâtmoins doux & paisible, s'il est attaché à cet ar-bre. Par ainsi il y a tout plein de significatiôs & mysteres, à quoy s'approprie ce mot de *figues*; qui est equiuoque à plusieurs choses, côme mesmes on le peut voir par ces 2. epigrâmes de Martial.

Cvm dixi ficos rides quasi barbara verba,   Ficosi cùm sint pariter inuencíque, senéque,
   Et dici ficus Caciliane iubes.   Res mira est, ficus non habet vnus ager.
Dicemus ficus quas scimus in arbore nasci,
   Dicemus ficos Caciliane tuos.   Et au 12. encore.
Ficosa est uxor, ficosu & ipse maritus,   Vt pueros emeret Labienus, vendidit hortum,
   Filia ficosa est, & gener atque socer.   Nil nisi ficetum nunc Labienus habet.

Et des raisins agencez en vn panier, les vns sur les autres, lequel n'est pas tissu de brins estranges, &c. Il y a au Grec, ὀπώρ, τὶς αὐτὴ βὸτρυδὸν ἐν τάλαρω μὴ σῖκ ἀλλοτρίων τᾶ πλεκτοὶ. Ie sçay assez que ὀπώρα ne signifie pas simplement des raisins, mais en general toutes sortes de fruicts qui ont l'escorce molle, côme cerises, abricots, prunes, pesches, raisins, poires, pommes, & autres tels; & mesmemét ceux de l'Autône, dont ils ont en cet endroit pris le nô. Toutefois i'ay voulu mettre raisins, eu esgard à ce qui suit puis apres. *Que le panier où ils sont est tissu de sarmês de vigne, dôt pêdent* *des grappes.* Cela se côforme aucunemét à nos moissines, où les raisins demeurêt attachez aux brâ-ches. Et quât à ce mot de βὸτρυδὸν, que i'ay tourné *les vns sur les autres*, le Latin peut biê dire *race-* *matim*, mais il n'y a riê en nostre lâgue qui le puisse representer. Il viêt neantmoins de βόσυς; qui si-gnifie vne grappe, & ne veut dire autre chose, sinô que ces fruicts, raisins, & autres, estoiêt entassez prés à prés dedans le panier, tont ainsi que les grains d'vne grappe. Homere en a vsé au 2. de l'Ilia-de, accôparât les Grecs qui s'en alloiêt serrez en trouppe à l'audiêce d'Agamemnô, à vn ietton de mousches à miel, qui sort de la ruche au printêps, pour se ruer sur les fleurs nouuelles βοσρυδὸν δὲ πότȏται ἐπ᾽ ἀνθεσιν εἰαρινοῖσιν. Au reste, Αλλοσίων, peut signifier *estrange*, ou *d'vne autre chose & ma-* *tiere*: neâtmoins l'autheur se veut tousiours icy retenir sur le propos & allusiô du figuier; dont la fueille(côme dit le mesme Plutarque au lieu preallegué de la 9. quest. au 5. liu.) à cause de son as-preté & rudesse est appellée θρῖον, car il s'escrit par vn τ, & θ, indifferêmment, selon les interpretes de Theocrite; lesquels amenêt vne autre raison de l'appellation de θρῖον pour la fueille de figuier, que, alleguans que c'est par ce que la fueille de figuier est diuisée en trois parties notables, & sont aisées à discerner. Il y a encor θριάζα, amasser de ces fueilles, & θριασται, ceux qui cultiuent les figu[...]. Les anciês par vne certaine superstitiô auoiêt accoustumé de pendre de ces fueilles en leur mai-son quâd ils vouloiêt aller dehors, estimans que cela deuoit rêdre leur voyage prospere & heu-reux. Et aux ceremonies de Serapis & Osiris, on en faisoit des chappellets à mettre sur la teste pour porter les cruches & paniers de leurs sacrifices: voulâs denoter par là le Roy, & le Pol Arti-que, dont ils estimoient le mouuement de l'vniuers, & les semences de tout ce qui se produit icy bas proceder principalement. Car par la fueille de cet arbre qui est laicteuse & gluante, ils enten-doient ladite semence & generation; ce qui se rapporte aux choses amenees cy deuant du Phal-lus, & de sa figure en la statue du Dieu des iardins, qui selon Horace estoit de figuier: & par le chappellet ou tortillon de forme ronde, le mouuemêt circulaire de l'vniuers. Le reste du tableau ne merite autre plus ample explication.

FIN DV PREMIER LIVRE.

Z iij

DIALOGVE.

D. *Pourquoy demeures-tu oyſif*
   Amour? qui te rend ſi penſif?
R. *Ie ſonge à inuenter des charmes,*
   Puis qu'il me faut quitter mes armes,
   Chacun laiſſant ma deité,
   Pour adorer la volupté.

D. *Mais tu engendres le deſir,*
   Qui faict rechercher ce plaiſir.
R. *Oüy bien celuy qui m'eſt contraire,*
   Et qui m'eſt mortel aduerſaire,
   Mais pour moy ie conduis aux cieux,
   Les ſages, & les vertueux.

                                                    LE

LE SECOND
LIVRE DES IMAGES
OV TABLEAVX DE PLATE-
PEINTVRE DE PHILOSTRATE
Lemnien, Sophiste Grec.

VENVS
ELEPHANTINE.

ARGVMENT.

IL Y EVT IADIS *quatre Venus, ainsi que le tesmoigne Ciceron au troisiesme de la Nature des Dieux. La premiere fille du ciel, & de la lumiere du iour. La seconde née de l'escume. De cette-cy & de Mercure, fut procrée le second Cupidon. La troisiesme, fille de Iuppiter & de Dioné, laquelle espousa Vulcan: d'elle & de Mars nacquit Anteros, ou le contr'Amour. Et la quatriesme fut engendrée de Syrus & de Syria, autrement appellée Astarté, qui se maria au bel Adonis, de laquelle il est fait mention au troisiesme des Roys, chapitre onziesme, où elle est mise pour la Deesse des Sidoniens. Lucian a escript vn traicté d'elle soubs le nom de la Deesse Syrienne, & Ælian aussi quelque chose: plus Apuleius au huictiesme liure. La seconde fait icy à nostre propos, les autres non; la naissance de laquelle Hesiode en sa Theogonie descript ainsi:*

μήδεα δ᾽ ὡς δ᾽ περτον ἀποτμήσας ἀδάμαντι
καββαλ᾽ ἐπ᾽ ἠπείροιο πολυκλύςῳ ἐνὶ πόντῳ,
ὡς φέρετ᾽ ἀμπέλαγος πουλιὼ χρόνον, ἀμφὶ δὲ λευκὸς
ἀφρὸς ἀπ᾽ ἀθανάτου χροὸς ὤρνυτο. τῷ δ᾽ ἐνὶ κούρη
ἐθρέφθη, &c.

Saturne ayant couppé à-tout vne faucille les genitoires à son pere, les ietta
dans la mer ondoyante, aupres de l'Epire, & furent par vn long temps

Z iiij

portez des vagues, s'esleuant vne grosse escume de ce corps immortel,
dont s'engendra & nourrit vne fille, qui fut premierement poussée aux
diuines Citheres. De là puis-apres elle paruint en Chypre battuë de flots
tout à l'enuiron, là où sortit en lumiere vne venerable belle Deesse, autour de laquelle l'herbe croissoit dessoubs ses pieds delicats: & est cette
Deesse ainsi gentillement attournée de chappeaux & bouquets, appellée
tant des Dieux que des hommes, APHRODITE, pource qu'elle fut engendrée d'escume, & nourrie en icelle: CYTHEREE, de ce qu'elle aborda à Cytheres: & CYPRIENNE, qu'elle nacquit en l'isle de Chypre: aymant la generation, pour estre sortie des parties propres à cela. Tout
aussi tost qu'elle fut née, Amour & le beau desir l'accompagnerent à la
congregation des hauts Dieux. Voila l'honneur, & la condition que du
commencement elle obtint parmy les humains, & les immortels; les gracieux deuis des ieunes filles, le rire & les deceptions, l'agreable resiouyssance, l'amitié & mignardes caresses. *Cette Deesse doncques, pour estre celle*
qui excite la generation, & est la cause & le moyen de faire procréer toutes
choses, a esté de tout temps entre les Payens idolatres en vn merueilleux respect
& predicament, reuerée d'honneurs diuins, de temples, autels, statuës, vœux,
offrandes, sacrifices, prieres & supplications; confrairies, assemblées, & danses
de ieunes filles pour chanter ses loüanges; ainsi que Philostrate le descript icy, apres
l'Hymne (comme ie croy) d'Orphée, où il y a en cette sorte:

     εἴ τ' ἐν κύπρῳ αἴασι ἐφῶ σιο, ἤδη καλαῖσε
     ἀρθένοι ἀδμῆται νύμφαι τ' ἀιὰ πᾶντ' ἐνιαυτὸν
     ὑμνῶσι σε μάκαιρα, ἢ ἄμβροτον ἀγνὸν ἄδωνιν.

Soit en Chypre ta nourrissiere, ô gentille Reyne, où les belles filles à marier, & les Nymphes te solemnisent par chacun an auec l'immortel &
chaste Adonis. *L'ayant au precedent appellée Celeste, aimant le rire, née en*
la mer; Deesse de generation, se complaisant en toutes especes de nuicts, vene-
rable mere de la necessité; de laquelle toutes choses despendent: qui a apparié
tout le monde, tant ce qui est là haut au ciel, qu'icy bas en la terre, & en la
mer profonde. Auec autres tels diuins titres & qualitez, que les anciens Ma-
ges luy ont encore amplifiez, d'abondant, pleins de tres-hauts & sacrez myste-
res. Dame tres-belle, agreable & plaisante, de moult grand pouuoir; Princesse
fertile d'amour & de beauté: estoc primordial du genre humain; lignée &
continuation des siecles. Qui és premieres origines des choses par vn germe amou-
reux a ioint & assemble les deux sexes: qui par vne perpetuelle procreation
maintient continuellement le genre des hommes & des bestes bruttes. Reyne de
tous plaisirs, resiouyssances & passe-temps. Guide tres-amiable, escorte fidele, be-
nigne & misericordieuse, maistresse de doux accés, aisée à aborder; bienfait-
trice a iamais des creatures mortelles, monstrant vne tres-pitoyable affection de
mere en toutes leurs desconuenues & calamitez: ne laissant vne seule minute
de la course du temps (bien que de vitesse incomprehensible à nous) sans la se-
mer, remplir, & combler de ses heureuses beneficences: s'obligeant toutes choses
par sa tres-grande faculté & pouuoir: qui humilie le hautain, esleue & glorifie
le vil & mesprisé abiect: qui remet tout en son premier estre, l'esgalant selon le
debuoir. Appellée finablement Aphrodite, pource qu'elle se retrouue en tout sexe, en

tout aage; en toute volonté & pensée quelconque. Porte-lumiere, Phanal &
flambeau eternel, qui illumine nos tenebres: de laquelle restera tousiours plus à
dire, que penser humain ne sçauroit imaginer. Diuine source inespuisable, dont
toutes sortes d'Amours ont bouillonné; tant les vollages qui à coups de flesches pe-
netrent iusques au plus profond des cœurs libres, desirans de voir leurs cachettes es-
clairées du feu de leur mere ; que l'autre qui par vne prouidence du souuerain
pere ne tend qu'à maintenir & accroistre ce grand vniuers ; & iette aux
ames vn desir de viure par fois vne vie temporelle terrestre du souffre-douleur
genre humain. Ce sont les merueilleux ouurages, où la Deesse Engendr'amour
Cytherée applique son soing & sa cure. Mais en quelque lieu saincte Dame
que tu prestes l'oreille & les yeux; (car à ce que l'on dit ils s'estendent par tout)
soit à retenir le haut ciel ferme en son immobile stabilité ; soit à parcourir les re-
gions Etherées auec les sept errantes spheres : soit que plus vers nous te rabaisses,
espandant ta vertu generatiue dans la nature des Elemens , ne vueilles par-
troubler toutesfois d'vn desir effrené indomptable, ne d'vn amour meurtrier de
cœurs, le repos & tranquillité de la tres-douce occupation de noz chastes & pu-
diques Muses.

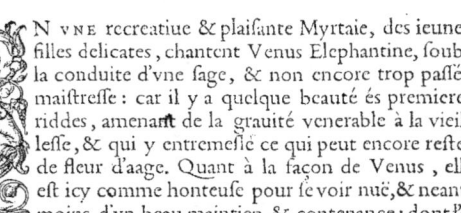

N vne recreatiue & plaisante Myrtaie, des ieunes
filles delicates , chantent Venus Elephantine, soubs
la conduite d'vne sage, & non encore trop passée
maistresse : car il y a quelque beauté és premieres
riddes, amenant de la grauité venerable à la vieillesse, & qui y entremesle ce qui peut encore rester
de fleur d'aage. Quant à la façon de Venus , elle
est icy comme honteuse pour se voir nuë,& neantmoins d'vn beau maintien & contenance : dont l'e-
stoffe est de pieces d'yuoire ioinctes ensemble. Mais la Deesse ne voulant paroistre de platte-peinture, se for-jette & aduance hors d'œuure, comme si on la deuoit empoigner. Voulez vous que nous discou-
rions aussi quelque chose de cet autel, parce qu'il y a competemment
de l'encens, cinamome, & myrrhe dessus ; & si me semble respirer ie
ne sçay quoy de Sapho ? Or il vaut mieux loüer l'artifice de la peinture : & en premier lieu de ce qu'ayant appliqué à l'entour les mieux ay-
mées & plus agreables pierres, ne les a pas contrefaittes auec des couleurs, mais par le moyen de la clarté & lumiere; leur adioustant vn esguillon de splendeur semblable à l'estincellement des yeux, & fait dauantage que nous pouuions oüyr l'Hymne que les pucelles chantent : car
elles chantent pour vray ; & la maistresse iette l'œil dessus celle qui desac-
corde, leur applaudissant des mains, & ramenant leur musique à vne deuë
melodie. L'affamée au reste & peu empeschante robbe qu'elles ont vestuë,
qui ne leur sçauroit de rien nuire à gambader & s'ebattre, ou la ceinture qui les serre iusqu'à la chair ; ou la chemise iuste au bras ; ou ce qu'elles se plaisent d'aller ainsi les pieds nuds parmy l'herbe molle & tendre,
en se refreschissant à la rosée; & le pré qui enueloppe leurs habillemens
& les diuerses couleurs dont ils sont tissuz, lesquelles se muent, & bril-

lent à l'œil d'vn beau changeant de l'vne en l'autre : tout cela est fort heureusement imité. Car ceux qui ne peignent les choses [a] comme elles
aduiennent ne se trouuent pas veritables en leurs ouurages. Que si nous
commettions le iugement de ces beautez ou à Páris, ou à quelque autre tel arbitre, ie pense qu'il se trouueroit bien empesché là dessus à
donner sa sentence : tant est fort le debat en cest endroit. [b] Les espaules fresches comme vne rose : les beaux yeux gros & noirs : les ioües
vermeilles : la voix douce & harmonieuse. Aussi est-ce icy l'vn des gracieux deuis de Sapho : & Cupidon chante d'accord auecques elles, ployant les branches de son arc, dont il pince la corde faitte de nerf qui resonne harmonieusement, & maintient d'auoir autant de Tons que la lyre.
O que les yeux de ce Dieu sont voltigeans & habiles, premeditans (comme ie croy) quelque belle chanson mesurée. Et qu'est-ce donques qu'elles chantent ? Car il y a ie ne sçay quoy de l'Ode icy peint. Elles dient
Venus auoir esté engendrée en la mer, par vn decoullement du ciel :
mais quelle part des isles aborda premierement la Deesse, elles n'en sonnent mot encore : diront (à mon aduis) toutesfois que ce fut en Paphos. Et au reste chantent assez apertement son origine : car en regardant contremont, elles manifestent par là que c'est du ciel qu'elle est
descenduë : & demenant les mains à l'enuers, qu'elle est sortie de la mer.
Leur soubs-rire finalement sert de marque, pour denoter le calme & bonace des ondes.

ANNOTATION.

EN VNE recreatiue & plaisante Myrtaie, des ieunes filles delicates chantent Venus Elephantine. Vne difficulté se rencontre icy de plein front touchant ce mot
Ἐλεφαντίνη. Assauoir mon si Philostrate a voulu entendre par là que cette Venus qu'il depeint, eust la charnure blanche & yuoirine ; ou que son image
fust faicte d'Iuoire, comme il le dit incontinent apres ; ou que ce soit la Venus de
la ville d'Elephantine en Egypte. A cette derniere opinion s'arreste Lilius Giraldus, en son treziesme commentaire, là ou mesme il allegue ce lieu icy, en cette sorte. Elephantina Venus ab vrbe Aegyptia denominata vt putatur. Describitur hæc Elephantina Venus à Philostrato in secundo de ima-
ginibus : item ritus & sacra tum etiam habitus illius, & puellæ molles, quæ illi deseruiunt, & sacra ca-
nunt : tum prætereà & alia multa. Heliodore en son huictiesme & neufiesme liure de l'histoire
Ethiopique, ne met non plus cette Elephantine que pour vne ville ; neantmoins Pline au cinquiesme liure chapitre neufiesme, l'appelle Isle : mais cela est assez commun qu'vne Isle, & la ville principale d'icelle soient appellées tout d'vn nom. L'Isle (dit-il) d'Elephantis est habitée quelques
cent licuës au dessoubs de la derniere Cataraẽe ou saut du Nil, & quatre plus haut que Siené : là où se
termine la nauigation de l'Egypte ; depuis Alexandrie iusques en cest endroit enuiron six-vingts lieuës.
Là abordent les barques d'Ethiopie ; qu'on tire à sec toutes les fois qu'elles arriuent à quelque saut, car
elles se desmembrent & plient, puis on les porte sur les espaules iusques au prochain lieu commode pour
les remettre en l'eau. Au seiziesme liure vingt-deuxiesme chapitre, il la met en Thebaïde. Loco-
rum tanta vis est, vt circa Memphim Aegypti, & in Elephantine Thebaidū nulli arbori folia decidant,
ne visibus quidem. Et au 24. 17. en Ethiopie. Ophiusam in Elephantine eiusdem Aethiopie, lividam
difficilémque aspectu. Parlant de l'herbe Ethiopide ou Meroïde. Mais il ne dit rien ce-pendant de
la Venus Elephantine. Et ne me souuiens point d'en auoir non-plus rien leu nulle part, si d'a-
uanture Philostrate ne veut donner sur cette fable que traicte Ouide au dixiesme de la Metamorphose : que Pygmalion detestant les femmes pour leur mauuais gouuernement, en fit vne
toute nouuelle d'Iuoire, dont il s'enamoura : & fit tant de vœuz, offrandes, pricres, & autres
deuotions à Venus, qu'elle finalement ayant pitié de luy, viuifia son image : de laquelle il eut vn
beau fils nommé Paphus, qui fonda vne ville de mesme nom en Chypre, auec vn fort magnifique

gnifique temple à la Deeffe: là où par vn long temps on ne facrifioit finon que d'encens.

Intereà niueum mira fœliciter arte
Sculpfit ebur.

Et puis-apres encore.

Sæpe manus operi tentantes admouet, an fit
Corpus, an illud ebur, nec adhuc ebur effe fatetur.

A toutes aduantures neantmoins i'ay voulu mettre *Elephantine*, qui comprend tous les trois fens deffufdits, laiffant le furplus au iugemēt des lecteurs. Pigmalion au refte, pour ne laiffer rien efcouler qui puiffe feruir, eft auffi vn diminutif de Pygmée ou nain. Parauanture pour les figurines que faifoit l'ouurier appellé ainfi: mais cela eft hors de noftre propos.

Q v a n t à la Myrtaie, ou bofcage planté de myrtes, c'eft chofe affez vfitée par tous les autheurs de defdier cet arbriffeau à Venus, dont il auroit iadis efté appellé *Coniugala* par Caton. Ce qu'a refumé Pline au quinziefme liure, chapitre vingtneufiefme. *Cato tria genera Myrti prodidii: candidam, nigram, & coniugalem; fortaffis à coniugijs & illo Cluacinæ genere.* Ayant dit auparauant au mefme lieu. *Ideò tum electa Myrtus: quoniam coniunctioni, & huic arbori præeft Venus.* Item. *Myrto Veneris victricis coronatus inceffit.* Parlant de Pofthumius Libertus, quand il triompha des Sabins. Et Plutarque au vingtiefme des Problemes Romains dit, que quand les Dames paroient la chappelle de la bonne Deeffe, toutes fortes de fleurs & d'herbes leur y eftoient permifes, horfmis le Myrte, pource qu'il eftoit confacré à Venus contraire à la chafteté de la Deeffe fufdite. Dont il eftime que le furnom de *Murcis* qu'auoit Venus de fon temps, euft efté corrompu de l'ancien, à fçauoir *Myrtea* Et en la vie de Numa encore; il met que le premier iour d'Auril defdié à Venus, dont il auroit pris fon appellation, les Dames Romaines fe baignoient, ayans vn chappeau de Myrte fur la tefte. Paufanias és Eliaques. *Il y a là au grand marché des Eléens* PAVSANIAS. *vn temple b fty à l'honneur des Graces, auec des ftatuës, dont les draperies font dorées: & le vifage, les mains & les pieds de marbre blanc. L'vne tient vne rofe, celle du milieu vn offelet; la troifiefme vn rameau de Myrte non gueres grand. Ce qu'on peut affez coniecturer qu'elles portent pour raifon que le rofe, & le Myrte font dediées à Venus, & propres à elle, à caufe de la beauté de l'vne & de l'autre: & les Graces font familieres à Venus plus qu'à nul autre des Dieux. L'offelet puis-apres eftoit vn iouet pour esbatre les ieunes garçons & les filles, qui n'ont encore rien du chagrin que la vieilleffe a accouftumé d'amener.* Cet offelet que les Grecs nomment ἀστράγαλος, les Latins *Talus*, eft ce petit oz en for- Le ieu ancien des Aftragales. me carrée qui fe trouue au bout du manche d'vn gigot de mouton, où il y a quatre faces, de figures toutes differentes; dont l'vn des coftez plus affez fe retrouuer deffus eftoit appellé le chien; & falloit mettre vn teft on, ou efcu felon qu'on ioüoit. L'autre oppofite à iceluy, Venus, ou Cous; repreftentant le nombre feptenaire, dont celuy qui le iettoit auoit fix de chacun des autres, enfemble tout ce qui auoit efté amaffé par le point du chien. Des deux autres, l'vn eftoit le Chius qui prenoit trois; & le quart ou dextre Senio, quatre. Voila pourquoy l'vne des Graces portoit l'offelet, dont les deux coftez auoient le nom de Venus. Cecy eft aucunement hors de propos, mais non inutile du tout. Pour doncques reuenir au Myrte, dont le mefme Paufanias fait encore mention és Attiques & Corinthiaques, d'vn quel en la contrée des Trezeniens auoit naturellement toutes les fueilles troüées, à caufe du regret & impatience d'amour qu'eut Phedra, quand elle fut tout à plat efconduite de fon beau fils Hippolyte; Nicander en fes Antidotes ou Contrepoifons, dit *que le chappeau dont Venus fut couronée par Paris au iugement de la beauté des trois Deeffes, eftoit de branches de Myrte; pour raifon dequoy Iunon & Minerue l'auroient touf-iours du depuis detefté, & en eu ho*reur. Virgile auffi au 6. de l'Eneide,

Et quos durus amor crudeli tabe peredit
Secreti celant calles, & Myrtea circum
Sylua tegit.

Et Horace en la quatriefme Ode du premier liure.

Iam Cytherea choros ducit Venus. Et puis apres.

Nunc decet aut viridi nitidum caput impedire Myrto,
Aut flore terræ quem ferunt folutæ.

Mais Ariftophanes s'eftant plus licentieufement desbandé là deffus, attribuë le Myrte à ce qui eft le plus fecret en la femme: ὁ δὲ τῷ μίτρῳ ἤγηεν ἐδντ τρὶν ἐξεδε λόγου. &c. Et dedans le Lyfiftrate encore. *I'engaineray mon glaiue en vn rameau de Myrte.* Toutes chofes tendans à monftrer l'inclination & conuenance de cet arbriffeau aux myfteres de la Deeffe, à qui pour cette occafion l'antiquité l'a vnanimement confacré. Dont nous trouuons encore cecy dedans Mufonius autheur Grec. *Polycharmus Naucratien au liure qu'il a compofé de la Deeffe Venus, dit cecy. En la vingt troifiefme Olympiade l'vn de noz concitoyens nommé Heroftrate qui exerçoit le train de marchandife, eftant defcendu en Chypre, achepta à Paphos vne petite image de Venus de la hauteur de douze pouces, d'ouurage fort ancien; & l'emportant auec luy en fon pays de Naucrate, quand il fut prés d'Egypte fe leua vne fi forte & rude tourmente que le Patron ne les mariniers ne fçauoient plus où ils estoient. Au moyen dequoy chacun recourut aux oraisons enuers la Deesse, laquelle meuë de leurs prieres aussi qu'elle auoit accoustumé d'estre fauorable aux Naucratiens, conuertit soudain tout ce qui estoit aupres d'elle en de beaux Myrtes Verdoyans, & remplit la barque d'vne soüefue & fragrante odeur: preserua quand & quand de danger tout ce qui y estoit. Dont Herostrate estant arriué en son pays desdia cette image au temple de Venus, auec les Myrtes qui s'estoient apparuz si soudain. Et ayant conuié à vn banquet ses amis, les couronna du mesme Myrte; tellement que depuis l'on auroit appellé cette maniere de chappeau, Naucratique. A ce mesme propos les Histoires de Saxe portent, qu'il y souloit auoir vne statuë de la mesme Deesse, toute nuë dans vn beau chariot, attellé de deux cignes & autant de colombes; couronnée de Myrte, ayant vn flambeau ardant entre les deux mammelles: en la main droite le globe du Monde; en la gauche trois pommes d'or: & à ses espaules les trois Graces nuës aussi, s'entretenans par les mains en vn rond, auec des pommes és mains, & les visages retournez tout au rebours l'vne de l'autre. Ce qui conuient à la façon de son effigie, qui estoit selon qu'il suit puis-apres au texte du present tableau, faite de plusieurs pieces d'yuoire iointes ensemble. Pausanids à ce propos és Eliaques*

PAVSANIAS. *dit cecy d'vne statuë de Venus surnommée celeste. Au derriere de la portique qui fut bastie emprés le marché des Eleéns, du butin & despouilles apportées autrefois de Corfou, se void le temple de Venus, auec vn bosquet non gueres loin separé d'iceluy, auquel est l'effigie de la Deesse, partie-faite d'yuoire, partie d'or, de la propre main de l'excellent ouurier Phidias: ayant l'vn des pieds planté sur vne tortuë. Au dedans de ce bosquet là, qui est enuironné d'vne forte haie viue, sur vn piedestal est vne autre image de Venus à cheual sur vn bouc de Bronze; ouurage de Scopas, laquelle on nomme Pandemon ou la populaire. Surquoy il s'explique vn peu mieux és Bœotiques, où il dit. Les statues de Venus à Thebes sont tenuës pour si antiques, qu'on pense que ce soient celles mesmes qu'offrit & desdia Harmonie, qui les fit faire du bois des vaisseaux de Cadmus, son mary. Elle leur donna quand & quand à chascune des trois son propre nom. A la premiere Vranie ou Celeste, à cause du chaste & pudique amour, abhorrant de toute compagnie charnelle: l'autre Pandeme; vulgaire & commune, qui tend aux œuures de la chair: la troisiesme Apostrophie, comme diuertissante le genre humain de l'orde & villaine concupiscence, & des effects d'icelle contre les loix de nature.* ALBRICVS *au traicté des Images des*

ALBRICVS. *Dieux la depeint en cette sorte. Vne fort belle creature toute nuë depuis les pieds iusqu'à la teste, nageante en la mer; qui tient en sa main droite vne coquille, & chef tour orné de bouquets de roses blanches & incarnates; & à l'entour d'elle force colombes volletantes, qui l'accompagnent. Vulcan est là aupres à sa main droite, d'vne mine rustique & disforme, à qui elle est consignée pour son espouse: & à l'autre costé trois belles demoiselles nuës aussi, & debout, comme pour luy faire seruice: ce sont les trois Graces, dont les deux ont la face tournée en çà deuers nous; la troisiesme est tout au rebours, monstrant le dos. Cupidon quand & quand luy assiste son bien aimé fils, aueugle & empenné d'aisles, tirant contre Apollon force coups de flesches qu'il tient en la main auec l'arc: dequoy les Dieux s'indignans contre luy, il s'enfuit de la peur qu'il a, se mettre à garand entre les bras de Mars, auec lequel sa mere a fort priuée accointance.*

MAIS à quel propos s'arrester dauantage apres cette menuaille, que nous ne donnons plustost de pleine arriuée à ce qui est le plus rare & exquis? Car deux chefs-d'œuure touchant ce subiect se racomptent, tres-memorables sur tous ceux qui onicques furent. L'vn de platte-peinture, l'autre de plein-relief: à sçauoir la tant renommée Venus d'Apelles sortant de la mer, & pour cette raison appellée ἀναδυομένη; & la statuë de la mesme Deesse; faite de marbre Parien par le tres-excellent sculpteur Praxiteles, laquelle encore pour le iourd'huy, selon au moins le bruit commun, est toute entiere à Rome, dans le iardin de *Bel-veder*; & de bronze en ceux de fontaine-bleau, faitte ietter sur l'antique en moulle, par le grand Roy FRANÇOIS premier de ce nom, pere & restaurateur des bonnes lettres. La peinte s'estant perduë & consumée par l'iniure & longueur du temps, comme sont aussi toutes les autres de l'ancien heureux siecle, & les statuës exposées aux mesmes accidens & dangers, tant de belles & precieuses besongnes seroient peries dedans l'immortel gouphre de l'oubliance, sans nous en restér plus autre marque, reliqua, ne vestige, si ce n'estoient les laborieux escrits des gens doctes, qui ont pris peine & se sont parforcez d'eterniser à la posterité, ce que l'impitoyable deuorateur de toutes choses luy eust peu engloutir & esteindre. Ainsi qu'a fait nostre Autheur de tant de tableaux, & Lucian de cette admirable effigie, auec toutes ses appartenances & dependances, lors qu'elle estoit en sa plus grande vogue & credit en la cité de Gnidos; où si grand nombre de peuple est autrefois abordé de tous les endroits de la terre expressément pour la voir plustost que par deuotion. Car quelle deuotion croyoit on pouuoir estre en vne chose si mondaine & lasciue? Lucian donecques la descrit ainsi au Dialogue des Amours.

LVCIAN. Descripti'õ de Venus Gnidienne. *DE LA premiere entrée du boscage, soudain nous nous sentismes ie ne sçay comment ballenez d'vn doux & soüef vent Venerien; car cette serenité & lumiere celeste ne se venoit pas accueillir en vn terroir du tout sterile & pierreux, ains estoit, (comme pour vn sainct-heureux lieu que le temple de la Deesse d'Amour) tres-fertilement reuestu de beaux arbres fruictiers, qui de leurs verdoyans & fueillux rameaux espanchez çà & là au loing, lambrissoient presque l'air de costé & d'autre: & le Myrte toussi prouenant*

prouenant à souhait chez sa dame & maistresse, auoit desployé & bouté hors ses fleurs odorantes. Les autres
arbres pareillement chacun endroit soy, tous les plus beaux qui soient en la Nature, n'estoient nom- plus ne
chenuz de mousse, ne desséchez, quelque grand aage qu'il eussent; mais d'vne verte vigueur se voyoient rate-
uir d'heure en heure de fueilles fresches, & rameaux tendrelets; & se renoueller en leur premiere mignardise & iolineté.Tout plein de sortes d'arbrisseaux moindres estoient entremeslez parmy,lesquels ne portans point
autrement de fruict, ont en recompense vn fort grand plaisir & contentement de l'œil. Et puis les hautes cimes des Cyprez & Platanes s'eslenans vers le ciel, accompagnez du laurier autrefois fugitif de cette Deesse.
Mais tous en general estoient reuestuz & enuironnez de lyerre, plante tres affectionnée à l'Amour; auec force
sarmens de vigne pendans çà & là, chargez de grosses grappes de raisins. Car Venus est bien plus plaisante
quand elle se trouue accompagnée du bon Bacchus; & plus deux assez le meslange & temperament qui prouue
de l'vn & de l'autre: que s'ils se viennent à separer, ils resiouyssent estans à part beaucoup moins. Au surplus
dessous ces ombrages ainsi obscurs & espois, estoient certains petits cabinets d'vne recreation tres-grande, àres-
sez tout expressément pour la commodité de ceux qui vouloient banqueter; là où bien peu souuent les habitans
du lieu se trouuoient: mais les estrangers à grandes trouppes & arriuoient incessamment pour se donner du bon
temps, & vacquer à toutes sortes de volupté & plaisirs charnels. Apres donecques que nous nous fusmes suffisamment rassasiez de ces verdures, nous entrasmes dedans le temple, où la Deesse, d'vn marbre Parien, estoit
plantée tout au beau milieu (ouurage certes par trop beau & exquis) sous-riant de ie ne sçay quel petit rire
feintif & mignard. Au reste sa beauté toute entiere est à l'abanon, & vne clere & euidente veue: car elle est
descouuerte totalement, & sans vesture quelconque qui puisse rien voiler de sa personne, horsmis que de l'vne
des mains comme ne pensant point à soy, elle couure ses secrettes parties, assez nonchalamment toutesfois: en
quoy l'artificielle subtilité de l'ouurier a tant eu de force, que mesme la nature du marbre ainsi dure & solide de
soy condescend neantmoins & obeit à representer proprement chaque membre en sa deuë & requise naisueté.
Charicles là dessus s'est ant pris à escrier furieusement, tout ainsi que s'il eust esté transporté hors du sens: ò tres
heureux, & plus que bien fortuné sur tous les autres Dieux, Mars qui pour l'amour de cette cy fus lié: & quand
& quand accourut là tant qu'il peut, allongeant le col pour la baiser à pleines leures. D'autre part Callicratidas
qui cependant la contemploit par derriere, car il y a deux huis au temple à l'opposite l'vn de l'autre , de maniere
qu'on la pouuoit voir de tous les costez, tout rauy excessiuement, se ita encore vn plus haut cry que son compagnon; ò Hercules (ce va-il dire) quelles belles & charnuës espaules; quel fiancreleué pour s'en remplir à plein
poing qui la tiendroit embrassée, comme sont gentillement troussées & arrondies ses fesses, non plattes ne cousues aux os; ne pendantes aussi iusques sur les iarrets par vn outrageux & molasse embompoint:certes il ne se
peut dire combien l'assemblement en est mignard & riant. Quelle grosse & rebondie cuisse tournée autour; la greue droit allongée d'vn tres-bien compassé profil iusques à la cheuille du pied. Et ce qui suit apres
de la dispute de ces deux extastiques & rauiz contemplateurs de beauté,qui a telle force que mesme és choses mortes elle iette les personnes hors de soy. Telles estoiet les perfections des anciés
ouuriers;qui paracheuoient ce qui partoit de leurs mains,à l'enuy de ceux que produit la nature, &
bien souuent la surmontoient. Aussi ne precipitoient ils pas leurs besongnes comme nous faisõs
maintenant. Mais les grandes recognoissances de leurs labeurs;le compte & estime qu'on faisoit
d'vne chose bien faite;le respect que chacun portoit à la vertu,au merite & sçauoir,leur dõnoient
le moyen & commodité de trauailler auec meure patience, pour s'apprendre en premier lieu &
instruire à loisir: puis paruenir finablement iusques où la portée de l'humain esprit peut arriuer & atteindre. Car c'est vn sacrilege de le prophaner, soit par nonchalance ou hastiueté;
estans ces deux extremitez presque egalement vicieuses; qui nous rendent totalement indignes d'en estre pourueuz par la diuine beneficence,quand nous ne le sçauons pas gouuerner comme il faut, & que par trop bestialement nous accablons en nous mesmes sa dignité & excellence.

AV DEMEVRANT quant à ce qui suit puis-apres au texte sur ce mesme propos de la figure
de la Desse, Qu'elle est despouillée de toute vergongne estant nuë, mais d'vne belle contenance & maniere.
Hesiode appelle aussi son œil ἑλικοβλέφαρος, comme plein de toute lasciueté & amour: tour-
noyant incessamment de costé & d'autre, à guise de ces petits tenons ou vuilles des vignes, que
les Grecs appellết Ἕλικας, d'où ceste metaphore est tirée. Car tout ainsi qu'ils s'attachent au premier sarment qu'ils rencontrent,& s'entortillent à l'entour,aussi l'œil d'vne femme impudique & lasciue brille & chasse de tous costez pour tascher à enuelopper, lier & serrer tres-estroi-
tement les cœurs de ceux qui tant soit peu se iouent d'y arrester leur regard: car c'est par là que se
coule & espand au plus profond de l'ame cette vapeur empoisonnée, plus dangereuse & mortelle que n'est l'aspect d'vn basilique.

CAR IL y a competemment de l'encens, cynamome, & myrrhe dessus. L'encens dit ainsi de ce mot
Latin Incendo, qui signifie brusler, a esté de bien longue-main employé entre és Eglises où l'on
adore vn seul & vray Dieu, qu'és sacrifices & superstitions des Payens idolatres, pour vne offrande agreable à la Diuinité sur tous autres materiaux inanimez, à cause de la fumée & vapeur
qu'il iette d'vne odeur tres-suaue. Parce que grand' partie des Gentils, ceux là mesmement
qui ont fait profession d'vne plus pure & parfaitte doctrine,tels que les Pythagoriciens & autres,

A a

ont detesté ceste cruelle boucherie & massacre des pauures innocétes bestes, que les Dieux tres-purs, tres-nets, benins, & pitoyables ne peuuent sinon abhorrer: comme chose dont en premier lieu ils n'ont point de besoing, & qui est puis-apres si orde, salle, & contaminée: tellement que les premiers sacrificateurs, selon que tesmoigne Porphyre au 2. liure, n'offroient point d'animaux esgorgez, & puis bruslez sur vn autel pour en faire monter la fumée au ciel. Quasi que les Dieux immortels bié-heureux pour mieux gouster ceste rotisserie deussent quitter là leurs hauts & celestes manoirs, leur Ambrosie & leur Nectar, pour s'abbaisser icy bas vers l'immondice de la terre; ainsi qu'Homere au 1. de l'Iliade feint que Iupiter s'en estoit allé auec tous les Dieux faire bonne chere douze iours entiers, aux festins que les Ethiopiens luy auoient appresté.

ζεὺς γὸ ἐπ᾽ ὠκεανὸν μετ᾽ ἀμύμονας αἰθιοπῆας
χθιζὸς ἔβη μτ᾽ δαίτα᾽ θεοὶ δ᾽ ἅμα πάντες ἕποντι.
δωδεκάτη δέ τοι αὖτις ἐλεύσεται ἔλυμπόν δε.

Et au commencement de l'Odyssée, tout le mesme de Neptune, lequel n'eust pas sailly à vn seul sacrifice desdits Ethiopiens, pour auoir sa lippée & distribution de la chair des taureaux & aigneaux qu'on y immoloit.

ἀλλ᾽ ὁ μὲν Αἰθίοπας μετεκίαθε τηλόθ᾽ ἐόντας,
αἰπόων ταύρων τε κ᾽ ὑρνειῶν ἑκατόμβης,
ἔνθ᾽ ὅγε τέρπετο δαιτὶ πσρήμδυος.

Ils leur presentoient doncques en lieu de telles carnasseries, des herbes, fleurs, fruictages, gerbes de bled, moissines, & semblables primices des biens qu'ils elargissent aux humains: accompaignées de parfums & odorans aromates; & sur tout des prieres & oraisons; la plus precieuse vapeur qui leur puisse monter d'icy bas. Des animaux, ils s'en abstenoient entierement: soit qu'ils pensassent que la Diuinité deust reietter cette effusion de sang, cruelle & impitoyable, ou bien qu'ils les reputassent auoir vne tres-grande conuenance, affinité & participation auec la nature humaine. Tellement que les Egyptiens, soubs certains mysteres spirituellement entendus par eux, en faisoient leurs Dieux. Et Socrate estimé si sage; Rhadamanthus aussi auant luy, souloient iurer solennellement par les animaux. Ainsi l'encens est desdié pour l'vsage & seruice Diuin, selon que le tesmoignét infinis passages. Surquoy Lactance le Grammairien, au 4. de la Thebaide de Statius allegue du liure *des signes & prognostiques de l'encens*, qu'és sacrifices des victimes, premier que de venir à esplucher les entrailles d'icelles, on brusloit de l'Encens, dont les Deuins obseruoient les mouuemens & agitations, son bruit, petillement, & fumée. Et à cela confrontoient ce qu'ils cognoissoient puis-apres des victimes, pour en confirmer ou inualider le iugement de ce qu'elles pouuoient annoncer. Toutesfois Arnobius le maintient estre vne traditió moderne. *Nã neque temporibus (vt perhibetur) heroicis quidnam esset thus scitum est:neque genitrix & mater superstitionis Hetruria opinionem eius nouit aut famam.* Et Pline pareillement au premier chap. du treiziesme liure. *Iliacu temporibus vnguenta non erant; nec thure supplicabatur. Cedri tantùm & Citri suorum fruticum in sacris fumo connolutum nidorem verius quàm odorem nouerant.* Et non seulement vsoient de fumées & vapeurs de Cedres & autre tels arbrisseaux, mais de souphre encore, qu'ils tenoient auoir vne fort grande proprieté & vertu pour purger les lieux immondes; & chasser le mauuais air, & malins esprits. Pline au 35.15. *Habet & sulphur in religionibus locum ad expiandas suffitu domus.* Ouide.

> Et veniat quæ lustret anus lectúmque, locúmq́,
> Præferat & tremula sulphur, & oua manu.

Tellement que les Grecs l'appellent θῦον, c'est à dire diuin. Cóme Homere à ce mesme propos au 16. de l'Iliade, où il fait qu'Achilles voulant faire vne libation aux Dieux pour le salut & conseruation de Patroclus, qui s'en va au combat equippé de ses armes, tire vne tasse de son coffre; & la purge premierement auec du souphre, puis la laue en de l'eau.

τὸ ῥα τότ᾽ ἐκ χηλοῖο λαβὼν ἐκάθηρε θεείῳ
πρῶτον, ἔπειτα δὲ νίψ᾽ ὕδατος καλῆσι ῥοῆσι.

Plutarque en la 2. question du 5. des Symposiaques refere cette appellation à la conuenance qu'a l'odeur du souphre auec celles des foudres. Les autres le deriuent de θύω, *sacrifier*; dont seroit aussi venu *thus*, *encens*; en Grec λίβανος, ou λιβανωτὸν, qu'on dit auoir esté autrefois vn ieune garçon fort deuotieux & desdié aux sacrifices; lequel ayant esté mis à mort par enuie, fut conuerty en vne plante du mesme nom, qui iette & larmoye l'encens. Toutesfois il souloit venir seulement (selon l'opinion des Anciens) en vne contrée de l'Arabie heureuse ditte *Saba*, exposée au Soleil leuant, & enclose de tous costez de precipices & rochers inaccessibles. Mais Pierre Martyr an ses Decades des Indes, dit que les Chiaconiens peuple de terre ferme en la coste de Paria, dónerent à vn Pilotte appellé Vincézianes qui fit cette descouuerture, bien dix ou douze quintaux d'encens, en passant pays. Or les forests qui le produisoient en l'Arabie, sont en vn terroüer argilleux

gilleux, auecques peu d'eaux, encore font elles nitreufes; & s'eftendent quelques trente lieües en longueur: larges de la moitié d'autant; les arbres approchans fort des Lauriers en fueilles & escorce: d'autre les accomparent au Terebynthe. Il se cueilloit deux fois l'année, le plus precieux en Automne, car les arbres se tailloient és plus grandes chaleurs de l'Efté, durant les iours Caniculaires; & le moindre en valeur au Printemps. Et auoient de couftume ceux qui vacquoient à cette cueillette, de se tenir fort nets & impolluz; & mefmement de n'habiter en forte quelconque durant ce temps auec les femmes; ne se trouuer à des funerailles, parquoy ils eftoiët reputez comme faincts. Tout cecy auec plufieurs autres chofes du mefme fubiect, Pline allegue és 14. & 15. chap. du 12. liure. Et ne se faut pas esbahir de l'abftinence & deuotion dont on recueilloit l'encens, pource qu'il est bien raifonnable qu'vne chofe defdiée à la religion ne foit polluë, ne contaminée d'aucune charnalité: car l'or se fouloit tirer és Indes Occidentales, comme tefmoignent les Hiftoires Efpagnoles modernes, auec vne abftinence & chaftété grande; ayant ce peuple beftial & barbare, abifmé en toutes fortes de vices pour n'eftre retenu d'aucune bride de loy, obferué neantmoins par vne longue experience, qu'en ce faifant ils se trouuoient plus abondamment: & eftimoient à la verité qu'il y euft ne sçay quoy en luy de Diuin. Auffi non fans quelque bien grand myftere ces trois sçauans & fages Princes qui vindrent des premiers recognoiftre leur Createur, luy offrirent en foy & hommage de l'Or, de l'Encens, & Myrrhe; dont les deux font icy defdiez à vne Idole d'impudicité; & la Cafie pour la troifiefme: qui est à ce que dit Pline au 12. 20. vn arbriffeau de la hauteur communément dé quatre à cinq pieds; de couleur blanchaftre quand il commence à poindre hors de terre, iufques à ce qu'il foit creu d'vn pied. Puis s'augmentant encore d'vn demy pied, il deuient rouge: de là en auant il noircift; & lors il est en sa plus grande perfection & bonté: le rouge obtient apres le second lieu; & le blanc est le moindre de tout. Il croift aupres des campagnes & pleines qui produifent le Cynamome; mais en lieux montueux, ayant fes farmens & branchages plus gros, auec vne peau defliée, qui se doibt pluftoft appeller ainfi. que non pas escorce, laquelle est plus espoiffe au Cynamome. Au moyen dequoy, pource qu'elle ne se peut gueres bien aifémët defpouïller, on la met tout foudain qu'on l'a cueillie dedans les peaux de beftes frefchement escorchées, afin que les vers qui s'y engendrent de la corruption, rongent & confument le bois, l'escorce demeurant feine & faune à caufe de fon amertume: ce qui fait qu'on n'en vfe finon és parfums & medicamens, & non pour le condiment des viandes, ny aux confitures & dragées, comme l'on fait de la canelle. Tout cecy a efté prefque traduit de mot à mot par Pline du 9. liure, chapitre cinquiefme de Theophrafte en l'histoire des Plantes: où il fait de la Cafia vne efpece de Cynamome. Ce qui m'a induit de le rendre ainfi en ce lieu, pour reprefenter à peu prés vne chofe incogneuë à nous, par vne qui nous est en vfage. Toutesfois le mefme Pline 16. liure, ch. 33. dit qu'elle croift auffi és parties Septentrionales: *Cafia verò in Septentrionali plaga.* Et au refte qu'elle ne prouient pas en Arabie, mais és Troglodytes de l'Ethiopie, ainfi que le Cynamome: ce qui est auffi peu veritable (les nauigations des modernes l'ayans fort bien defcouuert depuis) comme ce qu'il reprend d'Herodote au 20. chap. du 12. liure: car c'est és Ifles des Moluques tref-efloignées de l'Ethiopie, que vient la canelle. De la Cafia nous ne fommes gueres bien inftruicts, & que c'est. Mais la Myrrhe nous est affez cogneuë & frequente chez tous les droguiftes, & fort vfitée en la medecine: de l'employer neantmoins és parfums & encenfemens, certes l'odeur en est trop forte & mal-plaifante, voire totalement ennuyeufe & infupportable; fi d'aduanture ce n'eftoit à gens qui euffent bizarrement leur affection à cela; tout ainfi que les Mores de la Barbarie boiront plus volontiers & friädement vn grand verre d'huille d'oliue rance, puante, & infecte, qu'ils ne feroient de la Maluoifie ou Mufcatel. Au refte la Myrrhe est gomme d'vn arbre auffi bien que l'encens, prouenant en vn mefme pays: & laquelle pour raifon de fon excellente amertume on employoit iadis fort cômunemët pour embaufmer les corps morts, pourautant qu'elle empefche la corruption, & conferue la chair par de longues reuolutions d'années & en fon entier. La caufe pourquoy elle est defdiée à Venus, est que les Poëtes feignent Myrrha auoir efté fille de Cyniras Roy de Chypre, dôt elle deuint elle mefme amoureufe, tant que par la tromperie d'vne nourriffe il geut auec elle, & l'engroffa d'Adonis, ce bel Iouuenceau que depuis Venus aima tant; mais il fut en la fleur de fon aage tué d'vn Sanglier par la ialoufie de Mars, qui luy fufcita cette befte à l'encontre. Le pere s'eftant tout à l'inftant apperceu de ce forfait, la pourfuiuit à coups d'efpée pour la maffacrer, & elle gaignant au pied se fauua en la contrée des Sabéens, là où d'ennuy, de trauail, & melancholie, elle tranfit, & fut conuertie en vn arbre du mefme nom, lequel defgoutte cette liqueur qui se glace en gomme. Adonis qui eftoit accomply de former, se ietta dehors de fon ventre par vne creuaffe de l'arbre dont les Nymphes Naïades le receurent & efleuerent tant qu'il fut defia grandelet, que Venus le choifit pour fon amoureux. De là est venu qu'on luy a defdié le Myrrhe comme vne chere larme de sa belle mere. Plutarque en fes Paralleles, en la 22. Conference, racompte cecy des transformations de Theodorus, & vne autre chofe toute femblable de Valeria Tufculanaria, apres Ariftides le Milefien. Pour le regard des autres deux, à sçauoir de l'Encens, & de la

Canelle, ie ne ſçay pas pourquoy particulierement on les attribuë à Venus: ſi ce n'eſtoit pour le regard de Caſia, de ce qu'on l'appelle en Grec κιιᾱμøν, dont parle Theophraſte au 1. liur. chap.16. Et Pline au 21.9. dit que Hyginus appelle Caſia par ce mot *Cneoron*: lequel eſt equiuoque à cet arbriſſeau, & à la plus ſecrette partie de la femme, ou domine Venus. Puis-apres qu'on vouluſt entendre par ces trois eſpeces les trois portions de l'vniuers, qui furent aſſignées par Saturne à ſes trois enfans ; à ſçauoir le Ciel, auquel conuient aucunement l'Encens, eſtant dit Thus quaſi θύσν, ou *Diuin*, à Iuppiter : la marine à Neptune, & à elle la Myrrhe à cauſe de ſon amertume: la terre à Pluton, & à cette cy le Cynamome pour ſa grande ſechereſſe ; mais l'Or luy conuiendroit mieux, pource que c'eſt le Dieu des richeſſes dont ce metal obtient le principal lieu ; ainſi que nous dirons en la naiſſance de Minerue. Auſſi Venus eſtoit triple comme nous auons dit cy deſſus : Celeſte ; Pandemienne, ou terreſtre ; & la troiſieſme Apoſtrophie, des conuerſions & retours de la mer. Au demeurant les Magiques ſuperſtitions ſe preualloient en leurs ouurages de certains parfums & encenſemens compoſez ; à chaque Planette le ſien propre & particulier, en quoy ils mettoient de fort grandes vertus & efficaces. Car Porphyre allegue que par des vapeurs & exhalations artificielles s'allechoient fort facilement les Demons, pour en faire ce qu'on vouloit ; & ſe procreoient de tonnerres, foudres, tempeſtes, & orages. Ce que Pline refere à la teſte & au foye du Chameleon, bruſlez au haut de la maiſon ſur les thuiles : auec autres ſemblables Nigeries. Le parfum doncques de Venus ſeruant à attraire l'Amour eſtoit de Muſc, Ambre-gris, bois d'Aloés, Roſes rouges, & Coral rouge ; le tout empaſté & confit auec des ceruelles de Paſſereaux, & du ſang de Pigeons. Mais il y en auoit vn encore vniuerſel à tous les effects des Planettes, baſty par Hermes des ſept principaux Aromates qui leur ſont les plus agreables : le Coſte pour Saturne ; la Noix muſcade à Iuppiter; le bois d'Aloés à Mars ; le Maſtich au Soleil ; le Saphran à Venus; le Cynamome à Mercure ; & le Myrte à la Lune. Plutarque à ce meſme propos ſur la fin du traicté d'Oſiris, dit que les Preſtres d'Egypte auoient anciennement accouſtumé d'offrir trois fois le iour des Encenſemens au Soleil. A ſon leuer vn de Reſine, à midy de Myrrhe, & au ſoir d'vne compoſition faicte de ſeize ingrediens appellée *Kyphi*. Ie puis au reſte (laiſſant à part les Allegories de ces myſteres vn peu tenebreux dire pour choſe plus clere, que des grains d'Encens & de Myrrhe, mis dedans les deux moitiez d'vn œuf dur, au lieu du iaune ; & laiſſez ainſi à la cue ſur iour, & la nuict au ſerain, cela ſe reſout en vne liqueur qui nettoye tres-excellemment la face, oſte toutes les taches & macules qui y pourroient eſtre, voire efface les marques & veſtiges reſtant des maladies veneriennes. A quoy le benioüin qui pour ſa treſſuaue odeur deburoit pluſtoſt eſtre deſdié à Venus que ny l'encens, ny le Cynamome, eſt encore plus vertueux, pour raiſon de ce qu'il participe beaucoup de la nature & ſubſtance de l'argent vif. Car apres l'auoir maceré par cinq ou ſix iours dãs de l'eau de vie, (autrement ne ſe peut il bonnement diſtiller ; ny la Myrrhe ny encens nom-plus) la premiere choſe qui ſort de luy, (l'eau de vie en eſtant ſeparée par feu leger) eſt vne gomme blanchaſtre & ſolide, qu'on appelle la manne, qui ſe ſublime en eſguilles comme ſont les ſubſtances mercurielles ; laquelle donne quelque luſtre & couleur d'argent au cuiure, preſque cõme ſeroit l'Orpiment ou Arſenic : & eſt merueilleuſement propre au mal qu'on ſouloit appeller de Naples. Puis apres ſe diſtile vne huille de couleur de Iacynthe : & finablement à plus forte expreſſion de feu vne autre huille plus noire & eſpoiſſe. Toutes eſſences qui ont de merueilleux effects és accidens de la preſente Deeſſe, ou contagion qui part d'elle.

Et si me ſemble reſpirer ic ne ſçay quoy de Sapho. C'eſt à mon aduis ce qui ſuit puis apres qu'il veut entendre. *Que les filles icy depeintes chantent quelques vers de Sapho.* Car il y a vn peu plus bas, que *leur armonieuſe voix s'esbat ſur l'vn des plaiſans & amoureux deuis de Sapho.* Cette femme icy a eſté touſiours renommée pour la plus excellente en la Poëſie de toutes celles qui furent oncques ; tellement que Fallias le Methymnéen n'a point eu plus de reputation de pas vn de ſes œuures, que pour auoir commenté Alceus, & Sapho. Strabon l'appelle vne merueille en la nature, à qui l'on n'en peut parangonner d'autre en cas de vers. Et il y en a eu pluſieurs de fort grand bruit ; comme les trois Corynnes, & quelques vnes des diſciples de cette-cy ; dont Suidas met pour les principales, Anagora Mileſienne, Gongyla Colophonienne, Eunica Salaminienne. Papinius en l'Epicedion au chant funebre de ſon pere la loge parmy les plus excellens Poëtes.

> *Quantus equos pugnaſ̃ɡ, virûm decurrere verſu*
> *Mæonides. Quantumque pios ditarit agreſtes*
> *Aſcræus, Siculiſque ſenex. Qua lege recurrat*
> *Pindaricæ vox flexa lyræ, volucrûmque precator*
> *Obſitus, & tetricis Alcman cantatus Amyclis.*
> *Stheſichorúſque ferox, ſaltúſque ingreſſa viriles*
> *Nõn formidata temeraria Chalcide Sapho.*

Finablement apres auoir bien fait l'amour d'vne maniere & d'vne autre, elle s'en-amoura d'vn beau ieune mignon Lesbien nommé Phaon, & s'en picqua de telle ſorte, que vaincuë d'impatience

tience elle fit volontairement le faut Leucadien, dont nous auons parlé cy deuant au tableau du Bosphore. Elle a escript tout plein de choses dont rien n'est paruenu iusques à nous, sinon de petits fragmens descousus, le plus entier desquels est vn'chant amoureux à la Deesse Venus fort delicat & pathetique, qui se commence en cette sorte; n'estans pas du tout hors de propos que ce ne peult estre ce que les filles chantent icy, s'il n'estoit si particulier à son faict.

> ποικιλό-θρον᾽ ἀθάνατ᾽ Ἀφροδῖτα,
> παῖ Διὸς δολοπλόκε, λίσσομαί σε
> μή μ᾽ ἄταισι μηδ᾽ ἀνίαισι δάμνα,
> πότνια θυμόν.

F I L L E *immortelle de Iupiter, Venus seant au beau madré-throsne, subtile artisanne de ruses, ie te supply ne m'accabler point l'esprit de fascheries & ennuys, venerable Deesse: mais vien icy à moy par amour, si iamais tu as exaucé mes deuotes prieres. Car quand tu abandonnes le haut manoir de ton pere pour t'en venir icy bas, portée sur vn magnifique chariot doré, que tes petits passeteaux roullent d'vne grande legereté, hachans dru & menu de leur aislaittes noircissantes à la descente du ciel à trauers l'air, ils y arriuent tout aussi tost: & toy bien heureuse, riant d'vne face immortelle me viens demander quelle chose me peut estre arriuée ne pourquoy ie t'ay fait venir: quel soulagement ie te requiers estre donné à mon esprit ainsi transporté? Et quel seruiteur tu me gaigneras de rechef, l'enueloppant és amoureux filets? y a il doncques quelqu'vn, ma Sapho, qui te meprise? Car s'il te fuit maintenant, ne tardera gueres qu'il ne coure apres toy. S'il ne reçoit tes presens, il t'en donnera d'autres: & s'il n'aime point, il aimera tant incontinent; & fera ce que tu voudras. Vien doncques à mon secours ô sainte Deesse, pour me deliurer de ces fascheux soucis; & tout ce que mon cueur desire si ardemment obtenir, accompli le moy, m'assistant pour coadiuteur au combat.*

Plutarque au traicté de l'Amour dit que tout ainsi que Cacus fils de Vulcan iettoit feu & flamme par la bouche, aussi le langage de Sapho estoit entremeslé d'vne ardeur telle qu'on peut assez voir par ces autres vers, lesquels Catulle a empruntez presque de mot à mot.

> Φαίνεταί μοι κῆνος ἴσος θεοῖσιν
> ἔμμεν᾽ ἀνήρ, ὅτις ἐναντίον τοι
> ἱζάνει, καὶ πλάσιον ἁδὺ φωνεύ-
> σας ὑπακεύει.

> *Ille mi par esse Deo videtur,*
> *Ille si fas est superare diuos,*
> *Qui sedens aduersus identidem te*
> *Spectat & audit.*

Tant estoient actiues & emflambées les conceptions elegantes de cette docte amoureuse Dame: dont il ne se faut pas esbahir si la renômée en est paruenue iusques à nous, combien que son peut estre disgracié destin nous ait enuié le parensuz de ses diuins escripts; lesquels s'ils ont esté choisis par dessus tous autres en cette belle assemblée de filles, ce n'est pas sans bonne raison; attedu que iamai sautre (ce me semble) ne merita mieux du seruice de la Deesse qu'elles entendet celebrer.

L A coustume au demeurant souloit estre en l'ancien Paganisme, que les filles de bonne maison s'assembloient par trouppes, ornées de bouquets, guirlandes & chappeaux de fleurs comme Nymphes gentilles, pour aller aux temples chanter les Hymnes és festes solemnelles, ou és espousailles de quelqu'vne de leurs compagnes, l'Epithalame du soir, quãd on menoit coucher la mariée. Ce qui s'appelloit κατακοιμητικὸν: & celuy du matin διεγερτικὸν, que nous disons communément vn reueil. Plus quand elles s'en alloient faire vne dance à par-elles en quelque iardin, verger, prairie, ou boscage, ainsi que l'a touché Theocrite és dixhuict & dixneufieme Eidyllions; descriuant le mariage d'Helene & le rauissement d'Europe. Pareillement Apollonius au premier des Argonautes, quand Orythie fut enleuée par le vent Boreas: & Coluthus au rapt d'Helene par le Troyen Paris, où il introduit les Demoiselles d'Hermione qui la consolent sur l'absence de sa mere en cette sorte:

> ἢ τάχα νυμφάων ἐς ὁμήγυριν ἀγχιγυναίων
> ἤλυθεν, ἴρῆς δὲ σωπαλαίξοσα κελεύθου,
> ἵσταται ἀσχαλόωσα καὶ ἐς λειμῶνα μολοῦσα
> ὡράων δροσόεντας ὑπαὶ πεδίοιο θαλάσσει.

> *Nous vous supplions ne vouloir*
> *Ainsi sans cause vous douloir;*
> *Elle sera peut estre allée*
> *S'esbattre en quelque assemblée*
> *De filles; ou bien sur le tard*
> *Se promener trop à l'escard.*

Toute seule emmy la prairie,
Dont elle est maintenant marrie.

Ce qui se conforme à ce qui est dit puis-apres de celles cy, dont l'habillement, la beauté, & la gentillesse sont depeintes selon les Epitheres vsitez dans Homere, & autres anciennes poësies; mesmemét ces quatres icy enfilez tout d'vn rang: car Philostrate n'est pas en cest ouurage moins mignard & elabouré que les Poëtes. Ῥοδοπήχεις, *Ayant les espaules & les bras vermeils comme roses.* Hesiode en la Theogonie, πα σθένη τ᾽, ἐρατά τε, καὶ εὐνέκεη ῥοδόπηχυς. Et deux ou trois carmes au dessoubs. Ἱ᾽ πωρθόϊη τ᾽ ἐρόεσσα, καὶ Ἱ᾽ πωρίοη ῥοδόπηχυς. Suit puis-apres, ἑλικῶπιδες, que les vns interpretent pour les yeux noirs; les autres pour attrayans; & le veulent faire venir de ἑλιξ dont nous auons parlé cy dessus en ce mesme tableau. Homere au premier de l'Iliade parlant de Chryseis: ωρὶν γ᾽ Ἀπὸ παρεὶ φίλῳ δόμεναι ἑλικῶπιδα κύρῃν. Plus en l'Hymne de Castor & Pollux il surnomme ainsi les Muses. ἀμφὶ Διοσκύρες ἑλικῶπιδες, ἴαετε μόσωςα Et Pindare tout au commencement de la sixiesme des Pythiennes. Ἀκέσατ᾽· ἡ γὰρ ἑλικῶπιδος Ἀ᾽φροδίτας. Le troisiesme χαλικώπηνοι. Au lieu dessusdit de l'Iliade, de la mesme Chryseis. Θείοιθρ᾽ ιας δ᾽ αὐτὶω χευσιόπιδα χαλκώπηνοι. Et vne autre fois encore quelques vers au dessoubs, ensemble en tout plein d'autres endroits. Et μελίφωνος finablement; qui est vn Epithete tiré de la douceur du miel. Ce que ie ne touche icy qu'afin de monstrer combien est delicat & gay le parler des Sophistes (ie ne veux pas dire affetté) qui pour l'enrichir & luy donner grace s'approchent le plus qu'ils peuuent des Poëtes. Aussi est ce à la verité, comme nous auons desia dit ailleurs, là ou il faut que nous peschions, pour rehausser nostre vulgaire, tout ainsi qu'auec de la soye, auec du fil d'or & d argent si l'on venoit à rembellir quelques ouurages esbauchez de laine, qui a de soy vn lustre par trop morne & melancholique. Car iusques icy nous n'auons fait par maniere de dire, que hacher à tire d'aisle, & encore assez pesammét rez à rez de terre, là où les Poëtes de nostre temps s'en sont allez, au moins les bons, à guise de quelque Gerfaut ou Faucon peregrin perdre là haut dans le ciel, d'vne tres-heureuse hardiesse; qui nous semond & inuite à oser faire le semblable, bien que plus modestement & plus retenus: car beaucoup de choses sont permises, voire loüables en eux qui seroient à blasmer en nous, si nous nous voulions desbander plus que la sobrieté de l'oraison solue ne requiert & ne souffre: & non seulement debuons nous aspirer à leurs beaux vocables, leurs phrases, & autres riches manieres de parler, mais encore par leur exemple conformer nos clauses à vne mesure & cadence reglée, dautât qu'elles ne sçauroient sans cela sonner gueres bien à l'oreille des escoutans, ne leur donner aucun plaisir & contentemét, qui leur penetre & esmeuue l'affection. A quoy il faut aduoüer que l'exercitation des vers mesurez nous est non seulement vtile & fort à propos, mais tres-que necessaire encore, à cause de leurs proportions numereuses, qui introduisent comme en dormant, & font couler dedans nostre ame le langage qui vient de dehors heurter à l'oüye, de la mesme esgalité & douceur que distille vn beau filet d'huille; lequel (nonobstant qu'il coure) on ne void toutesfois en façon que ce soit remüer. Et de fait cette maniere de composition s'accorde fort bien auec la musique; aussi faut-il nommément que nostre parler se conduise par certains accords. Plutarque à ce propos dit bien plus au 9. des Symposiaques, quest. 15. Que la poësie & par consequent l'oraison mesurée, a vne grande conuenance & affinité auec le bal & art de danser; le tout à cause des cadences qui doibuent estre obseruées en l'vne & en l'autre; sans lesquelles il n'y a lâgage qui ne soit comme vn corps sans ame. Et en la vie de l'Orateur Demosthene; qu'estant rude de son naturel, & fort mal propre à haranguer, le premier qui luy dressa son style & action à vne belle maniere, fut certain ioüeur de Comedies nommé Satyrus, qui par ses gestes & mouuemens accoustumez sur l'eschaffaut, luy reforma la prononciation & contenance, à quoy il se façonna depuis. Mais quelque belle action qu'on puisse auoir, ne quelque voix eloquente agreable, si ce que l'on recite n'est beau de soy, & troussé elegamment comme il faut, Roscius mesme n'en sçauroit faire son proufit, ny le desguiser qu'il peust plaire. Au moyen dequoy toute la poësie & musique, toutes les autres arts & professions se reiglans par les cadences & mesures sont entierement necessaires à la parole & escripture, i'entends des elabourées, ou l'on se veut parforcer de bien dire: si d'auanture nous n'aimons mieux crouppir tousiours en nostre premiere rottine, lourde grossiere & mal-plaisante; ny plus ny moins que si pour nous promener en public, nous voulussions faire noz monstres sur quelque paure chetif trottier, ou traquenard hecquené, poitral & crouppiere renoüez auec des esguilletes borgnes, au lieu de monter sur vn beau coursier ou cheual d'Espagne richement harnaché. Cela nous est venu à propos de toucher icy, puis qu'il est question de la beauté & des graces, qui ne doiuent auoir moins de part en nostre langage, qu'en tout le reste de noz actions. Car dans Homere le sacré tissu de Venus non seulement est garny de mignardises & attraits d'Amour, de desir, & volupté; mais d'vne façon de douceur de parler, qui seule peut plus que tout le reste ensemble, pource que le principal entretenement de l'Amour, vient de la parole.

ἔνθα δὲ οἱ θελκτήρια πάντα τέτυκτο.

αὐ θ᾽

ELEPHANTINE. 283

ἔνθ' ἔνι μὲν φιλότης, ἐν δ' ἵμερος, ἐν δ' ὀαριστὺς,
πάρφασις.

Aussi Sapho reproche à vne grande Dame riche & opulente, & encores par-aduanture
plus belle & plus ieune qu'elle, ces mots icy, que Plutarque allegue à la fin des preceptes
de mariage.

κατθανοῖσα δὲ κείσεαι,
οὐδέ μναμοσύνα σέθεν
ἔσσετ'· οὐδὲ γὸ μετέχεις ῥόδων
τὼ ἐκ πιερίας· ἀλλ' ἀφανὴς κἐν ἀΐδαο δόμοις
φοιτάσεις· οἱ δὲ γ' οὐδὲ εἰς
βλέψη παϊδ' ἐς ἀμφιρῶν νεκύων ἐκπεποταμλῥύαι.

Morte gerrai sans qu'il soit cy-apres memoire de toy, pour ce que tu ne participes aux belles roses de la
montagne Pierie: ains t'en iras és bas manoirs de Pluton, là où ne te verra plus personne, quand tu t'en
seras vollée vne fois aux obscures & debiles ombres. Entendant par les fleurs de la Pierie, les riches façons de parler que nous eslargissent les Muses, ausquelles cette montagne est dediée,
& dont elles sont appellées Pierides. Au moyen dequoy les anciens (comme il est dit au commencement du mesme traicté, & dans les Eliaques de Pausanias aussi) auoient de coustume
de loger la statuë de Venus aupres de celle de Mercure, le Dieu d'eloquence; ensemble celle des
Graces, & de la Deesse Pitho ou persuasion.

E L L E S *dient Venus auoir esté née de la mer par l'influence du ciel.* Ouide en la fin de l'Epistre de
Sapho à Phaon.

Solue ratem, Venus orta mari mare præstat eunti.
Et en celle de Leander à Hero.
Quod timeas non est, auso Venus ipsa fauebit,
Sternes & æquoreas æquore nata vias.

Pausanias és Corinthiaques descriuant le temple de Neptune en l'Isthme. *Il n'est pas* (ce dit-il)
gueres grand, & au sommet y a des Tritons de bronze. A l'entrée se voyent deux statuës de Neptune, la
troisiesme est d'Amphitrité, auecques vne mer de la mesme estoffe: & au dedans, quatre cheuaux tous dorez,
excepté la corne qui est d'yuoire. Plus deux Tritons dorez sur les cheuaux, d'yuoire semblablement vers
les flancs & la crouppe. Dans le chariot sont Amphitrité & Neptune, auecques l'enfant Palemon debout
sur vn Dauphin: l'vn & l'autre faicts d'or & d'yuoire. En la base sur laquelle est planté le chariot, est expri-
mée la haute mer soustenant sa fille Venus, & de costé & d'autre les Nereides. Puis apres il dit qu'en la
ville d'Hermione y auoit vn temple dedié à Venus surnommée grande statuë de marbre fort blanc, d'vn ouurage admirable. Et par tout le monde a esté autrefois en si grand bruit cette Deesse representée par Apelles sortant de la mer, pour cette raison
appellée ἀναδυομένη, dont parle Pline au trente-cinquiesme 10. Quelques-vns ont aussi voulu
tirer, & mesmes les interpretes d'Hesiode, ce mot de φιλομειδὴς, non de μειδία̈ rire, mais de
μήδεα, les parties secrettes que Saturne à tout sa grand faux couppa à son pere le ciel; desquelles
estans tobées dans la mer, fut engédrée Venus. Que si cette fiction Poëtique est réuoyée à la Philosophie mystique, cela ne s'esloignera pas du tout de nos saintes lettres, c'est à sçauoir que Dieu
ayant formé en sa Sapience, que les Gentils appellent Minerue; nous, son bien aymé fils Vnique, toutes choses côme en vn autre soy-mesme, c'est à dire les Idées ou especes premier que de
les produire en estre, par mesme moyen il distingua les deux sexes, suiuant ce qui est dit en Genese premier, *masculum & fæminam creauit eos*: parlant de l'homme, qui toutesfois ne fut formé
du limon de la terre, qu'au chapitre ensuiuant, il les appria puis-apres sexe à sexe, leur ordonnant de croistre, multiplier & remplir la terre & la mer: pour la continuation & maintenement
de ce beau chef d'œuure, produit en estre par sa seule parole. Mais les Poëtes & les Philosophes
l'ont traicté plus grossierement, & pres de nos sens: que les semences des choses creees s'estans
deuoluës du ciel icy bas, la nature leur auroit là dessus institué vn mariage ou copulation par
eux appellée Venus, du masle auecques sa femelle, dont chacune espece vient à estre produite
en sa saison, & à vn temps determiné; lequel est aussi representé par Saturne, pour cette occasion appellé χρόνος, quasi χρόνος, qui signifie le temps. Parquoy les Egyptiens auoient accoustumé de façonner leur Osiris, qui n'est autre chose que le Soleil, autheur secondairement de toute vie & generation, auecques ses secretes parties tout à descouuert, & redressées pour l'acte
Venerien. Mais si la mesme fiction est appliquée à la naturelle Philosophie, cela ne voudra dire
autre chose, sinon que la semence qui est de nature de feu estant meslee auecques l'humeur, est
commencement de generation: car du chaud & humide toutes choses sont procrées: & pour
ce qu'en cette generation est requis le mouuement auecques l'humidité, lesquelles deux choses
sont en la mer, comme on les peut assez voir en ses venues & retours, qui symbolisent au Diz-

A a iij

ſtolé Syſtolé des animaux, on feint que la femence de Venus a eſté infuſe du ciel en la mer, où elle en a eſté procrée. Puis apres, côme dit Plutarque au cinquieſme des Sympoſiaques, queſtion dixieſme, le ſel, dont la mer conſiſte preſque toute, hors-mis de quelque portion d'eau douce, qui y eſt entremeſlée pour la rendre & tenir liquide; & ce par vne prouidence de nature, car autrement elle ſeroit inutile, & rien n'y pourroit viure ny demeurer : le ſel (dit-il) eſt fort propre à generation, prouocante à luxure par ſa chaleur & acrimonie mordicante. Tellement qu'on aduance les chiennes à porter en leur faiſant manger des ſalleures : & les vaiſſeaux chargez de ſel, ſont bien plus ſubiects que les autres à engendrer des rats & ſouriz : dans leſquels meſmes les femelles s'engroſſiſſent ſans conionction de maſle, en leſchant ſeulement le ſel. Auſſi ce mot de *Salacitas*, qui ſignifie *laſciueté*, en eſt venu; & le ſel encores eſt pris pour les graces qu'on attribuë à Venus : outre ce qu'il eſt ſauce, condiment, & appetit de toutes viandes, qui ſans cela demeureroient fades, de mauuais gouſt, peu agreables, & mal aſſaiſonnées. Au moyen dequoy Venus auroit eſté appellée ἁλιγενὴς, c'eſt à dire engendrée de la mer, & les Dieux marins ſont feints par les Poëtes touſiours autheurs d'vne tres-plantureuſe lignée. C'eſt la raiſon pour laquelle les gens d'Egypte, gens fort religieux, & d'vne tres-ſeuere & eſtroitte regle, s'abſtenoient totalement de l'vſage du ſel, comme par trop excitatif de volupté & concupiſcence. Car ce qu'Homere au 9. de l'Iliade l'appelle diuin ou ſacré, πάσσε δ᾽ ἁλὸς θείοιο, eſt à mô aduis pour raiſon qu'il empeſche la pourriture & corruption. Mais les Philoſophes Chymiſtes tirans cette fable à leurs inuentions, l'ont plus proprement (ce me ſemble) accommodée que nulle autre qu'ils ayent emprunté des Poëtes; tant aux ouurages de la nature que de l'art : prenans en celuy-là le ſoulphre pour le ciel, qui eſt de nature de feu, côme auſſi eſt le ſoulphre, & les foudres ſoulphreuſes, qu'on attribuë à Iupiter dominateur du ciel. Auſſi Fulgêtius en ſon Mythologique recite d'Apollophanes, que les quatre enfans de Saturne repreſentêt les quatre elemês : attribuant Iupiter au feu, car ξῶς, ſignifie côme vne ou chaleur bouïllante, ou feu, ainſi que veut Heraclite : Iunon à l'air : Neptune à l'eau : & Pluton à la terre. Ainſi les parties generatiues du ciel luy ayans eſté tranchées par ſon propre fils Saturne, ſont le germe; eſprit, ou eſſence du ſoulphre. Lequel eſtant tôbé dans la mer; c'eſt à dire cheut ſur le ſel(car la mer n'eſt autre choſe que ſel reſout & liquide, côme nous auons dit cy-deſſus) engêdrent eux-deux enſemble Venus, à ſçauoir le Vitriol, qui eſt le principe & le fondement ſpecial du cuyure; & la principale, voire totale ſubſtance d'iceluy, plus particulierement que de nul autre des metaux : combien qu'il ſe communique à tous, côme eſtant leur interne & radical ſoulphre, ſans lequel nul argent vif ne ſe pourroit congeler, & meſmement en metal. Ce qui auroit paraduanture meu Paracelſe de l'appeller en ſon liure, *de Vitalonga* le premier metal; toutesfois on defere plus proprement cela au plomb ou Saturne. Cette grande conuenance du Vitriol auecques le cuyure, où Venus ſe peut aſſez apertement cognoiſtre en la reſolution d'iceluy : & auſſi que le Vitriol conuertit le fer en fin cuyure : ce qui ne s'eſloigne gueres de ce qu'Homere au cinquieſme de l'Iliade dit : *Que les enfans du Geant Aloeus, à ſçauoir Othus & Ephialtes lierent Mars de chaiſnes de cuiure, & le tindrent ainſi par treize mois, iuſques à ce que Mercure l'en alla deliurer;* car cette tranſmutation ne ſe peut bonnement faire ſans le Mercure ou argent vif.

> τλῆ μὲν Ἄρης, ὅτε μιν Ὦτος κρατερός τ᾽ Ἐφιάλτης
> παῖδες Ἀλωῆος δῆσαν κρατερῷ ἐνὶ δεσμῷ.
> χαλκέῳ δ᾽ ἐν κεράμῳ δέδετο τρισκαίδεκα μῆνας·
> καί νύ κεν ἔνθ᾽ ἀπόλοιτο Ἄρης ἄτος πολέμοιο,
> Εἰ μὴ μητρυιὴ περικαλλὴς Ἠερίβοια
> ἑρμέᾳ, ἐξήγγειλεν ὁ δ᾽ ἐξέκλεψεν Ἄρηα
> ἤδη τειρόμενον χαλεπὸς δὲ ἑ δεσμὸς ἐδάμνα.

Venus donques vient premierement aborder en Chypre ; pour ce que les premieres & plus excellentes mines de Vitriol & de cuyure, furent deſcouuertes en Chypre, dont il auroit par vne certaine Antonomaſie ou precellence eſté communément appellé le Vitriol de Chypre, qui auoit outre & par deſſus tous les autres quelque portion d'or meſlée parmy. Ce qui pourroit par-aduanture auoir meu les Poëtes de ſurnommer Venus χρυσῆν, dorée. Et Geber au trentedeuxieſme chapitre de ſa Somme. *Vidimus laminas æris diuturno aquæ fluxu lauatas, & per triennium in Solis calore excoctas, in quibus inuentum eſt aurum puriſſimum.* Car elle eſt fort aiſée à conuertir en or & argent ; comme il dit au trente-ſixieſme enſuiuant. Si que meſme elle eſt la propre teincture qui peut graduer l'or plus haut que la nature, & le pouſſer iuſques à vne rougeur infinie : comme dit le meſme Philoſophe au dix-huictieſme chapitre des Fourneaux. *Et ſi tuum in hoc adiutorium Venus optimè purgata & diſſoluta, cùm ab ea extrahatur ſulphur mundiſſimum tingens & fixum.* Paracelſe à ce meſme propos du Vitriol & de Venus au traicté de la teincture philoſophique dit cecy : *At ſi cupias id ex vnitate;* (à ſçauoir le ciel : car rien n'eſt plus vniforme que luy) *per dualitatem*

tem (le fel) *in ternario* (le Vitriol qui fe faict des deux affemblez pour la compofition d'vn tiers, reprefenté par le Trident de Neptune Dieu de la mer) *cum æquali permutatione cuiuſque deducere; tuum iter ad meridiem* (la chaleur qui eſt la plus forte à l'endroit du Midy, & des parties meridionales) *dirigas oportet, & ſic in Cypro votum conſequeris tuum.* Ce qu'il a prefque tiré mot à mot de l'Epiſtre de l'Abbé Trithemius au Prefident de Gaigny. Le Vitriol puis-apres fe venant rencontrer dans la terre auecques l'argent vif, de cette mixtion & aſſemblement fe procreent tous les metaux, & fubſtances metalliques. Car le fulphre vulgaire n'eſt pas de foy immediatement & en toute fa fubſtance leur procreation, comme le monſtre aſſez de Rupeſciſſa & autres Philoſophes de cette fequelle. Mais en l'ouurage de l'art qui commence ou nature acheue le ſien, le Vitriol eſtant meſlé auecques l'argent vif, ne produit pas vn metal. (*Neque enim intentio noſtra eſt facere vnum fruſtum metalli, ſed rem multo nobiliorem,* ce dit Raymond Lulle, au ſecond chapitre de ſes Intentions) ains vne tierce fubſtance compofée de ces deux, qui eſt le commencement de l'œuure philoſophique pour la tranſmutatoire : ainſi qu'on peut voir dedans Morienus, & au grand rofaire d'Arnaud. N'y ayant rien en ce monde (comme tefmoigne George Ripla Anglois tres-docte en fon traicté intitulé *Pupilla artis Chimicæ,* qui puiſſe tirer la pure fubſtance fulphurée ou teincture du Vitriol, que l'argent vif. *Nam nihil poteſt extrahere à Vitriolo tincturam ſuam realem à ſuis duobus extremis, quæ ſunt terra & aqua, excepto ſolo mercurio.* Et en l'Epiſtre au Roy Edoüard : *Inde oritur noſtrum ſecretum ſulphur alioqui inuiſibile, ab eo extractum mirabili ſua virtute attractiua ; non aliter quàm Apis mel ex floribus exugit, quod nulla alia creatura facere poteſt.* Ce qu'a auſſi plus amplement traicté le deuant dict de Rupeſciſſa, en ſa Practique. Les deux fubſtances de Venus ou de Vitriol, & de Mercure ioinctes enſemble, produiſent vn enfant qui a des aiſles auſſi bien que ſon pere Mercure, mais au dos ſeulement, & celuy-là à la teſte & aux pieds : lequel enfant s'appelle A M O V R, pour la grande amitié, concordance, & equalité de toutes les parties elementaires qui eſt en luy ; & C V P I D O N, à cauſe qu'il eſt tant defiré de tous. Et ſi cela n'eſt pas du tout extrauagant ny hors de propos ; car Ciceron au troiſiefme de la nature des Dieux, met vn Cupidon fils de Mercure & de Venus. Finablement au grand œuure, l'or qui eſt la derniere action & effort de nature, ainſi que nous l'auons monſtré ailleurs, eſt pris pour le ciel ou le foulphre parfaict : dont la femence ou partie generatiue eſt couppée par Saturne qui eſt le plomb. Lequel Saturne a des aiſles ; ce qui denote qu'il n'eſt pas du tout fixe, auſſi le void-on bien aifement tourner, & s'en aller la plus-part en fumée és cendres & couppelles. Sa faux eſt l'acuité de ſon eau inciſiue & trenchante, ſans laquelle l'eſprit ou teincture de l'or ne ſe peut iamais commodément ſeparer de ſon corps : pour eſtre puis-apres replantée en vn fel de la plus noble nature vegetale, ou il s'acheue de vollatilifer, s'augmente & accroiſt de couleur iuſques en infiny. Et cela eſt le germe qui tombe du ciel en la mer, dont ſe forme Venus ou le Vitriol philoſophique, autrement appellé Ziniar, qui ſignifie en Arabe *lumiere de beauté,* lequel teinct tous les autres metaux en Or, & eſt la ſouueraine medecine des corps humains.

E L L E S *diſont que ce fut en Paphos que Venus aborda premierement.* Nous auons dict cy-deuant, comme Pygmalion fils de Cilix, eſtant deuenu amoureux de l'image d'yuoire que luymeſme auoit taillée, & laquelle à ſes prieres & interceſſions la Deeſſe Venus anima, il en eut depuis vn fils appellé Paphus, qui fonda en l'vn des promontoires de l'iſle de Chypre vne ville de ſon nom : (Stephanus dit qu'anciennement elle eſtoit appellée Erythra) là ou les filles auoient accouſtumé de ſe proſtituer ſur le riuage de la mer à cauſe qu'il y abordoient celle-part, tant par vne charité pitoyable enuers les pauures paſſans affamez en l'honneur de la Deeſſe, que pour y amaſſer peu à peu leur mariage ; car puis-apres elles viuoient en femmes de bien, & en bon meſnage auecques leurs maris. De cette ville rien ne nous en eſt reſté que le nom ; & la qualité que les Poëtes en ont attribué à Venus, à qui elle eſtoit dediée. Virgile.

Eſt Amathus, eſt celſa mihi Paphos, atque Cythæra. Horace en la trentiefme Ode du premier liure. *O Venus regina Gnidi, Paphique, Sperne dilectam Cypron.* Et Pline au nonante-huictiefme chapitre du ſecond liure. *Celebre fanum Veneris habet Paphos, in cuius quandam aream non impluit.* Pauſanias és Arcadiens, s'approchant vn peu plus de la vray-ſemblance hiſtorienne, dit qu'Agapenor fils d'Anceus, & chef des Arcadiens à la guerre de Troye ayant eſté ietté par fortune de mer en Chypre : fonda ladicte ville de Paphos, auecques vn temple dedié à Venus, qui au-parauant ſouloit eſtre reueree en vn endroit de la meſme Iſle appellé les Golges : & ſa fille Laodice vn autre du meſme tiltre de Paphien, en la ville de Legée en Arcadie, l'vne des prouinces du Peloponefe, qu'on appelle maintenant la Morée. Mais Strabon accorde cela, diſant qu'Agapenor de vray fut le premier fondateur de la ville de Paphus, toutesfois que celle de Palepaphus eſtoit bien plus ancienne, celebrée à cauſe du temple de Venus, qui y eſtoit fort magnifique, & de grand apport. Car Phurnutus appelle ce lieu le domicile fauori de la Deeſſe qui en print le nom, ἀπὸ τῶ ἀπαφίσκειν, qui ſignifie deceuoir. Diodore le reduit de ces fictions du tout à vne hiſtoire, que Venus ſe vint habituer d'eſtranges contrées és enuirons de cette ville. Mais voicy ce qu'en patticularise de plus Cornelius Tacitus au 18. de ses Annales, parlant de Titus fils de Vespasien.

Il luy prit (ce dit-il) enuie d'aller visiter le temple de Venus en Paphos, fort celebre, tant enuers ceux du pays que les estrangers. Et ne sera pas chose mal aisée de deduire icy en peu de paroles le commencement de cette Deuotion; l'assiette du temple; & la figure de la Deesse, car on ne la trouue point autre part de la mesme sorte. L'ancienne souuenance tesmoigne que le premier constructeur de ce temple fut le Roy Aerias; quelques-vns dient que c'est le nom propre de la Deesse: mais le bruit plus recent porte que le temple auoit esté dedié par Cynara, & que la Deesse ayant esté procrée en la mer, aborda celle part. Que Thamyras Cilicien y introduit puis-apres la profession & usage de deuiner par les entrailles des victimes: & auroient ainsi conuenu entre eux, que les successeurs de l'vn & de l'autre seroient commis à l'administration des ceremonies. Mais bien-tost apres, afin que la Royale lignee ne fust veuë preceder de rien vne race venuë d'ailleurs, ces estrangers leur remirent dn tout la science qu'ils auoient apportée: tellement qu'il n'y a que le ministre du sang des Cynares à qui l'on voise demander les responces. Les victimes au reste, selon que chacun les offroit, estoient de masles tant seulement: mais le plus certain tesmoignage procedoit des entrailles des cheureaux. Et n'estoit point loisible d'espandre aucun sang sur l'autel, où rien ne se brusloit pour l'encenser sinon des prieres, auecques le feu pur & simple; sans qu'on vist iamais ce lieu-là estre mouillé, nonobstant qu'il fust tout à descouuert. L'effigie de la Deesse n'estoit pas de forme humaine, mais faicte à maniere de boule ronde, plus large neantmoins par embas, & se venant peu à peu à appointuser vers le haut à guise d'vne touppie. La cause de cela ne se sçait. Titus apres auoir contemplé les richesses du lieu, & les magnifiques offrandes des Roys, ensemble toutes les autres choses que les Grecs se complaisans en cela, attribuent feintiuement à vne antiquité incertaine, s'informa en premiere instance touchant sa nauigation.

CAR EN REGARDANT contremont, elles manifestent par là, que Venus est descenduë du ciel; & demenans les mains à l'enuers, qu'elle est yssuë de la mer. Il n'est possible de dire rien plus mignardement, & neantmoins plus significatif que cecy. Car Philostrate voulant descrire vne peinture, qui par vn simple geste nous face entendre tacitement ce qu'à toute peine beaucoup de paroles ne sçauroient exprimer, a obserué la vraye & naifue propriété naturelle, auecques de tres-belles considerations de Philosophie. C'est que l'homme (comme vn autre petit monde) ayant esté formé sur le patron & exemplaire de l'vniuers, entre les cinq sentimens dont il a esté pourueu, les yeux ont esté mis en luy à guise du ciel & des estoilles, car il y a quelque speciale lumiere en eux, dont mesmes ils voyent aucunement en tenebres; & sont tenus pour le plus digne, excellente, & precieuse partie de tout le corps: n'y ayant personne quelconque qui n'aimast mieux perdre tous autres sentimens, voire la parole encores, que la seule veuë: & qui s'il estoit nay aueugle, ne voulust auoir fort volontiers eschangé bras, iambes, nez, & oreilles, pour auoir des yeux; esquels gist le principal contentement que nous puissions auoir en ce monde. Au moyen dequoy les anciens prestres d'Egypte auoient accoustumé en leurs Hieroglyphiques ou sacrées lettres, de representer Dieu par l'œil, comme estant la plus celeste & diuine partie de l'homme; par ce qu'il n'y a membre qui soit nourry de si pur sang. Et sont en nous ainsi comme vne belle claire vitre, à trauers de laquelle se void ce qui est au dedans de nos plus secrettes intentions & pensées: & les fenestres par lesquelles l'amour entre & s'introduit iusques au fonds de l'ame. Voulant doncques les filles depeintes icy donner à cognoistre Venus estre descenduë du ciel, elles esleuent leurs yeux en haut: & par les mains denotent, qu'elle est née de la mer. Car tout ainsi que les yeux sont le plus pur sentiment que nous ayons, & le plus participant de la nature celeste, & és elemens de celle du feu; au contraire les mains, là où consiste plus parfaitement le toucher qu'en tout le reste du corps, où ce sens là le plus grossier de tous est respandu, sont de nature de terre. Mais pour ce que vous les voyez icy peintes remuantes; & que la terre est du tout immobile, elles representent la nature, qui a vn mouuement continuel. L'ouïe, qui est le plus subtil sentiment apres la veuë, tient plus de la nature de l'air, dans lequel se forment & estendent toutes sortes de sons. Le flair ou odorement tient aussi de l'air, mais plus grossierement que l'ouïe, qui n'est pas si materielle: le goust gist totalement en la langue arrousée sans cesse par la pituite de nature d'eau. Ainsi les yeux & les mains sont les deux sentimens extremes, l'vn de la plus celeste nature, & l'autre le plus basse & grossiere. Par ces deux sentimens outre plus sont signifié tout le train, menée & progrez de Venus & Amour; qui prennent leur commencement par les yeux dont depend la veuë, & de là se respandent puis-apres au cœur le desir & concupiscence charnelle, qui tendent de venir aux effects, & s'effectuer par l'attouchement qu'elles representent. Dequoy Pindare semble ne s'estre gueres esloigné en la quatriesme Olympienne quand il dit: χήρες δὲ χ᾽ ὕπερ ἴσον, entendant l'entreprise par le cœur, & l'execution par les mains, comme la marque Triclinius. La main puis-apres estenduë & ouuerte comme elle est icy peinte, estoit vn indice de liberté, telle que Venus la demandé; qui est aussi toute nuë, comme n'estant restreinte ny empeschée d'aucune honte, crainte ou vergongne: & à ce propos il se void des reuers de medailles antiques, là où Venus surnommée Genitrice, est ainsi descouuerte, auecques la main gauche estendue de la mesme sorte. Neantmoins quelques-vns l'inter-

pretent

pretent à la facilité de l'enfantement; à cause que tout au rebours les doigts entrelassez l'vn dans l'autre à guise d'vne chaire brisée, seruoient de charme pour empescher vne femme d'accoucher; ainsi qu'il se practiqua lors qu'Alcmena estoit en trauail d'Hercules, ce dit Pline au vingt-huictiesme liure, chapitre sixiesme. Item la main ouuerte la paulme en haut, monstre que Venus est fort friande de presens, car ceux qui demandent quelque chose, tendent ainsi la main renuersée pour receuoir. Ce pourroit estre aussi pour monstrer que Venus ne se soucie pas beaucoup des sermens, suiuant ce dire du Poëte,

Iuppiter ex alto periuria ridet amantum,
Et iubet Aeolios per mare ferre Notos.

Et de vray ceux que l'on faict iurer ont accoustumé de hausser la main toute droicte, mais le dedans d'icelle pluitost incliné contre bas, que s'aplaty en haut. Le mesme encores és impositions des mains, quand on initie quelqu'vn à vn ministere spirituel, pour mostrer que cette Deesse est du tout attachée aux choses prophanes & charnelles, sans se soucier ny entendre à autres mysteres que ceux qui concernent le plaisir & satisfaction de la sensualité; abbaissant l'esprit humain du ciel, où il se deuroit du tout esleuer, comme à son propre & premier domicile, dedans le goulphre d'vne mer de lasciuetez & delices. Les mains aussi de cette sorte pourroient donner à entendre les vœuz, les prieres, & supplications, à quoy sont inclinées ordinairement les personnes amoureuses, pour paruenir à la iouyssance de ce qu'ils desirent: lesquelles prieres & inuocations se font communément, comme dit Virgile, *Expansis manibus tendens ad sydera palmas.* Mais plus apertement en cet endroit parlàt d'Iarbas: *Multa Iouu manibus supplex orasse supinis.* Qui est le mesme mot dont Philostrate vse icy, τὰς δὲ χῦρας ὑπτίας ὑπτιΐσαι. Finablement on peut voir par cecy que cet autheur est du tout propre & exacte en ses descriptions: à quoy doiuent conformer ceux qui mettent la main tant au pinceau qu'à la plume, de peur d'encourir en des solecismes, tels que celuy dont le Sophiste Polemon (à ce mesme propos) reprit vne fois aux ieux Olympiques, qui se celebroient anciennement à Smyrne certain iouëur de comedies: lequel en vne si grande exclamation de ces mots ὦ ξεῦ, *ô Iuppiter*, abbaissa ineptement sa main vers la terre, & au contraire quand il vint puis-apres à prononcer ὦ γᾶ, *ô terre*, esleua encores aussi mal à propos la face en haut vers les cieux.

Le Prince n'a besoin en sa grande ieunesse,
De pompes, de grandeurs, d'honneurs, & de richesse,
Mais il a bien besoin d'vn sage politique,
Qui sache comme il faut regir sa republique:

Car cette instruction qu'il reçoit dés l'enfance,
Luy donne par apres si grande experience,
Qu'il cognoist aussi tost les desseings d'vn rebelle,
Et sçait en son estat qui luy sera fidelle.

L A

LA NOVRRITVRE
D'ACHILLES.

ARGVMENT.

ROMETHEE *ayant defrobbé le feu dans le ciel, & d'iceluy re-*
uelé l'vsage aux humains, Iuppiter s'en indigna fi aigrement,
qu'il le fit confiner au mont de Caucafe, attaché a vn haut ro-
cher, où perpetuellement vn Aigle luy venoit ronger le cœur &
le foye. Non que les Dieux benins & pitoyables enuers leurs crea-
tures nous portaffent enuie de cet element, fans lequel noftre vie feroit pire que des
beftes fauuages, mais a caufe que par le moyen du feu les plus profonds & cachez
fecrets de nature nous viennent a eftre manifeftez. Car elle en faifant fes ouurages
y procede fort raticrement à cachettes; & fi peu à peu, que tous les yeux d'Argus
ne de Lynceus ne feroient affez fuffifans pour en rien defcouurir que ce foit. Au
moyen dequoy pour y penetrer, il nous a efté befoing d'y venir par la refolution que
les Grecs appellent ἀνάλυσις, oppofee directement à l'amas & compofition que la
nature, qui en cela n'eft autre chofe que les raiz & chaleur du Soleil, faict con-
tinuellement en la procreation de tous les elementaires indiuidus; car en feparant les
parties conftitutiues d'iceux, nous pouuons voir à l'œil quels font leurs temperamens,
& les proportions des trois fubftances dont nous auons defia parlé ailleurs; à fça-
uoir, Sel, Soulphre, Mercure, et le verre pour le quatriefme. Par ainfi nous ap-
prenons ce que c'eft de leurs proprietez, et effects; ce qu'autrement nous feroit im-
poffible, fuiuant ce que dit le Philofophe Geber; Compofitionem rei quis fcire
non poterit, qui deftructionem illius ignorauerit. Promethée doncques pour
nous auoir efté autheur d'vn fi grand bien et commodité pour l'vfage de noftre
vie, et d'vne telle fatisfaction et contentement d'efprit, fut detenu en ce fupplice et
martyre par l'efpace de trente ans; iufques à ce qu'vn iour que Mercure paffoit par
là allant à fes ambaffades, il luy fit entendre parmy les autres nouuelles de la Cour
celefte, que Iuppiter puis n'agueres eftoit deuenu defefperement amoureux de la
Deeffe Thetis, fille de l'Ocean; et qu'il eftoit apres à chercher tous moyens pour
s'accointer d'elle. Sur quoy Promethée fe va reffouuenir d'vn oracle qu'il auoit au-
tres-fois entendu de la propre bouche de la vieille Themis fuperintendante des De-
ftinées: que Thetis deuoit auoir vn enfant plus illuftre beaucoup, et plus renom-
mé, et de plus grand pouuoir que fon pere. Ce que Mercure fit tout foudain en-

Bb

tendre à Iuppiter; lequel craignant que l'enfant qu'il pourroit auoir de Thetis ne
fust pour luy ioüer le mesme tour qu'il auoit faict à son pere Saturne, à sçauoir de
le deposseder de son siege, mit de l'eau dans son vin, & maria Thetis auecques Peleus Prince de la Thessalie; aux nopces duquel interuint Discorde auecques sa
belle pomme d'or; dont s'ensuyuit la contention des trois Deesses, Iunon, Pallas,
& Venus: puis le iugement de Paris; & consequemment la ruine & desolation de Troye. Thetis desdaignant d'estre mariée à vn homme mortel, se mit à
ietter dans le feu tous les enfans qu'elle auoit de Peleus, comme si par là elle les
deust despouiller de ce qu'ils auoient de mortel de la part du pere, & conseruer
pure & nette leur immortalité separée de ses excremens & ordures: ny plus ny
moins qu'on affine l'or & l'argent par les couppelles, pour les nettoyer des choses
estranges & combustibles. Mais ne pouuans endurer cette espreuue, ils se consom-
moient; nonobstant toutes ses onctions d'Ambrosie & Nectar y entre-meslées:
tellement qu'elle en auoit desia exterminé iusques à six, quand elle eut Achilles;
duquel comme elle voulust faire le mesme que de ses autres freres, suruint d'aduanture Peleus qui le garantit & sauua du feu. La Deesse depuis le voyant si
beau & bien formé; & de si belle esperance, le prit en fort grand amour: &
estant allée au conseil à Themis pour entendre quelque chose de sa destinée, elle luy
fit response, que l'enfant de vray paruiendroit à vne gloire & renommée plus grande que nul homme mortel eust encores acquis, mais qu'il estoit en danger de finer
ses iours en la prime-fleur de ses ans, & d'estre tué par trahison en vne guerre qui
se deuoit bien-tost susciter pour l'occasion d'vne belle Dame. Parquoy Thetis luy
alla tout de ce pas plonger tout le corps dans le fleuue infernal de Styx, hors-mis la
plante des pieds qu'elle tenoit; par où il fut tué finablement d'vn coup de flesche
que luy descocha Paris assisté du Dieu Apollon, ainsi qu'il faisoit à genoux ses prieres dedans son temple, attendant la response du mariage de Polyxene qu'il poursuiuoit. Thetis doncques pensant auoir par ce moyen fort bien pourueu a son faict,
puis qu'elle l'auoit rendu imblessable, le mena au Centaure Chiron pour le nourrir & instruire, duquel il apprit la Musique, la Medecine, l'art de picquer
les cheuaux, & iouër des armes. Quelque temps apres comme elle se promenoit
vn iour par la mer, & eust rencontré la flotte de Paris qui emmenoit la belle
Helene, se resouuenant de la prediction deuant dicte, elle alla requerir Neptune
de vouloir submerger ces vaisseaux, afin de retrancher par là l'occasion de la guerre où son cher fils deuoit finer ses iours; mais il luy fit responce d'estre empesché de
ce faire par l'ordonnance des Destinées, dont il ne luy estoit pas loyssible de violer
les sainctes loix, ne d'entrerompre et empescher le cours d'icelles. De maniere qu'elle
rebroussa chemin vers Chiron, feignant de vouloir aller acheuer de faire Achilles en
la coste d'Ethiopie; où au rebours elle le mena en l'Isle de Scyros au Roy Lycomedes,
chez qui il fut de là en auant nourry en habit de fille, auecques l'Infante Deidamie, soubs le nom de Pyrrha pour ses blonds cheueux qui reluisoient comme feu: et
eurent si priuée accointance ensemble, qu'il l'engrossa d'vn beau garçon, lequel fut
appellé Pyrrhus, du nom que son pere ainsi desguisé portoit lors. Ce temps-pendans
la ligue fut faicte entre tous les Grecs pour la guerre de Troye, & Vlysses auecques Diomedes, deleguez, pour aller querir le icune Achilles en Scyros, sans lequel ils sçauoient fort bien ne pouuoir venir à bout de leur entreprise. Vlysses vsa
de malice pour le discerner, car s'estant habillé en mercier porte-faix passant

pays,

pays, il alla desployer deuant les Demoiselles premierement ie ne sçay quelles bea-
tilles & menus fatras à vsage de femme ; surquoy elles ietterent incontinent l'œil
& les mains, & Achilles sur vn armet qu'Vlysses auoit tout exprés porté quand
& soy, garny de fort beaux tymbres & pennaches. L'ayant ainsi descouuert, ils
l'emmenerent auecques eux à la guerre de Troye, où il fut mis à mort, apres y
auoir exploicté les beaux faicts d'armes qu'a descrits Homere, dont la plus-part
sont icy touchez succinctement en ce tableau : pour l'intelligence plus aisee duquel il
a esté besoin premettre tout ce que dessus.

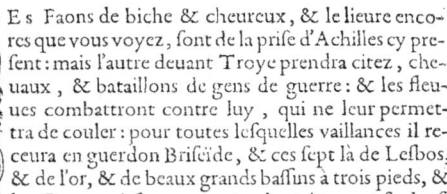

E s Faons de biche & cheureux, & le lieure encores que vous voyez, sont de la prise d'Achilles cy present : mais l'autre deuant Troye prendra citez, cheuaux, & bataillons de gens de guerre : & les fleuues combattront contre luy, qui ne leur permettra de couler : pour toutes lesquelles vaillances il receura en guerdon Briseïde, & ces sept là de Lesbos,
& de l'or, & de beaux grands bassins à trois pieds, &
les Grecs qui se rangeront volontairement soubs sa
charge & conduite : là où ce qui le faict chez Chiron semble vne chose digne de pommes & de miel. De vray, ô Achille tu aimes là de petits
presens, & n'y dois pas faire grand compte de villes ; ne de l'alliance d'A-
gamemnon. Celuy doncques qui est aux tranchées ; & qui de sa seule voix
tourne tous les Troyens en fuitte ; & qui fort vaillamment les massacre de
toutes parts, rougissant de leur sang l'eau de Scamandre ; plus les cheuaux
immortels ; & le traisnement d'Hector : & qui faict ses lamentations & regrets sur le corps de Patrocle, a esté descript par Homere, qui nous le represente par mesme moyen chantant, faisant ses souhaits & prieres, &
conuersant auecques Priam dessoubs vn mesme Pauillon. Mais Chiron
nourrissant cettuy-cy, iusques à cette heure non capable de la vertu, ains
tout enfant encores, auecques du laict, de la moëlle, & du miel, l'a donné à
peindre tédrelet & hautain, & fort viste desia du pied : car il a la greue longue & droicte, les mains pendantes vers les genoux, lesquelles sont de
bonnes guides à la course : la cheuelleure agreable & plaisante, & non immobile : car Zephire s'y esbattant, semble la transposer & mettre en desordre ; afin que variant son assiette de costé & d'autre, l'enfant paroisse vn
autre icy, vn autre là. Il y a quand & quand en luy vn certain fronssement
de sourcil, auecques vne fierté courageuse, & colere dés son enfance ; qu'il
radoucit neantmoins par la benignité de son regard ; & vne ioüe gaye-
ioyeuse, qui pousse hors ie ne sçay quel mignard soubs-rire. Quant à la cazaque qu'il a vestuë, elle vient (ce croy-je bien) de sa mere ; car elle est belle, d'vn pourpre marin resplendissant comme feu, & qui change d'incarnat
en viollet. Chiron par vn amadoüémēt ny plus ny moins qu'à vn Lyonceau,
l'excite à prendre des lieures, & icunes faons : dont en ayant n'agueres
troussé vn de vistesse, il s'en retourne deuers luy, à qui il presente sa prise,
& en demande le guerdon. Le bon homme se resioüyt de se voir requis ; &

se courbant sur le train de deuant, s'abbaisse à pair du garçon, auquel il
tire de belles odorantes pommes de son sein : Car cela monstre d'estre
aussi pourtraict icy deux : & comme il luy tend outre-plus vn gros rayon
de miel distillant goutte à goutte, pour l'abondante pasture que les abeilles trouuent en ce contour : lesquelles se rencontrans és bonnes herbes,
s'en empreignent ; dont viennent à se produire puis-apres ces plantureux
rayons, & leurs goffres à regorger toutes de miel. Chiron au reste est
peint en Centaure : n'estant pas chose gueres admirable, d'assembler vn
cheual à vn homme : mais à les bien conioindre & vnir, & leur distribuer
à tous deux vne fin & commencement, tels que si quelqu'vn veut rechercher où ce qui est de l'homme se termine, cela s'ensuye & se desrobbe
de ses yeux, c'est le faict (à mon aduis) d'vn tres-bon & excellent peintre. Or que les façons de faire en Chiron paroissent ainsi benignes &
courtoises, prouient tant de son equité & iustice, que de la prudence
qu'il en acquiert ; la lyre luy moyenne aussi ce bien là, dont il se remplit
quand & quand d'vne fort douce melodie. Il a puis-apres icy de petites caresses, sçachant assez qu'elles appaisent mieux les enfans, que le laict ne les
peut nourrir. Et voila ce qu'on void à l'entrée de la cauerne. Mais le garçon
qui est dans ce champ, passant son temps sur vn Centaure à guise de quelque bon caualcadour, ce sont eux-mesmes vne autre fois. Car Chiron instruit Achilles comme il faut picquer les cheuaux, & se seruir de luy en lieu
de monture, proportionnant la carriere à l'enfant selon sa portée. Puis se retournant deuers luy qui s'esclatte de rire, il soubs-rit à l'encontre, & le regarde comme s'il vouloit dire, Voicy ie saute & bondis dessoubs toy sans
esperon ny houssine, & me semonds moy-mesme en ta faueur. Mais certes
le cheual est vn peu bien rude, & pour faire perdre le rire. Doncques, ô diuin enfant, digne d'vne telle monture, ayant soigneusement appris de moy
à bien faire aller vn cheual, tu monteras quelquesfois sur Xanthus, & sur
Balius : prendras plusieurs villes, & mettras à mort vn grand nombre de
valeureux hommes, courant apres pour les ratteindre en fuyant. Cecy prophetise Chiron au ieune Achilles ; choses belles de vray, & de bon augure:
non pas telles & ainsi fascheuses, que fait Xanthus dedans Homere.

ANNOTATION.

 HILOSTRATE atteint icy sommairement quelques faicts d'armes d'Achilles,
deduits par Homere en son Iliade. Mais pour mieux comprendre la chose, il
la faut ramener de plus haut ; à sçauoir que Paris ayant enleué Helene femme de
Menelaus Roy de Lacedemone, auecques tous ses plus riches & exquis meubles, la Grece vnanimement conspira de vanger cet outrage, & pour cet effect
s'assembleren t tous les Princes & autres personnages de nom auecques leurs forces au port de
l'Aulide, en la contrée de la Bœoce ; en nombre d'vnze cens septante six voiles, & bien
cent cinquante mille hommes de guerre : là où du consentement commun fut esleu chef souuerain de toute l'armée, Agamemnon Roy de Mycenes & d'Argos, frere d'iceluy Menelaus.
Mais ayant sur ces entrefaictes tué à la chasse vn cerf consacré à Diane, elle le prit si fort à cœur,
qu'ils ne peurent plus desloger de ce lieu ; car elle leur retrancha tous les vents, iusques à ce que
par le conseil des Sacrificateurs & Deuins il luy eust en recompense immolé sa propre fille Iphigenie : au lieu de laquelle la Deesse se contentant d'auoir iusques à ce poinct là d'affliction reduit le pere, supposa vne biche, & transporta inuisiblement la Princesse sur les consins de la Scythie,

thie, au Cherfonefe Taurique, où elle luy donna charge de fes facrifices, & la fit fa miniftre. L'armée Grecque ayant vent à propos fit voile droiét à la volte de Phrygie; & en chemin toucha en tout plein d'Ifles, fubiectes ou alliées du Roy Priam; & en plufieurs endroiéts de terre ferme en Afie, qui furent tous pris d'affaut, & faccagez. La ville mefme de Thebes entre les autres qui eft en Cicile, là où fut tué Eetion pere d'Andromache femme d'Hector, auec fept fils qu'il auoit, tous portans les armes, ainfi que dit Homere au 6. del'Iliade.

ἥπει γὸ πατὴρ ἁμὸν ἀπέκτανε δῖος Ἀχιλλεύ.

οἱ δέ μοι ἑπτὰ κασίγνηται ἔσαν ἐν μεγάροισιν,

οἱ μὲν πάντες ἰῷ κίον ἤματι ἀΐδος εἴσω.

πόλλας γὸ κατέπεφνε ποδάρκης δῖος Ἀχιλλεύ.

La auffi fut enleuée la pucelle Aftinomé fille de Chryfes Archiprestre d'Apollon, laquelle fut donnée par preciput à Agamemnon. Et comme le fuft venu redemander en l'oft des Grecs deuant Troye, en l'honneur du Dieu qu'il feruoit, Agamemnon le reiecta aucques menaffes de le mettre à mort: dequoy Apollon irrité leur enuoya telle pefte, que tout fe mouroit par le camp, beftes & gens. Calchas finablement fe voyant affifté d'Achilles, defcouurit l'occafion du mal; parquoy la fille fut renuoyée au pere auecques prefens folemnels, & Agamemnon indigné contre Achilles, de ce qu'il euft efté occafion de luy faire rendre s'amie, luy ofta par defpit la fienne, appellée Brifeïs ou Hippodamie, fille de Brifes; laquelle Achilles auoit euë à fa part, quand Lyrneffe ville de la Troade fut prife d'affaut, où il mit à mort de fa propre main le feigneur d'icelle, vn peu au-parauant marié à cette belle Demoifelle, dont fon infortuné deftin ne luy permit pas de ioüyr longuement. Achilles porta fort à cœur cet outrage, & s'abftint totalement de combattre; de maniere que les Troyens eurent la hardieffe de venir mettre le feu iufques dedans les vaiffeaux des Grecs. Finablement Patrocle fon grand mignon ayant efté tué equippé de fes armes, par la main d'Hector; Brifeïs luy fut reftituée auecques tout plein d'autres beaux prefens de renfort pour acheuer de l'adoucir. Mais il eft temps deformais de voir le tout par le menu felon les occurrences & particularitez du prefent tableau qui defpend d'Homere, apres auoir prealablement dit vn mot fur ces lieures & petits bifchards qu'Achilles chaffe icy ainfi afprement. Ce qui n'eft pas du tout fans quelque Allegorie comprife là deffoubs. Car ces deux manieres de beftes les plus pœureufes & craintiues de toutes autres nous reprefentent la coüardife & pufillanimité que tous Achilles ou cœurs nobles, magnanimes, & genereux doiuent bannir le plus loing qu'ils pourront: n'y ayant rien qui les puiffe plus deprifer que cela. Et c'eft pourquoy entre les autres combats & labeurs d'Hercules, les Poëtes ont inferé la chaffe d'vn cerf, ayant la rameure d'or, & les pieds d'airain qu'il pourfuit ainfi chaudement, & met à mort dans le mont Menalus. Ce qu'Heraclite interprete à la coüardife & legereté, defignées par le naturel de cet animal; l'auarice par l'or, & la luxure par l'airain attribué à Venus, dont ce metal porte le nom, comme nous auons dit au tableau precedent. Lefquels vices Hercules, qui eft la vertu, s'efforce d'exterminer (en tant qu'à luy eft) de la vie humaine, comme vrayes peftes & corrupteles d'icelle. Achilles à ce mefme propos en tanfant contre Agamemnon pour caufe de fa Brifeïde luy vie de ce reproche. *Οἰνοβαρὲς, κυνὸς ὄμματ᾽ ἔχων, κραδίην δ᾽ ἐλάφοιο.* Va fac à vin, yeux de chien, cœur de cerf. Et au contraire Aiax dans le feptiefme de l'Iliade appelle Achilles *cœur de Lyon*, & luy donne le premier lieu de proüeffe *χαὶ μετ᾽ Ἀχιλλῆα ῥηξήνορα, θυμολέοντα.* Au refte ce tableau eft pour la plus-part tiré de la 3. des Nemées de Pindare, en cet endroit qui fe commence;

ξανθὸς δ᾽ Ἀχιλλεύ, τὰ μὲν μέ-

νων Φιλύρας ἐν δόμοις, &c.

MAIS L'AVTRE *de deuant Troye prendra citez, cheuaux & bataillons de gens de guerre.* Quant à la prife des citez dans le 9. Agamemnon luy defere l'honneur d'auoir pris l'ifle de Lesbos, *ὅτι Λέσβον ἐϋκτιμένην ἕλεν αὐτός.* Mais luy-mefme puis apres encores au mefme liure, fe glorifie d'auoir pris douze citez par la mer, & onze par terre en la Troade.

δώδεκα δὴ σεω νηοὶ πόλις ἀλάπαξ᾽ ἀνθρώπων,

πεζὸς δ᾽ ἕνδεκά φημι κατὰ Τροΐην ἐρίβωλον.

Agamemnon dauantage entre les autres offres qu'il luy enuoye faire, pour fe reconcilier à luy, y adioufte fept villes,

ἑπτὰ δέ οἱ δώσω εὐναιόμενα πτολίεθρα,

Καρδαμύλην, Ἐνόπην τη, καὶ Ἱρὴν ποιήεσσαν,

Φηράς τε ζαθέας, ἠδ᾽ Ἄνθειαν βαθύλειμον,

καλὴν τ᾽ Αἴπειαν, καὶ Πήδασον ἀμπελόεσσαν.

Ie luy donneray (ce dit-il) fept belles villes, Cardamyle, Enope, & Hira la herbeufe, Pheres habitation diuine, Anthea aux larges prairies, Epée la belle, & Pedafe la vineufe.

CHEVAVX. En ces mefmes prefens y a douze cheuaux qui auoient autresfois tous emporté le prix de la course.

> δώδεκα δ' ἵππους
> πηγαὶ, ἀθλοφόροις, οἳ ἀέθλια ποσσὶν ἄροντο.

BANDES *de gens de guerre.* Nous auons dit cy-deffus comme Aiax l'appelle ῥηξίνορα, vaillant, belliqueux; mais les interpretes là deffus attribuent proprement cette vaillance ditte ῥηξηνορεία, à enfoncer & rompre les gens de guerre eftans rangez en bataille. Philoftrate vfe de ce mot cy, εἴρας, que les Latins appellent *cohors*, vne compagnie de cinq cens hommes, & du verbe αἱρέω, qui ne fignifie pas feulement prendre, mais atteindre, rompre, forcer, maffacrer, fubiuguer, debeller, & plufieurs autres femblables mots belliqueux.

ET LES *fleuues combattront contre luy, qui ne leur permettra de couler.* Tout cecy eft pris du 21. de l'Iliade, là où Achilles pourfuit luy tout feul les Troyens, qui fuyent deuant luy, iufques dans le fleuue de Scamandre, dont il emplit le canal de corps morts.

> ὡς ὑπ' Ἀχιλῆος Ξάνθου βαθυδινήεντος
> πλῆτο ῥόος κελάδων ἐπὶ μὶξ ἵππων τε καὶ ἀνδρῶν.

Puis apres le fleuue Xanthus fortant de fon creux, fe plaint à luy que fon cours eft tout plein de gens mis à mort de fa cruelle & impitoyable main, fi que deformais il ne peut plus rouller fes eaux en la mer, eftant eftouppé de tant de charrongnes.

> πλήθει γὸ δή μοι νεκύων ἐρατεινὰ ῥέεθρα,
> οὐδέ τί πη δύναμαι προχέειν ῥόον εἰς ἅλα δῖαν,
> στεινόμενος νεκύεσσι.

Et là deffus s'enfle contre Achilles, le combat des deux eftant là tres-excellemment defcript.

> δεινὸν δ' ἀμφ' Ἀχιλῆα κυκώμενον ἵςατο κῦμα,
> ὤθει δ' ἐν σάκεϊ πίπτων ῥόος, οὐδὲ πόδεσσιν
> εἶχε στηρίξασθαι.

Et ce qui fuit puis apres, car il s'affocie pour eftre plus fort auec le fleuue Simoïs; iufques à ce que Vulcan par le commandement de Iunon vient au fecours d'Achilles, comme vous pouuez auoir veu dans le tableau de Scamandre.

POVR TOVTES *lesquelles vaillances il receura en guerdon Brifeide, & ces fept là de Lesbos.* Dans le neufiefme de l'Iliade parmy les offres d'Agamemnon il dit qu'il luy donnera fept belles femmes Lesbiennes, fçachans befongner en toutes fortes d'ouurages, lefquelles à la prife de Lesbos il choifit comme celles qui aduançoient en beauté toutes autres creatures, & fi rendra auec elles la Brifeide, qu'il iurera par ferment folemnel n'auoir oncques touchée.

> δώσω δ' ἑπτὰ γυναῖκας ἀμύμονας, ἔργ' εἰδυίας,
> Λεσβίδας, ἃς ὅτε Λέσβον ἐϋκτιμένην ἕλεν αὐτὸς,
> ἐξελόμην, αἳ κάλλει ἐνίκων φῦλα γυναικῶν.
> τὰς μὲν οἱ δώσω, μετὰ δ' ἔσσεται, ἣν τότ' ἀπηύρων
> κούρην Βρισῆος.

ET DE L'OR, *& de beaux grands baffins à trois pieds.* Au dix-neufiefme liure, les prefens luy font deliurez: fept trippiers, c'eft à fçauoir, & vingt chauderons bien fourbis. Plus, dix complets talents d'or, qu'Vlyffes luy-mefme pefa.

> ἑπτὰ μὲν ἐκ κλισίης τρίποδας φέρον οὕς οἱ ὑπέςη,
> αἴθωνας δὲ λέβητας ἐείκοσι.
> χρυσοῦ δὲ ςήσας Ὀδυσεὺς δέκα πάντα τάλαντα.

ACHILLE *chez Chiron aime les petits prefens, & ne doit pas faire grand compte des Citez, ne de l'alliance d'Agamemnon.* Parmy les offres deffus-dicts eftoit encores l'vne des filles d'iceluy Agamemnon, Chryfothemis, Laodice, ou Iphianaffa; dont il bailloit le choix à Achilles. Au 9. deffus-dict de l'Iliade.

> τρεῖς δέ μοι εἰσὶ θύγατρες ἐνὶ μεγάρῳ εὐπήκτῳ,
> Χρυσόθεμις, καὶ Λαοδίκη, καὶ Ἰφιάνασσα,
> τάων ἥν κ' ἐθέλησι φίλην ἀνάεδνον ἀγέσθω
> πρὸς οἶκον Πηλῆος.

CELVY *qui eft aux tranchées, & qui de fa feule voix tourne tous les Troyens en fuite.* Patroclus ayant efté tué, & la reconciliation d'Achilles faite auec Agamemnon; ce-pendant que Vulcan luy forgeoit

forgeoit nouuelles armeures, à la persuasion de Iunon qui voyoit les Grecs rembarrez par les Troyens iusques dedans leurs vaisseaux, il s'en alla aux tranchées, là ou s'estant escrié fort horriblement, les Troyens espouuentez tournerent bride soudain, & s'enfuirent grand erre vers la ville. Homere au 18.

> ἔνϑα ϛὰς ἦυσ᾿ ἀπάτερϑε ἠ πύλλας Ἀθλώη
> φλέγξατ᾿.   Et puis-apres.
> οἱ δ᾿ ὡς ἄιον ὄπα χάλκεον Αἰακίδαο,
> πᾶσιν ὀρίνθη ϑυμός· ἀτὰρ κφλλίτειχες ἵπποι
> ἄ↓ ὄχεα τρέπον.

Et qvi *fort vaillamment les massacre de toutes parts, rougissant de leur sang l'eau de Scamandre.* Il y a au Grec, κ᾽ϕ ὁ κπίπνσ᾽ ἐπιςροφάδΙω, κφ ἐρυθραίων τὸ τῶ Σκφμαᾶδρ᾽ς ὕδωρ. Ce qu'il a dit à l'imitation d'Homere tout au commencement du 21. de l'Iliade.

> τύπἶε δ᾿ ἐπιςροφαδlω τhŵ δὲ ςόνος ὤρνυτ᾿ ἀεχὴς
> ἄορι ϑ<ι>νομδύων, ἐρυϑαίνετο δ᾿ αἵμαπ ὕδωρ.

il chamailloit à tort & à trauers, & s'excitoit vn hideux cry des naurez à coups d'espée, & l'eau du fleuue rougissoit teinte de sang.

plus les cheuaux immortels. Le chariot d'armes d'Achilles deuant Troye estoit attellé de trois cheuaux ; deux au timon qui estoient immortels, à sçauoir Xanthus & Balius, & le troisiesme de deuant appellé Pedasus mortel ; qu'il auoit recourré au sac de Thebes en Cilicie, lors qu'il mit à mort le Roy Eetion pere d'Andromache. Homere au 6. de l'Iliade.

> Ξάιϑον κ᾽ Βάλιον, ὃ ἅμα πνοῇσι πετίαθlω
> Τοὶ ἔτεκε ζεφύρῳ ἀνέμῳ ἀρπηα Ποδάργη,
> Βοσκομδύη λμμῶνι πο〈δ〉φ ρόον ὠκεανοῖο.
> ἐν δὲ πφροείησιν ἀμώμονα Πήδασον ἵ〈η〉,
> τὸν ῥά ποτ᾿ Ἠετίωνος ἐλὼν πόλιν ἤγαγ᾿ Ἀχιλλεὺ,
> ὃς κ᾽ ϑνητὸς ἐὼν ἕπεϑ᾿ ἵπποις ἀϑανάτοισι.

Ces deux cheuaux immortels auoient esté engendrez du vent Zephyrus, en vne iument appellée Harpie bazannée des quatre pieds, comme elle paissoit en vne prairie le long des riuages de l'Ocean, & donnez depuis par Neptune à Peleus pere d'Achilles quand il espousa Thetis. Comme dit le mesme Poëte au 23.

> ἶσι γὰ ὅσσον ἐμοὶ ἀρετῇ περιβάλλετο ἵπποι·
> ἀϑανατοί τε γὰρ εἰσι Ποσειδάων δ᾿ ἐπόρ᾿ αὐτὸς
> πατεὶ ἐμῷ Πηλῆϊ, ὁ δ᾿ αὖτ᾿ ἐμοὶ ἐγγυάλιξεν.

Il y eut encore vn autre Xanthus auparauant, l'vn des cheuaux de Diomedes Thracien, qu'Hercules mit à mort auecques leur maistre, pource qu'il leur faisoit manger de la chair humaine. Hyginus au 30. chap.

Et le *troisiesme d'Hector.* Achilles ayant mis à mort Hector se monstra fort cruel & inhumain enuers luy, pource qu'il luy auoit n'agueres tué son plus grand mignon Patroclus, & vsé encore en cela de ie ne sçay quelle insolence & supercherie, s'estant parforcé en toutes sortes d'en auoir le corps pour luy vser de villennie & outrage, mais il fut recouz d'entre ses mains par la vertu des deux Aiax ; apres neantmoins auoir esté despouillé des armes d'Achilles qu'il auoit vestuës. Ce qui fut cause de l'animer à l'encontre d'Hector, si bien qu'apres qu'il l'eut mis à mort, il luy perça les deux pieds, & y ayant attaché les longes de ses cheuaux le traisna à leur queuë à l'entour de Troye, à la veuë de Priam & de tous les siens. Homere fait vn tres-elegant lieu pathetique de cecy, où il met l'vn de ses plus grands efforts pour esmouuoir les affections à pitié & commiseration, au 22. de l'Iliade, depuis cest endroit : ἢ ῥὰ, κφ Ἕκτορα δῖον ἀεικέα μήδετο ἔργα, iusqu'à la fin du liure.

Et qvi *fait ses souspirs & regrets sur le corps de Patrocle : tout cela a esté descript par Homere.* Ce point icy va au 18. liure, où il dit ainsi :

> Τοῖσι δ᾿ Πηλείδης ἁδινῶ ἐξῆρχε γόοιο,
> χεῖρας ἐπ᾿ ἀνδροφόνοις ϑέμδμος ςήϑεσσιν ἑταίρου,
> πυκνὰ μάλα ςενάχων.

Qvi novs *le represente par mesme moyen chantant & faisant ses vœux & prieres.* Quant au châter cela est du 9. de l'Iliade, où les deputez qui furent enuoyez deuers luy pour le reconcilier à Agamēnon, le trouuerèt iouant de la Harpe, sur laquelle il chantoit les prouësses des hômes valeureux.

> τὸν δ᾿ ϖῦρον φρένα τερπόμδμον φόρμιγϓι λιγαίη,
> τῇ ὅγε ϑυμὸν ἔτερπεν, ἄζδὲ δ᾿ ἄρα κλέα ἀνδρῶν.

Mais les vœux & prieres qu'il fait sont au seiziesme, quand il enuoye Patrocle equippé de ses armes pour repousser les Troyens , & il fait ses prieres à Iuppiter de luy donner gloire & honneur en cette iournée: puis le ramener sain & sauue au logis. Toutesfois il n'impetra que le premier; car Patrocle apres auoir exploicté de sa main tout plein de beaux faits d'armes, & tué de sa main plusieurs Troyens de nom, fut à la fin mis à mort par Hector.

ἔχετ᾽ ἔπειτα μέσῳ ταῖς ἔρχει λᾶθε δὲ οἶνον.
Ζᾶ αἶα δωδωναῖε, &c.

Puis.   τᾷ κῦδος ἅμα πρόϊς ὡρίοπα Ζᾶ.

αὐτὰρ ἐπεὶ κ᾽ ἀπὸ ναῦφι μάχω ἐνοπήντε δήπω.
ἀσκηθὴς μοι ἔπειτα θοὰς ἐπὶ νῆας ἵκοιτ.

ET CONVERSANT *anecques Priam dessoubs vn mesme Pauillon.* Apres qu'il eut fait les obseques & funerailles de Patrocle, ainsi magnifiques comme elles sont descriptes au 23. liure, car outre les bœufs & autres victimes qui furent immolées sur le bucher où le corps brusloit , il ietta 4 grands coursiers tous en vie dedans & deux chiens de ses fauoriz; plus douze ieunes Gentils-hommes Troyens qu'il massacra de sa propre main; Priam le vint trouuer en son pauillon au plus fort de la nuict , ayant pour guide & escorte le Dieu Mercure, auec force presens pour r'auoir le corps de son fils Hector. Achilles le receut assez humainement luy, donna à soupper, & luy fit preparer vn lict en son logis propre, auquel Priam & Mercure desguisé en heraut se coucherent à l'entrée, & Achilles auec sa Briseis plus en dedans.

οἱ μὲν ἄρ᾽ ἐν πρὸσδόμῳ δόμου αὐτοῖι κειμήσαμαρ
κῆρυξ ὃ Πείαμος, πυκινὰ φρεσὶ μήδε᾽ ἔχοντες.
αὐτὰρ Ἀχιλλεὺς εὗδε μυχῷ κλισίης εὐπήκτω·
τᾷ δ᾽ ἄρ Βρισηὶς προλέξατο καλλιπάρηος.

Mais quand tous les autres furent endormis ils attellerent les cheuaux & mulets, & s'en retournerent auec le corps d'Hector à Troye.

MAIS *Chiron nourrissant cettui-cy auec du laict & de la moëlle.* Cecy s'approche aucunemét encore de ce qu'Andromache faisant sur la fin du 22. liure , ses regrets de la mort d'Hector son mary, deplore la desfortune du pauure petit Astyanax, lequel souloit estre nourry sur les genoux de son pere de moëlle seule, & autres friandises de chairs grasses.

Ἀγχιαλεὺς, ὅς πρὶν μὲν ἐχ ἐπὶ γούνασι πατρὸς
μυελὸν οἶ ἔδεσκε, & οἰῶν πίονα δημόν.

Quelques vns dient, & entre autres Bocace au douziesme de la Genealogie des Dieux , qu'A-chilles fut nourry de moëlles de Cerfs, Sangliers & autre telle sauuagine, qui le rendirent ainsi leger & dispost. D'autres y adioustent encore plus librement, celle des Ours & des Lyons, mais cela sent par trop sa fable. Trop bien Nazianzene tire l'Etymologie de son nom, de la particule priuatiue *a*, & de *χιλὸς*, qui signifie suc, côme qui diroit sans suc, pource qu'il fut nourry(ce dit-il) non de viandes accoustumées aux hommes, mais de chairs de bestes sauuages toutes cruës. Neantmoins Homere au 9. de l'Iliade introduit Phenix parlant ainsi à Achilles: ὄψ τ᾽ ἄσαιμι πρωγαμώ, καὶ οἴνου ὑπηχόν, par lequel mot de *ὄψον* s'entend toute sorte de viande solide que nous appellons pitance; les Italiens *companatico*; pource qu'on le mange auec le pain; comme chair, poisson, & semblables, mais cuittes & non pas cruës , qui est le fait des bestes bruttes; combien que Diogenes s'efforçant de nous vouloir faire à croire que l'homme se pouuoit passer de feu pour cuire & apprester son manger, deuora vn Poulpe tout crud , dont il cuida mourir. Plutarque au quatriesme des Symposiaques question premiere, dit que Chiron nourrit Achilles dés sa naissance des choses qui n'auoient point de sang. Et neantmoins si nous voulons croire à Lycophron , il auoit neuf coudées de haut, quand il eut pris sa parfaitte croissance. Philostrate pareillement au troisiesme liure de la vie d'Apollonius , escript que ce Philosophe & magicien suscita l'ombre dudit Achilles, qui apparut premierement de la hauteur de sept coudées, puis se rehaussa iusques à douze. Mais ce n'est ici chose ferme ny stable que de ces fantosmes & apparitions : parce que l'imaginatiue & la frayeur nous le peuent accroistre outre toute mesure ; ainsi ce que la longueur des temps pousse tousiours de son costé à la roue. Tellement qu'Herodote au huictiesme liure donne à Orestes, dont les Lacedemoniens trouuerent les os-semens apres sa mort , iusques à sept coudées. Ie ne veux pas debattre cela, ne la longue vie des hommes non-plus, car l'vn & l'autre s'en va tout par vn mesme train. Mais quelque grande stature que Achilles ait euë, Patroclus, dont l'on ne racompte pas ce miracle, ne debuoit pas estre gueres moindre , puis que toutes ses armes (mesmes les defensiues)luy furent bonnes,hor-mis la lance dont il ne se pouuoit pas bien aider, parquoy il fut contraint de la laisser,& en prendre vne autre. Toutes belles fictions Poëtiques, esquelles la plus grãde part des historiés ne s'est

pas

pas gueres moins emancipée. Mais Heraclides le Pontique ne fait point Hercules plus grand que de sept pieds. Virgile au douziesme de l'Eneide semble se vouloir mocquer de cecy; quand il dit que du temps d'Homere qui ne fut gueres plus de cent ans apres la guerre de Troye, cette race de gens commençoit a deschoir desia. *Nam genus hoc viuo iam decrescebat Homero.* Au surplus d'autant que Lycophron s'est eslargy enuers nostre Heros icy present pour le regard de sa taille, Tzezes en la 98. histoire luy a d'ailleurs voulu retrancher de sa nobleffe de race, le faisant fils de Peleus de vray, mais non pas d'vne Deesse marine, ains d'vne autre Thetis fille d'vn Philofophe nommé Chiron; qui fut en son temps precepteur de plusieurs ieunes Princes, ausquels il enseignoit l'art de la Venerie, de courre la lance, ou pour mieux dire selon la maniere de ce temps là, lancer à propos le dard & le iauelot estant à cheual, auec la medecine & la chirurgie, selon que lors ces sciences estoient pratiquées.

MAIS pour retourner sur les erres de nostre autheur, & ne nous departir du tout de l'ancienne Mythologie, ce Chiron dont il est icy question fut fils de Saturne & de Phillyra fille de l'Ocean, laquelle il engrossa s'estant desguisé en cheual pour crainte de sa femme Ops; tellement qu'elle fit vn enfant monstrueux moitié hôme & moitié cheual, dont de desplaisir & regret elle requit aux Dieux de la transmuer hors de la forme humaine: ce qu'ils firent en vn arbre appellé Tilleul. Chiron se retira és solitudes du mont Pelion, à enquerir & obseruer les vertus des herbes: tant que finalement il deuint vn fort grand Medecin, Chirurgien, & Simplifte; en quoy il endoctrina Esculapius, & plusieurs autres. Et depuis pour sa preud hommie & bône renommée fut esleu par Peleus & Thetis gouuerneur d'Achilles, lequel il institua en toutes sortes de bonnes mœurs & luy aprit à picquer les cheuaux, iouër des armes, & par mesme moyen de la lyre. Ouide au commencement de l'art d'aimer.

> *Phillirides puerum cithara perfecit Achillem,*
> *Atque animos molli coniudit arte feros,*
> *Qui toties socios, toties perterruit hostes,*
> *Creditur annosum pertimuisse senem.*
> *Quas Hector sensurus erat, poscente magistro*
> *Verberibus caesu praebuit ille manus.*

Chiron finalement ayant esté griefuement blessé par vne des flesches d'Hercules empoisonnée du fiel du serpêt Hydra, qui d'auanture luy tomba sur le pied, il desira plusieurs fois mourir pour l'extreme tourment que ce venin luy causoit; mais estant de côdition immortelle, les Dieux qui en eurent pitié le trâslaterent au ciel, où il fait le signe du Sagitaire, vn des douze du Zodiaque.

ET FORT *viste desia du pied.* Il y a au Grec, κοῦφος, qui signifie proprement leger & à deliure. Mais ce qui fuit puis apres monstre assez qu'il veut entendre ce que dessus, fuyant l'Epithete qu'Homere luy donne ordinairement de ποδάρκης, ou πόδας ὠχύς, & Pindare en la 8. Isthmienne, l'appelle *semblable à Mars quant aux mains, & aux foudres en vigueur & soudaineté de iambes.*

> Ἀρεῖ
> χεῖρας ὀναλίγκιον
> στερωπαῖσί τ᾽ ἀκμαῖ ποδῶν.

Mais plus particulierement il touche cela en la troisiesme des Nemées.

> ξανθὸς δ᾽ Ἀχιλεὺς, τὰ μὲν μέ-
> νων Φιλύρας ἐν δόμοις,
> παῖς ἐὼν, ἄθυρε, &c.

Le blond (dit-il) *Achilles, pendant qu'il demeuroit en la maison de Phillyra n'estant encore qu'vn ieune enfant, s'esbattoit à faire souuent de fort grandes choses. Car dardant vn petit iauelot, luy esgal aux vents de vitesse, tuoit au combat, les plus fiers Lyons, & les Sangliers pareillement. Et qu'il n'auoit encore que six ans, portoit cette prise tout-chaud-respirante au Saturnien Centaure: dont de là en auant Diane & la braue Minerue l'eurent en vne admiration tres-grande, de ce qu'il prenoit les Cerfs sans chiens, ne sans pants de rets: si viste du pied il estoit.* A quoy se conforme ce que dit puis-apres Philostrate.

AVEC *vne fierté courageuse, qu'il radoucist par la benignité de son regard.* Statius en l'Achilleïde le dit ainsi.

> *Ille aderat multo sudore & pulcere maior,*
> *Attamen arma inter festinantesque labores*
> *Dulcis adhuc visu.*

L'autre Philostrate au troisiesme liure de ses Tableaux , en celuy d'Achilles en l'Isle de Scyros, le descript de mesme, ἰδεῖν δὲ ἡ μαχαμψάτω τὴν κόμην , καὶ βλέσουρὰ σὺν ἀβρότητι, αἴτια μάλα διαλεγχθόντα τὴν φύσιν. *Mais celle là qui plus librement esbranfle sa cheuelure d'vne contenance fiere entremeflée de douceur, ne tardera gueres à manifester son sexe.*

I. LA CAZAQVE *d'vn pourpre marin rosplendissant comme feu, & qui change d'incarnat en viollet:*

Il y a au Grec, καὶ ἀλιπόρφυρος, καὶ πυρφυγὴ, ἐξαλλάξησα τῶ κυανῶν ἔναι, *pourpre de mer*, *d'vn esclat de feu changeant sur le viollet*. Le mot de ἀλιπόρφυρος · comme nous auons defia dit cy-deuant, ne veut dire autre chose sinon que la pourpre teint auec le sang des coquilles du mesme nom, qui sont vne chose animée en la mer: à la difference de celuy qui se fait auec le κόκκος ou graine d'escarlatte, vn vegetal prouenāt en terre. Toutesfois Eustathius sur Homere, interprete par fois ce mot de ἀλιπόρφυρος, pour du noir. D'autre part Virgile a pris le pourpre aussi pour le cerulée vne couleur entremeslée de bleu & de verd, telle que te monstre l'eau de la mer, à qui cest Epithete est ordinairement appropriée. *In mare purpureum violentior influit amnis.* 4. des Georgiques. Ciceron pareillement qui ne s'emancipe pas comme les Poëtes, a bien neantmoins osé dire au secōd des questions Academiques. *Quid mare, nonne cæruleum? aut eius vnda cùm est pulsa remis purpurascit.* Ce qui est pour arguer la fallacité de nos sens: car encore que cela nous semble estre tel à l'œil, il ne l'est pas toutesfois en son essence veritable, mais par là nous voyons la varieté des significations, en quoy non seulement les Poëtes, qui ont dit aussi *Purpureos olores*, *des Cignes pourprins*, mais les Orateurs encore les y ont prises. De maniere que ces couleurs sont ordinairement si confuses parmy eux qu'on ne sçait bonnement qu'en iuger. Car le mesme Poëte a pris aussi ce mot de *cæruleum* pour noir & tenebreux: comme quand il appelle la barque de Charon aux enfers *Puppis cærulea*: & vne grosse nuée noire obscure pleine d'orage, qui couure la lumiere du iour, *Ollis cæruleus circa caput astitit imber*, à l'imitation d'Homere qui a dit κυανῆ νεφέλη, pour μελάνη ou noire. Car le mot de κυάνος proprement signifie le cerulée. Il est pristoutesfois pour l'inde, viollet, ou pers, & pour le noir aussi comme au lieu dessusdit: & encore au 1. de l'Iliade, où pour dire les sourcils noirs, il a mis κυανῇσιν ἐπ' ὀφρύσι νεῦσε. Et Hesiode κυάνεοι ἄνδρες pour les Ethiopiens. Nostre autheur au tableau des amours, ayant dit ναῖμα κυανώτατοι, a adiousté χλωρόν τι, verd. Au reste la couleur inde ou perse comme conforme au dueil, se souloit anciennement porter par les femmes Grecques és funerailles des trespassez, dont on estimoit les ames estre montées au ciel, qui participe aucunement à nostre veue de cette couleur, mais plus deschargée en bleu turquin: laquelle coustume est passée iusques à nous, dont les Draps mortuaires sont de pers, ou de viollet brun. Mais pour retourner à nostre ἀλιπόρφυρος ou pourpre marin, qui est icy fait icy estre changeant de rouge en bleu, nous auons encore pour le iourd'huy des taffetas changeans des mesmes couleurs, & à gorge de pigeon, de Rouge & de Tané-brun; auec tout plein d'autres qui iettent ie ne sçay quel brillement & esclat fort plaisantà l'œil: car le mot de ἐξαλλάξησα veut proprement icy dire cela, que le pourpre de la cazaque d'Achilles alloit & venoit sur le Cianée ou bleu-viollet; passans & changeans ces deux couleurs reciproquement l'vne en l'autre. Cet ἀλιπόρφυρος donques ou pourpre marin n'estoit autre chose que ce que nous auons deja dit, le pourpre du sang des coquilles du mesme nom, & non pas (comme quelques vns l'ont voulu interpreter) vne couleur esloignée du pourpre ou cerulée; comme l'explique assez ce lieu icy d'Athenée au 12. liure parlant des delices & superfluitez des Sybaritiens, qui auoient accoustumé d'exempter les pescheurs & vendeurs d'anguilles de tous subsides & imposts. Et pareillement τοὺς τω πορφύρα τω θαλαττίας βάπ]ον]ας, καὶ τοὺς ἀσιώρμνγας, ἀειτ' ἐποίνσαν, *ceux qui teignoient le pourpre marin* (car il en fait deux mots) *& qui en apportoient les coquilles estoient aussi par eux tenu quittes de toutes charges.* Ie me souuiens encore de ie ne sçay quel vieil fragment de Naumachius faisant à ce mesme propos,

Εἵματα δ᾽ εἰναλίης ἐρυθραίνεται αἵματι κόχλυ,

Τοῖς ὑπὸ φενέωσι δαλίφεγτες ἁσσαλιῆες.

Les habillemens teints en rouge du sang de la coquille de mer, dont se glorifient les vains & idiots pescheurs. Le couuercle ou escaille de laquelle coquille estoit appellé κόλχη (Galien & Dioscoride, liure 3. ch. 10. le nomment ὄνυξ) dont le mot de Calchas auroit esté deriué, (ce dit Eustathius sur Homere) à cause de ses predictions profondes & occultes, qu'il peschoit en son esprit comme les Plongeurs font les pourpres dedans la mer. Ce ne seroit pas aussi chose trop esloignée de la verisimilitude, que le pourpre eust esté appellé κόλχη, quasi de χαλκός, *cuyure*, encore que l'ortographe en soit differente, comme en assez d'autres vocables qui pour cela ne laissent pas de s'approcher: car le franc cuyure, cōme nous le pouuons voir és Rosettes que l'on apporte d'Allemaigne, conuient autant que nulle autre chose en lustre & couleur auec le Pourpre. Mais en cela il y auroit plus (ie le confesse) de curiosité, que de doctrine. Parquoy il suffit de l'auoir remarqué en passant sans en rien affirmer. Au reste il semble qu'Apollonius au premier des Argonautes vueille faire le pourpre vne couleur differente du rouge.

Δὴ γὰρ ἱοι μέσση μὲν ἐρεύθεσαι τέτυκτο,

ἄκρα δὲ πορφυρέη πάντη πέλεν.

Au milieu elle estoit rougeastre, mais vers le bord toute de pourpre. Somme qu'on n'auroit iamais fait de s'opiniastrer à vouloir accorder ce qui depend de ces couleurs.

CHIRON *se courbant sur le train de deuant, s'abaisse pair à pair du garçon.* Le mesme traict est

est dans Statius en l'Achilleïde.

> Tunc blandus dextra, atque imos submissus in armos
> Pauperibus tectu inducit.

Mais c'est à l'endroit de Thetis quand elle vient querir pour le destourner chez le Roy Lycomedes en Scyros; s'efforçant cette Deesse (ainsi que dit Plutarque au traicté de la lecture des Poëtes) de nourrir Achilles aux plaisirs, voluptez & delices, & luy en moyenner elle mesme : toutesfois l'instinct genereux de la vertu estant en luy, les desdaigne & abhorre. Car nous voyons dedans Homere, au 19.de l'Iliade, que luy ayant esté restituée Briseide, vne tres belle Demoiselle, & en fleur d'aage, qu'il aimoit singulierement, il s'abstint neantmoins du tout d'y toucher, ne de prendre aucune refection ne plaisir, qu'il n'eust fait preallablement la vengeance de la mort de Patrocle, & accomply tous les autres deuoirs qui se pouuoient rendre au desfunct, iusques à tondre ses beaux dorez cheueux sur sa sepulture, & les brusler auec le corps.

QVE LES *mœurs de Chiron soient ainsi benignes : cela vient tant de son equité & iustice, que de la prudence qu'il en acquiert.* Homere en l'onziesme de l'Iliade vers la fin, l'appelle le plus iuste de tous les Centaures : lequel auoit appris à Achilles l'art de la Chirurgie, & tout plein de beaux medicamens pour s'en pouuoir seruir à la guerre.

> ἐπὶ δ' ἤπια φάρμακα πάσσε
> ἐσθλά, τάτε πρότι φασὶν Ἀχιλλῆος δεδιδάχθαι,
> ὃν χείρων ἐδίδαξε δικαιότατος Κενταύρων.

Et Ouide au cinquiesme des Fastes.

> Nona dies aderat quum tu iustissime Chiron,
> Bis septem stellis corpore cinctus eras.

Item Plutarque au traicté de la Musique. *Nous auons danantage entendu qu'Hercules exerça la Musique, & Achilles pareillement : auec plusieurs autres, dont à ce qu'on dit fut precepteur en cela le tressage Chiron qui leur monstra cette science, ensemble la Iustice & la Medecine.*

A ce mesme propos Clement Alexandrin au 1. liur. de ses Stromates, racompte apres la Titanomachie, c'est à dire le combat des Geans, de ie ne sçay quel incertain Autheur, que Chiron fut le premier qui rangea les mortels à iustice, & leur monstra la forme des iugements, & du serment; les sacrifices & solemnité des festes. Brief tout l'ordre, & façon de faire du ciel; c'est à dire de la religion & seruice diuin. Il fut aussi precepteur de plusieurs grands & illustres personnages auparauant Achilles; comme d'Hercules, Iason, Esculapius en la medecine, de Castor & Pollux, & autres : lesquels il institua en toute sorte de pieté, modestie, & iustice; en Musique, Astrologie, & Medecine comme le tesmoignent Pindare, és Pythies : Apollonius Rhodien és 3. & 4. liures : Xenophon en son Hipparchique, & Ouide au 5. des Fastes.

IL A PVIS-APRES *de petites caresses.* Stace au liure allegué.

> Saxo collatitur ingens
> Centaurus, blandisque humeris se innectit Achilles,
> Quanquam ibi fidi parens assuetáque pectora mauult :
> Miratur, comitque senex nunc pectora mulcens,
> Nunc fortes humeros.

MONSTRE à *Achilles l'art de picquer les cheuaux & luy sert à cette fin de monture.* Isaac Tzezes en la 7. Chiliade, Histoire 94.

> τοῦτ' ἑκατόρμω τίζριδνος μερέσι τοῖς ἱππείοις
> τοῖς μαθηταῖς ἐδίδασκε θήραν, ἱπποτοξείαν,
> ἰατρικὴν, βοτανικὴν, ἄλλας τε τέχνας πάσας, ἓτς.

Chiron (ce dit-il) portant ses disciples & apprentifs sur son dos en la partie cheualine, leur monstroit l'art de la chasse, à lancer le dard d'à cheual, les proprietez des herbes, & plusieurs sciences tres-belles. Mais ce sont fictions propres aux oreilles des ieunes enfans tendrelets encore, car à la verité ce fut vn excellent Philosophe, lequel entre autres choses ayant le premier monstré la maniere & vsage d'aller à cheual, cela donna lieu à la fable qu'il fut Centaure. Neanmoins il instruisoit ses caualcadours par mesme moyen en la cognoissance des simples, pours'en seruir à la Medecine, & tout plein d'autres cas vtiles à la vie humaine.

PRENDRAS *plusieurs villes, & mettras a mort grand nombre de vaillans hommes.* Statius introduisant Neptune qui predit à Thetis les hauts & glorieux faits d'armes que doibt executer vn iour son fils Achilles.

> Quem tu illic natum Sigæo in puluere quanta
> Aspicies victrix Phrygium funera matrum,
> Cùm tuus Aeacides tepidos modò sanguine Teucros
> Vndabit campos : modò crassa exire vetabit
> Flumina, & Hectoreos tardabit flumine currus,

Impellere, manu nostros opera irrita muros.

CECY *prophetise Chiron à Achilles, choses belles de vray & de bon augure; non pas telles que fait Xanthus dans Homere. Il se rapporte au passage du 19. de l'Iliade, là où Achilles sollicitant ses cheuaux faez Xanthus & Balius de bien faire leur debuoir, & ne laisser pas leurs conducteurs en la foule, ainsi qu'ils auoient fait le corps de Patrocle; Xanthus luy respond en cette sorte:*

ὦ λίζω σ' ἐτι νῦγε σαώσομδυ ὄβεμι Ἀχιλλῶ.

ἀλλά Ἰοι ἐλγύθεν ἤμβρ ὀλέθριον, ἀλλ' τ' ἡμεῖς

ἀμιοι, ἀλλὰ θεός τε μέγας ὰ μοῖρα κραταιη, &c.

Et certes nous te sauuerons bien encore, ô tres-valeureux Achille, mais ton iour mortel est fort prés, dont nous ne serons pas la cause, ains vn grand Dieu & la Parque puissante. Car ce n'a pas esté par nostre tardiueté & paresse que les Troyens despouillerent Patrocle de tes armeures; mais le meilleur de tous les Dieux, qu'enfanta iadis Latone aux belles dorées tresses, qui le mit à mort entre les premiers combattans, & en donna la gloire à Hector. De faict, nous courions à l'enuy contre le soufflement mesme de Zephyre, que l'on dit estre le plus leger vent de tous autres. Au reste il t'est destiné de bien tost succomber par vn Dieu, & vn homme qui est plus beau que vaillant.

LES

Il n'y a point en la nature,
De si monstrueuse figure,
Comme il se fait de fictions,
Dans noz imaginations.
  L'esprit humain n'a de puissance,
Que dessus quelque extrauagance,

Il s'estime dautant plus beau,
Qu'il a de chymere au ceruean:
  De là vient que ces Centaurelles,
Ne recherchent que leurs mamelles,
Car l'esprit le plus triomphant,
Prent plaisir à faire l'enfant.

C 6

LES CENTAVRELLES.

ARGVMENT.

Xion *fils de Phleg yas ayant mis traiſtreuſement ſon beau-pere Leonteus à mort demeura long temps à errer de coſté & d'autre, ſans pouuoir rencôtrer vn ſeul de tous les mortels ne des Dieux, qui le vouluſt abſoudre & purger de ſon forfait: tant que finablement Iupiter eut pitié de luy, & le retira au ciel, où il l'expia du tout, & luy fit outre ce tout plein de gra-ces & faueurs; de priuautez, & bons traictemens. Mais ne ſe pouuant côporter en cette felicité, en deuint inſolent; & poſſedé quand & quand d'vne ingratitude & meſcognoiſ-ſance, s'oublia iuſques là, qu'il oſa bien entreprendre de faire l'amour à Iunon femme de celuy dont il auoit receu tant de bien & d'honneur: & la pourchaſſa de ſi prés, qu'elle fut contrainte de le declarer à ſon mary; lequel pour en eſtre acertené plus au vray, & voir ſi quand ſe ceroit au fait & au prendre il auroit la hardieſſe de paſſer outre, luy preſenta vne nuée ayant la propre forme & reſſemblance de Iunon, toute preſte (ce monſtroit elle) de condeſcendre à ſa volonté. Cettuy-cy eſti-mant que ce fuſt la Deeſſe, vint tout ſoudain aux priſes, & s'aſſembla char-nellement à la nuée, où il engendra vn enfant outrageux (comme dit Pindare) fier, difforme, & farouche, ſans grace ny honneur quelconque enuers les hom-mes ne les Dieux. Le deteſtable & malheureux pere penſant auoir fait vn fort beau chef-d'œuvre, ſe vantoit par toute la terre d'auoir eu affaire à Iunon; de-quoy Iuppiter doublement indigné, l'extermina d'vn coup de foudre iuſques au plus profond des enfers, où il eſt pour ſon demerite & impieté attaché à vne rouë tournante à iamais ſans ceſſe. Or celle qui eut la charge d'eſleuer ceſte creature le nomma Centaure, lequel ſaillit depuis les Iuments Magneſiennes qui paſſoient és vallées du mont Pelion; & de ce meſlange ſortit vne fort bizarre maniere de gens qui reſſembloient à leur progeniteurs; la partie d'embas conforme à la mere, & celle d'enhaut tenant de celuy qui les auoit engendrez. Mais Philoſtrate paſſe bien icy plus auant: & Lucian pareillement au tableau qu'il deſcript de Zeuxis ſur le meſme ſubiect; leſquels de ces monſtres fantaſtiques & imagi-nai-res qui ne ſe peuuent produire que par les ſonges, font vne race de pere en fils, ny plus ny moins que d'vne vraye choſe animée; ayant ſon eſtre & propagation ſelon le cours & ordre de nature: tant (ainſi que l'on dit) Pictoribus atque Poë-*
tis,

tis, quælibet audendi semper fuit æqua potestas. Inuention fort gentille & plaisante de vray; & qui auroit bien bonne grace, si on la pouuoit recouurer aussi naïfuement executée à l'œil en couleurs, comme elle est icy descripte à l'entendement. Mais ie craindrois que le pinceau ne succombast à la plume, aussi bien qu'il aduint iadis de la tant fameuse Venus d'Apelles; Versibus Græcis (ce dit Pline) tali opere dum laudatur victo, sed illustrato. Voyons doncques ce que l'vn & l'autre de ces deux ouuriers delicats nous en voudront dire, pour passer puis-apres à ce qui requerra quelque plus particuliere interpretation.

V O V S C V I D I E Z doncques que ce haras de Centaurelles fust prouenu de quelques chesnes ou rochers; ou bien tant seulement des Iuments que saillist à ce que l'on dit, cest engendré d'Ixion, dont les [a] Centaures yurongnes ont esté ainsi meslangez : mais celles cy auoient certes des meres de leur mesme espece, & qui estoient desia femmes, auec des Poulains en forme de petits enfans; & vne demeure la plus plaisante de toutes autres. Car ie ne pense pas que le mont Pelion vous desplaise, ne la vie non-plus qu'on y meine : ne la roide tige du fresne nourry au vent ainsi droit; & qui ne s'esclatte pas volontiers à la pointe. Pareillement les tant belles grottes & les fontaines, & les Centaurelles qui y conuersent; ressemblans proprement aux Naïades, si nous voulons oublier ce qui y est de cheual : mais à les contempler auec leur moitié cheualline, fort approchantes des Amazones : car la delicatesse du feminin visage vient à se monstrer plus fiere & robuste, quand on regarde ce qui est de cheual ioinct auec. Or voicy leurs Centaurillons; dont les vns sont encore en maillot; les autres à la desrobée se deffont de leurs langes : il semble que ceux là pleurent à chaudes larmes : ceux cy sont bonne chere, & rient, pour la mammelle qui leur decoulle en telle abondance. Il y en a de follastrants soubs les meres à guise de petits garçons, & d'autres qui les accollent; car elles s'agenoüillent afin qu'ils leurs puissent atteindre. Celuy là rue vne pierre à la sienne, commençant à l'outrager de bonne heure. Mais la forme d'eux tous n'est point encore bien façonnée & apparente, pour raison du par trop de laict qui regorge. Ceux au reste qui bondissent desia, monstrent ie ne sçay quoy de farouche, les creins ne leur faisans que commencer à poindre; & la corne du pied estant encore fort tendre. O que sont gayes & gentilles aussi ces Centaurelles en leurs cheuaux mallets; Car en voicy qui sont entées à des Iumens blanches; les autres iointes & incorporées à des Alezannes; les autres à des Auberes mouchetées, & des Pyes : toutes d'vn poil luysant comme de cheuaux bien pensez. En voila vne de charnure tresblanche, & neantmoins de pellage moreau : Cette ainsi grande contrarieté de couleurs s'entr'accordant fort bien à la composition d'vne beauté agreable.

[a] *Centaures yurongnes.] Il traduict comme s'il auoit leu οἰνοβύτας, au lieu de ἱπποβύτας, Centaures ont esté ainsi cy-deuant & vont en ce meslange : à sçauoir de la nature humaine auec celle du cheual.*

C c ij

ANNOTATION.

L A FANTAISIE est à la verité fort plaisante, pour le moins rare, d'attribuer à vn cours reiglé de Nature, ce que noz plus extrauagantes cogitations à grand' peine sçauroient forger en resuant; & luy en faire produire des especes toutes nouuelles, comme si elle n'auoit autre chose à faire que de recueillir d'heure à autre les formes & Idées qui partét de nostre cerueau, pour les mettre à execution. A quoy elle ne sçauroit pas fournir, parce que cela est sans nombre, ne mesure, fonds ny riue. Au moyen dequoy il vaut mieux laisser là ce Chaos où le pinceau trouuera tousiours quelque nouuelleté à pescher, & venir parangonner les peintures de ces deux bós maistres, pour voir laquelle nous contentera le plus. Car il n'est pas deffendu que plusieurs ouuriers ne s'esbattent en vn mesme subiet, sans que pour cela ils ayent occasió de se pleindre que l'vn coure sur le marché de l'autre. Ny plus ny moins, que si ce-pendant que ie suis occupé à m'acquitter de ce mien labeur, quelqu'vn s'auançant de mettre dehors son Tite Liue (ainsi appellons nous maintenant noz traductions) pour m'auoir preuenu de quelques sepmaines ou mois, voulust inferer par là, que ie n'y eusse plus rien que voir, & ne me fust loisible par-apres de faire aussi les monstres du mien à son tour. Mais le temps est celuy auec le peuple qui iuge de l'affaire en diffinitiue; & la raison parmy cela, laquelle veut que tout ce qui est exposé en public, comme sont mesmement les liures, ne se puisse legitimement pretendre ny attribuer de personne en propre. Lucian doncques au traité intitulé Antioque, descript ainsi vn pere, mere, & petits Centaures.

LVCIAN.   ZEVXIS ce bon peintre, le plus excellent de tous autres, ne s'amusoit pas volontiers, au moins guere souuent, apres les subiects communs & vulgaires, tels que seroient les faits d'Heroes, les dieux, & les batailles; mais recherchoit tousiours quelque bizarre & nouuelle fantaisie: laquelle ayant atteinte à son gré, il faisoit en l'executant, voir là dessus la diligence & subtilité de son art. Or entre ses autres inuentions plus hardies, il vint à peindre vne Centaure qui alaittoit deux Centaurillons tous ieunes encore. Et est le double de ce tableau pour le present à Athenes, fort exactement retiré sur le principal, lequel on dit que Sylla chef de l'armée Romaine ennoyoit en Italie, auec plusieurs autres rares & exquises besongnes: mais le malheur voulut que le nauire qui les portoit s'estant brisé emprés le Cap de Malée (si l'm'en souuient) le tout vint à se perdre, & le tableau par mesme moyen. Neanmoins i'en ay veu vne contrefait au vray, parquoy ie le vous representeray icy par escript, le mieux qu'il me sera possible; non point certes que ie sói autrement fort versé aux peintures, mais pource que i'en ay encore fresche memoire, comme l'ayant n'agueres veu chez vn peintre en ladite ville d'Athenes; & ausi que l'admiration dont ie contemplois cet ouurage, ne me seruira pas de peu à le vous expliquer tousiours plus particulierement.

DANS VNE grosse touffe d'herbe verdoyante ceste Centaure est portraite; tout ce qu'elle a de Iument veautre par terre de son long, & le train de derriere est nau vers la crouppe. Mais la partie de femme se dresse en son seant peu à peu sur le coude: & ne sont pas les iambes de deuant allongées comme si elle gisoit de costé; Car l'vne ressemblant à qui seroit à genoux, est ployée, & retire la corne en dedans, l'autre au rebours se hausse, grattant desia la terre du bout de la pince, ainsi que font les chevaux qui s'esbranlent pour se releuer. Quant aux iumeaux, elle en a l'vn entre ses bras, & l'alaitte à la mode humaine, luy dónnant la mammelle de femme: l'autre qui tient plus du cheual est attaché à son pis, selon que les ieunes Poulains ont accoustumé d'estre nourris de leurs meres. Au haut du tableau, tout ainsi que par quelque pointe ou rocher propre à faire la sentinelle parofit certain Hippocentaure allongeant le col iusques hors d'œuure; C'est le mary (à ce que ie croy) de ceste femme qui donne la teste de deux endroits à ses petits, lequel les regarde en riant: toutesfois le corsage n'en paroist pas tout entier, mais seulement iusques à my-cheual; & bransle de la main droicte au dessus de sa teste vn petit Lyonceau, pour auoir son plaisir de leur faire peur par ceste forme de iouët. Le demeurant de la peinture, combien que nous autres peu cognoissans en cet art n'en peussions pas si bien discerner la bonté, estoit neantmoins elabourée en toute perfection, d'vne diligence extreme. Et en premier lieu le profil & le trait portant d'vne main asseurée: puis de tres-artificiels meslemens de couleurs; les enrichissemens adioustez, pour donner grace à la besongne principale, traictez fort exquisement; auec les ombrages des raccour:issemens & des plis, obseruez à propos; sans auoir rien oublié de ce qui se peut desirer des proportions & mesures, ne de la suitte & ordonnance de l'ouurage. Toutes choses que les peintres ont en singuliere recommandation; ceux là au moins qui sont soigneux de les entendre. De moy, ie loüois en Zeuxis principalement la grande force de son sçauoir, ayant sceu si bien en vn seul & mesme subiect (eu esgard à la difference du sexe & de l'aage) naifuement faire paroistre la variété de cest artifice. Car il a representé le Centaure en tout & par tout fier, superbe, & farouche au possible: la cheueleure herissée; velu presque entierement; non en la seule partie qui est de cheual, mais de l'homme encore: & luy a fait les espaules larges & releuées, auec ie ne sçay quel soubsrire en la face, qui ne laisse pas pour cela de sentir son sauuage & mal apprinoisé. Voila le Patron dont il a fait le mary. Mais la femme ressemble à quelque belle

Iument

Iument coursiere, telles que sont ordinairement les Thessaliennes que l'on n'a encores dompté, & où personne
n'a monté dessus. L'autre moitié qui est de femme, il l'a portraitte belle par excellence; horsmis les oreilles
qu'il a laissées disformes & pointues, à la façon des Satyres. Au regard puis-apres du meslange & assemble-
ment des deux corps, à l'endroit où la moitié humaine vient à se rencontrer & vnir aueeques la cheualine,
cela se confondant peu à peu, & non grossierement tout à coup, ains amené de loing à loisir s'amortist d'vne
telle douceur, qu'il se desrobe de l'œil des regardans, & passe furtiuement de l'vn en l'autre. Des deux petits,
l'vn sent son hazard aussi bien que le pere, & nonobstant sa tendre ieunesse se monstre neantmoins desia
felon & terrible. Cecy encore en le considerant de prés m'a semblé digne d'admiration, qu'ils regardent tous
deux fort enfantinement deuers le ieune Lyonceau: & ce-pendant empoignent la mammelle, se serrans en-
contre la mere, à qui ils rapportent de pellage & de teint.

IVSQVES icy Lucian. Au reste Palephate s'efforce d'appliquer tout ce fait icy des Centaures à vne histoire qu'il se forge luy mesme. Qu'Ixion Roy de la Thessalie se trouuast vn iour dans
le mont Pelion, il y eut vn trouppeau de Taureaux à corne tellement esmeu à furie que personne
ne s'osoit plus approcher de là & se iettoient encore sur les lieux habitez, & les labourages, où
ils gastoient tous les fruits & autres biens de la terre: au moyen dequoy Ixion fit publier vn ban,
que quiconques pourroit venir à bout de prendre ces Taureaux insensez, il luy donneroit de
grandes richesses. Là dessus certains ieunes hommes d'vn village de la montagne appellée Nephele, c'est à dire Nuée, s'estans mis (il n'y auoit gueres) à dompter des cheuaux pour la selle,
& s'apprendre à monter dessus ; car au parauant on n'alloit qu'en chariot, s'en vindrent tout à
cheual trouuer ces Taureaux, & les chargeans de fois à autre les poussoient & frappoient: Que
s'ils se cuidoient retourner deuers eux pour leur donner quelque coup de corne, ils se sauuoient
à pointe d'esperon, car leurs montures estoient plus promptes & adroictes: & quand les Taureaux outrez d'haleine se vouloient arrester, ils retournoient sur eux derechef, tant qu'à la fin ils
les mirent à mort. Dont du depuis ils obtindrent le nom de Centaures, de κεντεῖν & ταῦρος, comme qui diroit *picque-bœuf* ou *picque-taureau*. Mais Isaac Tzezes en la 99. histoire de la septiesme
Chiliade, le deriue d'vn autre endroit: Alleguant que ce Iupiter qui purifia Ixion estoit vn Roy,
la femme duquel, Ixion ayant esté priée d'Amours, elle le dit à son mary ; mais ne le pouuant croire, pour esprouuer s'il estoit vray supposa vne chambriere appellée Nephele ou nuée, laquelle
vestue d'habitz Royaux, ceux la mesme que la Royne souloit porter ordinairement, enuoya
querir Ixion sur la brune, & en lieu obscur de maniere que soubs cette imagination il geust auec
elle, & l'engrossa d'vn fils qui fut en son propre nom appellé Imbrus, mais on le surnomma Centaure, de κεντεῖν & αὖξη: comme qui diroit piquant vn esclaue, à cause de ce qu'Ixion s'y estoit
ioüé, ainsi qu'il dit puis en la deux cent septante-troiziesme histoire de la mesme Chiliade,
en se mocquant de Palephate.

κεντεῖν Ἰξίων ἀέρχι γδ, τουτέςι τὴν δουλίδα.

ἐκ δὲον ἐπαιδούργησεν, ἰμβρον λαχόντα κλῆσιν.

ὅτι ἀνδρὸς τὴν ἀέρχι σημαβνωσόμ τὴ δουλίω.

Poursuit puis-apres Palephate, que ces picque-taureaux ou Centaures caualcadours s'estans
enorgueillis & deuenus insolens, tant pour ce fait que pour les recompenses qu'ils en eurent du
Roy Ixion, firent tout plein d'outrages de costé & d'autre ; & à luy mesme encore, qui se tenoit
pour lors en la cité de Larisse. Or les habitans de la contrée qui estoient appellez Lapithes ayans
semond à vn festin solennel ces Centaures, apres que le vin eust donné à ceux-cy sur la corne, ils
se ruerent sur les femmes qui y estoient, & les ayans en diligence fait monter à cheual, les enleuerent ou bon leur sembla; dont la guerre s'alluma fort & ferme entr'eux ; où les Centaures faisans des courses de fois à autre sur la plaine d'ébas, de dedas le mont Pelion où estoit leur retrai-
te, en vn fort appellé Nephele, s'en retournoient soudain qu'ils auoient fait leur main, en telle
sorte que ceux du vulgaire, qui les regardoient de loing, & n'en pouuoient discerner que le derriere de leurs cheuaux, & la teste des hommes, les appellerent de là en auant Hippocentaures;
comme si ce n'eust esté qu'vne mesme chose de ces deux creatures iointes en vn seul corps. A
quoy se conforme ce que dit Pline au 7 liure chap. 56. *Pugnare ex equo inuenisse dicunt Thessalos*
qui Centauri appellati sunt, habitantes secundum Pelium montem.

MAIS ils furent finablement defaits par Thesée & Pirithous fils d'Ixion, pour raison de quelque autre insolence qu'ils attenterent de faire à ses nopces, semblable à la precedente. Ouide au
12. de la Metamorp. en descript tres-elegamment le combat. Et Hyginus au quatorziesme chapitre, dit qu'ils estoient inuulnerables à coups d'espée, & autres ferremens. Pourtant il les falloit assaillir auec des haches, & troncs d'arbres. Strabon au 9. liure traictant de cette guerre contre les Centaures, allegue aussi qu'Ixion & son fils Pirithous s'emparerent du mont Pelion, &
en debouterent les Centaures de viue force ; gens sauuages & inhumains, lesquels ils côtraigni-
drent d'aller faire leur residence auec les Aethiciens, & mirent les Lapithes en possession des
terres qu'ils souloient tenir.

VOILA ce que les histoires en dient. Ceux qui veulent puis-apres allegorifer là deffus; par le Centaure entendent la briefueté de noftre vie,laquelle eft portée d'vne tref-prompte & legere courfe droit à fa fin ; par le cheual,l'vn des plus viftes animaux de tous autres. Adamantius par la partie cheualine annexée à l'humaine nature,prefuppofe la concupifcence & lafciueté que les diuines lettres & les autheurs Grecs encore,attribuent au cheual,dont feroit prouenu le mot de *ἱπποπροσ* , comme nous l'auons dit ailleurs ; & l'ignorance finablement , en quoy par le defbordement de vie fe vient à fubmerger l'efprit. Ce qui auroit donné occafion au Pfalmifte de dire de cette maniere d'homme ; *Comparatus eft iumentis infipientibus*. Item, *Nolite fieri ficut equus, & mulas,quibus non eft intellectu*. Et à Maximus Tyrius de prendre pour le cheual eftant ioint à l'homme en la compofition du Centaure, les voluptez & delices , où la raifon qui doibt dominer en nous,& la vertu fe viennent à entrauer de forte qu'elles ne peuuent comme plus y auoir de lieu, ains faut que de maiftreffes, elles deuiennent chambrieres; voire fe rendent viles efclaues des vices & defbauchemens , qui de là en auant leur tiennent le pied fur la gorge. Auffi les Poëtes Grecs defcriuent ordinairement les Centaures pour gens lafcifs, impudiques, outrageux, violens, & yurongnes ; & generalement coinquinez de toutes fortes de lubricitez infolentes. Mais pour mefler auffi de noftre part ce que nous pourrions moralifer là deffus; il femble que ces deux natures iointes en vn feul corps nous demonftrent ceft vniuers : à fçauoir celle de l'homme , le ciel ; & du cheual, la terre. Car le chef de l'homme conuient fort bien au ciel , tant pour eftre la plus haute & digne partie qui foit en luy ; là où tout ainfi que dedans vne citadelle refide l'intellect & portion de la diuinité qui eft en nous ; que pource que fort proprement les fept ouuertures & fpiracles eftans en la tefte fe rapportent aux fept Planetes. Premierement les deux yeux aux deux grandes lumieres d'enhaut, le Soleil & la Lune, & à l'or & à l'argent en la terre, qui font noz vrayes torches & flambeaux : puis les deux oreilles à Mars & Venus,à caufe de leur colerique amertume, comme nous le pouuons voir és diffolutions du fer & du cuyure , qui reprefente la bile iaune, & la verte ou praxinée : les deux nafeaux à Saturne & Iuppiter , le plomb & eftain , dont les fubftances fymbolifent en leur endroit aux flegmatiques humeurs du cerueau : & la bouche à Mercure, qui eft le Dieu de la parole & eloquence, laquelle fe forme & prouient de la bouche:dont on auroit accouftumé de luy defdier les langues des victimes facrifiées; comme nous auons dit en fon tableau. Et finablement les cheueux aux eftoilles fixes ; les vns & les autres eftans côme fans nôbre. Les fix Planetes & metaux font accouplez deux à deux, tout ainfi que les conduits de la tefte,à caufe de la tres-grande affinité qu'ils ont par enfemble.Mais le mercure eftant feul, & different de tous les autres qui font congelez , car il eft liquide,à bon droit peut eftre rapporté à la bouche, qui eft feule de mefme , & continuellement arroufée de pituite. Dauantage ce Dieu eft peint equippé d'aifles: auffi les mots que nous prononçons paffent legierement comme vn oyfeau parmy l'air. Ce qui auroit meu Homere de les appeller *ἔπεα πτερόεντα , empennez*. Et au regard des aifles, le mercure ou argent vif feul de tous les metaux s'enfuit legerement du feu,& eft volatil, là où les autres font fixes,les vns & les autres moins. LA PARTIE de cheual puis-apres nous reprefente les quatre Elemens par fes quatre iambes ; & par le leger mouuement d'icelles , les perpetuelles alterations , & changemens qui fe font en iceux : dont la terre eft l'appuy & le fondement, deffus laquelle cette maniere d'Animal refide.

ORLES Centaures, foit qu'on les preigne pour fiction poëtique, pleine de ces belles Allegories & autres qu'on fe peuuent defcourir là deffus, foit qu'on les vueille appliquer à vne hiftoire, ne laiffent pas pour cela de pouuoir eftre produits par nature; au rang des monftres toutesfois; & non felon le droit cours & reigle dicelle, comme les autres efpeces de la premiere creatiô ; ny qu'on en puiffe faire race,comme le defcriuent icy Philoftrate & Lucian:Car Pline au 7.liur.ch. 3. dit en auoir veu vn embaufmé en du miel, qui du regne de Claudius auoit efté apporté d'Egypte: & qu'vn autre auparauant auoit efté nay en Theffalie, mais mort le iour propre. *Claudius Cæfar fcribit Hippocentaurum in Theffalia natum eodem die interiiffe. Et nos principatu eius allatum illum ex Ægypto in melle vidimus*. Mais Plutarque plus-amplement au banquet des fept Sages en dit cecy.

PLVTARQVE.

SVR CES entrefaites voicy arriuer vn vallet qui leur dit: Periander te prie Diocles de t'en venir prefentement auec Thales, voir ce que c'eft d'vne chofe qui ne luy fait que d'eftre apportée : fi cela eft nay fortuitement , ou fi c'eft quelque monftre ou prodige : Car il en eft tout troublé ,craignant que fon facrifice n'en demeure contaminé & pollu. Cela dit , il nous meine à vne maifon ioignant le iardin, là où eftoit vn ieune homme, Paftre à le voir, mais fans barbe encore , & au refte non laid ne def-agreable; lequel deploiant vne mantelline de peaux nous monftre certaine creature , qu'vne Iument (felon fon dire) auoit enfanté n'agueres.Tout le haut iufques au col & aux mains , de forme humaine , & le furplus femblable à vn poulain; qui crioit neantmoins tout ainfi que font les petits enfans nouueau-naiz. Au regard de Niloxenus , les Dieux (dit-il) nous vueillent preferuer de mal,& quand & quand tourne la tefte de l'autre cofté. Mais Thales l'ayant contemplé vne bonne piece fe prit à foubs-rire , fuiuant fa couftume de fe gaudir auec moy de ma profeffion; Et (ce va il dire) n'es tu point apres à chercher le moyen (Diocles) d'expier ce prodige en quelque maniere?Car tu taillerae

icy

icy bien de la besongne aux Dieux repousseurs des maux, s'estant ainsi presenté vn si grand & merueilleux cas. Et pourquoy non? respondis-ie. Certes Thales cecy nous menace de quelque sedition & discord; & crains que le mal-heur n'en arriue iusques au mariage & generation, puis que la Deesse n'estant point encores appaisée du premier courroux, nous monstre de rechef en cecy vn second tesmoignage de son mal-talent. Thales ne repliqua rien là dessus, mais ne s'en faisant que moquer s'en alla. Et comme Periander nous fust venu rencontrer à la porte, & que luy eussions demandé qu'il luy sembloit de ce monstre, Thales me laissant là, luy prend la main en disant, Tu feras puis apres à loisir ce qu'ordonnera Diocles, mais ce-pendant ie te conseille que tu n'employes plus de pasteurs à garder tes Iumens, ou bien que tu leur pourvoyes de femmes.

Il. N'Y A pas au reste beaucoup de choses à dire sur les particularitez de ce tableau, si ce n'est d'aduanture tout au commencement.

Vovs cuidez doncques que ce Haras de Centaurelles fust prouenu de quelques Chesnes ou rochers. Cela est dit à l'imitation de ces deux vers du dix-neufiesme de l'Odyssée, là où Penelope demande à Vlysses qu'elle ne recognoissoit point encores: *Qu'il luy die sa race & de quel lieu il est, car il ne luy semble point estre issu de quelque vieil Chesne ou rocher.*

ἀλλὰ καὶ ὣς μοι εἰπὲ τεὸν γένος, ὁππόθεν ἐσσι.

ἀ γὸ ἀπὸ δρυός ἐσσι παλαιφάτε, ἀδ' ἀπὸ πέτρης.

Et Hesiode allegue que les mortels nasquirent des rochers & des chesnes demy creuez. A l'imitation dequoy, Platon au huictiesme de la Republique. ἢ οἴει ἐκ δρυος ποθὲν ἢ ἐκ πέτρας τὰς πολιτείας γίνεςθαι, ἀλλ' ὀχὶ ἐκ τῶν ἠθῶν τῶν ἐν ταῖς πόλεσι; *Estimez-vous que les choses publiques viennent à naistre du premier chesne ou rocher qui se rencontre, ou plustost des bonnes mœurs de ceux qui se meslent des affaires d'icelles?*

PELION est vn mont de la Thessalie, qui regarde sur le goulphe Pelagique, fort renommé autresfois pour les Centaures qui y habitoient; là où Achilles fut nourry par Chiron. Ouide au cinquiesme des Fastes le descrit ainsi:

Pelion Aemoniæ mons est obuersus in Austros,
  Summa virent pinu, cetera quercus habet.

Là fut cueillie la tant fameuse lance, appellée Pelias, dont voicy ce que Pline dit au seiziesme liure, chapitre treiziesme. *Procera est fraxinus ac teres pennata & ipsa folio; multúmque Homeri præconio & Achillis hasta nobilitata.* Lequel lieu d'Homere est au seiziesme de l'Iliade, où Patrocle s'estant equippé des armes d'Achilles, est contrainct de laisser la lance pour sa trop grande pesanteur.

ἔγχος δ' οὐχ ἕλετ' οἶον ἀμύμονος Αἰακίδαο,

βριθὺ, μέγα, στιβαρόν. Ὁ μὲν ἐ δύνατ' ἄλλος ἀχαιῶν

πάλλειν, ἀλλά μιν οἶος ἐπίστατο πῆλαι Ἀχιλλεὺς

Πηλιάδα μελίην τὴν πατρὶ φίλῳ πόρε χείρων

Πηλίε ἐκ κορυφῆς, φόνον ἔμμέναι ἡρώεσσιν.

Il prit (dit-il parlant de Patroclus) *deux roides iauelots bien à la main. La seule lance de l'irreprochable Achilles il ne la prit point; pesante, longue, & forte, dont vn seul autre de tous les Grecs ne s'eust peu aider: Car il n'y auoit qu'Achilles qui la sceust darder, appellée Pelias du mont Pelian, & du Fresne que Chiron auoit cueilly en la cime: dont il en auoit faict vn present au pere d'Achilles, pour estre vn iour le meurtre des Heroës & vaillans hommes.* Tous lesquels carmes il resume encores au dix-neufiesme liure ensuiuant. Hyginus au 101. chapitre, (à quoy se conforme ce distique du commencement du remede d'Amour d'Ouide)

  Vulnus Achilleo quæ quondam fecerat hosti,
  Vulneris auxilium Pelias hasta tulit.)

racompte, que Telephus fils d'Hercules & d'Augé, ayant en vne rencontre esté blessé de cette lance par A- chilles, dont de plus en plus luy croissoient les douleurs de la playe sans y pouuoir trouuer remede, s'en alla au conseil au Dieu Apollon, lequel luy fit responce que rien ne luy pouuoit donner guerison ny allegement, sinon la mesme lance dont il auoit esté frappé. Parquoy Telephus s'en vint trouuer Agamemnon, & suiuant l'instruction que luy en donna Clytemnestre propre, prit le petit Orestes hors de son berceau, menassant de le mettre à mort, s'il ne luy donnoit quelque remede à sa blessure. Et pource que les Grecs de l'autre costé auoient sçeu de l'Oracle que Troye ne pouuoit estre prise sinon soubs la guide & conduite de Telephus, ils se reconcilierent fort volontiers auecques luy, & requirent Achilles de le guerir. Il leur fit responce qu'il n'estoit point Chirurgien. Alors Vlysses prenant la parole, Apollon ne te nomme pas à cela (dit-il) mais celle qui a faict le coup, à sçauoir ta lance; laquelle apres auoir raclée à la pointe qui estoit d'airain, & de cela faict vn medicament à la playe, elle fut tout incontinent guerie.

Cc iiij

DIALOGVE.

D. Phedre dy nous qui te conuie
  De conspirer contre la vie,
  De celuy qui est ton amant,
  Et ton plus cher contentement?
R. C'est qu'vne femme mesprisée,
  Est vne furie insensée.

D. Mais on se repent à loisir,
  D'auoir contenté son desir.
R. Ie sçay que si triste vangeance,
  Suit de bien pres la repentance,
  Mais qui a la fureur pour Roy,
  N'a raison, ny Amour, ny Loy.
                    HIPPOLYTE.

HIPPOLYTE.

ARGVMENT.

THESEE Roy d'*Athenes fils d'Æthra & du Dieu Neptune, espousa en premieres nopces Hippolyte l'vne des Amazones, dont il eut vn fils de semblable nom, excellemment beau sur tous ceux de son temps, & encores plus chaste. L'Amazone estant decedée, il se remaria auecques Phedra fille du Roy Minos de Candie, & de Pasiphaé. Sur ces entrefaictes il aduint que Thesée par mesgarde tua vn sien proche parent nommé Pallas, parquoy il fut contrainct de se retirer en Trezene auecques sa femme, où il auoit donné à Pitheus son fils Hippolyte à nourrir : sur lequel Phedra n'eut pas plustost ietté l'œil, que le voyant si ieune & si beau, elle en deuint extremement amoureuse ; non de son propre motif, ne pour se vouloir laisser transporter à vne si orde & detestable concupiscence, mais par l'instigation particuliere de Venus. Car la Deesse estant grandement irritée contre Hippolyte pour raison de sa chasteté qui desdaignoit tout Amour, aussi qu'il s'estoit entierement voüé à Diane, mit à Phedra cette malheureuse affection en la teste : là où ayant pris pied peu à peu, elle fut à la fin contraincte de s'en descouurir à sa nourrisse. Cette-cy par sa precipitation & hastiueté gasta tout : pour auoir trop mal à propos abordé Hippolyte, qui eut de pleine arriuée en horreur vn si execrable forfaict, & renuoya bien au loing toutes ces poursuites & sollicitations. Dont Phedra outrée de honte, de despit, desespoir, & impatience d'Amour, s'estrangla elle-mesme.* Et pour sauuer son honneur laissa vn petit mot de lettre pendant à ses mains, par où elle taxoit fort & ferme Hippolyte de l'auoir requise. De sorte que Thesée ayant à son retour leu ce billet, & trop legerement y adiousté foy, bannit tout sur le champ son fils ; & inuoqua son pere Neptune, que pour l'vne des trois faueurs qu'il luy auoit promises, il le voulust vanger d'vn tel & si grand outrage. Neptune enuoya là dessus vn Taureau de la mer, lequel effroya les cheuaux du chariot d'Hippolyte, qui le desmembrerent en fuyant çà & là a trauers les rochers.

QVANT à la beſte que vous voyez, c'eſt vne malediction de Theſée ; & ſe iette ſur les cheuaux
d'Hippolyte, ſoubs la reſſemblance d'vn Taureau
blanc, de la meſme impetuoſité & viſteſſe, que
feroient des Dauphins. Mais c'eſt ſans raiſon qu'elle vient ainſi de la mer contre le iouuenceau : Car
Phedra ſa maraſtre ayant controuué vn faux & calomnieux propos contre luy ; qu'il luy vouloit faire l'amour, là où c'eſtoit elle-meſme qui en eſtoit
eſpriſe à outrance, Theſeus abuſé de cela, pourchaſſe le deſaſtre à ſon
fils, tel que l'on peut apperceuoir icy. De faict vous voyez fort bien comme les cheuaux reiettans le timon ont les creins heriſſez, & ne bondiſſent pas en la ſorte pour bon corps ny addreſſe qu'ils ayent, mais eſperdus d'eſpouuentement & frayeur. De façon que ſemans toute la campagne d'eſcume, l'vn ſe retourne deuers la beſte, & neantmoins fuit tant
qu'il peut ce-pendant : l'autre a deſia regimbé à l'encontre ; cettuy-cy la
regarde en trauers : celuy-là ſe tranſporte & court vers la mer ; ne ſe re-
ſouuenant plus, ny de la terre ny de ſoy-meſme. Et tous fronſſans les
naſeaux henniſſent tres-aprement ; ſi d'aduanture vous n'eſtes trop pareſſeux d'eſcouter la peinture. Des roües puis-apres du chariot, l'vne a
les raiz tous fauſſez par ce qu'il s'eſt renuerſé deſſus ; l'autre s'eſtant deſ-
boittée de ſon eſſieu roulle à part ſoy ; l'eſbranlement dont elle a eſté agitée la tournant encores. Et ſi les cheuaux de ceux qui le ſuiuent ne ſont
pas moins effroyez ; les vns iettans leur homme à bas : les autres l'emportans à trauers champs malgré luy. Mais toy noble & gentil adoleſcent trop
ſoigneux de la modeſtie & pudicité, certes c'eſt bien vne choſe iniuſte celle que tu reçois de ta maraſtre, & plus iniuſte beaucoup encores ce que tu
ſouffres de ton pere. Au moyen dequoy la peinture qui en a pitié, compoſe
en ta faueur ie ſçay quel dueil & lamentation Poëtique. Car ces roches
ainſi ſolitaires là où tu accompagnois Diane à la chaſſe, ſe deſchirent icy les
ioües en ſemblance de femmes : Et ces prez-là ayans la forme de beaux
iouuenceaux, que tu ſoulois appeller immortels, laiſſent fleſtrir & fenner
leurs fleurs pour l'amour de toy. Les Nymphes tes meres-nourriſſes ſortans
du fonds de leurs ſources, s'arrachent les cheueux, t'eſpandans de l'eau de
leurs belles mammelles. A toy neantmoins ne ta force & vigueur, ne ton
robuſte bras n'ont preſté ſecours au beſoing : Car tes membres partie ont
eſté tronçonnez, partie deſbriſez & rompus, & ta cheuelleure toute ſoüillée ; mais la poitrine reſpire encores comme ne voulant abandonner l'ame :
& l'œil regarde par cy par là ſes bleſſeures. Ha quelle beauté, & comme elle
n'a peu eſtre offenſée : qui meſme à cette heure ne quitte pas encores l'a-
doleſcent ; ains en octroye ie ne ſçay quoy à ſes playes.

*Pourchaſſe.) Il
ne dit pas ὀρ-
γῇ, ou ἐνεδ-
ρᾳ, mais κα-
ταρωτης, par
ſa malediction
luy moyenna ce
deſaſtre.*

ANNOTATION.

ANNOTATION.

PAVSANIAS és Attiques parlant de cet accident d'Hippolyte, dit que *Thesée apres la mort de sa premiere femme, se remariant à Phedra fille de Minos Roy de Crete, afin d'obuier aux esmotions & debats qui pourroient sourdre entre Hippolyte, & les enfans du second lict, il l'enuoya à Pitheus, pour estre nourry en sa cour, & qu'il peust vn iour paruenir au Royaume de Trezene. Quelque temps apres comme Pallas & ses enfans se fussent reuoltez contre Thesée, il les mit à mort : & là dessus s'en estant allé à Trezene pour se faire purger de cet homicide,* ce fut lors que Phedra vid la premiere fois Hippolyte, duquel elle s'enamoura soudain ; & le sollicita par le moyen & interposition de sa nourrisse. Mais en ayant esté tout à plat esconduitte, elle conuertit cet amour en vn despit, rancune, & desespoir : & luy brassa la calomnie qui fut occasion de sa mort. Toutesfois il dit puis apres és Corinthiaques, *Qu'il ne fut pas desmembré des cheuaux, & que les Trezeniens n'en monstroient sepulture quelconque, ains alleguoient qu'il auoit esté translaté au ciel, en vn astre qu'on nomme le charton ou cocher ;* ayant receu cet honneur par les Dieux pour raison de sa chasteté. Au surplus qu'il auoit à Trezene vn tres-beau & plaisant bosquet consacré à luy ; auecques vn temple, & vne statuë fort ancienne dediée par Diomedes, qui luy sacrifia le premier de tous autres. Plus vn ministre perpetuel, & des solemnels sacrifices par chacun an. Mais Hyginus en son Astronomique apres Eratosthenes, maintient qu'il fut deschiré, comme il est dit en ce present tableau, & restitué en vie par Esculapius ; lequel pour cette occasion Iuppiter auroit foudroyé, par ce qu'il entreprenoit ainsi sur son authorité & pouuoir : n'appartenant sinon au grand Dieu, de ressusciter les morts. Diane puis-apres luy changea de façon & de nom, ainsi que dit Ouide au quinziesme de la Metamorphose, où tout ce compte est fort elegamment deduit par le menu ; l'appellant Virbius, quasi deux fois-nay, ou par deux fois homme, au lieu d'Hippolyte, qui signifie desmembré des cheuaux ; & le transporta en Italie en la forest Aricinie, où il fut puis-apres reueré au rang des moindres Dieux. Le mesme Poëte au troisiesme des Fastes.

> *Vallis Aricinæ sylua præcinctus opaca*
> *Est locus antiqua religione sacer.*
> *Hic latet Hippolytus furys distractus equorum,*
> *Vnde nemus nullis illud aditur equis.*

On estime que ce lieu fut ainsi appellé d'vne belle ieune Demoiselle de la contrée d'Attique nommée Aricia ; de laquelle Hippolyte s'estant enamouré, l'emmena en Italie où il l'espousa. La ville d'Aricia en vulgaire, maintenant *Rikza*, en prit le nom, en la terre de Labour, vne iournée par delà Rome ; dont Horace faict mention, tout au commencement de la cinquiesme Satyre.

> *Egressum magna me excepit Aricia Roma.*

Virgile sur le propos de cette Dame.

> *Ibat & Hippolyti proles pulcherrima virgo,*
> *Viribus insignis, quem mater Aricia misit*
> *Eductum Ægeriæ lucis.*

En la dessus-dicte forest d'Aricia, souloit conuerser la Nymphe Ægerie, dont le Roy Numa se seruoit de couuerture pour introduire & establir sa religion, feignant qu'elle luy reueloit toutes choses. Comminius Suber ayant eu vn fils d'elle, nommé aussi Comminius, comme recite Plutarque en la trente quatriesme de ses Paralelles, se remaria à vne autre femme appellée Gidica, laquelle deuenuë amoureuse de luy, & refusée tout à plat, se pendit : laissant vn bulletin contenant vne calomnie toute semblable à celle de Phedra : A quoy le pere adioustant foy, requit la vangeance de cette meschanceté à Neptune ; dont il aduint comme à Hippolyte. Ainsi la plus-part des fictions antiques, sont entre-tissuës d'vne vray semblance d'Histoire, à guise de quelque trame de fil recouuerte de soye par dessus : Et les Histoires en recompense ont pour la plus part leur chaisne ourdie de fictions. Car l'Animal qui espouuenta les cheuaux, (que cela soit, ou ne soit pas) est ainsi descrit par Euripide en la Tragedie d'Hippolyte, dont presque tout ce tableau a esté emprunté, soubs le personnage d'vn qui tout tremblant de peur encore, en vient apporter les nouuelles.

QVAND NOVS FVSMES (dit-il) enfournez en vn lieu à l'escart hors du grand chemin qui **EVRIPIDE.** va d'Athenes à Epidaure & Argos, il y a vne coste au sortir de ce territoire qui s'estend iusques au Goulphe Saronique : d'où vn bruit tres-espouuentable, à guise d'vn grand coup de tonnerre ietta vn meruueilleux & horrible esclat, tellement que les cheuaux se cabrerent soudain : & nous autres saisis d'v-

ne peur iuuenile regardions de quelle part ce son là pouuoit proceder. Comme doncques nous iettions la veuë vers la greue battuë de flots, voicy que nous venons à descouurir vne grosse onde ferme-arrestée qui touchoit presque aux nuës; de sorte que mon œil ne pouuoit plus apperceuoir le riuage Scironien. Elle couurit quand & quand le destroict de Corinthe, & les rochers d'Esculapius. Puis tout soudain se renflant & boüillonnant d'vne grosse escume tout à l'entour, s'en vint impetueusement inonder la pla-ge où estoit le chariot, & à l'instant auecques ce gros mascaret accompagné d'vne triple-vague, l'onde eschoüa en terre vn Taureau, monstre espouuentable, du muglement duquel tout le territoire remply, retentissoit horriblement : & à nous qui le regardions, ce spectacle sembloit plus enorme que nos yeux ne pouuoient supporter. Tout soudain vne griesue frayeur saisit les cheuaux ; & nostre maistre, qui par vn long vsage estoit desia fort prattiqué de les gouuerner, prend la bride en main, & les retire auec-ques les resnes tant qu'il peut amener en arriere, tout ainsi qu'vn nautonnier feroit sa barque par le moyen d'vn auiron ; mais eux prenans le frein aux dents, s'en vont impetueusement transportez, sans se soucier plus de la main du conducteur, ne des resnes, ne du chariot qu'ils trainoient. Et comme il les voulust destourner à vn plus doux & plus aisé chemin, le Taureau tout soudainement leur venoit apparoistre de front afin de les faire reculer en arriere ; remplissant l'attelage d'vne insensée frayeur. S'en retourneient-ils de rechef vers les rochers tous esperdus, alors s'approchant bellement, il se remet-toit au deuant pour leur coupper chemin, & les arrester : tant que les roües du chariot à force de heur-ter aux pierres, se briserent, & tout le reste apres s'en alla en pieces. Les raiz volloient contre-mont auecques les Aisses : & le miserable s'enchenestrant dedans les longes, de nœuds & entortillemens in-dissolubles, est trainé çà & là, se cassant la teste contre les rochers, & deschirant ses muscles en me-nus lambeaux, dont il vient à proferer de tels mots fort pitoyables à oüyr. Arrestez-vous mes cheuaux, de moy si soigneusement pansez en mes escuries ; ne me desmembrez point ainsi cruellement. O mal-heureuse imprecation de mon pere ; qui est-ce de vous autres icy presens qui veut sauuer vn innocent? Plusieurs d'entre-nous qui l'eussions bien voulu secourir, suiuions à pied, mais trop lentement ; car luy s'estant à la par fin desueloppé des enlassemens des courroyes, ie ne sçay par quelle maniere, il tresbuche à bas, respirant encores quelque peu de vie, & les cheuaux s'escoulerent, ensemble cette maudite care de Tau-reau, à trauers les promontoires çà & là le long de la coste.

PHEDRA ayant controuué vn faux & calomnieux propos contre luy, qu'il fust amoureux d'elle. Euri-pide en sa tragedie, introduit Phedra ayant resolu de mourir pour l'impatience de son amour enuers Hippolyte, qui dit : *Qu'à tout le moins laissa elle vne bonne reputation de soy à ses enfans. Et que iamais il ne seça trouué qu'elle ait attaché aucun reproche ne blasme à la maison de Minos, ne qu'elle soit mal soupçonnée de son mary Theseu pour raison d'vn seul homme ; ayant plus cher de sauuer son honneur aux despens de la vie d'iceluy, combien que ce soit à tort.* Puis adiouste soudain.

> ἐγὼ δὲ Κύπριν, ἥπερ ἔολεσί με,
> ψυχῆς, ἀπαλλαχθεῖσα τῇδ' ἐν ἡμέρᾳ,
> τέρψω, πικρᾶ δ' ἔρωτος ἡττηθήσομαι·

Mais moy delaissant mon ame en cette iournée, resioüyray la Deesse Cyprienne, qui m'a perduë, & succombe-ray à l'amer Amour. Au surplus estant morte, ie seruiray de mal-heur à vn autre, afin qu'il sçache se glorifier de mes maux. Car estant faict participant de cettuy-cy auecques moy, il apprendra d'estre mieux aduisé vne autre fois. Il poursuit puis apres le mesme qu'a touché icy Philostrate ; que le pere adiouste foy à cette calomnie, & tient son fils pour si nuaincu par cet escrit.

> ἠέλιος ἥδε, κληδόνι δὲ δεδειγμένη,
> κατηγορῇ σὺ πιστά.
> τόδ' ἔργον ὂ λέγον, σε μιανεῖ κακόν.

Mais puis-apres Diane remonstre à Thesée la faute qu'il a faicte, d'auoir ainsi legerement con-damné à tort son fils incoulpable, & luy dit, parlant de sa femme :

> ἥδ' εἰς ἔλεγχον μὴ πέση φοβουμένη,
> ψευδεῖς γραφὰς ἔγραψε, κ διώλεσε
> δόλοισι σὸν παῖδ', ἀλλ' ὅμως ἔπεισέ σε.

Mais elle craignant d'encourir la honte & le chastiment qu'elle auoit merité, a escript de fausses lettres, & par sa malice a perdu ton fils t'ayant deceu.

CAR CES solitaires roches parmy lesquelles tu accompagnois Diane à la chasse. Cecy est pris du Prologue de la mesme Tragedie, là où Venus parle ainsi contre Hippolyte.

> Φοίβου δ' ἀδελφὴν Ἄρτεμιν, Διὸς κόρην,
> ἡμᾶ, μεγίστην δαιμόνων ἡγούμενος,
> χλωρὰν δ' ὕλην παρθένῳ ξυνὼν ἀεὶ,
> κυσὶ ταχείαις συρεξαιρῶν ὁμιλίας.

Mais

Mais il renere Diane sœur de Phœbus, fille de Iuppiter, laquelle il repute pour la plus grande de tous les Dieux : accompagnant incessamment cette vierge par la verde forest, dont il a pris l'accointance auec ses vistes & legers chiens.

LES NYMPHES *s'arrachent leurs cheueux.* En la mesme Tragedie encores, où Diane annonce à Hippolyte les honneurs qu'il doit receuoir au temps aduenir pour sa chasteté.

κόραι ἄζυγες γάμων πάρος,
κόμας κερούνταί σοι δι' αἰῶνος μακροῦ,
πένθη μέγιστα δακρύων καρπουμέναι.

Les filles à marier auant leurs espousailles te tondront leurs cheueux, par de longues renolutions de siecles continuans ce grand dueil. Ce que Pausanias és Corinthiaques met pour histoire vraye : *Qu'à Trezene toutes les filles qui se marioient, auoient cette constume de se tondre, & luy offrir la despouille de leurs cheueux.*

Dd

Que tout est bien seant à vn gentil courage,
Qui n'est point emporté pour de la vanité;
La crainte, le danger, ny le sexe, ny l'aage,
Ne l'esloignent iamais de l'immortalité.
Rhodogune le faict, en rangeant soubs ses armes,
Les peuples belliqueux, les fieres nations,

Encor que sa beauté, ait beaucoup plus de charmes,
Pour captiuer leurs cœurs & leurs affections:
Mais son dessein n'est pas d'estre bien attiffée,
Elle faict les combats de la belle Cypris:
Elle veut seulement eriger vn trophée,
Sur les cœurs, sur les corps, & dessus les esprits.
RHODOGVNE.

RHODOGVNE.

ARGVMENT.

CEVX-LA *se sont monstrez outrageux par trop (ce me semble) voire tyranniques enuers la raison , qui ont voulu exclurre, interdire, & bannir les femmes du maniement des affaires publiques ; de la cognoissance des bonnes lettres ; & de l'exercice des arts & sciences : comme si elles n'estoient pas d'vn mesme naturel auecques nous, doües d'vne mesme ame & entendement; capables de tout discours & vsage de raison. Que les beaux faicts & magnanimes entreprises tant a la paix qu'a la guerre, de Semiramis, Thomyris , & Zenobie , ne soient à preferer à beaucoup de grands & renommez chefs de guerre : Les Poësies de Sapho, de ses compagnes & disciples , n'ayent autant esté estimées que nulles autres : Et les peintures de Timarete, Irene, Calypso, Aristarete, & Lala Cyzena, ayent cedé à celles des meilleurs maistres. Or le tableau nous represente icy vne tres-sage & valeureuse Princesse fille du Roy Darius , chaste, modeste , & magnanime ; qui estant demeurée vesue bien ieune encores, comme sa nourrisse se fust ingerée de luy parler de quelque mariage, elle la tua sur le champ d'vn coup de poignard. Trop cruel & inhumain forfaict, direz-vous , mais à tout le moins tesmoing d'vne merueilleuse continence , & amour enuers son deffunct mary ; Qui doit estre celuy pour vanger lequel elle entreprit ainsi à la haste d'aller combatre les Armeniens. Car Philostrate la descrit icy ayant desia agencé au tour de son chef l'vne de ses deux tresses; Et comme elle estoit apres à recueillir l'autre, les nouuelles de son mary luy estans apportées, elle fit vœu de demeurer en ce poinct descheuellée à demy, iusques à ce qu'elle auroit eu la raison de ceux qui l'auoient ainsi occis par trahison, contre les paches & conuenances iurées. La plus-part neantmoins des Autheurs, et des peintures anciennes attribuent cecy à Semiramis; laquelle estant reduicte au rang des neuf Preuzes, on voit communément pourtraicte, le peigne encré et pendant à sa cheuelleure. Et mesme Polyxenus au huictiesme liure, appelle Semiramis Rhodogune, disant que les Roys des Perses vsoient en leur sceau et cachet de l'image de ladicte Rhodogune ou Semiramis , ayant les cheueux espandus le long des espaules. Au reste Dion surnommé Chrysostome, en l'oraison vingt-vniesme, faict mention d'vn Eunuque de l'Empereur Neron appellé du nom feminin de Rhodogune ; car il l'auoit en lieu de femme, & le faisoit aller vestu comme elles.*

D d ij

E sang meſlé icy enſemblement auecques l'ai-
rain, les cottes d'armes, & les caparaçons de pour-
pre, ameine ie ne ſçay quoy d'ornement à ce camp;
& de la grace à la peinture, ceux que voila portez
par terre, l'vn d'vne ſorte l'autre d'vne autre : Les
cheuaux auſſi en deſordre d'effroy, & l'eau du fleuue orde & ſoüillée outre l'ordinaire, là où s'eſt paſſé
tout cecy. Les captifs au reſte, & le trophée dreſſé
d'iceux, c'eſt Rhodoguné & les Perſes, qui ont deſ-
faict les Armeniens tranſgreſſeurs du traicté de paix. Car on dit que cette
Princeſſe eut telle haſte de les aller combattre, qu'elle ne prit pas meſme le
loiſir de recueillir ſa treſſe droicte, la laiſſant pendre nonchalamment, quelque mauuaiſe grace qu'elle euſt. Mais elle luy plaiſt bien ainſi pour l'occaſion de la victoire ; & ſi preuoit aſſez, que ce grand exploict d'armes ſera
fort celebré à l'aduenir, tant ſur la lyre que ſur les fluttes, en tous les endroits où les Grecs ſe pourront trouuer. Or on luy a peint aupres d'elle vne
Iument de Niſée, de corſage moreau ſur des jambes blanches; le poitral
blanc pareillement, laquelle ſouffle par des naſeaux blancs ; emmy la care
vn rondeau argentin exactement compaſſé. Rhodoguné a employé pour
la parer ſes pierreries, & carquans, enſemble tous ſes plus iolis affiquets &
beatilles, afin que ſe ſentant ainſi gorgiaſe, elle pennade de meilleur cœur,
& maſche plus ſuperbement ſon mords. Tout le demeurant de cette Princeſſe, hors-mis la face, reſplendit à l'entour d'vn habillement teinct en
pourpre, auecques vne mignarde ceinture qui la trouſſe iuſques au genouïl : tres-mignardes ſont quand & quand, ſes greguesques d'vn riche
brocador figuré : & depuis l'eſpaule iuſques au coude, ſa Iuppe eſt toute
ſemée de gros boutons y attachez; le canon bouffant d'autre part au droict
de la ioincture du coude, car les aiſlerons & bourlets ſont couchez applatis;
de maniere que cet habit ne ſent point biē encor ſon Amazone. Mais il nous
faut conſiderer la proportion de ſa targue, qui n'a que ce qu'il faut pour couurir & armer la poitrine ; & que nous cherchions là deſſus toute la force de
la peinture. Le bras gauche en ſe roidiſſant paſſe au trauers de la boucle &
courroye, & tient vn iauelot empoigné, eſloignant la targue de l'eſtomac; dont le cercle qui l'enuironne eſtant tout droit, le dehors d'icelle ſe
peut voir clairement, & cela n'eſt pas d'or, ains faict à petits beſtions; & le
dedans où eſt la main eſt eſtoffé de pourpre : le coude neantmoins luy donne luſtre, car il me ſemble que vous comprenez bien la beauté d'iceluy, &
deſireriez volōtiers oüyr diſcourir ie ne ſçay quoy là deſſus. Eſcoutez doncques, elle faict maintenant ſes offrandes pour auoir mis en route les Armeniens ; & eſt ſon entente & cogitation comme d'vne qui faict ſes prieres: &
ſes prieres ſont de prendre ceux qu'elle a pris maintenant : n'eſtimant pas,
quant à moy, qu'elle ſoit meuë d'aucun deſir d'eſtre aimée. Ce qui ſe void
au ſurplus de cheueux recueilly & trouſſé, eſt orné d'vne modeſtie qui radoucit ſa fierté & audace; & le reſte qui eſt eſpars en liberté à l'abandon,
la reſueille & rend plus gaillarde. La portion pareillement de ſes treſſes
eſtant

eſtant en deſordre ſe monſtre blonde plus que l'or, & le reſte de l'autre part
ſerré-placqué contre la teſte, a de diſſemblable ie ne ſçay quoy pour raiſon
qu'il eſt agencé. Quant aux ſourcils, ils ont bonne grace de vray, de ce qu'ils
commencent & naiſſent quand & le nez, mais plus agreables ſont-ils encore de ce qu'ils ſont ainſi ſur-voultez. Car il ne ſuffit pas ſeulement qu'ils s'aduancent au deſſus des yeux, mais faut qu'ils s'y eſpandent comme en vn
ſurjet & arceau. La ioüe puis-apres recueilliſt ce deſir attractif qui procede de l'œil, le r'allegrant d'vne ioyeuſeté plaiſante ; auſſi toute l'action du rire giſt principalement en la ioüe : & les yeux ſont entre-meſlez d'vn bel a-
zuré verdaſtre tirant ſur le brun ; monſtrans ie ne ſçay quelle gayeté pour
l'occaſion icy preſente : toutesfois leur beauté vient de la nature, & leur
hautaine grauité, de ce qu'elle commande à vn ſi grand nombre de peuples.
La bouche outre-plus eſt fort delicate, toute remplie d'vn doux fruict a-
moureux ; tres-ſauoureuſe & plaiſante à baiſer, mais il n'eſt pas * facile d'y
paruenir. Contemplez doncques ce qu'il vous ſuffira de cognoiſtre : les leures vermeilles & liſſées, auecques la bouche d'vne tres-belle proportion,
faiſant tout bas ſa priere deuant le Trophée. Que ſi nous voulons attentiuement eſcouter, * elle Grecaniſera tout ſoudain.

* Facile d'y par-
uenir.] Le tra-
ducteur Latin
a dit, pollicitari
vero difficile.
comme s'il a-
uoit leu, ι-
πακχετκαι au
lieu de ἀπαγ-
χελλαι δ' ἀρά-
διον, facile de
l'exprimer ou
repreſenter en
diſcours.
* Elle Grecani-
ſera.] ἐλλη-
Ελλαιτὶι. par-
aduanture elle
parlera Grec. Il
ſemble qu'il
imite l'Ode de
Anacreon ſur
le pourtrait de
la maiſtreſſe,
Ἀπέχει, ἐπῶιΘ
ρὶ ἐντελῶ τά-
πανϊὶ & ναι-
τιδ' ϊδε. Il ſuf-
fit, ie la voy, c'eſt
elle, Et poſſible
que ie vois, par
la premiere
que ie voy, par-
lera doucement
à moy.

ANNOTATION.

 E ſang meſlé auecques l'airain. Nous auons remis cy-deuant ſur le ta-
bleau d'Hiacinthe, demonſtrer icy plus au long comme les armes tant
offenſiues que defenſiues des anciens Heroës, eſtoient d'airain ; ou pluſtoſt de cuyure, par ce que ie ne penſe pas que l'artifice de reduire le cuyure en airain fuſt encore en vſage : ce qui ſe faict en calcinant des lamines
de cuyure auecques de la Tuthie, ou bien auecques vne certaine terre
minerale qu'on appelle Gelamine, car la Tuthie ſeroit trop chere : & ſon-
dre finablement le tout enſemble à grande expreſſion de feu. Mais les
Grecs appellent indifferemment l'vn & l'autre de ces deux metaux, χαλκὸ, & les Latins æs ou
cuprum : auſſi ne ſe doiuent-ils raiſonnablement dire qu'vne meſme choſe, n'eſtans diſſemblables ſinon d'vn peu d'alteration qui y interuient par l'induſtrie de l'homme ; tout ainſi qu'vn fer
& acier : la tranſmutation eſtant bien plus grande du fer en cuyure, qui ſe faict par le moyen du
vitriol ; & du plomb en eſtain , auecques le ſel Armoniac , & des poudres inſeratiues de borax,
ſalpeſtre, ſel de tartre, & ſemblables. D'argent vif en plomb ou eſtain, par la ſeule vapeur de ces
deux corps metalliques ; ſans pour cela y contribuer rien que ce ſoit de leur ſubſtance corporelle, mais ſeulement vne impreſſion en eſprit, qui ne luy diminuë de rien que ce ſoit de leur
quantité en poids ne volume. Les Heroes doncques vſoient de glaiues & armeures d'airain ;
non qu'ils n'euſſent l'vſage de fer & acier auſſi bien que nous (Homere au ſixieſme & onzieſme
de l'Iliade. χαλκῶ τε, χρυσῶ σε, πολυκμητὶ τε ſιδήρο) mais pour vne pompe & magnificence ;
l'eſtimant plus exquis, ainſi que nous auons amené le paſſage de Pauſanias ès Laconiques. Auſſi
par-aduanture que l'airain a eſté practiqué & cogneu premier que le fer, ſi nous nous en voulons rapporter à ce paſſage d'Heſiode, Χαλκῶ δ' ἐργάζοντο, μέλας δ' οὐκ ἔσκε ſιδῆρος. Ils leſon-
gnoient d'airain le fer n'eſtant cogneu. Combien que Iean le Grammairien ſon commentateur (ie ne
ſçay pas toutesfois à quel tiltre) s'efforce de referer ce mot de χαλκὸ au peuple des Chalybes en
Scythie, qui trouuerent premierement (ce dit-il) l'vſage du fer & acier. Et que Euſtathius auſſi
ſur ce paſſage χαλκαν ἔργος, & autres que nous amenerons cy-deſſoubs, vueille interpreter
pour le fer tout ce qui ſe dit de l'airain. Ces deux metaux au reſte ont eſté ſouuent eſté confondus l'vn pour l'autre par les autheurs Grecs. Voicy donecques ce que le deſſus-dit Pauſanias en
eſcript au lieu cy-deſſus allegué apres Herodote en la Clio.

Qve les Lacedemoniens eſtans en peine de trouuer la ſepulture d'Oreſtes, pour ſatisfaire à certain Ora- PAVSANIAS.
cle en la guerre contre les Tegeates, l'vn de ceux qui auoit eſté deputé à cela nommé Lychas, eſtant de
fortune entré dedans l'ouuroüer d'vn mareſchal, regardoit fort attentiuement forger le fer. Dequoy l'au-

D d iij

tre s'estant apperceu, sa besongne cesse commence à luy dire. Combien doncques (Seigneur estranger) vous esbahiriez-vous dauantage si vous sçauiez ce que ie sçay ; vous qui prenez à si grande merueille cet ouurage de ferraillerie. Car voulant creuser vn puits en ma cour, i'ay trouué vne sepulture de dix pieds & demy. Et pour ce qu'en façon quelconque ie ne pouuois croire les hommes auoir anciennement esté plus grands qu'ils ne sont à cette heure, ie l'ouurii, & trouuay dedans vn corps mort de la mesme longueur, lequel apres l'auoir mesuré ie l'ensouïs derechef. Lycas prenant garde à ce que disoit cettuy-cy, se va soudain imaginer que ce denoit estre Orestes : accommodant en cette sorte les propres termes de l'Oracle. Que les deux soufflets de la forge denoient estre autant de vents ; l'enclume & le marteau, la forme & la contre-forme, comme portoit l'Oracle, καὶ τύπος ἀντίτυπος, καὶ πῆμ ἐπὶ πήματι κεῖται (ou plustost le coup & le contre-coup, ainsi que met Pausanias) le fer battu entre les deux, la playe suruenant à la playe ; meu à cela par ce que le fer a esté trouué pour blesser l'homme. A quoy le mesme autheur adiouste puis-apres ; Que quand le Dieu auoit en cet endroit respondu l'airain estre pernicieux aux mortels, c'estoit ayant eu esgard au temps des Heroës, dont les armes tout entierement furent de ce metal ; tesmoins les vers d'Homere qui descriuent la hache de Pisander, & la flesche de Meriones. Laquelle opinion est outre-plus confirmée par la lance d'Achilles pendüe au temple de Minerue en la ville de Phaselis en la Prouince de Pamphylie : & en celuy d'Esculapius en la contrée des Nicomediens, le cimeterre de Memnon qui est tout d'airain, l'alumelle auecques les gardes. Cela est aussi bien expressément confirmé par le Poëte Lucrece au V.

> *Arma antiqua, manus, vngues, dentesque fuêre,*
> *Et lapides, & item syluarum fragmina rami,*
> *Et flammæque ignes, postquàm sunt cognita primùm,*
> *Posterius ferri vis est ærisque reperta,*
> *Sed prior æris erat quàm ferri cognitus vsus.*

Et Tite-Liue au premier. *Arma his imperata, Galea, Clypeus, Ocrea, Lorica, omnia ex ære.* Plutarque d'autre-part en la vie de Theseus racompte, qu'en sa sepulture en l'isle de Saros, lors que Simon le fils de Miltiades en enleua les ossemens pour les porter à Athenes, fut trouué la pointe d'vne lance d'airain, & vne espée de mesme. Mais Homere inuenté en assez d'endroits qu'on se seruoit à la guerre du fer & airain, aussi bien de l'vn que de l'autre ; combien que ie ne me souuienne pas auoir leu nulle part de ses œuures le fer pour armes deffensiues, ains seulement le cuyure ; si d'aduanture on ne vouloit approprier à cela les vers suiuans, au 4. liure, où Apollon pour encourager les Troyens au combat leur remonstre, *que les Grecs n'ont pas les corps de pierre ny de fer, qu'ils puissent souffrir les coups de l'airain tranchant sans les entamer.*

> ἐπεὶ ἐ σφιλῖος χρὼς, ἐδὲ σίδηρος,
> χαλκὸν ἀνασχέσθαι ταμεσίχροα βαλλομένοισιν.

Là où ce mot de χαλκὸς est pris absolument pour toutes sortes de glaiues, comme en infinis autres lieux encores ; quelques-vns toutefois à l'adiectif, χάλκεον ἔγχος, lance d'airain, au treiziesme. Et puis apres, βεβολημένος ὀξέι χαλκῷ, blessé d'vn poignant airain. Item, χαλκῷ τε ῥηκτοι μεγάλοισί τε χερμαδίοισιν, vulnerable d'airain, & à grands coups de pierre. Pour armes defensiues ; au mesme liure où il dit, qu'à la cheutte d'Imbrus mis à mort par Teucer, *ses armures de cuyure vn fort grand bruit menerent*: ἀμφὶ δέ οἱ βράχε τεύχεα ποικίλα χαλκῷ· Et plus bas vn peu, qu'Aiax ne sceut blesser Hector, pour ce qu'il estoit tout couuert d'airain.

> ἀλλ' ὁ πηχρεὸς εἶσατο, πᾶς δ' ἄρα χαλκῷ
> σμερδαλέῳ κεκάλυφθ'.

Plus au dix-huictiesme.

> ἀλλά τοι ἔντεα κΔλὰ μΜ τρώεσσιν ἔχοντι,
> χάλκεα μΜμΜρμεροντα.

Et le mesme encores au vingt-troisiesme.

> οἱ δ' ἔντε ἀφωπλίζοντο ἕκαςος
> χάλκεα μΜμΜρμεροντα.

Toutesfois il semble que par l'airain il ait quelquefois voulu entendre le fer ; comme il dix ou douze vers au dessus, où il *accompare ladicte cheutte d'Imbru à vn fresne, lequel au haut d'vne montagne auroit esté mis bas à coups de coignées ou de haches d'airain.*

> ὁ δ' αὖτ' ἔπεσεν μελίη ὡς
> ἥτ' ὄρεος κορυφῇ ἕκαθεν περιφαινομένοιο
> χαλκῷ τεμνομένη τέρενα χθονὶ φύλλα πελάσση.

Car il n'est pas bien croyable qu'on sceust couper vn gros fresne auecques vn outil d'airain ou de cuyure, qui ne sçauroit auoir le tranchant assez fort pour cela. Trop bien se pourroit aloüer ce cousteau d'airain, dont en l'onziesme il faict par Hecamide racler du fromage de chieure, pour mesler dans le vin de Nestor, auecques de la farine. Vous pou-

uez

uez penser quelle ptisane ou bouchet cela pouuoit faire.

οἴνῳ Πεϱμνείῳ ἐπὶ δ᾽ αἴγλον κνῆ τυϱὸν
κνῆσι χαλκείη.

Et neantmoins il est plus à croire qu'il fut d'acier ou de fer, aussi bien que les serrures des cheuaux au mesme liure, qu'il dit estre d'airain.

ἐελδουται πόδες ἵππων
χαλκῷ δηιόωντες.

Pour raison dequoy il les appelle quelquefois χαλκόπτδες, pieds d'airain. Soit qu'on vueille referer cela à leur ferrure, comme en ce lieu; ou qu'ils soient fermes du pied, selon la plus commune interpretation. Pareillement au 5. il fait les gentes & les raiz des roües du chariot de Minerue estre d'airain sur vn essieu de fer.

Η᾽ ἔβη δ᾽ ἀμφ᾽ ὀχέεσσι θοαῖς βάλε καμπύλα κύκλα
χάλκεα ὀκτάκνημα σιδηϱέῳ ἄξονι ἀμφίς.

Car quant au fer il l'employe indifferemment tant aux glaiues pour la guerre, que aux outils & instrumens mechaniques. Au quatriesme de l'Iliade il prend le fer pour vne flesche ; πευκὲω ἐπὶ μαζῷ πέλασσι, πέξῳ δὲ σίδηϱον. Et au septiesme il parle d'vne masluë de fer; ἀλλὰ σιδηϱείᾳ κοϱύνῃ ἰηγνυσσε φάλαγγας. Plus au dixhuictiesme pour vne dague, espée, ou cousteau, quand il dit qu'Antiloque retenoit les mains d'Achilles, luy ayant annoncé la mort de Patrocle, de peur qu'il ne se coupast la gorge de quelque fer. Mais cela n'a pas de grace, parquoy il veut entendre ce que dessus. δείδιε γὰϱ μὴ λαιμὸν ἐποτμήξειε σίδηϱῳ. Pour les outils & instrumens mechaniques ; au quatriesme *il fait comparaison de Simoïsius tué de la main d'Aiax a vn Peuplier nourry en vn marestage, qu'vn charron à coups de ferremens a mis bas pour en faire des roues.*

τὼ μὲν δ᾽ ἁϱματοπηγὸς ἀπὴϱ αἴθων σιδηϱῳ
ἐξέταμ᾽, ὄφϱα ἵτυν κάμψη πεϱικαλλέι δίφϱῳ.

Là où huict ou dix carmes apres quand il parle d'armeures, il dit κεκοϱυθμδνος αἴθοπι χαλκᾶ, *armé d'vn luysant airain.* Ce qui me fait croire que les Poëtes ont voulu garder cette proprieté, d'attribuer seulement l'airain pour les armes des grands & illustres personnages, pour le moins les defensiues ; & le fer aux choses mechaniques. Comme en ce passage encore d'Homere au vingt-troisiesme de l'Iliade, que nous auons cité sur Hiacynthe ; quand Achilles aux ieux funebres de Patroclus propose vn gros boullet de fer, en lieu de pierre ; & dit que celuy qui le gaignera, n'aura point de besoin d'aller de cinq ans achepter du fer à la ville pour son labourage. Pindare pareillement fait tousiours les armes d'airain: mais en la quatriesme Pythienne parlant du serpent qui gardoit la toison d'or, il dit que de longueur & grosseur il passoit vne gallere de cinquante rames, que les ferremens auoient fabriquée.

τελεσὲν αὖ πλγαῖ σιδήϱου.

Or ie me viens de ressouuenir que Plutarque à la fin du troisiesme des Symposiaques, escript apres Aristote que les playes faites par vne arme de cuiure sont moins douloureuses, & mal-aisées à guerir que celles du fer; à cause que le cuyure ou airain ont ie ne sçay quoy de propre & latent en soy, qui peut donner grand soulagement, voire guerison aux blessures ; suiuant ce qui se dit de la lance d'Achilles, dont le fer debuoit estre de ce metal ; mondificatif de soy, & qui imprime en la chair son remede quand & le coup ; comme il se void au verd de gris, dont il se fait tout plein de remedes & medicamens. Cela pourroit auoir meu les anciens Heroes qui auoient vn cœur magnanime & tres-genereux, d'en vser plustost que de fer. Car leur but seulemēt estoit de se porter vaillamment au combat, & de vaincre & suppediter l'ennemy, pendant qu'il se mettoit en deuoir de leur resister, sans puis-apres estre poussez d'vne plus cruelle que vaillante animosité, de chercher des moyens extraordinaires pour le faire mourir autrement que de bonne luicte. Car nous voyons en Homere à l'onziesme de l'Iliade, comme Diomedes deteste Paris qui l'auoit frappé en aguet d'vn coup de flesche. τοξότα λωβητὴϱ, κέϱᾳ ἀγλαὲ παϱθϵνοπίπα. Nous en auons presque vn pareil exemple en nos histoires modernes, de feu monsieur de Bayard vn tref renommé & valeureux Cheualier du temps des Roys Loys douziesme & François premier lequel hayssoit mortellement les archers & harquebouziers, de sorte qu'il ne pardonnoit à pas vn qui vinst en ses mains à la guerre : ayant à vn fort grand creue-cœur que la proüesse d'vn homme de bien fust ainsi exposée au danger d'vn vil & abiect friquenelle; qui est vn double regret de mourir en la sorte; ce qui luy aduint à la fin, car il fut tué d'vn coup d'vn harquebouze. Mais nous ne nous contentons pas de cela, ains faut que nous cherchions tous les iours nouueaux & extraordinaires moyens d'abbreger nostre vie, & encore par des voyes obliques; comme de

Dd iiij

mettre du lard auec les balles, les ramer auec du fil d'archal, les empoisonner, & la poudre
aussi, ny plus ny moins que si c'estoit pour tirer au gibier, ou pour exterminer quelques nuisibles animaux: ou pour mieux dire, que nous fussions aux gages des Alastores & Eumenides
pour perdre & ruiner le genre humain : ce qui ne semble en vn cœur noble
& genereux, lequel se doibt tendre qu'à venir aux mains pour faire preuue de sa valeur; & se
contenter d'vne glorieuse victoire, tascher d'auoir plustost le dessus de son ennemy sain & en
vie la luy laissant, que de le mettre à mort, ny le tourmenter.

STRABON.
ON LVY *a peint aupres d'elle vne iument de Nisée.* Strabon en l'onziesme liure. *Le pays de
Medie aussi bien que celuy d'Armenie, produit d'excellens cheuaux : là où entre autres endroits propres
à leur nourriture, il y a vne grande prairie appellée Hippobote, par où passent ceux qui vont & viennent de la Perside & de Babylone aux portes Caspiennes. On dit que les haraz Royaux sont là, iusques à
bien cinquante mille iumens d'ordinaire, dont viennent les cheuaux Niséens, les plus exquises montures, que les Roys des Parthes ayent point. Car ils sont vigoureux, de longue haleine, & de grand
corsage; bien autres en toutes manieres que ceux de la Grece, ne des regions de deçà ; à cause principalement des bons pacages que produit le terroüer à l'endroit, qui pour leur excellence sont appellez les
herbages Medois, où les cheuaux prousitent à veüe d'œil. L'Armenie d'autre-part ne luy cede de rien
en cecy : Car elle produit aussi des cheuaux Niséens, dont les Roys de Perse souloient fournir leurs escuiries. Et enuoyoit tous les ans à cette fin le Satrape ou Gouuerneur de cette Prouince, bien vingt mille
poulains Mythraciniens; lesquels ils faisoient dresser par leurs Caualcadours, ou bien les departoient où
PLVTARQVE.
bon leur sembloit. Plutarque en la vie de Pyrrhus, dit qu'vne fois cettuy-cy s'en allant pour assaillir
la ville de Berrae, Alexandre le Grand comme malade en son lict luy apparut en songe, promettant
de le secourir en cette entreprise. Pyrrhus s'enhardit de luy demander: Mais comment se pourra il faire
(Sire) qu'ainsi mal disposé que tu es, tu me puisses donner secours? De mon nom, ce va il respondre.
ἢ Φαίναιτα Νισαίου ἵππου ἡγησάμ. Et la dessus montant sur vn cheual Niséen se mit deuant. Lesquels
deux passages me font croire que ce mot de Niséen est plustost mis pour denoter vn cheual de seruice bon & parfait en toute excellence, que pour vn adiectif de la contrée où telles braues montures naissent. Ioint mesmement ce lieu icy d'Herodote en sa Thalia. τῶν ἐδὶ γὰρ πρὸς τὴν ἠῶ
HERODOTE.
ἐχάτη τῶς οἰκεομένων ἡ Ἰνδική ἐςι, ὥσπερ ὀλίγῳ πρότερον εἴρηκα. &c. *La derniere region de tous ceux
qui habitent vers l'Orient est l'Inde, comme i'ay n'agueres dit cy dessus; là où les animaux tant ceux
à quatre pieds que la volatile, sont beaucoup plus grands qu'en nulle autre part, horsmis les cheuaux,
car en cela elle est surmontée de ceux de Medie, qu'on appelle les Niséens.*

TRES-MIGNARDES *sont ses grecques/ques.* Au Grec il y a ἀνεδία, δὲ τῇ καταξυςῇ. Strabon: ἐν ᾗς δὲ
τοῖς ἀναξυρίσι χαὶ ἀναξυρίσι τριπλᾶ. *Que les Princes Persiens vsoient de robbe & calsons, triples.* Somme que ce n'estoient autre chose que les brayes des anciens Gaulois, dont nous auons parlé plus
à plein és Commentaires de Cesar: à quoy se rapporte encore ce que Plutarque en la
vie de l'Empereur Othon, qui nous le donne plus clairement à cognoistre: ἐκόσμει δὲ Κεκίνας, οὔτε
σχῆμα δημοτικὸν, ἀλλ᾽ ἐπαχθὴς χαὶ ἀλλόκοτος ὅπλῳ τοῖς μεγάλοις γαλατικοῖς ἀναξυρίσι, χαὶ χειριδωτοῖς χιτῶσιν.
*De ceux-là Cecinna n'estoit ny d'vne mine ou façon populaire, mau fascheuse & estrange à voir; d'vn
grand corsage, equippé de braguesques Gauloises, & d'vne iuppe à manches.* Ce qui se trouue au dix-
septiesme de Tacitus presques és mesmes termes. *Ornatum ipsius Municipia & Coloniæ in super-
biam trahebant, quià versicolore sagulo braschas tegmen Gallorum induus togatos alloquuretur.*

Des Amazo-
nes.
DE maniere que cest habit ne seit point bien encore son *Amazone.* De ces Amazones icy ont parlé la plus part des Autheurs anciens mesmement Herodote, Isocrate, Diodore, Stephanus,
Iustin, Pausanias, Orose à plein. Et comme elles furent tres-vaillantes, & belliqueuses,
passans leur aage hors la compagnie des hommes, sinon à certain temps de l'année qu'elles se communiquoient à eux pour auoir des enfans. Que si c'estoit vn garçon, elles l'ex-
posoient; si vne fille, luy brusloient la mammelle droicte, afin que cela ne luy empeschast
le maniement & vsage de la lance & de l'arc; de maniere qu'elles firent çà & là de tres beaux faits
d'armes, & de grandes conquestes, iusques à ce que finablement Hercules en la compagnie de
Telamon, & aptes eux Theseus, les affoiblirent fort. Neantmoins du temps d'Alexandre le
grand elles estoient encore debout; & long temps depuis. Quelques vns les pensent auoir ainsi
esté appellées pour cette particule priuatiue α, & μαζὸς, comme qui diroit sans mammelles, de
laquelle opinion est Diodore. Mais Eustathius l'vn des principaux Etymologiseurs Grecs leur
en donne vne autre. Voicy ses mots. Ἀμαζὼν ἤτοι μονόμαζος, τὸ δὲ α φωχίων ἀντὶ μονάδος πολλάκις
λαμβάνεται, comme d'vne mammelle, car cet element α le souuent denote & tient lieu
de l'vnité ou d'vn seul. Mais il vaut mieux oyïr tout d'vn train ce que dit Herodote en sa Melpomene de ces viriles & courageuses championnes.

HERODOTE.
IL Y A EV *des Amazones en toutes les parties du monde, dittes ainsi, pource qu'elles n'auoient
qu'vne mammelle, car elles cauterisoient l'autre pour plus aisément s'aider de la lance & espée, dautant que toute leur profession consistoit à la guerre; braues & belliqueuses au possible, si autre race de
gens le fut onques. Les autres tirent d'ailleurs l'Etymologie de ce nom. Mais quoy que ce soit elles sont*

en

en vn predicament fort requis enuers les Poëtes & Historiens, lesquels font souuent mention de leurs hardies entreprises, & exploicts d'armes. Or les Grecs les ayans defaittes en vne grosse rencontre prés la riuiere
de l'hermodon, ils chargerent sur trois vaisseaux qu'ils auoient, celles qu'ils peurent sauuer en vie, & comme en s'en retournant ils en sissent assez mauuaise garde, elles qui auoient l'œil au guet s'emparerent bien &
beau de leurs armes, & les taillerent tous en pieces iusques au dernier. Mais pour n'auoir aucun vsage de nauiger, & ignorassent comme elles se deuoient prenaloir ne de gouuernail, ne de voiles, erroient çà & là à
l'abandon, & mercy des vagues, selon que le vent & la mer les portoient, tant que finablement elles s'en allerent donner à trauers vne coste des marests de la Maeotide fort rude & tempestueuse, dont la contrée d'alentour estoit aux Scythes viuans en liberté: & là s'estans eschoüees en terre, s'espancherent soudain à trauers
champs, où elles enleuerent les montures qui se peurent trouuer en voye: ce qui leur donna moyen de courir
puis-apres & fourrager le pays. Les Scythes ne se pouuans imaginer que cela vouloit dire, car ils ne se
cognoissoient ny le langage ny l'habillement de ces nouueaux suruenus, bien esbahis comme ils pouuoient
estre là arriuez, s'imprimerent en la fantaisie que ce deuoient estre quelques icunes gens tous d'vn
mesme aage: mais estans venus aux mains auec elles, apres en auoir despoüillé quelques vnes trouuerent en fin que c'estoient des femmes. Au moyen dequoy ayans consulté la dessus, ils resolurent de ne les tuer
de là en auant, ains qu'ils enuoyeroient les plus ieunes & disposts d'entr'eux, en tel nombre qu'ils les pensoient estre, lesquels se camperoient auprés d'elles, & feroient tout ainsi qu'ils leur verroient faire. Que si
elles les venoient assaillir, ils se defendissent le mieux qu'ils pourroient: si elles s'arrestoient & faisoient haut,
qu'ils se logeassent tout auprés. Ce que les Scythes aduisèrent de faire ainsi pource qu'ils desiroient en auoir
lignée. Ces ieunes gens firent ce qu'on leur auoit ordonné, & les Amazones ayans apperceu leur contenance,
& comme ils n'estoient point là venus pour les offencer, les laissoient aussi en repos. Neantmoins de iour à autre les deux camps s'approchoient tousiours: & n'auoient les Scythes nomplus que les Amazones,
fors leurs armes, & leurs cheuaux; menans la mesme vie qu'elles faisoient, à fourrager & aller à la chasse.
Enuiron le mi-iour les Amazones auoient ordinairement accoustumé de s'escarter vn peu au loing, ou toutes
seules, ou deux à deux, obseruer l'vne l'autre à l'esbat. Ce que les Scythes ayans observé, se mirent à faire le semblable: de
sorte qu'vne de celles qui s'esloignoient ainsi s'estant vne fois rencontrée assez prés de l'vn d'eux, ne se retira
pas pour cela, mais fit, on compte de luy parler en priué. Toutesfoi elle ne sçauoit comment l'appeller à soy, ne
s'estant iamais plus trouuée auec luy, parquoy elle luy fit signe de la main, de retourner au mesme lieu le lour ensuiuant auecques quelque autre sien compagnon, pour estre deux, & qu'elle en ameneroit aussi de sa pars vne
auec soy. Cestui-cy ayant pris congé d'elle, fit entendre le tout aux siens. Et le lendemain menant son adioint
retourna à l'assignation, où il trouua deux Amazones qui les attendoient: & les autres en estans informez trouuerent le moyen de gaigner le reste. Et de là en auant s'estans ioints les deux camps en vn, s'habituerent par
ensemble, chacun ayant celle qu'il pour sa femme dont premierement il auoit ioüi. Et comme ils ne peussent quant
à eux apprendre leur parler, elles s'estudierent à sçauoir celuy de leurs hommes: tellement que se pouuans
desormais entr'entendre, les Scythes dirent ainsi aux Amazones. Nous auons des parens, & des biens aussi,
parquoy ne viuons plus cette solitaire vie, mais deslogeons d'icy, & allons faire nostre demeure és lieux habitez, là où nous tiendrons pour noz espouses sans iamais en vouloir plus d'autres. A quoy elles respondirent.
Nous ne sçaurions pas conuerser auec voz femmes, qui n'ont pas noz mesmes façons de faire, estans quant à
nous nourries à tirer de l'arc, lancer le iaueiot, & sçachans chose aucune des ouurages des
femmes: & les vostres ne s'occupent à rien de ce que nous venons d'alleguer, ains attentiues à leur mesnage ne bougent de dessus les chariots, sans en sortir pour aller à la chasse, ne vacquer à autres tels exercices; &
pourtant nous ne sçaurions compatir auec elles. Que si vous auez volonté de nous retenir pour espouses, &
vous monstrer en cela gens de foy, allez vous en à voz parens, là où prenans quelque portion de vostre bien,
retournez de rechef vers nous: par ce moyen separéz d'eux nous habiterons à part. Les ieunes hommes trou-
nans bon ce qu'elles disoient, en firent ainsi: & ayans pris ce qui leur pouuoit competer & appartenir renin-
drent vers les Amazones, qui leur parlerent en cette sorte. Nous sômes retenues d'vne double crainte de faire
nostre demeure en ces quartiers: l'vne pouruou auoir priuéz de la compagnie de voz chers parens &
amis, l'autre que nous auons fait vn grand degast & ruine en vostre contrée: mais puis qu'il vous plaist nous
auoir pour femmes, faittes cecy auecques nous; allons, partons nous en de ce pays, & passans la riuiere de la
Tane, faisons nostre habitation au delà. A quoy les autres obtempererent. Au moyen dequoy trauersans la Tane, & de la Tane tirans outre droit contre le Soleil leuant trois bonnes iournées de chemin, & autant loing des
marests de la Meotide vers le Septentrion, paruindrent finablement au lieu où elles habitent à cette heure;
qu'elles viuent encore selon les anciennes coustumes & façons de faire des Sauromates. Car elles vont à la
chasse en la compagnie de leur mariz, & sans eux aussi, estans à cheual; & portent au combat le mesme habillement & equipage que font les hommes. Cecy dit Herodote des Amazones de l'Asie. Mais Diodore Sicilien racompte tout plein d'autres choses de celles de l'Aphrique, qui precederent celles de Thermodon par de longues reuolutions de siecles.

SON ENTENTE & cogitation est comme qui fait ses prieres. Cecy depend aucunement des
anciennes traditions des Mages de Perse, à sçauoir (comme dit Philostrate en la vie de Protagoras) de porter en secret toute reuerence & honneur aux Dieux immortels, les reuerer, adorer,
leur faire des sacrifices, vœuz, prieres, & offrandes, auec autres tels respects que nous deuons à la

Diuinité : & en appert les defnier tout à plat ; ou pour le moins reuoquer en doubte s'il y a des
Dieux, & fi nous les debuons recognoiftre ou non. Car iceluy Protagoras ayant au voyage de
Xerxes en la Grece, efté admis & fait profez aux plus fecrets myfteres des Mages, il fut bien fi
impudent puis-apres de commencer ie ne fçay quel traité en cette forte. D E S D I E V X *s'ils font,
ou ne font point du tout, ie n'en fçauroy bonnement que dire.* Pour raifon dequoy il fut condamné
& banny d'Athenes. Ce qui mouuoit au refte les Mages & ceux du fang Royal des Perfes d'en
vfer ainfi, eftoit pour donner à cognoiftre au peuple que la puiffance & authorité Royale ne
dependoit d'ailleurs que de foy mefine, fouueraine en tout & par tout : & les miracles de leurs
Sacrificateurs & miniftres appellez Mages, prouenir d'eux feulement, comme d'vne effentielle,
& permanente fource de Diuinité. Mais outre l'impieté effrontée qui eft en cela, l'on ne fçauroit
rien dire ne imaginer de plus impertinent & abfurde.

ARRICHION.

L'Olympie estoit vn theatre,
Où chacun venoit pour s'esbatre :
Mais tel s'estimoit le plus fort,
Qui venoit y chercher sa mort.
   Aussi voyons nous que la vie,
Nous est le plus souuent rauie,

Alors que noz plus beaux desirs,
Pensent ioüir de leurs plaisirs.
   Cettui-cy croit auoir la gloire,
Et la couronne de victoire ;
Mais contre son intention,
Il en couronne Arrichion.

ARRICHION.

ARGVMENT.

HERCVLES *ayant conuenu de prix auec le Roy Augeas de l'Eli-*
de, tres-riche & abondant en beftail, de luy curer fes eftableries,
& nettoyer tout le contour encore du fiens qui à grands tas &
monceaux y crouppiffoit de cofté & d'autre, foudain qu'il eut re-
cogneu à l'œil la befongne, vid bien que l'efprit y debuoit plus toft
aller que la force ; car d'en cuider venir à bout auec les bras, cela n'euft iamais
efté fait. Au moyen dequoy ayant attiré au trauers vn canal de la riuiere d'Al-
phée, il purgea fans beaucoup de peine, & en bien peu de temps, les immondi-
ces de plus de trois mille bœufs accumulées durant trente ans. Puis apres quand
il luy penfa demander fon falaire, Augeas le voulut contenter de certaines chi-
quaneries & formalitez ; dont fon fils propre Phyleus ayant efté du confente-
ment des parties, efleu pour arbitre, il iugea en faueur d'Hercules. Le pere par
defpit de cela le bannit hors de fa prefence : dont Hercules eftant indigné prit les
armes contre Augeas, & le mit à mort : puis des defpoüilles & butin de la
guerre fit de belles offrandes à Iuppiter Olympien fon progeniteur, luy eftabliffant
vne fefte, auec des ieux de prix & combats folemnels en la ville de Pife, ou luy
mefme s'exerça le premier. Car s'eftant prefenté fur les rangs pour ouurir le pas,
comme perfonne n'ofaft s'attacher à luy pour fa defmefurée force, Iuppiter fur-
uint là deffus en apparence d'vn luéteur, & demeurerent longuement à eftri-
uer l'vn contre l'autre fans fe pouuoir defrocher ny abbatre, iufqu'à ce que fina-
blement Iuppiter fe defcouurit à fon fils : parquoy l'efpreuue fut remife aux au-
tres, dont le vainqueur eut vne coronne d'Oliuier fauuage, qu'Hercules auoit
apporté des Hyperborées. Apres fa mort ou tranflation, Caftor & Pollux les
remirent fus ; car ils auoient efté quelque temps intermis. Et ainfi furent tous-
iours depuis continuez de cinq ans en cinq ans ; où au bout du cinquantiefme
mois, comme le cotte l'interprete de Lycophron, afin que la ieuneffe Grecque s'e-
xerceaft à vertu, pour les grands triomphes & honneurs qui eftoient decernez
à ceux qui vainquoient en ces ieux, où toute la Grece abordoit pour les voir. Ils
fe faifoient precifement au dernier mois de l'année, depuis l'onziefme de la Lune
iufques au feiziefme, à cinq fortes d'exercices ou combats : au faut ; à la courfe ;
darder le iauelot, & le difque ; lutter & efcrimer à coups de poings armez de
groffes courroyes de cuir de bœuf. Il y en eut puis apres d'autres encore adiouftez.

M iii

Mais ceux qui se deuoient presenter sur les rangs s'exerçoient par vn mois en-
tier, y ayant des gens commis tout exprés pour voir cela, & adiuger le prix à
qui en auroit le dessus. De ces ieux ou combats solemnels prindrent leur deno-
mination les Olympiades, par lesquelles les Grecs compterent de là en auant
leurs années, ainsi que les Romains faisoient par les lustres, à commencer de la
premiere fondation de leur ville; & par l'Ære depuis l'Empire d'Auguste en
certaines choses. Nous Chrestiens, de l'aduenement de nostre Saueur; & les
Mahometans, de l'Hegire, c'est à dire de la premiere entreprise & saillie que
fit Mahomet de la Meche. Or combien que ces combats ne se fissent que pour
la gloire & honneur, sans aucune animosité ne mal-veillance entre les parties;
si y auoit il neantmoins du danger quelquesfois, tant que la mort s'en ensuiuoit:
comme Pausanias racompte de quelquesvns & entre autres de cest Arrichion
icy dont en ses Arcadiques il parle en cette maniere.

E N L A ville de Phigalie au grand marché, l'on void la statuë d'Arrichion le Pancratiaste fort antique, tant pour beaucoup d'autres raisons, P A V S A N I A S
que pour sa figure: car les pieds ne sont guere distans l'vn de l'autre, se
tenans par les costez vers la hanche où posent les mains. Elle est de pierre, & y auoit autrefois vne inscription qui s'est effacée par succession de
temps. Cet Arrichion vainquit par deux fois les ieux de prix Olympiques, en la seconde & tierce Olympiade; là où se monstra bien l'integrité & preud'hommie des iuges de la Grece; & l'effort & vertu d'iceluy Arrichion. Car comme il combatist pour la tierce victoire, contre
celuy qui luy restoit encore à vaincre, cettuy-cy (quiconques il soit finablement) le preuint, & le foulant aux pieds luy serra le col quand &
quand auec les deux mains, si fort qu'il l'estrangla. Mais ce-pendant Arrichion auoit à belles dents happé l'vn de ses arteils, dont l'autre s'esua-
noüyt de douleur: parquoy les Eléens proclamerent le corps d'Arrichion
expiré, vainqueur; & le couronnerent sur l'heure. Tout pareil cas aduint encore en Argos à l'endroit de Creugas Epidemnien; car les Argiues luy decernerent apres qu'il fut mort la couronne dès ieux de prix de
Nemée, à cause que son aduersaire Damoxenus Syracusain n'auoit entre-
tenu les conuenances accordées entr'eux. Car comme la nuict qui approchoit les pressait, ils conuindrent d'endurer chacun à son tour vn coup
de son ennemy; dautant que ceux qui combattoient lors n'auoient pas
encore l'vsage de cette poinctuë courroye de cuir boüilly dedans la paume de l'vne & de l'autre main; mais s'aidoient seulement de Milichies,
dont estoit enueloppé le creux de la main, tous les doigts estans nuds,
& en liberté à deliure; lesquelles Milichies estoient certaines deliées courroyes de cuir de bœuf crud & non courroyé, entortillées l'vne dans
l'autre par ie ne sçay quelle vieille façon. Creugas delascha le premier vn
grand coup de poing sur la teste de Damoxenus; lequel quand se vint à
son tour commanda à Creugas de leuer le bras, & luy faire beau ieu.
L'ayant haussé, il luy tire vn coup droict au costé auec le bout des doigts
ioints & roidis; tellement que de ses forts ongles aigus acerez, y ayant
fait vne ouuerture, il poussa outre, & enfonça la main au dedans du
corps, dont il arracha & rompit les entrailles; & Creugas expira à l'in-

E e

ftant. Les Argiues chafferent Damoxenus, qui n'auoit pas tenu l'accord,
ains pour vn coup qu'il deuoit feulement delafcher en auoit reiteré plufieurs: & là deffus decernerent la victoire à Creugas tout mort qu'il eftoit,
& luy mirent vne ftatuë en Argos, laquelle on peut voir encore pour le
iourd'huy au temple d'Apollon Lycien.

Ovs estes arriuez icy aux jeux Olympiques, &
à ce qui fe faifoit de plus beau en l'Olympie: car
c'eft le combat à pis faire de deux vaillans Champions; pour raifon duquel Arrichion qui trefpaffa en
fa victoire eft couronné: luy decernant icy cet honneur le deputé de la Grece; lequel merite bien d'e-
ftre appellé veritable, tant pour auoir eu la verité &
bon droit en vne telle recommandation, que pource
qu'il eft icy contrefait au vray, comme font les Iuges
& deputez des facrez combats. La terre au refte en vn petit valon qui
ne contient nomplus que ce que vous voyez, fournift de liffes & de
camp clos: & le canal d'Alphée coule d'vne telle legereté, qu'il n'y a
que luy feul de tous les fleuues qui furnage à la mer: le long duquel
croiffent force Oliuiers fauuages d'vn fueillage verd-blanchiffant, & bien
beaux à voir ioignant ces groffes touffes d'Ache crefpeluë; mais nous con-
fidererons cecy à loifir, auec beaucoup d'autres chofes encore, apres que
nous aurons parcouru de l'œil ce parquet. Contemplons doncques le fait
d'Arrichion auant qu'il define. Car il ne paroift pas feulement auoir furmonté l'aduerfaire fien, ains tous les Grecs enfemble; lefquels criaillent
icy; & font vn grand bruit en fe iettans hors de leurs fieges: les vns
qui battent les mains, les autres fecoüent leurs robbes: ceux là fe leuent
de terre; ceux cy tous ioyeux & gaillards empoignent les plus prochains
au collect pour lucter: les grands & horribles coups qu'on fe donne ne
permettant pas que l'affiftance fe contienne en vne mefme place & affiette: autrement qui eft celuy fi mal appris qui n'applaudiffe à vn combattant? Or combien que ce ait efté beaucoup de gloire à cettui-cy d'a-
uoir vaincu par deux fois en l'Olympie, elle luy eft maintenant bien plus
grande, de ce qu'ayant encore obtenu le mefme au prix de fa vie, il foit
enuoyé auec le poudrier aux demeures des bien-heureux. Ne penfez
pas doncques cecy eftre vn cas fortuit, car il auoit fort meurement efté
premedité auant la victoire: & fi vous n'ignorerez point la forme de ce
Duel. Ceux qui s'exercent aux combats à s'aider de tout & ainfi qu'on
peut, vfent d'vne bien dangereufe lucte; où il leur eft quelquefois befoin
de fe ployer à la renuerfe (chofe qui n'eft pas guere feure pour vn lucteur) & vfer de certaines prifes & liaifons; en quoy pour vaincre il fe
faut prefque laiffer cheoir. Tellement qu'ils ont meftier d'artifice & cautelle pour fçauoir maintenant d'vne forte, tantoft d'vne autre eftreindre
leur ennemy. Car les vns l'accrochent auec le talon, & luy tordent la
main; le choquent quand & quand, pouffent, frappent, & fe lancent
fur luy. Ce font les rufes & artifices du Pancratiafte; là où l'on mord d'a-
bondant,

bondant, l'on poche & enfonce auec le bout des doigts. Lesquelles choses les Lacedemoniens establissent aussi par leurs ordonnances; pour s'exercer (comme ie croy) aux conflicts de la guerre. Mais les jeux de l'Elide
retranchét cette maniere de faire;approuuans au surplus que par autre voye
l'on presse & trauaille son ennemy. Au moyen dequoy la partie aduerse
d'Arrichion l'ayant embrassé par le faux du corps en deliberation de le mettre à mort, luy serre la coude contre la gorge pour luy estoupper le conduit
de l'haleine; & le pressant des genoux sur les Eines, luy entortille au mesme instant l'vn & l'autre iarret auec le col du pied ; si bien qu'il le pre-
uient par l'estouffement, d'vne mort sommeillante qui s'introduit dans
les sentimens. Neantmoins parce que le roidissement & tention des iambes s'est venu à lascher , il n'a pas peu anticiper le proiect d'Arrichion:
lequel ayant trouué moyen de se deffaire de la plante du pied , dont la
partie droicte se trouuoit empeschée , le genoüil desormais estant libre,
il souftient l'autre de la hanche comme s'il n'estoit plus son aduersaire,
& se supportant sur le costé gauche, luy enferme le col du pied dessoubs
le iarret; là où par vne contortion violente en dehors , il luy desboitte
la cheuille. Car l'ame au sortir du corps, le rend de vray foible & debile , mais aussi elle luy redouble la force quelque part qu'il s'en voise
choir & heurter : de maniere que celuy qui a estouffé son compagnon
est peint luy mesme comme mort, monstrant assez au signe qu'il fait de
la main qu'il n'en peut plus : là où Arrichion est portrait en victorieux:
car son sang est encore en son teint , & couleur naïfue & la sueur nette & pure : riant à la façon des viuans , quands ils se sentent auoir obtenu la victoire.

ANNOTATION.

IL y auoit anciennement quatre endroits en la Grece où se celebroient les jeux de
prix & combats solennels. Premierement en l'Olympie, desdiez à l'honneur de
Iupiter , ainsi que nous auons desia dit cy dessus en l'argument de ce tableau,dont
les victorieux estoient couronnez d'Oliuier sauuage. En Pythie, à Apollon;pour
auoir deffait le serpent Python qui desoloit la contrée; vne couronne de Laurier
semée de pommes prises au temple de ce Dieu. Tiercement en l'Isthme ou destroit de Corinthe , qui separe le Peloponese de la terre ferme de Grece, à Palemon: le prix d'vn chappeau de
vranches de Pin. Et le quatriesme en Nemée à l'enfant Archemore; vne guirlande d'Ache
herte. Desquels combats auroit esté composé cest Epigramme par le Poëte Archias.

Τέσσαρες εἰσὶν ἀγῶνες ἀν' Ἑλλάδα, τέσσαρες ἱεροί.

Οἱ δύο μὲν θνητῶν, οἱ δύο δ' ἀθανάτων.

Ζηνὸς, Λητοίδαο, παλαίμονος, ἀρχεμόρειο.

Ἆθλα δὲ τῶν, κότινος, μῆλα, σίλινα, πίτυς.

Lesquels Alciat a renduz Latins assez heureusement en la sorte :

Sacra per Argiuas certamina quattuor vrbes,
Sunt , duo facta viris, & duo cœlitibus.
Vt Iouis, & Phœbi, Melicertæ, Archemoriś;
Præmia sunt Pinus , poma , apium , atque olea.

Quant aux jeux Olympiques nous en parlerons en ce lieu: Des Pythiens, sur Phorbas: des Isthmiens en Palemon: Des Nemées, l'occasion n'en eschet nulle part de cest œuure: parquoy nous
en pouuons bien dire icy ce mot en passant; Que les sept chefs des Argiues s'en allans en faueur
de Polynices à l'entreprise de Thebes; ils arriuerent à Nemée , là où estans pressez de la soif ils

requirent Hypſipylé,nourriſſe lors du petit Archemore fils du Roy Lycus ou Lycurgus,laquel-
le ils rencontrerent la premiere en leur chemin,de leur enſeigner où ils pourroient trouuer de
l'eau. Elle craignant de coucher l'enfant à terre,à cauſe de l'Oracle qui luy auoit expreſſément
defendu de ce faire premier qu'il ne ſceuſt cheminer,le mit au crud ſus vne groſſe plante d'Ache
prés vne fontaine où repairoit vn ſerpent qui le tua, ce-pendant qu'elle leur puiſoit de l'eau.
Adraſtus & les autres Seigneurs l'ayant ſurpris qu'il le ſuccoit,le mirent à mort,& pour conſoler
le pere,inſtituerent lors des ieux ſolennels de cinq ans en cinq ans à l'honneur de ſon fils, où les
vainqueurs eſtoient couronnez d'Ache,en memoire de celle là où il auoit receu le mal. Mais les
Iuges qui y preſidoient eſtoient veſtus de noir,comme pour vn teſmoignage du dueil ce cette
piteuſe deſconuenuë. Hyginus le racompte ainſi au 74. chap. de ſa Mythologie ; ſur le propos
d'Hypſipylé fille de Thoas, qui pour lors eſtoit en ſeruage.

O R ces jeux de prix & ſolennitez auoient accouſtumé de celebrer de cinq ans en cinq ans en
l'Olympie ſur la place d'Alté, par cinq ſortes & manieres de combats. Mais cela a tant eſté
varié & brouillé,qu'on ne ſçait bonnement côme y aſſeoir le pied ferme: parquoy ie ſuiuray le
chemin plus battu,& ameneray les authoritez des Anciens là deſſus qui nous en pourront le
mieux eſclaircir. Car les vns attribuent cette premiere inſtitution à Pelops,les autres à Hercules
fils de Iupiter. Neantmoins nous verrons cy apres de Pauſanias, que la Deeſſe Rhea donna ſon
fils Iupiter en garde a Hercules & ſes freres. Euſebe puis apres en ſa Chronologie compte depuis la deſtruction de Troye juſques à la premiere Olympiade 406. ans. Et touteſfois Hercules
eſtoit deuant ladite deſtruction,au moins la derniere dont il parle, qui fut pour raiſon du rauiſſement d'Helene. Au moyen dequoy ie ne ſçay pas comme l'on puiſſe bonnement accorder cela, ſi d'auanture l'on ne vouloit dire pour n'eſtre les temps d'Hercules & des autres Heroes
aſſez b en eſclaircis,les Grecs n'ont commencé côpter les Olympiades ſinon fort longuement
apres la mort,que les choſes furent vn peu mieux diſtinctes,lors qu'Eſcyllus eſtoit preuoſt d'A-
thenes & que Corebus Eléen gaigna le premier prix de la courſe.Deux de ces jeux dependoient
des iambes;la courſe,& le ſaut:deux autres des bras,côme de ietter la pierre ou la barre,& darder
le iauelot contre vn blanc; & l'eſcrime à coups de poings armez de courroies de cuir de bœuf,
qui eſtoit l'eſpreuue la plus criminelle de toutes: la 5. eſtoit meſlée,à ſçauoir la lucte, ou l'on s'aidoit des iambes & des bras. Le tout preſque repreſenté par ces pointes entrecoupées au cul &
bouton d'vne roie, qui enferment & enueloppent la fleur: dont les deux ſont barbillonnées;
deux non ; & vne qui eſt my-partie. Pindare en la 10. Olympienne touche ceſte diſtinction des
bras & des iambes en cette ſorte.

τίς δὴ ποταίνιον γε λάγε ςέφανον,
χείρεσσι ποσίν τε ὴ ἁρμασιν.

Là où il adiouſte les chariots qui vindrent long temps apres : & dit que OEonus fils de Lycim-
nius gaigna le premier la courſe du ſtade : Echemus à la lucte: Doriclus à coups de poing : Phra-
ſtor donna auec le iauelot dans le blanc : & Eniceus ietta le plus loing la pierre. En quoy il ſemble que Pindare ait voulu preſcrire l'ordre qui ſe ſouloit garder és ſacrez combats. Mais Plutarque en la 5. queſtion du ſecond liure des Sympoſiaques,remarquant comme Homere a par tout
obſerué vn autre ordre, à ſ. auoir de mettre l'eſcrime des coups de poings la premiere, puis la lucte, & la courſe pour la derniere, rend vne telle raiſon de cela. Que ces combats ne ſont que
vne ombre & image de ce que l'on execute à bon eſcient à la guerre: ou la premiere choſe qu'on
fait és rencontres & batailles, eſt de ioindre ſon ennemy de prés, taſcher de le frapper à deſcouuert , & ce pendant ſe garder de luy ſi l'on peut: de la bien ſouuent l'on vient corps à corps aux
priſes , ce que la luctè nous repreſente. Et finablement ſi l'on eſt rompu, ſe ſçauoir ſauuer de viteſſe à la courſe: ou ſi l'on a le deſſus, chaſſer viuement & pourſuiure ceux qui s'enfuient. Parquoy Homere auroit ordinairement gardé ceſt ordre comme luy ſemblant le plus raiſonnable.
Pauſanias au reſte en ſes Eliaques, racompte que du temps de l'aage doré, que Saturne regnoit
au ciel , ſoudain que Rhea eut enfanté Iupiter, elle le donna en garde aux Curetes en l'iſle de
Crete,de peur que ſon pere ne le deuoraſt auſſi bien que les autres.& que ces Curetes icy eſtoiêt
cinq freres; Hercules,Pœoneus,Epimedes,Iaſius,& Idas;qui s'en vindrent auec Iupiter de Crete
en l'Olympie, là où Hercules, lequel eſtoit deſia fort ancien, pour luy donner paſſetemps fit
courir ſes freres à l'enuy, & couronna le vainqueur d'vn chappeau de l'Oliuier ſauuage qu'il auoit
apporté des Hyperborées qui creut deſpuis là en telle abôdance,que ceux qui ſe vouloiêt
repoſer faiſoient lictiere de ſes fueilles toutes freſches venans de l'arbre. Et là deſſus inſtitua ces
jeux & combats ſolennels de cinq ans en cinq ans, dont ont eſté limitées les Olympiades par leſquelles les Grecs ont ſi longuement compté. Dont la premiere tombe vers le temps de Ioathan
Roy de Iudée , ou pluſtoſt d'Ozias ſon predeceſſeur , autrement Azarias : quelques 3400.an: de
la creation du môde;trente auant la fondation de Rome;& enuiron ſept cens quatre vingt auant
l'aduenement de noſtre Sauueur I E S V S - C H R I S T. Par ſucceſſion de temps puis apres ces ieux
furent

furent intermis iufques à Iphitus qui les remit fus de nouueau; là où Corœbus Eléen emporta
le prix de la courfe. En la 14. Olympiade le Diaulos y fut adioufté; qui contenoit deux ftades,
comme tefmoigne Vitruue au 5. liure; mais tout ainfi que le ftade varie, auffi fait le Diaulos.
Car Aulugelle tout au commencement des nuicts Attiques, dit qu'Hercules mefura le ftade de
l'Olympie à deux cens de fes pas; là où quelques vns ne luy donnent que fix cens pieds, qui ne
feroient pas tant à beaucoup prés: le Diaulos doncques eftoit vn redoublement du ftade; ce que
Paufanias en fes Eliaques accompare à vne maniere d'efcriture antique que les Grecs appellent
Buftrophedon, dont la fin du vers precedent eft le commencement de la ligne fubfequente:
tout ainfi (ce dit il) comme on fait en la courfe du Diaulos. Mais le Dolique contenoit douze
ftades, qui font vn mille & demy d'Italie. Ifaac Tzezes en la 3. hiftoire de la 6. Chiliade defcript
plus particulierement tout cecy en ces termes.

[Greek text, six lines]

Οn appelloit au precedent le ftade la courfe armée, là où celuy qui couroit auec les armes paffoit tout droit fa carriere, fans retourner diffus foy en aucune forte; & cela eftoit le ftade. Le Diaulos eftoit vne double courfe, faifant vn retour: & le Dolique parfourniffoit fept carrieres, ayant trois retours & demy: mais ces deux cy eftoiet
fans armeures. Le Tetrois au refte eftoit vne courfe de douze retours.

En la 18. Olympiade le Pentathle & la lucte furent premierement introduits. Or il y a differrence
entre le Pentathle, le Pancration, que les Latins appellent *Quinquertium*, comme qui diroit la
victoire des cinq combats; & le Periode. Car le Pentathle eft celuy qui eft entré és cinq fortes
de combats; affauoir la courfe; le faut; ietter le difque; la lucte; & l'efcrime des coups de poings:
côbien qu'il n'aye pas vaincu en tous, ains fuccôbe en quelques vns. Le Pancratiafte eft celuy qui
a emporté la victoire de tous; & le vainqueur au Periode qui a obtenu le prix de tous les combats es quatre affemblées de ieux: les Olympiques, Pythiens, Neméens, & ceux de l'Ifme. Budée en fes Pandectes explique encore dauantage le Pancration, deriuant le mot ἀπὸ τοῦ πάντων
κρατεῖν, de toutes les forces qui s'employent en ce combat, de maniere que c'eftoit à faire du pis
qu'on pouuoit, à coups de poing, coups de pied & de coude, mordre, efgratigner, tordre, pocher & femblables voyes pour offecer fon ennemy, & tafcher d'en auoir le deffus: côme il eft icy
peint au prefent tableau, & que le defcript Lucian tout au commencemêt de l'Anacharfis ou des
exercices à corps nud. Car les deux paffages fuiuans de Paufanias nous apprennent
aillez que le Pancration & la lucte deuoient eftre quelque chofe de differcnt & à part, quand il dit
que Straton de la ville d'Alexandrie d'Egypte en la 178. Olympiade en vn mefme iour obtint la
victoire du Pancrace, & de la lucte. Et tout incontinent apres, que trois autres auparauant iceluy
Straton, & trois encores depuis auoient vaincu au Pancrace & à la lucte. Plus Aulugelle au 3.
liure ch. 15. que Diagoras eut trois fils valeureux combattans, comme auffi il auoit efté, l'vn pour
l'efcrime à coups de poing, l'autre Pancratiafte, & le troifiefme lucteur. En la 23. Olympiade
vint en vfage le combat des Ceftes ou manoples faites de courroyes de cuir, dôt eftoient enuelopées les mains: nous en parlerons plus amplement au tableau de Phorbas pource qu'il vient le
mieux à propos qu'en ce lieu; afin auffi de ne confondre point tant de chofes enfemble. En la
25. la courfe des cheuaux parfaits fut inftituée. Mais celle des deux cheuaux parfaits que les
Grecs appellent *συνωρὶς* ne vint en ieu qu'en la 93. En la 33. le Pancrace & le cheual folitaire, c'eft à dire qui couroit feul à deliure fans eftre attelé. Les côbats des ieunes garçons
commencerent en la 37. La courfe des hommes armez en la 65. pour tant mieux s'exercer à la
guerre. Outre toutes lefquelles fortes de ieux & combats folennels, il y en auoit encore tout
plein d'autres que ie laiffe pour euiter vne ennuyeufe prolixité. Et n'eftoit pas iufques aux filles
qu'elles ne couruffent le prix à certaine folennité de Iunon en Elide; non toutes enfemble, ny
à vne fois, mais les plus ieunes premierement, puis celles du fecond ordre, tiercement les plus
aagées: toutes defcheuelées; leurs habits trouffés vn peu au deffous du genoul, & l'efpaule
droite defcouuerte iufqu'à la poitrine. Les victorieufes eftoient couronnées d'vne guirlande
d'Oliuier: mais on leur rettranchoit quelque chofe du ftade & carriere des hommes. Les femmes au refte n'affiftoient pas aux combats Olympiques, ains leur eftoit trefexpreffément defendu de s'y trouuer, defguifées ny autrement, fur peine d'eftre precipitées du haut des rochers de
la montagne de Typée; fi mefmes elles auoient durans les iours interdits paffé la riuiere d'Alphée. Toutesfois il ne s'en trouua point qui pour cette occafion fuft feulement conftituée pri-

sonniere, excepté Callipateras; que les autres nomment Pherenice, laquelle apres la mort de son mary s'equippa de tous points en Athlete ou combattant, & s'en vint mettre parmy les autres en l'Olympie: là ou Pisidorus ayant eu la victoire, comme elle euft franchy les barrieres du parquet ou s'assembloient les Athletes, elle fut despouillée.& l'ayant apperceue estre femme, la laisserent aller saine & sauue; pour la reuerence qu'on portoit à son pere, ses freres, & son fils; tous lesquels auoient gaigné le prix és ieux Olympiques. Mais lors fut faicte vne ordonnance que de la en auant l'on combattroit à corps nud.

L E s Athletes au demourant (car soubs ce nom Pollux comprend tous les cinq combats & ieux dessus-dits) ont fait autrefois des efforts qui excedent toute creance; & estoient du commencement nourriz de fromage mol: mais Dromeus fut le premier qui leur introduit les chairs,ainsi que dit le mesme Pausanias és Eliaques; lequel nous racompte les faits meruelleux de trois ou quatre de ces Champions: & en premier lieu de Pulydamas. Cettui-cy fut fils de Nicias de Scotuse en Thessalie, plus grand de corps que nul autre de tout son temps & d'vne force nompareille, auec le courage & d'exterité de mesme. Car estant encore fort ieune, à l'imitation d'Hercules il alla assaillir en pourpoint vn grand Lyon dans le mont Olympe, qui desoloit toute la contrée, & le mit à mort. Vne autrefois pour faire preuue de sa force, il saisit vn des plus fiers Taureaux de tout le pays, par le train de derriere, sans que iamais cet animal s'en peuft desfaire qu'il ne luy euft laissé entre les mains à force de regimber & tirer à l'encontre, ses deux sabots par lesquels il le tenoit empoigné. Bien souuent d'vne seule main il arrestoit tout court vn chariot des mieux attellez, sans que les cheuaux peussent aller auant ny arriere, quelque effort que le chartier & eux peussent faire. Au moyen dequoy Darius fils d'Artaxerxes qui auoit ouy racompter ces estranges merueilles, desirant en voir quelque espreuue le fit venir deuers luy; là ou pleine arriuée en sa presence il mit à mort de trois coups de poing, trois des plus hommes de sa garde,du nombre de ceux que pour leur grand valeur on appelloit les immortels, & encore choisiz entre tous. Et neantmoins apres auoir fait tant de si belles & grandes choses, son par trop s'asseurer luy cousta la vie: car vn iour banquettant auec ses amis dans vne cauerne, comme quelque portion s'en fust esbouillé, & le reste menassast ruine, les autres gaignerent au pied de bonne heure. Ce que quant à luy il ne daigna faire, mais se confiant en son adresse accoustume se mit à vouloir contreboutter à l'encontre,& à force de br. s soustenir le plancher d enhaut,si qu'il demeura à la fin accablé soubs le faiz. Milon le Crotoniate, si nous ne voulons regarder qu'à la force,n'en a guere eu de semblables à luy. Car vne fois il porta sur son col vn Taureau de deux ans tout autour du stade,sans respirer ne reprendre haleine,puis l'assomma d'vn coup de poing, & le mangea luy tout seul le iour mesme. Il prenoit vn pomme de grenade en sa main, que personne ne luy eust sceu arracher, sans que pour cela il la prestast, ny qu'elle vinst de rien à se mascher ny corrompre. Se mettoit à pieds ioints dessus vn Disque oint d'huile pour le rendre plus glissant: & encore qu'on le vinst de secousse & roideur choquer estant planté la dessus, si ne l'en pouuoit on faire desplacer ne mouuoir. Attachoit vne corde assez grosse à l'entour du front,comme si c'eust esté vn bandeau, & en retenant son haleine s'enfloit si fort les veines & les nerfs de la teste, qu'elle venoit de viue force à se rompre. Serroit le bras iusques au coude contre les costes;de la en auant il le tenoit alongé sans la main, en estendant tous les doigts horsmis le petit,qu'il tenoit clos & ployé: neantmoins on ne luy pouuoit en sorte quelconque desserrer ne desfaire. Mais finablement s'estant rencontré dans le bois à vn arbre commencé à fendre;il le voulut par la force & moyen de ses seules mains acheuer d'esclatter: & de fait l'auoit desia entr'ouuert, quand les coings qui y auoient esté enfoncez vindrent à cheoir, & l'arbre à se reclorre, de maniere qu'il demeura engagé sans se pouuoir plus aider, ne defendre des loups qui miserablement le deuorerent. Si Theagenes Thasien l'esgala de force, cela ne se peut pas gueres bien sçauoir, pour raison qu'ils ne furent pas d'vn temps: mais il est bien notoire qu'en adresse & dexterité il le surpassa de beaucoup; & en nombre de victoires aussi: car les couronnes qu'il obtint & gaigna de costé & d'autre montent à plus de mille. Il s'estoit façonné à toutes sortes d'exercices, & singulierement à la course à l'imitation d'Achilles; dont il se monstroit estre grand emulateur: beau quand & quand par excellence, & d'vne taille gentille; non grossiere, ni usane ne lourde, comme la plus part des autres Athletes: le tout accompagné neantmoins d'vn tel effort & vigueur de mébres, qu'en n'ayant encore qu'onze ans, il emporta vne fois qu'il retournoit de l'eschole, vne statue de bronze de commune grädeur iusques à son logis:surquoy la commune s'estant esmeuë à l'encontre de luy, il fut garenty de leurs mains par l'authorité & repect d'vn des principaux Citoyens,qui la luy fit reporter tout sur l'heure, & remettre au mesme lieu dont il l'auoit enleuée. Que s il n'eut vne fin si mal'encontreuse comme les deux precedens, en recôpense tant qu'il vescut il trouua tousiours de fort grädes côrarietez,qui luy retrâcherent beaucoup de la gloire à quoy sans cela d'abôdant il eust peu atteindre.Euthymus mesmement entre les autres natif de Locres en Italie, lequel ne luy voulât ceder en aucune chose,s'opposoit tousiours à l'encontre. Et dauantage Theagenes l'ayant vn

iour

PVLYDAMAS.

MILON.

THEAGENES.

THYMVS.

iour bleffé à l'efcrime des coups de poings, outre les loix des facrez combats, il fut condamné
en douze cens efcus d'amende ; dont de defpit il ne voulut és deux Olympiades fubfequentes
venir fur les rangs : ce qui donna moyen à Euthymus d'emporter la victoire. Cettui-cy toutesfois ne laiffoit pas d'eftre vn tres-valeureux Champion, & de grand cœur & entreprife, comme il
le monftra affez en vne telle occafion. Le bruit commun porte, que Troye ayant efté deftruicte
par les Grecs, Vlyffes fut pouffé par fortune de mer en diuers endroits çà & là : & entre autres
en la ville de Themeffe en Italie : la ou l'vn de fes gens ayant pris vne ieune fille à force, les habitans fe ietterent deffus, & l'affommerent à coups de pierre. Vlyffes deflogea de là fans faire
autre deuoir au deffunct ; l'efprit duquel fit de là en auant fans cefle ny intermiffion aucune,
beaucoup de maux & outrages en la contrée : iufques à mettre les perfonnes à mort, & fe ietrer
à tous propos fur ceux qu'il trouuoit tant foit peu à l'efcart. Mais finablement comme le peuple
fuft fur le poinct de quitter le pays, la Prophetiffe d'Apollon ordonna de dedier à cet Heroe vn
facré bofquet auecques vn temple, & tous les ans luy expofer la plus belle fille vierge qui fuft
en Themeffe. Cela accomply l'efprit s'appaifa fans les plus moiefter. Quelque temps apres Euthymus eftant d'aduanture arriué en ces quartiers-là, lors qu'on venoit deliurer la fille, eut enuie de voir ce myftere, & s'enferma dans le temple auecques elle pour la pitié qu'il en eut ; auffi
qu'elle luy promit & iura de le prendre à mary, s'il la pouuoit garantir de ce danger. Ce qu'il fit ;
car ayant de nuict longuement combattu contre l'efprit, & iceluy vaincu à la fin, il s'efuanouit
& fe fubmergea en la mer, que depuis il n'en fut nouuelles : & Euthymus efpoufa la fille, duquel
Pline liure 7. chapitre 47. parle en cette forte : *Confecratus eft viuus, fentienfque vraeulà einfdem iuf-*
fit, & Iouis Deorum fummi ftipulatu Euthymus victa femper Olympia victor & femel victus. Patria ei Lo-
cris in Italia : ibi imaginem eius, &c. Mais ce feroit s'engoulpher en vne mer fans riuage, qui voudroit parcourir tous les beaux faicts de ces valeureux Champions, parquoy il eft temps de venir
au tableau.

VOVS *eftes arriuez aux ieux Olympiques, & à ce qui fe faifoit de plus beau en l'Olympie.* Strabon (ce STRABON.
me femble) au 8. liure, defcrit ce lieu en la forte.

AV TERRITOIRE *de l'ieuey, vn temple diffant de quelques dix lieuës de l'Elide, & au deuant d'i-*
celuy vn petit bois d'Ol ne s'auuages, auecques des liffes tout contre. La riuiere d'Alphée paffe le long, la-
quelle venant d'Arcadie, s'en va rendre finablement en la mer Triphyliaque, entre midy & Soleil couchant.
Or l'Olympie commença premierement d'auoir bruit pour les Oracles que Iuppiter Olympien y rendoit. Mais
apres auoir duré longuement, & pris fin auffi bien que les autres, qui de main en main en ont faict tout de
mefme, le tour fe ne laffa pas pourcela de continuer en fa reputation accouftumée : & fi vint encores à en auoir
dauantage, pour raifon de la folemnité affemblée qui fe faifoit là de tous les endroicts de la Grece, au bout de
chafque cinquieme année tous mois, pour voir les ieux de prix & facrez combats, qui eftoient tenus pour les plus
grans de tous autres : auffi les vainqueurs eftoient couronnez fort magnifiquement. Au temple y auoit infi-
nies richeffes, prouenans des dons & offrandes qui s'y faifoient de tous les endroits de la Grece ; & entre au-
t es vn Iuppiter d'or maffif, que Cypfelus feigneur de Corinthe y auoit donné. Plus ce tant admirable
colofe d'or & d'yuoire, faict de la main du fouuerain ouurier Phidias Athenien ; qui nonobftant tout cela, la tefte
teurs telle, qu'encores quel e temple foit inceutiffement grand & fort eftendu, il femble toutesfois que Phi-
dias fuft bien à daifé d'auoir faict cette ftatue affi e en vn throfne ; car nonobftant tout cela, la tefte arriue bien
pres de la voute, deforte que fi elle venoit à fe releuer debout, elle perceroit le comble à trauers. Et neantmoins
en vne fi demefurée maffe, il n'y a rien qui ne foit tres-exactement recherché, iufques aux moindres enri-
chiffe mens.

ARRICHION *qui trepaffa en la victoire eft couronné.* Il femble que ce mot cy d'Arrichion foit
deriué de ἄρρηκτος, *inuincible, ferme, robufte, & inexpugnable.* Et au refte, outre ce Creugas mentionné en l'argument du prefent tableau, Ælian au neufiefme liure de la Diuerfe Hiftoire parle
d'vn autre Champion natif de Crotone, lequel ayant vaincu és ieux folemnels de l'Olympie, ainfi qu'il s'en alloit deuers les Iuges pour eftre couronné fuiuant la couftume, tomba roide mort deuant eux, des coups qu'il
auoit receus au combat. Et Paufanias és Laconiques, faict mention d'vn Pentathle appellé Ænetus,
lequel auoit pareillement gaigné le prix, & defia receu le chappeau de la main des Iuges, mais il
expira tout à l'heure. De maniere que ces efbattemens eftoient quelquefois bien rudes & dangereux. Quant à la couronne, elle eftoit, côme nous auons defia dit cy-deffus, d'Oliuier fauuage,
dequoy il y a vn fort beau traict en l'Vranie d'Herodote. Là où Xerxes, lors qu'il amena cette groffe HERODOTE.
nuée de plus de deux millions d'hommes fur les bras de la Grece, & qu'il y auoit defia prins pied, s'enquerant
de ceux qui fe von tent rendre à luy, que faict ten les Grecs à celle heure : ils luy firent refponfe qu'ils eftoient
apres à celebrer les Olympies, & regard r le paffe-temps de ceux qui y combattoient. Mais quel loyer (deman-
da-il lors) ont ceux qui vainquent? Vne couronne d'Oliuier, Sire, (ce vont ils refpondre) & rien autre
chofe que la reputation qui leur en demeure. O Dieux (s'efcria là deffus Tritatechmes fils d'Artabanus) contre
quelles gens nous as-tu amenez. Mardonie, qui ne combattent pas pour l'argent ne pour les richeffes, mais feulement pour la vertu. Et Plutarque és Sympofiaques 2. 5. & en la vie de Lycurgus, dit que ceux qui
auoient vne fois efté ainfi couronnez, côbattoient de là en auant toufiours aupres de la perfon-

ne du Roy à la guerre. Aristophanes au Plutus introduisant la Pauureté, qui reproche à Iupiter son indigence.

Εἰ γὰρ ἐπλούτει πῶς ποιῶν αὐτὸς τὸν ὀλυμπιακὸν ἀγῶνα,
Ἵνα τοῖς ἕλλωσιν ἀπεδείξας ἀεὶ δι᾽ ἐτῶν πέμπτων ξυναγείρη,
Ἀνεκήρυττεν τῶν ἀθλητῶν τοὺς νικῶντας, ςεφανώσας
κοτίνου ςεφάνῳ, καὶ οι χρυσοῦ μᾶλλον ἐχρῆν, εἴπερ ἐπλούτει.

Car si Iupiter estoit riche, comment est-ce que faisant assembler tous les Grecs de cinq ans en cinq ans pour celebrer les combats & ieux de prix Olympiques, il ne decerne aux vainqueurs qu'une couronne d'Oliuier, là où toutesfois s'il auoit dequoy elle deuroit estre d'or.

Lvy estant icy decerné cet honneur par le deputé de la Grece. Ce deputé, iuge, president, superintendant, ou autre tel nom qu'on luy vueille donner, s'appelloit en Grec ελλανοδίκης. Le premier Hellanodique ou iuge des sacrez combats fut institué par Hercules és ieux Olympiques: & puis continué à celuy qui auoit la reputation d'estre le plus entier, veritable & sincere; car il estoit esleu à cela par les voix & suffrages du peuple: & deferoit le prix à ceux qui en sa conscience luy sembloient auoir le mieux faict leur deuoir. Les combats au reste se faisoient enuiron la pleine Lune, & le 16. d'icelle se prononçoit le iugement des Hellanodiques: dont voicy ce que Pausanias en allegue és Eliaques.

Pavsanias. *En la 50. Olympiade, deux personnages des Eléens commencerent à estre tirez au sort pour auoir la charge des ieux Olympiques; & dura cela long-temps en la sorte, iusques à ce que finablement on esleut neuf Iuges ou residens desdicts ieux, appellez à cette occasion Hellanodiques, comme qui diroit les Iuges de la Grece, dont les trois auoient la charge des courses des chevaux, trois autres du Pentathle (ce sont le saut, la ...le disque, les coups de poing, & la luicte) le reste sur les autres combats. Deux Olympiades apres on y ...ta le dixiesme, ce qui fut diuersifié encores & finablement remis audict nombre de dix en la 108. Olymp... ...ne changerent plus depuis. Mais Philostrate n'en met icy qu'vn, gardant en cela fort bien ...que appellent les Grecs, par ce que du temps d'Arrichion, qui fut en la seconde & tierce Olympiade, il n'y auoit qu'vn iuge ou Hellanodique. Au demeurant leur parquet (comme le diten vn autre endroit du mesme liure iceluy Pausanias) estoit situé au dessus du sepulchre d'Achilles, par où ils descendoient dans les lisses, & y entroient deuant Soleil leué pour vacquer au faict de la course. Puis sur le midy entendoient au Pentathle, & autres les plus rudes ieux & combats. Les Hellanodiques souloient aussi le plus souuent demeurer, & mesme sur iour, en la portique, qui est en la grande place des Eléens: pres de laquelle à la main gauche estoit leur dest... dict parquet appelé Hellanodiceon, separé du marché par vne rue entre-deux, là où ils se io... noient dix mois entiers de l'année apres auoir esté esleus, pour y apprendre les statuts des combats par ceux qui auoient en garde les registres des loix & ordonnances publiques.*

Tzetzes. Tzetzes en la 407. histoire de la douziesme Chiliade descrit ainsi ces Hellanodiques.

Ἑλλανοδίκας καὶ μοι, τοῖς πρὶν διαιτητὰς
τὴν ὀλυμπίων ἑορτὴν, ὦ τῶν ἀγῶνα ζώντων.
Ναξὸν, &c.

Entendez que les Hellanodiques (dit-il) estoient ceux qui souloient ordonner la solemnité Olympique, & les combats qui s'y faisoient: car les Oly pies estoient comme vn theatre ou eschaffaut de toute la Grece. Or ceux qui iugeoient de ces ieux de prix & comba s, estoient de tous appellez les Hellanodiques, comme i'ay dit; & se prenoient des Amphictions, principalement du pays d'Aetolie auecques les Eléens. Ce qui aduint en cette sorte. Car quand Hercules ce grand personnage s'en alla de ce monde en l'autre, il laissa la charge de ces combats à Ixilus Aetolien, pour en disposer, les conduire & faire ainsi que bon luy sembleroit: dont du depuis furent faicts participans les Aetoliens Hellanodiques. Mais Pausanias és Eliaques particularise le serment que faisoient les Athletes en cette sorte. Vers la muraille d'Altis l'on void vne statuë de Iupiter son nez deuers Soleil leuant sans aucune inscription. Mais celuy qui est dans le palais, est sur toutes les autres effigies de Iupiter qui sont là, approprié pour faire peur aux periures; aussi a-il le surnom de Orcius, du serment qu'on faict faire là aux Athletes, à leurs peres & freres, & ceux qui leur monstrent. Il tient vne foudre en chasque main. Et iurent sur vn Sanglier couppé en deux, de ne s'aider d'aucune fraude au combat Olympique: & que par dix mois continuels ils se sont exercez fort soigneusement en tout ce qui appartient à leur deuoir. Les iuges des enfans iurent aussi, & ceux qui veulent faire courir les poulains, qui ne sont corrompu d'aucuns presens, ny que iamais ils ne declareront pourquoy ils ayent plustost adiugé la victoire à celuy-cy qu'à celuy-là. Aux pieds finablement de Iupiter Horcius est vn tableau, auecques des vers Elegiaques pour faire peur aux periures.

Le canal d'Alphée coule d'vne telle legereté, qu'il n'y a que luy seul de tous les siennes qui surnage à la mer. Pausanias és Eliaques en parle de cette sorte.

Pavsanias. Alphee *ne naist pas en l'Elide, mais en l'Arcadie: duquel entre autres choses on racompte cecy: que ce fut autresfois vn Veneur, lequel deuint amoureux d'Arethuse qui estoit pareillement fort addonnée à la* chasse,

chaſſe; mais l'ayant refuſé pour mary, elle ſe retira en vne iſle pres Syracuſes, appellée depuis Ortygie; là où de femme elle ſut conuertie en fontaine : & Alphée de ſon coſté par vne impatience d'Amour fut auſſi transſmué en fleuue. Voilace qu'on racompte de luy & d'Arethuſe : & au reſte qu'il coule a trauers la mer, & s'en va communiquer ſes eaux auecques la fontaine. Ce que rien ne m'empeſche de croire, attendu l'oracle qu'Apollon rendit en Delphos à Archias Corinthien, quand il enuoya fonder Syracuſes. Car ceux des Grecs & Egyptiens qui ſont montez contre-mont iuſques au deſſus de Syené, ou de Meroé ville d'Ethiopie, ſe tesmoignent que le Nil tombe dans vn marez, duquel venant à reſſortir de nouueau, tout ainſi qu'il s'ifouzdoit de la terre, il s'en vient parmy la baſſe Ethiopie rendre en Egypte, là où aupres du Pharos il ſe reſpand en la mer. En la contrée des Hebrieux, ie ſçay bien auſſi que le fleuue Iourdain trauerſe le Lac de Tiberiade; & entre dans vn autre encores, que l'on appelle la mer morte, où il ſe perd & eſuanouït. Laquelle mer a vne propriété differente de toutes les autres eaux; car animal que ſoit viuant n'y peut nager, & ceux qui ſont morts s'en vont a fonds; au moyen dequoy elle eſt exempt d'auoir du poiſſon; lequel preſ-ſentant le peril qui y eſt manifeſte, s'en recule bien-toſt en arriere. Il y a encores vne autre eau au pays d'Ionie, ny int auſſi cela de commun auecques Alphée, laquelle a ſa ſource dans le mont Mycalé, & apres qu'elle s'eſt allé perdre en la mer, renaiſt vne autre ſois aupres des Branchides en vn port appelé Panorme. Mais plus diſtinctemenc és Arcadiques il ſpecifie ces renaiſſances d'Alphée, diſant ainſi : Alphée ſepare les confins des Lacedemoniens, & Tegeates, & leur ſert de bornes; l'eau duquel prend ſon origine en Phylace. Non gueres loin de là puis apres deſcend vne autre eau dedans ſon canal, de certaines petites fontaines, pluſieurs en nombre; parquoy on appelle ce lieu là les Symboles, comme qui diroit les concours ou aſſemblemens. Alphée au reſte outre les autres fleuues, ſemble auoir vn naturel & proprieté tout a part : eſtant ſouuentesfois englouty de la terre, & de rechef en reſſort dehors. Car apres s'eſt ſ ſunalé en bas de Phylace & des Symboles, comme en les appelle, il ſe va perdre en vne prairie des Tegeates & de la renaiſſant en Aſee, apres qu'il a miſſé ſon cours auecques celuy d'Eurotas, il ſ'eſt inouïs de rechef ſoubs la terre. Et qu'il eſt vne autre ſois retourné en lumiere, en cet endroit que les Arcadiens appellent les Sources, & a parcouru le territoire de l'Iſe & de l'Olympie, il s'en va deſcharger en la mer au deſſus de Cyllene, vn Haure des Eleens. Mais le golphe Adriatique ne le peut pas empeſcher qu'il ne paſſe encores outre : ſi qu'apres auoir trauerſé vne ſi grande & impetueuſe eſtendue de mer, il va ſuablement ſe monſtrer en Ortygie, deuant Syr. cuſes, eſt-ce le meſme Alphée, & communiquer ſon eau auecques Arethuſe.

OR PAVSANIAS ſait vn grand cas de ce que le Nil & le Iourdain entrent dedans des Lacs; mais cela ſe void par deçà en beaucoup de fleuues : comme au Rhin à Conſtance, & encores ailleurs; au Roue à Lozanne; au Mince à Mantoué: l'Atheſis, & aſſez d'autres, qu'on ne tient pas à grande merueille, pour ce que cela eſt tout commun. Trop bien de trauerſer vne ſi longue eſtenduë de Mers, comme de la Grece iuſques en Sicile, & encores ſurnager a icelle; puis reſouuns de rechefautre part, cela eſt vn peu chatouïlleux. Neantmoins puis qu'il eſt queſtion de Fables, dont les narrations Grecques ſont toutes farcies, il vaut mieux tout d'vn train ouyr ce que dit le Poëte Moſchus, & puis Lucian le Sophiſte.

Α'λαφὸς μʹ πίσω ἐπὴ τᵍ πίνετ ὶδῶν
ἔρχεται εἰς Δρεθουσαν ἄχων κοτιϗιφορι ὕδωρ,
ἔδτα φⁱρον, κⁱⁱⁱ φύλλα ᵿ αἴνια, ᵿ κόνιν ἱερⁱⁱ.
ᵿ βαρὺς εὐβαίνⁱ τοῖς κύμασι, τὴν δὲ ϑαλαϭϭαν
νⁱρϑεν ᵿⁿⁱⁱⁱ ϗιϗⁱⁱ, κʹ ᵿ μίγνυται ὕδαϭι ὕδωρ
ᵿ δʹ ᵿⁿ ᵿδε ϑαλαϭϭα διεϗϗⁱⁱ πλαϭϭⁱⁱ.

Alphée, apres qu'au dela de l'Iſe il eſt entré en la mer, s'en va deuers Arethuſe, roulant vne eau fort propre aux Oliuiers ſaunages; & portant pour iouaux à ſa chere eſpouſe fueilles & fleurs des plus belles; auecques la ſacrée poudre des ieux, où on combat à corps nu d: & profond comme il eſt, ſe iette dedans les ondes, roulant au deſſoubs de la mer, ſans que ſon eau ſe meſle à l'autre eau; ne que la mer ſe ſente aucunement du fleuue qui paſſe à trauers. Mais Lucian nous en comptera bien dauantage, ſi nous luy voulons tant ſoit peu preſter l'oreille. Oyons le donc ques, puis que c'eſt ſur le meſme propos.

NEPTVNE ET ALPHEE.

LVCIAN.

NEPTVNE. Que veut dire cecy Alphée, que toy ſeul entre tous les fleuues, quand tu viens tomber dans la mer, tu ne te meſles aucunement auecques l'eau ſalée comme font les autres : & ſi tu n'eſtois pas tes eaux, mais coules au trauers d'icelle, ny plus ny moins que ſi tu eſtois glacé; gardant ton canal en ſon accouſtumée douceur, pur & non corrompu d'amertume : & te vas perdre en quelque creux ie ne ſçay où, ainſi que font les gauzeaux, & te plongeans; & veſiars puis-apres autre part, te redonnant de rechef à cognoiſtre?
ALPH. Cecy eſt vn trafique d'amour, ſire Neptune; parquoy tu ne m'en dois ſçauoir mauuais gré; car tu as auſſi eſté amoureux, & ſouuent. NEPTVNE. Eſt-ce vne femme que tu aimes, Alphée, ou vne Nymphe, ou quelqu'vne des Nereïdes? ALPHEE. Non, mais vne fontaine. NEPTVNE. Et où eſt-ce qu'elle demeure? ALPHEE. En l'Iſle de Sicile, & eſt nommée Arethuſe. NEPTVNE. Ie la cognois, & n'eſt point laide

de vray cette Arethufe que tu aimes ainfi: car elle eft clere & nette, & de fa fource iette vn boüillon fort pur, le grauoüer qui eft cler & luifant, adiouftant vne bien grande grace à fon eau, laquelle au deffus d'iceluy paroift de couleur argentine. A L P H E E. A ce que ie voy tu la cognois fort bien, fire Neptune, & m'y en vois tout de ce pas. N E P T. A la bonne heure, va & ioüys heureufement de tes Amours. Mais dis moy encores cecy, ie te prie; où eft-ce que tu vids premierement cette Arethufe, veu que tu es d'Arcadie, & elle eft demeurante à Sarragoffe? A L P H. Tu me retardes Neptune, moy qui ay hafte, & te vas par trop curieufement enquerant de mon fuiét. N E P T V N E. Certes tu dis la verité. Va doncques trouuer ta mieux aimée: & fourdant de rechef de la mer, fi te mefle en vn mefme liét auec cette fontaine, de forte que ce ne foit d'orefnauant qu'vne mefme eau de vous deux.

L E S Oliuiers fauuages croiffent le long d'Alphée, beaux à voir ioignant ces groffes touffes d'Ache crefpe-luë. De cette Ache que les Grecs appellent Σίλινον, nous en auons parlé fuffifamment au ta-bleau des Marefcages, & monftré là que c'eft vne herbe aquatique: comme auffi le confirme ce paffage icy, où Philoftrate la fait croiftre le long d'vne riuiere: & celuy encores que nous auons maené cy-deuant d'Hyginus touchant le petit Archemore, que fa nourriffe Hypfipyle auoit laif-fé deffus vne de ces Aches aupres d'vne fontaine, où le ferpet qui y repairoit le mit à mort. Refte maintenant de fçauoir à quoy les Anciens l'appliquoient vne herbe & facrez combats. Et combien que ce fuft en ceux de Nemée à l'honneur d'iceluy Archemore, & non de l'Olympie, dont il eft icy queftion; neantmoins pour ce que l'Autheur touche cette herbe incidemment, & auffi que nous ne dirons plus rien autre-part de ces ieux Nemées, il vaudra mieux pourfu-ure tout d'vn train ce qui en defpend, & refte à dire. Plutarque en la troifiefme queftiõ des Sympo-fiaques, difcourt bien au long comme l'Ache auoit accouftumé d'eftre employée és ieux Ifth-miens, qui fe celebroient à l'honneur de Palemon (dont nous parlerons en fon lieu) premier que le Pin fuft venu en vfage: de maniere que Timoleon en la guerre des Siciliens contre les Carthaginois, interpreta pour vn augure de la victoire, d'auoir rencontré vn armée marchant en bataille) des gens portans des faifceaux d'Ache; & non pour celuy de mort: car en beaucoup d'endroits on prend cette herbe pour mortuaire & funebre, mefmement dedans Pline 20. 11. *Apium ad cibos non admittendum, imò omnino nefas; nam id defunctorum epulis dicatum.* Et Agrippa au 25. chapitre du 1. liure de fa Secrete Philofophie. *Car le Cyprès eft vn arbre funefte, & dedié à Plu-ton auffi bien que l'Ache, dont l'on auoit anciennement accouftumé de ioncher les cercueils, auant que d'y met-tre les corps. Au moyen dequoy és feftins, il eftoit loifible de porter des chappeaux, des guirlandes, & bouquets de toutes fortes d'herbes & de fleurs, hors-mis de l'Ache, qui ne conuient aucunement à ioyeufeté ny recrea-tion, ains pluftoft au dueil.* Alleguant au refte iceluy Timoleon là deffus, qu'on en couronnoit les victorieux és ieux Ifthmiques aupres de Corinthe d'où il eftoit. La galere auffi capitaineffe du Roy Antigonus auroit acquis le furnom d'Ifthmienne, à raifon qu'vne plante d'Ache eftoit creü d'elle-mefme au chafteau de Pouppe. Toutesfois il maintient de rechef que le Pin eftoit plus ancien, & que l'Ache auoit efté introduite en fon lieu pour quelque temps, par vne emu-lation d'Hercules; lequel apres auoir mis à mort le Lion de Nemée, auroit pour fouuenance de fa victoire inftitué des ieux folemnels, où les vainqueurs eftoient couronnez d'Ache: ainfi que le marque tacitement ce lieu icy de Pindare, vers la fin de l'Hymne de Timafarchus Egi-nete.

$$κεῖνος ἀμφ' Ἀχέρον-$$
$$τι ναιετάων, ἐμαὶ$$
$$γλῶσσαν εὑρέτω κελαδῆ-$$
$$τιν, ὁροτειαινα$$
$$ἵν' ἐν ἀγῶνι βαρυκτύπου$$
$$θάλησε Κορινθίοις σελίνοις.$$

Luy (parlant de Callicles) *habitant à cette heure autour d'Acheron, trouuera ma langue chantereffe de fes loüanges; en quelle maniere au combat confacré au porte-trident Neptune, impetueux esbranleur de la terre, il fut honoré des Aches Corinthiennes.* Plus en la 2. Ifthmienne à Xenocrates Agrigentin.

$$Οὐκ ἀγνῶτ' ἀείδω$$
$$Ἰσθμίαν ἵπποισιν νίκην,$$
$$Τὰν Ξενοκράτει Ποσειδάων ὀπάσαις$$
$$Δωρίων αὐτῷ ςφαίρωμα κόμαν$$
$$πέμπεν ἀναδῆσαι σελίνοις.$$

Ie ne chante pas vne victoire Ifthmiëne incogneuë, acquife par les cheuaux, laquelle Neptune ayant octroyée à Xenocrates, luy enuoyé vn couronnement d'Aches Doriques pour orner fon chef. Et ainfi que deffus l'in-terprete le commentateur d'Ariftophanes en la comedie des Guefpes fur ce vers cy:

$$Οὐδὲ μὲν γ' ὃ∫ ἐν σελίνῳ π' ἐςὶν, οὐδὲ ἐν πηγανῳ.$$

En l'Ache il n'eſt encor, ny à la Rue auſſi.
Mais plus apertement cet autre de Diphilus dans le 6. d'Athenée.

περὶ τῶν σελίνων μαχόμεθ᾽ ὥσπερ Ἰσθμίοις.

Nous combattons pour l'Ache ainſi qu'és icux Iſthmiques.

Pline auſſi touche cela au 19. liure, 8. chapitre. *Honos Apio in Achaia coronare victores ſacri certami-*
nis Nemex. Ayant dit vn peu au deſſus, *que ſi la graine de l'Ache eſt aucunement conquaſſée dans vn mor-*
tier auant que de la ſemer, l'herbe en deuient plus creſpuë. A propos de ce mot de ὑλότητος, que Philoſtrate luy attribuë.

C A R il ne paroiſt pas ſeulement auoir ſurmonté l'aduerſaire ſien, ains tous les Grecs encores, leſquels
criaillent icy, & font vn grand bruit, auec tout le reſte de cette clauſe. Lucian touche cecy au Dialogue de la Danſe & du Bal; mais il ne faut pas entendre que cette ὄρχησις ou *Saltatio,* comme
l'appellent les Latins, fuſt à noſtre mode de maintenant, de danſer ſimplement vn branſle, pa-
uane ou gaillarde, au ſon des inſtrumens, où il ne va autre choſe qu'vn ſemuement meſuré des
iambes & des pieds, auec vn beau port toutesfois & contenance deuë de tout le reſte de la perſonne. Car le ballet qu'ils danſoient lors, comme ce traicté le declare aſſez, eſtoit accompagné
de geſtes, qui exprimoient naïfuement la choſe que l'on vouloit repreſenter. Suetone en la vie
de Neron, tiltre 54. *Sub vitæ exitum vouerat palàm ſe hiſtrionem (altaturum Virgilij Turnum.* De maniere que c'eſtoit comme vne Tragedie ou Comedie muette, conſiſtant ſeulement en mines &
geſticulations, telles que nous voyons faire à des Matachins: car rien ne repreſente mieux cette danſe antique: le tout ſi bien ordonné, que ſans qu'ils prononçaſſent aucune choſe, on ne
laiſſoit toutesfois de comprendre fort bien tout ce qu'ils vouloient donner à cognoiſtre. Et n'en
eſtoient les ſpectateurs moins eſmeus, ſi d'aduanture ils ne l'eſtoient plus, que par les paroles
propres; ſuiuant ce qu'iceluy Lucian allegue là d'Herodote, *Que ce qui apparoiſt aux yeux eſt bien*
plus certain, & touche plus viuement beaucoup les affections des aſſiſtans, que ce qu'ils peuuent perceuoir
par l'oreille. Dequoy nous peuuent aſſez faire foy (ce dit-il) *les larmes qu'eſpandent ſouuentesfois les ſpecta-*
teurs, quand ilſe repreſente à leur veuë quelque grief cas, & accident cruel, miſerable & calamiteux. C'eſt
ce que Philoſtrate veut exprimer icy de l'eſmotion qu'auoit le peuple en voyant vn ſi dur &
cruel combat, qui n'eſtoit ſeulement que pour l'honneur ſans autre querelle ny animoſité precedente.

C E V X *qui s'exercent aux combats vſent d'vne bien dangereuſe lutte; car il leur eſt quelquefois beſoin*
de ſe ployer, &c. Plutarque au 2. des Sympoſiaques queſtion 4. τὸ δὲ πύκλας οὐδὲ πάνυ βραλομένης
ἴασιν οἱ βεβλευταὶ καὶ πλεκόμενοι, μοίρους δὲ τὰς παλαίςρι ὁρᾶσθαι ἀλλήλοις ἀγχαλιζομένους καὶ πιαλαμ-
βάνοντας, καὶ τὰ πλεῖςα τῆς ἀγωνισμάτων, ἐμβολαὶ, παριμβολαὶ ſυςάσεις, ſυφλέσεις, ſυναγωγῆς αὐτῆς, κεχαααμιγνύωσι ἀλλήλοις· διὸ τῷ πλησιάζειν μάλιςα καὶ γίνεσθαι πέλας, οὐκ ἀλλήλοι ἐςὶν ὀνομά-
θη. Nous voyons (ce dit-il) *que ceux qui combattent à coups de poing, encores qu'ils taſchent de tout leur*
pouuoir de venir aux priſes, ſont neantmoins empeſchez de ce faire par les preſidens & arbitres des icux: &
n'y a ſeulement que les lutteurs qui ſe puiſſent entrebraſſer & ſaiſir au corps, de maniere que la plus grande
partie de leurs combats conſiſte en harpemens, fauſſes priſes, ſeintes & aguets, approches & meſurements de
l'vn à l'autre, dont ils s'entre-lient, & peſle-meſlent. Au moyen dequoy, de s'approcher & ioindre ainſi de
pres, ce n'eſt pas choſe hors de propos que la lutte n'en aye pris ſon appellation.

D'A B O N D A N T *l'on poche & enfonce auec le bout des doigts, leſquelles choſes les Lacedæmoniens per-*
mettent par leurs loix. Pauſanias és Laconiques parlant des exercices que ſoulioient anciennement
faire les ieunes gens à Lacedemone, dit: *Qu'apres auoir ſacrifié vn chien au Dieu Mars, & fait com-*
battre deux ſangliers apprinoiſez l'vn contre l'autre, ils enuoient le lendemain diuiſez en troppes, en
vn lieu tout enclos d'eau appellé le Plataniſte, à cauſe de la grande quantité de Platanes dont il eſtoit ombra-
gé: & là s'attachoient rudement, adduez homme à homme, comme en vn duel à coups de poing & de pied,
mordans, & ſe pochans les yeux s'ils pouuoient. Puis tous en foule, ſe chargeoient à guiſe d'vn conflict de ba-
taille rangée, & ſe renuerſoient dedans l'eau. Vſant là iceluy Pauſanias des meſmes mots preſque
que fait icy Philoſtrate.

Troye a esté iadis vn theatre de gloire,
Où les Grecs ont graué la splendeur de leur nom,
Mais nul d'eux n'a laissé de si belle memoire,
Que le fils de Nestor s'est acquis de renom :
    Car mourant courageux pour preseruer son pere,

Pouuoit-il rechercher rien de plus genereux ?
Presque tous ont souffert la peine & la misere,
Pour s'acquerir en fin le nom d'ambitieux :
    Mais la mort d'Antiloque a bien plus acquesté,
    Monstrant que sa valeur n'estoit que pieté.
                                    ANTILOQVE.

ANTILOQVE.

ARGVMENT.

NESTOR *Roy de Pylos, tenu pour le plus sage & prudent personnage de son temps en la Grece, & du meilleur aduis & conseil, aussi auoit-il lors trois aages d'hommes quãd il alla à la guerre de Troye; s'acheminant à cette entreprise auecques cinquante Nauires, mena quand & luy son fils Antiloque, l'aisné de sept qu'il auoit eus de sa femme Euridicé; lequel freta d'abondant vingt vaisseaux de son propre, & fit tout plein de beaux faicts d'armes deuant Troye, où il tua de sa main Mydon coustillier de Pylemenes Prince de Paphlagonie, & conducteur de son chariot d'armes : & en vne autre rencontre encores Menaliptus fils de Hicetaon : tellement que pour sa vaillance, en vne telle ieunesse & beauté, car c'estoit le plus ieune de tous les Seigneurs qui fussent en l'armée Grecque, Achilles le prit en vne fort estroitte accointance & amitié, & le tint pour son second fauorit apres Patrocle. Mais le malheur voulut, comme il semble que la fortune prenne plaisir ordinairement de nous oster les choses que nous auons les plus cheres; qu'ils luy furent tous deux occis; l'vn par Hector, & cettui-cy par Memnon, comme il se fust mis au deuant du coup que Memnon vouloit descharger sur Nestor; au moyen dequoy il mourut pour sauuer la vie à son pere, & pourtant fut reputé de tous bien-heureux, & digne de tres-grandes loüanges, ainsi que dit Pindare en cet endroit de la sixiesme Pythienne;* ἐχάπετο χỳ μόρσιμον Ἀντιλόχοι βιατὰς PINDARE. Le braue & vaillant Antiloque auoit esté au-parauant de cette mesme opinion, quand il voulut mourir pour son pere, faisant teste à l'homicidiaire Memnon, chef des forces Egyptiennes. Car l'vn des cheuaux du chariot de Nestor ayant esté blessé d'vn coup de flesche par Paris; ne pouuoit aller ny auant ny arriere; & l'autre portoit vne roide Iaueline au poing, dont le pauure vieillard Messenien tout esmeu en son cœur, escria à son cher fils, qu'il se gardast. Mais ses paroles tombans en terre, ne le retirerent pas de sa deliberation proposée; car ce personnage diuin attendant l'autre de pied coy, racheta par sa mort le recouurement de son pere. Il a doncques semblé aux autres qui sont venus apres eux, qu'ayant faict vn acte si magnanime, il a bien merité d'auoir entre tous les anciens, le souuerain lieu de vertu & pieté enuers ses progeniteurs. *A quoy se conforme ce qu'en dit Xenophon tout au commencement du traité de la Chasse, où il faict mention des anciens Heroës:* Qu'Antiloque ayant exposé sa vie pour sauuer celle de son pere, a de là obtenu vne telle gloire, qu'il est seul celebré des Grecs pour Philopator ou vray amateur de son pere. *Mais Quintus Calaber au second liure de la suite d'Homere le racompte d'vne autre façon; Qu' Antiloque ayant veu Memnon mettre à mort deuant luy Erenthus & Pheron, lesquels estoient venus volontairement à la guerre de Troye soubs la cornette de Nestor, les voulut vanger & chargea Memnon d'vn iauelot premierement qu'il luy darda, & puis d'vn coup de pierre dont il l'atteignit en l'armet, sans toutesfois l'offenser. Ce qui ne succeda pas ainsi à Memnon: car d'vn grand coup de lance qu'il luy donna soubs la mammelle, il le porta tout roide estendu par terre. Dont le bon vieillard outré de douleur pour la perte de son cher fils qu'il auoit veu tuer en sa presence, appella son autre enfant Trasymedes pour luy aider à sauuer le corps, & empescher que Menon ne le despoüillast. A quoy Phereus se presenta pour le secourir. Et là dessus y ayant eu vn cruel conflict, auecques beaucoup d'hommes tuez d'vne part & d'autre, comme Nestor outre la portée de son aage eust mis pied à terre pour enleuer son fils Antiloque, Memnon meu à pitié de la vieillesse & douleur de ce pauure pere, ne le voulut offenser, ains luy dit gracieusement qu'il se retirast, par ce que ce ne seroit pas honneur à luy de s'attacher à vn foible & debile subiect. Nestor voyant qu'il ne pouuoit faire autre chose, fut contrainct de laisser le corps là, & recourir à Achilles, lequel vint là dessus rencontrer Memnon, & le mit à mort de sa main; puis fit de fort magnifiques obseques à Antiloque sur le riuage de l'Hellesponte. Neantmoins Ouide en l'Epistre de Penelopé, semble vouloir inferer qu'il fut tué de la main d'Hector.*

    Siue quis Antilochum narrabat ab Hectore victum,
    Antilochus nostri causa timoris erat.

* Et tous ses autres &c, si sçauriez, & ces deux qui ont vn mesme nom. Vlysses estant, il entend Aiax le fils de Telamõ, & Aiax le fils d'Osleus Roy de Locres, que les Poëtes Latins appellent ordinairement Aiaces duos, les deux Aiax. C'est pourquoy Philostrate dit incõtinent apres, qu'on recognoist le Telamonien & celuy de Locres à regarder leur port & mine diuerse.

QV'ACHILLES aimast Antiloque, vous le pouuez (à mon aduis) auoir soubçonné dans Homere, quand vous le voyez-là le plus ieune de tous les Grecs, & pensez à ce demy talent d'or dont il luy fit don en vn ieu de prix;, & que cettuy-cy luy annonce la mort de Patrocle: la consolation en ayant esté sagement aduisée par Menelaus auecques le message, ce-pendant qu'Achilles entend à ce sien mignon; qui de ses pleurs & gemissemens seconde le dueil qu'il meine pour son bien aimé; & luy retient les mains qu'il ne se desface soy-mesme. Car Achilles (ce croy-je bien) prend plaisir d'estre touché de luy, & de le voir ainsi larmoyer. Voila les peintures d'Homere: mais le subiect de cette-cy est Memnon, lequel venu d'Ethiopie tuë Antiloque se cuidant mettre au deuant de son pere; & vne frayeur qui espouuente les Grecs; par ce qu'auant l'arriuée de Memnon, c'estoit vne fable que de ces Negres. Or comme les Grecs ayent recoux le corps, les deux Atrides se mettent à lamenter Antiloque, auecques le natif d'Ithaque, & le fils de Tydée, * & tous ses autres parens & amis; Vlysses estant bien aisé à cognoistre à sa mine ainsi seuere & esueillée: Menelaus de la douceur qui est en luy: Agamemnon à sa diuine presence: mais quand au fils de Tydée, vne liberté genereuse l'exprime. Vous discernerez bien puis-apres le Telamonien

monien à sa terrible fierté; & celuy de Locres à son agile promptitude.
L'armée puis-apres qui est tout autour, pleure & regrette le Iouuenceau:
s'appuyans tantost sur vn pied, puis sur l'autre, contre leurs picques plantées
en terre: la plus-part panchans la teste d'ennuy. Mais ne remarquez pas A-
chille à sa perruque, car elle est deslogée apres Patroclus: neantmoins sa
beauté vous le monstrera, & sa grande taille, & ce qu'il ne porte plus de
cheueux. Au demeurant il pleure prosterné sur l'estomac d'Antiloque, luy
promettant (comme ie croy) de magnifiques funerailles, & tout le deuoir
qui luy appartient; & peut-estre les armes encores, auecques la teste de
Memnon: afin de le vanger de luy, tout ainsi qu'il fit Patrocle d'Hector, &
qu'il ne luy face pas moins qu'à l'autre. Memnon est ce-pendant tout debout parmy ses Ethiopiés en bataille, brusque & terrible, la lance au poing,
vestu d'vne peau de Lyon, gay & deliberé, iettant vn soubs-ris selon deuers Achilles. Contemplons doncques aussi Antiloque, auquel le prime
poil fol de la barbe commence à monter çà & là, & sa cheuelleure à s'estendre en vne fort blonde perruque, la iambe disposte & legere, & le corps
bien proportionné à vne grande facilité de la course. Le sang d'autre-part
monstre vne viuacité telle que faict la couleur enchuitte sur de l'yuoire, à
l'endroit où la pointe du glaiue est venuë choir en sa poitrine. Or il gist le
pauure adolescent, non point attristé ny ressemblant à vn mort, ains tout
ioyeux & riant: car portant encores imprimé en sa face l'aise & contentement d'auoir sauué la vie à son pere, il est trespassé atteint d'vn coup de lance: & l'ame a abandonné le visage, non selon qu'il s'exaspera de douleur,
mais en la sorte que le plaisir y preualut.

ANNOTATION.

A PLVS GRANDE PART de ce tableau est tirée d'Homere, aussi bien que
celuy d'Achilles; & en premier lieu ce mot cy; QVAND *vous le voyez-là*
le plus tenu de tous les Grecs: est du quinziesme de l'Iliade, où Menelaus
parle ainsi pour l'encourager: Ἀντίλοχ', δ'τις οὐ νεώτερος ἄλλες ἀχαιῶν·
Antiloque, de toy nul des Grecs n'est plus ieune. Plus au troisiesme de l'O-
dyssée. Ἀντίλοχος, ὅτι μεν ἥλικον ταχὺς, ἠδὲ μαχητής· *Antiloque à courir leger,*
& *bon soldat.*

ET PENSEZ *à ce demy talent.* Au vingt-troisiesme de l'Iliade Achilles
celebrant les ieux funebres de Patroclus, propose aussi des prix pour la course, à quoy se presentent Vlysses, Aiax fils d'Oileus, & Antiloque. Et combien qu'Homere luy attribue là encore le
premier lieu de vistesse; Ἀντίλοχος, ὁ γὰρ αὖτε τοὺς ποσὶ παντας ἐκίκα. Neantmoins par vne speciale faueur de Minerue, il faict qu'Vlysses gaigne le principal ioyau, qui est vne belle couppe
d'argent d'ouurage Sidonien; Aiax le second, à sçauoir vn bœuf gras: & le troisiesme Antiloque vn demy talent d'or.

Ἀντίλοχ', ἢ μὲν τοι μέλεος εἰρήσεται αἶνος,
ἀλλά τοι ἡμιτάλαντον ἐγὼ χρυσὸ ὀπάσω.
ὡς εἰπὼν, ἐν χερσὶ τίθει ὁ δ' ἐδέξατο χαίρων.

Ce demy talent d'or à raison de six mille escus comme on le comptoit, deuoit valoir bien plus
que les autres deux prix ensemble. Et neantmoins il est le moindre. Ce qui auroit meu monsieur
Budée d'estimer que le talent par fois doiue estre vne bien petite somme. Voyez son *De Asse* là
dessus, lequel toutesfois ne me satisfaict pas beaucoup en cet endroit. Mais il faudroit auoir plus
de loisir de demesler cette fusée.

IL PORTE *à Achilles les nouuelles de la mort de Patrocle; la consolation de cela ayant sagement esté*
aduisée par Menelaus auecques le message. Sur la fin du dix-septiesme de l'Iliade, Patrocle equippé

des armeures d'Achilles ayant esté tué par Hector, il y eut vn gros conflict pour sauuer le corps d'entre ses mains, car il desiroit singulierement en auoir la despoüille ; là où Aiax Telamonien fit vn fort grand deuoir de le recourre : & fut le premier qui mit en auant à Menelaus de chercher Antiloque pour l'enuoyer porter ces nouuelles à Achilles.

Σκέπλεο νῦ Μενέλαε διστρεφὲς αἴκεν ἰδῃ
ζωὸν ἔτ' Ἀντίλοχον, μεγάθυμον Νέστορος ἱὸν
ὀτρωον δ' Ἀχιλῆι δαΐφρονι θᾶσσον ἰόντα
εἰπεῖν ὅτι ῥά οἱ. πολὺ φίλτατος ὤλεθ' ἑταῖρος.

Et puis apres il introduit Menelaus qui parle ainsi à Antiloque, l'ayant à la parfin trouué au plus fort de la meslée.

Ἀντίλοχ' εἰ δ' ἄγε δεῦρο διστρεφὲς, ὄφρα πύθηαι
λυγρῆς ἀγελίης, ἢ μὴ ὤφελλε γνέθαι.
ἀλλὰ σύ γ' αἶψ' Ἀχιλῆι, θέων ἐπὶ νῆας ἀχαιῶν,
εἰπεῖν.

Antiloque suiuant cela se desarme pour courir plus viste. Et à beau pied s'en va trouuer Achilles, tout au commencement du dix-huictiesme liure : auquel

δάκρυα θερμὰ χέων, φάτ δ' ἀγελίην ἀλεγεινὼ,
ὤ μοι Πηλέος υἱὲ δαΐφρονος, ἢ μάλα λυγρῆς
πεύσεαι ἀγελίης, ἢ μὴ ὤφελλε γενέσθαι.
κεῖται Πάτροκλος νέκυος δὲ δὴ ἀμφιμάχονται
γυμνοῦ ἀτὰρ τά γε τεύχε' ἔχει κορυθαίολος Ἕκτωρ.

En pleurant à chaudes larmes il va dire les piteuses nouuelles. Il a fils du prudent Peleus, certes tu orras icy vn fort triste message qui ne deuoit pas aduenir. Patroclus gist par terre, & y a desia bonne piece que l'on combat autour du corps despoüillé : Hector au reste en a les armes. Cela dit, voicy vne noire nuée de douleur qui vient enuelopper Achilles, lequel à deux mains prenant de la cendre chaude, l'espandit sur son chef, & deforma toute sa belle & agreable face, ses diuins vestemens, se souillans de poussiere où il gisoit estendu au large, & gastoit sa perruque, l'arrachant de ses cheres mains : & les seruantes que luy & Patrocle auoient butinées for. dolentes en leur esprit, pleuroient, lamentoient, & sortoient courammenl dehors autour du belliqueux Achille, se frappans à grands coups de poing la poitrine, si qu'il n'y auoit celle à qui les membres ne vinssent à faillir d'angoisse.

Ἀντίλοχος δ' ἑτέρωθεν ὀδύρετο, δάκρυα λείβων,
χεῖρας ἔχων Ἀχιλῆος, ὁ δ' ἔστενε κυδάλιμον κῆρ,
δείδιε γὰρ μὴ λαιμὸν ἀποτμήξῃ σιδήρω.

D'autre costé Antiloque pleuroit versant force larmes, & retenant les mains d'Achilles, qui souspiroit d'vn brusue cœur, car il craignoit qu'il ne se donnast du poignard dans la gorge.

MAIS NE REMARQVEZ pas Achilles à sa perruque, car elle s'en est allée apres Patroclus. Cecy se rapporte au vingt-troisiesme de l'Iliade, où Achilles luy faict de fort magnifiques funerailles, & entre autres choses tous ses amis luy tondent leurs cheueux, dont ils enuironnent & couurent le corps.

τοξδὰ μὲν ἵππης, μῦ δὲ ιέρος εἴνεκ' κεῖον,
μυρίοι, ἐν δὲ μέτοισι θέσαν Πάτροκλον ἑταῖρον.
θριξὶ δὲ πάντα νέκυν καταείνυον, ἃς ἐπέβαλλον
κειρόμενοι.

Puis Achilles luy couppe finalement sa belle cheuellure dorée, qu'il nourrissoit pour le fleuue de Sperchius, auquel tout indigné regardant en la mer il tient vn tel langage.

Σπερχεῖ, ἄλλως σύ γε πατὴρ ἠρήσατο Πηλεύς,
κεῖσέ με νοστήσαντα φίλην ἐς πατρίδα γαῖαν,
σοί τε κόμην κερέειν, ῥέξειν θ' ἱερὴν ἑκατόμβην, &c.

Sperchie, en vain t'a bien voüé Peleus, que m'y estant de retour en ma chere patrie, ie te tondrois ma perruque, & feroy vn tres-beau solemnel sacrifice de cinquante moutons sur tes sources, où il y a vn temple & vn autel consacrez à toy. Ainsi te l'auoit promis le bon vieillard ; mais tu ne luy as pas accomply son desir ; au moyen dequoy puis que ie ne retourneray plus en ma chere terre, ie donneray ma perruque au Heros Patrocle pour l'emporter auecques luy. Ayant parlé en cette sorte, il mit ses cheueux és mains de son bien aimé compagnon.

Or estoit-ce anciennement la coustume aux ieunes gens à l'entrée de l'adolescence, lors que le poil fol commençoit à leur ternir le menton & les ioües, de se tondre la cheuelleure, & raser la barbe, pour en offrir les premices aux fleuues, & à Appollon furnommé κυροτρόφος, comme qui diroit, *nourrisser des enfans*; voulans denoter par là que tout ce qui prend nourriture & accroissement és corps elementaires icy bas, vient de l'humidité & chaleur. De laquelle coustume de se tondre aux obseques de ses amis & bien-faicteurs, parle ainsi Homere au quatriesme de l'Odyssée, en la personne de Pisistrate fils de Nestor : lequel ne veut point oüyr parler d'ennuy & de melancholie apres soupper, ains remet toutes ses doleances au lendemain à cœur ieun.

ἦ γὰρ ἔγωγε

τέρπομ' ὀδυρομένος μεταδόρπιος· ἀλλὰ καὶ ἠὼς

ἔσσεται ἠριγένεια, νεμεσσωμαί γε μὲν οὐδὲν

κλαίειν ὅσκε θάνοισι βροτῶν καὶ πότμον ἐπίσπη,

τοῦτό νυ καὶ δειλοῖσι οἱ γέραστι βροτοῖσιν,

κείρασθαί τε κόμην, βαλέειν τ' ἀπὸ δάκρυ παρειῶν.

Et Euripide en la tragedie d'Oreste, introduit Helene qui dit à Electre, ἐξελθε τάφον μοι προς κασιγνήτης μολῶ, *Veux-tu aller au tombeau de ma sœur ?* Et elle respond, ματρὸς κελεύεις τῆς ἐμῆς τίνος χάριν; *Est ce celuy de ma mere ? & quoy faire ?* ΗΕΛΕΝΕ. κόμας ἀπαρχὰς καὶ χόας φέρειν ἐμᾶς. Luy presenter mes cheueux pour offrande. Plus Sophocle en l'Electre.

ἡμεῖς δὲ παῖδες, ὡς ἔφιεν,

λοιβαῖσι πρῶτον καὶ κεκαρμέναις χλιδαῖς

τελοῦντας, ἐπ' ἀγαθῶν ἐξελθω τάφον.

Apres que nous auvons suiuant le commandement d'Apollon couronné d'offrandes, & de la tonsure de nos cheueux le tombeau de nostre pere, nous reuiendrons icy. Et encore en la mesme.

ἀλλὰ ταῦτα μὲν μέθες, οὐ δὲ

πρῶτά τε κρατὸς βοστρύχων ἄκρας φέρας,

κἀμοῦ ταλαίνης, σμικρὰ μὲν τάδ', ἀλλ' ἔμας,

ᾶ γ' ὦ δὸς αὐτῶ, τήνδ' ἀλιπαρῆ τρίχα,

καὶ ζῶμα τοὐμόν, οὐ χλιδαῖς ἠσκημένον.

Mais ne fais point cela, plustost couppe le bout de tes cheueux & de moy aussi, miserable. Peu de chose est-ce, neantmoins telle que nous l'auons pour cette heure. Presente-luy ces treffes mal peignées, & ma ceinture qui n'est pas gueres plus delicate. Item,

ὡς δ' ἐν γαληνῶ πόντῳ ἐθριξάμεν τίνα,

τύμβον προσήρπον ἄσσον ἐσχάτης δ' ἐγὼ

πυρᾶς νεαρᾶ βόστρυχον τετμημένον.

Or comme tout estoit en repos, ie m'approche plus pres du tombeau, & là ioignant le feu, i'apperçois les cheueux de quelqu'ienne homme fraischement tondus.

C'ESTOIT doncques la coustume de tondre ses cheueux, tant aux obseques des trespassez, qu'à l'honneur d'Apollon & des fleuues. Les filles aussi, comme recite Pausanias és Attiques, souloient presenter au sepulchre d'Iphinoa, les premices de leurs cheueux, auecques quelques autres manieres d'offrandes; auant que de se marier : Et celles des Eleéns, de les tondre en l'honneur d'Ops & Hecaerga. On couppoit aussi sa premiere barbe pour la dedier aux Dieux. Ouide au 3. des Fastes, parlant d'Hiarbas & de Anne sœur de Didon.

Pellitur Anna domo, lacrymáque sororia linquit

Moenia: Germanæ iusta dat ante suæ.

Mixta bibunt molles lacrymis vnguenta fauille,

Vertice libatas accipiúntque comas.

Ce qui est aussi remarqué & defendu tres-expressement au quatorziesme du Deuteronome. *Nec faciatis caluitium super mortuo.* Suetone en la vie de Caligula tiltre dixiesme. *Vnde-vigesimo ætatis anno accitus Capreas à Tyberio vno atque eodem die togam sumpsit, barbámque posuit sine vllo honore, qualis contigerat tyrocinio fratrum eius.* Plus en la vie de Neron tiltre douziesme. *Gymnico, quod septis edebat, inter Ruthysce apparatum, barbam primam posuit, conditámque in auream pyxidem, & preciosissimis margaritis adornatam Capitolio consecrauit.* Iuuenal à ce mesme propos. *Ille metit barbam, crinem hic deponit amati.* Et Papinius in syluis , parlant d'Earinus affranchy de Domitian l'vn de ses plus grands mignons, lequel ennoye à Esculapius en Pergame dont il estoit natif, la premiere tonsure de ses cheueux.

Ite comæ, facilémque precor transcurrite Pontum:

Ite coronato recubantes molliter auro;

Ite, dabit cursûs mitis Cytherea secundos,
Placabisque nothos : fors & de puppe timenda
Transferet, inque sua ducet super æquora concha.
Accipe laudatos iuuenis Phœbeïe crines,
Quos tibi Cæsareus donat puer, accipe lætus
Iatoniósque ostende patri.

Mais il y auoit diuerses obseruations en cela : car les vns tondoient le deuant de leurs cheueux, comme fit Thesée selon que le racompte Plutarque au commencement de sa vie : & de cette façon de faire les Abantes peuples belliqueux furent les premiers autheurs, ainsi que dit Homere, au second de l'Iliade, τῶ δ' ἄρ' Ἀβαντες ἔπιντο θοοὶ ὀπιθεν κομόωντες, de peur que leurs ennemis ne les vinssent par là saisir au combat. Les autres les couppoient vers les temples ; les autres du derriere, comme dit Pollux. Et s'appelloit cette premiere tonsure à Appollon & aux riuieres ϑεαντλεσως dont vse Eschyle ; & ce qu'on laissoit pour le denoir enuers les morts, πενθησιμος, du dueil. Au premier se rapporte aucunement la ceremonie dont nous vsons en prenant le premier degré de Clericature : & à ce propos Ammianus Marcellinus racompte qu'vn certain Diodore estreprins & griefuement puny, par ce qu'ayant la charge d'vne Eglise, il tondoit par trop librement les toufes de cheueux aux enfans sur le sommet de la teste, estimât cela appartenir au seruice Diuin. Ie croy que par ces paroles, *fuit Diodorus examinatus, eò quod pueris liberius detonderet*, il vueille entendre qu'il leur faisoit la couronne trop grande. Mais il ne faut pas inferer par ce que nous venons de dire, que les mysteres & ceremonies de l'Eglise de Dieu ayent esté empruntees des traditions des hômes : au contraire les fils des hômes, c'est à dire ses Payens & Gentils, ont pris les leurs de l'Eglise de Dieu ; laquelle dés les premiers commencemens du monde a esté establie de sa propre bouche ; dont nos premiers parens auroient receu la maniere de l'adorer & seruir, auecques les principales ceremonies qui ont esté depuis obseruées. Car qui est-ce qui auroit appris à Cain & Abel de luy offrir les premices des fruicts, & des trouppeaux de beste, s'ils ne l'auoient eu de leur pere, & cettui-cy de son createur ou bien qu'eux eussent esté là dessus inspirez de luy. Au moyen dequoy Plutarque à bien peu dire selon son sens, (en la cinquiesme question du quatriesme des Symposiaques) que la plus part des mysteres du peuple Hebrieu estoient tirez de ceux de Bacchus ; mais non pas à la verité : car les ceremonies mesmes qu'institua Moyse, n'estoient non plus de son inuention, que prises par luy de celles des Egyptiens, ains toutes prouenuës & puisées de la seule & premiere source ; appliquées tousiours catholiquement & sincerement par les fideles au seruice & honneur du Dieu souuerain, & distraittes par les mescreans Idolatres à des superstitions vaines & friuolles : comme le discourent bien amplement Iosephe contre Appian le Grammairien, & sainct Hierosme contre Vigilantius. Dauantage nous sçauons assez (pour les combattre de leurs armes propres) que les Autheurs qui sont venus aprés Numa ont escript, que la Religion & ceremonies qu'il introduit au peuple Romain estoient celles de Pythagoras, là où Pythagoras vint a pres luy : mais pource que en la doctrine des Pythagoriens estoit plus diuulguée que les traditions de Numa, par vn hysteron proteron ils ont mis la charruë deuant les bœufs, pour faire mieux comprendre au peuple ce qu'ils vouloient dire : tout ainsi que dans le quatriesme chapitre de Genese il est dit, qu'Enos fils de Seth, commença d'inuoquer le nom du Seigneur ; non que par là on doiue entendre que Dieu n'eust point encores esté inuoqué au precedent ; car cela est seulement dit comme par vne precellence ; Qu'Enos fut le premier qui inuoqua plus solemnellement le nom de Dieu qu'on ne souloit faire. De maniere que si nous auons rien de commun auecques les infideles de nos traditions & ceremonies, ou eux auecques nous, comme ils ont à la verité, & ont eu, il faut entendre que tout cela est venu de la source Diuine ; mais par les vns appliqué & receu d'vne sorte, par les autres d'vne autre ; ny plus ny moins que d'vne mesme fleur, l'Abeille succe, tire & compose son doux & sauoureux miel ; & l'Araignée au rebours vn pestifere & mortel venin. Maintenant nous adiousterons icy comme pour seruir de volets au present tableau, le rencontre & recognoissance d'Achilles & Antiloque aux enfers ; selon que le descript fort plaisamment Lucian és Dialogues des Trespassez ; pris de l'onziesme de l'Odyssée.

ANTILOQVE ET ACHILLES.

QV'EST-CE LA ACHILLES qui t'est eschappé de pleine arriuée en parlant auecques Vlysses de la mort? *chose certes d'vn bas courage, & bien peu digne de Phenix & Chiron, qui ont esté autres fois tes gouuerneurs. Car i'ay ouy comme tu disois, que tu auroit beaucoup plus cher faisant l'estat de quelque pouure laboureur, de seruir à vn indigent qui n'eust pas à grande peine dequoy mettre dessoubs la dent, que de commander à toutes les ames defunctes. Que si quelque simple homme du vulgaire ayant la vie en recommendation sur toutes choses, auoit delasché ces paroles, on le pourroit peut-estre tolerer, & faudroit permettre ie ne s'ay quoy à son*
imbecillité

imbecillité & simplesse, mais vn engendré de Pelleus, & qui fut en son temps le plus hardy mespriseur de perils
d'entre tous les preux & vaillants cheualliers, se laisser aller à vne si vile & abiecte opinion de soy, cela à la
verité est bien salle & infame : & ne sçay bonnement comme il peut conuenir auec tant de belles choses que
tu as faittes en ton temps. Car t'estant bien loisible si tu eusses voulu de regner en Phthios iusques a ton extreme vieillesse, neantmoins sans aucune gloire ; tu aimas mieux mourir honorablement que de viuyr en paix
de ce Royaume. ACHIL. Mais ô fils de Nestor, ie n'auois pas encore esprouué ces choses, & ne sçachant
ce que ie deuois plustost choisir ou cecy ou cela, ie preferoi vn petit tronçon d'honeur à la vie. Or ie cognoi si nablé-
blement (bien que sur le tard) la grand' folie que i'ay faitte : car parmy les viuäs peut estre on trouuera quelques
vns qui par leurs escripts celebreront mes beaux foits, mais ie ne voy point qu'icy aux enfers cela me retienne
à aucun aduant'age, puis que la reputation de tous y est egale. Dauant'age ie ne suis plus en la force & beauté que
ie soulois, Antiloque ; elles se sont esuanouies ; tout se voit icy en vn mesme estat sans difference quelconque, ne
de sagesse ne d'autre chose que ce soit. En apres il n'y a vn seul de tous les Troyens desquels ie ne craigni pas
vn de tous les Grecs qui me respecte. C'est vne mesme opinion celle qu'on a de tous les morts : soit qu'ils oyet esté
gens de bien, ou rien-vaux & canailles. Et voila ce qui m'afflige le plus, qui me sollicite miserablement, & me
fai t ce que plustost qu'endurer cela ie ne me loue à quelqu'vn, & que ie viue. ANTIL. Mais Achilles qu'y seroit-
on, veu qu'il est ainsi ordonné de nature, qu'il faut tous generalement laissent leur vie vne fois ? laquelle
loy puis qu'elle a iusques icy en lieu par tout, & qu'elle ne peut pas estre cassee ny abolie en aucune sorte, il est force
que tu l'endures patiemment. Regarde nous tant qui sommes icy auec toy, car Vlysses ne tardera guere à
venir aussi ; tellement que la compagnie trouuera quelque consolation, comme cela aduient ordinairement en
toutes autres choses. Et de fait tu n'es pas seul qui sois tombé en cette misere. Voila Hercule, Meleagre & assez d'autres, qui n'ont pas tiré peu de gens en admiration de leurs faits, lesquels (si ie ne me trompe) ne voudroient pas retourner en vie ; si quelqu'vn les vouloit renuoyer à des indigens qui n'eussent rien dequoy faire,
pour leur seruir de mercenaires. ACHIL. Cecy est de vray vne remonstrance de compagnon & amy : mais ie
ne sçay comment ie m'afflige ainsi du ressouuenir des choses qui se font en la vie. Ie pense certes que tous tant
que vous estes ne vous en tourmentez pas moins que ie fai, encore que vous ne vous en vueilliez rien confesser en
appert. Mais d'autant plus estes vous miserables qui endurez ce trauail d'esprit à part & sans moi dire.
ANTIL. Non à la verité Achilles, ainçois auons sur toy cest auantage, de cognoistre combien il est inutile de deuiser de telles choses, puis qu'il n'est en nous de nous y faire, & endurer patiemment tout ce qui peut suruenir, de peur que nous monstrans semblables à toy en de telles curiositez, nous n'apprestions aussi à rire de nostre part, & à bon droit, à vn chacun.

TT iii)

DIALOGVE.

D. *Que fais tu Critheis?* R. *Ie cherche la Science.*
D. *Pense tu par cette eau en auoir cognoiſſance?*
R. *Oüy, car ce fleuue ſainct, l'engendre & la cõçoit.*
D. *Nome nous en le fruit.* R. *L'incõparable Homere,*
D. *Qui luy donna ce nom?* R. *Sa feſcheuſe miſere,*
    Ou ſa ſplendeur qui fit qu'on le meſcognoiſſoit.

D. *De quel pays fut il?* R. *La terre eſt ſa patrie,*
    Car ſi durant qu'il vit ſon pays le renie,
    Maintenãt qu'il eſt mort chacun le veut pour ſoy.
D. *Eſtoit il grand Seigneur?* R. *Il mandioit ſa vie,*
    Mais vn long temps apres qu'elle luy fut rauie,
    Il fut des plus ſçauans tenu comme leur Roy.

                                MELES.

MELES.

ARGVMENT.

FORT proprement *&* à la verité, ainsi que beaucoup d'autres choses, a dit le Poète *Horace* quand il s'est exclamé :

     Adeò nihil est ex omni parte beatum.

     Qu'il n'y a rien bien-heureux de tous points.

Lequel heur ou beatitude mondaine consiste en ce que nous appellons biens ; diuisez en trois sortes : ceux de l'esprit, comme l'inuention, iugement, *&* memoire : du corps, la santé, force, *&* beauté : de fortune, noblesse, honneurs, *&* richesses, les deux premiers estans incorporez auec nous ; le troisiesme du tout dehors ; *&* pourtant exposé à la mercy des mutations *&* legeretez de celle qui ne peut iamais demeurer ferme arrestée en vne place. Or lesquels maintenant sont plus à priser, c'est vne dispute à part : car chacun s'aime soy-mesme, ensemble ce qui est en luy : *&* si ne laisse pas pour cela de desirer ce qu'il voit aux autres ; combien que si c'estoit au faire *&* au prendre, il n'y a si petit qui voulust estre transformé au plus grand Monarque du monde ; ne (comme ie croy) auoir eschangé la moindre dragme des perfections qu'il pense auoir, à vne liure des plus excellentes parties d'autruy. Mais puis que l'esprit est la plus digne partie de l'homme, rien n'empesche que ses dons de graces ne doiuent estre preferez à tout ce qui peut dependre du corps *&* de la fortune : car tout cela meurt *&* se perd auec le corps ; là où la vertu, le sçauoir, *&* doctrine demeurent perdurablement. Et dequoy eust serui à *Nireus* sa beauté ; à *Achilles* sa vaillance ; *&* à *Agamemnon* ses richesses, son pouuoir *&* authorité, si quelque docte plume n'en eust eternisé la memoire ? Les bonnes lettres doncques, par le moyen desquelles la vertu, *&* le merite, *&* les perfections des personnes viennent à estre garanties de la mort *&* du temps, sont les plus desirables biens que l'homme puisse auoir en ce monde ; puis que nous ne pouuons estre bien-heureux de tous points. Car tout ce qui est du corps s'annichile auec luy ; *&* quant aux richesses nous les delaissons ordinairement ès mains de quelques vicieux ou ingrats. De fait, qui est celuy qui n'aimast mieux ressembler à *Homere* qu'à *Pythes*, dont les facultez furent telles qu'il desfraya deux ou trois iours toute l'armée du Roy *Xerxes*, combien qu'elle fust de presque deux millions d'hommes ; *&* si la soudoya encore par quelques mois : ny à la beauté de *Narcisse* ; ny à la force de *Theagenes* ou *Milo* ? Et neantmoins ce diuin personnage qui autre quelconque n'egala iamais, a eu d'ailleurs ceste disgrace, d'auoir esté la plus part de sa vie vn pauure aueugle errant çà *&* là par le monde à mendier son pain, pour finablement mourir de necessité & mes-aise; sans que l'on puisse sçauoir au vray de quel pays il estoit; ne qui furent son pere et sa mere; dont luy qui a si elegamment descript tant d'autres menuës choses n'a daigné rien toucher, non pas de son nom, à grand' peine: parce que celuy qu'on luy attribuë, peut (aussi bien comme à luy) conuenir au moindre vielleur priué des yeux, qui va de porte en porte donner quelque aubade pour auoir à manger. Aristote au 3. de l'art Poëtique racompte comme en l'Isle d'Io, lors que Neleus fils de Codrus mena vne colonie d'Athenes resider au pays d'Ionie (c'est celle là dont est faicte mention à la fin du present tableau) vne fille fut engrossee d'vn certain esprit familier fort propice et benin aux personnes de lettres; et qu'ayant honte de se voir enfler le ventre, elle s'absenta en Egine, où les coursaires estans là dessus arriuez, la firent esclaue, & l'emmenerent à Smyrne qui estoit lors soubs la domination des Lydiens, où ils en firent vn present au Roy Meon l'vn de leurs plus grands amis & fauteurs. Ce Roy icy pour la beauté & bonne grace qu'il vit en elle, en deuint incontinent amoureux. & la prit à femme. Mais sur ces entresaictes vn iour qu'elle se promenoit le long du fleuue Meles, les douleurs de l'enfantement la surprirent; & se deliura là endroict d'vn beau fils; que Meon, lequel n'auoit point d'enfans, nourrit & esleua pour sien: car la mere nommée Critheis mourut bien tost apres, & luy aussi ne suruescut gueres. Ne tarda pas beaucoup depuis que les Ætoliens oppresserent si fort la Lydie, que la plus part des citoyens de Smyrne furent contraints de l'abandonner pour se retirer autre part; auec lesquels cest enfant encore fort ieune s'en voulut aller & les suiure, pourtant il fut appellé Homere au lieu de Melesigenes, de ὁμηρεῖν qui en langue ancienne des Achées signifie, suiure & accompagner, comme le marque Theopompus. Voila ce qu'en dit Aristote & Plutarque apres luy en la vie d'Homere. Mais les autres interpretent ce mot pour aueugle, de l'accident qui luy aduint. Il fut aussi nommé Melesigenes, à ce que dit Herodote, pour auoir esté enfanté aupres du fleuue Meles en la contrée d'Ionie; lequel passe le long des murailles de Smyrne. Philostrate le fait icy estre fils de ce fleuue, descriuant les amours de luy & de Critheis d'vn singulier & tressouuerain artifice; auec quelques autres particularitez qui dependent de ce mesme faict. Le patronomique au surplus de Meonides qu'on luy attribuë, vient de l'adoption de Meon. Ouide au 4. de Tristibus.

> Sæpe pater dixit, studium quid inutile tentas?
>
> Mœonides nullas ipse reliquit opes.

Mais au contraire, il en a laissé de telles, que tout l'auoir de Crœsus ne s'y sçauroit accomparer.

V ANT à ce qui concerne Enipée, & que Tyro fut amoureuse de cette eau, cela a esté touché par Homere; qui racompte tout d'vn train vne tromperie de Neptune, & la couleur mesme de l'onde soubs laquelle estoit preparé le lict. Mais il est icy question d'autre chose, non de la Thessalie, ains de l'Ionie, où Critheis s'est enamourachée de Meles, du tout semblable à vn beau ieune Adolescent; lequel peut bien estre apperceu des regardans, sortant d'où il a ses fontaines. Or elle boit la pauurette sans auoir grand soif; & puise de l'eau,

&

& arraifonne le bruit qu'elle fait, tout ainfi que fi c'eftoit quelqu'vn qui par-
laft; verfant là dedans force amoureufes larmes, du meflange defquelles le
fleuue fe refioüift, car il l'aime reciproquement. La grace doncques de la
peinture eft ce Meles eftendu emmy le Saffran, le Lothos, & l'Hyacinthe;
tout efbaudy, ioyeux & gay, pour fe voir ainfi en fleur d'aage; monftrant
vne façon delicate & iuuenile, & non lourde ne ignorante : car vous diriez
que fes yeux pourpenfent ie ne fçay quoy de Poëtique. Mais le plus agreable qui foit en luy, c'eft qu'il ne iette pas hors fes fources impetueufes ne roides, comme l'on a accouftumé de peindre les fleuues idiots & groffiers;
ains en grattant la terre du bout des doigts il tend la main au deffoubs de fa
veine, qui bouïllonne fans faire noife. Et de fait l'eau nous eft icy auffi bien
expofée en veuë qu'à Critheis, à laquelle felon qu'il fe dit, il affifte ordinairement en fonge. Mais cecy n'eft point fonge Critheis, & tu n'efcris pas ceft
amour dedans l'eau ; car le fleuue eft rauy de toy, ie le fçay bien, & eft apres
à inuenter quelque maniere de couche pour vous deux, releuant fes ondes
foubs lefquelles doibt eftre ce gifte. Que fi vous ne m'en voulez croire, (entre vous autres meffieurs) ie vous racompteray auffi l'artifice du ciel. Vn petit leger vent s'entonnant dedans l'eau la courbe en voute, & l'arrondift de
forte qu'elle eft par mefme moyen fort plaifante : car la fplendeur du Soleil
qui bat à l'encontre, donne luftre & couleur à l'eau ainfi efleuée en fufpens.
Mais pourquoy m'interrompez vous ; que ne me laiffez vous pourfuiure le
refte de cette peinture ? Si vous en eftes d'opinion defcriuons auffi Critheis, puis que vous confeffez d'auoir agreable que l'on deftourne le propos
à elle. Parlons-en doncques. Elle a tout en premier lieu vne façon fort mignarde, & qui fent bien fon Ionique: Ce modefte & craintif maintien feant
tref-que bien à fa grand' beauté: Car la ioüe en eft deüëment colorée. Au regard des cheueux, elle les a recueilliz & trouffez le long des oreilles, & agen-
céz par deffus d'vn voile de pourpre fin, dont i'eftime luy auoir efté fait prefent par quelqu'vne des Nereïdes ou Naïades: dautant qu'il eft affez vray-
femblable que ces Deeffes s'affemblent fouuent à l'entour de Meles, qui n'a
fes fources gueres loing de la bouche où il entre en la mer. Mais elle a au furplus ie ne fçay quel regard fi benin & fi fimple, que ces larmes mefmes ne luy
font rien changer de fa douceur accouftumée. Puis fa gorge eft de tant plus
iolye, qu'il n'y a aucun ornement que ce foit: bien eft vray que les carquans,
& la lueur des pierreries, enfemble les chefnes, cottoueres, & enfileures,
ne donnent pas peu de luftre aux femmes de moyenne beauté, ains leur adiouftent quelque chofe encore à ce qu'elles ont du naturel : mais aux laides
& aux belles par excellence, cela eft fort defaduantageux ; parce qu'il déf-
couure & met en euidence la deformité des vnes, & noye & obfcurcift la
perfection des autres. Confiderons puis apres les mains. Voila des doigts delicats & lôguets; blancs ce qui fe peut iufqu'au poignet. Voyez le bras quand
& quand, côbien il paroift plus blanc que la robbe qu'elle a veftuë, quelque
blancheur qui y puiffe eftre: & comme fes tetins rebondis fe tenans fermes
& droits-plantez brillent aux yeux des regardans. A quel propos doncques
les Mufes icy ? Qu'eft-ce qu'elles ont à voir aux fources de Meles? Quand les
Atheniens menerent leur Colonies en l'Ionie, ces Deeffes guiderent la flotte

en forme de mouches à miel : & l'Ionie se resioüissoit pour raison de Meles,
comme estãt plus plaisant à boire que le Cephisse, ny Olmée. Parquoy vous
les y rencontrerez quelquesfois qu'elles dansent : mais maintenant (les Parques le voulans ainsi) elles filent la naissance d'Homere. Et Meles par le
moyen de son fils donnera à Penée de couler à flots & boüillons argentins :
à Titarese d'auoir le cours viste, & propice à la nauigation : à Enipée le surnom de Diuin : à Axius celuy de tres-que-beau : & à Xanthus de dependre
de Iuppiter : mais à l'Ocean, qu'ils procederont tous de luy.

ANNOTATION.

LVCIAN. VANT à ce qui concerne Enipée, & que Tyro fust amoureuse de ceste eau, cela a esté touché
par Homere, lequel racompte vne tromperie de Neptune, &c. Cecy est dans l'onziesme
de l'Odissée, où Vlysses trouue tout-plein de Princes & grandes Dames aux Enfers : & entre autres cette Tyro la belle premiere, dont il parle en cette sorte :

ἔνθ᾽ ἦγει φρεφτίω τυρὼ ἴδον ἐυπατέρφαν.
ἢ φάτο Σαλμωνῆος ἀμύμονος ἔκγονος ἦ), &c.

Ie rencontray là (ce dit il en la personne d'Vlysses) toute la premiere Tyro d'vn bon pere, qui se disoit auoir esté engendrée du preux & vaillant Salmoneus, & mariée à Cretus Aeolien : mais elle estoit deuenuë amoureuse du diuin Enipée, le plus beau de tous les autres fleuues qui coulent sur la terre : au moyen dequoy elle faisoit continuellement sa residence autour de luy. Or Neptune ayant vn iour pris sa semblance, s'en
vint assoir à sa bouche, vn gros flot bleu-verdistre l'enuironnant tout à l'entour, esgal en hauteur à vn mont :
& se courbant enucloppa là dessoubs la Deesse, & femme mortelle, à qui il d'flia sa pucelle ceinture, & luy espandit vn profond sommeil. Apres que le Dieu eut accomply l'acte amoureux, il luy prit la main, & luy parla en cette sorte. Resioüy toy femme de l'amour nostre : car auant qu'il soit l'an reuolu tu en auras de fort beaux enfans ; les embrassemens des Dieux immortels n'estans iamais vains. Eleue les doncques, & les nourry soigneusement. Va t'en au reste tout de ce pas à ta maison, & retiens ta langue sans dire mon nom à personne.
Car ie suis l'esbranle-terre Neptune.

 ENIPEE est vn fleuue de Thessalie d'vn cours fort lent pour le commencement, mais apres
auoir receu l'Apidan prés la ville de Piresie qui est au pied du mont Philléen, ils s'en vont puis-
apres ensemble d'vne grande roideur. Hyginus ch.14. Tyro fut fille de Salmoneus fils d'Æolus,
dont Neptune eut Neleus pere de Nestor, & Peleus oncle de Iason. Elle auoit au par-auant esté
HYGINVS. violée par son oncle Sisyphus le propre frere de son pere : parce que s'estant enquis de l'oracle
d'Apollon par quelle maniere il pourroit faire mourir son frere Salmoneus qui le cherchoit à
tuer, il luy fut respõdu que s'il pouuoit auoir des enfans de sa niepce Tyro, ce seroit ceux là qui
le vengeroient des torts à luy faits par son frere. Mais Tyro en ayant esté aduertie, fit mourir les
deux qu'elle eut de Sisyphus d'vne portée, tout aussi tost qu'ils furent naiz. Et Sisyphus fut puny
aux enfers d'vn gros rocher qu'il porte & reporte continuellement du bas d'vne montagne à la
cime d'icelle, d'où il retombe aussi tost à val. Quant à ce qu'Homere escript cy dessus, que Neptune se transforma en la semblance d'Enipée pour ioüyr de Tyro, voicy comme Lucian s'y est
esbattu és Dialogues des Dieux marins.

ENIPEE ET NEPTVNE.

LVCIAN. ENIPEE. Certes ce n'est pas vn trop beau chef-d'œuure (sire Neptune) car la verité s'en sçaura, d'auoir
 ainsi deceu mon amoureuse, s'estant desguisé à ma ressemblance pour violer vne pauure fille, qui pensoit
fermement que ce fust moy qui eust sa compagnie, & pourtant elle se laissa aller. NEPTVNE. Mais c'est ta
faute Enipée, qui fais ainsi du graue & pesant, & as cependant negligé vne si belle garce, laquelle nageoit
tous les iours deuers toy, toute transportée de ton amour : ayant prins plaisir à luy faire despit si tu eusses peu,
dont la pauurette toute affligée de tristesse & ennuy se promenant le long de la riue, & se lauant, a souhaité
plus que d'vne fois que tu te monstrasses à elle, mais desdaigneux que tu es, ne s'en faisois que moquer. ENIP.
Et bien te failloit-il pour cela me suborner mes amours, & tout ainsi qu'vn ioüeur de passe-passe te feindre Enipée au lieu de Neptune, pour deceuoir cette Tyro toute ieune & fort simple encore? NEPT. Mais tu deuiens ialoux bien sur le tard, Enipée, t'estant monstré au parauant si difficile & superbe. Au surplus Tyro n'a point receu de desplaisir, puis qu'elle s'imaginoit d'estre accollée de toy. ENIP. Non? Et tu as dit en t'en allant que
tu estois Neptune ; ce qui l'a merueilleusement scandalisé : parquoy ie me sens outragé, de ce que tu as receu le
         plaisir

plaisir qui me deuoit appartenir. Dauātage qu'ayant agencé à l'entour de vous deux vne grosse vigne, dessoubs laquelle estans couchez vous auez geu l'vn auec l'autre; & as eu en mon lieu affaire à la Demoiselle. NEPT. *Pour autant que tu n'en tenois compte, Enipée.*

MELES *ressemble à vn beau ieune Adolescent. Pausanias és Achaïques. Le fleuue des Smyrnéens est* Meles *, dont l'eau est tref-plaisante sur toutes autres. Et auprés de ses sources y a vne cauerne où l'on dit que Homere composa ses poësies.* Pline au 5. liure ch.29. *In ora Smyrna amne Melete gaudens non procul orto.* Elian au 2. liure de la Diuerse Histoire. *Encore que nous voyons ordinairement deuant les yeux le naturel & disposition des fleuues & riuieres; comme c'est qu'elles coulent, & se trainent par certains endroits en la surface de la terre à guise de lezards ou couleuures, neantmoins on leur atribuë quelques figures & images, parties qui n'ont aucune conformité auec les choses produites de la nature; partie ayans la forme d'vn taureau; ausquelles ils les font ressembler. Les Symphaliens leurs Erasinus, & Metopus: les Lacedemoniens, Eurotas; les Sicyoniens, & Phliasiens, Asopus : les Archiens, Cephissus. En semblance d'hommes, les Psophiliens, Erymanthus: les Haréens, Alpheus : ceux du Cherronese, le mesme fleuue. Mais les Atheniens reçuent Cephissus ayant la forme d'vn homme cornu : & en Sicile les Syracusains font aussi ressembler Anapus à vn homme; & la fontaine de Cïané à vne femme. Les Egestains, Porpax, Crimisus, & Telmisse, à des personnes. Les Agrigentins, le fleuue dont leur ville porte le nom, ils le façonnent en figure d'vn beau ieune gars, & luy sacrifient en ceste semblance, dont mesmes ils desdierent autrefois vne statue d'Iuoire au temple de Delphes. Sophocle à ce propos tout au commencement de la Tragedie des Trachyniennes.*

μνηστηρ γὰρ ἦν μοι ποταμὸς (ἀχελῶον λέγω)
ὅς μ' ἐν τρισὶν μορφαῖσιν ἐξήτει πατρὸς
φοιτῶν ἐναργὴς ταῦρος, &c.

Le fleuue Acheloë (ce dit Deianire) poursuiuoit de m'auoir en mariage, lequel se souloit transformer en troie sortes. Tantost en espece apparente de l'anreau; tantost d'vn serpent mou, het, & de homme: puis en forme d'homme ayant la teste d'vn bœuf : de la tou̇nẽ barbe duquel, & des longs flocs de poil y pendans couloient de gros sur sons d'eau viue. Or voicy ce que Strabon discourt là dessus au dixiesme liure.

IL Y EN A *qui veulent dire, que la corne d'Amalthée que l'on appelle d'abondance, fut celle qu'Hercules rompit à Acheloüs; mais ceux qui tastent à tirer quelque instruction veritable des fictions Poëtiques attribuent la forme d'vn Taureau à ce fleuue aussi bien qu'aux entres, à cause du bruit qu'il est presque semblable à vn muglement; & de leurs tournoyemens & retours à guise de cornes. On leur donne aussi l'appellation de Dragons pour raison de leur longue estenduë tortillant de costé & d'autre: tout ainsi que font les serpens qui se trainent à fleur de terre, &c.*

LA GRACE *de la peinture est à* MELES *estendu emmy le saffran, le lotos, & l'Hyacinthe. L'autheur bat icy sur ce passage du 14. de l'Iliade, là où Homere introduit Iunon, qui ayant pris le tissu amoureux de Venus, s'en va amadouer & endormir Iuppiter sur le couppeau du mont Ida, afin que cependant les Grecs puissent auoir du meilleur : & descript là vne couche ionchée de ces trois herbes cy, dont il fait grand cas, comme l'a seeu fort bien remarquer Pline au 21. liure chap. 7. Hos certe flores Homerus tres laudat, Loton, Crocon, Hyacinthum.*

ἦ ῥα χαὶ ἀγχὰς ἔμαρπτε κρόνου παῖς ἣν παράχοιτιν
τοῖσι δ' ὑπὸ χθὼν δῖα φύεν νεοθηλέα ποίην,
λωτόν θ' ἑρσήεντα, ἰδὲ κρόχον, ἠδ' ὑάχινθον
πυχνὸν χαὶ μαλαχὸν, ὅς ἀπὸ χθονὸς ὑψόσ' ἔεργε.
τῷ ἔνι λεξάσθην, ἐπὶ δὲ νεφέλην ἕσσαντο
χαλὴν, χρυσείην, στιλπναὶ δ' ἀπέπιπτον ἔερσαι.

Ayant prouë ainsi le fils de Saturne, il prit sa femme entre ses bras, & la terre au dessoubs leur produit à l'instant de l'herbe fresche, auec du Lotus surbaigné de moiteur, le saffran, l'Hyacinthe dru & mollet s'esleuans contremont. Là s'endormirent les Dieux, & au dessus se reuestirent d'vne belle nuée d'or, dont degouttoit vne claire rosée. A quoy se conforme encore cest autre passage du mesme Pline, liure 21. ch. 22. où il dit: Lotos qu arborem putant tantam esse, vel Home o authore coargui possunt, is enim inter herbas subnascentes deorum voluptati Loton primam nominat. Et pourtant que ces trois herbes sont si recommandées enuers Homere; Philostrate qui descrit icy le fleuue Meles, que les Poëtes feignent auoit esté son pere, les luy a attribuées. Toutesfois la verité des histoires restreint ceste fiction Poëtique à vne chose plus vray semblable: Que Critheis fille d'Atelles ayant esté laissée en bas aage soubs la tutelle de son frere Mœon, oncle d'elle, ainsi que le racompte Plutarque tout au commencement de la vie d'Homere, il l'engrossa; & pour couurir ce messait la fit espouser à vn maistre d'escolle de Smyrne nomé Phemius. Sur ces entresaittes estant allée vne sur laurier les drappeaux en la dessusdite riuiere, elle y fut surprise du mal d'enfant, & accoucha sur le lieu d'vn fils, qui fut pour cette occasion appellé Melesigenes, & surnommé depuis Homere, pour-autant qu'il deuint aueugle. Mais pour retourner à nos herbes, les Poëtes suiuant leur coustume de nous desguiser & aggrandir toutes choses, ont bien plus donné de credit & reputation au Lotos

Gg

que n'a fait la nature mesme. Car quand l'on vient à lire dans l'Odiſſée, la peine qu'eut Vlyſſes de retirer ceux des ſiens du lieu où croiſſoit ce fruitage, tout auſſi toſt qu'ils en eurēt vne fois taſté il n'y a perſonne qui n'y voyageaſt volontiers, pour ſçauoir à la verité quel gouſt friant & ſi ſauoureux y peut eſtre. Mais il eſt bien raiſonnable de laiſſer aller leur grand train les Poëſies, celles là meſmement de ce diuin perſonnage : n'eſtans pas à croire qu'il ait rien voulu feindre ne controuuer de vain, oiſif, & inutile, d'impertinent ny abſurde, & qui n'eſporte auec ſoy quelque ſens & myſtere de conſequence ; ſi nous en ſçauons bien tirer le noyau hors de ſes chaloppes & eſcailles. Car quelques fabuloſitez ou il vienne par fois à s'eſgayer & eſbature, il ne ſe depart pas toutes fois pour cela de la Nature. Or il met deux ſortes de Lotos, l'vne d'herbe, & l'autre d'arbre. De l'herbe il en a fait mention au lieu cy deſſus allegué : & encore en cettui-cy du 2. de l'Iliade.

Ἵπποι δὲ πὰρ ἅρμαςιν οἷσιν ἕκαςος
λωτὸν ἐρεπτόμμοι, ἐλεόθρεπτόν τε σέλινον
ἕςασόμ;

Et au 21. κεῖτο δὴ λωτές τ' ἠδὲ θρύον, ἠδικύπειρον. De cette herbe ſemble qu'il y en ait deux eſpeces, l'vne ſauuage qui vient naturellement és lieux aquatiques, propres pour les cheuaux, comme les vers deſſuſdits le teſmoignent : l'autre domeſtique, qui ſe ſeme & cultiue : de la ſemence de laquelle ſemblable au millet, comme dit Pline au lieu preallegué, les Paſtres en Egypte font du pain paſtry auec de l'eau ou du laict, dont il ne s'en peut trouuer de plus ſain neleger à l'eſtomac pendant qu'il eſt chaud : eſtant raſſis, il ſe rend plus peſant & de dure digeſtion. Diodore teſmoigne le meſme au premier liure de ſa Bibliotheque ; comme l'a cotté Tzezes en la Chiliade 6. Hiſtoire 74.

λωτὸν κ) τὴν ἀγρείαν μὲν καλοῦσι τὴν βοτάνην,
ᾧ δένδρον τι καλύτεκε δ'ὁμ́ως ὡς γράφχ,
ἐν τόποις τῆς γαδείρων τε, κ) τόποις τῆς αἰγύπτΝ,
πσιοῦ καρπὸν ὡς κύαμεν, ὃς ᾗ ποιοῦσι ἄρπεν.
μέμνηται κ) Ἡ'εϱδότος, ἔαφ λωτοῦ νῦν ἔφέω.
τινὲς λωτὸν δὲ λέγεσι, ἢ καλαμώδες νείλη.

Le Lotos on l'appelle vne herbe ſauuage. C'eſt auſſi vn arbre comme l'eſcript Diodore, qui produit en la contrée des Gadurenſiens, & au pays d'Egypte vn fruict ſemblable à la febue, dont on fait du pain. Herodote encore a fait mention de ce Lotus dont il parle : mais les autres dient que c'èt ie ne ſçay quel roſeau du Nil. Quant à l'arbre Lotus Homere au 9. de l'Odyſſée en parle de cette ſorte.

Τῶν οἵ τις ἐς τῶ λωτοῖο φάγοι μελιηδέα καρπόν,
Οὐκ ἔτ' ἀπαγγεῖλαι πάλιν ἤθελεν, ὀυδὲ νέεσθαι,
Ἀλλ' αὐτοῦ βούλοντο μετ' ἀνδράσι λωτοφάγοισι
λωτὸν ἐρεπτόμμοι μ̈μ ἐμὲν, νόςυ τε λαθέσθαι.

De ceux-là, quicôque eut gouſté du treſſauoureux fruict du Lotos, n'en vouloit point reuenir apporter des nouuelles, ny retourner arriere, mais demeurer là auec les Lotophages à manger de leur viande, ſans plus ſe reſſouuenir du retour.

Theophraſte és quatrieſme liure, & chapitre de l'Hiſtoire des plantes fait ceſt arbre de la grandeur d'vn poirier ; & ſon fruict de celle d'vne febue, qui meuriſt au changeant de diuerſes couleurs à guiſe des raiſins, dont vne armée autrefois ſe ſeroit maintenue par quelques iours en Aphrique à fautes de viures : car il y en a la en fort grand abondance. Au moyen dequoy il ſemble qu'Ouide au 9. de la Metamorphoſe vueille faire vne alluſion à cecy, quand il parle de la tranſmutation de Lotos, & de Dryope en ceſt arbre.

Haud procul à ſtagno Tyrios imitata colores,
In ſpem baccarum florebat aquatica Lotos.

Mais Pline au 17. ch. du 13. liure, qui a preſque emprunté de mot à mot le dire de Theophraſte, en met encore tout plein d'autres choſes ailleurs ; l'appellant febue Grecque au ſecond du 24. & au premier du 17. il racompte vne fort plaiſante hiſtoire, de deux Cenſeurs, qui eſtoient en perpetuelle contention & garbouille l'vn contre l'autre. Cn. Domitius Enobarbe, & L. Craſſus, auquel Domitius reprochant vn ieu ſon exceſſiue ſuperfluité, de ce qu'il demouroit dans vn logis dont il ſeroit donner ie ne ſçay combien de cent mille eſcus : Craſſus tout ſoudain reſpondit, qu'il la luy eſtrouſſoit pour ce prix, reſeruez ſeulement ſix arbres qui eſtoient dedans. Et comme Domitius alleguaſt que ſans cela il n'en donneroit pas vn liard : voyez ie vous prie Meſſieurs (repliqua lors Craſſus) lequel de nous deux merite plus de reformation ; ou moy qui habite tout doucement en vne maiſon qui m'eſt eſcheuë par ſucceſſion, ou celuy qui eſtime ſix arbres vne telle ſomme. Ces arbres là eſtoient de Lotes, treſ-plaiſantes & agreables pour la ſpacieuſe eſtenduë de leurs bran cheges & rameaux.

POLYBE. Polybe au 12. liure de ſon Hiſtoire ayant (comme il dit) veu à l'œil du Lotus en Lybie, en parle
de

de cette forte. L'arbre du Lote n'est pas gueres grand, mais rude & espineux, ayant la fueille fort verte, petite, & semblable au Rhamnus ou Nerprun, sinon qu'elle est plus large & espoisse. Quant à son fruit, il se rapporte du commencement qu'il se forme aux grains ou petites bacques de Myrthe, blanchissans apres qu'ils sont venu à leur perfection : mais puis-apres qu'il est creu il rougist, du tout semblable aux olines : & quand il est acheué de parfaire, il a le noyau fort petit. Estant meur on le cueille, puis est battu auec de la fromentée & entassé en des vaisseaux pour l'vsage des Esclaues. Les grains plus exquis toutesfois sont mis à part, & apres en auoir osté le noyau on les appresse tout en la mesme forte pour ceux qui sont de franche condition, lesquels s'en nourrissent. Cette maniere de viāde resseble fort à des Figues, & aux Dattes, mais bien plus agreable en odeur. Lors on en fait du vin, fort plaisant au goust, & delicieux à boire, & qui tient beaucoup de la saueur du moust, apres qu'on les a macerez, & broyez auec de l'eau. Ils en vsent sans le tremper, mais il ne se peut pas garder plus haut de dix iours : ce qui est cause qu'ils n'en sont gueres à la foi, & sinon peu à peu à mesure qu'is en ont affaire. Ils s'en fait aussi du vinaigre. Finablement Iamblichus expliquant les sacrées notes & marques Hieroglyphiques de la Theologie Egyptienne, dit cecy du Lotos : DIEV est la cause de generation, & des puissances entierement de toute nature, qui sont inserées dans les Elemens, comme celuy qui est par dessus tout, Immateriel quant à luy, indinisé, immobile, & non engendré tout de soy, & tout en soy-mesme. Au moyen dequoy il precede toutes choses; les embrasse & contient en soy : & de ce qu'il les embrasse ainsi toutes, & eslargist du sien à tout ce qui est au monde, il s'est venu de là à manifester & donner à cognoistre. Puis que donques il est par dessus tout, il resplendist ainsi que côme segregé de tout ce qui est au monde; se promenant à par soy là haut luy tout seul. Ce que confirme aussi ce symbole ou denisé, auquel Dieu est representé assis dessus vn Lote aquatique, celuy c'est à sauoir qui est arbre : par où est donnée à entendre que de sa principauté il sur excede la mondaine fange, & qu'en gouuernant l'vniuers, il n'y touche point, ains administre vn Empire du tout intellectuel & celeste. Car tout est rond au Lotos, aussi bien le fruict que les fueilles, par où il signifie l'action circulaire & tournoyante de l'entendement, qui se conduit & maintient en la me me forte.

A QVEL PROPOS donques les Muses icy. Orphée fait les Muses estre filles de Iuppiter & de Mnemosyne, c'est à dire Memoire. Μνημοσύνης καὶ Ζηνὸς ἐρυγδούποιο θύγατρες. Et Solon encore au commencement de cette Elegie.

Μνημοσύνης καὶ Ζηνὸς ὀλυμπίε ἀγλαὰ τέκνα,
μούσαι πιερίδες κλῦτέ μοι εὐχομένῳ.

Au mesme ordre qu'a tenu apres luy Herodote en l'inscriptiō de ses liures. Mais on en fait deux vollées : les premieres plus anciennes fille du Ciel & de la Terre, lesquelles furent meres & eurent lignée, Ephorus les reduit à trois : Mnaseas à quatre, les autres en mettent plus & moins, ainsi que dit Arnobius. Mais les filles de Iupiter ont esté les plus celebres, qui demeurerent vierges tousiours, & prirent leur appellation des choses par elles inuentées. Chio, l'histoire : Euterpe, le ieu des flustes : Thalia l'art de cultiuer les Plantes : Melpomene, l'Ode ou chanson : Terpsichore, la danse : Erato, les nopces & ballets : Polymnia, l'agriculture : Vrania, l'Astrologie : Calliope, la Poësie. Comme le marque cet Epigramme icy du premier liure : toutesfois il varie l'ordre.

Καλλιόπη σοφίαν ἡρωΐδος εὗρεν ἀοιδῆς
κλήω καλλιχόρου κιθάρης μελῳδία μολπήν.

Et les autres carmes suiuās. Dôt il se trouue vne traduction de Virgile, au moins si elle est de luy. TZEZES sur Hesiode en met trois, filles d'Apollon, combien que cettui-cy en face neuf, pour toufiours mieux peupler le Ciel; Cephison, Apollonide, & Boristhenide : les interpretant pour les trois tons ou accens. Aratus quatre : filles de Iupiter & de la Nymphe Plusia, autant que de Dialectes ou manieres de parler Grecques; Arché, Meleté, Thelxinoé, & Aoidé. Les autres passent iusques à cinq, autant que nous auons de sentimens. Epicharmus aux espousailles d'Hebé, à sept filles de Pierus & de la Nymphe Pimpleis, duquel elles ont pris le nom de Pierides; Nile, Tritone, Asope, Heptapole, Acheloïde, Tipople, & Rhodiane : s'il faut appropier ces noms là au feminin; les referans aux sept tons de la lyre, aux sept spheres, & estoilles errantes. Toutesfois il y en a qui dient, & Ouide mesme au 5. de la Metamorphose, qu'elles eurent le nom de Pierides, des filles de Pierus, qu'elles transmuerent en Pics, pource qu'elles s'estoient voulu esgaler à chanter à elles. Fulgentius au premier de son Mythologique veut aussi allegoriser là dessus, apres Anaximander, Leophantes, Pisander, & Euxemenes, interpretant les neuf Muses, & Apollon qui fait le dixiesme pour les quatre dents de deuant ; contre lesquelles la langue venant à heurter se forment les mots distincts : les deux leures : le palais : le gosier : & le Poumon: tous instrumens de la Parole. Mais pour le regard du mot de Muses, Platon au Cratyle le deriue du verbe μῶσθαι, enquerir & chercher soigneusement : les autres de μυεῖν, enseigner ou instituer : ou qu'elles soient dittes quasi ὁμοιοῦσαι pour la grande affinité & conuenance qui est entre les arts & disciplines. Ciceron au 3. de la nature des Dieux en fait plusieurs races, les premieres filles du second Iuppiter, ces quatre mesmes d'Aratus cy dessus mentionnées. Les secondes de Iuppiter troisiesme & de Mnemosyne, qui sont les neuf deuant dittes. Les tierces de Iuppiter Pierien & d'Antiope, que les Poëtes communement appellent pour cette occasion Pierides. Pausanias ès

G g ij

PAVSANIAS. Bœotiques. L'ON estime les Muses auoir esté filles d'Aloeus, trois en nombre, Melité, Mnimé, & Aloede. Mais quelque temps apres que Pierus Macedonien (dont les Macedoniens donnerent le nom à la montagne Pierie) s'estant acheminé à Thespies en institua iusques à neuf, & changea les noms precedens à ceux qu'elles ont à cette heure. Ainsi s'aduisa Pierus soient qu'il luy semblast plus sages, ou qu'il eust esté admonesté d'ainsi le faire par l'oracle, ou qu'il eust appris d'vn Thracien: car ces gens icy furent tenus anciennement pour bien plus dextres & habiles en toutes choses, que non pas les Macedoniens: & mesmement les diuins mysteres que ils auoient en plus grande recommendation. Il y a a d'autres qui disent que ce Pierus eut neuf filles, ausquelles il mit les noms des Muses. Mais Mimnermus qui a escrit les Elegiaques de la guerre des Smyrnéens contre Gyges & Lydus, en sa preface appelle les Muses les plus anciennes, filles du ciel: & les autres puis-apres plus icunes, de Iupiter.

STRABON. QVAND les Atheniens menerent leurs Colonies au pays d'Ionie. Strabon au 8. liure. Les Aegialiens apres le retour des Heraclides ou successeurs d'Hercules, ayans esté par les Achaens chassez du Peloponese, retournerent à Athenes; & de là s'en alleret habiter de nouueau en Asie, auec les Codridies, où ils bastirent douze citez en cette coste de la mer qui est entre la Carie & Lydie, tout autât qu'ils en auoient au parauât au Peloponese. Plutarque en la vie d'Homere designe ainsi le temps dessusdit, selô Aristarchus. Qu'Homere florissoit lors de cette Colonie des Ionies 60. ans apres le retour d'iceux Heraclides, qui fut 80. ans depuis la guerre de Troye. Mais Pausanias és Achaïques, dit qu'al'exêple des 12. villes dessusdites dont les Achées s'éparerent au Peloponese, en furent basties tout autant en l'Ionie, à sçauoir celles cy, Dymé, Olenus, Phare, Tritia, Ripes, Easium, Cecyrina, Bura, Helicé, Aege, Aegira, & Pellene. Thucidide au premier liure parle aussi de ceste transmigration, comme l'a remarqué Lucian tout au commencement du Dialogue intitulé le Carracon. DIEV te conserue Timolaus, puis que tu nous aduises ainsi à propos des Commentaires de Thucidide, & de ce qu'en sa preface il a dit de nos anciennes superfluitez & delices pour le regard des Ioniens, quand ils furent auec les autres enuoyez pour peupler & faire vne nouuelle Colonie en l'Asie.

MELES par le moyen de son fils donnera à Penée de couler à flots & bouillons argentins. Ce sont Epithetes qu'Homere attribue ordinairement aux riuieres icy mentionnées. Et premierement Penée, qui est vn fleuue de la Thessalie, passant à trauers le destroit de Têpé, il appelle ἀργυροδίνης aux bouillons argentins. Au second de l'Iliade, parlant du Titarese qui tombe dedans Penée sans toutesfois s'y mesler, ains luy surnage tout ainsi que de l'huile.

ὃδ' ὄτε Πηνεῖῳ συμμίσγεται ἀργυροδίνῃ,

ἀλλά τέ μιν καθύπερθεν ἐπιρρέει, ἠΰτ' ἔλαιον.

Ce que remarque Strabon au 9. de sa Geographie en ces paroles. L'eau de Penée est fort clere & nette, & ie ne sçay comment grasse & onctueuse, tellement qu'Homere dit qu'elle ne se mesle point auec celle du Penée, mais y surnage comme de l'huile.

Au 21. puis-apres, il appelle ainsi le fleuue Xanthus ou Scamandre. ἐς ποταμὸν εὐρρεῖτε βαθύρροον ... δινήεντα.

Et rechef encore. ὃδ' ὑπὶν ποταμὸς πλήθει ἀργυροδίνης,

AXIVS celuy de tres-que beau. En ce mesme endroit quelques vers au dessoubs, Ἀξιὸς δ' εὐρύρεῖος βοϊῶν ὑπὲρ γαῖαν ἵησιν.

Et par ce mesme moyen à Xanthus de dependre de Iupiter. Au 14. Ξάνθος δινήεντος, ὃν ἀθάνατος τέκετο Ζεύς. Lequel vers il repete assez de fois au 21. & 24. Au 16. il dit le mesme de Sperchius, ἠὺ Σπερχειοῖο δινήεντος ποταμοῖο. Strabon à ce mesme propos au premier liure dit, qu'Homere appelle les fleuues procedans de Iuppiter non seulement les torrens, mais tous les autres encores quis'accroissent & emplissent de pluyes. Tellement que ce qui est commun à tous, il l'attribue par vne Antonomasie à quelques vns en particulier: & mesmement au Nil, à cause de cette grande creuë & inondation qu'il acquiert tous les ans à certaine saison sans faillir, des pluyes qui tombent lors en Ethiopie, où il prend sa naissance.

MAIS à l'Ocean, qu'ils procederont tous de luy. Cela est en mots exprez au 21. de l'Iliade.

Ἐξ οὗ βαθυρρείταο μέγα σθένος Ὠκεανοῖο,

Ἐξ οὗπερ πάντες ποταμοί τε πᾶσα θάλασσα,

καὶ πᾶσαι κρῆναι καὶ φρείατα μακρὰ νάουσιν.

Ne la grande puissance du creux Ocean, duquel tous les fleuues procedent, & toute la mer, toutes les fontaines, & les puys profonds.

PANTHEE

On ne void rien qui efgale
Vne amitié coniugale,
Ny le doux contentement
D'vn mefme confentement.

   Rien ne leur donne d'atteinte,
Car ils mefprifent la crainte,

Et chacun offrant fon cœur
Tafche d'eftre le vainqueur:
   Que fi la vie eft oftée
Au cher mary de Panthée,
Elle veut par le treffas
Eftre digne d'Abradas.

PANTHEE.

ARGVMENT.

YRVS *fils de Cambyses roy de Perse, & de Mandané fille d'A-styages Roy de Medie, en la premiere rencontre qu'il eut contre les Assyriens dont il obtint la victoire, eut à sa part du butin entre les autres despoüilles des ennemis, Panthée femme d'Abradatas Prince de la Sufienne : lequel estoit ce-pendant allé en Ambassade deuers le Roy des Bactrians. Cette Panthée tenuë pour la plus belle dame de toute l'Asie, Cyrus la donna en garde à vn ieune seigneur Medois, nommé Araspas, qui en deuint extremement amoureux. Et l'ayant sollicitée par plusieurs fois, elle qui portoit vn singulier amour & loyauté à son mary, en fit faire ses plaintes à Cyrus; lequel pour cette occasion l'osta a Araspas; qu'il enuoya par mesme moyen espier les affaires des ennemis. Sur ces entrefaittes Panthée ayant tyré Abradatas au party de Cyrus, il eut bataille donnée contre toutes les forces de l'Asie iointes ensemble, soubs la conduitte du Roy Cresus de Lydie : en laquelle Abradatas qui auoit requis la premiere poincte opposee au bataillon des Egyptiens, les meilleurs & plus seurs combattans qu'eussent les ennemis alors, faisant là tres-vaillamment son deuoir entre les premiers, fut de mal-heur porté par terre hors de son chariot, qui bondissoit trop rudement parmy les grands tas & monceaux de corps morts; là où il fut tout soudain massacré en la soulle. Panthée pour raison de cela vaincuë de douleur & impatience d'Amour se donna la mort; tellement que par vn mesme moyen ils furent enseueliz, tous deux ensemble. Mais il vaut mieux voir ce-pendant ce que descript le tableau d'vne si tragique & piteuse histoire, qui nous monstre assez clairement l'enuie que de tout temps la fortune porte aux plus grands plaisirs & contentemens, dont nous nous proposons ioüyr en ce monde, estant tousiours en aguet pour nous en frustrer. & au lieu de cela (si d'auanture nous y sommes trop attachez) nous introduire & delaisser tout regret, confusion d'esprit, fascherie, desespoir, & melancholie.*

BELLE

ELLE & honnefte voirement a efté defcrite Panthée de Xenophon, pour fa chafteté & vertu : entant qu'elle ne voulut complaire à Arafpas, ne fe flefchir aux confolations de Cyrus; ains eftre enfeuelie
auecques Abradatas fon mary. Mais quelle eftoit fa
cheuelleure, & combien graue fon fourcil; quel
fon regard & fa bouche, Xenophon ne l'a dit encores, combien qu'il fuft fort abondant & prafti-
que à gazoüiller de telles chofes. Or certain perfonnage mal propre de vray à efcrire l'hiftoire, & neantmoins tres-expert à peindre, combien qu'il ne fuft oncques rencontré auecques
Panthée, pour en auoir oüi parler à Xenophon l'a pourtraicte icy, telle qu'il l'a imaginée en fon efprit. Ces murailles au refte, & les maifons
qui bruflent, & les tant belles Lydiennes, laiffons emmener & emporter tout cela aux Perfes, & s'il y a quelque autre chofe qu'on puiffe but-
tiner & prendre. Crefus auffi pour lequel le bufcher fut dreffé, le peintre qui ne l'a point autrement cogneu s'en eft remis à Xenophon, ou l'a
delaiffé à Cyrus. Mais quant à Abradatas, & Panthée qui s'eft mife à
mort pour fon occafion, pour ce que la peinture nous remarque cecy,
venons à confiderer quel en eft l'argument & fubieft. Ces deux-icy s'en-
tre-aimoient parfaittement l'vn l'autre, * & n'auoit cette Dame autre ornement plus à cœur que les armeures de fon mary; lequel combattoit pour
Cyrus contre Crefus, de deffus vn chariot à quatre timons, & par confequent attellé de huiét grands cheuaux; fort ieune encores, & d'vne
barbe delicate & tendre, puis que les Poëtes iugent dignes de compaffion les petits arbriffeaux qui font arrachez hors de terre. Quant aux
bleffeures, elles font telles qu'on doit attendre de gens armez d'efpées
tranchantes : Car c'eft vn ordinaire de s'entre-maffacrer de cette forte és
mortelles rencontres. Et le fang tout fraiz & recent encore, a partie foüil-
lé fes armeures, partie fon corps, quelque chofe s'en eft refpanduë auffi
fur le Tymbre & fur le pennache : lequel d'vne belle couleur orangée
s'efleuant du haut de l'armet doré, donne luftre & efclat à l'or mefme.
Ses armes doncques font bien feantes à fa fepulture, veu qu'il ne les a
point deshonorées, ny ietté là durant le combat. Cyrus outre plus apporte tout-plein d'autres beaux prefens à ce preux & vaillant cheualier,
tant de l'Affyrie que de la Lydie, & entre autres du fablon d'or dans vn
chariot, des trefors de Cyrus non encores battus en efpeces. Neantmoins Panthée n'eftime pas la fepulture de fon mary auoir eu d'affez
dignes prefens, fi elle n'y eft auffi adiouftée; & la voila qui s'eft perfée
d'vn coup de dague d'outre en outre à trauers la poitrine, d'vne telle
force & courage, qu'elle n'a pas ietté vn feul gemiffement là deffus. Au
moyen dequoy la bouche s'eft clofe gardant toufiours fa gentille proportion & mefure, voire beauté accouftumée, dont quelque refte d'v-
ne vermeille fraifcheur eft tellement demeuré empreint és leures, que
cela y paroift encores, nonobftant qu'elle ait defia paffé le pas. Et fi n'a
point quitté le glaiue, ains l'enfonce toufiours plus auant, le tenant par

la poignée qui reſſemble à vn riche baſton de fin or, ayant les nœuds d'eſmeraude. Mais les doigts ſont bien plus mignons & plaiſans, car pour raiſon de la douleur, elle n'a rien changé de ſa beauté, comme celle qui ne monſtre d'auoir eſté touchée de mal aucun en cet endroit : au contraire elle eſt decedée toute ioyeuſe & contente, puis qu'elle meurt de ſon bon gré. De faiſt elle s'en va non comme la femme de Proteſilaus, en l'equippage d'vne inſenſée ſemblable aux Bacchantes : ny comme celle de Capaneus, qu'on enleua du ſacrifice, mais garde ſa beauté non fardée, tout ainſi qu'elle ſouloit eſtre du viuant d'Abradatas : & l'emporte auecques ſoy : eſpandant au long des eſpaules ſa cheuelleure ainſi brune & eſpoiſſe ; & monſtrant au deſſoubs vn col plus blanc qu'albaſtre; lequel elle a bien de vray deſchiré, toutesfois non en ſorte qu'il en ſoit demeuré enlaidy ne difforme : car voyez combien delicates ſont peintes les marques des ongles. L'incarnat meſme qui ſouloit aſſiſter aux ioües, où la beauté l'imprimoit & la vergongneuſe crainte, n'abandonne point la deffunſte. Voyez outre-plus ſes narrines, qui nonobſtant qu'elles ſoient vn peu retirées, ne laiſſent pas de donner vne agreable proportion au nez, & luy ſeruir comme de pied d'eſtal : duquel à guiſe de deux petits rameaux courbes s'eſpandent au bas du front blanc & poly, des ſourcils noirs comme Ebene. Mais ne nous arreſtons pas aux yeux ne pour leur grandeur, ne pour eſtre ainſi noirs : pluſtoſt prenons garde combien de ſens & de prudence y eſt encloſe : voire de quantes & de quelles perfeſtions, & dons de grace ils furent imbeuz : piteuſement certes affligez pour cette heure, & neantmoins non encores priuez de la viuacité qu'ils ſouloient auoir : audacieux aucunement, mais pluſtoſt dedans les termes de raiſon, que d'inſolence & temerité : & combien qu'ils s'entr'-entendent auecques la mort, ſi ne ſont-ils du tout expirez pourtant : ſi fort arrouſez au reſte d'vn ſerüiable & amoureux deſir, qu'ils le degouttent tout apertement. Cupidon quand & quand eſt peint en cette hiſtoire : & la Lydie auſſi, laquelle comme vous pouuez voir, reçoit le ſang dedans ſon giron doré.

ANNOTATION.

E preſent tableau eſt pris la plus grande part de la Cyropedie de Xenophon ; dont nous amenerons cy-apres le lieu entier, tant pour l'exquiſe elegance dont cela eſt elabouré, pathetiquement au poſſible, pour tirer les cœurs des eſcoutans à vne compaſſion pitoyable de l'accident & infortune de ces deux pauures ieunes gens, qui eurent ſi peu de moyen de ioüyr de leurs tant hôneſtes & legitimes amours; que pour vne plus grande elucidation de cette peinture, qui ne faiſt que ſommairement paſſer par deſſus les poinſts principaux de l'affaire, lequel elle taſche de nous repreſenter au vif. Mais auant que d'en venir là, il ne faut pas outrepaſſer cette maniere icy de parler, ſans dire là deſſus quelque choſe: Ταῦτα ἀφελόντα ἄγειν τὲ, καὶ φέρειν. Laiſſons emmener & emporter tout cela aux Perſes. Les Latins diſent, Agere & ferre, qui eſt vne eſpece de prouerbe, quand on veut exprimer le total ſaccagement de quelque ville ou pays, où l'on ne laiſſe rien que la terre. Homere au cinquieſme de l'Iliade, introduiſant Sarpedon qui anime Heſtor au combat, comme celuy à qui l'affaire touche de ſi pres.

καὶ μέμνε' αὐτὸς.

ἀνδρὶ μαχεσασθαι ἀπερ ἔτι μοι ἐνθάδε τίον
οἶον κ᾽ ἢ Φέρϊσιν ἀχαιοὶ ἥκεν ἄγϊιν.

Qu'il est tout prest de prester le collet à quelqu'vn, combien qu'il n'ait rien là à perdre que les Grecs puissent emporter ny mener. Car tout son auoir estoit bien loing en Lycie. Herodote, dont il semble que ce passage de Philostrate ait esté emprunté, faict parler ainsi Cresus à Cyrus victorieux. ἀλλ᾽ γὰρ ἐμοὶ ἐν τύτων μέσα, ἀλλὰ φέρϊσί τε κỳ ἄγϊσι τὰ σὰ. *De tout cecy il n'y a rien plus à moy, mais c'est le tien propre qu'ils emportent & chassent deuant eux.* Plus Aristophane en la Comedie des Nuées.

ἐsὼ γὰ τίκων, χρεῶν τε δυσκολωτάτων,
ἀγόμη, φέρομη, τὰ χρήματ᾽ ἐνεχυραζόμϊsα.

Car d'vsures, & de tres-fascheux creanciers, ie suis emmené, emporté, i'engage mon bien. Laquelle maniere de parler a esté tirée de la coustume de la guerre, quand l'on pille & saccage; qui est d'emporter les meubles & choses mortes, insensibles, inanimées; & emmener ou chasser deuant soy, les Esclaues, le bestial, & tout ce qui a vie & mouuement.

CRESVS *aussi pour lequel le bucher a esté dressé.* Philostrate a suiuy en cecy Herodote & Plutarque en la vie de Solon, dont celuy-la dispensant vn peu son histoire de beaucoup de fictions y entre meslées, plus plaisantes que vray-semblables, le racompte ainsi au premier liure intitulé la Clio. *Cyrus ayant desfaict & pris Cresus en vie, luy fist mettre les fers aux pieds, & attacher au haut d'vn grand bucher ou amas de bois, dressé expres pour le bruslervif, auecques quatorze ieunes enfans des principaux Seigneurs de Lydie, & puis mettre le feu. Surquoy Cresus s'estant exclamé piteusement par trois fois ce mot de* SOLON, *Cyrus tout esbahy luy fist demander quel Dieu ou Demon il inuoquoit à ce besoing. Il fist responce, qu'ayant vne fois enuyé à l'oracle d'Apollon pour sçauoir ce qu'il luy falloit faire pour estre heureux, la prophetisse auroit dit là dessus,* SE COGNOISTRE SOY-MESME. *Cyrus alors se recognoissant, commanda soudain d'esteindre le feu, ce qu'on ne peut faire en sorte quelconque. Tellement que Cresus se voyant approcher le peril, il eut recours à inuoquer Apollon à chaudes larmes & feruentes prieres, lequel l'exauça sur l'heure. Car encore que le ciel fust de toutes parts tres clair & serain, à vn instant il se vint à couurir de nuées, & rompre en vne grosse rauine d'eau, dont le feu fut incontinent amorty.* Quant à Plutarque il en parle à peu pres ainsi.

QVE SOLON *estant allé voir le Roy Cresus de Lydie, le plus riche homme qui fust pour lors en toute la terre, à sa tres-grande instance & requeste, il luy fist monstre de la pompe & magnificence de sa Cour, & de ses infinis tresors: luy demandant si de tous les viuans il en euidoit encores vn autre aussi heureux que luy? Solon respondit que si; & mesme vn simple citoyen d'Athenes nommé Tellus: lequel ayant tousiours vescu en fort bonne reputation, laissé des enfans bien estimez, auecques des biens à suffisance, auroit finé ses iours pour la deffence de son pays.* Cresus bien qu'il fust indigné d'vn tel propos, l'aualla neantmoins pour ce coup; & luy demandant de rechef quel autre puis-apres il voudroit mettre en ce rang. *Solon respondit, que Cleobis & Biton, deux freres qui s'estans singulierement aimez l'vn l'autre, s'attelerent eux-mesmes à faute de bœufs, à vne charette, pour trainer leur mere au temple de la Deesse Iunon, vn iour de feste solennelle en la presence de tout le peuple; dont elle fut estimée tres-heureuse d'auoir porté de tels enfans: & eux encores plus, pour auoir esté trouuez morts la nuict ensuiuante en leur lict, sans auoir souffert mal ne douleur quelconque. De vray personne auant ce dernier poinct ne peut estre dit bien heureux, à cause des incertains euenemens de fortune, dont nostre vie est trauersée à toutes heures;* suiuant le dire du Poëte Horace.

Dicique beatus
Ante obitum nemo, supremaque funera debet.

Ayant emprunté cela des trois derniers vers de l'Oedipus de Sophocle.

ὥsε θνητὸν ὄντ᾽, ἐκείνην τὴν τελευταίαν ἰδεῖν
ἡμέραν ἐπισκοπουντα μηδὲν᾽ ὀλβίζϊν, πρὶν ἂν
τέρμα τ᾽ βίε ἀ φάον μηδὲν ἀλγϊνὸν παθὼν.

Toy doncques qui es mortel, il te faut attendre ce dernier iour; & te souuienne de iamais n'estimer heureux homme qui soit, deuant qu'il ait terminé la fin de sa vie, sans aucune calamité ne misere. Cresus alors tout despité le fit oster de sa presence bien rudement. Mais quelque temps apres ayant esté desfait, & pris par Cyrus Roy des Perses, fut par luy qui estoit Prince de gentil cœur, & pourtant ennemy mortel des Pusillanimes, comme il fust desia lié & garotté au haut du bucher, sur le poinct qu'on y deuoit mettre le feu, il s'escria à haute voix, ô SOLON, SOLON! Dequoy Cyrus s'esbahissant luy en fit demander la cause. Il respondit ce que vous venez d'entendre. Dont Cyrus qui de cela se remit fondamentalement deuant les yeux l'instabilité des choses humaines, le fir destier sur l'heure, & l'honora beaucoup de là en auant. Mais Xenophon au septiesme de la Cyropedie le racompte d'vne autre sorte, & dit que Cresus apres auoir perdu la bataille s'enfuit à Sardis, où Cyrus l'ayant poursuiuy chaudement, la ville & le chasteau

HERODOTE.

luy furent rendus de pleine arriuée auec Crefus ; lequel ayant eſté mené deuant luy profera ces
mots. Dieu vous gard, monſieur & maiſtre, car la fortune d'orefnauant vous donne ce tiltre
enuers moy, & veut que ie vous appelle ainſi. A quoy Cyrus reſpondit. Et Dieu vous gard auſſi
Crefus, car nous ſommes l'vn & l'autre hommes. Et là deſſus apres pluſieurs menus deuis qu'ils
eurent enſemble, Crefus finablement luy declara la reſponſe que vous auez cy-deſſus oüye :
dont il n'auoit ſceu tirer aucune inſtruction durant ſa trop grande proſperité qui luy auoit bandé les yeux, ſans luy ſeruir d'autre choſe que de le rendre inſolent & ſuperbe.

ET N'AVOIT *autre ornement plus à cœur que les armeures de ſon mary.* Il faut inferer icy
tout d'vn train ce qui ſuit puis-apres de Xenophon, lequel traicte bien amplement cette
hiſtoire.

XENOPHON.

LE LENDEMAIN *dés l'aube du iour Cyrus ſe mit à ſacrifier, & tout le reſte de ſes forces ayant repeu,
apres les effuſions & offrandes accouſtumées, s'armerent de beaux corſelets & cazaques ; d'habillemens de
teſte auſſi, parez de grands pennaches qu'il faiſoit fort bon voir. Ils equipperent quand & quand les
cheuaux de chanfrains, deuants de bardes ; & flanquarts, tant ceux de ſelle, que les autres attelez aux
chariots : tellement que tout reluiſoit de cuyure & d'acier, iettant d'ailleurs vn bel eſclat de pourpre. Au demeurant le chariot d'Abradatas eſtoit brauemēt attelé de quatre limons & de huict courſiers : & cōme il eſtoit
ſur le poinct de veſtir vn iacques de toille faict à aiſles, à la mode de ſon pays, Panthée luy vint apporter vn
bel armet doré, auecques des braſſals de meſme, & des braſſelets larges vers le poignet, & vne riche iuppe de
pourpre longue iuſques aux talons : plus vn tymbre & pennache de couleur de Hyacinthe. Cette tres-belle &
vertueuſe Dame auoit faict tout cela au deſceu de ſon mary, ayant pris la meſure de ſon harnois ; de ſorte que le
voyant il en demeura tout eſmerueillé, & luy dit ainſi. Auez-vous doncques (tres-chere & bien aimée compagne) deſpecé vos plus riches & exquiſes beſongnes pour m'en equipper ſur les armes ? Oüy certes, reſpondit
Panthée, ne m'en ſouciant pas beaucoup. Car vous, & à moy & aux autres, (ſi tel vous monſtrez vous ayant
beſoing comme ie croy que vous ſoyez) nous ſerez vn tres-grand parement. Et là deſſus mettoit elle-meſme la
main à l'accommoder, que les groſſes larmes luy decouloient au long de ſes iouës : ce que toutesfois elle ſe par-
forçoit de cacher. Et combien qu'Abradatas fuſt de ſoy d'vne tres-belle & ſeigneuriale apparence, neantmoins quand il fut ainſi accouſtré, il parut encores plus agreable & gentil : car auſſi bien tel eſtoit-il de nature. Or comme ſon cocher euſt deſia pris les reſnes en main, & que luy fuſt tout preſt de monter au chariot, Panthée ayant faict retirer à part tous ceux qui eſtoient là preſens, luy va dire ces mots : Si iamais femme eut ſon
mary plus cher que ſa propre vie, ie m'aſſeure, Abradatas, que vous ſcauez fort bien que ie ſuis vne de celles-
là. Qu'eſt-il doncques beſoing de vous dire tout par le menu, veu que ie me ſens aſſez auoir faict de preuues
à quoy l'on doit plus adiouſter de foy, qu'à tout ce que ie vous pourrois dire ? Au moyen dequoy eſtant de telle
affection enuers vous que vous auez peu cognoiſtre, ie proteſte icy d'aimer beaucoup mieux, que l'amitié mienne & voſtre ſoient enſemblement inhumées & couertes de terre, apres auoir faict le denoir d'vn couragieux
& vaillant cheualier, que de viure à i'iupperé en la compagnie d'vn i'iupperé : tant i'eſtime l'vn & l'autre de
nous dignes de telles & honneſtes choſes. Et certes nous deuons auoir vne bien grande obligation à Cyrus,
qu'eſtant ſa captiue & reſeruée pour luy, il ne m'a pas neantmoins voulu tenir pour eſclaue, ne femme libre
ſoubs vn mauuais bruit ; mais priſonniere de bonne guerre que i'eſtois, m'a conſeruée en mon honneur nette
& pure pour vous, ny plus ny moins que la femme de ſon propre frere. Dauantage quand Araſpas qui m'auoit
en garde ſe partit de luy, ie luy promis que s'il me permettoit d'aller deuers vous, i'eſtois ſeure que vous ne
feudriez de le venir incontinent trouuer, plus excellent & fidelle perſonnage que l'autre. Ce fut le langage à
peu pres que Panthée luy tint : à quoy prenant Abradatas vn ſingulier plaiſir, l'accola doucement des deux
mains, & eſleuant les yeux au ciel fit ainſi à priere. Mais ô tres-bon & tres-puiſſant Iuppiter, oct̄roye moy
ie te ſupplie, que ie me puiſſe ce iourd'huy monſtrer digne mary de Panthée, & amy de Cyrus qui nous a ainſi
reſpecté. Cela dit, il monta par la portiere dans ſon chariot : là où apres qu'il fut entré, & que le cocher l'eut re-
cloſe, Panthée ne ſcachant plus comment l'embraſſer autrement, baiſa le guichet. Deſia le chariot paſſoit outre,
& Panthée ſecrettement le ſuiuoit, quand Abradatas l'ayant apperceuë luy dit ſeulement : reſiouyſſez-vous,
ma Panthée, & prenez courage. Là deſſus ſes Eunuques & Demoiſelles la prenans entre les bras, la conduirent en ſon coche, & coucherent dedans, abbaiſſans la couuerture de coſté & d'autre. Et combien que ce fuſt
vne fort belle choſe à voir que d'Abradatas, ſi ne peut toutesfois l'aſſiſtance ietter l'œil deſſus, que Panthée ne
fuſt partie.*

SVIT PVIS-APRES. *Comme Cyrus ayant pourſuiuy chaudement ſa victoire, & en ſes mains le
Roy Crefus vif, auecques lequel les choſes paſſerent comme vous auez peu entendre, il ſe ſouuint finablement
de demander des nouuelles d'Abradatas : à quoy on fit reſponce qu'il auoit eſté tué en la premiere charge des
Egyptiens ; & que Panthée eſtoit venuë enleuer le corps qu'elle auoit mis dedans ſon coche, & iceluy porté
quelque part là aupres vers la riuiere de Pactole, où ſes Eunuques & domeſtiques luy faiſoient vne foſſe pour
l'enterrer en vn terre qu'il ſcay quel : dauantage, qu'elle s'eſtant aſſiſe à terre, l'auoit pavé de ſes plus riches
accouſtremens, & luy tenoit la teſte ſur ſes genoux. Alors Cyrus vne grande amertume de cœur ſe frappa la
cuiſſe, & eſtant là deſſus monté à cheual auecques quelques mille autres pour luy faire eſcorte, s'en alla à bride abattuë voir ce piteux & deſolé ſpectacle. Ordonna par meſme moyen à Gadatas & Gobrias, que prenans
tout ce qui ſe pourroit trouuer de plus beau pour faire honneur à vn ſi loyal amy, ſi preux & vaillant perſonnage,*

naux, ils le fuiffient : & à celuy qui auoit la charge des trouppeaux, tant de cheuaux que de bœufs; fans à la
fuitte du camp, qu'il les chaffaſt droit où il le ſçauroit eſtre, auecques grand nombre d'autre beſtail pour l'immoler à Abradatas. Mais quand il vid Panthée ainſi ſeoir contre terre, & ce corps mort eſtendu auprés d'elle, il
ſe prit à plorer chaudement, pour vne ſi cruelle deſconuenuë & mal-heur; en proferant ces paroles. Helas ame
tres-gentille & fidele; vous en allez-vous doncques auſſi, & nous voulez abandonner? Quand & quand il
luy prend la main : & la main du defſunct ſe laiſſa aller : car les Egyptiens luy auoient amolli le poing. Ce que
Cyrus ayant apperceu, rengregea ſon dueil. & d'autre part Panthée crioit & lamentoit piteuſement, laquelle
reprenant de Cyrus la main, la baiſa & vomit en ſa place, le moins mal qu'elle peut en diſant; voila ce que c'eſt
Cyrus, tout le reſte de ſa perſonne n'eſt pas mieux attourné que cela. Mais quel beſoing eſt il que vous
vous ontriſtiez à le regarder? Car ie ſçay bien que c'eſt pour l'amour de moy ſeule que luy ſt aduenu tout cecy, & paradauanture pour l'amour de vous encores: moy pauure mal-aduiſée l'ayant animée à faire en ſorte
qu'il penſt paroiſtre n'eſtre indigne de voſtre bonne grace & faueur. Et luy (ſçay-ie bien) ne ſe ſoueroit
pas de ce qu'il feroit, pourueu qu'en le faiſant il vous peuſt complaire: parquoy il a irreprochablement finé ſes
iours, & moy qui l'ay enhorté à cela, ie ſuis icy auprés de luy demeurée en vie. Cyrus faiſant vne petite poſe en
cet endroit, ſe mit de rechef à pleurer, & puis parla en cette ſorte. A tout le moins a-il (vertueuſe Dame) vne
tres-belle & honorable fin, car il eſt mort victorieux, & d'autre part Panthée crioit & lamentoit piteuſement, laquelle
& Gadatas eſtoient deſſia arriuez auecques tout plein de precieuſes choſes) & ſoyez ſeure au demeurant que
rien ne luy ſera eſpargné de tous les autres honneurs qu'on luy pourra faire; ains pluſieurs d'entre-nous luy
eſtoueuons vn tombeau conforme à ſa vertu & dignité, & luy ſera d'ailleurs immolé tout ce qui ſe peut a vn
homme de telle valeur. Vous ne demeurerez pas deſpourueu non plus, car pour l'honneur de voſtre honneſteté
& vertu, ie vous reſpecteray en toutes choſes qui ſeront poſſibles, & pouruoiray de perſonnage pour vous conduire ſeurement là part où vous aurez enuie de vous retirer. Faittes moy (ſeulement entendre vers qui c'eſt que
vous voulez qu'on vous meine. Panthée luy reſpond. Ne vous en mettez autrement en peine (Sire) car ie
ne vous celleray point celuy auquel ie veux aller. Cyrus là deſſus prit congé d'elle, ayant vne tres-grande pitié
& de la femme qui euſt perdu vn tel mary, & du mary qui euſt laiſſé vne telle femme, ſans eſperance de la
reuoir iamais plus. Mais Panthée commanda ſoudain aux Eunuques de ſe retirer à l'eſcart, iuſqu'à ce qu'elle aye
(leur dit-elle) pleuré celuy-cy à ma fantaiſie, & ne retint que ſa nourriſſe auecques elle, à laquelle elle commanda
qu'elle feroit morte, de les couurir ſon mary & elle d'vne meſme robbe. Et comme la nourriſſe l'eut aſſi-
nement ſuppliée de ne ie vouloir meſfaire elle-meſme, ſans que pour cela elle aduançaſt rien, mais au contraire apperceuſt qu'elle ſe la faiſoit qu'irriter & aigrir, elle s'aſſit auprés en pleurant tres-amerement. Alors
Panthée ſaiſiſſant vn poignard qu'elle auoit deſſia appreſté à cela, s'en donna dans la gorge, & inclinant ſon
beau chef ſur la poitrine de ſon mary, rendit l'eſprit. La nourriſſe ſe prend à crier, & les couure tous deux ſelon que Panthée luy auoit requis. Mais quand Cyrus oiyt le faict de cette Dame, il y accourut de rechef, tout eſpouuenté, pour voir s'il y pourroit donner quelque ſecours: Et ce-pendant les Eunuques en nombre de trois,
voyans comme la choſe eſtoit allee, ſe tuerent pareillement à coups de dague, au propre lieu où leur maiſtreſſe
les auoit faict retirer: telle ment que iuſques au iourd'huy l'on appelle l'endroit où ils furent inhumez, Le
Tombeau des Eunuques: Car en la colomne d'enhaut (à ce que l'on dit) ſont eſcrits les noms
du mary & d. la femme en characteres Syriaques, & plus bas il y a trois autres colomnes moindres, portans
l'inſcription des Eunuques. Comme doncques Cyrus fut arriué à ce piteux myſtere, apres auoir extremement
admiré le grand courage de cette femme, & faict ſes plaintes & lamentations ſur le corps, il s'en retourna.
Mais il n'oublia rien de pais de leur faire à tous deux, comme il eſtoit bien raiſonnable, tels les honneurs qui
peuuent eſtre aduiſez: & leur dreſſer ſinablement vn grand tombeau à guiſe de terre haut eſleué. Voila l'yſ-
ſuë deſolée qu'eurent les premieres iouyſſances & amours de ces deux pauures nouueaux mariez; leſquels n'obtindrent pas en leurs iours tel aiſe & contentement comme leur vertu me-
ritoir.

Pvis qve les Poëtes iugent les ieunes arbriſſeaux dignes de commiſeration, qui ſont arrachez hors de
terre. Il fait icy vne alluſion à ce vers d'Homere, au ſixieſme de l'Iliade, où Diomedes demande à Glaucus quels ſont ſes parens & ſa race: à quoy il reſpond; οἵη περ φύλλων γενεὴ τοίη δὲ καὶ ἀνδρῶν. Comme des fueilles eſt des hommes la naiſſance. Il accompare auſſi au 17. les beaux ieunes hommes aux arbres.

οἷη δὲ τρέφει ἔρνος ἀνὴρ ἐριθηλὲς ἐλαίης,

χώρῳ ἐν οἰοπόλῳ, ὅθ' ἅλις ἀναβέβρυχεν ὕδωρ,

καλὸν, τηλεθάον, τὸ δέ τε πνοιαὶ δονέουσι

παντοίων ἀνέμων, καί τε βρύει ἄνθεϊ λευκῷ,

ἐλθὼν δ' ἐξαπίνης ἄνεμος σὺν λαίλαπι πολλῇ,

βόθρου τ' ἐξέστρεψε καὶ ἐξετάνυσσ' ἐπὶ γαίῃ,

τοῖον Πάνθου υἱὸν ἐυμμελίην Εὔφορβον

Ἀτρείδης Μενέλαος ἐπεὶ κτάνε, τεύχε' ἐσύλα.

Tout ainſi qu'vne plante d'vn beau verdoyant oliuier, que quelqu'vn eſleue ſoigneuſement à l'eſcart en lieu où sourd de l'eau en abondance, clere-nette, & coulant au loing; lequel esbranlé de tous vents, foisonne neantmoins en fleurs blanches. Mais vn gros tourbillon & orage suruenant à l'impourueu là dessus, le desracine hors de son creux, & le iette estendu par terre. Tel à la verité estoit le belliqueux Euphorbe fils de Panthus, que Menelaus (l'ayant mis à mort) despoüilloit de ses armes. Pline au 18. ensuiuant, où Thetis se complaint aux Nereïdes du par trop aduancé destin d'Achilles, qui estoit creu comme vne plante qu'elle auoit soigneusement cultiuée en vn bon terroüer.

οἷδ᾽ αἰεδ ερριδ ἔρνεΐ ἴσος,

τὸν μὲν ἐγὼ θρέψασα φυτὸν ὡς γρωιῶ ἀλωῆς.

Lequel passage est remarqué par Ælian au 12. de la diuerse histoire. Euripide tout au commencement de l'Hecuba, introduisant l'ombre de Polydore mis à mort inhumainement par l'auarice & mauuaistié de Polymnestor Roy de Thrace.

καλῶς πὲρ αἰθρὶ θρηκὶ πατρῴω ξένω,

ἔσφαιον, ὥς τις πτόρθος κυξόμλω πάλας.

Nourry gentilement en la maison d'vn Thracien hoste paternel, ie croissois, moy miserable, comme vne plante verdoyante.

Item Theocrite en l'Eidyllion trente & vniesme.

Η᾽ρακλέης δ᾽ ἱπτὸ ματελ νέον φυτὸν ὡς ἐν ἀλωῇ

ἐπέφετ᾽ Αργεία κεκλημῶιος Αμφιτρύωνος.

Hercules supposé pour fils de l'Argiue Amphitrion, estoit nourry emprés sa mere comme vne ieune plante en vn verger.

ET entre autres presens du Sablon d'or en vn chariot. C'est vne allusion à ce prouerbe λύδιον ψῆγμα, le Sablon Lydien; qui se dit d'vne chose precieuse & riche: pour ce qu'en Lydie il y auoit grande abondance de sable, d'où se tiroit de l'or. Statius à ce propos, Vius Midæ Gazis & Lydo ditior auro.

PANTHEE s'en va non comme la femme de Protesilaus, en l'equippage d'vne forcenée Bacchante. Protesilaus l'vn des Princes Grecs qui allerent au siege de Troye, fut admonesté par l'oracle de se desister de cette entreprise & voyage, autrement que ce seroit le premier de tous qui y perdoit la vie, comme il aduint: car au desembarquer voulant faire preue de sa vaillance auant que nul autre, il fut aussi le premier mis à mort par Hector. Dequoy sa femme Laodamie eut telle douleur & regret, qu'elle supplia aux Dieux, que pour vne derniere consolation de ses maux, elle peust voir en ce monde l'ombre de son feu mary: ce que luy ayans octroyé, elle expira en l'embrassant. Au regard d'Euadné, nous en parlerons en son tableau.

CASSANDRE.

Que c'est vne chose vaine,
Qu'vn peu de gloire mondaine,
Puis qu'on la void bien souuent
Passer ainsi que du vent.
Agamemnon dompte Troye,
Mais pour comble de sa ioye,

Il ne trouue en sa maison,
Que la mort par trahison :
Il ne faut qu'vn adultere,
Pour le combler de misere :
Vne femme à cette fois,
Faict mourir ce Roy des Roys.

Hh

CASSANDRE.

ARGVMENT.

GAMEMNON *s'en allant au siege de Troye, laissa auecques
sa femme Clytemnestre vn Poëte Musicien, & ioüeur d'instrumens tout ensemble, pour la resioüyr & desennuyer pendant qu'il seroit absent: mais principalement pour empescher
qu'elle ne se desbauchast; afin que se trouuant munie & pre-
occuppée par les Muses, quelque folle & desordonnée amour
ne prist place en son cœur. De faict il ne se mescomptoit pas en cela; car tant
que le Musicien eut lieu auprés d'elle, Ægystus fils de Thyestes, & propre
cousin germain d'Agamemnon, qui de longue-main tendoit à la suborner, n'y
peut frapper coup qui portast, tellement que pour s'en deffaire il trouua moyen
de le mener en vne Isle deserte, où il le laissa mourir de faim, pour seruir luy
mesme de pasture aux oyseaux: cela faict, il fit puis-apres de Clytemnestre tout
ce qu'il voulut. Et en auoit desia ioüy par plus de sept ans, ensemble de tout
l'estat d'Agamemnon, quand cettui-cy ayant pris & saccagé Troye, où espece
aucune de toutes les plus enormes cruautez qu'on peust estimer ne fut espar-
gnée: Priam mesme, si grand & puissant Monarque, sur son extreme &
plus decrepite vieillesse, apres auoir veu de ses yeux tous ses enfans miserablement mettre à mort; fut esgorgé sur l'autel propre de Iuppiter à l'entrée de son
Palais: Hecuba menée en seruage: Polyxene immolée comme vne brebis sur le
tombeau d'Achilles: Astyanax fils d'Hector precipité du haut d'vne tour: le
peuple entierement massacré: les femmes & les filles violées & faictes esclaues.
Apres doncques toutes ces desolations & miseres; & que la pauure Cassandre
eust esté forcée par Aiax fils d'Oileus dedans le temple de Minerue, Agamemnon la prit pour sa part du buttin, & l'emmena sa Concubine à la maison.
Cette Princesse fille du Roy Priam & d'Hecuba, en la prime fleur de ses ans,
auoit pour son excellente beauté fort ardément esté desirée & poursuiuie par le Dieu
Apollon, qui luy offrit tel don de grace qu'elle demanderoit, si elle luy vouloit
complaire. Elle choisit l'esprit de Prophetie, pour sçauoir predire les choses aduenir: mais apres auoir obtenu cela, ne luy voulut plus tenir sa promesse. Au
moyen dequoy, pour ce qu'il ne luy pouuoit pas oster ce qu'vne fois il auoit donné, il fit par le despit de ce refus & mocquerie, que personne ne luy adioustroit
iamais foy. Tellement qu'ayant predit à Agamemnon tout ce que Clytemne-*
stre,

ſtre, & ſon adultere baſtiſſoient contre luy, il ne s'en fit que mocquer. Ce qui fut cauſe qu'à ſon arriuée, les autres luy ayans preparé vn feſtin ſolemnel par forme d'allegreſſe & reſioüyſſance; comme au ſortir du bain il veſtoit vne chemiſe que ſa femme tout expres luy auoit attitrée, ſans auoir point d'iſſuë aux manches, afin qu'il ne ſe peuſt deffendre, il fut là par eux maſſacré miſerablement: & Caſſandre par meſme moyen; pour raiſon de la ialouſie que Clytemneſtre en auoit conceuë. Car ordinairement les plus grandes putains & deſloyalles à leurs maris, en ſont plus ialouſes que les honneſtes & vertueuſes. Cette mort fut depuis vangée par Oreſtes, fils d'Agamemnon, lequel à l'aide de ſa ſœur Electra, tua Ægiſtus, & ſa mere propre. Mais cela n'eſt plus de noſtre propos.

Evx que voila eſtendus ſur les carreaux, l'vn icy, l'autre là, en tous les endroicts de la Sale; le ſang meſlé parmy le vin; & ceux qui rendent l'ame eſtans à table: & ce vaſe renuerſé d'vn coup de pied par celuy qui eſt tout contre aux abbois de la mort: puis vne fille prophetiſſe ſelon que le monſtre ſon aube, iettant ſa veuë vers la hache qui ſe doit bien toſt deſcharger ſur elle: c'eſt Clytemneſtre, qui de cette ſorte reçoit Agamemnon retournant de Troye; ſi outré de vin, qu'Ægiſte n'a craint d'entreprendre vn ſi grand affaire. Car Agamemnon s'eſtant embaraſſé dans vne chemiſe faicte expres ſans aucune iſſuë, Clytemneſtre luy rameine vn coup mortel de cette * tranchante hache, dont l'on abbat auſſi les grands arbres; & de la meſme fumant encores, maſſacre la fille de Priam, qu'Agamemnon trouuoit tres-belle, & qui rendoit des oracles où perſonne n'adiouſtoit foy. Que ſi nous contemplons cecy comme quelque acte d'vne tragedie, de grandes choſes en bien peu d'eſpace auront eſté repreſentées fort piteuſement: ſi comme vne peinture, vous y en apperceurez encores bien plus. Regardez doncques. Les flambeaux icy eſclairoient, car de fortune ce fut de nuict que cela aduint: & les beaux grands hanaps leur ſeruoient pour boire, deſquels les dorez ſont plus reluiſans que le feu: & les tables eſtoient toutes couuertes de viandes, dont les Princes du temps iadis auoient accouſtumé ſe repaiſtre. Mais chaque choſe eſt en deſarroy, & ſans aucun ordre: par ce que ceux qui banquetoient rendans l'ame, cecy eſt mis par terre à coups de pied; cela briſé-rompu; partie reſpandu ſur eux: & les couppes, quelques-vnes remplies de ſang, leur tombent hors des poings: n'y ayant force ne vigueur en ceux qui meurent eſtans ainſi yures. Quant à la contenance des deffuncts, l'vn a eu la gorge couppée en cuidant aualler vn morceau de viande, ou vn traict de breuuage: l'autre, la teſte enleuée de deſſus les eſpaules, ainſi qu'il s'abaiſſoit ſur le hanap: celuy-là, le poing couppé net, duquel il ſoubs-leuoit vne taſſe. Cettui-cy en tombant de ſon ſiege ameine la table apres ſoy: l'autre giſt à la renuerſe ſur la teſte & ſur les eſpaules, faiſant l'arbre fourchu; le Poëte le diroit Cymbaque. Celuy-là ne ſe fie point à la mort: mais taſche de l'e-

*Tranchante.] τάδεκυ ἀμφικνήν. de ceſte hache à deux tranchant, ou, tranchante des deux coſtez, que Tite Liue appelle ſecurim anceptem, faite à la façon des iauelines à deux tranchãs, telle que celle que repreſente le Poëte Simias le Rhodiē en ſon Poëme intitulé La Hache, aubout des œuures de Theocrite. Seneque en la tragedie d'Agamemnon dit auſſi, Armat bipenni Tyndaris dextram furens. La furieuſe fille de Tyndare arme ſa dextre d'vne hache à deux tranchans. Voyez cy apres le paſſage de Sophocle és annotations d'n Vigenere, p. 456.

* De cela]
τηρίαδ᾽ ἐμῶν
τῇ Τίγρη ὄυτω. pour le
connrir des
marques de la
protection. C'e-
ftoient les guir-
lades & atours
de teſte, que le
Grec appele
ϛέμματα, &les
Grammairiens
& Poëtes La-
tins, infulas.
Seneque en la
meſme trage-
die d'Agamé-
non. Sed cur fa-
cratis diſcipt ca-
pitis inſulai?
Mais pourquoy
arrachez-vous
de la teſte ces
bideaux ſacrez?
Car les ſacrifi-
cateurs d'Apol-
lon ou d'autres
Dieux entou-
noient leur te-
ſte de certai-
nes bandes de
laine, ſembla-
bles à celles
qu'ils tendoiẽt
auſſi parmy les
temples. Or
Caſſandre e-
ſtoit vne des
Preſtreſſes, ou
des dames qui
auoit la char-
ge des ſacrifi-
ces au temple
de Minerue,
où elle fur vio-
lée par Aiax le
fils d'Oïlée.

LYCOPHRON.

HYGINVS.

uiter : l'autre ne s'en peut fuyr, comme ſi l'yureſſe luy auoit mis des en-
traues aux pieds. Au reſte de tous ceux qui ſont là par terre, il n'y en a
vn ſeul qui ſoit paſſe : par ce que venans expirer parmy le vin, la couleur ne les laiſſe pas ſi toſt. Or le principal poinct de tout ce myſtere,
c'eſt Agamemnon, giſant roide mort ; non à la campagne de Troye, ne
ſur le bord de quelque Scamandre, mais entre des garçons & femmelettes, comme vn bœuf à la creſche. Voila ce qui luy eſt arriué apres tant
de trauaux & meſaiſes, au beau milieu de ſon ſoupper. Mais plus digne de
commiſeration eſt encores ce qui eſt aduenu à Caſſandre, quand Clytemneſtre la vient charger à tout la hache, d'vn regard furieux, en croullant ſon
deſcheuelé chef, le bras roide entoiſé de deſpit : elle où la pauurette au rebours, d'vne maniere delicate, & comme eſpriſe de quelque diuinité, s'efforce d'aller choir ſur Agamemnon, s'arrachant ſes guirlandes & atours de
teſte pour le reueſtir * de cela. En fin la hache eſtãt hauſſée, elle iette ſa veuë
là endroit, & exclame ie ne ſçay quoy de ſort pitoyable, afin qu'Agamemnon l'oyant en ce peu qui luy reſte de vie, ſoit eſmeu à pitié : car il racomp-
tera le tout à Vlyſſe là bas aux enfers, en la congregation des ames.

ANNOTATION.

E CE MASSACRE d'Agamemnon & de Caſſandre, voicy comme le Poëte Lycophron l'introduit, elle-meſme ſe propheſtiſant ce mal aduenir.

ὁ μὲν γὸ ἀμφὶ χύτλα τᾶς δυσξέδες
ζηφῶ χελύδοις αὐξεντησς βέϛυ
ἐν ἀμφιβλήϛρω συντεταρ γαροξόμος
τ. Φϛεῖς μαντευϛ χεροῖ χυροῶς ραϛυς.

Celuy-là (dit-elle parlant d'Agamemnon) *eſtant au milieu de ſes libations, à trouuer l'iſſue mal-aiſée
du lacq lay enuelopp ant le gorge; tout empeſtré d'vn filé cherchera a taſtons les tondues conſtures, & delaiſſant le chaud plan her du bain, ſouillera le trippier & la couppe de ſa ceruelle, frappé d'vn coup de hache tranchante au milieu de la teſte chaune, dont la miſerable ame s'enuollera aux enfers pour viſiter la triſte cloſture
du bas manoir de la iyonne. Et moy d'autre part gerray tout contre la meurtriere, eſtenduë par terre, maſſacrée de la hache d'aci, ν car elle me briſera le col & les eſpaules, ny plus ny moins qu'vn montagnard buſcheron
coupperoit vne branche de l'in, ou la tige d'vn cheſne. Et le ſerpent dipſade athenant de deſchirer de coups
le pauure corps froid comme glace, me mettra le pied ſur la gorge, & pſ ouuerira d'aſſouoir ſon felon courage tout comblé d'vne cruelle ire; ialouſe ſe vengeant ſans auoir pitié, comme d'vne adultere, & non d'vn
butin acquis à la pointe de la lance. Alors moy appellant mon ſeigneur & mary, ſans touteſfois qu'il m'entẽ-
de, courray vollant apres luy ſur ſes meſmes pas & veſtiges.*

HYGINVS au cent dix-ſeptieſme de ſa Mythologie parle ainſi de ce faict. *Clytemneſtre fille de
Tyndarus, & femme d'Agamemnon, ayant entendu par Oeax frere de Palamedes, que ſon mary luy amenoit vne concurrente (choſe touteſfois controuuée par cet Oeax pour vanger la mort de ſon frere) Clytemneſtre complota lors auecques Egiſtus fils de Thyeſtes, de mettre à mort Agamemnon & Caſſandre; leſquels ils
maſſacrerent à coups de hache en ſacrifiant. Et ſur ces entrefaictes Electre fille d'Agamemnon deſtourna O-
reſtes ſon frere encores enfant, qu'elle enuoya ſecrettement en la Phocide à ſon oncle Strophius, lequel auoit eſpouſé Aſtyoché ſœur d'Agamemnon. Au cent dix-neufieſme chapitre enſuiuant il pourſuit, comme
Oreſtes eſtant paruenu en âge d'adoleſcence, & deſireux de vanger la mort de ſon pere (mais cela eſt plus
à plein deſduit en Eſchyle dans l'Agamemnon, & les Eumenides : l'Electre de Sophocles ; & en
l'Oreſte d'Euripide) il s'accompagna de Pylades, & s'en vint à Mycenes deuers ſa mere Clytemneſtre, ſei-
gnant eſtre vn paſſant du pais d'Æolie, qui apportoit les nouuelles de la mort d'Oreſtes, qu'Egiſtus auoit
moyenné enuers le peuple. Et tout incontinent apres Pylades fils de Strophius vint trouuer Clytemneſtre,
auecques les os (comme il diſoit) d'Oreſtes, qu'il auoit mis en vn cercueil. Egiſtus tout ioyeux de cela, les
heberge a en ſon logis ; là où prenans leur party à propos, ils les maſſacrerent tous deux. Tyndarus ayant mis
pour ce faict Oreſtes en iuſtice, les Mycenie ns luy donnerent la clef des champs, en conſideration de ſon pere
Agamemnon. Mais bien toſt apres il fut tourmenté par les furies de ſa mere, dont il fut deliuré du de-*
puis,

CASSANDRE.

puis ; & espousa Hermione fille d'Helene qui luy auoit esté desia accordée ; apres auoir tué Pyrrhus fils d'Achilles qui s'en estoit bien & beau emparé durant son desuoyement & exil.

Lvcian au traicté de la belle maison, descrit vne des peintures d'icelle touchant ce mesme argument & subiect ; auecques tout plein d'autres belles choses, lesquelles puis qu'elles ne sont la separées, nous ne les separerons point icy non plus, pour le plaisir & contentement que nous esperons deuoir amener aux lecteurs en vn bien peu de papier dauantage.

Av partir de là vous trouuerez vn autre tableau, d'vn faict de prime face execrable, mais iuste de soy ; dont l'ouurier a emprunté le subiect des Poësies d'Euripide & Sophocle : car ils ont l'vn & l'autre traicté ce Lvcian. subiect. Devx braues Adolescens compagnons d'armes, Pylades & Orestes, que l'on tenoit desia pour morts, s'estans cachez derriere le palais Royal, se viennent de tetter d'aguet sur Egisthe, & le mettent à mort. Au regard de Clytemnestre elle est desia depeschée, toute estenduë à la renuerse, en ie ne sçay quel lict presque nuë : & la famille espouuantée d'vn cas si estrange, dont les vns semblent crier au meurtre, les autres regardent çà & là de quel costé ils se pourront sauuer à la suitte. En quoy le peintre a eu esgard à l'honnesteté & deuoir, de n'estre sinon passé par dessus vne chose si abominable, & la monstrer comme desia estant faicte, là où il a retenu & faict insister ces deux iennes hommes à l'homicide de l'adultere. Apres cela est vn Dieu de tresgrande beauté, & vn fort gentil & agreable ienne garçon qui luy sert de passe-temps amoureux, a sçauoir Branchus, assis sur vne pointe de rocher, qui tient vn lieure, duquel il se ioue a vn chien, le faisant sauter apres. Apollon qui est là debout s'en vit & prend plaisir à l'vn & à l'autre : à l'enfant qui s'esbat, & au chien qui s'eslance contre le lieure. Persée suit de rechef : mais c'est vn faict qui a precedé le combat pour raison d'Andromede ; car il assant icy Meduse & luy couppe la teste : Minerue le couurant & garantissant du danger ; de sorte qu'il a desia mis fin à son entreprise. Mais il n'a point apperceu encores la face de la Gorgone en son escu ; trop bien a-il peu voir l'effect du vray & reel aspect d'icelle. Au milieu de la muraille vis à vis de la porte y a vne petite chapelle de Minerue, auecques vne effigie de la Deesse d'vn beau marbre blanc, en geste non de guerriere, mais telle que quand elle s'occupe à la paix. Puis vne autre Minerue, non de relief ny de marbre, ains en platte peinture, à qui Vulcan donne la chasse estant espris de son amour : & elle fuit tant qu'elle peut : de laquelle importunité & poursuite vient à naistre Erichtonius. Ce y est accompagné de ie ne sçay quelle autre vieille peinture d'Orion qui porte Cedalion ; estant aueuglé quant à luy, & l'autre qui est ainsi chargé sur ses espaules, l'aduertit du chemin qu'il doit prendre, car la lumiere du soleil qui apparoist remedie à cet aueuglement : & Vulcan contemple de Lemnos ce mystere. Suit puis-apres Vlysses qui contrefaict du fol, n'ayant point d'enuie d'accompagner les Atrides à leur entreprise de Troye ; dont les Ambassadeurs sont là pour luy inuiter & semondre. Or tout ce qui concernoit cette feinte estoit bien vray-semblable : le chariot degingandé, & les cheuaux hors de propos attellez sans deuant derriere, au rebours d'vn bœuf & de l'autre ; & la ne, cognoissance de ce qui se faisoit : mais son fils qu'on luy met au deuant descouure la ruze : car Palamedes fils de Nauplius s'apperceuant de l'affaire, a saisi Telemaque l'espée nuë au poing, monstrant de le mettre à mort. Et de tant plus que l'vn faict du fol, l'autre au contraire monstre d'estre plus presté a frapper l'homicide : de maniere qu'Vlysses à cette derniere peur reuient à soy, & se monstre pere, toute dissimulation desormais outrée. Finablement Medée est pourtraicte toute enflammée de ialousie ; regardant d'vn mauuais œil en trauers ses petits enfans, & machinant ie ne sçay quoy d'horrible ; car elle tient vne espée, & les mauuais sont autour d'elle & qui se rient ; ne sçachans rien de ce qui doit aduenir, mais regardent tant seulement au glaiue que leur mere a entre les mains.

Or cet adultere icy d'Egisthus auecques Clytemnestre, ne prouenoit point tant d'vne volupté & luxure, comme de certaine animosité & hargne intestine procedée de pere en fils, comme par succession & heritage : pour mieux entendre laquelle, il est besoin de repeter la chose de plus haut. Pelops eut de sa femme Hippodamie deux enfans masles, Atreus & Thyestes, qui furent en perpetuelle contention & debat l'vn contre l'autre. Cettui-cy pour faire despit à son frere luy desbaucha sa femme Æropé, & Atreus au rebours print ses enfans, Tantalus & Plistenes, qu'Atreus (ayant sceu le cas) fit cuire à guise de viande, & les donna à manger à son frere. Surquoy l'on dit que le Soleil, pour ne voir vn cas si horrible, retourna son cours en arriere : puis sur la fin du repas luy fit apporter les testes & les bras sur la table. Thyestes ayant trouué le moyen d'eschapper, s'en fuit deuers le Roy Thesprotus ; & de là à Sicyon, là où estoit sa fille Pelopie ; laquelle ayant faict vn sacrifice à Minerue, & dansé selon la coustume, comme elle eut souillé d'auanture ses vestemens dans le sang des victimes, & pour cette occasion s'estant allée pour les lauer à la riuiere pres de là, qu'il estoit desia noire nuict toute close, Thiestes qui estoit en aguet la surprit & viola ; la laissant enceinte d'vn fils qui fut appellé Egisthus, du nom d'vne cheure : par ce que la mere ayant depuis cogneu en l'espée qu'elle luy destourna lors qu'il eut affaire auecques elle, que c'estoit son pere propre qui luy auoit faict cet outrage, elle exposa l'enfant quand il vint à naistre en vn lieu desert, là où certains pasteurs le trouuerent, & le firent alaicter par vne cheure. Car estant suruenu vne grande famine à Mycenes, que les deuins reiettoient sur le forfaict d'Atreus, pour expier lequel il falloit qu'il rappellast son frere Thiestes, en la part qu'il leur competoit de leur heritage, Atreus s'en alla vers le Roy Thesprotus, pensant y trouuer Thiestes, & y ayant de fortune apperceu Pelopie, qu'il pensoit estre

Hh iij

fille d'iceluy Thesprotus, la luy demanda en mariage, ce qu'il luy ostroya facilement, pour effacer le soupçon de la grossesse. L'ayant emmenée chez luy, elle enfanta bien tost apres Egisthus,
& l'exposa, comme dit est, alleguant certaines raisons là dessus. Mais Atreus le fit chercher, &
nourrir comme sien, aueecques Agamemnon & Menelaus, qui estoient desia grands : lesquels
ayans enuoyé en queste de Thiestes pour le luy amener en quelque sorte que ce fust, ils s'en allerent à Delphes, là ou de fortune Thiestes estoit aussi arriué, pour se conseiller à l'Oracle, comme il se pourroit vanger de son frere. Au moyen dequoy ils le prirent & l'emmenerent à leur pere, qui le fit mettre en vn cul de fosse, & enuoya deuers luy Egisthus, pensant que ce fust son
fils pour le mettre à mort. Thiestes luy voyant l'espée à la main, laquelle luy auoit esté desrob-
bee, luy demanda d'ou il l'auoit euë : il fit responce que sa mere Pelopie la luy auoit donnée, laquelle il luy pria de faire venir pour verifier ce faict là. Elle dit ce qu'elle en sçauoit : & seignant
de la vouloir recognoistre plus exactement, s'en donna à trauers le corps. Egisthus la porta
qu'elle fumoit encores à Atreus, lequel tout ioyeux de s'estre ainsi deliuré de son frere, comme
il se fust mis à sacrifier sur le bord de la mer, Egisthus le tua la endroit, & s'empara de la couronne aueecques son pere Thiestes. Tout cecy dit Hyginus, au octante-huictiesme chapitre. A quoy
Pausanias és Corinthiaques adiouste, qu'Egisthus prit le pretexte & couuerture de mettre à
mort Agamemnon, & luy desbaucher Clytemnestre sa femme, sur l'homicide commis au-parauant par iceluy Agamemnon en la personne de son frere de pere, Tantalus fils de Thiestes,
afin d'auoir Clytemnestre, qui auoit desia esté accordée par Tindarus audict Tantalus.

    C A R   A G A M E M N O N *se fust embrouillé da s vne chemise fa ite expres sans aucune issuë.* Euri-
pide au Prologue de l'Oreites, introduit Electre parlant de sa mere Clytemnestre.

    ἡ πόσιν ἀπείρῳ περιβαλοῦσα ὑφάσματι
    ἔκτεινεν.

Laquelle a tué son mary l'embroüillant de ie ne sçay quel habit dont il ne se peut desueloper. Là où ce mot de
ἄπειρος ne signifie pas comme il faict en quelques autres endroits, *grand, el mesuré, infini, circu-*
laire, mais vne iuppe ou chemise qui n'a point d'issuë aux manches ny au collet ; comme l'interprete Horus en ses Hieroglyphiques, suiuant ce que dessus d'Euripide. Et cet autre lieu encore
icy de Sophocle en la Polyxene.

    χιτῶν σ' ἄπειρος ἐκδυτὴρος κακῶν. Plus Isaac Tzezes sur Lycophron en la Cassandre.

    ὁ δὲ πεσει δὲ τῷ περασσαμένῳ κέλωρ.
    ἐν ἀμφιβλήστροις ἔλλοπες μιμοῦδοῦ δίκλω.

A guise d'vn poisson qu'donne dans le filé, Agamemnon estant retourné de Troye, sa femme Clytemnestre,
qui luy auoit tout à le serpe paré vne robbe sans aucune issuë, ny au collet ny aux manches, d'vn visage ioyeux
& content la luy pr senta pour s'estr , comme il se vouloit mettre à table : & s'estant embroüillé là dedans, elle
& Egisthus le mes s'a retenu comme vn poisson dans vne rets.

    C E T T E *tranchante hache dont l'on abbat les grands arbres.* Cecy semble estre dit à l'imitation
de Sophocle en l'Electre.

    ἵνα πὸ σύμπον ἐμὸν ᾔσθω
    πατὴρ ὃν ἐν μὴ μὲν βαρβαρον ἄμαν
    φοίνιος ἄρις ἐθα ἐξένισεν.
    μήτηρ δ' ἡ ἐμὴ κοινολεχὴς
    ἀίμασθε, ὅπως δρυίν ὑλότόμοι
    σχίζουσι κάρα φοίνιω πελέκει.

Combien ie lamente mon infortuné pere, que le sanglant Mars en terre estrange n'a pas deslogé de ce monde,
mais ma mere propre, & son bel adultere Egisthe luy ont fendu la teste d'vne mortelle coignée, tout ainsi que
feroient quelque chesne ceux qui abbattent le bois. Plus en la mesme Electre.

    ὅτι σοι παγχάλκων αὐτίμα
    ἡμῖσων ὡρμαῖθη πλάγα.

Quand le coup fut donné par le deuant d'vne hache d'airain. Et de rechef encores là où il vse du mesme
Epithete de ἀμφήκης, que Philostrate luy donne icy :

    ἀλλ' ἁ παλαιᾷ χαλκόπληκτος
    ἀμφήκης ᾔρις,
    ἅ νιν κατέπεφνεν αἰ-
    σχίσταις ἐν αἰκίαις.

Ne cette vieille hache d'airain tranchante des deux costez, qui l'a occis d'vne tres-vilaine sorte de mort.

    L A   F I L L E *de Priam qu' Agamemnon trouuoit tres-belle.* Il entend de Cassandre, laquelle Ho-
mere au treiziesme de l'Iliade, dit estre la plus belle fille de toutes celles du Roy Priam : au moyen
                      dequoy

dequoy Othryoneus tres-riche Prince l'eſtoit venu demander en mariage ſans aucun dot.

> ἥτε δὲ Πελάμοιο θυγατρῶν εἶδος ἀείϛη,
> Καϛανδρίϛω, ἀδώεδνον.

DE GRANDES *choſes en fort peu d'eſpace auront eſté repreſentées fort tragiquement.* Homere au 4. de l'Odiſſée dit, que de tous ceux qui furent inuitez à ce banquet n'en fut eſpargné vn ſeul, non pas meſmes des amis d'Egiſthus, qui faiſoit le maſſacre, de peur de rien dire de ceſt affaire.

> οὐδέ τις Ἀιγείϛεω ἑτάρων λίπεϑ᾽ οἳ οἱ ἕποντο,
> οὐδέ τις Αἰγίϛου, ἀλλ᾽ ἕκταϑεν ἐν μεγάροισιν.

REGARDEZ *donques. Les flambeaux icy eſclairoient: car de fortune tout cecy aduint de nuict; & les beaux grands hanaps leur ſeruoient pour boire,* &c. Tout ce lieu icy eſt pris de l'onzieſme de l'Odyſ-fée, là où Agamemnon racompte à Vlyſſe aux enfers, la maniere comme ſe paſſa ce maſſacre.

> Διογθϛές Λαερτιάδη πολυμήχ᾽ανε Ὀδυϛεῦ,
> ἀτ᾽ ἐμέ γ᾽ ἐν νήεϛι Ποϛϛδάων ἐδάμαϛϛε,
> ὅρϛας ἀργαλέων ἀνέμων ἀμέγαρτον αὐτμήν,
> ἤ τέ μ᾽ ἀνάρϛιοι ἄνδρες ἐδηλήϛαντ᾽ ἐπὶ χέρϛου
> ἀλλά μοι Αἴγιϛος, &c.

Tres-noble & prudent Vlyſſe fils de Laërtes, ny Neptune ne m'a point perdu dedans mes vaiſſeaux, m'exci- HOMERE *tant vn trop deſmeſuré ſouſlement de vents ennuyeux & contraires; ne les expoſant ainſi peu ne m'ont point defait en terre-ferme; mais Egiſthus qui m'a meurtry de guet à pends, me braſſant la mort auec ma per-ni-cieuſe femme, apres m'auoir ſemonds à banqueter à ſon logis, tout ainſi que l'on aſſomme vn vcau à la creſche en la meſme ſorte peris-ie d'vne tres-miſerable mort. Et tout autour de moy mes plus fauoris & ar-mez compagnons eſtoient maſſacrez par meſme moyen, ny plus ny moins que pources gras aux dents blanches, qu'on ſacrifie ou aux nopces, ou pour diſtribuer aux amis, ou en vn ſolemnel feſtin de quelque riche & puiſſant ſeigneur. Certes vous vous eſtes trouué à la defaite de beaucoup de gens, ou ſeparemant, ou en quelque forte rencontre, mais en voyant ſur toutes autres choſes cette-cy, gemiſſez hardiment dedans voſtre couurs quand vous vriend en à conſiderer comme entour des grandes couppes, & des tables chargées de viandes, nous giſions eſtendus par terre là dedans ce logis, que le plancher eſtoit tout arrouſé de ſang. Mais le plus pitoiable de tout fut la voix que i'ouys de Caſſandre fille de Priam, qui la meſchante Clytemneſtre maſſacra tout aupres de moy, qui en mourant iettoit les mains au deuant du coup. Et ceſte chienne impudente maudite, ayant fait ce beau ch. f d'œuure s'en all ſans me daigner clorre les yeux apres que i'euz rendu l'ame à Platon, ne m'agen-cer la bouche deuëment. De maniere qu'il ne ſe peut iamais trouuer de plus cruel ny peſtifere, que vne telle fem-me; celles au moins qui conçoiuent de telles meſchancetez en leur eſprit, comme fit cette-cy qui commit vn ſi mal-heureux forfait, de machiner ainſi la mort de ſon legitime mary. Au moins en deques vous qui auez à retour-ner de rechef au monde, gardez vous bien de vous monſtrer trop benins, faciles, ny gracieux à vos femmes; ne de leur declarer tout ce que vous aurez ſur le cœur; mais leur en communiquez ſeulement la moindre par-tie. Le reſte qui ſera d'importance, gardez le bien en voſtre ſecrete penſée.*

L'AVTRE *fait l'arbre fourchu: Cymbaque deuoit le Poète. Diroit pour dit, qui eſt vne locution ele-gante, dont meſmes vſent les Latins. Au reſte cela eſt d'Homere au 5. de l'Iliade, ou Antiloque met à mort Mydon.*

> αὐτὰρ ὁ γ᾽ ἀϛθμαίνων εὐεργέος ἔκπεϛε δίφρου
> κύμβαχος ἐν κονίηϛιν ἐπὶ βρεχμόν τε καὶ ὤμους,

Mais cetui-cy haletant à gros ſanglots cheut à bas de ſon beau chariot, faiſant l'arbre fourchu dans la pouldre, ſur le ch. non du col & les eſpaules. Lequel mot de κύμβαχος vient de κόρϛη, qui ſignifie auſſi la teſte, & eſt pris quelquefois pour la creſte ou le haut de l'armet, comme en ce lieu icy du 15. de l'Iliade.

> τῆ δὲ Μέγης κόρϛθος χαλκήρεος ἱπποδαϛείης
> κύμβαχον ἀκρότατον νύϛ᾽ ἔγχεï ὀξυόεντι,
> ῥῆξε δ᾽ ἀφ᾽ ἵππειον λόφον αὐτοῦ.

AGAMEMNON *giſant mort non à la campagne de Troye, ne ſur le bord de quelque Scamandre, mais en-tre des garçons & femmes leſtes comme vn bœuf à la creſche. Au 4. de l'Odiſſée.*

> τὸν δ᾽ οὐκ εἰδόϛ᾽ ἔλεξθεν αἵμαϛε καὶ κατέπεφνε
> δήπϛιοϛς, ὥς τις κατέκτανε βοῦν ἐπὶ φάτνη.

Plus à l'onzieſme enſuiuant le meſme carme encore comme nous l'auons allegué cy deſſus. Ce mot icy βοῦς ἐπὶ φάτνη, eſt paſſé en prouerbe enuers les Grecs, quand ils veulent deſigner quel-qu'vn qui apres auoir fort longuement trauaillé, va chercher le repos pour le reſte de ſes iours: ainſi que les Romains ſouloient faire enuers les vieux ſoldats exempts d'aller plus à la guerre, qu'ils appelloient veterani, à quils diſtribuoient des terres pour viure ſans plus trauailler, à gui-ſe de quelque vieil bœuf, lequel ne pouuant deſormais traiſner la charruë, ny la charrette, on engraiſſe à la creſche. Et c'eſt ce qui ſuit puis apres. *Voila ce qui luy eſt arriué au bout de tant de trauaux au beau milieu de ſon ſoupper.* Toutesfois on veut auſſi tirer ce prouerbe pour celuy qui apres auoir en ſon temps eſté gallant homme, & fait de belles choſes, s'anonchaliſt finablement, & ſe donne du tout à l'oiſiueté, aux plaiſirs & delices; comme fit Lucullus, & Scipion l'Aphricain auant luy, qui ſe retira aux champs. Là où au contraire le grand Caton maintenoit qu'on ne pouuoit plus honorablement vieillir, qu'en continuant de s'entremettre touſiours iuſques au dernier bout des affaires de la choſe publique: & que la vieilleſſe auoit aſſez de laideurs ſans y adiouſter encore celle de l'oiſiueté & pareſſe qui eſt la plus grande de toutes. Auſſi Thucydide a bien oſé dire que tout vieilliſſoit en l'homme, hors-mis la ſeule ambition. Ainſi que le diſcourt fort au long Plutarque en ſon traitté, *ſi les vieilles gens ſe doiuent meſler des affaires Publiques.* Mais plus dignement & royalement que nul autre Veſpaſien dans Suetone, titre 21. *Imperatorem ait ſtantem mori oportere.* A la verité ce fut vn trop cruel traict de fortune, d'auoir voulu ſauuer Agamemnon ſi grand Roy & ſi excellent capitaine, de tant de perils & dangers, pour luy appreſter vne fin ſi indigne & miſerable. Voicy au demeurant ce que Pauſanias és Corinthiaques racompte de ceſt affaire. *Entre les ruines & antiquitez de Mycenes, ſe void vne fontaine appellée Perſeus, & les ſouſterrains edifices d'Atreus & de ſes enfans, dont ils ſe ſeruoient à cacher leurs threſors. Puis apres eſt le ſepulchre d'Atreus, & de tous les autres qu'Egiſthus maſſacra auec Agamemnon à leur retour de Troye, les ayans inuitez au feſtin. Car quant au monument de Caſſandre, les Lacedemoniens qui habitent à Amycles n'en ſont pas bien d'accord. L'vn eſt d'Agamemnon, l'autre d'Eurymedon ſon cocher. Teledamus & Pelops giſent en vn meſme tombeau; deux iumeaux que Caſſandre enfanta, (comme l'on dit) & au'quels tous petits gargonnets encore, Egiſthus apres auoir tué le pere & la mere, couppa la gorge. Le cercueil d'Electre eſt là auſſi, laquelle du conſentement d'Oreſtes eſpouſa Pylades: dont, ſelon que l'a eſcript Hellanicus, elle eut Medon & Strophius. Mais Clytemneſtre & Egiſthe ſont enſeuelis vn peu plus loing des murailles, comme indigne d'eſtre enterrez en vn meſme endroit auec Agamemnon, & les autres qui furent meurtris quand & luy.*

PAN.

Ce *Pan* que vous voyez qu'on lie,
Nous faict cognoistre la folie,
De l'idolastre antiquité:
Car où estoit leur esperance,
Puis qu'ils despoüilloient de puissance,
Leur plus haute Diuinité?

On dit qu'autre estoit leur creance,
Et que c'estoit en apparence,
Qu'ils donnoient ainsi diuers noms:
Mais en fin leur Mythologie,
Et toute leur theologie,
C'estoit d'adorer les Demons.

PAN.

ARGVMENT.

MERCVRE *fils de Iupiter & de Maia, Dieu de la parole & de l'elo-*
quëce, inuëteur des lettres, le premier autheur de la lyre; protecteur Scin-
dic, Patron des marchans, banquiers, traffiqueurs, courretiers; Guides
des chemins et voyages; Ambaſſadeur perpetuel de la Cour celeſte; He-
raut, huiſſier, & meſſage des Dieux; voulut quelque fois auſſi bië que les autres fai-
re l'amour à Venus, dõt il n'eut pas beaucoup de peine à en tirer vne paſſade et cour-
toiſie: tant à cauſe de ſa beauté et ieuneſſe; que pour la facilité du ſubiect, ſi bien que les
eſclats en volerent: et eurent par enſemble vne creature qui ne fut bõnement Dieu ny
hõme; homme ne femme; & neantmoins tous les deux enſemble: diſgraciée au reſte,
mal-plaiſante, et deſ-agreable à l'vn et à l'autre ſexe. Malencontreuſe & de ſiniſ-
tre preſage, principalement aux Romains, comme gens virils & qui deteſtoient les
effeminez: auſſi ne pardonnoient ils iamais à cette maniere de monſtre, lequel du
nom aſſemblé de ſes deux parens fut appellé Hermaphrodite. Mercure ſe voyant
auoir ſi mal rencontré pour ſon coup d'eſſay & encore auec vne ſi belle Deeſſe, eut
opinion que cela vinſt de ſa lubricité inſatiable, qui ne permet gueres le fruict venir
à ſon entiere perfection: parquoy il ſe voulut addreſſer autre part, & meſme à vne
creature mortelle; ſur toutes leſquelles il choiſit Penelope fille d'Icarius, à cauſe de la
chaſteté qu'il preuoyoit à l'aduenir debuoir eſtre celebrée en elle. Mais pour ce coup
l'ayant ſurpriſe entre la haye & le bled, comme l'on dit en commun prouerbe, il en
eut moitié figues moitié raiſins les premieres danrées. Vlyſſes en fit puis apres ſes choux
gras: car ce n'eſt point de honte à vn homme mortel d'auoir les reſtes de quelque Dieu,
ny plus ny moins qu'aux Spachis & Selictars du grand Turc, de prendre à fem-
me celles de ſon ſerrail dont il ne veut plus. Mais pource que Mercure pour iouÿr
plus ſecrettement de ſes amours, & euiter le ſcandale de la fille, eſtoit contraint de
ſe deſguiſer, il choiſit la forme de boucq, ſoubs laquelle il alloit ordinairement voir,
dont la cauſe ne ſe ſçait point bien, mais tant eſt que l'enfant en participa; façonné
comme vne perſonne de la ceinture en haut; & le reſte d'abas du tout ſemblable à
vne cheure: auec d'abondant vne longue queuë pour l'eſmoucher parmy les bois.
des Freſlons & des Tiques; car il y fit ſa plus commune demeure: combien que toute
la campagne auſſi; les landes, les paſtis & prairies; montagnes & rochers fuſſent
de ſa iuriſdiction; enſemble tous les autres endroits où le beſtail peut trouuer à viure.
Son droict nom fut celuy de PAN; *conſeruateur des Paſteurs & des Paſtourelles;*

garde

garde de leurs priuileges, libertez, & franchises : suruaillant soigneux de tous les trouppeaux qui estoient mis & delaissez, à sa protection ; dont aussi l'on estoit ingrat de luy offrir & desdier de belles premices. Mais au surplus il estoit d'un sang chaud, colerique & boüillant; chagrin, despit, et fort aisé à mettre aux champs; d'un œil farouche, d'un nez renfrongné; lascif & lubrique outre mesure; tousiours au guet apres les Nymphes qui ne se sçauoient bonnement où sauuer de ses poursuittes & aguets. Iusques à ce que finablement l'ayant surpris une fois qu'il dormoit elles le lierent et garrotterent, & luy firent mille algarades et insolences. Philostrate descript le tout par le menu, parquoy il n'est point de besoin d'en faire icy d'autre redite.

 E s N y m p h e s alleguent pour leur raisons que Pan dansse de mauuaise grace, & qu'il ne fait que trespigner sans propos, hors de toute cadence, sautellant-bondissant à guise de boucqs saffres & fretillars. Parquoy elles luy voudroient bien monstrer vne plus plaisante maniere de bal : mais il ne leur daigne prester l'oreille, ains les tente, en leur laissant son sein tout à descouuert. Au moyen dequoy sur le haut du iour qu'on leur est venu faire rapport, que luy estant las de la chasse, s'est mis à dormir; elles luy viennent donner l'assaut. Or souloit-il au-parauant dormir d'vn nez benin & paisible, radoucissant par le sommeille le renfrongnement & courroux d'iceluy; mais il est auiourd'huy en extreme colere : par ce que les Nymphes s'estans iettées sur luy, le voila les mains desia liées derriere le doz ; & si craint qu'elles ne luy veulent aussi entrauer les iambes. La barbe pareillement dont il fait si grand compte luy a esté abbatuë auec de petits cousteaux : & si dient outre-plus auoir gaigné cela sur Echo, qu'elle ne fera plus compte de luy, & ne luy daignera plus parler. C'est ce que les Nymphes en causent toutes ensemble. Mais considerez les maintenant par leurs races à part. Les Naïades respandent des gouttes d'eau de leurs belles tresses : & la crasse de ces Bouuiers n'est rien moins bien representée que la rousée des autres. Celle qui ont puis-apres vn teint floride, produisent leurs cheueux semblables à des fleurs d'Hyacinthe.

auoir gaigné)
ἐννεπεῖζετε,
qu'elles gaigne-
rée cela sur Echo.

ANNOTATION.

P o v r plus facile intelligence de ce tableau, ne seruira pas de peu ce que nous adiousterons icy d'Homere en l'Hymne de Pan; & de Lucian en ses Dialogues.

Ἀμφί μοι Ἑρμείαο φίλον γόνον ἔννεπε μοῦσα,
αἰγιπόδίω, δικέρωτα, φιλόκροτον, ὅς αἰά πᾶσαν
δενδρήεντ', &c.

Du cher fils de Mercure dy m'en Muse aussi quelque chose ; de ce cheure-pied, bicornu, aimant l'applaudisse- Lvcian.
sement. Et qui és boscageuses fondrieres accompagne ordinairement les Nymphes en leurs Carolles accou-
stumées : lors mesmes qu'elles se promenent sur la teste de quelque roid'escarpée roche, innoquans Pan le Dieu
des Pasteurs à la luisante perruque, hallé & crasseux : possesseur paisible de tous les plus negez couppeaux, &
des haut-esleuées cimes des montagnes, & pierreux sommets. Lequel sans cesse va & vient çà & là par les

espoisses broßailles : quelquefois attiré des eaux doux-coulantes; quelquefois de rechef se repromenant parmy les sublimes rochers, montant sur la plus aduancée pointe, pour de là prendre garde aux troupeaux de bestes blanches. Souuent il parcourt les longues files des montaignes frequentées de cheures: souuent il se destourne és collines pour tuer de la venaison, voyant fort cler & aigu. Quelquefois il se met à sonner, se haussant de derriere sa crouppe, tout ainsi que la belle estoille du soir; & ioüe vne fort plaisante note sur ses chalumeaux. Pas ne le denancera à chanter l'oiseau qui au Printemps fleury se lamentant parmy les fueilles, iette vne douce melodie. Alors les Nymphes montaignardes doux-emparlées se promenans ordinairement à beau pied auec luy, s'en vont degoiser sur la source d'vne fontaine : & le Dieu se coulant icy tantost là au milieu des danses, les gouuerne, & redresse le plus souuent de sa marche; ayant dessus ses espaules vne peau de Loup-ceruier toute saigneuse. Là il se vallegre l'esprit en la delicate prairie, où le Saphran, & l'Hyacinthe de souësue odeur verdoyant, se mesle auec vne herbe innumerable. Là ils celebrent les Dieux bien-heureux, & le long-estendu Olympe; alleguans que Mercure est fort excellent & vtile, pour estre vn prompt & diligent messager de tous ses celestes : lequel s'en vient par fois en l'Arcadie abondante en fontaines, mere des bribailles, où le temple Cyllenien luy est consacré. Ce Dieu se mit à garder autrefois les troupeaux à la fine laine, d'vn homme mortel: car vne affection doux-coulante l'auoit espris de se conioindre par amourettes auec la Nymphe aux beaux cheueux dorez Driopé. Or il fit ses nopces fort splendides, & elle luy enfanta à la maison vn enfant monstrueux à voir de pleine arriuée : Pié-de-cheure, bicornu; de fort grand bruit, & riant tout iolyement. La nourrisse se leuant en pieds s'enfuyt soudain, & le laissa là; car elle eut peur, quand elle vid cette hideuse face pelue. Mais le profitable Mercure le prenant entre ses bras en eut grand ioye en son cueur: & s'en courut l'istiument aux demeures des immortels, enueloppant cette creature dans des houßiés peaux de lyeure. Puis s'alla seoir emprés Iupiter en la compagnie des autres Dieux, & leur monstra ce sien fils, à quoy ils prirent fort grand plaisir: mesmement ce Bacchique Dionysus, l'appellans Pan; pour la recreation qu'il leur auoit donné à eux tous. Ie te salúe doncques gentil seigneur, à qui mes chansons seruiront d'oresnauant de prieres: car ie ne te mettray point en oubly nomplus que les autres.

Mais Lucian introduit Mercure parlant comme s'il faisoit difficulté de le recognoistre & aduoüer pour son fils, le voyant ainsi monstrueux & difforme.

PAN ET MERCVRE.

LVCIAN.

PAN. Dieu vous gard mon pere Mercure. MERCVRE. Et Dieu te gard aussi toy. Mais comme suis-ie ton pere? PAN. N'estes vous pas ce Mercure Cyllenien? MERC. Si suis de vray: en quelle sorte doncques es tu mon fils? PAN. Ie suis vostre bastard, nay par amourettes. MERC. Par Iupiter, de quelque vieil boucq pourroit estre, qui a cogneu vne cheure. Car comment serois tu mon fils, qui as des cornes, & vn nez ainsi faict? auec ne grande queue qui te pandille le long des fesses? PAN. Tout ce que vous dites en m'iniuriant, par cela mesme vostre pere vous diffamez; celuy qui est vostre fils, & le publiez ignominieux & difforme; voire vous encore plus tost qui procedez de tels enfans. Car de moy ce n'est pas ma faute. MERC. Et quelle mere allegueras-tu aussi estre la tienne? pourroi-ie point par ignorance auoir quelque part commis inceste auec vne cheure? PAN. Non certes auec vne cheure: mais ramenez vous en memoire si quelquefois vous n'auez point en Arcadie forcé vne fille de franche condition. Pourquoy cherchez vous ainsi en vous mordant le doigt, & estes si longuement en suspens? ie parle de Penelope, la fille d'Icarius. MERC. Qu'est ce donc qui luy est aduenu, qu'au lieu de me ressembler elle t'a enfanté tout pareil à vn boucq? PAN. Ie vous diray ce que i'en ay oüy d'elle mesme. Car quand elle m'enuoya en Arcadie; ie suis de vray ta mere Penelope mon enfant (me dit elle) née de Sparte: au reste sçaches pour vray que tu as vn pere qui est à sçauoir Mercure fils de Iupiter & Maia; au moyen dequoy si tu es cornu, & as les pieds d'vn boucquin, ne t'en fasche point autrement; car quand il se ioüa à moy, il s'estoit desguisé en boucq, pour se dissimuler plus aisément: parquoy tu es reüssi semblable à cest animal. MERC. Par Iupiter il me resouuient que ie fis le tel (ce me semble) de tel. Moy donques estant ainsi mignon & gentil, & qui pour ma beauté excellente me glorifiois tant; qui n'ay encore vn seul brin de barbe, seray appellé ton pere, & seruiray d'vne risée à tout le monde pour auoir procréé vne telle race? PAN. Mais mon pere ie ne vous fai point de honte, car ie suis fort bon musicien, & toüe du cornet à bouquin, que i'enfonce excellemment bien sur tous autres. Et si le bon Bacchus sçauroit rien faire sans moy; tellement qu'il m'a appellé de sa compagnie, & mis de son conseil priué : & luy conduits toute sa brigade. Que si vous voyez mes troupeaux, comment Parthenien, cela vous donneroit vn merueilleux contentement. Dauantage ie commande à toute l'Arcadie, & n'y a gueres, que estant allé au secours des Atheniens, ie me portay si bien à la iournée de Marathon, que i'en eux cette belle caue qui est au dessoubs du chasteau, comme pour vn present & honneur militaire. Au moyen de dequoy si vous venez iamais à Athenes vous trouuerez combien y est grand le nom de PAN. MERC. Mais dy moy, n'es tu point marié encore? Car on le dit ce me semble. PAN. Nenny de vray; ie suis de trop amoureuse complexion: & ne me contenterois pas d'vne seule femme, pour belle qu'elle sceut estre. MERC. Ouy voirement; ie montes sur les cheures. PAN. Et bien vous vous mocquez de moy: neantmoins i'accointe toutes les fois que ie veux, & Etho, & Pithys; & toutes les Menades de Bacchus encore, dont ie

suis

fuis fort respecté & le bien venu. MERC. Or sçais tu bien qu'il y a mon fils doncques : Voicy auant toutes choses ce que ie veux que tu faces pour l'amour de moy. PAN. Commandez seulement mon pere, car nous nous parforcerons d'obeir. MERC. Vien moy voir; accolle moy tant que tu voudras ; mais garde bien de m'appeller ton pere que personne l'entende.

CEVX qui veulent que toutes ces fables antiques soient vne espece de Philosophie, qui couure ainsi par ce voile les plus hauts secrets & mysteres de la nature, prennent PAN, qui proprement veut dire tout, pour l'vniuers, comme dit Plutarque au traicté d'Osiris ; combien qu'il le vueille là deriuer de Pente qui signifie cinq : mais cela est d'vn autre propos. La partie doncques en Pan qui est de forme humaine de la ceinture en haut, denote le ciel ; & la raison par mesme moyen dont tout ce monde est gouuerné. La face rouge cramoisie, la region Etheree qui est de nature de feu, mais ce qu'elle est ainsi renfroignée & despite tenât de la cheure, monstre les soudains changemens de l'air, à l'exemple de cest animal le plus inquiete & tempestatif de tous autres. Les cheueux sont les raiz du Soleil, & les cornes la Lune, en laquelle se viennent (comme tesmoignêt les Cabalistes) racueillir & asseoir toutes les influences des corps celestes; pour puis apres estre de là transmises, espanduës & communiquées icy bas aux elemens, & aux corps composez d'iceux. Ou plus tost ces deux cornes sont les deux luminaires: car les cornes & les rayons ont vne signification equiuoque enuers les Hebrieux ; ainsi que l'escriture saincte descrit Moyse cornu, pour dire ayant la face lumineuse. Aussi de ces deux corps celestes depend la continuation & perpetuité de toutes les choses inferieures qui ont naissance & accroissement : car la vie d'icelles consiste au sentiment & croissance ; celuy là prouenant de la chaleur du Soleil, cette-cy de l'humidité de la Lune. La partie puis apres d'ébas toute veluë, & couuerte d'vn poil rude, herissé, & espois, signifie la terre, auec les forests, les herbes, & plantes dont elle est reuestuë. Les deux iambes, les deux Hemispheres : l'vn comprenant l'Europe, Asie, & Aphrique : & l'autre cette grande estenduë de terre descouuerte au 2. de l'explication des songes, l'appelle temps au Midy. Le ventre est la mer, & les pieds de corne la solidité de la terre; fourchez & fendus entre deux pour monstrer les montagnes & les fondrieres & vallons. La peau de Panthere, & de petits faons de biche qu'il porte sur ses espaules, mouchetée de taches rondes, represente comme dit le grammairien Probus sur les Georgiques de Virgile, où il le fait vne mesme chose auec Iuppiter, le ciel semé d'estoilles. Les 7. chalumeaux ioints ensemble, à guise de tuyaux d'orgues, monstrent les 7. Planetes, & leurs spheres, ensemble l'harmonie des 7. tons qui partent de leurs cours & tournoyemens, comme le dit Ciceron au songe de Scipion. Le souffler dont il les entonne, est l'esprit de vie qui est en ces Astres: & aussi les vents qui parcourent l'air de costé & d'autre. En la gauche il tient vn baston courbe, qui signifie l'annee se reuoluant en soy mesme. Mais la couronne de Pin, qu'il a sur le front, sent son montaignard & sauuage: car il erre ordinairement parmy les profondes forests, les rochers, barricaues, montaignes & autres lieux solitaires; pour denoter que le monde qui porte son nom a esté crée seul, & non plus que d'vn. Son ardente & actiue lasciueté dont il poursuit les Nymphes à toutes heures, est le chaleureux desir de generation espandu en cest vniuers, qui tire sa matiere propre & conuenable a cela, de l'humidité represen- tée par les Nymphes; sans laquelle côme subiacente & passible à son action il ne sçauroit operer. Au moyen dequoy Phornutus le fait estre vne mesme chose auec le Dieu genital des Iardins: & Seruius, auec Ianus, ab ineundo: comme Artemidorus au 2. de l'explication des songes, l'appelle ἐφιάλτης ou Incube: quelques autres Faunus. Platon dans le Cratyle le prend pour la parole: pour autant que tout ainsi que Pan participe de deux natures, la raisonnable, & la brute, trottant incessamment çà & là sans s'arrester en vne place; de mesmes la parole est de deux sortes, la veritable, & la feinte; dont l'vne & l'autre embrasse & comprend toutes choses, & en peut discourir par tout, parce qu'il n'y a rien en ce monde qui la parole n'exprime : mais ce qui est veritable en soy, tend tousiours en haut au vray domicile de la verité qui est DIEV, & le faux; laid & disforme, à guise d'vne beste brute des-raisonnable demeure rabaissé icy bas en la terre, où il a son regne & domination parmy les hommes, suiuant le dire du Prophete, Omnis homo mendax. Or il y auroit trop de choses à dire qui voudroit poursuiure cette Allegorie de bout en bout laquelle aussi bien que le TOVT qu'elle represente seroit infinie; ainsi que nous le monstre l'Hymne ou encensement d'Orphée dedié à ce Symbole de l'vniuers, qui se commence,

Πᾶνα καλῶ κράτερον, νόμοιο δὲ σύμπαν.
Ὀρανόν, ἠδὲ θάλασσαν, ἰδὲ χθόνα παμβασίλειαν.

I'ENVOQVE icy Pan le fort vigoureux, le tout entier vniuersel : Ciel, mer, & terre, reyne de toutes choses, & le feu immortel : car ce sont icy les membres de Pan. Vien doncques bien-heureux sauteur, tournoyeur, ayant tout vn mesme throsne auec le temps : soigneux surueillant des cheures, Bacchique, amateur des diuins mysteres : Iuge & arbitre des estoilles : faisant resonner l'harmonie du monde auec vn chant melodieux: introduisant les visions : monts terrible és frayeurs des hommes, prenant sa recreation à voir paistre les cheures, aux fontaines, & aux pasteurs. Preuoyant, grand chasseur oyant le bruit : proche voisin des

Ii

Nymphes : tout engendrant : creant tout : esprit de grande renommée : recteur du monde : accroisseur d'iceluy : fructueux porte-lumiere Apollon : te complaisant dans les cavernes : vindicatif : vray cornu Iuppiter : car à toy est ferme estably le plant infiny de la terre, la fertile eau pareillement de l'insatiable marine, & l'Ocean environnant la terre de ses eaux tout à l'environ, & la portion aërée. Maintenement de nourriture aux choses viuantes : as il constitué par dessus le sommet du benin feu tres-gratieux : car là haut tendent ces diuinitez fort institées par tes ordonnances & statuts. Tu changes par ta prouidence les natures de toutes choses : repaissant l'humain genre par ce monde infiny. Mais ô bien heureux Bacchanaliste, aimant ce qui est diuin, descends sur ces sacrées offrandes ; & nous octroye vne bonne fin de la vie, enuoyant ta Panique fureur sur les bornes & confins de la terre.

Telles doncques n'estoient pas les superstitions & Idolatries que l'on a peut estre cuidé, des anciens docte-sages hommes ; car soubs l'ombre de ces fictions ils s'esleuoient tousiours à la cognoissance du grand Dieu, seul eternel & immortel, selon l'opinion des Stoïques. Mais le vulgaire qui ne s'arreste ordinairement qu'à l'escorce, idolatroit à bon escient ; & encore sur des sujets les plus absurdes & ridicules du monde ; comprenans soubs ce monstre difforme & hideux à voir, Iupiter ; & soubs Iupiter le Dieu souuerain, παντογενἑθλ᾽ ἀρχὴ παντων, παντων τε τελευτη· *Engendrant tout, de tout principe & fin* ; comme dit le mesme Orphée en son Hymne. Mais c'est chose bien admirable comme ces paures & ignorans barbares des Indes Occidentales, separez de la Grece par vne si longue estenduë de terres & de mers, & si totalement incogneuz des anciens, ayent neantmoins eu ce mot icy de Pan en la mesme signification qu'eux : entendans par T o P a n le bon esprit ou puissance qui regne là haut ; & par A g n a n le mauuais d'icy bas, qui leur souloit faire beaucoup d'ennuis & de molestes auant qu'ils vinssent au Christianisme : mettans ces deux Demôs opposites l'vn à l'autre : tout ainsi que fait Orphée en la preface de ses Hymnes, δαίμονα τ᾽ ἀγαθὸν, καὶ δαίμονα πημονα θνητῶ. Au demeurant que ces demons icy idolatrez de de l'Antiquité fussent subiects à la mort, comme mesme le dit Hesiode, voicy ce que nous en auons de fort exprez, à propos mesmes de Pan, dans Plutarque de la cessation des Oracles, où

il introduit vn Cleombrotus parlant en ceste maniere. D e l a m o r t *des Demons t'en ay ouy faire vn conpte à certain personnage qui n'estoit ny estourdy ne bauart. Car ce fut Epitherses pere d'Emylian le Rhetuer, duquel aucuns mesmes d'entre vous autres ont esté auditeurs ; mon concitoyen, de la propre ville dont ie suis natif ; & lecteur en grammaire. Cetui-cy racomptoit, que pour passer en Italie s'estant embarqué sur vn nauire chargé non seulement de force marchandise, mais d'vn grand nombre de passagers quand & quand, ils seroient vn soir arriuez prés des Isles des Echinades, où le vent s'abbaissa du tout, de maniere que le vaisseau ne faisant que flotter à la vague, fut porté à la fin vers les Paxes, qu'il estoit bien tard ; plusieurs d'iceux passagers veillans encore, & d'aucuns qui beuuoient à la fin du soupper. Surquoy fut ouye de ceste Isle la vne voix de quelqu'vn qui appelloit T h a m u s, dont ils furent fort esbays. Ce Thamus cy estoit vn Pilote Egyptien, incogneu de nom à la plus grand' part de la compagnie ; lequel fut ainsi appellé par deux fois, à la troisiesme il respondit. L'autre adonques renforçant sa voix, luy ordonna que quand il seroit au droit des Palodes, il annonçast que le grand Pan estoit mort. Cela ouy, Epitherses disoit qu'il n'y eut celuy qui ne restast tout transi de frayeur : & s'estans là dessus mis à consulter s'il estoit debuoient ou non obeyr à la voix, Thamus fut d'aduis s'il les auoit lors le vent bon de tirer outre sans mot dire : mais si le calme les surpenoit là endroit, qu'il feroit entendre cela qu'il auoit ouy. Estans donques arriuez aux Palodes, comme le vent fut cessé tout soudain sans ondée ne vague quelconque, Thamus du haut de la pouppe regardant vers terre, se mit à crier tant qu'il peut, L e g r a n d P a n e s t m o r t. Ce qu'à grand' peine il n'eut pas acheué de dire, qu'vn grand gemissement non d'vne personne seule, mais de plusieurs, entremeslé d'admirations s'en ensuiuit tout à l'heure. Et pource que beaucoup de gens s'estoient trouuez à cela, le bruit en fut tost espandu à Rome : là où Tybere fit venir ce Thamus deuers luy : & y adiousta telle foy, qu'il s'enquit fort soigneusement qui pouuoit estre ce grand Pan. Surquoy les gens de lettres, dont il auoit tousiours vn fort grand nombre aupres de luy, resoulurent que c'estoit le fils de Mercure & de Penelopé.* Toutesfois Eusebe en sa preparation Euangelique rapporte cela à nostre Sauueur, qui auoit souffert mort & passion puis n'agueres. Les Poëtes au reste ne sont pas bien d'accord touchant cette generation fabuleuse de Pan. Car Orphée ne luy donne point d'autre origine que de luy mesme : Homere le fait estre fils de Mercure, & de la Nymphe Driopé : Epimenides, de Iuppiter & de Callisto, qui eut d'vne portée luy & Arcas : Aristippus, de Iupiter & la Nymphe Eneide. Les autres au lieu de Callisto luy donnent auec Iupiter Ὕβρις pour sa mere, à sçauoir la contumelie, insolence, pollution, & toute autre mauuaise besongne. Ceux qui se retiennent à Penelopé varient encore. Les vns l'attribuans comme nous auons desia dit, à Mercure : les autres ne se contentans pas d'vn seul pere, veulent que toute la brigade des Proques, qui estoient iusqu'au nombre de vingt (si la memoire ne me trompe) s'y soient employez, & y ayent chacun contribué leur talent, dont il auroit esté appellé Pan. Surquoy il semble que vueille battre certain endroit de Theocrite en sa flutte ou Syringue. Mais de peur que de Pan auec son tout, ne nous occupe tout icy, il vaut mieux passer vn peu plus legerement ce qui en reste encore à dire. On le feint estre Dieu des Pasteurs ; & que cependant que ils dorment, ou dansent, & font l'amour ; ou s'extrauaguët çà & là à cueillir des fleurs pour faire

des

des bouquets & guirlâdes;ou qu'ils conteſtent à l'enuy l'vn de l'autre,ſur leurs flageolets & dou-
cines,il garde ſoigneuſement leurs trouppeaux. Ce fut luy qui trouua le premier l'vſage de la
flutte à neuf trous, car quand à celles d'Allemãd qu'on appelle, on les attribuë à Minerue,com-
me nous auons deſia dit ailleurs. Mais il fit vn fort grand ſeruice à toute la Cour celeſte,lors
qu'en Egypte Iuppiter & les autres Dieux eurẽt ſi belles haffi es de Typhon,qu'ils ſe deſguiſerẽt
tous en diuerſes formes de beſtes,ſuiuant le conſeil que leur donna Pan. Lequel auſſi s'eſtant
transmué en cheure, & fait vaillamment ſon deuoir,fut pour recompenſe de ſon ſignalé ſeruice
tranſlaté au ciel,en ce ſigne heureux aſcendant des perſonnes , que l'on appelle le Capricorne,
& receu au rang & dignité des celeſtes;de ceux au moins de la ſeconde table. Parquoy Momus
crie & ſe tourmente aſſez dedans Lucian au conſiſtoire des Dieux; que tous les iours la compagnie s'en accroiſt ; *Et meſmement ce gentil Dionyſus (ce dit-il) eſt ant demy-homme , & non Grec encore*
du coſté maternel,mais venu de ne ſçay quel Phenicien mercadant,& petit fils de Cadmus,de quelle ſorte eſt-
ce qu'il ſe comporte, nonobſtant l'honneur de l'immortalité qu'il a receu ? Ie n'en veux rien dire ne blaſmer
nomplus ſon ſcoſſion,ne ſes yurongneries,ne ſa marche chancellante à tout propos. Car vous voyez aſſez tout
tant que vous eſtes meſſieurs les immortels, combien il eſt mol & effeminé de deliſes, inſenſé à demy, & ſen-
tant le vin à pleine gorge dés le point du iour. Et ſi nous a ce braue Dieu introduit d'abondant toute ſa belle
meſgnie & brigade ;ſi qu'on ne void autre choſe parmy le ciel que ces gens cy qu'il a declarez Dieux auec luy;
vn Pan,vn Silene, & ie ne ſçay quels Satyres tous gros lourdaux, bouuiers, vachers,gens de monſtrueuſe ſi-
gure,qui ne font que bondir & ſauter:dont le premier portant des cornes,& reſſemblãt à vne cheure de la moi-
tié du corps,auec vne grand' barbe forte & eſpoiſſe, ne differe gueres d'vn bouq. L'autre eſt vn pauure petit
vieillard racrouppy & difforme du pays de Lydie , tout chaune, & le nez camus. Et les Satyres au demourant
à tout leurs oreilles pointuës ſont certains Phrygiens ,chaunes auſſi, auec de petites cornes, telles qu'ont les
ieunes cheureaux , qui ne font gueres que naiſtre. Et tous en general ont des queuës. Auec ce qui ſuit puis
apres. Par où nous pouuons comprendre, que ce Pan eſtoit des ſuppoſts de Bacchus , & l'vn de
ſes principaux capitaines, comme nous l'auons dit ailleurs: lequel ne conuiendroit nullement à
celuy qui eſt fils de Penelope,qui fut pluſieurs ſiecles apres Bacchus. Mais ce ſont toutes fictiõs,
où il ne faut chercher que le plaiſir & recreation à la lettre. Si l'on peut puis apres faire aucunement ſon pouffit du ſens myſtique caché & encloz la deſſoubs , c'eſt vne autre conſideration
a part, mais peu inſtructiue pour nous, qui ſommes trop mieux fondez que cela. Au moyen dequoy tout ce que i'en dis n'eſt ſeulement que pour l'intelligence des Poëſies, & non pour preté-
dre d'en tirer autre proufit ny vtilité qui ſerue à noſtre edification. Pour donc retourner à Pan,
voicy comme Albricus le decrit au traité des Images des Dieux. PAN *fut par l'antiquité eſtimé* ALBRICVS.
eſtre le Dieu de nature,figuré à la reſſemblance d'itelle. A ſçauoir vn homme cornu,auec la face rouge cramoiſie:
l'eſtomac tout ſemé d'eſtoilles, & le reſte de ſa peau encore. Il auoit les cuiſſes nuës, dont ſembloient naiſtre &
pouſſer hors de groſſes touffes d'herbes & de plantes : & en la bouche vn flageol compoſé de ſept chalumeaux,
ſur quoy il iouoit des doigts : les pieds & les iambes de cheure. Au reſte on Amour eſtoit peint tout aupres de
luy,auec lequel il auoit luſté; & iceluy proſterné & mis par terre. Toutesfois les Poëtes le deſcriuent
communément fort ſubiect à l'Amour, & tres-malheureux en cela.Car de trois Nymphes dont il fut eſpris, Syringue fuyant ſes importunitez laſciues fut transformée en vn roſeau,dont il compoſa depuis ſon organe à ſept tuyaux. Et Pitys luy ayant octroyé iouyſſance,fut
de ialouſie precipitée du haut d'vn rocher par le vent Boreas, & conuertie en vn Pin, duquel il
porte à cette occaſion ordinairement vne belle guirlande. Quant à Echo , elle auoit eſté deſia
transmuée par vn deſeſpoir de Narciſſe qui la deſdaigna,en vne voix retentiſſante dans les montagnes,forets,barricaues, vallons, & rochers, où Pan qui aime à cette fin la ſolitude, la va pourſuiuant ſans ceſſe; Mais elle s'enfuit touſiours tãt plus fort, & de luy & de ſes chãſons,auſquelles
(ce dit icy Philoſtrate) elle ne daigne plus à grand' peine reſpõdre.On la luy attribuë auſſi pour
amic,à cauſe que Pan eſt curieux de la Muſique,& Echo n'eſt autre choſe qu'vne voix, ainſi ainſi
de ἠχὼ, c'eſt à dire reſonner ou retentir.Or ſi cette reſonance ou Echo eſt vne ſimple forme imprimée ſeulement en la ſurface de l'air,ſans participer d'aucun corps,cõme le veulent Pythagoras,Platon,& Ariſtote: ou bien que ce ſoit vn corps ſelon les Stoïciens, dautant que la voix ou
Echo a action & paſſion, & ſi nous peut recréer ou deſplaire, & eſt mobile& agitable(toutes choſes qui conuiennent au corps) ſe faiſant cette Echo par vn rebattement & reſſource, tout ainſi
que d'vne pelotte laquelle bondit; il en faut laiſſer la diſpute & reſolution aux Naturaliſtes.De
moy ie n'ay veu ſinõ deuxEcho memorables en lieu où ie ſois allé,car il s'e peut trouuer par tout
vne infinité : la premiere prés l'Egliſe ſainct Sebaſtian hors de Rome , en vne ſepulture antique
qu'on appelle *Capo di boue*, *teſte de bœuf*, pour le nombre des reſtes de ceſt animal taillées en vne
frize ou ceinture qui enuironne ceſt edifice rond tout ainſi qu'vne tour;ſi où les trois dernieres
ſyllabes de tout ce que l'on y eſcrie , ſont fort diſtinctement reiterées par ſept fois: & vne autre
au pont de Charenton , qui redouble iuſques à dix ou donze;mais plus confuſément beaucoup,
preſque comme les abois de quelque chien , ou coq d'Inde. Plutarque dit que les Pyramides
d'Egypte paſſent à quatre & à cinq: mais ces deux cy ſont plus cogneuës, & admirables. Finable-

ment nous auons bien voulu inferer icy cest elegant Epigramme d'Ausonius touchant l'Echo, lequel ne doit pas beaucoup ce me semble aux antiques Grecs & Latins.

Vane quid affectas faciem mihi ponere pictor,
Ignotamq́, oculis sollicitare deam?
Aëris & linguæ sum filia, mater inanis
Indicij, vocem quæ sine mente gero.
Extremos pereunte modos à fine reducens,
Ludificata sequor verba aliena meis.
Auribus in vestris habito penetrabilis Echo:
At si vis similem pingere, pinge sonum.

O R *souloit-il au parauant prendre son repos d'vn nez benin & paisible.* Il reprendra encore cecy au tableau ensuiuant, où il est dit, parlant du mesme Pan, *Sans vn seul indice de colere empreinte en son nez.* Ce qui denote assez que Pan d'vn sang chaud & bilieux estoit aisé à courroucer, & se mettre en colere ; qui se manifestoit principalement à son nez renfroigné, ainsi que dit Theocrite de luy, à quoy il semble que ce lieu icy se rapporte. χαὶ οἱ ἀεὶ δριμεῖα χολὰ ποτὶ ῥινὶ κεθῆται Τουσίους au nez luy pend vne colere.

V O Y E Z *les separées par trouppes, car les Naiades respandent des gouttes d'eau de leurs belles tresses, & les crasses de ces Bouuiers,* &c. Cecy n'est point dit à la volée, & sans quelque mystere enueloppé là dessous, lequel ie comprens ainsi. Par les Nymphes dont nous auons desia dit quelque chose sur le tableau des Amours, faut entendre la surface de la terre, auec les eaux douces dont elle est arrousée ; car celles de la marine & de l'eau salée sont vn cas à part, & n'ont que faire à ce propos. Or la terre est diuisée en deux principales parties, & les eaux douces pareillement : à sçauoir les montaignes auec les forests y estans ; les vallons, & rochers ; & la plaine ou campagne rase : les eaux douces, en eaux viues & courantes ; comme sont les fontaines, ruisseaux, riuieres & fleuues : & les dormantes des lacs, estangs, & marescages. Par la Nymphe Pitys transmuée en Pin, sont signifiées les montaignes, parce que cest arbre y croist volontiers selon qu'il a esté dit ailleurs. Par Echo, les barricques, rochers, & forests, ou la voix se vient à rabatre, & former cette resonance ou retentissement. Et par Syringue conuertie en roseau aquatique, les lacs & estangs où il vient. Lesquelles trois sortes de Nymphes ont esté desia depeschées cy dessus. Restent maintenant celles de la plaine, que Philostrate pareillement diuise en trois. Les Naiades, qui respandent de l'eau de leur cheueleure, sont les fontaines & riuieres, ensemble telles autres sortes d'eaux viues : le hasle & crasse des Bouuiers, (car le sexe ne fait rien en ces choses : Virgile vsant bien de Venus au masculin) sont les terres labourables ; parce que la secheresse est la qualité propre de l'element de la terre ; & que le labourage se souloit faire anciennement auec les bœufs. Et les autres d'vn teinct floride, qui produisent des cheueux semblables aux fleurs d'Hyacinthe, sont les prairies & herbages entremeslez ordinairemēt de fleurs en leur saison. Ayāt icy mis comme par vne Synecdoche vne partie pour le tout, assauoir l'Hyacinthe pour toutes manieres de fleurs à cause de son excellence, & par mesme moyen les fleurs pour les prairies. Que si nous voulons encore passer plus outre, & accommoder cette Allegorie à l'œuure Philosophal des Chimistes, rien ne se sçauroit trouuer de plus propre, ne qui y conuienne mieux de tous points. Car les Naiades dont les cheueux degoutté, representēt l'argent vif coulāt, lequel en ses sublimations produit vne maniere de cheueleure : la secheresse des Bouuiers est l'esprit du Vitriol, qui le côgelle & mortifie : car il n'y a chose plus chaude que le Vitriol, qui est de nature de feu, auquel compette particulierement la proprieté de chaleur. Et les fleurs d'Hyacinthe de couleur orengée, seront l'or, lequel meslé auec ces deux la constituë le principal fondement & subiect de cette art : cöme le marque fort bien l'Arabe Morienus en tout son traité. Entendant par ce mot de *Morienus Romanus* le Vitriol Romain, autremēt dit *Atramentum*: par le seruiteur Galip, l'argent vif, qui est appellé ordinairement *seruus fugitiuus*, lequel s'en va chercher & querir ce Morienus dans les desers, & l'en tire dehors: car ainsi que nous auons dit autre part apres Georges Riplay, *Nihil potest extrahere à Vitriolo Romano tincturam suam realem, excepto solo Mercurio.* Et le Roy est l'or, ainsi que dit Hermes au 7. & dernier chap. de ses secrets. *Filij Philosophorum, corpora sunt septem, quorum primum & optimum est aurum, & eorum rex & caput ; & sic se habet in corporibus sicut sol in stellis : suo lumine namq́, & splendore, eiusque virtute, omnia vegetabilia germinant in terra, & omnes fructus perficiuntur. Similiter aurum in corporibus omne corpus continet & viuificat.* A quoy se consait & rapporte cette amitié d'Apollon enuers Hyacinthe, transmué en vne fleur : c'est à dire l'or r'amené en nature vegetale ; car il est alors le commencement de toutes les grandes medecines & rectifications, tant des corps metalliques que des humains.

M A I S pour ne vous tenir point icy plus longuement enfumez de ces vapeurs minerales, il vaut mieux retourner aux Poësies, dont cet autheur consiste presque tout, & adiouster icy les vers subsequents de Virgile en la sixiesme Eglogue, qui est fondée sur vn subiect du tout conforme au present tableau ; assauoir deux ieunes garçons auec vne Nymphe, qui ont surpris Silenus

nus dormant yure, lequel ils garrotent & lient pour ouyr quelque chose de luy.

Chromis & Mnasilus in antro
Silenum pueri somno videre iacentem,
Inflatum hesterno venas, vt semper, Iaccho.
Serta procul tantùm capiti delapsa iacebant:
Et grauis attrita pendebat cantharus ansa.
Aggressi (nam sæpe senex spe carminis ambos
Luserat) iniiciunt ipsis ex vincula sertis,
Addit se sociam, timidísque superuenit Aegle,
Aegle Naiadum pulcherrima: tamq́, videnti
Sanguineis frontem moris & tempora pingit.
Ille dolum ridens; quò vincula nectitis? inquit.
Soluite me pueri: satis est potuisse videri.

Ii iij

Jaspar Isac fecit.

DIALOGVE.

D. *Que peuuent seruir des abeilles*
A la naissance d'vn enfant?
R. *Nous en predisons les merueilles*
Et qu'il doit estre triomphant.
D. *Quelle apparence qu'vne mouche*
Esleue vn enfant iusqu'au Ciel?

R. *C'est dautant que sa belle bouche*
Ne doit distiller que du miel.
D. *Le laurier est en sa couchette,*
Ainsi comme aux victorieux;
R. *Mais plustost c'est qu'il est Poete,*
Et que ses vers sont amoureux.

PINDARE.

P I N D A R E.

ARGVMENT.

NOvs *sommes à la verité merueilleusement obligez, à ceux qui les premiers trouuerent l'vsage des lettres & de l'escripture : car estant nostre vie si courte, & encores trauersee de tant de dangers, ennuis, fascheries, mes-aises, maladies, & griefs accidens ; rien n'a iamais esté donné à l'homme de plus grande consolation que la lecture ; rien de plus propre pour le faire viure apres sa mort, que les escripts des doctes hommes. Par ce que la vertu pendant qu'elle s'exerce, proffite seulement à ceux qui en perçoiuent le benefice & le fruict, & faict respecter celuy duquel elle part. Mais par combien tout cela ? Certes vne petite minute de temps, lequel par sa tres-grande vistesse & leger mouuement en rauit, emporte & efface tout aussi tost le souuenir. Dequoy doncques eussent seruy à Hercules ses merites enuers le genre humain ; les peines par luy supportées, & tant de trauaux endurez, à cette occasion ? Ny dequoy à Achilles ses vaillances & prouësses : à Alexandre le grand ses conquestes : à Iules Cesar ses beaux faicts, si la memoire en fust perie auecques eux ? Car vn Roy ou autre Prince souuerain ne se doit point estimer si heureux & content de l'authorité et commandement qu'il a sur vn grand nombre de peuples : ne pour le respect et honneur qu'on luy defere : ne pour l'aise, plaisir, voluptez et delices où il peut viure si bon luy semble : comme pour ce qu'il est constitué en vn tel degré, que la memoire ne se peut pas si tost esteindre et abolir de son nom, que d'vne personne priuée. Car tout ainsi qu'il n'y a point de pire religion que de n'en auoir point du tout ; plus lourde faute à la guerre que de laisser escouler le temps sans rien faire : plus grande desloyauté enuers son naturel seigneur lige, que de se retenir et temporiser comme neutre, ce-pendant qu'il se partialise, et declare à quelque chose que ce soit : aussi n'y a-il point de plus mauuaise ny miserable reputation, (ce me semble) que de demeurer du tout englouty et esteint par la mort, sans laisser aucune marque, souuenance, ny memoire de soy : comme nous le peut faire assez concevoir cet exemple d'Herostratus ; lequel aima mieux se mettre en danger de la vie, auecques de tres-cruels martyres et tourmens : d'estre maudit et execré à tousiours en bruslant ce tant fameux temple de Diane à Ephese, que de mourir sans quelque reputation. Plustost la voulut-il auoir tres-mauuaise, (car le faict ne se peut aucunement approuuer) que de n'en laisser point. Or est-il que rien ne sçauroit nous*

la perpetuer ſi bien que les lettres : non toutes les peintures de Zeuxis, Par-
raſius, Apelles, Ariſtides, Polygnotus, Euphranor. Ne les ſtatuës auſſi peu
(combien que de plus longue durée) de Scopas, Phidias, Lyſippus, Praxiteles, & tant d'autres excellens maiſtres, dont l'antiquité a deuoré les ouurages,
auecques le ſubiect de qui elles portoient teſmoignage. Ne muſmes cet enorme Co-
loſſe de Chares Lyndien à Rhodes ; ne celuy gueres moindre de Xenodorus en
Auuergne. Là où les diuins eſcripts d'Homere, & ceux puis-apres de Pindare, nous ont tranſmis par de ſi longues reuolutions de ſiecles la memoire de
ceux qu'ils ont voulu celebrer, tout auſſi fraiſche qu'vne belle fleur que l'on vient
de cueillir à l'heure. Et la conſerueront ſaine & entiere, ny plus ny moins qu'vn
corps embaumé d'Aromates, iuſques à la derniere fin de ce ſiecle : le tout ioinct
à vn eſguillon de vertu, qu'ils nous preſchent ſur toutes choſes, & remettent
deuant les yeux, auecques vn tres-grand plaiſir & contentement de lire leurs
tant elegans, delicats & elabourez chefs-d'œuure. Tellement que l'eſcripture a
double commodité tout enſemble : l'vne pour ceux qu'elle repreſente, & l'autre
pour ceux dont elle eſt partie : auſſi eſt-ce la plus diuine & admirable inuention qui ſoit iamais tombée en l'eſprit de l'homme. Car la parole nous eſt aucunement commune auecques les beſtes brutes, qui par certaines voix que Nature leur a imperties chacune endroit ſoy, s'entre-entendent ; combien que non ſi
diſtinctement que les creatures raiſonnables, mais à tout le moins tellement
quellement : & encores à certains oyſeaux, de pouuoir imiter noſtre voix &
prolation articulée ; mais non pas l'eſcriture, qui eſt plus ſpirituelle & menta-
le que n'eſt la parole ; & qui non ſeulement bouche à bouche, de preſent à preſent, mais à quelque diſtance que ce ſoit, d'vn bout du monde iuſques à l'autre, par certains petits pieds de mouſche peut tranſmettre à qui bon nous ſemble nos
plus ſecretes conceptions & interieures penſees, dont la cognoiſſance eſt reſeruée
à Dieu ſeul. De maniere que ces pauures Barbares d'Indiens, puis n'agueres
deſcouuerts & cogneus, n'ont iamais rien tant admiré en noſtre faict, que l'eſcriture ; laquelle on ne les pouuoit preſque engarder d'adorer, eſtimans qu'il y euſt
quelque diuinité encloſe, qui euſt pouuoir & faculté de reueler ainſi les ſecrets
des perſonnes bien plus apertement qu'vn Oracle. Voila doncques comme l'eſcripture eſt l'vn des principaux inſtrumens de l'immortalité icy bas ; & combien nous auons d'obligation à ces diuins eſprits qui l'ont ſi precieuſement trait-
tée, qu'Alexandre le Grand n'ayant iamais eu plus à cœur choſe aucune, que
de ſe vanger de la ville de Thebes : les Lacedemoniens pareillement, qui n'eurent oncques de plus mortels ennemis que les Thebains, pardonnerent neantmoins l'vn & les autres à la maiſon de Pindare ; ſur le ſueil de laquelle eſtoit
graué en groſſes lettres ce vers trochaïque hypermetre. Πινδάρε τ̃ μεσικ̃ τὰ ἄμα-
μὴ κείετε. Ne bruſlez la maiſon du Poëte Pindare. Le tout pour raiſon de
ſes diuins eſcripts, comme le teſmoigne cette inſcription. Ce perſonnage doncques ſi excellent fut natif de Thebes, fils de Daïphantus, ainſi que dit Philoſtrate, qui eſt la plus veritable opinion ; ou ſelon les autres, d'vn Scopelin tres-
excellent iouëur de fluttes, & de Myrto, au bourg des Cynocephaliens à Thebes : leſquels l'apperceuans de ie ne ſçay quelle plus grande eſperance que leur condition ne portoit, le donnerent à inſtruire à Laſus Hermionien : qui luy apprit l'art Lyrique, preſque du meſme temps que floriſſoit Eſchyle Poëte tragique, en la plus grande
vogue

vogue de l'Empire des Perses. Car Pindare auoit enuiron quarante ans, lors que Xerxes passa en Grece; qui fut en la septante-sixiesme Olympiade. Il eut tousiours en fort estroitte reuerence la Deesse Rhea, qu'on appelle la mere des Dieux; & Pan aussi: & fut en vne tres-speciale recommandation enuers Apollon. Car la Prophetisse Pythie ordonna par maniere d'Oracle, qu'à Pindare fust distribuée sa portion des offrandes & sacrifices qu'on faisoit au temple de Delphes, de maniere qu'il estoit comme vn commensal auecques ce Dieu. Estant encores petit enfant au berceau, vne abeille vint poser son miel sur ses leures, tout ainsi que dedans sa ruche; (ce qui aduint encores depuis à Platon) comme pour vn presage de la douceur de leur langage; qui a esté telle, qu'autre quelconque ne s'y est iamais sceu esgaler; mesmement en magnificence & maiesté de Style, qui est en luy inimitable; ainsi que l'a fort bien aduoüé Horace en la seconde Ode du quatriesme liure. Pindarum quisquis studet æmulari: & que Quintilian le reconfirme. Finablement apres s'estre par vn fort long-temps acquis & maintenu vne loüange immortelle par toute la Grece, & le reste du monde encores, par l'excellence de ses diuins vers; et à ceux quand & quand dont il a chanté les victoires és sacrez combats: il deceda en son extreme vieillesse, ayant mis la teste pour reposer dans le geron d'vn de ses plus fauorits escolliers; sans aucune extortion ne douleur; comme le tesmoigne Valere au premier liure. Le residu de ce qui le concerne est plus particulierement remis à l'annotation.

OVS auez (selon que i'estime) ces mousches à miel en admiration grande, pour estre ainsi pourtraictes minces & deliées; & neantmoins la trompe en est toute apparente, & les pieds, & si les aisles, ensemble la couleur de leur vestement ne sont point mal appropriées; car la peinture leur a diuersifié tout cela, aussi naïfuement que la nature sçauroit faire. Pourquoy doncques ne sont-elles en leurs ruches & goffres ces sages bestiolettes? A quel propos rodentelles icy en la ville à l'huis de Daïphantus? Pindare est nay desia comme vous voyez; & son pere le façonne dés son enfance, à ce qu'vn iour il puisse auoir vne douce gorge, & deuenir bon musicien. Voila ce qu'ils font. Car le petit est là couché en du Laurier, & des rameaux de Myrthe; son pere se promettant d'auoir en luy vn diuin enfant. Et de faict les cymbales resonnerent par tout le logis à l'heure de sa naissance, & fut oüy quand & quand vn battement de tabourins de la part de Rhea. Les Nymphes aussi (à ce que l'on dit) se prirent à danser pour l'amour de luy; & Pan mesme à faire des sauts & gambades: lequel on racompte que tout incontinent que Pindare se fut mis à faire des vers, il quitta là toutes les danses, & se mit à chanter ce que Pindare composoit. Au demeurant la statuë de Rhea est assise là aupres de sa porte, & apparoist (comme il me semble) estre de pierre, le traict à cette fin en ayant esté touché vn peu rude & plus crud. Et si il y a quelque autre chose enco-

res que de platte peinture, car on nous ameine icy des Nymphes toutes degouttantes, comme si elles ne faisoient que se leuer de leurs sources. Voila Pan d'autre-part qui danse ie ne sçay quel balet, ayant la trongne claire & seraine, sans marque de courroux quelconque empreinte en son nez: & les Abeilles sont là dedans embesongnées autour de l'enfant, auquel elles espandent du miel sur les leures, retirans leurs aiguillons de peur de le blesser. Peut-estre qu'elles viennent du mont Hymettus, & des grasses & fameuses Athenes : car ie pense qu'elles distillent cela sur Pindare.

ANNOTATION.

Eliak. OVS-AVEZ (selon que i'estime) ces mousches à miel en admiration. Elian au dixiesme de la Diuerse histoire, attribué aussi cette merueille de mousches à miel à Platon ; lequel vn iour que son pere Ariston sacrifioit aux Muses & Nymphes sur le mont Hymettus, Perictione qui se tenoit entre ses bras l'alla coucher en vne touffe de Myrtes forte & espoisse là aupres, pour faire son denoir aussi de sa part au sacrifice ; & ce-pendant vn ietton de mousches à miel se vint asseoir sur la bouche de cet enfant, bourdonnans melodieusement : ce qui denotoit assez sëloquence & douceur de langage dont il deuoit vn iour exceller sur tous autres. Plus au douziesme ensuiuant. Le bruit icy se diuulga de la Phrygie, que Midas n'estant encores qu'vne petite creature, endormy dedans son berceau, les fourmis grimperent iusques à sa bouche; où d'vn grande diligence elles porterent des grains de froment. D'autre-part on dict de Platon, que les Abeilles firent en la sienne vn rayon de miel : & pareillement de Pindare, qu'ayant esté esté à l'abandon hors de la maison de son pere, elles le nourrirent, luy donnans du miel en lieu de laict. Pline en l'onziesme liure, chapitre dix-septiesme, ne faict mention que de Platon tant seulement. Sedere more infantis Platonis, tunc etiam suauitatem illam prædulcis eloquij portendentes. Mais Pausanias és Bœotiques deduit tout cecy par le menu. Quand vous

Pavsanias. aurez (ce dit-il) outre-passé la partie à main droitte du stade ou carryere, les lisses à piquer & faire courir les cheuaux se presenteront de front, où est la sepulture de Pindare. Cettui-cy estant encores ieune garçon s'en allant vn iour du Printemps à Thespies, sur le my-iour il se trouua tout las & ennuyé du chaud qu'il faisoit; & là dessus le sommeil le surprit, de maniere que se destournant hors du chemin au premier lieu qui se rencontra à propos, il s'endormit incontinent; & là dessus les abeilles s'en vindrent poser leur miel sur ses leures: qui luy fut vn commencement de l'excellente douceur de ses chants, à quoy il deuoit paruenir. Mais puis-apres que sa renommée se fut espandue par toute la Grece, la Prophetisse Pythienne l'esleua bien à vne plus grande gloire encores, quand elle ordonna que de toutes les choses qui seroient offertes au Dieu Apollon en Delphes, on en donnast à Pindare sa portion esgale. Or quand il fut deuenu vieil, Proserpine luy apparut en songe, se complaignant qu'elle estoit seule entre tous les Dieux qu'il n'auoit daigné celebrer par ses vers. A quoy il sit responce, qu'il en composeroit quelque chose tout aussi tost qu'il seroit arriué deuers elle : & de là au bout de dix iours acceda d'vne mort subite. Et comme il eust vne vieille à Thebes, proche parente de Pindare, qui souloit reciter ordinairement ses chansons, il se monstra à elle en dormant, & luy chanta vn hymne qu'il auoit composé de la dessus-dicte Deesse. A son resueil elle se mit à recorder ce qu'elle auoit ouy de luy, & le recita depuis en public; où parmy les autres surnoms qu'il donne à Pluton, celuy de Chryseni us est; des resnes dorées dont sont equipp. z ses cheuaux. Es Phocaïques il dit, qu'au temple de Delphes assez pres du fougon des sacrifices estoit la chaire de Pindare toute de fer, où il se seoit toutes les fois qu'il alloit reciter ses cantiques à l'honneur d'Apollon. Plutarque en la premiere question du huictiesme des Symposiaques, le tesmoigne auoir esté nay durant la feste des ieux Pythiques; ce qui fut vn augure des diuins chants qu'il deuoit par apres composer à l'honneur du Dieu pour qui cette solemnité se faisoit. Et pour le regard de sa mort, il en parle ainsi en la consolation par luy enuoyée à Apollonius sur le trespas de son fils. L'on dit que Pindare ayant donné charge à ceux qui auoient esté deputez

Plvtarqve. pour aller au nom de tous les Bœotiens entendre ie ne sçay quoy de l'Oracle d'Apollon, de s'enquerir par mesme moyen quelle estoit la meilleure chose pour l'homme : la Prophetisse leur auroit respondu là dessus ; que Pindare mesme ne l'ignoroit pas ; si au moins il estoit l'autheur de ce qui se trouuoit par escrit touchant Trophonius & Agamedes. Et que s'il en vouloit faire l'espreuue, ne tarderoit gueres qu'il n'en fust bien accerté au vray. Cela oüy, Pindare commença de se preparer à la mort ; & bien tost apres acceda. Au traicté de la tardiue vangeance de Dieu, Il dit que cette portion des offrandes qui auoit esté par la bouche propre de la Pythie decernée pour Pindare, se continua apres sa mort à ses descendans; & qu'au departement qui se faisoit, le proclamateur crioit tout haut en public. Voila la part des successeurs de Pindare.

LES NYMPHES *se prirent à danser pour l'amour de luy.* Proprement les Prestresses de Ceres estoient appellées μέλισσαι ; mais ce nom la passa depuis à toutes les autres Nymphes ordonnées sur les sacrifices, à cause de la pureté de ce petit bestion qui elabore le miel. Et à ce propos Mnaseas Patareen racompte que ce furent les Nymphes qui en trouuerent premierement l'vsage. Car les hommes au parauant estans sans cesse aux armes les vns contre les autres, à s'entre-massacrer cruellement, pour manger la chair de ceux qui demouroient au combat, plustost que pour nulle autre chose ; (cela se conforme du tout aux façons de faire des Indiens Canibales) les Nymphes en fin leur persuaderent, que delaissans vne si cruelle & abominable maniere de viure, ils se voulussent contenter des fruicts que la benignité de Nature leur produisoit gratuitement des arbres & plantes. Et là dessus encores vne d'entre-elles nommée Melisse, ayant trouué de bonne fortune dans les bois vn rayon de miel, apres qu'elle en eut gousté, le destrempa auecques de l'eau, pour en faire outre la viande dont il pouuoit seruir, vne maniere de boisson. & communiqua le tout à ses compagnes ; ensemble son nom aux animaux artisans de cette precieuse liqueur : mettant de là en auant toute leur peine & leur soin à les edifier & entretenir.

PAN *quitta là toutes ses danses, & se mit à chanter ce que Pindare composoit.* Le mesme Plutarque au traicté, *que l'on ne se uroit viure ioyeusement selon la secte d'Epicure ;* allegue que Pindare ouyt vne fois Pan qui chantoit l'vn de ses cantiques, mais il ne dit pas d'où il auoit appris cela.

LA *statue de Rhea est là assise tout aupres de sa porte.* Pindare mesme en la troisiesme Pythienne touche cela en ces mots.

ἀλλ' ἐπεύξασθαι μὲν ἐγὼν ἐθέλω
ματεὶ, τὰν κοῦραι πὰρ ἐμὸν πρόθυρον
σὺν Πανὶ μέλπονται θαμά
σεμνὰν θεὸν ἐννύχιαι.

Mais ie veux faire mes prieres à la mere Rhea ; laquelle les ieunes filles reuerent bien souuent de nuict auec Pan sur le seuil de mon huis. Surquoy Aristodemus en ses annotations dit, *qu'vn ioüeur de fluites ayant esté choisi par Pindare pour sonner en l'Olympie, il se seroit retiré sur vne montagne à l'escart pour s'exercer ; & que là il entre-oüyt vn bruit procedant d'vne grosse boule de feu qui se vouloit là aupres.* Ce que Pindare ayant aussi apperceu, il vid vne effigie de pierre de la Deesse Rhea qui cheminoit de par soy ; dont du depuis il establit les statues de Pan & de la mere des Dieux deuant la porte de sa maison ; & enuoya par mesme moyen aucuns de ses concitoyens à Delphes, pour sçauoir de l'Oracle ce que cette vision vouloit dire, là où ne leur fiet responda autre chose, sinon μητρὸς θεῶν ἱερὸν ἱδρύσασθε, *Edisiez vn temple à la mere des Dieux.* Et ainsi estans meus de l'authorité de l'Oracle, se mirent de là en auant auec Pindare à reuerer cette Deesse. Au reste il accouple ordinairement en ses Hymnes ces deux manieres de diuinitez ensemble, tant pour ce que l'vne assise ἐν τοῖς μεγαλείοις τῆς παρθένων, comme dit ce Poëte en vn autre endroit ; qu'aussi de ce que l'vn & l'autre s'aime aux montagnes ; à sçauoir Rhea en Ida, & Pan au mont Menelon, qui luy estoit dedié en Arcadie. Pausanias és Bœotiques en entre encores cecy à propos de cette effigie de Rhea. *Apres que vous aurez passé la riuiere de Dircé, vous rencontrerez les ruines de la maison de Pindare ; & le temple de la mere des Dieux dedié par luy : l'image est de la main d'Aristomedes, & de Socrates, tous deux Thebains : & ne s'ouure ce temple sinon qu'vne seule fois l'année, & non plus. Ie m'y trouuay lors de fortune, & vis cette statue faicte d'vne pierre Pentelique, auec son siege pareillement.*

Aristodemus sur Pindare.

PEVT *est qu'elles viennent du mont Hymettus.* C'est vne montagne de la contrée d'Attique fort heureuse en miel ; à cause des bonnes herbes & des fleurs qui y sont continuellement en tresgrande abondance : & de là ont pris leur nom les miels Hymettiens, comme les plus doux & delicats de tous autres. Le miel Attique pareillement, pour denoter quelque tres-exquise facondité de langage : dont le poëte Sophocle auroit esté appellé *la mousche à miel Attique.* Lucian au traicté des mercenaires, χ' ὡ ἐπ σολοικίσαντες τύχωσιν, αὐτὸ τὸ ἁttικὸ χ τὸ ὑμηττῶ. *Que si par fois parlant grossierement il leur eschappe quelque mot rustique & impropre, ils veulent neantmoins que cela soit pris comme dit purement Attique, & venu du mont Hymettus.* A quoy Ciceron au second liure de l'Orateur à son frere Quintus, oppose *Area Syra :* par ce que les Syriens estoient d'vn langage barbare, autant que celuy des Atheniens estoit elegant. Ce qui m'a meu d'adiousterà ces mots, λιπαρὰτ χ ἀοιϊ̈αων, *grasses & fameuses Athenes ;* à quoy il veut faire vne allusion.

L'homme n'est que misere, & n'est qu'outrecuidance,　Il despite, il deteste, il braue, il fait la loy:
Ces deux extremitez regnent tousiours en luy:　Mais comme on l'a laisse vn temps faire le Roy,
Et non content encor de gourmander autruy,　Vne tragique mort met fin à son Empire.
Il s'attaque souuent à l'eternelle Essence.　Helas! combien d'Aiax voyons nous en ce temps,
Si tout ne reüssit ainsi qu'il le desire,　Qui seruent à la fin aux cieux de passe-temps?

AIAX.

AIAX LE LOCRIEN,
OV LES GYRES.

ARGVMENT.

*NTRE les autres insolences, inhumanitez, & outrages qui se perpe-
trerent au sac de Troye, celle dont les Dieux se despleurent autant, principalement Minerue, qui y estoit la plus interessee, fut le violement de
Cassandre, commis par Aiax fils d'Oileus, dedans le Temple propre de
la Deesse, où elle tenoit sa saincte image embrassee, dicte le Paladion, pour vne plus
grande seureté & franchise. Apollon s'en indigna fort aussi, tant pour l'indignité du
forfaict, que pour certain remords de ialousie qui le vint lors solliciter, de voir ainsi
cueillir de viue force par vn homme mortel, l'agreable fleur qu'il auoit autresfois si
ardemment desirée, luy si beau & si puissant Dieu; & neantmoins n'y auoit sceu
atteindre. Au moyen dequoy il fut aduisé au conseil estroict des celestes, de ne laisser cette iniure impunie. Et là dessus Minerue ayant de Iuppiter impetré ses foudres,
esclairs, & tonnerres; ses nuées, tourbillons & orages, excita vne tres-cruelle tourmente au retour des Grecs; dont entre autres le vaisseau d'Aiax fut mis à fonds.
Mais il se sauua à nage iusques à certains rochers proches de là; blasphemant, detestant, despitant tous les Dieux, que maugré leur pouuoir il se garantiroit de ce
danger à la seule vigueur de ses bras. Mais Neptune qui en eut despit, abysma
d'vn coup de trident le Rocher où il s'estoit pris; de maniere que la pierre s'en alla au
fonds, & le corps fut priué de vie, ayant esté poussé par les vagues sur le riuage de
Tremon en l'Isle de Delos, où Thetis esmeue à pitié luy donna sepulture de ses propres mains au bord de la mer, ainsi que dit Lycophron ès Propheties de la Cassandre.
Mais à quoy faire tout cecy, puis que nostre autheur mesme en ce tableau, auec ce
que nous y adiousterons puis-apres d'Homere & de Calaber, nous donnera tout le
faict assez clairement à entendre? Il vaut mieux doncques nous en rapporter à eux,
si d'aduanture nous ne voulons premettre ce que Virgile en a aussi dict de sa part,
afin de ne confondre point le Latin auecques le Grec.*

Pallasne exurere classem
Vnius ob noxam & furias Aiacis Oilei?
Ipsa Iouis rapidum iaculata è nubibus ignem
Disiecítque rates, euertítque æquora ventis.
Illum expirantem transfixo pectore flammas
Turbine corripuit, saxóque infixit acuto.

Ꝯ ꝯ

Et au deuxiesme ensuiuant de la mesme Æneide.

Ecce trahebatur passis Priameia virgo
Crinibus à templo Cassandra adytisque Mineruæ
Ad cælum tendens ardentia lumina frustra :
Lumina, nam teneras arcebant vincula palmas.

 ES ROCHERS s'aduançans hors de l'eau, & la mer boüillonnant autour; & ce cheualier magnanime qui les regarde fierement auecques ie ne sçay quelle braueté & audace encontre les ondes, c'est Aiax Locrien dont le nauire a desia esté frappé de la foudre. Or comme il s'en fust ietté hors à corps perdu qu'il estoit desia tout en feu, il se mit à combattre les flots , trenchant ceux-cy, attirant les autres à soy, ceux-là les accablant dessoubs sa poitrine. En fin ayant gaigné les Gyres (ce sont des rochers paroissans hors de l'eau en la mer Egée) il s'en va desgorger tout-plein d'arrogantes & iniurieuses paroles enuers les Dieux mesmes. Parquoy Neptune arriue-là terrible, nes amis, & fort irrité, remply de tourmente & orage, & les cheueux tous herissez. Si souloit-il neantmoins quelquesfois combattre en la compagnie d'Aiax contre les Troyens, (mais sage & modeste alors, & qui espargnoit les Dieux) & l'encourageoit de son Sceptre : là où maintenant qu'il le void si outrageusement comporter, il prend son trident à l'encontre, dont le sommet du rocher qui soustient Aiax aura vne bonne secousse, afin de le tresbuscher hors de là, auecques ses blasphemes. Voila ce que veut dire la peinture. Mais ce qui nous est euident à l'œil, est cette mer blanchissante à cause des vagues , & les rochers cauerneux, par ce qu'ils sont baignez incessamment : puis vne grosse flamme qui sort du milieu du tillac, à trauers laquelle le vent se venant entonner, le nauire qui se sert de ce feu, ny plus ny moins que d'vne voile, court encore. Aiax au reste reuenant à soy comme d'vne yuresse, contemple la mer çà & là, sans regarder ny au vaisseau ny vers la terre : ny auoir crainte aussi peu de Neptune qui vient droit à luy : ains persiste tousiours en ses menaces & braueries : car la vigueur n'a point iusques icy abandonné ses forts bras, & hausse la teste ainsi qu'il souloit encontre Hector & les Troyens. Mais Neptune ramenant vn grand coup de trident sur la pierre, en abbatra vn gros quartier auecques luy : & le reste des Gyres tant que la mer durera, demourera debout, immobile à tous les efforts de ce Dieu.

ANNOTATION.

 OMERE au quatriesme de l'Odyssée traicte cet accident icy d'Aiax en cette sorte, soubs la personne de Protée, qui declare a Menelaus ce que les Grecs deuindrent à leur retour.

Αἴας μὲν μ̣ῇ νηυσὶ δάμη δολιχηρέτμοισι.
γυρῇσι μὲν πρῶτα Ποσειδάων ἐπέλασσε
πέτρῃσι μεγάλῃσι, καὶ ἐξεσάωσε θαλάσσης, &c.

Aa

Au regard d'Aiax, il s'est perdu en ses galleres aux longues rames ; lequel du commencement Neptune ayant ietté vers les Gyres, rochers tres-grands & perilleux ; il l'auoit neantmoins conserué sain & sauue de ce danger : & eust pour certain euité la mort, quelque odieux qu'il fust à Pallas, s'il n'eust proferé vn blaspheme trop execrable, dont Neptune se sentit merueilleusement offensé. Car il osa bien dire que bon gré malgré les Dieux en eussent ; il se sauueroit des grosses & impetueuses vagues. Parquoy Neptune soudain qu'il l'eut ouy desgorger de si insolentes & superbes paroles, prenant le trident en sa forte main, en frappa la pierre, dont il abbatit vn quartier qui tomba dans l'eau; & le reste demeura debout comme an precedent. Mais Aiax qui s'estoit perché à dessus, s'en alla à fonds, & ainsi perit apres auoir trop beu d'eau salée.

SVIT puis-apres vn lieu bien plus ample à ce mesme propos, de Quintus Smyrnéen au dernier liure de la suitte d'Homere, où il a expressement pris plaisir de se dilater sur la description d'vne tourmente & fortune de mer, merueilleuse sur toutes autres ; laquelle nous auons bien voulu inserer icy toute entiere, pour les beaux mots, & riches manieres de parler qui se peuuent introduire de plus en plus en nostre langue par de semblables lieux communs, empruntez des Poëtes, Orateurs & Historiens plus florides, & elaborez ; à l'exemple de quelque excellent iouëur d'espinette ou de luth, qui sur vn simple subiect de cinq ou six notes, ira neantmoins discourant vne & deux heures si bon luy semble, sans en sortir; & tousiours en nouueaux accords, passages, & fantasies; le deguisant par ce moyen d'infinies sortes toutes differentes l'vne de l'autre, combien qu'à la verité ce ne soit qu'vn mesme chose. Et en cela gist l'abondance tant recherchée (au moins le doit elle estre) de tous ceux qui veulent mettre la main à la plume; estant bien plus aisé de retrancher d'vne oraison plantureuse, tout aussi bien que d'vn accoustrement, que non pas d'adiouster à celle qui demeure trop court affamée.

TROYE *saccagée & destruitte, les Grecs s'en fussent retournez sains & sauues en leurs pays sans aucun* *destourbier ny encombre par les chemins, n'eut esté le courroux & indignation de Minerue, fille du là haut-tonnant Iuppiter: laquelle despitée tout outre contre Aiax fils d'Oileus, luy apprestâ vne tres-griefue & douloureuse fin, lors qu'il fut arriué pres l'isle de Negrepont. Pour à quoy paruenir elle s'en alla tirer Iuppiter à part, hors de la compagnie des autres Dieux, & luy parla en cette sorte ; ne pouuant plus refraindre en son cœur l'ire qui la mistrisoit. TRES-PVISSANT pere, les hommes entreprennent maintenant de telles choses à l'encontre de nous, qu'il est impossible de les plus endurer en façon que ce soit: n'ayans aucun respect ny à toy ny à tous-tant que nous sommes, parce que les meschans ne sont plus chastiez, ne puniz: tellement que l'homme de bien iouyt ordinairement parmy eux d'vne condition plus miserable & inique que ne fait le peruers; estant sans cesse miné-rongé d'afflictions & calamitez. Aussi n'y a-il plus de lieu à iustice: toute honte, crainte, & modestie se sont esuanoïyes d'entre les mortels. Or de moy ie ne me veux plus arrester en l'Olympe, ny estre appellée ta fille, s'il ne m'est permis de prendre vangeance des outrages & meschancetez de ces Grecs: car Aiax fils d'Oileus a commis vn trop execrable forfaict enuers moy, n'ayant eu aucune pitié de Cassandre qui me tendoit ses innocentes mains, sans respecter le lieu dont ie suis sortie; ne reuerer en son cœur vne immortelle Deesse telle que ie suis; ains a perpetré vne mal-heureté insupportable. Qu'on ne me porte point donques d'enuie, si i'en fais à mon appetit, si i'en fais à mon appetit, afin que les autres apprennent vne autre fois à craindre mieux les punitions & menasses diuines.* AYANT *parlé de cette sorte, Iuppiter luy respond en doux termes. Ma fille, ie ne te contrediray point pour raison des Grecs, car puis que tu le desires ainsi, ie te donneray toutes les armes entierement que les Cyclopes au labeur de leurs infatigables bras me forgent iamais cesse. Vâ t'en donques d'vn braue courage esmouuoir quelque grosse tourmente qui les perde tous.* CELA *dict, il luy met és mains & l'esclair, & la mortelle foudre, & le calamiteux tonnerre, dont elle eut grande ioye en son cœur. Et tout incontinent se va armer de l'impetueux relui-sant plastron; esblouïssant, horrible, à craindre aux Dieux mesmes: car l'espouuentable chef de Meduse estoit cizelé au milieu, & au sommet d'iceluy, des fiers & hydeux serpens qui desgorgeoient de gros bouïllons de flammes. Cette armeûre resonna effroyablement sur la poitrine de la Deesse, tout ainsi que quand la lumineuse region de l'air vient à estre agitée de quelque penetrant esclat de tonnerre: & prit les armes de son pere, que nul autre de tous les Dieux, fors luy tant seulement, n'auoit onc-ques osé manier: esbranla les hauts manoirs de l'Olympe, & pesle-mesla les montagnes auecques les nuées: de maniere qu'vne noire nuict vint à courir toute la face de la terre, & la mer s'enueloppa d'espoisses tenebres: à quoy Iuppiter regardant le tout prit vn fort grand plaisir. Car l'air s'esmouuoit estrangement dessoubs les pieds de la Deesse, & le ciel tressailloit tout autour de ce bruit enorme, ny plus ny moins que si Iuppiter en personne sust sorty luy-mesme au combat. Mais non contente de cela, elle va depescher Iris deuers Eolus sur l'obscure marine, pour faire assembler tous ses vents equippez de leurs tourbillons & orages, droit aux rochers Capharées, & que de là se ruans sur les Grecs reuuersassent la mer dans dessus dessous; desbandans à toute vtie & outrance leurs plus enragez soufflemens. Iris cela oüy se prepara soudain au message, couuerte entierement, & enuironnée de nuées que vous diriez estre de feu meslé auecques de l'air, ou eau blesué: puis s'en alla tout droict en Eolie, là où sont les cauernes des impetueux vents, dedans de grosses roitures de rochers aspres, creuses & retentissantes; & là aupres le palais d'Eolus, où elle se trouua auecques sa femme, & ses douze enfans; ne luy faisant seulement que dire; Minerue desire & brasse en son cœur la perdition des Grecs à leur retour. A quoy il obeyt sur le champ: & sortant hors s'en va heurter de son fort trident la montagne, où les tempestatifs & sonoreux vents estoient establez, en vn profond canail, d'où tout à l'heure retentit vn de-*

mesuré tumulte qui mugloit trop estrangement ; & la grande force de leur haleine brisa par le beau milieu la barriere dont ils estoient retenus & enclos là dedans. Alors ils se lancerent d'vne grande impetuosité & roi-deur par où ils trouuerent l'issuë, & là dessus leur souuerain ordonna que s'armans de leurs plus forts & vio-lents orages , ils s'espandissent sur la mer, de sorte que les ondes s'engrossissans outre tout ordinaire & mesure couurissent toute la coste Capharée. Il n'eut pas à grande peine acheué de dire , que les voila aller d'vne outra-geuse rage & furie au beau trauers de la mer, qui gemissoit insupportablement : & les gros flots semblables à de hautes montagnes, s'entre-poussoient l'vn d'vn costé l'autre d'vn autre. Tellement que les cheuaux des Grecs, tous esperdus d'vn si estrange & subit accident, estoient par la violence des vagues, tantost portez en haut ius-qu'aux nuës : puis de rechef renfondrez dans les plus profonds goufres & abysmes, qui les engloutissoient tout à coup : & la tourmente escartant les ondes, versoit du fonds , de gros mascarests & bouillonnemens de sablon. Alors les Grecs ne sçachans plus que faire , ne peurent ny aualler les rames en l'eau , ny ployer aussi peu les voi-les, toutes deschirées en lambeaux par l'effort du vent, quelque denoir où ils s'en missent, ny plus tenir la droi-cte routte : par ce que les gros flots à eux contraires, se roulloient sans cesse au deuant : ne les Pilotes manier le gouuernail à propos : ne les Matelots addresser les cordages ; ne rien faire de proussitable en sorte quelconque : tant ils estoient debiles & espouuantez. Au moyen dequoy les vents droit en proie les transportoient malgré eux, dont ils perdirent toute esperance de salut & de vie. Car vne noire obscure nuict couuroit la marine, auec-ques vne tres-forte tourmente , & les Dieux estoient plus esmeus d'vne griefue indignation & courroux : Neptune mesme, qui leur pourchassoit vne mort miserable, pour complaire & gratifier à sa niepce. Laquelle par en haut d'autre-part, d'vne animosité enflambée les accabloit à coups de foudre : & Iuppiter là dessus ton-na du ciel horriblement. De maniere que toutes les Isles & terres-fermes de là autour estoient submergées & couuertes de mer : & le mauuais destin des Grecs les combla d'afflictions tres cruelles. C'estoit chose trop hi-deuse à oüyr, que des pleurs & gemissemens de ceux qui perissoient-là , dont les nauires resonnoient auecques vn esclat effroyable du bris des tables, & autres bois qui volloient en pieces, d'autant que les vaisseaux s'entre-heurtans, tout se venoit à rompre & froisser : à quoy on ne pouuoit trouuer remede , d'autant que les vns s'ef-forçans à tout des auirons , & de longues perches de repousser ceux qui les venoient inuestir & chocquer , les paunres miserables tomboient sans dessus dessoubs la teste la premiere en l'eau, & finoient là leurs iours d'vne mort detestable sur toutes autres , leurs corps se dissipans puis-apres çà & là en plusieurs manieres , sans que les rames leur peussent seruir d'vne sorte ou d'vne autre à aucun vsage quelconque. Par ce que de ceux qui estoient venus [tez] en la mer , les vns gisoient sur les ondes priuez de toute vie & sentiment, les autres con-traints de la necessité de se prendre aux auirons, nageoient soulagez d'iceux au mieux qu'ils pouuoient, les au-tres s'en alloient flottans dessu les tables du naufrage, comme la vague les portoit. Et ce-pendant toute la mer estoit esmeuë de fonds en comble ; de sorte que l'vniuers sembloit se vouloir mesler de rechef en vn chaos , ciel, terre, & eau. Et Minerue ne degenerant de l'effort de son tout-puissant geniteur , bouillante quand & quand d'vne ire & courroux trop extreme pour l'outrage à elle faict , s'en vint darder vn grand coup de foudre sur le nauire d'Aiax , qui le brisa d'arriuée en menuës parcelles, les esclats s'escartans au loing, dont il sembla propre-ment que le ciel & la terre se deussent fendre & abysmer tous à l'heure , de ce bruit si horrible & impetueux. Car la Marine se venus[rr]oit de son plus profond ; & ceux qui estoient au vaisseau tomboient en foule çà & là dans les ondes, où ils estoient roullez-houssillez par leurs rudes flots & bouillonnemens. Puis vn esclair excité des foudres de la Deesse, se venant venne[ncontrer] & rabbatre de force contre les nuées, leur esblouïssoit & estoit la veuë : ioinct la blancheur de l'escume qui resplendissoit sur les vagues, & sommets de l'Algue. Nonobstant tout cela , neantmoins Aiax n'eust laissé d'eschapper , si Neptune ayant miné la terre par dessoubs n'en eust esbouil-lé vne montagne sur luy, non d'autre sorte, que celle dont la prudente Deesse tressaillit iadis du grand cerueau de son pere. Telle doncques fut cette forme d'Isle que Neptune luy culleubuta à bas , semblable à celle qui brusle sans cesse soubs le Geant impitoyable, respirant & soufflant force embrasées estincelles dans les cauernes de la terre. Ainsi le sommet de la montagne abysmé d'enhaut sur le Roy de Locres, couurit & accabla tout ce vaillant courageux personnage , lequel pour se voir oppressé d'vn coup & de la terre & de la mer, vne noire & pernicieuse mort vint saisir : & les autres Grecs en semblable , qui estoient agitez de gros flots ; les vns estan-gourez & transis dedans les nauires, les autres precipitez en la mer ; enueloppez tous d'vne calamité mortel-le. Des nauires pareillement aucunes s'en alloient en trauers, les autres estoient renuersées cul par sus teste la quille contremont. A cette-cy le vent auoit arraché de force la voile hors des Antenes, les deschirant en menus loppins : à celle-là tous ses masts & autre appareil auoient esté abbatus par la violence des tempestueux tour-billons : les autres engloutees des profonds goufres, estoient enfoncées dedans les ondes par la vehemence des enormes pluyes : car elles n'auoient peu resister à l'impetueux & demesuré effort des eaux de la mer , & du ciel tout ensemble, qui les venoient charger de deux endroits , assistées des vents : par ce que les ranines des es-pois nuages leur decouloient d'enhaut à guise de gros torrents : & par dessoubs, la mer estoit comme desesperée. De maniere que quelqu'vn peut lors dire : Toute telle tempeste & orage s'en vint assaillir les mortels au temps de Deucalion, que la terre & la mer estoient confondnës l'vne dans l'autre , par les outrageuses pluyes qui s'y espandirent , dont vne demesurée profondeur d'eau, se vint dilater par tout. Ainsi certes parla quelqu'vn d'en-tre les Grecs , esperdu d'esbahissement en son cœur de ceste cruelle tourmente, dont plusieurs furent lors esteints ; & les vagues estoient couuertes de toutes parts de corps morts, qu'elles poussoient aux riuages qui gemissoient de leur costé hideusement : la mer estant reuestuë d'ailleurs du bris des vaisseaux, & des tronçons

de

de bois fracaſſez & rompus, par entre leſquels reiailliſſoient de gros bouillons d'eau. Les autres en vn autre endroit venoient à rendre l'ame par vn autre genre de mort: car la marine de tous coſtez eſtoit eſmeuë; ſi que la
plus grande part de la flotte s'en alla donner à trauers les rochers de l'inacceſſible riuage, par l'artifice de Nauplius: lequel enuenimé contre les Grecs, pour l'amour de ſon fils qu'ils auoient faict mourir à tort; encores qu'il
fuſt à cette occaſion extremement paſſionné dans ſon cœur, eut neantmoins vn tres-grand plaiſir & conſolation
de les voir ainſi perir miſerablement: la Deeſſe l'ayant appreſté vne ſi prompte vangeance, qu'il vid de ſes
propres yeux, ſes trouppes à luy ainſi odieuſes, abyſmer dans les plus profonds gouphres, où apres auoir bon grande quantité d'eau ſalée, transportez çà & là par la mer, venoient finalement à rendre les abbois de la mort.
Les femmes ce-pendant captiues qu'ils emmenoient auecques eux, eſtoient remplies d'vne ioye extreme, bien
qu'elles ſe viſſent en vne perdition toute apparente, dont les vnes s'en alloient la teſte premiere à fonds, tenans leurs pauures petis enfans fermement embraſſez; les autres par vne rage & vindicte emportoient
leurs ennemis à la barbe & cheueux, & tenoient à vne tres-grande grace & faueur du ciel qu'à coup le moins
ils mourruſſent auecques elles;leur rendant (ce leur ſembloit) la pareille de la calamité où ils les auoient reduittes;ce que Minerue regardoit d'enhaut fort contente & ſatisfaicte en ſon cœur. Mais Aiax ſur ces entrefaictes,
tantoſt ſe pendant au vaiſſeau nageoit à l'entour;tantoſt par le ſeul eſſort de ſes bras il fendoit les vndes ſalées,
taſchant de gaigner la prochaine terre;ſemblable de force & de vigueur à quelque robuſte geant. Car les flots,
quelque emmaliçez & bouillans qu'ils fuſſent, eſtoient neantmoins domptez ſoubs les inſuperables mains de
ce tres-magnanime Heros; dont les Dieux qui le regardoient eurent en admiration ſon courage & vertu;dau-
tant que par fois vne droitte-eſcarpée montagne d'eau l'eſſeuoit en l'air, à pair de quelque creſte de rocher des
plus hautes: par fois de rechef les ondes s'entre-ouurans par deſſoubs l'engloutiſſoient dans vn profond gouphre. Et neantmoins pour tout cela ſes bras ne ſuccomboient point à la laſſitude, encores que de tous coſtez les
foudres qui ſe venoient eſteindre en la mer luy eſtourdiſſent les oreilles, & l'eſſroyable petillement que cela rendoit. Car ce n'eſtoit pas l'intention de Minerue,quelque animée qu'elle fuſt contre luy, de le faire mourir tout à
coup, qu'elle ne l'euſt premierement faict languir peu à peu d'infinis tourmens & douleurs ;tant qu'à la fin il
n'en penſt plus. Parquoy elle l'entretint & promena ainſi longuement çà & là , auecques de tres-angoiſſeuſes
miſeres;contre leſquelles l'extremité où il ſe trouuoit luy fourniſſoit nouuelles forces. Et eſtoit bien ſi arrogant
encores parmy tout cela, de deſpiter à haute voix tous les Dieux: que maugré qu'ils en euſſent ; maugré toutes
leurs ires & courroux ; quand bien ils auroient recueilly leurs puiſſances en vn, & icelles accompagné de toutes les plus furieuſes tourmentes que la mer endura iamais,ſi en eſchapperoit-il neantmoins ſain & ſauue.
Mais il ne peut pas à la fin eſuiter leur indignation: car Neptune à ces blaſphemes eſtant entré en extreme colere; auſſi toſt qu'il le vid auoir en poigné vne pointe des Gyres, il eſbranla la terre & la mer, dont tous les rochers de la coſte s'eſmeurent & tremblerent d'horreur ; & les riuages, & ſu baignoient eſſroyablement de la
tres-grande violence des ondes ; le Roy de la mer bouillonnant ainſi de rage & d'eſcume : lequel arrachant
vn gros quartier de rocher, que le miſerable tenoit fermement (aſſis de tout ſon eſſort, le precipita en bas; dont
les mains s'acheuerent de deſchirer, & le ſang à couler des ongles, qui eurent tout à faict deuoré ce qui luy pouuoit
reſter de vie. Neptune au ſurplus le voyant ainſi choir, & vireuouſter par les reſſauts & tempeſtueux flots,
ne s'arreſta pas à cela, ains euſt volontiers deſiré, que tout par vn meſme moyen le reſte des vaiſſeaux Grecs
euſt acheué de faire vn ſemblable piteux naufrage, &c. Le Philoſtrate qu'il ſoit, cettui-cy ou vn
autre , qui a eſcript les Heroiques, a faict vn chapitre de cet Aiax, ou il racompte auſſi ſon naufrage & perdition, auecques vn ſommaire du reſidu de ſa vie, meſmement comme il auoit eu autresfois vn ſerpent qu'il nourriſſoit ordinairement à ſa table, & le menoit de coſté & d'autre, à
guiſe de quelque eſpagneul ou leurier fauorit;lequel auoit ſept ou huict pieds de long. Mais puis
que nous auons deliberé (Dieu aydant) de pourſuiure de bout en bout tous les Philoſtrates,ce
leur ſeroit faire tort de les eſcorner,& deſmembrer çà & là par parcelles:au moyen dequoy nous
reſeruerons cecy à ſon rang ; puis qu'auſſi bien auons-nous icy aſſez d'autres choſes à dire d'A-
iax ; & meſmement d'Hyginus, lequel au cent ſeizieme chapitre de ſes Mythologies, en parle
de cette ſorte.

  TROYE priſe, & le butin partagé, comme les Grecs s'en retournaſſent en leur pays, les Dieux eſmeus à *HYGINVS.*
courroux pour autant qu'ils auoient ſaccagé leurs temples, & Aiax fils d'Oïleus rauy de vine force Caſſandre,
qui auoit empoigné l'effigie du Palladion, leur enuoyerent vne tourmente & venis contraires empres les rochers Caphries, où ils firent naufrage: Aiax Locrien entre les autres , ayant eſté aſſablé d'vn coup de foudre par
la Deeſſe Minerue. Les flots puis-apres le debriſerent tout contre les rochers proches de là, qui furent depuis appellez de ſon nom, LES ESCVEILS D'AIAN. La nuict ayant ſurpris le reſte de la flotte, comme ils ſe fuſſent mis à crier ſecours, & imploraſſent l'aide des Dieux, Nauplius qui eſtoit aux eſcoutes le long de la coſte, ſe
pourpenſa bien auoir rencontré l'occaſion à propos de vanger l'iniuſtice faicte à ſon fils Palamedes. Au moyen
dequoy, comme s'il les euſt voulu ſecourir, il fit allumer force feux à l'endroit le plus perilleux d'aborder, à
cauſe des rochers aigus dont eſtoit ſemé le riuage, & ſe croyans que ce ſignal leur fuſt donné par pitié qu'on
euſt de leur infortune, tournerent droit là les prouës de leurs vaiſſeaux; dont la plus-part ſe perdit, auecques
grand nombre de ſoldats, & des chefs qui eſtoient deſſus, que ſi quelqu'vn ſe ſauuoit à nage iuſques au bord,
Nauplius ſe trouuant là à propos, ne leur faiſoit pas guere meilleure guerre que la mer. Au regard d'Vlyſſe, il
fut pouſſé à Marathon; Menelaus en Egypte; & Agamemnon auecques Caſſandre, prit terre en ſon pays , vn

ils furent receus & traictez de la maniere que vous auez peu entendre. Plutarque au traicté *du tardif chastiment de la diuinité,* dit, qu'il n'y auoit pas encores long-temps que ceux de Locres s'estoient desistez d'enuoyer de leurs filles vierges à Troye, où sans aucun vestement, & les pieds nuds à guise des chambrieres, tout ainsi que celles d'Athenes, ballioient tout autour le temple & autel de Minerue, desgarnies de guirlandes, chappeaux de fleurs, & autres sortes de coisfeures, encores qu'elles fussent desia sur l'aage: & ce pour raison du forfaict d Aiax. χαὶ μία ὁ πολις χρόνος ἀφ' ὃ Λοκροὶ πέμποντες εἰς τρόιαμ πέπαυνται ταῖς παρθένοις,

> Αἱ χαὶ ἀναμπέχονοι γυμνοῖς ποσὶν, ἤυτε δοῦλαι
> Η᾽ οἵαι σαίρεσκεν Ἀθυναίης περὶ βωμὸν,

Νόσφι χρηδέμνοιο, χαὶ εἰ βαρὺ γῆρας ἱχάνοι. διὰ τὴν Αἴαντος ἀκολασίαν. Mais Timée Sicilien & Callimaque specifient bien cela plus particulierement, alleguans que quelques trois ans apres la mort d'Aiax, la peste s'estant attachée forte & ferme au pays de Locres à cause du forfaict de leur deffunct Prince, le peuple fut admonesté par l'oracle, qu'ils eussent à appaiser de là à mille ans la Minerue qui estoit à Troye, & luy enuoyer chascun an deux filles pucelles sur qui le sort tomberoit. Ces pauures creatures estoient contrainctes des'y en aller de nuict à la desrobbée, par les chemins les plus couuerts & desuoyez, qu'elles pouuoient choisir,en habit dissimulé, afin d'entrer à cachettes au temple de la Deesse; où si elles pouuoient paruenir saines & sauues, elles demouroient là pour son ministere & seruice; à ballier & arrouser le lieu; dont elles n'eussent pas osé sortir,ny s'approcher non plus de la saincte Image sinon que de nuict: estans au reste toutes rases, & vestues d'vne meschante robbe, les pieds deschaux. Bien peu toutesfois d'entre elles pouuoient arriuer à cette condition-là: car tout aussi tost que les Troyens estoient aduertis de leur partement de Locres, qui se faisoit ordinairement à certaines saisons, ils s'alloient mettre en aguet sur les chemins & aduenués pour les attendre au passage: là où sans aucune misericorde, si d'aduanture elles tomboient entre leurs mains, ils les massacroient cruellement à coups de pierres & d'espée: puis les brusloient sur la place auecques du bois sterile,& qui ne porte point de fruict; & en iettoient les cendres du haut du mont de Tracon en la mer. Si seuerement se sçauoient vanger les Dieux des Gentils,des offenses qu'on leur faisoit.

L A

Iaspar Isac fecit

Si toſt que nous ſentons vne aſpre affliction,
Nous auons vn recours à la deuotion;
Mais ſoudain que la crainte eſt hors de la penſée,
Nous retournons bien toſt à la vie paſſée.
Ce pays qu'vn deluge auoit ſi fort trempé,

Qu'à peine en auoit on aucune cognoiſſance;
N'empeſcha pas qu'apres les plaines de Tempé,
Ne fuſſent le ſejour de la concupiſcence:
Où de tous les pays & cantons de la Grece,
Chacun venoit iouyr de ſa delicateſſe.

K k iij

LA THESSALIE.

ARGVMENT.

IL Y A EV *autresfois cinq deluges renommez, entre les autres;*
mais d'vniuerfel, qu'vn tout feul; aduenu ce dit Xenophon en fes
Equinoques, foubs le vieil Phenicien Ogyges, lequel dura par l'ef-
pace de neuf mois et plus; y ayant en ce-pendant de perpetuelles te-
nebres efpanduës auec l'eau fur la face de toute la terre et la mer. Nos Sain-
tes lettres l'attribuent au temps du Patriarche Noé, par vn certain motif de
la difpofition & ordonnance diuine, outre les loix et reigles de nature; ayant
defbandé les cataractes des eaux qui font là haut fufpenduës au ciel, & par
mefme moyen lafché la bride à toutes celles d'icy bas: afin d'exterminer à vn
coup le genre humain pour lors infecté & remply de toutes efpeces de vices,
mefchancetez & abominations execrables; referué feulement quelque petit
nombre des plus gens de bien, pour en renouueller vne autre race; laquelle neant-
moins eft venuë depuis auff bien à fe deprauer comme celle qui fut formée de
la propre main du fouuerain Createur. La feconde inondation d'eaux fut
du Nil en Egypte, foubs Prometheus & Hercules, comme tefmoigne Dio-
dore au premier liure, & dura par vn mois. La troifiefme fut en Achaïe,
& au territoire d'Attique par foixante iours foubs Ogyges Athenien. Dio-
dore en parle au fixiefme: et Paufanias en dit cecy ès Attiques; qu'en la baf-
fe ville d'Athenes auant que d'arriuer au temple de Iuppiter Olympien, fe voyoit
encore de fon temps vne ouuerture de terre, large feulement d'vn pied et de-
my, par où s'eftoit efcoulée l'eau du Deluge; là où l'on auoit accouftumé de
ietter tous les ans vne maniere d'offrande faite de farine de froment, empaftée
auecques du miel. Mais il la refere à Deucalion, ce qui ne conuient pas
bien ce me femble: car ce fut le quatriefme Deluge, qui dura (comme dit Ari-
ftote au premier des Meteores) tout vn Hyuer foubs iceluy Deucalion en la
Theffalie. Et le cinquiefme, le Pharonien, foubs Proteus en Egypte, vers les
bouches du Nil en la mer, enuiron le temps de la guerre de Troye; dont Lu-
cain au dernier liure parle en cette forte.

Tunc clauftrum pelagi cœpit Pharon, infula quondam
In medio ftetit illa mari fub tempore Vatis
Proteos, at nunc eft Pellæis proxima muris.

Mais les poëfies fe viennent mettre à la trauerfe qui confondent tout, & veu-
lent

lent que ce Deluge vniuerſel ſoit aduenu ſoubs Deucalion fils de Prometheus,
lequel ſeul de tous les mortels en reſchappa auec ſa femme & couſine germaine Pyrrha, fille d'Epimetheus; qui ſe ſauuerent dans vne Naſſelle ſur la cime
du mont de Parnaſſe, en la contrée de la Phocide. Hyginus au cent cinquante quatrieſme chapitre dit que ce fut ſur celuy d'Ætna en Sicile : mais que ſe
voyans ainſi demeurez ſeulets, ils requirent aux Dieux de leur oſter la vie,
ou de leur enuoyer de nouueaux hommes pour leur tenir compagnie. Themis
leur fit la deſſus reſponce, qu'ils s'en allaſſent iettans derriere eux les oz de leur
grand mere. Ce qu'ayans finablement interpreté pour des pierres qui ſont les oz
de la terre, mere generalement de toutes choſes quelconques, vindrent ſoudain
à ſe procréer de celles de Deucalion, des hommes; & de Pyrrha, des femmes;
leſquels s'eſtans appariez enſemble, vindrent de rechef a repeupler le monde.
Mais cette race de gens eſt touſiours depuis demeurée endurcie en courage, ſe
reſſentans de la matiere & eſtoffe dont ils auoient pris premierement origine.
Ouide au premier de la Metamorphoſe;

> Oſſaque poſt tergum magnæ iactate parentis.

Puis: Magna parens terra eſt, lapides in corpore terræ
> Oſſa reor dici: iacere hos poſt terga iubemur.
> Inde genus durum ſumus, experiénſque laborum,
> Et documenta damus qua ſimus origine nati.

Iuuenal auſſi en l'vne de ſes Satyres.

> Ex quo Deucalion nimbis tollentibus æquor
> Nauigio aſcendit montem, ſortéſque popoſcit;
> Paulatímque anima caluerunt mollia ſaxa,
> Et maribus nudas oſtendit Pyrrha puellas.

La plus grand' part des Poëtes & Hiſtoriens encore, au moins les Gentils,
referent auſſi bien que nous cette ſubmerſion generale à vn chaſtiment des iniquitez qui regnoient par tout : les Aſtrologues, à la grande conionction des
trois planettes ſuperieures qui ſe fit lors en la triplicité aquatique : & les Philoſophes à ie ne ſçay quel contemperament aduenu (comme ils dient) par vne prouidence de Nature, pour mitiguer l'ardeur de la conflagration qui s'eſtoit faitte
ſoubs Phaëthon au par-auant. Or de tous ces deluges, il n'y a que celuy de la
Theſſalie qui faſſe icy à noſtre propos, où la bouche de Peneus ſe trouuant cloſe & eſtouppee, ou par nature, ou par quelque autre accident, le plat pays qui
eſt enuironné de tres-hautes montaignes tout à l'entour à guiſe d'vn Amphi-
theatre, ſe vint à inonder et couurir d'eau, inſques à ce que quelque temps
apres par vn tremblement de terre, comme dient aucuns; où que l'eau euſt
miné peu à peu le terrain qui s'eſtoit ainſi eſboullé; & trouué le moyen de ſe faire vn nouueau paſſage & iſſüe, la campagne ſe vint à deſcouurir derechef, et
rendre habitable comme au par-auant. Ce que Philoſtrate traicte icy poëtiquement ſelon ſa couſtume, attribuant le tout à vn benefice particulier de Neptune, qui par vn ſeul coup de Trident parfit cet ouurage : mais c'eſt pour faire place & donner couleur aux autres fictions qui ſont aſſignées là deſſus, comme nous
le deſduirons en l'annotation plus à plein.

E PRIME-FACE cette peinture vous fembleroit
eftre l'Egypte; neantmoins (à ce que ie penfe) elle n'entend pas de reprefenter l'Egypte, ains le
pays des Theffaliens. Car le territoire d'Egypte
eft le long du Nil: & Peneus ne permettoit anciennement aux Theffaliens d'habiter la contrée;
parce que les montagnes renfermoient tout autour les plaines, & le fleuue n'ayant point encore d'iffuë, les inondoit. Au moyen dequoy Ne-
ptune a-tout fon Trident pourfendra ces montaignes, & luy fera des
portes: car il eft embefongné maintenant apres cet ouurage, afin de le paracheuer au plus toft, & qu'il defcouure la campagne. De fait le voila
qui a defia hauflé le bras pour faire la breche: mais les montaignes premier que receuoir le coup fe reculent de leur bon gré, autant qu'il en
faut iuftement pour laiffer efcouler le fleuue. Ce que la peinture s'eftant
parforcée de monftrer bien apertement, la partie droite en Neptune fe
r'accourcift & aduance tout enfemble, ne menaffant pas de frapper de
la main, mais du corps. Au demeurant il n'eft peint ne verd-bleu, ne
marin; ains comme vn habitant de la terre: car il embraffe les champs,
& fe refioüift de les voir ainfi larges & ouuerts eftenduz, tout ainfi que
des mers. Le fleuue d'autre part tout glorieux s'appuyant fur le coude
(car ce n'eft pas leur façon d'eftre debout) reçoit le Titarefe comme leger & plus plaifant à boire, & promet à Neptune de s'efcouler de la campagne par la voye qu'il luy a faitte. De façon que l'eau s'eftant defia ra-
baiffée, la Theffalie s'efleue ornée d'oliuiers & d'efpics; maniant vn ieune poulain qui naift auec elle. Car elle obtiendra auffi des cheuaux de
Neptune, lors que la terre aura receu la femence generatiue de ce Dieu
dormant, pour les conceuoir.

ANNOTATION.

STRABON.

TRABON au neufiefme liure, parle ainfi du contenu au prefent tableau. *Peneus trauersant la Theffalie, où s'enfle de plusieurs groffes riuieres qui rentrent dedans, fe re-fpand fort fouuent, & desborde à trauers les champs. On dit qu'anciennement cette plaine eftoit toute couuerte d'eau en forme de lac, parce que les montagnes l'enuironnoient tout au-tour; & la cofte de la mer eftoit beaucoup plus haute; mais que le tremblement de terre y ayant fait vne grand' brefche qui feparoit le mont Olympe d'auec celuy d'Offa, Peneus s'efcou-lant par là dans la mer, laiffa les champs defcouuerts & tariz, referué quelques marefcages; deux mefme-ment plus fignalez entre les autres; celuy de Nefon qui eft le plus grand, & l'autre moindre appellé Bæbeis, qui eft le plus prochain de la mer.*

ATHENEE.

MAIS Baton Orateur de Sinope, en fa harangue de la Theffalie ou Hæmonie, traite cecy plus apertement dans Athenée au quatorziefme liure où il dit: *Que les Saturnales eftoient vne an-tiquité Grecque; & la fefte que les Theffaliens appellent les Pelories, lors que les Pelafgiens facrifierent pu-bliquement tous en commun, auoit pris fon appellation d'vn Pelorus, lequel fut celuy qui vint annoncer au Roy Pelafgus; comme par le moyen des grands tremblemens de terre, aduenus en la contrée d'Hæmonie, les montagnes appellées Tempé s'eftoient entr'ouuertes, & par la breche l'eau qui auparauant inondoit la campa-gne, efcoulée dans le canal de Peneus; fi bien que les champs feroient demeurez defcouuerts qui fouloient eftre en forme de lac: au lieu duquel apparoiffoit vne plaine de grandeur & beauté admirable. Ce qu'ayant entendu Pelafgus, il luy fit apprefter vne table fort magnifiquement couuerte de viandes, & le fit là affeoir pour banquetter. Tous les autres auffi le vindrent amiablement embraffer là deffus; luy apportant chacun ce* qu'il *qu'il pouuoit auoir de plus rare & exquis. Le Roy Pelasgus mesme le seruoit de sa propre main, & les plus grands de sa Cour auec luy, selon que l'occasion les y inuitoit. Au moyen dequoy l'on raconte qu'apres qu'ils* euent ainsi acquis cette contrée, deslors sacrifians à Iuppiter Pelorius, ils auroient establi la coustume de dresser des tables à l'imitation de cette premiere feste & commune resiouissance; ayans tous d'vn accord vnanimement contenu entr'eux d'y receuoir à banqueter tous les estrangers qui y suruiendroient; deliurer les Captifs, & que les Esclaues auec pleine licence s'y asserroient & feroient bonne chere, ce-pendant que leurs maistres les seruiroient. Depuis ce temps là les Thessaliens ont continué d'appeller la plus grand'feste qu'ils ayent point, LES PELORIES; procedé premierement de l'ouuerture des montagnes, & desiouurement de la plaine y enclose. Toutesfois Tite Liue dit tout le mesme des Lectisternes au cinquiesme liure de la premiere Decade; lesquels Lectisternes estoient certaine cerimonie qui se conformoit beaucoup à celle que nous auons de descrire les chasles.

LVCAIN sur le propos de la Thessalie, au 6. liure.

> *Hos inter montes media qui valle premuntur,*
> *Perpetuis quondam latuere paludibus agri.*

Mais plus amplement Claudian au second du rauissement de Proserpine.

> *Stc cùm Thessaliam scopulis inclusa teneret*
> *Penco stagnante palus, & mersa negaret*
> *Arua coli: trisida Neptunus cuspide montes*
> *Impulit aduersos; tum forti saucius ictu*
> *Dissiluit gelido vertex cisseus Olympo:*
> *Carceribus laxantur aquæ, fractóq; meatu*
> *Redduntur, fluuiique, mari, tellurique colonis.*

Il y a aussi (ce me semble) vn vers de Callimaque qui fait mention de cette ouuerture.

> Φθιγε δε ε Παμφίς ελιασιμος ηγι Τεμπεων.

> *Pence tortillant fuit à trauers Tempé.*

Car ainsi estoit appellé le destroit par où s'escoula Peneus; ainsi que le descript fort elegamment Ouide au premier de la Metamorphose.

> *Est nemus Aemoniæ, prærupta quod vndique claudit*
> *Sylua, vocant Tempé, per que Peneus ab imo*
> *Effusus Pindo spumosis voluitur vndis:*
> *Deiectúq; graui tenues agitantia fumos*
> *Nubila conducit, summique aspergine syluis*
> *Impluit, & sonitu plus quàm vicina fatigat.*

Ce lieu icy de Tempé a esté de tout temps fort renommé & celebre pour sa beauté, & le plaisir qu'on y prenoit, y accourant infiny peuple de toutes parts pour s'y recréer: au moyen dequoy il en est souuent fait mention dans les Poëtes. Et Elian mesme au troisiesme liure de la diuerse histoire s'est estudié tout expressément à la descrire fort par le menu en cette sorte.

VENONS maintenant à represente (ce dit-il) par ce discours les Tempé Thessaliques:car cela est assez notoire, que si l'oraison a la grace & la force de se bien nettement expliquer, elle ne pourra moins naïfuement nous ELIA... Temp. remettre deuant les yeux ce qu'elle voudra entreprendre, que les plus excellens ouuriers en l'art de peinture. Il y a doncques vn certain lieu situé entre le mont Olympe, & celuy d'Ossa, qui sont d'vne merueilleusse hauteur, separez l'vn de l'autre presque par vn diuin ouurage, embrassant au milieu vn espace dont la longueur s'estend à quarante stades; & en largeur par endroits à vn Plethre contenans cent pieds de Roy (qui peuuent reuenir à seize ou dix sept de nos toises) & en autres quelque peu plus. Par ce milieu & ouuerture passe qu'on appelle Peneus, dedans lequel tout plein d'autres riuieres se viennent rendre, & luy communiquans leurs eaux, l'agrandissent. Il y a aussi là force petits cabarets & hostelleries de toutes sortes: non toutesfois faictes d'ouurage de main, mais du propre motif de nature; qui y apporta vne merueilleuse beauté lors que premierement cela vint en estre. Car il y a par tout des Lierres en abondance, bien reuestus de branches & de fueilles: lesquels à guise d'vne plantenuuese vigne grimpent le long de la tige des arbres, & s'y entrelassent naissans à leur pied. Plus du Liset à foison, qui se plaque contre les rochers, & les tapisse de sorte que toute la pierre en demeure cachée, sans qu'on y puisse rien appercevoir que soit fors la seule verdure. En la plaine infinis iardinages, & des fueilles de tous costez, aggreables retraittes en temps d'Esté pour les passans, où ils se peuuent rafreschir auec beaucoup de recreation, volupté, & soulagement: & plusieurs sources & fontenils courans d'vne eau fresche, delicieuse, & tres aggreable à boire. L'on dit dauantage qu'elle est fort propre à se baigner, & proussitable à la santé. Là les petits oysillons espandus de costé & d'autre, de leurs douces & armonieuses gorges remplissans les oreilles de ceux qui passent ce chemin, les accompagnent & conuoyent tout le long d'iceluy auec tant de plaisir que cela leur en faict du tout oublier le trauail. Et sur les deux bords de l'eau sont ces ramées & frisades que i'ay dit cy dessus, tout expressément pour se reposer. Ainsi au trauers de ce delicieux Tempé coule le gentil Peneus, tranquille, quoy, & vny, comme s'il estoit d'huile; couuers tres-abondamment d'ombrages prouenans des branches & rameaux des arbres plantez si dru & menu; qui la plus grande partie du iour repoussent l'ardeur du Soleil, & empeschent que le cours de l'eau n'en soit reschaussé, apprestans par ce moyen vn gracieux raffreſchiſſemẽt à ceux qui nauigent deſſus. Au ſurplus tous les habitans d'alentour viuent de compagnie, faiſans par enſemble leurs ſacrifices & banquets. Et pource que grand eſt le nombre de ceux qui font ces offrandes & vacquent continuellement au ſeruice diuin; il s'en enfuit que ceux qui paſſent par ce quartier ſoit par terre ou par eau, participent à l'odeur de ces bons parfums & encenſemens. De maniere que l'aſſiduel ſoing, & la diligence dont les Dieux ſont là reuerez ſans ceſſe, rendent le lieu merueilleuſement ſaint & denot. Les Theſſaliens diſent qu'Apollon Pythien y fut purifié par le commandement de Iuppiter, apres qu'à coups de fleſche il eut mis à mort le grand ſerpent Python qui occupoit encore Delphes, lors que ce territoire rendoit les oracles: mais que puis apres ſi fut couronné du Laurier de Tempé, dont prenant vn rameau en ſa main, il vint ſe ſaiſir de Delphes: & y a meſme en ceſt endroit là vn autel où il fut couronné, & d'où il emporta le rameau. Au moyen dequoy iuſqu'à auiourd'huy, ceux de Delphes y enuoyent de neuf en neuf ans les enfans de bonne maiſon auec vn maiſtre de ceremonies, là où ils font magnifiquement vn ſeruice & anniuerſaire, & s'en retournent apres s'eſtre parez le chef de chappeaux de ce Laurier propre, dont le Dieu amoureux de Daphné fut couronné le premier. Ce qui eſt cauſe que du depuis és ieux Pythiques l'on a accouſtumé de couronner de Laurier ceux qui obtiennent la victoire. Pline au 8. ch. du 4. liure, en parle ainſi. In eo curſu Tempe vocantur, quinque M. paſſuum longitudine, & ferme ſex latitudine; vltra viſum hominis attollentibus ſe dextra Leuaq; leuiter connexis iugis. Intus ſua luce viridante albatur Peneus viridi calculo, amœnus circa ripas gramine, canorus auium concentu. Accipit amnem Euroton, nec recipit, ſed olei modo ſupernatantem (vt dictum eſt ab Homero) breui ſpacio portatum abdicat. Pœnales aquas, diriſque genitas argenteis ſui miſceri recuſat. Là où il eſt bien different d'Elian quant à la largeur de cette embouſcheure de Tempé, qui ne luy donne ordinairement qu'vn Plethre, que Laurens Valle prend pour vn iugere qui a cent pieds, ſelon Suidas, à ſçauoir la ſixieſme partie d'vn ſtade; ou à tout euenement ſelon Quintilian deux cens quarante pieds de long, & la moitié en largeur. Car il n'y a gueres ſi petite riuiere (au moins qui ſoit de nom) qui n'en ait bien autant. Mais d'autre part ce que Pline attribuë ſix mille pas de large à ce deſtroit, me ſemble vn peu chatoüilleux, veu qu'il n'en a que cinq mille de long. Car il ne ſe trouue point nulle part de ces paſſages & rottures de montagnes, qui ne ſoit communément beaucoup plus longue que large. Parquoy i'eſtime que l'vn & l'autre de ces deux lieux ſoit depraué, & qu'il ne faille que lire mille pas en largeur.

CAR elle obtiendra auſſi des cheuaux de Neptune, lors que la terre aura receu la ſemence generatiue de ce Dieu dormant pour en conceuoir de luy. Neptune entre ſes autres ſurnoms a auſſi celuy de ἵππιος ou ἵππιος, c'eſt à dire equeſtre ou cheualier: dont on allegue pluſieurs raiſons. Pauſanias és Achaïques le ſoubçonne auoir ainſi eſté ſurnommé pour auoir trouué l'art de dompter les cheuaux; & s'en ſeruit, tant à la ſelle qu'aux atteillages. Car Homere dans le 23. de l'Iliade, introduiſant Menelaüs qui ſe plaint du tort que luy auoit fait Antiloque à la courſe des chariots, aux obſeques de Patroclus, luy ayant vſé de ruze & malice pour le deuancer, le veut faire iurer là deſſus par Neptune.

Ἀντίλοχ', αἰδῷ ἄγε δεῦρο διοτρεφὲς, ᾗ θέμις ὅστι,
ταῖς ἵππων προπάροιθε κỳ ἅρματος, αὐτὰρ ἱμαίσθλω
χεροῖν ἔχων ῥαδινὲ, ᾗ τὲ τὸ πρόσθεν ἔλαυνες
ἵππων ἀλμάμψυος, γαμοχου Ἐννοσίγαιον
ὄμνυθι, μὴ μὲν ἑκὼν τὸ ἐμὸν δόλῳ ἅρμα πεδῆσαι.

Viença gentil Antiloque, mets toy ſelon que la raiſon le veut, deuant tes cheuaux & ton chariot, & prends ton fouet en la main, dont tu ſollicitois n'agueres tes cheuaux: iure l'embraſſe-terre Neptune, ſi de propos deliberé tu n'as pas empeſché mon chariot par fraude. Et Pamphus encore, qui a eſcript aux Atheniens de tres-anciens cantiques, appelle Neptune ἵππων τὲ δοτῆρα νιῶν τ' ἰθυκρηδέμνων, donneur de cheuaux & nauires. Au moyen dequoy il auroit pris cette qualité des cheuaux & non d'autre choſe. Et puis apres és Arcadiques, il dit qu'en la ville de Pheneon, au temple de Minerue Tritonienne, eſtoit vn Neptune de bronze ſurnommé Hippien ou le Cheualier, que l'on diſoit y auoir eſté anciennement deſdié par Vlyſſes; lequel ayant vne fois eſgaré ſes cheuaux, les auroit à la fin trouuez, apres les auoir quiz fort longuement au territoire des Pheneates, où il ediſia au propre endroit vn temple à Diane ſurnomée Eurippe, ou trouuereſſe, & cette image de Neptune Hippiē. Mais au meſme liure il entre en vne fabuloſité qui approche plus de noſtre propos; quand il rend la raiſon pourquoy Cerés fut ſurnommée Erinnys, ou indignation: diſant que cette Deeſſe lors qu'elle cherchoit Proſerpine ſa fille que Plutó luy auoit enleuée, Neptune la ſuiuoit d'aguet pas à pas pour en auoir vne paſſade. Dequoy elle s'eſtant apperceuë ſe transforma en Iument, & ſe mit à paiſtre auecques celles du haraz d'Oncius: Neptune qui ſe vit fruſtré de ſon attente ſe mua d'autre part en cheual; & ſoubs cette ſemblance la faillit de force. Cetés en fut indignée pour l'heure; mais puis-apres elle paſſa ſon courroux, ayant eu tout d'vne portée vne fille dont il n'eſt pas loiſible de reueler le nom aux prophanes; & vn cheual appellé Arion, duquel Homere fait mention au 23. de l'Iliade.

ὅθ' εἷκεν μετόπιςθεν Ἀρείονα δῖον ἐλαύνοι

Ἀ᾽δρήϛου ταχων ἵππων, ὃς ἐκ Ἰκόφιν ἤνος ἤεν.

. Nonſi à tes eſpaules il chaſſoit le dinin Arion, tres-viſte cheual d'Adraſtus, lequel auoit eſté engendré d'vn Dieu. Car Antimachus qui le dit eſtre nay de la terre, met qu'Adraſtus fut le troiſieſme qu'il eut en ſa puiſſance, ayant premierement eſté à Oncus, qui en accommoda Hercules à la guerre d'E-lide. Et Hercules le donna à Adraſtus. Neantmoins ce n'eſt point encore que Philoſtrate veut dire : & faut recourir à ce que les interpretes de Pindare alleguent ſur ce paſſage de la 4. Py-thienne à Arceſilaus Cyrenéen ; ναῖ Ποσαιδῶνος τεπεαιὸν : enfant du pierreux Neptune. Que le Dieu eſtoit reueré des Theſſaliens pour leur auoir autrefois fait ce bien d'ouurir les montagnes qui empeſchoient le fleuue Penée de s'eſcouler hors de la plaine de Tempé, & pour cette occaſion la noyoit toute. Probus le Gram-mairien ſur ce lieu cy du premier des Georgiques.

Tuᶄ, ô cui prima furentem
Fudit equum tellus .

Parlant de cela plus apertement; dit qu'en la Theſſalie eſtoient les champs qu'on appelloit Pier-reux, pource que là au droit y auoit certain lieu, lequel Neptune à tout ſon Trident ayant frap-pé, il produit vn cheual qui eut nom Scyphius. Herodote au 7. de ſon hiſtoire met que Xerxes y alla tout expreſſément pour le voir. Mais de ce cheual Scyphius, les autres en recitent vne telle fable, laquelle n'eſt pas guères honneſte, toutesfois pource qu'elle fait icy nommément à noſtre propos, ie ſuis contraint de l'y inſerer, car elle n'offencera pas tant les modeſtes oreilles, qu'elle amenera d'eſclairciſſement. Que Neptune s'eſtant vne fois endormy ſur vne pierre, il ſe corrõ-pit en ſonge, & que la terre ayant receu cette pollution reſpanduë, en produit le cheual appellé Scyphion. Ceux qui voudront maintenãt allegoriſer là deſſus, & meſmes en la Philoſophie Chi-mique, n'auront pas la campagne icy moins libre & ouuerte, que les plaines de la Theſſalie, re-preſentées en ce tableau : & pourront rencontrer tout autant à propos qu'en nul autre endroit qu'ils ſceuſſent donner ; horſmis vn ſeul point qui ne quadre pas bien : aſſauoir celuy du cheual. Car Neptune ſans doute eſt la mer, qui conſiſte de deux ſubſtances; l'vne ſalée & l'au-tre douce. Comme on le peut facilement diſcerner en la ſeparation d'icelles, tant par le feu dans vn alembic ou cornuë; que par la chaleur du Soleil quand on fait le ſel. La ſubſtance ſalée eſt fi-xe, & l'autre volatile. La fixe ne peut rien engendrer ne produire de ſoy, ſi elle n'eſt alterée & changée de ſa nature en vne autre, parce qu'elle n'a aucun mouuemẽt que par le feu, qui eſt plus fort & aigu que la chaleur naturelle; parquoy il faut que tout ce qui eſt propre & ſubiect à corruption & generation ſoit volatil, c'eſt à dire ſouffrant & patiſſant ſoubs l'action du feu. De la ſubſtance doncques ſalmaſtre fixe, ſe procréent toutes ſortes de mineraux par vne certaine accumulation & aſſemblement de parties, qui ſe lient & reſtreignent en vn, ſans qu'aucun accroiſſement puis-apres y interuienne : & de la douce qui eſt volatile, partie s'eſleue en l'air, afin de ſe reſpoiſir là en pluyes, neges, greſles, bruines, giures, roſées, & autres meteoriques impreſſions ; puis ſe reſou-dre icy bas en eau par vne prouidence de nature, pour l'arrouſement & impregnation de la ter-re. Partie demeure icy bas, comme empaſtée dans icelle, pour la production & maintenement de toutes ſortes de vegetaux, & le reſte coule en fontaines, lacs, & riuieres. Voila pourquoy Or-phée, & Homere apres luy, ont appellé l'Ocean le pere des hommes & des Dieux.

Ὠκεανὸν καλέω πατέρ᾽ ἄφθιτον αἰὲν ἐόντα,
ἀθανάτων τε θεῶν Ἰνέον, ὅπτϖſῖ τ᾽ ἀμ.θεϑήπων.

Par les premieres ſe pouuant entendre naturellement cette ſubſtance ſalfugineuſe fixe, peſante & arreſtée immobile en bas : & les Dieux par l'autre qui s'eſleue contremont vers le ciel, là où eſt leur domicile; comme ce globe icy bas de la terre & de l'eau l'eſt des hommes & animaux viuans en iceluy. Mais au reſte, quelle eſt cette ſemence generatiue de Neptune ou la mer ? Ce ne peut certes eſtre l'eau douce qui eſt trop crue & trop ſimple pour rien produire immediatement de ſoy. Il faut doncques que ce ſoit la ſalée, graſſe, onctueuſe, & chaude, de la propriété des ſper-mes & ſubſtances propres à engendrer. Or nous auons monſtré cy deuant au tableau de Venus que le ſel eſt fort generatif & fecond, prouoquant la ſenſualité, voire luxure, dont ſeroit proue-nu ce mot de Salacitas, & Salacia, femme de Neptune. Et quant aux vegetaux, iceluy Neptune entre ſes ſurnoms auroit auſſi eu celuy de φυιάλμος, c'eſt à dire autheur de cette humidité, qui eſt cauſe de la procreation de tout ce qui ſe produit icy bas en la terre. Car le ſel eſt ſource, fon-demẽt, & racine de toute humidité: laquelle eſt double; l'vne chaude, graſſe & onctueuſe, & c'eſt celle là qui nourriſt, de nature de ſouphre ou de ſalpeſtre. L'autre plus crue & froide, de nature de Mercure, ou de ſel Armoniac, qui contempere, arrouſe & refreſchiſt le nourriſſement, com-me la pituite en l'animal. Leſquelles deux humiditez conſiſtans radicalement au ſel commun, de là ſe communiquent à tous les compoſez elementaires, & ſont la cauſe de leur production & maintenement ; dont les plus homogenez de tous, & de la plus forte & ſolide compoſition, voire comme inexterminables, ſont les metaux. Neantmoins ils ne ſont autre choſe que ſel, cõ-me il ſe peut voir par leurs reſolutions & diſſolutions en liqueur coulante, tout ainſi que des

L l

ſels & alums. Mais quant à ce qui eſt dit icy , que la ſemence generatiue de Neptune , c'eſt à dire
la ſalleure de la mer, tombant en terre & ſur les pierres, produit vn cheual, ie n'en ſçaurois bonnement que penſer: ne pourquoy on ait voulu plus toſt attribuer cette procreation à vn cheual,
qu'à vne autre choſe; veu que la ſubſtance generatiue eſt indifferément commune à tous corps:
ſi d'auantage on ne vouloit recourir à la fable de la diſpute & contention de Neptune auecques
Minerue, quand il fut queſtion de nommer Athenes; où luy ſuſcita vn cheual;& elle vn Oliuier:
ou bien à ces deux vocables de ἱππόπροος, & ἱππόϐιος, qui ont touſiours eſté accommodez à vne
extreme luxure, comme nous auõs dit ſur le tableau des ſables. Neantmoins pour ne voir point
amener de raiſon peremptoire en l'vn ny en l'autre, cela ne me peut pas auſſi beaucoup contenter : car il y a aſſez d'autres animaux plus laſcifs ſans comparaiſon, & ſeconds, que n'eſt le cheual.
A u moyen dequoy i'en laiſſe la diſpute & la deciſion à d'autres; pour dire que cette ſemence de
Neptune qui tombe ainſi ſur les pierres & en la terre, conuient en tout & par tout à la nature du
ſalpeſtre, qui pour cette occaſion eſt dit *ſel des pierres*, par Raymond Lulle & ſemblables Philoſophes ſpagiriques ou ſeparateurs. Auſſi peut-on bien voir és caues , & autres lieux ſoubſterrains
humides, où il ſe procrée en forme de chandelles pendantes, & de ſubſtance ſolide plaquée contre les paroiz, qu'il a vne fort grande affinité auec les pierres. Le ſalpeſtre doncques eſt immediatement le vray germe & ſperme, voire la cauſe de toute generation en la terre; de laquelle eſtant
ſeparé, elle demeure morte & inutile à toute procreation que ce ſoit. Et encore que le ſel de la
mer ſoit d'vne autre nature, le ſalpeſtre neantmoins vient de celuy-là, apres qu'il s'eſt bien cuit,
digeré & corroyé dans les entrailles de la terre, où il y a touſiours du chaud, tout ainſi & encore
mieux, que dans vn gros taz de fiens tout recent; là où ſe font les plus parfaittes digeſtions & pu-
trefactions qu'en nulle autre chaleur qu'on puiſſe excogiter; ſauf & reſerué les bains chauds naturels, & la fange d'iceux, qui eſt le vray feu digeſtif tant caché de tous. Que le ſel de la mer ſe
conuertiſſe en ſalpeſtre, ceux-là le voyent aſſez par experience qui en ſçauent l'artifice & façon:
mais il faut que la terre ſoit premierement diſpoſée à cela, & corrompué tout ainſi qu'eſt la paſte
pour faire du leuain, afin de leuer puis apres d'autre paſte; & la garder à ceſt exemple bien eſtouf-
fée & couuerte, que le vent, la pluye, ny les rays du Soleil n'y penetrẽt; car d'vn coſté ils boyroiẽt
ce ſelà meſure qu'il ſe formeroit; & d'vn autre ſe produiroient quelques herbes, cailloux, & in-
ſectes; à quoy toute la ſubſtance du ſalpeſtre s'employeroit, & viendroit à ſe perdre: de maniere
qu'on n'y trouueroit plus rien. Hermes & les autres anciens ſages hommes n'ont pas ignoré ce
ſalpeſtre, ne les autres deux ſels nomplus; car de la conſideration de ces trois depẽd entierement
la notice & cognoiſſance de toute nature; & meſme de l'homme, formé à l'image du grand vni-
vers. Car le ſel commun (tiré qu'il ſoit ou de la mer, ou de la terre) lequel eſt fixe en contre tout
feu, eſtant de nature terreſtre, repreſente le corps : le ſalpeſtre inflammable, les eſprits habitans
principalement dans le ſang, leſquels viuifient le corps , & luy donnent mouuement: & le ſel
Armoniac, qui ne ſe bruſle pas, mais s'euapore & eſt volatil, l'ame toute diuine, inconſomptible,
& inexterminable ; laquelle viuifie l'eſprit, tout ainſi que luy fait le corps. Ces trois ſels outre-
plus , ſymboliſent aux trois ſubſtances de ſel, ſouphre, & mercure: car le verre qui eſt la quatrieſme, eſt la priuation de tous ſels. Et tout ainſi que ce monde commença par vn ſel en forme humide coulante , car tout eſtoit mer, quand le grand ouurier mit la main à la ſeparation des ſubſtances & des eſpeces; auſſi finira-il en forme ſeiche reduit en verre. Mais cecy eſt d'vn autre
propos: & crains de m'y eſtre embarqué trop auant, parce que beaucoup de gens ne le pren-
dront peut-eſtre pas.

On faisoit-iadis tant d'estime,
D'vne rare perfection;
Qu'on eust reputé pour vn crime,
D'en enseuelir l'action.
    Mais comme souuent on se porte,
Aux excez de l'extremité :

Ce trop d'honneur ouuroit la porte,
A la fausse Diuinité.
    Ainsi voyez vous ce Pontique,
Qui se fait pour Dieu estimer,
D'autant qu'il auoit la pratique,
De se plonger dedans la mer.

L l ij

GLAVCVS LE
PONTIQVE.

ARGVMENT.

TYRO fille de Salmoneus eut deux enfans de Neptune: Neleus, & Pelias: puis elle espousa Cretheus fils d'Æolus, dont elle eut Æson, Pheretus, & Amythaon: d'Æson vint Iason; de Pheretus, Admetus; & d'Amythaon, Melampus. Or Pelias ayant esté aduerty par l'oracle, que l'un du sang des Æolides dont luy mesme estoit descendu, le deuoit mettre à mort, les voulut preuenir, & se deffit de tous eux, hors mis de Iason, lequel bien ieune gars encore fut destourné par pitié de quelques uns, & enuoyé à Chiron le Centaure pour le nourrir & instruire; là où il apprit l'art de Medecine & Chirurgie : à picquer les cheuaux, & ioüer des armes : & ce pendant son pere Æson delaissa le Royaume de Thessalie à son frere Pelias, pour en ioüyr iusques au retour de Iason. Mais Pelias fut de rechef admonesté par l'oracle de se donner garde d'un Monopedilon, c'est à dire n'ayant qu'un soullier. Surquoy il aduint que Iason s'estant desia fait grandelet, s'en vint le trouuer pour r'auoir son Royaume: et comme il fut arriué sur le bord de la riuiere d'Anaurus, il r'encontra la Deesse Iunon en ressemblance d'une vieille qui feignoit estre en peine de passer outre : dont il eut pitié, & la chargeant sur ses espaulles, la porta à l'autre bord. Mais au passer il laissa l'un de ses soulliers dans la bourbe; & ainsi s'en alla un pied deschaux à la ville : là où Pelias qui sacrifioit lors en public, n'eut pas plus tost icetté l'œil sur luy, qu'il se va ressouuenir de l'oracle; & l'ayant recogneu, car il se manifesta de pleine arriuée, luy demanda qu'il feroit s'il auoit esté aduerty de deuoir estre mis à mort par un ayant telle marque. Le Iouuenceau inspiré de Iunon luy respondit soudain : ie l'enuoyrois à la toison d'or; celle là du bellier qui auoit porté Phrixus & Hellé en la Colchide. Pelias luy ordonna donques d'y aller. Parquoy Iason ayant equippé la nef Argo qui auoit la carene babillarde & parlante, pour auoir esté fabriquée du chesne de Dodone qui souloit rendre les oracles, monta dessus auec quarante neuf des plus valeureux ieunes hommes qui fussent en toute la Grece; luy parfaisant le cinquantiesme. Et ainsi fit voile en Colchos ; là où le Roy Ætes luy promit de deliurer liberalement ceste toison, s'il vouloit aiteller au ioug les Taureaux pieds-d'airain de Vulcan, qui boursousfloient flamme & feu par la bouche et par les naseaux ; à ce qu'auec eux labourant la terre, il y semast les dents d'*un*

serpent

ſerpent de Cadmus, dont Minerue luy en auoit donné quelques vnes. Mais là
deſſus Medée fille d'Æetes s'eſtant enamourée de Iaſon, l'oignit de quelques
preſeruatifs qui le garentirent du feu des Taureaux ; & puis le mena de nuict à
la toiſon d'or; où à force d'enchantemens elle endormit le ſerpent garde d'icelle; tel-
lement qu'il l'enleua ſans danger, & s'en retourna à-tout ; auec Medée, & ſon fre-
re Abſirthus qu'elle deſmembra piece à piece par les chemins, pour retarder d'au-
tant ſon pere qui les pourſuiuoit à la trace, ce pendant qu'il s'amuſeroit à le ramaſ-
ſer. Quant à Glaucus qu'ils rencontrerent en la mer de Pont deſia transformé en
monſtre marin, il s'en parlera en l'annotation ſur ſon lieu, de peur de vous tenir icy
trop longuement en ſuſpens, auant que vous faire voir le tableau.

L A nef Argo ayant outre-paſſé le deſtroict du
Boſphore, & les Iſles Symplegades, cingle dés à preſent au milieu de la mer Majour, où Orphée par
ſes doux chants r'aquoiſe & rend bonaces les ondes; car elles l'oyent fort bien, & ſe raſſeent à ſa melodie. Au reſte ceux que voila embarquez dedans ce
nauire, ſont Caſtor & Pollux, & Hercules, & les Æacides: & les enfans de Boreas, & tout ce qui floriſſoit
alors de la vollée des demy-Dieux. Mais la quille en-
chaſſée au bas du vaiſſeau, eſt d'vn treſ-ancien arbre, dont Iuppiter ſe ſeruoit
à rendre les Oracles en Dodone. Quant à l'occaſion & deſſein du preſent
voyage, voicy ce que c'eſt. La toiſon d'or de ce vieil bellier qui porta à ce que
l'on dit Phrixus & Hellé parmy l'air, eſt gardée en Colchos, pour laquelle
enleuer hors de là, Iaſon a mis cette entreprise ſus : parce qu'vn certain Dragon de regard furieux & aigu, ne ſe ſouciât aucunement de dormir, gardien
d'icelle, eſt enueloppé là dedans. Iaſon donecques cômande au nauire, puis
que c'eſt principalement à luy que touche cette nauigation, mais Tiphys en
eſt le pilotte; lequel (comme on le racompte) fut celuy auant que nul autre
qui s'auantura à vne art dont l'on ne s'eſtoit gueres bien aſſeuré encore. Et
Lyncée fils d'Apharaus, pource qu'il voyoit de fort loing, & pouuoit diſcerner en bas iuſques au plus profond de la mer, eſtant eſtably à la Proüe, deſcouuroit le premier les bancs & eſcueils cachez ſoubs les ondes: le premier
falüoit auſſi la terre apparoiſſante. Mais il me ſemble qu'à cette fois l'œil de
Lyncée s'eſt eſbloüy pour le rencontre inopiné de ce monſtre eſtrange : &
apres luy de main en main cinquante autres, qui ſe ſont retenus de voguer,
Hercules neantmoins demeure ferme ſans s'eſpouuenter de cette viſion
merueilleuſe, comme celuy qui s'eſt trouué en aſſez d'autres. Tout le reſte (à
mon aduis) dient que c'eſt vn cas bien nouueau à voir : car ils apperçoiuent
deſia Glaucus le Pontique. L'on dit que cettui-cy habita iadis en l'ancienne
Anthedoine, & gouſta de ie ne ſçay quelle herbe marine, ſurquoy ayant eſté
enueloppé des ondes, il fut tranſmis aux manoirs des poiſſons. Or il prophetiſe quelque choſe de grande importance, (côme il eſt aſſez vray-ſemblable)
eſtant fort verſé en cette art : & voicy ſa figure. En premier lieu les gros flots
de ſa barbe ſont tous baignez & coulans ; blanchaſtres à voir tout ainſi que
des boüillons d'eau : & les longues treſſes de ſa perruque chargées & appe-

fanties, degoutent fur les espaules ce qu'elles ont puisé de la mer: les fourcils touffus & espois s'entretouchás, comme si ce n'estoit qu'vn tout seul. Voyez quel bras ie vous prie, combien il est exercité en la mer, se deschargeant continuellement sur les ondes, qu'il fend & escarte pour nager à trauers. Voyez son estomac quand & quand, quelle grosse bourre de poil y est espanduë & semée, tout farsy de mousse & de vaze ; le ventre variant au dessoubs de couleurs changeantes, & qui s'esuanoüist desia de la veuë. En tout le parensus du corps, la queüe qui se hausse & reploye deuers le rable, le manifeste estre poisson : dont la fourcheure en forme d'vn nouueau croissant, iette vn lustre & esclat de pourpre marin. Et les Alcyons volletans tout autour de luy, chantent de compagnie les accidens des mortels, dont eux & luy furent autrefois transmuez : font aussi monstre par mesme moyen de leur chançon à Orphée. Ce qui est cause qu'à tout le moins il n'a pas la mer du tout sans quelque musique.

Ce qui est cause) si lui eust ô θάλαττα ἀμέ- Cur ἔχει la- quelle est cause, que nous voyons que mesme la mer n'est pas sans quelque musique.

ANNOTATION.

I L y eut iadis en la Grece (comme nous l'auons desia dit sur le tableau de Mene- cée) trois entreprises les plus celebres & fameuses de toutes autres : dont celle de la toison d'or au Royaume de Colchos, & la riuiere du Phase, c'est maintenant ce qu'on appelle Zorzanie & Mégrelie, auec l'Empire de Trebisôde) fut la premiere. Or soudain que les nouuelles furent diuulguées, que Iason ieune Prince de gentil cueur, & tres-belle esperance, se preparoit à ce voyage par le cômandement du Roy Pelias son oncle, tous les autres Heroés sans en attendre autre semonce le voulurêt trouuer, & s'embarque-

Les noms des Argonautes. rent auecques luy dans la nef Argo, iusques au nombre de 50. en tout, les plus signalez personna- ges qui fussent lors, voire toute la fleur & eslite entierement de la Grece : assauoir Iason chef & conducteur de l'entreprise, car Hercules qui estoit plus aagé & de plus grande reputation & ex- perience, auquel pour cette occasion on auoit deferé cet honneur, ne le voulut accepter, ains le remit à iceluy Iason, à qui l'affaire touchoit de plus prés qu'à nul autre. Puis Orphée fils d'Oea- grius & de la Nymphe Calliopé, le plus excellent Poëte & Musicien de tout son temps. Hercu- les fils de Iuppiter & d'Alcmena: Castor & Pollux, enfans du mesme Dieu & de Leda: Peleus & Telamon, d'Æacus: Calaïs & Zethes du vent Boreas & de la Nymphe Orithye ; qui auoient des ailles de couleur azuree, & les cheueux azurez. Asterion fils de Pyremus & de Cometes, de la ville de Peline. Polyphemus fils d'Elatus & Hippée, de Larisse en Thessa- lie. Iphiclus fils de Phylacus & Periclemené, oncle de Iason. Admetus fils de Pheres, du mont Calcedonien. Ce fut celuy à qui Apollon seruit autrefois de pasteur. Eurytus & Euchion enfans de Mercure & d'Antreata, de la ville d'Alope. Aethalides fils du mesme Dieu, & d'Eu- polemie, de la ville de Gytton en la Thessalie. Ce fut le premier qui s'aduisa que les Centaures ne pouuoient estre blessez de ferremens, mais seulement de troncs d'arbre. Ceneus fils d'Ela- tus Magnesien. Quelques vns dient qu'il auoit autrefois esté femme, mais que Neptune apres en auoir eu le pucellage le transmua en garçon, qui ne pouuoit aucunement estre endommagé de blesseures nulle part de son corps. Mopsus fils d'Ampycus & de Chloris, qui eut le dô de Pro- phetie du Dieu Apollon. Eurydamas & Eurytion, enfans d'Irus & Demonassa. Theseus fils d'Ægeus & Æthra, d'Athenes. Pirithoüs fils d'Ixion, Thessalien. Menetius fils d'Actor. Oileus fils de Leodacus & Agrianomé, de l'Isle d'Euboée, maintenant Negrepont. Clytus & Iphitus, enfans d'Eurytus & Antiopé, Roys d'Oechalie. Butes fils de Teleon & Zeuxippe. Phaleros fils d'Alcon. Typhys fils de Phorbas, & d'Hymané, Beotien, & pilote de la nef Argo. Argus fils de Polybe & d'Argia, architecte d'icelle. Phliasus fils du bon pere Liber & d'Ariadné. Hylas fils de Theodamas & de la Nymphe Menodice, du pays d'Oecalie, tout ieune encore & le grand mignon d'Hercule ; qui fut en allant puiser de l'eau rauy des Nymphes à cause de sa beau- té ; & Hercules l'estant allé chercher la nuict s'esgara, tellement qu'il ne parfit pas le voyage auecques les autres. Apollonius Rhodien met que pource qu'il n'auoit pas la dexterité de vo- guer comme les autres : ains y allant de trop grande imperuosité & roideur, ne faisoit que rom- pre les auirons, ils le laisserent en Myse. Nauplius fils de Neptune & d'Amymone, Argiue.
Idmon

Idmon fils d'Apollon, & de la Nymphe Cyrené. Cettui-cy fort expert en l'art de deuiner par le vol des oyfeaux,preueut bien qu'il finiroit fes iours en ce voyage,mais il ne voulut pourtant defaillir à vne fi loüable entreprife, là où il fut mis à mort d'vn Sanglier. Lynceus & Idas, enfans d'Apharée & d'Arene, de la ville de Meffene au Peloponefe. Periclymenus fils de Nileus &. Chloris. Amphidamus & Cepheus, enfans d'Eleus & de Cleobule d'Arcadie. Anceus fils de Lycurgus,Tegeate. Augeas fils du Soleil, & de Naupidame. Euphemus fils de Neptune & Europé, Tenarien. L'on dit que cettui-cy paffoit vne carriere à pied fec fur les eaux fans enfoncer dedans, ny fe moüiller. Erginus fils aufli de Neptune,& feigneur d'Orchomene : Hercule le tua pour ce qu'il vouloit exiger tribut fur la ville de Thebes en la Bœoce.Meleager fils d'Oeneus & d'Althée, Calydonien. Eurymedon fils de Bacchus & d'Ariadné, de Phliunte. Palemonius fils de Lernus, Calydonien. Aĉtor fils d'Hipafus du Peloponefe: il accompagna depuis Hercules contre les Amazones où il fut bleffé, & mourut par les chemins au retour.Iolaüs fils d'Iphiclus, Argien. Philoĉtetes fils de Pæan. Et Acaftus fils de Pelias & Anaxabia. Voila les noms des Heroes ou ieunes Princes qui accompagnerent Iafon à la conquefte de la toifon d'or. Toutesfois Plutarque en la vie de Thefeus, dit , *qu'il y auoit anciennement vne deffenfe generale par toute la Grece, & les mers adiacentes , à toutes perfonnes de quelque qualité & condition qu'ils fuffent, de nauiger en va:ffeau où il y euft plus de cinq perfonnes , excepté feulement Iafon,à qui la nef Argo auroit efté decernée, auecques commiffion d'aller de cofté & d'autre pourfuiure & exterminer les Courfaires qui infeftoient la marine.* Duquel nettoyement (comme il aduint depuis à Pompée) auroit efté remis le traffic en fon entier; qui feul nous apporte plus de richeffes & commoditez, que toutes les toifons d'or de Colchos ne fçauroient faire, encores qu'elles fe vinffent inceffamment à renoüeller & recroiftre d'heure à autre.

Av regard de la nef où ils s'embarquerent tous (car ils n'eurent que ce feul vaiffeau, tant eftoit fimple l'appareil & equippage d'alors, au prix de celuy qui bien toft apres fe dreffa pour la guerre de Troye) elle s'appelloit Argo, comme nous auons defia dict, du nom de celuy qui la fabriqua, fuiuant le deffein & inftruction de Minerue, ainfi que tefmoigne Apollonius Rhodien au premier de fes Argonautes.

> αὐτὴ γὸ χỳ νῆα ϑοίω κάμε, σũ δὲ οἱ ἄρϑρες
> τεῦξεν ἀρςελδὲς κἀινης ὑπὸ ϑημοστείνοιν
> τῷ χỳ πασάων σωεφερεςάτη ἔπλετο νηῶν
> ὅσαι ὑπ' εἰρεσίηισιν ἐπιιρήσαντο ϑαλάσσης.

Car Pallas auoit b Hy vn fort leger nauire , & auec elle trauaillé Argus fils d'Areftor, fuiuant fon commandement;parquoy c'eftoit le plus aifé & commode vaiffeau de tous ceux qui onques nauigerent fur la mer. Et Valerius Flaccus.

> *Ad charum Tritonia deuolat Argum,*
> *Mol ri hunc puppim inbet , & demittere ferro*
> *Rob:ra.*

Ou bien elle eut ce nom là de fa grande legereté,comme dit Diodore au quatriefme liure & chapitre. Car ἀργὸς en langage ancien fignifie entre autres chofes, vifte,prompt,& leger. Ou comme dit Ciceron en la premiere Tufculane, de ce que les Grecs appellez lors Argiues s'embarquerȇt deffus. *Et eas anguftias per quas penetrauit ea que eft nominata Argo,quia Argini in ea delecti viri vecti petebant pellem inaurati arietis.* L'eftoffe en fut prife dans la foreft de Dodone, ie ne fçay quelle maniere d'arbre felon Pline au treiziefme 22. appellé Eon, femblable à celuy dont on fait la glu,lequel ne fe corrompt ny en l'eau ny au feu. *Alexander Cornelius arborem Eonem appellauit ex qua facta effet Argo, fimilem robori vifcum fi renti, qua nec aqua,nec igni poffet corrumpi,ficut nec vifcum, nulli alij cognitam quod equidem etiam.* Et fut depuis ce vaiffeau tranflaté au ciel en vn aftre qui contient ie ne fçay quantes eftoilles. Ciceron en fes Phenomenes par luy tournez de ceux d'Aratus.

> *At canis ad caudam ferpens prælabitur Argo,*
> *Conuerfam præ fe portans cum lumine puppim,*
> *Non aliæ naues vt in alto ponere proras*
> *Ante folent roftris Neptunia prata fecantes.*
> *Sicut cùm cæptant tutos contingere portus,*
> *Obuertunt nauem magno cum pondere nautæ,*
> *Aduerfámque trahunt optata ad littora puppim:*
> *Sic conuerfa vetus fuper æthera labitur Argo.*

CICERON.

> ἡ δὲ κυνὸς μεγάλοιο κατ' ὀυρὴν ἕλκεται Ἀργὼ
> πρυμνόϑεν οὐ γὸ τῇ γε κατ' χρεὸς εἰσι κέλδϑοι,
> ἀλλ' ὄπιϑεν φέρεται τετραμμένη οἷα χỳ αὐτοὶ

ARATVS.

ῆνες, ὅταν δὴ ταῦται ὑπιτρέψωσι κορώνω
ὅρμον ἐτερχόμθροι τίω δ᾽ αὐτίκα πᾶς ἀνακότισθ
νία, παλιρρόθϊη δὲ καθαύσεται ἠπείρϙσιο.
ὡς ἤρα σφιμθνθτἩ Ἰησονίς ἕλκεται Ἀργώ.

Le premier lieu donc ques où les Argonautes aborderent fut en l'Isle de Lemnos, qu'ils trouuerent entierement vuide & desnuée d'hommes, car leurs femmes les auoient tous mis à mort,
(hors-mis Hypsipyle qui sauua son pere à cachettes) & ce pour vne ialousie de leurs maris; qui
par l'instigation de Venus courroucée contre elles, auoient espousé d'autre femmes. Hypsipyle en cette entre-veuë s'estant accointée de Iason, luy fit present de ce manteau tant celebré par
les Poësies, & en recompense il la laissa enceinte de deux enfans, Euneus & Deiphilus. De là s'e-
stans partis par l'enhortement de Hercules, ils allerent mouïller l'ancre en vne Isle de la Propontide dont estoit Seigneur Cyzicus, qui les ayant receus amiablement, fut mis à mort de Iason par mescognoissance. Puis arriuez au port d'Amicus Roy des Bebriciens, qui contraignoit
les passans à combattre contre luy à coups de poing, Pollux se presenta brauement à l'espreuue
& le tua; en faueur dequoy Lycus qui estoit son voisin, & en receuoit ordinairement tout-plein
d'outrages & insolences, leur en dedia vne chapelle; auec vn autel, pour l'auoir deliuré d'vn si
pernicieux ennemy.

MAIS tout cela est hors de nostre tableau, qui abbrege & ameine ces Argonautes de pleine
arriuée aux Symplegades; autrement dictes les Cyanées: ce sont deux petites Isles, ou plustost
rochers au delà du Bosphore ou destroit de Thrace, à l'embouchure du pont Euxin; l'vne a
quinze cens pas de terre-ferme de l'Europe, & l'autre du costé de l'Asie, comme dit Strabon au
septiesme liure: separées d'vn petit bras de mer entre-deux, large de quelques deux mille cinq
cens pas seulement. De maniere que quand on les approche de pres, on void bien qu'il y a quelque distance de l'vne à l'autre; mais en s'en esloignant peu à peu, il semble qu'elles viennent à
s'entre-rencontrer & reioindre; ce qui auroit esté occasion de leur donner ce nom-là de Symplegades, qui vaut autant à dire, comme s'entre-heurtantes; & aux Poëtes de s'emanciper à de
belles besongnes là dessus: les vns de dire qu'elles flottoient, comme Homere au douziesme de
l'Odyssée.

ἔνθεν μὲν γὸ πέτραι ἐπηρεφέες, ποτὶ δ᾽ αὐταξ
κίμα μέγα ῥοχθ κυανώπιδος ἀμφιτρείτης.
πλαγκταξ δὴ τι τὰξ γε θεοὶ μάκαρες καλέυσι, &c.

HOMERE. *De ce costé-cy sont de hauts rochers, autour desquels resonnent les vagues de la mer azurée: les Dieux bien-*
heureux les appellent flottans; & par là ne passe point volatille quelconque, ny les craintiues columbelles qui
portent l'Ambrosie au pere Iupiter: car ces legers escueils en eclipsent tousiours quelques vnes, mais le pere ce-
lisse en remet d'autres en leur place, afin que le nombre soit tousiours complet. Par là aussi n'eschappa iamais
vaisseau aucun des mortels qui y soit abordé; car les gros & impetueux tourbillons des flots de la mer,
& d'vn feu exterminant, emportent tout par vn mesme moyen, & les aix des nauires, & les corps
des personnes. Seule entre toutes autres les cuire-passa la nef Argo: & peut-estre encores qu'elle eust donné à
trauers ces rochers; mais Iunon la fit eschapper, par ce que Iason luy estoit agreable.

HERODOTE. Herodote qui n'est pas Poëte, dit bien neantmoins en la Melpomene, *que Darius deslogeant de*
Suses, vint au Bosphore de Calcedoine, là où l'on dressoit vn pont sur la mer d'vn riuage à autre; & là montant
sur vn nauire passa aux Isles dittes les Cyanées, que les Grecs maintiennent auoir autrefois flotté çà & là.

Δαρεῖϙσ δὲ ἐπεί τε πορευόμθνϙσ ἐκ Σούσων ἀφίκετο τῆς χαλκηδονίησ ὑπὶ τὸν βόσπορον, ἵνα ἔξευκτο ἡ γέφυ-
ρα, ἐνθεῦτεν ἐσβασ εἰς νέα ὑπλεε ὑπὶ τὰς κυανέασ καλευμένασ, τὰς πρότερον πλαγκτασ Ἕλλησι φασὶ εἶναι.

PINDARE. Et Pindare en la quatriesme Pythienne parlant de cette Argonauterie, dit *que quand ils approche-*
rent de ce profond peril, ils firent leurs prieres au Seigneur souuerain des nauires (à sçauoir Neptune) qu'ils
peussent euader le choc des rochers s'entre-heurtans, qui estoient deux pierres en vie, se roullans plus viste
beaucoup que ne font les bandes & escadrons des vents sifflans horriblement. Mais que dessors la nauigation
de ces demy-Dieux les mis à mort.

ἐς δὲ κίνδυνϙν βαθϊν ἱέμθνοι,
δεσπότην λίοντο ναῶν, &c.

Il dit, que depuis le voyage des Argonautes, ces rochers qui pour leur mouuement sembloient
estre quelque chose viuante, demeurerent immobiles & morts; ainsi que le tesmoigne plus à
plein Apollonius au premier liure.

σπευδ᾽ αὐτῷ κατέβαιμεν Ὕλας ἔνεδρον ἐς Ἀργώ,
ἅ τις κυανεᾶν ἀχ ἥλατο σπυνδρομάδων ναῦς,
ἀλλὰ διεξαῖξε, βαθϊν δ᾽ εἰσέδραμε Φάσιν,
αἰετὸς ὡς μέγα λαῖτμα, ἀφ᾽ ἇ τότε χειράδες ἔσαν.

Auec

Auec *Hercules s'embarqua Hylas dans la nef Argo ; qui ne heurta point les Isles Cyanées s'entrechoquantes,* Apollonius
mais bondit legerement entre les grosses vagues, tout ainsi qu'vn Aigle, & entra au canal du profond Phasis :
dont du depuis ces rochers sont demeurez immobiles. Et encore au second parlant de Phineus, lequel
deliuré de la persecution des Harpyes par Calaïs & Zethes, instruit les Argonautes de ces isles
ou rochers qui s'entre-heurtoient continuellement à la bouche du pont Euxin, si que personne
n'y pouuoit passer sans se perdre.

> πέτρας μὲν πάμπρωτον ἀφορμηθέντες ἐμεῖο
> κυανέας ἤλασε δύω ἁλὸς ἐν ξυνοχῆσι
> ταόν ὄντινα φημὶ διαμπερὲς ἐξαλέασθαι.
> ἢ γάρ τε ῥίζησιν ἐρήρεται νεάτησι.
> ἀλλά τημὰ ἐνιόσσιν ἐναντίαι ἀλλήλοισιν
> εἰ δ' ἐν ὑπερθε δὲ πολλὸν ἁλὸς κορθύεται ὕδωρ
> ῥοχθωτρόμφον. ἐρίνως δὲ περὶ ςυφελῇ βρέμει ἀκτῇ.

Au partir d'icy vous rencontrerez deux rochers sombres à l'embouchenre de la mer, dont ie ne pense pas qu'oncques personne peust eschapper aucunement : car ils ne sont pas ferme-enracinez dans le fonds de l'eau ; ains le
plus souuent se viennent entrechoquer & ioindre en vn, de telle impetuosité, que de gros bouillons d'eau escu-
mans s'en esleuent en haut. Et tout autour, la coste qui est tres-dangereuse, en retentit fort aigrement. Siut
puis-apres. Qu'Euphemus ayant lasché le pigeon à trauers ces deux rochers, pour en faire l'essay, suiuant le
conseil de Phineus, & tous ceux de la nef leué la teste pour voire ce qui aduiendroit, il passa parmy sans
auoir mal : mais tout soudain ils s'entre-retournerent choquer, dont vne tres-grande quantité d'eau aguisé
d'vne nuée, vint à reiaillir contremont, & la mer à en retentir fort hideusement. L'air quand & quand en
grommela; & les cauernes creuses au dessoubs des aspres rochers vindrent à bruire, pour les gros flots de la mer
qui s'entonnoient là dedans; desgorgeans iusques en haut du riuage vne blanche escume des ondes bouillon-
nantes, lesquelles enuironnoient le vaisseau tout autour ; & les rochers tronçonnerent au pigeon le bout de la
quenë, mais il n'eut autre mal. Ceux alors qui tiroient à la rame, leuerent vn haut cry ; & Tiphys en semblable, qui les enhortoit à voguer de tout leur effort. Car les rochers s'entr'ouuroient de rechef ; dedans lesquels le
courant qui remontoit lors, les ayant enueloppez, ils se trouuerent saisis d'vne merueilleuse frayeur. Les Poëtes Latins ne se sont pas non plus espargnez là dessus. Ouide au quinziesme de la Metamorphose.

> --Timuit concursibus Argo
> Vndarum sparsas Symplegades elisarum ,
> Quæ nunc immotæ perstant ventísque resistunt .

Et Valerius Flaccus au quatriesme des Argonautes fort elegamment.

> Hic iter ad ponti caput, errantésque per altum
> Cyaneas , furor his medio concurrere ponto :
> Nec dum vllas videre rates , sua comminùs actæ
> Saxa petunt , cautésque suas cùm vincula mundi
> Ima labant , tremere ecce solum , tremere ipsa repentè
> Tecta vides , illæ redeunt , illæ æquore certant .

Pline au quatriesme liure, chapitre 13. tient tout cela pour vne fable; comme c'est à la verité. Au Pline.
pont Euxin (ce dit-il) il y a deux petites isettes, distantes enuiron quinze cens pas de l'Europe, & 14000.
de la bouche ou destroit de Thrace, dites les Cyanées, & des autres les Symplegades ; que les fables afferment
s'estre autres-fois entre-choquées, pource qu'estans separées d'vn bien peu d'espace l'vne de l'autre, à l'aborder
elles paroissoient de vray estre deux, mais pour si peu qu'on en esloignast la venë , ne sembloient alors
qu'vne seule.

ORPHEE *par ses doux chants rend bonace la mer.* Orphée au mesme propos dessus-dict encore,
en ses Argonautes ; mais ce n'est pas celuy de Thrace dont il est icy question.

> αὐτὰρ ἐγὼ μολπῇσι περηρατμον ἡμετέρησι
> μήτεας ηλιβάτεις ἀδ' ἐλλήλων ἀπέρυσσάμ
> κύμα δὴ αὐερρόεσθησαι, βυθὸς δὴ ἰπωείκαθε τῇ
> ἡμετέρη τίσσενος κιθάρη, διὰ δ' ἤκουελον αὐδὴ.
> ἀλλ' ὅτε δὴ πορθμοῖο κᾲ ςόμα κᾲ διὰ πέτρας
> κυανέας ἤμειν· λαγλος ἵσσης, αὐτίκ' ἀρ' αἲς
> βυσσόθεν ἐρρίζοωντο κᾲ ἔμπεδον αἰὲν ἔμιμρον.

I'abusay puis-apres auec mes chants ces hauts rochers, qui s'escarterent l'vn de l'autre, & l'onde en bouillon- Orphée.
na à gros flots; le profond faisant voye au nauire persuadé de nostre harpe à cause du diuin chant. Mais quand
la causerese Carene passa par la bouche du destroit, & parmy les rochers Cyanéens, alors tout incontinent ils
s'establirent dés le plus profond, & sont tousiours demeurez fermes du depuis. Qu'ils nauigeassent au reste

selon les chants & musique d'Orphée, ces vers d'Apollonius le marquent assez.

ὡς ὑπ' Ὀρφῆος κιθάρη πέπληγον ἐρετμοῖς
πόντου λάβρον ὕδωρ, ἐπὶ δὲ ῥόθια κλύζοντο.

Ainsi à la harpe d'Orphée ils frappoient des rames l'onde tempestueuse de la marine; & au dessoubs les flotz bouillonnoient.

CEVX que voila embarquez dans le nauire sont Castor & Pollux, & Hercules, & les Aeacides, & les enfans de Boreas. Iuppiter s'estant enamouré de la beauté de Leda, fille de Thestius, & femme de Tyndarus Roy de Laconie, l'engrossa transformé en Cigne, ainsi qu'elle se baignoit dans la riuiere d'Eurotas; de maniere qu'au neufiesme mois elle accoucha, ou plustost vint à pondre deux œufs; de l'vn desquels fut esclos Castor & Pollux, & de l'autre Helene. Homere au 3. de l'Iliade.

Κάστορά θ' ἱππόδαμον, καὶ πὺξ ἀγαθὸν Πολυδεύκεα,
αὐτοκασιγνήτω, τώ μοι μία γείνατο μήτηρ.

Castor le caualcadour, & Pollux bon à coups de poing, deux freres iumeaux, que ma mere enfanta auec moy. Ils firent tout plein de belles choses en leur temps, & entre autres de nettoyer la mer de Coursaires, tout aussi tost qu'ils furent venus en adolescence; ce qui a donné lieu à la fable de les faire estre comme Dieux pacificateurs de la mer, ainsi que dit Homere en leur Hymne.

σωτῆρας τέκε παῖδας ἐπιχθονίων ἀνθρώπων,
ὠκυπόρων τε νεῶν, ὅτε τε σπέρχωσιν ἄελλαι

Ἀμεῖαι κατὰ πόντον ἀμείλιχον.

Car en forme de deux beaux feux, ils se viennent és grandes tourmentes poser sur les antennes des vaisseaux, qui est vn signe infaillible que la mer se doit bien tost appaiser: mais s'il n'y en a qu'vn seul, il presagist tout le rebours: pource qu'on les feint s'estre tant entr'aimez, qu'ils n'eurent iamais noise ny differend ensemble, oncques ils ne s'abandonnerent ny à la mort ny à la vie. Car ainsi que racompte Pindare en la dixiesme des Nemées, Castor s'estant vn iour mis à desrobber les bœufs d'Idas, fils d'Aphareus, Lynceus son frere, dont il est fait mention en ce tableau, l'apperceut de dessus le mont de Taygete, tant il auoit la veuë aiguë & lointaine; dont ayant aduerty son frere Idas, ils s'en allerent tous deux ruer à grands coups de iaueline sur Castor & le massacrerent. Mais Pollux estant venu au secours, bien que trop tard, les vint assaillir de grand cœur, & eux faisans rampart du tombeau de leur pere, en ruerent la colomne contre Pollux, qu'ils ne peurent toutesfois offenser, ains l'animerent dauantage; si bien qu'il emporta Lynceus roide mort par terre d'vn coup de dard dont il le perça d'outre en outre: & là dessus Iuppiter assistant ses enfans de sa foudre, accabla Idas, & le reduit en cendre, auecques le corps de son frere. Mais les commentateurs d'Homere sur le troisiesme de l'Iliade, & Hyginus au 80. chapitre racomptent cela d'vne autre façon; alleguans que Lynceus & Idas se marians auecques les deux filles de Leucippus, Plebé & Elaira, ils y inuiterent Castor & Pollux; lesquels s'estans de prime-face enamourez de la beauté des espousées, se voulurent mettre en deuoir de les rauir, & les leur oster de force: mais il y eut vn gros combat là dessus, où Castor demeura pour les gages comme mortel qu'il estoit, pour auoir esté engendré de Tyndarus; & Pollux procreé de la semence de Iuppiter, par ce moyen non subiect à la mort, à l'aide de son pere tua les deux autres. Toutesfois Pausanias és Corinthiaques dit, qu'ils iouÿrent de ces deux Princesses, & en eurent chacun vn fils, appellez Anaxis & Mnasinus. Pollux se voyant estre demeuré seul, & priué de la compagnie de celuy qu'il aimoit autant ou plus que soy-mesme, requit Iuppiter de luy laisser finer ses iours auecques son frere, ou le restituer en vie. Iuppiter ne pouuant, ou plustost ne voulant violer les loix de la fatale destinée, luy donna le choix, ou de iouÿr perpetuellement d'vne immortalité au ciel auecques Minerue & Mars, ou de communiquer la sienne à son frere; viuans & mourans alternatiuement l'vn apres l'autre. Il accepta ce dernier party; & ainsi fut Castor remis en demy-vie, & Pollux assubietty à vne demy-mort; iouÿssans de l'vne & l'autre condition chacun à son tour là haut au ciel en l'Olympe, & icy bas en la terre aux enfers. Homere en l'onziesme de l'Odyssée.

ἄλλοτε μὲν ζώουσ' ἑτερήμεροι, ἄλλοτε δ' αὖτε
τεθνᾶσιν, ἡμίω δὲ λελόγχασιν ἶσα θεοῖσι.

Et Pindare en la dessus-dicte dixiesme des Nemées.

μεταμειβόμενοι δ' ἐναλ-
λὰξ, ἀμέραν τὰν μὲν παρὰ πατρὶ φίλῳ
Διὶ νέμονται, τὰν δ' ὑπὸ κεύθεσι γαι-
ας, ἐν γυάλοις Θεράπνας,
πότμον ἀμπιπλάντες ὁμοῖον.

De là seroit venuë la coustume anciennement aux Romains de leur enuoyer tous les ans à leur
solemnité

folemnité vn defulteur, c'eſt à dire vn caualcadour ayant deux cheuaux, l'vn ſur quoy il eſtoit monté, & l'autre en main ; & en paſſant vne carriere à toute bride ſautoit agilement ſans s'arre-ſter de l'vn à l'autre: equippé au reſte d'vn chappeau à ſa teſte où eſtoit placquée vne eſtoille d'or: voulant demonſtrer par la qu'il n'y en a qu'vn qui ſe voye à la fois: comme nous le don-nent aſſez à cognoiſtre les deux eſtoilles eſtans en la teſte du ſigne des Iumeaux; dont quand l'vne ſe leue, l'autre ſe couche. Ils furent deïfiez quand & quand; mais quarante ans apres ce combat contre Lynceus & Idas; & non pluſtoſt, ainſi que le cotte Pauſanias és Laconiques. Toutesfois ils firent tout plein de beaux miracles depuis, ſi nous nous en voulons rappor-ter non ſeulement aux Grecques Mythologies, ains aux hiſtoires encores des Romains meſmes.

Les Æacides. Ce ſont Peleus & Telamon, enfans d'Æacus fils de Iuppiter & d'Ægine, fille d'Aſopus; de laquelle ce Dieu ſe voulant accointer, pource qu'il craignoit les ſurueillan-tes ialouſies de ſa femme Iunon, tranſporta cette Nymphe en l'Iſle de Delos, pour en ioüyr plus à ſon aiſe; là où il l'engroſſa d'Æacus. Ce qu'eſtant venu à la cognoiſſance de Iunon, elle enuoya par deſpit vn ſerpent qui enuenima les eaux de l'Iſle où il s'eſtoit retiré, laquelle il ap-pella Egine, du nom de ſa mere; de façon qu'Æacus ſe voyant eſtre demeuré ſeul, requit à ſon pere de l'oſter hors de ce monde, ou bien de transformer en hommes les ſourmis, dont il ap-perceut lors de grands tas autour de ſoy. Ce que luy oétroya Iuppiter. Et furent ces gens-là ap-pellez pour cette occaſion Myrmidons ; pource que μύρμηξ, veut dire en Grec vne fourmiz, & μυρμηδών vne fourmiliere. Æacus apres ſa mort fut pour ſon integrité & preud'hommie conſti-tué iuge aux enfers auecques Minos, & Rhadamantus, qui ſont les procés par enſemble aux a-mes d'embas. Ouide au 13. de la Metamorphoſe introduiſant Aiax fils de Telamon, fils d'Æacus, plaidant luy-meſme ſa cauſe contre Vlyſſes, pour les armes de ſon feu couſin Achilles fils de Pe-leus, l'autre fils d'Æacus.

> Aeacus huic pater eſt, qui iura ſilentibus illic
> Reddit, vbi Aeolidem ſaxum graue Siſyphon vrget.
> Aeacon agnouit ſummus, prolemque fatetur
> Iuppiter eſſe ſuam ; ſic à Ioue tertius Aiax.

Les Boreades. Il entend Calaïs & Zethes; enfans du vent Boreas ou Aquilon, & de la Nymphe Orithye, fille d'Erichtheus. Pindare en la quatrieſme Pythienne.

> χαὶ γὸ ἑκὼν
> ϑυμῷ γελανῇ ϑᾶτιν ἕν-
> τυεν βαſιλεύς ἀξέμεν
> Ζήτῳ Κάλαϊν τε πατὴρ Βορέας,
> ἀνδρας ὑπτέρҩιοι νῶτα πέ-
> φρικοντ᾽ ἄμφω πορφυρέοις.

Que Boreas le Roy des vents (à l'entrepriſe des Argonautes) equippa fort allaigrement ſes enfans Ze-thes & Calaïs, battans tous deux leurs eſpaules de belles aiſles de couleur de pourpre. Ils ſont deriuez, à ſçauoir Zήθης, quaſi de Zᾶῆς ou ζᾶιτης, ſoufflant fort; & Calais de χαλῶς ἀων, ſoufflant bellement: ſoubs leſquelles deux extremitez ſont compriſes toutes les differences des vents; dont pour cette raiſon à bon droict ce Poëte appelle Boreas Roy & pere des vents. Mais Apollonius Rho-dien au premier des Argonautes le deſcript plus particulierement en cette ſorte.

> Ζήτης αὖ Κάλαῒς τε Βορήϊ ἳϳϵϛ ἔκωτι,

Les enfans (dit-il) de Boreas furent auſſi de l'entrepriſe de Colchos, leſquels la Nymphe Orithye luy auoit enfantez (ſur les confins de Thrace, apres qu'il l'eut enleuée d'Athenes, ainſi qu'elle danſoit auecques ſes com-pagnes ſur le bord du fleuue Iliſſus. Et deſià l'emmenant au loing vers la pierre Sarpedonie prés le courant du fleuue Erginus, en vint à bout ſoubs vne noir-obſcure nuée dont il l'auoit couuerte. Ces deux iumeaux auoiét de grandes aiſles brunes, nées au bout des pieds de coſté & d'autre, dont ils s'eſleuoient haut en l'air, leſquel-les eſtoient embellies d'eſcailles dorées, & le long des eſpaules, depuis le ſommet de la teſte leur flottoient au vent de groſſes treſſes de cheueux d'vne couleur verdaſtre-azurée: choſes merueilleuſes à voir. En ce voyage les Argonautes eſtans deſcendus & entrez chez le Roy Phineus en Thrace, fils d'Agenor; aueu-gle & miſerablement perſecuté des Harpyes filles de Taumas & d'Electre, Aëllo, Ocypete, & Celeno; leſquelles vollantes par l'air, tout auſſi toſt qu'il penſoit mettre vn morceau à la bou-che, y ſuruenoient tout ſoudain, & le luy rauiſſoient; infectans quand & quand le reſte des vian-des d'vne ordure & puanteur intolerable. Calaïs & Zethes par le moyé de leurs aiſles les chaſ-ſerent, & pourſuiuirent iuſques aux Iſles Strophades en la mer Egée, car il leur fut deffendu de paſſer plus auant par Iris; leur ordonnant de ne moleſter dauantage les chiennes de Iunon. Au moyen dequoy ils retournerent arriere; & pour cette occaſion ces deux Iſles qu'on appelloit au-parauant Plottes, furent depuis dittes les Strophades. Ils furent tous deux depuis mis à

mort par Hercules en l'Ifle de Tenos en la mefme mer, aux obfeques du Roy Pelias : pource
qu'au precedent voyage luy eftant defcendu en terre pour aller en quefte de fon plus grand
mignon Hylas, lequel en allant querir de l'eau s'eftoit noyé à vne fontaine, on le laiffa là fans le
prendre, à la fufcitation de Tiphis le patron du nauire Argo, qui leur fit leuer l'ancre foudain; alleguant la commodité du vent qui fe prefentoit. Et s'eftans puis-apres apperceus qu'ils auoient
oublié Hercules, Telamon s'en voulut attacher à Tiphis ; mais les deux Boreades prirent la querelle pour luy, & le garantirent. Toutesfois il mourut bien toft apres du regret qu'il eut d'auoir
faict cette faute, & de l'apprehenfion d'vne peur qu'Hercules ne s'en vouluft reffentir quelque
iour, comme il fit à l'endroict des deux autres, lefquels il mit à mort à coups de flefche, & furent
conuertis en vents, qui precedent ordinairement de huict iours le leuer de la Canicule, dont ils
font appellez ϖϱόδϱομοι, comme qui diroit precurfeurs. Toutesfois Hyginus au quatorziefme
chapitre dit qu'ils furent inhumez, & que les pierres de leur fepulture fe voyent efbranler &
mouuoir par les foufflemens de leur pere. Voyez au refte la fin du fixiefme de la Metamorphofe
d'Ouide.

L A quille enchaffée au bas de la carene eſt d'vn tres-ancien arbre, dont Iuppiter ſe ſeruoit à rendre les oracles en Dodone. Apollonius au premier liure.

Ἐν γ᾽ οἱ δόρυ θεῖον ἐλήλατο τό ῥ᾽ ἂὰ μέσσην
ϲτεῖραν Ἀθηναίη Δωδωνίδος ἥρμοσε Φηγοῦ.

En cette nef eſtoit ancré vn diuin bois, que Minerue appropria du cheſne Dodoneen par le milieu de la carene.
Et au ſecond enſuiuant.

αὐτίκα δ᾽ ἄφνω
ὕαχεν ἀεἰδρομὲν ἐνοπῇ μεσσηγὺ θεόντων
αὐδὴ ἐν γλαφυρῇ ἱνὸς δόρυ, τό ῥ᾽ ἀὰ μέσσην, &c.

Lycophron la nomme Pie : pour raifon comme dit Tzezes là deffus, qu'elle parloit diftinctement en fa carene, ny plus ny moins que les Pies imitent la voix & parole humaine. Ce qui a
meu Lucian au traicté de la danferie, de l'appeller auffi caufereffe & babillarde. Il s'en dira encores quelque chofe au tableau de Dodone.

L A toiſon de ce vieil belier, lequel on dit auoir porté à trauers l'air Phrixus & Hellé, eſt gardée en Colchos.
Athamas fils d'Eolus eut de fa premiere femme Neiphile, Phrixus & Hellé: de fa 2. Themifto fille d'Hypfeus, Sphincius & Orchomenus: & de la 3. Ino fille de Cadmus, Learchus & Melicertes.
Mais il vaut mieux remettre cela au tableau fubfequent de Palemon, où il viedra plus à propos;
parce que c'en eft le fubiect; & ne prendre icy feulement de ce faict que ce qui feruira pour Phrixus & Hellé. Lefquels ayans efté garantis de la mort que leur auoit pourchaffée leur maraftre
Ino, qui fe precipita dans la mer auec fon fils Melicertes, Bacchus, nepueu de ladicte Ino infenfa
par defpit ces deux pauures ieunes enfans; de maniere que s'en allans à la defefperée çà & là, par
les profondes forefts & lieux inacceffibles defuoyez, fans fçauoir où; leur mere finablement
Neiphile par la permiffion des Dieux qui en eurent pitié, leur apparut, & amena vn beau grand
mouton à la laine d'or; leur ordonnant de monter deffus, & s'en aller deuers le Roy Æeta fils
du Soleil, au Royaume de Colchos. Mais comme il les euft efleuez haut en l'air, & fe fuft mis à
trauerfer la mer par le plus eftroict, Hellé qui eut peur fe laiffa choir dedans; dont du depuis elle auroit de fon nom efté appellée Helleſponte. Phrixus fe tint ferme, & arriua finablement en
Colchos : là où, fuiuant ce que fa mere luy auoit dit, il facrifia le mouton; & en attacha la peau
au temple de Mars : laquelle Iafon auecques les autres Argonautes, vint depuis enleuer. Æeta
receut amiablement Phrixus, & luy donna fa fille Chalciopé en mariage, fœur de Medée, dont
il eut des enfans. Mais puis-apres Æeta s'eftant imprimé vne peur, qu'ils ne le vouluffent à la
parfin depoffeder de fon Royaume, fuiuant quelques admoneftemens qu'il auoit eu de fe donner de garde d'vn eftranger de la race des Æolides, il fit mourir Phrixus. Quant à fes enfans Argus, Phrontis, Melas, & Cylindre, ils fe ietterent dans vne barque pour paffer deuers leur ayeul
paternel Athamas, mais ils firent naufrage en chemin. Et là deffus Iafon les ayant rencontrez en
l'Ifle de Dia, qu'ils ne fçauoient plus à quel fainct fe voüer, les receut en fon vaiffeau, & les ramena fains & fauues à leur mere Chalciopé, qui pour recompenfe de ce bien faict, negocia fi bien
pour Iafon enuers fa fœur Medée, que par le moyen de fon aide & fecours, il vint à bout de fon
entreprife.

HYGINVS
c, 188.

A v regard de ce mouton fi renommé par toutes les Poëfies anciennes, il s'en dit tout plein
de belles befongnes ; & entre autres, qu'il y eut autresfois vne ieune fille nommée Theophané,
laquelle, pour fon excellente beauté ayant efté requife d'infinis endroicts en mariage, Neptune
qui en eftoit deuenu auffi bien amoureux que les autres, la deftourna en l'Ifle de Cromiufe; là
où ceux qui la pourchaffoient la fuiuirent, ayans trouué le moyen de recouurer vne barque;
Mais Neptune pour les deceuoir la transforma en vne brebis, foy en mouton, & les habitans du
lieu en oüailles, que les Proques de Theophané n'ayans trouué perfonne en l'ifle, fe mirent à efgorger,

gorger, & viure de leur chair: iusques à ce que Neptune les eut tous muez en loups : & luy en la semblance qu'il estoit d'vn mouton, eut ce pendant affaire à la Demoiselle, dont nasquit puis-apres ce tant fameux & renommé à la toison d'or. Les autres dient que Chreteas fils d'Æolus & frere d'Athamas eut à femme Demodice, laquelle estant denenuë extremement amoureuse de Phrixus, comme elle vid qu'elle n'en pouuoit rien obtenir, l'accusa enuers son mary qu'il l'a-uoit voulu prendre à force. Dequoy Chreteas fit ses doleances à Athamas, pour en faire luy-mesme le chastiment & punition : mais qu'vne nuée interuint la dessus auecques vn mouton, ou il monta & sa sœur Hellé, dont il aduint ce que vous venez d'oüyr. Ce mouton est celuy, se-lon quelques vns, qui est là haut au ciel le premier signe du Zodiaque, auquel le Soleil estant paruenu, l'année se renouuelle de tous poincts. Les autres dient que ce fut celuy qui guida l'ar-mée de Bacchus par les deserts sablonneux de l'Aphrique, iusques au lieu où fut depuis basty le temple de Iupiter Ammonien, y ayans à la fin trouué de l'eau, dont ils estoient au dernier de-sespoir : mais cela n'est plus de nostre propos.

VN DRAGON de regard furieux, ne se soucia aucunement de dormir, gardien d'icelle, &c. Iason estant arriué en Colchos, trouua beaucoup d'aduantures à mener à fin, toutes fort difficiles & dangereuses, neantmoins il en vint à bout moyennant la faueur de Medée, laquelle s'estant en-amourée de luy, le frotta tout le corps de sucs d'herbes, & autres liqueurs resistantes au feu, de maniere que l'haleine & le touillement des Taureaux Vulcaniens, qui iettoient feu & flamme par la bouche & par les naseaux, ne le peurent endommager : ainsi les attela bien & beau au ioug, & leur fit labourer le champ de Mars : auecques vint clauois toutesfois, dont il auoit esté instruict, de les pousser toutiours deuant luy à vau-vent, à celle fin que leur respiration ne se re-iettast point contre luy en arriere. Car quand il eut acheué le premier sillon, il retourna sur soy à reculons au second pour gaigner le dessus du vent. Apres doncques qu'il eut acheué ce super-be & perilleux labourage, il sema les dents du serpent que Cadmus auoit autresfois mis à mort; car partie en auoit esté reseruée pour cette espreuue, & tout soudain nasquirent des gens armez en lieu de tuyaux & oignes, lesquels estans sur le poinct de s'en aller tous en foule charger sur Iason, il les preuint par le moyen d'vne grosse pierre qu'il leur ietta au milieu : surquoy ils s'en allerent à vn instant descharger leur colere, & s'entre-massacrerent ainsi tous l'vn l'autre. Cela faict ils s'en alla à la toison d'or gardée par le vigilant Dragon, à qui il ietta vne souppe medica-mentée, dont iointes les charmes de Medee qui interuindrent auecques, il fut endormy soudain; & Iason ce-pendant eut le loisir de prendre à son aise la toison d'or, qu'il emporta en son nauire, quand & Medée qui le suiuit en son pays, où ils firent mourir Pelias. Mais tout leur faict alla de-puis fort tragiquement. Pindare en la quatriesme Pythienne.

κτιστε τᾶς ἀκαρπότα τε χωας
παλκΛγιαντιν ἐφιν (ὢ φιιολαι)
κρέλαν τι Μηδεαν σαν αὐ-
τῷ, τὰν Πελιαο φονον.

Quant au Dragon qui auoit les yeux si aigus, & ne succomboit iamais au sommeil; ce sont deux choses qu'on attribue à cet animal, dit ainsi de Δερχω, qui est à dire voir clair; aussi pour raison de sa vigilance tant recommandée à ceux qui vaquent à l'estude & aux arts, il est dedié à Miner-ue. Apollonius au second liure parle ainsi de ce Dragon en la personne de Phineus, qui admo-neste de tout cecy Iason & les Argonautes.

κεῖνος ἐλαυντες ὑπὶ πτερόας πτπτιαιο
πήρρετε εἰσίραΛΕς κυρίαρος αἰρτσω, &c.

Poursuiuant (ce dit-il) vostre barque à la bouche du fleuue Phasis, vous descouurirez les tours d'Aetes, & l'om-brageux boscage de Mars, où la toison d'or est pendue au haut d'vn fouteau, & gardée par vn Dragon horri-ble à voir, qui iette l'œil de toutes parts, sans que iour ne nuict le doux gracieux sommeil le luy puisse faire fermer.

Ouide au septiesme de la Metamorphose.

Peruigilem superest herbis sopire Draconem,
Qui crista linguisque tribus præsignis, & vncis
Dentibus horrendus, custos erat arboris aureæ.
Hunc postquàm sparsit lethei gramine succi,
Verbaque ter dixit placidos facientia somnos,
Quæ mare turbatum, quæ concita flumina sistunt:
Somnus in ignotos oculos vbi venit, & auro
Heros Aesonius potitur, spolióque superbus
Muneris authorem secum spolia altera portans,
Victor Iolciacos tetigit cum coniuge portus.

Mm

TIPHYS *est le pilote du nauire.* Lycophron, & Ouide en l'art d'aimer, *(Tiphys & Automedon dicar amoris ego)* sont de l'opinion de Philostrate, que Tiphys fils d'Agnius fut le gouuerneur de la nef Argo : mais Apollodorus, & Athenée dient que c'estoit Anceus fils de Neptune, ou Lycurgus. Pindare qui estoit long temps auant eux met Euphemus au gouuernement de la proüe. Apollonius en dit cecy.

> Τίφυς δ' ἀγνιάδης οιφαέα κάλλιπε δῆμον
> θεσπιέων. ἐσθλὸς μὲν ὀρινόμενον στορεσσάσθαι
> κῦμ' ἀλὸς εὐρείης ἐσθλὶς δ' ἀνέμοιο θυέλλας
> ἠ πλόον ἠελίῳ τε κỳ ἀςέρι τεκμηρασθαι·

Tiphys Agniades laissa le bourg de Siphée, qui est en la contrée des Thespiens : homme tres-expert à preuoir les flots & tourmentes en la spacieuse mer, & les tourbillons de vens : inger pareillement de la nauigation par le Soleil & les estoilles. Mais Hyginus au quatorziesme chapitre, accorde cela disant ainsi. *Tiphys morbo absumptus est in Mariandinis in Propontide, apud Lycum regem, pro quo nauem rexit Colchos Anceus Neptuni filius.* Et pour le regard des autres charges du vaisseau; vn peu apres : *Proreta fuit Lynceus,* (comme dit icy Philostrate) *Apharei filius, qui multum videbat. Tutarchi autem fuerunt Zetes & Calais; Ad remos federunt Peleus & Telamon : Celeuma dixit Orpheus Oeagri filius.*

De ce Lyncée, que Philostrate dit auoir esté establyà la proüe, pource qu'il voyoit de fort loin, & pouuoit discerner en bas iusques au plus profond de la mer, s'apperceuat fort bien des bancs & escueils cachez soubs les ondes. Pausanias és Messeniaques : *Entre les enfans d'Aphareus, l'aisné de tous estoit Idas; plus hardi quand & quand, & plus magnanime que pas vn des autres : & le plus ieune Lyncée : lequel (si ainsi le faut croire) Pindare escrit auoir eu les yeux si aigus, qu'ils outrepassoient les gros troncs d'arbres à trouer.*

Ce lieu-là de Pindare est en la dixiesme des Nemées.

> δοto ζαύ, ἔτι πλέον.—
> γάξιον ἴδεν Λυλκεὶς δρυὸς ἐν σελέχε
> ἥμθνον ἐκεῖνθ γὸ ἐπιχθονίων
> πάντων μετ' ὀξύτατον
> ὄμμα.

Au moyen dequoy Aristophane dans le Plutus introduit Chremillus, qui luy promet d'aueugle qu'il est, le rendre plus clair-voyant que Lynceus.

> βλέπονϯ᾽ ἀποδείξω σ' ὀξύτερον τῦ Λυλκέως.

Apollonius au premier des Argonautes.

> Λυλκεὶς δὲ ζ ὀξυτάτοις ἐκέκασϯ
> ὄμμασιν, εἰ ἐτεὸν γε πέλει κλέος, ἀέρα κεῖνον
> ῥηιδίως ζ νέρθε κτ᾽ χθονὸς αὐγάζεσθαι.

Lynceus aussi pourueu d'yeux tres-aigus (si au moins ce que le bruit en porte est veritable) voyoit facilement ce qui est au bas & dessoubs la terre.

Valerius Flaccus à ce propos, au premier de ses Argonautes.

> *At frater magnos Lynceus seruatus in visus*
> *Quem tulit Arene, possit qui rumpere terras,*
> *Et Styga transmisso tacitam deprehendere visu.*
> *Fluctibus è medys terras dabit ille magistro,*
> *Et dabit astra ratis : cúmque athera Iuppiter vmbra*
> *Perdiderit, solus transibit nubila Lynceus.*

A ce propos Pline au second liure, chapitre dix-septiesme. *La Lune* (dit-il) *au propre iour ou nuict qu'elle renouuelle, ne se peut voir en autre signe que celuy du mouton : mais peu de gens la pourroient discerner encores. Et de là est venuë la fable de l'Lynceus qui voyoit si clair que sa veuë pouuoit arriuer insques là.* Aucuns ont aussi voulu dire que ce fut le premier qui trouua les mines des metaux, & que de cela on a controuué qu'il voyoit iusques au plus profond de la terre & des eaux; mesmes dedans les enfers : mais Plutarque dit de plus au traicté, *comme il faut faire son proussit de ses ennemis :* & en celuy *contre les Stoïques,* que ce Lynceus qui de sa veuë perçoit les pierres & les tronches de bois, estant assis en la Sicile sur quelque pointe de rocher, ou autre guette, voyoit neantmoins partir les vaisseaux du port de Carthage, distant de là d'vne nauigation de vingt-quatre heures. Ce que l'vn de nos Poëtes modernes Augurel, non à mespriser, a ainsi chanté au premier liure de sa Chrysopeïe.

> *Lynceus (vt fama est) visu praelatus acuto*
> *Omnibus, è summo Siculi qui culmine montis*
> *Pœnorum in portus oculo contendere possent,*

Et numerare etiam versanteis littore puppes.
Hic simul oppositas moles, simul edita saxa
Incerta montes acie penetrabat ad imos,
Altáque secreta spectabat viscera terra,
Aëra per purum veluti, vitreáfue per vndas.

CAR GLAVCVS *le Pontique se monstre à eux, que l'on dit auoir autresfois habité en l'ancienne Anthedon, &c.* Au Grec il y a, ὁᵉᵞται χαὶ αὐτᾶϊς γλαύxος ὁ πόντιος. I'estime que ce mot de πόντιος que i'ay tourné *Pontique,* a esté mis icy a trois fins tout ensemble : l'vne pour denoter que ce Glaucus (comme aussi le contexte le porte) estoit d'vne veuë hideuse, terrible & espouuentable : l'autre pource qu'il conuersoit d'ordinaire en la mer de Pont : & la tierce, à la difference d'vn autre Glaucus fils de Minos : & d'vn encores fils d'Hippolochus, dont il est faict mention dans Homere. Au demeurant les Grecs ne se peurent onceques saoüler de tirer, voire les moindres & plus vulgaires choses à des propos fabuleux hors de toute verisimilitude & creance, pour leur donner tousiours tant plus de bruit enuers le peuple, & establir leur religion sur des badineries telles quelles, ridicules mesmes aux petits enfans. Car de ce Glaucus ils ont dit que ce fut iadis vn pescheur de la ville d'Anthedon en Bœoce, lequel ayant vne fois pris grande quantité de poisson d'vn coup de filé, & iceluy amené à bord sur vne touffe de ie ne sçay quelles herbes incogneuës, les poissons ne les eurent pas plustost touchées, qu'ils se commencerent à remuer & nager tout ainsi que si c'eust esté dans les ondes. Dont luy meu d'vne telle merueille, prit enuie d'en gouster aussi, & là dessus se trouua tout changé en vne nouuelle nature, appetante plustost la mer que la terre. Parquoy il se ietta au trauers, où il fut transformé en Triton, & admis au rang des Dieux marins. Pausanias mesme és Eliaques, l'appelle le Genie ou esprit assistant de la mer : mais Palephatus tournant tout cela à vne Allegorie dit : *Qu'à la verité ce Glaucus fut vn pauvre pescheur de ladicte ville d'Anthedon, excellent à nager sur tous autres, & tres-grand plongeur. Au moyen dequoy, pour se faire admirer du monde, il se iettoit par fois du moule en la mer à la veuë de tous, & de là s'esloignoit à nage tant que ceux qui estoient sur le bord ne le pouuoient plus appercevoir. Alors se destournant à cachettes en vn lieu à l'escart sur la terre, y demeuroit par certains iours ; puis retournoit au propre lieu où l'on l'auoit perdu de veuë, & de là regaignoit le port. Et comme on luy demandast où il auoit si long-temps demeuré, il feignoit d'auoir esté ce-pendant soubs les ondes en la compagnie des Dieux de la mer, dont il leur racomptoit merueilles. Il augmenta ce miracle encores par vne autre telle inuention & ruze : car durant le plus fort de l'hyuer que les autres pescheurs ne pouuoient rien prendre, il demandoit à ses citoyens de quels poissons ils auoient plus d'enuie, & leur apportoit ceux qu'ils luy specifioient : pour ce qu'il en auoit ordinairement prouision & amas de tout prest dans des creux de rochers soubs l'eau (les ayans pris en la saison de la pescherie) où il les enfermoit de peur qu'ils ne s'enfuyssent. Mais il aduint finallement qu'il fut payé de ses impostures, & denoré des poissons en iouant ces mysteres-là.* Comme doncques le peuple vid qu'il ne comparoissoit plus, il se persuada (quelqu'vn ayant commencé à semer ce bruit) qu'il estoit deuenu immortel, & du nombre des Dieux marins. L'interprete d'Apollonius dit vne chose presque semblable à ce que nous auons touché cy-dessus du 13. de la Metamorphose, à sçauoir qu'vne fois ayant pris fort grande quantité de poison, il fut contrainct de le ietter emmy la voye, pour ce qu'il en estoit trop chargé, dont il aduint vne merueilleuse besongne : car l'vn de ces poissons qui expiroit desia, ayant gousté de certaine herbe, se ragaillardit tout soudain, & retourna en pleine vie. A quoy Glaucus ayant pris garde, & mangé de la mesme plante, deuint immortel : mais à la fin s'ennuyant de tant viure, il se precipita en la mer, où il en deuint l'vn des Dieux. Les autres dient qu'il fut conuerty en poisson : les autres en monstre marin, demy-homme & demy-poisson, comme le depeint icy Philostrate. Bref, que chacun en parle à sa fantaisie. Voyez le septiesme des Dipnosophistes en Athenée. Hyginus dit de plus qu'il fut fort aimé de Circé, & au contraire la desdaignant il estoit desesperement amoureux de Scylla : par despit dequoy elle meuë de ialousie, la transforma en ce monstre descript par Homere dans le douziesme de l'Odyssée, ayant empoisonné les eaux où elle auoit accoustumé de se baigner. A quoy se conforme Ouide au 14. liure.

 OR IL *prophetise quelque chose de grand.* Pausanias és Bœotiques. *On void à Anthedon les sepultures des enfans d'Iphimedie & Aloeus ; & sur le bord de la mer le saut (comme ils l'appellent) de Glaucus. On dit que cettui-cy fut vn pescheur, lequel ayant mangé de certaine herbe deuint Dieu marin ; lequel annonce les choses aduenir aux personnes, à quoy beaucoup de gens adioustent foy. Et ne se passe point d'année qu'on n'oye faire d'estranges comptes à ceux qui nauigent, de ses predictions.* Au regard de sa figure qui est fort elegamment descripte icy par Philostrate, Ouide à la fin du 13. en fait ces quatre vers seulement.

Hanc ego tum primùm viridem ferrugine barbam,
Cæsariémque meam quam longa per æquora verro,
Ingeniésque humeros, & cærula brachia vidi.
Crurásque pinnigero curuata nouißima pisce.

ET LES ALCYONS *vollerent tout autour de luy, chantans de compagnie les accidens des mortels, dont eux & luy furent autresfois transformez.*

Ceyx fut Roy de Thracynie & mary d'Alcyone, lequel pour raifon de fon frere nouuellement tranfmué en efpreuier, s'en voulant aller confeiller à l'Oracle Apollon Clarien, fut long-
temps retenu de partir par fa femme. A la fin comme il luy euft promis d'eftre de retour fans faillir au bout de deux mois, elle s'y accorda; mais ayant efté furpris d'vne tourmente en la mer
Egée, fon vaiffeau alla à fonds & fe noya, au moyen dequoy il ne peut tenir fa promeffe. Ce-
pendant fa femme eftant en vne extreme peine de fa longue demeure, faifoit inceffamment
vœuz, prieres, & offrandes aux Dieux pour le retour de fon mary; dont Iunon meuë à compaffion luy enuoya vne vifion en dormant foubs la femblance de Ceyx, qui luy reprefenta toute fa defconuenuë. Elle y adiouftant foy à fon refueil, s'en alla fur le bord de la mer, d'où il auoit
faict voile, & là faifant fes complaintes & lamentations, apperceut de loing le corps de fon mary qui flotoit fur les ondes droict au riuage; neantmoins elle n'eut pas la patience d'attendre,
ains fe lança à corps perdu au deuant les bras tendus pour l'embraffer. Sur quoy les Dieux qui en
eurent pitié, ne permirent pas qu'elle tombaft dans la mer, car ainfi fufpendue qu'elle eftoit en
l'air toute pleine de vie, la tranfmuerent en vn oyfeau de fon nom: & fon mary pareillement,
qu'ils remuiffierent aux premiers baifers de fa femme. Tout cecy dit Ouide en l'onziefme de la
Metamorphofe. Mais Tzezes fur Lycophron adioufte, que le Geant Alcyoneus eut ces filles icy, Phthonia, Athé, Methon, Alcippa, Palené, Drimo, & Afterié: lefquelles apres la mort
de leur pere fe precipiterét du cap de Pallene en la mer; là où Amphitrité de compaffion qu'elle
en eut, les tranfmua en oyfeaux, qui gardent leur nom. Mais le mafle s'appelle particulierement
Cerylus, comme met Theocrite en l'Epitaphe de Bion. Lequel mafle venát à vieillir, ainfi comme le dit Paufanias, eft porté par les femelles qui s'appellent Damar.

De ces oyfeaux icy fe racomptent tout plein de chofes admirables, pour vne beftiole priuée de raifon: que par quatorze ou quinze iours qu'elle efcloft fes petits, à fçauoit fept iours deuant la Brume, & autant apres (c'eft le plus court iour de l'année au folftice d'Hyuer, enuiron
l'onziefme de Decembre) encores que felon la faifon il deuft faire vn fort rude & dangereux
temps fur la mer, neantmoins elle fe rend lors toute bonace, foit ou par vne certaine conftella-
tion à nous incogneuë (qui eft le plus vray-femblable) ou en faueur de ces oyfeaux qui font de-
fcendus autresfois d'Æolus Roy des vents. Heliode à ce propos.

χ ἀλκυόνες ςρεφεῖντι τὰ κύματα, πλὼ τε ϑάλασσάν,
τόν τε νότν, τόν τ' εὖρον, ἐς ἔςχατα φυκία κινεῖ.

ἀλκυόνες, γλαυκᾶς Νηρηίσι πάγ τε μάλιςα
ὀρνίϑων ἐφίλαντο ὅσαις τε πέρ ἐξ ἁλὸς ἄιρα.

Les Alcyons applaniront les flots & la mer; & le vent de Siroc & du My-iour qui esbranlent à fleur d'eau
l'algue. Les Alcyons qui de tous les oyfeaux viuans en la mer font les mieux aimez des azurées Nereides.
Mais Apollonius plus particulierement en cet endroit.

ἡ δ' ἄρ ὑπὲρ ξαιϑίο καρήατος ἀισσούσα
ποτᾶ τ' ἀλκυονὶς λιγυρῆ ὀπὶ θεαπίζεσα
λῆξιν ὀρινομένων ἀνέμων· σὺν δέ μιν μόψος
ἀγκὴς ὀρνίϑος ςκαιομενης ὑϑεμψ ἀκούσας.

Sur ces entrefaictes l'Alcyon s'en vint volleter au deffus du blond chef de Iafon, annonçant d'vne voix hau-
taine le ceffement des vents efmeus. Et Mopfus entendit foudain le gracieux cry de l'oyfeau marin. Pline au
fecond liure, chapitre quarante-neufiefme. *Ante brumam aut feptem diebus, totidémque poftea fter-*
nitur mare Halcyonum fœtura, & inde nonen ij dies traxere. Reliquum tempus hyemat. Mais plus apertement au dixiefme liure, chapitre trente-deuxiefme, où il defcript le naturel de ces oyfeaux en
cette forte. *Ceux qui nauigent par la mer, cognoiffent bien les iours que les Alcyons efclouent leurs petits.*
C'eft vn oyfeau vn peu plus grand qu'vn moineau, prefque tout de couleur azurée, hors mis quelques plumes
incarnates & blanches entremeffées par endroicts; le col long & grefle. Il y en a vne autre race encores diffe-
rente de grandeur & de voix. Les plus petits chantent communement dans les rofeaux, mais c'eft chofe fort
rare de voir des Alcyons: & encores iamais ne fe monftrent que fur le coucher des Vergilies, enuiron la my-
Octobre: & vers les Solftices, qu'ils volletent quelquesfois autour des vaiffeaux, fe retirans de là tout fou-
dain en leurs cachetes. Ils font leurs petits vers la my-Decembre: & font ces iours-là appellez les Alcyonides,
durant lefquels la mer fe rend tres-nauigable & bonace; celle mefmement que fur les autres endroits,
combien que la marine foit plus douce que de couftume, la Sicilienne neantmoins eft la plus traictable de tou-
tes. Ils font au refte leurs nids fept iours auant le Solftice d'Hyuer; & ponnent les fept autres d'apres; lefquels
nids font comme vne pelotte vn peu eminente, d'vne façon admirable; l'entrée fort eftroite, & reffemblans
aucunement aux grandes efponges. Il n'y a ferremant qui les fceuft entamer: & faut ramener vn grand coup
pour les rompre, ainfi que l'efcume de la mer deffeichée, fans qu'on puiffe trouuer dequoy ils font compofez. On
eftime que ce foit d'areftes fort aiguës de certains poiffons dont ils viuent. Ils entrent par fois dedans les fleu-
ues; & ponnent cinq œufs. Plutarque au traicté, *lefquels participent le plus de la raifon, ou les animaux de*

la

Pline.

la terre ou de l'eau, descript si elegamment ces Alcyons & leur industrie, qu'il nous a semblé ne deuoir point outrepasser icy soubs silence ce tant beau discours.

QVELS rossignols (ce dit-il) en douceur de gorge, quelles arondelles en subtilité d'ounrages, quelles colombes en priuanté & amour enuers les personnes, ne quelles abeilles en artifice pourrons-nous esgaler auec les Alcyons ? Ne de qui est-ce que quelque Dieu ait tant respecté la naissance, ne les enfantemens & trauaux d'iceux ? Nous scauons de vray toute telle Isle auoir esté octroyée à Latone qu'elle voulut choisir, estant en mal d'enfant ; toutesfois vne tant seulement : là où à l'Alcyon la mer enuiron le Solstice, se rend entierement tranquille & bonace quand il veut faire ses petits. Au moyen dequoy il n'y a point d'animal que les hommes aiment tant, car par leur benefice on peut nauiger sept iours continuels, & autant de nuicts au beau milieu de l'Hyuer, sans crainte aucune de peril ny danger : tous les chemins leur estans lors plus ferm'-asseurez, & ouuers, sans comparaison, par la mer qu'en pleine terre. Que s'il est besoing de traicter en peu de paroles de chacune de ses perfections, la femelle est si fidelement affectionnée enuers son espoux, que non en vne saison seulement, mais tout le long de l'année elle demeure auecques luy, & souffre qu'il l'accointe toutes les fois que le desir luy en prend : non point qu'elle soit autrement si lascine (comme celle qui ne se mesleroit pour rien à vn autre) mais par certaine bien-vueillance (ainsi que doit faire vne femme mariée) & amitié qu'elle luy porte. Car quand il est surchargé d'aage, & pesant, si que desormais il ne sçauroit suiure qu'à peine, prenant soin de luy, elle le soustient & alimente en sa vieillesse, ne l'abandonnant nulle part : ne le delaissant iamais derriere elle ; ains le chargeant sur son dos le porte par tout çà & là : le traicte de ce qu'il peut auoir besoing, & luy assiste iusques à la mort. Or par ie ne sçay quelle amour naturelle, & vn desir de contre-garder ses petits, soudain qu'elle se sent preste à pondre, elle se met à bastir son nid ; non point en pestrissant de la fange, ainsi que font les arondelles, pour le maçonner contre les murailles, ne les toicts & planchers ; ny en trauaillant de tous ses membres, comme la mousche à miel, qui s'enfourne de tout son corps dans la goffre, afin qu'auecques l'aide & moyen de ses six pieds elle la puisse façonner à autant d'angles & recoins : Car l'Alcyon n'a qu'vn outil, seul & simple instrument, à sçauoir le bec ; sans estre aidé de quelque secours ne desfences, pour s'en pouuoir prenaloir & seruir en son ounrage, & au soin qu'il porte enuers ses petits. Neantmoins, ô bons Dieux, quel edifice fait-elle ? qu'est-ce qu'elle entreprend de mener à fin ? Toutes choses incroyables certes, qui ne les auroit venës à l'œil. Car elle forme, ou plustost bastit comme vn charpentier de nauires, par vne nouuelle façon, certain chef-d'œunure, seul entre tous les autres, qui ne se peut venuerser ny enfoncer dans l'eau : assemblant & entrelassant les arestes d'vn petit poisson qu'on appelle aiguille ; les vnes estenduës en long à guise d'vne chaisne de toille, & les autres comme se seruans de trame en trauers : puis courbe & reploye cette tissure en forme ronde vn peu longuette, ressemblant presque à vne barque de pescheur, ou esquif. Acheué qu'elle l'a de parfaire, elle l'approche sur le riuage, là où les derniers flots peuuent battre : de maniere que l'onde de la mer le heurtant doucement, luy monstre les endroits non assez bien fortifiez, & qui se laschent aux coups des vagnes, afin de les mieux spalmer & callefeutrer ; & ce qui est desia bien contoint & solide raffermit & resserre si fort, que ny à coups de ferremens ou de pierres, on ne le sçauroit rompre ne briser. Mais il n'y a rien de si admirable que la proportion & figure du creux de ce petit domicile, car elle le faict tel, qu'il la reçoit & admet à entrer dedans elle seule. A toute autre chose il est comme anengle & inaccessible, iusques mesmes à ne vouloir receuoir vne seule goutte d'eau de la mer. Cela toutesfois n'est point du tout si asseuré, non plus que les autres choses du monde, qu'il n'en puisse aduenir inconuenient quelquesfois, car il y en a deux entre les autres fort incertaines, & à qui il se faict tres-mauuais fier ; n'ayans aucune stabilité, consideration, ne misericorde ; à sçauoir la fortune, & la mer ; dont pour le regard des Alcyons, Valerius Flaccus au quatriesme des Argonautes en dit cecy.

Fluctus ab vndisoni seu forte crepidine saxi
Cùm rapit Halcyonis misera fœtúmque larémque,
It super ægra parens, queritúrque tumentibus vndis.
Certa sequi quocunque ferant, audétque, pauétque :
Ieta satiscit aquis, donec domus hauståque fluctu est :
Illa dolens vocem dedit, & se sustulit alis.

Le defefpoir eft vne rage,
Qui naift dans vn efprit volage,
Et luy aueugle la raifon :
Mais ce n'eft pas moins de manie,
Que d'adorer cette furie,
Et luy faire quelque oraifon.

Toutesfois la defefperée
Ino, fut iadis adorée
Et mife au rang des immortels
Par toute l'idolaftre Grece :
Puis comme vne grande fageffe,
On dreffe à fon fils des autels.

PALEMON.

PALEMON·

ARGVMENT.

A THAMAS *fils d'Eolus Hellenien eut de sa femme Neiphile Phrixus & Hellé. S'estant remarié puis-apres à Ino fille de Cadmus, il eut encore Learchus et Palemon, autrement Melicerte. Ino desirant se deffaire des enfans du premier lict, fait fricasser tout le grain qu'elle peut recouvrer, afin de corrompre le germe, & empescher qu'il ne fructifiast: et suborne les Prestres d'Apollon Pythien pour faire entendre à Athamas qu'il n'y auoit autre expedient de remedier à la sterilité de l'année, & à la peste quand & quand qui commençoit de les molester, sinon de sacrifier aux Dieux l'vn des enfans de Neiphile. De maniere qu'estant sur le point de vouloir immoler Phrixus, desia equippe des coiffeures & autres ornemens accoustumez aux victimes, Mercure interuint qui le mit à cheual sur vn bellier auec sa sœur, dont il aduint ce que vous auez peu entendre au tableau precedent. Et là dessus le ministre du Temple descouure à Athamas tout le complot & malice de sa femme Ino; laquelle pour cette occasion il se mit à poursuiure pour la tuer auec ses enfans; dont il ne peut atteindre que Learchus, qui estoit l'aisné: car Ino & son autre fils Palemon gaignerent au pied deuant luy iusques sur le bord de la mer; là où s'estans precipitez, du haut en bas de la roche Moluride, leurs corps furent portez par vn Dauphin au riuage de Schœnuntie; où Amphimacus & Donacitius les recueillirent, et enleuerent à Corinthe; où ils furent deifiez puis-apres; elle soubs le nom de Leucothoë, ou Matute; et luy de Melicerte. Sisyphus, leur oncle paternel, Roy de Corinthe institua à leur memoire & reuerence vn ieu de prix, et solennité au destroit de l'Isthme, qui se celebroit de cinq ans en cinq ans. Ouide au 6. des Fastes.*

Læta canam, gaude defuncta laboribus Ino,
    Dixit, & huic populo prospera semper ades.
Numen eris pelagi, natum quoque pontus habebit.
    In nostris aliud sumite nomen aquis.
Leucothoë Graiis, Matuta vocabere nostris,
    In portus nato ius erit omne tuo.
Quem nos Portumnum, sua lingua Palæmona dicet:
    Este precor nostris æquus vterque locis.

Et au 4. des Metamorphoses, où il traicte bien amplement cette fable.

Annuit oranti Neptunus, & abstulit illis

M m iiij

Quod mortale fuit, maiestatémque verendam
Impoſuit, noménque ſimul, faciémque nouauit,
Leucothéáque deum cum matre Palæmona dixit.

E peuple qui ſacrifie en l'Iſthme, pourroit bien eſtre de
Corinthe : & poſons le cas que le Roy d'iceluy ſoit Siſyphus ; c'eſt de Neptune toutesfois le boſcage & le temple
que vous voyez, iettant ie ne ſçay quel bruit ſourdement,
qui s'accorde auec celuy de la mer : car ſe ſont les branchages des Pins qui reſonent ainſi. Telles marques nous delaiſ-
ſe Ino au partir de la terre. Or pour ſon regard elle ſera Leucothée en la congregation des Nereïdes : mais quant à ſon fils Palemon, la terre iouïyra de luy
dés ſon enfance ; & voile-là deſia qui y aborde, ſouſtenu d'vn Dauphin doux
& paiſible ; lequel eſtendant le doz, le porte endormy, & ſe coule ſans faire
bruit à trauers la mer calme, de peur de le reſueiller. A ſon arriuée il ſe fait ie
ne ſçay quelle entr'ouuerture tout ioignant l'Iſthme, afin que la terre ſe ſeparant, luy ſoit dreſſé vn ſanctuaire de la part de Neptune ; qui me ſemble
aduertir Siſyphus du ſurgiſſement de l'enfant, & qu'il luy faut ſacrifier : au
moyen dequoy il luy immole ce taureau noir, qu'il a tiré (ce croy-ie bien)
du trouppeau de Neptune. La maniere au ſurplus du ſacrifice, & les reueſtemens des ſacrificateurs, les offrandes, & eſgorgemens des victimes ; que tout
cela ſoit caché dans les ſacrez myſteres de Palemon, comme choſe fort reli-
gieuſe & ſecrette : auſſi a elle eſté introduicte par le ſage Siſyphus, dont la façon & contenance le demonſtrent aſſez eſtre tel. Mais quant à celle de Neptune, s'il eſtoit icy queſtion de pourſendre les rochers des Gyres, ou de trã-
cher & ouurir les montagnes de la Theſſalie, elle ſeroit de vray icy peinte furieuſe & terrible, & en geſte d'vn qui veut ramener vn grãd coup : là où voulant receuoir Melicertes pour ſõ hoſte afin de l'auoir en la terre, il ſe reſioüiſt
de le voir à bord, & ordonne à l'Iſthme d'ouurir ſon eſtomac pour luy faire
vne habitation au dedans. En fin l'Iſthme eſt icy portraicte en reſſemblance d'vn Demon couché tout plat à la renuerſe, & eſtablie de la nature pour
geſir & eſtre plantée au milieu de l'Archipel & du goulphe Adriatique, ainſi que ſi elle deuoit ſeruir de chauſſée à ces deux mers : ayant à ſa main droite vn Iouuenceau en trauers, & à la gauche des ieunes filles. * Ces mers
puis-apres belles & tranquilles competemment, ſe ſerrans tout contre la
terre, mettent en euidence l'Iſthme.

*Ces mers puis
apres, [...] à vne
di [...] de [...]
l'eſgale [...]
[...]
[...]
Ce ſont les mers
belles & tran-
quilles competẽ-
mẽt, qui ſont ſi-
tuées tout entre
la terre, laquelle
nous ſuit [...] &
deſcouure l'Iſth-
me. l'eſtime
qu'il veut dire
que ces ieunes
filles qui ſont
au coſté gau-
che de ce Be-
mon repreſen-
tent les mers
voyſines de la
chauſſée, qui
s'eſtend entre
l'Archipel & la
mer Adriati-
que.

E peuple qui ſacrifie en l'Iſthme pourroit bien eſtre de Corinthe. Tout ainſi qu'il y a des
deſtroits de mer rencloz entre deux terres ; il y a en ſemblable des deſtrois de
terre, ſerrez entre deux mers, leſquels on appelle Iſthmes ; dont le plus fameux
de tous eſt celuy de Corinthe, ayant du coſté du Leuant le port de Cenchrées ou
goulphe Saronique, en la mer Egée : & de Soleil couchant celuy de Lechée ou
Corinthiaque, en la mer Ionie : ces deux ports ayans ainſi eſté appellez (comme dit Pauſanias és
Corinthiaques) de Leches & Cenchrias tous deux enfans de Neptune, & de Pirené fille du fleuue Acheloüs. Ainſi ces deux mers eſtoient ſeparées l'vne de l'autre par cette forme de chauſſée,
n'ayant

n'ayãt que cinq à six mille pas d'estenduë au plus: ce qui auroit esté cause d'animer Demetrius fils d'Antigonus l'vn des successeurs d'Alexandre, & apres luy Iules Cesar, Caligula, & Neron de le trancher, & y faire vn canal; afin d'abbreger d'autant la nauigation, qui outre le danger est merueilleusement longue & fascheuse pour les vaisseaux qui vont & viennent des parties Occidentales en Asie: parce qu'il faut doubler tout le Peloponese, qui est presque semblable à vne fueille de Platane ou de Vigne, à cause d'infinis caps s'aduançãs en la mer, & des calles ou entrées qu'il fait au contraire en dedans; contenant de plein circuit plus de six vingts bonnes lieuës; & de costé deux fois autant. Neantmoins cette si loüable & magnanime entreprise eut en tous ces grands Princes là vne fort peu heureuse & prospere issuë; ainsi que dit Pline au 4. liure & chap. *Insanso, vt omnium patuit exitu, incapto.* Et Pausanias és Corinthiaques. *Celuy qui se vault ingerer de reduire le Peloponese en vne Isle, s'en deporta, auãt que de mettre la main à trancher l'Isthme: & se voit clairement l'endroit auquel ils commencerent cette besongne. Mais ils ne donnerent pas iusques aux lieux où sont les pierres & rochers: au moyen dequoy il demeure encor pour le present attaché à la terre ferme, selon que nature premierement l'establit. Alexandre pareillement fils de Philippes, ayant deliberé de trancher la plaine d'au dessoubs le mont de Mimas, laissa ce seul ouurage imparfait de tous ceux qu'il entreprit oncques. Et l'oracle d'Apollon destourna les Cnidiens de coupper leur Isthme ou destroit: tant il est malaisé d'assubiectir soubs l'humain effort, ce qui a esté vne fois ordonné par la providence diuine.* Or Ino & Palemon (còme il est dit au mesme lieu) s'estans precipitez en la mer pour fuyr la fureur d'Athamas; le corps d'iceluy Palemon qui fut depuis surnommé Melicerte, fut recueilly par vn Dauphin, & apporté sur le doz d'iceluy en l'Isthme: là où Sisyphus l'ayant trouué gisant sur la greue, luy donna sepulture, & institua à son honneur & memoire les ieux qui furent depuis appellez Isthmies, qui se celebroient de cinq ans en cinq ans; comme le veut Pline au 4. liure 5. ch. *Isthmi pars altera cum delubro Neptuni, quinquennalibus inclyto ludis:* mais selon Pindare en la 3. des Nemées, de trois en trois.

κόντω τε γέφυρ' ἀκαμά-
τος ἐν Ἀ'φροκτύ‹ίνων
ξωτόρον ΤΡΙΕΤΗΡΙΔΙ.
ημασαὶ Ποσιγά‹
νον αὖ τέμ‹ος.

Ils les attribuent tous deux à Neptune, ainsi que fait aussi Plutarque en la vie de Thesée: *Lequel (comme il dit) fut le premier qui à l'imitation d'Hercules institua des ieux solennels; desirans que tout ainsi que les Grecs en la memoire d'iceluy Hercules celebroient ceux de l'Olympie à Iuppiter, ils fissent les mesme des Isthmiens pour l'amour de luy à Neptune. Car ce qui se faisoit là mesme de nuict à l'honeur de Melicerte, auoit plus tost apparence de quelque mystere & ceremonie, que d'vn ordre de ieux & feste publique.* Pausanias à ce propos és mesmes Corinthiaques, dit que Neptune & le Soleil estans vn iour entrez en côtestation & debat pour le territoire de Corinthe, ils esleurent Briareus pour arbitre de leur differend; suy quoy il adiugea à Neptune l'Isthme & terres adiacentes; & au Soleil le Promontoire qui est au dessus de la ville. Neptune donques auoit son temple en l'Isthme (ce que Philostrate tesmoigne en ce lieu) auec vn petit boscage de Pins qu'il luy consacré, selon qu'allegue Strabon au 8. liure. *En l'isthme se void le temple eminent de Neptune appellé pour cette occasion Isthmien, enclos d'vn bosquet de* Strabon. *Pins, où les Corinthiens auoient de coustume de celebrer les ieux Isthmiques.* Stephanus au liure des villes. Stephanvs. *Il y a vn Isthme aussi à Corinthe, & Neptune Isthmien, & les victoires Isthmiennes.* Esquelles se faisoient toutes les mesmes sortes de ieux & combats qu'en l'Olympie, és Pythes, & Nemées; horsmis de Tragedies & Comedies, qui y estoient defenduës, comme dit Lucian au traité de l'Isthme; si Lvcian. toutesfois il est de luy. *Encor qu'il y eust loy expresse qui interdist de ne representer és isthmiens aucune Comedie ne Tragedie, neantmoins Neron voulut faire preuue là de sa suffisance contre tous les ioueurs de Tragedies, & en emporter la victoire.* Les vainqueurs au reste y estoient couronnez de branches de Pin, comme tesmoigne Plutarque en la 3. quest. du 5. des Symposiaques. Pour raison (dit-il) que le corps de Palemon fut trouué contre le tronc d'vn Pin, où les vagues l'auoient ietté à bord; non gueres loin de la ville de Megares. Ce que tesmoigne aussi le Poëte Euphorion, dans le mesme liure.

κλαίοντες δέ τε κούρην ἐπ' αἰλίω πιτύεσι
κἀτθεσαν, ὁκκότε δὴ στέφανον ἄθλοις φορέοντι.

Pausanias és Arcadiques s'arrestant à cela, dit que la cause pour laquelle on donnoit le Pin, ou Sapin (car il y a ἐλάτη) és Isthmies, & l'Ache és Nemées, venoit de la mort & desconuenuë de Palemon, & Archemore. Car comme nous auons desia monstré sur le tableau d'Arrichion, l'Ache estoit vne herbe funeste & dediée aux mortuaires; au moyen dequoy l'on en vsoit aussi és Isthmies, mais seche, là où celle des Nemées estoit verte. Le Pin aussi est vn symbole de mort, pource qu'estant vne fois couppé il reiette iamais plus; ce qu'on attribué encore au Cyprés; comme le marque l'author du Polyphile en ses Hieroglifiques; & le Poëte Ariofte en cette

cotte d'Armes que Fleurdeliz amie de Brandimart, luy œuure de fa propre main, toute bordée
de Cyprés. Ou bien à caufe de fon amertume ; vne qualité fort conuenante & appropriée à la
mort, qui eft la plus amere chofe à goufter de toutes autres, ainfi que cette efcripture le refmoigne. *O mors quam amara memoria tua!* Et au quatriefme liure des Roys, chapitre deuxiefme.
*Que le Prophete Elifée, luy ayant efté fait vne plainte que les eaux de Iericho eftoient fi ameres qu'on n'en
pouuoit boire, fe fit apporter du fel qu'il ietta dedans la fontaine difant ainfi. Voicy ce que dit le Seigneur:
i'ay guery ces eaux cy, où la mort n'habitera plus, ne la fterilité pareillement.* C'eft à dire qu'il les auoit renduës douces. Et au quatriefme enfuiuant; que les Prophetes qui eftoient auec luy ayans cueilli
des Colloquintes pour faire du potage fans fçauoir que c'eftoit, quand on en vint à goufter, &
qu'ils fe trouua d'vne fi extreme amertume, ils fe prirent à efcrier foudain, *mors in olla vir Dei.* Car
il adioufte tout incontinent, qu'Elifée s'eftant fait apporter de la farine, il la ietta dedans, *& non
fuit amplius quicquam amaritudinis in olla.* Au moyen dequoy les plus anciens interpretes d'Homere auoient pris ce mot cy βέλος ἰγχρωκὲς au premier de l'Iliade, pour vne fleche mortelle & in-
guerifsable, pour le moins tres-dangereufe, comme eft le coup dont la pefte frappe. αὐ-τὰρ ἔπειτ'
αὐτοῖσι βέλος ἰχρπωκὲς ἐφίεις. Telles que fouloient eftre és Indes Occidentales les traicts empoi-
fonnez des Canibales, ou Caribes mangeurs de gens, qui pour fi peu de fang qu'ils euffent donné
tirer du corps de l'homme où ils venoient affener, la playe en eftoit hors de toute efperance de
guerifon & remede : fi qu'en langueurs, tourmens, & rage, on venoit à finer fa vie plus cruellement beaucoup que de toutes les picqueures de Viperes, Afpics, ny autres telles vermines enuenimées. Auffi cette mal-heureufe & damnée mixtion eftoit compofée de leur fang, de certaine herbe croifsant en ces pays là reffemblant à vne fie, de gomme, de petites pommettes d'vn
arbre pernicieux, & de teftes de grandes fourmiz merueilleufement dangereufes. Tous lefquels
ingrediens ils faifoient confire en vn lieu cloz & ferré à l'efcart, par quelque pauure miferable
vieille condamnée à cela, tant que la fumée cela vinft à rendre l'efprit, & puis en frottoient
la pointe de leurs flefches. Mais cela eft hors de noftre propos. Plutarque au furplus ne fe veu-
lant point arrefter aux confiderations deffus-dittes du Pin, pourquoy on l'ait attribué à Neptune, comme les eftimant fabuleufes, en allegue d'autres; dont celle d'Apollodorus femble la
plus apparente ; affauoir pource que les Pins s'aiment és lieux maritimes & expofez aux vents,
comme eft auffi la mer en fon endroit; & qu'ils font propres entre les autres arbres, à faire des
nauires pour nauiger deffus : tant pour la legereté de leur bois, que pource qu'à caufe de l'amertume ils refiftent mieux aux vers que la marine engendre és vaiffeaux que nuls autres : & auffi
que la poix qu'ils rendent, fert tout d'vn train à les fpalmer & callefeutrer.

C'est *de Neptune le bofcage & le temple que vous voyez.* A cecy fatisfait ce que nous auons amené
cy deffus de la vie de Thefée en Plutarque. Au refte il y a au Grec, τέμ̣δος, qui eft felon Hefychius, & les Scholies fur Pindare, tout lieu confacré, defdié & mis à part en l'honneur, reuerence & feruice de quelque Diuinité; foit bois, verger, edifice, temple, autel, terre, ou motte
de terre; & femblables lieux fainɛts. Sophocle à ce propos en la Tragedie des Trachiniennes parlant du facrifice qu'Hercules preparoit à Iupiter fur le cap de Cenée en l'Ifle de Negrepót, apres
auoir deffait Eurythus pere d'Iole, & faccagé fa ville.

ἔ̣δυ παγ̣ωίη Διὶ

βωμοὶ ἰς̣εῖ̣ζ, τεμδμίαν τε φυλλάδα.

Là (dil-il) *Hercules dreffoit des autels au pere Iuppiter, & luy marquoit vn bofquet à part.* Combien
que φυλλὰς fignifie auffi vne maniere de lict ou autel, compofé de fueilles d'arbres, recueillies
& amaffées en vn taz. Les Latins l'appellent *Lucus, Nemus, Delubrum,* C'eftoit certain endroit
à propos choify tout exprez parmy les grandes forefts, que l'on referuoit à part pour defdier au
Dieu à qui l'on auoit deuotion : ou bien quelque bofcage ou touffe de bois toute feule. Et cela
le plus fouuent tenoit lieu de temple, car au milieu l'on dreffoit des autels, pour faire les facrifices & offrandes. Tacitus en fa Germanie. *Cæterùm nec cohibere parietibus Deos, neque in vllam
humani oris fpeciem affimulare, ex magnitudine cæleftium arbitrantur: lucos ac nemora confecrant, deo-
rúmque nominibus appellant fecretum illud, quod fola reuerentia vident.*

A v regard des Pins qui font cy fpecifiez, outre ce que nous en auons defia dit cy deffus, l'Ifthme eftoit fort abondante en ces arbres, comme tefmoigne ce vers cy de Mofchus en fa Megare,
où il l'appelle couuerte de Pins.

χ̣ὴ λίεω πάγ̣ντες κε πτ̣ρ̣ίεω πιτυώδεως 'δμεὔ

νοῖσσ'.

Plutarque en la vie de Thefée, & Paufanias és Corinthiaques, dient qu'vn certain brigand &
guetteur de chemins appellé Sinnis, fe tenoit ordinairement à l'entrée de l'Ifthme, là où tous les
paffans qui venoient en fes mains, il les attachoit iambe deçà, iambe delà à des branches de Pins,
qu'il ployoit iufqu'en terre, & puis les laifsoit aller de force contremont; de maniere que ces
pauures gens venoient à s'efcarteler : dont il auroit efté furnommé πιτυοχάμπτης, comme qui diroit

roit pleſſeur de Pins : mais Theſée luy fit endurer la meſme peine. Et vn peu plus auant Pauſanias adiouſte, que quand vous eſtiez arriué au temple de Neptune, d'vn coſté eſtoient eſleuées
les ſtatuës de ceux qui auoient vaincu és ieux Iſthmiques ; & de l'autre des Pins plantez par ordre, qui eſtoient creuz là endroit fort hauts. Item, que dedans le temple y auoit vne effigie de
Palemon debout ſur vn Dauphin : l'vn & l'autre tout d'or & d'Iuoire.

R E C E V E *en la danſſe & rondeau des Nereides.* Au Grec λευκοθίας τι χỳ τῶ τῆϛ Νηρεΐδων κύκλῳ·
Il fait les Nereïdes tournoyer en vne danſſe ronde come vn cercle, pour monſtrer que la mer
enuironne la terre de toutes parts côme en vn rond : & auſſi les flots & reflots, venues & retours
de la mer Oceane, qui ſe font tantoſt en çà, tantoſt en là, comme la meſure & cadence obſeruée
en danſſant les Odes, que l'on appelle ϛροφὴ & ἀντιϛροφὴ. Neantmoins nous auons tourné *congregation.* Ces Nereïdes au reſte eſtoient filles d'vn Dieu marin appellé Nereus, & de Doris ; en
nombre de cinquante ſelon Orphee en ſes Hymnes, & Heſiode en la Theogonie, qui les arrange en cette ſorte apres auoir premis leur Genealogie :

Πρωτὼ, Εὐκρἄντη, Σἄω, Ἀμφιτρίτη,
Εὐδὦρητη, Θέτιϛη, Γαλήνητη, Γλαύκητη, &c.

Pindare pareillement en la ſixieſme Iſthmienne, où il a ſuiuy Heſiode ; car les autres y en mettent dauantage.

A F I N *que la terre ſe ſeparant luy ſoit ſa faict vn ſanctuaire de la part de Neptune.* Ce mot de ἄδυτον,
que i'ay tourné ſanctuaire, ſignifie le lieu plus ſecret & deuot du temple ; où il n'eſtoit permis à
perſonne d'entrer, ſinon qu'au preſtre & principal ſacrificateur : comme les Iuifs auoient leur
Sancta Sanctorum : nous en tout plein d'Egliſes, des chappelles & oratoires, & des caues ſoubs
terre, que ἄδυτον ſignifie auſſi : côme en ce lieu que Pauſanias au deſſuſdit endroit des Corinthi-
ques ſpecifie fort particulierement en cette ſorte. *Dans le meſme circuit & pourpris ſe void le temple de Palemon à main gauche ; là où ſont les images de Neptune, Leucothea, & d'iceluy Palemon. Il y
a auſſi vn autre edifice encore que l'on appelle* A D Y T O N, *& vne deſcente dedans qui va ſoubs terre.
On dit que ce fut où l'on cacha Palemon : & que quiconque ſe pariure là, Corinthien, ou eſtranger de
quelque endroit que ce ſoit, ne peut en ſorte quelconque euiter qu'il ne ſoit chaſtié de ſon faux ſerment.*

A V M O Y E N *dequoy il luy immole ce Taureau noir.* La couſtume eſtoit anciennement de ſacrifier des Taureaux noirs à Neptune, comme nous pouuons recueillir de ce paſſage d'Homere
tout au commencement du troiſieſme de l'Odyſſée.

τ῅ δ᾽ ἔτι ἐπὶ θαλάσσης ἱερὰ ῥέζον,
ταύρους παμμέλανας Ἐνοσίχθον κυανοχαίτῃ.

Sur le bord de la mer ils ſacrifioient des 7 taureaux entierement noirs à Neptune aux cheueux azurez.
Pindare neantmoins en la 13. Olympienne à ce meſme propos vſe d'vn autre Epithete contraire ; à ſçauoir ἀργὸς, que quelques vns ont tourné pour *blanc,* ou pluſtoſt *poly & le poil luiſant,* comme le veulent les Scholiaſtes.

χỳ δαμάῳ μὶν, θύων
ταῦρον ἀργὸν, πατρὶ δῆξον.

On le pourroit auſſi prendre pour vn Taureau qui n'euſt encore eſté employé en aucune
beſongne. Mais noſtre autheur au tableau de Paſiphaé dit tout apertement, que le Taureau dont elle deuint amoureuſe eſtoit blanc : & neantmoins cela eſt tout commun parmy
les Poëtes, que c'eſtoit vn de ceux que Minos deuoit ſacrifier à Neptune : mais à raiſon
de ſa beauté il le voulut reſeruer pour faire race ; & en offrit vn autre à ce Dieu : dequoy
indigné, il mit en teſte à ſa femme cette orde & deteſtable concupiſcence de deſirer d'en
auoir compagnie.

A V S S I *a ce eſté introduite par le ſage Siſyphus.* Il a deſia eſté dit cy deſſus, que Siſyphus fut celuy qui recueillit le corps de Palemon, & luy inſtitua des ſacrifices & cerimonies. Mais il ſe preſente icy vne difficulté, aſſauoir mon ſi ce Siſyphus eſt celuy que les Poëtes feignent auoir eſté
fils d'Eolus, & eſtre tourmenté és enfers pour ſes forfaits & demerites, de la peine que deſcrit
Homere à l'onzieſme de l'Odyſſée.

χỳ μὲν Σίσυφον εἰσεῖδον, κρατέρ᾽ ἄλγε᾽ ἔχοντα,
λᾶαο βαϛάζοντα πελώριον ἀμφοτέρῃσιν, &c.

Ie vis auſſi Siſyphus aux enfers, endurant de tres-griefs tourments : car il ſouſtenoit auec les deux mains vne H O M E R E
*pierre enorme, & pouſſant à l'encontre de pieds & de bras la vouloit contremont iuſques au haut d'vne colline ;
là où tout auſſi toſt qu'il eſtoit ſur le point de l'aſſeoir au ſommet ; la pierre alors ſe renuerſoit à bas en la plaine,
d'vne impetuoſité merueilleuſe : où il l'alloit de rechef reprendre, & pouſſer comme auparauant de tout ſon effort, ſi que la ſueur luy couloit de toutes les parties du corps, & la poudre luy voloit de la teſte. Ou bien ſi
c'eſt vn autre Siſyphus, lequel fut Roy de Corinthe ; comme le marque icy Philoſtrate ; & eſ-*

pour la Merope l'vne des filles d'Atlas, ainsi que dit Hyginus en son Astronomique, & Ouide au quatriesme des Fastes.

> Septima mortali Merope tibi Sisyphe nupsit,
>   Pœnitet, & facti sola pudore lates.

Ou si ce n'est qu'vn tout seul de ces deux. Car cela n'est point assez bien esclaircy ne verifié ce me semble. Quoy que ce soit Sisyphus Roy de Corinthe dont il est icy question, y est nommé & descript pour vn tres-sage personnage: & ce à l'imitation de Pindare qui luy donne la mesme qualité en la 13. Olympienne.

> Σίσυφον μὲν
>   πυκνότατον παλάμαις
>   ὡς θεόν.

Et Homere au 6. de l'Iliade.

> Ἔςι πόλις Ἐφύρη μυχῷ Ἄργεος ἱπποβότοιο.
> ἔνθα δὲ Σίσυφος ἔσκεν, ὁ κέρδιςος γένετ' ἀνδρῶν,
> Σίσυφος Αἰολίδης· ὁ δ' ἄρα Γλαῦκον τέκεθ' υἱόν.

Plus en vn autre endroit encore.

> Σίσυφος, ὃς κέρδιςος ἐπιχθονίων γένετ' ἀνδρῶν.

Toutesfois le mot de κέρδιςος signifie plus tost fin, ruzé, & attentif à son prousfit. Theognis à ce propos mesme.

> οὐδ' εἰ σωφροσύνην μὲν ἔχοις Ῥαδαμάνθυος αὐτοῦ,
>   πλείονα δ' εἰδείης αἰολίδου Σισύφου,
> ὅςις καὶ ἐξ ἅδου πολυϊδρείησιν ἀνῆλθεν, &c.

Car ainsi que le raconte Demetrius sur les Olympiennes de Pindare, Sisyphus estant à l'article de la mort, ordonna à sa femme de le laisser sans sepulture. Et comme il fut arriué aux enfers il fit ses doleances à Pluton qu'elle ne tenoit compte de l'inhumer, de maniere qu'il eut congé de retourner au monde pour la chastier. Mais parce qu'il n'en vouloit desloger, Mercure le remena de force là bas: où pour sa desloyauté & malice il fut condamné à la peine que vous auez ouïe cy dessus.

Or de la ruze & astuce de ce Sisyphus, quiconque il soit finablement, nous en auons ce temoignage icy au 201. chapitre de Hyginus; & dans Tzetzes encore. *Que Mercure ayant octroyé vn don à Antolycus, lequel il auoit eu de la Nymphe Chioné, d'estre le plus excellent & sublime larron de tous autres, sans pouuoir iamais estre supris sur le faict, & que tout ce qu'il destourneroit il le peust changer & transfumer de blanc en noir, du noir en blanc, & le rendre mutilé, de maniere qu'il estoit incessamment apres les trouppeaux de Sisyphus à en detrousser tousiours quelque piece: tât qu'à la fin il s'apperceut que le nombre d'Antolycus s'accroissoit de iour à autre; & le sien se diminuoit: au moyen dequoy il alla marquer tout son bestail soubs la solle du pied, grauant son nom dedans l'ongle; ce qui fut cause qu'il le recogneut; & de là prient telle familiarité & accointance ensemble, que Sisyphus luy engrossa bien & beau sa fille Antïclie, d'vn fils qui retint les mœurs & façons de faire de ses pere & ayeul. Ce fut Vlysses, que Laertes aduisa depuis pour sien, le cuidant ainsi à la verité. Car pour conurir l'affaire on luy fit espouser Antïclie enceinte, si bien qu'il eut la vache & le veau.* Ce que confirme encore Plutarque en la 43. des questions Grecques. Mais plus apertement Sophocle en la Tragedie de Philoctetes qu'il introduit parlant ainsi.

> ἀλλ' ἔχ' ὁ πανέως γόνος
> οὐδ' ἂν σ' ἀμπελατὴς σίσυφος Λαερτίη
> ἢ μὴ θάνωσι.

Mais ny le fils de Tydeus, ne cette belle denrée de Sisyphus estroquée à Laertes, ne meurent point. Et en vn autre endroit plus auant.

> εἶμι τάλεις· ἦ κεῖνος ἦ πᾶσα βλάβη
> ἔμ' εἰς ἀχαιὰς ὤμωσεν πείσας τελεῖν·
> πεισθήσομαι γὰρ ὧδε καὶξ ἅδου θανὼν
> πρὸς φῶς ἀνελθεῖν, ὥσπερ ἢ 'κείνω πατήρ.

O moy miserable, cette vraye peste a-il doncques iuré de me persuader d'aller vers les Grecs? Aussi tost me seroit on retourner de mort à vie, comme son pere Sisyphus.

AINSI que pour seruir de chausfée à ces deux mers. Au Grec, καθάπερ ἐπεζευγμένος ταῖς πελάγεσι. Cecy est dit à l'imitation de Pindare sur le mesme propos en la sixiesme des Neméces, que nous auons desia allegué cy deuant.

σὺν τῷ

πόντυ τε γέφυρ' ἀκάμαν-
τος ἐν Ἀμφικτυόνων, &c.

Mais plus diſtinctement en la 4. Iſthmienne.

ὁ κινη-
τὴρ γ γας, Ὀγχηςὸν οἰκέων,
ᾗ γέφυραν ποντιάδα
παρὰ Κοείνθου τειχέων.

L'eſbranle-terre Neptune habitant en Oncheſte, & au pont marin au deuant des murailles de Corinthe.

N n

Les sens sont tellement portez dans les delices,　　　C'est pourquoy vous voyez dedans cette figure,
Qu'ils cherchent iour & nuict de nouueaux artifices,　　Des subiets inuentez,
Pour pouuoir contenter les sales passions,　　　　　　Et mille nouueautez,
De leurs affections :　　　　　　　　　　　　　　Comme s'il y auoit du deffaut en nature.

LES ISLES.

ARGVMENT.

'Est icy le plus grand tableau de tout Philostrate, & neantmoins celuy où il y a aussi peu dequoy dire. Car la mer & les isles y encloses, & les autres menuës particularitez, dependantes d'icelles qu'il nous peint & descript, ne sont point ny en cest Hemisphere ny en l'autre; ains toutes choses feintes, imaginaires, fantastiques, & forgées en son esprit; degoustantes du bout de sa plume sur le papier qui souffre tout: elaborrées toutesfois selon sa coustume d'un tres-singulier & souuerain artifice; non par-auanture sans quelque sens & intelligence mystique enueloppée là dessoubs, mais il le faudroit deuiner. Car c'est icy comme vn mesnage tout nouueau, n'y en ayant rien que ce soit descript ailleurs, ny inseré dans les poësies et histoires anciennes: si que de là on ne peut tirer lumiere ny esclaircissement quelconque, dont on se sceust preualoir à en desduire la cognoissance; ains est vne sienne pure inuention secrette, à luy seul reseruée; & peut estre bastie en faueur de quelque grand seigneur de son temps, dont la notice n'en est pas arriuée iusques à nous: lequel faisant nourrir son enfant en vn lieu de plaisance, a pour le recréer fait dresser artificiellement à l'imitation de nature, vne marine dans certain lac ou estang; auec des isles parmy ainsi qu'en vn autre Archipel: l'une haut esleuée & munie de rochers & montagnes tout à l'enuiron; & fort reuestuë d'herbages, & de fleurs propres à nourrir des mouches à miel; l'une des parties de l'Agriculture: l'autre basse & platte, commode pour le labourage; auquel il fait interuenir vn Neptune comme l'autheur de toute fertilité et procreation, ainsi que nous auons dit cy deuant; l'autre my-partie d'eau, & de terre molle & marescageuse. L'autre au rebours toute regorgeante de feu ainsi qu'vn Mont-gibel ou Etna: où il y a quand & quand de l'or, & vn Dragon qui le garde; desdiée au surplus à Bacchus, auec vne grande quantité d'oiseaux, pour la friandise des raisins que le vignoble y produit tres-abondamment: dont la seule choüette en est bannie & forclose: des Pins, Sapins, & semblables arbres gommeux propres pour le nauigage; et force sauuagine repairant parmy. Des plongeons aussi, & autres maritimes oiseaux dans les ondes à l'enuiron. Plus vne autre isle encore qu'il nomme la Dorée, où il y a tout plein de beaux palais & edifices: & n'est là question que de ieux, riz & esbattemens; semée tout à l'entour d'infinies sources & fonteils d'eau bouillante; auec vn Protheus amphiuie; viuant c'est assauoir indifferemment en la terre & en

N n ij

l'eau, comme auſſi font ſes trouppeaux de Phoques ou veaux marins. Et ſina-
blement le manoir & demeure de ce petit Prince, qui eſt là nourry delicatement
en toutes ſortes de plaiſirs, recreations; & eſbats enfanins, que peut deſirer &
receuoir ce bas aage. Eſtimant quant à moy, que ce peuuent eſtre quelques belles
& importantes Allegories; en quoy il y auroit vn bien ample lieu pour s'eſbattre
& eſtendre à ſon aiſe: mais de peur d'eſtre trop ennuieux là deſſus, i'en lairray l'in-
terpretation aux autres, pour toucher les points qui le meriteront ſelon la lettre, apres
que nous vous aurons icy deſployé le tableau.

OVLEZ vous que nous diſcourions ſur ces Iſles, tout
ainſi que ſi nous eſtions icy dans quelque vaiſſeau
pour les nauiger à l'entour, en vne ſaiſon de la prime-
vere, lors que Zephire reſpirant de ſon gracieux ſoufflement reſioüyſt & eſgaye la mer? Mettez doncques
de voſtre bon gré la terre en oubly, & que tout cecy
vous ſemble eſtre mer: non toutesfois eſmeüe &
agitée de vagues impetueuſes, ne du tout calme &
tranquille nom-plus: ains nauigable, & comme
halenée de vents. Or nous voila embarquez, ne l'accordez vous pas ainſi?
Nous l'accordons de vray: faiſons voile. C'eſt icy vne fort grande & ſpacieuſe mer, comme vous voyez, & y a tout plein d'Iſles, non (par Iuppi-
Metelin,
Iambro,
Stalemine.
ter) que ce ſoiét ny Leſbos, ny Imbros, ou Lemnos, mais toutes en vn trouppeau, & petites comme quelques Hameaux, ou Bergeries, voire des baſſe-
cours de la mer. Quant à la premiere, elle eſt forte & inacceſſible, toute
couppée droit à plomb, & naturellement cloſe de murailles, dreſſant ſa plꝰ
haute cime* vers la marine eminente à l'entour: humide & baignée au reſte,
& nourriſſant grande quantité de mouches à miel, des fleurs qui croiſſent és
montagnes, dont il eſt bien raiſonnable que les Nereïdes cueillent auſſi leur
portion, quãd elles ioüent & s'ebanoient en la mer. L'autre Iſle qui ſuit puis-
apres eſtant platte-baſſe & d'vn bon terroüer, les peſcheurs & les laboureurs
l'habitent par-enſemble: frequentans vn meſme marché les vns & les autres,
où ceux-cy portent vendre ce que la terre leur produit: & ceux là ce qu'ils
peuuent prédre en la mer. Auſſi ont ils dreſſé ce Neptune à guiſe d'vn laboureur en vne charruë, & vn ioug de bœufs: luy attribuans ce qui leur prouient
du labourage. Mais afin qu'il ne paroiſſe du tout terreſtre, vne Prouë ou eſpe-
ron de nauire eſt enchaſſé dans la charruë, & il ſillonne la terre ny plus ny
moins que s'il nauigeoit. Les deux autres Iſlettes contiguës à celles cy ne ſouloient eſtre autrefois qu'vne ſeule, mais ayant eſté couppée d'vn bras de mer
par le milieu, elle fut diſtraitte en deux parts, à la largeur d'vne riuiere. Ce que
nous pouuons bien apperceuoir par la peinture, car les deux moitiez de l'Iſle
tranchée ſont ſemblables cóme vous voyez; & proportionnées fort exactement les parties creuſes aux eminentes. Tout pareil cas aduint autrefois en
Europe autour des Tempé de la Theſſalie; où les tremblemens de terre ayans
auſſi deſmembré vn aſſemblement de montagnes, en imprinerent les marques aux pieces & fragmens: & s'y voyent encore pour le iourd'huy les niches des pierres qui repreſentent les gros quartiers qui s'en atracherent, auec

* vers la mari-
ne] τϛαίρε (ἐν
ἀκτῆσιν ἑ Πο-
σειδῶνι, qui void
& deſcouure
tout. Il faut en-
tendre qu'à la
cime de ceter-
tre il y auroit vn
temple de Ne-
ptune, comme
il dit qu'ẽ l'au-
tre Iſle qui ſuit
on a dreſſé vne
ſtatuë du meſ-
me Neptune.

vn Canton de foreſt, tout autant qu'on peut eſtimer que la routture des mõ-
tagnes en amena quand & ſoy à bas; car les giſtes & foſſes des arbres y ſont
demeurées iuſqu'à cette heure. Eſtimons doncques l'accident ſuruenu à cette Iſle eſtre de meſme. Mais il y a vn pont ſi propremẽt eſtably en ce deſtroit
de mer, qu'il ſemble que des deux ce ne ſoit qu'vne ſeule : la moitié duquel
pont eſt nauigable : par l'autre paſſent les harnois. Car vous voyez bien là
ceux qui vont & viennent, comme les vns ſont pietons, & les autres bar-
querols. Or de la prochaine Iſle croyons que c'eſt vne merueilleuſe beſongne: parce que le feu s'eſtant allumé dans les veines & conduits de la terre,
l'embraſe toute, par leſquels ny plus ny moins que par des tuyaux la flamme
venãt à perſer, produit des flots & bouïllons fort horribles & eſpouuẽtables
dont ſe viennent à eſcouller de gros torrents de feu, qui ſe deſchargent impetueuſement en la mer. Que ſi quelqu'vn veut philoſopher là deſſus, l'Iſle laquelle fournit abondamment vne maniere de bitume & de ſouphre, venant
à eſtre minée au deſſoubs par les ondes, s'enflamme au moyen des gãdes vapeurs qui irritent la matiere, les attirant de la mer. Mais la peinture ſe confor-
mãt à ce que les Poëtes en dient, attribuë vne fable à cette Iſle: aſſauoir qu'vn
geant y fut jadis enfoncé de ſon long, lequel eſtant trop dur à mourir, on luy
accabla l'Iſle au deſſus à guiſe d'vne priſon : ce neantmoins il ne ſe rend pas
encore, mais eſtant là renfermé deſſoubs terre, ſe demeine & conteſte touſiours : * & menace encore de reſpirer ce feu là. On dit qu'en la Sicile Typhõ
s'efforce de faire le meſme : & Enceladus en cette Italie, leſquels n'eſtans du
tout treſpaſſez, ains trauaillans ſans ceſſe aux abbois de la mort, ſont ainſi op-
preſſez de la terre-ferme, & des Iſles. Il eſt en vous maintenant ſi vous venez
à ietter l'œil ſur le haut de cette montagne, d'eſtimer que vous n'eſtes pas
gueres loing d'vne groſſe meſlée & combat. Car ce qui ſe voit là eſt vn Iuppiter dardant ſes foudres contre le geant, lequel n'en peut plus deſormais.
Neantmoins il a quelque eſperance encore à la terre; mais elle eſt par trop
laſſe & trauaillée, Neptune ne luy donnant le loiſir de demeurer ferme. Le
peintre au ſurplus leur a eſpandu à l'entour vn brouillas eſpoix, pour faire
pluſtoſt reſſembler tout cecy à des choſes deſia paſſées, & faictes de longue-
main, qu'à ce que l'on execute meſme. Or cette montagnette icy nauigable
en tout ſon circuit eſt habitée d'vn Dragon, gardien à ma fantaſie d'vn threſor enfoüy dedans terre. Car on dit que ce beſtial eſt fort grand amateur de
l'or; & que de tout ce qu'il en apperçoit, il s'affectionne outre meſure, & le
couue: de maniere que la toiſon en Colchos, & les pommes des Heſperides,
pource qu'elles paroiſſent eſtre de ceſte eſtoffe, eſtoient continuellement
gardées par deux Dragons qui iamais ne dormoient; ſe les appropriãs à
eux. Celuy-là meſme de Pallas, lequel fait encore ſa reſidence au Chaſteau,
me ſemble aimer le peuple d'Athenes à cauſe de l'or dont ils faiſoient des Cigales, pour l'ornement de leurs chefs. Au moyen dequoy cetui-cy eſt pareillement d'or; & tire la reſte hors de ſa taſniere; ayant peur (comme ie
croy) qu'on ne luy vueille embler ce threſor. Mais l'Iſle toute ombragée &
couuerte de lyerre, de liſet, & de vignes, ſe dit eſtre conſacrée à Dionyſus;
qui en eſt abſent pour cette heure, en quelque part de terre-ferme occupé à ſes Bacchanales; ayant laiſſé la charge à Silenus des myſteres qui ſont

* & menace] vn tel. Il dit auſſi d'vn à l'autre, & deſigne ce feu là auec menaces. L'autre geãt appelé Typhõ & nõ pas Typhõ, qui eſt le nom de ceſt geãt canemu d'Ou...

en ce lieu, où l'on peut voir des cymbales à la renuerſe, & les grandes couppes d'or pieds contremont, & les fluttes encore tiedes : les tabourins auſſi
giſans là ſans mot dire : & les peaux des Cerfs & des Dains, que Zephire ſemble ſouſleuer hors de terre. Des ſix ſerpens quand & quãd, ceux-cy s'étortil-
lent aux Thyrſes, & ceux-là ſont tous aſſommez de vin, à ce que d'iceux endormis l'on en puiſſe ceindre les Bacchantes. Ces grappes d'autre-part s'enflent & rebondiſſent : & celles que voila ſont deſia tournées : les autres ne
ſont qu'en verjuz (ce ſemble) & les autres fleuriſſent encore : Dionyſus diſ-
poſant ſi bien les ſaiſons, qu'il peut faire en tout temps vendanges. Et ſi les raiſins ſont ſi druz, & en telle abondance, qu'ils pendillent du bout des rochers,
& s'aduancent iuſques en la mer : tellement que la volatille tant maritime
que terreſtre, les peut becqueter à ſon aiſe. Car Dionyſus abandonne in-
differemmẽt la vigne à toutes ſortes d'oiſeaux, horſmis la Choüette, laquelle
ſeule il chaſſe & forcloſt des raiſins, pourautant qu'elle rẽd le vin odieux aux
mortels. Car ſi vn ieune enfant mange vne fois de ſes œufs, il le-hay ra toute ſa
vie : & non ſeulement n'en pourroit pas boire, ains abhorreroit encore l'haleine de ceux qui en auroient tãt ſoit peu taſté. Eſtes-voꝰ bien ſi aſſeurez que
vous ne craigniez point ce Silene concierge de l'Iſle, yure tout à fait, & qui
ſe veut ioüer à la Bacchante ? Mais elle ne le daigne pas ſeulement regarder,
car eſtant amoureuſe de Dionyſus, elle ne penſe à autre choſe qu'à luy : elle
l'imprime en ſa penſée, & le contemple tout abſent qu'il eſt. De fait la mine
& action de ſes yeux eſt fort attentiue, mais non pas ſans quelque ſollicitude
amoureuſe. La nature au ſurplus en amoncelant ces montagnes, a rendu l'I-
ſle fort couuerte d'arbres; aſſauoir * de Pins hauts & droits, de Sapins, Cheſnes, & Cedres : car ils ſont tous icy faits au naturel chacun ſelon ſa forme
& reſſemblance. Mais en quel'endroit ou recoin de l'Iſle les beſtes ſauuages
conuerſent le plus volontiers, les chaſſeurs des Sangliers & des Cerfs le ſçauent fort bien requeſter, leurs preſentans quand ils les rencontrent les eſ-
pieux au deuant, quelques vns l'arc & les fleſches ; des eſpées auſſi, & maſ-
ſuës qu'ils portent : les plus hardis les combattent de prés. Il y a quand &
quand des filandres, & des toilles tenduës à trauers la foreſt : les vnes pour
bricoller les beſtes dedans : les autres pour les y enuelopper & enclorre : les
autres pour ſeruir de defenſes, & les abbreger à l'accours. Car en voicy deſia
qui ſont priſes, & d'autres encore aux abbois, celles ſi ont culbuté celuy
qui les cuidoit enferrer, mais tout le bras de cette ieuneſſe eſt deſployé en
action : & les chiens auec les perſonnes hauſſent leurs voix, afin qu'on die
qu'Echo auſſi ſoit hors des gonds en cette chaſſe auecques eux. Voicy d'vn
autre coſté de fort grands abatteurs de bois, qui degradent cette fuſtaye, iet-
tãs les arbres à bas. Cettui-cy hauſſe la coignée : l'autre a deſia ramené le coup,
celuy là eſguiſe la ſienne deſia toute rebouſchée à force de frapper. En voila vn qui guigne vn Sapin, pour voir s'il en pourra faire commodément
vn maſt de nauire : l'autre couppe des ieunes arbres les plus droits pour
employer à des auirons. Cette roche puis-apres, & ce rocher couppé tout
droit en precipice : & la volée de plongeons, & l'oyſeau qui eſt au milieu,
ſont peints icy par vne telle conſideration. Les hommes chaſſent aux plongeons, non certes pour l'amour de leur chair, car elle eſt noiraſtre &

mal-ſaine.

* de Pins hauts] χλωρᾶς τε ἐλάτης & μελάμφυλ- λας. aſſauoir de Cyprez hauts & droits, de Peſ- ſes, de Sapins. Le traducteur La- tin auoit ob- misles Cyprez, & tourné μελάμφυλλας procera. Or pro- premẽt πεύκη c'eſt vn Pin ſauuage, dont deſcoule la poix-reſine. Les François l'appellent Peſſe.

mal-faine, & fi n'eft point de bon gouft à ceux mefmes qui auroient faim; mais le ventre en eft propre à la medecine , & conforte l'eftomac à ceux qui en vfent , les rendans legers & difpofts : & comme cette volatille foit d'vne nature fort profond-endormie , bien aifée par ce moyen à prendre au feu, car on les va efbloüyr la nuict à tout des brandons allumez , ils appellent l'oyfeau Ceyx en portion de leur pefcherie, afin qu'il foit garde d'eux , & face le guet au-deuant. Ce Ceyx cy eft auffi vn oyfeau marin fort fobre & de petite vie, comme pareffeux & imbecille à fe paiftre qu'il eft; mais en recompenfe refiftant au fommeil fur tous autres, & qui dort peu : au moyen dequoy il leur loüe fes yeux. Et quand les plongeons vont au pourchas, cettui-cy demeure au rocher pour garder le logis : les au-tres retournans fur le foir, luy apportent la dixme de toute leur proye : puis fe mettent à repofer en toute feureté autour de luy, qui ce-pendant ne dort en aucune forte : & ne fe lairra abbattre au fommeil, s'ils ne le veulent & confentent. Que s'il fent tant foit peu arriuer de fraude & circonuention, il s'efcrie haut & clair, & eux s'efleuent à ce fignal, & s'enfuyent : fouftenans leur tuteur & curateur, fi d'aduanture il fe laffe en vollant. De faict le voila qu'il faict la garde tout autour des plongeons de cofté & d'autre, reffem-blant à vn Protée au milieu de fes veaux marins, ce-pendant qu'il eft par-my fes oyfeaux : mais quant à ce qu'il ne s'endort nullement, il le furmonte en cela. Nous fommes donc-ques abordez en cette Ifle, dont ie ne fçay point autrement le nom : neantmoins elle fera appellée de moy l'Ifle d'Or, (fi les Poëtes n'ont en vain excogité ce furnom) la belle & admirable à vn cha-cun. Car elle a efté eftablie toute propre à loger de petits trains, & cours de Princes; d'autant que perfonne ne labourera pas icy, ny ne fera les vignes: eftant par tout couuerte de fontenils, partie de belle eau claire & fraifche, partie de chaude & boüillante : dont elle vient à eftre fi deftrempée, qu'elle en inonde iufques dedans la mer. Et les gros flots & boüillons des fources parmy lefquelles cette Ifle eft affife, s'efpandent à trauers, tout ainfi que d'vn chauderon fur le feu, duquel l'eau s'eflance & reiallit contremont. Mais fi la merueille de la naiffance de ces fontaines doit eftre rapportée ou au terroüer, ou à la mer, ce Protée le decidera : car il vient tout exprez pour donner fon iugement là deffus. Confiderons maintenant quelle partie de l'Ifle eft habitée, car voicy l'effigie d'vne belle & magnifique cité, qui eft baftie à la grandeur & capacité d'vne maifon, là où vn enfant Royal eft nourry, & a cette demeure pour fa recreation : y ayant des Theatres dref-fez tout exprez, autant fpacieux comme il faut pour le tenir luy, fes pages, & enfans d'honneur, à ioüer au cheual fondu : & vne carriere pareillement proportionnée à la courfe de fes petits chienets, dont il fe fert en lieu de che-uaux, les tenant attellez aux timons & chariot, duquel ces Singes cy ont la conduitte, comme ceux que l'enfant eftime fes plus fauoris & fideles miniftres. Le Lieure en apres, qui ne fut à mon aduis introduit que le iour-d'hyer, eft mené ainfi qu'vn leurier en laiffe de foye cramoifie : mais il fe fafche d'eftre attaché, & à l'aide des pattes de deuant s'efforce d'e-uader des liens. Il y a vn Perroquet auffi, & vne Pie, qui fe defgoifent en cette Ifle à guife de Sereines, dans vne maifonnette tiffuë d'ofier : cette-

Nn iiij

cy gazoüillant tout ce qu'elle sçait : & l'autre , tout ce qu'il peut apprendre.

ANNOTATION.

AVSSI *ont-ils dreßé ce Neptune comme vn Laboureur en vne charuë & vn ioug de bœufs.* Phornutus (comme nous auons desia allegué cy-deuant) dit que cet Epithete de Φυτάλμιος est attribué à Neptune, de ce que l'humidité introduite en la substance de la terre, est cause entierement de la naissance de tout ce qui se produit en icelle. Il faut doncques que cet humidité vienne de la mer , puis qu'elle est attribuée à Neptune par cet Epithete; qui est neantmoins commun encores à Iuppiter à cause de la pluye & autres impreßions qui se forment en l'air; la substance desquelles prouient de la mer, d'où les rays du Soleil l'attirent & esseuent iusques à la moyenne region. Car comme dit le mesme Phornutus vn peu apres, *l'humidité de la mer a vne faculté & puißance partie vtile,partie nuisible.* L'vtile est la substance douce d'icelle,la nuisible l'amere & salée, ce-pendant qu'elle demeure en sa salsature fixe: car par les digestions en la terre, elle se conuertit finablement en vne douceur nutritiue, suiuant ce que dit Hermes, & toute la trouppe des Philosophes Chimiques apres luy, *Ponderosum alleuia; asperum lenisica, amarum dulcisica.* Car la mer ne produit rien ny ne nourrit, selon Aristote; ains le gras, onctueux, & doux. A cecy se conforme ce que met Fulgentius au chapitre de Neptune. *Tridentem verò ob hanc rem ferre pingitur , quòd aquarum natura triplici virtute fungatur, liquida, fœcunda, & potabili.* Mais le dessus-dict Phornutus applique bien mieux le trident au propos dont il est icy question , disant au mesme endroit. *Neptune porte le trident , ou pouuce qu'on en vse à prendre le poisson, ou pour ce que c'est vn instrument fort à propos pour remuer la terre.* Alleguant ces versicy du treizieme de l'Iliade, ἀλλὰ Ποσιδάων γαιήοχος, ἐννοσίγαιος· & du vingtieme.

ἐδδεισεν δ᾽ ὑπένερθεν ἄναξ ἐνέρων Ἀιδονεὺς,
δείσας δ᾽ ἐκ θρόνου ἆλτο, καὶ ἴαχε, μὴ οἱ ὕπερθε
γαῖαν ἀναῤῥήξειε Ποσειδάων ἐνοσίχθων.

Que Pluton eut belles hasties craignant que Neptune voulust entamer , rompre, & ouurir la terre au dessus de luy. Qui sont toutes choses appropriées à l'agriculture. Et c'est pourquoy Philostrate le descritcy laboureur. Ce qui ne se trouue gueres si expressement ailleurs que ie sçache.

LES DEVX *autres Isles contiguës à cette-cy , ne souloient estre autres-fois qu'vne seule.* Cecy semble se rapporter aucunement à ce que dit Strabon vers la fin du dixiesme liure , de l'Isle de Nisyros l'vne des Sporades en la mer Egée: qu'elle fut autres-fois separée de celle de Coos (car elles ne souloient estre qu'vne seule) & allegue la dessus vne fable; que Neptune poursuiuant vn Geant nommé Polybotes , arracha à tout son trident , vn gros quartier de ladite Isle de Coos pour ietter apres; dont il l'accabla , & demeura enfoncé dessoubs cette partie d'Isle , qui fut depuis appelée Nisyros par vn diminutif, comme qui diroit Islette.

OR DE LA *prochaine Isle , croyons que c'est vne merueilleuse besongne, par ce que le feu s'estant allumé dedans les veines & conduits de la terre,&c.* Il descript icy vne Isle entre les autres, regorgeant le feu comme faict le mont Ethna en Sicile, ou le Vesuue en la terre de Labour. Et tout premierement quand à la cause de cette inflammation qu'il resere icy aux esprits & vapeurs prouenans de la mer, qui attirent la matiere propre à s'embraser, Phornutus au lieu allegué cy-dessus, pour le regard des tremblemens de terre, dit presque le mesme que faict icy Philostrate. *Qu'il ne s'engendrent d'autre chose, sinon que quand les veines & conduits de la terre viennent à conceuoir les regorgemens de la mer, & des autres eaux, les esprits qui se y retrouuent contraincts & serrez là dedans , s'efforçans de sortir hors en liberté , ont accoustumé de faire là deßus vn fort grand bruit & tumulte , esbranler & rompre la terre le plus souuent , auecques vn muglement hideux & espouuantable.* Au moyen dequoy Neptune auroit en ces surnoms icy par les Poëtes, ἐννοσίγαιος, ἐνοσίχθων, σεισίχθων, ἐνελίχθων, μαχανεργαίας, & semblables.

AV REGARD de Typhon, dont il est parlé puis-apres , & d'Enceladus auſſi, les Poëtes feignent celuy là auoir esté fils du Tartare ou abysme, & de la terre; & pere de la Gorgone, Hydre, Dragon des Hesperides, & de Colchos, Cerberus, Sphinx, Scylla, Chimere; ensemble de toutes les autres choses plus monstrueuses, dommageables & nuisibles. Luy mesme encore plus hideux & espouuantable , comme celuy qui auoit cent testes de Dragons horribles. Tellement qu'il se voulut attacher à Iuppiter & luy faire la guerre; mais il l'extermina d'vn coup de foudre , & ietta encores au dessus du corps qui brusloit, le mont d'Ethna en Sicile, lequel brusle iusques

PHORNVTVS.

iusques au iourd'huy. Pindare en la premiere Pythienne, touche tout cecy tres-elegamment en cette sorte.

> ὅς᾽ ἐν αἰνᾷ ταρτάρῳ κεῖ-
> ται θεῶν πολέμιος,
> τυφὼς ἐκατογκεφαλος, τὸν ποτε
> κιλίκιον θρέψε πολυώ-
> νυμον αὶ ἐν, &c.

Ce capital des Dieux ennemy Typhoeus aux cent testes, qui gist là bas au fonds horrible de l'enfer, & fut nourry autresfois en vne cauerne de grand renom en la Cilicie; mais à cette heure les riuages bornans la mer d'au-deffus de Cumes & la Sicile compreffent fa poitrine houffuë: & la neigeufe montagne d'Ethna, l'vne des co-lomnes du ciel, le ferre & eftreint en tout temps, mere nourriffiere des neiges poignantes; des plus profonds creux de laquelle fe degorget de viues fources de feu tres-pur, dont les ruiffeaux effandēt fur iour de gros tour-billons de fumée noir'-effoiffe; mais à l'obfcurité de la nuict, la flamme de couleur orangée fe tourne-bouillant iette les pierres au bas en la plage, auecques vn bruit trop effo_uantable. De forte que ce Vulcan cy bourfouffle en contremont de gros bouillons & canaux embrafez. Chofe fort eftrange à voir, & merueilleufe à ouyr ra-compter à ceux qui ont paffé là aupres, de quelle maniere le geant eft lié-garoté au haut, & au bas de cette montagne ombragée d'arbres: & que fa dure couche luy ferrat toute l'efchine enfermée deffoubs, l'efpoinçon-ne & le preffe. Voila en fubftance ce lieu de Pindare, que Virgile a voulu imiter ou pluftoft tra-duire, mais improprement (ce dit le Philofophe Phauorin dans le dix-fepticfme des nuits At-tiques d'Aulugelle, chapitre dixiefme) ayant meflé & confondu indifferemment le iour & la nuict l'vn pour l'autre, ce-pendant qu'il s'eftudie de trouuer des mots refonnans & nombreux pour remplir la bouche, en cette forte au troiziefme de l'Eneide.

> Fortis ab acceffu ventorum immotus, & ingens
> Ipfe, fed horrificis iuxta tonat Aetna ruinis,
> Interdúmque atram prorumpit ad æthera nubem,
> Turbine fumantem piceo, & candente fauilla,
> Attollítque globos flammarum, & fydera lambit.
> Interdum fcopulos, auulfáque vifcera montis
> Erigit eructans, liquefactáque faxa fub auras
> Cum gemitu glomerat, fundóque exæftuat imo.

De cecy le iugement en foit par deuers les plus doctes: mais quelques vns, nō à reietter, trouuent cette autre defcription fur le mefme fubiect au cinquiefme de la Metamorphofe, fi bien non du tout d'vne telle maiefté de vers, ne d'vne ftructure auffi magnifique & hautaine, à tout le moins fort elegamment exprimée & defduite, & fe conformant beaucoup plus felon la nature.

> Vafta Giganteis iniecta eft infula membris
> Trinacris, & magnis fubiectum molibus vrget
> Aethereas aufum fperare Typhoea fedes,
> Nititur ille quidem, tentátque refurgere fæpe,
> Dextra fed Aufonio manus eft fubiecta Peloro,
> Læua Pachyne tibi, Lilybæo crura premuntur:
> Degrauat Aetna caput, fub qua refupinus arenas
> Eiectat, flammámque fero vomit ore Typhoeus.
> Sæpe remolliri luctatur pondera terræ,
> Oppidáque, & magnos denoluere corpore montes.
> Inde tremit tellus, & rex pauet ipfe filentum,
> Ne pateat, latóque folum retegatur hiatu,
> Immiffúfque dies trepidantes terreat vmbras.

Lefquels trois derniers carmes font prefque pris de mot à mot, de ceux que nous auons amené cy-deffus du vingtiefme de l'Iliade. Valerius Flaccus auffi, au fecond de fes Argonautes ne s'eft pas trop impertinemment esbatu là deffus.

> Scopulis fed maximus illis
> Hortor abeft Sicula preffus tellure Typhoeus,
> Hunc profugum, & faxas reuomentem pectore flammas
> (Vt memorant) prenfum ipfe comis Neptunum in altum
> Abftulit, implicuítque vadis; totiéfque cruenta
> Mole refurgentem, torquentémque vnguibus vndas
> Sicanium dedit vfque fretum; cúmque vrbibus Aetnam
> Intulit ora premens: trux ille eiectat adefi
> Fundamenta iugi: pariter tunc omnis anhelat
> Trinacria, iniectam feffo dùm pectore molem

Commouet expirans, gemitúque reponit inani.

Les Poëtes se ioüent ainsi sur ce Typhon. Mais Strabon és cinquiesme, douziesme, treiziesme & seiziesme de sa Geographie, applique cecy à vne histoire d'vn serpent, lequel cherchant quelque cachette dedans terre pour se garantir de la foudre, en fut frappé. Et comme il rendoit les abbois, se demena de telle sorte qu'il ouurit le terrein, dont sourdit vne fontaine & riuiere appellée Orontes. Stephanus au liure des villes, dit que ce fut en la Celosyrie, prés vn lieu appellé Arima. Mais Virgile au neufiesme de l'Eneide, tire cela à vn tremblement, qui d'vne montagne estant en l'Isle d'Inarimé, produit vne autre Isle, comme tesmoigne Pline au troiziesme liure, chapitre sixiesme, appellée encore pour le iourd'huy *Ischia* pres de Naples; soubs laquelle (comme il dit) est renfermé le Geant Typhon ou Typhoeus. Ce qu'il a pris (mais transchangé aucunement) du second de l'Iliade, où il y a ainsi.

γαῖα δ᾿ ὑπεστοναχιζε, Διὶ ὡς τερπικεραύνῳ
χωομένῳ, ὅτε τ᾿ ἀμφὶ Τυφωί γαῖαν ἱμάσση
εἰν ᾿Αρίμοις, ὅθι φασὶ Τυφωέος ἔμμεναι εὐνάς.

La terre gemissoit là dessoubs, tout ainsi que Iuppiter le foudroyant quand il est conrroucé, bat le territoire des Arimes, où l'on dit qu'est le giste de Typhoeus. Et de cecy n'est pas fort distant ce qui se lit au vingt-sixiesme de Iob. *Ecce gygantes gemunt sub aquis.* Aristote en ses Meteores le prend pour vn impetueux tourbillon de vents, tel que celuy qui autrefois renuersa sans dessus dessoubs le sanctuaire de Delphes; ainsi que dit Plutarque à la fin du traicté *des faces apparoissantes dans le rond de la Lune.* Les autres pour vne exhalation chaude & seiche; car par tout où l'on void de nuict les montagnes ardoir, les Poëtes feignent là estre inhumez des Geans ou Typhons: ladicte exhalation prouenant du dedans de la terre, où sont les sulphureitez renclose s, cause & maintenement de ces flamboyantes ardeurs: ce que le mot de τύφω signifie. Le mesme Plutarque au traicté *d'Osiris*, parle d'vn autre Typhon, surquoy auecques Orus & Isis, tous les mysteres de l'ancienne Theologie d'Egypte, estoient fondez: prenans Osiris pour le bien, ou le bon principe, & Typhon pour le mauuais, dommageable & nuisant. Celuy-là pour la chaleur moitte aërée, naturelle, accompagnée d'vne humidité viuifiante: celuy-cy pour vn exterminateur d'icelle, pour la conflagration, embrasement, ardeur estrange & extraordinaire, qui à guise de fieure desseiche, consomme & tarit la substance du germe generatif, dont tout indiuidu est procréé & maintenu. Osiris la pluye, la substance douce de l'eau de la mer, Typhon la terre, la saumeure, les tenebres & la mort. Mais ce seroit chose trop longue & ennuyeuse de parcourir tous ces Enigmes & Allegories, qui meriteroient vn traicté à part. Orphée au reste le prend pour Pluton en ses Hymnes, *Habitant* (comme il dit) *la maison soubsterraine, & l'ombrageuse campagne de l'aueugle abysme, destitué de toute lumiere. Le terrien Iuppiter, qui possede les pourpris & clostures de toute la terre à luy escheüen partage au sort; Reyne de toutes choses, le marche-pied des immortels, & le siege & demeure ferm'asseurée de leurs creatures exposées à la mort. Qui a estably son throsne soubs le lieu tenebreux d'vn long-estendu chemin infatigable, priué de tout esprit de vie. L'incogneu enfer, & le sombr'-obscur Acheron, possedant les plus profondes racines de la terre, & qui domine sur les mortels, pour raison de la mort, &c.*

ORPHÉE

ὦ τὸν ὑποχθόνιον ναίων δόμον ὀσσερμόθυμε,
ταρτάρεον λειμῶνα βαθύσκιον, ἠδὲ λιπαυγῆ.

ἔγ᾿ ρδῶνε σκηπτοῦχε, τὰ δ᾿ ἱερᾷ δέξο προθύμως
πλούτωνος κατέχεις γαίης κληῖδας ἁπάσης, &c.

Ce que donc Orphée appelle *Typhon*, est enuers les Cabalistiques *Zamaël*; & à Paracelse son Archée, c'est à dire (comme il l'interprete) la chaleur ou vertu de nature agissante dans les entrailles de la terre, sur la matiere vniuerselle esgallement appropriée a tous les trois genres, mineraux, vegetaux, animaux, tous dependans du sel primitif; laquelle sans la chaleur, qui la meut à generation ne sçauroit rien produire de soy: *Sublato enim calore* (dit Alphidius) *nullus penitus fit motus.* Ce Philosophe icy moderne (Theophraste Paracelse) en si grand bruit & predicament pour cette heure enuers tous, & non sans raison, s'il estoit bien entendu, car autrement plusieurs s'y pourroient bien aheurter, & morfondre; a mis trois principes materiaux de tous corps composez, sel, souphre, & mercure; comme nous auons desia assez dit ailleurs: mais non pas de son inuention; car Raymond Lulle en plusieurs endroicts de son testament en a faict mention toute ouuerte; lequel a esté plus de deux cens ans deuant luy; & vn Anglois encores nommé Rauerius en ses Aphorismes, qui a esté vn peu apres iceluy Raymond Lulle. Plus celuy qui a faict le traicté en ryme, de la fontaine des amoureux: auecques plusieurs autres. Tellement que Paracelse n'a pas esté le premier autheur de cette Philosophie, ains l'a seulement illustrée. Il met aussi autres trois principes formels, qui se rapportent aux trois freres, dont parle Orphée en cet Hymne icy de Typhon, & en tout plein d'autres; lesquels partagerent l'Empire de l'vniuers entr'-
eux:

eux : aſçauoir Iuppiter, Neptune, & Pluton : & les repreſente par Arez, Iliaſte, & Archée, le tout ſuiuant la Cabale : combien que les noms ſoient changez, mais la choſe eſt preſqu'vne meſme. Car en traictant des emanations diuines, & de leurs numerations & intelligences, les Mecubales Hebrieux mettent en premier lieu comme vn centre & fondement, le nom du grand DIEV, que les Gentils appellent la premiere cauſe, & le PREMIER ENS. Nous autres Chreſtiens, le Pere ; & eux EHELE ; qui ſignifie le meſme ENS ; comme il eſt dit au troiſieſme chapitre d'Exode, quand Moyſe arraiſonne ainſi Dieu. *Si les enfans d'Iſrael me demandent (Seigneur) quel eſt le nom de ce Dieu de leurs peres ; que leur diray-ie ? Dieu luy reſpond,* IE SVIS CELVY QVI SVIS. La numeration de ce tres-ſainct ſacré nom eſt CETHER, c'eſt à dire couronne, qui ſe couile & communique à toutes ſes creatures par l'ordre des Seraphins, ou ce que les Hebrieux appellent Haioth Hacadoch, *les animaux de ſainćteté* ; & ſon intelligence *Metattron* ou le *Prince des faces*. Le ſecond nom de Dieu, ou la premiere emanation d'iceluy, eſt *Iod* : le Iuppiter des Gentils ; à nous ſon fils primogenite, ɿɿɿ. Dont la numeration eſt *Hochma, Sapience*. C'eſt le diſpoſiteur & diſpenſateur de toute nature ; qui arrange & ordonne toutes choſes chacune en ſon eſpece particuliere ; leur donne l'eſtre, la vie, & maintenant ; le diuin receptacle de toutes Idees & formes ; lequel ſe coule & communique par l'ordre des Cherubins, ou *Ophanim* (comme l'appellent les Hebrieux) au ciel Empyrée, & de là par les ſept ſpheres des eſtoiles errantes, icy bas au monde elementaire, faiſant diſtinction particuliere des Creatures par ſon intelligence *Raziel*, que Paracelſe appelle *Ares*, comme qui diroit vertueux & puiſſant, de grande efficace. Voila ce qui eſt de la Diuinité là haut : ce qui eſt puis-apres icy bas eſt party aux deux autres freres ; à ſçauoir Neptune, que Paracelſe nomme *Iliaſte* ; celuy qui adminiſtre & fournit de matiere propre a generation, ainſi que nous auons deſia dit cy-deuant, au tableau de la Theſſalie : le mot de ſoy l'emporte qui ſignifie materiaux. Et Pluton eſt en lieu d'inſtrument qui la digere & parfaićt iuſques à l'entier accompliſſement de ſa forme & eſpece determinée. C'eſt la chaleur naturelle encloſe dans les entrailles de la terre, autrement Typhon à Orphée, & l'Archée ou ouurier de Paracelſe.

STRABON.
AV MOYEN *des grandes vapeurs qui irritent la matiere les attirant de la mer.* Strabon parlant d'Etna, en la deſcription de Sicile au ſixieſme liure, dit preſque le meſme. *L'obſeruation nous faićt foy que ces reſpirations de flammes, tant là qu'en Etna, ſe rengregent par le moyen des vents ; & qu'elles ceſſent auecques eux, quand ils viennent à s'abbaiſſer. Car les vents naiſſent de meſme, & ſe renforcent prenans leur commencement des exhalations d'vne matiere à eux familiere & conforme : & le ſeu par vn ſemblable euenement renforce l'admiration de ceux qui ont veu ces choſes icy autre-part.*

LE DRAGON *meſme de Pallas, lequel faićt encores ſa reſidence au chaſteau, me ſemble aimer le peuple d'Athenes, pour raiſon de l'or dont ils ſaiſoient des Cigales pour l'ornement de leurs chefs.* Les Atheniens auoient anciennement de couſtume de porter des Cigales d'orfeuerie en leur cheuelleure pour l'ornement & decoration d'icelle, ainſi que dit Lucian en ſon Carraquon. *Tous les ieunes*

LVCIAN.
enfans d'Egypte qui ſont de franche condition, ont accouſtumé de porter leurs cheueux treſſez & cordonnez par derriere, iuſques à ce qu'ils viennent en adoleſcence ; ainſi que iadis ceux du bourg de Pallené en l'Attique ; auſquels il ſembloit ſeoir fo, t bien d'entretenir vne belle grande perruque, eſtans meſmes bien auant ſur l'aage, treſſée auecques des rub ns d'or & d'argent, qui ſe venoient rendre & recueillir à vne Cigale d'Orfeuerie. Mais c'eſt apres Thucydide, qui tout au commencement de ſon Hiſtoire appelle les Atheniens Τεττιγοφόρας, c'eſt à dire Porte-Cigales ; & dit cela auoir eſté inſtitué pour faire diſtinction de ceux de franche & libre condition, qui eſtoient auecques eſce naturels & originaires du pays d'Attique, d'auecques les eſclaues, & les eſtrangers : pour ce que les Cigales ne ſont point paſſageres, & ne viennent iamais d'ailleurs ; mais naiſſent, viuent & meurent en vn meſme lieu. A propos dequoy Ariſtophane en les Nuées auroit dit cecy. Ἀρχαῖα γε καὶ πολυώδη, καὶ τεττίγων ἀνάμεςα. *Tu chantes de vieux airs, tous remplis de Cigales.* Et de là ſeroit venu le Prouerbe, τεττίγων ἀνάμεςα, *connerts de Cigales,* dont on vſoit enuers les glorieux fols, qui vouloient donner vogue & credit de recheſ à des vieilles manieres de parler u de faire, deſia paſſées & hors d'vſage. Les autres veulent tirer cela aux delices ; comme Elian au quatrieſme liure de la diuerſe hiſtoi-

ELIAN.
re, où il dit ainſi. *Les Atheniens iadis ſouloient porter des robbes de pourpre, & diuerſes manieres de iuppes par le d ſſoubs ; recueillir auſſi leurs cheueux auecques des rubens & des coiffes d'or & d'argent, & tout le viſage garny à l'entour de Cigales d'or, auecques autres tels enrichiſſemens fols, qui vouloient donner vogue & credit de recheſ à des vieilles manieres de parler, u de faire, deſia paſſées & hors d'vſage. Dauantage par tout où ils alloient, les ſuiuoient des pages & laqnais portans des chaires qui ſe plioient, afin de n'eſtre point contrainćts de s'aſſeoir mal à leur aiſe, en quelque part qu'ils ſe trouuaſſent : eſtant bien certain qu'au manger & tout le reſte de leur viure, ils ont eſté merueilleuſement delicats ; ſur tous autres. Neantmoins eſtans tels, ils ne laiſſerent de gaigner la bataille de Marathon.* Homere auſſi faićt mention (ce dit Pline au trente-troiſieſme liure, chapitre premier) de quelques-vns qui entortilloient de l'or à leurs cheueux. *Eſt quidem apud eundem Homerum virorum crinibus aurum implexum. Ideò neſcio an prior vſus à fœminis caperit.* Ce que i'eſtime eſtre ce qu'il dit à la fin du ſecond de l'Iliade.

Νάσης Ἀμφίμαχος τε, Νομίονος ἀγλαά τέκνα,
ὅς ἓ χρυσὸν ἔχων πόλεμονδ' ίεν ἡύτε κούρη.

Les autres referent ces Cigales, & les interpretent au babil & causerie superabondante qui estoit esdicts Atheniens: dont Tzezes en la 301. histoire de la dixiesme Chiliade, a ainsi parlé à ce propos.

κ̀ ὅτι λάλοι τέτλιγες, κꞷπάδηλον τοῖς πᾶσιν·
οἱ ἀττικοὶ ὁμοίως ἣ πάλιν τῶν μαγηγόρων,
λάκωνες βραχυλόγοι δὲ τούτοις ἀπεναντίως.

Que les Cigales soient grandes babillardes, cela est clair à tout le monde. Les Attiques le sont aussi, qui haranguent fort longuement; & au contraire les Lacedemoniens de peu de paroles.

A ce que de ces serpens endormis l'on en puisse ceindre les Bacchantes. Nous en auons parlé cy-deuant en tout plein d'endroicts; mais ie me ressouuiens d'en auoir veu encores cecy quelque part dans ledit Tzezes. *Que ces Bacchantes estoient certaines femmes comme insensées & esprises de fureur, dediées aux sacrifices & ministeres de Bacchus; lesquelles conuersans ordinairement dans les montaignes, les profondes forests, & autres semblables lieux solitaires & deuoyez auecques luy, faisoient vn merueilleux tintamarre & sabbat, auecques des choses presque incroyables. Car elles menoient des Lions, Pantheres, Onces & Leopards en laisse, tout ainsi que quelques leuriers d'atache; mangeoient la chair crüe, & frappans la terre (quand elles auoient soif) à tout des thirses ou iauelots bardez de lyerre & de couleurres, faisoient par tout où bon leur sembloit, sourdre des fontaines de laict, de miel, & de vin. Auoient aussi des serpens entortillez en leurs cheueux.*

D E S grappes, les vnes sont en verius, les autres fleurissent encore. Il y a au Grec, οἶδ' ὄμφακας, οἶδ' οἰνανθας δοχοῦντ᾽. Quant à ὄμφαξ, il n'y a point de doute que ce ne soit vne grappe de verius; mais de Οἰνάνθη, il y a vn peu plus de difficulté. Pline au douziesme liure chapitre 29. la prend pour la grappe de la vigne sauuage. *Est autem Oenanthe vitis labruscæ vna.* Et au 14. 17. *Vinum fit etiam è labrusca, hoc est vite siluestri, quod vocatur Oenanthinum.* Neantmoins ie l'ay tourné icy pour la vigne en fleur, comme le mot le porte; & aussi suiuant ce passage de Dioscoride au cinquiesme liure, chapitre second. ἄμπελος ἀγεία δυτλ᾽, ἣ ἐδὶ γὰρ αὐτᾶς ἡ σφηλίζει τλὺ σταφυλὰν ἄχει δ' ἄνθονος ἄγει τλὺ λεγομέγλυ οἰνάγλτυ· ἡ δ᾽ τις τελεσφορεῖ μικρόφραξ ὥσα, κꞷ μελαινα, στυπτικά. *La vigne sauuage est de deux sortes; de l'vne le raisin ne meurit point; mais conduit iusques à la fleur seulement, ce que l'on appelle Oenanthé. L'autre vient à perfection, ayant des petits grains noirs astringents.* Plus au cinquiesme chapitre ensuiuant. Οἰνάγλη χλαιτης ὁ τῆς ἀγείας ἀμπέλη καρπὸς, οπὲν ἀυθεῖ. *Le fruict de la vigne sauuage quand il est en fleur s'appelle Oenanthé.* Ce que confirme Galien au 8. liure de la composition des medicamens selon les lieux, chapitre premier. *Iappelle Oenanthé le fruict ou germe des vignes sauuages estans en fleur, dont puis apres se forme la grappe.* Il y a vn autre Oenanthé qui est herbe autrement *Filipendula,* dont il se trouue de quatre especes. Voyez Theophraste, liure sixiesme chapitre 7. Dioscoride liure troisiesme chapitre 118. & Pline liure 21. chapitre 24. Mais elle ne faict pas à nostre propos. Là où Philostrate ne parlant que des vignes bonnes à vandanger, & graduant tout le fruict d'icelles, depuis la bourre & le bourjon, iusques au raisin meur, il m'a semblé plus conuenable de mettre la fleur apres le verius (mais c'est en remontant par ordre retrograde) que de sortir impertinemment de la vigne domestique & cultiuée à la sauuage. Il me suffit de l'auoir remarqué en passant, afin que personne ne m'en puisse blasmer.

S I vn ieune enfant mange vne fois des œufs de Choüette, il hayra le vin toute sa vie. Ie ne me souuiens point bonnement auoir leu cecy ailleurs que dans le Philostrate, qui a escript la vie d'Apollonius, soit cettuy-cy ou quelque autre, lequel au troisiesme liure en parle de cette sorte. τλὺ γλαῦκα κꞷ ὑποφυλάξειν ὁ τεοφίλου, &c. *Il faut prendre garde où la Choüette faict son nid, & luy aller enleuer ses œufs: puis les ayant moyennement faict cuire, les donner à manger à vn enfant: que s'il en taste tant soit peu au-parauant que d'auoir beu du vin, il l'abhorrera de là en auant si fort, que iamais il n'en voudra boire. Pource que sa chaleur naturelle se rendra par cela plus temperée.* Mais tout cela n'est qu'vn songe.

C E T T E Isle est fort couuerte d'arbres, à sçauoir de Pins hauts & droicts, Sapins, Chesnes & Cedres. Il ne se faut pas esbahir si tout incontinent apres auoir descript le fertile vignoble abondant qui est en cette Isle, auecques le train & carriage de Bacchus & de ses ministres, il adiouste qu'il y a force Pins: car Plutarque en la troisiesme question du cinquiesme des Symposiaques, deduit bien au long comme le Pin estoit aussi anciennement consacré à Bacchus, à cause que cet arbre a fort grande affinité auecques les vignes, qui produisent le vin plus doux & sauoureux au terroüer où le Pin croist naturellement. Ce que Theophraste refere à la chaleur de l'argille où le Pin s'aime, laquelle cuit & digere le raisin en perfection. Dauantage, le Pin produit la poix resine dont l'on enduit les vaisseaux pour mettre le vin, à qui elle augmente la force; & si luy donne quand & quand vne odeur fort soüefue, & le conserue en sa bonté, le gardant d'esuanter; de maniere qu'il y en a qui en mettent dedans le vin mesme. Cela de vray pourroit estre: aussi bien qu'en Allemaigne on souphre les vins pour la mesme cause. Car estans tous frelattez & hors de

dessus

T Z E Z E S.
D I O S C O R I D E.
G A L I E N.

deſſus leur mere ou lye, laquelle eſtouppe les conduits, pores, & ſpongioſitez du bois, par leſquels la vertu ſe pourroit exhaler, & ſi donne de l'acuité au vin; il eſt beſoin de ſuppléer à cela
par vn autre artifice & moyen; & poiſſer ou ſouphrer le vaiſſeau: ce qui ſe faict en cette ſorte. On
fond dedans quelque terrine, de la poix reſine ou du ſouphre, ou autres telles manieres de gommes bruſlantes. Car on y met bien de l'encens quelquefois à certains effects: puis on emmielle
là dedans vn baſton de torche, & le laiſſe-on refroidir: cela faict on l'allume & auaſle dedans le
vaiſſeau par le bondon, le laiſſant bruſler là dedans: car la fumée s'eſpand de coſté & d'autre contre les doüelles, & les eſtouppe & godranne, tellement que l'air n'y peut plus entrer. Et ſi le vin
en reçoit vn gouſt & acuité qui n'eſt point trop deſagreable. Là deſſus i'ay ſouuent conſideré en
moy-meſme, qu'il n'y a guere de nation en toute la terre, qui boiue le vin venant de deſſus la mere, ſinon les François: tous les autres le frelattent apres auoir boüilly, & s'eſtre purifié: ce qui le
rend moins fumeux beaucoup. Au moyen dequoy cela pourroit paradaunture accroiſtre encores touſiours quelque choſe à cette humeur bouillante, prompte, ſoudaine, impetueuſe, tem-
peſtatiue & legere, dont on remarque les François entre tous autres peuples. Mais auſſi ſont-ils
de tant moins frauduleux, traiſtres, diſſimulez & trompeurs, comme tous les coleres de nature,
qui ne ſont pas gueres ſouuent ainſi entachez de vice, comme les autres plus poſez, couuerts,
tardifs & peſans. Au reſte, quand à ce que met Plutarque, que la vigne ſe complaiſt fort au meſme terroüer qu'aiment les Pins; cela eſt vn peu chatoüilleux, au moins pour nos regions de deçà, où l'on void le plus communément croiſtre les Pins au haut des montagnes froides; comme luy-meſme le confeſſe en la ſeconde queſtion du troiſieſme liure, en ces propres termes.
Διὸ τῆς ἐναντίαν μᾶλλον ὀρέγονται· καὶ φιλόθερμόν ἐστι τὸ ψυχρόν· καὶ φιλό-ψυχρον τὸ θερμὸν· ὅθεν οἱ ὀρεινοὶ
καὶ πνευματώδεις & ὑψόρδρινοι τόποι τὰ δαιδαλα καὶ ποδτρόφα τῆς φυτῶν μάλιστα πεύκας καὶ στρόβιλος ζα-
φέρουσι. Cela faict que les arbres & plantes aiment leurs contraires; les froides c'eſt à ſçauoir, la chaleur; &
les chaudes le froid. De maniere que les lieux montueux expoſez aux vents & aux neiges, produiſent plus vo-
loutiers les arbres dont on ſe ſert à faire des flambeaux & tortils, & qui portent la poix, comme les Feſſes &
les Pins. Il adoüe que les Pins & les autres de ce genre poiſſeux, aiment és montagnes froides,
(comme ils ſont à la verité) au moins ceux qui portent la poix noire, & les Sapins: car les francs
Pins, qui ſont proprement le στρόβιλος, lequel porte le pignolat, & les Pins qui procréent la poix
reſine, ainſi qu'on peut voir pour le regard de ceux-cy prés Rauenne; & de ceux-cy és Lannes
de Bordeaux, deſirent pluſtoſt le terroüer ſablonneux & plain, que les montagnes & l'Argille.
Mais ie ne voy pas en quelle maniere les vignes peuſſent toierer ces lieux hauts & gellez, veu
qu'elles ſont ſi tendres à la froidure. Parquoy tout cela eſt pluſtoſt imagination & coniecture de
quelques gens doctes, qu'experience aſſeurée de ceux qui laiſſans à part les diſcours, ſe retiennent tant ſeulement à ce qu'ils touchent au doigt & à l'œil: auſſi eſt-ce bien le plus ſeur; car le
reſte a faict ſouuent trebuſcher beaucoup de grands perſonnages d'vn tres-excellent ſçauoir &
doctrine. Ce n'eſt pas toutesfois pour vouloir eſtre ſi temeraire & preſomptueux, que de leur
contredire en rien que ce ſoit; ains ſeulement pour le remarquer en paſſant. Au ſurplus quant au
Cedre, dont il eſt auſſi faict mention, Dioſcoride au octante-neufieſme chapitre du premier liure, le deſigne pour vn grand arbre, duquel ſe recueille vne maniere de poix que l'on appelle
Cedria; & portent des galles comme le Cyprés, mais plus grandes communément. Il y a encores vn autre petit Cedre, ayant les fueilles picquantes ainſi que le Geneure, lequel produit vn
fruict de la groſſeur des grains de Myrte. Et au regard de la poix qu'il iette, la meilleure eſt celle
qui eſt eſpoiſe; laquelle ne coulle pas fonduë & liquide, mais par grains goutte à goutte; qui a
fort grande proprieté à garder de putrefaction les corps morts, & de corrompre les viuans: à raiſon dequoy quelques vns l'ont voulu appeller la vie des morts. Pline plus à plein au 5. chapitre du
13. liure.
 LES HOMMES chaſſent aux plongeons, non pour l'amour de leur chair, mais pource que le ventre en
eſt propre à la medecine, car elle eſt noiraſtre & mal-ſaine. Horace en la 2. Satyre du 2. liure.

Ergo
Si quis nunc mergos ſuaueis edixerit aſſos,
Parebit praui docilis Romana inuentus.
Dioſcoride liure ſecond, chapitre trente-huictieſme tout à la fin. Αἰθυίας ἥπαρ σκελετευθὲν καὶ ποθὲν
μεθ᾽ ὑδρομέλιτος κοχλιαρίων δυοῖν πλῆθος· ζαφαλαι ῥώπας. Le foye du Plongeon deſſeiché & beu en de
l'hydromel à la quantité de deux cuillerées, faict vuider les ſecondines. Galien à l'onzieſme liure des
Simples medicamens, ſe mocque de ceux qui eſtiment que le ventre de ces Merges ou Plongeons dont il eſt icy queſtion, puiſſe de rien ſeruir à conforter l'eſtomac: ne pareillement les
geſiers des Poulles: car ayant (ce dit-il) eſprouué l'vn & l'autre, il n'y a trouué aucune faculté
ny effect. Mais Paul Eginete dit que le foye des Plongeons eſt fort propre pour la grauelle. Au
reſte quand au Merge ou Plongeon que les Grecs appellent Αἴθυια, c'eſt vn oyſeau marin, auquel Ouide au douzieſme de la Metamorphoſe eſcript qu'Æſacus fils de Priam & d'Alyxothoé
fille de Dimas, fut iadis transformé: par ce que s'eſtant du tout addonné à vne vie ſolitaire &
O o

champeſtre, hors de la Cour & de la ville, dans les foreſts, & ſemblables lieux eſcartez ; comme il ſe fur enamouré d'vne Nymphe de la contrée de Cebrine, nommée Heſperie, vne fois qu'elle ſeichoit ſes beaux cheueux blonds au Soleil, il la pourſuiuit à toute courſe, car elle s'eſtoit miſe à fuyr deuant luy pour ſauuer ſon honneur; ſur quoy il aduint qu'vn ſerpent caché dans les herbes l'ayant picquée au pied, elle mourut ſoudainement en ſa preſence, dont il eut tel regret, que de ce pas ils'alla precipiter du haut d'vn rocher en la mer prochaine de là. Mais Thetys qui en eut pitié, le transforma en vn Plongeon.

Dixit, & è ſcopulo, quem rauca ſub cderat vnda,
Decidit in Pontum. Thetys miſerata cadentem
Molliter excepit, nantémque per æquora pennis
Texit, & optatæ non eſt data copia mortis.
Fluua lenat caſus, furit Aeſacus, inque profundum
Pronus abit, lethique viam ſine fine retentat.
Fecit amor maciem, longa internodia crurum,
Longa manet ceruix, caput eſt à corpore longè.
Aequor amat, noménque manet, quia mergitur illo.

Il le deſcript maigre & eſclame, haut monté ſur iambes, auecques vn col long preſque ſemblable à vne Poche ou Egrette ; & neantmoins il dit qu'il ſe plonge en la mer ; choſe bien contraire & repugnante : car nous ne voyons point en la nature d'oyſeaux ainſi diſpoſez ; qui nagent, & encores moins plongent, ains faut pour cet effect qu'ils ſoient ronds & racourcis, les pieds en patte garnis de cartillages ; comme on void aux oyes, canars, & poullettes d'eau, gauereaux, & plongeons ; là où le Heron, le Butor ou Eſcouffle, le Courlis, la Poche, & Egrette, qui les ont fendus & diſtincts, ſe tiennent és mareſcages & baſſes ou plattis de la mer, & eaux douces, le long de la greue & des plages à peſcher quelque menuaille, ayans tout expres les iambes longues pour ſe pouuoir tenir en l'eau ſans moüiller le corps: le bec & le coil longs pour atteindre dedans : là où les autres ſurnagent à l'ayde de leurs pieds, & plongent pour ſe paiſtre, ſans que leur pennage ſe charge d'humidité, ny en demeure aucunement diſcommodé, qu'ils ne ſe puiſſent à toutes heurtes eſleuer en l'air, ſecs comme s'ils n'auoient bougé de terre. Au moyen de-quoy quelques-vns ont voulu prendre ce Mergus pour le Larus, qui eſt de vray vn plongeon, ſi nous nous en voulons rapporter à ce lieu cy du cinquieſme de l'Odyſſée, où Homere deſcript Mercure, s'en allant par le commandement de Iuppiter vers la Nymphe Calypſo pour faire li-centier Vlyſſe.

σύατ᾽ ἔπιτ᾽ ὁπὶ κῦμα, λαρῳ ὁρνιθ ἐοικώς
ὅς τε χῖ᾽ δγνὸς κόλποις ἁλὸς ἀτρυγέτοιο
ἰχθῦς ἀγρώασων, πυκινά πτερὰ δεύεται ἅλμῃ.

Fondant du haut du ciel en la mer, il ſe rua de là ſur les ondes, ſemblable à l'oyſeau Larus, lequel autour des plages & riuages de la mer ſterile inquiete, peſchant les petits poiſſons, plonge ſes aiſles à tout propos dans l'eau ſallée. Neantmoins Virgile ayant au 4. de l'Eneide tranſcript au reſte tout ce lieu entier à la lettre, n'a voulu ſpecifier cet oyſeau, ny pour vn plongeon, ny pour vn autre, à raiſon de l'in-certitude que luy, perſonnage de ſingulier iugement apperceuoit en cela.

Hinc toto præceps ſe corpore in vndas
Miſit, aui ſimilis quæ circum littora, circum
Piſcoſos ſcopulos, humiles volat æquora iuxta.

Mais il a fort bien deſcript les Merges ou Plongeons au 5. liure en cette ſorte, ne s'eſloignant pas beaucoup de noſtre propos.

Eſt procul in Pelago ſaxum, ſpumantia contra
Littora, quod tumidis ſubmerſum tunditur olim
Fluctibu, hyberni condunt vbi Sydera Cori:
Tranquillo ſilet, immotáque attollitur vnda
Campus, & apricis ſtatio gratiſſima Mergis.

Aratus en ſes Phenomenes en faict mention en deux lieux ; leur donnant l'Epithete d'Vrina-teurs ou Plongeurs: ἵκλλοι δὲ κολυμβῖσιν αἴθυῃσι. Et en vn autre endroit encores.

ἢ πότε ἢ κέτφοι, ὁπότ᾽ εὐδιοι πωτίωνται,
αἴτια μελλόντων αἰνέμων εἰληδὰ φέρωνται,
πολλάκι δὴ ἀγριάδες ὑποσαμ, ἢ εἰν ἁλὶ δῖναι
αἴθυῃαμ χαραῖα πιναλωνταμ, πτερυγῶσιν.

Leſquels carmes Virgile ayant auſſi pluſtoſt traduits qu'imitez és Georgiques, a tourné κέτφος, pour *fulica*, ou *mouette.*

Cùm medio celeres volitant ex æquore Mergi,

Clamorémque

Clamorémque ferunt ad littora , cúmque marinæ
In ficco ludunt fulicæ.

Mais pour le regard de Ceyx que Philoſtrate dit eſtre le gardien & curateur des Plongeons auſquels il loüe ſes yeux , voicy vne difficulté qui ſe preſente , pour ce qu'Ouide au lieu cy-deſſus
allegué, le faiſt eſtre vne meſme choſe auecques l'Alcyon ; & ie ne voy pas que la deſcription icy
preſente puiſſe gueres bien conuenir auecques ce que nous en auons cy-deſſus amené de Plutarque & de Pline , au dixieſme liure chapitre trente-deuxieſme. Auſſi qu'au cinquieſme chapitre du trente-deuxieſme liure, il ſemble d'y mettre quelque difference. *Fſt & in mari Halcyoneum,*
appellatum ex nidis (vt aliqui exiſtimant) Halcyonum & Ceycum. Tout cecy n'eſt point aſſez bien eſclaircy parmy les Autheurs.

  RESSEMBLANT *à vn Protée au milieu de ſes veaux marins.* Les Poëtes feignent ce Protée
auoir eſté vn Dieu marin, qui ſçauoit annoncer toutes choſes,paſſées,preſentes,& aduenir. Mais
il ne vouloit rien debagouller, que par vne extreme contrainte; de maniere qu'il le falloit prendre & lier ce-pendant que ſur le haut du iour il ſortoit ordinairement de la mer en terre , auec
ſon trouppeau de Phoques ou veaux marins : au milieu deſquels il ſe mettoit à dormir tres-pro-
fondement. Encores n'eſtoit-ce pas tout : car quand il ſe ſentoit ſaiſy , il ſe transmuoit en toutes
ſortes de beſtes , arbres & herbes; en eau coulante , en feu , & ſemblables , pour eſchapper s'il
pouuoit. Tant que finablement eſtant bien tenu ferme , nonobſtant toutes ſes deffaictes , il reprenoit ſa premiere forme humaine; & lors rendoit raiſon infaillible de ce qu'on luy demādoit.
Homere au quatrieſme de l'Odyſſée, touche bien amplement tout cela, où il introduit la Nymphe Idothée fille diceluy Proteus , inſtruiſant Menelaüs comme il ſe doit gouuerner pour eſtre
eſclaircy par ſon pere, de ce dont il eſtoit en doute. Mais Diodore Sicilien refere toute cette fiction à la couſtume que les anciens Roys d'Egypte auoient de s'orner le chef, pour vne decoration & plus grande maieſté , par maniere d'vne deuiſe, de certains gueullards de Lyons, Tigres,
Ours, Taureaux ou Dragons ; quelqueſfois d'arbres ; auecques vne caſſolette de feu pleine de
parfums odorans. Ce qui les amenoit plus de reuerence & reſpect; voire à vne ſuperſtition &
eſpece d'idolatrie enuers leurs ſubiects.

  POVR *le tenir lay , ſes pages & enfans d'honneur à iouer au cheual fondu.* Il y a au Grec, ὁπόσα
αὐτὸι τὰ δέξαωϑαι, κỳ τὰς συμπαίζαι τȣ̃τ'ω ἰπ̃παισ ς. Ce qui ne ſe peut bonnement rendre (gardant
le ſens) en autre ſorte ; car συμπαίζαι ſont ceux qui iouënt & follaſtrent auecques quelqu'vn,
comme ſont les pages & enfans d'honneur auecques vn ieune Prince, à qu'ils ſont paſſer le
temps, pour eſtre ordinairement de ſon aage: & iouënt aux barres & autres eſbattemens par enſemble. Mais Philoſtrate a icy exprimé ἱππαδας, qui eſt vne maniere de ieu d'enfans, autrement
appellé κωϑνοιδας , & ἐγκοτύλη : neantmoins il ſemble que le premier vient de ἵππος, & ce qui
depend du cheual, & l'autre de κύϑη , teſte ; à cauſe des ſoubreſſaus & combreſſelles qu'ils ſont
à maniere d'arbre fourchu. Parquoy il m'a ſemblé de ne pouuoir mieux repreſenter la ſignification de ἱππαδας , que par le cheual fondu. Le ἐγκοτύλη eſt quand ceux qui perdoient portoient
les vainqueurs, les genoux plantez dans la paume de leurs mains entrelaſſées enſemble. Nous
auons eu autreſfois quelques ieux fort approchans de cettuy-cy : mais tout cela eſt de peu d'importance , & ne merite pas de s'y arreſter.

DIALOGVE.

D. Ce gros sourcil houssu qui trauerse ta face,
   Ce nez large escaché, l'œil au milieu du front,
   Le corps couuert de poil, Polypheme, ce sont,
   Tes plus rares beautez & ta meilleure grace.
R. Il n'y a rien si laid, qui ne puisse estre aimable.

D. Oüy quand on n'est que laid, mais tu es effroyable.
R. Amour peut adoucir l'œil le plus furieux,
   Puis ie ne suis plus rien, mon ame transportée,
   Faict que l'on void en moy vne autre Galatée,
   Car ie porte en mõ œil, les raiz de ses beaux yeux.

L E

LE CYCLOPE.

ARGVMENT.

IOSAPHA BARBARO *Gentil-homme Venitien, dans vne sien-
ne relation à la Seigneurie, racompte que l'an mil quatre cens septan-
te-deux, estant Ambassadeur aupres d'Vsuncassan Roy de Perse,
vn iour comme il estoit à l'audiance, l'autre luy desploya vn mou-
choüer plein de pierreries de tres-grande valeur; là où entre autres
choses y auoit vn rubis ballay en table d'vne fort belle figure, gros d'vn bon doigt, &
de tres-parfaicte couleur, pour demourer à parangon auecques tout autre; pesant
neantmoins deux onces & demie: ouurage certes comme monstrueux en nature.
Il luy demanda ce qu'il luy en sembloit, & que pouuoit bien valoir cette piece. Le
Venitien l'ayant maniée & veüe à son aise, si ie luy mettois aucun prix, Sire, (ce
va-il respondre) & que ce rubis eust l'vsage de la parole, il auroit occasion de se
plaindre de moy, en me disant; où en as tu veu le semblable pour me limiter ma valeur? Certes i'estime qu'il ne se sçauroit payer par or ny argent, ains de quelque
Royaume ou grosse cité. Alors Vsuncassan se retournent vers trois ou quatre venerables vieillards qui estoient là presens, profera seulement ces deux mots, Cathaini, Cathaini. I'entendis tout soudain que cela vouloit dire (adiouste la Barbaro)
car m'estant autresfois trouué en la Tartarie, i'appris; que ceux du Chatai & la
Chine ont accoustumé de dire, que trois yeux seulement a le monde : les deux ils les
possedent; & l'autre les Franques : tout le reste ne void goutte. Les Franques doncques, c'est à dire nous autres François, sommes le Cyclope, qui soulions au moins voir
d'vn œil tout rondement (car le mot le denote) ce-pendant que nous faisions l'amour à
la belle Galatée, nostre chere patrie, nostre primitiue source, & anciene origine, d'où
ont pris le nom les Gaulois & les Galates encores, autresfois descendus de nous : à
sçauoir quand nous nous sommes maintenus & conseruez, és anciennes mœurs,
coustumes, & manieres de viure de nos anciens : en leur candeur, simplicité, &
preud'hommie accoustumée. Mais depuis que nous auons hebergé chez nous le
fin & caut estranger passant Vlysses, auecques son vin Maronéen, c'est à dire les
delices, voluptez, deprauations, & desbauchemens, qui nous ont esté apportez
d'ailleurs, comme dit Cesar en ses Commentaires, & que nous nous en sommes enyurez; on nous a creué facilement l'œil, & rendus aueugles, sans sçauoir plus que
nous faisons. Et à ce mesme propos Plotin chapitre neusiesme de la beauté ou du
beau : Que tous les viuans ont de vray vn œil, mais qu'il y en a peu qui*

s'en feruent. Au demeurant quant à la fable icy deduitte, le tableau nous la monstrera assez, & ce qui suiura puis-apres ès annotations ; ayant esté tirée de Theocrite, & apres luy d'Ouide au treiziesme de la Metamorphose; qui se sont fort plaisamment esbattus là dessus, comme a faict à leur imitation nostre Autheur.

EVx qui moissonnent icy les bleds , & qui vandangent les vignes, n'ont point labouré ne planté cela ; mais la terre sans estre autrement cultiuée le leur produit de son bon gré. Car ce sont des Cyclopes, ausquels (ie ne sçay pour quelle occasion) les Poëtes veulent que les champs de leur propre motif, fournissent liberalement tout ce qu'ils rapportent ailleurs auecques peine. Et si en donnant à repaistre à leurs brebiailles, cela les faict estre Bergers; du laict desquelles ils vsent en lieu de breuuage & de viande. Mais au reste ils n'ont cognoissance ny de marché; ny de palais, ou de Cour, ny de maison particuliere, ains font leur demeure dans les cauernes des montagnes. Or laissons-là les autres, Polypheme fils de Neptune le plus fier & sauuage de tous habite icy, n'ayant qu'vn sourcil seulement sur-estendu tout le long d'vn seul œil, auecques vne grosse lippe qui se reploye encontremont vers vn nez large, camus escrasé : se repaissant de corps humains, non autrement que feroient de tres-cruels Lyons sanguinaires. Mais maintenant il s'abstient de cette mangeaille, pour ne paroistre point ainsi gourmand & despiteux : car il est pris de l'amour de Galatée, qui s'en est venuë en cette mer à l'esbat; la contemplant d'vne montagne, son haut-bois pour cette heure en repos soubs l'esselle, pour-autant qu'il desgoise ie ne sçay quel chant pastoral. Qu'elle est bien blanche (cette sienne maistresse) mais desdaigneuse, plus gentille & doucette de vert au reste, qu'vne grappe de vert verjus; & qu'il luy nourrit de petits faons de Biche & d'Ours. Or tout cecy il le chante dessoubs vn tilleul , sans prendre garde en quel endroit ses brebis vont paissant, ne combien il y en a : ny de quel costé est la terre : estant icy peint en vray montagnard renfrongné & farouche : qui esbranle ses gros rudes creins herissez, picquans & espois, à guise d'vne branche de Pin, & reschine les dents arrangées en forme de sie, hors d'vne gloutonne machoüere : vellu entierement la poitrine & le ventre, voire iusques sur le bord des ongles. Et combien que pour estre amoureux il radoucisse (à ce qu'il dit) son regard, si est-il neantmoins hideux & horrible encores , tout ainsi que d'vne beste sauuage, que la necessité dompte & contrainct de faire ioug, & demeurer quoye. Ce-pendant la Nymphe s'esbat & follastre en la delicieuse marine, conduisant vn chariot attelé de Dauphins tous d'vne pareure, & qui tirent d'vn mesme accord, que les filles de Triton gouuernent, (seruantes de Galatée) pour les retenir en obeyssance, si d'aduanture ils se vouloient emanciper & contredire à la bride. Et elle par dessus sa teste esleue au vent sa grande houppelande de pourpre, tant pour luy faire ombrage, que pour seruir de voile au chariot:

d'ou

d'où certains rayons efclattans de lueur fe viennent rabattre fur fa face
& le refte du chef, non toutesfois fi agreables comme le naïf teint vermeil des ioües. Ses cheueux d'autre part ne s'efcartent pas, volletans libres à l'abandon de Zephyre, car ils font baignez, & par trop pefans pour
eftre efbranlez du vent. Or elle s'appuye fur le coude droit, en croifant
fon bras plus blanc qu'albaftre, pour aller repofer les doigts fur fon efpaule delicate: le dedans charnu duquel bras reflottant contre la poitrine,
fait par mefme moyen rebondir fon tetin : & la cuiffe n'eft pas defgar-
nie nomplus d'vne deuë beauté. Mais la plante du pied, auec la grace
qui fe termine quand & elle, eft pourtraicte à fleur d'eau, rafant la
mer comme pour feruir de gouuernail au chariot. C'eft auffi vne grande merueille que de fes yeux, qui regardent ie ne fçay quoy outre toute borne, & s'en vont auec la longue eftenduë de la marine.

ANNOTATION.

L y a tout plein d'endroits dedans Theocrite, où cette fantaifie icy du Cyclope eft diuinement exprimée: & mefmes dans le fixiefme Eidyllion, foubs les perfonnages de Daphnis, & Dametas qui reprefente le Cyclope; dont le premier
commence à chanter là deffus en cette forte.

Βάλλ τοι, Πολύφαμε, ὁ ποίμνιον ὁ Γαλάτεια.
μάλοισιν δυσέρωτα τὰ αἰπόλον ἔφρα καλῶσι. THEOCRIT.

DAPHNIS. Galatée te demande (ô Polypheme) vn trouppeau de brebis à coups de pommes, & t'appelle
amoureux difficile & veneſche : car tu ne la daignes pas regarder (miferable) ains demeure affis iouant doucement de ton flageollet. Et voicy qu'elle te recherche d'vn autre cofté d'auoir ce chien qui te fuit, gardien du
trouppeau : mais il luy abbaye regardant en la mer, où les ondes fe furfrifans, & bruyans font foueſuement la
reprefentent courant fur le riuage. Pren garde doncques qu'il ne fe lance contre les iambes de la fille, quand
elle fortira de la mer, & ne defchire ce tant beau corps. Car elle fe foullacie là, à guife des feuilles de chardon deſfechées, quand l'Efté roſtiſt les champs icy bas ; fuyant celuy qui l'aime, & pourfuiuant qui la def-
daigne : ainfi elle remuë le mereau de fa ligne. Et certes bien fouuent à l'amour, ce qui n'eft aucunement beau
le femble eftre. DAMETAS. Par le Dieu Pan i'ay affez veu quand elle me demandoit vn trouppeau ; & ne
m'a point deceu en cela ; ne ce mien œil vnique, duquel à la mienne volonté ie puiffe continuer de voir iufqu'à
la fin. Mais voicy comme ie la picque, ne faifant pas femblant de la regarder ; ains dis que i'en aime vne autre : ce qu'oyant elle feiche d'ennuy & defpit : & fe lance hors de la mer en tres-grande colere , iettant l'œil de
coſté & d'autre vers ma cauerne, & mes trouppeaux. Or ay-ie enioint à mon chien de luy abbayer tout doucettement ; car quand i'eftois amoureux d'elle, il luy grondoit, approchant le mufeau de fes cuiffes. De maniere
que quand elle me verra faire cela plufieurs fois, peut eftre qu'elle m'enuoyera quelque ambaffade : mais ie luy
fermeray la porte au nez, iufqu'à ce que elle m'ait iuré de me faire coucher auec elle en cette Iſle : car ie ne fuis
ne laid ne difforme, comme l'on va difant de moy. Et de fait ie me fuis n'agueres veu en la mer, qu'il faifoit
calme, & m'eft aduis que i'ay belle barbe, & la prunelle de ceſt œil belle encore à mon iugement : la mer me
monftroit puis apres mes dents plus blanches qu'Iuoire. Or de peur qu'elle ne m'enforcelaſt, i'ay craché
par trois fois en mon fein : car la vieille Cotitarii m'a appris cela, qui chantoit n'agueres auec les moiſ-
fonneurs chez Hippocion. Auec tout plein d'autres galanteries d'vne naïfueté prefque inimitable. Mais plus à propos encore pour le prefent fubiect dans l'onziefme Eidyllion, qui fe commence ἕτω ποθοι ἐρω-τα, &c.

ἕτω γ̄ οὖν ῥᾷον ὁ Κύκλωψ ὁ πὰρ ἡμῖν,
ὡρχαῖος Πολύφαμος, ὅτ᾽ ἤρατο τᾶς Γαλατίας,
ἄρτι χνάδσδων πὰρὶ ὁ τόμα, τὰς κρατάφως τε, &c.

AINSI l'ancien Cyclope Polypheme vefcut fort à fon aife en noz quartiers, lors qu'il aimoit Galatée; que
le premier poil follet ne luy faifoit que commencer à poindre autour de la bouche & des tamples, & fi ne
l'aima pas de rofes, ny de pommes ou Sefannes, mais de furies pernicieufes : eſtimant deuoir mettre en oubly
toutes chofes pour celle-là. Souuentesfois fans conducteur fes brebis s'en retournerent d'elles mefmes à leur
parquet, des verdoyans herbages ; ce-pendant que luy en chantant à pleine voix les loüanges de fa Galatée,
fur le bord de la mer reueſtuë d'Algue, fe confumoit, dés que l'aube du iour commençoit à paroiſtre, outrageu-

O o iiij

sement blessé en l'estomac par Venus la puissante Deesse, qui luy auoit enfoncé vn dard bien auant dans
le cœur. Mais il y trouua ce remede. Car estant assis au haut d'vn rocher, sa venuë fichée ferme sur la marine,
chantoit ces choses icy en la sorte. O BLANCHE Galatée, pourquoy desdaignes tu ainsi ton loyal amant;
plus blanche dis-ie que fromage mol, quand on te regarde : plus tendre qu'vn aigneau de laict; plus sastre assez que le ieune veau soubs sa mere : mais plus aigrette aussi qu'vne grappe de veriu? Or tu as de coustume de
venir icy quand le doux sommeil me detient ; & t'en renas soudain, quand le doux sommeil m'abandonne;
& t'enfuys tout ainsi que fait la brebis qui apperçoit vn vieil loup chenu. Ie te commençay à estre espris de ton
amour (o fille belle) dés lors que premierement tu vins icy aueques ma mere, pour cueillir en cette montagne
des fueilles de Hyacinthe, où ie te monstrois le chemin. Depuis ie n'ay iamais peu cesser de t'aimer, aussi tost
que ie t'eus apperceu, & ne le puis nom-plus à cette heure. Mais tu ne t'en soucies point , ie le sçay bien
donce pucelle. Pourquoy me fuys tu doncques ainsi? Pource peut estre que i'ay vn gros sourcil hossu qui me
trauerse toute la face, s'estendant d'vne oreille à l'autre , & qu'il n'y a qu'vn œil au dessoubs , & vn nez large plat escaché contre les leures. Neantmoins moy qui suis tel, ie pais mille ouailles ; & bois de tres-bon &
sauoureux laict, qui se traict d'elles. Ne iamais le fromage me manque , soit en Esté , soit en Antonne , ny
au plus fort de l'Hyuer encore : car les formes & clisses sont tousiours pleines, Puis apres ie sçay mieux souner
du flageol que pas vn de ces autres Cyclopes ; chantant tes douces amourettes , & moy mesme parmy le plus
souuent ; voire au profond de la nuict que toutes choses sont coyes , & en silence. Ie te nourri outre plus onze faons de Biche, & quatre petits Ourseaux. I'acquy vien deuers moy ie te prie, où tu trouueras planté de
tous biens, & laisse moy là cette bleuasse mer heurter à son appetit le riuage. Tu passeras là nuict bien plus
plaisamment dedans ma tasniere, là où sont force Lauriers , & de beaux grands Cyprés; là où est le lierre
noir , & la vigne produisant de tres-doux raisins , & l'eau fresche-claire , que le bosqageux mont d'Ethna me
fournist de sa blâche neige; breunage diuin . Qui doncques seroit celuy là, ou celle, qui au prix de ces belles choses
desirast de viure en la mer & aux flots? Que si d'auanture ie te parois trop velu, ie n'ay qu'assez de bois de chesne,
& de la braise soubs les cendres qui iamais ne s'esteint ; & plus souffrir qu'vne mon propre ame soit brustée
de toy : & ce mien œil vnique dont ie n'ay rien de plus cher en ce monde ? Ha moy panuret infortuné,
pourquoy ma mere ne m'enfanta elle ayant des aisserons & battans comme les poissons , afin que ie peusse
arriuer deuers toy , & à tout le moins baiser ta main si tu ne me ventois octroyer la bouche. Ie te porte-
rois en recompense ou de beaux liz blancs , ou du tendre panot qui a des cloches rougeastres ; car cecy croist
tout le long de l'Esté , & d'autres choses prouiennent l'Hyuer ; & ne te pourrois chàrrier tout cela à la fois.
Mais par Hercules (ma maistresse belle) i'apprendray icy à nager si quelque passant y arriue,afin que ie sçache
quel plaisir vous pouuez auoir d'habiter ainsi au profond des ondes. Sors ié doncques (ma Galatée) & en
estant sortie oublie de tous points d'y retourner iamais plus; tout ainsi que moy seant en ce lieu, au profond de retourner au logis ; & vueille paistre nos tronppeaux par ensemble ; en traire le laict, puis le reduire en caillé, y
mettant de la presure aigre. Or ie ne m'en prens qu'à ma mere ; il n'y a que ma mere seule qui m'ait fait ce
tort ; ie l'en accuse. Car elle ne t'a onques rien dit de moy pour t'esmonuoir à m'aimer, encore qu'elle me vist
tous les iours extenuer de plus en plus. Ie te diray bien au reste que la teste & les deux iambes me font fort
grand mal, afin qu'elle s'en afflige puis qu'ie suis ainsi tourmenté. O Cyclope, Cyclope, où s'est ainsi vollé ton entendement ? Si tu t'en retournois teistre tes paniers, & cueillir de petits tendres reiettous pour les porter à tes
aigneaux , tu ferois certes beaucoup mieux : tray celle qui est presente. Car pourquoy t'opinistres tu à suiure
t'autre qui te fuit de toy? Peut estre que tu rencontreras vne autre Galatée , & plus belle encore. Car il y a plusieurs ieunes filles qui me demandent qu'à follastrer la nuict auec moy ; & rient toutes fort ioyeusement quand
ie leur daigne prester l'oreille. De fait il est assez notoire, qu'en la terre ie semble bien estre quelqu'vn. Voila
comment passoit son amour Polypheme en ses chansons : ayant trop meilleur compte d'en faire ainsi , que de ietter à la vollée vne bourse pleine d'escu.

　　OVIDE au 13. de la Metamorphose a emprunté presque tout ce lieu cy de mot à mot , & iceluy fort heureusement rendu, d'vne grace qui ne doit guere au Grec. Lucian aussi és Dialogues
des Dieux marins ne l'a pas oublié, là où il introduit deux Nymphes de l'Ocean ,Galatée & Doris, s'entre-brocardans de leurs amours à maniere de farce; de la mesme affetterie que sçauroient
faire quelques mignards pimperneaux, & pois succrez de nostre temps.

DORIS ET GALATEE.

LVCIAN.
DORIS. Ce nouueau seruiteur que tu as acquis, Galatée , ce pasteur dû-ie Sicilien, on dit qu'il est tout af-
follé de ton amour. GAL. Ne t'en mocque point Doris , ie te prie, car tout tel qu'il est , neantmoins c'est le
fils de Neptune. DOR. Et que s'ensuit-il pour cela, quand bien il le seroit de Iupiter mesme, veu qu'il apparoist si sauuage & velu? Et ce qui est encore plus disforme de tout , il est borgne. Crois-tu que sa noblesse luy
peust de rien proussiter à le rendre beau? GAL. Qu'il soit velu & sauuage comme tu dis, il ne le disforme
point pourtant: au contraire, il ne s'en monstre que plus viril. Et quant à l'œil qu'il a emmy le front, il ne luy
sied que bien ; car il n'en a pas la veuë plus trouble, ne moins aiguë que s'il en auoit deux. DOR. Tu monstres certes Galatée , de n'auoir pas Polypheme pour seruiteur, mais plus tost que tu en és amoureuse ; si
fort tu le loües. GAL. En bonne foy ie n'en suis point autrement amoureuse, mais ie ne sçaurois comporter
vne

vne telle insolence, de se mocquer & mesdire ainsi des gens sans propos: si bien qu'il me semble que ce que tu en fais, est par vne certaine ialousie; pourtant qu'vn iour iceluy là gardant son troupeau d'aumtiere sur vne falaise, comme il nous euft apperceu que nous nous esbattions le long du riuage au pied du mont Ethna qui s'aduance en la mer, il ne vous daigna pas à grand' peine regarder tous tant que vous estiez vous autres; mais luy semblay la plus belle, & ietta son œil sur moy seule. C'est ce qui vous fasche le plus, comme estant vn indice infaillible que ie vous precelle & aduance en beauté, & suis la plus digne d'estre aimée: au contraire qu'on vous mesprise, & laisse là flestrir pour graine. DOR. Te semble-il donc que qu'on te doiue porter ennuie de cela, si à celuy qui est vn Pastre en premier lieu, & puis-apres demy aueugle tu as semblé la plus belle? Et encore, que pourroit-il auoir trouué d'agreable en toy outre la blancheur? Elle luy plaist à mon aduis, pource qu'il est accoustumé au frommage mol, & au laict; au moyen dequoy tout ce qui leur ressemble, il le iuge incontinent beau à son goust. Autrement quand tu voudras sçauoir quel visage tu as, contemple toy de quelque escueil dedans l'eau, t'y mirant attentiuement quand elle sera bien calme: tu ne verras certes autre chose qu'vne blancheur perpetuelle, qui n'est point iamais approuuée, si vne vermeille & viue couleur meslée parmy ne luy apporte quelque plus agreable pointe. GAL. Au moins moy qui suis si despiteusement blanche ay vn tel seruiteur: & ce-pendant il n'y en a pas vne seule de vous autres dont ne Pastre, ne Marinier, ne Passeur que ce soit, tienne compte. Ce Polypheme au reste (sans que i'en parle plus auant) est aussi fort expert à chanter. DOR. Tays-toy Galatée; nous auons assez ouy sa belle musique quand n'agueres il se tilloit apres toy. Mais ô tressainte dame Venus, vous eussiez certes dit que c'estoit proprement un asne qui viquanoit: car le fonds de sa lyre est du tout semblable à vne teste de Cerf descharnée iusques aux os; dont les deux cornes s'aduançoient en lieu d'anses à la longueur presque d'vne coudée: & ayant puis-apres attaché des cordes, qu'à grand' peine les pourroit-on tourner & estendre auec vn guindal, il desgoisoit là dessus ie ne sçay quoy de si rural & desaccordant, que c'estoit trop grande pitié de l'ouyr, entonnant de la voix vne chose, ce-pendant que la lyre en rauaudoit tout vne autre d'vn mal-gracieux contrepoint. De maniere que nous ne nous peusmes gauder d'esclatter de rire à pleine gorge de cete si melodieuse armonie. Car Echo fit conscience de respondre à ce bestant, encore qu'elle soit si grand' babillarde, & eut honte d'estre venu contre-faire vn chant si enroué & ridicule. Ce gentil mignon dauantage portoit entre ses bras vn beau petit iouët & passe-temps; assauoir la faon d'vn Ours vellu & couuert d'vn poil rude & espoix, non gueres dissemblable du sien. Qui est-ce doneques qui ne te porteroit ennuie de ce galand seruiteur, Galatée, & ne desireroit de te desbaucher & soustraire? GAL. Mais toy Doris monstre nous vn peu le tien te te prie, qui soit ou plus beau ou plus laid que n'est cettui-cy, & qui sçache mieux chanter ou iouer de la lyre. DOR. Ie n'en ay point de vray, & ne me veux pas vanter de cela, comme si i'estois bien aimable; mais vn tel amoureux que Polypheme, sent-ant de tout point le bouquin & le saguenaz, & auec cela viuant de chair crue, deuorant les passans si quelques vns abordent deuers luy, ayes-le hardiment, car ie te le laisse de bien bon cœur à toy seule, & aime-le de toute son affection si bon ie semble. Ie ne t'enuieray point vne telle felicité & contentement. Toutesfois Ouide au treiziesme de la Metamorphose, fait cette Galatée estre fille de Nereus & de Doris.

> At mihi, cui pater est Nereus, quam cærula Doris
> Enixa est.

Laquelle estant amoureuse d'Acis, le Cyclope les surprit ensemble: & elle s'estant soudain plongée dedans les ondes, le pauure mignon y demeura pour les gages. Car pensant se sauuer à la fuitte, Polypheme luy ietta à dos vn gros quartier de montagne, & l'accabla: mais par la commiseration des Dieux il fut transformé en ruisseau.

> Qui nisi quòd maior, quòd toto cærulus ore est,
> Acis erat, sed sic quoque erat, tamen Acis in amnem
> Versus, & antiquam tenuerunt flumina nomen.

Quelques vns au reste ont voulu interpreter Galatée pour l'eau douce qui entre dans la mer, pource qu'il n'y a rien plus doux que le laict, & Doris pour la salée; qui ont quelque dispute à mesler; Polypheme pour l'air (comme il sera dit cy apres des interpretes d'Hesiode) lequel aime mieux la substance douce. Voyez le prouerbe, ὁ δ' ἀπαλὸς Θεόκριτος τῇ καλῇ Γαλατεία εἴη.

CEVX qui moissonnent icy les bleds, & qui vandangent les vignes n'ont point labouré ne planté cela; mais la terre, &c. Cecy semble, sinon auoir esté transcrit de mot à mot, à tout le moins emprunté du neufiesme de l'Odyssée; là où Homere parlant de la forme de viure des Cyclopes dit ainsi.

> Κυκλώπων δ' ἐς γαῖαν ὑπερφιάλων ἀθεμίστων
> ἱκόμεθ', οἵ ῥα θεοῖσι πεποιθότες ἀθανάτοισιν,
> ὅτι φυτεύουσιν χερσὶ φυτὸν, οὔτ' ἀρόωσιν, &c.

HOMERE.

Nous vismes en la terre des superbes & outrageux Cyclopes, lesquels se remettans sur les Dieux immortels, ne plantent de leurs mains herbe ny arbre que ce soit, ny ne labourent; mais tout leur prouient sans cultiuer ne semer: le froment, l'orge, & les vignes, qui portent le vin à grosses grappes, à quoy la pluye du ciel donne accroissement. Ils n'ont au reste aucunes assemblées de ville, pour deliberer des affaires, ne loix, statuts, ou coustumes: mais habitent és cimes des plus hautes montagnes dans des caugrues creuses, là où

chacun d'eux donne la loy à ses femmes & enfans, sans se soucier aucunement les vns des autres.
Plutarque au traicté que les bestes brutes vsent de la raison, doit auoir emprunté de ce lieu, ce
qu'il fait dire à Grillus. *Que le territoire des Cyclopes est si fertile, que sans estre autrement cultiué ne semé, il produit neantmoins toutes sortes de fruicts.* Ce qu'Aristote a aussi touché au 10. des Ethiques;
où il appelle la vie Cyclopique, quand chacun vit à sa fantasie, sans se vouloir retenir ne brider
par loix; ne reglemens quelsconques, commandant absolument comme vn souuerain, à son
mesnage & famille. De maniere que de là a esté tiré ce prouerbe, κυκλώπτυος βίος, pour vne vie
reposée & heureuse, n'ayant faute de rien; ainsi que Strabon à l'onziesme liure, dit que les Al-
banois prochains des Iberiens, où tout leur vient à souhait sans aucun labeur ne trauail, menoient vne vie Cyclopique. Elle se peut prendre aussi pour vne solitude, selon l'opinion
de Maximus Tyrius. Et Dion Chrysostome, en la seconde oraison de la Fortune, la fait tenir en
la main gauche vn gros bouquet de toutes sortes de fruicts; d'où sont parties (ce dit-il) les fictions de tant de belles besongnes d'or massif; des Isles Fortunées, de la corne d'Hercules, & de
la vie des Cyclopes. Desquels au surplus voicy ce que dit Hesiode en sa Theogonie.

γείνατο δ' αὖ κύκλωπας ὑπέρβιον ἦτορ ἔχοντας,
Βροντίω τε, Στεροπίω τε, καὶ Ἄργιω ὑβριμόθυμον,
οἳ Ζωνὶ βροντίω τ' ἔδοσαν, τεῦξάν τε κεραυνόν, &c.

Hesiode. *La terre ayant esté engrossée du ciel, enfanta entre autres les imperieux & violens Cyclopes, Brontés, Steropés,
& Argés le hardy, lesquels firent present à Iuppiter du tonnerre, & luy forgerent sa foudre. Estās en toutes choses semblables aux Dieux, horsmis qu'ils n'auoient seulement qu'vn œil emmy le front; dont ils furent appellez
Cyclopes, pource qu'ils n'auoient qu'vn œil tout rond en cest endroit. Gens au reste d'vne merueilleuse force &
puissance; & fort industrieux en ouurages.* Car comme dit Pausanias és Corinthiaques, ce furent eux
qui edifierent au Roy Prœtus les murailles de Tirynthe; ce qu'on leur attribuë pour raison de la
desmesurée grandeur des pierres dont elles estoient basties, telles & si pesantes que l'attellage
de deux bons mulets n'en eust sceu remuer la moindre. Homere au 2. de l'Iliade.

πρωθαί τε τειχιόεσσαι.

Ce furent les premiers qui inuenterent les tours (ce dit Aristote ainsi que le cotte Pline au septiesme liure, chapitre cinquante six) & firent des forteresses. Aussi viuoient ils de brigandages,
larrecins, & volleries sur leurs proches voisins. Comme le tesmoigne Homere tout au commencement du 6. de l'Odissée.

αὐτὰρ Ἀθήνη
βῆ ῥ' ἐς Φαιήκων ἀνδρῶν δῆμόν τε πόλιν τε.
οἳ πρὶν μὲν ποτ' ἔναιον ἐν εὐρυχόρῳ Ὑπερείῃ,
ἀγχοῦ κυκλώπων ἀνδρῶν ὑπερηνορεόντων,
οἳ σφέας σινέσκοντο, βίηφι δὲ φέρτεροι ἦσαν.

Ce-pendant Minerue s'en alloit au peuple & à la cité des Pheaciens, qui auparauant habitoient en la spacieuse Hyperie, aupres des Cyclopes; gens insolens & outrageux, qui les pilloient & saccageoient à toutes heures,
car ils estoient les plus forts. Ce qui conuient en tout & par tout aux peuples des Indes Occidentales; dont les vns estoient hommes simples desarmez; les autres belliqueux, inhumains, &
cruels Canibales, qui les alloient çà & là poursuiuans à guise d'vne chasse de bestes sauuages, pour
les manger. Ce qui me fait croire que Homere a peu auoir quelque notice de ces quartiers là si
separez de cest Hemisphere, mais fort ombragée & obscure.

POLYPHEME *le fils de Neptune, le plus cruel & sauuage de tous habite icy.* Le mesme Poëte au
premier de l'Odissée.

ἀλλὰ Ποσειδάων γαιήοχος ἀσκελὲς αἰὲν
κύκλωπος κεχόλωται, ὃν ὀφθαλμοῦ ἀλάωσιν,
ἀντίθεον Πολύφημον ὅου κράτος ἐστὶ μέγιστον
πᾶσι κυκλώπεσσι· Θόωσα δέ μιν τέκε Νύμφη,
Φόρκυνος θυγάτηρ ἁλὸς ἀτρυγέτοιο μέδοντος,
ἐν σπῆϊ γλαφυρῷσι Ποσειδάωνι μιγεῖσα.

*Mais l'embrasse-terre Neptune est tousiours encore en cholere, pour raison du Cyclope qu'il a aueuglé de son œil,
le diuin Polypheme, dont la force est la plus grande de tous les autres Cyclopes. La Nymphe Thoosa le luy
auoit enfanté fille de Phorcys l'vn des Rois de la mer infertile, s'estant meslée auec Neptune dedans les profonds cauains.*

N'AYANT *qu'vn sourcil seulement sur-estendu tout le long d'vn seul œil.* Theocrite en l'Eidyllion onziesme.

γινώσκω χαρίεσσα κόρα τίνος ἕνεκα φεύγεις,

ἕνεκα

ἕνεκα μοι λαοία μὲν ὀφρὺς ἐπὶ παντὶ μετώπῳ
ἐξ ὠτὸς τέταται ποτὶ θ' ὥτερον ὡς μία μακρά.
εἷς δ' ὀφθαλμὸς ἔπεςι, πλατεῖα δὲ ῥὶς ἐπὶ χείλη.

Ie ſçay **bien pourquoy tu me fuis ainſi gentille pucelle**, pource que i'ay vn ſourcil houſſu eſtendu tout au long du front, depuis vne oreille iuſques à l'autre; & au deſſoubs vn œil ſeulement, auec vn nez large eſcaché ioignant les babines. Quant au ſourcil eſtendu Plutarque en la vie de Publicola dit qu'Horace qui defendoit le pont Sublicius contre l'effort du Roy Porſena, fut ſurnommé Coclés, non qu'il fuſt borgne, mais ſelon d'aucuns, pource qu'il eſtoit fort camus & que ſes deux ſourcils eſtoient ioints tout d'vn tenant: parquoy le peuple le cuidant ſurnommer Cyclops, par erreur de langue l'appella Coclés au regard de ſon ſeul œil. Ouide au treizieſme des Metamorphoſes.

> *Vnum eſt in media lumen mihi fronte, ſed inſtar*
> *Ingentis clypei; quid? non hæc omnia magno*
> *Sol videt è cælo? Solis tamen vnicus orbis.*

I'ay volontiers adiouſté ces trois vers d'vn Poëte Latin, pource qu'à ce meſme propos, combien qu'aucun peu differemment, les interpretes d'Heſiode ſur le paſſage cy deſſus amené de la Theogonie touchant les Cyclopes, c'eſt à dire n'ayans qu'vn ſeul œil emmy le front, veulent appliquer cette fiction aux foudres, eſclairs, & tonnerres, auec telles autres impreſſions de l'air; autour deſquelles ils ſont continuellement emberſongnez pour le ſeruice de Iuppiter: eſtant l'air ſitué au milieu du ciel, quaſi comme vn œil en la teſte (ce dient ils.) Mais cela me ſemble vn peu demeurer court; auſſi bien qu'aſſez d'autres traits de ſemblables Allegories.

NON autrement que de tres-cruels Lyons ſanguinaires, &c.

ἀλλ' ὅγ' ἀναΐξας ἑτάροις ἐπὶ χεῖρας ἴαλλε,
σὺν δὲ δύω μάρψας ὥς τε σκύλακας ποτὶ γαίῃ
κόπτ', ἐκ δ' ἐγκέφαλος χαμάδις ῥέε, δεῦε δὲ γαῖαν.
τὼς δὲ διαμελεϊςὶ ταμὼν ὡπλίσατο δόρπον·
ἤσθιε δ' ὥς τε λέων ὀρεσίτροφος, οὐδ' ἀπέλειπεν,
ἔγκατά τε, ζάρκας τε, καὶ ὀςέα μυελόεντα.

Mais le Cyclope ſe ruant ſur ſes compagnons en empoigna deux, leſquels tout ainſi que petits chiennets il flacqua contre terre, dont la ceruelle ſe mit à couler qui arrouſoit le plancher. Puis les ayant deſmembrez en menus loppins, les appreſta pour ſon ſouper: & les deuoroit comme vn Lyon nourry en montagne, ſans qu'il en demeraſt choſe quelconque; chair ne les oz remplis de moelle.

LA contemplant d'vne montagne. Theocrite.

καθεζόμενος δ' ἐπὶ πέτρας
ὑψηλᾶς ἐς πόντον ὁρῶν, τοιαῦτ' ἤειδεν.

Et Ouide.

> *Prominet in pontum cuneatus acumine longo*
> *Collis, vtrumque latus circumfluit æquoris vnda.*
> *Huc ferus aſcendit Cyclops, mediuſq́ re ſedit.*

IL degoiſe ie ne ſçay quel chant paſtoral: qu'elle eſt bien blanche cette ſienne maiſtreſſe, &c. Theocrite.

ὦ λευκὰ γαλάτεια, τί τὸν φιλέοντ' ἀποβάλλῃ,
λευκοτέρα πακτᾶς ποτιδεῖν, ἁπαλωτέρα δ' ἀρνός,
μόςχω γαυροτέρα, φιαρωτέρα ὄμφακος ὠμᾶς.

O blanche Galatée, pourquoy reiettes-tu ainſi ton fidele amant? Plus blanche que fin caillé, quand on te regarde: plus tendre qu'vn aigneau de laict; plus ſaſre qu'vn petit veau; plus aigrette qu'vne grappe de verius. Ouide à l'oppoſite; pour faire quelque conference de ce Poëte Latin auec les Grecs.

> *Conditior folio niuei Galatea liguſtri,*
> *Floridior prato, longa procerior Alno,*
> *Splendidior vitro, tenero laſciuior Hædo,*
> *Leuior aſſiduo detritis æquore conchis,*
> *Solibus hybernis, æſtiua gratior vmbra;*
> *Nobilior pomis, Platano conſpectior alta,*
> *Lucidior glacie, matura dulcior vua,*
> *Mollior & Cycni plumis, & lacte coacto;*
> *Et ſi non fugias riguo formoſior horto, &c.*

QV'IL lay nourriſt de petits faons de Biche & d'Ours.

Theocrite, dont tout cecy est pris.

τρέφω δέ τοι ἕνδεκα νεβρώς,
πάσας ἀμνοφόρως, καὶ σκύμνως τίσσαρας ἄρκτων.

Ie te nourris onze faons de Biche, tous qui tettent encore, & quatre petits Ourseaux.

Ouide.

    Inueni geminos qui tecum ludere possunt,
    Inter se similes, vix vt dignoscere possis
    Villosæ catulos in summis montibus Vrsæ;
    Inueni, & dixi, domina seruabimus istos.
S A N s *prendre garde de quel costé ses brebis paissent.*

    πολλάκι ταὶ δίες ποτὶ τ᾽ αὔλιον αὐταὶ ἀπῆντον,
    χλωρὰς ἐκβοτάνας.

Ouide.

    Lanigeræ pecudes nullo ducente secutæ.

Tout le reste est de Philostrate.

PHORBAS

Le lieu où la tyrannie,
Fait ressentir sa manie,
C'est là ordinairement,
Où s'en fait le chastiment:
Tant de testes à ce chesne,

Forgent entr'elles la chaisne,
Qui traisne dans le trespas,
L'impitoyable Phorbas:
Son trophée fut bien haut,
Mais il luy sert d'eschaffaut.

PHORBAS OV
LES PHLEGYENS.

ARGVMENT.

LE DELVGE vniuerſel s'eſtant eſcoulé; les eaux reduittes en leurs limites ordinaires ; & la terre engraiſſee de nouueau ſel & limon, tout auſſi toſt que les raiz du Soleil commencerent à donner ſans entre-moyen & empeſchement là deſſus, elle toute repoſee d'vn ſi long ſeiour; & comme à deliure de la captiuité où elle eſtoit detenuë, vint à produire de nouueau ſes herbes & plantes; auec des animaux, monſtres, & inſeſtes d'vne grandeur enorme. Car l'humide ſe rencontrant auec le chaud, ſelon les poids & reigles ſeulement cogneuz, à nature, cauſe vne fertile procreation de toutes choſes : pource qu'en la ſubſtance liquoreuſe & humide ſe fait bien vne plus parfaicte mixtion, que non pas en la ſeche. Tellement qu'entre les autres grands chefs d'œuure elle mit hors ceſt enorme & deſmeſuré ſerpent de Python, qui à guiſe d'vn autre deluge exterminoit de rechef tout le genre humain, & les animaux de la terre, iuſques à ce que le Dieu Apollon l'euſt mis à mort a coups de fleſches. En memoire dequoy & pour vne perpetuelle recognoiſſance de ce benefice, on luy inſtitua des ſacrifices & ieux ſolennels, auec vn temple, autel, & oracle à Delphes; là ou on accouroit de tous les endroits de la terre; partie par deuotion, partie pour voir la feſte & eſbattemens qui s'y celebroient au bout de chacune cinquieſme année: partie pour ſe conſeiller & reſoudre ſur les affaires dont on eſtoit en doubte. Ainſi eſtoit ce lieu là frequenté plus que nul autre; enrichy & orné d'infinis vœuʒ & offrandes de treſ-grande valeur. Mais vn impie, deteſtable, & meſchant Phorbas auec ſes complices de Phlegyens, tous larrons, brigands, voleurs, bandoliers, & guetteurs de chemins en voulans à ce Dieu, ou plus toſt à ſes richeſſes, ſe mirent à garder l'aduenuë ſeule du coſté de la terre pour aller à Delphes: & là contraignant les paſſans de s'eſprouuer à l'eſcrime des coups de poing contre luy, afin (car tel eſtoit ſon pretexte) qu'ils fuſſent touſiours tant mieux exercitez pour faire à bon eſcient puis-apres és ieux Pythiques, deſtrouſſoit les vns, rançonnoit les autres, maſſacroit la plus part ; par malice & trahiſon toutesfois; & en pendoit les teſtes à vn vieil cheſne ſoubs lequel il faiſoit ſa reſidence ordinaire: choſe trop hideuſe et eſpouuentable à voir. Tant que finablement Apollon pour l'intereſt qu'il pouuoit auoir en cela, car on ne luy apportoit plus d'offrandes, & ſon rapport diminuoit

d'autant.

d'autant; pour deliurer le monde auſsi d'vne telle peſte, ſe preſenta à ceſt inhumain en
forme d'vn ieune Athlete, dont Phorbas ſe cuidant deliurer à fort bon marché, &
en faire comme les autres, y demeura luy meſme pour les gages: de maniere que le
pas fut ouuert, & remis en ſa premiere liberté; et cette deteſtable couſtume de tous
points aſſoupie et eſteinte.

 E FLEVVE icy que vous voyez eſt Cephiſſe le Bœo-
cien, & non pas de ces rudes & lourdaux enne-
mis des Muſes. Mais tout ioignant iceluy les Phlegyens vrais Barbares ſe ſont campez ſoubs des tentes
& pauillons,* les villes n'eſtás point encore en vſage.
De ces deux au reſte qui cóbattent à coups de poing,
vous voyez bien (à mon aduis) que cettui-cy eſt Apollon, & l'autre à l'oppoſite eſt Phorbas, que les Phlegyens ont eſleu pour leur Roy: car il eſt de grande ſtature, & le plus inhumain d'entr'eux tous. Pour cela neantmoins Apollon
n'a laiſſé de l'aller attacher pour raiſon du paſſage: car cettui-cy s'eſtant mis
à garder le chemin qui va droit aux Phocenſiens & en Delphes, perſonne
ne ſacrifie plus és Pythies, ny ne chante des Cantiques à ce Dieu: tous les
oracles, offrandes, & diuines reſponſes du ſacré Trippier ſont abandonnées.
Or s'eſtant ſeparé de tous les autres Phlegyens il exerce ſes brigandages: &
a choiſy pour ſa demeure ce Cheſne icy; là où iceux Phlegyens luy viennent ordinairement faire la cour, & plaider leur cauſes en ce beau palais.
quant aux paſſans, il les reçoit en vne chappelle: que ſi ſe ſont ou vieillards, ou ieunes enfans, il les renuoye à la communauté des Phlegyens
pour les deſualier, & mettre à rançon. Auec les plus forts & robuſtes il combat, ſurmontant les vns à la luéte, les autres à la courſe, les autres à l'eſcrime
des coups de poing, ou à ietter la pierre: & leur couppe les teſtes à tous; qu'il
pend puis-apres à ce Cheſne: paſſant ainſi le cours de ſon aage en cette cruelle bourrelerie & carnage. Car les vnes pourries deſia, attachées au bout de
ces branches, ſont toutes ſurfonduës & coulantes d'infection. Celles-là,
vous voyez bien comme elles ſont ſeiches & deſcharnées: les autres toutes freiches encores. Celles-cy n'ont plus que le teſt, ouurans la gueule, par
où il ſemble qu'elles lamentent hideuſement, quand le vent frappe & s'entonne dedans. Cettui-cy doncques ſe glorifiant de ſes belles victoires, Apollon le vient rencontrer ſoubs la reſſemblance d'vn beau ieune champion,
tout preſt de faire à coups de poing: & eſt le Dieu icy peint auec ſa perruque, mais recueillie & trouſſée, afin qu'il combatte plus à deliure du
chef. Les rayons flamboyans s'eſlancent d'emmy le front, & la ioüe enuoye au dehors ie ne ſçay quel deſpiteux ſoubſrire, entremeſlé d'animoſité & courroux. Ses œillades auſſi eſtincellantes, ſe demenent quand &
les mains, leſquelles ſont entortillées de groſſes courroyes, mais les bouquets & chappeaux de fleurs y ſierroient bien mieux. Ce-pendant il a
mis par terre ſa partie aduerſe: & le gaillard maniment de la droicte qu'il
hauſſe & ſecoüe ainſi vertement, la monſtre eſtre encore fort vigoureuſe,
ne ſe deſmentant point en rien de la contenance dont elle a vaincu: là où

les villes n'e-
ſtans] n'auoit
encores villes,
n'ayant point
encores baſty des
villes. Il ne dit
pas n'eſt auy
bien n'eſe,
mais qu'ils
n'eſtoient pas
encores en ſi
grãd nombre,
qu'ils peuſſent
remplir des ci-
tez.

le Phlegyen gift la tout roide eftendu fur la place. Quel efpace il en occupe, le Poëte le fçaura fort bien dire. Au furplus il a receu le coup à la tam-
ple, dont le fang coule abondamment à val, tout ainfi que d'vne fontaine:
pourtrait icy fort cruel d'vne mine fanguinaire & gouluë, comme celuy
qui prendroit encore plus de plaifir à fe repaiftre des paffans, que de les mettre à mort. Mais ce feu defcendant du ciel eft la foudre, pouffée tref-impe-
tueufement vers le Chefne pour l'embrafer; non toutesfois qu'il en efface
du tout la memoire : car l'endroit où fe demefla ce combat, eft encore pour
le iourd'huy appellé les teftes du Chefne.

ANNOTATION.

LEs chofes de Phorbas (car il y en a eu plufieurs de ce nom) & des Phlegyens, font
vn peu embrouillées & obfcures. Homere en l'Hymne d'Apollon, parle d'vn
Triopien; ἢ ἅμα Φόρβαντι πρόπω γίνος. Surquoy vne difficulté fe rencontre, que
c'eft qu'il veut entendre par ce Triopien. Car il y a vne ville au pays de Carie en
l'Afie mineur appellée *Triopion*, côme dit Stephanus au liure *des Villes*, ditte ainfi de
Triops pere d'Eryfichthon, dont (à ce qu'il eftime) Apollon auroit eu le furnom de Triopien; au
temple duquel, ainfi que tefmoigne Herodote en la Clio, fe fouloit celebrer vne fefte, & des
ieux de prix, dont les vainqueurs eftoient honnorez d'vn prefent de quelques trippiers d'airain,
qu'il ne leur eftoit pas permis d'emporter, ains failloit les laiffer en ce mefme temple pour le feruice & vfage d'iceluy. Diodore Sicilien fait mention d'vn Triope fils (comme il dit) du Soleil;
lequel s'en alla de Crete habituer en Carie, où il donna fon nom à l'vn des promontoires ou
Caps de la cofte. Les autres mettent que Triops fut Roy de Theffalie, comme tefmoigne Hyginus en fon Aftronomique; lequel de neceffité & difette fut contraint de piller le temple de Cerés, qui le punit pour ce facrilege & forfait d'vne faim perpetuelle, fans que iamais par aucune
mangeaille il peuft eftre raffafié ne remply. Et finablement luy ayant enuoyé vn ferpent pour le
tourmenter dauantage, qui l'enuironnoit au trauers du corps, l'vn & l'autre furent translatez au
ciel en ceft Aftre que l'on appelle O'φιξχ ou *le Serpentaire*, où il eft encor affligé perdurablemêt.
Mais Polyzeius Rhodien (comme adioufte le mefme Hyginus) maintient que celuy-là eft Phorbas fils de Triops & de Hyocla fille de Myrmidon; lequel ayant par fortune de mer efté ietté en
l'ifle de Rhodes, appellée pour lors Ophiufe, pour le grand nombre de ferpens qui l'auoient
toute defpeuplée & defertée, il s'efuertua en forte qu'il les mit tous à mort; & entre autres vn
Dragon enorme qui auoit gafté grand nombre de peuple, & de beftial. Pour lequel acte genereux & bien-fait, Apollon l'ayant pris en amitié, (ce que touche Plutarque en la vie de Numa)
le transfera au ciel apres fa mort, où il combat encore ce Dragon. En memoire dequoy les Rhodiens fouloient faire anciennement certains facrifices à l'inopiné abord de Phorbas, qui leur
auoit caufé vn fi grand bien; mais cela eft bien efloigné de notre propos, tant il y a d'incertitude és fables des Grecs, où il eftoit permis à chacun de feindre, & appliquer à fon gré
tout ce qui luy venoit en fantaifie. Car Paufanias és Corinthiaques tout au rebours fait Triops
auoir efté fils de Phorbas. *Pirafus (ce dit-il) fut fils d'Argus fils de la fille de Phoroneus ; &*
Phorbas auffi. De Phorbas Triops : de Triops Iafus & Agenor. Si c'eft cettui-cy ou vn autre il
le faudroit deuiner. Car Homere mefme ne l'explique pas, & ne le fait que toucher en paffant. Trop bien, vn peu plus auantau mefme Hymne dit-il cecy des Phlegyens, qui fait plus à
noftre propos:

ἔνθεν δὲ προτέρω ἔχιες ἐκατηβόλ' Ἄπολλον·
ἷξες δ' ἐς Φλεγύων ἀνδρῶν πόλιν ὑβριςάων,
οἳ Διὸς οὐκ ἀλέγοντες ἐπὶ χθονὶ ναιετάασκον
ἐν καλῆ βήσση, κηφισιάδος ἐγγύθι λίμνης.

Delà (affauoir de Delphufe) tu retiras premierement (fire Dard'au-loin Apollon) à la demeure des ou-
trageux Phlegyens ; lefquels ne faifans aucun compte de Iupiter fur la terre, habitoient en vne belle ca-
uerne prés les marefts de Sephiffe. Paufanias, encore qu'ils'approche bien plus d'vn ordre & verité
PAVSANIAS. Hiftorienne, a neantmoins confondu tout cecy, de forte qu'il eft bien mal-aifé d'en tirer aucune
inftruction au net. Car és Corinthiaques il dit; *Que Phlegyas s'en vint au Peloponefe foubs pretexte de*
voir le pays; mais à la verité pour recognoiftre le nombre des habitans, & fi c'eftoient gens belliqueux ou non,

car

car il fut l'vn des plus grands guerriers de son temps. Par tous les endroits doncques où il aborda, il couppa les
bleds, & en emmena le butin. Sa fille l'ayant suiuy à ce voyage, qui estoit grosse d'Apollon sans que le pere en
sceust rien, accoucha d'vn garçon en la contrée d'Epidaure, qu'elle exposa en vne montagne, là où vne chevre
de celles qui d'auanture lors passoient au pied, l'alla alaicter. Et le berger appellé Arestanas s'en estant mis en
queste, la trouua finalement auprés de l'enfant, & son chien aussi Phrurus qui le gardoit. Mais comme il
l'eust voulu prendre entre ses bras pour l'enleuer hors de là, vne lueurs s'eslança de sa face semblable à vn coup
d'eclair, qui le luy fit abandonner. La renōmée soudain s'espandit çà & là, qu'il guerissoit de toutes maladies, &
ressuscitoit les morts: dont il paruint au bruit & honneur qu'on a peu entendre d'Esculapius; car c'estoit luy sans
autre. Es Bœotiques puis-apres il dit, que Phleg yas fut fils de Mars & de Chrysa fille de Halmus, & que
Etheocles est aut mort sans enfans il s'empara de son Royaume, donnant son nom de Phlegyantide à la contrée
qui au-par-auant s'appelloit Andreide, où il attira tous les plus vaillans & belliqueux Grecs qui fussent lors:
tellement que par succession de temps ce peuple là appellé les Phleg yens, ou par vne certaine follie & legereté,
ou par vne confiance de leurs forces se desmembrerent du reste des Orchomeniens, se mirent quand & quand à
piller les terres de leurs voisins; & s'estans finalement assembleZ pour aller saccager le temple d'Apollon en
Delphes, furent du tout exterminez à coups de foudre, & par des tremblemens de terre qui les engloutirent
presque tous. Les autres mourrent de peste. De maniere que bien peu se sauuerent en la Phocide. Que les
Phlegyens fussent gens fort addonnez à la guerre, ces carmes icy d'Homere au treiziesme de l'I-
liade le tesmoignent assez.

    οἷος δὲ βροτολοιγὸς Ἄρης πόλεμον δὲ μέτεισι,
    τῷ δὲ φόβος φίλος υἱὸς ἅμα κρατερὸς κ᾽ ἀταρβὴς
    ἕπετο, ὅς τ᾽ ἐφόβησε ταλάφρονά περ πολεμιστήν.
    τὼ μὲν ἄρ᾽ ἐκ Θρήκης Εφύρους μέτα θωρήσσεσθον,
    ἠὲ μετ᾽ Φλεγύας μεγαλήτορας· οὐδ᾽ ἄρα τώ γε
    ἔκλυον ἀμφοτέρων, ἑτέροισι δὲ κῦδος ἔδωκαν.

Comme quand le pernicieux Mars s'en va à la guerre, que l'effroyable espouuentement son cher fils vaillant & HOMERE.
sans peur accompagne, lequel estonne iusques aux plus hardis combattans: & s'arment de compagnie pour
aller de Thrace ennahir les Ephyriens, ou les Phleg yens magnanimes sans prester l'oreille aux vns ny aux autres; toutesfois ils donnent la victoire à l'vne des parties. Lequel passage Pausanias cite au lieu dessusdit, comme pour vn tesmoing de la vaillance ancienne de ce peuple. Voila ce que les autheurs
qui se retrouuent pour le iourd'huy nous racōptent de cest affaire; au moins de ce qui est paruue-
nir en mes mains. Il faut voir maintenant ce qu'en dient les Latins qui peut estre nous en esclairciront dauantage: neantmoins il faut aduoüer qu'ils ont tout pris des Poësies Grecques, dont
la plus-part aussi bien que les autres choses ont esté deuorées du temps. Virgile au sixiesme de
l'Eneide.

    - Phleg yasȳ, miserrimus omnes
    Admonet, & magna testatur voce per vmbras,
    Discite institiam moniti & non temnere Diuos.

Mais cela est bien succinct pour en sçauoir rien tirer à nostre propos. Au moyen dequoy il faut
finalement venir à ce qu'en a touché Ouide en l'onziesme de la Metamorphose: car il ne s'en
trouue rien si expressement nulle part que ie sçache.

    Ad Clarium parat ire Deum: nam templa profanus
    Inuia cum Phleg yis faciebat Delphica Phorbas.

Euphorion (pour reuenir aux Grecs) dit que ces Phlegyens estoient certains insulaires, impies
& sacrileges enuers les Dieux; que Neptune pour cette occasion abisma en la mer. Quelques autres, que Phlegyas fut vn Roy de Thessalie pere d'Ixion & de Coronis, laquelle Apollon ayant
engrossée d'Esculapius, Phlegyas par despit de cela s'en alla mettre le feu au temple d'Apollon,
qui à coups de flesches l'ennoya au fonds des enfers.

CAR PHORBAS s'estant mis à garder le chemin qui va aux Phocensiens & en Delphes, personne ne sacrifie plus és Pythies. Iunon comme le raconte Homere en l'Hymne d'Apollon, irritée de ce que
Iupiter seul sans son aide ne compagnie eust enfanté Minerue de son cerueau, si belle, bien formée & accomplie Deesse, là où elle n'auoit fait qu'vn pauure boiteux esclopé, laid, maussade,
& mal fait, de maniere que pour sa difformité elle auoit esté contrainte le precipiter en l'Isle de
Lemnos, voulut de rechef si d'emulation de son mary s'efforcer de faire quelque beau chef d'œuure. Et là dessus toute pleine de courroux qu'elle estoit, descendit icy bas en la terre; là où s'e-
stant empreignée des plus fortes & violentes vapeurs procedantes d'icelle, au bout de l'an elle
accoucha d'vn monstre horrible & espouuentable; ne ressemblant aux hommes ny aux Dieux,
ains à vn tresfier & cruel Dragon, qui fit infinis maux & dommages aux personnes & aux trouppeaux; iusques à ce que finalement Apollon fils de Iupiter & Latone l'eust mis à mort à
coups de flesches, près le mont de Parnasse & la riuiere de Cephise, en cet endroit où fut bastie

depuis la ville de Delphes, dans les rochers aspres, & solitaires, & deserts, dont elle auroit pris
le nom; car δελφὸς en langue ancienne, tesmoing Macrobe au sixiesme, *seul*, à propos du Soleil
ou Apollon qui est seul au monde. Là fut establi ce tant fameux & renommé Oracle qui a duré
comme dit Plutarque en la Pythie, plus de trois mille ans; en vn temple ou plustost sanctuaire,
pour le commencement basty des branches du Laurier de Tempé en Thessalie; en forme d'vne
petite logette ou fueillée, selon Pausanias en ses Phocaïques. Secondement on le fit de ruches
d'abeilles, de rayons de miel, & des ailles des mouches qui l'elaborent; dont il auroit esté appellé πτε qui veut dire *ailles*; ou de celuy qui fit cest ouurage, lequel se nommoit ainsi; ou de la
fougere de montagne qui a la mesme appellation. Le troisiesme fut de cuiure. Le quatriesme de
pierre; par Trophonius & Agamedes, lesquels (ce dit Plutarque en la consolation d'Apollonius) l'ayans acheué, & requis Apollon de les recompenser de leur peine, il les remit au huictiesme tour ensuiuant, & ce-pendant qu'ils fissent bonne chere. Mais au bout de ce terme ils furent
trouuez morts en leur lict, sans auoir senty aucun mal ne douleur. Ce temple brusla la premiere
annéè de la 58. Olympiade. Puis fut rebasty par les Amphictyons des deniers communs de la
Grece, destinez au seruice diuin: Spintharus Corinthien en ayant esté l'architecte & conducteur
de l'œuure. Apres celuy là n'en a plus esté refait d'autre; mais aussi il dura fort long temps, & iusques à ce que l'oracle cessa du tout. Ciceron au 2. liur. *de la Diu nation*, met que desia de son temps
il commençoit à decliner, & perdre beaucoup de la grand vogue & credit où il auoit demeuré
par de si longues reuolutions de siecles. Grand tesmoignage certes, & approbation du prochain
aduenement de celuy, à qui il falloit necessairement que tous les abuz, tromperies, fraudes, illusions & mensonges de l'ancien calomniateur fissent place, & s'esuanoüyssent deuant luy, tout
ainsi que les vapeurs & brouillards se dissipent à l'arriuée du Soleil: & que les Tenebrions & mauuais esprits y disparoissent.

PINDARE en la quatriesme Pythienne.

ἔνϑα ποτὲ χρυσίον
Διὸς αἰετῶ πάρεδρος, &c.

Et encore plus auant.

τᾶρ μέσον ὀμφαλὸν ἐ-
υδένδροιο ῥηϑὲν ματέρος.

La situation de
Delphes. Et ses interpretes là dessus. Strabon aussi, & Plutarque tout au commencement de *la cessation des
Oracles*, dient que selon la commune opinion, le lieu de Delphes estoit situé iustement au milieu
de la Grece, voire de toute la terre habitable; controuuans que deux Aigles estans parties tout
à vn coup, l'vne des extremitez du Leuant, & l'autre de celles du Ponant, se vindrent rencontrer là endroit; dont pour cette occasion le lieu auroit esté appellé ὀμφαλὸς, *le nombril* ou *milieu*;
pource que cette partie en l'homme est comme le centre d'iceluy. De fait on mostroit à Delphes
vne certaine maniere de nombril enueloppé de linges, auquel estoient taillées deux figures re-
presentans cette fiction des Aigles. Sophocle en l'Edipe regnant.

Οὐκέτι τὸν ἄβατον εἶμι
γᾶς ἐπ' ὀμφαλὸν σέβων.

Il ne m'est plus besoin d'aller au nombril de la terre faire mes deuotions. Et Euripide en l'Orestes.

τρίποδος ἀπόφασιν, ἀν ὁ Φοῖβος
ἔλαχεν ἔλαχε, δοξάμμος ἀνὰ δάπεδον,
ἵνα μεσόμφαλοι λέγονται μυχοὶ γᾶς.

*L'oracle qu'Apollon a rendu du Trippier, & lequel vous auez receu en ce lieu, où l'on dit estre vn cauain au
milieu de la terre.* Plus Ouide au 10. de la Metamorphose.

-Et orbe In medio positi caruerunt præside Delphi.

Virgile és menus meslanges qu'on luy attribuë.

Pallas Cecropias tuetur arces,
Delphos Py hius orbis vmbilicum.

De maniere que pour cette occasion dans le temple d'Apollon souloit y auoir deux Aigles d'or
bec à bec, pour tesmoignage de leur rencontre cy dessus mentionné. Mais Varron és liures de la
langue Latine amenant ces vers cy d'vn vieil Poëte. *O sancte Apollo, qui vmbilicum certum terrarum
obtines*, reproune cela; & Phornutus aussi, qui le refere à ce mot ὀμφὴ qui est à dire *diuine voix*, à
cause des responses & oracles qui se rendoient à Delphes.

L'oracle de
Delphes.
STRABON. DE cest Oracle icy de Delphes qui a esté le plus celebre qui fut onocques; Strabon au 6. liure
dit, *que ce souloit estre vne profonde cauerne, n'ayant l'entrée gueres large, d'où sortoit certain vent ou vapeur qui transportoit les gens hors de soy, tellement que quand l'on vouloit sçauoir quelque chose, l'on mettoit
vn Trippier approprié à cela, haut esleué sur cette bouche, où la Pythie estant montée estoit incontinent
remplie d'esprit prophetique, & rendoit response infaillible de la chose enquise : quelquesois en*
vers,

Vers, & d'autres, en Oraiſon ſoluë. Mais il y auoit ordinairement des Poëtes parmy les miniſtres du temple, qui recueillans ſa conception & ſon dire, le redigeoient puis-apres en carmes. Plutarque en la Ceſſation des Oracles aduoüe bien auſſi que ce tranſportement d'eſprit prouenoit de la maligne vapeur de cette caue. Et Pline au nonante-cinquieſme chapitre du ſecond liure. *Alibi fatidici ſpectus, quorum exhalatione temulenti futura præcinunt, vt Delphi nobiliſſimo oraculo.* Mais Diodore Sicilien au ſeizieſme de la Bibliotheque faiſant mention de ce Trippier & Oracle de Delphes, en parle bien plus amplement en cette ſorte. LE BRVIT *commun fut anciennement que les Cheures trouuerent cet Oracle; en faueur dequoy, ceux de Delphes encores pour le iourd'huy ſacrifient le plus ſouuent des Cheures, quand ils ſe veulent conſeiller ſur quelque affaire. Pour-autant (à ce qu'ils racomptent) que iadis en cet endroit où eſt le Sanctuaire, il y eut autresfois vne profonde ouuerture de terre auant que Delphes fuſt encore habité. Et comme les Cheures allaſſent ordinairement roddans & paiſſans à l'entour de ce trou, il aduint qu'vne d'entre-elles s'en approchant plus pres que de couſtume, iuſques à regarder là dedans, ſe mit à faire des bonds & gambades, des geſtes, grimaſſes, & mines ſi eſtranges, auecques certain cry inaccouſtumé qu'elle iettoit, que le gardien du trouppeau (Plutarque en la Ceſſation des Oracles l'appelle Coretas) s'en eſtant apperceu, voulut aller luy-meſme voir l'occaſion de cette merueille. Mais tout ſoudain il luy aduint le meſme qu'à ſes Cheures: vn grand par-troublement (c'eſt à ſçauoir) de ceruean, dont il fut ſaiſi à l'inſtant, (car ces beſtes-là encouroient les meſmes accidens à peu pres qu'ont accouſtumé de ſouffrir ceux qui ſont eſpris de fureur diuine) & ſi commença à predire des choſes aduenir. Ainſi cette alienation d'entendement qui ſuruenoit à ceux qui s'approchoient de la cauerne, s'eſtant venuë à diuulguer de main en main parmy les peuples de là autour, pluſieurs accouroient celle-part pour eſprouuer ce que c'eſtoit, & ſe trouuoient rauis & tranſportez tout de meſme. Le cas paſſant à vne telle admiration, qu'on creut que c'eſtoit vn Oracle terreſtre: & pour quelque temps obſeruerent, que ceux qui ſe vouloient enquerir de leur faict, s'en venoient à cette caue, & ſe rendoient reſponſe les vns aux autres. Mais comme pluſieurs par vne fureur & rauiſſement vinſſent à trebuſcher dedans, & ſe tuaſſent, ceux qui eurent la commiſſion de le garder, ordonnerent que pour obuier à ces inconueniens, on y eſtabliroit vne femme pour Propheteſſe, de laquelle on prendroit l'Oracle, & qu'à cette fin on luy dreſſeroit quelque tandis, deſſus lequel elle pourroit en ſeureté receuoir l'inſpiration dedans, & reſpondre à ceux qui vien-droient au conſeil à elle. Lequel tandis ou machine, pour ce qu'elle poſoit ſur trois pieds, fut pour cette occaſion appellé Tripier.*

IVSQVES icy Diodore. Mais pour dire quelque choſe de ce τρίπους, (comme l'appellent les Grecs, & les Latins, *Tripus*) pour ce qu'il ſe rencontre en tout plein d'endroicts de ce liure, c'eſt vn mot equiuoque à pluſieurs ſignifications: car il ſe prend quelquesfois pour vn Tretteau & la table attachée auec, dont ſe ſeruoient les anciens Grecs & Romains eſtans couchez pour ſouper plus à leur aiſe dedans des licts; ainſi qu'on peut voir en pluſieurs marbres antiques, reuers de medailles, & pierres grauées. Epicharmus dans le ſecond d'Athenée.

> τί δὲ τόδ' ἐςί; διλαρθὴ τρίπους.
>
> ἦ μὲν̀ οὖν ἔχω πόδας τέτλαρας, οὐκ ἔςι τρίπους,
>
> ἀλλὰ οἶμαι τετράπους. ἐςὶ δ' ὄνομ' αὐτῇ τρύπους,
>
> τέτλαρας γεμὰν ἔχω πόδας.

Qu'eſt-ce doncques cecy? vn Trippier paraduanture. Et quoy? s'il a quatre pieds, ce n'eſt doncques pas vn Trippier, mais vn Quadripied; (ce me ſemble) toutesfois il a nom Tripied, & ſi a quatre pieds. Et au 6. liure, Antiphanes dans les Lemniades.

> Παρετέθη τρίπους
>
> πλακουντα χρηςὸν ὦ πολυτίμητοι θεοὶ
>
> ἔχων ἐν ὀργυρῷ τε πευθλνῳ μέλι.

On apporta vn Trippier ayant vne fort bonne tourte dans vn plat d'argent. Mais plus apertement iceluy Athenée encores au ſeptieſme chapitre du ſecond liure, où il parle des anciennes tables. *Vn certain Cynique ayant appellé vne table Trippier, Vlpian s'en indigna, & dit. Faut-il doncques que ces ambiguitez nous tabuſtent ainſi tout le long du iour ſur le cerueau? ſi d'aduanture il ne veut auſſi appeller le baſton de ſon Diogenes vn Trippier encores, à cauſe de ſes pieds, car toutes les tables en ont.* Neantmoins il cite puis-apres Heſiode au mariage de Ceyx, où il appelle les tables Trippiers: & les vers cy-deſſus alleguez d'Epicharmus és eſpouſailles de Hebé, le Trippier puis apres eſtoit pris pour vn chauderon, comme en ce lieu d'Homere au neufieſme liure de l'Iliade, parlant des choſes qu'Agamemnon enuoye offrir à Achilles pour le rappaiſer. ἑπτ' ἀπύρους τρίποδας, *Sept chanderons qui n'ont ſenty le feu.* C'eſt à dire, qui n'ont point encores ſeruy. Et au vingt-troiſieſme és obſeques de Patroclus: χαὶ τρίποδ' ὠτώεντα δύω χαὶ εἰκοσίμεςρον. *Vn Trippier ayant anſes, de vingt & deux meſures.* Sophocle plus expreſſément vers la fin de l'Aiax.

> τοὶ δ' ὑψίβατον
>
> τρίποδ' ἀμφίπυρον λατρῶν ὁσίων.

καὶ ὑπίκερον.

Que les antres mettent vn haut Trippier sur le feu, propre aux lauemens pour faire le deuoir au corps , c'est à dire vn chauderon enchaßé sur trois pieds; lequel (pource qu'ils estoient ordinairement haut) il appelle pour cette occasion ὑρίβατον· Triclinius là dessus, ἢ χοὺϛ χύσομυς τὸν χοινὸς πυρσεντίτω, ὁ κ, λοβασον λέχτοι· ἀπὸ δὲ τῆς θσοϊας τὸ χύλόπσδος νοετοι ὁ λέβης ἢ τὸ θεμμαλούδμον ὕδωρ. *Que c'est ou ce qui porte le chauderon, à sçauoir les pieds ausquels il est attaché ; ou le chauderon mesme où est l'eau qui se chauffe.* Euripide à la fin des Suppliantes, où Minerue parle ainsi à Thesée.

έςι τείποις σοι χαλκόποις είσω δόμων,

ὃν Ιλίω ποτ' ὲξαναςηλας βάθρα,

αποκδίω ὲπ' ἄλλω Ηρακλῆς ὁρμώμδνος,

ϛήσαί γ'ὲφρ πυθκην ὲςχαρᾳν

ἐν τῆδε λαιμοὶς τῆς τελῶν μήλων τεμών

έ῾ξραψον ὅρκοις τείποδὸς ὲν κοίλω κύτει,

κἄπειτα σῶζὸν θεῷ δὼς ᾧ Δελφῶν μέλφ

μνημεῖα δ' ὅρκων , μδρτύρημα θ' Ελλάδι.

Tu as vn Trippier d'airain au logis, lequel autresfois Hercule ayant saccagé Troye , offrit de vœu aux autels Pythiques , soubs quelque autre intention , y ayant immolé dedans trois brebis. Escripts au fond de ce Trippier des sermens & promesses, & donne-le en garde à ce Dieu qui a soubs sa protection Delphes , ensemble les regiftres & memoires des sermens solemnels & tesmoignages de la Grece. A ce propos & mesmement de χαλκόπους, *pieds d'airain ,* Pline au troisiesme chapitre du trente-quatriesme liure. *Ex ære factitauere & cortinas Tripodum nomine Delphicas , quoniam do is maximè Apollinis Delphici dicebantur.* Seruius sur le sixiesme de l'Eneide interprete ce mot de *cortina* (qui signifie entre autres choses vne chaudiere) pour le Trippier d'Apollon , dont se rendoient les oracles , & le deriue de *corium ,* pour ce qu'il estoit (ce dit-il) couuert du cuir du serpent Python ; ou de *Cerona ,* à cause de la certitude desdits oracles. Mais laissant à part telles curieuses recherches , il appert assez que les Trippiers estoient pris pour des chauderons & bassins : & encores pour de grands plats creux à mettre la viande , comme le tesmoigne ce lieu cy du septiesme liure de Xenophon au voyage du ieune Cyrus en la haute Asie, ἔπειτα δὲ τε ὲισδὲς ὲσωιβθασαι πᾶσιν ὕπετ δ' ὅσοι ὲχοκι, κρέαν μεχρι τενιμαλ'ων, κ, ἄρτοι ζιμίτοι μεγαλοι ωχγακαττπρον, κλ'οι κοιν πρὸς τοῖς κρέα-σι. *On apporta puis-apres des Trippiers à tous , iu, ques au nombre de vingt , remplis entierement de chairs tranchées en minus morceaux , & de grands pains à paste lenée parmy.* Athenée au premier chapitre du second liure. *Cecy est bien digne d'estre remarqué , que le Trippier dedié au temple de Dionysus en signe de*

ATHENÉE.

victoire , estoit vne grande tasse. Car il auoit anciennement deux sortes de Trippiers , (l'vsage toutesfois a obtenu de les appeler indifferemment bassins) l'vn desquels on auoit de coustume de mettre sur le feu , pour chauffer l'eau du bain , dont il retenoit le nom. Aeschyle.

τὸν μὰ τείπυς ὲδὲξατ' οικεῖος λέωνς

αἰεὶ φυλάσσων τὴυ ὑτῷ πυρὸς στάσιν.

L'autre forme de Trippier estoit vne tasse ou couppe p opre à boire ; & pource qu'on y versoit du vin dedans , il estoit reputé propre à extorquer la verité , suiuant ce prouerbe , ὲν οἴω ἀλήθεια, *au vin consiste la verité. Au moyen dequoy le Trippier d'airain , selon le dire de Samus Delien , non le Pythique , mais celuy qu'on appelle maintenant le bassin ,connoit à Bacchus pour raison de l'yureße , tout ainsi qu'à Apollon à cause de la diuination. Quelques-vns auoient des anses , & vne pitte à trois p eds pour leur souftenement , dont ils auoient prins non-li.* Au demeurant touchant le Trippier qui est ainsi dedié à Apollon, comme pour vn symbole de preuoyance & sagesse; il s'en racompte ie ne sçay où , vne histoire. Qu'ayant esté pesché vn Trippier d'or en la mer & adiugé par l'oracle au plus sage de tous , on l'auroit porté d'vn commun consentement à Socrates : mais il le renuoya à Apollon , disant qu'il estoit deu suiuant l'oracle à ce Dieu, & non à autre. Parquoy on le mit sur la teste de son image comme pour vne marque de prescience. Et c'est à quoy a voulu ce me semble , faire allusion le Poëte Anacreon , quand il dit que trois choses sont consacrées à Apollon : la Lyre , le Laurier , & le Trippier.

Ιερὸν γὰρ ὲςι φοῖβϛ

Κιθάρη , δάφνη , τείπυς τε.

De la Prophetisse Pythique.

AV REGARD de la Prophetisse Pythique , ce souloit estre premierement quelque ieune fille idiote & simple , nourrie au village , n'ayant aucune cognoissance de lettres , arts , sciences, ne d'autres affaires du monde : & ne sçachant en somme autre chose , sinon que parler , ainsi que tesmoigne Plutarque au traicté d'icelle: afin , comme il est à presupposer , que l'esprit ou Demon qui s'introduisoit dedans elle, se seruant de son corps comme de quelque organe, instrument & outil, trouuast le logis entierement vuide & denué de toutes autres occupations: &

que

que les imaginations qui viendroient de dehors y fuſſent mieux & plus fortement empreintes & apprehendées, quand rien ne s'y trouueroit qui y euſt deſia pris ſa place, & peuſt par ce moyen empeſcher l'inſinuation de l'oracle. Il falloit quand & quand qu'elle fuſt Vierge, & s'abſtint entierement d'auoir compagnie d'homme, tant qu'elle ſeroit à ce miniſtere : ne communiquaſt non plus à perſonne quelconque, fors ſeulement aux Preſtres & Sacrificateurs ordinaires : car ces eſprits ſont communément tres-jaloux de ce qu'ils poſſedent & hantent. Mais depuis qu'vn Echecrates eut violé vne de ces religieuſes & deuotes, on ordonna que de là en auant vne femme deſia ſur l'aage ſeroit commiſe à cette charge, en habit toutesfois de ieune pucelle. Plutarque en la ceſſation des oracles, dit qu'elles eſtoient touſiours deux, & vne tierce encores de ſecours ; afin de ſe pouuoir ſoulager ſe relayans les vnes les autres, à cauſe du grand nombre de peuple qui abordoit inceſſamment de tous les endroits du monde à l'oracle, autrement vne ſeule n'y euſt peu ſuffire, & en euſt eſté par trop trauaillée : combien que tous ceux qui y abordoient n'emportaſſent pas pour cela reſponſe. Car ſi les victimes qu'on immoloit auant que la Pythie montaſt ſur le trippier de l'oracle pour receuoir l'inſpiration Prophetique ne rendoient les ſignes deus & requis en tel cas : à ſçauoir de fremir & trembler entierement de tout le corps quand on les arrouſoit de vin, & qu'on verſoit deſſus les autres effuſions accouſtumées, elle ne ſe preſentoit point au cauain. De maniere qu'en ayant voulu quelquesfois preſſer vne mal à propos, elle entra en telle rage & forcenerie, que ne pouuant ſupporter l'eſprit, qui pour eſtre irrité s'eſtoit par trop impetueuſement fourré en elle, outre ce qu'elle ne rendit aucune reſponſe, expira bien toſt apres. Or quand il eſtoit queſtion de luy faire conceuoir le Dieu ou eſprit de l'Oracle, elle s'aſſeoit deſſus vn Trippier baut eſleué ſur le puits : & là ſe retrouſſant tout ainſi que ſur vne chaire percée, l'eſprit luy entroit par ſa nature ; & de là ſe dilatant dedans le corps luy montoit au cerueau, & l'empliſſoit toute d'vne telle fureur, que deſcheuelée en Bacchante, comme ſi elle euſt eſté hors du ſens, eſcumant par la bouche, iettoit dehors certaines paroles confuſes, que les miniſtres aſſiſtans recueilloient au moins mal qu'ils pouuoient, & les digeroient par ordre, en langage quelquesfois meſuré & en vers ; par fois auſſi en oraiſon ſolue. Tout cecy touchent plus amplement Origene au ſeptieſme liure contre Celſus Epicuréen, & Chryſoſtome. Mais voicy ce qu'on dit auſſi de ſa part Iamblichus Philoſophe Ethnique, dans les myſteres des Egyptiens. *La Sybille en Delphes receuoit le Dieu en deux ſortes. Ou* ▸ IAMBLICHVS, *par ie ne ſçay quel eſprit & vapeur ſubtile, de nature de feu, ſortant de la bouche de certain puits creux : ou bien aſſiſe au Sanctuaire ſur vn ſiege d'airain ayant trois pieds ou quatre, conſacré à ce Dieu ; s'expoſant en l'vn & en l'autre à l'eſprit dont elle s'eſtoit illuſtrée d'vn rayon de feu diuin. Car quelquesfois vne grande flamme ſortant à coup de cette cauerne ſe reſpand autour d'elle, & la remplit d'vne diuine ſplendeur : & quelquesfois eſtant plantée ſur ce ſiege ou Tripied ſacré, par le moyen d'iceluy elle s'accommode à ce Dieu, & s'habilite à ſa prediction infaillible & certaine. Mais par l'vne ou l'autre de ces deux voyes que cela ſe paſſe, la Sybille ſe fait toute de luy, qui ſe preſente auſſi toſt & luy aſſiſte, ſeparé neantmoins, & eſtant vne choſe à part, que n'eſt ny ce feu, ny la vapeur & le ſiege, enſemble tout le reſte de l'appareil & equipage du lieu, tant naturel qu'artificiel.*

PLVTARQVE en la douzieſme des queſtions Grecques. *Que c'eſt de ce mot Charila enuers* ▸ De la ſolemni-té & ieux de *ceux de Delphes*, dit au propos des ceremonies Pythiques. *Que les Delphiens ont de chaque* prix Pythiques. *neuf années, ſouloient celebrer trois ſolemnitez : Septerion, Heroïde, & Charile. Septerion repreſente le combat d'Apollon contre le ſerpent Python ; & apres l'auoir combattu, la fuite & retraicte à Tempé, auecques la pourſuite qui fut faite à l'encontre de luy. Car les vns le maintenant s'eſtre ainſi enfuy, pource qu'à cauſe de quelque homicide par luy commis, il auroit eu beſoin d'eſtre purifié & abſous. Les autres diſent, qu'en pourſuiuant Python, lequel s'enfuyoit bleſſé deuant luy, le long du grand chemin que maintenant on appelle ſacré, il l'atteignit qu'il ne faiſoit que d'expirer de la playe par luy receuë, & fut là enſeuely de ſon fils appellé Aix, ainſi que l'on dit. Le Septerion donques eſt vne imitation de ces choſes-cy ou ſemblables. Quant à l'Heroïde, la plus-part de tout ce myſtere depend d'vne fiction aſſez cogneuë aux Thyades ; car de ce qui s'y fait, on peut tout ouuertement iuger que c'eſt la translation de Semelé, qui eſt par là repreſentée. De la Charile on en fait auſſi vn tel compte. La famine oppreſſant fort les Delphiens, à cauſe de la ſecheresse de l'année, comme le peuple s'en vint auecques les femmes & enfans à la porte du Roy crier à la faim, il fit deliurer quelques farines & legumes à ceux qui luy eſtoient plus cogneus : car il n'y en auoit pas pour ſuffire à tous. Vne petite fille y alla auſſi o-pheline de pere & de mere, laquelle pource qu'elle l'importunoit trop, il ſoufleta de l'vn de ſes ſouliers, & encores apres le luy rua au viſage. Cette creature qui n'eſtoit pas de petit cœur, nonobſtant ſon fort pauure & abandōnée de tous moyens, ſe retira à l'eſcart en vn lieu deuoyé, & s'eſtrangla auecques ſa ceinture. Ce-pendant la famine croiſſoit, & les maladies parmy, ſurquoy la Pythie enquiſe, reſpondit au Roy qu'il falloit appaiſer l'ame de Charila, qui s'eſtoit elle-meſme deſaite. De maniere qu'apres auoir fort longuement fait la recherche de ce nom, il trouua à toute peine à la fin, que c'eſtoit celle-là qu'il auoit ſouffletée, à qui de là en auāt de 9. ans en 9. ans ils firent vn ſacrifice d'expiatiō, qui dure encore pour le iourd'huy. Le Roy y preſide, & diſtribuë de la farine & des legumes à tous ceux qui s'y trouuēt, tāt eſtrāgers que citoyēs : & y eſt l'effigie de la fille amenée auſſi, à qui le Roy aumoſne eſt fait finie) le Roy donne vn ſouflet de ſon ſoulier : la principale des Bacchātes l'eporte puis apres à quel ieu preci-phie, là où luy mettāt vne corde au col, toutes les autres auec elle l'enterrēt au meſme lieu où Charila fut enſeuelie.*

Mais Strabon au neufiefme liure traicte plus à propos ces myfteres de Delphes difant, *Qui y fouloit auoir anciennement vn ieu de prix de fonneurs de lyre, qui chantoient les loüanges d'Apollon en vers appellez les Pæanes; eftably par les Delphiens apres la guerre de Chriffée. Les Amphictyons y inftituerent depuis les courfes de cheuaux, & les exercices de combats à corps nud; propofans vne couronne au victorieux pour fon loyer & recompenfe. Ils adioufterent quand & quand aux fonneurs de lyre, des flufteurs & ioüeurs de cornets; auecques les chantres de l'air & notte Pythienne; à fçauoir le combat d'Apollon contre le grand ferpent Python: laquelle mufique confiftoit de cinq couplets ou reprifes. Anacrufis, qui eftoit comme vn prelude ou auant-ieu: Ampeira, l'enfournement du combat: Cataceleufmon, le plus fort d'iceluy: les Iambes, & les Dactyles, l'hymne de la victoire: à fçauoir le Iambe, d'iniures & maledictions contre le ferpent, à quoy cette mefure eft fort propre; & le Dactyle, à la loüange d'Apollon. Puis les fluttes pour le dernier, contrefaifantes les fifflemens que le Dragon iettoit aux abbois de la mort.*

Toutesfois Paufanias és Phocaïques, où il defcrit bien amplement tous les combats des Pythies, met que le ieu des fluttes & hauts-bois fut retranché, pour ce que cela eftoit eftimé d'vn trop melancholique & funefte prefage; à caufe qu'on s'en feruoit ordinairement és recitations des carmes lamentables & lugubres, qui fe faifoient en quelque dueil.

MAINTENANT ie n'eftime pas qu'on me vueille blafmer, ny fçauoir mauuais gré; au moins qu'on ait grande occafion de ce faire; pour auoir inferé icy les ouurages du temple de Delphes, de la main du tant celebre & fingulier maiftre Polygnote fils d'Aglaophon, lequel d'vn merueilleux & tres-fouuerain artifice, reprefenta là dedans en platte-peinture la deftruction de Troye, comme le porte ce diftique Grec de Simonides amené par Plutarque en la ceffation des Oracles.

Γεáφε Πολύγνωτος, Θάσιος γένος, Αγλαοφῶντος
Υἱὸς, ϗϑειδήαν Ἰλίε ἀκρόπολιν.

Polygnotus le fils d'Aglaophon,
Nay de Thafos, a icy d'Ilion
Peint le piteux accident & ruine.

Lefquelles peintures furent iadis recueillies fort elegamment par Paufanias, & comme reffufcitées en fes Phocaïques; auecques les autres antiquitez de la Grece; qui ne fuffent pas arriuées iufques à nous, fans le labeur & induftrie des efcriuains; non plus que le fouuenir de toutes les autres chofes, qui paffent en pofte icy bas, comme vne monftre de quelques haftez courriers, pour s'aller precipiter & enfeuelir à iamais au profond gouffre de l'oubliance, & aneantiffement de tous les affaires des hômes mortels. Ce qui nous confirme de plus en plus quel aduantage & preeminence à l'efcriture; & de combien elle eft de plus grande efficace & longue durée, que tout ce qui peut partir ne du pinceau, ne de la pointe acerée pour tailler le Porphyre & le marbre; voire qui feule a le pouuoir de perpetuer noftre nom; & garantir de l'eternel filence la memoire que nous laiffons icy bas, comme quelque beau pourtraict ou image, au lieu du corps fi fragile & caduque, que fans cela il vaudroit autant (au moins pour le regard d'iceluy) n'auoir oncques efté.

SOVDAIN que vous ferez entré dedans le pourpris du temple, en toute la peinture de la main droite, vous apperceuerez la deftruction de Troye, auecques la nauigation des Grecs. En premier lieu l'on prepare à Menelaus ce qui faict befoin pour freter fon nauire; qui eft là pourtraict, enfemble les Mattelots pefte-mefle, hommes faicts, & encores ieunes garçons: & au milieu de tous eft Phrontis, patron du vaiffeau qui defmare à tout vn long croq. Car dans Homere Neftor parlant à Telemachus de tout-plein de chofes, faict mention entre autres de ce Phrontis fils d'Onetor, qui fut Pilote de Menelaus, & tres-expert en l'art de nauiger. Mais apres auoir doublé le cap de Sunium en la cofte d'Attique, il fina là en droict fes iours. Tellement que Menelaus ayant iufques-là naugé de conferue auecques Neftor, fut contrainct de luy fauffer compagnie pour donner fepulture à Phrontis, & faire le deuoir requis à fes funerailles. On le peut doncques voir en ces peintures de Polygnotus; & au deffoubs de luy certain Ithemones, qui porte vne longue robbe; auecques Echorax, lequel defcend à tout vn feau d'airain le long de la planche qu'on a de couftume d'accofter au nauire pour monter deffus. Ce-pendant non gueres loing du vaiffeau, Polytes, Strophius, & Alphius defcendent le pauillon de Menelaus: Amphialus trouffe encores vne autre tente là aupres. Et au deffoubs de fes pieds y a vn ieune garçon affis fans aucune infcription toutesfois. Phrontis eft feul qui aye barbe; le nom duquel Polygnotus a cognen de la feule Odyffée. Tous les autres, il les a controuuez, felon mon aduis. Brifeïs fuit apres, & Diomedes icy ignant elle; puis Iphys encontre eux, qui monftre de contempler la beauté d'Helene. Cette-cy eft affife prés d'Eurybates, que i'eftime eftre le herauit d'Vlyffe; mais il n'a point encores de barbe. Quant aux feruantes d'Helene, Panthalis eft debout deuant d'elle; & Electra luy met fa chauffure. Mais Homere en l'Iliade appelle celle-là autrement, quand il efcrit Helene s'eftre acheminée fur les murailles auecques fes femmes, pour voir le combat de Paris & Menelaus. Au haut d'Helene eft affis certain perfonnage affublé

à vn

d'vn manteau d'escarlatte, les yeux abbaissez contre terre d'vne contenance fort triste. Vous iugerez bien tout incontinent que c'est Helenus fils de Priam, auant mesme que d'auoir leu l'inscription. Aupres d'Helenus est Megas. Cetuy-cy est blessé au bras, selon que Lescheus fils d'Eschylenus, a laissé par escrit en sa destruction de Troye; où il le dit auoir receu cette playe de la main d'Admetus Argien, au conflict que les Troyens attacherent la nuict. Ioignant Megas, Lycomedes est peint naurê en la paume de la main. Lescheus met que ce fut Agenor qui luy donna ce coup. Au moyen dequoy il est assez euident que Polygnotus n'eust pas bien aysement representé au vray leurs blessures, sans auoir veu les œuures d'iceluy Lescheus. Il a adiousté quand & quand vne autre playe audict Lycomedes au talon, & la troisiesme encores à la teste. Euryalus le fils de Mecisteus est pareillement blessé à la teste, & en la paume de la main. Ce sont ceux-là que l'on void en la peinture au dessus d'Helene. Apres laquelle consequemment est fort bien exprimée la mere de Theseus, toute rase iusques au cuir: & des enfans de Theseus, Demophoon pense à part soy, selon qu'on peut iuger à son regard, s'il pourra point recouurer Aethra. Or les Argiues dient que Theseus eut Menalippe la fille de Sinis; lequel Menalippus gaigna le prix de la course, lors que les Epigones instituerent secondement les ieux Neméens apres Adrastus. D'Aethra, Lescheus a escript que Troye estant desia prise, elle s'enfuit au camp des Grecs, là où elle fut recognuë par les enfans de Theseus, & que Demophoon la demanda à Agamemnon, lequel luy promit de la gratifier volontiers en cela, toutesfois qu'il n'y toucheroit point que ce ne fust du bon gré & consentement d'Helene. Parquoy luy ayant ennoyé vn herant à cette fin, elle s'y accorda. Aussi Eurybates en cette peinture, monstre de s'acheminer par deuers Helene pour le faict d'Aethra, & luy faire entendre de bouche la charge qu'il en auoit d'Agamemnon. Les Troyennes sont en vn geste & contenance de captiues, lamentans leur desconuenuë. Andromaché quand & quand est la peinte, & aupres d'elle vn enfant qui tette. Il fina ses iours, selon Lescheus, precipité du haut d'vne tour; mais ce ne fut pas de l'ordonnance des Grecs, ains Neoptolemus en particulier voulut estre celuy qui l'eust mis à mort. Medesicaste y est aussi representée l'vne des bastardes du Roy Priam, qui se retira à Pedice (Homere dit que c'est vne ville) pour espouser Imbrius fils de Mentor, auquel elle auoit desia esté fiancée. Mais ces deux dames Andromaché & Medesicaste, sont voilées. Quant à Polyxene elle a sa cheuelure troussée selon l'vsance des filles Vierges. Or qu'elle ait esté immolée sur le tombeau d'Achilles, les Poëtes le tesmoignent, & me souuient aussi auoir veu quelques peintures à Athenes, & à Pergame sur la riuiere de Cayce, qui representent la calamité de cette Princesse. Polygnotus au reste a peint Nestor ayant vn petit craquelin de chappeau en la teste, & en la main vne ianeline de bardes: le cheual monstre vne contenance comme s'il tout de ce pas il vouloit droict aller à l'escarmousche. Iusques à ce cheual, le riuage apparoist, & le grauoier estant en iceluy: mais ce qui suit au delà, ne tient plus rien de la marine. Ces captiues se voyent en la partie d'enhaut entre Nestor & Aethra; Clymené & Creusa, & Aristomaché, & Xenodice, car le Poëte Stesichorus en sa destruction de Troye met Clymené entre les captiues. Ennius a escript aussi qu'Aristomaché auoit esté fille du Roy Priam, & qu'elle fut mariée à Critolaus fils d'Hicetaon. Quant à Xenodice, il ne me souuient point en auoir veu leu, ne dans les Poëtes, ne dans les Historiens. Trop bien dient-ils que Creusa fut deliurée de la seruitude des Grecs par la grace & beneficence de la mere des Dieux, & de Venus; car elle estoit femme d'Eneas. Toutesfois Lescheus, & celuy auquel on doit les vers Cypriens, nomment Eurydicé pour la femme d'iceluy Eneas. Au dessus d'elles sont pourtraictes Deinomé, Metioché, Pisis, & Cleodicé: de toutes lesquelles il ne se trouue en la petite Iliade (ainsi qu'on l'appelle) que le nom de Deinomé seulement: aux autres i'estime que Polygnotus en ait donné à sa fantaisie. Epeus y est peint tout nud, qui demantelle à fleur de terre les murailles de Troye. Et au dessus de tout cecy, le cheual de bois, lequel ne monstre que la teste. Polypœtes fils de Pirithous a le chef bandé de rubens, & recueilly d'vne coiffeure. Acamas fils de Theseus luy assiste, ayant vn cabasset en la teste, auec vn tymbre ou pennache. On peut voir aussi Vlysses armé d'vn corps de cuirasse: & Aiax fils d'Oïleus couuert de sa targue, ioignant l'autel où il presie le serment sur le violement de Cassandre, qui est là assise par terre tenant l'image de Pallas; ou bien que par-aduanture elle l'eust arrachée hors de son lieu quand Aiax l'entraisna, innocquant à sauant la Deesse. Les enfans d'Atreus sont pareillement peints l'armet en teste: & en l'escu de Menelaus (car il en tient embrassé vn) est pourtraict vn Dragon, pour raison d'vn prodige qui s'apparut és sacrifices en l'Aulide. Apres sont ceux qui prennent le serment d'Aiax. Vis à vis du cheual qui est tout ioignant Nestor, Neoptolemus met à mort Elassus, quiconque en fin ait esté cet Elassus, lequel monstre encores respirer quelque peu. Et le mesme Neoptolemus donna aussi vn coup d'espée à Astynomus, dont Lescheus a faict mention: ledict Neoptolemus estant celuy-là seul de tous les Grecs, que Polygnotus a peint comme qui met à mort les Troyens; à cause qu'au dessus son sepulchre, tout ce qui le concerne demout estre apposé. Au demourant Homere en toute sa Poësie appelle du nom de Neoptolemus le fils d'Achilles; mais les vers Cypriens l'asserment auoir esté nommé Pyrrhus de Lycomedes, & Neoptolemus de Phœnix, pour-autant qu'Achilles estant encores fort ieune, commença à porter les armes. il y a puis apres vn autel peint; & vn petit enfant qui de frayeur embrasse l'autel: sur lequel est posé vn corps de cuirasse d'airain à mon iugement. La façon de ces corselets est fort rare, neantmoins ils les portoient anciennement tels. Cetui-cy consiste de deux plastrons; l'vn destiné pour couurir la poitrine, & les parties qui sont autour du ventre, l'autre pour les espaules: & les appelloit-on gyales. Celuy-là on l'accom-

modoit à la partie de deuant, cettui-cy, à celle de derriere: & estoient puis-apres attachez ensemble auec des courroyes & charnieres, ce qui sembloit suffisant pour tenir tout le corps seurement couuert sans escu ne targue. Et cela faict qu'Homere a escrit Phorcynis Phrygien n'auoir point pris d'escu pour venir à la meslée, attendu qu'il estoit armé d'un corps de cuirasse muny de ses gyales ou plastrons. Au moyen dequoy ie m'apperceus bien que Polygnotus auoit imité cela en sa peinture. Car Calliphon Samien a escrit en la Diane Ephesienne, les femmes auoir accommodé les gyales au corps de cuirasse de Patroclus. Au delà de l'autel si a peint Laodice debout: toutesfois ie n'ay point trouué que le Poëte l'ait nombrée parmy les Troyennes captiues: & d'autre-part ie ne voy pas grande apparence qu'elle eust esté relaschée des Grecs. Homere a bien couché en son Iliade, que Menelaus & Vlysses allerent loger chez Antenor; & que Laodice auoit esté mariée à Helicaon fils dudit Antenor: mais Lescheus allegue que Helicaon fut blessé au combat nocturne, là où ayant esté recogneu d'Vlysses, il fut par luy sauué en vie hors de la meslée. Tellement qu'il ne seroit pas impertinent d'estimer que par le soin de Menelaus & Vlysses, qui vouloient bien à toute la famille d'Antenor, il n'y eut rien de rigoureux decerné par Agamemnon ne Menelaus contre icelle Laodice. Ce qui a au surplus esté escript d'elle par Euphorion le Chalcidéen, n'est appuyé ne soustenu de raison aucune. Apres Laodice tout de suitte l'on void vn tretteau de pierre, sur lequel est posé vn bassin d'airain. Meduse embrassant ce tretteau à deux mains est assise en terre: & peut estre aussi receuë entre les filles de Priam, si l'on veut adiouster foy au chant royal d'Himeræus. Ioignant Meduse est vne vieille ou Eunuque, tout ras entierement iusques au cuir, tenant sur ses genoux vn petit enfant, qui de frayeur met la main au deuant des yeux: car il y a des gens morts là aupres. Celuy qui s'appelle Pelis est tout nud renuersé sur le dos. Au dessus de Pelis gisent Eioneus & Admetus, armez encores de leurs corps de cuirasse. Lescheus dit qu'Eioneus fut tué par Neoptolemus, & Admetus par Philoctetes. Il y en a d'autres aussi qu'on peut voir ès parties d'enhaut: mais au dessoubs du bassin se void Leocritus fils de Pulydamas, occis de la main d'Vlysses. Plus haut encores qu'Eioneus & Admetus, est Corebus fils de Mydon. Il y a vne fort belle sepulture edifiée à cettui-cy sur les confins des Phrygiens Estectorenes, dont les Poëtes ont accoustumé d'appeler iceux Phrygiens Mydoniens. Au demeurant Corebus estoit venu tout expres pour espouser Cassandre, mais selon la plus-part Neoptolemus le tua. Toutesfois Lescheus maintient que ce fut Diomedes qui fist le coup. Au dessus de Corebus est Priam, puis Axion, & Agenor: combien que le mesme Lescheus tesmoigne Priam n'auoir point esté massacré à l'antel de Iuppiter Hercéen: ains qu'ayant esté entrainé hors d'iceluy, edifié aupres des portes du palais, il fut en passant mis à mort par Neoptolemus. Stesichore en la destruction de Troye escript qu'Helene fut transportée par Apollon en la Lycie: & Lescheus met Axion auoir esté fils de Priam, & qu'il fut tué par Euripyle fils d'Euemon. Agenor aussi, selon l'opinion du mesme Poëte, fina ses iours de la main dudit Neoptolemus. Et ainsi l'on peut voir comme Echeclus fils d'Agenor fut tué par Achilles, & cet Agenor cy par son fils Neoptolemus. Sinon que Peisandrus d'Vlysses, & Anchialus, emportent le corps de Laomedon. Il y a encores vn autre corps mort iceluy à l'endroict, duquel le nom est Eresus. Personne toutesfois ne sçache, n'a rien escript d'Eresus ne Laomedon. La maison d'Antenor est quand & quand pourtraicte icy: & vne peau de Leopard penduë au dessus de la porte, pour vn signal de saufuegarde enuers les Grecs; à ce qu'ils n'y fissent aucun mal. Et puis Theano auecques ses enfans: Glaucus assis auecques vn corselet garny de ses lames, & Eurymachus dessus vne grosse pierre. Antenor est debout deuant cettui-cy; & puis-apres Crino sa fille, qui porte entre ses bras vn petit enfant. Tous leurs visages ayans vne mesme mine à cause de la calamité où ils sont reduits. Leurs valets ce-pendant chargent vn coffre dessus vn asne, auecques quelques autres vstencilles: & là dessus y a vn petit garçon à cheuauchons. Au bout de toutes lesquelles peintures est escript le dessus-dict Distique de Simonide.

L'Odyssée. DE l'autre-part à la main gauche se void Vlysses descendant aux enfers, pour s'enquerir de l'ame de Tiresias par quels moyens il pourra sain & sauue retourner chez soy. Or la peinture est de cette sorte. On void là vne eau representant la riuiere d'Acheron, là où sont creus des roseaux, & certaines especes de poissons merueilleusement noirs & obscurs: tellement que vous les prendriez plustost pour quelques ombres, que pour chose naturelle vinante. Il y a puis-apres vne barque auallée en l'eau, & vn nautonnier qui tire à l'auiron. Le peintre a faict ce Charon desia fort aduancé sur l'aage. Et au reste ceux qui sont là embarquez ne sont pas autrement de gueres noble parenté: car vous les iugerez facilement estre vn Telles qui sort de son adolescence; & Cleobée encores fille, laquelle tient vn panier sur ses genoux, semblable à ceux qu'on attribuë à Ceres. Quant à Telles, voicy ce que i'en ay appris: de ses successeurs à la tierce generation estre descendu le Poëte Archiloque. Mais Cleobée fut celle qui apporta les premieres ceremonies de Ceres, de l'isle de Paros à Tasus. Sur le bord d'Acheron se void vne chose digne de memoire. Certain personnage qui s'estoit estanglé enuers son pere, est par luy estranglé en la barque de Charon: car les anciens faisoient grand cas de leurs progeniteurs: ce qu'entre autres choses l'on peut cognoistre de ceux qu'on appelloit à Catane les pitoyables. Car comme le feu du mont Ethna se fust desbandé sur ladicte ville de Catane, ils ne se soucierent point d'emporter leur or ny argent, mais en se sauuant à la fuitte, l'vn chargea sa mere sur ses espaules, & l'autre son pere. Et pour ce qu'ils ne pouuoient pas gueres aller viste, la flamme qui ce-pendant gaignoit pays, les enueloppa. Ny pour cela neantmoins ils ne voulurent quitter leur fardeau, tellement qu'à ce que l'on dit, le feu se se espara en deux, & ainsi passerent à trauers sains & sauues les vns & les autres. Apres de ce fils mal-heureux, qui reçoit là bas aux enfers le chastiment de son impieté, est certain sacrilege puny aussi.

auſſi. La femme qui le tourmente eſt vne ſorciere, laquelle ſe cognoiſt fort bien en ce qui eſt propre aux gehennes & ſupplices des hommes. Au moyen dequoy on ſouloit auoir anciennement vn fort grand ſoin à bien reuerer les Dieux : ce que les Atheniens donnerent aſſez à cognoiſtre quand ils prirent le temple de Iuppiter Olympien à Sarragoſſe, car ils ne remuerent vne ſeule image hors de ſa place, & y laiſſerent le miniſtre qui en auoit la charge. Au deſſus de ceux dont nous venons de parler, on void Eurynomus, que les interpretes de Delphes diſent eſtre vn eſprit aux enfers, qui ronge la chair dès corps morts, n'y laiſſant rien que les oſſemens. Il eſt peint d'vne couleur bleuë luide, telle que l'on void en ces mouſches qui communément s'attachent aux charongnes ; reſchignant les dents, & aſſis ſur vne peau de Vautour eſtenduë à terre. Suit puis-apres Angé l'Arcadienne, & Iphimedie. Cette Angé cy s'achemina deuers Tenthrantes en la Myſie ; & dit-on que de toutes les femmes auſquelles Hercules eut affaire, elle fut celle-là qui enfanta vn fils le plus reſſemblant à ſon pere. Les Cariens font de grandes offrandes à Iphimedie. Au deſſus de cecy ſont Perimedes, & Eurylochus, compagnons d'Vlyſſes, qui portent des moutons noirs pour ſacrifier. Et apres eux ſe void vn homme aſſis, que l'inſcription marque eſtre Ocnus, lequel file vne corde : mais vne aſneſſe le ſuit pas à pas, qui en deuore tant auſſi toſt qu'il en peut treſſer. On dit que cet Ocnus fut vn homme fort laborieux, lequel ayant vne femme fort grande deſpenciere, elle eut bien toſt diſſipé tout ce qu'il auoit peu amaſſer auecques fort grande peine. Ce que Polygnotus a voulu ſecrettement donner à entendre : & de là eſt venu le prouerbe en l'Ionie, quand quelqu'vn trauaille beaucoup, & n'aduance rien pour cela, qu'il file la corde d'Ocnus. Tityus eſt là peint auſſi, lequel n'eſt pas crucié, eſtant comme du tout aneanty par ſes martyres continuels ; auſſi la figure eſt pourtraicte à guiſe d'vne choſe preſque effacée & anichilée. Or en par-courant de l'auant le reſte de la peinture, vous verrez Ariadné aupres du cordier deſſus-dict, qui eſt aſſiſe ſur vne groſſe pierre, & regarde ſa ſœur Phædra pendüe en vn vieil & caduque corps; les deux mains liées d'vne chaiſnac de fer. Quant à Ariadné, ſoit que Bacchus l'euſt rencontrée ou par ſortuit, ou que de propos deliberé il euſt taſché à la ſurprendre, il l'oſta à Theſée, eſtant plus fort que luy par la mer. Mais à mon opinion ce ne fut point vn autre Bacchus que celuy qui mena le premier vne armée aux Indes, & fit vn pont ſur la riuiere d'Euphrates : car de noſtre temps meſme, encores ſe peut la voir vne corde, dont il ſe ſeruit à lier enſemble les faiſſeaux de ſarments & de lyerres. Au deſſus de Phædra eſt Chloris, couchée dans le geron de Thyia : de maniere que l'on peut bien dire qu'il y eut vne fort grande amitié entre ces deux femmes lors qu'elles veſcurent. Neptune accointa Thyia; & Chloris eſpouſa Neleé fils d'iceluy Neptune. Aupres de Thyia eſt Procris fille d'Erechtheus : & apres elle Clymené qui tourne le dos. Dedans les Poëtes il eſt eſcript que cette Clymené fut fille de Minias, & qu'elle fut Cephalus à mary fils de Drion, dont nacquit Iphiclus. Au partir de Clymené, en retournant en dedans, vous verrez Megara la Thebaine qu'Hercules eut à femme, mais il la repudia à la fin, quand il eut perdu les enfans qu'il auoit eu d'elle ; eſtimant que ce mariage luy eſtoit mal-heureux. Et au deſſus des teſtes de ces femmes dont nous venons de parler, ſe void la fille de Salmoneus aſſiſe ſur vne pierre : Eriphile eſtant tout debout deuant elle, paſſe le bout des doigts hors de ſa robbe à l'endroit du col ; & monſtre de tenir par deſſoubs ce tant ſameux & celebre Carquan entre les mains. Au haut d'Eriphile eſt Elpenor, & Vlyſſes qui s'agenouille l'eſpée au poing ſur vne foſſe, dont s'approche le Prophete Tireſias : à ſa queuë ſe void Anticlée ſur vne groſſe pierre. Mais Elpenor au lieu d'vne robbe a veſtu vne longue eſclauine, que les mariniers ont accouſtumé de ietter ordinairement ſur leurs eſpaules. Vn peu au deſſoubs d'Vlyſſes ſont aſſis en des chaires, Theſeus, qui tient ſon eſpée auecques celle de Pirithous à deux mains, & Pirithous les regarde. Vous diriez proprement qu'elles deteſte, & ſe courrouce à elles, pour leur auoir eſté inutiles & de nul effect à faire choſe qui fuſt d'importance. Panyaſis a eſcript, Theſeus & Pirithous n'auoit point de throne en ces ſiegas la mine de ceux qui ſont liez & garottez, mais que la pierre leur fut en lieu de liens; car ils y eſtoient ſi ſermement attachez de corps, que iamais on ne les en peut arracher. Polygnote puis-apres a peint les filles de Pandareus, dont Homere en ſes diſcours de Penelope a eſcript que leur pere & leur mere moururent de le courroux & de l'indignation des Dieux : & qu'eſtans demeurées orphelines, elles furent nourries & eſleuées par Venus : qu'elles receurent auſſi quelques bienſaicts des autres Deeſſes : de Iunon vne meure ſageſſe, auecques la beauté du viſage: la taille haute & droicte de Diane: les ouurages que les femmes ſçauoir, Minerve les leur enſeigna: & que Venus monta au ciel deuers Iuppiter pour leur obtenir de luy vn heureux mariage. Mais pendant ſon abſence, qu'elles furent enleuées par les Harpies, & miſes és mains des infernales Furies. Voilà ce qu'Homere en a laiſſé par eſcrit. Toutesfois Polygnote les a pourtraictes couronnées de fleurs, & ioüans aux bibelots. Leurs noms ſont Cameto & Clytie. Pandareus au reſte fut Mileſien, & des complices de Tantalus en ſes larrecins, tromperies & pariuremens. Apres les filles de Pandareus ſe void Antiloque, ayant vn pied planté ſur vne pierre, & le viſage caché auecques les deux mains. Puis Agamemnon qui s'appuye l'eſſelle deſſus vn ſceptre; & en l'autre main il tient vne gaule toute droicte. Proteſilaus aſſis regarde Achilles, & telle eſt ſa contenance. Au haut d'Achilles eſt Patrocle : tous leſquels, fors Agamemnon, ſont ſans barbe. Et au deſſus eſt Phocus ieune d'aage, mais fort renommé pour ſa nobleſſe. Tellement que l'occaſion pour laquelle l'ouurier luy a oſté l'anneau de la gauche main eſt celle-cy. Ce Phocas cy fils d'Eacus eſtant party de l'Iſle d'Egine, comme il fut arriué en la Phocide, qui s'appelle ainſi maintenant, laſſus contracta vne fort eſtroicte amitié auecques luy, tant à ce qu'il commandaſt aux

Q q

habitans de cet endroict de terre ferme, que pour y faire de là en auant ſa demeure. Et luy fit tout plein de beaux preſens, d'vn cachet, meſmement entre autres choſes d'vne pierre precieuſe, grauée & enchaſſée en or. Mais eſtant quelque peu apres retourné à Egine, Peleus le mit tout fondu à mort. Au moyen dequoy en cette peinture, pour reſſouuenance de leur amitié, Iaſeus ſe monſtre fort deſireux de reuoir ce cachet, & Phocus le luy tend pour le prendre. Au deſſus d'eux eſt Meva, aſiſe auſſi ſur vne pierre, laquelle fut fille de Pretus, fils de Therſander, fils de Siſyphus. Et puis apres Acteon fils d'Ariſteus, auec la mere d'Acteon : tenans entre les mains vn faon de Biche, l'vn & l'autre aſsis ſur vn cuir de cerf. Aupres d'eux eſt vn chien courant, pour monſtrer la vie & la mort d'Acteon. Quand vous viendrez ietter voſtre œil au bas de la peinture, apres Patroclus vous verrez Orphée, comme appuyé ſur vn ſepulchre, & tenant en la main gauche vne harpe, & de la droicte empoignant les branches d'vn ſaulx, vers lequel il ſe panche. Il ſemble que ce ſoit là le boſquet de Proſerpine, où ſelon l'opinion d'Homere, croiſſent les aunes & les ſaux. La façon d'Orphée eſt du tout à la Greque, ſans rien ſentir du Thracien, ny à ſon veſtement, ny à ſa coiffeure. A l'autre coſté du Saule s'appuye Promedon, duquel on eſtime le nom auoir eſté forgé par Polygnote, ainſi que quelque poëtique fiction. Toutesfois d'autres ont dit qu'il fut Grec, & tres-curieux de toute ſorte de Muſique ; mais ſur tout des hymnes d'Orphée. Suit puis-apres Schedius, qui à l'entrepriſe de Troye fut chef des Phocenſiens : & puis Pelias aſsis en vne chaire, la barbe & les cheueux tous blancs. Il regarde Orphée : mais Schedius iceu ſon poignard, & eſt couronné d'herbe ſauuage. Ioignant Pelias eſt aſsis l'aueugle Thamyris fort mal en ordre, ayant le poil long & eſpois à la teſte & au menton. Sa lyre luy eſt eſcoulée à ſes pieds ; les branches d'icelle rompues, & les cordes eſchappées. Au deſſus de luy Marſyas eſt ſon ſeant ſur vn rocher, & ioignant luy Olympe en forme d'vn beau ieune garçon fort expert à ſonner des fluttes. Or les Phrygiens qui habitent en Celenes maintiennent que le fleuue qui paſſe par leur ville fut autresfois vn meneſtrier : & que Marſyas inuenta les fluttes. Lequel d'abondant auecques l'eau de la riuiere, & à tout le ſon des inſtrumens leur aida à deffaire l'armée des Barbares. Si de là vous iettez voſtre veüe en haut de la peinture, vous verrez apres Acteon, Aiax Salaminien, Palamedes, & Therſites, qui paſſent le temps au ieu d'Eſchets, inuenté par Palamedes. L'autre Aiax les regarde iouër, dont le teint retiré à vn qui a fait naufrage, ayant encore la ſaulneure attachée à la chair. Polygnote a peint en vn meſme endroit, fort à propos les ennemis de l'Vlyſſe, car Aiax fils d'Oïleus luy vouloit mal mortel de ce qu'il auoit conſeillé aux Grecs de le lapider, pour auoir violé Caſſandre : & Palamedes de le noyer eſtant allé prendre du poiſſon. I'ay leu auſſi dans les vers Cypriens, que Diomedes tua par luy mis à mort. Meleager fils d'Oeneus eſt plus haut qu'Aiax, & monſtre de le regarder attentiuement. Tous ceux-cy ont barbe, horſmis Palamedes. Et quant au treſpas de Meleager, Homere a eſcrit que les Furies exancerent les maledictions d'Althée, au moyen dequoy il fina ſes iours. Les autres dient qu'il fut mis à mort par Apollon, quand il alla au ſecours des Curetes, contre les Actoliens. Mais pour le regard de la fiction du tiſon fatal, comme s'il euſt eſté donné par les deſtinées à Althée, & que Meleager ne pouuoit mourir, que premierement ce tiſon n'euſt eſté conſommé par le feu : puis en quelle maniere Althée le bruſla de deſpit & courroux, Phrynicus fils de Polyphradmon, le premier de tous l'a mis en auant en la Tragedie de Plemon. Toutesfois il ne monſtre pas de s'eſtre beaucoup eſtendu à traicter cette fable, comme ont accouſtumé de faire les autres quand ils viuent à publier quelque nouueauté creüe en leur iardin : mais qu'il ne l'a voulu ſeulement que toucher en paſſant, pour ce que c'eſtoit choſe deſia toute cogneüe & diuulguée parmy la Grece. Au bas de la peinture conſecutiuement apres Thamyris Hector eſt aſsis, ayant les deux mains reployées autour du genoüil gauche, en geſte d'vn homme outré de douleur : & puis Memnon ſur vne pierre, & Sarpedon ioignant luy, le viſage abouchons plaqué dans la paume de ſes deux mains. Memnon luy met la ſienne deſſus l'eſpaule ; & tous ont barbe. Au manteau de Memnon ſont figurez certains oyſeaux appellez Memnonides, leſquels ne faillent tous les ans (à ce que dient les habitans de l'Helleſponte) de s'en voler à certains iours vers ſon ſepulchre, là où ils ſeruent & labourent auecques les pieds & le bec, les arbres & herbes qui ſeroient demourées courtes, & les arrouſent de leurs aiſles baignées de l'eau du fleuue Aeſapus. Contre Memnon eſt vn ieune garçon Ethiopien peint tout nud ; pour denoter que Memnon eſtoit Roy des Ethiopiens. Neantmoins il ne partit pas de l'Ethiopie pour aller au ſecours des Troyens, ains de la ville de Suſes en Perſe ; & rangea ſoubs ſon obeyſſance tous les peuples eſtans entre deux, depuis la riuiere de Choaſpes. Les Phrygiens meſmes monſtrent encores le chemin par lequel (ayant cherché les plus courtes addreſſes de ces quartiers-là) il mena ſon armée : & eſt la voye diuiſée par interualles de repeües. Au deſſus de Sarpedon & Memnon eſt Paris ſans barbe, claquans des mains l'vne contre l'autre à la maniere d'vn payſan. Vous diriez qu'au ſon de ce battement il appelle Penthaſilée pour venir à luy ; & elle y accourt ſoudain, le regardant attentiuement : neantmoins à ſa mine elle monſtre le dédaigner, & n'en tenir compte. Elle eſt peinte au reſte en habit de vierge, ayant vn arc ſemblable à ceux de Scythie ; & ſur ſes eſpaules vne peau de Leopard. Les femmes qui ſont pourtraictes au deſſus d'elle, portent de l'eauen des teſts de pot, l'vne fort belle, à la voir, l'autre deſia vn peu paſſée. Toutes deux ſans aucun tiltre particulier pour les recognoiſtre ; neantmoins l'inſcription commune monſtre que ce ne ſont pas religieuſes. Apres ces femmes tout en haut, eſt Calliſto fille de Lycaon, Nomie auſſi, & Pero fille de Neleus, lequel demandoit à Iphyclus ſes bœufs pour la dot d'elle. Calliſto porte vne peau d'Ours en lieu de manteline ; & a les pieds ſur les genoux de Nomie, que les Arcadiens alleguent, ainſi qu'il a eſté dit cy-deſſus, eſtre vne Nymphe naturelle de leur contrée. Les Poëtes au reſte dient que les Nymphes viuent fort longuement.

ment; mais qu'elles ne sont pas pour cela du tout exemptes de la mort. Apres Callisto, & les femmes qui sont auecques elle, est representée vne façon de rocher en precipice; & celuy qu'on voidlà contrainct d'y remonter, Sisyphus fils d'Eolus. Il y a aussi en cet endroit vn tonneau, & aupres d'iceluy ie ne sçay quel vieillard, depuis vn enfant auecques des femmes emmy le rocher. Et aupres du vieillard vne femme de pareil aage. Les autres portent de l'eau, vous diriez que le seau de cette vieillotte est effondré & rompu; si peu toutesfois qu'il y reste d'eau, elle le verse dans la pippe. Nous estimons tous ces gens-là estre du nombre de ceux qui ne tenoient compte des mysteres & ceremonies de l'Eleusine. Car les anciens Grecs les ont estimées estre plus sainctes & venerables par dessus tous les autres sacrifices qui par deuotion sont offerts aux Dieux immortels, d'autant qu'ils ont preferé les Dieux aux Heroïs. Au dessus du tonneau est Tantalus oppressé de toutes les peines & tourmens qu'Homere a escrit de luy; à quoy se vient adiouster encores la frayeur dont il est crucié pour raison du rocher suspedu au dessus de sa teste. De maniere qu'on se peut bien appercevoir que Polygnote a imité la fantaisie d'Archilocus. Mais si cettui-cy a pris de quelques autres ce qui concerne ce rocher, ou que de son intention propre il ait inseré cela dans sa Poësie, ie n'en sçaurois que dire au vray. VOILA doncques les tant belles & magnifiques peintures, dont le tres-excellent ouurier Thasien prit la peine d'embellir le temple de Delphes: le tout gratis, & sans en retirer autre payement ne loyer, que la gloire & reputation qu'il en a acquise; laquelle à l'ayde des bonnes lettres, qui ont ressuscité ses ouurages apres sa mort & leur ruine, ne mourra iamais. Il peignit aussi la portique d'Athenes, qui pour la grande varieté de besongne fut appellée ποικίλη: cela n'estant pas sans de beaux sens allegoriques cachez là dessoubs. Car Diogenes Laërtien en la vie du Philosophe Zenon, dit que luy, ayant faict naufrage d'vne sienne barque chargée de pourpre Phenicien, qu'il amenoit à Athenes, laissa du tout le traffic pour s'addonner à la contemplation. Et que pour le commencement il esleut cette Portique pour sa demeure; façonnant son oraison & langage sur la varieté des peintures qui estoient là representées, toutes pleines d'vn tres-grand sçauoir & doctrine.

CAR PHORBAS s'estant mis à garder le chemin qui va à Delphes, &c. Le semblable met Hesiode sur la fin de la Rondache de Hercules; quand Apollon lascha le cours du fleuue Anaurus sur la sepulture de Cygnus fils de Mars, qu'iceluy Hercules mit à mort.

τῶ δὲ τάφον καὶ σῆμ' ἀϊδὲς ποίησεν Ἄναυρος,
ὄμβρῳ χειμερίῳ πλήθων· τὼς γάρ μιν Ἀπόλλων
Λητοΐδης ἤνωξ', ὅτι ῥα κλυτὰς ἐκατόμβας
ὅς τις ἄγοι Πυθοῖδε, βίη σύλασκε δοκεύων.

Pour l'effacer (ce dit-il) & en oster la memoire. Car le fils de Latone commanda au fleuue de se desborder; pource que Cygnus destroussoit sur le chemin tous ceux qui portoient des offrandes à Delphes.

APOLLON le vient aborder soubs la ressemblance d'vn beau ieune champion tout prest de faire à coups de poing. Ce lieu icy est à propos (aussi nous y estions-nous reseruez) pour dire quelque chose de cette maniere de combattre anciennement, auec les poings armez de courroyes de cuir de bœuf entourtillées tout autour d'iceux, à maniere d'vn gâtelet ou manople. Car c'estoit l'vn des exercices vsitez és sacrez combats de l'Olympie, Pythies, Nemées, & Isthmies: & le plus dangereux, voire mortel de tous. Les Grecs l'appelloient πυκνὰ, πυκμαχία, & πυγμὴ: les Latins Pugilatus. Homere met ce combat cy tousiours le premier, ainsi que nous l'auons dit sur le tableau d'Arrichion; mais és ieux Pythiques (selon que le tesmoigne Plutarque en la cinquiesme question du 2. des Symposiaques) la luicte estoit la premiere, tant des enfans que des hommes; puis les coups de poing; & les Pancratiastes à s'ayder de tout ce qu'on peut. Le prix des victorieux (comme il dit puis-apres au huictiesme liure, question 4.) fut premierement decerné par les Amphictyons de branches de Palme & de Laurier; puis on y adioustta des pommes prises au temple de Delphes. Et met là encores, qu'Apollon s'estoit luy-mesme exercé en ces combats & ieux de prix, (ce que tesmoigne aussi Pausanias és Eliaques) voire iusques à l'escrime de ces manoples; pour le moins fauorisant ceux qui y combattoient, ainsi que nous le donne Homere à entendre au vingt-troisiesme de l'Iliade, où Achilles parle ainsi:

ἄνδρε δύω περὶ τῶνδ' ἢ κελθμολίψω ὥσπερ ἀείσω
πὺξ μάλ' ἀναχομλίψω πεπληγέμλψ, ᾧ δὲ κ' Ἀπόλλων
δώη καμμονίψω.

Ordonnons deux hommes de ceux qui sont plus experts de combattre à coups de poing haut esleuez: & à qui des deux la victoire Apollon voudra octroyer, sçachent tous les Grecs qu'vne mule propre pour trauailler il aura, pour l'emmener dedans sa tente, & le vaincu vn gobellet: ce sont les prix de cette escrime. Au moyen dequoy (adiouste le mesme Plutarque) on sacrifioit anciennement à Apollon en Delphes soubs le surnom de πύκτης, c'est à dire, escrimeur de poings, & de là pourroit estre venu le mot de pugna. Et luy ennuyoit-on de tous costez iusques-là, les primices du butin & despouilles gaignées sur les ennemis; comme autheur de toute victoire. Quant à la maniere de combatre à cette escrime, voicy ce qu'Homere en touche au lieu cy-dessus allegué.

> ζῶμα δ᾽ οἱ πρῶτον ἀραδίβ̓βαλεν, αὐτὰρ ἔπειτα
> δᾶκεν ἱμάν̔τας ἐυδμήτοις βοὸς ἀγραύλοιο.
> τὼ δ᾽ ζωσαμ̓ένω βήτω ἐς μέσσον ἀγῶνα·
> ἄντα δ᾽ ἀναχομίδ̓ὼ χερσὶ σιβαροῖσ̓ ἅμ᾽ ἄμφω
> σύν ῥ᾽ ἔπεσον, σὺν δὲ σφι βαρέαι χεῖρες ἔμιχθεν·
> δ̓νὸς δ᾽ χρομαδὸς γ̓νύων γ̓νετ᾽, ἔρρεε δ᾽ ἰδρὼς
> π̓άντοθεν ἐκ μελέων, &c.

HOMERE. *Tout premierement on leur appliqua vne large ceinture en escharpe, & donna en main les courroyes faites à propos d'vn cuir de bœuf nourry à l'erbe. Cela faict, les deux champions se preparerent au combat; & esteuans chacun de son costé à l'opposite l'vn de l'autre leurs renforcez poings, se vindrent aborder; meslans ensemble leurs mains pesantes; dont s'ensuiuit incontinent vn tres-grief chamaillis dessus leurs maschoueres; la sueur leur coulant de tous les endroits du corps. Et en cet instant le diuin Epée s'estant rué dessus son aduerse partie, nonobstant qu'il eust l'œil au guet, luy delascha vn grand coup de poing sur la ioüe, dõt il ne peut plus demeurer en pieds, ains tous les mẽbres luy defaillirent; tout ainsi que d'vne roide ondée du vent Borée quelque poisson qui seroit heurté contre l'herbeux riuage, là où vne noire vague l'inuestit & le couure; en la mesme maniere trebuscha en arriere Euryalue. Mais le magnanime Epée le saisissant entre ses bras le releua; & ses compagnons se mirent autour pour le mener à trauers l'assemblée, que ses iambes fondoient soubs luy; crachant vn gros sang meurtry, & panchant la teste de l'autre costé, esuanouy & hors de soy. Dequoy on peut assez recueillir que c'estoit vn bien rude ieu, & fort dangereux. Mais Apollonius Rhodien au second liure des Argonautes, descrit bien ce combat plus à plein, entre Pollux & Amycus Roy des Bebryciens en la Bithynie, fils de Neptune & de la Nymphe Melie, l'vn des plus forts & robustes hommes de tout son temps; lequel ne voulut laisser passer ceux qui alloient à la toison d'or, sans que premierement quelqu'vn d'eux s'esprouuast contre luy à cette escrime de coups de poing. Ce que nous auons bien voulu inserer icy pour ne laisser rien en arriere de l'antiquité Grecque, selon qu'il viendra à propos. Il dit doncques en cette maniere.*

> κέκλυτ᾽ ἀλίπλακτοι τὰ πεῤ ἰδμἐναι ὕμμιν ἔοικεν.
> ἥτινα θεμιόν̓ ἐστιν ἀφορμηθέντα νέεσθαι
> ἀνδρῶν ὀθνείων, ὅς κε βέβρυξι πελάσῃ,
> πρὶν χείρεσσιν ἐμῇσιν ἑὰς ἀνὰ χεῖρας ἀείρῃ, &c.

APOLLONIVS. ESCOVTEZ (dit ce selon Amycus) *entre vous autres mariniers, ce qu'il faut estre entendu de vous. Il n'est permis à estranger quel qu'il soit, de tous ceux qui abordent icy deuers nous autres Bebryciens, d'en desloger que premierement il n'ait esprouué ses mains contre les miennes. A cette cause, celuy qui se sentira en cecy le plus suffisant de vous tous, qu'il se tire à quartier de la compagnie, afin de combattre à coups de manoples. Que s'il ne tenans compte de mes statuts vous les cuidez mespriser, certes il y en aura quelqu'vn qui malgré luy faudra qu'il y vienne, & ne s'en resioüyra pas beaucoup. Il dit ainsi brauant à toute outrance: mais les autres oyans ce propos, entrerent en fort grande colere, & mesmement Pollux, lequel se sentant picqué de ce rude commandement & menace, s'aduança pour ses compagnons, & respondit en cette sorte. Ne te chaille quiconque tu sois, & ne nous braue point ie te prie: car nous satisferons à ta coustume, selon que tu nous le prescris: & moy-mesme seray celuy qui te combattra liberalement sans aucune contrainte. Il luy dit cela d'vne grande asseurance; & l'autre le regardoit de trauers comme vn Lyon frappé de quelque grief coup de dard; autour duquel les chasseurs qui l'ont enuironné tout autour sont harts enhesonguez: mais luy se voyant enclos, ne se soucie plus d'autre chose, que d'entendre à celuy qui l'a blessé le premier, & non mis à mort. Alors Pollux met bas sa belle iuppe deliée, dont vne dame Lemnienne luy auoit faict present pour le porter pour l'amour d'elle. Et Amycus ietta aussi vn grand double reitre, noir comme meure, garny de lourdes agraffes, auecques son gros baston noüends d'Oliuier sauuage, qu'il portoit ordinairement quand & luy. Puis ayant choisi vne place à propos, arrangerent de costé & d'autre leurs compagnons sur la greue; se monstrans quant à eux bien dissemblables de personnage & de contenance. Car Amycus paroissoit vn vray monstre fils du cruel Typhon, ou de la terre; comme celle qui autres-fois, indignée contre Iuppiter, en auoit enfanté assez d'autres tels. Mais Pollux ressembloit proprement à vne estoille du ciel, dont sur l'entrée de la nuict les rais se monstrent tant beaux & luisans. Tel estoit doncques ce fils de Iuppiter, à qui le poil fol ne faisoit que commencer à poindre: les yeux au surplus gais & ioyeux, auecques vne vigueur de courage qui se renforçoit à guise d'vn Lyon irrité. Alors il commence à s'escrimer des poings, pour essayer s'il les auoit aussi dispostz qu'autresfois: & si le trauail d'aduanture, d'auoir tiré à l'auiron, ne les luy auroit point engourdis. Mais Amycus ne fit pas ainsi: car s'estant quelque peu esloigné tournoit secretement les yeux sur luy, & brusloit en son cœur d'vn desir inhumain de respandre le sang de son aduersaire. Ce temps-pendant Lycoreus, l'vn des Satellites d'Amycus, ietta à leurs pieds deux paires de manoples faites à grosses courroyes d'vn cuir crud fort desseché, & extremement dur. Et là dessus cettui-cy va dire fort arrogamment à Pollux. Ie, de ma bonne volonté, te*

donne

donne le choix de prendre lesquelles que tu voudras, sans autrement tirer au sort; afin que tu ne te plaignes plus-apres de moy. Approprie les doncques à tes mains: & en ayant trouué ce que c'en est, tu pourras d'icy en auant dire aux autres, combien ie suis excellent & practiqué pour à tailler les cuirs endurcis des bœufs, pour fouiller les iouës des plus forts & vaillans champions. Pollux ne luy voulut rien repliquer à l'encontre, ains soubs-riant à part soy, prit les gantelets qui estoient à ses pieds, sans autrement les essayer ne choisir. Alors s'approcherent Castor & Talaus qui luy accommoderent les courroyes; l'encourageans au combat. A l'autre Areius & Oraytus firent de mesme, ne sçachans pas (les pauures bestes qu'ils estoient) qu'à la mal-heure ils les luy attachoient pour la derniere fois. Or comme ils furent ainsi equippez d'vne part & d'autre, sans faire vn plus long seiour commencerent soudain à hausser chacun endroit soy leurs fieres mains au-deuant du visage; & se vindrent assaillir d'vn tres-grand effort: là ou le Roy des Bebryciens tout ainsi qu'vne grosse vague de mer qui s'esbranle contre vn nauire, sans qu'à toute peine par le soin & dexterité de l'experimenté pilote il se puisse garâtir presque qu'elle ne le renuerse sur le costé: tout en pareil cas il poursuiuoit le fils de Tyndare, taschant de l'espouuanter sans luy donner aucun relasche. Mais luy se tenant soigneusement sur ses gardes, en eschappa tousiours sain & sauue. Car comprenant soud. in cette escrime, & de quel endroit l'effort est le plus violent ou plus foible, il vint tres-asprement mener mains contre mains; non d'autre sorte que qu'ind deux charpentiers veulent assembler les aiz d'vn vaisseau auecques des clouds poignans-aigus, ils les coignent à grands coups de marteau, dont le son redouble l'vn sur l'autre; ainsi de chasque costé les maschoueres resonnoient, & les iouës: & s'excitoit vn fort estrange claquement de dents, sans qu'ils voulussent entremettre de se frapper de pied ferme; iusques à ce que par faute d'haleine ils furent contraincts de se retirer quelque peu. Et lors s'essuyans la sueur qui leur decouloit du visage, qu'à grande peine pouuoient-ils souffler, ils retournerent à se recharger de nouueau, & entre-combattre, ainsi que deux fiers Taureaux front à front, acharnez l'vn sur l'autre pour l'amour de quelque belle genisse. Finablement Amycus se soubsleuant sur le bout des pieds à guise d'vn boucher qui veut assommer quelque bœuf, s'allonge en auant, & descharge vn grand coup de poing à Pollux, lequel tint bon sans s'effrayer; & destournant seulement la teste, en receut vn eschantillon sur l'espaule. Puis à son tour se serrant pres genouil contre genouil, le frappa si impetueusement sur l'oreille, qu'il luy enfonça les os en dedans; dont il s'agenouilla de douleur, & rendit incontinent apres l'ame. Theocrite a aussi traicté le mesme argument au vingt-troisiesme Eidyllion intitulé Διοσκέρω, qui se commence Τ᾽ υνέ μεν Λήδας τε χειβ αίγιόχ Διός ὑ᾽ Mais il estend bien plus au long encores cette meslée, & la particularise dauantage. Quelques-vns ont voulu dire que ces manoples, gantelets, ou mouffles, estoient certaines longues courroyes de cuir, (les Latins les appellent Cæstus) au bout desquelles y auoit des plombées attachées & cousuës: dont le coup deuoit estre entierement mortel, s'il assenoit vne fois sur la teste. Mais cela contredit aux deux descriptions cy-dessus amenées, & à ce que dit Theocrite au lieu cy-dessus allegué, où il leur faict enueloper les courroyes autour des mains.

οἱ δ᾽, ἐπεὶ οὖν σφαίρησιν ἐκαρτύωσατο Βοείαις
χεῖρας, καὶ περὶ γυῖα μακροὺς εἵλιξαν ἱμάντας.

Item Plutarque à la fin de ses Politiques. Τῶν μὲν γὰρ ἐν ταῖς παλαίστραις διαμαχομένων ὑποσφαίρους ἐκθλίβειν τὰς χεῖρας, ὅπως εἰς αἵμασι ἡ μάχη ἐκπίπλη, μαλακὴν ἐχθεν τὴν ὀσπλτην, κ᾽ ἄλυπον. L'on a accoustumé de garnir les mains de ceux qui és lisses ou l'on combat pour l'honneur, escriment à coups de poing, de certaines courroies en forme d'vne mouffle ronde, afin que le combat ne se termine en quelque animosité cruelle, & ennemiée, quand les coups qu'on s'y entre-donne seront gracieux, & sans danger, ne douleur par trop grande.

A P O L L O N est icy peint auec sa perruque, mais recueillie & troussée. Cecy se rapporte à ce que dit Pausanias és Attiques, d'vne statue d'Apollon à Athenes pres la chappelle de Mars, non aueres loin des images des Eponymes; qui trousse ses cheueux auecques des rubents & bandeaux. Il y en a encores tout plein d'autres en ce geste.

E t la iouë reste en dehors ne sçay quel soubs-rire entremeslé de couroux, Au Grec il y a, καὶ μειδίαμα θυμοῦ ξυγκεκραμένον, ἢ ταρραῖα κόσμοι. Plusieurs fois s'est meuë dispute entre les Philosophes, entre les peintres & imagers, de quel endroit du visage la personne rioit; ou pour le moins rioit le plus: car à la seule creature raisonnable a esté octroyé le rire de la Nature: tous les autres animaux en sont exclus. Surquoy le plus commune opinion, & par-aduanture la moins veritable, a tousiours esté qu'on rit des yeux: les plus aduisez ont esté retenus à la bouche, les autres aux iouës. Mais l'experience maistresse de toutes choses m'a faict voir autresfois que c'est de la bouche; en ce beau Cupidon Thespien, de la main, comme l'on estime, de Praxiteles; celuy là mesme dont faict mention Pausanias dedans ses Attiques; lequel dormant appuyé sur son bras; dessus vne despouille de Lion estendue par terre, est gardé pour vn tres-precieux ioyau & chef-d'œuure, au cabinet du serenissime Duc de Mantouë, & du Montferrat, frere de Monseigneur le Duc de Niuernois: auecques infiniesautres rares & exquises besongnes. Vne Lycorne mesmement de six à sept pieds de long, grosse comme le bras, & plusieurs autres d'importance escripts en escorce d'arbre. Ainsi doncques ce petit Cupidon rit les yeux clos; couurant lesquels le rire

Q q iij

ne perd pas pour cela son action : si faict bien luy cachant seulement la bouche. Ce qui faict croire ou que le rire consiste là, ou que l'ouurier par quelque secret & latent artifice y ait logé tout
expressement le rire; à mesme raison que l'on void des pourtraicts façonnez, de sorte que de
quelque costé qu'on se puisse tourner, la figure iettera tousiours l'œil sur vous, & semble que
son regard vous suiue & accompagne partout, nonobstant que ce soit chose entierement immobile. Quant à moy ie croirois que le rire depend de toutes les parties du visage, tellement
que pour le parfaire il faut que chacune y coopere & contribuë son consentement : & comme
dit le Poëte, *coniuret amicè*. Car nous disons bien en commun prouerbe : c'est vn rire d'Hostel-
lier, il ne passe pas le bout des dents, ou plustost des leures : comme l'a practiqué aussi Homere
au quinziesme de l'Iliade, où il introduit Iunon en colere contre Iuppiter, de ce qu'il fauorise
par trop les Troyens au preiudice des Grecs : disant qu'elle rit du bout des leures; sans que le reste du visage s'en sente; mesmement le front, & ses beaux sourcils noirs, qui ne monstrent
pas là endroit cette allegresse, & chere gaye, ioyeuse & contente, comme quand on rit à bon
escient, & du fonds du cœur,

ἢ ὅ ἐγέλασσε
χείλεσιν, οὐδὲ μέτωπον ἐπ᾽ ὀφρύσι κυανέησιν
ἰάνθη.

Somme que le rire partant du foye (siege & domicile de resioüyssance) monte au visage, ou se
dilatte & espand en detail aux yeux, à la bouche, & aux ioües; ensemble à toutes les autres parties d'iceluy; qui doiuent communiquer, tant à l'aise & plaisir, qu'à l'ennuy, fascherie & tristesse; & generalement à toutes les autres affections de l'ame, qui se viennent manifester là d'vn accord & mutuelle correspondance.

MAIS *la foudre poussée tres-impetueusement vers le Chesne.* Cet arbre de son naturel par vne occulte & secrete disposition est fort subiect au tonnerre; ainsi que dit Pline au 16. liure, chapitre
7. *Quin & fulmine sæpissimè icitur, quamuis altitudine non excellat. Ideò ligno eius nec ad sacrificia vti fas
habetur.* Mais plus particulierement à ce propos Aristophane dans ses Nuées; là où Socrates, lequel pour annuller l'ancienne religion, & introduire de nouueaux Dieux à Athenes, se mo-
que de Iuppiter & de ses foudres; disant *qu'aussi tost & encores plus, il en frappera son propre temple,
qu'il ne fera quelque berlan, tauerne, ou bordeau; & bien souuent des Chesnes, dont neantmoins il se seroit
autresfois serny à rendre ses Oracles.*

καὶ πῶς ὦ μῶρε σὺ, καὶ χρονίων ὄζων, καὶ βεκκεσέληνε,
εἴπερ βάλλει τοῖς ἐπιόρκοις πῶς δῆτ᾽ οὐχὶ σίμων᾽ ἐνέπρησεν
οὐδὲ κλεώνυμον, οὐδὲ θέωρον, καὶ τοι σφόδρα γ᾽ εἴσ᾽ ἐπίορκοι,
ἀλλὰ τὸν αὑτῶ γε νεὼν βάλλει, ὦ σούνιον ἄκρον Ἀθηναίων,
καὶ τὰς δρῦς τὰς μεγάλας· τί παθών; οὐ γὰρ δὴ δρῦς ἐπιορκεῖ.

*Et comment pauure beste que tu es, sentant encores tes Saturnales à l'antique; si Iuppiter frappe ainsi les
pariures, pour quoy n'a-il foudroyé ne Sinon, ne Cleonyme, ne Theorus; qui toutesfois sont desloyaux & pariures iusques au bout? Ainsi frappe son propre temple, & le promontoire de Sunion d'Athenes; & les grands
Chesnes, souffrant luy-mesme ie ne sçay quoy : car le Chesne ne se pariure pas.*

CAR *l'endroit où se demesla ce combat*, est encores pour le sourd'huy appellé les testes de Chesne. Herodote en sa Calliope. ὁ δὲ μιαθὸν τὸ παρανοῖ εὐεργεσίαν, ὡς εὐφρόνη ἐγένετο, πέμπει τὴν ἵππον ἐς τὰς Ἐκ-
βολὰς καθημένας, ἣ ἐπὶ πλαταιάων φέρουσι, τὰς βοιωτοὶ μὲν πῶς κεφαλὰς, καλέουσι, Ἀθηναῖοι δὲ, δρυὸς
κεφαλάς. *Mardonius voyant que l'aduis qu'on luy donnoit estoit bon, tout aussi tost qu'il commença à faire
noir, enuoya sa caualerie aux embocheures du mont Citheron, le droit chemin de Plattées, que les Bœotiens
appellent les trois testes, & les Atheniens les testes du Chesne.*

Souffrant luy-
mesme. J τί πα-
θών; Que luy
ont-ils faict? car
le chesne ne se
p. p.

ATHLAS.

C'est vne chose imaginaire,
De penser qu'Athlas ayt peu faire,
Que le Ciel n'ayt bouleuersé:
Ou que la grande suffisance,
D'Hercules ayt eu la puissance,
D'empescher qu'il n'ayt renuersé.

Mais il est vray que les courages,
Des sages & des vertueux,
Supportent les plus grands orages,
Et les influences des Cieux;
Sans esbranler leur patience,
Ny leur magnanime constance.

Q q iiij

ATHLAS.

ARGVMENT.

ᴬLᴄᴍᴇɴᴀ *fille d'Electrion Roy de Thebes, eſpouſa Amphitryon, homme de ſinguliere vertu ; à la charge qu'il la vengeroit des Teleboans voleurs & bandoliers de l'Ætolie, qui auoient malheureuſement mis ſon frere à mort. A quoy ce-pendant qu'Amphitryon eſtoit occupé, Iuppiter qui auoit deſia hallené la beauté de cette ieune dame, prit la forme de ſon mary, et coucha par ce moyen auec elle, comme s'il la fuſt venu à la deſrobée voir vn tour en poſte ; trouuant ſi grand gouſt à la viande, qu'il prolongea la nuict de deux ſubſequentes, & la ſurengroſſa d'vn fils qui pour ſa valeur fut nommé Hercules ; car elle eſtoit deſia enceinte du fait de ſon vray mary : de maniere que venu le temps de ſa deliurance, elle accoucha de deux enfans ; Hercules de Iuppiter, & Iphiclus d'Amphitryon. Au regard de Hercules, toutes les poëſies & hiſtoires ſont pleines de ſes faits & prouëſſes : celles là les tirans à des narrations fabuleuſes enueloppées d'Allegories ; celles-cy à choſe vraye & non ſeinte. Car ce fut vn tres valeureux & excellent chef de guerre ; lequel ayant mis ſus vne groſſe armée de bons combattans, s'en alla de coſté et d'autre circuir preſque tout le rond de la terre, pour abolir les tyrannies, & deliurer le pauure peuple des oppreſſions & violences des plus forts : reduire par meſme moyen les nations brutales à vne plus douce & ciuile forme de viure ; eſtabliſſant à cette fin loix, ſtatuts, & ordonnances, par tout où il abordoit. Ce qui appreſta occaſion aux Poëtes de le feindre exterminateur des monſtres nuiſibles & dommageables. Mais parmy cela, le grand nombre de ces Hercules que les Eſcriuains mettent, nous embrouillent d'vn autre doubte. Ciceron toutesfois au 3. de la nature des Dieux, les reſtreint à trois, dont celuy de qui nous auons à parler icy eſt le dernier ; fils putatif d'Amphitryon, & naturel de Iuppiter. Au moyen dequoy Iunon picquée de ialouſie, & de deſpit encore pour n'en auoir peu empeſcher l'enfantement, quelque deuoir où elle s'en fuſt miſe, ayant pour ceſt effect ſuborné la Deeſſe Lucine ; luy prochaſſa en toutes ſortes qu'elle peut machiner ſa ruine. Ce que toutesfois luy tourna depuis à vne gloire & honneur immortel. Mais entre les autres plus dangereux & mortels trauaux, où Euryſthée Roy d'Argos à l'appetit de la Deeſſe l'employa, le cuidant y faire perir, les plus ſignalez ſont ceux cy, qu'on limite communement à 12. car Macrobe qui le fait vne meſme choſe auec le Soleil, les approprie aux 12. ſignes du Zodiaque ; eſquels ce luminaire parfaiſant ſon cours, conſtituë l'année. Orphée en ſon Hymne ou parfum qui eſt d'encens.* δώδεκ' ἀπ' ἀυτολίων ἄχρι δυσμῶν,

ἄθλα

ἄϑλα διέπτων. Du leuant au couchant douze combats il fine. *La premiere donc-*
ques de ses aduantures, fut que luy estant encore tout petit enfant au berceau, Iunon
depescha deux serpens de volume enorme pour le deuorer; mais sans s'effrayer de rien,
les empoignant à chaque main les estouffa sur la place. Estans puis-apres paruenu en
adolescence, il mit à mort le Lion de la forest de Nemée, d'vn coup de massuë, et de
sa despouille s'en fit vne mateline qu'il porta tousiours depuis. Tua le tres-venimeux
serpent Hydra aux sept testes en la fontaine de Lerne; du fiel duquel il empoisonna ses
flesches, qui furent cause finablement de sa fin, la plus douloureuse de toutes autres.
Occit le Sanglier Erymanthéen. Amena le Cerf d'Arcadie a la riche ramure d'or,
tout en vie à Eurystheus. Deffit pareillement à coups de flesche les oyseaux Stympha-
lides en l'Isle de Mars, qui dardoient leurs pennes de loing à guise de iauelots. Ma-
sacra le cruel Diomedes Roy de Thrace auec ses quatre cheuaux, Podargus, Lam-
pon, Xanthus, & Dinus, qu'il nourrissoit de chair humaine, leur faisant deuorer les
passants. Mit à mort d'vn seul coup le fier Geryon à trois testes, fils de Chrysaor. Le
serpent aussi qui gardoit les pommes d'or des Hesperides. Amena des enfers le chien
Cerberus. Estouffa à la lučte le geant Antheus fils de la terre. Et finablement soula-
gea Atlas du trop pesant fardeau du ciel estançonné sur ses espaules, ia prest à pren-
dre coup sans son aide. On y adiouste encore tout-plein d'autres choses, comme il as-
somma à coups de massuë Busiris en Egypte auec ses ministres, qui sacrifioient les sur-
uenans. Tua Cignus fils de Mars. La Baleine pareillement qui deuoit deuorer He-
sione. Prit là dessus & saccagea Troye, et mit Laomedon à mort qui luy manqua
de conuenances. Amena vif à Mycene le Taureau de Candie auec lequel Pa-
siphaé s'estoit forfaicte, et gastoit toute l'Isle: Thesee l'occit depuis à Marathon. Pur-
gea en vn iour les estableries du Roy Augeas. Tua Cacus, fils de Vulcain: Lacinus,
Albion, & infinis autres tels larrons & brigands. Dompta les Centaures. Escorna
le fleuue Achelous. Debella les Amazones, & emmena leur Royne Hippolyte. Et
fit infinies semblables belles choses: au bout desquelles il fina miserablement ses iours
par la ialousie de sa mal-aduisée femme Deianire; laquelle ayant trop legerement
adiousté foy au Centaure Nessus, luy enuoya vne chemise trempée en son sang, com-
me Hercules l'eust blessé à mort au passage d'vne riuiere, auec vne flesche teinte au
fiel du serpent Hydra. Mais les Dieux là dessus en faueur de son pere le receurent
au rang des celestes, & luy firent espouser Hebé fille de Iunon, pour du tout faire l'ap-
pointement. Et quant à ce qui depend d'Atlas, outre le contenu du tableau qui au-
trement n'est pas des plus difficiles de soy l'annotation desduira le reste.

Vec Athlas aussi, combien qu'Eurysthée ne l'eust
point ordonné, contracta neantmoins Hercules,
comme s'il eust deu estre plus propre que luy à porter le ciel: parce qu'il le voyoit ainsi courbé, & presque accablé soubs le faix, sur l'vn des genoux sans se
pouuoir soustenir qu'à grand' peine, & il cognoissoit
bien de le pouuoir rehausser à son aise, & le soustenir longuement quand il seroit chargé dessus luy.
Toutesfois il ne manifeste rien de cette sienne ambi-
tion, ains seulement estre marry de la peine que prend Athlas, & qu'il peut
bien participer à son fardeau: lequel offre l'autre à si volontiers accepté, qu'il

le prie bien fort de se vouloir charger de cela. De vray il est icy pourtraict las & trauaillé au possible, & n'en pouuant presque plus, comme on le peut assez comprendre à la sueur qui luy degoutte, & à son bras trembloyant. Là où Hercules desire cette entreprise, à ce que monstre la gaye actiueté de sa face; & sa massuë iettée là : & les mains s'appetans de venir à l'espreuue. Ce n'est pas chose au surplus digne de grande admiration, que les ombres pratiquées autour d'Hercules le rehaussent en ce trauail & effort. Car le geste de ceux qui sont plat-couchez estenduz par terre, ou redressez tout debout, ne s'ombrage que trop de soy-mesme : & n'y a pas beaucoup d'affaire à le representer exactement. Mais celles d'Athlas surpassent toute science & artifice : car selon qu'il se racourcist, elles s'affaissent aussi de leur part sans rien troubler du champ d'au-dessoubs : ains donnent iour aux renfondremens, & à ce qui se reiette hors d'œuure se monstrant de relief. En sorte que nonobstant qu'il se panche en auant, si peut-on voir & discerner comme il hallette. Mais quant à ce qui concerne le ciel qu'il porte, il est peint en l'air tout ainsi qu'il demeure autour de ces ombres, & y peut on remarquer le Taureau tel que celuy qui est au ciel : les Ourses comme elles sont là : & les vents tout de mesme: dont ceux-cy sont portraits les vns auec les autres : & ceux que voila, mis à part, à cause que les premiers persistent en vne amitié mutuelle : & les autres, on dit qu'ils gardent la contention & debat qu'ils ont là haut. Vous doncques beau sire Hercules, chargerez maintenant tout cecy sur vos fortes espaules. Mais ne tardera gueres que vous conuerserez auecques les Dieux, beuuant ensemble, & iouyssant de la beauté de Hebé : car vous aurez en mariage la plus ieune & la plus ancienne de tous tant qu'ils sont : pource que c'est par elle qu'ils raieunissent.

ANNOTATION.

E TABLEAV cy auec les cinq subsequents, sont tous d'Hercules & de ses faits ou accidents. Au reste il y a eu trois Athlas. Le premier fut Roy d'Italie, pere d'Electre femme de Corytus : le second Roy d'Arcadie, pere de Maïa, dont nacquit Mercure : le troisiesme Mauritanien surnommé le tres-grand, frere de Promethée. C'est celuy dôt il est icy question, qui le premier trouua l'vsage des vaisseaux, & du nauigage : qui obserua le cours du Soleil, de la Lune & des Estoilles : inuenta la sphere & science d'Astrologie, comme dient Diodore au 4. liure. Pline au 2. ch. 8. plus au 7. 56. & apres eux S. Augustin au 18. de la cité de Dieu. Au moyen dequoy on le feint soustenir le ciel dessus ses espaules; dont seroit venu le prouerbe Α''θλας τὸν οὐρανόν· Qui se dit de ceux qu'on appelle les Athlas des choses publiques, lesquels se surchargent de tant d'affaires, qu'il faut qu'à la fin ils succombent dessoubs le faiz, & donnent du nez à terre. Ainsi qu'alleguent les Scholiastes de Pindare sur ce passage de la 4. des Pythiennes.

μαὶ κεῖνος Α''θλας οὐρανῷ
τῷ προσπαλαίς νῦν γε πατρῴ-
ας ἄπο γαῖ, ἄπο τεκτάρων.

Et maintenant Athlas contracte auecques le ciel, loingtain de son pays, de son bien & cheuance. Que cela est dit pour les personnes trop entreprenantes & curieuses, le plus souuent outre leur vocation, & la preordonnance diuine; laquelle il est bien mal-aisé, voire tres-dangereux, de vouloir combattre : car tout mal-heur, peine & ennuy nous en succede à la fin. Pour d'autres aussi qui se veulent trop enquerir des choses sublimes, & qui excedent la portée & capacité de leur esprit. Ce qui pourroit à mon aduis auoir esté tiré de ce lieu d'Homere au premier de l'Odyssée, parlant de Calypso fille d'iceluy Athlas; *lequel (ce dit-il) sçachant beaucoup, cognoist les plus profonds gouphres & abysmes ahyfones de toute la mer, & fouftient les longues colomnes qui bornent le ciel d'auec la terre.*

Ἄτλαντος θυγάτηρ ὀλοόφρονος, ὅστε θαλάσσης
πάσης βένθεα οἶδεν. ἔχει δέ τε κίονας αὐτὸς
μακρὰς, αἳ γαῖαν τε καὶ οὐρανὸν ἀμφὶς ἔχουσι.

Paufanias és Bœotiques les cite, & dit de plus, qu'aupres du mont Cericien, où l'on dit Mercure fils de Maia, fille d'Athlas auoir efté nay, y a vn lieu appellé Polofus, ou le bruit eft qu'iceluy Athlas eft affis, fongeant refuant apres les chofes qui fe font tant au ciel qu'en la terre. Et Phornutus expliquant ces carmes, appelle ces longues colomnes les puiffances des Elemens; le long defquelles deux tendent contremont; les autres deux s'affaiffent en bas: par le moyen dequoy la terre eft eftablie ferme arreftée. Et quant au mot de ὀλοόφρων, que le Poëte luy attribuë, il eft ainfi appellé de τῶν ὅλων φροντίζειν; qu'il a foing de toutes les chofes de l'vniuers, & pouruoit au maintenement & conferuation de chacune d'icelles. A l'imitation de ce Geant Porte-ciel, on appelle Athlas tous ces marmoufets & maiftres Pierres du Quignet qu'on pofe fous les culs de lâpes, & és encoigneures des murailles pour feruir de confortateurs; & de Corbeaux aux poutres ou traifnes de planchers. Athlas doncques qu'Hyginus au commencement de fon œuure fait eftre fils de l'Ether, & de la terre pour l'occafion deffus-ditte, comme participant de ces deux; & au mefme endroit puis-apres, de Iapetus & Clymene, auec Epimetheus & Prometheus fes confreres; ayant efté aduerty par l'oracle de Themis, le plus ancien de tous les autres, de fe donner garde de l'vn des fils de Iuppiter, ne vouloit plus en aucune forte receuoir eftranger paffant quel qu'il fuft en fa maifon. Ce qui irrita Perfeus à fon retour des Gorgonnes, de forte que luy ayant prefenté au vifage tout à defcouuert la tefte de Medufe placquée emmy fon efcu, il le conuertit en vne montagne perpetuellement couuerte de neiges; dont le fommet furpaffe les plus hautes nuës (ce dit Paufanias és Attiques,) fi que iamais en nulle faifon de l'année l'œil n'en peut auoir cognoiffance. Herodote en la Melpomene. ἔχεται δὲ ὁ τῶν οὖρος τὸ οὔνομα Ἄτλας· ἔστι δὲ στρογγύλον καὶ κυκλοτερὲς πάντη· ὑψηλὸν δὲ οὕτω δή τι λέγεται ὡς τὰς κορυφὰς αὐτοῦ οὐχ οἷά τε εἶναι ἰδέσθαι. οὐδέποτε γὰρ αὐτὰς ἀπολείπει νέφεα οὔτε θέρεος, οὔτε χειμῶνος. τοῦτο κίονα τοῦ οὐρανοῦ λέγουσι. A cette cy (dit-il , parlant d'vne montagne de l'Aphrique, qui eft à l'vn des coings de l'Aphrique) eft confine vne autre appellée Athlas , fort eftroitte & ronde à l'entour ; fi haute au refte, à ce que l'on dit, qu'on n'en fçauroit voir la cime: car elle n'eft iamais habandonnée de nuées ny en efté ny en hyuer. Ils dient que c'eft l'vne des colomnes du ciel. On dit que le mont Athlas du beau PLINE. milieu des fablons de l'Aphrique s'efleue infques au ciel; rude, afpre, & tout fec defcharné là où il s'eftend le long de la mer Oceane, à qui il a communiqué fon nom: & le mefme puis-apres ombrageux, couuert de forefts & arroufé par tout de fontaines, du cofté qu'il regarde l'Aphrique. Toutes fortes de fruicts naiffent la deux mefmes à plein fouhait ; fi que iamais on n'en peut auoir faute pour en affourir fon defir. Sur iour perfonne des habitans ne fe void ; toutes chofes y font en filence ny plus ny moins qu'en l'horreur d'vn defert folitaire. Que fi quelqu'vn s'en vent approcher de plus pres foudain vne crainte religieufe vient faifir le cœur, dont l'efpouuentement de ce haut lieu fitué au deffus des nuées près la fphere de la Lune. De nuict il reluit d'infinis feux accompagnez des infolences des Egypanes & Satyres. Car tout y eft plein de fon de flutes & de haut-bois, & du bruit de tabourins & cymbales. Auec tout plein d'autres femblables narrations qui s'approchent plus de la fable que de l'hiftoire. Parquoy il vaut mieux tout d'vn train, puis qu'auffi bien eft il icy queftion de poëfies, de venir à ce qu'Ouide en dit au 4. de la Metamorphofe, apres les Grecs.

Quantus erat mons factus Athlas. nam barba comæq̃,
In fyluas abeunt; iuga funt humeriq̃, manufq̃,.
Quod caput antè fuit, fummo eft in monte cacumen:
Offa lapis fiunt, dum partes altus in omnes
Creuit in immenfum (fic Dij ftatuiftis) & omne
Cum tot fyderibus cælum requieuit in illo.

Il dit à qu'Athlas fut conuerty en montagne par Perfeus, pour luy auoir refufé de l'heberger en paffant. Mais Hyginus au 150. ch. met que Iunon de ialoufie ae voir Epaphus fils de Iuppiter & Io, eftre monté à vne telle authorité & puiffance que de poffeder le Royaume d'Egypte (où il fonda la ville de Memphis) fufcita la Titanomachie, c'eft à dire la guerre des Geants contre les Dieux pour chaffer du ciel Iuppiter (voyez la mauuaiftié & vindicte de cette Deeffe) & y reftablir Saturne. De laquelle entreprife Athlas auroit efté chef, preftant l'efpaule (car c'eftoit le plus grand de tous) aux Titanes pour arriuer iufqu'au ciel. Au moyen dequoy apres que Iuppiter fut venu à bout de fes ennemis; il le condemna pour vn chaftiment, à feruir de là en auant d'eftançon, & de fouftenir le ciel fur fes efpaules, de peur que la voute ne s'en dementift, & le tout s'auallaft en bas. Les autres dient que le Ciel vne fois eftant hebergé chez Athlas; ils apperceut qu'il machinoit ie ne fçay quoy contre luy. Mais en le prenant il le precipita du haut en bas en la mer. Et Tzezez commentateur de Lycophron allegue là deffus, Que ce fut vn excellent Mathematicien, lequel eftant monté au haut d'vne montagne pour plus à fon aife contempler le ciel & les aftres, tomba dans la mer qui battoit au pied, laquelle auec la montagne prirent fon nom du depuis. Toutesfois que Polyidus

HERODOTE.
HYGINVS
TZTZES.

en ses Dithyrambes le dit auoir esté vn pasteur, & non Mathematicien, qui fut transmué par Perseus en rocher, luy ayant monstré la face de la Gorgone, à cause qu'il ne le vouloit laisser passer son chemin, que premierement il ne sceust son nom & qui il estoit.

LES OMBRES d'al'entour d'Athlas, donnent iour aux renfondremens, & à ce qui se reiecte hors d'œuure. Plutarque au traicté de la malice d'Herodote, vse d'vn mesme traict, parlant de la maniere
d'escrire de cet autheur, qui par son beau langage, & artificielle oraison figurée deçoit l'oreille
des escoutans, tout ainsi que le pourpre & autres riches accoustremens pompeux des Perses qui
esblouïssoient la veüe. N'y plus ny moins (ce dit-il) que les peintres ont accoustumé de rendre plus eminent & rehaussé encore ce qui desia est assez apparent & clair de soy, par l'ombre qu'ils sçauent espandre à propos à l'entour. ὥσπερ οἱ ζωγράφοι τὰ λαμπρὰ τῇ σκιᾷ γειτόνειρα ποιοῦσιν.

IOVISSANT de la beauté d'Hebé: car vous aurez en mariage la plus ieune & la plus ancienne de tous les
Dieux, parce que c'est par elle qu'ils raieunissent.

Apollon ayant fait vn magnifique festin à Iunon qui n'auoit point encore eu d'enfans, & estoit
comme sterile, il luy prit enuie de manger entre autre chose des laictues sauuages qui y furent
seruies; dôt au partir de là elle se trouua enceinte d'vne fille qui fut depuis appellée Hebé, laquelle pour sa beauté Iupiter elleut pour le seruir de coupe. Mais comme vn iour il banquetoit en
Ethiopie, elle en luy portant son nectar broncha par mesgarde si rudement, qu'elle respandit le
breuuage, & monstra tout ce qu'elle portoit, ses vestemens s'estans au choir reuersez sur sa teste:
ce qui causa que Iupiter l'osta de sa charge, & mit Ganymedes au lieu. C'est ce que Seruius en
dit sur Virgile. Quant à estre fille de Iunon; Pindare s'y accorde en la 7. & 10. des Nemées, & en
la 4. Isthmienne, la faisant estre sœur d'Ilithyie la Deesse des enfantemens. Ouide au 9. de la
Metam. *Præpositam timidis parientibus Ilithyiam.* Autrement appellée Lucine; & toutes deux filles
de Iunon. Car Phurnutus prend cette Ilithyie ou Lucine pour Diane. Virgile semblablement en
la 4. Eglogue. *Casta faue Lucina, tuus iam regnat Apollo.* Et Horace au carme seculier.

> *Rite maturos aperire partus,*
> *Lenis Ilithyia tuere matres,*
> *Sine tu Lucina probas vocari,*
> *Seu genitalis.*

Mais Homere à l'onziesme de l'Odyssée la fait par mesme moyen estre fille de Iuppiter.

> τὸν δὲ μετ' εἰσενόησα βίην Ἡρακληείην,
> εἴδωλον· αὐτὸς δὲ μετ' ἀθανάτοισι θεοῖσι
> τέρπεται ἐν θαλίης, καὶ ἔχει καλλίσφυρον Ἥβην
> παῖδα Διὸς μεγάλοιο, καὶ Ἥρης χρυσοπεδίλου.

Apres ie vey la force Herculeienne, aumoins son image & idole: car quant à luy il est auec les Dieux immortels à banqueter & faire bonne chere: iouïssant de Hebé aux beaux talons fille du magnanime Iuppiter, & de
Iunon aux pianelles dorées. Plus Pausanias és Attiques. Là est aussi le temple d'Hercules surnommé Cyno-
sarges, d'vn chien blanc dont sçauët bien parler ceux qui cognoissent l'oracle. Il y a aussi les autels d'iceluy Hercules, & de Hebé fille de Iuppiter; qu'on dit auoir esté mariée audit Hercules. Ce qui contrarie à Seruius:
& s'il ne dit pas nomplus qu'elle eut esté demise de sa charge d'eschançonne; ains au 4. de l'Iliade tout au commencement, il la luy attribuë tousiours.

> Οἱ δὲ θεοὶ πὰρ Ζηνὶ καθήμενοι ἠγορόωντο
> χρυσέῳ ἐν δαπέδῳ, μετὰ δὲ σφισι πότνια Ἥβη
> νέκταρ ἐῳνοχόει· τοὶ δὲ χρυσέοις δεπάεσσι
> δειδέχατ' ἀλλήλους.

Les Dieux estoient assis à deuiser chez Iuppiter sur vn beau plancher d'or: & parmy eux Hebé l'honneste qui
leur versoit le nectar, dont ils beuuoient les vns aux autres. Quelques vns taschent d'accorder cela suiuant ces mots mesmes d'Homere; comme si Ganymedes fust eschançon de Iuppiter seulement;
& Hebé quelque sommeliere du commun pour le bas bout des autres Dieux. Mais Pausanias és
Corinthiaques nous en esclaircist bien mieux; disant ainsi. Au chasteau des Phliasiés y a vn bosquet de
Cyprés, & vn Temple fort reueré par la deuotion des Anciens; lesquels souloient appeler la Deesse à qui il est
desdié Ganymedes, & les Modernes Hebé; dont Homere auroit fait mention au Duel de Menelaus contre Paris, & de rechef encore en la descente d'Vlysses aux enfers, où il la dit estre femme d'Hercules. Olene au reste en
l'hymne de Iunon a escrit qu'elle fut nourrie par les Heures; & que ses enfans, sont Mars & Hebé. Homere
à la fin de l'Iliade, dit qu'elle laua la playe de Mars blessé par Diomedes deuant Troye, & le rraffreschit de
nouueaux vestemens. τὸν δ' Ἥβη λοῦσεν, χαρίεντα δὲ ἵματα ἕσσε. Comme voulant denoter par là qu'elle faisoit office de sœur. Mais Hesiode adiouste à ces deux la dessusditte Ilithyie, qu'il fait aussi
estre fille de Iunon; & au reste parle ainsi d'Hercules & Hebé en sa Theogonie, conformement
au dessusdit passage de l'Odyssée, dont il y a vn mesme carme tout entier: ce qui nous met dauantage en peine de sçauoir léquel a precedé de ces deux: car il y en a tout plein d'autres encore
semblables,

semblables, au moins d'Hemistiches.

Ἤ οἵιω δ᾽ Ἀλκμήνης καλλισφύρου ἄλκιμος υἱὸς
Ἴς ἡρακλῆος τελέσας ςονόεντας ἀέθλους,
παῖδα Διὸς μεγάλοιο καὶ Ἥρης χρυσοπεδίλυ,
αἰδοίην ἄκοιτιν, ἐν ὀλύμπῳ νιφόεντι·
ὄλϐιος, ὃς μέγα ἔργον ἐν ἀθανάτοισιν ἀνύσας,
ναίῃ ἀπήμαντος, ἢ ἀγήραος ἤματα πάντα.

Le fort & vaillant fils d'Alcmene aux beaux talons apres auoir paracheué ses entreprises laborieuses, espousa HESIODE. *sur le negeux Olympe la chaste Hebé, fille du grand Iuppiter & de Iunon aux pieds dorez. Bien-heureux certes fut ce personnage, de ce qu'ayant mis à fin tant de belles choses, il conuerse maintenant parmy les Dieux; exempt de toutes maladies & blesseures, & de vieillir à iamais.* Pindare en la septiesme des Nemées; plus en la dixiesme.

Ἡρακλέος, ὃ κατ᾽ ὄλυμπον
ἄλοχος Ἥϐα τελεία
τοῦ δὲ ματίει ϐαίνοι—
ο᾽ ὅςῃ, καλλίςα θεῶν.

D'Hercules, dont la femme Hebé, la plus belle des Deesses se promeine chez sa mere Iunon. Plus en la quatriesme Isthmienne.

νῦν δὲ περὶ Αἰηόχῳ καλλιστον ὄλϐον
ἀμφέπων ναίῃ, τετίμα—
ται τε πρὸς ἀθανάτων φίλος· Ἥ—
ϐαν τ᾽ ὀπύιᾳ, χρυσέων οἴ—
κων ἄναξ, καὶ γαμϐρὸς Ἥρης.

Maintenant chez Iuppiter il habite: iouyssant d'une beatitude tres-heureuse; fort honnoré & bien voulu des immortels: & couche auec Hebé, possesseur d'une maison toute d'or, & gendre de Iunon. Euripide en l'Oreftes.

ἔνθα περὶ Ἥρα, τῇ θ᾽ Ἡρακλέυς
Ἥ ϐη πάρεδρος, Διὸς ἐυ θερ᾽ πτοις
ἕςαι.

Quant à ce que Philoftrate fait icy cette Hebé Deesse de ieunesse, au moyen dequoy elle garde les Dieux immortels de vieillir, Strabon au 8. liure dit qu'à Phliunte, & Sicione eftoit le temple de Dia, (Hebé eftant là ainfi appellée) ou la Deeffe de ieuneffe. Phurnutus. *Non fans caufe ceux de l'Ifle de Cos allegnoient Hercules auoir efpoufé Hebé la Deeffe de ieuneffe (car ηϐη fignifie la Puberté ou prime-barbe) pour-autant qu'il auoit la tefte bien faite, & l'efprit fain & entier. Car tout ainfi que les bras des ieunes gens font forts & vigoureux au trauail, aufsi les entendemens des vieillards font plus propres à donner aduis.* Ouide à ce mefme propos au 6. des Faftes, luy attribuë auec Iunon fa mere le mois de Iuin defdié à la ieuneffe Romaine; comme le precedent, à fçauoir May, l'eftoit aux vieillards & aagez.

Est illic mensis Iunonius, aspice Tybur,
Et Prænestinæ mœnia sacra deæ.
Iunonale leges tempus, nec Romulus illas
Condidit, at nostri Roma nepotis erat.
Finierat Iuno: respeximus: Herculis vxor
Stabat, & in vultu signa dolentis erant.
Non ego, si toto mater me cedere cælo
Iusserit, inuita matre morabor, ait. &c.

C'est en vain qu'Hercules s'efforce,
De vaincre Antée & sa vertu,
Puis qu'il trouue nouuelle force,
Quand il est par terre abattu.
   Mais si tost qu'il s'en fait accroire,
Et veut tant soit peu s'esleuer,

Il pert soudain toute sa gloire,
Auec la vie dedans l'air.
   Car quiconque entreprend la guerre,
Pour pouuoir conquerir les Cieux,
Faut qu'il s'abbaisse iusqu'en terre,
S'il veut dompter les vitieux

ANTEE.

ANTEE.

ARGVMENT.

Ntre toutes les peines & labeurs d'Hercules, entre toutes ses plus fortes & penibles auantures, les deux plus mal-aisés à mener à fin furent celles de l'Hydre, & d'Antée. Celle la estoit vn grand & horrible serpent, produit en vn lieu solitaire, moite, relent, & estouffé, où les raiz du Soleil ne pouuoient battre ; tres venimeux auec cela, & ayant plusieurs testes ; dont aussi tost qu'on luy en auoit auallé vne, soudain en renaissoient deux en sa place : tellement que c'estoit tousiours à recommencer. L'autre fut vn tres-enorme & demesuré Geant fils de la terre, qui auoit soixante coudées de haut (s'il le faut croire ainsi) lequel s'estant campé en vn des carrefours de Lybie, au milieu des deserts & sablons, où plusieurs grands chemins se venoient fourcher, contraignoit les passans trauaillez & recreuz, des chaleurs excessiues de la contrée ; mattez de peine, mes-aisé, difficulté, & trauail, de s'esprouuer contre luy à la lucte ; en sorte que c'estoit chose bien aisée d'en venir à bout. Car apres s'estre longuement houspillez aux prises, quand bien il eust donné du nez à terre (ce que peu souuent toutesfois arriuoit) elle qui luy estoit naturelle mere le restauroit de nouuelles forces, & s'en releuoit plus fraiz, roide, & gaillard qu'auparauant. De maniere que ce n'estoit qu'vne multiplication de trauail & effort en vain, sans en pouuoir rien finablement obtenir, nomplus que de l'Hydre. Hercules neantmoins, ainsi que de toutes autres choses (car iamais rien ne fut impossible à sa vertu ; rien ne peut oncques resister à son inuincible effort & courage) vint tres-heureusement à bout de toutes ces deux entreprises ; cauterisant les cols de l'Hydre à mesure qu'il luy abattoit vne teste : & soubs-leuant Antée haut en l'air quand il se fut apperceu de l'affaire ; où il l'estouffa entre ses vigoureux & robustes bras ; sans que sa mere luy peust plus donner de secours, puis qu'ils n'auoient le moyen de s'entre-toucher. Voila comme les Poësies en parlent. Mais pour tirer maintenant quelque fruit de ces fables, qui ne nous ont pas esté du tout inutilement données pour vne badaude recreation, fantastique & legere ; si c'est à vn sens moral qu'on vueille appliquer cete cy ; Antée se peut prendre pour la volupté ; dit ainsi de *ανία*, comme le veut *Fulgentius*, pource que rien n'est plus contraire à l'homme que les plaisirs & delices ; qui outre ce qu'elles eneruent le corps, abastardissent la santé & disposition naturelle, & abbregent le cours de nostre vie, nous meinent finablement à quelque mal-encontreuse perdition & ruine. On le feint estre nay de la terre; c'est à dire que la volupté et luxure prouiennent de la chair, qui n'est autre chose que terre, laquelle luy readministre tousiours nouuelles forces et maintenement: car de tant plus nostre volonté adhere à la chair, de tant plus aussi se peruertist elle et corrompt. Mais tout cela est finablement suppedité par Hercules, assauoir la raison qui doibt dominer en nous; laquelle nous esleuant des appetits charnels, de la sensualité et concupiscences, aux diuines contemplations, suffoque et, esteint la volupté du tout en nous: ainsi que dit Boëtius à ce propos, extollant ce faiɫ cy. SVPERATA TELLVS SYDERA DONAT. Toutesfois cela ne se peut pas faire sans vn gros estrif et combat d'Hercules contre Antée; de l'esprit contre la chair; selon Platon en ses Morales, qu'il n'y a point de plus forts ennemis à surmonter et deffaire, plus malaisez, opiniastres, et resistans, que les internes: ce sont les vices, lubricitez, et affections illicites et deprauées, qui se produisent par nostre nonchalance et consentement en noz cueurs, tout ainsi que les ronces, orties, chardons et mauuaises herbes en vne bonne et fertile terre, par faute d'estre soigneusement cultiuée. Et c'est ce que veut denoter ce tant beau et elegant vers anciennement graué sur la sepulture de Scipion l'Aphricain. MAXIMA CVNCTARVM VICTORIA, VICTA VOLVPTAS. Deffrichons les donques de cette mauuaise engeance, rendons les habiles à recevoir le bon grain; et estouffons ce maudit et peruers Antée, qui ne tasche qu'à nous raualler contre bas, pour nous exterminer de tous points dans son orde et vile poussiere; esleuans noz mains et pensées en haut, selon ce diuin admonestement de Pythagoras.

λῶ δ' ἀπολείψας σῶμα ἐς αἰθέρ' ἐλθὴθερ'ἐλθης,
ἔσεαι ἀθάνατος θεὸς ἄμβροτος, οὐκ ἔτι θνητός.

Si delaissant le corps (qui est de terre et. d'eau) tu passes à vn air libre (esleue ton esprit là haut au ciel) tu seras vn Dieu immortel, & non plus homme subiect à la mort. Car il n'y a rien qui proprement tuë la personne sinon les vices, affections et concupiscences prouenantes du corps. OR si nous voulons appliquer cette fantaisie ou fiction poëtique à la philosophie naturelle; nous auons desia dit au tableau precedent, que Hercules n'est autre chose que le Soleil, lequel par sa chaleur et ses raiz à guise de flesches, extermine l'Hydre auec toutes ses testes renaissantes, c'est à dire la froideur; qualité propre à l'eau, dont se serpent est nay, et porte le nom. Car a la verité de l'histoire c'estoit vn lieu marescageux et desert à cause de ses sources, fontenils, et ruisseaux, qui le rendoient effondré, inaccessible, et inhabitable; dont en cuidant estouper l'vn, soudain en rebouïllonnoient six ou sept ailleurs: mais le sens qu'y appliqua Hercules dissipa cette humidité et froidure. Antée puis apres est le sec (vraye propriété de la terre) que la chaleur pareillement conuertist en nature d'air à elle opposite et contraire. C'est à dire que le froid et le sec, deux qualitez mortelles ennemies de generation et de vie, à quoy insiste perpetuellement la nature, qui n'est autre chose que la chaleur prouenant du Soleil, doiuent par cette-cy estre reduites en air chaud et humide, le vray subiect d'icelle vie. Il faut donques conuertir les deux bas elemens grossiers, et materiels, l'eau et la terre; le sec assauoir de la terre et le froid de l'eau, la volupté et le corps, és deux hauts spirituels et formels; l'air et le feu; l'humide et le chaud; la vertu et esprit. Et lors nous aurons debellé l'Hydre, et Antée; et accomply ce que nous recommandent tant les Philosophes

Chimiques,

Chimiques, qui ne battent que sur cette enclume. Conuerte elementa, & quod quæris inuenies. *Et ailleurs.* Nisi corpora vertantur in non corporea, nihil in hac arte prorsus efficis. Duo autem sunt elementa corporea, terra , & aqua: duo item corporea, aër & ignis. *C'est à dire, qu'ils sont moins materiels & grossiers. Monsieur Budée au 4. liure de son de Asie, approprie ceste fiction au Royaume de France. Car tout ainsi qu' Antée en la luĉte, quelque malmené & suppedité il peut estre; pourueu que de son corps il touchast la terre, ressourdoit de la plus fort & vigoureux qu'au parauant ; sans se plus sentir de la rude secousse qu'il auoit receuë : en semblable ce bien-heureux Royaume ne pouuoit estre si affligé ne ruiné de guerres du dehors ne dedans , de pilleries, degasts & ruines, que venant à auoir vn peu de relasche par quelque paix ou tresue, si que le labourage & le traffique peussent auoir leur train libre & accoustumé, il ne se resist, comme en moins de rien, si toutesfois il ne suruenoit quelques gelées, pluyes excessiues & gresles, ou semblables accidens, playes et calamitez, des iniures de l'air & du mauuais temps, qui gastassent les biens de la terre : à quoy il est vn peu subieĉt & enclin. Ce tres-doĉte homme a dit cela; mais on dit d'autre part que la continuë l'emporte.*

A POVDRE icy est toute telle qu'és luĉtes qui se font emprés la fontaine d'Elide : & ces deux champions, dont l'vn se bande l'oreille, l'autre defait de son espaule la peau de Lyon : les tertres quand & quand à propos; & les colomnes; & les lettres grauées : c'est la Lybie, & Anteus que la terre a produit, pour offenser (comme ie croy) les passans d'vne brigandesque luĉte. Mais ce-pendant qu'il s'amuse apres ces combats, & à enterrer ceux qu'il a mis (comme vous le voyez) mort en ceste luĉte, la peinture nous amene icy Hercules, qui a desia conquis ces pommes d'or, & a tant esté celebré à cause des Hesperides: n'estant pas toutesfois en vne telle admiration pour les auoir suppeditées, ains le Dragon. Or sans autrement ployer (comme on dit) le genoüil, il se despouïlle contre Antée : estant encore à la grosse haleine de ce long & fascheux voyage : & se prepare à la meslée; les yeux tédus à ie ne sçay quelle profonde cogitation; côme consultant à par-soy ce qu'il doibt faire en cette espreuue, & mettant vne bride à son animosité & colere, de peur qu'elle ne luy transporte l'entendement. Mais Antée le desdaignant se hausse ce semble en paroles: LES ENFANS DES INFORTVNEZ: auec ie ne sçay quoy de tel qu'il monstre desgorger encontre Hercules; se rasseurant par ces braueries & outrages. Que si Hercules auoit du tout son cueur à la luĉte , il n'auroit point esté nay autre que voile-cy representé: car il est peint puissant & robuste, & comme remply d'artifice, pour la belle disposition de sa taille : & si est grand auec cela; & d'apparence plus qu'humaine; d'vne charneure colorée & vermeille, les veines s'estans sur-enflées du despit & courroux qui s'est introduit là dedans. Vous auez peur d'Antée ce croy-je bien, qui ressemble à vne beste sauuage, & peu s'en faut qu'il ne soit aussi gros comme long; le col enfoncé dedans les espaules, dont la plus grande part arriue au chignon : le bras d'ailleurs arrondy, comme s'il estoit fait au tour aussi bien qu'elles : la

poitrine & le ventre, tout cela battu au marteau: & si la greue n'est pas droite, ains rustique & grossiere. On sçait bien au reste qu'il estoit merueilleuse-
ment fort: trappe (de fait) & amassé, neantmoins sans addresse quelconque, & noir parmy cela, ayant ainsi esté teint du Soleil. Voila ce qui est en
ces deux champions pour le regard de la lucte. Mais vous les voyez mainte-
nant aux prises, ou plus tost ayans mis desia fin à leur combat: & Hercules
en sa victoire, qui est venu à bout de son ennemy en le soubsleuant hors de
terre: car elle combattoit pour Antée; & le dressant le remettoit de nouueau
sur les pieds quand on l'esbranloit. Hercules doncques estant en doubte
comme il se debuoit gouuerner enuers cette affectionnée mere, empoigne
Antée par le faux du corps au dessus des flancs là où sont les costes, & le posant tout debout sur sa cuisse, luy accouple les deux mains ensemble; luy serre quand & quand le coude contre le ventre desia restreint & hors d'haleine: de sorte qu'il luy fait perdre le vent, & l'estouffe de ses costes aiguës ad-
dressées à la region du foye. Aussi apperceuez vous bien l'agonie en quoy il
est, regardant piteusement vers la terre, de ce qu'elle ne luy donne plus de
secours: & Hercules vigoureux & gaillard, qui se rit de cette besongne. Or
ne iettez pas vostre veüe en vain au sommet de cette montagne, ains faittes
compte que les Dieux obseruent de là ce combat: car vne nuée d'or y est
peinte, dessoubs laquelle (à mon aduis) ils se sont campez: & Mercure s'en
vient trouuer Hercules pour le couronner, * parce qu'il luy adiuge l'honneur de cette entreprise.

*parce qu'il luy
adiuge ὅτι κα-
λῶς αὐτῷ ὑπο-
κρισίας μι-
λίω, parce qu'il
a fort bien ioué
son personnage en
ce sien ieu de la
lucte. Il dict ce-
cy dautant que
Mercure estoit
le Dieu qui
presidoit à la
lucte, & de qui
Hercules te-
noit cest art,
ainsi que tes-
moignent les
autheurs alle-
guez cy apres
és annotatiõs.

ANNOTATION.

A POVDRE est icy toute telle qu'és luctes qui se font emprés la fontaine de l'huille.
Quant à ce mot de poudre, il n'y a point de doubte qu'il ne soit ordinairement pris
pour le lieu où l'on combattoit, & pour le combat mesme: dont est venu le prouerbe *Citra puluerem uincere*, quand l'on obtient quelque chose sans gueres de peine ne
de resistance. A Lugelle au 5. l. ch. 6. *Onandi causa, quãdo dedistone repentè facta sine pul-
uere (vt dici solet) incruenta victoria obuenit.* Et ce à cause que ceux qui luctoient, ou s'exerçoient aux
autres sortes de cõbats s'oignoient d'huille, & puis se saul-poudroiẽt par dessus, cõme dit Lucian
au traité des exercices à corps nuds; & Pline au 15.4. & cõbatoient aussi dans la poudre. Mais quãt
à cette fontaine d'huille, ie ne puis bõnement deuiner ce qu'il veut entendre par là, si d'auanture
il ne vouloit faire allusion de ce mot ἐλαίε, à l'Elide, où se souloient faire les ieux & sacrez cõbats
Olympiques; de maniere que ce fust vn adiectif, tout ainsi qu'é a vsé Virgile au 3. des Georgiques.

   Hìc vel ad Elei metas, & maxima campi
   Sudabit spacia, & spumas aget ore cruentas.

Où il a dit *Eleus campus* pour la campagne de l'Elide; comme l'ont annoté là dessus Seruius, Probus, & Sabinus. Plus Horace en la 2. Ode du 4. liure.

   Siue quos Elea domum reducit
   Palma cælestis: pugilémue, equúmue.

Où à Ἐλλας qui signifie la Grece: ou à ἐλαία vn Oliuier, pource que les victorieux y estoient couronnez de cest arbre.
Pindare en la 3. Olympienne.

   ἀμφὶ κόμαισι βάλοι γλαυ-
   κόχροα κόσμον ἐλαίας, τὸν ποτε
   Ἴστρου ἀπὸ σκιαρῶν παγᾶν ἔνεικεν
   Ἀμφιτρυωνιάδας.

En quoy est mentionnée vne fontaine. Ou qu'il vueille appeller l'Olympie vne fontaine & source viue d'huille: c'est à dire des combats, à cause qu'on se frottoit d'huille en iceux; & mesinemẽt
   à la

à la lutte, afin que les prises vinssent à estre glissantes & plus mal-aisées. Autre chose ne me puis-
je ramener en memoire qui face à ce propos : ne pareillement de ce que Philostrate adiouste là-
mesme, *des tertres, colomnes, & lettres grauées qui monstrent cecy estre la Lybie.* Car de vouloir referer
cela aux colomnes d'Hercules, ie n'y voy pas grande apparence, attendu que l'vne d'icelles est
aussi bien en Europe comme en Aphrique. Neantmoins Mela au premier liure, les semble vouloir mesler aucunement auecques Antée, disant ainsi. *La Mauritanie commence au Promontoire que*   Mꜱʟᴀ.
les Grecs appellent Ampelusie, où il y a vne cauerne consacrée à Hercules ; & au delà est la ville appellée
Tingi, fort ancienne, fondée comme l'on dit, par Antœu. En tesmoignage dequoy il y a vne grande targue
faite d'vn cuir d'Elephant : de laquelle, pour raison de sa demesurée grandeur, personne ne se pourroit pas aider
à cette heure : & toutesfois les habitans du lieu tiennent pour chose vraye, qu'il la souloit porter ; de sorte qu'ils
l'ont en vne fort singuliere reuerence. Il y a puis-apres vne montagne fort haute apposée à vne autre qui s'es-
leue du costé d'Espagne tout vis à vis : cette-cy s'appelle Abyla, & l'autre Calpé ; toutes deux colomnes d'Her-
cules. Pline seconde cela au commencement du cinquiesme liure, disant ainsi. *Le dernier cap ou*   Pʟɪɴᴇ.
Promontoire de l'Ocean est des Grecs appellé Ampelusie ; les villes furent Lissa, & Cotté au delà des co-
lomnes d'Hercules ; maintenant c'est Tingi, anciennement fondée par Antœu ; lequel on dit auoir au-
tresfois tenu sa Cour à Lixos, qui n'est qu'à huict lieuës de l'Andelousie. Ce fut là aussi où il combattit
contre Hercules, & que furent les Hesperides ; là où certain regorgement de la mer se respand d'vn cours obli-
que & tortu, à quoy on veut referer la garde que le Dragon y souloit faire. Il embrasse au reste en son milieu
vne petite Isle, où il y a vn autel d'Hercules ; & rien de toute cette forest qui produisoit des Pommes d'or, si-
non des Oliuiers sauuages. De ces colomnes en parlent assez d'autheurs encores ; & mesmement
Pindare en la 3. Olympienne.

νῶ γε τ̣ρὸς ἐσχατιὰν Θή-
ρων ἀρεταῖσιν ἱκᾰνων, ἀ̣φᾰεται
οἴκ̇θεν Ἡρᾰκλέος σηλᾶν. ὃ πόρσω
ἃ̣ ἐσι σοφοῖς ἄ̣δᾰτον,
κ̣' ἀσόφοις.

Maintenant Theron arriuant aux dernieres limites, atteint par ses propres vertus les colomnes d'Hercules.
Ce qui est au delà est inaccessible aux sages & ignorans. Par lesquelles colomnes, comme l'annotent
les interpretes, il entend le combat des ieux Olympiques, suiuant le Prouerbe, *Paruenir aux co-*
lomnes d'Hercules ; qui est d'atteindre à la plus haute gloire à quoy l'on puisse aspirer. Plus en la 3.
des Nemées.

ἐκέτι πόρσω
ἀ̣βατ̣ᾰν ἅλα κιόνων
ὑ̣πὲρ Ἡρᾰκλέος σ̣ρᾰν εὐμαρές.

Il n'est plus possible de nauiger la mer au delà des colomnes d'Hercules, par ce qu'elle est inaccessible. Mais
les nauigations des Modernes nous ont bien monstré du contraire. Aristote dit que ces colomnes d'Hercules furent premierement attribuées à Briareus. Et pour-autant que cela ne me semble point satisfaire ne conuenir assez à l'esclaircissemét de ce passage, ie me viens de ressouuenir que la coustume estoit anciennement d'apposer aux sepultures certaines colomnes, pilliers, obelisques & semblables choses esleuées, pour vne marque & memoire (tout ainsi que
nous autres Chrestiens à meilleure raison faisons des Croix) comme mesme le monstre ce lieu-
cy du dixiesme des Nemées ; ἔσεν ὑερπάξαντες ἄ̣γαλμ᾽ Ἀΐδα. Là où les Scholiastes interpretent
cette statuë de Pluton pour vne colomne ou pilastre qu'on souloit mettre ioignant les tombes
des Trespassez : ainsi que le denote ce lieu de Pausanias és Achaïques. *Sostratu grãd mignon d'Her-*
cules, mourut luy estant encores viuant ; qui luy fit faire vne fort belle sepulture, & luy offrit les premices de ses che-
ueux. Ioignant le tombeau se void encores pour le iourd'huy vne colomne debout, là où est taillé Hercules de relief. Et Strabon au neufiesme liure, dit, que de son temps mesme se voyoit à l'emboucheure des Thermopyles, le cemetiere de ceux qui soubs la conduite de Leonidas y auoient
esté mis à mort par les Perses ; auecques des colomnes aupres, & vne Epitaphe contenant cecy en substance, *Passant va dire à Sparthe, icy gisent les corps de ceux qui à leurs loix obeyssans sont*
morts. Car Antée lors qu'Hercules arriua deuers luy, auoit desia faict vne terrible boucherie
de ceux qu'il auoit miserablement occis ; lesquels comme pour vne marque de ses victoires, il
faisoit ensepuelir tout autour de sa residence ; ayant deliberé de bastir de leurs testes vn temple à
Neptune son pere : ainsi que faisoit d'autre-part en la Grece Cygnus fils de Mars, que le mesme Hercules mit à mort, pource qu'il luy vouloit empescher le passage. Pindare en la quatriesme Isthmienne.

χᾳ̣ τοι ποτ᾽ Ἀ'νταίᾳ δόμες
Θηᾶᾰ̣ ᾰπὸ καδμηίαν, μορ-

Φαὶ βραχὺς, ψυχὴν δ' ἄκαμπτος.
ωςραπαλαίσων ἦλθ' ἀνὴρ
ταν πυρφόρον Λιβύαν,
χραινίοις ὄφρα ξένων
ναὸν Ποσ̌ειδῶνος ἐρέφοντα χθνι
ὑὸς Ἀλκμήνας.

PLVTARQVE. OR auant que nous esloigner dauantage de ce lieu amené cy-dessus de Mela, touchant la ville de Tingi, & cette enorme Targue d'Antée qu'on y gardoit solemnellement : Plutarque en la vie de Sertorius en dit encores cecy. *Il prit la ville de Tingi en Aphrique, là où ceux du pays dient qu'est enterré Anteus, dont il fit ouurir le sepulchre, ne pouuant croire bonnement ce qu'ils racomptoient de sa demesurée grandeur : neantmoins il trouua vn corps là dedans de soixante coudées de long, à ce qu'on dit. Parquoy apres luy auoir immolé des victimes, il fit reclorre, & combler le tombeau : & donna vn fort grand credit & authorité au bruit commun qui en couroit.* Ce qu'il doit auoir pris de Strabon, qui au dernier liure allegue Gabinius auoir escrit, qu'à Tingi (c'est maintenant vne petite ville de Mauritanie, sur le destroict de Gilbatar) estoit la sepulture d'Anteus, & ses ossemens tous entiers en leur structure & assemblement encores, bien que decharnez ; qui arriuoient à soixante coudées de long, laquelle fut ouuerte par Sertorius, & soudain reclose : mais il tient tout cela à fable. D'autre-part Pherecydes (selon que l'allegue Tzezes) escrit qu'apres qu'Hercules eut vaincu à la lucte cet Antée fils de Neptune, qui auoit soixante coudées de haut, il fit porter ses ossemens en l'Olympie, pour faire foy de cette victoire ; car Hercules n'en auoit que quatre & vn pied, qui sont sept pieds de Roy : & coucha auecques Iphinoa femme d'iceluy Antée, où il engendra Palaimon. A quoy se conforment les vers cy-dessus alleguez de la 4. des Isthmiennes.

LA PEINTVRE *nous ameine icy Hercules qui a desja conquis ces pommes d'or.* La fable est assez cogneuë par tout, comme Hercules s'en alla aux Hesperides, où il tua le Dragon qui gardoit l'arbre des pommes d'or ; qu'il cueillit & les emporta auecques luy. Ouide au neufiesme de la Metamorphose. *Pomáque ab insomni non custodita Dracone.* Hyginus au trentiesme chapitre. *Draconem immanem Typhonis filium, qui mala aurea Hesperidum seruare solitus erat, ad montem* PALEPHATVS. *Athlantem interfecit.* Mais Palephatus l'explique ainsi. *Qu'il y eut autresfois certain personnage Milesien habitant en Carie, nommé Hesperus ; lequel auoit deux filles appellées de son nom Hesperides, & vn trouppeau d'oüailles les plus belles qu'il estoit possible de voir, comme ont accoustumé d'estre celles de Milet ; tellement que pour leur beauté on les appelloit les dorées, à cause que l'or est la plus belle & agreable chose de toutes autres. Et pour autant que les brebis enuers les Grecs s'appellent aussi bien* μῆλα, *que les pommes, Hercules ayant rencontré ce trouppeau sur le bord de la mer, & iceluy chargé sur son nauire auec leur berger appellé Dracon, donna lieu à la fable qui depuis a esté destournée sur des pommes d'or du bout de l'Aphrique.* Les autres dient que ce fut de l'Aphrique mesme qu'il les enleua, & que l'equiuoque de ce mot μῆλον les auroit faict interpreter pour pommes d'or, à cause que la principale richesse des anciens consistoit en brebiailles. Les autres les referent à des pommes de coing, qui sont communement de couleur d'or. De vray telles les void-on encores en tout plein de statuës d'Hercules antiques, mesmement celle-là d'Echion Athenien, qui est de marbre encore pour le iourd'huy toute conseruée en la Cour du Palais Farnese à Rome ; où ce magnanime Heroë appuyé sur sa massuë & despouille de Lyon, à demy vermoulue, la main droicte reiettée en arriere dessus ses reins, tient trois pommes de coing dedans ; dont il semble se iouër tout ainsi que s'il auoit vie, auecques vne mine comme s'il vouloit dire ; Voila finalement la belle recompense que i'ay de tant de peines & trauaux. Il y en a vne autre de bronze au Capitole tout de mesme argument & subiect : ce que quelques-vns s'efforcent d'approprier aux trois vertus principales qui estoient en luy. L'vne de sçauoir fort bien à propos refraindre son ire & colere, comme Philostrate le touche en ce mesme tableau : l'autre de moderer l'auarice : & la tierce d'assoupir la lubricité & luxure. Ce que le serpent denote pareillement, lequel comme nous auons dit autre-part, est pris pour l'espine du dos où gist l'esguillon de la chair. La despouille du Lyon puis-apres signifie force, & magnanimité de courage : & la massuë d'vne estoffe ferme & dure, la constance & perseuerance contre tous perils & dangers, designez par les nœuds dont elle est semée.

OR SANS *autrement ployer (comme on dit) le genouil.* De cette maniere de parler nostre autheur mesme (au moins si c'est celuy-là) en a vsé encores en l'Herodes. ἐνταῦθα, ἔφη, γόνυ χαμᾶ ψωμθμ. *Ployons* (dit-il) *icy le genouil.* C'est à dire, reposons-nous tant soit peu. Parce que tous animaux se veulent mettre en leur repos, voire l'homme encores, quand il se veut coucher, commencent à se composer à cela en ployant les genouïls. Tellement que Philostrate ne veut dire icy autre chose, sinon qu'Hercules de pleine arriuée sans prendre haleine, s'attacha à Antée à la lucte. Eschyle à ce propos dans le Promethée introduit Vulcan luy parlant ainsi.

δ'ζ̇ε

Α᾿νθ᾿ ὧν ἀτερπῆ τηῶδε Φρουρήσῃς πέτραν,
ὀρθοςάδίω, ἄυπνος, ὐ κάμπων γόνυ.

Tu garderas icy cet ennuyeux rocher, tout debout sans dormir, ny le genouil ployer. Et Apollonius Rhodien au premier des Argonautes.

ἦμος δ᾿ ἀγρόθεν εἶσι φυτοσκάφος, ἤ τις ἀροτρεὺς
ἀσπασίως εἰς αὖλιν ἑὴν, δόρποιο χατίζων.

αὐτῶ δ᾿ ἐκ προθμαλῆ τετρυμμένα γόνυ τ᾿ ἐκαμψεν
αὐχαλέος κονίησι, &c.

Ainsi que quand le vigneron ou laboureur reuient des champs bien volontiers à sa cahuette, ayant bon appetit, il ploye de lasseté les genoux sur le seuil de l'huis, tout couuert de poussiere, & regardant ses mains moulluës & souillées du trauail, se courrouce, & dit tout plein de maux à son ventre. Toutesfois Homere au septiesme de l'Iliade, le semble prendre autrement; à sçauoir pour crier mercy, ou pour faire quelque reuerence, comme il est vsité ordinairement en l'Escriture saincte. *Reliqua sunt mihi septem millia virorum, qui ante Baal genua non curuauerunt.* Et en vn autre endroit; *Flecto genua cordis mei.*

εἴπερ ἀδ{}ς τ᾿ ἔςὶ καὶ εἰ μόθου ἔς᾿ ἀκόρητος,
φημί μιν ἀσπασίως γόνυ κάμψειν, αἴκε φύγῃσι
δηϊον ἐκ πολέμοιο καὶ αἰνῆς δηϊοτῆτος.

Quelque sans peur qu'il soit, & de combatre insatiable, i'estime qu'il ployera volontiers le genouïl, s'il eschappe ses bagues saines de cette ruineuse guerre, & calamiteuse rencontre. Dit Agamemnon à Menelaus parlant d'Hector: à sçauoir qu'il en rendra de grandes graces aux Dieux. Plus au *19.* encores, Achilles.

ἀλλά τιν᾿ οἴω
ἀσπασίως αὐτῶ γόνυ κάμψειν, ὅς κε φύγῃσι
δηϊον ἐκ πολέμοιο ὑπα᾿ ἔγχεος ἡμετέροιο.

Quelques-vns veulent toutesfois interpreter ce ployement de genouïl, pour se fleschir & lascher aux voluptez, oysiuetez & delices; signifiées, comme nous auons desia dit, par la terre. Comme s'il vouloit dire, que Hercules ou la vertu, ne se ploye iamais enuers elles; mais se maintient tousiours droicte & debout inflexible à l'encontre, tout ainsi comme vne palme; qui tant plus est courbée, tant plus vigoureusement se ressort contremont.

METTANT *vne bride à son animosité & colere.* Nous auons desia dit cy-dessus, qu'entre les autres perfections qu'on attribuë à Hercules, c'estoit de sçauoir refrener sa colere; laquelle est l'vne des choses de ce monde qui trouble & nuist le plus au combat, où il faut aller de sens froid le plus qu'il est possible. Au moyen dequoy Plutarque au traicté de *la refrener,* allegue que les Lacedemoniens, quand ils estoient sur le poinct de donner la bataille, auoient accoustumé de moderer leurs gens auecques vn doux & gracieux son de fluttes: & auant que venir au choc, sacrifier aux Muses; à celle fin qu'ils ne se troublassent & missent hors des termes de raison; ains qu'elle leur demeurast saine & entiere: l'vn des plus grands aduantages qu'on puisse auoir à la guerre.

LES ENFANS *des infortunez.* C'est vn hemistiche ou demy carme pris d'Homere, qui s'en sert en deux lieux. Au sixiesme de l'Iliade, où Diomedes braue en cette sorte Glaucus qui s'apprestoit pour le combatre. δυσήνων δέ τε παῖδες ἐμῶ μένει ἀντιόωσιν, *Les fils des mal-heureux à ma force s'opposent.* Et derechef au *21.* où Achilles dit le mesme à Asteropée.

LA POITRINE *& le ventre tout ainsi battu au marteau.* Cette description d'Antée semble estre prise du vingt-troisiesme Eidylion de Theocrite intitulé Διόσκουροι où il represente fort naïuement Amycus, duquel a esté parlé en Phorbas. Mais principalement Philostrate a imité cet endroit cy-dessus, *στέρνα, ὼ γαςήρ, ζωὴ τῷ σφυρήλατα,* là où Theocrite dit:

THEOCRITI:

στῆθα δ᾿ ἐσφαίρωτο πελώρια, καὶ πλατὺ νῶτον,
σαρκὶ σιδαρείη, σφυρήλατος οἷα κολοσσός·
ἐν δὲ μύες στερεοῖσι βραχίοσιν ἄκρον ὑπ᾿ ὦμον
ἕςασαν, ἠΰτε πέτροι ὀλοίτροχοι, ὅυς κυλίνδων
χείμαρρος ποτεμὸς μεγάλαις περίεξεσε δίναις·
αὐτὰρ ὑπὲρ νώτοιο καὶ αὐχένος ἠωρεῖτο
ἄκρων δέρμα λέοντος ἀφημμένον ἐκ ποδεώνων.

Sa poitrine s'aduançoit toute ronde comme vn ballon; & son large dos, d'vne chair ferreuse, tout ainsi que s'il eust esté forgé à coups de marteau à guise de quelque colosse: les muscles aussi se serretoient soubs le hant de l'espaule, ainsi que quelques gros cailloux arrondis, qu'vn torrent a polly tout autour par ses ondes roulantes. Puis apres au dos & du col luy pendoit vne peau de Lyon attachée par le bout des pieds. De manie-re que qui auroit le loisir d'esplucher par le menu cet autheur, on trouueroit la plus grande part de ses beaux traicts empruntez des Poëtes.

CAR *vne nuée d'or est peinte, dessoubs laquelle se sont campez les Dieux.* Cecy est dit à l'imitation d'Homere au treiziesme de l'Iliade, parlant de Mars qui ne peut secourir à temps son fils Ascala-phus que Deiphobus ne le mist à mort : *pource* (dit-il) *qu'il estoit là haut en l'Olympe soubs des nuées d'or, enfermé tout expres de l'ordonnance de Iuppiter, auecques les autres Dieux immortels, prohibez d'assi-ster au combat deuant Troye.*

> ἀλλ' ὅγ' ἄρ' ἄκρῳ ὀλύμπῳ ὑπὸ χρυσέοισι νέφεσσιν
> ἧϲο, Διὸς βουλῇσιν ἐελμένος, ἔνϑα περ ἄλλοι
> ἀϑάνατοι ϑεοὶ ἦσαν ἐεργόμενοι πολέμοιο.

Au reste pour ce mot *Campez* que i'ay tourné, il y a au Grec σκηνῶσι, qui signifie proprement loger soubs vne tente ou pauillon, d'où sont dicts les *Sceenopegia* des Hebrieux, à sçauoir la fe-ste des tabernacles, l'vne de leurs plus grandes solemnitez, qu'ils celebroient au mois de Sep-tembre. Voulant dire icy Philostrate, que les Dieux durant le combat d'Hercules & Antée, estoient à les regarder faire de dessoubs des nuages dorez ; tout ainsi qu'en quelque tente ou pa-uillon ; ce qui ne se peut exprimer en vn seul mot François conforme au Grec, Σκηνόω, mieux que par ce mot de Camper.

ET MERCVRE *s'en vient trouuer Hercules pour le couronner, par ce qu'il luy adiuge le prix & hon-neur de la luče.* Cecy n'est pas dit en vain; car on presuppose la Lucte ou Palestre, auoir esté fille de Mercure, ainsi qu'il se dira plus amplement sur son tableau : à propos dequoy Synesius met que les anciens auoient pour les Dieux assesseurs de la lucte, Mercure & Hercules : afin de monstrer qu'il falloit conioindre la dexterité auecques la force, comme dit Phornutus ; *Qu'on souloit vene-rer Mercure auecques Hercules au combat de la lucte, pour ce qu'il faut que la raison accompagne la force du corps ; auquel ceux qui veulent du tout mettre leur confiance, mesprisans la ruze & artifice que la raison a in-troduit en la vie humaine, sont en danger d'encourir ce que dans Homere Andromaché dit à Hector,* Δαιμό-νιε φϑίσϲ σε τὸ σὸν ἰδϹς. *C œur genereux, ta force te perdra.* Orphée en l'hymne de Mercure, παγκρα-τὲς ἦτορ ἔχων, ἐναγώνιε, κοίρανε θνητῶν· *Ayant vn cœur de tout vainqueur, superintendant des combats, & chef des mortels icy bas.* Heliodore au dixiesme liure de l'histoire Ethiopique, τὼ ἐναγώνιον Ἑρ-μᾶ τεχνίω περίξενϹς, *fort practiqué, & exercité en l'art du combat de Mercure,* à sçauoir la lucte. Ce que Synesius attribué la superintendance des combats à Mercure & Hercules, doit auoir esté emprunté de ce lieu cy de la dixiesme des Nemées en Pindare.

> ἐπεὶ
> εὐρυχόρϹυ ταμίαι Σπάρτας ἀγώνων
> μοῖϲϲν Ἑρμᾷ καὶ σὺν Ἡ-
> ρακλῆ διέποντι θάλλϹν.

Pourrce que les Présidens de l'espacieuse Sparte gouuernent le sort recreatif des combats, auecques Mercure & Hercules.

Item en la sixiesme Olympienne.

> Ἑρμᾶν εὐσεβέως
> ὃς ἀγῶνας ἔχϹ,
> μοῖϲάν τ' ἀέθλων.

Mercure qui gouuerne les combats, & l'aduanture de leurs guerdons & recompenses.

Plus en la seconde des Pythies.

> ὅ, τ' ἐναγώνιος Ἑρμᾶς,
> ἀγλαᾶντα τίθησι κόσμον.

Le Président des combats Mercure luy impose vn ornement fort illustre.

Et en la premiere Isthmienne.

> πόλλα δ' ἔξηπῖν ὅσ' ἀγώνιος Ἑρμᾶς
> Ἡροδότῳ ἔπορεν ἵπποις.

Aristophane vers la fin du Plutus, où Mercure parle en cette sorte.

> Ἐναγώνιος ὤνων γ' ἔσομαι καὶ τί ἔτ' ἐρϊς;
> Πλύτῳ γὰρ ἔϲι τῦτο συμφορώτατον,
> ποιῷ ἀγῶνας μουσικοῖς καὶ γυμνικοῖς.

Ie seruiray doneques de combattant : & que diras-tu outre plus ? Car c'est chose tres-vtile à Plutus de faire des ieux de prix, de musique & de lucte.

Mais

Mais plus dilucidement Theocrite au trente-vniesme Eidylion, intitulé Hercules:

> ὅσσα δ᾽ ἀπὸ σκελέων ἑδροςρόφοι ᾠρηδϗν ἄνδρες
> ἀλλήλοις σφάλλοντι παλαίσμασιν, ὅσσά τε πύκται
> δϗοὶ ἐν ἱμάντεσσιν, ἀτ᾽ ἐις γαῖαν σφερπεσόντες
> πυγμάχοι ἐξθύρρντο παλαίσματα σύμφορα τέχνα,
> πλήϊτ᾽ ἔμαθ᾽ Ἑρμείαο διδασκόμϑνος σφά παιδὶ,
> Ἁρπαλύκῳ Φανοπῆϊ, τὸν ὄδ᾽ ἀϑ τηλόθι λϑσσσν
> θαρσαλέως τίς ἔμεινεν ἀεθλϑόϊοντ᾽ ἐν ἀγῶϊ.
> Ἰσίον ἐπισκωνίον βοσυρᾷ ἐπάχειτ σφεσσώπῳ.

Par quelle maniere ceux d'Argos destournans aueques leurs iambes le talon de leurs aduersaires les mettent THEOCRITE.
par terre à la luste: & comme s'aydent les escrimeurs iouans des poings, qu'is'animent à coups de manoples:
& les ruzes aussi à propos que les lusteurs ont inuenté en leurs combats: toutes ces choses a appris Hercules,
enseigné par le fils de Mercure Harpalycus Phanopéen; duquel à grande peine le seul fier regard personne ne
pouuoit comporter, quand il estoit question de se presenter sur les rangs; tel redoutable sourcil s'espandoit sur
vne face furieuse & terrible. Tout cecy ne tend qu'à monstrer que Mercure estoit le Dieu superintendant de la luste. Ce que Pausanias confirme és Messeniennes; disant, que dans les lisses de
Messene estoient les statuës de Mercure, Hercules, & Thesée; à qui tous les Grecs vniuerselle-
ment, & la plus-part des Barbares encores, en leurs exercitations & combats à corps nud, a-
uoient accoustumé de porter vne fort grande reuerence & honneur. Et aux Archadiques, que
ioignant le stade ou carriere de la ville de Megalopoli, estoit vn temple dedié à Mercure & Hercules par-ensemble.

C'eſt vn mal-heur extreme
De s'ignorer ſoy-meſme,
Vn Geant triomphant
Eſt braué d'vn enfant.
Le plus chetif eſclaue
S'eſtime le plus braue,

Lors que ſon iugement
A cet aueuglement:
Car ſi toſt qu'on ouure la porte
A quelque bonne opinion,
La vanité ſe rend ſi forte,
Qu'elle pert de preſomption.

HERCVLES

HERCVLES PARMY
LES PYGMEES.

ARGVMENT.

'EST *vne miserable condition que celle de l'homme, qu'on la prenne de quelque sens qu'on voudra : en ce mesmement que lors que nous pensons estre au dessus de nos affaires, auoir la fin de toutes nos peines & trauaux ; ne deuoir plus se soucier de rien que de viure en plaisir et repos, nous mignarder, esioüyr, & donner du bon temps ; estans deschargez, (ce nous semble) de ce qui pesoit le plus à nostre esprit ; voicy arriuer tout a coup de l'endroict où nous l'attendions le moins, quelque nouuelle occasion de douleur, quelque nouueau soucy & melancolie ; pour tousiours nous tenir en bride, & nous exercer aux miseres & calamitez de ce monde ; qui le plus souuent nous sont, sans comparaison plus vtiles que le trop d'aise & contentement. Car celles-là nous apprennent à nous recognoistre, à mespriser ce qui est fragile & caduque, & aspirer a l'eternel & perdurable: & cecy ne nous rend qu'insolens, fiers, desbauchez, & incompatibles à nous-mesmes ; pour nous mener finablement à vne perdition & ruine. Ainsi doncques est à toutes heures nostre vie trauersee d'ennuys, qui troublent & entrerompent le proiect de nostre repos ; alors mesme (& le plus souuent) que la fortune se monstre la plus propice & fauorable ; ny plus ny moins qu'vne belle iournee claire & seraine, d'vn ciel nettoyé & riant de toutes-parts, est ordinairement plus dangereuse de se rompre en quelque gros tourbillon & orage pernicieux aux biens de la terre, que non pas le temps nebuleux & couuert. Toutes les histoires sont pleines de ces mutations, inconstances, & legeretez : les songes mesmes nous trauailleroient plustost en dormant, que nostre condition & destinee nous laissast en vn continuel aise & plaisir. Car les desastres, mal-encontres, infortunes, mal-heurs, persecutions, fascheries, aduersitez, empeschemens, & autres telles ronces & pointures sont tousiours à nous surueiller, et au guet, pour se parsemer et espandre de tous costez, d'enhaut, d'embas, & en flanc ; la batterie soit telle qu'on voudra, cela n'importe de rien ; tout retourne à vn mesme moleste, de quelque endroit qu'on vienne à estre affligé. Car celuy qui a receu quelque bien grief coup de baston, pendant qu'il est en agonie ne s'amuse pas tant à faire vne enqueste de quelle part cet orion luy sera pleu sur les oreilles ; comme à se pleindre et douloir de son mal, et en chercher quelque allegement s'il peut. Or toutes ces distributios de bien et de mal nous procedent des deux tonneaux de Iuppiter, si nous nous en voulons rapporter à Homere : et nous*

S í

en voila bien recompenſez. Le pauure Hercules ayant ſué ſang et eau à nettoyer le
pays de cette peſte d'Anteus, ce loup-garou, brigand et bourreau infame; tout laz.
et trauaillé du combat encores; du long et faſcheux chemin, et des meſ-aiſes d'iceluy; cuidant prendre vn peu de repos pour le contentement de nature, voile-là auil-
lonné de nouueau, pourſuiuy, agaſſe, aſſailly par vne petite racaille d'arriere-pa-
rens du deffunct; leſquels bouïllonnans de la terre à guiſe d'vne fourmilliere, ſans
meſurer leurs forces a la ſienne, ſans peſer ne conſiderer l'euenement de la choſe, ayans
plus le cœur de nuire à autruy, que de ſe conſeruer eux-meſmes, choſe qui a ruiné
beaucoup de gens, tendus du tout à vne vindicte vaine, temeraire, et outrecuidée,
luy viennent entre-rompre ſon doux ſommeil. Dont auſſi ils payent la folle enchere:
car ſe reſueillant en ſurſaut, il vous trouſſe tous ces petits frantaupins, & leur apprend pour vne autre fois combien c'eſt choſe dangereuſe de s'attacher à plus fort
que ſoy: ne d'entreprendre legerement à vanger la querelle d'autruy. Toute laquelle fantaiſie, fort plaiſante à la verité, & tres-excellemment deduite icy par
Philoſtrate, taſche à nous remettre deuant les yeux ce tant celebre & ſententieux
Oracle du Dieu Apollon: ΓΝΩΘΙ ΣΕΑΥΤΟΝ. Qu'il ſe faut cognoiſtre ſoy-
meſme: dont rien ne ſçauroit eſtre dit de plus vtile & à propos pour la vie humaine. Les autres moraliſent encores là deſſus en cette ſorte: prenans Antée (car ce tableau depend du precedent) pour l'outrage, violence, tyrannie, cruauté, & ſemblables vices les plus inhumains & enormes, familiers aux Geants de leur naturel: & les Pygmées pour les voluptez, les delices & concupiſcences. Car tous les
deux procedent de la terre; c'eſt à dire de la chair; leſquels viennent moleſter
Hercules endormy, apres auoir deffaict Antée: cet homme oyſif & pareſſeux; lequel encores qu'il ſurmonte la filonnie, & la banniſſe de ſon cœur; (car les mols
& effeminez ne ſont pas volontiers ſanguinaires) ſe laiſſe d'vn autre coſté aba-
ſtardir & gaigner à la ſenſualité, & plaiſirs de la chair; ſuiuant le dire du Poëte,
　　　　Dum vitant ſtulti vitia, in contraria currunt.
Et de rechef.
　　　　Decidit in Scyllam, cupiens vitare Charybdim.
Mais Hercules à ſon reſueil, s'en demeſle legerement, & les ſerre tous en ſa peau
de Lyon, pour les porter à Euryſthée. Quand la vertu domine & preuaut en nous,
qui nous excite & degourdit de noſtre peſanteur endormie; d'vne puſillanimité
rouillée, & moiſy nonchaloir; & nous donne bien aiſement la victoire de ces petits eſguillons, qui ne nous font que chatoüiller, & non pas poindre à bon eſcient,
ſi l'on ne leur preſte conſentement; & qu'on ne leur donne loiſir de s'encrer et prendre pied ferme; les enueloppans de la force, magnanimité, & conſtance, repreſentées par la deſpouille du Lyon: pour en faire finablement vn preſent à Euryſthée;
à ſçauoir au trauail, vigilance, endurciſſement, et effort aſſidus, qui nous exercent et
ſollicitent; nous eſleuent la volonté aux belles et grandes choſes; et nous excitent a les
entreprendre d'vn genereux courage: ne permettans que nous nous laiſſions ramollir par vne lente et deſidieuſe faineantiſe, apres les delices qui nous eneruent le corps,
deſbauchent les eſprits de leur deuoir & fonction; et empoiſonnent l'ame du plus
dangereux venin de tous autres.

HERCVLES s'eſtant endormy en Lybie, apres auoir vaincu Anteus, eſt aſſailly par les Pygmées; alleguans de vouloir vanger cettui-cy, * dont quelques-vns des plus nobles & anciennes maiſons ſont les propres freres germains. Non toutesfois ſi rudes combattans comme il eſtoit, ny à luy eſgaux à la luſte : neantmoins tous enfans de la terre : & au demeurant braues hommes de leur perſonne. Or à meſure qu'ils s'en iettent dehors, le ſablon bouïllonne & fremille en la face d'icelle : car les Pygmées y habitent auſſi bien comme les fourmis : & y ſerrent leurs prouiſions & viſtuailles : ſans aller eſcornifler les tables d'autruy : ains viuent du leur propre, & de ce qui prouient du labeur de leurs mains : par ce qu'ils ſement & moiſſonnent, & ont des chariots attellez à la Pygmeïenne. On dit auſſi qu'ils s'aident des coignées pour abattre le bled : eſtimans des eſpiz, que ce ſoit quelque haute fuſtaie. Mais quelle outrecuidance à ceux-cy (ie vous prie) de ſe vouloir attacher à Hercules, lequel ils mettront à mort en dormant, comme ils dient : & quand bien il ſeroit eſueillé, ſi ne le redouteroiſt ils pas pour cela. Luy ce-pendant prend ſon repos ſur le deſlié ſablon, eſtant encorés tout laz & rompu du trauail de la luſte : & ſouffle à puiſſance, abondamment remply de ſommeil, lequel tout braue & orgueilleux eſt là planté deuant luy en ſemblance humaine, faiſant (à mon opinion) vn grand cas de l'auoir ainſi accablé. Antée giſt là aupres quand & quand : mais l'art du peintre a repreſenté Hercules qui reſpire, & eſt chaud : & l'autre treſpaſſé, tout ſec & fleſtry : le quittant à la terre. Le camp au reſte des Pygmées a deſia enclos Hercules : dont ce gros bataillon de gens de pied va charger ſa main gauche, & ces deux enſeignes d'eſlite s'acheminent deuers la droiſte, comme la plus puiſſante : les Archers, & la trouppe des tireurs de fonde aſſiegent les pieds : tous eſbahis que la iambe ſoit ainſi grande. Mais ceux qui combattent la teſte, parmy leſquels eſt le Roy en bataille, pour ce qu'elle leur ſemble le plus fort endroit de tout Hercules, trainent-là leurs machines & engins de batterie ; comme ſi ce deuoit eſtre la citadelle, où ils lancent des feux artificiels à ſa cheuelleure : luy preſentent leurs ſarfoüiettes tout droiſt aux yeux : bacclent & eſtouppent ſa bouche d'vn grand huys ietté au deuant ; & ſes nazeaux de deux demy-portes, afin que la teſte eſtant priſe, il ne puiſſe plus auoir ſon haleine. C'eſt ce qu'ils font autour du dormeur. Mais voile-là qui ſe redreſſe, & eſclatte de rire au beau milieu de ce danger. Car empoignant tous ces vaillans champions, il les vous ſerre & amoncelle dans ſa peau de Lyon ; & les emporte (comme ie croy) à Euriſthée.

* Dont quelques - vns.] ε-δικαξ γάρ εἶναι τῶ Ἀνταίω. Par ce qu'ils ſont ainſi ſes propres freres germains, nobles & genereux.

Non toutesfois. Tous les Pygmées eſtoiſt enfans de la terre, & par ce moyen freres d'Antée, non pas quelques-vns ſeulement.

ANNOTATION.

DE CES Pygmées non ſeulement les Poëtes, mais les Hyſtoriens encores & Naturaliſtes en ont parlé d'aſſeurance, comme d'vne choſe veritable & reelle. Qu'il n'y ait des Nains, cela eſt trop cōmun & vulgaire pour en douter : me reſſoüuenant dé m'eſtre trouué l'an 1566. à Rome en vn banquet du feu Cardinal de Vitelli, où nous fuſmes tous ſeruis par des nains iuſques au nombre de trente-quatre, de fort petite ſtature, mais la plus-part contrefaiſts & difformes. L'on en a peu encores aſſez voir en cetre

Cour, du temps mesmes des Roys François premier, & Henry second; d'ont l'vn des plus petits qui se peust voir, estoit celuy qu'on appelloit Grand Iean, qui fut depuis Protenotaire; hortmis ce Milañois qui se faisoit porter dans vne cage à guise d'vn perroquet; & vne fille de Normandie, qui estoit à la Royne mere de nos Roys, laquelle en l'aage de sept à huict ans n'arriuoit pas à dix-huict poucées. Mais de faire vne contrée & nation à part des Pygmées, tout ainsi qu'à l'opposite les nauigations des Espagnols en font de Geants, cela est vn peu plus chatouïlleux; veu que tous les descouuremens des Modernes, qui ont reuisité tres-soigneusement le pourpris de la terre habitable, n'en dient mot. Quoy que ce soit, & comme la chose aille à la verité, voicy en premier lieu ce que Pline, le plus hardy escriuain des Latins, en a dit au second chapitre du 7. liure, où il y a bien d'autres merueilles aussi saugrenuës.

Au dessus des Astomes, gens qui n'ont point de bouche, mais viuent de l'odeur seulement qu'ils peuuent tirer des herbes, fleurs & fruictages; velus au reste par tout le corps; ont leurs demeures au bout des montagnes de l'Inde deuers le Leuant, és sources du fleuue Ganges, les Pygmées appellez Spythaméens, pour ce que de hauteur ils n'excedent point trois Spytames, ou Dodrantes, qui reuiennent à quelques deux pieds quatre doigts de nostre mesure; soubs vn climat temperé & sain; la terre, & les arbres en tout temps couuers de verdure. Homere les faict estre fort molestez par les Gruës: au moyen dequoy (ainsi que l'on dit) estans montez sur des moutons ou des cheures, equippez d'arcs & de flesches, en la saison du Printemps toute l'armée descend en trouppe vers la mer; là où ils font vn degast vniuersel, des œufs & des petits de ces oyseaux s'ils sont esclos; autrement ils ne leur pourroient resister à la longue. De ces escailles, & du pennage conuoyez aucuques de la boüe, ils bastissent leurs maisonnettes; toutesfois Aristote les faict habiter dedans les cauernes. Ce qui conuient mieux à ce propos. Au demeurant le passage qu'il allegue d'Homere est tout au commencement du 3. de l'Iliade.

$$\text{Τρῶες μὲν κλαγγῆ τ' ἐνοπῆ τ' ἴσαν ὄρνιθες ὥς,}$$
$$\text{ἠΰτε περ κλαγγὴ γεράνων πέλει ἐρανόθι πρό,}$$
$$\text{αἵτ' ἐπεὶ οὖν χειμῶνα φύγον καὶ ἀθέσφατον ὄμβρον}$$
$$\text{κλαγγῆ ταί γε πέτονται ἐπ' ὠκεανοῖο ῥοάων}$$
$$\text{ἀνδράσι Πυγμαίοισι φόνον καὶ κῆρα φέρουσαι.}$$

Les Troyens venoient au combat en bruit & clameur, tout ainsi que les oyseaux, & comme le son retentissant des gruës en l'air, lesquelles apres auoir euité les froidures & grosses pluyes, s'en vont criaillant à la volte de l'Ocean, portans meurtre & mort aux Pygmées. Sur quoy le Scholiaste ou annotateur les met tout au fonds de l'Egypte; ou plus proprement en l'Ethiopie; comme a faict Pline au sixiesme liure, chapitre 30. *Quidnam & Pygmæorum gentes prodiderunt ante paludes ex quibus Nilus prodiretur.* Gens addonnez au labourage, ayans continuellement la guerre contre les Gruës, qui leur viennent manger leurs semailles, & leur ameinent vne famine. Au quatriesme liure, chapitre 11. où il en met aussi au pays de Thrace: *Gerania, vbi gens Pygmæorum fuisse proditur, quos Catizos Barbari vocant; creduntque à gruibus fugatos.* Et au 10. 23. *Induciæ habet gens Pygmæorum abscessu Gruum cum ijs dimicantium.* En Asie encores, 5. 29. *Tralli, eadem Euanthia, & Seleucia, & Antiochia dicta; alluitur Eudone amne, persunditur Thebaide. Quidam ibi Pygmæos habitasse tradunt.* Et finablement és Indes, 6. 19. *Indus statim à Prasiorum gente, quorum in montanis Pygmæi traduntur.* Somme qu'en toutes les trois parts du monde il met de cette belle engeance, de peur que la race n'en faille: chose beaucoup plus plaisante que vray-semblable. Car au reste, selon leur dire, les femmes commencent à porter à cinq ans, & cessent à huict. Tout cela estant primitiuement party de la forge, (comme le tesmoigne Aulugelle au quatriesme chapitre du neusiesme des nuicts Attiques) de ie ne sçay quel Aristeas Proconesien, Isigonus, Ctesias, Onesicritus, Polystephanus, & autres tels reseurs fantastiques, reuendeurs de comptes de la Cigoigne. Car le prouerbe duquel l'on vse pour monstrer quelque grandissime dissimilitude des choses extremes; ἀκριβολια τῶν πυγμαίων κολοσσῷ ἐφαρμόσειν, accommoder les premices ou dixmes dés Pygmées à vn Colosse; i'estimerois quant à moy, que cela soit dit des Nains qui viennent par quelque accident & defaut de nature. Neantmoins Ammian Marcellin autheur de prix & d'authorité, au vingt-deuxiesme de son Histoire, voulant monstrer la grauité & constance de l'Empereur Iulian, lequel s'estant desbauché de la religió où il auoit esté nay & nourry, pour courre apres les ombres & impietez du vain Paganisme; tres-sage & prudent Prince au reste selon le monde; met cecy. *Frustra virum circumlatrabant immobilem occnlis iniurys vt Pygmæi, vel Thyodamas agrestis homo Lyndius cum Hercule. Pour neant* (dit-il parlant des langards, flatteurs, enuieux & detracteurs courtisans) *abbayent-ils par leurs secrettes mesdisances & iniures, ce personnage icy, impossible d'estre esbranlé, non plus que les Pygmées ou Thyodamas lourd & grossier paysan de Lyndus, sirent autresfois Hercules.*

SONT LES *propres freres germains d'Antæus.* A cecy se rapporte ce vers de Iuuenal. *Vnde sit vt malim frater cultus esse gygantis.*

NEANTMOINS *tous enfans de la terre.* On appelle communement les enfans de la terre, ceux qui sont du tout addonnez aux passions du corps, à guise de bestes brutes: à la volupté d'vn costé,

fié; & violence de l'autre. L'Escriture saincte les appelle enfans des hommes ; & de Dieu, ceux que les Ethniques dient enfans du ciel, ou de Iuppiter, esleuez à contemplation. A ce propos Albert au troisiesme chapitre du premier liure des Animaux, appelle les Pygmées hommes sauuages; participans de vray aucunement de nostre nature, en tant que touche quelque premier motif de la deliberation. Ce qu'il resume encores au second traicté du mesme liure, chapitre quatriesme, les disant auoir ainsi que les Singes, quelque affinité auec la ressemblance du corps humain. Mais au 21. il nie tout à plat qu'ils ayent aucune scintille de raison.

LES PYGMEES *habitent aussi bien en la terre comme les fourmis.* Philostrate au troisiesme liure de la vie d'Apollonius Thyanéen, dit le mesme; & Aristote pareillement, ainsi que nous auons allegué cy-dessus de Pline.

LE SOMMEIL *est là planté denant luy en semblance humaine.* Du sommeil nous en auons desia parlé cy-deuant au premier liure, sur le tableau d'Amphiaraus, là où nous nous estions oubliez de toucher ce mot icy de Pausanias en ses Eliaques, qui y quadre du tout: *que dans le paruis du temple de la Fortune en l'Elide, estoit la statue du Dieu Sosipolus, lequel en la peinture ressemble de visage au sommeil, ieune d'aage, & affublé d'vn grand manteau tout semé d'estoiles: tenant en l'vne des mains la corne d'abondance.* Homere au 14. de l'Iliade, & Ouide à l'onziesme des Metamorphoses, le descriuent plus amplement.

CETTE mignarde fantaisie au reste depeinte icy par Philostrate, dont ie croy qu'il ne se pourroit rien trouuer de plus gentil ne plaisant à l'œil, si elle estoit executée de quelque excellent pinceau, a esté touchée tres-elegamment par Alciat en ses Emblemes.

ALCIAT.

> *Dum dormit, dulci recreat dum corpora somno*
> *Sub picea, & clauam, cæteráque arma tenet.*
> *Alcidem Pygmæa manu prosternere letho*
> *Posse putat, vires non bené docta suas.*
> *Excitus ipse, velut pulices sic proterit hostem,*
> *Et seui implicitum pelle Leonis agit.*

A quoy on peut encores adiouster vne autre des aduantures d'Hercules; fort recreatiue & presque d'vn pareil accident; dont Suidas faict mention soubs ce mot de μελάμπυρος, l'vn des Epithetes & surnoms d'iceluy Hercules. *Qu'il y eut autresfois deux freres de noms conformes à leurs mœurs, Passalus & Alcmon; tous deux enfans d'vne femme appellée Semnon, qui se mesloit de dire la bonne fortune: meschans au reste, entre les plus meschans & desbauchez garnemens. Cette femme les voyant de plus en plus perseuerer en leurs mal-versations accoustumées, les aduertit vn iour de se donner garde de tomber és mains d'vn Melampyge : c'est vn mot que l'honnesteté ne me permet pas d'esclaircir plus auant. Or quelque temps apres il aduint que Hercules dormant soubs vn arbre, contre lequel il auoit appuyé ses armes, ces deux freres s'y embattirent, & conspirerent de le mettre à mort : mais luy s'esueillant en sursaut, s'apperceut tout incontinent de leur deliberation & mauuais vouloir : parquoy sans autre contredit ne resistance, les saisit tous deux au collet, & vous les lie bras & iambes; puis les pend au bout de sa massuë, à guise d'vn couple de leurauts ou lapins, & les charge ainsi dessus son espaule les pieds contremont. Les panurets, dont la teste pendoit en bas, voyans ie ne sçay quoy la derriere de fort ombrageux & houssu, selon que le mot le porte, se vont remettre en la memoire l'admonestement de leur mere, & en deuisoient à par-eux : surquoy Hercules se doutãt qu'ils ne traict assent de luy ioüer de nouueau quelque mauuais tour, voulut sçauoir ce qu'ils consultoient : & apres auoir entendu l'histoire, y prit tel plaisir qu'il les desia ; & se donna à luy-mesme ce surnom, qu'il porta depuis.*

SVIDAS.

μελάμπυγος, nigras nates habens.

L'horreur, la fureur, & la rage
S'attachent à vn grand courage
Qui n'a que de l'ambition,
Et se plaist en sa passion.
Hercules a de la vaillance,
Mais il monstre son inconstance,

Si tost que quelques desplaisirs
Viennent trauerser ses desirs:
Tout transporté par la vangeance
Il pert soudain la souuenance
De ses faicts les plus triomphans,
De soy-mesme, & de ses enfans.

HERCVLES

HERCVLES
FVIEVX.

ARGVMENT.

E TABLEAV *nous remet encore deuant les yeux la misere de la vie humaine, & à combien de maux, desconuenuës, & malheurs elle est exposée: mesmement des plus grands; et lors qu'apres auoir cou-ru beaucoup de fortunes, eu de tres-grandes peines & trauaux en* leur vie, *ils pensent estre pour le reste de leurs iours en repos. Mais comme dit le Poëte Petrarque,* Il di lauda la sera, è il fin la vita. *Hercules apres auoir cir-cuy tout le rond de la terre; & mis tres-heureusement à fin toutes les fortes & dan-gereuses aduantures à luy eniointes par le Roy Eurysthée d'Argos, à la suscitation de Iunon qui ne taschoit qu'à le perdre, se maria finablement auec Megare fille de Creon Roy de Thebes. Et là dessus s'en alla aux bas manoirs de Pluton & de Proserpine, pour rauoir Thesée, lequel il en ramena, auec le grand chien Cer-berus à trois testes. Et pource qu'on n'esperoit pas qu'il deust iamais retourner de cette entreprise; aussi qu'il tarda beaucoup plus qu'il n'auoit promis; Lycus ce-pendant prenant l'occasion à propos pour s'emparer de la couronne, se proposa d'exterminer toute la race & alliance des Heraclides. Et auoit desia massacré le Roy Creon: estant sur le point de faire le mesme d'Amphitryon & de Mega-re auec ses enfans; quand de bonne fortune Hercules arriua sain & sauue de son scabreux voyage, lequel le mit luy mesme à mort, et deliura tous les siens du danger qui leur estoit preparé. Mais Iunon de tout temps sa capitale et in-ueterée ennemie, et d'abondant irritée du meurtre de Lycus, luy enuoya à l'in-stant mesme la furie Lyssa, Deesse de forcenerie et de rage, encheuelée d'une infini-té de couleures et hideux serpenteaux à cent testes, qui se coula insensiblement dans les plus secrets cabinets de son estomach et cerueau; là où iouant ses ieux à plaisir, elle le transporta tellement hors de soy; qu'il tua ses propres enfans et sa femme. Reuenu qu'il fut puis-apres en son bon sens, et estant sur le point de se defaire soy-mesme d'horreur qu'il eut de son forfait, Thesée arriua là dessus, qui fit tant par ses belles paroles qu'il le remit; et l'emmena en son pays afin d'oublier cest ennuy: laissant à Amphitryon son pere putatif, la charge d'inhumer les corps.*

**A**SSAILLEZ hardiment Hercules vous autres bra-
ues hommes, & mettez vous au deuant : car il ne
s'abstiendra pas de ce pauure petit qui reste, ayant
mis les autres deux bas : & la main encore entoisée,
comme s'il visoit à vn blanc. Vous auez icy vne
forte entreprise de vray, & non moindre que celles-là où il s'est exposé auant que de perdre le sens :
mais n'ayez doubte, ce pendant mesme qu'il est si
esloigné de vous, du tout ententif à Argos, où il
croit fermement mettre à mort les enfans d'Eurysthée. Car ie l'ay oüy
dedans Euripide conduisant vn chariot, & hastant les cheuaux à grands

C'est la fureur
qui deçoit &
abuse. Car la
manie nous
deçoit & abuse
facilement &
nous destourne
des choses pre-
sentes aux ab-
sentes.

coups de foüet, qu'il menassoit de saccager la maison d'iceluy Eurysthée.
C'est la fureur qui le deçoit & abuse : & est bien mal-aisé de le retirer de
ce qu'il a ainsi deuant les yeux, à des choses absentes. Que cecy doncques
suffise à ceux-là, car il est temps desormais que vous contempliez la peinture. Or la chambre où il s'estoit allé ruër, contient Megare & son fils
aussi : & quant aux corbeilles, bassins à lauer les mains, la paste destrempée auecques du sel pour faire des hosties, & les esclats de bois pour les cuire, & le hanap : toutes ces choses desdiées à Iuppiter Hercéen, ont esté
renuersées à grands coups de pied. Le Taureau y est bien encore ; mais les
victimes sont iettées là sur l'autel, & la peau du Lyon : ces deux imbeciles
enfans, dont l'vn a le coup en la gorge, où la flesche a passé à trauers le col
doüillet : à l'autre elle s'est plantée en l'estomach, la pointe du traict ayant
transpercé le milieu de l'eschine, comme il se voit apertement par-ce qu'il
gist sur le costé. Leurs ioües au reste sont toutes baignées ; & ne nous faut
pas esbahir s'ils ont espandu quelques larmes, dautant qu'aux enfans elles
sont tousiours à commandement, petites & grandes. Les domestiques ce-
pendant entourent le forcené pere ; ny plus ny moins que les bouuiers feroient quelque Taureau vicieux. L'vn tasche de le lyer d'aguet : l'autre de le
saisir au corps : l'autre crie apres luy : cettuy-cy s'est pendu à ses mains : celuy
là luy donne la iambe : les autres luy sautent au collet. Mais il ne cognoist
rien de tout cela, ains repousse bien lourdement ceux qui le cuident approcher ; & les foulle aux pieds : iettant vne grosse escume par la bouche, auec
vn soubs-rire esgaré & estrange : les yeux ferme-fichez ententifs à ce qu'il
fait : & transportant toute l'occupation de son regard aux choses qui le deçoiuent. Le gozier luy gronde & gromelle, & le col s'engrossit, dont les ve-
nes s'enflent tout à l'entour : par lesquelles la communication de la maladie
monte toute aux lieux mortels de la teste. Vous auez souuentesfois bien peu
voir és tragedies la Furie qui est cause de tout cecy : mais vous ne l'apperceuez pas maintenant : car elle s'est allé cacher dedans Hercules : là où parmy
l'estomach elle gambade à plaisir, y faisant vn terrible rauage qui luy trouble
l'entendement. La peinture s'est estenduë iusqu'à cecy : mais les Poëtes
vont discourant là dessus, & nous enferrent Hercules pour cette cause
principalement qu'ils alleguent, Que Promethée fut par luy mis en liberté.

ANNOTATION.

ANNOTATION.

PLVsievrs Poëtes de vray ont touché ceft argument & fubiect de la fureur d'Hercules. Stheficorus entre les autres, & Panyafis, comme refmoigne Paufanias és Bœotiques; où il adioufte fur le rapport des Thebains, que peu s'en fallut qu'Hercules ne tua fon pere mefme Amphitryon. Mais que luy ayant efté là deffus iettée vne groffe pierre par la Deeffe Pallas qui le fit tout exprés, le fommeil le faifit foudain, & preuint le coup.

Mofchus en fa Megare introduit cette pauure affligée Dame, fe complaignant en cette forte de la cruauté que fon mary auoit exercée enuers leurs communs enfans.

Σχέτλιος ὅς τόξοισιν ἅ οἱ πόρεν αὐτὸς Ἀπόλλων,
ἠὲ τίνος χηρῶν, ἢ ἐρινύος αἰρὰ βέλεμνα,
παῖδας ἐὸς κατέπεφνε, κỳ ἐκ φίλον εἵλετο θυμὸν,
μηνόμηος, κỳ οἶκεν ὅ ἀλ' ἔμπλεος ἔσκε φόνοιο.
Τοὺς μỳ ἐγὼ δύσνος ἐμοῖς ἴδον ὀφθαλμοῖσι, ⁊ϲ.

Le pauure infortuné, auec l'arc & les flefches que luy auoit donné Apollon, ou quelqu'vne des Parques, ou les mal-heureux traits de la Furie, maffacra fes petits enfans,& leur ofta la chere vie, tranfporté hors de foy, de maniere que la maifon nageoit tout en fang. Moy miferable les ay veuz de mes propres yeux, tranfpercez d'outre en outre par leur propre pere : chofe qui à grand'peine pourroit arriuer à vn autre feulement en fonge ; & fi ne pouuois donner fecours aux chetifs, qui fans ceffe à piteufes clameurs appelloient leur mere : car vne ineuitable ruine leur pendoit à l'œil. Au moyen dequoy tout ainfi qu'vn oifeau fe complaint lamentablement pour fes petits qu'il void deuant foy, lefquels vne cruelle couleuure-à deuore & englontit en fa prefence dans vne haye ou fort buiffon, eftant encore en leur poil follet dans le nid ; & la defolee mere voletette çà & là à l'entour, gemiffant d'vn cry aigu & hautain fans leur pouuoir donner fecours, car elle a trop grand'peur de s'approcher de l'impitoyable monftre ; ainfi moy pauure defconfortée deplorant mes tres-chers enfans, courois à grands pas incitée de rage & forcenerie par la maifon de cofté & d'autre. Qu'à la mienne volonté ô treffainête Diane, grande Imperatrice des foibles & débiles femmes, ie fuffe moy auffi demeurée toute roide eftendue d'vn coup de flefche ennemiée. A tout le moins noz parens auec pleurs & larmes, & force offrandes, d'vne main amiable nous euffent mis en vn mefme bucher pour ardoir, & recueilly les offemens puis apres de tous en vn beau vafe d'or, pour leur donner fepulture au lieu de noftre premiere naiffance. Mais Euripide racompte tout le fait plus par le menu en cette forte. Les facrifices fe faifoient deuant l'antel de Iuppiter, pour purifier le logis da meurtre y perpetré par Hercules en la perfonne du Roy de la contrée, & taxhoé en eftoit defia là, qu'il le faifoit fort bon voir reuffir de ces furplis & rochers. Amphitryon auffi à Megare, auec la facrée corbeille qui trottoit defia tout autour des autels ; ce pendant que le commun peuple rendoit graces pour l'heureux fuccez de l'affaire ; quand le fils d'Alcmena ayant pris vn tifon pour le tremper dans le baffin à lauer les mains, s'arrefta tout court fans mot dire. Et comme il fut demeuré quelque efpace de temps en ce point, fes enfans prenoient garde aux yeux corrompus & extrauaguez de tornoiemens, qui iettoient tout plein de petits filets arroufez de fang : il batoit quand & quand vne groffe efcume le long de fon menton barbu, & fe prit à efcrier là deffus auec vn foubs-rire effroyable. Mon pere qu'au cz vous fur le cœur, premier que ie mette Euryfthée à mort, auec ce fens expiatoire,& que ie le faififfe de double canuy? Car il m'eft loifible de ce faire tout d'vne main. Et quand il apporteray icy fa tefte, alors ie me purgeray les mains de ce meurtre. Verfez l'eau; iettez là les corbeilles que vous tenez. Qui eft-ce qui me donnura mon arc & mes flefches, qui eft-ce qui me mettra les armes au poing ? Ie m'en vois tout droit à Mycenes : il me faut pouruoir de piffes & boyaux, afin que les fondemens des Cyclopes fi bien accommodez par le moyen du creyon, & du benefice de fortune, auec le fer crochu nous mettions par-enfemble la cité à bas. Il allegue puis apres qu'il a là vn chariot tout appareillé, encore qu'il n'en aye point. Et là deffus s'en allant affeoir dans le fiege, picque les cheuaux tout ainfi que fi c'eftoit auec vn efguillon ayant vn long efperon au bout : neantmoins c'eft auec la main qu'il les chaffe. Cela donnoit aux feruiteurs là prefens vne double occafion, de rifée c'eft affauoir & de crainte tout enfemble: & difoient entr'eux fe regardans l'vn l'autre : Noftre maiftre fe mocque-il de nous, ou s'il eft hors du fens ? Mais luy s'en alloit courant haut & bas parmy la maifon: & foudainement fe iettant de furie tout au beau milieu de la falle, alleguoit d'eftre arriné à la ville de Nyfia; là où en fe panchant contre terre apprefte (comme s'il auoit dequoy) le banquet. Puis tout foudain fe leuant de là, afferme qu'il paffe à trauers les Landes & paftiz bofcageux de l'Ifthme: là où fe deboutonnant, & mettant tout nud il combattoit, mais contre perfonne. & fe proclamoit luy mefme vainqueur fans nommer aucun. Trop bien menaffoit il fort & ferme Euryfthée, eftant par opinion à Mycenes: Surquoy fon pere le prenant par la main luy commence à dire. O mon fils, héque t'eft il aduenu? Quelle perturbation d'efprit eft cecy? Le meurtre de ceux que tu as n'agueres icy mis à mort, t'a-il point infenfé? Et luy cuidant de fon pere que ce fut Euryfthée, le repouffe bien rudement, ainfi qu'il luy cuidoit prendre la main pour

luy remonstrer tout tremblant de peur: tire les flesches quand & quand qui estoient en son beau carquois, pour
les employer contre ses enfans propres; s'imaginant de mettre à mort ceux d'Eurysthée: dont les pauurets
plus morts que vifs s'en vont cacher l'vn d'vn costé, l'autre d'vn autre: cettui-cy dessoubs la robbe de sa mere;
celuy-li se rempare d'vne colomne; & le tiers se met à garäd derriere l'autel, cöme vn oiseau qui s'en volle d'effroy. La mere là dessus s'exclame. O leur pere qu'est-ce que tu fais; veux tu doncques massacrer tes enfans? Le
vieillard s'escrie aussi, & toute la trouppe des seruiteurs. Mais luy deslogeant l'vn des petits d'entour la colomne, le pied planté droit à l'encontre, luy passe vn traict tout à trauers le foye, duquel il tombe à la rennerse,
& arrouse de sang la colomne, en rendant l'esprit: dont il se resioüist, brauant en ceste maniere. Voila disia
vn des hoirs d'Eurysthée par terre, qui m'a payé le maltalent de son pere. Puis il entoise de ce pas son arc, contre celny qui s'esto it sauué soubs le marche-pied de l'autel, estimant deuoir estre là bien caché: & l'infortuné
qu'il est le pensant prenenir se iette à ses genoux, & luy mettant la main au menton & au col; Ne me tuez
point mon tres-chor pere (disoit-il) ie suis vostre fils, & non pas ceux d'Eurysthée que vous ruinez ce vous semble. Luy neantmoins rouillant vn œil farouche de Gorgonne, comme l'enfant se fust arresté au dedans du coup
à guise d'vn mareschal frappant sur sa teste, donna du fust sur la blonde perruque, & luy froissa tous les oz.
Ayant ainsi defait le second, il passe outre à la tierce victime, pour la sacrifier auec les deux autres. Mais la desconfortée mere le denança, destournant cettui-cy dedans le logis, & bacclant fort bien l'huys sur elle. Neantmoins comme s'il eust esté és manoirs des Cyclopes vient à la sappe, esbranle les portes, & les iette hors des
gonds; & d'vn seul coup vous prosterne sa femme & son fils. Puis picqué apres le meurtre du vieillard: quand
tout soudain s'apparut vne remembrance bien aisée à discerner; Pallas assauoir, branlant sa forte Zagaye, &
son cabasset: laquelle ietta vn grosse pierre contre l'estomach d'Hercules. Cela le retira du forfait, & l'abbatit
en vn profond sommeil ioignant vne colomne qui estoit là tombée par terre de la ruyne du plancher, contre laquelle il se froissa tout le dos. Là on le lya soudain fort & ferme, de peur que se resueillant il ne voulust encore
passer outre à d'autres telles executions & outrages.

QVELQVES VNS veulent dire qu'Hercules tomba en cette forcenerie, dont a pris le nom
ἡρακλεως νόσος, le mal d'Hercules, ou le mal caduc, pour raison de ses grands trauaux: ou que
Iunon l'en affligea extraordinairement à cause de la haine qu'elle luy portoit, partant d'vne ialousie conceuë à l'encontre de luy, pour estre fils de son mary Iuppiter, qui l'auoit engendré en
Alcmene femme d'Amphitryon Prince de Thebes. Aristote en ses Problemes estime qu'Hercules fut subiect à cette maladie, ainsi qu'ont accoustumé les autres qui se trauaillans par trop l'esprit, ou au maniement des affaires publiques, ou à l'estude, sont subiects à l'humeur melancholique; qui est quelquesfois si vehement & impetueux (comme dit Psellus) qu'il attire mesmes les
mauuais esprits à s'y anicher.

AYANT mis desia les autres deux bas. Toutesfois Pindare en la 4.Isthmienne dit qu'il en tua iusques à huict.

τῷ. μὲν ἀλεκτρῶν ὑπῶθεν
δαῖτα προσεύοντες ἀτοὶ,
ὧ νεόσματα στεφάνω-
ματα βωμῶς, αὔξομῷν
ἔμπυρα χαλκοαρῶν ὀκτὼ θανόντων,
τοὶ Μεγάρα τίκε οἱ Κρεοντὸς ὑός.

Entre nous autres Citoyens de Thebes preparans le festin à Hercules sur la porte Electride, & les toutes fresches quirlandes & chappeaux de fleurs des autels honnorons de sacrifices les ames de huict trespassez par luy
mis à mort, que Megare fille du Roy Creon luy auoit enfantez. Ces sacrifices ou anniuersaires qu'on souloit faire à Thebes sur la porte Electride, dont nous auons parlé cy deuant au premier liure sur le
tableau d'Amphion; s'appelloient les Heraclées ou Herculées. Mais les Autheurs varient,
tant du nombre de ces enfans mis à mort, que de la maniere d'icelle. Batus en met sept: Polydo-
rus, Anicetus, Mecistophonus; Patrocles, Toxoclytus, Menebron, & Chersibion. Les autres
huict: Therimachus, Creontiades, Aristodemus, Deicoon, Deïon, Antimachus, Clymenus,
& Glenus. Encore y a il Lysimachus, Socrates, Dionysius, Euripide, Æneas Argien, Pherecydes, Herodote, qui en parlent diuersement.

QVANT aux corbeilles, bassins à lauer les mains, la paste destrempée auec du sel pour faire des hosties, les
eslats de bois pour les cuire, & le hanap; toutes ces choses desdiées à Iuppiter protecteur du logis. Au Grec,
χανᾶ δὲ, καὶ χέρνιϐα, καὶ ἤλοὶ, καὶ χὑτα, καὶ κρατήρ, τὰ τῷ Ἐρκίͅ. Pource que se sont toutes particularitez dependantes des sacrifices des Anciens Gentils idolatres, qui ne nous ont iamais esté en
vsage; aussi n'auons nous dequoy proprement les representer en nostre lägue, si ce n'est par quelque circonlocution. Et en premier lieu les χανᾶ estoient certains paniers, corbeilles ou coffins,
propres à porter ce qui appartenoit ausdits sacrifices; côme on peut voir encore en plusieurs marbres & peintures antiques des ieunes filles qui portét ces coffins sur la teste; plus estroits par embas, & se venans à eslargir par le haut: les vns pleins de fleurs, d'herbages, & de fruicts; les autres
de

de pains; les autres de linge. Homere au 17. de l'Odyſſée: ἄρτον δ᾽ ἕλον, ἐλών τ᾽ εκκαλλέος Ἐκ κανέοιο. *Tout le pain pris de la belle corbeille.* Mais d'abondant Ariſtophane en la Comedie de la paix, encore que ſelon ſa façon accouſtumée il ſe mocque & fort plaiſamment, qui eſt le pis & plus dangereux, de toutes ces obſeruations & ceremonies, nous inſtruit neanmoins que la couſtume eſtoit de porter dedans ces paniers des ſacrifices, entre autres choſes, de l'orge, des chappeaux de fleurs, vn couſteau pour immoler, & du feu. Quant au χέρνιβον ou χερνίβιον, c'eſtoit vn baſſin à lauer les mains. Theognis.

χέρνιβα δ᾽ αἶψα ϑεράπε φέρει, ϡφαράμματα δ᾽ εἴσω
ϑιϑονης ραδιναῖς χερσὶ λάκαινα κόρη.

Que la belle ieune fille Lacedemonienne porte promptemĕt dehors le baſſin à lauer les mains, & les chappeaux de fleurs au dedans auecques ſes mains delicates. Au reſte l'on auoit accouſtumé d'arrouſer ceux qui aſſiſtoient aux ſacrifices auec de l'eau où l'on auoit premieremĕt eſteint vn tiſon ardent de l'autel; & s'appelloit cette eau là ainſi preparée Chernips, auſſi bien que le baſſin où l'on ſe lauoit les mains; car il y auoit en cecy deux manieres de ceremonies. Si le ſacrifice ſe faiſoit aux Dieux d'enhaut, on ſe lauoit: comme dit Seruius ſur ce paſſage du 4. de l'Eneide.

---Donec me flumine viuo

Abluero.

Si aux Dieux d'embas, le ſacrificateur ou miniſtre arrouſoit l'aſſiſtance de l'eau deſſuſditte, comme on fait à nous à l'aſpergés. *Spargens rore leni.* Et c'eſt ce qu'Euripide a dit cy deſſus; *Le fils d'Alcmena ayant pris vn tiſon pour le tremper dans le Chernips:* qu'on le preigne par la figure de Metonymie pour le baſſin ou pour l'eau qui eſt dedans. Mais voyez là deſſus Athenée qui en parle bien amplement: & l'Electra d'Euripide, ou eſt deſduite la maniere de ſacrifier enuers les anciens, auec la forme de leurs ceremonies.

Qvant à Iuppiter Ἑρκαῖος ou *Herceus*, il eſtoit ainſi appellé, parce que ſon autel eſtoit dans le pourpris de la maiſon, & principalement des grand ſeigneurs; lequel pourpris ou cloſture & enceinte que les Grecs appellent ϖείϟ᾽λον, eſt auſſi dit par eux ἕρκον. Euripide en la tragedie des Troyennes.

καὶ ϑεῶν ἁιδάκτορα
Φόνῳ καταρρεῖ πρὸς ἡ κρηπίδων βάϑροις
πέπτωκε Πελαμος Ζηνὸς ἕρκειῶ ϑανῶν.

Les ſainĕts temples des Dieux coulent de ſang & de meurtre: & Priam tombe tout roide mort au pied de l'autel de Iuppiter Hercéen. Ouide in Ibin, parlant de cela meſme. *Cui nihil Hercei profuit ara Iouis.* Car il fut tué ou pluſtoſt immolé par Pyrrhus, ſur l'autel de Iuppiter Hercéen, qui eſtoit à la porte de ſon palais, dedans le ſang propre de ſon fils Polytes, qui ne venoit que d'eſtre eſgorgé tout à l'heure. Dont Arianus a eſcript en la vie d'Alexandre, qu'il ſacrifia, & fit certains deuoirs à l'ame de Priam, ſur l'autel de Iuppiter Hercéen, pour l'appaiſer. Ce que Seruius a auſſi touché ſur le ſecond de l'Eneide, en ceſt endroit icy.

Ingens ara fuit, iuxtaĝ, vetuſtiſſima Laurus

Incumbens ara.

Toutesfois Quintus Calaber au 13. liure, dit que ce fut à l'autel de Mercure. Platon en l'Euthydemus; *Iuppiter n'a point enuers nous le ſurnom de Patriote ou Payſan: ſi a bien de Hercéen & Phratrien.* Pherecydes au 12. des Hiſtoires, allegue *Qu'Acriſius s'eſtant apperceu, comme ſa fille Danaé auoit fait vn enfant, lequel auoit deſia trois ou quatre ans, tua ſur le champ ſa nourriſſe; & les ayant amenez tous deux à l'autel de Iuppiter Hercéen, demanda à ſa fille, de qui elle l'auoit eu: à quoy elle fit reſponce que de Iuppiter.* De maniere que ce Iupiter Hercéen eſtoit le Dieu domeſtique en chacune maiſon, où l'on auoit le moyen & puiſſance de luy dreſſer vn autel, & ſacrifier. Auſſi Dionyſius Halycarnaſſéen au premier de ſes hiſtoires monſtre eſtimer les Dieux Hercéens n'eſtre autre choſe que ceux qu'on appelloit les Penates. Mais voicy ce que Pollux en dit au 8. liure de ſon Onomaſtique à l'Empereur Commodus. *L'autel de Iuppiter Hercéen eſtoit dreſſé touſiours au milieu du logis, principalement des grãds; afin qu'il fuſt comme Patron & conſeruateur de toute la famille, & ſeruiſt d'vne forereſſe à la maiſon; ayant pris ſon nom ἀπὸ τῦ ἕρκειν, de clorre & enuironner; d'où ſeroit prouenu le mot ἕρκος, c'eſt à dire pourpris ou cloiſon.* POLLVX,

Ny plvs ny moins que les bouuiers feroient quelque taureau vicieux. Ceſte comparaiſon eſt priſe d'Homere au 13. de l'Iliade.

ὡς ὅτε βῦς τόν τ᾽ ἄρσα βωκόλοι ἄνδρες
ἱλλάσιν οὐκ ἐϑέλοντα βίη δησάμτες ἄρϑσιν.

Tout ainſi qu'vn bœuf que les bouuiers paſtres lient & garottent de liens maugré luy, & l'emmenent de force. Vovs avez ſouuentesfois bien peu voir ès Tragedies, la Furie qui eſt cauſe de tout cecy. De ces Furies, que les Grecs appellent Errynnies ou Eumenides, nous en auons deſia parlé au premier

liure sur le tableau de Semelé; & icelles dit estre trois : Alecto , Tisiphone, & Megere. Orphée en
leur hymne, πισφονη τε χỳ Ἀλuκτὼ, χỳ δ῾ια μέγαιρα. On y adiouste puis apres la 4. assauoir Lyssa
ou la Rage; celle qu'Euripide en l'Hercules Furieux dit auoir esté introduicte par Iris suiuant le
commandemant de Iunon pour le tourmenter; qui faict icy à ce propos, fille (comme il dit) de
la nuict & du ciel. Plutarque en la 9. quest. du 8. des Symposiaques. *Ie m'esmerueille* (dit-il) *que
nous ne nous sommes point apperceus qu'Homere a cogneu le mal de la rage, ayant appellé le chien qui en est en-
taché λυοσητηρα, de cette affliction & pernicieux accident, dont les hommes enragez vnt aussi esté dicts,
estre tranailleʒ de la Lysse.* ἀφ᾿ ὗ χỳ ἄνθρωποι λυσσᾶν λέγονται.
　L E S　P O E T E S *enferrent Hercules, pour cette occasion principalement qu'ils alleguent Promethée auoir
esté deliuré par luy.* La fable est toute notoire, que Promethée iadis desroba le feu dans le ciel; assauoir qu'il alluma vn flambeau à l'vne des roües du Soleil , pour animer l'homme qu'il auoit formé de terre; & ce à l'exemple des corps celestes,qu'il veit se mouuoir pour estre enflambez. Les
autres,& mesme Hesiode, dient que ce fut pour auoir trompé Iuppiter au departement des victimes; en ayant fait deux portions , chacune couuerte d'vn cuir de bœuf : en l'vne desquelles n'y
auoit que les ossemens, & en l'autre toute la chair: & que Iuppiter d'auanture auroit choisy celle
là, dont de despit il auroit osté l'vsage du feu aux humains:mais que Promethée l'alla secrettemēt
requerir au ciel. Au moyen dequoy Iuppiter ne pouuant plus comporter les entreprises & vsur-
pations de cette creature mortelle sur sa diuinité, l'auroit confiné , cōme nous auons desia dit
ailleurs, au mont de Caucase,&attaché à vne roche;où vn vautour sans cesse luy venoit ronger le
foye & le cœur: iusques à ce qu'Hercules vn iour passant par là, qui eut compassion d'vn si grief
& continuel martyre, où il auoit desia esté detenu par l'espace de trente ans , tua à coups de flesche ce Vautour,ou Aigle, & deliura Promethée : à raison dequoy quelques Poëtes feignent que
Iuppiter pour vengeance l'auroit rendu forcené. Mais Diodore Sicilien au premier liure tire cela à vne telle Histoire. *Qu'Osiris, quand il fit le voyage d'Ethiopie , laissa és Prouinces dependantes de
l'Empire par luy establi en Egypte , Hercules , Antée , Promethée , & autres grands personnages, pour les gouuerner durant son absence. Et qu'il aduint sur ces entre-faictes que le Nil , qui pour la vitesse de son cours, &
la grandeur de ses eaux estoit appellé Aigle , au commencement des iours caniculaires se desborda si extraordinairement , qu'il vint à inonder tout cest endroit de l'Egypte où commandoit Promethée ; ayant noyé & perdu
presque tous les habitans d'iceluy. Dequoy Promethée eut vn tel ennuy, qu'il se vouloit desfaire si Hercules ne
l'en eust engardé. Lequel estant suruenu à propos là dessus, fit faire en grande diligence tant de Turcies & leuées , auec des fossez & canaux çà & là , que le fleuue fut finalement reduit dans ses limites ordinaires.*
Phornutus au reste allegorise là dessus ; prenant Promethée pour la prouidence ,assauoir de peser bien les choses auant que les entre-prendre : & Epimethée , le mal aduisé & peu caut, qui ne
cognoist sa faute iusques apres le coup ; quand il en est à la penitence : mais Platon a si elegamment traicté cette fiction dans le Protagoras , auec les mysteres qui en dependent, que nous ne
l'auons point voulu icy laisser en arriere. Il dit doncques. *I L　F V T　vn temps autresfois que les Dieux
estoient bien , mais l'humain lignage , ne les animaux point encore. Parquoy quand l'heure arrestée de la diuine ordonnance fut eschenë qu'ils deuoient estre crées, les Dieux se mirent à les former en la terre,d'elle & du
feu mesleʒ ensemble, & de ce qui participe de ces deux elemens. Et comme ils fussent sur le point de les produire en lumiere, la charge en fut par eux commise à Promethée & Epimethée, pour les doüer, & leur departir les
conditions & proprietez que chacun deuoit auoir endroit soy. Là dessus Epimethée requit qu'on luy en voulust
laisser faire, & s'en reposast on sur luy. En disant ainsi à son frere : ce-pendant que ie vacque à cette distribution, voy & remarque bien ce que ie feray : puis il commence ses pariages en cette sorte. Es vns il logeoit vne
grand'force sans point de vitesse : les autres plus debiles il accommodoit d'vne agilité & disposition : les autres
il armoit fortement : aux autres ayant eslargy vne nature desnuée, il pouruoyoit en recompense de quelque remede pour le garentir & sauuer. Car ceux qu'il auoit fait d'vne petite corpulence,il les accompagnoit de vitesse
& promptitude de course ; ou de demeures soubs la terre. Les autres accreus en grandeur, il les conseruoit par le
moyen d'elle mesme: & ainsi alloit esgalant le reste auec diuers moyens, soigneux adu que vn genre ne vinst à s'a-
neantir du tout. Or apres qu'il eut departy les moyens pour engarder les causes alternatines de degast & ruine,
il commença à pourpenser cōment ils pourroient à leur aise tolerer à l'erte soubs le descouvert les saisons de l'année, & les diuers changemens de l'air : & les reuestit de poils drus & espois, auec des peaux endurcies pour
repousser & le chaud & le froid , & qu'ils seruissent comme de matras à chacun d'eux quand ils se voudroient
mettre en leurs reposées:aux vns reparant les pieds d'ongles solides;& aux autres donnant des pattes de cuir,
renforceʒ en lieu d'ongles. Leur fournissoit quand & quand de viandes : à qui d'vne sorte,
à qui d'vne autre:l'herbe de la terre à ceux cy;les fruicts des arbres à ceux là;aux autres des racines;à quelques
vns pour leur maintenemēt abandōoit les autres animaux en proye. Maïs à tels ottroyoit fort petite lignée, &
aux autres par eux deuorables fort planteureuse,afin de par ce moyen conseruer tousiours de tant mieux leur espece. Au moyen dequoy Epimethée qui n'estoit pas des plus aduisez ne prit pas si garde qu'il auoit employé toutes
ses largesses & distributions aux bestes bruttes : car le genre humain luy restoit encore sans estre en rien accommodé d'aucune chose , & ne sçauoit bonnement comme en faire. Comme doncques il fust en ce doubte & irresolution ;voicy arriuer Promethée pour assister à ce departement ; lequel s'apperçoit que tous les autres animaux
estoient*

DIODORE.

PLATON.

estoient exactement pourueus de ce qu'il leur faisoit besoin ; & l'homme au reste tout nud sans vestement ne chausseure, ny armes pareillement, dont il se peust tant soit peu defendre. Et si desia le iour approchoit qui luy commenoit aussi bien que les autres creatures sortir de la terre en lumiere : tellement que Promethée despourueu de conseil, & ne sçachant quel expedient de salut il pouuoit inuenter pour l'homme, eut recours à s'en aller desrober la science artificielle de Vulcan & Minerue, ensemble le feu: parce qu'il ne se pouuoit faire que sans le feu personne peust iouyr d'art quelconque : ny qu'vn seul de tous les mortels s'en peust preualoir ny ayder. Ainsi il fait du feu vn present à l'homme, lequel par ce moyen receut vne traditte & expedient de prochasser sa vie. Mais l'artifice de se comporter en vne forme de republique, il ne l'auoit pas pour cela encore, d'autant que ce point estoit en la puissance de Iuppiter : & Promethée ne pouuoit mettre le pied en sa forteresse, là où il y auoit de trop estranges & horribles remparemens, trop bien s'estoit il ietté à la desrobée dans le logis de Minerue & Vulcan qui trauailloient de compagnie apres leurs professions & mestiers : y ayant enleué l'art du feu de Vulcan, auec ce qui dependoit aussi de Minerue, il le distribua à l'homme, dont il obtint le moyen de son viure. Toutesfois pour la faute que son frere auoit commise il fut grieuement puny. Apres donques que l'homme eut esté fait participant de la diuine condition, & en premiere instance pour l'assiuté que le feu luy donna auec Dieu, il fut seul entre tous autres animaux qui recogneut estre des Dieux, ausquels il desdia des autels & images. Et eut consequemment bien tost apris à se former par artifice, & prononcer des mots articulez & distincts : trouua les moyens de bastir des maisons : & se pouruoir de vestemens, chausseures, licts, vstancilles, & mangeaille: le tout prouenant de la terre. Par ainsi s'estans pour le commencement accommodez les hommes, ils habitoient çà & là separez à l'escart l'vn de l'autre, n'ayans aucunes villes ne citez. Et comme ils fussent plus foibles beaucoup que les bestes sauuages, ils se trouuoient aussi à tous propos massacrez d'elles: car l'artifice leur pouuoit bien seruir d'vn secours conuenable és ouurages requis pour leur nourriture, mais à les garentir de l'iniure des bestes cruelles, cela venoit à estre manqué, n'ayans encore aucun vsage de la Politique, dont la profession de la guerre fait vne parcelle. Au moyen dequoy ils se mirent à chercher comme ils s'assembleroient, & conserueroient en edifiant des citez. Neantmoins ayans commencé à se congreger & vnir, ils s'offensoient les vns les autres, pour ne sçauoir que c'estoit du gouuernement d'vne chose publique, & pourtant se respandoient de rechef, & perissoient. En sorte que Iupiter craignant que nostre lignage ne vinst à s'abolir & esteindre du tout, despescha Mercure pour nous instruire de modestie & de iustice, afin que cela fust l'ornement & lien de la societé humaine : & establist vne amitié entre les mortels. Mercure là dessus luy demande, comment il leur deura distribuer cette iustice & modestie : assauoir mon s'il les leur donnera en la sorte & maniere que leur ont esté departies les arts: car quelqu'vn qui sçaura la medecine ou autre science, pourra luy tout seul suffire à plusieurs qui l'ignoreront. Partiray-ie donques (disoit-il) la iustice & la modestie entre les mortels, ou si ie les leur donneray à tous en commun & en bloc? A tous en commun, respondit Iuppiter, afin que tous en soient participans: car les citez ne dureroient pas, si quelques vns en petit nombre venoient à les posseder ainsi que les autres arts. Tu publieras en outre vn edict de par moy, que qui ne se trouuera capable de temperance & de iustice, soit tout ainsi qu'vne peste exterminé de la cité.

DE CE compte icy nous pouuons recueillir, que par Promethée tenant vn flambeau allumé, qui monstre le larcin du feu, est denotée l'industrie & la force de l'esprit humain à inuenter les arts. Car le flambeau est cette vigueur & promptitude de l'ame, qu'Aristote appelle l'intellect agissant : & Platon suyuant l'Egyptienne Theologie, vne scintille du feu celeste, ou vne lumiere arriuant de dehors; dont le vray but & fonction est l'inuention des arts & sciences.

Diodore Sicilien dit, *Que l'occasion pour laquelle le feu est attribué à Vulcan, vint (à ce que tesmoignent* DIODORE. *quelques Pastres d'Egypte) de ce qu'ayant trouué l'vsage du feu, il fut par les Egyptiens esleu en Roy comme autheur d'vn tel bien. Car s'estant prit garde comme d'vn arbre qui auoit esté embrasé de la foudre, les autres d'al'entour s'estoient allumez en plein cœur d'hyuer; luy tout estoit de cela, y adiousta d'autre maintenement & amorce; & ainsi ayant continué le feu, appela le peuple comme à vne inuention procedée de son esprit pour le benefice du genre humain.*

On void rarement vn ruſtique,
Courtois affable & magnifique,
Il coure en ſa ſtupidité,
Touſiours quelque malignité.
　Depuis qu'il eſt en ſa colere,
Rien ne le ſçauroit faire taire,

Sans reſpect de temps ny de lieu,
Il meſpriſeroit meſme vn Dieu.
　Mais vn homme prudent & ſage,
Ne s'eſmeut point pour ſon langage,
Prenant ſa malediction,
Pour vne benediction.
　　　　　　THIODAMAS.

THIODAMAS.

ARGVMENT.

DE TOVTES *les ceremonies ou superstitions de l'ancien Paganisme: de toutes les manieres d'idolatrie que l'esprit humain se soit peu forger, la plus estrange & fantastique, la plus bizarre, saugrenuë, & ridicule estoit le sacrifice qui se faisoit en l'Isle de Rhodes à Hercules Lyndien, surnommé βϑϕαχτ, mange-bœuf, ou gourmand. Car quelques Deitez, qu'on ait iamais voulu recognoistre, respecter, reuerer & seruir, à tout le moins a ce esté en les benissant, innoquant, honorant par des prieres, & actions de grace, par des hymnes, cantiques & loüanges, vœux, sacrifices, & offrandes, auec telles autres propitiations & debuoirs, iusques mesmes aux Demons & mauuais esprits; comme souloient faire les Indiens leur Zemy en la plus horrible & espouuentable figure qu'ils leur pouuoient attribuer; & enuers nous (à ce qu'on dit) certaine vieille qui d'ordinaire offroit tousiours deux chandelles à S. Michel, l'vne pour auoir l'ange propice & fauorable; qu'il luy assistast, la secourust, & prist en sa sauuegarde: & l'autre au diable, afin de ne luy nuire point; ne la fascher ou trauailler. Mais de seruir vn Dieu, Demy-Dieu, ou Heroë, à belles iniures, auec imprecations, maledictions, & blasphemes, cela semble bien fort nouueau & heteroclite. Neantmoins Hercules y prenoit plaisir, (s'il le faut croire comme ces pauures gens le cuidoient) & se rendoit plus propice & fauorable en toutes leurs supplications & requestes. Or il vaut mieux oüyr là dessus ce qu'en a dit Lactance Firmian au 21. ch. du premier liure de l'institution Chrestienne; car le subiect du present tableau ne se pourroit tirer plus à propos que de ce passage.*

A LYNDVS ancienne ville de l'Isle de Rhodes, l'on fait des sacrifices à Hercules, dont la ceremonie est fort differente des autres; car ils ne se celebrent pas auec Euphimie comme l'appellent les Grecs, c'est à dire loüange & benediction, mais à belles execrations & iniures. Et les tient on pour prophanez, si durant la solennité il eschappoit par inaduertence ou autrement vne seule bonne parole à quelqu'vn de la compagnie. Dequoy l'on allegue vne telle raison, si toutesfois raison aucune se peut donner en chose si vaine & friuole. Qu'Hercules estant autresfois arriué là tout transi de faim, il trouua de bonne fortune vn païsan labourant la terre, auquel il requit de grace de luy vouloir donner pour de l'argent l'vn de ses bœufs. Ce que l'autre luy re-

LACTANCE.

fufa tout à plat;alleguant que l'attente entierement de fon labourage, dependoit de ce ioug de ieunes bœufs. Hercules lors vfant de puiffance abfoluë,
pource qu'il n'en pouuoit auoir de gré à gré, les prit tous deux de viue force:
& le pauuret qui les voyoit efgorger deuant luy , ne peut faire autre chofe
que de venger auec des maledictions l'outrage & violence qui luy eftoit faite. A quoy Hercules qui de fon naturel eftoit fort facetieux & recreatif, prenoit vn fingulier plaifir. Et ce-pendant que luy mefme apprefte le foupper
pour foy & ceux de fa fuitte , pendant qu'il deuore les bœufs d'autruy, rioit
à gorge defployée, en oyant l'autre qui tref-afprement le deteftoit, maudif-
foit & iniurioit. Mais apres que les habitans du lieu eurent aduifé de luy de-
cerner des honneurs diuins , en faueur & admiration de fa vertu, merites &
biens-faits, on luy dreffa vn autel qui fut en contemplation de ce fait furnommé βέζυγον, affauoir Le ɪovg de bœvfs: pource qu'on luy deuoit là
immoler deux bœufs attelez enfemble, ainfi qu'eftoient ceux qu'il enleua du
laboureur;lequel fur l'heure il fit fon miniftre : & ordonna que de là en auant
à la celebration des facrifices , on vfaft toufiours des mefmes mefdifances,
n'ayant(ce difoit il)oncques iour de fa vie plus plaifamment banqueté.

Oɪcy vn homme fort rural , & par Iuppiter il habite
auffi vne rude & afpre contrée; car ceft l'Ifle de Rhodes , dont le plus auftere & fauuage endroit eft le territoire des Lyndiens : fertile de vray en raifins & en figues , mais incommode entierement pour le labourage
& charroy. Le Païfan doncques ainfi robufte d'vne
cruë & verte vieilleffe, eftimez qu'il eft laboureur; fi
d'auanture vous auez point oüy parler de Thiodamas
Lyndien. Mais quelle audace? Il fe courrouce à Her-
cules de ce que l'eftant venu trouuer à la charriie, il maffacre l'vn de fes
bœufs,& s'en repaift;fort accouftumé à telles fortes de viande.Car vous l'a-
uez peut eftre rencontré dans Pindare, là où s'eftant embattu à la Caffine de
Coronus il mangea fi bien vn bœuf tout entier,qu'il ne penfa pas les oz feulement en debuoir demeurer de refte. Mais comme il fut arriué chez Thiodamas fur le foir;& y euft trouué le moyen de faire du feu,parce que les pierres font propres à en allumer; il fait roftir vn bœuf tout entier fur la braize:
taftant fi la chair fera point attandrie: & ne fe plaint que du feu,qu'il foit ainfi lent & tardif à la cuire. Quant à ce qui concerne cette peinture,la chofe eft,
que la difpofition du terroüer n'eft pas du tout à mefprifer : car tout ce peu
qui f'en prefente quelque part que ce foit, propre au labourage, fe peut certes parangonner (fi ie ne m'abufe) à vn qui n'eft point infertile. Hercules au
furplus tend tout l'effort de fa cogitation apres le bœuf: & fe monftre fi patient aux maledictions de Thiodamas, que mefme il en mafche plus lentement. Et là deffus le Païfan le pourfuit à belles pierres , veftu d'vne chique-
nie à la Dorienne; fes cheueux pleins de craffe,& mal teftonnez, & le vifage
fale au poffible:enfemble les genoüils, & les bras,tous tels que rend fes champions ce territoire, à eux tref-plaifant & tres-agreable. Voila le beau chef-
d'œuure d'Hercules : & Thiodamas cy prefent eft en fort grande reuerence

aux

aux Lyndiens, dont eſt venuë la façon d'immoler à ce demy-Dieu, vn bœuf qui tire à la charruë. Mais ils ſolenniſent ce ſacrifice auec toutes les execrations (à mon iugement) que profera lors ce ruſtique : dequoy Hercules s'eſioüyſt, & octroye des biens à planté aux Lyndiens qui le maudiſſent.

ANNOTATION.

YNDVS eſtoit anciennement l'vne des trois villes de l'Iſle de Rhodes, à ſçauoir, Lyndus, Camirus, & Ialyſſus ; qu'on eſtime eſtre maintenant la ville de Rhodes, dont iadis Prothogenes fit ce tant excellent portraict ſoubs la reſſemblance d'vn ieune adoleſcent ; en faueur dequoy Demetrius fils d'Antigonus, s'abſtint de la ruiner. Pline & les autres ont pris ce departemēt de ces vers d'Homere au 2. de l'Iliad.

οἱ Ῥ᾽ ὁδὸν ἀμφενέμοντο δ᾽ἡ τεῖχα κοσμηθέντες,

Λίνδον, Ἰηλυσόν τε, κỳ Ϛρχινόεντα Κάμειρον.

Mais quant à Thiodamas, il y en a eu vn autre de ce meſme nom ; Driope de nation, qui habitoit au mont de Parnaſſe ; lequel Hercules aſſomma à coups de poing, pource qu'il le vouloit pareillement empeſcher de prendre vn de ſes bœufs pour le manger. Ainſi que dit Apollonius au premier des argonautes.

Δῖς Ἡοδάμαντος, ὃν ἐν Δρυόπεσιν ἔπεφνεν

νηλεῶς, βοὸς ἀμφὶ γεωμόρου ἀντιόωντα, ἐΤ᾽c.

Il maſſacra (dit-il d'Hercules) cruellement le diuin Thiodamas entre les Driopiens, pource qu'il luy contrediſoit de prendre l'vn de ſes bœufs qui tiroit la charruë. Car ce Thiodamas labouroit ie ne ſçay quans tournaux de terre en friſche, tout ennuyé : & l'autre voulut enleuer de force vn ſien bœuf, cherchant par là quelque faſcheuſe occaſion de querelle pour faire la guerre aux Driopiens ; parce qu'ils occupoient la contrée ſans garder aucune equité ne iuſtice. Et neantmoins il eſtoit pere de ceſt Hylas qu'Hercules aima tant depuis, & qui ſe noya au voyage des Argonautes, en vne fontaine comme il vouloit puiſer de l'eau pour ſon maiſtre. Tant fut gourmand ceſt Heroë, deifié finablement par les Grecs, & de grand vie ; que comme dit Athence au 10. liure parlant de ſon deſordonné appetit, il mangeoit ordinairement vn bœuf en vn ſeul repas : & bauſſroit d'vne ſi grande actiueté & ardeur, qu'il ne faiſoit bas bon ſe trouuer deuant luy pour cuider l'interrompre, qu'il ne fuſt bien ſaoul & remply. Au moyen dequoy il auroit eu tout plein de beaux ſurnoms là deſſus (ſi nous n'aimons mieux dire ſoubriquets (comme πολυφάρος, ἀδηφάρος, βυφάρος, βυθοίνης, & pour l'occaſion deſduite au preſent tableau, βύ ζυρος : qui ne tendent tous qu'à exprimer ce mange-bœuf; auquel pour cauſe de ſa voracité on attribuoit l'oiſeau marin dit Λάρος, & en Latin Gauia ou Fulica, la Foulque, le plus goulu de tous autres. Pauſanias racompte qu'vn nommé Lepreus, deffia vn iour Hercules à la morfialle, & de là au combat. Quant à bien iouër des maſchouëres, il luy tint pied de vray ; car l'vn & l'autre s'acquita chacun d'vn bœuf en vn ſeul repas ; mais il ſuccomba puis-apres à la meſlée, & y demeura pour les gages. Parrhaſius auſſi le peignit ſoubs le ſurnom de Lyndien, comme reſſemblant bien ſon beau mangeur ; feignant que tel il luy eſtoit apparu en ſonge ; à ce que le teſmoigne Athenée au 12. liure ; & pour cette cauſe appoſa au tableau, pour luy donner plus de credit, le diſtique enſuiuant.

οἷος δ᾽ ἐνύχιον φαντάζετο πολλάκι φοιτῶν,

Παῤῥαϛίῳ δ᾽ ὑπνᾳ, τοῖος ὅδ᾽ ἐϛὶν ὁρᾷν.

Tel qu'Hercules en ſonge s'apparut,

Tel peint icy par Parrhaſie il fut.

LES PIERRES ſont propres à allumer du feu. Sophocle en la Tragedie de Philoctetes,

εἶτα πῦρ δὴ οὐ ἐφ᾽ϗω,

ἀλλ᾽ ἐν πέτροιϛι πέτρον ἐκτρείβων, μόλις

ἔφλω᾽ ἀφαντον φαῶς, ὃ κỳ σωζϗ μ᾽ ἀέι.

Et quand le feu me deffailloit, en frottant pierre contre pierre i'en excitois la lumiere latente, qui m'a iuſques icy conſerué la vie.

L'artifice d'allumer du feu auec vn fuzil d'acier, & des cailloux, eſt de longue main aſſez cogneu par tout. Mais Gonzalo de Ouiedo au ſommaire des Indes Occidentales, ch. 79. dit que ces peuples là ſe ſouloient ſeruir à cecy d'vn baſton de quelque bois dur & liſſé, rond & bien poly, ainſi qu'vne fleſche ; long de deux pieds ou enuiron. Mettant la pointe duquel dedans la fente de deux autres baſtons couchez en terre, vn peu plus gros, & bien ſecs ; accouplez & liez bien

Tt iij

estroittement, froyent dru & menu le fust de la baguette entre les deux mains, dont les bois d'embas s'allumoient aussi tost. Si ces Barbares bestiaux le practiquent ainsi, ie m'en remets à ce qu'il en dit : mais Pline au 41. ch. du 16. liure met tout le mesme. *L'vsage des anami-coureurs és armées, & des pastres qui demeurent continuellement à l'estre, a trouué le moyen de faire du feu sans cailloux. On froye du bois contre d'autre bois, & ainsi s'excitent quelques flammesches, que l'esmorche seiche d'vn songe, ou de fueilles, reçoit & allume aisement. Mais à cela n'y a rien de plus excellent que le lyerre, qui se frotte contre du laurier; ou du laurier contre le lyerre. La vigne sauuage aussi y est bonne, autre neantmoins que la labrusque; & qui à guise de lyerre monte & s'entortille autour des arbres.*

DONT est venuë la façon d'immoler à Hercules vn bœuf tirant à la charruë. Xenophon toutesfois, au sixiesme de l'expedition du ieune Cyrus, remarque que ce n'estoit pas la coustume de sacrifier des bœufs qui labourassent, ou fussent employez à traisner quelque voitture, mais il failloit qu'ils fussent de repos, & exempts de tout trauail, si d'auanture ce n'estoit en cas de necessité.

LA

Ie deteste l'horrible face
D'vn qui ne souffle que menace,
Et qui pour auoir quelque rang
Veut oster le bien & la vie,
Et ne respire que le sang
Pour establir sa tyrannie.

Mais de dire que sans offence,
Sans ambition, sans vangeance
On recherche vn nouueau tourment,
Et si cruelle sepulture
Pour prendre son contentement,
C'est estre hors de la nature.

T t iiij

LA SEPVLTVRE
D'ABDERE.

ARGVMENT.

VESTION s'est meuë autresfois, & non legere; si l'on auoit à peser en vne balance bien iuste, le plaisir & contentement que c'est de posseder vne chose qu'on aime, auecques le regret & ennuy de la perdre, lequel l'emporteroit de ces deux. Vn homme riche n'aise n'ayant qu'vn enfant bien nay, & de belle esperance : vn marchand abondant en facultez & richesses : vn seruiteur affectionné, tres-bien traicté de sa maistresse : & vn courtisan bien venu de son maistre, qui a la faueur, la bonne grace & oreille d'iceluy à plein traict; auecques tout leur contraire & rebours : bref la gloire de Paradis, & les peines d'enfer. Il semble certes que ces deux extremitez soient esgalles. Car d'autant plus estroictement que l'affection forte nous faict embrasser quelque chose, d'autant nous accroist-elle aussi le desplaisir de l'abandonner : principalement quand l'on en a sauouré la douceur. Mais attendu la vollage instabilité des choses humaines, le meilleur est de ne s'y encrer point trop auant; & ne faire non plus d'estat de tout ce que nous pouuons posseder en cette transitoire vie, que d'vne chose empruntée; que la fortune nous donne en depost, pour la luy rendre à toutes heures, que son caprice & muable affection nous la voudra redemander. Au moyen dequoy, qui voudra d'vn autre costé mesurer à l'aune les biens dont nous auons accoustume de iouyr en ce monde, auecques les maux dont ils sont ordinairement accompagnez & suiuis; la disparité se trouuera grande, tout ainsi que de quelques roses enueloppées de toutes parts, & munies au deuant d'infinies poignantes espines : ou quelque drachme de succre confite en vne liure d'aloës. Hercules n'eut oncques que peine & trauail en sa vie, & sa fin fut la plus douloureuse & martyrisée de toutes autres : que si d'aduanture il vint à iouyr de quelques plaisirs pour vne passade, ils luy cousterent bien cher auant que d'y paruenir, & si ne luy durerent pas longuement. Quand bien doncques les deux premiers seront esgaux en leurs extremes : à sçauoir le contentement de posseder vne chose, et le regret d'en estre priué; le temps de leur durée neantmoins ne sera pas esgal pour cela. L'heur, la ioye, la consolation, et plaisir qu'il eut en ses iours de la societé et conuersation amiable du gentil Hylas, passerent comme vn coup d'esclair : et la melancholie de sa piteuse desconuenuë l'accompagna iusques au tombeau. Trop bien se peut-il là dessus consoler

d'vne

d'vne chofe, que la mort d'iceluy fut foudaine, aifee, et à l'impourueu, fans gueres
de tourment ny de peine : celle de toutes que beaucoup de grands perfonnages ont le
plus fouhaitté. Dauantage qu'il s'en alla en la gaye et plaifante trouppe des Nymphes; qui le rauirent eftans es prifes de fa beauté, comme il puifoit de l'eau en vne fontaine. Mais Abderus, l'vn de fes autres plus grands fauoris, ayant ainfi efté cruellement defmembré, dechiré, deuoré, par les cheuaux du fier et inhumain Diomedes
Roy de Thrace, cela ne luy pouuoit que tres-amerement pefer fur le cœur. Trop
bien ioüyt-il d'vne autre confolation en cela, de vanger fa mort : ce qu'il n'eut le
moyen, ny occafion de faire en Hylas. Tellement que pour ce regard ces deux fafcheries luy viennent comme à eftre efgales ; fe compenfant vne chofe par l'autre :
mais non pas pour cela le plaifir auecques l'ennuy.

'E STIMONS pas (Meffeigneurs) que les iuments
de Diomedes ayent efté l'vn des labeurs & entreprifes d'Hercules, qu'il a (comme vous pouuez voir)
attrappées icy, & brifé auecques fa maffuë : dont en
voila vne eftenduë à terre : l'autre fe demeine encores : vous diriez que cette-cy tafche à fe releuer : &
celle-là tombe tout à plat. Bien eftranges & hideu-
fes font-elles de vray, à leurs rudes creins heriffez,
& pieds pattus couuerts de poil iufques à la corne:
au refte farouches & fauuages ce qui fe peut. Voyez d'autre-part leur ratel-
lier & mangeoüaire : comme le tout eft affené de membres & offemens
humains : car c'eftoient le fourrage dont il nourriffoit fes montures. Mais
ce cruel maquignon, d'vne plus effroyable mine encores qu'elles ne font, a
efté accablé aupres d'elles. Et faut faire compte que cette aduanture a efté
la plus griefue à Hercules de toutes autres; tant pour raifon de l'amitié qui l'a
faict hazarder à cecy, & à plufieurs autres chofes encores, que pour la difficulté de l'affaire, dont le labeur & danger n'eftoient pas petits. Car le voila
qui emporte Abdere, l'ayant arraché qu'il eftoit ia mangé à demy, de la
gueulle de ces fieres & villaines beftes; lefquelles l'auoient defchiré; tendrelet encores, & plus icune que n'eftoit Iphitus : ce que l'on peut cognoiftre tres-aifement aux tant beaux demeurans d'iceluy, que voila eftendus fur la peau du Lyon. Et certes ils ont efté occafion de faire refpan-
dre maintes larmes. Que fi d'aduanture Hercules les a quelque peu accollez; fi en fe lamentant il luy eft efchappé quelque chofe d'indigne, & fa grauité de vifage aucunement alterée; cela foit pardonné à vn qui eft remply
d'vn fi grief ennuy; & à vn autre, aimant quelque autre chofe de mefine. La
colomne pareillement appofée fur ce magnifique tombeau, aye auffi fa part
de quelque los & honneur. Car cettui-cy, comme ont fait beaucoup d'autres, ne fonde pas vne cité à Abdere, pour eftre d'orefnauant appellée de
fon nom : mais au lieu de cela vn ieu de prix fera eftably à fa memoire, auquel on combattra à coups de poing, à la lucte, & à faire du pis qu'on pourra : enfemble à tous les autres exercices, fors qu'à la courfe des cheuaux feulement.

ANNOTATION.

A Fable ou hiſtoire de ce Diomedes Roy de Thrace, qui d'vne cruauté nompareille, ne luy pouuant retourner à aucune commodité ne plaiſir,
faiſoit deuorer les eſtrangers arriuans ſur ſes marches, par quatre cheuaux
nourris & accouſtumez, contre l'inclination de leur naturel, à ceſte ſan-
guinaire paſture, eſt par tout aſſez diuulguée; non ſeulement dans les
Poëtes, mais en quelques-vns des hiſtoriés encor. En Pline meſme en l'onzieſme chapitre du quatorzieſme liure, où il deſcrit le pays de Thrace. *Abdera libera ciuitas : Stagnum Biſtonum & gens. Oppidum fuit Tinda Diomedis
equorum ſtabulis dirum.* Abderus au reſte (comme l'appelle icy Philoſtrate) ou Abderitus, ſelon
d'autres, fut vn ieune gentil-homme fort gracieux, & bien aduenant, qu'Hercules prit en tres-
grande amitié : Et comme Diomedes l'euſt expoſé à ſes cheuaux pour le deuorer, ſelon ſa couſtume, Hercules ſuruint bien à temps pour recourre le corps; mais non pas tout entier; car il
eſtoit deſia à demy mangé, comme recite Tatianus Aſſyrien, en ſon oraiſon contre les Gentils * & en recompenſe, il abandonna l'autheur de ce mal à ſes cheuaux meſmes, puis les aſſomma à coups de maſſue. C'eſt ce qu'en dit icy noſtre Autheur. A quoy Hyginus ne s'accorde pas;
lequel au trentieſme chapitre, met Abderus pour l'vn des ſeruiteurs de Diomedes. *Diomedem
regem Thraciæ, & equos quatuor eius, qui carne humana veſcebantur, cum Abdero famulo interfecit. Equorum autem nomina, Podargus, Lampon, Xanthus, & Dinus.* Dont Euripide en l'Alceſte touche cecy.

οὐκ εὐφόρϐες χαλινὸν ἐμϐάλλην γνάθοις,
ἀλλ' ἄνδρας ἠρταμϵθοι λαφϕινϵϹις γνάθοις
φάτνας ἴϐϐις δὴ αἵμασιν πεφυρμϕϵιας.

*Ce n'eſt pas choſe aiſée à leur mettre la bride; les hommes ils deuorent d'vne maſchoüere prompte : vous ver-
riez leur eſtable infectée de ſang.* Philoſtrate les faict eſtre Iuments : contrariant encores à Stephanus au liure des villes, en ce qu'il dit que celle d'Abdere, maritime au pays de Thrace, fut fondée
par Hercules, à l'honneur & reſſouuenance du deſſus-dict Abderus fils d'Erimus. Mais Herodote en la Clio, maintient que ce furent les Teïens qui la baſtirent premierement, non gueres
loin de la bouche du fleuue Neſſus. Par ſucceſſion de temps s'eſtant ruinée, les Clazomeniens
eſtans là abordez d'Aſie, la remirent ſus, & luy donnerent leur nom : maintenant ce peu qui en
reſte, s'appelle auec Polyſtylo. Pomponius Mela rend d'autre-part l'attribuë à Abdera ſœur de
Diomedes, diſant ainſi au ſecond liure. *La contrée qui eſt au delà du fleuue Scenos, porta Diomedes; lequel auoit de couſtume de faire deuorer à ſes cruels cheuaux, ceux qui arriuoient deuers luy; mais il leur fut
luy-meſme expoſé en paſture par Hercules. La tour que l'on appelle de Diomedes demeure pour marque de
cette fable,& la ville que ſa ſœur appella de ſon nõ Abdera, laquelle eſt biẽ plus memorable pour auoir produit le
Philoſophe Democrite, que pour auoir eſté fondée de la ſorte deſſus dicte.* Il tient cecy pour vne fable, cõme
auſſi faict Palephatus, qui le reduit à vne telle conſideration. *Les anciens hommes* (dit-il) *ſe ſeruoient eux-meſmes d'ouuriers & maneuures; au moyen dequoy ils eſtoient riches & abondans en labourages,
comme ceux qui cultiuoient la terre de leurs propres mains, chacun endroit ſoy. Diomedes fut le premier dont
on ait cognoiſſance, qui ſe mit à nourrir des cheuaux ; & s'y plent tant, qu'il y conſomma tout ſon bien; car
vendant les heritages qu'il auoit, il les employoit à cela; dont ſes amis prirent occaſion de les appeler Anthro-
pophages, c'eſt à dire, mangeans chair humaine.* Mais cette application eſt fort ſeiche & friuole. Quelques autres ont allegoriſé plus à propos & conformément à ces Iumens de Philoſtrate; alleguãs
que c'eſtoient quatre filles de Diomedes Roy de Thrace, courtiſanes & putains inſignes ſur
toutes celles qui furent oncques; leſquelles attirans les eſtrangers paſſans qui auoient dequoy,
par leurs mignardiſes & careſſes lubriques, les ſçauoient ſi bien empieter qu'ils y laiſſoient & la
plume & le poil; voire les deuoroient iuſques aux os; dont ſeroit venu ce Prouerbe, διωμϕϵϵια
ἀϕάγχη. Neceſſité Diomedienne. Deſtournant plaiſamment la droite interpretation de ces
mots, qui veulent dire la fatale & ineuitable preordonnance de Iupiter, à vn autre ſens de la
gueule inſatiable de ces effrontées bagaſſes, que les Poëtes ont feintes Iumens, pour l'occaſion
que nous auons deſia deduite ſur le tableau des fables, & ailleurs, touchant ces mots de ἱππϕϵϵ-
τϵϵ, & ἱππϕϵϵποϵϵ : qui denotent vne extreme & debordée luxure; eſtant deriuez des cheuaux.
Doncques cette ville d'Abdere fut le lieu de la naiſſance du Philoſophe Democrite, & du Sophiſte tant renommé Protagoras : pareillement Pline au vingt-cinquieſme liure chapitre 8. dit
*Qu'aupres d'Abdere, & le limite (qu'on appelle) de Diomedes, il y a des paccages, où les cheuaux deuien-
nent enragez s'ils en taſtent.* Lucian au commencement de la Traditiue d'eſcrire l'hiſtoire, faict
mention auſſi d'vne eſpece de manie ou trãſportement d'eſprit, qui y regna autresfois du temps

de

---

*Cecy ne ſe
trouue point
en l'original
Grec de Tatia-
nus, ain. ſeule-
ment, que ceſt
Abderus, qui
auoit donné le
nom à la ville
d'Abdere, & e-
ſtoit amy de
Hercules, fut
deuoré par les
cheuaux de
Diomedes.
Apollodore au
liure des
Dieux, eſcrit
que ſedit Ab-
derus eſtoit
fils d'Erimus,
nat.f d'Oppun-
ce. ville des Lo-
cres mignon
d'Hercules; &
que les iuméts
de Diomedes
le dechirerent
en pieces.

META.

PALEPHATVS.*

de Lyſimachus, l'vn des ſucceſſeurs d'Alexandre le grand. Et Martial à ce meſme propos au 10.
de ſes Epigrammes, ſe mocquant de certain criminel, auquel on donna ſa grace, moyennant
qu'en plein theatre il vouluſt repreſenter au vray le faiſt de Mutius Sceuola, qui ſe bruſla conſtamment le poing en la preſence du Roy Porſenna de Toſcane; faiſant tout de meſme que l'autre auoit faiſt; s'eſcrie ainſi contre luy: *Abderitana pectora plebis habes.* Tellement que cela eſt
paſſé en prouerbe. Car Ciceron au ſeptieſme des Epiſtres à Atticus, vſe de ce mot, ἀ⸏δηϵϳτικὸν,
pour vne choſe friuole & de peu de ſens. Mais ce ſeroit par trop s'extrauaguer hors de noſtre
propos. Il y a encores vne autre Abdere en l'Andelouſie, dont parle Pline au premier chapitre
du troiſieſme liure. Et vne autre diſte Aptere en Candie, dequoy Euſtathius ce me ſemble a dit
cecy. *Les Sereines vindrent de la race des Harpyes, ayans la face & tout le haut de la perſonne de creatures* EVSTATHIVS
humaines; & le reſte d'oyſeaux, auecques des aiſles & plumages. Tellement que les Muſes apres les auoir ſur-
montées à chanter, eſtans entrées en cette eſpreuue par le commandement de Iunon, qui an voulut auoir le
paſſe-temps; ſe couronnerent de leur pennage, & en firent de beaux bouquets & guirlandes. Et c'eſt pourquoy
l'on peint les Muſes auecques des aiſles à la teſte, hors-mis Terpſicoré qui fut mere deſdites Sereines. Tout cela
aduint en Crete, dont print ſon nom la ville d'Aptere, comme qui diroit deſaiſée, parce que les Sereines per-
dirent là leur pennage. Car Porphyre au traiſté de l'Ame, dit que les Grecs attribuent des aiſles aux
Muſes, & aux Sereines, à l'Amour & à Mercure.

Ces tourtes & ces gasteaux,
Tous ces fruicts & ces oyseaux
Sont plus sauoureux au goust,
Que tout le desguisement
Qu'on faict ordinairement:

Et qui est de si grand coust.
Qui veut viure simplement
Il vid aussi longuement,
Ce sont nos desreglemens
Qui nous abbregent nos ans.

LES

LES ESTREINES
DE VILLAGE.

ARGVMENT.

*E TABLEAV est du mesme tiltre (ʒ̄ɪᶰ̄ᵃ) & presque du mesme
subiect que le dernier du precedent liure: car il nous represente icy force
gibier & volatille, auecques de la tartre, des gasteaux & foüasses des
champs: de bonnes herbes seiches, & des semences en lieu d'espiceries,
selon l'vsage d'alors, pour mettre és sauces: des fruicts d'hyuer, auecques autres semblables morsiailleries & harnois de gueule, que le censier apporte pour les estreines à
son maistre; quelque gros maschefouyn de bourgeois viuant de ses rentes: lequel n'a
plus d'autre exercice que le pot & le verre, à iouyr en aise & repos des biens acquis au labeur de ses bras, ou à luy escheus par succession: & à se donner du bon
temps, auecques ie ne sçay quel Sallebrenaut son voisin, qui le courtise, & luy racompte les nouuelles du Palais, ou de la Porte-baudet, sur la poire & sur le fromage, pendant que les marrons rostissent. Le tout à l'exemple de ces Drolleries
qu'on apporte de Flandres; plus plaisantes aucunesfois (quand elles partent mesmement d'vne bonne main) que ny les paisages, ny les peintures historiées: lesquelles ces menus ioyeux fatras de varietez, & desguisemens semez parmy, à guise de
quelques petits entremets, rendent d'autant plus recommendables, que sans cette di-
uersification dont la nature est si curieuse, les plus belles & parfaictes choses languis-
sent ordinairement à nos sens: voire nous viennent à vn contre-cœur & mespris.*

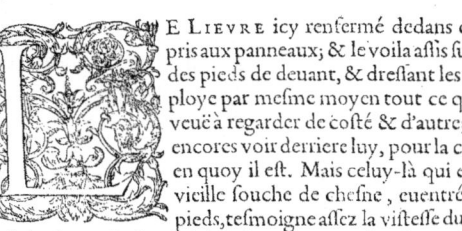

E LIEVRE icy renfermé dedans cette cage, a esté
pris aux panneaux; & le voila assis sur son cul, battant
des pieds de deuant, & dressant les aureilles: qui employe par mesme moyen tout ce qu'il peut auoir de
veuë à regarder de costé & d'autre; & voudroit bien
encores voir derriere luy, pour la crainte continuelle
en quoy il est. Mais celuy-là qui est attaché à cette
vieille souche de chesne, euentré & pendu par les
pieds, tesmoigne assez la vistesse du leurier qui l'a pris,
& le barbet qui est couché soubs cet autre arbre se reposant, nous manifeste que c'est luy seul qui a pris les canards que voila au croc pres le lieure.

Vu

Comptons-les doncques. Dix, & autant d'oyes, qu'il ne faut point manier autrement, car tout l'estomach est plumé, pour raison de la graisse qui abonde ordinairement là audroiĉt és oyseaux de riuiere. Or si vous aimez le pain leué, ou la foüasse, cela n'est pas gueres esloigné de vous en cette corbeille. Et si vous auez besoin de quelques appetits & desguisemens, tout cela y est; car il y a du fenoüil, du persil, & pauot meslez parmy, qui est la vraye sauce du sommeil. Que si vous auez plus le cœur à la viande, ayez patience que les cuisiniets l'ayent apprestée, & mangez ce-pendant de ce qui n'a passé point par le feu. Pourquoy dôcques ne vous iettez vous sur ces fruiĉts qui font meurs, dont en voicy vn grand tas en l'vn & l'autre de ces panniers? Ne sçauez-vous pas bien que tout soudain vous ne les pourrez plus auoir tels, mais seront desia desfleurez & flestris? Ne mesprisez point quand & quand ces entremets, & la desserte; si d'aduanture vous estes curieux de mesles & de chastaignes, autremét glands de Iupiter; qu'vn arbre le plus vny & lissé de tous autres, produit en vne espineuse & laide chaloppe, indigne d'estre nommée. Que le miel au surplus s'en voise cacher deuant ces cabas de figues: & s'il y a quelques dragées ou confitures, que vous reputiez si plaisantes au goust: car ce fruiĉt est encores reuestu de ses fueilles propres, qui le rendent plus beau. Ie croirois certes, quant à moy, que la peinture apporte ce present au maistre de l'heritage; lequel paraduanture est maintenant à l'estuue, muguettant quelque bouteille de Pramnien ou Thasien: encores qu'il ait la commodité de boire du vin doux à sa table: mais c'est afin que redescendant à la ville, son haleine sente mieux la raffle, & sa faineantise, & qu'il en parfume les Citoyens.

ANNOTATION.

LE Lievre *attaché à cette vieille souche de chesne, tesmoigne bien la vistesse du leurier qui l'a pris.* Ceux qui practiquent & font profession de la Chasse sçauĉt assez, que la plus part des leuriers gentils ne courent point si ardemment vn lieure pour le desird'en manger, comme pour vne certaine antipathie & inimitié qui est entre ces deux manieres d'animaux, ainsi qu'en la plus-part des choses du môde: là où tout au rebours il y a certaine alliance & conformité insensible qui les ioint, lie, & vnit ensemble; telle que nous pouuons voir de l'Aymant auecques le fer; de l'Ambre iaune auecques la paille; de la Naphthe auecques le feu; du Palmier masle à sa femelle; des Vignes aux Ormes; de l'Oliuier au Myrte & Figuier; & d'vne infinité d'autres choses, que l'appetit & instinĉt naturel tire à soy par vne cause latente & à nous incogneuë, dôt il est bien mal-aisé d'assigner aucune valable raison: cherchant chacun en son endroit ce qui luy symbolise & conforme. Ce qui auroit meu quelques-vns des plus grands Philosophes, Empedocles, Democrite, & Heraclitus entre les autres, d'estimer que tout alloit & se gouuernoit par la voye d'amitié & inimitié, & des inclinations à l'vn ou à l'autre de ces deux contraires: & à la verité cela se doit resoudre ainsi pour le regard des choses insensibles, & irraisonnables. Car quant à l'homme capable & pourueu de raison, pource qu'elle change ordinairement, varie, modere, & dispose comme bon luy semble, au moins si elle est la superieure, toutes les affeĉtions & appetits incorporez en nous de la nature, c'est vne consideration à part, & en faut discourir tout d'vne autre sorte. Mais en tant que du corps, nous auons grande affinité auecques les bestes brutes, aussi y a il beaucoup d'affeĉtions communes, & qui se peuuent fort distinĉtement remarquer estre semblables és vns & aux autres; comme mesme cette emulation, & desir d'exceller dont parle Hesiode au premier des Iours & Ouurages.

MESIODE· καὶ χεραμεὺ κεραμεῖ κοτέϊ, καὶ τέκτονι τέκτων·
καὶ πλωχὸς πτωχῷ φθονέϊ, καὶ ἀοιδὸς ἀοιδῷ.

Laquelle les anciens sages d'Egypte souloient representer par vn lieure estouffé deuant les leuriers;

uriers; qui s'abstenoient d'y toucher. Ce que Plutarque au traicté *de l'aduis qui peut estre aux ani-maux de la terre & de l'eau,* a touché ainsi. οἱ δὲ τὰς δασυπόδας διώκοντες· ἔαν μὴ τὰ αὐτοι κτίνωσιν, ἥδονται διαρτῶντες, ᾗ τὸ αἷμα λάπτεσιν περὸ ἡμῶν, &c. *Que si les chiens en courant le lieure viennent à le mettre à mort, ils se restouiyssent bien de le deschirer, & tous resbaudis en lappent le sang. Mais si le lieure, comme soulent il aduient, se voyant hors d'espoir de se sauuer, s'outre d'haleine pour se furlonger d'eux le plus qu'il peut, & par ce moyen demeure estouffé sur la place, les leuriers alors le trouuans mort, ne luy touchent en sorte quel-conque, ains s'arrestent autour de luy, demenans la quené, comme s'ils n'auoient pas couru pour friandise de sa chair, mais pour contenter seulement du prix de la course.*

SI VOVS *aimez le pain leué ou la foüasse.* Il y a au Grec; ἡ δὲ ᾖ ζυμίτας ἄρτὂς ἀγαπᾷς, ἢ τὸ Ϛα-Ϛλώμοις. Quant au pain leué il n'y a point de difficulté en cela, pour le regard du general: mais ὀιτταϛλώμοις, estoit vne autre maniere de pain, tel qu'on vse à Rome, appellé *Cacctatelle.* Qui sont petits pains ronds de la grosseur d'vn esteuf, attachez l'vn à l'autre par vne queue; au nombre le plus communément de huict, comme le mot Grec l'emporte: & pour ce que c'est toute croufte tendre, il n'y a rien de plus friand ny delicat que cela. Mais d'autant que nous n'en vsons point par deçà, & n'auons mot pour l'exprimer, i'ay mis fouassse, pour tousiours tenir lieu d'autant en quelque varieté, veu que la chose n'est pas de si grande importance: aussi que c'est toute pastis-serie de village; parquoy il me suffit de l'auoir remarqué en l'annotation. De maniere que le pain leué deuoit estre comme à nous le chanteau du gros pain: & le ὀιτταϛλώμοις, le pain de bouche. Hesiode au second des Ouurages & Iournées, *le mel pour l'vfage & la pitance du laboureur:* ἄρτον δαιτπίειμας τε τράπεφον, ὀιτταϛλώμοι. Voyez plus amplement Athenée au troisieme liure, chapi-tre 15. 16. 17. & 18.

SI VOVS *auez besoin de quelques appetits & desguisemens.* Au Grec, ᾗ εἰμὴ ὄψον τὶ πρεζαις. Le mot d'ὄψον est fort equiuoque enuers les Grecs (les Latins dient *opsonium*) & signifie plusieurs choses; mais principalement ce que nous appellons pitance, les Italiens *companatico*; à sçauoir tout ce qui en nostre manger accompagne le pain: entendez de la viande cuitte, comme chair ou poisson. Athenée au premier chapitre du septiesme liure, dit: *Qu'en certain souper ayant esté* ATHENÆE *apportées plusieurs sortes de poissons grands & petits, habilleZ tous disferemment; Myrtilus s'escria là dessus: A la verité, mes amis, à bon droict le poisson pour sa friandise & goust sauoureux, surpasse tous les autres mets & seruices que vous appellez* ὄψα, *& a tres-bien merité luy tout seul d'emporter ce nom: car nous appellons proprement* ὀλοφάγες, *non ceux qui appetent le boeuf, ainsi que souloit faire Hercules, lequel auecques de la chair de boeuf mangeoit des figues toutes vertes: ne par, illement ceux qui sont friands de figues, comme estoit le Philosophe Platon, ou Arcesilaus de raisins; mais ceux qui frequentent la poissonnerie.* Ce qu'il doit auoir pris de mot à mot, du liure & question quatriesme des Symposiaques de Plutarque, & luy par-aduanture de quelque autre. Et au huictiesme, question sixiesme, il dit que ὄψον est venu de ὀψᾲ qui signifie le vespre ou le soir; pource que les anciens ne souloient tout le long du matin pren-dre autre refection, qu'vn peu de pain trempé dans du vin, pour refraindre les abbois de l'esto-mach, & rabattre les fumées du manger & du boire du soir precedent (nous appellons cela communément prendre du poil de la beste, venu de l'obseruation de mettre du poil du loup ou du chien, sur la morsure qu'ils auroient faicte, & d'escacher le scorpion sur le propre endroit qu'il auroit picqué) & se reseruer à la repaistre & faire bonne chere à souper, où toute la viande solide & la pitance estoient remises pour tirer les grands coups, comme l'on faict encore en Italie, & Allemaigne: Mais c'est ordinairement desia bien auant en la nuit: De maniere que le dernier traict estoit celuy qui tedoit par maniere de dire, les bras au sommeil, comme s'il l'eust voulu appeller à luy, & faire vn passage immediate de l'vn à l'autre. Ce qu'il mot Allemand de *Schlofftrunk* emporte, c'est à dire, boire du dormir.

ET DV *pauot meslé parmy.* Ce sont icy des appetits vn peu estranges, que Philostrate nous propose presque conformes à cette Tourte ou *Moreium,* descrite fort elegamment par Virgile. Dont ie croirois bien qu'il se pourroit recouurer maintenant quelque autre sorte de pastisserie vn peu plus friande & agreable: neantmoins il s'en faut tousiours rapporter au proverbe, *Similes habent labra lactucas.* Quant au pauot mentionné icy, puis qu'il est question d'en vser en man-geaille, il semble que ce doiue estre le domestique, qui se seme & cultiue; duquel parle Diosco-ride au quatriesme liure, chapitre sixiesme. Μήκων ἡ μὲν τις ἔστιν ἥμερος, κηπευτὴ, ἧς τὸ σπέρμα ἀρ- DIOSCORI. τοποιεῖται εἰς τὰς ὑγίεια χρήσεις, καὶ σὺν μέλιτι δὲ ἀντι σησάμινς αὐτῷ χρῶνται, χαλεῖται δὲ φυλακίτης. *De l'espece du pauot qui se seme, & croist ès iardins, la semence se pestrist & empasse en vne maniere de pain, dont peuuent vser les gens sains. On s'en sert aussi auecques du miel en lieu de Sesame, & s'appelle Thylacites.* Pline au 19. liure, chapitre 8. *Papuueris satiui tria genera: Candidum; Cuius semen testum in secunda* PLINE. *mensa cum melle apud antiquos dabatur. Hoc & panis rustici crustæ inspergitur, affuso oui inhærens: Vbi in-feriorem crustam Apium Githque cereali sapore condiunt.* Ce qui est (à mon aduis) que Philostrate veut dire icy. Car toutes les autres especes de pauot sont plus propres à la medecine, que pour vne viande & mangeaille de personnes saines.

NE MESPRISEZ *point quand & quand ces entremets & la desserte.* Au Grec, καὶ μηδὲ τραγημάτων ὑπειδης. Le mot de τραγήματα enuers les Grecs est proprement ce que nous disons la desserte; Qui consiste de fruictages, pastisseries, compostes, confitures & dragées, qui en ont pris leur nom. Mais les anciens n'auoient pas l'vsage du succre, au moins si commun & vulgaire comme à cette heure. On les appelloit aussi πέμματα, comme le tesmoigne Aulugelle au treiziesme liure chapitre vnziesme. *Quæ τραγήματα Græci, aut πέμματα dixerunt, ea veteres nostri Bellaria appellauerunt. Vina quoque dulcia est inuenire in Comædijs antiquioribus hoc nomine appellata: dictaque esse ea Liberi Bellaria.* Duquel vin doux Philostrate parle tout incontinent apres. Et ἐπιδορπίσματα encore, qui estoit côme quelques manieres de Marsepan à nous; & de Codignac, Coriandre, ou Aniz, pour clorre le past, & l'estomach. Philipides en l'auaricieux, dans le 14. d'Athénée.

πλακοῦντες, ἐπιδορπίσματ᾽, ὠὰ σησαμα,
ὅλω λέγοντα μ᾽ ἐπιλίποι τὴω ἡμέραν.

Tourtres, dragée, & œufs, sesame, à racompter
Le iour me desfaudroit si les voulois compter.

Plus, Diphilus en la Telesie.

τράγμα, μυρτίδες, πλακοῖς, ἀμυϑδαλαj·
ἐγὼ ἢ ταῦθ᾽ ἥδιςα γ᾽ ἐπιδορπιζοίμην.

Platon dans le Critias ou Atlantique les appelle μεταδόρπια : pour ce que cela venoit apres le souper. Et à ce propos Tryphon escrit, qu'anciennement la coustume estoit d'apposer & seruir à part, la portion de chacun des inuitez auant qu'ils fussent assis, & puis apres leur apporter tout plein de menus entremets & desguisemens, qui auroient pour cette occasion esté appellez ἐπιφορήματα, comme qui diroit *Illations ou apportemens.* Et Philyllius au Cureur de puits, parlant de la desserte de son temps, ἀμύγδαλα, κάρυα, ἐπιφορήματα.

SI D'ADVANTVRE *vous estes curieux de mesles, & de chastaignes, autrement glands de Iuppiter.* Ce qui suit tout incontinent de l'escorce espineuse de ce gland de Iuppiter, Διὸς βαλάνος, monstre assez que ce doit estre vne chastaigne ou vn marron, comme ie l'ay tourné. Ce que confirme Gaza au troiziesme de l'histoire des Plantes. Et Pline au seiziesme liure chapitre dix-neufiesme: *Aquas odere Cupressi, iuglandes, castaneæ.* Quasi *Iouis glandes.* Neantmoins au treiziesme precedent, il dit que de son têps mesme, en Espagne, on souloit à la desserte presenter du gland. *Quin & hodiéque per Hispanias secundù mensis glans inseritur.* N'estant point au reste chose fort nouuelle ny estrange d'en faire du pain, comme il dit au propre endroit.

MVGVETANT *quelque bouteille de bon vin Pramnien ou Thasien.* C'estoient deux des plus celebres & excelléns vins de toute la Grece, comme on diroit maintenant de la Maluoisie de Candie, & du vin de Scio ou de Romanie. Homere en l'onziesme de l'Iliade, fait mention du Pramnien, quand Nestor remmene sur son chariot Machaon nauré par Páris d'vne flesche barbelée; luy prepare vne fort estrange maniere de breuuage, qui seroit bien nouueau aux Medecins & Chirurgiens de maintenant pour vne personne blessée.

HOMERE.

ἐν τῇ ῥά σφι κύκησε γυνὴ εἰκυῖα θεῆσιν,
οἴνω Πραμνείω, ἐπὶ δ᾽ αἴγεον κνῆ τυρὸν
κνήςι χαλκείη, ἐπὶ δ᾽ ἄλφιτα λδυκὰ πάλυνε.
πινέμεναι δ᾽ ἐκέλδυσεν, ἐπεί ῥ᾽ ὥπλισσε κυκεῖ.

ATHINEI.

Dans ce grand hanap la belle Hecamide verse de bon vin vieil Pramnien, & racla dessus du fromage de cheure auec vn egregeoir d'airain, puis saupondra le tout de fleur de farine; luy faisant boire cette maniere de ptisanne ou bouchet, apres l'auoir preparée. Athénée là dessus au 4. chapitre du 1. liure, dit *Qu'il ne se faut pas esmerueiller si les corps de ceux qui sont nourri & exercitez de longue-main à la sobrieté & à la peine & tolerance, ne sont point subiects à inflammation, puis que Homere introduit Nestor, le plus aagé, le plus sage aussi & experimenté de tous les Grecs, presentant du vin à Machaon, blessé tout fraischement à l'espaule, & du Pramnien encores, qui est vn gros vin fort de grand nourrissement: non pour le desalterer, car cela n'y eust pas esté propre, mais pour le remplir & r'auigorer; luy qui estoit peut-estre à ieun, & extenué par l'assiduité du trauail, & le peu de nourriture qu'il prenoit.* Et au 23. ensuiuant; *Le vin vieil (dit-il) ce qui auroit peutestre meu les interpretes de tourner vieil pour Pramnien) n'est point tant seulement pour plaise au goust, mais fort à propos pour la santé, encores bien plus que n'est le nouueau: parce qu'il aide la digestion; & estant subtil, se respand & communique facilement à toutes les parties du corps: renforce la personne ; fait bon sang ; & cause des songes non partroublez ne confus.* Toutesfois au vingt-septiesme chapitre du mesme liure, expliquant plus particulierement ce vin cy, il en parle en cette sorte. *Le vin Pramnien, selon que le tesmoigne Eparchides, croist en l'isle d'Icarie, anciennement appellée Ichthyoessa, de l'abondance du poisson qui s'y pescoit.* (Elle est en l'Archipel ou mer Egée, maintenant dicte Nicaria en vulgaire.) *C'est vne espece de vin qui n'est pas doux ny espois, mais rude & aspre au goust; & au surplus excellemment fort sur tous autres: de sorte qu'il n'est guere agreable aux Atheniens, comme l'escrit le Comique Aristophanes: Que le peuple d'Athenes ne se plaist point és Poëtes aigres, serrez & succincts; & aussi peu des vins Pra-*
niens

uiens rudes, qui fronssent les sourcils, & resserrent le ventre; mais de l'*Anthosmie*, & autres delicats breuuages: laquelle *Anthosmie* se composoit d'vne partie d'eau salée, auecques cinquante parties de moust, de
quelque icune vigne & nouuelle plante. Il dit dauantage au chapitre ensuiuant de l'authorité de Semus. *Qu'en cette Isle d'Icarie y a vn rocher appellé Pramnum, dont a pris son nom le vin qui croist là dessus,
le long d'vne coste de grande estendüe. Les autres l'appellent Pharmacites; & la vigne est ditte sacrée des
estrangers qui le viennent enleuer. Mais ceux de la ville d'Oenoa, qui est en la mesme Isle, l'appellent Diony-
sias, Didymus, Pramnia. Les autres alleguent que le vin Pramnien est toute espece de gros vin rouge fort
chargé de couleur: dit ainsi du verbe,* ϖραμνέω, *par ce qu'il est de garde. Mais Pline au quatorziesme
liure, chapitre quatriesme, parle d'vn autre Pramnien qui croist en la contrée de Smyrne, pres le
temple de la mere des Dieux.*

AV REGARD du vin Thasien; Aristophane au Plutus. ἐβάσιον ἐπίχεας, εἰκότως γα νὴ Δία. *Si tu
me versois du Thasien, & à bon droict par Juppiter.* Et Alexis dans Athenée. Θασίοις ἢ Λεσβίοις οἰναρίοισι
τὰς ἡμέρας. Plus Archestratus.

οὖτ᾽ ἢ χρὴ Θάσιος πίνειν ἀριαίος, ἐὰν ἢ
πολλαῖς πρεσβύτερον ἐτέων πεπανωμένος ὥραις.

Pline à ce propos au septiesme chapitre du quatorziesme liure, parlant des vins qui s'apportoient d'outremer en Italie, met apres les deux tāt celebrez par Homere, à sçauoir le Pramnien
& Maronéen, celuy de Thasos, & de Scio, appellé l'Aruissime, & le Lesbien: auecques quelques autres encore de moindre prix & recommendation. Il constitue au reste deux especes dudict Thasien bien differentes; par ce que l'vn prouoque le dormir, & l'autre l'empesche & le chasse. Ce que confirme Athenée liure premier, chapitre vingt-neufiesme, où il allegue Theophraste, qui dit le vin estre merueilleusement delicieux en Thasos, pour ce qu'ils le mixtionnent,
mettans dedans de la sleur de farine destrempée auecques du miel. Somme que ces vins de Grece estoient anciennement en telle estime & recommendation, que Pline au quatorziesme chapitre du mesme liure, dit qu'on en souloit donner qu'vn seul coup és plus somptueux festins &
banquets. *Tanta verò vino Græco gratia erat, vt singulæ potiones in vno conuiuatu darentur.* Mais depuis
on trouua moyen de le domestiquer au territoire de Naples; & est ce qu'on appelle maintenant
le Grec de Some, les Latins *vinum Falernum*: le plus excellent à la verité, & le plus sain qu'on
puisse boire.

Vu iij

L'homme pourroit-il bien racompter l'origine   Qu'il porte dedans l'ame,
De l'essence Diuine?   Au lieu qu'ils le deuroient porter à l'adorer,
Luy qui ne comprend rien en son entendement   Seruir & reuerer,
Sans vn commencement?   Le rendent bien souuent beaucoup plus curieux
Toutesfois les rayons de la Diuine flame   Qu'il n'est deuotieux.

                                                  LA

LA NAISSANCE
DE MINERVE.

ARGVMENT.

SI LES GRECS *en leurs Mythologies et fictions fabuleuses eußent par tout außi heureusement rencontré comme en la procreation de Minerue, nous ne ferions pas gueres esloignez les vns des autres, pour le regard des emanations diuines, & du treßainct & sacré ternaire; l'vn des principaux points et articles de noßtre creance; voire comme la pierre angulaire foußtenant tout le fardeau du baßtiment. Car ceße filiation eßtant engendrée et produite du cerueau du grand Dieu, en son eternité auant l'eßtablißement des choses, auant tout ordre de temps, il n'y a point de difficulté que ce ne soit & à eux & à nous la Sapience d'iceluy, laquelle ils expriment par ce mot de* λόγος, *que les Latins appellent* Verbum, *comprenant la raison et la parole. Parce que tout ainsi que noz ratiocinations et discours s'eßtans spirituellement formez en noßtre secrette imaginatiue et entendement, dont le principal siege eßt au cerueau comme au donjon de tout le corps (cecy eßt le pere, & cela, le fils ou* Minerue, *la premiere emanation de la Diuinité:* Prima mens, primus Dei filius, *comme l'appelle außi* Macrobe.) *Ils se viennent puisapres à manifeßter & mettre en euidence sensible par la parole articulée; qui symbolise auec l'incarnation du verbe; lequel s'eßt finalement donné à cognoißtre à nous,* formam serui accipiens, *assauoir chair humaine: La conception en eßtant spirituelle, & la naißance corporelle; tout en la mesme sorte qu'eßt la parole: qui a vn corps vni inseparablement auec l'intention du dedans dont elle procede; ainsi que l'ame enueloppée dedans son escorce icy bas. L'vniuers doncques eßt en lieu du pere: & la mente, du fils; car nous n'auons dequoy exprimer proprement ce mot* νοῦς *ou* Mens, *tous deux escripts par quatre lettres außi bien comme* מים, *le* Tetragrammaton *des Hebrieux; que les Platoniciens appellent l'ame du monde; les Poëtes* Minerue; *nous, la sapience du Pere, son Fils vnique;* Per quem fecit & sæcula, *dit l'Apoßtre: Et Hermes conformement à cela au quatriesme du* Pimander: Vniuerfum mundum verbo non manibus fabricatus eßt opifex. *Lequel eßt party du cerueau du Pere, & encore du plus haut sommet d'iceluy, selon que veut* Chryßppus; *à ßauoir du ciel Olympe:* A summo cælo egreßio eius; *pour se venir incar-*

ner icy bas corporellement d'vne mere sans pere , comme sa premiere genera-
tion eternelle là haut , estoit d'vn pere sans mere. L'esprit puis-apres qui vinifie
& maintient toutes choses, est la tierce personne , & seconde emanation : signi-
fiée par les deux ℸ He au Tetragrammaton dessusdit, pour monstrer que cest
esprit procede de l'vn et de l'autre.

> Spiritus intus alit, totámque infusa per artus
>> Mens agitat molem, & magno se corpore miscet.

Assauoir de l'vniuers: auquel se rapporte le Microcosme ou petit Monde formé de
la propre main du souuerain Createur, du ternaire dont il consiste, assauoir l'ame,
l'esprit, et le corps. Lequel ternaire les Pythagoriciens ont atribué à Minerue, auec
le triangle aux costez esgaux ; chacun d'iceux party en deux moitiez toutes pareil-
les par vne ligne perpendiculaire.

OR IVPPITER apres la guerre des Titanes , ayant par l'aduis de la
Terre , mere de toutes choses, & du consentement vniuersel des autres Dieux,
esté esleu pour regir l'Empire du haut Olympe , espousa en premieres nopces la
Deesse Metis , la plus sage & prudente qui fust ny au ciel ny en la terre:
laquelle estant sur le point d'enfanter Minerue , Iuppiter par l'admoneste-
ment et conseil du ciel estellé , & de la terre , la preuint par belles parolles , &
la deuora tout ainsi grosse qu'elle estoit ; de peur que l'enfant qui en prouien-
droit ne le depossedast de son throsne. Car les destinées portoient , que d'elle en
deuoient venir deux merueilleusement sages: assauoir Minerue aux yeux azu-
rez, d'vne mesme force et prudence auec son pere. Ἴσον ἔχουσαν πατρὶ μένος καὶ ἐπίφρο-
να βουλήν , dit Hesiode, dont rien ne se sçauroit trouuer de plus conforme à l'ho-
mousie & consubstantialité du Fils auecques le Pere. Et Horace encore , mais
non si nettement du tout.

> Vnde nil maius generatur ipso:
> Nec viget quicquam simile aut secundum:
> Proximos illi tamen occupauit
>> Pallas honores.

Rien de plus grand ne s'engendre
Que luy: Rien ne se produist
A luy second ne semblable:
Mais les honneurs plus prochains
Aux siens , Pallas les occupe.

Et en second lieu vn fils magnanime, qui deuoit regner sur les Dieux &
les hommes. Mais Iuppiter l'enferma dans son ventre auant qu'elle l'eust pro-
duit en lumiere ; et se remaria auec Themis, dont il eut les belles Heures &
saisons de l'année ; Eunomie, Dicé, & Irené : plus les trois Parques ou Destinées;
Clotho, Lachesis, Atropos ; qui distribuent aux hommes mortels & le bien &
le mal. S'accointa par mesme moyen d'Eurynome fille de l'Occean, qui luy en-
fanta les trois Graces ; Aglaie, Euphrosyne, & Thalie. Puis de Cerés mere de
Proserpine, que Pluton rauit, en après de Mnemosyne, dont vindrent les neuf
Muses : & de Latone, Apollon, & Diane. Finablement il espousa Iunon ; de
qui il eut Hebé, Mars, & Lucine. Et enfanta à part soy de sa teste, la braue &
prudente Minerue ;

Sed su;

δ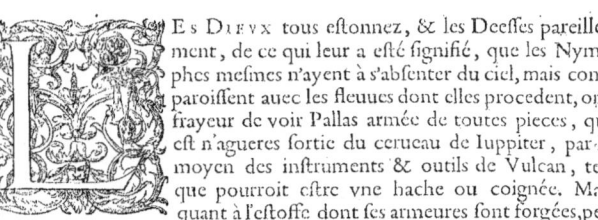

δηλώ, ἐγρεκύδοιμον, ἀγέςρατον, ἀτρυτώνω,
πότνιαν; ἣ κέλαδοί τε ἄδον πολεμοί τε, μάχαι τε.

Voila ce qu'en met Hefiode: & Philoſtrate le racompte comme il s'enſuit.

ᴇꜱ Dɪᴇᴠx tous eſtonnez, & les Deeſſes pareillement, de ce qui leur a eſté ſignifié, que les Nymphes meſmes n'ayent à s'abſenter du ciel, mais comparoiſſent auec les fleuues dont elles procedent, ont
frayeur de voir Pallas armée de toutes pieces, qui
eſt n'agueres ſortie du cerueau de Iuppiter, par le
moyen des inſtruments & outils de Vulcan, tels
que pourroit eſtre vne hache ou coignée. Mais
quant à l'eſtoffe dont ſes armeures ſont forgées, per-
ſonne ne le deuinera pas aiſément; Car elles imitent de leur reſplendiſſante lueur toutes les varietez des couleurs diuerſes, que l'on peut voir à
l'arc-en-ciel. Et Vulcan ſemble ſonger par quel moyen il pourroit gaigner la bonne grace de cette Deeſſe, d'autant que ſon amorce propre à
cela luy defaut icy, puis que ſes armes ſont nées auec elle. Quant à Iuppiter il hallette de ioye; comme ceux qui ſe ſont ſoubſmis à vn merueilleux trauail pour vne vtilité tres-grande: & tout enorgueilly d'vn tel
enfantement, contemple ſa fille par tout; dont Iunon n'a point autrement mal à la teſte, mais s'en reſioüyſt ny plus ny moins que ſi elle l'a-
uoit enfantée. Or voicy deſia deux nations, les Atheniens & les Rhodiens, qui en deux citadelles font des ſacrifices deſia à Minerue par terre & par mer; vrais originaires de ces deux contrées. Ceux-cy ſans feu,
& imparfaits: mais le peuple Athenien auec le feu, & le flair & vapeur
des victimes, dont la fumée eſt peinte icy comme ſentant le roſt, &
montant auec ſon odeur; au moyen dequoy la Deeſſe s'en eſt allée deuers eux, ainſi qu'aux plus ſages, & ſacrifians deüement. Et aux Rhodiens (à ce que l'on dit) il plut de l'or en telle abondance, que les maiſons & les carrefours en furent remplis: Iuppiter en ayant eſclatté ſur
eux vne groſſe nuée, pource qu'ils auoient auſſi recogneu Minerue. Pluton d'autre part, le Demon des richeſſes, plane au deſſus de ce Donjon;
peint volletant comme s'il venoit des nuées, & tout doré: à cauſe de l'e-
ſtoffe dont il eſt apparu: & voyant clair auſſi; car c'eſt par la prouidence
diuine qu'il eſt arriué deuers eux.

ANNOTATION.

ɪᴄᴇʀᴏɴ au troiſieſme de la nature des Dieux parle de cinq Minerues; la premiere il la dit eſtre mere d'Apollon: la ſeconde engendrée du Nil, que les
Egyptiens Saïtes reueroient. Plutarque au traicté d'Oſiris dit qu'en cette ville
de Saïs eſtoit vne image de Minerue ou Pallas auec vne telle inſcription. Ἐγὼ
εἰμι πᾶν τὸ γεγονός, καὶ ὂν, καὶ ἐσόμδμον· καὶ τὸν ἐμὸν πέπλον ὐδεὶς πωποτὸς ἀπεκάλυψεν.
ɪᴇ ꜱᴠɪꜱ ᴛᴏᴠᴛ ᴄᴇ ϙᴠɪ ꜰᴠᴛ , ᴇꜱᴛ , ᴇᴛ ꜱᴇʀᴀ : ᴇᴛ ᴍᴏɴ ᴠᴏɪʟᴇ ᴘᴀꜱ ᴠɴ ᴅᴇꜱ
ᴍᴏʀᴛᴇʟꜱ ɴ'ᴀ ᴇɴᴄᴏʀᴇ ɪᴠꜱϙᴠᴇꜱ ɪᴄʏ ᴅᴇꜱᴄᴏᴠᴠᴇʀᴛ. La troiſieſme celle dont il
eſt icy queſtion, procreée du cerueau de Iuppiter. La quatrieſme engendrée de luy en Pœ-

lyphe fille de l'Ocean ; les Arcadiens l'appellent Corefie, qui trouua l'vsage (ce dient ils) des chariots à quatre roües. La cinquiefme fille de Pallas, qu'elle tua pource qu'il la vouloit violer, & commettre incefte auec elle. On attribuë à cette-cy des ailles aux pieds comme à Mercure. Arnobius les racomptent aucunement differentes ; toutesfois Plutarque en la 13. queft. du 9. des Sympofiaques monftre n'en vouloir admettre qu'vne feule ; fuperintendente des armes, & des arts auecques Vulcan.

QVANT à l'Etymologie de fon droit nom A'θηνη, dont les Atheniens ont pris leur appel-lation, car elle en fut la premiere fondatrice, ayant emporté cela par deffus Neptune qui en difputoit auec elle, comme il a efté dit en fa fable ; les vns le veulent tirer de ἀτεῦ θηλάζειν, qu'elle ne tetta iamais ; parce qu'elle fortit en lumiere d'aage complet & robufte. Les autres de ἀθρέιν, quafi ἀθρόνα, prouidente, & clair-voyante, ou pluftoft ἀθρήνω, fans larmes ne lamentations, comme magnanime & vaillante qu'elle eft. Platon quafi θεονόη, de la diuine contemplation. Quelques vns de θηλόνθαι, s'exempter de feruir ; pour la liberté d'efprit, en quoy font les hommes prudens & fages : ainfi que dit Ciceron fuiuant les Stoïciens au cinquiefme Para-doxe : ὅτι πάντες οἱ σοφοὶ ἐλεύθεροι, πάντες δὲ μωροὶ δοῦλοι. Et plufieurs autres femblables : pluftoft fantaifies & imaginations que foliditez apparentes. Comme celle de Fulgentius qui l'inter-prete quafi ἀθάνατος παρθένος, immortelle vierge. (Mais il luy euft mieux vallu de fe retenir au feul adiectif, à caufe de l'affinité.) Et que la fapience rend les perfonnes immortelles : car le παρθένος n'y fert de rien. Les deriuations puis-apres du Latin Minerua ne font pas moindres. Ciceron de minuere ou minari, diminuer ou menacer ; à caufe de la guerre où fe diminue le nombre des hommes auant leurs iours, où tout eft plein de menaces. Comme l'interprete auffi Cornificius, de Moneve, admonefter ; eftant Deeffe de Prouidence & fage aduis, au tef-moignage des Platoniciens. Ifidore auffi au dixiefme de fes Etymologies en allegue fa rat-tellée ; & comme elle a inuenté l'vfage des toiles, de teindre les laines, de planter l'oliuier, de l'Architecture ; enfemble de la plus part des autres arts. Ce que confirme auffi Plutarque au liure de la Fortune, alleguant certains vers d'vn ancien Poëte. Mais c'eft pourautant que toute l'inuention des hommes part du cerueau : au moyen dequoy on la feint auoir efté procrée de celuy de Iuppiter. Arnobius au refte fur le rapport de ie ne fçay quel Granius, veut qu'Ariftote face Minerue vne mefme chofe auec la Lune, comme faifoient auffi les Stoïques, ce dit Plutarque au traicté des faces apparoiffantes dans le rond d'icelle. Tellement qu'on luy attribue çà & là infinis furnoms, qui ne font rien à noftre propos. Pour doncques y retourner ; voicy comme Homere defcript cette Natiuité en l'Hymne qui fe commence, Παλλάδ' A'θηναίην κυδρὴν θεὸν ἄρχομ' ἀείδειν. Ie VEVX chanter icy Pallas Minerue, l'illuftre Deeffe aux yeux verds ; d'vn grand fens & aduis, ayant vn cueur infflefchiffable ; vierge honteufe & pudique ; patrone des villes ; robufte Tritonienne : que le treffage confeiller Iuppiter a produitte de fon venerable chef, equippée d'armes belliqueufes, dorées, & reluifantes ; dont tous les Dieux qui la regardoient de-meurerent grandement esbahiz. Car cette cy en leur prefence faillit foudain de l'immortelle tefte, bran-lant vn aigu iauelot ; dont le grand Olympe fremit horriblement de cette impetueufe guerriere. La terre auffi en refonna de toutes parts ; & la marine partroublée & efmeuë arrefta court fes flots impetueux ; com-me auffi fit par vn long temps le lumineux fils d'Hyperion fes viftes cheuaux, infques à ce que la pu-celle Pallas Minerue eut mis bas de fes immortelles efpaules, les armeures de femblance diuine. A quoy le prudent Iuppiter prenoit vn tres-fingulier plaifir. Mais plus facetieufement affez Lucian felon fa couftume, traicte en fes Dialogues le myftere de cette naiffance.

VVLCAN ET IVPPITER.

Ƨ VCLAN.

VVLCAN. Qu'eft-ce qu'il faut que ie face (fire ?) Car ie viens fuiuant ton commandement, pour-ueu d'vne hache bien efmoulluë, encore qu'il fuft queftion de fendre les pierres en deux pieces. IVP-PITER. Cela va bien. Ramenant doncques vn grand coup de toute ta force, fends moy la tefte en deux moitiez. VVLCAN. Tu veux fonder par-auanture fi ie fuis point hors du fens. Mais commande à bon efcient ce qu'il me faut faire. IVPPITER. Ie veux que tu me partes cette caboche par le beau milieu. Que fi tu ne m'obeis en cela, tu t'apperceuras affez toft que ce ne fera pas la premiere fois que ie me fuis courroucé à toy. Mais frappe hardiment fans rien craindre, & tout de ce pas fans plus differer ; car ie meurs de douleur & trauail d'enfant, qui me tourne fans-deffus-deffoubs le cerueau. VVLCAN. Pen-fes y bien Iuppiter ie te fupplie, que nous ne facions point icy vn pas de clerc ; car cette hache eft bien affilée & tranchante ; & ne t'aydera pas à te deliurer comme pourroit faire Lucine ; fans vne grande ef-fufion de fang. IVPPITER. Frappe feulement (Vulcan) & ne te foucie, car i'ay pourueu à ce qu'il faut. VVLCAN. Malgré moy certes, ce neantmoins ie frapperay : Car qu'y feroit on autre chofe, puis que ie le veux & commandes ? Mais qu'eft-cecy ? Voila vne fille armée de toutes pieces. Tu dois auoir eu (Iuppiter) vn terrible mal à la tefte : & pourtant ce n'eft pas fans caufe que tu eftois ainfi chagrin & colere, de nourrir vne telle garce dans les meninges & ventricule de ton cerueau : & toute armée encore.

En

En bonne foy c'estoit vn vray camp que tu auois fais y prendre garde, & non pas vne teste. Mais la voila qu'elle saute, & si danse auec ses armeures, secouant sa rondelle, & branslant sa lance, comme si elle estoit esmeuё de quelque fureur. Et ce qui est bien le plus estrange de tout, elle est fort belle auec cela, & toute preste a marier: tant elle a esté forgée en peu de temps, auec ses beaux yeux verdoyans; & le morion qui luy donne vne fort bonne grace. Pasquoy fais m'en vn present Iuppiter, pour la peine que i'ay euё de t'auoir seruy de Sage-femme donne la moy en mariage. IVPP. *Tu demandes chose impossible, car elle veut à tout iamais demeurer vierge. Ie n'y contredis pas toutesfois autrement; à vous deux le debat.* VVLCAN. *Ie ne te demande autre chose: & pouruoiray moy-mesme au surplus; Car tout de ce pas ie l'enleueray.* IVPP. *Si cela t'est si aisé que tu penses, fais le à la bonne heure. Toutesfois ie sçay bien que tu desires ce que tu ne puis auoir.*

PHORNVTVS moralisant sur le fait de cette Deesse ou emanation diuine, l'appelle tout apertement l'intellect du grand Dieu; ne differant en rien de la Sapience qui est en luy: née au reste de son cerueau; parce que la principale partie de l'ame consiste. A propos dequoy sainct Augustin liure 7. de la Cité de Dieu, chapitre vingt-huictiesme, adherant à l'opinion des Platoniciens, escript que *Varron* a estimé les *Poëtes, qui selon leur coustume enueloppent de fictions tout le train de la Philosophie,* auoir entendu l'idée soubs l'appellation de Minerue, à cause que la Sapience du grand Iuppiter seroit née de son cerueau. Assauoir l'Idée premiere, & principal exemplaire ou patron du Souuerain ouurier, que l'Apostre dit estre *splendor gloriæ, & figura substantiæ eius;* de laquelle dependent puis-apres toutes les autres formes & Idées. Tellement qu'elle est consubstantielle à son pere, & de la mesme authorité & puissance. Ce que les Poëtes nous ont voulu signifier, ainsi qu'allegue le dessusdit Phornutus, quand ils luy ont attribué l'Egis, c'est à dire la targue & le plastron où estoit le redoutable chef de la Gorgone, aussi bien qu'à Iuppiter; & l'en ont faite participante esgalement auec luy. Homere au 5. de l'Iliade.

ἣ ἢ χθιζ' ἐνδῦσα Διὸς νεφεληγερέταο,
τεύχεσιν ἐς πόλεμον θωρήσσετο δακρυόεντα,
ἀμφὶ δ' ἄρ' ὤμοισιν βάλετ' αἰγίδα θυσσανόεσσαν.

Car il n'estoit loisible à pas vn de tous les autres Dieux de s'en preualoir ny accommoder. On attribué puis-apres à Minerue la Chouëtte & le Dragon; celle là pour la vigilance requise aux prudens personnages, suiuant ce que Iuppiter mesme nous enseigne dans le deuxiesme de l'Iliade, ὦ χρὴ παννύχιον εὕδειν βουληφόρον ἄνδρα. Dormir toute la nuict ne doibt l'homme d'affaires: Cettuy-cy, pource que c'est le plus cler-voyant animal de tous autres, & du plus grand guet, & meilleure garde. Elle est puis-apres la patrone & superintendante de toutes les arts, sciences & disciplines: parce qu'elles dependent de la ratiocination qui est en nous, logée principalement au cerueau, ou le grand Dieu par sa Sapience les a de tout temps inspirées & inspire: comme vne scintille ou parcelle du feu diuin allumé en nous, lequel feu representé par Vulcan, est celuy qui auec sa hache, c'est à dire son action, les fais sortir en lumiere, & les met à effect: Car Minerue est l'ingenieuse inuention de tous artifices qui prouiennent du discours; & Vulcan l'execution de ce proiect & dessein: parce que sans le feu toutes les arts demeureroient inutiles & manques en leur simple imagination; comme nous auons desia dit apres Platon, sur le Promethée en l'Hercules furieux. Et de fait auant l'inuention du feu, toutes les arts qui consistent en la pratique estoient comme enseuelies, & en puissance seulement, non encore accommodées en action. Ce qui auroit meu Horace au premier de l'Iliade à appeller Vulcan *excellent ouurier,* τοῖσι δ' Ἥφαιστος κλυτοτέχνης ἦρχ' ἀγορεύων. Et en vn autre endroit à ce propos de luy, & Pallas, ὃν Ἥφαιστος δίδαξε καὶ Παλλὰς Ἀθήνη, au dixhuictiesme il le fait estre accompagné d'vne trouppe de belles filles, remplies d'vne grande prudence, & effort; qui ont appris des Dieux immortels toutes manieres d'artifices & ouurages, qu'elles mettoient à execution denant luy.

ζωὸν δ' ἀμφίπολοι ῥώοντο ἄνακτι.
χρύσειαι, ζωῇσι νεήνισιν εἰοικυῖαι.
τῆς ἐν μὲν νόος ἔστι μετὰ φρεσὶν, ἐν δὲ καὶ αὐδὴ,
καὶ σθένος, ἀθανάτων δὲ θεῶν ἄπο ἔργα ἴσασιν.
αἱ μὲν ὕπαιθα ἄνακτος ἐποίπνυον.

Mais ce ne sont autres choses que les diuerses actions du feu, qui fond & ramollist vne matiere, & endurcist l'autre: faisant diuers effects, selon la proprieté & disposition du subiect sur quoy elles agissent & operent. Or plus apertement encore en l'hymne d'iceluy Vulcan.

Ἥφαιστον κλυτόμητιν ἀείδεο μοῦσα λίγεια,
ὃς μετ' Ἀθηναίης γλαυκώπιδος ἀγλαὰ ἔργα.
ἀνθρώπους ἐδίδαξεν ἐπὶ χθονός, οἳ τὸ πάρος περ
ἄντροις ναιετάασκον ἐν οὔρεσιν, ἠΰτε θῆρες.

νῦν δὲ δὴ Ἥφαιϛον κλυτοτέχνἑν ἔργα δαέντε,
ῥηιδίως, αἰῶνα τελεσφόρον εἰς ἐνιαυτὸν
ἄκηλοι ᾀρθμιοι ἐπὶ σφετέρσιοι δόμοισιν.

Chaute moy gratieuse Muse, Vulcan d'excellent conseil, lequel accompagné de Minerue a monstré icy bas
en la terre les beaux ouurages aux hommes mortels, qui habitoient auparauant és cauernes dedans les
montagnes à guise de bestes bruttes: & maintenant estans instruits par l'illustre Vulcan en toutes sortes
d'artifices, passent en paix & repos dedans leurs maisons le cours de leur aage, qui se termine par les
années. Plutarque au traicté de l'vtilité qu'on peut prendre de son ennemy dit, Que le feu est vn instrument de tous les artifices qui en sçait vser. Mais Eusebe les depart à luy & Pallas, attribuant à cette cy les belliques, & à Vulcan tous ceux qui dependent du feu. Dont Theodorit en
ses affections Grecques, le dit estre vsurpé des Grecs, pour les arts: pource que la plus part d'i-
celles dependent de son ayde & secours. Quant au surnom de Tritonie ou Tritogenie, qu'on luy
attribuë, il y a plusieurs differentes opinions là dessus, & toutes d'importance, qui se rapportent
au diuin Ternaire que les Pythagoriciens luy attribuent, tant és nombres qu'és figures: & mesmement les trois sortes de couleurs dont Fulgentius & Albricus, apres les anciens Poëtes Grecs
assortissent son vestement. Assauoir d'or, de pourpre, & d'azur: esquelles trois couleurs consiste
toute la nature; comme l'on le peut voir en l'arc-en-ciel, qui nous en est ainsi qu'vne monstre &
eschantillon. Car encore qu'il nous y semble discerner quatre couleurs; si n'y en a il neantmoins
que trois, le citrin, le pourpre, & le bleu. Soubs lesquelles estans plus chargées, en sont comprises trois autres plus simples; assauoir le iaune, l'incarnat, & le verd. Qui procedent des trois premieres; comme nous auons dit au chap. des bestes noires. Ces trois couleurs puis apres representent le triple monde; intelligible, celeste, & elementaire: & les trois sciences ou notions secretes d'iceux. La Cabale, Magie, & Chymie: de laquelle depend toute la Physiologie, qui sans le
feu est vne vraye chimere fantastique & imaginable, qui ne nous peut apprédre rien de solide, ny
resoudre de chose quelconque. Dont à bon droit Vulcan est aussi bien par Hesiode que par Homere, dit estre ἐκ πάντων τέχνησι κεκασμένον ἐγχαιόντων. Instruit de toutes arts plus que nul des celestes.
Pour le regard doneques des grandes transmutations spagyriques, ces couleurs representent l'Il-
lech, Iliaste & Archée. Le ciel ou ether, le feu, & l'air. Le iacynthe, le coral, & saphir. Le sel, le
souphre, & le mercure. Le Saturne, Venus, & eau permanente. Somme que non sans cause ces
trois couleurs sont attribuées au vestement de Minerue, inuentrice auec Vulcan de tous artifices: comme dit Pausanias és Attiques; que les Atheniens s'estans monstrez plus curieux que nuls
autres à ce qui concernoit la religion & seruice diuin, appellerent les premiers Minerue ἐργάνη,
c'est à dire, ouuriere, ou superintendante des artisans, à qui les Lacedemoniens erigerent vn temple,
comme il dit és Laconiques.
    LES DIEVX tous estonnez de ce qui leur a esté signifié, que les Nymphes mesmes n'oyent à s'absenter du
ciel. Cecy est pris du 20. de l'Iliade tout au commencement, où il y a ainsi.

Ζεὺς δὲ Θέμιϛα κέλευσε θεὸς ἀγορὴν δὲ καλέσσαι
κρατὸς ἀπ' ὀλύμποιο πολυπτύχου. ἡ δ' ἄρα πάντῃ
φοιτήσασα κέλευσε Διὸς πρὸς δῶμα νέεϛαι.
ὄτε τις οὖν ποταμῶν ἀπέην, νόσφ' Ὠκεανῖο,
ὄτ' ἄρα νυμφάων, ταί τ' ἄλσεα καλὰ νέμονται,
καὶ πηγὰς ποταμῶν, καὶ πίσεα ποιήεντα.

HOMERE.   Iuppiter commanda à Themis, d'assembler du haut sommet de l'esleué Olympe tous les Dieux au conseil:
au moyen dequoy elle allant de costé & d'autre leur ordonna de s'en aller au logis de Iuppiter: là où vn
seul de tous les fleuues ne se trouua à dire, fors l'Ocean: ne des Nymphes aussi qui habitent les belles forests,
& les sources des riuieres, & les herbeuses prairies arrousees d'eaux. Mais Philostrate l'applique à la
naissance de Minerue; là où le Poëte feint cela, pour faire demesler aux Dieux les partialitez &
inclinations qu'ils auoient à la guerre de Troye: les vns fauorisant aux Grecs, les autres aux
Troyens. Surquoy ils se vindrent finablement entrebattre à bon escient; Iuppiter leur ayant accordé ce duel. Mercure dans le Iuppiter Tragedien de Lucian assemblant les Dieux au consistoi-
re, cite ces mesmes carmes, & tout plein d'autres encores à ce propos, qu'il a cette fin escumez
çà & là d'Homere; le tout par moquerie & derision. STRABON au reste dit au neufiesme liure; Qu'en la ville d'Alalcomene prés la Bœoce, estoit encore de son temps vn temple de Minerue fort
soigneusement reuerée; pource qu'on estimoit ce lieu là estre celuy de sa naissance: tellement que cette ville ne fut oncques saccagée, pour le respect de la Deesse. Ce qu'a touché aussi Pausanias és Bœotiques;
mais vn peu differemment. Alalcomene (dit-il) est vn bourg non gueres grand, situé au pied d'vne
petite montagne, appellée ainsi d'Alalcomenes natif de cette contrée, lequel à ce qu'on racompte y nourrit Minerue. Au moyen dequoy Homere tout au commencement du quatriesme de l'Iliade
                                                                                              donne

donne cest Epithete ou surnom à Minerue; Ηρη δ'Αργειη, και Αλαλκομωνηις Αθλωη; de son fondateur Alalcomenes, qui le premier luy erigea vne statuë, ainsi que dit Stephanus au liure des
villes; & non pas ὑπο τε Αλαλκω, comme ont cuidé Aristarchus & Phurnutus, & ceux qui
ont tourné Homere en Latin: Car l'Epithete precedent au mesme vers de Iunon Argienne, monstre assez que celuy de Minerue se doibt entendre pareillement du lieu, & non de l'effect ou
pouuoir d'icelle. Toutesfois le mesme Pausanias ès Arcadiques allegue, Qu'en la ville d'Alphe-
ve estoit le temple d'Esculapius & Minerue; laquelle ils reueroient fort pour auoir esté née là (ce disoient
ils) & nourrie. Au moyen dequoy il y auoit aussi vn autel deslié à Iuppiter surnommé Lecheate, à cause qu'il y estoit accouché de Minerue. Iceluy Strabon au huictiesme liure met, que la naissance
de Minerue fut peinte par vn certain Cleanthes Corinthien au temple d'Alpheone, auec la destruction de Troye. Et en vn autre endroit du mesme lieu, par Aregon son coadiuteur & concitoyen, la Deesse Diane montée sur vn Griffon qui s'enleue au ciel; excellemment fort bien faits
tous deux.

DONT *Iunon n'a point autrement de mal à la teste.* Il dit que pource que Iuppiter auoit engendré en soy mesme Minerue, Iunon n'en eut point de ialousie, comme elle eust eu s'il se fust
ioué selon sa coustume (car il estoit bon compagnon) à quelque Deesse, Nymphe, ou femme
mortelle. Mais cela semble contrarier à ce passage icy d'Homere en l'hymne d'Apollon, ou Iunon s'en complaint ainsi.

> κεκλυτε μευ παντες τε θεοι, πασαι τε θεαιναι,
> ως εμ' απιμαζων αρχ νεφεληγερετα Ζευς
> πρωτος, επει μ' αλοχον ποιησατο κεδν ειδυαν.
> και νυν νοσφιν εμειο τεκε γλαυκωπιν Αθηνην.
> η πασιν μακαρεσσι μεταπρεπει αθανατοισιν.

*Oyez moy tous vous autres Dieux & Deesses, comme c'est l'assemble-nuë Iuppiter qui commence à m'ou-
trager le premier, de ce que m'ayant appellée à estre sa femme, moy qui sçauois bien que c'estoit de bien
& d'honneur, il a neantmoins maintenant enfanté sans auoir eu ma compagnie, Minerue aux yeux
verds, la plus aduenante de tous les bien-heureux immortels.*

OR VOICY *desia deux nations, les Atheniens & les Rhodiens, qui font des sacrifices à Minerue, &c.* Cecy semble auoir esté pris de la septiesme Olympienne de Pindare en l'Epode
qui se commence:

> τωι μεν ο χρυσοκομας
> ευωδεος εξ αδυτου ναων, πλοον
> ειπε Λερναιας απ' ακτας
> ευθεν ες αμφιθαλασσον
> νομον. CC.

*Le Dieu (dit-il) à la cheueleure dorée, ordonna à Tlepolemus de son bien encensé Sanctuaire, de faire voile
du riuage Lernean, & dresser la routte de sa flotte droit à cette conuiée qui est de toutes parts enclose de mer, là
où autrefois le grand Monarque des Dieux arrousa la ville d'vne neige d'or fin; quand Minerue par le moyen
de Vulcan à tous sa tranchante hache de cuiure, sortant hors de la teste de son progeniteur Iuppiter, s'escria
si estrangement, que le ciel, & la terre mere de toutes choses en eurent frayeur. Celuy à lors qui enlumine les
mortels (le clair Soleil) ordonna à ses chers enfans ceux de Rhodes; ce qui leur conuenoit faire pour le deuoir;
d'estre les premiers à dresser vn beau magnifique autel à la Deesse; à ce que luy faisans vn deuot sacrifice, ils res-
iouissent le pere, & sa grande hallebardiere de fille. Le reuerend Promethee leur trasoit quand & quand la
cognoissance & allegresse qu'ils deuoient auoir. Mais là dessus interuint ie ne sçay quel obscur nuage d'oubly, qui
destourna le droit fil de l'affaire hors de leur esprit; car ils monterent au temple de la Citadelle, sans auoir la semence de l'ardente flamme. Et ce-pendant qu'ils s'amusent autour de l'autel à des sacrifices despourueuz de feu,
Iuppiter ayant amené sur leur teste vne iaunastre née, pleut vne grande abondance d'or. La Deesse aux yeux
verds leur donna aussi de sa part, de surmonter en artifice de manu-factures tous les habitans de la terre; de
maniere que leurs ruelles & carrefours produisoient desia des ouurages semblables aux animaux qui ont vie.
Ce qui estoit vne fort belle & honnorable chose à voir.* Il dit cecy pource qu'à Rhodes se font autresfois
trouuez pour vn coup iusques au nombre de 73. mille statuës, comme dit Pline au sept chap. du
34. liure, & gueres moins à Athenes, & en l'Olympie. De maniere que c'est ce que Pindare, &
Philostrate apres luy ont voulu dire, que l'or estoit autresfois plu à Rhodes à la naissance de Minerue, comme l'a aussi touché Claudian.

> Au atos Rhodijs imbres nascente Minerua
> Induxisse Iouem perhibent.

Assauoir que par le moyen de leurs ouurages, & principalement des statuës, ils vindrent à acquerir de grandes richesses, & beaucoup de reputation. Mais ayans commis cette lourde faute d'ou-

blier à auoir du feu és premiers sacrifices qu'ils firent à Minerue, sans lequel on ne peut deuëment sacrifier, elle mescontente de leur lourde & grossiere ignorance se retira par despit en la ville d'Athenes; à qui elle donna son nom; & y fut fort soigneusement reuerée par ce peuple qui estoit habile, & de gentil esprit; ayant son temple au chasteau, soubs le nom de Parthenos qui veut dire vierge, & le lieu semblablement Parthenon, comme dit Pausanias és Attiques; & Plutarque en la vie de Pericles : là où il y auoit vne statuë de la Deesse, de la main du tres-excellent ouurier Phidias, toute d'or & d'iuoire de la hauteur de 26. coudées, qui reuiennent à 39. pieds. (Pline au 36. liure 5. ch.) L'escu de laquelle estoit ouuré d'vn tres-souuerain artifice; assauoir sur le bord d'iceluy, qui se reiettoit en dehors, la bataille des Amazones contre les Atheniens : & au champ se renfonçant en dedans, le combat des Geans & des Dieux; & au liege de ses pantoffles, la meslée des Centaures & des Lapithes. La moindre chose de tous ces petits enrichissemens estant tres exactement recherchée & parfaite, à pair du visage mesme de la Deesse.

PLVTON d'autre part le Demon des richesses. Les poësies semblent mettre quelque difference entre Pluton Dieu des enfers, fils de Saturne & de Rhea, & frere de Iuppiter & Neptune, & vn autre du mesme nom, lequel on dit estre Dieu des richesses, fils, selon Hesiode en sa Theogonie, de la Deesse Cerés, & de certain Iasius homme mortel.

Δημήτηρ μεν Πλοῦτον ἐγείνατο δῖα θεάων,
Ἰασίω ἥρωι μιγεῖσ' ἐρατῇ φιλότητι,
νειῷ ἐνὶ τριπόλω, Κρήτης ἐν πίονι δήμω,
ἐσθλὸν, ὃς εἶσ' ἐπὶ γῆν τε & θρέα νῶτα θαλάσσης,
πάσαν· τῷ δὲ τυχόντι, & ἔ κ' ἐς χεῖρας ἵκηται,
τὸν δ' ἀφνειὸν ἔθηκε, πολὺν τέ οἱ ὤπασεν ὄλβον.

HESIODE

Cerés l'excellente Deesse enfanta Plutus, s'estant meslée par amourettes au gentil Iasius dans vn champ trois fois labouré, en l'vn des plus fertiles cantons de Candie. Le bon Plutus (c'est assauoir) qui se promene tant sur la terre toute, que sur la spacieuse eschine de la mer : enrichissant celuy qu'il rencontrera en chemin, ou és mains duquel il viendra; & luy apportant vne fort grande beatitude & felicité. Dont Theognis à ce propos. ὦ σὺ μάτιω ὦ Πλῦτη θεῶν ἡμῶν μάλιςα. Pour-neant on ne t'adore ô Pluton tres-grand Dieu. Hyginus au 170. ch. l'appelle Iasion; Car il met vn autre Iasius qui fut pere d'Atalanta : & en son Astronomique, au ch. d'Arctophylax, il en parle plus amplement en cette sorte. Hermippus, lequel a escript des Astres, dit que Cerés s'accointa de Iasion fils d'Electra & de Corytus, au moyen dequoy quelques vns auecques Homere l'estiment auoir esté foudroyé. De Cerés & de luy, comme tesmoigne Petellides Gnosien qui a escript des histoires, naquirent deux enfans; Philomelus & Plutus : qui ne furent (à ce que l'on dit) pas gueres bien d'accord entr'eux : Car Plutus qui fut le plus riche ne voulut faire aucune part de ses biens à son frere; lequel contraint de la necessité vendit tout ce qu'il auoit, & en achepta vne paire de bœufs; qui fut la premiere charruë de toutes autres : & ainsi labourant & cultiuant la terre, se sustentoit. Cerés qui en admira l'inuention, le transla au ciel tout en la mesme sorte qu'il labouroit; là où il fut reduit au nombre des Astres, & appellé de sa profession Bootes. Les interpretes d'Hesiode accommodent cette fiction; prenans Cerés pour la terre, & Iasion pour le bon laboureur : duquel estant soigneusement cultiuée, elle luy enfante & produit le grain; la plus belle & vtile richesse de toutes autres. A quoy se conforme ce carme Grec.

HYGINVS

Σίτου καὶ κριθῆς, ὦ νήπιε, Πλοῦτος ἄριςος.

L'orge & froment sont le meilleur Pluton. AV RESTE Philostrate le dit icy estre doré ou d'or, & voit clair, là où les anciens auoient accoustumé de le peindre & descrire aueugle aussi bien que l'Amour; comme le marquent ces vers icy de Theocrite au 10. Eidyllion.

μεμάσθαι μ' ἀρχὴ τὸ τυφλὸς δ' οὐκ αὐτὸς ὁ Πλῦτος,
ἀλλὰ καὶ ὁ φρόντισος Ἔρως.

A cause qu'il depart ses richesses sans sçauoir où. Et Aristophane en la Comedie d'iceluy Plutus; l'introduit parlant ainsi.

ὁ Ζεύς με τωῦτ' ἔδρασεν ἀνθρώποις φθονῶν.
ἐγὼ γὰρ ὢν μειράκιον, ἠπείλησ' ὅτι.
Ὡς τοῖς δικαίοις & σοφοῖς & κοσμίοις, &c.

ARISTOPHANE

Iuppiter m'a ainsi attourné portant enuie aux hommes : Car moy estant ieune garçon ie le menaçay de m'en aller aux iustes, sages & modestes seulement : & il me fit aueugle, afin que ie ne peusse plus discerner pas vn de ceux là; tant il est enuieux des gens de bien. Mais l'occasion pour laquelle il est mis icy volletant dessus le chasteau d'Athenes, & ayant des yeux; semble dependre d'vne autre Comedie d'iceluy Aristophane : intitulée Lysistrate; où les femmes ayans conspiré de faire faire la paix à leurs mariz par force, ou qu'elles ne leur donneroient plus de iouïssance d'elles quelque enuie qu'il leur en prist; trouuerent moyen de s'emparer de ce chasteau où estoit le thresor de l'espargne, car sans les deniers

niers il ne leur euſt eſté poſſible de faire la guerre. Et à ce meſme propos Plutarque dit qu'en la
ſeule ville de Lacedemone, de toutes celles qui ſont ſoubs le Soleil, le Dieu des richeſſes eſtoit
en eſtroite garde ; aueugle neantmoins & giſant par terre, comme quelque choſe immobile &
ſans vie : à fin (comme dit le Philoſophe Theophraſte) qu'elles leur fuſſent à meſpris & ſans aucun reſpect ny honneur enuers eux. Car tout ainſi que les Atheniens en faiſoient cas, ayans inceſſamment le cueur & les yeux ouuerts à en amaſſer ; les Lacedemoniens ne s'en dônoient peine
à cauſe de la reformation & auſterité de leur vie. Pauſanias és Bœotiques parle d'vne effigie de la
Fortune, qui tenoit Plutus entre ſes bras en aage de petit enfant ; inuention à la verité fort gentille. Car la Fortune eſt celle qui a tous les biens & richeſſes en ſon maniment & diſpoſition. Mais
quant à l'autre Pluton qui partagea l'Empire de l'vniuers auec Iuppiter & Neptune ; & eſtoit eſtimé des anciens, Roy des enfers, & des principautez qui ſont en la terre ; des ames auſſi qui apres
la mort y deſcendent, & des vaſtes tenebres & perpetuelles obſcuritez qui ſont là endroit, on le
peignoit en cette ſorte, puis qu'auſſi bien eſt il icy queſtion de peintures. *Vn homme de viſage ter-*
rible, aſſis dans vne chaiſe de ſouphre ; tenant en ſa main droite vn grand Sceptre, *& de la gauche empoi-*
gnant vne ame. A ſes piéds eſtoit vn dogue cruel à trois teſtes fieres & eſpouuentables : & aupres de luy trois
Harpyes, munies de ſerres & griphes acerées ; & de grandes aiſles hideuſes, auec vne face de vierge benigne
de premier aſpect ; qui s'appelloient Aëllo, Ocypeté, & Celeno. De ce throſne de Souphre ſourdoient quatre fleu-
ues : Lethé, Cocythus, Phlegethon, Acheron : & ioignant iceux vn marez ou regorgement d'eaux appellé Styx,
A la main gauche de ce deſpiteux Monarque eſtoit ſa femme Proſerpine, d'vne face toute enfumée & mauſade ;
accompagnée de trois horribles Furies, toutes paſſe-filonnées de ſerpenteaux & couleurres ; Alecto, Teſiphoné,
& Megere : qui tourmentent les ames là bas aux enfers : & les hommes viuans encore en ce monde, quand ils
ont griefuement forfait, & meſme contre leur propre conſcience, laquelle ces impitoyables Deeſſes rongent tres-
cruellement. Plus les trois Parques ; Clotho, Lacheſis, & Atropos, qui diſpenſent toutes les deſtinées entiere-
ment des mortels. La premiere tenant la quenouille & filaſſe, l'autre le fuſeau qu'elle tourne, & la tierce qui le
couppe quand il luy plaiſt. Tel eſtoit l'equipage & la ſuitte de Pluton & de ſon eſpouſe.

X x ij

L'Araigne & la vie humaine,
Ont tous deux beaucoup de peine,
Et si on void bien souuent,
Que tout passe comme vent.
   Car si la premiere file,
Vne tissure inutile,
L'autre retort la douleur,

Qui luy cause son malheur.
   La toile de Penelope,
C'est celle qui l'enuelope,
En mille engoisseux ennuis,
Où elle passe les nuis:
Ne trouuant pour recompence,
En fin que la repentance.

LES

LES TOILES.

ARGVMENT.

Evx qui veulent discourir & fantasier sur les poësies d'Homere presupposent en premier lieu (comme la verité, est) ce diuin personnage n'auoir rien touché sans propos, et qui ne soit accompagné de quelque sens moral d'importance. Puis bastissans sur ce fondement, viennent à comprendre soubs ces deux excellens chefs-d'œuure de l'Iliade et de l'Odyssee, toute la fabrique et estat de l'homme, lequel consiste du corps et de l'ame : & tout le train de la vie humaine, qui gist ou en guerre ou en paix, tant par le dehors que par le dedans. L'Iliade representant la guerre, et les affections qui procedent du corps ; assauoir les partroublez, & impetueux mouuemens d'iceluy, designez soubs la personne d'Achilles, fier, hautain, orgueilleux, colere, despit, impatient, aspre, soudain, vindicatif, irreconciliable. Et par Helene d'un autre costé, les delices, voluptez lascious, desbordées concupiscences, charnels & lubriques comportemens, qui meinent Páris & tous les siens, assauoir l'homme sensuel & toute son adherence, à vne finale perdition & ruine. L'Odyssee est la paix qui suruient apres vne guerre, ordinairement plus farsie & semée (ainsi que nous l'auons assez practiqué puis seize ou dix-huict ans en çà) de calamitez, et miseres ; de fascheries sur fascheries, infortunes sur infortunes, peines, trauerses, dangers, mal-heurs, & ennuys, que n'est la guerre. Le tout neantmoins surmonté et vaincu à la fin par vne patience et temporisement ; par vne sage & caute dissimulation ; par vn meur conseil et aduis, dont Minerue assauoir la prudence, assiste continuellement Vlysses, l'homme sage & discret ; pourueu non d'vne impudique, follastre, & desbordée Helene, mais d'vne chaste, vertueuse & continente Penelopé. Laquelle ne se desment pas de son debuoir et fidelité coniugale à la premiere veuë de quelque frizé, frezé muguet estranger, pour vne absence de quinze iours ou trois sepmaines de son legitime espoux ; mais en attend le retour par l'espace de vingt ans continuels : les dix derniers sans en auoir nouuelles quelconques, parmy tous les outrages, insolences, molestes, importunitez, ennuyeuses poursuittes, peurs, craintes, menaces, et dissipations de son bien, qui se peuuent imaginer ; sans pouuoir en aucune maniere estre gaignée, fleschie, ne persuadée par vne trouppe des plus beaux ieunes hommes de toute la Grece ; des plus riches & illustres maisons, qui la prochassoient d'auoir en mariage ; non en absence, & par

X x iij

leurs meſſagers ℰ ambaſſadeurs; ains conuerſans ordinairement ſoubs vn meſ-
me toict, viuans en vne meſme maiſon; ℰ le feu (comme l'on dit communé-
ment) eſtant ſi prés des eſtouppes, que trop eſtrange merueille fut qu'il ne s'y priſt
de quelque endroit. De ſorte qu'il ſemble que ce ſoit vne choſe controuuée à plai-
ſir, pour ſeruir d'exemplaire ℰ miroüer à tout le reſte de ce ſexe infirme, plus-
toſt qu'vne hiſtoire veritable: tant il ſe voit de conſtance ℰ de fermeté en cette
ieune, ſimple, ℰ debile femmelette, deſemparée de tout appuy, ſecours, conſola-
tion, aide, confort ℰ maintenement pour pouuoir reſiſter à vne telle tempeſte ℰ
orage, dont elle fut par vn ſi long temps aſſaillie ℰ enueloppée de toutes parts.
Tant il y a à remarquer de ſageſſe, fidelité, ℰ prudence en elle à diſſimuler ℰ
gaigner le temps: ores s'excuſant ſur vne choſe; ores ſe remettant ſur vne autre,
par toutes les ruzes ℰ deſfaictes qui ſe peuuent excogiter; dont la principale
fut vne toile qu'elle mit en auant de voüloir parfaire premier que d'entendre
à aucun mariage; pour à tout le moins enſeuelir Laertes; puis qu'elle ne pou-
uoit rendre ce debuoir à ſon loyal ℰ bien-aimé eſpoux. Mais tout autant que
elle à leur venë en tiſſoit le iour, tout autant au profond de la nuict en lieu de
prendre ſon repos elle en redefaiſoit à la lumiere d'vne foible lampe. Philoſtrate
doncques nous depeint icy la ſolitude ℰ affliction de cette vertueuſe Dame; la
deſolation du logis d'Vlyſſes, où les Araignées à l'enuy d'elle filoient auſſi leurs toi-
les de leur coſté, en tous les coings ℰ endroits d'iceluy: pour denoter la triſte ℰ me-
lancolique face que peut auoir vne maiſon durant l'abſence ℰ eſloignement de ſon
maiſtre: ℰ l'occupation en quoy ſe doibt ce-pendant maintenir vne preud'femme,
pour s'acquiter de ſon debuoir enuers Dieu, ſon mary, ℰ ſa conſcience; ℰ fermer
de tous points la bouche au mediſant vulgaire, dont la couſtume eſt communement
d'eſpier plus toſt, contreroller, ℰ ſurueiller les actions ℰ comportemens d'autruy, que
d'entendre ℰ preſter l'œil aux ſiens propres.

* ἢ μάτιν ὀυχ
ἑων ὀκνλίπετω.
d'autāge peu
s'en faut que
l'on n'entende
trotter la na-
uette, & Pene-
lopé reſpādre.

V I s que vous faictes vn ſi grand cas de la toile de
Penelopé; & que vous la celebrez ainſi par voz châts;
vous vous eſtes rencontré tout à propos en vne bien
bonne peinture, qui vous monſtrera tout ce qui peut
dependre de cette toile. Car le filet y eſt fort proprement ourdy; & la chaine eſt toute parſemée de fleurs
au deſſus.* Mais on n'entend pas ſeulement trotter la
nauette, pource que Penelopé s'amuſe à reſpandre
des larmes; auec leſquelles Homere fond & reſout la
nege; & redefaict ce qu'elle a tiſſu. Voyez quand & quand l'Araignée qui
fait ſa toile là aupres, ſi elle ne ſurmonte pas en ceſt artifice Penelopé, & le
peuple des Seres; dont les ouurages ſont ſi deſliez qu'à grand' peine les peut
on diſcerner. Or ce porche & entrée eſt d'vne maiſon fort calamiteuſe; &
diriez bien qu'elle eſt priuée de ſes maiſtres; Car la cour & ſale baſſe paroiſſent là dedans toutes vuides: & les colomnes ne la raſſeurent ny ſouſtiennent preſque plus; ains s'affaiſſe toute deſia, & s'en va en ruine; pour ſeruir
d'oreſnauant d'habitation aux ſeules Araignées: d'autant que ce beſtion aime de faire ſa beſogne en la ſolitude & ſilence. Regardez vn peu leur filet
ie vous prie, car ayans baué ceſt eſtaim, elles ſe ſont auallées ſur le paué. Et

le

le peintre les a pourtraictes qui defcendent le long d'iceluy, & remontent
reciproquement contremont : s'eflançans en l'air, felon Hefiode, & qui
pourpenfent de voller : pour tendre leurs maifonnettes és encoigneures des
murailles : les vnes plattes, les autres creufes & enfoncées. Es plattes, elles
paffent l'efté : mais celles qui font bafties caues, leur font propres pour hy-
uerner. Voicy donecques vn fort beau chef-d'œuure du peintre, d'auoir fceu
elabourer ainfi bien vne fi mince & deliée Araignée, & la contrefaire au naturel. Pourtraire pareillement vne fi bizarre & fauuage filandrerie, eft le fait
d'vn fçauant ouurier, qui veut exactement reprefenter au vray toutes chofes : Car il nous en a icy tiffu des plus fubtiles qui fe peuuent imaginer. Et
voila de faict vne menuë fiffelle qu'elle a arreftée aux quatre coings à guife
d'vn cordage de maft, autour duquel eft entrelaffée vne toile fine au poffible, qui enueloppe plufieurs cercles : du premier ou plus grand defquels iufques au moindre, s'eftendent d'autres filets en trauers, noüez à chaque rencontre par diftance efgale entre eux, tout ainfi que les cercles ; & le long de
ces trauerfans, les tifferrandes vont & viennent, pour tendre & bander
leur ouurage, fi d'aduanture il fe relafche : mais elles obtiennent auffi vne recompenfe de leur labeur, attrappans les moufches quand elles viennent à
s'empeftrer là dedans. Auffi le peintre n'a pas voulu oublier cette prife; Car
en voila defia vne qui tient par le pied, & l'autre par le bout de l'aifle : cette-
cy eft deuorée par la tefte : fe demenans fort & ferme toutes, quand elles fe
fentent picquées, & tafchent de s'enfuir. Pour tout cela neantmoins elles
n'embrouïllent ny ne fauffent la toile.

ANNOTATION.

'AY defia dit par cy-deuant en quelque endroit (fi ie m'en puis reffouuenir)
qu'Homere, felon l'opinion d'aucuns, eut vne maiftreffe ou amie ; ie laiffe à voftre difcretion lequel vous aimerez le mieux, parler courtifan ou vulgaire, car cela ne m'importe de rien. Cette maiftreffe donecques, puis qu'ainfi eft ; & à la verité l'Amour auffi nous maiftrife par elles, s'appelloit Penelope ; ou bien il luy a
voulu donner ce nom-là, laquelle ce-pendant qu'il alloit çà & là par le monde à guife d'vn autre
Vlyffes, pour apprendre & cognoiftre (& de faict fans la peregrination nous ferions, auecques
toutes nos eftudes, vrayes pecores ; ne fe pouuant rien imaginer de plus ignorant & inepte,
qu'vn homme de lettres, qui n'a rien veu ny manié que fes liures,) luy garda inuiolablement,
comme il le penfoit, la foy, loyauté, & perfeuerance, promife & iurée entre eux. Pour recognoiftre lequel deuoir, il l'a celebrée, comme nous le voyons encores pour le iourd'huy : de
maniere que tout ainfi qu'Alexandre eftant arriué au tombeau d'Achilles, le declara à hauté
voix bien-heureux d'auoir eu vn tel proclamateur de fes proüeffes ; nous pouuons eftimer le
mefme de cette Dame, quiconque elle ait efté finablement, d'auoir eu vn fi celebre & fignalé
tefmoing de fa vie : & nous plus heureux encores, s'il fe trouuoit par practique de telles femmes, comme l'on cuide qu'il l'a defcrite par imagination ; en la mefme forte que Xenophon fit
depuis l'exemplaire d'vn bon & vray Roy, foubs la perfonne de Cyrus. Quant à la ruze & inuention de cette toile, cela eft party de la forge du mefme Poëte, lequel au fecond de l'Odyffée
introduit Antinous l'vn des pourfuiuans, parlant ainfi à Telemaque.

σοὶ δ᾽ ὔτι μνηϛῆρες Ἀχαιῶν αἴϡιοί εἰσιν,
ἀλλὰ φίλη μήτηρ, ἥ τοι πεϱίκεϱδεα οἶδεν, &c.

Telemaque tu n'as point d'occafion de blafmer les Proques Grecs, mais pluftoft ta chere mere qui fçait tant de 〈HOMERE.〉
rufes : Car voicy defi la troifiefme année, & deformais court la quatriefme, qu'elle les mene le bec en l'eau,
& leur faict perdre l'entendement : les tenans tous en efperance ; & enuoyant des meffages à chacun d'eux en
particulier : mais ce-pendant elle penfe bien autre chofe. Et entre fes autres fineffes, voicy ce qu'elle à proi.Efté

X x iiij

en son esprit, de tistre chez-elle vne grande piece de toile deliée; nous donnant là dessus ces belles paroles: Escoutez, vous autres ieunes seigneurs, qui me faictes cet honneur de me poursuiure en mariage, ne me pressez point tant ie vous supplie, & ayez patience, puis que mon mary Vlysses est mort, iusques à ce que i'aye acheué cet ouurage (de peur que mon fil ne se perde inutilement) qui est pour faire vn linceul à Laertes, quand la destinée de son ennuyeuse mort l'enleuera hors de ce monde, afin que quelqu'vne des Dames Grecques ne me taxe point en public, que ie laisse sans couuerture à la terre ce bon vieillard qui a tant de biens. Elle nous dit cela, & le creusmes incontinent. Mais tout ce qu'elle pouuoit faire sur iour de cette grande piece de toile, elle le redefaisoit la nuict à cachettes, à la lumiere de la lampe. Et ainsi cela par trois ans cette ruze, que personne ne s'en apperceut. Mais quand ce vint au quatriesme, l'vne de ses seruantes, qui sçauoit le mystere, nous le reuela, si bien que nous l'y surprismes vne fois; & fut par necessité contrainte de l'acheuer. Penelopé racompte elle mesme encores tout cela à Vlysses au dix-neufiesme liure: d'où Philostrate a emprunté le traict qui s'ensuit. Penelopé respondant des larmes auecques lesquelles Homere fond & refont la neige.

τῆς δ᾽ ἀρ ἀκουόσης ρέε δάκρυα, τήκετο δὲ χρώς·
ὡς ἢ χιων κατατήκετ᾽ ἐν ἀκροπόλοισιν ὄρεσιν,
ἥντ᾽ ἐυρος κατέτηξεν, ἐπὴν ζέφυρος καταχεύη,
τηκομένης δ᾽ ἄρα τῆς ποταμοὶ πλήθουσι ρέοντες,
ὡς τῆς τήκετο καλὰ παρήια δακρυχεούσης,
κλαιούσης ἑὸν ἄνδρα παρήμενον.

A Penelopé en escoutant Vlysse couloient les grosses larmes; & tout le corps se resoluoit, comme la neige qui se defaict és hautes montagnes, que le vent Eurus fond apres que le Zephire s'est espandu par dessus; & en coulant remplit les torrens & riuieres. Tout ainsi d'elle larmoyante se surfondoient les belles iouës, en regrettant son mary qu'elle auoit deuant elle.

VOYEZ quand & quand l'Araignée qui fait sa toile là aupres; si elle ne surmonte pas en cet art Penelopé, & le peuple des Seres, dont les ourages sont si deliez qu'à grande peine les peut-on discerner. Arachné fut fille d'vn Idmon Lydien, tres-experte en tous ourages de tapisserie, de reseau, & de linge: laquelle, comme dit Pline au septiesme liure, chapitre cinquante-sixiesme, trouua l'vsage du lin, des toiles, & des rets & filets. Mais s'estant à la par fin mescogneuë & enorgueillie de ses perfections, se voulut mesurer à Minerue, qu'elle prouoqua à l'espreuue de leur suffisance en ce cas, & la surmonta: dont la Deesse deschira par courroux ses ourages. Arachné de despit qu'elle en eut, se pendit, & fut là dessus muée en Araignée, qui persiste encores apres sa profession accoustumée, se suspendant en l'air pour tistre ses toiles. Ouide au sixiesme de la Metamorphose.

Non tulit infœlix, laqueóque animosa ligauit
Guttura, pendentem Pallas miserata leuauit.
Defluxere comæ: cum queis & naris & aures.
Fitque caput minimum, toto quoque corpore parua est.
In latere exiles digiti pro cruribus hærent:
Cætera venter habet, de quo tamen illa remittit
Stamen, & antiquas exercet Aranea telas.

Les Seres au reste estoient vn peuple de la Scythie Asiatique, entre le mont de Tabis qui confine à la mer, & celuy de Taurus. Pline au sixiesme liure, chapitre dix-septiesme. Primi sunt hominum qui noscantur Seres, lanitio syluarum nobiles, perfusam aqua depectentes frondium canitiem. Mites quidem, sed ipsis feris persimiles, cœtum reliquorum mortalium fugiunt, cùm commercia expectant. Car quand on va deuers eux pour enleuer leurs denrées, ils ne trafiquent point auecques les estrangers par parole de bouche à bouche, qu'on en puisse comprendre le prix par l'oreille; mais re-mettent le tout à l'œil, qui en est le iuge: & n'achetent iamais rien de ce qu'on leur voudroit apporter de dehors. Gens tres-iustes & equitables, & qui viuent iusques à deux cens ans; si toutesfois il le faut croire ainsi. Voyez la Geographie de Ptolemée, liure 6. chapitre 16. & Ammian Marcellin liure 23. Mais nous en auons dit ie ne sçay quoy sur le tableau des bestes noires. Ce sont eux qui les premiers trouuerent l'vsage de la soye, & des crespes; ensemble de telles autres tissures si deliées qu'elles deçoiuent la veuë; & neantmoins ils sont en cela surmontez par les Araignées, ce dit icy Philostrate. Aussi Homere au 8. de l'Iliade, n'a sceu plus proprement accomparer la subtilité de ces rets de fil d'archal, où Vulcan surprit Mars & Venus couchez ensemble, sinon aux ouurages de ces bestioles; que personne n'eust sceu discerner, non pas mesme les Dieux bien-heureux, si subtile estoit cette tromperie.

πολλὰ ἢ κ καθύπερθε μελαθρόφιν ἐξεκέχυντο
ἠύτ᾽ ἀράχνια λεπτά, τά κ᾽ οὔκέτις οὐδὲ ἴδοιτο
οὐδὲ θεῶν μακάρων· πέρι γὰρ δολόεντα τέτυκτ᾽.

LA MAISON s'en va en ruine, pour seruir d'oresnauant d'habitation aux seules Araignées. Cecy est
encore

encore pris de l'Odyſſée, tout au commencement du 16. liure : là où Telemaque demande à
Eumée, Si ſa mere Penelopé eſt encores à la maiſon, ou ſi quelque autre l'a eſpouſée ; & que le lict d'Vlyſſes
ſoit remply d'Araignées.

> εἴμοι ἔτ᾿ ἐν μεγάροις μήτηρ μένει, ἠέ τις ἤδη
> ἀνδρῶν ἄλλος ἔγημεν, Ὀδυσσῆος δὲ πε εὐνή,
> χήτει ἐνθυναίων κάκ᾿ ἀράχνια κεῖται ἔχουσα.

Heſiode en ſes Labourages. ἐκ δ᾿ ἀγγέων ἱλάσσας ἀράχνια. Denicher les Araignées hors des tonneaux.
A quoy ſe conforme auſſi ce ſenaire de Cratinus; ἀραχνίων με ται τὴν ἔχεις τὴν γαστέρ. Tu as farcy le
ventre d'Araignées. Et en Plaute la vieille eſdentée Staphyla s'eſcrie.

> An ne quis ædes auſerat ?
> Nam hic apud nos nihil eſt aliud quæſti furibus ;
> Ita inanys ſunt oppletæ atque Araneis.

Plus en Catulle.

> Nam tui Catulli
> Plenus ſacculus eſt Arancarum.

Et en vn autre endroit encores.

> Ne tenuem texens ſublimis Aranea telam,
> Deſerto in Malij nomine opus faciat.

Somme que tout cela ne tend qu'à denoter la ſolitude & deſolation d'vn lieu : comme l'explique meſme noſtre Autheur.

S'ESLANÇANS en l'air ſelon Heſiode. Cela eſt à la fin des Oeuures & des Iours, où Heſiode
appelle l'Araignée ἀεροπότητον, quaſi volante par l'air : à cauſe qu'elle ſe lance & ſuspend pour
arreſter les cordages, où eſt attachée ſa toile.

> τῇ γὰρ ἔπι νῆ ἥματ᾿ ἀεροπότητες ἀράχνης.

RESTE maintenant de conferer icy la deſcription des Araignées & de leurs ouurages, traictée
par trois excellens Autheurs comme à l'enuy l'vn de l'autre : Plutarque, Pline, & Philoſtrate:
dont le premier au traicté, Qui ſont les plus capables de raiſon, les animaux de la terre ou de l'eau;
parle ainſi. Pour combien de raiſons deuons-nous admirer l'ouurage des Araignées; vray exemplaire & patron, tant des toiles que font les femmes, que des pants de rets des chaſſeurs? Car la ſubtilité de ſon filet, &
la diligence de ſa tiſſure eſt merueilleuſement exacte, n'eſtant ny à claires voyes & mailles ſeparées l'vne de
l'autre; ny ourdie en long en forme de chaiſne; ains comme vne taye toute vnie & continuée : enduite quand
& quand de certain empoix fort gluant & imperceptible qui la tient ferme; & teinte d'vne couleur tirant ſur
celle de l'air ou des nuées, afin de tromper mieux la venuë. Mais ſur tout la conduitte de cet induſtrieux artifice
eſt eſtrange, où tout auſſi toſt que la proye a donné dedans, elle s'en apperçoit ſoudain à guiſe d'vn expert oy-
ſelier ou chaſſeur, & ſçait fort bien ramener à ſoy le filé & le racueillir. Tout cela, ſi nous ne le voyons ordinairement à l'œil, ne pourroit en ſorte quelconque eſtre creu de nous; ains nous ſembleroit eſtre quelque miracle,
ou vn compte faict à plaiſir.

Plutarque parle icy ſeulemẽt de ces Araignées qui ſe tiſſent ou procréent és planchers & encoigneures des maiſons, dont l'on ſe ſert communément pour arreſter le ſang de quelque legere
bleſſure, d'vn couſteau ou autre ferrement. Auſſi à la verité il ſemble que tout le faict des Araignées deſpende de ces filamens qui vont diſcourant par l'air, en la ſerenité du Printemps & Automne : ce qui leur ſert de matiere pour leurs ouurages, & ne le font que filer, ny plus ny moins
que les femmes le lin ou le chanure. Car i'ay obſervé pluſieurs fois, que quand les Araignées tiſſent leurs toiles és Iardins & aux champs, leſquelles ne ſont pas de la qualité deſſus-dicte, mais
en forme d'vne Panthiere ſuſpenduë en l'air, elles poſent en premier lieu vn petit pelotton de
la propre eſtoffe de ces filamens, tout au beau milieu de leur ſtructure : ayans arreſté deſia les
deux principaux maiſtres par où elles montent & redeſcendent : & vont & viennent à chaque
retour prendre vn peu de cette filaſſe, qu'elles conduiſent & accommodent en la ſorte que
nous voyons. Que ſi vous venez à rompre l'vn de ces maiſtres qui ſouſtiennent leur ouurage, la
premiere choſe qu'elles feront, ce ſera d'aller enleuer tres-ſoigneuſement ce petit pelotton; &
l'emporter auecques elles, comme s'il leur deuoit reſſeruir vne autre fois à faire leur toile. S'il
prouient puis apres de leur ventre, ainſi que l'eſtiment Plutarque au traicté d'Oſiris; Ouide au
paſſage cy-deſſus allegué; & Pline en celuy que nous adiouſterons tout incontinent; enſemble
toute la trouppe preſque des Naturaliſtes : ou bien ſi elles le prennent de cette impreſſion de
l'air; ie ne le veux pas conteſter ny debattre contre de ſi grands personnages : trop bien puis-ie
dire cõme en paſſant, qu'en ces filamens deſſus-dits (que quelques-vns appellent le charpy de nature) il y a de merueilleux ſecrets & myſteres, auec des vertus & proprietez tres-grãdes; meſmement pour les playes, dont i'en ay veu d'admirables effects. Et dit-on bien dauantage, que ces
Atomes ou corpuſcules que nous voyons en vn perpetuel mouuement éſrayz du Soleil, ſont
comme vnitez és nombres; ou poincts indiuiſibles és Geometriques : de la coaceruation deſ-

quels se forme & procrée premierement le binaire, ou ligne s'estendant en longueur sans aucune latitude ny espoisseur; à sçauoir ces filamens deliez & subtils, dont és deux dessus-dictes faisons par vn doux temps clair & serain, toute la surface de la terre est tenduë & ionchée. Cela
puis-apres se venant ioindre & amasser l'vn contre l'autre à guise de lignes, constituent la superficie epipedale, dont la premiere figure parfaicte & renfermée est le triangle; comme celle
qui a le moins de coings, puis le quadrangle : & finablement les corps solides absolus en toutes
leurs dimensions & mesures. Cette maniere de Philosophie semblera bien estrange à quelques-
vns, de prendre pour principes, non les quatre elemens, mais les nombres & figures : à sçauoir
vn, deux, trois, & quatre, qui font ensemble le dix ; la fin & repos de toutes choses, le poinct, la
ligne, la superficie, & le corps solide ; les atomes, les filamens composez d'iceux, la toile qu'en
tissent les Araignées, & le globe, ou pelotton du charpy de nature ; autrement la filasse de nostre Dame, comme on l'appelle communément. Mais tout cela se peut appperceuoir sensiblement en de l'eau simple de puits ou fontaine, laquelle estant deuëment gouuernée par les regimes du feu, se recongelle premierement en atomes ; qu'on void voltiger dedans l'eau, tout ainsi que ceux du Soleil parmy l'air ; puis en ces filamens, & consequemment en vn sel solide, dont
il se peut voir d'estranges besongnes. De maniere que non sans cause Thales a constitué l'eau
pour le premier fondement de toutes choses ; & Heraclite le feu : car les Atomes, ou premiers
simples corpuscules de ces deux elemens, sont cause primaire & directe de la procreation de
toutes choses : la terre & l'air y interuenans puis-apres comme collateraux, & coadiuteurs.
Mais il est temps de sortir de cette digression, pour voir ce que Pline dit aussi de sa part des A-
raignées au 24. chapitre, 11. liure ; car aussi bien auons nous desia parlé de cecy sur le tableau
de Scamandre ; & en discourrons encores plus amplement quelque iour Dieu aidant, en nostre
traicté des Corpuscules.

PLINE.

DES ARAIGNEES, *les plus petites ne tissent point : les plus grandes, creusent certaines entrées ou
petits trous à fleur de terre. La troisiesme espece de ces bestions est fort signalée, pour l'industrie & subtilité de
son ouurage. Elle ourdit sa toile, & à l'estoffe d'vne telle besongne, son ventre fournit ; soit que la disposition
d'iceluy à certaine saison de l'année se corrompe pour cet effect (ainsi que veut Democrite) ou que là dedans
soit quelque fertile nature produisant cette maniere d'estaim. Et d'vn ongle si rassù & posé, d'vn filet si bien
arrondy & esgal file son crespe ; vsant de soy en lieu de contrepoids. Elle commence à tistre du beau milieu ; &
par vn cerne mené iustement au compas noüe sa traime ; accrochant les mailles d'vn nœud indissoluble par di-
stances tousiours esgales ; mais qui d'vn petit & estroit moulle viennent peu à peu à s'eslargir & accroistre.
Au surplus de quel artifice cachent-elles les mestres & tendons de leur Panthiere faicte à escuelle, pour attrapper les mousches voltigeantes à l'enuiron ? Combien peu paroist-il, que l'exacte entrelassement de leur
toile faicte à guise d'vn saz ou tamis deust estre propre à cela ? Ne la maniere de la tisseure gluante de soy, conduite par vne grande diligence d'art ? Combien lasche & obeyssant est le brandillement de la Panthiere, pour
ne refuser rien de ce qui vient donner dedans ; tenant tout expres alongé le mestre qui est au premier front ?
De sorte qu'il faut comprendre par imagination, ce que mal-aisément on pourroit discerner à l'œil : Car ainsi
bien comme ès filets les lignes se venans rencontrer ensemble, s'amortissent toutes en vn cul de sac. De quelle
architecture puis-apres son creux est-il lambrissé, plus houssu d'cuers les froidures ? Combien ce caut & rusé animal se retire-il loing du milieu à l'escart, feignant d'entendre à quelque autre chose ? Et encores se renfermant
en sa tasniere, d'vne façon qu'on ne sçauroit appperceuoir bonnement s'il y a quelqu'vn ou non là dedans. Dauantage quelle est la force & fermeté de cette toile encontre les vents donnans à trauers, & la grande quantité de poudre qui l'affaisse & charge dessus ? La tenture d'icelle en largeur se void souuent entre deux arbres,
quand l'Araignée besongne de son mestier, & apprend à ourdir : mais la longueur du fil prend du haut en bas :
& de rechef de la terre long d'iceluy monte & descend d'vne legereté nompareille : se coulant & filant tout ensemble. Que si quelque proye vient à donner là dedans, combien vigilante & toute preste se tient elle pour y
accourir ? Et encores que la prise soit à l'vn des bouts, si s'en-va-elle neantmoins droit au milieu de la toile,
afin que la secoüant de tout son pouuoir ; ce qui y tient s'enueloppe du tout. S'il y a dessus quelque chose rom-
puë, elle soudain la r'habille ; la refaisant aussi nette que deuant : Car cette bestiole chasse aussi aux petits lezar-
deaux, les bricollant de pleine abordée dans son pan de rets ; & puis leur venant morsiller les babines. Passe-
temps certes trop plaisant à voir ; & qui se pourroit mesurer aux combats des Amphitheatres, quand il arriue
à poinct nommé. L'on tire quand & quand de ces animaux vne maniere de prediction : car si les riuieres sont
pour se desborder, ils esleuent leur toile plus haut ; ne tissans gueres par vn temps serain, mais lors seulement
que le ciel est couuert : de sorte que grand nombre d'Araignées est signe infaillible de pluye. On estime sinable-
ment que c'est la femelle qui tist, selon le deuoir de son sexe ; & que le masle entend ce-pendant à la chasse.
Ainsi chacun d'eux de sa part compense l'office & labeur de l'autre.*

ANTIGONE.

DIALOGVE.

D. *Pour qui est ce buscher? R. C'est pour deux ennemis.*
D. *Que n'y en a t-il deux? R. C'est pour les rendre amis,*
   Afin que conioignans leurs corps auec leurs flammes,
   Ils puissent reünir leurs esprits & leurs ames.
D. *Tu te trompe Antigone, & tu ne iuges pas*
   Qu'on hait plus fortement, mesme apres le trespas.

Qui emporte en mourant & la hayne & l'ennie
Ne peut iamais aimer estant en l'autre vie.
R. *Leurs cendres pour le moins auront mesme tombeau.*
D. *Elles couuent aussi des flammes immortelles*
   Pour leur faire sentir des peines eternelles.

ANTIGONE.

ARGVMENT.

ETEOCLES *& Polynices deux freres, & enfans d'Edippus, se-*
ſtans combattus & entre-tuez ſur la querelle de leurs partages, &
leur mere, & grande-mere tout enſemble (Iocaſte) donné la mort de
douleur : Creon frere d'elle s'empare de la couronne, ſoubs ombre du
mariage qu'il pretendoit faire d'Antigone auecques ſon fils. Faiĉt quand & quand
faire un ban tres-expres, qu'ame ſur peine de la vie, ne fuſt ſi oſé ne hardy de
donner ſepulture au corps de Polynices, ny de luy faire aucun denoir ; ains le laiſſer
à la campagne manger aux chiens & aux oyſeaux; puis qu'il auoit eſté ſi mal-heu-
reux, deteſtable & impie, d'amener une armée d'eſtrangers pour aſſaillir ſon
propre pays. Antigone, nonobſtant ces deffenſes, s'en va à cachettes l'enſeuelir à
l'obſcurité de la nuiĉt. Ce que venu à la cognoiſſance de Creon, il s'enflamme de
deſpit & courroux, pour voir ainſi meſpriſer ſes ſtatuts & commandemens à ſon
aduenement à la tyrannie : & ordonne à ſes ſatellites, que s'ils ne veulent eux-
meſmes encourir la peine de mort, ils luy ſçachent à dire nouuelles de celuy qui a
tranſgreſſé ſon ediĉt. Eux doncques, ayans diſſipé la ſepulture de Polynices, &
remis le corps de rechef à l'erte, ſe poſent ſi ſoigneuſement en garde, qu'ils ſurpren-
nent Antigone une nuiĉt venant faire ſes doleances ſur ſon deffunĉt frere, & l'em-
menent tout de ce pas à Creon : lequel ſurmonté d'une colere trop haſtiue & preci-
pitée, commanda de l'enſeuelir toute viue: mais elle preuenant la cruauté du iuge-
ment s'eſtrangle elle-meſme. Le Prince Hemon fils de Creon, vaincu d'une
impatience d'amour qu'il luy portoit, ſe va ſoudain coupper la gorge ſur elle ; &
ſa mere Euridice en ayant eu les nouuelles, faiĉt le ſemblable; de regret qu'elle a d'a-
uoir ainſi piteuſement perdu ſa gendreſſe & ſon fils, au lieu du plaiſir qu'elle s'at-
tendoit d'auoir de leur mariage.

VOILA le ſubiect du preſent tableau , pris de la Tragedie d'Antigone , ia-
dis ſi elegamment traictée par le Poëte Sophocle, que le peuple d'Athenes ſoudain
qu'il l'eut ouye reciter , luy decerna pour recompenſe le gouuernement de Samos.
Tant furent les bons eſprits heureux qui fleurirent de ce temps-là; d'auoir de tels
admirateurs & remunerateurs de leur merite & ſuffiſance.

LES

Es Atheniens ayans entrepris la guerre pour les corps de ceux qui font demeurez deuant Thebes, donneront icy sepulture à Tydée & Capaneus: & s'il y a encores quelque Hippomedon, ou Parthenopée: mais pour le regard de Polynices, le fils d'Edippus, sa sœur Antigone luy faict ce deuoir, estant pour cet effect sortie de nuict hors de l'enceinte des murailles, contre l'Edict faict là dessus; que personne n'eust à l'enseuelir: ne loger en la terre, qu'il s'efforçoit de reduire en seruitude. Or voicy ce qui est en la plaine. Des corps morts dessus des corps morts: & les cheuaux ainsi qu'ils ont donné du nez à terre, & les armes selon qu'elles sont eschappées hors de la main des combattans: & ce bourbier destrempé de sang & sueur; auquel (à ce que l'on dit) la meurtriere Bellonne se complaist tant. Soubs les murailles puis-apres, gisent là estendus les corps des autres Capitaines: grands à la verité & fort membrus, plus que de l'ordinaire des hommes: mais Capanée ressemble vn Geant. Aussi selon sa grandeur il est atteint de Iuppiter, & embrasé totalement. Quant à Polynices, qui a esté aussi de grande taille, & en cela esgal à eux; Antigone a releué le corps: lequel elle enseuelit ioignant la tombe d'Eteocles, en cuidant par là reconcilier les deux freres. Mais que dirons-nous de l'artifice de cette peinture? Car la Lune iette ie ne sçay quelle foible lumiere non encores assez fidele à la veuë: & la pauure ieune Princesse pleine d'horreur & espouuantement voudroit bien lamenter s'elle osoit, embrassant son cher frere de ses forts & robustes bras: elle refraint neantmoins ses complaintes, ayant peut-estre peur de ceux qui sont aux escoutes. Et combien qu'elle desire de regarder çà & là tout à l'entour d'elle, si est-ce qu'elle tient l'œil attentiuement fiché sur son frere, ployant le genouïl en terre. Sur ces entrefaictes voila vn pied de grenadier nay de soy-mesme tout à l'heure, lequel on dit auoir esté planté par les Furies sur le sepulchre: & que si vous en arrachez le fruict, le sang en coule encores maintenant. C'est aussi vn merueilleux cas que du feu de ces funerailles, lequel estant allumé pour faire le deuoir aux deux corps, ne veut point bien estre d'accord, ne mesler ses flammes, mais les escarte l'vne deçà l'autre delà: tesmoignant assez la noise & querelle qui continuë en ce tombeau.

ANNOTATION.

Oicy vne chose bien remarquable, & digne d'vne grande consideration & discours. Vn pere laisse son Royaume à deux enfans qu'il a, lesquels aduisent de ne le desmembrer point par partage; afin de ne s'affoiblir enuers leurs voisins; mais de regner alternatiuement l'vn apres l'autre, vne année durant. Le temps du premier expiré, le second le somme de le laisser ioüyr à son tour, & luy faire part de la succession: ce qu'il luy refuse tout à plat, & le priue tyranniquement de la portion qui luy appartenoit. Y a-il doncques cause plus sauorable que celle-là; ny vne plus iuste douleur que de se voir à tort & sans cause frustrer de son bien, & encores (ce qui est plus dur) par la tricherie & mauuaise foy de son propre frere? Au moyen dequoy celuy-là se voyant n'en pouuoir tirer aucune raison, a recours aux Princes estrangers; implore leur aide & support en ce tort si apparent & inique; &

Yy

amasse finablement vne armée, auecques laquelle estant allé assieger Thebes, ils s'entretuent
piteusement luy & son frere Eteocles; qui à la verité luy vsoit d'iniustice. Mais qu'est-ce
qu'en ont dit là dessus tous les hommes de bon & sain iugement? Nostre Autheur mesme
semble vouloir icy inferer, que celuy-là fust indigne d'estre apres sa mort logé dans la terre qu'il vouloit asseruir. Et de vray c'est ny plus ny moins que si ayans receu quelque desplaisir & offense d'vn de nos proches parens, nous voulussions aller descharger nostre courroux, & nous vanger sur nostre mere, la massacrant inhumainement. Toutesfois ce que
Philostrate en a touché en ce tableau, vient apres les anciens tragiques : dont en premier lieu
voicy ce qu'en dit Eschyle, en la Tragedie *des sept deuant Thebes.*

> E'τεοκλέα μὲν τόνδ' ἐπ' ἐυνοία χθονὸς
> θαναντὶν ἔδοξε, γῆς φίλαις κατασκαφαῖς·
> ϛυγῶν γὰ ἐχροῖς, θανατιν εἵλετ' ἐν πόλᾳ, &c.

ESCHYLE. *Quant à cet Eteocles (dit-il) il a esté ordonné de l'inhumer en la bien-vueillance de la terre : de cette
terre (dit-ie) de luy aimée. Car hayssant les ennemis d'elle, il a esleu de mourir pour sa cité : bon & denot personnage qu'il est, exempt de toutes les complaintes de nostre temps, il a finé ses iours de la maniere qu'il sied bien aux ieunes gens de mourir. Telle est la charge que i'ay de parler pour cettuy-cy : &
qu'on expose à la campaigne le corps de son frere Polynices ; l'abandonnant aux chiens sans luy donner
sepulture, comme vn perturbateur du repos public, & destructeur de sa Patrie, si quelqu'vn des Dieux
protecteurs ne l'eust empesché de ce faire. Au moyen dequoy encores demeura-il coulpable enuers eux, nonobstant qu'il soit mort ; puis que les mesprisans, il a amené vne armée d'estrangers pour assieger la ville : & pourtant a l'on aduisé, qu'estant icy enseuely dedans le ventre infame des oyseaux, on luy laisse
receuoir la recompense de mesme, laquelle il a bien meritée ; sans l'accompagner de sepulture faite d'ouurage de main, ny de pleurs & lamentations plaintiues, ne l'honorer de funerailles, & du conuoy de
ses parens & amis.* SOPHOCLE *a aussi fort soigneusement touché ce mesme traict en l'Antigone ; tant il leur a semblé remarquable à tous. Et à la verité il n'y a passion si vehemente, ne si
iuste courroux & douleur qu'on ne doiue laisser en arriere pour le respect & amour de son pays,
& de ses concitoyens.*

> E'τεοκλέα μὲν ὃς πόλεως ὑπερμαχῶν
> ὄλωλε τῆς δὲ, πάντ' ἀριϛεύσας δορὶ, &c.

SOPHOCLE. *Quant à Eteocles, lequel combattant pour le pays, & faisant vaillamment son deuoir a finé ses iours,
qu'il ait sepulture ; & qu'on enfouisse auecques luy toutes les choses qu'on a de coustume de mettre quand
& le corps des gens de bien. Mais son frere, Polynices dis-ie, qui reuenant d'exil a voulu tout reduire
en cendre sa Patrie, & les Dieux protecteurs d'icelle ; qui s'est voulu assouuir & repaistre d'vn sang si
proche, & mettre ceux-cy en captiuité, ie deffends aux citoyens, de luy faire aucun deuoir, ne de luy
donner couuerture quelconque ; ains d'en laisser ignominieusement le corps non enseuely à la mercy des
chiens & oyseaux, pour leur seruir de pasture.* EVRIPIDE *és Pheniciennes.*

> νεκρῶν δὲ τῶνδε, τὸν μὲν εἰς δόμοις χρεὼν
> ἤδη κομίζειν τόνδε δ' ὃς πέρσων πόλιν
> πατρίδα σὺν ἄλλοις ἦλθε Πολυνείκους νέκυν,
> ἐκβάλετ' ἀθαπτον, τῆς δ' ὅρων ἔξω χθονὸς, &c.

EVRIPIDE. *De ces corps morts il en faut porter l'vn tout presentement dans la ville : mais l'autre qui estoit venu
auecques les estrangers ruiner sa Patrie ; le corps (dis-ie) de Polynices, iettez-le là sans luy donner sepulture, hors les limites de ce territoire. Et faictes ontre-plus entendre à tout le peuple Cadméen, que
quiconque sera trouué l'oynant de bouquets & chappeaux de fleurs, ou le couurant de terre, soit irremis-
siblement mis à mort, ains sans le pleurer ny enseuelir, qu'on le laisse-là deuorer aux oyseaux. Car (ce
dit Creon puis-apres) n'est-il pas raisonnable que celuy-là porte la peine d'estre priué de toute sepulture, & abandonné aux chiens & à la volatille, qui s'est ainsi declaré mortel ennemy de sa chere Patrie?
Ce qu'on ne peut, ny ne doit faire pour quelque occasion que ce soit.*

IL SEMBLE au reste en cet endroit que le deuoir de la pieté humaine combatte contre
l'ordonnance du Magistrat. A sçauoir mon si Antigone deuoit estre punie pour auoir faict vne
chose si charitable, & recommandée à toutes nations, que d'inhumer le corps de son frere, nonobstant qu'il y eust deffense au contraire. C'est vn doute qui n'est pas petit, ne bien aisé à resoudre. Car comme elle dit à Creon dans Sophocle.

> οὐδὲ θένειν τοσοῦτον ὠόμην τὰ σὰ
> κηρύγματ', ὡς ἄγραπτα κἀσφαλῆ θεῶν
> νόμιμα δύνασθαι θνητὸν ὄντ' ὑπερδραμεῖν, &c.

*Ie n'estimoi pas tes Edicts estre de telle importance, que pour raison de cela, la creature mortelle doiue en-
fraindre les obseruations accoustumées enuers les Dieux, & leurs ordonnances qui ne sont point autrement
escrites,*

escrites, pour auiourd'huy ou hier seulement; mais fermes & stables à tousiours; sans qu'aucun puisse dire d'où elles sont sorties. Parquoy ie ne les ay deu violer, pour crainte ou respect de personne, & demeurer par ce moyen coulpable enuers les Dieux ; d'autant que ie sçauois assez deuoir quelquesfois mourir. Ce sont les raisons qu'Antigone allegue pour ses excuses, conformes aucunement à quelques passages de nostre escriture : comme, *Præstat obedire Deo quàm hominibus* : & autres tels. Neantmoins le mesme Poëte introduit apres Creon, parlant ainsi à son fils,

τὴν δ' ὀρθουμένων

οὐ(ξ)ι τὰ πολλὰ σώμαθ' ἡ πειθαρχία.

L'obeyssance à
vn seigneur &
prince.
Sauue souuent
la subiecte
prouince.

Quoy que ce soit, és choses du monde, mesmement és indifferentes, l'on ne peut faillir d'obeir & s'accommoder à l'ordonnance du souuerain ; que s'il decerne & enioint quelque chose de desraisonnable, c'est à luy puis apres à en respondre deuant la diuine vengeance, qui ne laisse finablement aucune iniquité impunie.

DONNERONT *sepulture à Tydée & Capaneus.* Tydée fut fils d'Oenée Roy de Calydonie, & pere de Diomedes ; ce tant renommé guerrier dans Homere, qui blessa Venus à la main deuant Troye, & Mars encores. Or ce Tydée ayant tué par mesgarde son frere Menalippus, il se retira deuers Adrastus Roy d'Argos, qui luy donna Deiphile, l'vne de ses filles en mariage; & l'autre nommée Argia à Polynices Prince de Thebes, frere d'Eteocles : deuers lequel Tydée alla en ambassade, pour faire instance des pretensions de son beau-frere. Surquoy non seulement il se haussa de paroles paraduanture plus qu'il ne deuoit ; mais deffia tous les Courtisans à telle sorte de combat qu'ils voudroient eslire; & les vainquit : dont creuans de dueil & enuie, s'en allerent iusques à cinquante mettre en embusche sur le chemin par ou il s'en deuoit retourner à Argos : & l'ayant viuement assailly en aguet, il les deffit neantmoins & tua tous, excepté vn appellé Mæon, qu'il renuoya à Eteocles pour luy en porter les nouuelles. Depuis estant retourné derechef à Thebes auecques l'armée des Princes liguez pour remettre Polynices en son heritage, il fut frappé d'vn coup de flesche à l'escarmouche, par vn Thebain du mesme nom de Menalippus qu'auoit son frere par luy mis à mort. Et se sentant qu'il estoit pres de sa fin, requit Amphiaraus de le venger. Lequel luy ayant de ce pas apporté la teste de son ennemy, il la deschira à belles dents, en mangea la chair, & huma la ceruelle. Pour raison de laquelle execrable cruauté, Minerue qui le vouloit immortaliser, voyant que pour auoir gousté de la chair humaine, il n'estoit plus capable d'obtenir cette grace, la transfera depuis à son fils Diomedes ; lequel fut finablement apres beaucoup de peines & trauaux, reduit au nombre des Dieux, auecques Castor & Pollux ; dont l'espousa la niepce Hermione, fille d'Helene. Quelques-vns le racomptent d'vne autre sorte. Quant à Capanée & à sa mort : voyez le 10. de la Thebaide du Poëte Stace, où tout cecy est fort ingenieusement descrit.

ET CE BOVRBIER *destrempé de sang & sueur.* Au Grec il y a, λύθρῳ τε ὑποδι σπόλος, ce qui ne se peut gueres bonnement rendre en François : Car λύθρον ou λύθρος, autrement πύος & πύος (les Latins l'appellent *Tabes*) est cette villennie & ordure de sang figé & corrompu, qu'on peut voir és boucheries, & au lieu où s'est passé quelque gros meurtre & carnage, dont Philostrate dit icy que se delecte si fort la Deesse Enyo sœur de Mars, autrement Bellone; qui est prise aussi bien souuent pour la guerre & les grosses batailles. Ce passage icy semble se rapporter à vn de Suetone en la vie de Tybere, tiltre cinquante-septiesme, où il dit que Theodore Gadaréen, qui luy apprenoit l'art d'Eloquence, apperceut en luy, combien que ce ne fust encores qu'vn ieune garçon, vn naturel pesant & enclin à cruauté. De maniere qu'en le tançant quelquesfois, il le souloit appeler πηλὸν αἵματι συμπεφυρμένον, argile ou fange destrempée de sang.

VOILA *vn pied de Grenadier nay de soy-mesme,* &c. Il feint icy apres les Poëtes, que la Furie qui enuenimoit ainsi ces deux freres, à vne telle picque & dissentiô, fit sourdre vn Grenadier sur leur sepulture : des grains duquel il semble encores que le sang degoutte, à cause qu'ils sont ainsi rouges. Le mesme dit Ouide au quatriesme de la Metamorphose, des Meures; lesquelles estâs auparauant blanches, se rougirent du sang de Pyramus, quand il se tua pres vne fontaine, pensant que s'amie Thisbé eust esté denorée d'vne Lionne. Et le Sophiste Aphthonius tout au commencement de ses Progymnasmates, racompte que Mars estant ialoux & ialoux d'Adonis, pour ce que Venus l'aimoit mieux que luy, delibera de le mettre à mort : & l'ayant grieuement blessé ; ainsi que Venus (qui en eut soudain les nouuelles) se hastoit pour l'aller secourir, en passant à trauers des rosiers se picqua au talon;& le sang decoulat teignit en rouge les roses, qui auparauant estoient blanches. Pausanias mesme qui se retiét és termes de l'histoire, prend ce Grenadier aussi bien que les autres pour vne estrâge merueille,côme nous en auons amené le passage sur le tableau de Menecée. Mais il se fust bien esbahy dauātage;& cust eu vne fort belle occasiõ d'asseoir les fondemens d'vne fable, luy & les autres qui en ont esté si friands, s'ils eussent cognu vne maniere de fruict assez commun és Indes Occidétales, qu'on appelle *Tunas,* lequel vient en certains chardons fort armez d'espines, de la grosseur d'vn œuf : ayant au reste vne couronne sem-

amaſſe finablement vne armée, auecques laquelle eſtant allé aſſieger Thebes, ils s'entretuent piteuſement luy & ſon frere Eteocles; qui à la verité luy vſoit d'iniuſtice. Mais qu'eſt-ce qu'en ont dit là deſſus tous les hommes de bon & ſain iugement? Noſtre Autheur meſme ſemble vouloir icy inferer, que celuy-là fuſt indigne d'eſtre apres ſa mort logé dans la terre qu'il vouloit aſſeruir. Et de vray c'eſt ny plus ny moins que ſi ayans receu quelque deſplaiſir & offenſe d'vn de nos proches parens, nous vouluſſions aller deſcharger noſtre courroux, & nous vanger ſur noſtre mere, la maſſacrant inhumainement. Toutesfois ce que Philoſtrate en a touché en ce tableau, vient apres les anciens tragiques : dont en premier lieu voicy ce qu'en dit Eſchyle, en la Tragedie *des ſept deuant Thebes.*

> E'τεοκλέα μὲν τὸνδ' ἐπ' ἐυνοίᾳ χθονὸς
> θαψαῖμεν ἔδοξε, γῆς φίλαις κατασκαφαῖς·
> ψυγῶν γὸ ἐχθροῖς, θανατον εἴλετ' ὸν πόλει, &c.

ESCHYLE. *Quant à cet Eteocles (dit-il) il a eſté ordonné de l'inhumer en la bien-vueillance de la terre : de cette terre (dis-ie) de luy aimée. Car hayſſant les ennemis d'elle, il a eſteu de mourir pour ſa cité: bon & denot perſonnage qu'il eſt, exempt de toutes les complainctes de noſtre temps, il a ſiné ſes iours de la maniere qu'il ſiet bien aux ieunes gens de mourir. Telle eſt la charge que i'ay de parler pour cettui-cy : & qu'on expoſe à la campagne le corps de ſon frere Polynices ; l'abandonnant aux chiens ſans luy donner ſepulture, comme vn perturbateur du repos public, & deſtructeur de ſa Patrie, ſi quelqu'vn des Dieux protecteurs ne l'euſt empeſché de ce faire. Au moyen dequoy encores demenra-il coulpable enuers eux, nonobſtant qu'il ſoit mort; puis que les meſpriſans, il a amené icy vne armée d'eſtrangers pour aſſieger la ville: & pourtant a l'on adviſé, qu'eſtant icy enſeuely dedans le ventre infame des oyſeaux, on luy laiſſe receuoir la recompenſe de meſme. laquelle il a bien meritée ; ſans l'accompagner de ſepulture faite d'ouvrage de main, ny de pleurs & lamentations plaintiues, ne l'honorer de faire, ni du connoy de ſes parens & amis.* SOPHOCLE *a auſſi fort ſoigneuſement touché ce meſme traict en l'Antigone; tant il leur a ſemblé remarquable à tous. Et à la verité il n'y a paſſion ſi vehemente, ne ſi iuſte courroux & douleur qu'on ne doiue laiſſer en arriere pour le reſpect & amour de ſon pays, & de ſes concitoyens.*

> E'τεοκλέα μὲν ὃς πόλεως ὑπερμαχῶν
> ὄλωλε τῆς δε, πᾶντ' ἀριςεύσας δόρει, &c.

SOPHOCLE. *Quant à Eteocles, lequel combattant pour le pays, & faiſant vaillamment ſon deuoir a ſiné ſes iours, qu'il ait ſepulture; & qu'on enfuiſſe auecques luy toutes les choſes qu'on a de couſtume de mettre quand & le corps des gens de bien. Mais ſon frere, Polynices di-ie, qui reuenant d'exil a voulu tout reduire en cendre ſa Patrie, & les Dieux protecteurs d'icelle : qui s'eſt voulu aſſouuir & repaiſtre d'vn ſang ſi proche, & mettre ceux-cy en captiuité; ie deffends aux citoyens, de luy faire aucun deuoir ; ne de luy donner couuerture quelconque ; ains d'en laiſſer ignominieuſement le corps non enſeuely à la mercy des chiens & oyſeaux, pour leur ſeruir de paſture.* EVRIPIDE *és Pheniciennes.*

> νεκρῶν δὲ τῶνδε, τὸν μὲν εἰς δόμοις χρεὼν
> ἤδη κομίζειν τὸνδε δ', ὃς πέρσων πόλιν
> πατρίδα σὺν ἄλλοις ἦλθε Πολυνείκεος, νέκυν,
> ἐκβάλλετ' ἀθαπτον, τῆς δ' ὅρων ἔξω χθονὸς, &c.

EVRIPIDE. *De ces corps morts il en faut porter l'vn tout preſentement dans la ville : mais l'autre qui eſtoit venu auecques les eſtrangers vſiner ſa Patrie; le corps (di-ie) de Polynices, iettez-le là ſans luy donner ſepulture, hors les limites de ce territoire. Et faictes-plus entendre à tout le peuple Cadméen, que quiconque ſera trouué l'ornant de bouquets & chappeaux de fleurs, ou le couurant de terre, ſoit irremiſſiblement mis à mort; ains ſans le pleurer ny enſeuelir, qu'on le laiſſe-là deuorer aux oyſeaux. Car (ce dit Creon puis-apres) n'eſt-il pas raiſonnable que celuy-là porte la peine d'eſtre priué de toute ſepulture, & abandonné aux chiens & à la volatille, qui s'eſt ainſi declaré mortel ennemy de ſa chere Patrie? Ce qu'on ne peut, ny ne doit faire pour quelque occaſion que ce ſoit.*

IL SEMBLE au reſte en cet endroit que le deuoir de la pieté humaine combatte contre l'ordonnance du Magiſtrat. A ſçauoir mon ſi Antigone deuoit eſtre punie pour auoir faict vne choſe ſi charitable, & recommandée à toutes nations, que d'inhumer le corps de ſon frere, nonobſtant qu'il euſt deſſenſe au contraire. C'eſt vn doute qui n'eſt pas petit, ne bien aiſé à reſoudre. Car comme elle dit à Creon dans Sophocle.

> ὀυδὲ θένειν τοσοῦτον ᾤμλν τὰ ςὰ
> κηρύγμαθ', ὡς' ἀγραπτα κάσφαλῆ θεῶν
> νόμιμα δύναῶαι θνητὸν ὄντ' ὑπερδραμεῖν, &c.

Ie n'eſtimoû pas tes Edicts eſtre de telle importance, que pour raiſon de cela, la creature mortelle doiue enfraindre les obſeruations accouſtumées enuers les Dieux, & leurs ordonnances qui ne ſont point autrement eſcrites,

ANTIGONE.

escrites, pour auiourd'huy ou hier seulement ; mais fermes & stables à tousiours ; sans qu'aucun puisse dire d'où elles sont sorties. Parquoy ie ne les ay deu violer, pour crainte ou respect de personne, & demeurer par ce moyen coulpable enuers les Dieux ; d'autant que ie sçauois assez deuoir quelquesfois mourir.
Ce sont les raisons qu'Antigone allegue pour ses excuses, conformes aucunement à quelques passages de nostre escriture : comme, *Præstat obedire Deo quàm hominibus :* & autres tels. Neantmoins le mesme Poëte introduit apres Creon, parlant ainsi à son fils ;

τῆς δ᾽ ὀρθουμένω
σώζει τὰ πολλὰ σώμαθ᾽ ἡ πειθαρχία.

Quoy que ce soit, és choses du monde, mesmement és indifferentes, l'on ne peut faillir d'obeir & s'accommoder à l'ordonnance du souuerain ; que s'il decerne & enioint quelque chose de desraisonnable, c'est à luy puis apres à en respondre deuant la diuine vengeance, qui ne laisse finablement aucune iniquité impunie.

D O N N E R O N T *sepulture à Tydée & Capaneus.* Tydée fut fils d'Oenée Roy de Calydonie, & pere de Diomedes ; ce tant renommé guerrier dans Homere, qui blessa Venus à la main deuant Troye ; & Mars encores. Or ce Tydée ayant tué par mesgarde son frere Menalippus, il se retira deuers Adrastus Roy d'Argos, qui luy donna Deiphile, l'vne de ses filles en mariage ; & l'autre nommée Argia à Polynices Prince de Thebes, frere d'Eteocles : deuers lequel Tydée alla en ambassade, pour faire instance des pretensions de son beau-frere. Surquoy non seulement il se haussa de paroles paraduanture plus qu'il ne deuoit ; mais deffia tous les Courtisans à telle sorte de combat qu'ils voudroient eslire ; & les vainquit : dont creuans de dueil & enuie, s'en allerent iusques à cinquante mettre en embusche sur le chemin par ou il s'en deuoit retourner à Argos : & l'ayant viuement assailly en aguet, il les deffit neantmoins & tua tous, excepté vn appellé Mæon, qu'il renuoya à Eteocles pour luy en porter les nouuelles. Depuis estant retourné derechef à Thebes auecques l'armée des Princes liguez pour remettre Polynices en son heritage, il fut frappé d'vn coup de flesche à l'escarmouche, par vn Thebain du mesme nom de Menalippus qu'auoit son frere par luy mis à mort. Et se sentant qu'il estoit pres de sa fin, requit Amphiaraus de le venger. Lequel luy ayant de ce pas apporté la teste de son ennemy, il la deschira à belles dents, en mangea la chair, & huma la ceruelle. Pour raison de laquelle execrable cruauté, Minerue qui le vouloit immortaliser, voyant que pour auoir gousté de la chair humaine, il n'estoit plus capable d'obtenir cette grace, la transfera depuis à son fils Diomedes ; lequel fut finablement apres beaucoup de peines & trauaux, reduit au nombre des Dieux, auecques Castor & Pollux ; dont il espousa la niepce Hermione, fille d'Helene. Quelques-vns se racomptent d'vne autre sorte. Quant à Capanée & à sa mort : voyez le 10. de la Thebaïde du Poëte Stace, où tout cecy est fort ingenieusement descrit.

E T C E B O V R B I E R *destrempé de sang & sueur.* Au Grec il y a, λύθρω τε ἱδροϊ πηλὸς, ce qui ne se peut gueres bonnement rendre en François : Car λύθρον ou λύθρος, autrement πύος & πύον (les Latins l'appellent *Tabes*) est cette villennie & ordure de sang figé & corrompu, qu'on peut voir és boucheries, & au lieu où s'est passé quelque gros meurtre & carnage, dont Philostrate dit icy que se delecte si fort la Deesse Enyo sœur de Mars, autrement Bellone ; qui est prise aussi bien souuent pour la guerre & les grosses batailles. Ce passage icy semble se rapporter à vn de Suetone en la vie de Tybere, tiltre cinquante-septiesme, où il dit que Theodore Gadaréen, qui luy apprenoit l'art d'Eloquence, apperceut en luy, combien que ce ne fust encores qu'vn ieune garçon, vn naturel pesant & enclin à cruauté. De maniere qu'en le tançant quelquesfois, il le souloit appeller πηλὸν αἵματι συμπεφυρμένον, argile ou fange destrempé de sang.

V O I L A *vn pied de Grenadier nay de soy-mesme,* &c. Il feint icy apres les Poëtes, que la Furie qui enuenimoit ainsi ces deux freres, à tele picque & dissentio, fit sourdre vn Grenadier sur leur sepulture : des grains duquel il semble encores que le sang degoutte, à cause qu'ils sont ainsi rouges. Le mesme dit Ouide au quatriesme de la Metamorphose, des Meures ; lesquelles estãs auparauant blanches, se rougirent du sang de Pyramus, quand il se tua pres vne fontaine, pensant que s'amie Thisbé eust esté deuorée d'vne Lionne. Et le Sophiste Aphthonius tout au commencement de ses Progymnasmates, racompte que Mars estant deuenu ialoux d'Adonis, pour ce que Venus l'aimoit mieux que luy, delibera de le mettre à mort : & l'ayant griefuement blessé ; ainsi que Venus (qui en eut soudain les nouuelles) se hastoit pour l'aller secourir, en passant à trauers des rosiers se picqua au talon ; dõt le sang decoulat teignit en rouge les roses, qui aparauant estoient blanches. Pausanias mesme qui se retiẽt és termes de l'histoire, prend ce Grenadier aussi biẽ que les autres pour vne estrãge merueille, cõme nous en auons amené le passage sur le tableau de Menecée. Mais il se fust bien esbahy dauátage, & eust eu vne fort belle occasiõ d'asseoir les fondemens d'vne fable, luy & les autres qui en ont esté si friands, s'ils eussent cognu vne maniere de fruict assez commun és Indes Occidẽtales, qu'on appelle *Tunas*, lequel vient en certains chardons fort armez d'espines, de la grosseur d'vn œuf : ayant au reste vne couronne sem-

Y y ij

blable à celle des Mesles. Il y en a pour le iourd'huy à Rome & à Naples grande quantité : dont
si l'on en mange seulement deux ou trois (car elles ne sont point autrement dangereuses ; au
contraire il y a des peuples, qui la plus-part de l'année ne viuent d'autre chose) elles colorent
l'vrine, estans fort diuretiques, & la rendent du tout semblable à du sang. Ce qui auroit mis autresfois des personnes en peine, n'en sçachans pas la proprieté. Mais pour retourner au Grenadier, ce n'est pas chose du tout hors de propos que les Poësies l'apposent à la sepulture de ces
deux freres qui s'entre-tuerent. Car les Rabins en leurs annotations sur les sainctes lettres interpretent ce fruict icy pour la concorde, à cause des grains si bien arrangez & coherens l'vn
auec l'autre ; au moyen dequoy on le souloit representer és vestemens sacerdotaux de leurs sacrificateurs & pontifes.

LES FLAMMES *qui se reiettent l'vne deçà, l'autre delà, tesmoignent assez le discord qui continuë en
ce tombeau.* Pausanias és Bœotiques. *Les Thebains afferment qu'en sacrifiât aux enfans d'Edippus comme
aux autres Heröes, la flamme & la fumée qui en sort se separe tousiours en deux.* Ce que tesmoigne aussi
le Poëte Stace en sa Thebaïde, & assez d'autres. Mais cela sent beaucoup mieux sa fable que son
histoire.

EVADNE.

DIALOGVE.

D. *Euadné qui te faict couvir sur ce rocher?*
R. *Pour me precipiter apres dans ce buscher.*
D. *Pour aller à la mort faut-il estre si braue?*
R. *Oüy, car ie ne veux pas trespasser en esclaue.*
D. *Qui causa tes ennuis & ta douleur extreme?*

R. *La mort de mon mary qui se ruina soy-mesme.*
D. *Tu te deuois garder pour meilleure saison.*
R. *Vn Amour violent n'a point tant de raison:*
Si Capanée n'a point assez de repentance,
Voicy que par ma mort i'expieray son offence.

Y y iij

EVADNE.

ARGVMENT.

DRASTVS *Roy d'Argos ayant donné l'vne de ses filles en mariage à* *Polynices fils d'Edippus, il l'accompagna auecques toutes ses forces,* *& celles de ses alliez, pour l'aller remettre au Royaume de Thebes:* *mais l'entreprise succeda si mal, que tous y laisserent les vies, fors ice-* *luy Adrastus, & Amphiaraus le Prophete; lequel neantmoins en s'en retour-* *nant, fut englouty tout vif de la terre, en la contrée de l'Attique. Adrastus enuoya* *depuis demander gracieusement à Creon, qui s'estoit emparé de la couronne par* *la mort des deux hoirs d'icelle, les corps de ceux qui y auoient finé leurs iours, afin* *de leur donner sepulture; ce qu'il luy refusa tout à plat. Au moyen dequoy ne se* *sentant assez fort pour l'amener à cette raison, il eut recours à Theseus Roy d'A-* *thenes, qui en fist quelque difficulté du commencement, pour ce qu'il ne se vouloit* *pas si à la vollée precipiter à vne guerre non necessaire luy & son peuple; pour cho-* *se mesmement qui ne luy touchoit en rien: mais vaincu à la fin par les prieres &* *instances de sa mere Ethra, il mena son armée contre Creon; lequel apres auoir* *receu des Atheniens quelques dommages & degasts en ses terres, rendit les corps* *de peur d'auoir pis. Theseus fit là enterrer sur le lieu les simples soldats, & emme-* *na les Princes à Athenes, où il leur fit à tous de fort magnifiques obseques, selon* *la mode des Grecs, fors à Capaneus. Car pourautant qu'il n'auoit pas esté tué de* *main d'homme; ains par la dextre propre de Iuppiter, qui le foudroya à cause de* *ses blasphemes & maugréemens, & à cette cause le tenoit comme pour chose inter-* *dicte & excommuniée, le fit brusler à part des autres: là où sa femme Euadné fille* *d'Iphys, vaincuë d'vne impatience d'Amour qu'elle portoit à son mary, s'estant* *ornée de ses plus precieux habillemens & ioyaux, tout ainsi que pour assister à* *quelque solemnel sacrifice; auant qu'on s'apperceust de ce qu'elle auoit enuie de fai-* *re, se ietta du haut d'vne roche (au pied de laquelle on brusloit le corps) tout au* *beau milieu du buscher; & fina là piteusement ses iours, en la compagnie de celuy* *qu'elle monstra auoir plus cher que sa propre vie; laissant vn exemple tres-memo-* *rable à toutes les femmes d'honneur, non pas de faire ce qu'elle fit, pour la seconder* *en ce desespoir, mais à tout le moins d'vne ferme & constante amour enuers* *ceux qui leur auront premierement esté conioincts par vn loyal & legitime ma-* *riage.*

L'E

E BVSCHER allumé, & les beftes efgorgées à l'en-
tour, & ce corps mort gifant au milieu d'iceluy, plus
grand que pour fembler eftre d'vne perfonne: & cette femme qui fe iette ainfi à corps perdu dans le feu:
tout cela a efté icy peint, mon bon amy, pour vne telle
occafion. Les parens & amis de Capanée l'enfeueliffent en Argos; ayant efté mis à mort par Iuppiter deuant Thebes, comme defia il eftoit monté au haut
des murailles. Car vous auez peu entendre des Poë-
tes, comme il fut emporté par vn coup de foudre, pour auoir defgorgé de
trop fieres & arrogantes paroles enuers Dieu, tellement qu'il perit auant que
d'eftre tresbuché à bas. Apres doncques que les chefs, & tout le refte de l'armée eurent finé leurs iours deuant le chafteau de Cadmus; & les Atheniens
obtenu à force qu'ils feroient inhumez, Capanée fut apporté fur la place, où
il eut les mefmes honneurs & deuoirs que Tydée, Hippomedon, & les autres: & cecy d'abondant encore outre & par deffus tous les chefs, Princes &
Roys. D'autant que fa femme Euadné fe refolut de mourir deffus luy: non
pas en fe donnant vn coup de poignard à la gorge; ny en s'eftranglant auec
quelque cordeau, côme affes d'autres femmes ont fait pour l'amour de leurs
maris: Car elle s'é va droit au feu, ne penfant point iufques icy auoir eu d'efpoux, fi luy ne l'a auffi prefentement. Voila doncques ce qui a efté adiousté
de plus à la fepulture de Capanée. Là où fa loyalle femme s'eftant parée tres-
richement, à la mode de ceux qui agencent des bouquets & chappeaux de
fleurs, & des ioyaux d'or pour leur facrifices, afin que ce qu'ils offrent aux
Dieux foit tant plus magnifique & agreable; fans ietter aucun pitoyable regard, fe lance au trauers du feu: appellant (comme ie croy) fon mary: Car elle
reffemble à quelqu'vn qui s'efcrie, ne fe doutant point iufques icy auoir d'ef-
fait nomplus de difficulté de foubs-mettre fa tefte pour luy au mortel coup
de la foudre. Ce pendant ces petits Cupidons faifans ce qui eft de leur charge
& office, mettent le feu au bucher auec leurs flambeaux: ne pretendans pas
de contaminer le leur pour cela, ains de l'auoir plus plaifant & plus net, puis
qu'ils enfeueliffent dedans ceux qui fi dignement ont vfé de l'Amour.

ANNOTATION.

O V T cecy eft traicté fort elegamment fur la fin des Suppliantes d'Euripide.
ὔτ᾽ ἀν᾽ γ᾽ ἔτ᾽ ὀρθὰς Καπανέως κεραύνιον
δέμας καπνῦται κλιμάκων ὀρθοςάτων,
αἳ προσβαλὼν πύλαισιν, ὤμοσεν πόλιν
πέρσην, θεὖ θέλοντος, ἤ τε μὴ θέλῃ.

EVRIPIDE,

*Le Corps de Capanée à bon droit accablé de la foudre, ne fume plus: lequel ayant planté des efchelles debout aux
portes de Thebes, iura qu'il ruincroit la ville, Dieu le voulant ou ne le voulant pas, &c. & encore és Phenif-
fiennes.*

Καπανεὺς δὲ, πῶς εἴποιμ᾽ ἀν ὡς ἐμαίνετε;
μαχεώόχανος γὸ κλίμακος πρὸς ἀμβάσης
ἔχων ἐχώρῃ, ᾗ τοσόνδ᾽ ἐκόμπασε, ἕτς.

Quant à Capanée, comment diray-ie qu'il forcena? Car montant le long d'vne haute efchelle, il brauoit ou-

trageusement : que le redoutable feu mesme de Iuppiter ne le sçauroit engarder de ruiner la ville de fonds en comble : & en disant cela fut renuersé à coups de pierre. Neantmoins il se traina en roullant soubs son large escu, & se mit à remonter de rechef par les polix. eschellons des perches. Mais là dessus Iuppiter frappa d'vn grand coup de foudre le parapet de la muraille, dont la terre resonna fort horriblement : de maniere que chacun fut saisi d'vne extreme frayeur. Et de l'eschelle tomboient piece à piece les membres de cest arrogant, de la mesme impetuosité & roideur que s'ils eussent esté enuoyez d'vne grosse fonde. Les cheueux se herissonnoient contremont, & le sang s'espandoit en bas : les pieds auec les mains toupioient en l'air comme la rouë d'Ixion ; & le corps tout en feu tresbucha par terre.

LES *Cupidons mettent le feu au buscher auec leurs flambeaux.* Plutarque dit que les Poëtes entre les autres Epithetes qu'ils donnent à l'Amour, luy attribuent aussi celuy de πυρφορος, *porte-feu* ; & les peintres & imagers le façonnent auec vn flambeau au poing ; pour raison que la lumiere du feu est tres-agreable ; mais le bruslement d'iceluy aspre & douloureux sur tous autres, ny plus ny moins que de l'Amour.

THEMISTOCLES.

Cette glorieuse victoire,
Qui t'acquit iadis tant de gloire,
Et le graue accent de ta voix;
Seruiront à iamais de marque,
Que le sceptre de ce grand Monarque,
A tousiours fleschy soubs tes loix:

Mais cette indigne recompence,
Que tu receus pour ta vaillance,
Et ton ingrat bannissement;
Apprendront tousiours aux plus sages,
Que tous les peuples sont volages,
Et leur faueur sans iugement.

THEMISTOCLES.

ARGVMENT.

L'Entreprise *que le Roy Xerxes fit iadis ſur la Grece, & ce qui en ſuccéda à la fin, peu de gens l'ignorent : ny le deuoir pareillement de The-miſtocles ; par le bon ſens & vaillance duquel les Barbares furent def-faits prés l'Iſle de Salamine, dont s'en enſuiuit le gain de la cauſe. Mais pour autant que la vertu eſt plus intolerable à la longue que l'imperfection & inſuffi-ſance des hommes; meſmement parmy vn inſolent & deſbauché populaire, plus mal-aiſé beaucoup à contenir en proſperité, que quand les choſes ſont aduerſes, de manie-re qu'enuers ceſte eſtrange & bizarre maniere de beſte, le merite ne peut auoir au-cun lieu ; car ceux qui luy ont le mieux fait encourent le plus ſouuent ſa mortelle hai-ne & diſgrace. Themiſtocles pour recompence de ſes ſeruices fut ſoubſçonné de ſes concitoyens de s'entr'entendre auec les Perſes, et de conſpirer de leur trahir ſa Pa-trie : parquoy il ſe retira à garand deuers Admetus Roy des Moloſſes, lequel ayant fort inſtamment eſté recherché par les Lacedemoniens de le rendre, ne voulut vſer d'vne telle desloyauté enuers celuy qui auoit eu recours à ſa franchiſe, & d'au-tre part pour n'irriter vn ſi puiſſant peuple à l'encontre de luy, il fut contraint de s'en deffaire. Luy ayant doncques donné ſoubs main vne bonne ſomme d'argent, il ſe ſauua en Aſie deuers vn autre ſien hoſte, & ancien amy nommé Liſythides; homme riche, & de fort grand credit & authorité enuers le Roy Xerxes, pour luy auoir fait beaucoup de ſeruices en ſon paſſage de la Grece. Cettui-cy vain-cu à la fin des prieres de Themiſtocles, l'enuoia en Perſe, car il craignoit, que pour auoir eſté autheur et principal moyen de la victoire de Salamine, Xer-xes ne le fiſt tres-cruellement mourir, ſi vne fois il le pouuoit tenir en ſes mains : mais en cecy il vſa d'vne telle ruſe, pour le paſſer ſeurement à trauers le pays du Roy, iuſqu'à venir en ſa preſence. Car c'eſtoit la couſtume, quand on luy menoit quelque excellente creature en beauté pour ſes plaiſirs & delices, que ce fuſt dans vn chariot exactement clos & couuert, afin qu'il en euſt le premier non ſeule-ment la ioüyſſance, mais la veüe encore : de maniere qu'il n'y auoit homme ſi oſé ne hardy de s'enquerir de rien ſur ce fait, par tous les lieux où cela paſſoit. Ainſi Liſythi-des ayant equippé à grands frais vne tres-riche, et magnifique Carrozze, couuerte de tous coſtez, iuſqu'en terre d'excellens draps de ſoye, mit Themiſtocles là dedans; & le mena par ce moyen ſans aucun contredit ſain & ſauue deuers le Roy: là où de pleine arriuée, il ſceut ſi bien faire ſes excuſes enuers luy, qu'il le gaigna*

en

en tout et par tout: ſi qu'en lieu de quelque mauuais traiɛtement, il luy fit tous les honneurs, careſſes, et bonnes cheres, dont il ſe peut aduiſer, auec de tres-magnifiques preſens. Sur ces entrefaites Mandané ſœur de Xerxes, laquelle auoit perdu tous ſes enfans à la bataille de Salamine, & eſtoit grandement reſpeɛtée des Perſes, tant à cauſe du lieu qu'elle tenoit, que pour ſes vertus & merites, ayant eſté aduertie de l'arriuée
de Themiſtocles, fit vne merueilleuſe inſtance & pourſuitte enuers ſon frere de le mettre à mort : & ne pouuant gaigner ce point enuers luy, eut recours aux principaux
du conſeil, & au peuple, leſquels eſmeuz, à pitié de ſa deſfortune, entrerent de furie
dans le palais à grands criz & clameurs, demandans qu'on leur deliuraſt celuy qui
leur auoit porté vne telle honte et dommage, pour en faire la punition. Finablement
la choſe fut remiſe au conſeil des Princes. Et ayant là deſſus eſté donné quelque delay
à Themiſtocles pour apprendre ce-pendant la langue Perſienne, à ce que luy meſme
peut plaider ſa cauſe, il ſceut ſi bien dire, que par toutes les voix & ſuffrages il fut ab-
ſouz, à pur et à plein. Le Roy luy donna depuis vne grand' Dame en mariage, auec
trois villes en la coſte de l'Ionie. Mais voyant à la fin qu'il ne pouuoit accomplir ſes
promeſſes, ou peut eſtre ne voulant faire ce tort à ſon pays, il beut du ſang de Taureau; et ainſi fina pauurement ſes iours l'vn des plus renommez Capitaines qui fut
onc en la Grece: apres auoir gouſté en maintes ſortes des fruits que produit le manimēt
& entremiſe des affaires du monde; la plus part beaucoup plus amers que plaiſans.

V N Grec entre les Barbares: vn perſonnage de valeur
parmy des gens deſbauchez & voluptueux, veſtu d'v-
ne ſimple robe à l'Athenienne; leur fait (à mon aduis)
quelque bien ſage remonſtrance : les admoneſtant, &
taſchant de les retirer de leur trop delicatte forme de
viure. Car ſe ſont icy les Medois; & Babylone chef de
Medie, comme placée au milieu; & les marques Roya-
les d'vn Aigle d'or, placquée emmy vne targue. Et le
Roy meſme dans vn throſne d'or, madré diaſpré com-
me vn Paon. Or le peintre ne cherche pas ſa loüange pour auoir fort naïfuement contrefait la Tiare, ornement de la teſte: ne le beau rocher dit Calaſi-
ris, ne la grand' iuppe d'au-deſſoubs, ne les monſtrueuſes figures des beſtes
ſauuages, telles que les Barbares ont de couſtume d'en varier leurs habits:
mais à cauſe de l'or il merite certes d'eſtre eſtimé; l'ayant repreſenté de ſorte
qu'il nous reſioüiſt tout le cœur & conſerue naïfuement ce qui y a eſté empreint. Et par Iuppiter auſſi pour la mine de ces Eunuques, & que la ſale ſoit
toute d'or: Car elle ne ſemble pas eſtre peinte: ains eſt pourtraiɛte tout ainſi
qu'vn baſtiment de relief. Nous y ſentons puis-apres l'odeur de l'encens &
de Myrrhe: car les Barbares alterent en cette maniere la ſimplicité libre de
l'air. Les hallebardiers d'autre part, & les Satellites deuiſent l'vn à l'autre de
ce Grec, qu'ils ont en vne admiration fort grande à cauſe de ſes vaillances &
beaux faits d'armes. Car vous auez bien oüy (ce me ſemble) comme Themiſtocles fils de Neocles ſe retira d'Athenes à Babylone, apres cette glorieuſe
viɛtoire de Salamine, ne ſachant bonnement où ſe ſauuer en toute la Grece:
& diſcourut fort bien au Roy le grand ſeruice qu'il luy fit, lors qu'il eſtoit
conduɛteur de l'armée. Il n'y a rien au ſurplus de tous ces Medois qui le par-

trouble ny eftonne, ains fe monftre tout affeuré comme s'il eftoit fermé
planté fur vne pierre. Mais fon parler n'eft point felon noftre mode : Car
il medite maintenant, ayant elabouré de longue-main ce qu'il dit. Que fi
vous ne le croyez, regardez vn peu ie vous prie, comme les affiftans monftrent des yeux de l'entendre fort aifement. Voyez auffi Themiftocles dont
la mine reffemble à ceux qui haranguent : mais à la profonde cogitation de
fa veuë, il peine & cherche à par-foy, comme celuy qui parle vne langue
eftrangere, & qu'il a puis-n'agueres apprife.

ANNOTATION.

 A Tiare fouloit eftre anciennement la coiffure des Dames de Perfe,
haut efleuée en forme d'vn pain de fucre, & toute droite, comme dit
Lucian au Dialogue du Carracon; dont vferent depuis les Roys de Perfe,
& leurs facrificateurs; non guere diffemblables de la mittre de noz Euef-
ques. Là où le Diademe eftoit feulement vne bande de toile blanche ou
d'autre femblable eftoffe, qu'on entortilloit autour des couronnes, ou des
chappeaux de Laurier : la couleur eftant ce qui plus reffentoit fon authorité royale. Car Pompée fut foubfçonné d'auoir afpiré à la Tyrannie, pour
auoir feulement porté vne iarretiere blanche, feruant de ligature à vn vlcere qu'il auoit à la iambe : à caufe (comme dit Fauonius dans Valere remarquant à cela Pompée) qu'il n'y a point de
difference en quelle partie du corps le Diademe fe porte. Calafiris eftoit vne longue robbe de fine toile de lin, dont vfoient auffi les Perfes, & les Egyptiens. Et Candys felon Pollux au dixiefme liure vne tunique, iuppe, ou foutane, de pourpre marin quant au Roy; & des autres, d'efcarlatte fimple. Par où il appert affez, qu'il y auoit grande difference de ce qui s'appelloit ἁλιπόρφυρος, qui eftoit felon mon aduis le beau cramoify de haute couleur, ou efcarlatte rouge-ver-
meille, & πορφύρεα, qui deuoit eftre la violette; attendu ce qu'importe la fignification de ce mot
ἁλιπόρφυρος, qui non feulement fe peut referer à ἃλς ou ἁλία, qui fignifie la mer, mais encore
par la fubftraction & mangement d'vn λ, de ἄλλος, autre; comme qui diroit autre couleur que le
pourpre violet, ainfi que l'interpretent quelques vns. Sur tout le refte de ce tableau ne fe prefente rien à dire qui foit d'importance, & merite autre explication, fi d'auanture fur ce qui eft dit à
la fin du tableau, Mais à la profonde cogitation de fa veuë, &c. on ne veut amener ces vers icy du Sa-
tyrique qui s'y conforment prefque du tout.

Ce que Iuue-
nal a imité de
ce que dit Ho-
lene à Priam
touchât la con-
tenance d'V-
lyffe deuant
qu'il harãgaft,
au troifiefme
de l'Iliade
d'Homere.
Σταίκεν, ὑ-
παὶ δ᾽ ἴδεσκε κς᾽
χθονὸς ὄμματα
πήξας.

Obftipo capite, & figentem lumine terram,
Murmura cùm fecum, & rabiofa filentia vodit,
Atque exporrecto trutinatur verba labello.

LA

DIALOGVE.

D. *Nymphe tandis que tu t'amuses,*
A faire paroistre ton cœur,
Tu ne dis pas que tu refuses,
La volupté par ta rigueur.

R. *Ie ne veux point estre subiette,*
A ses delitieux appasts,

Et d'autant que ie la reiette
Ie recherche aussi les combats.

D. *Pourquoy estois tu la Deesse,*
De ces peuples si valeureux?

R. *C'est que mon sexe & ma ieunesse,*
Les forçoit d'estre courageux.

Z 2

LA PALESTRE.

ARGVMENT.

E SVBIECT *du present tableau depend de la fin de celuy d'Antée; là où Mercure est mis pour le superintendant de la Lucte. Mais Philostrate le fait icy estre pere d'elle, qu'il descript soubs la forme d'vne belle ieune grand'garce, robuste, disposte, & virile; nourrie au trauail et sueur des exercices à corps nud; esquels elle ne craint de prester le collet aux plus forts et huppez iouuenceaux; qui luy voudroient volontiers faire l'amour & la poursuiure en mariage, mais elle n'y veut pas entendre: ayant plus le cueur aux combats, et aux ieux de prix solemnels vsitez, entre les vaillans champions, qu'au mesnage, & à porter des enfans. Quelques vns, comme dit Plutarque au 2. des Symposiaques, veulent deriuer ce nom cy de* Palé, *comme qui diroit antique: Car de la Palestre ont pris leur appellation tant le parc, les lisses, et carriere où se faisoient ces exercices & combats, que toutes les sortes et differences d'iceux: au moyen dequoy on estimoit la lucte estre la plus ancienne de tous les autres. Ce que toutefois Homere en son Iliade semble ne vouloir pas accorder, ains mettre l'escrime des coups de poing la premiere; comme nous l'auons remarqué ailleurs. Les autres veulent que ce soit de* πηλὸς, *qui signifie* sange, *et* κονίσρα, *sablon ou poussiere: & encore de* χρωμα, *vne maniere d'onguent composé d'huile & de cire, dont se frottoient communément les lucteurs pour rendre plus malaisées leurs prises. Les autres de* παλύειν *renuerser & mettre par terre; parce que c'est à quoy l'on tend à la lucte. Les autres de* παλαμη, *la paume de la main; l'endroit de toute la personne duquel on s'aide le plus en ces exercices. Les autres encore de* παλύνειν *saulpoudrer, & semer de poudre, comme font les lucteurs. Les autres finablement de* πίλας, *c'est à dire* aupres; *d'autant qu'en la lucte on se ioint et serre de prés, plus qu'en nul autre des combats.*

E LIEV icy est l'Arcadie, voire tout le meilleur endroit d'icelle, & où se plaist le plus Iuppiter: nous l'appellons quant à nous l'Olympie: où toutesfois le jeu de prix de la lucte n'est point estably encore; ny le desir de lucter: mais il le sera cy apres. Car Palestre fille de Mercure estant maintenant en fleur d'aage, a inuenté cette maniere d'exercice en l'Arcadie : & le territoire s'en resioüyst; à cause que par ce moyen toutes sortes de ferremens belliques qui s'estoient liguez auec les humains, seront estuyez, & mis en serre soubs la clef. De maniere que les

carrieres

carrieres & les liſſes ſembleront bien plus agreables que les camps: car l'on
y combattra à corps nud. Auſſi ſont ces exercices de vray propres aux ieunes
gens ; dont voyez vn peu cette trouppe à l'entour de Paleſtre, gaiz & deliberez, qui gambadent, & l'arraiſonnent l'vn apres l'autre ; reſſemblans proprement eſtre des Geans:mais la fille d'vn courage viril leur declare tout net,
que de ſon bon gré elle ne ſe mariera à perſonne, & qu'elle ne veut point
auoir d'enfans. Les combats au reſte ſont tous ſeparez entr'eux : celuy là
eſtant le plus eſtimé qui s'approche le plus de la luête. Que ſi vous accomparez la mine & façon de Paleſtre auecques celle d'vn Iouuenceau,ce ſera vne
fille ; ſi auec vne fille, elle ſemblera vn garçon : Car ſa cheuelleure n'eſt pas
telle qu'on la puiſſe treſſer: & ſon regard conuient à l'vn & à l'autre ſexe,
auec vn ſourcil qui deſdaigne tant les amants que les luêteurs. Auſſi ſçait elle
bien dire qu'elle ſe ſent aſſez puiſſante pour ces deux manieres de gens : & ſe
gardera bien (tant elle a d'addreſſe & de ruze) que quiconque la prendra au
collet, ne luy mettra pas la main au tetin pour cela: lequel, tout ainſi qu'à vn
beau ieune Adoleſcent delicat, ne fait que poindre tant ſoit peu. Or elle ne
priſe rien que ce ſoit de feminin; Car meſme elle n'appete pas d'auoir les bras
& eſpaules blanches: & ne loüe nomplus les Dryades de ce qu'elles ſe blanchiſſent à l'ombre: ains comme celle qui habite en la renfondrée Arcadie,
cherche la couleur de ſon tein des rays du Soleil, & il la luy introduit tout
ainſi qu'vne belle fleur, rendant cette fille vermeille d'vne façon mediocre.
Qu'elle ſoit finablement peinte aſſiſe, cela monſtre, mon amy, le grand artifice du peintre; parce qu'il y a touſiours beaucoup d'ombrages en cette
forme d'aſſiette : portraicte icy d'vne bien bonne grace,mais c'eſt le rameau
d'Oliuier qui cauſe cela, mis en ſon ſein ſur la chair nuë: Car la Paleſtre aime
fort cette plante, pour raiſon qu'elle fauoriſe à la luête: & que les hommes
y prennent vn ſingulier plaiſir.

ANNOTATION.

ARCADIE eſt vne des regions du Peloponeſe; fort montueuſe, car on y remarque
bien 76. montagnes ſeparées l'vne de l'autre; au moyen dequoy elle eſt plus propre aux nourritures du beſtail que nompas au labourage. Elle fut premierement
appellée Pelaſgie (comme le marque Euſtathius ſur l'Iliade)du Roy Pelaſgus,
treſſage Prince qui monſtra au peuple, lequel iuſques à lors ne viuoit que de racines, herbages cruds, & du brout des arbres, l'vſage de la farine: tant furent ſimples les premiers
hommes. Mais ayant finablement eſté conquiſe par Arcas fils de Calyſton (ainſi que dit Pauſanias és Arcadiques) elle prit le nom d'iceluy, leur ayant appris la maniere de ſemer le bled, & de
faire du pain ; ce qu'il auoit ſçeu de Triptolemus : de faire auſſi des toiles, & des draps de laine
pour ſe veſtir, ſelo qu'Adriſtas luy auoit enſeigné. Ceſt Arcas-cy eſpouſa, non vne femme mortelle, mais la Nymphe Dryade : qui eſt cette alluſion que veut faire icy Philoſtrate vers la fin du
tableau, où il dit que Paleſtre n'approuue pas les Dryades en ce qu'elles ſe blanchiſſent à l'ombre. Quant à ce qu'il adiouſte puis apres au meſme endroiêt, qu'elle habite la creuſe ou profonde Arcadie,ce que nous auons tourné *renfondrée* au lieu de κοίλη, il ne veut entendre autre choſe
que les vallons & fondrieres, où la chaleur eſt ordinairement plus vehemente que nompas ſur
les hautes montaignes,dont eſt par tout ſemé cet endroit de pays,qu'il appelle icy Olympie:par-
ce qu'il eſtoit tout ioignant Piſe & Elide, où ſe faiſoient les ſacrez côbats de cinq ans en cinq ans
és ieux & ſolemnitez Olympiques. Et au regard de ce qu'il met, que ce quartier là eſtoit ſi agreable à Iuppiter, cela ſe peut entendre pour raiſon deſdits ieux Olympiques qui ſe faiſoient en
l'honneur de ce Dieu:& auſſi de ce que les Arcadiens furent les premiers de tous autres(ce dient

les Grecs) qui reuererent Iuppiter, lequel mefmement ils nourrirent fur le plus haut fommet du mont Olympie en Arcadie, autrement appellé Lyceas, & ἱερὰ κορυφὴ, *la facrée cime*; dont il auroit pris le furnom de Coryphéen. Ce furent les premiers auffi qui luy firent des facrifices de chofes animées: Car Lycaon fils de Pelafgus, comme le racompte Paufanias, facrifia vn petit enfant fur l'autel de Iuppiter furnommé Lycéen; où luy mefme fit la libation & effay du fang, & en tafta le premier, dont il fut conuerty en loup. On dit auffi qu'vn autre reitera apres luy le mefme, & deuint pareillement loup: mais ce fi durant que l'homme eft tranfmué en cette befte; il fe peut abftenir de la chair humaine, au bout de dix ans il reprend fa premiere forme, & deuient comme au parauant. Pline au 8. liure, chap. 22. le dit auffi, & met que celuy là s'appelloit Demarchus Parrafien, lequel apres auoir repris fa premiere forme, gaigna la victoire des poings és jeux Olympiques. Mais Ouide au 1. de la Metamorphofe le racompte d'vne autre forte, & Suidas encore d'vne autre. *Que Lycaon fils de Pelafgus Roy d'Arcadie,* SVIDAS. *obfruoit les loix & les ftatuts premierement eftablis par fon pere, d'vne tres-grande equité & iuftice. Et pour toufiours tant mieux retenir fes fubiects à cela, feignoit que Iuppiter qui remarque foigneufement le bien & le mal que font les mortels icy bas, le venoit fouuent vifiter en forme d'vn fien hofte & amy. Mais comme il eut vne fois fait entendre qu'il vouloit preparer vn facrifice pour receuoir le Dieu; les enfans qu'il auoit eux de diuers licts, defirans efprouuer fi c'eftoit chofe vraye ou controuuée que ce Dieu vinft ainfi à leur pere, meflerent fecretement la chair d'vn petit enfant detranché en menuz morceaux, auec celle du facrifice, affauoir mon s'il la cognoiftroit. Et voicy vne eftrange merueille qui par la diuine prouidence aduint: car s'eftant tout à l'heure leué vn orage tres-impetueux, ceux qui auoient mis la main à l'enfant furent là accablez de la foudre.* De cecy prirent leur commencement & inftitution premiere les ieux folemnels que l'on faifoit à Iuppiter, pour cette occafion furnommé Lycéen, dont fait mention Pindare en la 7. Olympienne à Diagoras Rhodien.

ὅ, τ᾽ ἐν Ἀ΄ρχᾷ χαλκὸς ἔ-
γνω μέν, τα τ᾽ ἐν Ἀρκαδίᾳ
ἔργα, καὶ Θήβαις, ἀγῶνες
τ᾽ ἔννομοι Βοιώτιοι.

Là où le prix de la victoire eftoient des armes d'airain. Ces ceremonies puis-apres furent transportées par Euander Roy d'Arcadie au mont Palatin; l'vn de ceux que comprend le circuit de Rome encore pour le iourd'huy.

PALESTRE *fille de Mercure a inuenté la lucte en Arcadie.* Horace fe conforme à cela en la 10. Ode du premier liure.

Mercuri facunde nepos Atlantis,
Qui feros cultus hominum recentum
Voce formafti catus, & decora
More Palæftrae.

Mais Paufanias és Attiques, dit que Thefée ayant furmonté de ruze & addreffe Cercyon, qui contraignoit tous les paffans de s'efprouuer contre luy à la lucte, & les tuoit pour la plus part, fut le premier qui inuenta des preceptes, & le reduit en forme d'art & difcipline: comme l'on fait encore pour le iourd'huy en Bretaigne, où l'efcolle de cet exercice eft plus practiquée qu'en nul autre endroit de ce monde. L'an mil cinq cens foixante, Monfeigneur de Cleues Comte d'Eu, fils aifné de feu Monfeigneur le Duc de Nyuernois, eftant allé en Efpaigne pour fe condouloir de la mort des Roys Henry & François; & pour fiancer tres-illuftre Princeffe Mademoifelle Anne de Bourbon, fille de Monfeigneur le Duc de Montpenfier, du fang Royal, mena en pofte 20. Gentils-hommes tous des plus vertueux de ce Royaume; qui excellent en vne chofe; qui parfait en vn autre: entre lefquels le Baron de S. Remy viuant encore à prefent, fort & difpofi de fa perfonne autant que nul autre de tout noftre aage, lucta de gayeté de cueur contre vn Geant à Valence la grand': & le terraffa en la prefence de tout le peuple; qui auec de grands criz & acclamations de ioye, mefmement les Dames, l'ayans couroné de bouquets & chappeaux de fleurs, le conduirent en triomphe par toute la ville; & luy firent tout plein de prefens d'honneur. Quant à vn autre pareil fait, & encore plus grand; executé par le feigneur Dom Loys de Gonzague, furnommé Rodomont à caufe de fa defmefurée force, oncle de Monfeigneur le Duc de Nyuernois qui eft auiourd'huy, en la prefence de l'Empereur Charles le Quint à Mantoué, nous en auons racompté l'hiftoire en l'epiftre fur Chalcondyle. Mais cecy fut de feule viue force qu'il eftoit vn More de defmefurée grandeur & puiffance; & l'autre tient plus de l'addreffe. Ce Prince (le feigneur Rodomont) eftoit tel, que facilement il mettoit en deux fans grande fecouffe vn fer de cheual. Vne fois il aduint à Bologne la Graffe, qu'vn grand courfier furieux s'eftant desbridé, le vint aborder en vne ruë eftroicte monté fur vn petit cheual en houffe, pour l'engloutir de la furie qu'il y alloit; mais fans autrement s'effrayer ny ietter à terre, tout ainfi à cheual qu'il eftoit faifit le courfier par les deux oreilles, & à force de bras le renuerfa, le tenant ferme iufques

à ce

qu'on le vint reprendre. Il s'en racompte plufieurs autres chofes, incroyables prefque à ceux qui ne les auroient veuës ; mais la memoire en eſt encore toute recente à tout plein de perfonnes qui l'ont cogneu.

Car ces exercices font propres aux ieunes gens. Entre autres honneſtetez & profeſſions où les ieunes enfans des Grecs anciennement eſtoient inſtruits, l'on en mettoit trois principales & premieres : les lettres, la lucte, & la muſique : dont Terence apres Menander auroit dit cecy. *Fac periculum in litteris, fac in Paleſtra, in muſicis : quæ liberum ſcire æquum eſt adoleſcentem, ſolertem dabo.* Et Platon au 3. des Loix veut qu'apres la muſique les adoleſcens ſoient inſtruits aux exercices du corps.

Les combats font ſeparez, celuy là eſtant le plus eſtimé, qui eſt le plus prochain de la lucte. De l'ordre & difference de ces ieux ou combats antiques, nous en auons deſia aſſez parlé cy deuât apres Plutarque. Mais quant à eſtre les plus eſtimez ceux qui font les plus prochains de la lucte ; c'eſt pource que tous les combats font d'autant plus furieux & cruels, que l'on fe ioint & attache de plus prés & les armes femblablement les plus eſpouuentables & horribles, celles qui font les plus courtes. Tellement que iamais Duel ne s'eſt veu plus cruel en Italie, que de deux Gentils-hommes qui fe combattirent en camp cloz en chemife, chacun vn poignard au poing fans autres armes quelsconques : lefquels de pleine abordée fans marchander, fe tuerent tous deux du beau premier coup.

Qve si vous accomparez la mine de Paleſtre auec celle d'vn Iouuenceau, ce fera vne fille, fi auec vne fille, elle femblera vn garçon. Il y a prefque vn mefme traict en la 5. Ode du fecond des carmes d'Horace, parlant de Gyges.

> *Quem ſi puellarum inſereres choro,*
> *Mirè ſagaceis falleret hoſpites,*
> *Diſcrimen obſcurum, ſolutis*
> *Crinibus, ambiguoq́; vultu.*

Mais plus diſtinctement Ouide au huictiefme de la Metamorphoſe.

> *Talis erat cultu facies, quam diſcere verè*
> *Virgineam in puero, puerilem in virgine poſſes.*

Si maintenant le Grec l'a pris du Latin, ou le Latin de quelque Grec, c'eſt vne queſtion à part que ie laiſſe indeciſe : m'en remettant au dire de Terence : *Nihil dictum, quod non dictum ſit priùs.*

Le diſtique d'Aufone ſur vn beau garço ſe peut encore rapporter a cela.

Dum dubitat Natura, mărem faceretne puellă, Factus es, ò pulcher, penè puella puer.

Lequel *femble* plus grand miracle,
Ou qu'*vn* che*f*ne ait dit quelque oracle,
Ou qu'*vn* homme ait peu en ce lieu,
Tenir *vn* che*f*ne pour *vn* Dieu?
   Ceux cy veulent *vne* couronne,
Des mains des pre*f*tres de Dodone,

Qui au lieu de *les* faire Roys,
Les rendent e*f*claues d'*vn* boys.
   Car leur ame toute charmée,
Par cette cho*f*e inanimée,
Ils en font leur deuotion,
Leur Dieu & leur religion.

DODONE.

DODONE.

ARGVMENT.

'EST VNE *chose merueilleuse & bien difficile à comprendre, que dés le premier eſtabliſſement du monde, le mauuais eſprit que les Pythagoriciens appellent le binaire, l'autre le diuers, le menſonge, a touſiours voulu conteſter auecques l'vnité, le meſme, le ſemblable, la verité: voire contre ſon Createur propre, ſon Dieu & ſeigneur ſouuerain: ſe meſurer à luy, le contrefaire & imiter: ſe rendre concurrent & emulateur de ſes ſurnaturelles merueilles: ayant eu plus long-temps, enuers vn plus grand nombre de perſonnes; & en plus de Regions & Prouinces, plus de vogue & credit; plus de recognoiſſances & deuoirs, de vœux, offrandes & ſacrifices. De maniere qu'il ſemble que ce monde ait eſté baſty comme vn camp clos, pour y voir demeſler la querelle du Primogenite de Dieu (ſa Sapience & parole) contre le commun aduerſaire Sathan, eſprit de ſedition, fauſſeté, calomnies, & impieté: qui a duré en ſes grands triomphes par tant de milliers d'années, iuſques à l'Incarnation de ce Verbe: lequel luy a finablement briſé la teſte, & rompu la plus grande part de ſes forces: & acheuera de tous poinct le reſte à ſon ſecond aduenement en ſa gloire, pour iuger à la fin du ſiecle toutes creatures. Car le lieu qu'ont tenu les Prophetes parmy le peuple de Dieu, les Oracles ont eſté cela meſme enuers les Gentils & Payens idolaſtres: & les Sibylles comme vn moyen. Par ce que les premiers venoient de l'inſpiration de la verité: les autres, la plus-part vains & friuoles, & pour des menuës tracaſſeries mondaines, du pere de menſonge: & les Sibylles, combien que hors de l'Egliſe de Dieu pour n'eſtre marquées à ſa marque, neantmoins comme poſſedées d'vne diuinité certaine; qui s'eſt ſeruie auſſi d'elles pour annoncer en paroles couuertes les grands myſteres du Meſſiah. Or le peu de bruit qu'ont eu les Prophetes, pour auoir parlé & eſcrit vn langage qui ne s'eſtendoit qu'à vne petite poignée de gens ; et au rebours, la grande vogue & reputation des Oracles à cauſe du parler Grec, & du Paganiſme eſtably ſur l'Idolatrie; l'vn & l'autre communiquez, & eſtendus à tant de peuples & nations ; chacun le peut aſſez voir par les liures. Car, ainſi que nous auons deſia dict ailleurs, celuy de Delphes a duré plus de trois mil ans, iuſques à l'aduenement du vray Oracle, qui a eſteint & rendu muets tous les autres: iceux banny & exterminé du pourpris de la terre: dont le plus ancien, fut celuy de Dodone; & accompagné des plus grandes merueilles: Car les oyſeaux, les arbres, & chauderons y par-*

Zz iiij

loient , & rendoient les responses. Mais le principal fondement & appuy de
telles sortes de miracles , despend de la longueur du temps & l'eslongnement des
lieux : deux choses qui non seulement les procréent , mais les estendent & ag-
grandissent comme en infiny. Que si nous voulons tirer cela à quelque sens al-
legorique qui est tout appert ; le pigeon , le chesne , & le chauderon d'airain ,
nous representent les trois genres des composez , esquels consistent toutes creatures
Elementaires : l'animal , vegetal , & mineral ; qui tesmoignent les faicts du
haut Dieu : ainsi que nous en auons assez de tels passages en l'Escriture. A le
prendre crüement à la lettre , la chose est vn peu douteuse , & auroit besoin de
caution.

LA COLOMBE d'or est encores en ce chesne , fort
sçauante en predictions & responses , qu'elle rend
de par Iuppiter : & là aupres gist vne hache que le
couppe-chesne Hellus y a dediée; duquel sont venus les Helliens à l'entour de Dodone. Or à cet arbre sont penduës force couronnes ; pour raison qu'il
produit des Oracles , comme faict le sacré Trippier
en Pythie : là où s'acheminent , l'vn pour s'informer de quelque chose ; l'autre pour sacrifier : & ceste solemnelle danse de Thebains s'arrangent tout autour du Chesne ,
pour s'accointer (comme ie pense) de sa doctrine : d'autant que c'est là
où le gentil oyseau fut iadis pris à la pippée. Mais parmy les ministres de
Iuppiter , cogneus d'Homere pour gens qui ne se lauent point les pieds ,
& qui couchent à terre , la plus-part sont fort nonchalamment vestus;
& aussi peu soigneux de leur viure : Car , à ce qu'ils dient , il ne leur seroit pas loisible de rien apprester , Iuppiter se plaisant en eux , par ce qu'ils
se contentent de ce qui se rencontre en la voye. Ceux icy sont les prestres : celuy-là est le maistre des couronnemens , ayant la charge des bouquets & chappeaux de fleurs : & cet autre de faire les prieres. Il faut
que l'autre mette en ordre les gasteaux des sacrifices : l'autre a le soin de
la farine arrousée de sel; & des corbeilles : l'autre sacrifie ie ne sçay quoy:
l'autre ne permettra pas que personne escorche la victime que luy. Voicy au reste les prestresses ou sacrificatrices Dodonéennes d'vne fort seuere & saincte apparence , & qui semblent tous respirer des offertoires , &
encensemens : car ce lieu est peint à le voir comme parfumé , & remply de diuines responses : là où vne Echo de bronze est reuerée , qu'à
mon aduis vous voyez bien , se mettant la main sur la bouche : par ce
qu'il y auoit vne chaudiere d'airain dediée à Iuppiter en Dodone , qui
ne cessoit de retentir la plus-part du iour; sans se vouloir taire que quelqu'vn n'y eust mis la main.

ANNOTATION.

ANNOTATION.

ERODOTE en l'Euterpe, met que *l'Oracle de Dodone estoit le plus ancien qui fut*
oncques en la Grece : dont les Prestres de Iuppiter en la ville de Thebes souloient racompter
que deux femmes iadis qui auoient esté ministres de ce Dieu, en furent chassées par les Phe-
niciens : l'vne desquelles auroit esté venduë en Afrique, & l'autre en Grece ; & furent les pre-
mieres qui fonderent des Oracles en ces deux Prouinces. L'Archiprestre des Dodonéens al-
leguoit que c'estoient des colombes, toutes deux noires ; qui auroient autresfois pris leur volée d'Egypte, l'vne
en Aphrique, & l'autre deuers eux ; là où se branchant dessus vn fousteau, elle leur annonça en voix humaine
articulée & distincte, que là se deuoit establir l'Oracle de Iuppiter, dont ils seroient les ministres, & truche-
mans de ce qui seroit diuinement reuelé : à quoy ils auroient obey. L'autre qui s'envola aux Aphricains, fit
tout de mesme pour le regard de Iuppiter Ammonien. Et puis se retirant de ces miracles fabuleux à vne
verité historiale, dit que la cause pourquoy les Dodonéens appellerent ces deux femmes Colombes, vint de ce qu'estans estrangers, ils n'entendoient non plus ce qu'elles disoient, que si
c'eust esté quelques desgoisemens & ramages d'oyseaux. Par succession de temps puis-apres
qu'elles eurent appris le langage du pays, on les estima lors parler. Mais ce n'est pas tout ; car cecy se conforme entierement à nos sainctes lettres ; estant bien aisé de cognoistre que le mot de
Hammon est venu de Ham fils de Noé, lequel Ham s'empara de l'Egypte : & celuy de Dodone, de Dodonaïm, dont est faicte mention au dixiesme chapitre de Genese ; qui auroit peut-
estre planté son Eglise en la contrée où estoit cet oracle de Iuppiter. Car comme nous suons
desia dict ailleurs ; tous les mysteres des Payens ont esté empruntez des enfans de Dieu, fors
l'Idolatrie, à quoy par vn surcrez de superstition, l'homme se laisse facilement aller.

STRABON au neufiesme liure, met apres Ephorus, *Que les Pelasgiens & Bœotiens ayans*
guerre ensemble, s'en allerent au conseil à l'oracle les vns & les autres, sur ce qui leur deuoit aduenir.
De ce qui fut respondu aux Pelasgiens, il adoüe n'en auoir rien sceu : mais les Bœotiens furent aduertis
par la Prophetisse que tout succederoit à leur aduantage, s'ils venoient à commettre quelque bien grande im-
pieté. Les deputez, qui soudain la mescreurent auoir dit cela en faueur des Pelasgiens, dont à la verité
elle estoit alliée ; & de faict, le temple de Dodone dés le commencement auoit esté Pelasgien ; la prirent
& ietterent au feu : faisans leur compte que l'affaire ne pouuoit aller sinon bien. Par ce que si elle auoit fal-
sifié l'oracle, à bon droict estoit-elle ainsi chastiée. Que si de sa part il n'y auoit point de fraude & mau-
uaise foy, à tout euenement ils auroient accomply l'impieté qui leur estoit ordonnée. Les administrateurs
du temple ne voulurent pas punir les autheurs du forfaict, que premierement ils n'eussent esté oüis en iustice,
& en remirent la cognoissance aux autres deux Prophetisses ; car elles souloient toujours estre trois : sur quoy
les Bœotiens alleguans pour leur exception, qu'il ne se trouuoit point nulle part vne loy qui permist aux femmes l'au-
thorité de iuger, on leur adiousta autant d'hommes, qui les absoluroient à pur & à plein ; & les femmes les con-
damnerent. Tellement que se trouuans partis, les opinions de l'absolution l'emporterent, dont du depuis il fut
ordonné qu'il n'y auroit que les hommes seuls à rendre les oracles aux Bœotiens. Au reste ces femmes-cy tirans
la responce en autre sens, leur declarerent, que le Dieu entendoit que par chacun an, ils destournassent quel-
qu'vn de leurs sacrez trippiers à cachettes pour l'enuoyer en Dodone ; ce qui estoit vne espece de sacrilege &
impieté.

PAVSANIAS és Achaïques dit, *Que tous les habitans de la terre ferme de Grece, & les Aetoliens,*
auecques les Acarnaniens leurs voisins ; ensemble les Epirotes, estimoient que ce fussent vrayes colombes : &
que l'oracle qui se rendoit du chesne fust le plus certain de tous autres. Il specifie l'arbre de Dodone pour
vn chesne. Et encores és Arcadiques ; comme faict aussi Philostrate apres Homere, qui l'a ainsi
appellé és 14. & 19. de l'Odyssée.

τὸν δ᾽ ἐς Δωδώνω Φάτο βήμθμαι, ὄφρα ℈ειοῦ

ἐκ δρυὸς ὑψικόμοιο Διὸς βυλω ἐπακούση.

Estoit allé en Dodone sçauoir

D'vn chesne haut du grand Dieu le vouloir.

Plus Eschyle au Promethée.

ἐπεὶ ℈ὸ ἦλℷες ωρὸς Μολοσαὰ δά᾽πεδα,

τὴν αἰπεινώτὴν τ᾽ ἀμφὶ Δωδώνω, ἵνα

μαντεῖα ℈ῶκός τ᾽ ἐҧὶ Θεσπρωτῇ Διὸς,

τέρας τ᾽ ἄπιςον, αἱ ωρασηҧρεσι δρυές.

Apres que vous estes arriué à la contrée des Molosses, & autour de la haute Dodone ; où est le siege de-
uinatoire du prediseur Iuppiter, auecques l'incroyable miracle du reueré chesne. Ouide semblablement
au 7. de la Metamorphose.

Forcè fuit iuxta patulis rariſſima ramis
Sacra Ioui Quercus de ſemine Dodonæo.
Et au treiziefme encores.
Vocalémque ſua terram Dodonida Quercum.
MAIS HESIODE l'appelle *Tilleul* : & Sophocle és Trachyniennes , *fouſteau*.

ὡς τὴν παλαιὰν φηγὸν αὐδῆσαί ποτε
Δωδῶνι διατῶν ἐκ πελειάδων ἔφη.

Ainſi auoir autresfois reſpondu l'ancien fouſteau en Dodone , lors que les deux Colombes y rendoient les
Oracles. Lucian auſſi au Dialogue des Amours. Toutesfois vers la fin de la deſſus-dicte Tragedie
le meſme Sophocle dit , que c'eſt vn cheſne. Dequoy nous pouuons aſſez r'accueillir que les
anciens ne faiſoient point de difficulté de confondre tous ces arbres porte-glands l'vn pour
l'autre.

φαϲὶ δ᾽ ἐγὼ τύτοισι συμβαίρουσ᾽ ἴσα
μαντεῖα καινὰ τῆς πάλαι ξυνήρεϱα,
ἐ τῶν ὀρείων καὶ χαμαιϱειϕῶν ἐγὼ
Σελλῶν ἐσιλθὼν ἄλσος εἰσιϱϱασάμην
τάϱϳὶς τῆς πατϱϱϳας καὶ πολυγλώϲϲου δϱυός.

Ie te racompteray vne toute ſemblable Prophetie moderne , correſpondante à cette vieille là , laquelle eſtant
quelquesfois entrée dans le ſacré Boſcage des anciens Selliens qui couchent à terre, ie referay au langard cheſne naturel de cette contrée. Le φηγὸς, au reſte , ou *fagus* aux Latins , *fau* ou *heſtre* à nous , eſtoit vne
eſpece de cheſne , dicte ainſi de φαγὼ manger : car il y a plus d'apparence que les premiers
hommes veſcuſſent de fayne , dont on peut encores aucunement vſurper preſque en lieu de
noiſettes , que non pas du gland , qui eſt ainſi amer & de mauuais gouſt , & reſchauffe par trop;
comme l'on le peut voir à la paſſion des Porcs, où il leur faut à toutes heures troquer de l'eau. Ne
voulant pas toutesfois inferer pour cela que les hommes ne s'en ſoient ſubſtantez autresfois;
& en ces derniers iours meſme encores : car le feu corrige beaucoup de ſon acrimonie, tout ainſi qu'és marrons & chaſtaignes. Theophraſte dit que les Indiens mettoient ces cinq manieres de
cheſne; ἡμεϱις, αἰγίλωψ, πλατύφυλλος, φηγὸς & ἀλίφλοιος, ou εὐθύφλοιος. Voyez Pline, liure 16.
chapitre 6. & 7.
     LA COLOMBE dorè, eſt encores en ce cheſne. Nous auons deſia dict en l'argument, qu'il y a-
uoit trois choſes en cet oracle, repreſentans les trois genres des compoſez Elementaires, Animal, Vegetal, & Mineral, qui parloient & rendoient les reſponſes. Quant au cheſne, il a de tout
temps & ancienneté eſté dedié à Iuppiter, comme teſmoigne Plutarque en la 92. des queſtions
Romaines. Tellement que Maximus Tyrius dit, que les anciens Celtes ou Gaulois n'auoient
point d'autre repreſentation ny image de Iuppiter, ſinon le plus beau cheſne qu'ils pouuoient
choiſir, à qui ils addreſſoient leurs prieres, offrandes, & ſacrifices. Quant à la Colombe, quelques-vns penſent que ce ſoit, pour ce que Iuppiter (ſelon que met Elian au premier liure de la
Diuerſe Hiſtoire) eſtant amoureux d'vne ieune Demoiſelle, appellée Phthia, ſe tranſmua
en vne Colombe, pour en iouyr plus à ſon aiſe. Ou bien que luy eſtant myſtiquement pris
pour l'air, la Colombe l'eſtoit auſſi ; à cauſe que de tous les oyſeaux, ſi la verité ſont vne
marque & indice de cet element où ils viuent, il n'y en a point entre les Domeſtiques qui ait
meilleure aiſle, ne qui vole plus loing, & s'abſente plus longuement que faict le pigeon; duquel
Virgile au dit cecy : *Radit iter liquidum, celeres neque commouet alas. Il raſe l'air ſans monſtrer
mouuoir l'aiſle.* Et le Royal Prophete au Pſeaume cinquante-cinquieſme. *Quis dabit mihi pennas ſi-
cut columba?* Au moyen dequoy les Aſſyriens la ſouloient reuerer comme pour vn ſymbole de
l'air, d'où prouiennent les pluyes ; & s'abſtenoient d'en manger fort religieuſement. Que cette Colombe au reſte ſoit icy par Philoſtrate appellée χϱυῆ, d'or ou *dorée*, c'eſt vn epithete ordinairement pris au lieu de καλὴ, c'eſt à dire *belle*, comme χϱυῆ ἀφϱϱϳδίτη, dont Virgile a auſſi
vſé au 10. de l'Eneide, *At non Venus aurea contra Pauca refert.* Et Pindare : *Les voluptez dorées*, pour
plaiſantes & agreables.
     QVE le couppe-cheſne Hellus y a dedié ; d'où ſont venus les Helliens à l'entour de Dodone. Homere
les appelle Selliens, comme il ſe verra cy-deſſoubs : mais Pindare, Helliens ; des mareſcages
peut eſtre qui ſont en ces quartiers-là ; ainſi que l'eſtime Apollodorus en Strabon vers la fin
du 7. liure : car ἕλη en Grec veut dire marez. Ce lieu de Dodone eſtoit en l'Epire, anciennement ditte Moloſſie, & Chaonie, de Chaon frere d'Helenus : maintenant c'eſt le pays des Al-
banois, contigu à l'Achaye du coſté du Soleil Leuant : & à la Macedoine du Septentrion : du
Midy à la mer Ionie ; & au Couchant des montaignes de l'Eſclauonie, le long du golphe Adriatique. MELA. Mela au ſecond liure. *En Epire eſt le temple de Iuppiter Dodonéen ; auecques vne fontaine eſtimée
ſainête, pour ceſte raiſon qu'elle eſteignant ainſi que les autres eaux, les torches ou flambeaux allumez qu'on*
plonge

qu'on plonge dedans; elle allume neantmoins ceux qui sont esteints, si on les en approche de loing. Ce que Pline au 6. chap. du 2. liure confirme: & y adiouste dauantage, que sur le midy elle est tousiours à sec; à raison dequoy on l'appelle *Anapauomenos*. De là elle recommence à croistre iusques à minuict qu'elle est toute pleine; puis diminuë par les mesmes degrez iusqu'au midy, qu'elle se trouue de rechef tarie.

Les Ministres *de Iuppiter, cogneus d'Homere pour gens qui ne se lauent point les pieds, & couchent à terre.* Il a pris ces deux Epithetes de ἀνιπτόπους & χαμαιεῦναι; ensemble le reste de ce passage du 16. de l'Iliade.

> Ζεῦ ἄνα δωδωναῖε, πελασγικέ, τηλόθι ναίων,
> Δωδώνης μεδέων δυσχειμέρου. ἀμφὶ δὲ σελλοὶ
> σοὶ ναίουσ᾽ ὑποφῆται ἀνιπτόποδες, χαμαιεῦναι.

Iuppiter Dodonéen, Pelasgien, habitant au loing; qui regis la tempestueuse Dodone; & à l'entour de toy con-uersent les Selliens tes ministres aux pieds non lauez, & couchás à terre. Cecy semble se rapporter aucunement à ce symbole & mot doré de Pythagoras, *ἀνυπόδητος θῦε & προσκύνει, sacrifiez pieds nuds, & vous prosternez pour adorer.* L'vn des poincts denote que nous deuons faire nos offrandes aux Dieux immortels selon nostre faculté & puissance: ce qu'Hesiode remarque en ses ouurages. κὰδ δύναμιν δ᾽ ἔρδειν ἱέρ᾽ ἀθανάτοισι θεοῖσιν. *Sacrifier aux Dieux ainsi qu'on le peut faire:* & l'autre qu'en faisant nos prieres il faut estre à deliure de toutes autres solicitudes, afin que nostre pensée soit du tout attentiue à luy seul. Mais quant à coucher à terre; Lucian au traicté de la Deesse Syrienne, qu'il appelle Astarté, laquelle souloit estre reuerée en la ville de Hieropolis, en racompte cecy d'vn autre endroict. *Quand quelqu'vn estoit là arriué, il se faisoit raire la teste & les sourcils: cela* Lucian: *faict, & ayant immolé vne oüaille, la detranchoit en menus morceaux, & s'en repaissoit: puis estendant la peau par terre, s'agenouilloit dessus, & mettoit les pieds & la teste de la victime sur son chef: faisant ses prieres à la Deesse, qu'elle eust ce sacrifice pour agreable, & promettant de luy en faire d'autres plus grands à l'aduenir. Cela faict se couronnoit, & ses compagnons aussi; puis se mettoit au retour: ne se lauant tout le long du chemin que d'eau froide, & ne beuuant que de la mesme; couchoit pareillement à terre, sans qu'il luy fust permis de se reposer sur vn lict, qu'il n'eust acheué son voyage.*

La ov *vne Echo de bronze est reuerée: parce qu'il y auoit vne chaudiere d'airain dediée à Iuppiter, &c.* Quant à cette garrulité & causerie de Dodone, dont il a esté touché quelque chose au tableau de Glaucus; il y a tout-plein d'opinions là dessus. Les vns (ce dit Zenodotus sur Menander) alleguans qu'à l'oracle de Dodone il y auoit deux Colomnes haut-esleuées; sur l'vne desquelles estoit posé vn grand bassin d'airain: & en l'autre l'effigie d'vn ieune garçon tournant sur vn piuot, lequel tenoit vne escourgée aussi d'airain. Et quand le vent souffloit vn peu roide, le foüet venoit à donner contre le bassin, dont le son retentissoit long-temps apres. Les autres dient qu'il y auoit plusieurs chauderons arrangez en vn cerne, s'entre-touchans l'vn l'autre tous: de maniere que frappans l'vn, de necessité il falloit aussi que tous les autres vinssent à resonner par le consentement qui estoit entre-eux, le coup passant de l'vn à l'autre, & que par vn long temps ce son dutast, tant qu'il eust faict plusieurs fois sa reuolution: ainsi qu'on peut apperceuoir au retentissement des cloches apres qu'on a cessé de les bransler: qui est ce que veut dire Ausone en son epistre à Paulin.

> *Nec Dodonæi cessat tinnitus aheni,*
> *Ad numerum quoties radijs ferientibus ictæ,*
> *Respondent dociles moderato verbere pelues.*

Plutarque en la dixiesme question des choses Romaines, met que la coustume estoit anciennement aux Romains, quand ils se conseilloient à quelque oracle, de faire faire vn fort grand bruit auecques des vaisseaux de cuire, pour offusquer & esteindre la voix qui pourroit interuenir là dessus par l'enuie du mauuais Demon, qui fust de quelque sinistre presage, & les troublast en leur deuotion & attente.

Les heures & les iournées
Font aduancer nos années,
Et si nous aimons les temps
Qui nous abregent les ans.
Les Saisons font vne dansse
Où nous allons en cadence:

Mais nous trouuons que leurs tours,
Ce sont la fin de nos iours.
Dequoy nous sert donc la grace
D'vne mer calme & bonace,
Si nous rencontrons la mort
Quand nous arriuons au port?

LES

LES HEVRES OV
SAISONS DE L'ANNEE.

ARGVMENT.

ORTVITEMENT *ny à la volée Philoſtrate n'a point icy cloz ſon œuure par le tableau des Heures : Car tout ainſi qu'il a commencé par elles ; alleguant la peinture n'eſtre fors ſeulement vne imitation des diuerſes choſes dont les Saiſons de l'année tapiſſent la terre icy bas ; il a voulu acheuer par les meſmes, filles du grand Iuppiter, & portieres du ciel : pour nous apprendre en premier lieu, que le commencement doit touſiours regarder la fin, & la fin correſpondre & ſe rapporter au commencement: En apres, que toutes nos entrepriſes & actions ſoient reglées ſelon leurs temps & ſaiſons deuës, conuenables & propres, ainſi que le remarque la ſignification de ce mot* ὥραι. *Et finablement que l'homme ayant pris ſa premiere origine (quant au corps) de la terre, doit ce-pendant qu'il demeure en ce monde, eſleuer toutes ſes penſees, eſperances, & cogitations là haut au ciel, à guiſe des plantes qui pouſſent & hauſſent leurs tiges, branches, fueilles, fleurs, & ſemences droit contre-mont : & faire ſon compte que c'eſt le ſeul but où il doit aſpirer, comme à ſon vray domicile & derniere demeure. Au moyen dequoy Philoſtrate, par ſoixante ie ne ſçay combien de tableaux, où ſont contenus les principaux traicts d'infinis diuers accidens de la vie humaine ; car autant preſque d'années durons-nous communément icy bas ; nous a voulu repreſenter tout le train d'icelle, qui n'eſt de ſoy qu'vne peinture, ſuiuant ce que dit Sophocle en l'Aiax furieux.*

ὁρῶ γὰ ἡμᾶς οὐδὲν ὄντας ἄλλο πλὼ
εἴδωλ', ὅσοι περ ζῶμεν, ἢ κούφην σκιάν.

Ie voy que l'homme n'eſt qu'vne idole & image
Pendant qu'il eſt en vie, & vn ombre vollage.

Mais l'equité, iuſtice, & la paix, nous ouurent le ciel, & introduiſent en vn repos & felicité perdurable.

VE LES PORTES du ciel soient commises à la garde des Heures, laissons-le sçauoir à Homere; & qu'il soit possesseur paisible de cette opinion: car il est vray-semblable qu'il ait communiqué auecques elles, quand il eut esté admis au ciel. Mais ce qui est exprimé icy par vne extreme diligence de la peinture, sera bien aisé à comprendre à vn autre; pour-autant que ce sont les Heures, qui en semblance humaine estans descenduës du ciel en la terre, & s'entre-tenans par les mains, tourne-boullent l'année; dont la terre pleine d'vne grande prudence, produit abondamment toutes choses auecques elle en leur Saison. Ie ne diray pas aux Printanieres, ne foullez point l'Hyacinthe ou les roses; car en estans foullées elles paroissent plus delicates; & ie ne sçay quoy de plus soüef s'y inspire de ces Saisons. Ie ne diray pas aussi aux Hyuernales, ne marchez point dans les bleds mols & tendres; car les champs trepignez par les Saisons produisent plus abondamment des espics, sur la cheuelure desquels ces blondettes marchent d'asseurance : non toutesfois qu'elles les rompent ny reploient, ains sont si promptes & legeres, qu'elles n'enffoncent aucunement la moisson. En fin, ce qui est en vous d'agreable (Vignes) se veut arrester aux Saisons Automnales, car vous en estes amoureuses; d'autant qu'elles vous rendent belles & abondantes en vins delicieux. Or ces choses icy sont comme les labourages representez en la peinture : mais voicy d'vn autre costé les mesmes Saisons fort plaisantes, faictes d'vn diuin artifice. O quel chanter est le leur, & quel le tournoyement de leur dansse en rondeau, si que nulles d'entre-elles ne nous apparoist aux espaules, à cause que toutes semblent danser ; le bras esleué contremont; & la liberté de leur cheuelleure à l'abandon s'espandant en bas, la ioüe toute eschauffée à force de courir; & les yeux qui ballent auecques : lesquels nous permettent peut-estre, de discourir de la fiction, outre & par dessus ce que le peintre en a exprimé. Car il me semble, m'estant rencontré aux Saisons danssantes, que ie suis meu par elles à l'art de peinture. Par-aduanture aussi que ces Deesses nous aduertissent tacitement, comme par vn Enigme, qu'il faut peindre auecques saison.

ANNOTATION.

ESIODE en la Theogonie, faict ces Deesses icy estre filles de Iuppiter & de Themis, qu'il espousa en secondes nopces; les appellant Eunomie, Dicé, & Irene; l'vnanime obseruance des bonnes loix, la iustice, & la paix; qui conpuisent tous les ouurages des hommes mortels à vne deuë maturité, chacun en sa saison oportune.

δεύτερον ἠγάγετο λιπαρὴν Θέμιν, ἣ τέκεν Ὥρας,
Εὐνομίην τε, Δίκην τε, καὶ Εἰρήνην τεθαλυῖαν.
αἵτ᾽ ἔργ᾽ ὡρεύουσι καταθνητοῖσι βροτοῖσι.

Mais

Mais c'eſt apres Orphée, lequel en leur hymne ou encenſement, les deſcrit ainſi.

ὥρα θυγατέρες Θέμιδος, καὶ Ζηνὸς ἄνακτος,

Εὐνομίητε, Δίκητε, καὶ Εἰρήνη πολύολβε, &c.

Heures filles de Themis & du grand Roy Iuppiter, Eunnomie, Dicé & Irene; plantureuſes en toutes richeſ- **ORPHEE.**
ſes, Printanieres; aimans les prairies, abondantes en fleurs pure-nettes; Riolle-piolées de toutes couleurs;
d'odeur tres-ſoüeue parmy les floriſſantes herbes. Heures touſiours en verdeur; tournoyantes ſans ceſſe:
de gay & ioyeux viſage : veſtuës de ſurcots degouttans la roſée des fleurs delectables : compagnes des
follaſtries de Perſephone,toutes les fois que les Parques & les Graces la ramenêt icy haut en lumiere:danſſans
en rondeau aux chanſſons, pour complaire à Iuppiter & ſa mere.

A I N S I ces deux Poëtes les font eſtre trois; leur attribuans le nom des trois choſes,
dont le genre humain eſt le plus ſoulagé & maintenu icy bas. L'equité, iuſtice, & paix. En
quoy Phidias les imita, qui n'en tailla que trois, auecques autant de Graces & de Parques ſur
la teſte de Iuppiter Olympien; ainſi que dit Pauſanias és Attiques, & Eliaques. Les Egyptiens
auſſi, ſelon le department de leur Roy Horus, n'en mettoient que trois; le Printemps,
l'Eſté, & l'Automne : leur attribuans quatre mois à chacune; & les figurans par vne roſe,
vn eſpy, & vne pomme ou raiſin. Nonnus ſur la fin de l'onzieſme liure de ſes Dionyſiaques,
met quatre Saiſons de l'année, comme faict Philoſtrate; l'Hyuer, le Printemps, l'Eſté, & Automne; qu'il deſcript d'vne ſott plaiſante maniere, & tres-conuenable pour les peintures; ce
que nous nous ſommes parforcez de rendre icy de mot à mot, bien qu'aſſez difficile, &
qui peut-eſtre ſemblera trop affectée, voire comme intolerable aux Lecteurs : qui excuſe-
ront neantmoins la liberté du langage, car nous l'auons tout expres formé tel, pour tant
mieux exprimer cet Autheur, & donner quelque cognoiſſance à ceux qui n'entendent la
langue Grecque, de ſon ſtile, qui eſt fort exquiſement recherché & Poëtique.

L E S S A I S O N S aux yeux de couleur de roſe ſeiche, filles de l'an inconſtant, viſtes du pied comme **NONNVS.**
vn tourbillon ou orage, vindrent en la maiſon de leur pere vigoureux : dont l'vne iettant vn foible rayon **L'Hyuer.**
de lumiere ſombre autour de ſa negeuſe face, accommoda de glacez pennaches ſes greſleux eſcarpins : la
perruque trouſſée en ſon chef humide d'vne pluuieuſe coiffure, recueillie à l'endroit du front, & couron- **Le Printemps.**
née d'vne verde guirlande; & ſa poitrine bruineuſe couuerte d'vn blanc negeux corſet. L'autre bouf-
ſouffloit par la bouche vne douce & recreatine halenée de vents erondelins : & en ſoubs-riant gayement
ramenoit autour de ſa teſte aime-zephire : ſes belles treſſes Printanieres cordonnées d'vn ruben tiſſu de roſée : puis eſlançoit au loin de ſa Guimple vne ſoüeue odeur de roſes eſpanouïes au matin, ourdiſſant vne
double aubade à Adonis & Venus. La troiſieſme marchoit quand & quand ſes ſœurs; fructueuſe & fer- **L'Eſté.**
tile, hauſſant en ſa main droite vn eſpy tout heriſſonné de ſurchetuelus barbillons ; auecques le bec d'vne
fauſſille affilée, meſſagere de la moiſſon : le corps de la fille enſerré dans des linges blancs ; & la mere ſe
tourne-virant à la danſſe, monſtroit à trauers le deſlié creſpé de ſa veſture les ſacrez orgies : ſa face au **L'Automne.**
plus chaud Soleil, iettant hors force moites ſueurs, dont les ioües ſe humectoient. L'autre qui mene la
danſſe du Labourage, auoit attaché à ſa teſte vn pur net rameau d'oliuier, arrouſé de l'eau du fleuue du
Nil aux ſept bouches:& agençoit les cler-ſemez cheueux de ſon chef penchant vers la fin, auoit au reſte vn corps ſec & hauc;par ce que l'arriere ſaiſon (les vents eſpanchans lors les fueilles) luy auoient tondu
ſon arbreuſe perruque:car les grappes de raiſins, auec les entortillonnez tenons des belles dorées Vuilhes ne
ſurcouloient encores au col de la Nymphe : ne reduites en vin dedans l'aime-piot preſſoüer, ne l'aboiſſonnoient
de la vermeille roſée Maronienne.

Ouide au ſecond de la Metamorphoſe, prend les Heures pour ces vingt-quatre eſpaces eſgaux
dont conſiſtent le iour & la nuict : & met à part les ſaiſons de l'année, qu'il deſcrit chacune en
vn. carme.

A dextra leuáque dies, & menſis, & annus,
Sæculáque, & poſitæ ſpacijs æqualibus Horæ.
Vérque nouum ſtabat cinctum florente corona :
Stabat nuda æſtas, & ſpicea ſerta gerebat :
Stabat & Autumnus calcatis ſordibus vuis :
Et glacialis hyems canos hirſuta capillos.

Mais Hyginus au 183. chapitre, les met iuſques au nombre de dix. Dont les noms ſont:Ti-
tanaïde, Auxo, Eunomie, Pheruſe, Carie, Odice, Euporie, Irene, Orteſie, & Thallo. Ou ſelon d'autres; Auge, Anatole, Muſie, Gymnaſie, Nymphes, Meſembrie, Spondelete, Acte,
Hecypris, & Dyſis.

Q V E L E S portes du ciel ſoient commiſes à la garde des Heures, laiſſons-le ſçauoir à Homere. Voicy les
carmes du cinquieſme de l'Iliade, reïterez encores au huictieſme enſuiuant.

αὐτόμαται δὲ πύλαι μύκον οὐρανοῦ, ἃς ἔχον Ὧραι,

αἷς ἐπιτέτραπται μέγας οὐρανὸς Ὄλυμπός τε,

ἢ μὲν ἀνακλῖναι πυκινὸν νέφος, ἠδ' ἐπιθεῖναι.

A Aa ij

Les portes du ciel s'ouurirent d'elles-mesmes, dont les Heures auoient la garde, ausquelles le grand ciel est
commis en charge, & l'Olympe auecques ; pour y espandre vn espoix nuage, ou s'en retirer. Au huictiesme
il dit que Iunon & Pallas estans retournées de deuers Iuppiter, qui regardoit du mont Ida
les combats des Grecs & Troyens, les Heures delierent les cheuaux de leurs chariots, & les mirent à l'estable.

> τῆσιν δ᾽ Ὡραι μὲν λῦσαν καλλίτειχας ἵππους·
> καὶ τοὺς μὲν κατέδησαν ἐπ᾽ ἀμβροσίησι κάπησιν·
> ἅρματα δ᾽ ἔκλιναν προς ἐνώπια παμφανόωντα.

Et en l'Hymne de Venus. *Qu'elles la receurent au sortir de la mer ; l'habillerent de vestemens im-*
mortels ; & luy poserent vne belle couronne d'or & de violettes sur la teste ; auecques des pendans d'or
& de letton aux oreilles , & des carquans de mesme au col ; dont elles auoient accoustumé de s'orner
quand elles s'en alloient à la gracieuse danse des Dieux , & au logis de leur pere.

> τὴν δ᾽ χρυσάμπυχες Ὡραι
> δέξαντ᾽ ἀσπασίως, περὶ δ᾽ ἀμβροτα εἵματα ἕσσαν·
> κρατὶ δ᾽ ἐπ᾽ ἀθανάτῳ στεφάνην εὔτυκτον ἔθηκαν, &c.

ET S'ENTRE-TENANS *par les mains tourne-boullent l'année.* Non sans cause Ouide , &
Homere encores ce me semble, ont attribué les Heures , en tant qu'on les prend pour les
vingt-quatre heures du iour naturel, & les quatre Saisons de l'année, au Soleil ; car c'est luy
qui par son cours, lequel constituë & l'année & le iour ; dont Pindare en la seconde Olympienne le dit estre pere ; les produit, compasse & diuersifie separement les vnes des autres.
Au moyen dequoy entre les Epithetes qu'Orphée donne à Dionysus , lequel , comme nous
auons dit ailleurs, Macrobe monstre par viues raisons n'estre autre chose que le Soleil, il
vse de celuy de ἀμφιετὴς , composé de ἀμφὶ & ἔτος, comme roddant perpetuellement autour de l'année, ou plustost la parfaisant par sa reuoluttion dans le Zodiaque, auecques les
Heures, les iours, & les mois ; qui sont ses parties distinctes. Et adiouste le mesme Autheur,
à propos des Saisons ; que les Egyptiens auoient de coustume, enuiron le solstice d'Hyuer,
où sont les plus courts iours de l'année, quand le Soleil commence à remonter, de mettre
en veuë vne image de Dionysus en forme d'vn petit enfant : à l'equinocce de Mars , vne
autre du mesme Dieu comme vn Iouuenceau : au solstice d'Esté és plus longs iours, d'vn
homme ayant barbe, d'aage viril & complect : & à l'equinocce d'Automne, d'vn qui commence desia à decliner, & venir sur l'aage. Pour le regard des vingt-quatre Heures, il s'en
racompte aussi ie ne sçay quelle vieille fable : Qu'Oromazes en la fabrique & construction
du monde, ayant rangé toutes choses en leur ordre, renferma vingt-quatre Dieux dans vn
œuf, où les enfans d'Arimanius en se ioüans firent vn trou ; par lequel sortirent les biens
& les maux pesle-mesle. De maniere qu'il n'y a heure si agreable , ny moment de temps si
plein de ioye, de plaisir, & contentement, que nous ne le deuions craindre estre accompagné
de quelque ennuy, fascherie, & tristesse ; ny plus ny moins que les années de la plus belle
monstre & esperance, sont le plus ordinairement subiectes à quelque dangereux accident
du ciel. Et quant à la danse des Heures, il semble que cecy ait esté tiré de l'Hymne d'Apollon en
Homere, où il y a ce qui s'ensuit.

> αὐτὰρ ἐϋπλόκαμοι χάριτες ἢ εὔφρονες Ὡραι,
> Ἁρμονίη δ᾽ , Ἥβη τε, Διὸς θυγάτηρ τ᾽ Ἀφροδίτη,
> ὀρχεῦντ᾽ ἀλλήλων ἐπὶ καρπῷ χεῖρας ἔχουσαι.

Au reste les bien cheuellées Graces, & les Heures prudentes, ensemble Harmonie, Hebé, & Venus fille de
Iuppiter, dansent s'entre-tenans l'vne l'autre par les mains au poignet.

CES BLONDES *Heures marchent sur la cheuelleure des espics , sans les rompre ne ployer.* Il y a
presque vn tout semblable passage en Virgile au huictiesme de l'Eneide , parlant de Camille.

> *Illa vel intacta segetis per summa volaret*
> *Gramina nec cursu teneras lasisset aristas.*
> *Vel mare per medium fluctu suspensa tumenti*
> *Ferret iter, celeres nec tingeret æquore plantas.*

Et Ouide au dixiesme de la Metamorphose descriuant la course d'Atalanta & Hippomenes.

> *Posse putes illos sicco freta radere passu ,*
> *Et segetis canæ stantes percurrere aristas.*

Ce qu'ils ont dit l'vn de l'autre pour le regard de l'eau , à l'imitation d'Apollonius Rhodien, au premier des Argonautes : parlant de la legereté de Polypheme fils de Neptune &
d'Europe.

κεῖνος

κεῖνος ἀὴρ κỳ πόντου ὑπὲ γλαυκοῖο θέεσκεν
οἴδματος, ϲὐδὲ θοὺς βάπτεν πόδας, ἀλλ᾽ ὅσον ἄκροις
ἴχνεσι τεγγόμενος διερῆ πεφόρητο κελέυθῳ.

Mais pour meſurer auſſi (puis qu'ils en ſont dignes) les Poëtes de noſtre en cela heureux ſiecle, auecques les anciens Grecs & Latins; celuy à qui pas vn de toute la ſacrée trouppe, pas vn des confreres Heliconiens n'enuie ny ne debat le plus haut fleuron de Parnaſſe, ne l'a pas moins heureuſement rendu en l'Hymne de Calais & Zethes.

Polypheme qui fut ſi viſte & ſi diſpos
Qu'il couroit à pied ſec ſur l'eſcume des flots·
L'eſcume ſeulement de la vague liquide
Tenoit vn peu le bas de ſes talons humide.

A A a iij

LA
SVITTE DE
PHILOSTRATE
PAR BLAISE DE
VIGENERE BOVRBONNOIS.

A A a iiij

LA SVITTE DE
PHILOSTRATE.

LES IMAGES *ou* TABLEAVX *de platte peinture du*
Ieune Philoſtrate.

PREFACE.

'OSTONS point aux arts & ſciences leur durée perpetuelle, reputans l'antiquité ſi effroyable de prime-
face qu'elle ne ſe peuſt ſurmonter : de maniere que ſi
quelque choſe a eſté ja atteinte des anciens leſquels
nous ayent preuenus, il nous faille nous en abſtenir
de tous points ; ſans qu'il ſoit loiſible de l'imiter pal-
liant noſtre craintiue puſillanimité deſſoubs vn honneſte pretexte: mais au rebours deuons nous plutoſt
inſiſter à les deuancer eux meſmes ; car en obtenant
le but de noſtre intention, nous ferons vne choſe recommandable. Que s'il
nous aduient d'y commettre quelque defaut, au moins cela apparoiſtra-il
eſtre loüable, Que nous-nous ſoyons propoſez vne imitation glorieuſe.
Mais quel beſoin eſt-il de premettre cecy? Pour-autant qu'à ceux de ma race,
& meſmes à mon ayeul maternel, a eſté en ſpeciale recommandation de deſ-
crire ce qui concerne les ouurages de platte peinture ; choſe tres-propre &
conuenable à la langue Attique, auec vne occaſion qui fut alors fort eſtimée
comme ayant eſté priſe à l'improuiſte, & pourſuyuie elegamment par vne
conference & diſpute: ſur les traces de laquelle ſi nous-nous voulons addreſſer, il nous ſera neceſſaire auant que de s'ingerer d'y rien entreprendre, de
parcourir incidemment, & en general quelque choſe de la peinture, afin
que noſtre diſcours aye vne matiere à ſoy propre, & qui conuienne aux ſu-
jets d'icelle, quand on les viendra traicter en particulier ; inſtruction la
meilleure que l'on ſçauroit ſe propoſer, & qui n'eſt de peu d'importance: car
il faut de neceſſité que celuy qui ſe voudra rendre digne de s'entremettre de
ceſt art, cognoiſſe, ainſi qu'vn maiſtre fait ſes preceptes, fort exactement
l'anatomie, où conſiſte la nature & fabrique de l'homme: & qu'il ſoit prompt
& ſubtil à diſcerner les apparoiſſances exterieures des conditions interieures
de chaque perſonne, encore meſme qu'on ſe teuſt: & ce qui ſe manifeſte en

la difpofition de leurs iours , au temperament de leurs yeux , & ce qui
gift foubs la contenance de leurs fourcils : & pour leur reftreindre en peu
de parolles , tout en general ce à quoy les internes penfées fe peuuent
eftendre, & defcouurir par le dehors. Celuy doncques qui bien à propos fçaura conceuoir tout cela en fon efprit , aura la main propre & capable pour reprefenter toutes fortes de perfonnages, comme d'vn infenfé &
furieux; d'vn courroucé ; d'vn qui eft raffis , & en fon bon fens; d'vn gay
& ioyeux; d'vn efmeu; d'vn efpris d'amour; & finablement bien pourtraire
ce qui leur conuiendra à tous. La fraude au furplus & deception qui pourroit interuenir en ce cas, fera plaifante & delectable ; & n'apportera rien
de reproche ny de blafme. Car de s'attacher aux chofes qui ne font point,
tout ainfi que fi elles eftoient reellement , & de s'y laiffer tranfporter les
reputant eftre, puis qu'il ne vous en peut point prouenir de preiudice,
comment eft-ce qu'à bon droit vous n'en receurez quelque contentement fans en pouuoir eftre repris ? Or les anciens hommes de fçauoir &
erudition me femblent auoir efcript beaucoup de chofes concernans les
proportions pour le regard de la peinture ; eftabliffans par là des reigles,
& la mefure dont deuoit eftre chaque membre, comme s'il euft efté im-
poffible d'exprimer vne deuë reprefentation du mouuement , fi ce n'eft
par la conuenance qui procede de l'interieur accord de nature : car elle
n'admet rien d'eftrange & demefuré, ayant fes actions toufiours conformes à elles-mefmes. Mais qui y voudra de pres prendre garde, on trou-
uerra que ceft' art a auffi de l'affinité auec la Poëfie, & que les conceptions en font communes à toutes deux : car les Poëtes ameinent fur
leurs fcenes & efchaffaux la prefence des Dieux immortels, auec tout ce
qui peut auoir quelque ornement, majefté & delectation : & la peinture
femblablement, qui tout ce que fçauoient dire les Poëtes le reprefente
en fes pourtraits. Mais qu'eft il de befoin de s'arrefter dauantage à deduire ce qui a fi apertement efté touché de tant d'autres ; ny en s'eftendant à vne pluralité de paroles, monftrer vouloir faire icy vn grand pa-
ranymphe de ceft affaire ? Car ce que nous en auons dit iufqu'icy fuffira
pour monftrer ce que nous en auons entrepris. Et cela ne fera point reiecté, comme ie croy, ores que ce foit peu de chofe; car m'eftant rencontré en des tableaux de tres-bonnes & expertes mains, efquels eftoient re-
prefentez non ineptement les faits de quelques anciens, il m'a femblé
ne les deuoir point paffer foubs filence. Or de peur que la peinture ne
fe voye eftre icy reftreinte comme à vne feule couleur, foit pofé vn fu-
ject, auquel tout ce que nous auons dit cy deffus fe rapporte diftinctement
afin que par ce moyen noftre difcours puiffe aller auant auec fa deuë conuenance.

ANNOTATION.

ANNOTATION.

E I s v n e Philoſtrate autheur de dix-ſept Tableaux ſubſequents, fut fils de la fille de celuy qui a eſcript ceux des deux liures cy deſſus, comme luy-meſme le teſmoigne en cette Preface; autre choſe n'ay-ie peu trouuer de luy nulle part, fors ce que nous en auons amené de Suidas à l'entrée du premier liure. Il inſiſte au reſte ſur les briſées de ſon ayeul, qui fut le ſecond de ce nom; & ſe parforce de l'imiter pas à pas tant en ſes inuentions, qu'és elegances de ſon Atticiſme, où ils ſont du tout addonnez, voire auec affectation à la maniere des Sophiſtes; mais ceſtui-cy trop plus que l'autre; & au reſte bien plus contraint, taſchant tout expres de s'obſcurcir pour n'eſtre pas entendu de pleine arriuée, afin de ſe faire lire plus que d'vne fois: car il cherche des mots ambigus, equiuoques, & qui ont diuerſes ſignifications, aucuns contraires l'vne à l'autre. Et s'en va là deſſus deterrer certains paſſages des anciennes poëſies, les moins vulgaires & rebattus, dont il ourdiſt vn contexte mal-aiſé à deſuelopper. Somme qu'il eſt fort ſcabreux en pluſieurs endroits; ioint la deprauation des exemplaires à tous propos corrompus au Grec: ce qui a peu deſgouſter pluſieurs d'y mettre la main. Qu'il nous ſoit doncques pardonné ſi nous auons eſté contraints la plus part du temps d'y proceder comme aueuglettes & à taſtons: & d'autant qu'il eſt ordinairement fort concis & couppé court à demy mot en ſes ſentences, y adiouſter par fois quelque choſe pour en donner vne plus claire intelligence aux lecteurs.

Me probat, & socio semper confidit Vlysse.

Ce qu'il a emprunté du dixiesme de l'Iliade; là où Agamemnon donnant le choix
à Diomede de choisir tel compagnon qu'il voudroit en cette hazardeuse entrepri-
se, il prend Vlysse;

πῶς ἂν ἔπειτ' Ὀδυσῆος ἐγὼ θείοιο λαθοίμην.

Comment pourrois-ie oublier le diuin Vlysse, dont l'esprit est si prudent
& le courage magnanime en tous trauaux, & qui est aimé de Minerue?
Car certes en sa compagnie nous pourrions mesmes sortir tous deux d'vn
feu ardent, d'autant qu'il sçait fort bien conseiller. *Au demeurant comme*
Achille eust esté occis auant la prise de Troye, Phenix fut commis pour aller querir
son fils Pyrrhus, autrement nommé Neoptoleme ou nouueau guerrier, duquel y sera
parlé plus à plain par cy apres en son tableau. Quant aux conditions des Troyens,
Troilus fut mis à mort par Achille, ainsi que met Virgile au premier de l'Eneide.

Parte alia fugiens amissis Troilus armis,
Infœlix puer, atque impar congressus Achilli
Fertur equis currúque hæret resupinus inani.

Le Palladium fut enleué par les mesmes Vlysse et Diomede, qui entrerent par vn
egoust dans la citadelle de Troye, où cette image estoit gardée, y estant cheute du ciel,
laquelle fut depuis par Enée transportée en Italie, et gardée soigneusement par les Vier-
ges Vestales. Et finablement la sepulture de Laomedon demolie auec la porte Scœ,
quand les Grecs offrirent le cheual de bois à Minerue, par le moyen duquel Troye fut
prise, comme le descript Virgile au 2. Voila ce qu'il a esté besoin de premettre pour plus
facile intelligence de ce tableau; lequel quant au reste est assez dilaté et facile de soy.

ESTE Nymphe encheuelée de joncs & roseaux ; car
vous la voyez bien là au pied de ce mont, d'vne taille
essuitte & allegre, court-vestuë d'vne iuppe de couleur
bleuë; est l'Isle de Scyro, que le diuin Sophocle appelle
Venteuse, tenant en ses mains vn rameau d'Oliuier ,&
vn sarment de vigne. Et dans le chasteau qui est au bas
de la montaigne , en cette face de deuant sont nourries
les filles du Roy Lycomedes, vierges encore, auecques celle qu'on tenoit estre de Thetys, laquelle ayant
appris de son pere Nereus qu'elle estoit la preordonnance des Parques touchant son fils ; & comme il luy auoit esté destiné l'vn ou l'autre, de viure assauoir longuement sans honneur & reputation, ou d'acquerir vne grand'gloire, mais aussi de bien-tost finer ses iours, l'enfant ayant pour cette occasion
esté destourné par elle est caché auec ces Princesses: les autres cuident à la verité que ce soit vne fille, mais l'aisnée des deux sœurs sçait assez que non, car il
l'a secrettement accoinctée par amourettes, si que quand le terme viendra
d'enfanter, elle aura Pyrrhus. Or il n'est pas icy question de cela: voyez vous
pas bien cette prairie deuant la tour? c'est l'endroit le plus commode de toute
l'Isle pour fournir abondamment des fleurs à ces filles, qui se sont escartées
de costé & d'autre pour en cueillir plus à leur aise, toutes belles par excellence: les vnes sans aucun artifice ne desguisement , inclinans à vne beauté feminine, les traicts partans de leurs yeux accompagnez d'vn regard tout simple

& honteux, & le teint vermeil dõt leurs iouës font colorées,& tous leurs geſtes & mouuemens manifeſtans ie ne ſçay qoy de feminin. Mais cette autre
là qui plus librement deſ-agence ſa cheueleure,d'vn fier maintien ioint à vne
tendre delicateſſe, deſcouurira bien toſt quel ſera ſon ſexe au vray, & deſpoüillant ce que la neceſſité luy faiſoit feindre,ſe mõſtrera eſtre Achilles.Car
eſtant ſourdement paruenu vn bruit aux oreilles des Grecs, de ce ſait icy de
Thetys,Diomede fut depeſché,auec Vlyſſe ſur vn brigãtin à cette Iſle,pour
deſcouurir où eſtoit Achilles.Vous les voyez bien là tous deux,l'vn d'vn profond regard abaiſſé en terre pour raiſon de ſes ruſes accouſtumées, & de ce
qu'il a touſiours l'œil au guet attenti! à forger quelque tromperie:là ou le fils
de Tydée eſt poſé-raſſis,& au reſte d'vn prompt vouloir bien deliberé, monſtrant d'eſtre preſt à toutes occaſions de mener les mains: derriere eux eſt vn
autre qui auec ſa trompette doibt donner le mot & ſignal. Mais que veut dire cette peinture, & quelle en eſt la ſignifiance? Vlyſſe eſtant fort aduiſé, &
tres-ingenieux deſcoureur des choſes cachées,*machine maintenant cecy,
car iettant la emmy le pré de petits panniers & coffins, auec autres ſẽblables
beſoignes conuenables aux ieunes filles pour paſſer leur tẽps,& s'eſbattre,&
d'autre part vn harnois complet de gẽdarme,celles de Lycomede ſautellent
apres ce qui leur eſt le plus familier,& Achilles fils de Pelée,laiſſant les pãniers
& eſguilles aux Damoiſelles,ſe lance droit à l'armeure,dont il ſe vient à ma-
nifeſter.Or Pyrrhus n'eſt d'oreſnauãt plus rural & agreſte,comme il ſouloit;
ny n'a cette contenance eſgarée de Payſan haſlé & craſſeux à la mode des
ieunes bouuiers tous nyais,ains ſẽt bien deſia ſon ſoldat,s'appuyãt ſur vn iauelot,& regardãt vers vn nauire,vous empoigne de deſſus la greue la main gauche d'vn bon vieillard qui la luy preſente, eſtant veſtu d'vn hocqueton blanc
qui ne luy arriue pas au genoüil. Quant à ſon œil il eſt fier & brillant,mais nõ-
pas encore comme s'il vouloit ioüer des couſteaux , ains en expectatiue que
bien toſt il en viendra là. Et ce qu'on le voit ainſi petiller d'impatience de tant
attẽdre,denote aſſez ſon deſir courageux de faire en brief quelque bel exploit
d'armes à Troye: ſa cheueleure eſt maintenant comme d'vn qui ſeroit oiſif,
ſũpenduë deſſus le front; mais quand il s'eſbranlera au combat, elle ſe deſar-
rangera par meſme moyen,s'accommodant aux impetueuſes paſſions de ſon
ame.Ces cheures au reſte qui bondiſſent en liberté çà & là;& les beſtes à corne ſe deſbandans de coſté & d'autre, & l'eſguillon dont il picque les bœufs
attellez au ioug,ietté là comme par deſpit d'vn coſté,auec la houllette de l'autre,tout cela procede de cette occaſion. Le damoiſeau eſt courroucé contre
ſa mere,& ſon ayeul,de ce qu'ils le retiennent ainſi longuement dans cette Iſ-
le:car d'autant qu'Achilles auoit eſté mis à mort, eux craignans le meſme de
ce ieune Prince,ne luy en veullent point octroyer l'iſſuë,ains l'ont eſtably à la
garde de leurs trouppeaux , & des bœufs, dont il ne failloit de coupper le
col net aux Taureaux s'ils ſe ioüoient de s'eſcarter: Vous le pouuez voir là
à main droicte ſur cette crouppe de montaigne. Mais comme les Grecs euſſent entendu de l'oracle, quà nul autre n'eſtoit deſtiné de prẽdre Troye
fors aux Eacides, Phenix eſt enuoyé par mer en Scyro pour en amener
· de là ceſt infant ; où eſtant abordé, il ſe rencontre d'auanture auec celuy
qui ne le cognoiſſoit ; auſſi né l'euſt-il pas cogneu , ſinon entant que la
gentilleſſe

ACHILLES EN
L'ISLE DE SCYRO.

ARGVMENT.

L E SVBIECT *du present tableau a esté cy deuant touché en celuy de la*
nourriture d'Achilles au second liure, si au long & par le menu, que
ce ne seroit qu'vne reditte superfluë voire ennuieuse d'en vouloir rien
reïterer en ce lieu; là où outre ce qui concerne Achilles, est parlé de son
fils Pyrrhus, & comment apres la mort de son pere lequel fut tué en trahison deuant
Troye par Páris & Deiphobus, Phenix qui l'auoit gouuerné en sa ieunesse, comme
il se peut voir au neusiesme de l'Iliade fut depesché de l'ost des Grecs pour venir en-
leuer Pyrrhus, selon qu'il est mentionné au tableau, auec tout plein d'autres petits
traicts gentils & mignards, où le Sophiste se parforce d'esgayer les lecteurs auec luy,
qui s'y donne carriere. Cela fut parce que les destinées portoient, ainsi que le racompte
Seruius sur ces vers du second de l'Eneide; fracti bello, fatisque repulsi Ducto-
res Danaum; *qu'il y auoit trois conditions en faueur des Troyens pour la conserua-*
tion de leur ville; assauoir, que durant la vie de Troilus elle ne pourroit estre prise;
ny tant qu'ils garderoient bien la saincte image de Pallas, appellée le Palladium; &
que la sepulture de Laomedon qui estoit sur la porte Scæ demeureroit en son entier.
Les Grecs pareillement de leur costé en auoient trois autres pour venir à bout de leur
entreprise; car il failloit nommeément qu'ils conquissent les cheuaux feez de Rhesus
Roy de Thrace, auant qu'ils fussent abreuuez en la riuiere de Scamandre, autre-
ment Xanthus: ce que Diomede et Vlysse executerent, comme il est escript au dixies-
me de l'Iliade; & au treiziesme des Metamorphoses d'Ouide. En apres qu'ils eus-
sent les sagettes d'Hercule, qu'auoit Philoctetes en garde; à quoy le mesme Vlysse fut
deputé, ainsi qu'il sera plus à plein declaré cy apres au tableau dudit Philoctete. Tier-
cement qu'ils eussent auec eux quelqu'vn de la lignée des Eacides; parquoy ils en-
uoyerent premierement querir Achilles en l'Isle de Scyro, où il estoit desguisé en fille; et
de cela eurent encore la charge de compagnie, les mesmes Diomede, & Vlysse vne
autre fois accouplez ensemble; pour monstrer que la force du corps denotée par Dio-
mede, & la dexterité d'esprit par Vlysse, ont besoin reciproquement l'vne de l'autre,
assauoir l'inuention, & l'execution: ce qu'Ouide touche aussi au lieu allegué:

At sua Tydides meorum communicat acta,

Me

Me probat, & focio femper confidit Vlyffe.

Ce qu'il a emprunté du dixiefme de l'Iliade; là où Agamemnon donnant le choix
à Diomede de choifir tel compagnon qu'il voudroit en cette hazardeufe entrepri-
fe, il prend Vlyffe;

πῶς ἀν ἔπειτ᾽ Ὀδυσῆος ἐγὼ θίοιο λαθοίμLω.

Comment pourrois-ie oublier le diuin Vlyffe, dont l'efprit eft fi prudent
& le courage magnanime en tous trauaux, & qui eft aimé de Minerue?
Car certes en fa compagnie nous pourrions mefmes fortir tous deux d'vn
feu ardent, d'autant qu'il fçait fort bien confeiller. *Au demeurant comme*
Achille euft efté occis auant la prife de Troye, Phenix fut commis pour aller querir
fon fils Pyrrhus, autrement nommé Neoptoleme ou nouueau guerrier, duquel y fera
parlé plus à plain par cy apres en fon tableau. Quant aux conditions des Troyens,
Troilus fut mis à mort par Achille, ainfique met Virgile au premier de l'Eneide.

> Parte alia fugiens amiffis Troilus armis,
> Infœlix puer, atque impar congreffus Achilli
> Fertur equis currúque hæret refupinus inani.

Le Palladium fut enleué par les mefmes Vlyffe et Diomede, qui entrerent par vn
egouft dans la citadelle de Troye, où cette image eftoit gardée, y eftant cheute du ciel,
laquelle fut depuis par Enée tranfportée en Italie, et gardée foigneufement par les Vier-
ges Veftales. Et finalement la fepulture de Laomedon demolie auec la porte Scæe,
quand les Grecs offrirent le cheual de bois à Minerue, par le moyen duquel Troye fut
prife, comme le defcript Virgile au 2. Voila ce qu'il a efté befoin de premettre pour plus
facile intelligence de ce tableau; lequel quant au refte eft affez dilaté et facile de foy.

ESTE Nymphe encheuelée de joncs & rofeaux; car
vous la voyez bien là au pied de ce mont, d'vne taille
effuitte & allegre, court-veftuë d'vne iuppe de couleur
bleuë; eft l'Ifle de Scyro, que le diuin Sophocle appelle
Venteufe, tenant en fes mains vn rameau d'Oliuier, &
vn farment de vigne. Et dans le chafteau qui eft au bas
de la montaigne, en cette face de deuant font nourries
les filles du Roy Lycomedes, vierges encore, auecques celle qu'on tenoit eftre de Thetys, laquelle ayant
appris de fon pere Nereus qu'elle eftoit la preordonnance des Parques touchant fon fils; & comme il luy auoit efté deftiné l'vn ou l'autre, de viure affauoir longuement fans honneur & reputation, ou d'acquerir vne grand' gloire, mais auffi de bien-toft finer fes iours, l'enfant ayant pour cette occafion
efté deftourné par elle eft caché auec ces Princeffes: les autres cuident à la verité que ce foit vne fille, mais l'aifnée des deux fœurs fçait affez que non, car il
l'a fecrettement accoinétée par amourettes, fi que quand le terme viendra
d'enfanter, elle aura Pyrrhus. Or il n'eft pas icy queftion de cela: voyez vous
pas bien cette prairie deuant la tour? c'eft l'endroit le plus commode de toute
l'Ifle pour fournir abondamment des fleurs à ces filles, qui fe font efcartées
de cofté & d'autre pour en cueillir plus à leur aife, toutes belles par excellence: les vnes fans aucun artifice ne defguifement, inclinans à vne beauté feminine, les traiéts partans de leurs yeux accompagnez d'vn regard tout fimple

& honteux, & le teint vermeil dõt leurs iouës font colorées,& tous leurs geftes & mouuemens manifeſtans ie ne ſçay quóy de feminin. Mais cette autre
là qui plus librement deſ-agence ſa cheueleure,d'vn fier maintien ioint à vne
tendre delicateſſe, deſcouurira bien toſt quel ſera ſon ſexe au vray, & deſpoüillant ce que la neceſſité luy faiſoit feindre,ſe mõſtrera eſtre Achilles.Car
eſtant ſourdement paruenu vn bruit aux oreilles des Grecs, de ce fait icy de
Thetys,Diomede fut depeſché,auec Vlyſſe ſur vn brigãtin à cette Iſle,pour
deſcouurir où eſtoit Achilles.Vous les voyez bien là tous deux,l'vn d'vn profond regard abaiſſé en terre pour raiſon de ſes ruſes accouſtumées, & de ce
qu il a touſiours l'œil au guet attentiſ à forger quelque tromperie:là ou le fils
de Tydée eſt poſé-raſſis,& au reſte d'vn prompt vouloir bien deliberé, monſtrant d'eſtre preſt à toutes occaſions de mener les mains: derriere eux eſt vn
autre qui auec ſa trompette doibt donner le mot & ſignal. Mais que veut dire cette peinture, & quelle en eſt la ſignifiance? Vlyſſe eſtant fort aduiſé, &

* σφεὶς τὸν τῶν
δημιουργῶν ἐς-
γχον. machine
maintenant
quelque choſe
pour deſcou-
urit ce qu'il
pourchaſſe.
Car

tres-ingenieux deſcouureur des choſes cachées,*machine maintenant cecy,
car iettant la emmy le pré de petits panniers & coffins, auec autres ſẽblables
beſoignes conuenables aux ieunes filles pour paſſer leur tẽps,& s'eſbattre,&
d'autre part vn harnois complet de gẽdarme,celles de Lycomede ſautellent
apres ce qui leur eſt le plus familier,& Achilles fils de Pelée,laiſſant là pãniers
& eſguilles aux Damoiſelles,ſe lance droit à l'armeure,dont il ſe vient à ma-
nifeſter.Or Pyrrhus n'eſt d'oreſnauãt plus rural & agreſte,comme il ſouloit;
ny n'a cette contenance eſgarée de Payſan haſlé & craſſeux à la mode des
ieunes bouuiers tous nyais,ains ſẽt bien deſia ſon ſoldat,s'appuyãt ſur vn iauelot,& regardãt vers vn nauire,vous empoigne de deſſus la greue la main gauche d'vn bon vieillard qui la luy preſente, eſtant veſtu d'vn hocqueton blanc
qui ne luy arriue pas au genoüil. Quant à ſon œil il eſt fier & brillant,mais nõ-
pas encore comme s'il vouloit ioüer des couſteaux , ains en expectatiue que
bien toſt il en viendra là. Et ce qu'on le voit ainſi petiller d'impatience de tant
attẽdre,denote aſſez ſon deſir courageux de faire en brief quelque bel exploit
d'armes à Troye: ſa cheueleure eſt maintenant comme d'vn qui ſeroit oiſif,
ſuſpenduë deſſus le front; mais quand il s'eſbranlera au combat, elle ſe deſar-
rangera par meſme moyen,s'accommodant aux impetueuſes paſſions de ſon
ame.Ces cheures au reſte qui bondiſſent en liberté çà & là;& les beſtes à corne ſe deſbandans de coſté & d'autre, & l'eſguillon dont il picque les bœufs
attellez au ioug,ietté là comme par deſpit d'vn coſté,auec la houllette de l'autre,tout cela procede de cette occaſion. Le damoiſeau eſt courroucé contre
ſa mere,& ſon ayeul,de ce qu'ils le retiennent ainſi longuement dans cette Iſ-
le:car d'autant qu'Achilles auoit eſté mis à mort, eux craignans le meſme de
ce ieune Prince,ne luy en veullent point octroyer l'iſſuë,ains l'ont eſtably à la
garde de leurs trouppeaux, & des bœufs, dont il ne failloit de coupper le
col net aux Taureaux s'ils ſe ioüoient de s'eſcarter: Vous le pouuez voir là
à main droicte ſur cette crouppe de montaigne. Mais comme les Grecs euſſent entendu de l'oracle, quà nul autre n'eſtoit deſtiné de prendre Troye
fors aux Eacides, Phenix eſt enuoyé par mer en Scyro pour en amener
· de là ceſt infant ; où eſtant abordé, il ſe rencontre d'auanture auec celuy
qui ne le cognoiſſoit ; auſſi né l'euſt-il pas cogneu, ſinon entant que la
gentilleſſe

gentilleſſe de ſon viſage ſur vne ſi forte & puiſſante taille le manifeſtoit eſtre fils d'Achilles: & de là coniecturât qui c'eſtoit il ſe manifeſte à Lycomede, & Deidamie. Voila ce que l'artifice de cette peinture reduitte en ſi petit volume nous peut apprendre, qui nous eſt icy repreſentée ſelon qu'elle a fourny de ſubiect aux Poëtes d'eſcrire.

ANNOTATION.

 C Y R O S eſt ainſi appellée des crouſtons de pierre, & platteaux dont elle eſt ſemée, à guiſe des eſcailles qui ſortent du marbre, & autres telles pierres dures quand on les taille, car le mot de Σκύρος emporte cela: c'eſt au ſurplus vne Iſle de l'Archipel ou mer Egée, vis à vis preſque de la terre-ferme de l'Ionie, à my-chemin de Negrepont & Methelin y ayant vne ville de meſme nom, & du nombre des 53. Iſles dittes les Cyclades, comme met Pline liure 4.ch.12. où il la dit contenir quelques 7. ou 8. lieuës de tour ſeulement; & auoir autrefois eſté appellée Syphnus, Meropée, & Acis; anciennement habitée des Pelaſgiens, & des Cariens, ſelon Stephanus au liure des villes: mais pourautant qu'elle eſt fort platte, parquoy les vents y peuuent donner en liberté de toutes parts, cela auroit peu mouuoit Sophocle de luy donner l'Epithete δ' ἀνεμώδης, venteuſe. Le meſme Pline liu. 36. ch.17. en racompte vne eſtrange merueille, que les pierres de cette Iſle toutes entieres ſurnagent dans l'eau, & reduittes en poudre elles vont à fonds. Ce qui eſt le propre de la pierre ponce, qui fait le meſme ſans aller peſcher plus au loin ce miracle: car la raiſon naturelle y eſt toute apparente, d'autant que la pierre ponce que les Latins appellent Pumex, & les Grecs κίσσηρις, mot approchant de Σκύρος, auſſi met-il au 21. chap. que les excellentes pierres ponces dont on vſoit ſelon Catulle, pour pollir la chair & la rendre plus douce au toucher, ſe trouuoient és Iſles de Scyros, Melos, & les Eoliennes: la Ponce doncques en ſon entier eſtant fort rare & ſpongieuſe, auec pluſieurs trous & concauitez où il s'enferme beaucoup d'air, cela eſt cauſe de la faire ſurnager en l'eau: là où quand elle eſt comminuée en menus fragmens & parcelles qui ſe viennent à reſſerrer & conioindre, l'air en ſort; ce qui la fait aller à fonds ſelon ſa nature pierreuſe.

L Y C O M E D E S fut Roy de l'Iſle deſſuſdite, duquel Pauſanias és Arcadiques deduit ainſi la genealogie, apres les vers de certain Aſius Samien fils d'Amphiptoleme: car c'eſt de luy à mon opinion dont il parle, attendu ce qu'il met là des inſulaires proches voiſins des Ioniens en la mer Egée. Phenix eut de Perimede fille d'Aenée, Aſtipalée, & Europe. D'Aſtipalée & de Neptune fut fils Ancée qui regna ſur les Lelegetes. Ancée ayant eſpouſé Samie fille du Fleuue Meandre en eut Perilaus, Enudus, Samus, & Aliſtherſes, & vne fille appellée Parthenopé de laquelle & d'Apollon vint Lycomedes.

N E R E V S fils aiſné de l'Ocean & de la Terre ſelon Heſiode en ſa Theogonie eſt pour cette occaſion feint des Poëtes eſtre Dieu de la mer, & fort ſouuent mis pour la mer meſme. Phurnute le deriue ἀπὸ τῦ νάω, nager. De luy donques & de ſa femme & ſœur Doris, ſortirent 50. filles qu'on appelle les Nereides, ſelon Pindare entre les autres en la 6. des Iſthmiennes; & Orphée en ſes hymnes; du nombre deſquelles fut Thetys. Orphée en ſes Argonautes l'appelle le plus ancien, des Dieux: & Heſiode vieil & ancien, αὐ τὸρ χαλῶσι γέροντα, dont Virgile à ſon imitation, au 4.des Georgiques le nomme Grädæuus, & Pindare auant luy en la 9. Pithienne, met: vne le vieillard Marin ordonnoit de loüer meſme ſon plus que mortel aduerſaire, qui euſt exploité quelques belles choſes auec Iuſtice & equité.

D E V I V R E longuement ſans honneur & reputation. Ceci eſt tiré du 9. de l'Iliade. où Achilles parle ainſi à Aiax & Vlyſſe, qui luy auoient eſté enuoyez auec Phenix pour le rappaiſer: μήτηρ γάρ τέ με φήσι θεὰ Θέτις ἀργυρόπεζα, &c. Ma mere la Deeſſe Thetys aux beaux pieds argentins me predit qu'il y auoit deux deſtinées qui me deuoient conduire à la fin de mes iours. Car ſi ie demeure icy ferme vaillamment combattant deuant Troye, le retour me ſera oſté, mais en recompenſe i'auray auſſi vne gloire immortelle. Que ſi ie retourne à la maiſon en ma bien-aimée Patrie, ma reputation demeurera eſteinte, & la vie me ſurabondera longuement, ſans que la mort me vienne empoigner que bien tard.

V o v s les voyez bien-là tous deux, l'vn d'vn profond regard abaiſſé en terre, &c. Ceci eſt pareillement prins d'Homere au 3. de l'Iliade, où Helene remarque à Priam tout les Princes de l'Oſt des Grecs: & quant à Vlyſſe, il le deſcript entre autres choſes, tenant ſes yeux abaiſſez vers terre: ὑπαὶ δὲ ἴδεσκε χ̄, ϑανὸτ ὄμματα πήξας. Mais l'ancien Philoſtrate que cettui cy a aucunement imité en ceſt endroit, au tableau d'Antiloque les depeint tous deux, Diomede aſſauoir, & Vlyſſe, de cette ſorte: Εὔπίδκλος δὲ ὁ μὲν Ἰθαχήσιος, ἀπὸ τῦ τρυφῶ, εὐθαλὴς, καὶ ἐγρηγορότερον· τὸν δὲ τῷ Τυδέως, ἢ ἐλευϑερία γθάς. *Vlyſſes eſtant bien aiſé à cognoiſtre à ſa mine rhabarbatiue eſueillée: mais le fils de Tydée vne liberté genereuſe l'exprime.*

Derriere eux eſt vn autre qui auec la trompette doibt donner le mot & ſignal. Pour plus claire elucidation de cecy il vaut mieux amener tout le lieu entier d'Hyginus au 96.ch. de ſes fables, où il dit ainſi. *La Nereide Thetys ayant ſceu comme ſon fils Achille qu'elle auoit eu de Peleus, s'il alloit au ſiege de Troye, y deuoit eſtre mis à mort, le commiſt en la garde du Roy Lycomede en l'Iſle de Scyro; où il le faiſoit nourrir auec ſes filles vierges encore, deſguiſé en habit de femme, ne luy ayant rien changé que le nom; car les infantes le nommerent Pyrrha pour raiſon de ſes blonds cheueux. Or les Grecs ayant entendu qu'il eſtoit là detenu caché, enuoyerent des ambaſſadeurs à Lycomede, pour le requerir de le vouloir enuoyer à leur ſecours. Et comme il deuiaſt qu'il fut chez luy, il leur permit de viſiter tout ſon Palais pour l'y chercher; mais ne pouuans deſcouurir lequel s'eſtoit, Vlyſſe va deſployer en la grand'ſalle des beatilles & menus faits as connexans aux femmes; & parmy cela vne corſeſque auec vne targue: & là deſſus commande au trompette qu'ils auoient amené quand & eux de ſonner l'alarme: fait par meſme moyen cliquetter le harnois, & leuer le cry du combat; ſi qu' Achilles cuidant que les ennemis fuſſent là arriuez par ſurpriſe, va ſoudain deſchirer ſa robbe de fille, & vous empoigne targue & corſeſque: par où s'eſtant maniſeſté, il promit ſon ſecours aux Grecs, & de mener les Myrmidons auecques luy.*

Phenix *eſt enuoyé par mer en Scyro, pour de là en amener Pyrrhus:* Phenix fut fils d'Amynthor Argien, lequel entretenant en ſa maiſon vne concubine à la veuë de ſa propre femme, elle eſpriſe de ialouſie perſuada ſon fils de luy faire l'amour, & de l'accointer, dont le pere indigné luy donna ſa malediction, ſi qu'il fut contraint de ſortir hors de ſon pays, & ſe retirer deuers le Roy Peleus en la Theſſalie, qui luy donna la ſeigneurie des Dolopes, & ſon fils Achille à endoctriner; lequel il accompagna depuis à la guerre de Troye, auec 50. vaiſſeaux qu'il fretta à ſes propres couſts & deſpens, comme met Hyginus au 97. ch. du 1. liu. Tout ce que deſſus eſt atteint d'Homere fort par le menu au 9. de l'Iliade, & finablement ce Phenix là deuint aueugle ſur ſes vieils iours, ſelon que le remarque Ouide en ſes Inuectiues contre Ibis.

> *Id quod Amyntorides videas, trepiduſq, minſter*
> *Pratentes baculo luminis orbus iter.*

Or pour clorre le preſent Tableau, il n'y aura point de mal d'amener ce que Fulgence, & les autres Mythologiques allegoriſent en ceſt endroit, du mariage de Pelée auec Thetys, puis que cela n'a point eſté touché par cy deuant en la nourriture de leur fils Achille. Ils veulent donques que Thetys ſoit l'eau, que Iuppiter le grand Dieu formateur de tout, ioinct & vnit auec Peleus, c'eſt à dire le limon de la terre, car πηλὸς en Grec ſignifie limon; duquel meſlé auecques l'eau, on dit que les hommes furent premierement procreez, ce qui n'eſt pas du tout eſloign. des traditions Moſaiques: & cela auroit meu Ariſtophane d'appeller les hommes πηλᾶ πλάσμαϊα, ouurages de terre; & peut eſtre l'Apoſtre aux Romains 9. de dire; *le potier n'a-il pas puiſſance de faire d'vne meſme maſſe de terre vn vaiſſeau à honneur, & l'autre à deshonneur?* Ce qu'on dit puis apres que Iuppiter s'eſtant voulu meſler auec Thetys s'en auroit eſté diuerty par l'admoneſtement de Promethée, de peur qu'il n'engendraſt vn enfant en elle plus grand & celebre que luy, ſelon que le portoient les deſtinées, & qui le chaſſaſt de ſon Royaume comme il auoit fait ſon pere Saturne: cela denote que Iuppiter lequel eſt prins pour le feu, car ζεὺς qui ſignifie Iuppiter vient de ζέω bouillir, eſchauffer, s'il ſe meſloit auec l'eau elle l'eſteindroit: au demeurant aux nopces de Pelée & de Thetys, la ſeule diſcorde n'y fut point ſemonce, à cauſe qu'en la generation de l'homme, il n'y doit point auoir de diſcorde des Elemens, telle que pourroit eſtre le feu & l'eau, leſquels ne ſe pourroient immediatement comporter enſemble, ſi que Pelée ou la terre qui repreſente la chair & les oſſemens, & Thetys l'eau ou l'humeur, Iuppiter qui eſt le feu ou chaleur naturel'e les vient ioindre & lier enſemble en la generation de la creature, & les reſchauffant les anime & viuifie; car l'ame ſelon la plus-grand' part des Philoſophes eſt de nature de feu. La diſcorde donques n'ayant point eſté conuiée à ſes nopces, vient à la trauerſe pour y ſeruir vn plat de ſon meſtier; c'eſt la pomme d'or qui eſt priſe pour la conuoitiſe, parce qu'en vne pomme d'or il n'y a rien que la veuë, & non à gouſter: ce qui s'approche de ce que touche Moyſe en Geneſe, que la pomme dont le ſerpent ou le diable, c'eſt la diſcorde, ſeduit nos premiers Peres à en manger, leur auoit eſté prohibée du Createur; ſi qu'ils en taſterent contre ſa defence. Tous les autres Dieux y auoient eſté inuitez; car les Ethniques attribuoient chaque membre & partie principalle de l'homme à quelqu'vn d'iceux, côme la teſte à Iuppiter, les yeux à Mercure, les bras à Iunon, dont Homere luy donne ordinairement l'Epithete de λωκώλενος ayant les bras & eſpaulles blanches, à cauſe de la perſpicuité tranſparente de l'air qu'elle repreſente: & remarque Minerue principalement à ſes yeux, l'appellant γλαυκῶπις aux yeux verds; la poitrine à Neptune, le ſau du corps à Mars: ce qu'Homere a pareillement atteint en ces vers.

> Ὄμματα κỳ κεφαλἑυ ἵκελος δἲ τερπικεραυνῳ,
> Ἄρ'ρ δὲ ζώνἑυ, ϛέρνον δὲ Ποσιδάων.

De

Des yeux & de la teste semblable à Iuppiter qui s'esgaye és foudres & tonnerres, du fau du corps, & des hanches à Mars, & de la poitrine à Neptune. Les reins & les aynes à Venus, parce que là gist la lubricité, & les pieds à Mercure, pour raison de la diligence continuelle où il faut que soient tous les marchans & trafficqueurs, En fin Achilles estant nay de ce mariage, sa mere le trempe tout dans la riuiere de Styx, horsmis le talon & la plante du pied; c'est à dire qu'elle l'endurcit à toutes sortes de trauaux pour y resister, & se rendre inuincible, fors que contre l'esguillon de la chair & „ concupiscence; parce que les anatomistes remarquent certaines veines procedans de ceste partie, qui se vont communiquer & rendre aux cuisses & aux reins, ensemble à l'espine du dos, où „ consistent les lubriques chatouillemens qui y ont leur siege selon Orphée. Il est puis apres mené „ au pallais de Lycomede pour y estre nourry; assauoir en la demeure de la volupté, car ce mot „ n'emporte autre chose que γλυκὺ μηδὲν douceur & rien plus, toute lubricité estant douce de soy, „ mais en fin rien. Ce qu'il s'enamoure de Polixene qui signifie estrange à plusieurs, denote que la volupté fait extrauaguer, & errer vagabondes les affections de plusieurs personnes hors de leur „ deuoir, si que la plus part du temps elles les viennent perdre & precipiter en vne mortelle destruction & ruine, qui leur prouient de ces charnelles concupiscences. Voila comment soubs les fables anciennes sont comprises plusieurs belles speculations de Philosophie.

MARSYAS.

ARGVMENT.

INERVE à ce qu'on dit, fut la premiere qui inuenta les fluttes & les haut-bois d'vn oz de cerf qu'elle accommoda à cest instrument; duquel s'estant ingerée de vouloir iouër en vn festin que faisoient les Dieux, Iunon & Venus luy voyans ainsi auec ses yeux de chat, verds, grisastres, enfler les ioües quand elle souffloit pour les entonner, s'en prindrent à rire: parquoy de despit elle s'en alla à vne fontaine au mont Ida, où s'estant contemplée dans l'eau ioüant de mesme, elle trouua qu'à bon droict on s'estoit mocqué d'elle, & ietta là ses fluttes par grand despit; maudissant de cruelles execrations quiconque les releuroit, & le deuouant à vn fort criminel supplice. De fortune puis-apres certain pasteur nommé Marsias fils d'Æagrus, & l'vn des Satyres, les retrouua; & s'y exercitant sans cesse y profita de sorte qu'il osa bien desier Apollon sur la precellence de son haut-bois par dessus sa lyre, et la dessus les Muses furent d'vn commun accord prises pour iuges et arbitres de la dispute; lesquelles balançoient desia à en attribuer le prix à Marsyas, quand Apollon se mit à chanter, accompagnant l'instrument de sa voix, où par ce moyen il adiousta vne telle grace, que Marsyas ne pouuant faire le semblable demeura vaincu: Et Apollon l'ayant attaché à vn Platane le fit escorcher et desmembrer en menuës pieces par vn Scythe qui passoit par là: puis le donna à enseuelir à l'vn de ses disciples nommé Olympe: de son sang s'estant formé vn petit fleuue, qui depuis fut de son nom appellé Marsyas. Voila comment le racompte Hyginus au 165. de ses narrations fabuleuses: quelques autres diuersement, mais le tout reuenant à vn.

OILA le Phrygien vaincu; & pourtant il est peint icy comme vn homme du tout esperdu & consus, pour l'apprehension de ce qu'il doibt bien tost souffrir: car il preuoit assez que c'est pour la derniere fois qu'il aura ioüé de ses fluttes & chalumeaux; s'estant aduancé fort mal à propos de se prendre au fils de Latone: & pourtant il les a iettez là par despit contre terre, sans aucune reputation desormais, parce qu'il ne soufflera plus dedans, comme celuy qui aduouë à cette heure d'estre tout à faict surmonté. Or voile-là tout

tout debout en fon eftant contre ce Pin, où il fçait qu'il fera pendu, s'eftant luy-mefme condamné à cette punition & fupplice d'eftre
efcorché vif : & defia ce Scythe paffant apprefte le tranchant de fon
coufteau à cachettes, à l'encontre de ce gentil prouoqueur d'vn Dieu.
Voyez-vous pas bien comme il tient la queux en fes mains, & le ferrement,
la veuë tournée vers le miferable, qu'il regarde d'vn œil leonin & felon; fa
cheuelleure toute heriffée, orde & craffeufe, & mal teftonnée. Quant à fes
ioües ainfi ardentes, i'eftime que cette couleur luy eft montée au vifage
comme à vn qui eft fur le poinct d'en deffaire vn autre : & le fourcil fe ren-
froignant au deffus de l'œil y raffemble vne eftincellante lumiere, qui declare affez l'animofité qui eft emprainte en fon courage. Il foubs-rit aucunement neantmoins, mais ce n'eft que du bout des leures, pour l'execution
qu'il doit faire : ie ne fçay pas fi c'eft d'allegreffe, ou pour eftre ainfi animé à
la mort de ce mal-heureux. Apollon eft icy pourtraict d'autre-part, fe repo-
fant fur vne pierre, où il tient fa lyre de la main gauche, dont les doigts fre-
donnent encores tout bellement fur le manche, & comme s'il châtoit auecques. Car vous voyez bien la mine de ce Dieu ainfi coye & ferie, iettant vn
gracieux foubs-rire vers le fleuue Afopus, la main droicte dont il tient l'archet appuyée contre fon fein, oififue à cette heure pour la ioye qu'il a de fa
victoire, & du fleuue qui doit bien-toft changer fon furnom de Porcin.
Voyez moy au refte ce trouppeau de Satyres, comme ils depleurent Marfyas, pourtraicts ainfi que demonftrans affez leur faffre-effrontée infolence;
& l'enuie qu'ils ont de bõdir & de trepigner parmy l'ennuy qui les molefte.

ANNOTATION.

DV fubiect du prefent tableau, il en a efté defia dit cy-deuant quelque chofe au premier liure fur ceux des Satyres, d'Olympe, & Midas : qui en voudra voir dauantage, life le fixiefme des Metamorphofes d'Ouide, où cette fable eft fommaire-
ment racomptée. Parquoy il n'en refte icy autre chofe, finon ce qu'en touche
Paufanias en fes Phocaiques; que Silene ayant efté vaincu par Apollon fur la con- „
tention de leurs inftrumens, fes fluttes furent iettées par luy de defpit, dans la riuiere de Mar- „
fyas, qui les emporta auau-l'eau dans le Meandre, où elle va tomber: & là fur le bord, vn pa- „
fteur les ayant trouuées, les dedia dedans vn têple d'Apollon là aupres. Par fucceffion de temps,
depuis vn ioüeur d'inftrument nommé Saccadias, pour en auoir le premier de tous fonné és
ieux Pythiens, qui fe celebroient à l'honneur d'Apollon, cela fut caufe de luy faire appaifer le
courroux qu'il auoit conceu enuers tous ceux qui faifoient profeffion de ioüer des cornets, fluftes, haut-bois, & chalumeaux, & femblables inftrumens à vent, à caufe de la prefomption que
Marfyas auoit prife de l'en defier. Et és Attiques il eft parlé d'vne ftatuë de Minerue qui bat „
Marfyas, pour auoir recueilly les fluttes qu'elle auoit iettées, nonobftant la commination „
fus-dicte; ce qui ne veut monftrer autre chofe que le chaftiment qu'en encourut cet infortuné, „
fuiuant l'imprecation de la Deeffe. Fulgence, & Palephate allegorifent ie ne fçay quoy fur cette
fable, qui concerne les loix & les regles de la Mufique, mais cela a defia efté atteint és Tableaux
cy-deffus alleguez. Diodore, & Eufebe en fa preparation Euangelique, femblent referer cette
contention d'Apollon, & de Marfyas, à certaine ialoufie qu'ils eurent pour la Deeffe Cybelle,
dont ils eftoient tous deux amoureux; mais les plantant là l'vn & l'autre, elle fe donna à Atys.

LES CHASSEVRS.

ARGVMENT.

*IL deſcrit icy & depeint fort naifuement vne eſpece d'aſſemblée, à l'i-
mitation de la chaſſe des beſtes noires, contenuë au premier liure, &
au reſte fort plaiſante & recreatiue, ne s'arreſtant pas tant à deduire ce qui concerne l'art & induſtrie de la venerie, & la maniere dont
on y procede, comme à nous repreſenter le deduit qu'ont accouſtumé de prendre les
Chaſſeurs ſoubs leurs ramées & freſcades à l'orée de quelque bois pres d'vne fontaine ou ruiſſeau, apres eſtre de retour de leur chaſſe; banquettans à ſoulas, & faiſans
des comptes entre-laſſez, de railleries les vns des autres, ſans aucune picque n'aigreur: dont à la verité ie ne cuide pas qu'il y ait rien de plus ioyeux ny delectable en
toutes les occupations, & les paſſe-temps de la vie humaine. Ce ſçauent ceux qui autresfois s'y ſont exercitez, moy-meſme entre les autres le puis teſmoigner par l'experience continuelle que i'en ay faicte plus de vingt ans continuels, auecques feu de bonne memoire, Monſeigneur le Duc de Niuernois gouuerneur de Champaigne &
Brie, fort addonné a ce meſtier, comme ie l'ay deſia dict cy-deuant : & fort ſouuent encores ſoubs le Roy Henry ſecond. Surquoy il m'a ſemblé n'eſtre impertinent
d'en amener à ce propos quelques traicts d'vn vieil liure de la venerie & faulcon-
nerie, intitulé; le Roy Modus, & la Reyne ratio, du deſduit des chiens &
oyſeaux; au pattois de ce ſiecle-là, trop plus heureux en ſa naïfue ſimplicité, bien
que non ſi poly & inſtruit en la cognoiſſance des bonnes lettres, comme celuy qui eſt
arriué du depuis; mais en recompenſe trop mieux fortuné, pour n'eſtre les hommes
d'alors ainſi incompatibles, comme nous autres de maintenant; ne ſi infectez d'ambitions, conuoitiſes inſatiables, rapines, maſſacres, calomnies, mal-vueillances, partialitez, & diuiſions, qui nous ont finalement amené au dernier but de toute calamité & miſere. Il dit doncques ainſi.* En ceſte douce ſaiſon que toute nature ſe reſioüyt; & que les oyſillons degoiſent melodieuſement en la belle foreſt delectable; & la rouſée iette ſes gracieuſes larmes, qui reluiſent deſſus
les fueilles, & l'herbe verde à la clarté du Soleil, ainſi qu'vn pur-net criſtal
tranſparant appliqué ſur quelque eſmeraude: & la place où ſe doit faire
l'aſſemblée eſt en vn lieu à l'eſcart, le plus plaiſant & delectable qu'on a peu
choiſir: Et que les veneurs y ſont arriuez retournans de leurs queſtes; & le
ſeigneur à qui la chaſſe eſt, auec ceux qui oüyr la veulent, ſont venus de cõ-
pagnie à ceſte aſſemblée; là ſont faicts les rapports du boys; & qui de venerie ne ſçait parler & reſpondre en termes propres comme on doit, ce ſeroit

vne.

vne grande confusion & honte pour luy de s'en entre-mettre. Car on de-
mandera à ceux qui sont retournez de leurs questes, quelles nouuelles ils en
apportent : adoncques doit dire naifuement chacun d'eux ce qu'il en aura
trouué en effect : & si aucun a veu le cerf à veuë, on le luy faict deuiser quel
il est, tant de pellage, que de corsage, & de sa rameure. Que s'il apporte des
fumées en la saison où l'on a accoustumé d'y asseoir iugement, il les monstre,
& on regarde les meilleures, dont on dit les causes & raisons pourquoy. On
les interroge aussi en quelle meute sont les cerfs qu'ils ont destournez : &
puis on arreste celuy qu'on doit aller courre; & ordonne les chiens, tant de
la meute que des relais. Cela faict, ils s'asseent sur l'herbe verde : & boiuent
& repaissent ioyeusement : lors qui sçait bons mots si les die. Et quand on
sçait bonnes nouuelles du boys, & que le temps est beau & serain; & nature a pris sa refection si qu'elle est contente, il est bien raison aussi que le cœur
soit lie. Et là dessus chacun endroit soy monte à cheual pour aller faire son
deuoir. *Mais il est desormais temps d'oüyr ce qu'en veut dire Philostrate.*

ET pourquoy ne deuiserons-nous de ceux que la peinture nous ramene icy de la chasse; & de cette source
d'eau claire si propre à s'en refraischir & rinsser la
bouche, voire en aualler quelque traict; auec son
ruisseau argentin? Mais voyez aussi ce gentil bosquet
tout autour, ouurage comme il le faut croire, de la sage & prudente nature, fort industrieuse en tout ce
qu'elle veut entreprendre, & qui n'a aucun besoing „
d'artifice, comme celle qui mesme a donné commen- „
cement à toutes les arts. Car qu'est-ce qui luy defaut icy pour y apprester vn
ombrage? Et de faict ces plaisantes vignes sauuages rampans tout le long
des arbres, viennent à ioindre les sommitez de leurs sarments, qui s'entre-
lacent l'vn dans l'autre en forme d'arceau. Plus ce lizeron, & lyerre s'allongeans tant ensemblement chacun à part, nous rendent ie ne sçay comment
ce lieu sombre, & plus agreable que s'il estoit faict d'artifice : la musique quant & quant de ces linottes & charderonnets; de ces rossignols &
fauuettes; & les melodieux accords de tous les autres oysillons, qui des-
goisent leur ramage à l'enuy, qui d'vne sorte, qui d'vne autre, nous ramenent icy fort artificiellement sur la langue les emmiellez vers de Sophocle,
où il met que le plus souuent tout aupres de luy ces gracieuses Philomeles
font retentir l'air du fonds de leurs armonieuses gorges. Mais cette trouppe
de chasseurs, les vns gaiz, ioyeux, esbaudis; les autres vigoureux & robustes, respirent encore la feruente ardeur de la poursuitte de leur chasse; & les
autres s'occuppans en diuerses manieres, se recréent du trauail passé. Quel,
ô Dieux, & combien delectable à l'œil est ce que cet artifice nous monstre?
Car tout apertement on peut voir la fortune que chacun d'eux a obtenuë.
Certes ce lict a bonne grace, faict à la haste de fueilles & d'herbes, comme il
leur est venu en main. Or sur cette paillasse bastie de pants de rets ce me semble, sont assis à table les Colomnels & Capitaines, pour parler plus magnifiquement de la chasse; cinq en nombre; dont vous voyez bien celuy qui est

au milieu comme en fe rehauffant, il fe tourne deuers ceux qui font au deffus de luy, & leur racompte ce qu'il a faict en cette affemblée; où il a le premier de tous frappé à mort l'vne de ces deux beftes qui font penduës auec
les filandres & bricolles à ces chefnes-là ; vn cerf à mon aduis, & vn fanglier, qui font encores enueloppez dedans. Ne vous femble-il pas qu'il fe
refioüyffe de fon exploict, & en foit tout braue ? Et les autres le regardans
efcoutent attentiuement ce qu'il dit. L'autre d'auprès s'inclinant deffus la
paillaffe fe foulage là , vous racomptant par-aduanture fon faict auffi en
particulier. Celuy au refte que vous pouuez voir là affis à l'autre bout de leur
,, banquet, tenant au poing vne taffe à demy-pleine au milieu d'eux, & tour-
,, nant fa main droite deffus la tefte, me paroift chanter quelque vaudeuille.
L'autre qui contemple celuy qui les fert à table, luy faict figne que la taffe
trotte de rang. O que ce peintre eft vn bon maiftre; & qu'il a la main delicate! Car fi on veut prendre garde à tout, on verra qu'il n'a rien oublié de la
Suitte. Regardez vn peu ce valet de chiens qui eft là affis deffus ce tronc
d'arbre, dont il s'eft faify au mefme equippage où il eftoit dedans l'accours;
lequel repaift, vne bezace penduë au col : & ces deux grands leuriers d'attache, l'vn s'allongeant couché fur le ventre, qui mange le pain qu'on luy a
ietté : l'autre affis fur fon cul ; tendant le col preft à recueillir ce qu'on luy
ietera. Ceftui-cy, le feu allumé, y ayant arrangé tous les pots, poëfles, &
chauderons neceffaires pour y apprefter vne magnifique cuifine, leur fert les
viandes & entre-mets , fe follicitant foy-mefme de diligenter. Et ce bar-
rault eft pofé là à l'aduanture à qui s'en voudra verfer à boire. Finablement
de ces deux feruans, l'vn qui eft le cuifinier, demonftre, à ce qu'il me femble, de vouloir tailler les portions fort efgalles, & en eftre iufte & exacte di-
ftributeur : l'autre les attend telles de luy , pour les porter où il faudra ; car à
la chaffe la fortune n'a en la difparité rien que voir.

                                                      HERCVLE

HERCVLE ET ACHELOE.

ARGVMENT.

Es *combats ou labeurs d'Hercule,comme on les appelle; il y en eut qu'il entreprit d'vne gayeté de cœur sans côtrainte: d'autres où la neces-sité le força, & d'autres qui luy furent enioincts & ordonnez d'Eu-rysthée. Car Iunon ayant descouuert qu'Alcmene femme d'Amphy-trion auoit esté engrossée par Iuppiter, & qu'Hercule auoit esté con-ceu en elle de diuine semence, elle s'en alla trouuer son mary pour le requerir, que le premier qui des deux sortiroit hors du ventre de la mere, commandast à l'autre. Iuppiter le luy ayant accordé, Iunon fit tant par le moyen de Lucine; qu'Eurysthée vint à naistre deuant qu'Hercule; Ce qui fut cause des rancunes & inimitiez qui depuis regnerent perpetuellement entr'eux. Quelque temps apres Hercule ayant esté rendu par Iunon tout forcené & furieux, s'en alla au conseil à l'oracle,pour sça-uoir comment il pourroit recouurer son bon sens; où il eut response, qu'en obeyssant aux commandemens d'Eurysthée: Et de là procederent les entreprises & exploits où il l'exposa, cuidant l'y faire demeurer; qui seront cy-apres specifiez, & descrits en l'escu d'Eurypile, au tableau de Pyrrhus, & des Mysiens, dont l'vn des combats qu'il entreprint d'vne generosité de courage sans y estre autremét astreint, fut cestui-cy pour deliurer Deianire des mains d'vn si hideux monstre qu'Acheloë: qui est le sub-iect du present tableau, où le tout est assez clairement deduit: mais il a esté desia tou-ché à peu pres sur celuy d'Atlas.*

Ovs me demanderez peut-estre quelle conuenance il y peut auoir d'vn dragon qui se reiette ainsi hors d'œuure en si grand volume, allongeant le col , le dos mouscheté de taches rougeastres, meurtry de coups, & les barbes pendantes au dessous d'vne droi-te esleuée creste dentelée à guise de sie , d'vn regard au surplus horrible , & qui suffiroit pour donner fra-yeur aux plus asseurez & hardis: Auec vn braue & su-perbe cheual, qui d'vne si ample arrôdie corne remuer-se la terre qui est à ses pieds, comme s'il la vouloit lancer: & de cet homme môstrueux auec la carre d'vn taureau;& vne grosse barbe touffuë, des mou-staches & flots de laquelle degouttent de gros surjons d'eau: plus cette mul-

titude de peuple qui y accourt de toutes parts cōme à vn spectacle par trop
estrange:& vne belle damoiselle au milieu de ceste grande place, la mariée,
comme ie croy, car il faut comprendre cela des beaux atours dont elle est
parée:& ce vieillard en fort grande angoisse de cœur, selon que sa mine le
monstre. D'autre-part ce gaillard ieune homme robuste qui a despoüillé sa
peau de Lyon, tenant au poing vne massuë. Et cette Nymphe que voila si ba-
uë & haslée, ce qui conuient bien au propos de la nourriture qu'elle a prise
en l'Arcadie, ayant vne guirlande de fucillards d'hestre: c'est la ville de Ca-
bydon comme il me semble. Mais que veut dire cette peinture ? C'est icy le
fleuue Acheloë, lequel enamouré de Deianire fille d'Æneus, presse ce mariage le plus qu'il peut; non ja par persuasions ou prieres, ains y procede de viue
force, se transformant diuersement, or d'vne façon, or d'vne autre, de la sorte que vous voyez, pour estonner, comme il espere, Æneus: car sçachez que
c'est celuy que vous voyez icy pourtraict, ainsi morne & melācholique pour
raison de sa fille Deianire, regardant comme transi de fascherie, celuy qui
veut estre son gendre. Elle est peinte au reste non les ioües colorées de vermeille pudeur virginale, ains toute esperduë & craintiue, pour l'effort qu'elle s'imagine deuoir souffrir, outre l'ordinaire d'vne conionction naturelle:
mais le courageux & vaillant Hercule vient de gayeté de cœur en passant
chemin, entreprendre le combat pour la deliurer de cet accessoire. Voila ce
que nous en deuons attendre: Car vous les voyez bien desia attaquez ensemble, en tant qu'on peut coniecturer de cet enfournement de duel de ce
Dieu auec l'inuincible Heroë. La fin au surplus en est, que le fleuue prenant
la forme de Taureau, se ruë d'vne grande impetuosité & furie contre Hercule; lequel de la main gauche le saisit par l'vne des cornes, & de la droite luy
aualle l'autre tout net, auec sa massuë, dōt il verse desformais plus de sang que
d'eau, ja recreu & n'en pouuant plus. Et Hercule tout braue & ioyeux pour
sa victoire, sa massuë iettée à terre, tourne son regard deuers Deianire, luy
tendant la corne d'Acheloë, ainsi que pour vn present nuptial.

ANNOTATION.

CHELOE est vn fleuue ayant ses sources au mont de Pindus en la Perrhebie,
& de là s'en vient trauerser l'Acarnanie qu'il separe de l'Etholie, selon Pline iiij.
1. Puis finablement se rendre par deux rameaux dans le goulphe Corinthiaque,
& Strabon 9. conioignant l'Isle d'Artemite à la terre ferme par l'assiduel limon
qu'il charie. Il en dit le mesme des Echinades, liure 2. chapitre 87. & Stace au 2.
de la Thebaïde, *Turbidus obiectas Achelous Echinadas exit*. Ilfut au-parauant appellé *Thoas*, comme veut Stephanus au liure des villes: *Thestius* aussi, & *Axenus*, & *Acarnanas*, des
habitans de là autour. Puis en fin print ce nom d'vn Achelous qui vint de la Thessalie s'habituer
en ces quartiers-là, auec Alcmeon fils d'Amphiaraus, qui tua sa mere Eryphile. Aiourd'huy en
vulgaire on l'appelle *Aspri*, & selon les autres *Catochi*, & *Gerombea*. Entre luy & Nestus fleuue de
Thrace se produisent des Lyons, & non en nul autre endroit de l'Europe, plus fiers, cruels &
puissans que ceux de l'Afrique ny de l'Asie, selon se mesme Pline viij.16. Et au xxxv j.10. il met
qu'en luy s'engendre la pierre dicte galactites, de couleur de laict, qui penduë au col des
nourrices, leur accroist celuy des mammelles: Et aux petits enfans prouocque la saliue, s'ils ont
la bouche par trop seiche; car elle s'y fond, si elle y est vn peu retenuë, mais elle hebete la memoire. Il fut fils, selon les Poëtes, de l'Ocean & de la Terre, ou de Thetis, comme veut Seruius, qui le faict pere des Serenes, & la Muse Calliopé leur mere; trois en nombre. Parthenope,
Leucosie, & Ligie; moictié ieunes filles pucelles, moictié oiseaux; dont l'vne s'aidoit de la voix,
& chantoit fort diuinement; l'autre ioüoit des fluttes, & la tierce de la lyre; formans de tout cela
ensemble

enfemble vn fi doux & melodieux concert de mufique, qu'il faifoit perir les nauigateurs qui paſ-
foient par là, s'ils s'amufoient à les efcouter, ainfi que le racompte Homere au douziefme de l'O-
dyſſée. Ceſt Acheloe doncques eut le combat auecques Hercule, qui eſt depeint en ce tableau;
& ce pour raiſon de Deianire fille d'Oeneus Roy de Calydon, qu'il vouloit auoir en mariage par
force : & nonobſtant qu'il fe transformaſt de plufieurs manieres, mefmement en Taureau, Her- ,,
cules neantmoins en vint à bout, & luy arracha vne corne, qui fut depuis appellée la corne d'a- ,,
bondance ou cornucopie, ayant eſté remplie de toutes efpeces de fleurs & de fruicts par les Na- ,,
iades. Strabon liure 10. refere allegoriquement cela, à ce qu'Hercule pour raifon de l'affinité
qu'il prit auecques Oeneus, par le moyen de quelques digues & leuées, arreſta les inondations
de ce fleuue qui gaſtoit fouuent la plus-part du territoire de Calydonie, & mit afec l'vn de ſes
rameaux qui eſtoit le plus fubiect à fe desborder; point que felon Plutarque au commencement
du traicté, *Qu'il faut qu'vn Philofophe conuerfe auec les grands*, Le dit auoir eu la reputation d'eſtre
fort expert à la conduite des eaux. Nous auons defia touché le furplus fur le tableau de Meles:
& amené en cet endroit les vers de Sophocle en la Tragedie des Trachyniennes, qu'allegue le
mefme Strabon à ce propos; dont Philoſtrate a emprunté toute l'entrée de ce tableau. O'uide au
9. des Metamorphoſes traicte fort elegamment, & par le menu cette fable.

OENEVS fut fils de Parthaon, & Roy de Calydon ville de l'Etholie, à deux lieües de la mer,
autour de laquelle paſſe la riuiere d'Euene. De fa femme Althée il eut Meleagre, dont il fera parlé
cy-apres en fon tableau; Tydée, & Deianire : toutefois Hyginus au 129. chapitre met que Bac- ,,
chus eſtant d'aduäture arriué au logis d'Oeneus, il s'enamoura de fa femme Althée fille de The- ,,
ſtius; dequoy le mary s'eſtant apperceu, pour leur donner meilleur loifir de rouer de leurs ieux, ,,
s'en alla aux champs, fi que Bacchus l'engroffa de Deianire; & pour la courtoifie qu'il luy auoit
faicte, luy donna du plant de vigne, luy enfeignant comme il la falloit cultiuer, fi que le vin fut
depuis appelé de fon nom ὄινος, quafi Oeneus; lequel au reſte fut ayeul de Diomedes, fils d'iceluy Tydée: & ayant eſté depoſſedé de fon Royaume par fes nepueux enfans d'Agrius, fils auffi
de Parthaon, & pere de Therfites, il fut humainement receu de Diomedes en Argos; lequel
pour l'amour de luy, comme le recite Paufanias és Corinthiaques, meut la guerre en Calydonie contre les deffus-dicts: mais voyant qu'il n'y pourroit pas perfifter à la longue, fut contraint
de fe departir de cette entreprife; fi qu'ils s'en retournerent tous deux à Argos, où Oeneus deceda quelque temps apres; & fut là enfeuely en vn endroit de cette ville, qui de luy fut dit Oe-
noé. Hyginus au 175. chapitre, le racompte d'vne autre forte; que ce fut Agrius mefme qui chaſ-
fa fon frere du Royaume, pour ce qu'il le voyoit fans enfans; car Meleagre eſtoit mort, comme il fe dira cy-apres, Tydée decedé au fiege de Thebes, & Deianire emmenée par Hercules.
Sur ces entrefaictes Diomedes fils de Tydée & de Deiphyle, retournant de la prife de Troye,
comme il fceut que fon ayeul auoit ainfi eſté priué de fon heritage, vint en Etholie auec Sthenel
fils de Capanée, & fit la guerre contre Opopas fils d'Agrius, qu'il mit à mort, & chaffa Agrius du
Royaume qu'il auoit vfurpé, le reſtituant à fon ayeul, dont Agrius de regret fe tua foy-mefme.

De la nourriture que Calydon a prife en Arcadie, ayant vne guirlande d'Heſtre. Il faict icy alluſion à
ce que les Arcadiens, qui fe maintenoient eſtre le plus ancien peuple de toute la terre, voire deuant la Lune, cóme met Plutarque en la feptante-fixiefme queſtion Romaine, & en la 92. eſtans
iſſus de la terre, ils auoient par confequent grande affinité auec les chefnes & foufteaux, qui produifent le gland, & la faine, dont ils vefcurent apres que leur Roy Pelaſgus leur en eut enſeigné
l'vfage; car au-parauant ils fe contentoient d herbes & de racines. Arcas puis-apres fils de Iuppiter, & de la Nymphe Califto, leur monſtra à labourer la terre, & femer le bled, ce qu'il auoit
appris de Triptoleme fils de Ceres; à cuire du pain; & à tiftre des draps de laine pour leurs veſtemens, comme leur auoit appris Adriſta; auec plufieurs autres ciuilitez: & deſlors elle prit le ,,
nom d'Arcadie, eſtant au precedent appellée Pelafgie, ainfi que met Paufanias és Arcadiques. ,,

HERCVLES *vient de gayete de cœur en paſſant chemin.* Il y a au Grec, οὐδὲ πάρεργον, ce qui eſt paſſé
en Prouerbe, quand on faifoit incidamment quelque chofe qui n'eſtoit pas directement de fon
principal propos & intention; *aliena à re propofita*, diroit Ciceron : & Cefar en plufieurs endroits, *Ex itinere aggredi.*

De ce Dieu auecques l'inuincible Heroë. C'eſtoit l'ordinaire des anciens au Paganifme, d'appeller
les fleuues Dieux, & leur facrifioient comme à tels; les Phrygiens mefme au Meandre, & à Marfyas : ce que vous auez peu voir cy-deuant auffi fur le tableau d'Antiloque du 23. de l'Iliade, où
Achilles auoit voüé d'offrir fa premiere cheuelleure à Sperchie.

H E R C V L E   A V
BERCEAV.

A R G V M E N T.

Cy est depeinte la premiere preuue de la courageuse magnanimi-
té & effort à l'aduenir, du vaillant Hercules, & quelle plus ha-
stiue demonstration en eust-il sceu faire, que n'estant encores
qu'vn petit enfant au berceau, emmaillotté de couches & de lan-
ges, d'empoigner neantmoins de chaque main, sans s'en estonner,
vn de ces deux grands & enormes serpens effroyables, que Iunon esguillonnée de
ialousie & mal-talent y auoit enuoyez, pour le mettre à mort; & les estreignant
iusques à estouffer, les flacquer roides exanimez contre terre; puis se prendre à ri-
re de cest affaire? De ce premier acte de vaillantise, il fut depuis surnommé Her-
cules primigenius, comme met Hyginus chapitre trentiesme. Il y a au reste tout
plein de petites mignardises & traicts delicats entremeslez au contexte de ce Ta-
bleau, qui ne seruent que pour l'ornement d'iceluy, comme parergues, n'ayans
point de besoin d'autre plus ample explication.

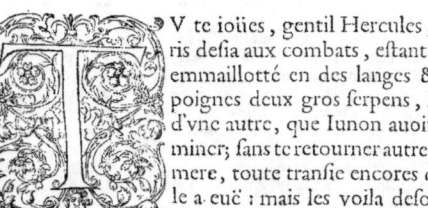

Tout cecy est
prins du 24.
Eidyllion de
Theocrite.
V te ioües, gentil Hercules, tu te ioües, & soubs-
ris desia aux combats, estant encores dans le berceau
emmaillotté en des langes & couches, où tu em-
poignes deux gros serpens, l'vn d'vne main, l'autre
d'vne autre, que Iunon auoit enuoyez pour t'exterminer; sans te retourner autremét deuers ton effroyée
mere, toute transie encores de l'extreme peur qu'elle a euë : mais les voila desormais tous elangourez,
alongeans leurs reployemens vers la terre, qui se sou-
loient entortiller en plusieurs grands nœuds & replis ; leurs testes soubs-
baissées és mains de l'enfant, lesquelles monstrent quelque peu de leurs
longues dents aiguës arrangées en forme de rasteau , & pleines de mortel venin. Leurs crestes quand & quand se panchent d'vn des costez,
pour raison de la mort qui les presse : & leurs yeux n'ont plus de regard;
ny leurs escailles n'esclattent plus comme elles souloient d'vn clair lustre
doré pourprin, & ne reluisent aux commotions & retours de leurs mouuemens

uemens, ains se monstrent liuides & ternes, ainsi que d'vn sang meurtry.
Or qui voudra remarquer la mine d'Alcmene, elle monstre assez la frayeur
qu'elle a euë du commencement; & à cette heure est encores en doute &
suspens pour les choses qu'elle apperçoit, la peur ne luy donnant pas le
loisir de se tenir couchée, comme celles qui ont enfanté puis n'agueres:
car vous voyez de quelle sorte, toute en chemise & descheuellée elle se
lance hors de ce lict, sans pantoufles; & leuant les mains elle s'escrie à
haute voix : ce pendant ces femmes qui l'auoient assistée à son trauail,
toutes estonnées & esperduës s'accoutent à l'oreille l'vne de l'autre en diuers
endroits de la chambre, chacune auecques la plus prochaine d'elle. Et voila
vne trouppe de gens armez, & vn d'autre-part l'espée traicte : ceux-là sont
les plus esleus des Thebains, qui viennent pour secourir Amphytrion, lequel au premier bruit & rumeur a mis l'espée au poing, & est accouru quant
& les autres au renfort de ce qui s'exploictoit icy. Mais ie ne vous sçaurois bonnement dire si la mine qu'il faict est d'vn estonné, ou plustost d'vn
qui est surpris de ioye; car il a encores le bras tout prest de charger; neantmoins la profonde cogitation de ses yeux l'arreste & retient; n'y ayant rien
aussi bien deuant luy où il se doiue attaquer, ains cognoist assez qu'il a besoin d'vn oracle pour le resoudre de ce qu'il void icy à l'œil : au moyen dequoy Tiresias est là mis tout contre, predisant, à mon opinion, combien
grand vn iour doit estre celuy qui est gisant dans le berceau. Il est peint au
reste, comme s'il estoit rauy en ecstase, & halletant de l'esprit prophetique
renclos dans son estomach. La nuict y est pourtraicte quand & quand, en
la forme que le tout s'est icy demeslé, s'esclairant elle-mesme auecques vne
lampe, pour ne laisser sans tesmoignage, ce tant valeureux effort de l'enfant.

ANNOTATION.

AMPHYTRION Prince de Thebes, fils d'Alcée, dont Hercules, comme de son ayeul auroit pris le nom d'Alcides, selon Pindare en la sixiesme
des Olympiennes; & Procle sur le Cratyle de Platon, combien que Minerue aussi fust ainsi appellée des Macedoniens, comme met Tite-Liue au 42.
liure: *Perses centum hostijs sacrificio regaliter Mineruæ quam vocant Ale æ, con-
fecto:* Mais en cet endroit ce mot vient d'ἀλκὴ force, comme aussi il pourroit bien faire en Hercule; lequel eut ce nom de ἡϱακλῆς de ἥϱα Iunon; &
ainsi le voulut l'oracle, à cause de la gloire qu'il acquit par le moyen de ses
persecutions. Amphytrion doncques fils d'Alcée & de Laonomé fille de Gunée, selon Pausanias en ses Arcadiques, espousa Alcmene fille d'Electrion, & de Lysidice fille de Pelops & Hippodamie, soubs cette condition de vanger la mort de son frere que les Theleboans peuples de
l'Etholie auoient malheureusement massacré : à quoy ce pendant qu'il estoit occuppé, Iuppiter
ayant pris sa ressemblance vint trouuer Alcmene, comme s'il retournoit de son entreprise; &
soubs ce pretexte coucha auecques elle, luy racomptant d'vn bout à autre tout ce qu'il auoit fait
en ce voyage. mais il trouua vne telle saueur en la dame, qu'il prolongea cette nuict du iour, &
de l'autre nuict ensuiuant; ce qui auroit meu Lycophron d'appeller Hercule τϱιϛσάϱεϛος λεον, le
lyon de trois nuicts, comme faict aussi Lucian. Ayant donecques engendré Hercules en elle, qui
estoit desia grosse d'Iphicle, du faict de son mary Amphytrion, cettui-cy va arriuer sur ces entrefaites; & voyant le peu de compte qu'elle faisoit de luy, comme celle qui pensoit en auoir
tout recentement esté accointée, & qu'il s'en plaignist, elle va respondre; comment, vous ne faites que partir d'icy, ayant esté toute cette longue nuict auecques moy, à qui vous auez compté
telle chose & telle de vostre voyage. De cela Amphytrion s'apperceut que c'estoit quelque deité qui estoit venuë visiter en son absence, si que de là en auant il s'abstint de luy plus toucher.

Son terme arriué elle enfanta Iphicle d'Amphytrion, & Hercules de Iuppiter, selon Pline vij. 11. mais Hercules auecques vne grande difficulté & trauail; car Iunon aposta la Deesse des enfantemens Lucine, qui au lieu d'aider Alcmene à se deliurer, l'en empescha, se tenant assise les doigts croisez & entre-lassez à guise d'vne chaire briée, l'vn dans l'autre contre ses genouils: ce que touche le mesme Pline xxvij. 6. *d'assister aux femmes grosses, ou quand l'on medicamente quelqu'vn, les doigts entre-lassez en forme de pigne, c'est vn charme nuisible; & dit-on que de cela l'experience s'en put voir lors qu'Alcmene enfanta Hercule: pire encores est-il, si l'on tient les mains accouplées contre l'vn de ses genouils, ou le dextx.* Mais Pausanias és Bœotiques, met que Iunon enuoya les Pharmacides ou sorcieres en la chambre d'Alcmene pendant qu'elle estoit en trauail d'enfant, qui l'empescherent de se deliurer, iusqu'à ce qu'Historide fille de Tiresie s'aduisa d'vne telle ruze, de s'escrier à haute voix en pleurant, comme si elle en eust esté fort faschée, qu'Alcmene auoit enfanté. Et ainsi abusées pensant qu'il fust vray, se departirent, & soudain Alcmene accoucha. Mais Homere au dix-neufiesme de l'Iliade, le racompte d'vne autre sorte; que Iuppiter en pleine assemblée des Dieux & Deesses, ayant declaré que ce iour-là deuoit naistre vn enfant de sa race, qui commanderoit à tous ses voisins, s'attendant que ce seroit Hercule, dont Alcmene estoit sur le poinct d'accoucher, Iunon le luy fit confirmer par serment solemnel; & s'en alla tout de ce pas faire deliurer la femme de Sthenel, laquelle estoit grosse de sept mois d'Eurysthée; & suspendre ce temps-pendant la deliurance d'Alcmene; ce qui fut cause qu'Eurysthée, qui venoit de Persée fils de Iuppiter, commanda tousiours du depuis à Hercules. Pausanias au

» reste dit és Attiques, qu'Alcmene s'en retournant d'Argos à Thebes, mourut par les chemins
» és limites des Megaréens: & comme là dessus se fust leuée vne dispute entre les Heraclides,
» dont les vns vouloient emmener le corps à Argos, & les autres insistoient que ce fust à Thebes,
» pource que les enfans qu'auoit eu Hercule de Megare y estoient inhumez, & Amphytrion
» aussi: l'oracle d'Apollon en Delphes, les admonesta de luy dresser son tombeau à Megares.

Mais Plutarque au traicté du demon Socratique, faict racompter à vn Philolaus, que sa sepulture ayant esté ouuerte en la ville d'Alyarté, par le commandement des Lacedemoniens, dont les deux familles des Roys estoient descendues d'Hercules, pour en transporter les ossemens à

» Sparte, on trouua parmy le carquan de cuyure, & d'eux petits vases d'argile cuitte remplis de
» terre, qui par la longueur du temps s'estoit desia putrefiée: au dessus y auoit vne lame de bron-
» ze, grauée de caracteres fort estranges, approchans bien fort des Hierogly phiques des Egyp-
» tiens, qui furent interpretez par vn de leurs sages, nommé Conuphis, à l'instance du Roy A-
» gesilaus, & que c'estoit l'escriture dont on vsoit du temps du Roy Protheus, qu'Hercules en pas-
» sant par là y auoit apprise: & que le tout ne vouloit dire autre chose, sinon que Dieu admone-
» stoit les Grecs de viure en paix & vnion, instituant des ieux aux Muses pour l'exercice des bon-
» nes lettres; & en disputant les vns contre les autres par raisons de Philosophie & argumens pro-
» bables, pour enquerir la verité & la certitude tant de l'equité & iustice; ensemble & la po-
» lice & le reglement des mœurs, que de beaux secrets de nature: & non pas s'entre-ruiner par
» les armes, qu'il leur conseilloit du tout mettre bas. Pleust à Dieu que nous fussions si bien aduisez que nous peussions suiure ce tant sage & sain admonestement. Voila ce qui nous a semblé deuoir toucher icy en passant de la genealogie d'Hercules, mesmement du costé maternel, puis que de celuy du pere il venoit de race diuine.

ET VOILA *vne trouppe de gens armez; & Amphytrion, &c.* Il semble que cecy ait esté emprunté de la description d'vn des tableaux de Zeuxis. dont parle Pline xxxv. 9. car il y conuient. *Magnificus est Iuppiter eius in throno astantibus dijs: & Hercules infans dracones strangulans, Alcmena matre coram pauente, & Amphytrione.*

TYRESIAS *est là mis tout contre, predisant combien grand doit estre vn iour cet enfant.* De ce Tyresias, & comme il fut mué d'homme en femme, puis reintegré en son premier estat, auecques le surplus de ce propos; tout cela a esté traicté cy deuant au premier liure sur le tableau de

» Menecée. Reste à en dire ce qu'en met Strabon au neufiesme de sa Geographie, que Tyresias
» estant fort vieil & caduque, comme il eust beu tout eschauffé & bouillant en la plus grande ar-
» deur du iour, de l'eau de la fontaine de Thelphosse, & en fust mort, les Bœotiens l'enterrerent
» au pied du mont du mesme nom; & luy decernerent vn anniuersaire dit les Ephestries, de la
» robbe ou manteau qu'on porte par dessus tout le reste de ses accoustremens; là où son image
» estoit despouillée des siens d'homme, pour le reuestir d'autres à vsage de femme, & soudain
» apres on luy redonnoit les premiers d'homme. Au 16. il luy attribue vn oracle, alleguant là dessus ces deux vers du dixiesme de l'Odyssée.

Τῷ ϫ ττθηρῶτι νόον πόρε Περσεφόνδα.
Οἴῳ πεπνυϋϑαι, ζοὶ δὲ σκιαὶ ἀΐσσεσιν.

Proserpine à cettui-cy estant decedé, a octroyé encores de l'entendement, & d'estre seul prudent & sage, les autres ne sont qu'ombres legeres à esbranler. Fulgence au troisiesme de son Mythologique, allegorisant allegorifant fur la fable de ce Tyrefie, & de fes transformations, veut que ce mot vienne de ϑῆρος l'Eſté, & αἰὼν fiecle ou eternité : que le Printemps au demeurant reprefente l'homme, par ce que tous les germes font le noüez ; & l'Eſté la femme, d'autant qu'ils s'efpanoüiſſent & ourent en fleurs, fueilles, & fruicts, ainſi que faict la femme en enfantant la creature qui a eſté conceuë & formée en fon ventre ; ſi que tant les animaux que les plantes eſtans touchez de la chaleur, reçoiuent comme vne habitude de femme. Et pource que l'Automne equipolle au Printemps, tant en l'egalité des iours & des nuicts, car le maſle eſt plus efgal & tempere que la femelle, ainſi que font ces deux faifons plus que les deux autres, dont l'vne, à ſçauoir l'Hyuer, excede la mediocrité en froidure ; & l'Eſté en chaleur ; & que les conceptions fe refferrent en Automne, Tyrefie reprend fa premiere masculine forme, qui eſt plus feiche & moins humide que la feminine : c'eſt pourquoy les fueilles, par faute d'humeur qui les delaiſſe, tombent lors des arbres, & fe deſſeichent. En apres Iuppiter eſt pris pour le feu comme il a eſté dit ailleurs ; & Iunon pour l'air : & d'autant que l'air eſt plus habile à la generation & production, on luy attribuë auſſi plus de volupté qu'à Iuppiter ; dont pour auoir proferé cette equitable fentence, Tyrefie eſt rendu aueugle par Iunon, qui denote les brouillards & temps nubileux qui regnent en Hyuer fubfequemment apres l'Automne. Mais Iuppiter pendant que le froid compreſſe & reſtraint les feues en apparance par le dehors, leur reffufcite de nouueau vn mouuement tacite & fecret pour s'efcloire en la prime-vere aduenir ; qui eſt comme vne production du futur ; & la meſme cauſe pour laquelle on attribuë à Ianus deux viſages, lequel repreſente le mois de Ianuier, l'vn derriere pour denoter l'an qui eſt paſſé & reuolu en fes quatre faifons accomplies, ou bien trois, felon la doctrine des Egyptiens ; & celle de deuant, la future en laquelle on entre. Voila ce qu'en moralife Fulgence, mais la plus grande part tiré tortionnairement par le nez.

Il *eſt peint comme s'il eſtoit rauy en ecſtaſe.* Le rauiſſement que les Grecs appellent ἔκςασις, eſt vne abſtraction, alienation, & illuſtration dont l'ame deuoluë d'enhaut icy bas, eſt de nouueau eſleuée ; & cela fe faict par vne tres-forte & profonde contemplation, qui la retirant comme vn priſonnier, des liens des fentimens corporels où elle eſt tenuë en captiuité, femble laiſſer le corps où elle reſide, ainſi qu'eſteint & priué de vie ; tant eſt forte l'agitation de cette ecſtaſe, qu'on verroit par fois ceux qui en font eſpris, fe demener non d'autre forte que s'ils tiroient aux derniers abbois de la mort ; felon meſme que le racompte fainct Auguſtin d'vn certain Preſtre Calaminien, qui en fes rauiſſemens & ecſtaſes fe trouuoit ſi aliené de tout fentiment, qu'il demeuroit vne bonne piece fans reſpirer, ny fe mouuoir pour feu qu'on luy appliquaſt, ny pour ferremens, ains fembloit proprement eſtre outre-paſſé; ce qui aduient auſſi aux efuanoüis de quelque vehemente pamoiſon : ſi puiſſant eſt le pouuoir de l'ame quand elle predomine fur le corps, & qu'elle s'en peut aucunement deliurer ; car lors elle deſploye fes facultez, tout ainſi qu'vne chandelle allumée renclofe dans vne lanterne non tranſparante, ou elle demeure comme enſeuelie; mais ſi l'on en ouure le guiſchet, foudain elle efpand çà & là fa lumiere: ſi que meſmes ceux qui tombent du mal caducq, pendant qu'ils font en cet accez, ont par fois couſtume de predire tout plein de choſes aduenir ; a nſi qu'il fe lit d'Hercules, lequel eſtoit fort fubiect à cet accident, qui en auroit acquis le nom de la maladie Herculienne. Les Prophetes donques, vaticinateurs, & deuins n'exerçoient gueres leurs predictions qu'ils ne fuſſent eſpris d'vne maniere de fureur, & prefque rendus infenfez, quand l'eſprit prophetique fe venoit introduire en eux, felon que monſtre aſſez ce lieu icy de Ciceron en fes liures de la diuination: *l'eſprit de l'homme ne deuine iamais, ſinon quand il eſt tellement deſlié du corps qu'il n'a plus de communication auecques luy,* ou bien peu. Platon appelle cela les defcoullemens ou defcentes des intelligences fuperieures en l'eſprit humain, (les Caballiſtes diroient les Zephirots) qui l'efclairent tout ainſi qu'vn flambeau feroit noſtre veuë en tenebres; là où par le moyen de fa lumiere noſtre œil apprehende les choſes qu'il ne pouuoit autrement difcerner à l'obfcurité qui le defraude de fa faculté & action vifuale: & Mercure Trifmegiſte, met que les eſprits demoniques, que le Paganifme nommoit les Euridées ou Pythons, fe fourrans dans les corps humains, fe feruoient de leurs organes pour annoncer les choſes futures: ce que touche Plutarque auſſi en la ceſſation des oracles. Mais trop plus chreſtiennement Ciceron, lequel fuiuant l'opinion des Stoiques, ne veut attribuer la cognoiſſance de l'aduenir finon aux Dieux ; ce qui ne s'efloigne gueres de ce paſſage d'Iſaie 41. *Annoncez-nous ce qui doit aduenir, & nous dirons que vous eſtes Dieux.* A quoy monſtre fe vouloir auſſi conformer Ptolemée, bien que Payen : *il n'y a feulement que ceux qui font inſpirez de la diuinité, qui ſçachent predire les choſes particulieres.* Mais la vraye prophetie venoit de la feule inſpiration diuine; comme le teſmoigne S. Pierre en fa feconde Catholique, chapitre premier. *La Prophetie n'a iamais eſté apportée par la volonté humaine, mais les faincts perſonnages eſtans inſpirez de l'eſprit fainct ont parlé.* Plutarque au traicté du demon Socratique, met pluſieurs efpeces de deuinemens, dont les vns fe font moyennant quelques fignes corporels, comme par le mouuement & le cours des Aſtres, hydromâtie,chiromâcie,& sēblables:par les entrailles des victimes;par le vol & chant des oyseaux, & infinies autres qui cōsistent en art & preceptes. Et finablement en l'inspiration interieure,qui en ce cas n'a besoing de choses externes; ainsi qu'ont esté les Prophetes,les Sibylles,& les oracles; dont celuy de Tyresias finit par vn tremblement de terre en la ville d'Orchomene, & fut du tout rendu muet selon Plutarque au traicté dessus-dict de la cessation des oracles; assignant la cause de ces predictions & responses aux exhalations & vapeurs, lesquelles procedans de la terre plustost en vn endroit qu'en vn autre,& à certaines periodes de temps, car elles ne sont pas perdurables, se peuuent esteindre par les rauines d'eaux, par les vents enclos, & pareils accidens: si que ces vapeurs s'introduisant és esprits vitaux des personnes, elles leur alienent le commun cours & fonctions de l'entendement;& les rendent comme forcenez: dōt le demon qui est clair-voyant,s'y empraint plus facilement,quand il y rencōtre vn subiect materiel propre à receuoir son impression: ny plus ny moins que le feu en la naphte, ou poudre à canon, & semblables substances inflammatiues, selon qu'il a esté discouru cy-deuant sur le tableau de Phorbas ou des Phlegiens : de maniere que le demon peut bien peu sans cette exhalation & vapeur : & encores moins la vapeur sans le demon, qui s'en accommode & s'en sert:tout ainsi que les instrumens de musique ne sçauroient sonner d'eux-mesmes si quelqu'vn ne les manioit; & le menestrier d'autre-part ne sçauroit rien faire sans des instrumens. Mais les Sibylles y procedoient bien d'vn plus haut degré; à sçauoir de la diuinité qui descendoit en elles, & leur esclairoit l'ame ainsi qu'vn rayon de Soleil, en la cognoissance des choses passées & aduenir, comme des presentes, car à la diuinité tout est present; si qu'elles approchoient bien plus que les oracles, de l'esprit de Prophetie & estoient comme moyennes entre les Prophetes illustrez de l'esprit de Dieu, & les oracles qui prouenoient tous du mauuais deceptif demon. Car encores que ces femmes là fussent payennes & idolatres, si ont elles parlé bien souuent par l'esprit de verité; & de choses encores appartenans à la gloire & honneur de Dieu, voire des principaux poincts de nostre religion & creance; comme de l'aduenement du Messie; de sa passion, & resurrection; & de son regne perdurable. Or quand ie dis l'esprit de verité, il ne faut pas inferer de là que les demons, & les oracles n'ayent souuent predit des choses qui se sont trouuées veritables par les euenemens & effects qui s'en sont ensuiui, mais ç'a esté communément choses mondaines & friuoles, & presque tousiours ambiguës & captieuses : les Prophetes & Sibylles des generales; comme de la decadence & renuersement des monarchies; de la transposition des Empires; des calamitez publiques, de pestes, guerres, & famines; des seditions & reuoltes des peuples; & autres telles desolations & ruines : & sur tout se sont retenus à ce qui estoit le plus d'importance pour le salut des humains, & la gloire du Createur, de la Sapience duquel toutes leurs predictions dependoient:là ou les Sibylles participoient plus du sçauoir & inspiration demonique,en ce qui se peut estendre & communiquer soubs vn voile & ombrage aux creatures;ainsi qu'il est bien plus raisonnable de croire que les secrets qui nous seroient reuelez de la propre bouche d'vn Roy, ou autre Prince souuerain , touchant quelque sienne deliberation & proiect,deuroient estre bien plus certains,ou d'aucuns de leurs plus priuez & estroits familiers, que s'ils nous venoient de la bouche de ses plus esloignez ministres; & encores, disgraciez & reiettez ainsi que sont les demons sans comparaison plus de Dieu, & de ses determinees preordonnances, que les Anges,& semblables puissances celestielles qui luy assistent incessamment. Les gentils au reste ont soubsdiuisé ces rauissemens d'esprit,& fureurs vaticinatrices,en certains degrez qu'ils attribuent aux Muses,lesquelles en nombre de neuf,auecques Apollon qui leur preside, & fait le dixiesme, se rapportent sans doute aux dix Sephiroths des Hebrieux,ou diuines numerations, qui s'espandent du throne de Dieu assis dessus le firmamēt, ou ciel empyrée immobile,qui fait la dixiesme sphere,de ciel en ciel iusques icy bas,dont à remonter contremont l'esprit humain se peut esleuer iusques à la plus haute circonference,pour de là voir au long & au large, le passé,present,& futur,ainsi qu'vn aigle qui auroit fait sa montée à perte de veuë dedās le ciel,peut bien descouurir dauātage de pays icy bas en terre,que si elle n'alloit qu'à pair d'vne pie ou corneille.Les Hebrieux outre plus ont deux especes de caballe ou philosophie traditiue de main en main : l'vne qui est des choses intellectuelles, qu'ils appellent *de Mercaua*, cōme est ce que traicte Ezechiel au 1. chap. l'autre de *Berescbit*, de la creatiō ou des choses naturelles : à propos dequoy les anciens ont estimé qu'il y auoitdes mineraux,vegetaux,animaux,qui pouuoiēt de beaucoup seruir aux predictiōs : dōt Rabi Moyse Cusain en ses cōment. sur le Leuit. selō que l'allegue Rabi Symeō dās le Talmud Ierosolymitain,racōpte de certain Zoophyte ou plāte-animale appellée *Iedua* qui a face d'hōme,& le corsage d'aigneau,attaché à la terre,d'où il succe partie de sa nourriture par vne forme de cordelette partāt du nōbril,& autāt que se peut estēdre cette cordelette sēblable aux rinsseaux des courges ou coloquintes,il broutte, paist & deuore tout ce qui est autour de luy d'vne si grāde agilité cōtinuelle, qu'il se dérobe presque de la veuë : si qu'il n'y a autre moyē de l'atteindre, si ce n'est qu'à coup perdu de force traicts ferrez en forme de cizeau bien tranchant descochez d'vne arbalestre, on arriue à coupper cette cordelette ou boyau : lors en prenant l'vn de ses os

dedans la bouche auec certaines ceremonies, foudain l'on entre en fureur, & predit on les cho- »
fes futures. Tout cecy donques qui procede des animaux fe refere à la fphere de Mercure : comme ce qui part des mineraux, & des vegetaux à la lune. Suit puis apres en montant, la fphere de
Venus, dont dependent les parfums, odeurs & encenfemens aromatiques, comme on peut
voir és hymnes d'Orphée, tous remplis de tres-grands myfteres, & de beaux fecrets de nature.
De la quatriefme, qui eft du foleil, les fons & chants de mufique, qui ont vne grande efficace à
efleuer noftre efprit, ainfi qu'on lit de Pythagore, lequel reduit à vne modeftie temperée vn ieune homme tout depraué, par certains chants harmonieux : & de Timothée tref-excellent ioüeur
de fluttes, au fon defquelles il efmeut Alexandre le Grand à mettre les armes au poing, & foudain en changeant de ton les pofer. Mais pour le regard des predictions, nous en auons ce lieu
tant exprés au 4. des Roys ch. 3. du Prophete Elifée, lequel auant que predire aux Rois de Iudah,
& d'Ifraël, ce qui leur deuoit reüffir contre leur commun ennemy Roy de Moab, fe fait amener
vn ioüeur de harpe : & quand il fonnoit & chantoit, dit le texte, la main du Seigneur fut faite fur
luy, c'eft à dire l'efprit de Dieu entroit en luy pour le faire prophetifer. La cinquiefme refpond à
Mars : & de là prouiennent les vehementes imaginations, mouuemens, affections, & concep-
tiós de l'ame. La fixiefme à Iuppiter, qui eft vn difcours ratiocinatif de coniectures fur les Enyg-
mes des oracles, que les Preftres agençoient, ordonnoient, difpofoient, & interpretoient a leur
fantaifie : ainfi que de Iuppiter à Dodone; d'Apollon en Delphes; de Trophonius, Tyrefias, Amphiaraüs, & autres femblables. La feptiefme à Saturne; affauoir les fecretes meditations, iors que
l'efprit humain fe defpouillant de toutes diftractions externes, mondaines & fenfuelles, fe retire
en vne interieure contemplation, comme dans fon plus priué & remot cabinet; & à cela fert
beaucoup l'humeur melancholique folitaire, pere nourriffier de toutes les arts & fciences felon
la maxime d'Ariftote, que les melancholiques font ingenieux de leur naturel : auffi eft cette humeur plus propre que nulle des autre a attirer à foy les demons, comme veut Proclus, principalement en la folitude apartée. La huictiefme Sphe-re des eftoilles fixes eft fondée fur l'obferua-
tion des aftres, en quoy ont fort excellé les Chaldées; dont depend l'aftrologie iudiciaire, vne
branche des predictions; fuiuant les reigles de laquelle fe forment foubs certaines coftellations, »
des anneaux, images & characteres qui aident beaucoup aux deuinemens. La neufiefme, qui eft »
le premier mobile, s'arrefte és nombres & figures, & femblables chofes plus formelles que materielles, qui pour cette occafion s'approchent plus de la nature demonique, & des fubftances fe-
parées. La dixiefme c'eft le ciel empyrée ou le firmament, & s'attribuë à Apollon qui eft l'ame du »
monde, que les Cabaliftes appellent *Mettatron*, & *fahapanim*, le Prince des Faces, ou efſence »
de Dieu, felon cecy du 33. d'Exode : *Tu verras bien mes parties pofterieures*, (c'eft à dire mes effects)
mais tu ne pourras voir mes faces : & ainfi en il en l'Hebrieu au plurier : là eft le throne du grand Dieu
viuant, autrement fon chariot dit *Mercua*, defcrit fi exactement par le Prophete Ezechiel, dont
procede la reuelation prophetique, que Rabi Moyfe Egyptien liure 2. de fon directeur, ch. 37. di- »
finit eftre vn don de grace eflargy du createur, moyennant l'intelligence affiftante qui opere en »
la puiffance de l'ame raifonnable en premiere inftance, & de la fur la faculté imaginatiue; mais ce- »
la ne fe communique pas à tous indifferemment, & ne fçauroit nul y paruenir par aucune fpecu-
latiue fcience, quelque parfaicte & excellente qu'elle fceuft eftre; ny de quelque bonne difpofition & aptitude de naturel qui foit en l'homme, fi elle ne luy prouient exterieurement de l'illu-
mination diuine; qui fe communique ou en veillant, ou en fonge, lors que les fentimens corporels font comme endormis, felon que le dit Trifmegifte tout au commencement de fon Pyman-
dre : car la vertu imaginatiue eft bien là plus forte, comme eftant plus en liberté, que non pas en
veillant, & peut beaucoup mieux defployer fes actions: au moyen dequoy les fages Hebrieux
mettent les fonges pour l'vne des trois principales branches de la Prophetie; affauoir les fonges,
les vifions, & les reuelations; qui fe foubs-diuifent puis apres chacune en deux. Des fonges il y
en a vn premier lieu de deux fortes; de faux, & de veritables: & des faux derechef, deux, de
vains du tout & oififs, qui n'importent ny ne veulent fignifier rien, felon mefme le 29. d'Ifaic;
Comme celuy qui a faim & foif fonge qu'il mange & boit; & apres qu'il eft efueillé, fon ame eft vuide. Entre »
les autres fonges vains on met ceux qui nous viennent en Automne, quand les fueilles tombent »
des arbres; dont Ariftote attribuë la caufe aux fruicts nouueaux; & autres raifons deduittes au 8.
liure des Sympofiaques de Plutarque, queft. 10. là où ceux des perfonnes melancholiques font
communement plus reiglez, & plus veritables que de nuls autres (comme il met en la ceffation
des oracles) & des perfonnes malades, felon Platon, que non pas des fains: à caufe que tant plus
la portion fuperieure de l'ame, affauoir l'intellect, que les Grecs appellent νοῦς, les Latins *mens*, dôt
depend la prediction & deuinement, fe fepare des liens du corps, tant plus fortement fe va elle
côioindre à fa fource qui eft en Dieu; ce qui fe fait mieux en maladie qu'en fanté, parce que felon
le Zoar, l'ame cômence lors à fe feparer de la chair, & de la fenfualité, & ioüyt plus parfaictement »
de fa liberté quand les empefchemens corporels viennent à fe debiliter & defaire. Au furplus des »
fonges vains & friuoles c'eft dont a voulu entendre l'vn des anciens fages; *fomnia ne cures*; tout »

conformement au 29. de Ieremie; *Ne prenez point garde à ce que vous songez* : car , comme il est dit en l'Ecclesiastique 34. *Les songes en ont fait errer plusieurs; & ceux qui s'y sont fiez, sont tombez.* Pourtant estoit il expressément defendu en la loy de s'y addonner ny adiouster foy ; *Vous ne deuinerez point ny n'obseruerez les songes*; Leuit.19. & au 18. du Deut. *Que parmy vous ne se trouue personne qui interroge les deuins , & qui obserue les songes , ny le chant , & le cry des oiseaux.* Au reste il aduient rarement qu'on songe si net qu'il n'y ait des choses vaines & oisiues y entremeslées, tout ainsi que le grain n'est point sans de la balle & des escorces : neantmoins Artemidore , & assez d'autres ont estimé que rien ne se representoit en songe qui n'eust quelque signifiance , à qui le sçauroit interpreter. L'autre espece de faux songes est de ceux qui sont captieux, deceptifs, mais non tout-à plein illusoires : comme ce que la femme de Pilate (en S. Matth. 27.) songea qui estoit vne illusion du mauuais esprit tendant à destourner Pilate de la condemnation du SAVVEVR, de la mort duquel deuoit proceder le salut du genre humain. Et à cela se côforme aucunement le songe qu'enuoye Iuppiter à Agamemnon(2. de l'Ilia.) pour le deceuoir: car c'estoit au plus loin de son intention, & pour honnorer Achilles, côme il est là dit luy faisant entendre que les Grecs deuoient forcer la ville de Troye en ce iour là : où au rebours ils y furent tres-bien frottez : parquoy ce songe est dit là ϑλος pernicieux ou deceptif. Quant est des songes veritables, il y en a de plus exprés & manifestes les vns que les autres : aucuns qui sont tous clairs & nets , & qui n'ont besoin d'interpretation, ainsi qu'on lit de Salomon au 3.l. & ch. des Roys; *auquel Dieu s'apparut de nuict en songe, luy disant : demande ce que tu desires, afin que ie le te donne:* & il luy requiert vn cueur docile pour bien gouuerner son peuple; ce qu'il luy octroye; & d'abondant richesses & gloire. Et en S.Matth.2.de Ioseph espoux de la vierge Marie : *Apres que les trois Roys se furent retirez, voicy l'Ange du Seigneur apparoistre en songe à Ioseph, luy disant; Leue toy, & prends le petit enfant & sa mere, & t'enfuis en Egypte.* Il y en a d'autres qui ont besoin d'interpretation , comme celuy des gerbes, & des estoilles de Ioseph fils de Iacob, en Gen. 37. Plus ceux qu'il interprete aux officiers de Pharaon, au 40. & consequemment à Pharaon mesme au 41. Daniel en semblable à Nabuchodonosor, ch. 2. Les Cabalistes attribuent la faculté de ses interpretations de songes, à l'Ange Gabriel, qui preside à la lune, dont ils tiennent qu'ils nous sont immediatement enuoyez, comme estant la plus prochaine de nous : & se fondent en cela sur ce qu'au 9. de Daniel cest Ange qu'il appelle homme luy est enuoyé pour l'instruire à interpreter les songes & visions, selon qu'il est dit au 2. *Dieu donna intelligence à Daniel,*
" *de toute vision & des songes.* Lesquels nous prouiennent de l'esprit imaginatif, & de l'intellect vnis
" ensemble; ou de l'illustration de l'intellect agent, que les Hebrieux appellent *Nessamah,* qui nous
" vient illuminer l'ame : ou d'vne pure reuelation de quelque diuinité; nostre pensée estant bien
" seraine & repurgée de toutes distractions sensuelles , tout ainsi qu'vne eau calme & tranquille. Et selon que dit Abdalla Philosophe Arabe, comme les visions des songes procedent de la force de l'imagination, de mesme les entendre & interpreter , prouient de la vertu de l'intellect si que ce-
" luy qui sera plongé en charnaliter & concupiscences & comme endormy en icelles; en quoy l'e-
" sprit imaginatif se rebousche & hebete, & deuient au reste inegal, rabotteux & si mal poly, & guise
" d'vne eau agitée de vagues, qu'il ne peut receuoir en soy les images des visions qui se viennent respandre sur luy , & les retenir tant qu'elles s'y forment distinctement : celuy-là donques est inhabile à receuoir les songes prophetiques & deuinatoires; & encore plus à les interpreter. Rabbi Iohenan au Talmud dans le liure des Sanhedrin , les distingue en 4. especes; & dit que l'accom-
" plissement & effect de ce qu'ils presagient, côme aussi fait Tedacus Leui, ne se retarde pas outre
" 22. ans; alleguans à ce propos que ce que Ioseph songea chez son pere, agé pour lors de 17. ans, s'effectua l'an 39. de son aage en Egypte. La premiere donques de ces especes est le songe matutinal, que les Hebrieux appellent *Tardemah,* au 12. des nombres: *S'il y a quelque Prophete au Seigneur entre vous , ie me monstreray à luy par vision , ou parleray à luy en songe*; où notoirement est mis differen-ce entre le songe & la vision. Mais en Iob 33. ils sont confondus; *Par le songe en la vision nocturne quand le sommeil saisit les hommes , & qu'ils reposent en leur lict , Dieu ouure alors leurs oreilles , & en enseignant les instruit.* La seconde espece est quand on songe ce qui touche & appartient à vn autre; selon ce que souhaitte Daniel au 4. pour gratifier Nabuchodonosor; *Monseigneur ce songe soit à ceux qui te haissent, & la signifiance d'iceluy à tes ennemis.* A quoy se conforme celuy du varlet de Mardonius, qui a esté amené au 1. liu. sur le tableau d'Amphiaraüs , auec plusieurs autres choses de ce propos. La 3. est celle dont l'interpretation se fait par vne vision, comme au 8. de Daniel. La 4. quand le songe se reitere; ainsi qu'à Pharaon au 41. de Genese, des espics de bled, & des vaches; *les songes du Roy ne sont qu'vn : ce que tu as veu secondairement appartenant à la mesme chose , est indice de con-firmation.* La 2. espece des Propheties est la vision, qui a fort grande affinité auec les songes, car ce que nous songeons il nous semble proprement le voir: parquoy il est dit au 34. de l'Ecclesiastique; *selon cecy est la vision des songes.* Et au 7. de Daniel : *Il vid vn songe, & fut la vision de son chef.* Mais la vision est plus reelle : & encore les vnes plus distinctes que les autres ; & plus fortes, ou plus re-mises. Des claires & paisibles en Genese 15. *Apres ces choses la parole du Seigneur fut faitte à Abraham en vision,* disant: & ce qui suit , qui est tout appert : là où les visions de Zacharie, de S. Iean en l'A
pocalyps f

pocalypse,& autres telles,ont besoin d'interpretation;comme aussi celles de Daniel 8.& 10.où elle fut si impetueuse qu'il ne demeura point de force en luy.Des bien expresses est celle d'Ezechiel
1. où il met que les cieux furent ouuerts,& vit lors les visions de Dieu:ce qui se fait par vn fort rauissement d'esprit en ecstase quand il est du tout transporté à Dieu,& s'vnit à luy,& y adhere fermement,tous les sentimens corporels assoupis,suiuant ce qu'escript l'Apostre en la 1.aux Cor.6.
Celuy qui est adioint au Seigneur,est vn mesme esprit auec luy.& en la 2.ch.12.parlant de sa conuersion;*Ie*
cognois vn homme en Christ,si ce fut en corps,ou hors du corps,ie ne sçay,Dieu le sçait; lequel a esté rauy insques
au tiers ciel. S. Iean au 1. de l'Apoc.*Ie fus en esprit vn iour de dimanche,& ouys derriere moy vne grande*
voix comme d'vne trompette,disant,Escripts:&c. De ces visiôs il y en a d'aucunes reelles;d'autres imaginaires,dont les Caballistes mettét ce qu'ils appellent *Bathcol* la fille de la voix : Nostradame l'appelle la voix faite au limbe , sans laquelle l'intellect crée ne peut voir les choses occultes , ny en
quelle partie les causes futures se viendront à incliner,moyennant l'exiguë flamme;qui est neantmoins de telle efficace & hautesse,que non moins que la naturelle clarté & lumiere elle rend les
Philosophes si asseurez,que moyennant les principes de la premiere cause on atteint insqu'aux
profonds abismes de la plus haute & sublime doctrine.Cette fille de la voix dôques se fait par certaines visions en Enigme,qui ont besoin d'intelligence pour les adapter : car tout ainsi que nous
appellons Echo vn resonnement de la voix humaine,suiuant ce qu'escript l'Apostre au Rom. 1. *Les choses inuisibles*
de Dieu se voyent de la creature du monde,&c. Comme la vision qui s'apparut à S.Pierre, Actes 10. *Luy*
ayant faim,comme on luy apprestoit à manger,il luy suruint vn rauissement d'esprit, & vid le ciel ouuert,& vn
vaisseau descendre comme vne grande touaille,par les quatre bouts deuallant du ciel en terre; auquel il y auoit
toutes sortes d'animaux,de reptiles,& d'oiseaux. Car chaque creature porte en soy certaine marque &
sceau secret empreint en elle,des merueilles & secrets de son createur,dont il le sert pour manifester ses intentions,tout ainsi que de quelques lettres hieroglyfiques. Ces visions là s'appellent
celles du mirouër crée non luysant,autrement *Malchut,*qui correspôd à la Lune.Car il y en a d'autres du mirouër luysant incrée dit le *Tipheret* beauté,ornement,la numeration és dixSephirots du
Soleil,l'ouurier souuerain du grand Dieu,qui a mis son tabernacle ou officine(Ps.18.) où se forgent toutes les substâces sensibles; car du *Tipheret* ou Soleil de Iustice qui est là haut dans *l'Ensoph*
ou infinitude de l'eternité,procedent les intelligences separées & abstraittes de la matiere. Les
Caballistes appellent cette espece de vision,*Belpesalarios,*les mirouers:& S. Augustin la matutina-
le.*Bathcol* aussi,ou la fille de la voix,est quelquefois prise pour vne reuelation de voix formée venant du ciel,comme en S.Matthieu 3.& 17.*Voicy vne voix du ciel,disant,c'est icy mon fils bien-aymé au-*
quel i'ay prins mô bon plaisir. Et au 14.de l'Apoc. *Adôc i'ouy vne voix du ciel,me disant,Escripts,bien-heureux*
sont les morts qui meurent au Seigneur. Car tout ainsi qu'il y a grande conuenance entre la vision,&
le songe,de mesme y a-il entre la vision & reuelation;dont il y en a de deux principales sortes; l'v-
ne de voix pleine & articulée. comme les dessusdites,mais sans voir Dieu;ainsi qu'au 19.d'Exode;
Voicy ie viendray en l'obscurité d'vne nuée, à celle fin que le peuple m'oye parlant à toy: Car ils ne le voyent
pas,comme il est dit au 4.du Deuteronome;*Vous auez ouy la voix de ses paroles;mais vous n'auez point*
*veu de figure aucunement.*Et au 15.de Gen. *La parole du Seigneur fut faite à Abraham par vision,en disant,*
Abraham ne crains point. Mais plus simplement encore au 22. quand Dieu luy dist; *Abraham, Abra-*
ham: car ce redoublement denote vne grande Emphase; ainsi qu'au 3.d'Exode, *Le Seigneur s'appa-*
rut à Moyse en vne flamme de feu au milieu d'vn buisson ardent,& luy dit,Moyse, Moyse. Item au 1. des Rois
3.Quand Dieu se veut notoirement manifester à Samuel;car auparauant ce n'estoient que prepa-
ratifs & semonces,parquoy il ne redouble point son nom;mais finablement quand il veut venir à
l'effect,il dit;*Samuel,Samuel,*& il respond; *Parle Seigneur,car ton seruiteur escoute.* L'autre espece de reuelation est en vision,face à face,qui est le plus haut & dernier degré de la Prophetie, dont il est
escript au 12.des nombres; *Ie parle auec Moyse mon seruiteur bouche à bouche,& il voit manifestement le*
Seigneur;non point en obscurité,ne par similitudes. Ce qui nous sera si Dieu plaist octroyé en l'autre
monde par le merite de IESVS-CHRIST;si nous sommes de ses Esleus : selon que le tesmoigne
l'Apostre en la 1.aux Cor.13.*Nous voyons maintenant par vn mirouër obscurement,mais alors nous ver-*
*rons face à face:*à propos des deux mirouers dessusdits *Malcuth* & *Tipheret* ; & c'est ce que presuppose ce verset 8.du Pseau.79.O *Dieu des armées monstre nous ta face,& nous serons sauuez:* Cette face de
Dieu n'estant autre chose que son bien-aymé fils vnique, dit des Hebrieux *Sarhapanim*, le Prince
des faces:par la lumiere duquel nous verrons la lumiere du Pere,selon qu'il est dit au Ps. 35.*In lu-*
*mine tuo videbimus lumen.*Car n'estant autre chose deuant la face du Pere; *Ie contemplou tousiours*
*le Seigneur en ma presence,*Ps.15.Ce qui est aussi resumé au 2.des Actes,où S.Pierre le refere resolument au CHRIST:& de la reflection d'iceluy;ny plus ny moins que d'vn mirouër,procede toute
la lumiere de la Prophetie.Mais auant que sortir de cest incident, il nous a semblé y deuoir adiouster l'hymne d'Orphée au songe;tourné de nous à nostre mode, non selon les exemplaires communs fort corrompus en cest endroit , ains sur vn que nous auons veu à Venise escript à la main,

L'ENCENSEMENT DV SONGE,
LES AROMATES.

IE t'inuoque icy ô heureux,
Et qui prends de loin ta vollée,
Songe entier, qui de l'aduenir
Es vn messager tres-fidelle,
Et deuin aux hommes mortels.
Car le coy repos taciturne
Du doux sommeil venant parler
En secret aux ames humaines,
Leur resueille l'entendement :
Et toy en dormant manifestes
Les conseils des Dieux bien-heureux,
Annonçant les choses futures,
Sans dire mot à nos esprits,
Alors qu'ils sont les plus paisibles;
Ceux au moins qui pour conducteur
La pieté se presupposent,
Et comme tousiours le plus beau
En nos opinions demeure,
Tu retire des voluptez
La vie de ceux qui s'y plaisent,
Et donnes repos à leurs maux,
Comme Dieu mesme le tesmoigne,
Qu'ils rabbatront l'ire du Roy,
Par oraisons & sacrifices :
Car les deuots & gens de bien
Ont tousiours vne fin benigne :
Et aux mauuais, ce qui leur doibt
Aduenir rien ne le demontre
Qui puisse alleger la douleur
Qui leur doit arriuer : le songe
N'est point messager aux meschants,
Ny n'est pour leurs mauuaises œuures.
Ie te supply donc bien-heureux
Que manifester il te plaise
A nous les iugemens des Dieux
Et qu'aux opinions plus droictes
Tousiours nous vueilles incliner :
Ne nous declarant rien des signes
Denotans nos calamitez.

La nuict y est aussi portraitte, s'esclairant elle mesme auec vne lampe. Cela est fort mignardement inuenté d'attribüer la figure d'vne personne à vne chose insensible comme la nuict, & encore qui n'est qu'vne priuation de lumiere ; au moyen dequoy pour raison de l'obscurité qu'elle charrie ordinairement auec soy, elle a besoin de quelque clarté accidentale, pour demonstrer ce qui s'y fait. C'est aussi pour denoter la frayeur que deuoient apporter les serpens enuoyez de Iunon pour mettre à mort le petit Hercule, plustost de nuict, lors que chacun est en repos, que non pas de iour, qui est tousiours moins espouuentable que les tenebres, ordinairement accompaignées

gnées d'horreur, fuiuant ce qui a esté cy deuant amené du 33. de Iob: *In horrore visionis nocturnæ.* Elle deuoit donc estre icy representée, mais l'autheur le laisse à penser aux autres en forme de
quelque vieille dagorne chassieuse, borgne, & demy aueugle; ayant de grandes aisles d'vn inde
obscur, selon le Poëte Manile: *Et mentita diem, nigras nox contrahit alas,* semées d'estoilles, auec
vn croissant: haue & seiche au reste, quant à sa charneure, mais la rouppie luy pendant au nez toute moitte & surbaignée d'humiditez & de serains; enfumée, brune & ternie: enueloppée d'vne
mallotruë houppelande de treilliz noir, & elle more tout a fait, comme l'infere cette description
du coffre de Cypsele és Eliaques de Pausanias: *En l'autre face il y auoit vne femme entaillée a demy bosse,
portant en sa main droicte haut-estenée, vn enfant de blanche charneure endormy: & de la gauche en tenoit vn
autre noir à pair d'vn Ethiopien, lequel monstroit de sommeiller, tous deux ayans les iambes tortuës: les inscri-
ptions les declaroient estre, & quand bien il n'y eust point eu d'escripture, on n'eust pas laissé de l'imaginer, que
c'estoient le sommeil, & la mort, dont la nuict est mere nourrisse,* à l'imitation dequoy Stace au 10. de sa
Thebaïde, auroit mis la nuict pour le dormir: *Talia vociferans noctem exturbabat.* Mais Catulle plus
proprement le iour pour la vie, & la nuict pour la mort.

    Nobis cùm semel occiderit breuis lux,

    Nox est omnibus vna dormienda.

Et Virgile apres luy au 10. de l'Eneide; *In æternam clauduntur lumina noctem.* Le mesme Pausanias és
Attiques met que la nuict auroit vn temple appellé du deuinement, à cause que les reuelations se
font mieux la nuict, ou les esprits sont plus recueillis, mesmement à l'obscurité; & en dormant; &
selon le Philosophe Straton, plus penetrans & esueillez à appeter la cognoissance, que non pas de
iour à la lumiere du Soleil qui les dissipe & escarte, parquoy on auroit appellé la nuict εὔφρονη sage
& prudête selon Phurnute, & le Poëte Epicharme, qui disoit les cogitations de la nuict estre plus
studieuses & apprehensiues que celles du iour. Et Plutarque au 8. des Symposiaques quest. 3. dispute fort doctement, l'air de la nuict estre plus posé, tranquille & moins bruyant & tempestatif, que celuy du iour, tant à cause que toutes choses sont lors en vn coy repos & silence, dont la
voix se peut enuoyer plus entiere, & trop moins inter-rompuë & affoiblie à nos sentimens: que
pour le bruit que charrie ordinairemêt auec soy le Soleil, qui à son apparoissance remuë, excite &
resueille de nouueau iusqu'aux moindres choses: à cause que l'air ou se forme la voix est lors plus
agité & esmeu des rays du Soleil, que non pas en l'absence d'iceux, selon mesme Anaxagoras,
auec autres raisons qu'il deduit la: car comme dit Democrite, le Soleil meslant les actions des
hommes qui sont appellez de luy à nouueau trauail, auec sa lumiere, par consequent tant plus
fort il debilite les meditations: à quoy l'obscurité est plus propre que les tenebres: ce que Nostradame n'a pas ignoré en ses quadrains centuriez:

    Estant assis de nuict secret estude,

    Seul reposé sur la selle d'airain,

    Flambe exigue sortant de solitude,

    Fait proferer ce qui n'est à croire en vain.

Et pourtant les Eglises sont communement sombres & obscures, afin que par ce moyen la pensée
soit plus renduë à vne deuote & profonde contemplation. Non seulement doncques on dressoit
durant le temps du Paganisme des temples à la nuict, ainsi qu'aux autres deitez, mais Athenée racompte qu'Anthioque Epiphanée luy fit par mesme moyen dresser des images, ensemble au iour,
& au midy, car Chrysippe au 3. de ses questions naturelles luy attribuoit vn corps: & Ouide és Fastes dit q'on luy sacrifioit vn coq, pource qu'il annonce le iour qui chasse la nuict, & la depossede-
de de nostre hemisphere.

    N. cte dea noctis cristatus cæditur ales,

    Quod tepidum vigili prouocet ore diem.

Stace au 2. de sa Thebaïde, où il luy addresse vn hymne, dit que c'estoient des victimes noires
qu'on luy immoloit, conformement à sa couleur noire.

    --- *Nigras ibi nigra litabunt*

    Electas ceruice greges, lustraliáque exta.

Mais la nuict n'est autre chose en effet que l'ombre de la terre qui nous priue de la lumiere du
Soleil, côme met Pline liure 2. ch 10. apres Empedocle, & Speusippe: & Ciceron au 2. de la nature
des Dieux; *Ipsa vmbra terræ officiens noct. m effic. it:* là ou par ce mot d'*officiens* nuisant, il fait allusion à l'ethimologie de *nox* qu'on deriue de *noceo.* C'est pourquoy Heraclite souloit dire que s'il
n'y auoit point de Soleil, il n'y auroit par consequent point de nuict; parce que la lumiere dont
la source est le Soleil, par l'interposition d'vn corps opaque comme est la terre causant l'ombre,
l'obscurité en vient aussi: au moyen dequoy les Poëtes auroient feint la nuict estre la fille de la
terre, & la mere des Parques ou deitinées, à cause de leur obscurité. Ainsi la nuict par le moyen
de ses tenebres nous priue non seulement du bien & contentement de ceste belle lumiere du
iour, dont rien ne peut estre de plus agreable à l'homme, ains de la moitié presque de toutes noz
ioyes & plaisirs; si nous-nous en voulons raporter au mesme Pline liure trente-sixieme chapitre

premier. *Ceu vero non tenebris noctium dimidiæ parti vitæ cuiuſque gaudia hæc auferentibus.* Mais ce qui
l'auroit meu de dire cela, eſt preſuppoſant que nous dormions l'ors, car ſelon que dit Ariſton, le
dormir eſt comme vn gabelleur & malletoſtier qui exige de nous, & retranche la moitié de noſtre vie : & l'vn des Poëtes gnomiques à ce meſme propos.

> *De rien ne ſert vn homme quand il dort ;*
> *Et ne fait rien auſſi peu qu'eſtant mort.*

Autrement la propoſition ſeroit fauſſe, d'autant que la plus-part de bónes cheres ſe font de nuict,
tant les feſtins plus ſolennels, que les maſcarades, ballets, comedies, bouffons, matachins, & autres tels eſbatemens, qui ont trop plus meilleure grace, & plaiſent mieux à la lumiere des flambeaux, que non pas de iour, comme il a eſté móſtré au tableau de Comus ; ioint que les plus agreables parties qui ſe dreſſent pour l'exercice de madame Venus y ont bien plus leur liberté qu'en
plein iour, ennemy mortel des amants, & de leurs deſirées ioüiſſances : ſi qu'Ouide au 2. de ſes
amours, elegie 2. auroit appellé la nuict laſciue & voluptueuſe, & propre à préndre ſes plaiſirs ; *laſci-*
uæ gaudia noctis. C'eſt en partie pourquoy Homere, Pindare, Mopſus, & autres Poëtes Grecs ont
donné à Venus l'epithete d'ἐλικώπιν aux yeux noirs, pourautant que la nuict où regne fort cette
Deeſſe, eſt noire & ſombre ; & humide plus que le iour, ſi qu'elle endort la nature, & l'amuſe ſelon Plutarque au 3. des Sympoſiaques, queſt. 6. dont la perſonne ſe rend plus encline à ſe desbaucher apres des cupiditez diſſolues, à cauſe que l'obſcurité chaſſe arriere la crainte & vergoigne,
ainſi que fort elegamment le deduit Curion au 2. de la guerre Pompeianne en Ceſar ; *Namque*
huiuſmodi res aut pudore aut metu tenentur, quibus rebus nox maximè aduerſaria eſt : là où Ceſar ſelon ſa
couſtume vſe d'vne antiphraſe *aduerſaria,* pour tout le rebours, comme il l'entend, *conuenable &*
propre. Et de là auroit prins Venus l'vn de ſes autres ſurnoms μέλαιν noire ſelon Pauſanias és Arcadiques, à cauſe que les hommes vacquent plus à elle de nuict que de iour. Ce que touche auſſi
Plutarque au banquet des ſept Sages : & Pindare dit que la nuict eſt la fauorite de Venus. Homere au reſte veut qu'elle ait eſté premier que le iour : & les tenebres deuant la lumiere ; ce qui ne s'e-
ſloigne gueres des traditions Moſaïques au commencement de Geneſe. Auſſi Heſiode en ſa
Theogonie l'appelle la plus ancienne des Dieux : fille du Chaos, & mere de l'Ether, & du iour :
& Arate en ſes Phenomenes ἀρχαίη premiere ou ancienne. Mais nous aurons meilleur compte
d'amener icy pour la cloſture de ce tableau, l'hymne entier que luy addreſſe Orphée en forme de
priere, auec des lampes & flambeaux pour ſon encenſement ; & pource que la lune preſide à la
nuict, ainſi que le Soleil au iour, vne partie de ceſt hymne s'addreſſe auſſi à elle, comme on le
pourra aſſez diſcerner ſans le remarquer dauantage.

L'ENCENSEMENT DE LA NVICT,

LES LAMPES.

> IE celebreray par mes chants,
> La nuict qui les hauts Dieux engendre,
> Et les hommes mortels auſſi.
> O nuict qui produicts toutes choſes
> Et que nous nommerons Cypris :
> Eſcoute moy Deeſſe heureuſe,
> Ayant vne ſombre ſplendeur ;
> Qui luits d'infinies eſtoilles ;
> Te reſioüyſſant du repos,
> Repos confit en pluſieurs ſonges :
> Gaye, delectable, & aymant
> Que l'on te paſſe en bonnes cheres :
> Mere des ſonges : noz ſoucis
> Qui mets en profonde oubliance,
> Et donne repos aux trauaux.
> AMIE de tous ; qui portée
> Sur de beaux courſiers, luits de nuict
> A demy parfaicte, terreſtre,
> Et celeſte encore derechef

Qui ta carriere en cercle passes;
Et t'espanoüys parmy l'air.
Qui lumiere aux enfers enuoye,
Et derechef t'y vas cacher :
Car la necessité pressante
Toutes choses subiugue & vaincq.
Or maintenant nuict bien-heureuse,
Riche au possible, & qui à tous
Es tousiours plus que desirable,
Et que tous peuuent rencontrer ;
Escoutans cette voix deuote
De mes prieres, viens à moy
S'il te plaist, benigne & propice ;
Et despouille toutes frayeurs
Surmontées par ta lumiere.

Par où l'on peut voir comme ce Poëte confond la nuict, Venus, & la Lune ensemble.

DDd

ORPHEE.

ARGVMENT.

RPHEE *fils d'Æagrius, ou selon les autres d'Apollon, & de la Muse Calliopé; quoy que ce soit natif de Thrace selon Pline mesme. 4. 11. Le long des riuages du Pont Euxin sont les Morisenes, & Sitho-niens progeniteurs du Poëte Orphée: fut vn tres-excellent, voire le premier de tous les Poëtes, Musiciens, & ioüeurs de Lyre, attendu que iusques à luy il n'y en eut point qui en fist profession, ny des autres instrumens à corde nomplus, ains recitoient seulement leurs vers sur les fluttes. Plutarque au banquet des sept sages dit qu'il s'abstint toute sa vie de manger chair; enquoy l'ensuiuit depuis Pythagore: ce que touche aussi Platon au sixiesme des loix, où il appelle la vie Orphique, de ceux qui se contentoient des vegetaux, s'abstenans de toutes choses qui auoient vie. Au surplus Mercure luy fit vn present de sa Lyre, qu'il auoit bastie telle qu'il a esté dit au tableau d'Amphion; auec tout le reste de ce qui peut concerner ce propos: & s'y rendit si accomply, qu'on a estimé que par sa melodieuse Musique, il fist remuer les bois et rochers de leur lieu; arresta le cours des riuieres: et rendit les plus fieres et cruelles bestes sauuages, si douces, appriuoisées & traictables, qu'elles se tenoient coyes pour l'escouter, & paisibles sans se mesfaire les vnes aux autres, ny mesme aux priuées & domestiques: mais Pausanias en ses Eliaques attribuë cela à sa magie, dont il fut vn souuerain maistre. Par le moyen doncques de ses chants ayant gaigné l'amour d'Eurydice, & icelle espousée, Aristée fils d'Apollon, & de la Nymphe Cyrené fille de Penée Roy d'Arcadie s'enamoura d'elle, de sorte que la voulant forcer, comme elle fuyoit deuant luy, vn serpent caché dans les herbes la picqua au pied dont elle mourut, & Orphée en entra en si grand tristesse que ne la pouuant oublier l'alla querir dans les enfers, où par le moyen de ses chants il flechit Pluton, & Proserpine à la luy rendre: mais à la charge qu'il ne ietteroit dessus son regard qu'il ne fust de retour en haut. Dequoy ne s'estant peu garder vaincu d'vne impatience amoureuse, elle retourna derechef aux enfers: ce qui luy apporta tel regret qu'il s'abstint de là en auant de l'vsage de toutes femmes, voire persuada aux autres faire de mesme, & se destourner de là à l'amour orde & sale des ieunes garçons, dont on le dit auoir esté le premier autheur, pour le moins aux Thraces: si que pour ceste occasion il fut desmembré par les Menades celebrans leur sabbat sur le mont Pangée: meües à cela de Bacchus, lequel s'estoit indigné contre luy de ce qu'ez enfers ayant chanté la genealogie de tous les*

Dieux

Dieux, il l'auroit oublié. &) pourtant incita à ce maſſacre ſes miniſtreſſes. Les autres le referent à vne telle occaſion : que Venus & Proſerpine eſtans en rres en diſpute à qui d'elles deux ioüiroit du bel Adonis, de l'amour duquel elles eſtoient l'vne & l'autre eſpriſes, Iuppiter renuoya leur contention à Calliopé mere d'Orphée, qui ordöna que toutes deux l'auroient à leur tour par ſemeſtre : dont Venus irritée de n'auoir eu vn iugement entier à ſa faueur, fit que toutes les femmes de la Thrace s'eſtans enamourées d'Orphée, pendant que chacune le veut auoir à elle propre, &) le retirer auec ſoy, en cette conteſtation il vint à eſtre deſmembré. Comment que ce ſoit, les Muſes en recueillirent les pieces, et leur donnerent ſepulture, fors à la teſte, qui auec ſa lyre fut emportée à vau l'eau dedans l'Hebre iuſques en l'Iſle de Leſbos, où la teſte fut inhumée par les habitans du lieu; et la lyre tranſlatée au ciel entre les aſtres, eſtant compoſee de neuf eſtoilles. Ouide traicte fort elegamment cette fable au dixieſme & onzieſme des Metamorphoſes. Et Platon en ſon banquet met qu'Orphée fut renuoyé des enfers ſans y auoir peu rien impetrer de ce qu'il y eſtoit allé requerir, ne luy ayant eſté monſtré que l'öbre & fantoſme de ſon eſpouſe, et non pas elle propre renduë en effect, pour s'eſtre trop puſillan mement porté en cela, comme vn ioüeur d'inſtrumens qu'il eſtoit, & n'auoir eu le courage à l'imitation d'Alceſte de mourir pour cauſe de l'amour, ains cherché ie ne ſçay quelles petites fineſſes & expediens de pouuoir deſcendre aux enfers en vie : ſi que les Dieux ne laiſſerent aller cette laſcheté impunie, car ils luy deſtinerent la peine d'eſtre mis à mort par les femmes. Ce qui fut cauſe comme il eſt dit au 10. de la Rep. qu'apres ſa mort il choiſit de retourner icy bas en vn corps de Cigne, ne voulant plus renaiſtre des femmes pour la hayne qu'il leur portoit. A quoy bat cecy d'Horace en la derniere Ode du 2. de ſes carmes à Mecenas, couplet 3. où il dit qu'apres ſa mort il paſſera en forme de cigne, qui de ſes chants remplira tout le rond de la terre.

> Deſormais aux jambes s'attachent
> Des aſpres deſſechées peaux;
> Et me transforme en vn blanc cigne
> Par en haut tout le long des doigts,
> Et de mes debiles eſpaulles
> Naiſſent des plumes à planté.

TOVS les Hiſtoriens diſent aſſez comme Orphée fils de la Muſe Calliopé par ſa Muſique auroit rauy à l'eſcouter les choſes meſmes irraiſonnables & inſenſibles; mais ce peintre le met auſſi, lequel nous repreſente icy le Lyon, & le Sanglier comme l'eſcoutans attentiuement; le Cerf par meſme moyen, & le Lieure, qui ne bondiſſent point deuant l'aſſaut du Lyon, ny de la plus redoutable beſte ſauuage qui peuſt eſtre à tous les chaſſeurs, ains s'aſſemblent icy ſeurement auec celuy qui ſe tient coy ſans leur meſſaire. Or ne penſez pas voir non plus ces oiſeaux oiſifs; non ſeulement ceux qui ont accouſtumé par les doux deſgoiſemens de leurs gorges armonieuſes remplir les bois & les foreſts d'vne plaiſante melodie, mais contemplez moy vn peu ce cauſeur de Iay; & cette babillarde Corneille; & cette Aigle de Iuppiter,

qui quelque grande qu'elle soit, laiſſe pancher nonchallamment ſes deux
aiſles de part & d'autre, regardant attentiuement vers Orphée ſans ſe
ſoucier de ce Lieure qui eſt tout contre. En voicy d'ailleurs qui ont les
machoüeres ſerrées ainſi que d'vne muſelliere, par l'imagination de celuy qu'ils ont tant de plaiſir d'oüyr; ce ſont les loups propres parmy les
aigneaux, tous tranſportez d'eſtonnement. Mais le peintre s'emancipe
en ceſt endroit à quelque choſe de plus hardy, & de plus grand: car arrachant les arbres de leurs racines, il les pouſſe à aller eſcouter Orphée,
& les arrange aupres de luy. Ce Pin doncques & ce Cyprés; ceſt aulne
là, & le peuplier, & s'il y a d'autres arbres encore, allongeans leurs rameaux reciproquement l'vn vers l'autre, comme s'ils s'entreprenoient par
les mains, ſe plantent tout à l'entour d'Orphée, & ferment vne maniere de theatre qui n'a point beſoin d'artifice, à celle fin que les oiſeaux ſe
puiſſent percher ſur leurs branches: & que luy par meſme moyen eſtant à
l'ombre pourſuiue plus commodement ſa muſique. De fait l'y voila aſſis, ne
faiſant encore que pouſſer hors vn poil follet de prime-barbe, qui luy coulle
le long des ioües & du menton: ſon chef agencé d'vn haut atour qui s'eſleue
droict contremont, reſplendiſſant d'or; & l'œil en action contemperée d'v-
ne mignarde delicateſſe, ainſi que s'il eſtoit gayement rauy en ecſtaſe, ſa penſée ſans ceſſe tenduë à la contemplation des choſes diuines. Et parauanture
qu'à cette heure meſme il chante, car ſon ſourcil eſt comme s'il deſcouuroit
quel eſt le ſens de ſes Cantiques, ſe baiſſant & hauſſant par fois ſelon les mutations de ſes mouuemens & cadences; le pied gauche au reſte appuyé en
terre ſouſtient ſa lyre eſtenduë deſſus ſa cuiſſe; & du droict il bat la meſure.
Quant aux mains, la droicte tenant l'archet accroiſé ferme ſe promeine &
eſtend ſur les chordes; le coude incliné, & le poignet recourbé en dedans, &
les doigts allógez de la gauche frappent les chordes parmy les touches & eſpaces. Mais il y aura icy vne deſraiſon enuers toy ô Orphée; car tu y attraits
les animaux & les arbres par la douceur de ta muſique, là où aux Thraciennes tu paroiſtras fort diſcordant, & deſmembreront ce tien corps; auquel
pendant qu'il chantoit, & ioüoit de la lyre, les beſtes meſmes ont preſté benigne audience.

ANNOTATION.

D'ORPHEE il n'y aura point de mal d'inſerer icy ce qu'en met Pauſanias en ſes Bœotiques. Orphée ſelon mon opinion a ſurpaſſé tous les autres Poetes qui furent onceques auparauant en ornement & richeſſe de vers exquis, dont il acquit vne grande reputation & credit, comme celuy qu'on eſtimoit auoir retrouué la maniere qu'il falloit tenir à celebrer les myſteres ſolennels des Dieux; expier les impies deteſtables forfaits, & appliquer des medicaments aux maladies & bleſſeures; deſtourner auſſi la vengeance & punition du courroux diuin. Les femmes, à ce qu'on dict,
auoient ſecrettement conſpiré enſemble en la Thrace de le mettre à mort, parce qu'il auoit perſuadé à leurs maris de le ſuiure, voyageant çà & là par le monde; ce que pour la crainte qu'elles eurent d'eux, n'ayans peur quelque temps oſé attenter, à la fin s'eſtans enyurées, executerent leur complot; le vin qui leur auoit troublé l'entern-
dement leur en ayant donné la hardieſſe. Et de là ſe ſeroit introduite vne couſtume, que pour mieux faire combattre les hommes on leur faiſoit prendre de ceſte liqueur plus que d'ordinaire. Quelques-vns diſent qu'il fut
tué d'vn couz de fondre, ce qui luy ſeroit arriué pour auoir par trop reuelé des ſecrets myſteres des Dieux, les au-
" tres alléguerant qu'apres le deceds de ſa femme il ſeroit allé à vn oracle de la Thiſprotide au Aorrhe, où ſe practi-
" quois la Necromantie, d'euoquer aſſauoir les morts pour s'informer de quelque choſe; & là s'eſtant perſuadé

suadé que l'ombre de sa chere espouse Eurydice le suiuoit, comme il tournast la teste à tous propos pour voir s'il
estoit ainsi, quand il s'apperceut d'estre frustré de son attente, il se seroit donné la mort de regret. Les Thraciens au reste disent que les Rossignols qui escloent leurs petits prés sa sepulture, chantent bien plus melodieusement & plus longuement que les autres, laquelle est à vne petite lieuë de la ville de Dio en Macedoine, tirant à la montaigne Pierie, où le bruit est qu'il auroit esté massacré par les Thraciennes : & là se void
vne colomne à la main droitte, sur laquelle est plantée vne Vrne, où les habitans du pays tiennent que
sont les ossemens d'Orphée. La riuiere d'Helicon est aussi là aupres, qui apres auoir coulé enuiron trois
lieuës se perd soubs terre ; & à vne lieuë de là s'en va renaistre de rechef, changeant le nom d'Helicon en celuy de Baphyre, nauigable de là en auant. Les Diotoïs alleguent que du commencement son cours estoit continué sans intermission dessus terre, mais pource que ces femmes meurtrieres s'en allerent lauer leurs san-
glantes mains là dedans, l'eau refuyant l'expiation de leur meffait, se voulut cacher là endroit. Il se dit
encore à Larisse, qu'autresfois il y eut vne ville scituée sur le mont Olympe, appellée Lybethre, prés laquelle estoit la sepulture d'Orphée : & que les habitans du lieu auroient en vn oracle de Bacchus en Thrace, que leur ville debuoit estre ruinée de fonds en comble par vne truye, si le soleil voyoit les oz d'Orphée
à descouurt, dont ils ne se donnerent pas beaucoup de peine, ne pensant point qu'il y eust animal tant
fust robuste ny puissant qui eut le pouuoir de ce faire : mais il arriua qu'vn berger enuiron midy au chaud
du iour s'estant endormy contre cette colomne où estoit le cercueil d'Orphée, il se prit à chanter si melodieusement ses vers que les autres qui gardoient leurs trouppeaux là autour, & ceux qui labouroient les terres, &
houoient aux vignes laissans leur besongne, accoururent en telle foule vers la colomne, si que l'Vrne renuerserent la colomne, si que l'Vrne se brisa en pieces ; & les oz d'Orphée demeurerent à descouuert. Et là dessus la nuict
ensuinant suruint vne si grande rauine d'eau de l'extreme pluye qu'il fit, que le torrent appellé Sus, ce qui signifie aussi vn Truye ou pourceau, s'en estant desbordé renuersa les maisonnages,
maisonnages, dont les habitans furent subumergez, & la ville du tout perdue. Quant à ses hymnes,
ceux qui y voudront regarder de prés, ne pourront doubter qu'ils ne soient de luy, encore que non du tout
assez bien mesurez par tout ; mais les Lycomides s'en seruent, & les chantent en leurs sacrifices & solemnitez ; de sorte qu'après ceux d'Homere ils ont la plus grand vogue & credit ; & mesme les Dieux immortels leur en donnent encore plus que les hommes. Voila ce qu'en allegue Pausanias de ces hymnes, au
reste d'Orphée que nous auons entre les mains, il y en a assez qui doubtent qu'ils ne soient pas
de l'ancien Orphée dont il est icy question, ains de quelque autre plus moderne, appellé ainsi, ou
qui pour luy donner plus d'authorité ait voulu emprunter ce nom là ; toutesfois ce passage de
Pline 25.2. auec ce que dessus de Pausanias, donne aucunement à penser que ce soit de l'ancien Orphée
le premier de tous dõt on ait memoire, qui a mis en lumiere quelque chose curieusement des herbes : & apres luy
Musée & Hesiode ont admiré le Polion : Orphée & Hesiode ont fort admiré les encens ; mais & leurs parfums : Homere a
aussi celebré quelques herbes particulierement par leurs noms. Car és hymnes d'Orphée on peut assez voir
comme il attribué à chaque Dieu ou diuine puissance, leurs suffumigations à part selon leur nature & proprieté. Or de qui que ce soit, ils sont tels, selon que le tesmoigne Platon au 8. des loix, parlant de ces hymnes, & de ceux de Thamyris, que se sont les plus douces & agreables poësies de
toutes autres, pleins au reste de sacrez mysteres ; si qu'au 2. de sa Repub. Musée & Orphée sont dits
auoir esté produits de la Lune, & des Muses, & de la auoir apporté tout plein de secrets & de la religi-
gió. Iamblique aussi a escript, que Pythagore escuma toute la Philosophie, ou plustost Theologie
d'Orphée, pour en former & bastir la sienne ; & que les dits moraux & sentences Pythagoriques
ont esté appellées sacrées pource qu'elles estoient coullées de traditions d'iceluy Orphée ; tant de
la doctrine des nobres, que de toutes les autres belles & sublimes considerations qu'atteint sa doctrine, ainsi que de leur primitiue source ; cõbien que le tout soit là enueloppé & caché soubs les
escorces de fictions poëtiques ; tellement qu'à les prendre cruëment à la lettre, cela ne sembleroit
de prime face que des fables friuoles, & nigeries toutes vaines, & neantmoins sõt côtenus là dessoubs de tres-hauts mysteres : & en plusieurs endroits il parle de Dieu si chrestiennement, s'il est
loisible de le dire ainsi, qu'il ne seroit possible de plus. Cecy entre les autres, outre ses hymnes, allegue Clement Alexandrin en ses stromates. Φθέγξομαι οἶς θέμις ἐστὶ, θύρας δ᾽ ἐπίθεσθε βεβήλοις,
&c. où il y a diuerses leçons dont i'ay choisi la plus plausible.

Ie veux parler à ceux ausquels
Il est loisible que ie parle,
Mais aux prophanes quels qu'ils soient
Il faut qu'on leur ferme la porte :
Et toy Musée escoute moy,
Qui es nay de la claire Lune ;
Car le vray ie racompteray.
Les choses donc que tu as veuës

En ton Esprit par cy deuant,
Ne te priuent point de la vie,
Ains regardans à ce diuin
Verbe, dresses y ton entente,
Qui est capable de raison :
Et monte par la droicte voye,
Regardant à celuy qui est
Seul, immortel, & Roy du monde,
Qui est vn engendré de soy,
Et dont toutes choses sont nées,
Où il se promeine à par soy
Sans qu'aucun des mortels le puisse
Apperceuoir, mais il les void
Iusqu'en leurs secrettes pensées,
Luy du bon donne mal aux hommes,
Guerre horrible & aigres douleurs :
Et n'y a que luy seul, sans autre.
Tu verrois bien aisement tout,
Si auant que venir en terre
A la parfin tu le voyois.
Or puis que i'apperçois ses marques,
Mon fils, ie te les veux monstrer,
Et du grand Dieu la main robuste.
Mais ie ne le puis discerner
Ayant deuant moy vn nuage :
Et si aux hommes il y a
A percer iusqu'à luy dix spheres,
Si que pas vn deux ne pourroit
Voir celuy qui à tout commande,
Fors vn seul engendré, qui est
Venu de l'antique origine
Des Chaldées qui cognoissoit
Fort bien tout le cours des estoilles :
Et comme le ciel tout autour
Tournoye du rond de la terre
Dessus son centre egallement.
Parmy l'air au reste il gouuerne
Les vents & l'eau coullant en bas,
Et tire du feu la lumiere,
Sa demeure est dessus le ciel
Dans vns throne d'or, & la terre
Luy sert en lieu de marchepied.
Sa main droicte aux derniers limites
Il estend du vaste ocean :
Et les fondemens des montaignes
Iusqu'au milieu tremblent soubs luy,
Ne pouuans souffrir sa puissance.
Celeste il est, & parfait tout
Ce qu'il luy plaist dessus la terre,

Tenans

Tenant le principe, & milieu,
Auec la fin le tout ensemble,
Ainsi que l'ont dit les anciens;
Et que l'a mis par escriture
Le nay de l'eau; qui eut la loy
Diuine auec doubles preceptes;
Car il ne nous est pas permis
D'en discourir d'vne autre sorte.
Les membres me tremblent d'horreur
Quand ie pense à ce grand monarque
Des cieux, des enfers, terre, & mer,
Qui de ses horribles tonnerres
Esbransle le palais d'enhaut;
Et que tous les demons redoutent:
Que toute la trouppe des Dieux
A en honneur & reuerence;
Auquel mesme sans contredit
Les destinées obeyssent,
Quel qu'implacables qu'elles soient,
Eternel, maternel, grand-pere,
Dont le courroux agite tout;
Qui excites vents & orages,
Et couurent de nuées l'air;
Qui le transperses de tes foudres,
Entre les astres ton ordre est,
Les menes d'vn cours immuable.
Et à ton clair throne luisant
Assistent les trauaillez Anges,
A qui tu as commis le soin
Icy bas de tes creatures.
Ton printemps se renouuellant
Reluit de belles fleurs pourprines;
Et ton hyuer vient à son tour.
Auec ses bruineux nuages,
Qu'autresfois l'yurongne Bacchus
Voulut departir en l'Automne,
Eternel, immortel qui es
Aux seuls immortels prononçable,
Vien le plus grand de tous les Dieux,
Auec ta fatale puissance;
Horrible, inuincible, & le grand,
Eternel, que l'air enuironne
Vien icy à moy, & m'ouurant
Vne pure oüye & l'oreille;
Escoute l'ordre que tu as
Estably en vne nuictée
Et en vn iour consecutif.

Auec infinis autres semblables traicts qu'on peut voir par fragmens de costé & d'autre, qui
monstrent assez que ce Poëte auoit l'esprit merueilleusement illustré de la diuine inspiration,
tout de mesme que les Sibylles.

Le *Peintre nous represente icy le lyon, & le fanglier, le cerf par mesme moyen, & le lieure.* Cela semble estre dict à l'imitation de la Sibylle Erythrée, annonçant l'aduenement du Sauveur. Ce
qui est inseré au septiesme des diuines institutions de Lactance.

Οἱ δὲ λύκοι σεω ἄρες ἐν οὔρεσιν ἀμιλλοιωῖται.

Χόρτον ἀ λίξες τ' ἐελφοισιν ἅμα βόσκεται,

Ἄρκτοι σεω μόχοισιν ὁμοῦ κὴ πᾶσι βρογίοις;

Σαρκοβόρος πλέων φάγετ' ἄχυρον ὡς ἐ φάτναιϸ

Alors les loups conuerferont
Auec les aigneaux ès montagnes :
Les loups ceruiers paistront aussi
L'herbe en compagnie des cheures :
Les ours, & veaux ensemblement,
Et tous les animaux qui brouttent;
Et le deuore-chair lyon
Mangera la paille en la cresche.

Ce qui ne s'esloigne pas non plus de ce qu'en auroit predit Isaie 65. *Le loup & l'Aigneau paistront*
ensemble; & le Lyon & le bœuf mangeront la paille. Horace en son art Poëtique appellant Orphée le
facré interprete des Dieux ; le dit, pour auoir retiré les hommes sauuages & barbares de leurs
meurtres & violences accoustumées, & de leur orde vie brutale, auoir acquis l'estime qu'il eust
radoucy & appriuoisé par ses chants les cruels tygres & lyons rauissans.

Sylueftreü homines facer interpresque deorum
Cædibus & victu fœdo deterruit Orpheus;
Dictus ob hoc lenire tygreü, rapidósque leones.

De ce qui fuit puis-apres au contexte de ceste pacifique congregation d'animaux ententifs,
apres la musique d'Orphée, ie me ressouuiens d'en auoir leu quelquefois vn femblable traict,
hors-mis qu'il concerne la veuë, & cestui-cy depend de l'oüye, dans vn de nos anciens Romans
dit Perceforest, de si bonne ancre, que ie ne sçay s'il y en a pour le iourd'huy qui s'y peussent
parangonner; bien est vray que ce ne sont que choses friuoles & vaines, mais qui pour estre fictions controuuées pour la delectation seulement, à quoy le principal but tend de tels ouurages, d'autant ont elles plus d'affinité auecques le fubiect des presens tableaux, qui battent sur
vne mesme enclume, ioinct que ce fera pour monstrer que nos ancestres, qu'aucuns arguent de
barbarie & ignorance, au moins en ces fiecles remots de deux ou trois cens ans, plus ou moins,
n'ont pas esté si lourds & grossiers, ny destituez de quelques heureux esprits à leur tour, comme
on cuideroit; car chaque fiecle en a tousiours eu, ainsi que les quatre faisons de l'année chaqu'v-
ne endroit soy ses commoditez & plaisirs; bien que les vns plus que les autres. Il dit doncques
ainsi. *Le cheualier doré s'estant d'aduanture combattu fur ceste beste glatissant (les Hebrieux l'appellent*
dagelor) au plus profond de la forest en vn lieu desuoyé, où estoit son repaire dans vne fort estrange cauerne
au pied d'vne roche, la trouuent allongeant le col hors de sa tasniere aux rays du Soleil, qui ne faisoient gue-
res que commencer à poindre sur nostre horizon, & razer la terre à fleur de sa superficie; ce col estant si mer-
ueilleux, que toutes les couleurs du monde y apparoissoient ordonnément assises & compassées, comme en l'arc
en ciel, plumes de paon, & phaisant, gorges de pigeon, col de canard, & semblables, où la nature a prins son
plus particulier plaisir de s'esbattre, & monstrer son inimitable industrie : car la reuerberation qui en proce-
doit se ioignant à ce gay esclat de leur celeste, & à l' verdure des arbrisseaux, causoit vne telle variété de
couleurs, qui s'entremesloient à l'enuy, tafchant chaqu'vne de suplanter la plus prochaine par infinis ondoye-
mens qui brilloient à l'œil d'vne delectation nompareille, que cela cust faict oublier non que de toutes autres
chofes, ains d'eux-mefmes, ceux qui eussent tant soit peu ietté leur veuë dessus, qui y demeuroit engluée, les
priuant de tous autres fouuenirs & apprehensions, fans de tous leurs sentimens leur laisser que la seule veuë,
& encores rauie & transportée hors de soy, si qu'elle ne s'en fust peu retirer; ny les creatures partir, ains de-
mouroient là tout attachées comme immobiles Statuës. Et estoit ce lustre & esclat si grand, que la beste enre-
stoit toute enueloppée & couuerte, ainsi que dans vn verdoyant buisson, espou & bien reuestu de ramée & de
fueillages, de maniere qu'on ne la pouuoit discerner; ce qui luy facilitoit grandement les attrappemens de sa
proye, quand rien ne s'en donnoit de garde, & ne s'amusoit fors à contempler ce qui luy derobeit la veuë.
Tout de mesme en prenoit-il aux bestes mues, & aux oyseaux, qui pour contraires & ennemis qu'ils peuf-
fent estre, selon leur instinct naturel & inclination, oublioient-là leurs anchrées inimitiez pour entendre à la
regarder attentiuement, fans se quereller ny entre-demander rien les vns aux autres; chiens, cerfs, fangliers,
lyons, loups, regnards, ours & autres femblables tout pefle mefle, iufques aux vermines rampantes & veni-
meufes. D'autre-part tous les arbres circonuoifins estoient aussi femez d'oyseaux perchez dessus, qui venoient
affister à ce confistoire, se branchans vnanimement l'Efpruuier & la Tourterelle; le Faucon ioignant la Cor-
neille;

neille, & le Cigne tout contre l'Aigle : tant eſtoit le tout là paiſible enſemble, ainſi que parmy vn tas de brebis:
ſi que quelque beſte qui heurtaſt l'autre iuſques à la bleſſer, pour cela elle ne ſe remuoit tāt ſoit peu de ſon agrea-
ble contemplation. Et ce qui ſuit de ce propos.

M A I S *le Peintre s'eſmancipe icy à quelque choſe de plus hardy.* Il y a au Grec, ναιωἐται, qui ſignifie
proprement raieunir, follaſtrer, faire iuuenilement quelque choſe, dont Horace meſme en
ſon art Poëtique auroit dit; *Aut nimium teneris iuuenentur verſibus vnquam;* pour s'enhardir vn peu
trop temerairement, & par vne licencieuſe liberté inconſideré, ſe diſpenſer apres des vers ; de
maniere que les Grecs diſent faire ναικᾶν, quand c'eſt auecques plus d'impetuoſité que de iug-
gement, à la mode des ieunes gens. Et Laberius, ſelon que le cite Nonius Marcellus, auroit vſé
à la façon Grecque du mot *aduleſcentire, aduleſcenter,* pour ναικζιν, ou ρεἀζιν. Voyez les Chiliades d'Eraſme, ou il en faiſt vn prouerbe.

S O N *chef agencé d'vn haut atour, qui s'eſleue droit contremont, reſplendiſſant d'or.* Cet accouſtrement de teſte que nous auons tourné haut atour, eſt au Grec dit πάερ, que Calliſtrate attribuë
auſſi à la ſtatue d'Orphée, comme il ſe verra cy-apres : & ce que l'vn & l'autre mettent qu'elle
s'eſleuoit contremont, n'eſt pas ſans myſtere, ſelon que Suidas l'explique. *La Tiare eſt vn orne-*
ment de la teſte, qu'és Perſes il n'y auoit ſeulemēt qui l'oſaſſent porter droit eſlenée que les Princes, & les autres
inclinée & platte, ſi que Demarat Lacedemonien qui accompagna Xerxes contre Athenes, le Roy eſtant en ſes
gaillardes penſees, comme il luy euſt oĉtroyé tout ce qu'il luy voudroit requerir, il ne demanda autre choſe ſinon
qu'il luy fuſt loiſible d'entrer en la ville de Sardes auecques vne tiare droiĉte, ainſi que le racompte Philargue
en l'onzieſme de ſes hiſtoires. Quelques-vns diſent que c'eſt vne meſme choſe auecques la Citharis ; mais
Theophraſte au traiĉté du Royaume de Chypre y met difference. Les Ieniſſaires du Turc, au lieu que
tous les autres portent le Turban, ont ie ne ſçay quel accouſtrement de teſte haut eſleué, diĉt la
Zarcola, qui approche fort de la Tiare ; duquel mot on s'eſt ſeruy à faute d'autre, pour deſigner
la triple couronne Papale, & les Mittres encores de nos Eueſques. Mais cela ſortiroit hors de
noſtre propos. Albricus au reſte, au traiĉté des Images des Dieux, depeint Orphée de cette ſorte. *Vn perſonnage venerable en habit Philoſophal, iouant de la lyre : & deuant luy à diuers animaux rauiſ-*
ſans & ſauuages qui luy leſchent les pieds ; comme des loups, lyons, onces, ours, ſerpens, & tout plein de ſor-
tes d'oyſeaux qui vollettent autour de luy ; des arbres auſſi, & des montaignes inclinans leurs cimes : il mon-
ſtre de regarder derriere ſoy, pour voir ſi ſa femme le ſuit, mais là deſſus la terre s'ouure pour l'engloutir vne
autre fois.

Pour conclure le preſent tableau, nous adiouſterons icy ce que Palephate à ſa façon accouſtumée taſche d'allegoriſer là deſſus. *Le propos qu'on racompte d'Orphée eſt faux auſſi ; que les beſtes*
bruttes, les oyſeaux & les arbres meſmes le ſuiuiſſent quand il iouoit de ſa lyre. Mais il m'eſt aduis que ce fut
ie ne ſçay quoy de ſemblable, à ſçauoir que les Bacchantes eſtoient certaines femmes inſenſées, qui en la mon-
taigne Pierienne gaſtoient tous les paſturages des beſtes blanches, & commettoient tout plein d'autres maux
& exces d'vne tres-grande violence : leſquelles auſſi s'eſtans vne fois retirées dans les montaignes, y demeu-
rerent pluſieurs iours ; de maniere que les habitans d'autour ayans peur qu'elles ne leur fiſſent en fin quelque
outrage, à leurs femmes & enfans, enuoyerent querir Orphée ; & le requiront d'inuenter quelque expe-
dient comment que ce fuſt, de retirer ces forcenées de la montaigne : lequel ayant ordonné les myſteres ſolem-
nels de Bacchus, les ſceut ſi bien auoir au ſon de ſa lyre, qu'il les ramena quand & ſoy, ayans au poing des
rameaux de diuerſes manieres d'arbres ; là où au-parauant elles ſouloient porter des ferules ; dequoy les per-
ſonnes s'eſmerueilloient les voyans de loin, car de prime-face elles paroiſſoient autant d'arbres qui deſcendiſ-
ſent de la montaigne. Et cela donna lieu à la fable qu'Orphée au ſon de ſa lyre, & de ſes chants fiſt remuer les
foreſts meſmes de leur place, & le ſuiure où il vouloit. Ainſi en diſcourt cet autheur : mais ſi fademẽt
comme en tout le reſte de ſon ouurage, que ie fais comme conſcience de l'auoir paſſé en cet endroit par le bec de ma plume.

MEDEE EN
COLCHOS.

ARGVMENT.

DE Iason & de Medée, il en a esté parlé cy-deuant au Tableau de Glaucus le Pontique, mais il n'y aura point de mal d'adiouster icy d'abondant ce qui peut concerner le par-ensus de ce propos, qui pourroit-là auoir esté obmis. Medée doncques fille du Roy Ætes de Colchos & d'Ipsée, Iason n'eut pas plustost mis le pied à terre deuers eux, que s'estant esprise de son amour, elle luy enseigna la maniere comme il pourroit dompter les taureaux de son pere, qui iectoient feu & flamme par la bouche, & par les narrines; & les atteler au ioug pour en labourer le champ où il deuoit semer les dents du serpent de Cadmus, que Phryxus auoit apporté à Ætes, dont deuoient naistre des gens armez, qui se tueroient les vns les autres. Et finablement de charmer le dragon, qui sans clorre l'œil surueilloit la toison d'or au temple de Mars, pour de là l'enleuer sans aucun danger. Toutes lesquelles choses accomplies, elle s'enfuit auecques luy, emmenant son frere Absyrthe tout ieune encores, qu'elle desmembra piece à piece par les chemins; & en iectoit tantost vne icy, tantost là, pour retarder d'autant son pere qui les poursuiuoit chaudement pendant qu'il s'amuseroit à les ramasser. En fin apres auoir fort long-temps erré par la mer; & souffert sur ces entrefaictes plusieurs trauaux par les chemins, ils arriuerent en Thessalie, où elle remit le vieil Eson pere de son mary Iason en sa premiere fleur de ieunesse. Puis ayant eu deux enfans de sondict mary, Macarée à sçauoir, & Pheret, il la repudia pour espouser Creusa fille du Roy Creon de Corinthe: dont comme il est à croire, elle conceut vne telle indignation & despit, que dissimulant son mauuais vouloir, soubs ombre d'enuoyer des presens à la mariée, elle enferma du feu artificiel si violent dans vn coffret où deuoient estre les ioyaux, que la pauure Creusa le cuidant ouurir, en fut tout incontinent embrasée auecques le palais: dequoy Iason en voulant prendre la vangeance, elle apres auoir en sa presence massacré leurs communs enfans, s'estant par ses arts & sorcelleries faict enleuer dans vn chariot attelé de deux dragons vollans à guise de griphons, arriua à Athenes, où elle se maria auecques Egeé fils de Pandion, desormais sur l'aage: toutesfois elle ne laissa d'en auoir vn fils, qu'elle appella de son nom Medus. Et depuis s'estant ie ne sçay comment reconciliée auecques Iason, ils retournerent en Colchos, où par leur moyen fut

restably

restably son pere Æetes, lors fort vieil & caducq , en son Royaume dont on l'auoit
depossedé. Neantmoins Diodore Sicilien au cinquiesme liure escrit qu'elle ne retour-
na pas auecques Iason , ains s'estant par ses enchantemens faict enuelopper d'vne
nuée obscure auecques son fils Medus, ils furent transportez par vn gros toürbil-
lon de vent en cette prouince d'Asie, qui depuis de luy fut nommée Medie. Voila
ce qui seruira, tant pour ce tableau que pour le subsequent des ioüeurs ; & celuy
d'Argo & Æetes aussi ; ensemble la statuë de Medée que descrit Callistrate ; car
ce n'est qu'vn mesme subiect ; traicté par Euripide en ses tragedies, par Orphée en ses
Argonautes ; Apollonius Rhodien, & Valerius Flaccus ; & Ouide au septiesme
des Metamorphoses.

VELLE austere & non flechissante paupiere qui
s'esleue dessus les yeux, auecques vn renfrongne-
ment de sourcil plein d'vne profonde cogitation; &
la cheuelleure ainsi que d'vne Prophetisse ; & l'œil,
ie ne sçaurois bonnement dire , si c'est de ie ne sçay
quoy d'amoureux qu'il estincelle de la sorte, ou qu'il
soit espris de fureur diuine ; monstrant au surplus
l'apparence d'vne face comme indomptable : tout
cela, mes amis, sont indices & marques de quel-
que race du Soleil; Medée, à sçauoir la fille d'Æetes. Car le Gallion de Iason allant en queste de la toison d'or, est venu surgir dans le Phase, droit à
la ville capitale du Royaume, où l'infante s'est esprise de l'amour de cet
estranger ; dequoy vne nouuelle pensée luy est venu saisir le cœur. Or
quelle passion la maistrise plus, ie ne le sçay pas à la verité ; trop bien peut-
on apperceuoir qu'elle est ainsi que toute desuoyée en ses secretes cogitations , morne & pensiue, & fort contristée en son ame ; n'estant pas icy
occuppée à negocier en la compagnie des principaux, ains comme celle
qui à part soy est ententiue à regarder tout plein de choses. Quant au visage de Iason, il est benin & debonnaire ; & ne monstre pas en dehors
qu'il veille faire aucun effort, nonobstant que son œil fauue soit soubs-
mis aux actions & mouuemens d'vn sourcil superbe & hautain : le poil
fol de sa prime-barbe, poignant par tout en abondance le long des ioües
& du menton, où il va rampant : & sa perruque qui est fort blonde voltige en desordre dessus le front. Il est au demeurant vestu d'vn hocqueton
blanc, auecques vne peau de lyon en escharpe ; des semelles aux pieds, la-
cées auecques de beaux cordons, s'appuyant sur vn jauelot. Sa mine en fin
n'est point autrement insolente ne desdaigneuse, ains pleine de modestie &
respect : ny par trop rabaissée aussi, car il s'enhardit au combat. Et c'est ce
Cupidon qui meine & conduit tout l'affaire ; lequel accoudé sur son arc, or
sur vn pied, or sur vn autre, renuerse contre terre le flambeau qu'il tient,
puis que les choses de l'amour sont desormais en surseance & penduës au
crocq pour cette heure.

ANNOTATION.

**ARQVES** *ou indices de quelque race du Soleil.* Cela est dict pour ce qu'Ætes estoit estimé fils du Soleil, & de Persa fille de l'Ocean, comme met Denys Milesien au premier de ses Argonautes : que le Soleil engendra en Scythie deux enfans masles, Ætes & Persée, qui regna en la Cherrhonese Taurique, y ayant pris femme, dont il eut vne fille nommée Hecaté, fort addonnée & experte à la chasse, & en la cognoissance des herbes & simples ; specialement les venimeux & nuisibles, dont elle auroit monstré le premier vsage & practique ; & de semblables autres poisons, si qu'elle en fit mourir son propre pere : cela faict, elle se retira en Colchos, ou elle espousa son oncle Ætes, selon Diodore, & les interpretes d'Apollonius Rhodien; & en eut Circé & Medée, à qui elle fit si bonne part de sa science, qu'elles la surpasserent en cet endroict. L'abondance des herbes venimeuses & semblables drogues pestiferes qui se trouuent en la Colchide, a en partie donné occasion de le penser de cette sorte, selon Horace au second des carmes, *Ille & venena Colchica*; mais plus particulierement Virgile en la huictiesme Eclogue.

> *Has herbas, atque hæc ponto mihi lecta venena,*
> *Ipse dedit Mœris; nascuntur plurima ponto.*
> *Hiis ego sæpe lupum fieri, & se condere syluis*
> *Mœrim, sæpe animas imis excire sepulchris,*
> *Atque satas alio vidi traducere messes.*

Mais les autres font Circé estre fille du Soleil & sœur d'Ætes, mesmement Homere au dixiesme de l'Iliade.

> Αἰαίην δ' ἐς νῆσον ἀφικόμεθ' ἔνθα δ' ἔναιε
> Κίρκη εὐπλόκαμος, δεινὴ θεὸς αὐδήεσσα,
> Αὐτοκασιγνήτη ὀλοόφρονος Αἰήταο.
> Ἄμφω δ' ἐκγεγάτην φαεσιμβρότου Ἠελίοιο
> Μητρός τ' ἐκ Πέρσης, τὴν Ὠκεανὸς τέκε παῖδα.

Nous arriuasmes à l'isle d'Aeëe, là où habitoit Circé; à la belle cheuelleure, venerable deesse, bien emparlée; sœur germaine du tout sage & prudent Aetes; car ils furent l'vn & l'autre engendrez du Soleil qui esclaire aux hommes, & de Persa leur mere fille de l'Ocean. Ceste Circé doncques ayant empoisonné son mary Roy des Sarmates, fut contrainte de s'enfuir en Italie. Pline 25. 2. *La persuasion dure encores, qu'en cas de charmes & empoisonnemens, les femmes surpassent les hommes, & qu'est-ce que n'ont rimply de comptes & de fables Medée en Colchos, & les autres?* L'Italienne mesme Circé entre toutes; adscripte aussi au rang des Dieux; à quoy s'estime estre venu qu'Eschyle, l'vn des plus anciens en la Poësie, auroit dit que l'Italie estoit toute parsemée de puissantes herbes. Quant à Medée, les Commentateurs de Pindare sur la troisiesme Strophe de la treiziesme des Olymp. ennes, où il parle des Corinthiens, & y met Medée auecques Sisyphe, alleguans là dessus ces vers du Poëte Eumelus; Ἀλλ' ὅτι δ' Αἰήται καὶ Ἀλωεὺς ἐξεγένοντο, &c. mettent que le Soleil eut d'Antiope Aloeus, & Ætes pere de Medée ; ausquels il departit, à sçauoir à Aloeus, l'Arcadie : & Corinthe à Ætes ; mais ce Royaume ne luy reuenant pas bien à gré, il y laissa gouuerneur Butus fils de Mercure pour le garder à ses enfans, quand il en auroit : & de luy s'en alla à la Colchide, où il y establit son siege Royal & demeure.

LE Gallion de Iason est venu surgir dans le Phase. De ce fleuue appellé maintenant *Fasso*, Pline vj. 4. en parle ainsi, *Le Phase est le plus grand fleuue de toute la Colchide, nauigable six ou sept lieues aux plus grands vaisseaux, & de là aux moindres par vn long espace de terre, y ayant cent vingt-huict ponts bastis dessus, tant qu'il se vienne rendre dans le Pont Euxin, à la bouche duquel y a vne ville du mesme nom.* Il est pris aussi pour toute la Colchide, selon Strabon en l'onziesme, où il le descript plus particulierement auecques la contrée ; d'où sont venus les oyseaux qu'on appelle Phaisans. Elle est pour le iourd'huy diuisée en la Zorzanie, & Mengrelie, regions contiguës à Trebizonde, pleines de boys & de montaignes ; habitées au reste de gens bestiaux estourdis, qui portent de grandes couronnes comme les Moynes ; & ne viuent que de Panicq ; miserables en tout le reste de leur vie. Mais ils sont Chrestiens, au moins selon les traditions de l'Eglise Grecque, & infectez parmy cela de plusieurs sortes d'heresies ; combien qu'ils ayent anciennement pris ce nom du valeureux martyr sainct George.

ge, car c'eſt ce que Strabon, Pline, & Ptolemée appellent Hiberie, qui faict vne portion
de l'ancien Royaume de Colchos : & portent ordinairement en leurs bannieres ſon image, par ce que ce fut le premier qui planta la foy en ces quartiers-là, proches voiſins de
Cappadoce, ſi qu'ils l'ont touſiours eu depuis en fort grande veneration & reſpect. Toutesfois Calchondyle met que du temps de Conſtantin le grand, leur Royne ayant eſté
guerie d'vne tres-griefue maladie par vne Chreſtienne, ils furent conuertis deſlors. Les
Turcs, & les Tartares les appellent *Iurgianlar*. Et qui en voudra voir dauantage, liſe la relation d'Ambroſio Contarini Venetien, de ſon voyage de la Perſe.

EEe

LES IOVEVRS.

ARGVMENT.

L'ENTREE *du present tableau est fort plaisante & delicate, & despend aucunement de l'autre cy-dessus; où Cupidon est introduit comme principal conducteur de l'affaire des Argonautes, qu'il a pris en main; mais pour ce qu'auant que Iason, & ses compagnons prinssent* terre en Colchos, ils trouuerent à l'abordée quelque resistance; & qu'il ne se sentoit pas assez fort sans le secours des trois Deesses, pour venir à bout de son intention, il les alla trouuer au ciel, où d'arriuée pendant que ces premieres rencontres & combats se demeslent icy bas en terre, entre les Argonautes & les gens d'Ætes, il s'amuse à guise de pages: ce qui est fort mignardement icy practiqué, à ioüer aux dez, auecques Ganymede, qu'il trouue en la salle de Iuppiter attendant quelque sien pareil pour faire partie: puis ayant gaigné, s'en va solliciter les Deesses de le vouloir assister à l'execution de son entreprise pour le regard des Argonautes; à quoy Iunon se condescend fort volontiers, pour le bon vouloir qu'elle porte à Iason: Minerue de sa part aussi, pour la valeur qui est en luy, & és autres de sa compagnie: & Venus, de la faueur de laquelle despend tout le principal de l'affaire, pour l'amour de son tres-cher fils, qui a ceste matiere à cœur; parquoy elle est plus particulierement descrite icy que ne sont les autres.

ES DEVX qui ioüent icy en la salle de Iuppiter, sont, à mon aduis, Cupidon, & Ganymede, si au moins on le peut coniecturer à la Tiare de l'vn; & à l'arc & les aisles de l'autre; lesquels s'esbattent à ioüer aux osselets. Or Cupidon est icy pourtraict se mocquant insolemment, & brauant tout ainsi que s'il secoüoit de son sein des victoires à pleines poignées, dont il fut farcy: & son compagnon qui ayant desia perdu de l'vn des deux osselets, iette l'autre en pareille attente de ne luy reüssir pas gueres mieux; dont il est tout melancholique, tant en la face qu'en son regard; si que nonobstant qu'il soit beau & fort gay de son naturel, il monstre neantmoins icy vne mine morne, & profonde tristesse. Voila au surplus trois Deesses qui leur assistent, n'estant pas autre-

ment

L'homme le plus triomphant,
Fait bien souuent de l'enfant:
Et la pompe plus chevie,
N'est souuent que singerie.
Tel fait bien le serieux,

Le sage & iudicieux,
Qui passe toute sa vie,
A contempler la folie:
Tenant cette vanité,
Pour vne felicité.

ment befoin de les vous nommer autrement, car Minerue, à qui la voudra contempler, vous fera affez remarquable, ne fuft-ce qu'à l'armeure qu'elle a endoffée, familiere à elle, ce difent les Poëtes, comme fi elle eftoit née auecques : & à fes yeux vers qui eftincellent hors de fon armet ie ne fçay quelle fierté; fes ioües colorées d'vn teint vermeil, mais auecques vne virile apparence. L'autre au rebours par le mignard foubs-rire empreint en elle; & les amorfes de ce voluptueux tiffu dont elle eft ceinte, qui attrait mefmes en la peinture, nous denotent affez qui elle eft. Quant à la troifiefme, fon port graue & fa venerable reprefentation pleine de maiefté Royalle, la declarent eftre Iunon. Mais que veullent elles en cet endroit? ny quel befoin eft-il qu'elles s'y retrouuent de compagnie? La grand nef Argo equippée de ces cinquante vaillans Princes eft allée furgir dans le Phafe, apres auoir outrepaffé le Bofphore, & les Symplegades : car vous voyez bien ce fleuue-là eftendu & tout plat de fon long, parmy force iones & rofeaux; d'vn fier afpect, auecques de gros flots efpois de cheueux, qui luy pendent de cofté & d'autre; & vne groffe barbe touffue heriffée; & les yeux pers verdaftres; & de l'eau en grande abondance, qui ne fe verfe pas d'vne cruche, mais inondant de toutes parts, nous donne affez à cognoiftre quelle grande quantité il en doit charrier à la mer. Or vous oyez bien, ce me femble, l'effort & fatigue de ce nauigage; & ce que les Poëtes racomptent à l'enuy l'vn de l'autre, de la toifon d'or, & de la galeaffe Argo, que fuiuant la Poëfie d'Homere, ils appellent la bien foignée d'vn chacun. Mais les nautonniers font pour le prefent occuppez à deliberer de leur entreprife. Quant aux Deeffes, elles entre-viennent icy à l'inftance & priere de Cupidon, requerans Medée fille d'Ætes, de leur affifter à la conferuation de ces nauigants: & pour le loyer de fon bon office, la mere d'Amour luy monftre vne belle pelotte dorée, qu'elle dict auoir efté faicte pour le ioüet de Iuppiter, mais vous voyez bien qu'il y a de l'artifice en cette peinture, la Deeffe eftât veftuë d'vne robbe de toille d'or, dont la manufacture eft telle, qu'on la peut trop mieux comprendre en l'efprit que la difcerner à l'œil; où elle varie d'vn bleu celefte, dont brillent des ondoyemens qui tournoient, & fe vont en fin rabattre en eux-mefmes, eflançans en haut vn tres-vif & tres-prompt efclat de lueur à guife d'efclair, qui fe pourroit accomparer à la fplendeur eftincellante du flambeau des aftres. Cettui-cy en fin (Cupidon) ne regarde plus deformais à fes offelets, ains les a iettez là par terre; & en fe pendant aux pans de robbe de fa mere, la preffe de luy accomplir fa promeffe; car il ne fe veut pas defifter de fon entreprife.

ANNOTATION.

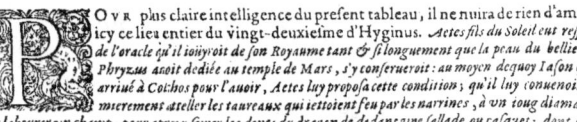

POVR plus claire intelligence du prefent tableau, il ne nuira de rien d'amener icy ce lieu entier du vingt-deuxiefme d'Hyginus. *Ætes fils du Soleil eut refponce de l'oracle qu'il iouyroit de fon Royaume tant & fi longuement que la peau du bellier que Phryxus auoit dediée au temple de Mars, s'y conferueroit: au moyen dequoy Iafon eftant arriué à Colchos pour l'auoir, Ætes luy propofa cette condition; qu'il luy conuenoit premierement atteler les taureaux qui iettoient feu par les narrines, à vn ioug diamantin; & labourer vn champ, pour apres y femer les dents du dragon de dedans vne fallade ou cafques; dont vien-*

EEe iij

droient à naiſtre ſoudain de groſſes trouppes de gens armeᷣ, qui eux-meſmes s'entre-tueroient. Surquoy Iunon qui auoit entrepris de garantir Iaſon en toutes ſes entrepriſes, pour la bonne volonté qu'elle luy portoit, dés l'heure que voulant icy bas eſprouver les cœurs des perſonnes, elle ſe deguiſa en forme de vieille qui prioit les paſſans de la mettre outre vne riuiere : & comme tous les autres n'en tinſſent compte, Iaſon ſeul luy fit cette courtoiſie, dont le voulant recompenſer, comme elle preneut qu'il ne pourroit venir à bout de ſon entrepriſe en Colchos, ſans l'aide & moyen de Medée, elle requit Venus de la vouloir rendre amoureuſe de luy; ce qui le ſauua de tous les dangers qui luy eſtoient preparez. Car ayant labouré le champ auecques les taureaux, & iceluy ſemé des dents du ſerpent, dont ſe produirent force gens d'armes, par l'admoneſtement de la Princeſſe, il ietta vne groſſe pierre au milieu, ſur quoy ils ſe mirent à s'entre-battre, & ſe tuer les vns les autres. Puis ayant enleué la toiſon d'or du temple où elle eſtoit pendüe, il s'en-fuit auecques Medée.

CE tableau au reſte eſt intitulé LES IOVEVRS, à ſçauoir aux Aſtragales ou bibelots, qui ſont les oſſelets du talon des pieds de derriere d'vn mouton; ou qui à leur imitation ſont faicts d'iuoire ou d'ebene, ayans quatre faces tant ſeulement, car les déz qui ſont en forme de Cube en ont ſix : mais il en a eſté traicté cy-deuant au Tableau de Venus Elephantine. Pline xxxiiij. 8. parlant des ſtatuaires en bronze, & de leurs ouurages, met cecy de Polyclet, ce qui ſemble ſe rapporter aucunement à ces iouëurs : Il fit auſſi deux ieunes garçons tous nuds, iouans aux bibelots, & de là appellez Aſtragaliᷣondes, qui ſont au palais de l'Empereur Titus; lequel chef-d'œuure pluſieurs eſtiment eſtre le plus parfaict de tous autres.

GANYMEDE fils du Roy Tros, fut le plus bel enfant de ſon ſiecle, ſelon Homere au 20. de l'Iliade; τρως δ᾽ αὖ τρεῖς παῖδες ἀμύμονες ἐξεγένοντο, &c.

De Tros naſquirent trois enfans
Ilus, Aſſarac, Ganymede,
Le plus beau de tous les mortels :
Lequel iadis les Dieux rauirent,
Afin qu'il ſeruiſt d'eſchançon
A Iuppiter, pour ſon exquiſe
Rare beauté; & conuerſaſt
Là haut auec les celeſtes.

Iuppiter l'ayant doncques pris en affection comme il chaſſoit ſur le mont Ida (Strabon 13. met que ce fut en vn lieu dit Harpagie, ou ſelon les autres au promontoire Dardanien) le fit enle-uer au ciel par vne aigle; laquelle pour vn ſi ſignalé ſeruice, il tranſlata au rang des Aſtres, l'ayant au precedent choiſie ſur tous autres oyſeaux, lors que les Dieux ſe departirent entr'eux; comme Iunon fit le paon; & ce par ce que l'aigle volle le plus haut de tous autres; ſi qu'on dit qu'elle va eſclorre ſes petits dans le giron de Iuppiter, qui, dés ce qu'ils ſont hors de la coque, regardent fermement contre le Soleil ſans fleſchir ny cligner les yeux. Or les Poëtes alleguent qu'il y eut autresfois vn Roy en l'Iſle de Cos nommé Merops, lequel eut à femme vne belle Nymphe dicte Ethemée; qui s'eſtant monſtrée nonchalante à reuerer & ſeruir Diane, la Deeſſe la pourſuiuit à coups de fleſches, mais Proſerpine la tranſporta toute en vie aux en-fers; dequoy Merops eut tel regret qu'il ſe voulut donner la mort; & Iunon en ayant pitié, le conuertit en aigle, & le mit au ciel; de peur que ſi elle l'y euſt tranſlaté en homme, ſe reſſouue-nant touſiours de la deſconuenüe de ſa chere eſpouſe, il ne baignaſt inceſſamment & mal à pro-pos la terre de larmes. Mais Aglaoſtenes a eſcrit que Iuppiter ayant eſté enleué de Candie où il auoit eſté nay, fut de là tranſporté à Naxe, où eſtant paruenu en aage viril, comme il eſtoit ſur le poinct de s'acheminer à la guerre contre les Titanes, s'apparut vne aigle auecques la foudre: ce que prenant à bon augure, il l'auroit depuis eüe en ſa recommendation & tutelle. Les autres
» diſent que Mercure s'eſtant enamouré de Venus pour ſon excellente beauté, ſans en pouuoir
» auoir raiſon, il ſe conſommoit de deſpit & de faſcherie, iuſques à ce que Iuppiter qui en eut
» pitié vne fois que la Deeſſe ſe baignoit dedans le fleuue d'Acheloé, il luy fit rauir l'vn de ſes
» pattins par vne aigle, qui l'alla porter en Egypte à Mercure; là où Venus l'ayant pourſuiuie
» pour le r'auoir, ſe laiſſa enfin aller à luy, qui pour ce bien faict tranſla au l'aigle au ciel : où elle a quatre eſtoilles; l'vne en la teſte fort luyſante : en chaſqu'vne des deux mahuttes ou moignons des aiſles, vne; & en la queuë vne. Quant à la fleſche qu'elle a és pieds, on dit que c'eſt celle dont Apollon mit à mort les Cyclopes, pource qu'ils auoient forgé la foudre dont Iuppiter tua ſon fils Eſculape. Elle a ſemblablement quatre eſtoiles; l'vne au fleq; l'autre à la pointe, &. vne à chaque empennon. Mais Ouide au dixieſme des Metamorphoſes, dit que ce fut Iuppiter propre qui rauit Ganymede, tranſmué en aigle.

Rex ſup erûm Phrygij quondam, Ganymedis amore
Arſit, & inuentum eſt aliquid quod Iuppiter eſſe

Quam quod erat mallet : nulla tamen alite verti
Dignatur, nifi quæ portat fua fulmina terra.
Nec mora percuſſo mendacibus aëre pennis
Arripit Iliaden, qui nunc quoque pocula miſcet:
Inuitáque Ioui nectar Iunone miniſtrat.

Il femble au reſte que cette aigle volle au deſſus de l'agnerol ou Verſeau, l'vn des douze ſignes du Zodiaque, lequel on prend pour Ganymede, que Iuppiter commit à l'office de ſon efchan-çon au lieu d'Hebé fille de Iunon, & depuis femme d'Hercules; fuſt ou pour gratifier ce ſien mignon de cette charge, & auoir plus de pretexte de le tenir ordinairement pres de luy, comme met Pindare en la premiere des Olympiennes:

E’νϑα δϵυτίρῳ χϵόνῳ,
H’λϑϵ κϵὶ γανυμϵϗ́νς
Ζϵυϊτω ὑτ’ ὁϗ̀ι χϵέος.

Ou pour ce qu'elle ſe laiſſa choir à la renuerſe portant la couppe à Iuppiter pleine de Nectar, & monſtra tout ce qu'elle portoit, ſelon Seruius. Toutesfois Pauſanias és Corinthiaques, dit qu'anciennement les Phliaſiens ſouloient appeller Ganymedes ce que depuis ils nômerent He-bé. Mais voicy comme Homere parle de ce rauiſſement de Ganymede en l'hymne de Venus.

> *Le ſage Iuppiter rauit*
> *Autresfois le blond Ganymede*
> *Pour ſon excellente beauté,*
> *Le mettant entre les celeſtes*
> *Dedans ſon beau palais Royal,*
> *Afin qu'il leur verſaſt à boire.*
> *O choſe merueilleuſe à voir*
> *En quel honneur & reuerence*
> *Il fut tenu des immortels,*
> *Quand d'vne grand couppe dorée*
> *Il puiſoit le rouge Nectar,*
> *Mais Tros ce-pendant de triſteſſe*
> *Se conſommoit tout, ne ſachant*
> *Quelle part le diuin orage*
> *Auoit tranſporté ſon cher fils,*
> *Que deſlors il pleuroit ſans ceſſe.*
> *Dont Iuppiter en eut pitié,*
> *Et luy donna pour recompenſe*
> *Des cheuaux tres-viſtes du pied,*
> *Qui ſouloient porter les celeſtes;*
> *Il les luy octroya en don;*
> *Et luy fit dire par Mercure*
> *Que ſon fils eſtoit immortel,*
> *Sans iamais qu'il ſentiſt vieilleſſe.*
> *Cela oüy il s'eſioüyt;*
> *Et laiſſa ſa melancholie*
> *Ioüyſſant des cheuaux feez.*

Mais Oroſe liure 1. chapitre 12. alleguant le Poëte Phanocles, met que Tantale Roy de Phry-gie fut celuy qui rauit Ganymede pour en abuſer, ſans le vouloir rendre, ſi que pour cette occa-ſion s'en eſmeut vne groſſe guerre.

Car Minerue à qui la voudra contempler. Il deſcrit icy le port, la contenance, & les accouſtre-mens des trois Deeſſes, Pallas, Venus, & Iunon; auecques les marques & enſeignes dont les Poëtes, & les Peintres les ſouloient repreſenter pour les donner à cognoiſtre ſans y appoſer eſ-criteau, qui eſt vne choſe groſſiere, & ſentant cette lourderie que Thomas Morus touche fort elegamment en l'vn de ſes ingenieux epigrammes; que le Roy Henry viij. d'Angleterre faiſant peindre vne ſienne maiſon de plaiſance, dequoy il auoit donné la charge à vn excellent ouurier Italien, pour y employer ceux qu'il en iugeroit dignes, vn certain compagnon Peintre paſſant

pays se vint presenter à luy pour cet effect, auquel ayant demandé quelque monstre de son ouurage, l'autre fit responce de n'en auoir point apporté, mais qu'il pourroit bien cognoistre ce
qu'il sçauoit faire par deux ou trois traicts de crayon sur le subiect qu'il luy voudroit donner tout
presentement. Et bien doncques, luy va-il dire, griffonnez moy contre cette muraille des leuriers qui courent vn lieure, car il auoit cela pour lors en l'esprit, estant sur le poinct d'aller à la
chasse: ce que le compagnon Peintre representa si naïfuement, que pour discerner les leuriers
d'auecques le lieure, il fut besoin d'escrire au dessoubs, *Hic canis, ille lepus*, *voicy les chiens*, *voila le*
lieure. Mais pour reprendre nostre propos, Albricus en son traicté des images des Dieux, descrit
ces trois Deesses de cette sorte, dont ayant amené celle de Venus au tableau de Venus Elephantine, les autres deux resteront icy, ce qui seruira tousiours d'autant d'esclaircissement : ioint que
toute nostre intention en cet endroit n'est que d'instruire le peuple François en la cognoissance
de l'antiquité Grecque & Romaine en son parler propre; ceux mesmement qui n'entendent ces
deux langues là. Il dit doncques. *Minerue Deesse de sapience, née du cerueau de Iuppiter, autrement*
ditte Pallas, estoit depeinte des Poëtes en forme d'vne ieune dame virile & robuste, armée d'vne cuirasse, l'es-
péeau costé, & l'armet en teste, orné de tymbres & pennaches. En la main droicte elle tenoit vne iaueline de
Bardes, & en la gauche vne grand'targue de cristal, où estoit placquée la teste de la Gorgone toute encheuelée
monstrueusement de couleures; vestuë au reste d'vne casaque sur ses armes, brochée d'or sur vn changeant
de pourpre, & de bleu celeste. Et aupres d'elle estoit vn oliuier verdoyant, au dessus duquel volletoit vne petite
chouëtte.

　　Svit apres. *Ivnon est prise pour l'air, car les anciens l'ont fait estre sœur & femme de Iuppiter, qui*
est le feu; luy attribuät l'arc en ciel, & les nymphes. Son image estoit portaïe de cette sorte. Vne dame de grand
honneur, & fort magistrale, assise en vn throne, & tenät vn sceptre Royal en la main : mais son chef estoit om-
bragé de nuages au dessus du diademe dont elle estoit couronnée; toute enclose au reste dans l'arc en ciel qu'on
appelle Iris, qui l'enuironnoit à l'entour, d'autant que c'est sa courriere ordinaire, en tout temps prompte & ap-
pareillée de receuoir ses commandemens, pour les annoncer de costé & d'autre. Et deuant ses pieds estoient
deux beaux paons, l'vn à dextre & l'autre à senestre. Plus à costé d'elle vne femme qui accouchoit d'vne fille;
par ce qu'on faict presider ceste deesse aux enfantemens. On dit aussi qu'elle alaicta Mercure.

　　Or pour ne laisser rië en arriere de ce qui peut duire à l'esclaircissement de ces tableaux ainsi
succints & troussez court à demy mot; & pour apporter quelque contentement aux lecteurs;
Fulgence liure 2. de son Mythologique, interprete ainsi de mot à mot les pourtraicts de ces trois
Deesses: qu'il rapporte aux trois especes de vie qui sont és hommes : & leurs triples inclinations,
selon les trois parties qui le concernent, l'esprit à sçauoir, les biens de fortune, & le corps : qui se
rapportent à la vie contemplatiue. l'actiue, & la voluptueuse: la premiere desquelles est designée
par Minerue, laquelle pour cette occasion l'on feint auoir esté née & produitte du cerueau de
Iuppiter, d'autant que l'entendement consiste au cerueau. Elle est peinte armée, à cause que l'esprit & l'industrie sont la vraye garde du corps, & deffence de l'homme, qui sans cela seroit le
plus foible & imbecille animal de tous autres. On adiouste la Gorgone dedans sa targue, & Plastron, ce qui denote l'effroy & terreur que la guerre & les armes apportent, où preside Minerue;
& aussi que l'effroy & courage consiste au cœur qui gist & est logé en la poitrine. Cette deesse a
des pennaches & vne creste haut esleuée sur le tymbre de son armet, pour monstrer combien l'esprit humain se sçait esleuer haut és contemplations qui sont son propre gibier & vacation; & à
vn instant peut voltiger de toutes parts, n'y ayant rien où il ne penetre, & bien tost, car la prompte volonté est designée par le pennage. Elle tient au poing vne iaueline, pour denoter que la
prudence & sagesse de l'homme atteint au loin; & qu'il n'y a arme offensiue dont le coup soit
si dangereux que d'vne langue bien emparlée, & diserte plume. Finablement on luy attribuë la
chouëtte qui est vn oyseau nocturne, pour monstrer la vigilance de l'homme contemplatif &
studieux; & du guerrier pareillement, comme a sceu fort bien remarquer Homere au second
de l'Iliade, où Iuppiter enuoye le songe soubs la ressemblance du sage Nestor, dire ainsi à
Agamemnon.

> *Comment fils d'Atrée dors tu?*
> *Il ne faut pas qu'vn chef d'armée*
> *Dorme tout le long de la nuict.*

　　L'Oliuier au reste qui est aupres d'elle, & qu'elle inuenta, ou dont elle trouua l'vsage, signifie
que la meditation a besoin de tranquillité & repos; & que de la guerre vient la paix, suiuant l'em-
bleme d'Alciat, des mousches à miel qui s'estoient annichées dans vn armet, auecques ce mot,
Ex bello pax, qui est representée par l'huille, à raison de sa coulante douceur. Tous lesquels mysteres sont exquisement exprimez dans l'hymne que luy addresse Orphée amené sur le tableau
de la naissance de Minerue; comme aussi celuy de Venus, & de Cupidon sur ceux de Venus Elephantine, & des amours : tellement qu'il ne reste icy que celuy de Iunon, que nous apposerons
au bout de l'allegorie de sa pourtraicture, que le mesme Fulgence poursuit ainsi.

Ivnon

IVNON represente la vie actiue, la plufpart occupée à amaffer des richeffes dont elle eft la Reyne; & foubs cette qualité les Romains la reueroient l'ayant tranfportée de Veies à Rome; au moyen dequoy on luy attribué vn fceptre pour monftrer la maiefté de fon pouuoir. Elle a auffir- ,,
plus la tefte voilée pour môftrer que les richeffes font cachées dans les entrailles de la terre, mef- ,,
mement les metaux & les pierreries, qui fe tirent auec vn extreme labeur. Cela denote auffi que ,,
ceux qui afpirent trop ardemment à amaffer des biens font aueuglez; & pour tel, eft depeint Plu- ,,
ton le Dieu d'autrepart des richeffes. Mais entant que Iunon eft prife pour l'air, ainfi que le porte ,,
fon nom, en Grec *ἥρη* lequel tranfpofé fait *ἀήρ*; & pour cette occafion le vautour luy eftoit attri- ,,
bué qui s'empreigne de l'air ou du vent: le voilement de tefte fignifie les impreffions de l'air qui
en eft obfcurcy & troublé; & cela eftoit encore reprefenté par la paupiere fuperieure qui couure ,,
l'œil, laquelle luy eftoit anciennemêt dediée: ce qui bat auffi fur la fable qui fe racompte d'Ixion;
lequel preffant cette Deeffe de l'accointer, elle luy prefenta vne nuée ayant fa femblance, ou il
engendra les Centaures qui defignent les diuers changemens de l'air. On la fait outre plus eftre
Deeffe des enfantemens, pource que les richeffes ont de couftume de charrier auecques elles
vn nouueau & defordonné appetit à guife des femmes groffes, d'en amonceler toufiours dauantage; fi que la plufpart du temps cela eft caufe de faire auorter, c'eft à dire qu'elles precipitent
à de grands inconueniens, iufqu'à vne finale ruine, les infatiables qui les conuoitent trop auidemment. Le Paon luy eft approprié, pource que les richeffes tirent à foy le defir & les yeux
d'vn chacun, comme font les plumes de ce bel oifeau: & comme il fe mire & enorgueillift en la ,,
beauté de fon pennage, les richeffes de mefme ont accouftumé de rendre les perfonnes plus fu- ,,
perbes & infolentes; ioint qu'elles font le principal inftrument & moyen de fe parer. Et comme ,,
le Paon quand il fait la roüe, orne de vray bien le deuant, mais cependant auffi il defcouure indi- ,,
gnement le derriere; cela fe rapporte à nos actions peruerties, & à nos iniques côportemens, que ,,
les biens durant noftre vie peuuent aucunement illuftrer & couurir, mais apres la mort tout fe ,,
manifefte, fuyuant le dire du fage en l'Ecclef. 11. *la fin de l'homme eft la manifeftation de fes œu-*
ures. En fin on luy adioufte l'arc en ciel, dont elle eft toute enueloppée, pour monftrer la varieté
des richeffes & leur beau luftre & brillant efclat, mais accompagné d'incertitude; parce que l'œil
ne fçauroit bonnement difcerner les couleurs de ceft arc, à caufe qu'elles ondoient l'vne fur
l'autre, & fe pefle-meflent de forte qu'elles fe defrobbent de noftre veüe lors qu'on les cuideroit
apprehender feparement: & ainfi eft-il des richeffes, dont l'inftabilité ne fe peut mieux reprefenter que par cette impreffion de l'air, laquelle embraffant tout l'hemifphere d'vn bout à l'autre,
comme font les outrageufes & demefurées conuoitifes des auaricieux, eft de fi peu de durée
qu'elle s'efuanoüift prefqu'auffi toft qu'elle apparoift.

L'HYMNE D'ORPHEE A IVNON
dont l'encenfement font les aromates.

Ivnon l'efpoufe bien-heureufe
De Iupiter; Iunon qui es
De tous la maiftreffe & la Reyne,
Couuerte de noirs veftemens;
Ayant de l'air la reffemblance:
Qui aux mortels pour refpirer
Donnes de douces halenées
Pour les maintenir, qui des vents
Et des pluyes es la nourriffe.
Tu engendres tout, & fans toy
Rien on cognoift de la nature;
Car tu te monftres enuers tous
Forte, robufte & delectable.
Toy feule tu commandes à tous;
Et fur tout tu regnes toy feule.
Vien doncques à nous de ce pas;
Deeffe heureufe, de tous Reyne,
D'vn vifage doux & benin.

P A R Venus en troifiefmelieu eft defigné la vie séfuelle & voluptueufe,qui fe rapporte au corps
où gift la fenfualité,Venus au refte eft ditte en Grec ἀφροδίτη, d'autant que la femence genitale
eft efcumeufe, ou bien que le plaifir charnel s'efcoulle vifte à guife d'efcume qui en vn moment
fe defait & refoult,à maniere de ces petites bouteilles d'eau qui fe procréent quand il pleut, les
Grecs les nomment πομφόλυξ, & auffi toft s'euanouïffent. Elle eft peinte toute nuë,foit pource
qu'elle eft defnuée de honte & vergongne;ou qu'elle s'exerce de nud à nud,ou qu'elle laiffe def-
nuez de biens,d'honneur,& de reputation ceux qui s'y habandonnent par trop: ou que ce vice
foit fort malaifé à couurir.On luy attribué puis apres les rofes, pour monftrer que le plaifir venerien eft la plufpart accompagné de force pointures; ce qui auroit meu Catulle de dire..Que Venus
feme de poignans foucis dans nos cueurs; Ces rofes font rouges & poignantes, parce que la lubricité
eft de foy hôteufe, & poingt par vn remords de confcience. Et comme la rofe eft fort delectable
pour quelque temps, mais cela ne dure pas longuement,de mefme fait la volupté: dont le grand
Bafile auroit dit, & fort à propos, que du commencement la rofe n'auoit point d'efpines, mais
que puis-apres elles luy auroient efté adiouftées, afin que le plaifir qu'on reçoit de la volupté,
par la douleur qui l'accompagne on fe puiffe rememorer de fon delict, & s'en corriger: les colombes pareillement luy eftoient affignées, pource que c'eft vn oifeau fort chaleureux & lafcif
que le pigeon. Plus les trois graces, dont les deux ont le vifage tourné vers nous, & la tierce
monftre les efpaules; à caufe que le plaifir à fon arriuée eft double: & fort fimple quand il s'en va:
ou bien pour monftrer que la grace & bien fait fe doit recompéfer au double : & que quand on la
confere il fe faut cacher, pour n'eftre apperceu faire cela par vaine gloire, ou attente de quelque
remuneration. Venus finablement eft portée nauigante fur vne coquille en la mer, pour denoter qu'ordinairement ceux qui s'y addônent font en danger de faire naufrage,& fe noyer en vne
eau d'amertume. Il y auroit affez d'autres chofes à allegorifer là deffus, dont la plus part ont efté
touchées fur fon tableau, au fecond liure, auec fon hymne : parquoy il ne refte icy que celuy
des Graces.

L'HYMNE DES GRÁCES, DONT
l'encenfement eft le ftorax calamita.

O Yez moy Graces honnorables,
  Filles du puiffant Iuppiter,
Et de la gentille Eunomie ;
Aglée, & vous Thalie auffi,
Auecques la riche Euphrofyne.
Aymables meres du foulas,
Et des delectations chaftes:
De plufieurs formes : verdoyant
En toutes faifons defirables,
Et fouhaittées des mortels:
Ayans les faces colorées,
Comme vne roze du Printemps.
Venez doncques ô Gracieufes,
Qui donnez tres-abondamment
Toutes manieres de richeffes:
Vous monftrans propices à ceux
Lefquels font curieux d'apprendre
Les hauts myfteres, & fecrets.

V o v s voyez bien ce fleuue là eftendu parmy force iones & rofeaux. Il entend le Phafe; & a mis ceft
ἐν βαβῦ δόναχι χείμθρον, à l'imitation de ce qu'és Argonautes d'Orphée,ce fleuue eft appellé arun-
dineux,plein de iones & rofeaux. Il le defcript au refte fort elegamment,de mot à mot prefque
côme Sophocle fait Acheloé en la tragedie des Trachiniennes,ainfi que ie l'ay amené cy deuant
fur le tableau de Meïes: Duquel de la touffuë barbe,& des flocs de poil y pendans,coulloient de gros furions
d'eau viue, &c. Quant à la cruche,c'eft vn ordinaire de reprefenter les fleuues & riuieres, accou-
dées fur vn vafe qui denote la fource dont ils decoullent , ainfi qu'on peut voir au iardin de Bel-
veder à Rome des figures du Nil, & du Tybre. Il en a efté parlé vers la fin du tableau du Nil.
A R G O,

ARGO, *que suinant la poësie d'Homere ils appellent la bich-soignée d'vn chacun.* Cela est au 12. de
l'Odyssée Ἀργὼ πασιμέλουσα παρ Ἀήταο πλέουσα : lequel mot de πασιμέλουσα ne veut dire autre
chose sinon, *celle dont tous ont soin & cure :* parce que tous les Princes qui s'y estoient embarquez
faisoient eux-mesmes l'office & deuoir de mattelots & de nautonniers : ou que le Poëte vueille
entendre, que ce gallion fust en recommendation & soucy enuers tous les dieux, pour l'amour
de Iunon qui fauorisoit Iason en ses entreprises, comme il a esté dit cy-dessus : & aussi qu'il suit
puis-apres en Homere ; ΑΛΛ' ἤρη παρέπεμψεν, ἐπεὶ Φίλος ἤεν Ζήσων : ou que tous les Poëtes ayent
eu soin d'escrire d'elle comme le veut Eustathius. De ce vaisseau au reste, & de toutes ses particularitez il en a esté parlé assez cy-deuant au tableau de Glaucus.

OR *vous voyez bien qu'il y a de l'artifice en la peinture, la deesse estant vestuë d'vne robbe de toile d'or, &c.*
Il fait en cecy allusion à ce que les Poëtes tant Grecs que Latins surnomment Venus la dorée;
mesme Virgile au 10. de l'Eneide ; *At non Venus aurea contra Pauca refert.* Mais Hesiode bien auant
luy en la targue d'Hercule ; περπόμοος δῶραισι πολυχρύσου Ἀφροδίτης. Et Homere aussi au 3. de
l'Iliade ; μή μοι δῶσ' ἐρατὰ προϕέρεις χρυσῆς Ἀφροδίτης· Ne me reproche les presens de Venus Deesse dorée.
Ce qui ne signifie autre chose que belle, excellente, agreable, ainsi qu'est l'or sur toutes les choses inanimées ; dont le mesme Virgile auroit dit ailleurs, *Coniux aurea*; & Horace, *mores aurei.* Ciceron aussi, *nomen aureum.* Et Ezechiel 28. *Aurum decorii tui.* Plus Ouide au premier des Metam.
Aurea primo sata est.et.u. Et infinis autres semblables. Venus quant & quand pourroit auoir esté
ditte dorée, parce que tout ainsi que l'or s'affine & l'or qui l'affine & le resiouist, la concupiscence de l'acte venerien depend de l'ardeur : si que l'or symbolise au feu icy bas, & au Soleil là
haut, comme l'infere Pindare tout au commencement de ses cantiques. A ce propos fait ce que
Euripide en la Medée l'introduit, s'exclamant ainsi de la desloyauté de Iason.

> Ὦ ζεῦ, τί δὴ χρυσοῦ μὲν ὃς κίβδηλος, ἦ
> Τεκμήρι ἀνθρώποισιν ὤπασας σαϕῆ
> Ἀνδρῶν δ' ὅτῳ χρὴ τὸν κακὸν διειδέναι.
> Οὐδεὶς χαρακτήρ ἐμπέϕυκε σώματι.

> O Iuppiter, y a il tant
> De tesmoignages aux personnes
> Pour cognoistre si l'or est faux?
> Et marque aucune n'est emprainte
> Au corps de l'homme pour sçauoir
> S'il est de desloyal courage.

PELOPS.

ARGVMENT.

**T**OVT *ce qui peut concerner Pelops & Hippodamie a esté si au long touché cy deuant en leurs deux tableaux, que ce ne seroit que rechanter sur vne mesme chorde ennuyeusement d'en vouloir icy vser de redicte. Il ne reste que ce qui est atteint à la fin, des malheurs dons les destinées menaçoient la race des Pelopides, comme par vne vengeance de ce qu'Hippodamie auoit aucunement consenty à la mort de son pere Ænomaüs, pour auoir à mary Pelops dont elle s'estoit enamourée de prime veuë : & cela bat sur les calamitez & tragiques desastres de ses descendans Atrée & Thyeste, qui ont esté deduits sur le tableau de Cassandre.*

CETTVI-CY monté sur vn chariot tout ainsi qu'es'il se vouloit acheminer par le beau milieu d'vne plaine; coiffé d'vne tiare droit esleuée contremont, & vestu d'vn long doliman à la Lydienne, me semble estre Pelops, qu'a bon droit on doibt appeler vn fort dextre conducteur de coches : car il promenoit bien par fois sur la mer mesmes, cestui-cy que Neptune luy auoit donné, roullant les gentes courbes de son roüage sans mouiller l'essieu sur le doz des ondes, durant vn doux calme ou bonace : au regard de l'œil, il l'a voltigeant & remply de viuacité; & son col ferme releué descouure assez la promptitude de courage : le sourcil aussi se refronsant de ceste sorte monstre assez que le iouuenceau ne fait grand cas d'Ænomaüs; lequel se confie sur ses cheuaux qui vont la teste rehaussée auec de grands naseaux ouuerts : & le pied non plat, ains la corne creuse & voutée : leurs yeux fauues fort esueillez : & les creins longs & espoiz, s'espandans d'vn col pers verdastre, comme est la façon des cheuaux marins. Pres de luy est Hippodamie les ioües teinctes de vermeille pudeur virginale, vestuë d'vne longue iuppe de Nymphe : & iettant des yeux vn regard, qu'il est aisé d'apperceuoir qu'elle s'arrestera à cet estranger sur tous autres, & aura en hòrreur son pere, qui applique ainsi son entente à des despouilles si inhumaines. Car vous voyez bien les testes de ceux qu'il a surmontez à la course des chariots, attachées à son portail, chacune à par soy, &

comme

comme le temps leur a donné vne autre forme que celle qu'elles souloient auoir. De faict selon que les amoureux de sa fille venoient la pourchasser en mariage, les mettant à mort il se glorifie es enseignes & remarques de leur massacre : les ombres desquels voltigeans à lentour, lamentent pitoyablement leur infortunée entreprise : & auec vn funeste chant douloureux, deplorent les iniques conditions de ces nopces. Or Pelops a conuenu de deliurer pour l'aduenir la Princesse de cette pernicieuse ruine : & Myrthil est participant du complot. Ænomaüs au reste n'est pas loing de là, ayant son chariot tout appareillé à la course : & vne corsesque haut esleuée en iceluy, pour en darder le iouuenceau s'il le peut atteindre : Car ayant sacrifié à son pere Mars, il diligente tant qu'il peut : & d'vn regard tout furieux, lequel part d'vn œil meurtrier sanguinaire, presse Myrthil de se haster. Mais ce Cupidon morne & triste, qui incise l'essieu du chariot, donne à entendre l'vn & l'autre de ces deux cy : que l'infante surprise d'amour s'accordera auecques luy à la destruction de son pere : &ce qui en aduiendra cy apres en la race des Pelopides, sera de la preordonnance des destinées.

PYRRHVS ET
LES MYSIENS.

ARGVMENT.

CHILLES *desguisé en fille, nourry chez le Roy Lycomedes de Scyro,
engroffa fa fille Deidamie d'vn fils qui de fa blonde cheueleure fut nommé Pyrrhus, autrement Neoptoleme ou ieune gendarme : pource que
eftant encore fort tendre d'aage, apres que fon pere Achilles euft efté en
trahifon mis à mort par Páris & Deiphebus foubs ombre de conclurre le mariage
de leur fœur Polyxene auec luy, les chefs de l'armée Grecque l'enuoyerent querir
par Phenix, comme il a efté dit cy deffus au tableau d'Achilles en Scyro : ou felon
Qu. Calaber au feptiefme par Diomede & Vlyffe : pour raifon que les deftinées
portoient que Troye ne pouuoit eftre prife fans quelqu'vn de la race des Eacides.
Pyrrhus doncques eftant arriué deuant Troye, y fit tout plein de beaux exploits
d'armes, & vaillance de fa perfonne : dont l'vne des plus fignalées fut celle qui eft
depeinte icy : contre les Myfiens affauoir, & leur chef Eurypile, qu'il mit à mort
de fa main, & fes gens en route. Mais le principal but de Philoftrate eft de toucher icy incidemment la defcription de la belle rondache d'Achille, que Pyrrhus
eut apres fa mort, combien que fes armeures euffent efté adiugées à Vlyffe, dont
Aiax Telamonien qui les debattoit auec luy fe donna la mort de defpit. Et eft cette rondache defcripte fort particulierement par Homere au dixhuictiefme de l'Iliade, d'où Philoftrate l'a tirée prefque de mot à mot, comme on pourra voir par la
conference des deux cy deffoubs en l'annotation : eftant befoing d'ainfi le faire :
parce qu'en ce texte font obfcurcies tout plein de chofes, qui font dittes plus clairement par Homere. Pyrrhus au refte à la prife de Troye, ayant inhumainement maffacré Polytes fils de Priam, & le pere apres : puis finablement
immolé Polyxene deffus le monument d'Achilles, eut pour fa part des dames
captiues Andromache veufue d'Hector, qu'il tint vn temps en lieu de femme, mais eftant de retour en Grece, il la remit à Helenus, qui l'efpoufa,
& il prit Hermione fille d'Helene, defia promife à Oreftes fils d'Agamemnon, qu'elle aymoit trop mieux que Pyrrhus, lequel Oreftes du confentement d'Hermione qui y tint la main mit peu de temps apres à mort pour
l'auoir.*

LES

L E s faicts d'Eurypile & de Neoptoléme, toute la brigade des Poëtes les chantent : que l'vn & l'autre ont
enfuiuy les mœurs & inclinations de leurs peres : &
les dient chacun endroit foy auoir efté d'vne grande
reputation & proüeffe. Tout le mefme nous racompte auffi cette peinture : car la fortune nous affemble icy de tout le pourpris de la terre la vertu en
vne feule cité ; de façon que ceux-cy ne s'en vont
point fans gloire, ains font en telle eftime enuers la
plufpart, qu'on peut hardiment dire d'eux auec le Poëte ; *Les enfans des in-*
fortunez, font qui à mon effort s'oppofent. Mais les vaillans & genereux en fur-
paffent bien de vaillans. Au furplus, comme il y ait affez d'autres chofes qui
concernent la perfection, noftre deduction fera pour cette heure des plus
cogneuës & familieres. C'eft donques icy la cité d'Ilion, fi fuperbe felon Homere, ceinte d'vne muraille alentour telle que les Dieux mefmes ne l'ont
point reputée indigne d'eftre baftie de leurs mains: y ayant au dehors de chaque cofté vn beau grand & fpacieux haure, où peut furgit en feureté vne infinité de vaiffeaux fur le canal de l'Hellefponte qui diuife l'Afie d'Europe: &
au milieu vne campaigne que le fleuue Xanthus fepare par le beau trauers;
peint icy non pas bruyant ne bouïllant d'efcume tel qu'il fe defborda autresfois contre le valeureux fils de Peléc, mais comme s'il vouloit feruir de courfe & de mattras à Pyrrhus, ayāt fa cheueleure de treffles, & joncs, & de doux
delicats rofeaux, pour s'y repofer, car vous le voyez là pluftoft comme en
termes de s'y affeoir, que pour s'y retenir debout, le pied ja planté prés d'vne
fontaine, de mine repoféeà cette heure ; & les ondes du fleuue contempe-
rées d'vn cours mefuré. De l'vn des coftez au refte eft l'armée des Myfiens
en bataille, ioincte auec les forces de Troye ; & de l'autre celle des Grecs.
Quant aux Troyens, ils font deformais las & haraffez, & ceux d'Eurypile
vigoureux & fraiz: car vous voyez bien comme la plufpart des Troyens font
affis auec leurs armeures; lefquels peut eftre requierent auoir cette faueur de
luy, s'efioüyffans de ce relafche: là où les Myfiens prompts & afpres à mener
mains s'en vont de ce pas affronter les Grecs reduits à pareille condition que
font les Troyens, fors les Myrmidons, que voila autour de Pyrrhus fi enta-
lentez de bien faire, & remplis d'vne courageufe hardieffe. Quelle eft la
beauté d'iceluy, malaifement en pourroit-on rien determiner à cette heure qu'il eft armé, neantmoins on void bien qu'il eft grand & de belle taille, dont il furpaffe tous les autres : & font ces deux d'vn pareil aage : les
rayons partans de leurs yeux en action viue & eftincellante, & non languides ny endormis: l'vn & l'autre d'vn fier regard foubs leurs falades, & qui
en fe manians fierement, accompaignent les efbranlemens des pennaches:
le courage treffaillant en eux, lequel monftre tacitement refpirer certaine animofité furieufe. Or les armeures dont ils font garnis font les mefmes
que leurs peres fouloient porter: mais celles d'Eurypile fans aucune deuife
ne cognoiffance, ondoyans feulement à la veüe de ie ne fçay quel luftre variant de diuers changeans, ainfi que pourroit briller l'arc en ciel. Pyrrhus en
a prefentement qui viennent de la part de Vulcain, dont Vlyffe s'eft à la par-

Iliade 6. & 21.
cy deuant au ta-
bleau d'Anté.

FFf

fin deporté, ne fe fouciant plus de la victoire qu'il en auoit obtenuë. Que fi
on les veut contempler à loifir, on trouuera rien n'y auoir efté obmis de ce
qu'Homere en a defcript, ains que l'art & maiftrife du Peintre a exactement tout reprefenté. Car la figure de la terre, de la mer, & du ciel auffi
n'aura point , à mon opinion, befoin de perfonne qui nous l'explique,
pour autant que de prime face le tout fe manifefte affez de foy par les couleurs que l'ouurage a receu de l'ouurier. Et les villes auec les autres chofes
qui font icy bas au pourpris terreftre nous remarquent fort bien la terre,
dont peu apres vous orez l'interpretation de chacune. Au furplus c'eft
icy le ciel, car vous y voyez bien le rond du Soleil, comme il tournoye
inceffamment infatigable en fon labeur: & la pure refplendiffante clarté de
la pleine lune. Mais il me femble que vous defirez oüyr par mefme moyen
deuifer de chaque aftre à part, & de fait leur diuerfité vous apprefte occafiõ
de le demander. Doncques voicy les Pleiades qui font les admoneftemens
& indices des femailles, quand elles fe couchent, & de la moiffon quand
elles fe releuent de nouueau, felon que les faifons l'apportent. D'autre-part
voila les Hyades. Et vous voyez bien auffi Orion, le compte duquel, & la
caufe pourquoy il a efté tranflaté entre les eftoilles, remettons le à vne autre fois, afin que la trop grand' curiofité de l'entendre ne vous deftourne
icy la penfée. Les eftoilles qui font au deffus de luy, ce font l'Ourfe, ou le
chariot, fi vous l'aimez mieux ainfi appeller : & dit on qu'elle feule ne fe
plonge point dedans l'Ocean, ains tournoye fans ceffe alentour, comme foigneufe garde d'Orion. Mais parcourons le refte de ce qui peut concerner
la terre, laiffans là les chofes d'enhaut, & confiderons de ce qu'il y a de plus
beau en elle; affauoir les villes, dont vous en voyez icy deux. Voulez vous
doncques qu'on vous declare la premiere: ou fi la lumiere de ces flambeaux,
& les gayes chançons d'Hymenée : & le hautain refonnement des cornettes, & le ieu de violles & Cyftres : & la cadence mefurée de ces baladins
vous attirent pluftoft à foy ? Ne voyez vous pas bien comme ces femmes à
l'entrée de la maifon monftrét d'admirer le tout, s'efcrians de la grande ioye
qu'elles ont ? ce font des nopces, mes amis, & la premiere affemblée des mariez, lefquels ameinent leurs efpoufes, dont ce qui eft de honte craintiue
en elles, & d'ardent defir en leurs maris, comme il eft decent à chacun d'eux
en leur endroit, ie me deporteray de le dire, attendu que ç'a efté le fait d'vn
excellent maiftre de donner ainfi cela à entendre tacitement. Mais voila auffi vn fiege de iudicature, & vne audience publique de certains vieillards ho-
norables qui y prefident grauement : & au milieu y a de l'or, deux talents
affauoir, ie ne fçay pas à quelle fin, fi ce n'eft entant qu'on peut coniecturer
pour le falaire de celuy qui donnera la plus equitable fentence, afin que perfonne ne fe meuue pour des prefens à iuger autrement qu'il ne doibt. Mais
quelle caufe eft-ce qu'on plaide icy? Ces deux ie ne fçay qui que vous voyez
là au milieu, me femblent eftre les parties; & leur action eft pour raifon
d'vn meurtre, dont l'vn charge l'autre, qui le nie fort & ferme comme
vous voyez : & qu'il n'a point fait ce que luy impute l'accufateur, ains
s'en doibt aller abfoubs à pur & à plein, quitte entierement de l'amende.
Vous voyez bien encor ceux qui leur affiftent pour leur ayder, en donnant

leurs

leurs voix & suffrages à grandes clameurs, à celuy des deux qu'il leur plaist:
mais la presence des Huissiers les fait taire, & leur impose silence. Cecy dócques nous represente comme vne moyenne constitution de guerre & de
paix en vne ville qui n'est point molestée de l'hostilité ny des armes.
Quant à l'autre, il est bien aisé à voir comme ils sont là clos de fortes
murailles: & que tout le long de la courtine & du rempart les icunes gens
propres à endosser le harnois sont arrangez pour les defendre: des femmes
aussi en ces creneaux & boulcuards auec les vieilles gens, & ceste si tendre
icunesse, où ils employent leur milice, là vous les trouuerez soubs la conduitte de Mars, & de Minerue; ce que la peinture me semble dire, les manifestant par l'or, & grandeur dont ils sont, estre dieux, en donnant quelque chose de moins aux autres, & de plus infirme: lesquels ont fait vne saillie, ne voulans plus endurer les brauades de leurs aduersaires, en consumant leurs
biens dans la ville, ains pour les espargner sortir dehors. Ils s'en vont au reste
dresser vne embusche, comme on peut comprendre, à mon opinion, de cette touffuë espoisseur d'arbres espandus au long du riuage, où vous les voyez
equippez d'armes: mais ils ne se pourront pas preualoir de cest aguet, parce
que l'armée estrangere ayant enuoyé ses coureurs descouurir, regarde à par
soy les moyens de leur donner quelque bonne estrette à eux mesmes. Et
voila d'autre part des Pasteurs qui meinent leurs trouppeaux aux champs
à la cadence de leurs flagcots & cornemuses, dont le son ainsi mince &
& foible accompaigné d'vn chant naïf comme d'vn ramage qui sent son
rustique & montaignard, ne vous est il pas arriué aux oreilles? Certes
pour la derniere fois de toutes employans icy leur musique d'autant
qu'ils ignorent la machination qu'on leur a brassée, vous les voyez bien là
tailler en pieces par leurs aduersaires qui se viennent ruer dessus, & chassent desormais vne partie du butin. Mais ie veux parler des autres qui sont
venus aux embusches, lesquels se leuent en sursaut, & montans habillement à cheual, se preparent à la meslée: car vous pouuez bien voir ces riuages tous parsemez de combattans. Et que dirons nous de ceux qui se retournent si brauemét pour leur faire teste; & de la Deesse que voila toute ensanglantée de leur carnage, dont sa robbe en demeure teinte de rouge? C'est
le combat & la meslée qui fait cecy; & la destinée, dont depend tout le
faict de la guerre & des armes: car vous voyez comme elle ne prend pas
vne voye seule, ains celuy qu'elle iecte tout au trauers des coups de glaiues, en sort neantmoins sans blesseure, & cest autre icy en est par elle mesme retiré roide mort: cest autre presse & accule vn qui est blessé tont de
frais. Et certes ces gens ainsi si redoutables par leur furie impetucuse, &
regard terrible, ne me semblent en rien differer des actions & mouuemens d'hommes en vie. MAIS voicy de rechef des ouurages de paix,
qui se monstre estre fort icune, & ce champ auoit desia cu ses trois façons,
comme il me semble, il le faut recucillir ainsi de la multitude des laboureurs qui y trauaillent, ioinct les iougs de bœufs qui vont & viennent dru &
menu, y ayant parmy eux quelqu'vn qui leur verse par fois à boire au bout
du sillon, prenant soin de faire noircir l'or, de laquelle beauté & richesse se designe à mon aduis l'heritage de quelque grand & opulent

Prince, lequel monftre affez l'allegreffe & plaifir qu'il fent en fon cœur, à
fa gaye & ioyeufe chere,n'eftant point autrement befoin de s'enquerir quelle en eft la caufe. Car ces diligens moiffonneurs, & ceux qui affemblent &
lient les gerbes & les iauelles qu'on a mis bas,que les autres follicitét foigneufement, tefmoignent que la cueillette doibt furpaffer de plufieurs mefures
ce qui a efté ieeté dans la terre. Ce chefne au furplus n'a pas efté icy appofé
friuolement & hors de propos: car fon ombrage s'efpandant de cofté &
d'autre, rafrefchift deffoubs fes branches & rameaux ceux qui font harraffez
de l'ouurage & de la chaleur. Et ceftui-cy s'approchant & beuuant, à qui les
trompettes fonnent vne fanfare, vous le voyez bien foubs le mefme chefne,
encourage ceux qui trauaillent apres la recolte du grain. De ces femmes
qu'en diriez vous?Ne vous femble il pas qu'elles mettent auffi la main à l'œuure de leur part,& s'exhortent les vnes les autres de peftrir diligemment la
farine pour le foupper des manouuriers? Que fi vous demandez des fruiéts
de l'arriere-faifon, en voicy de meurs, les noirs là, affauoir des vignes, &
ces iaunes cy des arbres fruiétiers.Or ce foffé a efté ainfi peint de viollet tout
expreffement de l'ouurier,à ce que ie croy,pour demonftrer fa profondeur:
& vous doit fuffire pour le regard des vignes domeftiques,d'imaginer en ceft
eftain vne telle quelle cloifon : mais l'argét eft requis au vignoble de la campaigne. Ces perches au refte ne permettent pas que ces arbres panchent &
s'affaiffent,qui font ainfi chargez de fruiét. Mais que dirons nous de ces ven-
dangeurs, lefquels en cefte allée fi eftroitte s'eftouppâs le paffage les vns aux
autres vuident là endroit la vendange qu'ils apportent dedans des hottes
gays & deliberez, & en aage propre pour la befoigne? Ces ieunes filles
d'autre-part, & ces garçons s'en vont danfans à la cadence d'vne note
euienne & bacchique que leur fonne ceft autre là; lequel monftre d'accompagner le fon de fa lire d'vne voix grefle dont il chante. M A I s fi vous tournez voftre entente deuers ce trouppeau de beftes à corne, vous cognoiftrez
bien aifément qu'elles s'en vont paiftre fuiuies de leurs gardiens qui les meinent. Quant à leur couleur & pelage,ne vous en efbahiffez point autremét,
car le tout n'eft qu'or & eftain : mais d'oüyr en la peinture ces chofes fi apertement, & que cefte riuiere femble refonner & bruire, le long de laquelle
paiffent ces vaches, comment fe peut il faire que cela ne vous foit du tout
manifefte ? Certes ie ne voy pas que ie puiffe affez dignement exprimer ces
lyons, ny le taureau qu'ils tiennent accablé foubs eux : lequel monftre de
mugler fort, & fe debattre, comme celuy qu'ils defchirent, & ont deformais accroché iufqu'à fes entrailles : & fes chiens, à mon aduis, qui accompaignent le trouppeau, y eftans conduits par les Paftres vont autour des
lions, les cuidans efpouuenter de leurs aboys, neantmoins ils ne les ofent
pas attaquer, encore que leurs maiftres les y incitent. Voyez d'autre-part
ces trouppeaux de beftes blanches, comme elles bondiffent & s'efgayent
fur ces coufteaux. Et ces parcs, fueillées, & eftableries, fachez que tout
cela eft pour la retraitte du beftail. L E furplus à mon iugement eft vne danfe du tout femblable à vn labyrinthe,tel qu'on dir Dedalus auoir bafty autrefois à Ariadné fille du Roy Minos. Mais quel eft l'artifice & maniere de cette danfe? Les iouuenceaux entre-laçans leurs mains auec celles de ces ieu-

nes

nes filles, danfent ainfi. Or comme il femble à voftre mine, vous ne feriez
pas fatisfait de cela, fi par mefme moyen ie ne vous declare bien exactement leurs habillemens. Celles cy doncques ont veftu de beaux corfets, &
portent des coronnes d'or en leurs teftes: & ceux-cy ont de fort deliez hoc-
quettons bien tiffus, & de belles efpées dorées au poing, la gaifne, & les
pendans d'argent. Les voyans au refte tourner en rond comme vne pi-
roüette, vous remarquerez en cela le penible ouurage de quelque potier,
qui effaye fi fa roüe pourra tourner, luy donnant le branfle: mais de fe remettre fi foudain de rechef en leur ordonnance, cela apporte non peu de difficulté, & manifefte apertement le foin & plaifir qu'ils y prennent. Car les
vns, ceux que vous voyez au millieu, font des cullebuttes & foubre-faux,
& par fois monftrans l'induftrie, & dexterité qu'ils ont de changer leur
danffe, me rauiffent en admiration cuidente. En fin cette reprefentation de la mer qui eft tout alentour du bord, n'eft pas vne vraye mer, mes
amys, l'Ocean faut entendre: ains l'extremité de la terre qui eft ainfi elabourée en cette targue. Vous auez donc à fuffifance les explications de cette
peinture. Mais voyez auffi fe qui paffe à l'endroit de ces combattans, où la victoire eft demeurée à l'vn des deux: car voyla Eurypile qui eft defconfit, nauré griefuement par Pyrrhus à l'efpaule, dont le fang defcoulle ainfi qu'vn
ruiffeau: & gift là roide mort fans qu'on le pleure ny le vange, de grande ftature, eftendu de fon long par terre, n'ayant peu deftourner le coup par fa
cheute à caufe de la playe arriuée à temps pour le preuenir. Et voila Pyrrhus
en femblance d'vn homme bleffé, fa main toute degouttante de fang, dont
l'efpée encore en a beaucoup emporté. Les Myfiens ne reputans pas cela
tolerable le vont aborder: mais il les regarde de trauers en fe foubs-riant fierement, & fouftenant luy feul tout l'effort de leur bataillon: Neantmoins
il doibt bien toft couurir le corps d'Eurypile, en luy efleuant vn tombeau
quelque part.

ANNOTATION.

 E s faicts d'Eurypile, & de Neoptoleme, tous les Poëtes les chantent. Homere en l'onziefme de l'Odyffée où Vlyffes compte à ceux d'Achilles des nouuelles de fon fils
Neoptoleme.

Ἀλλ' οἷ' ὃν τηλεφίδην κατπήνερτο χαλκῷ,
Ἥρω Εὐρύπυλον, πολλοὶ δ' ἀμφ' αὐτὸν ἑταῖροι
Κήτειοι κτείνοντ', γυναίων εἵνεκα δώρων.
Κεῖνον δὴ κάλλιστον ἴδον μετ' Μέμνονα δῖον,

Mais comme l'Heroé Eurypile
Fils de Telephe mis à mort
Fut par Pyrrhus à coups d'efpée,
Et plufieurs Citoyens aupres,
Pour les prefens de quelques Dames,
Là apres le diuin Memnon
Ie le veis de tous le plus braue.

Strabon là deffus liu.13. Eurypile au refte fut fils de Telephe Roy de Myfie, & d'Aftraché fœur de
Priam, lequel Telephe eftoit fils d'Hercule, & d'Augé fille d'Alcus, qui ayant defcouuert fa
groffeffe la liura à vn Nautonnier pour la fubmerger en la mer; mais auant que d'y paruenir,

elle accoucha dans des brossailles où elle cacha son enfant, que les Pasteurs de là à quelques iours ayant trouué comme vne biche l'alaictoit, luy donnerent le nom de Telephe; parce que ἔλαφος signifie vn cerf ou vne biche : & en allerent faire present au Roy Corithe, qui le fit nourrir comme sien. Augé d'autre part deliurée de sa creature fut venduë par les Nautonniers à des marchands; & par eux presentée à Theuttas Roy de Mysie; lequel à quelques années de là se trouuant fort oppressé par Idas fils d'Apharée qui le vouloit priuer du Royaume, enuoya selon l'admonestement de l'oracle querir Telephe qui le vint secourir auec Parteriopée fils de Meleagre & Atalante, luy promettant Augé en mariage auec son Estat s'il le deliuroit de ses ennemis. Ce qu'executé par Telephe, comme Theuttas luy eust fait espouser Augé sans sçauoir que ce fust sa mere, elle qui pour auoir esté accointée d'vn tel demy-Dieu qu'Hercule, ne se voulant point contaminer de la compagnie d'vn homme mortel, la premiere nuict de leurs nopces cache vne espée soubs son cheuet pour l'en mettre à mort; mais par la volonté des Dieux voila vn serpent d'enorme grandeur qui se vient mettre à la trauerse; dont Augé esperduë de peur sort dehors l'espée, & declare quel auoit esté son dessein à Telephe, qui l'en voulut mettre à mort sur le champ, sans ce qu'elle alla implorer là dessus le secours d'Hercule; & Telephe sceut par ce moyen tout l'affaire. Depuis ayant esté fait Roy de Mysie, vne prouince de la petite Asie le long de l'Hellesponte proche de la Troade, comme il se fust mis en debuoir d'empescher le passage aux Grecs qui alloient pour assieger Troye, il fut blessé par Achille en vne escarmouche; & ne pouuant trouuer aucun allegement de sa playe, il fut aduerty par l'oracle que le remede en consistoit au ferrement dont il auoit esté nauré : parquoy s'estant reconcilié à Achille il obtint de luy de la racleure du fer de sa lance qui estoit d'airain, dont fut composé vn emplastre qui le guerit entierement: Eurypile doncques nay de telle race, amena vn gros renfort de Mysiens au secours de Troye, tant pour estre leur proche voisin & confederé, & nepueu mesme de Priam, que pource qu'il pretendoit espouser sa cousine germaine Cassandre dont il estoit enamouré : & d'arriuée firent luy & les siens tout plein de belles entreprises & exploicts d'armes, où il tua de sa main Nireus fils de Charops & d'Aglaye, lequel estoit Roy de l'Isle de Naxe, dont Homere au 2. de l'Iliade parle en cette sorte:

> Nirée fils du Roy Charops,
> Et d'Aglaye, trois nauires
> Amena de Syma aux Grecs :
> Nirée le plus beau des hommes
> Qui vindrent deuant Ilion,
> Apres l'incomparable Achille;
> Mais il n'estoit gueres vaillant,
> Et suiuy de bien peu de peuple.

Eurypile le mit à mort; & Machaon encore apres, fils d'Esculape & d'Arsino, frere de Podalire; l'vn & l'autre tres-excellens medecins & chirurgiens qui accompagnerent les Grecs en ce voyage auec 30. vaisseaux frettez à leurs propres cousts & despens, selon le mesme Homere au lieu dessusdit. Il rembarra souuent les Grecs iusqu'en leurs vaisseaux : & sur ces entrefaites Diomede & Vlysse ayans amené Pyrrhus en l'armée auec les Myrmidons qui souloient estre à son feu pere, (c'estoient vn peuple de la Thessalie, gens fort belliqueux, qui suiuirent Achilles au siege de Troye, & se rangerent soubs sa cornette; autrefois venus des fourmis qui se transformerent en hommes à la requeste d'Eacus, dont ils prindrent leur appellation) il commença à faire de grandes prouësses, tant que s'estant rencontré auec Eurypile, ils eurent ensemble vn duel d'homme à home, où Eurypile fut mis à mort, comme mesme le tesmoigne Homere en l'onziesme de l'Odyssée; ἀλλ' οἷον τὸν τηλεφίδω κατήνηρατο χαλκῷ, &c.

La Cité d'Ilion ceinte d'vne muraille que les Dieux mesme n'ont point reputée indigne d'estre bastie de leurs mains. Troye fut du commencement appellée Dardanide, de Dardanus qui en fut le premier fondateur, & l'edifia sur la crouppe du mont Ida. Puis Ilus la transporta en la campaigne d'audessoubs, & la nomma de luy Ilion, selon Homere au 20. de l'Iliade.

> Δαρδάνιον αὖ πρῶτον κέκτε νεφεληγερέτα ζεὺ
> Κτίσαι δὲ Δαρδανίδου, ἐπεὶ οὔπω Ἴλιος ἱρὴ
> Ἐν πεδίῳ πεπόλιστο πόλις μερόπων ἀνθρώπων
> Ἀλλ' ἔθ' ὑπωρείας ᾤκεον πολυπιδάκε ἴδης.

> Iuppiter l'assemble-nuës
> Engendra premierement
> Dardanus, qui Dardanide

Fonda, Ilion n'eſtant
Baſty encor en la plaine,
Qui deuoit eſtre habité
De gens de diuers langages.

Et finablement Laomedon fils d'Ilus, & pere de Priam, à l'aide de Neptune, & Apollon y fit vne belle ceinture de murailles; comme il ſera dit plus à plein cy-apres au tableau d'Heſione.

Y ayant de part & d'autre vn beau grand & ſpacieux haure. Philoſtrate atteint icy ſuccinctement la ſcituation de Troye du temps qu'elle fut aſſiegée des Grecs, qui la ruinerent de fonds en comble: & apres qu'ils en furent partis, elle vint auecques ſon territoire & domination és mains des Phrygiens & Myſiens, en apres les Lydiens; & d'eux aux Eoliens, & Ioniens; auſquels les Perſes l'oſterent : & finablement les Romains s'en emparerent auecques le reſte de l'Aſie: & les Turcs depuis deux ou trois cens ans, qui la tiennent encores, mais deſoléo preſque à fleur de terre, outre ce qu'il n'y a ne maiſon à buron à plus d'vne lieuë à la ronde, ſi qu'à peine pourroit on remarquer le lieu où elle ſouloit eſtre : ce qui vient en partie de la barbarie & rudeſſe de ces gens-là, les plus inutiles de tous les autres ; & en partie de la ſterilité du terroüer, & incommodité d'eau; n'y ayant qu'vne fontaine qui en eſt encores aſſez loin vers le port, & point de puits dedans la ville, mais force ciſternes en lieu, où ſe recueilloit anciennement l'eau des pluyes, ſelon qu'on peut voir par les ruines qui en reſtent, ſi au moins ce ſont celles de l'ancienne Troye, ce que ie me perſuaderois bien malaiſément. Car du temps meſme que L. Scipion dit l'Aſiatique defit le Roy Anthioque, il y a plus de dix-huict cens ans, ce n'eſtoit qu'vne petite meſchante bourgade, comme met Strabon au treizieſme. Et que peu au-parauant les Gaulois s'eſtans allez habituer en Aſie, pour l'auoir trouuée ſans murailles la quitterent-là. Depuis elle fut aucunement reſtaurée durant les guerres de Mithridate Roy de Pont; & ruinée par Fimbria Queſteur du Conſul Valerius Flaccus, lequel la prit l'onzieſme iour qu'il l'eut aſſiegée, dont ſe voulant glorifier, il diſoit auoir plus faict en dix iours auecques vne poignée de Romains, qu'Agamemnon en dix ans aſſiſté de mille nauires, & de toutes les forces de Grece : mais vn des habitans luy fit reſponſe, qu'auſſi n'y auoit-il point eu d'Hector pour la defendre contre luy. Sylla vn peu apres la remit encores vn peu ſus : & Iules Ceſar, à l'imitation d'Alexandre, leur vſa d'infinis biensfaicts, en faueur & pour le reſpect d'Anchiſes pere d'Enée, dont & de la Deeſſe Venus il pretendoit la famille des Iules eſtre deſcenduë. Au regard des fleuues Simois & Scamandre, au milieu deſquels eſtoit la campaigne de Troye, où ſe demeſloient la plus-part des eſcarmouches & rencontres d'entre les Grecs & les Troyens, ce ne ſont pour le iourd'huy que petits ruiſſeaux, en Eſté preſque taris à ſec; & en hyuer à peine y pourroit nager vne cane : Parquoy il faut bien dire que les choſes ſoient fort changées depuis le temps de Pline, qui au cinquieſme liure chapitre trentieſme, faict Scamandre nauigable; & au reſte que ſe ioignant auecques le Simois, ils s'en vont de cocôpagnie rendre dans l'Helleſponte aupres du Promontoire de Sigée, qui faict les deux ports deſſus-dicts, l'vn d'vn coſté, l'autre d'vn autre, dont Philoſtrate parle icy. Ce qui ſuit puis-apres que le Scamandre, qu'il appelle Xanthus, n'eſt pas peint icy bruyant, tel qu'il ſe deſborda autresfois contre Achilles, tout cela eſt pris du vingt-vnieſme de l'Iliade, comme il ſe peut voir au premier tableau de cet œuure, intitulé le Scamandre.

LEVRS *armeures ſont les meſmes que leurs peres ſouloient porter, mais celles d'Eurypile ſans blaſon ne co-*gnoiſſance. Il entend les eſcus, où de tout temps ont accouſtumé d'eſtre pourtraictes les armoiries des cheualiers, comme on peut voir en infinis endroits de nos hiſtoires, & Romans; où cela eſt à noter que les nouueaux cheualiers la premiere année les portoient tous blancs, & le reſte de leurs armeures auſſi, & cottes d'armes : les anciens Grecs meſmes en ont vſé; ſelon qu'il a eſté deduit ſur le tableau de Meneceé. Mais quant à ce que Philoſtrate met icy, que l'eſcu d'Eurypile eſtoit ſans aucune cognoiſſance ne deuiſe, ains ſeulement peint de couleurs changeantes, cela repugne directement à ce que Quintus Calaber au ſixieſme de ſes Paralipomenes le deſcrit figuré de tous les principaux labeurs d'Hercules qui eſtoit ſon ayeul. Or ay-ie deſia aſſez dit ailleurs, & le dis encores, que d'autant qu'il n'eſt icy queſtion que la plus-part que de traductions, ie ne ſeray point de difficulté d'y apporter tout ce que ie penſeray pouuoir faire, tant pour l'eſclairciſſement des choſes qui requerront quelque lumiere; que pour l'inſtruction & contentement de mes concitoyens François, leſquels n'entendans ne Grec ne Latin, auront peut-eſtre grand plaiſir de voir tant de belles & recreatiues beſongnes traictées ſi elegamment en ces deux langages : ioinct que ie crains que cy-apres les bonnes lettres, arts & ſciences, ne ſeront pas en telle vogue comme elles ont eſté depuis ſoixante ou quatre-vingts ans; Car il ſemble qu'elles deſpaiſent deſia. Ce Poëte dit doncques ainſi à peu pres. *En premier lieu eſtoient là re-preſentez deux hideux & enormes dragons, qui de leurs horribles langues ſe leſchoient deſia les machoüeres ſoubs l'apprehenſion de la proye qu'ils s'attendoient au pluſtoſt deuorer, s'eſlançans d'vn tres-grand effort, l'vn d'vn coſté l'autre d'vn autre du berceau où eſtoit couché vn petit enfant nouueau n-ay, qui ſans s'en eſpou-*

uenter autrement, d'vn courage tout asseurée en prenoit vne de chaque main, & en les estreignant les faisoit e-
stendre & rendre l'esprit. En apres estoit le cruel lyon de la forest de Nemée, fier & puissant, qu'Hercules Par-
menien aagé d'adolescence, empoigne de ses robustes bras nerueux, & luy faisant tirer la langue de destresse si
qu'il baue & escume, monstre de rugir profondement, & rendre les derniers abbois de la mort, car il l'estouffe
de viue force : Puis le desnuë de sa despouille, dont de là en auant il se sert d'vne manteline. L'hydre y estoit
aussi figurée à la fontaine de Lerne, auecques diuerses testes serpentines, dardans des langues à trois poinctes,
mais la plus-part de ces hures espouuentables gisoient ià par terre, & en leur lieu en renaissoient d'autres en
plus grand nombre, vn par trop penible trauail pour Hercules, & toussiours à recommencer, sans le secours d'Iolaüs, qui à mesure qu'on les couppe les brusle auecques vn flambeau, tant que ce monstre est du tout esteint : mais
au reste si venimeux qu'il faisoit mourir les personnes & les animaux de sa seule haleine, voire quand bien
on n'eust que marché sur sa trace, mais par le moyen de Minerue il en vient à bout, & de son fiel empoisonne ses
flesches, qui depuis furent cause de sa tres-douloureuse mort. D'autre-part se pouuoit là voir ce tant redoutable sanglier d'Erymanthe qui gastoit toute l'Arcadie, escumant furieusement par sa gueule, dont s'aduançoient de tres-acerées & tranchantes deffences, comme vn rasoüer : mais malgré tout cela il le trousse sur ses espaules, & le porte tout en vie à Eurysthée. Quintement estoit ce tant leger cerf aux pieds d'airain, & ramure
d'or, du mont Menalus, qui perdoit tous les heritages des miserables laboureurs de ce contour là, où le diuin
Heroé le prend de vistesse à la course, & en faict comme du sanglier. Les Stymphalides suiuent apres, oyseaux
monstrueux, qui de leur puanteur & rapines infestoient toute la region, lors qu'il les vient poursuiure à coups
de flesches, dont la plus-part sont desia par terre, & les autres encores en l'air, partie transpercez & d'autre en outre, & monstrans de choir, partie qui à tire d'aisles gagnent pays, & se forlongent de leur euidente ruine.
Les estableries d'Augeas n'y estoient aussi oubliées, où croupissoit de longue-main le fiens amassé là de maintes années, de plusieurs milliers de bestes à corne, que l'infatigable champion cure & nettoye en vn seul iour,
par le moyen d'vn bras du fleuve Acheloé qu'il y deriue ; & les Nymphes sont là aupres s'esmerueillans de cet
ouurage. LA se pouuoit voir encores vn taureau eschauffé iettant feu & flamme par la bouche & les nazeaux ;
auquel il rompt vne des cornes, qui est tout aussi tost remplie de fleurs & de fruictages par les mesmes Nymphes.
C'est celuy auecques lequel s'estoit forfaite Pasiphaé en l'isle de Creite, qu'il auoit desolée entierement ; & il l'a-
mena vif à Eurysthée, qui le lascha dans le territoire d'Athenes, où il fit infinis rauages, tant que Thesée le mit
à mort en la plaine de Marathon.

S V I V O I T consequemment elabourée d'vn tres-excellent artifice la vaillante & courageuse Hyppolite,
qu'ayant empoigné par ses longues tresses pendantes, il iette du cheual à terre, où il la despouille de sa riche
bandoliere & baudrier, pendant que ses Amazones s'estans retirées à quartier le regardent faire, fort espou-
uentées, sans oser secourir leur Royne : dont il fait present à Thesée. LA estoient outre plus ces chenaux infames du cruel Diomedes de Thrace, qu'il nourrissoit de chair humaine, & Hercules passant par là le leur exposa dans la mangeoire à deuorer, puis assomma l'vn apres l'autre. C E L A estoit suiui du triple corps de
Geryon le fort & puissant, qui expiroit parmy ses bœufs, & ses trois testes espouuentables gisoient là dessus les
carreaux, toutes assommées d'vne massuë, auecques vn tres villain dogue à sept pieds traicté de mesme, le plus
acharné de tous autres, comme semblable à Cerberus dont il estoit frere, & le bouuier Eurysthion qui se tan-
touilloit dans son sang. P V I S estoit le dragon mis aussi à mort de ses mains dans le iardin des Hesperides,
où sans clorre l'œil il gardoit les precieuses pommes d'or, qui de leur esclattante lueur brunie eussent peu es-
blouir la plus ferme veuë. E N A P R E S estoit Cerbere, de son effroyable regard espouuentant mesmes les
immortels, qu'vne demesurée vipere couuerte d'impetueux & rude Typhon auoit chienné dedans vne horrible cauerne, non gueres loin de la noire nuict, ioignant les pernicieuses desolées portes de l'impitoyable Pluton, attaché là pour retenir la trouppe des trespassez dedans le tenebreux bataille : mais ce courageux & inuincible fils du grand Iupiter, nonobstant toutes ses resistances, l'emmena le long des creux bords de Styx iusques au fleuue de Lethé. L O I N de là estoient figurées les hautes crestes, & profondes baricanes du mont
Caucase, où estoit lié à vn rocher Promethée, lequel il deliure, ayant brisé les fortes chaisnes dont il y estoit attaché, & mis à mort à coups de flesches le vautour, qui sans cesse luy rongeoit le foye. D E l'autre costé estoit son
combat auecques les outrageux Centaures, qui enyurez s'estoient mis à l'effort de le massacrer. Et là on
pouuoit voir la plus-part d'eux roide-estendus parmy des Pins, d'autres qui les empoignoient pour se couurir
des coups, & d'autres qui en arrachoit de longues perches pour se defendre : mais au demeurant tous blessez, &
respandans force sang, qui se mesloit parmy le vin, & les mets de viandes, le tout renuersé sans-dessus-des-
soubs, auecques les tables, couppes, plats, & escuelles. Nessus estoit à vn des coings, qui voulant forcer Deianire au passage d'vne riuiere, estoit de l'autre bord persé par Hercules à coups de flesches. E T puis Anthée,
lequel s'estant attaqué à luy à la luicte, & reprenant toussiours nouuelle force, si tost qu'il estoit mis par terre, il
esleue finablement tout en l'air, & l'estouffe entre ses vigoureux bras. LA baleine encores y estoit pourtraicte
d'vne inusitée grandeur, sur la bouche de l'Hellesponte, de laquelle il deliure Hesione. E T Busyrus massacré
en Egypte, où il sacrifioit les passans. E N fin le foulagement d'Athlas, qu'il aide à soustenir le ciel prest à
tomber sans ce secours. A V E C tout plein d'autres exploicts tesmoignans les labeurs celebres de ce tant signalé Heroé, dont estoit embelly l'escu du preux Eurypile, lequel l'auoit eu de son pere Telephe fils dudit
Hercule.

P Y R R H V S *en a presentement vn qui vient de la part de Vulcain.* Achille mort, il y eut grande
contestation

conteſtation entre les Princes Grecs pour la ſucceſſion de ſes armes, qu'Aiax Telamonien alleguoit luy deuoir appartenir par raiſon, tant pour le droit de parentage, car ils eſtoient couſins germains ; que pour ſa vaillance & merites. Il n'y eut ſeulement qu'Vlyſſes qui s'y oppoſaſt, lequel ſceut ſi bien plaider ſa cauſe, qu'elles luy furent adiugées, ainſi qu'on peut voir au treizieſme des Metamorphoſes. Dont Aiax de douleur en perdit le ſens : & ſe tua en fin luy-meſme : là deſſus Vlyſſes ayant eſté delegué auecques Diomedes pour aller querir le ieune Pyrrhus en l'Iſle de Scyro, il luy fit preſent de ces armes, que Vulcain à la requeſte de Thetis, auoit forgées à feu Achille; lequel indigné du tort que luy faiſoit Agamemnon de s'amie Briſeïs, qu'il luy auoit oſtée de force, ne voulant par deſpit plus ſortir au combat contre les Troyens, eux encouragez de cela ſoubs la conduite d'Hector, rembarrerent pluſieurs fois les Grecs iuſques en leurs vaiſſeaux : & comme ils fuſſent preſts d'y mettre le feu, & forcer leurs ramparts, Patrocle le grand fauorit d'Achille, impetra ſes armes de luy, eſperant par là intimider les Troyens, & arreſter leur impetuoſité & effort ; mais Hector qui le deſcouurit n'eſtre Achille, le mit à mort, & le deſpouïlla de ſes armes, dont Achille ayant vn extreme deſplaiſir & courroux pour auoir perdu ſon cher compagnon, requit Thetis de luy en faire forger d'autres par Vulcain, & elle l'eſtant allé trouuer au ciel pour cet effect : mais il vaut mieux inferer icy ce qu'en met Philarque, & fort plaiſamment. *Cela feray-ie fort volontiers, luy dit-il, mais vous ſçauez, dame Thetis, qu'vn plaiſir en requiert vn autre : ce ſera doncques à condition de la petite courtoiſie que vous ſçauez. Comment, dit Thetis, beau meſſere Vulcain, & eſtes-vous de ces gens-là ? Vous auez vne belle femme, ne vous contentez-vous pas d'elle ? Il eſt bien vray, reſpondit-il. Mais ie n'en iouys pas comme ie veux, ny n'en ay pas toutes les fois que l'enuie m'en prendroit bien, ne fuſt-ce pour me delaſſer : puis vous ſçauez & que les hommes, & les Dieux meſmes, & la nature, ſe complaiſent au changement & varieté. Bien, dit-elle, à cela ne tienne, pourueu que Madame Venus ne le ſçache : car ie ſeroy perdue à iamais. Non, non, dit-il, ne craignez rien, ie ſuis ſecret en tels affaires : dauantage elle ne m'eſclaire pas de ſi pres, & n'eſt point autrement ialouſe de moy. Ouy, repliqua Thetis, mais ſi faut-il que i'eſſaye ſi ces armeures ſeront bien faites pour mon fils. Voyez moy, toute telle eſt la taille de l'vn que de l'autre. Et là deſſus elle endoſſe tout le harnois que Vulcain auoit forgé pour Achille : cela faict, elle gaigne au pied, & en diſant, adieu vous dis gentil Vulcain, ce ſera pour vne autrefois quand nous ſerons plus de loiſir. Et le pauure boiteux eſcloppé ne la pouuant ſuiure, de deſpit ſe voyant mocqué iecta vn gros marteau apres, qui la va atteindre au tallon, & la bleſſe de ſorte qu'elle fut contrainéte de ſe retirer en Phtia.*

    Tovt ce qui eſt au reſte icy mis de la deſcription de ces armes, ſpecialement de l'eſcu, a eſté tiré mot pour mot du dix-huictieſme de l'Iliade, où les choſes ſont en tout plein d'endroits deduites plus au net & intelligibles que ne fait Philoſtrate, qui prend plaiſir à s'embroüiller & obſcurcir; au moyen dequoy il ſera beſoin de les confróter par enſemble, car ils s'expliquerent l'vn l'autre. Et faut ſçauoir en premier lieu que le but d'Homere eſt icy de repreſenter l'vniuers, lequel conſiſte du ciel & de la terre, tout conformément à Moyſe à l'entrée de ſon Pentatheuque. Le ciel eſt departy aux aſtres, dont il ſemble eſtre le domicile, ainſi que la terre l'eſt des hommes, pour leſquels tout a eſté faict : le train & le cours de leur vie conſiſtant de paix, & de guerre, és villes cloſes, & à la campagne, la paix de Iuſtice & police, dont les villes doiuent eſtre reglées, pour en gouuerner & regir ce qui eſt ſoubs elles. Le labourage, & la nourriture du beſtial concerne le dehors d'icelles : Et le trafficq l'vn & l'autre. La guerre eſt diuiſée en l'offenſiue, & deffenſiue, à aſſaillir les places & à les deffendre : és combats, eſcarmouches, & rencontres en plain champ de bataille rangée; embuſches & autres tels ſtratagemes, aux butins & ſaccagemens : qui ſont le prix de la victoire. Tout cela eſt repreſenté par Homere d'vn tres-ſouuerain artifice : Et à ſon imitation par ce Sophiſte en proſe ſolue : là où Vulcain forge ces armeures ſi ſignalées de quatre metaux; à ſçauoir l'airain, dont ceux de ces eſloignez ſiecles-là s'aidoient en lieu de fer & acier, comme il a eſté declaré cy deuant ſur le tableau de Rhoguné : & ce metal-là denote la terre; car il veut par ces quatre metaux deſigner les quatre elemens, dont toutes choſes ſont compoſées auſſi bien là haut au ciel, qu'icy bas : l'Eſtain, l'eau : l'Argent, l'air : & l'Or, le feu; ſelon meſme le Poëte Pindare tout à l'entrée de ſes cantiques, οδ̀ χρυσὸς αἰ-θμένον πῦρ. Voicy doncques comme en parle Homere. *De ces quatre metaux Vulcain forge en premier l'eſcu, auquel eſtoient repreſentez le ciel, la terre, & la mer : l'infatigable ſoleil, & la pleine Lune; auecques toutes les eſtoilles dont le haut ciel eſt couronné : les Pleiades, Hyades, & la force & vigueur d'Orion, l'Ourſe auſſi qu'on appelle le chariot, qui ſe contourne là endroit, & a continuellement l'œil ſur Orion, ſeule qui ne ſe plonge iamais dedans l'Ocean. Il fit là encores deux belles citez habitées d'hommes de diuers langages : en l'vne deſquelles n'eſtoit queſtion que de nopces, danſes, & feſtins, où les eſpouſées eſtoient conduittes des chambres nuptiales parmy la ville, & à la lueur des torches & flambeaux, auecques vn grand applandiſſement d'Hymenée, qui reſonnoit de tous coſtez, & force ieunes balladins qui ſautoient & gambadoient au ſon des cornets & des violons : les femmes mariées eſtans à chaſq'vne ſur le ſueil de ſon huis à les admirer en paſſant. En la grande place y auoit vne groſſe aſſemblée de peuple : pour-autant que là s'eſtoit meu vn procez de deux hommes qui plaidoient enſemble à cauſe d'vn meurtre; dont l'vn aſſermoit auoir ſatisfaict à tout; le* declarant deuant le peuple : & l'autre nioit à plat d'auoir rien receu, requerans tous deux d'estre mis à faire leurs preuues, & que les tesmoings fussent ceux qui terminassent leur different. Là dessus les citoyens fauorisoient par leurs acclamations les vns a l'vn, les autres à l'autre : mais les Huissiers imposoient silence, & contenoient le tumulte que faisoit le peuple. Là estoient assis des vieillards honorables sur des sieges de pierres polies en vn sacré-sainct venerend rondeau, & tenoient au poing des verges, comme les Huissiers, branslans lesquelles d'vne grande grauité, ils opinoient l'vn apres l'autre. Au reste il y auoit deux talents d'or proposez au milieu pour le salaire de celuy qui auroit sententié le plus directement. L'AVTRE ville estoit assiegée par les camps de deux peuples fort armez & equippez, de deux opinions au reste, si l'on denoit razer cette place à fleur de terre, ou bien partir en deux egallement tout le butin qui estoit dedans. Mais les habitans ne leur cedoient pas ; ains se mettoient secrettement en armes pour leur attiltrer quelque fausse amorse & embusche : Et ce-pendant leurs cheres femmes & ieunes enfans gardoient la muraille, estans arrangez tout le long d'icelle auecques les hommes possedez desia de vieillesse. Les autres marchoient auant soubs la conduitte de Mars, & Pallas-Minerue, tous deux de sin or, & reuestus d'habillemens de la mesme estoffe, beaux, & de belle taille auecques leurs armeures, d'vne grande apparence, comme Dieux qu'ils sont, au prix des autres qui estoient plus bas & petits. Or quand ils furent arriuez où il sembla estre à propos de se cacher en embuscade, le long d'vne riuiere, où tout le bestail auoit de coustume de s'abreuuer, ils s'arresterent là couuerts d'vn fourby reluysant acier : & au loin auoient posé deux sentinelles pour descouurir quand ils y pendroient les brebialles, & bestes à corne viendroient pour boire, qui arriuerent aussi tost auecques deux Pasteurs qui les conduisoient, se resioüissans auecques des flageols, car ils n'auoient rien senty de l'embusche, & les autres les appercenans se ruerent dessus, chassans deuant eux les beaux trouppeaux de bestes blanches, & d'oüailles, separément, apres auoir massacré les Pasteurs. Quand ceux qui estoient assis à l'audiace oüyrent ce bruit & tumulte, lors montans tout incötinent à cheual, ils s'en vindrent à toute bride sur le bord du fleuue, où ils attaquerent vne escarmouche forte & roide, & se combattans à coups de iauelots & coyseleme. Là estoit la contention, la meslée, & la parque mortelle, blessant l'vn sans perdre la vie, conseruant l'autre sain & sauf, & trainant l'autre par les pieds voide-mort à trauers le conflict & occision, vestu d'vn manteau voulant sur ses espanles, teint & rougy dedans le sang des combattans : lesquels se voyoient la front à front acharnez tout ainsi que s'ils eussent esté en vie, qui s'enue-arrachoient les corps morts pour les despouiller de leurs armes. Il y auoit puis-apres vn champ bien hayé en vn gras terroüer de large estendüe, ayant eu toutes ses trois façons, & force laboureurs menans leurs charrües dedans, qu'ils retournoient icy & là, auquels à chaque retour quand ils estoient paruenus au bout, certain personnage s'approchant d'eux leur presentoit vn grand hanap plein de bon vin, & renuersoient les sillons, desirans d'aller iusques au fonds du champ qui noircissoit à leurs espanles, paroissant labouré combien qu'il fust d'or, & voila en quoy consistoit l'admiration de l'ouurage. Vulcain auoit là mis encores vn autre champ tout couuert d'espoisse moisson, où les manouuriers moissonnoient auecques des faucilles qu'ils auoient en main, si que les poignées siées d'eux tomboient par terre dru & menu de tous costez sur les sillons. Il y en auoit trois autres qui ne seruoient qu'à lier les iauelles en grosses gerbes, que des ieunes garçons derriere eux leur portoient à pleines brassées sans aucune intermission, le Seigneur de l'heritage estant au milieu de tous, vn baston au poing, d'vne grande grauité en silence, fort resioüy dedans son cœur : & ses vallets assez loin de là preparoient le banquet soubs vn chesne, où ils auoient tué vn bœuf gras. Les femmes d'vn autre costé accoustroient le manger des ouuriers, pestrissans de la paste pour en faire du pain. Il auoit aussi là mis vne vigne bien chargée de grosses grappes, belle par excellence, & toute d'or, mais les raisins qui y pendoient estoient esmaillez de noir, les seps soustenus d'eschalats & paisseaux d'argent : & autour du fossé de couleur de perse dont elle estoit enuironnée, y auoit vne haye faite d'estaim : n'y ayant au reste qu'vne seule entrée, & vn sentier, le long duquel alloient & venoient les hottiers, lors que la vigne se vendangeoit, vn des filles, & ieunes garçons à marier leur portoient le doux fruict dans des panniers tissus d'osier : & au milieu de tous en y auoit vn iouant d'vn flageol, & chantant par mesme moyen d'vne voix deliée le beau cantique fait sur Linus, à la cadence de laquelle note les autres s'en venoient dançans de mesure. Il y auoit vn trouppeau de bestes à corne faites d'or & d'estain, qui alloient muglant la teste leuée, des estableries au pasturage, le long d'vne riuiere bruyante & fort voide, toute parsemée de ioncs & roseaux auecques quatre bouuiers d'or aussi, suiuis de neuf gros mastins. Mais deux Lyons espouuentables auoient terrassé l'vn des plus braues & furieux Taureaux qui marchoit deuant tous les autres, lequel brayoit hydeusement, & les chiens auecques les Pasteurs les suiuoient, ce nonobstant ces fieres bestes deschirans sa peau, & le desmembrans aualloient ses entrailles, & le sang tout fumant encores, & les pasteurs encourageans lesdits chiens les halloient apres, mais en vain, car ils estoient tout aussi tost rembarrez des lyons qui les engardoient bien d'approcher, au moyen dequoy ils les abbayoient de fort loin. Puis apres en vne plaisante vallée ce gentil boiteux de Vulcain auoit faict vne fort ample paccage pour des bestes blanches, auec leurs estables, bergeries, granges & parques. Et vne dansse semblable à ce qu'autrefois Dedalus auoit basty en la spacieuse Cnossos, à Ariadne la bië cheuelée. Car là estoient des iouuenceaux auecques des pucelles, s'entre-tenans par le poignet : celles-cy vestuës de beaux rochets d'vne toille fort deliée, & ceux-là de hocquetons bien tissus, & agreablement resplendissans à l'œil, comme s'ils estoient frottez d'huile : elles ayans de belles couronnes sur leurs chefs, & eux garnis d'espées dorées pendantes à des ceintures d'argent. Par fois ils se tournoient fort habilement en rond, auecques leurs pieds duits à la cadence, tout ainsi qu'vn potier, qui auecques vn baston baillant le bransle à sa roüe essaye si

                              elle

elle tournera viſtement : quelquesfois de rechef ils ſe reſtreignoient par trouppes enſemble, & autour de ceſte delectable danſſe y auoit vne grande multitude de gens, qui prenoient plaiſir à la regarder : mais il y auoit deux baladins entre les autres, leſquels commençans la chanſon, s'en alloient danſſans à trauers la troupe. Finablement il borda cet eſcu où rien ne manquoit, de la grande mer Oceanne. VOILA comment Homere deſcrit l'eſcu ou targue d'Achilles ; qu'il nous a eſté autant loiſible d'amener icy tourné en François, & en proſe, comme à Philoſtrate de le tranſporter tout entier de ſes vers Grecs, en proſe Grecque.

RESTE maintenant de pourſuiure par le menu chaque choſe où il ſera beſoin d'apporter quelque eſclairciſſement, ayant cotté les principaux poinéts en teſte par les lettres de l'Alphabet, pour les rapporter l'vn à l'autre.

VOICY les Pleiades, qui ſont les admoneſtemens & indices des ſemailles, & de la moiſſon, quant à leur coucher & leur leuer. Le meſme dit Plutarque au traiété de la dileéction naturelle, & en celuy d'Oſyris, que le mois que les Atheniens appellent *Pyanepſion*, & les Bœotiens *Damatrien*, comme qui diroit Cereal, il reſpond à noſtre Oétobre, eſt celuy auquel ſe couchent les Pleiades, & qu'on commence de ſemer : puis on le moiſſonne quand elles ſe leuent. Elles ſont dittes ainſi de πλεῖν, nauiger, par ce qu'à leur leuer elles annoncent la nauigation ; autrement les Vergilies : & ſont ſept eſtoilles qu'on remarque en la queüe du Taureau, ſelon Pline liure ſecond chapitre quarante-deuxieſme. Mais Hyginus les ſitue entre ſon muffle, & la queüe du bellier, & Arat en ſes Phenomenes pres de ſon genoüil : combien, ce dit-il, que le lieu ne ſoit pas capable de les tenir toutes : Eſtans foibles au demeurant, comme de la cinquieſme & derniere grandeur. Les Poëtes les feignent auoir eſté filles d'Athlas, & de la nymphe Pleioné, dont elles auroient pris auſſi leur appellation à ſçauoir Eleétre, Alcyone, Celeno, Maia, Aſteropé, Taygete, & Meropé : laquelle pour auoir eſpouſé vn homme mortel Siſyphus, là où toutes ſes autres ſœurs auoient eſté pourueües à des Dieux, ne s'oſe monſtrer de honte qu'elle a. Les autres diſent que celle qui ſe cache ainſi eſt Eleétre, qui pour ne voir la ruine de Troye auroit mis les mains deuant ſa face, ce qui eſt cauſe qu'elle n'eſt pas ſi claire ne luyſante que ſont les autres, ſi qu'à peine la peut-on diſcerner au ciel : ou quelques vns les eſtiment auoir eſté tráſportées pour la pieté dont elles vſerent à la calamité de leur pere Athlas, qu'elles pleurerent toute leur vie. Les autres qu'ayans reſolu de garder leur virginité, comme à cette occaſion elles ſe fuſſent addonnées au ſeruice de Diane, & à l'exercice des chaſſes à quoy elles vacquoient inceſſamment dedans les profondes foreſts, Orion qui en eſtoit deuenu amoureux, les y pourſuiuant de ſi pres qu'elles n'auoient plus moyen d'eſchapper, elles inuocquerent en cette extremité Iuppiter, qui les mua en des eſtoilles. Mais pour venir à ce que Philoſtrate touche icy qu'elles ſõt indices de ſemailles à leur coucher, & des moiſſons à leur leuer, Pline à ce propos liure dix-huiétieſme chapitre vingt-ſixieſme. *Sic ferè in vi. Idus Maij qui eſt Vergiliarũ exortus*, met releuer au dixieſme de May, & au vingt-neufieſme enſuiuant : Les Vergilies particulierement appartiennent aux fruiéts, comme celles au leuer deſquelles l'Eſté commence, & à leur coucher d'autre-part l'Hyuer, par l'eſpace d'vn ſemeſtre, comprenans en elles les moiſſons, & les vandanges, & la maturité de tous les fruiéts. Les Vignes meſmement, & les Oliuiers, qui conçoiuent, ce dit-il, liure ſeizieſme, chapitre vingt-ſixieſme : au leuer de ces eſtoilles : Et s'il pleut lors, (liure dix-ſeptieſme chapitre ſecond) cela leur eſt grandement nuiſible : *Circa Vergilias quidem pluere immitiſſimum viti & oleæ, quoniam tunc coitus eſt earum.* L'Almanach de Ptolemée cotte qu'elles commencent à ſe leuer au ſeptieſme de May au matin. Le huiétieſme eſt l'Entrée de l'Eſté, au pluſtoſt des chaleurs : l'onzieſme elles apparoiſſent : Et le douzieſme elles ſont leuées. En Nouembre l'onzieſme elles ſe couchent : Ce que confirme Pline auſſi liure dix-huiétieſme chapitre trẽte-vnieſme. *Deinde III. Idus Noucmbris Vergiliæ Veſperi occidunt*: lequel nom de Vergilies elles ont pris de ce qu'elles ſe leuent au matin vers l'Equinoxe du Printemps, dit en Latin *Ver*. Mais tout ce que deſſus ſe doit rapporter aux regions plus Orientales & chaudes, comme meſmes en la Paleſtine, où les ſemailles ſe retardent, & au rebours la moiſſon s'aduance plus que par deça à nous autres Occidentaux.

D'AVTRE-PART *voila les Hyades*. Ce ſont pareillement ſept eſtoilles appellées ainſi de ὕειν pleuuoir, par ce que toutesfois & quantes qu'elles ſe leuent & ſe couchēt, elles ont accouſtumé d'engendrer de grandes pluyes, parquoy les Latins les appellent *Succulæ*. Pline liure ſecond chapitre trẽte-neufieſme. *Qualiter in Succulis ſentimus accidere, quas Græci ob id pluuio nomine Hyadas appellant* : Ce que quelques ignorans, dit-il, au xviij. 26. ont eſtimé eſtre procedé du mot *Sus*, qui en Latin ſignifie Truye, ou pourceau, vn animal qui ſe deleéte de la fange, (& amica luto ſus, dit Horace) qui ſe faiét de la terre deſtrempée d'eau, comme il aduient durant les pluyes : *Hyadas appellantibus Græcis has ſtellas, quod Noſtri à ſimilitudine cognominũ Græci propter ſues impoſitũ arbitrantes, imperitia appellauere Succulas.* Tellemẽt que l'interprete Latin d'Arat, les veut pluſtoſt faire venir de *Succus*, qui preſuppoſe ſa de l'humidité. Hyginus en ſon traiété des ſignes celeſtes, les met ſept en nombre comme les Pleiades, apres Pherende Athenien, qui les dit auoir eſté nourriſſes de Bacchus, au-parauant appellées les Nymphes Dodonides, de Dodone ville d'Epyre, dont les noms

estoient Ambrosie, Eudore, Pedile, Coronis, Polisso, Phyleto, & Thyené; lesquelles se voyans
persecutées par Lycurgue, à la persuasion de Iunon, qui estoit ialouse de Iupiter à raison d'iceluy Bacchus qu'il auoit eu de Semelé, autrement dicte Hyen, selon le mesme Pherende, s'enfuirent à Thebes, & l'emporterent auecques elles pour le garantir, où elles le consignerent és
mains d'Ino; ce que Iupiter voulant recognoistre, les translata au nombre des Astres. Et à ce
propos Plutarque au traicté d'Osyris met que Dionysus ou Bacchus estoit appellé *Hyes*, pour ce
qu'il preside à la nature humide: Ce que confirme aussi Suidas en la diction ὕης apres Clide-
mus, où il dit que c'est l'Epithete de Bacchus, pour ce qu'on auoit accoustumé de luy sacrifier
quand il pleuuoit. Musée au reste qui ne met que cinq Hyades, racompte qu'd'Athlas & de Ple-
ione furent procreées quinze filles, & vn fils appellé Hyas, que ses sœurs aimerent singulierement; si qu'ayant esté tué d'vn Lyon à la chasse, cinq d'icelles, les premieres nommées le pleurerent de sorte qu'elles en moururent, & pour cette occasion furent en general appellées Hyades, du nom de leur frere Hyas: lequel, selon Thesée sur Hesiode, s'exerçoit à la chasse des
serpens dont il fut picqué. Ou bien elles sont ainsi appellées de la figure d'vn Y ypsilon Grec,
dont elles sont arrangées au ciel. Les autres dix sœurs s'estans assemblées pour consulter de ce
qu'elles deuoient aussi faire de leur costé, les sept se resolurent de mourir comme les autres; Et
pour ce qu'elles s'estoient trouuées en plus grand nombre; de là elles furent appellées Pleïades,
pour ce que πλεῖν en langue Attique pour πλέον signifie *plus*. Procle de mesme en sa Sphere
n'en met que cinq, & les loge en la teste du Taureau; en chaque corne vne, deux au front, & vne
au musfle: οἱ δ᾽ ἐπὶ τῷ Cεφαλῇ τῷ ταυρε χείμροι ἄσφρες, τὸν ἀειθμὸ καὶ αὐτοί ἑ, καλεῦνται ὑάδες. Ces
Hyades au reste que Pline xviij. 26. dit estre impetueuses & turbulentes tant sur la terre que sur
la mer, se couchent le vingtiesme d'Auril, qui est la veille du iour natal de Rome, dit les Palilies,
parquoy cet astre est appellé de là le Palilien.

V o v s *voyez bien aussi Orion, le compte auquel, & la cause pourquoy il a esté translaté entre les Estoil-*
les, remettons-le à vne autre fois. Les Poëtes, & entre autres Ouide au cinquiesme des Fastes, racomptent que Iupiter, Neptune & Mercure s'estans mis de compagnie à faire leurs cheuau-
chées & visites icy bas par la terre, ils arriuerent vn soir bien tard à la cahuette d'vn pauure laboureur nommé Hyreus, qui les receut fort courtoisement, encores qu'il ne les cogneust pas
pour Dieux, & tua vn seul bœuf qu'il auoit pour les traicter; Si que Iupiter admirant ceste honnesteté luy octroya de requerir tout ce qu'il voudroit souhaitter; qui fut d'auoir vn enfant, sans
toutesfois se remarier, parce qu'il s'auoit promis & iuré solemnellement à sa femme lors qu'elle
estoit morte. Et là dessus ces Dieux se faisans apporter le cuir du bœuf immolé pour leur arriuée, vrinerent tous trois dedans, & luy ordonnerent de l'enfoüir dans la terre sans le remuer
ny le descouurir de dix mois, au bout desquels de cette vrine pesle-meslée, nasquit vn enfant,
qui de là par le changement d'vne lettre fut nommé Orion: Toutesfois Strabon au dixiesme,
le veut faire venir d'ὄρος montaigne, pour ce qu'en sa ieunesse il s'addonna du tout à la chasse
parmy les montaignes & profondes forests; & en deuint si excellent maistre, que par vne outrecuidance insupportable, se confiant par trop à sa force, expertise, & agilité, il se vantoit n'y
auoir beste si feroce dont il ne peust venir à bout. A la produi-
re vn grand Scorpion qui le picqua, dont il mourut: Mais Diane, au seruice de laquelle il s'e-
stoit voüé, en ayant eu compassion, le translata vers les pieds de deuant du Taureau, en vn astre
au ciel, qui consiste de dix-sept estoilles disposées en forme d'vn homme armé d'vn couteau
qu'il tient au poing, trois à sçauoir au haut de la teste, qui sont fort claires; en chaque espaule
vne; au coude droit vne, mais obscure, en la mesme main vne, & trois obscures en son coutelas; Trois en sa ceinture, en chaque genoüil vne claire, & autant aux pieds. Plutarque au traicté
d'Osyris, met que l'estoille caniculaire est l'ame d'Isis; Orion celle d'Orus, & l'Ourse de Typhon. Iupiter fit de mesme du Scorpion, & le mit l'vn des douze signes du Zodiaque; mais à
cause de leur inimitié, il les ordonna de sorte, que quand l'vn se leue, l'autre se couche. Hesiode
au reste le faict estre fils de Neptune, & d'Euryale fille de Minos; Et obtint ce don de son pere,
de pouuoir marcher aussi legerement sur les ondes sans s'y enfoncer, ny mouïller le pied, que
faisoit Iphicle sur la teste des espics de bled emmy les champs, sans les accabler. Outre plus que
s'en estant allé de Thebes à Chio, il prit là Meropé à force, fille d'Enopien, qui l'aueugla pour
ce forfaict, & le chassa hors de son Isle; d'où il s'en alla à Lemnos vers Vulcain, qui luy donna
vn conducteur appellé Cedalion; lequel le chargeant sur son col le portoit de costé & d'autre,
tant qu'il arriua deuers le Soleil, qui le guerit, si qu'il retourna à Chio pour se venger d'Eno-
pion; mais les siens l'ayans caché dessoubs terre, hors d'espoir desormais de le plus trouuer, il
passa en Candie, où s'estant du tout addonné aux chasses, il s'enorgueillit mesme contre Diane; qui pour ce qu'il s'estoit mis en effort de la violer, ce dit Palephate, suscita la terre de produire le Scorpion contre luy, dont il aduint ce que dessus. Mais Homere au cinquiesme de l'Odyssée, met que se fut Diane propre qui le tua à coups de flesches en l'Isle d'Ortygie, autrement
Delos, par despit de ce que l'Aurore s'estoit enamourée de luy: Ce que confirme aussi Plutarque

que en la fortune des Romains, où il dit qu'Orion fut aimé d'vne Deeffe: Et Telefarque à ce propos racompte qu'Efculape fut foudroyé de Iuppiter, pour ce qu'il auoit voulu reffufciter Orion.
Paufanias en fes Bœotiques, dit que fa fepulture eftoit à Tanagre : Mais Pline plus à propos liure feptiefme chapitre feiziefme : qu'en Candie par vn tremblement de terre fe defcouurit vn
corps mort, long de foixante-neuf pieds, qu'on eftimoit eftre d'Orion. Il fe leue le neufiefme
de Mars, felon le mefme Pline xviij. 26. Et lors fe faiét de grands orages & tempeftes , comme il
met au vingt-huiétiefme chapitre enfuiuãt, où il le fait coucher le vingt-vniefme de l'uin; Et Ouide au quatriefme des Faftes, le huiétiefme d'Auril.

„ *Ante tamen quàm fumma dies fpectacula fiftat,*
Enfifer Orion æquore merfus erit.

Mais l'Almanach de Ptolemée en met plufieurs autres couchées, & leuées , comme des autres eftoilles fixes felon les diuerfes confiderations des Cofmiques , Heliaques , &c. qui ne font
pas de ce propos. Pindare en la feconde des Nemées le fcituë non gueres loin des Pleiades , ὀρε-
ιᾶιγι Πλειάδων μὴ τηλόθεν Ωρίωνα τῦ Θαι.

LES ESTOILES *qui font au deſſus de luy, ce font l'ourſe, ou le chariot, qui ne ſe plonge point dans l'O-*
cean, comme ſoigneuſe garde d'Orion. Cecy eft d'Homere de mot à mot,

Πληιάδας δ᾽, ὑάδας τε, τότε Θένος Ωρίωνος,
Ἄρκτον θ᾽ ἣν καὶ ἄμαξαν ὑπίκλησιν καλέουσι
Ἥτ᾽ αὐτ᾽ ςρέφεται, καὶ τ᾽ Ωρίωνα δοκεύει.
Οἵη δ᾽ ἄμμορός ἐςι λοετρῶν Ωκεανοῖο.

Les Pleiades , & Hyades
Et la force d'Orion ,
Et l'Ourſe que l'on ſurnomme
Le chariot qui là pres
Tourne , & Orion obſerue ,
Sans iamais de l'Ocean
S'aller baigner dans les ondes.

Là deffus il faut entendre, que Lycaon Roy d'Arcadie eut vne fille d'excellente beauté, nommée Calyfto, laquelle reiettant tous les partis qui fe prefentoient , fe dedia entierement au feruice de Diane , à la fuiure & accompagner en fes chaffes accouftumées dedans les profondes forefts ; dont elle acquit tant de grace enuers la Deeffe, qu'elle l'auoit mife au rang de fes plus cheres fauorites ; quand Iuppiter qui s'en eftoit de longue-main enamouré , l'efpia fi foigneufement, que la trouuant feule efgarée emmy les boys , l'engroffa. Quelques mois apres , Diane
l'ayant contrainte de fe defpouiller toute nuë pour fe baigner auecques elle , & fes compagnes
les autres Nymphes, fa groffeffe fe defcouurit, fi qu'elle la bannit de fa compagnie. La pauure-
te ne fçachant où fe retirer, enfanta bien toft apres Arcas dans les bois; Et Iunon pour fe vanger
d'elle, la tranfmua en vne Ourfe ; que Diane à fa fufcitation mit à mort à coups de flefches, cõme
met Paufanias en fes Arcadiques ; où il dit qu'elle eftoit encores groffe d'Arcas , mais que Iuppiter enuoya Mercure pour fauuer l'enfant qu'elle auoit au ventre , du nom duquel fut depuis
appellée l'vne des plus anciennes contrées du Peloponefe , Arcadie , où il regna apres Ny&i-
nus ; & trouua l'vfage du bled & du pain, comme il a efté dit cy-deuant au tableau d'Hercules &
Acheloë : Et quant à la mere, elle fut tranfmuée par Iuppiter en vn aftre. Arcas doncques ayant
efté prefenté par des chaffeurs Etheliens au Roy Lycaon fon ayeul fans qu'il le cogncuft , il fut
de luy foigneufement efleué & nourry iufques en l'aage d'adolefcence en fon Pallais ; où Iuppiter eftant vn iour arriué, Lycaon pour efprouuer s'il eftoit Dieu, luy prefenta fon fils Arcas rofty bouilly en plufieurs menuës parcelles ; Pour raifon dequoy il le mua tout à l'inftant en vn
Loup , & raffemblant les membres d'Arcas , le remit en vie : Puis finablement le tranfmit au
ciel auecques fa mere , qui obtint le lieu de ce qu'on appelle l'Ourfe maieur , ou Helice, felon
Hefiode, & Arcas du Bootes ou Arétophylax gardien de l'Ourfe, dont Iunon indignée de cette faueur, requit la nourriffe Thetis de ne les vouloir plus receuoir l'vn ny l'autre dans les ondes marines. Mais c'eft pour le regard de noftre Hemyfphere du Pol Arétique , qui a pris fon
nom de cette Ourfe , par ce qu'elle en eft tout aupres auecques fon fils , & tournoient inceffamment à l'entour , fans s'aller perdre de noftre veuë foubs l'Orizon. La fable en eft au long trait-
tée au fecond des Metamorphofes : Et Homere au cinquiefme de l'Odyffée l'appelle le chariot,
la mettant aupres des Pleiades , & d'Orion, qu'elle void continuellement & obferue, feule, dit-
il là encores , qui ne fe baigne point dans l'Ocean , & reitere les mefmes vers du dix-huiétiefme
de l'Iliade , alleguez cy deffus. Palephate y moralifant à la maniere accouftumée, dit que Calyfto s'eftant fort addonnée à la chaffe fut deuorée d'vne Ourfe dans fa cauerne où elle eftoit en-

trée pour la tuer, & ses compagnes n'en voyans plus sortir que l'Ourse, qu'elles n'auoient point au-parauant apperceuë, l'imaginerent auoir esté conuertie en cette beste, comme aussi le peut-on bien dire de vray, puis qu'elle s'estoit tournée en son aliment. Mais cela n'a point de nez.

MARS *& Minerue, que la peinture manifeste par l'or, & la grandeur dont ils sont.* Cela est fort artificiellement inuenté de nous vouloir faire entendre que ces figures de face humaine, & de tout le reste des membres, soient des Dieux, en les faisant plus grands que les autres, & d'or, qui est la plus excellente estoffe de toutes : mais c'est apres Homere au lieu dessus-dict.

> Οἱ δ' ἴσαν ἦρχε μ' ἄρα σφιν Ἄρης, ϰ παλλὰς Ἀθήνη
>
> Ἄμφω χρύσειω, χρύσεα, δ' εἵματα ἕσθω
>
> Καλὼ ἑ μεγάλω σὺν τεύχεσιν, ὥς τε θεώπερ
>
> Ἀμφὶς ἀειζήλω λαοὶ δ' ὑπολίζονες ἦσαν.

> *Ils alloient, & leurs conducteurs*
>
> *Estoient Mars, & Pallas Minerue.*
>
> *L'vn & l'autre d'or, & vestus*
>
> *De robbes de la mesme estoffe :*
>
> *En leurs armeures grands & beaux,*
>
> *Semblans bien Dieux sur tous les autres,*
>
> *Qui estoient beaucoup plus petits.*

Ils representoient doncques ces deux Dieux par l'or dont ils estoient faicts, la plus precieuse chose de toutes, & par la grande stature, surpassant celle des hommes mortels. Quant à cette grandeur, ie me ressouuiens d'vn fort gentil traict dans Macrobe liure second des Saturnales, chapitre septiesme, de deux anciens Comediens du temps d'Auguste, Pylades à sçauoir, & Hylas, lequel recitant vn cantique auecques les gestes conuenables pour exprimer les paroles qu'il proferoit, quand il vint à ce couplet, τὸ μέγαν Ἀγαμέμνονα. *le grand Agamemnon;* Hylas voulant representer cela, haussoit les bras tant qu'il pouuoit : Ce que son maistre Pylades ne pouuant comporter, sortit de derriere les courtines sur l'eschaffaut, luy escriant, σὺ μακρὸν ἢ μέγαν ποιεῖς; *Tu le fais long & haut, & non grand.* Et comme le peuple luy eust ordonné de ioüer le mesme roollet, estant paruenu à ce qu'il auoit repris en son disciple, il exprima cette grandeur d'Agamemnon, lequel commandoit à tant de Princes & grands Seigneurs, & à toutes les forces de Grece, en se monstrant tout morne & pensif, & plongé en vne profonde cogitation : N'estimant rien mieux conuenir à vn grand Capitaine & chef d'armée, que de penser soigneusement pour tous ceux qui militent dessoubs sa charge, suiuant ces beaux vers d'Homere, alleguez cy-deuant du second de l'Iliade.

> Εὕδης Ἀτρέος υἱὲ δαΐφρονος ἱπποδάμοιο,
>
> Οὐ χρὴ παννύχιον εὕδειν βουληφόρον ἄνδρα,
>
> Ὧ λαοί τ' ἐπιτετράφαται; & τόσσα μέμηλε.

LA DEESSE *toute ensanglantée de leur carnage, & sa robbe aussi.* Il entend Bellone qui preside aux batailles & mortelles rencontres, où se faict l'effusion de sang, autrement *Enyo,* que les Poëtes dient estre mere de Mars, ou sa nourrisse, selon d'aucuns; ou son espouse selon les autres, & sa cochiere quant & quant, dont il auroit pris le surnom d'*Enualios,* selon Phurnute, comme celuy qui encourage & efforce les combattans : ou bien de ce qu'elle est sans raison ne misericorde : Et pour cette raison, comme dit Hesychius, ὅτι δὴ πλατῖι νοεῖσθαι ὡς Φόβος, ϰ ἔρις, ϰ κυδοιμὸς. *Que sa mine est formée comme la frayeur, & la contention, & le tumulte de la guerre.* Quant à ce qu'elle est icy depeinte ensanglantée, & ses vestemens, c'est pour l'occasion dessus-dicte, qu'elle se delecte de meurtre & tuerie. Et à ce propos ses ministres & sacrificateurs en Comona ville de Capadoce, se tiroient eux-mesmes du sang de leurs bras & espaulles pour le luy offrir, estans comme espris de fureur. Tibulle en la sixiesme Elegie du premier liure, descrit ainsi cette cruelle superstition de sa ministresse.

> *Hæc vbi Bellonæ motu est agitata, nec acrem*
>
> *Flammam, non amens verbera torta timet.*
>
> *Ipsa bipenne suos cædit violenta lacertos,*
>
> *Sanguineque effuso spargit inepta Deam.*
>
> *Statque latus præfixa veru, stat saucia pectus,*
>
> *Et canit euentus quos Dea magna mouet.*

Ce que nous nous hazarderons de tourner icy à nostre mode de vers Libres, en representant l'Exametre par deux vers de huict à neuf syllabes, & le Pentametre par deux autres de sept à huict,

huict,de forte qu'il n'y en a gueres plus au François qu'au Latin : En laquelle maniere de carmes nous auons tourné les Epiftres d'Ouide; les liures de l'Art d'aimer, & du Remede d'amour; le tout en faueur de la ieuneffe Françoife, laiffant la ryme à ceux qui y font plus verfez que moy.

> Si toft que par le mouuement
> De Bellone elle eft agitée,
> Elle ne craint plus le feu,
> Ny les coups la furieufe,
> D'vne hache violentement
> Elle s'incife les efpaules,
> Et en efpandant fon fang
> En arroufe la Deeffe.
> Elle a les coftez tranfpercez
> D'vn fer aigu, & la poitrine,
> Chantant les euenemens
> Que meut cette grand' Deeffe.

A quoy fe conforme Lucain au premier de fa Pharfalie.

> ----Tum quos Sellis Bellona lacertis
> Sana mouet, cecinere deos.

Et Lactance au premier de l'inftitution Chreftienne, chapitre vingt-vniefme. *Il y a d'autres facrifices encores de la vertu laquelle ils nomment Bellone, où fes miniftres n'vfent d'autre fang que du leur propre: Car fe feignans és efpaules, & tenans des poignards nuds és deux mains, ils s'en vont courans parmy les ruës, tranfportez çà & là de forcenerie.* Lampride pareillement en la vie de Commodus; *Bellonæ feruientes verè execare brachium præcepit ftudio crudelitatis.* A quoy Tertullian en fon Apollogetique, adioufte les cuiffes : *Bellonæ facratus fanguis de femore profciffo in palmulam exceptus.* Il y a pour le iourd'huy entre les Turcs vne maniere de canailles hypocrites appellez *Dernis*, qui à cet exemple vont roddans de cofté & d'autre, le corps tout nud, femé de grandes taillades; chofe trop hideufe & horrible à voir.

C'est *la deftinée dont depend tout le faict de la guerre & des armes: Car vous voyez bien comme elle ne prend pas vne voye feule, ains celuy qu'elle iette au trauers des coups,&c.* Malaifément pourroit-on dire fi cecy a efté tiré d'Homere, ou d'Hefiode en fon *Afpe* ou defcription de l'efcu d'Hercule: Car ces quatre vers cy-deffoubs, ainfi que beaucoup d'autres chofes de ce mefme fubiect, font en l'vn en l'autre, tous fi conformes qu'il n'y a vne feule fyllabe à dire. Et il n'eft pas bien refolu entre les Autheurs lequel des deux a precedé : Mais cela fe demeflera és Heroïques cy apres.

> Ἐν δ' Ἔεις, ἐνδὲ κυδοιμὸς ὁμίλεον, ἐν δ' ὀλοὴ κήρ,
> Ἄλλον ζωὸν ἔχουσα νεούτατον, ἄλλον ἄυτον.
> Ἄλλον τεθνηῶτα κατὰ μόθον ἔλκε ποδοῖιν.
> Εἷμα δ' ἐχ' ἀμφ' ὤμοισι δαφοίνεον αἵματι φωτῶν.

> Là eftoit la contention,
> Le tumulte, & parque mortelle,
> Detenant l'vn vif, mais bleffé,
> L'autre fans auoir mal quelconque:
> L'autre elle traifnoit par les pieds
> Roide mort hors de la meflée,
> Auecques fon accouftrement
> Teint de fang humain comme pourpre.

Prenant *foin de faire noircir l'or.* A grande peine pourroit-on entendre ce que ce Sophifte veut prefuppofer icy par ces mots, s'y eftant obfcurcy tout expres fuiuant leur couftume de s'affecter, eftimans par là auoir plus de grace, fi on ne l'efclarciffoit par Homere mefme qui l'a mis plus à defcouuert en cette forte.

> Ἰέμενοι νειοῖο βαθείης τέλσον ἱκέσθαι.
> Ἣ δὲ μελαίνετ' ὄπισθεν, ἀρηρομένῃ δὲ ἐῴκει,
> Χρυσείη περ ἐοῦσα. τὸ δὴ περὶ θαῦμα τέτυκτο.

Defirans de paruenir au bout du champ, qui leur noirciffoit au derriere, & paroiffoit d'eftre labouré, combien

qu'il fuſt d'or, & là eſtoit l'admiration. Cat c'eſt l'ordinaire que la terre en ſa ſuperficie eſtant deſſei-
chée par les rayz du Soleil & du vent, paroiſt plus blanchaſtre que quand elle eſt fraiſchement
remuée, à cauſe de l'humidité encloſe dedans, qui la rend plus noire, comme on le peut voir par
experience: Tellement que ce *faire noircir l'or*, ne veut pas inferer, que l'or dont eſtoit fait le
champ en l'eſcu d'Achille & Pyrrhus, ſe deuſt noircir, mais que les laboureurs ſe diligentoient
de parfournir leur ouurage, & acheuer de labourer ce champ, qui à meſure que la terre ſe renuerſoit par la charruë paroiſſoit ſe noircir, nonobſtant que ce ne fuſt que de l'or, qui ne receuoit
aucune mutation, nous repreſentant la choſe par ſon effect.

P O V R le regard des vignes domeſtiques, il vous doit ſuffire d'imaginer en cet eſtain vne telle quelle cloiſon: mais l'argent eſt requis au vignoble de la campaigne. Cecy a tout de meſme eſté obſcurcy par Philoſtrate, qui a voulu en cet endroit adiouſter quelque choſe du ſien à Homere: mais à la verité
mignardement, lequel auroit ſeulement dit;

Ἐν δ' ἐτίθ ſαφυλῆσι μέγα βεβιθυσὸμ ἀλωὴν,
Καλὼ, χρυσίω μέλανες δ' ἀιὰ βότρυες ἦσᾳν.
Ἐſῆχει δ' κάμαξ, ϟἀρμωϟ-έϟ ἀρῳρέησιν.
Ἀμφὶ δ' κυανέω κάπετον, πἀΖὶ δ' ἕρχος ἐλαϟοπἔϟκαϟᾳν.

I L mit vne vigne fort chargée de raiſins, belle & d'or, & les grappes qui pendoient au deſſus eſtoient noires,
ſouſtenuës au reſte ſur des perches d'argent arrangées par ordre: Et à l'entour fit vn foſſé de couleur perſe, enuironné d'une haye d'eſtain. Sur quoy il faut noter que par tout les ſeps ne ſont pas appuyez à des
paiſſeaux & eſchallats, ains ordonnez en forme de treille en la plus grande part des païs eſtranges, & meſmement en Bourbonnois, ſans aller plus loin. Philoſtrate doncques, mais le lieu eſt
aucunement corrompu, a voulu dilater vn peu plus cecy; ἀρκεῖ γὰρ ϟοι τὸ ἐϟὶ ταῖς ἡμεσίοιϟ ἕρκος
ἐν τῷ χραϟιπρῷ νοῖιν· ὁ δ' ἄχυρος ὁ ἐν τῷ ἀμπελῶϊ. Il vous ſuffit d'appercevoir autour des vignes domeſtiques vne cloiſon d'eſtain, mais la vigne merite d'en auoir d'argent. Comme s'il vouloit dire, que
d'autant que le verius dont ſont ordinairement les treilles qu'il entend par les vignes domeſtiques, n'eſt pas ſi precieux que le vin, auſſi n'eſt-il pas raiſonnable que leur cloiſon ſoit d'vne ſi
riche eſtoffe que celle des vignes où croiſt le vin: Ce qu'il deſigne par l'eſtain & l'argent.

A la cadence d'vne note Euienne & Bacchique. Homere le met autrement; Λίνον δ' ὑποκιχλον ἀειδι
qu'il chantoit le beau Linus, à ſçauoir le cantique faict de Linus. Les Lexicons ou Dictiōnaires portent que Λίνος eſt vne maniere de vaudeuile, mais Pauſanias plus à ce propos és Bœotiques, met
que Linus fils de la Muſe Vranie, & d'Amphimar fils de Neptune, fut le plus excellent Muſicien
de ſon temps, & eſgal en cas de ſonner de la Lyre, & de bien chanter, à Apollon, qui pour cette
occaſion meu d'enuie le mit à mort, dont le regret en vint iuſques aux plus eſtranges & eloi-
gnées contrées, ſi que les Egyptiens compoſerent de luy & de ſon deſaſtre, vn lay ou cantique
appellé *Linus*, car au reſte ils appelloient les communs cantiques en leur langage *Euaneres*. Mais
des Poëtes Grecs Homere ſachant aſſez que la calamité de Linus eſtoit vne des chançons Grecques, en deſcriuant l'eſcu d'Achille, y auroit auſſi exprimé vn iouuenceau, qui ioüant de la Lyre
chantoit quant & quant cette belle chançon faite de la deſconuenuë de Lynus. Mais Pamphus
qui a compoſé les plus anciens hymnes des Atheniens, ne voulant ramenteuoir ce nom de Linus pour le deſplaiſir qu'on en auoit, l'appella Ætolin, lequel mot d'Ætolin, Sapho Lesbienne
emprunta des vers de Pamphus, pour l'accommoder à Adonis, qu'elle appelle auſſi Ætolin.
Voila ce qu'en met Pauſanias, & qui ſeruira à l'eſclairciſſement de ce lieu.

ARGO

ARGO ET ÆTES.

ARGVMENT.

Ovt ce qui peut concerner cet affaire cy, a esté cy-deuant touché és Tableaux de Medée en Colchos, & des Ioüeurs : Et mesme les pre-mieres approches des amours d'elle & de Iason, qui par le moyen de cela vint à bout de son entreprise ; Et ayant enleué Medée, se r'embar-qua : Puis vint premierement aborder en l'Isle de Pheacie deuers le Roy Alcinous, où pendant qu'il y seiourne par quelques iours pour se raffraischir, arriua là vne flot-te de la part d'Ætes pour r'auoir sa fille : mais Iason par le conseil d'Areté femme d'Alcinous espousa là dessus Medée, & cueillit la premiere fleur de son pucellage, si que les Ambassadeurs s'en retournerent sans rien faire. La poursuite au reste que fit Ætes de les ratteindre pendant qu'ils nauigeoient à val le Phase iusques à ce qu'ils eurent gaigné la Mer, est icy descrite : Le surplus se verra en l'annotation.

E Gallion entrant d'vne telle impetuosité, & roideur dans les ondes à grands coups de rame, & cette ieune damoiselle que voila assise au haut de la pouppe pres d'vn homme armé de pied en cap : Et cestui-cy qui chante ainsi melodieusement sur la Lyre, coiffé d'vne Tiare haut-esleuée : Et ce Dragon s'entortillant en tant de replis autour de ce sacré Fousteau, la teste penchant contre terre, appesantie de sommeil ; sça-chez que c'est le fleuue du Phase : celle là Medée : Et ce gendarme icy Iason : Mais en regardant la Lyre auec cette Tiare, & celuy qui est equippé de l'vne & de l'autre, il nous doit venir en memoire que c'est Orphée fils de la Muse Calliopé. En apres suiura le combat contre les Tau-reaux, & Medée endormant le Dragon, laquelle a enleué la toison d'or : Ce-la faict les Argonautes se diligentent de prendre la fuite sur leur vaisseau, par ce que tout cet affaire icy de l'Infante est venu aux oreilles d'Ætes en Col-chos. Mais à quel propos vous aller racomptant plus au long toutes ces cho-ses des Argonautes ? Car vous voyez bien comme ils ont les bras tous enflez de voguer ainsi roidement, & les visages tels que les leur forme la haste qu'ils ont de gaigner païs : & les ondes du fleuue s'esleuans auec vn grand bruit par dessus la Prouë, & les bancs du vaisseau de costé & d'autre, grãd tesmoigna-

ge certes de la diligence qu'ils font. Au regard de la damoiselle, elle monstre
assez à sa mine qu'elle est en grãde perplexité : Car son œil est baigné de larmes, regardant en terre fort esperduë en sa pensée, pour la recordation des
choses qu'elle a perpetrées, & le discours qu'elle faict en son esprit de ce qui
en peut arriuer, de façon qu'elle monstre bien ses diuers proiects, exami-
nant par les menus chaque chose à part en son cœur, & fichant les traicts
qui se decochent de ses yeux, és profonds & remots secrets de son ame.
Mais voila Iason aupres d'elle, auec ses armes tout appareillé au combat : &
cet autre là entonne aux vogueurs les hymnes qu'ils doiuent chanter aux
Dieux ; les vns pour leur rẽdre grace des belles choses qu'ils ont exploittées,
& les autres seruans de prieres pour les garantir des dangers qu'ils doutent.
Et ne voyez-vous pas bien Ætes en ce grand chariot attellé de quatre coursiers, d'vne statuë qui excede celle des autres, tout couuert d'armes Martia-
les ? de quelque Geant ce me semble ; & le faut croire de la sorte, d'autant qu'il
surpasse la grandeur des hommes communs ; sa face au surplus estant remplie
d'animosité & courroux ; si que nõ seulement il monstre de ietter du feu
par les yeux, mais de la main droicte il hausse vn flambeau allumé, comme
s'il vouloit de ce pas embraser ce beau Gallion, auec tous ses mattellots &
rameurs : & y a vn espieu tout prest, planté à costé de luy au chariot. Que
desirez-vous donc dauantage de cette peinture ? Est-ce point la description
des cheuaux ? Vous voyez bien comme ils ont les narrines ouuertes, & dressent superbemẽt le col. Les rayz outre plus qui estincellẽt de leurs yeux mõ-
strent assez leur ferocité de courage par tout ailleurs, mais icy principalemẽt
ils paroissent d'vne merueilleuse force & vigueur : Ce que la peinture nous
propose aussi à considerer : & leur haleine & soufflement sont ensanglan-
tez des coups de foüet dont Absyrthe les sollicite à la course. Or que ce soit
celuy qui assiste à Ætes à la conduite de son chariot, cecy nous le donne à
cognoistre, qu'il a ainsi toute la poitrine couuerte de cicatrices : Car la poussiere qui s'esleue à l'entour, & se candit ainsi auec l'escumãte sueur des cheuaux, fait que les couleurs de la peinture sont malaisées à discerner.

ANNOTATION.

NOVS auons reserué cy-dessus au tableau de Medée, & celuy des Ioüeurs, aucunes choses à dire icy, tant pour ce qu'elles y pourront venir plus à propos,
que pour euiter le degoustement & ennuy qu'ameneroient aux lecteurs peut-
estre, tant de choses d'vn mesme subiect, si elles estoient comme entassées l'v-
ne sur l'autre en vn seul endroit. Et en premier lieu, quant au fleuue du Phase,
il en a esté là parlé à suffisance, & d'Orphée pareillement à son tour. Reste icy
à esplucher les autres particularitez qui auront besoin de lumiere.

    ET *ce Dragon s'entortillant en tant de replis autour de ce sacré Tousteau.* Il sembleroit de prime face
par ce contexte que Medée ayant endormy par ses charmes le Dragon qui surueilloit la toison
d'or au Temple de Mars en Colchos, l'eust par mesme moyen enleuée : mais c'est icy vne Iste-
rologie, où les choses ne sont pas arrangées de l'ordre & façon qu'elles deuroient estre, ains renuersées à reculons : Car Iason auoit en premier lieu à atteller les Taureaux feez, puis en labourer
le champ, & y semer les dents du serpent de Cadmus, dont il est parlé bien au long au 3. des Metamorphoses. Car ce n'estoient pas celles de ce Dragon, cõme il a esté dit au tableau de Glaucus.
Et finablement enleuer du Tẽple la toison d'or qu'il y gardoit : Ce qui ne se pouuoit faire qu'en
l'endormant ; Et cecy sinon auec l'aide de Medée : là où Philostrate met premierement le Gallion
qui

qui s'enfuit à force de rames, auec Medée ; Puis le Dragon entortillé autour du Foufteau ; Et a-
pres doibt fuiure (ce dit-il) le combat des Taureaux, c'eft à dire le trauail qu'il eut à les lier, attendu la refiftance qu'ils y deurent faire : Et il deuoit parler des Taureaux auant que du Dragon,
& de la damoifelle embarquée. Mais cela eft mis de la forte fuiuant les reigles de la peinture, qui
expofe toufiours au plus pres de noftre veuë les chofes les dernieres faites, & de là retrograde
aux plus efloignées par la voye de la perfpectiue.

ET *Medée endormant le Dragon.* Ainfi prefque tous les Autheurs difent, que ce fut elle qui par
charmes l'affoupit ; fors Orphée en fes Argonautiques, qui attribuë cela à la douceur de fa Mufique, où il le defcript ainfi fort elegamment.

> *Mais quand de pres nous apparut*
> *Le facré Foufteau agreable,*
> *Où le Dragon entortillé*
> *Eftoit de plufieurs plys enfemble,*
> *Ce fier ferpent lors efleua*
> *Tout foudain contremont fa tefte,*
> *Iettant vn fiflement mortel,*
> *Dont la region Etherée,*
> *Et les arbres droit efleuez*
> *Tout autour de là refonnerent,*
> *Inclinans branches & rameaux*
> *De leurs fommets à la racine,*
> *Auec l'ombrageufe foreft,*
> *Si que moy, & la compagnie*
> *Fufmes furpris de grand frayeur.*
> *Il n'y eut que Medée feule*
> *Qui fort ne s'en efpouuentaft,*
> *Car elle s'eftoit ia munie*
> *De fes remedes enchantez*
> *Alors prenant en main ma Lyre,*
> *Ie l'accorday auec ma voix ;*
> *Et en faifant fonner les cordes*
> *Ie chantois tout bas à par moy,*
> *Le fommeil Roy de tous les hommes,*
> *Et des dieux ; à ce qu'il s'en vinft*
> *Affoupir l'ire furieufe*
> *De ce redoutable Dragon.*
> *Il m'oit, & en diligence*
> *Prit fon chemin droit à Colchos,*
> *Endormant chacun de iour mefme,*
> *Appaifoit les vents courroucez*
> *Par où il paffoit, & les ondes*
> *Faifoit tenir calmes fur mer :*
> *Arreftoit le cours des riuieres,*
> *La fauuagine & les oifeaux,*
> *Et bref tout ce qui vit, & rampe*
> *Il rangeoit comme dans vn lict :*
> *Lors auec fes aifles dorées*
> *Outre-paffant, il arriua*
> *En la contrée fleuriffante*
> *De Colchos, où à l'aborder*
> *Se rendant à la mort femblable*

Il saifit les yeux du Dragon,
Qui aggraué de fes efcailles
Laiſſa foudain pendre fon chef,
Dequoy Medée eut grand merueille,
Et s'en venant trouuer Iafon,
Le haſte à prendre la deſpouille
De la toifon d'or, du rameau
Auquel elle eſtoit attachée.

LES *Hymnes qu'ils doiuent chanter aux dieux*, les vns pour leur rendre graces des belles chofes par eux exploictées, & les autres feruans de prieres pour les preferuer de danger. Cecy fe rapporte aucunemēt aux Pfeaumes de Dauid, qui confiftent pour la plufpart de prieres & inuocations, tendans à eftre garantis des perils qui nous menacent, ce qui regarde le prochain prefent & l'aduenir : Et les Cantiques ou actions de graces, le paffé, dont on rend des loüanges, & deuots remerciemens à Dieu, en commemoration de fes benefices. Les Hymnes comprennent & l'vn & l'autre, tant les Pfeaumes que les Cantiques, comme on peut voir en ceux d'Orphée.

DES *coups de fouet dont Abfyrthe les follicite à la courfe.* Il fait icy Abfyrthe cocher & conducteur du chariot d'Ætes, ayāt au refte la poitrine toute couuerte de cicatrices; là où tous les autres mettent Abfyrthe pour vn ieune gars, que fa fœur Medée defmembra par les chemins, pour arrefter fon perè qui les pourfuiuoit à toute bride, pendant qu'il s'amuferoit à ramaffer les pieces de fon cher enfant. Valerius Flaccus toutesfois au 8. de fes Argonautes dit que ce ne fut pas Ætes qui alla apres eux, ains y enuoya Abfyrthe auec vne groffe flotte, qui les rencontra à la bouche du Danube, où ils s'eftoient arreftez pour faire les Nopces de Iafon & Medée, qu'il troubla fort par fa foudaine furuenuë; Car ils auoient pris cette routte là pour euiter les Symplegades ou Rochers Cyanéens, qui par leur continuel heurlement les auoient cuidé mettre en dix mille pieces au venir : Et luy attribuë au refte ce flambeau que Philoftrate met icy en main à Ætes, comme s'il leur euft voulu apporter le flambeau Nuptial felon la couftume, mais par vne derifion & defpit; les menaçant pluftoft par là de vouloir brufler leur vaiffeau; Et puis en aller faire autant des villes de Grece en vengeance de leur trahifon & defloyauté.

Quis nouum incœptos timor impedijt hymenæos,
Turbauitque thoros, & facra calentia rupit?
Abfyrthus fubita præceps cum claffe parentis
Aduehitur, profugis infeſtam lampada Græijs
Concutiens, diramq, premens clamore fororem.

Orphée met, qu'Ætes commanda à Abfyrthe d'affembler tout foudain le peuple, & s'en aller apres fa fœur pour la ramener, mais qu'eftant party en plein minuit, les Parques par le confeil des Dieux le trebufcherent dans le Phafe, où s'eftant noyé les ondes roullerent le corps iufqu'en la mer, d'où il fut porté és Ifles qui de fon nom furent dittes les Abfyrtides. Pline en fait mention au 3. l. ch. 21. & 26. où il dit qu'il fut tué là endroit, & non pas porté par les vagues : En quoy il n'y auroit pas grande apparence, attendu la longue diftance qu'il y a du Pōt Euxin iufqu'à ces Iflettes qui font en la cofte de la Dalmatie : *Ciffa, puſtaria, & Abfyrtides graijs dicta à fratre Medeæ ibi interfecto nomine Abfyrtho, iuxta eas electridas vocauere, in quibus prouenire fuccinū, quod illi Electrum vanitatis Græcæ certiffimum documentum, adeo vt ijs quas earū defignent, haud nunquam conftiterit.* Diodore l'appelle Egialeus : & Pacuuius auffi dans Ciceron au 3. de la nature des Dieux. Mais pour mieux demefler tout cela il n'y aura point de mal de tourner icy mot à mot ce qu'en met Hyginus au 23. ch. Ætes ayant efté aduerty comme Medée s'en eftoit fuitte auec Iafon fift foudain equipper vn nauire, & enuoya Abfyrthe deffus auec bon nombre de gens armeZ pour aller apres : lequel les ayant pourfuiuis iufqu'à la mer Adriatique le long de la cofte de l'Efclauonie deuers le Roy Alcynous, & qu'il fuft fur le puinct de venir aux mains, le Roy s'y interpofa & l'ayant efleu les vns & les autres pour arbitre, il fongeoit là deffus les moyens de les accorder : Surquoy fa femme Arete le voyant plus penfif que de couftume, luy en demanda l'occafion, & il luy dit comme il auoit efté conftitué Iuge des Colchiens & Argines. Et qu'eftes vous delibere d'en faire, va elle dire : Si Medée eft encore Vierge refpondit-il, de la faire rendre à fon pere : Et fi elle eft defia femme faicte, de la laiffer à fon efpoux. Cela oüy, Arete l'enuoya dire à Iafon, qui la nuict fuiuante depucela Medée en vne cauerne: Et le lendemain comme ils fe fuffent affemblez de part & d'autre pour oüyr ce que le Roy en ordonneroit, Medée ayant efté trouuée autre que fille, fut deliurée à fon mary Iafon. Mais apres qu'ils furent partis, Abfyrthe craignant le commandement expres de fon pere, de ne retourner deuers luy fans fa fœur, les pourfuiuit infques à l'Ifle de Minerue, là où comme Iafon facrifioit à la Deeffe, Abfyrthe eftant furuenu il fut mis à mort par Iafon, & puis inhumé par Medée. Cela fait ils reprindrent leur routte. Et les Colches qui eftoient venus auec Abfyrthe craignans le courroux de leur Roy Aetes, s'arreſterent là, où ils fonderēt vne ville que du nom de leur fen Seigneur ils appellerent Abforū. Cette Ifle au refte eft en la cofte de l'Iftrie, vis à vis de Pole, iointe à l'Ifle

de

de Cante. Voila ce qu'en met Hyginus. Mais la plus commune opinion tient que ce fut sa propre sœur Medée qui le desmembra, comme il a esté dit cy dessus : Et que l'endroit où elle fit ce cruel massacre fut appellé *Tomos*, qui signifie dissection, lequel est au Royaume de Pont. Ouide l'a touché au 3. des Tristes, Elegie 9. en cette sorte:

> Soudain elle va trauerser
> Son frere *Absyrthe* d'vne espée,
>   Innocent qui ne craignoit
>   Rien moins qu'vne telle chose.
> Et le desmembre horriblement,
> Espandans çà & là les pieces,
>   Afin qu'en diuers endroits
>   De les cueillir on eust peine.
> Attache en outre à vn rocher,
> Pour les mettre en veuë du pere,
>   Ses deux pallissantes mains;
>   Et la teste ensanglantée,
> S'attendant bien que là dessus
> Il seroit de longues complaintes,
>   Parquoy de se forlonger
>   Ils auroient autant d'espace.
> De là *Tomos* ce lieu fut dit,
> Pource qu'en cest endroit *Medée*,
>   Comme on le racompte, auoit
>   Desmembré son propre frere.

H E S I O N E.

A R G V M E N T.

L AOMEDON *fils d'Ilus Roy de Troye, voulant ceindre de murailles sa nouuelle ville, pour auoir plustost fait en conuint de prix auec Neptune & Apollon, qui entreprindrent la besongne moyennant que pour leur salaire il leur immoleroit tout le bestail qui luy naistroit en cette année. Mais apres qu'ils eurent parfait, aueuglé de son auarice comme il ne leur eust voulu accomplir son vœu et promesse, eux indignez, de ce pariure l'affligerent d'vne double calamité : Neptune desbordant la mer qui inonda tout le plat pays d'entour Troye, et Apollon tourmenta le peuple de peste : & si encore d'abondant ils enuoyerent vn Physetere monstre marin, qui par fois descendant en terre deuoroit bestes & gens, de maniere que la contrée en estoit deserte : Pour raison dequoy ayant enuoyé à l'oracle luy fut respondu, que ces deux Deitez, ne se pouuoient appaiser sinon qu'en exposant par chacun an vne Troyenne naturelle, fille vierge, au monstre Marin pour le paistre ; lesquelles estoient à ceste fin prises au sort à tour de roole. Quelques ans reuolus estant tombé sur l'infante Hesione fille dudit Laomedon, & elle desia attachée à vn rocher sur le point d'estre deuorée, Hercule passant par là en eut pitié, & print de gayeté de cueur le combat pour la deliurer de ce monstre, qu'il mit à mort, et la rendit à son pere Laomedon, à la charge qu'il luy donneroit pour sa peine les cheuaux feez qu'il auoit lesquels gallopoient à toute bride sur les ondes de la Marine, & sur la sommité des espics de bled sans les enfoncer ny verser, les ayant eus de son ayeul Tros, à qui Iuppiter en auoit fait present pour l'appaiser de son fils Ganimede par luy rauy en forme d'Aigle, dequoy n'ayant tenu compte, Hercule par despit, accompaigné de Telamon le mit à mort, ruina Troye, & donna Hesione en mariage à Telamon pour estre monté le premier sur la muraillé à l'assaut ; lequel en eut depuis Teucer; Et au reste laissa le Royaume à Priam, fils d'iceluy Laomedon.*

 E TRAVAIL où s'employe, icy le braue genereux Hercu-
le, ne luy a pas esté enioint de personne, à ce que ie croy;
ny ne se peut dire non plus qu'Eurystée luy soit grief ny
moleste à ceste fois : mais voulant la vertu dominer en luy
cela se fait de gayeté de cueur entreprendre plusieurs combats où il se hazarde volontairement. Et quoy pensant, at-
tendroit il icy vn si espouuentable monstre? Car vous pouuez voir combien
grands

grands font les yeux qui luy entourent en vn rond & fpacieux cerne fon regard horrible qui s'eflance au loin effroyablement : Et quelle efpineufe fouf-
penduë de touffus fourcils, qui fe renfroignans attirent à eux ie ne fçay quoy
d'hideux & fauuage. Comme aigu & affilé eft fon mufeau my-party de cefte
grand'gueulle armée de trois ordres de dents deffus & deffoubs, qu'elle defcouure arrâgée en forme de rafteau ou de fcie; les vnes crochuës & courbes
propres à retenir la proye, & les autres la pointe acerée qui s'efleuent droit
contre-mont! Quelle hure demefurée partant d'vn col fouple & agile! Or il
eft incroyable à dire comment vne telle grandeur ait peu eftre reprefentée
en vn volume fi petit : mais la veuë defcouure le fait, & conuainc quiconque
en voudroit faire doubte; le monftre n'ayant pas efté defait d'vn feul coup,
ains charpenté en plufieurs endroits, dont quelques vns brillent aux yeux
à trauers l'eau, laquelle par fa profondeur en defrobbe la plus grand part à
l'exacte fubtilité de la veuë : & les autres s'efleuent audeffus, qui à quelques
mal practiques de la marine paroiftroient de petites Ifles. Nous eftans donc
que icy embattus à ce monftre qui ne fe bouge, mais n'y a gueres que fe demenant d'vne vehemente impetuofité; il excitoit vn merueilleux bruit dans
les ondes, car la Mer eft calme à cefte heure, & coye & ferie de foy, fçachons
que ces gros flots & bouïllons qui s'efleuent, viennent de l'effort qu'il faifoit;
dont partie ondoye alentour de ce qui fe peut difcerner de fa lourde maffe, le
baignant & faifant blanchir par en bas : Et le refte eft allé heurter le riuage, le
debattement de fa queuë efmouuant vne grande quantité de Mer, qu'il darde en haut, & la pourriez prefque accomparer à des voiles qu'on verroit ref-
plendir au loin en diuerfes fortes. Mais ce diuin Heroé n'a point de peur de
tout cela, ains voila fa defpouïlle de Lyon, & fa maffuë eftenduës deuant fes
pieds, toutes preftes de s'en aider s'il en a befoin. Et eft tout nud en fa defmar-
che, aduançant le pied gauche deuant, pour charrier apres foy tout le corps,
qui fe ploye d'vne agilité merueilleufe, ou le cofté gauche accompaignant
la main pour tendre l'arc, & l'autre fe panchant, la droicte attrait à foy la corde iufqu'à la mammelle. Ne nous enquerons point au refte quelle eft l'occafion de cecy : car on void affez cefte tant belle creature attachée à ce rocher là, pour feruir de pafture au monftre : Et nous l'eftimons eftre Hefione
fille du Roy Laomedon. Mais où eft il? Là dedans le circuit des murailles, ce
crois-ie bien, à regarder ce qui fe fait, tout ainfi que d'vne efchauguette. De
fait vous voyez bien l'enceinte de cette Cité, & les creneaux tous remplis
de gens, qui efleuent leur mains au Ciel faifans leurs prieres. Peut eftre auffi
que c'eft de crainte, eftans atteints d'vne peur extreme que le monftre ne fe
lance fur la muraille : car il defcoche, à ce qu'il femble d'vne grande impetuofité & roideur, comme s'il vouloit s'efchouër en terre. Aufurplus la briefueté du temps ne nous permet pas de defcrire exactement la beauté de cette Princeffe : ioint que le doubte incertain qu'elle a de fa vie, & l'angoiffe
dont elle eft combattuë en fon efprit pour les chofes qu'elles void à l'œil, luy
fleftrift la naïfue fleur de fon teinct : Neantmoins elle donne affez à coniecturer par ce qui s'en void, quelle en doibt eftre la perfection quand elle eft en
fon eftre accouftumé.

ANNOTATION.

E tableau eſtant ſi particulieremēt exprimé & depeint, il ne reſte pas beaucoup à dire deſſus; ſeulement il nous a ſemblé d'y amener de mot à mot ce que Palephate taſche d'allegoriſer, meſmemēt du monſtre dont il eſt icy queſtion. *Quant à ce Ce-tus Baleine, Phyſetere, ou autre tel monſtre Marin, qu'on racompte par fois auoir accouſtu-mé de ſortir de la Mer pour ſe ieċter ſur les Troyens, leſquels s'ils luy expoſoient de leurs filles à deuorer, il s'en retourneroit ſans mesfaire, ſinon il gaſtoit toute la contrée: qui eſt celuy qui ne voye tout aper-tement quelle grand' ſimpleſſe ce ſeroit de croire ces gens là auoir cité ſi idiots & mal-adviſez de preſenter leurs propres filles à vn cruel monſtre? Bien plus vray-ſemblable eſt-il, que ce Cetus fuſt quelque Roy ou autre Prin-ce ainſi nommé, lequel eſtant fort puiſſant par la Mer, ruina vn marez que les Troyens poſſedoient le long d'i-celle, & leur impoſa vn tribut, lequel s'appelle en Grec δαςμὸς: car en ce temps là on n'vſoit point d'or ny d'ar-gent, ains ſeulement de meubles & vſtencilles : ainſi donceques ce Roy appellé Cetus impoſa aux villes de ces quartiers là, aux vnes certain nombre de cheuaux, & aux autres des filles vierges: Que ſi on luy refuſoit luy payer ceſte impoſition, il ſaccageoit leur territoire. Et eſtant de fortune arriué pour la leuer & recueillir deuant Troye, au meſme temps qu'Hercule auec vne armée de Grecs y eſtoit abordé, Laomedon les prit à ſa ſoulde con-tre Cetus, qui fut defait & mis à mort, ce qui auroit donné lieu à la fable.*

Il eſt incroyable comme vne telle grandeur ait peu eſtre repreſen ée en ſi petit volume. Cela ſe rapporte à ce que Pline liu. 35. ch 10. dit de Timantes, peintre ancien des plus inuentifs, & ingenieux. *Ti-mantes fut d'vn merueilleux eſprit: Et de luy eſt cette Iphigenie tant celebrée par les loüanges des Orateurs: laquelle eſtant deuant l'autel toute preſte à eſtre immolée, comme il euſt peint tous les autres les plus dolents qu'il luy fut poſſible, & employé en l'oncle d'elle, Menelaüs, tout ce qui ſe pouuoit repreſenter de triſteſſe, il voila le viſage de ſon pere Agamem on, où il ne pouuoit aſſez ſuffiſamment demonſtrer ſon extreme amertu-me de cueur. Il y a encore aſſez d'autres teſmoignages de ſon induſtrieuſe ſubtilité, ainſi qu'eſt le Cyclope dor-mant, en vn petit tableau où voulant monſtrer ſa grandeur enorme en ſi peu d'eſpace, il peignit de petits Sa-tyres aupres, qui meſuroient ſon puce auec vn rinſeau de lyerre dont ils eſtoient ceints. Si qu'en tous ſes ou-urages il laiſſe touſiours plus à penſer qu'il n'en exprime par ſon pinceau. Et combien que l'artifice en ſoit grand, neantmoins touſiours ſon ingenieuſe inuention l'outre-paſſe.*

La dedans le circuit des murailles. Pindare Ode 8. des Olympiennes: *Pour le regard des murs de Troye, le fils de Latone Apollon, & le dominant au large Neptune, eſtans apres à couronner de murailles la cité d'Ilion, appellerent auec eux Æacus pour leur y ayder: car il eſtoit ordonné par les deſtinées, qu'à l'aduenir ſe debuans eſleuer des guerres deſolatoires des citez, par leurs pernicieux mortels combats, il s'exhaleroit de ces murailles vne vehemente fumée, ils voulurent qu'vn homme mortely miſt la main, afin qu'il ne penſaſt pas qu'vn ouurage des dieux euſt peu eſtre exterminé par les hommes. Il pourſuit puis apres. Que ceſte cloſture eſtant paracheuée, trois horribles Dragons ſe vindrent lancer à l'encontre, dont les deux tomberent par terre, où ſe demenans tempeſtatiuement, ils rendirent les derniers aboys auec vn cry eſpouuentable: mais le tiers s'y ietta d'vn plus grand effort, lequel malencoutreux prodige Apollon interpreta ſoudain, ſçachant bien le piteux deſaſtre qu'il preſageoit, & alla dire. Certes par l'operation de tes mains Troye ſera vn iour priſe, ô valeureux Heroë Æacus, ainſi me l'aſſeure la reuelation du profond tonant Iuppiter, & non ſans les deſcendans de ta race, des premiers deſquels commencera ſa deſtruction & ruine, & s'acheuera des quatriémes.* Ainſi Pin-dare de mot à mot , par les trois Dragons dont les deux tomberent roide-morts ſur la place, & le tiers ſe maintint en vie criant hideuſement, voulant denoter, que des trois parts des mural-les de Troye, les deux qui auoient eſté edifiées par Neptune, & Apollon ſeroient imprenables à quiconque voudroit faire effort: mais la tierce baſtie par Æacus non, ains ſeroit priſe & rui-née par ſes deſcendans, dont les premiers furent Pelée pere d'Achille, & Telamon pere d'Aiax, leſquels Pelée & Telamon ayderent Hercule à prendre Troye, qu'ils ne firent que ſaccager, & non pas l'exterminer tout à fait. Achille qui fut le troiſieſme en ligne commença à la deſoler, & ſon fils Pyrrhus dit Neoptolemus l'acheua, qui eſtoit au quatrieſme degré. Mais on tient que Neptune & Apollon fuſſent les dieux domeſtiques, patrons & protecteurs des Troyens ; ſi que Enée apres la deſtruction de Troye les apporta en Italie, comme ſemble le vouloir inferer Vir-gile au 5. de l'Eneide.

   Sic fatus meritos aris mactabat honores
   Taurum Neptuno, Taurum tibi pulcher Apollo.

S'eſtant fondé ſur ce qui eſt contenu au 20. de l'Iliade, où Apollon ayant encouragé Enée de s'aller attaquer à Achille, Neptune, lequel ſçauoit aſſez qu'il ne luy eſtoit pas egal, l'alla retirer de ceſte temeraire entrepriſe. Et certes il ſemble au demeurant qu'Homere ait comme icy pro-phetiſé que les deſcendans d'Enée deuroient commander aux Troyens, & à ceux qui en pro-uiendroient, iuſqu'en pluſieurs generations, quand il dit:

Νιῶ δὲ δὴ Αἰνείαο βίη τρώεϭϭι ἀϭάξ,
Καὶ παῖδες παίδων, τίϭιν μετοπιϭϑαι γζ᾽ωνται.

Ce que Virgile au 3. de l'Eneide a tourné tout de mot à mot.

Hic domus Aeneæ cunctis dominabitur oris:
Et nati natorum, & qui nascentur ab illis.

Mais nonobstant que Neptune fust bien affectionné à l'endroit d'Enée, sçachant assez quelle estoit la secrette deliberation de Iuppiter de faire ainsi longuement regner sa posterité, il ne laissoit pas d'estre fort indigné contre les Troyens, comme on peut voir au liur. suiuant 21. de l'Iliade: là où Apollon qui tenoit le party des Troyens, au duel des Dieux qui se banderent l'vn contre l'autre, l'ayant prouoqué à combattre contre luy, à cause qu'il fauorisoit les Grecs, Neptune luy remet deuant les yeux l'ingratitude & desloyauté de Laomedon, lequel apres les auoir employez vn an durant à luy maçonner ses murailles, au lieu de les salarier selon qu'il leur auoit promis, il les menaça de leur coupper les oreilles, & les confiner pieds & poings liez en de lointaines Isles desertes.

HHh

SOPHOCLE.

ARGVMENT.

OPHOCLE *Poëte tragique, voire le plus excellent de tous, combien que quelques vns luy vueillent preferer Euripide pour la grauité de ses sentences si frequentes, dont seroit emané ce commun dire ;* σοφὸς Σοφοκλῆς, σοφώτερος δ' Εὐριπίδης, ἀνδρῶν δὲ πάντων Σωκράτης σοφώτερος· *Sophocle est sage, Euripide plus sage encore : mais le plus sage de tous les hommes est Socrate. Neantmoins quant à la maiesté de stille & à faire parler les personnes ainsi qu'il conuient, Sophocle a de trop passé Euripide. Il fut au reste Athenien, & fils de Sophile Colonéen, nay en la soixante-treiziesme Olympiade, qui escheut enuiron l'an du monde trois mille quatre cens quatre-vingts ans, quelques cinq cens ans deuant IESVS-CHRIST; & dixsept ans deuant Socrate; contemporain au reste audict Euripide qu'il suruescut de six ou sept ans, & de Pericle, auec lequel il obtint la Preture d'Athenes. Ce fut le premier qui vsa de trois pauses on entremets à la recitation de ses tragedies; & y introduit le Tritagoniste qui ioüe son roollet à la fin & conclusion : qui adiousta pareillement aux douze ieunes enfans garçons & filles qui font le chœur, trois encore pour en faire quinze : Et finablement enrichit beaucoup ceste maniere de poësie. On dit qu'il composa iusques à cent vingt-trois tragedies, & plus encore selon d'aucuns, dont il obtint le prix en vingt-quatre, à la derniere desquelles comme outre son esperance il en eust emporté la victoire, il receut de là vne telle ioye qu'il en expira tost apres, aagé de plus de quatre-vingts ans. Nous n'en auons que six de reste; Aiax assauoir surnommé le porte-foüet, ou foüetteur; l'Oedipe Tyran; l'Odipe au Colonée; Antigone, les Trachiniennes, & le Philoctete. Il laissa cinq enfans, Iophon, Leosthene, Ariston, Estienne, & Meneclide: d'Ariston, vint vn autre Sophocle, Poëte aussi tragique, lequel composa 40. tragedies, & vainquit de sept. Plus vn autre du mesme nom, Poëte tragique, & Lyrique, qui fut apres la Pleiade, comme on appelle ces sept Poëtes qui vindrent tous d'vne vollée.*

SOPHOCLE.

V E differes-tu ô diuin Sophocle, de receuoir icy les
dons de la Muse Melpomené; Ny pourquoy bais-
ses tu ainsi les yeux vers la terre? Certes ie ne sçay
bonnement qu'en penser, si ce n'est ou que tu me-
dites à par toy aucune belle fantaisie, ou que tu
sois comme esbloüy de la presence de cette Deesse.
Mais r'asseure toy ô gentil Sophocle, & accepte ce
qu'on te dône: Car tu as peu apprendre d'vn des plus
fauorits nourrissons de Calliopé, *Que les dons des* ⁱˡⁱᵃᵈ·₃·
Dieux ne se doiuent point reiecter. Et vois tu pas bien côme ces gayes mouches
à miel volletent tout autour de toy, & bourdonnent ie ne sçay quoy de melodieux & diuin, t'arrousans des secrettes inuisibles gouttes de leur particuliere liqueur? De fait quelqu'vn viendra s'exclamer de toy tost apres que cette mellifluë douceur se recueillira principalement de tes poësies, t'appellant
l'agreable fleuron des Muses à toy propices & fauorables : Et persuadera aisément à vn autre qu'il se donne garde que d'auanture l'vne de ses auettes ne
se iecte à la desrobée hors de ta bouche pour le venir picquer à l'improuiste.
Car tu vois bien cette Deesse ayant ie ne sçay quoy de graue & sublime imprimé dedans sa pensée alendroit de toy à cette heure, & qui d'vn gracieux
soubs-rire monstre de t'en vouloir faire vn present. Celuy qui est icy aupres
aü reste est à mon aduis Esculape, lequel t'inuite d'escrire quelque bel hymne
à Apollon: car cest excellent Conseiller ne desdaignera point de t'oüyr: aussi la Majesté de sa face meslée d'vne gaye serenité denote assez la familiere
accointance qui doibt estre bien tost entre vous.

ANNOTATION.

T O V T le contexte du present tableau ne bat que pour exprimer la facondité &
douceur des diuins escripts de Sophocle, qui pour cette occasion fut des Grecs
surnommé μέλιττα mouche à miel, & μελίχρος miellé, ou doux comme miel:
Philostrate le representant icy par vn singulier & tres-delicat artifice: Comme si
sa teste eust seruy de ruche, où les auettes voltigeoient autour de sa bouche qui
en estoit l'entrée, & y espandoient leur suaue liqueur sur ses leures; Comme on disoit qu'en celles de Pericles son contemporain residoit la Deesse Pytho ou persuasion. Et pourtant a esté choi-
sie icy Melpomené entre les autres Muses, qui luy veut faire des presens, pour l'affinité que ce
mot de μέλι y a, à quoy il semble vouloir faire allusion, nonobstant qu'il vienne de μέλπομαι,
chanter, pource qu'elle fut inuentrice des Odes & chançons: C'est pourquoy on feint les Sereines estre filles de Melpomené, à cause de leurs doux chants, & de la tragedie, selon mesme
cest epigramme des Muses qu'on attribuë à Virgile; *Melpomene tragica proclamat mæsta boatu.* Outre-plus comme escript Pausanias en ses Beotiques, aucuns ne mettoient que trois Muses filles
d'Aloeus; Melite, Mnimé, & Aoede; dont la premiere pourroit venir du miel, ou de μελέτη cure, soin, meditation, comme tasche Fulgence de tirer l'Ethimologie de ce mot Melpomené,
quasi μελέτω ποιομένη, faisant la meditation, parce qu'en premier lieu, ce dit il, est le vouloir;
En apres le desir, & tiercement ce qu'on veut & desire, il le faut poursuiure & mettre à effect par
meditation : Ce qui se conforme aucunement à ce qui suit puis-apres au tableau; *Cette Deesse*
ayant ie ne sçay quoy de graue & sublime imprimé dedans sa pensée. Mais ce qui fait le plus à propos,
est ce que Porphyre cite de Sophocle, lequel accompare les ames des deffuncts à vn essaim de
mouches à miel qui bourdonnent & murmurent indistinctement : Car on appelloit les Muses
Nymphes, & les Nymphes Melisses, comme celles qui causent la volupté en nous, & les ames
Nymphes selon Pollux, comme si elles estoient les espouses du corps.

C A R *tu as peu apprendre d'vn des plus fauoris nourrissons de Calliopé, que les dons des Dieux ne se*

doiuent point reiecter. Il entend Homere lequel au 3. de l'Iliade introduit Hector qui reproche à
Paris son frere; δύσπαρι, ᾶδδς ἄριϛι· γυναιμανὲς ἠπεροπευτα, *mal-heureux Paris, qui n'as rien de bon
que la beauté; deceueur des femmes*, &c. Et il respond ces vers icy.

     Μή μοι δῶρ' ἐρατὰ πρόφερε χρυσῆς Ἀφροδίτης,
     Οὔτοι ἀπόβλητ' ἔϛι θεῶν ἐρικυδέα δῶρα.

     Ne me reproche point les dons
     Aymables de Venus dorée,
     Car les presens venans des Dieux
     Ne sont point de nous reiectables.

HYACINTHE.

HYACINTHE·

ARGVMENT.

LE *ſubieƈt du preſent tableau eſt le meſme que celuy qui a eſté depeint cy-deuant au premier liure, aſſauoir les amours d'Apollon enuers ce beau ieune fils, & la ialouſie qu'en conceut Zephire qui en eſtoit affeƈtionné auſſi, dont proceda par vn grand deſaſtre la mort de ceſt infortuné enfant.*

SAchons vn peu de ce bel adoleſcent ie vous prie, qui il eſt; & pourquoy Apollon eſt icy preſent auec luy: Car peut eſtre s'enhardira-il de ieƈter icy ſon regard. Il ſe dit doncques, ce me ſemble eſtre Hyacinthe le fils d'Æbal. Or puis que nous auons appris cecy, il faut ſçauoir l'occaſion de la preſence de ce Dieu. C'eſt le fils de Latone, qui eſpris de l'amour de l'adoleſcent, luy promet donner tout ce qu'il a, s'il luy oƈtroye ſon accointance: Qu'il luy monſtrera à tirer de l'arc: luy enſeignera l'art des deuinemens, & de n'eſtre point ignorant de la Lyre: le rendra outre-plus excellent ſur tous les autres à la luƈte: Et luy oƈtroyera qu'eſtant monté deſſus vn cigne il pourra viſiter à ſon aiſe toutes les villes & contrées où luy Apollon s'aime le plus. Ce ſont les promeſſes que luy fait ce Dieu; peint icy auec ſa longue perruque à l'accouſtumé, & ſourcillant ie ne ſçay quoy de doux & benin audeſſus des yeux, dont eſtincellent comme de clairs lumineux rayons, il raſſeure d'vn doux gracieux ſoubs-rire Hyacinthe, auquel il tend amoureuſement la main droiƈte. Mais l'adoleſcent a les yeux abaiſſez en terre, où il regarde attentiuement, plein de diuerſes cogitations; Toutesfois il ſe reioüiſt en ſoy-meſme de ce qu'il oyt; & deſormais entremeſle plus d'aſſeurance à ſa vergogneuſe pudeur. Le voila au reſte planté debout; le coſté gauche qui eſt aucunement racourſi enueloppé d'vn manteau vollant d'eſcarlatte, & le droiƈt il l'appuye ſur vn iauelot, ſi que le flanc s'aduance en veuë, & toute cette partie apparoiſt auec le bras qui eſt nud: Ce qui nous appreſte vn ſubieƈt de parler de ce qui ſe void. D'autrepart ſon pied monſtre aſſez d'eſtre fort viſte & leger, & la iambe qui s'eſleue au deſſus

HHh iij

est droicte, & bien façonnée: Le genoüil quant & quant est agile & deliure au haut d'icelle. Il n'y a rien non plus de superflu en la cuisse, ny en la
hanche qui soustient le reste du corps: ny au costé qui entoure l'estomac
remply de respiration. Le bras s'esgaye auec vne naïfue simplicité, & le col
se rehausse mediocrement. Quant à sa perruque, elle ne sent rien qui soit
d'agreste ny du villageois: Et ne se herisse point de crasse & de hasle, ains
pend gracieusement sur le front, & de là s'en vient ondoyer & battre sur les
premiers poils follets de sa barbe qui commence à poindre: y ayant à ses
pieds vne grosse placque dont on iouë comme au pallet. Mais considerez
ce qui se void autour de luy: Ce Cupidon assauoir triste-ioyeux, gay & melancholique tout ensemble: Et Zephire qui d'vne eschauguette monstre vn
œil felon malentalenté, par où le peintre a voulu denoter la mort prochaine
du iouuenceau: Car ce vent venant à souffler à la trauerse vers Apollon qui
iecte la placque, il la destourne sur Hyacinthe.

ANNOTATION.

VN monstrer à tirer de l'arc. Latone eut de Iuppiter deux enfans, Apollon, &
Diane, l'vn & l'autre excellens Archers; Comme le monstre assez ce commencement de l'Hymne d'Apollon en Homere.

Χαίρᵉ δὲ τε πότνια Λητὼ
Οὕνεκα πεξοφόρον, κỳ κρτερὸν ἱỳὸ ἔπικτεν.

La venerable Latone
S'esioüyt d'auoir porté
Vn fils archer si robuste.

Et plus bas;

Ἀπόλλωνά τ' ἄνακτα, κ Ἄρτεμιν ἰοχάιρᵉν.

Le Roy Apollon, & Diane
Qui se plaist à tirer de l'arc.

Dont il est aussi surnommé χρυσότοξος, & ἀργυρότοξος, Apollon à l'arc & flesches d'or & d'argent,
& κλυτότξος celebre & de grand renom pour son arc. Pindare & autres Poëtes πεξοφόρον porte-
arc. Es medailles antiques de l'Empereur Gallien, se void au reuers le signe du Sagittaire comme
on le depeint, l'arc entoisé, & la flesche encochée dessus; auecques ce mot à l'entour; APOL-
LINI. CON. AVG. Et Ouide au premier des Metamorphoses, où il descrit le combat qu'il eut
contre le serpent Python:

*Hunc deus arcitenens, & numquam talibus armis
Ante, nisi in damis, capreisque fugacibus vsus.*

Duquel arc il auoit aussi accoustumé de descocher à guise de flesches, des maladies incurables,&
autres incommoditez & ruines sur les mortels, que Plutarque appelle solaires, & ceux qui en
sont atteints ἀπολλωνόβλητοι entachez du mal d'Apollon, ou ἡλιόβλητοι, de celuy du Soleil: comme les femmes lunatiques σιλωνόβλητοι, entachées du mal de la Lune, ou ἀρτεμιδόβλητοι du mal
de Diane. Homere au commencement de l'Iliade escript qu'Apollon indigné qu'on eust si peu
respecté son Prestre Chryses, estant venu redemäder sa fille qu'Agamemnon detenoit, s'en vint
du haut du ciel fort courroucé en son courage, semblable à la nuict, auec son arc sur les espaules,
& sa trousse pleine de flesches, dont il descocha la peste en l'ost des Grecs; Qui premierement enuahit les cheuaux, & les chiens, puis les personnes: Si que Pindare en la 9. des Pythiennes l'appelle ἰυρυφαρέτρας, au large & plantureux carquois plein de flesches qui sont ses raiz, comme l'explique assez ce vers de Lucrece: *Non radiis solis neque lucida tela diei:* Car ils se dardent du corps du
Soleil par tout l'vniuers, en haut pour illuminer les astres, & en bas pour esclairer l'air, & le repurger des mauuaises vapeurs & humiditez qui procréent les maladies, dont il auroit aussi esté surnommé ἀλεξίκακος, chassant ou repoussant le mal: lequel Epithete a esté encore attribué à Hercule, que plusieurs font estre vn mesme auec l'Apollon ou le Soleil. Plus ἕκατος, ἑκατηβόλος, &
ἑκα βόλος

ἑκηβόλος tirant au loin, & ſa ſœur Diane pour ſon regard pareillement eſté ditte ἑκάτη. Item ἑκάεργος operant de loin, pour ce que ſa lumiere & chaleur penetrent par tous les plus eſloignez endroits de ce monde, ſelon meſme que chante le Pſeaume dix-huictieſme. *Rien ne ſe peut cacher de ſa chaleur.* Ce que monſtrent auſſi ces deux Epithetes, δῆλος quaſi δῆλος manifeſte, & appert, ὑπὸ τῷ δηλῦϲθαι manifeſter, par ce que tout ſe deſcouure par ſa lueur, comme met Phurnute, & Plutarque en la ſignification du mot Εἰ : & φαερός, φαϊνός ſplendide, luiſant, & infinis autres qu'on peut voir dans Orphée, Homere, Heſiode, Pindare, &c. recueillis par l'ordre de l'Alphabet au premier liure des Epigrammes, en l'Hymne dont l'inſcription eſt telle. Γυναῖα παῖσσα μέγαν θεὸν ἀπώλλοια. Mais la plus-part d'iceux ne ſont pas icy à noſtre propos. Qui en voudra voir dauantage, liſe le premier des Saturnales de Macrobe, depuis le dix-ſeptieſme chapitre iuſques à la fin du vingt-quatrieſme. *L'arc* au reſte & les fleſches ont eſté les premieres armes de toutes autres, comme on peut voir au vingt-vnieſme de Geneſe parlant d'Iſmael, qui vint à eſtre vn grand Archer : Et au vingt-ſeptieſme d'Eſau, *Prens tes armes, à ſçauoir ton arc & tes fleſches,* eſtant à croire que l'vſage en deuoit eſtre bien long-temps au precedent : Et ce qui nous le faict encores plus croire, eſt que les Indiens n'ayans autre practique en tout leur faict que le ſeul inſtinct naturel, auecques bien peu de ratiocination, & moins d'artifice, ſe ſont trouuez, au moins les Charibes, les plus grands & cruels guerriers d'entre eux, auoir preſque tous eſté Archers, comme ſont auſſi les Tartares : dont Pline liure ſeptieſme chapitre cinquante-ſixieſme refere l'inuention de l'arc & des fleſches à Scythes fils de Iuppiter, duquel les Scythes maintenant les Tartares auroient pris leur appellation ; leſquels de tout temps ont eſté les plus excellens en cet exercice de tous les autres, ſi que Plutarque au banquet des ſept Sages, leur attribuë l'arc comme en propre; & les Lyres & fluttes aux Grecs. A ce propos Gregoire Nazianzene parle d'vn Abaris H perboréen, ſi viſte coureur, qu'auant deſcoché vne fleſche qu'Apollon luy auoit donnée, il l'atteignoit deuant qu'elle fuſt tombée en terre : mais c'eſt vne pure fable qui emporte ſon allegorie; ſi d'aduanture ce n'eſtoit qu'il la tiraſt droit en haut contre le ciel & non au loin; car en ce cas il n'y auroit pas beaucoup d'affaire. Les Parthes auſſi, qui comprenoient la Perſe & Medie, eſtoient tous Archers : Et ne rencontra pas mal plaiſamment le Roy Ageſilaus de Lacedemone, lequel faiſant la guerre fort & ferme au Roy de Perſe dans l'Aſie, ſe pleignoit d'en auoir eſté rechaſſé auecques trente mille Archers, voulant denoter par là autant de doubles ducats Perſiens marquez à vn trouſſeau de fleſches, pour denoter ce peuple-là, & leur grande puiſſance, qui furent deliurez aux Atheniens pour mouuoir la guerre à Lacedemone, ce qu'ont voulu imiter les Eſpagnols en leurs reales, comme s'ils vouloient denoter par là, que par le moyen de leur argent,ils ſe propoſent de tenir tout en ſubiection. Les Perſes & les Turcs s'aident fort encores de cette arme-là, & les Moſcouités, Polonõis, Valaques & autres peuples de la Sarmatie de tout temps ; dont Ouide au quatrieſme de Ponto à Carus parlant des Getes ;

Et caput, & plenas omnes mouere pharetras :
Et longum Getico murmur in ore fuit.

Et les Poëtes feignent Cupidon ou l'amour,le plus ancien de tous les Dieux, eſtre Archer, pource qu'il tire de loin iuſques au fonds du cœur par les yeux. Les Anglois outre plus, & les Eſcoſſois, ſe ſouloient aider de longs arcs d'If, fort differens des Turqueſques, qu'ils ont changé en l'arquebouzerie pour la plus-part, ie ne ſçay ſi par là ils ont amendé leur marché, & lequel des deux eſt le plus à craindre, au moins en exe, & de plus dangereuſe execution & effect. Quoy que ce ſoit, ſans doute le mot d'artillerie eſt venu d'*Arcus* & *telum.* Quant aux allegories qu'on y voudroit rechercher, Adamantius entend par la trouſſe ou carquois, le cœur : Par les fleſches les diſcours & proiects que nous faiſons en iceluy : Et par l'arc, la bouche & les leures par où ils ſont delaſchez, comme les ſagettes d'vn arc : Qui eſt ce que Pindare a voulu entendre en la ſeconde des Olympiennes ;

‑‑πολλὰ μοι ὑπ' ἀγκῶ
Νος ὠκέα βέλη
Ε'νδον ἐντὶ φαρέτρας
Φωναῖ τὰ ϲυνετοῖσιν. ες
δὶ ὃ πολῦ ἑρμηνέων.
Χατίζει.

Soubs mon coude il y a
Pluſieurs fleſches legeres
Cloſes dans mon carquoys,
Qui ſouuent aux gens ſages :
Mais au peuple elles ont

Besoin d'vn interprete.

Prenant les flesches pour les mots, & le Carquois pour les sentences.

Il luy apprendra la Musique. Apollon a de toute ancienneté au Paganisme esté tenu pour superintendant de la Musique, tant des viues voix, que des instrumens à corde, designez par ces mots de Lyre, & Cythare: Le premier denotant ceux qu'on touche auecques l'archet, comme la violle, le viollon, la Lyre & autres semblables: l'autre, ceux qui se sonnent, ou du plectre ainsi que le Cistre, ou des doigts seuls, comme le Luth, la Harpe, Guitterne, Mandore: le Psalterion auecques vn baston, duquel on frappe sur les cordes: de l'Espinette, Manichordion, & Orgues, qui consistent en vn clauier & des marches, ie ne pense pas que ces anciens-là, dont il a esté icy question, en eussent encore cognoissance. Mais de tout cecy il en a esté parlé cy-deuant au tableau d'Amphion, des Satyres, Olympe, & Marsyas; à quoy nous pouuons adiouster ce lieu de l'Hymne d'Apollon en Homere, où il met combien la Lyre & Cythare sont agreables à Apollon:

Εἴη μοι κίθαρίς τε φίλη, & καμπύλα τόξα.

Et vn peu plus auant:

--Αὐτὰρ ὁ Φοῖβος Ἀ'πολλων ἐξίθαρίζεϊ,
Καλὰ & ὑψίβας.

Surquoy voicy ce que Phurnute allegorise. *On feint Apollon estre vn excellent Musicien & ioüeur de Lyre, pource que le Soleil qui n'est autre chose qu'Apollon, touche & meut fort conuenamment & d'vn bon accord chaque partie de l'vniuers, faisans ensemble comme vn beau concert de Musique bien proportionné de plusieurs voix & instrumens accordez l'vn auecques l'autre, & s'introduit par tout de sorte, qu'aucune discordance ne se trouue en la nature. Il fait outre-plus les saisons de l'année, qui se succedent mutuellement, & par la secheresse que causent ses rayz àedans l'air, que les voix des animaux, & les chants des oyseaux nous paruiennent plustost, & de plus loin aux oreilles.* Il dit cela, par ce qu'on void assez par experience, que tout ainsi que la veuë s'estend plus net & plus commodément à trauers de l'eau claire & limpide; de mesme faict l'oüye parmy vn air pur & serain plus distinctemet que s'il estoit trouble & espais, chargé de brouillards & nuages. Au moyen dequoy on faict Apollon estre le conducteur & gardien des Muses, qui president à la Musique; laquelle, selon Platon, n'a pas esté eslargie des Dieux aux hommes pour vne resioüyssance voluptueuse, & chatouillement delicat de l'oreille, ains pour estre employée au seruice & hōneur diuin, & puis apres pour nous rendre plus modestes, gracieux & bien conditionnez, comme Plutarque l'allegue de luy au banquet des sept Sages. Et au traicté de la Musique il dit que l'image d'Apollon, qui estoit en Delos, tenoit vn arc en la main droicte, & en la gauche les trois Graces, l'vne ayant vne Lyre au poing, l'autre vn Haut-bois, & la tierce vne Flutte d'Alemand, qu'elle approchoit de sa bouche. A ce mesme propos d'Apollon, & de la Musique, Platon tout au commencement du Dialogue de la Poësie intitulé *Io*, met qu'à Epidaure se celebroient tous les ans des ieux de prix à l'honneur d'Esculape fils d'Apollon, le iour de sa feste & solemnité. Au regard des premiers inuenteurs d'icelle, cela doit auoir esté fort ancien: Car Orphée & Linus furent tres-excellens Musiciens, comme entre autres le marquent ces vers de la quatriesme Eclogue de Virgile:

Non me carminibus vincet nec Thracius Orpheus,
Nec Linus, Huic mater quamuis, atque huic pater adsit,
Orphei Calliopea, Lini formosus Apollo.

Car par les carmes il faut entendre les vers qui se recitoient de bouche en chant accordé auec l'instrument, selon qu'on le peut recueillir du premier de l'Eneide:

---*Cythara crinitus Iopas*
Personat aurata.

Et puis apres.

Hic canit errantem lunam, Solisque labores.

Platon doncques au troisiesme des Loix, attribuë l'inuention de ce qui concernoit la Musique, à Marsyas, & Olympe: Et la Lyre à Amphion, auquel Pline liure septiesme chapitre 56. la refere tout resolument: Neantmoins il le particularise de cette sorte, *Amphion inuenta la Musique, Pan la flutte à neuf trous: le monaule ou le challumeau d'vn seul ton, Mercure: La flutte d'Alemand,* (les Italiens l'appellent trauerse, à l'imitation du Latin *obliqua tibia*) *Midas en Phrygie: deux flageols acc>accoupplez ensemble, Marsyas: Amphion l'air Lydien: Thamyris de Thrace, le Dorique: Marsyas, le Phrygien. Amphion dereche Lyre, ou Orphée selon les autres: & quelques-vns Linus: Terpander y adiousta iusques à sept cordes: la huictiesme Simonide, la 9. Timothée. Mais de ioüer simplement de la Lyre sans l'accompagner de la voix, Thamyras en fut le premier autheur: Auec la voix Amphion, ou Linus selon quelques-vns: de chanter par interualles iouänt des flutes, Trezenius Dardanien l'institua.* Voila comme en parle Pline. Mais les interpretes d'Homere sur le penult. de l'Odyssée, attribuēt à Mercure l'inuention des lettres, de la Musique, de la lucte, & de la Geometrie: Parquoy és escholles des exercices il estoit representé

de

de forme carrée, ou à quatre faces, comme l'on void en certains termes, dont parle Plutarque en la vie d'Alcibiades, & de Nicias, les appellans *Hermes*, images de Mercure, que Pausanias és Messeniaques fait estre de l'inuention des Atheniens, desquels les autres apprindrent de les faire ainsi carrées.

D'ENTENDRE *l'art de deuiner.* Cecy bat sur ce qu'Apollon estoit tenu au paganisme pour le Dieu des predictions & deuinemens, à cause de son oracle en Delphes, où l'on accouroit de tous les endroits de la terre, pour se conseiller & auoir aduis du passé, du present, & de l'aduenir: comme dit le Poëte; *Quæ sunt, quæ fuerint, & quæ ventura trahuntur.* Et dura cet oracle en sa force & reputation pres de trois mille ans, selon Plutarque au traicté de la Pythiene, iusques au temps de Lucron, quelques cinquante ans deuant la natiuité du SAVVEVR, qu'il commença à decliner, ainsi qu'il dit au 2. liure de la diuination: Telle force & vigueur auoit dessors la lumiere de verité, auant mesme son aduenement corporel contre les tenebres du pere de mensonge, qui regnoit en ses faux oracles: Ny plus ny moins que les premiers auant-coureurs rayons du Soleil, deuant que son lumineux globe commence mesme de paroistre sur l'Orizon, & comme razer à fleur la superficie de la terre, dissipent & chassent les mauuaises humiditez & vapeurs qu'en son absence la nuict a de coustume de procréer. Mais à propos de cette science de deuiner qu'Apollon promet icy au bel Hyacinthe, l'on dit que ce Dieu s'estant autres-fois enamouré de Cassandre fille du Roy Priã, pour son excellente beauté, il luy donna le choix de tout ce qu'elle luy voudroit requerir, pour ioüyr d'elle, qui ayant seulement demandé de sçauoir predire les choses futures, apres qu'il le luy eut octroyé, elle se mocqua de luy, & ne voulut tenir sa promesse; dont irrité, pour ce qu'il ne luy pouuoit plus oster ce qu'il luy auoit vne fois donné, il fit qu'on n'adiousteroit point de foy à ses predictions: Ce qui fut en partie cause de la ruine de sa patrie. Mais de cet oracle, & de ce qui en depend, il en a esté parlé cy-deuant à suffisance sur le tableau de Phorbas, & des autres especes de deuinemens en celuy d'Hercule au berceau. A quoy se peut bien encores adiouster ce vers de l'Hymne d'Apollon en Homere; χρήσω τ᾽ ἀνθρώποισι Διὸς νημερτέα βουλὴν. *l'annonceray de Iupiter l'infaillible vouloir aux hommes.* Et plus outre, que ce fut Apollon qui institua le premier oracle en la terre.

H᾽ ὡς ὃ πρῶτον χρηστήριον ἀνθρώποισι
Ζητεύων κ᾽ γαῖαν ἐὸης ἑκατηβόλ᾽ Ἄπολλων.

Au demeurant entre les especes des fureurs vaticinatrices, dont les deuins se trouuent espris, on attribuë la tierce à Apollon, qui n'est autre chose spirituellement que ce que les Grecs appellent νῦς, & les Latins *Mens*, ne se pouuant gueres bien representer en François; Si que quelques vns n'ont point craint de dire *la mente*, d'autres l'ont prise pour l'intellect, qui à la verité est la superieure partie de l'entendement, qui esclaire l'ame: les Hebrieux l'appellent *Neschamah*, & en quelques endroits, *Mettatron sarhapanim*, le Prince des faces, & l'ame du monde, dont se deriue en nous cette parcelle de la diuinité. Et pourtant pour se restreindre à ce qui faict icy plus à nostre propos, sans s'aller espandre en ce vaste immense *Chaos* des deuinemens, Ciceron au premier liure en met deux especes: l'vne qui vient de la nature, & l'autre de l'art & apprentissage; qui est ce que Philostrate veut dire icy, qu'Apollon promet à Hyacinthe de luy enseigner l'art & science de deuiner, à quoy peut-estre il n'estoit pas autrement nay ny enclin. Mais ce que la Pythienne predisoit en Delphes, venoit de l'enthusiasme & rauissement d'esprit que le malin Demon se fourrant en elle y introduisoit; lequel se seruoit de sa bouche & de sa parole pour annoncer ses ambiguës deceptions: là où les deuinemens par les entrailles des victimes sacrifiées à cette fin; par le vol & chant des oyseaux; l'interpretation des songes, & semblables obseruations, dependoient de l'art, comme fondées sur l'experience des choses passées, où l'on confrontoit l'aduenir, auecques quelques raisons naturelles, & coniectures plus viues és vns que non pas és autres, selon la capacité & disposition de leur naturel. Neantmoins, comme dit fort bien Ciceron au lieu dessus-dict. Il faut plustost en cet endroit auoir esgard aux euenemens, & les rechercher, que les causes: *Est enim vis & natura quædam, quæ tum obseruatis longo tempore significationibus, tum aliquo instinctu, inflatúque diuino futura prænunciat.* Car selon Ptolemée, Albumazar, Alkindi, & autres Astrologues iudiciaires, la coniecture sert plus és predictions, corroborée de plusieurs experiences en cas pareils, ou à peu pres. *Multa enim sunt similia quæ non sunt cadem*: Que les regles & canons de l'Astrologie, lesquels battent communément plus sur le general, que sur le particulier.

ET *le rendre excellent sur tous à la lucte.* Il y a au Grec, παλαίσματα. qui signifie de vray la lucte: mais ce mot s'estend encores à plusieurs autres significations, & est pris en general pour tous les exercices du corps, designez par le πένταθλος, qui se souloient anciennement practiquer és ieux solemnels de la Grece: à sçauoir la course, le saut, la lucte, le disque, & l'escrime des coups de poing: de tous lesquels il a esté parlé bien au long sur les tableaux d'Arrichion, & de Phorbas, & sera encores és Heroiques: Le mot encores de Palestre est pris pour le lieu où l'on s'addressoit au combat. Les Grecs l'appellent γυμνάσιον, de γυμνάζεϑαι, se mettre tout nud ; par ce qu'il s'y falloit despouiller, tant pour s'y apprendre, que pour faire à bon escient ; Comme on peut voir dans le cinquiesme de Vitruue, ou il en monstre l'Architecture : Et és Bacchides de Plaute. Ciceron outre plus en la premiere Epistre du troisiesme à son frere Quintus, & au second des loix, descriuant le lieu de plaisance qu'il auoit à Arpi, l'appelle vne Palestre : Et Virgile de mesme au cinquiesme de l'Eneide : *Pars in gramineis exercent membra palestris.* Comme Geta dans le Phormion de Terence ; *Eccum à sua palestra exit foras*, voulant par là denoter le logis de la garce que son ieune maistre entretenoit, qui estoit tout son exercice & occupation. Ce qu'atteint aussi Suetone en Domitian vingt-deuxiesme parlant de sa lubricité. *Libidinis nimiæ, assiduitatem concubitus velut exercitationis genus, clinopalen vocabat* : à sçauoir l'exercice de Venus dans quatre courtines. Il se prend encores pour les elaborurez plaidoyers des Aduocats en Ciceron, ayant en cela suiuy Lucilius Poëte ancien, dont nous auons ce vers cité par Porphyrion, interprete d'Horace. *Iudicis Hortensi est ad eam rem nata palestra.* Et Platon tout à l'entrée du Charmides, la prend pour le lieu ou les gens de lettres auoient accoustumé de s'assembler pour disputer & conferer de leurs estudes. Mais Plutarque au second des Symposiaques, question quatriesme, la restreint seulement au parquet où les Athletes s'exerçoient à la lucte. Ce qu'il appelle le Pancratiaste volutatoire, où ils se tantouilloient, & tourneboulloient dans la poudre, à mordre, poiser, egratigner, & faire du pis qu'on pouuoit. Platon au septiesme des Loix, met qu'Anthée, & Cercyon en furent les premiers autheurs. Les autres l'attribuent à Thesée apres auoir surmonté iceluy Cercyon, & ce comme pour vn preparatif à la guerre. A ce propos, Suidas : *Palestre ayant rencontré vn pschant en certain endroit qui luy sembloit estre à propos pour ranger en bataille des gens de cheual, & de pied, le fit explaner & creuser, pour seruir aux exercices de la guerre & des armes.* Aucuns l'estiment seruir au renforcement du corps, & à la santé : mais quelle santé sçauroit-il auoir en ce violent exercice, si penible, & si dägereux ? Neantmoins il y auoit par-aduanture quelque lucte plus moderée, dont il semble que Clement Alexandrin vueille parler au troiziesme de son pædagogue, où il l'appelle, μετ' εὐφημίας, accompagné de modestie & honnesteté : Au moyen dequoy Hercules (ce dit-il) auroit le premier institué qu'en luctant les hommes se couuriroient les parties honteuses auecques vn brayer : Ce que Palestre fille de Mercure auoit par-parauant luy ordonné pour le regard des femmes & filles qui voudroient vacquer à cet exercice. Platon dans le Theætete, dit qu'ils estoient nuds à Lacedemone, ie ne sçay pas s'il entend tout le corps horsmis ce brayer ; εἰς Λακεδαίμονα ἐλθὼν περὶ τὰς παλαίστρας, ἀξιοῖς ἐν ἄλλοις θεάσθαι γυμνοῖς· Et au cinquiesme de la Rep. que les femmes, non les ieunes tant seulement, mais les anciennes mesmes, aussi bien que les vieilles gens, luctoient pesle-mesle auecques les hommes. A quoy veulent battre ces Endecassyllabes du premier liure de Martial :

> Argiuas generatus inter vrbes,
> Thebas carmine cantet, aut Mycenas,
> Aut claram Rhodon, aut libidinosæ
> Ledæas Lacedemonis Palestras.

La lucte doncques que les Grecs appellent πάλη de πάλαι de longue-main, ou du temps iadis, fort esloigné selon quelques-vns, à cause qu'elle est de fort ancienne inuention, comme met Plutarque au lieu prealegué du second des Symposiaques : ou de πηλὸς, la poussiere dont se saupoudroient les lucteurs, selon que l'emporte ce mot de παλύνειν fort frequent aux Poëtes : ou de πάλαιειν renuerser & porter par terre, dont elle auroit aussi esté dicte des Lacedemoniens καταβλαπικὰ : ou de παλαμη la paume de la main, pour ce que c'est la partie qu'on employe le plus en luctant : ou finalement ἀπὸ τῶ πηκσιάζειν, καὶ γίνεσθαι πέλας, s'approcher de pres, d'autant que de tous les combats il n'y a que la lucte, & le Pancrate où l'on vienne aux prises. Quoy que ce soit, ou d'où elle vienne, c'estoit la seconde partie de la gymnastique ou exercitatoire à corps nuds, que Platon en ses liures de loix diuise en deux, à sçauoir l'ὄρχησιν ou saltatoire, qui comprend toutes sortes de dansses, ballets, mattachins, la Cubistique ou bastellerie à faire des soubre-saux, & les forces d'Hercules, le ieu de balle à la cadence, si exactement representé par Homere au sixiesme de l'Odyssée, la Pyrrhique ou dansse armée, dont approche fort ce que dansseñt les bouffons auecques des boucliers & espées : & plusieurs autres tels exercices, qui ne font pas à ce propos. L'autre estoit la lucte, à quoy l'on s'exerçoit dedans le lieu dict le Xiste, où les lucteurs le corps tout nud, & oinct d'huille, pour auoir les prises plus malaisées : puis saupoudré par dessus de poussiere fort deliée, afin d'en boire la sueur, se venoiét à s'entre-saisir le mieux qu'ils pouuoient aux bras, & au fau du corps, essayans par infinis tours de dexterité & de force, de crocqs de iambe, trappes, clinquets, & semblables termes de l'art viste en Bretagne, de se ietter par terre sur les reins, car de tomber sur le ventre, ce qu'on appelle donner-bedaine, est pour rien compté. Les Grecs appelloient ces tours-là ἐμβολὴ, le premier abord & congrez quãd on vient aux prises : παρεμβολὴ, les liaisons, accrochemens, & entre-lassemens de bras, & de iambes : παραθέσεις, les approches & mesuremens de l'vn & de l'autre auant que de s'entre-harper, & saisir :

saifir: ούτατις, les rufes, feintes, aguets, tromperies, & machinations qu'on fe dreffe pour fe ter-raffer : Et autres tels artifices, qui tendoient en premier lieu à enuelopper les iambes de fon ad-uerfaire pour le fupplanter, par ce que fe font celles qui fouftiennent le corps, comme les pil-liers & colonnes font les arcades & voûtes pofans deffus, qui eft ce à quoy veut battre le Pfeu-dol de Plaute, acte cinquiefme, parlât du vin dont il s'eft enyuré, qu'il accôpare à vn ruzé lucteur, qui s'addreffe premierement aux iambes, pour ce qu'aux perfonnes yures, elles commencent les premieres à chanceller. *Captat pedes primum, luctator dolofus eft.* Car il ne faut pas aller d'impetuo-fité & effort à la lucte, ains pluftoft par art & cautele, combien que la force y foit tres-requife, & fans elle il feroit bien malaifé d'y rien faire qui vaille: au moyen dequoy on les apprenoit aux efcholles, où les anciens auoient cela de plus que maintenant, à s'oindre, & fe faupoudrer, & autant que d'entrer à l'efpreuue fe faire refchauffer, & frotter les nerfs, les mufcles, & les iointu-res, pour les auoir plus fouples & à deliure, & ne fuffent fi toft en danger de s'eftendre, def-noüer, ou rompre, comme admônefte Gallien au quatriefme liure, *de locis affectis*, chapitre 8. & au fecond de la difference du poux. Mais il y auroit trop de chofes à dire encores là deffus, ioint que nous auons defia parlé au tableau particulier de la Paleftre: Et en toucherons outre plus ie ne fçay quoy fur les Heroïques. Des anciens exercices au refte cettui-cy nous eft demeuré, plus frequent affez que le faut, & la courfe: iecter le difque equipolle prefque à iecter la barre & la pierre: l'efcrime des coups de poing eft du tout abolie: Mais on fouloit par cy-deuant faire bien plus de profeffion de lucter en Bretaigne, qu'on ne faict à cette heure; ailleurs cela n'eft pas fi vfité, fi ce n'eft en Turquie, où le Turc tient à cette fin ordinairement à la fuite trente ou qua-rante lucteurs, qu'ils appellent *Pleuianders*, & *Gurefiis*, fa plus-part Maures, Indiens, & Tartares: lefquels ont des brayers de cuir fort iuftes, s'auallans iufques au deffoubs des genoüils, oints d'huile comme tout le refte du corps. Si que par faute de prife dont cela les engarde, ils vien-nent le plus fouuent à fe mordre & efgratigner affez cruellement au nez, aux ioües & oreilles, tant que parfois en emportent la piece à belles dents. Il y en a auffi en Arger grand nombre, & és autres villes de la Barbarie, qui pour quelque piece d'argent en donnent fort volontiers le paffe-temps aux Spectateurs: Comme auffi le Prefteian en Ethiopie, felon le recit de Francifque Aluare au traicté qu'il a faict de ces païs là, fi efloigne de noftre cognoiffance.

Qv'estant *monté deffus vn Cigne il vifitera toutes les villes & contrées où luy Apollon s'aime le plus.* L'antiquité, non fans quelques myftiques confiderations, a de tout temps attribué les Ci-gnes à Apollon : En premier lieu pour ce que luy qui n'eft autre chofe que le Soleil, eft autheur de la vie, *le Soleil, & l'homme engendrent l'homme*, dit le Philofophe. Par le Cigne d'autre-part eft reprefentée la douce & gracieufe iffue d'icelle, és gens de bien principalement, qui laiffent non enuiz, mais de grande gayeté de courage la vie du corps pour aller trouuer celle de l'ame, qui prouient de l'autre Soleil, que les Caballiftes appellent le *Tiphereth*, fource de tout ornement & beauté au monde intelligible, dont le Soleil fenfible, eft le vray type & exemplaire : Tellement que Platon n'auroit point faict de difficulté de l'appeller, Le fils vifible du Dieu inuifible, qui y a mis fon tabernacle, felon le Pfeaume dix-huictiefme. Mais Socrate difcourt fort bien tout ce-cy dedans le Phedon de Platon, eftant prochain de fa mort. *Il femble que vous m'eftimez eftre infe-rieur aux Cignes, mefmement en la faculté de predire & de deuiner: lefquels foudain qu'ils pres-fentent que leur heure eft arriuée, s'ils ont oncques bien chanté en toute leur vie, ils renforcent alors de tout leur pou-uoir, leur mélodieufe harmonie, fe refioüyffans qu'ils verront bien toft de Dieu-là, duquel ils eftoient icy bas les miniftres & feruiteurs. Mais les hommes pour ce qu'ils redoutent & abhorrent la mort, ont controuué auf-fi des menfonges contre ces excellens oyfeaux, alleguans que c'eft pour ce qu'ils depleurent la leur: Et que de l'angoiffe qu'ils fentent, & des douleurs qui les viennent efpoinçonner, ils fe parforcent de chanter ainfi plus vehementement que de couftume: là où ils ne confiderent pas qu'il n'y a point d'oyfeau qui chante, quand il eft preffé de la faim, ou qu'il fent le froid, ou qu'il eft molefté de quelque autre langueur qui l'afflige : Ny le roffignol, ny l'arondelle, non pas mefme la Huppe propre, qu'ils difent auoir accouftumé de chanter, ou pluftoft gemir de douleur. Au moyen dequoy ce que les Cignes defgoifent ainfi doucement eftans fur le poinct de rendre l'efprit, eft à mon aduis pource qu'ils font facrez à Apollon, & pourtant pourueus de certain inftinct de diuination, quand ils preuoient les biens qui font en l'autre fiecle: Ce qui eft caufe de leur faire renforcer leur mufique à l'heure de leur trefpas, dont ils fe refioüyffent plus affez que de tout le refte de leur vie paffée.* A ce propos O-uide tout au commencement de l'Epiftre de Didon à Enée ;

Sic vbi fata vocant vdis abiectus in herbis ,
Ad vada Mæandri concinit albus olor.

Comme s'ils vouloient rendre graces à la diuinité de les defpoüiller de cette empefchante car-quaffe, où leur efprit demeure engagé, (mais cela bat aucunement fur la Philofophie Pythago-ricienne de la tranfmigration des ames humaines en des animaux) ainfi qu'en vne obfcure pri-fon. Car felon Ciceron en fes Tufculanes, les Cignes font attribuez à Apollon, qui eft le Dieu des deuinemens, pour ce qu'entre tous autres ils prefagient plus clairement leur fin prochaine, & s'en refioüyffent, la receuans auecques vn tres-grand contentement & plaifir, comme s'ils preuoyoient par vne occulte inspiration diuine, le bien qui est en la mort. Ce sont les mots de Ciceron, qu'il doit auoir empruntez de Platon, ainsi que beaucoup d'autres choses. Outre plus les Cignes sont vne marque & symbole des Poëtes, qui ont ce Dieu-là pour patron. Et c'est à quoy veut battre Horace en la vingtiesme Ode du second des Carmes, desia cy-deuant alleguée en l'argument du tableau d'Orphée, qu'il doit estre transformé en vn Cigne, qui de son chant remplira tout le rond de la terre.

> *Iamiam residunt cruribus asperæ*
> *Pelles, & album mutor in alitem*
> *Superne, nascuntúrque leues*
> *Per digitos, humerósque plumæ.*

Mais c'est vne allusion qu'il faict à la vieillesse, dont il se sent desormais atteint; qui luy procrée des peaux rudes aux iambes, & luy faict blanchir les cheueux. Plutarque en l'interpretation du mot *Ei*, dit qu'Apollon se delecte de la Musique, & du chant des Cignes, & du son de la Cistre. Et au traicté de l'industrie des animaux terrestres & aquatiques, que ce sont esté les Cignes & Rossignols qui ont inuenté la Musique: Ce qui se conforme à ce que Phurnute au chapitre d'Apollon & Diane, met que le Cigne est dedié à Apollon, pour ce qu'il excelle tous autres oyseaux en douceur de chant, & en blancheur de pennage; ce qui a quelque affinité auecques la lumiere du iour qui vient du Soleil & est blanche, ainsi que sont toutes choses lumineuses; Et à l'opposite les tenebres & la nuict noires & obscures comme est le Corbeau, qu'Apollon a en haine & detestation, pour auoir par son babil esté cause, que luy esprit de ialousie tua sa mieux aimée Coronis, qui estoit grosse de son faict d'Esculape, selon qu'il est contenu au second des Metamorphoses: Et pourtant il le rendit noir, qui estoit blanc au-parauant.

> *Sperantémque sibi non falsæ premia linguæ,*
> *Inter aues albas vetuit consistere coruum.*

Av regard des lieux où Apollon se plaisoit le plus, & qu'il promet à Hyacinthe de luy faire visiter monté sur vn Cigne, Homere en son Hymne en specifie la plus grande part, dont il en faict vn Catalogue; ὅσους κρήτη ἐντὸς ἔχει, καὶ δῆμος Ἀθηνῶν, &c. De tous lesquels lieux, & assez d'autres il a acquis diuers Epithetes, qu'il faudra icy vn peu esplucher plus par le menu; laissant les autres qui ne feront à ce propos, & qui dependent, selon Macrobe, de la force & vertu du Soleil, lequel nom il a au ciel; de Liber & Bacchus en la terre, & d'Apollon és enfers: combien que Platon au Cratyle le vueille tirer ἀπὸ τὸ πάλλειν τὰς ἀκτῖνας, de darder ses rays: Mais il y en a infinies autres etymologies.

Homere donc ques en premier lieu met l'Isle de *Crete* ou Candie, Royaume des appartenances de la seigneurie de Venise. Puis *Athenes*, ville anciennement si fameuse, tant pour l'exercice des arts & sciences qui y fleurissoient plus qu'en nul autre endroit de la terre, que pour leur grand pouuoir par la mer. Mais pour le iourd'huy despouillée de tous ses anciens ornemens, & reduitte à quelques pauures petites miserables cahuettes pour les pescheurs, parmy de grands tas & monceaux de pierres, habitation des couleuures, lezards, & semblables vermines.

Ægine Isle auecques vne ville de mesme nom, proche du riuage du Peloponese, & de la coste de l'Attique: Car elle n'estoit distraicte du tant fameux port de Pirée au bas d'Athenes, que de quatre lieuës; appellée ainsi d'Ægine fille d'Æsope Roy de la Bœoce, laquelle Iupiter engrossa transformé en flammes de feu, & en eut Æacus; & Rhadamanthe; Auiourd'huy en vulgaire Grec *Egina*, ou *Xilocastro*, d'vn petit fort de boys qu'il y a pour les incursions des Pyrates.

Evboee, ou Negrepont, Isle de l'Archipel, où est la ville de Chalcide, sur le far ou destroit de l'Euripe, qui va & vient sept fois le iour.

Les Ægues, Isle de la mesme mer: Il y a encores quelques villes ainsi appellées.

Peparete, l'vne des Cyclades, Isle & ville, voisine de la Macedoine; auiourd'huy *Saraquino*.

Athos, mont de Thrace, qui s'estend ie ne sçay combien de lieuës en la Mer, & si haut que son ombre s'estend iusques en l'Isle de Lemnos, à plus de sept lieuës de là; maintenant *monte santo*: Et en Grec vulgaire *Agion oros*, pour le grand nombre de Religieux Caloiers qui y resident d'ordinaire, menans vne fort saincte & austere vie. Herodote escrit que Xerxes, quand il vint en Perse, le trancha par le pied pour y faire passer son armée de Mer: mais ie croirois que ce fust fable: comme aussi n'estoit-ce que pour vne piaffe & ostentation, plus admirable que possible & aisée à executer. L'ingenieux Callicrates mit en auant à Alexandre, que laissant là toutes ses statuës qu'on luy dressoit de costé & d'autre, de metaux, & de marbres, ainsi que de petits modelles subiects à se fondre & gaster du premier venu, & indignes de representer ny l'estenduë de ses conquestes, ny la grandeur de son courage: que s'il vouloit fournir aux fraiz, il luy en dresseroit vne immortelle & perdurable à tout iamais, qui surpasseroit en admiration toutes les sept merueilles du monde; à sçauoir de former à sa ressemblance le mont Athos, en vne image à l'endroit où il s'esleuoit le plus hault; ayant des interruptions en ses crouppes qui se pourroient

façonner

façonner à guife de membres : Et en l'vne de fes mains tiendroit vne ville capable de dix mille habitans , & en la droiſte vne grande tafle en forme de Lac, où fe viendroit rendre vne groſſe riuiere, qui de là fe defchargeroit en la mer. Surquoy Alexandre luy ayant loué la hardieſſe de fon entrepriſe , luy dit , laiſſons-là en fon repos le mont Athos pour cette heure , il fuffit qu'il porte en foy les tefmoignages de la folle & outrageuſe infolence d'vn Roy barbare : Quant à moy i'efpere que le mont de Caucafe, le fleuue de Tanais , & la mer Hircanique feront les effigies de mes faiſts , & me feruiront de Trophées.

PELION, *Petras* en vulgaire ; montagne de la Theſſalie, couuerte de Pins au fommet, là où Homere dit que fe plaiſt Apollon; & le refte des chefnes : Ouide és Faſtes.

> *Pelion Aemoniæ mons eſt obuerſus ad auſtros ,*
> *Summa virent pinu , cætera quercus habet.*

S A M O S, Il y a trois iſles de ce nom-là; l'vne en la mer Icarienne, vers la cofte d'Ionie, vis à vis d'Epheſe, anciennement confacrée à la Deeſſe Iunon , qui y fut née & nourrie , puis mariée à Iuppiter, pour raifon dequoy , comme met Varron , elle y auoit vn temple , auecques vne image en habit d'efpoufée , là où fe celebroit tous les ans vne folemnité à guife de nopces. De là fut nay Pythagoras, qui donna bien autant de credit à l'Iſle, que fit la Deeſſe, & l'excellente vaiſſelle de terre qui s'y faifoit. L'autre eft celle qui a retenu le nom de Same iufques au iourd'huy , vis à vis de l'Epire, autrement Cephalenie, pres de Zacynthe. Et la troifiefme que Diodore appelle Samothrace, dont Homere entend parler icy , eſt en la cofte de la Thrace , a cette heure *Samandrachi.*

I D A, montaigne de la Troade , fur l'emboucheure de la Propontide auecques l'Helleſponte,dont le fommet s'appelloit Gargarus, elle eſt fort celebrée par Homere en fon Iliade , & les autres Poëtes,mefmement pour le iugement que Páris y fit eſtant berger, de trois Deeſſes ; Iunon, Pallas, & Venus, dont s'en enfuiuit la ruine finale de Troye. Il y en a vne autre en Candie, du mefme nom en vulgaire *Pſiloriti.*

S C Y R O, Iſle de l'Archipel fort montueufe , & l'vne des Cyclades, renommée auſſi pour la nourriture d'Achille chez le Roy Lycomedes ; comme il a eſté dit en fon tableau.

P H O C E E *foglia vecchia* , ville de l'Æolide en Afie , autresfois Colonie des Atheniens , diſte ainfi de l'abondance des Phoques ou veaux marins qui leur apparurent fur le riuage en l'edifiant. Les habitans ayans eſté longuement trauaillez par les Perfes, d'vn commun confentement la quitterent, pour s'en venir habiter les Gaules, où ils fonderent la ville de Marſeille.

I M B R V S, *Lembro* Iſle de l'Archipel , en la cofte de Thrace,auec vne ville du mefme nom.

L E M N O S, *Stalymene*, autre Iſle du mefme Archipel, dont il a eſté parlé cy-deuant à fuffifance fur le proëme de cet œuure.

L E S B O S, *Metellin*, Iſle pareillement de l'Archipel, contenant pres de quarante lieuës de circuit, fort celebre de longue-main pour les huiſt bonnes villes qui y eſtoient bien habitées, & la fertilité de fon terroüer, mefmement en vignoble; le vin Lesbien eſtant en grand eſtime entre tous les autres.

C H I O S, *Scio*, Iſle de mefme fort celebre encores pour le iourd'huy, les Geneuois la fouloient poſſeder , moyennant dix ou douze mille ducats de tribut annuel qu'ils en rendoient au Turc : mais l'an 1566. Piali fon Admiral s'en empara. Il n'y a que là feulement que fe produife le maſtic,qui leur eſt d'vn fort grand profit. Mais la beauté & la gentileſſe des femmes la rend vne des plus fameufes & frequentées Iſles de tout le Leuant, & où les eſtrangers s'aiment le plus, Homere luy attribuë le tiltre de fertile entre toutes autres.

M I M A S montaigne de la petite Afie pres de Colophon , où il y auoit vn oracle d'Apollon; En tout temps au refte couuette de nuées, dont on conieſturoit de loin le temps qu'il deuoit faire.Là où fe fouloient tous les ans faire de fort folemnels facrifices à Bacchus,qu'on tient eſtre vne mefme chofe que le Soleil & Apollon, les miniſtreſſes duquel furent de là appellées les Mimallonides.

C O R Y Q V E, mont tres-haut en la Cilicie, auecques vne ville du mefme nom.Là croiſſoit de tres-fin faffran ; Et au pied d'iceluy eſtoit vne grotte ou cauerne ditte l'antre Corycien, dedié aux Mufes qui en prindtent le nom de Corycides ; auiourd'huy ce mont s'appelle *Chuteo* , & la grotte *Cornich.* Paufanias en fes Phocaïques met qu'en cette montagne il y auoit vne cauerne où fut née la Sibylle Herophyle.

C L A R O S, vne ville de l'Ionie , anciennement fort renommée pour l'oracle d'Apollon qui de là fut furnommé *Clarius*; Car il y auoit vne certaine eau, beuuant de laquelle les Preſtres rendoient des refponces , mais ils viuoient peu. Pline liure fecond chapitre fixiefme, le refere à la ville de Colophon ; *Colophone in Apollinis Clarij ſpecu lacuna eſt , cuius potu miſa redduntur oracula , bibentium breuiore vita.* Et Strabon au quatorziefme met que le diuin Calchas , apres la prife de Troye s'en retournant par terre auecques Amphiloque fils d'Amphiaraus , en trouua en Claros vn autre plus excellent que luy. Car comme Calchas pour l'efprouuer luy euſt demandé ce qui

III

luy sembloit de la portée d'vne Truye qui se trouua là preste à cochonner, Mopsus respondit
qu'elle auoit trois cochons seulement, à sçauoir deux masles & vne femelle, ce qui se trouua de
la sorte. Et Calchas à son tour n'ayant sceu la verité respondre quel nombre de figues estoit en
vn petit figuier tout chargé de fruict, Mopsus le deuina aussi sans se mescompter d'vne seule,
dont Calchas ennuyé de se voir surmonter en son art, mourut là de desplaisir. Nearchus veut tirer ce mot de Claros, de Κλῆρος, sort, à cause qu'elle escheut en partage à Apollon au sort. Les
autres de κλαίω pleurer, pour ce que Manto fille du deuin Tiresias, à qui ils en attribuent la premiere fondation, s'enfuyant de Thebes que les Epigones auoient ruinée, aborda là, où de ses larmes elle fit vne fontaine, dont le lieu prit son appellation. C'est aussi vne Isle de la mer Myr-
thoienne de l'Archipel, entre Tenedos & Soio, dediée à Apollon. Ouide au premier des Metamorphoses.

> ---Mihi Delphica tellus
> Et Claros, & Tenedos Patareáque regia seruit.

Et Callimaque en son Hymne;

> Ὦ πόλλων, πολλοί σε βοηδρόμιον καλέγσι
> Πολλοί δὲ κλάξιον, &c.

MICALE, ville de Carie selon Stephanus; ditte ainsi pour ce qu'elle estoit scituée en vne
Cale ou recoin de la mer de Carie, qui s'appelle en Grec μυχός. Herodote la met pour vn promontoire: Didymus pour vne montaigne, que le mesme Stephanus dit estre vis à vis de Samos,
dont les Nymphes auroient pris le nom de Mycalesiennes. Il y auoit aussi vne ville de la Bœoce
ainsi appellée, où estoit reuerée Ceres, & de là dicte pareillement Mycalesienne, en vn temple
edifié sur le bord de la mer; dont Hercules, se dit Pausanias en ses Bœotiques, souloit faire l'office de fermer & ouurir les portes; Et que tous les ans on y offroit de tous les fruicts qui se produisent en Automne, lesquels s'y conseruoient tout le long de l'an aussi fraiz, comme s'ils ne fissent que venir de l'arbre.

MILET, ville pareillement de Carie, *Melaxo* en vulgaire, fort celebre pour le Philosophe
Tales, l'vn des sept Sages de la Grece, qui en fut natif; Anaximander aussi, & autres excellens
personnages; Mais plus encores pour l'oracle d'Apollon surnommé Didyme, comme il a esté
dit cy-dessus.

COS, *Stancou*, Isle de l'Archipel, & l'vne des Cyclades, fort renommée pour Hippocrates le
prince des Medecins, & pour Apelles, le plus excellent peintre qui fut oncques, qui en furent
natifs. Il y auoit vn fort beau temple d'Esculape fils d'Apollon.

CNIDVS, ville vis à vis de l'Asie, au bout de la Peninsule de Carie; en fort grande vogue anciennement, pour cette incomparable Venus de marbre, qui a esté cy-deuãt descritte au tableau
de Venus Elephantine. Il y auoit aussi vn temple d'Apollon, auecques vne petite touffe de bois
de haute fustaye, que Turulius s'estant ingeré de faire abattre pour bastir des vaisseaux, il fut par
le commandement d'Auguste mis à mort, comme met Dion, liure 50.

CARPATHVS, *Scarpants*, Isle à my-chemin de Candie à Rhodes; opposée à la coste d'Egypte, laquelle a donné le nom de Carpathien au golphe circonuoisin.

NAXE, Isle de l'Archipel, & l'vne des Cyclades: mais plus haut esleuée que toutes les autres,
autrement appellée *Dia*. C'est auiourd'huy vn tiltre d'Archeuesché, mais le Turc la possede. Ce
fut où Thesée laissa Ariadné endormie, pour s'en aller auecques sa sœur Phedre, comme il a esté
dit au tableau d'Ariadné.

PAROS, autre Isle des Cyclades, en fort grand bruit anciennement pour l'excellent marbre
qu'on en tiroit, propre à faire des statuës, car il auoit la couleur de chair, sans aucunes taches ne
veines.

APOLLON estoit outre-plus appellé Hysien, d'Hysie ville de la Bœoce, où il y auoit vn
puits qui faisoit le mesme effect, en cas de predictions, que le Clarien, dont il a esté parlé cy-
dessus.

AMYCLEEN, d'Amycles ville de Laconie; dont estoit natif Hyacinthe, comme on a peu
voir en son autre tableau.

GRYNEEN, de Grynée ville des Myceniens, où il y auoit vn temple d'Apollon, tout basty
de beau marbre blanc, auquel se rendoient des oracles, selon que met Strabon au 13.

DELIEN, de Delos lieu de sa naissance, qui estoit aussi appellée Cynthus, & Apollon de là,
Cynthien. C'est au reste vne Isle la plus celebre des Cyclades, en si grand respect pour ces deux
Deitez que Latone y auroit enfantées, la mer luy ayant lors faict place pour y accoucher à son
aise, car au-parauant, elle estoit toute couuerte d'eau, que les Perses estans venus en nombre de
mille vaisseaux faire la guerre à toute la Grece, aussi bien aux Dieux comme aux hommes, estans
abordez en cette Isle, n'y oserent rien attenter, ainsi que le tesmoigne Ciceron en la troisiesme
des Verrines. Au-parauant qu'elle eust pris ce nom, lequel vient ἀπὸ τῦ δηλῦ, apparoistre, pour

l'occasion

l'occasion qu'elle apparut emmy les ondes, elle s'appelloit Ortygie, Asterie, Gythie, Lagie, Clamydie, Cynete, & Pyrpile, du feu qui s'y trouua premierement.

QVANT au surnom de Lycien, les vns le tirent de Lycie, à cause de l'oracle qu'il y auoit, côme met Festus. Les autres de λύκος loup, pource qu'il estoit adoré à Cycopoli, ville de la Thebaïde d'Egypte en forme de Loup : ou de λύκη lumiere, dont Homere l'appelle λυκηγενέτης engendrant ou produisant la clarté du iour. Pausanias en ses Attiques, de Lycus fils de Pandion, qui le fit le premier de tous celebrer à Athenes : ou selon Diodore, qu'estant arriué en Lycie, il luy bastit vn temple pres du fleuue Xanthus, autrement Scamandre. Le mesme Pausanias és Corinthiaques, en racompte vne plaisante histoire, que Danaus edifia vn temple à Apollon Lycien; pource qu'estant venu à Argos disputer le Royaume contre Gelamor fils de Sthenel, apres auoir de part & d'autre dit & debattu leurs raisons deuant le peuple, comme on estimast le droict de Gelamor estre le plus apparent, la decision en ayant neantmoins esté remise au lendemain, dés le poinct du iour vn loup trauersant païs se vint iecter sur vn trouppeau de bestes à cornes qui paissoient le long des murailles, où il s'attaqua à vn taureau fier & robuste : Et là dessus les habitans s'estans rangez sur la courtine pour voir l'issuë de ce combat, d'vn commun consentement ayans attribué le party de Gelamor au Taureau, pour ce qu'il estoit naturel de la contrée; & de Danaus estranger au Loup; en fin le Loup vint à bout du Taureau, & le Royaume fut adiugé à Danaus; lequel pour l'opinion qu'il eut qu'Apollon eust tout expres conduit là ce Loup pour fauoriser sa cause, luy edifia vn temple soubs le surnom de Lycien. Il y eut encores vn autre temple d'Apollon Lycien à Sicyon, pour ce que les Loups destruisans en ces quartiers-là tout le bestail, Apollon les admônesta de leur faire vn appast de chair saupoudrée de l'escorce d'vn arbre sec qu'il leur enseigna, dont tous moururent, selon que met aussi le mesme Pausanias.

TRIOPIEN, de Triopé ville de Carie.

ISMENIEN d'vn tertre de semblable nom, qui estoit aupres de l'vne des portes de Thebes: ou d'vn fleuue de la Bœoce, non gueres esloigné de l'Aulide, lequel s'en va descharger dans l'Euripe ou destroit de Negrepont; Et eut ce nom d'Ismenus fils d'Apollon, & de la Nymphe Melie.

PTOVS, du mont de semblable nom, qui est aussi en la Bœoce, où il y auoit vn oracle, auquel comme dit Plutarque en leur cessation, le Prestre respondit aux Perses qui y estoient venus pour s'enquerir d'aucunes choses, en langue Persique, & non Grecque, ainsi qu'il souloit ordinairement.

IL y auoit encores plusieurs autres endroicts, où ce Dieu estoit reueré, dont il prenoit ses Epithetes & qualitez : Car les Demons, Cacozelateurs de la Diuinité en ce qu'ils pouuoient, à l'exemple d'icelle que nous voyons par experience plustost faire des miracles en vn lieu qu'en vn autre, en choisissoient pareillement, où ils se complaisoient plus qu'autre part.

IL ne reste plus autre chose de ce tableau que la description que faict Albrique de ce Dieu, laquelle auoit esté cy-deuant obmise en son autre tableau. Il dit doncques ainsi. *Apollon est le* *quatriesme des Planettes, appellé aussi le Soleil, & estoit peint en forme d'vn ieune adolescent, mais tantost* *plus, & tantost moins aduancé d'aage : tousiours sans barbe, & quelquesfois bien fort differemment de cela,* *ayant les cheueux blancs, combien que tres-rarement : Et sur sa teste y auoit vn beau trippié d'or. Il tenoit au* *reste vn arc de la main droicte, auecques vn carquois plein de flesches, & en la gauche vne Lyre. A ses pieds* *estoit representé vn monstre serpentin fort hideux & espouuentable, ayant trois testes, à sçauoir de loup, de* *chien, & de lyon. Et encore qu'elles fussent esloignées l'vne de l'autre, & fort differentes entre-elles, si venoit* *il tout neantmoins se rapporter à vn mesme corps, qui n'auoit qu'vne seule queuë. Sur le chef d'Apollon estoit* *posée vne couronne de douze pierres precieuses : Et aupres de luy vn laurier tousiours verdoyant, au dessus du-* *quel volletoit vn corbeau noir comme meure; oyseau consacré à ce Dieu. Et au bas à l'entour de l'arbre vne* *dansse en rond des neuf muses qui s'entre-tenoient par les mains, chantans vn plaisant vaudeuille, comme si* *elles s'attendoient qu'il respondist à leurs coupplets auecques sa Lyre. Plus le demesuré serpent Python estendu* *par terre, & lardé de force fleschades, qu'Apollon luy auoit tirées d'entre les deux cimes du mont de Parnasse,* *lu quel sourdoit la fontaine Castalienne. Telle estoit l'image d'Apollon enuers les anciens.* Mais il n'y aura point de mal d'adiouster icy quant & quant son Hymne tourné d'Orphée.

L'EMENSEMENT D'APOLLON

LA MANNE.

Vlen icy bien-heureux Pæan,
   Tueur d'oyseaux, Phebus Lycore,
Honorable donneur de biens,
Ayant vne Lyre dorée :

Lequel enfemence les champs,
Et les laboure, Beau Pythie,
Titan antique, Smynthéen,
Tueur de Python, qui en Delphes
Rens les vrayes predictions,
Indomptable, porte-lumiere;
Amiable Demon; enfant
Glorieux, conducteur des Mufes
Dont tu addreſſes les ballets.
Dardant au loing auec tes fleſches.
Bacchus & iumeau, qui au loing
Eſtends tes effects, & tortilles
Pur & net Prince Delien;
Qui vois tout, & qui donne aux hommes
Vn œil pouuant tout diſcerner.
Dieu à la blonde cheuelleure,
Qui annonce le tout au vray,
Eſcoute moy qui te ſupplie
Pour tous les peuples d'vn cœur gay:
Car tu vois en haut l'Etherée
Region toute, & icy bas
La terre pleine de richeſſes.
Tu fais au profond de la nuict
Que tout eſt en repos, les aſtres
Luire durant l'obſcurité.
Tu poſſedes les bouts du monde,
Et à toy tout commencement,
Et la fin de tout appartiennent.
Toutes choſes reuerdir fais,
Et accommodes de ta Lyre
Bien ſouuent, l'vn & l'autre Pol.
Tu fais les ſaiſons de l'année,
Accordant l'Hyuer, & l'Eſté,
L'Hyuer deſſus la baſſe corde,
Et l'Eſté ſur celle d'enhaut:
Les autres deux ſur les moyennes,
Parquoy les hommes à bon droict
T'appellent Roy, Pan dieu biſcorne,
Qui donne le ſiffler aux vents,
Car tu as le cachet du monde.
Eſcoutte donc, ô bien-heureux,
Garde de mal ceux qui te prient
D'vne humble ſuppliante voix,
Et qui obſeruent tes myſteres.

MELEAGRE.

MELEAGRE.

ARGVMENT.

ENEVS *Roy de Calydonie, eut de sa femme Althée fille de Thestius fils de Parthaon, vn fils appellé Meleagre, à la naissance
duquel, les trois Parques, Deesses des destinées estans comparuës,
elles prindrent vn tison ardant du foüyer, & le coniurans pronon-
cerent haut & clair ces mots-cy, si que chacun les peut oüyr;* Autant
cet enfant viura, que le tison durera. *Ce qu'entendu de la mere, elle le fit soudain
esteindre, & le garda depuis fort soigneusement. Or aduint qu'Oeneus, homme
assez deuot de son naturel, ayant offert à tous les Dieux des fruicts que luy auoit
produit son territoire, Diane seule y fut oubliée, fust par mesgarde & inaduertance,
ou que pour l'auoir autresfois inuocquée à vn sien besoin, elle n'eust tenu compte de le
secourir, comme met Homere au 9. de l'Iliade;*

> Καὶ γὸ τοῖσι κακὸν χευσό-θεονος Ἄρτεμις ὦρσε
> Χωσαμένη, ὅ οἱ οὔτι θαλύσια γουνῷ ἀλωῆς
> Οἰνεὺς ῥέξ᾽, ἄλλοι ἢ θεοὶ δαίνυνθ᾽ ἑκατόμβας
> Οἴη δ᾽ ἐκ ἔρρεξε Διὸς κούρη μεγάλοιο,
> Ἢ λάθετ᾽, ἢ ἐκ ἐνόησεν ἀάσατο δὲ μέγα θυμῷ.

> Parmy eux ce mal excita
> Diane au riche doré throne,
> Fort indignée qu'Oeneus
> Ne luy eust offert des Premices
> De ses champs, comme aux autres Dieux,
> Lesquels auoient faict bonne chere
> A ses despens, & n'eust daigné
> Sacrifier à cette fille
> Du grand Iuppiter; soit qu'il l'eust
> Oubliée, ou n'eust cognoissance
> De sa Deité, neantmoins
> Elle luy porta grand dommage.

LA Deesse *doncques fort courroucée de ce mespris, enuoya, comme il met apres,
vn sanglier enorme, qui gasta toute la contrée, bleds, vignes, & autres fruicts;
Tellement que tous les ieunes hommes de marque s'estans assemblez pour en faire
vne chasse Royalle soubs la conduitte de Meleagre qui en fut le chef, Atalante s'y
trouua aussi, vne ieune damoiselle d'excellente beauté, mais du tout addonnée aux*

chaſſes; laquelle fut la premiere qui bleſſa le ſanglier. Parquoy Meleagre qui eſtoit
pris de ſon amour, apres que la beſte euſt du tout eſté portée par terre, luy fit preſent de
la Hure, pour vn prix d'honneur, dont ſes deux oncles freres de ſa mere Althée, Ple-
xippe, & Toxée s'eſtans indignez, ſe voulurent ingerer de la luy oſter : mais Me-
leagre tranſporté de la paſſion qui le dominoit, les mit là tous deux à mort ſur le
champ, & eſpouſa Atalante. Althée ſi toſt qu'elle le ſceut, poſtpoſant l'amour cha-
ritable de mere à celle de ſœur, s'en alla bruſler par deſpit le tiſon fatal, & à meſure
qu'il ſe conſommoit, Meleagre fina ſes iours, deuoré d'vn feu ardent par dedans,
ſans qu'on y ſceuſt trouuer remede : on le racompte d'vn autre, mais cela ſera cy-
apres deduit en l'annotation du tableau.

VOVS eſmerueillez-vous voyant cette gaillarde damoiſelle ſe preparer à vn ſi dangereux combat de ce
fier ſanglier tant ſauuage : Et laquelle attend ainſi de
pied coy l'impetueux choc & aſſaut d'vn ſi redoutable animal ? Car vous voyez bien comme l'œil luy e-
ſtincelle tout de ſang : Et cette groſſe hure heriſſée
auecques vne eſpoiſſe eſcume eſpanduë ſur ſes deffenſes qui s'aduancent hors de ſa gueulle, tranchantes à
guiſe d'vn raſoüer, aiguës de meſme, & accrées tout
de fraiz, dont la pointe n'eſt éncore vſée ni mouſſe : Et cette enorme maſſe
de corps au pris de ſa Plante, que les traſſes monſtrent : Car le peintre n'a rien
obmis de tout cela, les exprimât en ſon ouurage. Mais ce qui ſuiura cy-apres
ſera bié plus eſpouuentable; Car le ſanglier ſe lançât ſur ce pauure Ancée, luy
a tout deſcouſu la cuiſſe, dont le iouuenceau giſt là réuerſé par terre, verſant
de gros boüillons de ſang par l'ouuerture de ſa playe, qui s'eſpád le long de la
iambe. Or le combat eſtant aux mains, voila Atalante tout des premiers; Car
il vous faut ſçauoir que c'eſt la damoiſelle que vous voyez, qui en cochant la
fleſche attintée deſſus la corde de ſon arc, ſe prepare de la delaſcher vers la
beſte; ſa Iuppe retrouſſée en haut, qui n'arriue pas au genoüil, & ſes pieds garnis de gétiles ſoles : Ses bras tous nuds iuſqu'aux eſpaulles, cóme preſts de les
employer, & les mâches accrochées à des agraffes. Quất à ſa beauté, elle a la
face vn peu hómace, & ſa mine móſtre de taſcher à gaigner le temps : Ne s'a-
muſant pas à cette heure à ieéter vn benin regard deſirable, ains les rays de
ſes yeux ſont tenduz ſeulement à remarquer ce qui ſe fait. Mais voicy deux
braues ieunes hommes, aſſauoir Meleagre & Pelée : Car la peinture nous ramentoit ceux qui mirent le ſanglier par terre, dont celuy qui s'appuie en ſa
deſmarche ſur le pied gauche eſt Meleagre qui ſe plantant ferme attend de
pied coy l'aſſaut de la beſte, & preſente l'eſpieu au deuant. Or ſus doncques
regardons ce qui ſuit apres touchant le meſme. Le iouuenceau eſt fort bien
pris, & vigoureux en tous ſes membres : les iambes ſolides & droiétes, qui
ſont fort propres à la courſe, & pour ſouſtenir vn combat de pres main à
main, bonnes & ſeures gardiennes auſſi : la cuiſſe auec le deſſus du genoüil
proportionnée à ce qui eſt au bas, & la hanche telle qu'on ſe peut hardiment
aſſeurer que le choc du ſanglier ne le renuerſera pas ayſément. Le flanc eſt
fort bien encoché auſſi; & le ventre non exceſſif : L'eſtomac tout de meſme

me releué par mesure, & le bras puissamment noüé en ses ioinctures, & les
espaules attachées à vn col ferme-roidy, à qui elles seruent comme de base
& de pie-destal. Sa cheueleure blondette à guise de lin qui seroit blanchy au
Soleil, est toute herissée à cause de son agitation & effort. L'œil pers, & accommodé à vn fier regard leonin, auec vn sourcil non panchant ne morne:
ains ayant tout l'air & disposition du visage empraint d'vne courageuse hardiesse, ce qui ne permet pas, pour estre ainsi tendu en action, qu'on die rien
de sa beauté. La camisolle blanche qu'il a vestuë, bat sur le haut de la iarretiere, & ses semelles sont cordonnées dessus la cheuille du pied, pour seruir de
ferme soustenement à la plante. Enfin ayant vne Iuppe de iaune-doré, qui
se plisse à l'entour du col, il attend l'effort de la beste. Voila quant à ce qui
concerne le fils d'Oeneus. Mais ce Pelée est enueloppé d'vn mâteau de pourpre en escharpe, auec vn estoc au poing, dont Vulcain luy a fait present,
pour receuoir aussi de sa part le sanglier à son abordée, son œil fiché droict
deuers luy immobile, d'vn regard aigu & perçant, & tel en somme qu'il
monstre bien de ne craindre pas l'entreprise où il se doibt cy apres trouuer
hors de sa Patrie en Colchos auec Iason.

ANNOTATION.

OMERE au neufiesme de l'Iliade introduit Phenix, lequel ayant esté enuoyé deuers Achille auec Aiax & Vlysse pour le rappaiser, tasche de mitiger son indignation & courroux par cest exemple de Meleagre qu'il luy racompte. Qu'Oeneus
ayant offert vn solennel sacrifice à tous les Dieux, selon qu'il a esté dit cy dessus,
pour l'heureuse recolte qu'il auroit faite, oublia Diane, fust par mesgarde, ou qu'il
n'en eust point autrement cognoissance, dont la Deesse indignée, laquelle presidoit aux chasses
& à la sauuagine, lascha vn sanglier dans son territoire, qui desracinoit les arbres fruictiers, &
les vignes, renuersoit les bleds desia meurs, & faisoit infinies autres dissipations & ruines: mais
en fin Meleagre fils d'Oeneus le mit à mort, assisté de tous les excellens chasseurs des citez voisi-
nes, & de leurs chiens: car auec vn petit nombre d'iceux, il n'eust pas esté bien aisé d'en venir à
bout, si grand & espouuentable il estoit; Tellement qu'il tua vn grand nombre d'hommes, & en
affola d'autres auant que rendre les abois. Mais il y eut puis apres de la contention pour cause
de la despouille, entre les Etholiens & Curetes, lesquels tant que Meleagre se trouua au combat en eurent tousiours le dessoubs, iusqu'à ce qu'estant venu en contestation auec sa mere Althée pour raison de ses freres qu'il auoit mis à mort de sa main, il ne voulut plus sortir contre
iceux Curetes, ains se retenoit coy & oisif au logis à iouyr de sa tres-chere & bien-aimée
femme Cleopatre, fille de Marpisse & d'Idas le plus valeureux homme de son temps: Et qui
auoit bien eu la hardiesse de poursuiure à coups de fiesches le Dieu Apollon pour luy auoir enleué sa femme, laquelle n'ayant peu rauoir, sa mere luy changea son nom en celuy d'Alcyone,
pour son infortune assez semblable à celle de l'autre Alcyone femme de Ceyx. Meleagre doncques indigné côtre sa mere pour les imprecations par elle faites enuers luy pour l'homicide de ses
oncles, se retenoit auec sa femme, dont aussi bien estoit-il desesperement amoureux pour son
excellente beauté, quelques prieres que luy sceussent faire de reprendre les armes, ny les Prestres, ny son pere, sa mere, & ses sœurs: Ny les offres de luy donner vn grand nombre d'ar-
pents de terres labourables, & de vignes, des meilleures de tout le Contour; iusques à ce que
les Curetes estans entrez de viue force dans Calydon, où ils auoient ia commencé de mettre
tout à feu & à sang, Cleopatre luy remettant deuant les yeux les piteux desastres & calamitez
qu'ameinent ordinairement semblables prises de villes quand elles sont emportées d'assaut, où
l'on massacre tous les hommes; Ce feu conuertit en cendres les edifices, & sont les femmes &
enfans emmenez en captiuité & seruage: par ces remonstrances, & autres semblables, elle le
sceut si bien amadoüer qu'il reprit les armes, & rembarra les ennemis hors des murailles & de la
contrée. Tout cela racompte Phenix à Achille, qu'il auoit gouuerné en sa ieunesse, pour l'appaiser par cest exemple du courroux qu'il auoit conçeu pour raison de s'amie Briseis qu'Aga-

memnon luy auoit ostée : Ce qu'en l'Epistre qu'elle escript à Achille dans les Heroïdes d'Ouide elle luy ramentoit par ces vers cy.

Nec tibi turpe puta precibus succumbere nostris,
Coniugis Oenides versus in arma prece est.
Res audita mihi, nota est tibi, fratribus orba
Deuouit nati spémque caputque parens.
Bello erat ille ferox, positis secessit ab armis,
Et patrie rigida mente negauit opem.

Ce qu'il a emprunté mot à mot d'Homere, & nous à son exemple l'amenerons icy tourné en François, de la sorte que nous auons tout le reste de ses Epistres.

> *Et ne repute point honteux*
> *De te fleschir à noz prieres,*
> *Meleagre s'arma bien*
> *Aux prieres de sa femme.*
> *Ie l'ay oüy, tu l'as cogneu,*
> *La mere veufue de ses freres,*
> *Maudit de son propre fils*
> *Et l'esperance & la vie.*
> *Il estoit vn braue guerrier,*
> *Neantmoins il s'abstint des armes,*
> *Et d'vn dur cueur refusa*
> *De secourir sa Patrie.*

Hyginus au reste chapitre cent septante-vniesme met qu'en vne mesme nuict Oeneus & Mars accointerent Althée, qui ayant enfanté de leur faict Meleagre, soudain s'apparurent les trois Parques au milieu de la chambre, Clotho, Lachesis, & Atropos, qui luy predirent sa destinée en ceste sorte. Clotho assauoir qu'il seroit courageux ; Lachesis, fort & vaillant : Et Atropos prenant vn tison au foüyer, va dire ; Cette creature viura iusques à ce que ce tison soit du tout bruslé. Ce que la mere ayant oüy, se iecta soudain hors du lict, & l'alla esteindre : Puis l'enseuelit au milieu du palais, de peur qu'il ne fust consommé du feu. Et au chapitre ensuiuant, le mesme Hyginus specifie, nom par nom, comme faict aussi Ouide au 8. des Metamorphoses, tous les ieunes Seigneurs de marque qui se trouuerent à cette chasse du Sanglier, dont nous mettrons icy de chacun vn petit sommaire, ainsi que nous auons fait au tableau precedent des lieux agreables à Apollon, qui sera autant de soulagement pour ceux qui n'ont eu la commodité & moyen de deterrer leurs faicts des Poësies Grecques & Latines.

PREMIEREMENT Castor & Pollux: Iuppiter s'estant enamouré de Leda femme de Tindarus, ioüyt d'elle transmué en Cigne, estant desia engrossée de son mary ; Si qu'au bout de neuf mois elle fit deux œufs, de l'vn desquels furent esclos Pollux & Helene, immortels, comme ayans esté procréez de semence diuine : Et de l'autre Castor & Clitemnestre, qui fut femme d'Agamemnon. Les deux freres estans paruenus en aage de porter armes, nettoyerent la mer de Pyrates, parquoy il furent tousiours depuis reclamez és tourmentes : Et sont ces deux feux iumeaux, lesquels quand la mer se veut appaiser, ont de coustume se venir poser sur les antennes des vaisseaux ; nous les appellons communement de Sainct Hermes. Ils se trouuerent au voyage de Iason en Colchos, & en plusieurs autres entreprises, comme il a esté dit sur le tableau de Glaucus.

IASON fils d'Æson, & d'Alcimede : de luy & de ses faicts en a esté amplement parlé au tableau dessusdit de Glaucus.

THESEE & Pirithoüs, vn couple de parfaits amis, ainsi que furent Pylade & Oreste. Quant à Thesée il fut fils d'Ægée Roy d'Athenes, & d'Æthra fille de Pytheus : & il encourut vn fort grand danger de sa vie estant encore ieune garçon pour les machinations de sa marastre Medée ; Mais apres la mort de son pere estant paruenu à la Couronne, il fit tout plein de belles choses, comme on peut voir en sa vie dedans Plutarque. Comme il fut enuoyé en Candie, & ce qu'il y fit, cela a esté touché sur le tableau d'Ariadné, & le reste en celuy d'Hyppolite.

PYRITHOVS son compagnon, Roy des Lapithes peuples de Thessalie ; fut fils d'Ixion, & de sa femme legitime, non pas de ceste nuée ayant la ressemblance de Iunon, où il engendra les Centaures : Et ayant espousé Hippodamie, comme au iour de leurs nopces les Centaures se fussent mis en deuoir de la luy enleuer de force ; à l'aide d'Hercules & Thesée, il en defit la plus
grand'

grand' part, selon qu'on peut voir au douziesme des Metamorphoses. Estant puis apres decedée ils coniuindrent luy & Thesée de ne se remarier iamais à d'autres femmes, sinon aux filles de Iuppiter. Et là dessus Thesée ayant enleué Helene, ils descendirent aux Enfers pour rauir Proserpine femme de Pluton pour Pirithoüs; lequel de pleine arriuée fut mis à mort par l'hy deux dogue Cerberus aux trois testes; Et Thesée le voulant secourir, aresté prisonnier, iusqu'à ce qu'il fut deliuré par Hercule, qui y alla à ceste fin par le commandement d'Eurystée.

LYNCEE fils d'Aphareus, dont il a esté parlé au tableau de Glauque.

LEVCIPPE, autrement Theremaque, freres d'Ophites, & tous deux enfans d'Hercule & de Megaré fille du Roy Creon de Thebes.

ACASTE, fils de Pelias Roy de Thessalie, & d'Anaxabie, lequel ayant espousé Hyppolite, comme elle se fust amourachée de Pelius, & qu'il ne voulust consentir à sa desordonnée volonté, elle l'accusa enuers son mary de l'auoir prise à force: Parquoy Acaste sans en sonner mot soubs couleur de le mener à la chasse au mont Pelion, le despouilla nud en chemise, & l'attacha à vn arbre pour le laisser là deuorer aux bestes sauuages. Mais Mercure qui en eut compassion, ayant emprunté vn cousteau de Vulcain, couppa les cordes, & le deliura. Estant puis apres de retour au logis il tua Acaste & sa femme. Cet Acaste au reste fut des Argonautes.

IDAS fils d'Apharée, ou selon quelques vns de Neptune, ayant obtenu de luy vn coche attellé de cheuaux vistes sur tous les autres, soubs la fiance de cela s'en alla rauir la belle Marpese fille d'Euene Roy d'Etholie fils de Mars, qui dansoit le ballet sacré au bosquet dedié à Diane pres de son temple: Pour raison dequoy le pere qui ne l'auoit onques voulu octroyer à pas vn de ceux qui la luy estoient venus demander en mariage s'il ne le surmontoit à la course des chariots, & estans vaincus leur tranchoit la teste, qu'il pendoit pour seruir d'espouuentement aux autres sur les creneaux de son chasteau, ne l'ayant peu ratteindre mit à mort ses cheuaux de despit: Cela fait s'en alla precipiter dans le fleuue de Lycormas en Etholie, qui de son nom fut depuis appellé Euene: Et comme Idas s'enfuyant auec Marpese gaignoit pays à toute bride, il fut rencontré d'Apollon lequel la luy voulut oster, & en estoient desia venus aux mains, quand Iuppiter enuoya Mercure pour les departir, soubs condition de laisser le choix à la damoiselle lequel elle aymeroit le mieux : Et elle s'arresta à Idas, craignant que pour estre desia vn peu suraagée, Apollon apres en auoir accomply son vouloir ne l'abandonnast.

CAENEE. Cetui-cy auoit auparauant esté femme, comme le racompte Nestor dans le 12. des Metamorphoses; Qui ayant esté violée par Neptune luy demanda pour recompence d'estre transmuée en homme, qui ne peust estre offencé en son corps par aucunes blesseures. Mais puis apres s'estant trouué auec les Lapithes au combat contre les Centaures, il y demeura accablé à force de gros troncs d'arbres, & fut conuerty en vn oiseau de ce mesme nom. Mais Virgile au 6, de l'Eneide met qu'il retourna en son premier sexe.

It comes & iuuenis quondam, nunc fœmina Cæneus,
Rursus & in veterem fato reuoluta figuram.

HIPPOTHOVS fils de Megere fille d'Autholique, laquelle se tua de sa propre main quand elle sceut que ce sien fils auoit esté mis à mort par Telephe fils d'Hercules, auec son frere Nerée. Hyginus chap. 243. & 244.

DRYAS fils d'Hippoloque, & pere de Lycurgue Roy de Thrace, lequel a la guerre de Thebes ayant suiuy le party d'Eteocles contre Polynices, & en icelle blessé à mort Parthenopée, il fut tué à coups de flesches par Diane. Hyginus chapitre cent septante trois, le faict estre fils de Iapet. Mais au cent cinquante-neufiesme il parle d'vn autre Dryas fils de Mars, lequel ayant espousé l'vne des cinquante filles de Danaus, qui tuerent toutes en vne nuict leurs maris, fors Hypermnestre qui sauua le sien Lyncée ou Linus, fut mis à mort par la sienne dicte Hecabe, comme il met au chapitre 170.

PHENIX fils d'Amynthor. Il en a esté parlé au tableau d'Achille en l'Isle de Scyro.

TELAMON, Roy de l'Isle de Salamine, & fils d'Eacus. Il fut pere du grand Aiax, dit de luy Telamonien, & le second en proüesse au siege de Troye apres Achilles. Le pere auoit esté l'vn des Argonautes au voyage de Colchos; Et au retour ayant accompagné Hercule à l'expugnation de Troye, il eut pour sa part du butin Hesione sœur de Priam, dont il eut Teucer.

PELEE, fils aussi d'Eacus & d'Egine; lequel espousa Thetis, dont fut procreé Achilles. Il se trouua au siege de Thebes, l'vn des sept chefs: Plus au voyage de la toison d'or: Et à cette chasse.

IOLAVS, fils d'Iphicle, lequel assista Hercule à exterminer l'Hydre: car à mesure qu'il luy couppoit vne teste, cettui-cy auecques vn fer chaud la cauterisoit, de peur que d'autres ne vinssent renaistre en la mesme place. Estant finablement deuenu vieil, par les prieres d'Hercules il fut restitué en ieunesse par la Deesse Hebé, comme met Ouide au 9. des Metamorph.

EVRYTION l'vn des Centaures, lequel Hercule mit à mort pour auoir pourchassé Deianire en mariage, qui luy auoit esté promise. Hyginus 31.

ECHION, l'vn des Argonautes, & fort viste coureur.

NESTOR, fils de Neleus Roy de Pylos, & de Chloris. En sa ieunesse il se trouua en ceste chasse, & aux nopces de Pirithoüs auec Hercules, où il fit vn fort braue deuoir contre les Centaures: Et ayant desia trois aages accompagna les Grecs au siege de Troye, auec grand nombre de vaisseaux, où il sit tant de preuues de sa prudence qu'Agamemnon souloit dire qu'il viendroit bien tost à bout de ceste guerre s'il auoit dix autres tels Nestors que luy.

LAERTES, fils d'Arcesius Roy d'Ithaque, & pere d'Vlysse qui est sa plus illustre qualité.

ANCEE, il y eut vn fils de Neptune, & d'Astypalée. On racompte de luy qu'estant fort aspre au labourage, où il trauailloit excessiuement ses vallets, vn iour comme il eust planté vne vigne à quoy il les employoit nuict & iour sans aucun relasche, l'vn d'iceux s'aduança de luy dire, qu'il auroit beau se tourmenter de ceste sorte, car il ne boiroit iamais du vin qu'elle porteroit. Ayant fait neantmoins vendanges, il se fist apporter du moust dans vne tasse, & appeller quant & quant ce varlet pour le conuaincre de mensonge; mais ainsi qu'il auoit presque la tasse au bec, l'autre persistant tousiours en sa prediction luy allegua ce tant fameux prouerbe; Inter os & offam multa cadunt, selon Caton; les autres disent; Multa cadunt inter calicem supremaq, labra, plus à ce propos: Et là dessus on luy vient dire qu'vn grand sanglier estoit entré dedans la vigne, qui dissipoit tous les raisins; Parquoy quittant là tout il y accourut à grand haste, mais le sanglier le mit à mort. Pausanias és Arcadiques fait mention d'vn autre Ancée fils de Lycurgue, qui est celuy dont Philostrate entend parler, lequel alla à Colchos auec & fut depuis mis à mort par le sanglier Calydonien en la chasse de Meleagre, où il le blessa le premier, & l'arresta court, ayant esté secouru la dessus de son frere Epoque.

MOPSVS, fils d'Ampyque & de Chloris, l'vn des Argonautes, deuint fort fameux en la Thessalie. Il y en eut vn autre fils d'Apollon, & de Manto, dont il a esté parlé cy-dessus au tableau d'Hyacinthe.

IL y en a tout plein d'autres que mettent Ouide, & Hyginus au lieu preallegué, dont il sera cy apres fait mention plus ample au liure des Heroïques.

CES *deffences qui s'aduancent hors de la bouche, tranchantes à guise d'vn rasoüer, dont la pointe n'est encore vsée ne mousse.* Icy sont atteints certains traits de la vennerie qui requierent quelque explication pour ceux qui en entendent les termes. Il faut dócques sçauoir que les sangliers ont ces grádes dents qu'on appelle deffences qui leur sortent hors de la bouche, plus dangereuses en leur tiers an, que quand ils sont plus aagez: car depuis le quart en sus elles se recourbent comme vne boucle; & lors on les appelle sangliers mirez, iusques à l'aage de dix-huict mois ils se retiennent auec les meres: Et pource qu'ils vont lors à grandes troupes on les appelle bestes de compagnie, au noir, c'est à dire és bestes noires; mais au fauue, autrement les rouges & douces aussi pource qu'elles n'ont point de fiel, comme les cerfs, cheureux, & dains, on appelle cela vne harde de bestes. A deux ans que ces dents ou deffences commencét à sortir aux ieunes sangliers hors de la bouche, on les appelle des Rafaux: Et gardent ce nom iusqu'à ce que se sentans assez fors de soy, ils se separent de la compagnie, & font de là en auant leur cas à part, si ce n'est quand ils vont au rut, c'est à dire entrent en amour, & vont chercher les lées, ainsi nomme l'on leurs femelles ou Truyes. Ce rut commence ordinairement és aduents vers la S. André, & dure en leur grand' chaleur iusques à Noel, si que leurs cochons sautent au mois de Mars vers l'Equinoxe du Printemps. Celuy des Cerfs tout le mois de Septembre pour les plus vieils; Puis les ieunes qui n'en osent cependant approcher, y entrent à leur tour: Et les Biches faonnent en Auril.

OR pour autant que le texte suit puis-apres, *La sole du pied que les traces monstrent,* il vaut mieux tout d'vn train mettre icy quelques autres termes de vennerie, du noir, & du fauue, pour voir la difference qui y est, car on parle diuersement en l'vn & en l'autre. Le pied donques és bestes noires on l'appelle la trace, tant l'emprainte des pas d'vne beste noire, que tout le pied & la iambe iusqu'à la iointure. Et ces traces là marquées en vn terroüer mol qui en exprime bien la forme ce qu'on appelle le Gazon, les Veneurs ont par fois accoustumé de l'apporter à l'assemblée, quád ils y viennent faire leur rapport, pour monstrer par là quelle est la grandeur du sanglier; mais du Cerf on ne le fait pas. Ce qu'on dit au reste en vn porc priué les Ergots, au Sanglier ce sont les gardes, & au Cerf les oz. Au Fauue le pied s'appelle le pied, & les pas ou vestiges les voyes. Mais si c'est en vn pré ou sur l'herbe, les foullées: Les branches qu'il rompt & dissipe en passant à trauers vn fort, c'est à dire dans vn tailliz, les portées. La teste d'vn Sanglier la Hure, dont on fait le plus d'estime que de tout le surplus de la beste noire, au Cerf point du tout: Ses dents les deffences. Les cornes d'vn Cerf, la teste; les cornichons naissans la fust ou tige dont ils parlent, le marrein: Les longues rayes qui vont du long, les gouttieres; les menus grains dont ce marrein est parsemé, les perles; au moins dit on vne teste bien perlée, ou vn marrein bien
perlé;

perlé: Et quand il y a force andoulliers ou cornichons, bien cheuillée. Bien femée, quand il y a autant d'andoulliers d'vn cofté que d'autre; mal femez s'il y en a plus. Ces gros bourlets ou le marrein s'attache au teft, les meulles. Si lors qu'vn Cerf eft mort on fepare de force & de violen-ce fes cornes de la tefte, attachées au teft ou crânée, cela s'appelle le maffacre: Si elles tombent d'elles mefmes, ainfi qu'elles font tous les ans depuis qu'vn Cerf en a cinq ou fix, & fe renouuel-lent, en augmentant & de grandeur, & de nombre d'andoulliers, fe font les muës. Entre le col & l'efpaule d'vn Sanglier ou l'on vife pour l'enferrer, c'eft l'Efcu: Quant au Cerf on ne l'aborde point pardeuant pour raifon de fes cornes haut efleuées qui ne feroient moins dangereufes à cheual qu'à pied, ains le gaigne l'on fi on peut le derriere pour luy dôner fur le iarret, ou dedans les flancs. La fiente d'vn Sanglier s'appelle les layes: & les crottes d'vn Cerf les fumées. Le repaiftre des beftes noires, duquel il y en a plufieurs fortes, manger; au fauue, viander. Les champs enfemencez, les gaignages; les genitoires d'vn Sanglier les fuittes; ceux d'vn Cerf, les dintiers, Le lieu où le Sanglier fe couche, la bauge; En vn Cerf, le liôt, ou la repofée plus communement: Et l'endroit où il s'arrefte faifant quelque petite paufe auant que s'aller coucher dans le fort, le Reffuit. Par où les beftes tant noires que fauues fortent du boys fur le foir pour s'en aller à leur pourchaz, le defembecher; Par où ils entrent, le rembufchement. Les petits rameaux que les Veneurs allans en quefte iectent de cofté & d'autre pour leur feruir de recognoiffance, les bri-fées. Quãd on va pour lancer la befte auec le limier attaché au treô, cela s'appelle frapper à rout-te: Quand elle eft debout, & qu'on defcouple les chiens apres pour chafler, le laiffer courre. Ceux qu'on enuoye de part & d'autre auec des chiens fraiz pour la hafter d'aller, les Relaiz. L'e-corcher au Cerf, le deffaire ou le defpouïller. Quant au Sanglier pource qu'on ne l'efcorche pas, ains le brufle & flambe comme les pourceaux, le fouaïller: Il y a infinis autres vocables & ma-nieres de parler en ce meftier & profeffion qui requerroient vn vôlume à part, dont vous pou-uez voir le liure du Roy modus, & de la Reyne ratio du deduiô de la chaffe, & de la Vollerie: Et vn autre du Comte de Foix dit Phebus. Le Fueilloux plus môdernement les a enfuiuis, & y a fubtilifé beaucoup de chofes, tout ainfi qu'a Orlando Laffus fur la Mufique de Iofquin, Con-cilium, Adrian Veillart, & autres anciens Muficiens; Mais pour ce peu d'experience que i'ay peu auoir de ceft art, ie m'aimerois mieux retenir à la mode ancienne, & m'affeure bien quę moins de Cerfs s'y failliroient qu'en la fueillouze.

R E S T E icy ce que met Paufanias en fes Arcadiques, qu'Augufte Cefar enleua du temple de Tegeates en Grece, l'vne des deffences de ce Sanglier Calydonien, qui eftoit longue de demy aune, qu'il pendit au temple de Bacchus dans fes iardinages à Rome. De moy ie mefcroirois que ce ne fuft pas chofe naturelle, ains contrefaite par artifice, comme font le pied de Griffon pendu en la Sainôte Chappelle de cefte ville de Paris, & la tefte ou cornes de Cerf de la Chappelle du Chafteau d'Amboife, l'vn & l'autre imitez fi parfaiôtement, qu'on les prendroit pour pro-duittes de la nature, combien que ces cornes foient d'vne defmefurée grandeur, fi qu'il faudroit que ce fuft vn animal trop plus enorme qu'vn Elephant pour les porter deffus fa tefte. Au refte les beftes ont toufiours efté d'vne mefme grandeur en tout temps, bien eft vray qu'il y a de la dif-ference & difproportion entre quelques vnes, & mefme és chiens & cheuaux plus qu'és autres. Il y a auffi des regions où elles font plus grandes & moindres en vn lieu qu'en l'autre: Comme en Bretaigne les Sangliers font trop plus petits & moins dangereux qu'en Niuernois, où i'en ay veu de fort grands & furieux: Et y en a au cabinet de Neuers le portraiôt d'vn qui fut pris és boys de Defize, il y a quelques cinquante ans, ayant quatorze empans de long depuis le bouttoüer ou mufeau iufques vers le bout de la crouppe d'où part la queuë, mais les deffences ne luy aduan-cent pas trois pouces hors de la machoüere. Parquoy il faut prendre cefte aune dont Paufanias parle felon que Suetone la reftreint à vne coudée qui equipolle à vn pied & demy, qui font 18. pouces, & par confequent neuf pour cefte deffence, chofe incroyable encore pour vn Sanglier naturel, quelque enorme qu'il peut eftre: mais c'eft l'antiquité, & le papier qui eftendent & aggrandiffent ainfi toutes chofes auecques eux. Le Parenfus de ce tableau ne requiert poinô d'autre explication.

N E S S V S.

A R G V M E N T.

ERCVLE *s'estant trouué aux Nopces de Pytithous auec Thesee,
comme les Centaures selon leurs violences & outrages accoustumez, se feussent mis en debuoir de rauir l'espousée Hippodamie, les
autres en mirent la pluspart à mort, si que peu s'en sauua, ou
point du tout, horsmis Nessus, qui s'en alla resider sur le bord d'E-
uene,* où il se mit à passer en lieu de bacq les passans en crouppe, parce que l'eau
estoit profonde, & le gué fascheux. Or vn iour Hercule y estant arriué auec
sa femme Deianire, & son fils Hyllus tout ieune encore, ce Centaure se presenta pour porter delà Deianire, mais quand il fut à l'autre bord, il se mit en deuoir de la forcer: Parquoy. Hercule le naura mortellement à coups de ses flesches
enuenimées du fiel de l'Hydre, dont Nessus pressentant sa prochaine fin, par la
rage du poison qui le tourmentoit, s'en alla teindre vne chemise dedans son sang
qui auoit desia attiré la malignité du venin, & la donnant à Deianire luy fit
entendre, qu'elle auroit la proprieté & vertu, que toutes les fois que son mary la
vestiroit, il ne pourroit s'enamourer d'vne autre femme. Mais Pausanias és
Phocaiques rendant la raison de la mauuaise odeur du maraiz, dont les Ozoles
auroient pris leur nom de puants, dit que Nessus ne mourut pas si tost des playes
que luy fit Hercule, ains s'estant retiré en ceste contrée qui est à Loares il y fina
ses iours: Et n'ayant point esté enseuely, de l'infection de sa charoigne s'engendra ceste puanteur. Quoy que se soit, quelques temps apres Deianire estant entré en ialousie d'Iolé fille d'Euryque Roy d'Oechalie, plus ieune, & plus belle qu'elle
& adioustant foy trop legerement aux paroles deceptiues de ce Centaure, luy
enuoya ceste chemise empoisonnée, par vn sien vallet appellé Sychas, laquelle comme il eust vestuë vne fois qu'il sacrifioit sur le mont Æta, soudainement le feu
s'y prit, dont il entra en telle rage & forcenerie, que de l'angoisse qu'il sentoit
il s'alla iecter dans le feu allumé desia sur l'Autel: Et ainsi mourut miserablement: mais pour ses beaux faicts & merites il fut translaté au Ciel au nombre des Dieux, où il espousa la belle Hebé fille de Iunon, & Deesse de la ieunesse: son ombre & idole descendit aux Enfers, comme met Homere en l'onziesme de l'Odyssée.

N'AYONS

'A Y O N S point de peur mes amis de ce fleuue Euc-
ne, pour le voir ainſi fort bouïllonner ſe rehauſſant
deſſus ſes bords, car tout cela n'eſt que peinture, mais
pluſtoſt conſiderons ce qui ſe fait en ceſt endroit: Et
à quoy tend l'artifice que l'ouurier y a employé: Parce que le diuin Hercule qui ſe lance ainſi courageuſement au millieu, n'attire il pas noſtre veuë à le regarder? eſtincellant des yeux qui meſure où il doibt prē-
dre ſa viſée, ſon arc empoigné de la main gauche roi-
die & tenduë en auant? Mais le bras droiét ſe recourbe vers la mammelle en
aétion de vouloir delaſcher ſon coup. Que dirons nous outre-plus de la
chorde, ne vous ſemble il pas qu'elle ſiffle deſcochant la fleſche? Mais où
pretend aller celuy-là? Ne voyez vous pas bien à l'vn des recoins du tableau
vn Centaure qui galloppe & bondit tant qu'il peut? C'eſt Neſſus à ce qu'il
me ſemble, lequel euadé ſeul des mains d'Hercule au mont Pholoé, lors que
luy & ſes compagnons luy coururent ſus ſans aucune cauſe, & n'y eut que
luy qui en reſchappaſt: Mais en fin il y eſt auſſi bien demeuré que les autres,
pour s'eſtre monſtré deſloyal. Car comme il fiſt cy endroit profeſſion de
paſſer ceux qui l'en requeroient, Hercule auec ſa femme Deianire, & ſon fils
Hillus s'y eſtant arreſté ſur le bord de l'eau, parce qu'il ne la voyoit pas gaya-
ble, luy chargea de bonne foy Deianire en croupe, & luy montant ſur vn
chariot auec l'enfant, alloit apres parmy le fleuue. Mais en ces entrefaiétes le
malicieux iectant ſon regard ſur la Dame, attentoit de luy faire force quand
il fut arriué à l'autre bord, dont Hercule oyant ſon cry pourſuit le Centaure
à coups de fleſches. Or Deianire eſt icy portraitte en contenance d'vne perſonne qui ſe trouue en quelque danger: Car toute tranſie de frayeur elle tend
les mains vers Hercule, & Neſſus ayant tout recentement vn coup
mortel, ſe demeine du mal qu'il ſent: mais il ne monſtre pas encore de donner à Deianire la chemiſe teinte de ſon ſang pour empoiſonner Hercule. Et
voila cependant Hillus en dedans le chariot aux Gentes, duquel les reſnes
ſont attachées, afin que les cheuaux ne ſe bougent: lequel clacque les mains
de la ioye qu'il a s'eſuertuant d'apporter icy par ſon rire ce que l'imbecillité
de ſon aage ne luy permet d'executer.

ANNOTATION.

V R C E tableau il ne reſte autre choſe à dire, ſinon de toucher vn mot en paſſant
d'Euene, Deianire, & Hillus, combien que de Deianire il en ait eſté deſia aucunement parlé ſur le tableau d'Hercule, & Acheloé. Euene doncques comme nous
auons dit au tableau precedent, eſtoit vn fleuue de l'Etholie, ayant ſes ſources
au mont Callidrome, & ſa bouche en la mer Ionienne pres la ville de Calydon,
appellé ainſi d'Euenus fils de Mars qui ſe precipita dedans, pour l'occaſion ja
mentionnée.

Deianire fut fille d'Oeneus Roy d'Etholie, & ſœur de Meleagre, laquelle ayant eſté promiſe
en mariage à Acheloé, Hercule ſuruint là deſſus qui l'eſpouſa, pour raiſon dequoy l'autre l'ayant
appellé au combat d'homme à homme, il y fut vaincu & contrainét de la luy quiéter. Il en aduint
puis apres ce que vous auez peu voir en l'argument de ce tableau. Mais il vaut mieux oüyr encor
là deſſus Hygine qui en varie aucunement, & y adiouſte ie ne ſçay quoy. Il dit doncques au 129.

KK x

chap. enſuiuant. *Bacchus en paſſant pays eſtant venu loger chez Aeneus fils de Porthaon, il s'enamoura de ſa femme Althée fille de Theſtius ; dequoy le mary s'eſt antapperceu pour ne luy entre-rompre point ſon deſir, s'en alla volontairement hors la ville, ſoubs pretexte de quelques ſacrifices & denotions qu'il auoit à faire : Et ainſi Bacchus coucha auec elle qu'il engroſſa de Deianire : Puis au partir, en recompence de la courtoiſie qu'il luy auoit faite, il luy fit preſent de certaines marcottes de vigne, & luy enſeigna la maniere de la planter & cultiuer pour auoir du vin, lequel de ſon nom fut depuis appellé οἶνος. Et au 36. au precedent. Deianire fille d'Oeneus, & femme d'Hercule, ayant veu Iolé ſa captiue, qu'il enleua apres auoir mis à mort ſon pere Euryt, lequel ayant eſté par luy vaincu refuſoit de la luy donner : Et comme elle eſtoit excellemment belle, de peur qu'elle ne luy fiſt tort d'Hercule, s'aduiſa de la chemiſe que Neſſus luy auoit donnée teinte en ſon ſang, & la donna à Lychas l'un de ſes vallets de chambre pour la luy porter, le priant de la vouloir veſtir pour l'amour d'elle. Il ne fut pas pluſtoſt party, qu'vn rays de Soleil eſtant venu donner ſur vne goutte de ce ſang qui eſtoit d'auanture tombé en terre, ſoudain le feu s'y alluma, & commença à ietter vne groſſe flamme : Ce qu'apperceu de Deianire qui y alloit à la bonne foy, elle enuoya ſoudain apres ce Lychas pour le rappeller : Mais Hercule l'auoit deſia veſtuë en ſacrifiant, & auſſi toſt le feu s'y eſtoit pris, dont de rage il s'alla plonger dans vne riuiere proche de là pour l'eſteindre : mais la flamme ſe rengregea, & cuidant deſpouiller la chemiſe, il s'eſcorchoit tout vif iuſqu'aux os, & à ſes entrailles, parquoy il ſaiſit le pauure Lychas, & en ayant fait deux ou troi tours autour de ſa teſte, comme pour tirer d'vne fonde, le ietta en la mer : là où au propre lieu qu'il tomba vint à naiſtre vn rocher, qui de luy fut depuis appellé Lychas. Alors comme on dit Philoctete fils de Pæan luy alla dreſſer vn buſcher ſur le mont Æta, où s'eſtant lancé, il acheua de deſpouiller ce qu'il auoit d'homme mortel, & fut là deſſus tranſlaté au Ciel au nombre des Dieux : pour lequel bien-faict il delaiſſa à Philoctete ſon arc & ſes fleſches empoiſonnées du fiel de l'Hydre. Cela ouy de Deianire, elle s'aſſomma de la maſſuë de ſon mary, du regret qu'elle eut, & de ſon ſang fut produite vne herbe dicte Nymphée ou Heracleon.*

　　Quant à Hyllus, il fut fils de Deianire & d'Hercule, apres la mort duquel il eſpouſa Iolé, & ayant eſté chaſſé de ſon Royaume auec ſes freres par Euryſthée Roy d'Argos, il ſe retira à Athenes, où il baſtit le temple de la Clemence ou Miſericorde, en memoire de la grace que les Atheniens luy auoient faite de le recueillir en leur ville contre la perſecution de ſon aduerſaire; Si que depuis ce lieu là ſeruit de refuge à tous ceux qui s'y alloient mettre en franchiſe, ainſi que l'Aſyle de Romule à Rome & les ſept villes de la Paleſtine appellée les villes de refuge pour les criminels. Nombr. 35.
Deuter. 19. Pauſanias en ſes Attiques eſcript que ceſt Hyllus eſtant venu à vn duel d'homme à homme contre Etheon fils d'Eropus, il y fut tué, & enſeuely à Megares auec ſon aieulle Alcmene: Et qu'aupres d'vne petite ville de la Lycie appellée les portes de Temene, vn tertre s'eſtant fendu & entr'ouuert par vne grand rauine d'eaux, ſe deſcouurirent les oſſemens d'vn homme autrefois là enſeuely, qui auoit quinze pieds de long, que les Sacrificateurs & deuins dirent eſtre du Geant Hyllus fils de la terre, dont le prochain fleuue auroit pris ſon appellation, & depuis dit le Phrygien ſelon Strabon au 13. Parquoy Hercule ſe reſſouuenant de l'accoinctance qu'autrefois il auoit euë en ces quartiers là auec Omphale qui en eſtoit Reine, nomma le fils qu'il eut depuis de Deianire Hyllus.

PHILOCTETE.

PHILOCTETE.

ARGVMENT.

PHILOCTETE *fils de Pæan, & de Demonaſſe Prince de Melbéye en ſa ieuneſſe ſeruit de page à Hercule, lequel a ſa mort ſur le mont Æta luy reſigna ſon arc & ſes fleſches empoiſonnées du fiel du Serpent Hydra à ſept teſtes, comme il a eſté dit au tableau precedent; apres auoir pris de luy vn fort ſolennel & eſtroit ſermēt de iamais ne reueler à perſonne le lieu où il ſeroit enſeuely, afin qu'on le penſaſt auoir eſté rauy au Ciel, comme cuida faire long temps apres le Philoſophe & Poëte Empedocle; qui à ceſte fin ſe ieſta dans le mont Ætna, mais ſes pantouffles toutes de fer le deſcouurirent que les bouillons reiaillans des flammes reieſterent hors. Philoſtete doncques ayant depuis accompaigné l'armée Grecque au ſiege de Troye auec ſept nauires equippées à ſes deſpens, comme on l'euſt enquis d'Hercule, & ce qu'il eſtoit deuenu, du commencement il tint ferme de n'en ſçauoir rien: mais eſtant de plus en plus preſſé d'eux de le declarer, il confeſſa qu'il eſtoit mort: et pour ne fauſſer ſon ſerment monſtra du pied l'endroit de ſa ſepulture, en punition dequoy quelques iours apres vne des fleſches deſſuſdites luy tomba ſur ce meſme pied, & luy fit vne playe où l'on ne peut trouuer remede, ſi qu'elle s'infeſta de ſorte que les Grecs n'en pouuans ſupporter la puanteur furent contrains de le laiſſer en l'Iſle de Lemnos. Or auoient ils deſia demeuré pres de neuf ou dix ans deuant Troye ſans y pouuoir guere aduancer, quand Helenus fils de Priam ayant eſté pris d'Vlyſſes par aſtuce, decela que de trois deſtinées fatales qui empeſchoient la priſe de Troye, dependoit de l'arc & des fleſches deſſuſdites qui eſtoient pardeuers Philoſtete. Parquoy Diomede & Vlyſſe furent enuoyez à Lemnos, où ils firent tant par leurs remonſtrances qu'ils appaiſerent ſon indignation, & l'emmenerent quand & eux au Camp; où d'abordee il mit à mort à coups de fleſches Páris qui l'auoit defié au combat de l'arc, et y fit tout plein d'autres beaux exploiſts d'armes; Si qu'apres la ruine de ceſte Cité ayant honte de ſe voir ainſi puant & infeſt, il n'oſa retourner chez luy, ains paſſa outre en Italie, où il fonda la ville de Petilie en Calabre, et y baſtit vn temple à Apollon ſurnommé Halée pres de Crotone, auquel il pendit ſon arc & ſes fleſches pour auoir à la parfin eſté guery par Machaon fils d'Eſculape, fils dudit Apollon. Sophocle en la tragedie qu'il en a faite, & que cite icy Philoſtrate, le racompte aucunement d'vne autre ſorte, mais la plus commune opinion eſt ce que deſſus.*

C ELV Y que vous voyez icy preſt de mettre aux châps
ſon armée, & d'amener de Melybée des Soldats pour
venger l'outrage fait à Menelaus par le Troyen Páris,
eſt Philoctete fils de Pæan, braue prince certes, & qui
reſſent bien la nourriture qu'il a priſe auec Hercules:
Car on dit qu'il luy ſeruit d'Eſcuyer en ſa ieuneſſe,
meſmement à porter ſon arc, lequel il eut pour recompenſe de luy auoir dreſſé le buſcher funeral où il
ſe bruſla. Mais vous le voyez maintenant tout abattu
de maladie & elangouré ; la face maigre, paſle & deſcolorée, ſes ſourcils ſe
reiettans de langueur en bas ſur les yeux; Si qu'à peine ſe peuuent ils entr'ouurir pour voir:Sa cheueleure mal teſtōnée & pleine de craſſe, & ſa barbe heriſſée & touffuë:reueſtu de pauures malotruz haillons & lambeaux. Ayant
au reſte le pied enueloppé, il ſemble qu'il nous vueille à peu pres tenir ce langage. Qvand les Grecs firent voile à Troye, ils allerent quelques temps
vaulcrans par la mer de coſté & d'autre autour des Iſles pour chercher
l'Autel de Chryſes, lequel Iaſon auoit dreſſé lors qu'il nauiguoit à Colchos, & Philoctete s'en reſſouuenant du temps qu'il eſtoit auecques ſon
Seigneur Hercule, le leur enſeigna : mais là deſſus vne Vipere le vint mordre au pied, qu'elle infecta de ſon venin. Or les Grecs pourſuiuent ainſi
que vous voyez leur routte à la volte de Troye : Et cependant il eſt icy demeuré en ceſte Lemnos, diſtillant ſon pied,comme dit Sophocle, d'vne infection peſtifere.

ANNOTATION.

S VR ce tableau cy il n'y a rien qui merite explication, d'autant que le tout eſt
aſſez facile de ſoy : Neantmoins pource qu'Hyginus en parle aucunement
d'vne autre ſorte,il n'y aura point de mal d'en amener icy le lieu entier du cent
deuzieſme chapitre. *Philoctete fils de Pæan , & de Demonaſſe eſtant en l'Iſle de
Lemnos vne Vipere le piequa au pied, que Iunon y auoit expreſſement enuoyée à ceſte
fin, indignée de ce que luy ſeul euſt oſé prendre la hardieſſe de dreſſer vn buſcher à Hercule , où ce qui eſto it de caduque en luy & corruptible ſe ſeroit aneanty par le feu pour le rendre immortel , pour lequel debuoir Hercule luy donna ſes diuines fleſches. Mais comme les Grecs du depuis l'euſſent
mené auec eux au ſiege de Troye, ne pouuans comporter la puanteur qui procedoit de l'infection de ſa playe,
par le commandement du Roy Agamemnon , ils l'expoſerent en l'Iſle de Lemnos auec ſes fleſches, où l'vn des
Paſtres du Roy Actor,nommé Phimaque fils de Dolophion luy adminiſtroit ſes neceſſitez. Et comme les Grecs
euſſent en reſponce de l'oracle que Troye ne ſe pouuoit expugner ſans leſdittes fleſches , Agamemnon depeſcha Vlyſſe & Diomede deuers luy qui luy perſuaderent d'oublier ſon courroux, & les vouloir ayder à
prendre Troye: Et ainſi l'emmenerent auec eux.* Mais Pauſanias en ſes Arcadiques, met que le lieu
ou Philoctete fut mords du Serpent, eſtoit vne petite Iſle non gueres loin de Lemnos , ditte
Chryſes; celle dont Philoſtrate entend parler, qui de ſon temps n'apparoiſſoit plus , ains auoit
eſté toute ſubmergée.
O R pour la fin de ce tableau, & conſequemment de ceux du ieune Philoſtrate, nous adiouſterons icy le duel d'homme à homme qu'eurent enſemble Páris & Philoctete, ſelon que le deſcript Dictys de Crete au quatrieſme de ſon hiſtoire Troyenne: Et puis de Quintus Calaber au
neufieſme de ſes Paralipomenes, où la choſe eſt vn peu repriſe de plus haut. S V R ces entrefaittes
*Philoctete deſſia Páris Alexandre qui s'eſtoit aduancé hors des rangs, s'il auroit point la hardieſſe de venir
au combat contre luy à coups de fleſches; Ce qu'ayant eſté accordé de part & d'autre , Vlyſſe & Deiphebus auec
la pointe de leurs dagues traſſerent le pourpris du Cāp où ſe deuoit demeſler la querelle.* Mais pour ne defrauder perſonne de ſon trauail, i'ayme mieux amener icy tout le reſte de ce paſſage fort gentillemēt
pataphraſé

paraphraſé par vn de nos Autheurs Francois non des plus languides, Iean le Maire de Belges,
qui au 2. de ſes illuſtrations de Gaule s'eſgaye là deſſus d'vn ſtille quelque peu floride & luxu-
riant à la verité, mais moins à blaſmer qu'vn plus maigre ſelon l'opinion de Quintilian au chap.
de l'abondance. Il dit donc ques ainſi. *Les deux armées Grecque & Troyenne s'eſtans tirées à quartier ſe
tindrent coyes, pour voir le combat d'homme à homme qui ſe deuoit demeſler de l'arc entre Philoctete & Páris, alors les cors & buccines commen-event à ſonner de toutes parts, & les trompettes & clairons à bondir
martialement: les pennons & bannieres venteller à vn doux Zephire qui donnoit dedans, comme ſi elles ſe
voulaſſent auſi eſmounoir à ceſte eſclattante fanfare; & la reſplendeur des harnois dorez diaſprez flamboyet
aux raiz du Soleil, ces deux ſentimens de venë & oüye faiſans mine de vouloir côteſter enſemble à qui emporteroit le deſſus, auſi bien que les combattans, quand Páris Alexandre richement armé, mais prochain de ſa
mort, entoiſant ſon arc decocha le premier magiſtralement vne fleſche qui faillit d'atteinte, parce que les
deſtinées qui vouloient abreger ſa vie ne ſouffrirent pas que ce coup euſt aucun effict. Quoy voyant Philoctete
mit ſoudain en coche vne des Sagettes de ſon feu Seigneur Hercules teinte au fiel du treſ-venimeux ſerpent
Hydre, & la deſbanda la incroyable puiſſance: Tellement qu'elle fit autre exploit que n'auoit celle de Páris,
car elle luy perça la main gauche d'outre en outre: Et ainſi que Páris crioit horriblement pour l'extreme douleur qu'il ſentoit du mortel venin qui auoit tout au meſme inſtant penetré dedans les veines & les nerfs, Philoctete ſe haſta d'en tirer vne autre, laquelle s'addreſſa iuſtement dans l'œil droict, & le luy creua: Et conſequemment coup ſur coup, la troiſieſme, dont ſes deux iambes furent couſües l'vne à l'autre: Et le mit ſiable-
ment en tel poinct qu'il ne valloit pas mieux que mort: Car le poiſon eſtoit ſi violent qu'il n'y auoit remede aucun de guriſon. Et quand les Troyens virent Páris ainſi atourné, ils s'aduancerent tous en vne flotte pour ſe-
courre le corps de la main des Grecs, qu'ils ne luy vſaſſent d'outrage: Surquoy il y eut vn horrible meurtre de
coſté & d'autre: Toutesfois les Troyens l'emporterent de vnne force vers la Cité, & les Grecs les pourſuiuirent
d'vne grande animoſité & ardeur iuſques aux portes, où la meſlée ſe renforça, & y eut vne merueilleuſe con-
fuſion. Car ceux qui auoient peu entrer dedans eſtoient montez ſur les murailles, du haut deſquelles & des
Tours, à grands coups de pierres & de traicts ils s'efforçoient de les repouſſer: Mais Philoctete les moleſtoit
fort de ſon arc, ſi que perſonne n'oſoit preſque comparoir aux Creneaux. Et ce qui ſuit apres, mais ce n'eſt
plus de ce propos.*

Q V I N T V S Calaber ameine bien cecy de plus loing, & le dilate dauantage, diſant ainſi, *La
contention prenoit vn ſingulier plaiſir de voir la meſlée s'attaquer ſi mortellement entre les Grecs & les Troyës,
mais les Grecs à la perſuaſion du deuin Calchas ſe retirerent en leurs nauires, pour ſe deporter de là en auant du
combat: Car les deſtinées ne portoient pas que Troye peut eſtre priſe de force premier que Philoctete ne fut arriné en l'armée: Et Calchas eſtoit ſi expert en la ſcience du vol, & du chant des oyſeaux, des entrailles des
victimes, & ſemblables eſpeces de deuinemens, qu'il cognoiſſoit toutes choſes tant les preſentes que futures preſqu'à pair d'vn Dieu: Et pourtant eux acquieſçans à ſon admoneſtement s'abſtindrent de plus ſortir à la meſlée
ny eſcarmouche. Là deſſus Agamemnon & Menelaus deſpecherent Diomede & Vlyſſe à Lemnos, demure du
boiteux Vulcain fort fertile en vignes, où les femmes auoient machiné autresfois vne ſi triſte extermination
de leurs maris, par deſpit de ce qu'elles ſe voyoient eſtre meſpriſées d'eux, & qu'ils ne faiſoient difficulté de
s'accointer des chambrieres de la Thrace, ſi qu'elles les deſfirent par leur effort, & gaſterent tout le pays: Puis
eſpoinçonnées de ialouſie qui leur rongeoit l'entendement, mirent à mort chacune endroit ſoy ſon propre mary
vne nuit qu'ils dormoient tous en aſſeurance ſans en auoir miſericorde, combien qu'ils euſſent auparauant
la deſpouille de leur pucelage. Car le cueur ſoit de la femme ne ſe peut fleſchir à pitié ſi vne fois
il eſt atteint de ce cruel mal. Diomede donc ques & Vlyſſe eſtans arriue à Lemnos par la mer Egée, firent tant
qu'ils trouuerent la cauerne où Philoctete faiſoit ſa ſolitaire habitation dans vn creux rocher, & là furent ſoudain ſaiſis d'vn fort grand eſbahiſſement quand ils le virent ainſi affligé de cruelles & inſupportables douleurs,
couché par terre ſur de la plume & de la mouſſe meſlée auec des fueilles d'arbres & de la fougere, dont il s'eſtoit
faict vn lict tel quel pour ſe garantir la nuit des froidures: car de iour il n'iroit à coups de fleſches force oyſeaux,
de partie deſquels ils ſe nourriſſoit, & partie les appliquoit tous chauds reſpirans ſur ſa playe, pour
en radoucir le tourment. Il auoit au reſte les cheueux heriſſez de haſle & de craſſe, à guiſe du poil d'vne beſte
ſauuage: & la nuit ſe traiſnant dedans ſon antre, la paſſoit toute ſans clorre l'œil, à ſe plaindre des poignás cru-
ciemens qu'il ſentoit, & des miſerable où il ſe trouuoit là en vne treſ-miſerable langueur: ſi qu'il eſtoit ſi
defait & ſi deſcharné que la peau luy tenoit aux oz, dans leſquels la violence du venin auoit penetré iuſques
aux moëlles, & rendu la plye ſi corrompuë que tout l'air eſtoit infecté de ſa puanteur, & luy meſme ſi empoiſonné qu'à peine le pouuoit il comporter: les yeux enfoncez, dans la teſte, les ſourcils ſuruenus au-deſſus, de maniere qu'ils couuroient, & le teint terne & plombaſſe. Tel eſtoit l'inconuenient où l'auoit reduit la picqueure de la pernicieuſe vipere, qui coullant ſes choſes d'vn mortel venin peſtifere auoit fouillé villainement le ſueil
& l'entrée de la cauerne, creuſée non par artifice de main mais par vne longue ſucceſſion de temps des flots marins qui venoient heurter contre ceſte roche. A l'entrée eſtoit pendu l'arc faict de la propre main d'Hercule, auec
ſon ample & large carquois plein de ſagettes, les vnes deſtinées pour la chaſſe à ſe pouruoir de gibier & de ve-
naiſon, mais les autres qui eſtoient teintes de l'irremediable venin de l'Hydre, il les reſeruoit contre les beſtes
cruelles, & ceux qui ſe fuſſent voulus ingerer de luy courre ſus: tellement qu'ayant deſcouuert de loing ces Ambaſſadeurs qui s'acheminoient à grand pas droit à luy, il fut par deux ou trois fois en penſée de leur tirer, ſe*

ressonnent comme ils l'auoient si indignement laissé en ce lieu, si remply pour luy de miseres qu'il en estoit presqu'au dernier souspir. Et de faict les eut mis à mort, si Minerue ne luy eust ramoderé son indignation & courroux, par la remembrance qu'elle luy mit deuant les yeux qu'ils estoient Grecs : ioint la tristesse qu'ils monstroient en leur semblant, comme s'ils eussent eu pitié & ennuy de son mal. Car d'abordée ils luy demanderent gracieusement comme il se portoit de sa blesseure : & leur ayant declaré les incomparables douleurs qui le molestoient, ils le consolerent du mieux qu'ils peurent, l'asseurans qu'aussi tost qu'il seroit arriué en l'armée Grecque, il en receuroit non qu'allegement, ains entiere & parfaite guerison : car tous les Grecs, les Atrides mesmes entre les autres, estoient bien marris de son infortune, qu'il ne failloit reiecter sinon sur les destinées, dont personne ne peut euiter la determinée rigueur, soit en bien soit en mal qu'elles s'enclinent. Somme qu'ils l'amadoüerent de sorte par leur beau parler, qu'il oublia son mal talent : & eux apres l'auoir laué auec de l'eau de la mer, & nettoyé sa playe auec vne esponge, il sentit du soulagement : puis le firent asseoir à table, qu'il estoit presque transy de faim : car ils auoient apporté force viures & rafraischissemens auec eux. Cela fait d'autant que la nuict commençoit à se rendre sommeilleuse & pesante, ils s'endormirent au riuage iusqu'au lendemain à l'apparoistre de l'aurore, que leuant les anchres ils mirent les voiles au vent, & Minerue leur donna fauorable en pouppe. Par ainsi dressans leur prouë à sa droicte voye, ils sillonnoient les ondes marines, dont les flots escumoient tout autour du vaisseau auec les Dauphins, lesquels voltigeoient au deuant, comme s'ils luy eussent voulu explaner la routte qu'il deuoit tenir : tant que finablement ils arriuerent dans le Canal de l'Hellesponte la tant fertile en pescherie, où la flote Grecque demeuroit surgie ia dix ans y auoit passez : laquelle se remplit d'vne merueilleuse allegresse quand ils virent retourner ceux qu'ils attendoient en si bonne deuotion. Là se desembarquerent bien volontiers Diomede & Vlysse, soustenans de leurs fortes & robustes mains Philoctete par dessoubs ses languides bras, extenué de sa tant longue maladie : car à peine pouuoit il marcher, ny plus ny moins qu'vn chesne ou fousteau que le buscheron a demy couppé : & il le laisse debout encore sur le pied, tant que quelque bourrasque vienne qui acheue de le mettre bas : ou quand on fait de longues taillades & incisions à vn pin pour en auoir la poix resine, il branse & chancelle au vent, tantost d'vn costé, puis d'vn autre, prest à tomber si on ne l'eust auçonné auparauant. Telle estoit la desmarche de Philoctete que ces deux valeureux Heroës conduisoient à la tente d'Agamemnon, où s'estoient assemblez tous les chefs de l'armée Grecque pour le receuoir honorablement. Et au passer les Soldats en ayans compassion pour le voir si debile au prix de ce qu'il souloit, se le monstroient les vns aux autres. Mais l'expert Chirurgien Podylare luy appliqua de tels remedes à sa blessure, que bien tost il le mit debout, dont les Grecs firent de fort grands applaudissemens & caresses à ce sçauant fils d'Esculape : & se conioüyrent d'vne merueilleuse tendreur de cueur auec Philoctete, qu'ils lauerent & oignirent d'huile, si que sa desconsolée affliction dont la diuine preordonnance l'auoit voulu ainsi durement visiter, s'en esuanoüit pour faire place à la ioye qui le vint saisir, bannissant de sa triste face la pasle langueur qui l'auoit ternie de si longue main : si qu'au lieu d'icelle s'y vint empraindre vn teint vermeil, fraiz & serein, & à tous ses membres vne renouation de force & vigueur, qu'on voyoit croistre à veuë d'œil, tout ainsi qu'vn champ plein d'espics prests à moissonner, lesquels ayant esté accablez d'vn orage & rauine d'eaux se viennent bien tost redresser, si vn agreable raiz de Soleil, accompaigné d'vne douce haleine de vent moderé donne dessus pour les descharger de l'humidité qui les prosternoit : de mesme se rauigora tout de neuf le nerueux corps de Philoctete, que ses pesantes & iuternes douleurs auoient ainsi mis au bas. Agamemnon au reste, & Menelaüs entrerent en vne grande admiration, voyant ce vaillant personnage de retour si tost, comme des Enfers, ce qui ne pouuoit estre, disoient-ils, sans vne speciale grace des Dieux : & non sans cause, car Minerue luy auoit inspiré vne nouuelle fleur & restauration de ieunesse en toute sa personne, & certaine estincellante vigueur aux yeux, plus magistrale qu'auparauant. Là dessus les deux freres le menerent en leur pauillon pour le festoyer, comme firent tous les autres Princes à tour de roolle. Et apres de longues excuses de l'auoir ainsi laissé seul en l'Isle de Lemnos, dont ils se iustifierent du mieux qu'ils peurent, & luy auoir fait plusieurs beaux presents, le lendemain dés le poinct du iour ils sortirent à l'escarmouche, où il y eut force coups ruez, & grand meurtre & occision d'vne part & d'autre, tant que Philoctete & Paris s'estans rencontrez en la meslée, se fierent au combat à coups de flesches. Philoctete en descocha trois, qu'à peine attendirent elles l'vne l'autre. Toutesfois les deux premieres elles ne firent pas beaucoup d'effect : mais la troisiesme atteignit Paris droict en l'aine, où elle penetra si auant que le miserable n'en pouuant plus, fut rescoux à viue force par les Troyens, & enleué hors de la presse, lesquels le porterent à bras dans la ville, où tous les appareils qu'on luy sceut appliquer, ne peurent en rien mitiguer la douleur qui le crucioit, pour le pernicieux venin de l'Hydre qui luy estoit desia monté és parties vitales. Parquoy s'estant fait porter à Cebrine deuers sa femme legitime la Nymphe Oenone, de laquelle pour son grand sçauoir en la medecine & chirurgie il s'attendoit bien receuoir guerison, ce fut trop à tard, il ne se trouua plus de remede à son mal, dont estant expiré en cruels tourments tost apres, comme on brusloit le corps, la loyale Nymphe se iecta quant & quant dedans le buscher funeral : & ainsi finerent leurs iours ensemble, & furent inhumez en vne mesme sepulture. Deiphobus puis apres frere du defunct Paris s'empara d'Helene : mais cela d'icy en auant ne fait plus à nostre propos. Et en cest endroit finiront les Images du ieune Philostrate, fils de la fille du precedent.

LES
HEROIQVES DE
PHILOSTRATE;

OV SONT DESCRIPTS LES ANCIENS HEROES
ou Princes Grecs & Troyens, qui se retrouuerent au siege de Troye: & ce
soubs le rapport de Prothesilaus, qui apres sa mort conuersant domestique-
ment, comme vn esprit familier, auec vn Vigneron de la Cherronese de Thra-
ce, l'informe de tout ce qui s'y passa, la plusspart au rebours de ce qu'en a escrit
Homere, & autres, tant Poetes qu'Historiens.

ENTREPARLEVRS.

LE VIGNERON ET VN NAVTONNIER,
PHENICIEN QVI D'ADVENTVRE PASSE PAR LA.

PREFACE.

E VIGNERON. Estranger qui passez chemin, d'où estes vous? *Le Phenicien.* Vigneron mon bel amy, ie suis Phenicien, des quartiers qui sont autour de Tyr & de Sidon. *Vigneron.* Toutefois vous mon-strez estre Ionien à la longue robbe que vous portez. *Phenicien.* Cela nous est de longue-main accoustumé à nous autres Pheniciens. *Vigneron.* Et d'où vient-il que vous ayez ainsi changé d'habit? *Phenicien.* La Sy-baris de l'Ionie a dominé presque toute la Phenice, & estoit reputé pour crime à quiconque n'eust vescu delicatement ainsi qu'eux. *Vigneron.* Or où allez-vous ainsi maintenant à trauers champs tout pensif ce semble, remarquant ce qui est bien loin encores de vos pieds? *Phenicien.* Au conseil à l'Oracle, dont i'ay besoin pour sçauoir comme nous pourrions bien & heureusement nauiger : car on dit que nous aurons à fai-re voile par la mer Egée, qui est fort rude communément, & tempestueuse: & ie m'en vois à contre-vent : car en tant que touche la nauigation les Phe-niciens sçauent fort bien considerer tout ce qui y peut conuenir. *Vigneron.* Vous estes à la verité fort expert en l'art nautique : & auez estably vne autre Ourſe au ciel, ſelon laquelle il faut dreſſer la route de ſon nauigage. Mais tout ainſi que vous eſtes recommandez en cela, l'on vous taxe en recompence d'eſtre au trafficq de grands Arabes & courſaires, tres-actifs ingenieux apres le denier, pour lequel vous eſcorcheriez volontiers les perſonnes. *Phenicien.* Et vous, meſſieurs les Vignerons, n'aimez-vous pas auſſi l'argent, paſſans le cours de voſtre vie à eſtre continuellement dans les vignes, à guetter paraduanture ſi quelque paſſant s'ingerera d'y cueillir quelque pauure petit grapillon auorté, pour lequel vous ne ferez point de conſcience de le rançonner d'vne realle : car c'eſt le taux que vous y mettez. Puis quand vous portez en preſent quelque peu de mouſt à la ville, n'exigez-vous rien de cela, ou bié quelque bouteille de bó vin vieil odoriferant, que vous aurez, à voſtre dire, enfoüy longuement deſſoubs terre, comme ſouloit faire Maron ? *Vigneron.* Certes ſi en quelque endroit du monde il y a des Cyclopes que la terre nourriſſe, comme l'on dit, ſans rien ſaire, ne ſemans ny ne plantans rien, il y a bien apparence que tout doiue là demeurer ſans garde, ſoient les deſpoüilles & fruicts de Ceres, ſoient ceux de Bacchus, & que rien qui ſoit ne s'y vende de ce que le territoire produit, ains que le tout ſoit expoſé en commun, gratis comme en vn marché ſans payer : mais où il eſt queſtion de ſemer, labourer, anter, & cultiuer les terres, tantoſt d'vne façon puis d'vne autre, ſelon les ſaiſons opportunes, là il eſt beſoin d'achepter & vendre. De maniere que l'agriculture a beſoin d'argent, ſans lequel vous ne ſçauriez entretenir, ny vn laboureur, ny vn vigneron, ny vn paſtre auſſi peu pour garder voſtre beſtial. Et ne ſçauriez pas meſme auoir vn gobellet ou taſſe pour boire, ou pour faire vos effuſions aux Dieux. Ny de tout ce qui eſt le plus delectable en la vie champeſtre, faire vos vandanges ſans payer les manouuriers qui y trauaillent. Bref que ſans cela on demeureroit oiſif & inutile tout ainſi que quelque peinture. Cecy doncques, mon bel amy, ſoit dit de vous à moy en tant que touche en general. Le faict du labourage & des laboureurs : mais pour mon regard en particulier les choſes doiuét aller auecques vne plus equitable cóſideration, car ie ne traffique point auecques les marchans, & ne ſçay que c'eſt de realles ny de teſtons, ains achepte vn bœuf auecques du froment, & vn mouton auecques du vin ; & ſemblables choſes par ſemblables permutations, qui ſont toute ma maniere d'achepter & de vendre, me contentant, ſelon ma baſſe condition, de dire & oüyr choſes petites. *Phenicien.* Vous me deſignez icy vn marché & trafficque vrayement doré, & pluſtoſt d'Heroës que de communs hommes. Mais que veut dire ce chien icy qui tournoye ainſi au tour de mes iambes, & me careſſe ſe monſtrant ſi doux & benin ? *Vigneron.* Ie vous declare par là ma complexion, & comme nous nous comportons gracieuſement enuers les debonnaires qui abordent icy, deſpoüillez de toutes mauuaiſes intentions de nous nuire : ne luy permettant pas ſeulement de les abhorrer, ains de les receuoir doucement, & s'humilier deuant eux. *Phenicien.* Nous ſera-il dócques loiſible d'entrer en cette voſtre belle vigne ? *Vigneron.* Il n'y a rien qui vous l'empeſche, & ſi il y a force raiſins. *Phenicien.* Et quoy, de cueillir des figues auſſi ? *Vigneron.* Et pourquoy non ? Cela de meſme, car il y en a grande abondance : ie vous donneray encores des noix, & des pommes,

&

Homere au 9.
de l'Odyſſée.
5
6

& infinis autres tels biens que i'y recueille comme vne fauce de ma vigne.
Phenicien. Et que payeray-ie pour toutes ces courtoifies?*Vign.*Quoy autre
chofe finon d'en manger de bon courage, & en emporter encores auecques
vous,& vous en aller tout ioyeux & content de ce lieu? *Phen.* Vrayement
vous môftrez de faire icy vn tour de Philofophe pluftoft que de Vigneron.
Vigneron. Auecques le courtois & gentil Prothefilaus ie fais tout cecy,& à
fon exemple. *Phenicien.* Et que pouuez-vous auoir de commun auecques
Prothefilaus,fi vous l'aduoüez eftre nay en la Theffallie?*Vigneron.*Ie parle du
mary de Laodamie, car oyant cela il s'en refioüift. *Phenicien.* Mais que faict-
il en ces quartiers? *Vigneron.* Il y vit,& exerçons l'agriculture par enfemble.
Phenicien. Eft-il doncques reffufcité,ou quoy?*Vigneron.* Il ne me racompte
pas autrement fes affaires,ny fes accidents,finon qu'il fut mis à mort au fiege
de Troye pour raifon d'Helene, & depuis retourna en vie en la contrée de
Lhtia, eftant amoureux de Laodamie. *Phenicien.* Mais on le dit eftre derechef mort apres auoir efté reffufcité: & qu'ayant efpoufé vne autre femme,
elle feroit decedée auecques luy.*Vigneron.*Il le dit ainfi de fa part: mais defirant fçauoir comment cela aduint apres fon retour, il ne me le voulut point
dire, me cachât felon qu'il difoit,ie ne fçay quels fecrets des Parques. Neantmoins on peut voir encores pour le iourd'huy fes foldats gifans en la campagne d'autour de Troye, qui monftrent affez à leurs geftes & contenances
combien ils furent belliqueux,fecoüans les tymbres & pennaches de leurs
armets.*Phen.*Par Minerue ie me defierois de cela,combien que ie defirerois
qu'il fuft ainfi. Mais fi vous n'eftes trop occupé à voftre labour, ie vous prie
me racompter tout ce que vous pouuez fçauoir de Prothefilaus,car ce vous
fera acquerir la bien-vueillance des Heroës, fi par voftre recit ie m'en pars
d'icy informé de leurs faicts. *Vigneron.* Il n'eft pas encores temps d'arroufer les plantes,n'eftât encores que midy,joint que nous fommes en Automne,où la moifteur de la faifon les humecte affez de foy : Tellement que i'ay
bon loifir de vous compter tout, & afin que telles chofes fi grandes & fi diuines ne foient teuës aux gens de bien,il vaut mieux que nous nous placions
icy en quelque endroit conuenable. *Phenicien.*Marchez deuant, & ie vous
fuiuray, fuft-ce par de-là le milieu de la Thrace. *Vigneron.* Entrons doncques dedans la vigne, car nous y trouuerons de la recreation d'abondant.
Phenicien. Allons à la bonne heure , & de faict ie ne fçay quoy de foüefue o-
deur s'efpand icy,tant de la vigne, que des arbres plantez parmy.*Vigneron.*
Que dittes-vous, de foüef, mais de diuin, prouenant de ces fauuageons, &
des fruictages domeftiques?que fi vous en trouuez de ceux qui fentent ainfi
bon à caufe des fleurs , cueillez pluftoft de leurs fueilles qui rendent vne o-
deur tres-fragrante. *Phenicien.* Mais de quelles variées couleurs outre-plus

Cela s'entend
des orangers,
citronniers &
femblables qui
fleuriffent en
toutes faifons.

eft decorée cette voftre tant plaifante poffeffion ? Combien belles & agreables font paruenuës de leurs bourres & premiers bourgeons iufques à leur
parfaicte maturité ces groffes grappes de raifins ? & comme font d'autre-
part bien & ordonnément plantez ces arbres icy à la ligne ? Certes tout cet
heritage femble refpirer ie ne fçay quelle plus qu'Ambrofienne haleine. Et
trouue fort plaifans ces beaux promenoirs qui ont efté laiffez à vuide en
deux efpaces, fi que i'eftime à vray dire, que vous ne vous occupez qu'a-

pres cette heureufe vigne, poury prendre voftre feul plaifir, laiffant vne fi
grande eftenduë de terroüer inutile & vague à l'entour. *Vigneron.* A la verité ces allées me font facre-faintes: car c'eft où mon Heroë fe promeine plus
volontiers. *Phenicien.* Vous me pourrez plus à loifir compter cecy apres que
vous ferez affis auecques celuy que vous menez: mais ce-temps-pendant dites moy ie vous prie, fi cette poffeffion eft à vous en propre, ou fi vous la tenez à loüage d'vn autre qui en foit le maiftre, & efleuez par voftre labeur ce
qui le nourrit, ainfi qu'vn autre Ceneus d'Euripide. *Vigneron.* Rien ne m'eft
demeuré de tous biens que ce peu de fonds, lequel à la verité m'entre-
tient honneftement, tout le refte de mes heritages m'ayant efté ofté par des
plus puiffans, pendant que i'eftois encores en tutelle: & fi c'eft Prothefilaus
qui me l'a donné, l'ayant ofté à ie ne fçay quel eftranger de la Cherronefe qui
le detenoit: car il luy enuoya certain phantofme qui l'aueugla, parquoy il
fut contrainct de s'en departir. *Phenicien.* Vous auez certes rencontré vn
Le chiquaneur
& harangueur
publique. bon protecteur & gardien de cet heritage, & n'auez à craindre qu'vn tel
Patron y veillant pour vous, les loups y entrent. *Vigneron.* Vous dittes vray,
car il ne permet qu'aucune befte nuifible fe iette dedans, ny aux couleuures,
ny aux phalangrons & lezards qu'on appelle les Tarentelles: ny que le Sico-
phante vienne icy roder à l'entour pour nous y dreffer quelque embufche,
qui eft la plus pernicieufe befte de toutes autres, car elle ruine & profterne
tout és congregations publiques. *Phenicien.* Comment doncques le per-
mettez-vous de regner, qui à ce que ie voy vous pouuez deffendre du bec,
car il me femble que vous n'eftes pas du tout defpourueu d'eloquence. *Vigneron.* A la verité en nos premiers ans nous faifions noftre refidence en la
ville, vaquans à l'eftude de Philofophie: où nous auions de fort bons maiftres: mais noftre faict n'alloit pas bien à la campagne, car eftans contraints
de nous en remettre fur des vallets, ils ne fe foucioient pas beaucoup de nous
en rapporter rien au logis, de forte qu'il nous falloit prendre à intereft de
l'argét fur nos heritages, ou eftre oppreffez de neceffité. Or foulois-je auoir
pour mon confeil en toutes chofes Prothefilaus: mais eftant à lors indigné
contre moy pour vne iufte occafion, mefmement que ie l'auois quitté pour
me retirer à la ville, il fe tenoit coy fans plus me vouloir donner aucun aduis ny inftruction. Mais comme ie l'en euffe preffé importunément, & luy
alleguaffe que s'il m'efconduifoit de cela i'eftois en danger de me perdre; ie
changeray d'accouftrement, va-il dire, ce que ie ne compris pas à l'heure,
mais y ayant penfé de plus pres, ie cogneus que par là il me commandoit de
changer ma forme de viure. Au moyen dequoy m'eftant reueftu d'vne peau
de cheure, & garny d'vne bonne befche, ie n'ay fceu depuis iufques icy retrouuer le chemin de la ville: car toutes chofes m'abondent aux champs:
& quand bien quelqu'vne de mes brebis s'amaladeroit, ou mes rufches à
miel, ou qu'il aduint quelque accident à vn arbre, i'vfe en tout cela de Prothefilaus pour mon medecin, viuant enfemblement auecques luy, addonné
du tout au labourage: fi que de iour à autre i'apprends de luy, & deuiens
plus fage, car il y a beaucoup de fens & de prudence en luy. *Phenicien.* Certes ie vous eftime bien-heureux, tant pour fa conuerfation ainfi familiere,
que pour vn tel heritage voftre: quand non feulement vous y recueillez des
oliues,

oliues,& des raifins,mais de la prudence& fageffe auffi,qui eft diuine & immortelle: de maniere que i'eftime faire tort à celle que i'apperçois eftre en
vous, en vous appellant vigneron. *Vigneron.* Ainfi toutesfois me nomme
Prothefilaus, & luy faites plaifir d'en vfer de la mefme forte: m'appellant
jardinier, laboureur & femblables noms. *Phenicien.* Icy doncques il y a vne
gràde, & mutuelle familiarité entre vous.*Vigneron.*Oüy certes,mais à quoy
l'aues vous apperceu? *Phenicien.* Par-ce que ce terroüer me femble merueilleufement delectable & plaifant, voire diuin : & fi quelqu'vn venoit à
y reuiure, ie ne fçay s'il le voudroit changer pour vn autre: car il y viuroit
fort plaifamment, & fans aucun molefte ny fafcherie, feparé de l'importu-
ne multitude du populaire. Et de faict voyons vn peu ces beaux arbres
comme la longueur du temps les a haut efleuez en l'air. Et cefte eau de fontaines & fources viues ainfi diuerfifiée : Puis beuuant tantoft d'vn vin odoriferant, tantoft d'vn autre, & dreffant d'autre-part de belles loges & fueillées, en plaiffant les arbres pour entrelaffer leurs rameaux, fi qu'à peine
pourroit on faire vne guirlande mieux complette d'vne prairie toute entiere. *Vigneron.* Mais vous n'auez pas oüy les petits oyfeaux comme ils ga-
zoüilleront fur ce pré, quand le foleil viendra à s'abbaiffer, ou le iour à poindre. *Phen.* Il me femble les auoir ja oüys conuenir enfemble, mais non pas
plaindre & lamenter, ains chanter feulement; & au refte fi vous me voullez
racompter les faits des Heroës, ie les orrois plus volontiers : ce pendant fe-
roit-il loifible de s'affeoir icy quelque part? *Vign.* Mon Heroë certes le vous
permet, eftant tout benin comme il eft, & vous receura fplendidement en
ces fieges. *Phen.* Puis qu'ainfi eft ie m'en vois affeoir, & prendray fort en gré
cefte courtoifie,pour oüyr plus attentiuement vn difcours de telle impor-
tàce.*Vign.*Demàdez dóques ce que vous voudrez, afin que vous n'ayez oc-
cafió de dire que vous vous foyez icy embattu en vain. Car Vlyffe fe trouuàt
vne fois loin de fon vaiffeau tout efperdu, on dit que Mercure le vint trouuer, ou quelqu'vn de ceux qui font enfeignez de Mercure, pour luy communiquer & la forme de difcourir, & l'induftrie de ce faire, car il faut eftimer que ce fut ce Moly qu'il luy enfeigna : mais Prothefilaus vous a raffafié
par le compte que i'en ay fait, dont vous en pourrez demeurer plus content
en voftre efprit,& plus entendu,par-ce que la cognoiffance de plufieurs chofes eft fort à prifer. *Phen.*Or ie ne perds point le courage, car c'eft la Deeffe
Minerue qui me guide & conduit, fi que ie comprends ce qui refte du furplus de mon fonge. *Vign.* Qu'auez vous donc fongé, car vous me faites icy
vne ouuerture de ie ne fçay quoy de diuin ? *Phen.*Voicy le 35.iour que ie na-
uigue d'Egypte & Phenice: & m'eftant defembarqué en cefte Eleonte il
me fembla que ie prononçois à parmoy ces vers d'Homere, où il recite la li-
fte des Grecs qui allerent au fiege de Troye:& que ie les exhortois de monter fur mon nauire,qui eftoit fuffifant de les tenir tous,m'eftát efueillé là deffus,ie fus faify d'vne frayeur, parce que ie confrontois ce que i'auois veu en
dormant à la lentitude de mon vaiffeau & à la longueur de mon nauigage,
laquelle venant conferer auecques la tardité des defuncts,ie la remettois deuant les yeux à ceux qui veullent faire diligence. Mais comme ie me voulois
preualoir ainfi que de quelque prefage de la fignifiance de mon fonge,car le

Tout cecy em-
brouïllé au
Grec comme
vn enigme.

9

vent ne me permettoit pas de faire voile, ie defcendis-là du Nauire, d'où m'acheminant par terre, le premier que i'ay rencontré comme vous fçauez, ç'a efté vous: & nous nous fommes mis à deuifer de Prothefilaus, toutesfois nous difcourrôs auffi s'il vous plaift de ce Catalogue & roole d'Heroës, par ce que vous promiftes d'ainfi le faire, & me les compter vn à vn comme ils s'embarquerent. Mais il vaudroit mieux premierement reciter comme ils s'affemblerent en vn endroit, & puis comme ils entrerét dans les vaiffeaux. *Vigneron.* A la verité vous eftes icy arriué à la bonne heure, & expofez deüement voftre vifion. Pourfuiuons doncques noftre propos, fi d'auéture vous ne voulez alleguer que ie prêne plaifir à vous diftraire de voftre fonge. *Phen.* Ce que ie defire fçauoir vous l'entendrez tout de ce pas. Cefte familiere accointance à fçauoir que vous auez auec Prothefilaus: & la façon dont il vint icy, ou autres telles chofes vfitées aux Poëtes; ou qui n'ayent efté cogneuës d'eux, qu'il ait peu entendre du faiét des Troyens: tout cela de vray ie defirerois fort de l'oüir de vous. Mais quand ie dis des Troyens, i'entends par-là

10 l'affemblée des forces Grecques qui fe fit en Aulide pour paffer à Troye: & ce qui concerne en particulier chaque Heroë, s'ils ont efté fi beaux, fi cheualeureux & fi fages que les Poëtes chantent. Car commét fçauroit parler Prothefilaus de la guerre qui fe fit deuant Troye, attendu qu'il ne s'y trouua pas, ayant efté le premier de tous les Grecs mis à mort à l'inftant mefme qu'ils prirent terre, & fortirent de leurs vaiffeaux? *Vigneron.* Ce feroit vne grande fimpleffe à vous de le croire ainfi, car à des ames ainfi diuines & bien-heureufes, le commencement de vie eft quand elles font deliurées du corps: & de faiét on commence lors à cognoiftre les Dieux, & eftre faits participans de leur compagnie, ne s'arreftât plus apres leurs images & fimulachres, ny aux douteufes opinions qu'on en auroit, ains tout à defcouuert fans aucun voile ny entremoyen conuerfant auec eux, & s'efleuant par deffus l'humaine condition, defpoüillez de toutes infirmitez, & de corps: & font lors remplis d'vne fcience diuinatoire, dôt ces ames libres font efprifes & agitées tout ainfi que de quelque efguillon Bacchique. Parquoy vous pouuez dire d'affeuráce que quiconque aura foigneufement examiné les poëfies d'Homere, ne les aura point leu d'autre forte que faiét Prothefilaus, & felon qu'il les difcerne & entend. Or deuant que Troye ne Priam fuffent, il n'y auoit point d'œuures d'Homere, & iamais les faits & geftes n'auoiét encore efté redigez par efcrit en vers: car tout ce qui dependoit de la Poëfie eftoit employé aux oracles & predictions. Et entant que côcerne Hercule fils d'Alcmene, cela a efté compofé puis n'agueres, n'ayant point efté en vogue au precedent. Au regard d'Homere il n'en auoit encore rié cogneu: mais Troye prife & ruïnée ceuxcy alleguent que non long temps apres, ou quelque deux cens ans au plus, il fe feroit addonné à faire des vers. Neantmoins Prothefilaus a eu cognoiffance de toutes fes œuures, & fi racompte beaucoup de chofes qui furét faictes

I! bat icy fur la deuant Troye, ayant efté engendré depuis luy. Plufieurs autres pareillemét
Palingenefie
outenaiffance. de la Grece, & de la Medie: & appelle la defcente de Xerxes en Grece la
11 tierce defolation & ruïne du genre humain, apres celles qui aduindrent du viuant de Deucalion, & de Phaëthon, où beaucoup de peuples perirent.

12 *Phenicien.* Certes vous combleriez la corne d'abondance d'Amalthée, fi
ioüiffant

ioüyssant ainsi de la compagnie d'vn qui a la notice de tant de choses, vous
racomptiez tout ce que vous auez oüy de luy. *Vigneron.* Et par Iuppiter ie
ferois tort à ce Philosophe & Heroë amateur de la verité, si ie la taisois &
ne l'honorois, ayant de coustume de l'appeller la mere de la vertu. *Pheni-*
cien. Il me semble dés le commencement de nos propos vous auoir assez
apertement declaré ce qui me trauailloit l'esprit, & vous dis encores que
ie n'adiouste pas aisement foy aux choses fabuleuses : la cause de cette mes-
croyance est, que ie ne me suis iamais rencontré auecques personne qui les
ait veuës : car l'vn des Poëtes dit l'auoir ainsi appris d'vn autre : l'autre qu'il
le pense ainsi, & cettui-cy a pris en main d'extoller vn Heroë. Mais ce qui
se racompte de leur grandeur, & comme ils passoient de quinze pieds de
haut, i'estimerois cela estre fort plaisant à oüyr. Neantmoins celuy qui les
voudra confronter auec les œuures de Natiore, & à la mesure & proportion de ceux d'auiourd'huy, le reputera à vne pure menterie. *Vigneron.*
Et depuis quand auez vous commencé à penser que cela ne fust vray-semblable ? *Phenicien.* Autresfois estant encores comme garçon, ie croyois à la
verité telles choses : & ma nourisse m'en faisoit tout plein de beaux comptes, me les entonnant aux oreilles : & comme ie m'appaisersi ie croios, par fois aussi
ie ne laissois pas de braire & pleurer. Mais depuis que ie fus paruenu en adolescence, ie n'estimay plus y deuoir adiouster foy sans quelque authorisé tesmoignage. *Vigneron.* Mais ce qu'on dit de Prothesilaus, & comme ils s'apparoist icy, ne l'auez vous iamais oüy ? *Phenicien.* Et comment l'aurois-je veu,
que ce que i'en ay mesme entendu ce iourd'huy de vous, ie n'y adiouste
point de foy ? *Vign.* Ie commenceray donc mon propos par les choses anciénes, lesquelles vous font ainsi suspectes, que vous auez dit ce me semble, que
vous faites doute que les hômes fussent en ce siecle-là hauts de 15.pieds. Mais
comme cela soit assez notoire, exigez ce qui reste de nostre discours touchât Prothesilaus, & tout ce que vous vous voudrez enquerir des Troyens,
car i'estime que vous n'y voudrez en rié contredire. *Phen.* Vous dittes bien,
faisons-le ainsi. *Vigneron.* I'auois vn ayeul fort instruit de la pluspart des
choses que vous reuocquez en doute, lequel disoit que le sepulchre d'Aiax
fut vne fois demolly des vagues de la mer, sur le bord de laquelle il estoit
dressé, & que les ossemens qui y estoient monstroient le corps auoir esté
haut de quinze pieds : car l'Empereur Adrian lors qu'il alla à Troye, les fit
rassembler & remettre en leur naturelle assiette & disposition, & en ayant
amiablement embrassé quelques-vns, fit refaire ce monument. *Phenicien.*
Certes ce n'est pas sans cause, si ie me deffie de semblables comptes, & les
tienne pour vn peu suspectes, car ce que vous me dittes icy c'est apres vostre Pere grand de qui vous l'auez appris ; ou peut estre de vostre mere, ou
vostre nourisse, mais ce que vous pouuez vous, mesme auoir veu, vous
n'en sonnez mot, si vous ne dittes d'aduanture ce que vous auez peu entendre de la bouche de Prothesilaus. *Vigneron.* Si i'estois vn faiseur de comptes au iour la iournée, ie vous alleguerois icy le corps d'Orestes que les Lacedemoniens trouuerent en la Nemée de dix à douze pieds de long. Et cet
autre qui long temps au-parauant auoit esté enseuely en la Lydie dans vn
cheual de bronze, la terre par vn tremblement ayant esté lors entre-ouuer-

LLl

te, ce cheual se manifesta, chose que les Pastres du Roy trouuerent estrange auecques lesquels Gyges seruoit aussi salarié aux despens du Roy. Ce Cheual au reste estoit creux, & auoit de chaque costé des fenestres, par où estans entrez dedans, ils trouuerent vn corps humain si grand, qu'il ne sembloit point estre d'homme, que si l'on ne veut adiouster foy à cela, attendu la longueur du temps, ie ne sçay si vous aurez quelque chose à contredire

15 sur ce qui est aduenu du nostre. Car le long du bord du fleuue Orontes en Assyrie, qui s'estoit fendu, le corps d'Ariadné, (les vns le font estre Ethiopien, les autres Indien) ayant quarante-cinq pieds d'estenduë, ne s'y est-il pas manifesté puis n'agueres? Cette mer outre-pl' qui est au bout du cap de Sygée, il y a quelque cinquante ans, exposa en veuë le corps d'vn geant, lequel combattant pour les Troyens contre Apollon, l'on disoit auoir par luy esté mis à mort. Or estant vne fois abordé en cette plage de Sygée, ie sceus au vray ce qui y estoit aduenu, & de quelle grandeur estoit ce Geant, pour lequel voir, la plus grande part de l'Hellesponte, & de la coste de l'Ionie, & des Isles circonuoisines, & de tout l'Eolique nauigerent là, où il demeura plus de deux mois sur ce promontoire tout à descouuert, apprestant aux vns & aux autres diuerses occasions de discours, par ce que le temps n'auoit pas encoresmanifesté qui c'estoit. *Phenicien.* Vous direz doncques par mesme moyen quelque chose aussi de sa grandeur, & de la proportion de ses membres. Et des serpens qu'on dit auoir esté engendrez des Geäts, dont les Pein-

16 tres en attribuent sept à Enceladus, & à ceux qui sont à l'entour de luy. *Vigneron.* Quant à ceux-là, on les deuroit certes tenir pour monstrueux, comme s'estans accoupplez aux bestes brutes, mais il y en auoit ie ne sçay quel en Sygée, long de plus de trente trois pieds, estendu au creux d'vn rocher, la teste tournée deuers la terre, & les pieds s'allans terminer au dernier bout du Promontoire, neantmoins nous n'y peusmes appercevoir aucunes marques de serpens entour luy : les ossemens au reste ne differans comme en rien de ceux des hommes naturels. Dauantage Hymnée Peripateticien auquel ie suis ioinct d'vn estroit lien d'amitié, il y a enuiron quatre ans, enuoya deuers moy l'vn de ses enfans, pour s'informer par mon entremise & addresse de Prothesilaus, d'vn pareil monstre : car en l'Isle de Cos que cet Hymnée possede presque luy tout seul, il aduint que faisant foüyr à ses vignes, la terre vint à rendre vn son cas aux oreilles des manouuriers, comme si elle eust esté creuse au dessoubs, & l'ayant acheué de perser, ils trouuerent vn corps mort de dixhuict pieds de long, en la teste duquel, là où elle est couuerte de cheueux, s'estoit entortillé vn serpent qui l'occupoit toute : & ce ieune homme estoit venu tout expres pour sçauoir ce qu'on en deuoit faire. A quoy Prothesilaus fit response, couurons mon enfant ce pauure estranger, ordonnant par là d'enseuelir ce corps sans le deterrer plus auant : il nous dist de plus, que c'estoit vn des Geants que Iuppiter foudroya iadis. Mais celuy qui fut veu en Lemnos, trouué par Menecrates Styrien, estoit merueilleusement grand, & le vis l'an passé, y ayant faict voile d'Imbros : Toutesfois il ne me sembla pas d'arriuée si grand, par ce que les ossemens ne tenoient plus les vns aux autres., ains ses vertebres estoient chacune endroict soy separées & disioinctes, cela estant arriué

à

à mon aduis par les croullemens de la terre. Les coftes eftoient femblablement diuifées à part de l'efchine : mais à prendre le tout enfemble, la grandeur m'en fembloit eftrange & malaifée à exprimer : car ayans verfé du
vin dans fon teft, nous ne le peufmes remplir du tout auecques foixante douze pintes Candiottes. Or il y a vn promontoire en l'Ifle d'Imbros,
expofé au vent d'aual, où les vaiffeaux peuuent furgir, auecques vne
fontaine ioignant, laquelle rend Eunuques & impuiffans à engendrer
tous les animaux mafles qui en boiuent, & enyure les femelles de forte
qu'elles s'endorment tout foudain. Là vn gros pan de terre s'eftant ef-
boullé du promontoire, debrifa le corps d'vn fort grand Geant : que fi
vous ne m'en voullez croire, nauigez-y : car il s'y peut voir encores tout
eftendu, & le chemin d'icy là eft fort court. *Phenicien.* Ie defirerois certes fort volontiers aller iufques au delà de l'Ocean pour rencontrer
vne telle merueille, fi elle y eftoit, mais mon trafficq ne me permet pas
de l'abandonner, ains nous faut affubiectir à noftre vaiffeau, & y demeurer attachez, tout ainfi qu'Vlyffes au fien pour ne fe laiffer aller aux Seraines : que fi nous le faifons autrement, tout perira comme l'on dict,
tant à la prouë comme à la pouppe. *Vigneron.* A la verité tout cecy eft   17
bien dict de vous, mais n'adiouftez-point de foy fi bon ne vous femble
à rien de ce que ie vous ay dict, premier que d'auoir nauigé à Cos, là
où les offemens de ceux qui furent engendrez de la terre fe peuuent voir
tous eftendus, qu'on appelle les Meropes ou premiers hommes : & en
Phrygie ceux d'Hyllus fils d'Hercules : voire par Iuppiter en la Thef-   18
falie mefmes des Aloïdes, qui pour vray comprennent neuf iournaux de   19
terre, & ainfi le racomptent les Poëtes. Les Neapolitains d'autre-part   20
habituez en Italie ont faict ceux d'Alcyoneus d'vne merueilleufe gran-   21
deur, & alleguent qu'il y eut là plufieurs Geants qui furent foudroyez
de Iuppiter, & tous ars au mont Befbien. Pareillement en Pallené que les   22
Poëtes appellent *Phlegra*, la terre a en fa poffeffion plufieurs autres tels
corps de Geäts qui fe camperent là endroit pour batailler contre les Dieux,
dont les lauaffes des pluyes, & les tremblemens de terre en ont manifefté
la plus-part : mais il n'y a pafteur qui y ofe bonnement demeurer fur le midy pour le bruit & grand tintamarre qu'y font leurs phantofmes qui y
apparoiffent, tous forcenez comme s'ils eftoient chaftez des furies. Or
de mefcroire telles chofes, paraduanture qu'on l'euft bien peu du temps de
Hercules, lequel ayant tué Geryon en Erythée, afin qu'on le dift s'eftre attaqué à vn homme d'vne telle enorme grandeur, & que perfonne ne vouluft plus faire de doute de leur combat, en mit les os en l'Olympe. *Pheni-*
cien. Ie vous eftime bien heureux certes, d'eftre ainfi verfé és hiftoires.
Quant à moy i'eftois ignorant de ces grandes chofes, & m'en deffiois en
mon gros & rural lourdois, mais pour le regard de Prothefilaus, & coment
cet affaire va, ie defire fort de l'entendre, car il eft deformais temps d'y venir. *Vigneron.* Efcoutez doncques ce qu'il s'en dit digne de foy.

ANNOTATION.

1   **I** E svis *Phenicien*. La Phenice est vne region de Surie, proche de la Palestine, dont les principales villes anciennement estoient Tyr & Sydon, maintenant *Sur* & *Said*, l'vne & l'autre sur le bord de la mer, comme le reste de la Phenice qui est presque toute maritime, si qu'ils furent de tout temps grands nauigateurs, selon Pline liure cinquiesme chapitre douziesme, où il leur attribue l'inuention des lettres, & de l'obseruation des estoilles, auecques l'art de nauiger, ce qui fait à nostre propos: *Ipsa gens Phœnicum in gloria magna litterarum inuentionis, & syderum, nauatiúmque ac bellicarum artium.*

2   *Vovs vous monstrez Ionien à la longue robbe que vous portez.* Ionie est vne region de la petite Asie, entre Carie & Eolide, anciennement fort voluptueuse, tant pour la benigne clemence de l'air, que pour la fertilité de la terre qui y produisoit toutes choses plus qu'à souhait, outre les autres delicatesses & commoditez qui leur estoient apportées de dehors par la mer. Elle fut ainsi appellée des Ioniens peuple de Grece qui y passerent, & y fonderent douze belles grandes citez, dix en terre ferme, à sçauoir Milet, la ville capitale, Myus, Priené, Ephese, Colophon, Lebede, Teos, Clazomene, Phocee, & Erythrée: & deux és Isles, Scio, & Samos. Strabon quatorziesme, Pline vingt-neufiesme. De là est venu le langage ou le dialecte Ionique au Grec, & l'ordre Ionique en l'Architecture.

3   Sybaris *de l'Ionie.* Il dit cela à la difference d'vne autre ville du mesme nom, qui fut edifiee en la grande Grece ou Calabre par les Grecs, qui apres la destruction de Troye surent iettez par fortune de mer en ceste coste d'Italie, & monta depuis ceste ville à vn tel pouuoir & orgueil, qu'elle arma bien pour vne fois trois cens mille combattans en la guerre contre les Brotoniates, qui ne laisserent pour tout cela de les defaire tout à plat, selon que met Strabon au sixiesme liure, comme gens delicats & effeminez qu'ils estoient sur tous autres peuples, & raserent leur ville à fleur de terre. De ceste Sybaris de l'Asie, il en est fort peu de mention nulle part, si ce n'estoit d'auenture qu'on y voulut approprier ce lieu icy de Suydas. *Les Sybaritieas furent si delicats & voluptueux qu'ils addresserent leurs cheuaux à se manier au son des fluttes & hault-bois: & des estrangers prisoient sur tous autres les Ioniens, & Tyrrheniens, pour raison que ceux-cy de tous les baruares, & ceux-là des Grecs, leur estoient le plus consemblables en delices & volupez.*

4   *Et avez establi vne autre Ourse au Ciel, &c.* Il y a deux astres vers le pol arctique, dits la grande & la petite Ourse, dont les fables sont assez cogneus. Car Iuppiter ayant engrossé Callisto fille de Lycaon Roy d'Arcadie, laquelle estoit l'vne des Nymphes fauorites de Diane, vn iour comme elles se fussent despouillées toutes nuës selon leur coustume pour se baigner en vne fontaine, sa grossesse fut descouuerte, & elle tout à l'instant bannie de la compagnie de la Deesse: si que s'en allant vagabonde desolée parmy les bois, elle y enfanta Arcas, qui donna nom à l'Arcadie auparauant appellee la Pelasgie. Iunon esprise de ialousie la conuertit bien tost apres en vne Ourse, que Diane tua à coups de flesches, & Iuppiter la translata au Ciel, où elle est autrement ditte Helicé, par laquelle auant que l'vsage sust trouué de la Calamite, c'est ceste pierre d'Aymât dont se frotte les esguilles à nauiger qui tousiours se tournent au Nort, les Grecs souloient se conduire de nuict sur la mer, ainsi que l'a touché Properce au deuxiesme de ses Elegies:

    Calisto Arcadios errauerat vrsa per agros
    H æc nocturna suo sydere vela regit.

La petite Ourse ditte Cynosura fut l'vne de sept Nymphes Ideennes nourrices de Iuppiter en Crete, qui pour recompense de ce benefice les translata aussi au Ciel en vn astre composé de sept estoilles, & par ceste-cy se gouuernoient les Sydoniens, & autres nauigateurs de Phenice, dont elle prist le mesme nom, selon Hyginus au deuxiesme des signes celestes. Ouide aussi au troisiesme des Tristes.

    Esse duas Arctos, quarum Cynosura petatur
    Sidonijs, Helicen Graia carina notat.

Et en vn autre endroit.

    Magna, minórque feræ, quarum regit altera Graias,
    Altera Sidonias (vtráque sicca rates.)

Il les appelle seches, pource qu'elles ne se couchent point dans la mer, ains demeurent tousiours sur nostre horizon; & ce, selon le mesme Hyginus, pour ce que Thetis qui auoit esté nourrice de Iunon, ne les y veut point receuoir, ny laisser mouiller dâs ses Ondes. Manile plus à plein au premier de son Astronomique.

    Summa tenent axis miseris notißima nautis

                                    Signa

Signa per immensum cupidos ducentia pontum,
Maiorémque Helicen maior decercinet arctos,
Septem illam stellæ certantes lumine signant,
Quà duce per fluctus Graiæ dant vela carinæ.
Angusto Cynosura breuis torquetur in orbe.
Tam spatio quàm luce minor, sed indice vincit
Maiorem Tyrio.

C'est ce à quoy veut battre icy Philostrate.

A v traffic vous estes de grands Arabes & Coursaires. Strabon au quinziesme. *Quelques vns diui-sent toute la Surie és Cælosyriens, & Pheniciens, & alleguent quatre nations y entremeslées & comprises; les Iuifs, les Iduméens, Gazéens, & Azotiens, les Syriens au reste sont bons laboureurs, & les Pheniciens grands traffiqueurs.*

Comme souloit faire Maron. Cecy est tiré d'Homere au neufiesme de l'Odissée, & esclarcy cy deuant au tableau des Tyrrheniens. 5

S'i l y a des Cyclopes que la terre nourrisse sans rien faire. Pris pareillement du lieu preallegué d'Homere, & touché au tableau du Cyclope. 6

I'achepte vn bœuf auec du bled, & vn mouton auec du vin, d'Homere aussi au septiesme de l'Iliade, 7 où il traicte des permutations, & le denier n'ayant point encore de cours ou fort peu : *Note d' cu Ἄνθρωπο περήσαντ οἶνον ἄγκαιον,* &c. Force nauirs s'venoient de Lemnos chargées de vin, que les Grecs achep-toient en eschange, les vns de cuyure, les autres de fer, quelques vns des peaux, & les autres de bœufs & es-claues. A ce propos Aristote au premier des Politiques. *La permutation fut introduite du commence-ment parmy les personnes, d'autant qu'elle est selon nature, car les vns ayãt plus d'vne chose qu'il ne leur fail-loit, & les autres moins: pour reduire cela à vne egalité, il estoit besoin de trouuer l'expedient de la permuta-tion, ainsi que font encore quelques nations estrangeres, donnans & recevans en contreschange vne chose pour l'autre.* Pausanias en ses Laconiques: *En Lacedemone ioignant ceste rue ont les Bootenes, autresfois le palais du Roy Polydore, apres le deces duquel on l'achepta de sa femme donnant des bœufs en payement : car il n'y auoit point encore de monnoye d'or ny d'argent, ains suiuant la coustume ancienne ils donnoient en con-treschange quelques denrees, des bœufs, des esclaues, de l'argent aussi, & de l'or en lingot.* Et Pline derechef liure trentetroisiesme chapitre premier. *O combien plus estoit heureux le siecle d'alors où les choses s'es-changeoient l'vne pour l'autre, selon qu'il faut croire à Homere qu'on faisoit au siege de Troye: car par ce moyen fusent inuentees à mon aduis, les compagnies & associations des hommes; afin de pouuoir vivre par le moyen des commoditez les vns des autres.* Il nous suffit d'amener icy ces passages : car d'en discourir plus auant cela requerroit vn volume entier.

C a r il faut estimer que ce fut ce Moly que luy enseigna Mercure. Cecy est encore pris du dixiesme de 8 l'Odissée, qu'Vlisses estant de fortune arriué par mer és quartiers de Circé, comme quelques vns des siens qu'il auoit enuoyé vers elle en eussent esté transmuez en bestes, & retenus en des esta-bles, & qu'il voulust aller apres, Mercure le vint aduertir du fait, & luy donna vn preseruatif pour se garantir de ses charmes & sorcelleries, vne herbe à sçauoir dont il luy monstra la vertu & l'vsage, ayant la racine noire & la fleur blanche comme laict, que les Dieux appelloient *Moly,* (παρὰ τὸ μωλύω τὰς νόσες,) de soulager les douleurs & les maladies. Ouide au quatorziesme des Metamorphoses.

Pacifer huic dederat florem Cyllenius Album,
Moly vocant superi, nigra radice tenetur.

Et le reste, qui est presque de mot à mot emprunté d'Homere; lequel poursuit, que ceste herbe là est malaisée aux mortels à arracher de la terre. Pline vingtcinquiesme, chapitre quatriesme. *La plus excellente de toutes les herbes au tesmoignage d'Homere, est celle qu'il estime estre des Dieux appellée Moly, dont il attribuë l'inuention à Mercure, & la monstre estre d'vne souueraine efficace contre tous les sorti-leges & enchantemens. On dist qu'elle naist pour le iourd'huy aupres de Phnee ville d'Arcadie, & au mõt Cyl-lené, de la mesme sorte qu'il la descript, ayant la racine ronde & noirastre, de la grãdeur des communs oignons: & la fueille comme vne eschalotte; qu'on l'arrache au reste fort mal-aisément hors de terre.* Les Autheurs Grecs depeignent la fleur iaunastre, combien qu'Homere la dise estre blanche : mais i'ay appris de plus prati-ques Herboristes qu'elle croist aussi en Italie: & m'en fut apportee vne de la terre de Lanout, qui auoit auec vne tresgrande difficulté est tirée d'entre les pierres & rochers, ayant la racine longue de trente pieds, encore n'estoit elle pas toute entiere ains entrerompuë. Au neufiesme chapitre, encore il la dit auoir fort grã-de vertu contre les arts magiques : comme fait aussi Suidas qui la prend pour la ruë sauuage, la-quelle, ce dit-il, a vne grande proprieté contre les charmes & empoisonnemens. Mais Pline liure 22. chap. 31. parle d'vn autre *Moly* ou *Halycacabut,* qui endort mortellement comme l'Opion. Phi-lostrate l'interprete icy pour la Prudence: les autres pour la Vertu, dont les commãcemens sont noirs & fascheux; & les fleurs & fruicts qui s'en produisent blancs, celebres, & agreables.

M'estant desembarqué en ceste Eleonte. C'est vne ville de la Trace sur le dernier bout de la Cher-sonese qu'on appelle Eolium, ce dit Pline liure quatriesme chapitre 11. *Turris & delubru Prothesilai,* 9

& in extrema Cherronensi fronte quæ vocatur Aeolium , oppidum Aeleus. Et Paufanias és Attiques, mef
que la ville d'Elée au Cherronefe eftoit dédiée à Prothefilaus. Hyginus liure fecond des fignes
celeftes, chapitre de l'Hydre , apres Philarius racompte vne belle & plaifante hiftoire , laquelle
nonobſtant qu'elle ſoit aucunement hors de ce propos, toutesfois pour y eſtre come annexée
nous l'auons iugé meriter d'eſtre inferée en ces recueils noſtres. *Au Cherronefe Limitrophe de
Troye, où pluſieurs ont dit eſtre le ſepulchre de Prothefilaus, il y a vne ville appellée Phlagufe , où durant qu'vn nommé Demiphon commandoit , il aduint vne calamité & ruine merueillenſe des habitans
qui ſe mouroient tous les iours à tas , ſans ſçauoir la cauſe , au moyen dequoy Demiphon enuoya à l'Oracle d'Apollon en Delphes pour auoir conſeil là deſſus : & il leur fut ordonné d'immoler tous les ans aux
Dieux Tutelaires patrons du lieu , vne fille vierge de noble race , de maniere que toutes celles des plus
apparentes maiſons auoient deſia paſſé le pas chacune à ſon tour , ſelon qu'il aduenoit au ſort , hors-mis
les ſiennes , qui n'y auoient point encores eſté compriſes , iuſques à ce qu'il vint au rang d'vn des plus grands
nommé Maſtuſius, qui refuſa tout à plat de ſoubs-mettre la ſienne à ce haȝard , ſi celles de Demiphon ne venoient en ieu : lequel indigné de cela , la fit immoler ſans autrement iecter au ſort. Le pere diſſimula
pour l'heure , alleguant de n'auoir occaſion de ſe plaindre , puis que c'eſtoit pour le ſalut publique ; neantmoins qu'il l'euſt porté moins à regret , ſi cela fuſt paſſé par la voye ordinaire. Et ſceut ſi bien ſe contrefaire , que le Roy le mit en oubliance peu à peu , eſtimant que Maſtuſius l'auroit faict auſſi de ſa part. Mais
quelque temps apres il inuita Demiphon & ſes filles à vn ſien ſolemnel ſacrifice & feſtin , où les ayant
enuoyées deuant pendant qu'il vuideroit quelques affaires , Maſtuſius les fit maſſacrer , & meſler leur ſang
auecques du vin qu'il preſenta à Demiphon , & luy confeſſa toute l'affaire.Demiphon le fit à l'inſtant iecter
en la mer auecques la couppe où il auoit beu ; dont la mer fut depuis appellée la Maſtuſienne , & le port la
couppe : que les anciens Aſtrologues ont figurée par vn nombre d'eſtoilles là haut au ciel en vn aſtre du
meſme nom, pour ſeruir d'admoneſtement aux mortels de ne faire iniuſtice ne tort à perſonne : ou ſi l'on en fait
chercher de le reparer, ou de ſe tenir ſur ſes gardes,deuant penſer que ceux qui auront receu l'outrage ne le von-
dront mettre en oubly.*

10　　Comment pourroit parler Prothefilaus de la guerre de Troye , attendu qu'il fut le premier de tous les Grecs
mis à mort quand ils prindrent terre en Phrygie ? Il fut fils d'Iphicle, fils d'Amphytrion & d'Alcmene,& enfanté quant & Hercules,qu'elle auoit côceu de Iuppiter.Hyginus chapitre cent troiſieſme, l'appelle Iolaüs fils d'Iphicle & Diomedée: & alla auecques les autres Princes Grecs à la
guerre de Troye , accompagné de quarante nauires toutes frettées à ſes deſpens , comme met
Homere au Catalogue & liſte des forces nauales au ſecond de l'Iliade. Et encores qu'il euſt
eſté admoneſté de l'Oracle de s'il y alloit , il ſeroit ſans doute le premier de tous mis à mort en deſ-
cendant en terre , il ne peut ou bien ne voulut euiter ſon fatal deſtin , ſi qu'Hector le tua de ſa
propre main au ſortir de ſon vaiſſeau : comme le teſmoigne auſſi Ouide au douzieſme des Metamorphoſes.

>　　　*Hoſtis adeſt , prohibéntque aditus , littiſque tueҳtur ,*
>　　*Troes , & Hectorea primum fataliter haſta*
>　　*Prothefilae , cadis.*

Toutesfois Dicte de Crete met que ce fut Eneas, non Hector. Sa femme Laodamie fille d'Aca-
ſte , qu'Homere appelle Philacé, aduertie de ce deſaſtre , requiſt aux Dieux , que pour tout le
ſoulagement de ſes maux , il leur pleuſt luy permettre de deuiſer auecques luy ſeulement trois
heures, ce qu'ayant impetré, & Mercure le luy ayant amené, les trois heures paſſées Prothefilaus expiré de rechef, elle ne peut ſupporter ſa douleur , ains alla apres.Philoſtrate au reſte faict
icy ie ne ſçay quelle Palingeneſie & reuiuiſcence de Prothefilaus en vn corps ſpiritualiſé , ſuiuant ce qu'allegue Plutarque du Poëte Heſiode en la ceſſation des Oracles : lequel mettoit quatre manieres de natures qui participent du diſcours de raiſon : les Dieux , les Demons , les demy-dieux , & les hommes , par ce que les Heroës , ce dit-il , ſont du nombre des demy-dieux.
Et là deſſus quelques-vns alleguent qu'il ſe faict mutation des corps auſſi bien que des ames, car
ny plus ny moins que la terre s'engendre l'eau: de l'eau l'air: & de l'air le feu; de meſme les
bonnes ames prennent auſſi mutation , ſe tournans d'hommes en demy-Dieux , & de demy-
Dieux en Demons , & de Demons finablement viennent à participer de la diuinité. Mais ceux
qui ne ſe peuuent pas contenir,ains ſe laiſſent aller, & s'enueloppent de rechef de corps mortels
& corruptibles,ils viuent d'vne vie ſombre & obſcure,comme d'vne caligineuſe fumée.

11　　Et appelle la deſcente de Xerxes en Grece , la tierce ruine du genre humain , apres celle de Phaëthon , &
Deucalion. Cette entrepriſe & voyage de Xerxes en Grece auecques dix-ſept cens mille combattans, eſt deſcripte bien amplement par Herodote & aſſez d'autres : ce qui arriua enuiron l'an du
monde 3480. & de la fondation de Rome quelques deux cens ſeptante. Quant aux deux autres
accidens, l'vn de feu & l'autre d'eau , à l'exemple, comme mettent les Philoſophes & Medecins,
qui conſtituent deux manieres de definemens naturels de l'homme , ſi ſa vie n'eſt preuenuë par
des accidens, l'vn par les fieures & ardeurs qui deuorent la chaleur radicale, l'autre par des ſuf-
focations & eſtouffemens de catharres , le premier doncques de ces deux accidents au monde,
qui

qui eſt le grand homme, car il y a vne Analogie de l'vn à l'autre, fut quant au feu ſous Phaëthon Roy d'Ethiopie du temps d'Abraham, ou peu apres, lequel s'eſtant acheminé en Italie pour la conquerir, tout plein de lieux s'y embraſerent, comme le mont Veſuue pres Naples, & celuy d'Ethna en Sicile, & aſſez d'autres, voire vne grande portion de la terre & du ciel, ſi l'on s'en veut rapporter aux Poëtes, quis'eſtendent là deſſus à infinies fictions, Ouide meſme entre les autres au 2. des Metamorph. Mais Pline liur. 37. ch. 2. apres Theophraſte le dit eſtre decedé en l'Ethiopie d'Ammon. Au regard de Deucalion, fils de Promethée, ce fut vn autre accident tout contraire à ſçauoir vn deluge & inondation d'eaux, qui ſubmergea vne portion de la terre, quelques 700. tant d'ans apres l'vniuerſelle de Noé, & meſmement la Theſſalie, dont luy & ſa femme Pyrrha s'eſtans ſauuez dans vne naſſelle ſur le mont de Parnaſſe, apres que les eaux ſe furent eſcoullées & raſſiſes, ils allerent au conſeil à l'Oracle de la Deeſſe Themis, pour ſçauoir comme ils pourroient reſtaurer le genre humain, qui leur ordonna de s'en retourner, iectans derriere eux les oſſemens de leur grand'mere, ce qu'ils interpreterent pour les cailloux, qui ſont comme les os de la terre mere commune, & ils ſe conuertirent à ſçauoir ceux de Deucalion en hommes, & de Pyrrha en femmes.

Vous combleriez la corne d'Amalthée. Comme Saturne deuoraſt tous les enfans que luy procreoit ſa femme Rhea tout auſſi toſt qu'ils eſtoient naiz, pour en garantir l'Iuppiter elle trouua le moyen de le deſtourner : & en lieu de luy emmaillotta dedans des langes vne groſſe pierre qu'il aualla ſans y penſer. Cependant Iuppiter ayant eſté alaité par vne cheure ditte Amalthée, luy memoratif de ce bien-faict la tranſlata au ciel auec ſes cheureaux, & remplit ſes cornes d'vne abondance de tous fruitages, dont ſeroit venu depuis le nom de Cornucopie, les autres alleguent que ce fut la corne qu'Hercules rompit à Achelous, lors qu'il le combattit pour l'amour de Deianire : & que les Nymphes Naiades l'ayant recueillie la remplirent de fleurs & de fruicts, ſelon Ouide au neufieſme des Metamorphoſes.

---Rigidum fera dextera cornu
Dum tenet infregit, truncaq̃, à fronte reuellit.
Naiades hoc pomis, & odoro flore repletum
Sacrarunt, diuéſque illo bona copia cornu eſt.

Ce qui ſe recite de leur grandeur, & comme ils paſſoient quinze pieds de haut. Il y a eu deux choſes auſuns 13 eunement en controuerſe & de longue main, ſi les hommes du premier ſiecle ne viuoient pas trop plus longuement que ceux qui ſont venus depuis, meſmement apres le deluge, comme ſi ceſte inondation vniuerſelle euſt emporté auec ſoy la plus-grand' part de la force & durée de la vie humaine, ainſi que feroit vne groſſe lauaſſe de pluyes le limon & greſſe de la terre eſtant au pied d'vne colline dedans vn aride & pierreux torrent fluuial. Mais de ce doubte le plus ſeur eſt de nous eſclaircir & reſoudre du texte de l'eſcriture ſaincte. L'autre, s'ils eſtoient de plus gráde ſtature ſans comparaiſon que nous ne ſommes maintenant. Virgile au 12. de l'Eneide mõtre ſe vouloir mocquer de ce qu'on diſoit à propos de ce dont il eſt icy queſtion, de ceſte grandeur des anciens Heroës, d'autant qu'il ne s'en trouuoit plus de tels du temps d'Homere, qui toutesfois ne vint que ſix ou ſept vingts ans apres, *Nam genus hoc viuo iam decrepebat Homero.* Pauſanias au dixieſme liure alleguant ces vers de l'onzieſme de l'Odyſſée.

Καὶ πίτυον εἶδον γαίης ἐρικυδέος ἥον.
Κείμδρον ἐν δαπέδῳ, ὁ σ᾽ ἐπ᾽ ἔννεα κεῖτο πέλεθρα.

Qu'Vlyſſe vit és enfers le corps de Tytius fils de la terre eſtendu de ſon long, qui contenoit neuf Iugeres ou iournaux de terre. Met que ce n'eſtoit pas du corps qu'Homere vouloit entendre, ains du pourpris où il eſtoit enſeuely. Ce neantmoins (adiouſte-il) vn Cleon Magneſien qui a eſcript des choſes exorbitantes, dit que ceux-là ſont tardifs à croire, qui en leur vie n'ont point veu de choſes plus grandes que n'eſt l'opinion cómune, & que quant à luy il croit Tityus auoir eſté grand que ces neuf iournaux, & d'autres encore, qui furent produits tels que le bruit en eſt, car eſtant à Gadyres, c'eſt l'Iſle des Gades vers le deſtroit de Gilbaltar, luy & tout le ſurplus de leur compagnie par le commandement d'Hercules en eſtans ſortis, ils trouuerent vn homme Marin iecté à bord, lequel contenoit cinq Iugeres, & ayant eſté frappé de la foudre fumoit encore. Or en ceſt endroict ſe preſente encore vn autre incident, des Geants à ſçauoir qui eſtoient d'vne extraordinaire grandeur outre la commune taille des hommes : dequoy il en a eſté amené ie ne ſçay quoy au tableau de Midas, de ceſte engeance des Geants que trouua és Indes Fernand de Magalianes Portugais il n'y a que 60. ou 70. ans : mais nous en auons tout plein de teſmoignages en l'eſcriture, comme au 6. de Geneſe. *Il y auoit lors des Geants en la terre.* Et au 13. des Nombres, des enfans d'Enoch qui eſtoiét en Hebron, que le texte Hebrieu appelle *Nephilim,* & Ontelos en ſon Thurgon ou Paraphraſe Chaldaïque a interpreté pour Geants : lequel mot de *Nephilim,* vient de *Naphal,* tomber, pource que pour leur enorme procerité & hauteur, il ſemble que les autres en comparaiſon d'eux, ſoient proſternez par terre, tant ils ſemblent petits, & non pas comme l'ont voulu gloser quelques vns, que par là estoient designez les mauuais Anges qui tomberent du ciel, lesquels disent-ils, du temps de Noé se mirent à parcourir la terre, où ils se meslerent auec les filles des hommes, & espoississans leurs corps aerez y engendrerent les Geants. Ce que touche assez apertement Lactance liure second, de la source d'erreur chapitre quinzieme, disant ainsi. *Comme le nombre des viuans se fust accreu, Dieu voulant pouruoit que le diable par ses fraudes & deceptions, à qui dés le commencement il auoit donné pouuoir sur la terre, ne vint à corrompre les hommes, ou les disperser, il enuoya des Anges pour la garde du genre humain, ausquels pource qu'il leur auoit laissé le liberal arbitre, il ordonna sur toutes choses de se donner de garde, que s'infectans de la contagion de la terre ils ne perdissent la dignité de la substance celeste, ores qu'il preneust assez qu'ils ne lairroient pas pour cela de faire ce qu'il leur deffendoit: mais c'estoit afin qu'ils ne s'attendissent plus d'en auoir pardon. Au moyen dequoy conuersans auec les hommes, ce seducteur & dominateur de la terre, par vne accoustumance les tira peu à peu aux vices, & les coinquina de l'accointance des femmes mortelles, si que pour raison des pechez où ils se plongerent, n'ayans plus esté receuz au ciel, ils vindrent tresbuscher en la terre: & ainsi le diable, des Anges de Dieu en fit ses ministres & satellites. Ceux au reste qui s'en procreurent pour-autant qu'ils n'estoient ny Anges ny Dieux, ains participans d'vne moyenne nature, ne furent point receus és enfers non plus que leurs progeniteurs, au ciel: tellement que de là furent faits deux especes de Demons, l'vne celeste, l'autre terrestre.* Or ie ne veux faire la maille bonne de ce texte icy de Lactance, qui parauanture pourroit estre de ceux que l'Eglise Catholique a censuré: car il y a ie ne sçay quoy fort approchant de cecy dans la doctrine Mahometaine, des ces deux Anges *Aroth* & *Maroth*, qui ayans esté enuoyez de Dieu pour venir administrer la iustice icy bas, se laisserent corrompre par vne femme belle à merueilles, laquelle ayant procez contre son mary, les gaigna leur ayant fait boire du vin, dont depuis il fut defendu aux mortels: mais ie ne fais qu'alleguer les authoritez des anciens, de quelque religion qu'ils soient, puis qu'il n'est pas icy question de foy & creace, ains de l'humanité du paganisme, qui n'a rien de commun auec ce que nous deuons croire & tenir. Pour retourner doncq à nostre propos, ce que remarque Pausanias en ses Arcadiques apres Homere au 7. de l'Odyssée semble battre à ce que dessus, quand Alcinous Roy des Pheaciens, dit qu'ils approchoient fort, ainsi que les Cyclopes, & les Geants, des Dieux immortels:

-- ἐπὶ σφισιν ἐγγύθεν εἰμὶν,
Ὥσπερ κύκλωπές τε κ̀ ἄγρια φῦλα γιγάντων.

Et au 10. ensuiuant que les Lestrigons estoient semblables à des Geants, & non à des hommes, οὐκ ἀνδράσιν ἐοικότες, ἀλλὰ γίγασι. Ce neantmoins il les fait estre mortels au 7 parlant d'Eurymedon fils de Neptune, & de la belle Leribée, lequel regnoit iadis sur les Geants, mais par son imprudence il fut cause de leur ruine, & se perdit auecques eux.

Ὅς ποθ᾽ ὑπερθύμοισι γιγάντεσσιν βασίλευεν,
Ἀλλ᾽ ὁ μὲν ὤλεσε λαὸν ἀτάσθαλον ὤλετο δ᾽ αὐτός.

Suydas en la diction μηνᾶς met que du temps de l'Empereur Anastase à Constantinople enuiron l'an de salut 500. tant d'ans, comme on nettoioit l'Eglise de sainct Menas furent trouuez en vne grande fosse soubs terre grande quantité d'oz de Geants, qu'il fit pendre pour chose admirable en son Palais.

14 Le *sepulchre d'Aiax fut vne fois desmolly par les vagues.* Pausanias en ses Attiques. *Vn Mysien me compta la grandeur d'Aiax. Que la mer s'estant desbordée & espanduë sur le riuage où estoit le sepulchre d'Aiax, elle y entama vne entrée & aduenuë non malaisée, & me voulant representer la grandeur de son corps taschois de me la propotionner en accomparant l'emboitteure de ses genouils, qu'on appelle autrement la meulle à vn disque dont les ieunes gens s'exercotent és ieux Olympiques. Ceste placque ou disque qui estoit de fer, & la iettoient comme nous faisons la pierre ou la barre, pouuoit estre à pair d'vn pain biz de trois sols en bon temps, plus plat que haut esleué. Et vn peu au dessoubs il met que le corps d'Asterie fils d'Anaise,* qu'on disoit auoir esté engendré de la terre, n'auoit pas moins de dix coudées qui font quinze pieds.

14 Le *long de la barge du fleuue Orontes fut trouué le corps d'Ariadné, &c.* Pausanias és Arcadiques le racompte d'vne autre sorte aucunement. *Orontes,* dit-il, *est vn des fleuues de Surie, lequel ne se va pas rendre en la mer à trauers vne plaine continuée, ains passe par vn haut precipice de rocher, & de là entre dans des vallons & barricaues. Sur ce fleuue le capitaine general de l'armée Romaine ayant eu quelque volonté de nauiger en contremont depuis la mer iusqu'à Antioche, fit creuser auec beaucoup de trauail, & de fraiz pour s'en retourner, vn canal où il destourna l'eau du fleuue, au fonds duquel estant mis à sec fut trouuée vne vrne de terre cuitte d'enuiron dix sept pieds de haut, & en icelle vn corps mort de la mesme grandeur, qu'on voyoit bien à tous les membres estre d'vn hōme. Là dessus ayant enuoyé des gens du pays à l'Oracle pour sçauoir de qui c'estoit, Apollon Clauien fit responce, que c'estoit d'Orontes Indien de nation, car il est à croire par les animaux mesmes d'vne grandeur excessiue sur tous les autres que produit ceste region, qu'il n'y en a point de plus propre autre-part à porter des hōmes grāds outre-mesure: comme celle qui est fort humide de son naturel, & où le soleil desploye ses premiers & plus vigoureux rayons quand il ressort de l'Ocean pour recommencer sa iournée.*

DES

Des *Serpents qu'on dit auoir esté engendrez des Geants, dont les peintres en attribuent sept à Enceladus.*
Les Poëtes feignent que les Geants furent procréez iadis de la terre d'vne stature & grandeur 16
enorme ayant les pieds façonnez à guise de serpents ou couleuures, pour faire la guerre aux
Dieux, & les desnicher de l'Olympe, où ils viuoient, ce disoient-ils, trop à leur aise: si que Macrobe liur.i.des Saturnales ch.20. allegorisant là dessus,estime les Geants n'auoir esté autre chose qu'vne race de gens impies & detestables Atheistes, nians les Dieux, & ne se soucians de leur
deité & pouuoir: au moyen dequoy on auroit estimé qu'ils voulurent attenter de les iecter hors
de leurs demeures, mettans pour y arriuer deux ou trois montaignes l'vne sur l'autre: que leurs
pieds au reste s'abbouttissoient en des entortillemens de couleuures, pour denoter n'y auoir
rien en leurs pensées & intentions qui fust droict ny haut esleué, ains toutes choses obliques &
basses: & qu'Hercules qu'il prend là pour la vertu diuine, les extermina, quand ils voulurent
mouuoir la guerre contre le ciel. Surquoy Strabon liur. 11. *En Phanagorie est vn temple fort signalé,
de Venus surnommée Apaturienne, comme qui diroit deceptiue, ce qui despend d'vn tel compte. Que les
Geants s'estans voulu ruer sur ceste Deesse, elle innoqua à son secours Hercules, demeurant ce pendant en vne
cachette, où à mesure qu'il entroient Hercules les assomma tous l'vn apres l'autre, par la ruze d'elle qui auroit
de Li obtenu ce surnom.* Les Naturalistes les interpretent pour des esprits & vapeurs violentes, qui
enfermées dans les cauernes de la terre sans en pouuoir trouuer l'issuë, causent les tremblemens
d'icelle, auec des emotions si furieuses quelquesfois, qu'elles renuersent les montaignes, dont
elles eslancent des quartiers tous entiers contremont vers le ciel, comme si c'estoit pour luy faire la guerre: mais quant est de leurs iambes & pieds serpentins, Ouide les auroit de là appellez
Anguipedes en certain endroit des Metamorphoses, où il leur attribuë cent bras.

   --- *Cùm centum quisque parabat*
     Inijcere Anguipedum captiuo brachia collo.
Mais plus apertement au 5. des Fastes.
     Terra feros partus,
     Immania monstra gigantes, &c.

     La Terre enfanta les Geants,
     Monstres inhumains, qui oserent
     Aller chercher Iuppiter
     Iusques dedans ses demeures.
     Mille mains elle leur donna,
     Et des serpents en lieu de iambes:
     Et leur dit, allez vous en
     Aux celestes faire guerre,
     Ils s'efforçoient ia d'esleuer
     Des montaignes insqu'aux estoilles,
     Pour donner à Iuppiter
     Vne griefue & rude estrette,
     Mais luy dardant du haut du ciel
     Sur ces execrables ses foudres,
     Fit renuerser dessus eux,
     Les fardeaux, qu'ils remuerent.
Virgile non plus ne l'a pas oubliée en son Ethna:
     His natura sua est aluo tenui : ima per orbes
     Squammeus intortos sinuat vestigia serpens.
Dont l'Empereur Commodus dans Lampride souloit appeller Geants ceux qui auoient les iambes & les pieds tortuz: ce que Diodore prend pour l'oblique malignité des meschants: qui anciennement oppresserent la plus grand' part de la terre.Comme ils sont encore:lesquels ne marchent iamais droict, ains tortillans, si qu'ils chancellent à tous propos,principalement ceux qui
taschent de violenter la droicte religion & creance, representée par Ezechiel en ce qu'il dit, que
les iambes & les pieds de ces quatre animaux, qui soustenoient le throsne de Dieu,representans
nos quatre Euangelistes, estoient droits, au contraire des impies & detestables, qui ne dressent
iamais leurs pieds à la droicte voye dit S. Ambroise apres le Psalmiste,ains retournent incessamment à leurs iniquitez & malices, comme les pourceaux qui se veautrent & rantouillent dedans
la fange, selon Lucrece: *Insatiabiliter toti voluuntur ibidem.*En ce reste,dont il est icy question, estoit l'vn de ces Geants,fils de Titan & de la Terre, & le plus grand de tous ceux qui conspirerent contre Iuppiter, qui l'ayant foudroyé, le placqua soubs le mont Ethna selon Virgile

au troisiesme de l'Eneide:

> *Fama est Enceladi semustum fulmine corpus*
> *Vrgeri mole hac, ingentemq, insuper Æthnam*
> *Impositam.*

Mais il en a esté desia parlé au tableau des Isles.

17 *Tout perira côme l'on dit tant en la prouë qu'à la pouppe.* C'est vne maniere de prouerbe par lequel on veut declarer tout vn negoce entierement, tiré des vaisseaux marins, ou la prouë faisant le deuant, & la poupe le derriere tout y est par ce moyen compris : ce qui se rapporte à l'*Alpha* & *Omega*, la premiere & derniere lettre de l'alphabet Grec. Ciceron au 16. des Familieres à Tyron: *mihi prora & puppis, vt Græcorum prouerbium est, fuit à me tui dimittendi, vt rationes meas explicares.* Ce mesme prouerbe, τὰ ἐκ πρώρας, καὶ τὰ ἐκ πρύμνης ἀπόλυται, se verra vsurpé encore cy apres és Heroïques ἀλλὰ δεῖ προσοδεύθαι τῇ νηΐ καθάπερ τ ὀδυσσέα ἀλλὰ μὴ τὰ ἐκ πρώρας φασι καὶ ἐκ πρύμνης ἀπόλεῖται· Mais il faut à guise d'Vlysse estre attaché au vaisseau, autrement, comme on dit, & la prouë & la pouppe perissent.

18 LES *Meropes ou premiers hommes.* Ce mot de μέροψ est pris par Homere pour l'homme mortel, composé de μείζω partir, separer, deuiser, & ὄψ voix; pource que le parler des hommes est diuisé en tant de sortes de langages, là où les animaux ont chacun en leur espece leur voix propre & particuliere, toutes semblables les vns aux autres : ou pource que l'homme est seul qui a sa voix articulée en tant de syllabes & de mots distincts. Il s'estend encore à d'autres significations du nom propre d'vn deuin en Homere en l'onziesme de l'Iliade, & d'vn oiseau aussi : mais cela ne faict pas à nostre propos.

19 EN *Phrygie ceux d'Hyllus fils d'Hercules.* Pausanias en ses Attiques dit cest Hyllus auoir esté fils de la Terre, duquel vn fleuue de la Phrygie, que Strabon au 13. liur. met depuis auoir esté appellé Phrygien, prit son nom, & qu'Hercules se ressouuenant de l'accointance qu'il y auoit autrefois euë auec Omphalé Reyne de ces quartiers là, dôna ce nom d'Hyllus au fils qu'il eut de Deianire.

20 EN *la Thessalie mesme les Aloides.* Aloeus fut vn Geant fils de Titan, & de la Terre, lequel espousa Iphimedie, dont Neptune qui la prit à force eut deux enfans, Othus à sçauoir, & Ephialtes, qu'Aloeus nourrit pour siens, & de là ils furent dits les Aloides. Virgile au 6. de l'Eneide.

> *Hinc & Aloidas geminos, immania vidi*
> *Corpora, qui manibus magnum rescindere cælum,*
> *Aggressi,* &c.

Ceux-cy croissans par chacun mois de neuf pouces, paruindrent à vne si enorme grandeur, qu'ils furent bien si outre-cuidez d'oser faire la guerre aux celestes : où ils estre pour raison de sa vieillesse ne s'estant peu trouuer, il les y enuoya en son lieu, comme met Lucian, *Impius hinc prolem superis immisit Aloeus.* Mais ils y furent tuez à coups de flesches par Apollon & Diane. Homere en l'onziesme de l'Odyssée descript assez particulierement ceste fable, *Apres ie vys és enfers assauoir, Iphimedie femme d'Aloeus,* qui se disoit auoir esté engrossée de Neptune & d'iceluy en deux enfans, qui ne vescurent pas beaucoup, le robuste & viril Othus, & le fameux Ephialtes, que la terre esleua les plus beaux & plus grands d'entre tous les hommes apres le tant renommé Orion. Ils n'auoient que neuf ans encore, & si estoient gros de treize à quatorze pieds, & longs de neuf perches, tellement qu'ils osererent bien mouuoir la guerre aux Dieux, & les aller assaillir iusqu'au ciel, s'ils eussent peu, se parforçans à ceste fin de planter le mont Ossa sur l'Olympe, & le boscageux Pelion sur Ossa pour se faire vne voye là haut, Ce que peut estre ils eussent fait s'ils fussent arriuez iusqu'en l'aage d'adolescence : mais deuant que la barbe commençast à leur cottonner le menton, l'excellent fils de Iuppiter qu'il auoit engendré en la belle Latone les tua tous deux. Et au 5. de l'Iliade il met qu'ils eurent bien autrefois la hardiesse & effort de lier mesme le Dieu Mars, qu'ils tindrent l'espace de treize mois en prison, tant que Mercure à la requeste d'Eubœe l'en retira furtiuement. Pindare en la 4. des Pythiennes dit que ce fut en l'Isle de Naxe qu'Apollon les mit à mort l'vn & l'autre assisté de sa sœur Diane, laquelle s'estant muée en vne bische pour les deceuoir qu'ils cuidoient tuer à coups de flesches, elle les destourna contre eux mesmes. Horace au troisiesme des Carmes, Ode 4. exprime fort elegamment ceste entreprise des Geants, comme il s'ensuit, ou à peu pres.

> *Ceste audacieuse ieunesse*
> *Intimida bien Iuppiter*
> *De leurs forts bras espouuentables,*
> *S'efforçans mettre Pelion*
> *Dessus le haut mont de l'Olympe:*
> *Mais qu'eussent peu Typhoeus*
> *Mimas, Porphyrion, ny Ræte,*
> *Ny le hardy Enceladus*

Lançans

·*Lançant comme des dars les arbres*
Tous entiers de terre arrachez,
Contre la resonante targue
De l'insurmontable Pallas,
Et des autres Dieux la puissance?
La Terre gemist, & se plaint
De se voir iecter sur ces monstres,
Et enuoyer iusqu'aux Enfers
Ceste foudroyee portée,
Que le prompt feu du mont Æthna
N'a du tout acheué de perdre.

D'ALCYONEVS *d'vne merueilleuse grandeur.* Ce fut vn autre Geant frere de Porphyrion, qui fit aussi la guerre aux Dieux : mais Hercules le mit à mort à coups de flesches ; & de regret ses sept filles, Phtomie, Anthé, Methone, Alcippe, Pallene, Drimo, & Astorie se precipiterent du haut du promontoire de Lanastrée en la contrée de Pellené, dedans la mer, où Amphitrité en ayant eu compassion les transmua en des oyseaux dits Alcyons du nom de leur pere, comme nae Suidas.

PALENE *que les Grecs appellent Phlegra :* vne ville sur les confins de la Thrace, Macedoine, & Thessalie autrefois habitée de Geants qui en cest endroit meurent la guerre contre le ciel. Il y en eut encore vne autre Phlegre en Italie en la terre de Lauour anciennement la Campanie pres de Lumes, fort abódante en Souphrieres habitée aussi de Geants qu'Hercules fauorisé des foudres & tonnerres de son pere Iuppiter extermina, pour les exces & violences qu'ils commettoient : ce qui dóna lieu à la fable, qu'ayans voulu guerroyer les Dieux ils furent tous accablez de foudres.

Hercules ayant tué Geryon en Erythée, &c. Pausanias en ses Attiques. *Il y a vne petite ville en la haute Lydie appellée les portes de Temene, là où vn tertre ayant esté miné par les eaux, se manifesterent des ossemens qui à leur forme sembloient bien estre d'vne personne, mais si l'on n'eust voulu auoir esgard qu'à leur tant enorme grandeur, on n'eust sceu à peine y asseoir iugement aucun. Soudain le bruit s'alla espandre que c'estoit le corps de Geryon fils de Chrysaor, lequel auoit là endroit estably son throsne : & de faiçt il y en auoit vn taillé dedans vn rocher tout aupres : ioint qu'en labourant la terre on y trouua force cornes de bœufs : ce qui confirma ceste opinion pour le grand nombre de best. il que souloit nourrir ledit Geryon : mais c'estoit bien loin de là en Espaigne aupres des Gades : aussi les Lydiens declarerent que c'estoient les os d'Hyllus, dont il a esté parlé cy dessus.*

PROTHESILAVS.

A
B

ROTHESILAVS ne gist pas à Troye, ny autour de là, mais en ceste Cherronese sur ce tertre haut esleué à la main gauche. Et quant aux ormes que vous voyez vers le sommet, ce furent les Nymphes qui les planterent de leur main, soubs vne telle proprieté & condition qu'ils y establirent, que les branches tournées du costé d'Ilion s'espanoüissent au point du iour, mais bien tost les fueilles leur tombent, & flestrissent deuant le temps; ce qui denote le regret de Prothesilaus: mais de l'autre costé elles demeurent en leur entier, & se portent bien. Tous les autres arbres au reste qui ne sont plantez pres ce monument, côme ceux que vo⁹ auez veu arrägez aũ verger, sont sains & sauues en tous leurs rameaux, reuestus d'vne gaye fleurissante verdure. *Phen.* Ie les veoy certes, & y ayant dequoy m'esbahir, ie ne m'esmerueille pas pour cela, car la diuinité est

C

tressage & industrieuse. *Vign.* Mais ceste chappelle où le Medien se monstra autrefois si insolét; & qu'on dit que iadis vn corps embaufmé de sel y ressuscita, considerez la ie vous pie. Vous voyez bien au demeurant que ce qui en est demeuré de reste est peu de chose pour le iourd'huy, neantmoins elle deuoit estre alors fort exquise & non petite, côme on peut comprendre à ses fonde-

D

mens. Quant est de l'image elle estoit plâtée en vn nauire; & la forme de son piedestal estoit vne proüe, auec vn matelot dessus, mais le temps l'a tout rechangé: & en bonne foy ceux qui y sont venus faire leurs offrandes & oraisons, à force de l'oindre de chandelles & y immoler des victimes en ont corrompu la figure: toutesfois cela ne me m'eut de rien, car ie conuerse auec luy & continuellement ie le veois, si que nulle autre image ne me sçauroit estre plus agreable ne plaisante. *Phen.* Et ne me la voulez vous pas particulieremét mieux specifier & descrire, & me faire participant de sa forme? *Vign.* Par Minerue cela feray-je volontiers: car elle fut contre-tirée sur luy estant en l'aage de vingt ans, lors qu'il s'achemina à Troye, que la barbe ne luy faisoit que commençer vn peu à poindre; rendant son image vne plus souëfue odeur que les Myrthes ne font en Automne: & autour de ses yeux s'espand vn fort ioyeux sourcil, lesquels iettent ie ne sçay quelle splendeur aggreable: son regard au reste est comme plongé en vne profonde meditation d'esprit, & par consequent fort attentif & vehement. Que si nous nous estions embattus sur luy estant hors de ses speculations & pensées, ô que nous verrions

bien

bien comme ſes yeux ſont de ſoy debonnaires & amiables : enſemble la
mediocrité moderée de ſa blonde perruque : car il n'en a ſinon ce qu'il en
faut pour ſe ſuſpendre au haut du front , & non pour battre & voltiger
deſſus trop inſolemment. La forme de ſon nez eſt carrée ainſi que d'vne ſtatuë. Et ieſte vne voix diſtinſte & aiſée à oüyr comme de quelque douce   E
ſourdine entonnée d'vne foible & petite bouche. Mais ce ſeroit vne choſe
bien agreable de le rencontrer eſtant nud, car il eſt ſolide & robuſte, & leger
quant & quant, comme ceux qui font profeſſion de la courſe és ieux de prix,
& qui ſont doüez d'vn vigoureux effort de la nature propre à cela. Quant à
ſa hauteur elle euſt peu ayſement paruenir à quinze pieds, ſelon qu'il me ſemble de l'auoir parcouru cy deſſus, s'il ne fuſt mort en ſi ieune aage. _Phen._ Ie
recognois ce genereux adoleſcent , & vous admire pour auoir vn tel familier compaignon. Mais il eſt armé, pourquoy eſt-ce ? _Vign._ C'eſtoit ſa couſtume d'aller ordinairement ainſi equippé d'vne cotte-d'armes à la mode des
Theſſaliens, comme vous pouuez voir en ceſte image, ce hocqueton d'vn
fin pourpre, voire diuin, dont le luſtre eſclattant ne ſe pourroit preſque bonnement exprimer. _Phe._ Mais ceſte amour ainſi grande qu'il portoit à ſa Laodamie, qu'eſt elle deuenuë, & comment s'y comporte-il maintenant ? _Vig._
Il l'aime encore, & en eſt aimé, & ſont reciproquement affeſtionnez l'vn
à l'autre, ſelon les ardens deſirs de deux nouueaux mariez. _Phen._ Et quand   F
vous l'acollez à voſtre venir, vous refuit il comme ſeroit vne fumée, ainſi
que chantent les Poëtes ? _Vign._ Il ſe reſioüiſt & complaiſt que ie le careſſe, &
me permet que ie l'embraſſe à mon plaiſir. _Phen._ Eſt-il ſouuent auecques vo⁹   G
ou s'il y a long temps qu'il ne vous vint voir ? _Vign._ Trois ou quatre fois chaque mois à ce qu'il me ſemble, ie ioüys de ſa compagnie , meſmement
quand il veut ſemer ou planter quelque choſe en ce verger ſien, ou vendan-
ger, ou cueillir des fleurs, car il aime fort les boucquets & guirlandes : me
monſtrant à ſon arriuée les fleurs qui luy ſont les plus cheres & agreables.
Phen. A la verité vous me racomptez icy vn Heroë fort debonnaire & pa-   H
cifique, & comme ſi c'eſtoit vn vray eſpoux. _Vign._ Et modeſte auſſi : car encore que pour ſon ieune aage il doiue aimer à rager & à follaſtrer, ſi ne fait il
rien d'inſolent. Il prend meſme la hoüe en main ſouuentefois, & ſi en foüy-
ant ie rencontre quelque groſſe pierre, il m'y aſſiſte de ſon ayde : & en ſomme en tout ce qui ſe preſente de difficile : que s'il y a quelque choſe en noſtre
labour où ie ne ſois pas bien verſé, il m'y redreſſe. Et de fait m'arreſtant au   I
dire d'Homere ie plantois par le paſſé des arbres qui eſtoient ja grands, & les
enfonçois dans la terre beaucoup moins que ce qui en reſtoit dehors : ce que
voyant il m'en reprenoit : mais ie luy alleguois là deſſus Homere pour luy
contredire, & luy en me repliquant me diſoit, qu'Homere l'ordonnoit tout
d'vne autre ſorte que ie ne le faiſois : car ſelon ſon accouſtumée ſcience il
auoit par les grands arbres entendu ceux qui eſtoient bien auant enfoüys en
terre, tout de meſme qu'il appelle les grands puits, les profonds : & a dit que
les arbres viuent & ſe maintiennent mieux dans la terre, ſi la pluſ-grand' partie d'iceux y demeure ferm'-arreſtée, & la moindre eſt laiſſée dehors expoſée aux eſbranſlemens. Et comme vne fois il m'euſt trouué arrouſant des violettes, mon amy, me va-il lors dire, le parfum n'a point beſoin d'eau, m'enſei-

gnant par là qu'il ne failloit point deſtremper les fleurs. *Phenicien.* Et le
reſte du temps où eſt ſa demeure ? *Vigneron.* Partie là bas és enfers; partie
en Phtie: aucunefois auſſi à Troye, où ſes gens font leur reſidence. Mais
quand il va à la chaſſe aux ſangliers & aux cerfs, il retourne ſur le midy, & ſe
couchant plat eſtendu, prend ſon repos. *Phen.* Où eſt-ce qu'il hante auec ſa
Laodamie? *Vign.* Es enfers auſſi, où il dit qu'elle eſt ordinairement occupée
à toutes ſortes de beaux ouurages conuenables aux Dames d'honneur, telles
que ſont Alceſte femme d'Admet, & Euadné de Capanée, & autres ſemblables ſages & pudiques femmes. *Phe.* Ne vous eſt il point quelquefois loiſible
de banquetter auecques luy ? *Vign.* Certes ie ne l'ay iamais rencontré qu'il
beuſt ny mangeaſt: mais ie boy bien à luy quelquefois ſur le ſoir du vin Tha-
ſien de ſes vignes qu'il ſouloit luy-meſme cultiuer de ſa propre main : & luy
preſente par meſme moyen des fruictages & entremets ſelon la ſaiſon enuiron l'heure de midy, ſoit au Printemps, ou en l'Automne, lors que la Lune
arriue au plein : & luy verſe du laict en ceſte tinette, luy diſant, voila ce que
nous decoule & elargiſt ceſte ſaiſon. Cela dit ie me tire arriere, & ſoudain en
moins d'vn clin d'œil le tout eſt deuoré & beu, ſi que rien n'en demeure de
reſte. *Phen.* Or de l'aage qu'il pouuoit auoir quand il deceda qu'en dit-il? *Vig.*
Ie depleure ſon inconuenient, & en a luy meſme pitié, reputant ſon Genie
ſoubs lequel il eſtoit reduict, inique & malin, de ne luy auoir meſme voulu
permettre de mettre ſeulement le pied ſur le territoire de Troye: car au combat il n'euſt pas eſté legerement ſurpaſſé de Diomede, ny de Patrocle, ny de
l'autre Aiax: mais au regard des Æacides il leur vouloit bien ceder és factions
& exploicts belliques, ſelon qu'il dit, à l'occaſion de ſa ieuneſſe, n'eſtant encore qu'vn ieune page lors qu'Achille eſtoit deſia bien aduancé en l'adoleſcence, & Aiax vn homme fait. Il loüe au reſte les vers qu'Homere a compoſez de luy, combien qu'il n'approuue pas tous ſes dicts, comme de ce qu'il
appelle ſa femme ἀμφιδρυφής, qui s'eſt deſchirée l'vne & l'autre ioüe de dueil:
& ſa maiſon ἡμιτελῆ à demy parfaitte, & le vaiſſeau où il nauiguoit, προμα-
χιζον propre à combattre de tous coſtez : & luy bon guerrier, & fort belliqueux : là où il ſe lamente de n'auoir rien fait à Troye, ains, au ſortir de
ſon vaiſſeau s'eſtre laiſſé tomber par terre, qu'il ne l'auoit point encore touchée : & ayant eſté frappé dans le flanc, il dit que ſon corps demeura de ce
coup roide mort eſtendu ſur la place. *Phen.* Mais à quoy, ny comment s'e-
xercice-il: car vous auez dit ce me ſemble qu'il s'y addonne quelquefois. *Vig.*
En tout ce qui peut dependre du meſtier des armes, ſi ce n'eſt à tirer de l'Arc:
& pareillement en tous les exercices du corps, fors à la lucte, parce qu'il eſtime celuy-là eſtre le propre des coüards, & failliz de cœur : & l'autre de
gens puſillanimes & peſans. *Phen.* Au regard du ſaut, de la courſe, de lancer le diſque, & l'eſcrime à coups de poings, comment ſe comporte-il en
cela? *Vign.* Il n'en exerce que les ombres : car il tire bien plus loing le diſque que ne font les hommes mortels, il l'enuoye par deſſus les nuës, & le
iecte de droicte ligne cent cinquante pieds : encore que vous apperceuiez
bien ces diſques icy eſtre plus grands & peſans au double que n'eſt celuy
qui ſe practique en l'Olympie. Et quand il a couru, vous ne verriez pas la
moindre marque que ſes pieds ayent empraint en la terre. *Phe.* Toutesfois ſi
en

en y a il icy de fort grandes, comme de celuy qui a quinze pieds de haut.
Vign. Ce font celles qu'il marque quand il fe promeine, ou qu'il fait quelque autre exercice, car il n'en laiffe traffe aucune que ce puiffe eftre quand
il court, ains fe foufleue & tient fufpendu comme vn qui voudroit courir fur les ondes. Il dit outre-plus qu'en Aulide il auroit furmonté Achilles à la courfe, lors que les Grecs s'efbattoient à ces exercices attendant
le vent propre pour paffer à Troye : mais qu'il l'auroit perdu au faut : &
à la guerre il auroit efté inferieur audit Achille, fors au combat contre les
Myfiens, où il en mit plus grand nombre à mort qu'il ne fit, & en rapporta vne fort honnorable recompenfe. Il le furpaffa auffi à l'efpreuue de la rondelle. *Phenic.* Et qu'eft-ce, ie vous prie beau fire, de me dire, que de cefte rondelle que vous m'alleguez, car cela n'a point efté que ie fçache touché des Poëtes, ny ne vient à propos nulle-part fur ce qu'on racompte de
Troye ? *Vign.* Vous pourriez dire le mefme d'infinies chofes femblables;
car Prothefilaus racompte plufieurs beaux faicts d'armes qu'exploitterent
les valeureux champions, qui ne font cogneus que de peu : & dit cela
proceder de ce que ceux qui lifent les œuures d'Homere eftans rauis en admiration de ce qu'ils trouuent là efcript feulement d'Achille, & Vlyffe, ne
regardent point aux autres excellens perfonnages, & ne fe foucient de pas
vn d'eux : là où aux autres deux a efté equippée vne galere de quatre vers :
car il dit qu'Achilles merite certes dignement eftre celebré : & quant à Vly-
liffe, qu'il ne le fçauroit affez exalter. De ce qui a efté obmis au refte de Sthenel & Palamedes : & autres tels fignalez preud'hommes, ie le vous declareray en peu de paroles, fi que vous en irez point d'icy les mains vuides, & fans en eftre bien inftruit. Quant au propos des Myfiens dót depend
le compte de la rondache : nous le pourfuiurons cy apres : car puis que du
pancrace, & du combat à coups de poing armez de Manopples de cuir
bouilly, & de lancer au loing le difque, nous fommes fur cefte targue, oyez
premierement chofes eftranges & merueilleufes enuers les Athletes qui fe
font feruis des inftructions de ce mien Heroë. Vous entendez bien, ce
me femble, ce que c'eft d'vn Pancratiafte Cicilien que nos peres appelloient ἀλθὴς le feiourneur ou ardent, & comme il eftoit du tout inferieur à
fes aduerfaires en cas de lucte. *Phen.* Ie l'ay ainfi appris des hommes : le
coniecturant outre-plus de ce qu'il eft efleué de bronze en tant d'endroits.
Vigneron. En luy certes y auoit beaucoup de fçauoir, & de prudence, & ce qui le renforçoit le plus eftoit la bien proportionée compofition de fon corps, & dexterité de fes membres. Or eftant arriué en cefte
chappelle tout ieune encore qu'il vouloit nauiguer à Delphes pour fçauoir le
fuccez de quelque efpreuue de combats, mefinement de la Lucte où il pretendoit de s'auanturer, il s'enquit de Prothefilaus comme il deburoit faire
pour en obtenir la victoire : lequel en fe promenant luy va dire, le relafche-
ment de courage bien toft profterne le combattant. Dont tout ainfi que s'il
euft efté infpiré d'vn oracle trouuát le premier la maniere de terraffer fes re-
fiftans, il cognut par là à la fin qu'il luy ordonnoit de n'abandonner point
fa prife des pieds : car il les faut preffer fans intermiffion auec les accroche-
ments du tallon, & trouuer moyen d'en fupplanter fon aduerfaire, ce que

ayant pratiqué, il s'acquit depuis vn nom fort illuſtre, & ne fut vaincu de per-
ſône. Mais oyez-vous point ce Plutarque à main droiĉte? *Ph.* Ie l'oys de vray,
& voulez dire ce me ſemble ce combattant à coups de poing. *Vigneron.* Ceſtui-cy en la ſeconde Olympiade retournant combattre, requit ceſt Heroë
de le vouloir fauoriſer à la victoire, & il luy ordôna d'en aller ſupplier Acheloë, preſident des ſacrez combats. *Phen.* Et à quoy eſt bon ceſt Enigme? *Vig.*
Ie le vous diray, on combattoit en Olympie contre vn Ermeias Egyptien à
qui obtiendroit la couronne de la victoire: & comme la pluſpart ſe trouuaſſent tous haraſſez & recreux, l'vn de naureures, l'autre de ſoif, car c'eſtoit ſur
le haut du iour que ceſt affaire ſe demeſloit à l'eſcrime de coups de poing,
voila de gros nuages de pluies ſe deſbander dedans les liſſes, ſi que Plutarque
tranſi de ſoif eut le loiſir de boire de l'eau qu'il auoit apportée dans vn baril.
Et ramenteuant là deſſus en ſoy-meſme ce qu'il auoit peu oüyr de l'Oracle
cõme il le declara puis apres, il s'en alla ainſi refraiſchy qu'il eſtoit d'vne grande impetuoſité & furie ruer ſur ſon aduerſaire, dont il emporta la victoire.
Mais peut-eſtre que vous euſſiez admiré ceſt Eudemõ Egyptien pour ſa magnanimité & conſtance, ſi vous l'euſſiez rencontré combattant, lequel demanda à ce noſtre Heroë, comme il ne ſeroit point ſurmonté. Et il luy fit
reſponce, s'il ne faiſoit cas de la mort. *Phen.* De faict il obeit à ceſt Oracle,
car il ſe côporte de ſorte qu'à pluſieurs il ſemble eſtre de diamant, tant il eſt,
ferme & reſiſtant, voire diuin. *Vign.* Mais Elix l'athlete n'eſt point encore
arriué à ce temple, trop bien y a il enuoyé quelques vns de ſes compagnons
pour ſçauoir combien de fois il pourroit vaincre en l'Olympie, & ceſtui-
cy luy reſpondit, deux tu vaincras, pourueu que tu n'aſpire à la troiſieſme.
Phenicien. Voila vn Dieu certes: mais dittes-moy comment cela paſſa en l'O-
lympie, ſi ce n'eſt qu'apres auoir obtenu la premiere victoire, pource que
eſtant deſia homme fait il en auoit acquis vne ſur les enfans, il ſe deſiſta en
ceſte Olympiade de la Lucte, & du ſurplus du pancratiſme, à raiſon dequoy
les Eléens s'eſtans indignez contre luy, Protheſilaus luy auoit fort bien conſeillé de ſe retenir à ſes deux victoires: preuoyant bien que les autres taſche-
roient de luy ſuſciter quelque crime des Olympiques, & à peine encore l'hô-
norerent-ils du pancratiſme : afin doncques de luy faire euiter ceſte enuie,
Protheſilaus l'en admoneſta, car il conſideroit qu'on le voudroit apparier à
des eſleus antagoniſtes & concurrens. *Vigneron.* Vous l'auez certes fort
bien deuiné entant que touche ceſt Oracle. *Phen.* Et au regard des maladies
n'en gueriſt-il pas quelques vnes ? car vous dittes qu'il y a beaucoup de gens
qui viennent icy faire leurs vœuz & prieres. *Vign.* Tous ceux qui y arriuent, quiconques ils ſoient, il les gueriſt, meſmement les Phthiſiques, &
hydropiques, & les maladies des yeux, & ceux qui ſont trauaillez de la
fiebure quarte : vn amoureux pareillement peut tirer beaucoup d'aide &
ſecours de ſes ſages aduertiſſements, car il ſe compaſſionne fort de voir leurs
afflictions ne ſucceder pas comme ils voudroient bien, ains eſtre fruſtrés
de leurs deſirs, leur fourniſſant de chançons & autres tels artifices pour
s'inſinuer en la bonne grace de ce qu'ils aiment. Mais ſur tout il ne veut
auoir aucune accointance auec les adulteres & puttiers lubriques, ny ne
leur impartit rien dont ils ſe puiſſent preualloir : au contraire il ſe dit eſtre

leur

leur ennemy, parce qu'ils diffament l'amour. Or vn iour que certain adultere estoit venu icy auec celle qu'il practiquoit, prests à s'entre-promettre &
donner la foy l'vn à l'autre par serment mutuel contre le mary d'elle en la presence de Prothesilaus, qui toutesfois n'en oyoit rien, car de fortune il s'estoit
mis icy à dormir sur le midy, comme ils iuroient sur son autel, que fit il là dessus? il hasta ce chien que vous voyez neantmoins si doux, & paisible apres eux
pour les aller attaquer par derriere, & les mordre aux iambes, pendant qu'ils
estoient encore apres leurs sermens & promesses: & ainsi confondit ce qu'ils
se iuroient, insistant au reste apres le mary, auquel il ordonnoit d'ainsi le faire,
de ne se soucier d'eux ny de leurs menées, parce que leur felonnie & mauuais
vouloir estoient incurables, ains de n'auoir esgard pour l'heure qu'à se sauuer
luy & sa maison, d'autant que les Dieux cognoissoient toutes choses, & les
Heroës bien que moins que ne faisoient les Dieux, toutesfois beaucoup pl',
& mesmement des importantes que non pas les hommes mortels. De tels
accidents & autres semblables il y en a infinis qui arriuent de iour à autre, si
ie me pouuois souuenir de tous ceux qui en Phtie, & Phylare sont plus que
manifestes à tous ceux qui demeurent en Thessalie, car Prothesilaus y a vn
temple basty industrieusement, où il se monstre fort debonnaire & propice
à ceux qui le reuerent, & au contraire fascheux & moleste si l'on n'en tient
compte. *Phenicien.* Ie croy certes ce que vous m'en dittes, & me persuade
qu'il soit ainsi, estimant estre conuenable de iurer par vn tel Heroë. *Vign.*
Si vous le pensiez autrement, & en fissiez doubte, ce seroit faire tort à Amphiaraus qu'on dit que la terre a dans sa sacristie plus secrette: & à son fils
aussi Amphiloque, lequel pareillement cognoist de plus hautes choses
que moy, car il n'est pas fort esloigné du cœur de la Cilicie. Ce seroit
pareillement faire iniure à Maron le fils d'Euanthes, lequel se promeine
ordinairement au vignoble du mont Ismarus, & fait en sorte qu'il s'y produist de tres bon vin, le plantant, cultiuant, & faisant la ronde alentour,
car il s'apparoist là souuent aux vignerons, respirant ie ne sçay quoy d'agreable à boire & vineux: mais il nous faut icy discourir quelque chose de
ce qui concerne le Thracien Rhesus, celuy à sçauoir que Diomedes mit
à mort deuant Troye, qui demeure encore au mont Rhodopé: & se
comptent plusieurs grandes merueilles de luy, qu'il y nourrist des cheuaux,
s'arme & va ordinairement à la chasse, dont l'indice qu'on en peut auoir
est que les sangliers, cerfs & cheureux, & toutes autres sortes de bestes
sauuages qui repairent en icelle montaigne, s'en viennent viues en son autel,
deux ou trois ensemble pour y estre sacrifiées; sans autre contrainte ny qu'on
les lie, ains de leur bon gré se presentēt soubs le cousteau. On dit de plus, que
cest Heroë diuertit la peste de ces limites, car Rhodopé estoit peuplée de
beaucoup de gens, & plusieurs personnes s'estoient rangées entour son temple. Mais il me semble que Diomedes auroit à bon droict crié contre ses soldats, & contre ce Thracien encore qu'il l'occit de sa main, pour n'auoir rien
faict de loüange à Troye, ny rien demonstré d'ailleurs qui merite qu'on le
racompte, fors qu'il nourrit des cheuaux blancs, ce neantmoins on ne laisse de luy immoler en passant par ceste montaigne de la Thrace; & neglige-
rons-nous ceux qui ont fait tant de belles & diuines choses, alleguans que la

gloire qu'on leur attribuë eſt fabuleuſe, & rien pour tout qu'vne vanterie, temeraire & friuole? *Phenicien.* Deſormais ie veux adherer à voſtre opinion, car nul cy apres ne deura doubter de ce que vous dittes. Mais à ceux que vous auez cy-deuant dit par fois ſortir à la meſlée emmy la campaigne de Troye, quand eſt ce qu'on les y a veus? *Vigner.* On les y void certes comme i'ay dit, & y ſont encore apperceuz de ceux qui gardent le beſtail, ſe monſtrans de grand' ſtature & comme diuins, mais c'eſt quelquefois au preiudice de la contrée; car s'ils apparoiſſent poudreux, cela denote vne grande ſechereſſe aduenir : ſi baignez de ſueur, vne innondation d'eaux, & de gros rauages de pluyes : ſi eux & leurs armes ſouïllées de ſang, ils enuoyent des maladies ſur Ilion : que ſi rien de ce que deſſus ne ſe void alentour de leurs ſimulachres, ils ameinent certesvn temps heureux. Au moyen dequoy les Paſteurs leur ſacrifient, qui vn aigneau, qui vn taureau : l'vn vn poullain, l'autre quelque autre choſe de ce qu'il nourriſt & eſleue. Mais toutes les maladies & contagions qui ſe mettent parmy le beſtail, ils les diſent prouenir d'Aiax, à l'occaſion, ce crois-je bien, de ce que lors qu'il eſtoit en ſa grande phreneſie & fureur, on dit qu'il ſe rua ſur les trouppeaux, & tua des porcs eſtimant addreſſer ſes coups ſur les Grecs, de maniere que nul n'a enuoyé depuis rien paiſtre pres de ſon tombeau, de la crainte qu'on a de l'herbage qui croiſt là autour, lequel engendre des maladies, & eſt fort dangereux aux beſtes. L'on en allegue encore vne autre raiſon, que les Paſteurs Troyens iniurierent vne fois ceſt Heroë : car voyans leurs ouaïlles s'amalader, ils s'en vindrent à ſon ſepulchre, le nommans l'ennemy d'Hector, l'ennemy de Troye, & de ſes troupeaux : l'vn l'appelloit inſenſé & fol : l'autre furieux, & le plus inſolent de ces paſtres alloient criant que ce n'eſtoit plus rien d'Aiax, iuſques meſmes à compoſer des chançons diffamatoires de luy comme d'vn coüard, laſche & failly de cueur, & luy là deſſus, ſi ſuis, ie ſuis encore va-il dire, iectant vn haut horrible cry de ſon monument. On dit de plus, qu'il fit cliquetter ſon harnois comme il ſouloit faire és combats. Or il ne ſe faut pas eſbahir ſi ces malotruz furent alors eſpouuantez, comme Troyens qu'ils eſtoient & paſtres ; Si que de la peur qu'ils eurent de ceſte impetuoſité d'Aiax quelques vns tomberent à la renuerſe, les autres trembloient comme la fueille deſſus l'arbre, les autres gaignerent le haut le plus viſte qu'ils peurent vers leurs trouppeaux : mais il ſe monſtra digne d'admiration & loüange, en ce qu'il n'en voulut pas tuer vn ſeul, ains ſupportant patiemment les inſolences & outrages dont ils auoient vſé en ſon endroit, il ſe contenta ſeulement de leur auoir fait aduoüer qu'aumoins l'auoient-ils bien oüy. Mais Hector à mon opinion ne recognoiſſoit pas ceſte vertu : car l'an paſſé comme certain adoleſcent l'euſt iniurié, qui n'eſtoit encore qu'vn ieune page à ce qu'on dit, mal appris, il ne laiſſa pas pour cela de ſe ruer ſur luy, & le mettre à mort emmy le chemin, puis en reiecta la coulpe ſur le fleuue proche de là. *Phenicien.* Vous le dittes à vn qui ne ſçait que c'eſt, & neantmoins trouue ce propos admirable : car ie penſois que ceſt Heroë ne ſe peuſt plus voir nulle part : & en me parlant des faits des Grecs, ie me contriſtois pour Hector, de ce qu'il n'y a laboureur ny berger qui de luy die choſe quelconque.

quelconque, ains leur eft incogneu à tous, & du tout comme enfeuely. De
Páris au refte ie ne cuide pas qu'il s'en peuft rien dire qui vaille, pour raifon
duquel tant de grands & illuftres hommes ont finé leurs iours auant temps:
mais d'Hector qui eftoit tout le fouftenement de Troye, & de ceux qui
vindrent à fon fecours : lequel alloit à la meflée fur vn grand chariot d'armes attelé de quatre courfiers, ce que pas vn des Grecs n'auoit eu: qui mit
prefque le feu à tous leurs vaiffeaux, & faifoit luy feul tefte à eux tous qui le
venoient charger en foulle, rangez en ordre de bataille, ne vous dois-je pas
requerir d'en parler vn peu plus auant ? Car il n'y a rien que ie n'en oye fort
volontiers. Si vous ne voulez paffer par deffus, & ne le difcouriez trop nonchalamment. *Vigneron.* Oyez en doncques dauantage, afin que vous ne
penfiez pas que ie l'aye incurieufement parcouru. La ftatuë d'Hector eft
à Ilion, en femblance d'vn homme mortel demy-Dieu: & qui la voudra
confiderer auecques difcretion, elle monftre diuerfes paffions en elle : car
elle apparoift fiere & terrible, & quant & quant gaye & ioyeufe, en vigueur d'vn fleuriffant aage, accompagné de certaine delicateffe, & d'vne
naïfue beauté, combien qu'il n'y euft point de cheuelleure, refpirant au refte ie ne fçay quoy qui inuite ceux qui la contemplent de la toucher. Cette
ftatuë doncques eft plantée au Donjon d'Ilion, d'où elle fait, tant en public
qu'en particulier tout plein de biens, au moyen dequoy on luy addreffe force vœuz & prieres, & celebre l'on des combats & des ieus de prix folemnels à fon honneur. Mais par fois la chaleur luy monte au vifage, & s'engendre en luy ie ne fçay quelle ardeur de combat, fi que vous verriez la
fueur en diftiller à groffes gouttes. Or cet adolefcent deffus-dict eftoit d'Affyrie, & eftant arriué à Troye, il fe mit à blafonner la ftatuë d'Hector, luy
reprochant les traifnemens qu'Achilles en fit. Et cette groffe pierre dont X
ayant efté atteint par Aiax, peu s'en falut qu'il n'en expiraft fur le champ.
Plus comme du commencement il s'en fuit deuant Patrocle, & que ce ne Y
fut pas luy qui le mit à mort, ains fes couftilliers, ainfi rabbroüoit-il la ftatuë d'Hector, qu'on euft prife pour celle d'Achilles, apres qu'il fe fut
tondu pour l'amour de fon fauorit Patrocle. Et quand il fe fut fort info-
lemment faoulé de femblables conuices, il s'en alla hors d'Ilion, mais à
peine en eftoit-il efloigné d'vne demy-lieuë, que voila vn ruiffeau fi foible
qu'à peine auoit-il aucun nom à Troye, lequel tout à coup de fa petiteffe
fe va enfler & deuenir gros : & comme l'annoncerent depuis ceux de fa
fuitte qui s'en alloient auecques luy, vn homme de grande ftature armé
de pied en cap, va paroiftre comme s'il euft conduit ce ruiffeau par des refnes, l'excitant d'vne voix barbare efclattante, qu'il euft à deftourner fon
eau en la voye par où ce ieune homme deuoit paffer fur fon chariot attelé
de quatre cheuaux, mais non gueres grands, fi que le ruiffeau l'ayant enueloppé auecques celuy qui eftoit deffus, lequel crioit de recognoiftre deformais Hector, il l'attira en fon canal, où il fut perdu, de maniere que le corps
ne retourna plus fur l'eau, car il difparut, mais ce qu'il deuint ie ne l'ay point
fçeu fçauoir du depuis. *Phenicien.* Il ne faut certes point autrement admirer
Aiax pour auoir ainfi patiemment fupporté les outrages de ces Pafteurs,
ny appeller Hector barbare, n'ayant peu endurer les infolences de ce te-

meraire: car il eftoit aucunement raifonnable d'excufer ceux-là, qui eftans
Troyens, & leurs trouppeaux fe portans mal s'en allerent ainfi brauer fon fepulchre : mais à cet adolefcent Affyrien qui fe monftra fi infolent enuers
l'Heroë d'Ilion, quel pardon luy peut-on donner? Car iamais les Affyriens
& Troyens n'eurent maille quelconque à departir, ny rien d'hoftilité l'vn
à l'autre : ny Hector ne ruina oncques leur beftail, comme Aiax celuy des
Troyens. *Vigneron.* Vous-vous monftrez trop partial contre Aiax, & affectionné pour Hector, ce que ie ne fçaurois trouuer quant à moy ny raifonnable ny bien decent. Mais retournons aux faicts d'Aiax, car c'eft de là
que nous fommes partis ce me femble. *Phenicien.* Retournons y puis qu'il
vous plaift. *Vigneron.* Efcoutez doncques, certain nauire eftant vne fois a-
bordé au fepulchre d'Aiax, deux des paffagers fe mirent là endroit à fe refioüyr, & ioüoient aux dames, là deffus Aiax fe leuant: & ie vous prie au
nom de nos Dieux, va-il dire, de changer voftre paffe-temps, car cela me
faict fouuenir de Palamedes, vn fort homme de bien & d'honneur, difcret & prudent, & conioinct d'vn eftroict lien d'amitié auecques moy:
de la mort duquel & de la mienne pareillement, vn de nos ennemis fut
caufe, controuuant contre l'vn & l'autre vne fauffe & inique accufation.
Phenicien. Par le Soleil, vous m'auez faict venir les larmes aux yeux, car les
complexions de ces deux eftoient toutes femblables, & tres-propres à con-
tracter vne mutuelle amitié par enfemble : mais la focieté des preud'hommes leur acquiert la plus-part du temps des enuies, car tous ceux qui courent vne mefme fortune s'entre-aiment ordinairement, & fe portent vne
compaffion reciproque. Au furplus me pourriez-vous dire fi vous auez
point veu quelque reprefentation de Palamedes à Troye? *Vigneron.* Il feroit certes fort malaifé de dire au vray de qui font les figures qui fe voient
deçà & delà, car il y a beaucoup de chofes qui fe transfigurent des vnes aux
autres, tant de la forme que de l'aage, & de leurs armures, neantmoins ie
me reffouuiens d'en auoir entendu cecy : il y auoit vn laboureur à Ilion qui
me racompta vne fois, qu'eftant grandement irrité de la defconuenuë de
Palamedes, il fe lamentoit quand il s'approchoit du riuage où l'on dit que
les Grecs l'affommerent à coups de pierre; & tout ce que les hommes ont
de couftume de deferer aux fepultures, il l'apportoit là endroit à fes cendres & offemens : choififfans mefmes les plus belles grappes de toutes fes vignes, il les efpraignoit dedans vne taffe, & difoit d'en boire à Palamedes,
quand il venoit de fon labour. Au refte il auoit vn chien duit à careffer les
perfonnes, & ce-temps-pendant leur donnoit en trahifon quelque coup
de dent, lequel il appelloit Vlyffe : & ceft Vlyffe eftoit de luy vefperifé
pour l'amour de Palamedes, car il oyoit vne milliaffe de mauuaiftiez qu'on
luy imputoit auoir faictes : & femble que Palamedes euft autresfois quelque accointance auecques ce grand amy fien, auquel il euft faict quelques
biens & faueurs: mefmement de luy auoir guery vn genoüil comme il trauailloit vne fois à fa vigne. Et vne autre en s'apparoiffant deuant luy : me cognois tu gentil vigneron, va-il dire? Et comment vous cognoiftrois-je, refpondit-il, puis que iamais ie ne vous vis? Pourquoy aimes-tu doncques
ainfi celuy que tu ne cognois & n'as point veu? Par là le vigneron entendit
affez

affez que c'eftoit Palamedes : & rapportoit à cet Heroë la figure qu'on en
auoit veuë belle & gentille, & reffentant bien fon viril & valeureux homme, encores qu'il n'euft pas trente ans accomplis à le voir. Mais là deffus
il le va embraffer en riant : ie t'aime certes, ô Palamedes, va-il dire, par
ce que tu me fembles le plus fage de tous les mortels, & le plus droiɛ́ &
equitable guerrier de tous ceux qui fe comporterent felon la prudence humaine, fi que tu as miferablement efté outragé des Grecs, par la fraudu-
leufe & maligne fuggeftion d'Vlyffes : duquel s'il y en auoit quelque monument, il y a defia bien long-temps qu'il auroit efté renuerfé de moy
fans deffus-deffoubs, car il eft mefchant, deteftable, voire pire que le chien
que ie nourris foubs fon nom. Or laiffons le furplus d'Vlyffes, va alors dire cet Heroë, car de tout cela i'en ay eu ma raifon és enfers : & dy moy, puis
que tu aimes ainfi les vignes, que c'eft que tu y redoutes le plus ? Quoy autre chofe, refpondit-il, que les grefles, qui les efborgnent & les brifent?
Applique doncques, adioufta-il, des courroyes à l'vn des feps, & le refte
ne fera plus molefté de la batture. *Phenicien.* Cet Heroë à la verité eft fort
fage, & ne ceffe d'inuenter toufiours quelque chofe pour le benefice &
commodité de la vie humaine. Mais d'Achilles, qu'en dittes-vous? car
nous le tenons auoir efté le plus diuin de tous les Grecs. *Vigneron.* Ce qui
s'en racompte au Royaume de Pont, fi d'aduanture autresfois vous y naui-
geaftes, & tout ce qu'on dit là qu'il a faiɛ́t en l'Ifle, ie le vous declareray
cy-apres, quand nous viendrons en fpecial à parler de luy, car cela eft vn
peu longuet: mais de ce qu'il faiɛ́t à Ilion, c'eft de mefme que les autres Heroës, car il deuife auecques quelques-vns, & les va trouuer, & chaffe aux
beftes fauuages. On conieɛ́ture au furplus que c'eft luy à la beauté de fon vifage, à fa grande & difpofte taille, & à la fplendeur de fes armes : & qu'à fes
efpaules fouffle ordinairement vn gros tourbillon de vents & orages, qui accompaigne fon phantofme. Mais la parole me manqueroit en vous racomptant telles chofes. On diɛ́t au refte d'Antiloque qu'vne ieune Damoifelle
Troyenne allant à la riuiere de Scamandre, rencontra le fimulachre de luy,
& que s'en eftant enamourée ne bougeoit gueres d'aupres fon corps, deux
ieunes garçons outre-plus qui gardoient les vaches, s'eftans mis à iouer aux
bibelots aupres de l'autel d'Achilles, l'vn frappant l'autre à coups de pieds
l'euft-là mis à mort fur la place, fi Patrocle ne leur euft faiɛ́t peur. Or il me
fuffit de vous racompter vn Enigme de ces bibelots, & peut-on cognoiftre
cela, tant des pafteurs de la campaigne, que de ceux qui demeurent à Ilion:
car nous conuerfons auecques eux, comme ceux qui frequentons les plages
& riuages de l'Hellefponte, & faifons de ce bras comme vous voyez, vne
mer. Mais reprenons deuant la rondache que Prothefilaus diɛ́t auoir efté
ignorée d'Homere, & des autres Poëtes. *Phenicien.* Certes vous retournez
fur les erres d'vn propos que ie defirois fingulierement, comme chofe rare,
d'oüyr. *Vigneron.* Tres-rare à la verité, parquoy oyez-le attentiuement.
Phenicien. Que dittes-vous, attentiuement? les beftes fauuages ne fe rendirent oncques plus coyes & tranfportées à efcouter Orphée chantant,
comme en vous oyant racompter cela, ie dreffe defia les oreilles : & y efleue
ma penfée, conceuât le tout en mon fouuenir, comme fi i'eftois l'vn de ceux

qui combattirent deuant Troye, tant ie fuis poffedé de ces demy-dieux
dont nous deuifons. *Vigneron.* Puis que doncques vous y eftes ainfi attentif, deflogeons deformais d'Aulide, où la verité eft que les Grecs s'affemblerent, & enfournons noftre propos par Prothefilaus. Or deuant qu'ils s'a-
cheminaffent à Troye, la Myfie eftoit foubs l'obeyffance de Telephus, lequel combattant pour les fiens, fut bleffé d'Achilles : car vous auez bien
peu voir cela dans les Poëtes, qui ne l'ont pas paffé foubs filence. Mais de
croire que cette contrée-là pour auoir efté incogneuë des Grecs fuft par
eux faccagée, cuidans qu'elle fuft des appartenances du Roy Priam, ce fe-
Z roit reprendre ce qu'Homere a efcrit du deuin Calchas, dautant que fi eux
nauigeoient felon les aduertiffemens des predictions, & fe regloient par les
fciences diuinatoires, comment eft-ce qu'infciemment ils allerent aborder
en ces quartiers-là, ou bien qu'y eftans arriuez ils ignorerent que c'eftoit
le chemin pour aller à Troye? mefmement qu'ils rencontroient tant de
bouuiers & de pafteurs emmy les champs, defquels ils pouuoient prendre langue, car cette region eft toute remplie de pafturages iufques à la
mer : & ceux qui nauigent ont accouftumé, ce me femble, de s'informer
des eftrangers du nom des contrées où ils abordent. Mais s'ils ne firent rien
de tout cela, ny ne s'enquirent, Vlyffes & Menelaus eftans au precedent
allez en ambaffade à Troye, & qui virent les murs d'Ilion, ne l'auroient pas
bien remarqué, ce me femble, fi l'on euft depuis permis à l'armée de faire
vne telle faute à la guerre, que de s'aller iecter à la defbandée à trauers vne
prouince ennemie pour la piller & fourrager : au moyen de quoy ce fut fciem-
ment que les Grecs faccagerent les Myfiens, ayans oüy dire qu'ils poffedoient le meilleur pays de tous les mediterranées, & craignant que ceux
qui eftoient proches d'Ilion ne fuffent appellez à la participation du peril.
Mais cela ne fembloit pas tolerable à Telephe comme à celuy qui eftoit fils
d'Hercule, & quant & quant homme vaillant & belliqueux : & qui commandoit à vn peuple armé, de maniere qu'il tint preft & leua force rondelliers, & gens de cheual en la Myfie à luy fubiecte, car il commandoit ce me
femble, à toute cette eftenduë de pays qui eft le long de la marine : & à luy
AA s'affocierent d'abondant pour combattre les habitans de la haute Myfie, que
Au commence-
ment du 13. de
l'Iliade, où ils
font appellez
tres-iuftes.
les Poëtes appellent les Abiens : & ceux qui gardoient les harats des iumens
dont ils boiuent le laict. Le deffein des Grecs au refte de roder ainfi de cofté
BB & d'autre par la mer, ne fut pas du tout incogneu & celé, car Tlepoleme
depefcha vn meffager à fon frere Telephe fur vn nauire de charge Rhodien,
pour luy faire entendre de bouche tout ce que les Grecs auoient complot-
CC té de faire en Aulide, par ce que l'vfage des lettres & de l'efcriture n'eftoit
pas encores trouué, fi que toute la region mediterranée fe vint liguer à cette
guerre, & que les peuples de la Myfie, & de la Scythie eftoient deformais
en campaigne. Certes Prothefilaus m'a compté que cette rencontre fut
la plus forte que les Grecs eurent contre les Peuples de l'Afie, voire plus
griefue que tous les faicts d'armes qui furent exploictez à Troye : car &
en gros & en particulier c'eftoient tous hommes efprouuez ceux qui
vindrent au fecours de Telephe. Et comme les Grecs celebroient les Eacides fur tous autres, les Diomedes, & les Patrocles, de mefme le nom de
Telephe

Telephe estoit grandement glorieux & illustre en ces quartiers-là. Celuy pareillement d'Ænus fils de Mars, Elore aussi, & Acter enfans du fleuue Ister qui coulle au long de la Scythie, y acquirent vn grand renom,
tellement que les Mysiens ne permirent pas aux Grecs de prendre terre,
ains les repousserent fort viuement à coups de flesches & de dards : nonobstant toutes lesquelles resistances les Grecs se parforçoient de sortir de leurs
vaisseaux, & les Arcadiens aborderent auecques quelques nauires au port,
comme ceux qui faisans-là leur coup d'essay, n'estoient pas encores gueres
instruicts à la marine. Or Homere, comme vous sçauez, met que les Arca- **DD**
diens, deuant le voyage de Troye, n'auoient point eu aucunes flottes, ny
ne s'estoient encores addonnez au nauigage, ains en soixante nauires où
Agamemnon les auoit departis, il les mena lors auecques luy, leur ayant
fourny de vaisseaux pour s'y embarquer, ce qu'oncques au-parauant ne
leur estoit aduenu, tellement que tout l'effort & vsage de leur milice consistoit en vne infanterie bonne par terre, mais sur la mer ny bons combattans, ny duits à voguer : dont partie par ignorance, partie par vne indis-
crette hardiesse, vindrent de pleine arriuée donner droict au port, là où
plusieurs dés leurs furent blessez de ceux qui estoient arrangez le long de la
greue, neantmoins bien peu y moururent : ioinct qu'Achilles & Prothesilaus craignans qu'il ne leur mesaduint, ainsi que d'vn commun accord sau-
terent en terre, & rembarrerent les Mysiens : car paroissans aux Grecs mesmes les mieux armez & plus beaux d'eux tous. A ces gens-là qui estoient
grossiers & barbares ils semblerent proprement des Dieux. Apres doncques que Telephe eut mené son armée emmy la plaine, & que les Grecs en
grand silence furent passez outre, ils sortirent diligemment de leurs vaisseaux, fors les mattelots, & les vallets, & sans mot dire commencerent de
se ranger en ordonnance de bataille : c'est ce que Prothesilaus allegue Ho- **EE**
mere auoir dit le mieux à propos, en loüant la façon de faire que les Grecs
gardoient allans au combat, dont il dict Aiax fils de Telamon auoir esté le
premier autheur : car Menesthée Athenien, le plus expert de tous ces Princes à ordonner vne bataille, venant à Troye monstra aux Grecs, pendant
qu'ils seiournoient en Aulide, comme on deuoit arranger vne armée bien
à propos, reprenant ceux qui ne sonnoient mot, & ne crioient à haute
voix quand ce venoit à la meslée : ce qu'Aiax ne voulut passer, ains y con-
tre-dict, remonstrant cela estre vne chose desordonnée, & plus propre aux
femmes qu'aux hommes, & que telles criailleries denotoient vn courage
peu affectionné au combat. Disoit outre-plus Prothesilaus, que là endroit
il fut placé contre les Mysiens auecques Achilles & Patrocle : contre Ænus
le fils de Mars, Diomede, Palamedes, & Sthene : & contre ceux qui estoient
venus du Danube, les deux Attrides, & le Locrien, auecques le reste de l'armée. Au demeurant que le grand Aiax reputoit ceux qui ne tuoient que les
simples soldats, comme moissonneurs ou faucheurs, lesquels n'abattent rien
de grand : mais les autres qui s'addressoient aux preux & plus signalez combattans, il les accomparoit aux couppeurs de bois, qui atterroient, & mettoient bas les grands arbres : estimant au reste cette maniere taciturne de mener les mains estre digne de luy, non pas criande telle que de pies denichées,

Cecy au surplus firent les Grecs contre Helée, & Actée enfans du fleuue dessus-dict Ister, qui ne combattoient pas comme les autres, ains à la façon d'Hector, de dessus vn chariot attellé de quatre coursiers : mais Aiax marchoit fierement contre eux la lame au poing, dont il faisoit cliquetter sa grande targue pour espouuenter leurs cheuaux, lesquels prindrent soudain le frein aux dents comme forcenez, & se cabrans recullerent arriere, si que les Scythes n'ayans plus d'attente en leur chariot ainsi partroublé, mirent pied à terre, & s'en vindrent de furie charger sur Aiax, là où combattans courageusement, ils finerent l'vn & l'autre leurs iours. Prothesilaus en outre racomptoit les faicts & prouesse de Palamedes comme fort grands & signalez, lequel auecques Diomede & Sthenel ayant mis à mort Ænus, & ceux de sa trouppe, n'estimoit pas pour cela auoir faict chose dont il deust obtenir vne recompense honoraire de sa vertu, ains remettoit cela à Diomede, sçachant assez qu'il cherchoit d'acquerir toute sa gloire & reputation des faicts belliqueux : mais si les Grecs proposoient quelque couronne de prudece, qu'il ne souffriroit pas qu'elle fust donnée à vn autre : d'autant que de son plus tendre aage il auoit aimé le sçauoir, & y appliquoit toute sa sollicitude & entente. Prothesilaus dict de plus, qu'il s'attaqua lors à Telephe, auquel nonobstant qu'il fust vif encores & tout sain, il auroit osté sa rondelle, & qu'Achilles estat suruenu là dessus, le chargea ainsi denué de ses armes, & le blessa d'abordée à la cuisse, dont il guerit depuis deuant Troye : mais que Telephe de ceste playe s'esuanoüit, en danger de passer le pas si les Mysiens ne fussent arriuez au secours, qui le retirerent hors de la meslée, où plusieurs perdirent les vies pour le recourre, du sang desquels la riuiere de Cayque en auroit coullé toute rouge. Item, qu'il seroit entré en contention touchant la rondelle susdicte auecques Achilles qui se la vouloit approprier pour auoir blessé Telephe, mais que les Grecs la luy adiugerent, par ce qu'Achilles ne l'eust pas nauré, si premier Prothesilaus ne luy eust osté sa deffense. En apres, que les Mysiennes combattirent-là à cheual pesle-mesle auecques leurs marys, tout ainsi que des Amazones : & que celle qui commandoit à cette feminine cauallerie s'appelloit Hiere espouse de Telephe, laquelle, à ce qu'on dict, fut là mise à mort de la main de Nereus, car les Grecs opposerent les ieunes gens de leur armée, qui n'estoient pas encores bien agguerris à cet esquadron de femmes, qui se prindrent à escrier à haute voix quand ils virent leur coronnelle par terre : & là dessus s'estans mises à vauderoutte, se retirerent dans les marescages de Caycus. Or cette Hiere, au rapport de Prothesilaus, estoit de la plus grande stature qu'autre femme qu'il eust oncques veüe, & la plus belle quand & quand de toutes celles qui en acquirent iamais le bruit : car il n'afferme pas auoir veu Helene femme de Menelaus à Troye, mais qu'il la peut bien voir à cette heure, & qu'il ne veut point autrement descrire sa beauté, attendu mesme qu'il fut mis à mort pour son occasion, mais quand il se ramentoit d'Hiere, & la represente en sa pensée, qu'elle surpassoit d'autant Helene en beauté, qu'Helene faisoit toutes les Troyennes. Que si Hiere n'a point esté celebrée d'Homere, ç'a esté en faueur d'Helene, n'ayant point voulu introduire en ses poësies vne dame plus que diuine, laquelle apres sa mort on

dit

dit auoir esté regrettée des Grecs, qui en eurent quelque dueil en leur esprit, si qu'ils ordonnerent aux plus aagez de leur ieunesse de se prendre garde qu'elle ne fust point despouïllée, ny qu'on ne touchast en façon quelconque à son corps. En cette rencontre furent blessez grand nombre de Grecs,
pour lauer les playes desquels, & les baciner, leur furent denoncées de par
l'Oracle, des fontaines d'eau chaude en l'Ionie, que les habitans de Smyrne appellent encores pour le iourd'huy les bains d'Agamemnon, distans ce
me semble, de quelque lieuë & demie d'icelle ville, où il fit depuis pendre
les cabassets des Mysiens, qui furent conquis en cette rencontre. *Phenicien.*
Que dirons-nous doncques, gentil vigneron, de tout cecy? Homere au-
roit-il tout expres, ou non, oublié tant de belles & plaisantes choses si
Poëtiques? *Vigneron.* Paraduenture que tout expres: car s'estant proposé
de celebrer Helene pour la plus excellente femme de toutes autres en cas
de beauté, & les combattans de deuant Troye, comme les plus grands
qui aduindrent oncques en nulle autre-part: celebrer quant & quant Vlysse pour vn homme diuin pour toutes sortes de langage à luy possible: &
attribuer tellement à vn seul Achilles tout ce qui se fit de bon & de beau en
cette guerre, que les autres Grecs y sont oubliez toutes les fois que cettui-
cy sort au combat: il ne voulut rien dire des Mysiens ny de leur guerre, où
se retrouua vne femme plus belle qu'Helene, & des hommes non moins
preux & vaillans qu'Achilles, ains tres-esprouuez. Que s'il eust faict mention de Palamedes, il ne voyoit pas comme il peust couurir l'outrage d'V-
lysse en son endroit. *Phenicien.* Quelle opinion doncques est-ce que Prothesilaus a d'Homere, attendu que n'agueres vous disiez qu'il esplucheit
fort exactement ses Poësies? *Vigneron.* Il dit qu'Homere tout ainsi qu'vne
Musicale harmonie a touché tous les tons & accords Poëtiques: & surmonté tous les Poëtes de son temps, en ce que chacun d'eux pouuoit le plus exceller: comme en magnificence & hautesse de stille Orphée, en douceur
Hesiode: & ainsi du reste, l'vn en vne chose, l'autre en vne autre: embrassé au reste, & pris pour subiect tout le discours entierement des affaires de
Troye, où la fortune auoit comme amoncellé toutes les vaillances & efforts, tant des Grecs que des barbares: car il y auroit appliqué les combats,
& ces combats-là contre les hommes & les cheuaux: les assauts aussi des murailles & des ramparts: le tout entre-meslé de plaisans contes des Muses, des
fleuues & riuieres, des Dieux pareillement & Deesses: & en outre tout ce
qui depend de la paix & repos, de dansses, chançons & amours, banquets,
festins: des ouurages conuenans à l'agriculture, des temps & saisons qui
nous monstrent tout ce qui peut duire & est propre à la terre: l'art de bastir des nauires, & forger des armes, mestier particulierement affecté à
Vulcain: les figures & les tailles des personnes, & leurs diuerses complexions. Tout cela dict Prothesilaus auoir esté diuinement accomply par
Homere: & que ceux qui ne l'aiment sont plus qu'insensez. Il l'appelle outre-plus le fondateur de Troye, d'autant que des deplorations qu'il en fait,
elle auroit acquis vn bruit & renom immortel. Et l'admire de ce qu'il reprend les autres de la mesme profession, par ce qu'il ne les corrige pas vehementement & de droict fil, ains comme à la desrobée, ainsi qu'Hesio-

de en maintes autres choses, mais specialement en l'expreſſion des eſcrits &
targues: lequel deſcriuant en certain endroit celle de Cignus, met mais fort
froidement & noɴ aſſez poëtiquement, qu'elle auoit la figure de la Gorgo-

GG   ne : Parquoy Homere en l'amendant auroit dit ainſi :

Cette targue eſtoit reparée,
De la Gorgone, d'vn aſpect
Trop hideux, & eſpouuentable
Regardant tres-horriblement :
Et autour la frayeur & crainte
Auec vne eſcharpe d'argent
D'vn gros ſerpent entortillée
Ayant les eſcailles d'azur :
Et trois teſtes toutes diuerſes
Qui procedent d'vn meſme col.

Ainſi deſcrit-il la Gorgone, mais il a ſurpaſſé Orphée en pluſieurs choſes
concernans la Theologie : & Muſée en ſes Cantiques des Oracles.   Pamphus auſſi, lequel encores qu'il euſt fort ſagement conſideré Iuppiter eſtre
HH   le Procreateur de toutes ſortes d'animaux, & que de luy procede tout ce
qui ſe produit icy bas en la terre, neantmoins il auroit vſé d'vn langage vil
& abſurde en cet endroict : & addreſſé des vers bas & abiects à ce Dieu-là,
car il met ainſi : Iuppiter illuſtre, le plus grand des Dieux, reueſtu de fiens, tant
II   des brebis que des cheuaux, & mullets. Là où Protheſilaus dit Homere auoir
chanté cet hymne à Iuppiter digne de loüange : Iuppiter tres-glorieux & tres-
grand : qui obſcurcis les nuées, habitant en la region Etherée : comme celuy qui
faict ſa demeure au lieu le plus pur & le plus net de tout l'vniuers, & qui ba-
KK   ſtit les choſes animées de la ſubſtance Etherée : cauſe tous les debats quels
qu'ils furent entre Neptune & Apollon, de Latone contre Mercure : & ce
que Minerue s'attaqua à Mars, & Vulcain à l'eau. Tout cela dit Protheſilaus
LL   auoir philoſophé à la mode d'Orphée, & n'eſtre point à meſpriſer, ains di-
Iliad. 20.   gne d'admiration : comme auſſi cecy, tout autour tonna le grand ciel : & Plu-
ton ſaillit de ſon Throſne : & la terre meſme croulla, ſoubs l'eſbranlement de Nep-
MM   tune. Mais il trouue à reprendre en Homere, premierement de ce qu'il en-
NN   tre-meſle les Dieux auecques les hommes, deſquels il dit de grandes cho-
ſes, & des Dieux de bien petites, & ordes encores. En apres ſçachant bien
qu'Helene auecques Paris auoit eſté iectée par les vents contraires en la co-
Iliad. 3.   ſte d'Egypte, il l'introduit ſur les murs de Troye contemplant les maux qui
OO   ſe commettoient à la plaine pour l'amour d'elle, là où il luy cuſt eſté mieux
ſeant, ſi pour vne autre cela ſe fuſt faict, de s'aller cacher & ne le voir point,
PP   comme choſe blaſmable en ſon ſexe. Paris non plus ne deuoit pas eſtre loüé
à Troye pour auoir enleué Helene, ny Hector ainſi preud'homme & aduiſé empeſcher qu'on ne la rendiſt à Menelaus ſi elle y eſtoit : ny Priam permettre à Paris de ſe deſborder ainſi en delices & voluptez, apres que tant
d'enfans luy eurent eſté miſerablement mis à mort en cette guerre. Ny He-
QQ   lene euader la mort par les mains des femmes Troyennes, dont les maris,
freres, & enfans y auoient perdu la vie à ſon occaſion : car peut-eſtre qu'elle ſe fuſt deſrobée pour s'en fuyr à ſon mary, à cauſe de la hayne que luy por-

toient

toient tous les Troyens. Oſtons pareillement le combat qu'Homere eſcrit RR
eſtre interuenu entre Páris & Menelaus pour raiſon d'elle , ſoubs les ſolemnitez & conuentions, qui ſe prattiquent à la guerre : car Helene eſtoit en
Egypte , & les Grecs le ſçachans fort bien, l'y laiſſerent à la bonne heure,
pour s'en aller faire la guerre aux Troyens, c'eſt à dire à leurs opulentes richeſſes . Protheſilaus n'approuue pas non plus cecy du meſme Homere, qu e SS
s'eſtant propoſé de traiƈter les choſes de Troye, il en ſort du tout apres la *De l'Iliade*
mort d'Heƈtor pour paſſer ſoudain à vn autre diſcours , où il deſcrit les faits *à l'Odyſſée.*
d'Vlyſſe : & recite és laiz & chançons de Demodocus, & de Phemiaus, le TT
ſaccagement & ruine de Troye , & le cheual d'Epeus, & de Pallas, procou-
rant cela à la haſte, & entre-rompant ſon propos pour le transferer tant pluſtoſt à Vlyſſe : pour lequel il alla inuenter le Cyclope encores qu'il n'en fut *Odyſſ.9.10.*
iamais, & forger ie ne ſçay quels Leſtrigons, qu'on ne ſçauroit dire où oncques ils firent leur reſidence. En apres vne telle quelle Deeſſe de Circe eſt
de luy controuuée fort experte és charmes & ſorcelleries,& d'autres Deeſ- *Calyſſo au*
ſes encores qui furent amoureuſes de luy, combien qu'il fuſt deſia ſur l'aage *5.*
lors qu'il parut auoir les cheueux blonds, qui ſe raieunirent en luy lors qu'il
eſtoit chez Nauſicaa: tellement que Protheſilaus l'appelle le mignon & le
joüet d'Homere: car cette ieune Princeſſe ne s'enamoura pas de ſon beau
parler ny de ſa prudence, & de faiƈt, qu'eſt-ce que de tout cela il fit ou dit
chez Nauſicaa? Au moyen dequoy il l'appelle vn vray eſbattement & plaiſir d'Homere: car les dangers qu'il encourut furent la pluſpart en dormant,
& fut porté hors du nauire des Pheanens comme vn homme mort en
ſon nauigage. Au regard de l'indignation de Neptune en ſon endroit , pour *Odyſſ. 13.*
raiſon de laquelle vn ſeul vaiſſeau ne luy reſta, & tous ceux de ſa flotte peri- VV
rent, elle ne vint pas pour l'occaſion de Polypheme, ſelon que le diƈt Protheſilaus, car Vlyſſe n'arriua pas en ces quartiers-là : & encore que Neptune euſt eu vn fils Cyclope, iamais il ne ſe fuſt courroucé pour vn tel enfant,
qui à guiſe d'vn cruel Lyon deuoroit les hommes, ains pluſtoſt pour raiſon
de Palamedes fils de ſon fils, il rendoit ainſi la mer difficile à nauiger. Et comme il fut eſchappé de toutes ces afflictions & trauaux, finablement il ne laiſſa de le perdre, eſtant arriué en Ithaque, luy ayant à mon opinion lancé vn
coup de la pointe de ſon trident. Diƈt de plus Protheſilaus qu'Achilles ne
conceut pas ſon meſcontentement & courroux enuers les Grecs pour raiſon de la fille de Chryſes, ains du meſme Palamedes. Mais ie remettray ce
propos à quand ie viendray aux faiƈts en particulier d'iceluy Achilles, car ie
parcourray chacun des Heroës à part, racomptant tout ce que i'en ay peu
apprendre de Protheſilaus. *Phenicien.* Vous venez certes à vn diſcours qui
m'eſt merueilleuſement agreable, car deſia le bruit des cheuaux & des hommes me vient de toutes parts frapper aux oreilles , & deuine deſia d'oüyr ZZ
quelque choſe de grand & de ſingulier. *Vigneron.* Eſcouttez doncques.
Mais, ô Protheſilaus, qu'il vous plaiſe m'aſſiſter de ſorte, que rien ne s'enfuye
de moy de ce que i'ay peu apprendre de vous : & ne m'en oublie.

ANNOTATION.

A EN CETTE *Cherronese*. Ce mot importe vne contrée de pays tout autour, enclose de mer à guise d'vne Isle, fors de quelque estroicte aduenuë en forme de di-
gue ou chaussée, que les Grecs appellent Isthme, mais naturelle, qui la ioint à la
terre-ferme. Dequoy elle a pris cette appellation de χέρσος à sçauoir terre vague
proprement, & νῆσος Isle, les Latins disent *peninsula* presque Isle. Il y en a cinq au
reste les plus celebres & signalez entre les autres, le Peloponese, maintenant la Morée, à l'vn
des recoins de la Grece : la Chersonese Cimbrique, qui est celle de Dannemarc : la Dorée,
qui est au bout du Leuant en l'Inde au delà du fleuue Ganges : la quatriesme ditte la Taurique
ou Precop, entre la mer maiour, & les marets de la Meotide : possedée par vne Horde de Tartares : & la cinquiesme est celle de Thrace, dont il est icy question : dont l'Isthme ou destroit
du costé du Soleil couchant est baigné du golphe de *Melané* noir, & du leuant des flots de la
Propontide. Là estoit le temple & la tour de Prothesilaus, comme il a esté dit cy-deuant apres
Pline liure quatriesme chap. vnziesme. Herodote en faict aussi mention en sa Polymnie, selon
qu'il a esté dict sur le mot d'Eleonte. Des autres Cheroneses qui ne sont point icy à nostre propos, voyez Strabon au commencement du huictiesme liure, & au dixiesme. Il y en a vne autre
au Royaume de Pont, dont il parle au 14.

B *Quant aux ormes que vous voyez vers le sommet, &c.* Pline nous esclaircira ce lieu au seiziesme liure chapitre quarante-cinquiesme, où il dit que vis à vis du lieu où souloit anciennement estre Troye, le long du destroit de l'Hellesponte vers Gallipoly, pres le sepulchre
de Prothesilaus, il y auoit des arbres de son temps encores, qui en tous leurs renouuelle-
mens, dés qu'ils estoient si exaucez, qu'ils pouuoient descouurir de leur cime la cité de
Troye, ils flestrissoient & deuenoient secs : & puis repoussoient de rechef. I'en adiousteray icy le Latin, pour ce qu'il est vn peu ambigu, comme est cet autheur en beaucoup
d'endroits. *Sunt hodie ex aduerso Iliensium vrbis iuxta Hellespontum, in Prothesilai sepulchro ar-*
bores, quæ omnibus Ephæbijs eius cum in tantum accreuere vt Ilium aspiciant marcescunt, rursúsque
adolescunt.

C *Cette chappelle où le Medien se monstra autresfois si desbordé & insolent.* Herodote en sa Polymnie dont cecy est pris, met que la coste de ce Chersonese entre Seste & Madyte est fort rabotteuse. Et que peu apres la descente de Xerxes en Grece, fut soubs la conduitte de Xantip-
pus fils d'Ariston general des Atheniens, pris & empallé tout vif vn Artayctes Perse gouuerneur de Seste, pour auoir perpetré tout plein de villennies & meschancetez au temple de
Prothesilaus à Eleonte, y menant des femmes soubs ombre de deuotion, pour les y violer puis
apres, il le nomme Perse, & Philostrate Medien ou Medois, mais ces deux prouinces estans
soubs vne mesme domination, il est bien aisé de les confondre l'vn pour l'autre. Au regard de la
resurrection de ce corps embaumé de sel, qui suit apres, ie n'en ay rien leu nulle part : Ce sont
des miracles dont cet œuure est tout farcy.

D *Au regard de l'image elle estoit plantée en vn nauire, & vn matelot à la proüe.* Il dit cela pour ce
que Prothesilaus fut mis à mort de la main d'Hector au sortir de son vaisseau, comme met Homere au second de l'Iliade;

— τὸν δ' ἔκτανε Δαρδάνιος ἀνὴρ,
Νηὸς ἀποθρώσκοντα πολὺ πρώτιστον ἀχαιῶν.

Surquoy on peut remarquer vn fort gentil traict qui est atteint tacitement : car tout ainsi que
la plus grande part des anciens Heroës, à la guerre mesme de Troye, combattoient de dedans
des chariots d'armes, Philostrate faict icy equipoller le vaisseau où estoit Prothesilaus combattant de dedãs, à vn de ces chariots, & le mattelot qui est en la proüe est lieu de l'aurigateur, combien que par vn ordre renuersé, par ce que les chariots se conduisent par le deuant, & les vaisseaux, comme l'on dit, se brident par la queuë.

E *Et iette vne voix distincte & aisée à oüyr comme d'vne douce sourdine, entonnée d'vne foible &*
petite bouche. Psellus à ce propos, met que les Demons, comme fort spirituels qu'ils sont,
s'approchans de nostre esprit phantastique, luy rememorent ce qu'ils veulent, & non point
en iectant vne voix resonante & qui frappe l'air : mais nous introduisans leurs propos sans parler ny faire aucun bruit. Et de faict ceux qui parlent de loin ont besoin de crier plus fort que
s'ils estoient pres : & qui vous parleroit à l'oreille, ce seroit si bas que les assistans ne cuideroient
pas qu'on dist rien. Si doncques il se pouuoit ioindre à vostre ame, la parole ne seroit pas
autrement necessaire. Et cela aduient aux ames qui sont sorties du corps : car elles peuuent
conuerser

conuerser entre elles, & s'entr'entendre sans aucun bruit. Tout de mesme font les Demons.

Quand vous accollez Prothesilaus, vous resuit-il comme feroit vne fumée, ainsi que les Poëtes chan- *tent.* Homere en l'onziesme de l'Odyssée parlant d'Vlysse & de sa mere Anticlie.

Ὡς ἔφατ'. αὐτὰρ ἔγωγ' ἔθελον φρεσὶ μερμηρίζας,

Μητρὸς ἐμῆς ψυχὴν ἐλέειν κατατεθνηΰίης.

Τρὶς μὲν ἐφωρμήθην, ἐλέειν τέ με θυμὸς ἄνωγε,

Τρὶς δέ μοι ἐκ χδραῶν σκιῆ ἵκελον ἢ καὶ ὀνείρω.

ἔπλατ'.

Ainsi me parlera elle: mais ie voulus deliberant en ma pensée empoigner l'ame de ma defuncte meré, & me *lançay trois fois apres, car le courage m'incitoit fort de l'embrasser, mais par trois fois elle s'enuolla de mes* *mains à guise d'vne ombre ou fumée, dont vne fort aiguë douleur vint saisir mon cœur. Et parlant à elle luy* *dis ainsi: Ma mere, & pourquoy ne m'attendez-vous, qui ay vn si grand desir de vous accoler, afin qu'és en-* *fers mesmes nous entr'embrassans de nos cheres mains, l'vn & l'autre se resioüysse en sa tristesse? la cruelle* *Proserpine m'aura-elle suscité ce phantosme pour me rengreger ma douleur? ainsi luy disou-ie. Mais ma* *venerable mere me fit responce: Helas mon pauure fils desastreux & infortuné sur tous autres hommes, certes* *Proserpine fille de Iuppiter ne se veut point mocquer de toy: mais telle est la condition des mortels apres qu'ils* *sont prinez de vie: car alors les nerfs n'ont plus de chair ny d'ossemens, ains la force du feu ardent les consom-* *me si tost que l'esprit les a laissez, & l'ame comme vn songe qui s'en volle se part de là & s'esuanoüist: mais* plus à propos encores pouuons nous y amener ce passage du vingt-troisiesme de l'Iliade, où l'a- me de Patrocle s'estant apparuë à Achilles, aptes auoir eu de longs propos ensemble sur le de- uoir qu'il luy fist à ses obseques;

Ὡς ἄρα φωνήσας ὠρέξατο χερσὶ φίλησιν,

ἀλλ' ἔλαβε ψυχὴ δὲ κατὰ χθονὸς ἠΰτε καπνὸς

ᾤχετο τετριγυῖα.

Ayant dit cela, il estendit ses mains amies, & il ne l'apprehenda pas, car l'ame s'en alla murmurant soubs la *terre comme vne fumée.*

Est-il souuent auecques-vous? Vigneron. *Trois ou quatre fois chaque mois, mesmement quand il veut* *semer ou planter, &c.* Philostrate entre icy en vne estrange Philosophie, comme aussi en tout le reste de ce discours, car il met cet Heroë sien, Prothesilaus à sçauoir, long-temps au-parauant decedé, comme pour vn esprit familier qui conuerse auecques luy debonnairement, & apres a- uoir esté separé par la mort temporelle de son corps, en prend vn autre phantastique, auquel il apparoist, tantost icy, & tantost-là, comme bon luy semble, faisant des actions spirituelles à ma- niere d'vn corps glorifié, que la crassitude de la matiere ne peut plus desormais empescher: ce qu'il touchera puis apres où le Vigneron dit, que quand il luy presente des fruits & du laict, il se tire arriere, & soudain en moins d'vn clin d'œil le tout disparoist, & s'esuanoüist comme s'il estoit englouty. Et vn peu plus outre, qu'en courant sur le sablon, aucune marque de ses pieds ne s'y void emprainte, car il se soublesue & tient suspendu comme vn qui voudroit courir sur les Ondes: car les actions de l'esprit sont à vn instant, & celles du corps successiues de peu à peu. Or quand les anciens ont parlé des esprits familiers, ils les ont tousiours presupposez & pris pour Demons, qui sont neantmoins de plusieurs ordres & hierarchies, prenans tous par fois des corps aërez & imaginaires comme il leur plaist, pour faire des cas admirables: mais ils n'ont pas attribué ces fonctions aux esprits des hommes apres leur mort. Que s'ils reuiennent quelque- fois, on tient que ce ne sont-ils pas, ains des Demons qui falsifient leur ressemblance, comme il s'est peu voir il y a quelque septante ans à l'esprit de la ville de Lyon: & depuis quinze ou seize ans à celuy de Laon. Ceux qui traictent des Minieres Metalliques, afferment que bien souuent dedans les concauitez de la terre plusieurs y en apparoissent à ceux qui fouillent, & leur sont bien souuent de bons offices, ainsi que le tesmoigne icy Philostrate; *Vous me racomptez vn He-* *roë fort debonnaire, & modeste aussi, car encores que pour son ieune aage, il doiue aimer à follastrer, si* *ne faict-il rien d'insolent.* Par fois aussi de la faschetie & ennuy, si tant soit peu on les irrite: car ils sont despits & coleres, & fort aisez à courroucer: ce neantmoins on les refere tousiours au rang des Demons, Lares, Lemures, Larues, & autres semblables phanthosmeries. Surquoy y a-il en- core vn doute non bien resolu; à sçauoir si ce sont les esprits des hommes defuncts, ou Demons de la premiere creation, qui ne furent oncques incorporez, ains sont du nombre des substan- ces separées, à sçauoir de corps, combien que les vns plus subtilement, & les autres plus gros- sierement, comme l'air qui est trop plus subtil que l'eau, & l'eau que la terre. Algazel au liure de la diuine science, & quelques autres Philosophes Arabes Mahometistes, sont d'opinion, que les operatiõs que l'ame a eües en commun icy bas auecques le corps auquel durant cette vie elle auroit esté conioincte, impriment en elle certain caractere d'accoustumance, exercice, & vsage, lequel y estant fortement empreint, apres en estre separée, pour les mesmes opera-

tions & paſſions qu'elle y auoit eu durant leur conionction, ne demeure pas pour cela du tout
eſteint & effacé:de maniere que nonobſtant que le corps organique ſoit corrompu & reſoult de
ſon premier eſtre, l'operation ne ceſſera pour cela, ains demeureront quelques reſtes de ſes affections, tout ainſi que le feu eſtant oſté hors du foüyer ou d'vn fourneau, la chaleur ne s'en abſente pas toute ſi toſt, ains demeure, ce que les Grecs appellent ἐμπύρωμα. Virgile ne l'a pas ignoré
non plus, quand au ſixieſme de l'Eneide il dit ainſi.

> *Quæ gratia curruum,*
> *Armorúmque fuit viuis, quæ cura nitenteis*
> *Paſcere equos, eadem ſequitur tellure repoſtos.*

Dequoy ne s'eſloigne pas du tout anſſi ſainct Auguſtin, lequel aduoüe que les ames ſeparées
du corps retiennent encores pour quelque temps vn reſſouuenir de l'inclination qu'ils auroient
eüe en cette vie temporelle:ce que le meſme Poëte explique encores plus ouuertement au meſme lieu. *Quin & ſupremo cum lumine vita reliquit,*
> *Non tamen omne malum miſeros, nec funditus omneis,*
> *Corporeæ excedunt peſtes, penitúſque neceſſe eſt*
> *Multa diu concreta modis inoleſcere mores.*

A quoy monſtre vouloir battre auſſi Philoſtrate, quand il dit cy-apres, *Que Prothesilaus s'exerce*
à tout ce qui deſpend du meſtier de la guerre & des armes. Mais ce qui fait le plus à ce propos, eſt ce qui
ſe retrouue en certaines Annales des Candiots, que les eſprits des defuncts, qu'ils appellent les
Cathecans ou Incubes, ſouloient retourner en leurs corps, & en iceux accointer de nouueau
leurs femmes:Pour à quoy obuier, & qu'ils ne les moleſtaſſent plus de la ſorte, ils auoient accouſtumé de ficher vn cloud dans leur cœur, & bruſler leurs corps: ce que touche aucunement Homere au 23. de l'Iliade, où il introduit Patrocle apparoiſſant en ſonge à Achille, auquel il dit:

> ---ὐ γὰ ἔτ' αὖτις
> Νίσομαι ἐξ ἀίδαο, ἐπήν με πυρὸς λελάχητε.

Ie ne retourneray plus des Enfers apres que vous aurez bruſlé mon corps. Saxon le Grammairien en ſes
hiſtoires de Dannemarch, & de Nortuerge, & Olaus magnus des regiós ſeptentrionales en rac6-
ptent tout plein de choſes toutes ſemblables, mais qui ſont à la verité diſparuës & aneanties, c6-
me auſſi de meſme és Indes Occidentales, depuis la reception de la foy Chreſtienne, & ſpecialement où le ſainct Sacrement de l'Autel repoſe. Or pour euiter pluſieurs doutes & difficultez qui
pourroient ſourdre en cet endroict, il y en a qui ont mieux aimé prendre vne autre routte & addreſſe, & dire que ces eſprits familiers que nous nommons autrement follets, ſont ie ne ſçay
quoy à part entre les Demons & les hommes : comme Paracelſe en ſon traicté des hommes ſpirituels, mais la plus-part pris de Pſellus Philoſophe Platonicien, ce dit-il,
d'vn nommé Marcus, qui menoit vne vie ſolitaire & contemplatiue en ce Cherroneſe, dont il
eſt icy queſtion. Paracelſe donques conſtitüe vne maniere d'hommes qu'il appelle ſpirituels, par
ce que leurs corps ſont beaucoup plus ſubtils que les noſtres, m. à cela de ceſte philoſophique
conſideration qu'on ne peut paſſer d'vn extreme à l'autre, ſinon par vne moyenne diſpoſition:
tellement qu'entre l'homme qui eſt mortel, & a vn corps corruptible, & le Demon qui eſt immortel, on a penſé qu'il y doiue auoir vne tierce nature participante comme des deux, & qui ne
ſoit ne l'vn ne l'autre : à ſçauoir qui ait vn corps auſſi bien que l'homme, mais plus rare & ſubtil
ſans comparaiſon, à guiſe d'vn air moins eſpois que ne ſont les nuées, ſans aucune terreſtre ſolidité, parquoy noſtre œil ne les ſçait diſcerner, ſinon en tant qu'il leur vient à gré. Pſellus à ce propos; *la nature des demons n'eſt pas ſans corps, ains en ont, & ont commerce auec les choſes corporelles, ſi que*
meſmes on les peut toucher:& ſont ſubiects aux paſſions, ſpecialement les Soubſterrains, ſi qu'ils peuuent ſen-
tir le feu, & laiſſent par fois des cendres de leurs bruſleures. Pourſuit puis apres Paracelſe, qu'ores qu'ils
ſoient ſubiects à la mort & reſolution, ils ſont neantmoins de trop plus longue durée que nous
ne ſommes. Et comme le demon eſt moyen entre les hommes & les Dieux du tout abſtraits &
ſeparez de corps, par ce que les hommes habitent la terre, & les Dieux le ciel: les creatures ou
hommes ſpirituels le ſont entre les hommes & Demons d'vn coſté, & les hommes, & les beſtes
bruttes de l'autre, à cauſe qu'ils n'ont point d'ame raiſonnable, ains à leur mort tout perit en eux.
Il en fait au reſte de quatre ſortes ſelon le nombre des Elemens, & qu'ils participent plus de celuy où ils ſont leur habitation principale. A ſçauoir les Pygmées ou Gnomons comme il les appelle, qui reſident dans les entrailles de la terre, & plus creuſes concauitez des montaignes : les
Nymphes Naïades ou Vndenes en l'eau : les Syluains & Geants en l'air, és plus deſtournées &
profondes foreſts:& ceux-cy ſont les moins accoſtables de tous aux perſonnes, fors les Vulcains
qui reſident au feu. A chaſcun deſquels leur element particulier eſt le meſme qu'aux animaux
l'air, aux poiſſons l'eau, aux taupes & vers la terre : & aux Pyrales ou Pyruſtes le feu, ſelon
Pline liure vnzieſme cha. trète-ſixieſme. *Es fournaiſes en Chypre, où l'on fond & affine le cuyure, au beau*
milieu de la plus grãde ardeur du feu, ſe void vne maniere de petis beſtion à quatre pieds, qui a des aiſles de la
> grandeur

grandeur d'vne grosse mouche appellé Pyralis, & d'aucuns Pyraustes, tant qu'il est au feu il est vif: mais si en
volant il s'en esloigne vn peu trop, il meurt soudain. Quant aux Salemandres comme les appelle encore Paracelse, tant s'en faut qu'elles viuent au feu,& s'en nourrissent comme l'on tient communément, qu'elles s'y consument aussi bien que les crapaux, ausquels elles ressemblēt presqu'en tout
horsmis qu'elles ont vne queuë comme vn lezard, ayans au reste vne froideur si grande, que
pour quelque temps ie les ay veu amortir & esteindre des charbons ardents. Mais tous ces animaux ne font rien à nostre propos, qui est des creatures participantes de l'vsage du discours ratiocinatif,& de la parole selon leur maniere. *Et tout ainsi que l'eau ne peut compatir auec le feu à*
cause de leurs contraires qualitez, les Vndenes ou Nymphes de mesme n'ont aucune affinité ny
rien de commun auec les Vulcains: ny les Geants syluestres gueres plus comme estās aerez auec
les Gnomons ou Pygmées terrestres. Ces quatre manieres dōcques de creatures, ne procedent pas, ce
dit-il,*de la race & engeance d'Adam, cōme nous autres, ains en sont distinguez, cōbien qu'ils communiquent*
parfois auec nous,& en peuuent auoir lignée, les femmes principalement auec nos hommes plustost, que leurs
hommes auec nos femmes au contraire des Incubes. Psellus poursuit. *M'enquerant de ce Marcus si les De-*
mons pouuoient patir, il me respōdit, oüy de vray, si qu'aucuns d'eux iectēt du sperme dont se procréent de
petits bestions. Et cōment respondis-ie, se peut faire cela, car il faudroit qu'ils eussent des membres genitaux? ils
en ont dit-il, mais non pas comme les personnes, & en sortent quelques excrements. Et quoy, il faut dōcques
qu'ils se nourrissent? oüy certes, les vns de l'inspiration de l'air, les autres de quelque humidité, mais ils ne la
reçoiuent pas par la bouche, ains la succeqns comme les esponges, dont puis apres en s'espraignant ils iectēt
dehors le plus grossier. Neantmoins tous les Demons n'en font pas ainsi, mais seulement ceux qui sont les plus
prochains de la matiere, comme les Soubsterrains & Aquatiques. Car il y en a six especes: la premiere est des
Leliurans ou Ignées qui habitent autour de la superieure region de l'air. La seconde des aerez: la troisiesme des
terrestres, où ils prochassent infinis inconneniens & desastres: la quatriesme des Aquatiques & Marins qui
habitent le lōg des lacs & riuieres où ils font noyer & perir maintes personnes: la cinquiesme de Soubsterrains
qui font leur residence dans les entrailles de la terre, où ils molestent ceux qui creusent les puits, & fouillent
les metaux: la sixiesme sont ceux qui haïssent du tout la lumiere,& se rendent inaccostables. Au reste que la
difference des sexes masle & femelle n'est pas reellement en eux, ains les prennent en apparence, mais cela n'est pas comme guerre stable, non plus que les figures qui s'impriment ès nuées, soit de
forme soit de couleur, lesquelles se dissipent tout aussi tost: & de mesme en l'eau. Au surplus la
lignée qui s'en procrée n'est pas de leur espece ains de la nostre, parce que du masle vient la forme à la matiere que la femelle contribuë, ainsi qu'on lit de Melusine & de Raymondin. Et d'autant que la chair & tout le reste de nostre substance corporelle que nous auons prise d'Adam, est
grossiere, massiue & terrestre, ainsi que de bois ou de pierre, la leur au rebours qui ne vient pas de
nostre premier pere, ains d'vne creation à part, est trop plus subtile sans comparaison,& plus
impalpable à l'attouchement, à maniere presque de l'air si qu'elle penetre aisement par tout où
il y a des pores, & petits souspiraux & conduits: comme la vapeur de la foudre qui brisera vne espée engaisnée sans en offencer le fourreau, & reduira des gectons en poudre dedans vne bourse
de cuir ou autre estoffe, sans aucune lesion d'icelle. Si que pour autant que ces creatures ne sont
pas de terre, elles penetrent bien aysement toutes choses solides, comme les huits & les murailles sans les fausser ou y faire bresche: & ne cedent à rien que ce soit, quelque ressistance qui y
puisse estre, parquoy elles n'ont besoin d'huits, fenestrages, ou autre ouuerture pour entrer par
tout. Du surplus ils sont ainsi comme l'homme Adamique, composez de chair, nerfs, ossemens,
& de sang: parquoy ils different des esprits simples qu'ils n'ont ny chair ny os, comme mesme dit le
Sauueur en S. Luc dernier: & engendrent des enfans entr'eux qui leur sont semblables, parlent,
boiuent, mangent, & marchent, participans en tout cela de l'homme Adamique: mais d'autre
part ils en different d'agilité, vitesse, promptitude, celerité, & disparoissance soudaine. Desquelles parties ils approchent plus de la nature des esprits: tellement que tout ainsi qu'vn corps composé de deux ou plusieurs substances, & vne couleur de deux ou de trois, ne produisent qu'vne
seule forme, ces creatures sont de mesme comme moyennes entre les hommes & les esprits. Il y
a encore vne autre difference, c'est que l'homme a vne ame, & ils n'en ont point, ains consistēt
seulement du corps & de l'esprit: dont ils different neantmoins en ce qu'ils definent & meurent,
& les esprits non. Et tout ainsi qu'ès bestes brutes l'vne excelle l'autre de tant plus qu'elle approche du naturel de l'homme, aussi sont ces creatures tous les animaux, qui n'ont point d'ame raisonnable, en ce mesmement qu'elles approchent plus de l'homme qu'ils ne sont & sont toutes les
fonctions de l'homme, qu'elles surpassent en cas de spiritualité pendant qu'il est accompagné
de son corps terrestre en ceste vie temporelle. Mais d'autant que le Redempteur est mott seulement pour les hommes qu'ils doüez de l'ame raisonnable qui leur fait auoir vn estre perpetuel, le merite de sa Passion, & le salut qui en depend ne s'estendent point à ceste maniere de gens spirituels, lesquels encore que leur vie soit trop plus longue que la nostre, quand ils viennent à dece-
der tout meurt & s'aneantist auec eux, n'ayans point d'ame raisonnable par le moyen de laquelle le corps se puisse quelquefois resusciter, & reprendre vne nouuelle vie soit à salut ou damna-

tion : ils defirent fort l'accoinſtance des hommes. Et ont au reſte leurs differences de grades entr'eux comme nous auôs, de richeſſes & de pauureté, de ſageſſe & imprudence: & en ſomme ſont
aucunement ainſi qu'vn image de l'homme, ainſi que l'homme eſt l'image de Dieu. Et comme
l'homme pour auoir ceſte image & caraĉtere n'eſt pas Dieu pourtant, ains tant ſeulement ſon
image, de meſme ne ſont-ils pas hommes, ains vne image ſeulement de l'homme: mais ils ont
cela par-deſſus nous que rien ne leur nuiſt ny ne les offence, ny la fumée, ne la chaleur, ne la
froidure, ny autres accidents ſemblables: trop bien ſouffrent-ils des maladies & infirmitez, dont
par fois ils gueriſſent, par fois ils meurent ainſi que nous, mais leurs medicaments ſont autres,
comme auſſi leurs viandes. Apres leurs decez leur chair, oſſemens, & le reſte de leur corporelle
ſtruĉture ſe corrompt, pourriſt & altere comme la noſtre, combien qu'en plus long eſpace de
temps, d'autant qu'ils ſont moins ſubieĉts à corruption, comme plus proches de la ſpiritualité. Ils
ont leurs Arts & Meſtiers, la dexterité & induſtrie, & leur lourdiſe & ignorance: & gaignent
leur ie à trauailler ainſi que nos laboureurs, artiſans, traffiqueurs & autres: ont vne fort grande diſcretion à la conduitte de leurs affaires, & en leur iuſtice & police, qu'ils obſeruent fort ex-
aĉtemẽt: ſi qu'ils ont toutes les parties de noſtre ratiocination & diſcours, fors l'ame raiſonnable
qui en eſt la vraye ſource en nous: & en eux certain inſtinĉt naturel comme aux beſtes brutes:
mais trop plus excellent ſans comparaiſon: ce qui fait qu'ils n'ont point le ſoin de la religion &
culte diuin comme a la creature raiſonnable.

Or ie ne ſais doubte que ſi ces choſes eſtoient telles qu'on nous les propoſe, beaucoup de gens
ne deſiraſſent de les cognoiſtre & à s'accoinĉter de ceſte maniere de Fées, Sibylles, Meluſines,
Oberons, &c. comme firent iadis, s'il en faut croire à nos Romans, Raymondin, Guerin Meſ-
quin, Huon de Bourdeaux & autres ſemblables qui nous ſont par-là propoſez tout ainſi que Philoſtrate fait ces anciens Heroës. Quoy que ce ſoit, car ie n'en veux pas faire la maille bonne, s'il
nous en preſte icy de belles, comme il faĉt à la verité, nous le payerons en la meſme monoye, ſi
que ces annotations correſpondront au moins au texte en ce qu'elles contrementiront ſi beſoin
eſt, à ſes menteries. Paſſons doncques outre.

De leurs habitations & demeures.

E LLEs ſont diuerſes, comme il a eſté touché cy deſſus, ſelon la qualité & diſpoſition de leur
naturel, dont les plus approchãs du noſtre, encore que bien peu accoſtables, ains fort farouches, ſont les Syluains, parce qu'ils viuent en l'air comme nous, & ont leur mort plus approchante de la noſtre: car ils ſe peuuent ſuffoquer en l'eau: eſtouffer dans la terre, bruſler au feu.
Les Vndenes viuent en l'eau, qui ne leur fait non plus de nuiſance que l'air à nous. Les Gnomôs
dans la terre, comme les taupes: Et d'autant que leur Element eſt plus craſſe & groſſier que de
nuls des autres, de tant plus leur compoſition corporelle eſt plus deliée, ſi qu'à maniere d'vne
treſſubtile vapeur ils percent tout. Et ainſi que noſtre habitation eſt en l'air, entre le ciel & la terre qui nous ſouſtient, le meſme eſt auſſi aux Syluains aux Vndenes habitans en l'eau, le fonds
d'icelle leur eſt comme à nous la ſuperficie de la terre, qui eſt le fonds de l'air, & leur ciel eſt en la
ſuperficie de l'eau: de maniere qu'ainſi que noſtre Sphere eſt entre le ciel & la terre, la leur eſt
entre la terre & l'air, qui leur eſt en lieu du ciel. Des Gnomons le fonds du ciel: leur habitation
ou Sphere la terre, dont la ſuperfice eſt leur ciel. Des Vulcains autrement Sallemádres le fonds
eſt l'air, leur demeure la Sphere du feu, & leur ciel la region etherée. Tous leſquels prennent
leur nourriture & maintenement chacun endroit ſoy ſelon leur nature: ſi qu'aux Vulcains ces
exhalations enflammées qu'on appelle les eſtoilles cheantes, & autres tels feuz aërez leur ſont
comme en lieu de viande & breuuage: car tous ont beſoin de nourriſſement, lequel ne nous eſt
pas cogneu. Ils ont veſtemens auſſi à eux propres, parce qu'ils naiſſent nuds comme les
hommes: & en toutes choſes ſe gouuernent par vn inſtinĉt ou lumiere de nature, comme les
fourmis en leur forme de Republique, les mouſches à miel en leur Republique deſſoubs vn
Roy: les Gruës, les Cigoignes, & oyes ſauuages ſoubs leurs guides & conduĉteurs, & les autres
animaux chacun endroit ſoy ont ie ne ſçay quoy de particulier à eux propre, & non aux autres.
Ils dorment & veillent: & iouyſſent de la lumiere du Soleil, & de la clarté de la Lune & des Eſtoilles: car les raiz de ces corps celeſtes penetrent dedans leurs elements comme à trauers l'air, ſi
qu'ils ont le iour & la nuiĉt & les quatre ſaiſons de l'année, eſquelles ſont en chaque element à
eux particulier produittes par le cours du ciel & de ſes lumieres, les choſes à eux propres & neceſſaires pour le maintenement de leur vie, & leurs autres commoditez tant du manger que du
veſtir. Quant à leurs tailles & ſtatures, les Gnomons ne paſſent gueres vne coudée de hauteur:
les Vndenes ont la leur conforme à la noſtre: les Syluains trop plus grande comme Geants: les
Sallemandres ſont longuettes, minces, greſles, & deliées. Les Gnomons edifient leurs habitations ſoubs les montaignes, ſelon leur proportion & grandeur: les Nymphes & Vndenes ſe
tiennent és fleuues & riuieres, lacs & eſtangs, & ſemblables lieux aquatiques, la pluſpart du tẽps
le

le long des bords pour plus aisement se communiquer à ceux qu'il leur plaist, & s'esioüyssent à les toucher quand ils s'y baignent. Les Syluains habitent és profondes forests comme hommes sauuages: les Vulcains là haut en la Sphere du feu, & icy bas és monts Gibels comme Ethna, & autres semblables. Et pource que tous se recelent fort de nostre conuersation, bien que les vns plus que les autres, il est mal-aisé de les accoster, & d'auoir leur practique & cognoissance.

Comment c'est qu'ils viennent à nous, & se rendent visibles.

TOVT ainsi que Dieu n'a pas à tous propos, & à toutes sortes de personnes indifferemment enuoyé des Anges visibles: ny permis d'ailleurs aux Demons de trauailler en les possedant sinon que bien peu de personnes, comme il luy a pleu, dont il ne se faut point enquerir dauan-tage: il ne permet pas non plus que ces hommes spirituels ainsi separez de nous, se voyent & y communiquent tres-rarement, & pour les occasions à luy seul cogneües. Et comme nous n'a-uons point de cognoissance d'eux, ny de leurs affaires, de mesme ils n'en ont point aussi de nous & des nostres, si d'auanture ils ne nous viennent visiter & accointer par vn particulier oc-troy du Dieu Souuerain: & puis à leur retour en peuuent dire des nouuelles à leurs consembla-bles: ainsi que quelques vns d'entre nous seroient des Indes, & de la Chine où ils auroient voya-gé, nous en viendroient racompter ce qui s'y fait, & comme les choses s'y portent. Au demeu-rant ils ne nous peuuent pas attirer en leur monde: car outre ce qu'ils n'ont point de pouuoir sur nous, aussi bien n'y viurions nous pas, côme estant de dissemblable nature, encore qu'ils puissent viure au nostre, si ce n'estoit d'auanture en celuy des Syluains qui consistent à l'air, bien que plus espois & relant que le no stre: mais les plus familiers de toutes ces manieres de gens, & accosta-bles sont les Vndenes, dont les femmes par la permission de Dieu ont quelquefois contracté ma-riage auec des hommes, ainsi que Melusine auec le Comte de Poictiers Raymondin, si nous nous en voulons rapporter à ce qu'en a chanté son Romant, & en ont eu mesme lignée, qui estoit sem-blable aux peres, & non pas à elles, qui l'ont alaictée & nourrie, eu soin du mesnage, & fait toutes autres actions de femmes humaines: En consideration duquel mariage ceste lignée a esté douée de l'ame raisonnable immortelle, & leurs meres pareillement, qui auparauant ne l'auoient pas: telle efficace a ceste solennelle paction matrimoniale, qu'elle transmet à l'inferieur les perfe-ctions & dignitez de ce qui luy estoit superieur & plus excellent, & le fait ioüyr de ses graces & priuileges. Les Vndenes doncques preuoyans assez le grand bien de ceste alliance & paction coniugale, la cherchent fort & la conuoitent auec les hommes. Quant aux Gnomons, fort ra-rement y viennent-ils à cause de leur disposition, & aussi que leur naturel est plus esloigné du no-stre que non-pas celuy des Vndenes, selon que l'eau est bien plus proche & a plus d'affinité auec l'air où nous viuons, que n'a la terre. Trop bien ces bons petits hommes de Gnomons se ren-dent par fois fort seruiables & obsequieux aux personnes, & leurs font beaucoup de soullage-ment pourueu qu'on se garde de les courroucer, car ils sont fort colleres & despits de leur natu-re, qui est beaucoup plus spirituelle & subtile que celle des hommes, & ont plus parfaicte co-gnoissance du passé, du present & de l'aduenir que nous n'auons: sçauent trop mieux parler des choses occultes & cachées, si que par la permission de Dieu ils nous peuuent reueler plu-sieurs grands secrets à guise d'esprit familier. Les Syluains sont grossiers & rudes, & n'ont l'vsage de la parole, combien qu'ils n'en soient point du tout incapables, ains se passe toute leur affaire par signes, mines & gestes, auec quelques voix inarticulées. Les Vndenes sont trop plus affables, & vsent du langage de leur region, comme font aussi les Gnomons: mais ils ont le leur d'abondant à part, & la prolation aussi. Les Sallemandres aussi, ou Vulcains parlent tres-rarement, toutesfois ils le peuuent. Les Vndenes apparoissent en semblance humaine, de face & de membres confor-mes aux hômes, & en leurs vestemens encore, auec les mesmes affections & desirs. Les Syluains abhorrent & refuyent du tout nostre commerce, & accointance, & de les y vouloir attraire seroit vne chose fort dangereuse, d'autant qu'ils sont fort felons & farouches: que s'ils se manifestent quelquefois, ils n'y persistent pas longuement, ains disparoissent aussi tost. Les Gnomons se monstrent en maniere de petits vallets seruiables, prompts & habiles à executer ce qu'on leur commande. Les Sallemandres ou Vulcains apparoissent tousiours en viues flammes-ches, ainsi que des brandons ardents qu'on verroit reluire de loin à trauers les champs ou prairies. Psellus à ce propos des apparitions, dit que les especes des Demons pour ce re-gard different fort entr'elles, car les ignées & les aërez ne persistent pas volontiers longue-ment en l'apparoissance qu'ils veulent prendre, par ce que d'autant que leur imagination phantastique est plus subtile que de nuls des autres, ils se transforment d'infinies sortes tou-tes distinctes les vnes des autres: Au contraire les Aquatiques & les terrestres demeurent plus fermement és formes qu'il leur plaist de choisir, & ne les changent pas si tost, car ils n'ont pas tant de diuerses imaginations. Et pour ce que les Aquatiques sont plus mols & fluides, ils apparoissent plus communement en forme d'oyseaux ou de femmes, & les ter-

reftres en celle des beftes ou d'hommes mafles. Mais la conuerfation des Vulcains eft ordinairement auec les forcieres & enchantereffes, où ils ont mefmes des accointances veneriennes : & le diable les poffede par fois comme de fubftance à luy conforme qui eft le feu,
lequel en la circulaire reuolution des Elemens s'allant ioindre auec la terre, cela fait que les
Gnomons & Vulcains ont plus d'affinité entr'eux que n'ont les Vndenes auec les Syluains.
Par le-moyen au refte de l'affociation de ces forcieres auec les Vulcains s'effectuent des cas trop
eftranges, parquoy c'eft chofe trop dangereufe de s'y rencontrer : car le mauuais efprit faifit
auffi par fois les Gnomons & les Sylphiens ou Syluains , mais les Vndenes fort rarement : trop
bien par elles & leur entremife tafche-il à deceuoir les perfonnes, les incitant mefmes à s'y prefenter en guife d'hommes ou de femmes, felon ceux ou celles à qui ils s'addreffent : que s'ils s'y
ioüent, ce n'eft pas à fauffes enfeignes, & fans en réceuoir leur payement tout comptant, en
efpeces de ladrerie, verolle, pelade, galle, & femblables ordes & falles contagions incurables,
là où les Vndenes font de foy pures, nettes, & inuifibles, lefquelles en leurs difparoiffances gardent plus le naturel des efprits que tous les autres : parquoy quiconque en auroit vne à femme,
qu'il fe garde de les laiffer aller promener le long des eaux & fur tout de les courroucer pres des
lieux aquatiques, par ce qu'il la perdroit bien aifément. Tout de mefme eft-il des Gnomons, car
qui aura le miniftere & feruice de l'vn d'iceux qui fe foit addonné à luy, qu'il fe retienne de le def-
piter, parce qu'ils font petits & colleres par confequent, comme le font ordinairement les petites
gents, qui n'endurent pas facilement vn outrage defraifonnable & fupercherie, ains difparoif-
ftroit auffi toft, & peut eftre non fans quelque infigne dommage, autrement ils font fort obfe-
quieux, & ne fe departiront pas legerement, ny fans quelque legitime occafion, de ceux aufquels
ils fe feroient voüez. Car tout ainfi qu'ils obferuent fort eftroittement leurs promeffes & conuentions, il leur faut de mefme tenir fidellemét ce qu'on leur promet, de maniere que la paction
foit reciproque, fe monftrans en tout & par tout eftre fort veritables, conftans, & bien affectionnez aux perfonnes. Et d'autant qu'ils font ainfi d'vne nature fi fpirituelle, auffi ont ils fort aifemét
tout ce qu'ils fouhaittent, & dont ils peuuent auoir befoin ou defir rant pour eux, que pour ceux
qu'ils feruent : & en ce cas ils excellent de beaucoup les hommes qui font contraints auec de
trefgrandes difficultez & trauaux prochaffer leurs neceffitez : fi que ce Comique allegué par Plutarque au traicté de la fuperftition auroit fort pertinemment dit, que les Dieux n'ont rien octroyé gratuitement aux humains fors le dormir. Mais pource que ces manieres de creatures,
ayans ainfi à leur plein fouhait toutes chofes, on pourroit demander quel befoin ils ont de fe
foubfmettre ainfi de leur bon gré aux hommes, & les rechercher, il faut entendre que tout ainfi
que les creatures raifonnables addreffent tous leurs vueils & intentions à Dieu, ceux-cy pour
n'auoir point d'ame raifonnable qui les y conduife immediatement, s'addreffent aux hommes
comme moyens entr'eux & la diuinité.

De leurs admirables ouurages, & façons de faire.

S I l'on promenoit vne Nymphe ou Vndene dans vne barque deffus l'eau , & qu'on la cour-
  roucaft, elle fe fubmergeroit dans les Ondes tout à l'inftant, fans plus comparoiftre : & pourtant celuy qui l'auroit à femme doit tenir cela pour certain qu'il l'aura perduë à tout iamais fans
la reuoir plus : neantmoins qu'il fe garde bien de penfer qu'elle foit morte ny noyée, car elle ne
peut perir en fon element : ny que pour cela il penfe eftre deliuré de fon mariage, fi qu'il aye liberté de fe pourueoir auec vne autre; car s'il le fait, il fe peut affeurer de ne la faire pas longue par
apres : d'autant que leur mariage n'eft pas refolu par cefte abfence, car c'eft tout ainfi que fi vne
femme fe departoit d'auec fon mary, elle n'eft pas pour cela abfoute & deliure de fon mariage,
ny vn homme qui lairroit fa femme non-plus, ains demeurent liez en la mefme obligation
qu'auparauant tant que l'vn & l'autre viuront. Les Vndenes doncques vne fois efuanoüyes
de leurs maris n'y retournent plus, fi d'auanture il n'efpoufoit vne autre femme, car en ce cas elles luy viendroient au pluftoft prochaffer fa mort, à caufe que d'autant qu'elles ont laiffé leurs
maris, & la lignée qu'elles en auoient eu, qui n'eft pas toutefois de longue durée, car elle ne
paffe point la feconde ou tierce generation, elles feront tenuës de rendre compte au iour du
iugement, ayans en faueur de ce mariage obtenu l'ame raifonnable ainfi que pour vn fpecial
doüaire priuilegié. Mais tout ainfi que ceux qui les accointent foit en mariage ou autrement font
couftumiers de ne viure gueres, comme le donne affez à cognoiftre Homere en l'hymne de
Venus pour le regard d'Anchife lequel engendra Eneas en elle.

    —ἐπὶ δ̀ βιοθάλμιος αὐήρ,
   Γίγνεται ὅσε Καῖς ἐυνάεται ἀθανάτησι.
   Qui fe meflera aux Deeffes
   Ne peut pas viure longuement.

Les Rabins fur ce paffage du 3 2.de Deuteronome , *ils ont facrifié aux Schedim*, interpretent cela pour des mauuais efprits Aquatiques, que l'antiquité, difent-ils, a reueré en lieu de Dieux , à fçauoir les Nymphes,les plus propres de tous les Demons à peruertir & desbaucher l'homme,& l'abbreuuer des delices,voluptez & mauuaifes meurs: auffi cefte diction de *Schedim* eft tirée de perdre ,gafter & corrompre. Et à la verité les Nymphes comme eftans de nature d'eau font les plus dangereufes, à caufe de leur fluide humidité, laquelle coule & s'introduift bien ayfement en la fenfualité des perfonnes, qui confiftent principalement en l'humidité aquatique fource de la lubricité, auffi feint-on Venus auoir efté procreée de la mer, dont le Poëte Virgile en paffant pays auroit dit, *agitata tumefcunt æquora.* Parquoy il y a d'autres Nymphes dittes les Seraines qui hantent plus volontiers les mers que les eaux douces , en forme de belles ieunes filles, toutefois aucunement alterée de celle des femmes naturelles , & n'engendrent point comme e-ftans du genre des monftres, procreées par des mafles & femelles aquatiques , qui pour cefte occafion le banniffent d'alentour d'eux. Elles font au refte de diuerfes femblances, comme les môftres, qui ne gardent pas vn ordre immuable,ainfi que font les chofes reiglées de la nature,& font fans tare:& ont auffi diuerfes manieres de faire,non toutefois du tout abhorrentes des creatures humaines ; car les vnes chantent,les autres fifflent,les autres pleurent & lamentent. Il y a encore vne autre efpece de ces monftrofitez produittes d'vn meflange des Gnomons auec les Vndenes, qui pareillement n'engendrent point, non plus qu'vn mullet ou mulle qui viennent de l'affemblement d'vn afne & d vne iumêt:& tous ces monftres appetent fort l'accointance humaine,principallement les femelles eftans en trop plus grand nombre que les mafles,par-ce que l'element de l'eau qui eft mol, froid & humide , conuient mieux à la nature feminine & à ce fexe,là où au contraire les Gnomons qui font plus terreftres, fecs & arides , font plus de mafles que de femmes : parquoy ils fe ioignent pluftoft aux noftres, & les Vndenes à nos hommes. Elles viuent fort longuement, leur premiere beauté iuuenile perfeuerant toufiours en vn mefme eftat iufqu'à leur decez, fans aucunement fe fleftrir ny dechoir. Hefiode femble aucunement auoir touché cela, au rapport de Plutarque en la ceffation de oracles: où il eftend leur vie à neuf mille fept cens vingtans , comme nous l'auons deduit fur le tableau des amours. Aucuns veullent dire que Venus fut iadis leur Reyne : & ce d'eftoit cefte Fée ou Sibylle qu'on a feint tenir le Berland és montaignes de Norche en la contrée des Sabins,aupres du duché d'Ef-pollette,dont il eft fait mention au Romant Italien de Guerin Mefquin : & en vn ancien liure François intitulé la Salade,où l'autheur dit auoir eu cefte curiofité autrefois de voir ce que s'en eftoit : & de faict il monta en deux iours iufques au haut de la montaigne, dont le fommet fe fepare en deux creftes iointes enfemble par vn deftroit de rocher à guife de planche , qui ne fçauroit contenir plus de quatre pieds de large,& bien quarante pas de long,auec des abyfmes & des precipices de cofté & d'autre fi profonds & efpouuantables,qu'il n'y a courage d'homme fi affeuré qui ne s'efpouuante fi l'on y iecte l'œil tant foit peu , neantmoins qu'il paffa outre, mais à quatre pieds, & d'eux autres auecques luy , iufques à vn petit lac qui eftoit à l'autre cofté, ayant au milieu vne Iflette de rocher auffi à quelques dixhuiĉt ou vingt pas du bord où l'on va par deffus vne petite chauffée du mefme roc enfoncée bien trois pieds auant dans l'eau, tellemêt qu'il y faut auoir vne guide qui voife deuant , fondant le chemin auec vn bafton.De cefte Iflette on trauerfe fur vne autre pareille chauffée dedans l'eau,à l'autre bord où fe trouue l'entrée d'vne cauerne, où ils deuallerent quant à eux auec des lanternes , par trente ou quarante marches taillées au roc , mais la plufpart mangées de la vieilleffe & fort vfées, iufques à vne petite chambre taillée auffi dedans la roche , pouuant contenir quelques trois toifes en carré : & à l'vn des coings y auoit vn autre pareil efcailler defcendant plus bas, où ils n'oferent s'auanturer pour le grand vent qui en fortoit, & le bruit que faifoient les eaux dedans ces concauitez de rochers d'vn fort eftrâge tintamarre, fi que leur plus beau fut de s'en retourner le chemin qu'ils eftoient allez. Mais Guerin Mefquin, ce dit côpte,fe hazarda de paffer outre ie ne fçay combien de centaines de marches,toufiours en bas,iufqu'à vn petit torrêt fort impetueux,qu'il paffa fur vne planche molle & obeïffante,comme vn fac de laine comme il luy fembloit , & l'ayant confiderée de plus pres quand il fut outre,à la lumiere qu'il portoit il trouua que c'eftoit vn enorme & hideux ferpent , lequel luy dit en voix humaine qu'il s'appelloit *Macho* , & auoit ainfi efté transformé pour s'eftre trop curieufement entremis de rechercher les fecrets de cefte Fée. Toutefois il ne laiffa de paffer auant iufqu'à vne porte de bronze,fe hazarda de paffer outre par trois fois, trois belles ieunes Damoifelles luy vindrent ouurir & le receuoir, qui le menerent en vn verger où il y auoit plufieurs autres de leurs compaignes, lefquelles fe leuerent toutes au deuant de luy fors vne feule qui fembloit bien eftre leur dame & maiftreffe, d'vne fouueraine beauté, & parée fomptueufement , affife dans vn tres-riche faudefteul foubs vn grand daiz tout de drap d'or. Elle luy fit la bien-venuë, & le receut fort amoureufement: Puis le mena en vn autre iardin plus fecret, où apres plufieurs deuis qu'ils eurent enfemble, & tous d'amour & de plaifir , le foupper fut magnifiquement apprefté en vne gallerie trop fuperbement tapiffée,

& enrichie d'ouurages de platte-peintures & ſtucq, lequel dura iuſques bien auant dans la nuiĉt.
Cela fait le mena coucher elle meſme en vne chambre la plus belle, & la mieux parée que l'on vit
oncques : où l'ayant fort importuné de la cognoiſtre charnellement, il en fit reſus ſuyuant l'a-
moneſtement que luy en auoient donné des hermites, & la requit de luy declarer qui eſtoient
ſon pere & ſa mere, dont elle luy en traça quelque ombrage : & le plãta là comme toute indignée
de ſon reſus. Le lendemain elle le mena à l'eſbat par la contrée la plus plaiſante ce luy ſembloit,
qu'il euſt oncques veuë, à la chaſſe & vollerie, luy s'eſbaïſſant bien fort cõme dedans ces baricaues ainſi contraintes & reſſerrées, & en tels deſtroits de rochers, il y peuſt auoir vne telle eſtenduë de pays ſi delicieux. Ainſi paſſerent deux ou trois iours, elle touſiours le preſſant de plus en
plus de luy accomplir ſon vouloir, & luy s'en deffendant du mieux qu'il pouuoit, iuſques au
vendredy au ſoir, qu'à ſoleil couchant il apperceut toute ceſte compagnie changer à vn inſtant
de viſage, & de leur beau accouſtumé teint vermeil, deuenir paſſe & liuides comme vn treſpaſſé de huiĉt iours, qui ſe diſparurent de luy. La nuiĉt enſuiuant il oit force plaintes & lamentations effroyables : Puis le lendemain à l'aube du iour elles prindrent diuerſes formes, les vnes de
ſerpents & couleuures, les autres de lezards & ſcorpions, crocodilles, & autres ſemblables vermines, où elles demeurerent tout le long du iour, demenans vn tres-laid & hideux ſeruice, iuſques au ſoir qu'elles reprindrent leur accouſtumée ſemblance. La fin fut qu'n'ayant voulu obtemperer aux laſcifs, & lubriques deſirs de ceſte Fée, il fut honteuſement chaſſé dehors par les
eſpaules, & s'en retourna le chemin qu'il eſtoit venu. Voila en ſomme ce fabuleux compte pour
autant de recreation aux leĉteurs, à l'exemple de celuy de Pſyche en l'Aſne doré d'Apulée, qui
n'eſt pas plus extrauaguant que ces Heroïques narrations.

H　　*Vous me racomptez icy vn Heroë fort debonnaire.* Cecy eſt dit pource qu'ordinairement ces genies ou eſprits reuenans, meſmement apres vne mort violente & anticipée, ont de couſtume
d'eſtre mal-faiſans & faſcheux : à propos dequoy Suidas en ce mot οὐκ εἰμὶ τῶν τοιούτων ἡρώων, *Ie ne
ſuis pas de ſes Heroës*, dit cecy du ſien, que c'eſt vn prouerbe duquel on vſe enuers ceux qui
veullent bien meriter & faire quelque choſe de bon, pource que les Heroës ſont plus prompts
à offencer qu'à bien faire. Et là deſſus ie me contenteray d'amener icy ce que Pauſanias en racompte dans ſes Eliaques. *Vlyſſes apres la priſe de Troye s'eſtant embarqué auec les ſiens pour retourner en
ſon pays, fut porté par les vents contraires & tormentes en pluſieurs endroits hors ſa droiĉte route : &
entre autres à Temeſe ville en la coſte de la Calabre : là où comme l'vn de ſes nautonniers eſtant yure euſt
forcé vne ieune fille, les habitans menez de cet outrage l'aſſommerent à coups de pierres : & Vlyſſe ſans en
faire cas autrement, ſe partit de là. Mais l'eſprit du deffunĉt ne ceſſa depuis de moleſter les habitans
en maintes ſortes, iuſques à en mettre pluſieurs à mort, & ſe ruer à tous propos ſur ceux qu'il pouuoit
trouuer à l'eſcart, de toutes ſortes d'aage & de ſexe : iuſqu'à ce que la Pythienne où ils auoient ennoyé
au conſeil eſtans ſur le point de quitter toute leur contrée, les admoneſta de n'en deſloger, ains qu'ils taſ-
chaſſent d'appaiſer ceſt Heroë, en luy edifiant vn temple accompagné d'vn ſacré boſquet, où ils expoſaſſent
tous les ans au meſme iour qu'il fut lapidé, la plus belle de toutes leurs filles pucelles : & que cela effeĉtué
ils n'auroient plus rien à craindre de ce Genie. Or Euthyme vn tres-braue & vaillant Athlete és ſacrez combats Olympiques, eſtant de fortune arriué en ces quartiers-là lors qu'on celebroit ceſt anniuerſai-
re, apres auoir appris des habitans ce que s'en eſtoit, il luy prit enuie de le voir à l'œil, & entrer au
temple : là où ayant apperceu ceſte pauure deſolée creature n'attendant l'heure que le Luiĉton la vinſt
trouuer, pour la violer, & la mettre à mort quant & quant, il en eut compaſſion d'arriuée, qui ſoudain
paſſa outre à vn amoureux deſir de la garentir, & auoir à femme : ce qu'elle luy accorda volontiers, & le luy
promit par ſerment pouruen qu'il la deliuraſt du danger. Au moyen dequoy il ſe prepara tout à l'heure pour
attendre l'aſſaut du Genie : qu'il ſurmonta, & le contraignit de s'aller ietter dans la mer, ſi qu'il ne fut oncques veu depuis. Cela faiĉt il eſpouſa ceſte belle fille, auec laquelle il veſcut depuis longuement en la meſme ville :
où ſe pouuoit voir vn tableau de platte-peinture auquel eſtoit repreſenté tout ce faiĉt. Et en premier lieu eſtoient
peints les fleuues de Sybaris, & de Calaber en forme de deux iouuenceaux accoudez ſur des cruches qui ver-
ſoient de gros bouillons d'eau auecques la fontaine de Calyque : Puis la Deéſſe Iunon preſidente des mariages, tenant la fille d'vne main & Euthyme de l'autre pres de la ville de Temeſſe. Et conſequemment
le Genie ou Luiĉton qui s'enfuioit deuers la mer, noir comme vne taupe, & eſpouuentable en tout le reſte
de ſa perſonne, veſtu d'vne peau de loup, dont la teſte ouurant la gueule, & rechignant des dents luy
ſernoit de cabaſſet, & au deſſus ſon nom eſcript, à ſçauoir Liban.* Somme que ces Genies ſont ordinairement dommageables & pernicieux, & peu s'en trouue de debonnaires & traiĉtables, de
quoy Philoſtrate taſche de loüer icy Protheſilaus.

I　　*Ie plantois par le paſſé des arbres qui eſtoient ſi grands.* Auec le ſurplus de ce propos, qui eſt
d'vne eſtrange agriculture, car il veut qu'on plante les arbres auſſi auant dans la terre comme
ils peuuent arriuer hors d'icelle à leur accomplie hauteur, pour deux raiſons : l'vne qu'ils
en reçoiuent mieux leur nourriſſement : & l'autre qu'ils ſont moins ſubieĉts à eſtre eſbran-
lez des vents, & battus d'orages, & ſemblables iniures & aſſauts de l'air. Là deſſus ie me re-
ſouuiens de ce que i'ay leu és hiſtoires des Indes Occidentales dans Gonçalo Ouiedo liure quatrieſme

triefme chapitre premier, que lors qu'elles furent premierement defcouuertes par Chriſtoſle Coulon Geneuois, comme il en faifoit fon rapport au Roy Dom Ferdinand d'Arragon, & à la Reyne de Caſtille Iſabelle fa femme : & qu'entre les autres particularitez de ces quartiers-là il alleguaſt pour vne chofe affez eftrange, que les arbres pour quelques grãds qu'ils peuffent eſtre, voire trop plus affez que ceux de ceſt Hemifphere, n'enfonçoient neantmoins gueres auant leurs racines dedans la terre, ains les eftendoient le long de la fuperfice vn peu au deffoubs : ce qui prouenoit à fon dire de ce que le terroüer eſt fort humide en ceſt endroit, à caufe des grãdes pluyes qui y regnent arrousâs fort fouuent la terre, & plus bas il eſt chaud & aride, de maniere que les racines cherchans pour leur maintenement l'humidité à elles propre, font contraintes de fe dilater ainfi, & non s'enfoncer où elles ne trouueroient aucune nourriture. Mais ceſte fage & prudente Reyne le deſtournant à vn autre fens alla dire; certes cela denote auffi bien là où les arbres s'enracinent fi foiblement, les hommes tout de mefme y doibuent eſtre fort legers, inconſtans, & peu de foy : ce que l'effect a aueré. Mais quelque chofe que vueille dire icy Philoſtrate comme rare & Paradoxique, qu'il faut ainfi enfoncer les arbres auant dans la terre pource qu'ils en reçoiuent mieux leur nourriffement, tous les Naturaliſtes conuiennent que la bonne terre propre à la production des Vegetaux ne s'eſtend communement gueres plus de fix pieds dedans terre : tout le reſte y eſtant inutile, comme compofé de pierres, grauoüer, glaires, argille, tuf, & autres femblables, plus conuenables aux mineraux que non pas aux arbres & plantes. Et de tous les arbres, fruictiers mefinement, le poirier eſt celuy qui enfonce le plus auant fes racines en terre, fi que le piuot d'icelles, qui equipolle à fa tige, cherche toufiours en droicte ligne le bas; parquoy il ne l'y faut enfondrer que le moins qu'on peut, de peur que rencontrant ce Tuf, car il ne s'eſtend pas en large le long de la fuperfice comme les autres arbres, il ne vienne à fe melancollier & fecher par faute de nourriffement.

Suit apres de ce mefme propos encore, *Qu'Homere par les grands arbres haut eſleuez, entend ceux qui* *font bien auant enfouis dans la terre, comme il appelle les hauts & longs puits les profonds,* cela eſt tiré de l'onziefme de l'Iliade pour le regard des arbres; τηρισιν διενδρεα μαχρα. Et quant aux puits, du 21. parlant de l'Ocean.

Ceçy bat à ce dire d'Heraclitus : *comme ne foit pas peu de peine de conuerfer toufiours en haut auec les* *Dieux, & s'y trauailler, & y eſtre continuellement affubieſty à ceſte caufe, l'ame partie pour vn defir de repos,* *partie pour eſtre plus en liberté redefcend parfois és enfers.* Mais cela eſt myſtique.

Le *reſte du temps où eſt fa demeure ? Vigt, Partie là bas és enfers, partie en Phtie.*

E'ξ ὖ ἀφ πολλῦτες πολαμοὶ ἡ πᾶσα θάλασσα,

Καὶ πᾶσαι χρινῶα, ἡ Φρείατα μαχρὰ ναλοιν.

Duquel tous les fleuues, & toute la mer, & toutes les fontaines & les puits longs ou hauts prennent leur *naiſſance.* Et ne faut oublier que ce mot là de puy en noſtre langue denote auffi bien vn tertre ou motte de terre haute eſleuée qu'vn puy creufé, comme on peut voir en noſtre Dame du Puy, & le Puy de Domme en Auuergne.

Comme font Alceſte femme d'Admet : & Euadné de Capanée, & autres femblables fages & pudiques fem- *mes.* Cela eſt dit à l'imitation de l'onziefme de l'Odyſſée, où Homere defigne tout plein de Dames illuſtres qu'Vlyſſes trouua és enfers: comme Tyro, Anthiope, Alcmene, Megare, Epicaſte, Chloris, Pero, & autres, combien qu'il ne face point de mention de ces deux, de l'vne defquelles à fçauoir Euadné il a eſté parlé fuffifamment en fon tableau, quãt à Alceſte Hyginus ch. 50. & 51. dit qu'elle fut fille du Roy Pelias, & d'Anaxobie fille de Dimas:laquelle eſtât recherchée de plufieurs grands perfonnages, fon pere la leur refufa à eux tous, alleguant que iamais il ne la donneroit qu'à celuy qui luy attelleroit vn chariot des deux beſtes fauuages les plus fieres & incompatibles de toutes autres. Là deffus le Roy Admet de Theſſalie qui auoit faict beaucoup de bons traictemens & honneſtetez à Apollon lors que Iupiter le rellegua chez luy à garder fon beſtail 9. ans durant, pour auoir mis à mort les Titanes qui forgeoient les foudres dôt auoit eſté tué fon fils Efculape, le requit de luy pourueoir en ceſt endroit, & Apollon luy attella vn Sanglier & vn Lyon à vn coche, fur lequel il l'emmena Alceſte: & fi obtint encore vne faueur de ce Dieu, que lors qu'il fe trouueroit fi griefuemét atteint de maladie qu'il n'y auroit plus d'efpoir aucun de fa guerifon, il fe pourroit neantmoins redimer de la mort fi quelqu'vn de fes plus proches vouloit mourir en lieu de luy : ce que fon pere & fa mere ayans refufé tout à plat fa femme Alceſte s'y offrit liberalement. Mais Hercule eſtant defcendu aux enfers pour en enleuer Proferpine, & y ayant trouuée Alceſte, meu à compaffion de ceſte fi charitable dilection coniugale, la luy ramena, & luy fut la vie reſtituée par Pluton à fon inſtance. Homere en fait mention au 2. de l'Iliade: parquoy il l'a outrepaſſée en l'Odyſſée és enfers, pource qu'elle en auoit eſté ramenée.

Τῶν ἀρχ' Α'δμητοιο φίλος παις ἐνδεχα νηῶν

E'υμηλος, τὸν ὑπ' Α'δμητω τίκε δῖα γυναικῶν

Α'λκηςις, Πελίαο θυγατςῶν εἰδος ἀρίςη.

A ceux là sur onze nauires
Commandoit le cher fils d'Admet
Eumelus qu'enfanta Alceste
La fille du Roy Pelias,
De beauté diuine entre toutes.

Fulgence au premier de son Mythologique voulant allegoriser là dessus dit cecy. *Comme il n'y ait rien de plus recommandable ny excellent qu'vne loyalle prende-femme: d'autre part il n'y a rien de plus detestable & pernicieux, qu'vne mauuaise, & desbauchée. De tant plus doncques que la sage, vertueuse & honneste ne craindra point pour sauuer la vie de son mary d'exposer sa vie, d'autant la desloyalle & maligne n'estime comme rien la sienne pour moyenner la mort & ruine du sien. Et de tant plus qu'elle est estroittement liée à son espoux, de tant plus sera elle ou d'vne douce & benigne nature, ou amere & empoisonnée du fiel venimeux de malice, si qu'elle est ou vne ferme consolation & secours à son mary, ou vne perpetuelle gehenne & tourment d'iceluy. Admet doncques Roy de Thessalie pro-chassa Alceste en mariage: mais le pere auroit fors celuy qui attelleroit à son chariot les deux plus dissemblables & incompatibles bestes sauuages: si qu'Admet em-ploya à cela Apollon & Hercule, qui luy donnerent vn Sanglier & vn Lyon ioints d'accord: dont il obtint Alceste en mariage. Et comme il fut tombé en vne griefue maladie en danger de passer le pas, il requit Apollon le Dieu de la medecine de luy en donner guerison, qui luy dit que cela ne se pouuoit faire, si quelqu'vn de ses plus prochains ne s'offroit volontairement à mourir pour luy: ce que sa fem-me Alceste fit: au moyen dequoy Hercules estant descendu aux enfers pour en amener le chien Cerberus, il l'en retira. Or Admet represente en nous le courage, car il est ainsi appelé pource que la peur que les Latins nom-ment Metus, le peut bien aborder & saisir en quelque danger eminent, & pourtant il desire d'espouser Alceste, dite ainsi de ἀλκὴ force, vigueur, hardiesse, asseurance: & pour cest effect faut qu'il y attelle deux bestes sau-uages, c'est à dire qu'il prochasse à son courage, les vertus de l'esprit, & du corps, le Lyon à sçauoir pour celles de l'esprit, & l'Sanglier les corporelles, & se rende en cest endroit propices Apollon & Hercule, c'est à dire la pru-dence, & la force. Ainsi ceste asseurance de courage se presente à la mort pour l'ame, comme fait Alceste, laquel-le asseurance & hardiesse defaillant bien souuent au peril de mort, il faut que l'effort vertueux la ramene des enfers, ainsi qu'Hercule fit Alceste.*

M   Prothesilaus loüe les vers qu'Homere a composé de luy, combien qu'il n'approuue pas tous ses dits, comme quand il appelle sa femme ἀμφιδρυφής, &c. Cecy est tiré du 2. de l'Iliade au Catalogue des forces Grecques: là où parlant de Prothesilaus il dit ainsi.

> Τῶν ἀϋ Πρωτεσίλαος Ἀρήιος ἡγεμόνευε
> Ζωὸς ἐὼν ττε δ' ἤδη ἔχεν κỳ γαῖα μέλαινα
> Τȣ δὲ κ̀ ἀμφιδρυφὴς ἄλοχος Φυλάκη ἐλέλει̟πτο
> Καὶ δόμος ἡμιτελὴς. τὸν δ' ἔκταμε Δαρδάνιος ἀνὴρ
> Νηὸς ἀποθρώσκοντα πολὺ πρώτιστον ἀχαιῶν.

De ceux-cy (à sçauoir qui estoient venus de Phylacé, Parrasé, Hone, Autron, & Pthelée) *estoit le chef Prothesilaus prudent quãd il viuoit, mais pour lors il estoit dei.us soubs la terre, c'est à dire qu'il estoit mort: & sa femme Phylacé auoit esté laissée toute desconsolée, & sa maison à demy parfaitte ayant esté mis a mort par vn homme Troyen comme il saultoit de son nauire le beau premier de tous les Grecs pour prendre terre.*

N   Il s'exerce à tout ce qui despend du fraict des armes, si ce n'est à tirer de l'arc, estimant cela estre le plus pro-pre des combats, A l'imitation encore d'Homere, qui en l'onziesme de l'Iliade introduit Diomede reprochant à Paris sa lascheté, qui n'ose combattre de pres de pied ferme, ains de loing à coups de flesches, τοξότα λωβητὴρ, κέρα ἀγλαὲ παρθενοπίπα.

Couard pernicieux archer,
Reputé pour ton arc de corne,
Qui les femmes vas escumant.

Et plus bas: κωφὸν γὰρ βέλος ανδρὸς ἀναλκιδὸς ἐπι δεατοῖο, le traict d'vn Pusillamine est tousiours de nul effect.

O   En Aulide Prothesilaus auroit surmonté Achilles à la course. Par tout Homere donne cest Epithete à Achille, de ποδὺς ὠκὺς ou ποδώκης viste du pied, parquoy Prothesilaus prend icy à vne grand' gloire de l'auoir gaigné à courir, car Antiloque au 23. de l'Iliade luy en attribué la principale loüange sur tous les Grecs.

> ... ἀργαλέον δὲ
> Ποσὶν ἐριδήσασθαι ἀχαιοῖς. εἰ μὴ Ἀχιλλεῖ.

P   S'estant ce Pancratiaste Lilicien enquis de Prothesilaus sur la Luète, il luy ordonna de n'abandonner sa pri-se des pieds, car il en faut presser sans intermission son aduersaire auec le tallon, & trouuer le moyen de l'en accrocher.

eccrocher. Cela se conforme à ce qu'en met Aristote au premier de la Rhetorique à Theodectis, chapitre 5. ὁ γὰρ δυνάμενος τὰ σκέλη, καὶ ῥίπτειν πως, καὶ κινεῖν τάχυ, ἢ πύξια, δρομικὸς· ὁ δὲ θλίβειν, καὶ κατέχειν, παλαιστικὸς : *Celuy qui sçait bien arpenter des iambes & les foriecter en auant de vistesse & au loin, sera bon coureur: & qui les sçaura serrer de pres, & les contenir sans lascher, bon luéteur.* Pausanias à ce propos au 6. liure parle d'vn Sostratus Sicyonien qui fut surnommé Acrocherstes, pour ce qu'en combattant au Pancratisme à faire du pis qu'on peut, il prit vne fois les doigts de son aduersaire, les luy tordant de telle sorte qu'il les luy rompit, sans vouloir lascher sa prise que l'autre ne se rendist. Et pareillement vn Leontisque de la ville de Messine en Sicile, lequel n'estant pas autrement guere à droit à mettre bas ses aduersaires, auroit emporté la victoire leur rompant les doigts. Cela soit doncq amené pour le regard de ne lascher sa prise à la Lucte, & au Pancratisme.

Pource qu'il auoit desia obtenu vne victoire sur les Enfans. Pausanias nous esclaircira vn peu mieux Q cecy, lequel met en ses Eliaques, que la course & la lucte furent proposées aux ieunes Enfans en la trente-septiesme Olympiade, dont rapporterent la victoire Hipposthenes Lacedemonien à lucter, & Polynices Elien à courir. En la quarante-vniesme ils vindrent la premiere fois à combattre à coups de poings, là où Philetas Sybarite emporta le prix. La course armée commença en la 65. Olymp. & de ceux qui couroient en foulle chargez de grosses rondaches pesantes, Lemarat Heréen vainquit le premier de tous. La course des coches attellez de deux cheuaux en la 93. Euagoras Elien en eut la victoire. En la 99. les attellez des ieunes poullains : que gaigna Sybariades Lacedemonien. En la 145. le Pancratisme fut proposé aux enfans, que Phedimus Eolien vainquit alors, de la ville de la Troyade. Quant au Pentathle il auoit esté institué dés la 38. mais pource qu'vn Lacedemonien nommé Eutelidas en auoit emporté le prix, les Eliens le supprimerent. Au reste l'aage de ces enfans estoit limité iusques à seize ou dix-septans, & non plus : car au 18. ils estoient ia au tang des hommes, comme le monstre tout apertement le mesme Pausanias au 6. Car il nous faut emprunter tout cecy de luy, personne ne l'ayant traicté plus particulierement: *Hyllus Rhodien estant entré au 18. an de son aage fut reiecté par les Eliens de lucter auec les enfans, neantmoins tout ainsi ieune qu'il estoit, il obtint la victoire des hommes.*

Prenoyant bien que les autres tascheroient de luy susciter quelque crime des Olympiques. De ces ieux de R prix & sacrez combats qui se celebroient de quatre en cinq ans en la Grece, dont prindrent leur nom les Olympiades pource que cela se demesloit en l'Olympie de l'Elide, & de tout ce qui en dependoit, il en a esté parlé à suffisance cy deuant sur le tableau d'Arrichion, & autres: reste icy de recourir sommairement qu'il y en auoit de six sortes les principales; le saut, la course, ieéter le disque, la lucte, & l'escrime à coups de poings armez manoples garnies de bouillons ou petites bollettes de cuiure. Le Pacrace estoit meslé de ceste escrime, & de la lucte, s'entresaisissans, & taschans à se renuerser & porter par terre, & là se tantoüiller dans le sable, mordre, pocher, esgratigner, desnoüer, rompre & destordre leurs membres, selon que dit Lucrece au 3. *Arma antiqua manus, vngues, dentésque fuerunt.* Suidas le restreint aussi en peu de paroles : que les Pancratistes estoient les athletes qui combattoient des bras & des mains, & des iambes & des pieds. Quant aux trois premiers, on ne les y apparoit pas homme à homme comme à la lucte, & à l'escrime de coups de poings, ains estoient plusieurs, quelquefois plus, quelquefois moins, selon qu'ils se presentoient sur les rangs, ceux à sçauoir qui en estoient iugez les plus dignes, car l'on en faisoit premierement vn choix & essay pour euiter la confusion: dequoy auoient la charge les Hellanodiques, c'est à dire les Iuges de ces solennels ieux de prix & combats sacrez: lesquels selon que met Pausanias en ses Eliaques ne furent que deux seulement establiz en la 50. Olympiade, qui eschet en l'an du monde 3385. Et là dessus on pourra adiouster les autres. Quelques années apres ils furent accreuz iusqu'à neuf, dont desquels auoient le regard sur les courses des chariots, & cheuaux en bataille: trois du pentathle qui comprenoit les cinq espreuues dessusdittes: & trois des autres combats. Huict ou dix ans apres l'on en y adiousta encore vn pour parfaire le 10. En la 113. Olympiade les Eléens furent departiz en douze tribus, & de chacune d'icelles vn Hellanodique esleu: mais quatre ans apres ayans esté escornez de partie de leur territoire par les Arcadiens, & reduits à huict tribus, ces Iuges furent restreints à pareil nombre. Mais en la 108. Olymp. ils se remirent à dix, où ils persisterent tousiours depuis. Les Hellanodiques estoient tenus apres leur election de faire continuelle residence dix mois durant en vn lieu destiné en l'Elide, & de là dit *Hellanodiceum*, auquel les Nomophylactes ou gardes des loix & statuts les instruisoient de tout ce qui pouuoit concerner leur charge, & comme ils s'y deuoient porter : car c'estoit à eux d'adiüger les prix, & à imposer les amandes, & ce pour diuerses occasions: Comme pour s'estre desisté sans occasió legitime de se presenter és cóbats s'ils auoient esté inscrits, selon qu'il est dit icy. Ou pour n'estre comparu en prefix, comme la mesme il est allegué d'vn Apollonius Egyptien surnommé Rhantis, ou pour vne lascheté de courage, ainsi que fit Serapion Alexandrin qui eut telle apprehension de ses aduersaires, qu'il s'enfuit secrettement le iour de deuant qu'on deuoit combattre. Ils estoient aussi condamnez à l'amande pour auoir excedé les statuts & condition des combats : ou pour auoir vsé de quelques charmes, comme le monstre ce lieu cy de Suidas : *Ces lettres Ephesiennes estoient certains carmes obscurs qui importoient vn sortilege, dont auroit autresfois vsé Cresus quand il fut mis sur le buscher par le commandement de Cyrus pour le brusler : & en l'Olympie en vne luicte d'vn Ephesien & d'vn Milesien, cestui-cy ne peut oncques venir à bout de son aduersaire l'Ephesien, pource qu'il auoit aupres du tallon certains caracteres, iusques à ce qu'ils furent descouuerts & ostez, ou pour s'estre comporté trop felonnement & auec quelque supercherie.* Le mesme Pausanias au sixiesme, de ce tant renommé Athlete Theagenes, qui fut condamné en six cents escus pour auoir blessé extraordinairement Euthymus. Car ces combats ne se demesloient pas sans de bonnes naueeures, comme on peut voir au vingt-troisiesme de l'Iliade d'Eurgalus, qu'Epeus d'vn coup desserré de grand'force traicta de sorte que ses compaignons furent contraints de l'emporter entre leurs bras tout pasmé & crachant le sang des dents : & Entellus au cinquiesme de l'Eneide. Mais Pausanias assez apertement au 6. liure : *Glaucus Carystius fut fils de Demylus : & en ses ieunes ans à son grand regret fut employé au labourage, là où vn iour son pere l'ayant apperceu comme à coups de poings à faute de maillet il raccoustroit vne charruë, il le mena és ieux Olympiques pour y combattre à coups de poing : mais n'estant pas encore bien duit à ceste escrime, comme il eust receu tout plein de playes de ses aduersaires, & commençast à monstrer vn mauuais semblant pour les coups qu'il auoit receu contre le dernier qui restoit, son pere craignant qu'il ne succombast s'escria, ô mon fils & où est ceste main de la charruë que tu sçeus? ce qu'ayant ouï il reprit courage, & obtint entierement la victoire.* On lit encore dans le mesme Pausanias de Cleomedes Astypaléen qui tua Iccus à ceste escrime, parquoy il fut & priué de sa victoire, & mulcté outre-plus d'argent, dont il entra en tel despit, que tout furieux, & insensé de colere estant de retour en Astypalée, il s'alla iecter dedans vne escolle où estoient bien soixante ieunes garçons estudians : & ayant saisy le pillier qui soustenoit la couuerture le renuersa, si que tout ce qui estoit dessoubs demeura accablé, dequoy le cry s'estant leué, comme le peuple couruft apres à coups de pierres, il s'alla sauuer à garand dedans le temple de Minerue, où s'estant enfermé en vn grand coffre de bois, les Astypaléens pour effort qu'ils y sceussent faire, ne le peurent oncques ouurir par le couuercle, ains furent contraints de le rompre à coups de hache, mais ils n'y trouuerent rien que ce soit : parquoy ayans enuoyé à l'Oracle ceste responce leur fut donnée,

> Cleomede Astypaléen
> Est tout le dernier des Heroës ;
> Et pourtant sacrifiez luy
> Comme s'il n'estoit plus en vie.

Car Platon au 4. des loix ordonne apres les Dieux de sacrifier aussi aux Demons, & puis aux Heroës. On estoit encore mulcté és combats pour auoir corrompu par argent ses aduersaires Antagonistes pour se laisser vaincre: ou pour s'estre deporté du combat, côme il se lit és mesmes Eliaques liure cinquiesme, d'vn Thessalien nommé Eupolus lequel practiqua à force d'argent Argetor Arcadien & Pritanes Cycicenien qui estoient enrollez pour combattre à l'escrime de coups de poings, & vn Phormion Halicarnassée qui auoit obtenu le prix en la precedente Olympiade: tellement que cest Eupolus fut mulcté & ceux quant & quant qui auoient receu de luy les presents. Puis apres luy vn Alippus Athenien qui de mesme auoit practiqué ses contendans au pentathle & au rebours pour s'estre laissé corrompre Eudelus par Philostrate Rhodien. Mais cela iroit trop en infiny. Il y a quelques autres particularitez à esclaircir en cest endroit ; comme de sçauoir si tous ceux qui se presentoient à ces combats y estoient receuz indifferemment, ce que non, car on les y faisoit exercer long temps au parauant, & essayer mesme deuant les iuges auant que d'y estre admis la premiere fois. Quant à la course, Pausanias en met assez clairement la maniere au 2. des Eliaques, parlant de Polytes où il dit, qu'on ne les y receuoit pas en tel nombre tout à coup qu'il y eust du desordre & confusion, ains les departoit on au sort en plusieurs trouppes : de chacune desquelles on prenoit celuy qui auoit deuancé les autres ; & puis tous ces victorieux couroient ensemble à qui emporteroit le prix. *Ainsi* (dit-il) *celuy qui est arriué à la course du Stade, faut que par deux fois il obtienne la victoire : en quoy excella sur tous autres vn Leonidas Rhodien, qui fut d'vne si exquise & perseuerante vitesse, que par quatre Olympiades de suite il vainquit douze fois tout de rang.* Le Romant de Perse-forest, afin qu'on ne pense pas que ces liures là soient destituez de toute erudition & methode, a imité ce que dessus au quatriesme liure parlant des espreuues aux boucliers & aux bastons, où Blanche la Fée faisoit exercer les ieunes bachelliers qui tendoient à l'ordre de cheualerie pour d'eux tous prendre les deux meilleurs, & les commettre puis apres l'vn contre l'autre à qui emporteroit le harnois complet qu'elle donnoit au mieux faisant. Le mesme aussi se practiquoit au sault, & à iecter le disque, en toutes lesquelles trois espreuues plusieurs contendoient ensemble: mais és combats singuliers d'homme à homme, comme à la luicte, Pancratisme, & escrime de coups de poings, cela alloit d'vne autre sorte, à sçauoir ou au sort entre ceux qu'on voyoit egaux; ou à l'arbitre des iuges qui les apparioient ayans esgard à leur portée, les faisans premierement esprouuer, comme met Pausanias au

mesme

mesme liure parlant du parc des exercices ou gymnase dit le Plethrium: *Là les Hellanodiques apparent à la luëte ceux qui aduançent les autres de fleur d'aage, & force robuste, & de dexterité, ruze & practique. Et en vn autre appellé le petit pourprü, ceux qui doiuent combatre à coups de poings, mais c'est auec des manoples & gantellets de cuir doux qui ne le peut pas grandement blesser.* Les Gladiateurs en faisoiēt de mesme à Rome, selon que le marque ce lieu *de optimo genere oratorum* de Ciceron, ou il parle de *comparare, committere, conferre.* Paudianus auec Escruinus, les deux plus fameus gladiateurs de leur temps. Et à cela se rapporte ce lieu cy de Pausanias, qu'Euthymus ayant obtenu la victoire à l'escrime de coups de poings en la septante quatriesme Olympiade, ne fust pas peut estre arriué à vne si bonne fortune celle d'apres, parce que Theagenes Thasien y voulant vaincre aussi s'il pouuoit, reiecta Euthyme, à vn autre temps. Ce Theagenes fut le plus excellent homme en ces combats, & à la course pareillement, comme d'vne extreme force & agilité qu'il estoit, dont il remporta comme nous auons dit ailleurs bien quatorze cents courōnes en sa vie, si qu'on le met au rang des Heroës, & fut tel declaré par l'Oracle d'Apollon mesme; car luy ayant pour ses beaux faits esté dressée vne statuë de bronze apres sa mort, comme vn sien enuieux malueillant l'allast souuent battre à coups d'estriuieres, elle tomba en fin sur luy, & l'accabla; dont ses enfans suiuant les statuts de Drachon, qui comprit ès loix qu'il donna aux Atheniens, les choses mesmes inanimées en la punition des homicides, comme si quelque chose en tombant auoit tué vne personne, firent conuenir ceste statuë en iustice, où elle fut comdamnée à estre iectée en la mer. Mais quelque temps apres vne sterilité s'estant leuée au territoire des Thasiens, & la famine ensuiuie, ils enuoyerent à l'Oracle, qui leur ordonna de rappeller leurs bannis: ce qu'ayans faict sans que ces inconueniens relaschassent, ils y renuoyerent de rechef, & eurent lors ceste esclaircie; responce plus esclaircie;

> *Vous auez foullé les honneurs*
> *Du grand & du fort Theagene.*

Parquoy ils la firent pescher, & remettre en sa place, & de là en auant luy sacrifierent comme à vn Dieu, ayant le bruit de guerir tout plein de maladies: ce qui se rapporte à ce que ce vigneron racompte de Prothesilaus.

LE *Thracien Rhesus que Diomedes mit à mort denant Troye.* Rhesus fils du fleuue Stigmon & de la Muse Euterpé ou d'Eioneus selon Homere au dixiesme de l'Iliade où tout ce fait est de luy deduit fort par le menu, fut Roy de Thrace. Et comme l'vne des destinées fauorables pour les Troyens fust que leur ville ne pourroit estre prise des Grecs, si les cheuaux blancs que ce Prince nourrissoit fort soigneusement se pouuoient vne fois abreuuer dans la riuiere de Scamandre, Diomede & Vlysse qui auoient esté enuoyez pour espier le fait d'Hector & des Troyens, lesquels à la faueur qu'Achille indigné contre Agamemnon ne vouloit plus sortir au combat, estoient venus assaillir les Grecs iusques dans leur fort, rencontrent de fortune Dolon enuoyé pour semblable effect par Hector soubs promesse de luy donner les cheuaux d'Achille, duquel ils apprindrent de luy tout cecy. Au moyen dequoy l'ayans mis à mort, ils s'acheminerent tout de ce pas à l'obscurité de la nuict vers les Thraciens, dont les ayans trouuez endormis ils en tuerent iusqu'à douze, auec Rhesus pour le treiziesme, & emmenerent ses cheuaux auant que d'auoir beu dans le Scamandre. Virgile au premier de l'Eneide:

> *Nec procul hinc Rhesi niueis tentoria velis*
> *Agnoscit lachrymans, primo quæ prodita somno*
> *Tytides multa vastabat cæde cruentus,*
> *Ardenteisq́, auertis equos in castra priusquàm*
> *Pabula gustassent Troiæ, Xanthumq́, bibissent.*

AV regard de ceux que vous auez dit cy deuant que sõi sortir à la meslée emmy la campaigne de Troye, quand est-ce qu'on les y a veus? Cela est au commencement de ces Heroïques, où il est dit: *on peut voir encore pour le iourd'huy les soldats de Prothesilaus gisans en la campaigne d'autour de Troye, qui monstrent assez à leurs gestes & contenance combien ils furent belliqueux, secoüans les symbres & pennaches de leurs armets.* Pausanias en ses Attiques à ce propos. *Au sortir de là on peu à l'escart est la sepulture de Miltiades fils de Timon, qui apres la bataille de Marathō deceda quant est de tira en iugement que les Atheniens pour n'auoir pris l'Isle de Paros. Là toutes les nuicts s'entendent des hennissements de cheuaux, & le chappellis de plusieurs hommes qui combattent. Or d'y aller tout expres pour oyir cela, personne ne s'en est pas bien troué: mais si au precedent l'on n'en auoit rien oiy, & qu'on s'y embattist par cas d'auanture, on n'en receuroit aucun mal. Les Marathoniens au reste reuerans ceux qui demeurerent en ceste bataille les nomment Heroës, & inuoquent quant & quant Marathon dont ceste bourgade a pris son appellation; auec Hercules, auquel ceux cy les premiers de tous les Grecs si disent, defererent des honneurs diuins. Ils alleguent outre-plus que durant le combat il aduint qu'vn personnage de façon de Paysan s'y apparut, qui à coups du manche d'vne charruë assomma grand nombre de barbares: & puis apres que la bataille fut finie s'esuanoüist qu'on ne sceut qu'il deuint, surquoy estans allez à l'Oracle pour en apprendre des nouelles, il ne leur fut responda autre chose sinon qu'ils renerossent desormais l'Heroë Echellée: (car ἐχέτλη signifie le manche d'vne charruë.) Es Messeniennes il met qu'Aristomene long temps apres sa mort se trouua à la bataille de Leuitres contre les Lacedemoniens, pour l'ancienne inimitié qu'il leur portoit. Et Plutarque en l'esprit familier de Socrates escript, que la nuict se voyoit vn homme qui se leuoit autour de la sepulture de Lysis, accompagné d'vne longue suitte de gens bien en ordre, qui se logeoit là, couchans sur des paillasses, parce qu'on y voyoit le matin de petits lits de franc Ozier & de Bruyere, auecques des marques qu'on y auoit allumé du feu: & fait quelques effusions & offrandes de laict· & que dés l'aube du iour il demandoit aux premiers passants s'il trouueroit les enfans de Polymnius au pays.*

V *Ils disent ces contagious du bestial prouenir d'Aiax, à l'occasion que lors qu'il estoit en sa grand' fureur, il se rua sur les trouppeaux.* Achilles mis à mort en trahison par Paris, il y eut de la contention pour ses armes, dont tous les autres se deporterent fors Aiax Telamonien cousin germain dudit Achilles & le plus vaillant de tous apres luy; & Vlysse, seul qui s'osa opposer en cest endroit à Aiax, contre le merite & valeur duquel le babil de ce causeur l'emporta, dont Aiax entra en vn tel despit & furie, que se cuidant ainsi forcené qu'il estoit de rage, ruer sur les Grecs il mit vn grand nombre de leurs bestes à mort, & en attacha d'autres à des liens, mesmement vn grand bellier qu'il estoit moit estre Vlysse, lequel ayant mené garotté en son pauillon, il le fouetta si outrageusement qu'il en expira sur la place. Et c'est surquoy Sophocle fonde son argument de la tragedie qu'il intitule *Αἴαξ μασ.φόρος·* mais s'estant depuis recogneu, il se donna la mort de la mesme espée dont Hector luy auoit fait present lors qu'ils combattirent ensemble. Quintus Calaber au cinquiesme de ses Paralip. descript bien au long tout cecy: mais il viendra plus à propos cy apres sur son chapitre particulier.

X *Et ceste grosse pierre dont Hector ayant esté atteint par Aiax, peu s'en fallut qu'il n'expira.* Homere vn peu partial pour les Grecs a touché cecy en deux endroits de l'Iliade, desfraudant Hector de sa magnanimité & prouësse pour l'attribuer à Aiax; le premier au 7. où s'estant rencontrez homme à homme apres auoir lancé chacun deux coups de leurs corselques ou iauelines, dont du dernier Aiax blesse Hector, ils viennent à ietter des pierres; *ἀλλ' ὐδ' ὣς ἀπελήγμασ χε κορυθαίολος Ἕκτωρ, &c.*

> Pour cela ne desista pas
> Le preux Hector de sa bataille,
> Ains se recullant va saisir
> De sa forte main vne pierre
> Qui gisoit là emmy le champ
> Noire, pesante, & rabboteuse,
> Et en donne dedans l'escu
> D'Aiax fait d'vne estrange sorte
> De sept cuirs de bœuf, l'atteignant
> Au milieu de la grand bossette,
> Dont l'acier resonna tres-fort.
> Mais Aiax vne encore plus grande
> Que l'autre n'estoit, esleuant,
> L'enuoya de toute sa force,
> La tournant autour de son chef,
> Et luy froissa toute sa targue.
> Ses genouils ne peurent porter
> Vn si pesant coup, ains fleschirent,
> Si qu'il tomba plat estendu,
> Embarassé dessoubs sa targue:
> Mais Apollon le releua.

L'autre est en vne seconde rencontre de ces deux mesmes au 14.

> Αἴαντος δὲ πρῶτος ἀκόντισε Φαίδιμος Ἕκτωρ.

> Le premier fut le braue Hector
> A darder contre Aiax sa lance:
> Et pour-ce qu'elle estoit vers luy
> Tout droit addressée, d'atteinte

PROTHESILAVS.

Il ne faillit pas, ains donna
Où deux courroyes en l'escharpe
S'entrecroisoient sur l'estomach,
L'vne pour soustenir sa targue,
Et l'autre où l'espée pendoit
De beaux clouds d'argent estoffée,
Cela du coup le garantit:
Dont Hector voyant que son glaiue
Fust ainsi enuollé en vain,
Eut grand despit en son courage,
Et arriere se retira,
Fuyant la mort dedans la trouppe
Des Troyens qui l'accompagnoient:
Mais Aiax prenant vne pierre
De celles qui entre les pieds
Des combattans, & tres-grand nombre
Gisoient là plantez pour seruir
A y attacher les gumenes
Des anchres, la sousleue en haut,
Et la roüant entour sa teste
Ainsi qu'on seroit vn Sabot,
Il l'en atteint à la poitrine
Au dessus du bord de l'escu,
Dont ainsi que d'vn coup de foudre
Vn grand chesne seroit mis bas
Iusqu'aux plus profondes racines,
Auecques vne forte odeur
De souphre, dont empuantissent
Ceux qui sont pres, & perdent cœur.
De mesme Hector tomba par terre
De ce dur coup dans le poußier,
Et du poing luy saillit sa lance,
L'escu se renuersant sur luy,
Auec sa salade: & ses armes
Menerent vn terrible bruit.
Là soudain les Grecs accoururent
De toutes parts esperans bien
L'attirer à eux & le prendre,
En luy lançans infinis dards:
Mais pas vn ne le peut atteindre
Ny le blesser, car secouru
Il fut des Troyens tout à l'heure.

Hector s'enfuit denant Patrocle: & ne fut pas luy qui le mit à mort, ains ses coustilliers: Cela est enco- Y
res pris du seiziesme de l'Iliade, où il semble qu'Homere en vueille à la vaillance d'Hector qu'il
faict s'enfuir à tous propos: & mesmement à la cargue que luy fait Aiax:

Ἕκτορα δ᾽ ἵπποι
Ἔκφερον ὠκύποδες σὺν τεύχεσι λεῖπε δὲ λαὸν
Τρωϊκόν, ὃς ἀέκοντας ὀρυκτῆ τάφρος ἔρυκε, &c.

Les cheuaux emportoient Hector
A toute bride, auec ses armes,

Si qu'il laissa là les Troyens,
Que malgré eux de passer outre
Vn profond fossé empeschoit,
Et Patroclus d'vn grand courage
Les poursuiuoit, allant apres
Hector, desireux, de l'atteindre,
Mais il se forlongea deuant.

Puis il continuë les prouësses dudit Patrocle, qui apres auoir tué Sarpedon, il rembarra de rechef Hector & les Troyens iusques aux murailles de la ville, laissant là le corps. Car Iuppiter (ce dit-il) introduit lors vn failly courage en Hector, lequel remontant à la haste sur son chariot, ne se contenta pas de fuyr à bride auallée, ains incita les Troyens à faire de mesme, & le suiure : Ἔκτορι δὲ φρονίσῳ ἄραλκιδα θυμὸν ἐνῶρσαν, &c. Mais finalement Hector encouragé par Apollon soubs la ressemblance de son oncle Asius frere d'Hecube, retourna à la meslée, où si tost que Patrocle l'eut descouuert, il sauta à terre de son chariot, & sa lance transportée en la main gauche, de la droicte il saisit vne grosse pierre, dont il va atteindre Cebrion bastard de Priam qui conduisoit le chariot d'Hector, lequel il porta par terre tout roide mort de ce seul coup qu'il luy donna emmy le front, dont les yeux luy sortirent, & luy tomba à la renuerse, comme vn qui feroit le plongeon dedans l'eau. Dequoy Patrocle se gaudissant alla dire, Hotho, certes voila vn fort agile homme & bien dextre à faire le saut perilleux, & qui plonge extremement bien : que s'il faisoit ce mestier sur la marine à pescher les huittres, en se iectant à corps perdu dedans les ondes, quelques agitées qu'elles peussent estre, il en pourroit rassasier beaucoup de gens : tant il sçait bien faire le plongeon du haut en bas de son chariot : tellement qu'à ce que ie voy, les Troyens n'ont pas faute de plongeurs. Mais Hector mit pareillement pied à terre, & alla empoigner Patrocle à la teste, qui l'auoit saisi par la iambe, sans vouloir l'vn ne l'autre lascher leur prise, iusques à ce que la foule des Grecs, & des Troyens, qui se vint embattre sur eux, les departit à toute force. Patrocle là dessus ayant faict trois charges, & tué grand nombre d'ennemis, voicy suruenir Apollon couuert d'vne noire nuée, qui le va frapper par derriere : si que l'autre y ayant cuidé tourner l'œil, son armet luy tomba par terre auecques son escu, & sa lance se froissa toute dans son poing, le tout par le moyen d'Apollon qui luy entre-ouurit sa cuirasse : si qu'Euphorbe fils de Panthus luy donna vn coup de corselque à trauers le dos, dont ayant esté contrainct de se retirer à ses gens, Hector arriua qui l'acheua de massacrer. Voila ce que veut dire icy Philostrate, des iniures & reproches que ie ieune Assyrien debagouloit à la statuë d'Hector. Dictis de Crete au troisiesme liure, le racompte de la mesme sorte, que Patrocle ayant esté blessé d'Euphorbus, Hector le vint paracheuer.

Z   C E seroit reprendre ce qu'Homere a escrit du deuin Calchas, &c. C'est au premier de l'Iliade en cette sorte, Κάλχας θεσειδὴς οιανοπόλων ὄχ᾽ ἄειστος, &c.

Calchas le meilleur des deuins,
Qui sçauoit les choses presentes;
Les futures & le passé :
Et fut conducteur de la flotte
Des Grecs allans à Ilion,
Pour raison de la prescience
Dont Apollon l'auoit loüé.

AA   *Les habitans de la haute Mysie, que les Poëtes appellent les Abiens, & ceux qui gardent les harats des Iumens dont ils boiuent le laict.* Le mot de ἄβιος a diuerses significations, comme de pauure & souffretteux, d'vn qui est sans armes, mesmement offensiues; de la particule priuatiue a, & βιος la corde d'vn arc, ou la flesche, par ce que les premiers bastons furent l'arc, & les armes d'arc qu'on lançoit : pour vn debonnaire aussi & non violent, qui ne voudroit faire tort à personne, de la mesme particule encore a, & βία violence; parquoy Homere au commencement du treiziesme de l'Iliade les auroit appellez les plus iustes de tous les hommes : & c'est de là que ce lieu est tiré.

Μυσῶν τ᾽ ἀγχεμάχων, καὶ ἀγαυῶν ἱππημελγῶν
Γλακτοφάγων, ἀβίωντε, δικαιοτάτων ἀνθρώπων,
Des Mysiens qui combattent
De pres : & des Agauois
Trayans les iumens pour boire
Et en aualler le laict :
Des Abiens les plus iustes

De

De tous les hommes mortels.

Tlepoleme depeſcha vn meſſager à ſon frere. Il fut fils d'Hercules, & d'Aſtyoché qu'il enleua de la ville d'Ephyre au Peloponeſe, & pourtât frere de pere de Telephe : homme belliqueux au reſte, fort de membres & de belle taille : lequel ayant mis à mort Cicymnius fils de Mars, & oncle maternel d'Hercule, qui l'aimoit fort, il abandonna ſon pays : & ayant fretté vn nombre de nauires à ſes deſpens, auecques vne bonne trouppe de ieunes & valeureux hommes, il s'en alla conquerir l'Iſle de Rhodes, où il obtint la ſeigneurie des trois villes qui y eſtoient. Puis à la guerre de Troye il vint au ſecours des Grecs auecques neuf vaiſſeaux, comme met Homere au Catalogue dans le 2. de l'Iliade ; Τληπόλεμος δ᾽ ἡρακλείδης ἠΰτε μέγας τε, &c. BB

> *Tlepoleme fils d'Hercules,*
> *Valeureux & de belle taille,*
> *De Rhodes mena neuf vaiſſeaux,*
> *Garnis d'hommes tres-magnanimes*
> *Qui habitoient és trois citez,*
> *Lindus, Ialyſſus, & Camyre :*
> *Lequel Aſtyoche enfanta*
> *Priſe par Hercules de force :*
> *Et eſtant deſia grandelet*
> *Tua le cher bien-aimé oncle*
> *De ſon pere, Cicymnius*
> *Deſia accablé de vieilleſſe :*
> *Si qu'ayant fretté des vaiſſeaux*
> *Il s'enfuit par mer à Rhodes*
> *Craignant la race d'Hercules,*
> *Et y acquit de grands richeſſes,*
> *Commandant à tout le pays.*

Il fut mis à mort au ſiege de Troye par Sarpedon Roy de Lycie, comme il eſt dit au cinquieſme de l'Iliade, ou leur combat eſt deſcrit fort par le menu. Ouide en l'Epiſtre de Penelope à Vlyſſe ;

> *Sanguine Tlepolemus Lyciam tepefecerat haſtam,*
> *Tlepolemi letho cura notata mea eſt.*

Par ce que l'vſage des lettres, & l'eſcriture n'eſtoient pas encores trouuez. Cecy ſe conforme à ce qu'eſcrit Ioſephe au commencement de ſon antiquité Iudaïque contre les Grecs, & les Egyptiens, Manethon, Appion, & autres. *Qu'on ſçache pour certain que les Grecs ſur le tard, & à peine encore, peurent auoir cognoiſſance de la nature des lettres, car on a opinion qu'ils eurent des Pheniciens le plus ancien vſage d'icelles : & ils ſe vantent qu'il leur eſt venu de Cadmus : mais perſonne d'entre-eux ne ſçauroit monſtrer que de ce temps-là il y euſt en aucune inſcription ny és temples, ny és lieux publics. Et meſme pour le regard des choſes de Troye, où ils menerent la guerre par tant d'années, cela vint puis apres en vne ſort grande contention & diſpute, à ſçauoir mon s'ils vſerent lors des caracteres de l'eſcriture : car pluſtoſt la verité a obtenu que l'vſage des lettres modernes leur fuſt incogneu. Et eſt tout notoire qu'enuers les Grecs ne ſe trouuent reſolument aucuns eſcrits plus anciens que les œuures d'Homere, lequel il eſt aſſez manifeſte auoir eſté apres la guerre de Troye ; & qu'auparauant on ne redigeoit rien par eſcrit, non pas luy-meſme, car il alloit chantant toutes ſes poëſies de coſté & d'autre, qui furent par ce moyen retenuës en la memoire des perſonnes de main en main : & finablement recueillies & ordonnées en ce corps complet qu'on peut voir.* Mais ſe peut conuaincre par Ciceron en ſon Orateur à Brutus, qu'il y eut tout plein de Poëtes deuant Homere, comme on peut voir par les vers alleguez de luy en ſon Odyſſée, és banquets des Pheaciens, & des Proques de Penelope. Euſebe auſſi au dixieſme de la preparation Euangelique mõſtre y auoir eu aſſez de Poëtes plus anciens qu'Homere, comme Cynus, Philamon, Thamyris, Amphion, Orphée, Muſée, Demodote, Epimenide, Ariſtée, & autres. Toutesfois on pourroit dire d'eux, cela meſme qui a eſté allegué cy-deſſus de Ioſephe, que leurs poëſies eſtoient ſeulement par eux chantées & recitées de viue voix, & non eſcrites. Pline liure ſeptieſme chapitre cinquante-ſixieſme, dit que quant à luy il eſtime les plus anciennes lettres auoir eſté les Aſſyriennes, neantmoins que d'autres les referoient aux Egyptiens, & quelques-vns aux Syriens, où elles furent inuentées premierement : & que Cadmus enuiron l'an du monde deux mil cinq cens vingt, deuant la guerre de Troye plus de deux cens cinquante, de la Phenice, qui eſt vne contrée de Surie, en apporta ſeize en la Grece, A. B. C. D. E. G. I. L. M. N. O. P. R. S. T. V.

CC

Aufquelles durant la guerre de Troye Palamedes en auroit adiousté quatre, Θ. Ζ. Φ. Υ. Et apres luy pareil nombre encore, Ψ. Ζ. Η. Ω. Aristote dit y auoir eu dix-huict anciennes, A. B. Γ. Δ. E. Ζ. I. Κ. Λ. M. N. Ο. Π. P. Σ. T. Υ. Φ. Et deux y furent adioustées par Epicharme plustost que par Palamedes, Θ. & Ψ. Herodote au cinquiesme liure met que les Pheniciens qui vindrent auecques Cadmus en Grece, y apporterent outre plusieurs autres belles inuentions & doctrines, les caracteres de l'escriture, dont l'vsage n'y auoit point encores esté, & que ces premiers caracteres furent ceux dont tous les Pheniciens se seruoient. Ce que confirme aussi Diodore au sixiesme : Que ceux, qui passerent en Europe auec Cadmus, afferment que les Pheniciens apporterent les lettres en Grece, qu'ils auoient au-parauant receuës des Muses : ce qu'auroit ensuiuy Lucain :

> Phœnices primi, fama si credimus, ausi
> Mansuram rudibus vocem signare figuris.

Mais Diodore tasche de monstrer que les premieres lettres de la Grece ne furent pas celles qu'y apporta Cadmus, car il y en auoit eu, ce dit il, auant le deluge, tesmoin Actinus fils du Soleil, qui estant passé de Grece en Egypte, y enseigna l'Astrologie, & s'estant perduës auecques le pays à l'inondation Deucalionienne, Cadmus ne fit que les y renouueller. Mais cela ne conclud rien, car il y a eu assez d'arts & sciences qui se sont enseignées de viue voix sans en rien coucher par escrit, comme la Cabale, qui de là auroit pris son nom de reception ou tradition verbale : la Philosophie Pythagoricienne ; celle des Brachmanes, & gymnosophistes, & autres : ioinct que les Grecs glorieux de leur naturel se sont voulus attribuer ce que la plus-part de leurs autheurs mesmes donnent aux Egyptiens ; où Mercure, que Ciceron au troisiesme de la nature des Dieux appelle le cinquiesme de ce nom-là, monstre le premier l'vsage des lettres, que Diodore au quatriesme dict les Egyptiens auoir receuës des Ethiopiens. Mais Eupolemus selon Eusebe és huictiesme & dixiesme de sa preparation, & en sa Chronologie, en refere la premiere origine à Moyse, le plus ancien autheur de tous : lequel plusieurs années deuant Cadmus, les donna aux Iuifs, & des Iuifs elles vindrent aux Pheniciens leurs proches voysins, desquels les Grecs les eurent depuis. Philon Iuif les attribuë à Abraham, qui fut bien long-temps deuant Moyse : & Iosephe au premier des Antiquitez, les renuoye encores bien plus arriere : disant que les Enfans de Seth, qui fut fils d'Adam, grauerent leurs canons de l'Astrologie, & autres secrettes sciences en deux colonnes, l'vne de marbre, pour resister aux inondations generales : & l'autre de terre cuitte, contre les conflagrations, preuoyans assez que le monde deuoit souffrir ces deux accidents : & que celle de marbre se pouuoit voir encores de son temps de luy Iosephe, debout en Surie : ce qui est vn peu chatoüilleux & suspect, attendu qu'il y a pres de quatre mille ans de l'vn à l'autre : & les grandes ruines & desolations qui aduindrêt en ce grand interualle de temps : mais le pauure miserable papier souffre tout. Au demeurant ces premiers caracteres de Moyse n'estoient pas les Hebraïques de maintenant, lesquels furent inuentez par Esdras du temps de Zorobabel, apres le retour de la captiuité Babylonienne, ains ceux qu'on appelle les Samaritains, selon sainct Hierosme en sa preface sur les liures des Roys : à quoy adherent quelques Rabbins, se fondans sur ce que les Samaritains eurent de tout temps la Thorax ou la Loy de Moyse escrit és cinq liures du Pentateuque en leurs caracteres particuliers : & sur les medailles antiques d'or, d'argent, & de cuyure qui se trouuoient en plusieurs endroicts de Ierusalem & de la Palestine, inscrites de lettres Samaritaines. Mais de tout cecy il y a vne grande controuerse entre eux non bien resoluë, comme on peut voir dans le Talmud, où il est escrit en la sorte. *Premierement ce dit Marsuka, fut donnée la Loy au peuple d'Israel en characteres Hebraïques, & en la saincte langue : laquelle loy du temps d'Esdras fut tournée en langage Araméen, & en characteres Assyriens : mais quelque temps apres les gens doctes retenans l'escriture Assyrienne ou Chaldaïque la restituerent en la saincte langue, à sçauoir l'Hebrieu : & le langage Araméen demeura aux idiots, que Rabi Hista appelle les Chusniens, qui ont bien quelque crainte & respect du souuerain Dieu, mais ils ne laissent pas pour cela d'adorer les idoles. Il y a vn autre Rabi qui afferme que dés le commencement la loy fut donnée & escrite és mesmes langues & characteres qu'on void encores pour le iourd'huy, mais qu'à cause de la preuarication des Israelites, lors qu'ils vindrent à se demembrer de Iudah, cette escriture fut changée en vne autre : & puis apres estans venus à se recognoistre & faire penitence de leur mesfaict, l'escriture premiere leur fut restablie. Toutefois Rabi Simon fils d'EleaZar, maintient que le langage ne l'escriture ne furent oncques changez, ny autre que ceux dont on vse encores pour le iourd'huy.* Or ceux qui y pensent voir le plus clair, alleguent que Moyse eut deux sortes de characteres, l'vne pour les choses sacrées, qui est l'Hebraïque, telle que nous l'auons, & l'autre pour les prophanes, comme la iustice, police, milice, trafficq, commerce & semblables affaires du monde, parquoy vulgaire & vsitée de tout le peuple Iudaïque : qu'on tienт estre la Samaritaine, celle dont vsoient les anciens Chaldées, & qui se communiqua depuis aux Pheniciens, dont, tout ainsi que de l'Hebraïque sont prouenuës la Syriaque, & l'Arabesque, fut enfantée la Grecque, & consequemment la Latine, qui consiste toute, ou peu s'en faut, des capitales Grecques, comme on peut voir en les conferant : & que le tesmoigne

Pline

Pline liure feptiefme chapitre cinquante-huictiefme, où il allegue vn ancien tableau de bronze apporté de Delphes à Rome, ayant cette infcription icy en vers hexametre.

ΝΑΤΣΙΚΡΑΤΗΣ Ο ΜΕΝ ΑΘΗΝΑΙΟΣ ΕΜΕ ΤΕΘΕΚΕΙΝ.

Par où il s'eftudie de prouuer que les lettres Grecques antiques eftoient prefque les mefmes que les Romaines ou Latines. Et au chapitre cinquante-fixiefme, il dit ces lettres-là, comme il a efté dict cy-deffus, auoir efté les Affyriennes, ou felon les autres les Syriaques : mais ce font fans doute les Samaritaines ; lefquelles hors-mis l'Aleph, & le Iod, deux myftericux caracte-res, font fi conformes aux Grecques & Latines, fi on les confidere & prend à l'enuers, que ce n'eft prefque qu'vne mefme chofe : ce que confirme encores Eufebe par la propre denomina-tion des Grecques, où à l'imitation du Chaldaïfme a efté adioufté à la plus-part vn a pour leur diffonance, auecques quelques tranfpofitions en d'aucunes : comme *Alpha* au lieu d'*Aleph: Be-tha*, *Beth: Gamma*, *Gimel: Delta*, *Daleth: &c.* Voila ce qu'il nous a femblé duire à l'elucidation de ce paffage de Philoftrate, & pour ce qui fuiura cy-apres au chapitre de Palamedes.

   Homere dit que les Arcadiens deuant le voyage de Troye n'auoient en aucuns vaiffeaux ; ny ne s'eftre ad-donnez à la marine, c'eft dans le fecond de l'Iliade au cataloge des nauires. **D D**

Ἀρκαδες ἀνδρες ἔσαινον ἐπισαλμοι πολέμοιο
Αὐτὸς γὰρ σφιν δῶκεν ἀναξ, ἀνδρῶν Ἀγαμέμνων
Νηας ἐυσσελμους περρίας ὑπὸ οἴνοπα πόντον
Ἀτρείδης ἐπει ὅ σφι θαλασσια ἐργα μεμήλη.

Les Arcadiens au combat
Duits de long temps, fur ces nauires
Eftoient montez, qu'Agamemnon
Leur auoit fourny, Roy des hommes,
Pour trauerfer la noire mer:
Car ces gens là de la marine
Ne fe foucierent iamais.

L'Arcadie au refte eft vne region, comme nous auons defia dict cy-deuant fur le tableau de Hercules & Acheloë, dans le cœur du Peloponefe, de tous coftez la plus efloignée de la mer, parquoy les habitans ne s'y feroient oncques exercez, ains toute leur vacation eftoit à la nour-riture de beftail, pour leurs beaux paccages, pluftoft qu'à l'agriculture ny au trafficq, ce qui leur faifoit reuerer Pan le Dieu des pafteurs, qu'ils auoient pour leur patron fur tous les autres, com-me le monftrent ces vers de Virgile en la quatriefme de fes Eglogues.

   Pan Deus Arcadia mecum fi iudice certet,
   Pan etiam Arcadia dicat fe iudice victum.

   Prothefilaus allegue Homere auoir dit le mieux à propos, en loüant la façon de faire que les Grecs gar-doient au combat, dont Aiax auroit efté le premier Autheur. Et ce qui fuit de ce propos, que Meneftheé **EE** Athenien auoit enfeigné aux Grecs de fort crier en combattant, Aiax au contraire d'aller à la meflée paifiblement fans fonner mot. Dictys au fecond liure dit que les Grecs eftoient rangez en ordonnance de bataille par Meneftheé Athenien qui leur eftoit en cela comme precepteur: & les mettoit par efquadrons chaque peuple à part. Ce que deffus au refte a efté touché en deux endroits de l'Iliade. Premierement tout à l'entrée du troifiefme liure, αὐ πὰρ ἐπεὶ κόσμηθεν ἁμ᾽ ἡγεμονεσσιν ἑκαστοι, &c.

   Apres que foubs leurs conducteurs,
   Ils furent mis en ordonnance,
   Les Troyens s'en alloient crians,
   Et menans vne grande noife
   Ainfi qu'oyfeaux : & comme en l'air
   Faict vne vollée de grues,
   Apres que l'hyuer eft paffé,
   Et les grandes rauines de pluyes,
   Qui vont criaillant vers les flots
   De l'Ocean, pour aux Pigmées
   Aller porter playes & mort,

Et à coups de bec les combatient
Eſtans ſuſpenduës en l'air
Mais les Grecs alloient en ſilence
Reſpirans au fond de leurs cœurs
Vne prompte ardeur de bien faire,
Et s'entre-aider ſans ſonner mot.

L'autre eſt au quatrieſme enſuiuant: ὡς τότ᾽ ἐπασσύτεραι Δαναῶν κίνυντο Φάλαγγες, &c.

Ainſi les bataillons des Grecs
Bien ſerrez s'esbranloient grand' erre,
Allans attaquer le combat,
Vn chacun ſoubs ſon capitaine
Sans ſonner mot: vous n'euſſiez-pas
Dit qu'vn ſi grand nombre de peuple
Euſſent rien eu de voix en eux:
Tant ils reſpectoient en ſilence
Leurs conducteurs. Mais les Troyens,
Ainſi que mille brebiailles
De quelque riche laboureur
Beſlent dedans leurs bergeries
Quand on les traict, oyans la voix
De leurs aigneaux qui les appellent,
De meſme des Troyens les cris
S'eſleuoient parmy leurs batailles.

Mais les Romains qui eſtoient trop meilleurs guerriers que les Grecs, n'eſtoient pas de cette opinion, ains toute contraire: car Plutarque en la vie du grand Caton, met qu'il ſouloit dire, qu'on deuoit touſiours aller choquer ſon aduerſaire d'vne grande impetuoſité & furie: & pour cet effects'esbranler de quelque diſtance, auecques vne voix aſpre & effroyable, accompagnée de cris & menaces les plus horribles qu'il ſe peut: car cela n'eſpouuente bien plus ſouuent que les coups meſmes qu'on luy tire. Ciceron pareillement en ſes Philippiques. *Ie feray comme les chefs d'armée ont accouſtumé de faire eſtans ſur le poinct de choquer en vne bataille, là où nonobſtant qu'ils voyent leurs ſoldats fort prompts & bien diſpoſez à mener les mains, pour les animer neantmoins dauantage, ils taſchent de les encourager en les eſpritant.* Et Ceſar tout apertement au troiſieſme des guerres ciuiles, reprouuant ce que Pompée en la bataille de Pharſalie auoit à la perſuaſion de Triarius ordonné aux ſiens de ne faire fors ſouſtenir la charge, & le premier choc de leurs aduerſaires ſans ſe remuer de leur place, afin que cette impetuoſité & furie s'eſtât rebouſchée, leur bataillon ſe relaſchaſt, & eux ſerrez en ordonnance, les allaſſent charger quand ils ſeroient comme hors d'haleine, & tous recreus de laſſeté auant que de venir aux mains, il adiouſte: *Cela me ſemble auoir eſté faict de Pompée auecques fort peu d'apparence, pour autant qu'il y a ie ne ſçay quelle incitation de courage & gaillarde viuacité naturellement née & empreinte en nous, qui par vne ardeur de combattre vient d'abondant à s'allumer: ce que les chefs ne doiuent point ramollir ny reſtraindre, ains pluſtoſt la leur exciter & accroiſtre.* Et n'a point eſté anciennement inſtitué en vain, que ſur le poinct de donner dedãs, les trompettes, phiffres & tabourins ſe parforçaſſent à l'enuy de reſonner de toutes parts: & que tous en general leuaſſent vn haut cry & clameur militaire, deſquelles choſes ils ont eſtimé que les ennemis ſe deuſſent eſpouuenter, & la hardieſſe croiſtre à leurs gens: ce que touche auſſi Virgile au 6. de l'Eneide.

Miſenum Aeoliden, quo non præſtantior alter,
Aere ciere viros, Martémque accendere cantu.
Hectoris hic magni fuerat comes, Hectora circum
Et lituo pugnas inſignis obibat, & haſta.

A cecy ſe conforme encores Onoſander au vingt-ſixieſme chapitre de ſon liure de l'office & deuoir d'vn bon capitaine, que nous auons puis n'agueres tourné du Grec. *Ayez ioin entre autres choſes que vos ſoldats ayent touſiours leus armes claires & reluiſantes, bien fourbies & eſcurées, parce que cette netteté & ſplendeur fera paroiſtre vos trouppes plus terribles & effroyables: & mettra en eſtonnement & perturbation le courage de vos aduerſaires. En apres vous les menerez à la charge auecques de hauts cris & exclamations. Parfois auſſi laſchez-les & faictes partir d'vne grande impetuoſité & roideur pour choquer d'vn plus vif effort, car telles choſes en apparece, les crû à ſçauoir & reſonnemés, le bruit des armes, le ſon des trom-*

peſtes

petres, le batrement des tabourins, accompagné d'vn guyresueil de phiffres & de cornets estourdist d'vne
estrange sorte, & estonne les ennemis. Et quand vous serez arriué iusques au ioindre, auant que de venir
aux mains, & iouer à bon escient des cousteaux, faictes que vos soldats les espées traictes en les brandissant
haut en l'air contre le Soleil plusieurs fois, s'en escriment dessus leurs testes, car resplendissantes ainsi contre
la lueur de ses rayz, par vne reflexion, or d'vn sens, or d'vn autre, elles produiront ie ne sçay quelle forme
d'esclair qui esbluigra les yeux de vos aduersaires par vn belliqueux esclat effroyable : que s'ils eux aculent
vser de mesme, au moins leur respondrez-vous en cela, & serez esgaux, leur donnant pareil espouuentement
& frayeur qu'ils vous donneront : & s'ils ne le font, vous aurez cet aduantage sur eux, & qu'il ne se . . . .
en toutes sortes parforcer de leur faire peur. Mais Vegece liure troisiesme chapitre treiziesme, semble n'estre pas du tout de cette opinion : Que fera celuy qui arriue au combat ainsi qu'autre . . . . .
d'haleine ? les anciens l'ont euité à leur pouuoir : & par cy-deuant quelques chefs d'armées Romaines qui
s'en estans pas sçeu garder, par inaduertence ont precipité leurs armées à vne euidente perdition & ruine
car la condition est bien inesgalle & dissemblable d'vn lus & recreu, auecques vn qui seroit frais & repose:
d'vn qui tressue à grosses gouttes du trauail qu'il a enduré, auecques vn allegre & vassi : Et establement de
venir s'attaquer en courant, contre ceux qui vous attendent de pied coy en assiette ferme. Toutessois cela se doit plustost referer à quelque grosse excessiue traicte qu'on auroit faict faire à ses soldats à
la haste : & de pleine arriuée les mener au combat sans les faire refraischir & repaistre, que non
pas du choc de deux batailles qui seroient esgallement seiournées. Cesar mesme le reprouueroit, comme on peut voir en plusieurs endroicts de son histoire, & des autres capitaines Romains. Au demeurant les Lacedemoniens qui furent durant leur vogue les meilleurs combatans de la Grece, non sans cause obseruoient cette institution, qui monstre fort conuenir auecques ce que dessus d'Homere, d'aller d'vn pas compassé à la charge au son des fluttes & chalemies, comme le tesmoigne Plutarque en assez d'endroicts, & mesmes au traicté de refrener la cholere, & és dicts notables du Roy Agesilaus : lequel enquis pourquoy ils faisoient ainsi posement marcher leurs gens au combat au son de ces doux instrumens mesurez : pour cognoistre, respondit-il, ceux qui y procedent d'asseurance, & sont vaillans, d'auecques les couards estourdis, que la peur a accoustumé de precipiter, & les faict haster, & criailler de la crainte qu'ils ont : ainsi qu'ordinairement il aduient à ceux qui en quelque lieu à l'escart se retrouuent seuls en tenebres. Mais plus expressement Aulugelle liure premier chapitre vnziesme de ses nuicts Attiques. Thucydide escrit que les Lacedemoniens, gens belliqueux entre tous autres, & tres-valeureux combattans, auoient accoustumé d'vser en leurs rencontres & batailles, non de trompetes ou de cornets, mais d'vne douce harmonie de fluttes : non pour aucun scrupule ny superstition, ny pour exciter & hausser les cœurs d'auantage, ains plustost pour les refrener, & les rendre plus rassis, & pource que cette harmonie effectué, n'estimans quant à eux rien plus propre pour la vaillance, lors qu'il est question de chocquer l'ennemy & donner dedans, ny pour la saincté & conseruation des gens de guerre, que de les radoucir & mitiguer par des sons doux & gracieux, à ce qu'ils ne se laissent transporter par vne impetuosité effrenée & bouillante ardeur. Tellement que quand ils estoient prests de combatre, & leur bataille ia ordonnée, les ioueurs de fluttes entre-meslez parmy les rangs commençoient à sonner : & là d'fine par de posée, accords venerables d'vne musique militaire, se refrenoit la trop chaude ardeur & sercité de soldats : de peur que s'escartans, & laissans leur ordre indiscretement par la furie qui les pousseroit, ils ne fussent en danger de se perdre. Aristote en ses problemes, (adiouste le mesme Aulugelle) met que ce que dessus des Lacedemoniens estoit d'eux establi ainsi pour descouurir quelle estoit l'asseurance & resolution des soldats, suiuant ce qui a esté allegué du Roy Agesilaus : car aller posement & allaigrement à vn si euident peril, ne peut conuenir à vne lascheté & faute de cœur, ny des hommes pusillanimes s'accommoder aussi peu à cette gaye, deliberée & ioyeuse marche : ce que traicte aussi Plutarque en la vie de Lycurgus. Il n'y a pas trente ou quarante ans que les Escossois, ie ne sçay pas comme ils en vsent à cette heure, auoient de coustume d'aller au combat au son d'vne cornemuse ou doucine. Mais pour acheuer le lieu d'Aulugelle, qui faict encores à ce propos. Que veut doncques dire cette tant aspre & animeuse clameur des soldats Romains, que les autheurs de leurs annales & histoires tesmoignent auoir tousiours esté practiquée d'eux au choc & enfournement des combats? Comment seroient-ils par là quelque faute contre les statuts de leur ancienne discipline, où s'il faut plustost aller en silence ? l'on iuge rassis & moderé, quand de loin on s'esbranle pour aller charger l'ennemy, afin de ne s'outrer d'haleine ? Puis quand on vient de prés aux mains, c'est alors qu'on le doit chocquer de furie, & l'espouuenter auec de grands cris & clameurs. Ce qui suffira pour accorder les contrarietez du propos dont il est icy question.

Hiere auoit esté de la plus grande structure de femme qu'il eust oncques veuë : & la plus belle quant & quant. De cette Hiere femme de Telephe Roy de Mysie, ie n'en ay iamais rien leu en nulle autre part que ie sçache : & quant à sa grandeur & beauté, c'est le propre mesmement des Poëtes, de ne depeindre soit homme soit femme d'vne extraordinaire beauté, à qui ils n'attribuent tousiours quelque grande, haute & droicte taille : ainsi que faict Hesiode tout au commencement de l'escu d'Hercules, parlant de sa mere Alcmene femme d'Amphitrion, de la mesme

PPp

forte à peu pres que faiſt icy Philoſtrate d'Hiere.

Ἀλκμήνη, θυγατήρ λαοσσόου ἠλεκτρύονος,
Ἥ ϱα γυναικῶν φῦλον ἐκαίνυτο θηλυτεράων,
εἴ δεῖ τε, μεγέθη τε.

Alcmene d'Electrion fille
Des peuples le conſeruateur,
Qui ſurpaſſoit toutes les femmes
En beauté & grandeur de corps.

Et Homere tout de meſme au 13. de l'Odyſſée parlant de Minerue qui s'apparoiſt à Vlyſſes en
ſemblance d'vne belle grande femme: lequel auoit eſté amené dormant par les Pheaciens à
Itraque,

‑‑δέ μας δ' ἤικτο γυναικί.

Καλῆ τε, μεγάλη τε.

GG *Il corrige Heſiode en l'expreſſion des eſcus & targues.* Cela preſuppoſoit qu'Heſiode auroit eſté
deuant Homere, comme à la verité il y a apparence de le coniecturer, en ce meſmement qu'il y a
beaucoup de choſes en cette deſcription d'eſcu moins elaborées & plus groſſieres que celle
d'Achilles au dix-huictieſme de l'Iliade, amenée cy-deuant ſur le tableau de Pyrrhus & des Myſiens. Car il n'eſt pas à croire qu'vn Poëte fuſt ſi mal aduiſé de vouloir aller ſur les erres d'vn autre qui auroit mieux faiçt. Mais cecy n'eſt pas bien reſolu entre les autheurs, dont les vns mettent Homere deuant, & les autres apres; meus de ce qu'Homere au dernier de l'Odyſſée trouue ſon pere Laertes trauaillant en ſon iardin d'vne maniere qu'Heſiode en ſes labourages n'auroit point touché, dont il s'enſuiroit qu'elle ſeroit venuë depuis luy. Plutarque au cinquieſme
des Sympoſiaques, chapitre ſecond, les faiçt eſtre contemporains : ſi que meſme ils firent des
vers à l'enuy l'vn de l'autre és obſeques d'Amphidamas Chalcidien : & au banquet des ſept Sa-
Aulugelle liure ges, encores Aulugelle liure dix-ſeptieſme chapitre vingt-vnieſme, met que tous les autheurs
5. chap. 11. preſque conuiennent enſemble qu'ils furent tous deux d'vn meſme temps, ou Homere bien
peu deuant Heſiode : mais l'vn & l'autre deuant la fondation de Rome, quelques huiçt vingts
ans apres la deſtruction de Troye : Suidas le faiçt auoir precedé Homere : les autres qu'ils furent
d'vn meſme temps : Porphyre, & pluſieurs auecques luy, cent ans apres Homere, quelques
trente-deux ans deuãt la premiere Olympiade, qui commença vers le temps du Roy Salomon.
Plutarque en la vie d'Homere, que quelques vns eſtoient d'opinion qu'il nacquit durant la
guerre de Troye, les autres cent ans apres, & les autres cent cinquante ans. Herodote qui fut
plus de ſept cens quarante ans apres ladiçte deſtruction; que ces deux Poëtes auoient eſté quelques quatre cens ans auant luy & non plus; qui ſeroit bien loin de ce que deſſus : ſomme que cela eſt fort confus & embrouillé.

S v i t apres, *que ce qu'Homere auoit corrigé Heſiode en la deſcription de l'eſcu de Cignus, pour auoir
froidement diçt, & non aſſez poëtiquement,* qu'il y auoit en cet eſcu la figure de la Gorgone : c'eſt celuy de
Hercules, & non pas de Cignus fils de Mars, qu'Hercules combatit & mit à mort : & encores eſt
ce le plaſtron de derriere la cuiraſſe qu'il attribuë à Perſeus, & le repreſente en cet eſcu, cizellé
de ſorte, ce dit-il, qu'il ne ſembloit tenir à rien.

Πᾶν δὲ μετάφρενον εἶχε κάρη δεινοῖο πελώρου,
Γοργοῦς, &c.

Tout le derriere de ſes eſpaules la teſte du fier & cruel monſtre Gorgonien l'occupoit. A ce propos Pline liure trente-quatrieſme chapitre huictieſme. *Demetrius fecit Mineruam quæ Muſica appellatur, quoniam
dracones eius ad ictum cytharæ tinnitu reſonant.* Mais au reſte cet eſcu n'eſt pas moins ſplen-
didement deſcrit d'Heſiode, ſi plus non, que par Homere celuy d'Achilles, tellement qu'ils
ſemblent auoir eſté ainſi depeints à l'enuy : ſi que pour les confronter l'vn à l'autre, ioinçt qu'il
eſt icy queſtion de fables plaiſantes & recreatiues, propres pour la peinture, qui ne laiſſent pas
pour cela d'auoir en ſoy quelque ſens myſtique plein d'inſtruction, il n'y aura point de mal d'y
amener tout le lieu entier, tourné en proſe, par ce qu'il ſeroit bien malaiſé de le rendre en ſa fidelle naïfueté, en vers rymez. Heſiode met doncques ainſi. *Le vaillant Hercules embraſſa alors ſa
grande targue diaprée de pluſieurs couleurs & figures, laquelle iamais homme ne peut fauſſer à coups de dard
lancez de loin : ny auſſi peu l'endommager de pres à coups de main : admirable au reſte à le voir : car elle re-
luyſoit tout autour d'vn cercle de ſtuq incombuſtible, & d'vn blanc yuoire : reſplendiſſant d'ailleurs d'vn eſclat lumineux d'or & d'electre; auecques force repli aznreᵶ qui l'entre-couppoient comme vn changeant de
bleu orangé. Et au milieu eſtoit plaçqué vn eſpouuentable dragon plein de frayeur inexplicable, dont les yeux
ardens comme feu, regardaient de trauers de coſté & d'autre : ſa gueule toute parſemée de cruelles dents blan-
chiſſantes, dont il ne faiſois pas bon s'approcher. Et deſſus ſon horrible front voltigeoit l'impitoyable contention,*

tion, qui attise les combats entre les mortels, ausquels la pernicieuse qu'elle est, ostoit le sens, & effroyoit en
leurs courages tous ceux qui se fussent voulu attaquer à ce fils inuincible de Iuppiter, desquels les ames s'en
iroient bien tost là bas soubs la terre dans le creux barathre, & les offements, la chair & la peau s'estans
consommées tout à l'entour, se pourrissent sur la terre noire, à la forte ardeur du Soleil. Là estoient encores
representées les cargues & recargues de ceux qui rembarroient leurs contraires, & en estoient reciproque-
quement repoussez à leur tour : le bruit aussi & le tintamarre : l'effroy & l'homicide qui trottoient de toutes parts : le debat, le tumulte & confusion, qui sembloient plus que forcenez, auecques l'exterminante parque, qui en tenoit vn empoigné, lequel venant d'estre blessé mortellement respiroit encores : l'autre qui estoit
sain & sauf de tous ses membres, elle le trainoit par les pieds hors de la meslée, ayant sa caxaque autour des espaulles teinte du sang des miserables, qui angoisseusement finoient là leurs iours auant temps,
d'vn regard furieux essaré, & remplissans tout le contour de leurs piteux lamentables cris & gemissemens.
Il y auoit aussi des testes de serpens effrayables, qui espouuentoient toutes manieres de gens sur la terre, s'ils se
fussent voulu ingerer de s'attaquer à ce fils inclite de Iuppiter, dont l'horrible cracquement de leurs affamées dents estoit bien aisé à oüyr de loin toutes les fois qu'il menoit les mains au combat : & sur le
dos terne turquin de ces sieres bestes estoient certaines taches & mouchetteures d'vn orangé sombre
obscur : & leurs machoüeres tout arrouffées d'vn sang caillé, meurtry, liuide. En cette targue estoient outre plus figurées des compaignies de bestes noires aux iambes des Lyons, qui s'entre-morguoient de trauers,
les vns grinçans les dents pleines de sieres menaces, & les autres doublans le pas, toutesfois en ordre, & sans
monstrer de se craindre les vns les autres, mais leurs hures estoient toutes herissées : & y auoit desia vn
des Lyons gisant par terre, le ventre desconfu d'vne grande lardesse, si que les boyaux en sortoient dehors :
& aupres de luy deux sangliers despouillez de leur chere vie qu'il luy auoient venduë bien cherement : dont
le sang noircy degouttoit à bas de leurs playes horribles & profondes qu'ils auoient receuës de l'effort de ces
redoutables Lyons : mais les autres ne laissoient pour cela de s'acharner tant plus fort au combat. Il y auoit en a-
pres le conflict des belliqueux Lapithes, chez le Roy Lenée : Dryas, à sçauoir, Pyrithée, Hoplée, Exadie,
Phalere, Prologue, Mopse fils d'Amphiades, Titarese rameau de Mars, Thesée fils d'Egeus, esgal aux
Dieux immortels, tous faicts d'argent, & les armeures dont leurs corps estoient munis tout autour, de
fin or bruny. D'autre-part les Centaures s'assembloient contre eux à l'enuiron du grand Petrée, & du
vaticinateur Asbot, Arctus, Orion, & Mimas tout couuert de poil comme vn ours, deux Pericides, Perimede & Dryal, d'argent aussi, tenans au poing de longs sapins d'or en lieu de lances, lesquels se chargeoient d'vne grande impetuosité & furie, paroissans vifs, tant il y auoit d'action exprimée naifuement. Là
estoient les cheuaux de l'horrible Mars, lesquels auoient des aisles aux iambes & au aussi, & ce pernicieux spo-
liateur mesme le glaiue au poing, encourageant ses Satellites, tout couuert du sang de ceux qu'il massacroit
inhumainement : planté debout dens son chariot d'armes : & ioignant luy se pouuoient voir la frayeur hideuse, l'espouuentement & la crainte, desirans d'entrer au combat. Là encores la saccageuse Tritogenie Minerue fille du haut Iuppiter, comme si elle eust voulu enfourner la meslée, la corseseque en main, & vne sallade
dorée en la teste, auecques sa grande targue, Egys autour des espaulles, marchant à grands pas droict à la furieuse rencontre. D'vn autre-part en cet escu l'on pouuoit voir la sacrée dansse des immortels : & au milieu
d'eux le fils de Iuppiter & de Latone iouant de sa lyre dorée ie ne sçay quoy de desirable : leur siege au reste
est le pur Olympe. Là estoit aussi vne maniere de femmes & apport, garny d'infinies richesses, ordonnées en forme d'vne guirlande ou chappeau de fleurs à l'entour de ces immortels comme à l'enuy, & qu'elles eussent
combattu à se supplanter les vnes les autres pour estre attribuées en prix d'honneur aux mieux faisans :
mais les Muses Pierides commençoient la note, comme en effect elles eussent veritablement degoisé de
leurs gorges armonieuses vn melodieux concert de Musique qui s'accordast auecques la lyre d'Apollon.
Item vn port de tres-bon acces, & seure retraicte contre les vagues impetueuses de la mer qui seroient es-
meuës des vents : tout rond estoit-il, & faict d'estain fondu qui sembloit ondoyer & rouler des flots : & au
milieu d'iceluy force Dauphins nageans de costé & d'autre d'vne incomparable vistesse, pour y attrapper leur
proye : mais il y en auoit deux faicts d'argent qui bourfousstoient l'eau contre-mont, deuorans les poissons
muets faicts de bronze, que la peu chassoit deuant eux : & sur le riuage y auoit vn pescheur assis qui les
guettoit, tout prest à ietter en l'eau vn silé qu'il tenoit ès mains pour les prendre. Là estoit figuré en outre
le gentil Caualcadour Perseus fils de Danaé aux beaux cheueux, qui ne tenoit point à l'escu, & n'en estoit
pas aussi gueres separé, chose admirable à voir, car il ne posoit nulle part : & tel auoit faict de ses mains le
celebre boitteux des deux hanches Vulcain, tout d'or auecques des aisserons aux pieds : & à son costé en escharpe pendoit d'vne fort riche bandolliere ou glaiue chousselas d'acier, renclos dans vne gaisne de couleur noirastre, vollant quant à luy aussi viste que nostre pensée feroit ; le dos couuert de la teste de l'espouuentable
Gorgone, & à l'entour d'elle vn certain estuy voltigeant, (chose trop merueilleuse à voir) qui estoit d'argent,
auecques des franges clair esclattantes d'or sopre-fin : les sieres temples de ce Prince garnies du cabasset de l'infernal Pluton Dieu de l'orque, offusqué de l'ennuieuse obscurité de la nuict : & luy se hastoit d'aller, semblable à vn qui auroit peur, comme tallonné de pres qu'il estoit des inaccostables Gorgones, qu'on
ne sçauroit bien exprimer, desireuses de l'attraper, dequoy resonnoit le fourby reluysant acier de cette
spacieuse targue d'vn son aigu. Des courroyes au surplus d'icelle pendilloient deux horribles serpens re-
haussans les testes, qui monstroient lescher leurs sieres & horribles babines, esguisans leurs dents de grande

ôre, auecques vn furieux regard. Et au deſſus des teſtes des Gorgonnes s'eſmouuoit vn grand tintamarre,
car il y auoit force gens armeℤ, acharneℤ à vn dur & rude combat ; les vns pour deffendre leur ville, & repouſſer le ruine qui les menaçoit, eux & leurs chers parens & amis, les autres s'efforçans de la prendre
d'aſſaut & la ſaccager : ſi qu'il y en auoit deſia beaucoup de porteℤ par terre, qui ne s'en pouuoient plus releuer : mais plus grand eſtoit le nombre de ceux qui combattoient encores : & les femmes de dedans les tours
crioient à haute voix ie ne ſçay quoy de lamentable, en ſe deſchirans les ioües, comme ſi elles euſſent eſté proprement en vie : le tout de l'ouurage du ſubtil Vulcain. Mais ceux qui eſtoient atteints de la tardiue &
peſante vieilleſſe, s'en alloient ſerreℤ en trouppe dehors des portes, tendans les mains contre-mont aux
Dieux bien-heureux pour leurs chers enfans, dont ils auoient crainte qu'il ne meſ-aduint, leſquels ce
temps-pendant ne perdoient pas temps, ains ioüoient magnanimement des cousteaux : & apres eux les
noires Parques mortiferes faiſoient craquetter leurs dents blanches, iecttans vn tres-fier & horrible regard : mais enſanglantées, qui ſe debattoient entre-elles, touchant ceux qui tomboient par terre, dont elles
deſiroient chaqu'une endroit ſoy humer le noir ſang qui fumoit encores : & le premier qui ſe pouuoit venir
entre les mains, fuſt giſant à bas, ou tombant encores, ne venant que d'eſtre frappé, elles leur iecttoient
leurs grands ongles aigus & tranchants, dont l'ame auſſi toſt s'en volloit du corps aux enfers dedans le
froid creux du barathre : mais elles apres s'eſtre raſſaſiées leurs rauiſſantes glouttes entrailles affamées de
ce ſang humain, en reiectoient les corps derriere elles, & ſe haſtoient de retourner à la tuerie & maſſacre
pour attraper nouuelle nouuelle proye : Clotho, & Lacheſis les accompagnoient, & Atropos vn peu moindre qu'elles,
car elle n'eſtoit pas des grandes Deeſſes, neantmoins plus excellente que quelques autres, & fort aagée. Toutes leſquelles s'eſtoient acharnées à vn dur conflict au tour d'vn ſeul corps, s'entre-regardans l'vne l'autre
cruellement d'vn œil courroucé & felon ; & ſe meſurans leurs fiers coups & mains hardies. Là aupres eſtoit
auſſi la tenebreuſe obſcurité, paroiſſant eſtre fort miſerable & mal menée, paſte, haue & defaicte, toute eſ-
puiſée & tranſie de faim : la peau conſuë aux oz, & ne ſe pouuant preſque ſouftenir, tant elle auoit les genouils
enfleℤ, auecques de longs ongles crochus qui luy aduançoient hors des doigts : le neℤ degouttant d'vne mo-
ruë infecte, & de ſes maſchoüeres du ſang humain iuſques en terre. Et grinſſoit les dents trop horriblement,
ſa poiſtrine auecques les eſpaules toutes poudreuſes, & les yeux baigneℤ de chaſſie parmy les larmes qu'ils
iectoient, là aupres eſtoit vne ville bien habitée, & munie de belles hautes tours & murailles, auecques ſes
portes toutes d'or, accommodées de leurs guiſchets & huiſſeries : & le peuple de dedans tout confit en delices
& voluptez, danſſes, maſcarades, feſtins aſſidus & banquets, auecques ſemblables reſioüïſſances : dont les
vns menoient en vn beau chariot richement eſtoffé, vne nouuelle mariée à ſon eſpoux, auecques de gracieux
chants d'Hymenée qui reſonnoit de toutes parts ; & de loin reluiſoit la ſplendeur des torches & flambeaux
qui l'accompagnoient, porteℤ par les valets de la feſte : les dames fleuriſſantes en aage & beauté marchoient
deuant, ſuiuies d'vne trouppe de ieunes hommes qui follaſtroient fort gayement le long des ruës : les
vns chantans au ſon des fluſtes, lequel ſe rabbattoit à l'entour d'eux : & elles danſſoient agreablement
à la cadence de cette note. Il y en auoit d'autres qui banquetoient à ce doux concert de Muſique : &
quelques-vns qui s'eſgayoient à chanter, baller, gambader : les autres rioient à pleine gorge ; & deuant chaſque meneſtrier marchoit vn bedeau pour faire large, ſi que toute la ville eſtoit remplie de ioye
& de plaiſir. Il y en auoit d'autre-part qui picquoient & manioient leurs chenaux, hors de l'enceinte des
murailles, & des laboureurs cultiuans la terre, leurs Souguenies retrouſſées fort proprement. D'autres qui auecques leurs dentelées faucilles abattoient les eſpics de bled, dont la moiſſon eſtoit bien chargée, comme du ſubſtantatif fruict de Ceres : les autres lioyent les iauelles miſes à bas, & en alloient remplir vne aire. Les autres d'ailleurs vandangeoient les vignes auecques des cousteaux, qu'ils auoient es
poings ; d'autres qui receuans d'eux les grappes noires & blanches, les portoient ſur le preſſoüer dedans des
hoites ; & d'autres dans des paniers tiſſus d'oſier, qui les leur deſchargeoient dans les hoites : aupres deſquels
eſtoit vne belle vigne d'argent, vn chef-d'œuure auſſi du gentil Vulcain : les ſarments d'icelle, & les fueillus
branchages qui eſtoient esbranleℤ du vent, ſouſtenus ſur des paiſſeaux, de la meſme eſtoffe, & ces porteurs
s'en alloient danſſans chacun à par ſoy au ſon d'vne cornemuſe & flageol. Les autres fouloient cette vandange
dedans les cuues, dont les autres vuidoient le vin. Quelques-vns cependant s'eſbattoient à l'eſcrime de
coups de poings, & à la luëte : d'autres s'en alloient courte le lieure, & là deux leuriers en pourſuiuoient
vn, qu'ils taſchoient d'attraper & prendre, & luy tant que iambes le pouuoient porter à ſe forlonger deuant
eux. Là aupres y auoit encores des carrozzes & chariots qui courroient le prix, dont les conducteurs y
plantez tout debout laſchoient la bride à leurs cheuaux, qui galloppans de grande roideur ſembloient voller :
& les chariots bien vnis en leur aſſemblage, auecques les moyeux des roües reſonnoient fort de la viſteſſe
dont ils alloient : ceux-là donques eſtoient comme en vn continuel laborieux exercice, d'autant que la victoire ne leur eſtoit pas encore acquiſe, ains le prix balançant en ſuſpens & incertitude, lequel eſtoit
propoſé dedans la carriere, à ſçauoir vn grand trippier d'or, de la main pareillement du gentil orfeure
boiteux : qui autour du bord de l'eſcu auoit eſpandu l'Ocean ſemblant flotter, & enfermoit tout, auecques
force lignes, dont les vns volletoient en l'air criaillans, les autres nageoient à fleur d'eau, plongeans ſouuent leur bec dedans pour y attrapper les poiſſons qui eſtoient en continuel mouuement : choſe certes admirable à voir, fuſt-ce meſme à Iuppiter le haut-tonnans, par le commandement duquel, Vulcain auoit faict cette
ainſi grãde & forte targue : mais ſon robuſte fils la manioit tout à l'aiſe : & garny d'icelle ſe ietta d'vn plein ſaut

dans

dans son chariot. Voila cette description d'Hesiode, qui peut-estre ne sera point du tout desagreable aux Lecteurs.

Pamphus aussi, lequel encores qu'il eust fort sagement consideré, &c. Ce fut vn des plus anciens Poëtes, & qui precede Homere, comme on peut voir en cet endroit. Pausanias és Achaïques met qu'il auoit escrit aux Atheniens les plus anciens cantiques & hymnes aux Dieux, de tous ceux qu'ils eurent, où entre autres choses il attribue à Neptune le tiltre de dompteur de cheuaux; & de nauires haut esleuées. Et és Arcadiques, que ce fut le premier de tous, en ayant ainsi esté instruit des Arcadiens, qui appella en ses vers Diane Kalliste, c'est à dire tres-belle,& soubs lequel surnom elle auoit vn Temple sur vn tertre pres de la fontaine de Crunes en Arcadie. HH

Prothesilaus dit Homere auoir chanté vn hymne à Iuppiter digne de loüange: Iuppiter tres-glorieux, & tres-grand,&c. C'est au second de l'Iliade, en vne priere qu'Agamemnon luy faict, selon que Philostrate l'allegue icy. II

> Ζεῦ κύδιςε, μέγιςε, κελαινεφὲς, αἴθερι ναίων,
> Μὴ πρὶν ἐπ' ἠέλιον δῦναι κỳ ἐπὶ κνέφας ἐλθῆν, &c.

> O Iuppiter tres-glorieux,
> Et tres-grand qui rends les nuées
> Obscures, habitant en l'air:
> Ne permets que dans les tenebres
> Le Soleil se voise cacher,
> Premier que ie ne mette à terre
> Le palais de Priam en feu,
> Et reduise en cendre les portes
> De Troye: que par le milieu
> Ie n'ouure d'Hector la cuirasse
> A coups d'espée: & qu'entour luy
> Les siens sans nombre ne mesure
> Ie ne face à bas trebuscher
> Dans la poudre mordans la terre.

Hesiode en la dessus-dicte targue d'Hercules attribuë ce mesme Epithete de κελαινεφὲς à Iuppiter; τὸν μὲν ἀ'ζωσ'μνθεῖσα κελαινεφεῖ χρονίωνι.

Iuppiter cause de tous les combats qui furent entre Neptune & Apollon, de Latone contre Mercure, &c. Ie suis contrainct d'amener icy ce qu'à ce propos i'ay touché en mon liure des chiffres apres la secrette Theologie Hebraïque, qu'en vertu du tetragrammaton יהוה Moyse prosterna du tout Ammomino assisté de son frere germain Amael, auecques leurs six cens coadiuteurs esprits immondes familiers aux Egyptiens, designez dans le Zoar par les six cens chariots armez en guerre que prend Pharaon en Exode quatorziesme, pour aller apres les Israelites, car nul ne peut estre surmonté icy bas, selon que le collige Rabbi Ioseph fils de Carnitot, en son traicté des portes de Iustice, de ce passage du quatorziesme d'Isaye: *In die illa visit abit Dominus super militiam celi in excelso, & super reges terrx qui sunt super terram,* que l'intelligence qui luy assiste d'en-haut ne le soit autant, & distraitte de sa protection; comme il se void au vingt-huictiesme d'Ezechiel, là où Dieu se delibere de destruire la ville de Ṣyr, en retire premierement le Cherub: & en Daniel dixiesme, de ce Prince du Royaume des Perses, à sçauoir leur genie & patron tute-aire, qui resista à l'Ange Gabriel par vingt & vn iour; iusques à ce que Michael luy fut arriué de renfort. Homere doncques conformément à cette tradition Cabalistique au vingtiesme de l'Iliade descrit le combat qu'eurent les Dieux & les Deesses les vns contre les autres en faueur des Grecs & des Troyens, & ce par la permission de Iuppiter qui leur octroya d'aider à ceux que bon leur sembleroit: Et là dessus Iunon auecques Minerue. Neptune,Mercure,& Vulcain, se partialiserent pour les Grecs: & Mars, Apollon, Diane, Latone, Venus, & le fleuue Xanthus pour les Troyens, comme nous l'auons desia deduit sur le tableau de Scamandre au commencement de cet œuure, auecques tout ce qui peut concerner le sens allegorique de cette fiction,ou partie de ce que dessus a esté touché. Et semblablement comme s'app rierent à ce duel Apollon contre son oncle Neptune, Mars contre Minerue, Diane contre Iunon, Latone contre Mercure, & Xanthus contre Vulcain, tous lesquels combats en particulier sont fort plaisamment exprimez au vingt-vniesme ensuiuant: là ou Minerue surmonte Mars, & Venus, & Iunon Diane, qu'elle destrousse d'arc & de flesches: Mais Apollon se retient de batailler contre Neptune, pour les remonstrances qu'il luy faict de l'ingratitude & mauuaise foy dont leur KK auoit à tous deux vsé Laomedon apres qu'ils luy eurent basty ses murailles.

LL   Tovt *antour tonna le grand ciel.* Du vingtiesme encores de l'Iliade.

Δεινὸν δ᾽ ἐβρόντησε πατὴρ αἰδρῶν τε θεῶν τε
Ὑψόθεν αὐτὰρ ἔνερθε Ποσειδάων ἐτίναξε
Γαῖαν ἀπειρεσίην, &c.

Le Pere des hommes & Dieux
Tonna d'enhaut de vehemence,
Et dessoubs Neptune esbranla
La large terre spacieuse,
Auec les hauts sommets des monts.
Toutes les racines de l'Ide
S'esmeurent abondante en eaux,
Et ses cimes auec la ville
Des Troyens, & tous les vaisseaux
Des Grecs qui estoient là à l'anchre.
Pluton aussi Roy des Enfers
Eut belles haffres soubs la terre:
Et transy de peur en criant
Se iecta à bas de son throsne,
Redoutant qu'au dessus de luy
Neptune n'entr'ouurist la terre,
Et que ses horribles Manoirs,
Que les Dieux mesmes abominent,
Ne se monstrassent aux mortels,
Et immortels, tel tintamarre
Firent les Dieux en leur assaut
Quand au combat ils s'attaquerent.

MM   I l *trouue à reprendre en Homere, de ce qu'il entre-mesle les Dieux auecques les personnes.* Au contraire Plutarque en sa vie approuue cela, πεποιηκὼς δὲ οἷς θεοῖς τοῖς ἀνθρώποις ὁμοιότητας, &c. De ce qu'il introduit les Dieux prattiquans familierement auecques les hommes, cela a esté faict de luy, non pour la delectation, & admiration, mais pour denoter par là que les Dieux ont soin de nous ayder & assister, & qu'ils ne nous mettent point en oubly: ou bien pour le restreindre en moins de paroles, il vse d'vne admirable & fabuleuse narration pour rendre les auditeurs plus attentifs & les tenir (suspendus en estonnement des belles & plaisantes choses qu'il compte: ce qui est cause que quelquesfois il se transporte hors du deuoir & bienseance: mais il faut aussi considerer que si on veut examiner de plus pres ces fictions, on verra combien il a esté excellent en toutes sortes de doctrines. Cecy dit Plutarque.

NN   Sçachant bien qu'Helene auecques Páris auoient esté iectez par les vents contraires en Egypte. Ce lieu d'Herodote en son Euterpé, nous esclaircira tout cecy, qui en a esté emprunté; lequel apres auoir sommairement discouru en la preface de son histoire, que les Pheniciens estans abordez en Argos, & là debité leurs marchandises, ils rauirent Io fille d'Inachus, qui auecques quelques autres ieunes Damoiselles estoit allée voir leurs vaisseaux, & la menerent en Egypte. De là à quelque temps les Grecs pour en auoir leur reuanche, ayans nauigé à Tyr, enleuerent Europe fille du Roy Agenor, par où l'iniure precedente auoit esté assez vengée: mais ne se contentans de cela, ils voulurent redoubler encores soubs la conduitte de Iason enuers Medée fille d'Aetes Roy de Colchos, tellement que pour compenser cest outrage, Páris Alexandre fils de Priam, quelques soixante tant d'ans apres se seroit meu d'aller querir vne femme pour luy en Grece, où il rauit Heleine: pour r'auoir laquelle, les Grecs depescherent vne ambassade à Troye. dont fut mesme Menelaus son mary; Surquoy pour toute resolution leur fut mis en auant le restablissement de Medée premier que de leur faire droict sur leur plainte, si que les Grecs dresserent vne grosse armée, & s'en allerent saccager & ruiner Troye. Herodote doncques ayant premis en brief cela, il poursuit au second liure; Que luy s'informant vn iour en Egypte d'vn des Prestres de cest affaire, il luy vint à racompter comme Páris retournant à Troye auecques Helene, & les biens qu'il auoit pillez à Sparthe, il fut surpris d'vne tourmente en la mer Egée, dont il fut iecté malgré luy en la coste d'Egypte, où il fut contrainct d'aller donner fonds en l'vne des bouches du Nil, qu'on appelle la Canopique, & à Tarithées, en cet endroit où estoit encore de son temps le temple d'Hercule, lequel si quelque

que esclaue pouuoit gaigner, & se deuoüoit à ce Dieu receuant ses sacrées marques, il n'estoit plus loisible de mettre la main sur luy. Tellement que les esclaues qui estoient auec Pâris, ayans eu le vent de ceste franchise, s'y enfuyrent à garand, les chargeans enuers les Prestres du Temple, & le gouuerneur de la ville appellé Thonis, de sa grande trahison & desloyauté à l'endroit de Menelaus: duquel apres auoir receu tant de courtoisies, & esté receu si humainement, il auroit enleué la femme, & saccagé tous ses thresors. Ce que Thonis alla sur le champ rapporter à Prothée qui pour lors regnoit en Egypte, pour sçauoir de luy ce qu'il en feroit, ou de le retenir, ou laisser aller: Prothée ordonna qu'on le luy amenast lié & garrotté pour sçauoir ce qu'il voudroit dire, ce que fit Thonis, & retenant les vaisseaux, mena Pâris auec Heleine, & toutes leurs hardes au Roy Prothée à Memphis & pareillement les Esclaues qui l'auoient accusé. Prothée luy ayant demandé qu'il estoit, & d'où il venoit auec ceste flotte, Pâris luy declara le nom de son pays, & de ses parents: mais quand il le vint à interroger sur Heleine, comme il terguiuersast en ses propos, les Esclaues le rechargerent de nouueau, renforçans leur premiere accusation par les particularitez de tout ce qu'il auoit commis en ce voyage. Là dessus Prothée, si ie n'estimoi estre de trop grande importance de faire mourir vn passant que les vents auroient poussé en mes limites, certes ie ferois sur toy la vengeance de ce Grec-là, comme ton forfaict le merite, ô ingrat perfide le plus meschant & malheureux de tous les viuans, qui as ainsi traitreusement enleué la femme de celuy qui t'auoit ainsi benignement receu en son hostel, & non content de cest outrage rauy le meilleur & plus beau de son bien auec elle: mais reputant ce que cela importeroit de mettre la main à vn estranger, au moins pour luy oster la vie, ie retiendray icy ceste femme & ses biens, pour rendre le tout à son mary quand il le viendra repeter. Et quant à toy ie te commande que dans trois iours pour tou delaix, tu ayes à vuider hors de mes consins toy & ta suitte, autrement ie vous traicteray tous comme mes mortels ennemis. Telle racomptoit ce Prestre-là à Herodote auoir esté l'abordée de Pâris & Heleine en Egypte: Mais pource que cela ne sembloit pas propre à Homere pour l'enchasser en ses poësies, il voulut prendre vne autre addresse: ce neantmoins au 6. de l'Iliade (tout cecy est encore du mesme Herodote) où il traicte les proüesses de Diomedes, il donne tacitement à cognoistre qu'ils aborderent en Egypte, quand il aduoüe qu'ils furent ieetez par fortune de mer en la Surie dont l'Egypte est toute prochaine, & mesmement en cest endroit-là où estoit la ville de Sidon.

Αὐτὴ δ᾽ εἰ θάλαμον κατεβήσετο κηώεντα,
Ε῎νθ᾽ ἔσαν οἱ πέπλοι παμποίκιλοι, ἔργα γυναικῶν
Σιδονίων, τὰς αὐτὸς Ἀλέξανδρος θεοδὴς
Η῎γαγε Σιδονίηθεν ἐπὶ πλὼς εὐρέα πόντον,
Τὴν ὁδὸν ἣν Ἑλένην περ ἀνήγαγεν εὐπατερείας.

Hecube descend en sa chambre
Remplie de bonnes odeurs,
Où estoient plusieurs tauaïolles
D'œuure à l'esguille tous diuers,
Labeur de ces Sidoniennes,
Qu'Alexandre Pâris le beau
Auoit rauy en Sydonie
Nauigeant par la haute mer,
Alors qu'il enleua Heleine
Née d'vn si bon parenté.

Il allegue encore quelques autres passages de l'Odyssée pour confirmer ce que dessus: que Menelaus & Heleine furent en Egypte: mais ils ne font rien à ce propos, parce que ce fut à leur retour apres la prise de Troye où Heleine fut renduë à son mary, & ils passerent par Egypte: Bien y pourroit mieux quadrer ceste coniecture, qu'il y apporte, que malaisement seroit il à croire, que Priam & tous les siens eussent voulu endurer tant & si loguement de telles calamitez & ruines pour vn fol desbordé plaisir d'vn de ses enfans, lequel mesme n'estoit pas pour succeder à la couronne, ains Hector aisné de luy, & plus valeureux: qui n'eust pas voulu perdre ainsi temerairement, & l'heritage qu'il attendoit, pour la mauuaistié d'vn frere puisné tout confit en delices & voluptez. Et de fait ce Prestre luy racompta outtre-plus, qu'apres le retour de ceste ambassade que les Grecs depescherent à Troye, à laquelle fut fait responce auec serment solennel. Qu'ils n'auoient ny Heleine, ny les biens dont estoit question, ains que le tout estoit demeuré en Egypte où Prothée les retenoit, les Grecs cuidans que ce fust vn eschappatoire & desfaicte assiegerent par-apres Troye & la saccagerent, là où n'ayans trouué ny Heleine ny ce qu'ils querelloient, Menelaus s'en alla en Egypte deuers Prothée qui luy restitua le tout, dequoy il se monstra depuis fort ingrat: car ayant surpris à l'escart deux ieunes enfans de la contrée, il les immola pour voir par leurs entrailles ce qui luy deuoit aduenir: si qu'il fut contraint de s'enfuyr

honteufement. Ces paffages-là font au quatriefme de l'Odyffée, où eft fait mention de ce Thonis, de la femme duquel Heleine aduoué auoir appris beaucoup de fecrets de l'Egypte, tant en
medicaments qu'en charmes fondez fur la vertu des fimples qui s'y produifent; & entre autres
d'vn breuuage qui chaffe toute trifteffe, fafcherie & courroux, qu'elle mefla parmy le vin au
banquet que fait Menelaus à Telemaque.

> Τοῖα Διὸς θυγάτηρ ἔχε Φάρμακα μητίοεντα
> Ἐθλὰ, τά οἱ πολυδάμρα πόρεν Θῶνος παρ' δαμεπίς
> Αἰγυπτίη, τῇ πλεῖσα Φέρ ζείδωρος ἄρουρα.
> Φάρμακα, πολλὰ μὲν ἐθλὰ μεμιγμένα, πολλὰ δὲ λυγρά.

> *Telles drogues bonnes vtiles*
> *La fille auoit de Iuppiter,*
> *Que Polydame Egyptienne*
> *Femme de Thonis luy auoit*
> *Appris,& donné, dont la terre*
> *En produiſt grande quantité,*
> *Tant de bonnes que de mauuaiſes.*

Et puis apres encore au meſme liure, ce que cite Diodore Sicilien au 3. où Menelaus racompte
à Telemaque ce qui luy eſtoit entreuenu en Egypte auec Prothée.

> Αἰγύπτω μ' ἔτι δεῦρο θεοὶ μεμαῶτα νέεσθαι
> Ἔρυν, ἐπεὶ ὅ σφιν ἔρεξα τελείεσσας ἑκατόμβας.
> Οἱ δ' αἰεὶ βόλοντο θεοὶ μεμνῆσθαι ἐφετμέων·

> *Mais les Dieux encore en Egypte*
> *Me retindrent voullant venir,*
> *Pour n'auoir fait les facrifices*
> *Solennels dont i'eſtois tenu*
> *En leur endroit: car ils defirent*
> *Que touſiours des commandemens*
> *Qu'ils nous font l'on ait fouuenance.*

*Homere ne deuoit pas introduire Heleine en ſon poëme, contemplant de deſſus les murailles de Troye les maux
qui ſe commettoient à la plaine pour l'amour d'elle.* Au 3. de l'Iliade le duel ayant eſté arreſté corps à
corps entre Menelaus & Páris, pour terminer leur different fans que tant de gens en patiſſent,
Priam s'en vient fur vne tour pour le regarder, & fait approcher Heleine afin qu'elle luy nomme les Princes Grecs qui y affiftoient.

> Τὸν δ' Ἑλένη μύθοισιν ἀμείβετο δῖα γυναικῶν
> Αἰδοῖός τέ μοί ἔσσι Φίλε ἑκυρέ, δεινός τε.

> *Heleine luy reſpond ainſi,*
> *Diuine entre toutes les femmes,*
> *O mon cher beau-pere qui m'es*
> *Le venerable, & redoutable,*
> *Combien m'euſt deu plaire la mort*
> *Quand ton fils ie me mis à ſuiure.*
> *Venant icy, & delaiſſer*
> *Mon lict nuptial, & mes freres,*
> *Ma fille vnique Hermioné,*
> *Et mes tres-aimées compaigne,*
> *Pluſtoſt que de voir arriuer*
> *Tant de maux dont ie ſuis la cauſe.*

Et là deſſus elle luy defigne Agamemnon, & les autres. Cela fait Priam ne pouuant comporter
de voir ſon fils en ce danger, s'en retourne en ſon Palais; & Heleine demeure à regarder le combat du haut de la tour, accompagnée de grand nombre de Troyennes: où Venus apres auoir
foubſtrait Páris dans vne nuée obſcure des mains de ſon aduerſaire qui eſtoit ſur le point de le
mettre à mort, la va querir:

Αὐτὴ

Αὐτὴ δ᾽ αὖθ᾽ Ἑλένην καλέεσ᾽ ἰὲ. τὴν δ᾽ οἰχόμαι
Πύργῳ ἐφ᾽ ὑψηλῷ, ωɛ̀ δὲ ηρωαὶ ἅλις ἦσαν.

Qui eſt ce que Philoſtrate veut entendre icy.

Páris non plus ne deuoit pas eſtre loüé à Troye pour auoir enleué Heleine: Et le ſurplus de ce propos. Ie ne **PP**
me reſſouuiens point auoir rien leu de tout cecy en Homere, ſi ce n'eſt pour le regard de ſes delices au 6. de l'Iliade, où eſt deſcripte ſuccinctement la magnificence de ſon Pallais, qu'il fit baſtir
à ſon retour de la Grece, pres de celuy de ſon pere le Roy Priam.

Ἕκτωρ δ᾽ ωɛ̀ς δώματ᾽ Ἀλεξάνδροιο βεβήκει
Καλά, τά ρ᾽ αὐτὸς ἔτευχε σὺν ἀνδράσιν ὃι τότ᾽ ἄϵιστι
Ἠ᾽ σὰν ϵωὶ ϵρίη, &c.

Hector s'en alla au Pallais
Beau magnifique que ſon frere
Alexandre auoit fait baſtir
Par des ouuriers qui lors à Troye
Eſtoient eſtimez les meilleurs,
Leſquels luy firent vne chambre,
Vn' grand' ſalle, & vn logis
Tout complet en la citadelle
Aupres de Priam & d'Hector.

Ny Heleine euadé la mort par les mains des Dames Troyennes. Cecy n'eſt point non plus dans Home- **QQ**
re: mais de la mort d'elle, il y en a diuerſes opinions, & entre autres Dion Pruſien, lequel en ſon
traicté de Troye non priſe dit auoir ſceu des Preſtres d'Egypte, qu'Heleine fille de Tindarus la
plus belle creature de toute la Grece, fut pour ceſte occaſion requiſe en mariage de tous les ieunes Princes du pays: mais que la renommée s'en eſtant eſpandue de là la mer iuſqu'en la Phrygie,
Páris Alexandre fils du Roy Priam voulut auſſi eſtre de la partie ſi que tant pour ſa beauté que
pour le riche train & equippage, où il comparut, Heleine le choiſit deuant tous les autres; leſquels ne pouuans comporter de ſe voir ainſi à meſpris pour vn eſtranger, à l'inſtance de Menelaus qui en eſtoit trop plus picqué que nul des autres, mirent vne groſſe armée ſus dont Agamemnon frere dudit Menelaus eut la charge & conduitte, & s'en allerent aſſieger Troye, où
Achilles fut mis à mort de la main d'Hector, & Páris à coups de fleſches par Philoctete. Puis fut
vn appointement traicté par Vlyſſe; auquel les Grecs pour la reparation des degaſts par eux faits
iniuſtement dans les terres du Roy Priam, ſe ſoubſmirent à offrir vn grand cheual de bois doré
à la Deeſſe Minerue. Cela fait il s'en retournerent en leur pays ſans r'auoir Heleine, qu'Hector
donna en mariage à ſon frere Deiphebus, mais quelque temps apres elle fut maſſacrée par Oreſtes fils d'Agamemnon. D'autre-part Menelaus tout honteux d'auoir failly à ſes atteintes, n'oſa
plus retourner en Grece, ains prit la routte de l'Egypte, où il eſpouſa la fille du Roy Prothée.
Priam de ſon coſté regna longuement depuis en grande gloire & proſperité: auquel ſon fils Hector ſucceda, qui enuoya Enée & Anthenor conquerir de nouuelles terres. Helenus
auſſi en Grece. De luy il ſubiuga par force d'armes comme treſpreux & vaillant qu'il eſtoit, vne
bonne portion de l'Aſie: & mourut fort vieil, laiſſant ſon Royaume tout paiſible à ſon fils le
prince Scamander. Voila ce qu'en met Dion. Mais Herodote eſcript, qu'apres le decez de Menelaus, deux ſeigneurs Lacedemoniens Nicoſtrate & Megapenthus chaſſerent Heleine qui auoit
eſté cauſe de tant de maux, hors de la ville, & de tout l'eſtat de Sparte, ſans luy aſſigner aucune
demeure, ny rien dequoy ſe maintenir: Parquoy contrainte de la neceſſité elle ſe retira à Rhodes deuers vne ſienne compagne & amie ancienne Polypo veuſue de Tlepolemus Roy de ceſte
iſle là, lequel auoit eſté tué deuant Troye de la main de Sarpedon Roy des Lyciens: ceſte Polypo luy fit bon racueil d'arriuée, mais ſes Damoiſelles la hayſſant de ce qu'elle auoit eſté cauſe de
la mort de leur feu ſeigneur, vn iour qu'elle s'eſtoit allée eſbattre en vn verger ſans leur maiſtreſſe la pendirent & eſtranglerent à vn des arbres. Ainſi fina miſerablemét ſes vieils iours ceſte pauure infortunée creature, qui de ſes diffamatiós a remply par vne ſi longue ſuitte de temps tout le
pourpris de la terre. Pauſanias és Laconiques appelle l'autre Polizo natifue d'Argos: & met que
ce fut elle meſme qui la fit pendre par ſes feruantes deſguiſées en habit de furies, vne fois qu'elle
ſe baignoit.

Oſtons pareillement le combat qu'Homere eſcript eſtre interuenu entre Menelaus & Páris deuant Troye pour **RR**
raiſon d'Heleine. Ce duel eſt fort particulierement deſcript au 3. de l'Iliade & comme Páris eſtant
ſur le point d'eſtre mis à mort par Menelaus Venus l'enleua hors de ſes mains, & le tranſporta dedans Troye en ſa chãbre, où elle fit venir Heleine pour ſe coucher auecques luy, mais elle luy fit

dix mille reproches : & finablement condefcendit au vouloir de la Deeffe. C'eft vn des traiéts qu'on taxe & reprend en Homere, comme d'vne fiction trop extrauagante, & où il n'y a pas beaucoup de verifimilitude ny inftruction, fi ce n'eftoit, comme le touche Plutarque liu. 3. des Sympofiaques queftion 6. pour monftrer la continence des Grecs au prix de celle des Afiatiques : car il ne fe trouuera point ce dit-il qu'aucun des Princes & Heroës fe foit fur iour couché auec fa femme ny fon amie, finon Páris, qui s'en eftant fuy de la bataille s'en alla cacher au gyron de fon Heleine, donnant à entendre par-là que c'eft pluftoft acte d'vn concubinaire lubrique & voluptueux que d'vn mary legitime poffedé de l'honnefteté.

SS   *Prothefilaus n'approuue pas non plus cecy d'Homere, que s'eftant propofé de traiéter les chofes de Troye, il en fort du tout apres la mort d'Hector, pour paffer foudain à vn autre difcours où il defcript les faits d'Vlyffe.* Homere en fes poëfies departies en deux grands œuures, l'Iliade, & l'Odyffée, contenant chacun 24. liures, autant qu'il y a de lettres en l'Alphabet Grec pour faire la reuolution entiere, nous a voulu par là depeindre tout le cours de la vie humaine, qui n'eft autre chofe qu'vne carriere qu'on paffe, toute parfemée de chauffe-trappes, d'orties, efpines & chardons, de miferes & calamitez, ennuys, fafcheries, & angoiffes qui nous aduiennent tant à la guerre (quoy bat l'Iliade, que hors d'icelle en l'Odyffée, d'infinis trauaux, peines, labeurs, perils, & defaftres, tels que fouffrit par dix ans entiers, autant qu'auoit duré le fiege de Troye, Vlyffes s'en retournant en fon pays. Outre plus par ces deux œuures, il a voulu reprefenter l'homme qui confifte du corps, & de l'efprit : Ceftui-cy par Vlyffe fage, prudent & aduifé, eloquent, conftant, patient en toutes fes aduerfitez : & le corps par Achille fort & robufte, agile & difpoft, preux & vaillant, mais defpit, colere, & fort aifé à courroucer & fe mettre aux champs : qui font les paffions plus tenans du corps; qu'il nous remet deuant les yeux excellemment par la querelle dudit Achille & d'Agamemnon pour l'occafion d'vne garce, par où il enfourne fon œuure. Car penfez quelle apparence il y auoit qu'Agamemnon ayant la charge & fuperintendence de l'armée Grecque, & par confequent tant de foucys & occupations, & tant de gens à contenter, au plus fort de l'affaire où il deuoit plus craindre d'offenfer perfonne, & mefmement des fignalez, qui l'auoient fi volontairement fuiuy en cefte longue & fafcheufe guerre, entreprife pour venger le tort & outrage fait à fon frere Menelaus, de s'aller hors de tout propos attaquer par vne arrogance & lafciueté au plus valeureux & redoubté de l'armée : & luy de fa part qui deuoit auoir plus de confideration au falut publicq qu'à fes particulieres paffions, s'aigrir de forte qu'il cuida mettre le tout en danger de fe perdre, fans fe vouloir aucunement fiefchir, ny entendre à pas vn raifonnable party, fi qu'il ne fe meut ny par prieres, remonftrances, ny offres mefmes plus que raifonnables, ains tant feulement par la mort d'vn fien cher fauori mignon, qu'il monftre auoir trop plus à cueur, que ny l'honneur de fa patrie, ny fa reputation, ny la iufte vengeance d'vne iniure faicte à toute la Grece en general. Homere doncques voulant reprefenter les tranfportées paffions du corps, commence ce poëme par le mot de μῆνις indignation & courroux felon; & l'acheue non precifement à la mort d'Hector comme fait Virgile par celle de Turnus.

Vitáque cum gemitu fugit indignata fub vmbras.

Ayant commencé fon Eneide de mefme par l'ire & vindicte de Iunon defpitée de longue main contre les Troyens, ains par les funerailles dudit Hector, pour denoter la courtoifie & honnefteté pitoyable dont vfa iceluy Achille enuers Priam, qui luy eftoit venu redemander le corps de fon fils. Mais là deffus on cenfure Homere d'auoir reprefenté fon Achille fi fordide, tacquin & auaricieux qu'il ne le rendit que moyennant les grands dons & prefens que luy en apporta Priam, encore fut ce apres auoir vfé enuers le corps d'infinis opprobres & contumelies. Plutarque au refte en la vie de ce Poëte monftre par viues raifons, qu'il n'y a rien d'inepte ny mal à propos en fes poëfies : Et Horace en fon art poëtique.

    Quanto veétius hic qui nil molitur inepte;
    Dic mihi mufa virum, captæ poft tempora Troie;
    Qui mores hominum multorum vidit, & vibeu, &c.

TT   *Il recite les laiz & chançons de Demodocus, & de Phemius le faccagement & ruine de Troye : & le cheual d'Epeus, & de Pallas.* Cecy eft au 8. de l'Odyffée où ce Demodocus eft introduit : lequel apres auoir chanté comme Mars & Venus furêt furpris par Vulcain dans vn pan de rets qu'il leur auoit attitré, & le furplus de cefte fable : il vient à reciter fur la lyre, comme Epeus ayant paracheué à l'aide de Pallas le cheual de boys que les Grecs feignans vouloir offrir à leur partement auoient emply de gens armez, & leué l'anchre ainfi que s'ils f'en fuffent voulu retourner, cefte machine fut conduitte par les Troyens mefmes fur des roulleaux iufques dedans la citadelle, où les vns eftoient d'aduis qu'on la deuoit mettre par pieces à coups de haches & coignées : les autres de la precipiter du haut de la roche : & les autres de la conferuer pour tefmoignage à leur pofterité de ce qui eftoit aduenu : laquelle opinion l'emporta, parce qu'auffi bien eftoit il preordonné des deftinées que Troye deuoit eftre prife par le moyen de ce cheual, auquel s'eftoient enfermez les principaux & plus vaillans de l'armée Grecque. Il pourfuit puis-apres comment ils faccagerent

Troye

Troye, s'eſtans au ſortir d'iceluy eſpandus par la ville de coſte & d'autre : & qu'Vlyſſe auec Menelaus s'addreſſerent au logis de Deiphebus, où il y eut vn gros combat, dont à la parfin ils vindrent à bout moyennant l'ayde de Minerue. Cependant Vlyſſe qui oyoit reciter tout cela ſur la
lyre, ſe conſumoit en ſon courage les larmes aux yeux, dont pas vn des Pheaciens ne s'apperceut fors Alcinous qui y prenoit garde : car eſtant aſſis à table aupres de luy il pouuoit aiſement
oüyr les profonds ſouſpirs qu'il ioctoit. Voyla pour le regard de Demodocus. Quant à Phemius,
au 1. de l'Odyſſée, il eſt dit que par contrainte il eſtoit auec les Proques de Penelope, ou pendant
qu'ils faiſoient bonne chere aux deſpens d'Vlyſſe, il les reſioüyſſoit de ſes chants accompagnez
de ſon inſtrument. Et au 22. qu'apres qu'Vlyſſe les eut mis à mort il luy pardonna à la requeſte
de Telemaque, qui luy teſmoigna comme ç'auoit eſté outre ſon vouloir par contrainte qu'il
eſtoit demeuré auec eux.

Τερπιάδης ἢ τ' ἀοιδὸς ἀλύσκασι κῆρα μέλαιραν
Φήμιος, ὃς ρ' ἤρδε μετ μνηϛῆρσιν ἀνάγκη, &c.

Phemius le chantre euita
La mort, lequel chantoit aux Proques
Contraint outre ſa volonté :
Et eſtoit là prés de la porte
Tenant ſa lyre entre les mains,
Suſpendu de double penſée,
S'il deuoit aller à l'autel
De Iuppiter, en la grand ſalle,
Où Laërtes, & Vlyſſes
Luy auoient fait maints ſacrifices,
Ou aux prieres recourir,
S'agenoüillant deuant Vlyſſe :
Ce qu'il trouua plus à propos,
Il mit doncq ſa lyre par terre,
Et luy empoigna les genoüils,
Le priant en ceſte maniere,
Ie te ſupplye ô Vlyſſes
Auoir de moy miſericorde ,
Car à l'aduenir tu aurois
Trop de regret qu'vn pauure chantre
Tu euſſes icy mis à mort
Qui chante & aux Dieux, & aux hômes.
Ie me ſuis de moy meſme appris,
Mais Dieu m'a mis en la penſée
Toutes mes Odes & Chançons :
Et à toy chanter il me ſemble,
Comme ſi tu eſtois vn Dieu,
Parquoy decoller ne me vueilles,
Car Telemaque ton cher fils
Te pourra rendre teſmoignage,
Que non de mon propre vouloir,
Ny non plus contraint d'indigence
Ie ſuis venu en ta maiſon
Seruir de mon meſtier les Proques,
Ains malgré moy m'y ont conduit.

Au regard de l'indignation de Neptune, pour laquelle vn ſeul vaiſſeau ne luy demeura, elle ne vint pas pour VV
l'occaſion de Polypheme, &c. De cecy au commencement de l'Odyſſée.

Θεοὶ δ' ἐλέαιρον ἅπαντες
Νόσφι Ποσειδάωνος ὁ δ' ἀσπερχὲς μενέαινεν

Ἀντίθεα Ὀδυσῆ πρὸς ἑῷ γαῖαν ἱκέθαι.

Les Dieux auoient compassion
D'Vlysse tous fors que Neptune,
Qui sans cesse le molesta
Auant qu'arriuer en sa terre.

Au 5. ensuyuant il escript comme Neptune luy submergea tous ses vaisseaux, auec ceux qui estoient dedans qu'il n'en reschappa vn seul fors que luy, qui à nage dessus vn aiz fut poussé par les vagues au riuage des Pheaciens, où il trouua Nausicaa fille d'Alcinous, qui estoit là venuë sauonner son linge. Mais entant que touche Polyphemus, cela est vers la fin du 9. liure, où le Cyclope ayant en son œil vnique d'emmy le front creué par Vlysse, il requiert à son pere Neptune qu'iceluy Vlysse ne puisse point arriuer en son pays: ou bien s'il luy est destiné d'y venir, que ce soit à tard, apres auoir perdu tous les siens, & encore sur autruy vaisseau: & qu'à son arriuée il trouue plusieurs grands detriments & ruines en sa maison: dequoy Neptune l'exauça: ce qui est plus amplement exprimé en l'onziesme où l'ame de Tiresias és enfers, luy annonce tout ce qui luy deuoit arriuer en ceste maniere. *Tu m'interroges ô genereux Vlysse de ton retour: lequel Dieu te rendra fort difficile, car ie ne cuide pas que Neptune vueille appaiser le courroux qu'il a conceu contre toy en son cœur pour son cher fils que tu luy as aueuglé: N'eantmoins encore que ce soit auec de grands maux & ennuys, si tu te puis abstenir auec tes compaignons, lors que vostre vaisseau abordera en l'Isle Trinacrienne pour euiter la mer esmeuë de vagues tempestueuses, & des bœufs que vous trouuerez là paissans, & des moutons gras & refaits, le tout consacré au Soleil qui tout void & oyt: & que les delaissans sans y toucher vous vous remettiez au retour, certes encore parauanture paruiendrez vous en Ithaque, ores que se soit auec de grandes & fascheuses tribulations. Mais si vous voiiez & les offensez tant soit peu, certes ie t'annonce infailliblement ta mort, & de tes compagnons, auec la ruine de vostre vaisseau. Que si d'auanture tu en reschappes, ce sera toutesfois à tard, & ayant souffert infinis trauaux, que tu arriueras ch.z toy, & encore en vaisseau d'autruy. Et si tu trouueras au logis beaucoup de desolations: des gens insolens & superbes qui mangent & dissipent ton bien, & prochassent ta femme pour l'espouser, luy offrans force riches dons & presens: mais à ton arriuée tu chastieras tous leurs outrages. Or apres que tu auras mis à mort tous ces poursuiuans en ta maison, soit d'astuce, ou par la furie du glaiue, embarque toy lors promptement dans vn nauire, & fais voile iusqu'à ce que tu paruiennes à des gens qui ne sçauent que c'est de la mer, & n'ont point accoustumé de saller leurs viandes, ne cognoissent non plus les vaisseaux qui vont à rames leurs seruans d'aisles. Ie te donneray au surplus vn signe tout manifeste & infaillible, quand tu auras rencontré vn passant qui a vn van sur ses espaulles, fiche lors ton auiron dans la terre, & apres auoir immolé à Neptune vn belier, vn taureau, & vn verrat, retourne chez toy, & fais là de beaux sacrifices aux Dieux immortels qui habitent là haut dans le large & spacieux Olympe, à hacun d'eux, selon leur ordre: & la mort te viendra de la mer douce & debile, qui t'emportera de ce monde tout elanguori d'vne extreme & gracieuse vieillesse, & ce peuple là alentour viura en grande felicité.* Toutesfois Hyginus escript au chap. 127. que Telegone fils d'Vlysse & de Circé, ayant esté depesché d'elle pour chercher son pere fut porté par fortune de mer en Ithaque, là où contraint de la necessité de fourrager le plat pays, Vlysse & Telemaque sans le cognoistre le vindrent rencontrer à main armée, ou Vlysse par mescognoissance fut mis à mort de son fils Telegone, suiuant ce qui luy auoit esté predit par l'Oracle: mais Telegone, ayant cognen qui c'estoit, par le commandement de Minerue, s'en retourna en l'Isle d'Ææ auec Telemaque & Penelope, & emporterent auec eux le corps d'Vlysse qu'ils y enseptulturerent: & par l'admonestement encore de Minerue Telegone espousa Penelope, & Telemaque Circé, dont il eut le Roy Latin, du nom duquel la langue Latine prit son appellation, & le peuple des Latins aussi: de Penelope & Telegone nacquit Italus qui donna le nom d'Italie à tout le pays.

ZZ *Desia le bruit des cheuaux & des hommes me vient de toutes parts frapper aux oreilles.* Cecy a esté dit de Philostrate à l'imitation de ce qui se void au 10. de l'Iliade; où Diomede & Vlysse ayant mis à mort Rhesus, & emmené ses cheuaux feez auant qu'auoir beu dans le Scamandre, comme ils furent de retour pres du camp, Nestor qui en oyt le premier le bruit s'escrie ainsi ἵππων μ' ἀκουπέδαν ἀμφίκτυπος ἠ αβάλλη.

Des cheuaux vistes du pied
Le bruit me frappe aux oreilles.

Lequel vers Suetone en la vie de Neron ch. 49. met qu'il prononça lors que s'estant allé cacher pres de Rome en vne paure cahuette d'vn de ses affranchis Phaon, il oyt de loin le bruit des cheuaux qui auoient esté depeschez chez du Senat pour le prendre en vie, & le traitter selon que ses tyranniques forfaits requeroient; mais il les preuint, à l'aide d'vn sien secretaire Epaphrodytus s'estant donné du poignard dans la gorge.

NESTOR.

NESTOR.

LE plus ancien de tous les Grecs qui allerent au siege de Troye selon que dit Prothesilaus, fut Nestor fils de Neleus, fort esprouué auparauant en plusieurs guerres & rencontres, car la jeunesse de son temps le guerroioit, & y auoit des ieux de prix proposez à l'escrime de coups de poing, & à la lucte: mais pour bien ranger en bataille tant les gens de cheual que de pied, il estoit en cela excellent sur tous autres : & pour l'adminiftration d'vne Republique, ensemble à tout ce qui y eust peu suruenir par le haut Dieu, il s'y comportoit de sorte qu'il ne flattoit pas le peuple pour acquerir sa bien-vueillance, ains ne visoit qu'à le rendre plus modeste & plus attrempé, ce qu'il obtenoit aisement par le moyen de sa douce & ornée eloquence: tellement que ses remonstrances & representations n'estoient ny rudes ny fascheuses : & tout ce qui a esté dit de luy par Homere, Prothesilaus l'asseure estre veritable. Pareillement ce qu'vn autre a dit des bœufs de Geryon, que Neleus & ses enfans les osterent à Hercules sans le sceu & confentement de Nestor, car il est ainsi, & n'est point chose controuuée. Et de faict Hercules donna à Nestor Messene, pour l'amour de son integrité & iustice, d'autant qu'il n'auoit rien voulu attenter sur ses trouppeaux de bestes à corne comme ses freres auoient fait : De façon qu'Hercules auroit esté espris de son amitié, le voyant si preud'homme, & si beau, & l'eut plus à cueur qu'Hylas ny Abdere, lesquels n'estoient que ieunes pages si indiscrets & ignorants, qu'à peine eussent ils peu dire vn mot à droict, là où Nestor quand Hercule s'accointa de luy estoit desia paruenu en adolescence, si qu'il exerçoit la vertu tant de l'esprit que du corps: au moyen dequoy il l'aima singulierement, & en estoit aimé de mesmes. Et comme les hommes n'eussent encore accoustumé de iurer par Hercule, Nestor fut tout le premier qui l'instuta, & enseigna d'ainsi le faire à ceux qui allerent à Troye.

ANNOTATION.

NESTOR *fut espronué en plusieurs guerres.* Il fut fils de Neleus Roy de Pylos, & Chlerys fille d'Amphion Roy d'Orchomene, comme met Pausanias en ses Beotiques. En son ieune aage il fit la guerre aux Egéens peuple du Peloponese qui furent aussi appellez Eliens, laquelle il racompte fort par le menu en l'onziesme de l'Iliade à Patrocle, s'en allant combattre equippé des armes d'Achille, pour l'encourager par ce sien exemple à bien faire : ce qui est attaint par Plutarque au traicté *comme on se peut louer sans enuie.* Et pource que cela esclaircira la plus grand part de ce chapitre, il vaudra mieux amener tout le lieu entier tourné en prose, pource qu'aussi bien c'est vne narration historique desnuée de tous ornemens poëtiques, & qui ne differe comme rien d'vne simple oraison solue, ioint que Strabon au huictiesme de sa Geographie en a fait de mesme. *A la mienne volonté que ie fusse en ceste fleur d'adolescence, & aussi fort & vigoureux de tous mes membres, comme lors que nous vinsmes en contention auec les Eliens pour des bœufs, où ie mis à mort de ma main le preux Ithymonée fils d'Hyperoque lequel faisoit* (sa demeure en Elide : car comme il vouloit rescourre la proye que nous emmenions, *il fut par moy atteint d'vn coup de dard, combattant entre les premiers, dont il tomba roide mort par terre : & quelque resistance que sceussent faire ces gens ruraux, nous emmenasmes de la campaigne bien cinquante trouppeaux de bestes à corne, & pareil nombre de bestes blanches, de porcs & de chevres, auec cent cinquante iuments bayes, la pluspart ayans des poulains. Nous amenasmes tout cela dans la ville de Pylos où nous arriuasmes de nuict : dequoy Neleus eut grand ioye au cueur, pour m'auoir veu si bien exploitter en vn si ieune aage. Et le lendemain si tost que l'aube du iour apparut, les trompettes allerent publier par les carrefours, que tous ceux qui s'estoient trouuez à ceste entreprise vinssent receuoir leur part du butin, qui leur fut egalement distribué : car les Epéens nous estoient debiteurs de tout plein de choses, depuis que nous estans en petit nombre fusmes fort affligez en Pylos par l'effort d'Hercule, lequel quelques années auparauant auoit mis à mort les plus valeureux d'entre nous. Or estions nous douze enfans de Neleus, dont il ne demeura que moy, tous les autres y estans morts : & pour ceste occasion les Epéens nous estoient plus audacieusement venus courre sus : car le bon vieillard nostre pere auoit mis à part vn bon nombre de bestes à corne, & de blanches aussi, auec leurs gardiens & pasteurs, à cause qu'on luy retenoit en l'Elide quatre cheuaux qui auoient gaigné le prix à la course des chariots, auec les trippiers d'airain qu'on deuoit donner pour ceste victoire : le Roy Augeas retint le tout, & renuoya le cocher à vuide bien ennuyé de se voir traitter de la sorte. Ce tort là accompaigné encor de quelques paroles iniurieuses auoient fort picqué le vieillard, au moyen dequoy ayant mis à part sa portion du butin susdit, il departit le reste au peuple, afin que personne ne fust desfraudé de son droict. Comme doncques nous estions occuppez à faire ces distributions hors la ville, auec des sacrifices aux Dieux pour l'heureux succez de nostre entreprise, le troisesme iour ensuiuant voicy les autres qui suruiennent en bon nombre de cauallerie, qui à toute bride vient charger sur nous, ayans auec eux, les deux Molions bien armez, mais fort ieunes encore, & non des plus practiquez aux armes. Or il y a vne ville sur vn haut sommet de rocher assez loin du fleuue Alphée appellée Thryœsse, qu'ils inuestirent d'arriuée, & y vouloient donner l'assaut, quand aussi tost qu'ils eurent trauersé la plaine, Minerue arriua du ciel qu'il estoit desia noire nuict, laquelle fit promptement armer le peuple, & ils y obeirent bien volontiers : mais Neleus ne voullant pas que ie m'armasse me fit destourner mes cheuaux, car il n'estimoit pas que ie fusse encore capable d'aller à la guerre : neantmoins ie ne laissay pas pour cela de me constituer chef de nos gens de cheual nonobstant que ie fusse à pied, puis que Minerue estoit celle qui nous guidoit à la meslée. Il y a vne riuiere ditte Myneie qui se va descharger en la mer pres d'Arené, là où nous attendismes l'aube du iour : & cependant arriua le reste de nostre cauallerie auec l'infanterie : Puis de là nous nous acheminasmes tant que sur l'heure de midy nous paruinsmes au fleuue d'Alphée : là où faisans alte nous sacrifiasmes au puissant Iuppiter, à Alphée, & à Neptune, à chacun vn taureau à part, & à Minerue vne ieunesse non domptée encore : & fismes repaistre nos gens par ordre, qui se reposerent vn peu puis apres tous auec leurs armes aupres d'eux le long du fleuue. Cependant les Epéens s'estoient espandus autour de la ville prests de la prendre & saccager, mais auant qu'en venir à bout ils trouuerent plus d'affaires qu'ils ne cuidoient : car si tost que le Soleil commença de paroistre dessus la face de la terre, nous nous allasmes attaquer, faisans nos vœuz & prieres à Iuppiter, & à Minerue. Et ainsi le combat s'estant commencé entre les Pyliens, & les Epéens, ie fu le premier de tous de ma main à mort vn nommé Mulius qui estoit gendre d'Augeas dont il auoit espousé la fille aisnée la blonde Agamede, qui sçauoit autant de medicaments comme la spacieuse terre en produist : m'approchant de luy, ie luy tiray vn coup de corse que, dont il tomba à la renuerse dedans la poudre, & en emmenay ses cheuaux, les Epéens le voyans tomber luy qui estoit chef de leur cauallerie, & fort vaillant de sa personne, prindrent l'espouuante, & s'enfuirent à vauderoutte l'vn d'vn costé l'autre d'vn autre : mais ie les tallonnay de pres ainsi qu'vn orage, & leur prins bien cinquante chariots, à chacun desquels deux hommes tomberent par terre, que ie mis à mort de mon glaine. Et certes ie n'en eusse pas fait moins*

des

des deux Molions, si Neptune ne les en eust garantis, les couurant d'vne nuee espoisse: & alors Iuppiter donna
vn fort grand effort aux Pyliens, car nous poursuiuismes les autres, à trauers la plaine les massacrant & des-
pouillant de leurs belles armes, tant que nous eussions donné auec nos chenaux à Buprase fertile en blads: &
à la roche Oleuienne: & Alche qui pour lors s'appelloit Colone, d'où Minerue retira derechef le peuple: mais ie
demeuray sur la queuë, où i'en mis encore vn à mort pendant que les autres faisoient leur retraicte tout bellement: si que de ce faist d'armes tous en donnerent la gloire pour le regard des Dieux à Iuppiter: & des hommes
à Nestor. Voila vne bien longue narration, mais à la mode des vieillards, qui sont ordinairement
grands vanteurs, & prolixes en leur langage: si que le discours qu'il faict au 3. de l'Odyssée à Telemaque de ce qui estoit aduenu à Troye n'est pas moindre que cestui-cy.

Quant à l'aage qu'il pouuoit auoir lors qu'il alla au siege de Troye, pource qu'il est mis icy pour
le plus ancien de tous les Grecs, & le plus sage & eloquent, Homere au 1. de l'Iliade dit qu'il auoit
lors passé deux aages d'homme: lequel aage est diuersement limité, par les vns à 33. ans, si que les
trois en facent cent, qui est l'aage que luy donne Ciceron, & par Plutarque en la cessation des
Oracles apres Heraclite, à trente: Comme faict aussi Suidas en la diction ρινα, ou il met que
Nestor fut enseuely à Pylos, ayant nonante ans, qui sont trois fois trente, dont il auroit esté appellé τριγεων & τριτογενον. Mais Ouide au 12. des Metamorphoses l'estend iusques a cent ans à
propos de Nestor qu'il dit auoir vescu deux cens ans, & estre sur le troisiesme Centenaire.

> --Ac si quem potuit spatiosa senectus
> Spectatorem operum multorum reddere, vixi
> Annot bis centum, nunc tertia viuitur ætas.

Ce qui s'approche d'Homere au lieu susdit.

> -- Τοῖσι δὲ Νέστως

> Ἡ δυεπὴς ἀὸερουσι, λιγὺς πυλίων ἀγορητὴς,

> Là dessus se leua Nestor
> Le doux emparlé: de la langue
> Duquel decoulloient des propos
> Plus doux que miel: & qui deux aages
> Auoit vescu d'hommes mortels:
> Pour lors il estoit au troisiesme.

Mais pour bien ranger en bataille tant les gens de cheual que de pied, il estoit en cela excellent sur tous autres,
Homere au Catalogue Iliade 2. parlant de Menesthée Capitaine des Atheniens.

> Τῷ δ' ἔπως τις ὁμοῖος ὑπιχθονίων γένετ' ἀνὴρ,

> Κοσμῆσαι ἵππους τε καὶ ἀέρας ἀσπιδιώτας,

> Νέστωρ οἶος ἔριζεν. ὁ γὸ προγενέστερος ἦεν

> A celuy-là autre semblable
> N'auoit point esté engendré
> Pour bien ordonner en bataille
> Des gens de cheual, & de pied:
> Nestor seul qui auoit plus d'aage
> En contendoit auecques luy.

Pour l'administration d'vne republique il s'y comportoit de sorte qu'il ne flattoit point le peuple. Homere
fait par tout Nestor fort prudent, & tres-eloquent: Et Platon à son imitation dans le Phedre
monstre que la principale estude de luy & d'Vlysse s'employoit à bien dire. Et en l'Hippias, que
Homere a voulu representer Achille pour le plus vaillant de tous les Grecs qui se retrouuerent
au siege de Troye: Pour le plus sage & prudent Nestor: & pour le plus caut & rusé Vlysse. Plus
au 4. des loix, que de vray Nestor surpassa en eloquence, & notice d'infinies choses tous ceux de
son temps. Quant à ce qui suit puis apres, qu'il ne flattoit point le peuple pour acquerir sa bien-vueillance, mais au reste que ses remonstrances n'estoient ny rudes ny fascheuses: on peut assez voir cela tres-naif-
uement representé dans Homere, & comme il ne dissimule rien par crainte d'of-
fencer les grands: mesmement en ceste querelle d'Agamemnon & d'Achilles pour Briseide au
premier de l'Iliade sans me rendre plus ennuyeux à parcourir tout le reste ὃ πόπω, ἢ μέγα πένθος
ἀχαιΐδα γαῖαν ἱκανει. &c. Las & quelle douleur vient icy saisir la terre de Grece! Certes Priam & ses enfans deuront auoir vne grand'ioye, & tous les autres Troyens aussi s'ils vous oyoient ainsi debattre, Vous qui
de conseil & de proüesse excellez tous les autres Grecs. Mais croyez-moy: car vous estes l'vn & l'autre beaucoup
plus ieunes que ie ne suis, qui ay conuersé autresfois auecques plus de braues gens que vou n'estes, & iamais ne Au 12. des Me-
me mespriserent, & si ie ne vis onques de tels personnages, comme estoient Pirithoë, Drias, tamorphoses.

Cener, Exadie, Polypheme, Thesée, qui furent certes en leurs temps les plus vaillans & belliqueux de tous les hommes mortels. Ils estoient à la verité outre-preux & tresforts, combattoient-ils contre les plus forts hommes de la terre, les plus puissants & redoubtez: des geants montaignards à sçauoir qu'ils mirent tres-glorieusement à mort. Auec de tels hommes ie conuersois, m'ayans fait venir de Pylos: & à eux, s'ils estoient en vie ne s'oseroit prendre pas vn de tous ceux qui sont sur la terre: neantmoins ils ne dedaignoient mon aduis, ains obeissoient à mes remonstrances. Obeyssez y donques de mesme: & toy Agamemnon encore que tu ayes le plus de pouuoir: ne luy oste pas pourtant son amie, ains laisse la luy, puis que c'est le premier prix qu'il a eu des Grecs pour recognoissance de son bien-faire. Ny toy pareillement Achille ne vueille entrer en contention contre vn Roy, lequel a la charge de ceste armée: honneur tel que iamis autre Prince n'en eut de semblable. Que si tu es plus fort & vaillant, c'est pource que tu és nay d'vne Deesse: mais il est plus puissant quant à luy, car il commande à plus de gens. Par-ainsi laissez l'vn & l'autre vos riottes & contentions. Voyez vn peu de quelle liberté de langage il vse alendroit du chef souuerain de l'armée: & d'vn si vaillant Cheualier, si aisé à mettre en colere, que mesme il auroit voulu tirer l'espée sur Agamemnon si Minerue ne l'en eust retenu. Mais c'est la verité qui a ceste force & puissance, laquelle comme dit Socrate en son Apologie, l'Orateur se doit proposer pour la plus excellente partie qui puisse estre en luy. Et au Dialogue de Gorgias reprouuant la Rhetorique flatteresse, il monstre que les Orateurs qui en vsent sont semblables aux Tyrans, qui priuent & de la vie & de leurs biens ceux qu'il leur plaist, les bannissent, proscriuent & tortionnent d'infinies sortes: car le harangueur qui par ses amadouëmens & feintes paroles aura vne fois gaigné l'oreille du peuple, il le pousfiera à toutes choses qui luy viendront à gré, quelques iniustes & illicites qu'elles puissent estre: tellement qu'ils sont cause de beaucoup de maux, en vn estat & par fois de la ruine d'iceluy, voire d'eux mesmes le plus souuent. Et à ce propos Plutarque en la 18. qu. Grecque, met que les Megariens apres auoir chassé leur Tyran Theagenes ne demeurerent gueres en vn bon train de leurs affaires, car soudain les harangueurs & flatteurs du peuple les empieterent, les inuitans à vne licentieuse & insolente liberté encontre les principaux Citoyens: car les pauures & necessiteux induits de ces pestes de Republiques, s'en alloient saccager les maisons des riches: & en fin firent vne ordonnance d'estre quittes & absoubs de leurs debtes: auec autres telles infinies maluersations.

Neleus & ses enfans osterent les bœufs de Geryon à Hercules. Neleus pere de Nestor fut fils de Neptune, & de la Nymphe Tyro fille de Salmonée (celuy qui vouloit contrefaire les tonnerres de Iuppiter, parquoy il en fut foudroyé:) Et ayant esté debouté de la Thessalie par son frere iumeau Pelias il se retira en la contrée de Laconie, où il edifia la ville de Pylos, comme met Homere en l'onziesme de l'Odyssée. Il auoit eu de sa femme Chlorys douze enfans masles, onze desquels furent mis à mort par Hercule, pour luy auoir voulu enleuer de force les bœufs qu'il auoit conquis sur Geryon, Nestor estant pour lors absent, selon qu'il le racompte en Ouide vers la fin du 12. des Metamorphoses à Tlepolemus.

Ille tuus genitor Messenia Manta quondam
Strauit, & immeritas vrbes Elimque Pylumque
Diruit, inque meos ferrum flammasq; penates
Impulit: vtque alios taceam quos ille peremit,
Bis sex Neleida fuimus, conspecta iuuentus,
Bis sex Herculeis ceciderunt, me minus vno,
Viribus.

Plutarque à ce propos que d'vn mauuais pere tel que de Neleus, sortit vn bon enfant Nestor ce qui est rare, au traicté de la tardifue vengeance de Dieu, apres Homere au 2. del'Odyssée.

Παῦροι γὰρ τοι παῖδες ὁμοιοι πατρι πελονται.
Οἱ πλέονες κακίους παῦροι δέ τε πατρος ἀρείης.

Au pere semblables sont
Peu d'enfans, la pluspart pires:
Peu en y a de meilleurs.

Il en specifie de ces meilleurs iusqu'à trois, Antigone fils de Demetrie: Phileus fils d'Augeas, & Nestor fils de Neleus, lesquels estans fort gens de bien estoient issus de mauuais peres. Hyginus au dixiesme chapitre en parle aucunement d'vne autre sorte. *Hercules ayant prins Pylos de force,* y mit à mort Neleus & dix de ses fils, car l'onziesme Periclymenes par le benefice de Neptune ayans esté transmué en vn aigle euita la mort, & le douziesme Nestor estoit à Troye, lequel par le benefice d'Apollon vescut trois siecles: car les ans qu'iceluy Apollon auoit osté à ses freres, il les octroya à Nestor. Pausanias au quatriesme liure fait ce Neleus fils de Cretheus, qui estoit, ce dit-il, fils d'Æolus surnommé Neptune, & ayant esté contraint par son frere Pelias de s'enfuir d'Iolque, Apharée Roy des Messeniens le receut chez soy, & luy donna les lieux maritimes de sa contrée, mesmes la ville de Pylos qui est en Elide, où il bastit vn beau pallais, qu'auoit desia edifié vn nommé Pylus fils de Pleson,

mais

mais il en fut depoſſedé par Neleus, dont elle fut auſſi appellée la ville Neleienne ſelon Homere. Mais Pauſanias ne dit pas que Neleus ny ſes enfans euſſent voulu rauir les bœufs d'Hercule, trop bien que dans ladite ville de Pylos il y auoit vne cauerne où ſe ſouloient iadis eſtabler
ceux de Neſtor qu'il auoit euz par ſucceſſion de ſon pere : ayans eſté auparauant à Iphicle pere
de Protheſilaus, & Neleus les auoit demandez à ceux qui pourſuyuoient ſa fille en mariage pour
la dot qu'ils deuoient donner : Car anciennement les maris acheptoient leurs femmes, comme
on fait encore en Turquie, & non les femmes les maris. Au moyen dequoy Melampus pour gratifier à ſon frere Bias l'vn d'iceux pourſuyuans eſtoit allé en Theſſalie pour les enleuer : mais il fut
là empriſonné par les Paſteurs d'Iphicle, lequel en faueur de quelque prediction qu'il luy auoit
faite, le deliura, & luy fit preſent de ſes bœufs. Car en ce temps là on s'eſtudioit fort à poſſeder
de grands trouppeaux de beſtes à corne, & de cheuallines. Tellement que Neleus deſira auſſi de
recouurer les bœufs d'Iphicle : & Euryſtée commanda à Hercule de luy amener ceux de Geryon
dont la renommée en eſtoit couruë du bout des Eſpagnes iuſques en Grece ; leſquels Erix luy
voulut oſter à ſon retour paſſant par la Sicile, & Cacus au mont Auentin à Rome, ſi curieux ils
eſtoient lors de ce beſtail, à la verité tres-vtile & durant la vie, & apres la mort. Pauſanias au reſte és Corinthiaques met que Neleus ne fut pas tué par Hercule, comme Hyginus dit, ains mourut de maladie à Corinthe, & fut enſeuely pres de l'Iſthme ; neantmoins que iamais on ne peut
trouuer ſa ſepulture, & ne la voulut point Syſiphe enſeigner à Neſtor.

Hercules donna à Neſtor Meſſene. Ce fut vne ville fort ancienne au Peloponeſe, & qui par vne
longue ſuitte d'années eut de groſſes guerres contre les Lacedemoniens, deſquels ils furent finablement ruinez tout à faict, & reduits à vne miſerable ſeruitude, comme on peut voir bien au
long au 4. liure de Pauſanias : lequel és Corinthiaques pour le regard de ce, dont il eſt icy queſtion, dit cecy. *Hercule ayant mis à mort Hippocoon auecques ſes enfans, reſtitua le Royaume d'Argos à*
Tindarus, à la charge de le rendre ſoubs certaines conditions lors qu'il en ſeroit requis, car il ne le luy laiſſoit
qu'en garde, & comme en depoſt. Et de meſme ayant pris Pylos, mit és mains de Neſtor le Royaume de Meſſe-
ne comme en depoſt. Les Heraclides puis-apres, c'eſt à dire les deſcendans dudit Hercule chaſſerent Tiſamenes
hors de Lacedemone, & d'Argos, & pareillement la poſterité de Neſtor, de Meſſene, à ſçauoir Alcmeon fils
de Sylla, fils de Thraſymede, fils de Neſtor, & les enfans de Pæon fils d'vn des enfans d'Antiloque fils de
Neſtor.

Neſtor fut le premier qui inſtitua de iurer par Hercule. Plutarque en la 28. queſt. Romaine, pourquoy
c'eſt que quand les enfans iurent par Hercule, on les fait ſortir hors de la maiſon ; entre autres
raiſons qu'il en allegue, c'eſt, dit-il, pource qu'entre les Dieux Hercule n'eſtoit pas proprement naturel, ains comme eſtranger venu de dehors : par où il entend qu'Hercules n'auoit pas eſté du nombre des tres-anciens Dieux qui de tout temps reſidoient là haut en l'Olympe, ains d'homme
mortel, par ſes biens-faits auoit eſté tranſlaté au ciel en leur compagnie : comme fut auſſi
Bacchus : par lequel pour ceſte meſme occaſion l'on n'auoit point accouſtumé de iurer non plus
dans le logis, ains failloit ſortir hors à l'erthe. Or ceſte maniere de iurer par Hercule,
ὴ τὸν ϰεραϰλέα, en Latin *Hercule*, & *Herclè* : Terence en l'Eunuque, *Hercle hoc factum eſt* : &
Ciceron pour Plancius : *Verè me Herculè dicam* : ſoit qu'elle euſt premierement eſté introduite par Neſtor, ou autrement, fut fort ancienne, & viſitée au Paganiſme, à tout le moins aux
gens de bien, où le ſerment eſtoit en fort grand reſpect & religion, l'eſtimans comme inuio-
lable, ainſi qu'on peut voir en l'onzieſme des loix dans Platon : πάντως μετὰ δὲ ϰαλὸν ὅτι τιόϑυμα,
&c. En toutes manieres c'a eſté vne fort belle ordonnance & inſtitution de n'vſer point du nom des Dieux legerement, de peur de le contaminer, l'vſurpant en diuerſes choſes, comme ſont ordinairement la pluſpart des
noſtres, là où la maieſté des Dieux ne ſe doit employer qu'en vne ſaincte & venerable pureté. Au moyen dequoy de peur de ſe pariurer, enquoy on feroit vne grande iniure à Dieu qu'on appelle lors à teſmoin comme pleige de la promeſſe qu'on y fait, laquelle eſt ratifiée de ſon nom : dont Homere
au 3. de l'Iliade fait les pariures eſtre griefuement punis és enfers.

-- Καὶ οἱ ϛ̔απένερϑε ϰαμόντας
Ἀνϑρώπους τιννυαϑον οἵ τις κ' ὀπίορϰον ὁμόσση.

En la Loy Iudaïque il eſtoit expreſſement deſfendu de prendre le nom de Dieu en vain : ny de
iurer par iceluy fauſſement, afin de ne le ſouiller & contaminer. Mais plus religieuſement le Exod. 20.
Sauueur en S. Matt. 5. nous defend de iurer en quelque ſorte que ce ſoit, nő pas meſme par noſtre Leuit. 19.
teſte, ains d'affermer la verité ſimplement par ces mots oüy & non, ſelon que le deduit fort
bien Clement Alexandrin au 7. des Stromates, où il difiniſſit le ſerment n'eſtre autre choſe que
vne affirmation reſoluë de ce qui eſt, ou ce qui n'eſt pas, la diuinité y eſt appellée pour teſmoin. Iac. 5.
A ce propos Suidas en la lettre N. καὶ μὰ τὸ, par ma peau ridée, met que les anciens n'auoient pas
de couſtume de iurer temerairement par-Dieu, mais par la premiere choſe qui ſe preſentoit : comme dans Callimaque en Hecate, Par ceſt arbre icy nonobſtant qu'il ſoit mort. Et Menander, l'appelle à
teſmoin ceſt Apollon, & ceſte porte. Homere auſſi au 1. de l'Iliade fait iurer Achilles par le ſceptre ;

Α’λλ’ ἔκ τοι ἐρέω, ἢ ’ἐπὶ μέγαν ὅρκον ὀμοῦμαι,
Ναὶ μὰ τόδε σκῆπῖρον, ὃ μὲν ᾶ ποτε φύλλα ἢ ὄζοις
Φύσῃ, ϛ̔c.

D'autres *par la teſte d'vn pauot*, &c. Les Romains *par Iuppiter pierre*, en Feſtus & Polybe au 3. de ſes hiſtoires : mais Tite-liue au 21. *par la Pierre* ſimplement : Ce qui eſtoit plus grande choſe qu'ils ne cuidoient. Ariſtote en la Republique des Atheniens, & Philocore : plus Demoſthene en l'oraiſon contre Conon, Καὶ προς λίθον ἄγοντας, καὶ ἐξορκᾶντες, *les menans à vne pierre pour les adiurer par icelle*. Socrates auſſi ſouloit iurer par l'Oye, & le Chien, & Zenon par vn Caprier : ce qu'on obſerue encore à Rome où l'on vſe de ce mot icy *Cappari* par vne forme d'admiration, & nous par ma figuette, teſte d'oignon, vertu d'vn petit poiſſon, corps de bœuf, & autres ſemblables qui iroient comme en infiny.

ANTILOQVE.

ANTILOQVE.

RACOMPTOIT outre-plus Prothefilaus, que Neftor auoit eu
vn fils nommé Antiloque: lequel enuiron le milieu de la guerre
de Troye y arriua fort ieune encores, qu'à peine auoit-il atteint
l'aage propre à porter les armes: car lors que les Grecs s'affemblerent en Aulide pour paffer la mer, ce ieune Seigneur s'eftant prefenté
pour faire le voyage auecques eux, fon pere ne le voulut pas confentir:
mais cinq ans apres que cette guerre auoit ia duré, il fe feroit embarqué
pour y venir, & de pleine arriuée s'en alla defcendre au pauillon d'Achilles,
ayant fceu qu'il auoit vn fort eftroit lien d'amitié auecques fon pere Neftor,
enuers lequel il le fupplia de vouloir interceder qu'il luy pardonnaft fon
courroux & indignation pour luy auoir defobey, en ce qu'il luy auroit defendu de venir. Et là deffus Achilles ayant fort grand plaifir de le voir fi
beau, & admirant cette fienne generofité de courage, luy alla dire: Certes vous ne cognoiffez pas bien voftre pere, fi vous ne l'eftimez auoir eu
pluftoft agreable ce bel acte voftre, digne d'vn ieune Prince vertueux: en
quoy Achilles ne fe trompa pas, car Neftor en fut fort content: & tout de
ce pas le mena à Agamemnon, qui fit tout foudain affembler les Grecs, où
l'on dit que Neftor parla plus eloquemmét qu'il n'auoit oncques faict encores, & y vindrent tous à grande ioye, pour voir ce fils du bon vieillard: lequel au refte n'eut pas vn de fes enfans à Troye, foit Thrafymede, comme
quelques-vns veulent dire, ou foit vn autre. Antiloque ainfi que fon pere
haranguoit fe rangea tout aupres de luy d'vne face vermeille & honteufe, &
les yeux abaiffez en terre: fi qu'il ne s'acquit pas moins d'admiration de fa
modeftie & beauté qu'auoit faict Achilles, dont la chere paroiffoit furieufe
& redoutable, là où celle d'Antiloque fe monftroit douce, benigne & gracieufe à vn chacun. Prothefilaus dit auffi, que les Grecs, combien que fans
cela ils euffent en tres-fpeciale recommandation & memoire Achilles, d'a-
bondant elle fe renouuella de plus fort encores quand ils apperceurent Antiloque aupres de luy, l'vn & l'autre d'vn mefme aage prefque & grandeur,
dont à la plus-part les larmes leur en vindrent aux yeux, de la compaffion
qu'ils auoient de leur ieuneffe, & benirent d'heureufes & fauorables acclamations Neftor, pour les bons propos qu'il leur auoit tenus, eftant auffi bien
fans cela fort affectionnez en fon endroit, ny plus ny moins que des enfans
enuers leur pere. Il eft bon encore de vous reprefenter icy la ftature de Neftor, lequel Prothefilaus dit s'eftre toufiours monftré d'vn vifage clair & fe-

rain, & en vne action de foubs-rire, ayant vne barbe venerable & biē agencée : mais quel il deuoit auoir efté à la luéte, & autres exercices du corps, cecy le pourra tefmoigner à vos oreilles, qu'il auoit le col ferme & roide, &
comme s'il euft raieuny encores, eftant droiét & non courbé de fon grand
aage, auecques de beaux gros yeux noirs vifs & eftincellans, & le nez non
affaiffé, ny morne & languide, toutes lefquelles chofes ont en leur vieilleffe
feulement ceux que la bonne & faine difpofition de leurs perfonnes n'a
point encores abandonné. Il dit en outre qu'Antiloque reffembloit à Neftor en beaucoup de chofes, & au refte qu'il eftoit plus vifte coureur, & d'vn
teint plus fraiz & plus delicat, mais moins foigneux & attentif à bien agen-
cer fa perruque. Racomptoit encores Prothefilaus d'Antiloque, qu'il eftoit
fort addonné aux cheuaux & à la chaffe des beftes fauuages, tellement que
durant les fufpenfions d'armes qui interuenoient deuant Troye, il feroit plu-
fi eurs fois allé auecques Achilles, & fes Myrmidons: & luy à part-foy encores accompagné des Pyliens, & Arcadiens chaffer deffus le mont Ida, où
prenans force venaifon ils en fourniffoient l'armée Grecque, tout ainfi qu'en
vn plein marché. Et eftant fort courageux & hardy au faiét de la guerre, difpoft de fa perfonne, vifte du pied, & adroit aux armes, il fe rendoit neantmoins fort docile à receuoir les remonftranees & admoneftemés qu'on luy
faifoit au combat, n'obmettoit rien de tout ce qui y pouuoit eftre requis de
dexterité & practique. Finablement qu'il fut tué, non comme quelquues-
vns veulent dire, de la main de Memnon qui fuft venu d'Ethiopie : car on
fçait affez que ce Memnon du temps de la guerre de Troye commandoit
en l'Ethiopie, foubs lequel, à ce qu'on diét, le mont Phanien fe feroit efloigné du Nil : & que les Ethiopiens & Egyptiens qui habitent au tour de Meroé, & de Memphis ayans accouftumé de luy facrifier tous les matins auffi
toft que le Soleil viét à efpandre fes premiers rayons deffus la face de la terre,
dont fa ftatuë eftant atteinte iecte certaine voix, comme fi elle vouloit re-
faluër ceux qui la reuerent. Mais il y eut vn autre Memnon bien plus ieune,
lequel du viuant d'Heétor ne fut gueres de rien plus preux que Deiphobus & Euphorbe, mais apres la mort d'iceluy Heétor il fut reputé fort vaillant, fi que Troye eftant lors reduitte à de mauuais termes, on auroit mis
toute fon efperance & reffource en luy. Ce fut doncques celuy-là qui mit à
mort le tant beau & gentil Antiloque, qui s'eftoit voulu mettre en deuoir
de garantir fon pere Neftor de l'effort de l'autre. Mais Achilles luy dreffa vn
fort magnifique Bufcher, où il immola plufieurs beftes : & y brufla les armes & la tefte dudiét Memnõ. Il dit de plus que les ieux de prix qu'Achilles
propofa és funerailles de Patrocle & d'Antiloque furent fort approuuez de
la plus-part des gens de bien : tellement qu'on en auroit dreffé de femblables apres fa mort à Patrocle & Antiloque dedans Troye, comme à Heétor
auffi, ce-dit on, à la courfe, tirer de l'arc, & lancer le iauelot : car pour le regard de la luéte, & l'efcrime de coups de poings, pas vn des Troyens ne s'y
feroit exercité, par ce qu'ils ne cognoiffoient pas celle-là, & cette-cy leur
fembloit trop dangereufe & redoutable.

DIOMEDE,

DIOMEDE, ET
STHENEL.

E s deux estoient d'vn mesme aage: cettui-cy fils de Capanée, & celuy-là de Tydée: lesquels, à ce qu'on dict, demeurerent au siege de Thebes: l'vn tué par ceux de dedans: & l'autre accablé d'vn coup de foudre. Et comme on ne vouluft permettre que leurs corps euffent sepulture, les Atheniens entreprindrent la guerre à cette occasion, dont en ayans eu le deffus, ils les firent enterrer honorablement : mais pour les vanger, & donner satisfaction à leurs ames, leurs enfans icy mentionnez, prindrent les armes contre les Thebains, & en obtindrent la victoire qu'ils estoient encores fort ieunes, toutesfois fort preux & vaillans defia, comme ceux qui ne forlignoient en rien de la generosité de leurs progeniteurs, tout l'effort & faix du combat s'estant reiecté deffus eux. Neantmoins Homere ne les met pas en pareil degré, & ne les iuge dignes d'vn honneur efgal : car il accompare Diomede à vn fier Lyon, ou à vn furieux torrent, qui de son impetuosité violente emporte à val, & renuerse tout ce qu'il rencontre, ponts, digues, & chauffées, & semblables ouurages de main d'homme, dont on le cuideroit brider. Tel se môstroit ce preux Heroë au combat : là où Sthenel n'est que comme spectateur des proüesses de Diomede, luy ayant mesme conseillé de prendre quelquesfois la fuitte, dont pour luy en monftrer le chemin, il se mct le premier à gaigner le haut: mais Prothesilaus n'est pas de cette opinion, ains allegue que Sthenel ne fit lors vn moindre deuoir que Diomede: & que l'amitié d'entre-eux-deux ne fut en rien inferieure à celle d'Achilles & Patrocle, auoir au surplus si ambitieusement combattu à l'enuy, qu'auecques vn tres grand mescontentement & ennuy ils retournerent de la meslée s'estans separez l'vn de l'autre: mais ce faict d'armes qui leur aduint contre Enée & Pandarus, on dict que cela leur fut commun à l'vn & à l'autre, & qu'ils l'exploicterent de compagnie : car Diomede s'attaqua à Enée, le plus grand de tous les Troyens, & Sthenel à Pandarus, dont il remporta la victoire : mais Homere auroit le tout attribué au seul Diomede, comme ne se reffouuenant de ce qu'il auroit au-parauant faict dire par Sthenel à Agamemnon. *Nous-nous pouuons glorifier d'estre trop meilleurs que nos peres : car nous prismes estans fort peu, The-*

bes munie de sept portes. Cela & semblables choses sentant fort bien leurs gens courageux, & exercitez deuant Troye. Mais il faut que vous sçachiez encores cecy de Sthenel, que les Grecs ne se bastirent point de clostures ne de remparts deuant Troye, fust pour la seureté de leurs vaisseaux, fust pour serrer leurs butins, ains ont esté ces murailles edifiées en la fantaisie d'Homere, pour chanter là dessus les assauts que les Troyens y donnerent. Trop bien aduouë Prothesilaus qu'Agamemnon durant le courroux d'Achilles, auroit eu enuie de se barricader, mais que Sthenel là dessus luy auroit contredit le premier de tous, alleguant qu'il estoit plustost disposé, quant à luy à ruiner des murailles, qu'à en dresser : ce qu'auroit pareillement faict Diomede, disant que ce seroit trop faict d'estime d'Achilles, si pendant qu'il estoit ainsi despité on se retranchoit & fermoit. Et Aiax regardant le Roy de trauers, ah failly de cœur, va-il dire, & que nous seruiroient doncques nos rondelles & targues, s'il nous falloit couurir de rempars ? outre-plus Sthenel reiectoit ce cheual de bois creux, par ce que ce n'estoit pas, disoit-il, la voye d'expugner brauement vne ville de viue force, ains la surprendre d'emblée, & en trahison. Quant à leurs proüesses & exploits belliques, ils ne s'en deuoient rien l'vn à l'autre, ains estoient esgallement craints & redoutez des Troyens : mais Sthenel estoit surmonté de Diomede en prudence, & efficace de parole, en constance aussi & moderation tant de l'esprit que du corps, là où Sthenel estoit impatient, & se laissoit suppediter à l'impetuosité & colere, vn peu trop fier & arrogant enuers les soldats, qu'il desdaignoit, aspre & seuere à les reprendre, & qui se traictoit plus spendidement qu'il ne conuient quand on est au camp. Dont tout le contraire se retrouuoit en Diomede, car il se comportoit fort moderement à tancer les soldats & les chastier, domptoit en soy l'irritation de son courroux : ny ne permettoit d'outrager iusques aux plus petits, ny qu'on leur donnast occasion de se contrister & perdre courage. Et pour ce qu'il se monstroit aucunement mal propre, c'estoit estimant que cela conuint mieux à l'homme de guerre : comme aussi de prendre indifferemment son repas par tout où il luy en prenoit enuie, sans estre non plus delicat au coucher, ny pareillement és viandes, dont les premieres venuës luy suffisoient : & ne se soucioit point autrement de vin, si d'aduanture il n'estoit par trop harassé de trauail. Au reste il estimoit à la verité beaucoup Achilles, & l'auoit en opinion d'vn tres-preux & vaillant Cheuallier, mais non pas pour cela qu'il móstrast de le redouter, ny de le vouloir courtiser & flatter comme plusieurs faisoient : contre lesquels i'oüys vne fois Prothesilaus exclamer ces vers cy, où Homere introduit Diomede parlant à Agamemnon de la sorte : *Et certes vous ne deuiez-pas, ainsi abiectement Achilles faire requerir : luy offrant tant de presens, car d'insolence il en a assez sans cela.* Et l'alleguoit auoir dict cela familierement en compagnon d'armes, & non pas par forme d'admonestement : & attaqué par là Achilles de ce qu'en ce sien courroux il se monstroit ainsi brauer & insulter les Grecs. Finablement Prothesilaus alleguoit les auoir cogneus l'vn & l'autre : Sthenel à sçauoir d'vne taille haute & droicte, ayant les yeux vers, le nez aquilin, & vne perruque bien testonnée, la face vermeille, comme d'vn sang

chaud

Iliad. 9.

chaud & bouïllant qu'il eſtoit: mais il depeignoit Diomede d'vne contenance attrempée & raſſiſe, auecques vn viſage doux & plaiſant, & qui n'e-
ſtoit gueres encores bazané du haſle, le nez droict, & les cheueux creſpes,
mais mal·pignez, & tout craſſeux.

ANNOTATION.

IOMEDE Roy d'Etholie fut fils de Tydée, & de la belle Deiphile fille d'A-
draſte Roy d'Argos, duquel mariage voicy ce qu'en met Hyginus chapitre
ſoixante-neufieſme. *Adraſte fils de Talaüs, & d'Eurynomé eut reuelation de l'o-*
racle d'Apollon en Delphes, de marier ſes filles Argie, & Deiphile à vn ſanglier & vn
lyon. Et ſur ces entrefaictes Polynices fils d'Edippus ayant eſté chaſſé de Thebes par ſon
frere Eteocles, arriua deuers luy: Tydée auſſi fils d'Aeneus & de Peribée, chaſſé
pareillement de ſon pere pour auoir mis à mort ſon frere Menalippus à la chaſſe, s'y rendit
preſque au meſme temps. *Dequoy les gardes en eſtans allez aduertir Adraſte, & que deux ieunes hommes*
en habit eſtrange eſtoient là venus, l'vn veſtu d'vne peau de ſanglier, & l'autre d'vne deſpouille de lyon, A-
draſte ſe reſſouuenant de l'oracle les fit amener deuant luy, & leur demande à quel propos ils eſtoient venus
en ſes marches ainſi equippez? Polynices fit reſponce, que pour teſmoignage qu'Hercules qui portoit cette peau
de lyon auoit priſ ſon origine de Thebes: & Tydée declara qu'il eſtoit fils d'Aeneus, & natif de Calydon, ſi
qu'en remembrance du ſanglier Calydonien, il s'eſtoit veſtu de ſon cuir. Parquoy, Adraſte ſuyuant ſa predi-
ction donna l'aiſnée de ſes filles Argie à Polynices, dont vint Therſander: & la plus ieune Deiphile à Tydée,
qui en eut Diomede, lequel ſe trouua à la guerre de Troye, Polynices là deſſus requit ſon beau pere Adraſtre de
l'accommoder d'vne armée pour r'auoir ſon Royaume, ce que non ſeulement il luy octroya, ains y alla luy-meſme en perſonne auecques les autres Capitaines. Diomede au reſte eſt fort celebré par Homere, voire
plus que nul des autres qui ſe retrouuerent au ſiege de Troye, apres Achilles, & Aiax Telamonien, encores ſemble-il qu'il le luy vueïlle preferer en beaucoup d'endroicts: car outre pluſieurs
autres vaillances où il s'eſtend à ſa loüange, & ſpecialement les cinq & ſixieſme de l'Iliade, il y
bleſſa Mars, & Venus à la paume de la main droicte, comme elle s'efforçoit de reſcourre ſon fils
Enée d'entre ſes mains, dequoy la Deeſſe ſe voulut vanger desbaucha ſa femme Egyale, de ſorte
en toutes eſpeces de lubricitez, que par deſpit il ne voulut plus retourner en ſon pays, ains paſſa
outre iuſques en la Poüïlle, où ayant obtenu du Roy Daunius vne partie de ſon territoire, il y
fonda la ville d'Arpi, comme met Pline liure troiſieſme chapitre vnzieſme: Suidas l'appelle Ar-
gyripe, auiourd'huy Beneuent, Comté fort riche du Royaume de Naples. Quelques-vns alleguent qu'il fut tué en trahiſon par Eneas: & les Cypriens par Vlyſſe, ſelon Pauſanias au dixieſme liure. Mais Suidas au lieu preallegué de l'Iſle de Diomedes, met que luy & Vlyſſe ayans enleué le Palladion à Troye, comme ils s'en retournoient au camp, Vlyſſes qui venoit derriere tira ſon eſpée pour en tuer Diomedes: lequel l'ayant apperceu à ſon ombre, ſe retourna ſoudain,
& luy donnant du plat de la ſienne ſur les eſpaulles, le fit marcher deuant. Comment que ce ſoit,
apres la mort de Diomede, ſes gens de regret qu'ils en eurent furent muez en des oyſeaux, qui
de luy furent appellez Diomedéens: comme eſcrit Ouide au quatorzieſme des Metamorphoſes, & Strabon au ſixieſme, où il dit de plus, qu'en la coſte de la mer de la Poüïlle, pres la ville
des Dauniens, y a deux petites Iſlettes: l'vne habitée, & l'autre non, qu'on appelle les Iſles de
Diomedes, là où il ſeroit diſparu d'entre les viuans: & ſes compagnons muez en oyſeaux fort
priuez & benings enuers les gens de bien, refuyans de tout leur pouuoir les meſchans & les forfaicteurs, ſi qu'il ſemble qu'ils retiennent encores ie ne ſçay quoy de l'humanité. Pline liure
dixieſme chapitre quarante-quatrieſme, le deſcrit plus particulierement en cette maniere. *Ie*
ne veux outre-paſſer les oyſeaux de Diomedes, que Iuba nomme Cataractes: les alleguant auoir des dents, &
des yeux qui eſtincellent comme feu: mais au reſte leur pennage eſt blanc. Ils ont d'ordinaire deux condu-
cteurs: l'vn qui va deuant & les mene, l'autre demeure derriere ſur la queuë comme vn ſergeant de bande.
Auecques le bec ils cauent de petites foſſes en terre, qu'ils tapiſſent de clayes au fonds, & les couurent de la
terre qu'ils en ont tirée en les creuſant: là où ils ponnent, couuent, & eſcloent leurs petits, & y a touſiours
deux portes en ces nids-là, l'vne tournée à l'Orient, par où ils ſortent à leur pourchas, l'autre du coſté d'Occi-
dent, par laquelle ils rentrent à leur retour. Que s'ils veulent eſmeutir, c'eſt touſiurs en vollant en l'air,
& à contre-vent. Mais il ne s'en void en toute la terre fors qu'en l'Iſle qui eſt illuſtrée de la ſepulture de Dio-
mede, & de ſa chappelle pres de la coſte de la Poüïlle: eſtans au reſte ſemblables aux foulques marines. Ils
moleſtent & perſecutent de leurs cris toutes ſortes d'eſtrangers paſſans par-là, ſinon les Grecs qu'ils careſſent
& feſtoient, les diſcernans admirablement entre tous les autres, comme octroyans cette faueur à ceux qui

sont du pays de Diomede. Et ne se passe iour qu'ils n'arrousent sa chappelle de l'eau qu'ils y apportent à pleines gorges, & la ballient & nettoient auecques leurs aisles mouillées en de la mesme eau : ce qui auroit donné lieu à la fable que ses compagnons furent muez en ces oyseaux.

Sthenel, auecques lequel comme met Hyginus au 257. chapitre, Diomede contracta vne si estroicte amitié, fut fils de Capaneus, lequel pour son arrogance & blasphemes fut foudroyé de Iuppiter au siege de Thebes, ainsi qu'il a esté dict sur le tableau de Menecée, & celuy d'Euadné mere d'iceluy Sthenel. Il n'en est pas faict beaucoup de mention nulle part, fors que ce que nous en amenerons cy-dessoubs d'Homere, és endroits où cela viendra à propos : & ce que Virgile au second de l'Eneide met que ce fut l'vn de ceux qui s'enfermerent dans le cheual de bois : *Thisandrus , Sthenelúsque Duces , & dirus Vlysses.* Pausanias és Corinthiaques le faict estre descendu des Anaxagorides , & qu'Iphys fils d'Alector , fils d'Anaxagoras , laissa le Royaume d'Argos à Sthenel, qui le laissa à son fils vnique Cyllabar : lequel n'ayant point eu d'hoirs , la couronne vint es mains d'Orestes fils d'Agamemnon qui s'en empara.

Comme on n'eust voulu permettre que leurs corps eussent sepulture, les Atheniens entreprindrent la guerre à cette occasion. Par là est designée la seconde guerre de Thebes, que les Epigons, c'est à dire les enfans de ceux qui demeurerent à la premiere, entreprindrent pour vanger la mort de leurs peres contre Creon frere d'Iocaste mere d'Eteocles & Polynices , lequel apres qu'ils se furent entre-tuez, se saisit de Thebes, sans vouloir permettre qu'on donnast sepulture aux corps de ceux qui auoient là finé leurs iours. Tous fors Adrastus , & Amphiaraus , mais cettui-cy en s'en cuidant retourner fut englouty de la terre auecques son chariot. Les autres cinq furent mis à mort là deuant, à sçauoir Polynices, Tydée, Capanée, Hyppomedon nepueu d'Adraste, & Parthenopée fils de Meleagre, & d'Atalante. Ces Epigons doncques furent, Alcmeon fils d'Amphiaraus esleu chef de l'armée selon l'admonestement de l'oracle, Thersandre fils de Polynices, Polydores fils d'Hyppomedon, Promaque fils de Parthenopée : Diomede fils de Tydée, que Pausanias és Corinthiaques dit y auoir esté accompagné de Sthenel , comme faict aussi le Commentateur de Pindare sur ces vers cy de la seconde Olympiade, λείφθη δὲ Θέρσανδρος ε εκπίτη Πολωνίκεα: & Egyalée fils d'Adraste, lequel seul y fut tué par les mains de Laodamas fils d'Eteocles, comme met Pausanias és Bœotiques : & ce en recompence de son pere, qui à l'autre guerre estoit seul reschappé de tous les sept chefs, par la vistesse de son cheual : les autres ses compagnons en demeurerent victorieux, & prindrent Thebes, qu'ils restituerent à Thersandre fils de Polynices, lequel au voyage de Troye fut depuis tué par Telephe en la Mysie : on peut voir bien à plein tout cecy deduit en la tragedie d'Euripides, intitulée les Epigons.

Homere accompare Diomede à vn fier lyon. Cela est au cinquiesme de l'Iliade, où ayant receu vn coup de flesche par Pandarus, il le met à mort.

> Δὴ τότε μιν τρὶς τόσσον ἕλεν μῶνος , ὥςε λέοντα,
> Ὅν ῥά τε ποιμίω ἀγρῷ ἔπὶ εἰροπόκοις ὄιεσσι , &c.
>
> *Des lors trois fois autant de force*
> *Il se trouua , comme vn lyon*
> *A qui vn pastre à la campaigne*
> *Parmy ses trouppeaux de moutons*
> *A donné quelque foible atteinte ,*
> *Mais il ne l'a pas mis à mort ,*
> *Ains l'a mis plus fort en colere ,*
> *Si que puis apres il ne peut*
> *Le repousser de ses estables :*
> *Où ces pauures bestes de peur*
> *Se culbuttent l'vne sur l'autre ,*
> *Et ce furieux les assaut*
> *Au milieu de la bergerie.*
> *Ainsi s'alla dans les Troyens ,*
> *Mesler le vaillant Diomede.*

Et derechef vn peu plus outre, où il tué deux des enfans de Priam, Echemon, & Chromie, estans en vn mesme chariot. ὡς δὲ λέων ἐν βουσὶ θορὼν ἐξ αὐχένα ἄξη , &c.

> *Comme vn fier lyon se iettant*
> *Es trouppeaux de bestes à corne ,*
> *Estrangle vne vache ou taureau*

Qui cuident paiſtre en des broſſailles,
Ainſi le fils de Tydeus
Renuerſa hors de leur carrozze
Ces deux nonobſtant leur effort,
Et les deſpouilla de leurs armes :
Donnant leurs cheuaux à ſes gens
Pour les emmener aux nauires.

Mais Philoſtrate met icy la charruë deuant les bœufs : Car ce qui ſuit apres, qu'il accompare encores Diomede à vn furieux torrent, eſt deuant ces comparaiſons du Lyon vers le commencement du meſme liure.

Θυῶς ꝗ̀ ἀμπεδίον ποταμῶ πλήθοντι ἐοικὼς
Ἀμέῤῥῳ ὅς᾽ ὦκα ῥέον ἐκέδαοσε γεφύρας, &c.

Il couroit à trauers la plaine
Ainſi qu'vn desbordé torrent,
Qui coullant viſte à val diſſipe
Digues, chauſſées, & les ponts
Qu'il rencontre, ſans qu'ils le puiſſent
Arreſter, qu'il n'enuoye à bas
Beaucoup d'ouurages de main d'homme
En ſon venir, eſtant enflé
De groſſes rauines de pluyes.
Que Iuppiter laſche d'enhaut.

Luy ayant meſme conſeillé de prendre quelquesfois la fuitte. Cecy eſt encores du cinquieſme liure, où
Sthenel voyant venir Eneas, & Pandarus de compagnie pour les charger, dit ainſi, car la pluſpart
de ces Heroïques ne ſont qu'vne rapſodie & regrabellement d'Homere.

Τυγείδη Διόμηδες, ἐμῶ κεχαρισμένε θυμῷ,
Ἀ'νδρ᾽ ὁρόω κρατερὼ ἐπὶ σοὶ μεμαῶτε μάχεσθαι, &c.

Diomedes fils de Tydée
Tres-cher amy, ie voy venir
Contre nous deux tres-vaillans hommes
Pour nous enuahir, leſquels ſont
D'vne force demeſurée;
Celuy-là vn expert Archer,
Le fils de Lycaon Pandare :
Et l'autre le preux Eneas
Fils d'Anchiſes, ſe glorifie
D'auoir pour ſa mere Venus.
Mais rebrouſſons chemin arriere
Sur nos chéuaux, ſans te vouloir
A ton eſcient ainſi te perdre
Contre des gens ſi belliqueux,
De peur que n'y laiſſe la vie.

Mais Homere auroit attribué le tout au ſeul Diomede. Conſequemment Homere pourſuit, comme
Diomede pour les propos que Sthenel luy auoit tenus de ſe retirer, le regardant d'vn mauuais
œil, encores qu'il euſt eſté bleſſé bien auant en l'eſpaulle d'vn coup de fleſche par Pandare, il
s'en va à beau pied tout ſeul contr'-eux deux, où d'arriuée il met Pandare à mort auecques ſa
lance, qu'il luy darde droict au viſage. Et tout de ce pas n'ayant plus de glaiues s'en va attaquer
Enée, qu'il naure à la cuiſſe d'vn coup d'vne groſſe pierre, qu'à peine deux hommes de maintenant pourroient tant ſoit peu ſoubſleuer de terre : mais comme il le vouloit acheuer, Venus s'en
vint mettre à la trauerſe pour l'enleuer, & il la bleſſe à la main droicte : Puis conſequemment
Mais encores qui eſtoit venu pour la reuanger. *(glorifier, &c.*

Ne ſe reſſouuenant de ce qu'il auroit fait dire au-parauant par Sthenel à Agamemnon , nous-nous pouuons

R R r

Cecy eſt du quatrieſme de l'Iliade, où Agamemnon eſtant allé encourager les Princes Grecs
par certaines atteintes qu'il leur donne, reprochant aux vns les banquets & bonnes cheres qu'il
leur faiſoit, & remettant aux autres deuant les yeux, les proüeſſes de leurs anceſtres, & les leurs
meſmes accouſtumées, il rememore à Diomede la hardieſſe de ſon pere Tydée, dont il ſe monſtroit forligner : mais luy pour le reſpect qu'il porte à la dignité de ſa charge, ne luy veut rien repliquer, ains ſe taiſt : ſi faict bien Sthenel, lequel prenant pour eux-deux la parole, dit ce que
Philoſtrate inſere icy.

A'πειδη μη ψευδε, 'ὅπιςαμήμος σαφα εἰπεῖν.
Η'μεῖς ⁊ι πατέρω μέγ' ἀμείνορες δἰχόμεθα πῆ), &c.

O Agamemnon, ne vueilles
Mentir pouuant dire vray.
Nous-nous glorifions d'eſtre
Meilleurs que nos geniteurs,
Car nous expugnaſmes Thebes
Ayans beaucoup moins de gens
Qu'ils n'auoient, & ils perirent
Par leurs mauuais portemens,
Ne vueilles doncques nos peres
Accomparager à nous.

Mais Diomede le tance & reprend d'auoir ainſi audacieuſement reſpondu au chef de l'armée, &
ſe contente quant à luy de s'en aller tout de ce pas faire vn extreme deuoir, qui ſuit apres.

Il faut que vous ſçachiez encores cecy de Sthenel, que les Grecs ne ſe barricaderent point deuant Troye.
Philoſtrate allegue qu'Homere a expreſſement controuué ces remparemens & tranchées des
Grecs, pour tirer de là l'occaſion de chanter les proüeſſes d'Hector, leſquels remparts ſont ainſi
deſcrits au douzieſme de l'Iliade, parlant d'Hector.

--ὀπὸ γδ δλἐδίωστο τάφρος
Εὐρέ, ὅτ' ἄρ ὑπⲟⲣθορέϊν ςⲭⲉδὸν, ὅτε ταφⲏ́σαι
ρηϊδϊη, &c.

Que la profonde tranchée l'en deſtourna, qui n'eſtoit ny aiſée à franchir de plein ſaut, ny à la paſſer, s'aual-
lans dedans, car elle eſtoit fort creuſe, & à fonds de cuue, eſcarpée des deux coſtez, & au deſſus munie d'vne
paliſſade de pieux aigus, que les Grecs y auoient fichez, drus & menus, pour en repouſſer les ennemis : de ma-
niere que ny vn chariot, pour bien attellé qu'il peuſt eſtre, n'y euſt pas bien legerement entré, ny vn homme
à pied, meſme des plus diſpoſts. Il en parle encores en pluſieurs autres endroicts : mais cecy ſuffit, n'y
ayant au reſte plus rien à dire ſur ce chapitre, qui ne ſoit aſſez clair de ſoy.

PHILOCTETES.

PHILOCTETES.

L fut fils de Pæan, & alla fur le tard à la guerre de
Troye, le plus feur au refte & adroiſt Archer de tous
autres, comme ayant efté en cela inftruit & endoctriné à ce qu'on diſt, par Hercules fils d'Alcmene, de
l'arc duquel il herita, & de fes fagettes lors qu'il fe
defpouïlla de l'humaine nature : & que ce fut cettui-
cy qui luy dreffa le bufcher où il fe brufla fur le mont
Æta. Mais il fut trop ignominieufement delaiſſé
par les Grecs en l'Ifle de Lemnos, apres que l'Hydre
l'eut mords au pied, dont il demeura merueilleufement affligé fur vn haut
rocher au riuage. Neantmoins il les vint finablement trouuer deuãt Troye,
où il mit à mort Páris auecques fils de fon feu maiftre & feigneur
Hercules, fi que la cité fut par ce moyen prife, & luy guery de fa picqueure par les enfans d'Efculape, ce que Prothefilaus dit n'eftre pas fans quelque
apparence de verité : car l'arc & les flefches d'Hercule eftoient tous tels
qu'on les extolle de loüanges : & Philoctetes luy affifta en cefte defconuenuë & angoiffe qui luy arriua fur le mont Æta, où il fe faifit de fon arc,
feul de tous les hommes mortels qui eut cognoiffance comment il s'en falloit aider, & à quoy il pouuoit feruir, de maniere qu'il en fit tout plein de
beaux exploiſts deuant Troye : mais pour le regard de fa maladie, & de
ceux qui l'en guerirent, Prothefilaus n'eft pas de la commune opinion, ains
dit de vray que Philoctetes fut bien delaiſſé en Lemnos, mais non du
tout abandonné d'affiftance & fecours des Grecs : car ils laifferent des gens
pour le panfer & en auoir foin, outre ce que la plus-part des habitans de
Melibée demeurerent de leur bon gré auecques luy, à caufe qu'il eftoit leur
chef, & les Grecs en efpandirent maintes larmes, pour fe voir fruftrez d'vn
tel perfonnage fi belliqueux & efprouué, car en vaillance il fe pouuoit mettre en parangon auecques leurs plus eftimez combattans. Au furplus, qu'il
fut incontinent guery par le moyen de la terre Lemnienne, qu'on tire au *C'eſt ce qu'on appelle la terre Sigillée.*
propre endroit où Vulcain iadis cheut du ciel, fi que cefte terre a la vertu
d'appaifer toutes fortes de maladies violentes & furieufes, & arrefter tous
flux de fang : mais des morfures de ferpens, il n'y en a feulement que celle
de l'Hydre qu'elle guerifte. Or tout le téps que les Grecs confommerent fans
y rien faire, Philoctetes l'employa auecques Eunée fils de Iafon, à la conquefte de certaines petites Ifles de là autour, dont ils chafferent les Cariens

qui les occupoient, si qu'vne portion de Lemnos suiuant leurs conuentions
escheut audict Eunée, & fut ceste portion appellée de Philoctetes, Acesie,
apres qu'il eut receu guerison en ceste Isle, d'où Diomede & Neoptoleme
fils d'Achilles l'emmenerent à Troye de son bon gré, apres qu'ils l'en eurent
requis au nom de toute l'armée Grecque, & declaré l'oracle qu'ils auoient
eu touchant ses flesches, venu à ce que dit Prothesilaus de Lesbos : car les
Grecs vsent de leurs oracles domestiques, comme de celuy de Dodone, &
du Pythien, & de tous les autres, où se rendent des predictions approuuées,
& qui ont vogue & reputation, ainsi que de la Bœoce & Phocide : mais
comme Lesbos ne fust gueres esloignée de Troye, les Grecs qui estoient-
là deuant, y enuoyerent à l'oracle, lequel se rendoit-là par Orphée. Pour
autant qu'apres le cruel massacre qu'en firent les femmes Thraciennes, sa
teste estant paruenuë en Lesbos, s'y arresta sur vne roche, du dedans de laquelle se rendoient ces oracles, si que non seulement les Lesbiens se seruoient en leurs predictions & deuinemens de ce chef, mais tous les autres
Eoliens encores, & les Ioniens leurs proches voisins qui y venoient au conseil, & de Babylone mesme : car il predist tout plein de choses aux Roys
de Perse, & entre autres à l'ancien Cyrus, auquel on dict qu'il donna vne
telle responce : *Ce qui est à moy, ô Cyrus, est à toy*, voulant par-là luy donner à entendre qu'il viendroit occuper les Odrysiens, & l'Europe. De faict
Orphée autresfois acquit beaucoup de pouuoir & credit par sa grande sagesse & science, mesmement à l'endroit des Odrysiens, & de tous les autres Grecs qui celebrent ses mysteres. Mais par ce que dessus il vouloit aussi
designer à Cyrus ce qui luy deuoit finablement arriuer : car s'estant hazardé
de donner iusques au delà du Danube contre les Massagetes & Issedoniens
peuples de la Scythie, il y fut mis à mort par vne femme qui leur commandoit, laquelle luy couppa la teste, tout ainsi que les Thraciénes auoient faict
à Orphée. Tout cela ay-je appris de Prothesilaus, & des Lesbiens, & que
Philoctetes alla à Troye non malade ny mal disposé, ny ne monstrant aucun
semblât de l'auoir esté, trop bien que le poil luy grisonnoit desia de vieillesse,
car il passoit les soixante ans : neantmoins fort robuste & vigoureux en tous
ses membres, plus que beaucoup de ieunes hommes : d'vn fier & seuere regard au reste plus que nul autre, & qui parloit peu, exprimant ses conceptions en briefues paroles.

ANNOTATION.

E Philoctetes, & de son arc, & de ses flesches, ensemble de tout ce qui peut concerner ce propos, il en a esté parlé cy-deuant à suffisance en son tableau, & ailleurs encores. Restent icy quelques particularitez à desduire, & en premier lieu
de l'Hydre dont il est dict auoir esté picqué en Lemnos, comme faict aussi Homere au second de l'Iliade, dont cecy est pris,

Ἀλλ' ὁ μὲν ἐν νήσῳ κεῖτο κρατέρ' ἄλγεα πάσχων
Λήμνῳ ἐν ἠγαθέῃ, &c.

Philoctetes estoit demeuré
Souffrant de grandes douleurs, en l'isle
De Lemnos, où les fils des Grecs

L'auoient

L'auoient delaiſſé fort malade
D'vne picqueure du ſerpent
Qu'on nomme Hydrus, tres-venimeuſe:
Il eſtoit donc demeuré-là
Remply d'vne grande triſteſſe.

C'eſt vn ſerpent qui reſide és eaux dont il a pris ſon nom au Grec, & de meſme les Latins l'ap-pellent *Natrix* de Nager. Pline liure vingt-neufieſme chapitre quatrieſme. *Le plus beau de tous les ſerpens eſt celuy qui vit en l'eau, di& de là Hydrus, ne cedant en rien de venin à nulle de toutes les autres vermines.* Laquelle beauté conſiſte és mouchetteures variées de diuerſes couleurs, dont il eſt par tout tauellé: & de là eſt venu le Prouerbe, ποικιλώτερος ὑδρας, plus varié qu'vn Hydre, de ceux qui ſont ſi diuers qu'on ne les ſçauroit cognoiſtre. Elian au neufieſme met qu'à Corſou naiſſent des Hydres, qui ſe retournent en arriere cõntre ceux qui les pourſuiuent, les parfumans d'vne ſi puante & infeéte odeur, qu'ils ſont contraindts de s'arreſter. Et à ce propos Pline liure vingt-ſeptieſme, chapitre douzieſme, parle d'vne herbe diéte *Natrix,* dont la racine arrachée de fraiz ſent vn fort deſagreable ſaguenas & boucquin.

Les habitans de Melibée dont il eſtoit le conduéteur. Philoétete en eſtoit natif & ſeigneur, comme met Herodote au ſixieſme liure, vne ville maritime de la Theſſalie, où ſe ſouloient teindre de belles & fines eſcarlattes ſelon Stephanus au recueil qu'il a faiét des villes. Pline liure quatrieſ-me, chapitre neufieſme, la met en la Magneſie, & la faiét differente de celle d'Olizon, combien que Suidas les confonde. Homere auſſi en faiét deux au catalogue des vaiſſeaux dans le ſecond de l'Iliade.

Ὁί δ᾽ ἄρα μηϑώνlω ᵵ Θαυμχκίlω ἐνεμοντο,
Καὶ μελίϐοιαs ἔχον, ᵵ ὀλιζῶνα ᵗϱηχχίαs,
Τῶν ᵌ Φιλοκτήτηs ἦρχεν, τόξων δὺ εἰδὼs,
ἐϖϑὰ νεῶν, ᵋᵗc.

Ceux qui Modon, & Thaumacie,
Melibée & l'aſpre Olizon,
Habitoient, auſquels Philoétetes
Commandoit fort adroit Archer
Auec ſept vaiſſeaux, ou cinquante
Bons vogueurs eſtoient en chacun
Tous ſçachans de l'arc bien combatre.

Tout le temps que les Grecs conſommerent deuant Troye ſans y rien faire, Philoétetes l'employa auecques Eunée fils de Iaſon. Les femmes de l'Iſle de Lemnos ayans intermis quelques années les ſacrifices de Venus, la Deeſſe irritée de cela, incita leurs maris à les deſdaigner, de ſorte qu'ils en eſpouſe-rent d'autres de Thrace, dont les Lemniennes, à l'inſtigation de la meſme Venus, coniurerent de mettre à mort tous les hommes de l'Iſle, ce qu'elles executerent, fors Hypſiphylé, qui mit ſecrettement ſon pere Thoas en vn vaiſſeau, lequel fut porté par la fortune de mer en la Cher-ſoneſe Taurique: ſur ces entrefaiétes les Argonautes paſſans par-là pour aller à Colchos, s'ac-cointerent de ces femmes-là, dont Iaſon, comme leur chef, eut à ſa part la Royne de l'Iſle Hy-pſiphylé, & en eut deux enfans, Euneus, & Deiphile; Stace l'appelle Thoas du nõ de ſon ayeul. Ayans doncques ſeiourné là vne bonne piece, en fin par les admoneſtemens d'Hercules, ils en partirent pour pourſuiure leur entrepriſe: & les femmes comme elles ſceurent qu'Hypſiphylé auoit ſauué ſon pere contre leur commun complot, la voulurent tuer, mais elle ſe ſauua par mer, où eſtant tombée és mains des Corſaires, ils la menerent à Thebes, & en firent preſent au Roy Lycus. Les Lemniades ayans chacune endroit ſoy conceu des enfans des Argonautes, leur donnerent les noms de leurs peres: dont voyez plus à plein Orphée en ſes Argonautiques, Valerius Flaccus liure ſecond, & Hyginus au quinzieſme chapitre des Lemniades. C'eſt à quoy veut battre icy Philoſtrate, qu'Eunée venoit de conquerir ce qui luy appartenoit par ſa mere: à quoy Philoétetes, comme ſon proche voiſin, l'aſſiſta à la conqueſte de certaines Iſles, dons ils chaſſerent les Cariens qui les occupoient. Carie eſt vne prouince de la petite Aſie, en-tre Lycie & Ionie, le long de la mer Egée, où eſt l'Iſle de Lemnos, parquoy en eſtans ſi proches, ils s'en pouuoient bien eſtre emparez: mais à cela faiét plus à propos ce que Strabon és douze & quatorzieſme met que les Cariens, diéts les Leleges, pendant qu'ils furent ſoubs Minos, furent inſulaires premier que de s'habituer en terre ferme, où ils ſe ſaiſirent d'vne grande eſtenduë de pays le long de la coſte, auec quelques iſles, comme gens belliqueux, qu'ils eſtoient. Des Io-niens, il en a eſté parlé au commencement de ces Heroïques.

Et fut cette portion appellée de Philoctetes Acesie, apres qu'il y eut receu guerison. Ie n'en trouue point de mention nulle part, mais ce fut vn tiltre que cet Horoë donna à cet endroit de Lemnos pour y auoir esté guery de sa picqueure, car ἄκεσις veut dire guerison & recouurement de santé.

L'Oracle qu'ils eurent touchant les flesches de Philoctetes venu de Lesbos. Il explique par apres que cet Oracle dependoit de la teste d'Orphée, qui auoit esté porté là par les vagues, comme il a esté dit en son tableau.

Les Grecs vsent de leurs Oracles domestiques, comme celuy de Dodone, du Pythien, &c. De cettui-cy il en a esté parlé amplement sur le tableau de Phorbas, & de l'autre au sien. Quant à ceux de la Bœoce & Phocide, il y eut autres-fois celuy de Tyresias en la Bœoce, dont il a esté parlé sur le tableau d'Hercules au berceau : mais par traict de temps il cessa, & fut du tout rendu muet par vn tremblement de terre, comme met Plutarque en la cessation des Oracles : mais il dit là mesme qu'il y eut encores vn autre Oracle en la Bœoce, à sçauoir en la ville de Thegyre, où l'on tenoit Apollon le Dieu des predictions & oracles auoir esté nay, y ayāt deux ruisseaux qui coullent au tour, l'vn dict la Palme, & l'autre l'Oliue. Ce fut là endroit qu'Apollon, par la bouche de son ministre Echecrates annonça aux Grecs qu'ils emporteroient le dessus des Perses, lors qu'ils leur vindrent faire la guerre : & vn peu au-parauant il dit, que de son temps tous les Oracles de la Bœoce estoient faillis, fors celuy de la Lebadie. Au regard de ceux de la Phocide ie n'en trouue point nulle part fors le Pythien dessus-dict, qui estoit à Delphes au mont de Parnasse, en icelle Phocide, selon Strabon au 9.

Par cela il vouloit aussi designer ce qui aduiendroit à Cyrus. Il fut fils de Cambyses Roy des Perses, & de Mandané fille d'Astyagés Roy des Medes, dont il transmit l'empire à sa nation, comme l'escrit Iustin au premier liure. Et auant luy Xenophon en sa Cyropedie, où il descrit bien au long tous ses faicts & gestes. Finablement comme Prince ambitieux, qu'il estoit, & insatiable de domination, apres auoir conquis l'Asie, & reduit tout l'Orient en sa puissance, il voulut tourner vers le Septentrion, & entama la guerre aux Scythes, sur lesquels il obtint d'arriuée quelques belles & heureuses victoires, mais là dessus Thomyris Royne des Massagetes, dont il auoit tué le fils, luy ayant dressé vne grosse embusche, luy tailla en pieces bien deux cens mille hommes, & luy-mesme y demeura pour les gages, auquel elle fit trancher la teste, & la mettre dans vn vaisseau plein de sang humain, en disant, *saoule toy de sang miserable, qui en fus ainsi alteré,* comme mettent Herodote, & Iustin au troisiesme.

AGAMEMNON,

AGAMEMNON·ET MENELAVS.

V regard d'Agamemnon, & Menelaus, Prothesilaus alleguoit qu'ils ne se ressembloyent ny de visage
ny d'effort : car celuy-là au fait des armes estoit fort
preux de sa personne, & en ce cas non inferieur à pas
vn des Grecs pour vaillant qu'il fust, fort bien instruict outre-plus & exercité en tout ce qu'vn Roy
doit auoir, & tres-versé en ce qui appartient à vn
chef d'armée, ayant la grace de persuader ce qu'il
vouloit sur tout autre : & finablement n'ignoroit
rien de ce qui pouuoit estre conuenable & digne d'vn general des forces
Grecques : En quoy luy aydoit beaucoup son beau port graue & hautain, &
la venerable majesté de sa contenance. Car il estoit d'vne façon magnifique
& Royale, & neantmoins parmy tout cela courtois & benin enuers vn
chacun, comme s'il eust sacrifié aux Graces. Et quant à Menelaus, on le
pouuoit bien mettre en cas de vaillance apres plusieurs Grecs, abusant au
reste de la prompte & bonne volonté de son frere, qu'il employoit trop pri-
uement iusques aux moindres occasions, esquelles encore qu'il le trouuast
tres-enclin & appareillé à toute heure, si ne laissoit il pas pour cela de luy porter enuie, ne tenant pas beaucoup de cõpte de tout ce qu'il faisoit pour luy,
cõme ambitieux qu'il estoit de commãder : Au moyen dequoy Orestes s'acquit vne grande reputatiõ à Athenes, & enuers tout le reste de la Grece, pour
auoir ainsi magnanimement vengé la mort de son pere : & estant en Argos
en grand dãger de sa personne, desia blessé à coups de pierres & de dards par
le mespris des Argiens, Orestes s'estant venu ruer dessus à l'ayde des Phocenses, en mit les vns en fuitte, & espouuãta les autres, de sorte que malgré qu'en
eust Menelaus il recouura son Royaume paternel. Au regard de Menelaus il
portoit vne longue perruque à la mode des ieunes adolescens, par-ce aussi
qu'à Sparte on auoit accoustumé de porter les cheueux fort longs, & pourtant les Grecs l'en auroient excusé, puis qu'il gardoit les façons de faire de
sa patrie : & ne se mocquoient point non plus de ceux qui venoient de l'Isle
d'Euboée, encore qu'ils fussent ridiculement theuelez. Prothesilaus dit au
reste que Menelaus discouroit le plus aisement de tous autres, & en fort
briefs termes, meslant encore de la volupté auecques ses raisonnemens.

RRr iiij

ANNOTATION.

AGAMEMNON, & Menelaus furent enfans d'Atreus fils de Pelops, & de la belle Hippodamie, & de là furnommez ordinairement les Atrides. Celuy-là fut Roy d'Argos, & de Mycenes, ayant efpousé Clytemneftre fille de Tyndarus & de Leda, & par confequent fœur d'Helene, il fut à fon retour de la guerre de Troye maffacré par elle inhumainement, qui pendant fon abfence s'eftoit enamourée d'Egyftus fils de Thyeftes, comme il a efté dit au tableau de Caffandre: laquelle le luy auoit plufieurs fois predit, mais il ne l'en auoit pas voulu croire. Menelaus Roy de Sparte ou Lacedemone efpoufa Heleine fille de Leda & de Iuppiter, qui l'accointa defguisé en figne; fi que le temps arriué de fa deliurance elle vint à pondre deux œufs, de l'vn defquels furent efclos Pollux & Heleine, & de l'autre Caftor & Clytemneftre. Mais Paris Alexandre fils du Roy Priam la luy enleua, dont fourdit la guerre de Troye.

Agamemnon fort preux de fa perfonne,&c. Cela eft icy dilaté de ce qu'Heleine narre à Priam d'Agamemnon, ἀμφότερον, βασιλεύς τ' ἀγαθὸς, κρατερός τ' αἰχμητὴς; l'vn & l'autre tres-bon Roy, & vaillant à la bataille, & au 2. de l'Iliade,

     Κυδίοων, ὅτι πᾶσι μετέπρεπεν ἡρώεσσιν,
     Οὕνεκ' ἄριςος ἔἰω, πολὺ ἢ πλείςοις ἄγε λαοῖς.

     Se glorifiant d'exceller
     Deffus tous les autres Heroës,
     Parce qu'il eftoit le meilleur,
     Et commandoit à plus de peuples.

Neantmoins quant à cefte fi grande vaillance Homere ne la luy attribué pas toufiours d'vne mefme forte, ains en parle diuerfement. Mais en l'onziefme liure il luy fait exploitter tout plein de beaux & courageux faits-d'armes, apres auoir fort particulierement defcript fon equipage & armeure, difant ainfi. *En premier lieu il mit fes greues attachées aux cuiffots auec de belles charnieres d'argent: & apres veftit fon corps de cuiraffe, dont les Cyniriens luy auoient fait prefent: car le bruit de cefte groffe armée Grecque qui s'en alloit affieger Troye, eftoit vollé iufques en Cypre, parquoy pour la gratifier & mefmes luy qui en eftoit le chef, ils luy enuoyerent ce beau corfellet, où il y auoit dix caneleures de couleur d'eau, douze d'or, & vingt d'eftain: & trois ferpentaux azurez qui fe venoient entrelaffer vers le hauffe-col, femblables à cest arc en ciel que Iuppiter attache aux nuées pour l'admiration des mortels. Cela fait il pendit fon efpée en efcharpe, la poignée reluifante toute de clouds & bouillons d'or: renclose au refte dans vn fourreau d'argent, le tout attaché à vne riche bandouliiere eftoffée d'or. Puis empoigna fon large & plantureux pauois, tout damafquiné de diuerfes couleurs & ouurages, autour duquel y auoit dix cercles d'or, & le champ eftoit parfemé de boffettes de cuiure d'vn fin eftain blanc comme argent: mais au milieu y en auoit vne plus grande que les autres, en forme d'vn bouclier placqué-là, où eftoit cizellée de baffe taille l'efpouentable tefte de la Gorgone d'vn tres-fier & horrible afpect, & alentour la crainte & frayeur, vn gros floc d'argent s'alongeant de fa gueule hideuse, où s'entortilloit vn ferpent de couleur iade, qui auoit trois teftes oppofées tout au contraire l'vne de l'autre, mais partans d'vn mefme col. En fon chef, finalement il accommoda fa fallade garnie de quatre beaux grands tymbres s'anallans en bas fe long des efpaulles, faits de queües de chenal. Et au haut ducafque s'efleuoit fur la crefte vn grand pennache de plumes naifues de diuerfes couleurs qui branfloient trop eftrangement, fi qu'il faifoit peur à le regarder. En fon poing il prit deux forts iauelots ferrez, au bout d'vn acier luyfant bien fourby, dont la fplendeur reuerberoit deuers le ciel, vn floc de Iunon & Minerne exciterent vn grand tintamarre pour honnorer cest excellent Roy de Mycenes.* En apres il pourfuit les vaillances qu'Agamemnon fait en cefte iournée, mettant à mort de fa main plufieurs Troyens de nom, comme Bianor, & fon couftellier Ocleus, Ifus, & Antiphe: l'vn baftard de Priam, & l'autre fon fils legitime: Puis Pifandre, & Hippoloque enfans du belliqueux Antimachus, lequel ayant efté gaigné par Paris auoit empefché qu'Heleine ne fuft rendue lors qu'Vlyffe & Menelaus la vindrent redemander: & efté encore d'aduis de tuer ces ambaffadeurs. Auec plufieurs autres beaux exploits d'armes qu'il execute, iufqu'à tant qu'Hector par l'admoneftement de Iuppiter, qui l'enuoye efmouuoir par la meffagere Iris, vient au fecours des fiens mal-menez.

Fort verfé & bien cognoiffant à tout ce qui appartient à vn Roy, & vn chef d'armée. Homere le defcrit par tout tel, & gardant bien fa maiefté, comme au 1. liu. en la picque & contention qu'il a contre Achille. Quant à fon foin & vigilance au commencement du 10.

     Ἄλλοι μὲν ῥα θεοί τε καὶ ἀνέρες ἱπποκορυςαὶ
     Εὗδον παννύχιοι, μαλακῷ δεδμημένοι ὕπνῳ, &c.

Les autres principaux des Grecs
Dormoient toute nuiƈt és nauires,
Preſſez d'vn gracieux ſommeil:
Mais Agamemnon chef des peuples
Ne s'y laiſſoit point ſuccomber,
Meditant en ſoy pluſieurs choſes.

Et auparauant au 4. encore plus expreſſement.

Ε῎νθ᾽ ὀκ ἀν βρίζοντα ἴδοις Ἀγαμέμνονα δῖον,
Οὐδὲ καταπτώσσοντ᾽, ἀδ᾽ ὀκ ἐθέλοντα μάχεσθαι
Ἀλλὰ μάλα σπεύδοντα μάχην ἐς κυδιάνειραν.

Vous n'euſſiez pas veu endormy,
Là Agamemnon diuin homme,
Ny eſtonné, ny eſperdu
Et qui n'euſt vouloir de combatre,
Ains ſe haſtant tant qu'il pouuoit
D'aller attaquer l'eſcarmouche.

Et en infinis autres endroits.

Car Agamemnon eſtoit d'vne façon magnifique & Royalle. Le Roy Priam au 3. de l'Iliade ayant ieƈté
l'œil ſur Agamemnon demande à Heleine qui il eſt, & le luy remarque en ceſte ſorte.

Ὢ'ς μοι ὅ τὸν ἄνδρα πελώειον ἐξονομήνῃς, &c.

Dittes moy qui eſt, ie vous prie,
Ce grand homme que ie voy là,
Car quiconque il ſoit, il me ſemble
Fort preud'homme, & de grand pouuoir.
D'autres ſont de toute la teſte
Plus grands de vray, mais ie n'en vis
Oncq vn plus beau ny venerable,
Et de faiƈt, il reſſemble vn Roy.

Et au 2. au precedent Homere le dit eſtre ſemblable à Iuppiter de la teſte & des yeux: du faux
du corps à Mars, & de la poitrine à Neptune.

--Μετὰ δὲ κρείον Ἀγαμέμνον
Ὀ'μματα κỳ κεφαλὴν ἴκελος Ἀὴ τερπικεραύνῳ,
Ἄ'ρῳ δὲ ζώνην, στέρνον δὲ Ποσειδάωνι.

Ce que Plutarque blaſme & reprend au traiƈté de la fortune ou vertu d'Alexandre.

*Oreſtes s'acquit vne grande reputation à Athenes, & enuers tout le reſte de la Grece, pour auoir
ainſi courageuſement vengé la mort de ſon pere: & eſtant en Argos en grand danger de ſa perſonne, auec le*
ſurplus de ceſte clauſe. Quant à la mort d'Agamemnon, & la vengeance qu'Oreſtes en prit ſur ſa
propre mere, cela a eſté bien au long deduit au tableau de Caſſandre. Ce qui ſuit puis apres du
danger, où il ſe trouua en Argos, il n'y en a rien dans Homere : trop bien au 3. de l'Odyſſée. Neſtor racompte à Telemaque qu'Egyſte apres auoir maſſacré Agamemnon regna ſept ans par force à Mycenes: & que la huiƈtieſme année Oreſtes ſuruint de rechef d'Athenes, qui le mit à mort
& fit vn beau banquet funeral aux Argiens, où Menelaus arriua auec force preſents : mais ce lieu
de Pauſanias és Corinthiaques y apportera plus de clarté. *Cyllabar fils de Sthenel mort ſans enfans,
Oreſtes fils d'Agamemnon occupa Argos, lequel eſtoit habitué-là aupres, & auoit eſté deſpouillé du Royaume de
ſon pere: mais il s'eſtoit aſſocié aux Arcadiens, & auoit eſté pourueu de la coronne & domination de Sparte. Il
auoit auſſi toutes les fois qu'il en eſtoit beſoin vn prompt ſecours des Phocenſes ſes alliez: ſi que du bon gré des
Lacedemoniens Oreſtes regna ſur eux, car ils aymoient mieux que l'arriere fils de Tyndarus venu de ſa fille
Clytemneſtre obtinſt leur Royaume que Nicocraſte, & Megapenthe enfans de Menelaus, mais nez d'vne eſclaue.* Diƈtys de Crete au 6. de la guerre de Troye met que Idomeneus ayant ſçeu la contention
qui eſtoit entre Menelaus & Oreſtes, les fit tous deux venir en Crete : là où apres auoit oüy les
doleances de l'Oncle contre le Nepueu qui auoit eſmeu ſes ſubieƈts à ſe reuolter. Et machiné
tout plein de choſes en ſon endroit, finablement il les accorda: & s'en eſtans retournez en Grece Menelaus luy donna ſa fille Hermione en mariage.

Menelaus portoit vne longue perruque, parce qu'on l'auoit ainſi accouſtumé à Sparte. Homere donne ſouuent l'Epithete aux Atheniens, qu'il prend neantmoins indifferemment pour tous les

Grecs, de κχρηκομόωντες cheuelus, ou aux longues perruques: comme au 2. de l'Iliade θαρῖξαι σε κέλευσι κχρηκομόωντας Ἀχαιὰς. Et au 4. δἰσὰρ γὰρ τ᾽ ἄλλοι γικχρικομόωντες Ἀχαιοὶ. Et en affez d'autres endroits. Mais que les Lacedemoniens plus que nuls des autres portaffent de longues perruques, Plutarque en la vie de Lycurge, & és Apophtegmes met qu'il accouftuma à fes Citoyens porter de longs cheueux, alleguant qu'ils rendoient ceux qui eftoient beaux de foy, encore plus beaux : & ceux qui eftoient laids plus hideux & effroyables. Ce qui fait encore refumer à Nicandre és dicts notables des Lacedemoniens.

Et fi ne fe moçquoient point non plus de ceux qui venoient de l'Ifle d'Euboée, encore qu'ils fuffens ridiculement cheuelus. Cecy bat aucunement fur-ce que le mefme Plutarque en la 40. Queftion Romaine efcrit qu'au pays de la Bæoce, porter des chappeaux de fleurs fur la tefte, laiffer croiftre fes cheueux, porter efpée, & iamais ne mettre le pied dans les limites de la Phocide, c'eftoient tous deuoirs de leur Capitaine general: Et on fçait bien que l'Ifle d'Euboée autrement Negrepont n'eft feparée de la Bæoce que de ce petit far ou deftroit de mer qu'on nomme l'Eurippe.

IDOMENEE

IDOMENEE.

ROTHESILAVS dit qu'il ne le vit pas deuant Troye, trop bien que lors que les Grecs seiournoient en Aulide, vint de sa part vn ambassadeur, promettant de se vouloir associer à eux en ceste guerre, si on le vouloit faire participant de la charge de commander à l'armée auec Agamemnon : lequel auroit fort modestement escoutté tout cela, & puis mené l'Ambassadeur à l'assemblée, où à haute voix il alla proferer ces mots. Le Prince qui possede le Royaume de Minos en Crete vous offre cent villes pour confederées, à celle-fin qu'en vous esbattant vous ruiniez Troye: mais il estime estre bien raisonnable aussi qu'il ait sa part de vous commander ainsi que fait Agamemnon. A quoy Agamemnon fit response, que non tant seulement cela, mais qu'il estoit prest de se deposer de sa charge, & la luy remettre auecques toute la superintendence & authorité, si l'on cognoissoit qu'il y deust estre plus propre & meilleur que luy. Mais là dessus seroit interuenu Aiax Telamonien, lequel parla en ceste sorte. Nous t'auons ô Agamemnon deferé toute la charge de ceste armée, tant pour la conduire, que pour euiter que plusieurs n'y commandent: Et nous autres combattrons ensemblement auec toy, & non pas comme vallets pour te seruir toy ny autre, ains seulement pour reduire Troye en seruitude: laquelle apres que nous aurons prise par vostre beneficence, ô Dieux immortels, nous aurons mené à fin vne tres-belle & glorieuse entreprise, car nous sommes tels en vertu que venans à bout de prendre Troye par de grandissimes labeurs & trauaux, nous ne nous ferons puis-apres que ioüer de Crete.

ANNOTATION.

IDOMENEE fils de Deucalion fils de Minos, & Roy de Crete, comme met Homere au 13. de l'Iliade, & au 19. de l'Odyssée, accompaigna les Grecs au siege de Troye auec quatre-vingts vaisseaux, au 2. de l'Iliade, Κρητῶν δ' Ἰδομενεὺς δυεκλυτὸς ἡγεμόνευε, &c. Idomenée conduisoit les Candiots, ceux à sçauoir de Cnossus, Gortyne, Lycte, Mylet, Lycaste, Pheste, Rytte, & autres villes iusques au nombre de cent dont ceste Isle est habitée: accompaigné de Meryones, suius de quatre-vingts naures. Il luy fait au reste çà & là executer tout plein de proüesses; l'accomparant au 4. à vn sanglier en cas d'effort, & le ioinct d'vne estroitte amitié auec ledit Meryones, comme fait auffi Dyctis de Crete en son premier liure, qu'Homere fait plus vaillant qu'Idomenée : mais Hyginus chapitre 81. 21. 270. dit auoir esté excellemment beau, & l'vn des prochaffans d'Heleine. Il s'en retourna sain & sauue en son pays, auec tous les siens apres la prise de Troye, sans en auoir perdu vn seul, comme il est dit au 3. de l'Odyffée.

Παίδας δ' Ἰδομενεὺς κρήτην εἰσήγαγ' ἑταίρους,
Οἱ φύγον ἐκ πολέμε, πόντος δέ οἱ ἔτιν' ἀπηύρη.

Car à son retour ayant esté affailly d'vne griefue tormente, il voüa, s'il en eschappoit, de sacrifier aux Dieux la premiere chose qu'il rencontreroit défcendant en terre dedans son Royaume, qui fut de cas d'auanture son propre fils, lequel comme il euft immolé fuiuant fa promeffe, ou selon les autres estant en termes de ce faire, il fut chassé par ses subiects, si qu'ils s'en alla en Calabre, où il edifia vne ville deffus le promontoire Salentin. Neantmoins iceluy Dyctis au 6. liure escript que dix ans apres son retour, car ce fut au mesme temps, ce dit il, qu'Vlysse extermina les Proques qui pourfuiuoient fa femme en mariage, il deceda en Crete, laiffant le Royaume par succession à son bien-aimé compaignon Meryones fils de Molus. Suydas en fa diction κρητίζειν Cretiser ou Mentir met que la charge de departir le buttin pris au siege de Troye ayant esté donnée à Idomenée, il fe referua la meilleure portion pour luy, dont feroit depuis procedée ceste maniere de parler.

Le Prince qui poffede le Royaume de Minos en Crete, vous offre cent villes. Crete maintenant Candie, au 2. de l'Iliade est surnommée ἑκατόμπολις ayant cent villes, ἄλλοι θ' οἱ κρήτην ἑκατόμπολιν ἀφενέμοντο: beaucoup certes pour l'estenduë dont elle est, de quelques quatre-vingts lieuës de long, & dixhuict ou vingt de trauers, si ce n'estoit qu'on y voulust comprendre iufqu'aux bourgades & villages, auffi au 19. de l'Odyffée il ne luy en donne que quatre-vingts & dix, qui n'est pas diminuer de beaucoup. Les trois principales de maintenant font Candie, dont toute l'Isle entierement a pris ce moderne nom, autrefois *Matium*. La seconde est le Canée iadis Cydon, que les Grecs souloient intituler la mere des villes, selon Flore liure 3. chap. 7. Dont les coings qui y estoient en grande abondance ont esté dits *Mala Cydonia*. Homere en fait mention au 3. de l'Odyffée, parlant de la tourmente qui furuint à Menelaus, & à Nestor au retour de Troye pres le Cap de Malée.

–τὰς μὲν ἄρα κρήτη ἐπέλασσεν
Ἧχι κύδωνες ἔναιον, Ἰαρδάνου ἀμφὶ ῥέεθρα.

Et au 19. encore, où Vlyffes fe feint estre de Crete.

Κρήτη τις γαῖ, ἔστι μέσῳ ἐνὶ οἴνοπι πόντῳ,
Καλὴ & πίερα, περίρρυτος ἐν δ' ἄνθρωπι
Πολλοὶ, ἀπειρέσιοι, & ἐνενήκοντα πόλης, &c.

Il y a certaine terre au milieu de la mer appellée Crete, belle & fertile, & de toutes parts enuironnée d'eau, habitée de grand nombre de gens presqu'infinis, en nonante villes: de diners langages meslez ensemble, car il y a des Achiues, des Theocretes fort courageux, des Cydoniens, Doriens, Trichaïques, & Pelasgiens. Là est cefte belle grande ville Gnofos, là où Minos n'ayant encore que neuf ans commença à regner, fort familier du grand Iuppiter, le pere de may ce magnanime Deucalion, qui m'engendra auec le Roy Idomenée lequel accompaigna les Atrides à Troye auec force naures. Et quant à may, i'ay nom Acton, puisnay de luy qui estoit denant, & trop plus preud'homme que ie ne fui. La troisieme ville est Rethymo, qui n'est pas gueres eslongnée de l'ancien nom Rhythymna, & du Rytion d'Homere, où il n'y a qu'vne petite calle, ou haure mal feur. Toutes les autres habitations font Chasteaux de peu d'importance espandus çà & là par l'Isle : comme *Voulifmeni* iadis Panotmus, Cytie qui garde encore son ancien nom de *Cytea*, regardant vers Rhodes. *Chryfamo* est du cofté de la mer Egée vers le Septentrion: Et Selino à l'opposite droict au midy, il y a en outre vne belle grande bourgade ditte la Spachie, au pied des montagnes qu'on appelloit *Leucimontes*, les montagnes blanches, pour la neige dont elles font couuertes en tout temps. Mais le mont Ida surpaffe en grandeur & hauteur tous les autres, en vulgaire *Philoriti*, qui est au milieu de l'Isle : au pied duquel fe void vn ancienne carriere qu'on appelle le Labyrinthe, & de faict il y a infinis destours où l'on fe pourroit aisement perdre qui n'y auroit vne bonne guide : neantmoins ce n'est pas celuy que fit Dedalus pour le Minotaure, fur le pourtrait de ce tant renommé d'Egypte, duquel il a esté parlé au tableau d'Ariadné, dont toutesfois il n'en contrefit pas la centiefme partie, comme met Pline liure 36. chap. 13. Pres de là fe voyent auffi les ruines de Gnofos, & de Gortynna que fit baftir le Roy Minos, dont parle Homere és lieux deffufdits de l'Iliade & Odyffée. Mais le pays pour eftre par tout fi montueux ne peut pas eftre fi fertile, comme il luy en attribuel'Epithete de πίερ gras, abondant, fi d'auanture ce n'eftoit en paccages & nourritures de moutons & de cheures qu'ils appellent *Striphoceli*, & fur tout pour les excellentes maluoifies qui s'y produifent le long des couftaux, lefquelles Homere appelle le vin Pramnien. Il defcript au refte les Candiots pour tres-bons archers

chers

chers de tout temps, comme fait aussi Cesar au 2. des Commentaires de la Gaulle, *Numidas, & Cretas Sagittarios, & funditores baleares*. Et Tite-Liue en la 4. Decade. Ils le sont encore pour le iourd'huy voire meilleurs que les Turcs mesmes. Cette Isle est possedée des Venitiens en titre de Royaume, mais presque tous les habitans sont Grecs, & de la religion Grecque.

Agamemnon fit response qu'il estoit prest de se demettre de sa charge, &c. Dares Phrygien en son histoire de la guerre Troyenne, attribué tout cecy d'Idomenée à Palamedes, qui briguoit la superintendance de l'armée Grecque en ceste sorte. *Apres la mort d'Hector y ayant eu trefues, Palamedes derechef remit sus ses poursuittes accoustumées de l'authorité souueraine: à quoy ceda Agamemnon, declarant se vouloir demettre liberalement de sa charge à celuy que l'armée voudroit eslire: & le lendemain leur fit vne harangue où il protestoit n'en auoir iamais eu aucune enuie, ains qu'il la resigneroit tres-volontiers à quiconque ils la voudroient conferer: & se contenteroit de voir que les affaires allassent bien, & qu'on se vengeast des ennemis, car le Royaume de Mycenes luy suffisoit. Et là dessus Palamedes monstra de plus en plus son ambition, & le desir qu'il auoit d'empieter ceste authorité: tellemens qu'elle luy fut octroyée, ce qu'Achille ne trouua pas bon.*

AIAX LOCRIEN.

CEstvI-cy felon le dire de Prothesilaus estoit vaillant homme de sa personne, & preux aux armes, enquoy il se parangonnoit à Diomede, & Sthenel, mais d'entendement & prudence il estoit tenu en moindre estime, & ne vouloit presqu'en rien obéïr à Agamemnon, parce qu'il estoit nay d'vn pere seigneur de Locres, qui auoit beaucoup de pouuoir, & en auoit amené vne grosse trouppe de braues hommes: si que tant que i'auray au poing ce glaiue icy si bien fourby & resplendissant, ce disoit-il à haute voix en monstrant son coutellas desgainé, ie n'obeiray pas volontiers ny aux Atrides, ny à autre quelconque. Telles choses, & autres semblables alloit-il disant ordinairement, d'vn fier regard, & branslant la teste, les cheueux herissez de sa grande ardeur de courage. Car il disoit que ceux qui faisoient ioug soubs Agamemnon estoient-là venus pour raison d'Heleine, & luy pour la gloire & reputation de l'Europe, estant bien raisonnable que les Grecs dominassent sur les barbares de l'Asie. Il auoit ausurplus vn grand serpent appriuoisé, de la longueur de quinze pieds, qui mangeoit à sa table, & conuersoit familierement auec luy, le suiuant par tout comme vn bracque. Quant à Cassandre, qu'il auoit de vray arrachée de force de l'image de Minerue qu'elle auoit empoignée pour sa franchise & sauuegarde, pendant qu'elle luy faisoit sa priere, mais il ne l'auroit pas violée pourtant, ny fait autre outrage en sorte quelconque, comme les fables l'ont controuué, ains l'auroit emmenée en son pauillon: & là dessus Agamemnon y estant suruenu, quand il la vid si belle & bien attiffée il s'en seroit amouraché tout de ce pas, tellement qu'il la luy osta: dont seroit venu à sourdre vne grosse querelle & contention entr'eux au departement du butin, Aiax alleguant estre raisonnable que sa prise luy demeurast, & l'autre ne la voulant rendre à vn qui se seroit monstré ainsi impie enuers la Deesse: surquoy il en auroit attitré plusieurs qui alloient semans ce blasme de luy par le camp pour le rendre odieux enuers l'armée: & que la Deesse en estoit fort courroucée: & en demonstroit beaucoup de mauuais & fascheux signes pour raison de ce rauissement & effort, menaçant les Grecs de vouloir

abandonner

Aiax que te fert-il d'oppofer ta puiffance
   A la Diuine Effence?
Le mortel qui defire en eftre le vainqueur
   Doit eftre humble de cœur.

Pour auoir euité & les flots & l'orage,
   Tu n'en ès pas plus fage:
Car voulant t'efforcer de faire à Dieu la loy,
   Tu t'appuye au rocher qui trebucshe fur toy.

abandonner leur party s'ils ne mettoient Aiax à mort. Lequel discourant en son esprit que ceste calomnie le pourroit bien aisément perdre, se va remettre deuant les yeux, qu'à Palamedes en semblable cas sa dexterité & prudence ne luy auroient de rien seruy à se garantir d'estre lapidé, il s'enfuit de nuict sur vne petite fregatte : & comme il pretendoit de tenir la routte de Tinos, & Andros, vne tourmente s'estant leuée le submergea auprés des Gyres. Dequoy les nouuelles estans venuës en l'ost des Grecs, ils en furent si contristez que de la fascherie qu'il eurent peu y en eut qui voulussent prendre leur refection, ains les chefs tendoient leurs mains vers la mer pour la perte d'vn tel preud'homme, comme s'ils l'eussent voulu r'appeller à eux, & le plaindre : & en furent grandement indignez contre Agamemnon, car c'estoit luy seul & non autre qui de sa main propre l'auoit fait mourir. Et certes il obtint des obseques qui n'auoient oncques auparauant esté faites à aucun autre : ny depuis non plus à pas vn de ceux qui fussent morts en quelque rencontre nauale : car ayans mis dans le vaisseau qui l'auoit porté force bois comme pour dresser vn buscher funeral, ils y immolerent plusieurs victimes toutes noires, & l'ayant equippé de voiles noires, & autre appareil propre pour la nauigation, ils l'attacherent à des gumenes sur le riuage, iusqu'à ce qu'vn petit vent fraiz se leuast deuers terre, comme il aduenoit ordinairement de la partie du mont Ida sur la Diane : Puis si tost que l'aube du iour apparut, & que ce fraiz eut commencé de s'espandre sur la marine, ils mirent le feu au vaisseau : cela fait leuerent les Anchres. Et espandirent les voiles au vent, le poussans en la haute mer auant que le soleil fust leué, si qu'il se brusla auec les victimes, & tout ce qu'il portoit à Aiax.

ANNOTATION.

 I A X Locrien fils d'Oileus fut ainsi surnommé de la ville & contrée de Locres au mont de Parnasse, dont voicy comme parle Pline liure 4. chapit. 3. *Les proches voisins des Etholiens sont les Locriens appellez les Ozoles libres, & la ville capitale Aeanthe, le port d'Apollon Phestien au goulphe de Chryssée. Plus en dedans sont les villes d'Argon, Eupolée, Phestée, & Calamise : & plus auant encore la campaigne de la Phocide, qu'on nomme les champs Cyrrhéens de la ville de Cyrrhé : le port s'appelle Caleon. A deux lieües de là tirant tousiours en dedans terre est la ville de Delphes, libre & exempte de toutes choses, au bas du mont de Parnasse, tres-celebre pour son fameux oracle d'Apollon, la fontaine Castalienne, la riuiere de Cephise qui coule le long de Delphes ayant ses sources pres de l'isle autrefois ville. Il y a aussi celle de Chrysé : & auec les Bulicus Antiore, Nauloc, Pyruse, Amphisse libre aussi & exempte, Trichone, Tritée, Ambryse, Trymée : la contrée d'Aulienne : & au dedans du goulphe vne encoigneure de la Boeoce est là baignée des flots marins : Plus les villes de Gymnes, & Thebes surnommées les Chorsiques soignant Helicon. La troisiesme ville de la Boece sur ceste mer est celle de Pages, d'où s'allonge le col du Peloponese.* I'ay mis tout cecy pour monstrer l'estenduë des terres que possedoit Oileus pere de cest Aiax, suiuant ce qui est dit au commencement de ce chapitre, qu'il estoit n'ay d'vn pere qui auoit vn bien grand pouuoir. De ces Ozoles Locriens, Pausanias en parle plus particulierement vers la fin du 10. liure, que durant qu'Orestes fils de Deucalion regnoit en ces quartiers-là, il aduint qu'vne lisse pleine fit au lieu de ses petits chiens vne piece de bois, qui ayant esté enfouïe dans terre par Orestes, au commencement du Printemps, s'en seroit produit vn sep de vigne : & que des ruisseaux d'iceluy dits en Grec ὄζοι, le peuple auroit pris le nom d'Ozoles. Les autres alleguent que le Centaure Nessus qui se mesloit de passer les gens en la riuiere d'Euene, fut là blessé par Hercules, comme on a peu voir cy deuant en son tableau, neantmoins qu'il n'en seroit pas si tost mort, ains se retira en ceste contrée, où estant finablement decedé, & sa charongne laissée à l'herbe sans estre enterrée, auroit de sa putrefaction in-

§Sf ij

fecté l'air de tout le contour, les autres que ce sont les vapeurs d'vne riuiere, ou selon Seruius sur le 3. de l'Eneide, d'vn marescage de puante odeur, car ὄζω signifie sentir fort tant en la bonne que mauuaise part. Parquoy l'on en auroit aussi attribué l'appellation à l'herbe ditte Asphodelle, fort frequente en ces quartiers-là, qui iecte vne forte odeur quand elle fleurist : mais celle des Ozoles estoit mauuaise, parce que n'ayans encore l'vsage des vestemens, ils se couuroient de peaux de bestes recentement escorchées, laissans le poil par le dehors, si qu'il leur estoit force de s'empuantir auec la corruption de ces peaux : mais puis apres se vergoignans de ce nom-là, ils aymerent mieux se dire Etholiens. Tout cela met Pausanias, & que la ville capitale estoit Amphisse distante de quelques quatre lieües de Delphes. Mais Strabon au 9. liure diuise les Locriens en deux, selon les deux diuers aspects du mont de Parnasse, dont ceux qui habitent le costé d'occident iusques au goulphe de Crissée entre les Etholiens, & Phocenses, de la forte odeur du pays sont appellez les Ozoles, comme qui diroit puants : car vn peu au dessoubs de Calydon est le tertre de Zaphossus, l'on estime que ce fut le tobeau de Nessus, & des autres Centaures, & que de la corruption de leurs charoignes s'espandoit vne tres-forte & puante odeur au pied du mont iusques à en decouller de grosses gouttes. L'autre costé de la montaigne exposé au soleil leuant iusques à la mer Euboïque est de deux manieres, les vns sont appellez Epicnemidiens, de la ville de Cnemis, & les autres Opuntiens de celle d'Opunte.

ET *en auoit amené vne grosse trouppe de braues hommes.* Homere au Catalogue dans le 2. de l'Iliade à ce propos, Λοκρῶν δ' ἡγεμόνευε Ὀϊλῆος ταχὺς Αἴας, &c. *Le chef des Locriens estoit le viste & leger Aiax fils d'Oileus, moindre assez, & non si grand à beaucoup pres qu'estoit Aiax Telamonien, ains beaucoup plus petit de corps, car il estoit de basse stature, armé au reste d'vn Iacques d'œillets fait de toile de lin, mais de la lance c'estoit l'honneur de tous les Grecs & Achiues qui habitoient les villes de Cynus, Opunte, Calliar, Besse, Scarphe, Augies les agreables, Tarphe, & Thronie le long de la riuiere de Boagrie, accompagné d'vn connoy de quarante vaisseaux des Locriens qui habitent au delà de la sacrée Isle d'Euboée.* Il en fait encore mention en plusieurs autres lieux de l'Iliade, & au 4. de l'Odyssée il racompte la maniere dont il perit, mais cela a esté desia touché au tableau des Gyres.

Il auoit vn grand serpent de la longueur de quinze pieds, qui mangeoit & conuersoit familierement auec luy. Il y a és contours de Rome de grosses couleures qu'on appelle *Sierpe Cernone,* mesmement és quartiers d'Albane, & Preneste, & plus outre en tirant vers Sulmone, en des Marescages, qui sont fort paisibles & point mal-faisans qui ne les irrite, & moins venimeux que nuls des autres, si que les paysans les mangét impunemét. L'an 1550. que j'estois à Rome il y en auoit vne à mon logis longue de sept à huict pieds, & grosse comme le bas de la iambe, les escailles à pair de celles d'vne moyenne carpe, tauelée de gris & de noir, si priuée au reste qu'elle venoit manger soubs la table du pain & des fruitages qu'on luy iectoit : & de la chair encore si on luy en eust voulu donner : car vne fois qu'on auoit mis des cailles dans vne chambre pour les faire iouster comme est la coustume en ces quartiers-là vers la fin d'Apuril, y estant entrée en moins d'vn quart d'heure elle en aualla quatre ou cinq comme des pillules. Les enfans la charrioient par tout où ils vouloient dedans les chambres & le iardin, & en la ruë mesme : dont il y en auoit vn agé de huict à dix ans qui s'é entortilloit ordinairemét tout le corps ainsi qu'vn autre Laocoon, & s'en alloit ainsi promener par la place, chose plaisante à voir, mais hideuse aucunement, mesme à moy qui les abhorre fort de mon naturel. Es grandes chaleurs de l'esté quelques courtisannes ont accoustumé de les coucher auec elles pour se raffreschir, car ces animaux sont fort froids, & aussi qu'elles estiment que cela les empesche de prendre mal : & luy couppoit-on les dents toutes les sepmaines auec des cizeaux : ce qu'elle enduroit patiemment. Il y auoit deux petits chiens ausquels elle ne demandoit rien, ny eux à elle, mais vn iour certain gentilhomme m'estant venu voir, qui auoit amené quant & luy vn bracque de moyenne grandeur, comme il l'eust voulu harseller, ceste couleure s'en estant irritée se lança sur luy l'estreignant de sorte qu'elle luy fit sortir les boyaux par le fondement. I'en ay veu assez d'autres, mais non de si grandes & priuées.

Agamemnon s'estant enamouré de Cassandre si tost qu'il l'eut venë au pauillon d'Aiax, la luy osta. Il taxe icy Agamemnon de lubricité, comme fait Plutarque en semblable au traicté du discours de raison dont v sent les animaux, là où il dit que pendant que la flotte Grecque estoit à l'anchre en Aulide attendant que la mer se rendist bonace, il parcourut toute la Bœoce apres vn beau ieune gars nommé Argynnus, qu'il poursuiuoit deshonnestement, tant qu'à la parfin n'en pouuant cheuir, il s'alla baigner dedans le lac de Copaïde pour y amortir son ardeur. Et en la fortune ou vertu d'Alexâdre à propos de Cassandre, il dit qu'il fut bien plus continent qu'Agamemnon lequel prefera la iouyssance d'vne captiue à son espouse legitime, là où ce grâd Roy plus que 50. Agamemnôs ne voulut onc toucher à vne sienne prisonniere que premieremét il ne l'espousast.

Minerue menaçoit les Grecs d'abandonner leur armée, s'ils ne mettoient Aiax à mort. Pausanias au 10. l. *Aiax fils d'Oileus porta vne fort cruelle inimitié à Vlysse, pource qu'il auoit conseillé aux Grecs de le lapider pour auoir violé Cassandre : & de noyer Palamedes pendant qu'il s'en estoit allé pescher.* De luy encore apres sa mort il en met cecy és Laconiques. *Au pont Euxin pres les bouches du Danube où il se va rendre en*

la

la mer, y a vne Isle ditte Leuca consacrée à Achille, qui peut auoir vne petite lieuë de tour ou peu moins, toute
enuironnée de boys espois, & pleine de bestes tant sauuages que domestiques: où est aussi vn petit temple du
mesme Achille auec son image. Et à ce qu'on dit le premier de tous y auroit nauigé vn Leonyme de la ville de
Crotone. Car s'estant esmeuë vne forte guerre entre les Crotoniates, & les Locriens d'Italie, comme les Locriens pour l'affinité qu'ils auoient auec Aiax, fils d'Oileus l'eussent inuoqué à leurs secours, Leonyme leur
Capitaine soubs l'asseurance de son ayde s'en alla charger les ennemis selon que l'en auroit admonesté Aiax : &
y ayant esté blessé en la poitrine, de sorte qu'il estoit fort tourmenté de ce coup, il alla au conseil à Delphes, mais
la Pythienne le renuoya à la dessusditte Isle de Leuca, où Aiax se deuoit apparoistre à luy, & le guerir de ceste
playe. Quelques temps apres ayant recouuré guerison, à son retour il racompta comme il auoit là veu Achille, &
les deux Aiax, Patrocle pareillement, & Antiloque : & qu'Heleine s'y estoit mariée auec Achille, lequel luy
auroit commandé d'aduertir Stesichorus, quand il seroit arriué à Homere, que l'inconuenient d'auoir perdu la
veuë luy estoit aduenu par l'indignation d'Heleine : ce qu'oüy de luy il se seroit desdit de ce qu'il en auoit escrit,
& rechanté vne palinodie à sa loüange, au contraire du blasme qu'il luy auroit donné par ses vers. Cecy est
aucunement comme hors de propos, mais conuenant fort bien au subiet de ces Heroïques, tous
parsemez de semblables comptes.

CHIRON.

L faifoit fa demeure au mont Pelion, engendré fem-
blable à vn homme, fort fage au refte & tres-prudent
en dicts & en faits : addonné à diuerfes fortes de chaffes : & qui inftruifoit fort bien la ieuneffe en tout ce
qui conuenoit le faict des armes, & le train de la guerre : enfeignant par mefme moyen la medecine & chirurgie, & la mufique tant de la voix que des inftruments, & rendoit ceux qui partoient de fon efcolle :
fort gens de bien, iuftes & equitables. Il vefcut longuement : car ce fut luy qui endoctrina Efculape, & Pelée, & Thefée. Hercules auffi le feroit fouuent venu vifiter, quand il n'eftoit point detenu à fes
voyages & entreprifes, tout cela dit Prothefilaus de Chiron : & qu'il auroit
participé de fa côpagnie & conuerfation auec Palamedes, Achilles, & Aiax.

Pindare Ode 3.
des Pythiennes.

ANNOTATION.

E Chiron il en a efté parlé affez cy deuant au tableau de la nourriture d'Achille :
& en celuy de Perfeus, comme il apprit la medecine à Efculape. Plus és Centaurelles entant qu'on le feint auoir efté Centaure. Mais pource que là il a efté dit
qu'ayant efté bleffé d'vne des flefches d'Hercules empoifonnée du fiel de l'hydre, comme de douleur il fouhaittaft plufieurs fois la mort, Iuppiter l'auroit tranflaté au ciel, & fait l'vn des douze fignes du Zodiaque qu'on appelle le Sagittaire ou Archer. Paufanias és Meffeniaques met qu'il alla lauer fa playe dans la riuiere d'Aniger, qui de là auroit pris
fon infection, car elle eft puante, & Pline liure 25. chapitre cinquiefme, qu'il en fut guery
par le moyen de l'herbe ditte la Centaure. *Chiron cum Herculis exceptus hoſpitio pertractanti arma Sa-*
gitta excidiſſet in pedem, Centaurea curatus dicitur, quare aliqui eam Chironium vocant. Laquelle au
chapitre precedent il prend pour la quatriefme efpece de la Panacée, qui de fon inuention eut
fon nom. Il trouua auffi cefte maniere de vigne qui fut ditte de luy Chironie, & auparauant
Bryenie, & Gynocanthe, & Apronie, liure 23. chap. 1. Il y a outreplus vne maniere d'efpine
ditte *Pyxocanthes Chironia* de fon inuention, liure 12. ch. 7. & liur. 33. chap. 14.

PALAMEDES.

PALAMEDES.

ENTANT que touche Palamedes, voicy ce qu'en dit
Prothefilaus, que n'ayant iamais eu precepteur pour
l'enfeigner, il alla neâtmoins à Troye inftruit d'vn tres
grãd fçauoir & prudéce, & qui cognoiſſoit beaucoup
plus de chofes que non pas Chiron. Car deuant luy **A**
on ne fçauoit que c'eftoit de la diftinction des heures du iour, & de la nuict, ny de l'année par les faifons, ny des reuolutions des mois : ny l'année n'auoit
pas cefte appellation. Il n'y auoit point de monnoye, **B**
ny de poix, ny de mefures, ny de maniere de compter. Perfonne ne fe fou-
cioit des fciences, car les lettres n'eftoient pas encores trouuées. Et comme **C**
Chiron luy vouluft apprendre tout plein de chofes, concernans mefmes la
medecine : ie l'ay trouuée, luy dit-il, ô Chiron, lors qu'elle n'eftoit point
encores odieufe : & l'ayant trouuée, il ne me femble pas raifonnable que ie
l'apprenne de nul autre, car cela pourroit offenfer Iuppiter, & les Parques; *Cy deuant fur*
& moy par confequent encourir au mefme accident qui aduint à Efculape, *fa ftatuë en*
fi fon exemple, ayant efté accablé d'vn coup de foudre, ne me rendoit fa- *Callifttate.*
ge. Au refte pendant que les Grecs eftoient en Aulide il inuenta le damier, **D**
& le ieu d'efchets, & des tables auecques les dez, vn exercice non du tout
defidieux & oyfif, ains plein d'induftrie, & qui merite qu'on l'apprenne. Or
quant à ce difcours que tant de Poëtes ont traicté, que fur le poinct que
l'armée Grecque fe preparoit pour paffer à Troye, Vlyffes contrefit du fol
en Itaque, ayant attellé à vne charruë vn cheual & vn bœuf enfemble, & *Au tableau*
comme Palamedes defcouurit la feinte par le moyen de Telemaque fils du- *d'Achilles en*
dict Vlyffes qu'il alla planter au deuant, Prothefilaus dit que c'eft vn côpte *Scyro.*
faict à plaifir, & non veritable, car Vlyffes fe trouua tout incontinent en Aulide, fçachant affez qu'il auoit efté enroollé des premiers par les Grecs, pour
raifon de fon eloquence, dont luy & Palamedes entrerent en contention
l'vn contre l'autre. Puis apres comme vne Eclypfe de Soleil fuft aduenuë **E**
deuant Troye, l'armée s'en eftant fort defcouragée & toute efperduë prenant cela en mauuais augure, Palamedes leur alla parcourir là deffus, que ce
defaillement prouenoit de ce que la lune en fon decours & conionction fe
venant oppofer deffoubs le Soleil, l'obfcurciffoit à noftre veuë, & par mefme moyen attiroit force nuages qui offufquoient l'air : mais que fi par cela
eftoit denoté quelque mal futur, ce deuoit eftre fur les Troyens qu'il retom-

beroit : car c'estoient eux qui auoient esté autheurs du mal : & nous, disoit-
il, nous ressentans de leur outrage sommes icy venus pour nous en vanger :
Parquoy il faut espandre nos prieres au Soleil à son leuer, luy sacrifians vn

F beau poullain blanc non dompté encores. Ce que les Grecs approuuerent,
ayans esté persuadez des raisonnemens de Palamedes. Mais Vlysses prenant
la parole : Et qu'auons-nous affaire, va-il dire, ny de sacrifices ny de prieres,
ny d'autres telles quelles superstitions que peut alleguer Palamedes? car tout
cela n'est qu'vn signe & presage de ce qui doit infailliblement aduenir. D'autre-part tout ce qui est au ciel, tout ce qui depend de l'extrauagante confusion, ou de l'ordre reglé des astres, Iuppiter le sçait, qui l'a establi de la sorte, & l'a inuenté. Mais toy, ô bon Palamedes, il est besoin que tu appliques
tes meditations fantastiques à de moindres choses : & auras beaucoup meilleur compte de te retenir à la terre, que de ratiociner ainsi au ciel. A quoy
Palamedes fit responce : Certes si tu estois sage & sçauant, Vlysses, tu co-
gnoistrois que nul homme pour docte qu'il soit, ne sçauroit discourir des
choses celestes, s'il n'en cognoist encores plus des terrestres, dont ie ne fais
doute que tu ne sois bien despourueu : car on dict qu'entre vous autres I-
thaquois n'auez ny saisons, ny terroüer propre pour les distinguer : des-

G quelles paroles Vlysses se trouua tout scandalisé : & dés lors Palamedes commença à se munir & preparer contre ses machinations & enuies. Or comme en vne autre congregation vn trouppeau de grües fust venu voller au

H dessus, ainsi que cela aduient bien souuent, Vlysses ioctant son regard sur Palamedes : Ces grües-là, va-il dire, tesmoignent aux Grecs que ce sont elles
qui ont trouué les lettres, & non pas toy. A quoy Palamedes : Ie ne me van-
te pas d'auoir trouué les lettres, au contraire, ce sont elles qui m'ont trouué :
car iadis ayans esté mises comme en depost dans le sacré manoir des Muses,
elles auoient besoin d'vn tel personnage que moy : dautant que les Dieux par
mes consemblables ont accoustumé de les mettre en euidence & practique.
Ces grües doncques ne s'approprient pas les lettres, mais se retenans à leur
naturelle ordonnance vollent ainsi ; car elles s'en vont en Lybie pour y guerroyer les Pygmées : mais quant à toy, tu ne sçaurois pas parler d'ordonnance, par ce que tu ne fais communément que troubler l'ordre és rencontres
& escarmouches : voulant par là taxer, ce crois-je bien, Vlysses, de ce que s'il
apperceuoit quelque part, ou Hector, ou Sarpedon, ou Enée, soudain il quit-
toit là son rang, pour s'addresser en autre endroit plus aisé & de moindre affaire. Et comme il eust esté surmonté de Palamedes plus ieune que luy en la
vogue des assemblées, il luy opposa Agamemnon, alleguant qu'il luy subor-
noit les Grecs, pour les attirer au party d'Achilles. Prothesilaus dit de plus,
qu'vne autre dissention & querelle s'alluma entre eux pour vne telle occa-

K sion. Les loups par fois descendans du mont Ida, se venoient ruer sur les vallets & les goujats qui portoient le bagage de l'armée Grecque, & les bestes
de somme qui estoient attachées le long des tentes. Et comme Vlysses eust
commandé aux Archers & tireurs de dards de s'en aller donner dessus, Palamedes alla dire : Certes, Vlysses, c'est Apollon qui faict ces animaux-là,
comme vn preambule annonciateur de la peste, ainsi que les mullets & les
chiens, les enuoyát premierement contre les malades, pour la beneuolence
qu'il

qu'il porte aux perſonnes, & le deſir qu'il a de les conſeruer: Supplions doncques Apollon Lycien, & le Phryxien autheur de fuitte , & repouſſeur de calamitez & de maux, que par ſes ſagettes il luy plaiſe d'exterminer ce beſtial
pernicieux: & au reſte deſtourne la maladie ſur les cheures. Mais ayons ſoin
auſſi, ſeigneurs Grecs, de nous meſmes : car il eſt beſoin à ceux qui veulent
euiter la peſte, d'vſer de diette, & d'vn exercice continuel. De moy ie n'ay
point eſtudié en la medecine, mais toutes choſes ſe comprennent par la ſapience. Cela dict, il fiſt fermer les boucheries au camp des Grecs , & defendit qu'on y vendiſt plus de chairs en ſorte quelconque, ains qu'on ſe contentaſt du manger commun aux ſoldats , reduiſant l'armée à de petits mets de
tartinages, & bignets, de ſallades, & autres herbes, tant ſauuages que domeſtiques, & ſemblables nourriſſemens de legere digeſtion. Ce qui luy fut facile d'obtenir, car chacun luy obeyſſoit , & portoit vne merueilleuſe creance : & tout ce qui partoit de ſa bouche eſtoit pris comme pour diuin, & procedant de quelque oracle. De faict la peſte qu'il auoit predicte enuahit tout
ſoudain apres les villes de l'Helleſponte, ayant pris ſon commencement, à
ce qu'on dict, du Pont-Euxin, & de là s'eſtoit venu eſpandre dans Troye:
mais elle ne toucha pas à vn des Grecs, encores qu'ils ſe fuſſent campez en vn
territoire fort ſubiect à la maladie : & ce par le moyen de la diette à eux pre-
ſcrite par Palamedes, & de l'exercice qu'il leur propoſa en ceſte maniere.
De tous les vaiſſeaux qui eſtoient à l'anchre, il en choiſit iuſques à cent, ſur
leſquels il faiſoit embarquer à tour de roolle les ſoldats, pour voguer à l'enuy les vns des autres : tantoſt à doubler le cap dextrement ſans froiſſer les
auirons contre les rochers d'alentour, ne s'y inueſtir : tantoſt à aller ſaiſir
quelque prochain port , plage ou riuage. Et perſuada à Agamemnon de
propoſer des recompenſes, comme par forme de ieux de prix, à ceux qui
rameroient plus diligemment. A ceſte cauſe d'vn cœur ioyeux, & d'vn
prompt vouloir, comme voyans bien que le tout ne tendoit qu'à la conſeruation de leur ſanté, ils s'exercitoient volontiers: car il leur remonſtroit
que la terre s'eſtant ainſi corrompuë & infectée accidentellement outre
l'ordinaire, la mer leur exhaleroit vn air plus doux & ſalubre. Pour toutes
leſquelles choſes, qui demonſtroient aſſez ſa grande ſageſſe, il receuoit auſſi de fort belles recompenſes des Grecs: tellement qu'Vlyſſes s'eſtimoit eſtre
ſans aucun honneur ne credit: & à ceſte occaſion tout ce qu'il pouuoit mediter de fraude & malice, il l'employoit contre Palamedes. Protheſilaus
racomptoit encores, que lors qu'Achilles s'en alla guerroyer les Iſles, & les
villes maritimes prochaines, il demanda Palamedes pour compagnon en
ceſte entrepriſe, par ce qu'il combattoit & vaillamment & ſagement, là
où Achilles s'y monſtroit trop plus inconſideré & brutif, dautant que cette
hardie magnanimité qui luy hauſſoit le courage, le precipitoit bien ſouuent
en pluſieurs inconueniens & deſordres; parquoy il eſtoit bien aiſe d'eſtre
ſecondé en cela de Palamedes, qui luy ramoderoit ſa bouïllante impetuoſité furieuſe, & luy remonſtroit la façon plus ſeure dont il falloit ioüer des
couſteaux : ſe monſtrant en cela ſemblable à vn qu'on auroit commis pour
gouuerner vn genereux Lyon, lequel tantoſt il mitige, tantoſt il encourage & eſguillonne. Et ne practiquoit pas cela en luy monſtrant de re-

culler ny ceder à fes aduerfaires, ains d'employer fes coups, tant de lance comme d'efpée, fagement & bien à propos, & par mefme moyen fe deftourner & parer à ceux qu'on luy tireroit, oppofant l'efcu au deuant pour les receuoir, & les faire efcouller en vain, & de la mefme pointe rembarrer viuement la charge que voudroient faire les ennemis. Tres-ioyeux doncques, & fort contens de fe voir enfemble, ils firent voile, accom-

M pagnez des Myrmidons, & des Theffaliens de Philace. Prothefilaus dit au refte que ces forces furent ainfi ordonnées d'Achilles, & tous les Theffaliens appellez Myrmidons. Ainfi fe prenoient plufieurs places, & annonçoit-on de toutes parts les beaux & admirables faicts de Palamedes: ainfi que des deftroicts de terre tranchez par fon induftrie & dexterité : des riuieres deftournées de leurs canaux ordinaires pour faire fubmerger des villes : des ports remparez de paliffades & chauffées : des fermetures de murailles, & autres femblables ouurages & fortifications de main d'homme. Au regard du combat qui aduint de nuict pres Abyde, où ils furent tous deux bleffez, Achilles fe retira : mais Palamedes ne voulut bouger, ains tint bon, & auant qu'il fuft la mi-nuict prit la fortereffe. Ce temps-pendant Vlyffes donnoit à entendre force belles chofes à Agamemnon deuant Troye, fauffes de vray, mais aifées à perfuader : Qu'Achilles afpiroit de commander à l'armée Grecque à l'inftigation de Palamedes, qui le luy mettoit en la fantaifie. Et ne vous donnerez garde, Sire, ce difoit-il, que vous les verrez retourner chargez d'vn grand butin de bœufs, de cheuaux & efclaues, qu'ils vous mettront entre les mains, mais quant à l'argent, ils le retiendront deuers eux pour en practiquer & attraire à leur deuotion les principaux de cefte armée. Or il vous faut bien donner de garde de toucher aucunement à Achilles, mais au regard de ce feducteur & caufeur, i'ay trouué vn beau moyen de s'en defaire, & le rendre odieux aux Grecs, fi qu'euxmefmes le maffacreront. Et là deffus il luy va parcourir tout ce qu'il auoit machiné contre luy, du Phrygien, & de l'or delaiffé par le Phrygien. Ce qu'Agamemnon trouuant fort dextrement excogité, fe monftra tout preft d'y entendre. Or fus doncques, Sire, pourfuit Vlyffes, entretiens Achilles au tour des villes où il eft prefentement occupé, & r'appelle Palamedes comme fi tu te voulois feruir de luy à prendre Troye, & inuenter des machines & engins pour battre les murailles d'icelle : car reuenant fans Achilles, il fera aifé de le circonuenir & furprendre, non tant feulement à

N moy, mais à vn autre qui feroit beaucoup moins fubtil & ingenieux. Cela approuué encores d'Agamemnon, defia auoient efté depefchez des Heraux par mer à Lefbos, car cefte Ifle n'eftoit pas encores du tout conquife, ains y alloient les affaires en cefte maniere. Lyrneffe eftoit vne ville habitée des Eoliens, remparée au refte d'vne naturelle clofture, car elle n'eftoit pas defermée, où l'on dict qu'aborda iadis la Lyre d'Orphée, laquelle auroit imprimé certain fon aux rochers d'autour qu'ils gardent encores, & de faict on les oyt ordinairement refonner ainfi que quelque concert d'inftrumens entremeflez auecques des voix, quand les flots viennent heurter contre. Là Achilles & fa trouppe de gens de guerre auoient defia tenu le fiege dix iours entiers, car la citadelle eftoit malaifée à prendre de force, quand voila

arriuer

arriuer les Herauts d'Agamemnon qui apportoient son mādement, auquel on aduisa soudain d'obtemperer, & suiuant cela, qu'Achilles demeureroit-là, mais Palamedes s'en retourneroit à l'armée, tellement qu'ils se departirent non sans espandre beaucoup de larmes de part & d'autre. Apres doncques qu'il fut de retour, il fit son rapport des choses qui auoient esté exploictées en leur voyage, attribuant le tout à Achilles. Et puis que tu veux, Sire, va-il dire à Agamemnon, que ie trouue les moyens de forcer les murailles de Troye, les plus importātes machines que ie cognoisse pour cet effect, & les vrayes pieces de batterie pour y faire bresche sont les Eacides, les enfans de Capanée & Tydée, les Locriens, & Patrocle, & Aiax : que si au reste l'on a besoin de quelques engins & artifices, faictes vostre compte en tout ce qui despend de mon industrie, que ceste cité est desia par terre. Mais les machines d'Vlysse ainsi cruellement excogitées, l'auoient desia preuenu, par où il sembla qu'il s'estoit laissé surmonter à la conuoitise de l'or, car il fut deferé pour traistre, & comme tel les mains liées derriere le dos, lapidé tout sur le champ par ceux du Peloponese, & d'Ithaque, par ce que le reste de la Grece ne se trouua pas à ce spectacle, neātmoins ils aimoient celuy qu'on cognois-soit assez luy auoir brassé ce brouët : & s'il y eut vn edict expres fort crimi-nel & inhumain, qu'on ne fust si osé ne hardy de l'enseuelir, ny de le couurir charitablement de terre, menaçant de mort quiconque s'en entremettroit. Ainsi fut-il publié à haute voix de l'ordonnance d'Agamemnon. Mais le grand Aiax se iettant sur le corps, y espandit à force larmes : & le leuant de terre, trauersa toute l'assemblée l'espée au poing, prest à en donner à ceux qui luy voudroient mettre quelque empeschement, si qu'il l'alla inhumer auecques tel honneur qu'il appartenoit, nonobstant toutes les defences : sans de là en auant se vouloir plus trouuer aux assemblées, ny donner son opiniō au conseil, ny sortir aux escarmousches & combats. Puis quand Achilles fut de retour apres la prise du Chersonese, ils monstrerent de compagnie l'indignation par eux conceuë de la mort de Palamedes : toutesfois Aiax ne garda pas si long-temps son cœur : car quand il vid ses compagnons ainsi mal-menez des Troyens, il en eut pitié, & se rappaisa : mais Achilles perse-uerant en son courroux, en fit vn lay qu'il recitoit dessus sa lyre, chantant les loüanges & perfections de ce valeureux personnage, comme d'vn des Heroës precedans : & le requeroit de s'apparoistre à luy en songe, luy fai-sant outre-plus certaines effusions de vin & offrandes, de la mesme coup-pe qu'en semblable cas il employoit enuers Mercure, alors qu'il s'en alloit coucher. Et certes non à Achilles tant seulement, ains à tous les autres qui reueroient & la vaillance & la sagesse, cet Heroë sembla digne d'estre admi-ré, & par eux celebré de leurs chants. Prothesilaus mesme, quand nous tombasmes sur ce propos, en iecta des larmes en abondance, le loüant de son grand courage, & entre autres choses, de ce qu'à l'article de la mort il ne daigna oncques de rien requerir Agamemnon : ny ne delascha de sa bou-che rien d'indigne de luy, ny pusillanime pour l'esmouuoir à commiseration & pitié : ny ne pleura ; ains profera seulement ces mots-cy : Las combien ie te plains, ô innocente verité, car tu es perie premier que moy ! & là dessus presenta son chef liberalement aux coups de pierre, comme s'il pre-

uiſt la punition qui leur en deuoit arriuer. *Phenicien.* Et ne me ſeroit-il
pas loiſible de voir auſſi Palamedes, comme i'ay veu par voſtre moyen &
Neſtor, & Diomede, & Sthenel : ou ſi Protheſilaus ne vous a rien remarqué de ſa figure?*Vigneron.* Si a, & voyez-le en grandeur ſemblable à Aiax Telamonien, contendant au reſte de beauté auecques Achilles, & Antiloque,
& Protheſilaus meſme à ce qu'il dict, & auecques le Troyen Euphorbe : la
barbe ne luy commençant qu'à poindre d'vn poil follet fort delicat, auec
comme vne promeſſe & attente de cheuelleure, car il eſtoit raz iuſques au
cuir: les ſourcils libres & redreſſez qui s'en venoient rencontrer vn nez carré
d'vne belle façon & aſſiette, la cogitation de ſes yeux au combat eſtoit ferme, immobile, & accompagnée d'vne fierté-courageuſe: mais au repos douce & benigne, & luy fort affable és aſſemblées. On le dict auſſi auoir eu les
plus grands yeux que nul autre: & qu'eſtant nud il paroiſſoit d'vne corpulence comme moyenne entre vn fort & robuſte Athlete, & vn viſte-leger
coureur. Son viſage au reſte eſtoit fort haſlé & craſſeux, plus agreable neantmoins que les mignards paſſe-fillons d'Euphorbe tous treſſez d'or, & ſembloit qu'il s'eſtudiaſt tout expreſſement de ſe rendre tel, ne ſe ſouciant de
dormir à l'herte, & au ſerain à deſcouuert : car il paſſoit ſouuent des nuicts
entieres ſur le ſommet du mont Ida, quand il eſtoit de loiſir des factions &
exploicts belliques, par ce que de là les ſages hommes contemplatifs s'ac-
queroient vne cognoiſſance des choſes celeſtes: Il ne mena à Troye aucunes forces ne vaiſſeaux, ains y paſſa dãs vn petit nauire paſſager auecques ſon
frere Oates, n'eſtimant pas de ſe deuoir parangonner à perſonne pour auoir
beaucoup de bras & de mains: & n'auoit non plus point de vallet ny de cou-
ſtillier ny de chambriere ou de page pour le lauer & faire ſon lict, ou luy appreſter ſon manger, ains viuoit, ſe ſeruant meſme ſans aucune pompe ny curioſité d'appareil, & comme Achilles luy diſt vn iour. Tu ſembles à pluſieurs
fort groſſier, ô Palamedes, que tu n'as perſonne pour ſoigner de toy. Et que
me ſeruiroit doncques cecy, va-il reſpondre leuãt ſes deux mains ? Vne autre
fois, comme les Grecs luy euſſent donné ſa part du butin en argent comptãt
des deniers leuez des tributs, l'admoneſtans de s'enrichir, Ie n'en feray rien,
leur dit-il, ains vous exhorte à la pauureté, pluſtoſt que de vous rendre ainſi
ſubiects & eſclaues à obeïr. Vne autre fois comme Vlyſſes luy euſt demandé
qu'il venoit de contempler le ciel & les aſtres, Et que vois tu là haut plus que
nous? des meſchans, dit-il : mais il luy euſt mieux vallu d'auoir enſeigné aux
Grecs les moyens de deſcouurir ces meſchans-là, car ils n'euſſent pas admis
Vlyſſes à verſer ſur luy tant de calomnies & de fauſſetez. Et au regard de ce
qu'on dict qu'il y eut des ſignals de feu faicts par ſon pere Nauplius le long
de la coſte d'Euboée pour tromper les Grecs, Protheſilaus dict cela eſtre
veritable, & que les Parques le permirent de ceſte ſorte, & Neptune encore
paraduanture, encores que ce fuſt outre le gré & conſentement de l'ame de
Palamedes: car eſtant ſi ſage & preud'homme, il n'euſt pas voulu leur ruine:
nonobſtant qu'ils luy euſſent vſé d'vne fraude ſi inhumaine. Achilles finablement, & Aiax l'enſeuelirent ſur le riuage des Eoliens proche de Troye,
leſquels luy edifierent depuis vne chappelle là endroit fort anciéne, auec vne
image en contenance d'homme magnanime & courageux, qui eſtoit armé,

Iliad. 27.

mé, auquel les habitans de là autour s'assemblans certains iours de l'année ſacrifient & font des offrandes : mais qui la voudra trouuer, faut tenir la routte de Methymne, & de Leïpethymne, vne montagne qui paroiſt de loing au deſſus de Leſbos.

ANNOTATION.

ALAMEDES fut fils de Nauplius Prince de l'Iſle d'Euboée, maintenant ditte Negrepont, en la coſte de Laconie, & ſe trouua auecques les autres Seigneurs Grecs au voyage de Troye, entrepris d'eux pour vanger le rapt d'Helene, où apres pluſieurs ſeruices & bons deuoirs faiɓs par luy, il fut en fin par les calomnies d'Vlyſſes ſon enuieux & mal-veuillant, aſſommé à coups de pierre. Il y auroit trop de choſes à atteindre en cet endroit, qui viendront plus à propos par les menus chacune en ſon lieu, que de les entaſſer icy confuſément tout enſemble. Mais c'eſt vne choſe bien eſtrange qu'Homere ait eſté ſi partial & affectionné pour Vlyſſes, qu'en nul endroit de ſes poëſies, il n'a oncques voulu faire mention de Palamedes, ny rien qui le concernaſt: car encores qu'il luy euſt eſté ſi mal affecté pour l'amour d'Vlyſſes, à tout le moins n'euſt-il pas teu la grande deſolation & ruine que malicieuſement auroit pourchaſſé Nauplius à l'endroit des Grecs à leur retour, contre les rochers Caphareéns, ce qui auroit meu Strabon au huictieſme liure de reputer cela pour vne fable: pluſieurs bons Autheurs toutesfois le donnent pour vray.

Deuant Palamedes on ne ſçauoit que c'eſtoit de la diſtinction du iour & de la nuict, ny de l'année par les ſaiſons. Philoſtrate attribuë icy pluſieurs belles inuentions à Palamedes, non toutesfois qu'il faille entendre qu'il en euſt eſté li premier autheur, mais que ce fut le premier qui en amena l'vſage aux Grecs deuant Troye, qui comme gens du tout ententifs à la guerre, n'auoient l'œil ny le cœur à autre choſe, ſans ſe ſoucier qu'au iour la iournée de tout ce qui concerne le train de la vie humaine. Tout de meſme l'on attribuä l'inuention du feu en Egypte à Vulcain, qui l'auroit obſerué & receu d'vn coup de foudre tombé de fortune dans des ſueilles ſeiches & autres telles matieres inflammables, où il ſe ſeroit allumé: du bled à Ceres, & à ſon fils Triptolemus: du vin à Bacchus, &c. Le meſme ſe pourroit dire auſſi des Indes, de tout ce que ces pauures Barbares differans peu des beſtes bruttes ont receu de ciuilité & polliſſement par les peuples Occidentaux, qui les ont les premiers deſcouuerts, & leur ont monſtré & appris ce dont ils eſtoient ignorans, qu'ils en auroient pour leur regard eſté les premiers inuenteurs. Mais pour venir à la diſtinction de l'année par ſes ſaiſons; & de là aux mois, iours & heures, qui ſont les parties du temps: l'année en premier lieu eſt diɕte des Grecs ἐνὸς, & ἐniαντὸς, comme retournant en ſoymeſme, car où l'vne ſe termine & acheue, l'autre immediatement recommence, qui eſt la carriere que le Soleil paſſe par les douze ſignes du Zodiaque, conſtituans autant de lunaiſons ou de mois, & quelque peu plus: departis au reſte en quatre ſaiſons que les Grecs appellent ἄρϱι, Hyuer, Printemps, Eſté, & Automne, dont les Egyptiens n'en mettoient que trois: le Printemps, Eſté, & l'Automne qu'ils confondoient auecques l'Hyuer, qui ne produit rien, & ſe repreſentoient par des roſes & autres fleurs, des eſpics de bled, & des fruictages & raiſins. Mais de s'eſtendre plus auant en cet endroit, cela iroit trop en infiny. Ioinct que nous en auons traicté ailleurs apres pluſieurs autres: & des heures pareillement, qui ſont ou eſgalles, autrement equinoctiales, ou ineſgalles ou planetaires comme on les appelle, pour ce qu'on en attribuë la domination aux ſept planettes, qui y regnent à tour de roolle. Les eſgalles ſont les vingt-quatre du iour naturel, qui conſiſte de la lumiere du iour qu'on appelle artificiel, & de la nuict, car en cet eſpace, le premier ciel mobile parfaict chacun iour ſa reuolution, & rauit toutes les autres ſpheres ſubiacentes auecques ſoy, du Leuant par le Midy à l'Occident, & de là par le Septentrion au Leuant. Les ineſgalles ou planetaires ſont touſiours douze pour le iour artificiel, & autant pour la nuict, & dautant que le iour & la nuict croiſſent ou decroiſſent continuellement en la ſphere oblique, car en la droicte ſoubs l'equinoctial ils ſont touſiours eſgaux, & les heures pareillement, il faut auſſi que ces heures ineſgalles varient ſelon la proximité ou eſloignement de chaque climat dudit cercle equinoctial, ſi qu'à Paris, qui eſt enuiron quarante huict degrez d'eleuation du Pol arctique, les iours eſtans preſque plus longs de la moité en Eſté qu'en Hyuer, il faut que les heures du iour ſoient auſſi plus longues deux fois que celles de la nuict, & en hyuer tout au rebours. Mais pour venir aux horloges dont il eſt icy queſtion, qui diſtinguent & marquent les heures, cela conſiſte de deux manieres: l'vne par les quadrans aux rayz du Soleil, où par l'ombre les heures ſe marquent, car c'eſt luy, comme a eſté dit, qui par ſon cours quotidian, trace &

designe le iour naturel de vingt-quatre heures : si que pour cette occasion, comme met Macro-be liure premier des Saturnales, chapitre vingt & vniesme : les Egyptiens l'auroient appellé Ho-rus, dont les heures ont pris leur nom, qui s'estendent aussi aux quatre saisons de l'année, com-me en Horace parlant de Iuppiter, *Variisque mundum Temperat horis*. Les heures doncques se cognoissent par les quadrans de iour aux raiz du Soleil, & la nuict à quelques estoilles. Pline li-ure dix-huictiesme chapitre quatorziesme, parlant des Lupins, & Apulée en ses Rustiques, mettent qu'ils seruent comme d'horloge aux paysans, par ce qu'ils se contournent iournelle-ment auecques le Soleil, si que mesme le ciel estant nubileux & couuert, ils cognoissent à peu pres quelle heure il est : ce que faict aussi l'heliotrope ou soulcie. Et au second liure chapitre se-ptante-huictiesme, il dit que ce fut Anaximene Milesien qui trouua ces horloges solaires, le-quel fut disciple d'Anaximander, & de Thales : & en monstra le premier vsage a Lacedemone. Ce qui se rapporte à ce qui a esté dict cy dessus, que ceux qui ont les premiers enseigné la tradi-tiue de quelque chose, ont esté dicts les premiers autheurs : car ces Philosophes furent vers l'an du monde trois mil quatre cens, plus de quatre cens ans apres Palamedes, & la prise de Troye, & bien vingt ans apres Ezechias Roy de Iudah, dont voicy ce qui est dit en Isaïe trente-huicties-me. *Ie feray retourner l'ombre des lignes par lesquelles elle estoit descendue en l'horloge d'Achaz au Soleil, dix lignes en arriere*. Tellement qu'à ce compte il y auoit desia des horloges deuant Anaximenes. L'autre maniere est ou par l'eau, comme ils furent du commencement, ou par le sable. Pline à ce prepos liure septiesme chapitre dernier, escrit que du temps que les loix Romaines furent reduittes en XII. tables par Appius Claudius, & ses compagnons, ce qui eschet vers l'an de la fondation de Rome trois cens ans, & de la creation du monde trois mil cinq cens douze ans, on n'y remarquoit encores que le leuer & le coucher du Soleil. Quelques ans apres on y auroit ad-iousté le Midy : l'Huissier des Consuls le proclamant à haute voix par aduis de pays. Douze ans auant la guerre de Pyrrhus Roy des Epirotes, ce qui eschet quelques cent cinquante ans apres, fut mise l'horloge au temple de Quirin par L. Papyrius Cursor, sans designer de qui il l'eut, ne qui le fit. Et trente ans apres en fut apporté vn de Sicile par Valerius Messala, & posé en vne colomne aupres des Rostres, lequel fut reformé dix ou douze ans apres par le Censeur Qu. Martius Philippus. Iusques là ils s'estoient conduits à Rome par les horloges solaires : & huict ans apres Scipion Nasica en mit vn d'eau, qui marquoit les heures du iour & de la nuict, par le moyen d'vn baston planté droict à guise de mast dans vne petite nasselle surnageante en vne cuuette remplie d'eau, laquelle à mesure qu'elle s'escouloit par en bas, la nasselle se r'abais-soit, & le mast aussi, auquel estoient marquées les heures. Quant aux Grecs, la certitude n'en est pas si grande : mais ie me ressouuiens d'auoir leu quelque part, ie ne sçay pas bonnement où, que le premier vsage des Clepsydres ou horloges d'eau se prattiqua en la ville d'Achante en Egypte, où il y auoit trois cens soixante Prestres, autant que de iours en l'an, ostez les cinq & les six heures, qu'ils appelloient les Epactes ou suradioustez, pour vne telle occasion qu'allegue Plutarque au traicté d'Osyris en cette sorte. Que la Deesse Rhea s'estant accointée secrettement de Saturne, le Soleil en eut cognoissance, qui la maudit à ce qu'elle ne peust iamais enfanter en aucun an, ny aucun mois : mais Mercure en estant deuenu amoureux trouua cet expedient, que iouant aux dez auecques la Lune, il luy gaigna la septantiesme partie de ses illuminations, dont il fit cinq iours, qu'il adiousta aux trois cens soixante de l'année Egyptienne : & par ce moyen Rhea eut la commodité de se deliurer en iceux : à sçauoir le premier iour d'Osyris Roy du mon-de : le second d'Arneris qui est Apollon : le troisiesme de Typhon, mais il ne vint pas à terme, ains sortit violentement par le costé de sa mere : le quatriesme d'Isis, & le cinquiesme de Neph-té, qu'on nomme autrement Venus ou Victoire. Les Prestres doncques auoient la charge cha-cun son iour, d'apporter de l'eau du Nil dans vn grand vaisseau, laquelle s'escoullant par vne bonde marquoit les heures. Les horloges qui se meuuent par des contrepoids, & les monstres portatiues par des ressorts, sont venuës long temps apres peu à peu à la perfection où le tout est finalement arriué. Mais pour le regard des heures, en tant qu'elles signifient les saisons de l'an-née, il en a esté traicté suffisamment en leur tableau, parquoy icy ne reste plus que d'inserer leur hymne d'Orphé, lequel auroit esté là oublié.

L'ENCENCEMENT DES HEVRES OV
SAISONS DE L'ANNÉE, LES AROMATES.

Heures les filles de Themis,
Et du grand Iuppiter Monarque,
Equité, Iustice, & la Paix

Abondante

Abondante en toutes richeſſes :
Printanieres, qui vous aimez
Dans les prairies diaprées
De toutes ſortes de couleurs,
Que les ſoüefſleurantes herbes
En leurs fleurs monſtrent à l'enuy.
Heures en tout temps verdoyantes,
Qui danſſez vn beau branſle en rond,
D'vn doux & gracieux viſage,
Veſtuës de roſins habits
Tous tiſſus de fleurs delectables :
Ioüans auec Perſephoné
Lors que les Parques & les Graces
En vn tourne-virant ballet
De là bas au iour les ramenent,
Pour gratifier Iuppiter,
Et ſa donne-moiſſon de mere.
Venez icy doncq' aux deuots
Sacrifices de ceux qui veulent
Apprendre vos deuots ſecrets,
Portans en vos mains inculpables
Les fruicts qui dependent de vous.

11. *n'y auoit point de monnoye, ny de poids, ny de meſures.* Il attribuë encores tout cela à l'inuention de Palamedes. Et quant à la monnoye & pieces coignées, il en a eſté touché cy-deuant quelque choſe és annotations du commencement de ces Heroiques, ſur ce texte icy : *I'achepte vn bœuf auecques du bled, & vn mouton auecques du vin :* où nous auons amené le paſſage du ſeptieſme de l'Iliade, que Pline liure trente-troiſieſme chapitre premier dilate ainſi. *A la mienne volonté que l'or, vn aſamement deteſtable, comme l'ont appellé des autheurs celebres, peuſt eſtre en tout & par tout exterminé de la ſocieté humaine, deſchiré à bon droict de toutes ſortes de villennies & outrages par les plus preud'hommes, & gens de bien, & inuenté ſeulement pour la ruine de noſtre vie. Car combien plus heureux eſtoient ces temps-là, où tous les traffiques ſe f iiſoient par des eſchanges, ainſi que durant la guerre de Troye on le practiquoit : dont il eſt bien raiſonnable de s'en rapporter à Homere : & de cette ſorte à mon iugement les commerces furent trouuez pour la commodité & vſage du viure : là où les vns auecques des cuirs de bœufs, les autres auecques du fer & ſemblables denrées qu'ils prenoient reciproquement, achetoient ce qui leur eſtoit neceſſaire, combien que le Poète auſſi admirant l'or, aye voulu faire vne eualuation des choſes, qu'il dit Glaucus auoir eſchangé ſes armeures d'or qui valoient cent bœufs, à celles de Diomedes d'airain, priſées à neuf tant ſeulement, de laquelle couſtume furent par les loix anciennes introduittes les amendes à Rome, en eſpeces de beſtail.* Mais on faict l'vſage de la monnoye bien plus ancien que le ſiege de Troye, & preſque dés le commencement du monde, ſuiuant ce que Ioſephe au premier des Antiquitez Iudaïques eſcrit de Cain : αὔξων δὲ τὸ οἶκον πλήθει χρημάτων ἐξ ἁρπαγῆς καὶ βίας. *Qu'il accroiſſoit ſa cheuance par vn amas de deniers extorquez de rapines, & par violence :* mais ce mot de χρῆμα eſt equiuoque, & ſe peut eſtendre à beaucoup d'autres ſignifications que de l'argent comptant. Parquoy ſans retrograder ainſi au loin deuant le deluge, ce qui ſe lit d'Abraham en Geneſe treizieſme eſt plus pregnant, *qu'il eſtoit opulent en or & argent :* ce qui ſe doit entendre du monnoyé : comme ce qui ſuit apres au vingtieſme le confirme aſſez : qu'Abimelech Roy de Geraze luy fit preſent de mille pieces d'argent. Item és quarante-deuxieſme, quarante-troiſieſme & quarante-quatrieſme, il eſt faict expreſſe mention de pecune, que les enfans de Iacob porterent en Egypte pour auoir du bled : & on ſçait bien que cela fut plus de cinq cens ans deuant la priſe de Troye. Herodote au reſte met que les Lydiens coignerent les premiers de tous des pieces d'or & d'argent, mais il ne cotte pas le temps. Et Strabon au huictieſme de ſa Geographie attribuë cela à vn Phedon Eléen, le dixieſme des deſcendans de Temenus : auecques les meſures qui de luy furent appelées Phedoniennes, & auſſi les poids. Pauſanias és Eliaques le met enuiron la huictieſme Olympiade, qui eſcheit quelques quatre cens tant d'ans apres la ruine de Troye. A Rome la monnoye vint bien plus tard : mais cela ſeroit deſormais hors de noſtre propos. Au regard des poids, meſures & nombres, qui ſont les trois principaux liens de la ſocieté humaine, propres & particuliers à la creature raiſonnable, Ioſephe au lieu prealleguè, en attribuë auſſi la

virgile au 3. de l'Eneide.
Quid non mortalia pectora cogis Auri ſacra fames?

Toutesfois telle eſt la proportion de l'argent enuers l'or, à ſinaure de dix pour vn, & de cinquante antfois autant.

TTt ij

premiere inuention à Cain. Mais Eutrope à l'entrée de son histoire, la refere à vn Sidonius, du temps que Procas regnoit à Albene, quelques trois cens septante ans apres la destruction de Troye. L'escriture saincte, qui est bien plus certaine, nous monstre assez apertement, que les poids, les mesures, & les nombres deuoient bien estre plus anciens: comme au quarante-troisiesme du Genese des enfans de Iacob : *Nous auons ouuert nos sacs, & trouué nos deniers à la bouche d'iceux, lesquels nous auons maintenant rapporté au mesme poids.* Et au dix-neufiesme du Leuitique. *Vous ne ferez point d'iniustice en ingement, en regle, en poids, & en mesure: vous aurez les balances iustes, les poids iustes, le boisseau iuste, &c.* Pline liure septiesme chapitre cinquante-sixiesme, s'accordant auecques Strabon, l'attribuë au Phidon dessus-dict : *mensuras & pondera inuenit Phidon Argiuus: aut Palamedes, vt maluit Gellius* : mais ce n'est pas cet Aulu-Gelle dont nous auons les nuicts Attiques : car il fut bien posterieur à Pline. Les autres au second Mercure en Crete, fils de Iupiter. Le mesme est il des mesures, & des nombres: tout cela paroissant estre nay auecques le monde & les hommes, suiuant le Sage en la Sapience vnziesme. *Omnia in numero, pondere, & mensura disposuisti.* Au regard des nombres, Tite-Liue en donne l'inuention à Minerue au commencement du septiesme liure : mais la maniere de compter a esté diuerse à plusieurs peuples : car les Hebrieux, Grecs, & Romains y ont procedé par les caracteres de leur escriture, neantmoins la plus exacte de toutes, & la plus facile est celle de l'algorisme, comme on l'appelle, par les marques & regles du chiffre: inuention certes plustost diuine qu'humaine : qu'aucuns veullent estre primitiuement venuë de la Chine: & les autres des Arabes, qui à la verité y ont beaucoup contribué.

C　　*Les lettres n'estoient pas encores trouuées.* Tout cecy a esté cy-deuant touché au chapitre de Prothesilaus, en la lettre Y. sur le propos de Tlepolemus frere de Telephe; auquel il fit entendre de bouche par vn sien messager, la descente des Grecs deuant Troye, par ce que les lettres n'estoient pas encores trouuées : lesquelles Palamedes s'imagina des diuerses assiettes & transpositions que les gruës marquent en vollant; dont il apprit aussi les ordonnances des batailles; les gardes & les sentinelles, & les mots du guet, auecques autres telles obseruations militaires, que l'instinct naturel a mis en ces oyseaux, dont ils furent depuis appellez les oyseaux de Palamedes.

D　　*Pendant que les Grecs seiournoient en Aulide, Palamedes inuenta le damier, & le ieu des eschets, & des tables & les dez aussi.* I'ay estendu ainsi le mot de ***urbs*** qui est au texte, suiuant la commune opinion que ce fut Palamedes qui trouua le ieu des eschets, & des tables, ioinct que ce qui suit subsequemment, que ce n'estoit pas vn exercice du tout oysif, mais industrieux; ce qui ne se peut pas simplement entendre des dez, où il n'y a pas beaucoup d'industrie que le seul hazard, si d'aduanture on ne vouloit pipper, chose que nul autheur ne s'entre-mettroit pas d'approuuer, ne dire que ce fust vn artifice digne d'apprendre, car au contraire, c'est vne chose illicite & punissable, comme estant de mauuaise foy, de barat & de tricherie. Herodote en sa Clio escrit que les Lydiens, peuples de l'Asie, furent les premiers qui trouuerent ces ieux de dez & de tables, si au moins ils estoient les mesmes, ou à peu pres que ceux d'aceste-heure, ce que malaisement ie croirois, non tant pour se recréer ny pour auarice, que pour se desennuyer & tromper le temps en vne cruelle famine où ils se trouuoient; durant laquelle ils ne prenoient leur refection que de deux iours l'vn: & l'autre ils le passoient du mieux qu'ils pouuoient à iouër aux ieux dessus-dicts, ausquels ils se rendoient si attentifs & affectionnez, que cela leur faisoit aucunement oublier le boire & manger. Polydore Virgile autheur moderne, au second liure des Inuenteurs des choses, chapitre treiziesme, met, sans toutesfois alleguer l'autheur, que l'an du monde trois mil six cens octante cinq, qui eschet vers le temps d'Alexandre le Grand, vn sage homme nômé Xerxes, inuenta le ieu des eschez, pour refrener les violences de certain Tyran, qu'il ne nomme point; afin de luy faire comprendre par le progrez de ce ieu-là, qu'vn Roy a de soy bien peu de pouuoir & de seureté de sa personne, s'il n'est aidé & maintenu de la bien-vueillance de ses subiects, lesquels vueillent & s'efuruent chacun endroit soy pour le couurir & contre-garder des machinations & entreprises que ses aduersaires luy brassent. Mais les inuentions de tous ces ieux sont fort douteuses & incertaines, estans venuës peu à peu, diuersement selon les temps, & les nations qui les practiquent, qui d'vne sorte, qui d'vne autre: comme on peut voir pour le regard du triquetracq, où depuis quinze ou vingt ans, tant de choses se sont accreuës & adioustées, de bredouïlles, & diuerses sortes de Ians, côme on les appelle, qui n'estoient point au-parauant en vsage, au moins parmy nous, qui deuons cela aux Italiens, auecques le taroc, & plusieurs autres telles inuentions. Les principaux ieux du tablier au reste, & le plus commun sont le triquetracq, la renette, la lourche, toutes ausdites, & le sbaraglin, plus commun ausdits Italiens que non pas à nous, auquel à tous les poincts des deux dez qu'on iecte, on adiouste tousiours vn six de plus, comme si ce sont seines ils compteront dix-huict, & sont si accoustumez d'en vser ainsi que mesmes iouäns au triquetracq, ou au lourche, ils comptent ordinairemêt *dicidotto* dix-huict pour seines, encores qu'il n'en iouët que douze. Sur le dos du tablier sont les dames & les eschets,

eſchets; eſquels les Eſpagnols deuancent toutes les nations de la terre, comme les François font au ieu de la Paume, & les Romains, & Neapolitains au pallemaille, les dez à nous tiennent le lieu de ce que les Grecs appelloient ἀϲράγαλοι, que deſigne auſſi le mot de πεϲϲοι: mais nous en auons parlé bien amplement au tableau de Venus Eleſhantine.

Comme vne Eclypſe de Soleil fuſt aduenuë denant Troye. C'eſt choſe aſſez cogneuë iuſques aux moyennement inſtruicts és Mathematiques, que la cauſe de l'Eclypſe ou obſcurciſſement du Soleil à noſtre regard, car il ne s'offuſque pas pour cela, comme faict la Lune: ainſi que l'a ſceu bien comprendre Virgile en ce vers cy, *Defectus lunæ varies, ſoliſque labores*, ſe faict par le moyen de l'interpoſition de la Lune, vn corps tenebreux de ſoy, & opaque, quand elle ſe vient directement oppoſer entre luy & noſtre regard: comme on peut voir en vn miroïer mis au fonds d'vn baſſin plein d'eau, lors que ceſte eclypſe aduient: Parquoy cela ne ſe peut faire ſinon qu'au decours de la Lune en ſa conionction auecques le Soleil: car celle qui ſe fit en la paſſion du Sauueur la Lune eſtant au plein, fut côtre l'ordre de nature. Mais l'eclypſe de Lune tout au rebours eſt quand elle eſt pleine, & ce par le moyen de l'ombre de la terre qui ſe vient diametralement oppoſer entre la Lune & le Soleil. Voyez de cela plus à plein, outre Ariſtote en ſes Meteores, Plutarque liure ſecond des opinions des Philoſophes, chapitre 24. & 29. au traicté d'Oſyris, & en ceſuy la face qui apparoiſt au rond de la Lune. Mais en infinis liures des Mathematiques, car il n'y a rien plus commun.

Sacrifiant au Soleil vn beau poullain blanc non dompté encores. Lactance liure premier de la fauſſe religion, chapitre vingt-vnieſme, alleguant ces vers du premier des Faſtes d'Ouide:

> *Placat equo Perſis radijs Hyperiona cinctum,*
> *Ne detur celeri victima tarda Deo.*

met que tout ainſi qu'on ſacrifioit vne Ieniſſe à la Lune pour leur conſemblance de cornes, les Perſes immoloient des cheuaux au Soleil, à cauſe de la viſteſſe de cet animal, correſpondante à la prompte & agile courſe du Soleil au ciel: & d'autant que la lumiere eſt blanche, ils l'eſſioient de pelage blanc. Ce que Strabon en l'onzieſme liure attribue aux Maſſagetes: & Herodote aux Scythes. Pauſanias és Laconiques parlant du promontoire de Talet, dit qu'il eſtoit conſacré au Soleil, & que là entre autres choſes on luy immoloit des cheuaux: ce que les Perſes ont accouſtumé de faire en leurs ſacrifices: car c'eſtoit leur plus grand Dieu, l'appellans Mythres. Mais Tite-Liue plus apertement au cinquieſme liure parlant du triomphe de Camille apres la priſe de Veies: *Il fut bien regardé pour le ſuperbe equipage de ſon charriot attelé de cheuaux blancs: ſi que chacun interpretoit cet orgueil pour vn meſpris de la religion, qu'il ſe fuſt par là voulu meſurer aux cheuaux de Iuppiter, & du Soleil.*

On dit que vous autres Ithaquois n'auez ny ſaiſons, ny terroüer propre pour les diſtinguer. Les ſaiſons de l'année que les Grecs appellent ὥραι, comme a eſté dit, ne ſe peuuent mieux repreſenter que par ce que la terre produit: tellement que là où elle ſera ſterile, il n'y aura point auſſi de ſaiſons. Et c'eſt ce que Palamedes veut icy inferer d'Ithaque, vne petite iſle en la mer Ionienne pres Cephalenie, & la coſte d'Epyre fort parſemée de rochers. Virgile au 3. de l'Eneide.

> *In media apparet fluctu nemoroſa Zacynthos,*
> *Dulichiumque, Saméque, & Neritos ardua ſaxis,*
> *Effugimus ſcopulos Ithaca, & Laërtia regna:*
> *Et terram altricem ſæui execramur Vlyſſis.*

Ce qu'il a emprunté du ſecond de l'Iliade au catalogue des Nauires.

> Αὐτὰρ ὀδυσσεὺς ἦγε Κεφαλλῆνας μεγαθύμους,
> Οἵ ῥ' Ἰθάκην εἶχον, καὶ Νήριτον εἰνοσίφυλλον,
> Καὶ χροκυλή᾽ ἐνέμοντο, καὶ Αἰγίλιπα τρηχεῖαν,
> Οἵ τε Σακυνθον ἔχον, ἠδ' οἳ Σάμην ἀμφενέμοντο,
> Οἵ τ' Ἤπειρον ἔχον, ἠδ' ἀντιπέραι' ἐνέμοντο.

Et au troiſieſme enſuiuant il l'appelle tout reſolument ſterile & aſpre,

> ὡς γραφὴ ἐν δήμω Ἰθάκης κρανάης ἀφρεϲϲης.

Plus au quatrieſme de l'Odyſſée à ce propos.

> Ἐν δ' Ἰθάκη ὄτ' ἄρ δρόμοι εὐρέες, ὄτε τι λειμῶν·
> Αἰγίβοτος, καὶ μᾶλλον ἐπήρατος ἱππαβότοιο.
> Οὐ γάρ τις νήσων ἱππήλατος, ἠδ' εὐλείμων,
> Αἵδ' ἁλὶ κεκλίαται· Ἰθάκη δέ τι καὶ περὶ πάντων.

En Ithaque il n'y a point de plaines larges pour y galopper les cheuaux, ny de prairies pour y nourrir le beſtail, ains eſt plus plaiſante que paccageuſe, il n'y a point d'iſles propres pour les harats, ny fertiles en bonnes prairies; Ithaque meſme ſur toutes autres. Ce qu'il reitere au treizieſme, où neantmoins il la faict eſtre fertile en bleds, & en vignobles, en paccages, & en foreſts, comme arrouſée de toutes parts de force ruiſſeaux & de frequentes pluyes & roſées, ἤτοι μὲν ηρ̃φῶμ χαὶ ὑχ ἰωπόλατοι ἔςιν, &c. Tant il ſe monſtre affectionné par tout enuers Vlyſſe, & tout ce qui le concerne : & Philoſtrate au contraire en ces liures cy ſoubs le perſonnage de Protheſilaus à le conuaincre & impugner de beaucoup de choſes qu'il a eſcrites contre verité & hors de propos.

H   *Ces gruës ſeſmoignent aux Grecs que ce ſont elles qui ont trouué les leitres.* Cecy bat ſur ce que ces oy-ſeaux en vollant touſiours en trouppe forment ordinairement vn ypſilon Grec Y. les autres le referent à ce que les Latins diſent *Cuneu* coing, & gardent ainſi cette ordonnance pour fendre l'air à moindre peine. Ce que les gens de guerre ont pris de là.

I   *Elles s'en vont en Lybie pour faire la guerre aux Pygmées.* Au commencement du troiſieſme de l'I-liade : ἠΰτε πὲρ κλαγγὴ γεράνων πέλει οὐρανόθι πρὸ, Comme les criailleries des gruës en l'air : mais cecy a eſté amené cy-deuant au chapitre de Protheſilaus : E E. Ariſtophane auſſi *és oyſeaux* ſemble auoir voulu battre là deſſus.

> E'κ μὲν γε Λιβύης ἧκον ὡς τρὲις μυρίαι
> Γέρανοι θεμελίως καταπεπωκυῖαι λίθοις,
> *Enuiron treize mille gruës*
> *De Lybie arriuerent-là,*
> *S'eſtans ſabourrées de pierres*
> • *Contre la furie des vents.*

Ce que touche auſſi Suidas ἀφ' ἕρματος. Quant à la race des Pygmées ou Nains, & la guerre que leur font les gruës, Strabon tient tout cela à fable. Et Pline liure ſixieſme chapitre trentieſ-me, les remet au deſſus des lacs dont le Nil prend ſon origine au delà de l'Ethiopie, auecques pluſieurs autres telles manieres de gens. Mais au ſeptieſme liure chapitre ſecond plus aperte-ment. *Au deſſus des Aſtomes qui viuent ſeulement de l'odeur des fleurs, racines & fruictages, par ce qu'ils n'ont point de bouche par où ils peuſſent prendre leur nourriture, ſont les Pygmées, de la hauteur communé-ment de vingt-ſept pouces, iouiſſans d'vn air ſalubre, comme s'ils eſtoient touſiours en vn fort temperé prin-temps : car les montaignes les couurent de la partie de Septentrion. Homere a eſcrit qu'ils ſont fort moleſtez des gruës, qui leur font vne cruelle guerre : & ils montent à ce qu'on dict ſur des cheures & des moutons, equippez d'arcs & de fleſches en la ſaiſon de la prime-vere, deſcendans à groſſes trouppes vers la marine pour exterminer les œufs de ces oyſeaux-là, en laquelle expedition ils employent trois mois de l'an : autrement il ne ſeroit poſſible de leur reſiſter : & baſtiſſent leurs cahuettes de leurs pennages, & des coquilles de leurs œufs, le iont maçonné auecques de la boüe : mais Ariſtote dict qu'ils habitent dans des cauernes.* Il en parle encores au troiſieſme liure, chapitre vingt-troiſieſme, où il dit que par l'abſence des gruës ils ont des treſues & repos. Et au reſte qu'elles viennent de deuers la mer de Leuant, d'vne grande e-ſtenduë de pays qui eſt là, vollans fort haut pour deſcouurir plus au long & au large. Elles choiſiſſent l'vne d'entre-elles la plus càpable pour les guider, & la ſuiuent en leur ordonnance triangulaire accouſtumée, qu'elles changent ſelon les vents, en laiſſans quelqu'vne ſur le der-riere de leur eſquadron, qui auecques ſes cris les haſte d'aller, à guiſe d'vn ſergent de bande, & les garde de s'eſcarter. Mais en paſſant le mont Taurus, ce dit Plutarque au traicté de la pruden-ce des animaux, elles prennent des pierres dedans leur bec pour ſe garder de criailler, à cauſe des aigles qui ſont là endroict leurs repaires. La nuict elles poſent leurs gardes & ſentinelles, qui ne ſe ſouſtiennent que ſur vn pied ; & de l'autre tiennent quelque caillou, ſerrant lequel, cela les engarde de s'endormir : ou ſi le ſommeil les gaignoit, à la cheutte & bruit d'iceluy elles ſe peu-uent reſueiller : les autres dorment ce temps-pendant, en ſeureté, la teſte cachée deſſoubs l'aiſ-le ; leur conducteur allongeant le col, afin qu'il les puiſſe aduertir de ce qu'il peut diſcerner, ſoit à l'oüye, ſoit à l'œil. Et pour mieux maiſtriſer le vent en paſſant le Pont-Euxin, elles ſe muniſſent de pierres és pieds, & de ſablon dans le gozier, qu'elles reiectent apres eſtre arriuées en terre ferme : & les cailloux qu'elles ont aux pieds, quand elles ont atteint le milieu de la mer, où elles choiſiſſent leur paſſage entre les deux promontoires ou caps plus prochains. Bref qu'elles ont de grandes conſiderations de leur ſeul inſtinct naturel, dont elles nous ont enſeigné tout plein de choſes, principalement au faict de la guerre.

K   *Les loups deſcendans par fois du mont Ida, ſe venoient ietter ſur les valets, & beſtes de ſomme : & comme Vlyſſes euſt voulu ennoyer apres les archers, Palamedes alla dire que c'eſtoit Apollon qui les faiſoit, comme vn preamble annonciateur de la peſte.* Homere au commencement de l'Iliade parlant de la peſte qu'A-pollô ennoya en l'oſt des Grecs, pour le meſpris qu'on y auoit fait de ſô preſtre Chryſes, dit ainſi :

> Ω'ς ἔφατ' εὐχόμενος, τοῦ δ' ἔκλυε Φοῖβος A'πόλλων.
> Βῆ δ' κατ' οὐλύμποιο καρήνων χωόμενος κῆρ, &c.
> *Ainſi parla Chryſes le preſtre*
> *D'Apollon en le requerant ;*

F₂

Et le Dieu oyt sa priere:
Qui s'en vint du sommet des cieux
En son cueur plein de grand colere:
Ayant en escharpe son arc,
Et sa trousse pleine de flesches
Resonnantes de son courroux.
Car il marchoit du tout semblable
A vne hideuse obscure nuict:
Et s'alla seoir pres des nauires,
Encochant en son arc d'argent
Vne sagette pestifere:
Si que la chorde au delascher
Rendit vn son espouuentable.
Premierement il enuahit
Les mullets, & les chiens agiles;
Et puis s'attacha mesmes aux Grecs
Durant neuf iours que ses sagettes
Trotterent sans cesse par l'ost.
Et le dixiesme à l'audience
Achille le peuple appella.

Les naturalistes & medecins referent cela à ce que les cheuaux, mullets, & chiens ayans continuellement le nez en terre hument la contagion y emprainte, plustost que les personnes qui ont la face dressée en contremont. Et cela bat à ce qui suit cy apres en Philostrate, *que la terre d'autour de Troye estant infectée de la peste, l'air de la mer estoit plus salubre aux Grecs.*

Supplions Apollon Lycien, & le Phyxien d'exterminer auec ses flesches ces pernicieux animaux. De cest epithete de Lycien il en a esté parlé cy deuant au tableau d'Hiacynthe: à quoy l'on peut encore adiouster que ces bestes là voyent clair és nuicts mesmes les plus obscures, sur toutes autres: & on sçait que tout le benefice de la lumiere qui est cause de faire voir depend d'Apollon, qui n'est autre chose que le Soleil. En apres le loup a accoustumé d'aller à sa proye vn peu deuant iour cômes'il en pressentoit la venuë qu'il cognoist fort bien selon Plutarque qu'a traicté de ce mot EI: à quoy bat cecy du 49. de Genese; *Beniamin loup rauissant qui au matin prendra sa proye; & au soir rendra sa despouille.* Si que pour l'amour d'Apollon les Atheniens le respectoient de sorte que quiconques en tuoit quelqu'vn, estoit appellé en iugement, & condamné de fournir à la despence de ses obseques. Ce que quelques vns referent à ce que Latone estant enceinte d'Apollon & de Diane, elle se transmua douze iours en loup, & ainsi arriua à Delos où elle eut le moyen d'accoucher. De là vient que toutes les louues faisans leurs petits l'vne plustost, l'autre plus tard, neantmoins le tout se fait en l'espace de douze iours, comme met Philostephanus en ses commentaires. Et au rebours le commentateur d'Aristophane sur ce lieu icy des oyseaux, φεισόμεθα γάρτι τῶνδε μᾶλλον ἢ λύκων; *Pourquoy leur pardonnerons nous, plustost qu'aux loups bestes traistresses?* met qu'il y auoit vne ancienne ordonnance és Atheniens qui vouloit que celuy qui auroit tué vn ieune louueteau eust vn talent pour son salaire; & vn grand, deux; des petits talents faut entendre dont parle Homere au 23. de l'Iliade, qui pouuoient valoir quelque escu. Au regard du surnom de Phyxien qu'on attribué aussi à Apollon, ce mot en Grec de φύξιος signifie qui fuit & chasse les maux;& qui fauorise aux fuitifs les prenant soubs sa sauue-garde & protection; & est pour ceste cause attribué à Iupiter par Apollonius Rhodien au 2. de ses Argonautes:

Τὸν μὲν ἔπειτ' ἔρρεξεν ἑῆς ὑποθημοσύνῃσι
Φυξίῳ ἐκ πάντων Κρονίδῃ Διί.

Lequel mouton (parlant de Pryxus) *il sacrifia puis-apres suiuant ses admonestemens au Saturnien Iupiter Phyxien:* Surquoy ses interpretes mettent que Iupiter fut ainsi surnommé par les Thessaliens pour auoir euité le deluge qui aduint soubs Deucalion, ou bien de ce que Phryxus fuyant la fureur de son pere Athamas, & de sa marastre Ino, se sauua sur le mouton à la toison d'or en Colchos, où il le sacrifia à Iupiter Phyxien pour estre eschappé des machinations & aguets de sa belle-mere; car de le referer au mot de Phryxus, cela seroit absurde. Les commentateurs au reste de Theocrite sur ce vers cy du 7. Eidyllion; χ' ὡ ὁδὶ ἀπὸκλίνας ἐπ' ἀριστερὰ τὰν ὑπὶ Πύξας ᾑρπέφθεντες, &c. alleguent que ces Pyxes estoient vn lieu de l'Isle de Cos, appellé ainsi de la suitte de

Hercule qui fut honteusement chassé de là, où depuis fut edifié vn temple à Apollon surnommé pour ceste occasion Phyxien, comme autheur de suitte: mais ceste qualité se refere aussi à Pan.

M

Et tous les Thessaliens appellez Myrmidons. Homere d'où cela est pris le specifie plus à plein au catalogue dans le second de l'Iliade; Ναῦ δ' αὖτις ὅσοι τὸ Πελασγικὸν Ἄργος ἔναιον, &c. *Tous ceux qui habitoient la Pelasgienne Argos, & Alon, & Alope, & Threchine, & Phthie, & la Grece aux belles femmes, s'appelloient Myrmidons, & Grecs & Achiues, embarquez en cinquante nauires, dont estoit le chef Achille.* Strabon liure 8. citant ce lieu interprete Argos Pelasgienne pour la Thessalie. Et vn peu plus auant au mesme liure, que les Myrmidons ne furent pas ainsi appellez pour auoir esté autresfois fourmis en l'Isle d'Egine, laquelle ayant par vne pestilence esté toute depeuplée, ces bestions furent trasformez en hommes à la requeste d'Æacus; mais pource qu'à guise de formis creusans la terre ils en ostoient les pierres pour la rendre propre au labourage; & habitoient en des cauernes qu'ils cauoient pour euiter la peine & les fraiz de faire des briques, au 9. il dit que tous les subiects d'Achille & Patrocle, qui suiuirent Peleus quand il s'enfuit de l'Isle d'Egine, furent appellez Myrmidons.

N

Desia auoient esté depeschez des Heraux, par mer à Lesbos. Plutarque au traicté de la cessation des Oracles met qu'Agamemnon auoit neuf Heraux, & encore à peine pouuoient ils contenir l'assemblée des Grecs, & y faire faire silence pour le grand nombre qu'ils estoient. Ce qui est pris d'Homere au deuxiesme de l'Iliade.

> Τετρήχ δ' ἀγορὴ, ὑπὸ δ' ἐσονα χίζετο γαῖα
> Λαῶν ἱζόντων, ὁμαδὸς δ' ἰω. ἐννέα δὲ σφέας
> Κήρυκες βοόωντες ἐρήτυον, εἴ ποτ' αὐτῆς.
> Σχρίατ' ἀκούσαιεν ἢ δ᾽ϑοτρεφέων βασιλήων.

> *L'assemblée se troubla toute,*
> *Et la terre gemit dessoubs*
> *Le peuple assez en grand tumulte,*
> *Combien qu'il y eust neuf Heraux*
> *Pour leur faire faire silence*
> *A ce qu'ils oüyssent leurs Roys.*

O

Car il fut deferé pour traistre, & pour telles mains liées derriere le doz, lapidé. Les Autheurs varient en cest endroit; car Dares Phrygien met qu'il fut tué d'vn coup de flesche par Paris apres auoir mis à mort Deiphobus de sa main; & que les Grecs regretterent fort son sçauoir, son equité, clemence & bonté: & iceluy Dares ne se ressouuenant pas de l'auoir peu auparauant taxé d'ambition & de conuoitise de commander à l'armée, qu'il auroit pour ceste occasion souuent mis en trouble & garbouïlle; & faist deposer Agamemnon de sa charge, où il r'entra par son decez. Dictys de Crete au 2. liu. descrit que Diomede, & Vlysse ne pouuans comporter qu'il les precellast en authorité & credit, pleins d'enuie & emulation feignirēt de vouloir partir vn grand thresor auec luy qu'on leur auoit reuelé estre en vn puits à l'escart du camp, où ils l'auallerent auec vne corde, & l'accablerent là dedans auec les pierres de l'anneau: duquel complot on disoit Agamemnon n'auoir pas esté ignorant pour la haine qu'il luy portoit, à cause que tous les Grecs desiroiēt qu'il leur commandast plustost que luy. Et ainsi (dit il) fina indignement ses iours vn si homme de bien, dont le bon conseil & effort n'estoient iamais ressortis en vain, par la malignité de ses enuieux. Il fut brusté fort solennellement, & ses cendres mises dans vn vase d'or. Mais Hyginus au 105. ch. en parle plus apertement ainsi. *Vlysse ayant esté desconuert en sa dissimulation par Palamedes fils de Nauplius, ne cessa depuis de machiner comment il le pourroit faire mourir. Finablement il s'aduisa de faire entendre à Agamemnon, qu'il auoit esté admonesté en songe de l'aduertir qu'il eust à remuer son camp certain iour qu'il luy designa. Agamemnon y adioustant foy fit ce qu'il disoit: & là dessus Vlysse de nuict s'en alla cacher vne grosse somme d'or & d'argent au lieu où le pauillon de Palamedes souloit estre. Puis ayant contrefait vne lettre au nom de Priam, la donna à vn Troyen qu'il tenoit captif comme pour la porter à Palamedes; mais il enuoya deuant vn sin satellite pour l'aller attendre sur le chemin, & le mettre à mort. Et le lendemain vn soldat qui passoit par là ayant trouuée ceste lettre dedans son sein la porta à Agamemnon; laquelle contenoit comme Priam l'asseuroit de luy enuoyer au premier iour la mesme somme de deniers qu'Vlysse auoit enfouïe, si à tel iour il vouloit trahir l'armée Grecque. Palamedes mandé là dessus, & niant le faict on alla en sa tente où fut trouué ce que la lettre contenoit; & Palamedes mis à mort.* A quoy monstre conuenir Ouide au 13. des Metamorphoses, où il introduit Aiax Telamonien reprochant cecy à Vlysse en la dispute qu'ils eurent ensemble pour les armes du feu Achille.

> *Vellet & infœlix Palamedes esse relictus;*
> *Viueret, aut certè lethum sine crimine haberet.*
> *Quem male conuicti nimium memor iste furoris,*

Prodere

Prodere rem Danaûm finxit; fictúmque probauit
Crimen; & oftendit quod iam præfoderai aurum.

Qu'il y eut des fignals de feu faits par Nauplius le long de la cofte d'Euboée. Nauplius Roy d'Euboée ou de Negrepont l'vn des Argonautes fils de Neptune, & d'Amymoné fille de Danaüs
Roy des Argiens, ayant oüy l'iniuftice dont les Grecs auoient vfé enuers fon fils Palamedes, s'en
alla par defpit de cofté & d'autre par la Grece fuborner les femmes des abfens à l'amour des
beaux ieunes hommes, efperant par là en efmouuoir de griefues querelles à l'aduenir. Et non
content de ce, apres la prife de Troye comme l'armée retournoit par mer agitée d'vne tormente, il alla malicieufement allumer de grands feux de nuict au haut du mont Capharéen,
dont la cofte d'autour eft inaccoftable pour eftre toute femée de rochers, & de bancs de fable:
Ce que les Grecs interpretans à des fignals qu'ils deuffent là dreffer leur routte pour y prendre
terre, s'allerent inueftir là dedans, & y perirent la plus grand part : car ceux qui efchappoient
des ondes & venoient à bord, il les faifoit tailler en pieces. Puis-apres ayant entendu comme
Diomede, & Vlyffe qui auoient efté les principaux autheurs du maffacre de fon feu fils, eftoient
efchappez fains & fauues, de defpit qu'il en eut il fe precipita dedans la mer. Hyginus chap. 116.

VLYSSE.

Rothesilaus le deſcrit pour vn homme bien
emparlé & diſert, graue au reſte & rabarbatif, loüant
fort la ſeuerité des mœurs; morne & penſif, & tousiours meditant en ſoy quelque choſe : Plus genereux
en apparâce au fait des armes, qu'à la verité il n'eſtoit:
Peu inſtruit és ordonnances des batailles, ny és armes
des gens de guerre : ny à l'equippage & conduitte
des forces de terre & de mer : d'expugner les villes
non plus : ny de donner vn coup de lance, ou tirer de
l'arc. Il fit de vray tout plein de choſes, mais peu dignes d'admiration, excepté vne tant ſeulement, aſſauoir ce cheual de bois, qu'Epeus baſtit auecques Minerue: neantmoins l'inuention vint d'Vlyſſe: lequel encore ſe monſtra le plus hardy & reſolu de tous ceux qui s'y enfermerent; & en toutes
autres eſpeces de machinations & embuſches. Il vint à Troye auancé deſia
ſur ſon aage, ſi qu'il retourna à Ithaque qu'il eſtoit fort vieil, ayant roddé
longuement ſur mer apres que la guerre de Troye fut acheuée : & meſmement en ce qu'il eut à demeſler auec les Liconiens nauiguant autour du
mont Iſmarus. Mais au regard de Polypheme, Antiphate, Scylla : & ce qui
luy aduint tant és enfers, qu'à l'endroit des Syrenes qui chantoient fraudu-
leuſement en vne Iſle Protheſilaus à peine peut-il endurer d'en oüyr parler,
ains en ceſt endroit nous eſtoupe les oreilles auec de la cire ; & veut que
nous repudions tout cela ; non que ce ne ſoient choſes plaiſantes & delicates, propres à recréer l'eſprit, mais controuuées outre toute veriſimilitude
& creance; à quoy on ne doit aucunement adiouſter foy, ny pareillement à
l'Iſle d'Ogyge, & celle d'Ææe. Que les Deeſſes fuſſent eſpriſes de ſon amour
il veut de meſme qu'on outrepaſſe tous ces comptes, comme cinglans à pleines voiles ſans moüiller l'anchre nulle part, & ne croire aucunement à ces
fables : Car Vlyſſe eſtoit deſormais hors d'aage propre à eſtre aymé, & auec
ce tout renfroigné & camus : de petite taille encore : d'vn regard farouche
& hagard, voltigeant ſans ceſſe de coſté & d'autre, pour les ſoucis, defian-
ces & ſouſpeçons dont ſon eſprit eſtoit continuellement trauerſé: ſi que c'e-
ſtoit vn vray ſonge-creux, morne, taciturne & melancolique : toutes
choſes peu agreables & mal conuenantes à vn qui cuideroit que les Dames
ſe paſſionnaſſent de ſon amour. Et neantmoins eſtant tel quel, comment
eſt-ce qu'il peuſt faire mourir vn ſi grand perſonnage que Palamedes, trop
                                                                    plus

plus sage & valeureux que luy ? Prothesilaus vous l'a demonstré cy deuant:
& vous le redouble par la lamentation qu'en fait Euripide, laquelle il loüe,
quand au cantique de Palamedes il dit ainsi. *Vous auez tué Messieurs les*
Grecs, vous auez massacré inhumainement vn homme sage en toutes choses : vn
doux rossignol musical, qui iamais ne vous apporta occasion aucune d'ennuy ny de
fascherie, mais vous l'auez fait à la persuasion d'vn chagrin malicieux effronté.

ANNOTATION.

HILOSTRATE descouure icy de plus en plus sa secrette animosité contre Homere, car tous ces Heroïques ne tendent qu'à l'impuger en ce qu'il peut, & se constituet
vn vray esprit de contradiction enuers luy : lequel s'estant proposé Vlysse pour son
fauorit subiect de loüanges, cestui-cy le rauale, blasme & perstreint en toutes façons:
auec son Poëte tout d'vne main, mesmement en ce qu'il s'est arresté à forger ses fictions seulement delectables, mais il deuoit quant & quant auoir meslé de la vraye semblance, sans outrepasser ainsi impudemment les bornes de toute credulité. Vlysse au reste fut fils de Laërtes Prince
d'Ithaque, & de Dulichie, deux petites Isles en la mer Ionienne, pres de Cephalenie & Zacynthe en la coste d'Epire, & d'Anticlie fille d'Antholycus : laquelle ayant esté accordée en mariage
audit Laërtes, comme on la luy menoit fut rauie sur les chemins par vn bardouïller nommé Sisyphus fils d'Æolus, qui l'engrossa d'Vlysse, au moyen dequoy il tint des mœurs & complexions
de son pere. C'est ce que luy reproche Aiax au 13. des Metamorphoses : *Et sanguine cretus---Sisy-*
phio. Hyginus 221. met qu'Antholycus desrobbant de iour à autre le bestail de Sisyphus qu'il des-
guisoit à son vouloir suiuant le faculté que luy en auoit octroyée son pere Mercure le patron des
larrons, qui l'auoient eu de Chioné, finablement Sisyphe s'aduisa de marquer ses bestes soubs
la solle du pied : de sorte qu'estant allé vne fois chez Antholyque pour en r'auoir quelques vnes
qu'il recogneut à ceste marque : pendant sur laquelle il engrossa Anticly e d'Vlysse, laquelle
fut incontinent apres mariée à Laërtes, ce qui fut cause que l'enfant retenant de la paternelle
malice & astuce fut surnommé Sisyphien. Suidas en la diction σίσυφος dit le mesme : mais que ce
fut Antholyque propre qui pour se redimer du larcin des bestes de Sisyphus la luy prostitua,
puis la maria à Laërtes. Homere au reste au 6. de l'Iliade blasonne Sisyphus en vn seul mot, l'appellant le plus malicieux de tous les mortels : Εʼνθα δὲ Σίσυφος έσκεν, ὁ κέρδιςος γένετʼ ανδρῶν. A propos de laquelle subtilité & malice Platon au dialogue d'Hippias alleguant ces vers du 9. de l'Iliade qu'Achille profere à Vlysse.

Διογενὲς Λαερτιαδη πολυμήχανʼ οδυσσεῦ,
Εʼχθϱὸς γάϱ μοι κεῖνος ὁμῶς αιδαο πύλησιν,
Οʼς χʼ ἕτεϱον μὲν κευθῃ ενὶ φϱεσὶν, ἀλλο δὲ βάζῃ.

Dit que par là Homere a voulu designer deux sortes d'hommes ; l'vne de ceux qui sont ronds,
candides & veritables par Achille, & l'autre des dissimulez, couuerts & menteurs, ayans vne
chose au cueur, & vne autre en la bouche, par Vlysse, qu'il appelle pour ceste occasion πολυμή-
χανος fin, rusé, subtil & malicieux : comme aussi ceste autre qualité de πολύτϱοπος, qui luy donne
tout au commencement de l'Odyssée : mais Platon l'interprete encore en mauuaise part pour vn
rusé : comme le denote assez ce que luy dit Circé au 10. de l'Odyssée: ἤ σὺ γʼ οδυσσεῦς εσὶ πολύτϱοπος. & Ciceron pareillement au 2. de la nature des Dieux, *Versutus & calidus,* qui se sçait contrefaire & desguiser comme il veut pour tromper les autres. Mais il n'y aura point de mal d'amener
icy tout le lieu entier d'Hyginus au 125. ch. où il comprend en peu de mots tout le discours de
l'Odyssée : dont Philostrate atteint icy comme en passant les principaux poincts. *Vlysse s'en retour-* Hyginus: Odyss. 9:
nant de Troye à Ithaque fut par les vents contraires poussé au riuage des Ciconiens en la coste de Thrace, où il
prit d'assaut la ville d'Ismare, & là saccagea : mais ses gens s'estans par trop amusez apres le pillage, & à boi-
re & gourmander, les Ciconiens se ramassans de toutes parts le vindrent tellement charger, que de chaque
vaisseau en demeurerent six de morts sur la place : & auec le reste il eschappa du mieux qu'il peut: & arri-
ua aux Lothophages, dits ainsi du Lothos qu'il mangeoient d'vn si plaisant & sauoureux goust, que quicon-
que en auoit vne fois tasté, ne vouloit plus partir de là pour retourner à sa maison. Vlysse leur ayant ennuyé de
la plage deux des siens, ils n'en curent pas plustost goust, qu'ils ne se souuindrent plus de reuenir : si qu'il fut
contraint de les aller querir luy mesme, & les ramener pieds & poings liez és nauires. Passant outre il vint au
Cyclope Polypheme fils de Neptune, auquel le diuin Zelene fils d'Eurymus auoit predit qu'il deuoit estre aueu-
glé par Vlysse, & pourtant qu'il s'en donnast garde: il n'auoit qu'vn ail cummy le front, & mangeoit de la chair 9. Autel sur le tableau de Melet

humaine: & tous les soirs quand il auoit ramené ses bestes en sa cauerne, il bouchoit l'entrée auec vn gros pan
de rocher, de sorte qu'il y enferma Vlysse auec ceux qu'il auoit menez: quant & luy dont il en deuora vne partie
tout sur le champ. Cela apperceu d'Vlysse, & qu'il ne pourroit pas remedier à force ouuerte à ceste execrable cruauté, il trouua moyen de l'enhyurer auec du vin que Maron luy auoit donné: & se feignit estre appellé Outis,
qui signifie nul, ou personne. Le Cyclope s'estant endormy là dessus, ils luy creuerent son œil vnique auec vn
gros tison ardent aguisé par le bout: & ayant appellé au secours les Cyclopes circonuoisins, quand ils luy eurent
demandé que c'est qu'il auoit d'ainsi braire, & qui estoit celuy qui le molestoit, il fit responce que vis personne:
dont estimans qu'il se mocquast d'eux, ils n'en tindrent compte. Le lendemain au poinct du iour que la cauerne fut debouchée, Vlysse lia soubs le ventre des moutons, qui sortoient pour aller paistre, ceux qui luy restoient
de ses compagnons: & luy s'attacha soubs vn gros bellier, si qu'ils sortirent de ceste sorte. & s'en allerent vers
Aeolus le Roy des vents, qui receut fort courtoisement Vlysse, & luy donna quelquels barrils remplis de vents:
mais ses compaignons estimans que ce fust vne grosse somme d'or & d'argent qui y fust enclose en voulurent
auoir leur part, & les ayans ouuerts, les vents s'en vollerent dehors. Retourné qu'il fut deuers Aeolus, il fut
rudement reietté de luy comme vn homme hay des Dieux: & de là s'en vint aux Lestrigons dont estoit Roy
Antiphates, qui luy mangea encore vne partie de ses compaignons, luy mit tous ses vaisseaux à fonds, hors-
mis vn, lequel il arriua en l'Isle d'Aenarie vers Circé fille du Soleil, laquelle par certains breuuages qu'elle donnoit, transmuoit les hommes en bestes bruttes. Il luy enuoya Euryloque auec 22. de ses compaignons,
qu'elle transmua d'arriuée en plusieurs sortes d'animaux: & Euryloque qui n'estoit voulu entrer auec les autres s'enfuit de là pour l'aller dire à Vlysse, lequel il alla trouuer luy tout seul: mais Mercure s'apparut à luy en
chemin, qui luy enseigna le remede de se garentir de Circé, & comme il la pourroit deceuoir, & r'auoir ses
gens. A son arriuée elle luy ayant presenté son breuuage ainsi qu'aux autres, ne le peut pas endommager pource
qu'il s'estoit muny à l'encontre: & comme elle vouloit passer outre pour l'enchanter auec sa verge puis que le reste n'auoit seruy, il sacqua la main à l'espée, menaçant de la mettre à mort si elle ne luy restituoit les siens.
Circé lors cognent que cela ne s'estoit peu faire sans quelque speciale grace des Dieux, & luy ayant promis de
ne le plus endommager, remit ses gens en leur forme accoustumée. Puis s'estans accointez ensemble, il en eut 2.
fils, Nansithoüs, & Telegon. De là il descendit aux enfers, où il rencontra Elpenor qu'à son partement il auoit
laissé chez Circé, & luy ayant demandé comment il estoit si tost venu, il luy fit responce, que s'estant enhyuré
il s'estoit laissé choir au renuerse du haut en bas d'vn escailler, & se seroit rompu le col, le requerant que quand
il seroit retourné icy haut, il le fist enseuelir, & sur sa tombe mettre vn gouuernail de nauire. Là il conferà
auec l'ame de sa mere Anticlée de la fin de ses longues peregrinations & trauaux: & estant remonté icy fit ce que
Elpenor luy auoit requis. Puis vint aux Sereines filles de la Muse Melpomene, & du fleuue Acheloé, qui estoient
du nombril en sus femmes tres-belles: mais le bas estoit comme d'vne poulle: leur destinée estant de viure, tant
que pas vn des mortels qui passeroit par là aupres & oyst leurs chants n'eschapperoit sain & sauue d'elles. Vlysse suiuant l'admonestement de Circé ayant estouppé auec de la cire les oreilles de tous les siens, se fit lier fort &
ferme à l'arbre de son nauire, & passa outre de ceste sorte. De là il arriua à Scylla fille de Typhon, qui de la ceinture en haut estoit femme, & de là en bas poisson: y ayant au reste six gris mastins tous partans d'elle, qui en s'en-
glouttirent pareil nombre de ses compaignons. Puis fut ietté au gouphre de la Charybde qui trois fois le iour des-
gorgeoit ses eaux, & par autant les rehumoit, mais il en euada suiuant l'instruction de Circé. Or estoit-il de-
ia apparenu en Sicile ayant esté aduerty és enfers par Tiresias, & Circé aussi, de se bié garder de toucher en aucune
sorte au sacré bestail du Soleil en ceste Isle, mais ses gens s'estans de pleine abordée ruez dessus pendat qu'il dormoit, cōme ils les cuisoient dans des marmites & chauderons leurs pieces se prindrent à meugler hideusement,
si qu'il s'enfuit de là, ayāt perdu la plus-part des siens. De là ayant fait naufrage & perdu le reste auec son vaisseau, il se sauua à nage en l'Isle d'Aecé où la Nymphe Calypso fille d'Atlas le receut: & s'en estant enamourée
le detint là vn an entier sans le vouloir laisser aller iusqu'à ce que Mercure de l'ordonnance de Iuppiter le luy
vint faire relascher. Elle luy dōna vn vaisseau equippé de tout ce qui falloit, mais Neptune qui despit de ce qu'il
auoit ainsi creué l'œil à son fils Polypheme, le luy submergea, & estant fort malmené des flots, la Deesse Leucothoé, autrement la mere Matute qui reside és ondes l'assista d'vne large bande, dont s'estant ceint au fau du
corps il se sauua à nage tout nud en l'Isle des Pheaciens, où s'estant caché dans des fueilles sur le riuage, où
Nausicaa fille du Roy Alcinoüs estoit venuë lauer son linge en vn petit ruisseau d'eau douce, il se presenta à elle:
qui luy dōna vn manteau pour se couurir, & ainsi le mena à son pere, dont il fut receu fort humainement, &
accommodé en fin d'vn vaisseau auec force dons, sur lequel il arriua dormant à Ithaque vingt ans apres qu'il
en partit pour aller à la guerre de Troye: mais tout seul, ayant perdu tous les siens en chemin, & là deguisé en
forme d'vn mendiant estranger qui passe pays, ayant esté recognen desa nourrice Euryclée à vne cicatrice qu'il
auoit au pied, ainsi qu'elle les luy lauoit: il mit finalement à mort à coups de flesches à l'aide de Minerue, &
de Telemaque son fils, les proques qui soubs pretexte de pourchasser le mariage de sa femme Penelopé dissi-
poient tout son bien en son absence.

　　　Pour venir maintenant aux particularitez du chapitre où est tout au commencement descript
Vlysse pour morne, pensif, &c. & non gueres grand; Heleine au 3. de l'Iliade le represente ainsi
au Roy Priam.

Δευτερον αυτ' Ο'δυσηα ιδων ερεη ο γραιος, &c.

Secondement ce bon vieillard du Roy Priam ayant ietté l'œil sur Vlysse demanda ainsi à Heleine: Dittes moy
　　　doncques

Suidas l'inter-
prete aussi pour
vn malicieux
cauillateur.

Odyssée. 10.

10.

10.

12.

12.

12.

Odyssée 5. & 7.

donèques ma tres chere fille , qui eſt celuy là que ie voy moindre à la verité de la teſte que n'eſt Agamemnon; mais plu large beaucoup d'eſpaules , & de la poitrine , comme il ſemble à voir: certes ie l'accompareroi droitement à vn bellier chargé d'vne groſſe toiſon eſpaiſſe: lequel va deuant vn trouppeau de brebis pour les guider au paſturage. Helene fille de Iuppiter luy reſpond: celuy là eſt Vlyſſe fils de Laeries , homme treſſage & aduiſé, qui a eſté nourry en l'Iſle ſterile d'Ithaque , ſçachant toutes les ruſes & fineſſes qu'on ſe pourroit imaginer. Surquoy le ſage Antenor prenant la parole: Certes , Madame, vous en dittes la verité: car lors que luy auec le belliqueux Menelaus vindrent icy en ambaſſade pour raiſon de vous, ie les logeay auec moy , & peu lors cognoiſtre le naturel de l'vn & de l'autre à leurs ſages aduis & conſeils:que quand ils eſtoient debout en l'aſſemblée des Troyens, Menelaus le ſurpaſſoit des eſpaules preſque: mais aſſis, Vlyſſe eſtoit aſſez plus venerable. S'il eſtoit queſtion de parler, Menelaus diſoit ſuccinctement , & en peu de parolles , mais ſubtilement , car il n'auoit pas beaucoup de langage: & ne peſchoit point en vne longue traiſnée de mots & prolixité de langage, combien qu'il fuſt le plus ieune: mais quand Vlyſſe ſe leuoit pour opiner à ſon tour , il demeuroit quelque temps ferme les yeux abaiſſez vers la terre, ſans branſler ſon ſcepire auant ou arriere , le tenant tout droit immobile , comme ſi c'euſt eſté quelque ignorant.Vous euſſiez dit meſme qu'il n'eſtoit pas bien en ſon ſens: mais quand il eſtoit queſtion de deſployer ſa voix hors de l'eſtomach , dont s'en delaſchoient des paroles ſemblables à vn torrent qui court à val enſeuſ de neges hyuernales , certes perſonne n'euſt guerres bien peu ſe meſurer à luy. Dares Phrygien en peu de mots le deſcript ainſi: Vlyſſe poſé & malicieux , d'vn viſage baſané , oliuaſtre: de moyenne ſtature , eloquent & ſage.

Vlyſſe n'eſtoit pas bien inſtruit aux ordonnances des batailles, ny à l'expugnation des villes.Neantmoins Homere luy donne en pluſieurs endroits ceſt epithete de πλόλιπορθος, expugnateur des villes, comme au 2. de l'Iliade; ἀπὸ δ' ὁ πλόλιπορθος ὀδυσσεύς; & ailleurs encore. Pauſanias és Arcadiques met que Penelope fit vn fils à Vlyſſe à ſon retour de la guerre de Troye, qui fut appellé Ptoliportes.

Le cheual de bois qu'Epeus baſtit auec Minerue , n'eantmoins l'innention vint d'Vlyſſe. Pline liure ſeptieſme chapitre cinquante-ſixieſme eſcript que ceſt Epeus inuenta premier de tous ces machines & engins de batterie dont l'on renuerſe les murailles, qu'on appelle autrement les Belliers; & pour lors eſtoient dits Cheuaux: Equum qui nunc aries appellatur in muralibus machinis Epeus ad Troiam inuenit. Et Pauſanias és Attiques, En la citadelle d'Athenes ce cheual qu'on appelle le Durien , c'eſt à dire de bois y eſt appoſé de bronze. Ce fut au reſte vn ouurage d'Epeus qui inuenta ceſte machine pour battre & renuerſer les murailles , ſelon qu'il eſt fort aiſé à cognoiſtre à quiconque voudra conſiderer les Troyens n'auoir eſté ſi ſimples & lourdaux , que d: s'eſtre laiſſez circonuenir à vne ſi lourde & groſſiere fraude. Mais on racompte de ce cheual que les plus vaillans de l'armée Grecque s'y enfermerent: à quoy correſpond ſa figure de bronze , où Meneſthée & Teucer regardent par le guichet. Homere inuenta le premier ceſte fiction és 8. & 11. de l'Odyſſée où il l'atteint comme en paſſant; mais Virgile au 2. de l'Eneides'y eſt eſtendu iuſqu'à regorger. Dares Phrygien n'en met rien , ſinon que ſur la porte Scaée par où les Grecs prindrent Troye il y auoit vn cheual de marbre. Mais Dyctis de Crete au 5. liu. dit ; que par la menée & trahiſon d'Anthenor y ayant eu vne paix fourrée finablement accordée entre les Grecs & Troyens, moyennant vne groſſe ſomme d'argent que ceux cy deuoient auoir pour leur intereſt de la guerre , les Grecs feignirent de s'en aller,& ayans mis le feu à leurs loges, ſe retirerent en l'Iſle de Tenedos , cependant que le cheual de bois baſty par Epeus ſe roulloit à Troye pour le conſacrer à la Deeſſe Minerue. Et pource que les portes n'eſtoient pas aſſez capables pour le receuoir,on fut côtraint d'abattre les murailles.La minuict puis apres que tous dormoient en ſeureté;Sinon alla deſfermer le guichet, par où ceux qui y eſtoient enfermez eſtans ſortis, les vns ſe mirent à maſſacrer ; les autres à faire le ſignal à l'armée qui eſtoit au port de Tenedos , ſi que Troye fut priſe par ce moyen la dixieſme année de ſon ſiege. Dont Hyginus chap. 108. parle ainſi: Les Grecs ayans demeuré dix ans deuant Troye ſans la pouuoir prendre , Epeus par l'admoneſtement de Minerue fabriqua vn cheual de bois d'vne merueilleuſe grandeur , auquel s'enfermerent Menelaus , Vlyſſe , Diomedes , Theſſander , Sthenel , Acamus , Thoas , Machaon: & mirent ceſte inſcription au cheual : C'EST L'OFFRANDE QVE LES GRECS PRESENTENT A LA DEESSE MINERVE.Et là deſſus tranſporterent leur camp à Tenedos. Ce qu'apperceu par les Troyens , ils cuiderent qu'ils s'en fuſſent du tout allez: Parquoy Priam commanda qu'on menaſt ce cheual en la citadelle où eſtoit le temple de Minerue: & ſe miſſent au reſte à repoſer & faire bonne chere. Mais Caſſandre alloit criant à haute voix qu'il y auoit des gens armez enclos dedans , neantmoins on ne luy adiouſta point de foy: tellement que ceſte machine ayant eſté conduite en la citadelle , chacun ſe mit la nuict à boire & dormir. Et là deſſus le guichet du cheual ouuert par Sinon , ils en ſortirent & coupperent en premier lieu la gorge à toutes les gardes & ſentinelles des portes , puis donnans le ſignal à leurs compagnons , les introduirent dans la ville, qui fut priſe par ce moyen & deſtruitte. Mais Quintus Calaber au 12. de ſes Paralipomenes deſcript le tout ſi egallement , ſelon ſon accouſtumée façon poëtique vn peu enflée , qu'il nous a ſemblé ne le deuoir outrepaſſer non plus que tout d'autres lieux que nous en auons amené en ceſt œuure pour plus grande decoration d'iceluy. Il dit donques. C'eſtoit l'heure que les aſtres reſplendiſſans ſe contournoient emmy le ciel , eſtendans leur lueur par tout: & que les mortels eſtoient venus en l'ou-

bliance de leurs trauaux: quand Minerue laiſſant la demeure des immortels s'en vint icy bas aux nauires
Grecques en ſemblance d'vne belle ieune pucelle: & ſe preſenta ſur le chef du belliqueux Epée, en ſon dormant,
auquel elle commanda de baſtir vn cheual de bois où elle promettoit de luy aſſiſter, & ſe rendre participante de
l'œuure. S'eſueillant doncques tout ioyeux, car il cogneut incontinent la parole de la Deeſſe, d'autant qu'il
auoit continuellement l'eſprit tendu apres les artifices & inuentions où elle preſide, ſi toſt que la claire Aurore
eut rembarré les tenebres deſſoubs la terre, il s'en alla manifeſter ſon ſonge aux Grecs: & à l'inſtant Agamem-
non & Menelaus enuoyerent grand nombre d'ouuriers diligens & prompts és boſcageuſes crouppes du mont
Ida, dont ils enleuerent grande quantité de longs arbres, les vallées & baricaues reſonnans fort de l'abattis
qui ſe faiſoit, & les conſtaux ſe deſnuans de leurs anciens reueſtemens: ſi qu'on pouuoit ayſement parcourir
de l'œil tout au trauers de la foreſt: & les troncs couppez & mis bas n'attendoient que les douces haleines des
vents pour ſe deſſecher. Leſquels on porta ſur le riuage de l'Helleſponte, ſuans en ce laborieux deuoir tous les
ieunes gens de l'armée, auec les mulets, & autre beſtes de voicture: car chacun preſtoit volontiers la main
au trauail pour y ſoulager Epeus, qui d'vne façon, qui d'vne autre. Les vns s'occupans à ſier tant les aix, que
les poutres & les cheurons, & les autres auec la coignée à les nettoyer du branchage, les eſcarrer & aplanir:
les autres s'employant à d'autre ſorte de labeur. Parquoy Epeus ayant ſes materiaux appreſtez, ſe mit premie-
rement à baſtir les pieds du cheual auec les iambes: puis le ventre, l'eſchine, & les flancs: puis le col garny de
longs creins: & finablement la teſte à vn bout, & la queüe à l'autre, qui ſe remuoit tout ainſi que de quelque
animal en vie: car il y appliqua des oreilles & des yeux eſtincellans: ſi que tout fut paracheué en troiſieſme
iour, à cauſe que la Deeſſe aſſiſtoit l'ouurier qu'elle auoit doué d'vne ſinguliere induſtrie. Dont les Grecs treſſail-
loient de ioye, & s'esbaïſſoient comme en vn bois mort, inſenſible, y pouuoit auoir vne telle apparoiſſance de mou-
uemens: car il ſembloit que ce cheual s'eſbranlaſt comme à la courſe, & henniſt fort. Epeus voyant ſi heureu-
ſement ſucceder ſon ouurage s'en r'allegeoit fort en ſon cueur: & leuant les deux mains en haut, faiſoit ainſi
ſa priere à Minerue: Exauce moy Deeſſe magnanime, & me conſerue auec ce cheual qui eſt tien. Elle luy oc-
troya ſon vueil, & le rendit tres-admirable à tous ceux qui voioyent ſon œuure. Lors Vlyſſe prenant la parole:
Or ſus ſeigneurs Grecs, va-dire, monſtrez maintenant par effect la hauteur de voſtre courage, & prenons
aucuns de nous le hazard de nous enfermer en ceſte machine, taſchans d'abreger ceſte guerre de ruſe, puis que
nous auons demeuré ſi long temps en extreme peine & trauail icy deuant hors de nos maiſons, & priuez de nos
chers meſnages ſans y rien faire de viue force, ce temps pendant que le reſte de l'armée fera voile iuſqu'à Tene-
dos feignant s'en vouloir retourner au pays: mais il eſt beſoin de faire en ſorte que les Troyens ne ſçachent rien
de noſtre entrepriſe, ains qu'on leur perſuade, s'il eſt poſſible, que c'eſt vne offrande qu'à noſtre depart nous en-
uoyons preſenter à Minerue dans leur cité. Il pourſuit puis apres comme ſur les encouragemens de
Neſtor, & les offres que fit Sinon, s'enfermerent dans ce cheual Neoptoleme fils d'Achilles tout
le premier, puis Menelaus, Vlyſſe, Sthenel, Diomede, Philoctete, Anticle, Meneſtée, Thoas, Po-
lypetes, Aiax Locrien, Euripyle, Thraſimede, Meriones, Idomenée, Podalyre, Eurymaque, Teucer, Ialmene, Thalpie, Antiloque, Leontée, Eumilye, Euryal, Demophoon, Amphimaque, Agapenor, Acamas, Meges fils de Phileus: & pluſieurs autres: mais Epée qui l'auoit baſty & en ſçauoit tous les ſecrets y entra tout le fin dernier, & tirant l'eſchelle apres luy ferma le guichet ſi
ſubtilement, qu'on n'y euſt iamais peu remarquer aucune ouuerture. Cependant Agamemnon
& Neſtor conduirent l'armée à Tenedos, où iettans l'anchre, ils attendirent le ſignal qu'on leur
deuoit donner de la ville auec vn flambeau. Si toſt que les Troyens apperceurent leur deſloge-
ment à la fumée de leurs loges, ils ſortirent dehors, où ils rencontrerent Sinon aupres du cheual, qu'ils tourmenterent eſtrangement pour tirer quelque verité de luy iuſqu'à luy coupper le
nez & les oreilles: ce qu'il endura ſans leur cõfeſſer autre choſe, ſinon que les Grecs ſuiuant l'admoneſtement de Calchas, auoient fabriqué ce cheual de bois pour le preſenter à Minerue, &
l'appaiſer du courroux conceu enuers eux à l'occaſion des Troyens: & qu'à l'inſtigation d'Vlyſſe
eſtans ſur le point de l'immoler aux deitez de la marine pour auoir leur retour proſpere, comme
ils eſtoient apres à preparer ce qui conuenoit ce ſacrifice il s'en ſeroit fuy à garand ſoubs ce cheual, ſi que pour le reſpect de la Deeſſe ils ne luy auroient oſé toucher. Mais Laocoon leur vint dire que c'eſtoit vn eſpie apoſté des Grecs, & qu'il failloit nommémẽt deſcouurir s'il n'y auoit rien
caché dans ceſte machine premier que de l'introduire en la ville. Dequoy Minerue indignée l'a-
ueugla ſur l'heure, & enuoya deux grands ſerpents d'vn creux de rocher là aupres, qui s'entortillans autour des deux fils qu'il auoit les eſtranglerent: de maniere que les Troyens eſtimans que
ce fuſt pour vengeãce de ce qu'ils auoient attenté ſur Sinon, mirent eux meſmes la main à traiſner
ce cheual dans la ville, quelque choſe que Laocoon leur ſceuſt alleguer qu'il y failloit pluſtoſt
mettre le feu. Et la nuict pendant que tous s'eſtoient addonnez à faire bõne chere, & dormir, cuidans eſtre à la fin de tous leurs trauaux, comme à la verité ils eſtoiẽt, mais d'vne autre ſorte qu'ils
ne le prenoient, les Grecs ſortirent de leur cheual qui les ſaccagerent ſelon qu'il eſt ſpecifié au 13.
enſuiuãt, la pluſpart cõforme à ce que Virgile en deſcrit au 2. de l'Eneide iuſqu'icy. Qu. Calaber.
   Ce cheual au reſte a remply par plus de 2500. ans tout le rond de la terre de ſon bruit & reputation, trop plus que ny le Bucephal d'Alexandre, le cheual auec pieds humains de Iules Ceſar,
le malencontreux de Sejan, ny le cheuallet de l'enchanteur Pacollet: ſi qu'il n'a pas eſté iuſqu'aux
nourriſſes,

nourriffes, & aux vieilles à qui il n'ait feruy de fubieêt pour en faire des comptes aux petits enfans, & les rapaifer s'ils crioient. Certes non fans caufe le fameux peintre Polignot à efté tenu
pour fort prudent & auifé en fes ouurages de la portique Pœcilé, amenez cy deuât fur le tableau
des Phlegiens : là où entre autre chofe eft à remarquer, qu'il n'y exprima rien de ce cheual fors
que la tefte, donnant par là affez à comprendre le furplus du corps, à l'imitation de Timante,
qui voulant reprefenter l'enorme grandeur d'vn Cyclope en vn tableau affez petit, apofa deux
ieunes Satyres mefurans la groffeur de fon pouce auec des fueillards de lyerre dont ils eftoient
ceints: & quand il voila la face d'Agamemnon au facrifice de fa fille Iphigenie, laiffant plus à penfer aux regardans de la detreffe & agonie où en deuoit eftre le pere, qu'il n'en euft fceu exprimer auec le pinceau; mais cela a efté defia amené ce me femble au tableau d'Hefione. Et de fait fi
Polignot fe fuft voulu eftendre à portraire tout ce cheual, il luy euft fallu employer inutilement
toute la portique, encore n'euft elle pas efté capable à beaucoup pres à le contenir· & euft efté
bien embefongné à marquer les engins & machines traêtoires: les cordages roulleaux, poullyes
efcharpes, & roües neceffaires pour faire mouuoir vne fi lourde & pefante maffe, auec le nombre du populace qui le traifnoit. Mais il traiête *κατα παρεργον*: comme il deuoit.

Finablement comme met Fulgence au deuxiefme de fon Mythologique chapitre des Syrenes
qu'Vlyffe fut ainfi appellé quafi *ολων ξενος*, pelerin ou paffager vniuerfel, felon la Dialeête Æo-
lienne qui vfent du λ. au lieu du δ. parce que la prudence outrepaffe toutes les concupifcences
mondaines, fuiuant ce qu'Vlyffe eft par tout defcript pour vn homme fort fage & difcret. Car
entre auttres chofes, encore qu'il euft veu tout apertement les Syrenes, dittes ainfi de *συρω*, attirer, empoigner: & oüy leurs chants qui denotent les efguillons & amories de la fenfualité &
concupifcence neantmoins il les outrepaffa feurement fans en eftre circonuenu. Et pource
qu'elles furent oüyes de luy & mefprifées, elles mouturent: car toutes les affeêtions charnelles
font efteintes & mifes à mort par la prudence de l'homme fage. Elles eftoient au refte depeintes
ayans des aifles, parce que les voluptez transperfent legerement & à peu de peine les cœurs
de ceux qui y entendent: & auoient des pieds de coqs & de poulles, à caufe que ceft animal ne
fait que gratter inceffamment: & les voluptez diffippent & renuerfent tout. Mais au dixneufiefme de l'Odyffée Antholyque ordonne à fon gendre Laërtes, & à fa fille Euryclée de nommer
leur enfant qui viendroit à naiftre *οδυσσευς*, pour raifon qu'il auoir, dit-il là, efté fort hay de tous
en fa vie: les commentateurs en alleguent diuerfes interpretations, qui ne font point icy à noftre propos.

VVv ij

AIAX TELAMONIEN.

IL ne fut pas appellé des Grecs le grand Aiax pour la grandeur de ſon corſage, ny que l'autre Aiax fuſt plus petit que luy, mais pour la grandeur de ſes faits ; dont il fut eſtably des Grecs comme pour vn exemplaire & patron de bien combattre & guerroyer ; à cauſe de ce que fiſt autresfois Telamon ſon pere à l'endroit de Laomedon qui auoit trompé Hercules auec lequel il alla à Troye, qu'ils ſaccagerent de compaignie. Toute la Grece ſe reſioüyſſoit de le voir meſme deſarmé : car il eſtoit d'vne tres-belle & grande taille, dont il ſurpaſſoit tous les autres de l'armée Grecque, auec vne grauité poſée, agreable, & non piaffeuſe, ny arrogante. Mais quand il eſtoit armé, ils en demeuroient tous rauis en admiration de le voir ainſi brauement marcher au côbat contre les Troyens maniant ſa lourde rondache fort aiſement, & à peu de peine pour quelque grande qu'elle fuſt : & iettant vn benin regard de ſes yeux par la viſiere de ſon armet. Es meſlées & eſcarmouches il y alloit treſſagement, & à pieds de plomb, ainſi qu'ont accouſtumé les lyons, attendant l'occaſion de charger à point, & iamais ne s'y addreſſoit que contre les plus valeureux : car il diſoit que les Lyciens, Myſiens, & Pæoniens n'eſtoient venus que pour ſeruir de nombre, mais leurs chefs eſtre dignes qu'on s'y attaquaſt : & qui les pouuoit mettre par terre, meritoit d'en auoir renom : ſi que ce n'eſtoit pas choſe deshonnorable d'en eſtre quelquesfois bleſſé les mettant à mort : neantmoins il s'abſtenoit de leurs deſpouïlles, alleguant eſtre le fait d'vn braue homme de tuer ſon ennemy : & d'vn brigand le deſpouïller & butiner. Or quiconque l'oyoit parler, n'euſt de là en auant rien proferé d'inſolent ny iniurieux, fuſt-ce à l'endroit meſme de ceux à qui il euſt quelque picque & querelle : & chacun ſe leuoit deuant luy pour luy faire honneur, non tant ſeulement les communs ſoldats, ains iuſques aux plus apparents de l'armée. Il auoit vne eſtroitte amitié auec Achille, ſans s'entre-porter enuie l'vn à l'autre : car ils ne l'euſſent pas daigné, ny leur naturel ne l'euſt ſçeu comporter : ſi que toutes les faſcheries & indignations qu'auoit Achille, encore qu'elles ne fuſſent pas legeres, il les raddouciſſoit neantmoins partie par s'en condouloir auec luy, & partie en le rabroüant de s'affliger de telle ſorte. Que ſoit qu'ils fuſſent aſſis enſemble, ou ſe promenaſſent : tous les Grecs tournoient l'œil ſur eux en voyant deux tels perſonnages, dont depuis Hercules

ii

il n'y en auoit point eu'encore de femblables. Et difoient qu'Aiax auoit efté
le nourriffon d'Hercule, parce qu'eftant tout petit garçonnet encore, il l'auroit enueloppé dans fa peau de lyon, lors que l'efleuant entre fes deux mains
il fit requefte à Iuppiter; de luy octroyer qu'il peuft eftre inuincible par
tout où l'auroit couuert cefte defpouïlle leonine. Et comme il faifoit cefte
priere, vne aigle feroit furuenuë par l'air, apportant de la part de Iuppiter le
nom que deuoit auoir ceft enfant, auec l'exaucement de fa priere:& de fait
il eftoit affez manifefte à quiconque l'euft regardé attentiuement, qu'il n'a-
uoit pas efté produit fans quelque diuinité affiftante, tant pour raifon de la
beauté de fon vifage que de la force de fes membres; de forte que Prothefilaus l'appelloit vn vray modelle de la guerre. Et comme ie luy euffe dit vne
fois : ce neantmoins ce fi grand là a bien fuccombé à Vlyffe en toutes leurs
contentions & difputes : S'il y auoit des Cyclopes, va-il refpondre, & ce
qu'on en a feint fuft vray, Vlyffe eut pluftoft choifi de combattre contre Polypheme, que de s'attaquer à Aiax. Mais oyez encore ce qu'il dit de ce preux
Heroë: Qu'il entretenoit fa perruque pour la dedier à Ilyffe fleuue de la con-

Cy deuant au tableau d'Antiloque, mais defendu par expres au 14. de Deniferon.

trée d'Attique : & que les Atheniens l'aimerent fort, le tenans pour leur Capitaine ceux qui vindrent au fiege de Troye, fi qu'ils faifoient tout ce qu'il
difoit, comme celuy qui habitoit à Salamine vne ville que les Atheniens
auoient fondée. Au demeurant qu'il eut vn fils que les Grecs appelloient Eu-
ryfates : & le nourrift d'autres viandes que celles qu'vfent les Atheniens.
Que les enfans d'Athenes eftans aornez de chappeaux de fleurs au mois de
May le 3. an de leur aage, il y eftablit les couppes pour faire les libations, auec
des facrifices à la mode Athenienne : car il fe difoit auoir eu fouuenance des
Dionyfiennes à l'exemple de Thefeus. Ce qu'on tient au furplus de fa mort,
& comme il fe tua foy-mefme, Prothefilaus dit qu'il eft vray : mais mifera-

Cy apres en la ftatue de la Bacchante.

ble parauanture pour Vlyffe, qu'Homere introduit difant cecy és enfers. O
qu'à la mienne volonté ie n'euffe point obtenu la victoire en cefte contention & difpute! car vn tel chef pour raifon de ces armeures eft couuert de terre. Neantmoins Prothefilaus maintient que iamais Vlyffe ne profera és enfers de telles paroles,
parce qu'il n'y defcendit pas en vie: mais en quelque forte que ce foit qu'il
l'auroit dit ailleurs : eftant à croire qu'il en eut regret en fon cueur, & dete-
fta cefte victoire pour la commiferation d'vn tel perfonnage, mort ainfi pauurement pour ces armes difgraciées. Prothefilaus au refte approuuant ce

Cecy bat fur le prouerbe Oderint dum.

propos d'Homere, loüe dauantage encore le vers où il met que ce furent les
enfans des Troyens qui deciderent cefte caufe: car il veut dextrement de-

Seneque au 2. de la Clemence.

ftourner de deffus les Grecs ce iugement ainfi inique, pour l'attribuër à des
gens qu'il eft affez apparent auoir deu condamner Aiax, pource que la haine eft communement alliée auec la crainte: & quand il eut perdu le fens les

Au tableau d'Hefione.

Troyens le redouterent plus que deuant, ayans peur que cefte fureur ne le
pouffaft à aller enuahir leur murailles, & les mettre bas : tellement qu'ils requirent Neptune & Apollon qu'ils auoient falariez autrefois pour les baftir,
que fi Aiax les vouloit deftruire ils l'en empefchaffent, s'il ingeroit de s'ad-
dreffer à leurs boulleuards. Là où les Grecs ne laifferent pas pour fa rage &
forcenerie de l'aimer toufiours: & le plaindrent amerement: allans au confeil à l'oracle auec force vœux & prieres pour fçauoir s'il y auroit point de

remede de le changer, & faire retourner en fon bon fens. Mais apres qu'ils
le virent mort, tranfpercé d'outre en outre de fon efpée, fur laquelle il s'e-
ftoit ietté, ils fe prindrent à gemir & crier fi haut, qu'on les peuft bien entendre d'Ilion Les Atheniens apporterent le corps en la place, où Menefthée fit l'oraifon funebre à la mode des Atheniens, qui ont accouftumé de
loüer ceux publiquement qui font morts en guerre. Et là Prothefilaus vit
vn acte d'Vlyffe fort à loüer, & bien honnefte: car le corps ayant efté là
pofé il luy alla porter les armes d'Achille tout en pleurant à chaudes larmes,
auec ces paroles: Certes vous ferez enfeuely, ô tres-valeureux Cheualier,
auec ce harnois que vous auez tant defiré: ayez doncques la victoire de la
contention qui s'en eftoit meuë entre nous, fans entrer pour cela en animofité & indignation enuers moy. Et comme les Grecs en euffent fort loüé
Vlyffe, Teucer le remercia de cefte fienne honnefteté, mais il ne la voulut
pas accepter: alleguant n'eftre raifonnable d'employer à fes funerailles ce qui
auroit efté occafion de fa mort: parquoy ils l'inhumerent dans la terre felon l'admoneftement de Calchas, qui leur remonftra que ce n'eftoit chofe
licite ny religieufe de brufler les corps de ceux qui fe feroient defaits eux-
mefmes.

ANNOTATION.

'A I A X fils de Telamon Prince de Salamine, & de la belle Eribée, comme met
Pindare, il en a efté parlé cy deuant en plufieurs endroits. Homere au troifiefme de l'Iliade le fait eftre plus grand que nul des Grecs, de toute la tefte &
des efpaules qu'il auoit amples & larges, tefmoignans affez fon extreme force.

Τίς τ᾽ ἀρ᾽ ὅδ᾽ ἄλλος ἀχαιὸς ἀνὴρ ἠΰτε μέγας τε,
Ἔξοχος Ἀργείων κεφαλήν ἠδ᾽ εὐρέας ὤμους.

Et Dares Phrygien auffi qui le dit eftre puiffant de membres; d'vne voix claire & hautaine; les
cheueux noirs & crefpelus; d'vn naturel debonnaire & fimple, mais afpre & impetueux contre
l'ennemy. Auffi Homere l'appelle communement πελώριος ἕρκ᾽ Ἀχαιῶν, le grand boulle-
uard des Grecs, & leur feur rempar & fouftenement: & le fait par tout le progrez de fon
œuure le plus valeureux de tous les autres apres fon Achille. Quant à fa grandeur corporelle on peut affez voir icy que Philoftrate s'eftudie de contredire en tout ce qu'il peut à Homere, car tous les Poëtes d'vn commun accord mettent Aiax auoir efté d'vne tres-grande corpulence, attendu mefme qu'il portoit vne telle targue, que fept cuirs de bœuf y eftoient employez l'vn fur l'autre:

Scilicet Aiaci coniux ornata veniret,
Cui tegem in septem terga fuêre boum.

dit Ouide en certain endroit de fes amours; & au 13. des Metam. *Surgit ad hos clypei dominus fep-*
templici Aiax, mais pour le puifer pluftoft en la fource, au 7. de l'Iliade

Αἴας δ᾽ ἐγγύθεν ἦλθε, φέρων σάκος ἠΰτε πύργον,
Χάλκεον, ἑπταβόειον, ὅ οἱ Τυχίος κάμε τεύχων,
Σκυτοτόμων ὄχ᾽ ἄριστος, Ὕλῃ ἔνι οἰκία ναίων.
Ὅς οἱ ἐποίησεν σάκος αἰόλον, ἑπταβόειον,
Ταύρων ζατρεφέων, ἐπὶ δ᾽ ὄγδοον ἤλασε χαλκόν.

Aiax s'approche portant au bras vne grand'targue à pair d'vne tour, qui eftoit d'airain & de fept cuirs de
bœuf, que luy auoit faicte Tychius habitant és maifons d'Hylas, le plus excellent ourrier de cuirs qui fut en
fon temps: lequel luy fabriqua cefte eftrange targue garnie de fept cuirs de bœufs gras & refaits, & le huictief-
me double il le fit d'airain.

IL s'abftenoit de leurs defpouilles, alleguant que c'eftoit le fait d'vn braue homme de mettre à mort fon
ennemy:

ennemy; & d'vn brigand de le despouiller. Ie me ressouuiens d'auoir leu, mais ie ne sçaurois pour cette heure bonnemēt dire où, quelqu'vn me pourra releuer de ce defaut de memoire; d'vn semblable traict de certain capitaine Grec ou Romain, qui en poursuiuant la victoire aduisa vn corps mort gisant, orné d'vne belle grosse chaisne d'or en son col; & dit à vn qui le suiuoit, Prens cela : car tu n'es pas mort.

Il *auoit vne estroitte amitié auecques Achilles, sans s'entreporter point d'enuie.* Cecy bat sur ce dire d'Hesiode, qu'il y a ordinairement de l'enuie & emulation entre des mesmes concurrens.

--ζηλοῖ δέ τε γείτονα γείτων
Εἰς ἄφενον αντυδιδοντ᾽· ἀγαθὴ δ᾽ ἔρις ἥδε βροτοῖσιν,
Καὶ κεραμεὺ κεραμεῖ κοτέ, καὶ τέκτονι τέκτων.
Καὶ πτωχὸς πτωχῷ φθονέι, καὶ ἀοιδὸς ἀοιδῷ.

Le voisin tasche à s'enrichir
A l'enuy de son voisin proche :
Et est cette contention
Aux mortels vtile & loüable,
Le pottier hayst le pottier,
Le febure au febure porte enuie :
Le gueux à ceux qui vont gueusant :
Et les chantres les vns aux autres.

A quoy se rapporte ce vers senaire qu'Aristote allegue d'vn ancien Poëte en la Rhetorique à Theodectes ; τὸ σύνεσις γὰρ καὶ φθονεῖν ἐπίσταται *l'affinité nous apprend de s'entreporter enuie.*

Aiax estant tout petit encores , Hercules l'auroit enueloppé dans sa peau de lyon, &c. Cecy est tiré de la sixiesme Ode des Isthmiennes de Pindare.

--ἀλλ᾽ Ἀιακίδην καλέων,
Ἐς πλόον κήρυξε πάντων δαιμυιλδῶν, &c.

Les Scholiastes en cet endroit alleguans les histoires des grands Egyiens, mettent, comme faict aussi Suidas en la diphthongue αι, qu'Aiax fut inuulnerable en tout son corps, excepté soubs l'aisselle ; car Hercules ayant esté receu & festoyé chez Telamon, il fit sa priere à Iuppiter, qu'Aiax (lequel estant encores tout petit il auoit soubsleué entre ses bras, apres l'auoir enueloppé de sa peau de lyon) ne peust iamais estre blessé en tout ce que ceste despouille couuroit, mais pour ce que son carquois estoit pendu en escharpe de ce costé-là, elle n'y ayant peu atteindre cet endroit demeura subiect aux blesseures : & fut par là qu'il se donna la mort. Toutesfois cette priere dedans Pindare est aucunement d'autre sorte.

εἴ
Ποτ᾽ ἐμᾶ ὦ ζεῦ πάτερ
Θυμῷ θέλων ἀρὰν ἄκουσας, &c.

Si iamais , ô mon pere Iuppiter, tu as exaucé priere aucune que ie t'aye faicte , ie te supplie maintenant de donner à cet homme-cy (Telamon) *vn fils fatal de sa femme Eribée, qui soit hardy : & lequel ie tiendray pour mon hoste & pour mon amy : & que son corps soit d'vne disposition inuulnerable , comme ceste despouille de lyō qui m'enueloppe, que ie mis à mort en Nemée pour le premier de mes chefs d'œuure : & que la magnanimité de courage luy face tousiours compagnie. Ayant dict cela , le Dieu luy enuoya sa grande aigle chef des oyseaux; & le chatouilla par dedans d'vne douce ioye; disant, Tu as parlé comme vn Prophete, & sera ainsi faict à Telamon comme il demande. Dès lors l'enfant fut appellé Aiax, de αἰτὸς aigle.*

Les *Atheniens aimerent fort Aiax, le tenans pour leur capitaine.* Homere au Catalogue dans le second de l'Iliade, met que les Atheniens armerent cinquante vaisseaux pour enuoyer à Troye soubs la conduite de Menesthée fils de Peleus, fils d'Orneus, fils d'Erechtée ; qui en fut chef, comme Seigneur de l'Attique, selon Pausanias és Corinthiaques. Et és Attiques ; que Thesée qui en auoit depossedé Menesthée ayant esté detenu prisonnier en la Thesprotie auecques Pirithoüs, pour s'estre mis en effort d'enleuer la femme du Roy ; les enfans de Tindarus vindrent prendre la ville d'Aphydne, & restablirent Menesthée au Royaume; où il se comporta si debonnairement enuers le peuple, que Thesée estant de retour, ils ne le voulurent plus receuoir. Mais quant est d'Aiax, Homere ne luy assigne que la surintendance & conduite de ceux de l'isle de Salamine, dont il amena douze nauires, & se campa auecques les Atheniens.

Αἴας δ᾽ ἐκ Σαλαμῖνος ἄγεν δυοκαίδεκα νῆας,
Στῆσεν δ᾽ ἄγαν ἵν᾽ Ἀθηναίων ἵσαντο φάλαγγες.

Salamine vne ville que les Atheniens auoient fondée. Strabon au huictiefme liure alleguant les deux vers fufdicts ; dit que ce fut Philoftrate, ou Solon fe lon les autres, qui y adioufta le fecond, pour monftrer que cefte Ifle, felon le tefmoignage mefme d'Homere, auoit efté du commence-ment des appartenances des Atheniens ; ce qu'il refute par plufieurs raifons, & mefme par ces vers du quatriefme de l'Iliade.

> Εὑρ' ὑὸν Πετεὼ Μενεϛῆα πληξίππον
> Εϛαώτ'· ἀμφὶ δ' Ἀθηναῖοι μήϛορες ἀυτῆς
> Αὐτὰρ ὁ πληϲίον εἱϛήκει πολύμητις Ὀδυϲεύς,
> Παρ' δ', κεφαλλήωων ἀμφὶ ϛίχες οὐκ ἀλαπαδναὶ
> Ἕϛαϲαν.

Qu'Agamemnon trouua Menefthée fils de Peteus au milieu de fes belliqueux Atheniens, & là aupres V-lyffes auecques fes trouppes de Cephaliens. Là où eftant vn peu au parauant venu vers Idomenée Roy de Crete, il luy adioint fubfequemment les deux Aiax auecques leurs forces. Et proue iceluy Strabon que Salamine eftoit pluftoft vne portion de Megare : par ce qu'à la miniftreffe de Minerue furnommée Poliade, en l'Attique il n'eftoit pas permis de manger du fromage mol & recent, ains de celuy qui eftoit apporté de dehors ; & neantmoins celuy de Salamine luy eftoit permis : ce que confirme auffi Paufanias és Attiques, où il dict que Salamine atteint les confins dès Megaréens, & qu'ayant pris ce nom de Salamis fils d'Afopus, les Æginetes confederez d'A-iax, s'y habituerent : mais que Philée fils d'Euryfaces fils d'Aiax, en auroit faict vn prefent aux Atheniens, en recognoiffance du droict de bourgeoifie qu'ils luy auoient octroyé. Mais long-temps apres les Atheniens chafferent les Salaminiens de leur demeure ; leur mettant en auant qu'en la guerre qu'ils auoient euë contre Caffander, ils fe monftrerent tout expres plus lafches qu'ils ne deuoient : & liurerent leur ville aux ennemis, plus de leur bon gré que contraints de force, fi qu'ils protefterent par ferment folemnel, de leur reprocher à tout iamais cette trahifon.

Il eut vn fils que les Grecs appelloient Euryfaces. Ce mot-là fignifie qui porte vne grande large rondache, à caufe de celle de fon pere Aiax. Au refte Dictys de Crete au cinquiefme liure, met qu'apres fes deux enfans, à fçauoir Achantites qu'il auoit eu de Glauca, & Euryfaces de Tegmeffe fille du Roy Teuthrantes de Phrygie, qu'Aiax auoit mis à mort, felon le mefme Di-ctys au fecond liure, furent recommandez à la tutelle de fon frere de pere Teucer. Quintus Cala-ber au cinquiefme, ne parle que d'Euryfaces fils de cefte Tegmeffe, qu'ayant prife en guerre il honora du tiltre de fa legitime efpoufe : & la vouloit faire couronner Royne de Salamine, de-quoy elle en faict là fes doleances & regrets.

Homere introduit Vlyffe és enfers difant ainfi, &c. Cecy eft tiré de l'onziefme de l'Odyffée, où Vlvffe ayant voulu accofter l'ombre d'Aiax, il s'en va d'vn autre cofté fans daigner parler à luy, & fe reffouuenant de leur ancienne amitié ; οἴη δ' αἴαντος ψυχὴ τελαμωνιάδαο. &c.

> D'Aiax Telamonien l'ame
> Seule fe retenoit au loing,
> Courroucée pour la victoire
> Que i'auois obtenu fur luy
> Quand nous plaidafmes és nauires
> Pour les armeures d'Achilles,
> Que Tethys auoit propofées
> En difpute ; mais les enfans
> Des Troyens auec Minerue
> En donnerent le iugement.
> Pleuft aux Dieux que telle victoire
> Ie n'euffe iamais remporté,
> Qui mit en faifine la terre
> D'vne telle tefte qu'Aiax :
> Qui en beauté, & en faicts d'armes
> Fut le plus excellent des Grecs
> Apres l'incomparable Achilles.
> Ie le cuiday arraifonner
> Auec telles douces paroles.

Aiax

Aiax fils du bon Telamon,
Ainsi donc ne veux tu point mettre
En oubly mesme apres ta mort
Le courroux conceu pour ces armes
Si pernicieuses aux Grecs,
Encontre moy dont est perie
Telle tour comme tu estois?
Que nous regrettons tous nous autres
Non moins qu'Achilles l'outrepreux:
Et si personne n'en est cause
Fors Iuppiter, qui a ainsi
L'armée Grecque en si grand' hayne,
Et qui t'a donné ce destin.
Or vien icy, ô braue Prince
Afin d'entendre mon propos:
Et dompte ce felon courage.
Ainsi ie luy parlay : mais luy
Sans qu'il daignast rien me respondre
S'en alla aux autres Esprits,
Qui és enfers font leur demeure.

Menesthée fit l'oraison funebre à la mode des Atheniens. Platon au Dialogue intitulé Menexenus, faict tout expres pour ce subiect, monstre comme l'on auoit accoustumé à Athenes de loüer publiquement en leurs funerailles, ceux qui estoient honorablement morts à la guerre pour le seruice de la Patrie: & pour cet effect choisir vn homme eloquent & bien emparlé, qui s'en peust deuëment acquitter selon les merites & qualitez du defunct, que ces harangueurs se proposoient de racompter, & en orner sa memoire de loüanges, afin d'exciter par là les autres qui estoient en vie à la vaillance & à bien faire, soubs l'attente d'vne pareille reputation. Et auoient (ce dit-il) accoustumé d'enfourner par les loüanges de leurs peres, meres, & autres ancestres, comme estant à croire que d'vne bonne ante vient de bon fruict : selon que dit Horace parlant d'Helene : *ô matre pulchra filia pulchrior!* là où au contraire κακοῦ κόρακος κακὸν ᾠὸν : de mauuais corbeau mauuais œuf. Car comme dit le bon Euripide.

Φῦ Φῦ, παλαιὸς αἶνος ὡς καλῶς ἔχ͂,
Οὐκ ἄ͂ γ͂οιτο χ͂ησὸς ἐκ κακοῦ πᾶρς!

Ha qu'est bien vray l'ancien prouerbe
Qu'vn bon genereux fils ne peut
Se procréer d'vn mauuais pere!

Et selon le dire de Theognis : ἔ τι γὰρ ἐκ σκύλλης ῥόδα φύεται : vne rose ne croist iamais d'vne mal sentante eschallotte. Et finablement pour le renfort & consolation d'iceux peres & meres, qui auroient ainsi perdu leurs enfans, quand ils n'auront occasion de les plaindre ne regretter: attendu que ne les ayans pas procreez immortels, ils se sont par vne mort honorable acquis vne vie plus precieuse que cette temporelle & caduque, auecques vne perpetuelle reputation. De maniere que non seulement ces harangues & loüanges funebres se souloient faire à chacun en particulier à ses obseques, s'ils l'auoient au moins merité : mais tous les ans vn general anniuersaire pour tous ceux qui auoient finé ainsi loüablement leurs iours à la guerre: ce que nous auons, mais plus religieusement parmy nous és obseques, & és prieres des Trespassez. Les Iuifs l'ont aussi obserué de tout temps, comme on peut voir dans le formulaire de leurs prieres, où entre autres est cette-cy. *L'ame de tel, & so sommeil se puissent repoſer en paix. Qu'il se couche en paix, & dorme en paix iusqu'à la venuë du consolateur:qui fait oüir la vraye paix, & le vray repos qu'ont nos peres dormans en Hebron. Ouurez-luy les portes de Paradis, & annoncez-luy la paix où il doit entrer:vous, dy-ie, qui gardez les portes de Paradis, ouurez luy les portes de cet heureux lieu, afin qu'il puisse entrer dedans, & se resioüir des fruicts qui y sont.* Auec telles autres ceremonies pieuses de vray, mais sentans vn peu leur superstition, côme est aussi de vuider toute l'eau de la maison où quelqu'vn sera decedé : & de celles des proches voisins: estimãs que l'Ange de la mort ou Sathã, qui s'apparoist à toutes personnes alors qu'ils rendent l'esprit, fort horrible & espouuentable, vienne en cette eau lauer son espée dont il aura tué le defunct. Et s'essayent de tirer cela du premier des Paralip. chapitre vingt-vniesme,

ou durant la peſte Dauid apperçoit l'Ange du Seigneur entrer le ciel & la terre, ayant vn glaiue
nud au poing. Les Romains à l'imitation des Grecs ſe ſont fort addonnez à ces harangues funebres, comme on peut voir en infinis endroicts de leurs hiſtoires : & meſme en Suetone de Iules Ceſar qui loüa ſa grande mere Aurelie : & en Tybere, que n'ayant encores que neuf ans, il
fit l'oraiſon de ſon feu pere.

Quintus Calaber.

*Ils inhumerent Aiax dans la terre, par ce que Calchas leur remonſtra n'eſtre loiſible de bruſler les corps de
ceux qui ſe ſeroient defaicts eux-meſmes.* Neantmoins en Quintus Calaber au cinquieſme apres
auoit introduit Vlyſſes faiſant les regrets de la mort d'Aiax, que nous auons amenez cy-deſſus
de l'onzieſme de l'Odyſſée met cecy, *Neſtor s'en vient en l'aſſemblée toute pleine encores de gemiſſemens & complaintes qu'on faiſoit d'Achilles & Aiax, remonſtrer, comme il auoit bien perdu auſſi ſon tres-
cher & bien-aimé fils Antiloque: mais qu'il ne leur ſeoit pas bien de pleurer touſiours ceux qui eſtoient morts
au combat, ne s'en indigner ſi fort en leurs courages, parquoy il falloit mettre en oubly ce trop deſreglé dueil &
triſteſſe, & pluſtoſt entendre au deuoir du corps mort: lequel pour tous les pleurs & les larmes qu'on ſçauroit
eſpandre deſſus ne reſſuſciteroit pas pourtant. A ces remonſtrances, rembarrant leurs lamentations au fonds
de leur ame, ils vindrent prendre ce corps, l'eſleuans ſur leurs eſpaules, quelque grand & peſant qu'il fuſt, le
porterent iuſques aux nauires, où le lauans du ſang & ordure qui s'y eſtoient amoncelez, ils enuoyerent des
ieunes hommes au mont Ida là prochain, coupper force bois, dont ils dreſſerent vn buſcher: & y ayans ſacrifié grand nombre de bœufs, moutons, & cheuaux, ietterent parmy de l'or, de riches draps & tapiſſeries, anecques force deſpouilles que ce valeureux Cheualier auoit conquiſes ſur les ennemis: de l'argent auſſi, du yuoire, & electre, & des vaſes remplis de ſoüeflleurantes compoſitions & parfums: enſemble infinies autres telles choſes tres-precieuſes: au milieu deſquelles ayans eſtendu cet illuſtre corps equippé de ſes armes & enſeuely dans de riches linges, ils mirent le feu au buſcher auecques de belles torches & flambeaux de cire blanche,
chantans autour les loüanges & beaux faicts d'armes du defunct: & ſoudain Tethys enuoya de la mer de
douces halenées de vents, qui en lieu de ſoufflets en eſprindrent les flammes tout le long de la nuict, & le iour
enſuiuant. Puis finalement l'amortiſſent auecques du vin, recueillans ſes cendres & oſſemens en vn beau
vaſe d'or, qu'ils enſeuelirent en vn tombeau haut eſleué ſur le riuage Rhetéen, ne luy faiſans moins d'honneur
qu'à Achilles.* Mais tout cecy eſt tiré preſque de mot à mot du vingt-quatrieſme de l'Odyſſée en
la ſepulture d'Achilles, qui ſera cy-apres amené en ſon lieu. Virgile auſſi l'a imité en celle de Mi-
ſenus au ſixieſme de l'Eneide :

> *Principio pinguem tædis & robore ſecto :*
> *Ingentem ſtruxère pyram, cui frondibus atris*
> *Intexunt latera, & ferales ante cupreſſos*
> *Conſtituunt.*

Dictys de Crete au cinquieſme liure, conuient du bruſlement d'Aiax, & de ſa ſepulture ſur
le riuage Rhetéen, là où meſme (ce dit-il) tous les principaux de l'armée Grecque ſe tondirent
pour luy faire honneur, & ietterent leurs cheueux dans le buſcher : mais il n'attribuë pas la cauſe de ſa mort aux armes d'Achilles : & ne dit qu'il ſe fuſt defaict de ſa propre main : ains que ce
fut pour raiſon du Palladium qu'il entra en diſpute auecques Vlyſſes, le voulant auoir en ſa
garde : neantmoins il fut adiugé à Vlyſſe, à la faueur d'Agamemnon & de Menelaus, lequel par
ſon moyen auroit recouuré ſa femme Helene, qu'il aimoit deſperemét quelque faux-bond
qu'elle luy euſt ioüé : là où Aiax inſiſtoit qu'il le falloit faire mourir pour tant de maux & de ruines dont elle auoit eſté occaſion, & par ſi long-temps à toute la Grece. Et comme là deſſus ſe
cómençaſſent à faire tout plein de ſeditions & mutinemens en l'armée, vn matin on trouua Aiax
roide mort en ſon pauillon, dequoy l'on ſoupçonna ces deux Roys, & Vlyſſes encores, auſſi bien
que du meurtre de Palamedes : parquoy Vlyſſe gaigna le haut, & le Palladium demeura en la
garde de Diomede. La couſtume au reſte de bruſler les corps morts en leurs funerailles fut fort
ancienne enuers les Grecs, teſmoin les obſeques que faict Achilles à Patrocle au vingt-troiſieſme de l'Iliade & au ſeptieſme : les Troyens enuoyent demander treſues aux Grecs pour bruſler
les corps morts, ce qu'on leur accorde. Neantmoins ils les inhumoient tous entiers quelquesfois, comme on peut voir de Braſidas en Thucidide. Et leur vint premierement cette façon
de les enterrer, comme nous faiſons, de Cercops, ſelon Ciceron au ſecond des Loix, lequel
eſtoit Egyptien : & de là elle paſſa à Drachon, & Solon, ainſi qu'eſcript Arnobe apres Anthioque : car les Egyptiens qui auoient quelque adombrement de la reſurrection future, furent les
plus curieux de tous autres, d'exquiſement embaumer leurs corps pour les faire durer pluſieurs
milliers d'années, ce qu'on peut voir par leurs Mumies : s'attendans que les ames viendroient
quelquesfois reprendre ces corps, & les r'animeroient de rechef. Les Iuifs auſſi ſoubs la meſme
expectatiue embaumoient les leurs : mais noſtre religion ne le prend pas là : car tout de meſme
reſſuſcitera celuy qui auroit eſté deuoré des beſtes ſauuages, & ces beſtes-là bruſlées : puis leurs
cendres iectées au vent, ou dans la mer, comme celuy qui ne viendroit que de mourir tout à
l'heure : ou qui auroit eſté auſſi precieuſement embaumé que fut oncques Amaſis Roy d'Egypte, auquel Cambyſes ne ſceut faire vn plus grand outrage apres ſa mort que de bruſler ſon
corps.

corps. Pour le regard des Romains, il y a de la varieté en cela : car Pline escrit au cinquante-quatriesme chapitre du septiesme liure, que ce n'estoit pas l'ancienne institution de brusler les corps morts, ains qu'on les enterroit tous entiers : mais apres qu'és guerres ciuiles on eust veu qu'on deterroit ceux qui auoient esté inhumez, on commença à practiquer de les brusler : & fut Sylla le premier de la famille des Corneliens qui le commanda à sa mort de peur qu'on ne luy fist le mesme tour qu'il auoit faict à Marius. Neantmoins plus de deux cens soixante ans deuant son decez, le fils du Consul Manlius que son pere auoit faict decapiter pour auoir combattu outre son commandement, ores qu'il eust eu la victoire de son ennemy, fut bruslé à ses funerailles, comme met Tite-Liue au huictiesme liure : *Vi spolijs contectum iuuenis corpus militaribus studijs funus villam concelebrari potest, stuéto extra vallum rogo cremaretur.* Et Plutarque en la vie de Numa escrit qu'il defendit expressement à sa mort que son corps ne fust point bruslé, ce qui infere assez que la coustume en estoit dés lors. Au regard des peuples d'Asie, ils n'auoient pas non plus ac-coustumé de brusler les corps, comme on peut voir par ceste inscription du sepulchre du Roy Cyrus; *Passant, ne me plains ie te prie --- Ce peu de terre qui mon corps -- Couure icy, & ne m'inquiete - En mon somme perpetuel.* Et cela faict à ce qui suit puis apres du feu, que les Perses, lesquels commandoient à toute l'Asie, d'autant qu'ils receuoient le feu comme vne grande Deité, n'estimoient pas estre loisible qu'vne si sacre-saincte chose diuine se deust repaistre d'vne telle infection que la chair morte & puante, de soy subiecte à pourriture : là où les Egyptiens au contraire, le reputoient estre vn animal rauissant & insatiable, qui deuore tout ce qui prend naissance & accroissement : & apres s'en estre bien repeu & gorgé, s'esteint & meurt aueecques sa pasture. Mais les Grecs estoient meus à brusler les corps de certaines considerations : & en premier lieu estimans que ce qui est de diuin en nous soit de nature de feu, selon le Poëte au sixiesme de l'Eneide :

Igneus est ollis vigor, & cælestis origo,

lequel est en continuel mouuement, & tousiours tendant contre-mont : parquoy on adiouste au corps delaissé de son esprit, comme vn nouueau esprit ignee pour luy seruir ainsi que de guide & de voicturier à retourner là haut plus à deliure, quand par la separation qui s'en faict par le feu, les parties plus subtiles & superieures se despouillent du grossier & terrestre. Et ainsi cherchoient par ce bruslement quelque forme de minoratiue purgation icy bas, pour le regard des esprits submergez dans le sang, & les autres humeurs du corps, & par consequent de l'ame, dont les esprits sont comme vn lien & retinacle qui la ioignent & vnissent aueecques le corps, qui est le retinacle de l'esprit : iusques à ce que le corps Etherée, qui selon les Platoniciens est le premier vehicule & chariot de l'ame en son infusion dans le corps grossier & caduque en soit totalement despouillé, & reduit à sa pure simplicité. A quoy bat ce que nous auons cy-deuant amené du vingt-troisiesme de l'Iliade ; où Patrocle s'apparoissant en songe à Achilles, luy dit qu'il ne sera plus molesté des autres ames là bas és enfers, qui le bannissent de leur compagnie, comme vne chose tenant encores de l'infection corporelle : & ne retournera plus en haut apres qu'il aura esté bruslé. Car le feu est ἁγνιστικὸς, c'est à dire ayant vne vertu purgatiue : & comme en parle Raimond Lulle : *Ignis non vult nisi res puras.* Pourtant, dit Plutarque question Romaine 96. qu'il ne sembloit pas raisonnable (pour venir à l'autre poinét de ceste clausule : *Qu'il n'estoit pas loisible de brusler les corps de ceux qui se seroient deffaicts eux-mesmes*) de souiller vne si nette & si saincte chose qu'est le feu, d'vne Vestale qui se fust forfaicte. Mais les loix anciennes Romaines, que nous gardons en plusieurs choses, & mesmement en cet endroit, priuoient du tout de sepulture, non que du bruslement, ceux qui se seroient aduancez leurs iours de leur main : QVI SIBI MANVM ADMOVERIT, INSEPVLTVS ESTO : n'estant pas permis, ce dit Ciceron apres Platon en son Phedon, d'abandonner ce lieu où ce grand Capitaine nous a placez, ainsi qu'en garde & sentinelle, sans son expres commandement & permission. Ce qu'il reitere encores en l'Axioque. Au moyen dequoy il est bien raisonnable, selon que dit Egesipus, que ceux qui n'auront voulu attendre l'ordonnance & commandement de Dieu leur Pere, soient priuez aussi de la terre, comme du giron de leur chere mere. Et Eschines en l'oraison contre Ctesiphon, allegue la coustume ancienne des Grecs auoir esté de coupper le poing à celuy qui se seroit tué soy-mesme, pour estre enseuely à part du reste du corps, comme si c'estoit quelque chose estrangere qui l'eust priué de vie. Car d'ailleurs ce seroit autant qu'vn brisement de prison, qui est vn crime capital ; dautant que l'ame est comme emprisonnée icy bas dedans la chartre de ce corps iusques à certain temps determiné en la prescience du Createur, qu'il n'est pas permis d'abreger ny anticiper.

·TEVCER·

O N ne vous peut dire autre chose de cestui-cy , sinon qu'il le vous faut presupposer pour vn ieune homme qui en grandeur de corps , en beauté & force estoit des moyens entre les Grecs. *Phenicien.* Prothesilaus a-il point aussi cognoissance des Troyens, ou s'il estime qu'il n'en faut point auoir memoire, afin qu'ils ne paroissent auoir esté dignes qu'on en face cas? *Vigneron.* Mon amy il n'y a rien de tel en Prothesilaus ; car l'enuie est bien esloignée de luy : & racompte leurs faicts d'vn sincere zele & affection, les disant auoir donné assez de subiect de discourir beaucoup de choses à leur loüange. Ie vous parcourray doncques tout cela auant que de faire mention d'Achilles ; car si ie les remettois apres luy, toute occasion cesseroit de les admirer.

ANNOTATION.

T EVCER fut fils de Telamon, & d'Hesione fille de Laomedon Roy de Troye, & seur de Priam, dont Hercules à la prise de Troye luy fit present pour vn prix d'honneur d'auoir monté le premier sur la muraille. Ce fut vn excellent archer, comme on peut voir au huictiesme de l'Iliade, où se mettant à couuert soubs la targue de son frere Aiax, il met à mort à coups de flesches tout plein de Troyens. Apres la prise de cette cité s'en estât retourné vers son pere, il ne le voulut point receuoir, indigné qu'il ne se fust mis en deuoir de vanger la mort de son frere sur Vlysses, & le chassa de Salamine ; parquoy il se retira en Chypre, où il bastit vne ville qu'il nomma aussi Salamine du nom de l'autre. Philostrate au reste passe icy non mal à propos, des Grecs aux Troyens, par vn entre-moyen participant des vns & des autres, Teucer à sçauoir, lequel estoit comme mestif, Grec de par son pere Telamon, & Troyen du costé de sa mere : & commence par le plus valeureux d'eux tous.

HECTOR.

HECTOR.

PROTHESILAVS le loüant approuue par mesme moyen ce qu'en dit Homere, qui en parle fort honorablement, & descrit combien il estoit valeureux, & adroict au maniement d'vn chariot d'armes, & aux combats : ensemble ses sages aduis & conseils : & que Troye à bon droict auoit mis en luy toute son esperance & ressource. Finablement toutes les brauades & vanteries d'Hector dans ce Poëte, menaçant les Grecs d'aller mettre le feu à leurs vaisseaux, il dit que cela se rapporte fort bien à l'impetuosité & effort de ce preux Heroë, lequel ordinairement tient tels propos és rencontres & escarmouches. Il auoit au reste vn fier regard & furieux, & la voix forte. Quant à sa taille, il estoit vn peu moindre qu'Aiax Telamonien, mais au combat, en rien inferieur à luy, il demonstroit la mesme ardeur que faisoit Achilles. Et gourmandoit fort son frere Paris, comme lasche & coüard, & trop addonné à ses voluptez : à se mignarder, parfumer, testonner, si qu'encores que ce fust chose honneste aux Roys, & aux enfans des Roys de nourrir leur perruque, & l'agencer curieusement, il iugeoit neantmoins cela indigne de luy pour l'amour de l'autre qui en faisoit par trop de cas. Il auoit les oreilles toutes rompuës & mutilées, non pour occasion de la lucte, car comme i'ay desia dict, il ne sçauoit que c'estoit de lucter, ny les autres Asiatiques non plus : mais il auoit souuent combattu contre des taureaux, estimant ceste maniere d'exercice estre propre à vn homme de guerre : cela estoit toute sa lucte, & ignoroit l'autre. Mais d'attendre de pied coy les taureaux muglans hideusement sans s'en effroyer, & les soubstenir & arrester fermes, & ne redouter le choc & poincte de leurs cornes, ains leur tordre le col : & encores qu'on en fust blessé ne perdre pas pour cela le courage, ny lascher sa prise, il s'exerçoit en tout cela pour le soin qu'il auoit des choses belliques. Quant à la statuë qui est de luy à Ilion, elle le represente fort ieune encores, & presqu'en aage d'adolescence : mais Prothesilaus le dict auoir esté plus agreable & plus grand assez, & qu'il mourut aagé enuiron de trente ans : non en fuyant, ny baissant laschement les mains, comme le calomnie Homere ; ains combattant maguanimement, seul de tous les Troyens qui demeura hors des murailles, où il fina ses iours au

Lieu fort scabreux au Grec.

XXx

conflict : & apres sa mort fut attaché au chariot d'Achilles, & traisné; puis rendu à son pere, ainsi que l'a escrit Homere.

ANNOTATION.

ES Cheualeries & proüesses d'Hector, tout le monde en a esté de tout temps abbreuué: de sorte que ce ne seroit qu'ennuyer inutilement les lecteurs d'en vouloir icy vser de redicte. Homere par fois l'exalte iusques au ciel, & par fois le rauille à luy faire faire des tours tres-lasches & indignes: car en l'onziesme de l'Iliade il le dit auoir esté prosterné par terre tout esuanoüy d'vn coup de iauelot que luy auoit tiré Diomedes, encores qu'il ne l'en eust pas blessé. Et au quatorziesme tout de mesme d'vn coup de pierre par Aiax. Et finalemét au vingt-deuxiesme il le faict fuyr honteusement deuant Achilles, qui le poursuit au tour de Troye, iusques à l'enuironner par trois fois. il fut ainsi appellé, comme met Platon au Cratyle, ἀπὸ τὲ ἔχειν τὴν πόλιν. Par ce que tant qu'il vescut, il conserua la ville de Troye en son entier, (mais cette etymologie est bien contrainte) ce que tesmoigne aussi Homere au douziesme de l'Iliade.

Ὄφρα μὲν Ἕκτωρ ζωὸς ἔην, ἢ μίωὶ Ἀχιλλά,
Καὶ πριάμοιο ἄνακτος ἀπορθήτος πόλις ἔπλε·

Tant qu'Hector demeura en vie,
Et Achilles en son courroux:
Du Roy Priam la grande ville
Fut conseruée en son entier.

Menaçant les Grecs d'aller mettre le feu à leurs vaisseaux, &c. au douziesme de l'Iliade.

Ἥυσεν δ᾽ Ἀργείοισιν πρῶσαι γεγανὼς,
Ὄρνυθ᾽ ἱπποδάμοι τρῶες, ῥήγνυσθε δ᾽ τεῖχος,
Ἀργείων, ἢ νησὶν ὀνίετε θεσπιδαὲς πῦρ.

Hector criant à voix hautaine
Dit aux Troyens, esbranlez-vous,
Et rompez des Grecs la closture;
Mettez le feu à leurs vaisseaux.

Et en assez d'autres endroicts encores.

Il auoit vn regard fier & furieux. au huictiesme.

Ἕκτωρ δ᾽ ἄμφι πεςτρώφα καλλίτειχας ἵππους,
Γοργοῦ ὄμματ᾽ ἔχων, ἠδὲ βροτολοιγοῦ Ἄρηος.

Hector tourna ses chenaux
Aux beaux creins; de la Gorgone
Ayant les yeux; ou de Mars
Le sanglant meurtrier des hommes.

Dares Phrygien le depeint en cette sorte. Hector estoit begue & de blanche charneure: cresse, louche, viste & dispost en tous ses membres: d'vne face venerable, barbu, d'vn beau port: belliqueux, & d'vn magnanime courage, debonnaire enuers les siens, & digne d'en estre bien voulu.

IL demonstroit és combats la mesme impetuosité & ardeur que faisoit Achilles. Au treiziesme de l'Iliade il est accompagné à vn gros quartier de pierre, qui ayant esté arraché d'vn rocher au haut d'vne montaigne par quelque grosse lauasse de pluye, est roullé de la violence d'vn torrent contre-bas, renuersant tout ce qui se rencontre au deuant, iusques à ce qu'il arriue finalement en la plaine où il s'arreste sans se bouger plus.

ἦρχε δ᾽ ἄρ Ἕκτωρ
Ἀντικρὺ μεμαὼς, ὀλοοίτρυχος ὡς ἀπὸ πέτρης, &c.

& au dix-huictiesme à l'impetuosité & furie d'vne flamme ardente, & à vn lyon.

Ἕκτωρ τε πριάμοιο πάϊς, φλογὶ ἴκελος ἀλκήν.

IL gourmandoit fort son frere Paris, comme lasche & coüard, & trop addonné à ses voluptez & plaisirs. au troisiesme de l'Iliade.

Δύσπαρι

Δύ πρϲϠαι, εἶδὸς ἄϱιϛϖ, γωαιμὸμὸς, ἱπϱϱϛϐλϖά,

Α΄ἴϑ ὄφελὲς τ᾽ ἄϱϙνός τ᾽ ἔμδϗαι, ἄϱαμός τ᾽ ϐπϙλέαϑϗ, ϛϛϲ.

Ha miſerable Paris, qui n'as rien de bon que la beauté; enragé apres les femmes : ſeducteur ; qu'à la mienne volonté que tu n'euſſes onques eſté engendré : ou que tu fuſſes mort auant que d'eſtre marié. Et certes ie voudrois qu'il en euſt ainſi eſté, car il nous en ſeroit bien de mieux que de nous porter vne telle nuiſance, & vn meſpris enuers les autres. Dont les Grecs ont bien occaſion de ſe rire de toy à pleine gorge, t'alleguans eſtre vn vaillant guerrier puis que tu es ſi beau. Mais tu n'as aucune vigueur en l'entendement, ny de force non plus au corps. Et eſtant tel, nauiguant auecques vne ſequelle de tes partiſans & ſemblables, que tu voulus choiſir conformes à ton humeur, tu t'en allas en lointaines terres enleuer vne belle femme mariée à des gens belliqueux : vne vraye ruine à ton pere, à cette cité, & à tout le peuple : & autant de ioye & plaiſir à nos ennemis, mais pour toy vne pure honte & villennie. N'auras-tu doncques pas le courage d'attendre le belliqueux Menelaus, pour cognoiſtre de quel homme c'eſt que tu as enleuée la femme eſpouſée ? Certes ny Venus, ny tous ſes preſens ne te pourront pas garantir, ny ta teſtonnée perruque, ny ton beau viſage, quand vne fois tu ſeras veautré dans la poudre. Que pleuſt aux Dieux que tu euſſes veſtu maintenant vne chemiſe de pierre de taille, pour tant de maux dont tu nous es cauſe. Et au ſixieſme de rechef.

Τὸν δ᾽ Ἕκτωρ νείκεσεν ἰδὼν αἰϱϙῖς ἐπέϐσι.

Δαμϙνὶ, ὀ μὴ ϛϱὶ καλϐ ϗϙλϙϊ τϙνδ᾽ ἔϑϑϐϙ ϑυμϙ̃,

Lors Hector le vint rabroüer
Par de tres-poignantes paroles :
Ha malheureux certes tu n'as
Logé dignement en ton ame
Cette forte indignation.
Tu vois que les peuples periſſent
Au tour de la ville, & des murs
Pour l'amour de toy : que de guerre,
De pleurs, de cris cette cité
Eſt de toutes parts enflambée.
Et toy, ſi tu voyois quelqu'vn
Se retirer de la bataille
Comme tu crirois apres luy !
Prends donc courage, & t'eſuertuë,
De peur que ne ſoyons icy
Mis en feu par nos aduerſaires.

Si qu'encores que ce fuſt choſe honneſte aux enfans des Roys de nourrir leur perruque, Hector le iugeoit neantmoins indigne de luy pour l'amour de Paris. Toutesfois l'hiſtorien Timée met qu'il auoit accouſtumé de porter longue cheuelleure eſpanduë le long des eſpaules : ce que les Abantes vſiterent les premiers, comme dit Homere.

Il auoit les oreilles toutes rompuës & mutillées, non pour occaſion de la luicte, mais pour auoir ſouuent combattu contre les Taureaux. Il eſt ainſi mot à mot au Grec : τὸ δ᾽ ὦϙ καπαϗὸ ἧς ὄχ ὑπὸ παληϛ ἀλλὰ ταύϱοϊς ἀντϐϛϐ. Mais ie ne puis bonnement comprendre ce que veut dire cecy, car il n'y a pas grande apparence qu'à combattre vn taureau, les oreilles en doiuent eſtre pluſtoſt offenſées que nul autre endroit de la perſonne. Mais cecy eſt aucunement eſclarcy au neuſieſme des Metamorphoſes, au combat d'Hercules contre Acheloüs transformé en taureau.

Sic quoque deuicto, reſtabat tertia tauri
Forma trucis ; tauro mutatus membra, rebello.
Induit ille toris à læua parte lacertos,
Admiſſúmque trahens ſequitur, depreſſáque dura
Cornua figit humo, méque alta ſternit arena.
Nec ſatis hoc fuerat, rigidum fera dextera cornu
Dum tenet infregit, truncáque à fronte reuellit.

Par où l'on peut voir comme au combat des Taureaux en leur donnant le tour de main, & le croq de hanche, il pouuoit arriuer qu'ils donnaſſent auſſi quelque coup de corne aux oreilles. Mais à la verité cecy ne me ſatisfaict pas beaucoup.

HECTOR *fut tué non en fuyant, &c.* Dares Phrygien met qu'ayant bleſſé Achilles à la cuiſſe, il fut enfin mis à mort par luy, qui n'aſpiroit à autre choſe qu'à le maſſacrer : & que là deſſus tous les

Troyens qui eſtoient ſortis auecques luy furent mis en routte, & rembarrez iuſques aux portes de la ville ; où Memnon les rencourageant ſouſtint le combat, tant que la nuict les ſepara. Mais Dyctis de Crete au troiſieſme liure eſcrit que comme Hector euſt voulu r'allier les Troyens, que les Grecs menoient battant trop honteuſement deuant eux, & en cuſt deſia tué quelques-vns, Achilles eſtant ſuruenu, Hector ne l'oſa attendre, ains ſe mit à fuyr, & Achilles à le pour-ſuiure, qui d'vn iauelot qu'il lança, occit le conducteur de ſon chariot : mais Helenus d'vn coup de fleſche luy perça la main d'outre en outre, ſi qu'il fut contrainct de ſe retirer. Quelques iours apres Hector ayant mis à mort Patrocle, Achilles en fut ſi irrité, que de là en auant il ne chercha que l'occaſion & le moyen de le tuer ; ſi qu'ayant eſté aduerty comme Hector auecques vne pe-tite poignée de gens eſtoit allé au deuant de la Royne Pentaſilée, qui auecques ſes Amazones venoit au ſecours des Troyens, il luy alla dreſſer vne embuſche au paſſage d'vne riuiere, où il le mit à mort, qu'il ne ſe tenoit point autrement ſur ſes gardes ; puis le traiſna, & en fit ce qu'Ho-mere en a eſcrit.

ENEAS.

E N E A S.

L eſtoit aſſez inferieur en cas de combattre à He-
ctor, mais de prudence & induſtrie il ſurpaſſoit
tous les Troyens, dont il eſtoit tenu en la meſme
dignité & eſtime qu'Hector. Car il cognoiſſoit les
conſeils des Dieux, enſemble ce qui luy eſtoit promis par les deſtinées apres que Troye ſeroit priſe,
durant le ſiege de laquelle il nē fut oncques atteint
de peur: ayant l'eſprit fort net, & vne ratiocination claire & limpide pour ſçauoir ce qui eſtoit à
redouter ou non: ſi que les Grecs appelloient Hector la main des Troyens,
& Eneas leur entendement & conſeil: qui auroit par ſa prudence &
ſage conduitte donné plus d'affaires à leur armée, que tous les efforts &
furie d'Hector, ils eſtoient au ſurplus d'vn meſme aage, & d'vne pareille grandeur de corſage: mais la mine d'Eneas paroiſſoit moins ſpecieu-
ſe & gaillarde, tenant plus du raſſis & poſé en ſa contenance. Et ſur
tout n'eſtoit point ennuyeux pour ſa cheueleure, qu'il n'agençoit pas curieuſement, & n'y mettoit point ſon eſtude, ains ne taſchoit à ſe parer
que de vertu, qui eſtoit ſon ſeul ornement. Quant à ſon regard, il n'e-
ſtoit point autrement ne fier ne ſeuere, ſinon en tant qu'il conuenoit pour
intimider ceux qui rompoient leur ordonnance, & abandonnoient les
rangs où ils auoient eſté placez.

ANNOTATION.

 NEAS *eſtoit tenu des Troyens en la meſme dignité & reſpect qu'Hector.* Homere en
l'onzieſme de l'Iliade;
    Αἰνείαϲ δ᾽ ὃϲ τρωϲὶ θεὸϲ ὣϲ τίετο δήμῳ.
    Enée reueré eſtoit
    A pair d'vn Dieu de ceux de Troye.
  Il cognoiſſoit les conſeils des Dieux , enſemble ce qui luy eſtoit promis par les deſtinées apres que Troye
ſeroit priſe. Au vingtieſme de l'Iliade, Neptune prophetiſe ainſi d'Eneas, qu'il deuoit vn iour
auoir la domination des Troyens, & les enfans de ſes enfans qui de luy deſcendroient, afin que
la lignée de Dardanus ne demeuraſt du tout eſteinte, que Iuppiter aimoit ſur tous ceux qu'il
auoit eus des femmes mortelles ; car il hayſſoit deſormais celle de Priam ,
    Νῦν δὲ δὴ Αἰνείαο βίη Τρώεϲϲιν ἀνάξει,
    Καὶ παίδεϲ παίδων, τοίϰεν μετόπιϲθε γένωνται.

lesquels vers Virgile au troisiesme de l'Eneide a tournez ainsi , les accommodant à la monarchie
des Romains descendus d'Enée.

> *Hic domus Aeneæ cunctis dominabitur oris ;*
> *Et nati natorum, & qui nascentur ab illis.*

Les Grecs appelloient Hector la main des Troyens , & Eneas leur entendement & conseil. Cecy se
conforme aucunement à ce qui se lit dans Plutarque, & quelques autres , que les Romains
auoient de coustume d'appeller Claudius Marcellus , celuy qui prit la ville de Sarragosse
en Sicile , & fit tout plein de beaux faicts d'armes , leur espée , à cause de sa vaillance & hardiesse : & Fabius Maximus pour ses sages temporisemens , leur bouclier.

SARPEDON.

SARPEDON.

C EST VI-CY fut natif de Lycie, mais Troye l'aduança
en reputation & credit : car il se trouuoit és combats
& rencontres tout ainsi que faisoit Eneas : & conduisoit les Lyciens, auec deux autres vaillans hommes,
& fort renommez, Glaucus assauoir & Pandare: dont
celuy là estoit fort prisé en faicts d'armes, & dresser
des armées : mais Pandare auroit esté assisté d'Apollon Lycien pendant qu'il estoit encore fort ieune : lequel luy apprit à tirer de l'arc, & luy en communiqua
l'addresse & science, comme il disoit: si qu'il ne failloit de luy faire tousiours
ses prieres quand il estoit question de s'en ayder Prothesilaus dit de plus que
toutes les forces Troyennes seroient sorties audeuant de Sarpedon pour le
recueillir : car outre sa valeur & effort magnanime, & sa beauté comme diuine & tresgenereuse, il les attiroit à luy en deduisant sa genealogie : que
les Eacides estoient bien celebrez pour estre venus de Iuppiter : & les Dardanides pareillement, les descendans aussi de Tantale: mais de tous ceux
qui seroient oncques venus pour & contre Troye, il n'y auoit que luy seul
qui fust immediatement son fils: & Hercules plus ancien que luy, & en plus
grande admiration des hommes. Au reste que Sarpedon mourut ainsi que
Homere l'a escript, ayant presqu'atteint l'an quarantiesme de son aage: &
fut enseuely en Lycie, où il auroit obtenu vn braue sepulchre: car les Lyciens l'y enuoyerent monstrant le corps à descouuert à tous les peuples où il
passoit, tres-exquisement embaumé d'aromates, & ressemblant à vn qui
dort: dont les Poëtes auroient pris occasion de dire que le sommeil luy auroit seruy de maistre de ceremonies & de guidde par les chemins.

ANNOTATION.

S ARPEDON Roy de Lycie fut fils de Iuppiter, & de Laodamie fille de Bellero-
phon selon Homere au 6. de l'Iliade.
Ἡ δ' ἔτικε τελα τέκνα δαίφρονι Βελλεροφόντη, &c.
Bellerophon eut de sa femme
Trois enfans: Isandre, Hippolocq,
Et la belle Laodamie,
Dont Iuppiter eut Sarpedon.

XXx iiij

Mais Herodote en sa Polymnie met que ce fut d'Europe fille d'Agenor Roy de la Phenice ; & qu'il fut frere de Minos ; comme fait aussi Hyginus ch.106. & 155. & Strabon au.12. où il dit alleguant le mesme Herodote, que Sarpedon frere de Minos, & Rhadamantus, s'en alla fonder vne ville en Asie qu'il nomma Milet de Milet de Crete dont il y transporta les habitans ; & vne autre en Lycie ditte Termyles qui auparauant s'appelloit Minyes qu'il peupla de ceux qu'il auoit menez quant & luy. Ce que confirme aussi Pausanias en ses Achaïques. Il vint au secours du Roy Priam, où apres auoir fait plusieurs vaillantises & beaux exploicts d'armes, comme on peut voir au 5. de l'Iliade, où il met Tlepoleme à mort qui estoit frere de Telephe, & fils d'Hercule : & au 12. plusieurs autres, il est finablement occis par Patrocle au 16. où tout leur combat est fort particulierement descript : comme s'estans rencontrez à la meslée, & tous deux de leurs chariots mis courageusement pied à terre, Iuppiter qui preuoyoit ce sien aymé fils y deuoir finer ses iours, demeura vne bonne piece en suspens s'il le deuoit laisser là mourir, où l'en enleuer & le transporter vif en Lycie : mais Iunon luy vint remonstrer que s'il en vouloit vser de la sorte il n'y auoit si petit Dieu qui n'en voulust faire de mesme pour le regard de ses enfans, qui seroit peruertir entierement l'ordonnance des destinées. Iuppiter meu de ce propos, lascha la bride à la fatalité, apres auoir versé quelques gouttes de pluye sanglante pour les derniers regrets de son fils, qui s'en alloit tout de ce pas receuoir la mort des mains de Patrocle. Et y eut vne grosse contestation & dispute touchant le corps ; les Grecs s'efforçans de l'auoir pour le villenner ; les Lyciens auec les Troyens de l'en garentir & rescourre : iusqu'à ce qu'apres auoir esté despouillé, & tantouillé dedans la fange, Iuppiter commanda à Apollon de le retirer de la presse, & l'aller lauer en vn ruisseau, puis l'oindre d'ambroisie, & l'enuoyer en son pays pour y estre inhumé honorablement.

Glaucus fut fils d'Hippoloque fils de Bellerophon, & par consequent cousin germain de Sarpedon, comme il est escript au sixiesme de l'Iliade, où leur genealogie est racomptée bien au lõg d'iceluy Glaucus à Diomedes, ce que nous auons amené ailleurs. Mais il est si simple, aumoins selon la relation d'Homere, qu'il eschange ses armeures d'or de la valeur de cent bœufs à celle de Diomedes qui n'estoient que de cuiure, & en valoient à peine neuf : ce qui est passé en prouerbe χρύσεα χαλκείων. Quand on veut denoter quelque bien inegale permutation, où l'on reçoit de pires choses pour de meilleures : & en vse Socrate alendroit d'Alcibiades dedans le Phedre de Platon, luy remonstrant qu'il ne luy faut pas changer son or pour du cuiure, χỳ τῷ ὄντι χρύσεα, χαλκείων ἀμϕμεὶβεϑαι νοῦς; entendant les dons de grace de l'ame pour celle du corps. Ce que Plutarque contre les Stoiques expliquant dit, que si on ne veut regarder en ceste permutation que superficiellemẽt à la lettre, Diomedes y estoit plus interessé que Glaucus, pource qu'estans à la guerre, les armeures de fer ou d'acier (car ainsi faut il entendre ce qu'Homere appelle ordinairement χαλκὸς cuiure ou airain) estoient plus vtiles & necessaires que celle d'or qui est ainsi mol & pesant : mais mystiquement quiconque prefere la force, la santé & disposition du corps aux vertus de l'ame ; & au bien seant & honneste ; celuy là à la verité change ses armeures d'or à celles de cuiure. Et pourtant Glaucus n'auroit point esté en cest endroit si simple & mal aduisé comme dit Homere ; Ἔ᾽θ᾽ αὖ τι Γλαύκῳ χρονίδης ϕρένας ἐξέλετο Ζεὺς, que Iuppiter luy auroit lors osté l'entendement. Ce que touche Martial au 5. de ses Epigrammes.

Tam stupidus nunquam nec tu puto Glauce fuisti,

　　Χρύσεα donanti, χάλκεα qui dederat.

On dit qu'il fut mis à mort par Aiax sur le debat qui intreuint entre les Grecs & les Troyens pour le corps d'Achille : & qu'ayant esté porté par les vents en Lycie, il y fut transmué en vn fleuue qui tombe en vne plage, sans faire port, l'vn & l'autre du mesme nom selon Strabon au 14. Ce mot au reste est equiuoque à plusieurs personnes & choses.

Pandarus auroit esté assisté d'Apollon Lycien qui luy apprit à tirer de l'arc. D'Apollon Lycien il en a esté parlé sur le tableau d'Hyacinthe : & au chap. de Palamedes. Quant à Pandare, Homere au 4. de l'Iliade le dit estre fils de Lycaon : & auoir amené vne bonne trouppe de rondelliers de cest endroit de la Lycie, par où passe le fleuue Asopus, non gueres loing du pied dumont Ida : Minerue, pour r'allumer de nouueau le combat entre les Grecs & les Troyens, l'estant venu inciter soubs la ressemblance de Laodocus fils d'Antenor, à delascher vn coup de flesche contre Menelaüs durant la suspension d'armes accordée pour le combat de luy auec Paris. Mais à propos de cest Apollon Lycien il luy fait ce vœu & priere, qui est ce à quoy veut battre icy Philostrate.

　　Εὔχετο δ᾽ Ἀπόλλων Λυκηγενεῖ κλυτοτόξῳ

　　Ἀργῶν πρωτογόνων ῥέξξ᾽ κλειτὲν ἑκατόμβην,

　　Οἴκαδε νοστήσας ἱερὰς Ἐις ἄςυ ζελείης.

De luy sacrifier vne belle Hecatombe de cent agneaux les premiers naiz, si tost qu'il seroit de retour en sa ville de la sacrée Zelie. Au liure ensuiuant puis apres à la persuasion d'Æneas s'estant attaqué Diomedes, & l'ayant blessé, il en est mis à mort, où son experise à tirer de l'arc est fort bien
　　　　　　　　　　　　　　　　　　　　　　　　　　　　　　　exprimée

exprimée par ces vers cy.

Πανδαρε, πȣ́ τοι τόξον ἰδὲ πτερο�́εντες ὀϊςοὶ,
Καὶ κλέος: ᾧ ȣ́τις τοι ἐείϟεται ἐϙάδε γ᾿ αὐνρ,
Ȣὐδέ τις ἐν Λυκίη σέο γ᾿ εὐχεται εἰ᾿ α᾿μείνων.

Pandare, & où est cest arc,
Et tes legeres sagettes:
Et la gloire, auecques toy
Dont nul ne sçauroit contendre,
Ny meilleur se retrouuer
Icy ny en la Lycie?

Les Æacides estoient celebres pour estre venus de Iuppiter. Il entend Achilles, & Aiax Telamonien, car Æacus fut fils de Iuppiter, & d'Egyne fille du fleuue Asopus, laquelle comme met Hyginus 52. Iuppiter craignant que Iunon ne descouurist cest adultere, il la transporta en l'Isle d'Ænnie, où il l'engrossa, & en eut Æacus. Cela venu à la cognoissance de Iunon, elle enuoya vn serpent dans la fontaine dont le peuple beuuoit, qui l'infecta de telle sorte que tous ceux qui en tasterent depuis finoient à l'instant mesme leurs iours : au moyen dequoy Æacus se voyant destitué d'habitans, requit à Iuppiter qu'il luy pleust conuertir vn gros taz de formis qui se presenterent là à sa veuë, en autant de creatures raisonnables viuantes : ce qu'il luy octroya, dont ils furent appellez Myrmidons, parce que μύρμηξ signifie fourmis : & l'Isle eut le nom d'Egyne, comme le recite Pausanias és Corinthiaques. D'Æacus au reste vindrent Pelée pere d'Achille, & Telamon pere d'Aiax.

Les Dardanides pareillement. Dardanus fut aussi fils de Iuppiter, & d'Electre fille d'Atlas, lequel Dardanus ayant mis à mort son frere, s'enfuit en la Samothrace premierement, & de là passa puis-apres la mer en Asie, où il fonda vne ville pres de l'Hellesponte qui de son nom fut appellée Dardanie. Virgile au 3. de l'Eneide : *Dardanus Iliacæ primus pater vrbis & author.* Il eut vn fils appellé Ericthonius pere de Tros, pere d'Ilus, pere de Laomedon, pere de Priam. Voila la race des Dardanides.

Et les descendans de Tantalus. Il veut entendre les Pelopides qui regnerent au Peloponese : & les Atrides par consequent : car Tantalus fut fils de Iuppiter, & pere de Pelops, dont vint Atreus pere d'Agamemnon, & Menelaüs.

Le corps de Sarpedon exquisement embaumé d'aromates. Cecy, & ce qui suit apres : *le sommeil luy auroit seruy de maistre de ceremonies, & de guide par les chemins,* est tiré du 16. de l'Iliade, comme il a esté ia dit cy dessus, que Iuppiter le commanda à Apollon.

Εἰ δ᾿ ἄγε νυ̃ν φίλε φοι̃ϟε κελαινεφὲς αι̃μα κάϑηρον
Ε᾿λϑὸν ἐκ βελέων Σαρπηδόνα, καὶ μιν ἔπειτα
Πολλὸν ἄπο πρϙφέρων, &c.

Orsus mon bien aymé Phebus
Va presentement, & nettoye
Sarpedon de ce sang meurtry,
Qui s'est figé autour ses playes:
Puis le va lauer au courant
D'vn ruisseau, & l'oings d'Ambrosie.
Et l'ayant bien enseuely
En des linges incorruptibles,
Donne-le à porter au sommeil,
Et à la mort qui le conduisent
En Lycie vers ses parents,
Qui luy donneront sepulture:
C'est l'honneur qu'on peut faire aux morts.

PARIS ALEXANDRE·

IGNERON. Escoutez maintenant ce qui concerne Páris Alexandre, si d'auenture cela ne vous est ennuyeux. *Phenicien.* Au contraire il me fasche de n'auoir rien encore oüy de reprochable & inutile. *Vign.* Prothesilaus doncques dit cest Alexandre auoir esté odieux à tous les Troyens : mais au reste qu'il n'estoit pas des pires au fait des armes, & beau sur tout par excellence ; d'vne parole fort agreable, & de ciuile conuersation, comme celuy qui auoit hanté au Peloponese : instruit en toutes sortes de combats, principallement à tirer de l'arc : en quoy il n'auroit point esté inferieur à Pandare. Au reste qu'il nauigea en Grece estant paruenu en aage d'adolescence : là où ayant esté recueilly fort courtoisement de Menelaüs, & logé mesme en son pallais, Heleine se seroit enamourée de sa beauté, & mourut qu'il n'auoit pas encore atteint trente ans. Il se complaisoit fort en sa beauté : & estoit non seulement en cela admiré des autres, ains luy mesme s'en admiroit : dequoy se mocquant Prothesilaus il l'accomparoit à vn Paon. Et de fait luy prenant plaisir à la beauté ainsi fleurissante & diasprée de cest oiseau, comme il luy eust veu vn iour faire la roüe, & se brauer en son pennage qu'il contemploit de toutes parts, & se prouigner ses plumes pour les agenser & dresser ainsi que les pierreries de quelque carcan, il alla dire : Voila ce beau Páris fils de Priam duquel nous deuisions n'agueres. Et luy ayant demandé que pouuoit auoir de commun ny de consemblable ce Paon là auec Páris ? Ce qu'il s'aime ainsi, me respondit-il, car il se garde pour son ornement & beauté, & s'admire & pollist en ses armes : sur lesquelles en lieu de cazacque il auoit accoustumé de porter vne peau de Panthere en escharpe sur ses espaulles. Il n'eust pas souffert qu'il y eust rien eu de crasseux ny haslé en sa cheueleure, fust-ce lors qu'il estoit question d'aller combattre : & n'estoit pas mesme iusques aux ongles de ses mains qui ne fussent clers & reluisants. Il auoit le nez vn peu aquilin, la charneure blanche, & l'œil comme s'il eust esté peint tout expres : mais vn des sourcils s'aduançoit comme en souspenduë dessus l'œil & le surpassoit.

ANNOTATION.

ANNOTATION.

PARIS surnommé Alexandre fut fils du Roy Priam & d'Hecube : laquelle estant grosse de luy songea d'enfanter vn flambeau ardét qui embrasoit toute la ville de Troye. Et là dessus les deuins enquis respondirent, que cela prognostiquoit que l'enfant qu'elle auoit au ventre seroit vn iour cause de la ruine du pays : parquoy si tost qu'il fust nay, Priam le donna à vn sien seruiteur nommé Archelaüs pour l'aller exposer dans les bois : mais gaigné par Hecube, il le porta aux pasteurs Royaux qui residoient au mont Ida où il fut nourry iusqu'à ce qu'en l'aage d'adolescence estant deuenu extremement beau, robuste & adroit, vne Nymphe de la contrée de Cebrine nommée Ænone s'enamoura, & s'espousa : dont elle eut deux enfans. Que s'il estoit fort excellent en tout ce qui peut dependre du corps, il ne l'estoit pas guere moins de l'entendement : si que tous les differends qui pouuoient suruenir entre les pasteurs, ils s'en estoient ordinairement le iuge & arbitre : & les appointoit auec vne telle equité, qu'aux nopces de Peleus & de Thetis s'estant meuë vne grosse contention entre les Deesses Iunon, Pallas, & Venus sur la precellence de leurs beautez à l'instigation de la discorde, la decision en fut renuoyée à Páris : lequel les ayant faict despouiller toutes nuës pour en mieux cognoistre, adiugea la pomme d'or qui estoit le prix de ceste victoire, à Venus sur la promesse qu'elle luy fit de le faire iouïr de la plus belle femme de la terre : mesprisant les Royaumes, les richesses & opulences que luy mettoit en auant Iunon ; & toute la sagesse, & les sciences de Pallas, auec son art militaire. De ce iugement representé en bronze par Euphranor Pline liur. 34. ch. 8. *Euphranoris Alexander Páris est, in quo laudatur quòd omnia simul intelligantur ; iudex dearum, amator Helenæ ; & tandem Achillis interfector.* Quelques temps apres comme Hector eust fait publier à Troye diuerses sortes de combats & de ieux de prix, le berger qui l'auoit nourry luy fit entendre qu'il n'estoit pas son fils comme il le luy auoit fait accroire iusques alors, ains du Roy Priam & d'Hecube, l'encourageant de s'aller esprouuer à ces combats là auec les autres ; où ils porteront les langes & les marques qui auoient esté exposées auecques luy pour seruir vn iour de recognoissance. Et là s'estant attaqué au Prince Hector à la luste, & iceluy porté par terre, comme Hector tout honteux, & outré de courroux qu'vn tel escorne luy fust arriué d'vn paysan, fut sur le poinct de le mettre à mort, il se donna à cognoistre, & fut receu au rang des enfans de Priam. Lequel quelque temps apres luy donna vne grosse flotte pour passer en Grece, & y faire instance de r'auoir sa tante Hesione que Telamon detenoit dés la prise de Troye par Hercule soubs Laomedon : mais il s'arresta à Lacedemone, où le Roy Menelaüs l'ayant receu fort humainement, & logé dedans son Pallais, pendant qu'il s'en alla en Crete pour quelques affaires pressez, Páris luy debauscha sa femme Heleine, qui aussi bien s'estoit esprise de son amour, & l'enleua auec tous les biens les plus precieux tant du Pallais que de la ville, qu'ils s'accagerent entierement. Dequoy vint à naistre la guerre de Troye : & consequemment sa ruine & desolation. Homere au reste le fait par tout mol, delicat & effeminé, plus propre à mener l'amour, & vacquer aux delices & voluptez que non pas aux armes : ce que comprend aussi ce vers d'Ouide : *Bella gerant alij, tu Pári semper ama.* Neantmoins à propos de ce que Philostrate met icy qu'il n'estoit pas des pires au combat, vers la fin du 6. de l'Iliade Hector le confesse estre valeureux,

Δαιμόνι', οὐκ ἂν τίς τοι ἀνὴρ, ὃς ἐναίσιμος εἴη,

Ἔργον ἀτιμήσοιε μάχης, ἐπεὶ ἄλκιμός ἐστι.

Ἀλλὰ ἑκὼν μεθίεις τε, καὶ οὐκ ἐθέλεις, &c.

Dares Phrygien le depeint blanc de charneure, & neantmoins fort & robuste : les yeux excellemment beaux la cheueleure delicate & blonde : la bouche agreable : la parole douce, le corps viste & agile : & ambitieux de regner. Mais il vaut mieux inserer icy mot à mot ce qu'en met Hyginus ch. 91. & 92. lequel varie aucunement de ce que dessus. *Priam fils de Laomedon ayans eu desia plusieurs enfans de sa femme Hecube fille de Lissëus autrement Dymas, comme en vne de ses grossesses elle eust vne vision en songe qu'elle enfantoit vn flambeau ardent duquel sortoient plusieurs couleuures, cela exposé aux deuins, eux tous d'vn accord respondirent, qu'il falloit nommement mettre à mort ce qu'elle enfanteroit fils ou fille, de peur que cela ne fust cause de la ruine du pays. Apres doncques qu'elle se fust deliuree d'Alexandre on le donna à des gardes du Roy pour le faire mourir, mais eux meuz à compassion l'exposerent dedans les bois, où les pasteurs l'ayans trouué le nourrirent comme le leur, & luy donnerent le nom de Páris. Estant paruenu en adolescence il esleua vn taureau qu'il aymoit singulierement : & comme Priam eust là endroit enuoyé de ses satellites pour luy en amener quelque beau, dont il entendoit remunerer celuy qui vaincroit és ieux funebres qu'il faisoit celebrer à la memoire de son fils Alexandre, qu'il tenoit pour mort, & eussent saisi cestui-cy pour l'emmener, Páris alla apres pour en sçauoir l'occasion : surquoy ils luy firent entendre la charge qu'ils en* auoient. Mais pour l'affection qu'il portoit à cest animal il s'alla presenter à ces combats & ieux de prix, où il vainquit tout, & surmonta ses freres mesmes : dont Deiphebus indigné tira son espée pour le tuer : & il s'enfuit à garend à l'autel de Iuppiter Hercéen, où par l'aduertissement de Cassandre il fut recogneu du Roy Priam, & d'Hecuba. Or comme Iuppiter és nopces qu'il celebroit de Thetis auec Peleus y eust fait conuier tous les Dieux & Deesses fors la Discorde, elle ne laissa pas pour cela d'y venir, mais luy ayant esté la porte esconduite, elle ietta au milieu du festin vne pomme d'or où estoit escript, que la plus belle de l'assemblée l'eust à recueillir : surquoy s'estant leuée vne grande contention entre Iunon, Venus & Minerue, chacune desquelles pretendoit ce ioyau luy appartenir, Iuppiter commanda à Mercure de les mener au mont Ida deuers Paris pour decider ce differend. Iunon luy promettoit s'il iugeoit en sa faueur de le faire le plus grand Monarque de toute la terre, & le plus riche : Minerue, de le rendre le plus beau & agreable de tous, & le plus sage & aduisé : Venus de luy faire espouser Heleine fille de Tyndarus, la plus belle de toutes les creatures mortelles : ce qu'il accepta & iugea Venus estre la plus belle : dont Iunon & Minerue demeurerent tousiours du depuis indignées contre les Troyens. Quelque temps apres à l'instigation de Venus il alla à Lacedemone, d'où il enleua Heleine qu'il prit à femme, & emmena quant & elle deux de ses plus fauorites Damoiselles Ethra, & Phisadie, que ses freres Castor & Pollux luy auoient donné pour esclaues, ayans esté au parauant deux grandes Princesses. Et au 273. il met qu'à ces ieux funebres qui se celebroient au Cenotaphe ou sepulchre vuide de Paris, se presenterent sur les rengs Nestor fils de Neleüs. Helenus, Deiphobus, & Polites, enfans de Priam, Cygnus fils de Neptune : Sarpedon fils de Iuppiter : Telephe fils d'Hercule & autres : sur tous lesquels Paris emporta le prix, & fut recogneu pour tel qu'il estoit. Il fut finablement mis à mort par Philoctetes, comme il a esté dit en son lieu.

                                         HELENVS.

HELENVS DEIPHOBVS,
ET POLYDAMAS.

Es trois auoient vne grande conuenance encore en cas de combattre, car ils estoient presqu'egaux en force & proüesse : Mais doüez de plus de conseil & aduis que non pas d'effort, mesmement Helenus qui en particulier estoit tout ainsi adonné & versé aux predictions que Calchas.

ANNOTATION.

ELENVS fils de Priam & d'Hecube excellent vaticinateur, fut sauué des Grecs à la prise de Troye selon quelques vns, pource qu'il leur auoit monstré les endroicts plus commodes pour l'expugner. Mais est-il à croire que le fils du Roy Priam eust peu estre si lasche de cœur, desloyal & de si mauuaise nature que de vouloir tenir la main à la destruction & ruine de tous les siens, & de sa patrie, enseignant aux ennemis les moyens les plus abregez comme ils y pourroient paruenir, luy mesmement qui estoit si sage & preud homme, comme on le descript, & presque tenu pour Prophete? Là dessus ie me ressouuiens d'auoir leu dedans le Zoar, & quelques autres sages Hebrieux, que quand Dieu a deliberé en sa secrette prescience la ruyne de quelque estat, s'il fait la grace à quelques vns de les en aduertir, il semble qu'ils se veulent directement opposer à luy s'ils se mettent en deuoir de le defendre. Que s'ils ne veulent eux-mesmes tenir la main à l'execution de sa volonté, & s'y employer, ce qui est à la verité vn peu dur selon le monde, le moins qu'ils puissent faire est comme s'ils s'y constituoient neutres de s'en absenter & retraire autrepart, pour euiter la persecution de ceste diuine fureur. Nous en auons assez d'exemples en l'Escriture, cõme de Loth touchant Sodome: & cet Helenus doncques pour auoir d'abondant conseillé à Pyrrhus de ne se mettre point en mer pource qu'il seroit en danger de faire naufrage, ainsi que la pluspart des autres firent à leur retour fut non seulement conserué de luy sain & sauue, mais traicté fort humainement. Et comme Pyrrhus eut osté Hermione fille d'Heleine à Orestes, il laissa Andromache veufue d'Hector à Helenus, laquelle il auoit iusques à lors tenuë pour son espouse legitime; auec portion de sa seigneurie; qu'Helenus appella Chaonie du nom de son frere Chaon qu'il auoit tué par mesgarde à la chasse: & y fonda vne ville à la ressemblance de Troye, où il receut depuis Eneas, comme met Seruius sur ce passage du 3. de l'Eneide:

> Morte Neoptolemi, regnorum reddita cessit
> Pars Heleno, qui Chaonios cognomine campos,
> Chaniámque omnem Troiano à Chaone dixit,
> Pergamáque, Illiacúmque iugú hanc addidit arcem.

Pausanias és Attiques. Pyrrhus apres la prise de Troye ne voulut point retourner en Thessalie, mais par l'enhortement d'Helenus s'en alla descendre en Epire où il establit sa demeure. Il n'eut au reste point d'enfans d'Hermione, mais d'Andromaque il eut Molosse, Piel, & Pergame, d'Helenus elle eut Cestrin: car apres la mort de Pyrrhus en Delphes elle espousa Helenus, lequel à son trespas laissant la succession du

YYy

Royaume à Molosse fils de Pyrrhus, Cestrin auec les Epirotes qui le suiuirent volontairement s'empara de la contrée qui est au delà de la riuiere de Thiamis: & Pergame passa en Asie, où il mit à mort d'homme à homme en vn duel Arius Prince de la Teuthranie, selon les statuts du Royaume, & donna son nom à la ville qui le garde iusqu'auiourd'huy. Piel demeura en Epire auquel & non à Molosse Pyrrhus Roy des Epirotes, celuy qui fit la guerre aux Romains, & ses ancestres referent l'origine de leur race.

Presqu'egaux en force & prouësse. Dares Phrygien descriuant les Grecs & Troyens. *Deiphobus & Helenus ressembloient à leur pere quant au corps, mais de dissemblable nature entr'eux; car Deiphobus estoit robuste & vaillant: & Helenus doux & benin, & fort expert és predictions.* Ce que met aussi Philostrate apres Homere au sixiesme de l'Iliade, ΠελαΝμις Ε'λινος, οἰωνοπόλων ἠχ' ἄριϛος.

De Deiphobus il en est fait quelque mention au treziesme, où il le dit estre fort sage, comme fait aussi Philostrate, Δηἰφοβος δ' ἐν τοῖσι μέγα, φροτίαν ἰωβίνκ: mais il ne le fait rien executer de vaillant sinon mettre à mort Ascalaphe fils de Mars; & là dessus est blessé de Meriones. Apres la mort de Páris il espousa Heleine, laquelle quand Troye fut surprise par le moyen du cheual de bois pour se reconcilier à Menelaus, le luy liura tout endormy luy ayant substraict son espée, si qu'apres luy auoir couppé le nez, les oreilles & les deux poings, auec autres semblables inhumanitez, il acheua de le massacrer fort cruellement, comme met Virgile au 6. de l'Eneide.

> *Atque hic Priamidem laniatum corpore toto*
> *Deiphobum vidit, lacerum crudeliter ora,*
> *Ora, manusq̃, ambas, populataq̃, tempora raptis*
> *Auribus: & truncas inhonesto vulnere nares.*

Et apres qu'Enée luy a demandé qui l'auoit accoustré ainsi, il respond:

> *Sed me fata mea, & scelus exitiale Lacænæ*
> *Hîs mersere malis, illa hæc monumenta reliquit.*

Et ce qui suit, où il acheue de luy compter comme tout l'affaire passa. Ce que touche aussi Dyctis au 3. liure: Mais Quintus Calaber au 13. met que pendant que Menelaus estoit apres à massacrer Deiphobus, Heleine gaigna le haut, & puis l'apointement fut faict à l'instigation de Venus qui les reconcilia ensemble.

Polydamas. Il y en eut deux de ce nom, l'vn fils d'Anthenor & de Theano sœur d'Ecube, lequel ayant espousé Lycaste bastarde du Roy Priam, ne laissa pour cela de trahir Troye auec son pere & Æneas. L'autre fut fils de Panthus, & par consequent frere d'Euphorbe, celuy dont entend parler Philostrate, & Homere aussi en plusieurs lieux de l'Iliade, où il le fait fort sage, aduisé & prudent, & de bon conseil, s'opposant tousiours à la trop precipitée & bouïllante impetuosité d'Hector; comme au 13. où il le tance de se vouloir ainsi à la desbandée hazarder de forcer les rempars des Grecs-

> Ε'κτορ ἀμήχανος ἐσσι πὰρ ῥρήτισι πιθέσθαι, &c.
> *Hector, tu és trop indocile,*
> *Et ne veux croire au bons aduis.*
> *Puis que Dieu t'a rendu aux armes*
> *Si excellent, veux tu aussi*
> *Preceder en conseil les autres?*
> *Mais tu ne puis seul tout auoir:*
> *Car aux vns il donne prouësse,*
> *Aux autres l'art de bien danser,*
> *De chanter, iouër de la lyre;*
> *Aux autres bon entendement,*
> *Duquel iouïssent plusieurs hommes.*

Luy ayant au liure precedent conseillé de se desister de ceste entreprise, à cause du prodige qui s'estoit apparu d'vn Aigle qui portant vne Couleuure à ses petits en fut picquée, & par ce moyen contrainte de la laisser; que s'il y estoit totalement resolu, pour le moins qu'il mist pied à terre pour assaillir plus commodement ces rempars. Et au 18. liure il leur donne vn bon conseil de rentrer en la nuict en la ville, & le lendemain retourner de nouueau au combat. Mais il n'en est pas creu; dequoy Hector s'en repent bien au 22.

> Ω' μοι ἐγὼν, εἰ μὲν κεπύλας, καὶ τείχεα δύω,
> Πκλυδάμας μοι πρῶτος ἐλεχείλω αἰσαθήσ, &c.
> *Las de moy si ie r'entre és portes,*
> *Polydamas tout le premier*

M i

Me le retournera à blasme,
Qui m'exhortoit de t'emmener
En ceste nuict pernicieuse
Dedans la ville les Troyens:
Pendant que le diuin Achille
S'excitoit encore au combat:
Mais ie ne l'en ay voulu croire
Ce qui m'eust esté pour le mieux.

Quoy que soit, il est par tout representé pour vn homme sage & posé, tout ainsi qu'Hector au rebours ingenieux, hastif, & boüillant plus que rassis & aduisé. Chose bien estrange, ce dit Pline liure 7. chap. 49. de voir vne telle dissimilitude de complexions en deux naiz en vne mesme nuict: *Homerus eadem nocte natos Hectorem & Polydamanta tradit, tam diuersa sortis viros.* Il fut en fin mis à mort par Aiax, comme met Dictys au 4. liure.

YYy ij

EVPHORBE.

AV regard d'Euphorbe fils de Panthus, & comme il
y en eut vn ainfi appellé à Troye, que Menelaus
mit à mort, vous en auez peu à mon aduis oüyr
parler en ce qu'on racompte de Pythagore Samien,
lequel fe difoit eftre ceft Euphorbe qui auroit efté
regeneré en luy : vn Troyen à fçauoir en vn Grec de
l'Ionie, fort expert au fait de la guerre : & grand ennemy & dompteur de toutes delices & voluptez.
Car cefte cheueleüre qu'eftant deuenu Philofophe
il paroit de hafle & de craffe, lors qu'il eftoit Euphorbe à Troye, elle eftoit
de luy tout' ornée d'or. Prothefilaus eftime au refte qu'il pouuoit eftre d'vn
mefme aage que luy, & en a compaffion; aduoüant que ce fut luy qui donna le premier coup à Patrocle & le liura és mains d'Hector, qui eut puis apres
bon marché de l'acheuer. Que s'il fuft paruenu iufqu'en aage d'homme, il ne
luy euft efté en rien inferieur de vaillance & de hardieffe. Mais fa beauté auroit fur tout attrait les Grecs eftans enfemble à vne image d'Apollon, dont
rien ne fe fçauroit voir de plus agreable, auec vne grande perruque efparfe,
où oncques forces ne cizeaux ne donnerent pour la roigner: & vn teint fraiz,
delicat là deffoubs. Toutes ces belles & grandes chofes me racompte mon
diuin Heroë: de maniere qu'il ne nous reftera plus que de parfournir auffi vn
difcours d'Achille: fi d'auanture vous ne vous laffez de la longue prolixité d'i-
celuy. *Phe.* Certes fi ceux qui en Homere venoient fauourer le lotos, tout à
l'inftant s'affectionnoient fi eftrangement à cefte fi delicieufe plante, qu'ils
mettoient arriere en oubly tous leurs affaires particuliers, & leurs mefnages,
ne vous defiez point non plus que ie me rende auffi attentif à voftre difcours
que ceux là faifoient enuers ce lotos: fans que de mon bõ gréie me puiffe partir d'icy, ny me laiffer remporter en mon vaiffeau finon malgré moy & par
force: & qu'on m'y attache pleurant & criant, de façon que ie ne me fçaurois faouller de vous oüyr: car vous m'auez fi bien difpofé aux poëfies d'Homere que ie les eftime diuines, & qu'on le doit quant à luy tenir pour plus
qu'homme. Mais i'en demeure maintenant plus rauy encore en mon efprit,
non tant feulement pour la compofition & tiffeure de fes beaux vers, ny
pour la volupté qu'on en peut prendre : mais plus encore pour les noms de
tant de preux & vaillans Heroës, & pour leurs genealogies & races : & par
Iuppiter, cõme il leur aduint de mettre à mort quelque perfonnage de nom,

ou

Odyffée. 9.

ou auoir esté tuez par les autres. Car que Prothesilaus ait peu cognoistre tout cela apres estre deuenu demon, ce n'est pas merueille : mais d'où peut estre venuë à Homere la notice d'Euphorbe, ny d'Helenus, ny de Deiphobus: & d'autre part de tant d'illustres hommes de l'armée Grecque qu'il recite en son Catalogue? Prothesilaus dit qu'il ne les a pas supposez ne feints tels comme pour vn subiect & matiere d'escrire, ains n'a fait qu'au vray racompter tout ce qui aduint, en quoy il n'auroit changé que fort peu de choses: ce qu'il monstre auoir fait expressement pour rendre par là sa poësie plus variée & delectable: si que ceux, dit-il, luy semblent auoir eu fort bon iugement qui ont dit qu'Apollon luy auoit dicté, & il n'auoit fait que l'escrire: car de cognoistre telles choses c'est plustost le fait d'vn Dieu que d'vn homme. *Vign.* Que les Dieux ne soient les guides & conducteurs des poëtes en tous leurs chants, ils l'aduoüent assez eux mesmes, quand les vns inuoquent Callioppe, les autres toutes les Muses: les autres Apollon auec elles pour assister à leurs discours : si que tant de belles choses n'auroient point esté dittes d'Homere sans quelque diuine inspiration; mais non pas qu'il en ait esté endoctriné par Apollon ny par les Muses. Car Homere, afin que vous le sçachiez, Homere dy-je qui naquit Poëte, recitoit ses poësies quelques vingt-quatre ans selon *An roticau de Meles.* d'aucuns, apres la guerre de Troye: les autres en mettent 73. alors que les Atheniens enuoyerent vne colonie & nouueau peuplement en l'Ionie : les *Aulugelle le 3 chap.1.* autres huict vingts, tellement que luy & Hesiode auroient esté d'vn mesme temps, & chanterent ensemble des vers en la Chalcide : Homere à sçauoir des deux Aiax, & comme leurs soldats correspondoient fort bien à leur magnanimité & effort : & Hesiode vn Poëme à son frere Persés, par où il l'ex- *Des ruures (6 des ruis.* horte de trauailler & vacquer au labourage, afin qu'il n'ait besoin de l'ayde & secours d'autruy, & ne souffre point de necessité du manger ny du boire: laquelle opinion semble à Prothesilaus la plus vray-semblable: & y adhere. Comme donques ces deux Poëtes eussent chanté vn hymne de luy au partir d'icy, mon Heroë me demanda auquel des deux ie dónois ma voix: Moy me retenant au pire, car il aduint qu'il s'y estoit à mon aduis le mieux porté, Prothesilaus soubsfriant, & Panides, me va-il dire, en fit de mesme: car estant Roy de la Cholcide qui est sur le destroit de l'Euripe, il iugea en faueur d'Hesiode contre Homere : & ce pource qu'il auoit la barbe plus longue que toy. Car Homere fut vn vray Poëte & ses poësies d'vn hóme, mais les noms des Heroës, leurs figures & ressemblances, & leurs faits d'armes, il les recueillit çà & là par les villes dont chacun d'eux auoit mené les forces au siege de Troye: apres la destruction de laquelle il vint en Grece, que les choses qui estoiét aduenuës en ce voyage n'estoiét pas encore effacées de la memoire des personnes. Mais il fut encore instruit de cela par vne autre voye, & cóme diuine outre la sciéce ordinaire des hommes: car Prothesilaus dit qu'Homere nauigea aussi à Itaque, ayant entendu que l'ame d'Vlysse y voltigeoit encore, où il auroit tasché d'auoir sa communication. Apres l'auoir doncqattirée à luy il l'interrogea de ce qui s'estoit passé deuant Troye: & Vlysse luy respódit sçauoir bien le tout, & en auoir tresbonne souuenance, mais qu'il ne luy vouloit pas reueler qu'il n'en receust quelque salaire: des recómandatiós à sçauoir & loüanges par ses poësies: & des hymnes tesmoignans sa magnanimité & pruden-

ce. Ce qu'Homere luy ayant octroyé, & qu'il y employeroit tout l'effort de
sa Muse pour ceste faueur qu'il en receuroit, Vlysse luy va racompter de b'out
en bout comme toutes choses y estoient allées: car les ames des trespassez ne
mentent iamais aupres du sang qu'on l'eur espand dedans des fosses pour en
gouster. Et comme Homere sust ja party, Vlysse le r'appella, luy disant : Palamedes me poursuit là bas à ce que raison luy soit faite du meurtre commis
en sa personne, & de l'outrage que ie luy fis : à quoy sans doubte ie seray condamné : car nous auons affaire à des iuges fort criminels, & rigoureux, &
qui ont tousiours aupres d'eux à commandement les supplices & chastimés
qu'ils ordonnent : mais si l'on pouuoit tant faire que les viuans n'estimassent
que ie n'eusse rien fait de tel à Palamedes, i'en serois bien quitte à meilleur
marché, & ma peine plus moderée. Ne faittes doncq point de mention ie
vous prie que Palamedes ait esté à Troye, & ne le couchez point en vos poësies auec les autres combattans : ny ne dittes qu'il ait esté si sage & aduisé : car
quelques autres le pourrôt escrire, mais on ne leur y adioustera point de soy,
& ne sera pas trouué vray semblable quãd vous n'en aurez point parlé. Voila
la conference qu'eurent Vlysse & Homere ensemble, par où il appert comme il estoit passé à la verité : mais il en a changé plusieurs choses pour accommoder son discours à ses intentions. *Phenicien.* Mais de son pays ny de
ses parents ne vous en estes-vous iamais enquis à Prothesilaus? *Vign.* Si ay, &
par plusieurs fois. *Phe.* Et que vous en a-il dit là dessus? *Vign.* Qu'il le sçait
fort bien, mais que cela a esté outre-passé d'Homere, afin que les villes curieuses de s'honnorer de la memoire d'vn tel personnage se l'attribuassent à
l'enuy les vnes des autres pour leur citoyen : ou peut estre pour certaine fatalité estant en luy, qu'il seroit veu estre sans pays : si que ie ne serois pas plaisir
aux destinées, ny aux Muses de le reueler, veu qu'estant teu, cela redonde à la
loüange de ce Poëte : car il n'y a ville ny nation qui ne tasche de le faire sien,
& debattent entr'elles à qui l'aura. Et certes si ie le sçauois ie ne le vous voudrois pas celler, comme vous en peut porter tesmoignage ce que ie vous ay
racompté iusqu'icy : car ce qui est venu à ma cognoissance ie le vous ay libe-
rallement parcouru. *Phen.* Ie le croy ainsi : Retenons nous doncq à la cause
qui l'a meu de taire cela. Mais il est d'oresnauant temps de nous manifester
Achille : si d'auanture il ne nous effroye comme il fit les Troyens lors qu'il
se monstra si resplendissant hors de son tombeau.

ANNOTATION.

 V PHORBE fils de Panthus Troyen fut mis à mort par Menelaus comme il se vouloit opiniastrer à despouïller le corps de Patrocle qu'il auoit le premier blessé selon
qu'il est porté au 16. & 17. de l'Iliade : & au 15. des Metamorph. d'Ouide, où est deduit
bien au long ce que touche icy Philostrate de la Metempsychose, & Palingenesie
trãsanimation & regeneration de Pythagoras, à quoy il nous faudra vn peu insister.

Ipse ego, nam memini, Troiani tempore belli
Panthoides Euphorbus eram, cui pectore quondam
Hæsit in aduerso grauis hasta minoris Atridæ.

Pythagoras au reste Philosophe si renommé fut fils de Mnesarchus graueur de pierres, de l'I-
sle de Samos, fils d'Euphron, fils de Hippasus selon Pausanias és Corinthiaques ; mais Theo-
doric

doric apres Ariſtoxene, Ariſtarque, & Theopompe, monſtre qu'il fut Tyrrhenien : ce que
confirme auſſi Plutarque au huictieſme des Sympoſiaques, queſtion ſeptieſme & huictieſme,
pour ce que les Toſcans gardoient, ce dit-il, par effeƈt ce que portent les Symboles Pythagoriques. Et en ſes ieunes ans fut eſcollier de Pherecides Syrus, puis apres la mort d'iceluy; d'Her-
modamas ia fort vieil : Et comme il viſt commencer à naiſtre la tyrannie de Polycrates en ſa patrie, ſi qu'il fut contemporain d'Anacreon, ſelon que met Strabon au quatorzieſme liure, il nauigea en Egypte pour apprendre la Theologie & traditions : où il oüyt Oenupheus qui eſtoit
d'Heliopoli, comme diƈt Plutarque au traiƈté d'Oſyris; & fut plus eſtimé d'eux que nul autre
des Sages de Grece ; mais auſſi il eſtima tant leur doƈtrine & maniere de philoſopher, qu'il accommoda à leurs Hieroglyphiques ſes Symboles, qui à la lettre ſonnent vne choſe, & ſoubs cette eſcorce s'en entend vne autre par de petites, en ſignifiant de plus grandes, ainſi qu'il l'eſcript
en la ſeptante-deuxieſme queſtion Romaine. Et prit là d'abondant beaucoup de leurs traditiõs,
comme de ne manger point de poiſſon, ny de febues, qu'ils ont en telle abomination, qu'ils ne
les peuuent pas ſeulement regarder. De là il paſſa en Babylone, où il apprit l'Aſtrologie, tant en
ce qui concerne le cours des aſtres & leurs mouuemens, que de leurs effeƈts icy bas és mutations de l'air, reuolutions des années, & Genethliaques ou natiuitez des perſonnes. Pline liure
vingt-quatrieſme chapitre ſecond, le faiƈt bien auoir voyagé plus auant, & tout expres pour la
Magie, comme fit auſſi Democrite. *Ambo (parlant des deux) peragratis Perſidis, Arabia, Aethio-*
piæ, Aegyptique Magis. Et au trente-vnieſme. *Certè Pythagoras, Empedocles, Democritus, Plato, ad*
hanc Magiam diſcendam nauigauère : ex illis verius quàm nauigationibus ſuſcepti. Hanc reuerſi prædica-
uère : hanc in arcanis habuère. Pythagore finablement eſtant de retour en ſon pays, quomme il vid
la tyrannie & perſiſter, s'en vint ranger en la grande Grece d'Italie, ſelon Plutarque au premier
des opinions des Philoſophes, chapitre troiſieſme, à Crotone & Metapont, qu'il dreſſa ſon eſcolle, & n'y eut pas moins de ſix cens auditeurs, la plus-part gens doƈtes & fort celebres ; comme Architas Tarentin, Alcmeon & Philolaus Crotoniates; Hippaſus Metapontin ; Lyſis, & autres: meſmement Zaleuchus, & Charondas ; leſquels s'aſſembloient ordinairement de nuiƈt,
pour ce qu'il enſeignoit pluſieurs choſes toutes nouuelles & inaudites, comme entre les autres
ſa Metempſychoſe ; & Palingeneſie; pour laquelle perſuader il s'alleguoit auoir eſté en premier
lieu Ethalide fils de Mercure, duquel ayant impetré tout ce qu'il aimeroit le mieux obtenir, il
choiſit que de ſon viuant, & apres ſa mort il ſe peuſt reſſouuenir de tout ce qui luy ſeroit aduenu : tellement qu'il auoit memoire comme apres ſon deceds il ſeroit renay en Euphorbe, & de
luy en Hermotimus; puis en vn peſcheur Delien nommé Pyrrhus ; & à la parfin en Pythagoras:
qui eſt ce à quoy veut battre Ouide au lieu preallegué.

Morte carent animæ, ſemperque priore relictâ
Sede, nouis domibus viuunt, habitántque recepta.

Aulu-Gelle liure quatrieſme chapitre vnzieſme, racompte, ſelon Clearchus & Dicearchus, autrement ceſte ſienne genealogie; qu'apres Euphorbus il fut Pyrander, & de là Callidenas; puis
vne fort belle courtiſane appellée Alcé. De ſa mort il y en a diuerſes opinions, comme on peut
voir en Diogenes Laërtius; Plutarque és contrediƈts des Stoïques, met qu'il fut bruſlé tout vif
par les Cylloniens: & au Demon de Socrates, que les meſmes Cylloniens bruſlerent tous ſes
eſcolliers en la ville de Metapont; ayans mis le feu en la maiſon où ils s'eſtoient aſſemblez pour
conferer de leurs eſtudes, exceptez Philolaus & Lyſis. Il y a auſſi de la controuerſe touchant le
temps qu'il floriſſoit; car ſi nous en voulons croire Strabon, qu'il abandonna l'Iſle de Samos
lors que Polycrates iettoit les premiers fondemens de ſa tyrannie, cela tombe enuiron la ſoixan-
tieſme Olympiade, deux cens tant d'ans apres la fondation de Rome: à quoy ſe conforme à
peu pres Aulu-Gelle liure dix-ſeptieſme chapitre vingt-vnieſme. Qu'il vint en Italie du temps
de Tarquin le ſuperbe, apres auoir roddé en ſes peregrinations tant en Egypte qu'en Chaldée,
douze ou quinze ans premier que de venir en la grande Grece d'Italie, où il enſeigna par plus
de trente ans. Tite-Liue au premier liure ſe mocque de ceux qui le vouloient mettre auant Numa, dautant, ce dit-il, que c'eſt choſe aſſez notoire que plus de cent ans apres, ſoubs le regne de
Seruius Tullius, il s'en vint eſtablir vne eſcolle de ieunes gens deſireux d'apprendre, au dernier
bout de l'Italie, és enuirons de Metapont, Heraclée & Crotone. Mais Pline liure & chapitre
treizieſme de l'authorité de Caſſius Hemina, ſemble inferer que Numa fut poſterieur à Pythagoras, alleguant qu'en vn coffre de pierre au ianicule à Rome, furent trouuez des liures d'iceluy Numa, contenans la doƈtrine Pythagoricienne; *Nulla in his libris ſcripta erant niſi philoſophia*
Pythagorica. Et vn peu plus outre cecy de C. Piſo Cenſorius au premier de ſes commentaires.
Sed libros ſeptem iuris Pontificij, totidémque Pythagoricos fuiſſe. Plutarque pareillement en la vie d'iceluy Numa, a eſcript que ce qu'il auoit ordonné touchant les images des Dieux, eſtoit du tout
ſemblable aux traditions de Pythagoras : qu'il inſtitua des ſacrifices des choſes inanimées à la
mode de ce Philoſophe: dont il s'efforça d'atteindre la ſainƈteté : En apres, dautant que Pline
eſcript apres Valerius Antias, & Varron, que ces liures-là eſtoient en Grec, & de la philoſophie,

on sçait assez qu'en Italie auant l'arriuée de Pythagoras, on ne sçauoit que c'estoit de philosophie : & de faict ce fut luy, comme met Plutarque liure premier des opinions des Philosophes,
chapitre troisiesme, qui donna le nom à la philosophie, dont les Sabins, ny Numa n'auoient
lors aucune communication ny cognoissance de la langue Grecque, ny commerce auecques
les Grecs, comme l'aduoüé Tite-Liue : mais par ce que le mesme Pline escript au second liure
chapitre huictiesme, on void assez qu'il ne faisoit qu'alleguer en ce que dessus les opinions des
anciens, & non pas qu'il y adherast : *Pythagoras Samien fut le premier qui obserua le cours de la planette
de Venus enuiron la quarante-deuxiesme Olympiade, qui fut le cent quarante-deuxiesme an de la fondation
de Rome.* Ce qui estoit plus de cent ans apres le commencement du regne de Numa. Et Ciceron
tout apertement au premier des Questions Tusculanes : *Ceste opinion* (de l'immortalité de l'a-
me) confirma principalement *Pythagoras disciple de Pherecides, lequel du temps de Tarquin le Superbe regnoit à Rome, vint en Italie, & y maintint la grande Grece en grand honneur, discipline & authorité : si
que par plusieurs siecles apres, le nom des Pythagoriciens fut en telle vogue, qu'il sembloit n'y auoir autres
gens doctes sinon eux.* Et au quatriesme liure. *Ils auoient-là Pythagoras, homme d'vne singuliere sapience & noblesse, lequel estoit en Italie au mesme temps que Iunius Brutus deliura sa patrie de la tyrannie des
Roys.* Plus au second de l'Orateur à son frere Quintus. *L'Italie fut iadis presque toute remplie des Pythagoriciens, dont quelques-vns ont estimé que Numa Pompilius, l'vn de nos Roys, auroit esté Pythagoricien, lequel neantmoins fut plusieurs ans deuant Pythagoras, & de là on le doit reputer tant plus excellent
personnage, d'auoir cogneu la doctrine & sapience de bien establir & administrer vn estat, pres de deux siecles premier que les Grecs eussent cogneu qu'elle fust née.* Ouide au troisiesme des Fastes monstre aucunement de tenir qu'ils eussent esté d'vn mesme temps : & que Numa mesme auroit esté disciple de Pythagoras.

> *Primus oliuiferis Romam deductus ab aruis*
> *Pompilius, menses sensit abesse duos.*
> *Siue hoc à Samio doctus, qui posse renasci*
> *Nos putat : Egeria siue monente sua.*

Plus au troisiesme de Ponto.

> *Præmia nec Chiron ab Achille talia cæpit :*
> *Pythagoræque ferunt non nocuisse Numam.*

Ciceron au quatriesme des Questions Academiques, s'efforce de soudre ce doute, que Numa pour auoir esté appellé Pythagoricien de quelques anciens, fust par consequent posterieur
à luy : ou pour le moins contemporain : car il se retient à son opinion dessus-dicte, & met que ce
fut pour la conformité de leur doctrine, & la sagesse de ce Roy, toute telle que du Philosophe
qui en auroit emporté le tiltre par dessus tous autres : *Quinetiam arbitror propter Pythagor.corum
admirationem, Numam quoque Regem Pythagoræum à posteris existimatum : nam cum Pythagoræ discipli-
nam & instituta cognoscerent : regiique eius æquitatem & sapientiam à maioribus accepissent : ætates autem
& tempora ignorarent, propter vetustatem eum qui sapientia excelleret, Pythagoræ auditorem fuisse cre-
ditum.*

Reste de dire quelque chose de sa doctrine : en quoy ie laisse à part ses morales, car il n'en est
pas icy question : & pareillement qu'il fut des premiers entre les Payens qui afferma l'immortalité des ames : car son precepteur Pherecides auoit eu cette opinion auant luy ; & long temps
deuant Pherecides Homere, comme on peut voir tout apertement en plusieurs endroicts de
ses poesies: Φυχη δ' ἐκ ῥεθέων πλαμένη, ἄϊδος δὲ βεβήκει: *Son ame s'en volle hors des membres, tout droit
és manoirs de Pluton.* Et au vingt-troisiesme de l'Iliade de celle de Patrocle : mais plus particulierement en l'onziesme de l'Odyssée. Dauantage Pythagoras auroit peu apprendre ce point là
des Egyptiens, qui mesmes auoient quelque adombrement de la resurrection : & des Chaldées
pareillement, où il luy fut loisible de boire à pleins traicts de la doctrine de Moyse, comme fit
Platon apres luy, dequoy font foy assez de lieux de sa doctrine du tout conformes aux traditions
Cabalistiques des sages Hebrieux : cestui-cy nommément entre les autres, que Plutarque allegue au huictiesme des Symposiaques, question septiesme, de brouiller les draps de son giste aussi
tost qu'on sera leué : car cela est formellement dans le Zoar de Rabi Simeon fils de Iochai : où il
dit, que c'est pource que les esprits immondes se delectent fort de la chaleur, & de la forme humaine empreinte où on aura dormy la nuict, s'efforçans de tout leur pouuoir d'y atteindre &
s'y substituer au lieu des personnes : ny plus ny moins que les vallets en l'absence du maistre
prennent plaisir de s'asseoir dans sa chaire, & le contrefaire. Tellement que quand on se leue
du lict, où durant le repos de la nuict, on a peu auoir eu plusieurs cogitations & apprehensions
impures, l'esprit immonde & coinquinant dont cela procede, les Cabalistes l'appellent Lilith,
trouuant la place toute chaude, & qui ressent encores les esprits de celuy dont ce giste est, s'introduisant en ceste forme luy peut causer beaucoup de mauuais accidents, tant en l'esprit comme au corps, par vn consentement symbolisant de l'vn à l'autre : comme on peut voir par l'experience de certain charme & sorcellerie, qu'on peut enclouer vn cheual fichant vn cloud dedans

dans la forme du pied qu'en passant il aura emprint dans la terre : & tout de mesme mitiguer là douleur des dents plantant vn poinson qui y aura touché dans vn aiz : de guerir outre-plus vne playe en pensant le ferrement qui l'aura faicte ; car le mesme effect en prouient, comme si l'on appliquoit les medicamens sur la blesseure : les loups enroüent ceux qu'ils auront apperceus les premiers : & l'ombre de l'hienne garde les chiens n'aboyer, & les rend muets, comme met Pline liure huictiesme chapitre trentiesme, auecques autres tels experiments magiques : qu'au vingt-huictiesme liure chapitre quatriesme, il attribué à Pythagoras, de la doctrine duquel nous ne toucherons icy que deux poincts qui sont aussi en controuerse : l'vn de la prohibition des viandes, & l'autre de sa metempsychose ou transmigration des ames d'vn corps à l'autre. Or on tient pour chose affermée qu'il ordonnoit tout resolument de s'abstenir des febues, tant pour les perturbations que ce legume ameine en l'esprit, où il cause de fascheux songes : que pour ce qu'il y a (ce disoient-ils) ie ne sçay quelle representation des ames des trespassez. Pline liure dix-huictiesme chapitre douziesme. *On tient que les febues hebetent fort les sentimens, & excitent de fascheux & turbulents songes, pour raison dequoy elles ont esté reiettées par l'ordonnance de Pythagore : ou selon les autres, parce que les ames des trespassez sont en ce legume, ce qui a esté cause qu'on les employoit és seruices de leurs mortuaires. Et pourtant Varron met que le prestre de Iuppiter n'auoit point accoustumé d'en manger, car en sa fleur se retrouuent ie ne sçay quels caracteres & marques lugubres.* Festus met de plus qu'il n'estoit pas loisible à ce Flamendial, de nommer tant seulement vne Febue, & encores moins y toucher, pour ce qu'elle estoit dediée aux morts : ce que confirme Plutarque en la nonante-cinquiesme question Romaine. La ceremonie au reste de ceste superstition de febues és mortuaires estoit telle. On prenoit vne febue noire en la bouche, les pieds nuds & les mains bien lauées, & apres l'auoir bien promenée auecques la langue, durant vn grand retentissement de chauderons, & semblables clinquailleries, on la iettoit derriere le dos hors de la porte de la maison, en faisant par neuf fois sa priere à haute voix, que les lemures racheptez par ceste febue en deslogeassent : estimans, comme met Varron dans Nonius liure premier de la vie du peuple Romain, qu'en ce faisant ils appaisoient l'esprit du defunct, & le contraignoient de vuider du tout. Ce que touche aussi Ouide au cinquiesme des Fastes.

> *Cúmque manus puras fontana perluit vnda,*
> *Vertitur, & nigras accipit ore fabas.*
> *Auersúsque iacit : sed dum iacit, hæc ego mitto :*
> *His inquit redimo méque meósque fabis.*
> *Hæc nouies dicit, nec respicit : vmbra putatur*
> *Colligere, & nullo terga vidente sequi.*

Diogenes Laërtius en la vie de Pythagoras, alleguant Aristote au traicté des Febues : met que ce qui le meut à les prohiber ; fut ou pour ce qu'elles ressemblent aucunement aux parties honteuses, ou aux portes d'enfer : ou pour ce qu'en l'election des Magistrats & és iugemens on ballottoit auecques des febues : ce que touche aussi Plutarque en l'institution de la ieunesse. Mais les Egyptiens referoient cela aux flatuositez qu'elles engendrent, qui prouoquent la luxure, comme tous autres legumages, en la nonante-cinquiesme question Romaine : ou pour les songes turbulents, liure premier des Symposiaques : question dixiesme. Ce que touche aussi Ciceron au premier liure de la diuination. *C'est pourquoy Platon nous ordonne que nous en allans coucher, nos corps soient disposez de sorte, qu'il n'y ait rien qui nous puisse apporter aucune frayeur ou perturbation : tellement qu'on a opinion qu'aux Pythagoriciens estoit interdit du tout l'vsage des febues, pour ce qu'elient enflent fort, & sçait-on assez que ceste viande est fort contraire à ceux qui cherchent le repos & tranquillité d'esprit.* Mais à cela contredit Aristoxenus, (poursuit Aulu-Gelle liure quattiesme chapitre vnziesme, car ce que dessus en a esté pris) lequel fut disciple d'Aristote, au liure qu'il a escript de Pythagoras : qu'il n'vsa iamais plus frequentement d'autres legumages que de cestui-cy, à cause que les febues ramolissent peu à peu le ventre, & purgent gracieusement. Or ce qui auroit esté cause de ceste erreur, est ce vers icy d'Empedocle, qui embrassa la doctrine Pythagoricienne.

> Δειλοὶ πῶς δειλοὶ κυάμων ἀπὸ χεῖρας ἐλέσθαι.
>
> *Abstenez-vous, ô miserables,*
>
> *Abstenez-vous du κυάμος :*

lequel mot quelques-vns ont interpreté pour des febues : mais il signifie aussi les genitoires : tellement qu'Empedocle n'auroit pas voulu admonester de la les humains de s'abstenir des febues, ains de la luxure. Que Pythagoras au reste, & ses sectateurs s'abstinssent entierement de poisson, cela est assez commun en plusieurs autheurs, & mesmement en Plutarque és Symposiaques, liure & chapitre huictiesme, qui est tout de cecy : où il en allegue plusieurs raisons, & entre autres d'vn Lacedemonien Tyndares, qui estimoit que ce fust pour l'honneur qu'ils portoient à la taciturnité & silence : car il n'y a rien plus muet que les poissons : & ils auoient en finguliere recommendation, l'ordonnans fort eftroictement par cinq ans de fuitte à tous ceux qui s'initioient en leur fecte: fans leur eftre permis de rien dire, non pas de s'enquerir feule-ment: ains falloit qu'ils fe tinffent coys & attentifs à efcouter. Ils appelloient ce filence Eche-mytie, felon Plutarque au traicté de la curiofité qui charrie ordinairement auecques foy beau-coup de babil: & Aulu-Gelle liure premier, chapitre neufiefme, dont il n'y aura point de mal d'amener icy le lieu tout entier, puis qu'il faict ainfi à propos. *De pleine arriuée* (difcourt là le Philofophe Taurus) *les ieunes gens curieux d'apprendre, qui fe prefentoient pour s'inftruire, eftoient fort exquifement confiderez de pied en cap de Pythagore, en tout ce qui fe pouuoit appercevoir par le dehors à leur phyfionomie, c'eft à dire, des traicts & lineamens du vifage, & de l'air d'iceluy; auecques leurs geftes & contenances; & en fomme de toute leur difpofition corporelle. Eftans iugez propres & idoines à receuoir fa doctrine, ils y eftoient admis & receus de ce pas: & lors on leur impofoit vn filence en tout & par tout, non pas à tous efgallement, mais aux vns plus, aux autres moins, felon leur capacité & portée. Ce nouice efcou-toit fans mot dire ce que les autres difcouroient, ne luy eftant loifible orei qu'il euft quelque chofe qu'il ne conceuft affez bien à fon gré, de s'en enquerir plus auant: & au refte n'y en auoit point qui gardaft ainfi ce fi-lence moins de deux ans: durant lequel temps de fe taire, & ne faire rien qu'efcouter, ils eftoient appellez anditeurs. Puis apres qu'ils auoient apprÿ de faire les chofes plus ardües & difficiles, & que par ce filence ils commençoient defia d'eftre inftruicts, lequel ils nommoient entre-enx εχμυθια taciturnité, lors ils pou-uoient ouurir la bouche, parler, difcourir, & s'inftruire plus apertement des chofes qu'ils auoient oüyes, les rediger par efcrit, & en dire mefme leur aduis: eftans adoncques appellez Mathematiciens, c'eft à dire vac-quans & ententifs aux difciplines: celles à fçauoir, où ils auoient defia commencé de mediter & apprendre: comme l'Arithmetique, Geometrique, Mufique, & femblables fciences hautaines, pour le vulgaire a de cou-ftume d'appeler Mathematiciens, ceux que de leur pays ils deuroient nommer les Chaldées. Et ainfi ces dif-ciples aduancez en l'eftude & cognoiffance de telles doctrines, paffoient outre confequemment à la notice des ouurages de l'vniuers, & des Principes de nature: & lors eftoient dicts Philofophes naturels.* Mais pour retourner aux poiffons, pourfuit le mefme Plutarque, que Theon le Grammairien eftimoit que Pythagoras euft appris cela des Sages d'Egypte, qui n'en mangeoient iamais: pour autant qu'ils n'ont rien de commun auecques les autres animaux: car l'air qui les nourrit, & les plantes mef-mes, leur eft contraire, pernicieux & mortel. Mais il y en auoit qui impugnoient cefte opinion là comme impertinente, par ce que Pythagoras ayant vn iour achepté de certains pefcheurs tous les poiffons qui eftoient dedans leur filé, il les laiffa aller en l'eau, & les remit en liberté, comme s'il euft payé leur rançon: ce qui demonftroit affez que c'eftoit pluftoft pour certaine humanité qui eftoit en luy, comme il eft dict encores au traicté de l'vtilité qu'on peut receuoir de fes ennemis, de ne vouloir priuer aucune creature de la vie que Dieu & nature leur auoient donnée, pour maintenir la fienne: que pour auoir en abomination les poiffons; attendu mef-me qu'ils ne nous font aucune offence ny dommage, comme pourroient faire des lyons, loups, ours, cerfs, fangliers, & autres femblables. Car ores mefme qu'ils en euffent la volonté, fi ne la fçauroient-ils executer, viuans ainfi apartez de nous comme ils font, & quafi en vn autre mon-de: fi que pour toufiours tant mieux exercer la pitié & mifericorde enuers les perfonnes, les Py-thagoriciens vouloient qu'on s'accouftumaft à vfer de manfuetude à l'endroit des animaux ir-raifonnables. A ce propos vient s'enfiler la deffence qu'on dit communément que fouloit faire Pythagoras de manger d'aucun animal, ce qui depend de l'article de fa Metempfychofe ou tranfanimation: eftimant que les ames des hommes apres leur mort, s'allaffent incorporer en des beftes brutes, felon les diuerfes affections où ils auoiẽt vefcu en leur humaine condition: & au contraire celles des beftes en des corps humains: ce qu'Ouide a touché auffi au quinziefme des Metamorphofes.

Nos quoque pars mundi, quoniam non corpora folùm
Verumetiam volucres animæ fumus, inque ferinas
Poffumus ire domos, pecudúmque in corpora condi:
Corpora quæ poffunt animas habuiffe parentum,
Aut fratrum, aut aliquo iunctorum fœdere nobis,
Aut hominum, certè tuta effe & honefta finamus.

Mais Ariftoxene cy deffus allegué d'Aulu-Gelle, a efcriptauoir entendu de Xenophile Pytha-goricien, & autres anciens qui ne furent gueres efloignez du temps de Pythagoras, qu'il vfoit parfois de cochons, cheureaux, & aigneaux, & femblables viandes de laict de facile digeftion, & de mediocre nourriffement: comme eftant de petite vie, du tout addonné aux contempla-tions: parquoy fon manger le plus ordinaire eftoit de miel & de fruictages, comme l'efcript Lycon Iafeus au rapport d'Athenée au dixiefme des repas des Philofophes: & qu'Apollodore l'Arithmeticien tefmoigne qu'il facrifia vne fois cent bœufs aux Mufes, pour auoir trouué que la foubftendue du triangle eftoit efgalle aux deux laterales qui conftituent l'angle droict: vne demonftration Geometrique du triangle orthogone. Plutarque contre la doctrine d'Epicure citãt le mefme Apollodore, ne met qu'vn bœuf, ce qui eft plus vray-femblable. Et au huictiefme

des

Au traicté de la prudence des a-nimaux de la terre & des eaux.

des Sympoſiaques queſtion ſeconde, qu'il fit vn autre ſacrifice aux Dieux, pour auoir trouué
auſſi vne troiſieſme ligne proportionnelle à deux qui luy ſeroient données à comparer. Porphyre en outre liure premier de l'abſtinence des animaux, met que Pythagoras fut le premier qui
fit vſer aux Athletes de chairs, parce qu'elles auoient grande vertu pour accroiſtre la force du
corps; là où auparauant ils ne viuoient que de figues & de fromage. Et Plutarque en la vie d'Homere, ſelon le meſme Aulu-Gelle, qu'Ariſtote auoit eſcript que les Pythagoriciens s'abſtenoient bien de quelques parties des animaux, & de quelques animaux encores du tout, & non
pas de tous en general. Mais au commencement du traicté, s'il eſt loiſible de manger de la chair,
il ſemble inferer que ſi, par ces paroles : *Tu me demandes pour quelle occaſion Pythagoras s'abſtenoit de
manger de la chair*, &c. A ce propos les Rabins & docteurs Hebrieux tiennent qu'auant le Deluge, les hommes ne mangeoient ny chair ny poiſſon, auſſi ne leur eſtoit-il pas permis, ains viuoient ſeulement d'herbages, racines, fruicts des arbres, & ſemblables vegetaux que la terre
produit de ſoy; ce qu'ils colligent de ces deux paſſages de l'eſcripture : l'vn du premier chapitre
de Geneſe : *Dieu dit, Voicy ie vous ay donné toute herbe qui produit ſemence ſur la terre : & tous arbres qui
ont en ſoy ſemence de leur eſpece, afin qu'ils vous ſoient pour viande*. Et l'autre du neufieſme apres le Deluge. *Tout ce qui ſe meut ayant vie, vous ſera pour viande : ie vous ay donné le tout comme l'herbe
verte*. Mais ce qui mouuoit Pythagoras de s'en abſtenir eſtoit, comme ia a eſté dict, pour recom-
mander la manſuetude & douceur, & non pas qu'ils euſſent opinion qu'apres la mort des perſonnes, leurs ames tranſmigraſſent és corps des beſtes : ce que quelques-vns eſtiment luy auoir
eſté fauſſement imputé, & par calomnie : car il ne ſe trouue, ce diſent-ils, que trois liures qu'il
ait eſcript, le ϰαϑολιϰὸ ou inſtructif : le Politique, & le Phyſique, qu'on attribuë toutesfois pluſtoſt à Lyſis l'vn de ſes diſciples : & au lieu de cela mettent le moral, qui ſont les vers qu'on appelle communément les dorez. Neantmoins Plutarque au premier traicté de la fortune ou vertu d'Alexandre, dit qu'il n'eſcript oncques rien non plus que Socrate, Arceſilaus, & Carneades.
Les autres alleguent qu'il auroit formellement eu ceſte opinion deſſus dicte de la tranſmigra-
tion des ames : les autres qu'il l'auroit ſeulement miſe en auant comme diſputable, à la mode des
philoſophes Sceptiques : les autres qu'il l'auroit receuë des preſtres d'Egypte, l'ayans ainſi myſtiquement controuuée, comme pour vne expiation & purgatoire des ames pour leur ſeparation d'auecque le corps : Ce qui auroit parauanture meu l'heretique Carpocrates à croire ce
que reproue Tertullian au trente-troiſieſme chapitre de l'ame : *Metempſychoſin neceſſariò immi-
nere, ſi non in primo quoque vitæ huius commeatu omnibus in licitis ſatiſfaciat. Cæterùm totiens animam
reuocari habere, quoties minus quid intulerit, reliquatricem delictorum donec exoluat nouiſſimum qua-
drantem, detruſa idemſidem in carcere corporis*. A quoy, ſelon quelques Cabaliſtes, ſuffit vne triple reïteration, ſe fondans ſur ce texte de Iob au trente-troiſieſme : *Liberauit animam ſuam ne per-
geret in interitum, ſed viuus lucem videret. Ecce hæc omnia operatur Deus tribus vicibus per ſingulos, vt re-
uoces animas eorum à corruptione, & illuminet vocem viuentium*. Ce que Rabi Moyſe Egyptien liure
troiſieſme de ſes Perplexes, chapitre vingt-quatrieſme, accommode à la grace que faict la Bonté diuine aux perſonnes affligées de quelque griefue maladie iuſques au dernier but, & comme
ſi elles eſtoient deſia enfournées és faux-bourgs de la mort dont Dieu les retire à l'interceſſion
de quelque Ange, qui les auroit en ſa ſauue garde & protection, ſuiuant ce qui precede au meſme Iob, *Si fuerit pro eo Angelus mediator vnus de millibus, vt annunciet hominis æquitatem*. Lactance
liure premier de la fauſſe ſapience, chapitre dix-huictieſme, à propos de ce que deſſus de Carpocrates : *Quæ ignorantia effecit vt quoſdam dicere non puderet, idcirco nos eſſe natos vt ſcelerum pœnas
lueremus : quo quid delirius dici poſſe non video. Vbi enim, vel quæ ſcelera potuimus admittere qui omnino
non fuimus*? Les autres le referent à quelques autres allegories : comme Timée Locrien Philoſophe Pythagorique en ſon liure de l'ame du monde, tout à la fin, que ç'a eſté vne inuention
pour retirer les perſonnes des vices, ſi les bons preceptes n'y peuuent rien faire. *Car tout ainſi*
(dit-il) *que ſi les bons & ſalutaires remedes qu'on applique aux corps infirmes ne leur peuuent rien profiter,
l'on eſt contrainct d'y en employer quelques-vns qui de ſoy ne ſont pas ſalubres : de meſme retenons-nous en
bride les eſprits des hommes par certains comptes faicts à plaiſir, s'ils ne ſe menuent par les admoneſtemens
& remonſtrances veritables. Parquoy on eſt parfois contrainct de leur propoſer des ſupplices eſtranges & ex-
trauagans : comme de leur faire accroire que les ames tranſmigrent en diuers corps, ſelon qu'on ſe ſera comporté en ceſte vie : comme des laſches & puſillanimes, en des femmes : d'homicides & cruels, en des beſtes ſauuages telles que des lyons, tygres, onces, & ours : des luxurieux & gourmands, en des pourceaux ou ſangliers :
des legers, inconſtans & vollages, en des oyſeaux : des oyſifs & pareſſeux en des poiſſons. Toutes leſquelles
choſes la Deeſſe Nemeſis ou Iuſtice diuine execute en la ſeconde periode & reuolution, & les accompliſt infal-
liblement auecques les Parques ſubterraines, qui puniſſent les forfaicts des hommes : auſquelles le Dieu
ſouuerain a commis le regard & ſuperintendance des choſes humaines, & l'adminiſtration du monde, lequel
vanſiſte des Dieux, & des hommes, enſemble des autres animaux*. Ce que Boëce paraphraſe & dilate
en cette ſorte. *De là il aduient que celuy que vous verrez ainſi deſiguré de vices, vous ne le pourrez plus
eſtimer eſtre vn homme, bruſlé d'vne connoiſtiſe auaricieuſe rauir violentement le bien d'autruy? vous le re-*

puterez semblable à vn loup affamé rauiſſant. Eſt-il ſans ceſſe à chiquaner l'vn & l'autre, & les troubler par des procez à tort & ſans cauſe ? Comparez-le à vn vieil maſtin qui abaye à tous propos les paſſans. Si confit en fraude & cautelle, il eſt continuellement apres à machiner quelque trahiſon & deſloyauté à ſon prochain, parangonnez-le à vn fin malicieux renard. Ne peut-il refrener ſa colere qu'il ne la deſcharge felonnement, tantoſt ſur l'vn, tantoſt ſur l'autre, on le tiendra pour vn lyon. Eſt-il craintif & touſiours ſurpris d'eſpouuentement aux premieres fueilles qui branlent, ſi que meſme il a peur de ſon ombre & la redoute, vous le direz auoir vn cœur de cerf. Si pareſſeux, lent, & ſtupide, qu'il vit la vraye vie d'vn aſne : ſi inconſtant, leger & vollage, changeant à toutes heures d'opinion, ſans s'arreſter ferme ny reſoudre à rien, il ne differera point des oyſeaux. Se laiſſe-il embourber en d'ordes & ſales delices & voluptez ? c'eſt vn porc ſans doute qui prend plaiſir à ſe tantouiller dans la fange. Et ainſi aduient-il que quiconque delaiſſe la vertu & prend' hommie, il ſe depart par meſme moyen de ce qui eſt homme, & deſiſte de l'eſtre plus : Car d'autant qu'il ſe laiſſe aller, & s'abandonne à toutes manieres de vices, par ce qu'il ne ſe peut pas eſleuer au degré & condition d'vne nature diuine, il faut neceſſairement qu'il ſe tourne en la beſtiale. Tellement que ceſte transformation ſe faict ſelon les mœurs, les affections, & effects, par où non moins bien ſe diſtingue la nature de la choſe, que par la forme & la figure : car on diſcernera bien mieux vn poirier d'auecques vn pommier : & vn prunier d'vn amendier par les fruicts qu'ils portent, que non pas par leur tronc & leurs rameaux deſpouillez de fueilles. De ceſte ſorte les hommes ſont dicts paſſer en des beſtes brutes, quand ils degenerent de la vertu à laquelle ils ſont nays, aux vices & desbordemens des concupiſcences irraiſonnables, qui ſont le propre deſdictes beſtes : à quoy bat cecy du Pſeaume quarante-huictieſme. Comparatus eſt iumentis inſipientibus, & ſimilis factus eſt illis. A quoy adherent auſſi Porphyre & Iamblique, que l'homme de mœurs deprauées ne ſe doit pas appeller aſne, ny Lyon, mais aſinin & leonin : là où au contraire quand ils ſe departent de la ſenſualité beſtiale, que l'Apoſtre apelle l'homme animal & externe; & qu'ils en ſurmontent les affections & les paſſions pour ſe transporter à la ſpiritualité, on les tient alors eſtre ſortis comme d'vne peau & deſpouille de beſte brute, pour ſe reueſtir de la forme humaine. Et cela eſt touché fort ſubtilement par Theſpion le gymnoſophiſte, en la vie d'Apollonius de Philoſtrate liure cinquieſme. Si ſelon que fit Hercules quand on luy propoſa le choix des deux voyes, vous choiſiſſez la vertueuſe, vous banniſſant des delices & voluptez, & des vicieuſes paſſions ſenſuelles, on vous dira auoir ſurmonté pluſieurs lyons, & eſtre venu à bout d'vn grand nombre d'Hydres : auoir vaincu infinis Gerions, Antées, & Neſſes, & mené à fin toutes les autres entrepriſes qu'on racompte de ce preux Heroë. Car lors voſtre ame, qui par l'imagination d'vn eſprit brutal eſtoit trauerſée de ces mauuaiſes & villes affections beſtiales, s'en eſtant deliurée, & par vne longue ſuitte de temps, auecques de grands labeurs purifiée entierement de ces conditions animales, s'en retournera dignement à ſon vray ſiege, qui eſt le ciel. A quoy bat ce dire icy de Pythagore.

> Si delaiſſant ce corps caduque
> On s'eſleue à vn pur Ether,
> Libre, repoſé & tranquille,
> On deuiendra Dieu immortel.

Ce qui ne s'eſloigne gueres de celuy icy du Pſeaume trente-huictieſme. In imaginem Dei pertranſit homo, car quelques-vns le liſent de ceſte ſorte, ſuiuant cecy de l'Apoſtre en la ſeconde aux Corinthiens 3. Nous ſommes transformez en la meſme image de gloire en gloire ; à ſçauoir de Chriſt, qui eſt l'image de Dieu inuiſible comme il eſt dict au chapitre ſuiuant. Mais pour reprendre encore le propos de la Metempſychoſe de Pythagore; Platon à la fin du dixieſme de ſa Republique, introduit vn Herus reſſuſcité de mort à vie, lequel racompte tout plein de choſes des enfers : & entre autres dit auoir veu l'ame d'Orphée, qui pour la hayne irreconciliable par luy conceuë enuers les femmes, dont il auoit eſté ſi miſerablement maſſacré, aima mieux transmigrer en vn corps de Cigne, que de renaiſtre de nouueau d'elles. Celle de Thamyris en vn roſſignol, d'Aiax en vn lyon, qui dedaignant de redeuenir encores homme, pour l'iniuſtice dont on luy auoit vſé à l'adiudication des armes, choiſit de paſſer en ce fier & cruel animal. D'Agamemnon, pour tant de maux, peines, faſcheries qu'il auoit ſouffert en ſa vie, de deuenir aigle. Athalante athlete, Epeus Panopéen femme. Therſites Singe. Et finablement Vlyſſes n'en voulut point d'autre que d'vn homme priué mediocre. Et que reciproquement les beſtes transmigroient auſſi de leur part en des corps humains, ſelon leurs inclinations & comportemens. Mais tant les vns que les autres ayans faict election des corps où ils vouloient reuoller, s'en venoient trouuer Lacheſis, qui leur eſtabliſſoit vn demon aſſiſtant ou genie tutelaire, lequel les conduiſoit premierement à Clotho, qui par vn tour de ſon fuſeau leur ratifioit la condition qu'ils auoient choiſie : & de là paſſoient à Atropos, qui leur acheuoit de filer & retordre leur deſtinée, afin qu'elle demeuraſt immuable. Puis finablement s'en venoient comparoiſtre deuant le throſne de la Neceſſité, & de là au camp Lethéen ou de l'oubliance, deſnué de tout ombrage ; là où ſe repoſans la nuict à l'herbe le long du fleuue Amelica, l'eau duquel vaiſſeau quelconque ne pouuoit tenir, en beuuoient certaine meſure & non plus : mais celles qui n'auoient point

de

de patron ny de gardien en beuuoient plus qu'il ne falloit, parquoy elles estoient incontinent occupées d'vne perpetuelle oubliance de toutes choses. Les autres apres auoir dormy iusques enuiron la minuict, estoient en sursaut resueillées par vn tonnerre & tremblement de terre, si qu'elles se leuoient tout soudain, l'vne d'vn costé l'autre d'vn autre, à nouuelle generation, tressaillans comme des estoilles. Iusques icy Platon. A quoy Plutarque au traicté de la tardiue vangeancé diuine, enchasse vne narration du tout conforme, d'vn Thespesius Cilnien. Mais d'autres allegorisans encores sur ceste Metempsychose Pythagorique, veulent que ces quatre predecesseurs de Pythagoras, soient les quatre elemens dont son corps estoit composé; & à ce propos estoit Philostrate liure troisiesme de la vie d'Apollonius, l'introduit interrogeãt Iarchas, quelle estoit l'opinion des Brachmanes de l'ame humaine: & il respond, comme Pythagore nous l'a enseigné, & nous aux Egyptiens. A quoy Apollonius replique: Ne vous direz vous pas doncques auoir esté quelque Troyen, comme Pythagore alleguoit auoir esté autresfois Euphorbe? L'autre luy demande; & lequel est-ce de tous les Grecs qu'on tient auoir esté le plus excellent au siege de Troye? Achilles sans doute, dit Apollonius, si nous nous en voulons rapporter à Homere. Sçachez doncques, poursuit Iarchas, que Ganges iadis Roy des Indes, & fils du fleuue Ganges, auroit surmonté en plusieurs vertus & perfections cet Achilles-là que vous dittes, & celuy-là a esté mon progeniteur, ou plustost engendrant cet corps que vous me voyez estre maintenant, qui est ce que Pythagore a voulu entendre, quand il se disoit auoir esté autres-fois Euphorbe. Par cela on peut assez voir que ces paroles ne denotent pas vne transmigration des ames d'vn corps à vn autre, ains vne transmutation de matiere, qui est apte à receuoir toutes formes: comme si vn lyon s'estoit longuement nourry & esleué de chair humaine, on pourroit dire que ces corps d'hommes seroient deuenus lyon: ou vn homme alimenté de bœuf, que le bœuf se seroit transformé en homme. Le mesme d'vn chien qui auroit mangé vn cheual. Que pour cela le cheual fust deuenu chien: & ainsi du reste, qui est à peu pres ce qu'Ouide a voulu toucher au lieu cy-dessus allegué.

> Omnia mutantur, nihil interit, errat, & illinc
> Huc venit, hinc illuc: & quoslibet occupat artus
> Spiritus, éque feris humana in corpora transit,
> Inque feras noster, nec tempore deperit vllo.

Le mesme touche presqu'aussi Cesar au sixiesme des Commentaires de la Gaulle, parlant des Druides, dont la doctrine se conformoit en beaucoup de choses à celle de Pythagoras. En premier lieu ils veulent persuader cela, que les ames ne perissent point, ains qu'apres la mort du corps elles passent des vns aux autres. Mais Lactance au lieu cy-dessus allegué du troisiesme liure de la fausse Sapience, chapitre dix-huictiesme, tasche de monstrer que ce qui meut Pythagoras de mettre en auant la Metempsychose & Palingenesie ou r'engendrement, fut vne vaine gloire, qu'estant nay de parens ignobles & incogneus, il auroit voulu referer son origine à vn prince illustre Troyen: Nisi forte credimus inepto illi Seni qui se in priore vita Euphorbum fuisse mentitus est. Hic, credo, quod erat ignobili genere natus, familiam sibi ex Homeri carminibus adoptauit. Et au septiesme liure de la diuine recompense, chapitre vingt-troisiesme, il monstre que l'opinion de Chrysippe, au traicté de la prouidence, où il parle de la renouation du monde, estoit bien plus saine que celle de Pythagoras; τότ᾽ ᾧ ᾧπως ἔχοντος, δῆλον ὡς οὐδὲν ἀδύνατον, καὶ ἡμᾶς μετὰ τὸ τλευτῆσαι, πάλιν περιόδων τινῶν εἰλημμένων χρόνε, εἰς ὃ νῦν ἐσμεν κατασπαθῆναι σχῆμα. Cela estant de ceste sorte, il appert assez n'estre pas impossible qu'apres que nous aurons terminé nostre vie, de rechef certaines periodes de temps s'estans reuoluës, nous ne soyons restablis au mesme estat où nous sommes. Mais c'est assez de ce propos.

Lors qu'il estoit Euphorbe à Troye, sa cheuelure estoit toute ornée d'or. Cela est grappetté d'Homere au dix-septiesme de l'Iliade; là où parlant de la mort d'Euphorbe tué par Menelaus à la recousse du corps de Patrocle.

> Αἵματί οἱ δεύοντο κόμαι χαείτεσιν ὁμοῖαι,
> Πλοχμοὶ θ᾽ οἳ χρυσῷ τε ἢ ἀργύρω ἐσφήκωντο.
> Ses cheueux aux Graces semblables
> Luy furent tous baignez de sang,
> Et ses tresses, qui ordonnées
> Estoient de fil d'or & d'argent.

Aduoüant Protheslaus que ce fut Euphorbe qui donna le premier coup à Patrocle. Au seiziesme precedent.

> --μεταΦρενον ὀξεῖ δουεί
> Ὤ᾽μον μεσσηγὺ ἀροδῆν βάλε Δαρδάνιος ἀνήρ
> Πλαυθοίδης Ε᾽υφορβος, &c.
> Par le derriere auec sa lance

Euphorbe le fils de Panthus
Le naura de pres à l'espaulle:
Euphorbe qui ses coegaux
A tirer le dard, à la course,
Et bien manier vn cheual
Surmontoit. Ce fut luy Patrocle,
Qui tout le premier t'assena,
Mais il ne te porta par terre.

Car les ames des trespassez ne mentent iamais aupres du sang qu'on leur espand dedans des fosses pour en gouster. Il faict icy allusion à ce qui est escript en l'onziesme de l'Odyssée, où Vlysses estant descendu aux enfers pour se conseiller à l'ame de Tyresias, apres luy auoir immolé quelques victimes, & d'icelles espandu le sang dans vne fosse dont il se tenoit pres l'espée au poing, pour empescher les autres ames de s'en approcher; Tyresie apres en auoir tasté luy dit;

Α'λλ' δσσαζρο βό.θρου, απιχε η Φασγανον οξύ
Αίματος οφεα πίω, καὶ τοι νημερτέα είπω.

Mais esloigne toy de la fosse,
Et oste ce glaiue trenchant,
Afin que de ce sang ie boiue,
Et te die la verité.

Et Plutarque en la vie d'Homere; ὲ δὲ τῆ ὴδυσσεία δὶ ὅλης τῆς νεκυίας ἡ ἄλλος mais en l'Odyssée en toute ceste descente aux enfers, que veut-il demonstrer autre chose sinon que les ames demeurent apres la mort, & qu'apres auoir beu du sang elles parlent? Car il sçauoit bien que le sang est la pasture & le nourrissement de l'esprit; & que l'esprit est le vehicule de l'ame.

Les villes curieuses de s'honorer de la memoire d'Homere, se l'approprioient à l'enuye vnes des autres. Aulu-Gelle liure troisiesme chapitre vnziesme. Quant au pays d'Homere, il y a diuerses opinions là dessus; les vns le faisans estre Colophonien: les autres Smyrnéen: il y en a qui le disent estre d'Egypte; les autres d'Athenes: Aristote de l'Isle d Ios. M. Varro au premier des Images, a apposé cest Epigramme: Sept villes debattent entre elles de la naissance d'Homere: Smyrne, Rhodes, Colophon, Salamine, Ios, Argos, & Athenes.

Ε'πτὰ πόλιφε διπτείξισι περὶ ρίζαι Ο'μήρου,
Σμύρνα, Ρ'όδος, Κολοφὼν, Σαλαμὶν, Ι'ὸς, Α'ργος, Α'θῶαι.

ACHILLES.

ACHILLES.

Igneron. Or n'en ayez point de peur ie vous prie: car au commencement de ce mien difcours, il ne fe prefentera qu'eftant encores ieune garçon. *Phenicien.* Certes vous me ferez plaifir fi vous venez à le parcourir dés fa tendre ieunefle: puis nous le pourrons rencontrer eftant armé & pefle-meflé au combat. *Vigneron.* Ie le feray de cefte forte, & vous diray ce qu'on doit tenir de luy: duquel, i'ay appris de mon Heroë toutes ces chofes. Il y auoit certain phantofme de ie ne fçay quelle Deefle marine qui venoit trouuer Peleus qu'elle aimoit, & en fut accointée au mont Pelion, fans luy dire qui elle eftoit, de crainte que cela ne fuft diuulgué, ny de quelle part elle le venoit vifiter. Mais vne fois que la mer eftoit du tout calme & tranquille, il aduint que Peleus eftant fur vne haute crouppe de cefte montaigne, l'apperceut au loing s'efbattant à fleur d'eau fur des Dauphins & Hippotames qu'elle s'en venoit droict à luy: dequoy il eut peur d'arriuée, toutesfois elle le r'affeura foudain, luy remettant deuant les yeux l'Aurore qui s'eftoit enamourée de Tithonus: & Venus foubs-mife à Anchife: & la Lune eut affaire auecques Endymion dormant. Au regard de moy, Peleus, luy dit-elle, ie te donneray vn enfant trop plus excellent que les hommes. Apres doncques qu'il fut nay ils luy eftablirent Chiron pour fon gouuerneur, qui le nourrit de miel, & de moüelles de cerfs & cheureux: puis quand il fut paruenu en l'aage où il faut donner aux ieunes enfans de petits chariots pour fe promener, & des offelets pour s'efbattre, rien de tout cela ne luy fut point defnié de fon gouuerneur: neantmoins Achilles ne laiffa pas de s'accouftumer defia à la courfe & à tirer addroittement le dard, & donner vn bon coup de lance: car Chiron luy en auoit accommodé vne d'vn frefne qu'il auoit couppé: fi qu'il reffembloit à vn qui, à maniere de dire, befguoiroit encores aü faict des armes. Or ayant atteint l'aage de quatorze ans, il eflançoit ie ne fçay quels eftincellans rayons de fa face, & fe monftroit quant à fon perfonnage d'vne belle grande taille haute & droicte: car il creut plus facilement & en moins que ne font les arbres plâtez le long des courants ruiffeaux des fontaines, fi qu'on le celebroit en tous les feftins des affemblées & facrifices. Et quand il fe cognoiffoit eftre furmonté de la colere, Chiron l'endoctrinoit en la Mufique,

Au tableau du Nil.

ZZz ij

laquelle est suffisante de soy pour appaiser l'ire & courroux , & semblables emotions de l'ame. Mais il apprit sans aucune peine à chanter & ioüer de la lyre, où il recitoit les anciés qui estoient au mesme aage que luy : Hyacinthe à sçauoir, & Narcisse : & pareillemét Adonis , si quelque chose s'en racompte : & cõme les regrets & lamentations d'Hillas, & Abdere fussent de plus fraische ressouuenance, qui en fleur d'aage estoient peris : celuy-là estant allé puiser de l'eau en vne fontaine, dont il n'auroit oncques depuis comparu nullepart , & cestui-cy miserablement esté deuoré par les cheuaux de Diomedes en Thrace, il ne les pouuoit reciter que les larmes ne luy en vinssét aux yeux. I'ay outre-plus oüy cela de luy, qu'il sacrifioit à la Muse Calliopé, desirant de s'instruire en la Musique & Poësie : & que la Deesse se seroit vn iour apparuë à luy en songe, luy disant : Enfant valeureux, ie t'octroye la faculté de la Musique & Poësie, pour en resioüyr tes festins, & les rendre plus delectables : mitiguer par mesme moyen tes fascheries & courroux, puis qu'à moy & à Pallas les destinées ont ordonné que tu sois vn iour belliqueux, aspre & rude sur tous les autres au combat : parquoy fais que tu t'y exerces soigneusemét. Car il se trouuera en fin vn Poëte que i'induiray à celebrer de loüanges tes beaux & glorieux faicts-d'armes. Et de vray tout cela luy a esté attribué par Homere. En son adolescence au reste , il ne fut pas mis en garde & depost en l'isle de Scyro, ny là nourry parmy les Damoiselles, cõme l'on dit : car il n'eust pas esté vray-semblable que Pelée qui estoit le plus valeureux de son temps, eust voulu enuoyer ce sien fils quelque part à cachettes pour luy faire euiter les guerres & les dágers : attendu que Telamõ y incitoit biẽ Aiax : ny n'eust pas esté ainsi permis à Achilles si grandelet de hanter familieremét és chambres des Dames : laissant aux autres cueillir vne admiration de leurs faicts, & celebrité de leur renommée immortelle ; car il ne manquoit pas d'ambition. *Ph.* Qu'en dit donc Prothesilaus ? *Vign.* Des choses bien plus vray-semblables & apparentes. Car il racompte que Thesée s'en estant fuy d'Athenes pour les imprecations qu'il encourut à l'occasion de son fils Hippolyte , deuers le Roy Lycomedes, il fut mis à mort en Scyros : dont Pelée, qui auoit esté son compagnon d'armes, & son hoste & amy ; car ils s'estoient mesmes retrouuez ensemble à la chasse du sanglier Calydonien, enuoya Achilles en Scyro pour vanger ce meurtre : lequel suiuy tant seulement de Phenix pour raison de son vieil aage, esbranla tellement ceste Isle pour l'auoir surprise au despourueu, haut esleuée qu'elle estoit, & scituée en lieu pierreux & plein de rochers, qu'il eut Lycomedes en ses mains : mais il ne le voulut pas faire mourir, ains luy fit que demander à quel propos il auoit ainsi desloyaument massacré vn tel personnage trop meilleur que luy, qui seroit recouru à garãd en sa fráchise & sauuegarde ? Pourautant, Achilles, va-il dire, qu'il venoit en intention de me deposseder de mon Royaume : au moyen dequoy à bon droit ie l'aurois preuenu, & m'en serois defaict, m'offrant de m'en purger deuant Peleus. Là dessus Lycomedes luy donna sa fille Deidamie en mariage, dont seroit nay Neoptoleme, ainsi nommé pour la ieunesse de son pere Achilles, qui en si tendre aage , se seroit ainsi impetueusement enfourné de pleine abordée à la guerre. Achilles doncques demeurant là , Thetis le vint trouuer pour soigner de luy , selon qu'ont accoustumé de faire les meres

mortelles

En leurs tableaux.
En la sepulture d'Abdere.

Iliad. 9.

Au tableau d'Achilles en Scyro.

Plutarque en la vie de Thesée.

Au tableau de Meleagre.

A

mortelles enuers leurs enfans : car comme l'armée Grecque s'assembloit en
Aulide, elle le destourna en Phtie, pour raison de ce qu'elle preuoyoit luy
estre ordonné de la fatalité ; & le laissant en la garde du pere, luy auroit apporté vn harnois tel que nul autre de tous les humains n'en auroit onc- **B**
ques endossé de semblable, garny duquel estant arriué en Aulide, il remplit
tout l'ost d'esperance, l'aduoüans fils d'vne Deesse, à laquelle ils sacrifierent
en la mer : & reuererent fort Achilles, qui s'estoit ainsi courageusement venu ruer aux armes. Ie demandois encores à Prothesilaus ce que c'estoit de **C**
ceste lance de fresne, & qu'il y auoit d'admirable ? Il me dit que ce fresne là
estoit d'vne longueur que iamais ne s'estoit trouuée en nulle autre lance :
droiét au reste & si ferme qu'il ne pouuoit ployer ne rompre en sorte quelconque : & que le fer estoit de diamant, qui penetroit tout : estant couuerte & garnie tout à l'entour de lames de cuyure, qui rendoient vn fort grand
esclat en dardant. *Phenicien.* Mais de son harnois & de sa rondelle, quels ra-
compte-il qu'ils estoient ? *Vigneron.* Non tels qu'Homere les descrit : qui au- *Iliad. 18.*
roit à la verité employé là vne inuention plus que diuine, y ayant inferé des *Et au tableau de*
villes, des astres, des guerres & combats, l'agriculture, nopces, festins, chan- *Pyrrhus.*
çons & dansses : ains, dit mon Heroë, qu'Achilles n'eut iamaïs autres armes que celles qu'il porta à Troye, lesquelles il ne perdit oncques : ny Pa- *Ilia l. 16.*
trocle ne les vestit pas lors qu'Achilles estoit courroucé contre Agamemnon : & mourut iceluy Patrocle en ses propres armes, s'estant porté valeureusement au combat, qu'il auoit presque desia gaigné le haut de la muraille, tellement que celles d'Achilles seroient pour lors demeurées à sauueté
comme inexpugnables. Car il ne fut pas mis à mort estant equippé de ses ar- **D**
mes, ains en pourpoint, comme il se cuidoit aller fiancer : & luy mit-on vne
guirlande sur sa teste, ainsi qu'à vn nouueau marié. Quant à ses armes, elles furent forgées toutes simples & sans point d'ouurage, ny de graueure : mais l'e-
stoffe estoit alliée de diuers metaux, qui brilloient à l'œil d'vn esclat de plusieurs couleurs se transchangeans les vnes és autres, comme en l'arc en ciel : si
qu'on les a celebrées pour auoir surpassé mesme l'art de Vulcain. *Phen.* Et ne
me descrirez-vous pas quel il estoit, tant du visage que du reste de sa personne
ne ? *Vigneron.* Pourquoy non, puis que ie vous ay trouué si courtois & af- **E**
fable ? Prothesilaus dit doncques qu'il auoit vne grosse touffue & longue
perruque, plus resplendissante que l'or : & luy seant bien en toutes les assiettes que le vent l'eust peu esbranler : ou luy-mesme la disposer : le nez nõ point
aquilin ny crochu, ains tel qu'il deuoit tousiours demeurer, le sourcil recourbé en arceau comme vn croissant. Mais la vigueur de son courage se manifestoit assez à ses yeux clairs & estincellans, alors mesme qu'il estoit posé & rassis sans aucune emotion, refrenant en soy son impetuosité & furie. Que s'il
chargeoit en quelque rencontre & meslee, c'estoit auecques iugement &
mesure : paroissant au reste plus agreable que nul des autres Heroës : si que les
Grecs s'affectionnoient en son endroit, comme l'on a accoustumé enuers les
genereux lyons : lesquels encores qu'on gratifie pendant qu'ils sont oysifs &
de repos, on leur applaudist bien plus neantmoins si on les void remplis
d'vne braue hardiesse faire quelque courageux deuoir, soit contre vn taureau ou beste de deffense. Son effort magnanime au reste se monstroit prin-

cipallemét à son col qu'il auoit droit & haut releué. Mais le plus preud'hôme estoit-il bien de tous les Heroës, tât de son inclination naturelle, que pour la nourriture qu'il auoit prise auec Chiron. Que si on l'a taxé d'auarice, & qu'il ait esté conuoitteux d'argent, cela seroit venu de luy, car il en fut si diffamé, que de vingt-trois villes qu'il saccagea, ils en appropria presque tout le butin, sans qu'il y eust fait aucune perte, ny esté vaincu nulle part, que d'vne simple Damoiselle, laquelle encore il ne se seroit pas donnée de son propre motif & auctorité, ains la requit en don aux Grecs. Et côme Nestor les voulust taxer d'iniustice si Achille n'auoit plus que pasvn des autres : Pour moy, alla-il lors dire, soit la plus grâde part des trauaux & exploicts d'armes : & qui voudra me precelle & aduance en richesses, car ie ne luy en porte point d'enuie, Mais en ceste assemblée où il entra en picque contre Agamemnon, cela vint pour raison de Palamedes : car se ressouuenât des villes qu'ils auoiét prises de compagnie : Telle, va-il dire, est la trahison qu'on impute à Palamedes, & me iuge quiconque voudra, car i'en viens tout recétement. Et côme Agamemnô prist cela en mauuaise part, l'estimât auoir esté dit pour luy, il en vint auec Achilles à belles iniures. Là dessus Vlysses ayát pris la parole, maintenât qu'il y auoit eu de la trahison, & fust sur le poinct de vouloir haranguer contre le traistre, Achilles le chassa de l'asséblée, ioint que ce propos n'estoit pas agreable aux Grecs : & dit outre-plus mille pouïlles & outrages à Agamenon; qu'il se releuoit tousiours hors des coups, sans rié faire au reste, qui peust redôder au profit public, & ne voulut de là en auant se retrouuer plus aux assemblées & congregations. Car quand les prieres luy furent apportées de la part d'Agamemnon, les Grecs se trouuoient lors reduits en tres-grand danger : & furét les chefs de ceste ambassade, Aiax & Nestor, celuy-la pour raison de leur parenté : car il s'estoit n'agueres reconcilié à eux, s'estans aussi courroucez pour la mesme occasiô qu'auoit fait Achilles : & cestui-cy pour sa sagesse, & son vieil aage, que tous les Grecs reueroient fort. Apres donc qu'ils eurent trouué Patrocle disposé de les secourir, Achilles le luy ayant octroyé : & luy apres auoir fait & souffert tout ce qu'Homere en a escrit, il fut mis à mort combattant valeureusement dessus la muraille de Troye. Toutefois Achilles ne fit rien de vil & abiect pour son occasion, ains le depleurât vertueusement, l'enseuelit selon son gré, & qu'il pensa luy deuoir estre le plus agreable. Puis tout de ce pas s'en alla attaquer Hector. Mais des Hyperboles dont vse Homere pour le regard des Troyens, qui d'effroy se laisserent culbuter à bas de leurs chariots si tost qu'Achilles côparut : & de ceux qui furent esgorgez dedans le fleuue de Scamandre : & de l'emotion d'iceluy lors qu'il s'enfla côtre Achilles pour le noyer, Prothesilaus approuue bien tout cela, en tât que poëtique & delectable : mais au reste le fleuue de Scamandre estant si grâd & si ancien, n'estoit pas mal-aisé de trouuer à Achilles : & cecy est trop peu de chose pour de grands fleuues, si qu'Achilles ne combattoit point contre cestui-cy : car s'il se fust mis à bruire vehementement enuers luy, en se destournant de son cours, il n'eust peu perdre facilement, & n'eust pas souffert qu'il se fust rué sur ses eaux. Parquoy Prothesilaus racompte des choses plus vray-semblables : que les Troyens se seroient de vray attaquez au combat le long de ce fleuue : & que là il y en eut vn plus grand meurtre & carnage

qu'on

11. par mer &
11. par terre.
Qu. Calaber ni
14.

Bryseis.

Iliad, 1.

Iliad. 9.

Au 16.

Tout le rebours.
Iliad, 18.

Au 18.

Au 11
au tableau de
Scamandre.

Toutesfois ce
n'est qu'vn petit
torrent.

qu'en tout le reste de la guerre: car non seulement Achille se trouua en ceste
rencontre: ains tous les Grecs à son instance y arriuans les depescherent dedans ce fleuue. Mais Achilles dedaigna d'y mettre la main: trop bien eut-il
affaire à vn qui venoit de la Peonie, dont mesme Homere a fait mention, & F
le nomme Asteropée fils du fleuue Axius, lequel s'aidoit indiferemment
des deux mains, combattant aussi bien de la gauche que de la droitte; plus
grand au reste que pas vn des Grecs ny Troyens: & qui se lançoit à guise
d'vne furieuse beste sauuage sans aucune consideration ny esgard à trauers
les trenchans & pointes des glaiues: ce qu'Homere a outrepassé. Cestui-cy
auoit amené à Troye vne trouppe de Peoniens à cheual, tous braues hommes, & bien deliberez de faire quelque chose de bon: mais de plaine abordée Achilles les ayant espouuentez les tourna en fuitte, estimans que ce fust
vn Dieu qui les eust chargez, parce qu'ils n'auoient iamais veu vn tel homme; si qu'il n'y eust que leur general qui fist teste & tinst bon: contre lequel
Achilles eust plus d'affaire, & se trouua en plus de doubte de sa personne
que quand il combattit Hector: car il n'en vint pas à bout sans estre blessé;
tellement que ses compaignons le vouloient r'emmener au logis afin que
pour ce iour là il ne s'attaquast à Hector, mais il ne leur voulut pas obtemperer, ains leur dit, Ie veux qu'on me voye superieur en mes blesseures. Et là
dessus s'en alla ruer sur Hector qui se preparoit à la defence des murailles.
Puis quand il l'eut mis à mort, comme nous l'auons dit en son chapitre, le *Iliad. 22.*
traisna autour de la ville d'vne trop inhumaine felonnie: mais on le luy doit
pardonner, car c'estoit pour venger Patrocle; & y auoit ie ne sçay quel diuin naturel en luy, de faire tousiours quelque chose de grand pour ses amis;
si que pour l'amour de Palamedes il se seroit indigné contre tous les Grecs:
mais il voulut specialement venger Patrocle, & Antiloque. Or ce qu'il dit à
Aiax fils de Telamon pour le regard de ce propos cela merite bien d'estre
sceu: car comme Aiax luy eust demandé quels faits-d'armes luy auoient esté
les plus perilleux ? Ceux que i'ay entrepris pour mes amis, respondit-il. Et
l'ayant de rechef enquis quelle chose il auoit trouué la plus plaisante &
moins penible ? Cela mesme, dit-il. Dequoy Aiax s'esmerueillant qu'vn
mesme faict fust ainsi difficile & aisé tout ensemble: pource repliqua-il, que
les dangers où l'on se soubsmet pour l'occasion de ses amis, combien qu'ils
soient grands, neantmoins pource qu'on les entreprend de gayeté de cueur
& alaigrement, il nous semble que cela ne nous couste rien, ains soit sans
peine ny moleste. Quelle blesseure est doncques celle qui t'afflige le plus adiousta Aiax ? Celle que me fit Hector, respondit Achille. Mais tu n'en fus
oncques blessé, fit Aiax. Par Iuppiter si ay, dit Achilles, & en la teste, &
aux mains: car ie t'estime en lieu de test, & Patrocle estoit mes mains. Ce
Patrocle-là, Prothesilaus l'alleguoit auoir esté plus aagé qu'Achilles; mais
non de guerres: personnage diuin au reste, & fort prudent: & le plus familier d'Achilles qu'autre amy qu'il eut oncques: car il se resiouyssoit quand
il le voyoit en ses gayes & ioyeuses pensées: & se contristoit du contraire:
luy donnant tousiours quelque bon conseil, & l'escoutant attentiuement
quand il chantoit dessus sa lyre: & les cheuaux d'Achilles le portoient d'aus- *Iliad. 9.*
si bon courage que leur maistre proprer. Au regard de sa grandeur, & de sa G

vaillance, il eſtoit moyen entre l'vn & l'autre Aiax : ſurmonté de vray en toutes choſes du Telamonien, mais ſuperieur aux deux Locriens. Il auoit au reſte les cheueux blonds, & les yeux noirs, les ſourcils d'vne belle façon, & modeſtes : n'eſtant curieux d'entretenir ſa perruque que par meſure. Sa teſte bien plantée & aſſiſe ferme roidde deſſus le col, ainſi que ceux qui font F profeſſion de la luſte. Le nez droiſt & d'vn beau porfil, s'allongeant iuſques aux narines, comme d'vn courageux cheual. *Phenicien.* Vous m'auez certes ramentu ie ne ſçay quoy de beau des cheuaux d'Achilles, & pourtant ie vous prie tant qu'il m'eſt poſſible de me faire entendre pourquoy ils ont eſté plus excellens que nuls autres, & tenus comme pour diuins. *Vign.* Ie m'en eſtois auſſi enquis de mon Heroë, qui m'auroit dit que ceſte immortalité qu'on leur attribuë eſt vne pure fiſtion controuuée ainſi par Homere, mais que la Theſſalie de tout temps abondante & fort heureuſe à produire de bons cheuaux, par vne ſecrete diſpoſition en porta deux entre les autres preſque diuins, & d'vne tres-admirable viteſſe, tresbien complexionnez au reſte, lors qu'Achilles eſtoit en ſa plus floriſſante vogue : & que toutes les choſes croyables qu'on racomptoit auoir eſté diuinement en Achilles, elles auoient eſté de meſme en ſes cheuaux qui ſe monſtroient ſurpaſſer la mortelle condition d'vne creature; au ſurplus que la mort d'Achilles fut telle qu'Homere l'a recognëue : car il le dit auoir eſté occis par Páris & Apollon, ayant ſceu ce qui eſtoit aduenu en Thymbrée durant les ſacrifices qui s'y firent pour la confirmation de ſes promeſſes, auec de ſolemnels ſerments dont il faiſoit Apollon teſmoin : & fut maſſacré en trahiſon fort deſloyaument. Quant à l'immolation de Polyxene ſur ſon tombeau, & tout ce que vous auez peu oüyr que les Poëtes comptent de leurs amours : cela va ainſi. Achille aymoit de vray Polyxene, & prochaſſoit ſon mariage, ſoubs promeſſe de faire deſloger les Grecs de deuant Troye: & elle aymoit reciproquement Achilles, s'eſtans entre-veuz quand le corps d'Heſtor fut racheté de luy par Priam : lequel eſtant à ceſte fin venu trouuer Achilles auoit mené ceſte ſienne fille auec luy, la plus ieune de tous les enfans qu'il auoit euz de la Reyne Hecube, comme pour ſa guide & conduitte : car la couſtume eſtoit alors que les derniers-naiz ſeruoient à leurs pere-meres en leur vieilleſſe de les mener par-deſſoubs les bras pour les ſoullager: & Achilles pour la preud'hommie qui eſtoit en luy ſe comportoit ſi ſagement & modeſtement en ſes paſſions amoureuſes, qu'oncques il ne ioüyſt de fille ny femme outre ſon gré & de force, ores qu'elles vinſſent en ſa ſubieſtion & pouuoir : ſi qu'il contraſta ce mariage auec Priam, & s'en fia à luy : qui le differa à vn autre temps : mais il fut puis apres ſurpris au deſpourueu deſgarny de toutes ſes armes, lors qu'il cuidoit confirmer ceſte alliance par ſerment. On dit au ſurplus que Polyxene : comme les Troyennes s'en fuſſent fuittes du temple, & les Troyens eſcoullez de coſté & d'autre : car vn tel cas ne pouuoit pas auoir eſté perpetré qu'ils n'en fuſſent bien effrayez, elle ſe ſeroit retirée à garend au camp des Grecs: là où ayant eſté amenée à Agamemnon elle auroit eſté de luy fort honnorablement & modeſtement traiſtée, tout ainſi qu'en la maiſon de ſon pere, puis au bout de trois iours que le corps d'Achille auoit deſia eſté enſeuely, la nuiſt elle s'en ſeroit accoruuë à ſon

tombeau:

tombeau : & là appliquant la pointe d'vne eſpée contre ſa poitrine, elle profera pluſieurs choſes pitoyables, & qui ſentoient bien la vraye amour coniugale qu'elle auoit portée au defunct : le requerant d'y perſeuerer auſſi de ſa
part, & ne la vouloir point defrauder de leur pretendu mariage, Mais ce
qu'Homere en auoit dit en ſa ſeconde Pſycoſtaſie, tout cela eſtoit de ſon in-   **I. K.**
uention : que les Muſes aſſauoir ſeroient venuës deplorer par leurs chants A-
chilles quand il fut mort : & les Nereïdes battus à gråds coups de poing leurs
poitrines : car le tout auroit eſté dit de luy plus magnifiquement qu'auec
verité, par ce que les Muſes ny furent veuës aucunement de pas vn de l'armée Grecque s'eſtre approchées de ſon tombeau, ny oüyes chanter non plº :
ny pas vne de Nereïdes apperceuës de coſté ny d'autre, encore qu'elles
ſoient fort ayſées à remarquer quand elles arriuent. Trop bien ſeroient aduenuës quelques autres choſes fort admirables, & non gueres eſloignées
du dire d'Homere : que du goulphe de Melané la mer s'eſtant venuë a engroſ-
ſir auroit premierement treſſailly, & bondy ainſi qu'à courbettes : & puis
apres ſe ſeroit eſleuée en forme d'vne terre ou motte fort grande : & de là
ſe replaniſſant de nouueau ce maſcaret ſe ſeroit eſcoullé deuers le promontoire Rheteen : dequoy les Grecs bien eſtonnez, & eſtans en doubte &
ſoucy de ce qui leur en pouuoit arriuer, & à la terre quand il s'en ſeroit approché, il baigna l'armée de flots, qui ietterent vne aiguë & frequente lamentation, comme ces aſſemblées de femmes qui s'eſcrient és funerailles.
Ce que tous d'vn commun accord trouuerent fort eſtrange & merueilleux,
eſtimans que ce flot eut là pouſſé les Nereïdes, car rien ne s'en eſpandit ſur le
riuage, ainſi paiſible & vny s'accoſta ſeulement de la terre. Mais ce qui s'enſuiuit puis apres ſembla bien plus eſtrange encore, & comme diuin : car ſi
toſt que la nuict ſuruint, les pleurs & gemiſſemens de Thetis commencerent à ſe faire oüyr par toute l'armée ; celebrant les loüanges de ſon fils, & le
lamentant : car elle crioit fort haut, & d'vne voix forte & reſonante : ainſi
que fait Echo dedans les concauitez des montaignes : & lors principalement
les Grecs apperceurent que Thetis auoit veritablement pleuré Achilles : au
moyen dequoy ſans en plus doubter ils luy dreſſerent ce monument que   **L**
vous voyez-là eſleué au front du riuage, puis qu'il auoit voulu eſtre inhumé en vn meſme tombeau auec ſon Patrocle : leurs faiſans tous deux de
tres-magnifiques obſeques & ſepulture. Et pourtant ceux qui ont à cueur
l'amitié, ont accouſtumé de le celebrer. Il fut enſeuely au reſte plus appa-
remment que nul autre de tous les mortels, auec tout ce que luy auoit contribué la Grece : n'eſtimans pas quant à eux qu'aucune perruque deuſt plus
auoir lieu apres celle du preux Achilles : & tout l'or que chacun auoit fuſt
qu'il l'euſt apporté de Grece ; ou eu pour ſa part du butin, ils le ietterét à gråds
tas dans le bucher où il fut bruſlé. Mais ſoudain que Neoptoleme fut arriué, les funerailles qu'il obtint furent encore plus ſomptueuſes, ſe parforçant l'armée auec ſon fils à l'enuy les vns des autres de recognoiſtre en ſon
endroit les benefices qu'ils en auoient receus. Et ceux qui nauiguoient
de Troye s'inclinans ſur ſon tombeau, eſtimoient par là de l'embraſſer &
reuerer.

ANNOTATION.

'Achilles & de son enfance il en a esté parlé amplement au tableau de sa nourriture; tellement qu'il ne reste rien à deduire sur ce chapitre que certaines petites particularitez qui y sont touchées; lesquelles nous parcourrons chacune endroit soy.

B   *Pelée ennoya Achilles en Scyro*, &c. L'opinion commune est qu'il fut nourry auec les filles du Roy Lycomedes; à quoy contredit icy Philostrate: & à ce propos, Pausanias és Attiques. *Cecy me semble auoir esté bien escrit, que Scyro fut pris e par Achilles, bien au rebours de ceux qui disent qu'il fut nourry en ceste Isle là parmy des femmes, ce que Polignot auroit aussi ensuiuy en ses peintures.*

    Luy auroit apporté vn harnois tel que nul autre de tous les humains n'en auroit oucques endossé de semblable. Il n'entend pas celuy que descrit Homere au dixhuictiesme de l'Iliade que Vulcain luy forgea apres la mort de Patrocle, ains le premier qu'il apporta à Troye, & dont Patrocle s'estât armé il y fut tué; ce neantmoins Philostrate le reproue vn peu apres. Quoy que ce soit Homere au seiziesme le descrit à peu pres ainsi.

    Ὡς Φάτο. Πα῞ϛϱχλος δὴ κορύοϛ͗ο νώϱϛϛτι χαλκῶ.
    Κνμίδας ϛϐ͗ ϖϱϛ͗τα ϖϱ͗ι κνμησιν ἔϑηκε, &c.

    Ainsi parla-il : & Patrocle
    S'armoit d'vn reluisant acier.
    En premier lieu il mit les greues
    A ses iambes, & les cuissots,
    Qui auoient d'argent les charnieres.
    Puis apres autour de son corps
    Il vestit la forte cuirasse
    Du viste du pied Achilles,
    Tout damasquinée à estoilles.
    Et son grand couttellas passé
    Dans vne large bandoulliere
    Parsemée de clouds d'argent
    Il le laissa pendre en escharpe.
    Puis prit son escu grand & fort:
    Et en sa teste belliqueuse
    Il posa le bien fait armet
    Orné de queuës cheuallines:
    Et d'vn tymbre ayant de gros flocs
    De plumes naïfues, branslantes
    Deçà, delà horriblement.

C   *Que c'estoit de ceste lance de fresne.* Le mesme Homere au lieu cy-dessus adiouste subsequemment,
ἔϒχ͗ς δ᾽ οὐκ ἔλετ᾽ οἶον ἀμύμονος Αἰακίδα͗ο, &c.

    Patrocle ne prit point la lance
    Du fort & vaillant Achilles,
    Grande, pesante, & trespuissante,
    Que nul autre de tous les Grecs
    N'eust peu manier fors son maistre:
    Elle s'appelloit Pelias,
    Faite d'vn fresne pris au feste
    Du mont Pelion, où Chiron
    L'auoit couppée; vn iour pour estre
    Des Heroës destruction,
    Et l'auoit donnée à Pelée.

Toutefois

Toutefois les autres alleguent que ce fut Minerue qui accommoda le fuft, & Vulcain le fer, que Philoftrate dit auoir efté de diamant, c'eft à dire tres-fort & puiffant fans pouuoir rebou-cher à chofe quelconque, pour dure & contumace qu'elle peuft eftre : car Paufanias és Laconi-qués met que ce fer eftoit d'airain, comme on le pouuoit voir dedans le temple de Minerue en la ville de Phafelide. Pline auffi liure 16. chapitre 14. l'a dit auoir efté de frefne; *Fraxinus multum Homeri præconio, & Achillis hafta nobilitata* : ce que touche auffi Ouide és Metamorphofes. *Et fraxinus vtilis haftis.* Car il n'y a point d'arbre plus propre à cela que le frefne, apres l'If : les lan-ces de noftre gendarmerie tant pour la guerre à bon efcient, que pour les iouftes & tournois font communement de fapin.

Il ne fut pas mis à mort eftant equippé de fes armes, mais en pourpoint comme il fe cuidoit aller fiancer. Les autheurs varient en ceft endroit : car Ouide vers la fin du 12. des Metamorph. met que Ne-ptune fe reffouuenât de ce qu'Achille auoit mis à mort fon cher fils Cygnus, fufcita fon nepueu Apollon pour l'en venger ; lequel addreffa la flefche de Paris de forte, parce qu'il eft fuperinten-dant de tous les archers, qu'il ne faillit point Achilles.

> *Dixit, & oftendens fternentem Troica ferro*
> *Corpora Peliden, arcus obuertit in illum,*
> *Certaf, lethifera direxit fpicula dextra:*
> *Quò Priamus gaudere fenex poft Hectora poffet*
> *Hoc fuit. Ille igitur tantorum victor Achille*
> *Victus es à timido Graiæ raptore marita.*

Dictys de Crete au 4. li. efcript qu'Achilles ayant fait demander Polyxene en mariage, Priam la luy refufa tout à plat : dont par defpit il maffacra depuis de froid fang Lycaon, & Troilus enfans d'iceluy Priam; lequel pour s'en venger, comme la fefte d'Apollon Tymbrée approchaft, qui fe celebroit tous les ans en vn fien temple pres de la ville, il luy enuoya fon heraut Idée pour luy dire qu'il eftoit preft d'entendre à ce dont il l'auoit recherché, s'il fe vouloit trouuer en ce tem-ple pour en traicter plus particulierement. S'y eftant tranfporté à l'affignation prife, Aiax, Dio-mede, & Vlyffe qui en auoient defia conceu quelque foupçon ayans veu aller & venir plufieurs fois à deuers Achilles des meffagers du Roy Priam, le fuiuirent de loin pour obferuer ce qu'il fe-zoit: & eftant entré dans le temple, il y trouua Paris qui l'y attendoit auec fon frere Deiphobus, lequel foubs pretexte de le bien vegner l'embraffa eftroitement par le fau du corps, fi que Paris eut le moyê de le maffacrer à coups de poignard parce qu'il y eftoit venu defarmé fors que de fon efpée. Cela fait ils s'efcoullerent par l'huys de derriere. Boccace en fa genealogie des Dieux, mais ce n'eft pas vn autheur authentique, met que s'eftant mis à genoux deuant l'autel pour faire fa priere, Paris qui eftoit caché en aguet luy tira droit vn coup de flefche à la plante du pied, dont il expira fur le châp. Car Thetis fa mere foudain apres qu'il fut nay l'eftant allé plôger tout le corps dans la riuiere de Styx és enfers, elle le rendit inuulnerable fors que par la plante du pied où elle le tenoit. Ce qu'il a emprunté entre autres de Fulgêce Euefque de Carthage au 3. de fon Mytho-logique, ch. de Peleus & Thetis; où il attribuë cecy à ce que les Anatomiftes trouuét que du talon procedent certaines veines qui s'en viennent atteindre les cuiffes, les haynos, & les reins; & de là naiffent derechef autres rameaux qui s'eftendent iufques au pouce; Parties où Orphée a confti-tué le principal lieu de l'efguillon Vénerêen. Mais cela a efté defia atteint fur le tableau d'Achil-les en l'Ifle de Scyro. Dares Phrygien s'y amefure plus diffufement eftendu, dit qu'apres la mort d'Hector, Priam & Hecube accompagnez de leur fille Polyxene eftans allez vifiter le fepulchre d'Hector hors la ville durant vne fufpenfion d'armes, Achilles s'y voulut trouuer; lequel à la pre-miere veuë de Polyxene s'en amoura fi de forte que dés le lendemain il enuoya vers Hecube luy offrir que s'ils la luy vouloient dôner en mariage il s'en retourneroit en Grece auec fes Myr-midons; & que bien toft apres il n'y auroit Prince en l'armée Grecque qui ne fift de mefme. He-cube fit refponce qu'elle en parleroit volontiers à Priam, lequel luy fit dire qu'il en eftoit contêt, pourueu qu'il effectuaft par effect ce qu'il promettoit. Et delà en auant Achilles s'abftint de plus fe trouuer aux combats ; ains exhortoit les Grecs de ne fe vouloir obftiner ainfi longuement là deuant pour l'occafion d'vne putain. Quelque temps apres perfiftant toufiours en ce propos qu'il falloit faire vn accord, & s'en retourner, à l'inftance d'Aiax, & fes autres amis qui l'en pref-ferent il te relafcha à enuoyer fes gens aux efcarmouches & conflicts, fans toutesfois s'y vouloir trouuer en perfonne: lefquels ayans efté en plufieurs rencontres fort malmenez par Troilus entre les autres, irrité de cela il prit les armes , & tua Troilus apres auoir efté bleffé de luy : puis confequemment Memnon: dont Priam & Hecube prindrent deflors refolution de s'en venger; & luy faifans dire que s'il fe vouloit trouuer au temple d'Apollon Tymbréen, ils luy deliureroiêt Polyxene: au lieu d'elle ils y enuoyerent vn bon nombre de gens armez foubs la conduitte de Paris: lefquels s'eftans de plaine arriuée ruez fur Achilles, & Antiloque fils de Neftor : eux enue-loppans leurs manteaux autour du bras: car ils eftoient venus defarmez fors que de leurs efpées: apres s'eftre courageufement defendus , & en auoir tué plufieurs, ils furent là en fin maffacrez,

Quintus Calaber au 3. de ſes Paralipomenes, dit que ce fut Apollon qui le mit à mort de ſa main: mais cela eſt plus Poëtique qu'Hiſtorial. S'eſtant leuée la belle Aurore, les ſoldats belliqueux de Pylos emporterent aux vaiſſeaux le corps d'Antiloque, affligez d'vn extreme dueil de la perte de ce ieune Prince: & luy firent de fort magnifiques obſeques ſur le riuage de l'Helleſpont: monſtrans vne grande triſteſſe ceux qui eſtoient bien affectionnez à Neſtor; lequel s'y portoit neantmoins plus conſtamment que nul des autres, côbien que cela luy touchaſt de plus pres au cueur: car c'eſt le fait des hommes ſages de porter patiemment ſes deſconuenuës, ſans ſe laiſſer trop abiectement ſurmonter à la douleur. Mais Achilles enflambé d'vn mortel courroux pour la perte de ce ſien cher fauorit bien aimé, bruſloit de rage en ſa penſée de s'en vanger ſur les Troyens; & ſe preparoit furieuſement au combat: leſquels ſortirent d'vn grand courage hors de leurs portes & murailles, pouſſez à cela de leurs deſtinées qui les alloient precipiter à vne euidente ruine par les mains de celuy qui bien toſt apres deuoit encourir la meſme infortune. S'eſtans doncques venu chocquer les bataillons des deux coſté, attiſez de l'ardeur de Mars, Achilles en fit là vn piteux carnage: ſi que la terre mere nourriſſe des mortels eſtoit toute arrouſée de leur ſang: & les canaux de Xanthus, & de Simoïs arreſtez de couler à val pour l'abondance des corps morts qui les rempliſſoient à plein bord. Car Achilles les alloit denant luy chaſſant par la plaine iuſques preſque dedans leurs portes, qu'il euſt de ceſte pointe propre enfoncées, & explané à fleur de terre, pour donner par là vne entrée aux Grecs, & mettre tout à feu & ſang ceſte belle opulente ville, ſi Apollon en ayant conceu vne grande indignation en ſon cueur pour voir tant de vaillans hommes finer là leurs iours miſerablement auant temps, ne fuſt ſoudain deſcendu du haut de l'Olympe, ſon carquois trouſſé en eſcharpe plein de ſleſches irremediables qui reſonnoient terriblement contre ſon arc, les yeux luy eſtincellans comme viues flammes, & la terre croullant toute ſoubs la maieſté de ſes pieds. Il ſ'en vint donques planter viz. à viz. d'Achilles, auquel à vne effroyable voix pour le deſtourner de ce maſſacre des Troyens, qui ſans doute y fuſſent vous demeurez, iuſqu'au dernier: & retire toy d'icy ô Achilles, va-il dire, car il n'eſt pas raiſonnable que tu pourſuiues plus-auant à exterminer tout ce peuple, de peur que quelqu'vn des immortels ne t'accable. Ainſi luy parla Apollon: mais cela ne l'eſtonna pas, parce que deſia ſa deſtinée pernicieuſe voltigeoit tout autour de luy pour en faire ſa volonté: ſi qu'il ne reſpecta point autrement le Dieu, ainſ luy eſcria d'vne voix forte: Et à quel propos Apollon, me voudrois tu faire combattre par quelqu'vn des Dieux, pour raiſon que ie taſche icy de venger la deſloyauté des Troyens? Certes ce n'eſt pas la premiere fois que tu m'as eſté ſi contraire: & n'y a gueres que tu te parforças de m'arracher Hector des mains, auquel ils auoient toute leur eſperance. Mais va t'en d'icy ie te prie, & te retire à la demeure des autres Dieux tes conſemblables: afin que ie ne ſoi contraint d'employer contre toy ma lance, quelque immortel que tu puiſſe eſtre. Ayant dit cela il laiſſa là le Dieu, & ſ'en alla de nouueau recharger les Troyens plus fort que deuant: mais ils continuoient de ſ'enfuyr à vauderoutte deuant ſon impetuoſité & furie. Et Apollon tout indigné de ſa reſponse diſcouroit ainſi à parſoy: Et dea de quelle forceſnée rage eſt tranſporté ce mortel cy? Certes Iuppiter meſme ne le pourroit pas reprimer, qũi ſe vent ainſi outrageuſement oppoſer aux Dieux immortels. Cela dit, couuert d'vne nuée caue & enuironné d'air eſpaix, il deſcoche vne fort cruelle ſagette, qui l'alla atteindre droit au talon: dont la douleur tout ſoudain luy monta au cueur, & tomba par terre à guiſe d'vne groſſe tour qu'vn violent orage de Typhon enclos dedans les concauitez de la terre renuerſeroit de fonds en comble. Ainſi fut proſterné Achilles, iettant ſes yeux ça ternü & là nü de coſté & d'autre. Et qui eſt celuy (diſoit-il) qui m'a ainſi trahiſtreuſement à cachettes delaſché ce deſloyal coup? Qu'il ſ'en vienne m'attaquer en appert en champ de bataille, & il verra bien toſt reſpandre ſon ſang & ſes entrailles par l'inuincible effort de mon glaiue, lequel l'enuoira ſur les champs aux profonds manoirs de Pluton. Car ie ſçay aſſez qu'il n'y a homme mortel quelque valeureux qu'il puiſſe eſtre, voire le plus preux de tous les Heroës qui me peuſt vaincre, ny me reſiſter, quand bien il auroit triple plaſtron, & ſeroit tout entier d'acier. Mais c'eſt la couſtume des poltrons & laſches de cueur, de prendre ainſi en trahiſon les vaillans hommes. Et pourtant qu'il ſ'en vienne icy teſte à teſte, quelque Dieu qu'il ſoit qui ſe montre ſi contraire aux Grecs: me diſant neantmoins le cueur que c'eſt Apollon luy ſans autre lequel m'a ainſi accouſtré couuert d'vne nuée obſcure. Ce que ma mere me predit fort bien autrefoiſ, que ie deuoi eſtre mis à mort par les fleſches pres la porte Scée, & il n'eſt pas reüſſi en vain. Il parla ainſi: & arrachant le traict de ſa playe incurable, le ſang en ſortit en grande abondance, auec de treſgriefs crutiemens & douleurs mortelles: ſiqu'il vendit l'ame bien toſt apres ayant ietté de grand deſpit la fleſche au loin, que les vents rapporterent à l'inſtant meſmes à Apollon; comme il ſ'en retournoit là haut au Pallais celeſte: car il n'eſtoit pas raiſonnable qu'eſtant immortelle, & delaſchée de la main d'vn Dieu, elle periſt icy bas en terre. Voila comme en parle Qu. Smyrnéen à ſa mode Poëtique accouſtumée. Toutefois Hyginus ch. 107. eſt du meſme aduis, & qu'apres qu'Achille eut tué Hector il ſ'alla promener trop piaſeuſement autour des murailles de Troye, comme s'il euſt voulu dire que luy tout ſeul l'auoit expugnée: dequoy Apollon indigné prenant la reſſemblance de Pâris luy delaſcha vn coup de fleſche droit au talon, qui ſeul eſtoit mortel en luy, dont il expira toſt apres.

E   Protheſilaus dit qu'Achilles auoit vne longue touffuë perruque. Dares à ce propos le deſcript d'vne large & ample poitrine, le viſage debonnaire & aggreable; fort de membres; la cheuelleure longue, eſpoiſſe, creſpelue & chaſtiniere; prompt & vaillant aux armes ſur tous autres; d'vne chere gaye, & plaiſante conuerſation; liberal & fort ſplendide.

F   Trop bien ent-il affaire à vn qui venoit de la Peonie, dont meſme Homere a fait mention, & le nomme Aſteropée.

Priſe du commëcement de l'Iliade.

Asteropée. Cela est au 21. de l'Iliade en ceste sorte.

Τόφρα ἢ Πηλέος υἱὸς δολιχόσκιον ἔγχος

Ἀερηπαίη, &c.

Ce temps pendant le fils de Pelée ayant sa longue lance au poing s'en alla ietter sur *Asteropée*, tout pres de le mettre àmort: qui estoit fils de Pelegon que le fleuue Axius auoit engendré en Peribée fille aisnée d'Acesamene. Achilles doncques le va assaillir, & l'autre au dessus le bord de l'eau l'attend de pied-coy, ayant deux iauelots és poings : car le fleuue Xanthus luy auoit donné ceste hardiesse , indigné enuers Achilles pour les deux ieunes Princes qu'il auoit massacrez dedans son canal sans en auoir compassion. Ainsi ces deux valereux combattans s'estans approchez l'vn de l'autre , Achilles le premier va dire : Qui és tu, & de quelle part, qui as ainsi l'audace de m'attendre ? car il n'y a que les enfans des mal-heureux qui s'opposent à mon effort. A quoy le fils de Pelegon fit response. O magnanime fils de Pelée pourquoy t'enquiers-tu qui ie suis ? certes de bien fort loin d'icy , de la fertile Peonie , dont i'ay amené force bons lanciers , & voicy l'onzie[s]me iour de mon arriuée. Ma race est du fleuue Axius coulant d'vne eau pure & claire : & luy qui a engendré le bon cheualier Pelegon lequel on dit estre mon pere. Mais il est desormais de iouer des cousteaux. Ainsi parla-il en branant : & Achilles empoigna sa pesante lance de fresne : ce pendant l'autre qui s'aydoit egalement des deux mains luy darda tout à vne fois les deux iauelots qu'il tenoit, dont l'vn l'alla atteindre dans son escu qu'il ne peut pas fausser du tout, car l'or que Vulcain y auoit appliqué l'engarda. & de l'autre il le blessa quelque peu au bras droict, dont le sang coulla à val, & s'alla le iauelot ficher dans la terre. Mais Achilles luy lançant d'vne plus grand force son glaiue s'attendoit bien de le mettre à mort de ce coup: Toutesfou il faillit d'atteinte, & s'alla enfoncer bien auant en la barge du fleuue, où il entra iusqu'au milieu. Ce voyant Achilles desgaina son espée & se lance d'vne grande furie sur luy pendant qu'il s'esforce d'arracher le glaiue du bord , dont par trois fois il l'esbranla le cuidant auoir , & par trois il y faillit : à la quatrie[s]me comme il le cuidoit rompre en le tordant, Achilles le preuint par vne estocadde qu'il luy donna dedans le ventre vers le nombril, si que les boyaux en sortirent : & soudain apres vne noire nuict luy vint enuelopper les yeux, dont il expira: & Achilles eut le moyen de luy sauter dessus le corps, & le despouiller de ses armes. Il poursuit puis apres comme de là il alla attaquer ses gens, & les mit à l'arriuée en suitte: apres en auoir tué plusieurs de nom qu'il recite là.

L'escoutant attentiuement quand il chantoit. Cela est au 9. de l'Iliade, où les Ambassadeurs vont trouuer Achilles pour tascher de le reconcilier auec Agamemnon. Τὸν δ' εὗρον φρένα τερπόμενον Φόρμιγγι λιγύᾳ. &c.

G

> Ils le trouuerent s'esbattant
> Sur sa lire doux resonnante
> Ouurée industrieusement:
> De fin argent estoit le manche :
> Et l'auoit euë du buttin
> Alors qu'il saccagea la ville
> D'Æetion. Il iouoit doncq
> De cest instrument, où les gestes
> Il recitoit des hommes preux,
> Et n'y auoit sinon Patrocle
> Assis deuant luy, attendant
> Sans mot sonner ne l'interrompre
> Qu'il eust acheué sa chanson.

Vous m'auez ramenteu ie ne sçay quoy de beau des cheuaux d'Achilles. Il eut trois cheuaux attellez à son chariot d'armes, l'vn mortel nommé Pedasus, que Sarpedon combattant contre Patrocle mit à mort, il l'auoit eu aussi à la prise de Thebes de la Cilice ville d'Eetiô lequel estoit pere d'Andromache femme d'Hector, comme il est dit au 16. de l'Iliade : & les deux autres Balius. & Xanthus immortels, ayans esté procréez par le vent de Zephyre en vne des Harpyes dite Podargé. Mais tout cela a esté touché plus au lóg au tableau de la nourriture d'Achilles. Quelques vns voulans allegorifer là dessus, prennent le chariot d'Achilles pour l'homme: Pedasus qui est mortel pour le corps caduque & perissable corruptible: Balius pour l'ame, & Xanthus pour ceste portion de la diuinité & adiointe que les Grecs appellent νοῦς, les Latins *mens*, & les Hebrieux *Nessemah*: nous ne le pouuons representer que par ce mot Intellect. Quant à ce qui suit puis apres au texte: *Que la Thessalie estoit de tout temps fort heureuse à produire de bons cheuaux*: cela bat à ce qui est recité ie ne sçay où dans Strabon si ie ne m'abuse, que les cheuaux de la Thessalie auoient esté celebrez sur tous par ce vers icy emané de l'oracle de Delphes, ie n'ay le Grec pour le present en memoire: le Latin l'a tourné ainsi, *Thessalicus praestat sonipes, mulusq; Lacaena.*

H

AAAa

I   *Ayant sceu ce qui estoit aduenu en Tymbrée.* C'estoit vne plaine contiguë à Troye, par où passoit vne riuiere du mesme nom, qui s'alloit rendre dans le Scamandre aupres du temple d'Apollon sournommé Tymbréen, auecques vn sacré bosquet où Achilles fut mis à mort en aguet par Pâris : & de là seroit venuë l'opinion que ce auoit esté Apollon mesme qui fit le coup, comme met Seruius sur le troisiesme de l'Eneide, *Da propriam Tymbrée domum*, & Lactance le Grammairien au premier de la Thebaide de Statius : *Seu Troiam Tymbrœus habes.* Ce mot là au reste estant venu de l'herbe de Tymbrée fort frequente en cest endroit là. Homere au cinquiesme de l'Iliade met qu Eneas ayant esté blessé par Diomedes fut garenty par Apollon, qui le transporta hors de ses mains en son temple qui estoit à Pergame, c'est à dire en la plaine de Troye, qui debuoit estre cestui cy où il fut pensé par Latone & Diane.

K   *Les Muses apres la mort d'Achilles le seroient venu deplorer par leurs chants.* Tout cela est tiré d'Homere au 24. de l'Odyssée, où Agamemnon racompte és enfers à l'ame d'Achilles tout ce qui est de ce propos. ὄλβιε Πηλέος υἱὲ θεοῖς ἐπιείκελ' Ἀχιλλεῦ, &c. Bien heureux fils de Pelée, & semblable aux Dieux Achilles, qui deceddas à Troye fort loing d'Argos, auec plusieurs Troyens & Grecs des plus valeureux, qui combattoient autour de toy pendant que tu gisois mort en la poudre sans plus te soucier des armes, nous persistasmes tout le long du iour à la meslée : & ne nous fussions pas departis si Iuppiter par vn gros orage ne nous eust contraints de nous retirer. Apres donques que nous t'eusmes porté aux nauires nous te lauasmes tout le corps auec de l'eau chaude, t'oignans de plusieurs liqueurs & parfums : & te posasmes sur vn beau lict de parement auoü tou les Grecs espandirent de chaudes larmes, & se tondirent les cheueux : là dessus voicy ta mere qui va arriuer de la mer, accompagnée d'vn grand nombre de Nymphes immortelles marines, si tost qu'elle eut les nouuelles de ta piteuse desconuenue, car le bruit s'en estoit soudain espandu par la mer : & à sa venue tou les Grecs furent surpris d'vn si grande frayeur, si qu'ils s'en fussent fuys à garend à leurs vaisseaux, si Nestor ne les en eust retenus : Personnage vieil & prudent, & d'vne l'ongue experience, dont l'aduis auoit tousiours esté trouué tres-bon & salubre : lequel leur parla en ceste sorte : Arrestez vous messieurs les Grecs, & ne vueillez ainsi fuir : c'est la mere du desunct qui auec les Deesses marines est venuë pour le visiter. Ayant dit cela ils de pouilerent leur effroy : & autour du corps s'espandirent les filles du vieillard marin, lamentans pitoyablement, vestues d'habits de dueil, mais immortels, depuis les pieds iusqu'à la teste. Toutes les Muses le pleuroient aussi de leurs belles voix les vnes apres les autres chacune à son tour, qui meurent à telle compassion l'armée, qu'il n'y eust vn seul qui ne larmoiast fort amerement. Dix-sept iours entiers iour & nuict sans cesser, nous te lamentasmes Dieux & hommes, & le dixhuictiesme nous te brusasmes solennellement dessus le bucher funeral, y ayant premierement immolé force moutons & bœufs tous noirs, gras & refaits, enseuely dans vn beau drap des immortels, auec force aromates, & du miel : & plusieurs des Heroës Grecs armez de toutes pieces couruent tout autour du bucher ardent, comme s'ils fussent voulus aller à la charge, tant à pied qu'à cheual : dont il se leua vn grand tintamare. Mais apres que la flamme de Vulcain eut acheué de te consumer, le matin nous recueillismes tes ossements dans du vin mixtioné de diuerses liqueurs odorantes : & les mismes en vn fort riche vase d'or, que ta mere donna, à qui Bacchus en auoit fait present : mais c'estoit de l'ouurage de Vulcain. En ce vase donques furent tes os mis, ô preux Achilles, auec ceux de Patrocle, & en vn autre à part tout ioignant ceux d'Antiloque, que tu aimois & honnorois pardessus tou les autres plus chers fauoris apres icelui Patrocle : puis les enseuelismes en vn haut esleué sepulchre sur l'armée des belliqueux Grecs te dressa sur le riuage de l'Hellesponte au lieu plus hautain : à ce que ceux qui se vient voilé du Pont-Euxin le peussent descouurir de loing, tant les viuans pour le iourd'huy, que les autres qui viendront cy apres. Et ta mere apres auoir fait ses prieres aux Dieux proposa de beaux prix aux Grecs pour combattre en ton honneur & memoire. Certes te pensé auoir assisté aux deuoirs funeraux de plusieurs excellens personnages, où les ieunes gens se presentoient pour gaigner le prix, mais tu te fusses esmerueillé de ceux que la belle Deesse ta mere Thetis aux pieds argentins t'establit là. Et de fait tu es fort aymé des Dieux : & encore que tu sois mort, tu n'as pas pourtant perdu ton renom, ains auras à perpetuité vne tres celebre gloire entre les viuäts. A ce mesme propos Pindare en la 8. des Isthmiennes parlant d'Achilles chef des Æacides ; τὸν μὲν ὅτε θανόντ' κελάδου, &c.

Car encore qu'il fust mort
Les chants ne l'abandonnerent;
Ains les *Vierges* d'Helicon
Assisterent aux obseques;
Et espandirent sur luy
Vne celebre complainte:
Dont il pleut aux immortels,
Vn si vaillant personnage
Faire celebrer des chants
Des immortelles Deesses.

Ils

Ils luy dresserent ce monument que vous voyez là esleué au front du riuage,&c. Il n'y aura point de mal
d'amener icy ce que Philostrate touche au 4. liure de la vie d'Apollonius, chapitre 3. & 4. de ce
qui passa en ceste sepulture entre iceluy Apollonius, & l'ombre dudit Achilles, ou il en parle en
ceste sorte. Dela ayant ordonné à ses disciples de s'aller embarquer, il delibera de passer la nuict au tombeau
d'Achilles : dont eux le voulans destourner pour les frayeurs qui y apparoissoient, car il souloit là se monstrer
fort terrible & espouuentable, il fit responce qu'au contraire cest Heros se plaisoit d'estre visité, bien estoit-il à ce
qu'on disoit, coustumier d'apparoistre par fois armé de sa sallade empennachée, & sa grand' rondache, menaçant les Troyens encore, se ressouuenant, comme il est à croire, de l'outrage qu'ils luy firent de le massacrer en aguet, estans armez & luy tout nud, quand il prochassoit le mariage de Polyxene. Mais ie n'ay
rien de commun auec eux, & ne luy parleray que de choses plaisantes & agreables. Cela dit il s'en alla à ce
sepulchre que l'air commençoit desia à se r'embrunir, Et ce qui luy interuint là auec Achilles, il le racompte en ceste maniere au 5. chap. Ie n'inuoqu'y pas l'ombre de cest Heroe en creusant vne fosse en terre,
pour y espandre du sang d'aigneaux, comme fit Vlysse és enfers, ains tant seulement ie luy addressay les prieres dont l'sages de l'Inde m'auoient instruit, pour se rendre placables les esprits des Heroes & grands personnages. O Achilles, allay ie dire, le bruit commun est par tout que vous estes mort, ce que ie ne veux croire,
non plus que ne feroit aussi Pythagore, dont i en suis la secte : afin donc que nous ne croyons que ce qui est vray
& en puissions parler d'asseurance, monstrez vous à moy en vostre vraye ressemblance. Luy sur ma foy à ceste requeste, sa sepulture commença vn peu à crouler, sont soudain sorti vn ieune homme de la hauteur de sept à
huict pieds, vestu d'vn long vestire à la mode Thessalienne : sa beauté au reste, & son aspect ne monstrans pas
d'estre d'vn outre-cuidé & vanteur, comme plusieurs l'alleguent auoir esté : ains ressentoient plustost certaine
gracieuse debonnaireté accompagnée d'vne maiesté venerable. Et puis dire, que ie ne puis pas, que personne
iusques icy aye assez dignement loué sa beauté, encore qu'Homere s'y soit estendu au bout ce
qui luy a esté possible : car ie la tiens pour surpasser tout ce qu'on pourroit imaginer en son esprit, non qu'escrire. L'ayant donc veu tel apparoistre, il me sembla qu'au mesme instant il creust au double, si qu'il pouuoit
bien arriuer iusqu'à seize ou dixhuit pieds de hauteur, augmentant tousiours sa beauté au triple. Lors il m'alla dire, que iamais il ne s'estoit fait roigner la perruque, ains l'auoit tousiours reseruée en son entier pour en
faire vne offrande au fleuue Sperchius : car Homere escript que ce fut autour d'iceluy qu'il passa son adolescence, que le premier poil folet de sa barbe ne faisoit que luy cotonner le menton, & les ioües, en m'appellant donques par mon nom, il m'alla dire. Ie deuise volontiers auecques vous, Apollonius, car il y desia long temps que
ie desirois rencontrer vn tel personnage. Plusieurs ans sont desia passez que les Thessaliens ont intermis les sacrifices & deuoirs qu'ils auoient accoustumé de me rendre, & neantmoins ie ne m'en suis pas encore voulu courroucer contr'eux. Mais ie leur conseille amiablement qu'ils ne vueillent plus persister à me defrauder de mon
droict, à ce qu'estans Grecs ils ne se monstrent pires en mon endroit que les Troyens, lesquels encore que ie leur
aye mis à mort les plus valeureux combatans qu'ils eussent, ne laissent pas pour cela de me faire des offrandes
de leurs primices, en me requerant de ie ne sçay qu'y que ie ne leur veux pas octroyer, parce que la desloyauté
qu'ils m'vserent en se pariurant, est cause que leur ancienne & tant renommée cité ne sera iamais restaurée. A-
fin donques que ie ne sois contraint de faire à l'endroit des Thessaliens rien de semblable, vous le leur direz de
ma part, en pleine assemblée de peuple. Ie le feray tres-volontiers, respondis-ie, parce que cela ne tend qu'à diuertir la ruine qui les menace. Mais qu'est-ce ô diuin Achilles, que ie vous doibs icy demander? ce respond desia,
me va-il respondre, ce que vous desirez de moy. Et à ce que vous ne vous ingeriez de m'en peruir d'aucune chose de tout ce qui se passa entour Troye, car vous ne me feriez point de plaisir, ie laisse à vostre option de me faire
iusqu'à cinq demandes de ce qui vous agréera le plus, pourueu que ce qui m'est prohibé de reueler.
Dont me r'asseurant là dessus, ie luy demanday en premier lieu s'il estoit vray qu'il eust esté enseuely de la sorte
que les Poëtes chantent? Ie fus enterré, me va-il respondre, de la façon qui me fut, & à Patrocle tres-
agreable: attendu que durant nostre ieunesse nous fusmes tousiours d'vne mesme volonté & accord: &
vn mesme vase d'orient nos cendres, tout ainsi que si nous n'eussions esté qu'vn tout seul. Mais ie veux bien
que vous sachiez comme il va de ces larmes que les hommes disent auoir esté espanduës pour moy par les Muses, & les Nereides: que iamais les Muses n'arriuerent en ces lieux-cy, trop bien les Nereides y sont
souuentefois venuës, & sont encore, Ie luy demanday puis apres, s'il estoit vray que Polyxene eust esté mise à
mort pour son occasion? Elle sint de vray violentement se sions, m'alla-il dire, par sa sepulture, & par glaiue, mais ce ne fut pas de la main des Grecs m'il-gré elle, ains est venuë volontairement à mon tombeau, &
se remettant deuas les yeux ceste ardente affection qu'elle m'auoit tousiours portée, elle se donna d'vn poignard
à trauers le corps. En troisieme lieu ie l'interrogay s'il estoit vray qu'Helene fust venuë à Troye, ou
s'il auoit pleu à Homere de le feindre ainsi? Nous fusmes abusez vn long temps, me va-il respondre, tant
lors que nous enuoy ismes des ambassadeurs à Troye pour la r'auoir, que depuis que nous vinsmes faire la guerre: car Helene estoit adonc chez Prothée en Egypte, ayant esté neantmoins enleuée par Paris: mais quand nous
en sceusmes la verité puis apres, nous ne laissasmes pour cela de continuer les efforts que nous auions desia
commencez, afin qu'on ne nous vist point inutilement partir de là auec nostre courte honte. Ma quatriesme demande fut, que ie m'esmerueillois fort, que la guerre eust ainsi produit en vn mesme temps tant de valeureux
personnages, comme Homere escript s'estre rencontrez au siege de Troye. Ny les barbares mesmes, m'alla-
il respondre, n'estoient pas en cela beaucoup surpassez de nous, & n'auoient moins de tres-preux

combattans, de maniere que la vertu en ce siecle-là florissoit sur terre. Finablement pour la cinquiesme ie luy demanday pourquoy c'estoit qu' Homere n'auoit point eu de cognoissance de Palamedes, ou s'il en auoit eu, qu'il
l'eust ainsi oublié en ses Poësies ? Pource que Palamedes m'alla-il dire, ne se trouua point à ceste guerre, ny ne
fut onceques à Troye. Mais à cause que ce fut vn tres-sage homme, & fort belliqueux, & qu'il souffrit mort de
la sorte qu'il pleut à Vlysse, Homere n'en voulut point faire de mention en ses œuures, pour n'estre contraint,
s'il en eust parlé, d'alleguer les blasmes d'Vlysse. Et là dessus Achilles se prit à larmoyer, disant que Palamedes auoit esté en sa ieunesse vn tres-bel homme, & de grand taille, & en somme vn tres-valeureux cheualier,
qui de modestie auois surpassé de bien loing tous les autres ; addonné d'abondant à l'estude des bonnes lettres,
& tres-docte. Mais vous Apollonius, poursuiuant son dire, pource que vous auez entre vous autres gens sçauans ie ne sçay quelle affinité, ayez soing de sa sepulture, & de restablir son image en sa place, qui en a certes
trop honteusement esté abbatuë par terre. Et afin que vous sachiez le lieu, c'est en l'Eolide pres de Methymne en
l'isle de Lesbe qu'elle est gisant là. M'ayant informé de toutes ces choses, & ordonné de bannir de ma compagnie
vn ieune homme Payen nommé Antisthenes, qui me suiuoit pour apprendre, à cause qu'il s'aduoüoit estre descendu des Troyens, & du sang mesme du Roy Priam ; il disparut soudain de moy, iettant vne petite splendeur.

NEOPTOLEME.

NEOPTOLEME.

Hen. Mais de Neoptoleme quel Íe dit voſtre Pro-theſilaus auoir eſté? *Vign.*Fort valeureux,& qu'enco-re qu'il fut aſſez inferieur à ſõ pere, ſi n'eſtoit il en rien moindre pourtant qu'Aiax : car il eſtoit beau de viſa-ge,reſſemblât à Achilles,duquel en cecy il eſtoit d'au-tant ſurmonté,que les beauxhommes naturels le ſont des ſtatuës. Achilles au reſte a obtenu des hymnes & cãtiques de loüanges en la Theſſalie;d'où tous les ans A ils alloient viſiter ſon ſepulchre,& châter là ces hym- B nes de nuiét,meſlans ie neſçay quels ſacrifices d'expiations à ſon anniuerſai-re funeral;comme ont accouſtumé de faire les Lemniens, & les Pelopone-ſiens venus de Siſyphe. *Ph.* Mais voicy vn autre diſcours qui ſe preſente ſur les rengs,lequel par Hercules ie ne lairrois pas volontiers paſſer, quand bien moy-meſme i'y deurois mettre la main. *Vign.*Or il faut mon bel amy, que ie vous die que toutes ces digreſſions & enueloppemens de propos les vns ſur les autres ne ſont que curioſitez inutiles, & pour telles les tiennent ceux qui ne voulans rien admettre d'oiſif,les reputent à autât de fables vaines,propres pour ceux qui n'ont autre choſe à faire que d'y entendre. Et ie vous veoy côme ſerf & eſclaue du vaiſſeau que vous gouuernez;eſclaue quant & quant des vents,deſquels ſi la moindre halenée propice vient donner en pouppe,il faudra ſoudain deſmarer, & eſpandre les voiles , & deſloger auec le nauire, poſtpoſans toutes choſes à la nauigation.*Phen.* Laiſſons là noſtre nef à la bõ-ne heure,& ce qui y eſt, car la voiéture de l'eſprit me ſemble plus plaiſante & profitable:ne tenant point pour mon regard ces petites digreſſions pour ces fables & badineries que vous dittes,ains pour vn gaing tres-oportun qui ſe ſera deſormais adiouſté à ma marchãdiſe.*Vig.*Dieu vous maintienne ſain & ſauue puis que vous auez ceſte cognoiſſance. Et puis que tel eſt voſtre deſir, oyez ce qui depend des Corinthiens entant que touche Melicerte; leſquels i'ay fait venir de Siſyphus, auec tout ce qu'ils ſont encore enuers les enfans de Medée;qu'elle tua à l'occaſion de Glaucé : car tout cela reſſemble à vn dueil myſterieux & diuin,taſchãs d'appaiſer l'indignation de ceux-cy,& ce-lebrans l'autre par de ſolennels hymnes. Mais pour le forfaiét que les femmes de Lemnos à la perſuaſion de Venus perpetrerent autrefois enuers leurs ma-rys, ceſte Iſle là eſt purgée & reconciliée tous les ans, & lors eſt tout le feu eſteint le neufieſme iour,car leſacré nauire Theoris en apporte de nouueau

Au tableau de Palemon, de bleſſée en Col-chos, & ſa ſta-tue.

Au tableau & en la deſcription de Philoétetes.

A A aa iij

de Delos. Que si ceste barque arriue deuant le temps destiné à l'anniuersaire, elle ne prend port nulle part en Lemnos, ains s'en va voguant en suspens de costé & d'autre le long des caps & promontoires, tant que le temps se rende propre à nauiger. Ce temps-pendant inuoquans les deitez terrestres & cachées, ils conseruent du mieux qu'ils peuuët comme ie pense, le feu pur qu'ils auoient apporté par mer. Puis quand la barque est venuë surgir au port, & qu'ils ont deliuré le feu en terre, s'addonnans aux arts qui dependent de luy, ils alleguent que de là en auant ils commencët vne nouuelle forme de viure. Que les expiations au reste qu'ils vont faire à Achilles, quand pour cest effect ils nauiguent de la Thessalie à Troye, leur ont esté ainsi establies par l'oracle de Dodone : lequel leur auroit ordonné de luy aller faire des sacrifices par chacun an, de victimes immolées partie comme à vn Dieu, & partie comme ceux qu'on fait pour les trespassez. Or du commencement cela passoit de ceste sorte. Vn nauire equippé de voiles noirs partant de la Thessalie à la volte de Troye, portoit quatorze hommes qui alloient consulter l'oracle, auec deux taureaux, l'vn blanc, l'autre noir : tous deux ja domptez, & du bois du mont Pelion, afin de n'auoir besoin de rien de dehors : car ils apportoient de la Thessalie & les offrandes, & l'eau mesme de la riuiere de Sperchie: & furent les Thessaliens les premiers de tous qui firent des ghuirlädes de Passeuelours pour ces anniuersaires d'Achilles, à ce que si d'auanture les vents venoient à transporter le vaisseau hors sa droicte routte, pour ce delayement les fleurs des chappeaux ne se flestrissent. Or falloit-il arriuer au port de nuict close, & auant que descendre en terre: ceux qui y estoient auoient de coustume de chanter cest hymne à Thetis.

Au tableau des
Maresinges.

> *Thetis colorée d'azur,*
> *Thetis l'espouse de Pelée,*
> *Tu as enfanté vn tel fils,*
> *Que nul des mortels ne peut oncques*
> *Se mesurer à ses beaux-faicts.*
> *Pour sa part l'a obtenu Troye:*
> *Mais la mer a tout ce qu'il eut*
> *De ton immortelle nature.*
> *Vien, monte icy à ce tombeau*
> *Où est ton valeureux Achilles,*
> *En larmoiant de tes beaux yeux,*
> *Et assise à ce sacrifice,*
> *Thetis colorée d'azur,*
> *Thetis l'espouse de Pelée.*

Cest hymne chanté, & eux s'approchans de sa sepulture, son escu s'oioit retentir comme il souloit faire à la guerre: & lors apres plusieurs courses mesurées autour d'icelle le sommet en premier lieu couronné de festons & chappeaux de fleurs, ayans creusé vne fosse ils y immoloient le taureau noir comme à vn simple defunct, & inuitoient Patrocle à ce banquet en faueur d'Achille: puis despeçans la victime paracheuoient tout ce qui conuenoit à ce sacrifice & expiation. Et quand ils estoient prests à se rëbarquer ils sacrifioient derechef à Achille l'autre taureau blanc sur le riuage : & luy en offroient les

entrailles

entrailles dans vn coffin dont on se sert és libations ; somme qu'ils luy faisoient ce sacrifice comme à vn Dieu : & au poinct du iour, leuans l'anchre
emportoient auecques eux tout le reste de la victime, affin de ne banquetter point en terre ennemie. Voila ces venerables & anciennes ceremonies
qu'on dit auoir esté supprimées soubs les Roys, qui apres les descendans
d'Æacus dominerent la Thessalie. Les Thessaliens mesmes les mirent à
nonchalloir; car il y auoit des citez qui estoient bien contentes d'y enuoyer;
d'autres qui ne l'estimoient estre licite : & d'autres qui tiroient la chose en
longueur : mais en toutes sortes cet affaire estoit renuersé. Or comme la terre se trouuast affligée d'vne excessiue seicheresse, & haste sterile, l'oracle les
admonesta d'honorer Achilles comme il conuenoit, parquoy ils retranche-
rent les deuoirs qu'ils luy souloient faire comme à vn Dieu : interpretans ces
mots, *comme il conuenoit*, qu'il ne luy falloit faire que le mesme deuoir qui se
rend aux autres defuncts : si qu'ils ne luy sacrifioient plus que des choses de
peu d'importance les premieres venuës, iusques à ce que Xerxes descendit
en Grece : car les Thessaliens se trouuans despouillez du tout, delaisserent ce
qu'ils souloient faire enuers Achilles, apres que le nauire fut d'Egyne arriué Plutarque en la vie de Themistocles.
à Salamine, apportant auecques les autres Grecs confederez le present des
Æacides. Puis quand Alexandre fils de Philippes eut soubs-mis à soy tout Au premier traicté de la fortune d'alexandre.
le reste de la Thessalie, il reserua Pthie pour Achilles : & s'en allant guer-
royer le Roy Darius, arriué qu'il fut à Troye, il y associa Achilles pour compagnon : si que les Thessaliens reprindrent de nouueau le soin d'Achilles : à
l'honneur duquel Alexandre fit combattre les hommes d'armes Thessaliens
qu'il auoit amenez auecques luy, à l'entour de sa sepulture, où ils s'entre-cho-
querent tout ainsi qu'en vne mortelle rencontre de caualerie. Et ainsi se partirent apres luy auoir faict des prieres & sacrifices, & inuoqué à leur secours
contre Darius, auecques ses cheuaux feez Balius & Xanthus. Puis quand
Darius eut esté defaict de tous poincts, & pris, pendant qu'Alexandre estoit
és Indes, les Thessaliens enuoyerent bien des offrades à Achilles, & vn cheual noir pour victime, mais pour cela personne d'eux ne vint à Troye pour
luy faire le deuoir comme de coustume. Que si ie voulois parcourir poinct
par poinct toutes les choses comme elles passerent au iour la iournée : & que
les Thessaliens ne se comportans pas si ciuilement qu'ils deuoient, Achilles
en entra en courroux, & tout ce qui aduint en la Thessalie, mon discours seroit trop remply de comptes oisifs : car il y a enuiron quatre ans que Prothesilaus, à son retour du Pont-Euxin, me dist qu'ayant là trouué vn vaisseau à
propos, il auroit nauigué desguisé comme vn passager vers Achilles : ce qu'il
auroit faict plusieurs fois. Et comme ie luy eusse demandé à quelle occasion
vn si signalé personnage que luy, qui respectoit tant ses amis, & aimoit si parfaictement Achilles, en auroit vsé de la sorte : il me dist, Ie viens ores de la
Thessalie tout indigné enuers Achilles, pour l'auoir veu ainsi griefuement
courroucé contre le pays, pour raison de ses sacrifices : & l'ayant requis de
vouloir remettre cette indignation & courroux, il me dist tout à plat qu'il
n'en feroit riē, ains qu'il leur pourchasseroit quelque mal ; si que ie crains que
luy qui est vindicatif, & d'vn naturel irreconciliable, ne presse sa mere The- Sur la fin du 9. de l'Iliade.
tis de leur faire quelque mauuais tour. De moy ayant ouÿ cela de Prothesi-

laus,il me fembla voir foudain tous les bleds de la Theffalie bruinez defia:&
leurs champs infeftez de brouïllards pour la corruption des fruicts:accidens
qu'on void ordinairement arriuer de la mer fur les territoires prochains : &

C   que quelques villes de la Theffalie feroient fubmergées , comme fut Bure,
Helyce, & Athalante tout contigu aux Locriens, qui fouffrirent femblables defaftres : de faict il dit qu'il y en auoit defia de noyées, & les autres ren-
uerféés de fonds en comble.Mais Achilles & Thetis pourpenfoient bien en
leurs courages d'autres manieres de ruines pour affliger la Theffalie: dont le
plus grãd chaftiment qu'ils receurét,fut de ces coquilles de mer dont fe teint

Au tableau de   le pourpre,fi que les Theffaliens eurent de là occafion de peruertir & fophi-
la chaffe de Le-   ftiquer cefte teinture:fi c'eft la verité ou non, ie ne le fçay pas bonnement:
ftes noires.   mais il y a de groffes pierres eminentes plantées çà & là de cofté & d'autre
pour reprefenter où eftoient les champs,& les maifonnages. De leurs efclaues au demeurant, les vns s'enfuyrent, & les autres furent vendus : mais la
plus-part à peine ne font plus rié de deuoir enuers les ames de leurs defuncts
peres-meres,dont ils ont mefme abandonné les fepultures:fi qu'il faut nom-
mémeut que les maux dont Achilles menaçoit les Theffaliens leur fuffent
venus de la mer. *Phenicien.* Certes ce fut vn fort pernicieux courroux que

D   vous venez de racompter, & malaifé à r'habiller. Mais dittes moy ie vous
en prie , qu'eft-ce que Prothefilaus vid digne d'admiration en cefte Ifle du
Pont-Euxin?car il dit qu'il y fit quelque feiour auecques Achilles.*Vigneron.*

Sur le chapitre   Cela eft vray : & il racompte qu'il y a vne petite ifle en cefte mer-là, tirant
d'Aias Locrien.   plus vers le riuage inaccoftable, laquelle ceux qui nauigent vers la bouche
d'iceluy Pont,laiffent à la main gauche, pouuant contenir quelque lieuë de
long, & de largeur vn demy quart. Les arbres qui y croiffent font pour la
plus-part des peupliers blancs,& des ormes,auecques quelques autres,com-
me ils fe rencontrent à l'aduanture & confufement : mais ceux qui font aupres de la chappelle, font plantez par ordre. Elle eft au demeurant baftie
pres la deffus-dicte embouctheure du Marez de la Mæotide , qui n'eftant en
grandeur rien moindre que le Pont-Euxin, entre en iceluy : & n'a autres
images que celle d'Achilles, & Helene, qui furent eftablies là par les Parques,& s'entre-regardans amoureufement l'vn l'autre : & de là ont pris occafion les Poëtes de chanter leurs amours,dont leurs yeux fe monftrét eftre
remplis.Mais en premier lieu Achilles & Helene ne fe virent oncques,elle fe
trouuant en Egypte, lors qu'il eftoit à guerroyer Troye:neantmoins ils ne
laifferent de s'entr'aimer tres-ardemment:le defir de s'entre-voir eftant procedé de la feule oüye, & pour leur feftin nuptial efté referué cet habitacle
par les deftinées apres leur mort. Car au deffoubs d'Ilion il n'y auoit aucunes
ifles des Efchinades iufques à l'Æneade & Acarnanie,qui n'euffent defia efté
contaminées & polluës du parricide d'Alcmeon enuers fa mere : lequel s'en
alla en fin refider vers les defgorgemens d'Achelous,en vne terre toute nou-

Au tableau de   uelle au labourage : tellement que Thetis fupplia Neptune de luy octroyer
Amphiaraus.   quelque ifle en la mer,où Achilles & Heleine peuffent faire leur demeuran-
ce.Et luy regardant tout le long du Pont-Euxin,apres qu'il n'y en eut aperceu vne feule où l'on peuft aborder, il s'en alla produire cefte Leucé, de la
grandeur que ie vous ay dicte, pour leur feruir d'habitations, & par mefme
moyen

moyen de retraicte aux nauigateurs, si parfois il leur y conuenoit prendre
port. Et dautant que ce Dieu commande à toute la substance liquide en
quelque part qu'elle puisse estre, ayant bonne cognoissance des fleuues
Thermodon, Borysthene, & Danube, & comme ils s'en vont descharger
dans le Pont-Euxin vne infinie quantité d'eaux, il ramassa tout le limô qu'ils
charrioient dans ceste mer, à commencer de la Scythie, & en fit ceste isle,
establie & plantée ferme sur le fonds de la mer. Ce fut là où s'entre-virent
premierement Achilles & Helene, & qu'ils s'accointerent; dont les nopces
furent solemnellement celebrées par Neptune & Amphitrite, auecques
toutes les Nereides, & tous les fleuues, car ils s'y trouuerent: & pareillement
les Genies & Demons qui hantent les marez de la Mæotide, & le Pont-Euxin. On dit au reste, qu'en ceste isle il y a certaine engeance d'oyseaux tous
blancs, mais aquatiques, & sentans leur marine, dont Achilles se sert à nettoyer son sacré bosquet, le ballians de l'esuentement de leurs aisles, & l'arrousans de leur pennage mouillé d'eau de mer, car ils volletent pour cet effect vn bien peu soubs-leuez de terre Or à ceux qui nauigent vers ceste emboucheure du Pont-Euxin, ceste isle se presente fort à propos pour y mouïller l'anchre, & y retirer à sauueté leurs vaisseaux, s'il en est besoin, comme si
elle les vouloit recueillir en son hostellage: mais ce n'est pas indifferemment
à toutes manieres de gens Grecs, ou Barbares habituez au tour du Pont:
ains faut que ceux qui abordent là, sacrifient deuant que le Soleil se couche, pour se rembarquer soudain, & ne passer la nuict en terre. Que si le vent
donne à propos, il leur conuient de ce pas faire voile: sinon retirans leur
vaisseau dans la calle, ils se mettent à banqueter & prendre repos; là où l'on
dit qu'Achilles & Helene viennent boire auecques eux, & chanter
leurs amours, ensemble les vers qu'Homere a escrit de Troye: & celebrent
Homere mesme: par ce qu'Achilles a encores en memoire le don, & l'honneur, que Calliopé luy impartit de la Poësie: à quoy il s'estudie dautant plus
à cette heure, qu'il n'est point occupé à la guerre. Les chants doncques de
Homere sont diuinement prattiquez par Achilles: & les a luy-mesme redigez par escript fort poëtiquement, côme Prothesilaus le réarque bien, & les
chante encores luy-mesme. *Phenicien.* Et ne me seroit-il pas loisible d'oüyr
ces chants-là, & de les reciter aussi? *Vigneron.* Certes plusieurs qui abordent
en l'isle tesmoignent auoir oüy Achilles chanter plusieurs choses: mais l'année passée, à ce qu'il me semble, il entonna d'vne forte voix ce cantique, orné de maintes belles graues sentences & conceptions, qui se rapportent
presque à cecy. *Echo qui resides pres de ces eaux innumerables le long des costes de*
ceste mer, celebre toy de ma lyre estant touchée de mes doigts: mais chante moy quant
& quant le diuin Homere: l'ornement du genre humain: la decoration de tous mes
trauaux: par le moyen duquel ie ne suis ny mort ny pery: par le moyen duquel i'ay
mon Patrocle: & Aiax est esgallé au rãg des Dieux immortels: par lequel Troye
inexpugnable, si celebrée des hommes doctes, est comblée de toutes sortes de loüan-
ges, & n'est point tombée en ruine. Phenicien. Diuinement certes Achilles, &
selon la dignité sienne, & selon celle d'Homere, se monstre fort bien versé és
chants lyriques, ne les allongeant point plus qu'il ne faut à vne prolixité ennuyeuse: ce qui nous apprend que la Poësie estoit en fort grande recommé-

Au 21. de l'Ilia-
de, allegué deji à
en Prothesilaut

E

F

G

dation enuers les anciens, & remplie de grande sapience. *Vigneron*. Vous
auez bien raison de le dire de ceste sorte, car de longue-main elle a esté telle. De faict on dict qu'Hercules ayant mis en croix le corps du Centaure As-
bol, il y apposa cette inscription.

> *Asbol, ne redoutant la voix*
> *Ny des Dieux d'enhaut, ny des hommes,*
> *Suis pendu icy à ce Pin*
> *D'vne aspre & picquante perruque,*
> *De grasse resine abondant:*
> *Où ie gis seruant de pasture*
> *Aux de longue vie corbeaux.*

Phenicien. A la verité Hercules s'escrima fort brauement en ces carmes là,
approuuant ainsi ceste magnifique & hautaine forme d'escrire, selon laquelle il est assez manifeste que le Poëte a parlé. Mais retournons encores à
l'isle: car le flot nous ayant enueloppé, comme vous sçauez qu'il en ondoye
beaucoup en ce Pont-Euxin, nous a transportez hors la droite routte de nostre discours. *Vigneron.* Retournons-y doncques. Or les chants y sont tels
que ie vous ay dit: & la voix qui les recite a ie ne sçay quoy en soy de diuin,
& de splendide, resonnant le long de la marine, de sorte qu'elle fait dresser
les cheueux d'horreur à ceux qui passent-là aupres, de la merueille qu'ils en
ont: & racomptent en outre qu'ils oyent du bruit de cheuaux, & des clic-
quetis de harnois, & des cris tels qu'on a accoustumé de ietter à la guerre.
Que si quelque tramontane se leue en ceste isle, ou vn vent d'aual, ou vn autre qui soit contraire, à s'eslargir hors du port en la haute mer, si qu'il les arreste, Achilles le leur vient amoucer en pouppe, ordonnant à ceux qui auroiët
changé de port de ceder au vent: ce que plusieurs qui nauigent du Pont-Euxin en ces quartiers-cy, me font entendre, & que tout aussi tost que de loin
ils descouurent ceste isle, ils s'embrassent les vns les autres, tout ainsi que s'ils
auoient longuement erré en vn vaste & demesuré Ocean; & de ioye espandent des larmes: puis estans approchez de terre, apres l'auoir saluée, ils entrent au temple, où ils font leurs deuotions & prieres à Achilles, & luy sacri-
fiét; mais la victime se presente d'elle-mesme à l'autel, pour le nauire & ceux
qui y sont embarquez. Quant à l'esguiere ou vase d'or qui s'est apparu quelquesfois en l'isle de Chio, cela a esté racompté par de sages hommes. Mais à
quel propos voudra l'on mettre sa faucille en la moisson d'autruy; ny regra-
beller ce qui a esté si manifestement ia touché des autres? Or l'on racompte
que certain marchant estant venu surgir vn iour en ceste isle, Achilles s'apparut à luy, & luy racompta tout ce qui s'estoit passé à Troye, le logea, &
luy fit bonne chere : puis luy commanda de faire voile à Ilion, pour luy en
amener vne fille Troyenne, la luy specifiant par son nom, & celuy au seruice duquel elle estoit. Ce passager estonné de prime-face de ce propos, puis
s'estant aucunement r'asseuré, comme il luy voulut demander quel besoin
il pouuoit auoir d'vne chambriere Troyenne? Pour-autant, va-il dire, qu'elle est du pays dont fut nay Hector, & tout son lignage: & n'y a plus qu'elle
seule des descendans du Roy Priam, & du sang des Dardanides. Celuy-là
estimât qu'Achilles fust espris de son amour, apres l'auoir acheptée retourna

en

en l'ifle : où Achilles le remercia fort à fon arriuée, & luy fit garder en fon
vaiffeau cefte fille : fi qu'à ce que ie voy cefte ifle doit eftre de fort difficille
accez aux femmes : puis fur le foir il le feftoya en fon temple : & beurent A-
chilles, & Helene à luy : puis à fon partement luy donna de grandes fommes
de deniers, ce que les marchands conuoittent le plus, en luy octroyant d'a-
uantage que fa marchandife fuft par tout de tres-bonne emplette, & fon
vaiffeau bon à la voile. Quand le iour fut venu il luy dit, va maintenant à la
bonne heure auecques tout cecy, & me laiffe cefte fille fur le riuage. A peine
furent-ils efloignez cent cinquante pas de la terre, que voila les cris & les ge-
miffemens de cefte pauure miferable arriuer à leurs oreilles, qu'Achilles emmenoit, & la defmembroit piece à piece. Quant aux Amazones que quelques Poëtes ont efcrit eftre venuës à Troye : & là combattu contre Achilles, elles n'y furent pas de luy mifes à mort : car cela n'eft pas vray-femblable
qu'elles fuffent venu guerroyer en faueur du Roy de Phrygie encontre les
Mygdoniens, ny l'affifter ainfi tard à cefte guerre : mais ce fut ce me femble *Cecy eft vn peu
fufpect au Grec.*
vers l'Olympiade, où vainquit premierement à la courfe du ftade Leonidas
Rhodien, qu'Achilles profterna leur force & pouuoir, à ce qu'il dit, en cefte   H
ifle propre. *Phenicien.* Vous auez icy atteint vn grãd propos, & qui m'a bien
faict dreffer les oreilles tout arriere ouuertes, encores que ie euffe defia
affez renduës attentiues à vos narrations : mais cecy vous eft venu de Prothefilaus, comme il eft raifonnable de croire. *Vigneron.* A la verité de cé mien
bon precepteur l'ay-je appris, mais il y en a affez qui nauigent au Pont-Euxin à qui cela eft tout manifefte. Or le long de la cofte inabordable &
importueufe de cefte mer, où les monts Tauriques font arrãgez, on dit qu'il
y a des Amazones qui y habitent en vn endroit de terre-ferme, qui eft renclos entre les fleuues de Thermodon, & du Phafe, qui prouiennent de ces
montaignes : lefquelles Amazones leur pere & progeniteur Mars a inftruict   *Au tableau de
Rhodogune.*
à l'accouftumance & vfage des chofes belliques, & paffer le cours de leur   I
vie à cheual, equippées d'armes, nourriffans leurs montures dans des marez,
en nombre fuffifant pour faire vne armée : fans vouloir permettre aux hommes de refider en leur region. Que fi elles veulent auoir des enfans, elles de-   L
fcendent au fleuue Halys, où elles s'accointent des hommes, & en ont la
compagnie : puis eftans de retour en leurs demeures, tous les mafles qu'elles
enfantent, elles les enuoyent au dernier bout de leurs limites, où l'on les taille & fait Eunuques, pour feruir puis apres d'efclaues. Si ce font des filles, elles les gardent, les tenans pour leur vraye lignée : & leur font tous les offices
& deuoirs de meres, fors que de les allaicter, & ce pour l'occafion des combats, de peur que cela ne les effeminaft trop, & que leurs mammelles n'en
deuinffent pendantes : fi qu'elles ont, à mon opinion, pris ce nom d'Amazones, de ce qu'elles ne nourriffent point leurs enfans de leurs mammelles, ains
les efleuent auec du laict de Iuments graffes & refaictes, & certains rayons
de roufée, qui fe vient à guife de miel accueillir fur les canes & rofeaux des
riuieres. Car ce qui a efté dict des Poëtes & femblables efcriueurs de fables
pour le regard de ces Amazones, paffons-le foubs filence, dautant que cela
ne conuiendroit pas bien à noftre propos : & racomptons pluftoft la defcente qu'elles s'ingerent de faire en cefte ifle ; car cecy eft des difcours de

Prothefilaus. Il dit doncques, qu'vne fois certains nautonniers auecques des fabricateurs de nauires, de ceux qui portent des denrées du Pont-Euxin à vendre en l'Hellefponte, furent pouflez en la cofte gauche de cefte mer, où l'on dict qu'habitent des femmes: defquelles ayans efté emprifonnez en des eftables, & liez comme des bœufs ou cheuaux à la crefche & à la mangoüe-re, quelque temps apres ils requirent qu'on les allaft pluftoft vendre au delà du fleuue aux Scythes Anthropophagues mangeans chair humaine; mais fur ces entrefaictes l'vne de ces Amazones ayant eu pitié d'vn beau ieune homme qui auoit efté pris auecques les autres, de cefte compaffion s'engen-dra vn amour, qui luy fit requerir la Royne de ne vouloir point vendre ces eftrangers, lefquels pour la longue conuerfation qu'ils auoient defia eu par-my eux, ayans appris leur langage;, leur racompterent les infortunes, & les trauaux qu'ils auoient endurez fur la mer : tant qu'ils vindrent à faire men-tion de ce temple d'Achilles, n'y ayant pas long-temps qu'ils y auoient naui-gué, & des richeffes qui y eftoient. Dont elles reputans à vne grande com-modité d'auoir ainfi ces gens en main, nautonniers duits à la marine, & en-cores faifeurs de nauires, ioint que leur region abondoit de tout ce qui pou-uoit eftre neceffaire pour cet effect, elles les induirent à leur en baftir de pro-pres à porter les cheuaux, pretendans de combattre Achilles à cheual, & le defaire, car elles mettent pied à terre quand bon leur femble: & au refte tout leur engeance n'eft que de femmes, n'ayans ny maris, ny hoirs mafles. Ce fut lors la premiere fois qu'elles fe mirent à voguer, & exercerent le nauiga-ge; auquel auffi toft qu'elles fe fentirent affez inftruites, fur le Printemps ayans faict voile de la bouche du Thermodon, elles aborderét à cefte chap-pelle, qui en eft diftante quelques cent lieuës; & ce fur cinquante vaiffeaux, fi ie m'en re corde. Eftans abordées en l'ifle, la premiere chofe qu'elles firent fut de commander à ces eftrangers de l'Hellefponte d'aller coupper tous les arbres plâtez en rond au tour du temple: mais les coignées fe venás rembar-rer contre eux-mefmes, les exterminerent là fur la place, & tomberent tous roides morts au pied des arbres. Et là deffus les Amazones s'eftans efpanduës à l'entour du temple, fe mirent à vouloir preffer leurs montures, mais Achil-les les ayant regardées felonneufemét & d'vn mauuais œil, de la mefme forte que quand deuant Ilion il s'alla ruer fur le Scamandre, donna vn tel efpou-uante à leurs cheuaux, que cefte frayeur fe retrouua affez plus forte que la bride, fi que fe cabrans ils rebondirent en arriere, eftimans que ce qu'ils por-toient fur leur dos fuft vne charge extraordinaire & eftrange : & à guife de beftes fauuages fe retournerent contre leurs caualcatrices, les iettans par terre, & foullans aux pieds, les creins heriffez de la furie où ils eftoient, & les oreilles dreffées encontre-mont, ainfi que de cruels lyons les defmembroiét à belles dents, & leur deuoroient bras & iambes, faifans vn fort piteux car-nage de leurs entrailles. Apres dócques qu'ils fe furét faoulez de cefte chair, ils fe prindrent à bondir, & à galopper à trauers l'ifle pleins de rage & force-nerie; & les babines teintes de fang: tant qu'ils paruindrent au haut d'vn cap, d'où defcouurans la marine aplanie en bas, & cuidans que ce fuft vne belle large campaigne, ils f'y ietterent à corps perdu, & ainfi perirent. Quant aux vaiffeaux des Amazones, vn impetueux tourbillon de vent eftant venu

donner

donner à trauers, d'autant mesmes qu'ils estoient vuides & destituez de tout
appareil pour les gouuerner, ils venoient à se froisser l'vn contre l'autre, ny
plus ny moins qu'en quelque grosse rencontre naualle, dont ils se brisoient
& mettoient à fonds, specialement ceux qui estoient inuestis & chocquez
en flanc de droict fil par les esperons & proües des autres, comme il aduient ordinairement en des vaisseaux desgarnis de leurs conducteurs : de
maniere que le bris de ce naufrage se venant rencontrer vers le temple où il
y auoit force personnes à demy mortes respirans encores, & plusieurs membres horriblement dispersez çà & là, auecques la chair que les cheuaux in-
accoustumez à telle pasture auoient reiettée, ce lieu sainct deuoit estre bien
prophané : mais Achilles l'eut bien tost purgé, reconcilié, & expié, comme
il estoit aisé à faire en vne isle de si peu d'estenduë, où les flots battoient de
toutes parts à l'enuiron : si qu'Achilles y ayant attiré le sommet des ondes,
tout fut laué & nettoyé en moins de rien. *Phenicien.* Certes quiconque ne
vous reputera agreable aux Dieux, ie l'estime en estre hay : car sçachant racompter tant de belles & diuines choses, ie tiens que cela vous vient de leur
part, qui vous ont rendu Prothesilaus aussi bien-vueillant. Or puis que vous
m'auez abbreuué de tant de beaux & heroïques propos, ie ne vous impor-
tuneray point plus auant de me dire comme il est retourné en vie, pour autant que vous alleguez qu'il vse d'vn propos obscur qui se doit tenir
soubs silence. Mais pour le regard des Cocytes, & Phlegetons, de l'Acheru-
sie, & autres tels noms de fleuues & paluds infernaux, voire des Eaques, &
de leurs sentences & iugements, parauanture que vous en diriez bien quelque chose si vous vouliez, & que Prothesilaus vous le permettra. *Vigneron.*
Il me le permet bien de vray; mais voicy le soir qui approche, & les bœufs
arriuent pour estre destellez de la charruë; les cheuaux aussi pour auoir relasche de leur labeur; parquoy il me faut recueillir tout cela, & y donner ordre:
& ce discours seroit plus long que le temps ny le loisir ne le permettent.
Retournez vous en doncques maintenant à vostre vaisseau, gay & content,
car vous auez de tout ce que mon iardinage produit. Que si le vent souffle
à propos, apres auoir du dedans de vostre nauire faict à Prothesilaus les libations deuës, faictes voile à la bonne heure; car tous ceux qui partent d'i-
cy, sont coustumiers d'ainsi le faire. S'il vous est contraire, retournez le
matin, & vous obtiendrez vostre desir. *Phenicien.* Ie vous obtempere-
ray en cela; & ainsi sera faict comme vous le dittes. Mais, ô Neptune,
qu'à la mienne volonté ie ne puisse point nauiguer, auant que d'auoir oüy
ce discours.

ANNOTATION.

E Neoptoleme, autrement Pyrrhus, fils d'Achilles & Deidamie fille du
Roy Lycomedes, il en a esté parlé à suffisance au tableau de l'isle de Scyro,
& en celuy de Pyrrhus & des Mysiens; aussi Philostrate ne le faict qu'atteindre icy en passant, pour de là poursuiure le propos encommencé d'Achilles, duquel il racompte d'estranges choses, que nous toucherons poinct par
poinct, où elles auront besoin d'esclarcissement.

D'autant que les beaux hômes naturels sont surmontez des statuës. Cecy bat sur ce qu'on lit du peintre   A

BBbb

Prothefilaus.Il dit doncques,qu'vne fois certains nautonniers auecques des fabricateurs de nauires , de ceux qui portent des denrées du Pont-Euxin à vendre en l'Hellefponte,furent pouflez en la cofte gauche de cefte mer, où l'on dict qu'habitent des femmes:defquelles ayans efté emprifonnez en des eftables,& liez comme des bœufs ou cheuaux à la crefche & à la mangoüere, quelque temps apres ils requirent qu'on les allaft pluftoft vendre audelà du fleuue aux Scythes Anthropophagues mangeans chair humaine; mais fur ces entrefaictes l'vne de ces Amazones ayant eu pitié d'vn beau ieune homme qui auoit efté pris auecques les autres,de cefte compaffion s'engendra vn amour , qui luy fit requerir la Royne de ne vouloir point vendre ces eftrangers,lefquels pour la longue conuerfation qu'ils auoient defia eu parmy elles,ayans appris leur langage;, leur racompterent les infortunes, & les trauaux qu'ils auoient endurez fur la mer : tant qu'ils vindrent à faire mention de ce temple d'Achilles,n'y ayant pas long-temps qu'ils y auoient nauigué,& des richeffes qui y eftoient. Dont elles reputans à vne grande commodité d'auoir ainfi ces gens en main,nautonniers duits à la marine, & encores faifeurs de nauires,ioint que leur region abondoit de tout ce qui pouuoit eftre neceffaire pour cet effect,elles les induirent à leur en baftir de propres à porter les cheuaux, pretendans de combattre Achilles à cheual , & le defaire, car elles mettent pied à terre quand bon leur femble:& au refte tout leur engeance n'eft que de femmes, n'ayans ny maris, ny hoirs mafles. Ce fut lors la premiere fois qu'elles fe mirent à voguer, & exercerent le nauigage ; auquel auffi toft qu'elles fe fentirent affez inftruites, fur le Printemps ayans faict voile de la bouche du Thermodon,elles aborderét à cefte chappelle,qui en eft diftante quelques cent lieuës;& ce fur cinquante vaiffeaux,fi ie m'en re corde. Eftans abordées en l'ifle , la premiere chofe qu'elles firent fut de commander à ces eftrangers de l'Hellefponte d'aller coupper tous les arbres plátez en rond au tour du temple: mais les coignées fe venás rembarrer contre eux-mefmes,les exterminerent là fur la place, & tomberent tous roides morts au pied des arbres.Et là deffus les Amazones s'eftans efpanduës à l'entour du temple,fe mirent à vouloir preffer leurs montures,mais Achilles les ayant regardées felonneufemét& d'vn mauuais œil, de la mefme forte que quand deuant Ilion il s'alla ruer fur le Scamandre, donna vn tel efpoutiante à leurs cheuaux , que cefte frayeur fe retrouua affez plus forte que la bride, fi que fe cabrans ils rebondirent en arriere,eftimans que qu'ils portoient fur leur dos fuft vne charge extraordinaire & eftrange : & à guife de beftes fauuages fe retournerent contre leurs caualcatrices , les iettans par terre, & foullans aux pieds,les creins heriffez de la furie où ils eftoient,& les oreilles dreffées encontre-mont,ainfi que de cruels lyons les defmensbroiét à belles dents, & leur deuoroient bras & iambes, faifans vn fort piteux carnage de leurs entrailles.Apres dócques qu'ils fe furét faoulez de cefte chair, ils fe prindrent à bondir, & à galopper à trauers l'ifle pleins de rage & forcenerie; & les babines teintes de fang:tant qu'ils paruindrent au haut d'vn cap, d'où defcouurans la marine aplanie en bas , & cuidans que ce fuft vne belle large campaigne, ils f'y ietterent à corps perdu,& ainfi perirent.Quant aux vaiffeaux des Amazones, vn impetueux tourbillon de vent eftant venu

donner

donner à trauers, d'autant mefmes qu'ils eftoient vuides & deftituez de tout
appareil pour les gouuerner, ils venoient à fe froiffer l'vn contre l'autre, ny
plus ny moins qu'en quelque groffe rencontre naualle, dont ils fe brifoient
& mettoient à fonds, fpecialement ceux qui eftoient inueftis & chocquez
en flanc de droiĉt fil par les efperons & prouës des autres, comme il aduient ordinairement en des vaiffeaux defgarnis de leurs conduĉteurs : de
maniere que le bris de ce naufrage fe venant rencontrer vers le temple où il
y auoit force perfonnes à demy mortes refpirans encores, & plufieurs membres horriblement difperfez çà & là, auecques la chair que les cheuaux in-
accouftumez à telle pafture auoient reiettée, ce lieu fainĉt deuoit eftre bien
prophané : mais Achilles l'eut bien toft purgé, reconcilié, & expié, comme
il eftoit aifé à faire en vne ifle de fi peu d'eftenduë, où les flots battoient de
toutes parts à l'enuiron : fi qu'Achilles y ayant attiré le fommet des ondes,
tout fut laué & nettoyé en moins de rien. *Phenicien.* Certes quiconque vous
vous reputera agreable aux Dieux, ie l'eftime en eftre hay : car fçachant racompter tant de belles & diuines chofes, ie tiens que cela vous vient de leur
part, qui vous ont rendu Prothefilaus auffi bien-vueillant. Or puis que vous
m'auez abbreuué de tant de beaux & heroïques propos, ie ne vous impor-
tuneray point plus auant de me dire comme il eft retourné en vie, pour autant que vous alleguez qu'il vfe d'vn propos obfcur qui fe doit tenir
foubs filence. Mais pour le regard des Cocytes, & Phlegetons, de l'Acheru-
fie, & autres tels noms de fleuues & paluds infernaux, voire des Eaques, &
de leurs fentences & iugements, paraduanture que vous en diriez bien quelque chofe fi vous vouliez, & que Prothefilaus vous le permettra. *Vigneron.*
Il me le permet bien de vray; mais voicy le foir qui approche, & les bœufs
arriuent pour eftre deftellez de la charruë; les cheuaux auffi pour auoir relafche de leur labeur; parquoy il me faut recueillir tout cela, & y donner ordre:
& ce difcours feroit plus long que le temps ny le loifir ne le permettent.
Retournez vous en doncques maintenant à voftre vaiffeau, gay & content,
car vous auez de tout ce que mon iardinage produit. Que fi le vent fouffle
à propos, apres auoir du dedans de voftre nauire faiĉt à Prothefilaus les libations deuës, faiĉtes voile à la bonne heure; car tous ceux qui partent d'i-
cy, font couftumiers d'ainfi le faire. S'il vous eft contraire, retournez le
matin, & vous obtiendrez voftre defir. *Phenicien.* Ie vous obtempere-
ray en cela; & ainfi fera faiĉt comme vous le dittes. Mais, ô Neptune,
qu'à la mienne volonté ie ne puiffe point nauiguer, auant que d'auoir oüy
ce difcours.

ANNOTATION.

 E Neoptoleme, autrement Pyrrhus, fils d'Achilles & Deidamie fille du
Roy Lycomedes, il en a efté parlé à fuffifance au tableau de l'ifle de Scyro,
& en celuy de Pyrrhus & des Myfiens; auffi Philoftrate ne le faiĉt qu'atteindre icy en paffant, pour de là pourfuiure le propos encommencé d'Achilles, duquel il racompte d'eftranges chofes, que nous toucherons poinĉt par
poinĉt, où elles auront befoin d'efclarciffement.

D'autant que les beaux hômes naturels font furmontez des ftatuës. Cecy bat fur ce qu'on lit du peintre **A**

Zeuxis au trente-cinquiefme liure de Pline, chapitre neufiefme, que voulant peindre aux Agrigentins vn tableau pour le dedier au temple de Iunon Lacinienne, il choifit cinq toutes les plus belles creatures de la contrée, dont il print ce que chacune auoit de plus beau, & de plus parfait pour en accoplir fon image: eftant bien mal-aifé qu'vne feule perfonne foit doüée fi exactement de toutes les perfections en fon corps qu'il ne s'y puiffe trouuer quelque chofe à dire. Et de faict onecques il ne fe trouua homme ne femme, fuft-ce Alcibiades ,& Hippodamie, que la nature ait fi parfaictement accomplis de toutes beautez, comme eft la ftatuë de l'Adonis de Meffere Francifque de Norche à Rome; ou la Venus qui fut de Praxiteles en Cnidos.

B   *De la Theffalie on alloit vifiter tous les ans le fepulchre d'Achilles.* Cecy a efté expliqué au premier liure des Images fur le tableau des Marefcages, en ce texte icy : *Les Paffe-velours battent l'eau.* Par quoy il n'eft point de befoin de reditte.

C   *Comme furent Bure, Helyce, & Atalante.* Bure fut vne ville de l'Achaïe fur le goulphe Corinthiaque, (Pline iiij. 5.) *Primæ vbi quas diximus Lechæ Corinthiorum portus: oppida Helicæ, Bura.* Ces trois villes furent autresfois englouties par les inondations de la mer, & les tremblemens de terre. Le mefme liure fecond chapitre nonante-quatriefme. *Elicen & Buram finus Corinthius abftulit, quarum in alto veftigia apparent.* Strabon liure premier met que Bure fut emportée par vn tremblement de terre; & Helicé fubmergée des flots marins. Ce qu'il reitere encores au huictiefme liure, où il defcript plus particulierement cefte fubmerfion d'Helicé. *Deux ans deuant la bataille de Leuctres, Helicé fut ruinée: dont Eratofthenes efcript auoir veu le lieu où elle eftoit : & ceux du deftroict alleguoient qu'au traict ily auoit vne image de Neptune haut efleuée, faicte de bronze, tenant en main vn grand fouët de charretier pour aduertir les pefcheurs du danger eftant là endroit. Mais Heraclide racompte que de fon temps cefte ruine feroit aduenue de nuict : & cefte ville diftante de la mer vne petite demy lieuë auecques fon contour ift: accablée de flots. Suruquoy les Achaïens y ayans enuoyé iufques au nombre de deux mille hommes pour en retirer les corps morts, ils s'en feroient retournez fans rien faire, fi qu'ils departirent le territoire aux proches voifins. Que cefte calamité au refte feroit aduenuë de l'indignation de Neptune: car les Ioniens s'en eftans fuys d'Helicé, auroient enuoyé leurs deputez vers les habitans pour r'auoir fon image, que s'ils ne la vouloient rendre, à tout le moins qu'ils fiffent inftance d'auoir les veftenciles & ioyaux qui appartenoient à fes facrifices: ce qu'ils ne peurent obtenir: Parquoy ils enuoyerent requerir les Achaïens: lefquels y deputerent quelques-vns, qui n'y firent non plus que les autres: dont l'hyuer enfuiuant leur prouint cefte defolation.* A ce propos Ouide au quinziefme des Metamorphofes.

    Si quæras Helicem & Buram, Achaidas vrbes,
    Inuenies fub aquis, & adhuc oftendere nautæ
    Inclinata folent cum mœnibus oppida merfis.

Paufanias efcript en fes Achaïques, que ce nom d'Helicé luy vint de la fille de Selinunte Roy des Egyoliens, qu'efpoufa Ion, lequel fonda cefte ville, & luy donna le nom de fa femme; & que fa ruine proceda partie de l'inondation de la mer, partie d'vn tremblement de terre en hyuer. Quant à Atalante, Stephanus au liure des villes, met que ce fut celle que les Atheniens fonderent aupres de Locres; & vne Ifle encores pres du Pirée. Ce que touche auffi Strabon au 9. mais il en adioufte vne autre du mefme nom vis à vis d'Opunte, d'où fut nay Patrocle. De fa ruine ils n'en parlent point.

D   *Mais dittes moy, ie vous en prie, qu'eft-ce que Prothefilaus vid d'admirable en cefte ifle du Pont-Euxin?* Paufanias és Laconiques. *Au Pont-Euxin, pres des bouches du Danube, il y a vne Ifle confacrée à Achilles, ditte Leuca, la blanche, pouuant contenir quelque deux ou trois milles pas de circuit,& enuironnée tout à l'entour de forefts efpoiffes pleines d'animaux, tant fauuages que domeftiques. Là y a vn temple dudict Achilles, auecques fon image : & le premier des Grecs qui y nauigea, fut vn Leonyme Crotoniate, lequel en vne guerre qu'eurent iceux Crotoniates contre les Locriens en Italie, comme pour l'affinité qu'auoient les Locriens auecques les Opuntiens euffent inuocqué au combat Aiax fils d'Oïleus, Leonyme fort bleffé, s'en alla à l'Oracle en Delphes, où la Pythienne l'enuoya en cefte ifle d'Achilles, luy annonçant qu'Aiax fe denoit là paroiftre à luy, & le guerir de fa bleffeure. Party de la du tout guery, il racompta y auoir veu Achilles, & les deux Aiax, Patrocle, & Antiloque : & Helene qu'auoit efpoufée Achilles, laquelle luy auroit commandé, que quand il feroit arriué à Homere, il dift de fa part au Poëte Stefichore, que ce qu'il eftoit deuenu aueugle, venoit de l'indignation qu'elle auoit conceuë contre luy, pour l'auoir diffamée par fes vers: ce qui fut caufe de l'en faire dedire, & rechanter vne Palinodie.*

E   *Thermodon, Boriftene, & le Danube.* Thermodon eft vn fleuue de la Themifcyrie, vne contrée de Capadoce, fort celebre pour les Amazones qui y refidoient. Ptolemée, Suidas, & Pline liure fixiefme chapitre troifiefme, où il met qu'il y auoit vne ville du mefme nom. Strabon au douziefme. *En la Cappadoce eft la contrée ditte Themifcyre, le domicile anciennement des Amazones. C'eft vne campaigne en partie flanquée de la mer, en partie de montaignes couuertes de bois, dont decoulent plufieurs riuieres, qui toutes fe viennent affembler en vn fleuue qu'on appelle le Thermodon.* Auiourd'huy Pormos.

Boriftene eft vn fleuue de la Sarmatie, feparant la Pologne de Chionie; en vulgaire appellé

pellé Nieper ; lequel du costé de l'Europe se va rendre dans le Pont-Euxin, comme le Thermodon de celuy de l'Asie. Il naist vn peu au dessus du duché de *Smolenco*, pres d'vn chasteau nommé *Versura*, que les grands Ducs de Moschouie ont empieté sur les Roys de Polongne : & de là prenant son cours au Midy, s'en va atteindre la cité de Chionie, ville capitale de la Russie : puis au Soleil leuant à plus de quatre cens lieuës loin de ses sources se desgorge au Pont-Euxin, non gueres loin de Precop, où est la Chersonese Taurique.

Le Danube est le plus grand fleuue d'Europe, qui prend sa naissance au pays des Grisons, vn peu au dessus de Couere, non gueres loin des sources du Rhin & du Rhosne. De là il s'en va à Vienne en Austriche, & passe tout au trauers de Hongrie, & plusieurs autres regions subiacentes, tant que finablement il gaigne le Pont-Euxin par six grandes bouches & entrées pres de la ville de Moncastre; que specifie Pline liure quatriesme, chapitre douziesme. Strabon au septiesme en met sept : ayant receu en son canal soixante grosses riuieres. Depuis ses sauts ou cataractes au dessoubs de Bude, où il est plus nauigable qu'amont; il s'appelle Ister : & de là ensus le Danube : en vulgaire *Dunovve*.

Et comme vne infinie quantité d'eaux se vienne descharger dans le Pont-Euxin. Strabon liure premier, comme nous l'auons desia allegué au tableau des Pescheurs, met que de son temps, qui fut sous Auguste Cesar, ceste mer estoit tenuë côme pour vn autre Oceâ, si qu'elle auroit esté dite le Pont par certaine Antonomasie ; à quoy se rapporte le nom qu'il a pour auiourd'huy de la mer maiour : mais c'est la moins profonde de toutes autres, si qu'on peut presque trouuer fonds par tout ; & ce à cause de tant de gros fleuues, qui se viennent rendre de tous les costez là dedans : quarante entre les autres les plus signalez ; comme le Danube, Tanaïs, Borysthene, Hypanis, le Phase, Thermodon, Halys, &c. qui la remplissent de bourbier : ce qui fait que les poissons y sont fort gras, & son eau est la moins sallée de toutes les autres mers.

Les marets de la Mæotide. Le fleuue de Tanais descendant de la Moscouie, s'en vient vers le destroit Cimmerien ietter dans la Mæotide, qui delà s'eslargist en vne maniere de mer qu'on appelle vulgairement *Mar delle Zabacche*, autrement la mer blanche, à la difference du Pont-Euxin dit la mer noire, où ce marets vient côsigner ses eaux vers le destroit de Precop. Pline le descript au sixiesme liure chapitre septiesme, où il dit qu'il estoit des Scythes nommé *Temerinde*, qui signifie autant comme mere de la mer, à cause qu'il semble que le Pont-Euxin en vient à naistre. Et au IIII. 12. qu'il a pris ce nom de Mæotide des peuples dits les Mæotes, qui habitent le long d'iceluy : Strabon liure vnziesme sa longueur pouuant contenir depuis la bouche du Bosphore insqu'au Pont-Euxin quelques cent lieuës.

Ce fut vers l'Olympiade où vainquit premierement à la course du stade Leonidas Rhodien. De cestuicy faict mention Pausanias au sixiesme liure, sans specifier l'Olympiade. *La plus belle victoire de toutes autres obtint à la course Leonidas Rhodien, d'vne merueilleuse vistesse de iambes : car par quatre Olympiades consecutiues il se trouua victorieux douze fois à courir.* Au regard de ce qu'il est dict icy qu'il emporta la victoire à la course du stade, ce n'est pas à dire pourtant qu'on ne courust là que six vingts cinq pas Geometriques, autant que contient la stade, chaque pas de cinq pieds de Roy; car on le reiteroit plusieurs fois, & si deuoit estre plus grand : mais, comme met Pausanias au lieu preallegué, la stade estoit vne carriere en forme d vne chaussée haut-esleuée de terre : où à l'vn des bouts estoit dressé l'eschaffaut des Hellanodiques, ou iuges qui presidoient à ces ieux de prix. Aulu-Gelle liure & chapitre premier de ses Nuicts Attiques, parlant du moyen dont Pythagoras proceda à trouuer combien la grandeur d'Hercules excedoit celle des hommes communs, met que cet Heroë ayant mesuré le stade de l'Olympie à deux cens pieds des siens (ie mescroirois qu'il fallust lire deux cens pas au lieu de pieds) dautant que les autres stades ou carrieres estoient beaucoup moindres. il vint par là à coniecturer qu'Hercules deuoit d'autant surpasser les autres hommes, à la proportion du stade enuers les autres. Que s'il se falloit retenir à deux cens pieds, la course ne seroit pas gueres longue, comme de cent de nos marches ou pas communs seulement, que nous traçons en cheminant, les Latins les appellent *Gressu*; & non pas larges eniambées, qui en contiennent plus de deux fois autant.

De Thermodon, & du Phase. Du Thermodon il en a esté parlé cy-dessus; & du Phase, au tableau de Medée en Colchos.

Si elles veulent auoir des enfans, elles descendent au fleuue Halys. Il naist au mont Taurus, auiourd'huy appelé la Caramanie, d'où il s'en vient tout à trauers les campaignes de la Cataonie, Cappadoce, & Paphlagonie descharger dans le Pont-Euxin droict au Septentrion. Pline liure sixiesme chapitre second & troisiesme. Strabon au douziesme. *Le fleuue d'Halys borne la Cappadoce du costé de Soleil leuant : & coulant du Midy entre la Syrie, & Paphlagonie, se va, comme met Herodote, rendre dans ce qu'on appelle le Pont-Euxin.* Du costé d'Orient doncques il sert de borne à la Paphlagonie : dcuers Midy aux Syriens & Galathes, qui habiterent autres-fois li endroit : à l'Occident il y a la Bythinie & les Mariandins : & au Septentrion le Pont-Euxin, où il entre. Et vn peu plus auant il dit auoir pris ce nom des salines de sel fossile par où il passe.

Mais pour le regard des Cocytes, Phlegetons & Acheruſie. Il atteint icy trois fleuues des cinq que les fictions poëtiques alleguent eſtre és enfers, dont il n'en ſpecifie que trois; Cocyte, Phlegeton, & Acheron; & taiſt le Styx, & Lethé. Au regard du Cocyte, dit ainſi παρὰ τὸ κωκύω pleurer, gemir, lamenter, Homere le faict proceder de Styx au dixieſme de l'Iliade.

Αὐτὸς δ᾽ εἰς αἴδεω ἰέναι, δόμον εὐρώεντα·
Ἔνθα μὲν Εἰς ἀχέροντα Πυριφλεγέθων τε ῥέουσι
Κωκυτός θ᾽, ὃς δὴ ϛηγὸς ὕδατός ἐϛιν ἀπορρώξ,
Πέτρη τε, ξυνέσις τε δύω ποταμοῖς ἐριδούπων.

Va t'en à la maiſon obſcure
De Pluton, là où Acheron
Et Pyriphlegeton s'aſſemblent:
Et Cocyte, lequel de Styx
Tire ſa premiere origine,
Aux rochers & aſſemblemens
De ces deux riuieres qui bruyent.

Ce Cocyte eſtoit ſelon Suidas, le plus froid fleuue des enfers, comme le Phlegeton le plus ardent & enflambé, afin qu'il y euſt deux tourmens extremes de froid & de chaud. De ces riuieres infernales touche entre autres choſes cecy de Virgile au ſixieſme de l'Eneide.

Hinc via tartarei quæ fert Acherontis ad vndas,
Turbidus hic cæno vaſtáque voragine gurges
Aeſtuat, atque omnem Cocyto eructat arenam.

Pauſanias és Attiques met tous ces fleuues & mareſcages infernaux en la Theſprotie, vne cóntrée de l'Epire où eſtoit l'oracle de Dodone. *Pres de Cichyre* (dit-il) *c'eſtoit vne ville autrement* *appellée Epyre*) *eſt le marez dit Acheruſie, & le fleuue Acheron qui en part. Le Cocyte paſſe auſſi charriant vne eau fort deſagreable.* Le Phlegeton eſt vn autre fleuue d'enfer, bruſlant, comme il a eſté dict cy-deſſus, de Φλέγω, ardoir. Et quant à Acheron qui ſignifie ſans ioye, il y en a vn de ce meſme nom en la Calabre, où Alexandre Roy des Moloſſes fut mis à mort des Lucaniens, (ce ſont ceux de Baſilicate) deceu de l'oracle Dodonéen, qui l'auoit admoneſté de ſe donner garde de l'eau d'Acheruſie & de la ville de Pandoſie, qu'il cuidoit eſtre celles de la Theſprotie, comme eſcrit Tite-Liue au huictieſme, & Strabon au ſixieſme & ſeptieſme, il met qu'aupres du cap Cheimerium il y a vn port d'eau douce où entre Acheron, qui part du marez Acheruſien, ayant receu pluſieurs autres riuieres d'eau douce qui rendent ce port-là ainſi doux. Mais au huictieſme il met vn autre Acheron en Arcadie, qui ſe va rendre dans le fleuue d'Alphée, & qu'on eſtime que c'eſtoit vn fleuue infernal, pour ce que là eſtoient les temples de Ceres, de Proſerpine, & de Pluton fort reuerez. Suidas apres auoir dict qu'Acheron eſt vn des fleuues fabuleux des enfers, adiouſte cecy. *Il y a vn lieu appellé ainſi, au milieu du monde, où l'eau ſe deſgorge & rengorge iuſques* *au palud de l'vniuers; lieu tenebreux, & priué de toute lumiere, ſemblable à vn purgatoire, mais non pas* *lieu de ſupplice pour y tourmenter les mauuais, ains purgeant & nettoyant les pechez des hommes.* A quoy conuient fort bien la ſignifiance du mot Acheron, ſans ioye: car au Lymbe auant l'arriuée du Sauueur; & au Purgatoire apres ſa mort & Paſſion, il n'y a point eu de ioye, ains ſeulement vne expſectatiue de l'auoir, tout ainſi que ceux qui ſont en tenebres attendent la lumiere aduenir. A laquelle priuation de ioye battent pluſieurs lieux de Plutarque; & entre autres cettui-cy du premier froid, où il dit que l'air (les autres l'appellent ce vaſte & immenſe Chaos, qui eſt depuis la ſuperficie de la terre, iuſques à la conuexité des cieux, bien que plus ſubtil en vn endroit qu'en vn autre) eſt dict ἀνὴς & ἀχέρων, ſans plaiſir & ſans ioye: par ce, dit-il, que l'air ne ſe pouuant voir, comme eſtant ſans couleur, il n'y peut par conſequent y auoir point de plaiſir, car la delectation de la veuë, conſiſte en la varieté des figures & des couleurs. On pourroit bien approprier cela à la viſible beatitude, toutesfois ſpirituelle, des bien-heureux: mais cela n'eſt pas de noſtre propos.

Au regard de Styx & Lethé, encores que Philoſtrate ne les comprenne pas icy, il n'y aura point de mal toutesfois d'y en adiouſter quelque choſe. Styx doncques, ſi nous le voulons prendre à la verité hiſtorialle & naturelle, eſt vne fontaine pres Nonacrine en Arcadie, ce dit Pauſanias au huictieſme liure, où il en parle de cette ſorte. *L'eau qui coulle de ce rocher à perte de veuë pres* *les ruines de Nonacrine, s'en vient premierement tomber dans vn autre rocher fort haut encores; qu'elle penetre, & de là tomber dans la riuiere de Crathis. Elle eſt mortelle, tant aus hommes qu'à toutes autres ſortes* *d'animaux: & dit-on que la premiere eſprenue qui s'en fit fut ſur des cheures, qui en ayans autresfois gouſté,* *expirerent tout ſur le champ; ce que par ſucceſſion de temps puis apres fut apperceu par aſſez d'autres expe-* *riences. Il y a encores en ceſte eau ie ne ſçay quelle proprieté occulte fort admirable: car ny le chriſtal ny le ver-*

re;

re ; la porſaline, ny touſ les ouurages de potterie quelſ qu'ils puiſſent eſtre ; ne ſçauroient tant ſoit peu reſiſter à
ſa violence qu'ils ne ſe rompent incontinent : & ceux de corne tout de meſme , d'os, & d'yuoire : le fer auſſi, &
le cuiure, le plomb, l'eſtain, l'argent, & l'electre : voire l'or, que la Lesbienne Sapho dit ſe purger & aſſiner és
plus forts poiſons & venins : ce que l'experience auſſi demonſtre. Tellement que par vne prouidence diuine cela
a eſté eſtably que les plus excellentes choſes fuſſent ſurmôtées par les plus viles. Car le vinaigre diſſout les perles, & le ſang de boucq briſe le diamant quelque ferme & ſolide reſiſtant qu'il ſoit. Si qu'il n'y a que la ſeule
ongle de cheual, d'aſne ; ou mullet que ceſte eau ne puiſſe corrompre : & ne les ſçauroit penetrer , ores qu'elle y
ſoit longuement gardée. Que ſi Alexandre fils de Philippes fut empoiſonné de ceſte liqueur, ie n'en ſçaurois
pas rien affermer de certain : trop bien ſçay-ie que ça eſté dit & eſcrit d'aſſez de gens. Pline liure ſecond,
chapitre cent ſixieſme parlant des merueilles des eaux : *Iuxta Nonacrin Arcadiæ Styx , nec odore dif-*
ferens , nec colore illico necat. Or pour ceſte pernicieuſe qualité mortelle, on la voulu feindre vn
des fleuues d'enfer , de ſi grand reſpect meſmes enuers les Dieux, que c'eſtoit le plus grand ſerment qu'ils euſſent : comme on peut voir au cinquieſme de l'Odyſſée, où Vlyſſes faict iurer Ca-
lypho qu'elle ne luy machinera point de mal ;

Ἴςω νῦν τόδε γαῖα καὶ ἐρανὸς ἐυρὲς ὑπερθε,
Καὶ ὅ κατειβόμενον Στυγὸς ὕδωρ, ὅτε μεγιςος
Ὅρκος δεινότατός τε πέλει μακάρεσσι θεοῖσι.

Cecy ores ſache la terre ,
Et le large ciel de là haut ,
Et l'eau de Styx qui là bas coulle ,
Le plus grand ſerment ſolemnel
Qui aux Dieux bien-heureux puiſſe eſtre.

Heſiode en ſa Theogonie, où il la met : pour la plus excellente fille de l'Ocean & de Thetis ; καὶ
Στὺξ, ἣ δὴ σφέων προφερεςάτη θέν ἀπασέων , dit que pour eſtre venuë la premiere de tous les Dieux
au ſecours de Iuppiter contre les Titanes , il luy donna en recompenſe que de là en auant elle
ſeroit la plus reſpecté ſerment des Dieux : αὐτὴ δ᾽ ἰδὶ , γὰρ ἔθηκε θεῶν μέγα ἐμφέλιον ὅρκον. Et Seruius
ſur le ſixieſme de l'Eneide : *Stygiámque paludem, Dij cuius iurare timent, & fallere numen :* eſcrit que ce
fut en faueur de la victoire fille d'icelle Styx , qui ſe trouua à la guerre contre les Geants , que
Iuppiter ordonna que quiconque des Dieux enfraindroit ce qu'il auroit iuré & promis par elle,
il ſeroit priué vn an entier & neuf iours de ſa diſtribution d'Ambroſie , & Nectar : la raiſon, dit-
il, pour ce que la triſteſſe , ce que denote ce mot de Styx , eſt contraire à l'eternité, & la ioye à la
faſcherie.
   Lethé, autre fleuue infernal, paſſé lequel , les ames mettoient entierement en oubly tout ce
qui eſtoit aduenu en leur vie, auſſi ce mot ne ſignifie autre choſe qu'oubliance. Mais ſi les ames
apres le treſpas des perſonnes, s'oublient ou reſſouuiennent de la vie paſſée, c'eſt vn poinct dou-
teux en noſtre creance, car au troiſieſme liure des Roys chapitre vingt & vnieſme, le Roy A-
chaz s'eſtant humilié deuant Dieu , & faict penitence, il luy octroye ceſte grace qu'il ne verra
point de ſeſ iours les maux qu'il auroit delibéré d'enuoyer ſur ſa maiſon , ains les remet à Ocho-
ſias ſon fils, apres ſa mort, afin qu'il ne les ſente point. Et au contraire en ſainct Luc ſeizieſme :
Le mauuais riche eſtant tourmenté és enfers, requiert Abraham de vouloir aduertir ſes freres
de s'amender pour n'encourir point ſa damnation , mais laiſſons cela aux Theologiens. Platon
au dixieſme de ſa Republique, & Plutarque au traité de la tardiſue vangeance diuine, le compte qu'ils y introduiſent de deux qui retournerent de mort à vie, faict mention de ce Lethé.
Quant à la verité hiſtoriale, il y a eu pluſieurs riuieres de ce nom-là de coſté & d'autre, dont
Strabon parle és dixieſme, vnzieſme & dix-neufieſme liure, mais celle qui faict le plus à propos
en cet endroit, eſt le Lethé d'Aphrique , pres de la derniere poincte des Syrtes : lequel apres
auoir coulé par quelque eſpace s'engloutit dans terre, & de rechef à ie ne ſçay combié de lieuës
de là, s'en vient renaiſtre en grande quantité d'eaux : ce qui auroit faict croire au peuple qu'il
s'alloit perdre dans les enfers, & de là retournoit en haut.

FIN DES HEROIQVES DE PHILOSTRATE.

Plutarque au
traité du pre-
mier froid.

LES STATVES DE CALLISTRATE.

LA

LA DESCRIPTION
DE CALLISTRATE.

DE QVELQVES STATVES ANTIQVES
tant de marbre comme de bronze.

LE SATYRE, lequel s'exerce en vn lieu à
l'escart à iouër du haut-boys.

ARGVMENT.

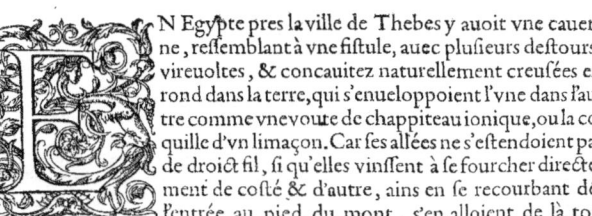

E *Satyre dont la statuë est icy descripte, doibt estre sans aucune diffi-*
culté Marsyas, dont on a peu voir le tableau cy deuant, lequel s'ap-
prend à sonner de ses chalumeaux pour aller puis apres prouoquer
Apollon. Et pource que toutes les particularitez, dependantes de ce su-
iect ont esté touchées au tableau dessusdit, il ne reste plus autre chose que d'oüyr com-
me en voudra pour son coup d'essay parler Callistrate, dont ie n'ay rien peu trouuer
nulle part qui m'esclaircisse de son affaire; trop bien peut-on dire qu'il deuoit estre du
temps presques des Philostrates, ou peu apres, attendu sa conformité de style, te-
nant du leur qu'il imite & suit pas à pas.

N Egypte pres la ville de Thebes y auoit vne cauerne, ressemblant à vne fistule, auec plusieurs destours,
vireuoltes, & concauitez naturellement creusées en
rond dans la terre, qui s'enueloppoient l'vne dans l'autre comme vne voute de chappiteau ionique, ou la coquille d'vn limaçon. Car ses allées ne s'estendoient pas
de droict fil, si qu'elles vinssent à se fourcher directement de costé & d'autre, ains en se recourbant dés
l'entrée au pied du mont, s'en alloient de là tor-
noyant en des entortillemens obliques, & des reuolutions spirales soubs
terre, où elles se desroboient en plusieurs & diuers destours qu'il estoit
bien malaisé de tenir sans se fouruoyer. Là au fonds estoit plantée vne figure
de Satyre faite de marbre sur vne base de la mesme estoffe, en vne place comme à l'escart. Fort bien ordonnée au reste estoit ceste figure, rehaussant en

BBbb iiij

arriere la plante du pied : & au poing tenoit vn flageol, au son duquel il se
soubsleuoit tout le beau premier : Mais la musique de ce soneur ne paruenoit
pas aux oreilles des regardans, ny le flageol, n'estoit point tel qu'on en peust
ioüer, ains auoit l'art imprimé au marbre vne action telle comme si le Satyre
eust sonné veritablement. Et de faict vous le pouuiez voir les veines enfliées
comme pour se remplir de vent, attirant son haleine hors de la poitrine pour
en faire resonner l'instrument. Somme que l'image monstroit se vouloir parforcer en cest essay, la pierre s'accommodant à vn geste propre, pour s'aller
puis apres hazarder à bon escient, à vn ieu de prix de musique. Et se fust-on
bien aisement persuadé y auoir vne faculté de souffler naturellement introduitte en elle, & vn indice tout euident de respiration excitée par le dedans
de ses interieurs conduits & organes. Ce n'estoit pas au demeurant vn corps
delicat & mol que le sien, ains la ferme & solide compaction de ses membres
luy donnoit vne forme rudde & grossiere, correspondante à la proportion
de ses bien noüées ioinctures, & muscles virils. Or est-ce le propre d'vne ieune fille d'estre belle ordinairement, & auoir vn corps leste, delié & auenant,
auec vne charneure tendre, delicate & fresche : Mais vn Satyre doibt estre
agreste, rudde, & haslé, ainsi que de quelque dieu montaignard, lequel bondist & trepigne à tous propos en memoire du bon Bacchus : parquoy cestui-
cy estoit coronné d'vne belle ghuirlande de Lyerre, que l'ouurier, ny son artifice n'auoient pas cueillie emmy les champs pour luy appliquer, ains la pierre propre ainsi que reployée en des rinsseaux, luy parcouroit sa cheueleure,
née auec, & s'y entortilloit, rempant du front à l'entour des tendons du col.
Pan y assistoit quant & quant, qui se plaist au son des haut-boys portant dessoubs son bras Echo, de peur à mon aduis, que lors que son flageol auroit excité de soy quelque son musical, la Nymphe n'inuitast le Satyre à le contre-
sonner. Comme doncques nous eussions contemplé tout à loisir ceste image, & la pierre Ethyopienne dont elle estoit faicte, nous l'estimions estre
la resonante de Memnon, laquelle quand le iour arriue se resiouyst par sa
presence : Et quand il s'absente, alors comme touchée de tristesse gemist ie
ne sçay quoy de lugubre & de doloreux : Et est seule entre toutes les pierres qui se regist par la suruenance de ioye & tristesse, & s'est departie de sa
villité naturelle, à vne existence de voix.

ANNOTATION.

Es deux Philóstrates se sont esbattus cy deuant à nous representer & depeindre
vne bonne quantité de tableaux antiques, des plus celebres, & des meilleurs maistres, d'vn tressouuerain & tres-delicat artifice, rare au reste. & comme à eux propre & particulier, car autres qu'eux ne s'y sont exercitez, que ie sçache, fors Lucian en deux ou trois. Icy à leur imitation Callistrate, Sophiste aussi & discoureur,
se parforce de descrire ie ne sçay combien de statuës, tant de marbre comme de bronze, & de
bois encore, se retenant du tout sur leurs brisées de telle sorte, que sans l'inscription de son nom
l'on prendroit cest œuure pour vne suitte des desfusdits : Ce qui est cause que nonobstant qu'és
exemplaires Grecs il soit apres les Heroïques, pource qu'ils sont de leur main, ie l'ay neantmoins
voulu enfiler immediatement à la queuë de leurs tableaux, comme subiet plus conforme que la
vie des anciens Heroës. Et pource que Callistrate n'vse point icy d'aucun preambule comme
ont fait les autres, il sera besoin de traicter, puis qu'il y vient tant à propos, quelque chose de

l₄

la ſculpture ou ſtatuaire, autrement ditte imagerie, laquelle ſe diuiſe en deux principaux artifices; la boſſe ou relief, & le creux, qui ſont directement oppoſez l'vn à l'autre: Du relief il y en a
de deux ſortes; l'vne ditte le plein relief, quand l'image de quelque choſe que ce ſoit eſt en ſon
parfait eſtre, arrondie de tous coſtez ſans tenir à rien; ainſi que ſont toutes les teſtes & ſtatuës
antiques qu'on void à Rome, & autrepart; les vaſes auſſi qu'on appelle communement les Corinthiaques; les plus belles de Rome ſont l'Adonis ou Meleager de Meſſere Franciſque de Norche; l'Apollon de Bel-ŭeder, le Laocoon auec ſes deux enfans, d'vne ſeule piece de marbre; la
Cleopatre; l'Hercules d'Echion Athenien, qui eſt en la cour du Pallais Farneze, & pluſieurs
autres. De bronze il s'en void bien peu fors l'Hercule du Capitole, & le Marc Aurele monté à
cheual; encore eſt-il de pieces raſſemblées, & non fondu tout d'vne piece, comme les quatre
cheuaux attellez à vn chariot, deſſus le portail de la Chappelle de S. Marc à Veniſe. L'autre eſpece de relief, eſt ce qu'on appelle là demy-boſſe, ou baſſe-taille, ſelon le plus, & le moins que la
ſculpture eſt releuée ſur le fonds auquel elle tient; comme les deux Colonnes hiſtoriées de Tra-
jan, & Antonin Pié, & les entichiſſemens de tous les arcs triomphaux; pluſieurs piles auſſi ou
cercueils de marbre: plus les Medailles d'or, d'argent, & de bonze: & les camaieux d'Agathe,
& autres pierres fines. Au regard des Creux ou Graueures, les vnes pareillement ſont plus ou
moins auant entaillées qué les autres, ainſi qu'on peut voir en infinies Onyches, cornalines, lapis lazuli, agathes, caſſidoines, aimathyſtes, iaſpes, criſtal, &c. Dont les Onyches & cornalines ont eſté celles principalement où les plus excellens ouuriers ont plus volontiers employé
leur labeur, pource qu'elles ſont plus fermes & eſgalles, & ſe taillent plus net que nulles des autres. I'ay veu, ie ne ſçay ſi ie ne l'auray point deſia dit ailleurs, vn diamant de cinq à ſix mille eſcus, où eſtoient grauées les armoiries de Portugal: & vn autre de bien plus grande importance
à Rome, car il paſſoit trente mille eſcus, où eſtoit graué tres-exquiſement tout le blaſon du
Roy d'Eſpaigne, qui eſtoit vn l'abeur & patience extreme, à cauſe de tant de quartiers, & tout
de menuës pieces dont il conſiſte: ioint qu'on ſçait aſſez que le diamant ne ſe taille que par ſoy-
meſme, auſſi y auoit le graueur le plus excellent de tous les modernes, employé bien cinq ou ſix
ans: Il eſt vray que pour ſe reſgayer les eſprits il trauailloit par interualles à d'autres choſes.
Mais pour retourner aux ſtatuës qui ſont icy noſtre principal propos & ſubiect, des Medailles nous en auons parlé à ſuffiſance en nos annotations de Tite Liue, la matiere & eſtoffe de l'i-
magerie conſiſte en bronze, or, argent, yuoire, ebene, bois, marbres & pierres dures de toutes ſortes, & l'argile encore ou terre à potier, la cire mixtionnée auec de la poix ceruſe, chaux
& ſemblables materiaux, à la diſcretion des ouuriers. Or il n'y a point de doubte que les ſtatuës
de terre n'ayent eſté les premieres de toutes, (Si la peinture a precedé l'imagerie, & ſubiect
c'eſt vn cas à part: mais i'eſtimerois que le deſſein ſimple ait eſté deuant l'vne & l'autre) parce
qu'auſſi bien ne fait on point de ſtatuës d'importance, de quelque eſtoffe que ce ſoit, qu'on n'en
dreſſe premierement vn modelle: les Grecs appellent cela πλάσσειν, que l'on diroit fictrice
ou efformatrice contrefaiſant de relief les choſes naturelles: de laquelle Pline parle bien amplement au 35. liure chapitre 12. *Debutades potier de terre Sicyonien fut le premier, qui par le moyen de ſa*
fille à Corinthe inuenta l'imagerie de terre cuitte: car eſtant eſpriſe de l'amour d'vn ieune homme qui alloit
voyager au loin, elle auoit taſché de contrefaire le viſage d'iceluy ſur ſon ombre à la lumiere d'vne chandelle
contre la paroy, où elle en traça tout autour le profil en gros: & le pere ſuruenant là deſſus y appliqua de l'argil-
le, ſi qu'il en fit vn modelle qu'il mit cuire au fourneau auec ſes autres ouurages de poterie, & s'y eſtant en-
durcy fut depuis gardé au Nymphée iuſqu'à ce que Memmius ruina Corinthe. Il y en a d'autres qui en attri-
buent la premiere inuention à vn Rhecus, & Theodore qui la trouuerent en Samos long temps deuant que les
Battiades euſſent eſté chaſſez de Corinthe, d'où l'on ait que Demarathus, celuy qui engendra en Italie Tarquin
Priſque Roy de Rome, l'y apporta par l'entremiſe d'Euthirapne, & Eucgrammus, leſquels l'accompaignerent
en ſon exil. Iuſqu'icy Pline, qui adiouſte ſubſequemment tout plein d'autres choſes concernans
l'art de l'imagerie.

MAIS pour venir à la premiere introduction & vſage des ſtatuës, ayant dit au 4. ch. du 34. liu.
que ceſte inuention paſſa des Dieux aux hommes en pluſieurs manieres, toutefois qu'on ne leur
en dreſſa pas du commencement s'ils ne l'auoient bien merité, & fait choſe qui fuſt digne de perpetuer leur memoire, ainſi qu'on ſouloit faire à ceux qui vainquoient és ieux Olympiques, auſquels l'on en deſdia les premiers, ou qui euſſent bien merité du public, comme à Harmodie, &
Ariſtogiton pour auoir mis à mort Piliſtrate Tyran d'Athenes; Au moyen dequoy comme l'o-
rateur Antiphon ayant vn iour eſté meu propos deuant Denys Tyran de Sicile, lequel Bronze
eſtoit le plus propre à iecter des ſtatuës, pour auoir laſché celuy dont c'eſtoit auoir eſté dont
auoyent eſté faites celles des deſſuſdits Harmodie & Ariſtogiton, il fut par le commandement
du Tyran mis à mort; ſoubſpeçonnant que par là il eut voulu tacitement induire le peuple à ſe
ſoubſleuer contre luy. Mais les ſtatuës ſe communiquerent depuis indifferemment auſſi bien
aux indignes qu'aux dignes; tellement qu'Ageſilaus Roy de Lacedemone ne voulut permettre
qu'on luy en dreſſaſt en ſorte quelconque: & le grand Caton enquis pourquoy il n'en auoit

auſſi bien que les autres, fit reſponce qu'il aimoit mieux qu'on le demandaſt de la ſorte, que non pas pourquoy on luy en auroit mis. Car toute la ville de Rome, comme pourſuit le meſme Pline, & toutes les foires & marchez d'alentour ſe rempliſſoient de ſtatuës pour leur ornement & decoration, & les bibliotheques auſſi pour perpetuer la memoire des hommes, dont les titres & qualitez ſe pouuoient voir és inſcriptions entaillées és baſes d'icelles: & les maiſons priuées encore. Quant à la premiere inuention des ſtatuës, il n'y a point de doubte qu'elle n'en ait eſté fort ancienne, comme le diſcourt Euſebe au 3. de ſa preparation Euangelique; car Moyſe ayant defendu de n'en faire point, pour les adorer faut entendre, cela preſuppoſoit aſſez qu'il y en auoit eu auparauant. Et Pline liure 34. chap. 7. met que dés le temps d'Euander, pluſieurs années deuant la fondation de Rome, il y eut vn Hercule dedié au marché aux bœufs, & vn Ianus depuis par le Roy Numa. Toutesfois Plutarque en ſa vie met que plus de huiĉt vingts ans apres il n'y eut aucune image ny ſacrée ny prophane de relief ny platte peinture. Herodote en ſa Clio, & Strabon au 15. de ſa Geographie, eſcriuent que les Perſes non plus ne ſouloient point vſer de ſtatuës. Et Mahomet depuis voulant à guiſe d'vn ſinge imiter les traditions Moſaïques, defendit en termes exprés, ce que tous ceux de ſa Secte obſeruent tres-eſtroiĉtement, de ne faire image quelconque de choſe qui ſoit produitte de la nature; n'eſtant pas (ce dit-il) loiſible à la creature de contrefaire les ouurages de ſon Createur. Macrobe au 1. liure des Saturn. ch. 11. met apres vn Epicadus qu'Hercule ayant defait Geryon en Eſpagne, & amené ſes trouppeaux de beſtes à corne en Italie, il fit faire autant de ſimulachres de cliſe reueſtus pardeſſus d'accouſtremens, comme il auoit perdu de ſes principaux perſonnages en ce voyage & entrepriſe, & les ieĉter à val le Tybre, pour eſtre de là roullez en la mer, comme ſi les vagues les euſſent deu de bonne foy porter chacun en ſa contrée pour y receuoir ſepulture. Mais Denis Halicarnaſſéen au 1 des antiquitez met que les Pelaſgiens ayans apporté vne tres-inhumaine ſuperſtition en Italie, de ſacrifier à Pluton appellé Dis, des hommes en vie, & offrir à Saturne des teſtes humaines, Hercules interpretant l'oracle changea cela en de petites figures dittes oſcilla: & pour le regard des teſtes remonſtra qu'il falloit lire φωῦς, qui ſignifie lumieres ou cierges, & non pas φωτα chef ou perſonne. Diodore au 4. refere la premiere inuention des images aux Ethiopiens, dont les Egyptiens les receurent: & Lanĉtance au 2. liure de l'origine de l'erreur chap. 11. à Promethée, qui fit ſa Pandore d'Argille, & pour l'animer s'en alla deſrobber le feu dans le ciel, en quoy il fut puny par les Dieux, comme le racomptent les fiĉtions Grecques: mais cela paſſeroit à vne trop ennuyeuſe prolixité. Parquoy il vaut mieux diſcourir icy de la precellence de la ſculpture & de la peinture; & là deſſus comme i'a eſté deſia diĉt cy deuant, il ne faut point faire doubte que le deſſein ſimple de croyon ou de charbon n'ait precedé la ſculpture, car on ne fait point de ſtatuë de quelque eſtoffe que ce ſoit, ſans en esbaucher premierement quelque modelle de terre, ny de modelle ſans vn deſſein. Or tout ainſi comme au premier liure de ces images, ſur le tableau de la chaſſe des beſtes noires, nous auons ramené en memoire tout plein de petits artifices ſecrets qui ne ſont pas vulgaires à tous tant des eſmaux, que des teintures des ſoyes & laines, parce que beaucoup de choſes ſe perdent auec le temps, ſi elles de ſont preſeruées de l'oubliance par les eſcripts qui peuuent demeurer à perpetuité, tout de meſme nous eſtendrons-nous icy vn peu au long ſur ce qui peut concerner l'art de la ſculpture, tant en marbre, que ſelon que nous en auons eſté curieux & pris la peine de nous inſtruire de coſté & d'autre, car il y a en ceſt endroit plus de particularitez à coucher par eſcript que non pas en la platte-peinture, où il n'y a rien, outre ce qui ſe peut apprendre à veuë d'œil de la main du Maiſtre, que le broyement & le meſlange des couleurs. Parquoy nous commencerons par le deſſein, puis que c'eſt le principal fondement de l'vne & de l'autre de ces deux arts & profeſſions.

Du deſſeing &
portraiture.　Il y a doncques pluſieurs manieres &moyens de deſſeigner & portraire, comme auec le charbon, le croyon noir ou rouge, & la plume, qui eſt le plus laborieux, difficile & hardy de tous, parce qu'il faut hacher dru & menu le dedans des figures qui eſt enclos dans le profil, que les Grecs appellent σκιαφισια, par pluſieurs lignes s'entrecouppantes à petits carreaux ou lozanges en forme d'vne treilliſſure, pour ſeruir d'ombrage, ſelon le plus & le moins, laiſſant autant de blanc qu'il en faut pour ſeruir de iour. Ceſte façon de deſſeigner auec la plume, ſert principalement pour portraire les planches de cuyure, ſoit deſſus de plaine arriuée, ou en y pochant ce qui auroit eſté tracé ſur du papier pour les imprimer puis apres en taille douce, auec vn noir qui eſt fait de fumée à peu pres telle qu'on employe à noircir les ſoulliers, mais plus ſubtil & delicat, auec des gommes, & meſme celle de draghant, des noyaux de peſches bruſlez, & quelques autres ingrediens: en cecy a excellé de noſtre temps Albert Darer Allemand entre tous les autres. Mais au lieu de hacher, quand le profil eſt acheué auec la plume comme deſſus on a accouſtumé d'y proceder pour plus grande facilité auec le pinſſeau, & de l'ancre affoiblie auec de l'eau pour la deſcharger de noirceur, on peut vſer encore en lieu d'ancre de quelques legieres & foibles couleurs, & s'appelle tout cela lauer: le plus facile expedient & abregé, eſt auec le croyon de pierre noire, ou de ſanguine qui ſeruent tant pour le profil que pour former les ombrrges dedans

dans

dans le vuide, & la lumiere fe formera auec de la cerufe deftrempée en eau, & vn peu de gomme arabigue, fi c'eftoit fur vn autre fonds que du papier blanc, de la carthe ou du parchemin. De cecy ont fort accouftumé d'vfer ceux qui tirent & portrayent au vif, pour fur leur crayon, que par le moyen de la mie de pain blanc ils reforment & corrigent comme il leur plaift, en elabourer puis apres & parfaire vn portraict accomply de fes naturelles couleurs: car ce croyon leur fert de mefme que le modelle à l'imagerie. Et d'autant que le deffein n'eft que l'ombre à maniere de parler, du relief, & la platte peinture vn deffein accompagné de fes couleurs, par confequant le relief fera eftimé à bon droit eftre le principal fondement de l'vn & de l'autre, fi que iamais on ne fçauroit gueres bien reuffir à eftre excellent peintre fi l'on n'eft verfé en la fculpture, qui luy acquiert la ruze & dexterité de bien reprefenter, les racourciffemens, les renfondremens, & releuemens en vn plain: & comme on dit en termes de peinture, faire que ce qui eft reprefenté tout plat fans aucune eminence paroiffe eftre de relief, & fe ietter comme hors d'œuure, qui eft l'vne des plus grandes perfections de ceft art, & la plus grand' loüange qu'on puiffe donner à la platte-peinture. Pline à ce propos liu.35.chap.10. parlant de ceft excellent portrait d'Alexandre que fit Apelles au temple de Diane en Ephefe, ayant la reffemblance de Iuppiter qui tenoit la foudre en fa main, & ce pour le prix & fomme de fix vingts mille efcus, fi les exemplaires ne mentent: *Pinxit & Alexandrum magnum fulmen tenentem in templo Ephefiæ Dianæ, viginti talentis auri: digiti eminere videntur, & fulmen extra tabulam effe. Sed legentes meminerint omnia ea conftare quatuor coloribus, immane tabulæ precium accepit aureos menfura non numero.* Quel bon temps deuoit eftre celuy là pour les excellens efprits, on le peut affez iuger de cecy. Mais pour venir à nos peintures modernes qui n'ont pas efté fi exquis, & n'ont eu aufsi la fiecle fi fauorable, parce que felon le commun dire, *Honos alit artes*, on a peu voir en plufieurs grands ouuriers de noftre aage, & vn peu deuant, combien l'imagerie & le relief ont feruy à faire vn bon peintre: comme en Michel l'Ange, qui a furpaffé en l'vne & l'autre toute volée d'excellens Maiftres, depuis que les bonnes arts & fciences commencerent à fe refueiller, il y peut auoir quelques cent ans & non plus: mais las? elles s'en reuont de rechef plonger dans ce gouphre de barbarie & ignorance où elles auoient efté detenuës plus de douze ou treize cens ans. Deuant ceft excellét homme fufdit eftoient en vogue, & non fans caufe, le Ghiotto, le Donatello, André Mantegne & autres: Raphaël d'Vrbin les a fuiuis, plus loüé toutesfois pour fa belle & delicate maniere de colorer, que pour la perfection du deffein. Les ouurages aufsi qu'on void à Rome en plufieurs endroits du Polydore, & d'vn nommé Mathurin, foubs le Pontificat de Leon X. & Clement VII. de noir & de blanc feulement, ce qu'on appelle *Chiar' obfcuro* font cft eftimez. Tellement que le relief eft côme le pere de la peinture, & elle la fille du relief. Quant au chef principal de ces deux, ce que Philoftrate en fon proëme appelle l'imitatrice, il confifte en l'homme: lequel ainfi qu'il a efté formé la plus belle creature de toutes celles qui ont corps, aufsi eft-il le plus difficile à bien contrefaire & reprefenter, mefmement les beaux, tant en plat qu'en boffe: & pourtant auãt que d'en faire vne image il eft bien requis d'é faire vn modelle, & ce modelle fur vn deffein, autremét ce feroit y aller à cloz yeux: en quoy l'on a cherché plufieurs voyes & expediens les vns en quelque lieu cloz ayant les murailles bien vnies & crefpies de blanc, font affoir ou tenir debout, ou en autre tel gefte & action qui duift à ce qu'on veut reprefenter, quelque perfonnage bien faict, & par le moyen d'vne lumiere qu'ils font tenir derriere luy la hauffant & baiffant felon qu'il leur vient à propos, contretirent fur la paroy l'ombre d'iceluy qui s'en forme, ce qui leur fert d'vn premier esbauchement, comme en gros, tant pour les contenances, que pour les mefures, qu'ils accommodent puis apres auec d'autres traicts plus particuliers, qui ne fe peuuent pas reprefenter par cefte ombre: & là deffus forment tellement quellement leur modelle de terre graffe ou de cire, hauffant baiffant, aduançant, reculant, & racourciffant, & en fomme chãgeant & reformant ce qu'il faut és parties par le menu de cefte image, foit toute nuë, & plantée debout, comme l'Apollon, & la Venus de Bel-veder, foit veftuë & couchée comme la Cleopatre, iufqu'à tant que l'ouurage plaife, & foit conduit à fa derniere perfection, felon la portée & fuffifance de l'ouurier, afin qu'il fe puiffe par là conduire puis apres à tailler fagement & par difcretion à loifir, fon eftoffe, dont fi l'on en ofte tant foit peu de trop & mal à propos, l'on ne le peut pas aifement r'habiller, De façon qu'il faut eftre bien ruzé, feur & expert en ceft endroit auant que de s'en entremettre à bon efcient, & aller auec vne grand' patience en befoigne, mefmement és grandes figures, où il eft plus aifé de faire quelque pas de clerc, & broncher qu'és petites: & pareillement quand il y en a plufieurs enfemble, comme en ce taureau du Palais Farneze, planté fur vn piedeftal carré, qui a plus de feize ou dixhuict pieds en tous fens, car ceft animal eft trop plus grand que le naturel, & y a quatre Nymphes coloffales aux quatre coings, qui le tiennent attaché à de'longs feftons de fruitages & fleurs, auec tels autres infinis enrichiffemêts pour la decoration de l'œuure: l'entreprife aufsi de Michel l'Ange eftoit hautaine & fort hardie, fentant bien fa main affeurée, lequel commença l'an 1550. que i'eftois à Rome, vn crucifiement où il y auoit de dix à douze perfonnages, non pas moindres que le naturel, le tout d'vne feule piece de marbre, qui estoit vn chapiteau de l'vne de ces huict grandes colonnes du temple de la paix de Vespasian, dont il s'en void encore vne toute entiere & debout: mais la mort qui le preuint empescha la perfection de ce bel ouurage, selon sa coustume ordinaire d'interrompre les plus hauts desseins & proiects des hommes, comme en Alexandre, Iulles Cesar, & plusieurs autres.

Les Imagiers au reste se conduisent à dresser leurs modelles de ceste sorte, lesquels ont quatre veuës principales, le deuant, le derriere & les deux costez; à quoy ayde fort le dessein qui se contretire sur l'ombre dessusdite representée en la muraille, faisant tourner celuy qu'on prend pour son exemplaire & patron, selon les varietez des scituations conuenables. Et là dessus peuuent venir en l'imagination de l'ouurier plusieurs beaux concepts, tantost d'vne façon, puis d'vne autre, tant que finablement on s'arreste à celuy qui viendra le plus à gré. I'ay dit quatre principales veuës qui se soubs-diuisent en quatre autres entremoyennes, si qu'elles sont huict, & non seulement huict, mais plus de quarante ou cinquante, selon la diuersité des muscles, & de leurs mouuemens, qui varient la contenance de chasque membre, là tout cela branle & se diuersifie d'infinies sortes pour si peu que la personne se remuë, & change d'assiette & posture; parquoy l'on ne sçauroit gueres bien assigner aucunes reigles particulieres de cela, ains tant seulement quelques maximes en bloc & en tasche à veuë de pays, où la reigle ny le compas ne sçauroient suffire à guider la main d'vn ouurier en la sculpture ou platte-peinture, combien que le principal depende d'eux, mesinement és grandes mesures, parce que toutes sortes de lignes droictes & courbes se guident par là. Tout ainsi au reste qu'il est bien requis qu'en dressant son modelle on y regarde soigneusement & à loisir, sans se trop haster ny se retenir à ses premieres opinions; & mesme en prendre le conseil & aduis des experts, en l'art, & des gens doctes, d'esprit, & de iugement, car encore qu'ils ne sçachent ne peindre, ne desseigner, si ne laissent-ils pas neantmoins de donner bien souuent de belles ouuertures & resolutions, parce que l'entendement humain est fort vniuersel, & s'estend par tout la dexterité de ses coniectures: d'autre-part de se vouloir tousiours amuser à changer & rechanger de proiect & opinion, sans finablemēt s'arrester à vne, ce seroit vn erreur & defaut nõ gueres moindre que le premier, ce qui fut blasmé en Prothogenes tres-excellent Peintre, *Qui nunquam manum à tabula* comme on luy reprochoit, r'habillant tousiours quelque chose en ses ouurages, la pluspart du temps en grand preiudice d'iceux, qui ne faisoient que s'empirer de ces irresolutions, rendans la viue naïfueté qui doit proceder d'vne gaye, hardie, & esueillée promptitude, plus morne, languide & pesante par tant de reiterations s'elangourans les vnes des autres, si que le plus souuent les desseins tant promenez & variez ne sont pas les meilleurs, non plus que les assaisonnemens des viandes, car il faut qu'il y ait vne mesure en toutes choses, autrement rien iamais ne s'effectueroit.

Or que la sculpture ne soit plus difficile & plus hazardeuse que la peinture, on le peut assez apperceuoir, entre autres choses par les ouurages de Michel l'Ange, plus accomply des modernes en l'vne & en l'autre, car encore qu'il excellast en toutes les deux presque esgallement, & qu'il despensast son temps comme à la ballance, il a neãtmoins pour vne statuë de marbre fait vne centaine de figures de platte-peinture, & bien colorées, comme on peut voir au iugement de la chappelle Sixte au Palais saint Pierre, & és prophetes qui sont és voutes, plus grands assez que le naturel que les bons maistres prisent plus que le iugement qui est vn plat fonds. Plus en ces deux grands Quadres ou tableaux d'vne chapelle là aupres, le tout à fraiz qui est trop plus prompt quà huille ny destrempe, l'vn de la conuersion S. Pol, & l'autre du crucifiement de S. Pierre, où il y a en chacun plus de cinquante personnages: laquelle difficulté toutesfois de l'imagerie ne procede pas seulement de la peine qu'apporte la dureté du marbre, ains du soin aussi qu'il faut employer à la diligente obseruation de la diuersité des veuës qui sont en vne statuë de plein relief, qui a sa rotondité accomplie: ce qui n'aduient pas à la platte-peinture qui n'a besoin de tant de veuës. L'autre precellence de la sculpture par dessus la peinture, c'est qu'elle a monstré le chemin & donné la loy à toutes les proportions & mesures de l'architecture, lesquelles ont esté empruntées du corps humain, & ont pris leur origine & fondement, de façon qu'vn sculpteur a vn grand aduãtage en cet endroit, & y sera beaucoup plus propre qu'vn simple Peintre, qui ne lairra pas toutesfois de s'y entendre aucunement à cause de la cognoissance & practique qu'il a du dessein, selon qu'on a peu voir en Raphaël d'Vrbin: car qui sçait bien portraire vne figure d'homme, & d'vn animal, à plus forte raison peut bien desseigner vn edifice, dõt les lineamens s'accommodent mieux à la reigle & au compas que les traicts desdits animaux: mais d'autant qu'on ne fait que les contrefaire par le naturel, dõt procede le premier dessein; & que l'ordonnance & disposition d'vn bastiment que les Grecs appellent οἰκοδομία depend de la fantaisie de l'architecte, qui en est comme vn nouueau createur: quant à la forme & figure, la difficulté y est tant plus grande, parce qu'il est plus malaisé d'inuenter que de contrefaire, & mesinement d'en approprier les parties à leur deuë scituation; car elles se rapportent aux membres du corps humain. Et de fait tout ainsi que le peintre ou imagier les varient pour en faire diuerses figures, & qu'ils adaptent ces figures diuersemēt pour la representation de quelque histoire ou autre subiect,

iect,

iect, soit en plain, soit de relief, de mesme l'architecte doit faire, les pieces de son edifice: tellemēt qu'il a vne fort grande affinité entr' eux : ce qui est cause que il seroit bien malaisé, voire presque impossible qu'on peust estre bon architecte, si l'on ne sçait le dessein & la portraicture, & pour le rendre plus accomply, quelque chose de l'imagerie. Aussi Michel l'Ange a amandé beaucoup de fautes pour la grande & exacte cognoissance qu'il en auoit, que Brumant, & Sangal auoient commises à la fabrique de l'Eglise de S. Pierre de Rome; dont ils furent les premiers ordonnateurs. Et feu monsieur de Clany enuers nous, lequel nes'estant iamais exercé qu'au croyon, plustost encore d'vn instinct naturel propre en luy & incliné à la portraiture que par art acquise, a neant-moins conduit assez heureusement le Louure de fonds en comble tel qu'on le void, cōbien que ceux qui sont versez en l'art y remarquent tout plein d'erreurs tant par dedās que par dehors. Et à la verité ces grands pieces meritent bien de passer par les mains de ceux qui ont fait leur appré-tissage & coups d'essais en d'autres moindres, suyuant le dire commun Italien *gastando simpara*, qu'vn tailleur auant que se rendre bon maistre aura gasté assez de drap, les deux du Cerceau aussi pere & fils, ont esté des meilleurs architectes de nostre temps, pour la cognoissance qu'ils auoiēt du dessein, mais maistre Iean Goujon estoit plus versé en l'imagerie, de la main duquel sont ces quatre grands Colossalles Caryatides de la salle basse du Louure, ce neantmoins apres le croyon au mesme volume de la main dudit sieur de Clany, si fort estoit pour ce regard le naturel en ce personnage de bonne maison, les fontaines de S. Innocent, & le poulpitre de S. Germain de Lau-xerrois, toutes bonnes pieces pour des modernes, sont de la main & conduitte dudit Goujon. Mais le plus excellent imager François tousiours en marbre qu'en fonte: i'excepteray tousiours vn maistre Iacques natif d'Angolesme, qui l'an 1550. s'osa bien parangonner à Micel l'Ange pour le modelle de l'image de S. Pierre à Rome, & de fait l'emporta lors par dessus luy au iugement de tous les maistres. mesme Italiens: & de luy encore sont ces trois grandes figures de Cire noire au naturel, gardées pour vn tres-excellent ioyau, en la librairie du Vatican, dont l'vne monstre l'hō-me vif, l'autre comme s'il estoit escorché, les muscles, nerfs, veines, arteres, & fibres, & la troisies-me est vn *skeletos*, qui n'a que les ossemens auec les tendons qui les lient & acc ouplent ensem-ble. Plus vn Automne de marbre qu'on peut voir en la grotte de Meudon, si au moins il est en-cores, car ie l'y ay veu autresfois, ayant esté faict à Rome, autant prisé que nulle autre statuë mo-derne: le plus excellent doncques sculpteur François ny autre deçà les monts, a esté maistre Ger-main Pillon decedé l'an 1590. dont se voyent infinis chefs-d'œuure en marbre, bronze, & terre cuitte, tant de plein relief que de basse taille. Le marbre au reste importe auec soy non tant seule-ment plus de peine que l'argile, le boys, & semblables estoffes tendres, plus aisées à manier, à cau-se de la masse qui pese de quatre à cinq liures, & la pointe ou cizeau qu'il faut à tous propos acerer de nouueau à la forge, mais pour la ruze & pratique qu'il faut auoir à cognoistre le fil du marbre, & de quel biez on le doibt prendre. A ce propos ie puis dire auoir veu Michel l'Ange bien que aagé de plus de 60. ans, & encore nō des plus robustes, abattre plus d'escailles d'vn tres dur mar-bre en vn quart d'heure, que trois ieunes tailleurs de pierre n'eussent peu faire en trois ou quatre, chose presqu'incroyable qui ne le verroit: & y alloit d'vne telle impetuosité & furie, que ie pensois que tout l'ouurage deust aller en pieces, abattant par terre d'vn seul coup de gros mor-ceaux de trois ou quatre doigts d'espoisseur, si ric à ric de sa marque que s'il eust passé outre tant soit peu plus qu'il ne falloit, il y auoit danger de perdre tout, parce que cela ne se peut plus repa-rer par apres, ny replastrer comme les images d'argille, ou de stucq. Quant au boys, & l'Ebene, & l'Iuoire aussi, ils sont tous plus doux & traictables, & moins rebelles & rebours : mais telle est ce-ste dexterité & asseurance de la main qui s'acquiert par vne diuturne experience & pratique. Tel-lement que celuy qui est visité à faire des figures de pierre ou de bois, est bien plus apte à en ela-bourer de metal, que non pas l'imager simple metallaire à se ruer indifferemment sur le marbre: bien est vray que pour raison du dessein, & des modelles qui leur sont communs aux vns & aux autres, soient de terre, cire, ou autre semblable estoffe, il ne luy reste que la pratique de le bien ietter dans ses formes.

Or puis qu'il est icy question des marbres, il n'y aura point de mal d'en toucher tout d'vn train quelque chose, car il y en a de plusieurs sortes & especes plus dure & opiniastre soubs les ferre-mens, & plus fascheux à manier les vns que les autres. En premier lieu est le Porphyre, le plus dur de tous fors le Serpentin qui le passe: c'est vne pierre rouge obscure mouchetée de taches blan-ches, & le Serpentin a le champ verd tauelé de mesme de blāc, auec quelques noirceurs & entre-meslées. Les modernes voyans la difficulté de mordre auec des ferremens dessus, se sont voulu persuader que les antiques eussent quelque secret pour le rattendrir, mais il n'y auoit que leur lō-gue patience, & les frais d'infinis outils qui estoient reacerez & trempez à chasque coup presque, & leur pointe renouuellée, car on a veu de nostre temps vn Francisque del Tadda Florentin qui en a fait plusieurs testes, voire des statuës toutes entieres, bien que petites, mais vestuës en recō-pence, où il y a plus de choses à rechercher que non pas au nud, encore que la sciēce n'en soit pas si grande, ayant celuy-là esté le premier dont on ait memoire, qui depuis les antiques a eu la har-

CCee

dieſſe d'aſſaillir la durté de ceſte deſobeïſſante pierre. Toutesfois ç'a eſté à la faueur du feu grand Coſme de Medicis le premier grand Duc de Toſcane, prince d'vne immortelle loüange qui luy en dôna le courage, luy en fourniſſant la deſpéce. Il s'en void au reſte vne ſtatuë colloſſalle entiere fors que la teſte qui eſt de brôze au Pallais S. George à Rome prés *Campo deſiore*: & auprés de l'Egliſe ſainéte Agnes hors des murs vne grande cuue carrée qu'on appelle communement la ſepulture de Bacchus, toute ouurée par le dehors à ſarmêts de vigne, & de lyerre auec leurs grappes, & force oyſeaux ſemez parmy: & en l'Egliſe vn grand nôbre de belles tables enchaſſées dans les parois, comme auſſi en pluſieurs autres lieux dans la ville tant publiqs que particuliers. Deuant la Rotonde il y en a deux grâds vaiſſeaux, l'vn ouuragé qui eſt au milieu de deux beaux lyôs de marbre Numidien, de couleur canelée, tenât quelque peu du griſaſtre obſcur, lequel n'eſt pas moins dur que le Porphyre, la pierre auſſi de parangon, ou de touche comme on l'appelle, en Latin *Lapis Lydius*, où l'on touche l'or & l'argent, eſt en ce meſme degré de dureté, & y en a vne ſtatuë excedante le naturel d'vn Hermaphrodyte au deſſuſdit Palais S. George: mais le Serpêtin eſt le plus malaiſé & rebelle, ſi qu'on ne l'a iamais employé, que ie ſçache, qu'à faire des tables, & ſi il ſe ſie auec vne extreme peine, patience, & longueur de temps, par le moyen de l'emery mis en poudre, & vne ſie deſſiée qui le mine & ronge peu à peu. Il y a vne autre pierre de fort belle & agreable veuë, griſe & mouchetée de taches blanches & noires, enchaſſée au poulpitre de ſainéte Marie majeur, qui n'eſt pas moins dure, & n'en ay peu voir que celle-là en tout Rome, l'ayât oüy appeller à quelques antiquaires Pierre Marmaride, voyla les pierres les plus dures de toutes autres. Suit de le marbre qu'on appelle grain ou grené, à cauſe de gros grains de caſſidoines, eſmerils, & agattes de diuerſes couleurs, dont il eſt compoſé & tout parſemé, ſi que quelques vns ont cuidé que ce fuſt vne matiere fuſible, attendu les enormes maſſes demeſurées qui s'en voyêt tout d'vne piece: mais il y en a de deux ſortes, l'vn qui tire ſur le griſaſtre, comme on peut voir en parties des grandes colonnes du porche de la Rotonde, anciennement le Pantheon, treize debout, du reſte de ſeize qu'elles eſtoient: les autres ſont de grain rouge, comme ſont auſſi tous les obeliſques grands & petits, & quelques cuues pareillement qui ſeruoient aux bains, dont il y en a vne deuant le palais de S. Marc à Rome & de l'Egliſe de *S. Saluator de Laure*, toutes deux fort grandes: & ailleurs encore. Les marbres grenez viennent des parties Orientales & Meridionales: mais il y en a vne autre eſpece moins dure, dont il ſe trouue de belles carrieres en l'iſle de l'Elbe ſur la coſte de la Toſcane: le feu grâd Duc en fit l'an 1566. & 67. apporter vn baſſin de fontaine ayant plus de quinze pouces d'eſpais, & vingt cinq pieds de diametre, qui demeura plus de deux ans, à ſe conduire ſur des roulleaux, eſtançonné de toutes parts d'vne tres-forte liaiſon de charpenterie, y ayant plus de deux cents hômmes pour l'acheminer, & faire ſes explanades neceſſaires. Il eſt dreſſé en la cour du Pallais Pitti à Florence. Or quant à ceux qui ont cuidé que ces exceſſiues maſſes d'obeliſques fuſſent d'vne côpoſition artificielle, ils ont eſté pouſſez à le croire ainſi, pource qu'ils ne pouuoient comprendre en leur eſprit, qu'il y euſt moyen de les amener de ſi loin, ny de les dreſſer: mais Pline, & autres anciens autheurs y contrediſent formellement, qui alleguent les carrieres où ils furent taillez: & comment chargez, conduits, & dreſſez: outre ce qu'il s'en void tout plein de grauez de lettres hieroglyſiques de coſté & d'autre, & que n'y a pas long temps que ceſt obeliſque dit communement l'eſguille de Virgile qui eſtoit au mont Vatican ioiguant vne chapelle de l'Egliſe S. Pierre, a eſté de la degrez en la place où eſt la fontaine, combien que iuſques alors Architecte quelconque ny ingenieux n'euſt ſeulement oſé entreprendre de le remuer de ſa place. Ammian Marcellin ce me ſemble, deſcript la difficulté qu'il y eut de leuer celuy du Cirque majeur, qu'on y void encore briſé en deux pieces, trop plus grand aſſez que n'eſt ceſtui-cy, ſeul de tous demeuré entier, ayant 80. pieds de haut, & neuf en chacune de ſes quatre faces où il eſt le plus large: où l'autre, le plus grand des deux à ſçauoir, auoit 124. pieds de long, & le moindre 88. Celuy auſſi qui eſt enfermé deſſoubs terre au champ de Mars, dans les caues du Palais des *Conti* eſtoit fort grand: & encore vn autre rompu auſſi, non gueres loin de l'Egliſe S. Laurens *in Lucina*, emmy la ruë du *populo*, l'vn de deux qui eſtoient au Mauſolée d'Auguſte, car l'autre eſt couuert de terre derriere l'Egliſe S. Roch. Cela ſoit donques dit comme en paſſant des obeliſques pour oſter l'opinion qu'on pourroit auoir qu'ils ſoient d'vne matiere fuſible, ce qui eſt faux, ains de marbre grené naturel, lequel pour eſtre fort groſſier & reueſche, parquoy ſubiect à s'eſclatter ioint ſes mouchetteures & tauellemens, n'a eſté aucunement propre à faire des ſtatuës, auſſi perſonne ne s'y eſt amuſé.

Svit aprés en durté ce qu'on appelle breſche, dont il y en a de pluſieurs ſortes, toutes fort dures & variées de diuerſes couleurs: & pourtant non aptes non plus à l'imagerie, ains ſeulemêt pour en faire des pilliers, colonnes, tables, huiſſeries, cheminées, feneſtrages, entablatures, & autres ſemblables ouurages. Le marbre qu'on nomme gentil, à cauſe qu'il eſt vniment blanc, ſans aucunes veines & eſt bon, & s'en void pluſieurs teſtes & figures entieres, mais pour eſtre fort dur & malaiſé à manier, les bons maiſtres ne s'y ſont pas voulu arreſter, ains ont tous donné ſur le parien, tant pource qu'il reſiſte fort bien à toutes les iniures de l'air, ſans s'y alterer ne corompre,

pre, & si est dur competemment pour receuoir le polissement, mais non rebelle, que de ce qu'il a certain lustre & couleur qui approche de la charneure, & qu'il ne s'y trouue iamais tache ny defaut quelques grandes pieces qu'on en vueille tirer, car il n'a point de banc ny d'estages comme nos pierres de par deçà, là où les marbres de Carrare soient blancs, soient noirs, & pareillement ceux des môts Pyrenées sont tous ou pour la pluspart semez de taches & de veines d'autres couleurs que n'est leur fonds: neantmoins ils s'en trouue par endroits d'egal, comme celuy dont Michel l'Ange fit toutes les figures qui sont en la chappelle des Medicis à Florence, en l'Eglise de S. Laurens. Il y a en outre vne autre espece de marbre trop plus tendre que les dessusdits qu'on appelle *Mischio* ou meslé à guise de iaspe, à cause de ses diuerses couleurs, dont il y en a d'infinies sortes. De cestui-cy on ne s'est point non plus seruy à faire des figures, car il n'y seroit pas propre, & ne l'éploye l'on à autre vsage que les bresches. On ne voit autre chose dans Rome que des gens apres à coupper & sier des pilliers & colonnes antiques de ces marbres mişques & iaspez, plus aisez & obeissans à tout que ne sont les bresches. Il y a encore deux grandes colonnes debout à l'entrée de l'Eglise S. Pierre, hautes de plus de trente pieds tout d'vne pierre, sur lesquelles, car elles sont pres l'vne de l'autre, y a vn petit taudis dressé dessus où est la Veronique qu'ils appellent le *Volto santo*, & le fer de la lance dont nostre S A V V E V R eut le costé persé. Mais cela iroit trop en infiny, il suffit que les marbres susdits sont les plus communs tant pour les statuës que les autres ouurages où les sculpteurs se peuuent employer, car de l'allebastre à cause de sa molesse & tendreur les bons ouuriers n'en ont fait compte.

R E S T E maintenant de venir aux oustils & instrumens, & à la maniere d'ouurer. Quant aux oustils ils se varient selon la matiere, & le subiect qu'on veut traitter, car autres sont les ferremens dont on trauaille sur des pierres tendres ou du bois, & autres ceux des marbres durs: autres pour des images toutes nuës, & autres pour celles qui sont reuestuës d'accoustremens, où il faut rechercher les pliz, comme aussi en la cheueleure, au poil des animaux, és fleurs guillochis & semblables fantastiqueries seruans de parergues. En premier lieu doncq' est la masse ou marteau de fer, dont il y en a de plusieurs calibres, du poix depuis trois liures iusques à six qui sont les plus pesantes. Et faut qu'elles soient d'vn fer doux & non trempé, de peur que pour raison de leur resistance elles ne grillent à tous propos, comme elles feroient, sur les mains de l'ouurier: lequel doibt estre muny d'vn demy gand, qu'on appelle le garde-main, qui est de buffle, pour la conseruer, & specialement à l'endroit de la basse iointure du doigt indice, qui supporte en cest endroit tout le faix: & ne se peut-on encore si bien garder que par traict de temps il ne s'y engendre vne calle de chair dure qui ne s'en va pas aysément. Il y a en apres les pointes trempées & acerées par le moyen de la forge qu'il faut auoir continuellement pres de soy. Celles au reste qui sont pour esbaucher doiuent estre mousses & camuses vers la pointe, qui sera neantmoins fort subtile, & aiguë au bout, de peur que si ceste pointe s'allongeoit en vne longueur deliée, elle ne peust supporter le coup du marteau, ains vint à se rompre & esclatter, si qu'il faut aller sagement en besoigne & en biaizant de costé & d'autre, sans donner tousiours en vn mesme endroit de droit fil & à plôb, afin de ne meurtrir le marbre, où les taches s'en demonstreroiêt puis apres au polissemêt: des coups deschargez mal à propos, & en vain, comme il aduient assez de fois aux mauuais ouuriers ignorans. Il y a puis apres les ciseaux de plusieurs sortes de largeurs: les petits pour trauailler par le dessus; & les grands aux concauitez: lesquels ciseaux sont brettez, les vns d'vne dent, les autres de deux, ou de trois, comme ceux des tailleurs de pierre: Mais on employe ces ciseaux auec des masses plus legieres que celles des pointes, du poix de trois liures, plus ou moins à la discretion de l'ouurier. On se sert aussi de rondelles, & de becq d'asnes, de toutes sortes de grandeurs: plus de martellines, c'est vne espece de marteau ayant vne pointe d'vn costé, & vne plane de l'autre: & de bouchardes qui sont en pointe de diamant: il y a aussi des Raspes demy rondes, & en cousteaux, & des coudées comme on les appelle, qui sont recourbes (les limes sont pour les ouurages de bronze) des forests ou trepans en forme presque d'arbaleste, qui se torne-virant, auec vne courroye enueloppée autour du fust & vne maniere d'archet, les vibrequins ont le fer en forme de dard, ou langue de serpent, qui est trempé & aceré pour entrer és concauitez où les pointes & ciseaux ne sçauroient donner. Plusieurs autres oustils & instrumens inuentent les ouuriers de iour à autre, selon qu'il leur vient à poinct, & le subiect qu'ils ont à traicter & leur fantasies; Car qui procede par vne voye, qui par vne autre, suiuant le dire de Geber Arabe; *Multa sunt viæ ad vnum intentum, & vnum finem.*

L'O V V R I E R donques doit en premier lieu arrester de tous points son modelle sur lequel il doit conduire & mener à fin son ouurage, l'ayant tousiours deuant les yeux pour son exemplaire & patron, releué en bosse apres son premier proiect & dessein, autremêt s'il n'en estoit bien resolu par vn meur aduis, & qu'il vint inconsiderement à donner au marbre, il y pourroit faire de grands pas de clerc, qu'il ne pourroit point r'habiller puis-apres, comme on feroit bien vne platte-peinture, ou du stucq, ou de l'argille. Ce qui seroit perdre inutilement autant de temps, de peine & d'estoffe. Quant à l'ordonnance & disposition de sa besoigne, elle doit en partie proceder

de son inuention, en partie du conseil & aduis de ceux qui s'y cognoissent : enquoy neantmoins
il y peut auoir de l'inconuenient, si ce n'estoient gens fideles & familiers ; parce qu'ils se pourroient approprier vostre inuention, & en faire leur profit, comme si elle estoit venuë de leur cerueau, selon qu'il y a ordinairement de l'emulation entre les ouuriers d'vn mesme art & profession, selon que le dit le Poëte Hesiode.

Καὶ κεραμεὺς κεραμεῖ κοτέει, καὶ τέκτονι, τέκτων,
Καὶ πτωχὸς πτωχῷ φθονέει, ᾗ ἀοιδὸς ἀοιδῷ.

D'autre part de ne receuoir le conseil de personne, ce seroit vne grande temerité, & vne indice d'arrogance Mais il n'y auroit pas moindre danger de s'amuser apres les diuerses opiniós d'vn
chacun ; car outre ce qu'on n'auroit iamais fait, ce seroit vn ouurage tout descousu, dont les parties ne correspondroient pas à leur tout, qui doit partir d'vn mesme fil, & mesme veine, si qu'il
en aduiendroit le mesme que d'vne escripture de plusieurs differentes mains: ou de ces deux statuës de Sysippus d'vn mesme subiect & inuention, dont il faisoit l'vne en secret à part soy de sa
seule fantaisie, & de l'autre en exposoit le modelle en sa boutique, à la veuë de tous les passans,
qui en disoient chacun sa ratellée, & auec de la terre il le r'habilloit à tous propos : mais apres qu'il
les eust toutes deux menées à fin il les fit porter à la place, là où tous vnanimement s'estans arrestez à la sienne, l'autre reiettée comme quelque monstrueuse chimere, ce neantmoins, leur va-
il dire, celle cy que vous reprouuez vient de vos opinions & aduis, & l'autre du mien, au moyen
dequoy en cecy, comme en toutes autres choses, il faut garder la mediocrité & discretion. Au
demeurant pource que la nature est tousiours plus seure en ses ouurages que nostre inuention
& proiect, & que les peintes & imagiers ne sont qu'imitateurs de la nature, quand il sera question
de venir à vn visage, ou à vn nud, voire en tous les animaux, vegetaux, rochers, paisages, nuées,
& en tout ce qui peut tomber soubs nostre veuë, si ce n'estoit en quelque guillochis & fueillages,
ou autres telles fantaisies & nouueautez, car mesmes les monstres quelques bizarres que l'ouurier se les puisse representer, ne peuuent estre si esloignez de ce que la nature procrée, qu'ils
n'en tiennent aucunement quelque chose, le plus seur sera de se conformer en cela sur le naturel & le vif, & à ceste fin choisir en vne ou plusieurs personnes ce qui y sera de beau, & mieux proportionné, Comme il se dit de Zeuxis, qui pour faire sa Venus de platte-peinture, esleut les
cinq plus belles & accomplies creatures de tout le territoire de Brotone pour de ce que chacune
auoit de plus beau & exquis en soy, luy qui estoit tres excellent maistre en peust faire vne image
ou il ne peust rien auoir à redire, car mal aisement toutes les perfections requises se pourroient
retrouuer en vn seul subiect. Sur le naturel doncques, mais bien choisy, l'ouurier pourra former
son dessein & modelle, & sur iceluy conduire son œuure au but qu'il pretend : Car de suiure du
tout l'inuention d'vn autre, ce n'est pas pour s'acquerir gueres de gloire & reputation : & d'en
prendre icy vn bras, là vne teste, & là vne iambe, ce seroit encourir en l'inconuenient que touche Horace tout au commencement de son art Poëtique.

Humano capiti ceruicem pictor equinam
Iungere si velit, & varias inducere plumas, &c.

Sur tout il faut que l'imagier soit bien instruict & versé en l'anatomie, & és proportions & mesures du corps humain, & qu'il sçache bien discerner que ce qu'il se doit proposer pour patron soit
beau & loüable, & rapporter deüement tous les membres particuliers, & leurs gestes & mouuemens à l'action qu'il veut representer en sa statuë, afin que les parties soient coherentes à leur
tout.

QVANT au modelle, il est requis pour le plus seur qu'il soit de la mesme grandeur dont on
pretend faire la statuë, toutesfois on a de coustume d'en former premierement vn plus petit, côme d'vn pied & demy, plus ou moins, & sur ses mesures agrandir l'autre, qui doit seruir d'exemplaire, selon la ruze & pratique qu'on a accoustumé de tenir à agrandir les statuës Colossalles sur
de petits modelles. Bien est vray qu'il y a des ouuriers si practiquez & visitez, que le petit calibre
leur suffist, comme en la peinture l'ordonnance & inuention d'vn tableau où il y aura plusieurs
personnages, bastimens, passages, & semblables enrichissemens, compartis en plusieurs petits
carrez, est suffisante pour l'estendre, ores que ce dessein ne fust que d'vn pied en carré, à telle
grandeur qu'on voudra; mais pour le regard des statuës, où les dimensions, à cause de leur entiere rondeur & pluralité de veuës tout à l'entour, & de tous costez, sont plus malaisées à obseruer, & plus dangereuses à s'y fouruoyer, le meilleur sera fust-ce mesme pour les plus seurs maistres, de faire le modelle de la propre grandeur que la statuë doit estre. Ce qui ne se sçauroit pas
pratiquer és patrons & modelles de l'architecture, ny és grandes colosses, si d'auanture ce n'e-
stoit en bronze, qui est plus seur à manier que le marbre: parce que le modelle propre y peut
estre employé pour seruir de forme & moyen, là où le defaut commis au marbre ne se sçauroit
plus replastrer. Le modelle doncq ainsi arresté & paracheué de tous points, en premier lieu on
trassera auec vn charbon ou pierre noire sur le Bloc, ou masse du marbre grossierement esbauché,

ché, à la forme qu'on luy veut donner, la principalle veuë d'icelle le plus exactement qu'il sera possible, où les compas croches & recourbes par la pointe, seruent pour prendre les mesures des extremitez : & les esquierres pour les concauitez & saillies : puis auec la pointe acerée, & la masse on commencera à en oster le superflu, tenant la pointe panchée en trauers, & non directement à plomb, afin de n'entrer plus auant qu'il ne faut : & ainsi aller sagement en besongne descouurant peu à peu, & auec patience & discretion, tant qu'on arriue à la penultiesme peau, comme on l'appelle en cest art tout ainsi que si on ne vouloit faire qu'vne figure de bas relief, ou à demy bosse. Cela fait faut passer outre auec le ciseau, pour explaner le reste iusques à la derniere peau : & de là en auant proceder auec des Raspes demy rondes, & en cousteaux ; & des coudées qui sont recourbes, & de plusieurs sortes : les limes sont comme il a esté ja dit deuant plus pour les ouurages de bronze, combien qu'elles peuuent aussi estre employées par fois icy : & les forets pareillement ou trepents ; & les vibrequins ; instrument propre aux menusiers, & aux serruriers, mais qui se torne-virent de diuerses sortes. Mais outre que tous ces outils sont assez cogneus & vulgaires, toutes leurs façons & calibres ne se peuuent pas gueres bien limiter, dautant que les ouuriers les varient comme il leur plaist selon leurs intentions & ouurages.

Lesquels conduits à leur derniere perfection on les lustre & polist par le moyen du grez cassé menu, & passé par vn saz, puis empasté auec de l'eau : & ce auec des broches & bastons de saule aguisez par le bout, entortillez d'vn linge blanc ; ce qui addoucist & efface les coups & marques des bretures : puis pour le raddoucir encore d'auantage, auec des pieces de pierre ponce bien vnie, frottant partout egallement : & en apres auec de la mesme ponce en poudre destrempée en eau, frottant auec vn linge. Le tout estant bien addouci, on luy donne le polissement auec de la pottée, qui est faite de plomb & estain calcinez ensemble, & destrempez auec de l'eau ; frottant le marbre de ceste composition auec vn linge, tant que le lustre vous vienne à gré. Pour le marbre noir ou d'autre couleur, on vse de poudre d'Emery, car pourautant qu'il est noiraftre de soy, il ne seroit pas propre pour le blanc, à cause qu'il les terniroit. On vse aussi d'oz de moutons calcinez, car la ponce ne lustre, ny ne polist, ains ne fait qu'addoucir, pour les choses pleines, comme les tables, pilliers, colonnes, architraues, & autres semblables, on vse apres la ponce de meulettée auec de l'eau, ce qui addoucist encore plus. Voila ce qui nous à semblé à propos d'atteindre icy comme en passant de la maniere de proceder és statues de marbre : au regard de celles de bronze, cela se reseruera en son lieu sur le Cupidon premier de Praxiteles.

QVANT aux particularitez de ceste statuë il n'y a rien à esclaircir qui n'ait desia esté atteint au tableau de Marsias, & en ceux des Satyres, & autres mentionnez en l'argument. Comme aussi pour le regard de la pierre Ethyopique dont l'image de Memnon estoit faicte, ayant ie ne sçay quel ressentiment en soy d'allegresse & de fascherie, outre la morne & hebetée stupidité naturelle des pierres.

LA STATVE D'VNE
BACCHANTE,
MAIS METAPHORIQVEMENT
LA DESSOVBS IL EXPLIQVE TOVT
l'artifice de Demosthene.

ARGVMENT.

ICY est descripte d'vn tres-grand artifice la figure d'vne Bacchante, c'estoient des femmes dediées au seruice du Dieu Bacchus ; où elles vsoient de plusieurs execrables ceremonies, & se mettoient d'elles mesmes tant par le vin qu'elles prenoient outre mesure, que par autres voyes extraordinaires en vne si furieuse alienation d'esprit, qu'elles deuenoient enragées, courans d'vne estrange forcenerie à trauers les champs, monts & vaux, dans les plus escartez desuoyemens des inaccessibles rochers & forests desuoyables. Mais là dessoubs se commettoient infinies malheuretez, trop enormes, comme on pourra veoir plus à plain cy dessoubs en l'annotation, outre ce qui en a esté cy deuant touché sur le tableau de Semelé, de Penthée, des Tyrrheniens, Andriens, & des Isles, soubs ceste Statuë au reste de la main du tres-excellent imagier Scopas. Callistrate s'efforce de monstrer tacitement l'affinité qui est de la vehemence de l'oraison, & entre autres de Demosthene, le plus nerueux, & persuasif orateur de tous autres, auec l'action que representent les gestes & contenances que les bons ouuriers introduisent en leurs figures, si qu'encore qu'elles soient mortes de soy & insensibles, & d'vne estoffe morte du tout & insensible, elles ne laissent pas neantmoins de paroistre viues. Dequoy ne s'esloigne pas beaucoup ce qui se lit de Ciceron, & de Roscius le souuerain comedient, qui entrererent bien souuent en dispute, lequel exprimeroit vne mesme chose en plus de sortes, ou luy Ciceron auec sa plantureuse Eloquence, ou le comedient auec ses taisibles & muets gestes & actions. Mais Callistrate n'atteint ce que dessus de Scopas, & de Demosthene que du bout des leures comme en passant, & en laisse plus à considerer aux lecteurs en le remaschant à par eux, en leur esprit, que parauanture il n'en auroit peu exprimer de sa plume.

NON

 O n des Poëtes tant feulement, & de ceux qui trai-
ctent les fables, les arts viennent à eftre comme in-
fpirées és langues des hommes par vn halenement
qui s'efpand des Dieux, mais les mains mefmes des
ouuriers font efprifes auffi de la beneficence des diuines infpirations ; & poffedées d'vn rauiffement de
fureur, qui rendent leurs ouurages prefque prophetiques. Car Scopas, comme meu de quelque diuin
admoneftement, tranfmit en la reprefentation de
cefte fienne ftatuë, ie ne fçay quelle fureur diuine. Mais pourquoy ne vous
racompteray-je de fonds en comble ceft enthufiafine de l'art ? La figure de
cefte Bacchante eftoit faicte de marbre Parien, mué totalement en elle, car
la pierre demeurant en fon naturel eftre, monftroit d'exceder la commune
loy & difpofition des autres : & ce qui en apparoiffoit par dehors, eftoit veritablement vne image, où l'artifice auoit introduit vne fimilitude d'exiften-
ce, car vous pouuiez voir en ce marbre, quelque dur & folide qu'il fuft,
comme il fe r'amolliffoit à vne femblance de femme, ce qui eftoit de farrouche & hagard en elle, contemperant l'ordinaire fimplicité feminine. Et côbien qu'elle fuft priuée de la puiffance de fe mouuoir, fi la voyoit-on neantmoins Bacchanalifer & rager, &, le Dieu s'y introduifant, refonner en dedans : dont pour ce que nous n'y apperceuions perfonne quelconque, nous
demeurafmes tous eftonnez, tant il y auoit d'apparoiffance de fentiment,
encore que du tout il n'y en euft point: & le tranfportemét de cefte infenfée
Bacchanifante fe manifeftoit, nonobftant qu'elle ne fuft efprife d'aucune
fureur, fon efprit fe demonftrant autant agité d'vn impetueux efguillon de
forcenerie, que les indices d'vne vehemente affection reluifoient en elle de
l'art y empreinte, affiftez d'vne fecrette & latente confideration & prôiect
de l'ouurier. Sa perruque au refte eftoit abandonnée lafche & flottante au
vent, pour n'efbranler à fon plaifir, & le marbre fe rendoit flexible vers la racine de fes cheueux : mais ce qui furpaffoit encore plus tout ce qu'on en euft
peu ratiociner, eftoit que la pierre fe laiffoit aller à leur fubtilité fi deliée ; &
s'accommodoit à vne vraye reffemblance de longues treffes. Et combien
qu'elle fuft deftituée de toute habitude vitale, elle ne laiffoit pour cela d'auoir
vie. Vous euffiez dit mefme que l'artifice y auoit empraint les facultez d'v-
ne augmentation & croiffance, de forte que ce qui fe voyoit eftoit incroyable, & excedant toute creance ce qui fe reprefentoit à nos yeux. Car elle demonftroit des mains elabourées d'vne merueilleufe induftrie, ne branlans
pas vn iauelot bardé de lyerre, comme eft la couftume de ces forcenées,
ains portoit certaine victime pour marque de vouloir aller & celebrer les
Orgies és fecrets myfteres Bacchiques, eftant efprife & tranfportée d'vn furieux rauiffement. C'eftoit la reprefentation d'vne Chimere de couleur inde
& liuide, car au marbre s'eftoit introduicte vne reffemblance de mort, & la
matiere n'eftant qu'vne mefme d'vne feule piece, l'artifice neantmoins l'a-
uoit fçeu my-partir à vne imitation de vie, & de mort, la Bacchante à fçauoir toute debout & refpirant, tranfportée pres Citheron, & la Chimere
maffacrée par fureur Bacchique, la vigueur de fon fentiment eftant defia

esteinte en elle, & flestrie. Scopas donc estoit vn tres-subtil ingenieux ouurier, pour bié contrefaire les effigies des choses inanimées, & pour le regard
des corps, proprement exprimer d'estranges merueilles en vne matiere insensible. Tout de mesme Demosthene en son oraison, façonnant exactement ces images, peu s'en faut qu'il n'ait demonstré vne forme viue & sensible en ses paroles, meslant les remedes & secours de l'art auecques le iugement & dexterité naturelle. Or tout soudain vous cognoistrez que la statuë
qui nous est icy proposée pour la contempler, n'est point destituée de son
mouuement conuenable, car elle domine ensemblement & conserue la figure que luy a donné son propre facteur, & en sa forme de Bacchante
garde l'amour qui la transporte.

ANNOTATION.

 E Bacchus & de ses mysteres, il en a esté ja, assez parlé cy-deuant sur les Phi-
lostrates. Reste icy de dire aussi quelque chose de ses ministresses, les Mena-
des, Bassarides, Thiades, Mymalloniennes, Lenées, & autres semblables,
dont l'vne est descritte icy à l'imitation presque de celle du tableau des Isles,
à l'endroit où nous auons amené le passage des Chiliades de Tzezes, qui la
particularise fort naïfuement, parquoy il ne sera point de besoin d'en vser icy
de redicte. Les Menades doncques estoient ainsi appellées du Grec μαίνεσθαι,
qui signifie forcener, rager, follastrer: Hesitius les nomme autrement Potniades, de la ville
de Potnies en la Bœoce, où l'on dit que Glaucus le fils de Sisyphe & de Meropé fut nay, qui fut
pere de Bellerophon, ce qui viendra à propos cy-apres pour le regard de la Chimere que ceste
Bacchante tient entre ses bras en lieu de victime, & nourrissoit de chair humaine certaines iuments qu'il auoit, pour les rendre plus furieuses & encouragées contre ses ennemis, mais ceste
pasture leur estant venuë à manquer, elles entrerent en telle rage, qu'elles deuorerent leur
maistre propre, comme mettent les commentateurs de Virgile sur le troisiesme des Georgiques.

    Scilicet ante omnes furor est insignis equarum
    Et mentem Venus ipsa dedit quo tempore Glauci
    Potniades malis membra assumpsère quadrigæ.

A ce propos Pausanias en ses Bœotiques. *A quelque demy-lieuë de la ville de Thebes, quand vous*
aurez passé la riuiere d'Asope, vous verrez les ruines des Potnies, auecques le sacré bosquet de Ceres, & de
Proserpine, dont les images qui sont aupres de l'eau sont appellées les Potniades, & là tous les ans certain
iour on faict ie ne sçay quels sacrifices, où entre autres choses, on immole de petits cochons nouueaux naiz,
mais la cause n'en est gueres bien esclaircie. Là aupres il y a aussi vn temple de Bacchus surnommé Aegobole,
pour ce qu'vne fois comme les habitans du lieu sacrifiassent, ils s'enyurerent de telle sorte, qu'ils mirent à mort
son ministre, pour raison dequoy ayans esté infectez de la peste, l'oracle les admonesta de luy immoler tous les
ans vn beau ieune garçon, mais quelques ans apres il leur commua ceste cruelle & inhumaine offrande à vn
sacrifice de cheures. Quant aux Bassarides, dont Perse en sa premiere Satyre, *Et sectum vitulo caput*
ablatura superbo Bassarû, elles estoient ainsi appellées des robbes longues qu'elles portoient iusques aux tallons, selon Pollux, & Hesychius, lesquelles se faisoient en la ville de Bassare en Lydie, comme met Acron sur ce lieu d'Horace en la dix-huictiesme Ode du premier liure, *Non ege-*
te candide Bassareu inuitam quatiam. Les autres selon le Grammairien Cornutus sur cet autre vers
du mesme Perse, *Bassaris & Lyncû Mænas Flexura Corymbis*, des peaux de Renards qui en langage
Thracien s'appelloit Bassares, dont ces Bacchantes se reuestoient parmy celles des Tygres, Onces, Leopards, Loups ceruiers, & semblables. Mais Phornutus l'aime mieux tirer du Grec βάζειν
crier, & ne l'escript que par vn s. *Basarû.* Les Thyades furent ainsi appellées comme l'escript Pausanias en ses Phocaïques, de Thyia fille de Castalius, & mere de Delphes, qu'Apollon engendra
en elle, la premiere de tous les mortels qui sacrifia à Bacchus, institua les Orgies dont il sera parlé cy apres. Les Mimalloniennes ou Mimallonides du mont Mimas en la petite Asie, non gueres loin de Colophon, ou plustost vn Cap qui se forie & est assez auant en la mer, continuellement
couuert de nuages: dont l'on coniecture le temps qu'il doit faire: & là tous les ans les Bacchantes s'en alloient celebrer les Orgies, comme met Strabon au dixiesme liure. Pausanias és Corinthiaques

thiaques efcript qu'Alexandre le Grand fe voulut entre-mettre de le trancher où il eft attaché
à la terre ferme, pour abreger dautant la vire-volte de la nauigation qu'on eft contrainct de faire en le doublant : mais qu'il s'en deporta : on veut auffi tirer ce mot de μιμεῖσθαι imiter, pour ce
qu'en ces Orgies & facrifices, les Bacchantes reprefentoient le voyage que Bacchus fit és Indes,
s'appliquans de petites cornes fur la tefte, auecques des guirlandes de Pampre de lyerre, & de figuier, car les fueilles de ces trois-là ont vne grande reffemblance & affinité ; en memoire &
pour l'amour des Nymphes, Staphile qui fut muée en vigne, & Syce en figuier, & du bel adolefcent Liffe en lyerre, dont à cefte occafion leurs iauelots eftoient bardez, auecques vn tel equippage que defcript Omian en fa harangue de Bacchis. Les Lenées, du furnom de Bacchus Le-
néen, *& cum Lenæo genialis confior vuæ*, au quattriefme des Metamorphofes, dit ainfi du Grec Λη-
νὸς preffoüer, où l'on preffure la vandange. Le 27. Eidyllion de Theocrite les confond auecques
les Bacchantes.

Les Orgies, comme met Seruius, du commencement furent pris pour toutes fortes de facrifices, auffi bien que les ceremonies. dits ainfi du verbe ὀργιάζω facrifier, ou ὀργιάζομαι fe con-
facrer, dont les Preftres eftoient appellez ὄργιωνες eftendre, elleuer, par ce qu'en
celebrant le diuin feruice ils elleuoient leurs mains en haut : mais puis apres ce mot d'Orgies fut
particulierement reftreint aux facrifices de Bacchus, comme le tefmoigne Strabon au dixiefme.
La plus-part des Grecs ont attribué au pere Liber, qu'on appelle autrement Bacchus, Iacchus, & Dionyfus,
tout le faict des ceremonies qu'on appelle les Orgies, les Bacchanales, le Chorique, & les myfteres des facrifi-
ces ; & il eft chef de ceux de Ceres, des danfes & ballets facrez. Ses miniftres font les Silenes, Satyres, Bac-
chantes, Lenées, Thyades, Mimalloniennes, Naiades, & Nymphes, auecques ceux qu'on appelle Tityres.
Les Orgies eftoient encores ainfi appellez d'ὀργὴ impetuofité & furie, comme elle eftoit en tous
ces gens-là ; cependant qu'ils les celebroient : ou de ὄρος montaigne, pour ce que c'eftoit principallement és lieux montueux & couuerts de bois folitaires & efcartez : & ce de trois ans en trois
ans ; au moins les plus folemnels, dont ils furent auffi dicts *Trieterice* ou *triennaux* : Virgile au 4.
de l'Eneide.

> *--qualis commotis excita facris*
> *Thias vbi audito ftimulant trieterica Baccho*
> *Orgia, nocturnufque vocat clamore Cytheron.*

Ouide les defcrit tres-elogamment au quatriefme des Metamorphofes, & n'eftoit loifible à autres qu'aux initiez en cefte confrairie, de s'y trouuer, tellement qu'on auoit accouftumé de faire crier tout haut à l'entrée : ἕκας, ἕκας ὅςις ἀλιτρός, *hors d'icy, hors d'icy quiconque eft prophane*. & à ce
propos Catulle en fes Argonautiques,

> *Pars obfcura canû celebrabant Orgia ciftû,*
> *Orgia quæ fruftra cupiunt audire profani.*

Dequoy quelques-vns veulent auffi deriuer ce mot de ἔργω repouffer, chaffer. Or pour ce que
le pain & le vin, dont Ceres & Bacchus eftoient les deux fymboles au Paganifme, font les deux
maintenemens principaux de la vie humaine, & les deux fubftances materielles les plus incorruptibles de toutes autres, & du meilleur nourriffement, comme nous l'auons dict en l'argument des Andriens, on a accouftumé d'accoupler ces deux deitez enfemble, auecques les ceremonies & myfteres : fur quoy il vaut mieux ouyr ce qu'en a touché Clement Alexandrin en
fon exhortation aux Gentils. *Ils celebrent vn Dionyfus Menoles és Orgies de Bacchu, où ils mangent de*
la chair creuë, comme s'ils eftoient infenfez, & y departent à cette fin les victimes par eux immolées, eux
eftans couronnez de ferpens, & vrlans hideufement Euan, Euan, celle-là à fçauoir dont s'enfuiuit la premie-
re faute & erreur au genre humain : & le fignal de ces Bacchanifans Orgies, eft le ferpent que l'on confacre en
ces myfteres : car fi nous confiderons de plus pres cefte diction Hebraique H E V I A, *auecques vne afpiration*
elle fignifie vne couleuure femelle. Au regard de Ceres & de fa fille Proferpine : le rauiffement de l'vne, & les
voyages & trauaux de l'autre pour la chercher, tout cela eft reprefenté par les flambeaux, tabourins, cymba-
les, & autres femblables fignals, qui fe fouloient reprefenter és myfteres & folemnitez Eleufiniennes, auec-
ques l'affemblement charnel de Iuppiter & de Ceres, dont fut engendrée Proferpine ; la groffeffe de la Deeffe,
la naiffance de fa fille, & fa nourriture, comme pendant qu'elle s'amufe à cueillir des fleurs auecques fes com-
pagnes en la Sicile, Pluton la vient enleuer : l'ouuerture de la terre par où il l'engouffre és enfers : le courroux que
la mere en conçoit contre Iuppiter, pour ne la luy auoir voulu abfolument reftituer, & quoy elle s'acquit le furnô
de Bruxà : fon arriuée deuers la bonne vieille Baubo, qui luy ayant faict vn breuuage mixtionné auecques de
la fleur de farine, deftrempée, par ce qu'elle defdaigna d'en goufter, ouurée de fafcherie qu'elle eftoit, l'autre
par defpit fe va rebraffer tout fon deuant fur la tefte, prenant fa chemife à tout les dents, dont la Deeffe fe prit
à rire, & beut alors : de là on a accouftumé és Eleufiennes de ieuner, & puis boire de ce breuuage compofé.
En apres de tirer ie ne fçay quoy d'vne manne, & le remettre tout auffi tôft dans vn pannier, & de là dere-
chef dans la manne. Il y a outre plus vn breuuage de fiel, vn arrachement de cœur, & autres chofes execra-
bles. De là le mefme autheur paffe aux Orgies, & myfteres facrez de Bacchus, qui font à fon dire
fort inhumains. Car eftant encore ieune enfant au berceau, comme les Curetes danffaffent & ballaffent au

tour de luy au son de leurs cymbales & tabours, les Titanes entrent en trahison là dessus, qui le demembrerent, l'ayans amusé auecques des bibelots, des pelottes, pommes de pin, touppies, miroüers, & semblables baga-telleries, mais Minerue suruint qui en emporta le cœur. Cependant les Titanes l'ayans despecé en mirent boül-lir vne partie dans vn chaudevon, & embrocherent le reste pour le rostir: à la fumée duquel rost Iuppiter estant

arriué foudroya les Titanes, & racueillit les membres de son cher enfant, qu'il mit entre les mains d'Apollon, lequel les alla enseuelir au mont de Parnasse, mais les Corybantes, autrement appellez Cabyres, en auoient sub-straict le membre genital, qu'ils porterent en la Toscane, où ils s'habituerent, enseignans au peuple tous ces beaux mysteres, & leur faisans reuerer ceste partie honteuse auecques le pannier où elle estoit enclose. Ce qui auroit meu quelques-vns, non sans apparence, de prendre ce Dionysus pour Atys, qui auroit esté priué de ce membre. Ces Cabyres au reste, ou Corybantes, estoient deux freres, qui massacrerent le troisiesme, dont ils enuelopperent la teste en vn riche drap d'escarlatte, couronnée d'vne belle couronne d'or, & ainsi agencée la porterent enseuelir au pied du mont Olympe, où elle fut depuis en fort grand respect & veneration, les Prestres qui auoient la charge de ce precieux reliquaire estans appellez les Anactotelestes, qui defendoient entre autres choses l'vsage de l'herbe appellée Ache, l'estimans auoir esté produicte du sang dudict Corybante, que ses fre-res auoient mis à mort: tout ainsi que les femmes qui celebrent les Thesmophories s'abstienent des pommes de grenade, qu'elles tiennent estre prouenües du sang de Dionysius, lors qu'il fut respandu par les Titanes, dont les grains en seroient demeurez ainsi rouges. Beaucoup d'autres choses allegue encores en ce lieu- là Clement Alexandrin, pour monstrer aux Gentils l'aueuglée erreur de leurs idolatries, tou-chant mesmement ces deux faussement presumées deitez de Ceres, & Bacchus, soubs lesquelles ils ont tasché de voiler plusieurs grands mysteres empruntez de ceux du peuple de Dieu, & par eux execrablement destournez à la veneration de leurs idoles. Macrobe au premier liure du songe de Scipion, chapitre douziesme. Felo apres la Theologie d'Orphée, met que Bacchus desmembré ainsi par les Titanes, ses membres enseuelis retournez de rechef en vie, n'est autre chose que ce que les Grecs appellent νẽ, & les Latins *mens*, comme estant nay de ce premier indiuidu indiuisible, lequel se depart à tous les viuans, & apres leur deces retourne de rechef à son premier indiuidu, dont il est party, accomplissant par le moyen la reuolution des offices & fonctions de ce monde, sans se departir des secrets mysteres de la nature: mais Phurunty al-legorise de ceste sorte. *Nous trouuons és fictions Greeques, que Bacchus ayant esté desmembré par les Tita-nes, fut de rechef rassemblé en vn par Rhea, soubs lesquels enuelopemens les autheurs de ceste fable, n'ont voulu presupposer autre chose, sinon que les laboureurs & vignerons, qui sont comme enfans de la terre, ont rassemblé & confondu pesle-mesle les grappes de raisins dont est prouenuë ceste precieuse liqueur de vin reduit-te en vn corps, qui auparauant estoit espandue en plusieurs parties separées l'vne de l'autre.* Mais combien trop mieux nostre religion, qui selon les enseignemens de son Redempteur, reduit toutes ces allegories de pain composé de plusieurs grains & espis de bled: & de vin exprimé de plusieurs grains & grappes de raisins, à la communion des fideles, qui estans separez selon leurs indiui-dus, se viennent à vnir ensemble en vn seul corps de l'Eglise Catholique, & au Sacrement d'icel-le Communion, soubs les especes de pain & de vin, transmuées reallement au corps & au sang de nostre SAVVEVR.

OR combien que l'on confonde les Orgies auecques les Bacchanales, les Liberales, & Dio-nysiennes, neantmoins il y a de la difference entre toutes ces payennes ceremonies & solemni-tez, car les Liberales se celebroient tous les ans le dix-septiesme de Mars, où les ieunes enfans de seize à dix-sept ans souloient laisser leur pretexte, & prendre la togue, qui estoit la robbe vi-rille, autrement dicte l'accoustrement libre, pour les causes qu'en enseigne Ouide au troisiesme des Fastes, & ce de la main propre du Preteur en plein auditoire, auecques leur surnom, si que de là en auant ils estoient capables d'estre enroollez és legions, & de paruenir aux charges & di-gnitez de la Republique.

> *Restat vt inueniam quare toga libera detur*
> *Luciferis pueris candide Bacche tuis.*
> *Siue quod ipse puer semper iuuenisque videris;*
> *Et media est ætas inter vtrumque tibi.*
> *Siue quod es liber, vestis quoque libera per te*
> *Sumitur, & vitæ liberioris iter.*

Mais les Bacchanales se celebroient tous les mois, iusqu'à ce que finablement elles furent du tout abolies pour les occasions que nous amenerons cy-apres du trente-neufiesme de Tite-Li-ue. Et les Dionysiennes ou Orgies ne l'estoient que de trois en trois ans, dont on les appella Trieteriques, comme il a esté dict cy-dessus. Encores, en y eut-il de trois manieres à Athenes, l'vne au plat pays, & à la campaigne és bourgs & villages, au mois de *Posideon*, qui corre-spond pour la plus-part à nostre Decembre: l'autre au mois *Læneon*, autrement Gamelion, qui eschet en Ianuier & Feburier; & est le dernier de l'Hyuer, dont vint aux ministresses de Bacchus le nom de Lenées: & la troisiesme qui estoient les Dionysiennes en celuy d'*Elaphobo-lion* ou Feburier: Tellement que toutes ces trois se suiuoient queuë à queuë durant les trois mois

mois de l'Hyuer. Mais Macrobe au premier des Saturnales, chapitre dixhuiétieſme, où il monſtre par viues raiſons authentiques, Bacchus eſtre vne meſme choſe auecques Apollon, met que les Bacchanales ſe celebroient de deux en deux ans ſur le mont de Parnaſſe, conſacré à Apollon & aux Muſes, où l'on diſoit qu'on voyoit ſouuent en ceſte ſolemnité des Satyres à grandes trouppes, & qu'on pouuoit meſme en oüyr les cris, auecques les reſonnemens des cymbales, tabours, & autres tels inſtrumens Bacchiques, qui ſouuent paruenoient iuſques aux oreilles de beaucoup de gens qui les oyoient diſtinctement.

Les Bacchanales doncques furent anciennement en fort grande vogue & deuotion enuers les Payens, mais comme toutes choſes ſe deprauent & deteriorent auecques le temps, ce qui eſt cauſe de les aneantir : de ces Bacchanales il aduint vn tres-grand ſcandale à Rome, l'an de ſa fondation 567 ſoubs le Conſulat de Sp. Poſtumius Albinus, & ou Martius Philippus, voire en toute l'Italie, dont fut faicte vne fort eſtroicte perquiſition rigoureuſe, & pluſieurs milliers de perſonnes executées à mort pour les execrables abbus & forfaicts qui s'y commettoient, côme le deſcript bien au long Tite-Liue au commencement du trente-neufieſme liure, lequel lieu merite bien d'eſtre icy amené tout entier, bien qu'vn peu prolixe, par ce qu'on ne ſçauroit rien alleguer qui eſclarciſſe mieux tout cet affaire. *Certain Grec eſtoit premierement arriué en Thoſcane, non auecques aucun des arts & ſciences que ſa nation, la plus pertinente de toutes autres nous a apportées en fort grand nombre, pour le ciuil polliſſement, tant de l'eſprit que du corps, ains s'entremettant ſeulement des ſacrifices & deuinailles, & non encores de telle ſorte, que par vne religion aperte faiſant profeſſion de catechiſer les perſonnes pour gaigner ſa vie, il embruſt leurs conſciences de quelque erronée ſuperſtition, mais d'vn miniſtre & archipreſtre de certaines occultes ceremonies. Les myſteres donques furent pour le commencement enſeignez à peu de gens : & puis apres ſe diuulguerent peu à peu parmy les hommes & les femmes : le tout accompagné de friands appaſts & amorſes de volupte₂ delicieuſes, de vins & de viandes, pour y en attirer touſiours d'auantage. Et côme l'yurongnerie & la nuict leur peruertiſſent l'entendement, & les hommes peſle-meſle auecques les femmes, ceux d'vn aage tendre auec plus aduance₂, & eſſaçaſſent & banniſſent d'eux toute honte & craintif reſpect, toutes ſortes de deprauations & desbauchemens commencerent à s'y practiquer, chacun endroit ſoy, ſe trouuant des plaiſirs charnels appreſtez, à ce que la lubricité de ſon naturel inclinoit. Et ſi toutes leurs meſchancetez ne conſiſtoient pas en paillardiſes, qui ſans aucune diſtinction s'exerçoient-là enuers les femmes, filles, garçons & autres de condition franche, ains de ceſte meſme boutique partoient faux teſmoings & depoſitions, ſignatures contrefaictes, & iugemens falſifiez : force empoiſonnemens par meſme moyen, & maſſacres perpetrez par les domeſtiques, ſi que les corps meſmes la plus-part du temps ne ſe trouuoient pas qu'on leur peuſt donner ſepulture. Pluſieurs choſes s'y executoient de ruze & de cautelle : & beaucoup d'autres y oſoit-on bien entreprendre à force ouuerte, qui eſtoient cachées de leurs vrlemens, & du tintamarre des cymbales & tabourins, lequel empeſchoit qu'on peuſt rien oüyr des piteux cris & lamentations de ceux qui demandoient ſecours, ou les f)rçoit ou les maſſacroit. Le venin de ce mal s'eſpandit en la Toſcane dedans Rome, tout ainſi que la contagion d'vne peſte, là où pour raiſon de la grandeur de la ville, plus ſpacieuſe & plus propre à tolerer de ſi mal-heureuſes meſchancetez, ſe cacha pour quelque temps, mais en fin tout fut deſcouuert en ceſte ſorte. Et apres* auoir diſcouru le moyen que tint le Conſul Poſthumius à s'informer de ceſte affaire, qui luy fut en fin reuelée par vne Courtiſane affranchie nommée Hiſpale ; dont eſtoit amoureux vn ieune homme, Tite-Liue pourſuit ainſi le ſurplus. *Alors Hiſpale ſe met à deduire de poinct en poinct l'origine de ceſte ceremonie : comme pour le commencement ce n'auoit eſté qu'vne conſrairie de femmes en vn oratoire ſecret ſans qu'homme aucun y fuſt admis, y auoir eu trois iours : & non plus eſtablie en chaſque année, eſquels elles receuës à la profeſſion de ces myſteres des Bacchanales, & ce d. plein iour, dont les femmes mariées eſtoient crées les miniſtreſſes, chacune à ſon tour, mais que Paculle Minie Capoüane y eſtant paruenuë à ſon rang, auroit tout peruerty & changé, comme lui euſt eſté inſpiré des Dieux de ce faire. Car elle la premiere de toutes, y auroit introduit des hommes : deux de ſes enfans, à ſçauoir Minius, & Herennius Ciciniens : & au lieu que la ceremonie ſe faiſoit de iour, elle l'auoit remiſe la nuict, & pour trois iours ſeulement en l'année, en ordonna cinq chaſque mois. Depuis que ces myſteres auoient eſté indifferemment communiquez aux deux ſexes, les hommes meſlez auecques les femmes, ioinct la liberté de la nuict, aucune ſorte de meſchancetez, aucune eſpece de deteſtables poltronneries n'y auoit eſté oubliées : plus de paillardiſes & conſtuprations des hommes entre eux-meſmes ains entre les femmes : & ſi quelques-vns ſe monſtroient moins obeyſſans à ſouffrir cet outrage ignominieux, ou moins actif à le cômettre, on ne faiſoit point de ſcrupule de les immoler en lieu de victimes. Toute leur religion conſiſter en cecy, au reſte les hommes ſe demenans d'vne maniere forcenée comme s'ils fuſſent alienez d'entendement, contre-faiſoient les deuins raui en Eſſtaſe, annonçans les choſes futures : & les femmes dechevellées à guiſe de Bacchantes, tenans des torches allumées au poing, couroient droit au Tybre, où les plongeans dans l'eau, par ce qu'il y auoit du ſouffre vif, & de la chaux mixtionne₂ parmy, les en retiroient ſans s'eſteindre : & alleguoient ceux auoir eſté raui par les Dieux, qu'ayans liez à certaines machines ils tranſportoient à des cauernes deſtournées à l'eſcart hors de la veuë des perſonnes, mais c'eſtoient ceux-là ſeulement qui n'auoient voulu complotter auecques eux, ou adherer à leurs mauuaiſitez & forfaicts, on ſouffrir qu'on les villenaſt. Le nombre en eſtre merueilleſement grand, &*

presque comme vn autre peuple, entre lesquels y auoit quelques hommes & femmes de qualité: & qué depuis deux ans il auoit esté estably que personne n'y seroit receu, plus aagé de vingt ans, par ce qu'on choisissoit l'aage le plus propre à estre deceu, & le plus obeyssant aux violements. Voila en somme ce qu'en met Tite-Liue, à quoy il ne nous semble pas y deuoir plus rien adiouster, de peur d'estre trop prolixe & ennuyeux, en vne chose mesme qui de soy n'est ny belle, ny bonne, ny honneste, mais c'est pour ne laisser rien en arriere de ce qui peut faire à propos du subiect que nous traictons, le tout traduict en nostre langue, où consiste la plus-part de tous nos labeurs.

SCOPAS *comme meu de quelque diuin admonestement.* Scopas le sculpteur de ceste Bacchante, fut natif de l'Isle de Paros, selon Pausanias és Archadiques. *Au temple de Tegée, hors d'iceluy sont esleuées des colonnes d'ordre, que i'ay entendu estre de la main de Scopas Parien, lequel a faict en tout plein d'endroicts de l'ancienne Grece des statuës, & autour de l'Ionie & Carie semblablement.* De faict ce fut il vn des plus renommez sculpteurs de son temps, tant en bronze qu'en marbre, ainsi qu'on peut recueillir de Pline liure trente-quatriesme, chapitre huictiesme, pour le regard du bronze, où il parle des bons ouuriers en ce metal. *En l'Olympiade octante-septiesme fleurirent Agelades, Callon, Polyclet, Phragmin, Gorgias, Lacori, Mycon, Pythagore, Scopas, & Perelie:* laquelle octante-septiesme Olympiade eschet enuiron l'an du monde trois mil cinq cens trente, du temps que les Iuifs soubs la conduitte de Nehemie, r'edifierent le temple de Ierusalem: & de la fondation de Rome trois cens vingt. Ce neantmoins au trente-cinquiesme liure, chapitre cinquiesme, il le dit auoir trauaillé au Mausolée ou sepulture qu'Artemisie Royne de Carie fit edifier à son mary; aueeques trois autres Architectes & sculpteurs, car il se mesla aussi de l'Architecture, à sçauoir Brixas, Timothée, & Leochares, qui seroit plus de cinquante ans apres; car ceste Royne viuoit du temps de Philippes pere d'Alexandre le Grand, qui seroit encores plus de septante ans: & si ce fut encores depuis son deceds qu'ils y trauaillerent, comme il est dict au trente-sixiesme liure chapitre cinquiesme, que Mausolus le mary d'elle, trespassa, l'an second de la centiesme Olympiade: & consequemment que cest edifice estant de forme carrée, Scopas tailla la face de l'Orient, Briax celle du Septentrion, Timothée du Midy, & Leochares de l'Occident. Au regard de ce que Scopas excella aussi en marbre, de sa main il fit vne des trente-six colonnes historiées qui estoient au temple de Diane, à Ephese, selon le mesme Pline liure trente-sixiesme, chapitre quatorziesme. *Il y auoit six vingts sept colonnes faictes faire, & données par autant de Roys, de la hauteur de soixante pieds, dont les trente-six estoient ouurées, vne entre les autres de la main de Scopas.* Il racompte outre-plus en diuers endroits plusieurs statuës de marbre de la main dudict Scopas, & mesme au trente-sixiesme & ailleurs; comme aussi faict Pausanias celles de Cupidon, Hymerus, & Pothus, au temple de Venus à Athenes, és Attiques: le Mercure du temple d'Apollon Ismenien, és Bœotiques: d'Hercules au temple de Lucine à Corinthe, és Corinthiaques, & autres. Strabon aussi au treiziesme, parle de l'image d'Apollon Smynthéen, qui estoit au temple de Chrysé, ayant vn rat soubs les pieds. Mais il suffit de ce propos.

C'estoit la representation d'vne Chimere de couleur liuide, au lieu de victime qu'elle tenoit entre ses mains; car au marbre s'estoit introduitte vne ressemblance de mort. Callistrate vse icy d'vne fort artificielle inuention, de presupposer que l'ouurier de ceste statuë ayant rencontré vne veine de couleur plombasse au marbre, dont il la pretendoit elaborer, l'eust si bien practiquée de l'accommoder à vne chimere morte, que ceste Bacchante tenoit en ses mains; & à la verité c'estoit vn traict des plus delicats, car il exprime quant & quant fort naïfuement l'insencée alienation d'esprit de ceste enragée, d'auoir pris ce monstre infect & puant corrompu, comme la premiere chose que sans y penser autrement elle eust rencontré en sa voye pour l'aller offrir à son Dieu. Cela me faict ressouuenir d'vn fort plaisant & naïf traict que autresfois vn Gentil-homme, vers l'an mil cinq cens quarante trois, que monsieur de Bouttieres estoit Lieutenant general pour le Roy François en Pied-mond, lequel estant tout à coup deuenu deuoyé de son sens, si qu'on ne s'en estoit point apperceu encores, à vn matin s'en alla au logis dudict sieur, où chacun auoit de coustume de s'assembler pour faire sa Cour, ayant caché soubs son manteau le corps d'vn enfant tout recentement mort de peste, & dit ces mots, Il y a icy force braues qui mecrent soubs la cheminée, mais ie verray à cette heure s'il y en aura de si hardis qui me veullent arracher ce que ie tiens, & quant & quant le va iecter emmy la place. Là dessus vous pouuez penser comme on s'efforça de le quereller pour le deposseder de son butin: Il pensoit auoit faict vn beau coup. Mais pour retourner à ceste Chimere, c'estoit vn monstre & non pas chose naturelle, feint-fabuleux & controuué au plaisir des Poëtes: pour le moins vne chose insensible appropriée à vne fable, à sçauoir certaine montaigne de la Lycie iectant feu & flamme, comme celle d'Ethna en Sicile, selon Pline liure second, chapitre cent-neufiesme, & au vingt septiesme. *Mons Chimera noctibus flagrans,* comme aussi Strabon au quatorziesme. Virgile aussi vers la fin du septiesme liure, descriuant l'armet de Turnus.

> *Cui triplici crinita iuba Galea alta Chimaeram*
> *Sustinet, Aethneos efflantem faucibus ignes.*

Et

Et pour ce qu'en sa cime repairoient force lyons ; & le milieu à cause des tendres arbrisseaux &
des bons paccages, estoit fort frequentée de cheures, y ayant au bas vne grande quantité de
couleuures, & semblables vermines, ils auroient pris de là occasion d'en forger vn monstre engendré de Typhon, & de l'Hydre, qui auoit la teste & le col de Lyon, vomissant par la gueule
des flammes : le ventre & les iambes de cheure, & la queuë de serpent, comme le restreint le
Poëte Lucrece en ce seul vers :

Prima leo, postrema draco, media ipsa Chimera.

Mais plus distinctement Ouide au neufiesme des Metamorphoses.

Quoque Chimera iugo medijs in partibus hircum.
Pectus & ora leæ, caudam serpentis habebat.

Et pour ce que Bellerophon fils de Glaucus rendit ceste montaigne habitable, on le dit auoir
mis à mort la Chimere. Mais pour quoy ne puiser en cest endroict plustost dans la viue source
de la fontaine, qu'és ruisseaux qui en sont attirez de loin ? Homere au sixiesme de l'Iliade descript fort particulierement tout le faict de ceste Chimere, comme il s'ensuit. *Il y a vne ville appel-*
lée Ephyre sur le bord du goulphre Argolique, où se produisent de bons chenaux. Là regna autres-fois Sisyphe
le plus malicieux qui fut onques : Sisyphe, di-ie, qui fut fils d'Aeolus, & pere de Glaucus, qui engendra le
gentil Bellerophon sans reproche, auquel les Dieux impartirent vne beauté virile & aimable, dont vint la
cause pour laquelle Prætus luy machina de si grands maux en son courage : car il le chassa de son pays, pour ce
qu'il estoit le plus fort de tous les Argiens, que Iuppiter auoit rangez soubs son sceptre & obeyssance : l'occasion
fut pour ce que la belle Antie, femme de Prætus, deuint amoureuse de luy, desirant tres-ardemment d'en estre
accointée : mais luy qui estoit discret & prend'homme, ne se voulut onques condescendre à accomplir sa vo-
lonté : de quoy indignée, elle alla controuuer ceste calomnieuse menterie à Prætus, en luy disant, certes c'est fait
de toy, Sire, si tu ne fais passer le pas à Bellerophon, lequel m'a voulu violer. Soudain que le Roy eut ouy cela,
il entra en grand despit & courroux : si ne le voulut-il pas faire mourir pourtant, ains le depescha en Lycie,
auecques vne lettre bien dangereuse, close & cachettée, où il y auoit tout-plein de choses qui tendoient à son
extermination & ruine : addressante à son beau-pere pour le mettre à mort : neantmoins soubs la sauuegarde
des Dieux il s'achemina en Lycie, où estant arriué pres du fleune Xanthus, le Roy luy fist si arriuée vn fort
grand raccueil & honneur, & le tint neuf iours auecques luy, immolant chaque iour vn bœuf pour le festoyer :
mais quand la dixiesme aurore aux doigts rosins eut ouuert le iour icy bas, alors il luy demanda l'occasion de
son arriuée, & de voir ses lettres qu'il luy apportoit de la part de son gendre Prætus, les ayant leuës, il luy
ordonna sur le champ d'aller combattre en premier lieu la Chimere, monstre inexpugnable, qui auoit esté pro-
creé de race diuine, & non humaine, de la partie de deuant ressemblant à vn Lyon, du derriere à vn serpent,
& du milieu à vne cheure, & iettant par la gueule de grosses flammes de feu ardent. Il la mit à mort soubs la
confiance des heureux signes que luy demonstrerent les Dieux. En apres il s'en alla à la guerre aux Soly-
miens, tres-preux combattans sur tous autres : Et en troisiesme lieu aux Amazones, qui n'ont point d'accoin-
ctance aux hommes. Toutes lesquelles choses ayans par luy magnifiquement esté exploictées, comme il s'en re-
tournoit, le Roy fit attirer vne embuscade sur le chemin, par vn bon nombre des plus dangereux hommes de
tout son Royaume, que le vaillant Bellerophon mit tous à mort iusques au dernier : de sorte que le Roy apres
auoir cogneu sa vertu, le retint aupres de soy : & luy donna sa fille en mariage, auecques la moitié de son Royau-
me, que les Lyciens mesmes luy assignerent au meilleur & plus plantureux endroict d'iceluy : fertile en arbres
fruictiers, & terres labourables. Il eut de sa femme deux fils, Isandre, & Hippoloque, & vne fille nommée
Laodamie, que Iuppiter engrossa du belliqueux Sarpedon : mais Isandre insatiable de la guerre, fut mis à mort
des Solymiens, qu'il estoit allé assaillir, & Laodamie par la Deesse Diane. Hippoloque engendra Glaucus, celuy
qui permua ses armes eualuées à cent bœufs, à celles de Diomede qui estoient d'airain, & n'en valloient à pei-
ne dix. Iusques icy Homere.

M A I S pour ne laisser rien en arriere de ce qui peut seruir à ce propos, afin de tousiours y
amener tant plus d'esclaircissement & lumiere aux fictions Greecques, à ceux qui n'ayans icy le
loisir de les feuilleter çà & là, ny la cognoissance des langues, pour lesquels, comme nous auons
desia assez dict ailleurs, sont tous nos labeurs entrepris en la langue Françoise, faisant en cela
acte de bon citoyen, ce me semble, & tres-bien affectionné enuers ma Patrie, Hyginus chapitre
cent cinquate & vniesme. apres Hesiode, & autres Poëtes, pour le regard de ce qu'Homere met
ceste Chimere auoir esté procreée de race diuine, & non des hommes ny des animaux, dit que de
Typhon, l'vn des grands fils de l'abysme, & de la terre, & d'Erhidné, furent procreez la Gorgone, le chien Cerberus à trois testes, le dragon qui gardoit les pommes d'or des Hesperides outre
l'Ocean : & celuy de la toyson d'or en Colchos : plus l'Hydre qu'Hercules mit à mort és marescages de Lernée : Scylla qui du nombril en haut estoit femme : & de là en bas chien, my-party en
six grosses testes de dogues, qui procedoient toutes d'vn mesme estoc : la Sphinx qui proposoit
les deuinailles en la Bœoce, & finablement la Chimere en Lycie : ayant le deuant de Lyon, le
derriere de serpent, & le milieu de cheure.

O R pour venir aux allegories de ceste Chimere & Bellerophon, voicy ce qu'en met en
premier lieu Palephat. *On dict que Bellerophon cheuauchoit vn cheual aislé : ce qui me semble par trop*

abſurde qu'vn cheual puiſſe voller, quand bien on luy auroit appliqué le pennage de tous les plus legers oyſeaux qui furent onques: & ſi autresfois il y auoit eu vn tel animal, il y en deuroit auoir quelque part encore. On alle‐ gue de plus, que ce Bellerophon mit à mort la Chimere d'Amiſodar, vn monſtre à ſçauoir qui auoit le deuant de Lyon, le derriere de ſerpent, & le milieu de cheure. Les autres veulent qu'elle euſt les trois teſtes ſeulemẽt de ces trois animaux: ce qui ſeroit tout de meſme de toute impoſſibilité, impoſſible, car ils vſent tous de differens nour‐ riſſemens; ce qu'elle fut au ſurplus mortelle, & iettaſt du feu par la gueule, cela eſt controué auſſi, car laquelle de ces trois beſtes ſi diſſemblables euſt-ce eſté qui euſt eu la ſuperintendance & conduitte du corps? la choſe donecques va de ceſte ſorte. Bellerophon fut vn ieune homme natif de Corinthe, beau par excellence, & d'vne tres-bonne nature, lequel ayant trouué le moyen d'equipper vne fuſte qu'il nomma Pegaſe, ſelon qu'on donne communément quelque nom à tous les vaiſſeaux, il s'en alla eſcumer la coſte de Phrygie, où pour lors regnoit vn Amiſodar, pres du fleuue Xanthus, le long duquel il y auoit vne montaigne fort haute, appellée Telmiſſe, où l'on montoit de la plaine par deux aduenues, & par le deuant de la ville des Xanthiens y auoit force bons paccages, mais le derriere vers la Carie, eſtoit deſert & inacceſſible, & au milieu de tout cela y auoit vn grand goulphre & ouuerture de terre, d'où s'exhaloient par interualles de groſſes flammes de feu, & de la fumée, pres duquel y auoit vne autre montaigne dicte Chimere. Or en ce temps-là, comme les habitans du lieu le ra‐ comptent, au deuant de ceſte planeure repairoit vn Lyon, & au derriere vn grand ſerpent qui moleſtoit fort les Paſteurs, qui y menoient leurs trouppeaux paiſtre, mais Bellerophon y eſtant ſuruenu auecques ſa fuſte, ſe ſaiſit de ceſte montaigne de Telmiſſe couuerte de bois où il mit le feu, & par ce moyen perirent le Lyon & le ſerpent, ce qui fut cauſe de faire dire à ceux du pays, que ce ieune homme valleureux eſtant là à bor dé ſur le Pe‐ gaſe, il y auoit mis à mo't la Chimere d'Amiſodar.

A v regard de ceſt Amiſodar à qui il atttribuë la Chimere, cela eſt pris du ſeizieſme de l'Ilia‐ de, où Homere met que les deux enfans de Neſtor, Antiloque & Thraſymede mirent à mort les deux fils d'Amiſodar, lequel auoit eſleué & nourry la Chimere, qui auoit fait de grandes ruines & dommages à pluſieurs mortels.

Ω΅ς τὼ μὲν δϊοῖσι καισιγνήτοισι δαμὼ τε
Βήτlω Ἐ΅ς ἔρεϐος Σαρπηδόνος εϋϑλοὶ ἑτᾇρϱι,
Υἷες ἀκοντισϑαι Αμισωδάρϱυ, ὃς ραχὶμηϱϱν
Θρέψεν ἀμαιμαχέτlω, πολέσιν κακὸν αἰϑρωποισιν.

Mais Fulgece au troiſieſme de ſon Mythologique allegoriſe bien plus profondemẽt là deſſus. Que Bellerophon lequel monte ſur le Pegaſe, qui auoit eſté produit du ſang de la Gorgone, & qui mit à mort la Chimere, eſt ainſi appellé quaſi ϐϣλϕόρϱς plein de bon conſeil, & propre à le dõ‐ ner, pour ce qu'il meſpriſa les attraits & ſemonces impudiques d'Antie, cõme qui diroit cõtraire, c'eſt à ſçauoir à la vertu, car ἀντίϱν ſignifie oppoſé & contraire: mais de qui eſtoit femme ceſte Antie-là? de Prætus, qui en langue Pamphilienne vaut autant à dire qu'ord, ſale, villain, ſordi‐ de, par ce que la paillardiſe eſt la vraye femme & eſpouſe des ords & infects. D'autre-part Belle‐ rophon, qui eſt le bon & prudent aduis, ſur quel cheual eſt-il monté ſinon ſur le Pegaſe, qui vient de πηγὴ fontaine perpetuelle? Car la ſapiece eſt la viue ſource eternelle. Il a des aiſles, à cau‐ ſe que la contemplation penetre à vn inſtãt la nature & diſpoſition de tout l'vniuers par ſes prõ‐ ptes meditations; Au moyen dequoy on le dict d'vn coup de pied de ſon ongle auoir ouuert la fontaine appellée de là Hippocrene, qui eſtoit ſacrée aux Muſes Heliconiennes, leſquelles la re‐ çoiuent de la ſapience: & pour ceſte occaſion on le feint auoir eſté procreé du ſang de la Gorgo‐ ne, qui ſignifie eſpouuentement & terreur, parquoy on l'affiche au Plaſtron de Minerue deuant ſa poictrine, cõme met Homere és 5. & 11. de l'Iliade: par où il ne veut entendre autre choſe ſinon qu'apres que la frayeur eſt paſſée, la ſapience vient à naiſtre, ainſi que le Pegaſe du ſang ou de la mort de la Gorgone, car la follie eſt touſiours incertaine & craintiue : ou bien pluſtoſt ſelon nos ſainctes lettres. Le commencement de la ſapience eſt la crainte de Dieu, par ce que du reſ‐ pect que nous luy deuons porter, & de la crainte de l'offencer naiſt la ſapience, & prend en nous accroiſſement. Et quiconque aura peur de perdre ſa reputation, ſera ſage, parquoy il met‐ tra à mort la Chimere, ditte ainſi quaſi κημὺ ἔρωτος, flottement d'amour: pourtant on la peint auecques trois teſtes, par ce qu'il y a trois degrez en l'amour, l'entrée, la iouyſſance & la fin. Car quand il commence à naiſtre, il aſſaut & donne furicuſement comme vn Lyon, dont le Comi‐ que Epicharme auroit dict, δαμάϛης ἔρϱς λεοντεία δυνάμϱν ϑαλερός, le dompteur des cœurs Cupidon eſt vigoureux, & garny d'vne force Leonine. La cheure qui eſt au milieu eſt l'accompliſſement du de‐ ſir charnal, denoté par ceſt animal laſcif ſur tous autres, comme on peint les Satyres auecques des cornes, & iambes & cuiſſes de bouc, dont le traict de leur viſage tient fort auſſi, par ce qu'ils ſont ſi lubriques. Finablement ce qu'on aſſigne à la Chimere le derriere de ſerpent, c'eſt pour ce qu'apres ceſte ſatisfaction ſenſuelle, le venin du peché ſe deſcouure, dont s'en enſuit la peni‐ tẽce. Tellement qu'en l'amour il y a l'entrée ou les approches, Puis ſuit apres la iouyſſance: & en troiſieſme lieu le repentir. Tout cecy touche Fulgence preſque de mot à mot : à quoy l'on peut encores adiouſter à propos du vers deſſus-dict, ces deux icy d'vn ieune homme affolé d'amour,

V i x

Vix illigatum te triformi
Pegasus expediet Chimæra.

Mais Nazianzene, & les interpretes d'Hesiode veulent entendre par la Chimere les trois parties de Rhetorique & art oratoire: la iudicielle par le Lyon à cause de la terreur qu'elle donne aux Criminels: la demonstratiue qui consiste à loüer, par la cheure, pour raison qu'en ceste maniere d'escrire l'on se dispense de s'esgayer & regaillardir, & mignarder son oraison, à maniere de cheures saffres & lasciues, qui bondissent & sautellent à tout propos. *Fundi & luxurians oratio.* Et la deliberatiue finablement par le serpent, pour la varieté des argumens, & des longs destours & obliques circuitions qu'on y va chercher, dont on enueloppe les oreilles des escoutans, ainsi que par les entortillemens d'vn serpent, pour persuader ce qu'on veut. Ce qu'Hesiode a voulu donner à entendre par la fiction de son Echidne, mere de la Chimere, qu'on interprete ποικίλον νοῦν, ϗὴ πολυειδῆ, vn entendement orné de plusieurs disciplines diuerses.

CAR *elle domine ensemblement, &c.* le lieu est fort suspect d'estre depraué au Grec, mais l'on en tire ce qu'on peut: ἀλλὰ ϗὴ ὁμοῦ δεσπόζει ϗὴ ἐν τῷ χαρακτῆρι σώζει τὸν οἰκεῖον γινόμενα ἀπὸ τῆς βάκχης, τὸν ἔρωτα. Ce que nous auons rendu par coniecture à veuë de pays; *Car elle domine ensemblement, & conserue la figure que luy a donnée son propre facteur; & en sa forme de Bacchante represente l'amour qui la transporte.* Mais cela bat aucunement sur ce lieu du tableau des Isles. *Estes vous bien si asseurez que vous n'ayez peur de ce Silene concierge de l'Isle ? yure tout outre & qui se veut iouër à la Bacchate, mais elle ne le daigne pas seulement regarder: car estant esprise de l'amour de Dionysus, elle ne peut penser à autre chose qu'à luy: elle l'imprime en sa pensée, & le contemple tout absent qu'il est: Et de fait la contenance de ses yeux est fort attentiue, mais non pas sans quelque sollicitude amoureuse.* Ce qui amene quelque lumiere à ce passage, mais non pas qu'il l'esclaircisse du tout.

DDdd ij

LA STATVE
D'VN INDIEN.

ARGVMENT.

I L n'y aura pas beaucoup à alleguer sur ceste image, qui n'est en somme rien autre chose qu'vn Ethiopien, que l'autheur veut icy descrire, faict de marbre noir, comme celuy de Dinan pourroit estre; pour representer sa noirceur naturelle; mais marqué en certain endroit de deux petites taches blanches, que l'ouurier a sceu fort dextrement accommoder au blanc des yeux, plus apparent en ces Negres-là qu'és personnes blanches, pour raison du contraire qui le rehausse, & le rend en plus d'euidence. Il est au reste en contenance d'vn homme yure; en quoy gist tout l'artifice; Car cela est touché fort naïfuement, auecques quelques traicts empruntez, comme du tableau de Persee, à propos de ces Negres, qui sont là designez, ainsi. Certes ces Ethiopiens sont fort plaisans & recreatifs à voir en vn teint si estrange, rians farouchement, menans grand ioye à leur trongne, & se ressemblent presque tous. *Mais bien mieux encores au second liure de la vie d'Apollonius Thyanéen, que nous auons amené sur la preface de ces images en ces termes icy.* Si nous venons à pourtraire d'vn crayon blanc vn Indien, il ne lairra pas toutesfois de paroistre aux regardans comme noir, car son nez plat-camus renfrongné, ses nazeaux larges & ouuerts; ses eheueux crespelus, à guise presque du poil frisé d'vn ieune aigneau crespe; & le surmontement de ses ioües, auecques vne mine morn'-effrayée respanduë tout autour des yeux, vient à renfondrer & noircir ce qui de soy paroist blanc à nostre regard; & monstrer pour vn vray Indien, celuy qui sera ainsi peint, à ceux qui le voudront soigneusement considerer. *Mais au regard de ce qu'il appelle, & improprement, les Mores noirs, Indiens, nous le deduirons cy-dessoubs.*

RE s d'vne fontaine eſtoit l'effigie d'vn Indien, dreſ-
ſée là comme pour vne offrande aux Nymphes ; &
faict d'vn marbre noir comme iaye, qui ſe deſrob-
boit du naturel de ſon eſpece pour paſſer en ceſte
couleur. Il auoit au ſurplus vne cheuelleure fleuron-
née & fort creſpeluë, reluiſante d'vne noirceur non
pure & naïfue, ains és extremitez contendant auecques le luſtre & eſclat d'vn pourpre Tyrien ; car le
poil, tout ainſi que s'il euſt eſté cultiué & arrouſé
par les Nymphes de là autour, s'eſleuant hors de ſes racines ſe rendoit
plus noir par le bout. Mais les yeux ne conuenoient pas du tout auec
le ſurplus de la pierre, car à l'endroit de la prunelle venoit à s'eſpandre vne
blancheur qui ſe renforçoit là endroit de tant plus que le naturel teint de l'Indien noirciſſoit. Or ce qui le rendoit eſlourdy, ainſi qu'à la verité il ſe de-
monſtroit, eſtoit ſon yureſſe, que la couleur de la pierre n'euſt pas ſceu deſcouurir, par ce qu'il n'y auoit point d'artifice qui luy peuſt faire rougir les
ioües, car la noirceur meſme couuroit l'yureſſe, mais ſa mine le faiſoit paroiſtre de ceſte ſorte, eſtant comme tranſporté hors de ſoy, & chancellant
ſans pouuoir arreſter ſon pied-ferme, qui flechiſſoit comme preſt à donner
des genoüils en terre : & la pierre ſembloit eſtre atteinte de cet accident,
ainſi que ſi elle ſe fuſt deuë eſbranler pour monſtrer le vacillement que cauſe l'yureſſe. La figure au reſte de cet Indien n'auoit rien de delicat, de
gentil, ny deliberé en pas vne de ſes actions, ains eſtoit ſeulement eſbau-
chée en gros pour monſtrer l'ordonnance & compoſition de ſes memores;
le tout à nud & deſcouuert, ſelon que les corps Indiens ont accouſtumé de
s'endurcir & renforcer en leur chaude & boüillante fleur de ieuneſſe.

ANNOTATION.

LEs Indes, l'Ethiopie, ny les autres regions eſloignées de ceux qui anciennement
habitoient au cœur de l'Europe, n'en furent pas ſi exactement cogneuës au temps
iadis, comme depuis cent ans en çà, que les marchands & voyageurs n'ont laiſſé
coing ny recoing en tout le pourpris de la terre & des mers qu'ils n'ayent fureté,
veu & reuiſité fort exactement, ſi qu'ils en ont bien peu mieux parler à la verité
que les autres qui ne bougeoient preſque de leur eſtude, ou pour le plus de leur pays, s'arre-
ſtans au dire de ceux qui n'en euſſent ſceu parler au vray non plus qu'eux. Alexandre le Grand
employa tout plein de peine & de fraiz pour faire deſcouurir les coſtes de l'Inde Orientale par
Oneſiric, & Nearque : & les Empereurs Romains tout de meſme, mais s n'en eurent pas pour
cela à beaucoup pres l'inſtruction, bien qu'ils ne manquaſſent de tous moyés à ce requis, qu'ont
eu puis cent ans en çà les Portugais ; & plus recentement encores les Ieſuites, qui ont bien donné plus auant que nuls autres iuſques icy, non pour vne curioſité de voir, ny pour aucun deſir
de conqueſter, ny pour le trafficque, ains ſeulement pour y planter la Foy Chreſtienne. Mais
pour laiſſer cela à part, qui s'en iroit trop en infiny, nous-nous reduirons à toucher icy ce qui
auroit meu les anciens d'appeller les Mores noirs Indiens ; car on ſçait aſſez qu'en toutes les Indes de l'Orient ny de l'Occident il n'y en a point, s'ils n'y ont eſte tranſportez, ains ſont baſanez
ſeulement ; les vns plus, & les autres moins : dautant que toute la terre habitée conſiſte pour ce
regard, de trois manieres de gens, les vns à ſçauoir qui ſont blancs ainſi que tous les Européens ;
les autres noirs, comme les Ethiopiens, & les Mores de la Guinée, & d'autres qui participent
de ces deux extremes, tels que ſont les Afriquains de la Barbarie, qu'on appelle les Mores
blancs ou Oliuaſtres : les Indiens outre cela, tant les Orientaux que les Meridionaux, & Occidentaux, tiennent ie ne ſçay quoy du griſaſtre. Ces Negres doncques que Philoſtrate & Calli-

strate appellent Indiens, font proprement ceux de l'Ethiopie, la Guinée, Tombut, &c. Mais il
vaut mieux oüyr là deſſus ce qu'en dit Iean Leon en ſa deſcription de l'Afrique. *i'ay eſté en quinze*
Royaumes de la terre des Negres(il n'y comprend rien de l'Ethiopie)*& ſi s'en ay laiſſé troü fois autant où*
ie ne mis onques le pied : les noms au reſte de ces Royaumes-là , *à commencer de l'Occident vers le Midy & le*
Leuant , ſont Gualata, la Ghinée, Meli, Tombut, Gago, Guber, Agadeʒ, Cano, Caſena, Zegʒeg, Zanſara,
Ganʒara, Borno, Goaga, & Nubie, la plus-part deſquels ſont ſituez le long du fleuue Niger, & pour le iour-
d'huy ſombs l'obeyſſance de trois puiſſants Roys, à ſçauoir celuy de Tombut, qui eſt le plus grand de tous , de
Gorga, & de Borno, qui eſt le moindre. Il ne touche point à l'Ethiopie, car il n'y fut onques, où ſont
les vrays noirs, & d'où tous les autres ont pris leur denomination, ſuiuant le prouerbe, *lauer vne*
brique ou vn Ethiopien, pour autant de peine perduë. Celuy qui le premier de tous les Occidentaux en a eu la plus exacte cognoiſſance, au moins de ceux qui ont peu venir à noſtre notice, a
eſté vn Preſtre Portugais, appellé Franciſque Aluaroz, lequel en a faict vn beau liure. Somme
que ces Negres parfaictement noirs ſont particuliers à l'Afrique tant ſeulement, où pas vne des
Indes n'eſt ſcituée, car il ne s'en trouue point icy en Aſie ny en Europe, ny en ceſte grande eſtenduë de terres en l'autre Hemiſphere, qu'on appelle communément l'Amerique , ou les Indes
Occidentales: ny en celles de l'Orient , ſoit és Iſles ou en terre-ferme, ains ſont tous baʒaneʒ.
Et certes ny Pline, ny Ptolemée, nv Strabon , ny autres Geographes anciens n'en ont rien dict,
dont l'on ſe peuſt gueres bien inſtruire, ne s'y arreſter pour adiouſter foy : car meſme iceluy
Strabon aduoüé au ſecond liure, que ny Diemarchus , ny Megaſthenes , Oneſicritus non plus,
& Nearchus & ſemblables, qui ſe ſont ingereʒ de traicter des affaires des Indes, n'en ont dit que
des menteries & friuoles vaines, controuuées par eux à plaiſir , pour entretenir les ignorans.
Mais ie croirois bien que luy qui eſt venu apres n'a faict gueres mieux, ou les choſes ſe ſont bien
changées depuis, comme on peut aſſez voir par la deſcription qu'il en a faicte au quinzieſme liure. Ne Pline en ſemblable de l'Ethiopie, liure cinquieſme chapitre huictieſme, au moyen dequoy plus ſeurs en cela ſont nos Modernes , que les anciens qui pour l'ignorance qu'ils ont eu
des Indes, & de l'Ethiopie, ont eſtimé qu'és Indes les gens deuoient eſtre noirs comme en Ethiopie : mais pour ce que le mot d'Inde eſtoit plus general, ils ont mieux aimé dire Indiens pour ce
regard , que non pas Ethiopiens.

LA

Les Amours se battent entr'eux,
Ne vous arreftez à leurs pommes,
Car si vous n'eftes vrayement hommes,
Ils vous brusleront de leurs feux.
  Ce fruict vray symbole d'Amour,
Communique au cœur sa puiffance,

Et sa plus secrette influence,
Luy ternit peu à peu son iour:
  C'eft pourquoy sa pasle couleur,
Tefmoigne des Amans la crainte,
Et par le rouge ceste ardeur,
Dont ils ont toufiours l'Ame atteinte.
                          DDdd iiij

LA STATVE DE
CVPIDON DE
PRAXITELE, EN BRONZE.

ARGVMENT.

DE L'AMOVR, & des amours, & de tout ce qui en peut dependre, il en a esté parlé competemment au premier liure sur leur tableau. Callistrate au reste descript icy vne image de Cupidon, de la main de Praxitele en Bronze, comme est celle qui viendra cy apres encore, laquelle au texte Grec, & l'onziesme en nombre, mais ce n'est presque qu'vne mesme chose discouruë diuersement, car le tout rapporte quasi à vn, parquoy nous les auons bien voulu accoupler: toutesfois ie ne pense point auoir veu nulle part estre faicte expresse mention de ces Cupidons de Bronze, si d'auanture ce n'estoit celuy dont Pausanias entend parler en ses Attiques, sur le propos de quelques trippiers qui estoient de Bronze, là où il dit, que cest excellent sculpteur s'estant enamouré d'vne Courtisane nommée Phryné la plus fameuse de son temps, & qui ayant esté accusée de ie ne sçay quoy où il n'alloit moins que de sa vie, l'Orateur Hyperides prit en main sa defence, & apres auoir employé toute l'art de son eloquence pour esmouuoir le peuple à compassion, luy fit à la fin de son plaidoyer descouurir sa gorge qu'elle auoit singulierement belle: ce qui fut de telle efficace que tout sur le champ elle fut deliurée absoute de son accusation. Vne fois doncques que Praxitele l'estoit allé voir, comme ils furent au milieu de leur souper, & de leurs plus ioyeuses cheres: voila vn des seruiteurs de Phryné embouché d'elle, & fort esmayé par semblant, qui luy vient s'accouter à l'oreille ie ne sçay quoy, dont monstrant estre toute troublée, il voulut sçauoir que c'estoit, c'est dit-elle apres en auoir fait quelque refus, que le feu s'est presentement pris à vostre officine, & a consumé vne partie de vos ouurages, dont luy tout esperdu se prit à crier, qu'il ne luy resteroit plus rien de tous ses plus fauorits labeurs, si le Satyre & le Cvpidon estoient peris. Or ne vous faschez point autrement luy dit elle, car il n'est rien de tout cela, ie voulois seulement sçauoir ce que vous estimiez le plus: & là dessus ayant eu le choix de ces deux, elle demanda le Cupidon, côme vn subiect de plus de plaisir, & plus conforme à son humeur et profession. Voila comment cela passa pour lors. Au demeurant encore que Praxitele excellast aussi bien au bronze qu'au marbre, si fut il neantmoins plus renommé au marbre, selon Pline liure 34. chapitre 8. Praxitele fut plus heureux au marbre & par conse-

DDdd iiij

quent de plus grand renom en cela : neantmoins il fit de tres-beaux ouurages de bronze, comme le rauiſſement de Proſerpine, la Catachlyſe, vne
femme qui auoit les yeux eſbloüys : l'Hyureſſe, le bon bere Aber, auec vn
Satyre fort excellent, que les Grecs appellent Perihibæton, ou le celebre :
plus la Venus, qui fut conſumée du feu, ſoubs l'Empereur Claudius, auec
le temple de la Felicité, eſgalle à celle de marbre ſi renommée par tout le
pourpris de la terre : item la Stephuſe ou faſcheuſe de bouquets & chappeaux de fleurs : l'Oinophore ou eſchançon : Harmodius & Ariſtogiton
qui mirent à mort le Tyran Piſiſtrate d'Athenes. Apollon en l'aage de quinze à ſeize ans, eſpiant auec ſon arc tendu, & la fleſche encochée, de tirer
vn lezard au ſortir d'vn creux de muraille, & de là appellé Sanroctonos, tuë-
lezard. Il y deux autres Statuës de luy encore, exprimans diuerſes affections,
l'vne d'vne femme d'honneur qui pleure, & l'autre d'vne courtiſane gaye &
ioyeuſe, on eſtime que c'eſtoit Phryné, car on y remarquoit l'amoureuſe
paſſion de l'ouurier : & a la mine de putain laſciue effrontée le ſalaire qu'elle
eut de luy, à ſçauoir le Cupidon deſſuſdit, dont elle monſtroit eſtre ſi contente & ſatisfaicte. *Toutesfois il ne dit pas qu'il fut de bronze, ains parle d'vn
de marbre au 36. liure chapitre 5.* Des ouurages de Praxitele eſt auſſi ce Cupidon que Ciceron reproche à Verres, pour voir lequel on alloit de toutes
parts à Theſpies ville de la Bœoce, maintenant il eſt és eſcoles d'Octauia.
Et vn autre encore tout nud qui eſtoit à Parium colonie de la Propontide,
pareil à la Venus de Gnidos, tant en excellence de ſon ouurage, que de l'ordure qui en aduint, car vn Alcidas Rhodien en eſtat deuenu amoureux, &c.
*Pausanias és Bœotiques met que Lysippus fit vn Cupidon de bronze à Thespies,
quelques temps apres celuy de Praxitele qui estoit de marbre : & que l'Empereur
Caligula l'ayant enleué de Thespies, son successeur Claudius le leur renuoya : Mais
Neron qui luy succeda l'apporta de rechef à Rome où il fut bruslé : toutesfois Meno-
dore Athenien en auoit contrefait vn sur celuy de Praxitele, lequel estoit à Thespies,
du temps d'Adrian : au moyen dequoy ie croirois que ce fut celuy qu'eut Phryné, &
non celuy de bronze dont il est icy question.*

O R D'VN autre artifice mes raiſonnemens ont enuie de
diſcourir, car il ne m'eſt pas loiſible d'outre-paſſer icy
ſoubs ſilence les ſacrez fruicts que produit ceſt art.
C'eſt donc vn amour, ouurage de Praxitele, ie vous
dis l'amour meſme, vn beau ieune garçon gaillard, &
ayant des aiſles, & vn arc garny de ſagettes. Au ſurplus il eſt de bronze, & repreſente Cupidon, vn Dieu
Tyran de tres-grand pouuoir, l'ouurier n'ayant point
voulu que ce metal demeuraſt metal, ains que tout
ce qui en eſtoit deuint amour. Et de fait vous voyez bien comme le bronze
ſe facilite à certaine delicateſſe, & qu'inſenſiblement il ſe mignarde & rend
ſouple à vne potellée charneure, & vn rebondy en bon point farfelu, ou
pour le dire en peu de mots, accomply de tout ce qu'on y ſçauroit deſirer,
ſe contentant de ſon eſtoffe. Car ce Dieu eſt tendre & poly, ſans aucune
majeſté ny hauteſſe, ayant vne action conuenable au bronze, & paroiſſant
de

de croiftre comme à veuë d'œil. Et encore qu'il foit priué des facultez de
mouuement, neantmoins il fe monftre tout preft de s'efbranler tout de ce
pas, planté au refte deffus vn ferme piedeftal, il regarde en haut comme s'il
auoit l'adminiftration du cours des aftres, & des cieux : & s'efgaye à rire,
fes yeux eftincellans ie ne fçay quoy d'argent & benin tout enfemble. Car
vous pouuez voir comme le bronze obeït à fes affections, & reçoit en foy
fort naïfuement vne apparoiffance de rire. Le voila doncques efleué en
haut, le bras droict ployé quelque peu, & de l'autre main il hauffe fon
arc, fe panchant fur le cofté gauche pour feruir de contrepoix à la bafe:
car le recourbemét du flanc feneftre eft retiré hors de fa naturelle affiette par
la facilité du cuyure, qui dur & folide de foy, fe laiffe neantmoins reployer
ainfi : fa perruque d'ailleurs crefpeluë, & bien teftonnée luy ombrage le
chef reluifant de certaine fleur de ieuneffe, fi que tout le bronze fe rend admirable : car à le voir il y a ie ne fçay quelle rougeur efclattante qui s'efleue
du bout du poil, & en paffant la main deffus, il femble fe dreffer encontre,
comme s'il chatoüilloit voftre fentiment. A moy quand i'en contemple l'artifice, il me vient en opinion que l'ourier l'a façonné à guife d'vne danfe
qui fe remuë, & que la couleur obtempere aux fentimens : puis que Praxi.
tele en vne reprefentation de l'amour, a prefque introduit vne forme de cognoiffance, & donné moyen à fes aifles, de fendre l'air, par où il fe met en
debuoir de paffer.

ANNOTATION.

 O v s auons cy deuant traicté en la defcription du Satyre, fur le propos que ce-
fte ftatuë eftoit de marbre, ce qui pouuoit concerner l'art de la fculpture tant
fur les pierres que fur le bois, & femblables eftoffes qui fe taillent auec le cizeau
& marteau : icy puis qu'il eft queftion des figures qui fe ieétent de fonte, il n'y
aura point de mal, tout de mefme d'en toucher auffi quelque chofe. Paufanias
és Arcadiques, met que les premiers qui fonderent des images de bronze furent vn Ræcus fils de Phiæus; & Theodore fils de Telecles Samien, car auparauant ils ne les faifoient que de la mil goffement & mal affemblées. C'eft ce Theodore qui graua
l'efmeraude dont Polycrates Tyran de Samos fe plaifoit tant. Il y a au refte plus de confideratiôs
au metal, qu'au marbre, ainfi que de leurs chemifes de cire, leurs tuniques & couuertures d'e-
ftain; la terre dont il faut faire les modelles & moyeux; le plaftre pour les creux & formes; les armeures de bâdes & cercles de fer pour les retenir; & les fourneaux où fe doiuet cuire les moyeux,
& les formes creufes; & finablemét fondre le metal pour les ietter. Quant à la terre, on prend nô
de l'Argille graffe & vnie comme eft celle dont on fait les pots, qu'on tire en plufieurs endroits
icy autour de Paris; à Gentilly principalement; car elle eft trop fubiecte à fe creuaffer & eftendre,
ains d'vne autre qui eft aucunement fablonneufe; dont l'vne des plus excellentes qu'on fçauoit
gueres trouuer nulle part eft celle du fauxbourg S. Honoré, qu'on prend pour faire les fours des
boullangiers & paftiffiers : & en l'arcenal auffi pour l'artillerie : & de mefme pour fondre les cloches: fi l'on n'auoit que de l'argille, il la faudroit ramoderer auec des cendres, & du fablon d'E-
ftampes, ou autre femblable delié & vny comme farine. Cefte terre bien deffechée, on la broye
menu, & paffe par vn faz ou tamis, pour en feparer les pierres, & autres ordures eftranges & ine-
galles; Cela fait, on y mefle la moitié d'autant de bourre de tondeurs de draps, baignant le tout
auec de l'eau, & les incorporant bien enfemble, à force de les battre auec vne verge de fer: Puis
les faut laiffer courroyer & confire par l'efpace de trois ou quatre mois, tât que la bourre foit bien
corrompuë & deftrempée auec la terre; & le tout reduit à maniere d'onguent mol & tendre; car
ce courroyement fi long, rend la compofition plus propre à receuoir & fouffrir l'ardeur du metal fans qu'elle s'altere ny fende. Et auec cefte terre ainfi accouftrée vous formerez premierement voftre figure en la perfection & eftat qu'elle doibt demeurer: puis la cuirez tout doucemét

à feu lent, comme à demy: où elle se retirera quelque peu, ainsi qu'à l'espoisseur d'vn doigt, plus ou moins: & pourtât vous la retoucherez de nouueau auec la mesme terre és endroits où il conniendra, lesquels se seroient restressis, afin de rêplir le vuide des riddes & retiremens, si qu'elle redeuienne en son premier estre ainsi qu'il faut qu'elle demeure: & alórs vous la recuirez derechef par les degrez de feu connenables iusqu'en son accôplie perfection. Puis y appliquerez vne chemise de cire à la grosseur d'vn doigt, ou peu moins: & l'accroistrez où pareillement il sera besoin, auec des instrumens & outils propres à ce tant de bois que de fer: en ostant aussi où il en auroit trop. Cela fait on prend des cornes de mouton bien bruslées & calcinées, & sassées, si qu'elles soient reduittes en poudre impalpable, deux parties: du tripoli, & escailles de fer, de chacun vne partie: le tout bien broyé & sassé aussi: & meslé ensemble: les incorporant auec de l'eau où ait esté destrempée de la siente seiche de vache ou cheual, & broyée menu, & le tout passé doucement par vne estamine sans l'espraindre, tant que l'eau en demeure teinte, & non plus, & qu'il n'y ait laissé aucunes feces ne résidences. De ceste composition liquide à guise des couleurs des peintres, ou de sausse vert, auec vne brouësse de soyes de pourceau tournées du costé qu'elles sont attachées au cuir pour estre plus douces, vous en donnerez vne couuerture dessus la cire, l'applanissant bien: & la lairrez seicher: Puis en donnerez vn autre, & la lairrez seicher de mesme: reiterant cela tant que ceste crouste arriue à la grosseur d'vn doz de cousteau: puis y appliquerez vne autre chemise de la terre susdite dont la figure aura esté bastie, à l'espoisseur de demy doigt: & la lairrez seicher. Derechef vous en redoublerez vne autre encor pardessus de la mesme espoisseur.

Il y a vne autre maniere de proceder à ces chemises & reuestemens: car le modelle ou figure de terre estant conduitte à sa derniere perfection, & recuite comme il a esté dit cy dessus, il faut prêdre de la cire, & de la terebêtine par egalle portion & les fondre ensemble dans vne poëlle ou vn pot de terre, les meslant fort bien: Puis auec la brouësse susdite en enduire tout doucement la figure, & coucher dessus de l'estain en fueille qu'on appelle communement de l'orpel, comme si on la vouloit argenter: mais ceste couche pour appliquer l'estain se peut encore faire auec de la colle de fleur de farine, telle que celle dont vsent les Libraires & cordonniers. Cela sert, à cause que pour mouller le creux qui doit estre de plastre gasché en de l'eau, malaisément le modelle se pourroit il contregarder de l'humidité d'iceluy, quelque bien recuit qu'il peust estre, qu'il ne le r'amolist, & par consequent vint à le gaster & corrompre, s'y venant le moulle ne s'y pourroit pas empraindre si net qu'il seroit besoin pour former le bronze: Parquoy on luy donne ceste couche & couuerture d'estain, pour le preseruer de cest accident: car on le frotte d'huile pardessus, afin que le plastre ne s'y attache: & qu'on puisse ietter la figure plus nette: & par consequent qu'il y ait puis apres moins de peine à la reparer, nettoyer & cizeller: si que cela reuient à vn fort grâd soulagement pour l'ouurier, auquel seruira pour patron, le modelle sur lequel on aura moullé le creux ou la forme, si d'auanture il est diuisé en plusieurs parties, & se iette à plus d'vne fois: Que si la fonte se fait tout à vn coup, & mesme en vne figure de plein relief, il faudra necessairement faire son compte de perdre ce modelle ou moyen, & laisser plusieurs trous aux flancs, aux espaules, cuisses & iambes de la statuë és chemises de cire & de terre appliquées sur le modelle pour le tirer & euacuer puis apres du creux auec les ferremens propres à ce. Tellement qu'en ce cas le plus seur seroit d'auoir deux modelles: bien est vray que le petit sur lequel aura esté formé le plus grand, comme il a esté dit cy dessus pourra seruir d'exemplaire & patron pour reparer apres la fonte, & refreschir la memoire de tous les plus importants traicts à l'ouurier. Les trous puisapres se referment auec de petites pieces du mesme metal, les y appliquant & soudant dextrement: car on presuppose qu'ils se doiuent faire és endroits les moins apparens, & où il y a moins de danger de rien peruertir & corrompre de ce qui est le plus d'importance en la besogne. Mais le plus seur est de mouller la figure par plusieurs pieces separées: & en esprouuer chacune à parsoy fort diligemment pour voir si le creux sera bien net, & tel de tous points qu'il doit estre: & à ceste fin y retourner plustost à diuerses fois, puis les reioindre bien ensemble auec du mesme plastre, si que les iointures soient bien vnies & reparées, tant que le tout vienne à faire vne moitié de la statuë entiere, non à la prendre de laceinture contremont, & d'icelle en bas, ains du haut de la teste tout le long des bras & du corps descendant vers les cuisses & les iambes iusques aux pieds: tout mi party par le milieu & de plat: si que le derriere de la teste & du doz, les fesses & le reste soit vne moitié, & le visage, l'estomac, le ventre, & le surplus du deuant pour l'autre. Comme il faut puis-apres appliquer dans ces creux la cire pour faire l'espoisseur de la figure, auec vne crouste de terre au dessus, pour former le noyau qui doit remplir le vuide d'icelle: reioindre les pieces ensemble, les recuire de loing lentement à feu de roue, de charbon de coudrier ou autre bois tendre, ou auec de petites buschettes; percer les soupiraux & esuents, tant pour escouller la cire hors du creux, que pour donner air au metal entrant dedans; reparer l'ouurage auec les outils & instruments propres, & semblables choses; Tout cela depend plustost d'vne practique oculaire, qui se doit apprendre par les menus, & de main de maistre, que non pas qu'il se puisse enseigner par vne tradition ny de bouche ny par escript: parquoy il suffist d'en auoir icy atteint

&c

& traſſé les principaux points, ſãs s'y engoulpher plus auãt en vne mer de mecaniques, qui ſeroit
outrepaſſer aucunement les bornes de noſtre profeſſion : Pareillemẽt la maniere des fourneaux
à vent, & à ſoufflets pour fondre le bronze, & leſquels ſont les plus commodes & à propos.
Quant à l'eſtoffe on s'y ſert de cuyure, mais non du tout pur, parce qu'il coulle trop difficile-
ment, ains d'vne maniere de bronze allié comme celuy de l'artillerie, de ſix ou ſept parts d'e-
ſtain de cornuaille pour quintal de cuyure, là où l'alliage des cloches eſt communement de
vingt ou vingt deux liures d'eſtain doux pour chaque cent de cuyure; & s'appelle ce meſlange
metal; l'autre bronze. Au regard de l'or & l'argent on y procede d'autre maniere. La foſſe au reſte doit eſtre faite ſi ſpacieuſe qu'elle ne touche d'vn bon pied en carré la forme tout à l'entour,
afin d'y pouuoir mettre vn rang de bricques qui la defende de l'humidité de la terre & remplir
l'entredeux d'vne terre bien ſeiche & criblée, y meſlant vn peu de ſable; & la comprimant dextrement auec des battes : puis bouſcher fort bien les ſouſpiraux & eſuents auec de l'eſtouppe, de
peur qu'il n'y entre des ordures, mais quãd on desbouchera le tampon auec la perriere, il les faudra ouurir : car s'il n'y auoit de l'air libre, le metal n'entreroit pas dedans la forme. Or il faut que
la ſtatuë ſoit doucement auallée en la foſſe auec des cordages, & des tours, & engins, que rien n e
s'y altere & deſmente : & la planter toute debout la teſte en haut, dont le ſommet ſoit plus bas
d'vn bon demy-pied que le niueau de l'entrée de la coulloüere ou eſchenal, & la chaiſe qui eſt au
bout par où doit entrer le metal dans la forme : & faut que ceſte coulloüere aille tant ſoit peu de
trauers en biaiſant, & non du tout de droicte ligne, afin de refrener l'impetuoſité & furie du metal, qui pourroit autrement engorger l'entrée, & parce moyen reiaillir contremont de coſté &
d'autre : pourtant quand on repouſſera le tampon en dedans le fourneau, faudra tenir par vn peu
d'eſpace la perriere ferme à la bouche de la coulloüere, pour faire ſortir le metal en ceſte premiere veine peu à peu, car autrement la violence du metal ainſi ardent & enflambé, pourroit cauſer
vne ventoſité à l'entrée de la forme qui empeſcheroit ſon rempliſſement tel qu'il faut : Cela fait
on le laiſra coṗller à ſon aiſe : Et ſur la fin luy faudra aider encore auec des peſles & raſteaux de
fer tant que la forme ſoit remplie.

Si toſt que la foſſe ſera remplie de terre, on doit mettre le feu au fourneau ſans temporiſer dauantage, de peur que la forme n'attire à ſoy quelque nouuelle humidité, à toutes leſquelles particularitez il eſt neceſſaire que l'ouurier ait l'œil, parce que la moindre faute en ce cas luy ſeroit
d'vn grand preiudice. Quant à la coulloüere ou canal par où doit paſſer le metal, il la faudra faire large preſque de demy pied, plus ou moins ſelon la quantité du metal, & les paroys des deux
coſtez hautes d'autant, le tout fait de bricques crueš; mais bien ſeiches, aſſemblées auec de la terre
ſuſdite, & fort bien recuit, y allumant tout du long vn feu de charbon pour l'eſchauffer pendant
que le bronze ſondra : & quand on ſera preſt de ieĉter, faudra oſter tous les charbons, & nettoyer
bien la coulloüere de ſes immondices; oſtans meſme la cendre auec vn ſoufflet, afin qu'elle ne
ſe meſle auec le bronze, dont il faut qu'il y en ait touſiours de ſurcrez pour mieux faire venir la
figure, & qu'il n'y ait point de tare. Il y a d'autres conſiderations encore qui meritent qu'on y
prenne garde, ſans du tout s'en remettre aux fondeurs d'artillerie, & de cloches, ny autres: car
encore que la maniere de fondre & ieĉter l'alliage du bronze pareillement ſoient preſque touš
vns & ſemblables aux vns & aux autres, le plus ſeur ſera neantmoins que le ſculpteür ſoit auſſi
verſé en cela & bien entendu, parce que les ſtatuës ne viennent pas touſiours ſi à ſouhait comme
me font les pieces d'artillerie, ou les cloches qui ſont toute d'vne venuë, & n'y a pas ſi beaucoup
pres tant d'ouurage. Ne ſi recherché, ny tant de differentes beſoignes, ne ſi malaiſées à y eſpandre le metal, à cauſe des infinies geſtes qui s'y repreſentent, comme d'vn bras aduancé tout droit,
& l'autre recourbe raccourcy, & les iambes de meſme, auec tout le ſurplus du corps, outre les
veines, muſcles, nerfs & tendons qu'il faut faire naiſtre & paroiſtre delicatement dans le bronze:
la cheueleure auſſi, & ſemblables menues beſoignes, ſelon qu'on le peut voir deſcript & repreſenté fort naïfuement en ces ſtatuës : Bien eſt vray que la difficulté en conſiſte plus és modelles
que non pas au ieĉt, ioinĉt qu'il les faut reparer fort diſcretement apres la fonte, où le tout ne
vient pas touſiours ſi au net qu'il ne le faille retoucher neantmoins plus malaiſement, & auec
plus d'incertitude coulle le bronze en tant de repliz & deſtours qu'il ne fait és pieces d'artillerie,
ny le metal és cloches : & y faut bien plus d'eſuents & de ſouſpiraux, & de bouches, nonobſtant
que toutes ſeviennent finablement rapporter à celle où l'on met la quemilſe, qui eſt la principale
entrée, parquoy il y faut quelquefois plus de coulloüeres & eſchenaux, qu'il eſt beſoin de ſçauoir
biẽ eſtablir à propos és endroits neceſſaires & cõuenables: & pour ceſt effet diſpoſer le fourneau
vn peu en panchant par le fonds d'iceluy vers ces coulloüeres, de la meſme ſorte à peu pres que
on obſerue és pendans qu'on donne aux pauez pour euacuer le eaux plus cõmodement, & les immondices qu'elles charrient auec elles. Il faut au reſte que ce fonds du fourneau ſoit de bricques
bien liées enſemble auec de la terre qui ne ſe coulle ny ſe ſurfonde à la forte expreſſion du feu
que requiert le bronze, car il y en a aſſez qui y ſont ſubieĉtes: les Verriers ſçauent bien choiſir les
meilleures, car le feu eſtant aſſiduel & fort grand en leurs fourneaux, la neceſſité leur apprend

cela. Il y en a d'excellentes icy à Paris, où l'ou peut mesler des tets de creusets bien broyez menus & saffez, pour la rendre encore plus ferme & solide. Et pource que toute terre en se recuisant est subiecte à se lascher & creuasser, le meilleur sera de les ioindre le plus pres l'vne de l'autre qu'il sera possible, afin qu'il y en ait moins és ioinctures & assemblemens , car le bronze estant en bain & fondu s'en pourroit fuir par là, & y cherchant quelque eschappatoire gaster le paué du fourneau: le reste duquel tant les parois que la couuerture se peuuent faire de thuillots maçonnez de la mesme terre. Au regard de ses proportions & mesures elles varient selon la quantité du metal qu'on y veut fondre, tant en sa largeur & hauteur, qu'en l'ouuerture de ses bouches, dont il y en a deux és costez par où sort la flamme, & vne autre par le derriere ioincte au petit four où l'on met le boys par vn trou d'enhaut, par laquelle entre la flamme dedans le grand où est le Bronze, comme en vn four à vent de reuerberation, qui la fait tournoyer pour chercher l'issuë, qui luy estant desniée par le trou d'enhaut, car on le bousche soudain qu'on y a iecté le boys auec vn couuercle de fer, par ce que le feu tend tousiours en haut de son naturel , par ce moyen elle se vient rabattre sur le bronze, qu'elle eschauffe & fond, tant qu'il coulle à son heure determinée, plustost ou plus tard selon la quantité d'iceluy , & la chaleur qu'on luy aura administrée deuëment sans aucune discontinuation, d'autant que ces interualles ont accoustumé de le rendre plus rebelle à fondre, & engendrent vne crouste dure au dessus, qui est souuent cause de plusieurs inconueniens aux fondeurs: Voire mesme que quelquesfois le metal au lieu de couller se calcine, à quoy l'on remedie auec de l'estain qu'on iecte parmy, & autres dexteritez & remedes assez cogneuz à ceux qui manient les metaux & le feu, dont les actions sont fort difficiles à limiter. Il y a puis apres les souspiraux, quatre en nombre, par où euade la fumée, larges pour y mettre la moitié du poing. Et finablement le pertuys par où doit sortir le metal dans la coulloüere, lequel se creuze dans vne bricque maçonnée fermement aux deux costez: mais il faut que ce pertuys soit vn peu plus large par le dedans que par le dehors, & pareillement le tampon qui le bousche, afin de mieux l'estouper encontre l'impetuosité du metal, qui estant fondu vient charger là côtre, ainsi que l'eau d'vn estang en la bonde de la chaussée, à cause du panchant du fonds: & ioindre ce tampon au trou de la bricque, auec de la cendre sassée menu, & delayée auec de l'eau, afin qu'il ne face pas trop de resistance contre le coup de la periere. Au deuant de laquelle bricque en faut asseoir vne autre persée de mesme, mais tout au rebours , car il faut que l'ouuerture soit plus large en dehors du costé de la coulloüere que par le dedans vers la bricque. Il y a puis apres l'autre moindre fourneau où l'on iecte le boys, comme il a esté dit cy dessus, mais le fonds d'iceluy qui est aucunement plus bas que la bouche par où entre la flamme dedans le grand, doit estre planché d'vne grille de barreaux de fer distans d'vn pouce l'vn de l'autre, afin que par là les cendes & la braize s'auallent en la fosse qu'on aura cauée au dessoubs, & qu'on les puisse retirer de là auec vn rable de fer, de peur qu'elles s'en remplisse, & par consequent estouffe l'air qui doit resueiller l'action du feu. Il ne faut pas oublier au reste de recuire tous ces fourneaux par vingtquatre heures, y donnant le feu peu à peu, & par degrez conuenables tant qu'ils soient bien secs, & ne iectent plus de fumées ny de vapeurs qui empescheroient le bronze à couller net & liquide comme il est besoin. Et en le mettant dans le fourneau on doit prendre garde d'arranger les pieces debout , & non de plat l'vne sur l'autre, afin qu'il y ait de l'air entre deux: que s'il y en faut mettre d'autres de surcrez apres que celuy du fourneau sera prest à fondre, on l'eschauffera deuant à l'vne des bouches, de peur qu'il ne refroidisse le reste: & ne retarde d'autant la besoigne. Il y a assez d'autres considerations là dessus , que nous toucherons plus à plain en nostre traicté de l'artillerie sur l'art militaire d'Onosander autheur Grec par nous mis en langue Fráçoise, auec des annotations dessus: Parquoy nous finirons icy ce propos apres auoir dit que les figures d'or & d'argent se font de lames, ausquelles on fait prendre la forme qu'on veut sur des modelles de bronze qui auront esté iectez de fonte dans des creux de plastre , les battans dessus auec des outils de fer plats & moufles tant qu'elles ayent receu le plus de ressemblance du modelle qu'il sera possible: puis on les acheue de parfaire en les cizellant comme il faut: & soude l'on finablement les pieces ensemble: mais cela depend de l'art de l'orfaiuerie où Phydias fut le plus excellent ouurier qui fut oncques. Et d'autant que Callistrate ne parle que des statuës de marbre & de bronze, nous reseruerons celles cy à vne autrefois, & nous contentans de ce que nous auons dit de tous ces artifices cy dessus, reuiendrons aux particularitez de la statuë, apres que nous aurons parlé des soudeures, dont malaisement les ouurages de bronze, & d'autres metaux se peuuent passer: & il y en a tant de difficultez & incertitude dans les autheurs, qu'on n'y sçauroit asseoir nulle part le pied ferme, tant ils y vont à tastons, priuez de toute experience , si qu'il n'est possible d'en rien recueillir de certain. Mesmement és Iurisconsultes, qui l'ont embrouillé plus que tout le reste , par faute de s'en estre instruits de ceux qui manioient ceste art. Parquoy nous en mettrons icy vn extraict de ce que nous en auons traicté plus au long ailleurs.

DE

DE LA FERRVMINATION
OV SOVDVRE.

L y a des doubtes & controuerses en cést endroit entre les Iurisconsultes, qui s'arreſtent aux mots, non parauanture bien entendus d'eux : Car les mots eſtans fort subiects à s'equiuoquer, ont beſoin d'eſtre particulierement diſtinguez pour l'intelligence de ce à quoy on les veut appliquer, ce qui leur eſt comme vne conduitte & redreſſement pour les faire charier droict. Caſſius en Paulus met : *Ferruminatio per eandem materiam facit confuſionem : plumbatura verò non idem efficit.* Et Pomponius monſtrant s'y vouloir conformer : *Si tuum ſcyphum alieno plumbo plumbaueris : alienoue argento ferruminaueris, non dubitatur ſcyphum tuum eſſe, & à te rectè vindicari.* Ce neantmoins il entend que ceſte couppe ſoit d'argent. Certes cela eſt vn peu ambigu, & s'il on n'a exacte cognoiſſance de la nature metallique, ces deux authoritez tailleront bien de la beſongne.

En premier lieu donc que il faut profonder plus auant en l'interpretation de ce vocable Ferrumination, que ce qu'il ſonne en apparence : Car on peut bien voir qu'il ne ſe reſtreint pas ſeulement au fer, dont il prend le nom, ains s'eſtend encore à l'argent, & conſequemment à tout le reſte des metaux, voire à pluſieurs choſes qui ſont hors de leur latitude : comme on verra par les authoritez ſuiuantes. Pline liu. 10. chap. 33. parlant de la maniere dont les Pies tranſportent leurs œufs d'vn nid à autre : *Surculo ſuper bina oua impoſito, ac Ferruminato alui glutino, ſubdita ceruice medio æquè vtrinque librato deportant alio.* Là où ſans doubte il eſt pris comme pour vne forme de colle. En l'onzieſme liu. chap. 37. rendant la raiſon pourquoy les oz des chiens, & des cheuaux ne ſe peuuent ferruminer, c'eſt à dire eſtans rompus ne ſe peuuent reprendre, ce qu'il refere au defaut de la mouëlle : *& medulla ex eodem videtur eſſe in inuenta rubens, & in ſenecta albeſcens : non niſi canis & oſſibus : & cruribus iumentorum aut canum, Quare fracta non ferruminantur : quod defluente euenit medulla.* liu. 27. chap. 4. pour la ſoudure : *Fabuloſa arbitror quæ adyciuntur de herba anonymo, recente ea, ſi vratur, ferrum aut æs Ferruminari.* au 31. liu. chap. 7. pour vn adglutinement : *Carrhis Arabiæ oppido muros domoſque maſſis ſalis faciunt, aqua Ferruminantes.* Pour du mortier ou du ciment liu. 35. chap. 15. parlant du bitume : *calcis quoque vſum præbuit, ita ferruminatis Babylonis muris.* Et au 36. encore chap. 23. *Ruinarum vrbis ea maxime cauſa, quòd furto calcis ſine ferrumine ſuo cæmenta componuntur :* ou pluſtoſt pour vn adglutinement, car on ſçait aſſez que la chaux par ſa viſcoſité ſert au mortier pour lier le ſable. Pour vn enduurciſſement au 26. chap. du meſme liure. *Vitrum ſepulchri cox coctum, ferruminatur in lapides.* Et finablement pour vn defaut & ſeparation, au 37. chap. 1. parlant de ceux du criſtal : *infeſtantur plurimis vitijs, ſcabro ferrumine, maculoſa nube, occulta aliqua vomica præduro fragilique centro.* Par tous leſquels lieux deſſuſdits il appert que la Ferrumination eſt priſe pour toutes manieres de colles, ciments, mortiers, ſoudeures & ſemblables adglutinemens que les Grecs appellent κόλλησις & συγκόλλησις. Mais nous n'auons icy affaire que de celle des metaux : où il faut premierement enquerir pourquoy c'eſt que le mot de Ferrumination a pluſtoſt pris ſon appellation du fer, le plus vil metal de tous, que de pas vn des autres : Car il n'eſt pas à croire que cela ait eſté fait à la volée, & ſans occaſion ; d'autant qu'il y a és anciens primitifs vocables certaine proprieté emphatique qui porte auec ſoy la realité de la choſe qu'ils repreſentent. Le fer donc que nonobſtant que il ſemble en ſon dehors eſtre froid & ſec, comme fort terreſtre qu'il eſt : en ſon occulte neantmoins, & par le dedans il eſt adglutinatif & viſqueux. Oyons ce qu'en dit là deſſus Rhaſes excellent Philoſophe Arabe au liure du parfaict magiſtere : *Ferrum in altitudine ſua eſt calidum & ſiccum : in ſuo profundo frigidum & humidum vt ſtannum, in vno latere, calidum & humidum, vt aurum : in alio frigidum & ſiccum, vt plumbum.* Mais cela concerne plus les conſiderations thuniques, & les anatomies des metaux par leurs tranſchangemens d'vne qualité & nature en vne autre diſpoſition : Car il n'y a rien qui reçoiue plus d'alterations ſans ſe deiecter du tout de ſon eſtre ; auquel il peut eſtre touſiours reduit, que fait le metal. Nous dilaterons ce que deſſus de Rhaſes par ce lieu du liure des Vapeurs, d'Auenzoar. *Ferri natura calida & ſicca eſt : Quidam tamen dixerunt quod eſt frigida & humida, & ipſum maſculinum & fœmineum. Huius autem manifeſtum eſt calidum & ſiccum, & durum : occultum his contrarium. Nec in aliquo corporum eſt aliquid durius manifeſto ipſius. Similiter eius mollities manifeſtatur, cum in eius occultum conuertitur. Huius exemplum eſt argentum viuum : cuius occultum eſt ferrum. Cum igitur occultabitur eius manifeſtum, & manifeſtabitur eius occultum, conuertetur in ferrum.* Mais à quel propos ces authoritez, & encore aſſez malaiſées ? pour monſtrer que la nature du fer en ſon interieur eſt fort

EEee

gluante, plus que pas vn des autres metaux, parquoy il eſt plus propre à ſouder, & par conſequent à donner l'appellation aux ſoudeures, ciments & colles : à cauſe meſmement de ſa durté,
enquoy elles le doiuent raſſembler. Car en premier lieu nous voyons qu'il n'y a point de metal
dont les pieces ſe repreignent & conſolident plus aiſement en les forgeant &martellant rougies
au feu, pour les ioindre & vnir enſemble, que fait le fer, ſans adiouſtement de choſes eſtranges,
comme nous verrons cy deſſoubs en ſa premiere façon de ſoudeure. En apres on ſçait aſſez de
combien les eſcailles de fer ſeruent à raſermir vn ciment quand elles ſont meſlées auec, eſtans
battuës en meſme poudre : mais mieux encore ſeroit ceſt effect, la chaux d'iceluy, que les Al-
chimiſtes appellent Crocum ferri, & ſe fait ainſi. Prenez des lammes de fer de l'eſpoiſſeur
d'vn teſton, Et les mettez à calciner à fort feu de reuerberation, tel que celuy des verriers ou
ſemblable, par douze ou quinze iours : elles ſe conuertiront en vne poudre plus impalpable que
fine fleur de farine, & rouge comme ſang. Cela meſlé auec de la poudre de bricques & de verre : du charbon de pierre, de la chaux, du ſable, feront vn ciment pour durer preſqu'à perpetuité. Le meſme fait auſſi la rouille : & la mine de fer battuës ſubtilement : le tout à cauſe de ſa
viſcoſité glueuſe. Vous voyez outre-plus comme le *Boliarmein* eſt tenant, qui n'eſt autre choſe
qu'vn mineral procedant des vapeurs des mines de fer, où la matiere n'eſt point encore bien
reduitte en metal formé. Et le pareil de ceſte terre dicte Lemnienne qu'on appelle communement Sigillée, qui eſt certaine Argille tres-fine, empreignée des vapeurs d'vne mine de fer, &
decuitte à vne chaleur lente, eſgalle & proportionnée dans les entrailles de la terre en vne
ſucceſſiue longueur de temps. Et de fait prenant de l'argille commune, & la decuiſant à feu
fort gradué & temperé en vn bain de marie, auec du *crocum ferri*, deſſuſdit, & de l'eau de vie,
contemperée auec de l'eau de chardon benit, de betoine, meliſſe ou ſemblables, elle emboit
par ſucceſſion de temps vne proprieté & vertu qui ne degenere guere de la naturelle : car nous
voyons en tout plein de choſes l'art non ſeulement imiter, mais egaler, voire ſurmonter la nature : ſuiuant le dire du Philoſophe : *Nil differt an hæc in naturalibus vel artificialibus organis fiant.*
Tout cela bat & tend à monſtrer combien le fer en ſon interieur eſt viſqueux : ioinct qu'on ſçait
aſſez par experience que la terre Sigillée qui participe de ſon eſſence, comme a eſté dit, appliquée à la langue, pour quelque ſeſcoüer qu'on la puiſſe, malaiſement s'en peut deſprendre.
Mais pourra l'on alleguer là deſſus, pourquoy eſt-ce doncques qu'on ne s'en ſert point és ſoudeures comme on fait de la limaille d'or, d'argent, & de cuyure ? On peut reſpondre que ce n'eſt
point pource que ces trois metaux ſoient plus adglutinatifs que le fer, mais pource qu'ils ſont
de plus aiſée fuſion : *imo* le fer n'en a point du tout apres ſa premiere, qui ſe fait par le moyen de
la gaſtine vne terre qui par certaine prouidence de la nature ſe retroue touſiours en abondance auec celles de fer : ſi ce n'eſt par artifice y meſlant de l'antimoine ou de l'arcenic, & ſemblables moyens mineraux, aſſiſtez de choſes inceratiues, comme les appellent les Alchimi-
ſtes. Ainſi que le ſauon-mol : le ſublimé, les huiles, gommes, & graiſſes : Athincars, Borax,
ſel alcali, ſel de tartare, ſel armoniac, ſel alembroch, & autres ſemblables : mais lors eſtant ainſi rendu fuſible il n'eſt plus malleable ſoubs le marteau : ains ſe rend frangible & ſe
rompt, comme on peut voir és boullets d'artillerie, és pots de fer, contre-feux & autres telles
ferrailleries de fonte.

Cela premis, pour retourner aux authoritez cy deſſus alleguées des Iuriſconſultes, il ſemble
qu'ils ayent voulu reſtreindre la Ferrumination, non tant ſeulement aux metaux, en general,
mais à ceux encore qui ne ſe fondent qu'auec ignition precedente , c'eſt à dire rougis au fer,
comme l'or, l'argent, le cuyure. & le fer, les metaux qui ſe fondent ſans ignition, ſont le plomb
& l'eſtain, le plomb plus facilement que l'eſtain. Et eſt vne choſe admirable, qu'eſtans ces deux
metaux à par ſoy ſi mols comme chacun ſçait, ioints enſemble ils ſe rendurciſſent : la raiſon de
cela, Auenzoar la rend au liure des Vapeurs en ces paroles : car nous entre-lacerons icy auec la
Ferrumination quelques incidents des metaux qui la feront tant mieux comprendre. *Ce qui con-
ſolide & raſermiſt l'eſtain, & le plomb : & reciproquement l'eſtain endurciſt le plomb. Car comme la viſcoſité
gluante qui lie les parties de l'eſtain doiue conſiſter d'vn humide & d'vn ſec, cela fait qu'il n'y a aucune con-
glutination de l'eſtain auec l'eſtain , tellement que les ouuriers voulans rendre le plomb plus dur , ou l'eſtain,
meſlent tous les deux enſemble : & ſe rend la maſſe plus dure que s'ils eſtoient à part l'vn de l'autre : pourautant
que de l'humidité du plomb , & de la ſiccité de l'eſtain , s'engendre vne viſcoſité plus ferme , qui eſt cauſe de
dureté en ce meſlange de ces deux metaux.* Tout le rebours aduient en la mixtion de l'or & l'argent au
moins pour le regard de la fonte, car meſlez enſemble ils ſe fondent beaucoup plus toſt & plus
aiſement que ſeparez : c'eſt pourquoy on les meſle en la ſoudeure.

Il y a au reſte quatre ſortes d'eſtain : celuy qu'on appelle le doux, ou de cornuaille, qui eſt
l'eſtain pur venant d'Angleterre : l'eſtain commun, qui eſt meſlé auec du plomb, non ſeulement
pource que le plomb ſoit à meilleur compte que l'eſtain, mais pour le raſermir & rendurcir
par ceſt aliement, lequel ne doit porter pour le plus, que de douze à quinze liures de plomb
pour chaque quintal d'eſtain. Il y a puis apres l'eſtain ſonnant, qui ſe fait d'vn quintal d'eſtain
pur

put de cornuaille auec vne liure feulement d'eftain de glace: & vne liure de franc cuyure ou ro-fette: l'eftain de glace eft vn mineral, (de moy ie ne l'eftime eftre autre chofe que ce qu'on appelle le Regule d'antimoine) dont on fe fert en tout plein de chofes: & entre autres pour le fonds ou derriere des miroüers de Chriftallin, où on les mefle auec l'Amalgame d'argent vif & d'eftain, qu'on y applique pour reboufcher la tranfparence du verre, l'on s'en fert auffi en lieu de fable és horloges, car il n'y a rien de plus delié, vny & efgal, ny plus fec, & moins fubiect à l'alteration du temps. Les miroüers de fonte, qu'on appelle les miroüers d'acier, fe font de cuyure & d'eftain fondus enfemble: & puis fe luftrent & polliffent auec du fable, du tripoli, pierre-ponce & femblables. Pline monftre auoir eu quelque odeur de ces meflanges, mais groffierement & comme à trauers quelque efpoiffe obfcure nuée, au 34. liure chapitre 17. ou il dit, *Maintenant on fophiftique l'eftain en plomb blanc, y adiouftant la tierce partie d'airain. Il fe fait encore en autre maniere, meflant vne liure de plomb blanc, auec autant de plomb noir, aucuns l'appellent pour le iourd'huy argentin: & tiercelet, celuy où il y a deux parts de plomb noir, & la tierce de blanc.* Il appelle le plomb blanc l'eftain doux de cornuaille, dit des Grecs χασσίτερος & le plomb noir, le plomb commun μόλυβδος. Mais tout cela, ainfi que le refte, eft fort embroüillé & confus en luy. Quant aux alliages du cuyure pour faire les cloches, c'eft de vingt iufques à vingt-cinq d'eftain pour quintal de cuyure ou rofette, & cela s'appelle metal. Pour l'artillerie, les ftatuës, & femblables ouurages, de fix à fept liures d'eftain pour quintal de cuyure: & s'appelle bronze.

Les Iurifconfultes doncques monftrent de vouloir entendre par la Ferrumination, la foudure qui fe fait tant de foy, qu'auec l'argent & le cuyure ou letton, comme il fe dira cy apres, laquelle mefle, vnit, & confond les parties enfemble, fi qu'il n'y a point de difparité. Et par la plombature, les affemblemens qui fe fond en lieu de mortier, comme on peut voir és quartiers de pierre liez les vns aux autres auec des barreaux de fer & du plomb, ou és chandeliers, chenets d'airain, & dont les parties font iointes & cimentées auec ce metal: où bien la foudure contemperée de plomb & d'eftain, à fçauoir trois parts d'eftain, deux de plomb, & vne demie d'eftain de glace, les Potiers d'eftain, les Plombiers, les Vitriers, & autres, en vfent, l'appliquans auec l'inftrument qu'ils appellent le fer, enduit de ce meflame à fa pointe, carrée prefque comme vne fleur de liz non encore efpanoüie, & pour ceft effect le refchauffent fur des charbons à demy efteints, & y adiouftent de la poix refine.

Venons maintenant aux foudures de fer, il y en a de trois fortes: la premiere & la plus groffiere eft de ioindre de groffes pieces l'vne auec l'autre, comme deux barreaux, ou femblables: ce qui fe fait en les rougiffant au feu & iettant deffus du grez en poudre, ou du fablon, qui garde de brufler la coïfne, & rembarrent la chaleur en dedans, puis on les affemble, en les battant & forgeant fur l'enclume.

L'avtre plus fubtile, eft de ioindre & appliquer deux pieces l'vne contre l'autre, & les lier auec vn fil d'archal, puis les faupoudrer auec de la limaille de letton, trempée en de la diffolution de gomme de Draghant, & d'eau commune, ou des mucillages, & enueloppez en de l'argille courroyé auec de la fiante de vache feiche, & chauffez à la forge à feu de foufflets.

La tierce plus fubtile encore. Ioignez les deux pieces, & les liez auec du fil d'archal: iettez deffus de la foudure fuiuante. Deux parties d'argent, & vne de letton, fondez les enfemble, & limez bien delié & efgal: Puis y adiouftez pour trois parties de foudure vne partie de borax battu en deliée poudre, meflez bien le tout, & empaftez auec de la gomme de draghant diffoute en eau. Puis les meittez en vn rechaut fur des charbons ardents, & efuentez doucement auec vn foufflet à main, tant que la foudeure fonde, & fe colle és parties qu'on veut affembler: Ce qui fe reparera puis apres auec la lime. Cefte maniere fe manie par vn orfeure, & non pas par vn marefchal comme le premier: ny par vn ferrurier comme le fecond.

Le cuyure & l'airain fe foudent auec la foudure de potier d'eftain cy deffus: & celle d'argent, de letton & borax.

L'or & l'argent fe granulent, c'eft à dire reduifent en menuë grenaille, fi on ne veut prendre la peine de les limer en cefte forte. Fondez les en vn creufet: & quand ils feront bien fondus, iettez les doucement dans vn autre plus grand creufet, où il y ait du charbon reduit en poudre, & demenez tant qu'il fe granule.

Les foudures fe font de deux parties d'argent, & vne de cuyure ou de letton. De trois d'argent, & vne de cuyure. Et ainfi de degré en degré, iufques à fept d'argent & vne de cuyure ou de lettó: lequel court & coulle plus ayfement que le cuyure, en la foudeure: mais en recompenfe le cuyure eft plus ferme, & fe cizelle & repare mieux que le letton.

Il faut toufiours bien mefler & incorporer enfemble la foudeure, & le borax, les broyant fur le marbre, ou dans vn mortier de cuyure dont l'on fe fert à battre l'efmail: puis les mettre dans le Boracier, pour les auoir ainfi preparez prefts à fon befoin.

Quant à l'or, il y a deux manieres de le fouder, l'vne qu'on appelle fouder au chaud, & cela fe fait auec du vert de gris qui n'a point teru y, auffi gros qu'vne noifette, la fixiefme partie de fel armoniac, & autant de borax. Broyez le tout ensemble, & le destrempez auec vn peu d'eau commune dans vn godet de terre de Beauuais, à guise de boüillie. Mettez de ceste composition sur les iointures de ce que vous voulez souder à l'espoisseur d'vn parchemin, & espandez dessus vn peu de borax bien broyé: Puis ayez du charbon rond, & l'arrangez en forme de grille, sur laquelle vous mettrez vostre ouurage vers les bouts & extremitez des charbons: cas estans allumez il en sort ie ne sçay quelle petite vapeur, qui souffle & esuente aucunement. Mais faites en sorte que les charbons ne touchent point l'endroit que vous voulez souder: & esuentez legerement auec vn soufflet à main, de sorte que la flamme se rabatte dessus l'ouurage: car si le feu estoit trop aspre, il y auroit danger que l'ouurage ne se fondist, & tout seroit gasté. Et quand vous verrez que la premiere peau de l'or commencera à s'esbranler, & reluire comme enflambée, arrousez-le legerement d'vn peu d'eau auec vne broüesse: & par ce moyen la superficie de l'or se viendra à rassembler & vnir és iointures, comme si le tout auoit esté iecté & fondu d'vne seule piece. Cela fait, ayez du vinaigre distillé, & mettez y vn peu de sel tant qu'il soit dissous, là vous lairrez tremper vostre ouurage tout le long d'vne nuict, & le borax s'en separera. S'il y a quelques fautes puis apres és trouz & creuasses qui resteront à applanir, il les faudra souder ainsi. Prenez six caraéts d'or fin de ducat, qui sont vingt-quatre grains ou vn denier: car le caraét est de quatre grains, tant és metaux qu'és pierreries, fors és diamans qui sont la plus legere chose de toutes autres ; & là le caraét ne va que pour trois grains : Prenez donc. 24. grains d'or, & trois ou quatre grains d'argent seulement, & autant de cuyure. Fondez premierement l'or, puis mettez à fondre l'argent & le cuyure. Les orfeures appellent cela ligue, dont ils se seruent à en mettre vn peu sur toutes les soudeures qu'ils font d'argent & de cuyure ou letton, comme il se dira cy apres: Et ce pour les raffermir tousiours dauantage, faut estre aduerty que toutes les fois qu'on recuit l'or, il faut iecter dessus du verre, ou de l'esmail noir, en poudre: Car cela oste toutes les mauuaises fumées & vapeurs que l'or pourroit auoir attiré du cuyure, qui le noircissent aucunement, & l'infectent. Au reste ce qui s'appelle recuire en l'or, est braser en l'argent: assauoir de les repasser vn peu sur la braise.

La maniere puis-apres de le remettre en couleur, est auec du vert de gris, & du sel armoniac, autant de l'vn que de l'autre, & leur vingtiesme partie de sel nitré, le tout reduit en poudre sur le marbre: & destremper ceste composition auec vn peu de vinaigre, distillé tant qu'elle soit en forme d'onguent; dequoy vous enduirez vostre ouurage d'or à l'espoisseur d'vn dos de cousteau, auec vne broüesse: Et le mettrez sur des charbons à demy esteints, tant que le vert de gris se brusle & consume par le moyen du sel nitré, car le sel armonia s'en ira en fumée. Et pour cest effeét auec les mollets vous prendrez des charbons ardents, que vous passerez sur les endroits où la composition demourroit trop espoisse, afin qu'elle se brusle au plustost egallement, & qu'elle ne desseche pas sur l'ouurage, parce que cela empescheroit la couleur. Cela fait ostez-le du feu, & laissez-le refroidir en vne escuelle plombée: Puis estant froid, vous le nettoyerez auec vne broüesse, & le mettrez tremper dans de l'vrine de ieunes garçons de dix à douze ans.

La soudeure d'argent se fait auec sept parties d'argent, & vne de cuyure, si l'argent dont l'on besongne est fin à onze deniers: si de bas alloy, & au lieu de cuyure, il faut prendre du letton. Fondez donc le cuyure premier, parce qu'il est de plus dure fusion que l'argent: & puis mettez l'argent dedans, & faites les bien iouer ensemble, si qu'ils soient bien incorporez, iectez en lingot & le limez deliement: puis y adioustez la tierce partie de borax bien broyé menu, & empastez auec de la gomme de draghant dissoute en eau. De cela enduisez les fentes que vous voudrez souder: Et mettez l'ouurage à feu de charbon, soufflant auec vn soufflet à main tant que la soudeure se fonde, qui par le moyen du Borax se rendra de plus tendre fusion que le cuyure, ny que l'argent, s'il y a quelque deffaut ou creuasse, il y faut remettre nouuelle soudeure, & proceder comme deuant.

Le plomb & l'estain se soudent par eux mesmes meslez ensemble, comme il a esté dit cy dessus.

Reste maintenant à examiner le lieu de Pline, qui est des soudeures, liure 33. chap. 5. où il dit ainsi. *Chrysocollam & auri artifices sibi vendicant adglutinando auro: Et inde omnes appellatam similiter ventes dicunt.* (Pource que ce mot signifie soudeure d'or) *Temperatur autem ea Cypria ærugine, & pueri impubis vrina, addito nitro.* Il semble qu'il vueille traitter par là, l'artifice que nous auons mis cy dessus, de donner couleur à l'or, à cause du vert de gris, du nitre, & de l'vrine des ieunes enfans: & non pas de la soudeure: car la chrysocolle estant sans doubte le borax, elle ne se peut faire sans la limaille des metaux: si que le mot de *temperatur* ne se pourroit pas prendre pour la confection de ladiéte soudeure, ains plustost pour le destrempement de la chrysocolle ou borax auec le vert de gris qu'il appelle *Cypria ærugo*, & le nitre, lesquels trois ensemble ne sçauroient adgluttiner ou souder l'or sans la soudeure cy dessus escripte: si d'auanture ce n'estoit par la premiere maniere qui s'appelle souder au chaud. Et pourtant Pline ne veut pas par ce mot de *temperatur* enseigner la composition de la chrysocolle, ny de la soudeure, comme quelques vns l'ont cuidé, ains tant seulement la maniere de s'en seruir à souder l'or.

Au

Au regard de la composition de la Chryfocolle ou borax que les Arabes appellent *Atincar*, & Pantheus en fa Voarchadumie, *oleum vitri*, car elle eft artificielle, & non naturelle; il faut premierement entendre que c'eft le vray moyen de faciliter la fufion de tous les metaux: & de reduire leurs chaux quelques alterées qu'elles puiffent eftre en corps metallique, leurs loppes pareillement, & minieres, & les feparer de leurs terreftreitez, pierres & femblables chofes eftranges, comme met Rhafes en fon traicté des alums, *Quo (fcilicet Borace) mediante, omnia corpora mêtallica, quantumuis alterata à natura fua, etiam loppæ & mineræ duræ, & contumacis fufionis liquantur & in priftinum redeunt ftatum: ita ut exfuccata eorum humiditatis alienæ fufceptibilia, & ad fundendum velociora, funt enim omnes athincares propter humiditatem quam habent multam fixam, inceratim præ omnibus alijs falibus: ob idque cum illis omnes metallorum calces facile reducuntur.*

Le mefme tefmoigne Auicenne au liure de l'ame des metaux diction 6. chap. 12. *Illæ res quæ fe incerant funt plus humidæ quàm aliæ quæ fe non incerant: ergo inceramentum non eft aliud nifi accrefcere humiditatem in illis rebus quæ fe incerant.* & au 7. cha. *Quando tu inceras facis humiditatem maiorem, frigiditatem, caliditatem, & ficcitatem minores.*

Rhafes au refte au liure des Attramens donne cefte compofition de Borax, calcinez du fel commun ja preparé, par fix heures: mais il fe prepare en cefte forte. Diffoluez de gros fel noir dans de l'eau tiede: efcumez les ordures: & laiffez repofer par trois ou quatre heures: euacuez doucement le clair: & faictes euaporer l'eau, tant que le fel vous demeure au fonds blanc comme neige, & bien deffeché. Diffoluez ce fel calciné en ce vinaigre diftillé, & le filtrez & congellez. Diffoluez d'autre-part enfemblement vinaigre, de l'alun zuccarin, & de la chaux-viue autant d'vn que de l'autre & autant que du fel: laiffez le repofer par trois iours, & cueillez auec vne coquille vne fleur qui furnagera au deffus à guife de chrême ou d'huille: & meflez-le auec ce que vous aurez en femblable recueilly de la fleur du fel, & gardez que vous ne cueilliez rien qui ne foit bien pur & bien clair: & congellez le tout enfemble au foleil, ou à feu lent, en vne pierre claire comme criftal. Si vous le diffoluez de rechef en nouueau vinaigre, filtrez & congellez il s'affinera toufiours dauantage, iufqu'à la trois ou quatriefme fois.

Vous y pouuez adioufter auffi du fel alcali, c'eft de la foude de l'herbe de Salicor, dont on faict le verre de pierre, diffoute premierement en eau commune, filtrée & congellée, & puis diffoute en du vinaigre diftillé comme le fel commun, & fera l'athincar: & tout de mefme que du fel alcali, & du fel de tartre ou lye de vin; celuy de Languedoc eft le meilleur. Le mefme Rhafes enfeigne vne autre façon de fel inceratif au traicté intitulé le liure d'vne nuict, qui eft d'vne merueilleufe efficace. Prenez vne partie de fouphre, deux de falpetre, & trois de fel commun preparé. Et ayez vn pot de terre de Paris non plombé correfpondant à la quantité de ces trois materiaux, que vous mettrez entre les charbons ardents, tant qu'il foit bien rouge & enflambé, & alors iectez dedans lefdits materiaux bien broyez & incorporez enfemble, où le feu fe prendra foudain, remuant auec vne broche de fer tant qu'il n'en forte plus de flamme, verfez ce qui reftera fondu dans le pot, en vn mortier de bronze, & le lafchez refroidir. Ceft athincar eft fi inceratif que ie l'ay veu en vn inftant, mis fur vne lame de fer de l'efpoiffeur de deux doigts, rougie au feu, penetrer de l'autre part, tout ainfi que feroit de l'huile fur du papier.

Mais pour retourner au lieu cy deffus allegué de Pline, où il femble vouloir monftrer l'artifice & compofition de la Chryfocolle ou Borax. *Chryfocollam & aurifices fibi vendicant agglutinando auro, & inde omnes appellatam fimiliter utentes dicunt. Temperatur autem ea cypria ærugine, & pueri impubis urina, addito nitro.* Que fi par le mot de *temperatur*, il entend fa confection, il fe feroit fort abufé auffi bien qu'en infinies autres chofes, où il s'eft embarqué par vn oüy dire, car l'experience & pratique nous monftre, que le Borax ne fe fait pas auec le vert de gris, ains auec les fels & alum cy deffus mentionnez: & auec le vert de gris le feroit verdir, & mefmement auec l'vrine qui eft acre & pontique: Suit apres, *teritur cyprio ære (à fçauoir d'vn pillon de cuyure) in cyprijs mortarijs* (de la mefme eftoffe: & tels font les mortiers des orfeures, où ils broyent leurs foudeures, borax, & efmaux: mais ils font trop meilleurs d'acier.) *Ita ferruminatur aurum quod argentofum vocant. Signum eft fi addita fanterna nitefcit: è diuerfo ærofum contrahit fe, hæbetaturque, & difficulter ferruminatur.* Par l'or argenteux il entend l'or allié auec l'argent, ce qu'on appelle allier au blanc: & par le cuyreux, celuy qui eft meflé auec le fin cuyure, parce que l'or ne fe peut pas bien ioindre au letton, ains ils fe renflent: & cela s'appelle allier au rouge. Mais au refte ie ne côprends pas bien ce que Pline veut dire en ceft endroit, car l'or allié auec l'argent ou le cuyure fe foud indifferemment auec la foudeure qu'on appelle ligue, par le moyen du Borax, qu'il appelle fanterne: Et fi les orfeures befongnent plus volontiers de l'or allié fur le cuyure, que fur l'argent, tant pource qu'il eft plus ferme, & endure mieux le grauer, tailler, cizeller, que pource qu'il prend vne plus belle couleur que l'autre qui eft allié fur le blanc, lequel demeure plus blafart. Le titre au refte dont ils trauaillent communement eft de 22. caracts: c'eft à dire de vingt-deux parties d'or fin, & de deux de cuyure, ou d'argent. pour paruenir aux 24. caracts à quoy monte la derniere graduation & titre de l'or, encore n'y arriueil pas du tout precisement. Suit apres en Pline. *Id glutinum fit auro, & septima parte argenti ad supradicta additis, vnáque contritis.* Cecy est vn peu obscur en luy, voulant descrire la soudeure de l'or: enquoy il parle aucunement à la verité. Mais trop succinctement: car comme il a esté dit cy dessus, les proportions des meslanges d'vne mesme soudeure sont differentes, depuis deux à vne, iusques de sept à vne. Comme par exemple, la soudeure d'or de deux parts d'or, & vne d'argent, de trois d'or & vne d'argent, &c. Iusques à sept d'or & vne d'argent: qui est ce qu'il veut dire icy. Mais la vraye soudeure de l'or qu'on appelle la ligue, est de huict parties d'or fin, & trois d'argent, & autant de cuyure. Celle d'argent de bas alloy, de cinq parts d'argent, & vne de letton, de onze deniers, car le fin va iusques à douze, celuy dont l'on besongne en quelques endroits, mesmement és monnoyes, car le poinçon de Paris n'est que de dix & demy, c'est à dire dix parts & demy d'argent, & vne & demy de cuyure. La soudeure doncques de l'argent à onze deniers, est de sept d'argent, & vne de cuyure ou de letton: mais le cuyure est plus ferme, & par consequent endure mieux & plus net le cizellage. Celle de cuyure, & vne d'argent. Mais on soude les chandeliers, chenets, & semblables auec de la soudeure de plomb & d'estain: Ce que les Iurisconsultes appellent *Plumbatura*: qui ne se mesle pas auec les metaux qu'ils soudent, ains n'y seruent sinon que comme de mortier ou ciment és pierres, ou de colle au boys. Et faut estre aduerty qu'en toutes les soudeures susdites, il faut tousiours mesler la tierce partie de Borax, empasté auec de la dissolution de gomme de draghant destrempée en eau commune.

Suit consequemment en Pline: *auri glutinum tale est quod dictum est: Argilla ferro, cadmia æris massis: alumen laminis: resina plumbo & marmori, sed plumbum nigrum albo vngitur, ipsumque album sibi, oleo: item stagnum æramentis, stagno argentum.* Pline nous en compte icy de merueilleuses & en peu de mots s'estant contenté de ce qu'il a peu oüyr superficiellement d'infinies choses qu'il a atteintes comme en passant, sans en auoir experience. Car en premier lieu toute l'argille du monde, ne sçauroit de rien seruir,à souder le fer, si ce n'estoit par accident, comme à tenir fermes deux pieces de fer attendant qu'elles soient soudées, & pour en empescher ce temps pendant l'adustion: Car quelle conuenance y peut-il auoir de l'argille auec le metal: *Et quod non ingreditur non alterat*, dit Geber. Quant à la cadmie qu'il dit souder l'airain en masse, que n'a-il aussi tost dit mis des lames & semblables pieces, comme il dit que c'est l'alun qui fait cest effect? Il y a au reste plusieurs sortes de cadmies: mais il entend la calamine, vn mineral qui se trouue és mines de cuyure: & est frequent en Allemagne & en la Duché de Milan: C'est auec quoy on reduit le cuyure en airain ou letton, les fondant ensemble vn lict de l'vn sur vn lict de l'autre, en vn grand fourneau, la tuthie fait le mesme effect, ou à peu pres: mais elle ne sert pas à souder le cuyure ou airain ny en masse ny autrement, non plus que l'alun les lamines de cuyure: outre ce qu'il n'y peut pas auoir grande difference à souder des lames ou des barreaux d'vne mesme estoffe. *Resina plumbo & marmori.* à la verité les plombiers & potiers d'estain se seruent de la poix resine en leurs soudeures qui sont faites de plomb & d'estain comme il a esté dit cy dessus, pour eschauffer & faire couller le metal, & qu'il entre mieux. Elle sert aussi au marbre & semblables pierres dures: & appelle lon cela mastique, pource qu'on y employe pareillement du mastic, de la poix, & autres telles gommes.

Au regard du *plumbum nigrum & album* dont il parle icy; voicy ce qu'il en touche plus amplement au 34. liu. chap. 16. *l'origine du plomb est double: car ou il prouient en sa veine & miniere à part sans produire autre chose de soy: ou il naist auec l'argent, & se fondent les deux veines meslées ensemble, dont la premiere liqueur qui vient à couler és fourneaux, s'appelle estain: l'autre d'apres est l'argent: & ce qui demeure en la fournaise galene, qui est vne tierce portion & espece de la veine.* Certes il escript à la volée de tout ce qui luy vient en la fantaisie & qu'il s'imagine: Ce qui nous apprend qu'il ne se faut pas tousiours fier à tout ce que les autheurs mettent: car la pluspart du temps c'est apres les autres sans en auoir eu cognoissance: comme quand Dioscoride au 5. liure dit que l'argent vif ne se peut mieux garder qu'en des bouëttes de plomb, ou d'estain: Et on peut assez cognoistre en l'esprouuant, que si vous mettez de l'argent vif en du plôb ou de l'estain, il s'y amalgamera, c'est à dire empastera en vn instant pour la conformité de leurs natures, de sorte qu'il le persera soudain. Ce fut quelqu'vn qui se mocqua de Dioscoride en luy enseignant ceste traditiue: comme feu Mollans grand Alchimiste fit à Monsieur Fernel, lequel s'estant mocqué de luy, il voulut auoir sa reuanche en luy enseignant tout le rebours, ie ne sçay quoy de l'argent vif, qu'il a mis en son second liure *De abditis rerum causis.* Au reste c'est vne chose assez cogneuë aux metallaires que par toutes les minieres, specialement de l'argent, il se trouue tousiours du plomb, comme par vne prouidence de nature, car c'est ce qui depure & affine tous les metaux, & les nettoye des immondices & choses estranges qui y seroient: comme des pierres, loppes, & odeurs des moyens mineraux: & en fin le plomb despouille l'or & l'argent de tous les metaux imparfaits qui y pourroient estre meslez, comme on le peut voir és cendrées & couppelles.

Reste icy vn petit incident à toucher, de l'industrie que quelques vns ont tenu à descouurir si

parmy

parmy vn metal il y en auroit point d'autre meſlé , vous en auez vn fort bel exemple dans le 10.
de Vitruue, de la voye que tint Archimede à verifier, ſi en la couronne d'or que le Roy Hieron
auoit faiĉt faire, l'Orfeure auoit point adiouſté d'argent ou de cuiure : Cela euſt eſté bien aiſé à
faire, s'ils euſſent ſceu l'artifice des affineurs de maintenant, par le moyen de la couppelle qui ſepare de l'or & de l'argent tout ce qui peut eſtre meſlé parmy , de metal imparfaiĉt : & puis apres
par l'eau de depart, on ſepare l'argent de l'or, car l'argent ſe reſout en eau , & l'or s'en va au
fonds, en vn ſable tané·cañelé. Archimede n'ayant pas cognoiſſance de cela , s'alla aduiſer que
d'autant que l'or eſtoit plus peſant que le cuiure ny l'argent, par conſequent il occuperoit moins
de place:& en cela on procede par l'eau, côme vous le pouuez voir au lieu deſſus·diĉt de Vitru-
ue.D'autres puis apres , comme Fanniuſ & ſemblables, ſont venus à cômoditer touſiours par le
moyen de l'eau,mais d'vne autre ſorte,prenans des balances ayãs les baſſins fort iuſtes : en l'vn
deſquels ils mettent vne once d'or,ou plus ou moins,& autant d'argent en l'autre,puis les plongeans dedans de l'eau , ſi qu'ils en demeurent remplis, ils ont veu que le baſſin où eſtoit l'or s'eſt
treuué peſer plus, & emporter celuy où eſtoit l'argent,par ce que l'argent eſtant plus leger , par
conſequent ſera-il de plus grand volume , & occupera plus de place , au moyen dequoy il laiſſe-
ra tant moins de lieu à l'eau , & pourtant peſera tant moins. Et par là ſont venus à cognoiſtre les
proportions des poids d'vn metal à autres : mais on ſe pourroit aiſement tromper en la meſure
des baſſins, car encores qu'ils ſoient iuſtement d'vn meſme poids, il pourra eſtre qu'ils ne ſeront
pas pour cela exactement d'vne meſme capacité, il y a vn autre moyen plus ſubtil & plus abregé,
dont vſent les Pottiers d'eſtain , pour diſcerner ſi leur vaiſſelle eſt du tiltre qu'elle doit eſtre. Et
s'il y aura point plus de plomb meſlé qu'il ne faut. Ils prennent de leur beſongne quelque petite
quantité , & la iectent fonduë dedans vn moulle à faire des balles d'arquebouze. Fondent d'autre-part vne balle ſemblable de l'eſtoffe du tiltre qui leur eſt limité : & peſent les deux balles l'v-
ne contre l'autre. Que ſi celle de leur ouurage eſt plus peſante que celle du tiltre deu,on coniecture par là, que dautant que le plomb eſt bien plus peſant que l'eſtain , par conſequent il y aura
plus de plomb qu'il n'y doit auoir. Mais il y pourroit pareillement auoir de la fraude & abus , en
preſſant & reſſerrant plus ou moins le moulle, car où il ſera plus laſche, la balle peſera dauantage que s'il eſtoit plus reſſerré : parquoy il le faut preſſer egallement en vn eſtocq de ſerrurier. Le
meſme ſe pourroit practiquer des autres metaux,pour cognoiſtre les differences & proportions
de leurs poids, des vns aux autres.

    PRAXITELE. Il y en a deux de ce nom·là, afin qu'on ne s'y abuſe, ainſi qu'a faiĉt le Cale-
pin, & aſſez d'autres : tous deux neantmoins ſculpteurs tres-renommez, mais en diuers temps,
le premier & le plus excellent floriſſoit vers la cent quatrieſme Olympiade, ſelon Pline liure trê-
te-quatrieſme, chapitre huiĉtieſme: qui tombe en l'an de la fondation de Rome quelques 390.
vn peu deuant la naiſſance d'Alexandre le Grand, où il l'accouple auecques Euphranor, le ſtatuaire faut-il entendre:car il y en eut vn du meſme nom qui eſtoit peintre, mais poſterieur à luy.
Le premier Praxitele doncques eſt celuy dont il eſt icy queſtion: car on ſçait aſſez que Phryné,
& l'Orateur Hyperides qui la defendit, eſtoient du temps de Demoſthene, & d'Alexandre, qui
reuient à ce que deſſus.L'autre Praxitele imagier;vint auſſi pres de trois cens ans apres du temps
de Pompée, ſelon le meſme Pline liure 33. chapitre 9. & au xxxvj. 5. il le diĉt auoir eſté nay
en la grande Grece, qui eſt la Calabre de maintenant , & faiĉt citoyen Romain, ayant eſcript
cinq volumes des ouurages les plus excellens qui ſe trouuoient en tout le monde. Puis il adiouſte que des ſiens il n'en trouuoit rien eſcript nulle part:ce qui monſtre aſſez que c'eſtoit vn autre
que le premier, duquel il recite vou plein de beaux chefs d'œuure, tant de bronze comme de
marbre: meſmement ceſte tant celebre & fameuſe Venus Gnidienne. Pauſanias en allegue auſſi
de ſa part quelques-vns : comme és Arcadiques parlant des effigies de Latone, & de ſes enfans
de la main de Praxitele, il dit qu'il vint apres Alcamenes , qui fut contemporain de Phidias, enuiron trois aages qui ſont cent ans.

    IE *vous dis l'amour meſme, vn beau ieune gars fort gaillard ayant des aiſles, & vn arc au poing ac-*
commodé de ſagettes. Encores que la plus-part de tous ces poinĉts ayent eſté touchez à ſuffiſance
au tableau des Amours,& autres, comme il a eſté diĉt cy-deſſus en l'argument, nous ne lairrons
neantmoins d'en atteindre, ce qui en pourroit auoir eſté obmis.Et en premier lieu,quant à eſtre
vn ieune garçon , c'eſt ſuiuant ce que tous les Poëtes ont feint l'amour eſtre perpetuellemêt ieune, pour le peu de ſens, à ſçauoir qui eſt en luy, & ceux qui en ſont poſſedez, ſelon Seruius ſur
le premier de l'Eneide: Pource auſſi que les amoureux beſgayent ordinairement comme ſont
les petits enfans,qui ne ſçauent pas bien encore diſtinĉtement former leurs mots; mais és amans
la crainte continuelle où ils ſont en eſt la cauſe. En apres pour la legereté & inconſtance qui eſt
en eux,fort aiſée à chãger d'aduis à toute heure,ainſi qu'és ieunes creatures où la reſolution n'eſt
pas biê meure ny arreſtée.Et à ce propos Alexandre Aphrodiſéen en ſes Problemes, ſi au moins
ils ſont de luy : mais c'eſt tout à vn de quelque part que cela vienne, il eſt dit aſſez proprement:
rendant·là doncques la raiſon pourquoy les extremitez de ceux qui ſont paſſionnez d'amour

                                                                EE ee iiij

font tantoſt froides, tantoſt chaudes , apres auoir en partie referé cela aux mouuemens de l'eſ-
poir & du deſeſpoir, dont ils ſont continuellement agitez, il adiouſte que les Peintres tout de
meſme le repreſentent vne fois triſte , & ioyeux vne autre : tantoſt aſſis, tantoſt debout, tantoſt
immobille, & puis vollant legerement à guiſe d'vn enfant qui eſt fort vollage & muable, &
dont les opinions & deſirs ne ſont iamais gueres fermes ny arreſtez. Suit puis-apres qu'on le
feint tenir vn flambeau allumé au poing , & auoir des aiſles : par ce que les penſées des amoureux ſont perpetuellement en ardeur & ſuſpens, & comme en branſle, ainſi qu'vn oyſeau parmy
l'air , & legers comme eux. En la main droicte il tient vne fleſche , & de la gauche l'arc tendu,
pour monſtrer ſon action preſte touſiours à deſcocher quelque traict d'œillades qui frappent au
deſpourueu & de loing, tout ainſi qu'vn coup de fleſche, & perſent iuſques au fonds du cœur.
Au demeurant ce qu'il eſt nud denote que le deſir va ſans aucun entre-moyen qui luy deſtourne ou retarde la promptitude de ſon action. A ce meſme propos Platon au banquet le faict eſtre
le plus ieune de tous les Dieux, dont faict foy ce qu'il refuit & abhorre ordinairement la vieilleſſe comme à luy contraire, & luy porte ie ne ſçay quelle inimitié particuliere, ne cherchant
que la ieuneſſe comme à luy plus conforme: Car ce qu'Heſiode, & Parmenide l'ont deſcript plus
vieil & ancien que Saturne ne Iapet, cela ſe doit (dit-il là) pluſtoſt referer à la neceſſité qu'à l'a-
mour: lequel d'abondant eſt delicat & tendre , par ce qu'il faict ſa demeure dedans les cœurs &
les volontez des Dieux & des hommes : mais non pas de tous , ains ſeulement des delicats: Car
s'il en rencontre quelques-vns qui ſoient de dure reſiſtance, & rebarbatifs & chagrins, ſoudain
il les quitte-là pour en aller aborder d'autres , & ſe pourchaſſer autre-part : mais ſi tendres & pitoyables , il y faict ſon habitation, s'eſpandant par toutes les parties de l'ame, à maniere d'eau
coüllante, ou autre liqueur. Et au viij. des loix il en fait de trois eſpeces, l'vn qui conſiſte és beautez du corps ſeulement, qui eſt le laſcif & deſordonné, inconſtant ordinairement & vollage,
plein de ſoucis continuels & de faſcheries. L'autre au rebours ne regarde qu'aux perfections de
l'eſprit , & aux bonnes mœurs. C'eſt le plus parfaict. Le troiſieſme participe de l'vn & de l'autre,
qui eſt le moyen : mais pour reuenir à la nudité , cela demonſtre que mal-aiſement on le peut
couurir, car ſon effect eſt trop manifeſté. Properce l'ayant deſcript fort elegamment en vne de
ſes Elegies du ſecond liure, amenée ſur le tableau des Amours, en vne autre du meſme liure il ne
dit moins mignardement cecy.

Obuia neſcio quot , pueri mihi turba minuta
Venerat, hos vetuit me numerare timor.
Quorum alij faculas , alij retinere ſagittas ,
Pars etiam viſa eſt vincla parare mihi.
Sed nudi fuerant , quorum laſciuior vnus
Corripite hunc , inquit , nam bene noſti eum.

Que nous-nous ſommes eſſayez de repreſenter à peu pres ainſi.

Ie ne ſçay quants petits enfans
I'encontray, menuë racquaille ,
    Que ie ne peus bien compter ,
    Et la peur en fut la cauſe.

Dont les vns portoient des flambeaux ,
Les autres des arcs & des fleſches.

    Il y en auoit auſſi
    Qui m'appreſtoient des manottes.

Tous au reſte nuds ils eſtoient :
Dont l'vn plus inſolent va dire ,
    Empoignez moy cettui-cy
    Vous le pouuez bien cognoiſtre.

S V I T puis-apres en Calliſtrate, *vn Dieu tyran de tres-grand pouuoir*, ce mot de tyran qui eſt pur
Grec, & vient de τυραννέω regner, dominer, eſt confondu par les Poëtes & Orateurs, tantoſt en
bien, tantoſt en mal, comme au ſeptieſme de l'Eneide, *Pars mihi pacis erit dextram tetigiſſe tyranni*,
il eſt mis en bonne part : & en Platon pareillement en la huictieſme de ſes Epiſtres , parlant de
Dionyſius , & Hipparinus : ὅτι συντείᾳ τ̈ Σικελίας, αὐτοκράτορας ὡς φάσι , τυράννους ἐποιοῦμά ζοντης.
Ils les eſleurent auecques toute puiſſance de commander , pour pouuoir au ſalut & conſeruation de la Sicile,
les appellans, comme l'on dit communément , tyrans. Et Iſocrate en l'oraiſon de la paix , met que ce tiltre ayant eſté pour le commencement fort honorable, par ſucceſſion de temps puis apres à raiſon des cruautez, violences & extortions des mauuais Princes , qui ont cela de propre de ſe forger le plus grand contentement & delectation qu'ils puiſſent auoir en leur eſprit, des ruines, calamitez

lamitez & miseres des autres. Calliſtrate le prend icy pour ce que nous appellons communément tyran, voulant dire que ceſte paſſion eſt la plus violente & tyrannique de toutes autres;
apres ce vers d'Euripide que les Abderites auoient à tous propos en leur bouche durant leus in-
senſées phreneſies, οὐ δ' ὦ θεῶν τυραννὶ κỳ ἀνθρώπων Ἔρως. Et toy, ó Amour, le tyran des Dieux immortels, & des hommes. Ce que Platon a enſuiuy, qui luy donne auſſi ceſte qualité pour les inſolences & tyrannies, dont il vſe à l'endroit meſme des plus grands, & des plus puiſſants : dont il
auroit eſté ſurnommé πανδαμάτωρ dompteur de tout : Et Ouide en l'Epiſtre de Phedra à Hyppolite :

> Quicquid amor inſſit non eſt contemnere tutum,
> Regnat, & in Superos ius habet ille Deos.

Proclus ſur le Sophiſte de Platon, l'appelle Magicien & enchanteur : mais pour ce que nous
n'en parlerons plus icy, encores que la ſtatuë ſubſequente ſoit de luy, il nous a ſemblé n'e-
ſtre point inconuenient d'y adiouſter pour le dernier mets, l'hymne que luy addreſſe Orphée,
au moins au chaſte & pudique.

L'ENCENCEMENT D'AMOVR,

LES AROMATES.

I'Inuoque icy le chaſte amour,
Le grand, le ioyeux & aimable,
Puiſſant de fleſches & de dards;
Aiſlé, courant parmy les flammes
De grande impetuoſité.
Qui ſe ioüe aux Dieux & aux hommes:
Double en nature & bien formé:
Ayant les clefs en ſa puiſſance
Du ciel, de la terre, & la mer,
Et de tous les eſprits de vie,
Qu'aux mortels octroye icy bas
La grand' engendre-tout Deeſſe
Qui faict tous les fruicts verdoyer.
Bref ce qu'a le profond abyſme,
Et la mer reſonant de flots:
Car toy ſeul de toutes ces choſes
Tu tiens le gouuernail en main.
O bien-heureux viens icy doncques
Et t'approche d'vn œil benin
De ceux qui tes ſacrez myſteres
Taſchent d'apprendre d'vn cœur net:
Banniſſant toutes les prophanes
Penſées qu'ils pourroient auoir.

L'AVTRE CVPIDON
DE BRONZE AVSSI, DE LA
MAIN DV MESME PRAXITELE.

AVEZ-vous point iamais veu aussi ce Dieu qui est en la citadelle d'Athenes, lequel Praxitele iadis y mit, s'il est question de vous proposer icy vn chef-d'œuure ? C'estoit vn ieune gars tendre & douïllet, l'art ayant ramolly le bronze à vne enfantine delicatesse; car il estoit plein de volupté, & d'vn chaud amoureux desir, la fleur d'vn verdoyant aage s'y manifestant : si qu'on pouuoit aisement voir toutes choses y correspondre au proiect & intention de l'ouurier : tant la figure estoit leste & polie, n'y ayant rien qui repugnast à sa naïfue mignardise, ains estoit le tout amené à vne parfaicte tendreur, nonobstant qu'il n'y en eust point. Et s'estoit entierement le metal ietté de sorte hors de sa propre nature, que se transportant des bornes d'icelle à vne representation veritable, priué de respiration qu'il estoit, en receuoit neantmoins vne dans soy. Car ce dont la nature en cet endroit n'estoit point susceptible, ny n'en auoit la faculté née en elle, l'artifice l'y auoit acquis. Et de faict ses ioües estoient colorées d'vn beau teint vermeil, chose estrange à voir, que le bronze produist le rouge : & vne viue fleur de ieunesse y reluire & flamboyer : ses passe-fillons crespelus ondoyez puis-apres luy venans battre les sourcils, tout le reste de sa perruque estoit cordonnée auec des beaux rubens en des tresses qui se venoient entortiller autour de la teste : où vne bãdelette les repoussoit de dessus les yeux, si que le front en demeuroit libre. Mais pour mieux examiner l'artifice de chacune chose à part soy, & les mouuemens qui s'y representoient, nous demeurasmes tous espris d'estonnement : car le bronze monstroit vne charneure fresche, grasse, & rebondie : Et s'estoit d'autre part transformé, partie à l'imitation d'vne vraye cheueleure, d'vn costé ondoyans en de gros flots de cheueux frisez, & de l'autre s'en allant de soy-mesme espandre à l'abandon le long des espaulles : Et partie en vne action & effort à quoy se tendoit chaque membre. Son œil au reste eslançoit dehors ie ne sçay quel ardent desir contemperé d'vne honte craintiue parmy tous les attraits Veneriens dont il estoit remply : ce bronze ayant empraint en soy, nonobstant qu'insensible, le zele & passion amoureuse : & appris à se rendre obeyssant au vouloir de ceste tant hardie image, de façon qu'estant immobile de soy, elle estoit neãtmoins admirable, pour sembler estre participante de mouuement, & de se preparer à des gestes, comme pour vouloir danser vn ballet.

LA

LA STATVE
DE NARCISSE.

ARGVMENT.

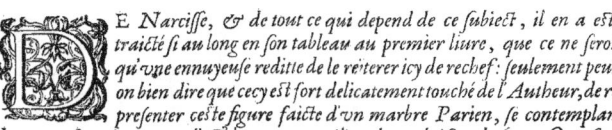

E *Narciſſe, & de tout ce qui depend de ce ſubieƈt, il en a eſté traiƈté ſi au long en ſon tableau au premier liure, que ce ne ſeroit qu'vne ennuyeuſe reditte de le reiterer icy de rechef: ſeulement peut-on bien dire que cecy eſt fort delicatement touché de l'Autheur, de re-preſenter ceſte figure faiƈte d'vn marbre Parien, ſe contemplant dans vne fontaine naturelle & vraye au milieu d'vn plaiſant boſquet. Que ſi on pouuoit arriuer à le contrefaire reellement comme il eſt icy deſſeigné de paroles, ie croirois que peu de tels ornemens de lieux de plaiſance ſe pourroient mettre à execu-tion, qui fuſſent plus beaux à l'œil ny delectables: quoy que ce ſoit, ce ſera autant d'ou-uerture & inuention pour ceux qui ſe voudront employer en de tels ſubieƈts, ſelon la ſuffiſance & dexterité que leur art par de longs labeurs leur aura acquiſe.*

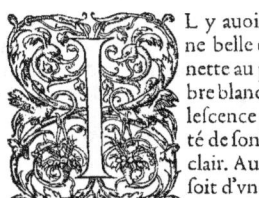

L y auoit vn gentil boſcage, & au milieu vne fontai-ne belle en toute perfeƈtion, d'eau pure, claire, & nette au poſſible: là où eſtoit vn Narciſſe de fin mar-bre blanc Parien, enfant encores, ou pluſtoſt en ado-leſcence pareille à celle des Cupidons: & de la beau-té de ſon corps eſtincelloit ie ne ſçay quel rayon d'eſ-clair. Au ſurplus telle en eſtoit la figure. Il reſplendiſ-ſoit d'vne cheuelleure dorée entourant ſa face, dont les treſſes le long du col s'alloient eſpandre ſur les eſ-paules. Quant à ſon regard, il n'eſtoit ne par trop ſuperbe & dedaigneux, ny du tout amiable & benin non plus, ains y auoit dedans ſes yeux certaine morne & languide melancholie y emprainte de l'artifice, afin que l'image repreſentaſt auecques Narciſſe ſon accident. Du ſurplus il eſtoit comme les amours, auſquels il reſſembloit de fleur d'aage, coint & ioly, reueſtu d'v-ne Iuppe blanche de la meſme couleur que le corps, car elle eſtoit de la meſ-me piece de marbre, laquelle s'eſpandoit en rond tout autour, y ayant le long de l'eſpaule droiƈte des bouttonnieres qui deſcendoient iuſques au ge-nouïl, & finoient là, ſi qu'il n'y auoit que la main qui en fuſt exempte. De cefte façon eftoit-il fort mignardement accouftré à l'imitation d'vne vraye luppe, afin que le luftre du corps peuft reluire à l'entour de cefte blancheur, le permettant s'en efclatter en tous fes membres. Et eftoit là planté fe feruant de la fontaine comme d'vn miroüer, où la figure de fon vifage fe venoit rabbatre à fes yeux : car l'eau receuant en foy la forme y emprainte, en contrefaifoit vne fi naïfue reprefentation, qu'il fembloit qu'elles debatiffent à l'enuy entr'elles de la gloire & perfection de leurs natures, par-ce que tout le marbre fe transformoit exactement en ce jouenceau, & la fontaine conteftoit auec ce qui auoit d'vn fi grand artifice efté taillé en la pierre, formant vne figure incorporelle du tout femblable à celle qui procedoit d'vn corps: & l'ombre de l'image s'introduifant dans les Ondes y adiouftoit comme vne tres-naïfue reffemblance de chair, fi viue & animée eftoit la figure y emprainte, qu'elle reffembloit proprement eftre ce Narciffe qui s'eftoit venu là endroit embattre, où ayant veu fa figure en l'onde, l'on dit qu'il y expira pour auoir trop amoureufement defiré de s'accointer de fa reffemblance, & qu'à cefte heure il apparoift dans les prairies fleuriffant en la faifon de la Prime-vere. Vous euffiez certes veu en cefte image, comme ce qui eftoit purement pierre auoit accommodé fa couleur à la ftructure des yeux, & gardé la demonftrance des affections : mis quant & quant en euidence les fentiments, & manifefté les interieures paffions de l'ame : & fe laiffoit d'autre part aller la facture de fa perruque, où elle flefchiffoit de foy-mefme aux ondoyemens de fon poil frizé : mais cecy ne fe fçauroit pas exprimer de paroles que la pierre fe relafchant dans l'humidité donnoit de foy vn corps contraire à fa nature, car ayant rencontré vne dure & folide fubftance compacte, elle y auoit neantmoins introduit ie ne fçay quel reffentiment de delicateffe, qu'elle refpandoit en vne fouple & deliée maffe de corps. Il tenoit au refte vne flutte au poing, dont il auoit offert les primices aux dieux champeftres, & fait refonner la folitude où il eftoit de fes chançons, defirant s'addonner aux inftruments muficaux. Admirans donc, ô vous ieunes gens ce Narciffe, il s'eft par mefme moyen introduit à vous, pour vous conduire en la faincte facrée cour des Mufes : & eft ce difcours noftre du tout conforme aux façons & comportemens de l'image.

LA

LA STATVE ·DE
L'OCCASION OV TEMPS
OPPORTVN, QVI ESTOIT EN LA
VILLE DE SYCIONE.

ARGVMENT.

LE s Anciens au Paganisme n'ayant rien laissé en arriere, comme dit Varron, de tout ce qui pouuoit tomber soubs l'apprehension de l'homme, ses affections, & actions, qu'ils n'en ayent faict quelque Deité, n'ont pas oublié aussi l'occasion & opportunité qui se presente de faire quelque chose à propos : les Romains qui l'ont prise au feminin, l'ont appellée occasio: *et les Grecs au masculin* καιρος, *que Festus desinit estre vne commodité de temps qui s'offre fortuitement. Et Ciceron au premier de l'Inuention.* L'occasion est vne portion du temps, ayant en soy quelque opportunité à propos, de faire ou ne faire point vne chose. *Plus au premier des Offices, le temps opportun & idoine à l'action, est dict des Grecs* ευκαιρια, *& en Latin* occasio: *qui naist & se mesle par les actions humaines, lesquelles n'empeschent point vn effect : ainsi qu'vn ieune garçon, qui pour s'estre endormy apprestoit de la occasion aux larrons de faire leur main. On la figuroit toute nuë au reste, ayant des aisles aux pieds : plantée debout sur vne rouë visté-tournante, pour monstrer son instable legereté, qui sans cesse tourne & varie, toute sa cheueleure espanduë sur sa face par le deuant : & chauue derriere : Ce qui denote qu'il la faut prendre quand elle s'offre : Car elle outre-passe soudain, & ne la sçauroit-on puis-apres r'atteindre ny empoigner, dont s'en ensuit la repentance, & le regret qu'on a de l'auoir laissé eschapper en vain: aussi la luy met-on tousiours apres elle, comme celle qui la suit ordinairement. Callistrate la descript telle que Lysippus la forma en vne figure de bronze. Car son art estoit de ietter: & en fit present à la ville de Sicyon, de laquelle il estoit natif. Mais Ausone en attribuë vne autre à Psydias, laquelle il descrit fort elegamment par cest Epigramme, que nous auons rendu François, & opposé tous les deux l'vn à l'autre, afin qu'on les puisse mieux confronter.*

FFff

CVius opus?Phidiæ,qui fignum
  Pallados eius,
  Quique Iouem fecit : tertia pal-
  ma ego fum.
Sum Dea quæ rarò, & paucis occafio
  nota.
  Quid rotulæ infiftis ? ftare loco
  nequeo.
Quid talaria habes ? volucris fum :
  Mercurius quæ
  Fortunare folet, tardo ego cùm
  volui.
Crine tegis faciem : cognofci nolo.
  Sed heus tu
  Occipiti caluo es : ne tenear fu-
  giens.
Quæ tibi iuncta comes ? dicat tibi,
  rogo quæ fis ;
  Sum Dea cui nomen nec Cicero
  ipfe dedit.
Sum Dea quæ facti : non factique
  exigo pænas :
  Nempe vt pœniteat,fic Metanæa
  vocor.
Tu modo dic quid agat tecum ? fi
  quando volam ,
  Hæc manet : hanc retinent quos
  ego præterij.
Tu quoque dum rogitas,dum per-
  mutando moraris ,
  Elapfam dices me tibi de mani-
  bus.

DE qui eft ce chef-d'œuure icy ?
  De Phidias qui fit Minerue ;
  Iuppiter Olympien ,
  Et moy qui fuis le troifiefme.
Deeffe ditte Occafion ,
  Rarement ; & de peu cogneuë.
  Sur vne rouë pourquoy ?
  Demeurer ne puis en place.
Pourquoy as-tu ainfi aux pieds
Des aifles ? car ie fuis vollage ,
  Et ce que Mercure veut
  Bien-heurer, ie le retarde.
Sur ta face font tes cheueux ,
Ie ne veux point eftre cogneuë.
  Chauue tu es : C'eft de peur
  Qu'en fuyant on ne m'arrefte.
Qui eft celle qui te fuit ?
Demande luy , dis le moy doncques.
  Ie fuis celle dont le nom
  En Latin n'eft point encores ,
Vne Deeffe qui du faict ,
Et non faict chaftie les hommes.
  Metanoie dicte en Grec ,
  Et en François, Repentance.
Et que faict-elle auecques toy ?
Si i'outre-paffe & ie m'en volle ,
  Elle demeure pour ceux
  Lefquels ne m'ont arreftée.
Mais toy, pendant qu'à t'enquerir,
Temporifer tu t'amufes,
  Tu verras que de tes mains
  Ie te feray efchappée.

IE

 E veux reprefenter auffi de paroles vn des chefs-
d'œuures de Lyfippus, que ceft ingenieux fculpteur
ayant deffeigné en fon efprit pour la plus excellente ftatuë de toutes les fiennes expofa en veuë
aux Sicyoniens. C'eftoit l'image du temps opportun faict de bronze, où l'art contendoit auecques
la nature : Vn ieune adolefcent à fçauoir, fleuriffant
depuis la tefte iufques aux pieds, d'vne gaye ieuneffe : beau à voir, & tres-agreable, le poil follet
de fa prime-barbe qui luy cottonnoit le menton abandonné au vent pour
le frizer à fon plaifir, & laiffant d'ailleurs pendre fa perruque en liberté
de quel cofté qu'elle vouloit : de couleur plaifante, & qui manifeftoit
bien à fon luftre quel eftoit le teint delicat de fon corps, pour la plus-
part du tout femblable à vn Bacchus. Car fa face refplendiffoit d'attractiue grace : & fes ioües eftoient colorées d'vn vermeil naïf incarnat, à
reffemblance d'vne rofe, belles certainement à voir, d'où s'eflançoit aux
yeux des regardans vn fort mignard efcarlatin. Au furplus il eftoit planté fur vne boulle où il fe fouftenoit du bout de fes pieds garnis d'aifle-
rons. Au regard de la cheuelleure, elle n'eftoit pas felon l'ordre accouftumé de nature, ains toute reiectée vers les fourcils, s'en venoit de là
'efpandre le long du vifage, fi que la partie de derriere en eftoit entierement defnuée, n'y apparoiffant que les feules racines du poil, à la veuë
duquel fpectacle, nous autres touchez de certain efbahiffement demeu-
rafmes-là fufpendus, en voyans ce metal produit de la nature elabouré
de forte, qu'il fortoit hors de l'ordre par elle eftably; car eftant bronze, il ne
laiffoit pas de rougir, & nonobftant que fi dur de foy & folide, l'image
ne laiffoit pas pour cela de fe lafcher delicatement à tout ce que l'art y
auoit voulu figurer : Priuée quant & quant de tout fentiment & de vie,
on euft creu fermement qu'il y en euft eu ie ne fçay quoy renclos dedans. Elle eftoit doncques plantée de forte, qu'elle s'appuyoit fur le dernier bout des arteils, & eftant debout immobile, monftroit neantmoins
d'auoir la faculté de fe mouuoir, fi qu'elle vous deccuoit la veuë, comme fi elle euft eu en fa puiffance toutes fortes de geftes & de mouuemens qu'elle euft receu de fon ouurier, voire iufques à fe faire voye à
trauers l'air, le fendant auecques fes aifles, fi bon luy fembloit, ce que
nous trouuions admirable que cela fuft tel. Or fi quelqu'vn des hommes
experts és arts & fciences, qui fçauroit bien rechercher auecques la fubtilité de fon fens, les induftrieufes merueilles des bons ouuriers, & par
la viuacité de fa ratiocination difcerner l'efficace de l'occafion obferuée
en cet artifice, venoit à la deduire de paroles, on cognoiftroit comme
le pennage de fes tallons denotoit tacitement fa celerité, par le moyen
de laquelle l'opportunité du temps a parcouru plufieurs reuolutions de fiecles, comme s'il eftoit porté fur vn chariot attellé des quatre aages de la
vie humaine, dont la fleuriffante ieuneffe eft la plus belle & defirable,
par ce que toute occafion embraffée à propos, eft fort plaifante & agreable : & eft feule ouuriere de la formofité : là où tout ce qui eft defia

passé & flestry est hors du gibier de l'occasion. Ce qu'il a au reste sa cheueleure sur la face, est pour ce que quand elle se presente & arriue, il
est aisé de l'empoigner, mais aussi tost qu'elle outre-passe, l'efficace & effect des choses s'en va auecques, & n'est plus possible en façon quelconque
de la ratteindre, si elle est vne fois negligée.

ANNOTATION.

 Y sippvs statuaire en bronze, le plus renommé de tous autres, fleu-
rissoit enuiron la cent quatriesme Olympiade, qui tombe en l'an de la
fondation de Rome quatre cens trente, enuiron trois cens tant d'ans
auant l'aduenement du Savvevr. Ce fut celuy qui contrefaisoit toutes
choses mieux au naturel, ainsi que dit Quintilian, & pourtant Alexandre le Grand deffendit par Edict expres, qu'aucun n'eust à s'entremettre de le peindre fors Apelles, le ietter en bronze sinon Lysip-
pe, & le grauer que Pyrgoteles, selon Pline liure septiesme chapitre trente-septiesme, apres Horace au second de ses Epistres à Auguste 1.

     Edicto vetuit ne quis se præter Apellem
     Pingeret, aut alius Lysippo duceret æra
     Fortis Alexandri vultum simulantia.

Et à la verité c'est chose ennuyeuse à vne belle femme, ou personnage signalé, qui voudroit
perpetuer sa memoire par ses pourtraicts & effigies, de se voir representer de sorte, qu'il seruist
de risée aux regardans. Lysippus au reste fit, selon le mesme Pline, bien six cens dix figures, dont
la moindre pouuoit faire foy de l'exquise perfection de son art & sçauoir: & cela se cogneut par
autant de pieces d'or qu'il souloit tousiours mettre à part à mesure qu'il vendoit ses statuës de
grosses sommes de deniers, voire ce qu'il vouloit, que ses heritiers apres sa mort trouuerent en
son cabinet. Entre ses autres siens ouurages, Pline met ce Colosse de soixante pieds de haut, qui
estoit au port de Tarente en la Calabre, mais celuy de Rhodes de la main de Chares l'Indien son
disciple, le passoit de quarante-cinq pieds. Plus vne menestriere qui iouoit des fluttes estant
yure: vne chasse d'Alexandre auecques force chiens, duquel il fit aussi plusieurs representations
en diuers aages, à commencer de son enfance: d'Ephestion, & de plusieurs autres fauorits de ce
grand Roy: Vn trouppeau de Satyres, lequel estant à Athenes, Metellus apres auoir subiugué
la Macedoine transporta à Rome. Vn chariot du Soleil à Rhodes, qu'on mescroit estre celuy qui
est sur le portail de l'Eglise de sainct Marc à Venise, & plusieurs autres. Il apporta beaucoup à la
sculpture, exprimant entre autres choses mieux les cheueleures que nul des autres precedens,
& faisant les testes moins grosses, comme aussi les corps, & les membres, pour les faire paroistre
plus grands & de plus belle taille: car les autres faisoient (disoient ils) les personnes, comme
elles estoient, & luy comme elles apparoissoient à la veuë. Pausanias en recite çà & là quelques
vnes, & mesmement és Bœotiques, à vn Cupidon de bronze aux Thespiens, à l'emulation de celuy de marbre de Praxitele, qui auoit esté quelques ans deuant luy, comme il a esté dict cy-
dessus.

     Nous auons en l'argument inseré l'Epigramme d'Ausone Poëte Gaulois, à l'imitation
de celuy de Posidippus, qu'on peut voir au quatriesme des Epigrammes Grecs, en forme
aussi de Dialogisme, comme est l'autre, dont il a esté emprunté: d'vn passant qui interroge la
statuë de ceste sorte.

       De quel pays fut ton ouurier?
       De la ville de Sicyone.
       Declare son nom? Lysippus.
       Qui es tu? celuy qu'on appelle
       Καιρὸς, lequel surmonte tout.
       Et pourquoy est ce que tu reposes
       Sur le bout des pieds seulement?
       Pour ce qu'à tous propos ie tourne.
       Pourquoy des aisles aux talons?
       Plus viste que vent ie m'en-volle.

En

En ta main tu as vn raſoüer?
Cela te doit ſeruir de ſigne,
Qu'il n'y a ſi aigu tranchant
Qui à mon effort s'accompare.
Ta perruque eſt tout ſur le front:
Afin qu'au venir on m'empoigne.
Mais pourquoy chauue ainſi es tu
Par le derriere? à ce que prendre
On ne me puiſſe, ſi ie ſuis
Outrepaſſée auec mes aiſles.
Paſſant le ſculpteur m'a ainſi
Façonné à ſa fantaiſie,
Pour vous enſeigner, eſtant mis
A l'entrée de ceſte porte.

FFff iij

LA STATVE
D'ORPHEE.

ARGVMENT.

E *Tableau du mesme subiect qu'on aura peu voir cy-deuant, auecques ce que nous auons dit dessus, & ailleurs encores, nous retranche toute occasion & moyen d'en vser icy de reditte. S'il y a quelques particularitez qui meritent d'estre esclaircies, ce sera pour l'Annotation.*

N la montaigne d'Helicon y auoit vn plaisant bosquet ombrageux, où les Muses auoient de coustume de s'assembler le long des canaux de la riuiere d'Olmée, & la fontaine sombre de Pegase. Là tout aupres de ces Deesses estoit la statuë d'Orphée fils de Calliope, tres-belle à voir: car le bronze auecques l'industrie dont il estoit elabouré luy auoit acquis ceste beauté-là: par l'agreableté du corps, denotât la gentillesse de l'esprit: orné au reste d'vne coiffeure à la Persienne brochée d'or, qui du haut de la teste se releuoit en contre-mont en se soustenant toute droicte: & sa juppe s'estendoit des espaulles jusques aux pieds, bouclée sur la poictrine d'vne riche estrainte d'or: sa cheuelleure estant au reste si cointe & gentille qu'elle monstroit ie ne sçay quoy comme de vif & respirant, qui deceuoit l'apprehension de la veuë, par ce qu'esbranlée des ondées du vét, elle proprement sembloit se mouuoir: dont partie s'espandant le long des espaulles, triomphoit là de voltiger, & partie se refourchant sur les sourcils, illustroit les clairs estincellemens de ses yeux. Sa chausseure d'autre-part reluisoit d'vn bel or bruny: & son manteau vollant à l'abandon descendoit sur le col du pied, il tenoit au surplus és mains vne lyre, qui en ses tons esgalloit le nombre des Muses: car le bronze distinguoit les chordes, & diuersifiant l'imitation de chacune, s'accommodoit à la varieté de leurs diuers changemens, si que peu s'en falloit qu'au son des tons le metal mesme ne resonnast. Or en la base qui estoit soubs ses pieds, le ciel n'y estoit pas figuré, ny les Pleïades qui incisent l'air, ny les tournoyemens de l'ourse, qui ne se va point plonger dedans l'Ocean, ains toutes sortes d'oy-

seaux

seaux estoient là rauis en l'admiration de son chant, & toutes les bestes sauuages qui repairent parmy les montaignes : & autant de poissons qui se paissent dedans les plus escartez destours de la mer, le cheual au lieu de bride &
de licol estoit là retenu de la douceur de sa musique : & le bœuf ses paccages
abandonnez escoutoit attentiuement le son de sa lyre, & le felon du
naturel des implacables lyons se ramollissoit à ceste harmonie : vous eussiez
dit mesme que les fleuues cizellez au bronze s'escoulloient de leurs viues
sources à ceste douce melodie : & que les flots de la mer se haussoient à la volupté qu'ils en parceuoient les pierres aussi touchées de ce chant musical
d'Orphée, voire tout ce que la terre produist, chaque chose en son opportu-
ne saison y accourir de leurs propres demeures & sieges : neantmoins il n'y
auoit rien qui sonnast, ne qui esmeust harmonie quelconque de ceste lyre,
ains c'estoit l'artifice qui és animaux demonstroit le plaisir qu'ils prenoient
autour de ceste si bien accordante musique, & faisoit apparoistre au bronze leurs insensibles delectations, & l'agreable resioüyssance redondant à leur
imaginaire sentiment qui occultement s'en manifestoit.

ANNOTATION.

N *la montaigne d'Helicon.* Elle estoit en la Phocide pres du goulphe de Crissée, exposée au Septentrion selon Strabon au 9. non gueres loin de Parnase, & d'vne pareille hauteur & circuit, l'vne & l'autre consacrées à Apollon, & aux Muses. Elle fut
ainsi appellée d'Helicon frere de Citheron qui se combattirent là corps à corps : fort
fertile au reste, & abondante en bonnes herbes, dont il ne s'y en trouue vne seule
de nuisible ny venimeuse, selon que met Pausanias en ses Beotiques. Il y a aussi quelques riuieres de ce nom, de l'vne desquelles a esté fait mention apres le mesme Pausanias au Tableau
d'Orphée. Quant à celle d'Olmée, elle descend de ceste montaigne où elle prend son origine.
   E N *la base le ciel n'y estoit pas figuré.* &c. Cecy est dit à l'imitation d'vne gentille & gaye Ode d'A-
nacreon addressant à Vulcain, pour luy forger vn gobellet, où le ciel ny les estoilles ne soient
pas figurées, ains son fauorit Bachyllus foullant la vendange auec Bacchus & Cupidon, &c.
Que nous auons icy tournée vers pour vers : & en autant de syllabes sans contrainte aucune;
τον ἄργυρον τορεύσας-Ἡφαιςὶ μοι ποίνον, &c.

   Vulcain prends moy de l'argent,
   Et le bas sur ton enclume,
   Non pour en faire vn harnois,
   Car qu'ay-ie affaire aux batailles ?
   Ains vn profond gobellet
   Le plus qu'il sera possible :
   Et cizelle tout autour
   Non les chariots, & Astres,
   Ny le fascheux Orion :
   Qu'ay-ie affaire des Pleiades :
   Ny du luysant Bootes ?
   Mais vne vigne, & des grappes,
   Et l'Amour, & Bachyllus,
   Qui foullent ceste vendange
   Auec le gentil Bacchus,

LA STATVE DE
BACCHVS.

O N pouuoit bien voir des merueilles presqu'incroyables de Dedalus, estans en l'Isle de Candie, des ouurages c'est à sçauoir qui s'emouuoient par certains ressorts : & de l'or exprimant l'humain sentiment, mais
les mains de Praxitele sormoient des artifices tous viuans, il y auoit donc vn petit bosquet, & vn Bacchus planté au milieu, monstrant à sa trongne d'estre
en aage d'adolescence, si delicat au reste que le bronze ressentoit du tout sa charneure, auec vn corps si
tendre & douïllet qu'il sembloit estre d'vne autre matiere que de metal, car
estant de ceste morte insensible estoffe, il ne laissoit pas pour cela d'auoir vne
couleur viue & vermeille, & n'ayant aucune participation de vie taschoit
d'en demostrer la ressemblance : que si vous l'eussiez manié, il fretilloit soubs
le touchement : & le cuyure de soy dur & rebelle estoit par le moyen de l'art
ramolly en vne souple & molette charneure, qui se desroboit soubs le sentiment de la main : ce Dieu au reste tout surfondu & coullant de lasciueté, tel
qu'Euripide en ses Bacchantes le depeint au vif, vn lyerre l'enuironnant tout
autour en rond, plissé en rinseaux tout ainsi que s'il eust esté naturel : & ses
passefillons tortillonnez se venans recueillir parmy le lyerre, qui se respandoient le long de sa face pleine d'vn gracieux souz-rire. Mais cecy outre-
passoit toute autre merueille de voir ceste matiere si inanimée rendre des
marques & indices de volupté, & contrefaire vne imitation des affections.
Pour son vestement il auoit vne peau de cheureul quile couuroit : non pas
celle-la que Bacchus auoit de coustume d'enuclopper autour de soy, ains du
bronze mesme, qui s'accommodoit à la ressemblance, de ceste despoüille :
& estoit debout, s'appuyant auec vne lyre sur vn iauelot bardé de lyerre, lequel surmontoit l'acuité de la veuë, fait aussi de bronze, mais de sorte qu'il
sembloit resplandir d'vn verdoyant lustre correspondant à sa matiere. Son
œil au reste reluisoit comme feu, furieux à voir, si naïuement auoit sçeu representer le metal l'insensé Dieu de ses Bacchanaleries : & monstroit de celebrer ses secrets mysteres, selon, comme ie croy, que Praxitele auoit sçeu y
entre-mesler l'esguillonnante guespe Bacchique.

ANNOTATION.

ANNOTATION.

ALLISTRATE à y prendre garde de prez, semble de redire tousiours vne mefme chose, bien qu'en termes aucunement differends, comme s'il ioüoyt sur vne
mesme chorde, variant seulement les tons par les touches où battent les doigts,
qui la rendent plus courte ou plus longue: Car il ne tend qu'à monstrer par ses
descriptions le marbre & le bronze dont ces statues consistent, estre si bien elabourez qu'ils monstrent vn sentimēt de vie en vne matiere insensible y empraint
par l'artifice des ouuriers. Tout ce qui concerne au surplus tant le subiect de ceste image, que les
particularitez d'icelle, a esté touché si au long cy deuant en plusieurs endroits, comme on a peu
voir en la statuë de la Bacchāte, que ce ne seroit qu'vne perte de temps ennuyeuse aux lecteurs,
d'en vser icy de reditte. Pareillement des ouurages de Dedalus, au tableau de Pasiphaé, & pour
le regard de l'Oestre Bacchique, en celuy de Panthée: trop bien pour ne delaisser ceste figure
du tout trop maigre & descharnée, y peut-on adiouster la description que fait Albricus de ce
Dieu. *Bacchus fils de Iupiter est referé au nombre des Dieux, ayant esté appellé vin, & le Dieu du vin : duquel les anciens considerans la vertu & la propriété, l'ont reueré en la nature tout ainsi qu'vn Dieu, & figuré
de ceste sorte. D'vne face asauoir feminine, l'estomac tout descouuert : & deux petits cornichons en la teste,
couronnée de fueillards de vigne, & monté sur vn tygre, auec les figures de ces trois animaux autur de luy:
d'vn Singe, d'vn Porc, & d'vn Lyon, qui monstroient d'enuironner le pied d'vn sep tous couuers de grappes; à l'ombre duquel Bacchus se promenoit sur sa monture, tenant vne tasse en sa main gauche, dedās laquelle de la droicte il espraignoit vn gros raisin.* Ces trois animaux representent les effects que cause le vin
és personnes qui en prennent trop, selon la diuersité de leurs complexions: Car les vns en leur
yuresse sont ioyeux à guise d'vn singe: les autres endormis comme vn pourceau: & les autres
furieux ainsi que lyons.

LA STATVE
DE MEMNON.

IE vous veux auſſi racompter l'eſtrãge merueille de Memnon, car certes l'artifice en eſtoit admirable, & ſuperieur à toute humaine manufacture. C'eſtoit l'image d'iceluy, fils de l'Aurore & de Tithonus en l'Ethiopie, faicte d'vne pierre,non qui euſt eſté tirée des montaignes de ces quartiers-là, & qui fuſt muette de ſa nature, ains eſtant réellement pierre ne laiſſoit d'auoir la puiſſance & la faculté de la voix : car tantoſt elle ſaluoit l'Aube du iour, demonſtrant par ſa reſioüye acclamation vn ſigne euident de lieſſe, en ſe rallegrant de la venuë de ſa mere : Puis quand le iour ſe rabaiſſoit deuers le veſpre, gemiſſant ie ne ſçay quoy de pitoyable & douloureux comme ſi elle ſe ſentoit contriſtée de l'abſence d'elle. Et n'auoit ceſte pierre faute ae larmes, ains elles luy eſtoient à commandement,preſtes & obeyſſantes à ſon vouloir. Telle donc eſtoit ceſte image : qui me ſembloit ne differer des perſonnes que de la figure tant ſeulement, car au reſte elle eſtoit conduitte des meſmes accidents & affections : car elle auoit certaines marques de triſteſſe empraintes en elle, & d'ailleurs vn reſſentiment de plaiſir qui la poſſedoit comme eſtant au vray touchée de ces deux paſſions diuerſes. Et là où la nature a rendu le genre des pierres ſourd & muet de ſoy, & qui volontairement ne ſe peut laiſſer aller à la triſteſſe, ny n'eſt non plus propre & capable de ſe reſioüyr, ains reſiſte permanemment à toutes ſortes de fortunes, qui ne le peuuent en rien greuer, elle a my-party du contentement à ceſte pierre de Memnon, & icelle entre-meſlée auſſi de triſteſſe. Nous ſçauons outre plus qu'elle eſt ſeule entre toutes autres où l'art a inſeré la cognoiſſance, & la voix, & que Dedalus s'eſtant enhardy en ſes ſtatuës de leur donner iuſqu'au mouuement, faire auſſi par ſon art qu'vne matiere du tout inſenſible acquiſt vne puiſſãce de ſe mouuöir & eſbranler meſme à vne danſe : neantmoins il luy euſt eſté bien malaiſé, voire impoſſible totalement de faire en ſorte que ſes ouurages participaſſent d'aucune voix, là où les mains des Ethiopiens ont excogité des moyens de paruenir à des choſes preſqu'impoſſibles, & que la pierre ſe departiſt du defaut qu'elle auoit de voix. On dit encore qu'Echo côtre-reſóne à ce Memnon toutes les fois qu'il ſort quelque bruit de luy : & que quand plainctiuement il gemiſt, elle renuoye la meſme plainte & doleance : s'il ſe reſioüyſt

&

& t'allegre, elle rend le fon tout femblable. Ceft ouurage en fin tout le long du iour affoupiffoit fes fafcheries, & ne confentoit que le iouuenceau allaſt plus renouuellant fes douleurs, comme fi l'induſtrieux artifice des Ethiopiens auoit par-là recompenſé Memnon de ce que la Parque l'euft fi toſt exterminé de ce monde.

ANNOTATION.

 E Memnon n'eſtoit pas vne ſtatuë taillée en figure d'homme, ains vne groſſe pierre informe, ieſtant au leuer du ſoleil certain ſon allegre, s'il eſt vray au moins ce qu'on en racompte : & ſur le ſoir ie ne ſçay quoy de plaintif & de lamentable. Ce que ie tiendrois à vne pure fable : car meſme Pline liu. 36. chap. 7. ne luy attribué que certain petiſlement ſourd & confus, aux premiers rayons du ſoleil, ainſi que nous auons dit cy deuant en ſon tableau, auec tout le reſte qui peut deſpendre de ce propos. Quant à la danſe de Dedalus, Homere la touche au 18. de l'Iliade, en la deſcription de la targue d'Achille, là où il met que ceſt ingenieux ouurier fit vn branſle de perſonnages qui danſoient en rond, à Ariadné fille de Minos en Candie, dont nous auons auſſi parlé ſur le tableau de Paſiphaé.

LA STATVE
D'ESCVLAPE.

ARGVMENT.

ᴇsᴄᴠʟᴀᴘᴇ *fut fils d'Apollon, & de la Nymphe Coronis fille de Phle-*
gias & de Larisse, selon Ouide au 2. des Metamorphoses, laquelle s'e-
stant depuis abandonnée à vn ieune homme nommé Æmenius, au-
trement Ischrys, Apollon de despit & de ialousie la mit à mort à coups
de fleches, *qu'elle estoit preste d'accoucher, mais en ayant eu depuis regret, il la fit ou-*
urir : *& en fut l'enfant retiré en vie qu'il nomma Esculape, & le donna à esleuer*
& instruire au Centaure Chiron, dont il apprit la Medecine & la Chirurgie, auec
la vertu des herbes, & autres simples dont les medicaments sont composez, y ayant
grandement profité à la requeste de Diane il remit Hyppolite en vie, lequel par la
fraude de sa marastre Phedra, ses cheuaux auoient desmembrez, parquoy Iuppi-
ter le foudroya, comme mettent les interpretes de Pindare sur la troisiesme Ode des
Pythiennes à Hieron, où est racompté bien au long tout le faict d'Esculape, & com-
me Apollon apres la mort de sa mere le sauua du feu où l'on brusloit le corps. Iuppi-
ter au reste à la requeste d'Apollon le translata au ciel, & en fit vn astre dit Ophieus
où le Serpentaire : c'est vn homme nud enueloppé d'vn grand serpent qu'il tient des
deux mains, et quant à luy il a vne estoille au chef, deux au dessus des deux mam-
melles ; deux au ventre, deux aux genoüils, vne sur la greue droicte, & vne sur
le col du pied : trois en la main gauche : & quatre sur la main droicte : le serpent
vingt-trois en tout. Les autres alleguent que ce ne fut pas Hyppolite qu'il ressuscita,
ains Glaucus fils de Minos qui s'estoit estouffé en vn tonneau plein de miel : & que
ayant eu fort estroit commandement du pere de le remettre en vie, comme il fust à
songer les moyens de ce faire, vn serpent de cas d'auanture s'estant venu entortiller à
son baston, il le mit à mort : mais là dessus vn autre serpent luy vint mettre dedans
la bouche vne herbe, dont aussi tost il ressuscita. Et de ceste herbe Esculape fit le mes-
me enuers Glaucus. De là en auant les serpents furent attribuez à sa protection &
tutelle, & estoit luy mesme reueré en forme de serpent, selon Flore en l'Epitome de
l'onziesme de Tite-Liue, en ces propres termes. Comme la ville de Rome se trou-
uast fort molestée de peste, ils enuoyerent vn Ambassade à Epidaure pour
auoir l'image d'Esculape : mais au lieu de cela ils emmenerent vn grand serpent, qui à leur arriuée se vint iecter de son bon gré dans leur gallere, &
estans de retour à Rome il se lança en cas pareil dedans l'Isle qu'y fait le Tybre, où depuis fut basty vn beau temple à Esculape. *Mais Hyginus traicte bien*

plus

plus delicatement tout cecy au 136. de son Mythologique, encore que ce ne soit pas à propos d'Esculape, disant en ceste maniere, Glaucus fils de Minos & de Basiphaé ioüant à la balle tomba dans vn tonneau plein de miel où il s'estouffa : & comme on le cherchast par tout sans en pouuoir oüyr nouuelles, ils enuoyerent à l'Oracle d'Apollon pour s'en enquerir, à quoy il fit responce, vn monstre est nay parmy vous, que si quelqu'vn peut desnoüer ce que c'est, il vous restituëra l'enfant : Minos faisant chercher par tout où estoit ce monstre, on luy vint dire qu'il estoit nay vn veau qui changeoit trois fois le iour de couleur, à sçauoir de quatre en quatre heures, premierement blanc, puis rouge, & puis noir, pour interpreter cest enigme, Minos assembla tous les deuins du pays, lesquels n'y pouuans mordre, finablement Polydus fils de Ceranus Bizantin monstra que cela ressembloit à vn meurier dont le fruict est premierement blanc, puis rouge, & puis noir quand il est venu à sa parfaite maturité : alors Minos, or selon l'Oracle d'Apollon il faut que tu me restituës mon fils. Et côme Polydus meditoit en son esprit les moyens, il vit vne chöuette qui chassoit aux mouches à miel sur vn cellier, où estant entré il retira l'enfant du tonneau où il s'estoit laissé tomber. Là dessus Minos de rechef : puis que tu as trouué le corps, restituë luy l'esprit, ce que Polydus alleguant n'estre en son pouuoir de le faire, Minos le fait enfermer dans vn sepulchre auec l'enfant. Et y mettre vne dague, & soudain voila vn gros serpent qui accourt au corps, parquoy Polydus estimant que ce fust pour le deuorer, le tua : & vn autre serpent qui venoit chercher sa compagne la voyant morte s'en va querir vne herbe, par le touchement de laquelle l'autre est ressuscité : soudain Polydus fit le semblable enuers l'enfant, & comme ils criassent à haute voix là dedans, vn passant le vint annoncer à Minos, qui fit ouurir le monument, & recouura son fils en vie, & faisant de beaux presens à Polydus le renuoya en son pays.

OVS croyons bien que la fameuse barque Argo fut participante de voix, fabriquée qu'elle estoit des mains de Minerue, dont elle obtint d'estre translatée aux astres, & nous ne croirons pas que l'image à laquelle Esculape a consigné de si grandes vertus, y introduisant vne prouidente notice pour la rendre cômuniquable auec luy d'vne faculté propre à vaincre toutes maladies, ait eu le moyen de ce faire. Or s'il nous faut adoüer que par fois la diuinité se fourre dedans les corps humains, sans s'y contaminer des affections ores qu'elle en imprimast en soy quelque chose, si est il plus raisonnable de croire qu'elle s'y accostera moins de la deprauation & du mal, que du bien. A moy doncques ce ne me sembloit pas vne statuë qui se vist à veüe d'œil, mais vne representation de la verité propre essentielle, où l'art n'auoit pas contrefait les affections, ains auant fait vn Dieu image, l'auoit entierement fait passer en elle. Car nonobstant qu'elle fust de boys, elle y auoit neantmoins inspiré vne intelligence diuine : & estant vn ouurage de main d'homme, elle effectuoit ce que l'artifice ne sçauroit faire, iectant de soy mesmement certains

tefmoignages de vie. Que fi l'on en euſt bien contemplé la façon, elle vous
euſt manifeſté vn vray ſentimēt: car elle n'auoit pas eſté elabourée auec vne
beauté y emprainte, ains eſtoit ſeulement ioyeuſe & allegre, remuant vn
œil benin qui eſtincelloit d'vne profonde & magiſtrale grauité preſqu'in-
mitable, entre-meſlée neantmoins d'vne tres-modeſte pudeur. Les ondoyemens au reſte de ſes belles treſſes eſtoient tous parſemez de graces,
dont partie ſe coullans le long des eſpaulles s'eſpandoit·là en liberté, & partie ſur le viſage s'eſcarmouchans d'vne gayeté amoureuſe autour des ſourcils, ſe venoient comme anneller au droiċt des yeux: & tout ainſi que s'ils
euſſent eſté arrouſez d'vne viue ſource, s'y amoncelloient de gros flots de
cheueux frizez, la matiere ne ceddant point à la loy de l'art, ains cognoiſſant
que c'eſtoit vn Dieu qu'elle auoit à repreſenter, & pourtant qu'il falloit que
elle la meſpriſaſt, & en fuſt la ſuperieure. Car comme toutes les choſes en-
gendrées ayent accouſtumé de s'anneantir, la figure de ceſte effigie, comme
celle qui portoit en ſoy la faculté de ſanté & de gueriſon, poſſedoit vne fleu-
riſſante vigueur imperiſſable à tout iamais. Nous au reſte ô diuin enfant d'A-
pollon, vous auons bien voulu rendre les premices de noz renouuellez diſcours prouenans de noſtre meditation & memoire, car vous l'ordonnez
ainſi ce me ſemble: bien deliberez de vous chanter vn bel Hymne, ſi vous
nous reſtituez la ſanté.

ANNOTATION.

 OVS auons touché en briefs mots ja cy deſſus en l'argument aucunes choſes
d'Eſculape, parce que cela auoit eſté amené bien au long de Pauſanias ſur le ta-
bleau des Phlegiens: ce qui en reſte, c'eſt cecy; que ce Paſteus qu'il nomme là,
ayant trouué le petit Eſculape, qui ne faiſoit gueres que naiſtre, auec ſon chien
qui le gardoit vne de ſes cheures l'alaiċtant, bien toſt apres la renommée s'en
eſpandit tant par la terre que par la mer, cōme de celuy qui pouuoit guerir toutes ſortes de maladies à ſon vouloir, voire reſuſciter les morts, & les faire de rechef reuiure. Mais les autres racōptent d'vne autre ſorte que Coronis eſtāt enceinte d'Eſculape,
s'abandonna à vn Iſchie fils d'Elatus, pour raiſon dequoy Diane voulāt venger l'iniure faite à ſon
frere Apollon, la mit à mort. Et cōme le buſcher eſtoit allumé pour bruſler le corps, Mercure vint
qui retire l'enfant du feu, & le ſauua. Il y en a d'autres qui cōtrouuent qu'il fut fils d'Arſinoé fille
de Leucippe Meſſenien: à quoy cōtredit formellement l'Oracle de Delphes, qu'eut là deſſus A-
pollophanes d'Arcadie, lequel y eſtoit allé tout expres pour en ſçauoir la verité, car il le declara
apertemēt nay en Epidaure, de Coronis fille de Phlegias: & de fait les Epidauriés furent les premiers qui luy inſtituerent vne ſolennité, que les Atheniens ayãs priſe d'eux appellerent les Epi-
dauriennes, & refererent Eſculape au nōbre des Dieux. Outre plus cōme Archias fils d'Ariſthe-
ne euſt en chaſſant eſté ſurpris d'vne conuulſion, il en fut guery à Epidaure, d'où il porta ce Dieu
à Pergame, lequel fut auſſi reueré à Smyrne, là où on luy dreſſa vn temple ſur le bord de la mer: &
à Cyrené encore ſoubs le nom de Medecin, & luy fait on là le meſme ſeruice qu'à Epidaure, fors
que là on luy immole des cheures: & en Epidaure non, où ſon image eſt d'or & d'iuoyre, de la
main de Thraſymedes fils d'Arignotus Parien: aſſiſe au reſte ſur vn throne de la meſme eſtoffe,
tenant en l'vne des mains vn baſton, & l'autre il l'appuye deſſus la teſte d'vn ſerpent: à ſes pieds
il y a vn chien. En ſon temple lequel eſtoit à Epidaure l'on pouuoit voir force tableaux attachez
aux murailles, & aux pilliers, contenans les noms de ceux & celles qui auoient receu gueriſon
par ſon aide, & la maniere d'ont l'on y auoit procedé. Ce qui ſeruit depuis beaucoup à ceux qui
reduirent la medecine de l'Empirique à l'art & methode. Mais pour ne laiſſer rien en arriere qui
puiſſe reſioüyr & profiter tout enſemble, il vaut mieux amener encore icy le lieu de Pindare de
la troiſieſme Ode des Pythiennes, où il deſcript bien au long en ſon accouſtumée elegance, tout
le myſtere d'Eſculape: ce qui commence ainſi parlant de Chiron.

H

Η ϑέλον χείρωνα κεφιλλυείδϑυ
Εἰ χρεὼν ϑϑ' ἀμετέρας ὑπὸ γλώωσας
κϑιναὶ δὖξαϑαμ ἔπος, &c.

Ιe defireroy bien en noſtre langage, s'il m'eſtoit loiſible, pouuoir vſer de ce ſouhait & priere, que Chiron fils de Phillyra, & de Saturne fils du Ciel regnant au long & au large peuſt reuiure, & venir habiter derechef és vallées du mont Pelion, creature agreſte de vray, mais d'vn courage fort humain, & bien affectionné enuers les perſonnes, tel au reſte qu'il eſtoit lors qu'il nourrit iadis Eſculape, d'vne vigoureuſe diſpoſition & ſanté en ſes membres, Heroé inclite, repouſſeur de toutes ſortes de maladies: lequel fut conceu en la fille du preux cheualier Phlegias: mais deuant que la Deeſſe Lucine qui aſſiſte aux accouchemens l'en euſt deliurée, ayant eſté accablée en ſon lict des fleſches dorées de Diane à l'inſtigation de ſon frere, elle deſcendit aux bas manoirs de Pluton: car le courroux des enfans de Iuppiter n'eſt iamais en vain, & ce pour auoir meſpriſé le beau cheuelu Apollon, mal-aduiſée qu'elle eſtoit, s'eſtant laiſſé aller à vne autre accointance, deſia enceinte de ſon faiſt, au deſceu de ſon pere, & portant en elle la pure ſemence du Dieu, ſi qu'elle n'eut la patience d'attendre ſon ſacré nuptial feſtin, & la melodie bien reſonnante des Epithalames qu'euſſent chanté en ſon mariage ſes compaignes coëtances, filles vierges à marier, comme elles ont accouſtumé de faire à h..ute voix, le ſoir qu'on meine l'eſpouſée au lict, ſe recreans innenillement, ains ſe laiſſa ſurprendre à la folle amour & deſir des abſens, à l'imitation de pluſieurs autres: car c'eſt le propre des perſonnes legeres & vaines de meſpriſer les choſes qu'ils ont deuant les yeux en leur pays, pour tendre leurs penſers au loing, à ce qui eſt friuole & ſans certitude, les conuoitans d'vne immoderée eſperance. L'orgueil doncques de ceſte Coronide aux beaux attiquets & attours, encourut vn fort grand inconuenient par ſa temeraire legereté, s'eſtant voulu abandonner à vn eſtranger venu d'Arcadie, ce qui ne fut pas ignoré de ce Dieu Archer, qui de ſon temple Pythonien où on luy immoloit des victimes, l'apperceut auſſi toſt, l'ambigu & obliquе Roy, adiouſtant foy à ſon droit equitable compagnon l'intellect tout clair-voyant, lequel n'entend point aux menteries, & n'eſt deceu ny par les Dieux, ny par les hommes, ſoit en faiſts, ſoit en intention: & alors meſme cognoiſſant bien cette accointance qu'auoit eu ceſt eſtranger Iſchys fils d'Elatus, & ſa malheureuſe deception, enuoya ſa ſœur eſpriſe d'vne furieuſe ardeur de courage à la ville de Lacerée, là où Coronis habitoit ſur le bord du lac Bebias, & vn autre mauuais Demon qui l'auoit pouſſée à mal faire, aidaquant & quant à l'exterminer, & pluſieurs autres auec elle qui participerent de ſa ruine, à guiſe d'vn feu qui partant d'vne petite eſtincelle va embraſer toute vne foreſt. Mais apres que ſes chers parents eurent agencé le corps au buſcher, & que la reſplendiſſante fulgueur de Vulcain l'eut parcouru de toutes parts: alors Apollon s'en va dire, ie ne ſçauroy certes plus ſupporter en mon courage, que le fruiſt procreé de moy ſe perde ainſi par vne mort ſi miſerable, auec vn tel calamiteux deſaſtre de la mere, & ayant proferé ces mots, d'vn plain ſaut s'y eſtant lancé, retira l'enfant du corps mort, car la flamme ardente ſoudain s'eſcarta en deux ſe part & place, & de là l'emporta au Centaure Magneſien pour l'inſtruire en la cure des maladies tant nuiſibles aux hommes mortels, ſi que tous ceux qui venoient vers luy entachez de quelques vlceres malins naiz-d'eux-meſmes, ou bleſſez en leurs membres de quelques glaiues & ferrements, ou meurtris de coups de pierres tirez de loin, ou leurs corps alterez par les exceſſiues chaleurs de l'Eſté, ou par vne extremité de froidures, deliuroit les vns d'vn mal, les autres d'vn autre: en les traiſtant par quelques gracieux charmes qui aſſoupiſſoient leur inſupportables douleurs, ou par des potions conuenables, ou leur appliquant des cataplaſmes & medicaments lenitifs en leurs mal-affeſtées parties: & procedant d'ailleurs par des inciſions & couppemens, pour oſter ce qui leur nuiſoit, les rendois droits, & en leur priſtine conualeſcence & diſpoſition. Mais la ſageſſe ſe laiſſe bien auſſi lier & garotter par la conuoitiſe du gain, car ayant eſté desbauſché par vne groſſe ſomme d'or & d'argent qu'on luy monſtroit pour reſuſciter vn corps que la mort auoit ia ſaiſi, pour raiſon de ce, le Saturcrien Iuppiter leur dardant à tous deux ſa foudre tout au trauers de la poitrine, leur oſta la vie de ſes propres mains. Iuſqu'icy Pindare; ce que nous auons bien voulu inſerer icy tourné preſque de mot à mot, non tant pour vne choſe neceſſaire à elucider ce ſubieſt, que pour tracer touſiours quelques nouuelles fleurs d'entichiſſement de noſtre langage cueillies dans les bons autheurs Grecs & Latins, ſource de toute elegance & delicateſſe, là où ceux qui voudront eſcrire ſoit en vers ſoit en proſe vn peu plus magnifique & hautaine que la vulgaire triuiale oraiſon, puiſſent puiſer infinies belles locutions pour l'ornement de leur ſtile.

Or pour reprendre noſtre propos, Ciceron en ſes liures de la nature des Dieux met trois Eſculapes: le premier fils d'Apollon, qui fut reueré des Arcadiens, & trouua le premier les ligatures & bandages des playes: le ſecond fut fils du ſecond Mercure, & foudroyé, puis enſeueli à Cynoſures. Le troiſieſme, fils d'Ariſippus, & Arſinoé, le premier qui enſeigna à purger le ventre, & à arracher les dents qui ſont mal, dont le ſepulchre auec vn ſacré boſquet tout ioignant ſe voyoit iadis du temps meſme de Ciceron, en Arcadie, Laſtance liure premier de la fauſſe religion, chapitre dixieſme, apres Tarquitius au traiſté des hommes illuſtres, le dit auoir eſté nay d'incertains pere & mere, & qu'il fut trouué des chaſſeurs ayât eſté expoſé dans les boys, qui l'auroient nourry du laiſt d'vne cheure: Puis donné à Chiron, dont il apprit la medecine, & fit apres

Pindare.

Homere preſqu'à ce propos au 3.de l'Odyſſe,
τὸ γάρ T οἶ-ἀ τριχῶν ἰόντων: Le proueſt des Dieux immortels en vn inſtant pas ne ſe change.

Homere au 4.de l'Iliade,
οὐ γὰρ ὅπι ψεύ-δνσι μετῆ ζὺκ Κοιτ: αυχγόι: le pere Iuppiter n'eſt point iamais protecteur des menſonges.

tefmoignages de vie. Que fi l'on en euft bien contemplé la façon , elle vous
euft manifefté vn vray fentimēt: car elle n'auoit pas efté elaborée auec vne
beauté y emprainte, ains eftoit feulement ioyeufe & allegre, remuant vn
œil benin qui eftincelloit d'vne profonde & magiftrale grauité prefqu'inimitable, entre-meflée neantmoins d'vne tres-modefte pudeur. Les ondoyemens au refte de fes belles treffes eftoient tous parfemez de graces,
dont partie fe coullans le long des efpaulles s'efpandoit là en liberté, & partie fur le vifage s'efcarmouchans d'vne gayeté amoureufe autour des fourcils, fe venoient comme anneller au droict des yeux: & tout ainfi que s'ils
euffent efté arroufez d'vne viue fource, s'y amoncelloient de gros flots de
cheueux frizez, la matiere ne ceddant point à la loy de l'art, ains cognoiffant
que c'eftoit vn Dieu qu'elle auoit à reprefenter, & pourtant qu'il falloit que
elle la mefprifaft, & en fuft la fuperieure. Car comme toutes les chofes en-
gendrées ayent accouftumé de s'anneantir, la figure de cefte effigie, comme
celle qui portoit en foy la faculté de fanté & de guerifon, poffedoit vne fleuriffante vigueur imperiffable à tout iamais. Nous au refte ô diuin enfant d'A-
pollon, vous auons bien voulu rendre les premices de noz renouuellez difcours prouenans de noftre meditation & memoire, car vous l'ordonnez
ainfi ce me femble : bien deliberez de vous chanter vn bel Hymne, fi vous
nous reftituez la fanté.

ANNOTATION.

O v s auons touché en briefs mots ja cy deffus en l'argument aucunes chofes
d'Efculape, parce que cela auoit efté amené bien au long de Paufanias fur le tableau des Phlegiens : ce qui en refte, c'eft cecy, que ce Pafteur qu'il nomme là,
ayant trouué le petit Efculape, qui ne faifoit gueres que naiftre, auec fon chien
qui le gardoit vne de fes cheures l'alaiçtant, bien toft apres la renommée s'en
efpandit tant par la terre que par la mer, côme de celuy qui pouuoit guerir toutes fortes de maladies à fon vouloir, voire refufciter les morts, & les faire de rechef reuiure. Mais les autres racôptent d'vne autre forte que Coronis eftāt enceinte d'Efculape,
s'abandonna à vn Ifchie fils d'Elatus, pour raifon dequoy Diane voulût venger l'iniure faite à fon
frere Apollon, la mit à mort. Et côme le bufcher eftoit allumé pour brufler le corps, Mercure vint
qui retire l'enfant du feu, & le fauua. Il y en a d'autres qui côtrouuent qu'il fut fils d'Arfinoé fille
de Leucippe Meffenien : à quoy côtredit formellement l'Oracle de Delphes, qu'eut là deffus A-
pollophanes d'Arcadie, lequel y eftoit allé tout expres pour en fçauoir la verité, car il le declara
apertemēt nay en Epidaure, de Coronis fille de Phlegias : & de fait les Epidauriēs furent les premiers qui luy inftituerent vne folennité, que les Atheniens ayās prife d'euxappellerent les Epi-
dauriennes, & refererent Efculape au nôbre des Dieux. Outre plus côme Archias fils d'Arifthe-
ne euft en chaffant efté furpris d'vne conuulfion, il en fut guery à Epidaure, d'où il porta ce Dieu
à Pergame, lequel fut auffi reueré à Smyrne, là où on luy dreffa vn temple fur le bord de la mer: &
à Cyrené encore foubs le nom de Medecin, & luy fait on là le mefme feruice qu'à Epidaure, fors
que là on luy immole des cheures : & en Epidaure non, où fon image eft d'or & d'iuoyre, de la
main de Thrafymedes fils d'Arignotus Parien : affife au refte fur vn throne de la mefme eftoffe.
tenant en l'vne des mains vn bafton, & l'autre il l'appuye deffus la refte d'vn ferpent : à fes pieds
il y a vn chien. En fon temple lequel eftoit à Epidaure l'on pouuoit voir force tableaux attachez
aux murailles, & aux pilliers, contenans les noms de ceux & celles qui auoient receu guerifon
par fon aide, & la maniere d'ont l'on y auoit procedé. Ce qui feruit depuis beaucoup à ceux qui
reduirent la medecine de l'Empirique à l'art & methode. Mais pour ne laiffer rien en arriere qui
puiffe refioüyr & profiter tout enfemble, il vaut mieux amener encore icy le lieu de Pindare de
la troifiefme Ode des Pythiennes, où il defcript bien au long en fon accouftumée elegance, tout
le myftere d'Efculape : ce qui commence ainfi parlant de Chiron.

H

sa residence à Epidaure. Mais Hermes Trismegiste en son Asclepie ou Esculape, le fait estre Egyptien, petit fils de celuy qui inuenta le premier l'art de medicamenter les malades, auquel auroit esté basty vn temple au mont de Libye ioignant le riuage des Crocodilles, & Cirylle contre Iulian l'Apostat, qui alleguoit Esculape auoir esté engendré de Iuppiter en son interieure pensée, & par traict de temps s'estre manifesté en forme d'homme, entre autres choses met qu'ayant appris la medecine de certain Apis Egyptien tres-grand Philosophe, lequel auoit plus diligemment que nul autre recherché les secrets de cest art, ne se voulut plus arrester en Egypte, ains cupide de gain, comme aussi dit Pindare, qu'affriandé de l'or qu'on luy monstra, il auroit ressuscité vn homme mort, Hyppolite ou autre, s'en alla roder çà & là guerissant les malades à chreme d'argent, si qu'enorgueilly & enflé d'vne vaine gloire il se disoit Dieu, & se vantoit de pouuoir faire reuiure les morts. Pour lesquelles impietez arrogantes, estant en fin ar ué à Epidaure, il fut foudroyé de la diuine vengeance. Au demeurant il estoit appellé Asclepie, en Grec, selon Phornute, ἀπὸ τῦ εὐχληρῶθαι ϗ ἀναϭάλλεϭθαι, &c. d'exclurre & reietter la mort où balanceroit la personne, & pour ceste occasion on luy met aupres vn serpent, à cause que ceux qui par l'aide & secours des medecins guerissent des maladies qui les oppressent, semblent comme se raieunir & despouiller de leur vieille peau ainsi que font les serpents. Dauantage qu'il faut que les medecins soient bien clairs-voyans & attentifs à leurs malades, comme sont de leur nature ces animaux qui ont la veuë fort aiguë, & continuellement l'œil au guet: le baston qu'on luy donne monstre que les malades conualescens se trouuans encore debiles ont besoin de quelque soustenement & appuy: & qu'on ne se doit pas aussi trop haster auant que d'estre du tout bien reuenu & confirmé, de peur de la recidiue. Albricus en ses images le depeint ayant vne longue barbe, & habillé en medecin, car ces deux arts estoient anciennement ioinctes ensemble auec l'apothicairerie, de la main droicte il empoignoit sa barbe, comme resuant profondement, ainsi que les medecins doiuent faire pour soigner attentiuement à la guerison de leurs patients, & de la gauche vn baston autour duquel estoit entortillé vn serpent. Mais à propos de ceste barbe d'Esculape il se lit vn compte impie de vray, mais au reste facetieux, de Denys tyran de Sarragosse en Sicile, lequel osta la barbe d'or massif qu'auoit l'image d'Esculape, alleguant que c'estoit chose mal seante de le representer auec vne barbe, puis que son pere Apollon qui estoit plus aagé que luy n'en auoit point. Il se void des medailles antiques de bronze & d'argent de la famille des Aciliens, où d'vn costé est la teste d'Esculape coronnée de Laurier, pour denoter qu'il estoit fils d'Apollon, à qui cest arbre est consacré, ou pour les medicaments & remedes qui s'en tirent speciallemēt de ses bacques, auec vne grosse barbe touffuë, & au reuers vne baguette où est entortillé vn serpent ayant vne creste, auec des pendans de barbe ainsi qu'vn coq, lequel luy estoit desdié pour raison de sa vigilance, parquoy on luy en faisoit des sacrifices, comme aussi des cheures, parce qu'on dit qu'elles sont en fueure perpetuelle. Mais ce que Socrates à sa mort ordóna de sacrifier vn coq à Esculape, fut pource que cest oyseau és symboles Pythagoriques est pris pour la diuine portion de nos ames, & pourtant ce Philosophe enioignoit de le nourrir soigneusement, si que Socrates se voyant prochain de s'en aller reioindre à la diuinité quand il seroit deliuré de ceste prison corporelle, & de toutes les infirmitez d'icelle, se disoit deuoir vn coq au souuerain medecin des ames. On luy sacrifioit aussi des poulles, pource que la chair en estant de bon suc & legere digestion est conuenable pour les malades, il y en a encore d'autres medailles ayās d'vn costé la teste de la santé, que les Grecs appellēt ὑγεία, les Latins Salus ou Valetudn, & au reuers la mesme Deesse appuyée sur vn pillier, tenant à la main droicte vn serpent, qui est l'occasion pour laquelle les anciens au Paganisme l'atribuerent à Esculape, & consequemment à la santé, & que mesme il estoit reueré en forme de serpent, comme le demonstrent tout plein de marbres & medailles où il est representé auec ces mots, Salus Aug. ou Salus Publica, & semblables: & ce pour les vertus medecinales qui sont en ces manieres de vermines bien que venimeuses, & mesmes de faire raieunir les gents, & les conseruer longuement sains & gaillards. Nicandre & ses interpretes en ses Antidotes theriacaux en allegue entre autres choses vne telle fiction Allegorique. Que les mortels és premiers temps auroient impetré des Dieux à force de supplications & prieres, de se pouuoir continuellement maintenir en vne vigoureuse fleur de ieunesse, sans estre affligez des inconueniens que le vieil aage a accoustumé d'apporter. Ce qu'ayans obtenu de la benignité de Iuppiter, ils furent si mal-aduisez de commettre à vn asne ce beau priuilege & grace speciale, & le charger dessus son dos, lequel se trouuant là dessus oppressé de soif, comme il cuidoit s'abbreuuer à vne fontaine, où vn serpēt faisoit sa residence, & s'en estoit approprié la garde, il l'en empescha que premieremēt il ne luy eust donné toute sa voitture: & de là vint que les serpents s'estans hastez de cest octroy, se renouuellent tous les ans, quittans là leur vieille despouille pour en reprendre vne nouuelle, là où les paures mortels s'en vont d'heure à autre diminuans de force & vigueur tant qu'ils arriuent à vne decrepite vieillesse qui les acheue de consumer, s'ils ne sont preuenus de quelque mort accidentelle auant que de paruenir à ce but: dequoy se complaint ainsi le poëte Tibulle.

Anguibus

Anguibus exuitur tenui cum pelle vetustas:
Cur nos angusta conditione sumus?

Des serpents au reste, & de leurs remedes & facultez en la medecine, tous les liures en sont farcis iusqu'à regorger, mais la pluspart pleins de fables & incertitudes, cõme en Dioscoride, que ceux qui sont nourris de chair de viperes ont accoustumé de viure plus longuement que les autres. Mais comment est ce que l'estomac humain en pourroit faire son profit, à tout le moins en quantité pour sa nourriture, attendu que si l'on prenoit vne drachme, & moins encore des trocisques qui en sont faits pour entrer en la theriaque, quelques preparez & corrigez qu'ils puissét estre, cela feroit tout peller vne personne, & tomber le poil & les ongles, tant est leur substance maligne? Isigone outre plus à ce mesme propos de Dioscoride, allegue ne sçay quelle race de gens controuuez és Indes, appellez les Citnes, qui viuent 7. ou 8. vingts ans, pource qu'ils vsent ordinairement, ce dit-il, de chairs de viperes. Tertullian estime aussi que les cerfs sont ainsi de longue durée pource qu'ils mangent souuent des couleuures qui les raieunissent. En eff. & il y a quelque proprieté occulte au serpent contre plusieurs sortes de maladies, & mesmement contre la lepre, & les venins, où ils seruent de contre-poison, comme on peut voir en la Theriaque: & Lactance au traicté de l'ire de Dieu, met que la morsure des Viperes le plus prompt remede qu'on luy puisse trouuer est leur propre cendre apres les auoir fait bien brusler, le mesme se void encore és picqueures des Scorpions, qui se guerissent en les escachant dessus, & à faute de ce auec l'huille ou il y en aura eu plusieurs esteints. Toutes lesquelles choses confirme Adamantius en l'Homelie 17. sur le liure des Nõbres, que le venin de l'idolatrie se repoussoit par l'adoration du vray Dieu, ainsi que les morsures des serpents par les medicamens tirez d'eux mesmes, à propos de ce serpent de bronze que Moyse fit esleuer au desert, auquel les Israëlites qui estoiét picquez de quelque venimeuse vermine iettans leurs veuës fermemet guerissoient soudain, chose fort admirable, comme le touche Dauid Kimhi en ses racines, que ce serpent estant d'airain eust telle vertu, attendu que ce metal a vne certaine proprieté occulte de rengreger les accidens de telles morsures, en le regardant seulement: mais ceste faculté luy venoit pource que c'estoit vn type & representation du Messie, selon qu'il est dit en S. Iean troisiesme. Ce serpent au reste dura iusques au temps du Roy Ezechias (quatriesme des Roys, chap. 18.) lequel voyant qu'on en abusoit, car chacun luy offroit des encensemens, le fit mettre en pieces.

Mais pour retourner à Esculape, lequel soubs vn serpent en vie estoit reueré à Epidaure, où les Romains molestez de la peste l'enuoyerent querir comme il a esté dit cy dessus, & voicy le champ Valere liure premier chap. 8. en a tiré de Tite-Liue, comme infinies autres choses. *Or afin de poursuyure les miracles, & la puissance des autres Dieux bien-affectionnez enuers ceste ville, comme elle eust esté fort affligée par trois ans entiers sans y voir esperance d'aucune sin qu'on peust attendre ny de la diuine misericorde, ny par ayde & secours humain, les liures de la Sibylle ayans esté soigneusement reuisitez par ceux qui en auoient la charge, on apperceut que l'accoustumée bonne disposition de l'air, & santé du peuple ne se pouuoit autrement recouurer qu'en faisant venir Esculape de la ville d'Epidaure. Parquoy y ayans esté despeschez des Ambassadeurs, on s'asseura que pour la grande reputation & credit que deslors le peuple Romain auoit acquis par tout le pourpris de la terre, on obtiendroit bien aisément ce seul secours & fatal remede, d'ot on ne fut point deceu de son opinion, car il se fut pas demandé de plus grand zele, on octroyé soudain: & tout sur le champ les Epidauriens ayans mené les Ambassadeurs au temple d'Esculape loin deux petites licuës hors la ville, les inuiterent benignement à enleuer de la tout ce qu'ils verroient estre salutaire pour leur patrie, comme si c'eust esté du leur propre: laquelle si prompte gratification, la diuinité de ce Dieu secondant les paroles des hommes mortels, approuua par vne celeste facilité qu'il monstra de les vouloir contenter sans attendre: & de faict ce serpent que les Epidauriens le voyans rarement, mais iamais sans quelque grand bien, & bonne fortune pour eux, reueroient en lieu d'Esculape, par les plus habitez endroits de la ville commença à se traisnasser doucement & d'vn œil benin: & trois iours durant auec vne denote admiration ayant faict ses monstres, & donné à cognoistre que non ennuis, ains fort alaigrement il despayssoit pour s'en aller à vne plus auguste demeure, s'achemina droict à la gallere Romaine, où les mattelots tous espouuantez de ceste merueille, il entra dedans, & s'en alla entortiller en plusieurs rondeaux fort paisiblement dans la chambre d'Ogulinia chef de l'ambassade, si qu'ayans obtenu ce qu'ils pretendoient, apres auoir remercié les Epidauriens de leur courtoisie, & appris comme il falloit gouuerner le serpent, de ceux qui souloient auoir en charge, ils leuerent l'ancre, fort ioyeux d'auoir si bien exploité. Ayans donc eu le temps fort à propos & fauorable en tout leur voyage, quand ils furent arriuez à Antium, le serpent qui s'estoit tousiours tenu coy sans se remuer dedans le vaisseau, se coula de soy-mesme au porche du temple d'Esculape, tapissé tout autour de force branchages de meurthes, où il s'alla enueloper autour d'vn palmier surpassant en hauteur tous les autres arbres d'aupres: Et là par trois iours durant luy ayant esté presenté ce dont il auoit accoustumé de se paistre, s'hebergea au temple, auec vne grande crainte & soucy des Ambassadeurs qu'il ne voulust plus retourner en la gallere: mais il s'y remit derechef pour estre transporté à Rome, où les Ambassadeurs s'estans desembarquez sur le bord du Tybre, il passa à nage iusques en l'Isle, en laquelle luy fut dedié vn temple, & à son arriuée il assoupit la maladie, pour remedier à laquelle on l'auoit enuoyé querir de si loin.*

Ceste narration ne s'esloigne gueres de ce que Pausanias en ses Corinthiaques met, que Nicagore mere d'Agasicles, & femme d'Echetion, apporta d'Epidaure Esculape auec soy en la ville de Sicyone dont elle estoit natiue, en forme d'vn grand serpent en vie dans vne littiere attellée de deux mulets. Il me semble aussi auoir leu quelque part, que ce serpent auoit esté iadis nourry d'Esculape, ieune encore, au mont Pelion, & peu à peu appriuoisé, comme nous verrons cy apres és Heroïques, de celuy qui suyuoit par tout Aiax Locrien comme vn bracque: mais cestui-cy d'Esculape estoit de couleur noire & le ventre verdaste, auec triples dents, neantmoins petites à guise presque de celles d'vn rat, si qu'elles ne pouuoient pas faire beaucoup d'offence: gras au roste dessus la teste, & vers les sourcils, d'où luy pendoient de grosses peaux soubs la gorge en façon de barbe, de couleur liuide & plombasse, approchant de celle de la poche ou sachet du fiel. Finablement quant à ce qu'on peut allegoriser en cest endroit, Macrobe liure premier des Saturn. chapitre vingt, dit qu'aux Images d'Esculape ou de la Santé on approprioit vn serpent, qu'on attribué à la nature du Soleil, & de la Lune, à cause de leurs cours qu'ils parsont obliquement en rond comme les serpents: & qu'Esculape est l'efficace & vertu salubre prouenant de la substance du Soleil pour subuenir aux esprits, & aux corps des hommes mortels: & la santé est l'vn des effects de la nature lunaire, dont les membres des animaux viennent à estre renforcez d'vn salutaire temperament icy bas. Parquoy on applique communement à leurs images des effigies de serpents, pour-autant qu'ils sont & la cause & le moyen que les corps humains, comme s'ils se despouilloient d'vne peau d'infirmité & de maladie, retournent à leur premiere conualescence & vigueur, de la mesme sorte que les serpents se renouuellent par chacun an, leur vieillesse despouillée & mise bas. Apollodore au liure des Dieux, met qu'Esculape preside aussi aux deuinements & predictions, pource qu'il faut que le medecin selon Hippocrate en son traicté du Prognosticq sçache rendre compte de ses malades, ce que c'est de leurs maladies, & ce qu'il en a esté, & sera, ainsi qu'Homere au premier de l'Iliade dit du deuin Calchas, ὃς ᾔδη τὰ τ' ἐόντα, τὰτ' ἐσσόμενα, πρότ' ἐόντα, quæ sunt, quæ fuerint, & quæ ventura trahuntur, a rendu de mot à mot Virgile. Tellement que cet art est fort difficile, comme le tesmoigne le mesme Hippocrate à l'entrée de ses Aphorismes: ce qui est denoté par le baston noüeuds qu'Esculape tient en sa main. Les chiens qu'on entretenoit ordinairement dans son temple, monstrent qu'il auoit esté alaicté d'vne chienne, & ce que ces temples sont par tout hors des villes & en lieu haut, est à cause que les anciens selon Plutarque en la 94. question Romaine, reputoient la demeure des champs estre plus seine que celle des villes: à propos dequoy Pline liure 29. chapitre premier. *Non rem antiqui damnabant, sed artem* (parlant de la Medecine) *maximè verò quæstum esse immani pretio vitæ recusabant, ideò templum Aesculapij, etiam cum reciperetur is Deus, extra vrbem fecisse, iterumq̃, in insula traduntur.* Et ce en memoire que le serpent estoit descendu en ceste Isle.

Nous *croyons bien que la fameuse barque Argo fut participante de voix, &c.* Tout cela a esté desia cy deuant vuidé sur le tableau de Glaucus. Suit puis apres vn autre poinct, duquel que nous y sommes rencontrez icy à propos, il n'y aura point de mal de toucher quelque chose, *Nous ne croyons pas que l'image à laquelle Esculape a consigné de si grandes vertus, &c.* A sçauoir de l'efficace & faculté qui peut estre és choses inanimées & mortes de soy, ie ne parle pas des proprietez occultes comme és medicaments, & en l'aymant plus admirablement qu'en nulle autre chose tant en uers le fer que le pol artique, ains comme en des images faictes de bois, pierre, ou metal, soubs certaines constellations appliquées à des caracteres, auec des exorcismes, encensemens, sacrifices & semblables superstitieuses ceremonies, dependantes toutes de la Magie. Quant aux images de nos Saincts, & à leurs reliques c'est vn cas à part, & qui depend immediatement de la grace qu'il a pleu à Dieu leur impartir, comme on void que la nature met de plus fortes facultez & vertus en des simples que non pas en d'autres: & qu'elles y demeurent imprimées bien longuement apres leur mort, c'est à dire apres leur arrachement de la terre dont ils prenoient leur estre & maintenement. Or la pluspart des Philosophes, & mesmement les Platoniciens conuiennent en cecy, que les choses inferieures de ce monde elementaire correspondent par certaine Analogie aux celestes, & que tout ce qui se fait icy bas, comme le specifie Auicenne, il faut premierement qu'il ait esté cóme esbauché, voire preformé és mouuemés & conceptions des astres, & de leurs Spheres: à quoy les Cabalistes qui les ont surmontez en cas de speculations mentales, ont passé outre, que le tout correspond de mesme au monde intelligible, où sont les Idées de toutes les formes du monde sensible, auquel elles se deriuent & attirent de là ainsi que par des canaux qu'on feroit venir de fort loin d'vne viue source soubs terre pour en arrouser vn iardin: & ce par le moyen des dix Sephirots qui procedent tous de la source de la diuine essence, que Rabbi Eliezer & les autres docteurs Hebrieux appellent le throsne de la gloire de Dieu, lequel par l'entre-moyen de ses Anges, & des Cieux, & des Estoilles, espand toutes les vertus icy bas qu'on peut voir és trois genres des indiuidus animaux, vegetaux, mineraux: & non seulement és choses procreées de la nature, mais encore en celles qui sont faites par artifice, pourneu qu'on

qu'on ſçache les appliquer deuëment aux vertus agentes. Mais cela ſeroit s'extrauaguer trop a-
uant de noſtre propos, au moyen dequoy il ſuffiſt de dire auecques Proclus, que cela va tout
ainſi qu'vne corde de Luth, ou d'Eſpinette, qui eſtant bien tenduë, quelque longue qu'elle puiſſe eſtre, vous ne la ſçauriez ſi peu toucher en vn endroit, qu'elle ne tremble & reſonne toute:
& qui plus eſt, s'il y a deux chordes accordées d'vn meſme ton, en touchant l'vne, ores qu'elle
fuſt à quatre doigts de diſtance, l'autre ſe remuera & correſpondra à peu pres comme ſi on la
touchoit. De meſme l'eſprit de l'vniuers ſe meſle par tout, comme dit Virgile au ſixieſme de
l'Eneide.

Totámque infuſa per artus
Mens agitat molem, & magno ſe corpore miſcet.

Lequel eſprit eſt le moyen de ioindre les vertus & proprietez occultes qui ſont au ciel, & és
eſtoilles, à la matiere d'icy bas, & aux corps des indiuidus, eſquels il les imprime & ſeelle, moyennant la deuë & proportionnée correſpondance qu'ils ont auecques les influxions celeſtes qu'ils
reçoiuent, tout ainſi que la femelle patiente faict la ſemence de ſon maſle agent, & la cire le caractere d'vn ſeau ou cachet. De façon que celuy qui ſçait bien marier le ciel auecques la terre,
c'eſt à dire appliquer conuenablement les vertus celeſtes aux ſubiects terreſtres, peut faire des
œuures admirables, ſurpaſſans tout l'ordre de nature : car de ce ſeul poinct depend tout le principal fondement de l'occulte Philoſophie ou Magie naturelle licite, n'y ayans vertus, ny au ciel,
ny en la terre, quelques eſcartées qu'elles ſoient, que par ce moyen l'on ne puiſſe ioindre, vnir,
& apparier en vn ſubiect, & de leur puiſſance ſourde où elles eſtoient comme endormies, les
attirer en vne action affectuelle. En ceſte ſorte les Magiciens ſouloient par les choſes inferieures
conformes aux ſuperieures, attirer les vertus celeſtes, voire les Demoniques en leurs images,
anneaux, & caracteres, & Mercure Triſmegiſte a eſcript, que moyennant certaines choſes conuenantes à certain Demon, vne image compoſée en pouuoit eſtre animée par iceluy, iuſques à
rendre des reſponſes comme vn Oracle, & produire de ſoy de trop eſtranges & merueilleux effects : non pour y eſtre contraincts ny forcez, mais pour ce qu'ils y prennent plaiſir, tant à cauſe
des choſes qui leur y ſont Symboliſantes, que pour attirer par-là les perſonnes à les reuerer &
ſeruir, qui eſt ce qu'ils conuoitent & recherchent le plus ardemment. A ce propos Delyra ſur le
trente & vnieſme de Geneſe, & dix-huictieſme des Iuges. Et en Zacharie dixieſme. Plus Elias
Leuita en ſon Thiſbi, apres Rabi Eliezer au trente-ſixieſme de ſes chapitres, parlans des Teraphins ou Idoles que Rachel deſrobba à ſon pere Laban, le plus grand enchanteur de ſon ſiecle,
mettent que pour faire ces Teraphins, ils prenoient le premier nay de quelque noble maiſon en
l'aage de douze à quinze ans, & luy tordoient le col, iuſqu'à en arracher la teſte tout au net, ſans
y appliquer aucun ſerrement (voyez la deteſtable cruauté où le diable ſe plaiſt) puis l'embaumoient auecques du ſel & des aromates, pour la conſeruer longuement. Cela faict eſcriuoient
le nom d'vn mauuais eſprit en vne lame d'or, & force caracteres parmy, qu'ils enchaſſoient dedans la langue, & gardoient ainſi ceſte teſte agencée en quelque ſecrette aumoire dans vne muraille. Que s'ils en vouloient tirer des reſponſes, ils luy faiſoient certains ſacrifices & encenſemens : ſomme qu'on l'adoroit. Guilielmus Pariſienſis parle auſſi d'vne teſte d'airain, fabriquée
ſoubs le leuer de Saturne, laquelle parloit : de quoy ne s'eſloigne gueres ce qu'on peut voir dans
le Romant de Valentin & Orſon, d'vne teſte d'airain auſſi qui faiſoit vn ſemblable effect : & au
ſixieſme volume de Perſeforeſt d'vne d'argent, ditte la teſte voir-diſant; choſes qui ne ſont du
tout vaines ny fabuleuſes : car Dieu le permettant ainſi, les Demons font de grandes merueilles pour deceuoir les creatures. Tout cela premis, pour venir aux images muettes. qui ont en
ſoy quelque proprieté & vertu occulte, comme celle dont il eſt icy queſtion, il y en a de pluſieurs ſortes, les vnes à bien, & les autres à mal, comme on lit de certain Magicien dit Nectana-
bus, lequel ayant faict vn nombre de nauires & galleres de cire, à meſure qu'il les ſubmergeoit
en de l'eau dans vn grand baſſin, les vaiſſeaux de ſes ennemis couroient la meſme fortune. Et
Ioſephe dit que Moyſe fit des anneaux d'amour, & d'oubliance. Mais quels exemples peut-on
voir tous les iours des ſeules paroles, ſans y employer ny images ne caracteres, ny matiere aucune, comme de noüer l'eſguillette, dôt l'eſpreuue eſt par tout ſi notoire & diuulguée? d'encloüer
vn cheual, fichant d'vn cloud la marque qu'il aura emprainte en la terre, arreſter le ſang-guerir
les auiues, faire tomber le feu tout à coup qui ſe ſeroit pris à vne cheminée, & infinis autres tels
charmes & ſorcelleries, pour leſquelles ſe font veuës executer tant de perſonnes? Il n'y a gueres que pres le village de Baron en Vallois, fut ietté vn boucquet au paſſage d'vn eſcallier, pour
entrer d'vn mauuais chemin dans vn champ, ſi empoiſonné, mais de ſortileges, qu'vn chien
ayant bondy par deſſus le premier, en mourut ſoudain : le maiſtre paſſa apres, & encore que la
premiere furie & vigueur de l'enchantement pour auoir operé ſur cet animal fuſt aucunement
rebouſchée, l'hôme ne laiſſa pas pour cela d'entrer en vn acceſſoire dont il cuida preſque mourir : & en eſtoit deſia en termes, ſi l'autheur ayant eſté pris par ſoupçon, n'euſt defaict le charme,
lequel fut toſt apres executé en ceſte ville de Paris, & confeſſa à la mort, que ſi l'autre euſt leué

le boucquet, il fuſt expiré ſur le champ. Ie racompteray encores ce que i'ay oüy n'y a pas ſix ans, racompterà Monſeigneur le Duc de Niuernois, & à plus de vingt Gentils-hommes dignes de foy, auoir veu de leurs propres yeux, qui aduint à Neufuy ſur Loire, où le Sieur & la Dame du lieu ayant depoſé leur Procureur Fiſcal, toſt apres vne ieune fille qu'ils auoient de l'aage de quinze à ſeize ans, ſe trouua tout en vn inſtant ſaiſie d'vne lägueur vniuerſelle en tous ſes membres, ſi qu'elle ſeichoit à veuë d'œil, ſans que les Medecins y peuſſent, non ſeulement trouuer remede d'y donner quelque allegement, mais non pas meſmes conceuoir aucune occaſion apparente d'où pouuoit prouenir ce mal : & comme dit Ouide en l'vne de ſes Epiſtres, de la maladie de Cydippé.

Languor enim cauſis non apparentibus hæret,
 Adiuuor & nulla feſſa medentis ope.

En eſtans doncques les pere & mere venus comme au dernier deſeſpoir, il leur va tomber en la fantaiſie que ce pourroit eſtre paraduanture quelque vengeance de leur Procureur, qui auoit vne ſort eſtroicte communication & accointance auecques vn berger d'aupres de Sanxerre, le plus ſorcier de tout le Berry : & ſur ce ſoupçon le firent ſort bien mettre en cul de foſſe, là où menacé d'infinies tortures, il debagoulla à la fin que ceſte Damoiſelle auoit eſté enſorcellée par le Berger, lequel auoit faict vne image de cire, qui à meſure qu'il la moleſtoit, la fille ſe trouuoit moleſtée de meſme, & en fin dirent à la mere, qu'il n'y auoit qu'vn ſeul moyen de la guerir, *anima pro anima*, il faut neceſſairement, Madame, que vous vous reſoluiez de perdre pour la ſauuer, la plus chere choſe que vous ayez en ce monde, excepté les creatures raiſonnables. En bonne foy, reſpondit-elle, ie vous en diray la pure verité, il n'y a rien que pour ce regard i'ayme tant que ma guenon, mais pour guarantir ma fille de la langueur où ie la voy, ie vous l'abandonne. On ne ſe donna garde que peu de iours apres on void la fille s'ayder d'vn bras, & la guenon demeurer percluſe du meſme : & conſequemment tout le reſte alla de meſme, ſi que dans la reuolution de la Lune elle fut du tout guerie, fors la foibleſſe, & la guenon morte en douleurs extremes. Or les ſorciers y procedent bien plus abregement que non pas ceux qui y vont par les conſtellations, parfums, encenſemens, caracteres, & autres telles ſuperſtitions Magiques, pour raiſon de l'accez & commerce qu'ils ont immediatement auecques les Demons, meſmement en leurs conſiſtoires & ſabbats, comme on les appelle, où ils ſe retrouuent aux iours nommez. Cela eſt aſſez aueré par les procedures contre eux faictes, & les executions qui s'en ſont enſuiuies en ces derniers temps, en peu d'années plus qu'en cinq cens au parauant, vray preſage de nos mal-heurs. C'eſt choſe eſtrange de ce qui ſe lit és hiſtoires modernes des Indes, des merueilles qu'y ſouloit exercer Sathan, tant en reſponſes plus infaillibles & ouuertes que tous les Oracles du Paganiſme, qu'en miracles, ſi on doit ainſi appeller ſes illuſions, auant que la Foy Chreſtienne y fuſt plantée auecques ſes Sacremens. Albert le grand liure ſecond de ſes Mineraux, traicté & chapitre troiſieſme, & Pomponatius apres luy en celles des enchantemens, voulans referer tout cela aux cauſes naturelles, & vne viciſſitude des choſes : *Nous ne deuons point ignorer* (diſent-ils) *que tout ainſi que les vertus naturelles ont leur durée pour certain temps, & non plus, le meſme eſt-il de la faculté & vertu des images, car aucune vertu n'influë point du ciel icy bas ſinon à certain temps, & non dauantage. Ainſi eſt-il de celle que cependant auoir les images, qui leur periode paſſée, demeurent vaines & inutiles, ſans aucun effect, comme mortes & refroidies.* Et c'eſt la cauſe pour laquelle aucunes d'icelles n'operent plus en ce temps icy, comme iadis elles ſouloient faire, au moyen dequoy, l'on diſtingue en l'aſtrologie iudiciaire diuerſes années des images du ciel, des Planettes & eſtoiles fixes, qu'on appelle les grandes années, les moyennes, & les petites, eſquelles ſe dilattent leurs effects, plus ou moins forts, & les moyens. Et n'eſt pas ny la matiere ny l'eſcripture, ou les paroles qui de ſoy puiſſent agir, ains cela ſe faict par la vertu des corps celeſtes, qui fauoriſent tout cela à ceux qui les font. A la verité ſi nous adiouſtons Dieu auoir imparty des vertus admirables aux ſimples de ce bas monde elementaire ſoubs la Sphere de la Lune, leſquels ſont ainſi materiaux & groſſiers ; à plus forte raiſon en a-il peu attribuer de plus grandes & efficaces aux corps celeſtes, qui ſont plus ſimples & formels. Et ſi les rays partans des aſtres peuuent à vn inſtant penetrer le globe de la terre iuſques à ſon centre, où il y a plus de mille lieuës de droicte ligne de ſa ſuperficie, ils ſe peuuent bien mieux & plus fortement imprimer à certaines choſes conuenantes & proportionnées, qui leur ſont expoſées tout à nud, & à deſcouuert, ſans aucun empeſchement ny obſtacle : car n'y ayant rien que l'air entre deux, leur lumiere & vertu y peut plus aiſement penetrer qu'à trauers l'eau, & l'eau pluſtoſt que non pas le verre : & le verre plus que le chryſtal, & le chryſtal plus que la terre condenſée auecques les pierres dures & ſolides qui y ſont encloſes. Voyla pourquoy, entre les autres choſes propres à former les images, on a choiſi en beaucoup d'occaſions la cire pour eſtre ainſi molle, flexible, & obeyſſante à toutes les figures & qualitez qu'on y veut emprraindre, & par conſequent ſuſceptible meſme en ſa fuſion, des influxions & facultez des corps celeſtes, d'où procedent toutes les proprietez occultes és indiuidus des trois genres compoſez, qu'ils ne peuuent moins departir aux choſes artificiellement compoſées, qu'aux naturelles, ioint la preparation coadiuuante qu'on leur donne

pour

pour les en rendre plus susceptibles. Car nous aduoüons bien qu'vne forte imagination, qui est plus spirituelle que les rays, qui participent plus du corps, tout ainsi que quelque Halenée peut auoir vne grande action & impression sur le subiect où elle se destine & addresse: comme on peut voir par les marques que les femmes enceintes impriment en leur portée des choses qu'elles auroient trop auidemment conuoitées en leur grossesse. Mais ces influxions precedentes des rayós des corps celestes, qui se dardent icy en bas comme à vne butte, se varient diuersement, selon la diuersité de leurs conionctions & aspects, tout ainsi que les pieces d'vn ieu d'eschets, ou les lettres en l'escripture, qui diuersement accouplées, font diuerses sortes de ieux, & diuers sens. Et void-on par experience qu'en cueillant l'Ellebore, si on veut qu'il purge & euacuë par en haut, on arrache les fueilles en les tirant en contre-mont: si par le bas, tout au rebours en contre-bas: & infinies autres telles obseruations oculaires, par où nous sommes acertenez qu'il y a eu, & peut auoir encores pour le iourd'huy, des vertus admirables és images deuëment faictes, soit à bien, soit à mal. Et me semble auoir leu quelque part, qu'auprés du Caire fut trouué il y a quelque cinq ou six cens ans, vne image de plomb à la ressemblance d'vn Crocodille, laquelle ayant esté mise en pieces par le commandement du Calipse, parce que les Mahometans detestent toutes figures, de quelque chose naturelle qu'elles puissent estre, tout incontinent apres ces pernicieux animaux recommencerent à paroistre en la riuiere du Nil là endroit, & en infester les riuages comme ils souloient, au parauant que ceste figure de plomb eust esté mise-là, durant laquelle on n'auoit de memoire d'homme veu vn seul Crocodile, pour le moins qui eust faict dommage, depuis la mer où sont les bouches de ce fleuue, iusques plus de cent lieuës contremont. Mais si nostre Religion n'en permet l'vsage, ny de toutes autres sortes de charmes, fust ce à quelque bon effect charitable, ains veut qu'on se retienne du tout à la vertu que Dieu a imprimée és choses naturelles sans s'en departir, à plus forte raison l'on s'en pourroit encore moins seruir sans vne tres-grande offense, pour nuire & endommager son prochain, ny autre quelconque, ores qu'il fust heretique, mescreant, & en toutes autres sortes detestables, nous ayant donné d'autres voyes.

Mais il n'est pas ainsi des Sainctes images qu'on se propose pour reuerer, en nostre Religion d'vne sorte, & au Paganisme d'vne autre, car là se refere le tout à l'honneur d'vn seul Dieu, & icy au cult, & idolatrie des Demons, neatmoins ils n'auoient pas tant d'esgard à la matiere qu'ils cuidassent y auoir plus de vertu en l'vne qu'en l'autre, ny à certaines constellations, caracteres, &c. Ains seulement à la vertu qu'ils estimoient y estre infuse de la Deité qu'elles representoient, selon que le deduit tout apertement Callistrate en ceste statuë, où il approche fort de ce que le Christianisme tient des images, sinon que celles des Payens tendoient toutes à idolatrer les faux Demons au lieu du vray Dieu: là où en celles de nos Eglises, on ne considere fors vne remembrance de ce que nous nous proposons d'imiter, pour nous remettre deuant les yeux quelque exemple de saincteté, & de bonne vie, afin de nous y pouuoir conformer: de maniere qu'elles tiennent le mesme lieu enuers les simples & ignorans, que les liures à l'endroict des gens doctes: & comme dit Damascene, ce qu'est la parole aux oreilles, la peinture est le mesme aux yeux, conformément à Horace en son art Poëtique.

Segnius irritant animos demissa per aures,
Quàm quæ sunt oculis subiecta fidelibus.

Le surplus qui se pourroit amener icy des images croist trop en prolixité, & hors de nostre propos principal. Quoy que ce soit, les images des Payens en leurs temples & lieux sacrez, ne manquoient pas de miracles, mais faux, illusoires, & deceptifs, ressentans leur autheur dont cela venoit par vne occulte conniuence & permission de Dieu, & les nostres sont reels, veritables, & essentiels.

CAR nonobstant qu'elle fust fust de bois. Il dit que ceste statuë d'Esculape estoit de bois, sans specifier de quel: mais Pline à ce propos liure treiziesme chapitre cinquiesme, dit qu'on auoit accoustumé la plus-part du temps, de faire les images des Dieux, de Cedre, pour estre le moins corruptible de tous, & de la plus longue durée: Materia verò ipsi Cedro æternis, itaque & simulachra deorum ex ea factitauerunt. Pausanias les Corinthiaques, dit que celle d'Esculape à Epidaure, estoit d'or & d'yuoire: & en met ailleurs quelques autres de marbre, mais de bois nulle part. Car les anciens, selon Eusebe, Athanase, Porphyre, Pline & autres, faisoient leurs images de diuerses sortes d'estoffes, comme de cire, sel, verre, toutes especes de marbres & pierres dures, terre à pottier, metaux, yuoire, pierreries, & de plusieurs manieres de bois, comme Ebene, Cyprés, Cedre, Chesne, Smilax, Lotos, Buys, & de racines d'Oliuier, selon Theophraste, & Pline. A cecy bat ce Prouerbe, Que de tout bois le Mercure ne se fait pas, ains de celuy principalement qu'Homere appelle Trogetes, vulgairement Thyca, en tout temps verd, selon Theophraste.

Bien deliberez de vous chanter vn bel Hymne, si vous nous restituez la santé. Il pourroit estre que Callistrate, comme Payen qu'il estoit, ayant l'attente de sa santé sur Esculape, luy pourroit auoir faict quelque Hymne, mais il nous a semblé pouuoir icy commodemēt amener celuy qu'Orphée luy addreſſe : & conſequemment vn autre apres de la Santé.

L'ENCENCEMENT D'ESCVLAPE,
LA MANNE.

Esculape ſecours de tous,
     Seigneur Pæan qui des hommes
Alleges toutes les douleurs,
     Vien, & ſanté nous amene.
Appaiſe les Parques qui ont
     De mort & de maladies,
En main tout le gouuernement,
     Tres-ennuyeuſes Deeſſes.
Touſiours ieune enfant, bien-heureux,
     Croiſſant la vigueur és membres :
Germe honorable d'Apollon,
     Ennemy des maladies,
Et amoureux de la ſanté,
     Sans aucun blaſme ne reproche.
Vien doncques noſtre protecteur,
     Et donne nous fin heureuſe.

HYMNE DV MESME A LA SANTE', DONT LA
Manne eſt l'encenſement ainſi que d'Eſculape.

Deſirée aymable Santé
     En pluſieurs licts de tout la Royne.
Santé heureuſe eſcoute moy,
Mere de tous, porte-richeſſe :
Car par ton moyen les mortels
Sont exemptez de maladies,
Et toute maiſon s'eſioüyſt
Quand reuiſiter tu la daignes.
Tout le monde t'a en honneur
Royne eternelle, qui des vies
Es le ferme ſouſtenement :
Touſiours en vigueur ſouhaittable,
Et repos de tous les humains.
Sans toy leur ſeroit inutile
Tout cela qu'ils pourroient auoir,
Tant les richeſſes ſur richeſſes,
Que les plus ſomptueux banquets,
Fors que par toy à la vieilleſſe
Les hommes ne paruiendroient pas.
Tout tu gouuernes toute ſeule,
Et commandes à tous viuans.
Vien donc, ſacre-ſainéte Deeſſe
Qui ne defaux de ton ſecours
A ceux qui de bon cœur t'inuoquent
Deliure nous de nos douleurs,
Et de nos griefues maladies.

L A

LA STATVE D'VN
CENTAVRE.

ARGVMENT.

IEV en la premiere origine des choses, fist deux creatures fort extremes & differentes, ne participans comme en rien l'vne de l'autre: l'Ange du tout incorporel, immortel, impaßible, immuable, pourueu de raison & d'entendement, pour recognoistre & reuerer son Createur: & la beste brutte toute de corps materiel, subiecte à la mort, paßions, changemens, & destituée de l'vsage du discours ratiocinatif. Lesquelles deux natures si esloignées par vn admirable artifice, il voulut ioindre en vn entre-moyenne, d'vn costé qui participast du corps, & de tout ce qui en despend auecques les animaux irraisonnables, ensemble de la sensualité, & incitation du peché, que les Hebrieux appellent Iezer: & auecques les Anges de la raison & entendement, pour cognoistre son Createur, qu'il beust au reste, mangeast, dormist, s'ebergeast, vestist, & fust en somme subiect à toutes les neceßitez & defauts que patissent les bestes: & auecques les Anges contemplast la maiesté de Dieu, & les merueilles de ses œuures, l'honorast, seruist, & aimast: & finablement fist tout son effort de s'esleuer à luy en tant qu'il pourroit, laissant en bas ceste carquasse inutile de corps, qui ne sert que de luy abysmer la meilleure partie de sa structure: mais pour ce qu'apres sa preuarication & premier peché, ces deux natures commencerent à se des-vnir, suruint entre elles vne dissention & haine irreconciliable, taschans non seulement de faire chacune à part soy son cas à part, mais de se suppediter l'vne l'autre, & s'entre attirer à ce qui luy estoit le plus propre & agreable: à sçauoir la charnalité, l'esprit aux lubricitez, & concupiscences: & l'esprit au contraire de faire paroistre à la charnalité, que l'homme n'auoit pas esté creé pour se lascher apres les vueils & desirs du corps, luy deuant suffire de le nourrir & entretenir pour la neceßité tant seulement, & non pour l'irritation & chatouillement du plaisir voluptueux & charnel: le faisant ainsi il s'acqueroit le tiltre de l'homme intellectuel, & le contraire de sensuel, s'il adheroit à ce Iezer ou sensualité bestiale, suiuant ce que dit l'Apostre en la premiere aux Corinthiens 2. L'homme sensuel ne comprend point les choses qui sont de l'Esprit de Dieu, mais le spirituel discerne tout. Or ces deux natures ont esté par les fictions Grecques representées en vn Centaure, homme depuis la ceinture en haut, qui denote la partie rationelle & intellectiue residente au cerueau: & celle

d'embas où la sensualité domine, par le cheual le plus lubrique animal de tous autres, comme il a esté dit au tableau des Fables, laquelle est logée és reins, lumbes, & autres parties basses, & pour ce que ceste passion hebete fort l'entendement, & le rauale à l'ignorance, le Psalmiste quarante-huictiesme, compare telles manieres de gens aux cheuaux, *Comparatus est iumentis insipientibus : & au trente-deuxiesme.* *Nolite fieri sicut equus & mulus, quibus non est intellectus,* par où est designé l'appetit sensuel, & la vie brutale : les Egyptiens voulans au rebours esleuer l'homme plus haut que son degré d'humanité, luy attribuoient vne teste d'esperuier, pour ce qu'il volle tousiours contre-mont (mais entendez plustost d'vn gerfaut, dont le propre est tel, là où les esperuiers ne font que hacher pres de terre à tire d'aisle, les Grecs sous le mot d'ιϊϵραξ & les Latins d'accipiter, confondans toutes sortes d'oyseaux de proye) & de faict en leurs notes Hieroglyphiques, l'esperuier signifioit l'esprit à cause de sa celerité, selon Diodore, & appelloient l'ιϵραξ, Baieth, mot composé de ces deux vocables Bai *ame:* & Eth *cœur. Et Eusebe* alleguant *Zoroastre,* met qu'il disoit Dieu auoir la teste d'esperuier. Mais cela seroit sortir hors de nostre propos des Centaures, dont il a esté parlé cy-deuant si à plein sur le Tableau des Centaurelles, qu'il n'en reste rien icy plus à dire.

NTRANT vne fois dans vn temple fort venerable & spacieux & d'vne belle representation, i'apperceu vn Centaure planté au porche d'iceluy, non du tout semblable à vn homme, selon la description d'Homere, ains tel presqu'vne beste brute residente dans les plus profondes forests : car il estoit homme en descendant iusques au flanc : & se terminoit par embas au train d'vne beste cheualline à quatre pieds : si que la nature des cheuaux & des hommes distincte là par le milieu se venoit assembler en vn corps : partie separāt ses membres, & partie les rendant fort industrieusement concordans entre eux. Car ce qui y estoit de forme humaine, tout autant qu'il s'en esleuoit depuis la hanche iusques au sommet de la teste, estoit retranché du dessoubs, & le separoit du corps cheuallin, iusques à ce qu'il s'arreste vers le nombril, là endroit conioint & vny à la forme d'homme : de façon que ce qui y estoit de cheual manquoit de teste, & de tout le reste qui en descendāt s'eslargist du col vers l'eschine : & ce qui estoit d'homme depuis le nombril iusques aux pieds, desiroit son soustenement qui y defailloit. Ce corps doncques estant tel, vous y eussiez peu voir vne viue & impetueuse action surabondante en cet ouurage, & vn corps sauuagin : & en la face ie ne sçay quel aird'vne farouche & fiere mine : car la pierre dont il estoit fait, conuenoit fort-bien à ceste care & contenance, le tout se parforçant comme à la haste & à l'enuy de representer vne vraye & reelle figure.

LA STATVE
DE MEDEE.
ARGVMENT.

IASON *apres auoir enleué de Colchos Medée, comme en s'en retour-*
nant il se remist deuant les yeux les dangers où son oncle Pelias Roy de
Thessalie l'auoit malicieusement exposé pour se deffaire de luy, & sust
apres pour s'en vanger, à songer les moyens de le mettre à mort sans
soupçon d'auoir attenté vn si detestable forfaict, Medée en prit sur soy la charge: &
là dessus se desguisant en ministresse de Diane, s'en alla deuant trouuer les filles de
Pelias, leur offrir de remettre leur pere, ia du tout abbatu d'vne decrepite vieillesse,
en son aage vigoureux de trente ans : ce qu'Alceste, l'aisnée d'icelles ne pouuant croi-
re, Medée auecques ses charmes accompagnez d'herbes, faict bouillir vn vieil mou-
ton dans vn chauderon, & le retire en icune aigneau. Dequoy les filles persuadées
en cuiderent faire autant de leur pere, mais se voyans deceus de leur intention; &
qu'il estoit demeuré roide mort, s'enfuirent de la contrée. Iason arriué là dessus, laissa
le Royaume de Thessalie à Acastus fils de Pelias, qui l'auoit accompagné à Col-
chos, & se retira à Corinthe auecques Medée, où s'estant amouraché de Creusa
fille du Roy Creon, il la prit à femme. Dont Medée enragée d'vn felon despit, pour
se voir ainsi laschement trahie & abandonnée, dissimula son mal-talent, & soubs
pretexte de vouloir faire des presens nuptiaux à la nouuelle mariée, luy enuoya vne
couronne, qu'elle n'eut pas plustost assise sur son chef, que le feu s'y mist, qui la brusla
miserablement auecques son pere & Iason, & tout le Palais. Cela faict Medée
ayant mis à mort de sa propre main les deux enfans qu'elle auoit eus de Iason,
Marcer, & Feret, qui est le subiect de ceste statuë, se retira à Athenes, où Egée fils
de Pandion l'espousa, & en eut vn fils appellé Medus, lequel apres vn fort long
emprisonnement fut en fin deliuré par sa mere, & transporté auecques elle dans vn
chariot enchanté, attelé de deux dragons volans, en la contrée qui de son nom fut
depuis appellée Medie.

HHhh

'A y v e v auſſi vne Medée de grand renom, ſur les marches de Macedoine. C'eſtoit vn marbre demonſtrant au vif ſa naturelle reſſemblance, auquel l'ouurier auoit empraint tout ce qui peut accomplir vne repreſentation naïfue : car l'image iectoit hors de ſoy vn indice de diſcours ratiocinatif, & s'excitoit à vne action courageuſe, qui ſe tranſportoit en vn reſſentiment d'angoiſſe & affliction d'eſprit, ou pour le dire en peu de mots, tout ce qui concerne les anciens comptes qu'on a faict d'elle, eſtoit là exprimé aux yeux, & de faict la remembrance de ce qui luy eſtoit aduenu, manifeſtoit aſſez les actions de ceſte femme ; & l'animoſité emprainte en ſa vehemente indignation, conioignoit le naturel a ceſt ouurage, y introduiſant de l'impetuoſité & furie : ſa triſteſſe d'autre-part declaroit ſa tendre commiſeration pitoyable enuers ſes enfans, retirant le marbre du deſpit en elle conceu à vne cognoiſſance maternelle, qui le rendoit plus relaſché : car l'image n'eſtoit pas du tout comme d'vne immiſericordieuſe implacable, ny d'autre-part emmalicée & felonne, à guiſe d'vne farouche beſte ſauuage, ains my-partie à vne demonſtration de courroux & mordante rage, accommodée aux deliberations & proiects d'vne nature feminine. Auſſi eſtoit-il bien raiſonnable qu'apres le premier feu d'vne ſi boüillante colere, deſpoüillant ſon indignation, elle ſe fiechiſt à pitié : & que ramenée à vne recognoiſſance de ſa cruauté, l'eſprit d'elle vint à eſtre touché de compaſſion. L'ouurage doncques imitoit toutes ces paſſions de l'eſprit imprimées au corps, & pouuoit-on voir le marbre partie empraint d'vne tranſportée animoſité en ſes yeux, & partie d'vn regard morne & triſte, & aucunement ramolly d'vne angoiſſeuſe deſtreſſe : de ſorte que tout ce que l'ouurier auoit proiecté d'y repreſenter, y eſtoit tresparfaictement accomply à l'imitation de la Poëſie d'Euripide ; s'eſtant propoſé de ſuſciter tout enſemblement vn aduis conſideratif, & d'exaſperer quant & quant l'affection imprimée dedans vn humain naturel, à vn courroux, la iectant hors des bornes de l'amour qu'on porte ordinairement à ſa lignée : ſi qu'elle conçoit vne charité pitoyable de mere enuers ſes enfans, apres l'inique maſſacre d'iceux : car elle auoit la main ſaiſie d'vn poignard aceré, toute preſte de mettre à execution ſon inhumanité furieuſe, qui la precipite à ce deteſtable forfaict : & ſa cheueleure non agencée denotoit aſſez le peu de ſoin qu'elle auoit d'elle, comme auſſi ſon accouſtrement lugubre conuenant à l'affliction où elle eſt reduitte.

ANNOTATION.

O v t le diſcours de ceſte image ne tend qu'à repreſenter Medée en ſa furieuſe indignation, où elle eſtoit lors que par deſpit de Iaſon elle mit à mort leurs communs enfans, dont voicy ce qu'en atteint Pauſanias és Corinthiaques, ce qui ſeruira à l'elucidation de ce lieu, bien qu'il en parle quelque peu differemment de ce que deſſus. *A la main droicte vous verrez le temple & l'image du Dieu Apollon, qui eſt de bronze, & vn peu apres la fontaine dite Glaucé de la fille de Creon, autrement Creuſa, qui s'y iecta pour ſe garantir des charmes & enſorcellemens de Medée. Au deſſus de ceſte fontaine eſt baſty l'O-*
deon.

deon, comme on l'appelle, & tout ioignant la sepulture des enfans de Medée, nommez Mermerus, & Pheres, qu'on dit auoir esté assommez à coups de pierre par le peuple de Corinthe, pour raison des presens qu'ils auoient apportez à Glancé, & pour ce que le massacre auoit esté ainsi violent & inique, les petits enfans des Corinthiens, à ce qu'on dict, estoient ordinairement par eux mis à mort, insques à ce que suiuant l'admonestement de l'oracle on leur enst institué certains sacrifices expiatoires, auecques vne image de la frayeur qui estoit encores entiere de nostre temps, soubs la representation d'vne femme d'vne contenance fort horrible & espouuentable : mais Corinthe ayant esté vuinée par les Romains, & les anciens habitans la plus-part morts ou transportez, ces sacrifices cesserent, auecques ce qu'on y souloit offrir les premiers cheueux des ieunes enfans, vestus de robbes noires en signe de dueil, qu'on tondoit à l'honneur de ces deux deffuncts. Medée au reste estant a riuée en ceste saison à Athenes espousa Egée, mais ne tarda gueres qu'ayant esté descouuerte de machiner ie né sçay quoy contre Thesée, elle s'enfuit, & se transporta en ceste region de l'Asie, qui pour lors estoit appellée A rie, & depuis Medie du nom de Medus, qu'ayant eu d'Egée, elle auoit emmené quant & soy. Toutesfois H el laine l'appelle Polixene, & le faict estre fils de Iason. Il y a des vers qu'on appelle les Naupacliens, qui portent qu'apres la mort de Pelias, Iason passa d'Iolque à Corfou, où l'aisné de ses enfans Mermerus estant allé chasser en la terre-ferme prochaine, fut mis à mort d'vn Lyon : & quant à Pheres, qu'il ne fit rien de memorable en tout le reste de ses iours. Il y en a d'autres qui disent que Medée à mesure qu'elle auoit des enfans de Iason, elle les alloit tous cacher secrettement dedans le temple de Iunon, esperant par là de les rendre immortels, mais ayant apperceu que cela ne luy reüssissoit pas selon son attente, & esté outre-plus descouuerte de sa malice par son mary, sans qu'il luy voulust pardonner, elle s'en alla à Iolque, où ayant laissé le Royaume a Sysiphe, elle depassa ailleurs. Voila ce que met Pausanias des faicts de Medée, à propos du subiect dont il est icy question.

HHhh ij

LA STATVE
D'ATHAMAS.

ARGVMENT.

THAMAS *Roy de Thebes, fils d'Æolus, eut de sa femme Nephelé deux enfans, Phryxus à sçauoir, & Hellé: mais Nephelé estant priuée de son bon sens par Bacchus, s'en alla errant à trauers les boys desuoyez, à guise de beste sauuage: parquoy Athamas reconuolla en secondes nopces auecques Themisto fille d'Hypsée, dont il eut Sphincius & Orchomenus: puis s'estant ennuyé d'elle, espousa encores Ino fille de Cadmus, de laquelle vindrent Learchus et Melicertes. Themisto indignée de se voir ainsi supplantée elle & ses enfans, se resolut de mettre ceux de l'autre à mort, & pour cet effect s'estant cachée dedans le Palais en vn lieu secret, tua elle-mesme les siens propres par mesgarde, au lieu de ceux de sa concurrente, abusée par la nourrisse qui auoit changé leurs habillemens: ce que cogneu, elle se donna la mort de sa main. Et là dessus comme Ino se voyant defaicte des enfans de Themisto, en voulust autant faire de ceux de Nephelé, elle suborna la plus-part des femmes qui rostirent malicieusement les grains qu'elle leur auoit donnez pour semer, afin que rien ne s'en procreast. Dequoy estant procedée vne famine accompagnée de pestilence, Athamas depescha vn de ses Satellites à Delphes pour auoir le conseil d'Apollon, mais ayant esté corrompu par Ino, il rapporta qu'il falloit sacrifier Phryxus. Et comme le pere refusast, Phryxus s'y offrit volontairement, si qu'il estoit desia prest à immoler, quand le Satellite en ayant pitié, alla reueler toute la machination d'Ino, ce qu'entendu par Athamas, il la liura és mains de Phryxus auecques son fils Melicertes, pour en prendre telle vengeance qu'il luy plairoit: mais en les menant au supplice, Bacchus qu'elle auoit alaicté de ses mammelles, alla espandre autour d'eux vne nuée obscure qui en osta la cognoissance, & furent par ce moyen deliurez du peril qui les menaçoit. De là Athamas ayant esté rendu insensé par Iuppiter, il tua son fils Learchus, & Ino auecques Melicertes, se precipita d'autre costé en la mer, lesquels furent deifiez: elle soubs le nom de Leucothoé, ou la mere Matute, & luy de Palemon, en Latin Portunus. Phryxus & sa sœur Hellé ayans ainsi perdu l'entendement par Bacchus qui les forcena, s'en allerent errans dans les boys, où leur mere Nephelé leur amena vn mouton ayant la toison d'or, & les fit monter dessus pour se retirer en Colchos, mais Hellé estant tombée par les chemins dans le bras de mer, qui de son nom fut*

depuis

depuis appellé l'Hellespoonte, Phrixus arriua sain & sauue au lieu destiné, où il sacri-
fia son mouton au Dieu Mars, & en pendit la peau en son temple, d'où Iason l'en-
leua depuis.

I L y auoit vn tableau de bas relief de stucq sur les riuages de la Scythie, non tant pour demonstrer le fait
aduenu de ce qu'il vouloit representer, comme pour
en contendre auec les plus excellentes peintures, encore que le maistre ne se fust pas autrement trop estudié d'y representer rien d'agreable ny de plaisant : car
c'estoit Athamas qui estoit là contrefait au vif, espris
de fureur ; & le pouuoit-on voir tout nud, sa cheueleure ensanglantée espanduë au vent en desordre,
l'œil farouche & extrauagué, & remply d'vne stupidité estonnée, n'estant
pas seulement transporté de forcenerie pour commettre quelque cruauté
extraordinaire, ny par les furies effarouché de quelques espouuentables
horreurs qui ont accoustumé d'exagiter les simples personnes, ains auoit
quant & quant le fer nud au poing, tout prest d'en faire quelque coup :
neantmoins sa main de soy estoit immobile, & si ne sembloit pas quant à luy
qu'il fust là endroit attaché ferme, ains comme s'il eust de l'action & du sentiment, il paroissoit pâlir de frayeur, ou comme s'il fust desia trespassé. Il
tenoit soubs le bras au reste vn petit enfant, aux leures duquel il appliquoit
vne mammelle degouttant force petits sourgeons de laict, propres à sustan-
ter de petits nourrissons : & monstroit ceste figure se vouloir haster de gaigner le sommet du mont de Scirrhon, & de là, la mer qui battoit au pied,
dont le flot se recourboit vers le riuage, comme s'il eust voulu aller au deuant pour le receuoir, ayant accoustumé de ietter là endroit de grosses vagues escumeuses. Or le corps monstroit contenir en soy quelque chose du
vent de Zephire, qui de son gracieux halenement rend la mer bonace, car le
stucq y ayant formé vn sentiment, comme celuy qui sçait s'accommoder
pour representer les soufflemens, & lancer contremont les exhalations de
la mer, & introduire les imitations de nature és ouurages qui en sont faits,
les Dauphins follastroient là à leur plaisir, fendans les flots en la sculpture:
& le stucq sembloit proprement estre agité de vents, si qu'on l'eust cuidé
estre vne vraye representation de la mer, s'estant façonné à sa ressemblance
de se transformer en vne vraye apparence d'icelle. Et aux extremitez de ce
tableau estoit figurée Amphitrité se haussant hors des ondes, toute effarée,
& d'vn espouuentable aspect, comme si ses yeux eussent estincellé vn esclat
de rayon solaire. Les Nereïdes s'estoient rangées alentour d'elle, fort mignardes & gentilles à voir, espandants de leurs yeux vn certain amoureux
desir, & se tourne-virans à saux & gambades sur la superfice des ondes marines, s'y promenoient en grand soulas, autour desquelles l'Ocean alloit &
venoit, l'agitation de son courant ayant presqu'appris de se mouuoir à la mesure de leurs cadences.

ANNOTATION.

TOVT ce tableau de basse taille fait de stucq est assez intelligible de soy, car on sçait assez ce que c'est du vent Zephire, & de l'Ocean, que les Poëtes feignent estre fils du Ciel & de Vesta, mary au reste de Thetis, & le grand superintendant de la mer: voire la mer mesme, dont procedent non tant seulement tous les goulphes qui font leurs entrées dedans la terre, ainsi que la mer Mediterranée, la mer rouge, celle de Perse, & plusieurs autres, mais tous les fleuues & riuieres, & les sources dont ils procedent, pour s'aller de nouueau rendre en luy. Au regard d'Amphitrité, les Poëtes la feignent estre sa fille ditte ainsi d'ἀμφιτρίζειν d'enuironner, pour-ce qu'elle circuit la terre de toutes parts dont elle est bornée: & que Neptune la prochassant en mariage, comme elle qui vouloit garder sa virginité s'alast recellant de costé & d'autre sans qu'il en peust auoir nouuelles, il depescha vn Dauphin qui la chercha tant qu'il la trouua finablement au pied du mont Atlas, où il fit en sorte qu'elle se condescendit aux prochassemens de Neptune, qui en eut Triton. C'est à quoy veut battre icy Callistrate que les Dauphins follastrent alentour d'elle. Mais puis qu'elle enuironne la terre comme fait aussi l'Ocean, quel inconuenient y aura-il de borner icy ce tableau de leur Hymne en Orphée, accompagné de celuy de Zephire qui le rend paisiblement nauigable? Il met doncq ainsi: mais entendez que l'Ocean, Thetis, Amphitrité, Nereus, & autres semblables ne sont qu'vne mesme chose, à sçauoir la mer Oceane diuersifiée de tous ces noms là.

L'ENCENSEMENT DE L'OCEAN,
LES AROMATES.

J'Inuoque le grand Ocean,
Pere de tout incorruptible,
Qui est, & a tousiours esté:
Dont procedent toutes les races
Des immortels & des mortels.
Qui borne ainsi que par vn cercle,
De toy terre les extremitez
De toutes mers & riuieres,
Et les pures humeurs des eaux,
Se coullent soûbs terre à leurs sources.
Escoute moy ô bien heureux
Riche, opulent, & la plus grande
Purification des Dieux:
Borne amiable de la terre,
Le premier principe du Pol:
Qui a tes creux sentiers humides:
Viens propice tousiours à ceux
Qui considerent tes mysteres.

L'ENCENSEMENT DE LA MER,
LA MANNE.

DE l'Ocean la belle espouse
Thetys aux yeux perds-verdoyans
J'inuoque icy: qui est vestuë
D'vn grand manteau noir azuré.
Reyne qui rondement ondoyes
De vents doucement respirans,
Pres la terre qui en resonne

Rompant

Rompant tes longs sillons de flots
Contre les rochers & riuages:
Bonace propice à hanter,
Et despitée inaccostable,
De voiles coiffer tu te plais:
Tu nourris de merueilleux monstres
Dedans tes mols humides creux.
Tu és mere de Cypris, mere
Des espoix nuages obscurs,
De toutes sources & fontaines
Dont les Nymphes vont bouïllannans.
Escoute moy donc venerable,
Sois moy benigne ie te pry:
Et octroye des vents propices
A mon leger courant vaisseau.

L'ENCENSEMENT DE ZEPHYRE,
L'ENCENS.

Douces gracieuses ondées
De Zephyre, par l'air vollans,
Qui prenez naissance des ondes,
Et en soufflant donnez repos
Au moleste trauail des rames.
Amoureuses du gay prin-temps,
Tres-agreables aux prairies,
Cheries de toutes saisons.
Qui tirez par les molles routes
Les vaisseaux en leur inspirant
Vn air leger dedans leurs voiles
Venez à nous d'vn cœur ioyeux,
Vollans sans qu'on vous apperçoiue,
Par l'air auquel vous ressemblez,
Et de vos fraisches halenées,
Esuentez nos fortes ardeurs.

FIN DE CALISTRATE.

Acheué d'imprimer le 2. iour de Ianuier,
mil six cens quatorze.

PRIVILEGE DV ROY.

HENRY par la grace de Dieu Roy de France & de Nauarre, A nos amez & feaux Conseillers les gens tenans nos Cours de Parlemens, Baillifs, Seneschaux, Preuosts, ou leurs Lieutenans, & à tous nos Iusticiers & Officiers qu'il appartiendra, Salut. Nos chers & bien amez, ABEL L'ANGELIER & MATTHIEV GVILLEMOT, marchans Libraires en l'Vniuersité de Paris, nous ont faict dire & remonstrer qu'ayant cy-deuant ledit l'Angelier faict imprimer *les Tableaux de plate-peinture de Philostrate, auec les Commentaires de Blaise de Vigenere, la vie d'Apollonius Thyanee, & l'Histoire des Turcs*, composée par Chalcondyle Athenien, le tout de la traduction dudict de Vigenere, & voyant combien lesdicts Liures auoient esté bien receus du public, pour leur vtilité auroient ensemblement fait tailler fort grand nombre de figures en taille douce, tant pour *les Tableaux de Philostrate*, que pour *l'Histoire de Chalcondyle*, non seulement pour l'ornement desdicts Liures, mais la plus-part necessaires pour la parfaicte intelligence d'iceux, auec plusieurs Illustrations, Commentaires, Annotations & amplifications sur iceux non encores veuës: Mais d'autant que le Priuilege cy-deuant obtenu par ledict l'Angelier, est expiré, & qu'ils craignent que d'autres mettent lesdicts Liures sur la presse, soubs pretexte qu'il n'y auroit point de figures, ne les frustrent en ce faisant du fruit de leur labeur, ou pour le moins ne fissent perdre le cours à leur debit, & leur faire souffrir vne perte de plus de quatre mil escus qu'ils ont ja debourcé pour faire tailler les planches seruans ausdicts Liures : ils desireroient volontiers les r'imprimer ou faire r'imprimer en diuers volumes, auec figures ou sans figures, tant de fois que bon leur sembleroit, & en tels caracteres qu'ils verront estre les plus commodes pour le bien public, sans autres qu'eux les puissent imprimer ny vendre, A CES CAVSES, desirans gratifier ledict l'Angelier & Guillemot, & aucunement les redimer des frais qu'ils ont faicts, & qu'il leur conuiendra faire à l'impression desdicts Liures, & par mesme moyen les faire ressentir de leurs labeurs, pour les bons & agreables seruices qu'ils nous ont faicts en plusieurs & semblables occasions, & aux feux Roys nos predecesseurs, mesmes en diuers Liures qu'ils ont imprimez ou fait imprimer à l'honneur de nostre Royaume, des Roys nos predecesseurs & de nous, & autres qu'ils ont encores en leurs mains prests à imprimer. AVONS par ces presentes signées de nostre main, & de nostre grace speciale, pleine puissance & authorité Royale, permis & accordé, permettons & accordons ausdicts l'Angelier & Guillemot, qu'ils puissent & leur soit loisible à eux seuls, imprimer ou faire imprimer par tels Imprimeurs qu'ils voudront choisir, lesdicts Liures de *Philostrate, Vie d'Apollonius, Histoire de Chalcondyle, auec les Commentaires, Annotations, Illustrations, Notes, & Amplifications sur iceux*, en telle marge, caracteres, & tant de fois que bon leur semblera, auec figures & sans figures, durant le temps & terme de douze ans entiers & consecutifs, à compter du iour que lesdicts Liures seront parachauez d'imprimer : faisans defenses tres-expresses à toutes personnes de quelque estat & qualité qu'ils soient, d'imprimer ou faire imprimer, tant dedans que dehors nostre Royaume lesdicts Liures, soit en l'estat qu'ils ont esté cy-deuant imprimez, & qu'ils le seront cy-apres, à part ou separement, & les inserer en autres Liures, en quelque sorte & maniere que ce soit, soubs couleur du Priuilege expiré, d'additions, diminutions, sommaires, annotations, corrections, illustrations & traductions faites par autres que ceux qui sont ou seront faites du consentement desdicts l'Angelier & Guillemot, lesquels Liures imprimez ne pourront estre vendus ny eschangez en nostre Royaume, soit par personnes interposées de quelques lieux & parts qu'ils soient, ou auec fausses marques, faux & supposez noms des lieux & des villes, sur peine de deux mille escus d'amende, applicable moitié à nous, & l'autre moitié ausdicts l'Angelier & Guillemot, lesquels estans ainsi imprimez & exposez en vente, voulons estre saisis & mis en nos mains par le premier de nos Iuges & Officiers sur ce requis, contraignant ceux qui auront esté trouuez saisis d'iceux, de declarer & nommer les lieux & les personnes desquels ils auront eu lesdicts Liures, pour estre procedé contre eux extraordinairement. VOVLONS en outre que mettans ou faisant mettre par lesdicts l'Angelier & Guillemot au commencement ou à la fin desdicts Liures vn bref ou extraict de ces presentes, elles soient tenuës pour suffisamment signifiées & venuës à la cognoissance de tous, comme si elles leurs auoient esté particulierement signifiées. SI VOVLONS, vous mandons, & à chacun de vous endroict soy, enioignons, que du contenu en ces presentes nos lettres de Priuilege & permission vous faictes & laissez lesdicts l'Angelier & Guillemot, & ceux qui auront droict d'eux, ioüyr & vser pleinement & paisiblement, cessant & faisant cesser tous troubles & empeschemens au contraire. Et d'autant que de ces presentes l'on pourra auoir affaire en diuers lieux, nous voulons qu'au vidimus dicelles, faict par vn de nos amez & feaux Conseillers, Notaires, & Secretaires, foy soit adioustée comme au present original, Car tel est nostre plaisir. Donné à Fontainebleau, le xiiij. iour d'Octobre, l'an de grace mil six cens neuf. Et de nostre regne le vingt-vniesme.

Signé HENRY.

Et plus bas

Par le Roy.

DE LOMENIE.

EXTRAICT DES REGISTRES DE PARLEMENT.

VEV par la Cour les lettres patentes du quatorziesme Octobre dernier, signées Henry, & plus bas par le Roy, de Lomenie, & scellées du grand seel, par lesquelles inclinant à la supplication d'Abel l'Angelier & Matthieu Guillemot marchands Libraires en l'Vniuersité de Paris, leur est permis de nouueau faire imprimer, vendre & debiter les Liures de Philostrate, Vie d'Apollonius, & Histoire de Chalcondyle, auec les Commentaires, Annotations, Illustrations, Notes & Amplifications sur iceux, auec figures & sans figures, sans qu'autres puissent ce faire sans leur congé, pendant douze ans, à commencer du iour qu'ils seront parachauez, sur les peines & ainsi qu'au long contiennent lesdittes lettres, requeste par eux presentée afin d'enterinement d'icelles, conclusions du sieur procureur du Roy: Tout consideré. Ladicte Cour enterinant lesdittes lettres, ordonne que les impetrans ioüyront du contenu en icelles selon leur forme & teneur. Faict en Parlement le vingt-quatriesme Nouembre, mil six cens neuf.

VOYSIN

TABLE

TABLE.

TABLE
DES CHOSES REMARQVABLES
CONTENVÉS AVX TABLEAVX ET

HEROIQVES DES DEVX PHILOSTRATES, ET STATVES
de Calliftrate, en laquelle le Lecteur fera aduerty que les
premiers nombres iufques au dixiefme font repetez
deux fois, les feuillets des premieres feuilles
n'ayant point efté cottez en
l'impreffion.

A

IIIi

TABLE.

TABLE.

TABLE.

TABLE.

IIIi iiij

TABLE.

TABLE.

TABLE.

TABLE.

C

TABLE.

TABLE.

TABLE.

TABLE

KKkk

TABLE.

Prince

TABLE.

TABLE.

KKKk iij

TABLE.

TABLE.

TABLE.

TABLE.

TABLE.

TABLE.

TABLE.

TABLE.

Lemnos

TABLE.

TABLE.

M·Agis

TABLE.

TABLE.

TABLE.

LLll iiij

TABLE.

TABLE.

TABLE.

TABLE.

TABLE.

TABLE.

MMmm

TABLE.

TABLE.

MMmm ij

TABLE.

TABLE.

TABLE.

TABLE.

M M m m iiij

TABLE.

TABLE.

TABLE.

FIN DE LA TABLE.

Contraste insuffisant
NF Z 43-120-14